Les
MYSTÈRES DU
MONDE
par
HECTOR FRANCE
suite et fin
des MYSTÈRES du PEUPLE

LES

MYSTÈRES DU MONDE

PAR

HECTOR FRANCE

SUITE ET FIN

DES

MYSTÈRES DU PEUPLE

PAR

EUGÈNE SÜE

Splendide édition grand in-8° illustrée de 200 magnifiques gravures inédites

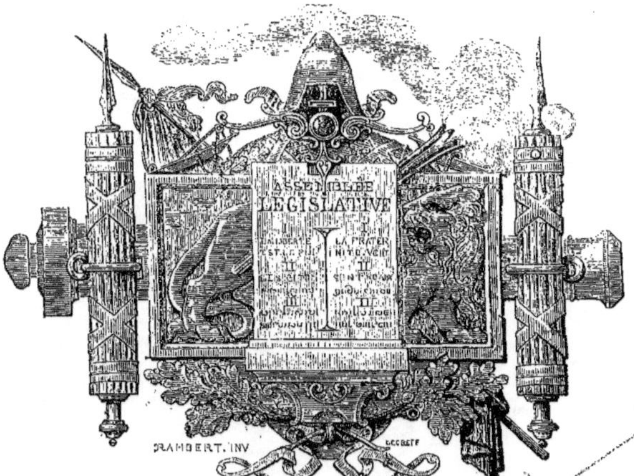

LIBRAIRIE DU PROGRÈS, DIRECTEUR : MAURICE LACHATRE
PARIS. — 11, rue Bertin-Poirée, 11. — PARIS

LETTRES-PRÉFACES

L'Éditeur à Hector France

Mon Cher Ami,

Depuis un demi-siècle et plus une lutte formidable s'est engagée entre les libres-penseurs et les suppôts de l'obscurantisme ; notre grand romancier, Eugène Suë, a été le précurseur de ces vaillants écrivains : il a mérité d'occuper le premier rang dans la phalange littéraire.

Salut et gloire à sa grande ombre !

Après Eugène Suë ont surgi d'autres esprits supérieurs qui ont continué le même combat : Victor Hugo, Léon Cladel, Emile Zola, l'intrépide défenseur des mineurs — ou des gueules noires, — Henri Rochefort, le promoteur des revendications des verriers de Carmaux, Félix Pyat, l'ami du peuple, le savant Raspail, bienfaiteur de l'humanité, Louis Blanc, l'éminent historien, Karl-Marx, Jaurès, Elysée Reclus, son frère Elie, l'intrépide Barbès, le chevalier de la démocratie, sans peur et sans reproche, Proudhon, J. Guesde, Ernest Roche, et tant d'autres de la jeune pléiade.

A ces amis du progrès, il faut joindre les nouvelles recrues.

Nous devons relier les événements passés aux événements nouveaux, afin de présenter à l'esprit des masses un tableau aussi complet que possible de notre histoire contemporaine. C'est ainsi que notre cher et regretté Eugène Suë avait envisagé l'œuvre à laquelle il avait voué son existence tout entière, marquée par des dates fameuses ; la trilogie qu'il avait établie comprenait ses trois œuvres principales : les *Mystères de Paris*, le *Juif-Errant*, les *Mystères du Peuple*, mais il avait réservé une conclusion à ces œuvres magistrales, un lien commun qui devait les réunir en un seul faisceau ; il avait déjà choisi le titre de ce nouveau livre Les Mystères du Monde suite et fin des *Mystères du Peuple* et avait posé les bases du travail qu'il commençait d'entreprendre lorsque la mort vint le rappeler dans le monde des Esprits.

L'Editeur avait reçu communication de tous les éléments qui devaient entrer dans cette œuvre si intéressante, voire la composition des chapitres, le choix des gravures. L'auteur avait eu même le soin de faire l'annonce de la publication dans sa lettre de remerciements aux abonnés des *Mystères du Peuple*, à l'occasion de la terminaison de son dernier livre.

Aujourd'hui, l'Editeur reprend l'œuvre au point ou Eugène Suë l'avait conduite, après avoir traversé de rudes épreuves suscitées par d'infâmes persécuteurs, quatorze années de proscriptions, une exécution capitale sur son ami et secrétaire — Eugène Profilet, — la saisie de tout ce que possédait l'Editeur, même de ses propriétés littéraires.

Nous répéterons la phrase que notre cher et regretté ami met dans la bouche des personnages qui figurent dans les *Mystères du Peuple* : « lorsque la démocratie subit des temps d'arrêt dans sa marche vers le progrès, ou éprouve de cruelles défaites ; n'ayons point de défaillances, les revers s'atténueront, nos ennemis quoique vainqueurs, seront contraints d'adopter certaines réformes qui aideront à faire un pas dans la voie du progrès, et ces réformes nous resteront acquises ; c'est ainsi que, de pas en pas, le progrès s'effectuera sans que la marche de l'humanité puisse en être arrêtée.

« Ces progrès permettront d'avancer, de jour en jour, jusqu'aux nouvelles conquêtes. Donc, n'ayons ni découragements ni défaillances : luttons pour surmonter tous les obstacles qui viendraient embarrasser notre chemin. »

La continuation des *Mystères du Peuple* est résolue sur les mêmes bases que nous a laissées Eugène Suë et la marche de la publication ne subira aucun retard dans sa réalisation. La route est tracée pour l'Editeur et — nous en avons le ferme espoir, — tout ce qui a trait à l'exécution de l'œuvre sera conduit de manière à mériter l'approbation de nos amis.

Mais il reste un très grand travail à accomplir, celui de la création du livre, au point de vue littéraire et philosophique ; c'est vous, mon cher Hector France, qui serez chargé de mener à bien cette œuvre grandiose. Vous serez à la hauteur de cette formidable entreprise ; votre passé littéraire est un sûr garant de ce que vous pourrez faire dans l'avenir.

« Au pied du mur, on reconnaît le maçon », proverbe populaire, mais juste, et qui peut s'appliquer à la situation.

Charmer, instruire, faire progresser ceux de nos frères qui peuvent être demeurés en retard dans le progrès, voilà notre but.

Pour programme : Socialisme, Communisme, Collectivisme. La mine au mineur, la verrerie au verrier, la terre au paysan, l'outil à l'ouvrier.

Pour la partie récréative, personnages de genres et d'espèces variés : la devise de Molière : *Castigat ridendo mores* ; châtier les travers de l'humanité en riant et sous la forme plaisante.

MAURICE LA CHATRE

Hector FRANCE à Maurice LA CHATRE

En vous remerciant ici, publiquement, d'avoir bien voulu me confier le complément et l'achèvement de l'œuvre colossale entreprise par Eugène Sué, je veux ajouter quelques mots sur le but que je me propose.

Le grand écrivain qui a suivi dans les *Mystères du Peuple*, le prolétaire à travers l'histoire, nous l'a montré victime de l'oppression du clergé de tous les âges et des diverses oligarchies guerrières qui ont détenu la puissance.

Les temps sont changés. La Révolution de 1789 en brisant les portes de la Bastille, en détruisant les privilèges, en proclamant l'égalité de tous les hommes, la liberté d'agir et de penser et la fraternité universelle, a donné une autre forme à son servage, et si d'inculte et d'abruti qu'il était, il est passé à l'état de citoyen libre, si l'instruction déclarée obligatoire lui enlève son épaisse ignorance de jadis, en lui permettant de lire les feuilles publiques et de se mettre au courant de la politique, il est resté ce qu'il était autrefois : pauvre et exploité, vivant au jour le jour sans être assuré du lendemain.

Le terrain de la lutte n'est plus le même. La lutte était, autrefois, contre l'obscurantisme clérical ; les écrits des philosophes du siècle dernier, la propagande anti-cléricale du XIXe siècle ont accompli leur œuvre.

Le peuple qui travaille a déserté depuis longtemps les temples, laissé aux vieilles femmes, aux désœuvrées et aux jeunes imbéciles les prières et les momeries.

Le cléricalisme est toujours l'ennemi, mais un ennemi à terre, et quelques efforts qu'il fasse, il ne se relèvera plus.

Il en est un autre plus redoutable.

Celui-là a mis le pied sur la gorge de la nation. Sans pudeur, sans conscience, il traite la France en pays conquis, barbotte dans la caisse, jouit, s'engraisse, et comme Louis XV, s'écrie cyniquement : Après moi le Déluge !

Expliquons-nous et répétons ici ce que nous avons déjà dit ailleurs. Jamais la bataille pour le droit au pain, la place à l'air et au soleil, n'a été plus acharnée, plus meurtrière.

Le mot féroce de l'anglo-saxon *struggle for life*, la lutte pour la vie, est devenu le cri général.

Aussi, jamais la force n'a plus despotiquement primé le droit.

Le faible, c'est-à-dire le pauvre, est broyé sans merci, non seulement comme ouvrier, par la machine, mais comme citoyen dans le monstrueux engrenage social ; il y laisse plus que sa chair et ses os, il y laisse sa conscience, son individualité, sa dignité d'homme.

Et comme toujours, l'exemple vient d'en haut. Rappelez-vous les tristes et honteux scandales, le débordement de boue déversé des altitudes gouvernementales : des hommes publics, des élus du peuple, investis de la confiance des foules, devenus les complices de forbans, partageant avec eux les dépouilles volées, trafiquant de l'épargne et de l'honneur de la France, et restant au pouvoir quand même, méprisés, conspués, couverts de crachats, mais cyniques et triomphants.

Quel signe plus caractéristique de la démoralisation publique, de l'état d'avachissement, de « je m'enfoutisme » où nous a plongés cette flétrissure nationale qu'on appelle l'*opportunisme*, assemblage de toutes les médiocrités, de tous les intrigants, de tous les tripoteurs, de tous les insatiables appétits, dont la persistance au pouvoir semble donner raison à cet axiome célèbre : « Les peuples n'ont que les gouvernements qu'ils méritent ».

Jadis le haut baron pesait de tout le poids de son orgueil et de l'insolence de ses hommes d'armes sur le terrien, le serf. Mais son intérêt lui commandait de défendre contre les rapines et les coups du bandit voisin, celui qui lui donnait les fruits de son travail. Il le couvrait de son bouclier, lui ouvrait aux heures sanglantes, asile derrière les murs de sa forteresse, partageant avec lui ses victuailles, ménageant sa peau puisqu'il avait besoin de sa peau.

Aujourd'hui, qu'importe au capitaliste que le prolétaire crève à la tâche, que la machine le broie, que les corrosifs des industries délétères lui rongent les gencives et les os et d'un adolescent entré vaillant et robuste, fassent après quelques années de labeur mal rétribué, un impotent et un vieillard ! D'autres, beaucoup d'autres, plus qu'il n'en faut, se présenteront pour remplacer les disparus. Ce ne sont pas les bras qui manquent, il y en a trop ; et au besoin, les spéculateurs font appel aux bras étrangers, en créant une concurrence aux ouvriers nationaux. Car, depuis que le monde a cessé d'être aux reîtres et aux fils de reîtres, il appartient aux générations de filous. Ce n'est plus celui qui frappe le plus dur qui est le maître, c'est celui qui dupe le mieux. Battues ou volées, sort des masses. On démolit Fier-à-Bras, Robert-Macaire apparaît. De son sang et de sa sueur, Jacques Bonhomme élève les fortunes et les gloires. Si, au moins, il lui restait amplement du pain ? Mais de son pain même on le rationne, on lui mesure l'air, on lui fait payer le soleil qui pénètre dans sa mansarde ; il n'a même pas le droit, sur la côte, de saler sa soupe avec le sel de la mer.

Dans une société où tous les moyens sont bons pour s'enrichir, où il n'y a de honte que pour le pauvre, et où la pauvreté est la plus grande tare : où le peuple est écrasé d'impôts directs ou indirects, sans parler de celui du sang, qu'il paye pour défendre un état de choses qui éternise sa misère, où la fortune publique, si elle n'est pas engloutie dans les affaires véreuses commanditées par des politiciens, s'effondre dans la grande folie des troupeaux armés, où l'on voit des tripoteurs avérés, jadis flétris, revenir au pouvoir sur les épaules d'une tourbe achetée ou imbécile ; quand tout est vendu ou à vendre, quand on a vu la Chambre se transformer en caverne où s'embusquent les forbans de tous les partis, et la Presse un proxénétisme des consciences, quand la médiocrité est une des conditions pour diriger la chose publique quand nous sommes incessamment menacés d'une guerre ou d'une banqueroute, placés en ce dilemme, l'écrabouillement ou la ruine, certains esprits audacieux se demandent à quoi bon tant de législateurs qui, sous prétexte de nous guider nous conduisent dans une impasse, à quoi bon cette machine gouvernementale qui ne sert qu'à nous châtrer, nous immoler, nous avilir ! C'est à ces politiciens sans vergogne : ministres, sénateurs, députés, sectaires ou tribuns de carrefours, qu'il faut faire la guerre, c'est l'obscurantisme officiel qu'il faut clouer au pilori, comme nous fîmes pour l'obscurantisme religieux.

En dehors des partis, des groupes, des chapelles, nous nous méfions surtout des rhéteurs et des pontifes, et nous professons hautement dès le début, notre haine et notre mépris pour tous les charlatans flatteurs du peuple qui, pour le duper et l'exploiter, cherchent à escalader le pouvoir.

Un écrivain s'exprimait ainsi sur la monarchie :

Il ne suffit pas de rompre une fois sa chaîne, il faut encore ne pas rester chien. Tu espères dans les repentirs de la monarchie? Tu crois à sa généreuse nature? As-tu vu le gui du chêne chercher à vivre sur lui? Sans racine et sans fruit, il tire sa végétation de la substance de son soutien; il pompe dans ses flancs sa liste civile : voilà la monarchie. As-tu jamais planté un peuplier, sans que la chenille n'en soit venue dévorer les feuilles? Voilà la monarchie. Sais-tu quelque voleuse servante, sais-tu quelque Pénélope stupide qui défasse dans la nuit la toile que le peuple a tissée aux clartés du soleil? qui mette un siècle d'hypocrisie à décomposer nos œuvres de quelques jours? Voilà la monarchie. Redeviendrons-nous peuple ou resterons-nous un troupeau?

Ce qu'on vient de lire de la monarchie qui ne songera à l'appliquer à ces essaims de frelons improductifs qui ont fait de la politique ce qu'on a si justement appelé leur « assiette au beurre »?

Il ne faut pas être grand clerc pour reconnaître qu'après tant de sang versé depuis un siècle, le peuple, qui a rompu sa chaîne, est cependant resté chien.

Relisez ces mémorables dates :

14 Juillet 1789

27, 28, 29 Juillet 1830

24 Février 1848

24, 25, 26 Juin 1848

18 Mars 1871

Quels coups de colliers et quels efforts pour continuer à se morfondre au dehors de la salle du banquet, guettant les rogatons et les miettes des convives!

Ah! l'on a gagné le suffrage universel, le droit de mettre un bulletin dans l'urne fameuse que Ledru-Rollin, du haut de son socle, désigne d'un geste de Barnum, comme l'universelle panacée.

Le résultat est médiocre. Le suffrage universel débuta par nous donner l'empire; il nous gratifie, maintenant, de ces assemblées parlantes où l'on voit Cartouche serrant le coude à Mangin.

Mais c'est la fatalité de toute poussée politique ou sociale, traîner à sa suite des hordes d'intrigants. Scories des commotions populaires, les secousses les jettent à la surface et les voilà encombrant le champ fécondé, répandant l'ombre de leur personnalité néfaste où devrait briller le soleil.

Politiciens sans principes, avocats sans causes, médecins sans clientèle, ratés au passé obscur, bohêmes de la plume ou de l'outil, orateurs de mastroquets, vaniteux altérés de gloriole, déclassés fainéants et jouisseurs, accourent à la curée aux premiers grondements des tempêtes du Forum.

Leur programme est tout prêt et juteux de promesses : *Immortels principes, Intérêt des masses, Souci du prolétaire,* toutes bonnes choses enfin, enveloppées de fallacieuses bourdes. Le peuple, né gobeur et bienveillant, écoute, se grise aux phrases capiteuses et ronflantes où, à l'encontre des pitres religieux qui assurent toutes les joies célestes, on lui promet tous les biens de la terre, le peuple avale la pilule.

Du péroreur sonore il fait son mandataire et s'aperçoit bientôt, mais trop tard, qu'il n'en sort que du vent.

Comme *immortels principes,* l'élu n'a que celui bien arrêté de remplir sa caisse, comme souci, celui de son ventre, comme intérêt, le sien propre, imbu qu'il est du vieil axiome émis par la sagesse des nations : *Charité bien ordonnée commence par soi-même.*

L'électeur dupé murmure, et attend patiemment la fin du mandat de son commis infidèle.

Vient le tour d'un autre phraseur.

Hélas! il ne diffère que de nom. C'est toujours le même marchand d'orviétan social. Rien de changé : un puffiste de plus.

L'électeur se décourage alors, envoie à tous les diables parlements et municipalités et allume sa pipe avec son bulletin de vote.

Mais restons sur le terrain courtois ; effaçons les personnalités plus ou moins tachetées de ladrerie et bornons-nous à demander humblement quelles sont les sérieuses réformes sociales que nos gouvernements ont faites depuis 1871, l'appoint vraiment neuf et salutaire qu'ils ont apporté, la satisfaction qu'ils ont donnée aux travailleurs.

Et quand nous disons travailleurs, nous ne parlons pas seulement comme l'ouvrier l'entend, et a tort de l'entendre, du peuple des usines, des ateliers et des fabriques, nous parlons du commis, du petit employé, de l'humble et mal rétribué petit fonctionnaire, souvent plus misérable que l'ouvrier, de tous ceux qui peinent et meurent à la tâche, attendant toujours un lendemain meilleur.

Cependant, depuis 1871, les ambitieux qui se disputent le pouvoir nous répètent la même antienne : *Immortels principes.*

Mais après ? Mais après ?

Eh ! nom de Dieu, crie le prolétaire de la plume ou de l'outil, la victime de l'atelier ou de l'école, dont le foyer est noir et la marmite vide, nous les connaissons vos principes, vous les avez résumés en trois mots jusque sur les portes des geôles :

LIBERTÉ, ÉGALITÉ, FRATERNITÉ.

Vous auriez pu ajouter :

FUMISTERIE.

Servez-nous d'un autre plat !

Car le coté défectueux de toute théorie, c'est qu'il faut la mettre en pratique. Aujourd'hui, comme au temps du bonhomme Chrysale,

On vit de bonne soupe et non de beau langage.

Nommez dans les rangs de nos gouvernants, dans le tas de nos tribuns aux débordantes paroles, une vingtaine de cerveaux géniaux, de cœurs au triple airain, débarrassés de l'esprit de coterie ; des gaillards francs du collier, allant quand même de l'avant, sans préoccupations basses, sans intérêts mesquins, sans calcul vénal, apportant dans la mêlée la force d'une conscience placide, d'un passé intact et laborieux, le souci constant de l'émancipation des déshérités et de l'honneur national.

Vingt ! oui peut-être en est-il vingt dans toute la démocratie militante. Vingt ! pas un de plus !

Ah ! faut-il donc répéter ce que Proudhon disait de cette démocratie en un jour de désespérance :

« Elle est vide. C'est un ballon dégonflé que quelques coteries, quelques intrigants politiques se renvoient, mais que personne n'a le secret de retendre. Plus d'idées ; à leur place, des fantaisies romanesques, des mythes... Du reste, ni sens politique, ni sens moral, ni sens commun ; l'ignorance au comble, l'inspiration des grands jours totalement perdue. »

Sursum corda! Haut les cœurs, il en est temps encore.

Mais dans la suite des événements qui vont se dérouler, nous arriverons à cette conclusion : qu'une « catastrophe » est fatale.

La France, non plus d'ailleurs que l'Europe, ne peut continuer à s'agiter dans la désastreuse impasse où nous a mis la funeste imitation de l'Allemagne, impasse qu'on appelle la *Paix armée*, paix plus ruineuse que la plus effroyable guerre et dont il faudra quand même sortir. De quelque côté que se fasse la trouée, elle est inévitable.

Les esprits à courte vue peuvent s'abuser et danser et dormir sur le volcan qui gronde.

L'horizon est noir des tempêtes futures et les signes précurseurs ne nous ont pas manqué.

Résumons :

La seule façon de mesurer sainement les actes du prochain, c'est de se mettre à sa place, d'entrer dans sa peau, de se demander alors quelles seraient vos idées, vos aspirations, vos désirs, revêtu de cette peau nouvelle.

Nous sommes trop portés à envisager les choses avec nos préjugés innés, notre égoïsme inconscient, notre éducation faussée, nos vues étroites de gens ayant plus ou moins bien dîné et mangeant tous les jours.

Si nous ne trouvons pas que tout est pour le mieux dans le plat qu'on nous a servi, ainsi que dans le gouvernement pour lequel nous avons voté, si nous reconnaissons qu'il y a beaucoup de réformes à faire en politique comme en morale, que trop de fripons commandent et trop de braves gens obéissent, que l'assiette au beurre est entre les mains non des plus capables et des plus honnêtes, mais des plus adroits et des plus intrigants, que la justice n'est que l'injustice légalisée et protégée par le gendarme, que la plupart de nos institutions sont des chinoiseries, et la majorité de nos politiciens des fumistes, qu'il est scandaleux que des milliers de fainéants vivent grassement sans rien faire, parce que leurs pères ont spéculé, exploité ou volé, tandis que des millions de travailleurs végètent en pleine misère ; nous pensons, en digérant doucement et en secouant la cendre de notre cigare, que cet état de choses est en effet très fâcheux, mais que nous n'y pouvons rien, que les générations futures arrangeront tout cela, et qu'en attendant la vie est supportable et le mieux l'ennemi du bien !

Mais celui dont l'estomac est vide ne peut raisonner de la sorte.

Il n'a cure des générations futures ; c'est la sienne qui crie famine et son ventre qui sonne le creux. Il voit le gigot du voisin, et s'il est le plus fort, s'en empare.

C'est le droit de conquête.

Mirabeau écrivait du donjon de Vincennes, ou il était prisonnier : « Tout, je dis *tout*, sans exception, est permis à l'homme pour rompre ses chaînes. »

En dépit du code et de la morale moderne, la vie étant le premier des biens, nombre d'esprits ajoutent cette variante :

« Tout, nous disons *tout*, sans exception, est permis au meurt-de-faim pour rompre son jeûne. »

Quand les Barbares se ruèrent sur le vieux monde, jouisseur et gorgé, ils n'avaient d'autre aiguillon que celui d'un ventre affamé !

Les sociétés se succèdent et disparaissent, englouties tour à tour dans de formidables débâcles. Que reste-t-il des antiques civilisations de l'Asie, des Amériques et de celles dont on découvre des traces au delà des brousses et des sables africains ?

Comme elles, un temps viendra où la nôtre ne sera plus qu'un souvenir. Sur nos débris, d'autres races surgiront, qui ne comprendront ni notre histoire, ni nos mœurs, ni nos sottises, ni nos crimes !

Je suis persuadé d'avance, mon cher maître, qu'en suivant le programme des revendications sociales, en étalant les hypocrisies, les lâchetés, les palinodies de notre société décrépite et mourante, j'entre dans vos vues, et que je plairai à nos lecteurs.

Je montrerai dans cette histoire contemporaine, les hommes qui se sont mêlés aux événements politiques tels quels, avec leurs qualités et leurs vices, leur générosité et leurs convoitises, je jetterai autant que possible, grâce aux documents que depuis vingt ans je recueille, la lumière dans les coins obscurs.

Et à presque tous je serai en droit de dire avec Tridon :

« Nous connaissons le mobilier de votre sanctuaire, messieurs. Votre liberté ? Un fromage de Hollande où les rats plus ou moins lettrés trouvent le vivre et le couvert. Votre démocratie ? Un bureau de placement à l'usage des jeunes gens, fils, neveux, cousins, amis en quête d'emplois, une espèce de maison Foy politique et sociale ! »

HECTOR FRANCE.

LES MYSTÈRES DU MONDE

Ton excellent Saint-Arnaud ne me plait guère !

CHAPITRE PREMIER

Un coin du vieux Montmartre. — La naine. — L'artiste et l'officier. — Théories militaires. — Une lettre d'amante délaissée. — La chienne messagère.

A l'époque où se fit le coup d'Etat du 2 décembre 1851, le mur d'enceinte qui enserrait les douze arrondissements de Paris proprement dit, établissait une scission marquée avec la zone qui a servi à former huit autres arrondissements. La barrière d'octroi franchie, on se trouvait en province ; un peu plus loin, bien avant d'atteindre les fortifications, on était en pleine campagne.

Certains coins de Montmartre et des Batignolles ont conservé leur aspect de petites villes, et le vrai parisien qui s'y égare peut se croire transporté à cent lieues des boulevards.

Montmartre, devenu depuis si bruyant et si populeux, était, à cette époque, surtout vers les hauteurs, à peu près désert. A mi-côte, on ne voyait guère que des ruelles bordées de murs, des maisonnettes avec leur jardinet, des rues presque sans boutiques, sans même le traditionnel marchand de vin, qui occupe maintenant à lui seul presque toutes les artères populaires.

Plusieurs de ces coins de Montmartre n'étaient habités que par des gens d'humeur paisible et d'instincts casaniers : vieilles filles amoureuses de leur chat ; vieux bourgeois retirés de la bureaucratie ou du comptoir. Pour ceux-ci, la vie se passe à manger, à dormir et à promener leur désœuvrement jusqu'au petit café, où chaque habitué possède au ratelier sa pipe savamment culottée, petit café orné de ces tapisseries à sujets militaires, fort en vogue alors, représentant le bombardement d'Alger, la bataille des Pyramides, ou la prise de la Smala d'Abd-el-Kader. Cette particularité formait au patron de l'établissement une clientèle de vieux retraités, condamnés au repos forcé par des rhumatismes ou une ancienne blessure reçue dans les campagnes d'Afrique, et devenus désormais candidats à la paraplégie ou à la paralysie générale.

L'herbe poussait entre les pavés et une paix semblable à celle des champs de repos y régnait. Parmi les maisons d'une architecture irrégulière et qui n'avaient pas encore subi le niveau de l'alignement banal dont le baron Haussmann devait, quelques années plus tard, embourgeoiser Paris, sous prétexte de l'embellir, se voyaient çà et là de ces antiques et solides demeures, les unes enfoncées derrière les murs d'un jardin, les autres bordant la chaussée.

L'une de ces résidences, à mi-côte de la Butte, alors couverte des moulins devenus légendaires, présentait l'apparence discrète et cossue d'une de ces petites maisons que les financiers et les grands seigneurs de jadis se faisaient construire pour y cacher leurs amours illicites.

La porte principale s'ouvrait sur un jardin entouré par un mur assez élevé qu'empanachaient dans la belle saison des gerbes de giroflées, de chèvrefeuilles et de clématites ; derrière cette enceinte, à la crête verdoyante, paraissaient les hautes branches d'une rangée d'acacias, jetant une note gaie sur les tons neutres des bâtisses voisines. Elles donnaient à cet endroit solitaire un aspect plus retiré et plus provincial et le passant songeait à ces édens tranquilles et fleuris où l'on rêve de finir ses jours.

Mais, le 22 novembre, où commence notre récit, le mur avait depuis longtemps perdu sa parure estivale et n'était plus couronné que des squelettes des arbustes et des branches dépouillées des acacias.

Tout, dans la rue inégale, mal pavée, tortueuse, était triste et silencieux, bien qu'il fut à peine dix heures du matin.

Un jeune homme sortait de la maison dont nous venons de parler. Il paraissait de fort mauvaise humeur et, tout en fermant la porte derrière lui, froissait un papier, que d'un mouvement de dépit il jeta sur le sol boueux, et s'éloigna rapidement. Mais, se ravisant, il revint sur ses pas, reprit la lettre chiffonnée et la mit dans sa poche.

A ce moment même, une femme d'une taille exiguë, une sorte de naine, avec un visage jaune et ratatiné très désagréable à voir et qui guettait sans doute à la fenêtre de la maison voisine, ouvrait la porte et se montrait sur le seuil. Un grand désappointement se peignit sur les traits de la magotte quand elle vit le jeune homme se baisser et ramasser sa lettre. Un instant elle resta interdite, lui lança un coup d'œil vipérin et, prise d'un mouvement de fureur, rentra chez elle en faisant lourdement claquer la porte.

— Rouge ! murmura-t-elle, sale rouge !

De son côté, le jeune homme qualifié de cette épithète, qu'on lançait à cette époque comme injure, non seulement aux socialistes, mais aux républicains, en murmurait d'autres à l'adresse de la naine :

— Vieille chipie, chienne, excrément du genre humain, c'est à ma lettre sûrement que tu en voulais ; ah ! c'est par trop fort !

Et il s'éloigna de nouveau, tout entier à ses réflexions.

C'était un beau garçon d'environ vingt-cinq ans, d'une taille un peu au-dessus de la moyenne, d'une physionomie à la fois énergique, intelligente et fine. Vêtu fort simplement, il portait dans toute sa personne un cachet extrême de distinction et d'élégance, que beaucoup s'imaginent atteindre par les raffinements dans la mise et l'affectation dans les manières.

Nous avons vu qu'il semblait préoccupé, marchant d'un pas rapide ; aussi ne fit-il nulle attention à un sous-lieutenant de chasseurs à pied qui s'avançait à sa rencontre, main tendue et le sourire aux lèvres, et se heurta brusquement contre lui.

Bien qu'il fut le coupable, il se préparait à apostropher « l'étourdi » qui lui barrait le passage, quand soudain sa physionomie prit une expression de surprise joyeuse, et il saisit la main qu'on lui tendait :

— Comment, c'est toi, Julien ! s'écria-t-il. Quelle heureuse rencontre ! Ma foi, je ne pensais guère à toi.

— Grand merci ! répondit en riant l'officier. Tu es bien aimable... Oui, c'est moi. Mais où cours-tu de ce pas ? Tu as le diable aux trousses ou tu es aux trousses d'une nymphe. Je n'en ai pas encore rencontré dans ces parages déserts...

Et comme son camarade le regardait un peu ahuri :

— Est-ce la peinture ? Est-ce l'amour qui te rend myope ?... N'importe, mon cher Paul, je suis bien content du hasard qui m'a jeté sur toi.

— J'en suis heureux également, mon vieil ami. Te voilà donc revenu de Constantine?... Tu es en permission ?

— En permission? Non pas... Je permute, mon cher. Je ne fais plus partie du 5e bataillon de chasseurs. Je compte au 42e de ligne, colonel Espinasse; tu le connais ?

— Vaguement.

— Comment, vaguement. Tu ne lis donc pas les journaux. Il n'était question que de lui dans la dernière expédition de la Kabylie, et Saint-Arnaud l'a porté aux nues... Et il s'y connaît en hommes, Saint-Arnaud !

— Oui... Mon père en parlait récemment à la Chambre... Il a même obtenu un avancement assez rapide, ton Saint-Arnaud... Enfin, les affaires militaires ne me regardent pas.

— Tu as raison... Chacun son métier.

— Et qui t'a inspiré ce désir de permuter, toi qui aime tant l'Algérie ?

— Ma mère d'abord qui souhaitait que je me rapprochasse d'elle... puis un peu l'avancement. Je te dirai que mon bataillon vient de rentrer en France. On l'a expédié à Marseille. Or, que faire à Marseille. On y dort. On s'y fait vieux. Les Marseillais, tous blagueurs et hâbleurs ! Ils crient, font de grands gestes, mais ne bougent pas.

— Qu'entends-tu par bouger ?

— Eh bien, mais, se remuer le poil.

— Comprends pas.

— Tu ne comprends pas ? Tu veux les points sur les i. Est-ce que tu crois que nous allons toujours vivre en République ?

— Je l'espère.

— Fol espoir ! En tout cas, les Parisiens ont le sang chaud... Ils ne sont jamais contents. Le *populo* crie toujours misère, mais les cabarets sont toujours pleins... heureusement ! C'est là, qu'en vidant les bouteilles, on se monte la tête... Bref, on peut toujours s'attendre à quelque petite émeute... Regarde Juin... Y en a-t-il eu des casquettes par terre !... Une affaire comme celle-là et je ramasse mon képi de lieutenant; une seconde celui de capitaine... Pourquoi suis-je soldat ? pour me battre et non pour planter des choux.

— Tu m'étonnes... Toi, que j'ai connu si doux au collège.

— Eh ! tout cela n'a rien à faire avec la douceur. Les plus grands massacreurs sont les plus doux des hommes. Napoléon, le glorieux Napoléon, pleura un jour sur le champ de bataille en voyant un pauvre chien qui hurlait sur le corps de son maître. Saint-Arnaud qui vient de taper sur des tribus inoffensives de Kabyles...

Et il s'interrompit pour fredonner :

> **Il a pillé les gourbis de *leurs* pères,**
> **Brûlé *leurs* blés, dévasté *leurs* troupeaux,**
> **Les aigles seuls connaissaient *leurs* repères,**
> **Il est allé y planter *ses* drapeaux.**
> **Et vive Saint-Arnaud !**

Tiens, avec ce refrain, ça ferait fureur dans un café-concert !... Eh bien, Saint-Arnaud qui met en flammes les maisons de ces paisibles habitants de la montagne et de la plaine, Saint-Arnaud est le plus aimable des hommes, et à table, après boire, c'est un fort joyeux compagnon... Une émeute à défaut de guerre, c'est toujours ça, pour nous autres. Autant de pris sur l'ennemi, je veux dire sur l'ennui. Tu ne te figures pas comme la vie de garnison est triste. Il ne faut jamais rater une occasion de recevoir un coup de fusil... ni surtout de le rendre.

— Je pense comme toi... mais à la condition que ce soit pour la bonne cause.

— L'armée est toujours pour la bonne cause.

— Quand elle n'est pas pour la mauvaise... Ça s'est vu en France et ailleurs... Mais nous reparlerons de cela... Tu vas voir ta mère ?

— Oui, elle demeure depuis quelques mois dans cette rue... tu le savais ?

— J'ai rencontré à plusieurs reprises Mme d'Hagniel, je l'ai saluée chaque fois, mais je ne pense pas qu'elle m'ait reconnu. Hier encore, j'ai passé à côté d'elle. Elle m'a semblé pressée. Avec ses beaux cheveux blancs et son visage souriant et rose, j'ai infiniment de plaisir à la voir. Elle a une physionomie très picturale. Dis lui donc que si elle veut bien me le permettre, je serais heureux de faire son portrait et de te l'offrir.

— Merci, mon ami... je lui en parlerai et je suis sûr qu'elle acceptera ; mais, à propos — je te dis ceci parce que j'y pense et que je sais que tu es assez absolu dans tes opinions, — ne t'avises pas devant elle de critiquer le Prince-Président. Elle en raffole, et la plus petite contradiction à ce sujet pourrait lui faire éprouver un peu d'humeur. Je n'ai pas besoin de te dire que ses opinions sont les miennes.

— Je m'en suis déjà douté. C'est entendu, je te promets de ne déblatérer sur personne de l'Elysée, et si Mme d'Hagniel veut bien m'interroger sur Louis-Napoléon, je lui répondrai que c'est un homme plein d'esprit, sans ambition, sans dettes, qui parle très bien le français et que l'accent allemand qu'on lui prête est pure invention de ses ennemis; que le faubourg Saint-Germain a grand tort, en outre, de l'appeler le *Perroquet mélancolique*. Es-tu content ?

— Pas trop — répondit le lieutenant d'Hagniel, — je vois que tu n'as pas perdu la manie de répondre par des amplifications ou des paradoxes. Tu n'as pas changé.

— Sois persuadé, mon cher ami, que je respecte infiniment les opinions de Madame ta mère et que je ne me permettrais pas de lui présenter des objections qui pourraient la chagriner. — Quant aux tiennes, c'est une autre affaire. Si j'avais le temps, je ne serais pas fâché de faire une longue causerie avec toi, ce qui te permettrait de sortir toutes tes raisons. A mon avis, tu devrais écrire une brochure intitulée : *Pourquoi je suis bonapartiste*, j'en achèterais un exemplaire pour mon instruction personnelle. A propos, des bruits singuliers courent, dit-on. Tu dois savoir ce que je veux dire. D'un moment à l'autre l'armée de Paris peut être appelée à donner, mais pour qui... voilà le hic. Ton excellent Saint-Arnaud ne me plaît guère. En tous cas, j'espère que vous autres, soldats, vous serez respectueux des lois et de la Constitution.

— Que me chantes-tu là ? — s'écria le lieutenant d'Hagniel. — Je vais te répondre une bonne chose, c'est que nous autres, soldats, nous sommes très respectueux de tout ce qui est respectable. Or, qu'y a-t-il de plus respectable que l'ordre émanant d'un de nos supérieurs ? Cela prime tout. Tu n'es point militaire, tu n'es qu'artiste — et amoureux aussi, je le suppose — c'est fort beau, mais c'est insuffisant pour comprendre certaines choses. Il y a dans ton esprit, comme dans celui de tout civil, une lacune énorme au sujet du dogme fondamental des armées, je parle de l'obéissance passive. Inutile de discuter, j'y perdrais mon temps, mon français et mon latin, que je n'ai jamais su d'ailleurs ; après un discours de trois heures, je serais essoufflé et tu ne serais pas convaincu. Mais grave-toi ceci dans la boussole : quand mon capitaine me donne un ordre, je suis tenu de l'exécuter sans m'inquiéter ni de son origine, ni de ses conséquences, ni de sa valeur, ni de son opportunité. Ceci est un article de foi hors duquel, point de troupier. « L'autorité qui donne les ordres en est responsable », dit le règlement. C'est formel, il me semble, et c'est justice. Ce serait cocasse, par exemple, si à tout bout de champ, les soldats se permettaient de demander *pourquoi ?* et que leurs chefs fussent obligés de leur répondre *parce que*. Et je vais ajouter, moi, en forçant la note, suivant ton habitude, ce qui fera mieux pénétrer mon idée en ta cervelle obtuse, en ce qui concerne les règlements militaires : si mon capitaine — il n'est pas besoin que ce soit ni un colonel, ni un général, ni le ministre de la guerre, — si mon capitaine, dis-je, me donnait l'ordre suivant : « Lieutenant d'Hagniel, vous allez vous rendre à l'Assemblée nationale avec quelques soldats, vous ferez empoigner par deux hommes le président Dupin et, pendant qu'ils le maintiendront solidement, vous lui enfoncerez votre doigt dans le nez aussi loin que vous pourrez. Partez promptement et à votre retour ne manquez pas de me rendre compte... » Eh bien, j'exécuterais l'ordre de point en point, oui, de point en point, stupéfait en mon for intérieur, peut-être, mais à coup sûr impassible au dehors ; et je ferais entrer mon index dans la narine de ce digne et vertueux citoyen jusqu'à la troisième phalange. Est-ce clair, cela ? Est-ce net ? Tu saisis, je suppose ?

— Certainement, je ne comprends que trop. C'est le comble de la déraison, des théories pareilles. Alors, on voudrait recommencer le 18 brumaire, on te donnerait l'ordre de chasser de la salle les représentants du peuple, que tu le ferais !

— Mais comment donc ? Avec joie !

— Quoi ! Tu n'hésiterais pas à introduire ta soldatesque dans le conclave des législateurs ? Gageons que tu ne craindrais pas de les faire fusiller !

— Si c'était l'ordre, il n'y a pas le moindre doute.

— Ceci est trop fort, tu me mets hors de moi !

— Rentre en toi-même, Octave, et cesse de te plaindre.

Cet état d'esprit, cet abandon absolu, volontaire et complet, à son supérieur, de ses forces, de son intelligence, de sa volonté et de sa vie, en tous temps, en tous lieux a enfanté des merveilles. C'est l'obéissance passive qui a gagné les batailles, c'est elle qui a sauvé les nations. Mais, je te le répète, une lacune existe à ce sujet dans ton esprit, comme dans toutes les caboches de ceux qui n'ont pas eu l'honneur de porter le glorieux harnais de guerre. Il n'y aurait qu'un moyen de te convaincre toi-même, ce serait de prendre du service. Viens dans mon régiment, tu auras ma protection, ton avancement est certain.

— Mais c'est dégradant, c'est humiliant pour un homme d'abdiquer ainsi...

— Ta, ta, ta je sais ce que tu vas me dire, vieux cliché, mon bon Paul, vieux cliché... C'est une servitude, je te le concèdes, mais c'est une noble servitude... D'ailleurs, elle me repose ; point de soucis, cher vieux, point d'incertitude. Je vais mon petit bonhomme de chemin, je me laisse vivre. Mon service fait, les ordres exécutés ou transmis, j'ai tout mon temps à moi pour être heureux. Oh ! je suis content d'être au monde !

Il avait un air si satisfait, si guilleret, en parlant ainsi, que Paul ne put s'empêcher de sourire. Il lui prit la main :

— Enfin, mon cher Julien, toujours amis, n'est-ce pas, malgré les divergences d'opinion ? qui ne doivent rompre l'amitié que des imbéciles et des sectaires, ce qui est tout un.

La chienne partit après avoir remué la queue en signe de remerciement.

— En cela, je suis de ton avis, répondit chaleureusement Julien, lui rendant son étreinte, toujours, tu entends, et quoi qu'il arrive... Je cours voir ma chère mère... Tu ne viens pas avec moi?

— Pas aujourd'hui... Excuse-moi. J'ai une course pressée. Demain, je serai chez moi toute la journée, et si tu veux venir me prendre...

— Eh bien, c'est entendu ; j'irai te trouver au milieu de tes dieux lares, s'il n'y a pas d'indiscrétion. A propos, est-elle brune ou blonde, celle qui orne ton atelier?

— Ni l'une ni l'autre. Tu ne trouveras que moi.

— C'est un tort ; c'est mal comprendre la vie. A quoi donc dépenses-tu ta jeunesse, insensé? En vaines poursuites pour l'art. Je t'exposerai mes théories, tu verras qu'elles sont bonnes. Pour le moment, j'adore une rousse, un vrai Rubens. Elle a succédé à une blonde un peu fadasse et chlorotique. Je rêve, maintenant, d'une négresse que j'ai entrevue à Constantine la veille de mon départ. Un bronze florentin, mon cher.

— Toujours le même, aussi toi, fit en riant le peintre.

— Ah ! à propos, laisse-moi te féliciter.

— De quoi donc?

— Ne fais pas le modeste. Ma mère m'a conté ton héroïsme. C'était, d'ailleurs, dans le journal.,. Sauver de l'eau une dame et une jeune fille ; c'est très bien, surtout si elles sont jolies. Parions que tu es amoureux de toutes deux.

Et il se mit à chantonner :

Au vivant rosier d'Hélion
Vont éclore deux fleurs nouvelles
Roses jumelles.
Le rosier appartient au lion,

Le vivant rosier d'Hélion.
Marguerite est blonde et bien belle,
Pas plus que la brune Isabelle.
Pourquoi choisir, s'est dit le lion,
Cueillant l'un et l'autre bouton,
Marguerite avec Isabelle.

J'ai appris cela au collège, dans un roman de Paul Féval. Hé! hé! tu vois que j'ai bonne mémoire. Je mordais mieux à cela qu'aux racines grecques et aux cubiques, ce qui fait qu'au lieu de passer par Saint-Cyr, j'ai dû éperonner Azor... Enfin, il n'y a pas trop de temps de perdu...

Alors, tu es amoureux de toutes deux?

— Une seule suffirait, répondit Paul, devenu très pâle. Adieu, je me sauve, je suis en retard. A bientôt!

— C'est entendu.

Après s'être serré une dernière fois la main, les deux amis s'éloignèrent chacun de son côté.

Aussitôt que Paul fut seul, il tira de sa poche la lettre chiffonnée et se mit à la relire. Visiblement, sa mauvaise humeur, qui l'avait quitté pendant sa conversation avec son ami le lieutenant d'Hagniel, reparut plus vive. Cette lettre, d'une écriture féminine, capricieuse au plus haut degré, était ainsi conçue:

« Mon cher Paul,

« Je sais tout et je m'explique enfin votre négligence à mon égard. Mes compliments, mon cher; elle est fort bien, la jeune fille qui répond au beau nom d'Hélène de Bertemont; mais (entre nous) je trouve que vos visées ne sont pas modestes. Quoi! ambitieux à ce point! car c'est pour le bon motif que vous la courtisez, je le suppose. C'est bien mal fait à moi de contrecarrer de si nobles projets: permettez-moi, cependant, de vous dire qu'il ne me semble pas que cette belle personne vous soit destinée. Si telle est votre pensée, m'est avis que vous vous trompez. Allons, mon cher, un peu de bon sens. Faites comme le renard de la fable: la belle Hélène n'est ni trop verte ni trop mûre, je le sais, mais comme il ne vous est pas donné de la cueillir, voyez à lui trouver quelque tare qui vous éloignera d'elle et vous rendra à des idées plus saines. Cherchez bien et revenez vite à vos anciennes amours, qui sont encore les meilleures. »

Après ces impertinentes paroles, en venaient d'autres d'un ton tout différent, qui indiquaient que la dame avait dû s'attendrir:

« Paul, viens, je t'en supplie, viens. Je t'attends tous les soirs, toutes les nuits, à chaque heure. Quel martyre! Viens, je t'en conjure.

« Celle qui se réjouit de te serrer dans ses bras,

« EMMA. »

Par malheur, ces phrases passionnées étaient suivies d'un *post-scriptum* fort désagréable, qui en atténuait singulièrement le charme:

« *P.-S.* — Hier, j'ai passé une petite revue de ta correspondance. Sais-tu bien que la douzaine est complète? Très bon style, ma foi, éloquent, s'il n'est sincère, mais qui ne serait pas du goût de Mlle de Bertemont. Qu'en penses-tu...? »

— Une menace, certainement, c'est une menace, s'écria Paul, furieux. La drôlesse est capable de la mettre à exécution. Maudit soit le jour où j'ai connu cette coquine. J'ai toujours eu à m'en mordre les doigts. Je perdais les trois quarts de mon activité intellectuelle: je devenais idiot, parole d'honneur, en fréquentant cette pieuvre. Elle me relance partout, elle me suit à la piste; elle a, le diable m'emporte, un bureau de renseignements qui met des espions à mes trousses. Ah! c'est trop fort! La voilà, maintenant, qui connaît mon amour pour Hélène!

En prononçant ce nom, il mit la main sur son cœur, comme pour en comprimer les battements.

— Elle va jeter sa boue sur cette pure enfant, c'est certain, mais que faire, que faire? Elle est capable de toutes les vilenies, et pourtant, je ne puis ramper à ses pieds, m'aplatir, faire l'hypocrite; feindre un renouveau d'amour, tandis que je n'éprouve pour elle que haine et mépris... Il faut que je demande conseil à Julien... Peut-être pourra-t-il me tirer d'affaire? Qui sait...? Il me paraît tout à fait dépourvu de scrupules en matière de sentiment... Oui, c'est cela... En tous cas, gardons-nous de répondre, elle serait trop heureuse, elle penserait que j'ai peur... Oh! le satané crampon!

Après ce soliloque, d'un mouvement de rage, il déchira la lettre en petits morceaux et tous les fragments s'envolèrent au vent d'hiver, qui soufflait violemment ce jour-là.

Cette exécution faite, il consulta sa montre, vit que l'heure s'avançait et allongea le pas.

Le temps perdu fut vite rattrapé, il avait de bons muscles et savait les faire mouvoir. Il atteignit le jardin des Tuileries, le traversa, s'engagea dans l'avenue des Champs-Elysées et fut bientôt devant l'Arc-de-Triomphe.

Il s'arrêta, et tout en inspectant les bas-reliefs des victoires impériales du colossal monument, il regardait attentivement dans la direction de l'avenue du Bois-de-Boulogne.

Comme nous l'avons dit, le vent soufflait fort, le temps était froid, les promeneurs rares et les passants ne prêtaient nulle attention au jeune homme.

A la vérité, son attente ne fut pas longue, son cœur battit violemment; une petite chienne à longs poils noirs bouclés, au fin museau, à l'œil intelligent, une de ces petites bêtes pour lesquelles une *lady* n'hésiterait pas à donner vingt ou trente guinées, vint le rejoindre, en bondissant.

Le peintre la couvrit de caresses, et, jetant autour de lui un rapide coup d'œil pour s'assurer que personne ne l'observait, il passa la main sous le cou de l'animal, en détacha un petit rouleau de papier noir dissimulé sous la frisure des longs poils et attaché au collier par un fil de même couleur.

Ceci fait, la messagère s'assit sur ses pattes de derrière, regardant fixement le jeune homme, paraissant attendre la récompense de sa mission accomplie, récompense qui lui fut immédiatement octroyée sous la forme d'un macaron, qu'elle se hâta de croquer, après quoi elle partit d'un trait, non sans avoir remué la queue en signe de remerciement.

Le peintre, alors, déroula le papier noir sur lequel il lut ces mots, tracés au crayon blanc :

« Ce soir, dix heures. »

Quelques minutes après, deux dames enveloppées de riches fourrures, débouchaient de l'avenue du Bois-de-Boulogne. L'une, de grande distinction, paraissait approcher de la quarantaine ; l'autre, toute jeune, blonde, gracieuse et d'une rare beauté, comptait à peine vingt ans. Elle chercha des yeux, et aperçut le peintre, tout en flattant de la main la petite chienne, qui bondissait à ses côtés comme pour lui dire : « J'ai bien fait ma commission. »

Toutes deux passèrent près de l'Arc-de-Triomphe, et Paul surprit à son adresse un signe de tête imperceptible pour tout autre que lui et un sourire fugitif sur les lèvres de la jeune fille, qui fit tressauter de joie son cœur.

Car il était à l'âge chanté par le poète, à l'âge où l'on croit à tout, à la gloire, à la pureté, à l'amour.

> O temps de rêverie et de force et de grâce !
> Attendre tous les soirs une robe qui passe,
> Baiser un gant jeté !
> Vouloir toute la vie : amour, puissance et gloire !
> Être pur, être fier, être sublime et croire
> A toute pureté !

CHAPITRE II

La princesse et la jeune fille. — Nostalgie de la Russie. — Un ami de l'Elysée. — Théories politiques. — Au rendez-vous. — Désagréable surprise. — Fâcheuse rencontre.

Laissons sous l'Arc-de-Triomphe Paul, plus heureux et plus fier qu'un général victorieux, à la tête de ses régiments, et allons près de ces deux promeneuses, qui, sous leurs fourrures, narguent la froide bise ; saisissons quelques bribes de leur conversation, ce qui sera chose facile, car elles s'acheminent lentement ; on les croirait, en vérité, en pleine saison printanière, jouissant délicieusement de la douceur de la température.

— Ainsi Hélène, vous êtes contente de votre promenade, dit tout à coup sa compagne, de même taille à peu près que la jeune fille, avec qui elle avait une certaine ressemblance, ressortant aisément après une minute d'examen.

— Mais oui, princesse, répondit Hélène, j'en suis, non seulement contente, mais ravie, et je serais heureuse de la recommencer chaque jour.

— Savez-vous, Hélène, qu'il me paraît de plus en plus que vous êtes une parfaite fille du Nord, digne en tous points d'habiter mon pays, où les aquilons soufflent impétueusement pendant des milliers de verstes, sans rencontrer le moindre obstacle à leur course désordonnée.

— Si j'étais une enfant abandonnée de ses parents, comme on en voit dans les histoires à l'usage des demoiselles, je finirais par croire, en vous écoutant, princesse, que je suis née sur les côtes de la mer Blanche — dit en riant la jeune fille. Je vous remercie des compliments que vous me faites, d'autant plus que je ne suis guère habituée à en entendre sur ce sujet. Quelques-unes de mes amies, que je pourrais vous nommer, ne se sont jamais fait faute de railler assez durement mon tempérament, qu'elles trouvent trop rustique. Elles ne conçoivent pas que je puisse ainsi affronter les frimas. Je ne suis pas, il est vrai, élevée à la parisienne, et j'éprouve du plaisir à sentir l'aiguillon du froid.

— Mais, répliqua la personne qu'Hélène appelait princesse, le comte de Bertemont n'est-il pas un peu effarouché d'avoir une enfant si intrépide ?

— Mon père, répondit Hélène, qui venait de prendre un air soucieux, ne s'effarouche pas pour si peu ; la politique, dame de ses pensées, ne lui en laisserait pas le temps ; il mène l'existence la plus inconcevable, dormant à l'heure où l'on dîne et, je le jurerais, complotant à l'heure où l'on dort !

— Moqueuse !

— D'ailleurs, il me paraît maintenant plus préoccupé que jamais. Et je crois que j'y suis pour quelque chose. Il tourne autour de moi, on dirait qu'il veut me parler et qu'il ne peut s'y décider. Quand vous m'avez eu quittée, hier, j'ai cru un moment qu'il allait me faire ses confidences ; il soutenait un combat en lui-même ; évidemment, il se demandait s'il fallait parler ou se taire, on le voyait sur sa figure. Je me tenais sur le qui-vive, mais il s'en est allé sans avoir prononcé les mots qui lui brûlaient la langue.

— Voilà qui est étrange. De sorte que vous ne savez de quoi il s'agit?

— Non..., c'est-à-dire... j'appréhende son silence et je crains ses paroles, l'un me laisse dans l'incertitude, les autres me forceraient peut-être à prendre une résolution, en opposition avec ses volontés.

La princesse qui, presque à tous moments, avait les yeux fixés sur Hélène, la regarda plus attentivement, comme pour lui demander l'explication de ces derniers mots.

— Si mon père a un secret à confier, j'aurais autant aimé qu'il le gardât pour lui, je ne tiens nullement à en être dépositaire, et s'il a une demande à me faire, qu'elle ne soit pas trop indiscrète, ni ses prétentions trop grandes, car je ne suis guère disposée à lui faire des concessions.

Ces paroles, qui ne répondaient pas à l'interpellation muette de sa compagne, avaient été dites d'une voix ferme, décidée, contrastant singulièrement avec le ton habituellement doux de la jeune fille.

— Vous ne parlez pas en fille obéissante et respectueuse, Hélène permettez-moi de vous le reprocher.

— Je l'avoue humblement. Mais n'avez-vous jamais entendu répéter que les enfants sont toujours ou presque toujours ce que les parents les ont faits?

Cette réponse, où perçait une grande amertume, fut suivie de quelques moments de silence, pendant lesquels la tristesse qui assombrissait le front d'Hélène disparut peu à peu.

Elle reprit d'un air rêveur :

— Ainsi, princesse, vous allez bientôt retourner là-bas..., là-bas où les grandes plaines blanchissent sous la neige, où les horizons sont hérissés de noires forêts de sapins..., que je vous regretterai !..., que je voudrais pouvoir vous accompagner !

— Chère amie, n'avez-vous pas compris, comme dit notre sombre poète Nekrassov, que, sauf les pierres, tout pleure chez nous...

— N'importe ! J'aurais voulu vous suivre, si...

— Si...?

— Si je le pouvais; s'il m'était permis de voyager, se hâta de répondre la jeune fille en rougissant. Bien souvent j'ai laissé ma pensée m'emporter dans les pays lointains, et, le croirez-vous? je ne m'arrêtais jamais dans ces régions, ces belles régions aimées du soleil que les poètes ont tant chantées. Je ne saurais dire pourquoi, je ne m'y complaisais guère. J'avais la nostalgie d'une contrée vague, illimitée, grandiose et triste, où pendant les jours et les jours l'on pouvait aller droit devant soi sans en rencontrer la fin. Ce pays de mes rêves, depuis que je vous connais, princesse, je l'ai trouvé, c'est le vôtre. Que de fois, en vous entendant évoquer devant moi ces paysages qui vous sont familiers, j'ai senti une concordance singulière entre vos paroles et les images nombreuses et diffuses, et comme involontaires, qui flottaient en mon esprit. Grâce à vous, elles se précisaient, elles devenaient vivantes et colorées. C'est là, je ne puis en douter, la contrée qui depuis si longtemps m'attire; chose étrange par instants, il me semble que j'y ai déjà vécu, chose plus étrange encore, il y a dans les inflexions de votre voix, dans votre regard, dans toute votre personne, je ne sais quoi de doux, qui est comme une réminiscence d'une époque très lointaine, où j'entendais une voix semblable à la vôtre et où des yeux pareils aux vôtres se reposaient sur moi avec tendresse.

N'est-ce pas étonnant?

Comme elle en parlait ainsi, l'esprit perdu au loin, et que sa compagne paraissait l'écouter avec l'intérêt le plus profond, un monsieur très élégamment vêtu, qui passait sur le trottoir opposé de l'avenue, venait de les apercevoir; il se dirigea rapidement vers elles, et les rejoignit à l'instant même où Hélène, prononçant sa dernière phrase, elles s'arrêtaient toutes deux devant une maison de fort belle apparence, et que la princesse habitait. Le chapeau à la main, il fit un salut cérémonieux.

— Tiens ! dit la princesse, quelle surprise, bonjour, comte. Vous venez donc de faire, vous aussi, une petite promenade, mais, comme d'habitude, seul avec vos pensées. Une bonne compagnie, j'en conviens, et c'est pourquoi j'en suis jalouse. Dites-moi, comte, quand donc aurez-vous l'amabilité de nous accompagner dans nos pérégrinations apéritives et hygiéniques?

— Excusez-moi mille fois, princesse, jusqu'ici le temps m'a toujours manqué, mais désormais je veux être à vos ordres.

— A la bonne heure..., laissez-moi vous dire, comte, que c'est une personne bien terrible que vous courtisez, exigeante, absorbante au possible et dangereuse parfois. Moi aussi, comte, je me suis occupée d'elle, mais cela a si mal commencé que j'ai de suite perdu le désir de continuer.

Le comte esquissa un sourire. C'était un homme de taille moyenne, élégant, mince et bien fait. Presque complètement chauve et très ridé, il paraissait âgé de plus de soixante ans, bien qu'il n'eût pas dépassé la cinquantaine. Il portait de chaque côté de la figure une petite touffe de favoris blancs; le nez était aquilin, les lèvres minces, le regard fort intelligent, mais l'expression générale de la physionomie produisait une impression désagréable. Certainement, à première vue, la pensée de quiconque le regardait devait être : « Voilà un gaillard qui n'est pas commode. » Et cette pensée se trouvait justifiée par le caractère du personnage.

En tous cas, quelle que fut l'impression que ressentait Hélène, sûrement ce n'était pas une impression agréable. Elle avait froncé le sourcil imperceptiblement en voyant son père apparaître, et soudain, devenue silencieuse et presque maussade, elle semblait chercher un refuge auprès de son amie ; celle-ci, au contraire, très gaie, examinait le comte et la jeune fille : peut-être cherchait-elle entre le père et son enfant une ressemblance quelconque, mais vainement, car de l'un à l'autre il n'y avait nul rapport.

— Et cette fâcheuse politique continue à faire l'objet de vos pensées, de vos soucis? Vous rêvez au moins d'un gouvernement idéal, d'une république immaculée, où tout le monde serait parfaitement heureux.

— Mon Dieu, princesse, si j'avais affaire à toute autre femme que vous, c'est-à-dire moins éclairée, moins intelligente, je répondrais : « Oui ». Mais avec vous, cela ne prendrait pas. En voulant trop faire l'ange, je ferais la bête. Et parmi les gens de votre monde, je ne parle ni des fanatiques, ni des énergumènes, qui donc peut-on tromper ? Nous avons eu, nous tous — je parle des hommes, ne vous défendez pas, des hommes seuls — l'étoffe de scélérats. L'occasion fait le larron, dit-on, elle fait aussi l'honnête homme. Le milieu décide de tout. Nous obéissons tous, tous, entendez-vous bien, à nos passions, à nos instincts, à nos poussées naturelles, qui sont ce que le vulgaire appelle des vices...

— Oh ! comte !

— Et les vices — continua le comte sans se laisser intimider par cette protestation — les vices sont l'impulsion de violents appétits. Ah ! c'est une thèse à développer, et je vous la développerai quand vous le voudrez, chère princesse. Qui donc peut blâmer le loup affamé de dévorer la brebis ? Celui qui le blâme est un imbécile, inconséquent avec lui-même, puisque lui aussi la dévore, et souvent sans faim, ce qui est sans excuse. Ne nous faisons donc pas meilleurs que nous ne sommes et ne voyons en l'humanité qu'une race de loups, des « frères », comme disent les *rouges*, mais des « frères » contre lesquels il faut se défendre avec les armes du loup, les griffes et les dents.

— Et si l'on n'a ni griffes ni dents ?

— Oh ! ni griffes, ni dents... Si l'on est chétif et malingre, avec les armes du renard, l'astuce, l'adresse, la ruse... Et si l'on n'a rien de tout cela, ni griffes, ni dents, ni adresse, ni ruse, si l'on est un mouton, un imbécile mouton, l'on est tondu, dépouillé, dépecé, mangé comme un mouton, et c'est justice. Or, il faut choisir : être mouton ou loup ?...

— Ou renard. Et vous avez choisi?

— L'état de loup! fit en riant le comte.

— Bon! voici qui est franc. Et en politique, puisque c'est la politique qui vous a conduit sur ce terrain... de quel côté êtes-vous ?

— Vous me le demandez ? Cela m'étonne, étant donnée et acceptée la théorie que je viens de vous exposer. Quels sont les partis qui divisent notre belle patrie ?

— Vous êtes plus au courant que moi... Faites vous-même la réponse.

— Nous avons : primo, les *légitimistes*, représentés par le comte de Chambord, qui jure et tempête à Frodorf, car vous savez que le *Roy* jure comme un païen !

— Après ?

— Rien à faire de ce côté... Secundo, les *Orléanistes*. On vient de les chasser et on ne les rappellera pas de sitôt. Là encore rien à frire... pour parler comme Ledru-Rollin, que les gens mal intentionnés appellent *Ledru-Coquin*. Troisièmement, les *Républicains*. Parti sans consistance, représenté par des rêveurs, un M. Hugo, républicain d'hier, un M. Lamartine, endormeur patenté, des juifs comme Isaac Crémieux, trafiquant de tout; des Garnier-Pagès, des Flocon, des Emile de Girardin, des Greppo, des Colfavru, etc., etc., jacobins, énergumènes, au passé plus ou moins véreux. Faut-il citer des faits ?

— Inutile, cela nous mènerait trop loin.

— Parti pas mûr, qui mûrira peut-être, mais, en attendant qu'il mûrisse et se débarrasse de ses scories, nous avons le parti nouveau, celui de l'Elysée.

— Les bonapartistes ?

— Bonapartistes ou napoléoniens, comme vous le voudrez.

— Mais on dit ce parti composé de gens de sac et de corde.

— Justement, et c'est pour cela qu'il réussira, et aussi parce que c'est le seul qui possède de l'audace.

— Concluez.

— Mais c'est tout conclu, princesse. Ce que je viens de vous dire n'affiche-t-il pas clairement mes opinions politiques ?

— Vous êtes donc du dernier parti ?

Le comte, en souriant, s'inclina,

— Vraiment, vous êtes cynique.

— Où allons-nous ! Voilà que la noble franchise est traitée de cynisme.

— Quelle opinion votre fille aura-t-elle de son père !

— Oh ! princesse, ma fille ne pensera jamais plus de mal de moi que je n'en pense moi-même.

Puis, changeant soudain de conversation :

— Alors la promenade a été bonne ?...

Un rude hiver s'annonce, je le crois, mais qui n'est pas pour vous faire peur.

— Pas à une Russe, comte, et voici une chère enfant qui sait aussi supporter vaillamment le froid ; elle serait née sur les bords du Volga ou de l'Eurotas, au beau temps de Lycurgue, que cela ne m'étonnerait guère, mais pour une Parisienne, se comporter de la sorte, en vraie Spartiate, c'est admirable et édifiant.

Le comte de Bertemont se mit à rire :

— Hélène, dit-il, a toujours eu un goût décidé pour ce qui est désagréable à bien des personnes. Depuis sa plus tendre enfance, elle s'est plue à braver les intempéries, et comme je n'ai jamais pensé qu'un bain d'air ou une averse même glacée, fussent nuisibles à la santé, je l'ai laissée suivre ses penchants, qui sont souvent plutôt ceux d'un garçon que d'une demoiselle. Elle se fortifie tous les jours et j'en suis bien aise, d'autant plus que, grand admirateur de Lycurgue et de sa constitution, je ne pouvais me mettre par mes actions en désaccord avec mes principes. Donner au pays de beaux enfants, robustes, sains de corps et d'esprit, respectueux et obéissants, c'était le but admirable qu'il se proposait et auquel il était arrivé, si l'histoire n'a pas menti.

Cela fut dit d'un ton indéfinissable, mais l'allusion était par trop visible. Hélène s'était mordu les lèvres.

— Vous savez, Hélène, que cet après-midi je vous demanderai le plaisir de votre société, à moins, ajoute-t-il, en s'adressant à la princesse, que vous n'ayez d'autres projets.

— Non, rien, rien, répondit la princesse.

Et en riant :

— Je vous la confie, comte, une fois par hasard.

Ils causèrent encore un instant de choses indifférentes, la princesse essaya de les retenir à déjeuner, mais le comte refusa, prétextant un engagement. Elle regarda Hélène s'éloigner, murmurant :

— C'est étrange, c'est incompréhensible, sa figure, sa démarche, ses gestes, sa voix, sa conversation, jusqu'à ses pensées intimes, tout me dit que c'est elle, mais comment expliquer, comment expliquer ?...

. . . .

La nuit est complètement noire ; le ciel sans étoiles. Le vent continue à souffler avec acharnement, poussant on ne sait où des légions de nuées menaçantes. Par moments, la pluie semble imminente, mais les nuages, chassés par l'ouragan, n'ont pas le temps de se résoudre en eau ; ils traversent le ciel de Paris, comme s'ils se hâtaient d'aller à quelque pressant et lointain rendez-vous, et l'on dirait, à les voir, un troupeau immense de moutons effarés, qui, sans berger et sans chien, en désordre, s'enfuient devant le loup.

Il est environ neuf heures trois quarts. Un jeune homme, enveloppé dans un grand manteau, le chapeau rabattu sur les yeux, et le collet remonté jusqu'aux oreilles, attend, avec une admirable patience, depuis huit heures et demie que les horloges de la ville se décident à sonner dix heures.

C'est près d'un mur élevé donnant sur une ruelle que Paul se promène de long en large. En cette saison et à cette heure tardive, les passants ne sont pas nombreux ; dans cette ruelle étroite et sinueuse de ce quartier reculé ils sont même tout à fait inconnus. Aussi, la solitude du jeune homme est-elle complète, mais naturellement il est loin de s'en plaindre, et, bien que sa faction soit déjà longue, il la continue patiemment.

Victor Hugo a dit que c'était un spectable intéressant pour un Parisien de contempler un mur derrière lequel se passe quelque chose ; on peut aussi ajouter que c'est un spectacle agréable pour un amoureux que de contempler un mur derrière lequel demeure sa bien-aimée ; mais Paul ne regarde et n'entend rien : il attend et c'est tout ; son cœur bat et il est heureux. Ni la nuit, ni la bise âpre, ni le silence que trouble seul le bruit du vent dans les branches dépouillées, ni la course fantastique des nuages sur le ciel d'hiver ne lui produisent la moindre impression. Il n'a pas froid et il ne se sent pas seul. Ce sentiment de vague inquiétude qui saisit parfois l'homme délicat quand il se trouve en présence des grandes forces de la nature et qu'il avoue son néant devant leur infini, ce sentiment que Paul a éprouvé si souvent, est, ce soir-là, entièrement disparu. De même que chez ces hallucinés qui suivent toutes les péripéties de leur rêve intérieur, comme si c'étaient des faits réels et vivants, la charmante vision de la matinée persiste en lui et combat victorieusement toutes les idées antagonistes qui pourraient se faire jour en son esprit. Il ne songe qu'à Elle, le monde extérieur a cessé d'exister et Paul se demande si, tout à l'heure, il ne va pas expirer de bonheur quand il va la voir tout près de lui, si près qu'il n'aura pas même un pas à faire pour saisir sa main mignonne et la couvrir de baisers..

Mais dix heures ne vont pas tarder à sonner. Paul s'approche d'une porte de sortie : elle est fermée ; dans un instant elle va s'ouvrir, Hélène apparaîtra et l'image adorable qui a tenu jusqu'ici compagnie au peintre amoureux, se changera en une radieuse réalité.

Un bruit de pas, léger et discret, se laisse deviner. C'est elle ! Paul énivré s'appuie contre la muraille.

Dix heures sonnent! Il sent une main se poser sur son épaule, il se retourne, un visage de femme le regarde curieusement, un éclat de rire jaillit, méprisant et moqueur.

— Quoi, c'est vous! Ah, c'est vous! — dit une voix stridente, que Paul ne reconnaît que trop bien — ah, elle est bonne, elle est bien bonne! Moi qui avais la niaiserie de vous donner rendez-vous! Décidément, j'ai du flair; ah, ah, mon cher, c'est ainsi que vous agissez; tandis que, pauvre imbécile, je me morfond toute seule chez moi, vous faites le pied de grue pour attendre les mijaurées!

— Madame, dit Paul confus et furieux, pas de scandale ici. Vous savez bien que tout est rompu entre nous, vous n'avez aucun droit sur moi, je ne vous en reconnais aucun, vous êtes libre, moi aussi. Allez à vos affaires et laissez-moi aux miennes.

Il avait parlé d'une voix tremblante de colère et pourtant contenue, de peur qu'on ne l'entendît.

Mais la dame qui venait ainsi d'interrompre son amoureuse attente d'une façon aussi désagréable, se mit à crier plus haut, justement parce qu'elle sentait que la scène l'exaspérait.

— M'en aller, traître, pour te permettre de faire la cour à une pensionnaire exaltée et vicieuse. Va t'en voir s'ils viennent, Jean, que je vais m'en aller. Attends un peu, attends un peu, c'est toi qui vas filer, et lestement encore, hypocrite, lâche, suborneur.

— Emma, dit Paul, prêt à pleurer de rage et qui se retenait de toutes ses forces pour ne pas la frapper et l'étrangler, je ne suis ni traître, ni hypocrite, ni suborneur, j'ai passé avec vous d'agréables moments, je me suis aperçu que je vous lassais, je suis parti; d'ailleurs, je ne vous ai pas juré une fidélité éternelle? Étais je donc le premier?...

— Ni le dernier, achève donc, cria l'aimable dame avec emportement et avec des éclats de voix qui paraissaient aussi effroyables à Paul que la trompette du jugement dernier. Non, j'ai été heureuse avant toi, je le serai encore, et je n'aurai pas de mal à trouver de plus grands seigneurs que toi, dont tu ne serais pas digne de cirer les souliers; faiseur de croûtes ridicules, méchant barbouilleur de toiles, sale rapin!... Mais je veux me venger, oui je veux me venger, je me vengerai de cette injure grossière! Insolent, rustre, malappris, lâche...

— Emma, je vous en conjure, ne parlez pas si haut. Encore une fois, ne faites pas de scandale, j'irai chez vous, je vous donnerai des explications; allez-vous-en, Emma, allez-vous-en. Venez, je pars avec vous.

Il parlait d'une voix suppliante, sans trop savoir ce qu'il disait, haletant, effaré, à la pensée qu'Hélène pouvait le trouver en pareille compagnie. La sueur coulait sur son front; la fureur et la peur réunies le harponnaient; il éprouvait une vive douleur au creux de l'estomac et il se sentait dans cette disposition où la rage vous envahit, où la raison chancelle, où la volonté devient impuissante, où les instincts brutaux, libres enfin, se déchaînent et font porter les mauvais coups.

A ce moment on entendit de l'autre côté du mur, sur le sable d'une allée, un craquement assez prononcé.

— Partir avec toi, m'en aller, ah, mon cher, je n'y pense guère, tu serais trop content: je suis ici, j'y reste; j'attends la donzelle et je lui conte ton fait... Oui, je vais l'édifier sur ta personne et lui déclarer que je lui abandonne mes restes.

— Veux-tu te sauver, drôlesse, dit Paul hors de lui, d'une voix basse, sifflante, la main levée.

Elle eut peur, recula de quelques pas, criant:

— Ah! et puis j'aurais bien tort d'attendre, je ne veux pas me mettre si bas, je vous laisse à vos amours, amusez-vous bien et batifolez à votre aise.

Et elle partit en faisant une pirouette et en riant de toutes ses forces.

Peu après, on entendit le bruit d'une voiture qui s'éloignait.

— Je suis perdu! fit Paul en essuyant la sueur de son front, Hélène a dû entendre, elle a tout entendu, elle ne voudra jamais me pardonner; ah, la coquine! la scélérate! l'infâme!... Chère Hélène! murmura-t-il d'une voix basse, plaintive, Hélène!

Il écouta et n'entendit que le sifflement monotone et lugubre du vent dans les branches dépouillées.

— Hélène, si vous êtes là, je vous en supplie, ouvrez, ouvrez, je vous dirai tout, je ne suis pas coupable; vous serez bonne, vous pardonnerez... Hélène! Hélène!

La porte restait close, le mur muet; sur le toit d'une maison voisine, un chat, un matou, commença, d'un ton rauque, une lamentable mélopée qui était comme l'écho de la plainte désolée de Paul, qui continuait à appeler tout bas: Hélène! Hélène!

La jeune fille, indignée sans doute, restait sourde à son appel; du toit d'une autre maison une suite de miaulements perçants, aigus, répondirent aux premiers et il sembla au jeune homme que c'était la répétition du rire insultant d'Emma.

Il s'appuya à la petite porte en chancelant comme un homme ivre et la sentit céder sous son poids. Il poussa davantage. Elle s'ouvrit entièrement, il entra.

Il s'avançait dans l'ombre rendue plus

épaisse par des arbustes au feuillage toujours vert qui, à l'instar des villas anglaises, formaient de gros buissons autour de l'habitation.

Mais soudain il s'arrêta, effrayé par un lourd bruit de pas, une marche précipitée. Il eut la vision d'une ombre gigantesque, penchée sur lui et, au même instant, il reçut à la tête un choc terrible; il chancela et alla à reculons trébucher contre la muraille.

Le coup avait été si soudain, si violent, qu'il en resta quelques secondes comme étourdi; puis il ressentit une vive douleur près de la nuque, un peu au-dessus et en arrière de l'oreille. Il porta la main, sentit un liquide chaud et gluant..., son sang coulait, ruisselait sur son épaule.

Les émotions de la longue attente, la déception cruelle, la surprise, la douleur et la faiblesse causée par l'hémorragie lui firent perdre connaissance; il s'abattit comme une masse au travers de la porte, la tête et les épaules dans la rue, le reste du corps dans le jardin, tandis que sur le toit de la maison voisine les deux matous furieux s'insultaient de plus belle, sans se décider encore à commencer le combat.

CHAPITRE III

LE JOURNAL D'ARMAND PLUMEREAU

« Vive la République ! » devenu, sous la République, un cri séditieux. — Un mot du président Dupin. — Composition de l'assemblée. — Epître du *Père Duchêne*. — Les diverses républiques. — Les palinodies du vicomte Hugo. — Indignation de Proudhon. — Le *Spectre rouge*. — L'excentrique américain.

20 novembre 1851. — C'en est fait, je reprends ma vieille habitude, je ne puis y résister. Il faut absolument que je barbouille du papier et que les feuillets s'amoncèlent. Après avoir décidé de mettre un terme à ces épanchements intimes, à cet exposé d'événements qui n'intéressent que moi-même, quand toutefois ils m'intéressent, je trouve que c'est encore le meilleur moyen d'occuper une partie de mes heures vides...

Avant de *la* connaître, j'avais de bons moments. Reviendront-ils jamais? Je ne pensais qu'à mes études, à mes livres, à mes rêves, et la vie me semblait douce et bonne. « Quand le cochon est trop gras, il saute le réduit », dit un proverbe paysan. En vérité, je pourrais me l'appliquer. J'étais heureux, trop heureux. Un jour est venu où j'ai soupiré après une existence plus mouvementée, où j'ai presque eu honte du sommeil de mon cœur. Mes souhaits se sont réalisés. Je l'ai vue, je l'ai désirée, je l'ai épousée. *La belle ouvrage!* comme dirait ma belle-mère. Dès lors, je n'ai plus eu de repos. J'ai été dévoré de mille soucis, mon existence est devenue un enfer. Entre nous n'y avait-il pas un abîme, de sentiments, d'idées, d'instruction, d'éducation, de tout en un mot, un abîme qui s'élargissait, qui se creusait sans cesse. Je le savais, je le sentais, mais des liens puissants me retenaient à elle; j'étais ensorcelé par l'éclat de ses yeux noirs et par le charme diabolique de sa chair. Et le comble, c'est quand je pense qu'elle avait l'audace de me faire des reproches sur ma jalousie, qu'elle prenait un ton étonnant de sincérité pour me sermonner, me chapitrer sans fin, qu'elle me disait que j'étais ridicule. Certes, oui, je l'étais, ridicule, et je le suis encore de me remémorer ces choses...

Ma sœur, qui était fort maussade ces jours passés, est redevenue gaie comme un pinson. J'aimerais à connaître la cause de cet heureux changement dans le caractère d'Adèle. Les femmes sont beaucoup plus sensibles que nous aux influences extérieures; où un homme ne perçoit absolument rien, elles trouvent moyen d'être impressionnées.

Mais si je ne puis m'expliquer les brusques revirements du caractère de ma chère petite sœur, que dire de la politique?

Où allons-nous? où allons-nous?

L'avenir est plein de menaces et le gouvernement de fantoches que nous possédons ne peut aller bien loin. Au lendemain de la révolution de février, le *Père Duchêne* avait raison de s'écrier qu'il était déjà plein de dégoût et qu'on n'oserait bientôt plus crier : « Vive la République! », car, disait-il, la République n'est plus que la chose de quelques misérables voleurs des dignités lucratives de la France.

Et, en effet, il ne se trompait pas, car on a vu arrêter, brutaliser, conduire à coups de pied et à coups de poing, au poste, passer à tabac, un citoyen qui, à la vue des représentants se rendant par la place de Bourgogne à la salle des séances, eut l'audace de crier : « Vive la République ! ». On l'eut peut-être envoyé sur les pontons rejoindre les insurgés de juin, sans l'intervention d'un député bonapartiste.

— Qui donc oserait tuer la République? demandait-on dans une de ces soirées politiques de la rue de Varennes, organisées par Cavaignac, alors le dictateur, et où se réunissaient

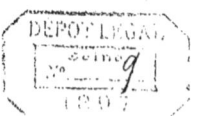

Royalistes, prenez garde au Luxembourg !

les ambitieux de tous les étages et de tous les appétits.

Et Dupin de répondre :

— Qui oserait tuer la République ? Certes, ni vous, ni moi, en particulier, mais tous ensemble, sans le savoir et sans le vouloir.

Dupin disait vrai, tous la tuent, mais c'est surtout l'Assemblée qui lui porte les plus rudes coups, jusqu'à cette *Commission de permanence* qu'elle inventa en 1850 pour protéger la République pendant les vacances qu'elle s'octroyait.

Elle devait convoquer l'Assemblée au moindre symptôme de danger, à la première manœuvre de l'Elysée. Composée du bureau et de vingt-cinq membres, qu'on mit trois jours à élire au scrutin de liste, cette Commission, destinée à tenir le Président en échec et à veiller au salut de la République, comptait *quatre* républicains !

D'ailleurs, la République, fondée depuis trois ans, écarte elle-même les républicains de l'Administration du pays. On en cite tout au plus deux cent vingt, ou soi-disant tels, dans l'assemblée, deux cent vingt combattus par deux cent cinquante fusionnistes, quatre-vingts royalistes ennemis de la fusion et deux cents environ acquis à l'Elysée.

23 novembre. — Je parlais hier du *Père Duchêne*. Je viens de retrouver, dans mes papiers, son *Epitre* du 11 mai à l'Assemblée Nationale. J'en extrais ces lignes significatives :

« Pour vous, satisfaits quand même, qui n'avez vu, dans le grand mandat dont vous avez été chargés, qu'un moyen de gagner vingt-cinq francs par jour et de caser honorablement votre nombreuse famille..., gare le *Père Duchêne*, il vous fera la vie dure, il vous traitera comme des infâmes et des lâches. »

Voici enfin ce que le même organe appelle un *Cours complet de politique en quelques lignes* et qui mérite d'être cité. Il est intitulé: *Les Brigands et les Scélérats.*

« Les différents partis politiques se renvoient réciproquement les épithètes flétrissantes de brigands et de scélérats; il serait cependant bon de s'entendre sur ce point, afin de savoir de quel côté sont les honnêtes gens, car, enfin, tous les hommes ne sont pas des brigands.

« Les premiers brigands ne sont-ils pas ceux qui, à l'origine, se sont approprié, au détriment de leurs semblables, toutes les richesses de la terre, et qui ont fait des lois pour léguer exclusivement et perpétuellement ces richesses à leurs descendants? Les brigands d'aujourd'hui sont ceux qui font tous leurs efforts pour éterniser cette révoltante usurpation.

« Les brigands ne sont-ils pas ceux qui ont toujours laissé croupir les peuples dans la misère, l'ignorance et la superstition?

« Les brigands ne sont-ils pas ceux qui sont cause que, dans un pays riche comme la France, il y a une foule de mendiants et un grand nombre d'ouvriers dans une extrême misère?

« Les ennemis ne sont-ils pas ceux qui sont les adversaires de toute théorie ayant pour but d'améliorer la condition de la classe la plus nombreuse et la plus pauvre?

« Les brigands ne sont-ils pas ceux qui ont recours au mensonge et à la calomnie pour combattre les adversaires politiques?

« Les brigands ne sont-ils pas ceux qui persécutent les hommes qui se dévouent à la cause du peuple et qui persécuteraient encore Jésus-Christ, si Jésus-Christ revenait parmi nous, car Jésus-Christ était républicain socialiste?

« D'après ce qui vient d'être dit, chacun peut maintenant reconnaître de quel côté se trouvent les honnêtes gens.

« Les ennemis du peuple ont constamment employé la ruse pour l'asservir, et pour parvenir à ce but, ils ont toujours eu recours au mensonge et à la calomnie; aussi ont-ils acquis, par là, une habileté dangereuse dans l'art de la discussion et dans la manière de présenter les faits; un des arguments qu'ils emploient le plus souvent est celui-ci :

« Ce n'est pas avec des révolutions qu'on fait aller le commerce. » Il y a dans cet argument une *perfidie extrême*, car ils savent bien que les gens simples répéteront : C'est vrai, les révolutions ne font pas marcher les affaires.

« Il est évident que toute révolution a, pour résultat immédiat, la stagnation des affaires, mais faut-il conclure de là qu'un peuple ne devrait jamais se révolter et que toute révolution est blâmable?

« Où en serions-nous, grands dieux! si le peuple ne s'était jamais révolté contre ses oppresseurs! C'est par les révolutions que les peuples peuvent arriver au bonheur.

« L'histoire est là pour attester que les paroles n'obtiennent rien sans révolution, et que toutes les véritables révolutions ont eu pour résultat d'alléger les charges du peuple.

« Cela est bien triste, mais enfin les révolutions ne cesseront que quand les peuples auront reconquis *tous leurs droits.* »

Écoutez la *République rouge :*

« Il y a deux républiques, demande-le plutôt au vicomte Hugo qui l'affirmait; nous, nous allons plus loin que cet honorable, il y en a trois, il y en a quatre. Car la République blanche de l'ex-pair n'est pas bien certainement la République tricolore de Lamartine, la République bleue de *lord* Marrast. Il y en a bien d'autres encore si nous voulions compter.

« La République rouge, c'est la nôtre; et comme Proudhon, nous verrons, sur notre cœur le glorieux étendard de pourpre, celui qui n'a pas fait la conquête de l'Europe par la guerre, mais qui porte, dans ses plis flottants, l'avenir de l'humanité.

« Pauvres poètes, pauvres penseurs, pauvres petits nains bourgeois, quelle race étique et misérable que la vôtre! Quoi, vous vous dites démocrates, vous vous dites les amis des hommes! Vous avez pour la misère, de grands discours comme M. Barrot; des vers pour toutes les infortunes, comme M. Hugo; vous pleurez, à toute volonté, comme M. Garnier-Pagès; vous aimez plus ou moins la nature, et vous adorez surtout le soleil levant, et dans la profondeur de vos rêves philanthropiques, messieurs, qui dédaignez si fort le socialisme, qui allez criant continuellement au peuple : Prenez garde, c'est le croquemitaine de la propriété, comme si la propriété importait au peuple? et dans la logique de vos déductions, vous n'avez pas compris que l'histoire de l'humanité était une marche incessante, éternelle vers la perfection, vers le bonheur; que si, dans la société moderne, après le noble était venu le bourgeois, il était nécessaire, fatal, qu'après le bourgeois vint le peuple, vous n'avez pas compris que l'heure de l'émancipation des travailleurs avait sonné, et, qu'à la place du drapeau tricolore, symbolisant l'existence côte à côte de trois classes, de trois intérêts rivaux (noblesse, prolétariat, bourgeoisie), devait bientôt surgir le drapeau rouge, symbole de l'unité du peuple, de l'égalité fraternelle des hommes libres.

« Il vous effraie ce drapeau, son éclat vous blesse la vue ; vous êtes devant lui, comme des hiboux devant le soleil, éblouis ; la République rouge vous fait peur ; hommes du passé, le passé vous épouvante ; vous avez vu 93 infliger à la noblesse un châtiment terrible, et vous craignez, vous, qui n'avez pas la conscience pure, vous, qui savez bien toujours, n'avoir pas été de bons frères pour les hommes du peuple, qu'ils ne vous demandent enfin un compte rigoureux ; vous voulez les bâillonner.

« Si c'est la peur qui vous tient, sachez mieux ce que nous sommes. Le drapeau rouge n'est pas le drapeau du sang, c'est le drapeau de la fraternité . . . .

« Non, M. Hugo, non, la République rouge ne fera pas comme vous le prétendez, de gros sous avec de la colonne, elle ne relèvera pas les échafauds. Est-ce qu'elle a seulement fait jeter, à Vincennes, votre Thiers, ce petit mauvais homme, ce polichinelle embastilleur ; est-ce qu'elle a gardé rancune à Odilon Barrot, voire même à Garnier-Pagès et tant d'autres, qui sont au pouvoir aujourd'hui, et qui, le 24 Février, désertaient lâchement la cause du peuple qu'ils avaient poussé dans la rue ? A-t-elle été bien méchante avec ce doux roi, qui, durant dix-huit ans, a donné les étrivières à la liberté ? ».

26 novembre. — Ce vicomte Hugo que, d'ailleurs, j'admire comme poète me semble en politique un véritable fumiste. On l'a accusé en pleine Chambre et avec juste raison d'avoir flagorné et conspué tour à tour les divers pouvoirs. Jadis blanc, puis bonapartiste, puis orléaniste, le voici maintenant démocrate, socialiste rouge à tous crins. Il a débuté, ainsi que son confrère en poésie et en politique, Lamartine, dans la carrière politique, en 1820, par une ode sur la naissance du duc de Bordeaux :

> Il est né l'enfant glorieux,
> L'ange que promet à la terre
> Un martyr partant pour les cieux !
> L'avenir voilé se révèle,
> Salut à la flamme nouvelle
> Qui ranime l'ancien flambeau !
> Honneur à la première aurore,
> O jeune lys qui vient d'éclore,
> Tendre fleur qui sort d'un tombeau !

A la suite de quoi M. de Châteaubriand l'a appelé l'*enfant sublime* et le roi Louis XVIII lui donna le titre de poète ordinaire des Tuileries et une pension de douze cents francs. Après avoir insulté Charles X qui lui avait conféré le titre de vicomte, il se rallia à la dynastie nouvelle et fut récompensé de ses éloges outrés par le titre de pair de France, puis il se jeta dans l'opposition et salua de ses discours et de sa lyre la révolution de Février tout en exhortant le peuple à proclamer une régence. Ayant échoué dans ses efforts de restauration constitutionnelle il devint démocrate tout à coup, et candidat à la Constituante, écrivit cette profession de foi : « Je veux une République si pure, si noble, si sainte, si belle que lorsqu'on la comparera à toutes les autres formes de gouvernement, elle les fera évanouir rien que par la comparaison. »

Voici, cependant, quelques-unes de ses prédictions pieusement recueillies :

« Le Socialisme ou la République rouge, c'est tout un, car il abattra le drapeau tricolore sous le drapeau rouge ;

« Fera des gros sous avec la colonne ;

« Jettera bas la statue de Napoléon et dressera la statue de Marat ;

« Fera banqueroute ;

« Ruinera les riches sans enrichir les pauvres ;

« Anéantira le crédit qui est la fortune de tous, et le travail qui est le pain de chacun ;

« Abolira la propriété et la famille ;

« Promènera des têtes sur des piques ;

« Remplira les prisons par le soupçon et les videra par le massacre ;

« Mettra l'Europe en feu et la civilisation en cendres ;

« Fera de la France la nation des ténèbres ;

« Egorgera la liberté ;

« Etouffera les arts ;

« Décapitera la pensée ;

« Niera Dieu ! ! !

« Remettra en mouvement ces deux machines fatales qui ne vont pas l'une sans l'autre, la planche aux assignats et la bascule de la guillotine ;

« En un mot, fera froidement ce que les hommes de 93 ont fait ardemment, et, après l'horrible dans le grand que nos pères ont vu, montrera le monstrueux dans le petit. »

Et maintenant, il prêche ouvertement ce socialisme tant honni à la tribune parlementaire !

Farceur !

27 novembre. — Il me revient en mémoire, toujours au sujet de ce singulier politicien, la fameuse séance du 17 juillet où l'on a demandé la revision de la Constitution où, sous la pression de la *Société du Dix Décembre*, le nombre des signataires s'est élevé à plus d'un million et demi.

L'assemblée était très divisée. Les réactionnaires acceptaient la revision en principe, mais ils la voulaient complète de façon à introduire Chambord ou d'Orléans.

Les partisans de l'Elysée demandaient l'abrogation de l'article qui interdisait la réélection du Président en fonctions. Ils avaient déjà pour eux quatre-vingts Conseils généraux.

C'est alors que Victor-Hugo, qui venait de se déclarer socialiste fit sa furieuse sortie qui lui valut quelques camouflets mérités de la droite.

— On me dit — s'écria-t-il — que la légitimité est impossible, que la monarchie du droit divin est morte, mais qu'il nous reste la monarchie de gloire, l'Empire...., et que non seulement l'Empire est possible, mais nécessaire. La monarchie de gloire, dites-vous! Tiens! Vous avez de la gloire? Montrez-nous là.

Une voix à droite cria :

— Récitez-nous l'*Ode à la colonne !*

— Le prince eut été un grand homme — dit Odilon Barrot — s'il vous avait appelé au ministère de l'instruction publique.

Thiers à son tour l'apostropha :

— Parlez-nous un peu des pensions des poètes, Monsieur Hugo.

— Quelles pensions? — réplique le poète jouant l'étonnement.

M. de Falloux se lève agitant un papier :

— Voici une lettre, Monsieur Hugo, qui constate que vous receviez une pension de Louis XVIII. Vous ne méprisiez pas la légitimité du droit divin, alors?

Des exclamations ironiques éclatent de toutes parts.

Hugo se trouble. Il essaye de s'excuser :

— J'avais dix-neuf ans!

— Ah! bon! «j'étais si jeune ! », s'exclame-t-on à droite.

Rire général. Victor Hugo furieux montre le poing.

— Qu'il se lève ou se nomme, celui qui vient de parler!

— Ce n'est pas moi qui ai parlé — reprend un député de la droite, — mais, j'ajoute ceci à ce qui vient d'être dit : Vous touchiez de Charles X une pension de six mille francs!

On applaudit, on crie à droite.

Les républicains sincères étaient consternés.

— C'est un dédommagement qui m'était offert — répond le poète. — D'ailleurs le débat n'est pas là.

— Mais, pardon, il est là, le débat — dit M. de Falloux. — Il est vraiment fort intéressant d'entendre un pensionné de la Restauration, de Charles X et de Louis-Philippe, un des chauds promoteurs de la candidature du prince Louis Bonaparte, parler maintenant contre toute monarchie.

A gauche, tous criaient :

— Parlez, M. Victor Hugo, Parlez donc!

Il reprit son discours. Il demanda ce qu'on reprochait à la République de 1848. Était-ce les conférences socialistes du Luxembourg? « Oh! tenez — s'écria-t-il — royalistes, prenez garde au Luxembourg; n'allez pas trop de ce côté, vous y rencontreriez le spectre du maréchal Ney! »

Mais le prince de la Moskowa, le fils de l'infortuné maréchal condamné par la Cour des Pairs, grâce à Wellington, s'écria :

— Qui vous a donné mandat, M. Hugo, de parler au nom du maréchal Ney?

Et, le lendemain, il protesta de nouveau à la tribune :

— Je proteste hautement — dit-il — contre les paroles de M. Victor Hugo. Nul ne lui a donné le droit de parler comme il l'a fait. Paix aux morts! Pourquoi évoquer dans une Assemblée française ces apparitions sanglantes qui ne sont propres qu'à ranimer les haines éteintes? M. Victor Hugo aurait dû se rappeler hier, que ma mère vit encore, que mon frère et moi, nous étions là. Au nom de ma famille, au nom de mon pays, je demande qu'on ne réveille plus ces tristes souvenirs.

Mais la faute de Hugo n'était pas de réveiller ces souvenirs qui sont de l'histoire, sa faute est d'avoir accepté de l'argent de tous les régimes, et comme le lui a jeté avec raison, à la face, Odilon Barrot, il eut sans doute acclamé le coup d'Etat, si le président avait fait de lui un ministre de l'instruction publique.

Aussi, Proudhon, en un moment de sincère indignation contre le poète et son ami Émile de Girardin, s'est écrié :

« Tenez, voulez-vous que je vous dise toute ma pensée? Je ne connais qu'un mot qui caractérise votre passé, et je saisis cette occasion de le faire passer de l'argot populaire dans la langue politique. Avec vos grands mots de guerre aux rois et de fraternité des peuples; avec vos paroles révolutionnaires, et tout ce tintamarre de démagogues, vous n'avez été, jusqu'à présent, que des *blagueurs*.

« Salut et fraternité. »

27 novembre. — J'ai assisté hier soir à une réunion d'un groupe de la *Jeune Montagne* qui est, avec la *Solidarité républicaine*, la plus importante des sociétés secrètes répandues dans le pays, principalement dans le Centre, l'Est et le Midi. Elles sont affiliées les unes aux autres et communiquent entre elles. Les réunions ont lieu généralement dans des maisons privées, par petits groupes. On leur donne, dans le Midi, le nom caractéristique de *chambrées*. De cette façon, on peut échapper à la surveillance de la police.

Les formes de l'affiliation varient peu. On jure de mourir pour la défense de la Liberté et le mot de passe des initiés est *Marianne*.

On demande à celui qui se présente :

— Connaissez-vous Marianne?

— Elle a du bon vin, répond-il.

Le mot d'ordre est actuellement de s'abstenir de toute démonstration compromettante et d'attendre le signal qu'on doit donner en 1852 à l'échéance des Chambres.

Il paraît que les parquets des vingt-six ressorts d'appel envoient à Paris des rapports mensuels toujours exagérés sur ces sociétés secrètes.

C'est là ce qu'on nomme le péril social. On y dit d'excellentes choses, entre autres ceci :

« Je ne sais vraiment pas où l'on est allé chercher tous ces prétendus Français qui gloussent dans le *sancto sanctorum* du Palais-Bourbon. Où diable ont-ils connu le peuple?

« Ces petits hommes ont-ils juré de nous faire regretter Louis-Philippe ? on le croirait, à la manière dont ils s'y prennent... L'Assemblée Nationale, puisqu'ainsi on la nomme, baisse chaque jour, de plus en plus, dans l'opinion publique. On peut prévoir, dès à présent, qu'elle tire à sa fin... ».

J'ai rencontré là un singulier type, le prince Jérôme Napoléon, le fils de l'ex-roi de Wesphalie, que le Président a placé aux Invalides avec le titre de gouverneur et cent mille francs d'appointements. Il n'a cessé de déblatérer contre son cousin de l'Élysée et a tiré de sa poche le fameux message du Président, du 4 novembre dernier, dénonçant le péril social :

« Une conspiration démagogique s'organise en France et en Europe. Les sociétés secrètes cherchent à étendre leurs ramifications jusque dans les moindres communes. Tout ce que les partis renferment d'insensé, de violent, d'incorrigible, sans être d'accord sur les hommes ni sur les choses, s'est donné rendez-vous en 1852, non pour bâtir, mais pour renverser. Votre patriotisme et votre courage, à l'égal desquels je m'efforcerai de marcher, épargneront, je n'en doute pas, à la France, les périls dont elle est menacée. »

Il faut rendre cette justice à l'Assemblée; elle n'a tenu aucun compte du message, mais, depuis longtemps, les gros propriétaires de province sont pleins d'appréhensions.

Des agents soudoyés ont fait courir le bruit qu'ils allaient être grillés vifs dans leurs châteaux, et, déjà, plusieurs bandes organisées par la police et auxquelles se sont mêlés tous les pillards et les repris de justice, de dix lieues à la ronde, ont fait le sac de plusieurs domaines.

En certains endroits, la terreur est telle que nombre de maires sont venus supplier le ministre de la guerre de renforcer les brigades de gendarmerie ou de leur envoyer de la garnison.

La brochure de Romieu, le *Spectre rouge*, habilement répandue, ne fait qu'augmenter la panique et prépare, je le croirais, une formidable réaction.

Le *Spectre rouge* effraye si fort les bourgeois, que Pelletan vient d'écrire dans la presse :

« Il n'y a pas une femme qui accouche à l'heure qu'il est d'un enfant, qui n'accouche d'un socialiste. »

Le socialisme est la bête noire, redoutée par les républicains formalistes, eux-mêmes, comme une huitième plaie d'Égypte; aussi, Proudhon est-il également la bête noire des Cavaignac, des Charras, des Thiers, de tous ceux dont l'idéal du gouvernement est la tyrannie exercée par une Assemblée unique, soumise aux caprices d'une demi-douzaine de tribuns, c'est-à-dire de tyrans et presque toujours de coquins.

D'où est sortie la maxime :

« Une révolution faite par tous, au nom de tous, doit être exploitée par quelques-uns. »

Contre les cinq directions du Comité démocratique, on créa, le 12 février, cinq grands commandements militaires.

Magnan à Strasbourg, Rostalan à Toulouse, Castellane à Bordeaux, Gemeau à Lyon, Changarnier gardait le commandement de Paris. Le peuple, qui ne se trompe pas sur la mission de ces généraux, mission qui consiste à noyer dans le sang toute émeute, les appelle des *mouchards en habit brodé*.

Une crise est fatale. Où nous conduira-t-elle?

28 novembre. — Rencontré aujourd'hui le comte de Bertemont avec le grand escogriffe qui le fréquente depuis peu. Ils sont entrés dans cette vieille maison inhabitée qu'on nomme: *La maison de l'Anglais*. Que vont-ils faire là, ces oiseaux de malheur ?

Ils me déplaisent également tous deux. Le comte a quelque chose de faux dans la physionomie; d'ailleurs, il est avéré que c'est un gredin, bien qu'on ne puisse préciser ni citer aucun de ses méfaits. On m'a assuré qu'il ne vivait que d'expédients, il faut croire que pour le moment il est aux crochets de James Dilson; ce pur Anglo-Saxon, d'une grandeur ridicule, d'une figure maussade, et qui a l'air de s'ennuyer partout.

Il est né à New-York, où son père, Harry Dilson, est directeur-propriétaire de plusieurs fabriques de produits alimentaires en conserve. C'est de là que nous vient toute cette mangeaille, enfermée dans des boîtes de fer-blanc, qui sont le plus bel ornement des boutiques de nos épiciers. Il a gagné une fortune colossale et s'enrichit encore tous les jours. Les uns parlent de trente, les autres de soixante millions. On se contenterait à moins. Ce n'est pas en travaillant qu'on réalise de pareils bénéfices. Quoi qu'il en soit, le fils rôde dans tous les pays, sans se débarrasser jamais de son éternel marasme. Il mange la fortune amassée par le père. Il fait bien ; il restitue, comme on dit.

Par malheur, bien souvent, son or et ses billets sont gaspillés, perdus, non dépensés et ne profitent à personne.

D'abord, un chèque de 10,000 francs allumé pour chercher un bijou de 50 francs qu'une dame à côté de lui venait de laisser tomber. Pour moi, cette folie n'est pas absolument avérée, car on la met invariablement sur le dos de tout Anglais ou Américain richissime avec variations dans la somme; mais ce qui suit est certain et plus fort :

Un jour, dans une conversation sur le diamant, qui n'est que du charbon pur cristallisé, en guise de preuve à l'appui, il en a jeté dans le feu un énorme lui servant de bouton de manchette, perte qu'il a eu soin d'évaluer lui-même à plus de 50,000 francs.

Tout dernièrement, dans une vente, on mettait aux enchères un tableau assez médiocre, représentant une jeune fille, blonde, décolletée. La mise à prix était de 500 francs. Comme il y avait plusieurs amateurs qui bataillaient en augmentant de cent sous à chaque fois, notre Américain s'est fait de suite adjuger la peinture, en offrant 10,000 francs d'un seul coup, à la stupéfaction du public et à la joie intense des héritiers.

On me dit aussi qu'ayant voulu faire cadeau à une jeune actrice, d'une bourse contenant une somme considérable, il s'y prit comme un simple goujat, d'une façon si impertinente, que la jeune femme froissée, refusa net, pensant probablement que ce qu'on donne ne vaut que par la façon de donner. Sur quoi le sieur Dilson vida en plein trottoir le contenu de la bourse, où les passants ne le laissèrent pas longtemps.

Il y a d'autres histoires et je n'en finirais pas. Tout ceci n'est que la prodigalité stupide d'un fils de famille qui veut étonner les naïfs et qui dépense sans compter l'argent qu'il n'a pas eu la peine de gagner. Mais, voici qui est plus grave et qui indique, à n'en pas douter, des instincts féroces, sanguinaires, inconnus, je crois, chez nous.

Récemment, sur la plaine de Grenelle, il s'arrêta pour regarder deux petits voyous qui se battaient avec furie. Loin de les calmer, il les excita en promettant un louis au plus fort. La bataille terminée, ils s'exécuta, mais réclama une seconde représentation, cette fois à coups de dents, et avec promesse de vingt louis pour le vainqueur et de dix pour le vaincu. On juge de l'acharnement des petits misérables. L'un d'eux eut le nez à demi mangé à la grande joie de l'Américain qui donna à chacun un billet de cinq cents francs en témoignage de sa satisfaction extrême.

C'est, en outre, un compagnon fort désagréable ; il agit souvent comme s'il n'y avait que lui au monde, avec ce sans-gêne, cet égoïsme révoltant particulier aux races saxonnes. Heureusement pour lui nous sommes en France aussi tolérants pour les défauts des étrangers, que pointilleux pour ceux de nos compatriotes. — Il faut ajouter cette singularité que, près des femmes, il est fort gauche et ne trouve rien à leur dire; il reste aussi sot, aussi mal à son aise, qu'un collégien devant une amie d'enfance qu'il retrouve grande et belle demoiselle après l'avoir quittée gamine.

Voilà le monsieur que l'Amérique nous a envoyé. Si elle a beaucoup d'échantillons du même genre, elle ferait aussi bien de les garder. Notre lot de coquins est déjà suffisamment gros sans que des brutes, des fous et des fripons viennent encore l'augmenter.

29 novembre. — Aujourd'hui, aventure singulière. D'abord, aperçu de nouveau le comte de Bertemont et James Dilson. Ils s'en allaient tous deux à la maison de l'Anglais et causaient avec beaucoup d'animation. C'était dans l'après-midi. Que vont-ils comploter là ?

Le soir, en rentrant, vers dix heures, j'ai croisé une voiture qui s'arrêtait à l'angle de la ruelle du Vieux-Moulin et de la rue de Chaillot. Une femme en est descendue et, malgré la nuit noire, je l'ai bien reconnue, cette créature d'enfer. Dans l'obscurité, il m'a semblé que ses yeux luisaient comme des escarboucles. Mon sang n'a fait qu'un tour.

Tout contre le mur qui défend le jardin du comte de Bertemont, à côté de la petite porte de sortie, se trouvait un jeune homme; il attendait sans doute celle qu'on nomme dans le quartier la belle Hélène. En voici encore une qui a des yeux à perdre Troie, et Paris par-dessus le marché. On la dit douce et bonne, je veux le croire. Quoi qu'il en soit, l'ex-madame Plumereau s'est mise à faire à l'amoureux, force reproches et remontrances. Il répondait d'un ton bas, la priant d'éviter le scandale, mais elle n'en criait que plus fort. Un instant, j'ai écouté, inaperçu, me réjouissant de ne pas être à sa place, puis, j'ai battu en retraite, de crainte d'être surpris par cette goule. Elle est partie un peu après moi et l'écho de son rire perçant et désagréable retentit encore dans mes oreilles.

Sur mon chemin, j'ai rencontré un officier de chasseurs à pied qui paraissait courir le guilledou. Il trouvera aisément son affaire. Toutes ces Parisiennes ont le diable au corps.

Adèle m'attendait en lisant et tellement plongée dans sa lecture, qu'elle n'a pas même remarqué mon arrivée. Quelle stupéfaction pour moi, quand j'ai constaté que l'ouvrage qui l'intéresse si fort est *L'Histoire des Variations des Eglises protestantes*. Par exemple, voilà un goût étrange. Est-ce qu'elle deviendrait dévote et théologienne? Je n'ai pu m'empêcher de rire. En tout cas, je pense qu'il vaut mieux lire les œuvres de Bossuet que celles du marquis de Sade, qui faisaient les délices d'Emma.

Après le départ de ma sœur, j'ai ouvert un instant la fenêtre. Le vent soufflait en tempête. J'ai entendu crier. Rapidement, je suis descendu et j'ai couru. C'était ce militaire que j'avais croisé quelques instants auparavant. Arrêté devant la maison du comte de Bertemont, il soulevait un jeune homme dans ses bras.

— Comment, c'est toi, Paul ? disait-il.

Je me suis offert pour aider à transporter ce malade chez moi, l'officier acceptait, mais son ami est revenu à lui. Il a murmuré le nom d'Hélène; il parlait d'une voix très faible, qu'il m'a pourtant semblé reconnaître ou avoir entendue je ne sais où, ni dans quelles circonstances.

Un fiacre passait dans l'avenue de Montenotte. L'officier m'a prié de le faire approcher. Je l'ai aidé à hisser le jeune homme dans la voiture et ils sont partis en me remerciant. Rentré chez moi, j'ai vu que mes mains étaient rouges.

Ainsi, il faut toujours qu'elle se trouve mêlée dans toutes sortes de vilaines aventures et quand vous la voyez paraître, soyez sûrs que le sang et les larmes coulent ou vont couler.

Je n'ai pas parlé de cette aventure à Adèle de peur de l'effrayer, mais cette ruelle du Vieux Moulin que j'avais choisie parce qu'elle me paraissait si calme, si tranquille ! On y assassine les gens, on y croise des officiers en quête de bonne fortune, on voit s'y promener des coquins et des fous, j'y rencontre celle dont je voudrais avoir à jamais perdu le souvenir, et par-dessus le marché, il s'y trouve une vieille maison inhabitée qui, un jour ou l'autre, va se transformer en une maison hantée, si ce n'est fait déjà !

CHAPITRE IV

L'honnête typographe. — Plumereau et Colombau. — Singulières confidences. — Le mari trompé et content.

Revenons à la rue déserte quelques minutes après que nous l'avons quittée. Un homme, vêtu d'une longue blouse noire, qui descendait jusqu'à ses pieds, et coiffé d'un chapeau mou, alla sonner à la porte d'où était sorti le peintre.

C'était un beau garçon, d'environ vingt-trois ans, à moustache et à cheveux noirs, à la physionomie intelligente et expressive, fort pâle et fort triste ; il paraissait, en outre, extrêmement fatigué, car, en attendant qu'on vint ouvrir, il s'appuya contre le mur et, finalement, s'assit sur le marchepied, sorte de siège que le moins sybarite aurait du mal à qualifier de confortable.

Cependant, personne ne venant répondre au tintement de la sonnette, il se releva et sonna de nouveau :

— Quoi ! dit-il avec une nuance de mauvaise humeur, il n'est pas encore chez lui, ce particulier-là, où diable passe-t-il son temps ? Par mon composteur, il y a de quoi *gober son bœuf!* — ce qui, en argot des typographes, signifie se mettre en colère.

Il recommença son appel en vain. La porte du peintre ne s'ouvrit pas davantage, mais celle de la maison voisine, entrebâillée, livra passage à la très petite dame dont nous avons déjà parlé.

— Il n'est pas chez lui, cria-t-elle au jeune homme, il vient de sortir. Ce n'est pas la peine de tant carillonner. D'abord, après qui demandez-vous ?

— Après M. Paul Barrel, madame..., mademoiselle, répondit-il, assez révolté, du ton agressif de la nabote. C'est bien ici qu'il demeure ?

— Oui, Monsieur, c'est bien ici ; si vous avez quelque chose à lui dire, je puis faire la commission pour vous.

— Peut-être bien fit le jeune homme, après un moment de réflexion, vous le connaissez ?

— Oh ! oui, Monsieur, très bien, puisque nous sommes voisins, répondit la naine en souriant.

— Quand il peint Vénus sortant de l'onde, il ne doit pas se servir de toi comme modèle, pensa son interlocuteur, qui ajouta tout haut, en tirant de sa poche une jolie bourse en soie verte, sur laquelle se trouvaient brodé en lettres rouges, sur une palette jaune, ornementée de pinceaux bleus, le nom du peintre.

— Voici quelque chose qui appartient à M. Paul Barrel. J'ai vu sa profession d'après ces attributs, et j'ai trouvé son adresse dans le Bottin, je suis venu déjà deux fois pour lui rendre sa bourse, mais je commence à être las de ne jamais le rencontrer. Vous comprenez, ajoute-t-il, faisant tinter les pièces en pluie d'or; depuis que je l'ai trouvée, j'en suis responsable, et je tiens à m'en débarrasser.

— Et vous voulez me la confier pour que je la lui remette, Monsieur, fit l'avorton femelle, devenue fort aimable. Ce sera un bien gros souci pour moi. Cependant, je sais ce que l'on se doit entre voisins, je n'oserais vous refuser.

Et elle tendit la main.

Mais le jeune homme, remettant avec précipitation la bourse dans sa poche, s'écria :

— Je crois que vous avez une sauterelle dans la guitare! Vous confier cet argent! Nenni, nenni, petite mère... Je n'en ai pas le droit. Je le remettrai à celui à qui il appartient et non à d'autres. Tout ce que j'implore de votre bonté, c'est de prévenir M. Paul Barrel que la bourse qu'il a perdue a été retrouvée par moi, Emile Colombau, typographe, rue de la Goutte-d'Or, n° 145, à La Chapelle, et que je le prie de venir la réclamer à cette adresse, le plus tôt possible. Voilà!

— Eh bien, Monsieur Emile Colombau, typographe, vous ferez vos commissions vous-même, glapit la naine, et je me moque de vous et de M. Barrel.

Et elle rentra chez elle, en faisant de nouveau claquer la porte avec violence, ce qui prouve que décidément cette microscopique personne avait un méchant caractère!

— Quel tableau! fit le typographe stupéfait. C'est égal, en voilà une qui ne manque pas d'aplomb.

Il griffonna quelques mots sur un morceau de papier, le glissa sous la porte du peintre et partit, d'un pas mou, chancelant, les yeux vagues, avec l'envie de s'asseoir à tous moments sur les trottoirs.

— Triste, disait-il, rien à se fourrer dans le coco. Voilà plus d'un jour qu'il n'y est pas entré la valeur d'un cadratin. Il faudra pourtant que je me décide à porter la pauvre montre de ma mère au clou, si je ne veux pas claquer dans la rue, comme un misérable cabot.

Son pas faiblissait de plus en plus, quand il côtoya, sans le remarquer, un homme d'environ trente-cinq ans, portant une barbe noire, semée de poils blancs, et vêtu d'un pantalon, d'un chapeau et d'un paletot suffisamment râpés pour indiquer qu'il n'était pas millionnaire. Ce nouveau personnage fit un geste de surprise en passant à côté de l'ouvrier et s'arrêta soudain.

Émile Colombau continuait son chemin lorsque, s'entendant appeler par son nom, il se retourna :

— Tiens, fit-il, Monsieur Plumereau!

Et il s'avança en saluant.

— Les affaires ne vont donc pas, mon ami, dit Plumereau lui tendant la main.

— Ma foi, Monsieur, les vôtres ne paraissent guère florissantes non plus, se dit mentalement l'ouvrier, puis tout haut : Je vous répondrais qu'elles vont bien, vous ne me croiriez pas, puisque vous avez deviné le contraire. C'est d'ailleurs visible à ma mine.

Depuis que je vous ai quitté, tout a mal marché pour moi. Pendant trois mois environ, j'ai travaillé chez Renardin. C'est une boîte et la *banque fouaillait souvent*. Je veux dire qu'on était rarement payé au jour désigné; mais vous connaissez notre argot. Or, il y a de cela quatre semaines, j'étais en train de pomper dur quand on vint me dire que ma mère se trouvait mal. Alors moi, vous comprenez, j'ai filé, laissant ma copie en plan. C'était un travail pressant. Le prote, en rage, m'a *crevé*, — pardon, — renvoyé. Je ne pouvais pourtant pas abandonner ma pauvre vieille.

Elle est morte quand même, voilà trois semaines. Depuis ce temps, je suis sans travail.

Les larmes lui étaient venues aux yeux en parlant de sa mère. Il continua :

— J'ai fait une demande pour entrer à l'Imprimerie Nationale. Ce sont des histoires à n'en plus finir. Il faut toutes sortes de paperasses, mais j'ai de très bonnes recommandations et j'espère bien réussir. Tout de même, la réponse n'arrive pas vite...,et en attendant...

— En attendant, tu crèves de faim, pensa Plumereau, qui répondit :

— Je vais manger un morceau, voulez-vous en faire autant? Nous pourrons causer.

— C'est que..., c'est que..., objecta le typographe dont les jambes flageolaient, je n'ai pas un rond sur moi... — ni chez moi, aurait-il pu ajouter. — C'est un malheur, il y a des jours comme ça...

— C'est bon, c'est bon, fit Plumereau, du moment que je vous invite..., je sais ce que c'est que la *dèche*. D'ailleurs, moi aussi je traverse une crise financière, et je n'ai pas l'intention de vous conduire au Palais-Royal, chez Véfour.

Emile Colombau, ne jugea pas nécessaire de se faire prier davantage — son estomac aux abois le lui interdisait, — aussi deux minutes après les deux hommes étaient installés dans la salle du fond d'un simple mastroquet. Un morceau de viande froide, une omelette, du fromage, une salade, le tout arrosé d'un litre de vin, calmèrent la faim de l'ouvrier. Quand son compagnon, qui n'avait mangé que fort peu et par politesse, de peur de le froisser ou de le gêner, le vit enfin restauré et heureux, il fit venir le café, des cigarettes et entama la conversation :

— Il y a eu du changement depuis que vous m'avez si brusquement quitté, je ne sais encore pourquoi.

— Une idée qui m'a prise comme ça! répondit le typographe avec embarras.

— Vous savez que nous sommes séparés, ma femme et moi.

— Oui, dit Colombau, j'ai su cela et je m'en réjouissais pour vous; malheureusement presque en même temps que la nouvelle de la séparation est venue celle...

Je suis persuadée que vous cachez vos mérites, Monsieur Colombau.

— De la faillite !

— Que j'ai apprise avec beaucoup de regrets.

— Que voulez-vous? fit Plumereau. On récolte ce que l'on sème. C'est de ma faute, j'ai été l'ouvrier de ma destinée, non pas avec Dieu, pour parler comme quelques-uns, mais bien plutôt avec le diable. Quand on a des yeux et qu'on ne voit pas, des oreilles et qu'on n'entend pas, quand on s'acoquine avec une drôlesse et qu'on commet l'insanité de l'élever jusqu'à soi, ce qui est presque descendre jusqu'à elle, quand on honore du titre d'épouse une créature qui ne méritait que celui de catin, on finit par s'en repentir et par porter lourdement la peine de sa folie.

Malheureusement, quand ma funeste passion s'est éteinte, il était trop tard pour agir ou pour réagir.

— Oui, quand le mal est fait, c'est toujours trop tard pour le réparer.

— A cette heure, j'en suis à me demander, comment j'ai pu pousser si loin la niaiserie et l'aveuglement. Savez-vous que si j'ai renvoyé ma pauvre et chère sœur Adèle de chez moi, c'est parce qu'elle voulait me dessiller les yeux. Cependant, à partir de ce moment, j'ai commencé à avoir des doutes, je me suis aperçu qu'Emma était une menteuse, une menteuse éhontée ; certains sourires, certaines paroles sont revenus à ma mémoire, et je me pris à la mépriser, et pourtant je l'aimais toujours ! Concevez-vous cela ?

Quand enfin elle se sauva avec ce sergent-major qui falsifia le cahier d'ordinaire, pour payer ses fantaisies, il y eut en moi un déchirement immense, comme si j'avais perdu la plus pure, la plus noble, la plus fidèle épouse.

Sans Adèle, je me serais donné la mort.

Puis arriva la déconfiture, les dettes de toutes parts, l'argent qui avait filé on ne savait où, les notes que je croyais payées et qui ne l'étaient pas, chez l'épicier, le boucher, le boulanger, le marchand de vin, le coiffeur, la couturière, que sais-je encore! même chez le clicheur, le fondeur et le papetier! Je fus déclaré en faillite, et mon imprimerie et tout le matériel furent vendus. Adèle me raconta le peu qu'elle savait, d'autres personnes aussi parlèrent, et je sus tout au long les infidélités continuelles de cette femme indigne, et ses liaisons d'une heure, d'un jour ou d'un mois avec le premier pantalon venu. Alors, petit à petit, la douleur fit place au ressentiment et le ressentiment à l'indifférence et à l'oubli. Maintenant, je suis guéri, archi-guéri, mais ruiné!

— Je lui savais le diable au corps, répondit Colombau, qui avait écouté Plumereau sans l'interrompre. Plusieurs fois je la vis entrer dans la galerie pour le motif le plus futile, et à la façon dont elle nous regardait, je la comparais involontairement à un sultan qui vient faire son choix au milieu de son harem, seulement c'était renversé. On vous plaignait, on la méprisait, mais enfin, il ne faudrait être ni français ni typo pour refuser une jolie femme qui vient s'offrir à vous. Et ma foi, entre nous, je n'en connais pas qui ait refusé.

— Ainsi, toi-même, peut-être?...

Le typographe hésita un instant et finit par dire un peu honteux :

— Dame! patron. Que voulez-vous, on n'est pas de bois.

— Voyons, conte-moi ça. Plus j'en apprend sur elle, plus ça me soulage...

— Eh bien voici. Ça n'a pas traîné... Un beau jour...

— Un beau jour, répéta Plumereau.

— C'est que je crains de vous déplaire.

— Me déplaire! Pas le moins du monde!

Je sais ce que valait, ce que vaut la donzelle. D'ailleurs mon cœur est mort et je suis devenu philosophe; à tout le moins comme le sage antique, je contemple de loin et de haut, avec un calme imperturbable les orages de ma vie passée. Une goutte de rhum? Contez mon ami, contez vos amours, avec l'ex-madame Plumereau. Ça me fera grand plaisir.

L'ouvrier vida son verre et continua :

— Un beau jour donc, dans la matinée, elle arriva dans le rang où j'étais et fit à mon compagnon je ne sais quelle question insignifiante, tout en me regardant. Quand elle fut partie, celui-ci, qui avait souvent la *barbe* et pas la langue dans sa poche, me dit en posant son composteur sur sa galée :

— « Voilà une bergère qui est malade et qui cherche un bon médecin. Je crois que c'est toi qui sera désigné pour lui donner des soins. Si tu promets de payer une tasse, je tiendrai la chandelle. »

On s'esclaffa dans la galerie, comme bien vous pouvez penser. Je l'envoyai promener avec sa tasse et sa bergère. Je trouvais Mme Plumereau très jolie, mais j'avais l'esprit occupé ailleurs. De plus, c'était le surlendemain le batiau, j'étais dans mon dur, ma mère avait été malade, il fallait payer le médecin; bref, en m'en allant dîner, je ne songeais à aucune aventure amoureuse.

Je n'y songeais pas davantage en revenant un des premiers, lorsque, dans l'escalier, une odeur de benjoin, de violette, de patchouli ou de musc — je ne suis pas bien ferré sur les parfums — vint se mêler dans mes narines aux senteurs moins agréables des machines et de l'encre d'imprimerie, et j'aperçus, par une porte entrebâillée Mme Plumereau qui me disait de sa voix la plus douce :

— « Monsieur Colombau, auriez-vous l'obligeance de me rendre un petit service? »

Je répondis en galant français :

— « Mais, Madame, avec le plus grand plaisir. » Aurais-je pu faire autrement?

— Non, répliqua Plumereau. Il n'est même pas nécessaire d'être Français pour obtempérer aux désirs d'une belle dame! Notre Saint Père le Pape et le Grand Mogol eussent répondu de même.

— « Entrez donc alors — me dit-elle — entrez, cher Monsieur Colombau. »

Et elle ajouta, tout en m'entraînant dans la salle à manger :

— « Un bien joli nom, Colombau... Il rappelle le roucoulement des colombes.

— Tiens, tiens — pensais-je — est-ce que par hasard!...

Mais était-ce bien le hasard qui avait défait deux boutons de son corsage, ceux du haut, qui laissaient à découvert la naissance du cou. Elle me fit asseoir devant une table, où était servi le café avec ses accessoires de liqueurs. Sur un coin de la table se trouvaient éparpillées une collection de lithographies et de gravures représentant des scènes mythologiques et bibliques : *Léda et le Cygne*, *Loth et ses filles*, *Le triomphe de Vénus*, *Suzanne au bain*, *La toilette de Vénus*, *Le satyre impatient*, *La petite Abiguël et le vieux roi David* et d'autres sujets du même genre.

Quand je me fus bien humecté le gosier et réchauffé l'intérieur avec votre excellent rhum, Madame me dit :

— « Je vous ai prié de venir, Monsieur Colombau, pour que vous m'aidiez à faire un choix dans ce tas de vieilles gravures dont mon mari rafole...

— Moi! — riposta Plumereau. — Ah! par

exemple ! Je préfère cent fois des paysages, des scènes d'intérieur, des tableaux de la vie réelle, à tout ce fatras mythologique et obscène... Mais allez toujours.

— « Vous comprenez — continua-t-elle — que je ne veux pas, pour satisfaire aux fantaisies libidineuses de mon mari, accrocher tout cela dans ma chambre à coucher. Je veux choisir ce qu'il y a de plus décent, et comme je vous sais homme de goût et connaisseur en gravures...

— « Oh ! Madame — m'écriai-je — mais je ne m'y connais pas du tout. Qui a pu vous faire ce faux rapport sur mon compte ?... C'est une plaisanterie ! Un mauvais tour qu'un camarade me joue...

Elle m'interrompit, et portant sa main sur la mienne :

— « Du tout, du tout, M. Colombau. Vous êtes trop modeste. Je suis persuadée que vous cachez vos mérites. Mais je saurai bien les découvrir, malgré vous. Commencez donc...

— « Soit, Madame ; mais je vous affirme...

— « N'affirmez rien...

Et la voici qui, négligemment, prend au hasard une estampe et glisse sous mes yeux un Hercule terriblement musclé.

— « Cette gravure ne me plaît guère — dit elle. — Qu'en pensez-vous ?

— « Oh ! oh ! sapristi ! — m'exclamai-je. — Non, elle ne me plaît pas non plus.

— « Et celle-ci ?

Elle fit ainsi défiler une partie de la collection.

— « Si j'écoutais mon mari, il en tapisserait la maison.

— « M. Plumereau ?

— « Mais oui, M. Plumereau ! Vous ne le connaissez pas... personne ne le connaît... que moi... Il est dégoûtant, cet homme ! Ah ! je suis bien malheureuse, allez !

— Il y a des femmes qui pleurent à volonté, parole d'honneur, car je vis aussitôt briller dans ses yeux une larme, qu'elle essuya avec son mouchoir.

Des parfums troublants s'exhalaient de ses chairs. Alors, Monsieur Plumereau, vous m'excuserez.

— De quoi donc aurais-je à vous excuser ? Achevez votre récit.

— Il est inutile d'entrer dans les détails. Vous avez compris quel dût être le dénouement.

Plumereau fit un signe de tête affirmatif.

— Une heure après, je retournais à mon composteur : « D'où sors-tu ? — me criaient les camarades — Tu es à l'amende, tu sais ! Est-ce la patronne qui la payera ? » Et un tas d'autres plaisanteries qui ne me furent pas ménagées... Je vous demande bien pardon, patron, mais vous avez voulu l'histoire... la voilà !

Le typographe s'arrêta. Plumereau, qui avait gardé tout le temps du récit un visage tantôt railleur, tantôt impassible, lui dit :

— Elle est amusante votre aventure avec ma femme ! Si tous ceux qui ont eu ses faveurs montraient autant de franchise que vous, il y aurait à faire un joli petit recueil de nouvelles galantes, digne de celui de Brantôme ou de la reine de Navarre, à l'exception près qu'au lieu d'avoir une héroïne différente par chapitre, ce serait Emma Plumereau l'héroïne de tous les chapitres... C'est bien ; ça me soulage mon cher Colombau.

— Vous ne m'en voulez pas, je pense ?

— Pourquoi vous en voudrais-je ? En somme c'est elle qui vous a séduit. Avec vous, comme avec beaucoup d'autres, elle a joué le grand rôle : celui de l'antique païenne Messaline.

Mais n'y eut-il pas d'autre séance ?

— Ma foi, tout se borna à la première, parole d'honneur ! — répondit le typographe. — Ma mère venait de tomber sérieusement malade et je n'avais pas la tête à la bagatelle. D'ailleurs, à cette occasion, si vous vous le rappelez, vous fûtes très bon pour moi.

— Je ne m'en souviens pas.

— Le médecin avait recommandé à ma mère de boire du bon vin ; excellente ordonnance ; c'est très aisé à dire, et souvent moins facile à faire, surtout dans le ménage d'un pauvre diable de typo. Comment l'avez-vous su ? Je l'ignore. Mais vous avez fait porter chez moi un panier d'excellent bordeaux qui a remis pour quelque temps debout la pauvre vieille. Voilà un genre de service qui ne s'oublie pas. Oh ! alors, M. Plumereau, je me sentais plein de reconnaissance pour vous et de regret de vous avoir trompé. Je me cognais la tête de mes poings. « Et dire que j'ai trompé ce brave homme », répétais-je. Ah ! la coquine de femme ! En tout cas, je me jurais bien de ne plus recommencer.

Malheureusement, Madame Plumereau avait résolu le contraire ; elle avait pris du goût pour ma personne ; je la rencontrai dans la rue, dans l'escalier, à sa porte, affriolante en diable. Un seul moyen se présentait pour ne pas succomber à la tentation, chaque jour grandissante, celui de partir au plus tôt. Ma mère, à qui je ne cachai rien, m'approuva vivement. C'est alors que je suis allé m'embaucher dans l'imprimerie Renardin et je vous ai dit ce qui en résulta.

— Savez-vous, Colombau, — dit Plumereau, — que vos pareils ne sont pas nombreux. J'ai toujours eu pour vous beaucoup d'estime, j'en éprouve encore davantage. Je ne connais qu'une personne qui, justement à propos de la même créature (dans de toutes autres circonstances, il est vrai), ait fait preuve de sentiments aussi délicats et aussi peu en cours. C'est un peintre.

A ce mot de peintre, Colombau tâta sa poche pour s'assurer que la bourse y était toujours.

Sans s'expliquer davantage, Plumereau se leva et, tendant la main au typographe :

— Je vous quitte — dit-il — ayant un travail pressé. Venez donc dîner et souper chez moi sans vous gêner, à la fortune du pot, jusqu'à ce que vos affaires prennent une meilleure tournure.

Il appela le cabaretier, paya, et remettant quelque argent au typographe :

— Vous me rendrez ça — lui dit-il — quand vous serez à l'Imprimerie Nationale. Au revoir et bonne chance.

Et il sortit précipitamment sans tourner la tête, pour se dérober aux remerciements d'Émile Colombau.

CHAPITRE V

Le comte de Bertemont propose un mari à Hélène. — Entrevue du comte et de Louis Napoléon. — Proposition bien accueillie. — La maison mystérieuse. — Ce que l'on trouva dans la cave.

Après avoir pris congé de la princesse, le comte de Bertemont et sa fille retournèrent à pied chez eux. Ils firent le trajet en silence. Le comte paraissait soucieux. Les rides de son visage se creusaient davantage sous l'effort de quelque pensée obsédante. Deux ou trois fois il ouvrit la bouche comme pour parler, mais aucun mot ne sortit de ses lèvres ; visiblement, ce qu'il voulait dire à sa fille lui coûtait fort et il ne savait comment débuter.

Mais aussitôt arrivés à leur domicile, avenue de Montenotte, il se décida brusquement :

— Hélène!

— Mon père ?

— J'ai quelque chose de sérieux à vous dire.

— Je m'en doute, mon père,

— Vous vous en doutez?... Vous lisez donc sur mon visage?

— Quelquefois...

Il resta un moment pensif, silencieux, puis il reprit:

— Vous faites de longues promenades avec la princesse Souvarine, ma fille... Elle vous a prise en singulière amitié.

— Elle me fait l'honneur de se plaire en ma compagnie... Je ne puis qu'en être heureuse et flattée... Cela vous froisserait-il ?

— Non pas, au contraire... C'est une personne de distinction... un peu bizarre, mais vous l'êtes aussi... et vous devez vous accorder à merveille.

— Pas toujours.

— Ah! vraiment... Et savez-vous enfin la cause de son séjour à Paris ?

— Elle n'est pas très explicite à ce sujet. Je ne puis, d'ailleurs, me permettre de l'interroger. Mais vous m'avez déjà posé cette question, mon père. Permettez-moi de vous en poser une à mon tour : En quoi cela peut-il vous intéresser ?

— Un sujet de conversation comme un autre... Je me mêle, vous le savez bien, de politique, et, en politique, les choses d'apparence les plus futiles, peuvent avoir leur importance. La princesse fréquente la cour de Russie. Il serait bon de connaître les dispositions du czar à l'égard du prince président. On sait qu'il ne lui est pas hostile. Son frère Alexandre était en correspondance amicale avec la reine Hortense, et le roi Louis lui-même a fait sauter sur ses genoux le petit prince à la Malmaison. Mais ne pas être hostile ne suffit pas, c'est la neutralité, et il faudrait quelque chose de mieux. Ce n'est pas, vous le comprenez, par les diplomates que l'on sait à quoi s'en tenir. On reste sur la réserve devant un ambassadeur, on ne se livre qu'en famille.

— Je comprends très bien... Mais la princesse et moi ne parlons jamais politique.

— Sans qu'il soit question de politique, je pensais qu'elle vous aurait donné le motif de sa brusque apparition dans notre capitale.

— Elle ne m'a donné aucune explication, mon père, sinon qu'elle venait passer quelques mois à Paris pour changer d'air. Elle aime beaucoup voyager. Il est facile de voir que c'est une personne d'humeur mobile qui déteste rester en place. Enfin, mon père, voilà tout ce que je puis vous dire pour répondre à votre interrogation.

Était-ce parce qu'il avait compté sur une confidence au sujet de la princesse, ou pour toute autre cause, le comte de Bertemont ne parut que médiocrement satisfait de la réponse d'Hélène.

— Mais, mon père, — lui dit à son tour la jeune fille, — vous m'aviez parlé d'un invité, faut-il donner des ordres ?...

— L'invité ? ah !... Je ne pense pas qu'il vienne. Inutile de rien changer au menu... J'ai légèrement menti tout à l'heure à la princesse Souvarine, mensonge que je considère comme péché tout à fait véniel ; ne vous en effarouchez donc pas, non plus que de la question que je vais vous poser : Dites-moi, Hélène, n'avez vous jamais songé au mariage?

— Au mariage ! — répliqua-t-elle en pâlissant. — Pourquoi y aurais-je pensé ?

— Votre réponse est un peu naïve, ma fille, trop naïve pour que je la croie bien sincère... Mais le mariage est l'objet constant des pensées d'une fille de votre âge... Beaucoup de plus jeunes y songent sérieusement..., je dirais même ne songent qu'à cela.

— Eh bien, mon père, qu'elles y songent à leur aise, si cela les distrait... D'abord, pour se marier...

— Il faut aimer quelqu'un et en être aimé, et ce n'est pas votre cas, allez-vous me dire. Je pourrais vous répondre qu'il est beaucoup d'unions dans le monde où cette condition primordiale d'un bon mariage, suivant les idées des jeunes demoiselles, est loin d'être remplie et où les conjoints n'éprouvent l'un pour l'autre qu'une estime réciproque, ce qui ne les empêche pas de s'entendre à merveille et de finir par s'aimer passionnément. Mais, en ce qui vous concerne, je connais une personne que vous n'avez pas encore remarquée et qui aspirerait à l'honneur de votre main.

— Pourrais-je savoir son nom? demanda Hélène rougissante.

— C'est un jeune homme qui serait pour vous un excellent parti, de bonne famille, très bon garçon, quoique un peu excentrique, immensément riche et qui vous adore à genoux. A la vérité, il n'est pas noble, mais vous n'ignorez pas qu'en fait de noblesse, les idées du dix-neuvième siècle ne sont pas celles du dix-septième. D'ailleurs, si vous tenez absolument à épouser un titre, les événements qui vont bientôt s'accomplir me permettront...

— Du moment que ce monsieur est immensément riche, — interrompit à son tour Hélène d'un ton légèrement ironique, — je conçois que le parti ne peut-être qu'excellent. Mon père, tout à l'heure, vous m'avez coupé la parole, et vous avez complété une phrase que je commençais, autrement que je ne pensais la terminer. Je voulais dire que, pour se marier, il faut être un parti présentable, *et je ne le suis pas*.

Elle avait appuyé sur ces derniers mots, elle continua :

— Vous m'avez plusieurs fois laissé entrevoir notre position de fortune, elle est loin d'être brillante; or, je ne veux pas être exposée à rougir devant mon mari; je vois très bien ce que vous allez m'objecter, c'est que je serai ainsi absolument certaine d'être épousée pour moi-même et non pour mon argent; c'est vrai, mais de son côté, mon mari sera bien persuadé que je ne l'épouse que pour sa fortune, et, par conséquent, il ne pourra m'estimer. Dans les conditions où nous sommes actuellement, si je me marie, ce sera avec un homme d'une position modeste, qui m'aimera et que j'aimerai.

— Vous cherchez de singulières complications, ma fille, — répliqua le comte. — Je vois que vous vous plaisez à couper les cheveux en quatre. Qui vous a mis en tête ces distinctions subtiles et ces idées romanesques?

— Permettez-moi, mon père de reprendre vos paroles de tout à l'heure. Vous me disiez : pour épouser quelqu'un il faut l'aimer et en être aimée. Or, cette personne dont vous me parlez et qui m'aime, dites-vous, peut-être bien que je la haïrais, moi.

— C'est impossible; c'est le meilleur garçon du monde, original, bizarre, mais sympathique; un cœur d'or; sa bourse constamment ouverte est à la disposition de tous ses amis. En un temps fort court, vous serez habituée à lui, et plus tard vous me remercierez chaleureusement d'avoir travaillé à votre bonheur... ce qui est mon devoir de père.

— Un cœur d'or et un portefeuille bien garni, — dit froidement Hélène, — voilà des qualités de premier ordre, mais mon père, je vous ai dit ce que je pensais; cet aspirant à ma main sera persuadé moralement que je ne l'épouse que pour ses écus et, pour cette raison, je n'en veux point, quels que soient d'ailleurs tous ses mérites.

— Ce serait fort regrettable, mais je suis persuadé que ce ne sont pas vos dernières résolutions, vous réfléchirez, ma fille, sérieusement, très sérieusement; je vous présenterai ce jeune homme, il vous paraîtra à coup sûr d'une sauvagerie exagérée, peut-être l'impression première sera-t-elle mauvaise, mais, au fur et à mesure que vous le connaîtrez davantage, vous l'apprécierez et vous vous apercevrez que le proverbe se trompe et que la première impression n'est pas toujours la bonne.

— Vous me présenterez ce monsieur quand il vous plaira, mais je suis bien certaine que mes idées ne varieront pas; en supposant le contraire vous vous exposez à une grosse déception.

— J'espère pour moi, comme pour vous, qu'il n'en sera pas ainsi, ma fille. Ce mariage ferait le bonheur de trois personnes, le vôtre, celui de ce gentleman et le mien. M. James Dilson, c'est ainsi qu'il se nomme, vous adore; généreux et dévoué comme je le connais, il ne manquerait pas de me rendre quelques petits services dont j'ai grand besoin, croyez-le; de mon côté, je saurais m'arranger pour que son nom plébéien soit transformé plus tard en un autre plus élégant et plus sonore..... Quoi qu'il en soit, il y a ce soir grande réception à l'Elysée, et j'allais oublier de vous dire que nous sommes invités.

— Ce soir, mon père? — dit Hélène, qui ne put retenir un geste de mauvaise humeur.

— Oui, cela vous étonne.

— Non, non, nullement, — répondit la jeune fille, vivement contrariée.

— Ce soir donc, je vous présenterai M. James Dilson. Faites pour lui ce que vous feriez pour n'importe quel personnage qui vous serait présenté. Je ne vous en demande pas davantage. Un seul mot aimable et vous verrez sa glace fondre comme par enchantement..... et l'enchanteur, ou plutôt l'enchanteresse, ce sera vous, ma chère Hélène — ajouta galamment le comte... et maintenant allons déjeuner.

La jeune fille avait reçu ce compliment d'une manière assez maussade qui indiquait clairement que la perspective de dégeler James Dilson ne lui souriait aucunement.

La veille, entre deux et trois heures de l'après-midi, le comte de Bertemont s'était présenté à l'Elysée et avait été introduit sans la moindre difficulté dans le cabinet de travail du Président de la République.

Louis Napoléon, appuyé contre le manteau de la cheminée, dans laquelle brûlait un grand feu, fumait une cigarette tout en tortillant les pointes de sa moustache. Il vit que le comte avait l'air agité, mais ne parut rien remarquer et lui dit simplement :

— Vous avez quelque chose de nouveau à m'apprendre, Bertemont ?

— Oui, monseigneur, quelque chose d'agréable. La chance va nous sourire. Je suis sur la piste d'un trésor.

— Un trésor ? Oh ! oh ! on n'en trouve plus guère que dans les comtes de fées et les histoires d'oncles d'Amérique.

— Justement, Monseigneur... Il s'agit sinon d'Amérique, du moins d'un américain... Un américain qui nous apporte cinq millions.

— En effet, c'est assez important, et c'est fort bon à prendre, — dit Louis Napoléon toujours aussi calme, ce qui contrastait singulièrement avec l'agitation du comte ; — mais si vous n'êtes que sur la piste, nous ne les tenons pas encore. Vous savez qu'en fait de pistes, il en est de longues.

— C'est vrai, Monseigneur. Mais j'ai tout lieu d'espérer que la nôtre ne nous entraînera pas aussi loin que celle des Indiens de Fenimore Cooper. Veuillez me prêter un moment d'attention et vous verrez que je ne parle qu'à bon escient.

— Voyons donc, — fit le Prince, en allumant une autre cigarette.

— Voilà, Monseigneur ; je vous ai parlé d'un certain américain fort riche, amoureux fou de ma fille Hélène...

A ce mot d'Hélène, l'œil terne du Prince brilla d'une passagère lueur.

— Eh bien ?

— Mais amoureux à en perdre la raison.

— Un américain amoureux à en perdre la raison, — répéta le Prince, — j'en suis surpris. Il doit y avoir quelque calcul de marchand de cuir ou de cochons là-dessous. Et où sont ces cinq millions ?

— A découvrir.

— Vous plaisantez, sans doute, Bertemont ?

— Je ne me le permettrais pas, Monseigneur... Il m'a dit : Donnez-moi votre fille et je vous abandonne mes droits sur un trésor qui m'appartient... Et comme je lui posais la même question que vous venez de m'adresser, où est-il ? Il me répondit tout simplement qu'il n'en avait aucune notion bien exacte et il conclut par cette citation de l'Evangile : « Cherchez et vous trouverez ». Réponse et citation qui diminuèrent considérablement ma joie.

— Elles diminuent aussi la mienne, — dit froidement le Prince. — Votre américain, mon cher comte, aura bu quelques verres de punch de plus que sa ration habituelle. Etes-vous bien sûr qu'il n'avait pas l'esprit troublé ? Je parierais qu'il a voulu s'amuser à vos dépens.

— Je ne crois pas, Monseigneur. Un instant, j'ai supposé la chose, mais elle est inadmissible. Outre que sa passion pour Hélène est trop vive pour qu'il se permette de mystifier quelqu'un qui la touche de si près, outre qu'il ne plaisante jamais, outre qu'il ne commet pas ou qu'il ne commet plus un seul excès de boisson, il m'a de nouveau affirmé, et du ton le plus sérieux, que ce trésor existait, qu'il en était absolument sûr, qu'il lui appartenait, qu'il y avait là un secret de famille assez incompréhensible; qu'il me confierait tout ce qu'il en savait, c'est-à-dire peu de choses, en bien recommandant de ne pas manquer le rendez-vous qu'il me donnait. Je n'ai pas le moindre doute en sa parole.

— On croit aisément tout ce qu'on désire. Quant à moi, ma confiance est fort limitée. Puissiez-vous, puissions-nous avoir cette chance. Jamais les circonstances n'ont été plus favorables. Dans la majorité de l'Assemblée, aucune cohésion, aucune force; ils ont peur de moi, ils ont peur des républicains, ils ont peur les uns des autres. Leur président Dupin est une nullité.., Pas la moindre énergie, pas le moindre caractère, un vrai poltron ; nous avons beau jeu, l'anniversaire de la bataille d'Austerlitz approche ; de Morny voudrait commencer ce jour-là, c'est aussi mon avis, ce serait d'un heureux présage, qui ne manquerait pas d'impressionner favorablement les Français, gens très impressionnables ; mais c'est l'argent, ce maudit argent qui nous fait défaut, et ce nerf de la guerre est aussi celui des coups d'Etat. Enfin, mon cher Bertemont, si vous croyez pouvoir compter sur votre américain, moi je compte sur vous. Je fais des vœux pour que vous réussissiez dans vos recherches et que vous m'apportiez promptement la forte somme ; on pourra dire qu'elle arrive comme marée en carême.

— Monseigneur, comptez sur nous. James Dilson est franc. Puisqu'il l'a dit, ce trésor existe ; et puisqu'il l'a promis, il le donnera.

— Le destin vous entende ! Et quand saurons-nous ce qu'il en est ?

— Je ne pense pas que les recherches soient bien longues. Il doit être déjà sur la piste, et sait à quoi s'en tenir, autrement, il ne m'en eut pas parlé comme il l'a fait : j'ai la conviction qu'il me ménage une surprise. D'ailleurs, il est convenu que je vous le présenterai demain soir ainsi qu'à ma fille.

— Ah, il vient ?

— Comment, s'il vient ! Il a été très flatté de la carte d'invitation. Vous savez comme moi, monseigneur, que ces farouches démocrates d'outre-mer sont amateurs féroces de distinctions sociales. Ils ne rêvent que blasons, particules, titres de noblesse, alliance avec des grandes familles ; et c'est curieux de voir ces marchands de porcs et ces fabricants de suif se réveiller un beau matin quand leur fortune *est* faite, avec des fiertés d'aristocrates et des manières de savetiers. — J'ai eu soin de faire adroitement miroiter aux yeux de celui-ci le mirage d'une position éminente dans la bonne société parisienne. Il n'est pas sans connaître quelques bribes d'histoire, il sait fort bien que de pires manants que lui, et sans fortune, se sont élevés aux premières dignités, sous votre oncle ; il est vrai, par leur seul mérite — mais n'importe, l'espérance d'une semblable aubaine l'a rendu bonapartiste enragé. Naturellement, je lui ai recommandé, de peur de quelques maladresses, de ne pas le crier sur les toits. Il faudra que plus tard, s'il épouse Hélène, et il l'épousera, il faudra, dis-je, qu'il soit autorisé à ajouter à son nom quelque titre décoratif....

— Oui, oui, naturellement, c'est entendu et ce sera facile... Nous le bombarderons d'un titre. Vous pouvez lui dire, mon cher comte, que je m'arrangerai en sorte de le créer baron....., pour services rendus à l'Etat.

— Au coup d'Etat plutôt, ah, ah, ah, ah ! Alors, monseigneur, à demain, je vais déterrer le magot.

— Hâtez-vous et bonne réussite !

Et là-dessus, le comte de Bertemont prit congé tandis que Louis Napoléon, toujours accoudé au manteau de la cheminée, allumait une autre cigarette.

Comme quatre heures venaient de sonner, le comte de Bertemont, sortit par la petite porte verte, qui s'ouvrait au fond de son jardin, dans la ruelle déserte, et il aperçut James Dilson, à quelques pas plus loin se dirigeant à grandes enjambées vers l'extrémité de la ruelle, où était située la mystérieuse résidence. Il le rattrappa et l'aristocrate ruiné, plein d'espérance, fit route avec le fils du commerçant millionnaire, dont le visage conservait sa dure et maussade expression habituelle.

Il est indispensable de donner au lecteur quelques renseignements au sujet de la maison où nos deux personnages se dirigeaient et que l'on appelait dans le quartier la maison de l'Anglais.

Construite sur le modèle de ces jolies villas qui embellissent la campagne anglaise et les faubourgs des moindres villes de la Grande-Bretagne, elle n'avait qu'un seul étage et se trouvait placée à peu près au centre d'un vaste jardin entouré de murs élevés. Deux portes y donnaient accès, l'une assez grande, en fer forgé, dans la rue, l'autre toute petite en bois, dans la ruelle. Jamais les habitants du quartier n'avaient vu ces portes ouvertes, et depuis plus de vingt ans personne n'habitait la villa.

Cette dernière particularité avait suffi pour l'échafaudage d'une légende ; sans précisément passer pour une maison hantée, elle avait une fort mauvaise réputation. On disait qu'un crime y avait été commis, sans préciser quel genre de crime. Quelque chose de vague et de terrible à la fois, planait sur ces jardins incultes, sur cette demeure abandonnée. Les vieilles femmes hochaient mystérieusement la tête en se la montrant et les galopins n'osaient en escalader les murs. Quand leurs marmots criaient trop fort, les mamans les menaçaient d'aller les porter dans la maison de l'Anglais, menace qui les remplissait d'effroi et les faisait taire immédiatement.

Vers 1821, elle avait été bâtie d'après les plans et sous la direction d'un professeur de rhétorique, personnage original, architecte à ses heures, qui, se voyant possesseur d'une fortune assez rondelette, provenant d'un héritage, et dégoûté du jardin des racines grecques, avait donné libre carrière à une passion et à un penchant infiniment légitimes tous deux, que jusqu'alors il s'était vu forcé d'étouffer en lui, la botanique et la misanthropie. Tout le monde n'a pas à se louer de ses contemporains, et il était sans doute du nombre des mécontents.

Il vivait solitaire dans cette sorte de petite campagne, installée hors des boulevards extérieurs, au milieu de ses arbres, de ses plantes et de ses fleurs quand la mort vint sur le surprendre alors qu'il ne l'attendait guère. Les héritiers joyeux s'empressèrent de mettre la maison en vente, non sans trouver l'occasion de pester quelque peu contre cette « vieille bête » qui avait dépensé un argent considérable, l'argent qui eut dû leur revenir pour obtenir des tulipes rares et des hortensias curieux.

Ils trouvèrent de suite un acquéreur sur lequel James Dilson nous donnera, plus tard, quelques renseignements.

Cependant le comte de Bertemont et son gendre en expectative étaient arrivés devant la petite porte dont nous avons parlé plus haut. L'Américain l'ouvrit et aussitôt qu'ils furent entrés la referma soigneusement.

La nuit s'approchait. Le vent soufflait avec une violence extrême, faisant bruire, siffler et gémir les arbres, les arbustes dépouillés, et les débris de végétaux de toute sorte amoncelés dans le jardin. En plein été, une merveilleuse végétation s'élançait, jusqu'à hauteur d'épaules, libre, exubérante, vigoureuse, une sorte de minuscule forêt vierge, pleine d'insectes, d'oiseaux, de fleurs et de mystère. Mais en cette morne saison, une immense tristesse s'épandait sur la maison déserte, sur ce cimetière végétal, sur toutes ces plantes mortes qui se transformaient lentement en vaste fumier pour la nourriture des floraisons prochaines.

Comme James Dilson et le comte traversaient rapidement le jardin, où, dans l'humus, les pieds, par endroits, disparaissaient jusqu'aux chevilles, un corbeau perché sur un arbuste, se mit à les observer d'un œil stupéfait. Troublé probablement par cette visite importune, il croassa d'une façon si lugubre que les deux hommes sentirent la sueur perler sur leur front et des frissons glisser le long de leur échine. Ils s'arrêtèrent.

— Sale bête, — dit l'Américain, — je déteste les corbeaux ! Comte de Bertemont aimez-vous le whisky ?

— Assez, — répondit ce dernier, intrigué et sentant soudre en lui une vague inquiétude.

— Très bien — répondit James Dilson.

Là dessus il tira de sa poche une de ces bouteilles plates, dont la moitié inférieure s'emboîte dans une sorte de gobelet en étain de même forme. Il remplit le gobelet jusqu'aux bords et le présenta au comte qui en absorba le contenu par petites gorgées.

L'Américain s'en versa à son tour une rasade, l'avala et dit :

— Ne croyez pas que ce soit dans mes habitudes... je n'en bois plus que par hygiène. Aujourd'hui j'en prends pour me donner du cœur au ventre. Nous allons entreprendre une rude besogne comte, je vous ai dit qu'il y avait ici un trésor, mais il s'agit de le gagner... On n'obtient rien sans peine... « C'est le fond qui manque le moins », comme a dit votre poète Boileau.

— Non — rectifia le comte — La Fontaine.

— La Fontaine... Boileau, je savais bien qu'il y avait là dedans du liquide de source. Je préfère celui que j'ai en poche... Encore une rasade ?

De nouveau, il remplit les gobelets qui furent promptement vidés. Puis James Dilson poussa un « hum » vigoureux en signe de défi aux oiseaux prophètes de malheur. L'alcool produisait son effet ha' 'tuel, hâtait la circulation de leur sang et ! : rendait l'entrain qu'ils avaient un instant ,erdu.

— Je me sens maintenant tout à fait satisfait — dit James Dilson, se frappant sur la la poitrine. Et vous ?

— Moi ! tout à fait réchauffé.

Satisfaits et réchauffés, les deux hommes se remirent en marche et atteignirent bientôt la maison vide.

Une porte, placée entre deux fenêtres aux volets clos, s'ouvrait de plein pied dans le jardin. L'Américain fouilla derechef dans sa poche, en tira une nouvelle clé qu'il introduisit dans la serrure et se mit à manœuvrer. Ce ne fut pas un petit travail. Pendant ce temps, le comte de Bertemont ayant aperçu un décrottoir, aux trois quarts enterré, essayait consciencieusement d'y nettoyer ses chaussures couvertes de boue et de fragments de feuilles pourries.

La nuit, nous l'avons dit, approchait rapidement, le vent soufflait avec plus de violence. Les feuilles mortes soulevées tourbillonnaient éperdument à ras du sol ou s'envolaient par dessus les murs pour poursuivre dans l'air, leurs rondes vertigineuses. Des nuages gigantesques, aux formes tourmentées, glissaient rapidement dans le ciel. L'ombre tombait du haut de la maison dans le jardin inculte. Ce triste spectacle d'hiver était bien approprié aux figures inquiétantes et mélodramatiques du comte et de son compagnon.

Après maints efforts et maints jurons, la porte s'ouvrit enfin.

Les deux hommes pénétrèrent dans un long corridor, qui traversait la maison, et aboutissait à l'entrée faisant face à la rue. On distinguait vaguement un escalier conduisant au premier et unique étage et, en dessous, une seconde porte.

Comme ils entraient dans le corridor, une rafale s'y engouffra avec un escadron de feuilles mortes, soulevant un long gémissement semblable à une plainte de damnés que les lugubres échos de la vieille maison, muets depuis bien longtemps, enflèrent et multiplièrent.

— Sale vent ! — dit James Dilson — je déteste le vent — et il referma la porte, ce qui les plongea dans une complète obscurité. Le comte eut un mouvement d'effroi. Il porta vivement la main à une poche intérieure de son pardessus, dans laquelle il avait caché, à tout hasard, un poignard et un revolver. Mais l'Américain fit flamber une allumette qu'il approcha d'une lanterne posée à terre, contre le mur.

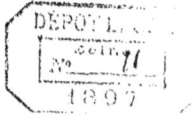

Nous parlions d'un coup d'Etat possible, Monseigneur.

Puis faisant signe au comte de le suivre, il s'avança, la lanterne à la main, jusqu'à la porte placée sous l'escalier. La même opération que tout à l'heure recommença : la clef ne pouvait s'introduire, puis quand elle fut entrée dans la serrure, ce fut au tour du pène de refuser de fonctionner. Cinq ou six minutes se passèrent de la sorte, pendant lesquelles l'Américain se remit à proférer, en langue anglaise, des jurons aussi énergiques qu'intraduisibles; enfin la porte grinça d'une horrible façon, tourna sur ses gonds rouillés et un jet d'air épais, lourd, nauséabond suffoqua presque nos deux personnages.

Devant eux, s'enfonçait dans les profondeurs du sol, un escalier étroit et tournant.

La descente commença, rendue pénible par le mauvais état des marches, en plusieurs endroits disjointes. Le comte suivait silencieusement l'Américain, qui ne soufflait mot, fort occupés tous deux à ne point se laisser choir.

Ils parvinrent sans accidents au bas de l'escalier, et se trouvèrent dans une cave assez grande, jonchée le long des murs de débris de futailles. Ils la traversèrent et se heurtèrent à une nouvelle porte, fermée à l'aide d'un cadenas qui se montra aussi rétif que les serrures précédentes et, comme elles, finit par se laisser ouvrir. Ils se trouvèrent dans une nouvelle cave qui ne présentait rien de particulier. Plus petite que la première, carrée, on y voyait des bouteilles vides et des débris de vieux tonneaux.

James Dilson, toujours muet, mit dans la main du comte sa lanterne et tira d'une poche de son pardessus un portefeuille fort épais. Il l'ouvrit et prit, au milieu d'une liasse de banknotes, une feuille de papier jaunie, qu'il approcha de la lumière. Après l'avoir attentivement consultée, il la replaça soigneusement dans le portefeuille et le portefeuille dans sa poche.

Se postant alors à l'angle gauche de la cave, la figure tournée vers le mur faisant face à l'entrée, il compta six pas en longeant la muraille adjacente, puis s'arrêta. Le comte de Bertemont qui suivait ses mouvements dans le plus grand silence, fut assez étonné de le voir pousser de toutes ses forces dans le mur avec son bras et son épaule, mais le fut encore bien davantage quand sous les efforts de l'américain une porte très étroite, dont on n'aurait pu soupçonner l'existence, céda et livra passage dans un autre caveau.

— Le ressort est encore puissant — dit James Dilson qui se maintenait dans l'entrebâillement. — Fabrique américaine, monsieur. Vous venez !

Il pénétra le premier, le comte le suivit; quand ce dernier fut entré, l'américain lâcha la porte que jusque-là il avait retenu de toutes ses forces et des deux mains; elle se referma avec violence.

Ce nouveau caveau, de dimensions moyennes, présentait diverses particularités qui attiraient immédiatement l'attention. Le long de l'un des côtés, se trouvaient rangées une grande quantité de bouteilles bouchées, couverte d'une couche épaisse de poussière et de toiles d'araignées. A quelques pas de là, un trou s'ouvrait dans le sol, près duquel s'élevait un tas de terre surmonté d'une pelle et d'une pioche. Plus loin, au bas du mur opposé à la porte, un grand manteau et une couverture recouvraient un objet long, bosselé, dont il était impossible de deviner la nature.

Mais un autre objet, plus que tous ceux dont nous venons de parler, attira la curiosité du comte. Sur le manteau même étendu au fond de la cave, quelque chose étincelait comme ces météores cosmiques qui, parfois, traversent rapidement le ciel en lançant des rayons d'un éclat incomparable. Cela fulgurait, multipliant, décuplant, centuplant la lueur déclinante du falot, d'une splendeur telle que le père d'Hélène porta la main à ses yeux.

— Oh! oh! — fit-il — qu'est-ce que cela ?

Sa lanterne à la main il voulut s'approcher pour mieux voir.

Mais James Dilson, se plaçant devant lui comme pour lui barrer le passage, lui dit :

— Ne bougez pas, comte, je vous prie. Elevez votre lanterne.

Et, en même temps, il le fit reculer et lui montra comment il fallait tenir la lumière pour éclairer le trou commencé.

Puis allant prendre lui-même sur le grand manteau poudreux l'objet qui, à bon droit, intriguait si fort le comte, il le lui apporta en disant :

— Pour elle !

Le père d'Hélène ferma un instant ses yeux éblouis. Dans sa main tremblante il tenait une large marguerite, d'un diamètre supérieur à celui d'une pièce de cinq francs toute constellée de diamants montés sur or, dont celui du milieu d'une grosseur prodigieuse. Six rangs de plus petits brillants l'entouraient, augmentant de volume du centre à la périphérie, et représentaient les pétales de la fleur flamboyante, chef-d'œuvre d'un lapidaire de génie. Devant le comte extasié, elle dardait ses feux, digne de décorer la tiare d'un enchanteur des Mille et une Nuits.

Cependant l'américain avait saisi la pioche et, sans prendre la peine d'enlever son paletot ou d'ôter son chapeau, il fouillait énergiquement le sol. De temps en temps, il tenait ses yeux fixés sur le comte, puis les reportait sur le manteau et la couverture étendus au bas du mur. Alors ses sourcils se fronçaient et il redoublait d'ardeur.

Le comte de Bertemont le regardait avec une sorte de stupeur. Par moment, il se croyait le jouet d'un rêve. Cette cave secrète, ce joyau sans pareil, ce manteau étendu, cachant quelque chose de mystérieux, d'effrayant sans doute, cet homme silencieux semblant creuser une fosse, offraient à ses yeux un fantastique tableau.

L'Américain creusait toujours, son bras se levait et s'abattait avec la régularité d'une machine. Bientôt laissant la pioche de côté, il se servit de la pelle. La terre qu'il retirait formait un monticule s'élevant à demi hauteur d'homme. Soudain, il y eut un grincement : une petite caisse en fer venait d'apparaître. Non sans peine, il put l'extraire du sol où elle semblait incrustée, et il la présenta au comte d'un air triomphant.

— Voilà ! — dit-il. — Je suis très satisfait !

Celui-ci en tremblant la prit dans ses bras. Quoi, c'était là que se trouvait enfermé le fameux trésor, dépassant cinq millions ! Une caisse si minuscule. Etait-ce possible ? Lui, qui avait rêvé de liasses de billets de banque, de piles d'écus, de sacs d'argent, de monceaux d'or ? Cela se trouvait-il dans cette cassette de fer, très lourde en vérité, mais bien exigüe, pour contenir la somme promise.

James Dilson lut-il sur le visage du comte un commencement de déception ? Il haussa les épaules.

— Dans mon pays, dit-il, nous n'avançons jamais rien à la légère. Nous ne sommes pas comme vous autres, les Français ! Quand nous affirmons une chose, c'est que nous en sommes sûrs. Vous m'avez promis de me donner votre fille, je compte sur votre promesse : je vous ai promis cinq millions, les voici !

Il avait repris la caisse au comte, il la posa à terre, leva sa pioche et d'un coup il en fit sauter le couvercle.

Le père d'Hélène poussa une exclamation. Des pierres précieuses la remplissaient jusqu'aux bords : diamants, rubis, topazes, saphirs, améthystes, émeraudes, agates et bien d'autres encore, transparentes et opaques, de toutes les couleurs, de toutes les formes, de toutes les dimensions. Des feux, jaunes, oranges, rouges, bleus, verts, violets, roses, tout le prisme, s'échappaient de la vieille caisse de fer, rouillée, dont l'ouverture rectangulaire apparaissait comme une branche d'arc-en-ciel, semée d'étoiles scintillantes.

On ne pouvait songer à emporter la caisse fort lourde, et qui aurait pu attirer l'attention, ne fût-ce que d'un simple agent de police. Le comte se décida à se remplir les poches. Elles furent bientôt pleines, celles du pantalon, celles du paletot, celles du pardessus. James Dilson, venant au secours de son futur beau-père, bourra également les siennes. On plaça ce qui restait dans un mouchoir dont les quatre extrémités furent soigneusement nouées.

Cela fait, l'Américain se dirigea vers le tas de bouteilles, en prit une avec beaucoup de précautions et revint vivement vers le comte dont les yeux étaient de nouveau fixés sur le grand manteau, recouvrant il ne savait quel mystérieux objet.

— Venez — dit James Dilson en entr'ouvrant la porte.

Le comte obéit. En levant les yeux, il aperçut un énorme ressort à boudin attaché par l'une de ses extrémités à la muraille et par l'autre à la porte, ce qui expliquait aisément comment celle-ci, sous une pareille pression, s'ouvrait si malaisément et se refermait avec tant de promptitude.

Le comte étant sorti, James Dilson le suivit. Derrière eux la porte se referma avec violence. Une couche de ciment collée contre le bois et de même couleur que les murs de la cave, interdisait la découverte de la moindre trace d'une ouverture de la muraille. Même en inspectant minutieusement avec la lanterne, on n'apercevait aucune solution de continuité.

D'une démarche fort alourdie et avec des mouvements embarrassés, l'un portant la lanterne et le mouchoir, l'autre la bouteille, les deux hommes s'en retournèrent par le même chemin qu'ils avaient pris pour venir et se trouvèrent de ce chef dans le corridor. Ils éteignirent la lanterne, la reposèrent à terre, traversèrent le jardin assez lentement et arrivèrent à la porte verte.

Le comte l'ouvrit sans bruit et, accompagné de James Dilson, traversa si doucement les allées du jardin que personne, eût-on prêté l'oreille du dehors n'aurait pu les entendre.

CHAPITRE VI

Le coup d'Etat devenu imminent par les fautes des deux assemblées. — Les actes de Cavaignac. — Suspension de onze journaux. — Obligation de la signature. — Soirée à l'Elysée. — Opinions en cours sur Louis Bonaparte. — Présentation de James Dilson à Hélène de Bertemont

Ce jour-là — 25 novembre 1851 — dans les salons de l'Elysée la soirée était brillante.

Bien que la lutte qui se poursuivait entre le Prince-Président et l'Assemblée fut passablement chaude, bien que les députés, légitimistes, orléanistes, républicains, eussent pour Louis-Napoléon juste le degré de confiance qu'ils pouvaient avoir en la personne de quelqu'un qu'ils savaient pertinemment aspirer au pouvoir absolu, comploter à l'ombre, attendre l'occasion pour la saisir et ne point la lâcher, de balayer une assemblée qu'il souhaitait cordialement au diable, ils se pressaient nombreux à cette soirée, l'avant-dernière qu'offrait le futur empereur, avant l'accomplissement de cette opération que le duc de Morny nommait un coup de balai, expression énergique sinon respecteuse.

D'ailleurs, si tous les représentants du peuple, qui — à l'exception d'une poignée de républicains sincères — représentaient leurs intérêts personnels avec les vieux partis dont la nation commençait déjà à se désintéresser — si les représentants du peuple, disons-nous, avaient de bonnes raisons de se méfier de Louis-Napoléon, il en avait aussi, et d'excellentes, pour les tenir en suspicion.

Orléanistes et légitimistes s'entendaient à merveille pour désirer sa chute. Quant au successeur à lui donner, c'était une autre affaire, chacun prêchant pour son saint. Les républicains se méfiaient de la majorité de l'Assemblée et du chef du pouvoir exécutif : des deux côtés ils craignaient un coup d'Etat. Ils ne prévoyaient pas que cette majorité, si désireuse de se débarrasser de Louis-Napoléon et d'eux-mêmes, comptait trop de gens égoïstes et timorés et pas assez de gens résolus, pour prendre de viriles et redoutables résolutions.

L'Assemblée et Louis-Napoléon se trouvaient ainsi vis-à-vis l'un de l'autre comme les deux dragons de la fable dont l'un à plusieurs têtes, ne peut aller où celui à une seule tête pénètre facilement.

Le Président de la République voyait son but à atteindre et y allait résolument, poussé par les circonstances favorables, autant que par son entourage et son propre désir, tandis que l'Assemblée, agitée par mille passions et intérêts contraires, ne savait prendre aucun parti.

Interrogé sur les probabilités d'un coup d'Etat, l'avocat légitimiste Antoine Berryer, qui avait, en 1840, défendu Louis-Napoléon après l'affaire de Boulogne, répondait :

« Un coup d'Etat, qu'il vienne du Président de la République ou même de la Chambre, ça ne se prépare pas, ça se fait un beau matin sans avertir personne .»

C'est ainsi qu'il s'accomplit, mais depuis longtemps il se préparait. Il était dans l'air ; tout le monde en parlait, on le sentait venir, imminent, inévitable. L'Assemblée constituante et l'Assemblée législative n'avaient commis que des fautes froissant et indignant le bon sens public, pour ne parler que de la création de ces ateliers nationaux, qui, sans rien produire, coûtèrent 17 millions, une des aberrations d'un gouvernement aux abois que Victor-Hugo stigmatisait ainsi :

« C'était un expédient fatal. Ils avaient abâtardi les vigoureux enfants du travail ; ils avaient ôté à une partie du peuple le goût du labeur, goût salutaire qui contient la dignité, le respect de soi-même et la santé de la conscience.

« A ceux qui n'avaient connu jusque-là que la force généreuse du bras qui travaille, ils avaient appris la honteuse puissance de la main tendue.

« Ils avaient déshabitué les épaules de porter le poids glorieux du travail honnête et ils avaient habitué les consciences à porter le fardeau humiliant de l'aumône. Nous connaissions déjà le désœuvré de l'opulence ; ils créèrent le désœuvré de la misère, cent fois plus dangereux pour lui même et pour autrui.

« La Monarchie avait ses oisifs ; la République eut ses fainéants.

« Paris copia Naples. »

Et à la nouvelle de la fermeture de ces ateliers, deux cent vingt-et-une barricades s'étaient élevées dans Paris, soixante mille hommes avaient pris les armes.

C'est alors que Cavaignac fut investi de la dictature.

On sait comme il en usa. On l'accusa, non sans raison, d'avoir laissé grandir l'insurrection pour mieux la foudroyer comme devait faire Thiers en 1871.

Elle fut foudroyée, c'est le mot, et ceux qui ne furent pas massacrés n'échappèrent ni au bagne, ni à la transportation.

La féroce réaction bourgeoise triomphait. Un des premiers actes du général Cavaignac en arrivant au pouvoir avait été dirigé contre la presse. Le 25 juin, onze journaux étaient, suivant l'expression du *Peuple constituant*, passés au fil du sabre africain. La rédaction de ces journaux, ainsi frappés sans distinction d'opinion, était de nature à prolonger la lutte qui avait ensanglanté la capitale. Emile de Girardin, fondateur et directeur du journal la *Presse*, journaliste de grand talent, fut arrêté, enfermé à la Conciergerie et tenu pendant huit jours au secret le plus rigoureux, sur un simple arrêté du Préfet de police, sans qu'aucun mandat de justice eut été décerné contre lui. Cet acte exorbitant fut regardé comme une vengeance du *National*, l'organe de Cavaignac. La *Presse* comptait alors près de 70 000 abonnés, chiffre énorme pour l'époque, valait au moins un million et demi, faisait vivre plus de 300 familles, c'est-à-dire plus de 1,000 personnes et versait dans la circulation plus de 6,000 francs par jour.

Le 7 août, Cavaignac, devant les clameurs de l'opinion, leva la suspension dont il avait frappé ces onze journaux, mais le 21 du même mois, il suspendait de nouveau le *Père Duchêne*, le *Lampion*, la *Vraie République* et le *Représentant du Peuple*.

Ainsi la République à son début ne tenait pas ses promesses : elle avait proclamé dès le principe la liberté absolue d'exprimer sa pensée, et elle confisquait les journaux et emprisonnait les journalistes sans aucune forme de procès.

Elle avait proclamé le droit au travail et à ceux qui lui demandaient du travail elle avait répondu par des coups de canon, des fusillades, des exécutions sommaires et la transportation en masse.

Elle ne devait pas s'arrêter dans la voie des réactions, en ce qui concerne les journaux, et, le 9 août 1848 elle rétablissait le cautionnement qu'elle avait aboli.

L'*Assemblée nationale*, le 16 juillet 1850, vota d'urgence une loi destinée à réglementer la presse, exigeant que tout article de discussion politique, philosophique ou religieuse, devait être signé par son auteur, sous peine de 500 francs pour la première contravention et de 1,000 francs en cas de récidive, punissant toute personne se couvrant pour signer un article d'un nom qui n'était pas le sien, d'une amende de 1,000 francs et d'un emprisonnement de six mois.

« De ce jour, dit à ce sujet Edouard Texier, le voile qui cachait la statue d'Isis a été violemment arraché, les demi-dieux sont devenus des hommes.

« Tous les autocrates de la presse, tous les porte-voix de l'opinion publique, ont été contraints de sortir de l'arrière-bureau de la rédaction et de montrer leur visage par la fenêtre de la publicité.

« Nous avons assisté au mercredi des cendres du journalisme.

« L'homme qui, sous le domino de l'anonymat, prêchait la morale et le culte de la famille, était précisément le même qu'on voyait folâtrer chaque soir, papillon quinquagénaire, dans le parterre des fleurs animées de l'Opéra.

« Le carnaval finissait aux premières lueurs du jour, et le public, en voyant défiler tous ces noms qui sortaient du bal masqué, disait :

« *Je le connais, beau masque !* »

. . . .

Mais revenons au monde politique qui, le 25 novembre, se pressait dans les salons de l'Elysée. Tous les partis s'y trouvaient représentés et les plus divergeants semblaient avoir fait trève. Les passions, les colères, les haines étaient soigneusement dissimulées ; on échangeait des sourires et des banalités : nul n'aurait pu croire qu'il se trouvait là des hommes qui ne cessaient de s'interpeller insolemment à l'Assemblée et qui n'avaient les uns pour les autres que méfiance, hostilité, haine ou mépris.

On discutait discrètement dans quelques groupes. Les gens qui ne croyaient pas au coup d'Etat comptaient en finir avec cette situation équivoque quand viendrait la double échéance de Mai 1852, où, par une inconcevable maladresse, les pouvoirs de la Chambre et du Président expiraient en même temps.

— Mais quels étaient les candidats à la présidence ?

Les républicains formalistes présentent Cavaignac ; les Montagnards, Nadaud ; les Orléanistes, le prince de Joinville ; les légitimistes, le général Changarnier.

— Aucun n'est possible — disait un partisan de l'Elysée. — Le choix de Martin Nadaud est simplement grotesque. Voyez vous un maçon de la Creuse, sachant à peine lire et écrire, Président de la République ! Joinville ne tient pas debout. Quant à Changarnier, voudriez-vous de ce ridicule Bergamotte qui, parce qu'il a défendu l'arrière-garde dans la retraite de Constantine, se croit destiné à continuer l'ère des Césars.

— Reste Cavaignac. Une figure intègre.

— Méfions-nous des intègres. Oubliez-vous, d'ailleurs, les massacres de Juin ?

— Et Thiers ? Vous n'en parlez pas ?

Tout le monde dans le groupe se prit à rire.

— Vous n'ignorez pas qu'il a voulu faire son coup d'Etat. Une conférence eut lieu chez lui, en juin 1849, conférence à laquelle assistaient Changarnier et le duc de Morny. On discuta, d'abord, les noms des personnages politiques à coffrer avant tout. Le nom du colonel Charras fut le premier prononcé. Puis vint celui de Cavaignac. Thiers fit observer que le général venait de rendre un signalé service en étouffant l'insurrection et que son attitude ne devait inspirer aucune défiance.

— Mais il y a un général qu'il faut arrêter en même temps que Charras, — ajouta-t-il — c'est Lamoricière : celui-là est un cerveau brûlé en politique.

« — Vous êtes bien naïf — dit Changarnier — de vous préoccuper de Lamoricière : son importance est nulle. Cavaignac est un autre homme. Il a une certaine pose qui donne de l'autorité auprès de la Garde nationale et de l'armée, il faut s'assurer de sa personne ! »

Le projet de coup d'Etat n'eut pas de suite ; la dissolution de l'Assemblée constituante changea la situation.

— Quelle méchante petite canaille que ce Thiers. Il est capable de tout.

— Même de conseiller au vieux Jérôme Bonaparte de se mettre sur les rangs pour la Présidence.

— Allonds donc ?

— Il l'a fait. L'ex-roi de Westphalie, homme de bons sens, refusa les avances de l'ex-ministre de Louis-Philippe. Un ex-souverain, disait-il, ne pouvait se placer à la tête d'une République. C'est alors que le nabot s'est décidé avec Emile de Girardin, autre fumiste, à favoriser l'élection du prince Louis, comptant, l'un et l'autre, sur un portefeuille. Ils furent trompés dans leurs espérances, et le soir même de la formation du ministère, Girardin voyant qu'on ne lui octroyait ni Préfecture de police, ni Direction générale des postes, ni ambassade, s'ouvrit à la princesse Bacchiochi :

« — Le Président n'a plus qu'à trouver le moyen de se débarrasser de moi, car il ne me reste qu'à trouver les moyens de le renverser. »

— Et c'est ainsi que se forment la plupart des convictions politiques, dit un sceptique.

— Intérêt ou dépit — ajouta un second.

— Silence ! — dit un troisième — ne parlons pas de corde dans la maison d'un pendu.

— A propos de girouettes politiques, reprit le premier, j'ai rencontré en Belgique Proud'hon...

« — La propriété c'est le vol ! »

— Vous riez ? « Il ne se dit pas, en mille ans, deux mots comme celui-là ». — Ce n'est pas moi qui parle, c'est Proud'hon. Je continue : « Je n'ai d'autre bien sur la terre que cette définition de la propriété, mais je la tiens plus précieuse que les millions de Rothschild... »

— Je préfère les millions de Rothschild. Enfin, que vous a dit ce plagiaire de Brissot de Warville qui n'était lui-même qu'un plagiaire de Rousseau — rien de nouveau sous le soleil.

— A la suite d'une conversation avec le Prince, Proud'hon m'a déclaré que cet ivrogne, comme vous l'appelez, lui avait produit d'abord une impression favorable.

« — L'œil est doux et presque caressant ; — disait-il — la parole un peu traînante et nasillarde ; il y a une certaine noblesse dans l'attitude et dans tous les mouvements. On voit qu'il se préoccupe avant tout de plaire. C'est bien sous ce rapport, le petit-fils de Joséphine, une des créatures les plus séduisantes du siècle.

« — Et quelle est votre opinion sur la valeur intellectuelle de l'homme ? — lui demandai-je.

« — Je ne saurais exactement me prononcer. D'abord il s'est renfermé, pendant tout le temps qu'a duré l'entretien, dans un mutisme évidemment calculé. Les quelques paroles qu'il a dites sont des banalités sans importance. A première vue c'est un génie médiocre et je doute qu'il aille loin. »

— Et sur quoi a roulé la conversation ?

— Sur l'organisation du travail, les finances, la politique extérieure, la constitution, même sur le socialisme. Louis Bonaparte déclara qu'il n'éprouvait aucun éloignement pour le parti socialiste, bien au contraire. Il en avait fait le sujet de ses études au fort de Ham. Il blâma sans restriction la politique suivie par Cavaignac, les suspensions des journaux, l'état de siège et toutes ces mesures oppressives empruntées à la Monarchie.

— Et la Constitution ?

— Il a déclaré qu'il était du devoir d'un Bonaparte de donner l'exemple de la soumission à la Souveraineté du peuple et du respect à la Constitution.

— C'est très bien. Si ce langage ne fait pas disparaître toutes les méfiances, il contribuera à les diminuer. Voilà qui dément toutes les visées bonapartistes qu'on lui prête.

— Mais ce n'est pas un Bonaparte.

— Assurément, puisqu'il est le fils, non du roi Louis, mais de l'amiral Verhuel.

— Est-ce bien certain ? Le roi de Hollande et la reine Hortense ont cohabité de fait à une époque concordant avec les délais nécessaires pour une naissance légitime.

— Oui, le roi de Hollande est père de par la loi : *Pater est quem nuptiæ demonstrant.*

— Alors s'il n'a rien du Corse dans les veines, raison de plus pour avoir confiance

— Corse ou non, il a l'air ce soir plus abruti que de coutume. Voyez-le donc... Il vient de ce côté... C'est le moment de lui poser carrément la question. Nous verrons ce qu'il répondra.

— Allez-y.

Louis Bonaparte qui avait débité quelques compliments ou quelques banalités à des dames les quittait pour s'approcher du groupe qu'il devinait lui être hostile. Celui qui venait de le traiter d'abruti l'interpella.

— Nous parlions d'un coup d'Etat possible, Monseigneur, et nous serions heureux d'avoir votre avis.

Un sourire s'esquissa sur les lèvres du prince. Il regarda son interlocuteur d'un œil où nulle pensée ne se laissait lire et répondit de sa voix calme et lente.

— Un coup d'Etat ? Les racontars de députés ou de portières, ce qui est tout comme, y croyez-vous ?

— Mon Dieu, non !

— Eh bien, ni moi non plus.

Et il tourne brusquement les talons, continuant à parcourir les salons, complimentant une femme, échangeant quelques propos dans les groupes, tirant de temps à autre, d'un geste qui lui était familier, sa lourde moustache brune dont les bouts n'étaient pas alors effilés et cirés comme ils le furent par la suite. Sa figure, au nez aquilin, aux petits yeux gris bleu en amande, conservait sa morne expression habituelle. « Quand je le vis, dit un anglais qui l'a beaucoup fréquenté, je fus presque tenté de le prendre pour un fumeur d'opium. Dix minutes après, je devins convaincu qu'il était lui-même cette drogue soporifère, tellement sa personne distillait l'ennui à haute dose. En le quittant ce soir-là, j'aurais pu donner à Cavaignac, à Thiers, à Lamartine, à Hugo et aux autres, qui voulaient faire de lui leur dupe ou leur instrument, un avis plein d'opportunité, s'ils avaient voulu l'écouter ou s'en servir, ce dont ils se seraient bien gardés, j'en suis absolument sûr. Chose étrange, tous ces hommes, d'une intelligence incontestable, sauf un, considéraient Napoléon comme un imbécile ou un ivrogne en secret et de plus, ils s'efforçaient de propager leur opinion de toutes parts, non seulement en France, mais en Europe. »

Cet anglais, observateur exact et attentif, dit encore ce qui suit :

« Il y avait quelque chose d'impénétrable dans son regard, ce qui rendait excessivement difficile, pour ne pas dire impossible, de deviner ses pensées. Si ses yeux étaient *les fenêtres de son âme*, ils avaient leurs stores constamment baissés. Il m'accueillit avec un « Je « suis content de vous voir, Monsieur » qui n'était que l'anglais d'un allemand instruit qui s'est donné beaucoup de mal, sans trop y réussir, pour attraper l'accent exact et la prononciation juste. Quand je l'entendis parler en français, je découvris sans peine qu'il se débattait contre d'égales difficultés. Jusqu'à sa mort, il lutta constamment. A force de parler avec beaucoup de lenteur, il était demeuré maître de sa langue d'une façon étonnante ; mais pour peu qu'il s'animât les *f*, les *t* et les *p*, prenaient momentanément la place des *v*, des *d* et des *b*. A ce sujet, une amusante anecdote existe, que je ne veux pas certifier, bien qu'elle me paraisse assez authentique :

C'était la première entrevue de Bismarck avec Napoléon, et l'empereur complimentait sur son français l'homme d'État allemand :

— M. de Bismarck, je n'ai jamais entendu un allemand parler français comme vous.

— Voulez-vous me permettre de vous rendre le compliment, Sire?

— Certainement.

— Je n'ai jamais entendu un français parler le français comme vous. »

Quoi qu'il en soit, Louis Napoléon, ce soir-là, était passablement soucieux, mais il aurait été difficile de s'en apercevoir. De temps à autre, il regardait l'heure à la dérobée et, en voyant l'aiguille marcher, son visage impénétrable laissait échapper un mouvement de contrariété si imperceptible qu'il eût fallu, pour s'en rendre compte l'examiner longuement.

. . . .

Parmi les belles jeunes femmes ou jeunes filles qui, avec les brillants uniformes, jetaient de la couleur, de la gaieté et de l'éclat sur cette foule de politiciens tout de noir habillés, et dont la physionomie semblait refléter la sombre tristesse de l'accoutrement, Hélène de Bertemont, bien que vêtue avec une grande simplicité, se faisait remarquer par la beauté parfaite de son visage, l'élégance de sa taille, la splendeur satinée de sa chair. Mais sur son adorable figure, d'un ovale parfait, se lisait une teinte de mélancolie et, de ses grands yeux bleus, s'échappaient, par moment, des lueurs si attristées qu'elle semblait retenir à grand peine ses larmes. Sur ses joues délicates, les roses de la matinée avivées par le grand air, avaient disparu. Elle était pâle, d'une pâleur charmante. Ses épaules, ses bras étincelaient d'une blancheur parfaite. En la voyant, un poète se fut remémoré les vers de Théophile Gautier, qu'on eut dit composés pour elle :

Son sein, neige moulée en globe
Contre les camélias blancs
Et le blanc satin de sa robe
Soutient des combats insolents.

Sur les blancheurs de son épaule
Paros au grain éblouissant
Comme dans une nuit du pôle
Un givre invisible descend.

De quel mica de neige vierge,
De quelle moelle le roseau,
De quelle hostie et de quel cierge
A-t-on fait le blanc de sa peau?

Mais, dans la dernière strophe, le poète de la *Symphonie en blanc majeur* se plaint :

Sous la glace, où calme il repose,
Oh! qui pourra fondre ce cœur!
Oh! qui pourra mettre un ton rose
Dans cette implacable blancheur!

Or, ce n'était pas le cas pour Hélène, et là, s'arrêtait la ressemblance entre la fille du comte de Bertemont et la froide jeune femme chantée par Théophile; car sous sa blanche poitrine, le lecteur le sait déjà, un cœur battait violemment pour le peintre Paul Barrel qui justement à la même heure tombait sanglant à la porte du jardin où il avait si longtemps attendu.

Quand Hélène parut, l'œil du Président s'alluma, mais d'un éclair si rapide que nul ne put l'apercevoir.

Dans le salon voisin l'attention était attirée par l'arrivée d'un homme de trente à trente-cinq ans, d'une taille si élevée qu'il aurait presque pu heurter les lustres de sa tête. Sa moustache et ses cheveux étaient blonds; son visage osseux, ses yeux bleus, ronds et durs. Il portait l'habit de soirée dans lequel il semblait mal à son aise.

Il laissa ses yeux errer quelque temps jusqu'à ce qu'ils eussent aperçu Hélène et dès lors, pour ainsi dire, ils ne la quittèrent plus; il continua de la contempler, comme fasciné, sans paraître le moins du monde se douter de ce que cette façon d'agir pouvait avoir de déplacé et d'impertinent.

Cependant à la vue de ce personnage d'une stature aussi remarquable et de manières aussi étranges, on chuchota quelque peu dans différents groupes et les plaisanteries accompagnées de sourires se firent jour :

— C'est un des intimes du Prince, à coup sûr.

— Où va-t-il les dénicher!

— Dis-moi qui tu fréquentes, je te dirai qui tu es.

— Celui-ci a dû être conçu sur les bords de la Tamise.

— Ou sur les bords de la Vistule.

— Qu'il vienne de la brumeuse Angleterre ou de la blonde Germanie, je ne saurais le dire; en tout cas, ce n'est pas un Français.

— Un Français de Hollande peut-être comme notre aimable amphytrion.

— Non, c'est un Américain; quelque marchand de suif.

— Vous le connaissez?

— Je l'ai aperçu quelquefois avec le comte de Bertemont.

— Il n'a d'yeux que pour sa fille. Remarquez son attitude d'admiration presque indécente.

— Les raisins sont trop verts.

— Qu'en savez-vous? Elle peut lui être adjugée comme à tout autre. La fillette est aux enchères, ne le savez-vous pas ? Celui dont la sacoche ou le portefeuille sera le mieux garni, en prendra possession.

— Allons donc... Vous calomniez cette charmante enfant.

— Je ne fais que répéter les dires. D'ailleurs elle n'est pas en cause, car on la prétend indifférente à la question de fortune.

— Une chaumière et un cœur !

— Dans un grenier qu'on est bien à vingt ans! Nous connaissons l'antienne. A vingt-cinq on change de ton.

— Le père est donc ruiné, qu'il la livre au plus fort enchérisseur.

— Archi ruiné.

— Comment, diable! s'y prend-il pour faire figure ?

— Vous êtes naïf. Comment s'y prennent tous les familiers d'ici ?

— Ils puisent dans le sac... Le Prince est si généreux.

— Oui, mais le sac est vide.

— Votre Américain a toujours les yeux attachés sur le petit ange blond.

— Un ange qui a une fameuse tare.

— Une tare ? Vous riez ? Laquelle donc ?

— Celle d'avoir le diable pour père.

Pendant qu'on parlait de lui, le comte de Bertemont s'approcha de l'étranger qui attirait l'attention d'une façon assez désavantageuse et lui dit en lui tendant la main :

— Vous êtes content ?

— *Yes! Very!*

— Le Prince est là-bas, en attendant qu'il repasse ici, venez que je vous présente à ma fille qui sera heureuse de faire votre connaissance.

Le visage de l'étranger se couvrit d'une teinte rouge ardente, puis, par une soudaine réaction, le sang immédiatement reflua vers le cœur, de sorte qu'il passa, en moins de temps qu'il n'en faut pour l'écrire, d'une rougeur extrême à une pâleur livide. Ils n'avaient que quelques pas à faire pour se trouver près d'Hélène. Le comte fit la présentation régulière de son singulier ami :

— M. James Dilson, de New-York, dont je vous ai plusieurs fois parlé.

L'Américain fit à la jeune fille une révérence profonde et maladroite, à laquelle elle répondit simplement ; puis il se redressa et resta devant elle tout gauche, embarrassé, ne trouvant rien à dire.

— C'est un grand voyageur — dit le comte, voyant que son ami ne brillait pas par la présence d'esprit et pour rompre un silence embarrassant pour tous. — Il a fait plusieurs fois le tour du monde et accompli des prouesses étonnantes.

— J'espère que Monsieur voudra bien nous en raconter quelques-unes — répondit Hélène, fort ennuyée de la contenance gênée du gentleman.

— Certainement — ajouta le comte — M. James Dilson sera heureux de...

Mais l'Américain, sortant de son mutisme, interrompit le père d'Hélène et parla précipitamment avec un mouvement convulsif de la bouche.

— Oui, Mademoiselle, certainement, je serai très heureux, très fier, très satisfait de fixer votre attention.

Cela fut dit en assez bon français, avec un fort accent, mais ce fut tout, il redevint muet, ne trouva plus un mot pour continuer la conversation.

Le comte de Bertemont, voyant revenir le prince, se hâta de mettre un terme à cette situation ridicule, en emmenant l'étranger, qui se retira avec une nouvelle révérence, aussi étonnante que la première.

Dès qu'il se fut éloigné d'Hélène, l'embarras de M. James Dilson disparut. Présenté au chef du Pouvoir Exécutif, il salua d'une façon fort convenable.

Louis Napoléon l'interpella :

— *I am pleased to see you, Sir.* (Je suis heureux de vous voir, Monsieur.)

A quoi l'Américain, recouvrant sa liberté d'esprit, répondit qu'il était heureux, fier et satisfait de voir le neveu du grand Napoléon.

CHAPITRE VII

Comment le lieutenant d'Hagniel rencontre à nouveau Paul Barrel. — Les confidences de celui-ci. — Sur le bord de l'eau. — Le sauvetage. — Le docteur Raoult. — Le coup de foudre amoureux. — Les séances. — Théories du lieutenant d'Hagniel en matière d'amour. — Le molosse.

Il faisait fort sombre, derrière la maison du comte de Bertemont, par suite de l'absence totale de bec de gaz ; le lieutenant d'Hagniel, qui longeait rapidement la muraille, ne vit pas le jeune homme évanoui, sur lequel il buta et tomba tout au long.

Jurant et pestant, il se releva avec promptitude, et il allait s'éloigner en maugréant contre celui qu'il prenait pour un vulgaire ivrogne, quand un soupir qu'il entendit lui donna à penser qu'il avait peut-être là autre chose qu'un suppôt du démon alcool.

Il fit, non sans peine, flamber une allumette à la lueur fugitive de laquelle il reconnut son ami.

Julien aida Paul à descendre.

On sait le reste jusqu'au moment où Plumereau, ayant hélé un fiacre, aida Julien à placer Paul dans la voiture.

— Au trot, et vivement, un bon pourboire ! — dit-il, après avoir donné l'adresse.

— Entendu ! — fit l'automédon en enveloppant du coup de fouet classique son étique haridelle.

Encore étourdi du coup de casse-tête, Paul s'était laissé choir sur la banquette, regardant avec stupeur l'officier lui-même fort étonné.

Peu à peu il revint à lui et demanda d'une voix faible :

— Où sommes-nous ?

— En voiture ! dit Julien. Ça va mieux ?

— Oui, où allons-nous ?

— Au plus près, chez moi.

— Ah ! tu demeures par ici ?

— J'ai loué une petite chambre, aujourd'hui même, et je t'avoue que j'aurais preféré une jolie poulette à un coq comme toi, pour pendre la crémaillère. Mais on ne peut pas toujours choisir. Que diable faisais-tu là ? Qui t'a arrangé de la sorte ?

— Qui ? Je n'en sais rien, je te l'assure. J'ai vu une sorte d'être fantasmagorique s'élancer sur moi, j'ai reçu un coup terrible... Voilà tout ce que je sais.

— On ne t'a pas volé ?

— Volé ! non, — fit-il tâtant ses poches — non, répéta-t-il ; — je n'avais d'ailleurs presque rien sur moi...

On arriva bientôt à destination. Julien aida Paul à descendre, paya et introduisit son ami dans une petite chambre au rez-de-chaussée, donnant sur la rue, éclairée d'une veilleuse. Un feu de bois flambait joyeusement dans la cheminée.

Il fit asseoir Paul sur un canapé, alluma deux bougies, courut chercher dans une armoire un carafon de rhum, du sucre, et avec de l'eau chaude il eut vite confectionné un grog qu'il présenta au blessé en lui disant :

— Avale ! C'est en pareil cas la meilleure des médecines.

Toujours avec la même rapidité il prit une cuvette, la remplit d'eau, l'apporta près du peintre et, avec une éponge, lava la blessure.

Le coup porté par le casse-tête avait été fort amorti par le chapeau. La plaie était donc superficielle et l'évanouissement du jeune homme devait provenir plutôt de sa surprise, de son émotion, que de la violence du coup. Sous l'influence de l'eau glacée et du grog il eut bientôt repris sa lucidité d'esprit.

— Ose dire que je ne suis pas un bon infirmier, mon vieux camarade — déclara Julien satisfait, en s'asseyant près de son ami.

Il lui avait enveloppé la tête d'un mouchoir.

— Je te remercie beaucoup, tu es fort adroit, et tu as la main très légère — dit Paul. — Et maintenant, pourrait-on savoir comment tu m'as trouvé gisant au travers d'une porte ?

— Par exemple — s'écria Julien — tu me stupéfies. Quoi ! Je te ramasse à l'état de cadavre, je te ressuscite, et tes premières paroles sont pour me questionner ? Tu me la bailles belle. C'est toi qui va parler et tout de suite, encore ! Que s'est-il donc passé ?

— Que veux-tu que je te dise. Je n'y comprends rien. J'attendais quelqu'un...

— Permets, quelqu'un ou quelqu'une ? point important à élucider !

— Quelqu'une !

— A la bonne heure ! Tu as toute mon estime. Et cette quelqu'une n'est pas venue ?

— Tu dis juste !

— Elle s'est métamorphosé en quelqu'un qui t'a octroyé ce mauvais coup.

— Voilà l'histoire. En vérité, je n'en sais pas davantage.

— Ce sont des aventures qui n'arrivent qu'aux civils — fit l'officier.

Il se leva, et de l'armoire où il avait pris le rhum, il sortit un pâté, une bouteille de vin, un verre, plaça le tout sur une petite table qu'il roula près de Paul, mit une bûche dans un poêle de faïence et une bouilloire dessus ; se rasseyant ensuite près de son ami, il lui dit tout joyeux :

— Nous allons casser une croûte, lamper du vin, boire du café additionné de cric, et griller des cigarettes, ça te va ? Après tu me feras tes confidences. Mais tu sais, à la guerre comme à la guerre : je n'ai qu'un verre et un vase de nuit où je me verrai forcé de boire, si tu veux faire le dégoûté.

— Bon — fit Paul, en souriant — laisse-le dans son tabernacle. Ce ne sera pas la première fois que nous boirons dans le même gobelet... Mais je crois que tu as oublié l'eau.

Julien protesta !

— De l'eau pour rafraîchir ta caboche si tu le veux ? mais pour te rincer le goulot, jamais !

> Honte à qui d'eau claire se mouille
> Au lieu de boire du vin frais !
> Devant les brocs qu'il s'agenouille !
> Ou soit mué d'homme en grenouille
> Et barbotte dans les marais !

Après avoir récité avec enthousiasme ces vers de Théophile Gautier, il tailla un énorme morceau dans le pâté, le présenta à Paul, en coupa un non moins gros pour lui-même, emplit le verre, le lui fit boire, l'emplit de nouveau, le vida à son tour, puis se mit à manger avec beaucoup d'appétit. Le peintre lui tenait tête assez gaillardement, car il se sentait une grosse faim, ainsi qu'il arrive souvent après de violentes émotions.

Sur le feu, la bouilloire chantait. Julien, rassasié, alluma une cigarette, et dit à Paul :

— Parle, et si tu penses que ton histoire n'est pas intéressante, tâche de la rendre telle *per fas et nefas* — par ce qui est permis et défendu, — colles-y des craques, mens comme un juif, ou un député, ça m'est égal, pourvu que ce soit drôle. Je te dirai, comme mon oncle l'avocat : « Le mensonge est nécessaire au bonheur de l'homme ». Rends-moi heureux.

A cette saillie de l'officier, Paul répondit :

— Je vais te parler sérieusement sans amplifications d'aucune sorte. Je t'assure que je ne suis pas en humeur de plaisanter. Je te demande le secret le plus absolu sur tout ce que je vais te dire. J'aime une jeune fille charmante et j'en suis aimé. Si tu n'étais pas mon meilleur ami, je ne me hasarderais pas à te confier son nom. Elle s'appelle Hélène de Bertemont.

Julien sursauta.

— Hélène de Bertemont, dis-tu ? Tu es amoureux d'elle !

— Tu la connais donc — fit Paul, étonné.

— Rassure-toi, je la connais, mais de nom seulement. Elle n'a plus sa mère. Son père est un homme ruiné, ou à peu près.

— Que m'importe ! Je n'ai pas affaire au père. J'aime et j'admire la fille, je ne m'occupe pas du reste.

— Amour sérieux ? tu m'épouvantes.

— Ce qu'il y a de plus sérieux. Je ne sais comment tout cela finira, mais je t'assure que je suis bien empoigné.

— Le comte de Bertemont connaît-il ta passion ?

— Ni elle ni moi ne lui en avons parlé. C'est un homme vil.

— Tu ne m'apprends rien. C'est au moins

lui qui t'a donné ce mauvais coup ?

— Nullement. Il y a en cela je ne sais quel mystère où mon esprit s'égare. Juges en toi-même.

Et Paul raconta ce que le lecteur sait déjà : l'incident des deux lettres reçues, l'une d'Hélène, l'autre de son ancienne maîtresse, une drôlesse avec laquelle il avait contracté, à son grand regret, une union passagère, l'arrivée d'Emma au rendez vous, au lieu et place de celle qu'il attendait, le scandale abominable qu'elle avait fait, et finalement le coup de casse-tête, asséné par un personnage mystérieux, quand le peintre s'était décidé à pousser la porte du jardin, croyant y trouver Hélène indignée et furieuse de ce qu'il craignait qu'elle eut entendu.

— Ce qui me stupéfie — ajouta Paul — c'est qu'Emma ait eu connaissance de mon amour et du rendez-vous, et surtout, c'est la coïncidence de son arrivée avec l'absence d'Hélène et la présence de cette brute, qui m'a mis si mal en point.

— Voyons, encore une fois — demanda Julien — es-tu bien sûr que ce ne soit pas le comte, mis en défiance, qui serait venu à la place de sa fille, ou même simplement par hasard... tu entrais dans son jardin, il pouvait te prendre pour un malfaiteur, il était dans son droit.

— Non, non, ce n'est pas lui. L'homme qui m'a attaqué est, je te le répète, de très haute taille, tandis que le père d'Hélène est de taille ordinaire. Je ne sais à quelle pensée m'arrêter.

— Un rival jaloux ?

— Hélène ne connaît que moi ! Cependant, puisque j'en suis quitte pour une simple égratignure, il vaut beaucoup mieux que les choses se soient passées ainsi. Imagine la venue d'Hélène au moment même où la drôlesse m'invectivait... J'étais perdu dans son estime.

— Il est certain que l'aventure aurait été fort désagréable à Mlle de Bertemont.

— Quel affront pour elle, quelle honte ! elle m'aurait détesté, chassé, c'était fini !

— Il y aurait eu orages, tempêtes, tintamarre et bouderies, tu ne peux en douter, mais après la pluie, le beau temps. Quand on aime, on pardonne bien des choses. Je suppose que tu vas essayer d'avoir de ses nouvelles, tu apprendras alors ce qui s'est passé.

— Naturellement. Je suis fort inquiet. Il faut te dire que le comte de Bertemont, qui a une âme de proxénète, spécule sur la beauté de sa fille. Il compte sur l'adorable visage d'Hélène pour refaire sa fortune. Il n'hésitera pas à la donner au premier drôle venu pourvu qu'il ait le sac. Ce qu'il cherche, c'est un gendre riche, amoureux, bête, soumis, qui en même temps que la fille épousera le beau-père. Malheureusement pour lui, Hélène n'entend nullement qu'il dispose d'elle à sa fantaisie, et ils ont de fréquentes discussions à ce sujet.

— Tu crains qu'elle ne finisse par céder à la volonté de son père ?

— Ce n'est pas à redouter. Elle m'a affirmé qu'elle n'appartiendrait qu'à un homme de son choix, que les mobiles du comte n'étaient pas les siens. Elle ne l'aime pas, et quand elle aborde cette question, je lis sur sa figure, dans ses beaux yeux, qu'elle ne cédera pas, qu'elle ne cédera jamais.

— Il est une chose à craindre, Paul.

— Laquelle ?

— C'est que, de son côté, le comte de Bertemont, qui n'est pas un père très tendre, ne veuille pas céder non plus.

— Pour moi, c'est certain.

— Et que comptes-tu faire, dans ce cas ?

— Enlever Hélène.

— Peste ! Tu n'y vas pas par quatre chemins. Elle sera, naturellement, consentante.

— Elle est bien décidée à s'enfuir, si l'on veut forcer sa volonté.

— Mâtin ! elle a des dispositions pour les voyages.

— Je t'en prie... Julien — dit Paul d'un ton de reproche.

— Excuse-moi, j'ai la manie des réflexions saugrenues, mais je vais parler sérieusement. Ton projet d'enlever Mlle Hélène me va ; il me paraît tout à fait romanesque, seulement c'est le moyen extrême et dans les romans, comme dans la vie réelle, on n'en arrive là qu'après avoir épuisé les autres combinaisons. Je suppose qu'auparavant il est dans tes intentions de demander sa main au comte.

— Certainement, elle-même me le conseille, « pour la forme, me dit-elle, car je puis m'attendre à un refus catégorique ».

— A la bonne heure ! Je la trouve charmante cette jeune fille, et pas banale. Mais, dis-moi, y aurait-il de l'indiscrétion de te demander depuis quand tu la connais ?

— Depuis trois mois, à peu près. La première fois que j'ai eu le bonheur de la rencontrer, ce fut le 1er septembre, date inoubliable pour moi. Va faire ton café, pendant que je rassemble mes souvenirs, et je te raconterai une histoire qui ne manque pas de romanesque.

Quand le café fut prêt et absorbé, Paul dit à son ami :

— Tu dois te rappeler que ce matin même, tu me parlais d'un sauvetage.

— Sot que je suis — s'écria l'officier — je n'y pènsais plus. C'est donc elle que tu as retirée de l'eau. Sais-tu que je me souviens fort bien du texte du fait-divers qui relatait l'événement ?

Puis, cherchant dans son portefeuille, il

ajouta : Le voici ! Je l'ai découpé et gardé en mémoire de toi :

« Une dame et une demoiselle, dont nous « n'avons pu nous procurer les noms, se pro- « menaient en barque à Asnières, quand, par « suite d'un faux mouvement, l'embarcation « chavira, et nos deux intrépides canotières « tombèrent dans l'eau. Aucune d'elles, ne sa- « chant nager, elles se seraient infailliblement « noyées si par bonheur un jeune peintre de « talent, M. P. B. ne fut passé par là. Il cher- « chait un motif de tableau, il en trouva un « mélodrame. Il entendit les cris, vit l'accident « et plongea avec sa boîte et ses pinceaux. Non « sans peine il fut assez heureux pour retirer « les deux imprudentes, qui en ont été quittes « pour un bain, ce qui, par ces chaudes journées, « n'a rien que d'agréable. Quant aux couleurs « et aux pinceaux, ils n'ont pas été retrouvés. « Une récompense est promise à qui les rap- « portera ».

— Oui, c'est bien cela..., la plaisanterie est mauvaise. C'est un de mes confrères à qui je dois ce vilain tour. Heureusement que les faits-divers ne sont lus que par les épiciers.

— Grand merci !

— Il n'y a pas de quoi, mais passons, écoute bien.

C'était donc le 1er septembre. Quelques jours auparavant j'avais remarqué de l'autre côté d'Asnières, des saules baignant dans l'eau leurs longues branches ; un batelet était tout à côté. Le sujet me plaisait, je voulus en faire une étude. Je partis, d'assez bonne heure, avec tout mon attirail. Un joli brouillard estompant toutes choses, promettait une belle journée. En effet, la brume se dissipa et un soleil ardent, digne de la zone torride, monta dans le ciel gris perle. Je m'installai tout près d'une meule, en face de mes arbres et je me mis à l'œuvre. Mais bientôt, sous l'action de la chaleur, je sentis le sommeil m'envahir. Je me levai, je me secouai, je fis les cent pas. Impossible de vaincre ma somnolence. « Allons-y — me dis-je — après un petit somme, je travaillerai mieux ». Et laissant chevalet, palette et brosses, j'allai m'étendre contre la meule...

— Et le sommeil trompeur te versa ses pavots

interrompit Julien, grand amateur de citations poétiques.

— Oui — continua Julien — et il m'en versa tant que, réveillé par un léger bruit, je pus à peine entr'ouvrir les paupières. Tu connais cet état indécis. L'on ne dort plus et l'on n'est pas encore éveillé. Tout passe comme dans un songe, et la réalité se confond avec la fantaisie. En tout cas, je crus rêver, car non loin de moi, à la place où se trouvait mon chevalet, je vis maniant mes brosses une céleste apparition.

— Notre-Dame de la Sallette ou peut-être de Lourdes ? — fit en riant l'officier.

— Heureusement non, car l'apparition n'avait rien d'immatériel. Vêtue à la moderne d'une robe bleu clair et d'un corsage blanc, elle était coiffée d'un chapeau de paille orné d'un ruban bleu. Tout ce qu'il y a de plus simple. Je n'apercevais pas son visage, occupée qu'elle était à plaquer des couleurs sur ma toile, mais je voyais ses beaux cheveux blonds qui ruisselaient sur ses épaules. Tout à coup, elle tourna les yeux de mon côté, et je restais ébloui. « Suis-je bien éveillé ? » — me dis-je — et, me soulevant sur un coude, je passais la main sur mon front. Fatale idée ! Plus de radieuse jeune fille. Mon chevalet était à la même place, ma palette, ma boîte à couleurs et mes brosses à côté de mon pliant. Et je me dis :

« Ah ! le beau rêve. Continuons à dormir. »

Mais la belle fille blonde ne hanta plus mon sommeil. Ce fut, au contraire, une abominable créature, la perfide Emma qui vint m'y narguer.

Je me réveillai, cette fois en sursaut, et le souvenir de ma vision première revenant soudain, je courus à mon chevalet. Juge de ma stupéfaction quand je me vis sur ma toile, juste au-dessus de mes saules ébauchés, la tête appuyée contre une meule aérienne qu'on pouvait prendre pour un cumulus ; tout cela lestement brossé, d'une main exercée, légère, annonçant sinon un artiste consommé, au moins un habile amateur. J'étais stupéfait... je n'avais donc pas rêvé ; une jeune fille était venue là et avait profité de mon sommeil pour se livrer à cette espièglerie. Je passais en revue toutes mes connaissances féminines, je n'en trouvais aucune sachant manier le pinceau. Désespérant d'éclaircir ce mystère, je renonçai à continuer pour ce jour mon étude. Je rassemblai chevalet, pliant et boîte et je me mis en route pensant à cette belle et singulière inconnue.

Je suivais sans me hâter les bords de la rivière et j'avais déjà parcouru environ deux kilomètres lorsque j'entendis des cris perçants auxquels se mêlèrent bientôt les hurlements plaintifs d'un petit chien.

Je me précipite et j'aperçois en pleine eau, à côté d'une barque chavirée, deux femmes qui se débattaient, emportées par le courant.

Un petit chien noir, de la race des épagneuls, avait regagné le bord, courait çà et là affolé et, voyant le danger de ses maîtresses, poussait des cris désespérés, comme s'il appelait au secours.

D'un bond, je me trouvai au milieu de la Seine, sans boîte ni pinceaux, quoiqu'en dise le journal, je saisis la jeune fille au moment où elle allait disparaître. Je nageai vivement vers la rive, et, m'accrochant à un saule, je la tirai de l'eau.

— La princesse! — me dit-elle haletante. — Je vous en supplie, sauvez la princesse.

— Diable! une princesse! Sauvons-la! Et à nouveau je replongeais et vivement, car elle avait disparu.

Le sauvetage fut plus difficile. Je dus plonger à trois reprises; enfin, je fus assez heureux pour la saisir et la ramener évanouie à côté de sa compagne.

Il était temps, mes forces s'en allaient.

— Et — dit l'officier — cette jeune personne qui te doit la vie est une blonde, au corsage blanc et à la jupe bleu de ciel... Quant à l'autre...

— L'autre est une russe de haut rang, amie d'Hélène de Bertemont qui voyage en France pour se distraire de la triste monotonie de ses steppes.

Tu vas peut être croire que je fus très embarrassé quand, ayant regagné la rive avec la princesse Anna Souvarine, je me vis obligé de me transformer en médecin. Détrompe toi, non seulement je suis bon nageur, mais aussi ferré que possible sur les premiers secours fort simples à donner aux noyés. C'est sur les conseils de mon père que je me suis instruit sur les soins médicaux à appliquer en pareil cas. « Cela doit faire partie de toute éducation, — « me disait-il — Savoir sauver sa vie et, au « besoin, celle des autres, est le devoir de tout « citoyen. »

Après plus de vingt minutes d'immersion, on a vu des noyés rappelés à la vie sans l'intervention d'un médecin. Je commençai donc à opérer avec promptitude quand, tout à coup, j'entendis le bruit d'une voiture. Je criai, j'appelai. Quelle veine! c'était un vieil ami de mon père, le docteur Raoult, demeurant à Asnières, qui partait faire sa tournée. Il tombait à pic, comme tu dis quelquefois. Il accourut, donna les premiers soins à la princesse, tandis que je m'occupais de la jeune fille qui n'avait pas perdu connaissance et fut bientôt en aussi bonne disposition qu'on peut l'être après une telle aventure. De son côté, le docteur Raoult besognait rudement près de la dame russe qui revenait lentement à elle. Après un quart d'heure, nous la portâmes dans le cabriolet. J'aidai Hélène à y monter, je me plaçai à côté d'elle, le cheval prit le trot, et nous arrivâmes, en un clin d'œil, à Asnières, devant la petite maison du docteur sans attirer l'attention de personne.

Pendant qu'Hélène et sa compagne étaient confiées aux bons soins de Mme Raoult, le docteur mit à ma disposition sa garde-robe, car mes effets se trouvaient dans un état pitoyable, non seulement trempés, boueux, mais déchirés, rapés par les branches du saule auxquelles je m'étais accroché. Quand j'eus endossé le paletot doctoral et enfilé le pantalon qui, ni l'un ni l'autre n'étaient de la dernière mode, j'avalai un cordial et je manifestai au brave docteur mon intention de regagner promptement mon gîte.

— Quoi — s'écria-t il, — es-tu fou? Tu ne veux pas recevoir la récompense de ton courage!... les remerciements chaleureux de cette jeune et belle patricienne que tu viens d'arracher à la mort. Heureux coquin! Que je voudrais avoir ton âge et me trouver à ta place! Ah! le veinard!

Les paroles de mon vieil ami me décidèrent encore plus à accélérer ma fuite. Mon accoutrement était grotesque : pantalon trop court, redingote trop longue, chemise dont le col, montant sur la nuque, devait être du dernier dandysme vers 1830.

Je n'avais pas envie de me montrer, en beau du temps de Charles X et je priai le docteur de dire aux deux dames, si elles exprimaient le désir de me voir, que d'importantes affaires me rappelaient à Paris, et que leur présentais mes respectueux hommages. Là-dessus, je filai m'imaginant à chaque pas entendre les gamins crier à la chienlit.

De retour chez moi, je me mis résolument au travail, fort heureux, en somme, de ma petite aventure et bien décidé à n'en parler à personne. Mais je ne tardai pas à m'apercevoir que l'image de la ravissante jeune fille sauvée par moi, s'imposait à mon esprit, au point d'annihiler toutes les autres pensées. Je me surpris à la peindre de mémoire, aussi fidèlement que si elle eut posé dans mon atelier.

La nuit qui suivit fut pleine de délices. Je revoyais son charmant visage; elle s'approchait de mon lit me tendant les bras... Aussi talonné par un doux espoir, j'étais dès le lendemain matin en route pour Asnières et je frappais d'assez bonne heure à la porte du docteur Raoult, sous prétexte qu'il pouvait avoir besoin de ses vêtements.

— Te voilà — s'écria l'excellent homme — te voilà, sauveteur émérite et sauvage avéré. Je gage que tu as été pris de remords pour ta conduite inqualifiable. Trop tard, mon cher, le gentil oiseau s'est envolé! Je les ai reconduites à Paris, quelques heures après ton départ.

« — Elles ont peut-être été surprises de ma fuite.

« — Surprises... — fit-il — je ne sais. En tous cas, elles ne m'ont rien dit, elles ne m'ont pas parlé de toi.

Devant ma mine déconfite, il éclata de rire.

« — Rassure toi... Elles ont été, non seulement, fort étonnés de ta disparition, mais encore chagrinées, la jeune surtout, qui s'est imaginé que tu lui gardais rancune d'un barbouillage qu'elle m'a avoué avoir commis sur ta toile dans un moment de folle étourderie. Elle regrette sincèrement cet accès d'enfantillage, dont elle est toute honteuse, et espère que tu le lui pardonneras. »

Il me parla encore longtemps, me disant combien il admirait Mlle Hélène de Bertemont, combien son visage était ravissant, ses beaux yeux remplis d'expression, de profondeur, de limpidité, ses cheveux blonds superbes, ses mains mignonnes, ses pieds petits, sa taille élégante, sa démarche gracieuse, ses manières simples; il fit tant et si bien que Mme Raoult qui l'écoutait avec une fureur croissante, quitta brusquement la chambre, en faisant claquer la porte. Alors, satisfait d'avoir irrité sa moitié, le docteur ajouta :

— Rentre vite à Paris. Elles doivent te faire une visite et, pendant que tu bavardes ici, elles sont peut-être à ta porte.

Là-dessus, je partis fort troublé et je me hâtai de rentrer chez moi.

Sous ma porte, je trouvai trois cartes :

Comte de Bertemont.

Mlle H. de Bertemont.

Princesse Anne Souvarine.

Il y en avait deux de trop à mon gré. Je me mis sur mon trente et un et je me présentai chez le comte. A la vue de cet homme, je ressentis une impression assez étrange, qu'il me serait difficile d'analyser. L'avais-je donc déjà rencontré quelque part ? Il me semblait le reconnaître, et pourtant c'était bien la première fois que je me trouvais devant lui. Une sympathie lointaine, une aversion naissante, inexplicables toutes deux, tels furent les sentiments contradictoires qui m'agitaient, pendant qu'il me débitait une série de louanges et de remerciements que je n'écoutais guère, tout entier à la contemplation de la ravissante Hélène. Elle levait sur moi ses beaux grands yeux profonds, avec un peu de timidité d'abord, avec plus d'assurance ensuite et je ne me lassais pas d'admirer sa beauté parfaite en même temps que sa charmante simplicité.

Le comte nous laissa seuls un instant.

— Que j'ai été peinée, hier, Monsieur — me dit-elle — quand nous sommes descendues pour vous remercier et que nous avons appris votre départ. J'avais si peur que vous ne me gardiez rancune pour ma sotte espièglerie. Vous avez deviné que c'est moi qui me suis permis cette plaisanterie impardonnable, mais je vois bien que vous ne m'en voulez pas.

Le comte rentrait, elle s'était tue sur un sourire, et dès lors, il y eut entre nous un petit secret innocent, une image, une pensée mutuelle, qui mettaient comme une sorte d'intimité dans les paroles banales, et dans les regards que nous échangions.

La princesse arriva sur ces entrefaites, mais je passe...

— Tu est trop modeste — dit Julien.

— Je fus retenu à dîner — poursuivit Paul — et je pris congé assez tard. Telle fut ma première entrevue officielle avec Hélène. Elle acheva l'œuvre de la veille, elle me rendit amoureux fou.

Bien des fois auparavant je m'étais senti troublé en présence d'une femme, mais jamais je n'avais éprouvé un sentiment si intense, si puissant, si délicieux, qui a bouleversé, qui bouleverse toute ma vie, toutes mes habitudes. Je considérais l'amour comme un passe-temps, comme un divertissement exquis, dont il ne faut pas abuser, de peur qu'il ne devienne dangereux. Dans mes préoccupations, dans mes chagrins comme dans mes joies, l'art occupait la première place, les femmes n'occupaient même pas la seconde.

Maintenant tout est changé. J'ai pris des habitudes fantasques, je ne travaille que par boutades, je me couche, je me lève à des heures indues. Son image ne me quitte pas. Sans la moindre tension d'esprit, sans le plus petit effort de volonté, elle surgit en moi, ou même en dehors de moi, non pas inachevée, imparfaite, vaporeuse, mais avec tous les détails de la réalité; je la vois qui m'écoute en baissant un peu la tête, je l'entends parler de sa voix mélodieuse, elle sourit de son sourire enchanteur, elle rit, elle soupire, elle pleure; et je pourrais te dessiner Hélène à l'instant même, avec autant d'exactitude que si la personne vivante se trouvait en ce moment à côté de nous.

Je crois bien que je suis devenu comme ces chrétiens de jadis, dont il n'existe plus que les fossiles, et qui, en toutes circonstances, en tous temps, de toutes parts, à cheval ou à pied, au salon comme à l'église, à la cuisine, au lit comme au confessionnal, se sentaient en présence de leur Dieu et lui rapportaient jusqu'à leurs actes les plus insignifiants, à leurs pensées les plus vulgaires.

— Ouf! — fit Julien. Tu n'es pas un peu essouflé, par hasard?

— Non — dit en souriant Paul — mais si tu veux continuer à ma place.

— Ma foi, non! Je ne saurais. Tes habitudes ne sont pas les miennes. Tu ne me comprendrais pas plus que je ne te comprends. Tu t'attardes, comme on dit, à filer le parfait amour, tu roucoules, tu languis, tu es un amoureux transi, enfin! Moi, je vais de l'avant, au trot, au galop, à la charge! Tu comprends, nous autres soldats, nous n'avons pas le temps de baguenauder, de nous attarder aux bagatelles de la porte. Il faut profiter de la vie, car nos jours sont souvent comptés. Ce n'est pas que pour le moment il y ait aucun coup de torchon en perspective : les républiques, c'est d'une placidité dégoûtante, c'est mou, c'est lâche, c'est plat, c'est vil, ça aime mieux gober tous les affronts que de montrer de l'énergie. Le Prince voudrait-il se poser en foudre de guerre, lever fièrement la tête, que tous les représentants l'en empêcheraient, pris d'une horrible frousse. Oh! nom de Dieu! Non, je ne vois aucune probabilité de recevoir des balles maintenant. et c'est tant pis, mais ce que je veux dire, c'est que nous autres militaires, nous devons toujours activer le mouvement. C'est un pli pris, et nous menons l'amour comme une charge ou un assaut, dare-dare, rudement, rondement, et allez-y, et nous aimons le plus de femmes possible dans le moins de temps possible. Et voilà ma théorie, qui ne ressemble guère à la tienne. Ainsi, quand j'ai découvert ton cadavre, je venais de courtiser une petite qui n'est pas mal. Je l'aime, parole d'honneur, et j'éprouve un peu de ce que tu me disais tout à l'heure... mais elle rétive, elle rétive... c'est effrayant... c'est à peine si j'ai pu lui prendre une demi-douzaine de baisers... il ne faudrait pas que cela dure, car je la force ou je la lâche!

— Je continue — reprit le peintre. — A la suite de manœuvres, toutes plus savantes les unes que les autres, je finis par avoir quelques renseignements sur Hélène, sur son père sur leurs habitudes. Ils recevaient peu, sortaient rarement, sauf pour aller en soirée à l'Elysée, de temps en temps. Intimité nulle entre le père et la fille. On dirait parfois deux étrangers vivant sous le même toit. Froideur extrême du côté de la fille, indifférence chez le père... bref, un étrange intérieur...

— Eh bien, tu en as profité... De quoi te plains-tu?

— Je ne me plains pas, je constate. Tandis qu'Hélène passe ses journées comme elle l'entend, à lire, à peindre, à pianoter, à dessiner, le comte...

— ... Passe les siennes à intriguer, à comploter, à hanter des tripots et à fréquenter des tripoteurs; je sais cela — interrompit l'officier — J'ai entendu parler de lui par un camarade attaché à l'Elysée et qui déplore que le prince s'accointe avec de tels personnages. Où se sont-ils connus? Je n'en sais rien, mais il paraît avoir chez le Président ses entrées franches ou à peu près. Je ne reproche qu'une chose à Louis Napoléon... Il a trop bon cœur et est entouré d'un tas d'aventuriers qui le grugent, et le pousseront à quelque fâcheux expédient. Déjà il a été, m'a-t-on dit, obligé de vendre ses chevaux, de supprimer une partie de sa maison... Continue, tu me disais que le comte de Bertemont et sa fille ne paraissent pas faire bon ménage... Mais cette princesse riche, constamment fourrée avec sa fille, ne serait-elle pas une cause de désaccord?...

— Je ne le pense pas... La princesse Anna Souvarine est fort attachée à Hélène, qui, de son côté, lui rend son affection, mais elle n'est pour rien, du moins que je sache, dans les dissentiments du père et de la fille. Elle est fière et hautaine, c'est tout le mal que j'en puisse dire, aussi je ne m'explique pas cette tendresse réciproque, car Hélène est bonne, indulgente, simple, primesautière, et dénuée de tout orgueil de race. Quoi qu'il en soit, je suis reconnaissant à la princesse, car c'est par elle que j'ai obtenu mes entrées dans la maison et que j'ai pu exprimer à Hélène l'amour qu'elle m'inspire.

— Comment? cette fière princesse vous aurait servi d'intermédiaire et se serait ravalée au rôle de procureuse ou de soubrette porteuse de billets doux!

— Tu n'y es pas... Elle m'a tout simplement demandé à faire son portrait avec celui d'Hélène, un groupe sur la même toile... Tu penses si j'ai vite accepté!

— Hé! hé! Mais voilà qui me semble assez habile. Se doutait-elle de tes sentiments?

— Comment aurait-elle pu les soupçonner, puisque je les avais gardés jusqu'au plus profond de mon être! Non, elle est venue naturellement... Une façon de me remercier de l'épisode de la rivière. Elle s'imaginait sans doute, en me commandant cette toile, me rendre simplement un service pécunier.

— Venez-donc chez le comte de Bertemont — me disait-elle dans sa lettre — vous vous arrangerez avec Mlle Hélène et moi pour les heures des séances.

Me rencontrer avec le comte me déplaisait fort... Mais déjà au courant de ses habitudes, je savais qu'il sortait de chez lui aussitôt après déjeuner pour n'y rentrer que fort tard dans la nuit. D'autre part, j'avais appris que la princesse se livrait souvent, dans l'après-midi, aux douceurs de la sieste, habitude sans doute prise pendant ses voyages en Orient. Si donc je me présentais vers deux ou trois heures chez Mlle de Bertemont, j'étais presque certain de la trouver seule.

— Voilà qui est bien! Mais que me chantais-tu quand tu me parlais de ta timidité amoureuse; tu me parais au contraire un gaillard prêt à tout.

— Hélas, oui, en théorie... mais en pratique il n'en est est pas de même.

— Comme ces énergumènes aspirant au pouvoir qui promettent au bon *populo* plus de beurre que de pain, et une fois arrivés à leurs fins, ne lui donnent même pas du son!

— Le lendemain, je me présentais chez le comte, pâle, tremblant, mais résolu. Comme je l'espérais, il était parti. On m'introduisit dans le salon, où je vis accourir à moi une jolie petite chienne noire, celle qui poussait des appels de détresse quand sa maîtresse se débattait dans l'eau. Il y a des gens qui ne croient pas à l'intelligence des bêtes ; certains même leur refusent la sensibilité physique. J'ai toujours observé au contraire que beaucoup de bêtes sont moins bêtes que bien des gens. Donc, la petite chienne qui cependant ne m'avait vu qu'une fois, courut à moi avec de petits cris joyeux comme si elle retrouvait un maître perdu. Elle sautait à mes mains, les léchait, puis tournait autour de mon siège, pour me lécher à nouveau. On eut dit qu'elle voulait me témoigner sa reconnaissance de ce que j'avais fait pour sa maîtresse.

Pendant que je caressais sa jolie tête soyeuse et fine et qu'elle ouvrait sur moi, en agitant la queue, ses grands yeux qui me disaient clairement : « Oui, je t'aime bien, tu es un ami », sa maîtresse entra, souriante, comme heureuse de me voir.

Je me levais avec empressement, et après l'échange habituel des banalités de la politesse, elle me dit :

— Voyez, Topsy, vous reconnaît. Elle ne fait jamais de telles démonstrations aux étrangers. Si mon père la voyait, il serait jaloux, car elle ressent pour lui une sorte d'antipathie qu'elle exprime à sa manière.

— Peut-être la rudoie-t-il ?

— Jamais. Il a essayé plusieurs fois de la caresser, mais miss Topsy, répond à ces avances par la plus noire ingratitude. Allons, venêz ici, effrontée, laissez ce gentleman tranquille.

La chienne obéissante alla s'asseoir aux pieds de sa maîtresse.

— Je viens, Mademoiselle — lui dis-je — prendre jour avec vous pour les séances.

— Ah ! Oui. Une idée de la princesse Anna Souvarine. Elle veut nos visages sur la même toile... Je ne m'y suis pas opposée. Vous faites le portrait, Monsieur ?

— Oui, Mademoiselle.

Je viens même avant de rien décider, vous soumettre un petit travail pour lequel je serai heureux d'avoir votre appréciation... car j'ai pu juger que vous étiez aussi... du métier.

Elle rougit.

— C'est une épigramme !... Je vois que vous ne m'avez pas pardonné mon espièglerie — me dit elle.

— Pardonner ! — m'écriai-je. — Mais j'en suis bien heureux, puisque ce que vous appelez votre espièglerie, me procure la joie d'avoir quelque chose de vous...

— Voyons ce que vous voulez soumettre à mon haut jugement.

J'avais apporté deux petites toiles auxquelles depuis huit jours, je travaillais avec ivresse. Sur la première était reproduite l'aventure du début, quand Hélène m'avait surpris endormi près de l'eau. Au premier plan la jeune fille, telle qu'elle m'apparut en robe blanche et chapeau de paille, à côté du chevalet, le pinceau à la main, me regardant à la dérobée, d'un air moitié inquiet, moitié riant. Au deuxième plan je m'étais représenté couché contre la meule : bref, la copie de sa pochade.

Elle devint rouge comme un coquelicot.

— Mais, Monsieur, vous ne dormiez donc pas — s'écria-t-elle.

Elle venait de remarquer, à son bras, sur la peinture, un bracelet que j'ai oublié de le mentionner et qu'elle perdit lors de l'accident.

Sur la deuxième toile, j'avais brossé le buste d'Hélène, donnant à la jeune fille, non plus une physionomie amusée et inquiète, mais l'expression un peu mélancolique qui lui est habituelle. En outre, tous les détails de la toilette que je lui avais vue le jour de ma visite, étaient reproduits exactement : les ruches de son corsage, la couleur et le dessin de sa robe, la forme d'une bague, tel ruban bleu, telle mèche de cheveux rebelle, échappée d'une torsade et caressant sa petite oreille. Il faut que son image se soit imprimée bien fort en mon esprit, car je ne pourrais renouveler pour personne — sauf pour elle — un pareil tour de force.

Par une coïncidence en laquelle je vis la main d'une divinité favorable à mes vœux, elle était habillée, ce jour-là, exactement de la même façon, en sorte qu'on eut pu croire que le portrait venait d'être fait.

Elle resta un moment interdite, puis me regarda avec des yeux si doux, que je sentis comme une bouffée de volupté monter de mon cœur à ma gorge.

— Vous paraissez surprise, mademoiselle — lui dis-je. — Croyez-vous donc que votre figure soit de celles que l'on puisse oublier facilement.

Immobile, la tête un peu baissée, elle ne répondit pas, mais ses beaux yeux, dont l'azur incomparable s'était comme voilé, conservaient la même douceur.

Je poursuivis :

— Voulez-vous me faire la grâce de garder ces deux esquisses, mademoiselle. J'ai eu bien du plaisir à les composer, mais j'en aurais bien davantage si vous consentiez à les prendre en souvenir de moi.

— En souvenir de vous ?... Vous me dites cela comme si vous alliez partir.

— J'ai l'intention de m'en aller sous peu en

Il saisit la barre de fer rouge et cautérisa les plaies.

Italie et d'y rester quelques années, pour me perfectionner dans mon art.

C'est ce que je voulais faire si elle avait dédaigné mon amour.

Elle pâlit, son sein se soulevait, elle paraissait émue :

— Mais au moins — dit-elle — vous ne partirez pas avant d'avoir fait le portrait de la princesse Souvarine... et le mien.

Cette brève prière, ces quelques mots m'inondèrent de joie.

— C'est, alors — répondis-je — un retard de deux ou trois semaines pour mon voyage projeté. Cela dépendra des séances que vous vous voudrez bien me donner.

— Oh ! — fit-elle — je puis vous en donner une tous les jours, mais je m'en garderai bien, vous seriez capable de croire que je veux hâter votre départ.

Il fut convenu que je commencerais sans délai, et dès le lendemain je me mis à l'œuvre.

Le comte ne regardait pas d'un très bon œil cette série de séances, que je pouvais prolonger à volonté.

Quand il était présent, ce qui arriva les premiers jours, il me recevait avec une politesse parfaite, mais à certains froncements de sourcils surpris à la dérobée, à certains mouvements d'impatience, il ne m'était pas difficile de deviner qu'il aurait bien voulu me voir au diable, et la princesse avec sa fantaisie de portraits par-dessus le marché.

Mon histoire touche à sa fin. Je ne veux pas te retracer par le menu tous les événements de ces séances, parce qu'ils ne peuvent se raconter. Mille petits riens qui, pour moi, avaient une importance énorme, seraient, pour toi, fastidieux. J'étais certain désormais de l'amour d'Hélène. Entre elle et moi, un dialogue muet et incessant s'était établi. Je lisais tous ses sentiments dans la profondeur de ses prunelles d'azur. Elle les exprimait aussi facilement qu'elle l'eut fait par des paroles. Dans ses phrases les plus simples, je découvrais souvent avec une joie profonde, une allusion charmante, cachée, à mon adresse.

La séance durait une heure; c'est tout ce que pouvait supporter l'impatience de la princesse qui, n'ayant aucune préoccupation dans l'esprit, je le suppose du moins, n'était pas capable de rester plus de soixante minutes en place. Elle bavardait, bavardait... Je regardais Hélène, j'écoutais le bruissement de sa robe, le temps s'écoulait avec rapidité. L'heure du départ sonnait et il me semblait que je venais d'entrer.

Un jour, enfin, arriva ce que j'appelais de tous mes vœux depuis le début : je restai quelques instants seul avec Hélène.

Le comte s'en était allé, et la princesse, légèrement souffrante, eut soudain besoin de prendre l'air.

Je me levai. Je laissai palette et brosses, je m'approchai d'Hélène.

Elle me regardait, devenue très pâle. Je m'agenouillai devant elle, je pris une de ses mains, je la portai à mes lèvres, je la couvris de baisers.

— Que faites-vous Monsieur? — s'exclama-t-elle à voix basse, mais sans colère — Que faites-vous?

— Je vous aime ! — lui répondis-je — Je vous aime avec passion..., pardonnez-moi..., je deviens fou.

Je me relevai. Elle ne retira pas sa main, et plongeant les rayons de ses grands yeux bleus dans les miens, elle me répondit :

— Moi aussi, je suis folle... oui... je ne devrais pas... je suis folle aussi...

Et tout à coup, de sa main restée libre, elle se cacha les yeux et je vis que des larmes coulaient.

Oh ! ces larmes ! Ces douces larmes !...

Je me relevai, je pressai sa tête contre mon cœur... je bus ses larmes, j'essayai de toucher à ses lèvres.

Elle me repoussait faiblement :

— Non, non, laissez-moi... je vous en prie... je suis faible... laissez-moi... je vous en conjure... si vous m'aimez.

J'obéis comme un enfant docile. J'allai m'asseoir, je repris mes brosses ; mais ma main tremblait... sans savoir ce que je faisais, je jetais couleurs sur couleurs.

— Non, ne continuez pas... me voilà belle maintenant... Il vaut mieux que vous partiez... Si quelqu'un venait...

Elle s'était levée et, pendant que confus, presque honteux de ma témérité, je rassemblais mes pinceaux, elle s'approcha de ma toile :

— Nous n'avons pas fait grand chose aujourd'hui — fit-elle en souriant — cela retardera votre départ...

Elle m'accompagna jusqu'à la porte :

— A demain ! — me dit-elle.

Je m'en allai comme un fou, la tête en feu, ivre d'amour.

Le lendemain, la princesse se trouvait à la séance. Ah ! combien, je l'eusse, comme le comte, envoyée à tous les diables !

Ce n'était pas, cependant, sans appréhension que je me présentais. Je craignais qu'Hélène n'eût réfléchi, qu'après avoir cédé à un moment de faiblesse, elle ne se fut reprise, n'eût considéré mon acte de la veille comme une insolente audace. Il arrive ainsi que des jeunes filles cèdent à une minute d'entraînement, permettent des privautés, qu'elles regrettent aussitôt le coup de folie passé.

— Je n'en ai jamais connu de ce genre, — dit cyniquement l'officier.

— Mais non... elle ne regrettait rien, je le vis à ses yeux, à son sourire...

— A la bonne heure !

Plusieurs séances se passèrent sans qu'il me fut possible de retrouver cet instant de tête à tête. Nous ne pouvions qu'échanger nos cœurs dans un regard. Deux fois même le comte resta jusqu'à la fin comme s'il avait des soupçons et voulait nous observer. Mais ni elle, ni moi ne laissâmes rien deviner à ce père hanté tout à coup d'une insolite méfiance.

Hélène avait pris dès le premier jour l'habitude de me reconduire jusqu'à la porte à la fin de chaque séance, et me serrait silencieusement la main.

Les portraits allaient bientôt être achevés, je voyais avec douleur venir le moment où il me faudrait cesser mes visites.

Elle m'avait dit une fois, tout bas, en me reconduisant :

— Vous ne partirez pas, n'est-ce pas ?

Et j'avais répondu :

— Non. Loin de vous, je serais trop malheureux.

Le lendemain, je lui trouvai un air triste. La princesse le remarqua ainsi que moi et lui en fit l'observation. Hélène prétendit être comme de coutume, mais son amie s'étant absentée, elle me dit à coup :

— Vous savez que je vais me marier.

Abasourdi comme si je recevais un coup violent sur la tête, je me sentis défaillir, ma palette faillit m'échapper des mains.

— Pardonnez-moi — fit Hélène, remarquant mon trouble. — Je suis méchante. Non, je ne vais pas me marier..., on voudrait me marier, ce qui est bien différent. Voyons, calmez ce gros émoi. Vous êtes impressionnable à ce point? Je ne suis pas une petite fille, personne ne peut disposer de moi sans mon consentement, mais calmez-vous vite, grand enfant, qui croit tout ce qu'on lui dit, la princesse va revenir. Reprenez vos brosses et une autre mine.

Elle tira de son sein, où elle l'y avait caché, un petit billet plié en quatre, me le tendit :

— Prenez, cachez-le et soyez gai... On peut venir d'un instant à l'autre.

La princesse rentrait. J'avais hâte maintenant de partir pour prendre connaissance du billet. Elle avait tracé ces mots : « Ce soir, dix heures, dans la ruelle derrière la maison, près de la porte verte ».

— Tu te fatigues, mon pauvre vieux — fit amicalement l'officier, voyant en effet le jeune homme pâlir. — Quand on narre ses amours on est intarissable, sortons. Je vais te reconduire. Tu me raconteras le reste en chemin.

Ils sortirent. Le vent était tombé mais le froid persistait. Ils marchèrent d'abord silencieusement dans les rues désertes où les reverbères jetaient des lueurs sépulcrales. Le claquement régulier de leurs chaussures sur les trottoirs semblait rendre le silence plus complet. De loin en loin, ils entendaient le miaulement rauque d'un chat, l'aboiement affaibli d'un chien, et ils allaient le plus vite possible, saisis par l'air glacial de la nuit, au sortir de la chambre chaude.

Cependant Paul, remis par le grand air, acheva son récit.

Naturellement il avait été exact au rendez-vous. Hélène vint à l'heure indiquée. Elle fit d'abord au jeune homme sa caresse habituelle, c'est-à-dire qu'elle plaça ses deux petites mains dans les siennes, toute souriante en le regardant sans parler. Après quoi, elle se mit à l'entretenir de son père d'abord, elle raconta ce qu'elle savait, ce que le lecteur sait déjà. Elle dit sa tristesse, son isolement, seule avec cet homme, amateur de jeu, de fins soupers et de drôlesses, qui avait dépensé la dot de sa mère, gaspillée jusqu'au dernier sou. Maintenant qu'il devenait vieux, il ne s'amendait pas, il conservait les détestables habitudes de sa jeunesse et de son âge mûr, il s'éteindrait dans l'impénitence finale. — Que de fois elle s'était sentie si désolée, si perdue qu'elle avait eu envie de mourir. Elle avait plusieurs amies, mais elle n'aimait pas à les fréquenter, les trouvant médisantes, menteuses, frivoles, faiseuses de protestations et de simagrées, n'ayant que des idées futiles et sous le vernis mondain une couche profonde de bêtise et d'ignorance, la poupée parisienne enfin. La conversation de salon lui déplaisait : on y ment trop, on n'y dit pas ce que l'on pense, on n'y pense pas ce que l'on dit, toujours sourire, toujours complimenter, toujours la bouche en cœur ; quel assujettissement, quel ennui !

Elle parla ensuite de la princesse Souvarine, dont elle avait fait connaissance à l'Elysée, et devenue une familière de la maison. — « Je ne m'explique pas le goût qu'elle a pour moi, disait-elle, non plus que je ne m'explique ce qui m'attache à elle. Elle est un peu fière, un peu orgueilleuse, mais au fond excellente personne. »

Enfin, ce fut le récit de la journée où, sans l'intervention du peintre, elles se seraient infailliblement noyées. La princesse Souvarine, qui se disait très forte sur le canotage, lui avait proposé une promenade en bateau, et elle avait accepté, heureuse de prendre un bain de grand air et de recevoir les caresses du soleil. Effectivement, la grande dame russe ramait assez adroitement, mais elle fut vite essoufflée. Elles abordèrent et se promenèrent sur la berge. C'est alors qu'elle virent le peintre dormant à l'ombre de la meule et que l'idée de l'espièglerie que le lecteur connaît germa dans l'esprit d'Hélène.

La princesse Souvarine, cachée derrière la meule, trépignait d'impatience. Elles s'enfuirent et rembarquèrent; par suite d'un faux mouvement le canot chavira « et sans vous je « serais allée dormir sur un lit humide « d'algues vertes avec les ondines pour com« pagnes. Elles ne sont méchantes que pour « les jeunes hommes, paraît-il; j'aurais été « bien accueillie, elles m'auraient fait place « parmi elles, et le soir quand le brouillard « s'exhale de la rivière, je serais remontée à la « surface et, blottie dans les roseaux, j'aurais « épouvanté les passants ».

Elle avait replacé ses mains dans les mains de Paul, elle ajouta :

— Vous me trouvez folle, n'est-ce pas?

Mais lui, pour toute réponse, portait ses mains à ses lèvres.

Il la revit encore plusieurs fois dans les mêmes conditions, avant l'aventure que nous avons rapportée. C'étaient des heures enchanteresses. Elle était si belle, si franche, si aimante et si pleine d'innocence en même temps, qu'il conservait toujours le même respect, bien que son amour chaque jour devint de plus en plus violent.

Mais ces rendez-vous dans la ruelle ne leur suffisaient pas. Plusieurs fois, le peintre dut passer de longues heures sans voir paraître la bien aimée. Ils imaginèrent alors, comme moyen de se correspondre, de se servir de la jolie petite chienne Topsy, fidèle compagne de sa maîtresse, et l'on a pu voir, dans l'un des premiers chapitres, quels services elle rendait aux amoureux.

A ce moment, Hélène ignorait encore la trame dont elle était l'objet, mais avec l'intuition secrète des vierges, elle savait que son père méditait contre elle quelque vénale union ; elle n'avait nulle confiance en lui et, à aucun prix elle n'eut accepté un époux de son choix, bien décidée, dans le cas ou il voudrait forcer sa volonté, à lui résister avec énergie.

— Elle est très chaste ton histoire — dit le lieutenant de Chasseurs — on la dirait tirée de la *Morale en actions*. Je te conseille d'en faire un petit roman. Ce sera tout blanc et tout pur et la mère en permettra la lecture à sa fille. Mais, dis-moi, as-tu parlé de cette histoire digne de Bernardin-de-Saint-Pierre, à ton honoré père ?

— Non, et je me le reproche. Tu es le seul à qui j'aie fait une pareille confidence, et encore tu la dois à cet état de faiblesse où m'a mis ce coup de casse-tête. Sain de corps et d'esprit, tu es le dernier à qui j'eusse confié mes peines et mes joies de cœur.

— Merci ! N'empêche que tu devrais en causer à l'auteur de tes jours. Il pourrait te donner un sage conseil.

— C'est mon intention. L'excellent homme s'aperçoit bien que depuis quelque temps je ne suis plus le même. J'ai vu qu'il voulait m'interroger, mais il est fort discret, et devant mon silence, mon manque de confiance, qui le froisse sans doute, il s'est abstenu.

Paul avait pris le bras de son ami et tous deux marchaient, réfléchissant, lorsqu'au coin de la rue où demeurait Barrel, ils entendirent un coup de pistolet.

— Hé ! — dit l'officier — on se tue par là !

Ils hâtèrent le pas. Un nouveau coup de pistolet retentit, suivi d'un hurlement lamentable.

— Un chien qu'on abat !

— Des voleurs peut-être !

— C'est tout au bout de la rue, du côté de chez moi. Viens vite — cria Paul.

— Pas gymnastique — commanda Julien.

Affolé, hurlant, une patte postérieure en l'air, courant de toute la vitesse de ses trois autres, un chien énorme, un boule-dogue, passa à côté d'eux sur le trottoir et faillit les renverser.

Instinctivement, ils s'étaient jetés de côté. Ils s'arrêtèrent un moment, indécis, regardant disparaître dans l'ombre la bête formidable, qui continuait sa plainte.

— Quel molosse ! — dit le sous-lieutenant, il appartient à quelqu'un de la rue, Paul ?

— C'est la première fois que je le vois — répondit le jeune peintre.

Ils reprirent leur marche rapide et aperçurent soudain, au devant d'eux, un homme vêtu d'une longue blouse noire, un pistolet à la main.

— Nous allons savoir quelque chose — dit Julien.

Ils étaient tout près de l'individu, qui leur demanda :

— Le gros chien que vous avez rencontré ne vous a pas mordu, messieurs ?

— Non, non, il a seulement failli nous culbuter. Mais, si vous voulez le rejoindre, hâtez-vous, mon garçon, car il court vite, bien que sur trois pattes — répondit Julien. C'est un chien enragé ?

— J'espère que non — fit l'homme à la blouse, qui n'était autre qu'Émile Colombau — il a mordu quelqu'un... un député !

— Il n'y a pas de mal alors — répliqua l'officier. — S'il pouvait les mordre tous !

— Où donc l'avez-vous rencontré ? — demanda Paul.

— Je ne l'ai pas rencontré, il est entré chez M. Barrel sans y être invité.

— Mon père ? Comment, c'est mon père qui a été mordu ? — s'écria Paul.

— Oui, mais peu sérieusement, je pense. Vous êtes M. Paul Barrel alors, nous vous attendions.

— Hâtons-nous — fit le peintre, terrifié.

— Mon ami, je te demande pardon de ma plaisanterie sur les députés — fit vivement Julien — la pensée de ton père était loin de moi.

Tandis qu'Émile Colombau s'éloignait, à la poursuite du chien, Paul se mit à courir, accompagné de d'Hagniel. Ils furent bientôt devant la porte de la maison de M. Barrel. Un homme s'y trouvait. En apercevant les jeunes gens, il demanda :

— C'est toi, Paul ?

— Oui, mon père, vous êtes blessé ?

— Oui, mais ce n'est pas sérieux. Ah ! c'est le lieutenant d'Hagniel ! Bonsoir, mon jeune ami ; soyez le bienvenu.

Ils pénétrèrent dans la salle à manger où, dans un poêle de faïence, le feu ronflait joyeusement. Une lampe à abat-jour vert jetait une lumière calme. Il y avait sur la table une bouteille de vin, flanquée de deux verres aux trois quarts remplis. Aux murs étaient suspendues quelques toiles, des paysages principalement ; sur la cheminée, en face de la porte d'entrée, un buste, en terre cuite, de la République, coiffée du bonnet phrygien, et au fond de la pièce, vis-à-vis de la fenêtre donnant sur la rue, un dressoir en vieux chêne, chef-d'œuvre d'ébénisterie, garni de vaisselle ancienne.

— Je suis plein d'inquiétude, mon père. Où vous a-t-il mordu ? — s'écria Paul.

— Au bras ! Mais je prends mes précautions.

Et M. Barrel montra dans le feu une barre de fer qui rougissait.

— Tu vas m'aider, n'est-ce pas, Paul? Et vous aussi, Monsieur d'Hagniel?

Il défit son veston, retroussa la manche gauche de sa chemise, montrant sur son avant-bras une morsure assez profonde.

— Ce n'est qu'un bobo — dit-il. — Si je ne me méfiais pas du virus rabique, je n'y ferais pas attention. Tenez-moi le poignet, s'il vous plaît, solidement.

Ce disant, il saisit la barre de fer rouge et cautérisa successivement et longuement les plaies faites par les dents du chien. La vapeur monta et l'odeur de la chair grillée se répandit par la chambre. A la grande admiration de l'officier, il se fit cette horrible opération, pâle, mais calme, impassible sans que, pour ainsi dire, aucun muscle de sa face tressaillît. Quant à Paul, il avait détourné les yeux, tout son corps tremblait.

— Et maintenant, nargue à la rage — dit M. Barrel, quand il eut terminé la cautérisation. — Néanmoins, demain j'irai voir le docteur Raoult. C'est probablement à une opération bien superflue que je me suis livré, mais il est toujours bon de prévenir le mal. Je n'ai pas envie de mourir enragé. Monsieur d'Hagniel, je vous remercie. Paul, mon ami, il faut t'exercer à garder davantage ton sang-froid. En ce monde, c'est une des choses les plus indispensables. *Clear and cool head*, comme disent les Anglais, rien de tel, en toutes circonstances. Mais quel est ce mouchoir que tu as autour de la tête? Serais tu blessé aussi, par hasard?

— C'est une coïncidence étrange — répondit Paul. — J'ai reçu sur le front un coup de casse-tête, qui m'a fait perdre connaissance. Julien m'a trouvé évanoui. Il m'a emmené chez lui. Le comble, c'est que j'ignore qui m'a frappé de la sorte.

— En vérité? — demanda M. Barrel, regardant son fils d'un air de doute.

— Je vous raconterai l'histoire, mais dites-moi d'abord comment ce chien a pu vous mordre?

— Je vais vous expliquer cela. Auparavant, ouvre cette fenêtre pour chasser cette forte odeur de rôti, nullement appétissante.

Paul obéit, le député but un verre d'eau, et, s'étant enveloppé le bras d'une serviette mouillée, il remit son veston et dit :

— Vous avez dû rencontrer un homme en blouse armé d'un pistolet?

— Nous avons rencontré aussi le chien, qui courait sur trois pattes en hurlant.

— Il a probablement une patte cassée, j'espère que Colombau l'atteindra et lui fera son affaire. C'est un ouvrier typographe qui est venu pour toi, Paul. Il te rapporte la bourse que tu as perdue ces jours-ci. Il s'est présenté inutilement plusieurs fois, paraît-il.

C'est un garçon intelligent et d'une conversation intéressante, aussi lui ai-je conseillé de l'attendre, ce qu'il a fait volontiers. Nous sommes restés à fumer, à boire et à bavarder très tard. Il songeait à se retirer, quand il m'a semblé entendre du bruit dans le jardin. Dans ces quartiers déserts, il faut être sur le qui-vive. Je me suis levé, j'ai pris mon pistolet à deux coups tandis que Colombau saisissait, à tout hasard, la pelle à feu, et nous partons en exploration. Il faisait très sombre. A mon grand étonnement je crus apercevoir la porte au fond du jardin entr'ouverte : or, comme tu le sais, elle est toujours fermée à double tour. Nous nous dirigions vers cette porte, quand tout à coup nous entendons un grognement et une bête énorme se dresse devant moi. Je sentais son souffle sur ma figure. L'animal me saute à la gorge, je le repousse du bras gauche et aussitôt je sens s'enfoncer ses crocs, alors je décharge sur lui mon pistolet, je le manque; mais le typographe lui assène un formidable coup de sa pelle sur le mufle, qui lui fit lâcher prise. Je tirai une nouvelle balle et le chien atteint à la patte, se sauva en hurlant, poursuivi par le typographe auquel j'avais remis mon arme. Quant à moi craignant d'avoir eu affaire à une bête enragée, je revins vivement ici faire rougir le tisonnier.

— C'est étrange — dit Paul.

— C'est peut-être tout simplement un chien cherchant fortune — remarqua l'officier. — Ces dogues sont en général des gaillards excessivement hargneux. Il lui a déplu d'être surpris dans le jardin, et il s'est jeté sur vous.

— C'est bien ce que je supposerais — répondit M. Barrel — s'il était dans les habitudes des chiens d'ouvrir les portes fermées à double tour.

— Jamais mon père ni moi ne sortons par cette porte — ajouta le peintre. — Depuis une éternité elle n'a pas été ouverte. La serrure est toute rouillée et nous en avons perdu la clef. Mais il faut croire qu'elle n'est pas perdue pour tout le monde. J'ai envie d'aller explorer le jardin?

— Une reconnaissance? j'en suis — s'écria le sous-lieutenant.

Paul alluma une lampe de cuisine et sortit escorté de Julien.

. . . .

M. Barrel se promenait de long en large, s'arrêtant de temps à autre pour verser de l'eau sur son bras douloureux. Il devait cruellement souffrir, mais nulle plainte ne s'échappait de ses lèvres.

C'était un homme de taille moyenne, d'environ quarante-cinq ans et paraissant plein de vigueur et d'énergie. La figure était intelligente, le front élevé, le nez droit et bien fait, l'œil d'un gris bleu, pénétrant et vif. Il portait une longue moustache blonde soyeuse; le reste du visage était rasé. L'ensemble de cette physionomie indiquait la bonté, la résolution, et la franchise

Les deux jeunes gens revinrent bientôt. Ils n'avaient rien remarqué d'insolite, sauf la porte ouverte à demi qu'ils refermèrent et contre laquelle ils placèrent une grosse pierre pour la maintenir.

Presqu'en même temps Colombau rentrait.

— Eh bien? — lui demanda-t-on.

— Rien — répondit le typographe, essoufflé.

— Ce maudit cabot a disparu. Peu à peu ses hurlements se sont apaisés et j'ai fini par ne plus rien entendre. Je m'attendais à le trouver mort en travers de la route, mais s'il a envie de *tourner l'œil* il a dû courir bien loin pour opérer sa crevaison. Le comble, c'est que des cognes ont failli m'arrêter. Je me suis tiré lestement des gallipettes. Mais l'important est que je vous aie trouvé, enfin, M. Paul Barrel.

Et tirant de sa poche la bourse de soie que pour ne pas salir il avait soigneusement enveloppée dans une feuille de papier, il la remit au peintre :

— Monsieur — lui dit-il — je ne vous cache pas que c'est avec joie que je m'en débarrasse. J'étais comme le savetier de la fable que nous apprenions à l'école, elle m'empêchait de dormir. Depuis avant-hier soir où je l'ai ramassée place Clignancourt, je ne vivais plus. Pensez donc, si l'on m'avait arrêté dans une bagarre et qu'on eut trouvé la bourse sur moi, je passais pour un voleur. Or, tout, plutôt que de passer pour un voleur. Comme votre nom est en partie marqué, je ne voulais pas la porter à la police, qui eut, selon son habitude, fait mille difficultés pour la rendre. La voici, je n'ai même pas compté ce qu'il y a dedans. Si personne ne l'a touchée avant moi, vous pouvez faire l'appel de vos jaunets... pas d'absents !

— Je la croyais bien perdue — dit Paul — et je vous remercie infiniment. J'espère que vous voudrez bien accepter...

M. Barrel interrompit son fils :

— M. Colombau ne veut rien accepter... Si ce n'est un verre de vin que nous allons boire à sa santé et à celle des honnêtes gens comme lui.

Et les verres remplis, il leva le sien :

— A la santé des honnêtes gens ! A la démocratie française !

— A la République une et indivisible et à son triomphe ! A Marianne ! — répondit gravement l'ouvrier typographe.

— Bravo ! — s'écria M. Barrel, tandis que le lieutenant, faisant une grimace assez significative, consultait sa montre :

— Trois heures du matin — s'écria-t-il — il est temps que je rompe. Il me faut être au quartier pour le réveil.

— Je te remercie beaucoup — dit le peintre — du service que tu m'as rendu, tu m'as donné une preuve de ta bonne amitié que je n'oublierai jamais.

— Bah ! ne parlons pas de ça. Si j'ai le temps, je te verrai demain. Dans le cas contraire, fais en sorte de me donner de tes nouvelles, et, tu sais, si tu as besoin de moi, mon cher Paul, je serai toujours heureux de te prouver mon amitié et mon dévouement.

L'officier salua légèrement le typographe, serra la main du député en lui souhaitant une prompte guérison et sortit accompagné de Paul. Sur le seuil de la porte il s'arrêta pour lui dire à nouveau :

— Je te le répète, si tu as besoin de moi, fais un signe et j'accours.

— Je n'y manquerai pas.

Ils se serrèrent chaleureusement la main et Julien d'Hagniel disparut dans la nuit.

CHAPITRE VII

Les confidences de James Dilson. — La famille de Nathaniel. — Dangereuses industries. — Père et fils. — L'oncle Bob. — Une fructueuse manie. — Singulière aventure. — Le paralytique. — La maison de l'anglais. — La bouteille mystérieuse. — Projets du comte de Bertemont. — Rencontre suspecte.

Nous avons laissé le comte de Bertemont en compagnie de James Dilson, tous deux chargés de diamants et de pierres fines.

Ils marchaient aussi rapidement que le leur permettait le poids du trésor.

On se rappelle que le gendre en expectative du comte avait emporté une bouteille, laquelle, assurément devait contenir un liquide précieux, car il prenait des précautions infinies pour ne pas la heurter pendant sa marche.

Arrivés devant la porte de sa demeure, le comte sortit un passe-partout, et son personnel domestique étant réduit à une seule servante actuellement plongée dans un profond sommeil, aucun regard indiscret ne suivit nos deux personnages dans leur trajet de la petite porte du jardin au cabinet de travail du père d'Hélène.

Dès qu'il y fut entré, celui-ci, par mesure de prudence, poussa le verrou, alluma une lampe Carcel, tandis que son compagnon tenait toujours sa bouteille, semblant craindre qu'elle ne lui échappât.

Puis tous deux vidèrent sur la table le contenu des mouchoirs et de leurs poches.

— Il y en a toujours, disait joyeusement le comte au fur et à mesure qu'il plongeait sa main et la retirait pleine pour la vider et la replonger à nouveau, il y en a toujours... Quand il n'y en a plus, on en trouve encore !... C'est comme les cailloux du rivage.

Et il riait; ses yeux pétillaient d'une joie intense; il ne tenait plus en place, remuait ses doigts fébriles dans le tas merveilleux, retirait des poignées de pierres précieuses qu'il laissait retomber pour recommencer encore :

— Des cascades de diamants ! D'éblouissants cailloux ! Ah ! mon cher Dilson, ce n'est pas sur le sol avare des Gaules qu'il pousse des hommes généreux comme vous !

James Dilson silencieux assistait, à ces démonstrations d'allégresse, avec un sourire légèrement ironique aux lèvres.

— Curieux types que ces Français — se disait-il en lui-même — ils n'ont pas la pudeur de cacher leurs impressions !

Puis tout haut :

— Eh bien, vous voici content ? J'ai tenu ma promesse. A vous de tenir la vôtre.

— Mon cher ami, — répondit le comte avec chaleur et en serrant vigoureusement les mains de l'américain — je la tiendrai, soyez-en certain. Vous avez ma parole de gentilhomme...

— J'aimerais mieux votre fille — répliqua froidement Dilson.

— Elle est à vous, — dit le comte — je vous le jure à nouveau. Je ne vous demande que quelques semaines de patience.

James Dilson bondit à ce mot.

— Quelques semaines ! — dit-il — Par Jupiter ! C'est beaucoup, c'est trop. Vous ne m'aviez pas fait prévoir une si longue attente. Je déteste les atermoiements. Je suis habitué à être servi au doigt et à l'œil.

— Pardon, mon cher Monsieur, mais le mariage exige certaines formalités qui ne peuvent se conclure en quarante-huit heures ! Une jeune personne demande généralement quelques jours de réflexion avant d'accepter l'époux qui lui est présenté.

— Oui, je sais qu'avec les jeunes *misses* parisiennes, il ne faut pas « brusquer le mouvement », comme vous dites, vous autres. On risque de tout gâter. Mais vous comprenez mon impatience...

— Certainement, et je la considère comme flatteuse pour Hélène.

— Hâtez-vous donc de faire mon bonheur, car je suis désireux de partir avec mon épouse, de gagner le large, de l'emmener au loin, dans un paquebot où je serai le maître et où elle obéira à mes volontés.

— Quelle impatience — dit le comte en riant. — Tous ces jeunes gens sont les mêmes... Il leur faut tout de suite...

— Oui, tout de suite, sans délai.

— Il est assommant cet animal — se disait le comte, qui envoyait *in petto* l'amoureux à tous les diables, pour pouvoir se repaître à son aise de la vue de ce trésor.

— J'ai payé — reprit James Dilson redevenant sérieux — j'ai payé la marchandise avant de l'avoir reçue. Si mon digne et respectable père apprenait la chose il hausserait les épaules de pitié !... Oui, il hausserait les épaules et me dirait : « James, quel singulier commerçant vous faites ! Sont-ce là les notions que je vous ai inculquées. »

— Ah ! vraiment, il est très pratique, monsieur Dilson père.

— Très pratique — appuya M. Dilson fils — il me dirait encore : « James, vous agissez comme un benet, si la marchandise que vous souhaitez est belle, votre argent aussi est beau. Mais qui vous prouve que cette marchandise soit telle que vous la croyez ? »

— Monsieur — s'exclama le comte avec hauteur — ma fille est au-dessus de tout soupçon.

— Sans doute, je le crois ainsi, car si je la soupçonnais, je n'en voudrais à aucun prix. Ce n'est pas moi qui parle en ce moment, c'est mon père — « Qui vous le prouve ? — me dirait-il — Il faut toujours payer argent comptant, parce qu'alors vous payez moins cher, et vous bénificiez de l'escompte ; sur ce point je vous approuve, mais il ne faut payer qu'après livraison. Et si la marchandise était avariée, que diriez-vous, James ? ».

— Rassurez-vous et rassurez monsieur votre père quand vous lui annoncerez votre mariage, la marchandise n'est pas avariée, — répondit le comte en souriant.

Il fallait prendre son parti de cette originalité américaine.

D'ailleurs, il aurait eu tort de s'offenser. N'était-ce pas, après tout, un marché qu'il venait de conclure avec le brutal anglo saxon, marché dans lequel tout l'avantage restait pour lui, car il n'était rien moins qu'assuré de l'obéissance de celle qui était l'objet de ce honteux trafic.

Cependant, le fils du marchand de conserves s'était quelque peu rembruni. Le comte, qui vit se plisser le front du millionnaire, se hâta d'ajouter :

— Je ne puis m'empêcher de sourire du tour original que vous donnez à vos pensées, mais ne croyez pas que de ma part le rire implique de la légèreté et l'oubli des engagements. Les affaires vont marcher rondement, maintenant. Monseigneur n'oubliera pas que c'est grâce à vous, qu'il aura pu exécuter les grands projets qu'il méditait. Sa reconnaissance vous est, vous sera acquise, et la reconnaissance d'un homme comme le Président de la République n'est pas à dédaigner. Le temps n'est pas éloigné, mon cher ami, où l'on pourra lire sur la première page des grandes feuilles de la capitale, sous la rubrique : *Carnet mondain*, quelque chose de ce genre :

« Parmi la foule élégante et choisie qu'attirait cette fête vraiment parisienne, nous « avons remarqué en premier lieu, M. le baron « James Dilson et sa charmante femme, la « baronne Hélène, dont la beauté et la somp- « tueuse toilette attiraient tous les regards. »

— Ainsi, vous croyez que je serai baron ?

— Non seulement, je le crois, mais j'en suis sûr. Le Prince m'a chargé de vous le dire.

Le malin comte avait frappé juste. Délicieusement flatté, James Dilson sourit béatement. Debout, au milieu de la chambre, sa bouteille à la main, ce qui ne manquait pas de comique, pendant une minute, il fut la vivante statue de l'allégresse. Mais, peu à peu, son sourire disparut, la vision agréable s'envola, remplacée par quelque pensée noire, quelque préoccupation sinistre ; sur ses traits rudes, la morosité permanente reprit place.

— Vous sentez-vous souffrant ? — demanda le comte en observant ce changement subit de physionomie.

— Non, — répondit Dilson — je me sens triste.

— Vous pensez peut-être à votre famille ?

— Non, je songe à un nommé Barrel.

— Barrel ?

— Un député à l'Assemblée Nationale. Le connaissez-vous ?

— Il appartient au parti révolutionnaire. C'est un républicain, un socialiste, un communiste, un rouge enfin. Je le connais de nom seulement, n'ayant pas l'habitude de fréquenter cette engeance, et je ne tiens nullement à faire sa connaissance. Pourquoi me parlez-vous de cet énergumène ?

— Je le déteste.

— Vous n'avez pas tort. C'est un lien de plus dans la sympathie qui nous unit déjà. Ce Barrel est un homme dangereux, d'autant plus dangereux qu'il est plein d'audace. A différentes reprises il a parlé contre le Prince à la Chambre. Tête chaude, esprit étroit, nourri de chimères, de billevesées, cherchant la popularité et se faisant le bas courtisan de la populace, de ce que l'honorable M. Thiers appelait si justement la *vile multitude*.

— J'exècre la vile multitude — fit Dilson.

— Haine salutaire. Je l'approuve... Pour en revenir à ce Barrel, il ne songe qu'à exciter les pires passions, à jeter, lui et ses pareils, la France dans l'anarchie. Ils sont là une poignée de drôles de cette espèce, que le Prince ferait sagement de coffrer ou d'expédier aux colonies lointaines et malsaines. Barrel hait Louis-Napoléon justement parce qu'il sait que le neveu du Grand Empereur est de taille à mâter les turbulents, les fauteurs de désordre et les braillards.

— Je hais les braillards.

— Encore un lien de sympathie. Décidément nous étions faits pour nous entendre.

— Et son fils ?

— Le fils de qui ?

— De l'anarchiste Barrel.

— Un peintre ?... Ah ! oui... C'est une « moule ».

— Vous dites ?

— Je dis, une « moule ». Cela signifie un homme sans consistance, sans énergie, un poète, un rêveur, un bon à rien, comme la plupart des artistes.

— Je les déteste.

— Ma foi, moi aussi.

— Vous le connaissez, ce Barrel *junior* ?

— C'est-à-dire — répondit le comte, assez ennuyé de la question, car il craignait d'éveiller la jalousie du rustre, et, d'autre part, il avait peur, en cachant la vérité, d'être surpris en flagrant délit de mensonge — c'est-à-dire qu'il a fait le portrait d'Hélène et celui d'une de nos amies, une princesse de la cour impériale de Russie, qui a eu la fantaisie d'avoir son portrait et celui de ma fille sur la même toile.

— Ah ! cette princesse aime beaucoup miss Hélène ?

— Oui, beaucoup.

— Je la déteste, alors.

— Pourquoi cela ?

— Parce que je veux qu'il n'y ait que moi qui ait le droit d'aimer ma femme.

— Vous êtes un peu égoïste.

— Oh ! oui, je suis très égoïste. Bonne chose d'être égoïste..., grande qualité.

— Vous avez peut-être raison. Par le fait, on vit pour soi et non pour les autres.

— Je vis pour moi — déclara Dilson.

— Très bien.

— Et je veux que ma femme vive pour moi.

— Ça, c'est une affaire à régler entre elle et vous ; seulement, je ne vous engage pas à lui en parler avant les noces. Mais comment connaissez-vous le peintre Barrel ? Pourquoi vous est-il antipathique ? C'est un garçon tranquille et inoffensif. Il ne songe qu'à sa peinture, ne se soucie pas de politique et ne ressemble en rien à son père.

— N'importe. Je déteste le père et le fils.

— Ah ! ça ! — s'exclama le comte — que diable vous ont-ils fait tous deux.

Tenez, jeune garçon, plongez, plongez !

— Rien ! — répondit Dilson.

Le comte ne voulut pas insister. Il avait hâte d'ailleurs de voir partir cet original. Il lui tardait d'être seul, de contempler à l'aise ces tas de pierres précieuses, de les examiner à loisir, regrettant d'avoir promis au Prince ce trésor, de n'en être que le dépositaire. Mais, à son mécontentement, l'Américain, qui le contemplait, tenant toujours sa bouteille, regarda autour de lui, prit un fauteuil et s'y installa.

— Peut-être aimeriez-vous bien savoir d'où proviennent ces petits cailloux ? — demanda-t-il.

— Je le désirerais vivement — répondit le comte qui, au fond, se souciait assez peu de la provenance, maintenant qu'il les avait en sa possession — je le désirerais vivement, et vous allez au devant de mes vœux ; la discrétion m'empêchait de vous le demander.

— Vous avez bien fait, car j'ai les questions en horreur.

Là-dessus, il se leva, alla avec de grandes précautions poser sa bouteille sur la table et, sans la quitter pour ainsi dire des yeux, il dit au comte décontenancé de cette réponse, d'autant plus qu'il se préparait à le questionner sur cette mystérieuse bouteille :

— Je vais vous expliquer la provenance de ces cailloux. Je dis cailloux, pour moi ce n'est pas autre chose. L'imbécilité des hommes leur donne seule de la valeur. Voulez-vous me dire ce que vous feriez si vous vous trouviez seul avec ce tas de petites pierres dans une île déserte ? Vous crèveriez de faim et les échangeriez volontiers contre un tas de pommes de terre ?

— Je suis de votre avis.

— Leur provenance — continua Dilson —

est un secret de famille. Il se trouve dans cette histoire des choses assez difficiles à expliquer. Je vous dirai ce que je sais...

— Je vous écoute.

— Si je suis venu au monde dans la grande et belle Amérique, le pays des dollars, il n'en est pas de même de mon honorable père qui a reçu le jour sur les bords brumeux de la boueuse Tamise. Mon grand-père, Nathaniel Dilson, était un modeste savetier, fils de savetier. Mon père m'a raconté souvent qu'étant petit il plongeait dans les boues de la Tamise, à la marée basse, pour y chercher des *pennies* que jetaient du haut des ponts de Londres des *gentlemen* et des *ladies*. Son frère aîné Bob se livrait à des exercices de roue devant les cabs, au risque de se faire écraser. Il recevait plus de coups de fouets des cochers que de *pence*, mais enfin, comme mon père, il vivotait. Ils avaient aussi cinq ou six sœurs, dont deux moururent de la petite vérole, en permanence chez les riverains du fleuve. Les autres vendaient des fleurs à la sortie des églises et des théâtres. Elles étaient, paraît-il, assez jolies. Ce fut leur perte. Un vieux gentlemen, membre de la propagation de la foi, emmena la plus jeune aux colonies pour en faire une évangéliste. Elle avait à peine onze ans; c'était commencer un peu tôt la propagande biblique, mais l'âge n'y fait rien quand on sait travailler. Les aînées disparurent avec des soldats. Mes parents surent, depuis que l'une était morte à l'hôpital du contraire de la petite vérole... Enfin, quand toutes ses filles furent parties, le grand-père Nathaniel déclara que c'était un bon débarras... Ça vous ennuie peut-être ?

— Non pas, non pas — répondit Bertemont.

— Je tenais à vous donner les origines des Dilson, puisque votre fille va entrer dans la famille. C'est afin qu'il n'y ait pas de surprise.

— Vous avez raison — fit le comte.

— Quand mon père et l'oncle Bob atteignirent l'âge de douze ans, ils songèrent qu'ils ne pourraient plus continuer longtemps l'un à plonger dans la boue du rivage pour y chercher des *pence*, et l'autre à faire la roue, avec une culotte trouée, au devant des voitures; ces métiers sont bons pour les tout-petits, ils inspirent de l'intérêt, mais lorsque l'on est devenu grand, on excite moins la pitié que l'indignation des dames.

Ce fut mon père le premier qui dut renoncer à sa profession. Il était — dis-je — arrivé à l'âge de douze ans et, naturellement, pour plonger dans la boue, il lui fallait retirer ses vêtements. Du bord, car il n'y avait pas encore de quai en cet endroit, il remarquait la place où s'était enfoncé le penny et se précipitait, puis après quelque temps il sortait tout couvert d'ordure, mais riche de la pièce de cuivre. Maintes fois il faillit être asphyxié dans la vase infecte; que voulez vous ? L'on gagne sa vie comme l'on peut, et chaque genre d'industrie a ses petites misères.

— Sans doute.

— Or un jour une respectable matrone passa sur le pont escortée de ses filles, de grandes gamines de douze à quinze ans. Intriguées de voir cet attroupement, ces hommes, ces femmes, ces enfants penchés sur le parapet et regardant la rivière, elles crièrent :

« — Maman, maman, qu'est-ce que c'estque ça ?

« — Peut-être un noyé qu'on repêche — répondit la dame.

« — Oh ! maman, un noyé ! Quel bonheur ! Laissez nous voir le noyé !

« — Ça vous ferait mal au cœur, mes enfants. La vue d'un noyé, surtout s'il a séjourné dans l'eau, n'est pas attrayante. Fi ! autrefois j'en ai vu un, il était tout vert et enflé comme un ballon ! A la suite de cet incident je n'ai pu prendre mon thé.

« — Oh ! maman — insistèrent les petites — laissez nous voir le noyé.

« — Je vous ai prévenues... allez si vous le voulez... mais vous ne pourrez prendre votre thé ni manger vos tartines. Quant à moi, je m'abstiens. Je n'aime pas ce spectacle.

Mais les jeunes misses de tous les pays placent leur curiosité avant leur appétit; elles n'écoutaient plus les justes observations de leur mère et celle-ci parlait encore qu'elles s'étaient glissées dans la foule avec une telle prestesse qu'elles furent bientôt au premier rang.

Appuyées sur le parapet, le corps en avant, l'œil dilaté par le plaisir, elles prenaient un si vif intérêt au spectacle, qu'elles lancèrent elles-mêmes les *pence* qu'on leur avait donné pour acheter des friandises.

— Tenez — criaient-elles — jeune garçon, plongez, plongez !

Et mon pauvre père, nu comme un ver, je veux dire habillé de boue liquide, plongeait, ressortait pour replonger encore, portant à chaque fois les *pence* dans son chapeau que gardait sur le rivage un camarade complaisant et intéressé dans l'affaire.

La maman impatientée s'approcha.

— A-t-on retiré le noyé ? — demanda-t-elle. — Est il mort ?

— Pas encore — répondit un gentleman. — Mais, si cela continue, il ne fera pas de vieux os.

— Ah ! il n'est pas mort... Voyons !

Et la matrone, ayant trouvé un petit espace pour s'y glisser, vit avec indignation et horreur ce misérable drôle de douze ans qui se permettait de se présenter devant ses filles sans le moindre caleçon de bain.

— C'est une abomination ! — s'exclama-t-elle. — Et la police tolère de telles monstruosités !

Avisant aussitôt un agent qui prenait tranquillement part au spectacle, elle l'apostropha :

— Vous n'avez pas honte — lui dit-elle — je suis membre de la *Société de Pureté nationale*, et je vous somme d'arrêter sur-le-champ et de conduire en prison ce petit malheureux qui outrage les mœurs !

Devant la carte qu'elle lui exhiba, le *policeman* dut s'incliner et, descendant sur la berge, saisit par le cou le plongeur et le conduisit incontinent au poste voisin.

Le magistrat, le lendemain, fit appeler Nathaniel Dilson, mon grand-père. Il lui donna à choisir entre le paiement immédiat de deux livres sterling sortis de sa poche, ou douze coups d'une baguette de bouleau appliqués sur le derrière de son rejeton.

Le pauvre savetier qui, sans doute, ne possédait pas deux shellings, n'hésita pas une minute. Il choisit les coups de baguette sur le derrière de son fils qu'on lui rendit un peu endommagé, après l'exécution.

Vous comprenez maintenant pourquoi celui qui devait être l'honorable auteur de mes jours fut, à tout jamais, dégoûté du métier de plongeur dans la boue.

La carrière de son frère Bob fut également, quelque temps après, aussi brusquement et désagréablement interrompue.

Il faisait, — comme je l'ai dit — la roue autour des voitures, profession presque aussi dangereuse que celle de plonger dans la boue. Dans la dernière, on est exposé à la suffocation, à l'asphyxie; dans celle de l'oncle Bob, on risque bras et jambes.

Mais l'oncle Bob n'éprouva pas l'infortune de devenir cul-de-jatte ou manchot. Je vous ai renseigné sur l'état de ses culottes, à vrai dire elles n'avaient plus de fond. On ne pouvait pourtant lui reprocher de les avoir usées sur les bancs de l'école, car, sous ce rapport, le grand-père Nathaniel avait complètement négligé son éducation : « Il en saura toujours assez pour être pendu » — répétait-il souvent.

— J'aime à croire qu'il n'a pas eu une aussi triste fin ? — demanda le comte.

— Attendez donc. Je vous ai prévenu que je détestais les questions.

Bertemont se mordit les lèvres. Maintenant qu'il avait l'argent, l'insolence de ce goujat, de ce yankee lui semblait insupportable. Il se préparait à le relever, à lui infliger une leçon de politesse, il se contint cependant.

— Alors, vous dites que le fond de culotte de votre respectable oncle Bob ?...

— Laissait à découvert tout ce qu'il est d'usage de voiler au public. Cette fois, ce fut un vieux monsieur qui s'effaroucha. Comme la vieille dame, il appela un homme de police et fit conduire en prison le pauvre oncle Bob. Ah ! monsieur le comte, vous ne vous doutez pas comme l'on était vertueux, il y a quarante ans, dans la Grande Bretagne !

— On l'est encore — répliqua Bertemont — et plus que jamais ; l'Angleterre est le pays des bonnes mœurs.

Le yankee fit entendre un petit sifflement significatif, montrant évidemment qu'il ne partageait pas, sur la vertu de John Bull, les idées de son interlocuteur.

Il continua :

— Bien que l'oncle Bob n'eut montré qu'une petite partie de son corps, il fut plus sévèrement puni que son frère, qui l'avait montré tout entier. Il est vrai que ce fut un autre magistrat qui décida de son sort. Comme le grand-père Nathaniel refusa de le réclamer, on le relégua dans un de ces établissements appelés Écoles de réforme, où l'on enferme la jeunesse pour sa propre moralisation et d'où les natures les moins criminelles deviennent de pires scélérats.

Heureusement pour mon honorable oncle Bob, il n'eut pas le temps de se vicier complètement, car, profitant d'un moment d'inattention de ses gardiens, il s'évada.

Mon respectable grand-père, qui dormait à poings fermés dans son réduit, en compagnie d'une jeune personne rencontrée ivre dans un *public house*, et qu'il avait ramenée chez lui pour remplacer provisoirement son épouse défunte, la vieille Becca, comme on l'appelait, mon respectable grand-père, — dis-je — fut, une nuit, tiré de son somme par des coups discrets frappés à sa porte.

— Qui est là ? — demanda-t-il.

Et sa compagne, qui avait le réveil mauvais, sans doute, et la bouche amère, cria :

— Quel est le damné porc qui tambourine ainsi. Va t'en, ivrogne, passe ton chemin.

— Je ne suis ni un porc, ni un ivrogne — répondit une voix — mais votre fils aîné, Bob.

— Bob ! — cria mon grand-père. — Oh ! le gueux ! Que viens-tu faire ici. On m'avait assuré que je serais débarrassé de toi et de ton sale museau jusqu'à ce que tu ais atteint ta majorité...

— Je me suis esbigné de la boîte — répondit Bob.

— Esbigné? Ah ! le gueux ! Ah ! le vaurien ! Tu veux donc encore me mettre en peine... Va-t-en. Il n'y a pas de place pour toi ici.

— Entendu, vieux zigue — riposta l'oncle Bob — alors, je pars.

— Bon voyage !

— Vous ne me reverrez plus.

— C'est mon vœu le plus cher.

Mon digne père, qui dormait sous une soupente et avait écouté sans mot dire ce colloque, éleva la voix :

— Vieil homme — dit-il — vous n'avez pas plus de cœur qu'un clou de cercueil. Laisser ainsi votre fils aîné à la porte !

— Je ne fais pas plus de cas du cadet que de l'aîné. Si tu trouves qu'il s'ennuie dehors, tu peux aller le distraire. Aussi bien tu me gênes ici.

— Pour sûr qu'il nous gêne — appuya la demoiselle — quand vous m'embrassez, vieux Nat, je vois ses yeux luire et je l'entends souffler comme un bouc... Je ne voudrais pas rester cinq minutes seule avec lui.

— Ouste ! — dit le grand-père — qu'il déménage !

Mon père, vexé, cria :

— Bob, attends-moi !

Il revêtit à la hâte ses effets, ce qui ne lui prit ni beaucoup de temps, ni beaucoup de peine, car ils se composaient d'un pantalon et d'un vieux gilet du père Nathaniel, sur lequel il avait lui-même cousu des manches, coupées dans un jupon hors d'usage. Je ne mentionne les chaussures que pour mémoire : deux bottines de femme trouvées, l'une sur les bords de la Tamise, à la marée basse, l'autre sur un tas de détritus, dans une ruelle du *Wapping!*

Ainsi accoutré, il ouvrit la porte de la rue, recevant une bouffée d'air froid et une cinglade de pluie battante qui lui rafraîchirent les idées et le firent revenir à un sentiment plus exact des devoirs des enfants envers leurs parents, car il s'arrêta indécis et se tournant vers le grabat, où dans l'obscurité profonde, la jeune ivrognesse enlaçait l'auteur de ses jours.

— Adieu père — dit-il.

— Au diable ! — répondit le vieil homme !

— Fiche le camp et ferme la porte — hurla la nouvelle maîtresse du *home*. — Cet enfant de chien va nous faire attraper un rhume.

Mon père obéit. Il ferma brusquement la porte, prit la main de son frère aîné tout ruisselant, transi de froid, et tous deux disparurent dans la nuit et la profondeur des rues désertes.

Qui les eut vus ainsi, errants et déguenillés, fuyant l'œil des *policemen* de ronde et allant chercher un refuge sous une des arches de *London Bridge* ne se fut jamais douté qu'il avait devant lui deux millionnaires de l'avenir.

Je ne vous raconterai pas à la suite de quel phénomène, de quel miracle d'audace, d'astuce, les deux frères prirent rang parmi les gros négociants de New-York. Les Français ont un proverbe très doux pour les fainéants et les culs-de-plomb : « Pierre qui roule n'amasse pas mousse. » C'est un encouragement à l'inertie et à la paresse. Nous autres Saxons, c'est au contraire en *roulant* que nous amassons nos gros patrimoines. Quand le foyer est pauvre, nous nous hâtons de le quitter pour chercher fortune ailleurs. C'est ainsi que l'Angleterre est, par ses colonies, le premier pays du monde, et que le soleil ne se couche jamais sur son vaste empire. Vous verrez les Saxons dans cent ans. Ils auront le monde. Et vous Français, attachés sottement à vos habitudes, à votre clocher, à votre bureaucratie, à votre manie du fonctionnarisme, à votre puérile vanité d'être quelque chose, même l'outil le plus infime dans le rouage administratif, vous descendrez au dernier rang des nations.

— Diable, comme vous y allez ! — fit le comte.

— Oh ! vous ne serez pas les seuls, rassurez-vous, — dit ironiquement le Yankee — vous aurez avec vous la fainéante Italie, la féroce et incapable Espagne et tous les sous-États de race latine, destinés à finir comme vous, écrasés, étouffés par les Anglo-Saxons, en attendant que les peuples de l'Extrême-Orient, à qui nous commençons imprudemment à enseigner nos sciences, deviennent les plus forts et nous dévorent tous.

— Vos prophéties manquent de gaieté, mon cher gendre, — dit Bertemont, que cette conversation impatientait et qui avait l'esprit plus préoccupé du trésor ruisselant sous ses yeux que de l'avenir des nations. — Revenons à votre père et à votre oncle.

— Mon honoré père et mon estimé oncle étaient des gaillards assez désagréables, à votre point de vue de français, pas communicatifs, faisant bon marché de la vie d'un ennemi, prêts à jouer du six-coups pour défendre leur peau, ce qui est légitime, détestant les simagrées et les banales politesses, bref, doués de toutes les qualités caractéristiques qui ont rendu l'Amérique prospère, et que vous autres Français vous traitez de défauts.

— Et dont vous avez hérité — dit en riant le comte.

— C'est mon plus grand bonheur, — répliqua froidement l'Américain — car si je n'avais entre les mains une grosse fortune, ces qualités m'eussent permis de la créer. Mais parlons de mon père. Quand devenu, grâce à des prodiges de persévérance, d'habileté et autres qualités commerciales, l'un des plus riches négociants de New-York, il se maria avec une fille riche comme lui, il prit rang parmi les plus grands industriels du monde.

— Et votre oncle ?

— Pendant que mon père édifiait sa colossale fortune, l'oncle Bob, riche également, mais d'esprit plus inquiet, courait les aventures, non pas comme vous autres Latins, les aventures amoureuses qui ne rapportent que des horions, mais les aventures des chercheurs d'or. Il quitta les Etats Unis pour l'Amérique du Sud, passa en Afrique, puis en Asie, en Océanie, le diable sait où! Mais ses pérégrinations vous importent peu; ce qui nous occupe en ce moment et fait le sujet de ma digression, c'est la réussite de tous ses voyages ; s'il n'amassa pas mousse, comme vous dites vous autres, ce dont, du reste, il n'eut que faire, il rapporta de riches collections, car c'était un enragé collectionneur. Oh! ce n'étaient pas des autographes, ni des poissons empaillés, ni des armes exotiques, mais des diamants et des pierres précieuses. Il en cherchait partout où il croyait pouvoir en trouver, et avec un flair extraordinaire, savait découvrir les bons endroits. Il en achetait, en échangeait; je ne dirais pas qu'il en volait, mais il en obtenait à un prix dérisoire, ce qui est le grand art du vrai commerçant; il en conquit, car c'est conquérir que de s'emparer du bien d'autrui en risquant sa peau. Les héros si vantés, ont-ils fait autrement? Ce fut lui et non un autre qui conquit d'une façon aussi audacieuse que dangereuse, sur le négus d'Abyssinie, la magnifique tiare ornée de diamants et d'émeraudes que le successeur de la reine de Saba portait dans les grandes cérémonies. L'Abyssinien cria qu'on la lui avait volée. Par Jupiter, est-ce qu'il ne volait pas lui-même, sous forme d'impôts écrasants, les biens de ses peuples?

En cette occasion, l'oncle Bob échappa à un grand danger; je ne vous dirai pas comment il parvint à sortir de l'empire du Négus avec la précieuse tiare, mais vous, pas plus que moi, n'auriez en cette circonstance donné un *penny* de sa tête.

Le courage, l'activité, la présence d'esprit, l'énergie surabondaient dans le mâle cœur de l'oncle Bob. Aussi la chance lui souriait-elle toujours. Vous avez là-dessus, je crois, un proverbe.

— Oui — dit le comte — il est tiré du latin : « La Fortune sourit aux audacieux » (*Audaces fortuna juvat*).

— A la bonne heure, je l'aime mieux que la « pierre qui n'a pas de mousse ».

— Un jour, mon père reçut une lettre de l'oncle Bob, ce qui lui arrivait une fois par an. Elle était datée de Paris. Je me souviens encore de sa réflexion quand il vit la missive : « Ah! ah! — s'exclama-t-il — Que diable va-t-il faire à Paris? Ces Parisiens ne sont pas sérieux en affaires! A moins de créer une banque et de lancer des actions sur les mines d'argent de la lune et les canaux de la planète Mars, je ne vois rien à fricoter... Puis ils sont toujours à se battre entre eux! »

Justement la Révolution de Juillet venait d'éclater et c'est précisément ce qui avait attiré l'oncle Bob. Il fit de superbes opérations sur les propriétés et les terrains que, dans leur panique, les propriétaires vendaient à vil prix. Quand le calme fut revenu, il revendit tout cela au double et au triple, mais garda pour lui une jolie petite maison située au milieu d'un jardin dans un quartier excentrique, en pleine campagne, alors. Et il annonçait son intention de passer quelques années dans la capitale de la France, pour y mener la séduisante existence parisienne, profiter d'un repos noblement acquis, se payer des petites femmes, jouir de la vie enfin, ce qu'il n'avait jamais eu le loisir de faire.

Il ajoutait qu'il venait de tomber amoureux de la plus séduisante des jeunes filles. Folie, sottise — avouait-il — mais il était encore assez jeune pour se la permettre sans trop d'inconvénient et, au fond, il n'était pas fâché d'éprouver ce genre d'émotion et curieux de connaître ce qu'on appelle l'amour, n'ayant jamais éprouvé que celui des matelots et des voyageurs qui font une rapide escale dans les ports.

— Il est fichu! — dit mon père.

Il ne se trompait pas dans son pronostic comme vous allez le voir. En tous cas, vous avez deviné que cette petite maison qui séduisait mon oncle est celle que nous venons de visiter et que les gens du quartier appellent la *maison de l'Anglais*.

L'intérieur des appartements est resté tel qu'il était alors; mais le tout couvert d'une couche épaisse de poussière et de moisissure.

Cette lettre fut l'avant dernière qu'il nous écrivit. Quelque temps après nous en reçûmes une autre, dans laquelle il nous disait qu'il venait de se battre avec un journaliste, un nommé Georges Barrel, et qu'il avait reçu un coup d'épée, dont heureusement la guérison serait prompte. Il ne donnait pas la raison de ce duel. Il s'exprimait d'une manière si exaltée que mon père, inquiet et craignant quelque folie, lui conseilla, dans sa réponse, de laisser de côté ses projets mondains et de venir en Amérique se retremper dans le spectacle réconfortant d'une famille chrétienne et de la vie sérieuse.

L'oncle Bob ne répondit pas, et dès lors nous restâmes sans nouvelles.

Une année après, mon père apprit, par la voie d'un de ses correspondants, qu'un américain nommé Robert Dilson, paraissant atteint d'une grave maladie venait d'être conduit à l'hôpital. Mon père, après avoir demandé et reçu un supplément d'informations qui lui confirmèrent l'identité du malade, se décida à le faire revenir en Amérique, les médecins ayant déclaré que le malade supporterait les fatigues de la traversée et que même le changement d'air pourrait peut-être amener une amélioration dans son état. Quand il nous arriva à New-York...

Ici la voix de James Dilson s'altèra.

...Il était si prodigieusement changé que mon père ne put le reconnaître et crut tout d'abord à une erreur. La maladie avait exercé des ravages terribles et, au lieu de s'atténuer pendant la traversée, avait empiré. Entre l'homme plein de vigueur qu'il avait tant connu et dont il se souvenait si bien, et le squelette qu'il voyait, l'on pouvait s'y tromper. Pour se convaincre de l'identité de son frère, mon père dut recourir à un examen minutieux de sa personne. Mon oncle avait, en effet, de naissance, une difformité dans les deux orteils, marque certaine d'identité, et, en outre, sur chaque bras, un tatouage représentait un singe, habillé en fantassin français. Une plaisanterie qu'un marin, du temps où il était pauvre diable, lui avait faite, parce qu'il répétait souvent que comparés aux magnifiques soldats anglais, les Français avaient l'air de singes.

— Merci du compliment ! — dit le comte.

— Oh ! — fit modestement l'Américain — il n'est pas de moi... Mais quel mal avait atteint le pauvre oncle Bob? On n'y comprenait rien. Tous les médecins appelés donnèrent chacun un nom différent et des avis contradictoires... Le malade, pendant qu'on discutait, ne pouvait remuer ni bras, ni jambes ; il ne sortait de sa bouche que des sons inarticulés. Une expression idiote s'était répandue sur son visage, usé, vieilli, avachi, qui n'était plus celui d'un homme encore jeune, mais d'un vieillard décrépit... Parfois, cependant, au début de la maladie, l'on voyait passer dans ses yeux atones et glauques des éclairs d'intelligence. La douleur, le désespoir, l'effroi se lisaient alors sur sa physionomie et des cris rauques s'échappaient de sa poitrine.

Il semblait qu'il éprouvait dans ces moments le sentiment de sa déplorable situation, mais, heureusement pour lui, ces douloureux retours à la raison, ces reflets de sa mémoire étaient de courte durée. Il retombait bientôt dans son apathie inconsciente et son état, en quelque sorte, végétal.

On avait cependant recours aux docteurs qu'on appelle les célébrités de la science et qui ne se distinguent souvent de leurs confrères plus humbles que par la cherté de leur prix. Ils ne tuent pas leur homme à moins de cent dollars. Bref, tous les experts dans l'art d'envoyer son prochain *ad patres* avec impunité, n'ayant réussi qu'à empirer la situation du malade, mon père les congédia.

Cette triste situation dura des années ; j'avais grandi, j'étais, par la taille, un homme, j'avais quinze ans. Mon père me fit appeler et me dit :

— James, à votre âge, je gagnais ma vie depuis longtemps.

— Je n'ai pas besoin de gagner la mienne, mon père — répliquais-je — puisque vous l'avez gagnée pour moi.

— C'est juste. J'ai de l'argent à ne savoir qu'en faire, et il est naturel que mon fils en profite. Si je vous disais de travailler, vous n'en feriez rien, car vous trouveriez toujours des usuriers qui vous prêteraient à gros intérêts. Mais je ne veux pas vous savoir désœuvré près de moi. Partez, voyagez. Rien de tel pour former la jeunesse. Vous trouverez dans toutes les banques d'Europe et d'Asie les sommes qui vous seront nécessaires.

Là-dessus, il me secoua la main, me souhaita bonne chance et je partis pour commencer mon tour du monde.

Nous autres, Américains, nous faisons le tour du monde pour nous secouer le sang, pour nous dégourdir les jambes, comme vous, Parisiens, vous faites un tour de boulevard ou de jardin. Naturellement, ce fut en France, et à Paris, que je me dirigeai tout d'abord. Je voulais visiter la maison de mon oncle et m'assurer s'il n'y avait pas laissé quelques indices pouvant me mettre sur la trace des causes de sa singulière maladie. Mes recherches ne furent pas heureuses. Je ne découvris rien d'intéressant. Quelques personnes me proposèrent d'acheter cette maison, qui leur plaisait fort. J'en référai à mon père, qui m'interdit absolument de la vendre. Il fit bien.

Je retournai plusieurs fois en Amérique. A chaque nouveau voyage, je m'attendais à ne plus retrouver l'oncle Bob, mais je le revoyais toujours dans la même terrible situation, sourd, muet, inconscient, paralytique, plus faible, plus désarmé qu'un enfant à la mamelle et nécessitant autant de soins.

— Singulière maladie! fit le comte.

— Ne trouvez vous pas que celui qui l'a mis en cet état, mérite un châtiment terrible...

— Je suis de votre avis. Mais quel peut être le coupable ?

James Dilson ne répondit pas à cette interrogation.

— Je voyageais dans l'Inde quand une dépêche me rappela aux États-Unis. Je me rendis à l'appel paternel, car, je dois vous le déclarer, bien que d'un caractère indépendant, j'ai toujours obéi aux volontés de l'auteur de mes jours.

— C'est très bien, dit le comte qui pensa : « Je n'en dirai pas autant de ma fille ».

— Aussitôt arrivé, je remarquai un changement en mieux dans l'état de l'oncle Bob. Il semblait revenir à lui, faisait des efforts pour parler, sans toutefois y parvenir. Mais les lueurs d'intelligence devenaient plus fréquentes, moins fugitives, et même il commençait à agiter ses jambes et ses bras.

— C'est pour cela que je vous ai appelé — me dit mon père ; — vous allez repartir avec l'oncle Bob.

— Bien, mon père. Où faut-il le conduire ?

— En France, à Paris.

— Quand ?

— Le plus tôt sera le mieux.

— Alors, nous partirons demain.

Mon père n'agissait pas à la légère. Il avait encore consulté les médecins, et cette fois, ils avaient été d'accord : un voyage ne pouvait être que salutaire. Mon père me donna ses instructions. Il espérait que dans un de ces instants de lucidité, le malade pourrait peut-être retrouver le souvenir, à la vue de la maison qu'il habitait, à celle surtout des objets familiers au moment de la catastrophe. Je devais donc l'y faire transporter aussitôt notre arrivée à Paris, observer attentivement ses regards et ses moindres gestes, ne pas le quitter un instant, tout prendre en note, même les détails les plus insignifiants.

Mon père était un homme de grand sens, quoiqu'il fut presque illettré, et je reconnus une fois de plus la vanité de ce que vous appelez en Europe, l'instruction universitaire. C'est à la sagesse de ses conseils et à la ponctualité avec laquelle je suivis ses ordres que je dois la découverte du trésor actuellement en notre possession.

Le voyage, le changement d'air produisirent bientôt l'effet attendu. Huit jours après notre départ, l'oncle Bob semblait transformé. En arrivant dans sa maison, ses yeux s'illuminèrent, son visage rayonna. Il reconnaissait les lieux, ses regards allaient d'un objet à un autre avec une satisfaction visible.

Un matin, il essaya de se lever, mais ses membres ne répondaient pas à sa volonté. Une grande inquiétude se lisait dans ses yeux. Je lui criai :

— Oncle Bob ! oncle Bob ! que désirez-vous ?

Il voulait me répondre, mais de sa bouche ne sortaient que des mots inarticulés.

— Essayez de me parler par les yeux, oncle Bob — lui criai-je à nouveau.

Je le regardai attentivement et je vis ses regards se diriger vers le plancher.

Je frappai aussitôt du pied.

— Qu'est-ce qu'il y a ? — demandai-je — quelque chose là dessous ?

Il leva les yeux sur moi, puis les baissa de nouveau. Il avait compris.

Mais moi, je ne comprenais pas. Je refrappai le plancher du pied et du poing, je lui désignai une place, puis une autre ; enfin, je crus saisir.

— C'est au-dessous ; il y a quelque chose au-dessous ?

L'éclair de son regard me dit que j'avais deviné juste.

Nous étions au rez-de-chaussée. Le dessous était la cave.

— Dans la cave ? — lui demandai-je.

— Oui — me répondit son regard.

Je le quittai ; j'allai à la porte de la cave, je la trouvai fermée au moyen d'une solide serrure. Vainement, je cherchais dans toute la maison la clef. Finalement je fis venir un serrurier qui l'ouvrit avec beaucoup de peine et je lui commandai une autre clef.

Le serrurier parti, je pris un flambeau et je descendis l'escalier pour me heurter à une nouvelle porte close. J'eus recours à un autre serrurier, ne voulant faire naître aucun soupçon.

Quand il fut parti, je descendis mon oncle dans la cave : je l'installai dans un fauteuil et, allumant plusieurs bougies que je disposai de façon à éclairer de tous côtés les murs, je criai à l'infirme :

— Oncle Bob, nous voici où vous vouliez. Indiquez-moi ce que j'ai à faire.

Il me comprit et son regard se dirigea vers une des parois de la cave.

J'allai au mur. Rien. Je tâtonnai longtemps. Je revins à l'oncle Bob, immobile sur son siège, mais les yeux fixés sur moi, et allant de moi à un même endroit de la muraille.

Depuis près d'une heure j'étais là et je commençais à désespérer, lorsque tout à coup, cédant à une forte pression, une porte si bien dissimulée par une couche de crépi qu'il était impossible de la découvrir, s'ouvrit toute grande.

— Enfin ! — m'écriai-je.

Je tournai aussitôt mes yeux vers mon oncle et je vis à l'éclair passager des siens, toute sa satisfaction.

— Et où est maintenant ce cher et précieux oncle ? — interrogea le comte.

Mais, dédaignant de répondre à cette question qu'il trouvait peut être indiscrète, l'Américain continua après une pose :

— Quand je vous ai parlé de ce trésor, j'étais bien sûr qu'il existait, et je ne causais pas à la légère, comme c'est l'usage de vous autres, Français.

Savez-vous comment j'étais certain de ce que j'avançais ? Par une lettre courte, adressée à mon père, trouvée dans la cave secrète en y pénétrant pour la première fois. Dans cette missive, restée inachevée je ne sais pour quelle cause, mon oncle informait mon père qu'une partie de la collection de pierres précieuses, enfermée dans une caisse enfouie sous terre, m'appartiendrait, et il donnait toutes les explications nécessaires pour la découvrir. En outre, preuve certaine que jamais personne n'avait pénétré dans la cave et que le trésor s'y trouvait intact, je ramassai sur le sol cette fleur en diamants que je vous prie d'offrir de ma part à ma charmante fiancée. Ah! cette marguerite ne brillait pas autant que maintenant — ajouta James Dilson — en regardant le merveilleux bijou. Je me suis amusé longuement à la frotter pour vous faire une surprise agréable.

— Elle ne pouvait l'être davantage.

— Voilà tout ce que j'avais à vous dire — continua James Dilson — je tenais à vous prouver que ce trésor était réellement à moi et que j'avais le droit d'en disposer selon ma fantaisie.

— Je vous croyais sur parole.

— J'ai dit et je me retire.

Là-dessus Dilson alla prendre sur la table, avec autant de précautions qu'il l'y avait posée, sa mystérieuse bouteille.

Le comte la suivait curieusement des yeux, se demandant ce qu'elle pouvait contenir, et ne songeant plus à la façon cavalière dont son gendre en expectative recevait les questions qui lui déplaisaient, il lui demanda :

— Hé! hé! cette bouteille! Craignez-vous qu'elle ne fasse explosion?

— Non, certes.

— Elle doit contenir quelque liqueur merveilleuse, un remède — continua M. de Bertemont — pour Monsieur votre oncle, sans doute. Je serais bien aise d'apprendre quel est l'état de santé de ce digne gentleman.

— Un remède — répéta James Dilson, fronçant le sourcil — un bon, un excellent, un souverain remède. Avec le liquide contenu dans cette bouteille, l'on peut mettre en action les paroles de l'Ecriture : « Les aveugles recouvrent la vue, les boiteux marchent, les lépreux sont guéris, les sourds entendent, et les morts... les morts ressuscitent. » Ah! l'eau de Jouvence, Monsieur le comte, la pure eau de Jouvence! *Genuine, quite genuine*! Ah! ah! ah!

Il éclatait d'un rire lugubre, mauvais, un rire sardonique, qui donna au comte de Bertemont la chair de poule. Néanmoins, il se mit à rire aussi pour se donner une contenance :

— L'eau de Jouvence! — fit-il — celle dont il est question dans la fable? Je sais ce que vous voulez dire... Malheureusement la source en est depuis longtemps tarie. Peut-être est-ce une recette nouvelle par vous découverte? Dans ce cas, elle vaut toutes les perles et les pierres entassées sur cette table et même cent fois plus... Le prince Président, bien que jeune encore, est un peu fatigué des agitations multiples de sa vie. Il a brûlé la chandelle par les deux bouts et vous sera reconnaissant...

James Dilson l'interrompit :

— Au revoir, Comte, à demain. Plaidez ma cause auprès de Mademoiselle Hélène... et rendez-moi réponse en fixant la date.

Se dirigeant ensuite vers la porte, il sortit, emportant la mystérieuse bouteille.

— Va t'en, brute, malotru, goujat — s'exclama *in petto* le comte, après l'avoir reconduit jusqu'à la grille avec force politesses — va t'en à tous les diables, rustre mal décrassé! J'ai ce qu'il me faut, je n'ai plus besoin de toi... Si seulement tu repartais chez ton père, le marchand de cochons, l'ancien vagabond, le coureur de gouttières, tu me rendrais un fier service..., car tu me débarrasserais du grave souci de décider Hélène à ce mariage et ce ne sera pas facile... Il est vrai qu'à sa place, je ne me soucierais guère de m'unir à un ostrogoth de ton espèce.

Il rentra rapidement dans son cabinet, dont il referma à clef la porte pour contempler son trésor. Il pouvait à peine s'habituer à l'idée d'en être si promptement devenu le possesseur, replongeant avec délices ses doigts palpitants dans le tas, puisant à pleines poignées, laissant retomber l'étincelante cascade, pour recommencer à nouveau, hésitant maintenant à s'en dessaisir, à remplir sa promesse, à le porter à Louis-Napoléon.

— Que me donnera-t-il en échange? — se demandait-il. — Une préfecture? C'est trop minime. Une place au Conseil d'Etat? une ambassade? Oui, c'est cela, je demanderai une ambassade... Et je garderai la moitié du tas pour moi. Comme ambassadeur, il me faudra faire figure..., la moitié ne sera pas superflue.

Puis sa pensée revenait à Hélène. Il fallait songer sérieusement à commencer l'attaque, car c'en était une, et il la prévoyait rude. Elle ne se laisserait pas endoctriner sans résistance d'autant plus qu'il lui soupçonnait des sentiments pour ce petit barbouilleur de Barrel, le fils de son ennemi... Il essaierait d'abord la persuasion, la patience.

Patience et longueur de temps
Font plus que force ni que rage.

Au besoin, il jouerait l'attendrissement, la scène des larmes, des sanglots.

— Je me représenterai comme perdu d'honneur, menacé de la prison même — se disait-il, — je lui parlerai des devoirs des enfants, des beautés du sacrifice... Ah! le sacrifice! De beaux mots vides, des phrases creuses, c'est

Me voici, mon capitaine. Tenez ferme !

encore le plus sûr moyen de prendre les femmes, comme les hommes d'ailleurs, en les accompagnant de promesses, qu'avec la meilleure volonté du monde, il serait impossible de tenir. Ah! quel bon candidat à la députation je ferais! Je leur en collerais de ces bourdes à mes électeurs! Comme je les bourrerais de mensonges et les nourrirais de chimères! Le monde est aux bavards.

Puis, il se reportait au récit que venait de lui faire James Dilson, cet extraordinaire original, ce brutal parvenu.

Assurément, il n'avait pas tout dit. Il lui cachait certains détails... Il pesait ses paroles. En dehors de son amour, de ses excentricités de millionnaire, c'était un gaillard pratique et de bon sens!... Mais, dans son histoire, lui, **Bertemont**, flairait quelque crime terrible.

Quelle était l'étrange maladie de cet oncle Bob, devenu vieillard avant l'âge ? Vivait-il ? Et s'il vivait, où était-il?... Et cette bouteille mystérieuse ?

— Bah ! — s'exclama le comte — après tout, l'essentiel, la question qui prime tout, la voici : c'est ce tas de joyaux qu'il faut transformer en or ou en belles banknotes. Un joaillier de ma connaissance, fera cette opération.

Mettant plusieurs poignées de son trésor dans un petit sac, et cachant le reste dans un secrétaire qu'il ferma soigneusement, il envoya chercher une voiture.

Au moment où il se disposait à sortir, ayant entendu le fiacre s'avancer, il aperçut en face de sa maison, à la lueur d'un reverbère, un homme de figure étrange, portant le costume des paysans russes et qui semblait en observation. Il n'y eut peut-être pas pris garde si l'immobilité de cet homme, juste devant sa porte, n'eut attiré son attention.

Un bonnet de peau de renard cachait jusqu'aux yeux son visage barbu. Loin de paraître gêné de se voir surpris, en quelque sorte, en flagrant délit d'espionnage, ses regards s'attachèrent sur le comte avec une curiosité quelque peu offensante, comme s'il cherchait à distinguer ses traits.

Bertemont tâta d'abord les poches de sa redingote pour s'assurer de la présence de son revolver, se disant :

— Que diable me veut cet individu ? Evidemment, c'est moi qu'il guette !

Il sauta prestement dans la voiture, baissa la vitre et mit la tête à la portière.

L'homme était toujours dans la même posture.

— Filez jusqu'au boulevard — ordonna-t-il au cocher — je vous dirai où il faut me conduire.

La voiture partit au petit trot; le comte regarda de nouveau : l'homme mystérieux s'éloignait enfin.

— C'est moi, — se dit-il — il n'y a pas de doute, c'est moi qu'il attendait.

Puis, tout à coup, se frappant le front :

— Oh ! ce n'est pas possible... Je suis fou... Les morts ne reviennent pas.

Et si quelqu'un se fut trouvé près de lui, en ce moment, il eut été effrayé de la soudaine pâleur répandue sur ses traits.

CHAPITRE VIII

Féodor Michaïlovitch. — Damiens reparaît. — La mission de la princesse. — La lettre. — Folle confiance. — Le bain La digue rompue. — Le double crime. — Visite au prince Président. — Départ précipité.

— Eh bien, Féodor Michaïlovitch ?

— J'ai vu l'*homme*, votre haute Noblesse.

— C'est lui, n'est-ce pas ?

— C'est lui.

— Dieu soit loué ! Parle.

— Bien que de nombreuses années aient passé depuis l'événement, — oh ! l'affreux événement ! — bien qu'il ait vieilli, que ses cheveux aient blanchi, qu'il ait changé en quelque sorte de visage, je puis jurer sur la croix de Notre-Seigneur, que c'est l'*homme*...

— J'en étais presque certaine... Raconte donc, Féodor Michaïlovitch, ce qui s'est passé entre vous.

Ce dialogue avait lieu dans l'hôtel de la princesse Souvarine, avenue des Champs-Elysées, entre elle et un homme âgé d'une cinquantaine d'années, au type militaire, à la barbe grisonnante et dont le front était traversé obliquement par une profonde cicatrice.

Il portait le costume des moujiks, de ceux que les grands seigneurs attachent à leur personne et à leur maison, tunique brune appelée touloupe, boutonnée jusqu'au menton et serrée à la taille par une ceinture de cuir, pantalon bouffant de même couleur enfoncé dans de hautes bottes.

Les deux interlocuteurs s'entretenaient en russe, mais, de temps à autre, la princesse, suivant l'habitude des grands seigneurs de son pays, se servait de phrases françaises qu'elle intercalait dans la conversation et que le moujik, d'ailleurs, paraissait parfaitement comprendre.

Il se tenait immobile devant la princesse, son bonnet de peau de renard à la main, les talons joints, dans une attitude militaire.

Disons, une fois pour toutes et pour la rapidité du récit, qu'en Russie, d'inférieur à supérieur, quand il s'agit d'un fonctionnaire ou d'une personne appartenant à la noblesse, on n'emploie jamais ce qui correspond à nos mots de « Monsieur » ou « Madame », mais « Votre haute Origine » ou « Votre haute Noblesse », « Votre haute Excellence ».

Entre égaux, ou de supérieur à inférieur, on donne à la personne à qui l'on parle son prénom accolé à celui du père : ainsi Paul Petrovitch — Paul, fils de Pierre — Féodor Michaïlovitch — Féodor, fils de Michel.

Donc, Féodor Michaïlovitch parla ainsi :

— Dès que votre Haute Excellence eut daigné me donner ses ordres, je me rendis rue de Chaillot, afin de me mettre en présence de celui que vous m'aviez désigné et que vous supposiez être l'*homme*.

Votre Haute Excellence m'avait dit : Pas d'esclandre ! Pas de scandale ! Conserve ton calme. Il ne s'agit que de le reconnaître... et de te faire reconnaître de lui.

— Et tout s'est passé suivant mes désirs ?

— Tout. Il a levé sa canne sur moi... et je n'ai pas bronché.

— C'est bien. Je t'écoute.

— J'y suis d'abord allé le soir, tant j'avais d'impatience. C'était hier. Je voulais reconnaître la maison. Justement, il est sorti. Il n'était qu'à cinq ou six pas de moi, mais il faisait nuit et le reverbère n'éclairait que faiblement son visage. Cependant, il m'a semblé que c'était lui. Il est monté en voiture et je n'ai pu le revoir qu'aujourd'hui.

Je m'étais posté au bout de sa rue, craignant qu'il ne m'aperçut de sa fenêtre, et qu'il ne sortit pas. Il pouvait, lui aussi, m'avoir reconnu malgré l'obscurité. J'attendis longtemps. Enfin, la porte s'ouvrit, et je le vis venir, marchant d'un pas pressé. Il portait une valise de petites dimensions, mais qui semblait fort lourde, et il paraissait joyeux.

Ah! mon cœur a fait un terrible saut quand j'ai vu sa face maudite — car cette fois je l'ai bien reconnu — et il a fallu tout le respect que je dois à vos ordres pour ne pas m'élancer sur lui. Mais je me suis dit : « Je vais diminuer ta joie ».

Et, brusquement, je quittais la porte cochère où je m'étais embusqué, pour me jeter au-devant de lui.

Il fit un écart.

— Maladroit — s'exclama-t-il. — Vous ne pouvez donc faire attention !

— Maladroit vous-même — répliquais-je. — Plus maladroit que moi, vous qui ne savez pas m'éviter.

— Qu'est-ce ? — s'écria-t-il avec hauteur et blême de colère — levant sa canne sur moi.

— A bas la canne! — lui dis-je. — Est-ce celle dont vous vous êtes servi pour me faire cette blessure au front.

— Hein? Que veux-tu dire, moujik?

J'enlevai mon bonnet, je lui montrai ma cicatrice en le regardant fixement.

Il eut un mouvement de surprise et d'effroi. Son visage devint d'une paleur cadavérique, tandis qu'un tremblement convulsif lui secouait le corps. Un moment atterré, sans parole, mais bientôt maître de son émotion, il m'interpella ironiquement :

— Vous êtes fou, mon brave homme, ou vous avez bu un coup qui, ne trouvant plus place dans votre estomac, est remonté à la tête. Passez votre chemin, et rentrez tranquillement cuver votre eau-de-vie, ou dire à votre femme qu'elle vous soigne. Bonjour!

Mais je ne me laissai pas intimider, et, continuant à lui barrer le passage, je lui dis d'une voix que je fis tous mes efforts pour rendre calme :

— Je ne passerai pas mon chemin avant que nous n'ayons renouvelé connaissance.

— Décidement, ton ivrognerie est gênante.

— Oh ! Ma mémoire l'est sans doute davantage pour vous, monsieur Damiens!

— Damiens! Tu te trompes d'adresse, mon garçon.

— Ah! que non pas. C'est sous le nom de Damiens que je vous ai connu, autrefois. Il est possible qu'il ne vous appartienne pas, comme celui, d'ailleurs, dont vous vous affublez actuellement... et que vous avez volé à mon pauvre maître... Vous voyez que j'ai bonne mémoire et que je ne suis pas plus ivre que fou !

— Insolent ! drôle ! — riposta-t-il. — Allons, place, ou j'appelle un agent de police, qui te fera cuver tes liquides au violon.

Ses yeux flamboyaient. Oh! je le reconnaissais bien ce mauvais regard, ce regard de suppôt de l'enfer. C'était le même qu'autrefois, lorsqu'il m'avait frappé du pommeau de sa canne. J'aurais eu le moindre doute, que cet œil de vipère me l'eut enlevé. Assurément, si nous avions été seuls, en tête-à-tête, la nuit, sur une route déserte, ou au coin d'un bois, j'aurais passé un mauvais quart d'heure et j'étais un homme mort. Mais nous étions en plein jour et en plein Paris, et je me sentais fort devant sa colère.

Aussi, lui répondis-je :

— Appelez un agent, monsieur Damiens; c'est ce que je désire. Vous porterez votre plainte, je ferai la mienne..., tenez, en voici justement un là-bas, au coin de la rue. Faut-il lui faire signe?

— Canaille! — murmure-t-il ; puis se ravisant, il prit un ton mielleux :

— Voyons, l'ami. Qu'est-ce que tu veux de moi ? Si c'est de l'argent que tu demandes, tu seras satisfait. Je suis riche, très riche... Viens chez moi... ce soir... non, demain plutôt. Tu sais où je demeure puisque tu m'espionnais. C'est bien toi l'homme que j'ai vu hier devant ma porte. Maintenant, je suis pressé... L'on m'attend et je suis en retard... Demain... C'est entendu, à demain.

Je n'avais plus de motifs pour le retenir; je l'avais reconnu, je lui avais dit son fait, ma mission était remplie ; je le laissai donc partir. Je le suivis un instant des yeux et le vit monter dans un fiacre.

Voilà, Votre Haute Noblesse, le récit fidèle de ce que j'ai fait et dit. Ai-je exécuté vos ordres selon vos désirs ?

— Oui, Féodor Michaïlovitch, tu es un brave serviteur. Tu as agi comme il le fallait. Je suis contente de toi... C'est bien !

Ces paroles de satisfaction parurent faire le plus vif plaisir au moujik qui remercia en inclinant respectueusement la tête.

— Dois-je me présenter demain chez lui ?

— Je serais curieuse de savoir ce qu'il te dirait et quelles offres il oserait te faire. Mais je ne veux pas t'exposer inutilement... Tu sais mieux que moi qu'il ne reculerait pas devant un nouveau crime. Non, ne tentons pas Satan. Tu peux te retirer.

Le serviteur salua de nouveau profondément et sortit.

Restée seule, la princesse demeura pendant quelque temps pensive.

— Non, pas d'esclandre, pas de bruit — répéta-t-elle. — Qu'il disparaisse; qu'il aille se faire pendre sous un autre ciel... bien loin, le plus loin possible, afin que sa honte et son infamie ne rejaillissent pas sur sa fille. Oh ! la chère petite. Je veillerai sur elle... Pauvre, pauvre enfant!

Elle s'assit devant son bureau et après avoir profondément réfléchi, elle écrivit rapidement sur du papier chiffré à ses armes, la lettre qui suit :

« Monsieur,

« Vous avez rencontré ce matin, dans votre rue, un homme que vous avez feint ne pas reconnaître et que vous avez peut-être eu le tort d'oublier.

« Quand on suit la voie dans laquelle vous vous êtes engagé, Monsieur, il ne faut jamais oublier que les morts quelquefois sortent de leur sépulcre.

« Je parle de mon serviteur, Féodor Michaïlovitch Protopopof. La balafre qu'il porte au front eut dû cependant vous rafraîchir la mémoire. Vous avez feint de le prendre pour un mendiant. Puisque la mémoire vous fait défaut, laissez-moi vous rappeler les faits.

« L'histoire n'est pas d'hier, il est vrai. Elle date d'un peu plus de vingt ans.

« Un vieil émigré français, presque septuagénaire, mourait alors en Autriche, dans une petite maison de campagne, près de Vienne, où il allait chaque été passer la belle saison.

« Cet émigré s'appelait M. le comte Agénor de Bertemont.

« Il avait un fils, le vicomte Pierre, qui, ne voulant pas rentrer en France où l'on avait guillotiné les gens de sa race, s'était décidé à prendre du service dans l'armée russe et, quelques années plus tard, devenait capitaine dans les hussards de la Garde Impériale.

« D'après tous les renseignements pris sur son compte, le vicomte Pierre de Bertemont était un cavalier accompli. Elégant, de belle prestance, instruit, aimant son métier de soldat, un brillant avenir l'attendait et il serait certainement parvenu aux plus hautes dignités militaires si..., s'il n'avait pas rencontré un aventurier du nom de Damiens.

« Vous voici, Monsieur, je l'espère, maintenant, sur la voie.

« Le vicomte Pierre avait fait la conquête de plusieurs demoiselles de la cour, et lui même amoureux de l'une d'elles allait demander sa main, que la famille se disposait à lui accorder, avec plaisir, quand il reçut une dépêche d'Autriche lui annonçant que son père touchait à sa fin.

« Il obtint un congé, se hâta d'aller rejoindre le vieux gentilhomme et arriva juste à temps pour recevoir son dernier soupir.

« Son ordonnance, le hussard Féodor Michaïlovitch Protopopof, l'accompagnait dans ce voyage.

« Après les funérailles, il choisit parmi les objets que lui laissait son père ceux qu'il voulait conserver comme souvenirs de famille, distribua le reste en cadeaux à ses amis d'Autriche, vendit la propriété et reprit, avec son ordonnance Féodor Michaïlovitch, la route de Saint-Pétersbourg.

« C'est alors que le malheur voulut qu'il fit votre rencontre.

« Un jour, dans un relais de la petite Russie, il vit venir à lui un individu qui rôdait dans ces parages comme un malfaiteur en quête d'une proie. Vous étiez insinuant, intelligent, bien élevé, mieux que tout cela, vous étiez Français et vous vous disiez malheureux. Il n'en fallait pas tant pour exciter l'intérêt du capitaine de Bertemont.

« Il écouta les mensonges que vous lui débitiez et les crut aveuglément.

« Il vous conseilla de l'accompagner à Saint-Pétersbourg. On aime et on estime les Français dans toute la Russie, mais dans la capitale des tzars, où le capitaine avait beaucoup d'amis et de hautes relations, il se faisait fort de vous procurer une situation avantageuse.

« Il ne se contentait pas d'entendre le récit de vos infortunes, il vous faisait aussi ses confidences, ce trop communicatif officier.

« Avec l'imprudence de son âge, il vous confia qu'il avait sur lui, en son portefeuille, le prix réalisé de la vente de la petite propriété paternelle, somme assez ronde, plus ses titres généalogiques, ses papiers de famille. Il ajoutait qu'il était le dernier des comtes de Bertemont.

« Vous notiez soigneusement tous ces renseignements et faisiez votre profit de ce que vous entendiez.

« Malheureusement pour vous, Féodor Michaïlovitch assistait souvent à ces conversations faites en français et il les comprenait, car il est fils d'une vivandière française restée en Russie, à la débâcle de 1812, recueillie dans une famille russe et mariée à un Russe. Il avait appris, dès son enfance, la langue maternelle. Vous faisiez route avec le capitaine, qui avait poussé la complaisance jusqu'à vous prendre dans sa drocka.

« Un matin, au moment de quitter l'hôtellerie, le capitaine s'aperçut que son brosseur avait une forte fièvre. Il était humain, il obligea le hussard à se recoucher et envoya chercher le médecin du district, qui habitait à un certain nombre de verstes. Les heures passaient, le médecin n'arrivait pas ; le jeune officier, bouillant d'impatience, car non seulement il avait hâte d'arriver à temps à son poste, mais il craignait que la fièvre de Féodor n'augmentât.

« Il dit au maître de l'hôtellerie :

— « Je vais sur la route au devant du médecin... Je me morfonds ici.

« — Je vous accompagne — dit le nommé Damiens.

« On était en été. Nos étés sont aussi chauds que courts, et la température était suffocante.

« Une petite rivière, encaissée, profonde, un affluent du Niemen, dont les eaux limpides offraient, par ce temps de canicule, l'aspect le plus engageant, côtoyait la route.

« Que se passa-t-il ? Il est facile de le conjecturer. En tous cas, le capitaine éprouva le désir de se baigner. Pour un motif quelconque vous refusâtes de l'imiter.

« Le comte de Bertemont se dévêtit donc seul, laissant sur la berge, avec ses vêtements, son portefeuille, contenant ses titres et sa petite fortune en billets de banque.

« La place choisie pour le bain était située à une vingtaine de mètres d'un pont en bois, qu'étançonnaient de chaque côté deux grosses poutres enfoncées dans le lit du ruisseau.

De cet endroit, que je connais, que j'ai visité, on ne peut être aperçu du village, éloigné d'environ deux verstes, et caché à la vue par un repli de terrain.

« Depuis combien de temps le capitaine s'ébattait-il dans la rivière? Vous seul le savez. Tout à coup un bruit formidable, qu'on entendit du village, déchira les airs ; presque aussitôt l'onde s'enfla subitement et le nageur, entraîné par le courant, alla heurter avec violence une des poutres qui soutenaient le pont. Bien que grièvement blessé à la tête, il s'y cramponna, instinctivement, de toutes ses forces.

« Certes, vous n'étiez pour rien dans cet accident. A quelques verstes en amont, la digue d'un étang artificiel, servant aux besoins de plusieurs usines installées par des compagnies allemandes, s'était rompue, occasionnant cette crue soudaine.

« Maintenant, laissez-moi reconstituer la scène qui dut suivre.

« Le capitaine est cramponné au poteau. Il perd son sang par la blessure qu'il vient de se faire à la tête, et avec son sang ses forces s'en vont.

« Il vous appelle :

« — A moi ! au secours ! Damiens !

« D'un bras, il enlace le poteau, de l'autre il essaye d'atteindre le tablier du pont, dont un pied ou deux à peine le séparent. Mais ces cinquante centimètres, il est impossible à son bras de les franchir, et ses doigts se crispent dans le vide.

« Il répète :

« — A moi ! à moi ! Damiens !

« Le sauvetage vous est facile. Vous n'avez qu'à vous élancer sur le pont, vous coucher à plat ventre et tendre la main.

« Mais vous restez immobile, vous vous gardez de faire un pas, vous assistez, haletant sans doute, au drame effroyable dont vous attendez la fin. Pendant ce temps, le village où passe la rivière et qui se trouve dans un repli de vallée est envahi par les eaux. Les habitants, pris de panique, courent de tous côtés pour mettre leurs personnes et leurs meubles à l'abri du fléau, et eussent-ils entendu les appels désespérés du pauvre capitaine, nul n'y eut répondu.

« Mais, au bruit du désastre, Féodor Michaïlovitch s'est jeté hors de sa couche. Comme il arrive souvent en pareil cas, la vive émotion qu'il éprouve a coupé sa fièvre. Il s'habille à la hâte et, mû par un de ces inexplicables pressentiments qui vous assaillent parfois, il se précipite sur la route à la recherche de son maître.

« Bientôt il entend les cris. Il hâte sa course et il voit dans toute son horreur cette scène révoltante, abominable, d'un être humain qui en regarde un autre s'épuiser en efforts inutiles pour échapper à la mort, alors qu'il lui suffirait de lui tendre la main pour le sauver.

« Le malheureux criait d'une voix étranglée :

« — Mais venez donc, Damiens ! Que faites-vous ? Ne voyez-vous pas que le courant m'emporte. Mes forces m'abandonnent. Je vais tout lâcher. Au secours ! Au secours !

« Et l'on voyait sa tête ensanglantée, et ses bras qui s'agitaient désespérément au-dessus des eaux tumultueuses et rapides.

« Que faisiez-vous ?... Vous regardiez ! Vous restiez impassible. Vous attendiez avec impatience que le comte de Bertemont disparut et votre pied était déjà posé sur le portefeuille convoité, le portefeuille qui faisait de vous un assassin.

« Mais il y avait un autre témoin du drame : Feodor Michaïlovitch accourait pieds-nus, essoufflé, terrifié, ne pouvant s'expliquer votre monstrueuse inaction.

« — Mais, courez-donc — hurla-t-il — mon maître vous appelle, mon maître se noie.

« Alors, vous fîtes semblant de courir, mais Féodor vous avait devancé et le capitaine, qui venait de l'apercevoir lui jeta un dernier appel, le cri suprême d'une voix qui semblait déjà lointaine.

« — Féodor ! Féodor ! A moi !...

« Hors de lui, à bout de souffle, Féodor, le fidèle serviteur, atteignit le pont ; il se jeta à plat ventre, et tendit la main, criant à son tour :

« — Me voici, mon capitaine. Tenez ferme !

« Trop tard ! C'était trop tard.

« Le malheureux exténué, épuisé, venait de lâcher prise. Il s'engloutissait dans les eaux grondantes, disparaissait emporté par le torrent.

« Vous accouriez pour contempler ce spectacle qui, sans nul doute, devait vous être agréable.

« C'est alors que Feodor Michaïlovitch, blême de fureur et de désespoir, se retournait vers vous, et vous crachait à la face ces justes épithètes :

« — Misérable ! Infâme gredin !

« Une solide canne plombée qui ne vous quittait jamais, s'abattit sur sa tête, il chancela et le pont n'ayant pas de garde-fou, il tomba, peut-être un peu grâce à votre aide, au milieu des flots qui l'entraînèrent dans leur tourbillon.

« Ah ! vous vous imaginiez tout fini..., personne n'avait été témoin de cedouble drame. Une chance encore que vous apportait le hasard, c'est qu'en différents points du cours de la rivière, d'autres baigneurs furent également surpris par cette crue subite et emportés par le torrent.

« Le lendemain, le surlendemain peut-être, quand l'eau baissa, on recueillit les cadavres, mais si mutilés, si défigurés, qu'on ne put constater leur identité.

« Vous restiez triomphant, vous échappiez à la justice humaine, mais la justice divine vous réservait un châtiment.

« Féodor Michaïlovitch ne trouva pas la mort dans les flots.

« La Providence voulut que le courant le lançât dans une petite anse pleine de roseaux. Ses mains s'y accrochèrent, il se soutint hors de l'eau à moitié évanoui.

« Des paysans l'aperçurent. On le recueillit, non sans peine ; on le fit revenir à lui, car il avait perdu connaissance, on pansa la blessure de son front, mais, quand on voulut l'interroger,on s'aperçut qu'il divaguait; ses réponses incohérentes n'avaient aucun sens.

« Le malheureux était fou.

« On l'expédia à la ville voisine où il fut enfermé dans une maison d'aliénés.

« Il y est resté quinze ans !

« Ce double crime accompli, maître du portefeuille, de l'argent et des titres du dernier des Bertemont, il vous était facile de vous revêtir de sa personnalité en vous retirant dans un pays où nul ne le ocnnaissait...

« Le hasard me mit sur le chemin de Féodor Michaïlovitch, désormais libre, ayant recouvré sa raison et avec elle le souvenir. Comment l'ai-je connu? que vous importe ! Il me fit le récit de cette lugubre histoire, de cette abominable infamie.

« Sur ces entrefaites, je vins à Paris; jugez de de mon étonnement quand on me parla d'un comte de Bertemont. Je fis en sorte que vous me fussiez présenté, et votre regard fuyant et dur, votre physionomie sinistre, le cynisme de vos propos auraient suffi à confirmer le récit de mon serviteur... si j'avais eu le moindre doute. Alors j'écrivis à Féodor Michaïlovitch.

« Je crois avoir découvert l'*homme*... Viens voir si tu le reconnaîtrais ! » Il est venu, il s'est posté sur votre passage, sur sa parole de ne se livrer à aucune violence et... il a reconnu le misérable.

« Maintenant, pseudo comte de Bertemont, écoutez :

« Si Féodor Michaïlovitch ne s'est pas rué sur vous comme sur une bête fauve, s'il ne vous a pas saisi à la gorge en vous traitant d'assassin et de voleur, c'est qu'il compte que je vais vous livrer à la justice.

« *Je ne le ferai pas*; non par pitié pous vous, mais pour l'honneur de la *jeune fille qui est avec vous.*

« A cause d'elle, rien qu'à cause d'elle, je garderai le silence ; mais il faut que vous partiez, que vous quittiez la France.

« Allez où bon vous semblera, peu m'importe ! Quelque soit le pays que vous choisirez, j'ai la conviction que tôt ou tard pleine justice vous sera rendue. Tout ce que j'exige de vous c'est de disparaître, et cela immédiatement ! Si demain vous êtes encore à Paris, je vous abandonne à Féodor Michaïlovitch et je vous jure sur les Saintes-Images que nous vénérons, nous autres Russes, qu'il ne lâchera pas sa proie.

« J'ai dit.

« Vera Ivanova Souvarine. »

« Inutile de me répondre ; je ne lirai rien de vous ; je ne veux que l'exécution de mes ordres . »

Quand le comte de Bertemont reçut cette lettre apportée par un messager sûr, il porta la main à son front et faillit tomber à la renverse.

D'abord, il n'en crut pas ses yeux ; deux fois, rapidement comme s'il avait hâte d'arriver à la fin, de connaître le dénouement, puis, plus lentement, posément, il lut cette menace qui faisait écrouler d'un coup, comme un château de cartes, l'échaffaudage laborieusement construit de ses projets ambitieux et de sa grandeur future.

Ah ! Quelle rencontre ! Quelle fatale rencontre que celle de ce moujik, sa victime qu'il croyait depuis longtemps bien enterrée.

— Diable ! — s'était-il exclamé. — Les morts reviennent. Il en est donc qu'il faut tuer deux fois. Ah! si j'avais seulement pu l'attirer dans la cave de la maison de l'Anglais. Mais, trop tard ! trop tard ! le coup est porté.

Et j'ai eu le sot empressement de remettre au Président la moitié des diamants... !

Reportons-nous à quelques heures en arrière, au moment où le comte de Bertemont se jetait dans un fiacre et se faisait conduire à l'Elysée.

Louis-Napoléon fit à la valise et au comte un accueil des plus aimables.

— J'ai pris des pierres et des diamants au hasard — lui dit le faux comte — je les ai fait examiner par un joaillier; d'après ses offres, il y en a pour plus de cinq millions.

— Tout est là? — demanda le Prince.

— A l'exception d'une petite poire gardée pour la soif.

— Ah! — fit en souriant le Président — auriez-vous la soif de Lazare, elle sera éteinte. Mais qui va se charger de transformer ces pierres en or monnayé? Ne pouvez-vous?...

Il s'arrêta, réfléchissant que peut-être il ne serait pas prudent de rendre à ce généreux partisan ce qu'il venait si spontanément offrir.

— Persigny s'en chargera — dit-il après un moment de réflexion. — Quant à vous, cher comte, tous mes remerciements pour ce prêt, car ce n'est qu'à ce titre que je consens à accepter cette fortune... Je vous rendrai cela... un jour,... quand...

— Vous ceindrez sur votre front auguste, monseigneur, la couronne des Césars.

— Taisez-vous, Bertemont. Pas de bêtises!

— Je dis ce que je pense, monseigneur... Alors, vous vous souviendrez d'un fidèle serviteur et d'un bon prophète...

— Je ne veux plus vous entendre — riposta le Prince, — mais souvenez-vous que vous n'avez pas à faire à un ingrat.

— Je me rappellerai cette bonne parole. Au revoir, monseigneur.

— Hé! Quoi! Vous partez si vite... Causons un peu... Savez-vous, Bertemont, que vous avez une fille charmante.

— Vous me comblez...

— Elle a fait sensation l'autre soir. Tout le monde en parlait. Vous pouvez lui trouver un riche parti.

— Quand l'empereur m'aura nommé ambassadeur.

— Encore des bêtises!... Elle risquerait, la chère enfant, de n'avoir jamais de mari.

Bertemont devint soucieux. Etait-ce un refus déjà? Il ne crut pas devoir insister et prit congé du Président, qui le reconduisit jusqu'à la porte de son cabinet.

— Je compte toujours sur vous quand viendra le moment — lui dit-il en lui serrant la main.

— Monseigneur, je suis tout à vous.

— Et, de votre côté, disposez de moi.

Il s'en alla un peu rassuré sur cette dernière et bonne parole.

— Oui, je ferai empoigner ce russe — se dit-il. — Avec un mot du Président, on le réexpédiera à la frontière... Mais il pourrait en revenir, et rien de dangereux comme les revenants! Je pensais à un cul de basse-fosse; il n'en est plus... et encore on en sort... Le mieux est de le fourrer dans quelque bagarre... Alors, un coup de revolver ou de casse-tête en aura raison. C'est encore le plus sûr et le plus radical. Demain, j'irai voir le Préfet de police.

En attendant, il s'occupa de tirer le meilleur parti de quelques-uns de ses diamants.

Puis il soupa en cabinet particulier avec une jolie fille rencontrée sur le boulevard et ne rentra que très tard dans la nuit.

C'est alors qu'il avait trouvé la lettre de la princesse Souvarine.

Aux premières lignes, il faillit, nous le répétons, tomber à la renverse tant fut grande sa stupeur.

Revenu de son épouvante première, il fut pris d'une folle colère qu'il exhala en jurons et en menaces contre la princesse et son misérable moujik. Ah! il avait eu le pressentiment que son voyage à Paris couvrait des desseins occultes. Il avait pensé d'abord qu'elle appartenait à la police russe, si puissante, si redoutable, qui étend comme une pieuvre ses mille tentacules dans toutes les directions; cette police qui va chercher ses agents jusque dans la haute noblesse, qui englobe le clergé dans ses rangs, car, dans certains cas, par l'ordre même du Synode, le prêtre est obligé de faire un rapport au chef de police sur ce qu'on lui révèle en confession.

Mais s'il avait soupçonné la princesse de quelque secrète mission, il pensait que cette mission n'avait qu'un caractère politique, et c'est pourquoi, n'ayant rien à redouter pour ses opinions, il avait supporté sa liaison avec Hélène.

Ah! la coquine! Elle faisait donc, ce qui était plus redoutable pour lui, la police pour son compte; elle découvrait dans le gentilhomme Bertemont, ami du Prince, bien vu à l'Elysée, appelé aux plus hautes fonctions, le voleur et l'assassin Damiens.

Que n'avait-elle parlé plus tôt, la gueuse!

Il serait parti avec les millions de l'Américain, avant ce sot et inutile partage.

Il fallait fuir maintenant! Il fallait obéir aux ordres de cette femme maudite. Bah! — se dit il — jamais tout n'est perdu quand il reste de l'énergie.

Il ouvrit son secrétaire, remplit son sac de voyage de pierres précieuses, y ajouta le strict indispensable, et ces précautions prises, eut un instant l'idée d'aller réveiller sa fille. Mais il s'arrêta, réfléchit :

« Non — dit-il — mon trouble ferait naître ses soupçons, elle est fine et perspicace, il est préférable de lui écrire... Après, nous verrons. Elle saura se débrouiller avec James Dilson. »

Il s'assit à son bureau et rapidement, d'une main fébrile, il traça les lignes suivantes:

« Ma chère enfant, je sors de l'Elysée. Le Prince-Président a bien voulu me charger d'une mission secrète et diplomatique de la plus haute importance. Il me faut partir sur le champ. Je n'ai pas voulu troubler ton sommeil et soulever les commentaires de la servante. J'ignore encore quelle sera la durée de ma mission. Je dois donc te donner mes instructions et mes conseils. Tu es une fille intelligente et sage. Réfléchis à l'union projetée avec l'américain James Dilson, ne repousse pas ses avances. Tu vas te trouver seule quelque temps. Si tu ne peux recevoir ses visites, accepte au moins ses lettres et réponds en lui laissant quelque espoir. Il vient de rendre au Prince-Président et à moi un service d'une haute importance, c'est un homme à ménager.

« Quant au peintre, dont, je crois, tu t'es un peu follement éprise, tu dois l'oublier. Un mariage avec un artiste ne peut que conduire aux déceptions et à la misère.

« Méfie-toi de la princesse Souvarine. Cesse peu à peu de la fréquenter. Je t'autorise à lui dire que je suis à l'étranger.

« Au revoir, ma chère fille, ton père t'embrasse bien tendrement.

« Bertemont. »

« *P. S.* — Tu trouveras dans un tiroir de mon secrétaire une somme suffisante pour parer aux dépenses et aux frais de maison pour plus de six mois. Tu feras jeter à la poste la lettre ci jointe pour James Dilson. »

La lettre, à l'adresse de l'Américain, restée ouverte pour qu'Hélène en prit connaissance était ainsi conçue :

« Cher Monsieur,

« Je pars en mission diplomatique. Le Prince-Président m'a prié de garder le secret. Ne lui parlez donc pas de moi. Il faut que tout le monde ignore que je suis chargé d'une mission. De graves intérêts sont en jeu.

« En mon absence, dont je ne puis connaître la durée, ma fille Hélène va se trouver seule.

« Vous êtes un *gentleman*, je compte donc sur votre réserve. Je vous autorise néanmoins à lui écrire. Elle est prévenue et répondra, j'en ai le ferme espoir, à vos lettres, selon vos vœux.

« Au revoir, cher Monsieur et à bientôt.

« Votre dévoué,

« de Bertemont. »

Ainsi, — se dit-il, quand il eut terminé, — je gagnerai du temps, le Dilson filera le parfait amour par correspondance et j'aurai le loisir de réfléchir et d'aviser.

Il mit ses papiers en ordre, en brûla un certain nombre. Tout cela lui prit plusieurs heures et quand il quitta son hôtel, le jour venait de paraître.

CHAPITRE IX

Une famille à Gérardmer. — La Crachotte et la Manichette. — Les équipées d'une jeune vosgienne. — Le juif libidineux. — L'annonce du mariage. — Retour au pays natal.

Une dizaine d'années avant les événements que nous racontons, c'est-à-dire en 1841, vivait à Gérardmer, ville des Vosges, célèbre dans tout l'univers par ses fromages et par ses ivrognes, une veuve répondant au nom de Sophie Crachotte, qui tenait un débit de vins et liqueurs et un commerce d'épicerie-mercerie. La dite veuve était la mère de deux demoiselles nées à dix-huit ans d'intervalle l'une de l'autre; elles l'aidaient dans les soins du ménage et le service des clients. Mais ce n'était pas par l'âge seulement que les deux filles de la veuve différaient. L'aînée, âgée de trente-cinq ans, était le produit légitime de feu M. Crachotte, ivrogne invétéré, alcoolique parfait, dont les tissus, les organes, le sang, les os et la moelle saturés, empoisonnés, détruits par l'absorption à haute dose de l'alcool sous toutes ses formes, ne pouvait procréer qu'un triste rejeton incomplet, un monstre. A la vérité, il ne manquait absolument rien à la petite fille que sa femme mit au monde en 1805, mais en revanche elle était d'une taille si exiguë que la sage-femme s'écria de suite que ce serait une naine. On lui donna le nom de Maria. Le lecteur a fait connaissance avec elle au début de cette histoire, dans la personne de cette dame acariâtre, demeurant à côté du peintre Paul Barrel, si empressée à ramasser les lettres tombées et à épier ses voisins.

Le père mourut vers 1813 dans un accès de *delirium tremens*. Dix ans après, en 1823, Mme veuve Crachotte mit au monde une seconde fille. Cette dame, allant à la messe tous les jours et communiant dévotement une fois par semaine, M. le curé de Gérardmer, homme de sens et de savoir, qui tenait à la bonne réputation d'une ouaille aussi pieuse, eut beau compulser tous les auteurs sacrés qui font autorité dans la matière, ni dans saint Augustin, ni dans saint Thomas d'Aquin, ni dans saint Jean Chrysostome, ni dans Bossuet, ni dans

Ils s'effacèrent en voyant venir au devant d'eux une gigantesque matrone.

les autres éminents docteurs, il ne put découvrir la moindre ligne autorisant à baptiser, sous le nom de Crachotte, une fille née dix ans après la mort de celui qui s'appelait ainsi. Elle dut porter le nom de famille de sa mère, qui était une demoiselle Manichet. Suivant une coutume immémoriale en pays lorrain, elle fut surnommée La Manichette, tandis que Maria, sa sœur aînée, la naine, était appelée La Crachotte.

Comme La Manichette n'avait pas été procrée par le Saint-Esprit, ce dont tout le monde était d'accord, les commères de Gérardmer en s'en retournant chez elles avec leurs fioles pleines d'eau-de-vie, laissaient leur imagination trotter sur l'auteur probable de cette enfant. Elles jacassaient ferme sans pouvoir parvenir à s'entendre. D'aucunes prétendaient qu'Emma était l'œuvre d'un représentant de commerce parisien qui s'occupait avec ardeur de placement de toutes sortes de marchandises et qui avait conté fleurette à la veuve Crachotte, faute de mieux ; il n'y a jamais eu beaucoup de choix dans cette partie des Vosges et ce n'est pas la contrée où les poètes se fussent avisés de faire naître Vénus ; certains mettaient la fillette sur le compte d'un officier de passage ; on sait que les militaires sont gens peu scrupuleux et nullement délicats en matière amoureuse ; d'autres l'attribuaient au notaire du pays, au brigadier forestier, au curé, au vicaire, au sacristain, à l'appariteur, etc., etc., mais les personnes qui s'exprimaient ainsi étaient toutes bavardes, parle-à-vide et menteuses. Les gens sensés, vu la difficulté de démêler cet écheveau, ne cherchaient pas plus à approfondir le mystère que Mme veuve Crachotte elle-même, dont l'esprit à ce sujet se débattait dans une complète incertitude.

Quoi qu'il en soit, La Manichette était en l'an de grâce 1841 une fort jolie personne. De grands yeux bruns très provoquants, des sourcils de même couleur et d'un arc superbe, les oreilles et le nez bien faits, une bouche un peu grande, mais ornée de lèvres rouges, sensuelles, appétissantes et d'une dentition parfaite (ce qui n'est pas commun chez les montagnards vosgiens, dont les dents noires et jaunes, disposées en manière de défenses, sont ce qu'il y de plus disgracieux), des pieds petits pour une campagnarde, un corsage rembourré agréablement, un casque de cheveux noirs auréolé d'une quantité étonnante de frisettes et d'accroche-cœurs; telle se présentait la seconde fille de la veuve Crachotte; bref ensemble très satisfaisant.

Le lecteur croira sans peine que la bonne entente ne régnait guère entre les deux sœurs dont l'une servait de repoussoir à l'autre et en était horriblement jalouse; mais, tandis que la nabote manifestait sa haine par tous les moyens que pouvait lui suggérer une imagination diabolique, la Manichette se contentait de répondre à ses insolences, à ses méfaits, à tous ses méchants tours par le mépris le plus insultant. Elle affectait de considérer la Crachotte comme une enfant irresponsable et contre laquelle on ne peut opposer que l'indifférence. Ce n'était nullement par bonté d'âme qu'elle agissait ainsi. Elle avait compris que le moyen le plus sûr pour exaspérer la naine était de la considérer comme une personne sans la moindre importance, de la traiter en quantité négligeable. Effectivement, la Crachotte ne décolérait pas du matin au soir et même la nuit. La mère servait de tampon entre les deux filles et, en outre, était l'objet de reproches ou de railleries de la part de l'une et de l'autre. L'aînée la gourmandait sans cesse et lui reprochait d'avoir donné le jour à une traînée, à une *fêtgnante*, qui n'était bonne qu'à travailler sur le dos; la cadette lui faisait entendre que son coup d'essai n'avait pas été un coup de maître.

Que la Crachotte fut une méchante créature, qu'elle sentit continuellement la colère fermenter, bouillonner en elle contre tout le monde en général, contre sa famille en particulier, rien d'étonnant à cela, disgrâciée de la nature comme elle l'était. Il est rare qu'une personne dont le corps est contrefait n'ait pas dans l'esprit quelque difformité correspondante. Mais la Manichette, belle fille et fort bien constituée, n'avait pas le caractère meilleur.

De même que sa sœur, jalouse et envieuse à l'excès, elle avait une propension marquée à se réjouir ou à se désoler du malheur ou du bonheur qui arrivait à autrui. De plus, vaine et d'imagination déréglée, elle abominait sa condition présente; elle éprouvait de vagues aspirations vers une vie plus raffinée, ne rêvait que parties de plaisirs, bals, toilettes et longues causeries avec des jeunes Messieurs bien mis, et promenades en robes toujours nouvelles, en un mot, elle se sentait des dispositions pour le métier de femme du monde ou de catin.

De plus, ses sens la rendaient singulièrement perverse. A peine atteignait-elle sa quatorzième année, qu'elle tournait déjà autour des hommes, dans l'attente fiévreuse de leur contact.

Or, un jour du mois d'août 1841, la veuve Crachotte s'aperçut qu'une de ses filles manquait à l'appel. C'était la Manichette. Lasse de son trou, comme le rat de la fable, elle avait filé, voulant voir du pays. La naine fut enchantée. Elle ne se sentit pas la moindre envie d'imiter sa mère qui pleurait à chaudes larmes, et à toutes les lamentations de la bonne femme, elle ne trouvait qu'une réponse en manière de consolation : un bon débarras pour tout le monde.

Le fils d'un fabricant de toiles de la région, joli garçon, parfumé et beau causeur, amouraché de cette fleur rare de la montagne, avait enlevé la jeune fille, juste au moment psychologique, celui où elle allait céder aux sollicitations de rustres malpropres, pour lesquels elle nourrissait un profond mépris.

A défaut de grives, on prend des merles, et l'on mange de la soupe au lard, quand on n'a pas de soupe au bœuf. La voiture qui emportait le jeune homme et la Manichette avait filé par la merveilleuse vallée de Granges, long corridor formé par de hautes montagnes, toutes couvertes de sapins séculaires auxquels s'accrochent des nuages comme des pans de mousseline déchirée. Quelques jours de voyage et ils arrivèrent à Nancy où Emma put jouir enfin de tout ce qu'elle avait convoité.

Après trois mois d'excès, d'extravagances et de dettes, le fils du fabricant de toiles se dégoûta de sa maîtresse. Assez instruit et d'éducation passable, il trouvait, non sans raison, qu'Emma était fort mal élevée, d'une ignorance crasse, poivrant chacune de ses phrases de fautes de français révoltantes. Point de conversation, sauf les propos idiots, les stupides plaisanteries d'une gardeuse de pourceaux, les mots salés d'une courtisane de bas étage. Chez elle, les préjugés ridicules, la superstition puérile, la dévotion bête s'amalgamaient avec l'effronterie, le vice, la perversité complète. Il avait cru se servir un plat fin, il n'avait devant lui que du *rata* grossier. Les brutalités de l'instinct largement satisfaites, il se dit que cette fille conviendrait mieux à un caporal-sapeur ou à un brigadier de tringlots, et il la laissa en plan avec une belle désinvolture, bien certain que, dans la capitale de la Lorraine, la correcte et froide ville de Nancy, une demoiselle de figure agréable trouve toujours de la besogne, surtout quand la garnison est nombreuse.

La disparition de son amant ne désola pas outre mesure Emma. Cette jeune beauté aimait le changement. Elle n'avait pas attendu que son protecteur l'eût quittée pour accorder ses faveurs à une collection de militaires. Quand il ne fut plus là, elle se livra sans réserve à son goût pour l'uniforme. Infanterie, artillerie, légère et grosse cavalerie, pontonniers et trains des équipages, elle tâta un peu à tout. Elle fit un cours de galanterie masculine comparée. Toujours le même plat serait fatiguer l'estomac. Rien de tel que la variété dans les mets pour exciter l'appétit, rien de tel que la variété dans l'amour pour lui donner une continuelle saveur. Mais les appointements des soldats ne leur permettent pas en général d'entretenir des femmes, ni de leur offrir des robes de soie. Cependant, quand elle fut délaissée par celui qu'elle nommait son séducteur, elle continua de porter des toilettes voyantes, tapageuses, de hauts prix. Comment donc se procurait-elle ces *affiflauts*?

La présence d'Isaac Lemann, manufacturier, de mœurs libidineuses, qui avait été déclaré en faillite une demi-douzaine de fois, donnait l'explication du problème. A chaque banqueroute, un portefeuille caché, dont les syndics n'avaient par connaissance, s'enflait d'une façon singulière; mais ceci importe peu à l'histoire. Marié à une dame nauséabonde et hydropique, répugnant plat d'amour, il courait s'attabler ailleurs. Dans ses courses aux chemins de Cythère, il fit la rencontre d'Emma. Elle était ardente, il était généreux. Ils se quittaient toujours très contents l'un de l'autre.

Quand il apprit que la jeune femme était délaissée, il s'empressa de lui proposer son cœur.

— Fenez, afec moi — lui dit-il — nous nous endentrons drès pien.

— J'y allais — répondit la Manichette, bien loin de se douter qu'elle répétait un mot célèbre.

Si, par impossible, elle possédait encore un restant de pudeur et de bon sentiment, elle acheva de les perdre avec cet israélite. Quantité de gravures et de dessins obscènes traînaient chez lui, dans le petit appartement qu'il louait pour y abriter ses amours de rencontre. Sa bibliothèque ne se composait que de livres orduriers édités et vendus par un coreligionnaire de Bruxelles. Emma se délectait dans la lecture des uns, dans la contemplation des autres. Elle se formait ainsi l'esprit et le cœur!

Souvent Isaac Lemann s'absentait pour les besoins de son commerce. Dans ce cas, la Manichette s'empressait de remplacer l'absent par quelques joyeux compagnons.

Quand elle n'était pas en partie fine avec ses amis, elle passait ses journées dans une oisiveté complète, bourrant de friandises un méchant roquet qu'elle soignait comme un enfant, se faisant tirer les cartes, jacassant avec des drôlesses de son espèce, ou encore crapulant avec de la basse juiverie, neveux, cousins ou employés de celui qui l'entretenait. Elle vivait dans un plantureux bien-être, dans une grasse abondance et ne demandait qu'à continuer cette vie selon ses rêves, le plus longtemps possible. Elle n'écrivait jamais à Gérardmer, ne s'inquiétant ni de sa sœur, ce qui s'explique, ni de sa mère qui pourtant l'aimait et avait été bonne pour elle.

Trois années s'écoulèrent.

A Gérardmer, la veuve continuait son commerce, assistée de la naine qui devenait de plus en plus quinteuse. Un soir, assises sur le pas de leur porte, elles se livraient aux douceurs de la médisance, dans leur rude patois vosgien, en compagnie de quelques commères du voisinage, quand, à leur grande stupéfaction, le facteur leur remit une lettre.

Elle provenait d'Emma et voici ce qu'elle contenait :

« Ma chair mair

« Ge vou écri ces quelq mot pour vou doné de mai nouvel et au mem tan pour an recevoires des votre. Ge vous diré que ge vé me marié et que ge viendré vous voire avec mon future. Ge vous diré que ge viendré biento, mé ge ne sé pas can. Rien d'otre à vous dir pour le moman. Ge me porte biein et je souéte que la presante vous trouv de meme. Votre fille qui vou séme pour la vi.

« Emma. »

La veuve Crachotte, après avoir versé des larmes d'attendrissement, alla trouver M. le curé, pour lui faire part de l'heureuse nouvelle. La naine jaunit davantage encore, et la nuit, la tête tournée contre la muraille, elle pleura longuement, jalouse et désespérée.

Dans la quinzaine qui suivit cette lettre, Emma fit à Gérardmer une entrée sensationnelle. Elle reparaissait plus belle qu'elle n'était partie. Ses joues, ses lèvres étaient aussi roses qu'avant son départ. Sa vie de débauche avait pour ainsi dire affiné sa physionomie, sans y laisser la moindre flétrissure. Elle marchait d'un air modeste comme une dévote qui se rend au confessionnal. Quand elle passa près de l'église, elle se signa.

Un monsieur d'une trentaine d'années, d'une figure douce, encadrée d'une barbe brune, et les yeux un peu vagues, l'escortait avec une fillette d'environ douze ans, mignonne, délicate, pensive, un peu triste. C'était Armand Plumereau, accompagné de sa sœur Adèle. Ils s'effacèrent tout à coup en voyant venir au devant d'eux, les bras ouverts, une gigantesque matronne dont le ventre rebondi semblait placé dans l'estomac pour servir d'appui à d'énormes mamelles, qui s'y écroulaient en tendant fortement l'étoffe du caraco. Ajoutez des mèches de cheveux jaunes s'échappant d'un bonnet isabelle, des yeux gris chassieux, un nez en pied de marmite, une peau terreuse et rugueuse, et vous serez suffisamment documenté pour avoir une image assez nette de l'heureuse veuve Crachotte, qui avait enfanté la plus belle fille de la montagne. Elle pleurait comme un veau, suivant l'expression consacrée et dont se servit un peu plus tard la Manichette, en se rappelant l'attendrissement de sa mère bien aimée.

Présentations, compliments, embrassades; puis Emma courut par toute la maison pour trouver sa sœur et l'écraser sous le spectacle de son triomphe. Ce fut en vain. La Crachotte avait disparu.

CHAPITRE X

Eclaircissements sur Armand Plumereau. — Dangers d'une âme vierge. — La Goule. — Féminines rouerie. — Disparition du juif libidineux. — Un mariage à Gérardmer. — Départ pour Paris.

— Oui, tu as raison, Adèle, mille fois raison, il ne faut plus causer de cette drôlesse, il faut l'oublier tout à fait.

Armand Plumereau alluma une pipe et resta songeur. Assise à côté du feu, Adèle, en face de lui, tricotait. Depuis sa déconfiture, le mari d'Emma vivait pauvrement avec sa sœur, gagnant péniblement son pain quotidien, en collaborant à un grand dictionnaire, en faisant le métier de correcteur dans une petite imprimerie, et en donnant quelques leçons de latin et d'anglais, langues qu'il connaissait fort bien. A ses moments perdus, il écrivait son journal relatant sa propre vie.

Pendant qu'Adèle continuait son travail et que des rougeurs fugitives coloraient sa jolie figure, un peu pâle, éclairée par de grands yeux bleus qui contrastaient singulièrement avec sa chevelure brune, son frère repassait, en son esprit, les événements de son existence.

Nous ne suivrons pas Plumereau dans sa longue rêverie. Nous nous contenterons de raconter les faits saillants jusqu'au jour où il rencontra Emma.

Il était fils d'un médecin d'Abbeville mort subitement dans la force de l'âge, en laissant une veuve et deux enfants, Adèle et Armand. Le jeune homme était intelligent et studieux, mais il ne se sentait de dispositions pour aucune spécialité, ce qui désespérait le docteur, qui eut désiré voir son fils suivre la même profession que lui. Armand lisait, herborisait, collectionnait des fossiles, des minéraux et des insectes, déclamait des vers, s'essayait à en faire, et se battait avec ses camarades à propos des *Orientales* de Victor Hugo et de la première d'*Hernani*. La vie lui apparaissait comme une longue promenade dans les champs, les grottes et les carrières, à la recherche de choses curieuses, suivies au retour de lectures et de conversations scientifiques et littéraires.

La mort de son père le surprit cruellement dans ses rêves. Le petit héritage laissé par le docteur ne permettait pas à trois personnes, sa mère, sa sœur et lui, de subvenir aux nécessités de l'existence. Il dut chercher une place, qu'il trouva facilement, car il avait dans le pays une excellente réputation. Un des amis du mort, directeur d'une imprimerie, lui donna de l'occupation. Il aidait l'imprimeur dans sa besogne, corrigeait les épreuves, faisait des recouvrements, apprenait le métier de typographe. Il sut rapidement composer, mettre en pages et finit par devenir l'*alter ego* de son patron qui lui accorda toute sa confiance. A la fois prote, correcteur, metteur en pages, compositeur et même comptable, il gagnait largement sa vie.

La plus forte partie de son argent passait dans le ménage pour l'entretien de sa mère et de sa sœur. Avec le surplus, il achetait des livres, dont la lecture occupait ses heures libres. Il se trouvait parfaitement heureux et dans la rue, quand il allait à son atelier ou lorsqu'il en revenait, le dimanche quand il se promenait dans la campagne, il ne retournait même pas la tête aux bruissements des robes des jeunes filles ou aux parfums de leurs chevelures.

Sa mère mourut. Il resta seul avec sa sœur. Un jour, ils reçurent une lettre d'un notaire de Rouen. Ils héritaient d'une cinquantaine de mille francs d'une parente éloignée à laquelle ils ne pensaient guère.

La succession recueillie, il résolut de faire un voyage. Confiant sa sœur aux soins d'une vieille cousine, surnommée la Grande Margot, il partit pour Paris qui exerçait sur lui une grande séduction, non à cause de ses plaisirs, mais pour ses musées et ses bibliothèques. Il passait ses journées au Jardin des Plantes, au Louvre, au Conservatoire des Arts et Métiers, et à la Bibliothèque nationale, rendant compte de ses impressions à Adèle comme à une mère ou à une maîtresse.

Après un mois occupé de la sorte, il se découvrit des tendances à devenir amoureux. Il convint en lui-même que, somme toute, la Vénus de Milo, était plus agréable à voir qu'un coléoptère, et il commença à regarder d'un œil moins indifférent les affriolantes demoiselles.

Peut-être le jeune provincial allait-il enfin passer de la vue à l'action, lorsqu'un de ses amis lui proposa de l'accompagner dans l'Est. Ils devaient gagner Nancy, puis Strasbourg, et suivre le cours du Rhin.

Armand, âme romantique, accepta la proposition avec enthousiasme, mais, à Nancy, l'ami continua seul son voyage d'exploration.

Un soir, Armand se promenant à la Pépinière se sentit frappé doucement sur l'épaule :

— Bonsoir, — dit une voix cristalline qu'il entendait pour la première fois.

— Quand les houris parlent, c'est ainsi qu'elles s'expriment — pensa Plumereau, poète à ses heures.

Il se retourna tout ému.

Ce fut le coup de foudre. Des yeux fulgurants de la jeune femme qui l'interpellait, les fluides amoureux se dégageait à larges effluves. Ils pénétrèrent dans le cœur de Plumereau. Pris corps et âme, il devenait la proie de la Goule malfaisante qui allait, pendant cinq ans, expérimenter sur lui jusqu'où peut aller l'aveuglement et l'imbécilité d'un homme au cœur vierge.

Pourtant, son malheur fut la conséquence d'un hasard. Emma avait cru s'adresser à un ancien amant. Elle ne se doutait guère que, deux mois plus tard, la tête ceinte de la couronne virginale, elle sortirait de l'église de Gérardmer, à la volée des cloches, au bras de ce jeune homme brun, de physionomie douce qui la contemplait plein d'émotion.

. . . .

— O rage! — murmura sourdement Plumereau dont la pipe s'était depuis longtemps éteinte.

Adèle désolée le regarda tristement

— Frère — lui dit-elle — veux tu que je te lise un peu dans ton Télémaque, où figurent des personnages si bavards?

— Ne te moque pas de moi, petite sœur, — répondit-il suivant son idée fixe. — Quand je pense qu'elle eut l'aplomb de me faire croire, pendant plus de quinze jours, qu'elle demeurait avec son oncle, un monsieur très à cheval sur les convenances. Je gobais tout cela comme parole d'Evangile. J'allais chez elle tremblant à l'idée d'être surpris. Je voyais aux murs quelques dames déshabillées et un portrait de l'oncle. Je trouvais qu'il avait une sale tête et des goûts singuliers. Je finis par m'imaginer qu'il n'était pas si pudibond que sa nièce voulait bien le dire. Peu à peu la vérité se fit jour en mon esprit. C'était une femme entretenue, il n'y avait pas à en douter.

Tu crois que ma passion en diminua?

— Je t'en prie, Armand, ne parlons plus de ces choses. Le passé est le passé. Occupons-nous du présent ; songeons à l'avenir. Je t'assure que mon cœur se serre quand je te vois broyer ainsi du noir.

— Elle faisait semblant de m'aimer — continua Plumereau, sans entendre les paroles de sa sœur, sans même prendre garde qu'elle fut là. — Au fond, elle ne tenait pas plus à moi qu'au premier ennuque du sultan. Mais je lui avais parlé de Paris, de mon désir de m'y établir, or, elle avait une forte envie de vivre dans la capitale, qui apparaissait dans son imagination dépravée, comme la Cythère moderne, la cité incomparable des sectateurs d'Eros, où le culte du dieu se célébrait selon des rites partout ailleurs inconnus. Avec son juif qui demeurait tout près de la frontière, pour l'enjamber à la première alerte, il ne fallait pas songer à ce petit voyage. Comme je pouvais en faire les frais, elle jouait son rôle d'amoureuse avec une habileté étonnante.

Elle n'eut pas tout d'abord l'idée du mariage. Elle ne pensait qu'à une liaison qui aurait la même durée que mon argent.

Je m'exaltais, de jour en jour, davantage. Je la suppliais de quitter le juif, que je rendais responsable de son abaissement. En même temps qu'une haine jalouse m'envahissait contre ce personnage, je me sentais pris de pitié pour Emma et toutes sortes de phrases, de principes grotesques, trottaient en mon cerveau fêlé. Je songeais à la transformation des Madeleines repentantes en vierges retapées, à la reconstruction des virginités démolies. Et je me débitais quantité d'amplifications humanitaires. Elle avait péché, mais à tout péché miséricorde. N'était-elle pas comme bien d'autres une victime du milieu corrompu? Ses vices n'étaient-ils pas les vices de ceux qui vivaient autour d'elle? Elle était engagée dans la voie fangeuse, il fallait l'en sortir, lui montrer le bon chemin, la prendre par la main, l'y conduire ; et plus tard quelle moisson de reconnaissance et d'amour je recueillerais du cœur de la pauvre fille régénée! Idiot, crétin, fou, abruti!

— Armand, je t'en prie ! — fit Adèle bouleversée!

Il se leva soudain, ralluma sa pipe, prit un volume dans sa bibliothèque, s'assit près de la table et ouvrit le livre au hasard. C'était une Bible. Ses yeux tombèrent d'abord sur les versets de l'Ecclésiaste :

« L'impudicité de la femme se reconnaît à « ses yeux levés et à ses paupières.

« Prends garde sur celle qui a l'œil hardi, et

« ne t'étonne point si elle en use mal contre « toi.

« Elle ouvrira la bouche comme un passant « altéré qui a trouvé une fontaine, et boira de « toutes les eaux qu'elle trouvera, elle s'asseyra « près de toutes les haies et... »

Et le respect que je te dois, ma petite sœur me défend d'achever le verset.

Il continua :

— Le portrait d'Emma, quoi! Il a donc lui aussi été dupé par une coquine, ce Jésus, fils de Sirach, auteur de ces lignes, qu'il se montre de si mauvaise humeur.

Il lut encore quelques passages :

« La plus grande de toutes les afflictions est la tristesse du cœur et la plus grande malice est la malice de la femme.

« J'aimerais mieux demeurer avec un lion et un dragon qu'avec une mauvaise femme.

« La mauvaise femme rend le cœur abattu, le visage triste, le cœur navré, les mains lâches et les genoux disjoints, et elle ne rendra point son mari heureux.

« Retranche-là de ton corps, donne-lui sa lettre de divorce et répudie-la. »

— Rien de plus simple, parbleu, c'est clair comme un beau jour — fit-il en lui-même — et facile à faire! Si c'est tout ce que vous avez trouvé pour les époux malheureux, Monsieur le juif Jésus fils de Sirach, bonsoir!

Il referma le *saint* livre, haussa les épaules et se mit à rêver.

. . . .

Quand l'extraordinaire idée d'épouser la Manichette et de l'emmener à Paris eut germé dans l'esprit de Plumereau, il ne balança pas une minute, il ne songea pas aux conséquences, il fonça en avant comme un taureau blessé par la pique du banderillero. Son projet lui parut de tout point digne d'une âme noble et généreuse, digne d'un entomologiste distingué, et il se félicita pour une si rare conception. Relever une femme tombée! N'est-ce pas une noble tâche? Pour lui en faire part incontinent, il courut chez la belle.

Il la trouve occupée à sa toilette, en corset, les bras nus. Il s'attendait à un débordement d'enthousiasme, à une reconnaissance dévergondée; ce fut un tout autre accueil qu'il reçut.

Bien qu'en son for intérieur, la drôlesse jubilât, car elle venait justement de penser à la possibilité d'un mariage avec le benêt, elle trouva de sérieuses objections à la proposition de Plumereau. On aurait vraiment cru qu'il s'agissait pour elle d'un événement désagréable et désavantageux. Par cet esprit de ruse inconcevable de certaines femelles, elle jugeait à propos de refuser pour se faire désirer davantage.

Quitter Nancy, où elle vivait si près de ses chers parents, pour aller à Paris, un pays de débauches, où il n'y a que de *la mauvaise* air, où l'on vole les petits enfants, où les demoiselles deviennent des *pas grand' chose*, à preuve la Catherine Loupiat, dont M. le curé avait parlé dans un sermon, et qui était partie là-bas pour sa perdition! Et puis, que dirait sa bonne mère? pourrait-elle supporter l'idée de savoir si loin d'elle sa fille bien-aimée? C'est si *gros* de quitter sa mère. On a bien raison de dire, il n'y a encore rien de tel qu'une maman. Non, elle ne voudrait pas s'expatrier de la sorte, s'éloigner davantage de l'incomparable Gérardmer. Et d'abord, tout ça c'étaient des *parteries à vide*. Elle se refusait à se marier, car « qui prend mari prend pays », et elle tenait trop au sien pour consentir à demeurer dans une autre contrée et, en outre, « le mariage est une loterie », pour un bon numéro qui sort, plus de mille mauvais; on peut si mal tomber! La mère Cloporte, la tireuse de cartes de la rue des Artisans, lui avait toujours répété qu'elle ne serait pas chanceuse, les hommes sont si enjôleurs, si *ficelles* et si changeants; ils ont l'air gentil et quand ils ont trompé une infortunée qui se fiait à eux, ils font les cent dix-neuf coups, et leurs femmes deviennent de *pauvres* martyres! « Mille fois non! J'aime bien mieux rester demoiselle, n'est-ce pas Zidora, ma fille », conclut la Manichette en élevant sa vilaine petite chienne sur ses deux bras tendus pour faire admirer à Plumereau la souplesse de sa taille.

Non sans peine, il parvint à rompre la résistance simulée de la coquine, qui grillait d'impatience de conclure au plus vite ce mariage inespéré. Elle accumulait les raisonnements idiots pour l'engluer davantage. Ce qui revenait sans cesse à sa bouche, c'étaient les noms de sa mère et de sa sœur. On aurait fini par croire qu'elle n'avait jamais fait un pas hors de leur surveillance inquiète. Enfin, après des discours sans nombre, la Manichette sembla se laisser convaincre. Mais alors elle prit des airs de vierge rougissante, de biche innocente et timide; elle se refusa désormais aux caresses.

Car il y eut ceci de particulier dans cette incroyable aventure que Plumereau n'eut pas pour excuse la poussée invincible des sens. Rien d'étonnant que l'on fasse des folies pour une femme que l'on convoite et que l'on ne peut obtenir. Ce n'était pas le cas de notre personnage : dès le premier jour, il avait eu d'Emma tout ce qu'il pouvait désirer, mais ce ne fut pas lui qui ouvrit la porte du paradis. Quels liens donc pouvaient l'attacher à cette fille dont il connaissait la nullité et la dépravation? L'espoir de la rendre meilleure, de la transformer en une mère de famille vertueuse, dévouée, aimable, de faire une œuvre pie, noble et généreuse? Allons donc! Raisons qu'il se donnait à lui-même pour s'excuser à ses propres yeux! Il l'aimait. Il était comme ces possédés du moyen-âge, lié corps et âme, incapable de réagir, dominé par la puissance satanique de la femme perverse.

Cependant, Plumereau avait écrit à sa sœur pour lui faire part de ses projets et l'appeler près de lui. Elle arriva quelques jours après. La Manichette la prit de suite en grippe; elle sentait instinctivement que, plus clairvoyante que son frère, Adèle ne se laisserait pas duper aussi facilement, mais elle eut soin de ne pas témoigner son antipathie. Elle fit, au contraire, mille cajoleries à la fillette, qui répondit assez froidement à ses avances.

Qu'était devenu Isaac Lemann? Un mois environ après l'arrivée de Plumereau, ayant appris qu'un mandat d'arrêt allait être lancé contre lui, il avait gagné le large. Il abandonnait femme, enfants, maîtresse, parents, commis, ouvriers, maison de commerce, et le reste. Il n'emportait que « la pon archent ». Les scellés furent posés aussi bien au domicile conjugal que dans l'appartement qu'il louait pour Emma. La Manichette alla se réfugier dans un hôtel garni.

Ayant recommandé à Plumereau de ne pas lui rendre des visites trop fréquentes, pour ne pas attirer l'attention des voisins, il lui devint facile d'introduire chez elle des joyeux compagnons, tandis que son futur faisait les démarches pour obtenir les pièces nécessaires au mariage.

L'union de M. Armand Plumereau avec Mlle Emma Manichet fut célébrée à Gérardmer. On garda longtemps le souvenir du festin pantagruélique. Pendant quatre jours, les gens de la noce engloutirent force victuailles. Suivant la coutume vosgienne, le vin alternait avec l'eau-de-vie, dans les brocs placés sur les tables, et tous les convives roulèrent sous les bancs, ivres morts, sauf Plumereau et sa sœur, qui, seuls, avaient conservé leur raison. La belle Emma passa la première nuit de ses noces à geindre lamentablement.

Mais la joie de la veuve Crachotte fut troublée, on l'a vu, par la disparition de sa fille aînée. Impossible de retrouver la naine. En vain tous les échos de la montagne répétèrent le nom de Maria; en vain des gens de bonne volonté cherchèrent la fugitive dans les villages voisins, Le Tholly, Liezey, Rehaupal, Kichompré, Longemer, Retournemer et La Bresse, célèbre par la laideur de ses femmes; on ne put en trouver la moindre trace. On finit par croire qu'elle s'était noyée dans le lac, de désespoir et de rage, pour ne pas assister au mariage de sa sœur.

« Si ce n'était Gérardmer et un peu Nancy qu'est-ce que ce serait de la Lorraine », affirme un dicton local qui rappelle celui bien connu du Marseillais : « Si Paris avait une Cannebière, ce serait un petit Marseille. »

Pardonnons à ces puériles vanités de clocher et disons que certainement la Lorraine, pour être une des plus belles régions de France, n'a besoin ni de la froide et bigote Nancy, ni des environs de Gérardmer. Néanmoins, on doit convenir que ces environs sont fort remarquables. Des montagnes, du faîte à la base plantées de sapins auxquels s'accrochent des nuées, des lacs qui reflètent le ciel bleu et la verdure sombre, des cascades écumeuses, maints paysages idylliques ou majestueux arrêtent et charment le peintre et l'amateur de pittoresque. Aussi depuis quelques années, Gérardmer a une *season* — absurde et inutile néologisme — tout comme une importante ville d'eau. La bourgade des Vosges est à la mode. C'est une Suisse en miniature. Quantité d'hôtels y ont été bâtis, les touristes affluent, aussi le pays est-il perdu pour le vrai voyageur. L'agence Cook y charrie ses troupeaux. On y trouve un casino, des fiacres, un journal! *Gérardmer-Season*, qui paraît pendant trois mois, imprime, avec quelques chroniques et des vers des bas-bleus du cru, les noms des désœuvrés, des juifs enrichis, des *snobs*, de tous les crétins plus ou moins titrés qui viennent bâiller administrativement aux endroits indiqués par les guides Joanne ou le guide Cook...

Quand l'orgie échevelée et malpropre fut terminée et que les invités, parents et amis, s'en retournèrent chacun chez eux, avec des migraines et des symptômes de dyspepsie, Emma, voulut partir. Sa mère et son mari, que charmait la beauté du pays, essayèrent en vain de la retenir quelques semaines. Par un mélange savamment combiné de pleurs, de câlineries, de bouderies et de colère, elle eut gain de cause, sur l'esprit du faible Plumereau, qui aurait pourtant désiré faire quelques excursions dans la montagne. Mais ne fallait-il pas obéir à Emma et les désirs d'une jeune mariée ne sont-ils pas des ordres pour l'époux?

— Emma est une gentille *bacelle* et bien entendue, — dit la veuve Crachotte à son gendre quand ils prirent congé d'elle. — Elle est un peu délicate de santé. Ménagez-là! Mais vous êtes un bon garçon et je vois bien que vous la rendrez heureuse... hi hi hi... tu seras une bonne femme aussi, toi! ma gentille *bacelotte!*

Et les sanglots recommencèrent.

Ils partirent. La veuve Crachotte restait seule sans enfants. Assise sur le pas de sa porte, elle pleurait de grosses larmes qui tombaient sur son tablier sale, tandis que La Manichette s'éloignait pour aller habiter dans cette ville lointaine, inconnue, ce Paris formidable et sinistre, où, au dire des campagnardes vosgiennes l'on vole les petits enfants, où la Catherine Loupiat avait trouvé la honte, où la nuit de leur mariage, les fiancées ne se couchent jamais vierges dans les draps du lit conjugal !

— *Quand jeu parti, elle breyozat comme hine vé et trembiozat comme hine couchon que photte* (quand nous sommes partis, elle pleurait comme un veau et tremblait comme un cochon qui pisse), dit madame Plumereau quelques jours plus tard, en parlant de sa mère, à une de ses amies, une payse, servante de brasserie, ce qui prouve qu'elle était aussi tendre et respectueuse enfant, que bonne et fidèle épouse.

Aussitôt de retour à Nancy, Emma déclara à son mari qu'avant de partir pour la capitale, elle serait très heureuse de passer agréablement quelques journées dans la ville témoin de la naissance de leurs amours. Naturellement, Plumereau consentit.

Une de ses passions dominantes était la danse. Chaque fois que s'ouvrait un bastringue quelque part, elle y conduisait son mari, et y gigotait non pas une heure ou deux, mais des soirées entières jusqu'à la fermeture des portes, jusqu'à l'expulsion par les gendarmes ou les agents de police, des ivrognes et des derniers badouillards. Lorsque le bruyant orchestre lui emplissait les oreilles, elle s'en grisait pour ainsi dire, et se conduisait comme une effrontée *chahuteuse*. Elle frétillait sans arrêt, se démenait dans les quadrilles avec une vélocité remarquable, levait la jambe à hauteur de son œil, agitait ses bras, trémoussait ses hanches et lançait des propos salés. Dans les valses, elle s'abandonnait sur l'épaule du danseur avec une mine pâmée. Plumereau, cependant, faisait tapisserie, fumait des cigarettes, avalait des consommations, s'ennuyait beaucoup et constatait que sa femme avait de nombreuses connaissances.

Il arrivait que, de retour chez eux, Plumereau, mécontent des allures de sa femme, lui témoignait son désir de voir mettre fin à ces séances chorégraphiques; elle lui répondait qu'il *n'avait jamais rien vu*, qu'il se fâchait pour des vétilles, qu'elle ne s'était pas mariée pour vivre en recluse. S'il s'emportait, elle enlevait son alliance et la jetait par la fenêtre. Il descendait la ramasser et suppliait Emma de la remettre; aussi, de jour en jour, elle devenait plus maîtresse, en arrivait à ne supporter aucune contradiction.

Enfin, elle déclara qu'il serait bientôt temps de songer à Paris, et quelques jours après, le mari, la femme et la petite sœur prenaient le train de la capitale. . . . .

. . . .

— Je crois, Adèle, — dit Plumereau qui, ayant enfin réussi à chasser ses amers souvenirs, travaillait avec ardeur à un article encyclopédique, — je crois que nous ne sommes pas riches. Il me reste treize sous.

— Moi, j'ai trois francs.

— Quelle chance! Encore du pain sur la planche, mais tu ne me demandes pas où a passé mon argent?

— Au fait, c'est vrai. Tu avais au moins cinq ou six francs ce matin. Je parie que tu as encore acheté quelque livre introduit ici en contrebande sous ton paletot ?

— Erreur. Pas le moindre bouquin sur la conscience, ma petite Adèle. Rien acheté aujourd'hui; j'ai payé à dîner à un pauvre diable et je lui ai prêté le reste du sac.

— Tu as très bien fait.

— C'est un de mes anciens ouvriers, Emile Colombau, un brave garçon.

— Oui, je me le rappelle bien, toujours très poli. Il est sans place?

— Et crevant de faim, j'ai lu ça sur sa mine. Je l'ai même invité à partager notre modeste souper, si le cœur lui en disait, tant qu'il serait sans ouvrage.

— J'approuve..., je suis contente de toi, Armand. Mais ne devrais-tu pas aller trouver cet Italien qui t'a emprunté 500 francs, il y a deux ou trois ans?

— Pied-de-Bouc?

— Mon Dieu, oui. S'il pouvait te donner un acompte sur ce qu'il te doit, cela nous serait bien utile. Il a toujours été plein de sans-gêne avec toi, ce Monsieur Pied-de-Bouc.

— Une bonne idée. Nous ne sommes pas dans une situation assez brillante pour que je fasse le fier. J'irai, mais il ne me donnera pas un rouge liard.

— En tous cas — dit Adèle en riant — il ne manquera pas de t'offrir une pilule. Tu lui en demanderas une pour moi.

— Ah! le vilain sire — fit Plumereau — et que j'ai été sot de lui prêter de l'argent.

Il se leva, rangea ses papiers, prit son chapeau et dit à Adèle :

— Je vais le relancer.

— Bonne chance !

— Je n'y compte guère. Enfin, si j'attends, qu'il vienne...

Et là-dessus, Plumereau partit pour aller faire un pressant appel de fonds près de l'individu portant le caractéristique surnom de Pied-de-Bouc, personnage assez singulier dont nous aurons à nous occuper bientôt.

Non, Monsieur Paul, même que je me suis servi du balai de crins...

CHAPITRE XI

Appréhensions de Paul Barrel. — La vieille servante — Un homme intègre. — Agréable visite. — Atelier d'artiste. — Mutuelles promesses. — Séparation. — Un coup de foudre.

Paul se réveilla vers huit heures du matin, la tête moins endolorie qu'au moment où il s'était couché. Son sommeil avait été troublé par un long cauchemar dont il ne se rappelait qu'imparfaitement les diverses phases. Au milieu d'une foule de figures pâlissantes, effacées, confondues, seules les images de la naine et d'Emma conservaient de la vigueur. Il revoyait très nettement la Crachotte, sa voisine, assise à califourchon sur ses genoux et s'amusant à lui friser la moustache, tandis qu'Emma armée d'une énorme paire de ciseaux — nouvelle Dalila — lui coupait les cheveux. Puis la jeune femme lui faisait une incision dans la poitrine, du côté du cœur, y appliquait ses lèvres et pompait son sang avec avidité. Il assistait impuissant à l'anéantissement de ses forces et de sa volonté, et il tombait exsangue en travers du plancher, en présence des deux goules ricanantes, pour se retrouver ensuite étendu dans un lit à côté de la naine; elle souriait horriblement en découvrant ses longues dents sales et noires, et s'approchait pour l'enlacer.

L'horreur qu'il éprouva au hideux contact le réveilla en sursaut. Il sauta hors de son lit et se plongea la tête dans une cuvette d'eau froide. Sa lucidité d'esprit lui revint et, en s'habillant, il songea aux événements qui venaient de se passer.

Ses pensées se portèrent d'abord sur Hélène. Pour quel motif avait-elle manqué à son rendez-vous ? Seule une raison grave, impérieuse, pouvait l'en avoir empêché. Paul frémit à l'idée d'un malheur possible. Après que Julien l'eut ramassé, quand il était revenu à lui, n'aurait-il pas dû entrer dans la maison du comte et s'informer de ce qui s'y passait ? Hélène n'était-elle pas à lui ? Nul n'avait de droits sur elle, puisque sa mère était morte et qu'elle méprisait, qu'elle détestait son père. Sur qui donc devait-elle compter si ce n'est sur celui à qui elle avait donné sa confiance et son amour ? Et tandis que la jeune fille se trouvait peut-être dans une circonstance critique, terrible, il passait son temps à bavarder et à dormir. Il s'adressait d'amers reproches. Il fallait agir promptement, courir aux renseignements, chercher à la voir, à lui parler. Il n'avait que trop tardé. Et ce coup de casse-tête asséné dans l'ombre par un personnage mystérieux ? Et ce chien féroce qui avait failli étrangler son père ? N'y avait-il pas une corrélation entre tous ces événements ? Evidemment oui, impossible d'en douter, un malheur affreux planait, le menaçait, allait soudain s'abattre sur sa tête... Il acheva promptement de s'habiller et, plein d'inquiétudes, sortit de sa chambre et se dirigea vers celle de son père pour prendre de ses nouvelles.

Paul rencontra Nathalie. C'était une femme d'environ quarante-cinq ans qui cumulait les fonctions de femme de ménage, de cuisinière et de domestique. Son service commençait à 6 ou 7 heures du matin pour finir à 8 ou 9 heures du soir. Entrée chez M. Barrel quand la mère de Paul vivait encore, elle y était restée après sa mort, mais elle s'était mariée et ne couchait pas dans la maison. Ses maîtres la traitaient sur un certain pied d'égalité; la sachant quoique fort bavarde, économe, honnête, ils la laissaient agir à sa guise et, sa besogne faite, s'absenter, soit pour vaquer aux soins de son propre ménage, soit pour aider son mari, jardinier dans les environs.

— Vous avez vu mon père, Talie — demanda Paul — comment va-t-il ?

— Son bras le fait beaucoup souffrir, — répondit-elle, — mais il *s'ostine* à ne pas se coucher bien qu'il ait la fièvre. Pour un homme *ostiné*, c'est un homme *ostiné*. Seigneur Jésus ! Je savais bien qu'il arriverait un malheur. L'avant-dernière nuit j'ai rêvé qu'il me tombait une dent de la bouche et la nuit dernière, que je lavais du linge, et qu'il s'est perdu dans le *coulant* de l'eau, même que je l'ai dit à mon homme : « Mon homme, que je lui ai dit, en le réveillant, il arrivera un malheur, à preuve que je viens de rêver que je lavais du linge et que je le perdais. »

— Alors mon père ne dort pas ? — interrompit le peintre.

— Non, il n'a pas dormi de la nuit, le pauvre cher homme. Seigneur Jésus, quelle brûlure ! J'en ai tous les *sangs tournés*.

Sans en entendre davantage, Paul alla frapper à la chambre de son père.

M. Barrel se promenait de long en large, le bras retenu par une écharpe. Après le départ de Julien, suivi presque immédiatement de celui du typographe, M. Barrel avait conseillé à Paul d'aller se coucher. Quant à lui, torturé rudement par ses brûlures, se sentant dans l'impossibilité absolue de fermer les yeux, il avait achevé de passer la nuit à lire, à fumer et à rêver.

— Comment va la tête ? — demanda-t-il à son fils, avant que celui-ci eût eu le temps de s'informer de son état de santé.

— Dis-moi plutôt comment va ton bras qui m'inquiète beaucoup plus que ma tête.

— Aussi bien que possible. Je vais me faire conduire chez Renoult. Il demeure un peu loin, mais il est le seul en qui j'aie confiance.

— Ferons-nous une déclaration à la police ?

— Quelle déclaration veux-tu que nous fassions ? Qu'on a ouvert la porte au fond du jardin, qu'un gros chien s'y est introduit et qu'il m'a mordu ? Ma foi non. C'est trop bête, cette aventure-là. Entre parenthèses, je ne me l'explique guère. Mais ton cas est identique. Ce coup de casse-tête, comment l'expliques-tu ?

— Mon père, je venais justement pour te raconter plus au long comment l'événement est arrivé.

— Ah ! ah ! Eh bien, je t'écoute.

— Je suis amoureux d'une adorable jeune fille.

— Je m'en doutais... Toutes les jeunes filles dont on est amoureux sont adorables... Continue.

En ce moment un coup de sonnette retentit à la porte d'entrée. Nathalie courut ouvrir ; on entendit quelques pourparlers et la vieille servante remonta annoncer qu'une jeune dame demandait à parler à M. Paul Barrel.

Le bureau de travail du député attenait à l'atelier et donnait sur le jardin. Nathalie avait la consigne d'y introduire les visiteurs, à moins qu'ils ne vinssent spécialement pour le peintre, auquel cas, ils étaient conduits à l'atelier. Bien que Georges Barrel fût un homme très en vue dans le monde politique et d'une excellente éducation, il recevait généralement peu de visites, d'abord parce que ce n'était pas dans ses goûts, ensuite, parce que sa demeure se trouvait trop éloignée du centre.

Il répétait volontiers le mot de Théophile Gauthier : « ceux qui viennent me voir, me font beaucoup d'honneur, ceux qui ne viennent pas, me font beaucoup de plaisir ». D'humeur peu casanière, non seulement il employait toutes ses vacances à voyager, mais encore les heures de loisir dont il pouvait disposer pendant les sessions, il les occupait en promenades. Souvent, il lui arrivait de prendre une voiture qui le conduisait au delà de la banlieue, dans la campagne ; il en descendait alors, faisait une longue marche à pied, et rentrait chez lui, d'autant plus frais et dispos, qu'il avait marché plus longtemps. Il disait quelquefois : « Gœthe demandait de la lumière, de la lumière ! « Gauthier s'écrie des ailes, des ailes ! moi je « réclame de l'air, de l'air ! » C'est pourquoi après la mort de sa femme, il était allé se loger à Montmartre, prétendant que les odeurs y étaient moins nauséabondes que dans les autres quartiers de Paris. Nous reviendrons sur la vie et les opinions de cet homme politique dont l'intelligence et l'énergie étaient connues de tous, et qui était généralement respecté !

Une table de travail, un canapé, des chaises, une bibliothèque bourrée de livres, deux ou trois portraits et quelques paysages, tels étaient l'ameublement et la décoration de ce bureau-salon où Nathalie avait introduit la visiteuse, la bonne femme ayant eu assez de perspicacité pour comprendre que la personne qui demandait M. le peintre Barrel n'était pas un modèle d'atelier. Paul entra, pâle et inquiet et que l'on juge de sa surprise et de son émotion, quand il aperçut devant lui debout, rougissante, ses paupières aux longs cils un peu baissées, la charmante Hélène de Berlemont.

— Hélène... mademoiselle... c'est vous !...

Elle tendait ses deux petites mains gantées ! Il les prit et resta quelques instants en face d'elle, le cœur débordant et ne trouvant, ne cherchant rien à dire.

Hélène rompit le silence la première.

— Que je suis hardie, n'est-ce pas, effrontée même. J'étais inquiète, troublée. Ce matin, je ne pouvais dormir. Je me suis levée de bonne heure, j'ai vu la porte du jardin ouverte. Je suis allée la refermer moi-même, et j'ai cru apercevoir sur le sable comme une tache de sang. J'ai eu si peur, j'ai pensé à vous... Mon Dieu ! ce bandeau sur votre front, vous êtes blessé.

— Ce n'est rien, — dit le peintre souriant, — une égratignure.

— Combien, je suis folle, — reprit la jeune fille. — J'ai supposé que vous étiez venu m'attendre et qu'il vous était arrivé malheur. Mon père sorti, je me suis décidée à venir vous voir. J'ai honte maintenant de mon effronterie.

— Chère Hélène, pouvez-vous parler ainsi, si vous saviez de quels doux sentiments je suis agité en vous entendant, si vous saviez comme je suis heureux, comme je vous aime !

— Vous avez pourtant dû me détester un peu, hier, quand vous avez appris que j'allais en soirée à l'Elysée ?

— Vous êtes allée en soirée à l'Elysée..., mais ma chère Hélène, je l'ignorais, j'ai été bien inquiet en vous attendant vainement.

— Comment ! vous êtes allé m'attendre ?

— Ne me l'aviez vous pas écrit ?

— Mais je vous ai écrit une seconde lettre pour contremander le rendez-vous.

— Je ne l'ai pas reçue.

— Je l'ai envoyée par un commissionnaire.

— Il aura mal fait sa commission, car, chère Hélène, je n'ai pas reçu votre missive.

— J'avais recommandé à cet homme de glisser la lettre sous la porte dans le cas où vous seriez absent.

— Je ne me suis pas absenté. J'ai travaillé dans mon atelier ; j'ai dîné. Puis je suis parti pour vous rejoindre.

— Alors vous m'avez attendu depuis huit heures jusqu'à dix heures, au moins.

— A peu près, fit Paul en souriant.

— Par cet affreux temps, par ce froid, mais vous n'êtes pas raisonnable, vous pouviez vous rendre très malade !

— Qu'importe, chère Hélène, être près de votre demeure n'est-ce pas un peu être près de vous. D'ailleurs, pouvais-je m'imaginer que vous étiez absente. Qu'auriez-vous pensé si, venant à l'heure convenue, vous ne m'eussiez pas trouvé. Croyez-vous que j'aie acheté trop cher le bonheur de vous voir aujourd'hui ?

La vue de sa bien aimée l'emplissait d'une telle extase qu'il se trouvait, pour ainsi dire, transfiguré. Il oubliait les événements de la veille, le monde n'existait plus. Il ne voyait que l'heure présente, charmante, ineffable, emplie de rayonnements et de suavités. Il avait fait asseoir Hélène sur le canapé, s'était agenouillé devant elle, lui pressait les mains, les caressait.

— Mais, quel est ce bobo que vous dissimulez sous ce foulard ?

Cette question ramena Paul au sentiment de la réalité. Il lui raconta une partie de ce que nous savons. Vingt fois il fut sur le point de lui parler d'Emma, et vingt fois il se retint, tellement il lui répugnait d'entretenir la jeune fille de cette créature fangeuse.

— Mon Dieu ! — s'écria Hélène, quand le jeune homme eut fini son récit. — Et moi qui étais tranquillement en soirée pendant que vous étiez évanoui dans la nuit froide ! Quel bonheur que votre ami soit passé de ce côté !

Il était de haute taille, votre agresseur? Avez-vous pu voir son visage?

— Non. D'abord il faisait trop sombre et, en outre, j'ai été surpris. Cet homme a bondi sur moi, j'ai reçu le coup et je suis tombé.

— J'ai peur! — dit Hélène bouleversée. — Ah! c'est honteux, c'est lâche, une pareille agression! Mon père connaîtrait donc notre amour! Il aurait posté un homme pour vous assassiner! Quelle infamie! Mais vous avez dû souffrir horriblement... Et moi qui cherchais à m'expliquer la cause de votre pâleur. Vos mains sont brûlantes, vous avez la fièvre. Voulez-vous bien vous relever et vous asseoir.

— A côté de vous, — répondit Paul, jusqu'alors demeuré agenouillé devant la jeune fille.

Cependant Hélène réfléchissait. Tout à coup une idée se fit jour dans son esprit :

— Si c'était *lui* — murmura-t-elle.

— Qui? lui?

— Mon père m'a présenté hier un prétendant d'origine américaine immensément riche.

C'est pour vous faire part de cet incident que je suis venue. Mon père désire que j'épouse son américain et sans délai. Nous avons eu à ce sujet, avant de partir pour l'Elysée, et au retour, une discussion des plus chaudes et je pensais... je pensais — mais, c'est impossible — que, peut-être, votre lâche agresseur serait cet américain qui veut m'épouser *à tout prix*, oui... à tout prix... Je crois que c'est le cas d'employer cette expression, — ajouta-t-elle avec amertume, — car mon mariage est un marché. Mon père veut me vendre à beaux deniers comptants.

— Est-ce possible? Alors c'est cet homme, ce ne peut être que lui, — s'écria Paul, — mais, qu'il prenne garde! Je ne me laisserai pas voler mon bien, mon bonheur, ma vie.

Brusquement, il avait saisi la jeune fille dans ses bras, comme si l'ennemi surgissait tout à coup pour lui ravir son trésor. Blottie, serrée contre la poitrine du peintre dont ses blonds cheveux caressaient le visage, heureuse de cet emportement, elle n'essayait que faiblement de se dégager.

Mais le jeune homme, honteux de ce qui lui semblait un manque de respect, se détacha de l'étreinte :

— Oh! Je vous demande pardon.

Elle ne répondit pas, elle sourit et replaça ses deux mains entre celles de Paul. N'était-ce pas la plus belle, la meilleure, la plus charmante manière de lui faire comprendre qu'il était excusé? N'était-ce pas en quelque sorte lui dire :

— Oui, vous avez raison, je vous appartiens, je suis votre bien. Nul autre n'a de droits sur moi. Protégez-moi, gardez-moi, sauvez-moi, et que les douces et fortes chaînes que je me suis forgées m'enserrent d'une étreinte toujours et toujours plus puissante!

Paul reprit la parole :

— Merci, mon aimée, vous êtes bien à moi et aucun américain, quelque riche qu'il soit, ne pourra prétendre au bonheur de vous posséder. Mais, je viens de m'emporter très probablement à faux. Il est peu admissible que cet individu se soit trouvé en même temps à l'Elysée et dans votre jardin.

— C'est impossible, en effet, — dit la jeune fille pensive, — mais il n'est venu à l'Elysée qu'à une heure assez avancée. Il était plus de dix heures quand mon père me l'a présenté.

— Hélène, — reprit Paul, — il faut agir. Je vous adore du plus profond de mon âme, je sais que vous m'aimez. Qui s'oppose à notre bonheur voulu par la loi naturelle, plus sainte que toutes les subtilités des législateurs? Votre père? Il est égoïste, il ne pense qu'à lui, il veut un gendre millionnaire; en outre, il a des opinions politiques diamétralement opposées aux miennes. Il croit à la nécessité des despotes, aux bienfaits du césarisme, aux avantages de la tyrannie; moi je suis le fils d'un des plus sincères républicains de ce temps, d'un des coryphées de la démocratie française. Il ne l'ignore pas. Mon père jouit d'une certaine notoriété dans le monde politique. Le comte a-t-il jamais manifesté le désir de le voir? N'était l'événement auquel je dois le bonheur de vous connaître, il ne me recevrait pas chez lui, et, encore, il me regarde d'un œil dépourvu de bienveillance. Jamais il ne voudra m'accepter pour gendre. Vous me l'avez fait entendre. Vous ne m'avez pas caché que vous ne sympathisiez pas avec lui. Vous avez deviné son indifférence, ses calculs, son profond égoïsme. Il ne semble pas qu'il soit votre père, mais plutôt un étranger. Dans ces conditions, nous n'avons rien à espérer de lui. Nous ne devons tenir aucun compte de sa volonté : il nous faut passer outre.

Mais, à l'heure actuelle, une crainte vague m'inquiète et me trouble. Je ne sais quels autres obstacles vont se dresser devant nous. Il me semble entendre une voix mystérieuse qui m'avertit d'un danger et m'ordonne d'agir avec promptitude. Aujourd'hui même, demain au plus tard, j'irai trouver le comte de Berthemont. Je lui parlerai de mes sentiments, je lui demanderai votre main. Il me la refusera. Hélène, au refus du comte, votre père, consentirez-vous à me suivre? Répondez-moi, ma bien aimée. Je ne mets pas en doute votre réponse. mais il m'est si doux d'entendre une parole d'encouragement sortir de vos lèvres!

— Je vous suivrai partout où vous voudrez — dit Hélène d'une voix claire et nette. Votre volonté sera la mienne. Je n'ai jamais aimé, je n'aime, je n'aimerai jamais que vous, Paul.

— Radieuse fleur de grâce et de beauté, — fit le peintre d'une voix passionnée — adorable fille, mon Hélène, je me sens pour vous autant de respect que d'amour. A jamais vous serez la compagne chère de ma vie... Je voudrais ne vous parler qu'à genoux, tant je vous honore ; je voudrais avoir toujours mes lèvres sur tes mains, tant je t'aime.

— Avez-vous fait part de vos projets à votre cher père? Ne serait-il pas un peu surpris et peut-être désagréablement?

— Mon père — répondit le peintre avec orgueil — est un des esprits les plus éminents de ce temps-ci et un des plus nobles cœurs qui existent. Il a des idées larges, indépendantes, le respect de la personnalité humaine. Il croit à tous les sentiments grands et nobles, à la liberté, à la justice, à l'amour. Il comprendra, soyez-en sûre, que votre révolte contre l'autorité despotique du comte de Bertemont est sainte. Ce n'est pas de lui que le blâme nous viendra, et, pour le reste, que nous importe l'opinion des indifférents !

— Vous avez raison, cher Paul, que peuvent nous faire le blâme ou l'éloge des autres? Je me sens pleine de mépris pour leur jugement. Ma seule amie, la princesse Souvarine, sera surprise, mais son indulgence nous est acquise. Et maintenant, nous devons nous quitter. Voyez mon père le plus tôt possible. Vous déciderez ensuite de ce qu'il sera à propos de faire. Avant de nous séparer, Paul, j'aurais une grâce à vous demander. Je serais heureuse de visiter votre atelier.

C'était depuis longtemps le désir ardent d'Hélène. Sa qualité d'amoureuse décuplait sa curiosité artistique. Le jeune peintre lui avait souvent dit qu'avant de la connaître, il avait passé dans son atelier les meilleurs moments de sa vie. N'était-ce pas là qu'il avait donné corps à toutes les images, à tous les rêves que créait son imagination sans cesse en travail? Elle voulait tout voir, non seulement les œuvres achevées, mais ses ébauches, ses esquisses, ses tâtonnements, surprendre dans leur genèse les conceptions de son amant.

— J'allais vous le proposer — dit le peintre. Venez.

Il ouvrit la porte du salon et aperçut Nathalie qui s'esquivait prestement. C'était, avons-nous dit, une excellente personne, mais bonté d'âme n'implique pas absence de curiosité, et le peintre eut tout lieu de supposer qu'il venait de surprendre la brave femme en flagrant délit d'indiscrétion.

Il appela :

— Nathalie !

Elle s'approcha assez penaude.

— Où est mon père? — demanda-t-il les sourcils froncés.

— Il est parti depuis que vous êtes descendu, même qu'il voulait prendre quelque chose dans son bureau et qu'il n'est pas entré à cause qu'il y avait quelqu'un, à preuve qu'il fouillait dans ses poches en disant : Je l'aurai laissé dans mon bureau, qu'il a dit. — Si Monsieur veut, que j'ai fait, j'irai voir pour lui. — Merci, Nathalie, qu'il a dit, je n'ai besoin de rien.

— Vous n'avez rien trouvé, hier, sous la porte d'entrée?

— Non, Monsieur Paul, même que je me suis servi du balais de crins pour balayer, qui racle tout, à preuve que mon homme me disait : Nathalie...

— Vous êtes sûre de n'avoir pas trouvé de lettre? — interrompit Paul.

Nathalie leva ses bras au ciel :

— Je vous jure sur ce que j'ai de plus sacré que je n'ai rien trouvé, même que les balayures sont encore dans la cuisine, où vous pouvez aller les voir. Que le pain que je mange me serve de poison...

C'était encore une des manies de Nathalie de s'engager dans des serments solennels à propos de la moindre vétille et de jurer constamment sur ce qu'*elle avait de plus sacré*.

. . . .

L'atelier de Paul, vaste et bien éclairé, donnait sur le jardin ; il était contigu à la maison où demeurait la Crachotte. En y entrant, la jeune fille n'y trouva pas ce qu'elle avait eu peut-être l'occasion de voir chez certains peintres à la mode, hommes du monde autant et plus qu'artistes, qui transforment leur lieu de travail en succursale de l'Hôtel des Ventes ; — et les vieux meubles, les tapisseries anciennes, les peaux de tigre, les statuettes, les bronzes, les livres richement reliés, les armes de hauts prix, les magots de la Chine, et enfin les bibelots auxquels la manie du jour a donné de la valeur, faisaient complètement défaut.

Paul vivait dans un labeur austère, tout à son œuvre et ne visait ni à la célébrité, obtenue par la réclame, ni même à la clientèle. Il ne cherchait que l'approbation de quelques amis, et surtout celle de son père, fin connaisseur et esprit distingué. Quand ce dernier lui avait dit : — « C'est bien, mon garçon, je te fais mon compliment » — il se regardait comme suffisamment récompensé de ses efforts.

Hélène passait avec une curiosité ardente la revue de l'atelier, dont les murs étaient tapissés de tableaux de toutes dimensions, principalement des paysages. De hauts peupliers se rejoignant à l'extrémité d'une grande route, un groupe de marronniers, des prés, des vignes, des fleurs, des plantes aquatiques flottant selon la direction du courant, des nénuphars sur un lac immobile, aux eaux sombres, des pans de rochers, des saules pleureurs dans un cimetière, un petit chemin creux bordé de mûriers, d'églantiers, de noisetiers, tels étaient les sujets que Mlle de Bertemont admira.

En outre des paysages, la jeune fille put constater avec une joie profonde qu'elle tenait une large place dans l'imagination du peintre. En effet, sur quantité de petites toiles, sur de simples croquis à la plume ou au crayon fixés de ci de là à la muraille, elle se vit représentée dans toutes les attitudes et habillée de toilettes charmantes, fantaisistes pour la plupart. Chaque fois qu'elle apercevait une pochade sur sa personne, elle ne cachait pas son plaisir extrême, souriait et regardait avec des yeux fort doux le peintre, qui l'accompagnait, tout heureux. Le temps passait rapidement.

Tout à coup, un craquement assez fort vint attirer leur attention. Le peintre se précipita vers la porte, croyant encore avoir affaire à Nathalie, mais la bonne femme, si c'était elle, avait dû s'éloigner prestement, car le jeune homme n'aperçut même pas son ombre.

— C'est extraordinaire — fit-il — j'entends parfois des bruits singuliers dont je ne puis m'expliquer la provenance.

— Ce bruit, quel qu'il soit — répondit la jeune fille — il me rappelle qu'il est temps de partir. Paul, mon avenir est dans vos mains, j'obéirai à tous vos désirs.

Après avoir donné à son amant, cette douce assurance, Mlle de Bertemont se dirigea vers la sortie. Les deux jeunes gens descendirent l'escalier en se tenant par la main.

Sur le pas de la porte, ils causèrent encore quelques instants, et voici ce qu'ils décidèrent : Paul, dans l'après-midi, irait trouver le comte et lui exposerait sa demande. Le soir même Hélène connaîtrait la réponse qui ne pouvait être qu'un refus catégorique. Le lendemain, dans la matinée, Hélène déciderait la princesse à l'accompagner chez le Dr Raoult, Paul irait les y rejoindre et peut-être trouverait-il l'occasion d'entretenir son amie.

En tout cas, chacun de son côté aurait eu soin d'écrire au préalable, Hélène ce qu'elle avait à dire et le peintre ce qu'il avait résolu.

En regagnant son atelier, Paul aperçut Nathalie rôdant avec un air de curiosité inquiète et que, sans doute, elle n'avait pu satisfaire.

Il se promena de long en large, trop agité pour se mettre au travail, revivant en esprit les heures délicieuses qui venaient de s'écouler, rapides et fugitives comme le bonheur qui passe.

Le retour de son père le tira de son rêve; il s'empressa au-devant de lui.

— Eh bien? mon père — demanda-t-il anxieusement — ce n'est rien, je l'espère.

— Rien, mon ami. Le docteur m'a pansé et m'a conseillé du repos. Du repos! du repos! Je n'ai guère le loisir d'en prendre... Selon toute probabilité, des événements se préparent...

— Ah! oui, le coup d'Etat. Tout le monde en parle, mais personne n'y croit.

— On a peut-être tort, mais ne nous occupons pas de cela, en ce moment. Raoult qui doit revenir ce soir, m'a parlé de toi, Paul.

— De moi ? — fit le jeune homme. — Et, que t'a-t-il dit?

— Peu de chose, mais ce peu m'oblige à te demander une explication.

Devant l'air grave de son père, Paul se sentit pris de malaise. Il le suivit dans son cabinet et s'assit en face de lui.

— Mon cher garçon — dit le député — le docteur m'a informé d'un fait que j'ignorais et, tout en rendant hommage à ta modestie, je suis fâché de l'avoir appris d'une autre bouche que de la tienne. Tu as sauvé, paraît-il, deux dames sur le point de se noyer, l'une d'elles est la fille d'un individu qu'on appelle le comte de Bertemont, un familier du Prince-Président.

— Oui, mon père.

— Raoult m'a donné tous les détails de ce sauvetage, laisse-moi te féliciter de ton courage et de ton sang-froid. Mais pourquoi ne m'avoir pas soufflé mot de cet événement?

— Mon cher père, je voulais t'en parler, mais...

— Mais la modestie t'a retenu. Je sais que tu es un garçon de cœur et que tu hais les vantards et les vantardises. Il ne faut, cependant, pas être trop modeste...

— Ce n'est pas par modestie, cher père. Non, un autre sentiment m'a fait hésiter... Néanmoins, ce matin même j'allais t'ouvrir mon cœur.

— Diable! Tu as donc une affaire de cœur?.., Mais quel rapport avec ce sauvetage ?

— Un très grand rapport mon père. Ainsi la personne qui est venue ce matin...

— A interrompu ton commencement de confidence.

— Justement. Eh bien, c'est *Elle*?

— Elle ? qui ça, elle ?

— Celle que j'ai sauvée. Mademoiselle de Bertemont !

— Comment ! cette jeune fille vient seule te rendre visite — s'écria M. Barrel avec une surprise mêlée de mécontement.

— Oh ! mon père, ne porte pas un jugement défavorable sur elle. Mademoiselle de Bertemont est la pureté même.

— Tu prends bien chaleureusement sa défense.

— Excuse-moi... mais je l'adore, j'en suis amoureux fou.

— Que me racontes-tu là ?

— La vérité, mon père. Elle m'aime, elle aussi. J'ai eu le bonheur de lui plaire. Le comte de Bertemont veut la marier à un riche Américain, un de ces grossiers millionnaires qui poussent là-bas comme de vénéneux champignons... Elle se refuse à ce honteux trafic d'elle-même et m'a juré de n'appartenir qu'à moi.

A mesure que son fils parlait le visage du député se couvrait d'une pâleur livide. A plusieurs reprises il passa, la main sur son front pour en essuyer une sueur froide, et, quand Paul eut fini de parler, il le regarda d'un air si apitoyé, si empreint de douleur, que celui-ci, terrifié, s'écria :

— Mon père ! mon père ! Serait-il possible que tu visses d'un mauvais œil mon amour ?..

Et comme M. Barrel hochait la tête sans répondre :

— Oh ! je sais bien — continua-t-il — le comte de Bertemont est un de nos ennemis politiques, mais qu'importe? Hélène ne s'inquiète nullement des opinions de son père... Je n'ignore pas que c'est un personnage de mauvaise réputation ; des bruits fâcheux courent sur son compte ; il aurait été mêlé à des entreprises louches... Mais combien de fois ne m'as-tu pas répété qu'il était inique de faire rejaillir sur les enfants les fautes du père et que la loi de Moïse, qui poursuit jusqu'à la septième génération les crimes de l'aïeul, est une abominable loi !

— Je l'ai dit et je confirme mon opinion, Paul. Aussi, n'est-ce pas de cela dont il s'agit...

— D'ailleurs, crois-le bien, je prendrai mademoiselle de Bertemont sans dot.

— Je ne t'estimerais pas si tu pensais autrement.

— Et je renoncerai par écrit à toute succession qui pourrait lui revenir de son père.

— J'en suis certain d'avance, mais laisse-moi parler. Je voudrais, mon ami, que tu répondisses franchement à la question que je vais te poser.

— Je t'écoute — fit le jeune homme avec déférence.

— Quels sont les rapports avec cette personne.

— De la plus pure, de la plus chaste nature.

— Nulle privauté? Nulle intimité?... Tu comprends ce que je veux dire.

— Je comprends très bien, père. La seule privauté que je me sois permise, c'est de baiser sa main, c'est d'appuyer mes lèvres sur sa joue rougissante. Elle est pour moi l'objet d'un trop grand respect pour que j'aie osé rien qui put l'offenser.

A cette déclaration formelle, faite avec un ton de franchise qui ne laissait pas subsister le moindre doute, Georges Barrel poussa un soupir de soulagement.

— Tant mieux mon ami, tant mieux — dit-il. — Maintenant écoute moi, Paul ; j'ai tout fait pour que tu sois homme, dans la plus noble acception du mot. Tu as de l'énergie, de la volonté.

— Oui, père, grâce à tes conseils, grâce à ton exemple.

— Alors fais appel à cette énergie et à cette volonté. Chasse loin de toi cet amour, efface-le de ton cœur. Cesse de voir mademoiselle de Bertemont... Tu ne dois pas, tu ne peux pas l'aimer.

— Ne pas l'aimer ? — balbutia Paul — que dis-tu, père ? Nous venons, à l'instant même, d'échanger le serment de nous aimer toujours, de franchir tous les obstacles, de battre en brèche toutes les murailles qu'on élèverait entre nous !... Oui, à l'instant même, père, quelques moments avant ton arrivée, elle me jurait qu'elle ne serait qu'à moi, qu'elle était prête à me suivre partout... Et je renoncerais à elle, je foulerais aux pieds mes serments, je repousserais les siens, je serais traître et lâche.. Et pour quelle raison ?

Et comme son père, la tête penchée, semblait accablé de douleur et l'écoutait sans répondre :

— Ne me dis pas de cesser de l'aimer, de la voir... Je fais un mauvais rêve... Non, ce n'est pas toi qui me parles ainsi. C'est impossible... Ce que tu me demandes est au-dessus de mes forces... De l'énergie, dis-tu ? Eh oui, j'en ai de l'énergie, mais encore faut-il l'employer à une chose utile, honorable, et ce que tu exiges de moi serait une lâcheté .. Oh ! pardonne-moi, père, pardonne-moi... Je t'injurie, maintenant — fit-il en prenant les mains de Georges Barrel. — Je te respecte, je t'aime. Commande-moi de m'enfoncer un poignard dans le cœur, mais non de renoncer à mon amour.

— Pauvre enfant !

— Ah ! je te vois ému... Tu es bon... tu ne pouvais faire autrement que de changer d'avis... Ce Bertemont ! tu le méprises, tu ne veux pas que ton fils donne son nom à la fille de cet homme. Mais nous ne le verrons pas, nous briserons avec lui. Nous n'aurons rien de commun. Nous l'effacerons de notre vie. N'est-ce pas, père, tu consens maintenant ?

— Non, mon pauvre garçon, je maintiens ce que je viens de te dire. Tu ne peux épouser la fille du comte de Bertemont.

— Tu refuses ton consentement ?

— Tu passeras outre alors, veux-tu dire ? Tu me feras les sommations respectueuses ? Non, mon ami, tu n'auras pas besoin d'en venir à cette extrémité.

— Je l'espère bien, père.

— Parce que je n'ai aucun droit ni sur toi, ni sur tes actes.

— Je ne comprends pas.

— Tu vas comprendre. Aussi bien j'aurais dû te donner cette explication plus tôt; je n'ai pas osé de peur que tu suspectasses la mémoire de ta mère...

— Ma mère? De quoi s'agit-il. Quel nouveau malheur vas-tu m'annoncer?

— Aucun malheur, mais te faire part d'une circonstance qui te causera, sans nul doute, un très vif chagrin.

— Parle, père, parle. Je suis prêt à tout entendre.

— Paul — fit Georges Barrel d'une voix grave — tu n'es pas mon fils!

— Je ne suis pas ton fils! — s'écria le peintre au comble de la stupeur. — Est ce que je rêve encore. Que veux-tu dire? ... Pas ton fils!... Mon père, l'un de nous deux est fou.

Et le jeune homme se mit à marcher à grands pas, tournant presque sur lui-même, puis se laissa choir sur une chaise, tenant à deux mains son front.

— Oh! ma tête se perd — disait-il haletant — il me semble que mon cerveau se vide.

— Calme-toi, mon ami, calme-toi — lui dit le député le prenant par le bras. — Ecoute. Fais appel à ta volonté! J'avais jusqu'ici gardé ce secret, je te le repète, par respect pour la mémoire de ta chère et bien aimée mère, ta mère restée, malgré cette tache, une épouse adorée et respectée... Te jugeant digne par tes qualités d'être mon fils, j'ai gardé ce secret. Je t'ai élevé et aimé comme j'eusse aimé mon propre enfant, et je n'ai pas voulu troubler ta quiétude, ternir les joies de ta jeunesse... Je t'eusses même toujours caché le secret de ta naissance sans cette passion malheureuse, fatale, surgie hors de toute prévision.

Paul, un moment atteré, se releva soudain.

— Mais père... Ah! permets-moi de te garder ce titre sacré de père — dit-il, en serrant les mains de M. Barrel — ne m'as-tu pas élevé, n'as-tu pas pris soin de mon enfance, guidé mon adolescence et ma jeunesse? N'as-tu pas formé mon cœur et mon esprit?...

— Et je suis fier de mon œuvre.

— Eh bien, père, en quoi cette révélation met-elle obstacle à l'accomplissement de mes vœux?... Hélène, j'en ai la ferme conviction, ne m'en aimera ni ne m'en estimera pas moins quand elle saura que je ne suis pas ton fils... que je suis un enfant naturel.

— Hélas! mon ami...

— Oh! père, parle... ne prolonge pas mon supplice... tes sourcils restent froncés... je vois perler une larme au bord de tes cils. As-tu donc encore un désastre à m'apprendre, car c'est pour moi un désastre de savoir que je ne te suis rien par les liens du sang... Mais parle .. tu ne peux maintenant rien me dire qui me torture davantage.

— Mon pauvre enfant!

— Je t'en supplie...

— Sois fort, mon ami. Le secret que je vais te dévoiler va te peiner plus vivement encore.

— Je comprends... tu vas m'apprendre que mon père est un homme méprisable, un misérable qu'on ne peut avouer... Mais rassure-toi, je connais la grandeur d'âme de Mademoiselle de Bertemont. L'auteur de mes jours eut il péri sur l'échafaud après le plus abominable des forfaits; fut-il actuellement au bagne, expiant une série d'infamies et de vols, elle mettra sans hésiter sa main dans la mienne.

— Non, malheureux enfant, elle ne mettra pas sa main dans la tienne... parce que tu ne lui tendras plus ta main pour en faire ton épouse...

— Et pourquoi? Tu me fais trembler.

— Parce qu'elle et toi, vous reculerez devant un inceste.

— Un inceste — répéta le jeune homme terrifié.

— Oui, un inceste. Tu es le fils naturel du comte de Bertemont...

— Moi!

— Hélène est ta sœur.

— Ma sœur? Hélène ma sœur Ah! en effet! ce n'est plus possible, — bégaya-t-il jetant des regards effarés sur celui qui venait de déchirer le sombre voile, — ma sœur! ma sœur!

Et tournant sur lui-même, comme un homme frappé d'une balle meurtrière, il chancela et s'abattit aux pieds de celui qu'il avait jusqu'ici regardé comme son père.

CHAPITRE XII

Albertini Colinbabo, dit Pied-de-Bouc. — Mauvais débiteur. — Exploits de Colombau. — Les trois mouchards. — Découverte du pot aux roses. — A l'assassin!

Revenons à Plumereau qui, le lendemain du jour où sa sœur le lui avait conseillé, s'en allait, en véritable créancier famélique, réclamer son dû au sieur Colinbabin, débiteur récalcitrant.

Cet individu de nationalité italienne, s'appelait, dans son pays, Albertini Colinbabo. Le changement de la désinence *o* en *in* avait donné à son nom une physionomie toute française, sans nécessiter une trop grande dépense d'ima

Zo zoura sur la testa de ma povera madre...

gination. Mais si les noms sont faciles à changer, il n'en est pas de même de l'accent, de la physionomie et des manières ; aussi reconnaissait-on facilement en la personne du sieur Colinbabin, ce que le parisien dénomme un *macaroni*.

Une sympathie mutuelle unissait à cette époque les deux nations : Italie et France. On regardait les Transalpins d'un œil bienveillant.

Mais comme Albertini Colinbabin était grotesque, le Français, qui aime à rire, lui appliqua le surnom de Pied-de-Bouc.

Pourquoi Pied-de-Bouc ?

Etait-ce à cause de sa physionomie quelque peu hébraïque, de ses oreilles de satyre, de sa barbe en pointe qui lui donnait l'aspect diabolique du mâle de la chèvre, de ses instincts libidineux ou de l'odeur hircine qu'il exhalait? Peut-être pour toutes ces causes réunies ! Quoi qu'il en fut, son surnom lui demeura acquis.

Depuis quelques années il vivait à Paris, installé, à Montmartre, rue Ramey, où il gagnait sa vie en cumulant des fonctions assez disparates. Il avait quitté l'Italie à la suite d'une aventure au sujet de laquelle il se montrait d'une discrétion absolue. Le parisien, toujours rempli d'urbanité pour les étrangers, dans les questions qu'on lui posa, ne dépassa pas les limites de la bienséance. L'Italien donna à entendre, sans trop s'expliquer, qu'il était proscrit pour avoir voulu lutter contre les oppresseurs de son pays, les tyrans autrichiens. Cette déclaration lui valut l'estime des ouvriers ; quant aux femmes, elles présumèrent qu'il devait exister dans la vie de cet homme un douloureux mystère. Proscrit et malheureux, que lui fallait-il de plus pour devenir sympathique dans ce quartier de prolétaires et de républicains ?

Une boutique de coiffeur, remarquable par sa malpropreté, occupait le rez-de-chaussée d'une des maisons de la rue Ramey. A la vitrine s'étalaient, à l'instar de tous les établissements analogues, des fioles de formes variées contenant des liquides de couleurs diverses, des pots de pommade, des bâtons de cosmétique, des teintures et quantités d'autres ingrédients.

Derrière la vitrine, un rideaux crasseux, tombant du plafond jusqu'à terre empêchait de contempler le professeur dans l'exercice de ses fonctions.

Car il était professeur et artiste à la fois, s'il fallait s'en rapporter à la pancarte collée sur la vitre de la porte :

Albert COLINBABIN
ARTISTE ET PROFESSEUR
Salon de coiffure
Bureau de placement pour les domestiques
des deux sexes
Cabinet de lecture
Ecrivain public
Représentant de la Maison Barrères,
Articles de cave et bouchons

« Qui trop embrasse mal étreint » dit la sagesse des nations ; et cet adage pouvait s'appliquer à Pied-de-Bouc qui, malgré ce luxe de professions, semblait toujours nécessiteux.

Il est vrai qu'une paresse excessive, contre laquelle il n'avait que rarement essayé de lutter, l'empêchait de tirer tout le parti possible de ces diverses occupations.

Le bureau de placement et la représentation auraient pu devenir une source sérieuse de bénéfices, mais il aurait fallu déployer une activité incompatible avec le caractère de Pied-de-Bouc.

Donc, Armand Plumereau s'avançait dans la rue Ramey, fort ennuyé de sa démarche dont il préjugeait l'inutilité, quand il vit, tout à coup, se dirigeant de son côté, l'honnête Colombau.

— Ah! bonjour M. Plumereau — fit le typographe. — Je suis content de vous voir, car j'ai une bonne nouvelle à vous annoncer. . et comme je sais que vous prenez intérêt à moi... bien que je ne le mérite guère...

— Ne parlons pas du passé. C'est un cadavre, enterrons-le! Une bonne nouvelle, dites-vous? De quoi s'agit-il ?

— Je suis admis à l'Imprimerie Nationale et j'entre en fonctions dès demain.

— Toutes mes félicitations, mon garçon. J'en suis content pour vous. Moi, je n'ai pas tant de chance. Je vais réclamer de l'argent qui m'est dû depuis longtemps et je suis sûr qu'on me paiera en monnaie de singe... C'est chez un coiffeur qui demeure quelque part dans cette rue.

— Un coiffeur? Alors, c'est Pied-de-Bouc !

— Vous le connaissez ?

— Tout le monde dans ces parages connaît Pied-de-Bouc... Un drôle de type qui passe son temps à râcler du violon.

— Je ne lui connaissais pas ce talent.

— Alors, il vous doit de l'argent... Il en doit à tout le monde dans le quartier. Il m'a emprunté une fois quarante sous, il ne me les a jamais rendus... Je ne voudrais pas vous décourager, mais j'ai bien peur que vous soyez obligé...

— ... De me « fouiller ». C'est justement ce que je me disais. Mais, tant pis; je ne serai pas venu jusqu'ici sans essayer de ravoir quelque chose...

— J'emboîte le pas, si vous le permettez. Je vous attends et s'il est en fonds, faites-moi signe.

— C'est entendu.

Plumereau entra dans le « salon » et fut d'abord suffoqué par la mauvaise odeur de graisse et de crasse qui emplissait la pièce.

Des brosses, des peignes et des démêloirs qui avaient dû servir à décrasser des émules du grand saint Labre traînaient çà et là sur le lavabo et sur les sièges; de la pommade rancissait dans des pots; des rasoirs étalaient leur lame rouillée ; de l'eau sale remplissait les cuvettes; des cheveux déplacés par le courant d'air que Plumereau produisit en entrant flottaient légèrement dans l'atmosphère méphitique.

Un bruit agaçant de violon sortait de la pièce voisine. Le *professeur* s'exerçait.

— Hé ! — cria Plumereau — quelqu'un !

Les coups d'archet cessèrent ; la porte vitrée qui séparait le « salon » du cabinet de lecture s'ouvrit, et le maître de céans parut.

Ses yeux ternes s'abritaient derrière des lunettes, car il était atteint d'une très forte myopie. Son nez busqué, énorme, se courbait sur une grande bouche gourmande et sensuelle. Ses cheveux châtains, partagés sur le milieu du front, extrêmement fuyant, descendaient jusqu'à ses gros sourcils roussâtres, et sa barbe, rare sur les joues, mais épaisse et rude au menton, se portait en pointe, en avant, par suite d'une disposition spéciale de la mâchoire.

Il était vêtu d'un paletot et d'un gilet gris auxquels manquaient les deux tiers des boutons, d'un pantalon noir, luisant de crasse et d'usure, et des chaussons de lisière chaussaient ses pieds énormes et plats.

A la vue de Plumereau, il réprima un geste de mauvaise humeur, et s'avança la main main tendue et le sourire aux lèvres :

— Eh! bonzour, mon cer signor Ploumereau, bonzour donc. Que ze souis content de vous voir! Comment va la *sanita*. *Bene*, z'espère.

— *Piano*, *piano* — répliqua Plumereau sur le même ton, serrant d'une étreinte fort molle la main brûlante qui lui était tendue. — Je viens...

— Qui va *piano* va *lontano*, monsieur Ploumereau, moi ça ne va pas du tout... Z'ai oune lièvre de ceval. Et cette maudite *gota* — fit-il, montrant son grand cou sec, à pomme d'Adam préominante — me fait bien dou mal. Z'ai beau prendre quantité de remèdes, c'est comme si z'en donnais à mon violon. Ah! mon cer signor, que ze souis mal fissu.

— En effet, vous êtes tout pâle — répondit Plumereau, en ricanant.

— Pâle? Ze souis pâle, n'est-ce pas? Ze m'en doutais — fit l'artiste coiffeur avec inquiétude, et courant se regarder à la glace.

Nous devons faire observer que notre italien était venu au monde affligé d'une fièvre constante, faisant partie de son tempérament. Quelque empirique lui ayant déclaré que c'était un état très dangereux qui pourrait lui devenir fatal, il avait l'imagination frappée et se croyait très malade, bien que — sa myopie mise à part — toutes les fonctions physiologiques s'exécutassent chez lui avec une perfection remarquable, qu'il mangeât comme un loup et digérât comme une autruche. Il vivait sous l'empire d'une idée fixe, celle d'un mal inconnu, rare et terrible, qu'il couvait, et dont à la moindre indisposition, au plus insignifiant borborygme, il pensait sentir les atteintes définitives. Terrifié, alors, et craignant la mort, il se droguait avec une intempérance qui aurait jeté à bas un homme moins solidement constitué. C'était là sa principale manie.

L'effroi qu'il avait éprouvé en entendant Plumereau lui dire qu'il était pâle l'avait réellement fait blêmir. En se regardant dans la glace, il vit devant lui un visage cadavérique :

— Ze le sentais bien — s'écria-t-il avec désespoir. — Z'ai dépouis ce *mattino* oune fièvre de ceval. Ze soui en serio danger. Ze vais prendre oune remède, pouis, z'irai me cousser. Le lit, c'est encore ce qu'il y a de mieux dans le traitement des infirmitas.

Et il se mit à fouiller dans la poche de son pantalon graisseux, d'où il retira un certain nombre de pilules. Il en offrit une à Plumereau.

— Prenez, c'est touzours bon.

— Merci, vous êtes bien aimable, mais je ne suis pas malade.

— Prenez donc, c'est oune invention du fameux Humbugson, le docteur américain, c'est pourgatif et fébrifouge.

— Je n'ai pas besoin d'être purgé.

— Vous avez tort, c'est touzours bon. En prenant à l'avance de petites précautions, on évite de grandes infirmitas. Ze l'ai sou trop tard, malheurousement.

— Je suis venu pour vous réclamer...

— Vous avez bien fait, mon cer ami, vous êtes bien aimable! que ze souis contento de vous voir. Les affaires vont toujours bene?

— Non, elles ne vont pas du tout les affaires, — répondit Plumereau agacé, — et c'est justement pour cela que...

— Les affaires ne vont pas, cer ami, vous me désespérez. Que me dites-vous là? Je croyais qu'avec Monsignor le Président de la Répoublique, la confiance revenait pertutto.

— On ne s'en aperçoit toujours pas dans mon quartier — riposta Plumereau. — C'est pourquoi je me vois forcé de venir vous prier...

Mais encore une fois l'artiste-professeur l'interrompit :

— Z'en souis tout à fait sourpris de ce que vous me dites, confoundou, sinceremente confoundou.

— ... Vous prier de vouloir bien me rendre...

— Ze n'en reviens pas... Pourtant les nouvelles gazettas poussent tous les zours comme des çampignons. L'imprimerie marce mieux que zamais.

— La mienne ne marche plus, ou du moins ce n'est plus moi qui la fait marcher.

— Ah! vous avez cédé cette magnifica stamperia. Vous avez gagné beaucoup d'arzent!

— Je n'ai rien cédé. Vous avez dû voir dans les journaux...

— Les zournaux, ze ne les lis plous! Il y en a trop. Et puis, ils sont tous mentitores. Moi, z'aime la vérita, rien que la vérita...

— Enfin, peu importe! J'ai le plus grand besoin d'argent...

— C'est comme moi, mon cer ami, z'ai le plou grand besoin d'arzent aussi. Imazinez-vous que ze souis sans oune liard, pas oune liard, oune seule...

— C'est bien regrettable car je venais justement pour vous demander, non pas des liards, mais des écus : j'espère qu'en fouillant attentivement vos poches, vous allez trouver un petit acompte et me le remettre incontinent, car, je vous le répète, j'ai un pressant besoin d'argent. Montrez donc de la bonne volonté. Voilà déjà plusieurs fois que je vous écris et vous ne répondez jamais à mes lettres.

— Vous m'avez écrit? — s'écria Pied-de-Bouc d'un air stupéfait. — En êtes-vous bien certain?

— Très certain — fit sèchement Plumereau.

— Ze zoure sur la testa de ma povera madre...

— Ne jurez pas — dit Plumereau qui commençait à s'impatienter fort — cela ne servirait à rien de jurer sur votre pauvre mère...

— Ze ne pouis pourtant pas...

— Voulez-vous avoir l'obligeance de me laisser parler. Il y a plus d'un an, vous m'avez fait faire différents petits travaux, cartes, prix-courants, réclames et le reste, dont vous avez négligé de solder la facture, peu importante il est vrai. Puis vous êtes venu m'emprunter un billet de cent francs, en m'offrant toutes sortes de garanties et en me donnant une foule d'explications. Mes affaires étaient en bonne voie à cette époque, j'étais généreux, vous avez su m'apitoyer. Je vous prêtai cet argent que vous deviez me rendre sans faute dans le courant de la semaine... J'en attends toujours le remboursement. Je viens donc non pas vous demander la somme entière, mes prétentions ne montent pas si haut, mais un acompte : la moitié, le tiers, le quart, le dixième même, une petite somme enfin. Montrez un peu de bonne volonté, que diable !

— Ze souis désolé, bien désolé, ze ne pouis rien faire pour vous. Ze n'ai pas oune pièce de cinque francs à ma disposition, non signor, pas même oune lira, pas même oune seule liard, mais mon mobilier, moi, nous sommes à vous ; ze vous appartiens.

— Grand merci du cadeau ! il est joli votre mobilier, que voulez-vous que j'en fasse ?

Sur ces paroles, Plumereau sortit en faisant claquer la porte. Aussitôt dehors, il regretta sa brusquerie. Après tout, le pauvre diable n'avait peut-être pas le sou. Quelle mine déconfite, décontenancée ! Il ne faut pas se montrer exigeant, surtout quand on connaît, soi-même, la misère. Les malheureux ne doivent pas se manger entre eux.

Telles étaient les idées qui hantaient le cerveau de Plumereau, et pour un peu, il serait rentré dans le *salon*, afin de présenter ses excuses au coiffeur, cependant que celui-ci souriant, haussant les épaules et se frappant le front de l'index, s'exclamait d'un air convaincu :

— Il y en a de l'astouce là-dedans ! Il y en a de l'astouce !

Puis fouillant dans la poche de son gilet, il en retira une demi-douzaine de pièces d'or qu'il approcha de ses yeux pour mieux les voir en disant :

— Mes petites céries, mes petites sattes, mes petits zouzoux, on voudrait vous avoir, mais on n'est pas assez malin, surtout ce monsieur Ploumereau... *Que balordo* ! Ze l'ai roulé, z'en roulerai bien d'autres, plus maliciosi que lui. Ah ! Santa Madona !

Plumereau, en sortant, regarda de droite et de gauche sans voir Colombau, mais descendant la rue il l'aperçut dans l'entrebaillement de la porte d'un marchand de vin qui lui faisait signe d'entrer rapidement.

— Vite, vite — lui dit le typographe — votre ci-devant légitime vient de passer. Elle s'est arrêtée devant la boutique du signor macaroni, mais elle a dû vous apercevoir ou vous entendre, car elle a *décanillé illico*, comme si elle avait le feu aux jupes.

— Que diable veut-elle à Pied-de-Bouc ?

— Est-ce qu'on sait ? Il y a longtemps que les allures du particulier me semblent louches. Des camarades qui demeurent par ici l'ont vu plusieurs fois en compagnie d'individus suspects... des têtes de *roussins*, quoi !

— Est-ce que vous voudriez insinuer par là que ma ci-devant légitime, comme vous l'appelez, serait... de la police ?

— Je ne dis pas cela — se hâta de protester Colombau — je ne vais pas jusque là...

— Oh ! mon cher ami, rien ne m'étonnerait de cette gueuse... Alors, elle a filé !

— Ah ! pas loin. Elle ne m'a pas vu, ce qui m'a permis de ne pas la perdre de l'œil. Elle a fait le pied de grue devant la marchande de modes qui est là-bas au coin, faisant mine de regarder les chapeaux, mais ne cessant d'examiner la boîte du perruquier... Puis, elle a tourné la rue... Mais attendons, je gage que nous allons la voir.

Ils s'installèrent à une table près de la vitrine de façon à pouvoir observer les gens qui passaient et Plumereau demanda des consommations.

— Ecoutez — dit Colombau — il me vient une idée. Retournez vite chez le type, occupez-le pendant quelques minutes, *pallassez*, *mastiquez*, de façon qu'il reste avec vous dans sa boutique... Je suppose que vous n'avez pas tiré un fifrelin de lui ?...

— Pas un rouge-liard.

— Eh bien, revenez à la charge. Ça l'occupera et pendant ce temps, je m'introduis chez lui dans la pièce du fond... Je connais la boîte. J'ai habité ici plus d'un an.

— Le jeu n'en vaut pas la chandelle — fit Plumereau. — Vous introduire ainsi chez les gens ! Si l'on vous prend pour un voleur ?

— Pas de danger. En supposant qu'il s'aperçoive de ma présence... Pied-de-Bouc se gardera de crier... Il a ses raisons... et moi les miennes... et de chaque côté elles sont sérieuses Alors peut-être, je serai fixé ; nous saurons ce que manigance votre ancienne et en même temps je saurai peut-être ce que cet ourang-outang a dans le sac... Que je jette un coup d'œil dans la rue, *primo*.

Il avança prudemment la tête, examina avec attention les deux côtés de la chaussée, et dit à Plumereau :

— Rien à l'horizon. Allez-y carrément... Revenez ici et attendez-moi.

Et Colombau, se dirigeant vers le fond de la boutique, dit quelques mots au marchand de vins, qui fit un signe d'assentiment et ouvrit lui-même la porte de la cour.

De son côté, Plumereau fort intrigué, mais suivant l'avis du jeune ouvrier rentrait chez Pied-de-Bouc.

En voyant son créancier de retour, le perruquier faillit laisser échapper son violon qu'il accordait :

— Ah ! Monsieur Ploumereau, que ze souis content de vous revoir !

— Heureux de votre joie ! — répondit l'ex-imprimeur — je vois que vous êtes revenu à de meilleurs sentiments, que vous avez réfléchi à votre noire ingratitude.

— Moi, ingrat ! Ah ! monsieur Ploumereau !

— Eh bien, prouvez que vous ne l'êtes pas en me donnant un à-compte. Je vous prie de croire que je ne partirai pas sans argent. Tout le monde dans le quartier me conseille de tenir bon. Vous êtes, paraît-il, cousu d'or.

— C'est oune infamie, oune simple infamie — répliqua Pied-de-Bouc brandissant son violon et le mettant tout à coup sous le nez de Plumereau. — Tenez, oune corde cassée... voyez, oune corde cassée... pas soulement de quoi remplacer oune corde cassée, ze le zoure sur la testa de ma povera madre !... Et tenez, ze vais plous loin, cer signor, conclut-il en se frappant l'estomac, écoutez.

— Quoi ?

— Ça sonne le creux. N'entendez-vous pas.

— Où voulez-vous en venir ?

— Que ze n'ai pas manzé depouis deuce jours. Non, signor, rien dans le coco... Sur la testa de ma *povera madre*.

— Ah ! depuis le temps que vous jurez sur la tête de votre pauvre mère, elle doit être bien malade.

— Morta, monsieur Ploumereau, elle est morta la povera, et si ça continou, z'irai bientôt la rezoindre.

Puis se frappant à nouveau la poitrine, il se mit à tousser affreusement.

— *Fissou*, c'est fini, ze le souis... Fissou! Le coup de la morte, monsieur Ploumereau. Ah! santa Madona! santa Madona! Fissou! Fissou!

C'est tout ce que Plumereau put obtenir. Chaque fois qu'il ouvrait la bouche, l'Italien lui coupait la parole par une affreuse quinte de toux.

Aussi, désespérant de se faire entendre et pensant que le typographe était arrivé à ses fins, il retourna chez Gueulfong, le marchand de vins, alluma sa pipe et attendit.

Cependant, Colombau, qui connaissait la maison l'ayant habité du vivant de sa mère, s'était introduit d'une façon fort répréhensible il est vrai, et fertile en grosses conséquences, chez son ancien voisin ; mais, sans avoir été élevé à l'école des jésuites, le typographe se disait que, en cette occasion, la fin justifiait les moyens.

La boutique du marchand de vins était séparée de celle du coiffeur par un corridor étroit qui aboutissait dans une cour obscure, vitrée, sorte de cage puante où se trouvaient les latrines et les urinoirs. La porte du fond du débit y donnait ainsi que la fenêtre du bureau de placement, que Pied-de-Bouc ouvrait généralement dans la matinée, afin de faire pénétrer chez lui quelques bouffées de bon air — disait-il — ce qui prouve qu'il n'était pas sans connaître les premiers principes de l'hygiène. Dans cette cour, propriété exclusive du cabaretier, il était interdit aux locataires de descendre ; en outre, il leur était impossible, à n'importe quel étage, de voir ce qui s'y passait, une couche épaisse de poussière couvrant le vitrage. Colombau n'ignorait aucune de ces particularités. Donc, sans crainte d'être aperçu, il jeta un coup d'œil dans l'intérieur de la seconde chambre de l'Italien, et entendit, venant de la boutique les protestations de celui-ci et la voix de Plumereau.

Il eut un moment d'hésitation avant d'entrer. Il n'avait pas à craindre d'être aperçu des fenêtres de la cour, protégé qu'il était des regards par le vitrage poussiéreux ; d'un autre côté, rien à craindre non plus des consommateurs, le débit, à cette heure, étant complètement vide.

Mais un scrupule le retenait ; non qu'il redoutât les plaintes et les récriminations de l'Italien en cas de surprise. Contre cette éventualité, comme il l'avait affirmé à Plumereau, il était *paré*. D'un mot, d'un seul, il *clouait le bec* de « l'artiste » ; mais il lui répugnait d'écouter aux portes, de faire œuvre de mouchard.

— Bah ! — fit-il. — Dévouons-nous. Si ce n'est pour la *Marianne*, que ce soit pour ce brave cœur de Plumereau. J'ai l'idée que ça lui sera utile. Allons-y!

Et sans plus tarder, comme un homme qui se jette tête baissée dans le danger, il passa par la fenêtre.

Une table et un bureau de bois noir, quelques tablettes en bois blanc supportant des volumes souillés, écornés, maculés, trois chaises, dont deux boiteuses, un lit défait montrant des draps qui depuis plusieurs mois n'avaient pas vu le blanchissage, et entouré de grands rideaux en loques, tel était l'ameublement de cet intérieur de garçon. La décoration manquait, mais Colombau n'était pas venu pour admirer les beautés de l'endroit; aussi, s'étant mis à genoux au pied du lit, il se glissa promptement dessous la couchette, les jambes les premières, se colla contre le mur, et grâce aux rideaux et à l'obscurité, il se trouvait caché de telle sorte qu'il aurait fallu se baisser et regarder attentivement avant de découvrir sa présence.

— Un sale coup tout de même — pensait le typographe dont le cœur battait avec violence — mais puisque m'y voilà, faut y rester.

De sa cachette il entendait son ancien patron réclamer vainement son dû, l'Italien lui répondre en zézayant et en jurant de sa misère, puis de terribles quintes de toux qui recommençaient à chaque fois que Plumereau élevait la voix. Enfin, un claquement de porte qui ébranla toute la boutique annonça le départ du créancier furieux.

A peine celui-ci parti, Pied-de-Bouc se mit à arpenter son salon de coiffure en riant et se tapant sur les cuisses, répétant ce qu'il avait déjà dit :

— Il y en a de l'astouce, il y en dans cette boule ! Ah! mon brave Albertini, tou as l'étoffe d'oun diplomate !

Et Colombau l'entendit danser une sorte de farandole en s'accompagnant du violon.

Il eut ri malgré sa position incommode s'il n'en eut été empêché par nombre de constatations désagréables.

En effet, il venait de s'apercevoir que son arrivée subite avait été la cause de la mobilisation de plusieurs régiments de punaises, cantonnées dans les profondeurs de la paillasse et les recoins du bois de lit. Excitées par l'odeur de chair fraîche, elles se hâtaient à la curée et, aussi nombreuses que la postérité de Jacob, le typographe les sentit avec épouvante se diriger vers lui par le chemin le plus court, c'est-à-dire en se laissant tomber sur sa personne.

— Diable ! — pensa-t il — passe encore d'être asphyxié par le linge sale du macaroni, mais être dévoré tout cru et sans pouvoir crier !... Non, décidément mes forces ne vont pas jusque-là... Ah ça, elle ne viendra donc pas, cette gourgandine?

Justement les coups d'archet et les pas de farandole s'arrêtèrent tout à coup.

Il y eut dans la sordide salle le froufrou d'une jupe de soie, les menus craquements d'une fine paire de bottines, et un parfum de patchouli combattit un moment les odeurs nauséabondes dont l'air était imprégné.

Mme Plumereau venait d'entrer.

— Fi ! — dit-elle — toujours la même puanteur, ça ne fouette pas qu'un peu chez vous, mon cher. On en prend plus avec son nez qu'avec une pelle.

— Qu'est-ce que tu dirais si tu étais à ma place? — pensa Colombau.

— Vous trouvez que ça sent mouvais — fit Pied-de-Bouc, tout surpris — z'ai pourtant ouvert la finestra.

— Vous auriez aussi bien fait de la laisser fermée, ça pue autant dehors que dedans. Heureusement que je n'en ai pas pour longtemps, autrement je deviendrais malade. Mon cher, quand on reçoit des dames, on prend un peu plus de précautions. Fermez-la, votre *finestra*.

Pied-de-Bouc se hâta d'obéir.

— Maintenant, belle Signora, ze souis à votre service — dit-il d'un air aimable en regardant tendrement sa cliente.

— Il me faut une autre lettre — reprit Emma.

— Touzours pour la même Signorita.

— La même. Ecoutez bien.

— Ze souis tout oreilles — fit-il en se disposant à écrire.

— Dites-lui que je ne veux pas qu'elle me prenne mon amant, qu'elle en a d'autres, tant qu'elle veut, à commencer par ses laquais, dont elle doit se servir, cette coureuse, cette effrontée, cette chipie, à qui on donnerait pourtant le bon Dieu sans confession. Dites-lui que j'ai les lettres de Paul et que je les lui envoie pour lui montrer que je ne blague pas. Est-ce saisi ? Oui. Eh bien ! arrangez-moi ça élégamment, si c'est en votre pouvoir.

Pied-de-Bouc s'assit devant son bureau et se mit à écrire pendant qu'Emma se promenait de long en large et que Colombau se grattait avec désespoir. Après quelques minutes, l'Italien dit :

— Voilà, ça y est. Et ze vous prie de croire que le secretario de Monsignor le Président de la Répoublique ne fait pas mieux.

Il tendit un brouillon à la jeune femme.

Emma lut à haute voix :

« Mademoiselle,

« Je ne veux pas que vous me preniez mon amant. Ça serait trop drôle si je vous laissais faire, et vous-même diriez de moi que je suis une fichue imbécile. Pas de ça, Lisette !

« Peut-être allez-vous dire que vous ne savez pas de quoi je veux vous parler. Je vais vous mettre les points sur les i en attendant de vous les mettre sur les yeux, si vous continuez vos voluptueuses relations. C'est du propre pour une jeune fille qui se dit bien élevée et a peut-être fait son éducation chez les religieuses. Vous m'avez pris M. Paul Barrel. J'ai l'honneur de vous annoncer que ce jeune homme est mon amant. Ça vous défrise, peut-être, mais c'est comme ça. Tout ce que vous ferez et direz ne pourra pas empêcher que nous ayons passé de bons moments ensemble et ne vous en déplaise, nous en passerons encore. D'ailleurs, sachez que Paul se moque de vous. Pour vous prouver que je ne vous mens pas, je vous envoie un petit paquet de lettres qu'il m'a écrites et où il me peint son amour. Prenez-en connaissance ; et, si vous n'avez pas la berlue, vous pourrez constater que ce Monsieur m'aime et que vous perdez votre temps. Peut-être cela vous enlèvera-t-il l'envie d'aller sur mes brisées et de jeter votre dévolu sur les amants des honnêtes femmes !

« Fi, que c'est vilain pour la fille d'un comte, de courir comme ça après les hommes ! N'avez-vous donc pas ce qu'il vous faut chez vous ?

« Vous aviez un beau valet de chambre qui, certainement, ne demandait pas mieux Fallait l'utiliser. En rendant service à ce jeune homme, vous ne feriez pas de tort au prochain.

« Enfin, ce que je vous dis là, c'est pour votre gouverne. Vous en ferez ce que vous voudrez mais ne venez plus me voler mon amant, sans quoi je me paierai sur votre chignon.

« Je vous salue,

« EMMA. »

— Parfait ! — fit celle-ci, après avoir achevé la lecture. — C'est très bien, Voilà ce qui s'appelle écrit en bon style. La petite grue ne va pas rire. Recopiez-moi ça proprement si vous le pouvez.

— Qu'est-ce que ze vous disais. Z'étais fait pour être un grand littératour — fit l'Italien frisant sa moustache.

Comme il était en devoir d'exécuter l'ordre d'Emma, la porte de la boutique s'ouvrit et la Crachotte pénétra dans le bureau d'un air mystérieux.

Les deux sœurs échangèrent un regard sans paraître nullement étonnées, d'ailleurs, de se rencontrer en cet endroit.

— Du nouveau ? — demanda Mme Plumereau.

— Je te crois ! — fit la naine avec un air d'importance.

— Allons, accouche et vite !

— Tu me donneras au moins le temps de respirer. Ouf... j'ai couru, je craignais de te manquer. Par où vais-je commencer ! Ah ! par la visite de la petite pécore !...

— La Bertemont — s'exclama Emma. — Comment ? Elle serait allée chez Paul ?

— Oui — répondit la Crachotte, dont le visage s'épanouissait devant la surprise et la fureur de sa sœur.

— Eh bien ! Elle en a du toupet, cette grue ! Et ça se dit une demoiselle bien élevée ! Et ça court après les hommes, ça enlève les amants des autres ! ah ! la coquine ! C'est honteux !... Et ils sont restés longtemps ensemble ?

— Plus d'une heure. Ils étaient d'abord dans le bureau... mais paraît que ce n'est pas commode pour y causer... alors ils sont venus dans l'atelier. Et c'est là qu'ils se sont livrés à toutes sortes d'horreurs. J'en étais suffoquée.

— Tu as entendu ?

— Des baisers, ma chère. Tout le temps des baisers ! Et puis quoi encore ! Tout ce qu'on peut imaginer. Quel dégoûtant monde ! Ça n'en finissait plus, et quand ils se sont quittés, la donzelle a dit à ton Paul : « Tout pour toi... rien pour les autres... Je ferai tout ce que tu voudras, mon petit coco ! »

— Ah ! Chipie ! tu feras tout ce qu'il voudra ? ...Si je t'en donne la permission... Et après ?

— Après ? Voilà le plus beau. J'ai oublié de te dire que, hier, dans la matinée, il était venu un ouvrier, une espèce de voyou, demander après Paul, au sujet d'une bourse. Je me suis offerte pour faire la commission... mais ce sale individu, ce mendiant, m'a envoyée à la balançoire. Il est revenu dans la soirée et a trouvé le vieil idiot de père Barrel avec qui il a jaboté pendant fort longtemps Si c'est pas honteux de voir un député. un homme qui pose pour le Monsieur chic, se faire compère et compagnon avec un rien du tout.

— Tu ne sais pas ce qu'ils ont dit ?

— Je n'entends rien de ce qui se passe hors de l'atelier, mais pour sûr, il devait être question de renverser le gouvernement et d'assassiner le Président de la République.

— Tout ça, c'est des imaginations de ta part.

— Des imaginations... jamais... A preuve qu'ils complotent, c'est que le fils Barrel est revenu avec un soldat... ils cherchent à gagner l'armée, c'est clair comme le jour. Ils ont bu tout le temps tous les quatre. Faut te dire qu'avant j'avais entendu des cris. On a dû se battre dans le jardin. On a tiré des coups de revolver. C'est à faire frémir !

— Tu ne plaisantes pas ?

— Plaisanter ? Est-ce que j'ai l'air de plaisanter... Puisque je te dis que j'en ai encore la chair de poule. Et à preuve qu'il y a eu une bataille. c'est que le père Barrel a le bras droit en écharpe et le fils Barrel un bandeau sur le front. Tu peux aller voir si je mens.

— Je ne comprends rien à tous tes bavardages — dit Emma — c'est un méli-mélo où l'idiot de Plumereau perdrait lui même son latin qu'il se vante pourtant de bien savoir...

— Alors, quoi ! — fit la naine, verte de colère — qu'est-ce qu'il faut que je fasse. Je me mets en quatre pour te rendre service, je loue une chambre dans une vieille boîte à rats où il pousse des champignons sur les murs pour t'être agréable en te rapportant ce que fait ton amant, je m'expose à la police correctionnelle en chipant des lettres, je te raconte ce que je sais, et voilà comme tu me reçois... Tu sais, ma petite, tu n'en trouveras pas beaucoup des gens qui fassent ce métier pour cent francs par mois... il faut que je sois ta sœur et dévouée comme je le suis... Ah ! mon Dieu ! Mon Dieu !

et dire que j'ai quitté mon pays et ma bonne mère !... et un beau mariage que j'avais en vue.

Et la naine tirant son mouchoir se mit à fondre en larmes.

— Allons ne fait pas tant de grimaces... Je n'ai pas le temps de m'attendrir sur tes larmes. Si tu veux t'en retourner à Gérardmer, file. Je ne te retiens pas... Je te payerai même ton voyage. Ça te va-t-il ?

Mise ainsi au pied du mur, la naine essuya ses larmes et se tint coîte.

— Si tu veux rester, — reprit sa sœur — voilà ma consigne. Continuer à surveiller les Barrel. Le vieux est dangereux; le jeune... qu'il prenne garde à lui... J'ai un bon moyen de me venger... et ça ne ratera pas. Tâche de savoir quel est ce militaire qui va salir son uniforme chez ces anarchistes. Tu dis, un soldat?... C'est un officier sans doute.

— Oui — dit la Crachotte — un lieutenant ou un sous-lieutenant. Il a une contre-épaulette.

Tâche d'avoir le numéro de son régiment. Quant à vous, Colinbabin, vous êtes un landore, un mollasson... Vous faites votre métier en amateur.

— Moi — protesta Pied-de-Bouc — ze souis toujours sour le qui-vive. Z'ai tant de zèle, que z'ai peur de me compromettre.

— Ayez l'œil sur tous les ouvriers... le faubourg est plein de crapules. Parmi tous ces blousiers, il y a des *forts cailloux* qui ne rêvent que plaies et bosses. Ah ! les salauds !

— Ze vous crois que c'est des salauds !... Ils ont ménacé de me *degollar* (égorger), si ze vendais la mèche. Il y a oune crapoule là-dedans, oun enragé nommé Colombau, à qui ze garde oun sien de ma sienne.

— Colombau ! — demanda Emma — un ouvrier typographe ?

— Zustement. Le plous *picaro* (dangereux coquin) de la bande. Mais ze le ferai pincer... Ze zoure sur la *testa* de ma *povera madre* que ze le ferai pincer, et il payera pour tous les autres de la *Marianne*.

— Oui, soignez-le, celui-là dans votre rapport, mais laissez-moi vous dire, mon pauvre Colinbabin, que vous vous privez d'une source précieuse d'informations avec votre saleté. Une truie se dégoûterait chez vous, parole d'honneur. Avec votre bureau de placement vous pourriez avoir des renseignements sur tout le quartier par les servantes... Mais vous perdez tous vos clients. Croyez-moi, débarbouillez votre turne... Elle en a grand besoin.

— Peuh ! — fit Pied-de-Bouc — Quelques coups de balai et oun peu de savonnage et ce sera propre et zoli à l'œil comme oune pièce de vingt francs.

— Eh bien, donnez-les ces coups de balai, faites-le, ce savonnage, au lieu de passer votre temps à racler du violon...

— Ze veux devenir oun grand artiste, oun maestro... Ze sens qu'il y a là... dans cette boule...

— Fichez-nous la paix avec votre boule. On vous a confié, grâce à moi, une mission délicate. Songez à vous rendre digne de l'honneur qu'on vous a fait. Dégrouillez-vous. Ce qu'il nous faut, ce sont des renseignements précis, circonstanciés. Faites en sorte de nous en fournir. On ne vous paye pas pour rien faire et râcler sur vos cordes. Rappelez-vous cela et tenez-en compte.

— Ze fais tout mon possible, ze le zoure sur la *testa*...

— Je ne le crois pas, — interrompit Emma. — Vous êtes un paresseux. Placé comme vous l'êtes et avec les métiers que vous faites, vous devriez être au courant de tout et vous ne connaissez rien... Je vous le répète, arrangez-vous à recevoir beaucoup de monde... Faites causer les gens, les femmes surtout; elles lâchent facilement le cran, si l'on sait s'y prendre. Mais voilà, il faut savoir s'y prendre.

— Ze souis oun malin quand ze le veux.

— Alors tâchez de vouloir. Vous me parliez tout à l'heure de cet ouvrier typographe, ce Colombau...

— Le plous dangereux coquin de tous... C'est loui qui m'a ménacé de me *degollar* !...

— Eh bien, si vous étiez un malin comme vous le prétendez, il y a longtemps que auriez dû le faire arrêter.

— Eh ! Ze ne demande pas mieux. Seulement...

— Seulement quoi ?

— Si ze le fais arrêter... les autres diront que c'est moi... et ze me couperai mes entrées dans ma section de la Marianne, sans compter les mauvais coups. Savez-vous qu'oune lame est vite enfoncée dans la *barriga* (ventre).

— Quand on tient tant que ça à sa peau on ne se met pas dans la police .. Et qui ne risque rien n'a rien.

— Z'aurais après oune bonne recoumpense ?

— Je vous la garantis. Je vous recommanderai au Prince-Président.

— Vous connaissez le Prince-Président ?

— Si je le connais ! J'ai couché avec lui, mon bonhomme. Vous avez beau ouvrir de grands yeux. C'est la vérité. J'ai couché avec lui et il n'a rien à me refuser... C'est comme je vous le dis... Là-dessus je m'en vais... Donnez-moi ma lettre... Vous auriez pu vous dispenser de marquer votre pouce sur l'enveloppe...

— Ze vais l'effacer, ze vais l'effacer.

— Merci, je l'effacerai moi-même. Vous y laisseriez la trace de vos dix doigts... Bonjour; méditez sur ce que je vous ai dit... Et toi aussi,

La naine, retroussant jusqu'au-dessus du mollet, sa petite jupe, exécuta un avant-deux.

Crachotte, surveille bien tes gens... Au revoir tout le monde.

Pied-de-Bouc se précipita pour lui ouvrir la porte, en saluant jusqu'à terre : puis il suivit un moment, d'un regard admiratif, cette belle dame qui avait couché avec le Prince-Président.

— Quelle arrogance ! — s'écria la naine quand il rentra, après avoir fermé la porte.

— C'est oune mésante femme — dit l'Italien — mais c'est oune Vénous.

— Peuh ! ça vient de la façon dont elle s'attife... Il faut la voir au deshabillé.

— Ze voudrais bien me payer ce spectacle fascinatour.

— Hein ? qu'est-ce que tu dis ? — s'écria la naine irritée. — Viens un peu près de moi.

— Ze n'ai rien dit.

— Baisse-toi un peu... Tu as quelque chose dans la barbe. . tiens là, là...

Pied-de-Bouc, sans défiance, baissa son visage à hauteur de la naine qui, des deux mains à la fois, appliqua sur chaque joue un soufflet.

— Attrape, avant de te payer ce spectacle. Ça te servira de lunettes pour mieux voir.

— Hé ! ze disais ça pour rire, ma petite satte — fit l'Italien, se frottant les joues.

— Et ce que j'en ai fait, c'est pour plaisanter — riposta la Crachotte... — Allons, donnez un baiser à votre mimi.

Pied-de-Bouc se courba de nouveau, enleva la naine, l'embrassa sur les deux joues, puis la reposa sur sa chaise.

— J'étais furieuse — dit elle, tout à fait radoucie — ce qu'elle t'a dit, j'en prenais ma part. Elle me fait, à moi aussi, de continuels reproches... Si ce n'est pas dégoûtant de recevoir des ordres d'une pareille grue !

— Ma petite satte — répondit le perruquier, qui faisait parfois des réflexions d'une haute portée — il faut beaucoup souffrir pour mourir. Ainsi va le monde. On gagne sa vie comme on peut. Depouis que ze soui né, ze soui engueulé, parce que, vois-tu, z'ai oune certaine largeur d'esprit qui m'interdit les petites minouties. Ma mauvaise sance m'a empeçé de trouver une place selon mon génie. Z'en ai entendou bien d'autres, va, depouis que ze zémis dans les emplois soubalternes. Mais maintenant les repросses me laissent froid. Pourvou que les bonnes piécettes rappliquent, ze me moque dou reste.

— Tu as raison, des espèces, il n'y a que ça! malheureusement, c'est qu'elle n'aurait qu'un mot à dire pour qu'elles ne rappliquassent plus. Méfie-toi, mon vieux, méfie-toi. Ces gens demandent des renseignements. Si tu n'en as pas à leur fournir, on en invente. La belle affaire! Je l'ai déjà fait, je m'en suis toujours bien trouvée. En quoi cela peut-il t'inquiéter de signaler tel ou tel individu comme dangereux ? Ne le sont-ils pas tous ? Ne l'a-t-on pas dit qu'ils étaient tous portés à la révolte, qu'ils réclament je ne sais quels droits comme si des gens de cette espèce pouvaient avoir des droits! Il faudrait que tu entendes M. le curé, ce qu'il raconte à ce sujet. Quand tu ferais arrêter une douzaine de ces arsouilles, le grand mal, Seigneur, mon Dieu ! Tu les aurais fait mettre dans l'impossibilité de nuire et tu aurais gagné ton argent.

— Mais si l'on n'a rien à leur reproçer, on les relâchera et ils me taperont sur le nazeau, et gare à ma *barriga*.

— Tu as trop peur des coups. Tu as toujours des inquiétudes de ce côté. Tu sais bien, mon cheri, que je serais la première désolée, s'il t'arrivait du mal, mais il ne peut t'en arriver. Crois tu qu'on ira leur dire d'où leur vient leur arrestation ? On n'est pas si bête que ça.

— C'est les imprcudences que ze crains.

— D'ailleurs, il n'est pas nécessaire de les faire arrêter. Tu rends compte qu'un tel dit comme ceci, pense comme ça, tu donnes son adresse. Il est pris en note. On te recommande de bien le surveiller. On est content de toi. On croit que tu fais bien ton métier, voilà.

— Ma sère Maria, c'est oune bonne idée — s'écria Pied-de-Bouc en se frappant le front. — Tou es oune femme de bon conseil. Viens que ze t'embrasse, petite mimi à son grand Bébert.

Ce disant, Pied-de-Bouc reprit dans ses bras la naine et la porta sur son lit.

Les cyniques propos débités par la Crachotte avaient mis Colombau hors de lui. A plusieurs moments il avait eu envie de bondir hors de sa cachette pour accabler les deux espions d'injures et de menaces, mais l'espoir d'en apprendre davantage l'avait retenu.

Cependant l'Italien embrassant voluptueusement la naine, lui disait :

— Ce Ploumereau est venou pour me réclamer de l'arzent. Il a dou toupet, hein ? Ze vais le signaler à la police comme danzereux et le faire coffrer...

— Tout le temps qu'il sera sous les verroux, il ne viendra pas te relancer — dit la naine en interrompant l'Italien et en lui rendant son baiser. — Ça peut se faire, d'autant plus qu'on a déjà l'œil sur lui pour avoir imprimé autrefois des brochures révolutionnaires... Enfin, écoute, quelque chose se prépare, je ne sais pas quoi, mais j'ai dans l'idée qu'il faut montrer du zèle... Je pense que sous peu il y aura du nouveau.

— Tant mieux... Le nouveau c'est mon affaire. Ze ne pouis que désirer un bouleversement. Peut-être que z'y trouverais mon petit coin, la place que ze mérite et que ze cerce de pouis si longtemps. A propos, ma petite satte, et ton Anglais ?

— Pas revu.

— C'est tout de même un brave garçon, un homme zénéroux.

— A qui le dis-tu, mon grand Bébert. Mille francs pour une clef. S'il veut, je lui en chipe tous les jours une à ce prix. Encore quelques petites aubaines de la sorte et nous pourrons vivre de nos rentes et envoyer promener *la* belle Emma.

— *Ma* belle Emma ! Parce que z'ai dit qu'elle ressemblait à oune Vénus !... Mais ze t'aime mieux, toi, z'aime pas les fortes femmes, ze préfère les petites mignonnes comme ma petite satte.

— Menteur ! — fit la naine en minaudant.

— Eh non, ze ne mens pas, ze ne mens zamais. Ze zouis franc comme l'or !... Z'adore les petites sattes ! hi ! hi ! hi ! C'est si mignon !... Oui, il nous faudrait beaucoup d'aubaines comme celle de ton Anglais. Nous n'aurions plus besoin de travailler ; on n'aurait plus qu'à s'allonger toute la zournée avec sa petite satte, sa bonne petite mimie. O zour houroux, quand viendras-tou ?

Et dans son enthousiasme, mis en gaieté par cette riante perspective, il se saisit de son violon et racla un air de danse, à la grande joie de la naine, qui, retroussant jusqu'au-dessus du mollet sa petite jupe, exécuta un avant-deux.

Elle était si grotesque ainsi qu'il s'arrêta tout à coup, craignant de ne pouvoir retenir un fol accès de rire.

— Qu'est-ce que tu as ?

— Z'ai que z'ai faim. Ze manzerai bien oun morceau.

— Moi aussi — fit la naine — je vais chercher à mon grand Bébert quelque chose de bon.

— Tou as de l'arzent ?

— Oui, oui, ne t'en inquiète pas.

— Oune petite femme précieuse. Pour dire que c'est oune petite femme précieuse, c'en est oune. Cours vite, ma salle, ne sois pas trop longtemps. Nous manzerons et après nous ferons la petite sieste sur le dodo.

— Voyez-vous ça — fit la Crachotte. — Monsieur paraît d'humeur folichonne aujourd'hui. Et le travail ?

— Le travail passe après les amours ! Reviens vite. Ze zouis dévoré d'impatience. Ze me sens émoustillé comme le dieu Mars près de Vénous.

La Crachotte prit son panier et se hâta de sortir, après avoir décoché à l'Italien des regards enflammés.

— Tonnerre ! — se dit Colombau, que nous avons laissé dans une situation pénible — si je ne déguerpis pas incontinent, je vais assister à un repas de noce. Le repas passe encore, mais la noce, gare dessous !... J'ai assez de ma villégiature sur ce fumier. Oh, là ! là ! Il est temps d'aller prendre un bain ! Ah ! les saintes fripouilles ! Eh bien, j'en ai appris de belles ! Ce brave Plumereau va être édifié ! Décampons d'abord... Mais procédons avec vitesse et précipitation. Colombau, mon ami, ouvre l'œil et le bon... et surtout pas de faux mouvement... une, deux, trois !

Pied-de-Bouc venait de se jeter sur le lit, pris à la fois de fringale et de désirs amoureux, en attendant impatiemment sa *belle* vosgienne. Un sourire concupiscent errait sur ses lèvres de satyre, tandis qu'il se roulait voluptueusement dans sa couverture maculée de tâches.

Tout à coup un bruit insolite l'arracha à l'anticipation de ses plaisirs.

— Qu'est cela ? Santa Madona !

Il se leva précipitamment, bondit hors de sa couche.

La pâleur envahit son visage, la sueur perla sur son front, et ses cheveux se hérissèrent. Il venait d'apercevoir Colombau, à plat ventre, qui se dégageait lestement de dessous le lit.

— Au secours ! — cria-t-il. — Au voleur ! A l'assassin !

Et, au lieu de se jeter sur l'intrus, il se précipita vers la porte.

Mais le typographe, plus leste que lui, le retenait d'une main par un bras :

— Ah ! bougre de salop ! — dit-il — bougre d'espion. Sale mouchard... Je m'en doutais... j'en étais presque sûr... Maintenant, je n'ai plus de doute. Tu vas avoir de mes nouvelles... En attendant, tiens toujours cela.

Et, d'un mouvement brusque, il lui assénait un violent coup de poing sur la nuque.

Puis, sans discourir davantage, il franchit la fenêtre, traversa la cour et entra chez le marchand de vins, où Plumereau rallumait une seconde pipe, tandis que Pied-de-Bouc criait d'une voix étouffée :

— Ze souis mort ! à l'assassin !

. . . .

Dans la salle du débit, Plumereau attendait patiemment, en s'entourant d'un nuage de fumée, quand Colombau fit irruption dans la salle.

— Nous le tenons — fit-il — nous le tenons... C'est un coquin !

— Je m'en doutais — dit le cabaretier, qui s'était approché. — Surpris en flagrant délit, hein ?

— Tout ce qu'il y a de plus flagrant.

Et s'adressant à Plumereau :

— Filons.

Celui-ci se hâta de régler la consommation et rattrappa Colombau, qui s'éloignait à grandes enjambées.

Les deux hommes gagnèrent rapidement la rue de la Goutte-d'Or, où Colombau habitait une mansarde. De sa fenêtre, on ne pouvait voir que les toits des maisons voisines, hérissés des silhouettes bizarres des cheminées, qui s'estompaient sur un ciel de décembre d'un gris d'ardoise, immobile et bas. Et dans l'entassement des toitures, non soumises encore à la ligne uniforme, les bruits de la rue n'arrivaient à cette hauteur que lointains et affaiblis.

La chambre était des plus simples, comme celle de tout ouvrier célibataire. A côté de la fenêtre, une petite table supportant quelques pots de géranium, que le jeune homme entretenait soigneusement, en souvenir de sa mère, et, près de là, une bergeronnette très âgée, à moitié aveugle — autre souvenir maternel — qui, dans sa petite cage, se tenait presque toujours immobile sur son bâton, et semblait rêver dans sa petite cervelle d'oiseau au temps éloigné où, jeune, vive et leste, elle sautillait gaiement sous les yeux ravis de sa vieille maîtresse.

Un lit en fer, plusieurs rayons chargés de livres, rangés et entretenus avec soin, luxe rare chez les ouvriers d'alors, une autre table, couverte d'un tapis, une armoire ancienne, vieux meuble de famille, très curieusement sculptée, un vieux fauteuil et deux chaises, tel était l'ameublement de la mansarde.

On voyait, en outre, suspendues aux murs, plusieurs lithographies, non de celles que Mme Plumereau prétendait orner sa chambre à coucher, et qu'elle avait étalées aux yeux du typographe, mais des sujets représentant les grandes guerres de la République, où avait pris part le père de Colombau. C'était des armées rangées en bataille ou se précipitant sur l'ennemi. Au-dessus d'elles, planaient d'épais nuages à valutes majestueuses, où la *Liberté*, glaive en main, conduisait à la victoire les bataillons républicains pieds nus ou en sabots.

Dans un petit cadre ovale tendu de velours rouge, la croix de la Légion d'honneur, relique paternelle.

Colombau avait gardé religieusement tout ce que sa mère possédait et malgré sa pauvreté, malgré sa misère, il n'avait pu se résoudre à se séparer du moindre objet.

En vrai bouquiniste qu'il était, Plumereau se dirigea immédiatement vers les rayons pour lire les titres des divers ouvrages. C'étaient des œuvres de Voltaire, de Jean-Jacques Rousseau, de Montesquieu, de Molière. des poésies de Victor Hugo, de Lamartine, des brochures de Proudhon et des récits de voyages. Très satisfait, l'ex-imprimeur se mit à examiner les différents volumes, à les manier, à les palper avec un plaisir extrême sans plus s'occuper de Colombau.

Tout à coup, le typographe, qui souriait de la distraction de Plumereau, parut saisi d'inquiétude. Il s'approcha de lui, prit un livre, et en retira promptement une photographie qu'il cacha dans la poche de sa veste.

Cependant le sentiment de la réalité revint à Plumereau. Un peu honteux, il remit en place le volume qu'il feuilletait, et s'excusant, interrogea l'ouvrier qui lui raconta tout au long ce que le lecteur sait déjà.

— Je me demande — s'écria Plumereau, au comble de la stupeur, quand le typographe eut terminé son récit — je me demande pour le compte de quel personnage Emma fait de l'espionnage. Elle est forte celle-là! Par exemple, voilà un avatar auquel je ne m'attendais guère.. La coquine est complète !

— Pour le compte de quel personnage elle fait l'espionnage ? — répéta Colombau — Je n'en sais rien. Mais elle est assurément bonapartiste... Elle s'est vantée d'avoir accordé ses faveurs au Prince Président.

— Vous voulez plaisanter ?

— Ce ne serait pas le moment, car notre situation à tous les deux est grave. Il suffit d'une simple dénonciation pour être coffré. Paris, il est vrai, abonde en mouchards privés, aux accusations desquels on fait peu de cas; mais quand la dénonciation vient d'un affilié de la police, vous êtes arrêté et on ne vous lâche plus. Donc, je ne plaisante pas. Votre femme a positivement affirmé ce que je vous répète. Comment, dans quel endroit, dans quelle circonstance? je n'en sais rien...

— Bah ! — dit Plumereau, après un moment de réflexion — elle est si menteuse ! Les plus gros mensonges ne lui coûtent que la peine d'ouvrir la bouche. Comment Louis-Napoléon qui a des femmes *à gogo*, et du meilleur monde, aurait-il été chercher cette traînée ? Elle s'est vantée devant cet Italien pour se donner plus de prestige.

— C'est possible.

— En tous cas, mon cher ami, vos renseignements sont précieux et vous n'avez pas perdu votre temps dans votre nid à punaises. Ah ! la canaille d'Italien ! Le plus grotesque, c'est que je suis en passe d'être arrêté parce qu'un fripon m'a emprunté de l'argent qu'il ne veut pas me le rendre !

— Le bandit le paiera cher. Je vais prévenir ma section. Si sa cahute n'est pas démolie ce soir ou demain au plus tard, je veux être pendu ! Ce qui m'inquiète — continua-t-il — ce sont les paroles de cette affreuse naine : « Quelque chose se prépare ». Quoi ? Serait-ce une Saint-Barthélemy de patriotes, comme disait Camille Desmoulins ? J'aurais dû rester dans ma cachette. Sûrement j'aurais connu d'autres détails, mais c'était au-dessus des forces humaines. J'étais dévoré par la vermine et bien que j'habite Paris depuis assez longtemps, je n'ai pas encore pu m'habituer aux mauvaises odeurs. D'ailleurs, j'étais en danger, l'Italien nourrissait des pensées libidineuses. Le bois de lit craquait d'une façon inquiétante. Me voyez-vous écrasé, aplati, au milieu des bataillons d'insectes ?

— Il y a — dit Plumereau, sans relever la plaisanterie de l'ouvrier — il y a une chose urgente à faire. C'est de prévenir le représentant Barrel et son fils... et de nous hâter... et d'atténuer, si possible, l'effet que va produire la lettre de cette drôlesse sur Mademoiselle de Bertemont. Je ne connais que de vue cette jeune fille qui est fort belle. Emma doit la détester à double titre, et comme rivale et parce qu'elle la sait, sous tous les rapports, à cent coudées au-dessus d'elle. Emma, c'est la fange, c'est la boue, c'est tout ce qu'il y a de mauvais dans une race opprimée depuis des siècles; Mademoiselle de Bertemont est le rayon de lumière ; je la vois toute éblouissante de beauté et de distinction. Quant au jeune Barrel, ce que je sais de lui, c'est qu'il est le fils d'un fier républicain et d'un de nos plus énergiques et intègres représentants... Lui aussi a été mon rival.

— Quoi, vous saviez avant que je vous eusses fait part de la lettre de votre... ci-devant...

— Mais oui — interrompit Plumereau —

et c'est une faveur qui me paraît peu enviable, car il l'a partagée avec nombre de concurrents — ce qui ne m'empêche pas d'être prêt à lui rendre service.

— Eh bien, vrai ! c'est pas pour dire, Monsieur Plumereau, mais il n'y en a pas beaucoup de votre trempe.

— Pourquoi lui en voudrais-je ? Il ne me connaît pas. Tout le tort est à la coquine : « L'homme est fait pour attaquer et la femme pour se défendre », dit un proverbe un peu hasardé. Et elle a changé les rôles. C'est elle qui attaque, comme vous en avez jugé, et il faudrait pour lui résister la vertu de saint Antoine, ou de Joseph, fils de Jacob .. Vertu rare de nos jours.

— Vertu quelque peu ridicule... Mais, c'est égal, vous êtes un homme étonnant.

— Ce que je vous dis vous surprend, ami Colombau. Vous concevez des doutes sur l'intégrité de mon intellect, je le vois. Je suis pourtant certain de ne pas être fou, autant du moins qu'on puisse avoir une certitude en pareille matière. Oui, je suis prêt à rendre service au jeune Barrel et je vais vous expliquer pour quel motif.

C'était au Jardin des Plantes, il y a cinq mois environ, par conséquent au commencement de l'été. J'étais assis sur un banc, réfléchissant à mes infortunes conjugales, comme doivent le faire parfois, je le suppose, bien des maris de France, d'outre-Rhin, d'outre-Manche et d'outre-mer, car la femme, dit l'Ecclésiaste, est une source d'où coulent toutes les larmes et toutes les amertumes de la vie.

— Hé — protesta Colombau — il en coule aussi quelques douceurs.

— D'accord ! Mais la somme de fiel l'emporte sur la couche de miel. Donc, sur un banc voisin du mien, discouraient ensemble quelques jeunes gens ; et de quoi parlent les jeunes gens si ce n'est de la femme et de l'amour? Ils parlaient haut, et bien que leur conversation ne m'intéressât guère, je l'entendis malgré moi :

— « Alors, elle est mariée — disait l'un d'eux.

— « Oui, mon cher Barrel, très mariée, avec messe, écharpe de maire, et tabellion... Cela te réjouit d'aller vendanger sur les vignes du prochain !

— « Mon Dieu, non ! la chose me tente si peu que je renonce à l'aventure. Ah ! Elle est mariée. Je la croyais archi-fille ! Eh bien, qu'elle aille au diable ! je n'en veux plus.

— « As-tu peur d'un coup d'épée du mari ?

— « Tu dis cela pour plaisanter ? — fit le jeune Barrel d'une voix presque menaçante.

— « Certes, calme-toi ! Tous savent ici que tu as fais tes preuves.

— « Et je suis prêt à recommencer, mais pas avec un mari. D'abord, parce que je ne trouve rien de plus ignoble que la conduite d'un amant qui, après avoir séduit la femme, donne un coup d'épée au mari, et rien de plus sot qu'un mari qui, après avoir été trompé, s'expose à recevoir une balle dans la tête.

— « Mais, si l'époux outragé veut venger son honneur.

— « Il est singulièrement placé cet honneur... Alors usez d'un autre moyen. Attendez quelque part l'amant, muni d'une solide trique et cassez-lui les reins.

— « Procédé brutal et qui manque de bon ton.

— « Au diable le bon ton en ces matières !

— « Je suis de l'avis de Barrel — dit un autre. — Je trouve le mari bien sot qui, après avoir été cocu, s'expose à être battu. Que ne remet-on en vigueur l'usage des anciens Germains ! Chez eux, le mari trompé, au lieu d'essayer de cacher une honte qui, en définitive, n'est pas la sienne, la rendait publique.

— « Comment cela ? Criait-il sur les toits ou sur le seuil de sa tente : « Je suis cocu ! je suis cocu ! »

— « Non, mais il chassait la coupable toute nue du camp ou de la bourgade, en lui criant d'aller se faire... pendre ailleurs

— « Les passants ne devaient pas s'ennuyer. Ces vieux usages avaient du bon.

— « En tous cas — reprit Barrel celle qui me relance partout ne sera pas exposée à se donner en spectacle vêtue de ses seuls attraits. Elle ne mettra pas sur moi sa jolie patte blanche. Il y a dans Paris assez de frais minois, libres de leur personne et en quête d'amoureux, sans aller s'amuser, de gaieté de cœur, à jeter le trouble dans un ménage, empoisonner la vie d'un honnête homme, dont on serait quelquefois fier d'être l'ami.

Ces paroles furent suivies d'une explosion d'apostrophes et de fous rires.

« — Oh ! Oh ! Barrel qui la fait à la vertu ! qui nous étale des convictions, des principes !

« — Barrel socratise.

« — Barrel catonise.

« — Oh ! ne vous y trompez pas, Caton le censeur était un vieux paillard.

« — Et Socrate donc !

« — Du même acabit que le sage Sénèque qui fut chassé de Corse pour ses mauvaises mœurs.

« — Veux-tu imiter ces farceurs de l'antiquité ?

« — Tu n'es pourtant pas encore membre de l'Institut?

« — Ni décoré.

« — Ni rhumatisant.

« — Ni impuissant!

« — Attends un peu, que diable ! Attends

pour moraliser que tu aies doublé le cap de la soixantaine, alors tu auras une excuse pour ta vertu... Mais à ton âge ces paroles que tu viens de prononcer frisent de près l'indécence! C'est honteux! Tu nous offusque, tu nous scandalise tous. N'est-ce pas votre avis, vous autres!

« — Parfaitement. Nous sommes horrifiés! Conspuez Paul Barrel.

Le beau parleur de la bande reprit :

« — On dit que partout où il y a quelques fidèles rassemblés, le Saint-Esprit est avec eux. Ce n'est pas le Saint-Esprit qui est avec nous, ce sont les mœurs françaises, les traditions gauloises, la galanterie nationale. Nous sommes animés du même esprit, nous formons un corps constitué; comme tels, nous avons le droit de punir. Mais au lieu de voter un blâme ou un grognement général, choses que tu as pourtant bien méritées, nous nous en tiendrons, pour cette fois-ci, à t'exprimer hautement notre stupéfaction.

Tout le monde riait. J'avais envie de rire moi-même. Cependant Paul Barrel, qui n'était pas le moins gai, répondit :

« — Je vois que mes maximes soulèvent la réprobation générale. Tant pis, je les maintiens. Je prétends que s'adresser à une femme mariée est une action fort laide et, autant que possible, je m'en abstiendrai.

« — Mon cher ami — s'écria un des interlocuteurs du peintre — nous abordions la question des femmes parce que nous avions toujours pensé que tu étais un homme scrupuleux; je constate que nous ne nous trompions pas; nous n'en demandons pas davantage. Maintenant, quant à la donzelle dont il s'agit, qui te fait les yeux doux, tout ton bel étalage de morale est en pure perte, car, apprends, pudibond jeune homme, que la belle Emma Plumereau a lâché son mari à la satisfaction de ce dernier. Sois tranquille, il ne doit pas avoir envie de courir après elle, il ne sera pas jaloux. C'est un imprimeur, elle l'a ruiné par ses folies et par son gaspillage, et je suppose qu'elle est toute disposée à te faire subir le même sort. Tu aurais donc grand tort de te refuser un passe-temps aussi agréable. »

C'est ainsi que j'ai appris qu'il était question de ma femme.

Je sais qu'Emma devint la maîtresse de Paul probablement quelques jours après cette conversation. Comme le lui disait son ami, il n'aurait eu aucune raison de se refuser cette petite fantaisie, puisqu'il n'outrageait personne. Je lui sus toujours gré de la profession de foi qu'il n'hésita pas de faire devant un groupe de jeunes libertins, au risque de se ridiculiser. Je suis sûr qu'il parlait sincèrement. J'espère qu'il sera récompensé plus tard de ses bons sentiments et surtout que son épouse ne le cocufiera pas. C'est principalement ce que je lui souhaite. Voilà, mon cher Colombau, d'où naquit mon estime pour le fils du représentant Georges Barrel. Il est plus que probable que c'est avec beaucoup de peine que vous dissimulez un sourire sur...

Plumereau fut interrompu par un bruit de pas qui se fit entendre sur le palier et l'on frappa rudement à à la porte.

Quels étaient ces visiteurs inattendus? Le lecteur l'apprendra par la suite.

CHAPITRE XIII

SUITE DU JOURNAL D'ARMAND PLUMEREAU

Nouvelles de la famille Lebrenn. — Le voleur et le vieux chiffonnier. — Conversation surprise. — Une lettre de Sacrovir Lebrenn. — Les dettes des Elyséens. — Conseils de la reine Hortense.

1er décembre 1851. — J'ai éprouvé ce matin une vive surprise. Un jeune garçon a monté un billet qu'il a remis assez mystérieusement à Adèle. Ma sœur a d'abord rougi — je ne sais pourquoi — puis, regardant l'adresse, s'est écriée :

— C'est de Sacrovir Lebrenn!

Elle ne se trompait pas. C'était en effet de lui, de mon bon camarade Sacrovir, un breton de Paris, un peu original, mais sur qui l'on peut compter. C'est le fils du vieux et brave Lebrenn, marchand de toile, rue Saint-Denis, qui a été pris pendant les fatales journées de Juin 1848, près des barricades, au moment où, en sa qualité de capitaine de la garde nationale, il cherchait par sa parole à mettre fin au malentendu qui divisait les républicains.

Confondu avec les insurgés, il passa devant un conseil de guerre qui le condamna au bagne avec d'autres victimes d'une funeste erreur.

Heureusement, grâce à la protection et aux démarches d'un officier supérieur, le colonel de Plouernel, dont il avait sauvé la vie en février 1848, il fut rendu à sa famille en septembre 1849.

Son fils Sacrovir m'a raconté, au sujet d'une barricade élevée près de la boutique de son père, les mémorables paroles d'un vieux chiffonnier.

Les insurgés venaient de saisir un individu qui, profitant du désordre, avait forcé le comptoir d'une brave femme, volé de l'argent et une montre, et s'étonnait d'être arrêté par des camarades en blouse.

« — Sommes-nous donc pas en révolution? — disait-il — Oui ! Alors crevons les comptoirs. Et si on ne crève pas les comptoirs, à quoi bon s'insurger ? »

Et un vieux chiffonnier répondit :

« — Nous nous insurgeons parce que ça nous embête de voir les vieux comme moi crever de faim au coin des bornes, comme de pauvres chiens perdus, quand les forces nous manquent... Nous nous insurgeons parce que ça nous embête de nous dire que, sur cent pauvres filles qui raccrochent le soir sur les trottoirs, il y en a quatre-vingt-quinze que la misère a réduites là... Nous nous insurgeons parce que ça nous embête de voir des milliers de pauvres petits comme celui-ci — et il montrait un malheureux gamin hâve, frêle, étiolé, d'une figure intelligente et hardie, type du voyou parisien, vêtu d'un mauvais pantalon de soldat, d'un bourgeron en lambeaux et chaussé de savates, et qui fut tué quelque temps après — des milliers de petits infortunés sans feu ni lieu, sans père ni mère, abandonnés à la grâce du diable, exposés, faute d'un morceau de pain, à devenir voleurs comme toi... Mais nous ne faisons pas de révolution pour soutenir les voleurs. »

Le brave chiffonnier se trompait, il semble que jusqu'ici au contraire on ait fait des révolutions pour soutenir les voleurs, j'entends les voleurs de la Haute, car ceux de la basse pègre, sont coffrés lestement. Celui-ci, fusillé séance tenante, fut attaché par dessous les épaules à un bec de gaz avec cet écriteau :

Fusillé comme voleur!

Eh! Eh! si l'on fusillait tous les voleurs, je connais pas mal de salons qui resteraient vides!

Mais, je reviens aux braves Lebrenn. Depuis qu'ils avaient quitté leur boutique de la rue Saint-Denis, à l'enseigne : *à l'Epée de Brennus*, je n'avais plus eu de leurs nouvelles, et je crois que bien leur a pris de se mettre à l'écart.

Il fait chaud pour eux dans ce pays. Toute la famille est notée et tenue à l'œil, et à la moindre échauffourée, la police mettrait à nouveau la griffe non plus seulement sur le père, cette fois, mais sur le fils et le gendre, ce brave Georges Duchêne que je ne puis mieux comparer pour les idées et la probité qu'à mon ex-rival Colombau.

Sacrovir me fait ses adieux; il compte partir avec toute sa famille le 12 décembre au Havre; il me donne même le nom du bateau à vapeur qui doit l'emporter en Amérique, afin que je puisse lui écrire. C'est la *République Universelle*! Un nom de bon augure, mais, hélas! quand l'aurons-nous?

Nous en sommes encore bien éloignés au train dont vont les choses. Cependant, s'il faut en croire Marik Lebrenn, l'idée révolutionnaire est partout, elle fait irruption sur tous les points de l'Europe, elle s'étend sur le sol et gagne en profondeur par mille rameaux souterrains. « Tôt ou tard — dit-il — l'on verra sa dernière explosion et, sur les débris du vieux monde, s'établira la nouvelle société. »

En attendant cet état rêvé, nous aurons du grabuge.

Tout le fait prévoir. Voici une conversation que j'ai entendue dans un petit café où je suis entré. On parlait des hommes capables d'aider au coup d'Etat que — dit-on — Louis Bonaparte projette. Le nom de Morny fut cité.

« — Qui est-ce ce Morny? — disait l'un.

« — Un fils naturel de la reine Hortense et du comte de Flahaut, un frère utérin, par conséquent, de Louis Bonaparte; un viveur criblé de dettes, célèbre par ses noces.

« — Un homme d'action?

« — Parbleu! Ils sont tous hommes d'action, comme les confédérés de Cinna.

Un tas d'hommes perdus de dettes et de crimes!

« — Tous ces gens sont des aventuriers — ajouta un autre — Morny a été officier dans l'armée d'Afrique. Démissionnaire, il s'est occupé d'affaires, d'industrie. Il est entré à la Chambre sous le patronage de l'austère Guizot, comme candidat ministériel. C'est un spéculateur. Il spécule sur la politique comme sur les valeurs à actions. Maintenant, tout naturellement l'avenir, pour lui, c'est le succès de son frère. Il jette là tout son enjeu. Plus que tout autre il a poussé l'idée napoléonienne.

« Dès 1840, il disait à qui voulait l'entendre : « Tout ceci finira par un coup d'Etat, et c'est moi qui le ferai.

« Quand vous me verrez entrer au ministère, vous pourrez dire : « Ça y est! »

« — Et l'on dit qu'il est entré au ministère dans la nuit d'hier.

« — Vous pouvez compter qu'il ne perdra pas de temps.

« — Ah! il faut que ça marche et vivement... Les créanciers hurlent et les protêts commencent à pleuvoir.

« — Je le crois bien. La caisse de l'Elysée est vide. Louis Bonaparte, à qui des subsides viennent d'être refusés, a dû réduire ses dépenses, vendre ses chevaux, diminuer son train de maison. Il ne voudrait pas faire le coup, qu'il y serait obligé.

« — Par son entourage?

« — Assurément. Tous ces aventuriers, prêts à toutes les audaces, ne se sont point attachés à sa fortune pour aller échouer à la prison pour dettes.

« — Rien de tel, en effet, pour un viveur

ruiné, un ambitieux sans le sou, que de se faire une situation par la politique. C'est la bouteille à encre ; c'est la pêche en eau trouble.

« — Oui, mais en cas d'insuccès, c'est Cayenne, ou la mort.

« — Oh ! ils réussiront.

« — Mais, qui est ce Fialin de Persigny, dont on parle depuis quelque temps. D'où sort-il ?

« — C'est un ancien sous-officier de hussards, réformé en 1830 pour avoir pris une part active dans un mouvement militaire en faveur de la révolution de Juillet, ce qui fut considéré par ses chefs comme un acte d'indiscipline. Dénué de toutes ressources, il vint à Paris faire du journalisme. Il avait d'abord été légitimiste, puis orléaniste, la lecture du *Mémorial de Sainte-Hélène* l'a rendu bonapartiste. C'est lui qui fonda, en 1834, l'*Occident Français*, qui n'eut, faute d'argent, qu'un seul numéro.

« — Je me souviens de ce journal. Là, si je ne me trompe, l'on trouve cette définition de l'idée napoléonienne : « C'est la tradition tant cherchée du XVIIIe siècle, la vraie loi sociale du monde moderne et tout le symbole des nationalités occidentales ».

« — Un joli galimatias qui lui valut une lettre d'introduction auprès du prince Louis Napoléon, alors à Arenemberg. Il l'accueillit comme un ami et l'attacha à sa personne.

« — A-t-il quelque valeur ?

« — C'est un homme de tête et de résolution, intelligent, actif, et d'un dévouement aveugle. Depuis cette époque, il travaille à la reconstitution du parti bonapartiste, et fut le principal instigateur de l'échauffourée de Strasbourg. C'est lui qui prépara tout en cette affaire. On le retouve quatre ans plus tard à la tentative de Boulogne. Traduit devant la Cour des Pairs, il est condamné à vingt ans de détention. Singulière détention. Après une maladie feinte ou réelle, on lui donna pour prison la ville de Versailles. Il utilisa ses loisirs en écrivant pour l'Institut un mémoire sur l'utilité des Pyramides d'Egypte, où il essaye de démontrer que ces gigantesques tas de pierres étaient destinés à protéger la vallée du Nil contre l'invasion des sables... Heureusement pour lui, 48 est venu. Il reprit sa propagande, prépara l'élection du Dix Décembre. Aussi, le Président en a-t-il fait un de ses aides de camp, et les bonapartistes de la Loire un de leurs députés. Inutile d'ajouter qu'il est prêt à tout.

« — Même à se dire républicain.

« — Il l'a fait en posant sa candidature à l'Assemblée constituante. Voici quelques passages de la circulaire qu'il adressa aux électeurs de la Loire en 1848 :

« Je vais vous exposer avec franchise mes « opinions. Hier, je croyais sincèrement « qu'entre des habitudes monarchiques de « huit siècles et la forme républicaine, but na- « turel de tous les perfectionnements poli- « tiques, il fallait suivre une phase intermé- « diaire, et je pensais que le sang de Napoléon, « inoculé aux veines de la France, pouvait « mieux que tout autre la préparer au régime « des libertés publiques, mais après les grands « événements qui viennent de s'accomplir, la « République régulièrement constituée pourra « compter sur mon dévouement le plus absolu.

« Je serai donc loyalement et *franchement* « *républicain.* »

« — Ainsi, voilà un homme qui n'a pas encore quarante-cinq ans, et qui a été tour à tour légitimiste, orléaniste, bonapartiste, républicain, pour redevenir impérialiste !

« — Mais ils sont tous ainsi, mon ami. Prenez-les tous, les uns après les autres, parmi les plus estimés, les plus considérés, ceux devant lesquels le peuple s'incline avec respect...

« — Mon cher ami, je vous répondrai par ce qu'a dit et écrit le petit Thiers : « Ceux qui ne changent jamais d'opinion, sont les gens qui ne pensent pas. »

« — C'est-à dire, retournons nos vestes aux moments opportuns.

« — Oh ! ils réussiront ! »

Ce mot répété deux fois, affirmant une conviction profonde, m'a frappé et j'en ai d'autant mieux senti la justesse quand j'ai lu le billet de Sacrovir Lebrenn.

Le voici textuellement :

« Cher ami,

« Nous partons. Il s'agit de notre liberté, peut-être de notre vie. Et nous tenons à conserver l'une et l'autre, afin de nous rendre utiles à la cause de l'émancipation du peuple.

« Un haut personnage, le chef d'un petit Etat voisin, est venu nous prévenir.

« Notez-bien mes paroles, pour les répéter :

« Un coup d'Etat se prépare — a-t-il dit à mon père — vous êtes signalé dans votre quartier comme un révolutionnaire, un *rouge* dangereux. Vous avez été condamné lors des journées de Juin... *Vous serez arrêté cette nuit.* Le mandat d'arrestation est déjà signé, je l'ai eu entre les mains.

« Mon père, très calme, a répondu qu'il s'attendait au coup d'Etat, mais qu'il ne pouvait, ni ne devait fuir. Son devoir lui commandait, au contraire, de prendre un fusil et de combattre. Mais le personnage dont je parle insista en faisant observer que peut-être lui et moi serions arrêtés avant une heure. Bref, il nous a offert un abri sûr.

« Si je vous préviens ainsi, mon cher Plumereau, c'est que je vous sais honnête homme ; d'autre part, comme vous ne faites pas de poli-

Georges Barrel était tombé au bas d'une barricade, du côté ennemi.

tique militante, vous n'êtes pas compromis, par conséquent, pas surveillé.

« Voici donc le service que je vous demande. Allez de suite chez le député Georges Barrel, avertissez-le. Qu'il agisse à son tour et prévienne les sections. Il faut que le peuple s'arme. Aussitôt ma famille en sûreté, je reviendrai prendre mon poste de combat. Vous avez parmi vos connaissances un homme actif et énergique, un ouvrier typographe qui vous est reconnaissant de ce que vous avez autrefois secouru sa mère malade, je ne veux pas écrire son nom de crainte de le compromettre, au cas où ce billet tomberait en d'autres mains que les vôtres, mais vous savez à qui je fais allusion. Qu'il se mette à l'œuvre de son côté. Déchirez, ou plutôt, brûlez ce billet, et au revoir!

« S. »

Il ajoute un *post-scriptum* où il dit qu'au cas où les événements qui se *précipitent* l'empêcheraient de rentrer à Paris, il s'embarquerait avec sa famille à l'époque et au lieu cités plus haut.

J'ai détruit sa missive après l'avoir transcrite ici.

A l'heure actuelle l'on discute partout la filiation du Prince-Président.

Louis ne voulait pas d'Hortense de Beauharnais, dont la légèreté de conduite était notoire et dont Duroc avait refusé la main. Mais l'Empereur lui donna deux jours pour se décider. Le bruit court que longtemps avant la naissance de ses enfants elle avait pour amant l'amiral Henri Verhuel qui, en 1806, avait présidé la députation chargée de demander Louis Bonaparte comme roi de Hollande.

« J'ai le malheur d'avoir pour femme — écrivait — dit-on — celui ci au pape — une Messaline qui accouche. »

Victor Hugo, causant du Prince Président à l'ancien roi de Westphalie, disait : « En lui, le Hollandais calme le Corse ».

— Si Corse, il y a — répondit Jérôme.

Le roi de Hollande s'était, d'ailleurs, toute sa vie, défendu de cette paternité. En 1831, après l'échauffourée d'Ancône, il la désavoua catégoriquement au pape. Les journaux de l'époque reproduisirent la lettre qu'il lui écrivit :

« Saint Père, mon âme est accablée de tristesse, et j'ai frémi d'indignation quand j'ai appris la tentative criminelle de mon fils contre l'autorité de Votre Sainteté. Ma vie, déjà si douloureuse, devait donc encore être éprouvée par le plus cruel des chagrins, celui d'apprendre qu'un des miens ait pu oublier toutes les bontés dont vous avez accablé notre malheureuse famille.

« Le malheureux enfant est mort, que Dieu lui fasse miséricorde.

« Quant à l'autre, qui usurpe mon nom, vous le savez, Saint Père, celui-là, grâce à Dieu, ne m'est rien. »

Celui-là, c'est l'homme de l'Elysée.

Il ne ressemble, d'ailleurs, à aucun des Bonaparte, tandis que ceux qui ont connu l'amiral Verhuel, affirment qu'entre lui et le prince Louis la ressemblance est frappante.

En outre de la conformité physique, se rencontrent la taciturnité et l'entêtement, signes distinctifs du caractère hollandais.

Cependant, la vérité m'oblige à dire que lors de l'instance du roi de Hollande auprès de la Cour impériale de Paris pour plaider en séparation avec sa femme, il réclama la garde de son fils Louis. Le procès traîna en longueur durant tout l'Empire et ne fut vidé que dans les premiers jours de la Restauration où l'on remit le Prince à son père. Mais, peut-être, ne réclamait-il ce fils que pour se venger de la reine Hortense qui éprouvait pour son cadet une grande affection.

Quoi qu'il en fût, il est difficile de concilier l'aversion naturelle que le roi Louis devait éprouver pour cette greffe étrangère avec les lettres pressantes qu'il écrivait de Florence au comte de Montalivet et à d'autres personnages influents du règne de Louis-Philippe pour obtenir la mise en liberté du prisonnier enfermé au château de Ham. Sentant sa fin prochaine, il l'appela pour lui fermer les yeux.

« Vous êtes père, écrivait-il au ministre de l'intérieur, et vous devez me comprendre. »

Le cœur humain, comme l'histoire, est plein de contradictions.

En vingt ans, Louis Bonaparte s'est — paraît-il — endetté d'un million, chiffre de son unique fortune, la terre de Civita-Neva, qu'il tenait de l'héritage de sa mère. Un million en vingt ans, ce n'est pas trop pour un prince!

A la veille de la Révolution de février, il n'avait plus un sou.

Miss Howard qui l'aimait à la folie a payé, plusieurs fois, de fortes sommes pour son peu scrupuleux amant. C'est un vrai bourreau d'argent. Sa mère écrivait de lui, en 1836, à la duchesse d'Abrantès :

« Si Louis devient jamais empereur, il mangera la France. »

Puisque le nom de la fille de Joséphine est venu sous ma plume, je veux noter une lettre d'elle et, au préalable, une de son fils, qui peuvent servir d'avertissement.

Caveant consules.

A la mort de la reine Hortense, le château d'Arenenberg devint la propriété du prince Louis. C'est un vieux manoir d'aspect féodal, admirablement situé sur une colline dominant le lac de Constance, entouré de vignes, de pins séculaires et de pittoresques villages. La reine Hortense l'avait acheté 30,000 florins et avait consacré à sa restauration et à son rajeunissement la plus grande partie de ses épargnes. Lorsqu'après l'équipée de Strasbourg, la frégate française l'*Andromède* emportait, au mois de décembre 1837, le jeune aventurier à New-York avec 16,000 francs en or, argent de poche, qu'au moment de l'appareillage le sous-préfet de Lorient lui remit de la part de Louis Philippe, il écrivit, le 14 de ce mois, en vue des îles Canaries, à sa mère :

« Chaque homme porte en soi un monde composé de tout ce qu'il a vu et aimé, et où il rentre sans cesse, alors même qu'il parcourt un monde étranger.

« J'ignore alors ce qui est le plus douloureux, de se souvenir des malheurs qui vous ont frappé, ou du temps qui n'est plus...

« Assis sur la dunette, je réfléchis à ce qui m'est arrivé, et je pense à vous, chère mère, et à Arenenberg.

« Les situations dépendent des affections qu'on y porte. Il y a deux mois, je ne demandais qu'à ne plus revenir en Suisse ; actuellement, si je me laissais aller à mes impressions, je n'aurais d'autre désir que de me trouver dans ma petite chambre, dans ce beau pays où il me semble que j'aurais dû me trouver si heureux...

« Ne m'accusez pas de faiblesse. Vous le feriez si je vous rendais compte de toutes mes impressions. On peut pourtant regretter ce que l'on a perdu, *sans se repentir de ce qu'on a fait*...

« Quand il fait beau, que la mer est calme comme le lac de Constance, quand nous nous y promenions le soir; que la lune, la même lune nous éclaire de sa lueur blanchâtre ; que l'atmosphère est aussi douce qu'au mois d'août en Europe, alors je suis plus triste qu'à l'ordinaire. Tous les souvenirs gais ou pénibles viennent à tomber avec le même poids sur ma poitrine. Le beau temps dilate le cœur, tandis que le mauvais le resserre. Il n'y a que les passions qui soient au-dessus des intempéries des saisons... »

Revenu dans le vieux manoir où il aurait dû — dit-il — se trouver heureux, il y appela quelques fidèles. C'est là qu'on trouve Mocquart et le médecin de sa mère, le docteur Conneau, qui joua le rôle principal dans son évasion du fort de Ham.

Il était profondément imbu des maximes que lui avait données sa mère :

« Avec votre nom — lui écrivait-elle — vous serez toujours quelque chose, soit dans la vieille Europe, soit dans le Nouveau-Monde ; les hommes sont partout et en tout temps les mêmes; ils révérent malgré eux le sang d'une famille qui a possédé une grande fortune. Un nom connu est le premier acompte fourni par le destin à l'homme qu'il veut pousser en avant.

« Un prince doit savoir se taire et parler pour ne rien dire.

« Evitez d'appartenir si exclusivement à personne que vous ne puissiez plus vous délier.

« Soyez fidèle à vos amis.

« Dans votre disgrâce actuelle, incertain de ce que vous pouvez devenir, ne vous laissez pas désespérer.

« Toujours l'œil aux aguets, surveillez les occasions propices.

« Partout il se produit des caprices d'imagination qui peuvent élever aux nues l'héritier d'un homme illustre...

« L'Empereur, votre oncle, a pu établir son autorité en donnant à tous les partis l'espérance particulière qui amusait la badauderie royaliste ou républicaine. Le gros de la nation est court d'idées, facile à émouvoir, facile à calmer, aisément enthousiaste pour les hommes qui tiennent le pouvoir.

« On leur demande rarement où sont leurs titres, pourvu qu'ils rassurent les intérêts.

« Tous les moyens de régner sont bons, suffisants, légitimes, pourvu qu'on maintienne l'ordre matériellement. »

Eh bien, voilà une leçon de gouverner tout à fait machiavélique et qui ne présage rien de bon !....

CHAPITRE XIV

Les parents de Georges Barrel. — Vengeance de veuve. — Georges Barrel prend part à l'expédition en faveur des Grecs. — Enthousiasme et oubli. — Révolution de Juillet. — Anne Perrin. — Amour repoussé.

Le père de Georges Barrel, membre du *Conseil des Cinq-Cents*, s'était exilé volontairement après le 18 Brumaire, pris d'un immense dégoût de la politique et des politiciens. Il partit pour l'Amérique.

Au Canada, il avait fait connaissance d'une demoiselle d'origine française appartenant à la branche cadette de la famille de Plouernel, et dont le père, le baron de Plouernel, ayant rejeté les préjugés aristocratiques de sa race, s'était mis courageusement au métier de fermier et s'était enrichi dans l'élevage du bétail et la culture des céréales.

De figure agréable, à peine âgé de trente ans, Philippe Barrel plut à la jeune fille; il convint également aux parents et le mariage eut lieu aux environs de Québec.

Après quelques années heureuses sur cette terre si française, cédée, en 1763, à l'Angleterre par le honteux traité de Paris, Mme Barrel éprouva le désir de voir la France et, surtout, sa capitale.

Les jeunes époux réalisèrent leur fortune et mirent ce projet à exécution. Mme Barrel était enceinte et, le 14 octobre 1806, le jour même de la défaite des Prussiens à Iéna et à Auerstaedt, elle accoucha à Paris d'un garçon, Georges.

En 1815, l'invasion du territoire par les troupes alliées porta un coup funeste à l'ancien membre du Conseil des Cinq-Cents. Il se prit de querelle avec un officier prussien qui regardait insolemment sa femme et le souffleta; celui ci le frappa de son sabre. Le coup n'était pas mortel, mais la colère et l'indignation qu'il ressentit en voyant, lorsqu'il était à terre, le hulan se saisir brutalement de sa femme et, pour le narguer, l'embrasser sur les deux joues, déterminèrent un transport au cerveau.

Il mourut quelques jours après, dans un violent délire, la rage au cœur.

Vainement la veuve demanda justice, le hulan appartenant à une famille princière d'un des Etats de la Confédération germanique, elle ne put rien obtenir.

C'était une femme d'un caractère viril, énergique; elle attendit un soir l'officier de hulan, grand coureur de guilledou, se fit suivre par lui, l'attira dans un lieu écarté du vieux Paris et, feignant de céder à ses instances, le poignarda.

Puis, elle rentra tranquillement chez elle, satisfaite se disant :

« — Mon mari est vengé ! »

Dès lors, elle se consacra tout entière à son

fils; elle l'éleva avec le plus grand soin, lui inspirant l'amour de la justice, de la liberté, de la patrie, et la haine de la tyrannie, qu'elle vienne d'un homme ou d'un groupe d'hommes, d'en bas comme d'en haut.

Le despotisme impérial et ses lamentables conséquences, l'invasion de 1815, l'entrée des alliés à Paris, le pillage des musées, des bibliothèques, les énormes indemnités payées aux puissances ennemies, les 150,000 soldats étrangers garnisonnés pendant trois ans en France et pour l'entretien desquels un crédit annuel de 130 millions fut inscrit au budget, les brutalités et les insolences de tous ces Germains, de tous ces Cosaques qui vivaient comme des insectes pullulant sur un corps malade et abattu, avaient produit sur cette âme de française une terrible et profonde impression qu'elle fit partager à son fils.

Telles étaient les calamités qui s'abattaient sur un peuple assez aveugle pour se livrer à un homme, pour subir les caprices et obéir aux volontés d'un souverain absolu! D'autre part, les hontes, les excès et les crimes de la réaction royaliste et cléricale, les horreurs des Trestaillons, l'abominable assassinat du maréchal Brune, accrûrent son aversion pour les soutiens des vieux partis.

Elle lisait les virulents pamphlets de Paul-Louis Courrier, elle applaudissait aux efforts de l'opposition libérale grandissante.

Cependant, Georges approchait de sa majorité; de belle prestence, instruit, intelligent et bien élevé, il rendait sa mère fière de lui. Avant de décider du choix d'une carrière, elle formait le projet de l'emmener au Canada y connaître sa famille, quand elle mourut subitement de la rupture d'un anévrisme.

C'était en 1827, au moment où les Grecs luttaient héroïquement contre les Turcs pour recouvrer leur indépendance, au moment où la jeunesse française se sentait pour eux pleine d'enthousiasme et où les *Orientales* de Victor Hugo enflammaient tous les cœurs :

Le jeune homme, désormais seul, maître de lui-même, prit part en qualité de volontaire, à l'expédition de Morée, commandée par le général Maison, qui reçut à son retour le bâton de maréchal. Georges Barrel bien qu'ayant vaillamment combattu, ne reçut rien... qu'une blessure et les félicitations de son général.

L'expédition se termina piteusement; l'enthousiasme s'éteignit comme un feu de paille, l'*Enfant sublime*, comme Chateaubriand appelait Victor Hugo, devenu le *Sublime jeune homme*, dut chanter tristement son ode à Canaris et aux héros grecs :

Nul ne se souvient d'eux, et la foule aux cent voix
Qui, rien qu'en les voyant, hurlait d'aise autrefois,
Hélas! si par hasard devant elle on les nomme,
Interroge et s'étonne, et dit « Quel est cet homme ? »
Nous t'avons oublié. Ta gloire est dans la nuit,
Nous faisons bien encore toujours beaucoup de bruit,
Mais plus de cris d'amour, plus de chants, plus de culte,
Plus d'acclamations pour toi dans ce tumulte,
Le bourgeois ne sait plus épeler ton grand nom.
Soleil qui t'es couché, tu n'as plus de Memnon !
Nous avons un instant crié : « — La Grèce ! Athènes
Sparte ! Léonidas ! Botzaris ! Démosthènes !
Canaris, demi-dieu de gloire rayonnant !... »
Puis l'entracte est venu, c'est bien, et maintenant
Dans notre esprit si plein de notre apothéose,
Nous avons tout rayé pour écrire autre chose !
Adieu les héros grecs ! Leurs lauriers sont fanés.
Vers d'autres Orients nos regards sont tournés !

Pour donner cours à son activité, Georges Barrel parcourut presque tous les pays de l'Europe, observant les mœurs, les coutumes, les religions, le mécanisme des gouvernements. Son intelligence, sa fortune lui ouvraient toutes les portes et il profitait des nombeuses occasions qui lui étaient offertes d'interroger les hommes compétents, non seulement sur la politique, mais sur le commerce, les arts, les diverses industries. Il acquit bientôt la conviction que toutes les formes de religions étaient des variétés de mensonges et les intérêts de ceux qui gouvernent en opposition directe avec les intérêts des gouvernés. Revenu de beaucoup d'erreurs de clocher, débarrassé des préjugés nationaux, exempt d'un chauvinisme étroit, il estimait que tout homme doit ses forces et son intelligence à la société; et comme un nouveau Montesquieu, il s'exerçait à démêler le bon du mauvais des institutions humaines, constatant que presque toujours le mauvais l'emportait sur le bon et que la plupart des lois basées sur des iniquités séculaires ne sont que des moyens d'augmenter la domination du petit nombre sur le plus grand et par conséquent de perpétuer les injustices sociales.

Après un séjour de trois années à l'étranger, il revint en France au moment où venait d'éclater la révolution de Juillet. Il saisit un fusil et se battit aussi courageusement contre les Suisses et les gardes royales pour la défense de la Constitution, qu'il s'était battu contre les Turcs pour l'indépendance des Hellènes. Blessé d'une balle à l'épaule et d'un éclat d'obus à la tête, il était tombé au bas d'une barricade, du côté ennemi et il essayait péniblement de la remonter, point de mire tout indiqué pour la troupe, quand soudain une jeune fille bondit de la porte voisine, le soutint, et au risque de se faire tuer, marchant à ses côtés et lui servant d'égide, elle l'introduisit dans le couloir de la maison d'où elle était sortie et en referma vivement la porte.

— Sauvé! Il est sauvé! — s'écria-t-elle.

Cette vaillante fille était Mademoiselle Anne Perrin, fille du banquier Anatole Perrin; craignant le pillage de son hôtel par les insurgés et ce qui, pour les jolies filles, suit d'ordinaire le pillage, il l'avait confiée ainsi que sa femme aux soins d'une vieille parente, Olympe Ratiot, qui occupait un modeste entresol près de la porte Saint-Denis.

Mais, voulant éviter à sa fille et à sa femme un danger, il les exposait à un péril plus grand.

En face de la maison où s'étaient réfugiées les deux femmes, les insurgés élevèrent une barricade.

Cachée derrière les volets clos, Anne Perrin suivait d'un œil terrifié les péripéties du drame sanglant qui se déroulait devant elle, tandis que, retirées dans une pièce du fond, sa mère se lamentait et Olympe Ratiot, agenouillée devant un crucifix, marmottait des *oremus* et suppliait le dieu des armées d'envoyer l'archange Michel à la tête de ses célestes légions pour écraser ces abominables insurgés qui ne respiraient que le meurtre et le carnage et voulaient mettre Paris à feu et à sang.

— Mais, ma tante — lui avait dit Anne — ces gens ne sont pas si féroces que vous le croyez. J'en vois qui ont la tête de fort honnètes gens.

— Ce sont tous des scélérats et des partageux — ripostait la vieille dévote — Seigneur, exterminez-les.

— Dieu vous entende, ma sœur — disait charitablement madame Perrin. — Mais cette petite évaporée ne connaît rien à la politique.

Anne, en effet, n'était pas versée dans ce que sa mère appelait « la politique », pas plus que cette digne femme, d'ailleurs, mais elle voyait un beau jeune homme qui, depuis dix minutes, faisait vaillamment le coup de feu au milieu d'un groupe de jeunes gens paraissant appartenir à la bourgeoisie.

Tout à coup elle poussa un cri ; celui qu'elle suivait de l'œil et qui paraissait le chef de la barricade, s'étant découvert jusqu'à mi-corps, tomba frappé d'une balle et d'une façon si malheureuse qu'il roula du côté de l'ennemi.

Revenu à la vie, grâce aux soins de celle qui l'avait si courageusement arraché à une mort certaine, malgré les protestations de sa mère et de sa tante, apeurées autant qu'indignées, Georges Barrel devint éperdument amoureux de sa libératrice.

C'était, d'ailleurs, une fort jolie fille, non seulement aimable, gracieuse et bien faite, mais d'une conversation sensée et qui n'avait rien des futilités de la parisienne.

Le banquier, qui s'était rallié au nouvel état de choses, lui avait, sur sa demande, accordé la permission de faire quelques visites. Georges Barrel, encouragé par l'accueil toujours plein d'affabilité de la jeune fille, lui fit part de ses sentiments un jour qu'ils se trouvaient seuls.

Hélas ! Elle était engagée à un autre !

— Restons amis — lui dit-elle loyalement en lui tendant la main — puisque nous ne pouvons être qu'amis.

Il ne répondit pas, l'émotion lui serrait le cœur, mais il porta la main qu'elle lui tendait à ses lèvres, les y appuya passionnément, et y laissa tomber une larme.

Quand il releva la tête, il vit qu'elle, aussi, pleurait.

— Oh ! Mademoiselle ! Mademoiselle ! — s'écria-t-il — vous pleurez ?... Ce mariage est-il donc contre votre gré ?

— Non — fit elle en essuyant rapidement ses yeux — Il est de mon plein gré... Je l'ai voulu... J'entends mon père, partez, partez.

— Alors adieu — fit-il — adieu, mademoiselle, j'essaierai d'oublier.

Et il sortit précipitamment sans regarder en arrière.

Rentré chez lui, il fit sa malle et partit. Où allait-il ? Il n'en savait rien lui-même. Où le hasard le conduirait.

Il se dirigea vers l'Angleterre.

Dans le courant de l'année 1832, il revint en France après avoir couru sur les routes de la Grande-Bretagne, traînant comme un fardeau le chagrin de son amour déçu.

Cependant, de retour à Paris, les beaux yeux d'une princesse étrangère effacèrent un instant le souvenir de la jolie Anne Perrin. C'était une russe enthousiaste et romanesque, passionnée autant que belle, tête légère et cœur de feu.

Un opulent Américain, du nom de Robert Dilson, s'était, lui aussi, mis sur les rangs pour la possession de ce cœur.

Qui l'emporta, du Gaulois ou du Saxon ?

Nul ne le sut dans les salons que l'un et l'autre fréquentaient ; en tous cas, ce ne furent que de passagères amours, car la belle Slave disparut un matin sans laisser de traces.

Sur ces entrefaites, Georges Barrel apprit que la fille du banquier Perrin n'était pas encore mariée.

Qu'attendait-elle ? Le projet d'union n'avait-il pas eu de suite ? Tout était il donc rompu ? Ah ! cette solution désirable lui laisserait un espoir bien doux !

Cette pensée sembla lui infuser une ardeur nouvelle, raviver sa flamme non éteinte, et semblable à un feu qui couve dans une meule, n'attendant que le moindre souffle pour tout embraser.

Or, un matin, quelques semaines après le départ mystérieux de la princesse russe, Georges Barrel parcourant son journal, lut le *fait divers* suivant :

« On nous informe que des détournements d'une certaine importance ont été commis chez le banquier Anatole Perrin. On ne connaît pas les coupables, mais de très graves soupçons pèsent sur le commis principal, un nommé D..., qui jouissait de toute la confiance du banquier et serait même, nous dit-on, fiancé à sa fille. »

Le lendemain, le journal confirmait les vols et annonçait la disparition de ce commis principal contre lequel on venait de lancer un mandat d'arrêt.

Georges Barrel laissa passer quelques jours encore, puis se présenta chez le banquier.

Il était absent ainsi que sa femme; la jeune fille le reçut.

Elle poussa un cri de surprise, rougit et pâlit et fut obligée de s'asseoir tant était grande son émotion.

— Oh! Mademoiselle — s'écria-t-il — est-ce que ma vue vous est à ce point odieuse? Je m'en vais alors; je pars...

— Non, non, restez... restez au contraire... Mais, excusez mon trouble... ma surprise... mon humiliation. Vous n'ignorez pas ce qui est arrivé.

— Je n'ignore rien, Mademoiselle, je sais que vous avez été indignement trompée; et, pardonnez à mon égoïsme brutal, je m'en réjouis presque... mes sentiments n'ont pas changé et, si votre cœur est libre, je viens de nouveau vous supplier de m'accorder votre main

— Je ne le puis — répondit-elle.

— Vous me navrez, Mademoiselle. Pour quel motif repousseriez-vous ma demande? Parlez... parlez... Rappelez-vous que vous m'avez arraché du milieu des balles... Que, par vous, j'ai échappé à la mort. Laissez-moi donc vous consacrer cette vie que je vous dois.

— Non, oubliez-moi... oubliez-moi, je vous en supplie... Ce que vous me demandez n'est pas possible.

— Ah! je comprends, je viens trop tard, Mademoiselle... Votre cœur est déjà pris.

— Détrompez-vous, Monsieur; je n'ai donné mon cœur à personne, pas même à l'homme que vous savez et dont je voudrais effacer le souvenir... abominable souvenir qui me pèse comme un remords...

— Mais, alors...

— Je ne puis être à vous.

— Permettez-moi d'insister... Au nom de l'amour profond que j'éprouve pour vous, Mademoiselle, donnez-moi une raison sérieuse et... je m'inclinerai devant votre arrêt... Ah! pourquoi vos beaux yeux se remplissent-ils de larmes? Mademoiselle Anne, chère Anne, pourquoi pleurez-vous?

Après un moment d'hésitation, elle fit, en sanglotant le terrible aveu.

Le misérable qui avait puisé dans la caisse de son père, profitant d'un moment d'abandon et de faiblesse, avait abusé d'elle, comme il avait abusé du banquier.

— Vous le voyez — conclut elle — je ne puis être votre femme.

— Oh! — s'exclama Georges Barrel, douloureusement impressionné, — je n'ai pas, chère Anne, les préjugés du vulgaire. Vous avez été violentée, je ne vous en aime pas moins. Je vous estime davantage pour m'avoir fait cet aveu. Il me prouve votre loyauté et n'altère en rien mes sentiments.

— C'est que — fit-elle d'une voix déchirante — je ne vous ai pas dit tout.

— Qu'y a-t-il encore?

— Comprenez ce que je n'ose vous avouer... Je ne suis pas digne de vous... Je ne puis, non je ne puis être votre femme...

Il insista vainement. La résolution de la jeune fille fut, ce jour-là, inébranlable.

Il prit congé la mort dans l'âme, mais le regard empreint de tendresse dont l'enveloppa la fille du banquier fit renaître son espoir.

Ses yeux, ses doux yeux, démentaient trop ses paroles pour qu'il ne revint pas tenter une seconde fois l'assaut de ce cœur.

En effet, depuis le jour où elle avait vu ce beau jeune homme combattre si vaillamment et s'exposer à la fusillade meurtrière avec un imperturbable sang-froid, son souvenir l'avait hanté et, silencieusement, elle avait versé bien des larmes.

Mais, comme elle l'avait déclaré à la première demande de Georges, elle se trouvait déjà engagée. Damiens, l'élégant commis de son père lui avait tenu des propos d'amour.

C'était un de ces jeunes viveurs, coureurs de filles et hôtes assidus des tripots. Quelles sont leurs ressources? Où trouvent-ils les louis qu'ils sortent ostensiblement de leurs poches? Nul ne le sait, mais chacun le devine.

Il était intelligent, rusé et doué d'une grande facilité de travail; son patron l'estimait fort et lui accordait une confiance illimitée.

Damiens en profitait pour commettre des malversations qu'il savait habilement cacher.

Depuis longtemps il avait jeté son dévolu sur Anne, qui devait avoir une dot considésable, au moyen de laquelle il pensait sauver sa position.

Devenu l'époux de Mlle Perrin, son beau-père ne le livrerait assurément pas aux mains de la justice.

D'ailleurs, ne lui serait-il pas facile d'opérer tous les remboursements nécessaires avec l'argent de sa femme?

Raisonnant de la sorte, il manipulait la caisse comme si elle était sienne, tant et si bien que certain jour, ne pouvant plus parer à l'énorme déficit, il jugea le temps venu de précipiter le mariage.

Or, ni Anne, qu'il avait su gagner par ses séduisantes manières et ses démonstrations d'amour, et — comme le disait Ninon de Lenclos : Ceux qui feignent d'être amoureux réussissent beaucoup mieux que ceux qui le sont véritablement — ni lui-même n'avait encore osé parler au banquier, bien persuadés tous deux qu'ils se heurteraient à un refus formel. Mais le drôle, qui avait pris pour devise : *Audaces fortuna juval*, « la fortune favorise les audacieux », résolut de brusquer les choses.

Il y a toujours un moment — a-t-on dit — où la femme, la fille la plus vertueuse est prête à succomber.

Damiens saisit cet instant psychologique pour abuser d'Anne Perrin.

Son infamie commise, il s'ouvrit cyniquement au banquier stupéfait, lui apprenant à la fois son amour et sa victoire.

Après avoir exhalé leur indignation par des injures et des menaces à l'adresse du suborneur, le père et la mère durent accepter la situation.

Damiens n'était-il pas probe, laborieux, zélé, intelligent, bien élevé, bref, un garçon d'avenir? Puisque le gendre s'était imposé, ils lui trouvaient toutes sortes de qualités et ils con vinrent, malgré eux, être tombés sur un *rara avis* — oiseau rare — destiné à faire le bonheur de sa femme et de ses beaux-parents.

Les bans furent publiés cependant qu'Anne interrogeait sérieusement son cœur, un peu tard, il est vrai, étonnée d'aimer si peu l'homme qui l'avait possédée et qui aller devenir son époux.

Quelques jours avant le mariage, c'est-à-dire à un moment inopportun pour le fiancé, une maladresse commise dans la tenue des registres, fit découvrir ses malversations.

M. Perrin ayant examiné les livres plus sérieusement que de coutume, constata un déficit de cent mille francs environ.

C'était un homme emporté, bruyant, facilement emballé. Il poussa de tels rugissements que ses employés furent mis au courant du fait. Dès lors, le mariage était rompu. Il ne pouvait décemment donner sa fille à un voleur. D'ailleurs, Damiens s'était hâté de gagner la frontière.

. . . .

Cependant, Anne Perrin, dont la pensée ne pouvait se détacher de Georges Barrel, et touchée jusqu'aux larmes de la persistance de son amour, parla de sa visite à ses parents et de sa proposition de mariage.

Ils l'écoutèrent avec une vive satisfaction, car ils pressentaient qu'après une telle aventure, le placement de leur fille offrirait quelque difficulté.

— J'espère bien que tu ne lui as pas fait ta confession — dit le père.

— Et — ajouta la mère — que tu lui as soigneusement caché ta honte... On avisera plus tard.

— Je lui ai tout avoué — répondit la jeune fille — je ne veux pas tromper un honnête homme.

— Et il a persisté dans sa résolution?

— Oui, mon père.

— Allons, c'est un amoureux commode! Mais il en faut comme cela. Et alors vous vous êtes entendus...

— Non, j'ai refusé son offre...

— Allons donc! Et pourquoi cela? Serais-tu encore amoureuse de ton Damiens?

— Non, mon père, je n'ai jamais aimé cet homme. Je le méprise et je le hais, et je ne lui aurais jamais appartenu s'il ne m'avait violentée, s'il n'avait abusé odieusement de sa force.

— Mais alors — dit la mère — pourquoi refuses-tu les propositions honnêtes de Georges Barrel? C'est infâme!

— C'eût été infâme de les accepter — répondit la jeune fille, en sanglotant. — Ah! ma mère, tu ne me comprends pas. Je me sens si humiliée, que je n'osais le regarder en face... Songez donc! Déshonorée par un voleur! Comment, lorsqu'il aura réfléchi à cette chose abominable, celle dont il désire faire sa femme a été déshonorée par un voleur, comment pourra-t-il me conserver son affection et son estime!... La pitié, la compassion lui ont dicté ses paroles... Il s'était avancé, il n'a pas voulu reculer devant moi, de crainte de me faire affront... ou il ne m'a pas comprise.

— Insensée, pauvre insensée — s'exclama de nouveau le banquier. — Ce *Georges Dandin* veut t'épouser et tu te montres plus difficile que lui!... C'est incroyable, ma parole d'honneur! — conclut-il en agitant les poings et en regardant sa femme, comme pour la prendre à témoin d'une pareille monstruosité.

Il poursuivit :

— Tu es donc plus royaliste que le roi! Tu as la stupidité d'avouer à ton prétendant que tu es enceinte Il ne s'en offusque pas, il maintient sa proposition et tu refuses... Jusqu'à quand donc, Madame Perrin, supporterons-nous de telles calamités? Malheureuse enfant, qui t'a inculqué de si exécrables maximes? Tu n'es pas notre fille, tu n'es pas notre sang, et ton grand'père, le pourvoyeur du roi, doit tressaillir d'indignation dans sa tombe!. .

La colère de M. Perrin prenait des proportions épiques; et les apostrophes, les prosopopées allaient jaillir de ses lèvres, comme de celles d'un avocat à la péroraison de son plaidoyer, quand sa femme l'interrompit par cette réflexion très simple :

— Il est certain que c'est ta dot que ce Monsieur vise avant tout; mais qu'importe, du moment que sa cupidité vient au secours de ton honneur.

— Je crois que vous vous trompez beaucoup, ma mère : Monsieur Barrel n'aspire pas à ma dot; il m'aime. D'ailleurs, il est riche.

— Je connais sa fortune — interrompit le banquier. — Elle est suffisante pour lui permettre de vivre dans une honnête aisance, mais il en est de l'argent comme du galon, l'on n'en saurait trop avoir. Il s'est dit qu'en t'épousant, il la décuplait, cette fortune, et il pense qu'un beau million vaut bien un enfant illégitime.

— Je suis certaine que M. Barrel n'a pas ces pensées cupides — dit Anne. — En tous cas, il ne les porte pas sur son visage ; mais papa et toi maman, soyez persuadés de ceci : je saurais qu'il songe à ma dot que le mépriserais autant que je l'estime, que je le détesterais autant que je l'aime.

— Méprise, pauvre insensée, déteste, fais la délicate et la difficile alors que les marques de ta honte vont bientôt s'étaler et scandaliser les honnêtes gens. C'est plus que de la bêtise, c'est de la perversité. Tu ne comptes pour rien l'honneur des familles !

Ils sortirent laissant la pauvre fille abîmée dans sa douleur, ébranlée dans ses croyances ! Un calcul aussi vil se cachait-il sous un visage aussi noble ? Oh ! qu'elle avait eu tort, qu'elle avait été sotte, de se sentir si timide, si honteuse, si humiliée devant lui ! Ne devait-elle pas au contraire traiter d'égal à égal, et la cupidité de Monsieur Barrel n'était-elle pas en somme de plus mauvais aloi que la faiblesse de Mademoiselle Perrin ? D'une créature déshonorée à un coureur de dot, la différence est presque nulle.

Georges Barrel fit encore quelques visites et chaque fois, Anne sentait tous ses soupçons s'enfuir. Quand il était parti, les paroles de ses parents qui s'obstinaient à prendre l'amour du jeune homme pour une vulgaire adoration du veau d'or, la froissaient douloureusement, d'autant plus qu'elle sentait son cœur, d'instant en instant, plus complètement épris ; elle se refusait à les croire et, cependant, elle tremblait qu'ils n'eussent raison.

Enfin, elle céda. Quand le mariage fut décidé, M. Perrin dit au jeune homme :

— Le moment est venu, mon cher Monsieur, d'entamer certaine question qui ne manquera pas de vous intéresser et que nous aurions mauvaise grâce à traiter de secondaire.

Sur cet exorde Madame Perrin prit une contenance recueillie, comme une dévote qui s'apprête à écouter les pieuses paroles de son directeur.

— Parlez, Monsieur — fit Georges Barrel.

Le banquier ayant jeté un coup d'œil malicieux sur sa femme, continua :

— Vous deviez attendre cette ouverture avec une légitime impatience, bien que vous ne l'ayiez pas laissé deviner ; je comprends cette réserve et je la loue.

— Moi, je ne vous comprends pas, Monsieur. Expliquez-vous.

— Eh ! je veux parler de la dot que j'ai l'intention de donner à ma fille. La fortune dont je dispose...

Il n'alla pas plus loin. Georges Barrel l'interrompit :

— Monsieur et cher beau-père, laissons, je vous prie, de côté la dot de Mademoiselle Anne. Puisque vous parlez de fortune, celle dont je dispose moi-même est suffisante pour les besoins de ma femme et pour les miens. Je la sais de goûts modestes, quant à moi je me contente de peu. Si ce que je tiens de mes parents ne nous suffisait pas, je saurais y suppléer par mon travail. Je viens d'un pays, l'Angleterre, où l'on prend les filles sans dot... Un système que j'approuve fort, car, au moins, celles qu'on épouse sont sûres d'être aimées pour elles-mêmes, ce qui n'est pas toujours le cas dans notre France... Tout ce que j'ambitionne, c'est Mademoiselle Anne ; je ne demande rien de plus.

— Vous plaisantez, sans doute, mon cher gendre.

— Je m'en garderais bien en un jour qui décide du bonheur de ma vie.

Il faut renoncer à peindre l'ahurissement du banquier et de sa femme. De mémoire d'homme d'argent, il n'avait jamais entendu rien de pareil.

— Décidément, cet animal est toqué — fit Monsieur Perrin.

— Fou à lier — répondit Madame. — Enfin, il faut le prendre tel qu'il est. Mais je prévois que la pauvre Anne sera bien malheureuse !

En attendant son malheur futur, la jeune fille ressentit une vive joie quand on lui fit part de cette conversation.

— Oh ! le noble cœur ! — s'exclama-t-elle.

— Sans doute ! — fit Monsieur Perrin — mais tête sans cervelle.

— A moins — observa finement la mère — qu'il ne joue la comédie.

— C'est encore bien possible. L'on n'est pas bête à ce point !

Aussitôt marié, Georges Barrel emmena sa femme dans le midi de la France. A Cette, elle accoucha d'un garçon qu'il reconnut comme son fils, puis, quand l'enfant fut sevré — car elle avait voulu en vraie mère le nourrir elle-même, — ils revinrent à Paris, où le futur député se mêla au monde des lettres et des arts et aussi au monde politique.

Sa généreuse et noble conduite avait inspiré à sa femme la plus vive admiration et la plus

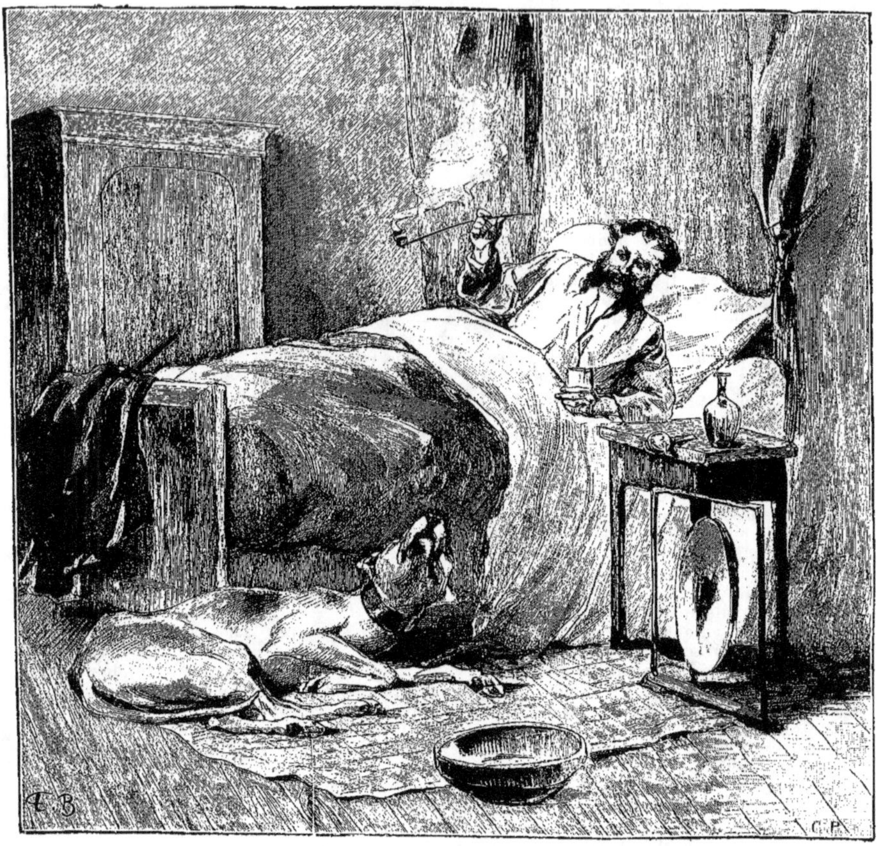

J'entendis un gémissement singulier poussé par mon chien.

profonde reconnaissance. Leur union fut, suivant l'expression populaire, une longue lune de miel.

Ce bonheur, hélas ! ne devait pas durer. Après huit années d'une félicité dont ne cessaient de s'étonner son père et sa mère, la jeune femme fut emportée par une pleurésie, désespérée de mourir si jeune et surtout de quitter l'époux qu'elle avait tant aimé.

Quelques instants avant de rendre le dernier soupir, elle serrait dans ses mains celles de son mari et du petit Paul, les unissant dans une suprême étreinte.

— Tu feras de lui un homme.., un homme comme toi ! — supplia-t-elle.

Et Georges Barrel, pressant sur son cœur ces deux êtres chers, sa femme et le fils de... l'autre, le lui jura.

Quelques jours après la mort d'Anne Perrin, Georges Barrel, accablé de douleur, errait dans les chambres vides quand, machinalement, ayant ouvert un secrétaire où se trouvaient les bijoux de l'adorée à jamais perdue, ses yeux tombèrent sur une lettre à son adresse, de l'écriture de la chère défunte.

Il la prit en tremblant d'émotion, et à la fin de deux longues pages débordantes de gratitude et d'amour, et tracées d'une main défaillante, il lut ce qui suit :

« Je ne veux pas, mon bien-aimé, terminer cette lettre, que tu liras alors que je ne serai plus, sans te raconter un fait. Je ne sais pourquoi, j'aime mieux te le dire par écrit que de vive voix. Il y a quinze jours, à cette soirée chez M. Thiers où nous sommes allés, j'ai vu le *père* de *notre* cher Paul. Nous nous sommes trouvés face à face et nous nous sommes reconnus. Il a beau être maître de lui, il n'a pu s'empêcher de pâlir et de tressaillir, puis il s'est tenu loin de moi et enfin il a disparu. Il était habillé avec élégance, il a changé de nom et j'ai appris qu'il se fait appeler le comte de Bertemont, mais c'est Damiens, je ne puis en douter, j'en suis certaine, c'est Damiens, mon vil séducteur, le commis-voleur de mon père, métamorphosé en homme du monde. Tu te rappelles que ce soir-là et les jours suivants, je fus agitée, nerveuse. Il me répugnait de te parler de cet homme, pourtant je ne voulais pas avoir de secret pour toi. Et maintenant, mon cher mari, agis comme tu l'entendras, révèle la vérité ou la garde en toi-même; comme toujours, ta femme s'incline devant ta décision, sur le seuil du tombeau, ma volonté s'anéantit dans la tienne. »

Bien que la morte lui eut laissé toute latitude d'agir comme il l'entendrait, Georges Barrel, par respect pour sa mémoire, garda le silence et ne signala à personne l'avatar du sieur Damiens. D'ailleurs, le rôle de dénonciateur répugnait à sa nature loyale.

Le banquier mourut un mois après sa fille; Mme Perrin ne tarda pas à le suivre dans la tombe. Georges Barrel, unique légataire, plaça la grosse fortune qui lui revenait sur la tête de son fils adoptif.

Puis, pour chasser son chagrin, il reprit ses voyages, laissant Paul dans une pension des environs de Paris, s'enquerrant constamment de ses progrès. Quand il apprit que le jeune garçon barbouillait tous ses cahiers et les marges de ses livres de maisons, d'arbres, de femmes et de fleurs, il lui fit donner des leçons supplémentaires de dessin; lorsque son fils adoptif eût terminé ce qui s'appelait alors ses « humanités » et sortit de pension avec d'assez mauvaises notes en mathématiques, thèmes latins, versions grecques, enfin tout le fatras scolaire qui ne sert jamais à rien dans la vie, mais avec un goût décidé pour la peinture, il le laissa libre de suivre son penchant, persuadé qu'il ne faut jamais contrarier les vocations.

Cependant, il continuait à parcourir l'Europe, correspondant avec plusieurs feuilles politiques, envoyant des articles documentés et pleins d'idées nouvelles qui attirèrent l'attention sur lui; aussi ayant, à son retour, présenté sa candidature à l'Assemblée nationale, avait-il été élu à une grande majorité.

Ses opinions sur la politique étaient assez originales pour son temps. Il la considérait comme une science fort difficile, où l'on ne pouvait apporter trop d'esprit, d'instruction et d'expérience. Aussi professait-il le plus profond mépris pour ces individus qui, sans préparation préalable, s'offraient pour diriger les destinées de la patrie. Il disait souvent qu'en science gouvernementale, il ne fallait jamais raisonner *a priori*; conséquemment, les théoriciens, les faiseurs de système, les fins raisonneurs qui procèdent par déduction sur l'organisme des sociétés, comme les médecins de Molière sur l'organisme humain, et surtout les charlatans politiciens, provoquaient ses colères.

CHAPITRE XV

La lettre de l'oncle Bob. — Appréciation d'un Anglo-Saxon sur les Parisiens et les Parisiennes. — Le fakir. — Provenance de la bouteille mystérieuse. — Le liquide diabolique. — La correction du fakir. — Le coup de poignard. — Le chien. — Petites expérimentations — Le squelette mystérieux. — Horrible mort.

Après avoir quitté le « comte de Bertemont », James Dilson, hêlant le premier cocher qu'il rencontra, s'était fait conduire à son domicile.

Un nègre de haute taille et qui paraissait d'une force herculéenne, lui ouvrit.

— Eh bien ? — lui dit en anglais James Dilson.

— Rien — répondit le nègre.

— Suis-moi.

Le nègre obéit sans mot dire. Il entra derrière son maître dans une grande pièce confortablement meublée à l'anglaise et se tint immobile dans une attitude respectueuse près de la porte.

James Dilson, qui avait enfoui la mystérieuse bouteille rapportée de la *Maison de l'Anglais* dans une poche de son pardessus, l'en tira avec précaution et la montra à son serviteur.

— Tu vois ?

— *Yes, sir.*

— Je vais mettre cette bouteille dans ce placard... Regarde bien la place... Sur ta vie n'y touche pas.

— *No, sir.*

Il la plaça dans un coin, hors de la portée d'une main maladroite, mais, non content de l'affirmation de ne pas y toucher que le noir venait de lui donner, il ajouta :

— Vous autres nègres, vous êtes curieux comme des singes, et la fantaisie pourrait te prendre de savoir ce que contient cette fiole... Approche toi... et écoute.

Et le nègre, s'étant approché, il lui dit quelques mots à voix basse.

Celui-ci frémit de la tête aux pieds, ouvrit des yeux pleins d'épouvante en regardant le coin du placard.

— Tu as compris ?

— *Yes, sir.*

— Alors, va.

Et il sortit à reculons.

Resté seul, l'Américain ferma le placard mit la clef dans sa poche et se promena de long en large dans sa chambre.

Le « comte » ne s'était pas trompé en pensant que cet original, malgré sa loquacité peu habituelle, lui cachait des secrets importants. En effet, si James Dilson, comme certains taciturnes qui, une fois lancés, se laissent aller à de longues confidences, avait parlé plus que de coutume, il ne l'avait fait qu'après de mûres réflexions et n'avait dit que ce qu'il entendait révéler et rien de plus.

Cependant, rentré chez lui, il se repentait de ce qu'il appelait son bavardage, pestait contre lui même et se traitait d'imbécile.

Mais comme il est indispensable, pour l'intelligence de ce récit, que le lecteur soit plus amplement informé que le comte de Bertemont, nous allons lui mettre sous les yeux cette lettre inachevée, écrite par l'oncle Bob et que l'Américain trouva dans la maison déserte quand il y pénétra pour la première fois.

Elle était naturellement écrite en anglais et ainsi conçue :

« Cher frère,

« Vous ne serez pas trop surpris de recevoir une lettre de Paris, alors que la dernière que je vous ai écrite venait de Calcutta.

« Vous êtes habitué à mes courses ; vous savez que je n'aime pas beaucoup rester à la même place. Je suis encore sur ce point le petit vagabond, le chat de gouttière, comme on nous appelait dans la bonne ville de Londres, qui faisait la roue devant les voitures, au risque de me faire écraser ou piétiner par les chevaux. Me croiriez-vous, il y a des jours de spleen, où je me dis que c'était encore là le bon temps. Deux sous de *pudding* ou un petit pâté d'anguilles, me rendaient le plus heureux des *boys*. Hélas ! maintenant que j'ai des banknotes à ne pas savoir qu'en faire, je maugrée tout le temps et ne peux me procurer que quelques instants de plaisir. On a bien raison de dire que l'argent ne fait pas le bonheur !

« Je ne crois pas que mon séjour dans la capitale des Français soit de longue durée. D'abord, je m'ennuie dans les villes. J'étouffe dès que je ne suis plus au grand air de la mer, des forêts, des vastes plaines, des hautes montagnes. Mes yeux sont vite agacés quand ils n'aperçoivent que des murs, des maisons, des cheminées. Et puis les gens au milieu desquels je me trouve me répugnent considérablement. Que d'affectation dans les manières, que de paroles vides, quelle ignorance, quelle étourderie, quel manque de sérieux ! Mais ce qui leur fait le plus défaut, c'est le muscle. Ces parisiens me semblent éreintés, malingres, gringalets. Tout cela, faute d'exercices physiques, manque de liberté. On voit de grands collégiens barbus s'en aller en promenade deux par deux conduits par un maître qu'ils appellent « le pion ». De grandes filles de vingt ans n'osent sortir sans être accompagnées de leur mère ou de leur servante ! C'est à crever de rire !

« Quelle différence avec la liberté dont on jouit dans la grande Amérique ! Pour régénérer cette race épuisée et accoutumée à la servitude, il faudrait lui infuser dans les veines, bon nombre de pintes du généreux sang anglo-saxon. Pour cela, je fais de mon mieux et je travaille ferme, depuis mon arrivée à Paris, à la fusion des races. Ce qu'il y a de plus intéressant à Paris, c'est la *Parisienne*. Elle est aimable, spirituelle et expansive. Elle aime les riches étrangers, surtout les Américains et les Anglais, et, très respectueuse pour eux, les appelle *Mylord*. Aussi, moi je ris de bon cœur, quand je tiens une gentille petite parisienne sur mes genoux et qu'elle me tire les favoris en me disant : « Mylord, vous avez beaucoup de « billets de banque, vous en avez trop, ça doit « vous gêner, débarrassez-vous de quelques- « uns. » Je me dis : Ah ! si elle savait que ce *lord* est le fils d'un savetier ! »

« Et comme elles sont spirituelles ! J'avais donné rendez-vous à une *lorette* — c'est ainsi qu'elles se nomment — en écrivant un mot sur une banknote. Elle me répondit : « Cher My- « lord, envoyez-moi un cahier de votre papier « à lettres »

« Mais, je suis rompu ; encore un mois de cette vie et me voilà mort. Aussi, dans une ou deux semaines, je vais revoir la vieille Albion où les dames et les demoiselles ont l'amour plus calme ; puis, en route pour New-York où je me réjouis de faire sauter le petit James sur mes genoux. Hurrah !

« Mais j'arrive au sujet de ma lettre.

« Quelques jours avant de quitter Calcutta, je fis connaissance avec un personnage assez singulier et dont la réputation est grande. C'est un brahmine du nom de Cakyakounta. La première fois que je me trouvai en présence de ce brave homme, je le vis debout sur une jambe, immobile ; l'autre jambe ne touchait pas le sol ; son bras droit pendait le long de son corps et son bras gauche était ployé au-dessus de sa tête : voilà une position que je ne pourrais pas supporter cinq minutes. Il la conservait pourtant depuis trois jours. Ses yeux grands ouverts regardaient fixement le soleil et l'on ne percevait même pas le mouvement de la respiration sur son corps osseux, noir, complètement nu, et plus laid que celui d'une momie dépouillée de ses bandelettes. Je lui exprimai en anglais, car l'on me dit qu'il comprenait notre langue, mon admiration sur ce tour de force. Il ne parut ni me voir ni m'entendre, ne bougea pas, ne sourcilla pas, de quoi je fus profondément vexé.

« Mes amis me racontèrent sur le compte de cet amateur de poses excentriques, des choses tellement surprenantes que je refusai net d'y croire. Ils m'en affirmèrent l'authenticité de la façon la plus formelle, mais ils ne parvinrent pas à me convaincre bien que je ne puisse mettre en suspicion leur bonne foi. Voici quelques-uns des faits que j'ai entendu répéter. Ce brahmine était resté enterré pendant trois mois, enfermé dans un cercueil, à six pieds sous terre. Evidemment, il y a là un cas de léthargie, mais un cas de léthargie volontaire qu'il a renouvelé à plusieurs reprises. Il paraîtrait que des objets inanimés se sont déplacés à son commandement. Un banc, des nattes, divers ustensiles se dirigeaient vers lui, allaient d'un endroit à un autre, s'élevaient en l'air et s'y maintenaient pendant quelques instants. Parfois, mes amis, en pleine campagne, loin de toute demeure, ont eu les oreilles charmées par les accords mélodieux d'un instrument invisible, ou surprises par des grondements lointains, puissants et doux, qui, au dire du sieur Cakyakounta ne sont que l'harmonie que font les planètes en tournant dans l'espace, sur leurs orbites et sur elles-mêmes. — On l'a vu aussi, au moyen de légers souffles, précédés d'invocations, faire germer les graines, s'entrouvrir les bourgeons, pousser les feuilles, s'épanouir les fleurs. — Chose plus étrange encore et qui, à mon sens, surpasse tout le reste, il ne mange que douze grains de riz par jour : cela lui suffit, il trouve même que c'est trop, il prétend qu'il ne parviendra à la perfection qu'en en croquant un seul. En somme, ce serait un sorcier et, plus que cela : une manière de thaumaturge.

« Vous vous demandez où je veux en venir. Vous allez bientôt le savoir. Que le pouvoir attribué à ce brahmine soit exagéré, pour moi, cela est certain, n'empêche que je le considère comme un fort habile coquin qui connaît bien des secrets, entre autres ceux de la fabrication d'un grand nombre de drogues, dont les unes sont des remèdes admirables et les autres des poisons terribles. Si vous étiez présent ici à l'instant où je vous écris, vous verriez sur ma table, en face de moi, non loin de mon papier à lettre et de mon encrier, une bouteille de forme ordinaire. Elle est remplie d'un liquide incolore, inodore, insipide, pour parler le langage des chimistes, qui vous ferait l'effet d'être purement et simplement ce qu'une petite dame française me disait l'autre jour qu'on appelait du sirop de grenouille. Tout le monde penserait comme vous, mon cher frère, et tout le monde se tromperait, car cette eau si limpide, si transparente, sans aucune saveur, sans odeur quelconque, d'une fraîcheur extrême, comme si l'on venait de la prendre à sa source, est un des poisons les plus épouvantables qu'il soit donné à l'homme d'imaginer. Il n'agit pas très vite à la vérité, mais il exerce son effet destructeur sur tout le corps, et pas un seul organe qui soit complètement à l'abri de ses attaques. Il suffit d'en avaler un demi-verre pour que l'homme le plus vigoureux devienne, par degrés, après un temps variable, suivant le tempérament, un objet sans nom, n'inspirant que le dégoût et la pitié. La peau se ride, les paupières s'écaillent, les dents se déchaussent et tombent, ainsi que les cheveux et la barbe, le tympan des oreilles se brise, la chair se pourrit, le sang se décompose, l'esprit se détraque, les membres d'abord, continuellement agités d'un mouvement convulsif, finissent par devenir incapables de se remuer; une odeur empestée s'exhale du corps de l'infortuné qui, frappé d'impuissance, de surdité, de paralysie, d'idiotie, peut vivre encore dans cet état pendant de longues années. Le pire, c'est que, par moments, il recouvre toute sa lucidité d'esprit et qu'alors il peut se rendre compte de toute l'horreur de sa situation, d'autant plus que, chose étrange, la vue parfois résiste à l'effet destructeur de cette eau infernale.

« Il y a plus : contre l'eau du brahmine Cakyakounta, pas de remède. Le poison qu'elle contient ne laisse pas de traces, et quelqu'un qui voudrait faire cruellement souffrir un ennemi détesté et le supprimer finalement, n'aurait qu'à lui en faire boire le quart ou la moitié d'un verre. Véritablement, ce serait une vengeance de premier choix.

« Vous vous demandez probablement quelle est la recette de ce liquide destructeur. Je l'ignore. D'ailleurs, je m'abstiens de toute investigation à ce sujet, n'espérant pas être plus heureux que ceux qui en ont tenté l'analyse. Car elle a déjà été faite. Mon ami de Calcutta, de qui je tiens tous ces détails, me l'a nettement affirmé. Et puis, dois-je vous le dire, je ne me soucie pas de gaspiller ce précieux poison. Il peut me servir. Sait-on jamais ce qui arrivera ? Il me reste à ajouter comment j'en suis devenu le possesseur.

« J'étais allé à plusieurs reprises rendre visite au vieux Cakyakounta (je dis vieux, mais le diable si je me doute de son âge, car on peut aussi bien lui compter quarante ans que quatre-vingts : impossible de se rendre compte), j'étais, dis-je, allé lui rendre visite dans le but de le faire causer, pour me renseigner sur ce que j'avais entendu raconter de lui, car les thaumaturges de l'Inde m'ont toujours vivement intéressé, mais bien que je lui parlât poliment, plus poliment que ne le font d'ordinaire nos compatriotes avec ces misérables indous, il ne paraissait pas non seulement prêter la moindre attention à mes paroles, mais même s'apercevoir de ma présence, au point que plusieurs fois il lui arriva de se permettre devant moi de ces incongruités que nul, excepté les goujats, ne commettent en public, ce qui était une preuve manifeste du peu de cas qu'il faisait de ma personne.

« J'étais indigné. Je me sentais humilié dans ma nationalité. Ce fakir insultait en moi l'Amérique et l'Angleterre.

« Je résolus de l'en punir.

« Muni d'une forte trique de bambou, j'allai le trouver dans sa case à une heure où je le savais seul.

« Il était assis sur une natte, immobile, la tête basse, occupé à examiner son ventre. Ah ! le vilain ventre, tout noir, tout plissé, tout parcheminé, tout crasseux ; une abomination !

« Je me plaçai en face de lui et lui tint ce langage :

« — Voilà plusieurs fois, fakir, que je viens pour te parler. Tu ne m'as jamais honoré d'une réponse. Sais-tu qui je suis?

« Selon son habitude, il ne leva même pas les yeux sur moi et continua à contempler son sale nombril.

« Je repris :

« — Je suis assez riche pour acheter la moitié de Calcutta. Je ne suppose pas que le métier que tu fais te rapporte beaucoup. Veux-tu sortir de l'état d'abjection où tu te trouves et gagner beaucoup d'or ?

« Même silence et même immobilité.

« Je continuai :

« — Si tu le veux, je t'emmène avec moi dans la Grande-Amérique, l'espace de six mois seulement, le temps de t'exhiber dans différentes villes. Tu resteras immobile sur une jambe dans la position où je t'ai vu pour la première fois, le bras en l'air, et tu mangeras devant mes compatriotes tes douze grains de riz. Après six mois de voyages nous partagerons les bénéfices, et tu reviendras à Calcutta aussi riche que le vice-roi... Fakir, m'entends-tu ?

« Il ne remua ni un doigt, ni la tête, ni la paupière. Son nombril continuait à l'absorber.

« Alors j'entrai dans une grande colère :

« — Ah ! — m'écriai-je — vil hindou, je connais le moyen de te tirer de ta dégoûtante contemplation... Sauvage brute!

« Et je lui appliquai de toutes mes forces sur les reins et sur les épaules de vigoureux coups de ma trique.

« Peine perdue ! Il ne bougea pas davantage à tel point qu'un instant je le crus mort. Mes coups résonnaient comme sur un vieux tronçon d'arbre pourri.

« Je baissai la tête pour mieux voir sa face patibulaire. Nos regards se rencontrèrent. Ses lèvres s'entrouvaient dans un rictus diabolique... Il ricanait.

« Je m'enfuis épouvanté.

« Le soir même, dans une rue déserte, comme je sortais d'assister à une danse de bayadères, où je m'étais réjoui de l'exhibition de ventres bien différents de celui de l'odieux fakir, un indien, bondissant sur moi, me planta un poignard entre les deux épaules.

« Fort heureusement, au mouvement que je fis en le voyant s'élancer, la lame dévia et se heurta contre l'omoplate. J'en fus quitte pour un mois passé sur mon lit.

« Mon ami, qui vint dès le lendemain, me voir, et à qui je racontais l'événement, me conseilla de ne pas porter plainte. Si l'assassin est pris — me dit-il — il en surgira un autre, deux autres, dix même, jusqu'à ce que vous laissiez votre peau. Vous avez agi avec une grande imprudence ; Cakyakounta est ici l'objet d'une vénération extrême... Nul ne l'insulte impunément... Je vous conseille de vous en aller aussitôt guéri et, en attendant de faire soigneusement garder votre porte, car vous courez les plus grands dangers. Désormais il faut vous méfier de tout, même des aliments les plus simples, même de l'eau qui vous paraît la plus pure. Guérissez vite et filez sans tarder.

« Cet ami était un haut fonctionnaire. Il organisa autour de ma maison un service de sûreté, et c'est grâce à lui, que je pus quitter Calcutta sain et sauf.

« Pendant ses visites, nous nous entretînmes maintes fois des actes extraordinaires de ces thaumaturges qui rappellent les récits merveilleux des faits attribués aux prêtres de la vieille Egypte, des poisons violents connus dans l'ancienne Rome et dont le secret venait de l'Inde.

« Il me parla ensuite, pour appuyer ses dires, de cette eau mystérieuse dont le brahmine connaissait le secret, et il me donna à ce sujet tous les renseignements que vous avez lus plus haut.

« Passablement inquiet, je ne soufflai mot à personne de mes projets de départ. Le soir du jour fixé, je frappai le gong pour demander, comme d'habitude, le rhum et l'eau fraîche nécessaire à la confection de mon grog froid. L'homme qui se présenta ne m'était pas connu. Mais comme j'avais une quantité de serviteurs, suivant la coutume de l'Inde, je n'y prêtai pas attention. Je savais que mon chef de service répondait de ses gens.

« L'Indien parti, je m'aperçus que mon chien

Tom, une redoutable bête, que j'avais ramenée du Danemark et qui ne me quittait plus depuis l'affaire du fakir, haletait, la langue hors de la gueule, regardant la carafe, en remuant la queue, signe d'une violente soif.

« Je remplis d'eau son écuelle qu'il vida rapidement. Puis, je me déshabillai, me mis au lit, allumai ma longue pipe et préparai mon breuvage sur la petite table de bambou placée près de mon lit.

« Au moment où j'allais porter le verre à mes lèvres, j'entendis un gémissement singulier poussé par mon chien. Il chancelait sur ses pattes, secouées d'un tremblement convulsif, et me regardait pitoyablement. « Qu'est-ce que tu m'as donné à boire ? » semblait-il me dire.

« Je fus tellement surpris de le voir dans cet état que je reposai mon verre sans y avoir touché, et que je me levai. Je m'approchai du chien, je l'appelai, le flattai de la main, mais il ne sembla remarquer ni mes caresses, ni mes appels, et, tout à coup, il s'abattit sur le plancher ou, après d'horribles convulsions, ses membres se tendirent et il ne bougea plus. Mais l'œil vivait encore et me regardait d'un air de reproche.

« Ce que m'avait dit mon ami me revint soudain à l'esprit. Je venais, encore une fois, d'échapper à la vengeance de Cakyakounta. J'appelai, je frappai mon gong. Une bande d'indiens accourut. Je les renvoyai, je demandai le chef de service. Je lui expliquai ce qui venait de se passer. Il sortit donnant des ordres; on chercha l'homme, le nouveau venu qui m'avait apporté à boire. Il avait disparu.

« Je ne jugeai pas à propos de faire analyser l'eau ; ce que m'avait dit mon ami, à ce sujet, m'ayant démontré que c'était inutile, que j'y perdrais mon temps et mon argent. Je ne songeai pas non plus à porter plainte. Le cœur saignant, je fis abattre *Tom* et je m'empressai de quitter Calcutta où je courrais mille dangers et allai me rejugier sur le paquebot qui, le lendemain, partait pour l'Europe.

« J'emportais avec moi l'infernal liquide que j'avais transvasé, de la carafe où il était primitivement contenu, dans une bouteille ordinaire. Pendant la traversée, pour en tromper les ennuis, j'en fis absorber quelques gouttes à plusieurs animaux, chiens, chats, singes et perroquets, appartenant à des passagers dont la tête ou la nationalité me déplaisaient; *idem*, à un matelot, canadien d'origine, que je surpris un jour médisant de la race anglo-saxonne. Ces expériences furent très intéressantes et je pus constater, tout à mon aise, les effets de l'eau du brahmine. Je vis que les résultats étaient bien tels qu'on me les avait dépeints et, tout en me réjouissant d'y avoir échappé, je me congratulais ferme de posséder un poison ignoré et terrible dont je pouvais, au besoin, faire usage conter mes ennemis.

« C'est à peu près tout ce que j'ai à vous dire sur ce liquide que j'appelle indifféremment l'*eau infernale*, la *salive du Diable*, l'*eau de Brahmine*, et aussi par antiphrase *eau de Jouvence*. Vous savez que l'eau de Jouvence de l'antiquité passait pour rajeunir tous ceux qui s'y baignaient , la mienne vieillit tous ceux qui en boivent. Vous voyez qu'entre les deux, il y a quelque différence. Quand je retournerai en Amérique, je ne manquerai pas de vous l'apporter et nous pourrons en étudier les effets, soit sur des animaux, soit, ce qui vaudra mieux, sur des nègres.

. . . .

. . . .

« Je retrouve cette lettre, écrite il y a quelques mois, restée inachevée, puis oubliée par suite de divers événements. Je vous l'envoie, mon cher Harry. Comment va le petit James? Que j'aurais du plaisir à le voir! Le moment approche où, peut-être, j'aurai à utiliser l'eau diabolique du brahmine. Vous avez dû recevoir ma dernière lettre, où je vous disais que je venais de me battre en duel avec un journaliste un nommé Georges Barrel. Non seulement ce misérable m'a pris la femme que j'aimais, une princesse, oui, mon ami, une princesse, mais encore il a manqué de me tuer. Quelle chose grotesque que le duel et quelle stupidité de tolérer un usage aussi immoral, où l'habileté l'adresse se mettent aussi bien au service de la mauvaise cause que de la bonne. Moi, quand quelqu'un m'a offensé, je m'embusque et je le tue. Je ne vous en dis pas plus long, je suis hors de moi. Je médite une belle vengeance. »

. . . .

. . . .

Ce qui suivait était tracé d'une écriture si irrégulière, si pénible, qu'on l'aurait crue de la main maladroite d'un enfant ou de la main tremblante d'un vieillard.

« Harry... je suis perdu... j'en ai bu... c'est terrible... Oui, j'en ai bu... l'eau de J... l'eau du brahmine... ah ! le misérable, il est vengé, bien vengé des coups de bambou que je lui ai donnés... Oh ! si seulement je n'avais pas conservé cette eau ! Je vous en supplie, Harry, envoyez-moi chercher... faites-moi venir chez vous, en famille... on me soignera, il y a des remèdes, oui, il y en a, c'est impossible qu'il n'y en ait pas. On cherchera, je payerai. Il y a de grands médecins en Amérique, ils trouveront, ce sera l'honneur de la science... Oh ! je deviens fou, je deviens stupide, mes membres s'engourdissent, mon sang se ralentit, mon corps se désagrège... Envoyez-moi chercher... mais non... je prends le paquebot demain... non... Je ne pourrai... envoyez-moi chercher..... Oh ! ma cervelle s'émiette... c'est lui qui m'as mis dans cet état... oui, lui... Barrel... »

Suivaient quelques lignes tracées au crayon et presque indéchiffrables. En phrases coupées, rapides, comme un homme qui se hâte de dicter ou d'écrire ses dernières volontés avant que la mort ne vienne, Robert Dilson parlait de la caisse de pierres précieuses et la léguait à son neveu. Il annonçait qu'il allait la cacher sous terre et donnait les indications nécessaires pour retrouver le trésor enfoui.

James Dilson ayant achevé la lecture de sa lettre, la remit soigneusement dans sa poche. Il la lisait et la relisait, sans trouver l'explication d'un mystère sur lequel il se torturait vainement l'esprit. En effet, en pénétrant dans la cave secrète, en compagnie de son oncle, que soutenait ou plutôt portait le nègre Sam, ses regards avaient été frappés tout d'abord par un terrible spectacle. Contre un mur était étendu un squelette, à la vue duquel, Robert Dilson, dont l'intelligence renaissait faiblement, retomba soudain dans son imbécilité. Ce devait être celui d'une jeune femme. De grands cheveux blonds tenaient encore à son crâne, brisé en plusieurs endroits comme par un coup de massue. A côté se trouvaient la marguerite de diamants dont nous avons parlé, et une pioche qui avait dû servir à creuser le trou où l'oncle Bob avait enfoui son trésor, et peut-être aussi à perpétrer le crime, si crime il y avait.

Tels étaient les objets qui tout d'abord avaient attiré l'attention de James Dilson. Ce n'est qu'ensuite qu'il avait trouvé, tachetée de moisissures, la lettre qui soulevait pour lui un des coins du voile qui cachait ces mystères. Il avait alors examiné, après l'avoir lue, le tas de bouteilles qui se trouvait contre un autre mur. Elles contenaient toutes des vins fins, sauf une portant une étiquette sur laquelle on avait écrit : *eau du Brahmine*. Dès lors, plusieurs choses s'expliquaient et tout d'abord la maladie de son oncle. Il avait bu!... Georges Barrel l'avait forcé de boire dans des circonstances ignorées, et que peut-être il ne saurait jamais, le breuvage destructeur que Robert Dilson lui destinait.

Alors, se sentant perdu, irrévocablement perdu, il avait profité de ses derniers instants de lucidité pour annoncer ce qui se passait à son frère d'Amérique sur cette missive commencée depuis quelque temps et qu'une cause inconnue l'avait empêché d'achever. Ensuite, il était descendu à la cave pour enfouir son trésor. Cependant, le mal faisait des progrès terribles, le poison agissait, et l'oncle Bob, perdant la notion exacte des choses, avait dû quitter la cave, non seulement incapable de recommencer une nouvelle lettre, mais même de se rappeler qu'il avait déjà écrit.

Tout cela paraissait fort plausible, mais le squelette ?

Cette lugubre trouvaille rendait perplexe l'Américain, et peu soucieux de voir le nom de sa famille dans les journaux parisiens sous la rubrique *Tribunaux*, pénétré, en outre, d'une profonde défiance de la justice française, il n'avait pas jugé à propos d'en faire la déclaration. Le même motif l'empêchait de faire conduire Robert Dilson à l'hôpital. Supposant que la cave avait été le théâtre d'un assassinat, il jugeait, non sans une grande vraisemblance, que l'oncle Dilson n'y était pas étranger. Par suite, et sans le vouloir, le malheureux homme pouvait mettre les médecins et la police sur la voie des découvertes, ce qu'il fallait éviter à tout prix. C'est pourquoi James Dilson l'avait confié à la garde du nègre Sam, en qui il avait une entière confiance lui défendant expressément de ne laisser pénétrer personne près du moribond . . . .

Comme James Dilson réfléchissait, se promenait dans sa chambre. Sam rentra et lui dit :

— Massa, venez.

— Qu'y a-t-il ?

— Il s'en va.

Sans faire d'autres questions l'Américain suivit son serviteur.

Ils traversèrent un corridor, montèrent un escalier et s'arrêtèrent devant une porte.

Le nègre ouvrit.

Assis ou plutôt affaissé dans un grand fauteuil installé près d'un feu flambant, se tenait un vieillard paraissant plus que centenaire, tant était complète sa décrépitude. Sa peau flétrie d'un gris jaune vert ressemblait à celle d'un cadavre tiré de sa fosse après plusieurs jours de cercueil.

Les paupières supérieures tombaient sur le globe de l'œil vitreux qu'elles cachaient en partie. De la bouche entr'ouverte, aux lèvres pendantes, aux gencives sans dents, s'exhalait une haleine empestée. Sur le cou, les joues, les mains, apparaissaient des suppurations abondantes, et des chancres achevaient de ronger les narines et les lobes des oreilles. Ni cheveux, ni barbe, ni moustaches; une calotte de drap noir empêchait de voir la carie hideuse de la boîte crânienne. Mais, le plus abominable était l'odeur pestilentielle s'échappant de ce corps décomposé, bien que vivant encore, et dominant les parfums pharmaceutiques répandus à profusion dans la chambre.

Ce lamentable débris humain était Robert Dilson. Aussi le lecteur ne s'étonnera pas si nous lui disons que l'amoureux d'Hélène souhaitait ardemment d'être débarrassé de son oncle. Ce n'était qu'à contre-cœur qu'il avait obéi aux ordres formels de son père, en se chargeant d'un pareil fardeau. Désireux de contracter un aristocratique mariage, de se lancer dans le monde, dans la haute société parisienne, il était mortifié au delà de toute expression, de se voir encombré d'un être dont l'aspect excitait le dégoût et l'horreur, et dont l'agonie lamentable pouvait se prolonger encore pendant de longues années. Sans savoir gré à son oncle des cinq millions qu'il lui avait légués, il attendait la mort du malheureux avec la plus vive impatience.

« Ce sera pour aujourd'hui » — se disait il le matin, et le soir en se couchant, il pensait: « Ce sera pour demain ».

Mais le dénouement fatal n'arrivait pas. James Dilson maudissait ce charnier qui persistait à grouiller, et plus encore, Georges Barrel, cause première de tout le mal. Contre ce dernier, sa rage était extrême. Il méditait une vengeance atroce, il rêvait des tortures raffinées dignes de l'imagination d'un Huron ou d'un bourreau chinois.

Immobile devant son oncle et surmontant sa répugnance, l'américain le regardait et malgré la sécheresse de son cœur, en présence d'un pareil désastre, une grande pitié l'envahissait par moments.

— Je crois que tu as raison — dit James Dilson, d'un ton sombre — Nous approchons du dénouement. Poor fellow !

— Oh yes ! — poor fellow ! répéta le nègre.

— Et c'est l'eau de la bouteille ?...

— Oui, quelques gorgées ont suffi pour faire un vieillard d'un homme qui était, dit-on, si fort et si vigoureux !

— Ça fait peur — dit Sam, roulant des yeux énormes.

— C'est le poison dont un misérable français s'est servi pour mettre mon pauvre oncle dans un pareil état ; cela ne crie t-il pas vengeance ?

— Oh yes.

— Et si je te faisais connaître l'individu qui a fait le coup, si demain, en plein jour, je te le montrais dans la rue en te disant : « C'est lui », dis-moi, que ferais-tu, Sam ? réponds franchement.

— Je tuerais, Massa — répondit le nègre les sourcils froncés.

— Le tuer ? Grande imprudence! Mais, voyons, comment t'y prendrais-tu ?

— Oh ! n'importe, coups de poing, coups de pied, coups de couteau.

— Et tu crois, Sam, qu'avec une mort aussi facile, aussi simple, les souffrances abominables de Robert Dilson seraient vengées ?

— Non !... Non !... Non ! — murmura une voix faible comme un chuchotement.

James Dilson et Sam tressaillirent et se regardèrent stupéfaits. L'oncle Bob venait de parler. Ses paupières supérieures un peu relevées laissaient voir ses prunelles, si atones, si vitreuses un instant auparavant, s'éclairer d'une lueur d'intelligence, en même temps qu'une faible rougeur tachait les pommettes osseuses de ses joues.

— Mon oncle ! — s'écria l'Américain — Quoi ! c'est vous qui parlez. Vous revenez enfin à la vie.

— Bon Massa ! bon Massa ! — s'exclama le nègre.

— Ah !... ah !... James !

— Oui, oncle, c'est moi, votre petit James que vous faisiez sauter sur vos genoux... Vous vous souvenez ?

— Longtemps... bien longtemps... Combien d'années ?

— Depuis que nous étions ensemble à New-York ? Il faut compter... Nous voici à la fin de mil huit cent cinquante et un !

— Mil... huit... cent... cinquante... et... un ! répéta le vieillard.

— Nous touchons à la fin de l'année, oncle.

— Ah !

Après cette exclamation, suivie d'un long et douloureux soupir qui sembla déchirer la poitrine de l'infortuné, il y eut un moment de silence, puis il reprit :

— A Paris ?

— Oui, oncle. Nous sommes à Paris.

— Alors, j'ai quarante-cinq ans... Oui, quarante cinq ans !... Charnier... je suis un charnier .. Oh ! ce poison maudit, le poison du démon indien... Il est là devant moi, le diable à peau jaune... je le vois encore qui ricane... comme il ricanait quand je l'ai battu... Mourir... Je vais donc mourir... Enfin !...

— Mais non, mon oncle — s'écria James, sans grande conviction, d'ailleurs — vous n'allez pas mourir puisque vous revenez à la vie...

— Je le sens... je le sais... c'est l'effet du poison infernal... Un miroir... donnez un miroir...

— Pas de miroir ici, mon oncle — dit le neveu, ne voulant pas, par un sentiment d'humanité, que le misérable contemplât son visage ravagé.

— Non, pas de miroir, Massa...

Mais, l'oncle Bob avait levé la tête et aperçu la glace de la cheminée; il tenta un vain effort pour se soulever.

— Aidez-moi — dit-il.

Il insista. Il fallut l'aider à contempler le hideux spectacle. Il ne jeta qu'un coup d'œil, poussa un cri d'horreur et retomba sur son fauteuil.

Les deux hommes silencieux, écoutèrent longtemps le sifflement de sa gorge.

— Oui — murmura-t-il enfin, comme se par-

Le château-fort de Ham.

tant à lui-même — une pourriture vivante... il vaut mieux mourir... James !

— Mon oncle ?

— Tout à l'heure je vous entendais causer de celui qui m'a mis en cet état... vous aviez raison... la mort... la simple mort... pas assez... trop doux, la mort. Faites-le souffrir... souffrir... beaucoup souffrir... Les tortures infernales !... rien en comparaison des miennes... Une jeunesse, une vie si belle... mon avenir... tout perdu, tout perdu d'un coup... Vengeance ! Vengeance ! Ah !

Il s'arrêta épuisé, haletant, et le râle commença son lugubre gargouillement.

— Mon cher oncle — s'écria James — je vous vengerai, je le jure... J'en fais le serment solennel... Vous n'aviez même pas besoin de me le dire... Je connais mon devoir... Mais je vous en supplie... parlez-moi, parlez-moi encore... Il y a des choses incompréhensibles... Comment est-il parvenu à vous faire boire ce poison ?... Puis, dans cette cave, il y a un squelette, un squelette de femme... Quelle femme ?... Répondez, mon oncle, répondez... vos paroles guideront ma vengeance. Vous avez parlé... Essayez de parler encore... Oncle Bob ? oncle Bob, m'entendez-vous ?

— Massa, massa ! — dit à son tour le nègre — répondez à Maître.

Entendit-il ces instances ? C'est probable, car il leva sur ceux qui lui parlaient un œil désespéré.

La paralysie l'avait ressaisi. La mort, d'ailleurs, arrivait.

Il fit un mouvement violent, comme pour se lever, la fuir, la repousser. Ses lèvres s'agitèrent, mais sans laisser échapper d'autre son que le râle... puis il retomba la tête en arrière, et un profond désespoir se peignit sur sa face lamentable, dans ses yeux démesurément ouverts; son corps se raidit, le rauque gargouillement cessa et il exhala son dernier souffle.

Des miasmes pestilentiels envahissaient de plus en plus la chambre. Pénétrés d'horreur et de dégoût, James Dilson et le nègre s'enfuirent après avoir répandu dans tous les coins et recoins des désinfectants de toutes sortes, dont ils avaient une ample provision. Il fallait au plus tôt faire inhumer le cadavre, si l'on ne voulait pas infecter le quartier. Comme l'américain s'apprêtait à sortir pour faire sa déclaration, un coup de sonnette retentit, et le nègre ayant été ouvrir, une personne avec laquelle nous avons déjà fait connaissance apparut, nabote, disgracieuse et horrible, mais souriant, minaudant, coquetant, ainsi qu'une jolie femme dans un boudoir.

CHAPITRE XVI

Le fort de Ham. — Occupations du Prince Louis-Bonaparte. — Charles Thélin. — Un nouvel amoureux d'Emma. — Bizarre toquade de Mme Plumereau. — L'heureux brosseur. — Visite nocturne au Prince. — Infortunes du lieutenant Jean Lombart.

Emma n'avait pas menti cette fois en se vantant de ses relations intimes avec le Prince-Président.

Cet incident de la vie privée du futur Empereur des Français est trop intéressant pour ne pas être relaté tout au long.

Il faut remonter à plusieurs années et nous reporter à l'époque où, après l'échauffourée de Boulogne, Louis Bonaparte, condamné par la Chambre des Pairs, fut enfermé au château de Ham.

Quelques pages sont ici nécessaires.

Lorsque le 6 octobre 1840, le secrétaire des Archives, Cauchy, se présenta à quatre heures du soir, à la Conciergerie, dans la cellule du Prince pour lui lire la sentence qui le condamnait à un emprisonnement perpétuel, celui-ci répondit avec le plus grand calme :

— Enfin, je pourrai donc mourir dans ma patrie !

Il savait déjà la nouvelle par l'avocat Nogent-Saint-Laurent qui avait précédé le secrétaire des Archives.

— Oh ! oh ! — lui avait-il demandé en souriant — combien dure la perpétuité en France ?

Elle dura cinq ans pour lui, deux ans de moins que la *perpétuité* des ministres de Peyronnet et de Polignac.

Mais, rendons-nous au château de Ham.

Ce fut le lendemain que le Prince Louis, accompagné par le vieux général Montholon, condamné comme lui, partit pour sa prison.

Dans l'enceinte du fort, se dresse une grosse tour dont les murs ont dix mètres d'épaisseur. C'est dans cette tour qu'on donna un appartement au Prince.

Ham est un lieu humide, malsain, entouré de marécages et presque aussi brumeux que les bords de la Tamise; dans le vieux donjon élevé depuis quatre siècles par le comte de Saint-Pol en vue d'y renfermer Louis XI, qu'il espérait faire prisonnier, tout était délabré, vermoulu, à moitié pourri, plafonds, planchers, portes.

Cet état de délabrement, dû à la lésine administrative devait, permettre plus tard au prisonnier de s'évader.

Son appartement se trouvait au premier étage, au fond d'un corridor blanchi à la chaux. Il était composé de trois pièces, une chambre à coucher, un petit salon où il se fabriqua une bibliothèque et une salle à manger. On lui abandonna, par la suite, une autre petite pièce vide qu'il transforma en laboratoire où il se livrait, avec un chimiste de la ville, à des expériences de magnétisme et d'électricité.

A côté de la chambre à coucher de Louis Bonaparte, s'ouvrait celle du docteur Conneau condamné à cinq ans de prison pour complicité dans l'échauffourée de Boulogne, et dans le même corridor celle de Thelin, valet de chambre du Prince.

Pour pénétrer dans le corridor, on devait traverser le corps de garde.

Louis Bonaparte entreprit divers travaux afin d'adoucir les ennuis de sa captivité. Indépendamment de l'électro-magnétisme, qui occupait ses après-midi, jusqu'à l'heure de son dîner, il se livrait à l'équitation dans la cour du Fort dépavée et transformée en manège; de plus il passait ses matinées à écrire.

C'est là qu'il fit son *Histoire de l'artillerie*, les *Fragments historiques*, l'*Extinction du paupérisme*, qu'il collabora au *Guetteur* de Saint-Quentin et au *Progrès* du Pas-de-Calais.

Le prince avait des habitudes matinales; il travaillait jusqu'à onze heures, déjeunait, puis se promenait sur le rempart qui lui était réservé et où il cultivait un petit jardin.

Les hommes de garde avaient reçu la consigne sévère, non seulement de ne pas lui adresser la parole, mais encore de ne pas le saluer ni de se lever devant lui, de s'abstenir enfin de toute marque de respect; deux agents en bourgeois spécialement attachés à sa personne ne le perdaient pas de vue.

Lorsqu'il se promenait sur les remparts, les regards du prisonnier se réjouissaient de la vue des promeneurs et surtout des promeneuses qui faisaient de cet endroit le but de leurs excursions et cherchaient à voir de loin le neveu de Napoléon Ier.

C'est là que Déjazet, la célèbre actrice, venue à Ham, tout exprès, le fit informer par Thelin de son ardent désir. Louis Napoléon, dit Fernand Girondeau, s'y prêta de bonne grâce.

Prévenue de l'heure où le Prince devait se promener sur les remparts, Déjazet alla se poster à un endroit d'où elle put lui envoyer un salut et recevoir le sien. Avec ses remerciements, elle lui adressa, toujours par l'entremise de Thelin, une petite médaille qui, suivant-elle, lui porterait bonheur. Quelques jours plus tard, elle apprenait l'évasion du Prince et s'écriait avec une joyeuse fierté : « Je l'avais bien dit, c'est ma médaille ! »

Thelin, son fidèle serviteur, acquitté par la Cour des Pairs, avait sollicité et obtenu la « faveur » d'être enfermé au château d'Ham avec son maître, mais il était libre d'aller en ville pour y faire les commissions et c'est par lui que le Prince connaissait les nouvelles du dehors.

Ce Thélin, connu dans la ville sous le nom de « Monsieur Charles », avait établi son quartier général à *l'Hôtel de France*, sur la *Grande Place*, où tous les badauds et les oisifs se donnaient rendez-vous. Les conversations roulaient constamment sur le prisonnier du donjon. Thélin avait su se rendre sympathique aux habitants et les égards qu'on lui témoignait étaient l'indice des sentiments d'affectueux respect qu'inspirait le condamné.

Sur ces entrefaites, Mme Plumereau fit son apparition à Ham.

Quel singulier hasard l'amenait dans cette petite ville de la Somme, loin du lac de Gérardmer, à une époque où les voyages n'étaient pas encore entrés dans les habitudes françaises, et où les chemins de fer ne sillonnaient pas la France ? Nous allons le savoir.

Aussitôt arrivé à Paris avec sa femme et sa sœur, Plumereau avait repris un projet qu'il caressait depuis longtemps et que l'héritage inespéré qui lui était survenu lui permettait de mettre à exécution : prendre une imprimerie à son compte.

Justement, il y en avait une à vendre dans le quartier de Saint-Germain-des-Prés. Plumereau, tuteur d'Adèle et dépositaire de la part d'héritage de la jeune fille, employa l'argent de sa sœur et le sien propre à cette acquisition. Les débuts furent excellents, l'imprimerie marchait à merveille, avait une bonne clientèle, et recevait même plus de commandes que l'on ne pouvait en livrer.

Adèle fut mise en pension à Paris. Emma, toute aise et toute joyeuse d'habiter la cité de ses rêves, se montrait fort aimable et Plumereau se trouvait le plus heureux des hommes.

Dans le courant de l'été 1845, Mme Plumereau tomba légèrement malade. Son mari l'emmena à Abbeville, pour y passer les deux ou trois semaines de la saison finissante. Ils louèrent une chambre meublée dans la rue du Lilier, car leur cousine, la Grande Margot, chez qui ils avaient pensé s'installer, avait fait à Emma un accueil plutôt froid. Ils prenaient leurs repas à l'hôtel et passaient leur temps en excursions diverses, principalement sur le bord de la mer, peu éloignée d'Abbeville.

Dans cette même maison de la rue du Lilier, demeurait chez ses parents, un lieutenant d'infanterie détaché au fort de Ham.

Cet officier terminait un congé de convalescence de trois mois, obtenu à la suite d'une maladie de poitrine, conséquence d'excès de toutes sortes, Bacchus et Vénus réunis, ce qu'on appelle en termes vulgaires : « Brûler la chandelle par les deux bouts ».

Fils de bourgeois aisés, retirés des affaires, il subissait le châtiment des jeunes gens qui, à peine sortis de l'adolescence, ont, grâce à un père imbécile ou une mère idolâtre et aveugle, les poches toujours garnies de pièces de vingt francs.

Maintenant l'estomac délabré, ce n'est qu'à force de soins qu'il avait pu se remettre debout.

Il se préparait à rejoindre son corps, lorsqu'il fit la rencontre d'Emma.

Celle-ci s'était affinée pendant son séjour à Paris ; elle avait modifié ses anciennes allures de fille, pris un maintien plus modeste, épuré son langage de caserne. Elle pouvait effleurer tous les sujets de conversation, comme la plupart des parisiennes. Malgré ce vernis, elle restait ce qu'elle avait toujours été, une « fille », dans toute l'acception mauvaise du mot, mais une « fille » fort attrayante. Elle avait, de plus, dans ses yeux vert de mer, une flamme qui mettait en ébullition le sang le plus figé. A la première œillade qu'Emma lui lança, l'officier se trouva féru d'amour.

A Abbeville, comme dans toutes les localités de la Somme, le prisonnier de Ham était le sujet principal des conversations. Les curieux profitaient de la présence de l'officier pour s'enquérir des faits et gestes du futur Napoléon III. Il répondait de son mieux. Emma, notamment, écoutait d'une oreille avide, interrogeant sans cesse, voulant avoir des détails. Jean Lombart — tel était le nom du lieutenant — lui disait la surveillance exercée autour de Louis-Napoléon, l'interdiction faite aux soldats de le saluer ; lui apprenait que soixante sentinelles, nuit et jour, gardaient le château ; lui parlait des méditations solitaires du prince, des sympathies dont il était l'objet, non seulement dans la ville, mais dans la forteresse même.

— C'est ainsi — disait Jean Lombart — que les soldats essayent de toutes façons de lui témoigner secrètement leur affection. Chaque semaine on lave les guérites pour effacer les « *Vive l'Empereur !* » les « *Vive Napoléon !* » qui y sont tracés au crayon. On a puni des postes entiers sans découvrir les coupables. Bien mieux, plusieurs hommes, des sous-officiers, lui ont offert de favoriser son évasion. On les a expédiés en Afrique. Malgré cela, on est obligé de renouveler à chaque instant la garnison du fort. C'est un charmeur que cet homme! — concluait-il.

Emma l'écoutait bouche bée, sentant croître en elle une envie démesurée, sans cesse grandissante, de voir de près le héros des conversations des bourgeois d'Abbeville.

Cependant, un jour, le lieutenant Jean Lombard se sentant le pied léger et l'estomac dispos, en concluait que l'heure du berger allait sonner.

Trouvant Emma seule, il lui fit sa déclaration d'amour. Mme Plumereau ne se sentait point attirée vers ce garçon malingre, triste spécimen d'amoureux. Il lui fallait de solides gaillards, lurons prompts à l'attaque autant qu'à la riposte. Que pouvait-elle espérer de ce petit officier maigriot et safrané, la cigarette de camphre aux lèvres, toussotant et crachotant sans fin !

Certes, elle aimait l'armée, elle en avait donné des preuves dans la belle garnison de Nancy, mais c'était avec des hussards vifs et alertes, de vigoureux cuirassiers, des lanciers élégants et non des fantassins malades !

Elle s'indigna des offres de ce lieutenant sans vergogne, prit une mine offensée, lui parla de devoir et de vertu.

Cette résistance redoubla la passion de Jean Lombard. Son cerveau s'emplit de l'image de la cruelle qui, dès lors, ne cessa de hanter et ses jours et ses nuits. Il revint à la charge pour subir un nouvel échec.

Alors fou de désespoir, il songea au suicide.

Ces coups de folie exigent une décision rapide. Jean Lombart hésita. Au lieu de prendre l'arme meurtrière, il se saisit d'une plume et traça en termes désolés toute la violence de son amour.

Le cœur le plus insensible se fut attendri à ces accents de détresse, Emma resta froide. Elle fit plus, elle montra la lettre à son mari.

— Ma femme revient au bien — se dit Plumereau — je savais qu'il y avait du bon en elle.

Et, rencontrant l'officier, il lui frappa sur l'épaule :

— J'ai lu votre lettre, Monsieur — lui dit-il — la lettre que vous avez écrite à ma femme.

— Ah ! — fit l'autre pâlissant — Je suis à vos ordres, Monsieur.

— Parfaitement. Je l'entends bien ainsi. Je vous donne l'ordre de cesser vos importunités.

Après cette preuve de fidélité conjugale, Emma pouvait tout obtenir de son mari. Toujours obsédée de l'image du prisonnier dans sa Tour, elle décida Plumereau à faire une excursion à Ham.

Ils descendirent à l'*Hôtel de France*, où Charles Thelin venait presque chaque jour. Tout à son aise, Emma put contempler le fidèle serviteur, et ce qu'elle entendit ne fit qu'augmenter son furieux désir de voir le prisonnier.

Ils visitèrent donc cette petite ville froide, humide, brumeuse, au fond d'un pays bourbeux qui semble fait pour les bêtes des marais. Ils examinèrent la vieille, massive et sombre forteresse tout autour de laquelle s'espaçaient les sentinelles observant, d'un œil soupçonneux, tous ceux qui se hasardaient près de la tour.

Plumereau, que le prisonnier ne fascinait pas autant que sa femme, manifesta son intention de regagner Abbeville et de là Paris, où ses intérêts étaient certainement en souffrance. Cette résolution n'entrait nullement dans les vues d'Emma, car une idée étonnante, romanesque, lui était venue, celle de pénétrer dans la forteresse, et d'entrer en relations avec cet homme qu'on disait de tempérament amoureux et qui depuis plus de quatre ans, menait une vie d'anachorète.

— Pauvre Prince -- répétait Mme Plumereau -- comme il doit souffrir !

Et sans se douter qu'elle imitait un exemple célèbre, elle résolut de se dévouer et d'aller trouver, dans son donjon, cet infortuné cénobite.

Elle retourna néanmoins, sans faire la moindre objection, avec son mari à Abbeville, mais quand il voulut partir, elle demanda une prolongation de séjour et comme il persistait dans sa volonté, elle feignit de retomber malade.

Certaines femmes n'ont-elles pas toujours une maladie à la disposition de leurs caprices ?

Le médecin, circonvenu par Emma, déclara à Plumereau consterné que, s'il ne voulait pas voir sa jeune femme arrachée à sa tendresse par une mort prématurée, il était indispensable qu'elle respirât encore pendant plusieurs semaines l'air pur des grasses campagnes picardes.

L'imprimeur, contraint par ses affaires de s'en retourner à Paris, partit donc seul, recommandant à sa chère épouse de prendre le plus grand soin de sa santé, et suppliant la tante Margot de veiller à ce que ses recommandations fussent exactement suivies.

Le même jour, dès le départ de son mari, Emma rencontra le lieutenant Lombart dans l'escalier de l'hôtel.

— Comment? encore vous ? — dit-elle affectant la plus grande surprise.

— Encore moi, oui Madame — répondit tristement l'officier. — Toujours moi !

— Et toujours malade ?

— A en mourir.

— Mourir, ne parlez pas de mourir à votre âge... On se guérit de tout !

— On ne guérit pas de l'amour dédaigné, Madame.

— Qui vous a dit qu'on vous dédaignait.

— Mais vous avez fait pis que cela, Madame; vous vous êtes moquée de moi ; vous avez livré à votre mari une lettre qui n'était que pour vous seule.

— Je ne l'ai pas livrée. Mon mari s'en est emparé. C'est l'exacte vérité : Oui, Monsieur l'imprudent... Alors, c'est moi qui cause votre souffrance ?

— Assurément, Madame.

— Il faut donc que je cherche à opérer votre guérison.

— Ah! Madame, est-ce encore pour vous moquer de moi. Je pars. Dans cinq minutes, je serai dans la diligence de Ham — reprit-il, d'un air navré.

— Retardez votre départ.

— Impossible, Madame. Il faut que je sois demain à mon poste, au Fort.

— Eh bien, tout est pour le mieux... La cause n'existant plus, le mal s'évanouira. Loin des yeux, loin du cœur, moi absente, vous m'aurez vite oubliée.

— Vous oublier, reine de mes pensées, jamais... Comment le pourrais-je? votre radieuse image est trop profondément gravée dans mon cœur.

— Ecoutez — lui dit-elle — votre affection me touche. Demain je serai à Ham pour y attendre mon mari, qui doit revenir m'y retrouver dans quelques jours. Je descends à l'*Hôtel de France*...

— O ravissement ! — s'écria l'officier.

— Si demain vous êtes toujours aussi malade, eh bien, venez me voir... Peut être, je dis *peut-être*, — ne vous bercez pas de trop d'espoir, — peut-être essaierais-je de vous guérir... A demain donc.

— A demain, femme enchanteresse.

Elle quitta Jean Lombart en lui décochant une de ces irrésistibles œillades qui promettait le bienheureux remède.

Le lendemain, à l'*Hôtel de France*, Emma se trouvait sur le passage du fidèle Thelin et lui faisait un appel muet.

Habitué à comprendre les signaux les plus rudimentaires, le serviteur de Louis Napoléon la rejoignit :

— Monsieur — lui dit-elle avec son assurance habituelle — je désirerais fort vous entretenir en particulier.

— Rien de plus facile, Madame. Est-ce quelque chose que vous avez à me confier pour Monseigneur le Prince Louis ?

— Oui — répondit-elle à voix basse... — Mais venez dans ma chambre, nous serons mieux pour causer.

Thelin s'assura que personne ne les observait, et s'introduisit rapidement dans la chambre de Mme Plumereau.

— Monsieur Charles — fit-elle — j'ai une grâce à vous demander.

— Si cela dépend de moi, Madame, la chose que vous désirez est faite.

— Je crois que cela dépend beaucoup de vous, Monsieur Charles... Je voudrais voir de près Monseigneur, pour qui j'éprouve une admiration sans bornes.

— Croyez, Madame, — répondit galamment le dévoué serviteur de Louis Napoléon — que si le Prince pouvait apercevoir votre visage, son désir et son admiration ne seraient pas moins vifs.

— Alors, Monsieur Charles — demanda Mme Plumereau en minaudant et lançant sur le valet de chambre son regard le plus suggestif — ma visite lui serait peut-être agréable.

— Je puis vous assurer — répondit il en riant — qu'elle le rendrait le plus heureux des hommes !

— Pauvre Prince... seul... privé de toutes les joies de la vie... Quel triste sort ! Et jusqu'à la fin de ses jours !... J'en ai le cœur serré... Eh bien, cher Monsieur... Dites lui qu'une dame... qu'une jeune dame...

— Trop jolie — interrompit le galant serviteur — oui, trop jolie, Madame, pour le repos de ceux qui vous contemplent... sans autre espoir.

— Que vous êtes aimable, Monsieur Charles... Alors, dites au Prince que cette dame... désire le voir.

Charles Thelin partit d'un éclat de rire.

— Le voir? voir Monseigneur ? Y songez-vous ?

— Mais ne reçoit-il pas beaucoup de monde?

— Sans doute, il reçoit ; mais des personnages de marque, des alliés de sa famille, et encore faut-il une autorisation formelle du Ministre de l'Intérieur. Il a reçu le baron Larrey, lord Malmesbury, MM. de Chateaubriand, Berryer, M. Fouquier d'Herruel, le fils du fameux révolutionnaire Fouquier-Tinville ; quelques châtelains du voisinage sont autorisés à venir le voir le premier vendredi de chaque mois et à rester avec lui toute l'après-midi. Il reçoit aussi des députés, MM. Beaumont, de la Somme, ou Joly; des publicistes de province ; d'autres, de Paris, comme

Louis Blanc, Capo de Feuillide, Maurice La Châtre et beaucoup d'autres.

— Je ne connais aucun de ces messieurs — fit Emma — mais dans tout cela je ne vois pas de dames.

— Ah ! ah ! — dit Thelin riant de nouveau — l'article jupe est interdit dans la forteresse.

— Pauvre Prince. Comme cette existence doit peser sur son cœur !

— Surtout pour un admirateur du beau sexe.

— Voilà bientôt cinq ans que cela dure ! Veuillez donc lui annoncer ma visite.

— Vous y tenez... Mais ce que vous exigez de moi est fort cruel pour le Prince... Il se morfondra dans une vaine attente...

— Non pas, non pas... Je connais les mots qu'il faut dire. Je suis une sorcière. Puis quand je veux bien quelque chose, il faut que cela soit.

— Ce que jolie femme veut...

— Dieu le veut ! — conclut Emma d'un air convaincu. — Le secret, surtout. Pas un mot à personne... excepté au Prince.

— Naturellement.

De retour au fort, Charles Thélin ne manqua pas de raconter à son maître la singulière conversation qu'il avait eu avec celle qu'il appelait une « toquée ».

Louis Bonaparte l'écouta attentivement, en tirant sa moustache.

— Cette jeune dame est-elle jolie ? — demanda-t-il simplement.

— A ravir — répondit Thélin.

Et il ajouta, avec la familiarité qu'autorisait son dévouement et ses services :

— Monseigneur l'évêque du diocèse, qui doit être difficile, ayant sous la main un choix des plus variés, en ferait volontiers, je le gage, son ordinaire, au moins pendant une semaine

Le prince sourit.

— Blonde ou brune ?

— Brune

— Elégante ?

— Ultra-élégante.

— Oh ! oh ! c'est quelque lorette, alors... A moins que l'on ait voulu se moquer de toi.

— Je ne le pense pas, Monseigneur. Je ne dis pas que la dame soit d'une distinction exquise, loin de là. Assurément, elle ne descend ni des Rohan, ni des Montmorency.. C'est une très jolie personne qui s'est engouée de vous, et veut vous offrir des consolations autres que celles de ses vœux et de ses prières.

— Chacun console comme il peut et suivant ses facultés... Alors, tu crois réellement ?..

— Elle paraissait être certaine d'arriver jusqu'à vous, Monseigneur... Et son assurance m'a presque convaincu.

— Ce serait un vrai miracle... Mais enfin, le Tout Puissant a envoyé la manne aux hébreux dans le désert... Il peut réserver une jolie femme à un malheureux prince qui se morfond dans le célibat... Donc, si tu revois cette dame charitable, et si tu reconnais qu'elle ne s'est pas moquée de toi, remercie-la de ma part pour l'intérêt qu'elle me porte, et assure-la qu'elle sera la bienvenue.

Après quoi, le prisonnier se remit à travailler avec ardeur à son ouvrage sur l'*Extinction du paupérisme*.

. . . .

Le soir de cette même journée, à l'*Hôtel de France*, le lieutenant Jean Lombart, tout pimpant, frappait à la porte d'Emma. Bien astiqué, il aurait fait plaisir à voir, n'eut été son air vieillot et son teint bilieux.

Emma le reçut fort bien. Elle avait revêtu un déshabillé galant, excitant au possible, et en outre par ses regards, par ses paroles, par ses gestes, elle acheva d'enflammer le militaire.

Quand elle sentit que le lieutenant était prêt à passer par toutes ses exigences, peu à peu, habilement, avec l'art d'un politicien consommé, art inné chez nombre de femmes, elle amena la conversation sur la forteresse de Ham, et avoua qu'elle éprouvait l'ardent désir de la visiter.

— Impossible ! — fit Jean Lombart — Ignorez vous donc, divinité au cœur de roc, qu'il faut, pour y pénétrer, une permission du Ministre de l'Intérieur.

— Je ne l'ignore pas, — répondit Emma — mais à quoi sert d'avoir des amis, si l'on n'en use. Et vous vous dites mon ami !

Hélas ! un ami sincère, mais qui aspire à un autre titre.

— Eh bien, gagnez le, ce titre.

— Comment ?

— Le moyen est simple... Parbleu, si je voulais une permission en règle, je n'aurais qu'à m'adresser à quelques unes de mes hautes relations à Paris. Dans huit ou dix jours, j'aurais une réponse.

— Faites-le.

— Mon pauvre Jean Lombart, vous ne voyez pas plus loin que le bout de votre nez. « Faites-le » sans doute ; mais quand l'autorisation arrivera, je ne serai plus ici. Ne vous ai je pas dit que mon tendre époux venait me chercher avant huit jours.

— Pourquoi, chère belle, ne vous en êtes-vous pas occupée plus tôt.

— Parce que je n'y ai pas pensé. C'est une toquade qui m'a prise, en vous entendant parler du Prince. Puis, je voudrais y entrer sans permission, en fraude, sous votre égide... à la barbe du gouverneur et du gouvernement... Le fruit défendu, quoi ! Vous connaissez l'attrait du fruit défendu ?

— Si je le connais, hélas ! — gémit le pauvre amoureux.

— Quand vous m'avez fait à Abbeville cette déclaration passionnée qui jeta le trouble dans ma vie monotone, mais paisible et heureuse, ma vie d'honnête femme fidèle à ses devoirs, ne m'avez vous pas répété vingt fois que vous étiez prêt à commettre pour moi mille folies, mille extravagances, à satisfaire mes caprices les plus exigeants...

— Eh oui, je vous ai dit cela, âme de ma vie, et je n'hésite pas à le redire.

— Eh bien, je vous prends au mot. Vous voilà au pied du mur.

— Du mur de la forteresse

— Justement. Il serait si amusant de le franchir avec vous. J'en ai rêvé toute la nuit.

— Ah ! ce n'est pas seulement cette nuit, mais pendant bien d'autres, que j'ai rêvé de franchir la vôtre. . celle que vous opposez à mes désirs.

— Donnant, donnant. Livrez-moi la clef de Ham, je vous livre celle de mon cœur.

— Plus je réfléchis, — fit l'officier, après un moment de réflexion, — plus je vois la chose impossible, matériellement impossible...

— Rien n'est impossible à un cœur aimant, et si vous m'aimez comme vous le prétendez...

— Demandez moi autre chose.

— Vous êtes un fameux gaillard ! Vous dites : « Je ferai tout pour vous, ordonnez ». Et à la première chose que je vous demande, vous vous dérobez.

— Je ne me dérobe pas, je me heurte, chère adorée, à un obstacle presque infranchissable. Sans compter la porte, les sentinelles, il y a une surveillance incessante, des rondes fréquentes... Ainsi, moi-même, à peine de retour, me voilà commandé de ronde

— Quand cela ?

— Mais demain, pas plus tard que demain.

— De nuit ? — demanda la jeune femme dont les yeux brillèrent.

— Oui, belle dame Chaque nuit, il y a des rondes d'officier, le gouverneur lui-même en fait souvent.

— Oh ! le commandant du fort ne doit guère être à craindre. Ne m'avez-vous pas dit qu'il est vieux et rhumatisant.

— Le plus grand danger n'est pas en effet de ce côté... Mais, enfin, qu'il lui prenne fantaisie...

— Oh ! Ce sont des excuses. Voulez vous, oui ou non.

— Je ne demande, certes, pas mieux, puisque vous mettez votre chère possession à ce prix.. prix où je risque mon avenir.

— Ta ta ta. Autre chanson maintenant. Vous avez dit « oui ». Est ce « oui » ?

— C'est oui.

— A quelle heure devez-vous faire votre ronde ?

— Je dois commencer à onze heures.

— Eh bien, à onze heures ou après, il vous sera facile de me faire entrer avec vous dans la forteresse. En faisant votre ronde, vous êtes accompagné d'un soldat portant un falot, choisissez votre brosseur ou un autre dont vous soyiez sûr, qui vous soit dévoué, graissez-lui la patte au besoin. Envoyez-le ici avant de commencer votre tournée, je prendrai ses effets, il couchera dans mon lit, s'il le veut, et je vous accompagnerai en qualité de porte-lanterne.

— Pristi, vous paraissez au courant du métier comme un adjudant-major — s'écria l'officier quand Mme Plumereau eut achevé son colloque.

— Un de mes frères est sous-lieutenant au 2e lanciers et un autre maréchal des logis-chef dans l'artillerie — répondit Emma. — Comme vous le voyez, il est assez naturel que par mon éducation je sois au courant des affaires militaires.

— Je vois, je vois..... C'est, en effet, là une idée... parfaitement excentrique et baroque, mais... faisable avec une heureuse chance et certaines précautions... seulement, eh ! eh !... je risque gros.

— Eh bien, et moi ? moi, femme mariée ! Est ce que je ne risque pas ma réputation jusqu'ici intacte, la paix de mon ménage, le bonheur de toute ma vie ?

— Et tout cela pour un caprice... un vrai caprice de fille d'Eve — fit l'officier pensif et hochant la tête.

— Plaignez-vous en, puisque c'est grâce à ce caprice que je serai à vous...

Et comme il semblait hésiter encore :

— Vous parlez de risque — ajouta-t-elle d'un ton caressant — mais c'est justement ce risque qui fera le charme de notre aventure. Nous pourrons nous séparer, qui sait ce que l'avenir nous réserve, mais nous ne pourrons jamais nous oublier. J'ai entendu dire souvent que l'homme vraiment amoureux brave pour celle qu'il aime les plus grands dangers, même la mort. . Je veux vous éprouver, je veux voir si votre passion est vraie ou simulée, car les hommes sont si trompeurs, il ne faut se fier à aucun. Je ne demande pas mieux que de répondre à votre amour par un amour égal... Etes-vous donc aveugle ! Ne voyez vous pas que je me contrains, que je me fais violence, ne voyez-vous pas que je vous aime ? Mais je mourrais plutôt que de céder à vos désirs avant de m'être assurée que vous êtes l'amant de mes rêves, aussi courageux que tendre.

Après cette belle tirade, il ne restait au pauvre Lombart que deux partis à prendre, ou renoncer à Mme Plumereau ou lui obéir en tout ce qu'elle désirait. Ce fut à ce dernier parti qu'il s'arrêta.

— Madame et chère idole — dit-il — je suis à vous corps et âme.

— Mon ami — lui répondit-elle — demain dans la nuit, quand votre ronde sera terminée, je n'aurai rien à vous refuser.

Elle s'approcha de l'amoureux exalté, le regarda avec un sourire plein de promesses, puis, le baisant sur les lèvres, elle le poussa doucement dehors en lui disant :

— Allez, mon ami. Ce que femme veut, Dieu le veut.

Le lendemain. Emma guetta l'arrivée de Thélin.

— Eh bien? — lui demanda-t-elle quand elle put se trouver seule avec lui.

— Monseigneur est infiniment touché de savoir que vous vous intéressez à lui, Madame. « Ne manque pas de dire à cette mystérieuse et charmante personne qu'elle sera la bienvenue », telles sont ses propres paroles.

— Ah ! le bon, le noble, l'excellent Prince ! Il a dit cela?... Eh bien, cher M. Charles, écoutez...

Et elle parla à voix basse à Thélin, qui lui répondit sur le même ton.

— Surtout, recommandez à Monseigneur — dit-elle en prenant congé du serviteur de Louis Bonaparte — de ne pas fermer sa porte à clé cette nuit.

. . . .

La nuit était venue, un brouillard d'une densité extraordinaire flottait sur toutes choses, enveloppant d'un humide et épais manteau la petite ville de Ham, la forteresse et la campagne picarde; moment propice pour les voleurs, pour les rôdeurs nocturnes, pour les amoureux, pour tous ceux enfin qui avaient intérêt à agir dans l'ombre, quelle que fut la raison qui les déterminât à se soustraire aux regards..... La demie de neuf heures sonnait à l'horloge de l'église.

Emma, dans sa chambre de l'*Hôtel de France* examinait attentivement un soldat qui venait d'y être introduit.

C'était l'ordonnance du lieutenant, beau garçon, bien portant, à l'air dégourdi. Sur l'ordre de son patron, il se mettait à la disposition de Mme Plumereau, apportant avec lui un falot, une lettre et le costume de fantassin que devait endosser Emma.

Si le pauvre lieutenant avait risqué un œil par le trou de la serrure, il aurait été aussi indigné que surpris, mais pourquoi, diable, chargeait-il de ses commissions un gaillard qui « marquait bien » et était, en outre, plein d'audace et de vigueur.

Dans la lettre confiée à ce serviteur peu scrupuleux, le lieutenant Jean Lombart disait en substance à celle qu'il adorait :

« Je vous envoie mon brosseur ; c'est un honnête garçon et nous pouvons nous fier entièrement à lui. Il a demandé la permission de la nuit, ce qui l'empêchera d'être porté manquant en cas de contre-appel. Par une coïncidence des plus heureuse, l'officier de garde au fort est un de mes bons camarades, un compatriote qui en prend à son aise et fait son métier en amateur. Passé dix heures, il s'assoupit généralement sur sa chaise jusqu'au réveil.

« Ce manque de fanatisme dans le service nous permettra de sortir de la forteresse sans encombre, car il ne s'agit pas seulement d'entrer.

« Le meilleur moment pour sortir, sera vers trois heures du matin. Que le dieu des amoureux nous favorise! Un bouquet de baisers! »

— Alors — dit Madame Plumereau au vigoureux brosseur, quand ils furent remis un peu de leur mutuelle émotion — tu as la permission de la nuit?

— Oui Madame, — répondit le fantassin tout aise, enfoncé dans le lit d'Emma; — mon singe... pardon, mon lieutenant, m'a commandé ce matin, au réveil, de la demander au rapport.

— T'as-t-il dit pourquoi?

— Oh ! non, Madame. Les officiers ne disent pas leurs affaires à leurs ordonnances... Mais, je me doutais bien que c'était pour lui rendre un service et qu'il y avait une dame là-dessous.

— C'est très gentil à toi de venir ainsi en aide à ton chef. Tu t'es très bien acquitté de ta... de sa besogne. Je suis contente de toi. Faudra-t-il lui en faire part?

— Ah ! pristi non, il m'en voudrait trop.

— Dans ce cas, je me tairai sur tes mérites.

Ce disant, Emma borda son lit, arrangea délicatement l'oreiller et, lui glissant un louis dans la main, ajouta :

— Pour toi, puisque tu es si gentil! Et maintenant, ferme les yeux et dors. La consigne est de ronfler !

Emma se déshabilla sans plus s'occuper du fantassin, personnage insatiable, qui malgré la consigne ouvrait des yeux énormes, enfila le pantalon rouge, chaussa les godillots, endossa la capote bleue et se regarda dans un miroir.

Presqu'au même moment, elle entendit un pas dans l'escalier. Elle courut à sa valise, cachée dans l'encognure du mur et d'une armoire à glace; de son lit l'ordonnance ne pouvait apercevoir ses mouvements; elle en retira deux tasses, l'une rouge, l'autre bleue et une petite fiole marquée d'une étiquette jaune; elle fit tomber dans la tasse rouge quelques gouttes du liquide brun contenu dans la fiole, puis remplit les deux tasses de café qu'elle avait eu soin de préparer.

Evasion de Louis-Napoléon du Fort de Ham.

On frappa à la porte.

C'était le lieutenant en tenue de service, la jugulaire au menton. En apercevant son brosseur dans le lit de la dame de ses pensées, il ne put que réprimer une grimace qui indiquait son mécontentement.

— Ce garçon est fort intelligent — dit Emma, — Il comprend tout à demi-mot. Je me suis absentée cinq minutes, et il a trouvé le moyen pendant ce court espace de temps, de se déshabiller et de se mettre au lit. Le voilà maintenant qui ronfle.

— C'est égal, vous avez dû être fort gênée pour vous dévêtir, ayant un homme dans votre chambre — dit l'officier à voix basse craignant de réveiller son brosseur.

— Beaucoup, — répondit sur le même ton, Madame Plumereau. — Je ne savais comment faire. Je craignais qu'il ne se réveillât; mais heureusement il a continué de dormir, le visage tourné vers la muraille.

— Oh! il est très discret! Mais j'avais espéré que vous exécuteriez le changement de toilette de préférence devant moi. Je suis navré d'avoir manqué cette belle occasion.

— Ne vous plaignez pas, puisque vous vous rattraperez tout à l'heure.

Sur cette promesse, l'officier un peu consolé reprit :

— Il fait un brouillard à ne pas voir à deux pas. Comme je vous le disais dans ma lettre, le dieu des audacieux nous favorise. *Audaces fortuna juvat.*

— Ne me parlez pas de langue étrangère. Je n'y comprends rien, mais prenez plutôt une tasse de café. Cela nous réchauffera, avant notre expédition.

Et elle lui tendit gentiment la tasse rouge.

Craignant qu'il ne remarquât une odeur anormale, avant qu'il eut eu le temps de la porter à ses lèvres, elle y versa quelques gouttes de rhum. Le lieutenant but, Mme Plumereau en fit autant, puis, regardant le soldat, couché :

— Il dort — dit-elle — c'est dommage, on aurait pu lui en faire boire aussi.

— Je ne dors pas, — protesta le fantassin.

Emma ayant rempli la tasse dans laquelle elle avait bu, la lui donna, souriante, en disant :

— Vous n'êtes pas dégoûté de moi ?

— Oh ! non, madame.

Et le lieutenant se sentit envahi par les affres de la jalousie.

Cependant, l'heure s'avançait. Jean Lombart cravata Mme Plumereau, lui arrangea la capote le mieux qu'il put, boucla le ceinturon et inspecta, comme à la parade, le déguisement de la jeune femme. Ce fut une grande affaire pour arriver à la coiffer. Le shako s'obstinait à ne pas demeurer sur sa tête, gêné par les torsades de son abondante chevelure.

Le « coup de fion donné », ils descendirent, enfermant le brosseur à double tour.

Emma avait pris les allumettes et le falot. Sous ses effets militaires, elle ne semblait pas trop empruntée. A Nancy, pendant un carnaval, elle s'était déguisée plusieurs fois en hussard ; elle avait d'ailleurs eu le temps de s'y instruire des us et coutumes de l'armée. Elle savait qu'il faut lever la tête, laisser tomber les épaules, tendre le jarret, balancer les bras et éviter de tortiller les hanches ; en outre, elle pouvait risquer le salut militaire sans trop de maladresse, et, joignant les talons, demeurer immobile, le corps d'aplomb, comme un soldat après le commandement « fixe ».

Ainsi accoutrée, elle marchait assez hardiment, respirant la brume froide de septembre, qui faisait tousser son frêle compagnon. De ci, de là, sur sa personne, des protubérances se bombaient, qui auraient donné à réfléchir aux passants, s'il y en avait eu et s'ils eussent pu voir clair.

Elle avait allumé le falot et suivait le lieutenant à quelques pas, sans se permettre de lui adresser la parole, respectueuse de la hiérarchie.

Celui-ci faisait sa ronde suivant les ordres traditionnels, inspectant d'abord les sentinelles placées à l'extérieur. Il devait ensuite passer par le poste, et, de là, visiter les factionnaires qui gardaient les remparts. La première partie de l'opération s'exécuta sans incidents fâcheux. Comme il se sentait nerveux et plein d'appréhensions, il fit une ample distribution de consigne et de salle de police, punissant tous les soldats qui, soit par inattention, soit à cause du brouillard, ne l'avaient pas arrêté à temps. Il aurait dû pourtant se montrer indulgent, étant donné l'énormité de la faute que lui-même commettait.

Le moment venu de passer par le poste, l'officier éprouva de violentes tranchées. Néanmoins il se dirigea d'un pas ferme vers la sentinelle devant les armes, toujours suivi d'Emma, qui avait tiré de sa poche le gros mouchoir d'ordonnance.

— Halte-là ! — cria le factionnaire.

— Ronde d'officier — répondit le lieutenant.

Et tout se passa conformément aux prescriptions du service des places.

— Caporal — cria le factionnaire devant les armes — ronde d'officier !

Un caporal sortit du poste avec deux hommes armés et un troisième portant un falot. Laissant son escorte à quelques pas derrière lui, le gradé s'avança seul, et, croisant la baïonnette, il demanda :

— Qui vive ?

— Ronde d'officier.

— Avance à l'ordre !

Jean Lombart, à son tour, s'avança, donna le mot d'ordre et reçut en échange le mot de ralliement.

Le caporal et son escorte portèrent les armes et se rangèrent pour le laisser passer. Suivi d'Emma, il pénétra dans la forteresse, dont un sergent tenait la porte entr'ouverte. La lumière du corps de garde éclaira vivement la jeune femme déguisée. Elle fila rapidement en se mouchant pour cacher son visage, et se trouva dans la cour du château, en plein brouillard, tandis que son compagnon entrait au poste pour déposer un marron dans la boîte à ce destinée et échanger quelques paroles avec l'officier de garde qui bâillait sur un roman, en fumant des cigarettes.

— Maintenant, — pensa Jean Lombart en quittant le corps de garde, — elle est à moi. Je vais la conduire dans ma chambre, je terminerai ma ronde après, puis je la ferai sortir. Tout va bien, oui, tout va bien. Heureux garçon, ami Jean, je te félicite, mon camarade, à toi, la plus suave femme de la garnison, du département et de la province. Hâtons nous, hâtons-nous, les moments sont précieux... Et dire que ce petit fantassin qui marche là-bas... Ah ! polisson de petit fantassin !...

Et il regardait tendrement la silhouette de la capricieuse Emma qui s'esquissait dans le brouillard.

Mais tout à coup il sentit se produire en lui un phénomène étrange, inexplicable. Ses paupières s'alourdirent, ses jambes fléchissaient sous le poids pourtant léger de son corps.

Il passa la main sur son front :

— Oh ! attention — se dit-il — réveillonsnous, ce n'est pas le moment de dormir. Hé! hé! Jean, mon garçon, secoue-toi donc, que diable! La consigne n'est pas de ronfler!

Il enleva sa jugulaire, retira son shako, pensant que l'air frais, en lui caressant le crâne, le tirerait de cette soudaine torpeur. Ce fut en vain, le sommeil, l'invincible sommeil le domptait, et avec ses membres, ses pensées s'alourdissaient : il n'eut plus qu'un sentiment vague des choses ; tout dans son cerveau se troublait, s'effaçait comme les images dans le brouillard.

Il ne lui resta bientôt qu'une idée fixe, un besoin impérieux. De toutes ses forces il résistait encore, constatant avec désespoir que bientôt il ne serait plus capable d'agir: Gagner sa chambre au plus vite, se jeter sur sa couche, s'y allonger, dormir... dormir.

— Cela tombe bien, mille dieux! cela tombe bien! — murmura-t-il.

Et d'un pas chancelant, mais hâtif, comme celui d'un homme ivre, ayant à peine la force de se retourner pour dire à voix basse à Emma : « Suis moi! suis moi! », il se dirigea vers sa chambre.

Le brouillard s'étendait toujours aussi dense, couvrant, enveloppant tout de son crêpe. L'on marchait dans les ténèbres et l'on ne percevait aucun bruit. Partout la nuit, le silence.

Emma, qui avait laissé filer l'officier, cherchait à percer de ses regards les ondes noires pour découvrir les premiers linéaments de la grosse tour ou quelque indice qui put la guider; ses efforts restaient vains.

Elle fut prise de peur. Allait-elle errer ainsi jusqu'à l'aube? se heurter à quelque garde, à un officier qui l'interrogerait, la traînerait au poste, découvrirait son identité.

Et comment rebrousser chemin? Comment sortir de cette forteresse?

Mieux valait poursuivre, essayer encore. Comme ces timides qui deviennent tout à coup braves au feu, parce qu'ils sentent à leurs reins les bayonnettes de leurs camarades, elle se dit qu'il était préférable d'aller en avant.

Tout à coup, un miaulement aigu, prolongé, retentit.

— Enfin! — se dit-elle.

C'était le signal convenu.

A la fenêtre de sa chambre où, il attendait le passage de la ronde, Charles Thelin tenait un superbe angora, familier des prisonniers et joie du docteur Conneau.

Dès qu'il aperçut vaciller dans la buée une sorte de tache jaunâtre, la lumière du falot, il pinça jusqu'au sang la queue de l'animal dont la plainte témoigna et sa surprise et son indignation d'un procédé auquel il n'était pas habitué.

Si le fidèle Thelin avait tant tardé à donner le signal, c'est qu'au moment décisif l'angora s'était échappé de ses mains, ce qui avait nécessité une sérieuse chasse, d'autant plus difficile qu'il la fallait silencieuse.

L'aventurière tressaillit de joie.

Elle introduisit sa main dans le falot et l'éteignit.

Elle répondait ainsi au signal de Thelin.

Le miaulement plaintif du matou n'était pas de nature à donner l'éveil et, au cas ou il eût attiré l'attention, l'extinction du falot, signal muet, ne pouvait être compris que de l'initié.

Tous deux prêtèrent attentivement l'oreille. L'on n'entendit que le bruit de la crosse du fusil du factionnaire de la porte qui mettait l'arme au pied.

Alors Emma s'avança, mains en avant ; elle sentit le froid du mur et, après avoir tâtonné un instant, trouva sous sa main une corde munie à son extrémité d'une planchette suffisante pour y poser les pieds.

On se rappelle que la forteresse de Ham, surtout la partie réservée aux prisonniers d'Etat, se trouvait dans un état de délabrement absolu. Les fenêtres de l'appartement réservé au Prince étaient solidement grillées, mais Thelin s'était aperçu que l'un des barreaux pouvait se desceller assez facilement.

Sur ce côté, d'ailleurs, ne se portait pas l'attention des gardiens. Louis Bonaparte pouvant à volonté se promener dans la cour de la forteresse pendant le jour, il n'était pas à supposer qu'il essayât de sortir par la fenêtre pendant la nuit.

Etre hors de la tour ne l'eût avancé en rien.

Pour s'échapper, il fallait sortir par le poste, c'est-à-dire par le corps de garde.

Thelin avait donc, dans la soirée et à l'aide de l'obscurité, descellé un barreau, puis deux, juste ce qu'il fallait pour passer le corps d'une femme de moyenne grosseur.

— Posez les pieds sur la planchette — dit Thelin à voix basse. — Y êtes-vous?

— Oui — fit-elle.

— Bon! Tenez ferme.

Elle se sentit enlever du sol. Le poids devait être lourd car elle ne montait que lentement et par secousses. Enfin, elle arriva à hauteur de la fenêtre ; deux mains la saisirent sous les aisselles; un souffle chaud, haletant, lui caressa le visage.

— Vous la tenez, Monseigneur?

— Oui, mon brave, remonte la corde.

On était dans une nuit profonde, les mains qui la tenaient la posèrent doucement sur le plancher, puis des bras l'enlacèrent et elle se sentit emporter, tandis qu'une voix lui murmurait :

— Merci d'avoir tenu votre parole, mystérieuse inconnue.

Bientôt elle fut dans une chambre doucement éclairée; un bon feu flambait joyeusement dans l'âtre.

L'homme qui la tenait la déposa sur un fauteuil et la contempla silencieusement.

Elle le regardait, elle aussi, souriante, encore toute émue de son équipée. Sous le drap rugueux de sa capote d'ordonnance, ses seins se bombaient, palpitants, et un parfum vainqueur s'exhalait de sa personne, arome de la chair féminine, mélangé à celui des eaux de toilette et à la fraîcheur du brouillard. L'examen lui fut sans nul doute favorable, car l'homme à grosses moustaches s'écria :

— Oh! le joli petit soldat! L'amour de petit soldat! Quand je serai empereur, je veux un régiment comme cela, et je m'en ferai le colonel.

Il la couvrit de brûlants baisers et l'emporta sur son lit...

Vers deux heures du matin Charles Thelin, qui ne dormait pas, se préparait à aller rappeler du septième ciel l'heureux couple, lorsqu'il entendit un frôlement dans le corridor. Louis Napoléon lui ramenait sa conquête.

— Merci, Madame — dit-il — je ne sais qui vous êtes, mais vous m'avez procuré quelques heures d'extase que je n'oublierai de ma vie. Souvenez-vous-en si jamais vous avez besoin de moi.

— Oh! Monseigneur — répondit Mme Plumereau — c'est moi votre obligée.

Thelin, pendant ce temps, avait laissé couler sa corde et enjambait la fenêtre; aidée par le prisonnier, Emma le suivit et arriva sans encombre au sol. Thelin la prit par la main et la conduisit jusqu'à la porte du corridor où se trouvait la chambre de l'infortuné lieutenant.

— C'est la première à droite — dit-il.

Puis il lui souhaita bonne chance et se hâta de regagner son logis par le chemin pris pour en sortir.

— Quelle enragée drôlesse ! — se dit-il. — Elle a le diable au corps! Je ne voudrais pas que pareille fantaisie se renouvelât, j'en suis encore tout tremblant.

Mme Plumereau pénétra dans la chambre de l'officier, alluma un falot et l'aperçut tout habillé plongé dans un sommeil profond, l'invincible sommeil qui l'avait foudroyé.

— La drogue est souveraine — se dit elle — mais il est temps de le réveiller.

Et elle le secoua rudement.

Mais ses secousses furent vaines, le lieutenant ne donnait nul signe d'un prochain réveil.

Elle prit de l'eau dans une cuvette, la lui versa sur la tête :

— Allons, allons, debout!

Ce moyen restant stérile, elle le pinça jusqu'au sang.

— La ronde! réveillez-vous!

Tout fut inutile; le dormeur ne s'éveillait pas. Elle prit une épingle à cheveux et la lui enfonça dans l'aisselle.

L'officier sortit alors de sa léthargie, ouvrit un œil terne, lui jeta un regard atone et murmura quelques paroles inintelligibles.

— Debout donc! Etes-vous fou ! La ronde !

— La ronde! — balbutia-t-il. — Ah! oui, la ronde!

Il se souleva, s'assit sur son lit, hébêté.

— Est ce qu'il y a longtemps que je dors? — bégaya-t il.

— Longtemps que vous dormez? — répondit elle d'une voix basse, sifflante, furieuse — vous êtes un joli coco... un charmant compagnon de lit... Vous ronflez encore comme une brute, comme un pourceau. Ah! je me souviendrai de cette nuit! On s'amuse avec vous vraiment! Vous devriez avoir honte. Vous invitez une dame, on compte rire un peu, et vous vous saoûlez honteusement.

— Moi! — protesta le pauvre diable — mais je n'ai rien bu.

— Non, vraiment! C'est moi alors qui suis ivre.

Il voulut encore protester. Elle l'interrompit :

— Taisez-vous. Allons vite. Sortez-moi d'ici. Reconduisez-moi, j'en ai assez.

Honteux, consterné, plein de rage contre lui-même, l'officier se leva, rajusta ses effets, se sentant une affreuse migraine, comme au lendemain de copieuses libations.

— Je n'ai pourtant rien bu — disait-il — je ne me souviens pas d'avoir bu quoi que ce soit.

Il cherchait à rassembler ses idées, mais tout était en tumulte dans sa cervelle malade. Ah! quelle grotesque et lamentable aventure! Etait-il possible de s'être endormi de la sorte à côté de cette délicieuse créature qu'il désirait depuis si longtemps! Qu'elle avait raison, il le comprenait bien, de le regarder avec colère, de hausser les épaules de mépris!

Dans sa détresse, il ne trouvait rien à dire, pas la plus petite excuse, sinon que :

« Je n'ai rien bu! Pourtant, je n'ai rien bu! »

Elle avait repris son falot avec son métier de planton. Ils arrivèrent au corps de garde. Le chef de poste dormait, assis près de la table devant son livre ouvert.

Lombart se hâta de signaler sa ronde sur le registre des entrées et sorties, puis lui dit :

— Mon cher, je viens de m'apercevoir que j'ai perdu mon porte-monnaie en venant; ce doit être près du chemin de ronde. Faites ouvrir que je puisse le chercher.

Le chef de poste ouvrit les yeux, regarda vaguement son collègue, fit un geste d'assentiment et se rendormit.

Un sergent ouvrit la porte de la forteresse.

L'officier et Emma sortirent et, tandis qu'elle éclairait le sol, il faisait mine d'inspecter soigneusement devant lui.

A cent pas, Emma dit au pauvre amoureux consterné et

Honteux comme un renard qu'une poule aurait pris,

— Je vous remercie et vous dispense de m'accompagner plus loin ; je n'ai plus besoin de vos services... Je vais vous renvoyer votre brosseur. Au plaisir de ne plus vous revoir...

— Ah ! écoutez-moi, Madame. Ecoutez-moi, — supplia-t-il.

— Je vous ai trop écouté, bonjour !

Il essaya de la retenir, saisit de ses mains tremblantes de fièvre sa capote de soldat, mais elle le repoussa violemment et partit d'un pas rapide le laissant seul au milieu de la route, seul avec ses pensées, des pensées de suicide.

Elle fut bientôt près de l'*Hôtel de France*.

C'était jour de marché à Ham, les voitures des maraîchers et les roulottes des forains arrivaient dans la nuit pour s'installer sur la place.

Beaucoup mettaient leurs chevaux dans les écuries de l'hôtel et remisaient leurs voitures dans la cour.

L'aventurière comptait sur ces circonstances pour pénétrer sans être aperçue.

Par la porte de la cuisine qui ouvrait dans cette cour, l'on pouvait entrer dans la salle à manger et, de là, gagner l'escalier conduisant aux chambres.

Emma, qui connaissait tous ses détails, sut manœuvrer si adroitement qu'elle atteignit, saine et sauve, sa chambre où elle trouva le fantassin profondément endormi.

Elle le secoua rudement.

— Lève toi — lui dit elle. — Cours rejoindre ton maître qui t'attend près du fort.

Il se leva sans mot dire, en homme habitué à l'obéissance, tandis qu'elle se déshabillait à la hâte et lui jetait, l'un après l'autre, ses effets.

Puis, il sortit absolument ahuri.

Quant à Emma, charmée de son aventure, elle s'étendit dans le lit bien chaud, et lasse de sa nuit agitée et émouvante, s'endormit du sommeil profond de l'honnête mère de famille après une journée vertueusement remplie.

A son réveil, sans plus s'inquiéter de l'homme qui avait joué son avenir pour satisfaire un de ses caprices, elle retourna à Abbeville et de là partit pour Paris, non sans avoir récompensé préalablement, comme elle le devait, pour sa « guérison rapide », l'aimable et complaisant docteur.

Quant à Louis Napoléon, il ne se réveilla que fort tard. A table, il mangea avec un appétit qui stupéfia le docteur Conneau, tandis que Charles Thelin, qui les servait, souriait discrètement.

Ainsi finit l'aventure de Ham.

Mais le plaisir que le prisonnier avait éprouvé dans les bras experts de celle qu'il appelait « la belle inconnue » et dont il ne cessa de rêver pendant de longues semaines, lui fit prendre en dégoût profond la solitude de sa prison.

Jusque-là, il avait patienté et s'était réfugié dans le travail ; maintenant il ne le pouvait plus, ou du moins l'image de cette femme le hantait au milieu de ses recherches sur l'*Extinction du Paupérisme*, de ses rêveries sur la question sociale.

Mais était-ce bien l'image d'Emma, de la vulgaire paysanne des Vosges un peu affinée et dégrossie par le milieu parisien ? Non, il voyait en elle *la femme*, la femme, dont il avait toujours été épris et dont il était privé depuis si longtemps.

Cette heure trop courte, loin d'être un soulagement, n'avait fait que l'exciter davantage. Dès lors naquirent dans son esprit les premiers projets sérieux d'évasion. Des circonstances inattendues vinrent les faire grandir et les fortifier.

Nous avons parlé du mauvais état des chambres de la prison. Sur la plainte du docteur Conneau, un ancien chambellan de Napoléon, M. de Rémusat, alors Ministre de l'Intérieur, alloua 600 francs pour les réparations urgentes. Il en eut fallu 6,000 au moins, car tout était à remplacer : planchers, plafonds, portes, fenêtres !

Sur l'observation du gouverneur, le ministère répondit que le Prince pouvait, s'il le voulait, compléter la somme de ses propres deniers.

— Bon — répliqua celui-ci en riant — voici maintenant que je dois réparer à mes frais les prisons d'Etat !

C'était, en effet, une mauvaise plaisanterie. On le savait sans argent. Le gouvernement ne lui allouait, comme, du reste, au vieux général Montholon et au docteur Conneau, que sept francs par jour.

Quant à Thelin, prisonnier volontaire, il était naturellement obligé de s'entretenir et de se nourrir sur la cassette de son maître, c'est-à-dire à ses propres frais. Le logement seul lui était fourni gratis.

Dès la première année de son emprisonnement, la santé du Prince s'était visiblement altérée, et après la visite d'Emma, elle s'altéra de plus en plus.

Quelques mois après, vers le milieu de janvier 1846, il écrivit à Louis-Philippe pour lui demander la permission d'aller à Florence voir son père, le roi Louis, vieux et infirme, qui — affirmait-il — réclamait sa présence, ce qui peut paraître extraordinaire de la part d'un père qui l'avait toujours renié.

Louis-Napoléon prenait dans sa lettre l'engagement formel de se constituer prisonnier au premier appel du gouvernement.

Le roi fut touché de la teneur de la lettre. Il la communiqua au Conseil des Ministres, et le résultat fut une autorisation sous condition.

Duchatel, fils d'un dignitaire de l'Empire, communiqua la réponse au prisonnier :

« La grâce que sollicitait le prince devait être méritée et franchement avouée. »

— Je ne l'accepte pas — s'écria le prisonnier. — Je me résigne donc et ne quitterai Ham que pour les Tuileries ou le cimetière.

Et il retourna ostensiblement à ses travaux, ses lectures, ses plans de réforme sociale, ses expériences de physique et ses corrections d'épreuves, avec la pensée constante de chercher un moyen d'évasion.

Il s'en était ouvert déjà au docteur Conneau et à Charles Thelin ; tous trois, après mûre délibération, résolurent de profiter de la première occasion favorable pour tromper la vigilance des gardiens.

C'est à ce moment qu'on envoya au fort de Ham une équipe d'ouvriers pour commencer les réparations.

Le docteur Conneau, dans sa déposition au procès de Péronne, en juillet 1846, raconte ainsi cette singulière et audacieuse évasion :

« Lorsque le Prince me communiqua ses intentions, je vis qu'elles étaient réalisables, et je résolus de l'aider de mon mieux. Il me défendit expressément de me mêler de quoi que ce soit des préparatifs. Il se procura des effets pour le déguisement qu'il projetait, mais comme ils étaient neufs, il les fit laver et salir, afin de paraître comme ayant servi. Chaque matin nous nous levions de bonne heure pour nous rendre compte des manières et des façons d'agir des ouvriers qui entraient dans le fort, et nous assurer si l'on avait donné de nouveaux ordres. Nous remarquames que le commandant se montrait plus vigilant que jamais et qu'il surveillait constamment les ouvriers; mais comme il souffrait en ce moment d'attaques rhumatismales, il ne se levait guère avant huit heures, et nous tirâmes nos plans là-dessus. »

Le 25 mai fut choisi. A six heures du matin, le prince, le docteur Conneau et Thelin étaient debout. Thelin avait procuré au Prince une chemise grossière, une blouse bleue, un pantalon de même couleur. Le prisonnier revêtit ce costume, mit par dessus un tablier et cacha ses bottes dans des sabots.

Vers sept heures, il rasa ses favoris et ses moustaches, étendit une couche de rouge sur son visage naturellement pâle, peignit ses sourcils et se coiffa d'une perruque noire. Métamorphosé ainsi, le docteur Conneau et Thelin le déclarèrent méconnaissable.

Cependant les ouvriers arrivaient. Thelin les appela dans le laboratoire qui se trouvait au fond du corridor et leur offrit la goutte matinale.

Pendant qu'ils buvaient, le prince descendit. Conneau qui guettait sur l'escalier, aperçut alors un des gardiens à la porte. Il pensa d'abord à tirer le cordon de la sonnette qui communiquait aux appartements du général Montholon, retenu au lit par ses rhumatismes et à qui les gardiens avaient la consigne de répondre, mais il craignit de compromettre le général et d'être surpris tirant le cordon.

Convaincu de l'impossibilité de reconnaître le prince, il l'engagea à tenter l'aventure.

Les ouvriers sortaient en ce moment du laboratoire, aucun, en effet, ne reconnut le prisonnier qui passa, une planche sur l'épaule, pendant que Thelin conversait avec les gardiens pour détourner leur attention.

Le docteur Conneau courut à la fenêtre; il éprouva un moment de grande anxiété : la sentinelle en faction semblait examiner avec attention ce nouvel ouvrier qui se dirigeait vers la porte de sortie où se trouvait un officier de service. En même temps le garde du génie et le directeur des travaux entraient dans la cour qui sépare la prison du poste. Moment perplexe, tous deux connaissaient leurs hommes et une nouvelle figure n'eut pas manqué d'éveiller leurs soupçons. Mais ils tenaient des papiers qu'ils lisaient et ne remarquèrent nullement le Prince qui s'avançait, toujours avec sa planche, vers la porte de sortie.

Le gardien ouvrit le guichet, le prisonnier franchit le seuil.

Il était libre.

Le docteur Conneau courut alors à l'appartement de Louis-Napoléon et ferma la porte de sa chambre à coucher qui s'ouvrait sur le corridor. Bien qu'il fit chaud, il alluma un grand feu et fit bouillir de l'eau prétendant le Prince indisposé.

Sur ces entrefaites, on annonça l'aumônier qui, chaque fois qu'il disait la messe au fort, avait coutume de déjeuner avec le Prince et son médecin.

Conneau répéta que le Prince était malade, qu'on lui préparait un bain, puis entrant dans la chambre en sortit quelques instants après avec une lettre écrite la veille où le Prince s'excusait de ne pouvoir recevoir le prêtre à cause d'une indisposition subite.

Cette lettre fut remise au gouverneur qui la fit porter à l'aumônier.

Le gouverneur apprenant ainsi que son prisonnier était malade vint prendre de ses nouvelles.

— Vous ne pouvez le voir maintenant — lui dit Conneau — je viens de lui administrer une médecine et elle commence ses effets.

— Bon — répliqua le commandant — je n'ai rien de particulier à lui communiquer, si ce n'est que le ministre de l'intérieur a donné à un M. Poggioli la permission de le voir.

Là dessus, il s'en alla et le docteur envoya un domestique nommé Laplace, donné par l'administration, chercher de l'huile de castor ; pendant ce temps il essaya de se faire vomir, mais n'y réussissant pas, il coupa de petits morceaux de pain, fit bouillir du café au lait, y versa de l'acide nitrique et de l'eau de Cologne et répandit le tout sur le plancher.

— Monseigneur a beaucoup rendu ? — fit le commissionnaire à son retour, en présentant l'huile de castor.

— Oui, nettoyez tout cela — répondit le docteur — nous n'aurons plus besoin de cette huile... surtout pas de bruit.

Pendant que Laplace nettoyait le plancher, le docteur entrait plusieurs fois dans la chambre du prétendu malade, parlant de façon à ce que Laplace l'entendit.

Il avait, d'ailleurs, confectionné un mannequin disposé de telle sorte que la figure semblait tournée contre la muraille. Un foulard, comme avait coutume d'en porter, au lit, le Prince, enveloppant la tête.

Vers une heure, le docteur voit arriver le commandant, il court à sa rencontre, l'arrête sur l'escalier.

— Eh bien, docteur, comment va notre malade ?

— Tout doucement, commandant. Le pouls est fort agité, il dort en ce moment ; il serait peu prudent de le réveiller.

— J'ai su que Thelin était à Saint-Quentin. Cela tombe mal. Voulez-vous que je vous envoie mon domestique ?

— Merci mille fois, commandant ; Laplace nous suffit.

— Comme vous voudrez. Mais mon domestique est à votre disposition.

Le temps s'écoule et, en pareille occasion, chaque minute qui passe rapproche du salut.

Vers sept heures, le commandant se présente de nouveau.

Il paraît inquiet, on dirait qu'il a des soupçons.

— Eh bien, docteur ?

— Eh bien, commandant ?

— Le Prince ? Comment va-t-il ?

— Pas beaucoup mieux.

— Il n'est pas descendu de la journée. Je dois faire mon rapport. Il faut que je le voie !

Impossible d'empêcher le gouverneur d'entrer.

Son « il faut que je le voie » était dit d'un ton qui ne souffrait pas de réplique.

Conneau, très pâle, poussa la porte restée entr'ouverte et, passant la tête, appela à voix basse :

— Monseigneur ! Monseigneur ! Vous dormez ? C'est le commandant qui vient vous voir !

Pas de réponse naturellement. Il revint vers le gouverneur, marchant sur la pointe des pieds.

— Il dort — dit-il.

— Diable ! — fit l'autre. — Il dort donc toujours !

Ce disant, il écarte le docteur du geste, pénètre dans la chambre, s'approche doucement du lit, regarde un instant, puis s'éloigne et va prendre un siège.

— J'attendrai qu'il s'éveille — dit-il. — Puis, se retournant vers Conneau :

— Où est Thelin ?

— Il n'est pas de retour de Saint-Quentin.

— Mais la diligence est arrivée.

— Il a loué une voiture — répliqua Conneau.

En ce moment le tambour bat. C'est l'heure de la retraite.

Le commandant qui s'impatiente du sommeil prolongé du malade, se lève, s'approche une seconde fois du lit, regarde encore et, la tête penchée, écoute quelques instants.

— Mais, on ne l'entend pas respirer ! — s'exclama-t-il.

Il se hasarde alors à poser la main sur le prétendu dormeur, le secoue, découvre la fraude et pousse un juron de colère :

— Nom de Dieu ! C'est un mannequin ! Ah ! ça, vous vous foutez de moi ! Vous vous êtes foutus de moi !

Conneau, n'osant répondre affirmativement, baisse la tête.

— Il s'est sauvé, alors ? Il s'est sauvé ?

— Apparemment !

— Et depuis quand ?

— Dame ! Commandant. Depuis sept heures du matin. S'il court encore, il est loin !

— Taisez-vous, nom de Dieu ! Et n'ayez pas l'air de railler. Votre compte est bon.

Conneau reste impassible.

— Sept heures du matin ! — répéta le commandant ahuri et blême de rage — et, depuis sept heures du matin, vous vous foutez de moi !... Qui était de garde ?

— Je n'en sais rien — répondit Conneau.

Pendant que le docteur Conneau jouait cette comédie, le Prince Louis gagnait rapidement le port de Salut.

Dans une lettre écrite au directeur du *Progrès du Pas de-Calais*, quelques jours après son arrivée à Londres, il décrit ainsi les péripéties de sa fuite :

« Mon cher Monsieur Degeorge,

« Le désir de revoir encore une fois mon père dans ce monde m'a poussé à la plus audacieuse aventure que j'aie jamais tentée, nécessitant plus de résolution et de courage que celles de Strasbourg et de Boulogne, car j'étais décidé à ne pas survivre au ridicule qui est le lot des personnes arrêtées sous un déguisement. Ecoutez-en les détails.

« La forteresse, comme vous le savez, est occupée par quatre cents hommes, qui fournissent une garde journalière de soixante sentinelles, soit à l'intérieur, soit à l'extérieur du château. En outre, la porte de la prison est gardée par trois geôliers, dont deux sont constamment de service. Il fallait donc d'abord, passer devant eux, puis traverser toute la cour intérieure sous les fenêtres du commandant; arrivé à la porte de sortie, je devais passer devant le guichet, gardé par un soldat de planton, un sergent, un guichetier, une sentinelle et enfin un poste de trente hommes.

« Désireux d'éviter toute entente avec la garnison, il fallait me procurer un déguisement, et comme on faisait d'importantes réparations dans mon local, le meilleur parti à prendre était de me costumer en ouvrier. Mon bon et fidèle Charles Thelin me procura une blouse et des sabots; je coupai mes moustaches et je mis une planche sur mon épaule.

« A six heures et demie, lundi matin, les ouvriers arrivèrent. Aussitôt, Charles les fit entrer dans une chambre pour leur offrir à boire, afin de me laisser le passage libre... A peine étais-je hors de ma chambre que je fus accosté par un maçon qui me prit pour un de ses camarades. Au bas de l'escalier, je me trouvai face à face avec un gardien. Je me cachais heureusement le visage avec ma planche et j'atteignais la cour, ayant soin de me couvrir de la planche en passant près des factionnaires.

« Devant la première sentinelle, je laissai tomber ma pipe; je m'arrêtai, en ramassai les morceaux. Je rencontrai ensuite l'officier de garde; il lisait une lettre et ne fit pas attention à moi. Les soldats du guichet parurent surpris de mon visage; le tambour surtout me regarda plusieurs fois. Cependant, le planton ouvrit la porte, et me voilà hors de la forteresse. Je rencontrai alors deux ouvriers qui m'examinèrent avec attention. Je tournai la planche de leur côté. Ils paraissaient cependant si curieux que je crus un instant ne pouvoir leur échapper; enfin, l'un d'eux dit: « Oh! c'est Berton ».

« Une fois hors des murs, je me dirigeai rapidement vers Saint-Quentin. Quelque temps après, Charles, qui, la veille, avait loué un cabriolet, me rejoignit, et nous arrivâmes à Saint-Quentin. Après m'être débarrassé de ma blouse, je traversai à pied la ville. Charles s'était procuré une chaise de poste, sous prétexte de faire une promenade jusqu'à Cambrai; nous arrivâmes sans encombre à Valenciennes, où je pris le chemin de fer. Je m'étais pourvu d'un passe-port belge, qu'on ne me demanda jamais.

« Pendant ce temps, Conneau, toujours si dévoué, restait en prison, et, pour me donner le temps de gagner la frontière, faisait croire que j'étais malade. J'espère qu'on ne le maltraitera pas, ce qui me causerait un grand chagrin... »

Le 27 mai, il écrivit de Londres au roi Louis :

« Mon cher père, le désir de pouvoir vous revoir m'a fait tenter ce que je n'aurais jamais osé sans cela. J'ai trompé la surveillance de quatre cents hommes et je suis arrivé sain et sauf à Londres. Ici j'ai des amis puissants. Je vais les employer pour tâcher de pouvoir aller près de vous. Faites, je vous prie, mon cher père, tout ce que vous pourrez pour que je puisse bientôt vous rejoindre. Recevez, mon cher père, l'assurance de mon sincère attachement.

« Napoléon-Louis B.

« Mon adresse est : Comte d'Arenemberg, Brunswick hôtel, Jermyn street, London. »

Conneau fut condamné à trois mois de prison. Quant au commandant du fort, le maréchal Soult, furieux, l'accusa d'avoir favorisé la fuite de son prisonnier et le mit en non activité par retrait d'emploi.

Dès son arrivée à Londres, en même temps que la lettre à son père, il en adressait une au comte de Saint-Aulaire, notre ambassadeur à la cour de Saint-James :

« Monsieur, je considère comme un devoir de vous informer de mon évasion du fort de Ham, et de mon arrivée sur le sol hospitalier de l'Angleterre. J'ai supporté six ans de captivité sans me plaindre, parce que je voulais prouver par ma résignation que j'étais digne d'un meilleur sort... Aujourd'hui que je suis libre, je viens, Monsieur, vous donner l'assurance formelle que, si j'ai quitté ma prison, ce n'est point pour m'occuper de politique, ni pour tenter de troubler le repos dont jouit l'Europe, mais uniquement pour remplir un devoir sacré. »

Ce *devoir sacré* était, comme il le disait dans sa lettre, d'aller voir son père malade à Florence, voyage qu'il n'effectua jamais. L'ambassadeur d'Autriche et le grand duc de Toscane s'opposèrent à ce que le Prince mit le pied en Italie et le vieux roi Louis mourut le 25 juillet suivant sans avoir pu embrasser son « fils », ce dont il devait peu se soucier.

Ce que le Prince ne relate pas dans la lettre

Monseigneur, je voudrais vous dire un mot.

citée plus haut, c'est qu'il s'est jeté à genoux sur la route de Ham pour remercier le Père Eternel de sa délivrance ! Il s'en confesse le 1er juin à un vieil ami :

« Quand je me rappelle que j'étais toisé des pieds à la tête par le gardien, les soldats et les ouvriers, je frémis à la pensée d'un troisième échec. Aussi, voyez-vous, après de semblables émotions, l'on devient superstitieux et quand, à une demi-lieue de Ham, je me trouvai sur la route, en attendant Charles, en face de la croix du cimetière, je tombai à genoux devant la croix, et je remerciai Dieu de ma délivrance. Ah ! n'en riez pas, il y a des instincts plus forts que tous les raisonnements philosophiques, mais Dieu vous garde de jamais les ressentir dans des circonstances semblables. »

Complétons ces récits par des détails émanant de Charles Thelin.

Il sortit du fort avant le Prince emmenant *Ham*, le chien favori. Il fallait être prudent, car le chien, par ses gambades et ses démonstrations, pouvait trahir son maître.

Les sentinelles avaient la consigne de surveiller surtout les gens qui approchaient de la forteresse ; l'on craignait quelque surprise des bonapartistes.

Peu de temps même après l'internement du Prince, le bruit se répandit de la marche de plus de deux mille ouvriers de la plaine de Saint-Denis pour le délivrer.

On appela des troupes, des détachements de cavalerie battirent les routes, des policiers envahirent la petite ville de Ham, tout cela pour prévenir une tentative qui n'existait que dans l'imagination des agents de Duchatel.

Ce *coup du mannequin* dans le lit est dans les traditions de la famille ; en 1814 le prince Jérôme, que Fouché avait livré aux Autrichiens, apprenant le départ de son beau-frère de l'île d'Elbe, n'eut plus qu'une pensée, celle d'aller le rejoindre. Prisonnier dans Trieste, comment échapper à la police autrichienne? Il parvint cependant à tromper la vigilance de ses gardiens et à s'embarquer sur un vaisseau napolitain prêt à lever l'ancre. Mais les vents contraires le retiennent quatre jours dans le port. La police ne pouvait s'empêcher de remarquer l'absence de Jérôme. Sa femme, la princesse de Wurtemberg, imagine alors de fabriquer un mannequin qu'elle couche dans son lit. Elle fait entrer dans sa chambre le comte Stadion, gouverneur de Trieste :

« — L'on prétend que mon mari n'est plus dans la ville — lui dit-elle avec sang froid. — Voyez, le pauvre homme dort paisiblement après une nuit d'insomnie et de fièvre. Je vous en prie, ne le réveillez pas. »

Et le gouverneur de Trieste, comme celui du château de Ham, se retira doucement sur la pointe du pied.

La nouvelle de l'évasion de Ham fut accueillie par un immense éclat de rire et les quolibets ne ménagèrent pas le gouvernement de Louis-Philippe.

Le public, en général, fut enchanté de cette équipée, car il faut le reconnaître, le prisonnier avait la sympathie de la plupart des républicains et même des plus avancés.

Voici, entre autres témoignages, une lettre qu'écrivait Louis Blanc à Bonaparte, quelques mois avant son évasion. Elle est datée du 12 février 1846 :

« Prince,

« Un de nos amis communs m'a remis la lettre que vous avez bien voulu m'écrire.

« Je n'ai pas besoin de vous dire combien je suis touché des sympathies dont elles m'apportent le témoignage et auxquelles les miennes répondent si complètement...

« Bien que vous soyez en ce moment, captif et malheureux, j'hésiterais à vous dire quels sentiments de profonde estime et d'attendrissement presque, la lecture de cette lettre a éveillés en moi, si déjà je n'avais eu occasion de me faire connaître.

« Vous vous rappelez peut-être, Prince, la visite que j'eus l'honneur de vous rendre à Ham et avec quelle franchise je vous exposai en quoi mes opinions différaient des vôtres.

« Homme libre, républicain, ne relevant que de ma conscience et n'attendant rien de personne, je crains peu que, dans ma bouche ou sous ma plume, l'expression d'un sentiment admiratif soit suspect de flatterie...

« Si vous pouviez vous décider à offrir, à la grandeur de votre pays, à l'égalité, à la République, ce que vous croyez devoir aux traditions de l'Empire, à une sorte de culte de famille, à votre nom, qu'avec empressement mon cœur volerait vers vous !

« Laissez-nous espérer, à nous qui aimons votre personne sans marcher dans votre voie, laissez-nous espérer que la victoire restera un jour dans votre âme, à ce qu'elle renferme de tendances démocratiques et d'inspirations désintéressées.

« Cet espoir, rien ne nous autorise mieux à le former que la constance et la dignité dont vous faites preuve dans le malheur.

« Croyez, Prince, je vous prie, à mon affection et à mon estime.

« Louis Blanc. »

CHAPITRE XVII

Le 1er décembre. — Inquiétudes du représentant Barrel. — La lettre de Londres. — Le docteur Raoult. — Situation précaire de Louis-Bonaparte. — La femme à jambes de bois. — Refus de crédit. — Le pseudo-comte. — James Dilson. — Visite nocturne. — Un mystère expliqué.

Le 1er décembre, Georges Barrel se réveilla tard dans la matinée.

Il avait passé une nuit des plus agitées, tourmenté à la fois par la fièvre, la douleur que lui causait sa radicale cautérisation, et l'inquiétude que lui apportait maintenant son fils adoptif.

En effet, le jeune homme, frappé comme d'un coup de foudre à la nouvelle de la fatale révélation, avait repris peu à peu l'usage de ses sens; mais sa physionomie, son œil égaré, quelques paroles incohérentes inspirèrent de sérieuses craintes à son père, craintes que justifia bientôt sa disparition soudaine; profitant d'un moment d'inattention, il était sorti brusquement de la maison, et n'avait pas reparu.

Vainement, le représentant avait envoyé des commissionnaires dans les différents endroits où il supposait qu'on pouvait trouver son fils; fort inquiet, il se maudissait de n'avoir pas pris plus de ménagements pour instruire Paul de ses liens de parenté avec Hélène et regrettait amèrement de ne lui avoir pas révélé depuis longtemps le secret de sa naissance.

Qu'allait-il advenir, maintenant?

Il savait son fils adoptif vif, nerveux, impressionnable à l'excès, comme tous les véritables artistes, et capable, dans un moment de douleur, de toutes les extravagances, de toutes les folies, y compris celle du suicide.

La journée s'écoula, Paul n'avait pas encore reparu.

M. Barrel, qui l'aimait tendrement, dévoré d'inquiétudes, affaibli par sa nuit d'insomnie et ses vives souffrances, sentait son énergie couler peu à peu comme l'eau d'un vase fêlé.

Il restait accablé sur sa couche, cherchant inutilement un sommeil réparateur.

Le docteur Raoult revenu, il lui confia le secret de la naissance de Paul.

On juge de la stupéfaction du brave homme.

Quelle terrible fatalité rendait le frère amoureux de sa sœur, comme sur la scène antique!

Et, en outre, que se passait-il?

Lui, non plus, ne pouvait s'empêcher de voir une corrélation entre ces deux événements; le coup de casse-tête et la morsure du molosse, et il tremblait à la pensée que la disparition du jeune homme ne fut la suite d'une série à la noire, ou plutôt à la rouge, une traînée de sang!

Cependant, il dissimula ses craintes, se promettant de continuer les recherches lui-même, s'efforçant de tranquiliser le blessé, dont l'état devenait inquiétant.

La morsure de ce chien inconnu rendait le docteur perplexe. A la vérité, le représentant du peuple s'était énergiquement cautérisé, à tout hasard, car il n'était rien moins certain que la bête fut atteinte d'hydrophobie; mais dans l'affirmative, cette opération suffisait-elle? Assurément non, puisque la moindre goutte de virus glissée à travers les tissus peut occasionner de terribles ravages.

Si l'on avait pu s'emparer du chien, l'abattre sur place, l'autopsie eut permis de savoir à quoi s'en tenir; mais la vilaine bête avait disparu.

Avant de quitter son malade, le docteur lui fit prendre une potion calmante et ordonna à Nathalie de passer la nuit près de son maître, promettant de revenir le lendemain.

Cette Nathalie, excellente créature au fond, possédait, nous l'avons observé déjà, plusieurs défauts. Mais qui n'a pas les siens? et, on l'a dit souvent, « des qualités qu'on exige d'un valet, peu de maîtres seraient capables de remplir ces humbles fonctions ».

Au nombre des défauts de Nathalie on devait mettre en première ligne ce que l'on pourrait appeler la démangeaison oratoire. L'art de parler pour ne rien dire, art que possèdent la plupart des tribuns, aussi bien politiques que religieux, était poussé chez elle aux dernières limites. C'était un flot intarissable de niaiseries de toutes sortes, d'âneries et de redites, auxquelles il n'était pas toujours aisé d'opposer une digue victorieuse.

Affligée, en outre, d'une curiosité extrême, pour la satisfaire, tous les moyens, même les plus répréhensibles, tel que celui d'avoir constamment son oreille collée aux portes et son œil braqué au trou des serrures, lui semblaient bons.

Aussi poltronne que curieuse et bavarde, c'était là son troisième défaut. Bien qu'elle eût pour son maître un grand attachement, elle ne s'approchait plus de lui qu'avec une vive appréhension.

L'idée que le chien qui l'avait mordu pouvait être enragé lui donnait des sueurs froides. Et elle se répétait les balivernes que se débitent entre elles les bonnes femmes : « Si, tout d'un coup, il allait se mettre à aboyer et à la mordre! »

Elle fit donc un geste d'effroi quand le docteur lui signifia d'avoir à veiller le blessé.

Néanmoins, elle se conforma à cet ordre, plaça son fauteuil près de la porte, qu'elle eut soin de laisser entr'ouverte et attendit les événements. Le malade passa une nuit assez agitée. Après de longues et pénibles heures, il finit par s'endormir. Quand il se réveilla, le jour gris de décembre pénétrant dans sa chambre éclairait son énergique visage. Il consulta sa montre, elle indiquait dix heures, et il prit son courrier du matin sur sa table de nuit. Au milieu des journaux, des circulaires, une lettre timbrée de Londres, attira de suite son attention. C'était une écriture anglaise, longue, anguleuse et légère. Il décacheta vivement la lettre et lut ce qui suit :

« Ami,

« J. D. est à Paris. Depuis quand? je l'ignore. Je l'apprends seulement aujourd'hui et je me hâte de vous prévenir. Tenez-vous sur vos gardes, l'homme est dangereux. Même férocité que l'oncle et le père. Race impitoyable de gueux enrichis. Vous le reconnaîtrez facilement. C'est tout le portrait de celui que vous avez connu : grand, osseux, blond pâle et taciturne. Méfiez vous, ami; veillez et que Dieu vous garde!

« Toujours vôtre.

« Alice. »

Après la lecture de cette courte mais significative lettre, Georges Barrel resta quelque temps pensif, puis il sortit de son lit assez péniblement, et comme il s'habillait, fort empêché par son bras malade, Nathalie parut un bol à la main.

Voyant son maître debout, elle poussa d'abord un cri de frayeur, mais, rassurée par son air calme, elle posa son bol sur la table pour lever ses deux bras en l'air, en témoignage de stupéfaction.

— Comment, vous êtes levé? — s'écria-t-elle d'un air consterné. — C'est-il Dieu possible que vous soyez levé? Pour un homme dur au mal, on peut dire que vous êtes dur au mal. C'est pas mon homme...

— C'est la seule lettre arrivée? — interrompit M. Barrel.

— Oui, Monsieur.

— C'est bien, Nathalie, mais que m'apportez-vous dans ce bol?

— De la tisane, Monsieur, bien chaude et bien bonne; buvez, Monsieur, ça vous fera du bien.

— Remportez votre tisane, Nathalie. C'est inutile, je n'en veux pas... Toujours pas de nouvelles de mon fils?

— Non, Monsieur, Seigneur Jésus, non, Monsieur Paul n'est pas revenu. Tenez, Monsieur, j'ai peur. Il faut que je vous le dise. Il y a du vilain qui flotte en l'air... Ah! Dieu, j'ai vu trois corbeaux...

Nathalie fut interrompue par l'arrivée du docteur Raoult, dont la physionomie égayait ses malades tant elle respirait la santé et la bonne humeur.

L'amitié du représentant et du docteur remontait aux événements de juillet 1830. Quand Georges Barrel reçut une balle, ce fut lui qui le soigna. C'est ainsi qu'ils s'étaient connus et appréciés.

En entrant, il trouva son malade occupé à examiner le mécanisme d'une paire de pistolets et fit un plaisant mouvement de retraite.

— Holà! holà! Qui voulez-vous tuer?

— Pas vous, assurément, cher docteur. Je vous attendais. J'ai à vous parler.

— Moi, aussi, sacrebleu! Et ce que j'ai à vous dire ne sera pas long. Voici: Vous allez incontinent me faire le plaisir de retirer ces vêtements que vous avez dû avoir assez de peine à mettre, et de vous fourrer illico entre les toiles, non sans avoir cependant remis en place ces dangereux joujoux. Que diable! Je vous trouve étonnant de quitter votre plumard sans vous être muni au préalable de l'autorisation de la faculté!

— A mon grand regret, je suis forcé de vous désobéir, mon cher ami.

— Nous allons voir ça.

— Vous savez que Paul n'est pas rentré.

— On le retrouvera ce garnement. Rassurez-vous. Je suis sur la piste.

— Ah! vraiment! Vous avez des nouvelles?

— Je vous répète que je suis sur la piste.

— Excellent docteur. Voilà qui me fait plus de bien que toutes les drogues.

— Je n'en doute pas, c'est pourquoi je me suis dépêché de venir. Voyons la langue... et le pouls... Allons, cela va mieux que je ne l'espérais... beaucoup mieux.

— Je puis sortir alors.

— Vous y tenez absolument.

— C'est indispensable.

— A condition que vous ne vous fatiguiez pas, je vous y autorise... J'y suis bien forcé. Néanmoins, je crois qu'une dose légère d'oxygène parisien, agissant à la façon d'un tonique, donnera un peu de vigueur à vos organes débilités. En route donc, Barrel, ma voiture est en bas, je vous accompagne et vous dirai ce que j'ai appris sur notre jeune énergumène.

Barrel, à la grande stupéfaction du docteur, dont les sourcils se relevèrent en accents circonflexes, mit ses deux pistolets dans sa poche, serra dans son portefeuille la lettre envoyée de Londres, et s'enveloppa d'un manteau épais; puis, au grand désappointement de Nathalie, qui avait pris toutes ses dispositions pour écouter la conversation, il sortit avec le docteur.

. . . .

Il nous faut passer aux autres personnages de cette histoire et préciser leur situation respective, dans cette journée du 1er décembre, qui précéda le coup d'Etat.

Pour l'instant, nous reconduirons le lecteur au palais de l'Elysée. Il est temps de remettre en scène, celui que le faubourg Saint-Germain appelait *le perroquet malade*, nous voulons dire Louis-Napoléon.

Nous avons déjà parlé des embarras financiers du Prince Président. Ils étaient énormes, car deux causes, où s'alimentait le chiffre de ses dettes, étaient toujours agissantes : *ses habitudes* et *ses projets*. Il s'amusait et il convoitait les honneurs suprêmes. Il recherchait tous les plaisirs de la vie, il se lançait à corps perdu dans la jouissance effrénée, sans pour cela jamais perdre de vue le but auquel il visait. Dépenses pour ses plaisirs, dépenses pour ses vues ambitieuses. Par ces deux canaux l'argent fuyait rapidement. Lorsque ses poches étaient vides, il promettait de payer, chose facile et qui console toujours un peu les créanciers. En 1848, notamment, la campagne électorale nécessitée pour son élection à la présidence, avait englouti de fortes sommes. A la vérité, ses partisans, ses amis avaient fourni des subsides, mais leurs cotisations volontaires ayant été insuffisantes, il avait fait de grosses dettes.

Cette situation précaire, ces embarras financiers étaient connus de tous. A ce sujet, voici une anecdote assez caractéristique, racontée par un Anglais qui a longtemps vécu en France, et qui écrivait ses impressions sous le titre : *An Englishman in Paris*.

« Je me rappelle une histoire absolument authentique et que je puis certifier, comme si je l'avais entendue raconter par Napoléon lui-même. A l'angle du boulevard des Capucines et de la rue de la Paix, en face la confiserie Siraudin, on voit une vieille femme qui a deux jambes de bois. En 1848, elle se trouvait déjà à cet endroit, mais un peu plus haut, en face du mur du ministère des Affaires Etrangères, qui depuis a fait place au superbe établissement Giroux. Elle était alors habillée avec une certaine coquetterie et possédait une fort jolie figure. Elle vendait à bon marché des reproductions plus ou moins bien faites de toiles de Fragonard, comme le *Coucher de la Mariée*, suspendues derrière elle, contre le mur; elle vendait aussi des chansons dont elle jouait les airs sur un violon avec beaucoup d'habileté. Le Prince Louis, qui habitait la place Vendôme, avait l'habitude, pour se rendre sur le boulevard, de couper au court par la rue Neuve-des-Capucines, et il ne passait jamais devant cette femme sans lui donner quelque monnaie. Elle avait fini par si bien s'accoutumer à l'aumône du Prince, qu'elle la considérait comme une partie assurée de son gain journalier. Elle savait qui il était, et, ce qui est assez étonnant, c'est qu'elle paraissait connaître non seulement ses préoccupations politiques, mais aussi ses embarras d'argent. Je ne saurais dire si elle était sympathique aux projets ambitieux du fils de la reine Hortense, mais ce dont je suis bien certain, c'est qu'elle s'intéressait à sa triste situation pécuniaire, car, un soir, après avoir remercié Louis-Napoléon, elle ajouta :

— Monseigneur, je voudrais vous dire un mot.

— Parlez.

— Je sais que vous êtes fort gêné en ce moment. J'ai trois billets de mille francs chez moi, qui ne font rien. Voulez-vous me permettre de vous les offrir. Vous me les rendrez quand vous serez empereur.

Le Prince Louis n'accepta pas, mais il n'oubliait jamais un service rendu, et quand il fut empereur, il offrit à cette femme une petite pension. Elle fit une réponse fort remarquable, qui montrait son indépendance :

— « Dites à l'empereur qu'il est bien bon de se rappeler de moi, mais je ne puis pas accepter son offre. S'il avait accepté mon argent, je ne dis pas; maintenant, non ».

La Constitution avait fixé le traitement du Président de la République à 600,000 francs ; l'Assemblée constituante, peu avant de se séparer, lui accorda un crédit de 600,000 autres francs, pour frais de représentation. Tous les journalistes dévoués à la cause du Prince, tous ses partisans qualifièrent cette somme de *misérable*. A la vérité, elle était insuffisante pour un homme pourvu d'un passif considérable et dont les goûts et les projets ne pouvaient qu'accroître ce passif au lieu de le diminuer.

Dans la première année de sa présidence, Louis-Napoléon demanda un supplément de crédit de trois millions pour frais de représentation, voté, non sans peine, à la majorité de quatre voix. La Commission, chargée d'examiner la demande de crédit, proposait de l'accorder, non pour subvenir aux frais de représentation, mais pour acquitter les dettes du Président. Si cette motion injurieuse pour le Chef du pouvoir exécutif fut repoussée, ce fut grâce à la gauche, qui la déclara incompatible avec les institutions républicaines.

Le 24 janvier 1851, nouvelle demande de crédits; mais, cette fois, le Président fut moins heureux. Il demandait 1,800,000 francs, toujours pour frais de représentation. Si « la France », au dire des partisans de Louis-Napoléon, « ne voulait pas d'un Président bourgeois et lacédémonien », il faut croire que l'Assemblée nationale avait une toute autre opinion, car le crédit fut refusé par 396 voix contre 294.

« — Monsieur l'archevêque, disait Louis XVI à M. de Dillon, on prétend que vous avez beaucoup de dettes ». — « Sire — répondit ironiquement le prélat — je m'en informerai à mon intendant, et j'aurai l'honneur d'en rendre compte à Votre Majesté ». Louis-Napoléon n'avait pas besoin de prendre des informations pour apprendre que sa situation financière était des plus précaires. Il le savait de reste, et au besoin, on se chargeait de le lui rappeler. Au moment de l'expédition de Kabylie, faite pour mettre en relief le général de Saint-Arnaud, quatre traites de 10,000 francs chacune, tirées par le Prince-Président, furent refusées par un banquier bien connu, qui eut soin plus tard, il est vrai, de faire oublier ce manque de confiance. On voit par ce petit fait que le crédit du Prince était mince sur la place.

Ses amis, ses partisans étaient, en général, fort gênés, par conséquent, peu en état de lui venir en aide. Un seul, dans l'entourage immédiat du Prince, avait une bonne situation de fortune : le comte Auguste de Morny, frère de Louis-Napoléon ; mais si le futur ministre de l'Intérieur faisait volontiers des appels de fonds près des partisans du Coup d'Etat, il ne déliait jamais les cordons de sa propre bourse, « qui — dit l'anglais déjà cité — était justement la seule dont c'eut été la peine de délier les cordons ».

On comprend que, dans ces conditions, l'offre du comte de Bertemont fut fort bien accueillie, et Louis-Napoléon ne pouvait manquer d'accepter une somme aussi considérable que celle offerte par le ci-devant employé à la banque Perrin, d'autant plus qu'elle arrivait fort à propos.

L'on est édifié sur les scrupules de ce personnage. Le pseudo comte, plein d'intelligence et d'astuce, ne manquait pas de distinction. Son ton, son langage, ses manières étaient d'un parfait homme du monde.

Il parut dans la bonne société parisienne quelques mois avant la mort de Mme Barrel, qui reconnut son séducteur, comme on le sait, et sans qu'il s'en doutât.

On racontait — d'après ses propres dires — qu'il était le fils d'un émigré de petite noblesse provinciale qui, ruiné par la Révolution, alla chercher fortune en Autriche où il fit un bon mariage.

Le jeune Rodolphe de Bertemont, fils unique de l'émigré, ayant séduit une jolie institutrice dont il était devenu éperdûment amoureux, s'enfuit avec elle et l'épousa à Paris, malgré les ordres de son père, qui s'opposait formellement à cette union.

Sa femme accoucha d'une fille, Hélène, et le ménage vécut dans un état très voisin de la gêne; puis, la comtesse étant morte, le comte Rodolphe de Bertemont retourna en Autriche pour recevoir son pardon, et aussi pour hériter de son père, car le vieil émigré mourut quelque temps après.

Voilà ce qu'il avait lui-même raconté et ce qu'on répétait.

Il avait mis Hélène en pension, après la mort de sa femme, et savait jouer le rôle de père tendre et dévoué, bien qu'il éprouvât pour la jeune fille la plus complète indifférence.

Il paraissait posséder une fortune assez considérable. En tous cas, il dépensait l'argent sans compter et jouait un jeu d'enfer. C'était sa passion maîtresse, dominante, impérieuse.

Devant le tapis vert, il passait les meilleurs moments de sa vie ou plutôt les seuls bons moments. Hors-de là, l'existence lui semblait décolorée, monotone, ennuyeuse.

Il se ruina le plus galamment du monde.

Dès lors, il employa différents moyens, tous plus ou moins malpropres et qu'il serait trop long d'énumérer, pour se créer des ressources. Il finit par se discréditer complètement.

C'est dans un cercle qu'il avait connu Louis-Napoléon, avant que celui-ci fut Président de la République. Avait-il deviné les pensées ambitieuses qui couvaient sous le masque morose du fils de la reine Hortense; avait-il prévu les hautes destinées qui attendaient ce jouisseur, et résolut-il de s'attacher à sa fortune? Il est probable que oui. En tous cas, le comte de Bertemont se montra un de ses plus zélés partisans, et s'il ne contribua point de sa bourse à l'élection présidentielle, il n'épargna ni ses paroles, ni ses démarches et fit preuve, en cette circonstance, d'une étonnante activité.

Il fut du petit nombre de ceux qui reçurent la confidence du coup d'Etat.

Si le comte de Bertemont, malgré sa réputation équivoque, avait ses libres entrées à l'Elysée, ce n'est pas seulement parce qu'il se montrait partisan zélé de Louis-Napoléon : aux yeux de ce dernier, c'était son moindre titre, mais surtout parce qu'il était le père d'une ravissante jeune fille que le futur César convoitait.

Aussi, quand le comte s'en vint tout jubilant, et avec une remarquable absence de sens moral et d'instinct paternel, lui parler du honteux marché qu'il méditait au sujet d'Hélène, le prince éprouva un fort dépit qu'il sut, d'ailleurs, parfaitement cacher, et il réprima un vif mouvement de mauvaise humeur.

Quoi donc! cette admirable créature, faite pour orner le lit d'un pape ou d'un roi et dont il se sentait de jour en jour plus épris, allait devenir la proie d'un Anglo-Saxon brutal et mal élevé ! Non, il ne fallait pas que cela fût. Et cependant quelle insanité de vouloir empêcher une chose qui allait permettre au coup d'Etat de s'exécuter dans les meilleures conditions possibles. « L'argent, le nerf de la guerre, est aussi celui des coups d'Etat » — disait le Prince, précisément au comte.

Il fallait dompter sa passion, laisser le comte apporter la forte somme, chose précieuse, indispensable, qui devait tout primer. Après on verrait.

Ainsi concluait le Prince en lui-même, alors que d'un visage glacial il congédiait le comte en lui souhaitant bonne chance avec son James Dilson, après l'entrevue que nous avons rapportée dans un de nos premiers chapitres.

Quant à James Dilson il était venu en France avec l'idée d'une mission à accomplir.

Cette mission ?... une vengeance.

Taciturne, peu communicatif, comme les gens de sa race, il ne parlait à personne de ses projets : ce qu'il avait à faire, il voulait le faire silencieusement, dans l'ombre, et sans satellites, si possible.

Un jour, il aperçut Hélène.

Elle devint pour lui, comme pour le Prince, l'objet d'une violente passion. Des causes différentes peuvent produire les mêmes effets. Le Prince était un débauché et lui avait vécu d'une vie fort chaste.

« Nombre de jeunes gens s'éprennent, dit Taine, en parlant des Anglo-Saxons, et la chasteté prolongée, les habitudes de concentration taciturne, une capacité d'émotions plus grande et moins éparpillée que chez nous, portent leur passion à l'extrême. » Tel était le cas de James Dilson. Chose étrange, ce grand diable, vrai *globe-trotter*, qui avait chassé l'ours blanc vers le cercle polaire, le tigre dans l'Inde, le crocodile en Egypte, et l'éléphant au Cap, qui avait tiré et essuyé des coups de fusil, donné et reçu des coups de casse-tête et des coups de couteau, qui savait manier le kriss malais, le tomahawk et la sagaie, qui avait affronté bien des périls et supporté bien des *hardships*, se sentait pris, en présence d'une jeune femme, d'une timidité incroyable qui rendait son cerveau inerte et paralysait sa langue.

Il se fit présenter au comte de Bertemont.

Très perspicace, celui-ci, malgré le silence de James Dilson ne tarda pas à s'apercevoir de ses sentiments.

Pressentant la richesse colossale de l'Américain, il vit de suite tout le parti à tirer de sa passion.

Il se promit d'exploiter James Dilson, quitte à sacrifier sa fille.

Il le mit adroitement sur la voie des confidences, et reconnut enfin à son indicible joie qu'il ne s'était pas trompé.

Une confidence en amène une autre, le pseudo-comte fit à son tour la sienne.

Il parla à mots couverts du coup d'Etat prémédité, du grand avenir qui attendait le Prince et ne manqua pas d'insister sur la reconnaissance de Louis-Napoléon pour tous ceux qui lui auraient rendu service.

Il donna à entendre que jusqu'ici l'argent avait fait défaut pour accomplir, avec toutes les chances de succès voulues, le changement de gouvernement. Il ajouta que lui, comte de Bertemont, avait dépensé toute sa fortune personnelle au service de son maître, que, momentanément gêné, il ne pouvait encore marier sa fille, car il ne voulait lui donner un époux qu'après lui avoir constitué une dot suffisante.

Il se voyait donc forcé de remettre toute idée de mariage à plus tard, c'est-à dire quand le Prince Louis-Napoléon, devenu empereur, pourrait récompenser comme il le devait et comme il le ferait, ses fidèles et dévoués serviteurs.

James Dilson répondit ce que le comte prévoyait.

Il fit remarquer au père d'Hélène que les charmes de la jeune fille étaient assez puissants pour que l'on passât outre sur la question de dot, ajoutant qu'il était assez riche pour épouser une jeune fille sans fortune.

Le comte persista dans sa résolution. James Dilson réfléchit alors que son bonheur, dépendant d'un changement de gouvernement, il fournirait la somme nécessaire pour aider au coup d'Etat.

Le comte de Bertemont, intime et familier du Prince, serait tout naturellement l'objet des faveurs impériales. Après un pareil service, il ne pourrait lui refuser la ravissante Hélène, et il aurait ses entrées à la cour.

On sait le reste.

Mais au lieu de remettre l'argent de la main à la main, l'Américain préféra lui offrir le trésor qu'il savait exister dans la maison de l'Anglais, ce qui lui parut plus commode, n'ayant pas à déplacer ses valeurs.

D'où venait ce trésor? Le comte tenta d'avoir quelques explications. Il ne put rien obtenir de James Dilson, sinon qu'il y avait un secret de famille.

Il se garda d'insister. Au fond que lui importait la provenance de ces diamants, de ces pierres précieuses ? L'essentiel était de les palper, et il emporta joyeusement la caisse.

Le père d'Hélène sut tromper l'Américain, il n'hésita pas à lui mentir effrontément en lui disant que la jeune fille l'avait déjà remarqué.

Il est vrai qu'en parlant ainsi, il ne s'attendait pas à ce qu'Hélène montrât tant de répugnance.

Il la savait d'un caractère ferme, décidé, mais il supposait qu'une jeune fille est toujours heureuse de s'émanciper par le mariage.

Loin de se douter de l'amour d'Hélène pour le peintre, s'il voyait avec déplaisir les visites de celui-ci, c'est qu'il le savait fils du député Barrel pour lequel il ne se sentait aucune sympathie. Ajoutons aussi qu'il ignorait qu'un enfant fut né à Anne Perrin, la fille du banquier, et que cet enfant, le sien, eût été reconnu par le député qui avait voulu ainsi sauver l'honneur de celle qu'il aimait.

Un mot maintenant sur ce qui suivit la découverte du trésor.

La caisse déposée en lieu sûr chez le comte de Bertemont, il ne s'agissait plus que de transformer en billets de banque, en or et en argent, cette quantité de pierres précieuses, chose relativement facile. Le père d'Hélène, tout joyeux, remit l'opération au lendemain et s'habilla pour se rendre avec sa fille à l'Elysée, tandis que, de son côté, J. Dilson allait se mettre en tenue de soirée, pour être présenté au Président de la République.

Aussitôt arrivé à son domicile, un grand et vigoureux nègre, à la physionomie féroce, lui dit en anglais qu'une personne l'attendait « la même qui est déjà venue ».

— *All right*, fit l'Américain.

Le même soir, vers neuf heures et demie, avant de se rendre à l'Elysée, il alla rôder devant la maison du comte.

Puis, après quelques minutes d'indécision, il sonna.

Un domestique vint ouvrir.

— Monsieur le comte et Mademoiselle sont absents — dit-il reconnaissant un familier de son maître.

— Déjà partis pour l'Elysée! Voilà qui est fâcheux! Moi qui voulais lui demander de traverser la maison pour aller attendre au fond du jardin une personne à qui j'ai donné rendez-vous... Peut-être pouvez-vous me rendre ce service ?

Le domestique hésitait, mais James Dilson connaissait un moyen infaillible pour vaincre les scrupules les plus enracinés.

Il ouvrit son portefeuille, tira un billet de cent francs et l'offrit au domestique qui s'effaça incontinent et respectueusement pour le laisser passer.

L'Américain traversa rapidement la maison, se dirigea vers le fond du jardin, ouvrit tout doucement la petite porte verte, se blottit sous une tonnelle adjacente et attendit.

Son attente ne fut pas de longue durée, car on se rappelle que Paul était arrivé à son rendez-vous bien avant l'heure convenue.

Il se promenait de long en large, impatient, l'esprit dans les nuages, la joie dans le cœur.

Emma vint le troubler dans son allégresse.

James Dilson assista à la burlesque scène, puis la drôlesse partie, il entendit Paul, qui s'était approché de la porte, supplier Hélène de lui ouvrir.

La curiosité du domestique avait été éveillée par la générosité de l'étranger. Il se glissa subrepticement dans le jardin, curieux de ce qui allait se passer.

Quand il vit Paul tomber évanoui du coup de casse-tête, asséné par l'Américain, il ne douta pas qu'il venait d'être témoin d'un meurtre.

Épouvanté des suites de l'affaire et craignant d'être accusé d'avoir trempé dans un assassinat, il s'empressa de s'enfuir et de se cacher, et on n'entendit plus parler de lui.

Quant à l'Américain, tout frémissant de rage jalouse, il laissa Paul étendu au travers de la porte et, sans plus s'en inquiéter, se hâta de se rendre à l'Elysée, où il arriva quelque peu en retard.

La colère emplissait son âme, et il se demandait s'il n'avait pas été joué par le père d'Hélène.

Le lendemain, vers onze heures, il se présentait chez le comte.

— Monsieur le comte est absent, dit la bonne qui vint ouvrir.

— Mademoiselle de Bertemont ?

— Elle ne peut recevoir.

L'Américain partit après avoir laissé sa carte.

Il se représenta le jour suivant, mais Monsieur le comte n'était pas encore de retour et Mademoiselle venait justement de sortir. Le sang monta alors au visage de l'Américain ; ses yeux fulgurèrent et prirent une expression si méchante que la servante recula épouvantée. Cependant, il se maîtrisa et partit sans ajouter une parole.

CHAPITRE XVIII

Dans la nuit du 30 décembre. — Le sous-lieutenant d'Hagniel. — Un duel. — Au Jardin des Plantes. — L'Indien et le tigre. — Barrel se fâche. — Le mystère de l'eau du Brahmine.

Vers dix heures du soir, avant de se mettre au lit, le sous-lieutenant d'Hagniel contempla un instant d'un air mélancolique comme des amis à qui on dit adieu, le képi, le pantalon, la tunique à épaulettes d'argent qu'il venait de revêtir ce jour-là pour la dernière fois.

Il devait, en effet, le lendemain, endosser sa nouvelle, tenue, soigneusement étalée par son brosseur sur plusieurs chaises bien alignées.

Ici, le pantalon rouge, à côté la tunique ornée de l'épaulette et de la contre-épaulette d'or ; là le modeste shako, dont un simple pompon portant le numéro de son nouveau régiment, le 42e de ligne, remplaçait le coquet plumet vert.

Il éprouvait, à n'en pas douter quelque émotion et un peu de regret à quitter le corps où il avait fait ses premières armes et il lui semblait entendre retentir à ses oreilles la marche célèbre qui avait conduit ses pas à l'assaut des redoutes kabyles et à la conquête de ses galons :

> Encore un carreau d' cassé,
> V'là l' vitrier qui passe,
> Encore un carreau d' cassé,
> Le vitrier passé.

— Nom de Dieu ! — s'exclama t-il — tomber des chasseurs dans la ligne ! Quelle chute !

Car on était à l'époque où chaque troupier vait l'orgueil de son uniforme et l'amour de son régiment... le premier, toujours le premier de l'armée française, qui elle-même était la première du monde. Peut-être !... Quand elle est bien commandée. Mais pourquoi, s'il tenait à son régiment, s'il l'aimait, pourquoi en avait-il changé ? Il l'a dit lui-même dans le premier chapitre de ce volume... pour l'avancement. L'avancement n'est-il pas le phare qui guide l'officier, son étoile polaire au milieu des ennuis, des écœurements, des dégoûts du métier, la suprême consolation qui lui fait endurer toutes les humiliations, toutes les fatigues, toutes les misères et risquer sa peau dans les plus dangereuses aventures, l'avancement couvert des noms sonores de devoir, d'honneur et de patrie.

> Mourir pour la patrie,
> C'est le sort le plus beau, le plus digne d'envie !

dit la vieille ode funambulesque. Sans doute c'est une œuvre sainte, mais si tous ceux qui se précipitent la poitrine au devant des balles

J'aurai ta peau, sale Français, j'aurai ta peau !

meurtrières n'avaient d'autre mobile que l'amour de la patrie, sans la croix et l'avancement, l'héroïque phalange serait moins compacte.

Le sous-lieutenant d'Hagniel, issu d'une famille militaire, comptant pour ancêtres des soldats, du côté paternel comme du côté maternel, élevé par conséquent dans les idées militaires d'alors, avait l'amour de son métier.

Engagé volontaire, favorisé par les circonstances, c'est-à-dire les guerres d'Afrique, il n'entendait pas moisir dans les grades obscurs.

Son père avait été au feu avec le colonel Espinasse, et cette sorte de parenté lui avait donné la protection de celui-ci.

— Venez dans mon régiment — lui avait dit le colonel du 42e — vous n'aurez pas à vous en repentir.

Et, confiant en cette parole, il s'était aussitôt occupé de trouver un permutant.

Le 42e de ligne avait déjà acquis, en matière politique, quelque célébrité, car il se trouvait à Boulogne lors de la seconde tentative du neveu de l'Empereur contre le Gouvernement de Juillet, le 5 août 1840. Ce furent des hommes du 42e qui l'arrêtèrent à la suite de quoi, traduit devant la Cour des Pairs, il avait été enfermé au château de Ham.

— J'ai peut-être fait une sottise — se dit l'officier — enfin qui vivra verra.

Et sur cette réflexion, ayant peu de tendances vers la mélancolie, il ferma les yeux pour appeler le sommeil, car il lui fallait être levé de bonne heure pour se rendre à la caserne.

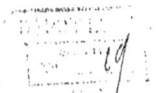

Mais ce fut en vain qu'il essaya de dormir ; le sommeil ne venait pas ; il se mit sur son séant, ralluma sa bougie et fit flamber une cigarette. La tête appuyée sur la main, le coude sur l'oreiller, le souvenir de la nuit précédente dans son esprit. Il songea à son ami Paul Barrel, au représentant du peuple, à l'ouvrier typographe ; il exprimait ses pensées en un monologue à haute voix bien que personne ne fut là pour l'écouter :

— Il existe des choses qui dépassent ma compréhension — disait-il — et ce dont j'ai été témoin hier est dans le cas. Qu'un ambitieux de bas étage qui recherche la popularité pour arriver au pouvoir flatte les porte blouse, trinque avec eux sur le comptoir et distribue des poignées de main aux cureurs d'égout, cela s'explique. La fin justifie les moyens et, à ces gaillards-là, tous les marchepieds sont bons. Mais ce qui ne se comprend pas du tout, c'est qu'un homme instruit, intelligent, distingué, un homme d'une valeur morale hors ligne, poussant le désintéressement jusqu'à l'extrême, perde son temps à prêter une oreille complaisante aux âneries révolutionnaires d'un orateur de marchand de vins, s'abaisse à choquer son verre contre le sien et paraisse se complaire en la compagnie de ce bavard. En vérité, cela me surpasse. Puisque ce n'est pas calcul, c'est donc sympathie. Sympathie singulièrement placée !

On le voit, Julien d'Hagniel était encore offusqué du toast porté respectueusement, presque religieusement, à Marianne, « la République idéale, honnête, démocratique, une et indivisible! » moment, où il avait consulté sa montre et s'était éclipsé rapidement.

— Voilà trois gaillards — continua-t-il en suivant les petits nuages de fumée — voilà trois gaillards qui prennent la vie tout de travers. L'un, le père Barrel, est un homme d'une grande bravoure : il a combattu en Grèce, il a fait ses preuves en Juillet et, hier encore, il a montré son sang-froid et son énergie. Certainement, à l'heure actuelle, s'il servait dans l'armée, il serait général ou tout au moins colonel ; au lieu de cela, il est quoi ?... rien, moins que rien ; il est député, il écoute des bavardages et des amplifications assommantes, il donne la réplique à des charlatans, des bateleurs, des sectaires fanatiques ou de simples idiots ; pis que cela, il siège à côté de goujats et de malotrus : quel métier pourtant quand on a du cœur et de l'intelligence ! L'autre, son fils, l'ami Paul, poursuit la renommée et attrape la migraine en tripotant des couleurs ; il file le parfait amour, il se pâme en baisant l'ourlet du jupon de sa belle, dont il réserve respectueusement le corps pour l'usage de ses rivaux, et il va à des rendez-vous où l'on reçoit des coups de casse-tête en guise d'amoureuses caresses ! Il ferait mieux de s'engager, ça lui apprendrait à vivre !... Et le troisième, ce typographe, honnête homme et républicain, ne serait-il pas mille fois plus heureux dans un régiment ; il coucherait dans un bon lit, il aurait toujours du pain sur la planche, soupe le matin, soupe le soir : il voyagerait, il se livrerait à des exercices fortifiants au grand air au lieu de perdre sa santé dans un atelier infect où il travaille douze heures par jour pour arriver à ne pas crever de faim. Ma parole d'honneur, tous ces gens-là sont toqués. On n'est pas fichu de leur fourrer dans le crâne que le métier de Mars est le plus beau de tous !

Et il se mit à chantonner :

Cré coquin, être militaire,
C'est un chic un peu flatteur !
On ne peut pas dir' le contraire,
C'est rupin, parole d'honneur !

Quand il eut achevé, il se remit à regarder attentivement les spirales de fumée de sa cigarette, et sans doute il aperçut dans la bleuâtre nuée une image agréable, car il resta rêveur, ses lèvres s'épanouirent et sa cigarette s'éteignit dans ses doigts.

Puis, tout à coup, se frappant le front :

— Il n'y a rien de plus idiot — s'exclama-t-il — que de se fourrer dans les toiles quand on n'a pas sommeil... et de baguenauder dans sa chambre quand on peut faire mieux ailleurs.

Qui s'arrange une heureuse jeunesse se prépare une vieillesse pleine de charmes — me disait mon professeur de philosophie — car la vieillesse ne vit que sur des souvenirs. Il faut donc pour l'avenir en faire une ample provision d'agréables.

Si tu t'imagines que la douce enfant va venir te trouver dans ta chambre, tu te fourres le doigt dans l'œil jusqu'au coude, mon camarade.

Et là-dessus, en route, mauvaise troupe ! Peloton par le flanc droit... droite !... pas accéléré. . arche !

Il sauta hors de son lit, enfila lestement ses bottes et son vieil uniforme de chasseurs, se coiffa de son shako, s'enveloppa de son caban, et gagna précipitamment la rue, en criant :

— En avant !

. . . .

Le lieutenant d'Hagniel, avait été élevé dans les idées militaires de l'époque : l'amour de l'armée, le dédain du *pékin*.

Son père, mort depuis quelques années commandant d'artillerie, fils lui-même d'un général de la première République, était du nombre de ces hommes dont l'espèce n'est pas très commune de nos jours, qui, sachant faire la part des choses, se mettant à la place des gens pour juger plus sainement de leurs actes, arrêtent devant le seuil de la vie privée, les attaques et les critiques qu'ils adressent à leurs adversaires politiques.

Bien qu'il fut ardent bonapartiste, il avait

pour habitude de ne traiter ni de criminels, ni de scélérats, ceux qui pensaient autrement que lui, et son fils Julien avait, à cette occasion, souvent entendu raconter à sa mère le récit d'un duel qui, après avoir mis en rapport le commandant bonapartiste et le journaliste républicain Barrel, en avait fait deux amis.

Comme beaucoup de personnes âgées, Madame d'Hagniel se répétait souvent, mais elle avait une telle facilité d'élocution, une imagination si lucide, une si grande abondance de souvenirs, en vraie française du dix-huitième siècle. elle disait si joliment le mot spirituel ou le détail drôle, que son fils ne se lassait jamais de l'écouter.

Il se rappelait donc mot pour mot le récit de l'événement.

Un matin, Georges Barrel se présenta chez le commandant, qui habitait la même maison ; ils avaient déjà discuté ensemble sur le régime impérial, discussions courtoises, comme il sied entre gens bien élevés.

— Commandant, je viens vous demander un service.

— Il vous est acquis d'avance, mon cher monsieur, à moins que ce ne soit de partager votre avis sur le gouvernement qu'il faut à nos compatriotes.

— Je ne serai pas si exigeant — répliqua le journaliste en riant. — Il s'agirait simplement de me servir de témoin.

— Pour un mariage ?

— Non, un duel.

— Un duel ? Comment donc ? Je suis tout à vous... Et votre adversaire ?

— Un Anglais !

— Un Anglais? Ah ! sapristi ! je regrette vivement alors que les lois absurdes qui nous régissent m'obligent à ne jouer près de vous qu'un rôle passif. Autrefois, les témoins se coupaient la gorge le plus chevaleresquement du monde en même temps que les adversaires, tandis que maintenant on est réduit à suivre, bras croisés, les péripéties de la lutte. C'est humiliant !

— Que voulez-vous — fit en riant Barrel — c'est la loi ! *Dura lex, sed lex.*

— Et que vous a-t-il fait ce brigand-là ? Quelque traîtrise, sans doute..., à moins que ce ne soit quelque grossièreté. Ils sont coutumiers de l'une et de l'autre action. Il y a dans la peau de chaque Anglais un Hudson Lowe, un lâche bourreau de l'Empereur.

— On a peut-être exagéré les taquineries du gouverneur de Sainte-Hélène à l'égard de son prisonnier, qui ne devait pas être d'un caractère commode ni d'une garde facile... Mais la question n'est pas là, commandant. Comme vous le préjugez, l'homme que je provoque, a été à la fois traître et malotru. Il s'agit de l'honneur d'une dame... Permettez-moi de ne pas être plus explicite.

— Compris. Je suis à vos ordres. Comment s'appelle votre homme ?

— Robert Dilson.

Le commandant d'Hagniel et un ami de Georges Barrel, Marik Lebrenn, officier de la garde nationale, s'abouchèrent avec les témoins de l'Anglais. Ce ne fut pas chose aisée que de s'entendre avec eux, car leur client se prétendant l'offensé, avait d'abord choisi la hache d'abordage, et sur l'observation qu'on lui fit que ce n'était pas dans les usages de se servir d'une telle arme, il proposa la lance des Cipayes de l'Inde, dont il avait, dit-il, un choix varié, puis le poignard empoisonné!... Contraint, par les témoins, de se contenter de la prosaïque épée, il déclara qu'il voulait la lutte corps à corps et jusqu'à la mort de l'un des deux adversaires.

— Ah ! ça ! il est enragé, cet animal ! — disait le commandant.

Après bien des difficultés, l'on arrêta que le combat cesserait après la première blessure grave.

Mais, quand le Français et l'Anglais furent en présence sur le terrain, il se passa une chose qui ne rappelait en rien les traditions chevaleresques, courtoises, en honneur chez les maîtres de l'escrime en France.

En effet, avant que Georges Barrel eut mis bas son habit, avant que les armes fussent mesurées, avant même que l'emplacement fut choisi, l'anglais se précipita sur le journaliste, l'épée à la main, en hurlant :

— Je me moque de vos usages. Il faut que l'un de nous deux disparaisse... J'aurai la peau, sale Français, j'aurai la peau ! Et, en même temps, il portait au jeune homme un coup si violent qu'il l'eut certainement percé de part en part, si le commandant d'Hagniel, dont l'œil était prompt et la main leste, ne l'eut paré d'un rapide coup de canne.

Alors, Georges Barrel, qui avait bondi sur son épée, se mit en garde malgré ses témoins, qui criaient au guet apens, au coup de Jarnac, à l'assassinat ; ils voulaient faire cesser la rencontre et arrêter son déloyal antagoniste. Mais les fers étaient déjà furieusement engagés et moins d'une minute après, Robert Dilson gisait sur le sol, la cuisse traversée.

— Tu ne l'as pas volé, traître ! — murmura le commandant les dents serrées ; — il est fâcheux que tu n'aies pas reçu l'atout dans l'estomac au lieu de la cuisse !

— *I will pay you for it* — cria d'une voix frémissante Robert Dilson en lançant sur son vainqueur un regard chargé de haine, tandis que celui-ci, escorté du commandant et de Lebrenn, s'éloignait.

— Qu'est-ce qu'il vous dit ? — demanda ce dernier — il semble vous menacer.

— Il me menace, en effet, — réplique Georges Barrel souriant. — Il me dit textuellement : « Vous me le paierez », comme un enfant qu'un plus fort a battu.

Il se garda de répondre à cette menaçante apostrophe et se contenta de hausser les épaules. Ainsi se passèrent les incidents de ce duel demeuré secret et dont Julien d'Hagniel tenait les détails de sa mère.

Il reste à compléter ce récit par celui d'un autre événement arrivé quelque temps après et dont Georges Barrel, peu bavard de sa nature, ne fit part à personne.

. . . .

« Vous me le paierez », s'était écrié en anglais Robert Dilson, en voyant s'éloigner son adversaire vainqueur. Paroles imprudentes et singulières dans la bouche d'un homme qui avait donné à maintes reprises des preuves étonnantes de sang-froid et d'empire sur lui-même ! Ce calme Anglo-Saxon, qui en présence des lions de l'Atlas, des tigres de l'Hindoustan ou des Sioux révoltés dans les plaines du Far-West, n'avait jamais perdu la tête, se comportait, en cette circonstance, comme un enfant ou un aliéné. C'est qu'une passion indomptable s'était emparée de lui, passion non payée de retour, et la certitude que son amour était sans espoir, lui, le richissime à qui rien ne résistait, habitué à satisfaire tous ses caprices, lui faisait perdre la notion des choses en le mettant dans une continuelle fureur.

Cependant, reporté dans son domicile, étendu sur son lit, la jambe immobilisée et tout entier à ses réflections, il ne tarda pas à regretter l'imprudente et puérile menace qui lui était échappée, et qu'eût dû lui interdire le plus vulgaire sens commun.

N'était-ce pas, en effet, s'il avait la réelle intention de se venger de son rival, l'inciter à se tenir sur ses gardes, procédé en usage, il est vrai, chez les races chevaleresques qui avertissent leurs ennemis des représailles prochaines, mais étranger au caractère pratique et prosaïque de l'Anglo-Saxon.

N'aurait-il pas dû, au contraire, tenter une réconciliation sur le terrain, chose facile, quand c'est le vaincu qui fait les avances.

Indigné contre lui-même, il ne cessait de s'apostropher en jurons énergiques de sa maladresse et de sa folle colère.

Ah ! triple brute ! Des menaces, alors qu'il eut fallu déployer toutes les ressources de son astucieuse cervelle pour tromper son ennemi !

Car une infernale pensée avait surgi en lui avec la rapidité d'un éclair à l'instant même où il interpelait son heureux rival et le menaçait de représailles prochaines : pourquoi ne pas employer contre le journaliste le liquide redoutable que la vengeance avortée du fakir Cakgakounta avait mis entre ses mains ? Quelle volupté intense n'y aurait-il pas à voir Georges Barrel, jeune, beau, bien fait, élégant et qui plus est, aimé, devenir peu à peu, par l'action de l'eau maudite, un être épouvantable, une créature repoussante et sans nom ! Ah ! quelle ivresse ! A cette pensée, Bob Dilson poussait de petits rugissements de joie et s'agitait impatiemment dans son lit, autant que le lui permettait sa jambe blessée.

Cependant il s'excitait, s'exhaltait de plus en plus et, peu à peu, sous l'influence de sentiments violents et concentrés, sa substance cérébrale se fatiguait au dernier point. Les émotions qu'un violent amour méprisé lui avait fait éprouver, la rage de la défaite, la soif de la vengeance, l'ennui insupportable qu'un homme aussi remuant, aussi actif, ressentait en se voyant condamné à l'immobilité, l'absorption à haute dose, en guise de consolation, des liqueurs les plus fortes, tout contribuait à détraquer ses nerfs et son cerveau, que sa vie d'aventures et de périls continus avaient déjà soumis à de rudes secousses. « Encore une heure de cette existence et je deviens fou » — s'écria-t-il un matin en quittant délibérément sa couche, malgré les conseils de son médecin, qui, la veille, lui avait expressément recommandé de ne pas bouger.

Aidé de son valet, il s'habilla, se fit allumer une bougie, prit une petite fiole de la capacité environ d'un quart de litre et, sans vouloir qu'on l'accompagnât, il descendit clopin clopant à la cave.

Redoutant une révolution nouvelle à Paris, pendant laquelle sa maison courrait le risque d'être saccagée, ses pierres précieuses, ses bijoux et son argent enlevés, il avait construit, avec l'aide d'un mécanicien, son compatriote, la cachette que nous connaissons. Pour le moment, il ne s'y trouvait qu'un certain nombre de bouteilles de vin de Lacryma-Christi (qu'il appréciait tout particulièrement) et, en outre, dans un coin, gisait seule, par crainte d'une erreur lamentable, la bouteille contenant le liquide destructeur. Il la prit, la déboucha et remplit sa fiole ; après quoi, il remonta dans sa chambre et, fatigué de son escapade, se remit au lit.

De nombreux projets, des idées bizarres, incohérentes, se heurtaient dans sa cervelle.

Il pensait écrire à Georges Barrel, pour le prier de passer chez lui, désireux de s'excuser de sa conduite inqualifiable sur le terrain, conduite qu'il attribuerait à un moment de folie ; puis on aurait scellé la réconciliation avec une excellente bouteille de Lacryma-Christi et, pendant que l'attention du journaliste serait détournée, il trouverait le moyen de verser dans son verre quelques cuillerées de poison.

Mais il repoussa ce moyen qu'il reconnut de nature à inspirer des soupçons et, d'ailleurs, le billet qu'il écrirait au journaliste servirait de preuve accablante au cas où celui-ci porterait plainte à la justice, aux premiers symptômes du mal.

Il fallait aviser autrement; et finalement, après maintes réflexions, il s'arrêta à cette décision :

Essayer de rencontrer Georges Barrel, se mettre sur son passage, lui tendre la main.

Son titre de vainqueur — se dit-il — le disposera certainement à la bienveillance. D'ailleurs, ces Français n'ont pas de sentiments forts, ils ne sont pas d'humeur rancunière et ils ont une propension grotesque à la sympathie universelle ; ils ne détestent pas la main qui les a châtiés, à plus forte raison ne pourra-t-il m'en vouloir. Tâchons de lier conversation avec lui, au besoin, faisons des excuses, protestons de nos bons sentiments, ayons l'air de regretter ce qui s'est passé. Il ne sera pas difficile de capter sa confiance; il me racontera — selon la coutume de ses compatriotes — les aventures de sa vie, ses secrets de famille et d'oreillers; entre deux anecdotes, j'aurai maintes occasions de lui faire avaler cette excellente liqueur — qui arrêtera d'une façon fâcheuse pour lui le cours de ses succès galants.

Il savait que Georges Barrel faisait presque tous les jours, quand le temps était beau, sa promenade matinale au Jardin des Plantes, voisin de sa demeure. A sa première sortie, il s'y fit donc conduire, mais il n'y rencontra pas celui qu'il cherchait.

Sans se décourager, il y retourna régulièrement pendant une semaine. Mais soit que Georges Barrel l'aperçut de loin et l'évitât, soit que le journaliste eut changé le moment de ses promenades, il ne put le rencontrer.

Tandis qu'il errait par les allées, d'un pas irrégulier, à l'heure où elles sont presque désertes, il avait été remarqué la veille par un homme au teint olivâtre, à l'œil éclatant, à la barbe d'un noir d'aile de corbeau, soyeuse autant que touffue, portant le costume des indigènes du Bengale.

En le voyant, l'Hindou n'avait pu réprimer un mouvement de surprise, puis s'était dissimulé derrière un arbre pour laisser passer le promeneur.

Le lendemain, au moment où, fatigué de traîner sa jambe encore malade, l'Américain venait de s'asseoir, le même Hindou, accompagné d'un de ses compatriotes, passa devant lui, et tous deux l'examinèrent d'un rapide coup d'œil.

Robert Dilson, l'esprit occupé par le désir de voir Georges Barrel, ne prêta aux deux orientaux qu'une médiocre attention. Depuis qu'il fréquentait le *Jardin du roi*, il en avait déjà rencontré plusieurs; une troupe de ces Bengalais était arrivée quelques jours auparavant, amenant un superbe tigre, capturé dans les Jungles et que le gouverneur de Calcutta offrait à Louis-Philippe.

Le roi, embarrassé de ce cadeau vraiment britannique avait envoyé au Jardin des Plantes le magnifique animal, donnant l'ordre qu'on hébergeât la demi-douzaine de ses captureurs pendant leur séjour dans la capitale.

— Est-ce lui? — demanda en indoustani le compagnon du premier Indien, quand ils furent passés devant le banc où se reposait l'Américain.

— Oui — répliqua l'autre — c'est bien lui.

— L'âme du maître te l'envoie. Fais-en ta chose. Tu accompliras l'œuvre inachevée.

— Point de dépense sans profit, point d'entreprise sans réflexion.

— Et point de querelle sans nécessité. Certes, si l'injure t'était personnelle, je te dirais : méprise. Le dard du mépris perce l'écaille de la tortue, mais il s'agit du *maître*... Et ce n'est pas sans raison, qu'il le mit sur ton chemin... Le mépris n'est pas assez. S'il perce l'écaille de la tortue, il glisse sur la cuirasse faite d'abjection du maudit... Il faut en faire un *paria* parmi les hommes.

— Tu l'as dit. C'est la propre parole du maître. J'essayerai... Il faut l'amener à moi, mais je ne réponds de rien. Ici, nous perdons nos moyens, nous autres. Le ciel gris ne se prête guère à nos expériences. Notre œil flamboie mal dans cette atmosphère brumeuse... Puis le manque de pratique m'enlève ma force.

— Expérimente sur le tigre.

— Je le ferai. Mais autant expérimenter sur un enfant ou une femme. Devant le regard de l'homme, l'animal est facilement docile. C'est là le secret de tous les dompteurs. Il me faudrait un *mâle*, tu me comprends.

— Cherche et tu trouveras.

— C'est dangereux... si du premier coup l'on ne peut réussir. Nous ignorons les lois de ce pays. On les dit bourbeuses et pleines d'embûches comme une mer hérissée d'écueils et nous pourrions nous y noyer.

— Toute l'eau de la mer ne va qu'aux genoux de l'homme qui ne craint pas la mort...

Ils continuèrent à causer à voix basse, bien que nul n'eut pu comprendre leur conversation, et disparurent par une autre allée, non sans avoir jeté un dernier regard, un regard chargé de menaces et de haine à Robert Dilson, assis sur son banc.

Cependant, Georges Barrel ne songeait guère à son ennemi.

Absorbé par un travail important, il avait dû s'abstenir de ses promenades favorites, et maintenant, son travail terminé, il reparaissait tout heureux de respirer à nouveau les parfums des fleurs, de revoir cette nature qui, bien que factice, est pleine de charmes, de faire manœuvrer ses articulations et donner de l'exercice à ses muscles.

Le hasard de sa promenade le conduisit devant les cages des bêtes féroces, et il allait rebrousser chemin, car c'était pour lui un spectacle pénible que ces malheureux fauves emprisonnés derrière des barreaux de fer, s'atrophiant lentement en un tournoiement stérile,

> ...usant ainsi l'énergie
> *Des jours libres qu'ils ont superbement vécus,*

lorsque son attention fut attirée par un groupe de curieux en extase devant le nouvel hôte de la ménagerie.

Le magnifique animal tournait, tournait sans discontinuer, dans sa prison immonde, l'œil flamboyant, à la fois étonné et féroce. Sous la dure épaisseur de son crâne, les pensées informes se heurtaient sans doute, et il cherchait vainement à comprendre pourquoi les lianes de ses jungles s'étaient transformées en barreaux de fer et les vastes profondeurs des forêts en cette prison de dix pieds carrés.

Il déployait dans ses mouvements une telle force, une telle élégante souplesse que le journaliste s'arrêta pour l'admirer.

Tout à coup, le tigre ralentit sa marche tournante et donna des signes visibles d'inquiétude; ses prunelles jaunes, ardentes, se dilatèrent et semblèrent attirées vers un point unique.

A mesure qu'il ralentissait son allure, il rétrécissait de plus en plus le diamètre du cercle qu'il décrivait et finit par s'arrêter et s'asseoir, regardant toujours le même point au milieu du groupe de curieux.

Georges Barrel se demanda qui pouvait ainsi attirer l'attention du tigre et suivant la direction de ses regards, il aperçut les deux indiens dont nous avons parlé tout à l'heure, ce qui excita vivement son intérêt.

— Voilà qui est singulier — se dit-il — et qui prouve en faveur de l'intelligence des animaux. Ce tigre reconnaît des hommes de son pays. Il a vu dans les jungles ces turbans et ces tuniques blanches, et la présence de ces Hindous lui rappelle les majestueuses forêts où il bondissait en liberté.

Mais un moment d'attention lui fit comprendre qu'il se trompait. Nulle réminiscence d'autrefois, nul souvenir des arborescentes solitudes ni des plaines aux épaisses et hautes broussailles ne hantaient le cerveau du fauve, il était simplement fasciné, hypnotisé par l'œil aux reflets d'acier de l'un des Hindous.

— Ce sont les indiens qui l'ont capturé — disait-on dans la foule. — Voyez, le tigre les reconnaît.

Georges Barrel, au lieu de partager l'admiration des badauds pour les intrépides chasseurs de tigres, n'éprouvait pour eux qu'une sorte de colère. Assurément, s'il admirait l'audace et le sang-froid qu'il leur avait fallu déployer pour s'emparer du redoutable animal, il déplorait qu'on en fît un prisonnier.

Il regarda les Bengalais et s'aperçut, du premier coup d'œil, du phénomène d'hypnotisme.

On recommençait alors à s'occuper, dans certains salons de Paris, du magnétisme animal.

Depuis la fin du dernier siècle jusqu'à l'époque qui nous occupe, Munier d'Eslon, les frères Puységur, l'abbé Faria qui se donnait le titre de brahmine, ayant été initié, dès son enfance, aux mystères du culte indien et qu'Alexandre Dumas venait de faire figurer dans son célèbre roman, le *Comte de Monte-Christo*, d'autres encore, avaient excité, au plus haut point, la curiosité publique par leurs expériences et leurs affirmations. Suivant l'habitude des corps constitués en France qui, fidèles à Sainte-Routine, s'opposent généralement, de toutes leurs forces, aux inovations, découvertes ou inventions, l'Académie de Médecine avait longtemps refusé, énergiquement, de s'occuper de ces pratiques et investigations singulières, ainsi que le témoigne une épigramme qui fit le tour de Paris :

> Le magnétisme est aux abois
> La Faculté, l'Académie
> L'ont condamné tout d'une voix
> Et l'ont couvert d'ignominie.
> Après ce jugement bien sage et bien légal,
> Si quelque esprit original
> Persiste encor dans son délire,
> Il sera permis de lui dire :
> Crois au magnétisme..... animal !

Mais, en 1825, la docte assemblée se décida de nommer une commission, non pas pour étudier la question, mais simplement à seule fin d'examiner « s'il convenait que l'Académie s'en occupât ». En 1826, d'après le rapport que lui présenta la susdite commission, l'Académie consentit à jeter un peu de clarté dans ces études pleines de mystères et d'imprévu, et, à cet effet, elle nomma une seconde commission, qui devait approfondir ce sujet.

Cette commission fonctionnait depuis quatre ans déjà et le public attendait les conclusions qu'elle allait déposer.

Naturellement, Georges Barrel se tenait au courant de tout cela.

Il n'ignorait pas les effets produits par la puissance du regard, par la fixation d'un objet brillant, par les passes, par les frictions sur différentes parties du corps, sommet de la tête, front, épigastre, paume de la main, et tout ce qu'on a appelé depuis les zones hystérogènes; il connaissait quelques-unes des pratiques des charmeurs d'animaux féroces: il savait aussi que dans l'Inde le magnétisme est en usage depuis des époques qui se perdent dans la nuit des temps, et il avait entendu parler de ces *Thugs* ou *Bhéets*, voleurs de profession, qui se servent des procédés ci-dessus et de bien d'autres analogues pour dominer leurs victimes, les fasciner, leur faire perdre connaissance et les dépouiller ensuite impunément.

Il savait que le fondateur du christianisme initié dès son enfance par les prêtres égyptiens aux mystères des thaumaturges, avait à l'aide du magnétisme, opéré ses prétendus miracles.

Bien des fois Georges Barrel s'était juré de ne jamais permettre à un homme, quel qu'il fut, médecin, savant, ami intime, même dans l'intérêt de la science, d'essayer sur lui des pratiques magnétiques, et il s'indignait à l'idée que l'on pouvait être assez insensé pour abdiquer son libre arbitre et devenir un automate, un être inerte, passif, entièrement soumis aux volontés d'une autre personne. Aussi, étant données les dispositions du publiciste, le lecteur imaginera assez facilement la colère qu'il dut éprouver quand il vit l'inconnu se tourner vers lui et darder, pour ainsi dire jusqu'au fond de son cerveau, des rayons perçants, pénétrants, qui jaillissaient avec une force extraordinaire de ses yeux noirs, despotiques, dompteurs.

Le tigre, échappant dès lors à l'influence, poussa un sourd rugissement, que les badauds prirent pour de la colère, mais qui n'était, en quelque sorte, qu'un soupir de satisfaction.

Quant à Barrel, il fit un bond en arrière; apostrophant l'Hindou, il lui dit avec colère, et en anglais :

— Il ne me plait pas d'être regardé de la sorte, et je vous prie de choisir un autre sujet pour vos expérimentations.

— Se mettre en colère — répondit l'Hindou dans la même langue — est une des six choses qui ne vont guère sans une mauvaise fin.

— Ah ! Et quelles sont les cinq autres ?

— Je ne suis pas venu en France pour enseigner la sagesse aux Français.

— Mais les Français peuvent t'enseigner la manière de vivre.

— Je la connais. Elle est résumée en quatre préceptes :

Qui est actif n'aura jamais faim ;
Qui médite ne péchera point :
Qui s'arme et veille ne craindra point ;
Qui sait parler et se taire à propos n'aura point de querelle.

Médite ce dernier point, mon ami.

Les badauds, étonnés de cette conversation, dont ils n'entendaient pas un mot, avait détourné leur attention du tigre et faisaient cercle autour du Français et des deux Indiens.

Tout en parlant, l'Hindou continuait à attacher sur le journaliste ses prunelles, qui semblaient deux tisons.

— Eh ! crois-tu donc m'intimider, avec ton œil diabolique — dit Georges Barrel, que ce regard gênait étrangement.

— T'intimider ? Pourquoi faire ? Je puis, si je le veux, avant que deux minutes soient écoulées, faire de toi un esclave docile.

— Je te défends de me fixer ainsi.

— Je veux te fixer, moi !

— C'est trop d'insolence ! — s'écria le journaliste — sentant le fluide le gagner malgré lui, et avec un violent effort, il fit, avec sa canne, un geste de menace.

— Tu ne frapperas pas — riposta l'Hindou. Tu le voudrais, que tu ne frapperais pas.

— Ah ! et pourquoi ?

— Parce que je te défends de frapper.

— Ah ! tu défends !

Il leva le bras, mais vain effort, sa canne ne put s'abattre et il resta quelque temps dans la ridicule posture d'un bravache qui, mis au pied du mur, n'ose exécuter sa menace.

Le regard de l'Hindou paralysait son bras.

Les curieux qui l'entouraient se mirent tous à rire et il dut quitter le groupe poursuivi par quelques huées.

— Voilà ce que je redoutais — se dit-il — ce drôle a réellement une puissance diabolique ; la faute est à moi qui me suis obstiné à le braver.

Il s'éloigna à grands pas, agité et colère, regrettant de ne pas avoir infligé une correction à ce Bengalais, et ressentant profondément l'humiliation qu'il venait de subir devant ces badauds imbéciles.

Il se préparait à sortir du jardin, lorsqu'au croisement d'une allée il se retrouva presque face à face avec les deux Hindous qui, le voyant, se mirent à ricaner.

— Eh ! te voilà, esclave — dit l'homme à la flamboyante prunelle. — Tu viens faire ta soumission.

— Au contraire — répliqua le journaliste — je fais acte de révolte.

Et il lui appliqua un coup de canne sur l'épaule.

— Ah ! maudit ! Ah ! maudit ! — s'écria l'Hindou, rugissant de colère et tirant de dessous sa tunique un poignard.

Son compagnon l'arrêta :

— Laisse-le ! laisse-le ! Pas de hâte ! Le moment viendra comme pour l'autre. Un jour en vaut trois pour qui fait chaque chose en son temps.

Et ils laissèrent s'éloigner tranquillement Georges Barrel, tandis que du côté opposé s'avançait aussi vite que le lui permettait sa jambe malade, l'anglo-américain.

Il venait d'apercevoir de loin le journaliste, et tentait de le rejoindre.

— Attention. Voici l'autre — dit l'un des Hindous, le désignant à son camarade.

Celui-ci, que le lecteur a sans nul doute reconnu pour l'affilié du brahmine que nous avons vu apporter à Robert Dilson la liqueur empoisonnée, la veille de son départ de Calcutta, se plaça au milieu du chemin pour lui barrer le passage.

Après sa double expérience sur le tigre et sur Georges Barrel qui lui était inconnu, mais choisi dans la foule, à cause de l'énergie peinte sur son visage, un *sujet* réfractaire en fin, il ne doutait pas de maîtriser celui que le fakir lui marquait pour le châtiment.

Il avait du premier coup, en passant près du *globe-trotter* remarqué l'affaiblissement général de l'individu, à qui plusieurs semaines de fièvre et une inaction forcée enlevaient sa vigueur; deviné, de son œil perçant, le délabrement du système nerveux de Robert Dilson qui, au contraire du Français, dont il venait d'éprouver la colère, le livrait à sa merci.

Il ne craignait pas d'être reconnu, car l'Américain avait à peine levé les yeux sur lui quand il lui avait apporté le breuvage diabolique, puis au cas où il le reconnaîtrait il n'avait pas à s'en préoccuper.

Donc, lui barrant le passage, il dit :

— Salut à *Sir* Robert Dilson.

Celui-ci, à la fois surpris et contrarié d'être arrêté par cet inconnu, mais intérieurement flatté de s'entendre interpelé par le titre de *Sir* que l'on ne donne en Angleterre qu'aux baronnets, s'arrêta :

— Que me voulez-vous ? — demanda-t-il.

— Je ne me suis donc pas trompé — reprit l'Hindou dont les prunelles luisaient comme des charbons ardents, vous êtes bien *Sir* Robert Dilson.

— Oui ; encore une fois, que me voulez-vous ?

— Que tu m'écoutes.

— Hein ! Quoi !

— Que tu m'écoutes, te dis-je.

Dilson ouvrait des yeux effarés.

Alors se passa une scène, extraordinaire pour tout promeneur qui en eut été témoin.

Le *thug* qui, pendant ces quelques paroles échangées, tenait ses regards ardents, enflammés, menaçants sur ceux de sa victime, lui saisit brusquement la tête, la renversa en arrière et l'Anglais demeura les paupières grandes ouvertes et immobiles, tandis que figé sur place il semblait cloué au sol.

—Hâ te-toi, Sooroop.

Le thug eut son sourire de triomphe. Jetant autour de lui un rapide coup d'œil, et constatant que personne ne se trouvait dans le voisinage, il ordonna d'une voix impérative à l'Américain de le suivre :

— Viens.

Robert Dilson ne bougea pas.

— Viens — répéta celui qu'on appelait Sooroop — je le veux !

Les yeux fixes, Robert Dilson le suivit d'un pas automatique jusqu'à une tonnelle qui se trouvait à quelque distance. Ils y entrèrent tous trois.

— Assieds-toi — fit l'hypnotiseur, désignant un banc. — Tu es fatigué, je le vois.

L'Anglo-Américain obéit et se laissa choir sur le banc, tandis que son visage prenait cette expression particulière à une personne qui éprouve une grande fatigue.

— Où allais-tu, quand je t'ai rencontré ?

— J'essayais de rejoindre un Français, celui avec qui tu parlais, toi et ton camarade.

— Ah ! tu le connais !

— Oui, c'est un journaliste nommé Georges Barrel.

— Ton ami ?

— Non, au contraire. C'est lui qui est cause que je boite en ce moment.

— Que t'a-t-il fait ?

— Il m'a pris une femme que j'aimais et m'a percé la cuisse d'un coup d'épée.

Les deux Hindous se regardèrent en souriant.

— Qui tue le lion en mange, qui ne le tue pas en est mangé. Il fallait tuer le lion, imbécile.

— Je le tuerai — fit Dilson — portant machinalement la main à sa poche, pour s'assurer que la fiole, qui ne le quittait plus, s'y trouvait encore.

— C'est bien — reprit le thug, auquel le mouvement de l'Américain n'avait pas échappé — l'homme de la pire espèce est celui qui ne prend pas garde au mal qu'on lui a fait. Que caches-tu contre ta poitrine ? Un poignard ?

— Non, une fiole.

— Une fiole ? Donne.

— Non, non, n'y touches pas.

— Donne — répéta-t-il plus impérieusement.

Dilson donna la fiole.

Les deux Hindous l'examinèrent.

Elle était remplie d'un liquide incolore. Sooroop la déboucha avec précaution, la flaira. Aucune odeur n'indiquait la composition du liquide.

Etait-ce donc de l'eau ? Mais ce n'est pas l'habitude des Anglais de mettre de l'eau dans leur poche. Ce n'était pourtant pas du gin ni du whisky, ni aucune liqueur alcoolique. Tout à coup le thug, comme frappé d'une idée subite, dégagea d'une gaîne attachée à sa ceinture un minuscule poignard. Il trempa l'extrémité de la lame dans la fiole et aussitôt un petit bruit,

Sous l'action de l'hypnotisme, Bob Dilson vida le bambou d'un trait.

une sorte de frémissement comme celui causé par un fer rouge que l'on plonge dans un liquide, se fit entendre et une vapeur verdâtre monta lentement accompagnée d'une odeur nauséabonde assez semblable à celle de l'*assa fœtida*.

Les deux Bengalais échangèrent un regard de surprise.

— Oh ! — fit Sooroop — Il l'avait emporté.

— Homme de précaution — murmura l'autre — il s'est armé de griffes.

— Avoir des griffes n'est pas être lion. Nous allons les lui rogner.

— Veux-tu boire ? — demanda-t-il à Dilson.

— Oh ! non — fit celui-ci avec un geste de terreur.

— Pas de cela. Non, tu ne veux pas boire de cela. Tu as soif pourtant, très soif.

— Oui, j'ai très soif.

— Et voici, cependant, un vin exquis.

— Où ?

— Dans ce tube.

Il avait sorti d'une poche de sa tunique un long tube de bambou et passant la fiole à son compagnon, celui-ci la vida complètement dans le tube ; pendant que s'étant saisi de la main droite de l'hypnotisé il exerçait quelques frictions sur ses longs doigts velus.

— Oui, voici d'excellent vin des îles — ajouta-t-il, quand le bambou fut plein et que la bouteille jetée à terre fut écrasée sous une pierre... — Bois, mon ami. Etanche ta soif.

Bob Dilson vida le bambou d'un trait.

— Bon vin, n'est-ce pas ? — appuya le thug.

— Excellent ! — répondit l'halluciné en faisant claquer sa langue.

— Tu n'en as jamais bu de pareil ?

— Jamais.

Les deux Hindous se regardèrent en riant.

— Le Maître est vengé — dit Sooroop. — Ainsi, voici un homme qui porte avec lui, depuis Calcutta, son propre châtiment.

Que voulait-il faire ? Pourquoi gardait-il sur lui ce poison terrible. En même temps que j'ai vengé le Maître, je me suis jeté au travers de projets criminels. Le crime médité est retombé sur sa tête. Il est devenu son propre bourreau. Celui à qui je viens de sauver la vie ne se doutera jamais du danger qu'il a couru. Il ne viendra pas me remercier ; il ne connaîtra jamais mon nom, et qui sait ? Peut-être suis-je destiné à tomber sous sa main ?... Mais à qui était destinée l'eau de Cakyacounta ? Nous allons le savoir.

— Sir Robert Dilson — appela-t-il se retournant vers l'hypnotisé qui, pendant ce monologue, fait en langue du pays de Bengale, pour lui incompréhensible, l'œil fixe, paraissait étranger à ce qui se passait autour de lui. — Sir Robert Dilson !

— Me voilà !

— A qui destiniez-vous l'excellente liqueur qui se trouvait dans votre poche ?... Répondez, je veux que vous répondiez.

— A Georges Barrel.

— L'homme que vous suiviez tout à l'heure ?

— Oui.

— C'est ce que je pensais.

— L'homme qui t'a frappé, Sooroop ! — dit l'autre — c'est le moment. La punition ne répare pas un tort, mais elle en prévient cent autres. Je t'ai dit : « Laisse ton poignard. » J'ai bien fait !

— Le sage t'a inspiré.

— Quand tu seras enclume, tu prendras patience ; maintenant que tu es marteau, frappe droit et ferme.

— Sir Robert Dilson, écoutez-moi attentivement.

— Je vous écoute.

— Quand vous serez réveillé...

— Mais, je ne dors pas — interrompit Dilson suivant l'habitude de beaucoup d'hypnotisés qui vivent dans le rêve.

— Je le sais, mais supposons que vous dormiez. Quand vous vous réveillerez — dis-je — vous prendrez immédiatement le chemin de votre demeure, car vous allez éprouver un grand malaise, à cause de ce que vous avez bu.

— Ah ! le vin des îles ! Il est capiteux. Oui, je me sens la tête lourde.

— Et vous en avez bu beaucoup ?

— Un plein verre.

— Qui vous l'a versé. Vous souvenez-vous ?

— Vous-même.

— Moi ! Quelle erreur ! Vous vous trompez. L'ivresse qui vous gagne vous trouble. Ne vous souvenez-vous plus de l'homme qui marchait devant vous, qui hâtait sa marche et que vous essayiez de rejoindre ?

— Georges Barrel.

— C'est lui qui vous a versé à boire. Vous souvenez-vous ?

— Non — fit l'halluciné hésitant.

— Souvenez-vous bien, sir Robert Dilson, cet homme s'est approché de vous. Il a saisi dans votre poche une fiole que vous teniez cachée ; il en a versé le contenu dans un tube en bambou et vous a obligé à boire.

— Est-ce possible ? Est-ce possible ? — s'écria Dilson dont les cheveux se hérissèrent d'épouvante, et tâtant convulsivement ses poches : — Cette fiole ? où est cette fiole ?

— Il l'a brisée. Tenez, en voici les fragments.

— Horrible ! horrible !

— Oui, horrible ! car c'est un effroyable poison. Mais il faudra vous venger, vous entendez, sir Robert Dilson, il faudra vous venger, je veux que vous vous vengiez de cet homme... Souvenez-vous de lui, de lui seul, de Georges Barrel. Vous oublierez tout le reste, vous oublierez que vous m'avez rencontré, que vous m'avez vu... Je le veux ! je le veux. Vous entendez, *je le veux !*

Ayant ainsi parlé, il souffla légèrement dans les yeux de l'hypnotisé, et, le laissant ahuri sur son banc, disparut rapidement avec son compagnon.

Bob Dilson s'était réveillé. Il resta encore pendant quelques minutes assis, hébété, ne sachant où il était, ne se rendant compte de rien. Il se sentait courbaturé, il éprouvait une fatigue extrême, et une céphalalgie abominable lui martelait la tête. En outre, sa bouche était mauvaise, amère et il lui semblait que son estomac, son œsophage étaient en feu. Mais que diable faisait-il sous cette tonnelle ? Tout à coup l'idée lui vint de s'en retourner tout de suite. Il se leva et partit immédiatement.

Arrivé chez lui, il se coucha et s'endormit, accablé de fatigue. Des cauchemars effrayants l'agitèrent. Il se réveillait et s'épuisait en efforts pour vomir. Et toujours, endormi ou réveillé, il éprouvait dans l'estomac une sensation de brûlure intolérable. Le domestique alla chercher un médecin. C'était un jeune homme qui demeurait dans le voisinage, le docteur Raoult. Il diagnostiqua un empoisonnement, mais malgré toute sa science il ne put découvrir le toxique qui agissait.

Le lendemain dans l'après-midi, la suggestion post-hypnotique eut son effet.

Le docteur était présent, quand tout à coup Bob Dilson sauta hors de son lit, rugissant, et pris d'un accès d'effroyable rage, se mit à trépigner, à se rouler à terre, à tout casser dans sa chambre, prononçant le nom de Georges Barrel, accusant celui-ci de l'avoir empoisonné disant qu'il allait porter plainte à la police. Ce fut une scène abominable, à la suite de laquelle le malade épuisé s'endormit enfin et le docteur, qui connaissait et estimait le journaliste, courut le prévenir de ce qui se passait. Naturellement, Georges Barrel n'y comprit rien ; mais pour éclairer le docteur, il lui toucha quelques mots de sa rivalité avec Bob Dilson et du duel qui en avait été la suite.

Le docteur se dit que son client devenait fou. Il ne songea pas, il ne pouvait pas songer à des pratiques de magnétisme et de suggestion. Cet événement ne fit que resserrer l'amitié du médecin et du député.

En suggérant à Bob Dilson de prendre Georges Barrel pour un empoisonneur, le thug espérait se venger ainsi de l'outrage que lui avait fait le journaliste. La dose du liquide infernal non mesurée avait été plus forte que le thug ne le pensait. Il avait compté que la disparition de l'intelligence de sa victime n'aurait lieu que progressivement comme l'eau d'un vase fêlé qui s'épanche goutte à goutte, tandis que son cerveau se vida d'une façon presque foudroyante.

L'état de stupeur et d'imbécillité suivit de près la douloureuse crise, et le docteur Raoult, renonçant à guérir son malade, était d'avis qu'on l'enfermât dans une maison de santé.

Il en parla à l'un de ses confrères moins scrupuleux qui, flairant une bonne aubaine, déclara qu'il se chargeait de la guérison, et chaque jour à raison de vingt francs la visite, il venait constater que son « idiot », comme il l'appelait, persistait dans son gâtisme.

Georges Barrel, cependant, s'était informé discrètement, à plusieurs reprises, de l'état de son ennemi ; par l'entremise de Marick Lebrenn, l'on plaça près de lui une personne de confiance qui prit soin de l'infirme et veilla à ses intérêts en attendant la venue annoncée d'un Américain, membre de sa famille.

Deux fois cependant, l'oncle Bob avait pu ressaisir quelques parcelles de son intelligence. A deux reprises le noir crêpe qui l'enveloppait se déchira. A la première, il traça de sa main défaillante la lettre que l'on connaît, puis enfouit son trésor caché jusqu'ici dans un coffre-fort. Quant à la seconde, l'on verra dans un subséquent chapitre de quelle façon il employa les heures d'accalmie morale et physique que lui accordait le destin.

CHAPITRE XIX

A la porte de Plumereau — Devant la maison de Bertemont. — Querelle nocturne — La revanche de Waterloo. — La dame mystérieuse. — Adèle et Plumereau. — Inquiétante conversation.

Tout en faisant défiler dans son esprit, pour la plus grande brièveté du chemin, des images tour à tour galantes ou belliqueuses, Julien d'Hagniel était arrivé à la ruelle du Vieux-Moulin, but de sa course nocturne.

Passant devant la maison du comte de Bertemont, sa pensée se porta naturellement sur Paul et sur sa passion pour Hélène, ce qui lui fit éprouver un sentiment de commisération pour son pauvre camarade. Plus il y réfléchissait, plus il trouvait ridicule et niais ce qu'il appelait le sentimentalisme du peintre et il se promettait, quant à lui, de ne jamais comprendre l'amour de cette façon.

Il continua son chemin et s'arrêta devant la maison qu'habitait Plumereau.

Cette maison, comme nombre de celles d'alors, avait l'heureuse fortune d'être privée des bons soins d'un concierge, chaque locataire étant nanti d'une clef. Chose assez étrange, le sous-lieutenant en possédait une aussi. Cette circonstance n'aurait pas peu étonné Plumereau, qui, s'il en avait eu connaissance, n'eut pas manqué de consigner ce curieux incident dans son journal.

Il resta un moment immobile, observant la fenêtre, paraissant fort indécis.

— Il faut pourtant activer le mouvement — se disait-il. — Les choses qui traînent en longueur n'amènent rien de bon... Puis, d'après ce que j'ai entendu dire par mes nouveaux camarades, il ne se passera pas longtemps avant qu'on ne se tire le plumet. Or, on ne sait ni qui vit, ni qui meurt, et tant qu'on vit, il faut en profiter... Mais voilà le hic... *Elle* est là, c'est l'important... il s'agit maintenant de savoir s'il est là, *lui*... Procédons avec une dose égale d'audace et de prudence, comme ce brave colonel Espinasse faisait en Kabylie, quand il égorgeait ces pauvres diables de Kabyles... En avant !... Arche !

Comme il s'approchait de la porte, il se trouva placé dans le losange lumineux projeté sur le pavé par la fenêtre éclairée ; à ce moment, un bruit de pas très léger se faisant entendre, il s'arrêta soudain. Quelqu'un marchait avec précaution à une courte distance.

Plumereau venait-il le surprendre?

Ce fut sa première pensée ; aussi, voulut-il se rejeter dans l'ombre ; mais, trop tard, il était découvert. Un homme, vêtu d'une longue blouse de couleur sombre, arrivait sur lui.

— Que le diable emporte l'animal ! — vociféra en lui-même l'officier, reconnaissant non pas le frère d'Adèle, mais l'ouvrier typographe rencontré chez le député Barrel.

Les deux hommes, aussi désagréablement surpris l'un que l'autre du hasard qui les rapprochait, se jetèrent, dans l'ombre, un regard soupçonneux, mais ne parurent pas se reconnaître.

En voyant Colombau s'arrêter devant la porte, le lieutenant s'empressa de faire demi-tour.

— Que la peste le ronge ! — murmurait-il. — Serait-ce un rival ?... Quelle veste, mon capitaine !...

Et il se mit à lâcher à chaque pas, à mesure qu'il s'éloignait, une kyrielle de *noms de Dieu*, comme ces dévotes qui, pendant des heures, marmottent stupidement dans les coins obscurs des églises, en attendant la venue du gros curé ou du petit vicaire, d'interminables *ora pro nobis*. L'officier, cependant, variait de temps à autre sa litanie par de fréquents emprunts à un vocabulaire de jurons divers, dont il possédait une ample collection malgré l'excellente éducation qu'il avait reçue.

Néanmoins, il put entendre le typographe appeler :

— Monsieur Plumereau ! Monsieur Plumereau !

La fenêtre s'ouvrit, et une voix douce, une voix qui remua le cœur de l'officier, répondit :

— C'est vous, Monsieur Colombau, ah ! quel bonheur... Mon frère descend.

Julien d'Hagniel n'en écouta pas davantage, il ne voulait pas avoir l'air d'espionner, et il s'en alla, laissant de son côté Colombau, mal revenu de sa surprise, et se disant à part lui :

— Ah ! ça ! Pourquoi diable vient-il rôder par ici, ce traîneur de sabre ?

Julien hâtait le pas, désirant, malgré l'heure tardive, aller voir sa mère, qui ne serait peut-être pas encore couchée — les événements graves que l'on pressentait, lui laisseraient-ils le lendemain le loisir de se rendre auprès de Mme d'Hagniel ? — En passant devant la maison du comte de Bertemont, il aperçut une forme humaine appuyée contre le mur.

Paris n'était pas, alors, éclairé comme il l'est aujourd'hui, surtout dans les quartiers excentriques. La rue du Vieux-Moulin, qui ne possédait qu'une lanterne à chacune de ses extrémités, se trouvait, vers son milieu, dans une obscurité complète.

— Je parie, — se dit d'Hagniel, — que c'est mon amoureux transi qui fait le pied de grue à la porte de sa dulcinée. Ah ! l'animal, il en attrapera des fluxions de poitrine !

Et, à l'encontre du sage, qui tourne sa langue sept fois dans sa bouche avant de parler, il apostropha sans réflexion cette ombre silencieuse :

— C'est toi, serin ? Tu es donc incorrigible ?

Une sorte de grognement répondit à cette question.

— Tiens, ce n'est pas Paul — fit d'Hagniel. — D'ailleurs, il n'est pas de cette taille. Excusez, Monsieur, je vous prenais pour un ami.

— Passez votre chemin — dit une voix à l'accent britannique.

— Hein ? Quoi ?

— Passez votre chemin.

— Hé, dites donc, vous ? Il me semble que vous me donnez des ordres ? Sachez, Monsieur, que je n'en reçois que de mes chefs.

— Je suis votre chef — répliqua l'autre — je suis plus grand et plus fort que vous... Filez.

— Vous êtes, en tous cas, un impertinent drôle — s'écria d'Hagniel, s'avançant pour examiner de plus près le personnage. — A votre impolitesse, l'on reconnaîtrait votre origine, si votre accent ne m'avait déjà renseigné. Vous êtes Anglais, Monsieur ?

— Et je coupe la langue aux petits Français trop curieux.

— Et moi, les oreilles aux grands Anglais insolents.

— Vous dites ?

— Auriez-vous l'oreille dure ? Ça tombe mal, car je n'ai pas l'habitude de me répéter.

L'inconnu fit flamber une allumette et Julien d'Hagniel aperçut un homme de haute taille, notre connaissance, James Dilson.

Mais l'Américain n'était pas seul. Dissimulée dans l'enfoncement de la porte, se tenait une femme, dont une voilette cachait le visage, que l'officier n'eut eu, d'ailleurs, pas le temps d'examiner, car l'allumette s'éteignit aussitôt.

— Comment, diable ! — se dit-il. — Est-ce que la dame des pensées de Paul ferait des traits à mon naïf ami ? Etrange coïncidence. Je vais voir Adèle, je rencontre un individu à sa porte ; je passe devant la porte de la belle Hélène, je la surprends en une conversation que ma seule présence a sans doute empêché de devenir... des plus tendres... Je comprends la colère de l'amoureux... Mais il eut dû se montrer plus poli.

Ces réflexions, naturellement, n'eurent la durée que d'une seconde, et d'Hagniel reprit :

— Je m'explique, Monsieur l'Anglais, votre contrariété... Je vous ai dérangé sans le vouloir. J'en fais mes excuses à Madame, mais j'exige que vous me fassiez les vôtres.

— Allez-vous-en — répondit Dilson.

— M'en aller ? non pas, certes... avant que vous ne vous soyiez excusé comme je viens de le faire moi-même.

— Filez.

— De mieux en mieux... Eh bien, non, je ne filerai pas... je reste... et c'est vous qui allez filer d'ici... et lestement.

— *By jove* ! — s'exclama Dilson, avec un

geste de menace et tirant un objet de dessous son manteau.

— Par tous les diables ! — répliqua d'Hagniel, en dégainant et faisant un pas en arrière pour donner plus de jeu à son sabre. — Avance donc, mylord angliche... à nous deux !... La revanche de Waterloo !... Et la dame au vainqueur !

Mais, au même instant, et avant qu'il eut pu le prévoir, James Dilson s'était élancé et lui assénait un formidable coup de casse-tête.

Le shako heureusement para le choc, mais la violence fut telle que l'officier faillit tomber à la renverse, néanmoins, reprenant son aplomb et ripostant de son sabre, il atteignit la main de son adversaire.

La femme, dès qu'elle avait vu s'envenimer la dispute, et pensant, non sans quelque apparence de raison, que les affaires se gâtaient et que les horions allaient pleuvoir, s'était prestement éloignée de quelques pas, sans toutefois quitter le champ de bataille.

Spectatrice immobile et silencieuse, elle suivait en amateur les péripéties de la lutte.

Se voyant blessé, l'Américain cria :

— *Sam! Help! Help!* (A l'aide ! à l'aide !).

Un pas précipité se fit entendre et, des profondeurs de la rue, une grande ombre déboucha.

— Un contre deux ! — s'exclama l'officier s'approchant du mur pour ne pas être pris par derrière. — J'aime mieux ça. Toujours dans les traditions... comme à Waterloo. Est-ce un Allemand que tu appelles à la rescousse ?

Ce n'était pas un Allemand, mais le grand nègre qui accourait.

— Gare au sabre, Sam ! — lui cria Dilson — C'est un soldat... Assomme.

— Moi rien voir, Massa.

— Ici, je suis ici... approche un peu, grand escogriffe — cria Julien à son tour — viens que j'entame ton cuir pour voir s'il est bien tanné.

A cette voix, le nègre se précipita.

La lame du sabre brillait dans l'ombre. L'officier, craignant d'embrocher son adversaire, se jeta de côté pour donner plus de liberté à son bras et se contenter de faire une légère entaille qui mit l'assaillant hors d'état de continuer, mais son mouvement coïncidant avec un autre qu'exécutait l'Américain, il en résulta un violent heurt suivi d'une chûte, dans laquelle Julien entraîna Bob Dilson, qui s'écoula sur lui de tout son poids.

Dans l'impossibilité de se servir de sa lame, l'officier se mit alors à frapper de la poignée sur la tête de son adversaire, tandis que le nègre, essayant d'arracher le sabre, mais craignant de se blesser, tournait autour des deux combattants.

— Assomme donc, brute, assomme ! — hurlait en anglais Dilson d'une voix étranglée, tandis que d'une main imparfaitement libre, le sous-lieutenant lui cognait l'occiput, et de l'autre lui serrait vigoureusement la gorge.

A l'appel désespéré de son maître, le nègre, n'essayant plus de se garer du sabre, se lança sur le groupe et, dans l'excès de son zèle et de son émotion, se mit à frapper du poing au hasard, dans l'ombre, martelant tantôt le crâne de Dilson, tantôt celui de Julien.

Les coups pleuvaient drû comme grêle, et le bras droit de l'officier, paralysé par le poids de l'Américain, ne pouvait que faiblement fonctionner, d'autant plus que Sam reconnaissant aux vociférations de son maître que son poing s'égarait, tentait à son tour de saisir la gorge de l'ennemi commun.

Julien allait assurément passer un mauvais quart d'heure, quand tout à coup une voix s'éleva :

— Eh !, on se cogne ! A la rescousse ! Où est le plus faible ?

— Ici — cria l'officier.

C'était Colombau qui accourait, attiré par le bruit.

Plumereau, moins alerte, mais qui avait eu l'heureuse idée de se munir de la lanterne servant à éclairer son escalier, arrivait à son tour.

D'un coup d'œil, Colombau comprit ce qui se passait. Il vit deux hommes occupés à en assommer un troisième; il aperçut l'officier essayant vainement de se dégager.

Mais ceux-ci, de leur côté, voyant surgir un renfort qu'ils soupçonnaient ne pas être à leur adresse, se relevaient pour faire face aux nouveaux assaillants.

Avec l'agilité particulière aux faubouriens, Colombau, d'un rapide croc en-jambe, fit tomber le massif noir, qui se trouvait le plus rapproché de lui, puis, fondant sur James Dilson, lui lança au creux de l'estomac un vigoureux coup de tête, qui l'envoya mesurer le sol à côté de son fidèle serviteur, tandis que Plumereau, lanterne haute et criant bravo, éclairait le spectacle.

Julien, grâce à ce secours inattendu, s'était promptement remis sur pied.

— Merci — dit-il à Colombau.

Puis s'adressant à ses ennemis qui se relevaient également :

— Messieurs — leur dit-il — un contre d'eux, c'est dans les traditions françaises. Mais, actuellement, la partie serait trop avantageuse pour nous, et nous nous ferions scrupule de la continuer... Au cas où vous ne seriez pas satisfaits, voici ma carte.

— Allez au diable avec votre carte — riposta l'Américain — je n'en ai que faire. Je m'appelle James Dilson, esquire, et si vous voulez mon adresse, vous la demanderez à Monseigneur le Prince-Président. Dites-moi seulement votre nom, je me charge de vous.

— Julien d'Hagniel, sous-lieutenant au 42e de ligne.

— Je m'en souviendrai... Allons, marche, toi, damnée brute !

Et il lança au nègre un coup de pied dans les mollets.

— Voilà une façon de récompenser les services qui ne m'irait guère — fit Colombau ignorant les excellentes raisons qu'avait l'Américain de s'irriter contre son serviteur. — Ce grand diable de moricaud a donc du sang de navet dans les veines qu'il ne riposte pas. Ah ! malheur ! A chaque pays ses usages, mais en voici un que je n'admets pas.

— Bah ! — répliqua philosophiquement Plumereau — C'est un peu comme ça partout, allez, ami Colombau. « Oignez vilain, il vous poindra ».

Il fut interrompu par des supplications étouffées et des cris : « Oh ! Massa ! Oh ! Massa ! » James Dilson, à une cinquantaine de pas, donnant libre cours à la rage qui l'étouffait, tombait à poings fermés sur le malheureux nègre.

Pendant qu'ils s'éloignaient, Julien s'approchant du typographe, lui dit :

— Monsieur, permettez-moi de vous serrer la main, vous m'avez rendu un grand service Sans vous, j'étais assommé et, grâce à votre intervention, je m'en tire avec seulement quelques horions.

Et, regardant à la lueur de la lanterne, son uniforme souillé, déchiré, taché de boue, il ajouta tristement :

— Me voici dans un bel équipage. Il me faut maintenant rentrer chez moi. Heureusement que je n'ai pas mis mon nouvel uniforme... Encore une fois, merci, Monsieur... Je serai heureux de pouvoir m'acquitter de la dette que je viens de contracter envers vous.

— Monsieur — répondit Colombau — il ne faut pas tant me remercier. Chacun se doit aide et secours, surtout entre compatriotes. D'ailleurs, c'est moi qui vous suis reconnaissant de l'occasion que vous m'avez donnée de me remuer un peu les membres, car je viens de passer désagréablement une bonne heure dans l'immobilité la plus complète et dans une place où j'étais si à l'étroit que je ne pouvais même pas éternuer.

— Comment cela ?

— Taisez-vous donc, Colombau — fit Plumereau à voix basse — ne voyez-vous pas qu'on vous écoute.

En effet, à une dizaine de mètres, la femme dont nous avons parlé se tenait toujours immobile dans l'ombre.

— Tiens, parbleu — s'exclama l'officier — Et moi qui oubliais Madame. qui oubliais le prix du vainqueur !... Il est vrai que je n'ai pas vaincu seul. Je n'ose dire part à deux... Mais, Monsieur Colombau, si le cœur vous en dit et que Madame y consente... je vous cèderai le pas.

Il était bien persuadé maintenant que cette inconnue n'avait rien de commun avec la fille du comte de Bertemont, mais il grillait d'envie de savoir qui elle était. Aussi, fut il enchanté de la réponse du typographe déclinant fort honnêtement la proposition.

— Non, merci, Monsieur l'officier, ce n'est pas assurément moi que Madame attend... et je ferais triste figure.

— Partons, partons — dit Plumereau.

Ils serrèrent encore la main au sous-lieutenant, et Plumereau s'en alla rapidement entraînant son compagnon.

— Vous ne l'avez donc pas reconnue ? — dit-il, quand ils furent à quelque distance.

— Qui ça ?

— Elle ?

— Elle ?. . Votre femme ?... Allons donc !... Ah ! sapristi ! Qu'est-ce qu'elle fichait là ?

— Allez-le lui demander.

— Ce n'est pas la peine et c'est trop clair. Ah ! mon pauvre Monsieur Plumereau, mon cher patron, encore un de plus à ajouter sur la liste de vos... concurrents. Deux, même... car, c'est sans doute elle la cause de la querelle de cet officier et de ces deux grands dépendeurs d'andouilles. Quelle coquine, entre nous !... Tout lui est bon... Mais il ne s'agit pas de cela... Parlons de la missive de Sacrovir Lebrenn...

— Alors, vous n'avez pas pu prévenir le député Barrel.

— Hé ! Comment l'aurais-je prévenu ? Je vous racontais ce qui m'est arrivé après que ces salauds m'ont arrêté chez-vous. C'est un miracle que je m'en sois échappé, je ne vous ai pas tout dit...

— Vous me raconterez cela une autre fois ; il faut courir chez Barrel... sinon ce soir, du moins demain matin au plus tôt.

— Je préfère ce soir.

— Barrel sera couché.

— Qu'importe ! Je le réveillerai, cela en vaut la peine.

— Eh bien, courez.

— Non — fit avec un peu d'embarras le typographe. — Je vous accompagne jusqu'à votre porte. Mademoiselle Adèle n'est peut-être pas encore couchée ?...

— Eh bien ?

— Oh ! rien... Elle a dû être effrayée des cris qu'elle a entendus.

— Il n'en faut pas douter. C'est une petite peureuse... Inutile de m'accompagner... Allons, au revoir, et tenez-vous sur vos gardes...

— Oh! j'ai l'œil! Malin qui m'attrapera.

— Bonne chance et n'oubliez rien.

— Dormez sur vos deux oreilles. On sonnera demain le branle-bas dans les sections.

— Je consignerai cela sur mon journal.

Et le typo, ayant serré la main de son ancien patron, disparut dans la nuit, tandis que, de son côté, Plumereau se hâtait de regagner son domicile.

Sur le pas de la porte d'entrée, Adèle apeurée l'attendait.

— Je croyais que tu ne reviendrais pas — s'écria la jeune fille. — Je ne savais qu'imaginer.

— Ma foi — dit Plumereau — il se passe, dans cette ruelle, des choses extraordinaires... mais rentrons.

— C'était une bataille? — demanda Adèle quand ils furent enfermés chez eux.

— Oui, une bataille. Imagine-toi que ce grand coquin que nous avons remarqué à plusieurs reprises et un nègre non moins grand et non moins coquin que lui, se disposaient à assommer un officier qui doit rôder aussi dans ces parages, en quête de quelque amourette, car je l'ai déjà rencontré. Mais, qu'as-tu?

Adèle avait poussé un cri et s'appuyait défaillante, contre le dossier de sa chaise.

— Ils lui ont fait du mal — s'écria-t-elle anxieusement.

— Je ne le pense pas — répondit Plumereau surpris — et cela grâce à l'ami Colombau. Le brave garçon s'est rué comme un lion dans la mêlée, et, à la suite de mouvements aussi prompts qu'ingénieux, il a mis les deux coquins dans l'impossibilité de nuire momentanément. Ils sont partis assez penauds, sans donner d'explications, que d'ailleurs on ne leur a pas demandées

— Alors, il n'a pas de mal?

— Qui ça? Colombau? Il est bien trop leste pour écoper. En a-t-il eu une veine, aujourd'hui! Quelle diable d'histoire il nous a racontée et n'a pu achever à cause de ces enragés qui se massacraient!

— Et l'officier?

— L'officier? Eh bien, quoi?

— Il n'a pas été blessé?

— Je viens de te dire que non. Au fait, je n'en sais rien. Il avait du sang sur lui, et je n'ai pas songé à lui demander si c'était le sien ou celui des autres.

— Tu ne songes jamais à rien.

— Tu es incroyable! Après tout, est-ce que je le connais ce porteur de sabre? C'est Colombau qui m'intéresse, et non pas ce monsieur... quel brave cœur!

— L'officier!

— Mais non, le typographe!

— Oui — répondit machinalement la jeune fille, qui avait visiblement pâli quand son frère parlait de sang, ce dont d'ailleurs il ne s'aperçut pas.

Il reprit:

— Tu ne devinerais jamais qui j'ai vu?

— Non.

— Tu réponds d'une façon distraite. C'est pourtant étonnant, ma rencontre!

— Qui as-tu vu?

— Devine... Cherche.

— Dis-le de suite, va... Ça vaut mieux. Ce sera plus court.

— La coquine, parbleu!

— Comment, elle?

— Elle, toujours elle, elle partout — reprit Plumereau avec colère, frappant du poing sur la table. — Elle était là, à dix pas, appuyée contre le mur, regardant la bataille avec ses yeux diab[illegible] bataille dont, sans doute, elle était la cause.

— Allons donc! — fit véhémentement Adèle — Tu es fou! Te voilà bien avec tes imaginations!

— Quoi? Qu'est-ce qui te prend?

— Tu me dis que... Emma était la cause de cette bataille.

— Eh bien?

— Eh bien, je te réponds que c'est impossible.

— Impossible? — répliqua Plumereau étonné. — Pourquoi? Qu'en sais-tu? La race des idiots n'est pas morte, elle ne mourra jamais... Quoi qu'il en soit, la présence de cette catin est pour moi la preuve qu'il se passe ici quelque œuvre louche, quelque aventure inique. Et puis, j'ou bliais de te le dire: l'officier en question, après nous avoir adressé tous ses remerciements, que d'ailleurs Colombau seul méritait, s'est dirigé vers elle, s'est mis à lui causer; donc il la connaît, donc c'est son amant, la conclusion s'impose!

— C'est impossible — répéta Adèle — tu te trompes, il ne la connaît pas!

La jeune fille avait parlé d'une voix si vibrante que Plumereau la regarda:

— Te rend-t-elle ses comptes, cette Messaline — s'écria-t-il — et, par hasard, vas-tu prendre sa défense?

— Je me serais aperçue de quelque chose — répondit Adèle, plus rouge qu'un coquelicot.

— Ah bah! — fit Plumereau — quelle qu'ait été la profondeur de ton observation, elle n'atteignit jamais, elle ne pouvait pas atteindre la profondeur de sa scélératesse. Tu sais bien qu'elle a toujours aimé le changement... et le militaire.

— Oui, tu as raison, Armand, c'est peut-être un nouveau.

— Nouveau ou ancien, je m'en inquiète peu.

Qu'il aille au diable avec elle et parlons d'autre chose.

Adèle courba la tête toute pensive.

— Nous ne savons toujours pas — reprit l'ex-imprimeur, après un moment de silence — la fin de l'aventure de ce brave Colombau. On est encore venu pour l'arrêter à l'Imprimerie nationale — nous a-t-il dit — et il s'est tiré des gallipettes, suivant son expression...

— Oui, et comme tu étais aussi pressé de lui parler de la lettre de Sacrovir que lui de te raconter son évasion, vous avez causé tous les deux à la fois jusqu'à ce que le bruit de la lutte fut venu vous interrompre.

— Ce qu'il y a de certain, c'est qu'il n'a pas reçu mon billet et qu'il est arrivé tout à coup venant on ne sait d'où. Enfin, s'il ne se fait pas pincer, il nous apprendra le reste de son histoire. Il est probable qu'il ne retournera plus à l'imprimerie Qui sait même si nous le reverrons? Les événements vont se précipiter. Le sang du populo coulera encore. Pourvu que ce ne soit pas comme toujours en pure perte! Mes malheurs et mes observations attentives de tous les faits politiques de ce temps-ci m'ont inspiré un scepticisme ou plutôt un pessimisme dont j'aurai du mal de me départir. Je n'ai pas l'enthousiasme de Lebrenn, l'ardeur, la foi juvénile de Colombau. Est-ce tant mieux, est-ce tant pis? je n'en sais rien. Enfin... allons nous coucher, fillette, et à demain de nouveaux soucis... Ce n'est pas ce qui manquera.

— J'ai bien peur qu'il ne soit attaqué de nouveau par ces individus — dit Adèle.

— Qui ça ? Colombau ?

— Oui, — répondit la jeune fille, — la pensée loin du typographe.

— J'y ai songé. Il m'a répondu qu'il ne craignait rien, qu'il saurait se tirer d'affaire. Je l'aurais volontiers accompagné, mais je ne voulais pas te laisser seule.

— Oh ! Je ne serais pas restée ici. J'aurais couru après toi pour te suivre.

— Quelle folie !

— J'aime mieux tout que de rester seule ici, le soir.

Plumereau regarda sa sœur avec inquiétude.

— Elle devient de plus en plus nerveuse, de plus en plus agitée — pensa-t-il. — A quoi diable cela tient-il ? Je voudrais bien le savoir

— Je te promets — dit-il — de déguerpir de cette maison aussitôt que nous le pourrons. Ce quartier est un peu trop désert. Mais tu as tort de t'épouvanter de la sorte sans raison.

— Que veux-tu, je ne sais pas ce qui se passe en moi, maintenant. Je n'ai jamais été brave, c'est vrai, mais je deviens encore plus poltronne. Le moindre bruit m'effraye, et le comble, c'est que j'en entends dont je ne puis m'expliquer la provenance.

— Simple maladie de l'ouïe — fit Plumereau.

— Je le veux bien, mais j'en souffre, car je ne m'y habitue pas. D'ailleurs, toi-même, tu deviens très nerveux. Ainsi, la nuit dernière, tu te remuais dans ton lit, tu le faisais craquer, tu soupirais; je me disais: le voilà qui pense encore à elle. Il ne guérira donc jamais. Tu faisais tant de bruit dans ta chambre, que cela m'a réveillée.

— Tu es folle — s'écria Plumereau. — C'est toi qui, par suite probablement de manque d'exercice, ne peux dormir la nuit. Comment ! Je me suis agité, j'ai fait craquer mon lit, j'ai soupiré... elle est bonne, celle-là... je me suis tenu bien tranquille, bien coi et j'aurais pioncé comme un loir, sans désemparer, jusqu'au matin, si...

— Si ?

— Si tu ne m'avais réveillé à plusieurs reprises par ton agitation extrême. J'avais envie de te témoigner ma mauvaise humeur. A propos, tu t'es promenée dans ta chambre ? Drôle d'idée !

— Mais c'est toi — dit Adèle d'une voix tremblante, se rapprochant de son frère et regardant avec effroi tout autour d'elle. — C'est toi qui marchais de long en large... Moi, je ne bougeais pas, j'avais trop peur pour le faire, j'enfouissais ma tête sous la couverture, je fermais les yeux; quand je les rouvrais, il me semblait voir l'ombre s'épaissir, devenir plus dense et se remuer. Plusieurs fois, j'ai voulu t'appeler, et toujours ma voix a expiré dans ma bouche. Ah ! quelle nuit vais-je encore passer ? J'ai peur, j'ai peur.

Devant l'épouvante croissante de la jeune fille, l'ex-imprimeur jugea prudent d'arrêter cette conversation. Il éclata de rire — d'un rire un peu forcé, car il avait certainement entendu les bruits dont sa sœur parlait : craquements dans le lit, le plancher, froissements de papier, soupirs étouffés, et comme il avait la certitude de n'en pas être l'auteur, qu'il était bien convaincu de ne pas avoir rêvé, il ne pouvait expliquer ce phénomène que par une double hallucination de l'ouïe, chez lui et chez Adèle, coïncidence au moins singulière.

— Bah ! — s'écria-t-il — laissons tout ça tranquille. *Nonseuse*, comme disent les Anglais. Tu as une tendance regrettable à t'effarer pour rien. Nous avons entendu certains petits bruits, c'est évident. Il n'est pas ridicule d'en entendre, il est ridicule d'en avoir peur. D'abord, il est prouvé qu'en regardant fixement un objet dans les ténèbres, presque toujours on voit cet objet se déplacer. C'est ainsi qu'en guerre, aux avant-postes, les sentinelles, les vedettes tirent des coups de fusil sur les buissons, les arbres, les pierres, qu'ils prennent pour des ennemis en marche. Si des guerriers se

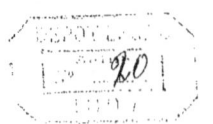

Oui, ze le reconnais, c'est oune voleur !

trompent de la sorte, à plus forte raison une petite fille nerveuse, et pas trop brave, peut aussi s'épouvanter en entendant une souris grimper le long d'une boiserie ou galoper sur le plancher.

Plumereau poursuivit de la sorte, pendant assez longtemps encore, ses explications, si bien qu'Adèle finit par être à peu près rassurée. Ils allaient se coucher, quand un petit caillou, lancé d'en bas, fit résonner un des carreaux de la fenêtre. Adèle poussa un cri, Plumereau ouvrit, et vit deux hommes dans la ruelle.

CHAPITRE XX

Aventure de Colombau. — Son arrestation et sa fuite. — La malle mystérieuse.

La première chose qu'aperçut Colombau à la lueur d'un reverbère, hors de la ruelle du Vieux-Moulin, ce fut Julien d'Hagniel qui s'en allait avec Emma, bras dessus bras dessous, en bons camarades. La connaissance avait été vite faite. Présentation mutuelle, offres de service, tout fut conclu avec cette promptitude particulière aux gens qui pensent que la vie est courte, que nos moments sont comptés et qu'il faut faire ronfler la besogne. Faute de grives on prend des merles, et, d'ailleurs, quand on tombe sur un merle excellent, on aurait mauvaise grâce de se plaindre.

L'officier ne songeait pas à la singularité de la rencontre. Il ne se demandait pas ce que faisaient ces étranges sentinelles postées devant la maison du comte de Bertemont, et la singulière place qu'ils avaient choisie pour y roucouler en plein hiver le duo d'amour...

Il ne pensait plus à la visite qu'il devait faire à sa mère. Il n'avait qu'une idée en tête, celle de héler le premier fiacre venu pour se faire conduire, lui et sa compagne, dans sa petite chambre close.

Colombau, de son côté, tout entier au message dont l'avait chargé Plumereau, oubliait ce qui venait de se passer à l'instant même. Il allait vite et il aperçut bientôt devant lui, à quelques pas, un homme marchant lentement, la tête inclinée et semblant réfléchir. Ce promeneur nocturne était sorti de la maison du comte de Bertemont, quand le typographe écoutait encore les instructions de Plumereau. Entendant quelqu'un s'approcher, il se retourna et il examina l'ouvrier qui ne s'avançait qu'avec une certaine méfiance.

Tout à coup Colombau eut une exclamation de surprise.

— M. Barrel ! — s'écria-t-il.

— Tiens ! — fit le député non moins étonné — c'est vous, mon ami !

— Ça tombe bien — dit joyeusement le typo — j'ai justement une communication importante à vous faire; mais marchons au milieu de la rue, car les murs, les grilles, les portes, les fenêtres pourraient avoir des oreilles.

Il entraîna M. Barrel sur la chaussée et lui fit part du message de Sacrovir.

— Il va falloir agir promptement et avec énergie — dit le représentant. — Je compte sur vous. Nous nous mettrons en campagne à l'aube. Ne retournez pas à votre atelier, car vous pouvez me rendre de grands services. Je mettrai de l'argent à votre disposition pour vous indemniser de votre perte de temps.

— Excusez — Monsieur le représentant — mais, je n'ai pas besoin d'être payé pour travailler pour Marianne.

— Je n'en doute pas, mais encore faut-il vivre.

— D'ailleurs, je me garderai bien de me présenter à l'imprimerie demain.

— Pourquoi ?

— Parce qu'aujourd'hui on est venu pour m'y arrêter.

— Vous arrêter ! et pour quelle cause ?

— Probablement au sujet de mon aventure avec le sale perruquier. Vous vous rappelez comment je me suis introduit chez le répugnant Pied-de-Bouc, comment je me suis blotti sous son fumier. Ce marque-mal a dû me signaler à la police et maintenant on veut me coffrer.

— On ne vous a pourtant pas arrêté, puisque vous êtes ici.

— Hé ! Je me suis esbigné. Ah ! ça a été rigolo vous pouvez me croire !

— Racontez-moi cela.

— Figurez-vous que j'étais au travail cet après-midi, dans mon rang, tout heureux de pomper enfin à mon aise, après un pareil chômage, quand on me fait appeler au bureau. Bon — me dis-je — il y a au moins quelque anicroche. Je descends, je trouve le directeur, M. de Saint-Georges, l'air renfrogné, sur le pas de sa porte.

« — C'est vous qui êtes le nommé Emile Colombau ? — me demande-t-il.

« — Oui, Monsieur.

« — Il n'y a pas longtemps que vous travaillez ici ?

« — C'est le premier jour, Monsieur.

« — C'est aussi le dernier. Quand on a des comptes à régler avec l'autorité, on ne se fait pas embaucher à l'Imprimerie Nationale.

Là-dessus il s'écarte et livre passage à deux salauds de roussins embusqués derrière la porte.

« — C'est vous le nommé Emile Colombau ? — me demande le plus âgé des deux.

« — Allez au diable — dis-je furieux. — J'aime pas me répéter. J'ai déjà dit qui j'étais à Monsieur, et vous avez entendu, puisque vous étiez caché derrière cette porte.

« — N'augmentez pas la gravité de votre cas. Ne faites pas le malin, nous savons qui vous êtes.

« — Vous savez alors que je suis un honnête garçon.

« — Vous êtes Emile Colombau, typographe, demeurant rue de la Goutte-d'Or, n° 10.

« — Parfaitement. Qu'y a-t-il pour votre service ?

« — Il y a que vous allez nous suivre au commissariat, où l'on vous donnera des explications s'il y a lieu de vous en donner. Quant à nous, ce n'est pas notre affaire. Allons, en route ! »

— Je dois vous dire d'abord que la veille, comme je me trouvais chez moi avec mon ancien patron, M. Plumereau, j'entendis tout à coup frapper à la porte. Je n'avais pas seulement eu le temps de dire « entrez » que la porte s'ouvre, et que quatre gaillards, quatre sergots, bondissent sur nous, illico. Ça s'est fait en un clin d'œil, nous n'avons pas dit « ouf ». Oh, nom de Dieu ! Quel bœuf ! « Est-ce qu'on me prend pour un voleur ? » — criai-je. « — Sûrement pas pour un honnête homme » — glapit une voix derrière les roussins, et je reconnais... qui ? je vous le donne en mille... la naine qui demeure à côté de chez vous, celle qui s'offrait pour recevoir l'argent que je rapportais l'autre jour, la même qui donnait de si bons conseils au sieur Pied-de-Bouc, une moucharde, une « flicaille » enfin, qui vous espionne continuellement.

— Je ne m'en doutais guère — fit Georges Barrel.

— Ma colère redoubla — poursuivit Colombau — et, sans écouter Plumereau qui me conseillait le calme, je me mis sur le palier à me débattre tant et si bien que l'avorton prit peur et qu'elle s'écria :

— Hé, monte donc, toi, en bas, hé lâche, viens prêter main-forte à ces messieurs.

— Ze n'oze pas — répondit une voix que je reconnus de suite — z'attends qu'il soit bien attacé.

En entendant cette héroïque réponse, j'eus envie de m'esclaffer et, cessant désormais de me débattre, je descendis l'escalier tranquillement.

Pied-de-Bouc, qui, à l'appel de sa compagne, avait monté quelques marches du premier étage, les dégringola au plus vite, et alla prudemment attendre, dans la rue, à une distance assez considérable pour avoir une forte avance dans le cas où il s'agirait de battre en retraite.

Cependant la foule s'assemblait devant la maison, et les quelques personnes qui me connaissent s'étonnaient tout haut de me voir arrêter comme un malfaiteur. Les sergents de ville, indécis, appelèrent Pied-de-Bouc.

— Voyons — lui dirent-ils — est-ce bien ce paroissien-là? approchez, il ne vous avalera pas tout cru, que diable !

Inquiet, grotesque, sale, ignoble, pourri de vices et de lâcheté, le macaroni obéit aux roussins, non sans grande hésitation, et quand il fut près de moi, il eut l'aplomb de dire :

— Oui, ze le reconnais, c'est oune voleur.

— Et celui-là? — demandèrent les agents en montrant Plumereau.

— Loui aussi, ze le reconnais, c'est oune voleur.

Plumereau, un sourire méprisant sur les lèvres, se contenta de hausser les épaules en murmurant : « Canaille ! »

— On ne vous arrête pas — lui dit un des sergents — mais faites attention à vous et ouvrez l'œil...

Et comme Plumereau disait qu'il allait répondre pour moi au commissariat :

— Vous aurez assez de répondre pour vous-même quand on vous mettra le grappin dessus... Circulez, voulez-vous? ou l'on vous emballe avec votre camarade.

Et en même temps on lui flanqua une poussée.

Mon sang bouillait. Je fis un mouvement si brusque que j'échappais à moitié des mains des sergents, et, baissant un peu la tête, comme un canasson qui rue, je décochai en plein menton un chic coup de savate à ce sale type, qui roula les quatre fers en l'air, en poussant des cris de pintade. Il doit avoir la bouche, pardon, la gueule, en compote ; je ne sais ce qu'il est devenu, ce que je n'ignore pas, c'est que j'en ai encore mal dans l'articulation du pied.

— Bien touché, mon garçon, bien touché — criait-on dans la foule, et les sergots ne se sentant pas l'objet de la sympathie générale, se hâtèrent de nous emmener.

Voilà que sur la place Clignancourt, j'aperçois votre fils.

— Mon fils? — s'écria le député en tressaillant.

— Oui, je l'ai bien reconnu. Il était avec un autre monsieur. Je l'ai appelé. Je me disais, c'est le fils d'un député. Sa parole vaut quelque chose. Puis il préviendra son père. Je ne sais s'il m'entendit; il m'a semblé qu'il m'entendait, qu'il me voyait, mais il n'a pas répondu à mon appel.

— Ce ne peut être mon fils — protesta le député.

— Oh! c'était bien lui!... Heureusement qu'à vingt pas plus loin, je vois une autre figure de connaissance ; c'était M. Garnier-Pagès ; il a organisé notre section, il me connaît, il sait que je suis honnête homme. Il a été maire de Paris, les agents le connaissent. Je l'appelai.

— Qu'est-ce que c'est? — dit-il. — Comment c'est vous Colombau. Pourquoi vous emmène-t-on, mon garçon.

— Je n'en sais rien, Monsieur le Député.

Il interroge les agents.

— Il a été accusé de vol — disent-ils.

— Accusé de vol, lui! Allons donc. C'est le plus honnête garçon que je connaisse. Je réponds de lui. Vous savez qui je suis... Lâchez-le.

— Nous ne pouvons pas... Il faut venir au commissariat, monsieur le Député.

Il m'accompagne au commissariat, se fait connaître, parle pour moi et l'on me relâche... provisoirement.

C'est pourquoi j'étais assez étonné lorsque le lendemain on est venu m'arrêter à l'Imprimerie nationale.

Tout en marchant, je faisais de tristes réflexions. Plus de Garnier-Pagès pour me sauver. Si l'on m'empoignait malgré la protection de l'ancien maire de Paris, c'est que c'était grave. Je me rendais compte que je me trouvais dans de vilains draps et je prévoyais que je n'aurais pas le dernier mot dans cette affaire. L'accusation portée par ce misérable Pied-de-Bouc n'était qu'un prétexte pour se défaire de moi.

Derrière la naine et son galant, n'y aurait-il pas pour les soutenir et me donner tort, ceux qui les employaient, la police, la préfecture, le gouvernement, toute la sacrée boutique, quoi ! On allait m'enfermer, et inconnu, ignoré, qui viendrait me réclamer, témoigner en ma faveur? En outre, qui vous préviendrait de vous tenir sur vos gardes, comment sauriez-vous que vous êtes l'objet d'une surveillance spéciale ? Je résolus de m'échapper, si je le pouvais, pour vous avertir, mais il fallait me hâter, l'on approchait du commissariat, et une fois coffré, plus moyen.

En conséquence de ma résolution, j'affectais un air gai, insouciant, je ne me débattais plus, je ne grognais pas, je suivais les conseils de Plumereau et je ressemblais à un homme arrêté par erreur, qui marche sans crainte, sachant bien que son innocence sera reconnue, ce qui ne m'empêchait pas d'être sur le qui-vive, pour profiter de la moindre occasion de me tirer les flûtes.

Nous n'étions plus qu'à une dizaine de pas du commissariat et je commençais à perdre espoir de brûler la politesse aux flicadarts, quand les cris de : arrêtez-le ! arrêtez-le ! retentirent près de nous. Un cheval, attelé à un tilbury, filait au grand trot, sans conducteur. Un particulier, coiffé d'un quadratin, trottait derrière, tout essoufflé. Un agent se jeta bravement à la tête du canasson, il manqua son coup et le voilà dans la boue, piétiné par la bête. Naturellement, mes deux sergots m'oublièrent un instant, je le sentis par le relâchement de leur étreinte, ça tombait à pic, nom d'un cadrat ! je donnai une secousse vigoureuse qui m'arracha de leurs pattes, et en avant ! J'y perdis un morceau de ma blouse, que je laisse aux sergots comme souvenir, et je m'élançai en criant de toutes mes forces :

— Arrêtez-le ! Arrêtez-le !

Derrière moi, soufflaient les deux policemars qui, atteints probablement de rhumatismes, ne galopaient que d'une fesse, et criaient, eux aussi, comme des enragés :

— Arrêtez-le ! Arrêtez-le !

De sorte qu'il y avait sur toute la ligne un chambard épatant.

Les fenêtres s'ouvraient, les pipelets sortaient de leurs loges, les passants couraient, les gosses hurlaient, les chiens aboyaient et les matous se hâtaient de rentrer chez eux.

La chasse ne fut pas longue. Le cheval s'embarrassa les pieds dans les guides et le voilà par terre. Les badauds ne manquèrent pas de rappliquer ; je m'éclipsai dans la foule, puis me glissai par une porte cochère entr'ouverte. J'étais dans la remise du sieur Pierre, aubergiste qui loge à pied et à cheval. C'est une sale tête d'Alboche, dont le vrai nom, bon pour coucher dehors, est je crois Schwartzmarsheim. Il a une forte clientèle de voituriers.

Justement, dans la remise, il y avait une charrette, recouverte d'une bâche, comme s'en servent les maraîchers. Je saute dedans et je me trouve au milieu de sacs, les uns pleins de pommes de terre, les autres vides. Je me blottis parmi les premiers en me recouvrant des autres et, ainsi garé, j'attends les événements. Je savais que la remise, par une écurie, communiquait dans une autre rue; j'étais donc à peu près certain que les roussins ne manqueraient pas de supposer que je m'étais esbigné par là ! Ça n'a pas raté, je les entendis passer en jurant comme des possédés, sans même faire attention à la carriole.

Je me morfondais là depuis au moins vingt minutes et je songeais sérieusement à déguerpir, quand j'entendis un bruit de pas et quelques paroles prononcées en allemand. Du moins, aux sons désagréables qui arrivèrent à mon oreille, je devinais cette langue de cheval. « Bougeons pas » que je me dis, d'autant plus ennuyé de l'aventure que l'on garnissait un canasson évidemment pour l'atteler.

En effet, la bâche fut écartée et l'on posa, non sans peine, sur les sacs et sur moi, un objet assez lourd qui me parut une caisse et dont un angle m'entrait dans l'échine. Tas de salauds ! Malheureusement, je ne pouvais pas les prier de faire attention. Et fouette cocher, voilà la guimbarde qui roule et au trot encore. Je me donnais à tous les diables.

Un individu s'était installé sur les sacs de pommes de terre, appuyé sur la caisse en question. Je n'osais pas bouger, pas même risquer un œil; donc impossible de me rendre compte de la direction prise.

Rester immobile pendant longtemps dans une position gênante, voilà un supplice que je souhaite à tous les roussins. J'avais l'échine meurtrie, les muscles contractés et, dans la nuque et la cheville, je ressentais comme des coups de bâton !

En outre, une dégoûtante odeur de pharmacie me donnait des maux de cœur.

— Quelle diable de fichue drogue les satanés potards ont-ils fourré là-dedans? — me disais-je.

Et la sale odeur ne devait pas être, non plus du goût de mon compagnon de route, car je l'entendis renifler, cracher et finalement allumer une bouffarde. « Ça chelingue » — disait-il sans doute, car il parlait tout haut.

Depuis combien de temps, la voiture roulait-elle ? Ça me parut une journée de douze heures ! Enfin, elle stoppa. Il était temps, je me sentais devenir fou. Une rage m'avait pris contre cet ostrogoth, dont la présence me condamnait à l'immobilité absolue, et, je me retenais à quatre pour ne pas sortir brusquement de ma cachette, bondir sur lui et lui serrer le gaviot.

Où étions-nous? Je me le demandais, quand soudain il me semble entendre, au dessus de moi, un bruit qui me fit tressaillir. D'où diable cela sortait-il ? Etait-ce une hallucination produite par mon extrême tension nerveuse? C'est bien probable, mais je n'en cherchais pas l'explication, car il s'agissait de prendre un parti et vivement.

L'homme qui était assis à côté de moi dans la voiture avait sauté à terre. Le cocher vint le rejoindre, ils causèrent un instant à voix basse sans que je puisse entendre un traître mot de qu'ils se disaient, puis ils enlevèrent la malle ou la caisse appuyée sur mon échine.

On ne peut pas dire que j'ai froid aux yeux d'ordinaire, mais en ce moment je fus pris d'une jolie frousse, car il s'en est peu fallu que je ne fusse découvert. Mazette ! que serait-il advenu ! Pas du réjouissant pour moi, à coup sûr ; quelque chose me disait que ces particuliers ne tenaient nullement à être surpris dans leur besogne. Il se passe de si drôles de choses à Paris; vous ne vous l'imaginez pas, vous, Monsieur le représentant, qui vivez dans un autre monde que le nôtre. mais, moi, qui vous parle, j'en ai vu de belles, et je puis vous affirmer que M. Eugène Süe n'a rien exagéré dans ses *Mystères de Paris*.

— J'en suis convaincu, — répondit Georges Barrel.

— Le croiriez-vous, il me vint une satanée idée. Je me dis : « Il y a quelque chose de mystérieux dans cette caisse... Tonnerre! Si c'était quelqu'un qu'on y ait coffré ! Ah ! Sapristi ! Vous allez vous gausser de moi, mais cette baroque idée me travaillait le cassetin ! Ce diable de bruit entendu !... Enfin !

Georges Barrel écoutait, devenu soudain très pâle. Ses sourcils se fronçaient; une sorte de tremblement nerveux lui secoua le bras.

— Qu'avez-vous, Monsieur le représentant, vous souffrez ?

— C'est ma brûlure qui me démange un peu... Continuez, mon garçon.

— Mes deux individus enlevèrent la caisse vivement... Comme vous pouvez vous l'imaginer, je ressentis un grand soulagement. J'eus l'envie de prime-abord de me débarrasser de mes sacs et de me carapater illico ; mais j'ignorais où je me trouvais ; peut-être étais-je dans une cour ; peut-être y avait-il des gens autour de la voiture... Je me dis qu'il fallait mieux attendre et rester coi... Je soupçonnais une sale affaire, et d'une façon ou d'une autre, c'est pas bon de s'y trouver fourré, même malgré soi. La justice, voyez-vous, Monsieur le représentant, je suis fâché de vous le dire, je n'y crois pas, et je suis de l'avis de ce brave homme qui disait que si on l'accusait d'avoir volé les tours de Notre-Dame, il s'empresserait de gagner la frontière... C'est encore le plus sûr !... En outre, une sorte d'intuition me disait que la guimbarde allait repartir de suite et que je n'aurais pas le temps de me tirer des gallipettes sans être aperçu.

Je ne me trompais pas.

J'entendis baragouiner des mots que je ne saisis ni ne compris, puis le fouet claqua, la guimbarde s'ébranla, et nous voilà partis au grand trot.

Il n'y avait plus que le conducteur et moi. J'en profitai.

Je sortis de dessous mes sacs, je me glissai sur le ventre et je me laissai couler à terre. Là encore, je l'échappai belle, ma blouse s'accrocha à un crampon ou quelque clou et je faillis être traîné par les rues. Par bonheur, elle n'est plus de première jeunesse, cette pauvre blouse, elle se déchira ; j'en abandonnai un morceau à la voiture et je filai avec celui qui me restait.

Dans l'aventure, je m'étais écorché les mains, égratigné la figure ; j'étais couvert de boue, et c'est pour le coup qu'on aurait pu me prendre pour un malfaiteur.

Aussi, étais-je fort embarrassé de ma personne, quand je m'aperçus que je me trouvais dans une ruelle qui va de la rue de Chaillot à celle de Marbeuf ; or, c'est justement là que demeure M. Plumereau.

Ici, la voix de Colombau s'altéra. Il toussa un peu comme pour se l'éclaircir, car les paroles semblaient s'étrangler au fond de son gosier, et il reprit, d'un air qu'il s'efforçait de rendre indifférent :

— M. Plumereau a une sœur... une sœur... une jeune fille... elle aime beaucoup son frère... je me dis : si, par hasard, son frère n'était pas rentré, il faut voir... puis, comme je n'osais retourner chez moi, je pensais qu'elle pourrait peut-être me donner l'hospitalité. Malheureusement, elle était sortie...

Je ne savais que devenir... Car, enfin, dans l'état où je me trouvais, j'eus attiré l'attention du premier roussin qui m'eut rencontré, aussi ce n'était pas le moment d'aller me balader dans les carrefours... Je ne pouvais, non plus, rester dans la maison, la bonne femme qui m'avait ouvert la porte commençait à me regarder d'un œil soupçonneux, il me fallait donc partir.

Aussitôt dans la rue, je me mis à marcher d'un pas accéléré, comme un ouvrier en retard ou qui fait une course pressée... Mais il faut vous dire que j'étais à jeun depuis la veille, et, ma foi, j'avais l'estomac en défaillance et mes jambes suivaient le mouvement de l'estomac... Alors, quoi ! j'étais, paraît-il, tout pâle, je voyais les maisons danser, comme si j'étais en ribotte, et je ne me tenais presque plus sur mes quilles.

Comme je passais près d'une porte, je fus obligé de m'arrêter. Une dame à cheveux blancs, à l'air doux, avec de grands yeux bleus, qui se tenait sur le seuil, regardait de mon côté.

Je m'appuyai machinalement contre le mur, honteux de me trouver dans cet état de faiblesse ; mais, que voulez-vous, je n'en pouvais plus.

Elle me vit, fit un petit mouvement d'effroi, mais reconnaissant sans doute à ma pâleur que je n'étais pas un ivrogne, elle me demanda avec affabilité :

— Vous êtes malade, Monsieur ?

— Oh ! madame — répondis-je — ce n'est rien... seulement... seulement... je voudrais m'asseoir.

— Vous asseoir ? — fit-elle, un peu surprise. — Entrez, Monsieur, entrez... je demeure au rez-de-chaussée... rien de plus facile.

J'entrai, je la suivis. Elle m'introduisit dans une petite chambre, sorte de salle à manger, de salon, de bureau. Il y avait des armes accrochées au mur, le portrait d'un officier d'artillerie, d'autres portraits de famille, tous des militaires, des livres, beaucoup de livres, et une table non encore desservie.

J'eus à peine la force d'arriver à un siège, je m'y affalai en demandant pardon à cette brave dame.

Elle comprit la cause de ma faiblesse...

— Vous avez peut-être besoin de prendre quelque chose ? — me dit-elle.

Et sans attendre ma réponse, elle me servit un verre de vieux vin, puis me dit de m'approcher de la table, me mit dans une assiette une cuisse de poulet, un morceau de pâté, de la salade, enfin, je mangeai comme un loup, si bien que j'en étais moi-même honteux, et que je lui fis des excuses.

— Ne vous excusez pas — me dit cette brave dame — je sais ce que c'est... Vous êtes sans ouvrage, sans doute... Ne vous gênez pas, mangez, mangez à votre faim... J'attendais mon fils, mais, hélas ! il n'est pas venu.

— Ah ! Madame — lui dis-je — je mange le dîner de M. votre fils, et s'il rentre...

— Rassurez-vous... Il trouvera toujours quelque chose — me dit-elle en souriant.

Pendant que je mangeais, elle allait de temps en temps à la porte de la rue, et appelait d'une voix douce, où se mêlait une nuance d'inquiétude :

— Renée ! Renée !

Je crus que c'était un garçon qu'elle appelait, mais je vis bientôt accourir en sautillant une jolie petite fille, une brunette, qui sauta au cou de la vieille dame.

— D'où viens-tu, petite polissonne ? — lui demanda celle-ci, en essayant de faire de gros yeux.

— J'allais voir si Julien venait — répondit la petite — mais il ne vient pas. C'est un méchant !

Elle m'aperçut alors et se réfugia, un peu effrayée, dans les jambes de celle que je suppose être sa grand'maman.

— Ne crains donc rien, petite peureuse. Ce monsieur ne te fera pas de mal.

— Oh ! maman — dit-elle à demi-voix en attirant à elle la tête de l'aïeule pour lui parler à l'oreille — je le connais. C'est celui-là que j'ai vu emmener par les commissaires.

La bonne dame me dit franchement :

— Est-ce possible, Monsieur ? Est-il vrai que vous ayez été emmené par des agents.

— C'est la vérité, Madame. J'ai été accusé par une canaille, une espèce de sale mouchard, mais je vous prie de croire que je suis un honnête homme.

— Je vous crois, car l'honnêteté se lit sur votre visage.

Je lui racontai, en quelques mots ce qui m'était arrivé.

La petite fille, tout à fait rassurée, s'était rapprochée de moi et me regardait en souriant comme pour me prier de l'excuser d'avoir eu peur.

Ah ! la jolie mignonne. Je l'attirai, je lui caraissai les joues. Elle se laissait faire. Je lui demandai la permission de l'embrasser.

— Pas trop fort — dit elle — parce que la barbe pique.

— Elle est bien intelligente — dit la dame — elle voit tout, entend tout, remarque tout, comprend tout. Et elle est très sensible, quand elle me voit triste, elle pleure.

— Oh ! — fit la petite — je suis triste aussi quand tu me grondes et que tu me menaces de me mettre au pain sec.

— Est-ce que votre maman vous y met souvent au pain sec, ma jolie petite demoiselle ? — demandai-je.

— Jamais. Des fois, quand je suis pas sage, quand je désobéis à maman, elle dit : « On va être forcé de mettre cette petite fille au pain sec ». Et puis, elle ne m'y met pas, parce que, vous comprenez, je deviens sage.

— Mais pourquoi ne l'êtes-vous pas toujours ?

— Oh ! c'est si difficile ! Je voudrais bien vous y voir, vous !

Je riais, elle était si amusante, cette enfant. Le temps se passait... Je me levai pour partir.

— Il serait imprudent de rentrer chez vous en plein jour — me dit la bonne dame. — Attendez ici la nuit... Vous y êtes en sûreté.

J'acceptai avec reconnaissance l'offre de cette respectable personne et, quand la nuit fut venue, je la remerciai du fond du cœur et je sortis de son hospitalière maison.

Georges Barrel avait écouté le récit de Colombau presque sans l'interrompre, mais quand il arriva aux autres incidents de la soirée, à la bataille de l'officier et des deux étrangers, il le questionna vivement.

— On ne m'ôtera pas de l'idée — fit le typographe, après avoir répondu aux renseignements que lui demandait le député sur les deux assaillants — que ces grands dépendeurs d'andouilles se trouvaient dans la voiture qui m'a trimballé. Plus j'y réfléchis, plus il me semble reconnaître leur voix. Pour moi, il y a quelque crime sous cloche.

— Ah ! vous le pensez aussi, — s'exclama sourdement le député.— Je n'osais le dire, mais c'est là ma pensée... Ah ! Et mon pauvre fils qui a disparu !

— Comment, M. Paul ?...

— Oui, mon ami..., oui, disparu depuis bientôt quarante-huit heures... Je suis dévoré d'inquiétudes... Vous ne reconnaîtriez pas cette maison ?

— Laquelle ? Celle où l'on a porté la malle ? Non, je n'ai rien pu voir... J'avais, vous le comprenez, la tête fourrée sous mes sacs et je ne risquais même pas un œil. .

— Et celle où vous avez fait la rencontre de ces hommes lorsqu'ils assaillaient le lieutenant.

— Celle-là je la connais... On l'appelle la maison de l'Anglais dans le quartier. On dit qu'un tas de crimes y ont été commis, des assassinats, des viols, tout le tremblement, que le diable et les revenants y viennent faire la sarabande... et les bonnes femmes font des signes de croix rien qu'en passant devant la porte.

— Allons-y.

— Marchons.

— J'ai une paire de pistolets — fit Georges Barrel.

— Oh ! moi, j'ai mes poings, mes pieds et ma caboche, et ça me suffit. Ce qu'il nous faudrait, c'est de la lumière. Mais nous voici près de chez M. Plumereau... Il nous prêtera bien une lanterne.

Arrivés devant la maison, Colombau ramassa quelques petits cailloux qu'il lança contre les vitres...

Plumereau ouvrit sa fenêtre et, reconnaissant le typographe, fort étonné de cette visite tardive, descendit.

— Quoi ? Qu'est-ce qu'il y a de neuf ? Les sections ? — demanda-t-il à voix basse.

— Les sections dorment — répondit Colombau sur le même ton. — Il n'est pas question, pour le moment, de Marianne. C'est M. le député Georges Barrel qui voudrait faire une petite perquisition dans la maison de là-bas, vous savez, la maison hantée. Nous soupçonnons tous deux qu'il s'y passe des choses pas trop catholiques... et comme nous n'aimons pas mettre la police dans nos affaires,.. nous comptons nous arranger nous-mêmes, mais nous avons besoin de lumière.

— Bonsoir, Monsieur Plumereau — dit à son tour le représentant du peuple — je suis heureux de vous voir et de vous remercier de vive voix des renseignements de l'ami Lebrenn. Nous allons aviser et suivre ses conseils. La fatalité veut qu'au moment où je devrais m'occuper exclusivement de l'intérêt public, il se mêle de graves préoccupations personnelles... Hélas ! je n'ai pas l'étoffe d'un Spartiate... Mon fils a disparu et je le cherche.

— Oh ! Monsieur le Député, je comprends trop vos inquiétudes !...

— Nous allons nous livrer à une petite enquête. Ce brave Colombau m'a raconté une histoire qui m'a bouleversé... Pouvez-vous nous prêter une lanterne ?

— Certainement — répondit Plumereau, de plus en plus surpris. — Et même je vous accompagnerai, si vous croyez que je puisse vous être utile.

— Non — se hâta de dire le typographe, qui n'oubliait pas la rencontre de l'officier à la porte de son ancien patron. — Ne vous dérangez pas. Mlle Adèle est peureuse, il ne faut pas la laisser seule. Prêtez-nous seulement votre falot.

Une minute après, Colombau et le député se dirigeaient vers la maison de l'Anglais.

On se rappelle que cette maison avait deux entrées, l'une dans la rue Marbeuf, l'autre dans la ruelle du Vieux-Moulin.

Ce fut devant cette dernière que nos deux personnages s'arrêtèrent.

Comme ils pouvaient s'y attendre, la petite porte était close.

Ils firent le tour de la sinistre demeure et trouvèrent la grande porte grillée fermée également.

— Vous êtes plus ingambe et plus leste que moi — dit le député à son compagnon. — Trouvez nous un moyen pour entrer.

— Je n'en vois qu'un : grimper sur cette grille. Une fois en haut, je descendrai facilement de l'autre côté, vous me passerez le lampion et je ferai l'inspection des lieux.

— Vous vous tiendrez sur vos gardes. Prenez toujours ce pistolet.

— Oh ! je ne crains rien. Mais ce joujou n'est pas de refus. Je compte toutefois ne pas m'en servir. S'il n'y a que des revenants, je n'en ai pas peur. Si ce sont des vivants, ils ne doivent pas être par douzaines. On n'entend aucun bruit... Alors, c'est dit, j'escalade.

Avec une agilité et une souplesse qu'eût admiré un gymnasiarque, le typographe eut bientôt atteint le haut de la grille, puis il descendit de l'autre côté sans encombre. Barrel lui passa la lanterne allumée, et il s'avança seul vers la maison déserte.

Le député, resté en dehors, écarquillait les yeux, cherchant à sonder les ténèbres, tendant l'oreille, agité, inquiet. Si un danger menaçait l'ouvrier, comment ferait-il pour lui venir en aide?.. Le bruit des pas de Colombau s'éloigna, s'éteignit, le silence devint complet.

Cependant, le typo ayant passé entre la maison et le mur qui l'entourait, pénétra dans le jardin inculte.

Un amas de plantes mortes, desséchées, que dominaient de place en place des arbres dépouillés, s'entrevoyait confusément à la très faible lueur de la lanterne.

Tout à côté, la maison de l'Anglais avait une apparence lugubre avec ses fenêtres éternellement closes. Colombau frissonna, ses pieds s'enfonçaient dans l'humus, le froid le saisissait. Il lui semblait qu'il se trouvait à mille lieues de Paris, il ne savait où, dans une demeure perdue au milieu des bois ou construite parmi les grandes plaines solitaires, dans une contrée inhabitée.

Il avança de quelques pas et s'arrêta soudain. Son cœur battait avec violence, il arma son pistolet.

A la lueur de la lanterne il venait de distinguer un spectacle que la solitude, le silence, la nuit, la légende de cette maison rendaient effrayant.

Une tête énorme, hideuse, surgissait au milieu des herbes mortes.

Bien qu'il fut brave, il trembla ; il eut peur devant cette physionomie monstrueuse, bestiale, féroce, qui semblait le regarder avec des yeux glauques, comme une de ces fantastiques apparitions des nuits de Sabba.

— Qui vive ? — fit Colombau, braquant son pistolet sur cette goule.

Rien ne répondit. La tête restait immobile, menaçante.

Pendant une minute ou deux, l'homme et le spectre restèrent en face l'un de l'autre, comme s'ils s'observaient mutuellement.

— Parle — dit Colombau — ou je te brûle le groin.

Pas de réponse. Il avança d'un pas, tendant sa lanterne.

— Nom de Dieu ! — s'exclama-t-il. — C'est un boule-dogue. Attention !

Sans doute l'animal allait s'élancer. Il se ramassait sur lui-même pour mieux bondir.

Il voyait distinctement sa gueule entr'ouverte, d'où pendait une langue sanguinolente.

— Gare l'atout, si tu bouges !

Mais la bête ne bougea pas, et Colombau s'avança sur elle.

Cette tête effrayante appartenait à un énorme molosse, dont le corps était en partie caché dans les grandes herbes. L'animal n'avait garde de bouger, il était mort.

Ses deux pattes de devant s'appuyaient sur un gros tronc d'arbre abattu, ce qui élevait le haut de son corps, et de sa mâchoire fracassée posée sur le tronc, pendaient des filets de sang coagulé.

En examinant plus attentivement la bête, Colombau s'aperçut qu'une de ses pattes était cassée.

Il se souvint alors.

C'était le chien qui, quelques jours auparavant, avait sauté à la gorge du député et lui avait fait au bras une profonde morsure, ce chien poursuivi inutilement à travers les rues tortueuses de Montmartre. Comment était-il venu s'échouer et périr dans la maison de l'Anglais, dans cette maison inhabitée aux portes hermétiquement closes ? L'ouvrier se posa cette question, mais il n'eut pas le temps d'y trouver une réponse.

Le bruit d'une clef qu'on introduit dans une serrure se faisait entendre à la petite porte donnant sur la ruelle du Vieux-Moulin.

Avec cette promptitude de détermination qu'il possédait dans les circonstances graves et qui eut fait de lui un excellent officier dans les guerres d'Afrique, où l'initiative est laissée à chacun, Colombau éteignit brusquement sa lanterne, puis en quelques rapides enjambées, courut se blottir au milieu de cette végétation morte qui obstruait les plates-bandes et les allées.

Il venait à peine de s'installer dans sa cachette, que la porte s'ouvrit.

Deux hommes entrèrent et refermèrent soigneusement.

Au même moment, le corbeau qui élisait domicile sur l'un des plus hauts arbres du jardin, protesta par un rauque croassement contre ces intrus, troubleurs de son repos.

— Sale bête — dit une voix — si je l'attrape jamais, je lui tords le cou.

— Oiseau noir porte malheur, Massa — fit remarquer l'autre.

— Tais-toi, brute ! Les imbéciles noirs sont plus à craindre que les oiseaux noirs.

Cette courte conversation en langue étrangère fit comprendre à Colombau qu'il avait près de lui les adversaires de tout à l'heure. Il resta coi, retint son souffle et se dissimula dans les débris humides des broussailles mortes.

Les deux hommes passèrent à quelques pas de lui sans se douter de sa présence; ils ouvrirent la porte et s'introduisirent dans la maison. Une seconde après une lumière brilla pour disparaître presque aussitôt.

Colombau attendit encore un instant, puis, sortant de sa cachette, courut à la petite porte du fond du jardin et s'aperçut avec une vive

Le commandant Meunier arrache ses épaulettes, tire son épée et la brise.

satisfaction que la clef n'avait pas été retirée de la serrure. Il eut d'abord l'idée d'aller chercher le député en faction près de la grille, mais il réfléchit qu'il perdrait ainsi un temps précieux et sans doute une occasion unique de se renseigner sur la visite nocturne des deux personnages suspects.

Il ouvrit, pour se ménager une sortie en cas de danger, mit la clef dans sa poche, puis il retourna prestement, mais avec précaution, vers la maison mystérieuse.

Soit par inadvertance, soit parce qu'il pensait n'avoir à redouter dans cette solitude aucun œil indiscret, James Dilson avait laissé le vestibule entr'ouvert.

Colombau écouta attentivement : il perçut un bruit de pas sourds s'enfonçant sous terre.

— Mes deux dépendeurs d'andouilles descendent dans la cave — se dit-il, — à coup sûr ce n'est pas pour y chercher du vin. Allons toujours voir ce qu'ils trafiquent... je les entendrai remonter.

Il s'engagea dans le corridor, se guidant à tâtons le long de la muraille, atteignit sans encombre l'entrée de la cave et prêta de nouveau l'oreille.

Un bruit confus de paroles, où dominait la voix irritée de l'Américain, arriva jusqu'à lui.

— Ça marche mal en bas. Est-ce qu'ils se battent... Risquons un œil.

Et ce disant, le typographe se mit à descendre l'escalier.

Cette descente ne pouvait s'effectuer qu'avec les plus grandes précautions. S'aventurant dans les ténèbres et en un terrain inconnu, il tâtait du pied et des mains tout en retenant son souffle. Le moindre bruit, le plus léger heurt, un faux pas, pouvait le perdre. Surpris en cet endroit, ces individus armés, selon toute probabilité, se rueraient sur lui et l'écharperaient.

L'attention extrême, jointe à l'obscurité profonde, donnait à son ouïe son maximum de finesse ; il entendait nettement, sans toutefois les comprendre, les paroles de James Dilson.

Comme il nous importe de savoir ce que disait l'Américain, laissons Colombau tâtonner dans l'escalier et rejoignons dans la cave le maître et le serviteur.

Tous deux offraient un singulier spectacle. Eclairés par une petite lanterne posée à terre, leurs ombres projetées sur la muraille prenaient des proportions fantastiques.

Une caisse, étroite et longue comme un cercueil, était devant eux déposée contre la partie du mur où se trouvait la porte secrète donnant accès à la troisième cave.

Devant cette caisse, James Dilson eut d'abord un rire silencieux.

— *By Jove !* — dit-il. — Si nous avons manqué le père, nous tenons le fils.

— Nous le tenons, oui, Massa — répéta le nègre.

— Ah! petit barbouilleur, tu as voulu me couper l'herbe sous le pied, vendanger dans ma vigne, vigne que j'ai payée si cher, m'escroquer mon bien... Tu t'es levé trop tard, mon ami.

— Trop tard tu t'es levé — répéta Sam.

— Nous allons rire.

— Nous rions — fit le nègre, étalant ses larges dents blanches.

— Double plaisir. Je venge l'oncle Bob, et je me venge, moi. Ah ! ah ! ah !

— Ah ! ah ! ah ! — fit Sam comme un écho.

— Nous allons donc goûter de l'élixir d'amour.

— Amour de chapon.

— Tu dis le mot, Sam. Nous allons lui faire tomber sa crête et ses plumes, et le rendre plus frileux qu'une poule mouillée par les neiges ; plus honteux qu'un révérend clergyman surpris par sa femme avec sa servante ou sa nièce. Ah ! ah ! ah !

— Ah! ah ! ah!

— Allons, Sam. Ferme ta bouche, car tu finirais par te mordre les oreilles, et ouvre cette boîte promptement... Je vais expliquer à cet amoureux les effets souverains, merveilleux et calmants du bienfaisant sirop que nous allons lui ingurgiter...

— Peut-être mort déjà ? — observa le nègre.

— Mort? Allons donc. Nous allons le ressusciter... Ouvre.

En même temps, il tirait de sa poche un flacon de métal, de forme aplatie, tandis que le nègre, agenouillé, se mettait en devoir d'enlever le couvercle de la caisse.

Cependant, Colombau était arrivé sans encombre au bas de l'escalier.

Guidé par la lumière, il se hasarda dans la première cave, qu'il traversa avec toutes sortes de précautions, atteignit la seconde et aperçut l'Américain debout et le nègre agenouillé. Tous deux lui tournaient le dos.

A son indicible surprise, il reconnut la caisse entrevue un instant, et qu'il soupçonnait avec juste raison renfermer une personne.

Aussi, au risque d'être découvert, poussé par une ardente, une irrésistible curiosité, il avança la tête de façon à ne rien perdre de ce qui allait se passer.

— Si je suis pincé — se disait-il — je n'aurai qu'à me tirer des galipettes ; je connais mon chemin de retraite... Ces deux salauds sont de taille et de force à assommer un bœuf, mais, pour la course, il ne dégotteront pas bibi... D'ailleurs, au besoin, je tiens un joujou qui n'est pas fait pour tirer sur les punaises, et qui m'assurera la retraite... Je puis donc risquer un œil.

A l'aide d'un ciseau, Sam opérait une pesée, soulevant le couvercle.

— Ça sent le creux — fit-il.

— Hein ? Que dis-tu ?

Mais au lieu de répondre, Sam se leva, et, tenant une des extrémités des planches reliées entre elles, enleva brusquement le tout.

— Massa ! — cria-t-il, regardant, bouche béante, dans le coffre. — Parti !

Un rugissement de rage répondit à son cri de stupéfaction.

— Damnation ! vide... !

— Nom de Dieu, quelle veine ! — se dit le typographe. — Décarrons !

Dans sa hâte, il ne prit pas le temps d'assourdir ses pas ; le nègre, entendant du bruit, fit soudain volte-face, et aperçut une ombre qui s'enfonçait dans le noir.

— Massa ! le voilà ! là !

James Dilson, non encore revenu de sa stupéfaction et, blême de colère, se précipita sur les traces du fugitif.

Mais celui-ci détalait prestement. Les mains en avant pour préserver sa tête des heurts, manquant se rompre bras et jambes, il escaladait les marches de l'escalier, atteignait le corridor, puis la porte, qu'il referma rapidement derrière lui en donnant un vigoureux tour de clef, ne prenant pas le temps de s'arrêter pour écouter l'explosion de la colère de ceux qui le poursuivaient et qui se manifesta par des jurons où l'enfer et la damnation jouaient le principal rôle ; il se précipita dans le jardin, trébuchant, se heurtant aux branches mortes, tombant et se relevant, le traversa, et gagna en quelques bonds la porte qu'il referma à double tour. Prenant ensuite sa course dans la ruelle déserte il alla rejoindre Georges Barrel devant la grille où il l'avait laissé.

Celui-ci avait d'abord regardé avec inquiétude Colombau s'aventurer dans cette maison inhabitée, regrettant vivement de ne pouvoir l'y suivre.

Eut-il été aussi ingambe que le typographe, son bras malade l'en empêchait.

Enveloppé dans son manteau, immobile contre un des piliers qui soutenaient la grille, l'oreille tendue, il épiait, impatient et anxieux.

Mais, bientôt, il se passa en lui un phénomène étrange. Cette attente dans la nuit et en cette place, lui rappelait-elle un fait analogue du passé ?

Car, bientôt, malgré ses préoccupations, ses soucis de toutes sortes, malgré le froid de cette nuit d'hiver, malgré ses inquiétudes et la gravité des événements politiques que tout annonçait, des pensées riantes et douces l'assaillirent et si Colombau fut arrivé en ce moment, il eut pu le voir sourire et l'entendre murmurer un nom de femme.

Quelle émotion éprouvait donc Georges Barrel, que son cœur se gonflait et qu'il se sentait si plein d'une mélancolie juvénile et douce ? On n'était pourtant pas à la saison des roses où le vent léger qui roule dans ses ondes les aromes du printemps, où la tiédeur de l'air, où les chants des oiseaux peuvent rappeler à la mémoire le parfum d'une blonde chevelure, des caresses de la bien aimée et de tendres propos d'amour.

Nulle étoile ne scintillait dans l'azur d'un ciel pur, image des rayons de beaux yeux jadis fixés amoureusement sur les siens.

Au contraire, des nuages énormes, lugubres et noirs, cachaient entièrement la voûte éthérée où étincellent les mondes lointains, fenêtre ouverte sur l'univers infini.

La nuit était profonde, sinistre, et le silence complet.

Pourtant, ne venait-il pas de sentir sur sa joue comme l'effleurement d'une main légère ? N'entendait il pas une voix l'appeler tout bas? L'air n'exhalait-il pas des senteurs de lilas, de violettes et de roses ?

Etrange hallucination, provoquée par d'anciens souvenirs, au charme desquels Georges Barrel s'abandonnait.

Mais, ces souvenirs, qui les réveillait ? Qui les faisait surgir des dernières couches de sa mémoire, où ils gisaient, ensommeillés, inertes, en compagnie de mille autres de sa vie passée, auxquels il ne songeait plus ? Qui leur redonnait la première place ? Qui avait chassé ses préoccupations actuelles pour le livrer à leur magie mélancolique et douce ?

— Ah ! qu'elle était belle — murmurait il — sous ses fins cheveux aux luxuriantes tresses blondes, avec sa peau éblouissante de blancheur, et ses grands yeux profonds et mystérieux, ardents et passionnés!

Qu'elle était charmante, la pâle fille du pays des traîneaux et des neiges qui, dans Paris extasié, comme un météore passa et disparut! O royale et divine Assia, mystérieuse apparition, fleur du septentrion, de la vague et immense Russie, pays des mystères et des crimes sans nom, merci du plus profond de mon cœur de m'avoir distingué et choisi, du milieu de la foule de tes admirateurs, merci de n'avoir pas dédaigné mon amour... Mais où es-tu? Qu'es-tu devenue?

Et il murmurait en prose ce que devait chanter plus tard Maurice Vaucaire :

Où donc es-tu ? Que deviens-tu ?
Depuis tant de mois et d'années,
Depuis tant de saisons fanées
Et de roses nouvelles-nées ?
Où donc es-tu ? Que deviens-tu ?

Es-tu vivante ou morte ? As-tu
Les yeux fermés et l'âme errante ?
Si tu n'es pas morte ou mourante,
Vis-tu toujours indifférente ?
Où donc es-tu ? Que deviens-tu ?

N'as-tu pas quelquefois l'envie
D'un réciproque et long baiser ?
Ou de venir te reposer
Tout près de mon cœur pour causer
Des amertumes de la vie ?

— Monsieur, vite, filons !

— Ah ! C'est vous, Colombau ?

— Oui, je me suis blousé. J'ai revu ma caisse, vous savez la caisse ?

— Eh bien ?

— Eh bien, rien dedans... Mais il devait y avoir quelqu'un... Car, quand ils l'ont ouverte, ils ont fait une tête!

— Je ne comprends rien à ce que vous me dites, mon ami — fit le député arraché brusquement à son extase.

— Filons ! — vous dis-je. — Je les ai enfermés dans la maison... Mais ils peuvent sortir par l'autre porte.

— Mais de qui parlez-vous?

— C'est juste, en vérité... Je vais vous raconter cela... Mais en route, d'abord.

Ils arrivèrent chez Plumereau, qui ne s'était pas couché non plus qu'Adèle, et guettait à sa fenêtre.

Colombau raconta ses aventures.

— Je vous dois une lanterne — dit-il en terminant — car j'ai laissé la vôtre là-bas.

Il but un verre de vin, mangea un croûton de pain.

— Maintenant — dit il — je suis tout à Marianne.

Et après avoir jeté un regard de regret vers

Adèle, il serra la main du frère et s'en alla en compagnie du représentant du peuple pour aviser aux moyens de prévenir dès la première heure les chefs des sections.

CHAPITRE XXI

Le coup d'Etat. — L'opinion publique. — Aveuglement de la Chambre. — Michel de Bourges. — La soirée à l'Élysée. — Morny à l'Opéra-Comique. — Le colonel Vieyra et les tambours de la garde nationale. — L'occupation du palais Bourbon. — Les arrestations des représentants. — Scènes grotesques.

« Le 1er décembre 1851, dit Victor Hugo, « Charras haussa les épaules et déchargea ses pistolets. » C'est qu'il ne croyait plus, ainsi qu'il le dit lui-même au commissaire qui vint pour l'arrêter, à la possibilité d'un attentat de Louis-Napoléon sur l'Assemblée nationale. Georges Barrel y croyait encore, et le même jour, dans la matinée, il inspecta ses armes et les chargea soigneusement. Mais il n'y avait pas que la pensée d'un coup d'Etat qui le faisait agir. Nous dirons plus tard quelle autre crainte l'assaillait.

Le père adoptif de Paul avait merveilleusement discerné les dangers qui menaçaient la République. Ces dangers ne provenaient pas de la droite, dont l'impuissance était extrême par suite de sa désunion. Ils étaient dans le pouvoir exécutif, plein d'activité, d'entrain et disposant de l'armée et de l'administration. Mais un attentat possible du fils de la reine Hortense contre la Constitution avait été tellement ressassé que tout le monde en était comme étourdi. Pour s'en être trop méfié, on ne s'en méfiait plus; pour en avoir trop parlé, on n'en voulait plus rien dire; et si la conversation, par hasard, revenait sur ce sujet, on riait, on plaisantait, on haussait les épaules. « Nous étions bien, dit Victor Hugo, dans l'Assemblée quelques-uns qui gardaient un certain doute et qui hochaient parfois la tête, mais nous passions pour imbéciles. »

Georges Barrel faisait-il partie de ce petit nombre? Evidemment oui. Un des premiers il avait signalé les visées ambitieuses de Louis-Napoléon; un des premiers, parmi les membres de la gauche, il avait jeté le cri d'alarme: *Caveant consules;* et il ne cessait de le jeter. Bien que le rôle de Cassandre soit le plus détestable de tous les rôles, Georges Barrel ne s'en départait pas. Il ne se lassait pas de dire ses craintes, mais il ne réussissait plus à les faire partager à la grande majorité de ses collègues républicains, plus inquiets des menées de la droite royaliste que des méditations du sphinx qui siégeait à l'Elysée.

Les uns croyaient sincère le Prince-Président dans ses continuelles protestations de respect à la Constitution; les autres ne le jugeaient pas de taille à se lancer dans une entreprise aussi audacieuse et aussi incertaine que celle d'un coup d'Etat. Si l'envie ne lui en manque pas, pensaient ces derniers, les moyens lui font défaut. Et, d'abord, jamais l'armée ne le suivrait dans cette voie. « L'armée est à nous » — s'écriait le représentant Michel de Bourges, le 17 novembre 1851, le jour de la discussion de la proposition des questeurs, en répondant à un discours où le colonel Charras avait signalé, de la façon la plus catégorique, le péril qui menaçait l'Assemblée! « Non, il n'y a point de danger — continuait-il — et je me permets d'ajouter que s'il y avait un danger, il y a aussi une sentinelle invincible qui nous garde; cette sentinelle, je n'ai pas besoin de la nommer, c'est le peuple. » Et la gauche applaudissait bruyamment à ces fanfaronnades.

Le vendredi 28 novembre 1851, Louis-Napoléon avait dit à ce même représentant, Michel de Bourges, qui rapportait ces paroles à Georges Barrel:

« Je voudrais le mal que je ne le pourrais pas. Hier, jeudi, j'ai invité à ma table cinq des colonels de la garnison de Paris; je me suis passé la fantaisie de les interroger chacun à part; tous les cinq m'ont déclaré que jamais l'armée ne se prêterait à un coup de force, et n'attenterait à l'inviolabilité de l'Assemblée. Vous pourrez dire ceci à vos amis. »

— Il souriait, et moi aussi j'ai souri, ajoutait Michel de Bourges. Il est bien évident que de ce côté nous ne courons aucun danger.

— C'est indiscutable — répondit Barrel — qui ne souriait pas.

— On peut se fier à Louis-Napoléon; c'est un homme de parole — reprit le confiant député.

— Comment donc! Il n'y a pas le moindre doute à cet égard — fit Georges Barrel, ironique.

— Parbleu! — conclut Michel de Bourges, d'un air convaincu.

Le coup fut donc monté de main de maître. Comme pour les titres de certaines agences, on peut mettre en tête du programme:

Célérité et Discrétion.

Rien ne perça dans le public et quand les Parisiens, qui s'étaient paisiblement couchés la veille, se réveillèrent le 2 décembre, tout était accompli.

Le 1er décembre était un lundi, jour de réception à l'Elysée.

La soirée eut lieu comme d'habitude. Elle fut même plus brillante, et la foule si considérable, que pour faire place aux visiteurs l'on dut, ce qui ne s'était pas fait depuis l'installation de la Présidence, leur ouvrir les salles du rez-de-chaussée.

Une secrète intuition poussait-elle ces gens à venir saluer le maître de demain?

Louis-Napoléon, d'ordinaire assez taciturne, montra une bonne humeur, afficha une gaîté, destinées à éloigner tout soupçon.

Au fond, il devait être fort inquiet.

Il avait envoyé le matin même, au comte de Morny, le billet suivant:

« Ce soir à l'Elysée. Amenez Maupas, Magnan et les autres. Demain matin nous passerons le Rubicon. Tâchons de ne pas nous noyer. »

Outre Maupas et le général Magnan, on voyait le général Saint-Arnaud et Fialin de Persigny qui ne quittèrent pas les salons.

L'absence de l'élégant et aimable Morny, fort couru du beau sexe, fut seulement remarquée par les dames.

Où était-il en ce moment si grave?

Assis tranquillement à l'Opéra-Comique dans une loge voisine de celle où se trouvait Cavaignac.

Pendant un entr'acte, une dame du grand monde qu'il n'avait pas vue depuis longtemps, s'approcha de lui :

— Eh quoi! Monsieur de Morny. Vous nous négligez. Depuis quelque temps on ne vous voit plus nulle part. Le Parlementarisme et toutes ses horreurs vous font-ils oublier à ce point vos amis... C'est affreux !

Et elle ajouta en riant :

— Heureusement on va vous balayer tous.

— Croyez-vous ?

— Mon Dieu ! Je ne fais que répéter ce que l'on vient de me dire. L'on m'affirmait, juste à l'instant, que le Président va balayer les Chambres.

— En vérité ?

— Il n'aurait pas tort, entre nous, de nous débarrasser de tous ces bavards.

— Le fait est qu'ils font beaucoup de bruit...

— Et peu de besogne.

— Et comme disait Saint-Arnaud, il est temps d'aller chercher la garde.

— Que ferez-vous alors ?

— Madame — répondit le fils de la reine Hortense — je ne sais si l'on nous balayera, mais dans le cas du coup de balai, j'aurai soin de me mettre du côté du manche.

Pendant ce temps, à l'Elysée, il était curieux d'écouter les diverses conversations des groupes :

— Votre Constitution de 48 ne vaut rien qui vaille, disait un des membres influents du centre gauche. Rédigée par un parti pour lui seul, elle est destinée à être violée.

— Quoi! — fit un autre député — vous approuvez alors le viol de la Constitution!

— Je n'approuve rien. J'ai dit et je le répète que ce viol sera fait, soit par l'Assemblée, soit par le Président. Or, l'Assemblée est non seulement impopulaire, mais elle est composée, comme disait récemment lord Palmerston, d'un tas de cervelles éventées.

— Tandis que le Prince ? — ricana le membre de la gauche.

— Oh ! ce n'est pas un génie. Le rôle qu'il rêve de jouer dépasse ses facultés intellectuelles, mais il a pour lui les ouvriers et les paysans, avec la presque totalité de l'armée.

— Ce n'est pas certain — ajouta un troisième. — Une partie de l'armée est pour la République. Pas de régiment qui ne compte des officiers républicains.

— On les a éloignés ceux-là. Ils sont depuis des mois, expédiés en Afrique. Je le tiens d'un jeune officier en qui j'ai toute confiance. Tous les régiments de la garnison de Paris et des places voisines, ont été soigneusement choisis; ceux soupçonnés de républicanisme sont en Algérie ou dans des départements éloignés.

— Vous parlez de l'armée, Messieurs — dit un officier, qui passait près du groupe. — Je vous dirai, comme les *Rouges*, mais avec plus de vraisemblance : « L'armée est à nous. » N'est-ce pas amusant d'entendre affirmer par les organes de ces fripouilles qu'ils ont l'armée. Ils s'appuient sur les prétendues manifestations militaires, c'est-à-dire sur des militaires entraînés dans des manifestations. Or, savez-vous de quoi se composaient ces manifestations ? De deux sergents, pas même le nombre de ceux de la Rochelle, de cinq caporaux et soixante-dix sept soldats !

Et l'officier s'en alla en riant.

Dans un autre groupe, on disait :

— Qu'est-ce que cette République, où les républicains avancés, les ouvriers des faubourgs ont été écharpés, mitraillés, massacrés par les gardes nationaux de Cavaignac, et ce qui a échappé au massacre, envoyé sur les pontons et à Cayenne par des tribuns républicains!

— Ah ! je n'ai pas plus confiance en Cavaignac qu'en Louis-Napoléon ! Cependant, s'il me fallait choisir, je voterai pour le dernier, parce que j'aime les gens affables, et que le premier ne l'est pas.

— Il faudrait cependant avoir confiance en son républicanisme. Il chasse de race. Son père s'est fait remarquer sous la Terreur parmi les plus ardents patriotes. Il fut député de la Convention.

— Ce qui ne l'a pas empêché d'accepter la lucrative situation de directeur des Domaines sous l'Empire et celle de préfet de la Somme pendant les Cent jours.

— Oh ! si vous voulez fouiller le passé et relever toutes les palinodies des hommes politiques !...

— A commencer par l'abominable Isaac Crémieux qui, après avoir appelé Louis-Philippe un *ange sauveur* qui a conquis l'*éternelle admiration* de la France, a divinisé Marat et la Terreur... en passant par Emile de Girardin qui a écrit ces phrases significatives : « La République est la plus triste et la plus sanglante alternative qui se puisse imaginer », et quelque temps après : « Ne me demandez pas si je suis républicain, je n'en sais rien. »

— Il est vrai — ajouta celui qui n'aimait pas Cavaignac — qu'il a aussi écrit ceci : « Si le général Cavaignac était nommé président de la République, il faudrait arracher du Panthéon Voltaire et Rousseau, pour y mettre Alibaud et Fieschi, et changer l'inscription en celle-ci : « *Aux assassins, la patrie reconnaissante!* »

— Comme farceur, parlez-moi de l'avocat Jules Favre.

— L'homme-lige de Ledru-Rollin, qui l'avait choisi pour remplir les fonctions de secrétaire général du Ministère de l'Intérieur.

— Ils ont rompu... pour des causes restées encore obscures, mais qui, ainsi que le disait Charles de la Varenne, formeront peut-être un curieux chapitre à ajouter aux *Mémoires* de Robert Macaire et de son ami Bertrand.

— Et Garnier-Pagès, et Armand Marrast et Flocon ?...

— Vous me direz tout ce que vous voudrez, mais je préfère encore tous ces fumistes à un dictateur.

Dans un autre groupe :

— Il faut un dictateur, nous ne sortirons pas de l'impasse sans un dictateur.

— Eh bien ! jouez-le à pile ou face. Vous n'aurez pas de remords si vous tombez sur un mauvais.

— Rouge ou noire, alors ?

— Non pas : rouge ou blanc. Rouge avec Cavaignac, blanc pour Changarnier.

— Et Louis Bonaparte ? Qu'est-ce que vous en faites ?

— Peuh ! Pontez sur zéro, alors. Est-ce que cet imbécile compte ?

— S'il compte ? Je l'ai entendu dire avec un imperturbable aplomb et un flegme renversant : « J'ouvrirai l'Exposition universelle de 1855. J'achèverai les Tuileries. J'embellirai et assainirai Paris. Je ferai passer des boulevards dans les quartiers infects. » Je ne sais s'il compte sur nous, mais en tout cas, il a l'air de joliment compter sur lui.

— Il était ivre, sans doute.

— Comme toujours.

— Voyez — dit mystérieusement un personnage à la physionomie cauteleuse — ce qu'un inconnu m'a glissé ce matin dans un café du boulevard.

Et il passa un petit carré de papier contenant des vers.

— C'est intitulé : « *Arrêté concernant les complots Elyséens.* » Lisez.

Et chacun de se passer le papier et de lire :

Ceci vous avertit que Monsieur Bonaparte
Prépare pour la France une nouvelle Charte :
Besson veut nous montrer sous un arc triomphal,
En habit d'Empereur un superbe animal.
Insensés, nous rions de votre audace folle !
La Roche Tarpéienne est près du Capitole ;
Craignez de n'y mêler, en acclamant César,
Des éclats de vos os aux éclats de son char.

Dans un autre groupe encore :

— Vous y croyez donc toujours à votre coup d'Etat ?

— Plus que jamais. Il est fatal.

— Oui, je sais... C'est ce qu'on dit. On va jusqu'à faire des paris. On demande qui, de l'Assemblée ou du Président, mettra l'autre dans le sac. Les uns parient pour l'envoi du Président au fort de Vincennes, les autres pour celui des représentants à Mazas. Qui aura raison ?

— Louis-Napoléon, n'en doutez pas.

— On a cru d'abord que le coup se ferait le 17 novembre. Thiers l'affirmait. Il s'est fort agité le petit homme. Le *Charivari* l'a représenté organisant des patrouilles avec quelques Burgraves qui, armés de parapluies, exploraient les abords de l'Elysée, surveillaient les entrées et les sorties. Des jeunes gens l'ont rencontré vers une heure du matin, dans la nuit du 17 au 18 novembre, à la tête de sa patrouille composée de Molé, de Lasteyrie et de *Mossou Baze*. Ils examinaient les fenêtres de l'Elysée, cherchant à deviner, au moyen des ombres, ce qui s'y passait.

— Eh bien, l'histoire de ces grotesques confirme mon dire. Depuis le 17 novembre, Paris se réveille chaque matin avec la certitude que que si ce n'est pas pour aujourd'hui, ce sera pour demain.

— Rien d'étonnant à ce que ce ne fut pour demain. Alors, il choisira l'anniversaire de la bataille d'Austerlitz. C'est un idiot !

— Cet idiot est un malin.

— Voici huit jours que la police est sur pied, que la gendarmerie et la garde républicaine ont reçu l'ordre de se tenir prêtes à marcher à la première réquisition. Je tiens ces détails de bonne source. Et savez-vous le bruit qu'on a fait habilement courir pour expliquer ces précautions ?... On a prétexté la présence dans Paris d'un grand nombre de forçats organisés en une vaste association pour piller les riches hôtels, en profitant de l'arrivée prochaine des réfugiés politiques de Londres et de Genève qui doivent venir soulever les faubourgs. Il ne peut plus reculer; d'ailleurs, il faut qu'il tente le coup ou qu'il saute. Il joue sa dernière carte.

— Pourquoi?

— Pour payer ses dettes.

Louis Bonaparte, pendant ces bavardages, déployait, nous l'avons dit, toute son amabilité avec son flegme ordinaire.

Vers dix heures, on le vit s'adosser nonchalamment à une cheminée et faire signe à un officier supérieur de la garde nationale, le colonel Vieyra.

Ce colonel Vieyra, qui s'appelait aussi Molina, était, d'après ses ennemis, un affreux coquin, ancien tenancier de maisons de prostitution et, d'après ses amis, le type du vrai Français, spirituel, gai, plein d'entrain, dévoué et brave jusqu'à la témérité.

Le Président venait de le nommer chef d'état-major de la garde nationale en remplacement du général Foltz.

Le général marquis de Lawoestine avait alors le commandement de la Milice citoyenne.

— Colonel — lui dit le Président assez bas pour n'être entendu de personne autre — êtes-vous assez maître de vous-même pour ne rien laisser paraître d'une vive émotion sur votre visage?

— Je crois pouvoir l'affirmer, Prince.

— Fort bien... alors écoutez-moi... C'est pour cette nuit — continua-t-il en souriant comme s'il débitait un madrigal à une dame. — Vous n'avez pas bronché; très bien!

Vieyra souriait aussi.

— Pouvez-vous me répondre — continua Louis Bonaparte — que, demain, le rappel ne sera battu nulle part et qu'aucune convocation de garde nationale n'aura lieu.

— J'en réponds, Monseigneur, si l'on met à ma disposition un nombre suffisant d'officiers d'ordonnance.

— C'est affaire entre vous et Saint-Arnaud. Voyez-le. Maintenant, partez, mais pas de suite..., on croirait que je viens de vous donner un ordre.

Là-dessus le nouveau chef d'état-major, pour dérouter tout soupçon, alla échanger des banalités dans un groupe de dames, tandis que le Président se mit à causer avec l'ambassadeur d'Espagne.

Vieyra, qui est mort à Paris le 3 décembre 1889, à l'âge de quatre-vingt-six ans, avait par conséquent quarante-huit ans à l'époque du coup d'Etat.

« Vois-tu — disait-il plus tard au capitaine Marcel de Baillehache — j'ai toujours eu horreur des émeutes et des émeutiers. Ainsi, en 1830, j'avais vingt-six ans, et dès que les ordonnances de Juillet ont été connues, je me suis fait incorporer, grâce à de hautes protections, dans un régiment d'infanterie de la garde royale, et pendant les trois journées, j'ai combattu pour Charles X. »

Il fit partie de la garde nationale sous Louis-Philippe en qualité de capitaine, et combattit encore les nombreuses émeutes qui marquèrent le règne du roi-bourgeois. La croix de chevalier récompensa ces services. Après la répression de l'insurrection de Juin, Cavaignac lui donna celle d'officier. Il était chef du 2e bataillon de la 1re légion lorsque le Président lui conféra le grade de colonel chef d'état major général.

Son choix ne pouvait pas mieux tomber; et Vieyra, pour empêcher la garde nationale de battre le rappel, réunit tous les tambours dans la mairie de son arrondissement et fit crever devant lui toutes les caisses.

Le 3 décembre, il se rendait au manège de la rue Duphot, où s'étaient réunis, pour protester contre le coup d'Etat, deux ou trois cents officiers de la garde nationale.

« Je n'avais avec moi — dit-il encore au capitaine de lanciers de la garde Marcel de Baillehache — que deux officiers de mon état-major et quatre gendarmes.

« — Je vous donne cinq minutes pour vous disperser — dis-je aux manifestants — sinon je vous fais tous arrêter. Eh bien! le croirez-vous, ils sont partis sans murmurer. »

Le vrai peut quelquefois n'être pas vraisemblable.

Le Président, devenu empereur, ne manqua pas de récompenser les services du colonel Vieyra, il lui remit la croix de commandeur en lui disant :

« — Je sais, mon cher colonel, qu'on vous avait promis une cravate de chanvre, je vous en donne une de soie! »

Passons.

Nous avons laissé M. de Morny à l'Opéra.

A minuit et demie, il rentrait à l'Elysée.

Il se dirigea vers le cabinet du Président, qui tenait un secret conciliabule.

Le sort de la France se décidait.

Peu de paroles furent échangées.

Quand tout fut arrangé, étudié, pesé, que l'on fut d'accord, Bonaparte détacha une petite clef d'or suspendue à sa chaîne de montre, ouvrit le tiroir d'un secrétaire et remit à chacune des personnes présentes un paquet scellé.

— Ce sont vos instructions — dit-il.

Les mains des conjurés s'étreignirent. De sa voix indolente et calme, le prince les congédia :

— Allons prendre un peu de repos.

Deux heures sonnaient.

A cette même heure, le commandant du 42e de ligne, le régiment qui, quelques années auparavant, avait arrêté Louis-Bonaparte à Boulogne, le colonel Espinasse congédiait également les officiers qu'il avait fait mander. Une heure après, il les retrouvait avec leur troupe, grossie d'un détachement de chasseurs à pied et de garde républicaine, interceptant toutes les issues de la Chambre des Députés.

Quinze jours auparavant, Espinasse avait dit dans un dîner du Café anglais, répétant un mot du général Changarnier :

« — C'est moi qui foutrai les représentants dans la Seine. »

S'il ne les y a pas *foutus*, la bonne volonté ne lui en a pas manqué, mais... il n'en avait pas reçu l'ordre.

Par un *hasard* facile à expliquer, un bataillon de son régiment fut désigné pour prendre la garde au Palais-Bourbon le 1er décembre. Le chef de bataillon, le commandant Meunier, prit la consigne du lieutenant-colonel Niol, commandant militaire du Palais, et qui, pas plus que Meunier, n'était informé de rien.

Cette consigne consistait, entre autres mesures, à interdire l'entrée, dans le Palais, de toute force armée, à l'exception de la troupe de service, troupe composée d'un bataillon et d'une demi-batterie d'artillerie, commandée par un capitaine, aux ordres des questeurs.

Vers deux heures du matin, Meunier, faisant sa ronde, remarque des allées et venues suspectes. Il mande le capitaine-adjudant-major, on lui répond qu'il est absent. Celui-ci rentre quelque temps après et apprenant par l'officier de garde, le sous-lieutenant d'Hagniel, qu'il a été demandé, il cherche son commandant qu'il trouve dans l'une des cours.

— D'où venez-vous donc ? — lui dit celui-ci.

— De chez le colonel. Il m'a fait appeler.

— Vous auriez dû tout au moins me prévenir... En tout cas, le colonel a tort de déranger un officier de service. Que voulait-il donc de si pressé ?

— Me donner des ordres pour demain.

Le commandant dut se contenter de cette réponse, mais il reçut vers quatre heures du matin la visite de l'adjudant-major.

— Mon commandant, le colonel me fait demander.

— Encore — s'écrie Meunier — que diable peut-il vous vouloir ? Allez-y, pourtant.

Ses inquiétudes augmentaient. Le capitaine ne revenait point. Il se décide, vers cinq heures, à aller réveiller le colonel Niol ; mais il se perd dans les corridors obscurs, sonne vainement à quelques portes et redescend sans avoir trouvé l'appartement du commandant du Palais.

C'est alors qu'il voit son régiment entrer silencieusement. Le capitaine lui avait ouvert les portes.

Fialin de Persigny et le colonel Espinasse marchaient en tête.

Il court au colonel.

— Mon colonel, que venez-vous faire ici ?

— Relever votre bataillon — répondit Espinasse.

Meunier pâlit de colère et s'écrie :

— Ah ! colonel, vous me déshonorez !

— Bah ! — fait Espinasse — et pourquoi ?

Meunier, soudain, arrache ses épaulettes, tire son épée, la brise sur son genou et en jette les tronçons aux pieds de son chef.

— Il est fou ! — dit Espinasse.

Il le fait écarter par ses grenadiers.

Cet officier donna, dès le lendemain, sa démission.

Pendant que le 42e occupait en silence le Palais, les cours, les corridors et toutes les issues, Espinasse se dirige vers l'appartement du lieutenant-colonel Niol qui venait de sauter hors du lit.

— Je vous arrête, colonel — lui dit-il en s'emparant de son épée.

— Au nom de qui ?

— Au nom du Prince-Président.

— Ah ! vous avez bien fait de prendre mon épée, car je vous l'aurais passée au travers du corps.

Espinasse le mit sous bonne garde.

La batterie d'artillerie se retira sans la moindre résistance. Le Palais-Bourbon était pris. Persigny courut rendre compte à l'Elysée du succès de l'aventure.

En même temps que le 42e, le 6e de ligne pénétrait dans le Palais par la rue de Bourgogne.

D'ailleurs, les troupes se massaient déjà sur la place de la Concorde, sous les ordres de Saint-Arnaud, qui parcourait au galop leur front.

Il s'agissait maintenant d'arrêter les questeurs : Baze, député d'Agen, et le général Le Flô.

Le commissaire de police Primorin fut chargé du premier, Bertoglio du second.

Depuis longtemps, l'arrestation de Louis-Bonaparte avait été décidée à la questure. On avait même fixé la date du 17 novembre. Le Président ne l'ignorait pas, aussi quand on vint saisir les questeurs, n'auraient-ils dû être que médiocrement étonnés de le voir user de représailles.

Dans presque toutes ces arrestations le grotesque se mit de la partie.

Les circonstances voulurent que Baze, surnommé « l'enfant terrible de la rue de Poitiers » et qu'à cause de son accent fortement méridional on appelait *Mossou* Baze, se rendit praticulièrement ridicule.

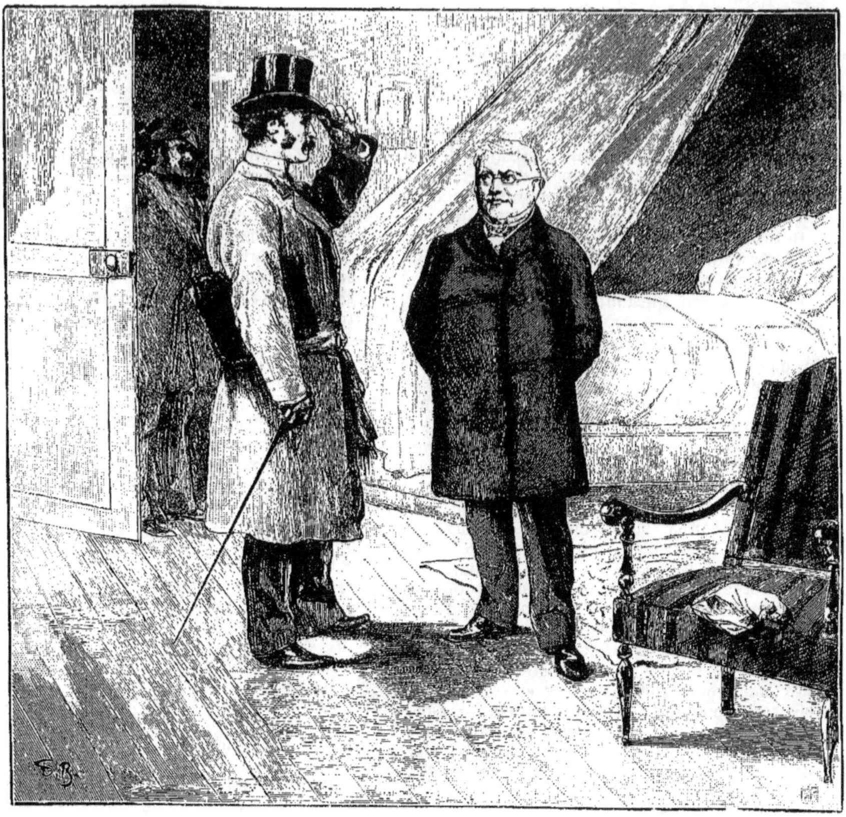

Une perquisition chez Thiers.

Il avait entendu du bruit et passé hâtivement une robe de chambre quand Primorin heurta sa porte.

— Qui est là ? — demanda une servante.

— Commissaire de police — répondit Primorin.

La servante ouvrit, tandis que Baze criait de sa voix gasconne :

— N'ouvrez pas.

Trop tard! le commissaire et trois sergents de ville se ruaient sur lui.

— Au secours ! — crie madame Baze — se jetant hors du lit demi-nue.

Les cris de la servante et de deux petites filles réveillées en sursaut se mêlent à ceux de la femme du questeur, tandis que celui-ci se démène dans sa robe de chambre, le chef couvert d'un foulard :

— Vous êtes des misérables ! — clame-t-il. — Commissaire, vous attentez à la représentation nationale en ma personne, vous êtes un criminel ; je vous mets hors la loi.

Primorin, pour toute réponse, l'engage à s'habiller vivement.

— Vous ne m'emmènerez pas ! — riposte Baze.

Une lutte s'engage. Les cris des femmes et des enfants redoublent. Madame Baze et la servante se jettent sur les agents, les petites filles se cramponnent à leur mère ; d'autres domestiques arrivent, c'est une bagarre générale.

Le droit est écrasé, comme toujours, par la force. Madame Baze, la chemise arrachée, se débat, complètement nue, et le questeur, dont la peu majestueuse laticlave et le caleçon ont été mis en lambeaux, est emporté nu aussi, se débattant et hurlant, sur les bras des agents.

Des soldats, baïonnette au canon et l'arme

aux pieds, emplissaient l'escalier, la cour. Ils regardent passer, en ce piètre état, l'un des plus éminents membres de la représentation nationale qui, fou de colère, cherche à les haranguer, à les attendrir, à faire leur éducation politique.

— Soldats! on viole la Constitution! on arrête vos représentants? Avez-vous reçu des armes pour briser les lois?

Les soldats rient. Quelques-uns répondent :

— Nous nous foutons pas mal des représentants.

— Et la loi? — crie M. Baze.

— La loi, c'est l'ordre qu'on nous donne.

— Ne répondez donc pas — disaient les officiers.

Et Baze de crier plus fort :

— Je retiens votre numéro, vous êtes un régiment déshonoré.

— Nous le serions, si nous obéissions à des avocats bavards — répliqua le lieutenant d'Haguiel.

On arriva au poste de la rue de Bourgogne où le questeur, toujours gesticulant, vociférant, dans le costume du premier homme, revêtit enfin les effets que lui envoya sa famille, après une demi-heure d'attente, puis on le poussa dans un fiacre, et en route pour Mazas.

Au greffe de la prison, le questeur demanda de quoi écrire et rédigea la protestation suivante, qu'il somma le commissaire de police de joindre à l'ordre d'écrou :

« Je soussigné, Jean-Didier Baze, représentant du peuple et questeur de l'Assemblée nationale, enlevé violemment de mon domicile au palais de l'Assemblée nationale, et conduit dans cette prison par la force armée à laquelle il m'a été impossible de résister, déclare protester, au nom de l'Assemblée nationale et en mon nom, contre l'attentat à la représentation nationale commis sur mes collègues et sur moi.

« Fait à Mazas, le 2 décembre 1851, à huit heures du matin.

« BAZE. »

« Pendant que ceci se passait à Mazas, dit Victor-Hugo, les soldats riaient et buvaient dans la cour de l'Assemblée. Ils faisaient du café dans des marmites. Ils avaient allumé dans la cour des feux énormes; les flammes, poussées par le vent, touchaient par moments les murs de la salle. Un employé supérieur de la questure, officier de la garde nationale, se risqua à leur dire : Vous allez mettre le feu au palais. Un soldat lui donna un coup de poing. »

Le commissaire Bertoglio s'occupait pendant ce temps de l'autre questeur, le général Le Flô; tâche plus difficile et plus dangereuse.

On savait Le Flô énergique et violent.

Comme Baze, on le surprend au lit.

— Que me voulez-vous? — dit-il, voyant devant lui le commissaire exhiber son écharpe et son mandat d'amener.

— Général, je viens accomplir mon devoir.

— Votre devoir?... Ah! je comprends... vous êtes un traître... un traître vendu à l'Elysée.

Il frappe, d'un revers de main, le mandat d'amener.

— Nous fusillerons votre Président — ajoute-t-il — en commémoration du duc d'Enghien fusillé par son oncle, et nous vous fusillerons tous avec lui!

— Soit! — reprend Bertoglio — mais en attendant que vous nous fusilliez, nous allons vous flanquer en prison.

Le général se calme, revêt son uniforme, celui qu'il portait à Constantine et à Médéah.

Sa femme l'embrasse en pleurant. Son fils, âgé de sept ans, supplie le commissaire de police qu'il prend pour le Président :

— Grâce pour papa, Monsieur Bonaparte!

On emmène le général. Au bas de l'escalier il se trouve en face du colonel Espinasse :

— Quoi, c'est vous, colonel? Vous faites-là un sale métier!

Et il accompagna cette apostrophe d'injures d'une crudité toute militaire.

— J'espère vivre assez — continua-t-il — pour voir arracher de votre tunique vos épaulettes et la croix que vous déshonorez.

— Filez, filez, Monsieur — répondit Espinasse — qui haussa les épaules et lui tourna le dos.

Le Flô, de plus en plus exaspéré, fit peser sa colère contre un chef de bataillon du 42e :

— Quoi, un vieux soldat, vous consentez à vous rendre complice d'une trahison... à porter la main sur vos chefs.

— Allez — répliqua l'officier — des chefs comme vous, nous n'en voulons plus. Nous avons assez des généraux avocats et des avocats généraux.

Le Flô riposte, injurie les officiers, les soldats. Quelques-uns croisent sur lui la baïonnette. Les agents l'entraînent, enfin, le poussent dans un fiacre, le conduisent, comme Baze, à Mazas. Un homme dévoué à l'Élysée, le colonel Thirion avait été appelé la nuit même du palais de Fontainebleau pour prendre le commandement de la fameuse prison.

Quelque temps après l'arrestation du général Le Flô, un aide de camp du ministre de la guerre se présente chez Mme Le Flô pour lui offrir les services de Mme de Saint-Arnaud. Il fut — dit Schœlcher — éconduit en ces termes :

« — Sortez, Monsieur, sortez tout de suite; vous êtes l'aide de camp d'un misérable, vous ne pouvez entrer chez moi. »

Mme Le Flô demanda et obtint, le 7 décembre, la permission de voir son mari au fort de Ham.

Mais, grosse de cinq mois et malade à la

suite des terribles émotions éprouvées, elle dut se coucher en arrivant à Ham.

Alitée pendant plusieurs jours, dans l'impossibilité de se mouvoir, elle se fit porter par quatre hommes sur un brancard et se présenta à la porte du château.

Le commandant ému, après l'avoir laissé entrer, en référa à ses supérieurs.

Quelques jours après, arriva la réponse. Le général Le Flô pouvait aller voir sa femme en ville, en restant prisonnier sur parole

Quand le capitaine Baudot, commandant du Fort, lui communiqua cette réponse, Le Flô l'interrompit :

— Capitaine — dit-il, écrivez ce que je vais vous dire, et engagez-vous à le répéter textuellement, sinon je me chargerai de ce soin : « Je ne donnerai jamais ma parole d'honneur à des traîtres, à des parjures, à des brigands, sans foi ni loi. »

Le commandant — ajoute Victor Schœlcher qui relate cet incident — fit de vains efforts pour obtenir quelques adoucissements à cette réponse, au moins dans la forme ; il fut obligé de la transmettre telle quelle.

Mme Le Flô ne revit son mari que quand elle put marcher.

Cependant les commissaires de police procédaient aux autres arrestations.

Les frères Hubaut furent chargés, l'aîné de celle de Thiers, le cadet de celle du général Bedeau.

Toutes ces arrestations, comme celle de Baze, donnèrent lieu à des scènes plus ou moins grotesques.

Assisté de quatre agents, Hubaut aîné se présente à cinq heures et demie, à l'hôtel de la place Saint-Georges. Le valet de chambre de Thiers les conduit lui-même à la porte de son maître : « Il est là », dit-il.

On entre. La chambre est éclairée, un bon feu brille dans l'âtre.

Thiers dort ou feint de dormir.

Le domestique lui touche l'épaule :

— Monsieur — dit-il — ce sont des Messieurs qui désirent parler à Monsieur.

Le petit homme se relève vivement, écarte le bonnet de coton qui lui couvre les yeux :

— Hein ? Quoi ? Qu'est-ce ? Que me veut-on ?

— Faire une perquisition chez vous — répond le commissaire montrant son écharpe, et le voyant blême de peur, il ajoute :

— Rassurez-vous. On ne veut pas vous faire de mal.

— Une perquisition ? Que prétendez-vous ? Savez-vous que je suis représentant du peuple ?

— Je ne l'ignore pas, mais je n'ai pas à discuter avec vous.

— Ce que vous osez en ce moment peut porter votre tête sur l'échafaud.

— Je n'en ferai pas moins mon devoir.

— Votre devoir ? C'est donc un coup d'Etat?

— Je n'ai pas à vous répondre, je le répète. Veuillez-vous lever et vous habiller.

L'ancien président du Conseil obéit. Il s'habille lentement et en silence, met ses lunettes, regarde sa montre et tout à coup s'écrie :

— Si je vous brûlais la cervelle ?

— Je vous crois incapable d'un pareil acte de férocité, Monsieur Thiers. Néanmoins, j'ai pris mes précautions.

— Connaissez-vous la loi ? Savez-vous que vous violez la Constitution ?

— J'exécute les ordres du Préfet de police comme j'exécutais les vôtres quand vous étiez ministre de l'intérieur.

La perquisition n'amena la découverte d'aucun papier compromettant. On fit monter le petit Thiers en voiture, lui laissant croire qu'on le conduisait chez le Préfet de police.

Mais la direction que prend le fiacre augmente ses appréhensions, ses craintes. Cet homme, qui avait déjà donné des preuves de sa férocité dans le massacre de la rue Transnonain et qui devait plus tard faire si bon marché de la vie de tant de milliers d'hommes, tremblait pour la sienne. Arrivé à Mazas, il demanda s'il pouvait avoir son café au lait et une chaise percée, au lieu du baquet réglementaire.

On lui donna tout ce qu'il désirait. On avait l'ordre de le bien traiter. On le combla d'attentions. Il ne fut pas transféré au fort de Ham comme ses collègues et même, six jours après, on lui permit de gagner la frontière par le pont de Kehl.

« A propos de M. Thiers, écrit Victor Schœlcher dans son *Histoire du Deux-Décembre*, nous rapporterons un petit épisode que M. Nadaud raconte sans y attacher trop d'importance, mais qui sert à faire bien juger ces farouches socialistes, dont les bonnes gens ont peur, comme les enfants ont peur des fantômes. Les commis prenaient les noms, prénoms, professions des personnes écrouées. M. Nadaud, amené après M. Thiers, s'aperçut que les écrivains, en interrogeant celui-ci, riaient sous cape, en le regardant d'un air sardonique. A ce spectacle il entra en colère et dit aux insolents : « Un peu de pudeur, Messieurs, il s'agit d'une « des gloires de la tribune française, d'un « homme instruit, d'un de ceux qui ont le plus « servi votre cause, à vous autres, qui vous « appelez les gens de l'ordre. Lâches et vils « réactionnaires, vous serez donc toujours in- « grats ! »

« M. Nadaud s'animait, et le commencement de son discours ne présageait rien de bon ; on l'entraîna hors du greffe sans lui en demander davantage, sans paraître plus curieux de savoir son nom et de l'inscrire sur le registre d'écrou.

Peut-être cette généreuse indignation, allumée dans l'âme d'un simple ouvrier par un outrage adressé à l'âge et au talent, aura-t-elle fait soupçonner à M. Thiers qu'il y a quelques nobles sentiments chez « la vile multitude ».

Ajoutons, en passant, que M. Martin Nadaud perdait son temps à prendre la défense de l'abominable petit homme. Si les effroyables massacres de 1870 étaient encore à venir, le représentant de la gauche n'eut pas dû oublier ceux de la rue Transnonain!

Hubaut jeune, nous l'avons dit, devait arrêter le général Bedeau, qui habitait au n° 50 de la rue de l'Université.

La scène fut des plus pénibles Le général dormait lorsque les cris de son domestique le réveillèrent.

A la vue des agents, du commissaire de police qui lui lut le mandat d'arrêt, il resta frappé de stupeur.

— Quoi! — dit-il enfin. — Comment, on m'arrête, moi! On ose m'arrêter!

Il voulut parlementer, discuter, plaider son cas d'inviolabilité parlementaire.

— Je suis le vice-président de l'Assemblée Nationale! L'ignorez-vous?

— Je n'ignore rien — répondit Hubaut. — Je sais, général, qui vous êtes; je connais tout le respect qui vous est dû pour vos services, mais j'ai reçu l'ordre de vous arrêter et je vous arrête. Je dois exécuter les ordres sans les discuter... Vous devez le comprendre mieux que personne, puisque vous êtes soldat.

Le général se répandit en injures tout en s'habillant lentement; puis quand il fut prêt, il déclara qu'il ne sortirait de chez lui que par la force.

— Traitez-moi comme un voleur — s'écria-t-il — prenez-moi au collet, si vous l'osez. Traînez comme un bandit le vice-président de l'Assemblée Nationale!

— Voulez-vous, oui ou non, me suivre, général? — demanda Hubaut.

— Non.

— Reconnaissez-vous que j'ai exécuté mon mandat avec toutes les formes convenables?

— Foutez-moi la paix.

— Une fois, deux fois, voulez-vous me suivre?

— Non, cent fois non.

— Empoignez cet homme — ordonna Hubaut à ses agents.

Alors, comme chez le questeur Baze, eut lieu une véritable lutte. Le vieux soldat d'Afrique fut saisi au collet et traîné dans l'escalier.

Il criait de toutes ses forces :

— A moi! à moi! A la trahison. Hors la loi, ces coquins! Au secours! Je suis le vice-président de l'Assemblée Nationale.

On le jeta dans un fiacre. La foule accourait. Les sergents de ville mirent l'épée à la main. Hubaut baissa les stores et le fiacre partit au galop.

On raconte qu'en passant sur le Petit-Pont de l'Hôtel-Dieu, où il avait été blessé dans les journées de juin, comme défenseur de l'ordre, il poussa un de ces soupirs qui n'ont pas de nom dans la langue politique, mais que le cœur recueille et qui, écrivait P. Mayer dans son *Histoire du Deux-Décembre*, lui sera compté.

Dans la cour de la prison, il cria aux gardes:

— Soldats, voilà comment on arrange votre général!

Il trouva dans le greffe son ami, le général Cavaignac, qu'il embrassa avec effusion.

C'était le commissaire de police Colin qui avait arrêté, à l'entresol du 17 de la rue du Helder, l'ancien chef du Pouvoir exécutif.

Il jura, sacra, frappa du poing sur la table et ce fut tout.

En voiture, seul avec le commissaire, il se contenta de dire :

— Oh! quand j'étais au Pouvoir, si j'avais usé de semblables moyens!

— C'est pourtant simple comme bonjour! — répondit en riant Colin.

De Mazas, il fut transféré au château de Ham, où on le garda jusqu'au 29 décembre.

Lamoricière, arrêté dans son petit hôtel de la rue Las-Cases, montra le plus grand sang-froid.

Au moment où les agents pénétraient dans sa chambre, il appela son domestique.

— Voyez donc — dit-il — si l'argent que j'ai laissé sur la cheminée y est encore.

— Voilà une question injurieuse pour moi — s'écria le commissaire de police Blanchet — devenu pâle de colère.

— Pourquoi donc? — répliqua tranquillement le général — Est-ce que je vous connais? — Qui me prouve que vous n'êtes pas des voleurs?

Là-dessus, son domestique effaré, prenant le mot à la lettre, sort précipitamment de la chambre en criant :

« Au voleur! au voleur! » Ce qui lui valut un coup d'épée d'un sergent de ville.

Sur l'exhibition de l'écharpe et du mandat, Lamoricière s'habilla, monta dans un fiacre et ne proféra plus une parole jusqu'à son arrivée au greffe où il demanda qu'on lui envoyât des cigares.

L'entrée chez Changarnier fut plus difficile. Il demeurait Faubourg Saint-Honoré, n° 3, presque en face du colonel Charras qui habitait le 14.

Le commissaire de police Lerat, accompagné d'un capitaine de la Garde Républicaine et de dix sergents de ville déguisés en bourgeois, dut pénétrer dans la maison par la boutique d'un épicier.

Mais déjà l'alarme était donnée.

Changarnier, pieds nus, en chemise, un pistolet à chaque poing, paraît sur sa porte et met le commissaire en joue.

— Arrêtez, général — s'écrie Lerat. — Qu'allez vous faire ? Vous tuerez un père de famille. Et nous sommes quinze ici. Personne n'en veut à votre vie. Laissez-nous remplir notre mandat.

Le général réfléchit que la mort de cet homme ne servirait à rien et livre ses pistolets.

« Assis, dit P. Mayer, sur son petit lit, il se fait habiller par son domestique, et, pendant qu'on saisit une certaine quantité d'armes, parmi lesquelles les pistolets d'Ab del-Kader, il eut l'air de ne s'occuper de rien, se disant sans doute qu'il eût bien fait de garder les quinze hommes armés qu'il avait congédiés depuis trois mois. »

Prêt à partir :

— Je sais — fit-il — que Monsieur le Préfet de police est un homme bien né ; veuillez lui dire que j'attends de sa courtoisie qu'on ne me sépare pas de mon domestique dont je ne puis me passer.

Le commissaire s'empressa d'obtempérer à cette demande et fut approuvé, en effet, par M. de Maupas.

Il monta en voiture sous l'escorte d'un peloton de gardes républicains à cheval.

Le général ne se départit pas de sa calme et digne attitude, et pas une parole de récrimination ne tomba de ses lèvres :

— A quoi bon un coup d'Etat — observa-t-il — le Président était sûr de sa réélection ; voilà bien de la peine inutile.

Un moment après :

— Si jamais le Président a la guerre avec l'étranger, il sera content peut-être de me trouver.

En arrivant à la prison, il exprima sa reconnaissance des égards qu'on lui avait témoignés, et qui n'étaient, du reste, que la stricte exécution des ordres reçus.

Changarnier ne resta que trois jours à Mazas et partit pour la Belgique Il devait, huit ans plus tard, le 5 avril 1859, recevoir de l'Empereur le cordon de grand-officier de la Légion d'honneur !

L'arrestation du colonel Charras offrit encore plus de difficultés. Le commissaire Courteille dut enfoncer sa porte. Il se précipita dans la chambre à coucher et sauta sur un pistolet à deux coups posé sur une table.

— Rassurez-vous — dit Charras — il est déchargé depuis deux jours, sans quoi je vous eusse brûlé la cervelle.

Les détails de l'arrestation de l'austère et farouche Greppo, ancien ouvrier canut de Lyon, et que Charles de Varennes range dans la catégorie des *grotesques* de la Chambre, ne furent pas en l'honneur du sang-froid de ce représentant, s'il faut s'en rapporter au récit de P. Mayer.

« La scène — dit *l'historien du Deux-Décembre* — tient à la fois de Fracasse et de Diafoirus. Le célèbre et unique disciple de M. Proudhon avait en sa possession une hache d'armes fraîchement aiguisée, des poignards et un superbe bonnet rouge, dont il expliqua la présence chez lui par « son goût pour la marine ». Sa femme essaya vainement de l'arracher à l'état de prostration morale et physique où l'avait jeté la vue du commissaire Gronfier, qu'elle accabla de menaces et d'injures. M. Greppo, dont l'état n'eut pu se traduire qu'en latin de Molière, n'eut garde de remuer, et le commissaire le vit si *dérangé* qu'il oublia les injures de Mme Greppo, et lui permit d'accompagner le malade à la prison de Mazas. »

Cependant, qui n'entend qu'une cloche n'entend qu'un son — affirme le proverbe. Ecoutons-donc d'autres cloches.

« Il fut, dit Victor Hugo, brutalisé et terrassé par Gronfier, assisté de six hommes, portant une lanterne sourde et un merlin. »

Le fait est confirmé par Victor Schœlcher, qui ajoute : « La porte est poussée vivement, cinq ou six alguazils s'élancent sur lui et le renversent, en même temps que le commissaire de police lui dit :

« Au nom de la loi, je vous arrête ; n'essayez pas de résister, nous sommes en force ; toute tentative de défense serait inutile. »

On laissa M. Greppo se relever. Il vit à qui il avait affaire et défendit aux agents d'entrer dans sa chambre avant que Mme Greppo fut habillée. Il attendirent deux ou trois minutes à peine, puis visitèrent l'appartement.

Cette perquisition eut pour résultat la découverte d'une hache marine, d'un pistolet de poche, et de deux poignards... Quant au « Su« perbe bonnet rouge », c'était tout simplement une de ces coiffures de drap rouge que portent tous les habitants des Hautes-Alpes et de la Catalogne.

Lorsqu'on eut fouillé partout, on conduisit M. Greppo à Mazas, où, malgré son prétendu état d'accablement, il refusa de signer le procès-verbal d'écrou et protesta de nouveau contre l'illégalité de son incarcération.

Tout cela ne prouve pas que M. Greppo n'ait eu la colique. Mais peut-on l'en blâmer ? Henri IV l'avait avant chaque bataille et avait la franchise et le courage de l'avouer.

Toujours s'il faut s'en rapporter à M. Mayer, le représentant Cholot offrit au commissaire et à ses agents de l'absinthe, dont il but deux grands verres avant de partir. C'était un apéritif un peu matinal. En route, il essaya d'insurger les balayeurs des rues, auxquels il criait à pleins poumons : « Aux armes ! mes amis, aux armes ! » Les *lanciers du préfet* le regardèrent passer.

Valentin, arrêté rue du Bac, s'assit sur son lit et se mit en devoir de lire la Constitution au commissaire.

A part l'arrestation de Roger (du Nord), qui fit gaiement servir du Xérès et des biscuits au commissaire Barlet et à ses agents et gagna Mazas en disant : « J'aime encore mieux cela que le rôle stupide que nous jouions à la Chambre », l'arrestation des autres membres de l'Assemblée législative n'offre qu'un médiocre intérêt.

Schœlcher nie l'offre du Xérès et des biscuits, dont il s'indigne. Comment un représentant eut-il traité de la sorte des policiers qui, dit-il pompeusement, insultaient en sa personne *la majesté des lois ?*

On les connait les lois, et surtout la majesté de ceux qui les fabriquent!

Dans cette nuit, ou plutôt cette matinée du 2 décembre, furent emprisonnés seize représentants et soixante-dix-huit autres personnes.

Ainsi fut accompli le coup d'État du Deux-Décembre.

C'était le troisième coup d'Etat militaire préparé depuis 1848.

Le premier l'avait été par Changarnier en avril 1849 pour montrer à la présidence et à l'Assemblée qu'il était absolument leur maître.

Le deuxième, préparé également par Changarnier contre le Prince-Président en faveur des hommes de la rue de Poitiers.

Enfin, le troisième, par Leroy de Saint-Arnaud qui réussit au delà de ses espérances.

Ainsi se trouvèrent démenties les paroles que Changarnier prononçait le 3 juin 1851 à l'Assemblée nationale : « Pour inaugurer l'ère des Césars, on ne trouverait ni un bataillon, ni une compagnie, ni une escouade ! »

Et peu de jours avant le Deux-Décembre, il s'écriait solennellement du haut de la tribune :

« *Représentants du peuple, délibérez en paix !* »

Ces représentants du peuple, il avait menacé lui aussi, de les jeter dans la Seine !

CHAPITRE XXII

Indifférence publique. — Les trois affiches de l'Elysée. — Le Comité de résistance. — Victor Hugo à l'œuvre. Des mots ! Des mots : des mots ! — Entrevue avec Proudhon.

Pendant que s'opéraient ces arrestations, la brigade Ripert entourait le Palais-Bourbon, la brigade Forey occupait le quai d'Orsay ; la brigade Dulac, le jardin des Tuileries ; la brigade de Cotte, la place de la Concorde ; la brigade Canrobert, l'avenue Marigny et les abords de l'Elysée ; une brigade de lanciers et une division de cuirassiers prenaient position aux Champs-Elysées; le tout formait 25,000 hommes d'infanterie et 6,000 cavaliers.

Dispositions bien prises. C'était plus qu'il n'en fallait pour écraser Paris, si Paris avait essayé le moindre soulèvement.

Mais la population ne songeait guère à se soulever, les sections révolutionnaires ne bougèrent pas de leurs quartiers ; à part les membres de l'Assemblée, que nous allons voir à l'œuvre, et quelques groupes socialistes, chacun resta calme, presque indifférent.

« — Je ne crois pas, — racontait à Victor Schœlcher le représentant Martin Nadaud, — je ne crois pas qu'il existe de plus vives tortures que celles subies par moi pendant les six premiers jours de ma détention à Mazas. En approchant ma table au-dessous de la petite croisée de ma cellule, et en plaçant ma chaise dessus, je pouvais apercevoir par côté plusieurs maisons. Elles étaient habitées par des ouvriers. Je les reconnus à leurs blouses. Toute la journée du mercredi 3 et toute celle du jeudi 4, ils restèrent tranquillement accoudés sur leurs balcons à regarder dans la rue et à causer avec leurs femmes. Cette tranquillité me désolait. Ils ne comprennent donc pas — me disais-je, car ils ne sont pas des lâches ! »

Non, ils n'étaient pas des lâches, mais ils ne se souciaient pas de se faire tuer pour sauvegarder les 25 francs d'une poignée de fumistes !

Cette indifférence des ouvriers est unanimement constatée par les écrivains de tous les partis.

« En montant à pied le faubourg Saint-Antoine — dit Schœlcher — nous avions vu les ouvriers rassemblés par groupes sur les portes de leurs maisons. Ils étaient mornes, mais tranquilles, et quand nous leur disions : « Ne faites-vous rien ? Est-ce l'empire que vous attendez ? » tout en répondant : « Non, non, jamais ! » ils ajoutaient : « Que voulez-vous que nous fassions ? Nous n'avons pas d'armes ; on nous a désarmés après Juin 1848 ! » Ces derniers mots nous ont été répetés dix fois dans des groupes différents.

« Le jour même des républicains pleins d'initiative et assumant sur eux toute responsabilité, convaincus qu'il fallait promptement agir, étaient allés voir, dès quatre heures du matin, les démocrates, ouvriers et bourgeois, les plus influents du faubourg Saint-Antoine. Tous tombaient d'accord sur l'urgence d'une prise d'armes.

« Le peuple du faubourg n'avait guère dormi. Il s'était levé de bonne heure. A six heures, il était déjà dans les rues, et il aurait sans doute cédé aux exhortations chaleureuses de ceux qu'il reconnaissait pour ses chefs, lorsqu'un fait capital et généralement ignoré jusqu'ici vint encore le refroidir et le ramener à ses premières impressions d'indifférence. A six heures et demie, trois omnibus, remplis de représentants arrêtés au X° arrondissement et conduits à Vincennes, montaient le faubourg Saint-Antoine, escortés seulement par une vingtaine de lanciers. *Plus de cinq ou six mille ouvriers étaient sur les trottoirs.* Les chefs disent : « Il est aisé de rendre à la liberté ces représentants illégalement arrêtés. L'occasion est belle de faire un coup d'éclat capable d'exercer la plus heureuse influence morale sur tout Paris. Ce n'est pas une Assemblée, plus ou moins détestée qui est en cause, c'est la République. » Les ouvriers toujours si admirablement intelligents, entraînés par la puissance de ce raisonnement, se portèrent sur les voitures. Mais aussitôt les représentants qu'elles contenaient se montrèrent plus effrayés que les lanciers et pendant que les omnibus avec l'escorte se lançaient au grand trot, ils mirent la tête aux portières et pressèrent ceux qui allaient s'exposer pour eux de se tenir tranquilles.

« Le peuple, indigné, nous rapporte le citoyen Cournet, un des acteurs de la scène, s'arrêta, tout à coup, disant :

« — Vous voyez bien qu'il n'y a rien à faire avec ces gens-là ! »

« Et il résolut de rester plus que jamais dans sa neutralité.

« En vérité, on en conviendra, cette attitude n'était pas encourageante, où vit-on jamais un prisonnier supplier ses libérateurs de le laisser mener au cachot ? »

Écoutons encore Victor Schœlcher :

« Le 13 juin 1849, les Montagnards ont pensé que l'attentat commis sur la république romaine était une violation du pacte fondamental, un crime qu'il fallait venger ; ils ont descendu dans la rue ; ils ont fait « appel à la révolution ».

« Ils ne parlaient pas seulement au nom de l'honneur français, mais aussi au nom de la solidarité des peuples. Ils avaient à leur tête le citoyen Ledru-Rollin, l'élu de six départements, la voix la plus éloquente de tous les partis ; le seul homme de France, avec le *neveu de l'empereur*, dont le nom soit connu jusqu'au fond des campagnes.

« Le peuple n'a pas répondu ; la bourgeoisie n'a pas même compris !

« Au Deux-Décembre, le pouvoir exécutif s'est mis en insurrection ; les Montagnards ont encore descendu dans la rue. Ils ont paru sur des barricades faites de leurs propres mains, en appelant de nouveau le peuple « à la révolution » ; ce peuple n'a pas plus répondu que le 13 juin... »

Alors, quoi !

Le peuple acceptait-il donc le fait accompli ?

Néanmoins, dans la soirée du 3, il y eut quelques semblants de résistance. Dans les rues du Temple, Rambuteau, Beaubourg, Grenéta et Transnonain, de sanglante mémoire, des groupes d'ouvriers échangèrent des coups de fusil avec la troupe.

Le 4, au matin, des barricades s'élevèrent en différents points, sous la direction de plusieurs représentants du peuple : Pierre et Jules Leroux, Georges Barrel et d'autres républicains tels que : Desmoulins et Colombau, typographes ; Naquet, revenu exprès de Londres où il était réfugié ; Boquet et des délégués des divers groupes de la Marianne.

Et, en même temps, le Comité Central des corporations faisait imprimer un *appel* aux travailleurs, dont on ne put placarder que quelques exemplaires.

Le 3 décembre — raconta plus tard Georges Barrel — je remontais le boulevard Montmartre, vers onze heures du matin, avec M. Suisse, qui s'est fait connaître depuis sous le nom de Jules Simon, lorsque nous rencontrâmes Victor Hugo.

Après les serrements de mains d'usage, il dit à Suisse :

— Croyez-vous que si je me fais tuer pour la défense de la Constitution, et si l'on porte mon cadavre rue de La Harpe, le quartier latin se soulèvera ?

— Je n'en doute pas — répondit Jules Suisse, sans rire.

Mais, au lieu d'aller se faire tuer, ce qui, d'ailleurs, n'eut pas amené le résultat désiré, le chantre de la *Colonne*, qui avait conscience de l'inutilité du sacrifice de sa vie, retourna chez lui, dans l'attente des événements.

Au cours de la journée du 4, on le vit haranguer à plusieurs barricades.

Cependant, des affiches, imprimées la nuit même du Deux-Décembre, à l'Imprimerie Nationale, couvraient les rues.

Il y en avait trois : la première portait en tête : *Au nom du Peuple français.*

« Le Président de la République décrète :

Article premier

« L'Assemblée Nationale est dissoute.

Art. 2

« Le suffrage universel est rétabli. La loi du 31 mai est abrogée.

Art. 3

« Le peuple français est convoqué dans ses comices, à partir du 14 décembre jusqu'au 21 décembre suivant.

Art. 4

« L'état de siège est décrété dans l'étendue de la première division militaire.

Art. 5

« Le Conseil d'Etat est dissous.

Art. 6

« Le Ministre de l'Intérieur est chargé de l'exécution du présent décret.

« Fait au Palais de l'Elysée, le 2 décembre 1851.

« Louis-Napoléon Bonaparte.

« *Le Ministre de l'Intérieur*,

« De Morny. »

La seconde était un *Appel au peuple* très habilement rédigé et de nature à rassurer la population. Nous le donnons *in-extenso :*

« Français!

« La situation actuelle ne peut durer plus longtemps. Chaque jour qui s'écoule aggrave les dangers du pays. L'Assemblée, qui devait être le plus ferme appui de l'ordre, est devenue un foyer de complots. Le patriotisme de trois cents de ses membres n'a pu arrêter ses fatales tendances. Au lieu de faire des lois dans l'intérêt général, elle forge des armes pour la guerre civile ; elle attente aux pouvoirs que je tiens directement du Peuple ; elle encourage toutes les mauvaises passions ; elle compromet le repos de la France : je l'ai dissoute, et je rends le Peuple entier juge entre elle et moi.

« La Constitution, vous le savez, avait été faite dans le but d'affaiblir d'avance le pouvoir que vous alliez me confier. Six millions de suffrages furent une éclatante protestation contre elle, et cependant je l'ai fidèlement observée. Les provocations, les calomnies, les outrages m'ont trouvé impassible. Mais aujourd'hui que le pacte fondamental n'est plus respecté de ceux-là mêmes qui l'invoquent sans cesse, et que les hommes qui ont perdu deux monarchies veulent me lier les mains, afin de renverser la République, mon devoir est de déjouer leurs perfides projets, de maintenir la République et de sauver le pays en invoquant le jugement solennel du seul souverain que je reconnaisse en France : le Peuple.

« Je fais donc appel loyal à la nation tout entière, et je vous dis : Si vous voulez continuer cet état de malaise qui nous dégrade et compromet notre avenir, choisissez un autre à ma place, car je ne veux plus d'un pouvoir qui est impuissant à faire le bien, me rend responsable d'actes que je ne puis empêcher, et m'enchaîne au gouvernail quand je vois le vaisseau courir vers l'abîme.

« Si, au contraire, vous avez encore confiance en moi, donnez-moi les moyens d'accomplir la grande mission que je tiens de vous.

« Cette mission consiste à fermer l'ère des révolutions en satisfaisant les besoins légitimes du peuple et en le protégeant contre les passions subversives. Elle consiste surtout à créer des institutions qui survivent aux hommes et qui soient enfin des fondations sur lesquelles on puisse asseoir quelque chose de durable.

« Persuadé que l'instabilité du pouvoir, que la prépondérance d'une seule Assemblée sont des causes permanentes de trouble et de discorde, je soumets à vos suffrages les bases fondamentales suivantes d'une Constitution que les Assemblées développeront plus tard :

« 1° Un chef responsable, nommé pour dix ans ;

« 2° Des ministres dépendant du pouvoir exécutif seul ;

« 3° Un Conseil d'Etat formé des hommes les plus distingués, préparant les lois et en soutenant la discussion devant le Corps législatif ;

« 4° Un Corps législatif discutant et votant les lois, nommé par le suffrage universel, sans le scrutin de liste qui fausse l'élection ;

« 5° Une seconde Assemblée, formée de toutes les illustrations du pays, pouvoir pondérateur, gardien du pacte fondamental et des libertés publiques.

« Ce système, créé par le Premier Consul au commencement du siècle, a déjà donné à la France le repos et la prospérité ; il les lui garantirait encore.

« Telle est ma conviction profonde. Si vous la partagez, déclarez-le par vos suffrages. Si, au contraire, vous préférez un gouvernement sans force, monarchique ou républicain, emprunté à je ne sais quel passé ou à quel avenir chimérique, répondez négativement.

« Ainsi donc, pour la première fois depuis 1804, vous voterez en connaissance de cause, en sachant bien pour qui et pour quoi.

« Si je n'obtiens pas la majorité de vos suffrages, alors je provoquerai la réunion d'une nouvelle Assemblée, et je lui remettrai le mandat que j'ai reçu de vous.

« Mais si vous croyez que la cause dont mon nom est le symbole, c'est-à-dire la France régénérée par la Révolution de 89 et organisée par l'Empereur, est toujours la vôtre, proclamez-le en consacrant les pouvoirs que je vous demande.

« Alors la France et l'Europe seront préservées de l'anarchie, les obstacles s'aplaniront, les rivalités auront disparu, car tous respecte-

Alerte ! cria Colombau, ce sont nos représentants qu'on emmène !

brave, violent et timide. Il avait l'audace du soudard galonné et la gaucherie de l'ancien pauvre diable. Nous le vîmes un jour à la tribune, blême, balbutiant, hardi. Il avait un long visage osseux et une mâchoire inquiétante. Son nom de théâtre était Florival. C'était un cabotin passé reître. Il est mort maréchal de France. Figure sinistre. »

Taxile Delord complète ce tableau peu flatteur :

« La figure maigre et pâle — dit-il — portait déjà les traces de la maladie qui devait l'emporter quatre ans plus tard. Œil fatigué, air insolent plutôt que fier, homme usé, blâsé, qui va tenter sa dernière aventure. »

Le rôle important que joua Leroy de Saint-Arnaud mérite de plus amples détails biographiques.

Seul de tous les ministres du 27 octobre, il fut initié aux projets secrets de Louis Bonaparte. Aussi, maître du portefeuille de la guerre, adressa-t-il un ordre du jour à l'armée où il protestait vigoureusement contre le droit de requérir la force publique attribué au pouvoir législatif, protestation qui donna lieu à la fameuse proposition des questeurs par laquelle un méchant avocat, que les intrigues des groupes politiques élevait à la questure, devenait le chef du pouvoir exécutif et avait le droit de commander en chef à l'armée.

Voici cette proposition, déposée le 6 novembre, avec demande d'urgence :

« Article premier. — Le Président de l'Assemblée Nationale est chargé de veiller à la sûreté intérieure et extérieure de l'armée.

« Il exerce, au nom de l'Assemblée, le droit conféré au pouvoir législatif par l'article 32 de la Constitution, de fixer l'importance des forces

Documents manquants (pages, cahiers...)

NF Z 43-120-13

Art. 2

« Le suffrage universel est rétabli. La loi du 31 mai est abrogée.

Art. 3

« Le peuple français est convoqué dans ses comices, à partir du 14 décembre jusqu'au 21 décembre suivant.

Art. 4

« L'état de siège est décrété dans l'étendue de la première division militaire.

Art. 5

« Le Conseil d'Etat est dissous.

Art. 6

« Le Ministre de l'Intérieur est chargé de l'exécution du présent décret.

« Fait au Palais de l'Elysée, le 2 décembre 1851.

« Louis-Napoléon Bonaparte.

« *Le Ministre de l'Intérieur*,

« De Morny. »

La seconde était un *Appel au peuple* très habilement rédigé et de nature à rassurer la population. Nous le donnons *in-extenso :*

« Français!

« La situation actuelle ne peut durer plus longtemps. Chaque jour qui s'écoule aggrave les dangers du pays. L'Assemblée, qui devait être le plus ferme appui de l'ordre, est devenue un foyer de complots. Le patriotisme de trois cents de ses membres n'a pu arrêter ses fatales tendances. Au lieu de faire des lois dans l'intérêt général, elle forge des armes pour la guerre civile ; elle attente aux pouvoirs que je tiens directement du Peuple ; elle encourage toutes les mauvaises passions ; elle compromet le repos de la France : je l'ai dissoute, et je rends le Peuple entier juge entre elle et moi.

« La Constitution, vous le savez, avait été faite dans le but d'affaiblir d'avance le pouvoir que vous alliez me confier. Six millions de suffrages furent une éclatante protestation contre elle, et cependant je l'ai fidèlement observée. Les provocations, les calomnies, les outrages m'ont trouvé impassible. Mais aujourd'hui que le pacte fondamental n'est plus respecté de ceux-là mêmes qui l'invoquent sans cesse, et que les hommes qui ont perdu deux monarchies veulent me lier les mains, afin de renverser la République, mon devoir est de déjouer leurs perfides projets, de maintenir la République et de sauver le pays en invoquant le jugement solennel du seul souverain que je reconnaisse en France : le Peuple.

« Je fais donc appel loyal à la nation tout entière, et je vous dis : Si vous voulez continuer cet état de malaise qui nous dégrade et compromet notre avenir, choisissez un autre à ma place, car je ne veux plus d'un pouvoir qui est impuissant à faire le bien, me rend responsable d'actes que je ne puis empêcher, et m'enchaîne au gouvernail quand je vois le vaisseau courir vers l'abîme.

« Si, au contraire, vous avez encore confiance en moi, donnez-moi les moyens d'accomplir la grande mission que je tiens de vous.

« Cette mission consiste à fermer l'ère des révolutions en satisfaisant les besoins légitimes du peuple et en le protégeant contre les passions subversives. Elle consiste surtout à créer des institutions qui survivent aux hommes et qui soient enfin des fondations sur lesquelles on puisse asseoir quelque chose de durable.

« Persuadé que l'instabilité du pouvoir, que la prépondérance d'une seule Assemblée sont des causes permanentes de trouble et de discorde, je soumets à vos suffrages les bases fondamentales suivantes d'une Constitution que les Assemblées développeront plus tard :

« 1° Un chef responsable, nommé pour dix ans ;

« 2° Des ministres dépendant du pouvoir exécutif seul ;

« 3° Un Conseil d'Etat formé des hommes les plus distingués, préparant les lois et en soutenant la discussion devant le Corps législatif ;

« 4° Un Corps législatif discutant et votant les lois, nommé par le suffrage universel, sans le scrutin de liste qui fausse l'élection ;

« 5° Une seconde Assemblée, formée de toutes les illustrations du pays, pouvoir pondérateur, gardien du pacte fondamental et des libertés publiques.

« Ce système, créé par le Premier Consul au commencement du siècle, a déjà donné à la France le repos et la prospérité ; il les lui garantirait encore.

« Telle est ma conviction profonde. Si vous la partagez, déclarez-le par vos suffrages. Si, au contraire, vous préférez un gouvernement sans force, monarchique ou républicain, emprunté à je ne sais quel passé ou à quel avenir chimérique, répondez négativement.

« Ainsi donc, pour la première fois depuis 1804, vous voterez en connaissance de cause, en sachant bien pour qui et pour quoi.

« Si je n'obtiens pas la majorité de vos suffrages, alors je provoquerai la réunion d'une nouvelle Assemblée, et je lui remettrai le mandat que j'ai reçu de vous.

« Mais si vous croyez que la cause dont mon nom est le symbole, c'est-à-dire la France régénérée par la Révolution de 89 et organisée par l'Empereur, est toujours la vôtre, proclamez-le en consacrant les pouvoirs que je vous demande.

« Alors la France et l'Europe seront préservées de l'anarchie, les obstacles s'aplaniront, les rivalités auront disparu, car tous respecte-

Alerte ! cria Colombau, ce sont nos représentants qu'on emmène !

brave, violent et timide. Il avait l'audace du soudard galonné et la gaucherie de l'ancien pauvre diable. Nous le vîmes un jour à la tribune, blême, balbutiant, hardi. Il avait un long visage osseux et une mâchoire inquiétante. Son nom de théâtre était Florival. C'était un cabotin passé reître. Il est mort maréchal de France. Figure sinistre. »

Taxile Delord complète ce tableau peu flatteur :

« La figure maigre et pâle — dit-il — portait déjà les traces de la maladie qui devait l'emporter quatre ans plus tard. Œil fatigué, air insolent plutôt que fier, homme usé, blâsé, qui va tenter sa dernière aventure. »

Le rôle important que joua Leroy de Saint-Arnaud mérite de plus amples détails biographiques.

Seul de tous les ministres du 27 octobre, il fut initié aux projets secrets de Louis Bonaparte. Aussi, maître du portefeuille de la guerre, adressa-t-il un ordre du jour à l'armée où il protestait vigoureusement contre le droit de requérir la force publique attribué au pouvoir législatif, protestation qui donna lieu à la fameuse proposition des questeurs par laquelle un méchant avocat, que les intrigues des groupes politiques élevait à la questure, devenait le chef du pouvoir exécutif et avait le droit de commander en chef à l'armée.

Voici cette proposition, déposée le 6 novembre, avec demande d'urgence :

« Article premier. — Le Président de l'Assemblée Nationale est chargé de veiller à la sûreté intérieure et extérieure de l'armée.

« Il exerce, au nom de l'Assemblée, le droit conféré au pouvoir législatif par l'article 32 de la Constitution, de fixer l'importance des forces militaires pour la sûreté, d'en disposer et de désigner le chef chargé de les commander.

« A cet effet, il a le droit de requérir la force armée et toutes les autorités dont il juge le concours nécessaire.

« Ces réquisitions peuvent être adressées directement à tous les officiers, commandants ou fonctionnaires, qui sont tenus d'en obtempérer immédiatement, sous les peines portées par la loi.

« Art. 2. — *Le Président peut déléguer son droit de réquisition aux questeurs ou à l'un d'eux* (!!!)

« Art. 3. — La présente loi sera remise à l'ordre du jour de l'armée et affichée dans toutes les casernes sur le territoire de la République. »

Saint-Arnaud répondit à cette proposition, connue sous le nom de son auteur, Baze, en donnant l'ordre d'arracher le décret du 11 mai 1848, affiché dans les casernes, déclarant qu'il ne reconnaissait à l'Assemblée que le droit de fixer le nombre des troupes pour sa garde et de leur donner le mot d'ordre par les questeurs.

C'est à l'orageuse séance où fut repoussée la proposition Baze, quelques jours avant le 2 décembre, que Saint-Arnaud se leva et quitta l'Assemblée en disant au ministre de l'Intérieur :

« — On fait trop de bruit dans cette maison, je vais chercher la garde. »

Nous avons connu le maréchal de Saint-Arnaud ; c'était quelque temps avant la guerre de Crimée, et le souvenir nous en est resté vivant. Il était, comme dit Victor Hugo, de haute taille, sec, mince, anguleux, avec des moustaches grises retroussées, mais il n'était nullement de mine basse. Il avait, au contraire, l'allure fière et hautaine du soldat vainqueur.

Il émaillait, il est vrai, sa conversation de jurons militaires; mais on ne peut s'attendre à trouver chez un soldat d'Afrique les allures correctes et bénignes d'un membre de l'Institut.

Saint-Arnaud avait reçu une bonne éducation; son père, préfet sous le Consulat, avait été avocat au Parlement de Paris, et sa mère appartenait à la petite noblesse de province.

Il n'avait pas débuté par être comique à la banlieue, mais comme garde du corps en 1816. Dépensier, viveur, aimé des femmes, il contracta de nombreuses dettes qui le firent envoyer, comme sous-lieutenant, dans la légion corse. On sait que les gardes du corps avaient le rang d'officier; de la légion corse, il passa au 49e de ligne.

En 1827, toujours sous-lieutenant, toujours viveur et toujours criblé de dettes, il fut mis en retrait d'emploi.

Il alla guerroyer en Grèce, puis il visita la Turquie, l'Asie-Mineure, revint en France, parcourut l'Italie, la Belgique, l'Angleterre.

S'il faut en croire Taxile Delord, il fut successivement commis-voyageur en France, comédien à Paris et à Londres, prévôt d'armes à Brighton.

Ce qui a pu donner lieu à la légende de Saint-Arnaud, acteur, c'est qu'il chantait fort bien l'opérette faisait de la musique et jouait dans les théâtres de salon. Ces talents de société lui attirèrent plus tard l'amitié de la duchesse de Berry.

En février 1831, il rentra dans l'armée comme sous-lieutenant, grade qu'il tenait depuis 1816; nommé lieutenant en décembre de la même année, il prit part à la conspiration royaliste de l'insurrection vendéenne. Puis, il passa en Afrique où le général Bugeaud le distingua pour sa bravoure et le prit pour son officier d'ordonnance lorsqu'il fut envoyé au château de Blaye pour y garder la duchesse de Berry que venait de livrer à Thiers l'infâme juif Deutsh, que flétrissait ainsi le trop naïf poëte :

Ce n'est pas même un juif! C'est un païen immonde,
Un renégat, l'opprobre et le rebut du monde;
Un fétide apostat, un oblique étranger,
Qui nous donne du moins le bonheur de songer
Qu'après tant de revers et de guerres civiles,
Il n'est pas un bandit écumé dans nos villes,
Pas un forçat hideux blanchi dans les prisons,
Qui veuille mordre en France au pain des trahisons!
Rien ne te disait donc dans l'âme, ô misérable!
Que la proscription est toujours vénérable,
Qu'on ne bat pas le sein qui nous donne son lait,
Qu'une fille des rois dont on fut le valet
Ne se met pas en vente au fond d'un antre infâme,
Et que n'étant plus reine, elle était encore femme.

Elle le prouva, du reste, dans la nuit du 9 mai 1833, à la citadelle de Blaye, en mettant au monde une fille, issue de son mariage secret avec le comte Hector Lucchessi Palli, des princes de Campo-Franco, gentilhomme de la chambre du roi des Deux-Siciles.

Un mois après, Marie-Caroline quittait sa prison pour monter dans un bateau à vapeur mouillé devant la citadelle, qui devait la conduire à la corvette l'*Agathe*, avec la nourrice de la petite princesse Anne-Marie-Rosalie, qui, née dans une prison, n'en devait sortir que pour être couchée dans une tombe.

Sur l'*Agathe*, l'accompagnèrent jusqu'à Palerme, le prince et la princesse de Beaufremont, le général Bugeaud et Saint-Arnaud, son aide-de camp.

Revenu de Palerme, Saint-Arnaud est envoyé en Afrique. On le retrouve, en 1837, capitaine dans la légion étrangère. Il se distingue à l'assaut de Constantine, à la prise de Djidjelly, au col d'El Mouzaïa. Nommé, en 1840, chef de bataillon au 18e léger, il passe aux zouaves, et continue sa brillante carrière de soldat.

Dans l'expédition de Laghouat, colonel au 32e

de ligne, il décide de la victoire. Commandant de la subdivision d'Orléansville, alors que Bou Maza prêchait la guerre sainte et soulevait tout le Dahra, il organise cette fameuse colonne infernale qui écrase le mouvement et fait Bou Maza prisonnier.

Nommé, en novembre 1847, général de brigade, il arrive en congé à Paris au moment de la révolution de février ; le maréchal Bugeaud lui donne le commandement d'une brigade. Le 24, il enlève les barricades de la rue Richelieu Mais, surpris et entouré à la préfecture de police et forcé de capituler, il est dirigé sur Vincennes par les gardes nationaux. Sur le quai de Gesvres, il est précipité de son cheval par une foule furieuse. Arraché, à grand peine, à la mort par les gardes qui l'escortent jusqu'à l'Hôtel de Ville, il trouva un refuge près du maire de Paris, Garnier Pagès.

Des mauvais traitements et des injures de la foule parisienne, il devait se souvenir quand il ordonna le massacre du boulevard Montmartre.

De retour en Algérie, il prit successivement le commandement de la subdivision de Mostaganem, puis d'Alger. Commandant de la province de Constantine, en 1849, il se montre d'une extrême dureté pour les transportés politiques. L'affront du quai de Gesvres n'était pas oublié.

Nous avons vu comment fut organisée l'expédition de Kabylie de 1851, à la suite de la visite du commandant Fleury. En vingt-six combats il défait les tribus « insoumises ».

Promu aux trois étoiles, le 10 juillet de la même année, il est appelé par le Prince-Président au commandement de la 2e division de l'armée.

Fleury, on le voit, avait eu du flair. Ce soldat qui, étant colonel, avait à l'exemple de Pélissier, aux grottes du Dahra, enfumé dans la caverne du Shelas plusieurs centaines d'Arabes, n'était pas homme à reculer devant une poignée de Parisiens.

« Ma conscience ne me reproche rien, écrivait-il à son frère, au sujet de l'enfumade du Shelas — j'ai fait mon devoir. »

« Nature ardente, droiture inflexible, M. de de Saint-Arnaud — dit P. Mayer — professe comme tout homme né soldat, le plus franc mépris pour les finesses de la politique et les combinaisons du parlementarisme. Le jour, où il parla, à propos de la discipline et de l'honneur militaire outragés par le complot, dit des questeurs, l'Assemblée s'affaissa littéralement sur elle-même, et le bruit de cette éloquence habituée à dominer le canon lui fit l'effet, selon le mot de M. Beugnot, du tambour de brumaire.

« Le pays, l'armée et le pouvoir exécutif n'y virent, eux, qu'une franche et entraînante confirmation de ce magnifique ordre du jour du 27 octobre, qui ressemblait plutôt à une instruction de combat qu'à une proclamation officielle :

« N'oubliez pas que dans les temps difficiles « l'armée prévient, par la seule énergie de son « attitude, les désordres qu'elle réprimerait « toujours par l'emploi de la force.

« Esprit de corps, culte du drapeau, solida- « rité de gloire, que ces nobles traditions, nous « inspirent et nous soutiennent.

« Portons si haut l'honneur militaire, qu'au « milieu des éléments de dissolution qui fer- « mentent autour de nous, il apparaisse comme « moyen de salut à la société menacée. »

C'est, d'ailleurs, la consécration de la théorie de l'auteur de l'*Histoire du 2 Décembre* :

« Tout ce qui sauve une société est légitime, et aujourd'hui il n'y a plus d'autre légitimité que celle-là. Chaque citoyen, et à plus forte raison le chef de l'État, se doit à la société menacée, et de même qu'il serait criminel si, sans péril apparent et dans le seul intérêt de son ambition, il tentait par surprise ou trahison, de détruire la chose publique, de même, il est juste, il est glorieux, il est digne de reconnaissance et d'affection, le jour où, dans l'intérêt seul de la masse et pour l'honneur de son pays, il renverse, par la force ou la persuasion honorablement employées, tout homme ou toute chose désignés par la conscience publique comme un obstacle au salut de tous. Voilà pour le devoir !

« Ces principes sont éternels, et il y aurait puérilité à les développer autrement. »

Passons.

Ce ne fut, en quelque sorte, qu'accidentellement que Saint-Arnaud fut choisi pour le coup d'État et l'histoire mérite d'en être rapportée.

Composé comme il l'était au commencement de 1851, l'état-major général de l'armée n'offrait pas à Louis Bonaparte de suffisantes garanties. Les plus âgés généraux étaient ou orléanistes, ou légitimistes ou manquaient d'audace, les plus jeunes étaient au Parlement, faisant une opposition ouverte.

Le Président était fort perplexe, mais son confident, Fialin de Persigny, l'âme des Conseils de l'Elysée où l'on voyait Ney, Bacciocchi, Beville, Fleury, Meneval, Lepic et d'autres, le tira d'embarras en lui disant :

« Puisque nous manquons de généraux, faisons-en ! »

— En effet, — répondit le Prince — voilà une idée !

Ce n'était pas la graine qui manquait.

L'Algérie était alors une brillante pépinière. Lamoricière, Bedeau, Cavaignac, Changarnier y avaient conquis leurs étoiles. Mais la moisson de lauriers n'était pas complètement faite et beaucoup de jeunes généraux n'attendaient qu'une occasion pour les cueillir. Cette occasion il fallait la leur procurer et ramener à Paris un général triomphant. On en ferait un commandant en chef.

Le chef d'escadron du 3e de spahis, Fleury, aide de camp du Président, homme aimable, charmant, insinuant, à la fois militaire et diplomate, fut chargé de la mission de découvrir l'homme qu'il fallait.

Il jeta d'abord les yeux sur le général Bosquet, qui commandait une des subdivisions de la province de Constantine. Bosquet était le plus jeune général de l'armée. Sorti de l'Ecole polytechnique, par conséquent porté vers les idées libérales, il avait quitté l'artillerie pour entrer dans les tirailleurs indigènes, dont il avait été l'un des promoteurs de la création. Né en 1810, il avait quarante et un ans et franchi en quinze années l'énorme distance qui sépare le sous-lieutenant du général.

Lamoricière, alors ministre de la Guerre, fut même interpellé à la Chambre à cause de cet avancement rapide ; mais il défendit victorieusement son choix par ces paroles prophétiques :

« — Je l'ai nommé avant le temps réglementaire — dit-il — non pas seulement pour les services qu'il a rendus, mais pour ceux qu'il rendra. »

Bonne tête et bras solide, ambitieux et dévoré de violents appétits de jouissance, c'était une précieuse acquisition pour l'Elysée.

Ce fut donc avec le général Bosquet, comme objectif, que le commandant Fleury partit pour l'Algérie remplir sa secrète mission, couverte sous le nom de tournée d'inspection.

Il arrive à Constantine et, naturellement, sa première visite officielle est pour le commandant de la province, Saint-Arnaud, qui s'empresse d'inviter à sa table l'aide de camp préféré et intime du Prince. Très fin et très observateur, il ne tarde pas à s'apercevoir, au cours de la conversation, que Fleury ne s'est pas dérangé pour une banale inspection, mais pour chercher un homme d'action. Il presse de questions Fleury qui se découvre et nomme Bosquet.

— Bosquet ? — s'exclame Saint-Arnaud — Pourquoi Bosquet ? Je ne doute pas qu'il ne fasse bon marché de ses prétendues convictions républicaines, car il est ambitieux en diable. Mais son caractère est peu sûr ; il est d'une nature abrupte et volontaire, et il se livre à des intempérances de langage souvent fort maladroites.

Pendant que Saint-Arnaud parlait, Fleury qui l'écoutait attentivement, voyait se modifier, peu à peu, ses premiers plans.

Pourquoi, en effet, aller chercher Bosquet, dont il n'était pas sûr, quand il avait Saint-Arnaud sous la main, qui ne dissimulait pas sa contrariété de se voir préférer un rival ?

Pourquoi prendre un général de brigade, quand il avait un divisionnaire ?

Il regarda Saint-Arnaud en face.

— Vous accepteriez, mon général ?

— Quoi ?

— Ce que j'allais proposer au général Bosquet.

— C'est-à-dire le ministère de la guerre à courte échéance ?

— Et le maréchalat sous le prochain Empire.

Saint-Arnaud tendit la main au chef d'escadron.

— Entendu — fit-il. — Dites au Prince-Président que je suis son homme.

Mais pour que l'*homme* put entrer avec l'auréole du soldat glorieux, il fallut organiser une vaste expédition, une de ces superbes tueries qui mettent au front du vainqueur une couronne de lauriers.

Ce fut l'affaire des bureaux arabes.

Des émissaires furent expédiés dans les tribus de la montagne et bientôt toute la Kabylie fut en armes.

Peut-être se fut-elle soulevée un peu plus tard, car il y régnait depuis quelque temps une agitation menaçante, mais l'on sut activer le mouvement.

La colonne d'expédition se composait d'environ 8,000 hommes. Saint-Arnaud en prit le commandement et confia les deux brigades aux généraux Luzy et Bosquet.

La campagne fut longue, pénible et meurtrière, meurtrière surtout. Dans le rapport d'ensemble sur les opérations, le général constate un homme sur sept hors de combat par le feu ; le 3e régiment de spahis, auquel appartenait le commandant Feury, qui prit part aux opérations, perdit un homme sur quatre.

Il faut joindre à ces pertes celles causées par les maladies produites par la fatigue et la grande chaleur, car, raconte le Dr Quesnoy, du 3e de spahis, « jamais la chaleur n'avait été si accablante, le sirocco soufflait sans cesse et l'ennemi ne nous laissait pas un moment de répit ».

Mais avant que les Kabyles eussent fait leur soumission, on avait brûlé leurs moissons et fait un grand massacre.

« Peut-on dire que ce fut une campagne heureuse et utile? Je ne le crois pas — ajoute le Dr Quesnoy. — Chaque jour nous remplissions notre programme ; nous allions bivouaquer où le général avait décidé d'aller, mais au prix de quels sacrifices! Le maréchal Bugeaud et d'autres généraux ne se seraient pas contentés de pareils résultats. Nous avons eu des soumissions, mais on sait ce qu'elles valent. Quand les Kabylès sont fatigués, ou manquent de munitions, ou craignent pour l'abatage de leurs arbres, ils se soumettent. Mais la colonne partie, ils ne tiennent aucun compte de leur engagement. Nous savions tout cela dans la colonne, aussi l'opinion de l'armée était nettement formulée. »

Aucune campagne d'Afrique n'a offert les péripéties de la campagne de Kabylie en 1851, si ce n'est celle de 1857, aucune n'a eu d'aussi nombreux combats et compté tant de victimes.

Les journaux de l'Elysée prônèrent à l'envie l'habileté du commandant en chef et Bosquet fut laissé au second plan, effacé par la gloire de son supérieur.

Il ne pardonna pas à Louis Bonaparte de ne pas lui avoir donné le commandement de la campagne et l'appelait, en décembre 1851, *Polichinelle* et *Soulouque*.

Fleury tint parole. Six mois après l'expédition, le général de Saint-Arnaud était ministre de la guerre et appelait à Paris plusieurs officiers supérieurs qui avaient pris part à la campagne et dont il s'était assuré le concours en leur donnant des croix et de l'avancement.

Lespinasse était de ce nombre.

Après le portrait de Saint-Arnaud par Victor Hugo, le portrait de Morny :

« Celui qui écrit ces lignes a connu Morny. Morny et Walewsky avaient dans la quasi famille régnante la position, l'un de bâtard royal, l'autre de bâtard impérial. Qu'était-ce que Morny ? Disons-le. Un important gai, un intrigant, mais point austère, ami de Romieu et souteneur de Guizot, ayant les manières du monde et les mœurs de la roulette, content de lui, spirituel, combinant une certaine libéralité d'idées avec l'acceptation des crimes utiles, trouvant moyen de faire un gracieux sourire avec de vilaines dents, menant la vie de plaisir, dissipé, mais concentré, laid, de bonne humeur, féroce, bien mis, intrépide, laissant volontiers sous les verrous un frère prisonnier, et prêt à risquer sa tête pour un frère empereur, ayant la même mère que Louis Bonaparte et, comme Louis Bonaparte, un père quelconque, pouvant s'appeler Beauharnais, pouvant s'appeler Flahaut, et s'appelant Morny, poussant la littérature jusqu'au vaudeville et la politique jusqu'à la tragédie, viveur tueur, ayant toute la frivolité conciliable avec l'assassinat, pouvant être esquissé par Marivaux, à la condition d'être ressaisi par Tacite, aucune conscience, une élégance irréprochable, infâme et aimable, au besoin parfaitement duc ; tel était ce malfaiteur. »

Il fut la tête et Saint-Arnaud le bras. Nous reviendrons plus tard sur ce portrait, en montrant l'homme à l'œuvre, mais, en attendant, laissons encore parler P. Mayer :

« M. de Morny, qui, en raison de son affection chevaleresque pour le Président, devait prendre et prit en effet, le rôle le plus important et le plus difficile, s'était, avant les circonstances qui l'ont si extraordinairement révélé, fait connaître par quelques services militaires, une immense aptitude pour une foule de questions spéciales et la franchise presque abrupte avec laquelle il prit en main la cause désespérée de la Monarchie de juillet dont il avait, dès le mois de janvier 1848, prédit et presque littéralement décrit la chute.

« Les esprits superficiels, et c'est le plus grand nombre, qui ne voient que les qualités brillantes, n'avaient, jusqu'à ce jour, apprécié M. de Morny que comme un des types les plus distingués de ce qu'on est convenu d'appeler un homme du monde, dénomination générale qui, avant février, voulait dire également esprit, bravoure, élégance et que les dangers sociaux, connus par l'aristocratie de nom et de fortune depuis la dernière révolution, ont élargie et complétée.

« M. de Morny appartient en effet à cette race nouvelle et caractérisée d'hommes de salon, improvisés hommes d'Etat par l'énergie des nécessités sociales, qui portent, dans la politique, l'esprit de fascination, l'habitude du succès, les allures dominatrices et le sang-froid inaltérable qui faisaient leur supériorité dans le monde. D'une loyauté hautaine mais absolue, avec leurs adversaires conservateurs, d'un dédain écrasant avec les démagogues, d'une expansion presque juvénile avec leurs amis, plein d'entrain, de sérénité, d'intrépidité et de courtoisie, ils entreprennent une combinaison diplomatique, comme ils règleraient une partie de plaisir, organisent un coup d'Etat, comme ils dirigeraient la répétition d'une comédie de société, et, quand l'heure suprême est venue, empoignent, pour parler comme Saint-Simon, le haut bout des affaires de leurs mains finement gantées.

« Là le succès les suit encore, parce qu'ils ont sous leur enveloppe railleuse une foi invincible en eux-mêmes, et ce n'est pas un des moins rares spectacles de ce temps que de voir ces natures exquises, indolentes et impérieuses accomplir des prodiges de fatigue, d'activité et de patience, et goûter avec une ardente vie les graves et dévorantes émotions du salut public. »

Les *émotions dévorantes du salut public* forcent un peu cette note élogieuse et nous pensons que du salut public, le fils adultérin de la reine Hortense n'avait pas le moindre souci.

Malgré le dire de l'auteur anglais, cité dans un des précédents chapitres, sans doute trompé par les dehors de l'existence luxueuse que menait l'ancien représentant du Puy-de-Dôme à la Constituante, ses affaires étaient si mauvaises avant le coup d'Etat qu'il avait été obligé de vendre ses tableaux et un petit hôtel appelé la *Niche à Fidèle*, aux Champs-Elysées, ce qui est relaté dans le poème anonyme publié à Londres en 1853, le *Deux-Décembre*, attribué à Schœlcher :

Toi de qui la caisse d'escompte
Pour deux millions en retard
Attend une réponse prompte,
De mon destin suis le hasard.
Morny, de la Niche à Fidèle,
Que Phryné te bâtit près d'elle,
Tu vas couvrir d'or les parois...

En tous cas, on retrouva dans les papiers des Tuileries la note suivante, envoyée au Prince-Président par celui qui présida au coup d'Etat avec « une distinction parfaite et un dandisme accompli », quand le succès fut assuré :

« L'ordre règne à Varsovie ; il n'y a plus de républicains qu'à Cayenne et à Lambessa.

« Vous savez que quelques badauds se sont fait fusiller bêtement sur les boulevards ; ces curieux sont incorrigibles ; la leçon leur profitera.

« *P.S.* — Recommandez-moi à Magnan, mon escarcelle est d'une maigreur désespérante : à présent nous avons nos aises.

« MORNY. »

Quand on proclama l'état de siége en enjoignant à tous la soumission au coup d'Etat, Saint-Arnaud qui, en sa qualité de ministre de la guerre, devait signer le décret, s'arrêta au paragraphe ainsi conçu :

« Quiconque sera surpris construisant une barricade ou placardant une affiche des ex-représentants, sera... »

— Qu'attendez-vous ? — demanda Morny.

— Sera quoi ? — fit Saint-Arnaud.

Le nouveau ministre de l'Intérieur haussa les épaules, lui arracha la plume de la main et écrivit :

« *fusillé* ».

Nous parlerons plus tard des autres héros du 2 décembre, de Fialin de Persigny et du préfet de police Maupas.

CHAPITRE XXV

La matinée du 3 décembre. — La réunion de la veille chez Frédéric Cournet. — Petite conversation surprise. — Au faubourg Saint-Antoine. — Un républicain de mauvais aloi. — Les représentants arrêtés et contents. — La première barricade. — Le coup de fusil mystérieux. — La mort de Baudin. — Colombau « est dans son dur ». — Paris commence à s'agiter.

Une petite pluie fine et froide tombait depuis le milieu de la nuit. Sur la chaussée, les pieds s'engluaient dans la boue; sur les trottoirs séjournaient des flaques d'eau. Les édifices, les abris, tous les objets avaient un aspect navrant derrière le liquide réseau, qui brouillait leurs contours, rendait leurs formes indistinctes. Le ciel lugubre abaissait sa coupole grise sur les toits des maisons muettes, aux fenêtres closes, aux portes fermées.

C'était une de ces matinées d'hiver qui jettent la tristesse dans l'âme la mieux trempée. Sous cette tombée lente et silencieuse de l'eau, qui semblait devoir toujours durer, quelques passants remontaient la rue du Faubourg St-Antoine. Ils parlaient peu en général, car si pour exciter la verve, rien n'est comparable à un beau ciel azuré, rien de tel, d'autre part, qu'un temps sombre et humide pour réfréner les épanchements et frapper de mutisme et de taciturnité. Comparez les Anglais à nos méridionaux. Le contraste des caractères concorde avec le contraste des climats.

Colombau faisait partie de ces quelques piétons dont nous venons de parler. L'avant-veille, il avait pris congé de Georges Barrel, en revenant de leur expédition dans la ruelle du Vieux-Moulin. Depuis il ne l'avait plus revu.

Sans doute — pensait-il — le représentant tenait des conciliabules avec ses collègues de la Montagne et s'essayait à soulever les républicains. Lui, Colombau avait erré dans Paris, se mêlant aux groupes, questionnant, écoutant et incitant à la défense ses camarades des sections. Il put constater qu'en général les ouvriers ne semblaient pas hostiles à l'acte de Louis-Napoléon. Ils se montraient satisfaits du rétablissement du suffrage universel. Quant à la dissolution de cette Assemblée où les partis réactionnaires, rétrogrades, avaient la majorité et dont tous les efforts s'étaient portés contre la démocratie, ils n'éprouvaient aucun besoin de s'en indigner. Il est probable que le typographe eut raisonné de la même manière superficielle, si ses conversations avec Georges Barrel ne lui eussent donné une vue plus exacte des choses et la notion du danger qui menaçait la République et la liberté.

Dans la soirée du 2, le hasard des événements l'avait conduit à une réunion privée d'une cinquantaine de représentants, parmi lesquels on remarquait Victor-Hugo, Carnot, Jules Favre, Michel de Bourges, Madier de Montjau, Schœlcher, de Flotte. Il s'y trouvait, en outre, plusieurs journalistes, des officiers de la garde nationale et quelques ouvriers du faubourg Saint Antoine.

Après de longues délibérations, qui durèrent

jusqu'à une heure avancée de la nuit, il fut convenu qu'on tenterait la résistance à tout prix. Des représentants devaient se transporter le lendemain, 3 décembre, dans les quartiers populaires, commencer eux-mêmes les barricades, exciter le peuple, proclamer l'insurrection. Baudin, Madier de Montjau, Esquiros, Xavier Durieu, députés et plusieurs autres républicains, parmi lesquels notre typographe, résolurent de se rendre au lever du jour, à cette salle Roysin, dont nous avons déjà fait mention, café socialiste, situé dans la rue du Faubourg-Saint-Antoine, espérant provoquer un soulèvement dans ce quartier.

Ces résolutions prises, l'on se dispersa.

Il n'est pas sans intérêt de faire remarquer qu'il s'en fallut de peu qu'ils ne fussent tous arrêtés !

En effet, la réunion avait eu lieu chez Frédéric Cournet, ancien officier de marine, ardent républicain, qui demeurait, nous l'avons dit, rue Popincourt. Or, dans la même rue et presque à côté, habitait un individu portant à peu près le même nom, Cornet. Cette similitude causa une confusion dont les représentants profitèrent. Ils avaient été signalés à l'autorité. On envoya, pour les arrêter, une brigade de police et un bataillon d'infanterie. Mais, pendant que les soldats gardaient la rue et que les agents s'épuisaient en vaines recherches, fouillant la maison du susdit Cornet, le Comité de résistance délibérait paisiblement à quelques pas.

A la suite de cette réunion, Colombau ne sut où se réfugier. Il se sentait effroyablement las. Ses jambes flageolaient. Il craignait de s'abattre sur le trottoir. Il aperçut, sur son chemin, une maison en construction. Il s'y introduisit et, se jetant sur un tas de planches, il se trouva à couvert, à l'abri de l'eau, sinon du froid.

Il commençait de s'assoupir quand un bruit de voix attira son attention. Deux hommes s'approchaient en causant. Ils s'arrêtèrent sur le trottoir, à quelques pas de Colombau. Leurs paroles lui arrivaient nettement et voici ce qu'il entendit :

— Vous verrez que ce *cochon*-là est capable de réussir. J'en rugirais de rage.

— Je conçois cela, Monseigneur.

— Mais non, c'est impossible. Il ne réussira pas, il ne faut pas qu'il réunisse. Un aventurier comme lui, un faux Bonaparte, ceindre sur son front déprimé la couronne des Césars ! Allons donc ! Le grand empereur en tressaillerait dans sa tombe. Je suis de sang royal, moi ! neveu de l'empereur, fils de roi et de reine, moi !

— Autrement dit, Monseigneur, vous accepteriez fort bien le rétablissement de l'empire, à condition que ce fut vous que l'on sacrât à Notre-Dame.

— Si le *perroquet malade* vous destinait la présidence du Sénat, ou le portefeuille des Affaires étrangères, il y a apparence, mon cher Girardin, que vous le regarderiez d'un œil plus favorable. Mais, je me rassure : vous ne déserterez pas la cause républicaine, car il n'a pas la moindre intention de vous faire ce petit présent amical que moi, je m'empresserais de vous offrir.

— Ne parlons pas si haut, Monseigneur, on pourrait nous entendre.

— Nous entendre ! Qui donc ? Il n'y a pas de danger que nos paroles tombent dans des oreilles indiscrètes. Alors que tout Paris devrait être en ébullition, alors que des barricades devraient s'élever partout, et, par toutes les portes, par toutes les fenêtres, retentir les appels aux armes, silence complet. Ils dorment ! Vous verrez qu'il n'y aura pas une goutte de sang répandue et qu'on le laissera tranquillement saisir le diadème et s'en coiffer sa tête de jouisseur éreinté.

— Le croyez-vous vraiment ?

— Si je le crois, mon cher Girardin ! j'en suis sûr. Peut-être ces idiots des faubourgs élèveront-ils deux ou trois barricades. La ligne se présentera, les défenseurs de la Consitution lèveront le pied et la farce sera jouée... à moins que...

— Achevez.

— A moins que la troupe ne tue quelques-uns de leurs braillards en vue, un personnage célèbre, sympathique, connu du populaire, un ronfleur de grands mots, Victor Hugo, par exemple, Baudin, Schœlcher, Barrel...

— Dites donc, Monseigneur, si vous receviez vous-même une balle, ça produirait peut-être l'effet que vous désirez...

— Allez au diable ; — interrompit Monseigneur. — Il n'est pas question de moi ! Et je serais bien avancé...

— En effet, une fois mort, comment supplanter votre cousin ?

— Ne plaisantez pas, Girardin. Il ne s'agit pas d'être dupe. Quand j'étais petit et que l'on me faisait apprendre La Fontaine, une fable m'a frappé : celle du *Singe, du Chat et des marrons*. Tirer les marrons du feu, ça ne me va guère... Mais je maintiens ce que j'ai dit. Il faut que le sang coule, que les faubourgs se soulèvent, que Paris entier soit en armes, qu'on promène dans les rues les cadavres d'hommes populaires. Autrement nous sommes foutus et le cochon est empereur.

— On ne peut pas cependant en tuer un exprès et le traîner par les rues en criant comme aux trois journées : « On égorge nos frères ! »

— Vous plaisantez toujours, ce n'est cependant pas l'heure.

Ils s'éloignèrent sur ces paroles et Colombau n'entendit plus que le bruit de leurs pas s'éteignant peu à peu dans la rue silencieuse.

Mais ce fragment de conversation suffisait pour l'édifier sur les sentiments républicains des deux personnages, faciles à reconnaître, le prince Napoléon, fils de Jérôme, et le rédacteur en chef de la *Presse*, qui écrivait, le 8 avril 1850, dans son journal :

« Je ne suis pas devenu socialiste ; je l'ai toujours été. On peut remonter aussi haut que l'on voudra dans ma vie d'écrivain, si haut que l'on remonte, on en trouvera la preuve. »

Et quelques mois plus tard :

« Nous ne sommes pas avec les socialistes... Les plus grands ennemis du peuple sont ceux mêmes précisément qui se font les apôtres d'un progrès impossible, et qui poussent les masses à la recherche d'un bien-être imaginaire, les remplissent d'illusions décevantes, détruisent pour elles le bien présent et ruinent les espérances de l'avenir. »

Colombau se dirigeait donc vers la salle Roysin, le 3 décembre au matin. A mesure qu'il s'avançait dans le faubourg, le nombre des piétons augmentait. Le typographe reconnaissait les représentants et les autres citoyens qui, la veille, avaient promis de tenter le soulèvement du quartier. Peu à peu des portes et des fenêtres s'ouvraient, les ouvriers sortaient de chez eux, formaient des groupes et discutaient sur l'audacieux coup d'Etat.

Colombau s'approcha de l'un de ces groupes où s'épuisait en exhortations le représentant Baudin. Elles semblaient fort peu du goût des ouvriers qui l'écoutaient, et l'un d'eux lui dit en hochant la tête :

— Tout ça, c'est bien, citoyen représentant. Je dis comme vous ! « Tout pour la République », donc, faut pas se fâcher. Mais nous l'avons toujours, la République. Alors pourquoi se remuer ?

— Pour empêcher qu'on ne la transforme en Empire, mon ami ; car, croyez-moi bien, si vous laissez ces événements s'accomplir, l'Empire sera bientôt fait.

— Il n'est plus question d'Empire là dedans. On nous rend le suffrage universel. Avec ça, nous commandons. Par nos votes, nous sommes les maîtres. Nous saurons donc l'empêcher, le rétablissement de l'Empire. Un chouette type le Président !

— Lui ! Un beau cochon. On voit bien que vous ne le connaissez guère, citoyens ! — s'écria tout à coup un individu portant la blouse de l'ouvrier.

Colombau tressaillit. Il reconnaissait cette voix. Il l'avait entendue dans la nuit, couché dans la maison en construction. Celui qui parlait ainsi ne pouvait être que le prince Napoléon.

Le typographe ne se trompait pas.

— Nous sommes sans armes depuis juin — dirent plusieurs autres prolétaires. — Pas un seul fusil dans le faubourg.

— Pas de fusils ! — fit avec colère le Prince de la Montagne — on en trouve des fusils quand on en veut. Qui vous empêche d'en prendre. Il n'y a pas mal de postes isolés. Dix hommes et un sergent. Qu'est-ce que c'est que ça ? On leur tombe sur le poil, on les assomme et on en a des fusils !

— Eh ! dis donc, comment que tu t'appelles — s'écria Colombau — toi qui t'entends si bien à donner des conseils qu'on ne te demande pas. Si tu joignais l'exemple au précepte, je crois que cela vaudrait mieux. Montre-nous le chemin, on te suit. Si t'aimes pas tirer les marrons du feu pour les autres, nous sommes comme toi, nous, tu sais !

Le pseudo-ouvrier blêmit. Quoi ! sa conversation dans la nuit avec E. de Girardin avait-elle été surprise ? Etait-il donc reconnu ? En tous cas, peu soucieux de payer de sa personne dans l'opération qu'il conseillait si chaudement, peu soucieux surtout de se faire reconnaître, il s'empressa de disparaître dans la foule.

Le typographe allait sans doute « vendre la mèche » quand un accident survint qui donna à ses idées un tout autre tour et diminua encore le peu d'enthousiasme que les ouvriers semblaient montrer pour la résistance.

On entendait un gros bruit de roues et de chevaux, et bientôt apparut un détachement de lanciers. Ils précédaient une dizaine d'omnibus, dans lesquels étaient renfermés cent représentants, qu'on transférait de la caserne du quai d'Orsay à Vincennes. C'étaient ceux arrêtés la veille à la mairie du dixième arrondissement. D'autres lanciers suivaient le convoi, et quelques-uns, marchant en file, le flanquaient à droite et à gauche.

— Alerte ! — cria Colombau. — Ce sont nos représentants qu'on emmène. Délivrons-les !

Il se précipita à la tête des chevaux du premier omnibus.

D'autres ouvriers, excités par son exemple, se joignirent à lui, ainsi que le représentant Malardier et Frédéric Cournet, l'ancien officier de marine. Les omnibus s'arrêtèrent, et, si les prisonniers l'eussent voulu, comme nous l'avons dit déjà, ils auraient été délivrés.

Mais la veille ils avaient réclamé leur internement à Mazas. Ces gens-là n'étaient, en général, belliqueux qu'en paroles. Leurs combats préférés étaient les joutes oratoires, les bavardages de la tribune, où l'on ne dépense que de la salive, sans verser une goutte de son sang. Une station plus ou moins prolongée à la bu-

Le représentant Baudin, debout sur une voiture, reçut trois balles.

vette suffit pour panser les blessures. L'héroïsme n'était pas leur fait. N'éprouvant aucune espèce de sympathie pour le métier de chef de barricades, ils étaient enchantés de l'aventure, qui conciliait le souci de leur réputation de représentant du peuple avec celui de leur sûreté. Au moment où ils se voyaient débarrassés de toute pensée absorbante, de toute démarche dangereuse, voilà qu'on tentait de les tirer à bas de leurs véhicules, pour les présenter comme candidats aux horions, aux coups de sabre, de baïonnette, de fusil et de canon! Leur indignation ne connut pas de bornes. Par les portières apparurent des têtes effarées, irritées, des mains tremblantes, et, perdant toute pudeur, ils supplièrent le peuple de les laisser tranquilles, de ne pas les délivrer.

— Ah bah! — fit Colombau absolument stupéfait. — En voilà des preux, en voilà des républicains. Et c'est ça ceux qui nous représentent. Mais c'est à faire vomir!

Et, s'adressant à Frédéric Cournet, il ajouta le mot que l'on sait :

« — Rien à faire avec ces gens-là. On peut les laisser partir. »

L'escorte, les voitures reprirent leur marche, tandis que les représentants prisonniers, pâles et la sueur au front, à la pensée du péril auquel ils venaient d'échapper, sentaient de nouvelles angoisses les envahir, en songeant que le donjon de Vincennes était encore éloigné.

La foule ricanait. Les représentants républicains étaient consternés.

Nous avons dit que les Montagnards qui s'étaient donné rendez-vous la veille au *Café des Peuples*, salle Roysin, ne s'étaient pas entendus sur l'heure. Aussi, les premiers arrivés, une qu... ...ine au plus, las d'attendre leurs collègues et de perdre un temps précieux, décidèrent d'agir. Ils prirent leurs écharpes aux cris de « Aux armes! Aux barricades! Vive la République! Vive la Constitution! »

L'infortuné Baudin, comme s'il prévoyait le sort qui l'attendait, hasarda une simple objection :

— « Nous ne sommes pas en nombre ».

Néanmoins, il se rallia au sentiment général, ceignit son écharpe et sortit avec les Montagnards, auxquels s'étaient mêlés quelques membres de la gauche.

Une centaine de bourgeois et d'ouvriers se joignirent immédiatement à eux et l'on descendit le faubourg Saint-Antoine criant : Aux armes! aux armes!

Appel sans échos!

Les gens du faubourg regardaient, mais ne bougeaient pas.

« On nous saluait des portes et des fenêtres — a dit plus tard M. Schœlcher — on agitait les casquettes et les chapeaux, on répétait avec nous : Vive la République! mais rien de plus.

« Il fallut bien nous avouer que le peuple ne voulait pas remuer; son parti était pris. »

Au carrefour des rues du faubourg Saint-Antoine, de Cotte et Sainte-Marguerite, les députés s'arrêtèrent pour construire une barricade. Ils voulaient donner l'exemple, agir, susciter des imitateurs, à tout hasard, sans aucune considération tactique, sans s'occuper si l'endroit était bien choisi pour tenter une résistance sérieuse, mais ils pensaient aussi et surtout effacer, par cet acte, l'effet désastreux produit sur la foule, par l'incroyable lâcheté de leurs collègues.

On arrêta un omnibus et quelques charrettes. On détela les chevaux, on renversa les voitures au travers de la rue, si large en cet endroit qu'on ne put la barrer entièrement.

Cette barricade, ou plutôt cette ébauche de barricade, se trouvait prise entre deux feux — plusieurs milliers de soldats campés à chacune des extrémités du faubourg: d'une part, la brigade du général Marulaz, sur la place de la Bastille, d'autre part, les troupes stationnées sur l'avenue de Vincennes, sous le commandement du général de Courtigis.

La construction offrit un curieux spectacle. Des hommes de toutes les conditions sociales s'y employèrent : Jules Bastide, ancien ministre des affaires étrangères, les représentants Schœlcher, ancien sous-secrétaire d'État, Alphonse Esquiros, écrivain distingué, De Flotte, officier de marine, Baudin, docteur en médecine; des journalistes de talent comme Xavier Durieu, Kesler, Watripon, plusieurs avocats et des ouvriers, le typographe Colombau, des plâtriers, des menuisiers, un concierge, des commis de magasin, des employés de bureau, des serruriers, des maçons, des chiffonniers. Tous travaillaient fraternellement, unis par une même passion, une même foi politique, l'amour de la République et de la liberté.

On n'avait pas d'armes. Il fallait s'en procurer à tout prix. Au carrefour Montreuil, dans le faubourg, se trouvait un poste d'une dizaine de fantassins, commandé par un sergent. On se dirige sur eux. On les désarme, non sans peine. Dans la bagarre, un soldat fut blessé.

Autre poste au marché Lenoir. On y court. Il se laisse désarmer sans la moindre résistance, ainsi que quelques soldats isolés, porteurs de consignes. L'on possède vingt-cinq fusils et cinquante cartouches; maigre appoint pour commencer la lutte.

C'est alors que quelques représentants jugeant la partie perdue d'avance s'en détachèrent et allèrent, Alphonse Esquiros en tête, essayer d'organiser la résistance vers la barrière du Trône et tenir en respect, si possible, les troupes postées sur l'avenue de Vincennes.

En ce moment, trois compagnies du 19e léger s'avançaient lentement.

— Portons-nous en avant! — dit Schœlcher, montant sur la barricade.

Huit représentants l'y suivent : Baudin, Millier, Bruckner, de Flotte, Dulac, Maigne et Malardier.

Colombau se joignit à eux ainsi qu'un autre ouvrier, tous deux avec des fusils. Les députés étaient sans armes.

Aussitôt qu'ils furent hissés sur des piles de paniers jetés sur les voitures, Schœlcher, très correct, en cravate blanche, vêtu de noir et boutonné jusqu'au cou dans sa longue redingote, s'adressa aux citoyens qui attendaient en bas, anxieux, le fusil au poing :

« — Amis — dit-il — Pas un coup de fusil avant que la ligne n'ait ouvert le feu. Nous allons à elle; si elle tire, la première décharge sera pour nous, vous nous vengerez. »

Et, descendant la barricade, ils s'avancèrent au devant la troupe.

C'est à ce moment que le représentant Baudin, resté debout sur l'une des voitures, fit appel à un groupe d'ouvriers qui regardaient, en amateurs, et les mains dans leurs poches. L'un d'eux lui répondit :

— Croyez-vous que nous voulons nous faire tuer pour vous conserver vos vingt-cinq francs par jour ?

— Demeurez encore un instant ici, mon ami — répliqua Baudin avec un sourire amer — et vous allez voir comment on meurt pour vingt-cinq francs.

Ces deux réponses sont caractéristiques et tout à fait instructives. La première fait voir combien l'Assemblée nationale s'était rendue impopulaire, puisqu'on allait jusqu'à tenir en suspicion ses membres les plus dévoués à la cause républicaine. La seconde montre dans tout son éclat le dévouement de ces quelques représentants de la Montagne, qui s'offraient en holocauste pour la cause de la liberté, avec la seule espérance que leur sang répandu lui suscitât des légions de défenseurs.

Nous avons dit que trois compagnies arrivaient lentement. Elles observaient un silence funèbre.

Elles étaient envoyées par le général Marulaz et commandées par le chef de bataillon Pujol, à son poste de combat, à cheval en arrière. Marulaz, pour prendre la barricade à revers, se dirigeait au pas de course, avec un bataillon du 44e de ligne, par la rue de Charonne, de façon à déboucher dans la rue de Cotte.

Il était environ dix heures du matin ; les compagnies du 19e léger ne se trouvaient plus qu'à cent pas des représentants qui leur firent signe d'arrêter.

La troupe fait halte.

Schœlcher, prenant la parole, dit d'une voix haute et ferme :

« — Soldats ! nous sommes représentants du peuple ; on vous trompe. C'est la Constitution que vous attaquez, sauvez-la au contraire. Nous réclamons votre concours pour faire respecter la loi du pays. Venez avec nous, ce sera votre gloire. »

— Taisez-vous — répondit le capitaine Petit, qui marchait en tête de la première compagnie — je ne veux pas vous entendre. Je suis du peuple, je suis républicain comme vous, mais je dois obéir à mes chefs. Retirez-vous, j'ai des ordres à exécuter.

— Vous connaissez la Constitution ? — demande Schœlcher.

— Je ne connais que mes ordres. Une seconde fois... Retirez-vous.

— Vous ne nous ferez pas reculer ; nos corps doivent couvrir le peuple !

— Pas un mot de plus. Si vous ajoutez une parole, je commande le feu.

— Tirez — cria de Flotte.

Les représentants s'étaient découverts, à l'exception de Schœlcher qui, les bras croisés sur la poitrine, attendait.

Ils crièrent tous :

— Vive la République ! Vive la Constitution !

Mais le capitaine qui se faisait scrupule de tirer sur ces citoyens désarmés, commanda simplement :

— A la baïonnette ! En avant !

Les soldats s'élancèrent, écartant, mais sans les molester, ces hommes qui leur barraient le passage.

Ceux-ci, repoussés de chaque côté de la rue, continuaient à haranguer la troupe, la suppliant de se joindre à eux.

« Neuf rangs de soldats — écrivit Shœlcher — en volant à la barricade, nous trouvèrent successivement face à face ; aucun ne frappa. Nous étions au bout de leurs baïonnettes et de leurs épées ; elles se détournèrent à mesure qu'elles rencontraient nos poitrines.

« Un jeune officier du second peloton, vis-à-vis duquel la mêlée nous amena et que nous adjurions encore de se joindre à nous, en lui reprochant sa faute, nous dit avec désespoir :

« — Notre position est affreuse. Que pouvons-nous faire ? Nous avons des ordres... »

« Le sabre à la main, il avait l'air navré. »

Cependant Schœlcher eut sa redingote percée en deux endroits par deux coups de baïonnette, l'un donné, dans sa conviction, par maladresse, l'autre par un sous-officier qui voulant l'éloigner du capitaine Petit.

« — Rassurez-vous, citoyen, nous ne voulons pas vous faire de mal — dit un soldat à Flotte. »

Un fourrier mit Buckner en joue.

— Tirez donc un peu, je vous en défie — dit le représentant.

Le fourrier sourit et serra la main de Bruckner.

Le chef de bataillon Pujol a dit plus tard :

« On nous a affirmé que nous aurions affaire à des brigands, nous avons eu affaire à des héros ! »

Les rangs, les files passèrent donc ainsi, presque tous indifférents, inattentifs à leurs objurgations, aussi bien qu'à celles de Baudin, qui leur criait du haut de la barricade :

— Soldats, venez à nous. Nous sommes la loi. Nous sommes le droit !

Cette modération de la troupe ne semblait que plaire médiocrement à un homme en blouse, perdu dans la foule et qui, un instant auparavant, avait paru éprouver une vive joie en voyant les fusils s'abaisser sur les représentants du peuple.

Quoi donc ! Voilà la tournure que prenaient les choses. Pas un mort, pas même un blessé ! Les soldats se montraient humains envers ces énergumènes ! Encore quelques pas et la barricade était enlevée, sans, peut-être, la moindre effusion de sang !

Abrité derrière une des charrettes, il épaula rapidement son arme et fit feu dans la direction du capitaine, puis il détala, disparut on ne sait où. Aucun de ceux qui l'avaient remarqué ne le revit dans le faubourg. La balle alla frapper un soldat entre de Flotte et Schœlcher. Le malheureux tomba foudroyé.

Cependant, la troupe furieuse répondait au coup de fusil de l'inconnu par une fusillade générale et s'élançait à l'assaut.

La barricade, défendue par une quinzaine d'hommes seulement, restés bravement à leur poste, ne pouvait tenir. Elle fut enlevée du premier coup.

Mais, le représentant Baudin, ferme et debout sur une des voitures, reçut trois balles, dont l'une pénétra par l'œil droit dans le cerveau. Il mourut une demi-heure après sans avoir repris connaissance. Il était âgé de trente-trois ans.

Un ouvrier, un tout jeune homme, tomba à côté de lui. Ce furent, avec le soldat tué par la balle de l'inconnu, les seuls morts dans cette bagarre.

Les soldats se lancèrent à la poursuite des défenseurs de la barricade qui, après une seule décharge, gagnèrent les rues voisines, cherchant asile dans les maisons.

Quant aux représentants, les uns se portèrent sur les boulevards, les autres remontèrent par les rues latérales le faubourg Saint-Antoine, criant : « Vive la République ! Vive la Constitution ! » apostrophant les ouvriers tranquillement assis sur la terrasse des cabarets ou debout sur le seuil de leurs portes :

— Vous voulez donc l'Empire — leur disait-on — Aux armes ! Aux armes ! Vive la République ! La patrie est en danger !

« Vains efforts ! — dit Schœlcher — arrivés au carrefour Baffroi, où cinq ou six hommes commençaient à dépaver pour faire une barricade, nous n'avions pas cent personnes derrière nous, et il y avait plus d'une heure que nous parcourions le faubourg !

« On nous saluait des portes et des fenêtres, on agitait les casquettes et les chapeaux, on répétait avec nous : « Vive la République ! » mais rien de plus.

« Il fallut bien nous avouer que le peuple ne voulait pas remuer, son parti était pris. »

Voici comment le général Levasseur, sous les ordres de qui était placée la brigade Marulaz, rendit compte de cet événement au général en chef :

« Mon général, j'ai l'honneur de vous donner ci-après les renseignements que je reçois de M. le général Marulaz sur la barricade du faubourg Saint-Antoine.

« Prévenu que l'on faisait une barricade au coin de la rue de la Cotte et du faubourg, et que des représentants revêtus de l'écharpe excitaient les ouvriers à l'insurrection, le général Marulaz porta aussitôt sur ce point trois compagnies du 19e léger, commandées par le chef de bataillon Pujol.

« Une quinzaine de coups de fusils ont été tirés à l'approche de la troupe, un soldat a été tué, un autre blessé. Le représentant Baudin a été tué sur la barricade, qui a été immédiatement détruite, la circulation a été rétablie sur le champ.

« Tout porte à croire que la mort du représentant Baudin produira un excellent effet et que l'appel aux armes ne trouvera pas d'écho. »

Ainsi, le général Levasseur se félicitait de la mort de Baudin comme d'un heureux événement, propre à frapper de terreur et d'immobilité tout le parti républicain. Quant au fils du roi Jérôme, ce hautain et fougueux personnage, démocrate d'occasion, qui haïssait son cousin, le Président de la République, et par jalousie lui faisait une opposition désordonnée, avec l'arrière-pensée de le supplanter, il en espérait, au contraire, l'embrasement de tout Paris.

Ce fut lui qui raisonna juste, car, à dater de ce moment, l'agitation ne cessa de croître. Les nouvelles du faubourg Saint-Antoine, immédiatement colportées et grossies, jetèrent l'indignation partout.

Le cadavre de Baudin fut d'abord transporté à la Morgue, et celui de l'ouvrier tombé à côté de lui dans une maison voisine de l'endroit où la barricade avait été élevée.

Quelques heures après ces événements, un groupe d'ouvriers, dans la rue de Rochechouart, étaient arrêtés devant deux proclamations que les afficheurs de la préfecture venaient de placarder.

Sur l'une de ces proclamations on lisait ce qui suit :

« Nous, Préfet de Police,

« Arrêtons :

« Article premier. — Tout rassemblement est rigoureusement interdit. Il sera entièrement dissipé par la force.

« Art. 2. — Tout cri séditieux, toute lecture en public, tout affichage d'écrits politiques, n'émanant pas d'une autorité régulièrement constituée, sont également interdits.

« Art. 3. — Les agents de la force publique veilleront à l'exécution du présent arrêté.

« Fait à la Préfecture de Police, le 3 décembre 1851. »

« *Le Préfet de Police*,
« De Maupas. »

« Vu et approuvé :
« *Le ministre de l'Intérieur*,
« De Morny. »

L'autre proclamation était ainsi conçue :

« Habitants de Paris !

« Les ennemis de l'ordre et de la société ont engagé la lutte. Ce n'est pas contre le gouvernement, contre l'élu de la nation qu'ils combattent, mais ils veulent le pillage et la destruction.

« Que les bons citoyens s'unissent au nom de société et des familles menacées.

« Restez calmes, habitants de Paris ! Pas de

curieux inutiles dans les rues; ils gênent les mouvements des braves soldats qui vous protègent de leurs baïonnettes.

« Pour moi, vous me trouverez toujours inébranlable dans la volonté de vous défendre et de maintenir l'ordre.

« Le Ministre de la Guerre,

« Vu la loi de l'état de siège,

« Arrête :

« Tout individu pris construisant ou défendant une barricade, ou les armes à la main, sera FUSILLÉ.

« *Le général de division, ministre de la Guerre,*

« DE SAINT-ARNAUD ».

C'était, l'on s'en souvient, Morny qui ayant arraché la plume de la main de Saint-Arnaud hésitant, avait écrit le mot *fusillé*.

Une voix s'éleva dans le groupe des lecteurs indignés :

— Je ne connais pas de loi sur l'état de siège qui contienne aucun article de la sorte.

— Qu'est-ce qu'on attend pour enlever ça ? — dit un ouvrier qui venait d'arriver.

Il avançait la main pour lacérer les affiches quand quelqu'un le frappa sur l'épaule et lui dit en même temps :

— Du calme, Colombau !

Colombau se retourna et eut une exclamation de plaisir :

— Monsieur Plumereau !

Plumereau s'éloignant du groupe, lui fit signe de le suivre et lui dit :

— J'arrive à temps pour vous empêcher de commettre une sottise. A quoi cela vous avancera-t-il d'arracher ces affiches ? Il y en a vingt mille autres semblables. Vous vous ferez arrêter. Voilà tout ce que vous y gagnerez.

— Vous avez raison. Il ne faut pas de ça, d'autant plus que j'ai une mission à remplir.

— Une mission ?

— Oui, dit Colombau à voix basse et d'un air mystérieux. J'ai donné ma parole au représentant Victor Hugo d'afficher une proclamation à l'armée dont il est l'auteur... Ah ! une belle proclamation... Si vous la lisiez, vous verriez !...

— Je n'en doute pas. Où est-elle cette proclamation ?

— Là, dans ma poche.

— Elle n'est donc pas imprimée ?

— Non. Il faut que je la compose, que je l'imprime et que je la placarde ensuite.

— Eh bien, mon pauvre garçon, ce n'est pas la besogne qui vous manque. Et comment allez-vous vous y prendre pour faire ce travail ?

— Je vais vous le dire, mais marchons, puisque les rassemblements de plus d'une personne sont interdits. Remontons la rue Rochechouart, c'est mon chemin.

En route, l'ouvrier dit à Plumereau :

— Gustave Naquet, qui vient d'arriver de Londres, le représentant Jules Leroux et des délégués des corporations ouvrières ont fait une proclamation adressée aux travailleurs. On doit l'afficher en ce moment. C'est un de nos copains, le typo Desmoulins, qui l'a composée et imprimée. Il travaille à l'imprimerie du *Siècle*, rue du Croissant. Elle a été occupée militairement, ce qui ne l'a pas empêché de trouver le moyen d'enlever et de porter, dans une maison voisine, des caractères, une galée, un composteur, un rouleau, de l'encre, papier, brosses, tout ce qu'il faut, quoi ! Il m'a donné la clef de la chambre où tout le fourbi est renfermé ! Alors, je m'y rends. Ah ! ce que je vais pomper. Pensez donc, une proclamation à l'armée, de Victor Hugo ! Bien sûr, que ça fera de l'effet sur les soldats.

— Hum, hum — fit Plumereau avec une certaine incrédulité. — Je ne pense pas. J'ai vu tout à l'heure le représentant Barrel. Il a eu l'occasion d'échanger quelques mots avec Mme d'Hagniel, dont le fils est officier, comme vous les avez, et cette dame très au courant par son fils de l'esprit de l'armée, lui a affirmé que les soldats étaient complètement dans la main de leurs chefs, et que tous, officiers et sous-officiers, sont dévoués corps et âme au Prince-Président.

— Que fait M. Barrel ?

— Il se prépare à une résistance acharnée, malgré tout, je dois vous le dire.

— J'en étais sûr — s'écria Colombau avec enthousiasme. — Il faut lutter, lutter jusqu'à la mort. D'ailleurs, nous avons bon espoir. Neumayer marche sur Paris avec 15,000 hommes de la garnison de Metz ; Castellane ne veut rien savoir du coup d'Etat ; la ville de Lyon est en révolution. C'est bon, ça va ronfler !

— Qui vous a raconté toutes ces belles histoires ?

— Des copains !... Ce sont des bruits qui courent. Il n'y a pas de fumée sans feu. On dit aussi qu'on va mettre Louis-Napoléon en accusation, que demain on va l'enfermer à Vincennes. J'espère que son cousin, le fils du roi Jérôme, ira lui tenir compagnie.

— Lui, allons donc ! mais c'est un farouche démocrate !

— Il est frais le coco ! En voilà un dont il faut se méfier. Ecoutez-moi.

Ici Colombau rapporta à Plumereau la conversation surprise, la veille, entre le fils du roi Jérôme et Emile de Girardin. Il ajouta que, pour lui, c'était le prince de la Montagne, qui, trouvant que la lutte ne s'engageait pas assez vite, et désireux de voir sombrer son cousin, au milieu du sang et des ruines, avait tiré, ou fait tirer, un coup de fusil sur la troupe, et avait ensuite déguerpi. Ni vu ni connu. « Pourtant le représentant Schœlcher nous avait expressément recommandé de ne pas ouvrir le feu nous-mêmes, d'attendre que les soldats eussent commencé ! Et puis, Baudin commandait la barricade. Il fallait attendre ses ordres. Du moment qu'il ne cessait d'adjurer les soldats de se rendre à nous, c'était pas une chose à faire que de leur tirer dessus. »

— Parbleu — dit Plumereau — voilà de curieux documents et cela me confirme de plus en plus dans mes idées et mes résolutions : Examiner tout en spectateur, ne prendre part à rien. Se dévouer, quelle plaisanterie ! Pour qui, se dévouer ? Pour le plus grand avantage des ambitieux et des coquins, allons donc ! J'ai assez du rôle de dupe !

— Oh, Monsieur Plumereau — fit Colombau, et Marianne ?

— Mais, mon ami, votre Marianne n'est qu'un mot. Ce mot représente de nobles aspirations, de magnifiques idées, je n'en disconviens pas, mais tout cela plane dans les hauteurs de l'Empyrée ! Ici, sur terre, dans nos villes, dans l'Assemblée, qui la personnifie, Marianne ? Une certaine quantité de personnages dont quelques-uns sont certainement tout ce qu'il y a de plus honnêtes, mais dont la majeure partie est composée de charlatans et de fripons.

— Il faut écouter et suivre ceux qui sont honnêtes, sincères, dévoués.

— Mais ils se targuent tous de dévouement, de sincérité, d'honnêteté. Comme je ne connais pas le critérium pour reconnaître à première vue un honnête homme d'un coquin, que le second ayant tout intérêt à ressembler au premier, y met tous ses soins et réussit presque toujours, dans ces conditions, je m'abstiens. Je ne veux plus être dupe, je le répète, je l'ai assez été.

— M. Barrel, pourtant... ?

— Celui-là est un homme de cœur. Il est dévoué à la démocratie, c'est vrai. Savez-vous ce qui arrivera, il se fera tuer avec quelques douzaines de braves gens comme lui, vous, par exemple, et cela ne servira qu'aux intrigants qui ne se seront pas exposés.

— Victor Hugo veut aussi se faire tuer. Il me l'a dit.

A ces paroles du typographe, Plumereau se mit à sourire.

— Ah ! Monsieur Plumereau — riposta Colombau, avec un accent de reproche. — Victor Hugo est un grand homme. Sa mort serait une perte irréparable pour la littérature et pour la France. Sa tête est mise à prix.

— Quelle blague ! — dit Plumereau. — Croyez-vous qu'on ne l'eut pas arrêté hier matin, en même temps que les autres, s'il eut paru si redoutable ? Rassurez-vous, mon ami, on ne veut pas lui couper le cou. Quand l'avez-vous vu ?

— Il y a un peu plus d'une heure. Il était avec un représentant que je ne connais pas, mais qui, en m'apercevant, a dit :

— Je parie que c'est un ouvrier typographe !

— Pour vous servir — ai-je répondu. C'est alors que Victor Hugo m'a parlé. Il m'a dit de bien belles choses, allez, Monsieur Plumereau, et qui vont droit au cœur. Je ne me rappelle pas tout, mais c'était beau.

— Du beau galimatias. Je connais son style.

— Je vous assure qu'il parlait en homme de cœur. Il a terminé en disant :

« Dévouons-nous. Offrons nos poitrines nues aux poignards des stipendiés de Soulouque et aux balles de sa soldatesque. Citoyen typographe, la France vous regarde, l'Europe vous regarde, l'Univers vous regarde. Songez-y. Je parle au nom de la France, de l'Europe et de l'Univers, et je vous somme de prêter main-forte à la loi. »

— Bah ! Qu'avez-vous répondu ?

— J'ai répondu que j'étais dévoué corps et âme à Marianne. Alors, il a tiré une proclamation de sa poche et je lui ai donné ma parole que cette proclamation serait affichée demain matin, dans les principales rues et même plus tôt si possible. Il m'a fait l'honneur de me serrer la main et je suis parti. Comme je réfléchissais aux moyens de m'exécuter, j'ai justement rencontré mon copain, le typo, à qui j'ai causé de l'affaire. Il m'a donné la clef de cette chambre dont je vous parlais, où il y a tout le matériel nécessaire.

— C'est très bien, mon ami, mais, moi à votre place, je n'aurais rien promis du tout, surtout à un faiseur de phrases, quelques éloquentes qu'elles soient. Je n'ai jamais eu confiance en ces gens-là.

Hier, par curiosité, j'ai assisté à une réunion privée de plusieurs représentants de la gauche, parmi lesquels se trouvaient justement Victor Hugo et Barrel. Victor Hugo a péroré éloquemment, mais sous l'emphase des mots se cachait la niaiserie des idées. Barrel, qui s'impatientait, a haussé les épaules et s'en est allé. Moi, ça m'amusait, je suis resté. J'en ai entendu des antithèses extraordinaires et des motions extravagantes !

Quand Victor Hugo a eu fini son quatrième ou son cinquième discours, il nous a demandé d'un air sombre :

« — Croyez-vous que si je me faisais tuer au quartier latin et que l'on portât mon cadavre par les rues, croyez-vous que cela enlèverait les étudiants ? »

« — C'est certain — lui fut-il répondu.

Alors, tragiquement, il a serré la main de

tout le monde et il est parti. On le rappelle, il fait la sourde oreille.

« — C'est une folie! — s'écrient quelques personnes. — Qu'avez-vous été lui conseiller là?

« — Rassurez-vous — a répondu Jules Simon — il m'a déjà posé ce matin la même question, et il y a loin d'ici au quartier latin. »

Il pouvait, en effet, réfléchir en chemin. Mais il n'avait pas fait dix pas qu'il avait totalement changé d'avis. Nous le vîmes reparaître presque aussitôt. Probablement des doutes lui étaient venus sur l'efficacité du moyen qu'il proposait pour soulever les étudiants. En tout cas, il nous fit la déclaration suivante :

« — Ne faisons grâce à ce malheureux Bonaparte d'aucune des énormités que contient son attentat. Forçons sa mitraille à trouer nos écharpes et nos poitrines. »

Il parlait d'une voix si vibrante, avec les gestes appropriés, que j'en reçus comme un choc électrique. Un peu plus, je me mettais à crier comme les autres :

« Je suis prêt! »

« — Pas de demi-mesures — a-t-il continué — un grand acte! Trouvons-nous tous demain, de neuf à dix heures du matin, salle Roysin. S'il y a quelque obstacle, nous siégerons dans un carrefour, entre quatre barricades. »

— Il n'est pas venu — dit Colombau.

— Je n'en sais rien — répondit Plumereau. — Et quand il y serait allé, à quoi cela servirait-il? Les représentants dans un carrefour, entre quatre barricades!! C'est admirable! Ça rappelle les conjurés d'Hernani sous terre, au milieu des tombeaux. Quelle mise en scène! Dramaturge, romancier, poète, assembleur de mots, enfileur de périodes! Hernani parle, mais il n'agit pas, ou s'il agit, c'est à la façon de la mouche du coche. Il en est de même du citoyen Victor Hugo. Il s'imagine jouer un grand rôle. Il croit qu'il est le pivot de tout le coup d'Etat. Il est persuadé que Bonaparte, Morny, Saint-Arnaud et compagnie frémissent et blémissent à chacun de ses mouvements. Si jamais il en écrit l'histoire, vous verrez que c'est lui qui aura tout fait pour lutter contre cet attentat. Mais quelle que soit l'issue de la lutte, s'il lui tombe un seul cheveu de la tête, je veux reprendre la vie conjugale avec Mme Plumereau, et par-dessus le marché je donnerai ma sœur en mariage à Pied-de-Bouc!

— Elle va bien, Mlle... Adèle? — demanda le typographe pâlissant à ce nom, qui faisait frémir ses lèvres.

— Je vous remercie, mon ami, assez bien, mais toujours nerveuse et plus poltronne que jamais.

— Vous lui souhaiterez le bonjour de ma part.

— Je n'y manquerai pas.

— Je vous quitte, Monsieur Plumereau, me voici arrivé à l'embranchement que je dois prendre.

— Alors, vous voulez à toute force vous compromettre?

— Je ne dis pas que je veux me compromettre, mais je veux travailler pour Marianne et me dévouer pour elle, s'il le faut. Il y en a bien d'autres qui font comme moi. Et puis, vous comprenez, moi, j'ai donné ma parole à Victor Hugo, et qu'il fasse ce qu'il voudra, que vous ayez tort ou raison, du moment que je lui ai donné ma parole, je ne m'occupe pas du reste, je ne serais pas un homme d'honneur si je ne la tenais pas.

— Vous avez raison — dit Plumereau. — Après tout, vous êtes peut-être dans le vrai, et je ne veux plus troubler vos bonnes et généreuses intentions par mon scepticisme. Au revoir donc et bonne chance.

CHAPITRE XXVI

Les affiches des Montagnards. — L'arrêt de la Haute-Cour. — Idylle en pleine guerre. — La petite Renée reparaît. — Une compagne de route. — Mésaventure de Pied-de-Bouc. — Embarras de Colombau.

Donc les faubourgs avaient fait défaut au premier moment; n'y avait-il plus rien à attendre, plus rien à espérer?

Les Montagnards, cependant, ne se découragèrent pas; un certain nombre d'anciens constituants se joignirent à eux pour établir dans les quartiers, où cela était possible, des comités de permanence communiquant avec le comité central, tandis que Madier-Montjau faisait placarder un *appel* ainsi conçu :

AUX ARMES!

La République, attaquée par celui qui lui avait juré fidélité, doit se défendre et punir les traîtres.

A la voix de ses représentants fidèles, le faubourg Saint-Antoine s'est levé et combat.

Les départements n'attendent qu'un signal et il est donné.

Debout, tous ceux qui veulent vivre et mourir libres!

Pour le Comité de résistance de la Montagne :

Le représentant du peuple délégué,

A. Madier-Montjau.

Cet appel disait un mensonge, puisque le faubourg Saint-Antoine n'avait pas bougé, et que les quelques défenseurs de la barricade où était tombé Baudin, en trop petit nombre pour la défendre, l'avaient abandonnée à la première décharge.

Une affiche précédant celle-ci avait été placardée en différents quartiers :

Vive la République !
Vive la Constitution !
Vive le suffrage universel !
Louis-Napoléon est un traître !
Il a violé la Constitution !
Il s'est mis hors la loi !

Les représentants républicains rappellent au peuple et à l'armée l'article 68 et l'article 110 ainsi conçus :

« L'Assemblée constituante confie la défense de la présente Constitution et les droits qu'elle consacre à la garde et au patriotisme de tous les Français. »

Le Peuple, désormais, est à jamais en possession du Suffrage universel, n'a besoin d'aucun prince pour le lui rendre, et châtiera le rebelle.

Que le Peuple fasse son devoir.

Les représentants républicains marcheront à sa tête.

Cette affiche était signée d'une vingtaine de noms, parmi lesquels Schœlcher, Jules Favre, Victor Hugo, Emmanuel Arago, de Flotte, Eugène Süe.

Mais Victor Hugo ne pouvait manquer l'occasion d'en faire une tout seul.

Devant les forces militaires qui enserraient Paris comme dans un étau, elle touche à l'extravagance :

AU PEUPLE

Louis-Napoléon est mis hors la loi ?
L'état de siège est aboli !
Le Suffrage universel est rétabli !
Vive la République !
Aux armes !

Pour la Montagne réunie,
Victor Hugo.

Un petit placard, où l'on voyait encore le nom de Hugo, fut distribué dans la soirée à des milliers d'exemplaires :

HABITANTS DE PARIS,

Les gardes nationales et le peuple des départements marchent sur Paris pour vous aider à saisir le TRAITRE *Louis-Napoléon BONAPARTE.*

Pour les représentants du peuple :

Victor Hugo, *président.*
Schœlcher, *secrétaire.*

Ces affiches ne furent pas les seules ; il en parut plusieurs autres mettant toutes le tyran hors la loi. L'une, adressée à la troupe, déclarait Saint-Arnaud, *escroc, faussaire, six fois chassé de l'armée pour ses filouteries et ses vices*, et la désobéissance, le plus sacré des devoirs.

Elle se terminait ainsi :

A BAS L'USURPATEUR ?

Vos Magistrats, vos Représentants, Vos Concitoyens, vos Frères, vos Mères et vos Sœurs qui vous demanderont compte du sang versé.

Ces appels aux armes, ces proclamations diverses finirent, cependant, par produire quelque agitation dans les faubourgs.

De son côté, la Haute-Cour, à la première nouvelle du Coup d'Etat s'était réunie au Palais, sous la présidence de Hardouin, un ancien président de Cour d'assises, « homme religieux dit Victor Hugo — janséniste rigide, noté parmi ses collègues comme « magistrat scrupuleux », vivant dans Port-Royal, lecteur assidu de Nicolle, de la race des vieux parlementaires du Marais, qui allaient au Palais de Justice montés sur une mule, la mule était maintenant passée de mode, et qui fût allé chez le président Hardouin n'eût pas plus trouvé l'entêtement dans son écurie que dans sa conscience. »

Cette Haute-Cour de justice se composait de sept magistrats, choisis par la Cour de cassation parmi ses propres membres et renouvelés tous les ans.

Il était midi ; ils redigèrent, après maints pourparlers, l'arrêt suivant :

La Haute-Cour de justice,
Vu l'article 68 de la Constitution,
Déclare :
Louis Bonaparte prévenu du crime de haute trahison ;
Convoque le haut jury national pour procéder sans délai au jugement, et charge M. le conseiller Renouard des fonctions du ministère public près la Haute-Cour.
Fait à Paris, le 2 décembre 1851.

Hardouin, *président.*

Trois mois plus tard, le même Hardouin, et beaucoup de ses collègues en robes rouges, prêtaient le solennel serment de fidélité à Louis-Bonaparte.

Les membres de la Haute Cour venaient à peine de signer cet arrêt, que la salle fut envahie par une trentaine de gardes municipaux, officier et tambour en tête, escortant un commissaire de police, qui somma, au nom du préfet de police Maupas, les magistrats de se retirer.

Après quelques protestations, ils obéirent et sortirent par le couloir entre deux haies de baïonnettes.

« La vieille magistrature française — dit, à ce sujet, Victor Schœlcher — aurait certainement requis les soldats eux-mêmes, venus pour la violenter, de mettre son arrêt à exécution ; ou si la force publique lui avait refusé obéissance, elle serait allée solennellement à travers les rues de la ville, arrêter, de sa propre main, le criminel jusque dans son antre, au risque de

La Crachotte, bavant comme une louve enragée, giffla Renée de toutes ses forces.

se faire écraser par les prétoriens. Nos magistrats modernes n'ont pas cette grandeur... Ils se retirèrent sans répliquer, à l'instant, n'emportant même pas leurs papiers, et abandonnant l'arrêt sur le bureau de M. le Président Hardouin ! Dispersés par quelques soldats, on ne leur fit pas l'honneur d'une arrestation, et ces timides gardiens de la loi laissèrent, sans plus s'inquiéter, les rebelles poursuivre le cours de leurs attentats ! »

Cet arrêt fut pourtant recueilli, et le Comité de résistance le fit placarder, ainsi modifié :

« Les représentants du peuple restés libres, vu l'article 68 de la Constitution ainsi conçu :

« Art. 68. — Toute mesure par laquelle le président de la République dissout l'Assemblée, la proroge, ou met obstacle à l'exercice de son mandat, est un crime de haute trahison.

« Par ce seul fait, le président est déchu de ses fonctions; les citoyens sont tenus de lui refuser obéissance; le pouvoir exécutif passe de plein droit à l'Assemblée nationale; les juges de la haute cour de justice se réunissent immédiatement, à peine de forfaiture ; ils convoquent les jurés dans le lieu qu'ils désignent pour procéder au jugement du président et de ses complices. »

Décrètent :

Article premier. — Louis Bonaparte est déchu de ses fonctions de président de la République.

Art. 2. — Tous citoyens et fonctionnaires publics sont tenus de lui refuser obéissance sous peine de complicité.

Art. 3. — L'arrêt rendu le 2 décembre par la haute cour de justice, et qui déclare Louis Bonaparte prévenu du crime de haute trahison, sera publié et exécuté. En conséquence, les autorités civiles et militaires sont requises, sous peine de forfaiture, de prêter main-forte à l'exécution du-dit arrêté.

Fait à Paris, en séance de permanence, le 3 décembre 1851. »

Ce décret de la Haute-Cour fit plus d'impression sur la masse que les déclarations lues précédemment.

Le peuple a la crainte et le respect de la magistrature. Du moment que des juges, des hommes en robe rouge déclaraient le Président *hors la loi*, c'est qu'en effet il était coupable de forfaiture.

Aussi, vers le milieu de l'après-midi, le centre commença-t-il à s'agiter. On lisait, on commentait cet arrêt imprimé sur papier gris avec des têtes de clou, et des groupes pressés autour des affiches émanant du Comité de résistance luttaient contre les agents de police qui s'efforçaient de les déchirer. De nombreuses bagarres s'ensuivirent.

L'agitation gagna bientôt plusieurs arrondissements, entre autres, le quartier des Ecoles, et Belleville que parcourait Madier de Montjau.

Mais, d'autres quartiers restaient parfaitement calmes et les habitants vaquaient à leurs affaires semblant ignorants ou inconscients de ce qui se passait.

Revenons à Colombau qui, après avoir serré la main de son ancien patron, prit, pour abréger son chemin, une rue oblique, et se trouva sur une petite place très paisible, où les voitures ne devaient circuler que rarement, car il eut à se frayer passage dans une ribambelle de petites filles, qui, se tenant par la main, formaient une ronde en chantant de tout cœur de leurs petites voix fraîches :

L'alouette et le pinson,
Tous deux se sont mariés.
Le lendemain de leur noce
N'avaient plus de quoi manger.
Alouette,
Ma tourterelle,
Mon oiseau,
Que tout lui faut !

— Nom d'un cadratin ! — fit Colombau — si l'on ne se croirait pas à cent lieues de Paris... Oh ! le joli tableau ! Et dire qu'on va peut être s'égorger tout à l'heure !... Allons, place, les gamines !

Mais les fillettes l'entouraient en riant, lui barrant le passage.

Le lendemain de leur noce
N'avaient pas de quoi manger.
Par ici passe un lapin,
Sous son bras tenait un pain.
Alouette,
Ma tourterelle,
Mon oiseau,
Que tout lui faut !

« — Où est votre pain, Monsieur ? — dit l'une d'elles.

« — Vous ne passerez pas que vous n'ayez donné votre pain — fit l'autre. »

— Ah ! les petites mâtines ! — s'exclama Colombau en riant. — Quelle jolie petite diablesse ; mais je la connais... j'ai déjà vu ces cheveux blonds, bouclés, cette jolie mine rose de charmant lutin !... Mais c'est Renée, c'est la petite Renée !

Tout à coup la ronde fut rompue. Renée avait, elle aussi, reconnu le typographe et elle venait se jeter dans ses jambes en lui criant :

— Bonjour, Monsieur.

Il l'éleva dans ses bras pour l'embrasser.

— Que fais-tu par ici, ma jolie tourterelle, il me semble que tu es bien loin de la maison de maman ?

— Mais non, ce n'est pas si loin. On y arrive vite en courant... Maman ne veut jamais que je sorte sans elle... Mais, moi, j'aime bien sortir sans elle, parce que je cours, tandis qu'avec elle, je ne peux pas courir.

— Elle te cherche peut-être et sans doute son inquiétude est grande ?

— Oui, c'est vrai, elle est toujours inquiète, ma maman.

— Mais ce n'est pas gentil de la tourmenter comme cela. Moi qui te croyais une petite fille bien sage.

— C'est si difficile d'être toujours sage. Vous ne savez pas comme c'est difficile !

— Je m'en doute — fit Colombau riant de cette naïve réponse. — Mais il ne faut pas inquiéter ta maman davantage. Je vais du côté où vous demeurez. Veux-tu m'accompagner ?

— Certainement — fit elle battant des mains.

— Dépêchons-nous, alors — dit Colombau.

Elle lui prit la main et, tandis qu'il marchait à grands pas, préoccupé du travail qu'il avait à faire, elle trottinait à ses côtés. Sa petite cervelle travaillait également, car le résultat de ses réflexions fut de dire à l'ouvrier :

— Je suis bien contente que maman ait dit que vous n'aviez pas l'air d'un coquin.

— Pourquoi ?

— Parce que je n'aurais pas osé vous suivre. Un coquin c'est un méchant homme, n'est-ce pas ?

— Mais oui.

— Comment est-ce, un coquin ? Je voudrais bien en voir un.

Si au lieu d'avoir en ce moment les yeux baissés sur la petite, Colombau eût regardé droit devant lui, il aurait pu satisfaire sa curiosité en lui disant :

« — Justement, en voici un. »

En effet, Pied de Bouc, sur ses genoux pliés, s'avançait à grandes enjambées, les yeux abrités derrière ses lunettes et le haut du corps en avant. Quand il aperçut l'ouvrier il eut un geste d'épouvante, resta une seconde immobile comme pétrifié, puis faisant brusquement demi-tour, il disparut au plus vite derrière l'angle de la rue sans que le typographe ait eu le temps de le voir.

— Qui c'est ça, un coquin ? — répéta Renée — Où peut-on en voir ?

— Ah ! ma petite, on en rencontre partout, dans les hôtels comme dans les auberges, dans les salons, comme dans les bouges. Les uns sont mal vêtus, comme moi ; mais les autres sont très bien mis, vont chez le Président de la République où les femmes leur font des mamours et même on les décore.

Mais, s'apercevant que ce langage plein d'amertume était hors de la portée de l'enfant, qui écoutait en ouvrant des yeux énormes, il conclut ainsi :

— Tu as dû en rencontrer plus d'un, et il faut bien faire attention, car il y a sur la terre plus de coquins que d'honnêtes gens.. C'est pour ça que tout marche si mal.

— Mais, tout va bien marcher maintenant.

— Comment cela ?

— Parce que j'ai entendu dire à mon grand ami Julien, que les soldats allaient tuer tous les coquins de Paris.

— Ah ! Il a dit cela ton grand ami Julien ! Tu parles, sans doute, de M. d'Hagniel ?

— Mais oui. Et il a dit que s'il en tuait beaucoup, il passerait lieutenant.

— En vérité !

— Mais oui. Est-ce que c'est mieux habillé qu'un sous-lieutenant, un lieutenant ?

— Bien mieux !

— Il a un casque, pas ?

— Un beau casque.

— Et un plumet ?

— Un grand plumet !

— Et la croix ?

— Des croix partout.

— Oh ! Que je suis contente ! — fit la petite ravie.

Tout en devisant de la sorte on se rapprochait de la rue où demeurait Mme d'Hagniel, c'est-à-dire qu'on allait traverser la barrière existante alors, qui séparait les douze arrondissements de Paris des villes incluses dans les fortications, lorsque la petite cria :

— Les soldats ! Les soldats !

C'était, en effet, une patrouille qui descendait, précédée d'une escouade d'agents.

Colombau s'arrêta.

— Eh bien ! Viens donc — dit l'enfant qui se mit, tout d'un coup, à tutoyer son compagnon de route, preuve évidente d'estime et d'une confiance grandissante.

Mais, Colombau se garda bien, et pour cause, d'obtempérer à cette invite.

Il remarquait que la police arrêtait les gens qui, sans doute, lui paraissaient suspects, et leur faisait montrer les mains et vider leurs poches ; montrer les mains pour s'assurer qu'il n'y avait nulle trace de poudre ; vider leurs poches pour reconnaître qu'ils n'étaient porteurs d'aucun papier, d'aucune missive adressée aux sections et provenant du Comité central.

Colombau cachait dans la sienne la proclamation que l'on sait ; de plus, il avait tiré un coup de fusil pour riposter à la décharge de la troupe. En outre, il n'avait pas très bonne mine avec sa longue blouse déchirée en plusieurs endroits et maculée par les platras de la maison en construction où il avait passé la nuit.

Evidemment on l'arrêterait. Il serait obligé d'entrer dans une foule d'explications dont, probablement, il ne sortirait pas à son avantage. Qui sait si on ne le passerait pas immédiatement par les armes, comme on faisait de tout ouvrier suspect sous Cavaignac, après les journées de Juin.

— Demi-tour — dit-il à l'enfant.

— Comment nous nous en retournons — fit la petite étonnée.

— Oui... Tu vois. Nous ne pouvons passer. Les soldats barrent la rue.

— Oh ! mais non — cria-t-elle — ils nous laisseront bien passer. Je leur dirai que je suis la petite fille de Mme d'Hagniel, la maman d'un officier.

Il se trouvait fort perplexe. Que faire de cette petite ? Un instant il eut l'idée de la lâcher... elle retrouverait bien son chemin.

Il le lui demanda.

— Non — dit-elle — je ne sais pas où nous sommes.

Il avait enfilé rapidement plusieurs rues, fait quelques détours pour échapper à l'œil des agents qu'il soupçonnait avoir remarqué son mouvement de retraite, et la petite fille semblait dépaysée.

Il réfléchit ; il ne pouvait songer à l'envoyer seule chez sa grand'mère. Si elle allait s'égarer, s'il lui arrivait un accident, si elle se trouvait bousculée, renversée, foulée aux pieds dans quelque bagarre... Ce serait sa faute à lui ; il ne se pardonnerait jamais d'avoir causé le malheur d'une aussi gentille enfant.

Non, il la conduirait à sa grand'mère, ou du moins ne la quitterait que dans la rue qu'elle habitait.

Mais il ne fallait pas y penser pour le moment. Le temps pressait. On comptait sur lui. Chargé d'une importante mission, il devait la remplir. Il avait déjà perdu près d'une heure précieuse, il ne pouvait en perdre une seconde en reconduisant la gamine.

Il l'entraîna.

— Dépêchons — dit-il.

— Nous allons chez maman ?

— Non. Chez moi. Il faut d'abord que je fasse un travail. Nous irons chez ta maman après.

Elle ne fit aucune objection, et, pleine de confiance, se mit à trottiner à ses côtés, continuant son bavardage qu'il n'écoutait guère, posant des questions auxquelles il répondait au hasard par des *oui* ou des *non*, tandis que, écoutant à peine la réponse, elle recommençait à interroger.

Enfin, il arriva sans encombre, après s'être assuré qu'aucun agent ne le suivait, devant la maison où se trouvait la chambre où il devait se mettre à l'œuvre.

Colombau eut d'abord l'idée de prier une marchande du voisinage de garder la petite fille, mais l'enfant, curieuse de voir la chambre et le travail dont lui avait parlé son nouvel ami, repoussa bien loin la proposition ; celui ci réfléchit aussi que sa mine n'inspirerait guère confiance à la boutiquière et qu'il était inutile d'attirer l'attention sur lui.

Il enfila donc le corridor, monta rapidement l'escalier suivi de la petite fille et, au troisième et dernier étage, entra dans une assez grande pièce donnant sur la rue.

Sur une table, on voyait des caractères d'imprimerie, par petits tas séparés, chaque tas formé de la même lettre, et occupant, par rapport à ses voisines, la même place que dans la casse. On voyait aussi par terre un rouleau tout imbibé d'encre fraîche, et sur les chaises, le lit, du papier blanc, un composteur, une galée, une brosse et quelques paquets de caractères d'imprimerie, entourés d'une ficelle, qui étaient des proclamations, des appels aux armes, composés par le camarade de Colombau.

Quelques feuilles imprimées traînaient par terre.

Colombau s'enferma dans le local avec sa petite compagne et lui recommanda de se tenir tranquille. Ensuite, ayant sorti de sa poche la proclamation de Victor Hugo, il prit le composteur et se mit à la composer sur une justification assez longue.

La besogne n'était pas très facile, car, outre la difficulté de déchiffrer la copie de Victor Hugo, Colombau était obligé de travailler le dos courbé, dans une position des plus fatigantes. Il allait néanmoins assez vite. La fillette, ravie d'assister à un spectacle si nouveau pour elle, ne perdait pas de vue l'ouvrier et le suivait dans tous ses mouvements.....

On se lasse de tout, les petites filles aussi bien que les grandes personnes. La monotonie du travail de Colombau finit par impatienter Renée. Elle demanda :

— Dites, monsieur, pourquoi que c'est faire, ce que vous faites-là?

— Tout à l'heure, je te le dirai — répondit le typo ; — pour le moment, je n'ai pas le temps, je suis dans mon dur.

— Je suis dans mon dur — répéta de sa voix un peu chantante, Renée, surprise. — Qu'est-ce que c'est que ça, mon dur?

Pas de réponse. Cela lui déplut. Elle déclara :

— Faut pas toujours faire la même chose. Faut changer, moi, j'aime bien ça. Monsieur Julien aussi. Il dit : Passons de la brune à la blonde. Ça veut dire qu'il aime bien le changement. Je comprends tout, moi. Maman le dit. C'est beau, c'est des vers.

Désespérant d'obtenir une réponse, elle passa l'inspection de la chambre, puis s'amusa à ramasser les proclamations qui traînaient à terre.

— Dites, Monsieur, c'est pour moi ?

— Oui — dit Colombau ne sachant pas ce qu'elle lui demandait.

— Merci, Monsieur. C'est pour moi faire des beaux cornets et des cocottes.

Elle alla ensuite se placer près de la fenêtre qui était entr'ouverte, et se mit à regarder dans la rue.

Quelques minutes après, elle interrompait de nouveau le typographe dans son travail, en lui disant, tout effrayée :

— Oh! Monsieur, j'ai peur, ils sont là, en bas!

— Qui ça ?

— Le vilain homme et la petite sorcière.

— Connais pas.

— Le vilain homme qui, une fois, a voulu m'embrasser, vous ne savez pas ? Alors, j'aurais attrapé du mal. Il est un sale, il pue, il a des poux. Maman dit que c'est un juif. Sa femme, c'est la petite sorcière. Elle est méchante, allez. Je suis plus grande qu'elle.

Frappé de ces paroles, Colombau alla jeter un coup d'œil à la fenêtre et, à sa grande surprise, il aperçut Pied-de-Boue qui, devant la porte de sa maison, faisait de grands gestes et expliquait quelque chose à la naine.

Le typographe se remit précipitamment à son ouvrage, qui, d'ailleurs, s'avançait. Avait-il donc été aperçu, filé? Nul doute que si la naine le savait là, elle allait le faire arrêter. Vite, il fallait achever et déguerpir au plus tôt.

. . . .

En bas, la Crachotte disait à Pied-de-Boue :

— Es-tu bien sûr que ce soit lui ?

— Pouisque ze te le dis. Il m'a lancé oune regard fouribond, si ses yeux avaient été des pistolettes, z'étais mort!

— Et c'est là qu'il est entré.

— Ze te le zoures. Il est entré là avec la petite gosse. Ze l'ai bien vou.

— T'es joliment niquedouille tout de même. Alors, si tu m'avais pas rencontré, tu le lais-

lais filer. Tu pouvais pas prévenir les sergots ou la troupe.

— Z'en ai pas vou.

— C'est pourtant pas ce qui manque. Qué malheur, mon Dieu, d'avoir un homme comme ça, qui fait tout de travers. Ils sont peut-être partis. Faut que je sache...

C'est à ce ce moment que Renée laissant tomber, dans la rue, un cornet qu'elle venait de fabriquer, avança la tête pour le suivre dans sa chute et aperçut les deux laiderons. Elle se retira effrayée.

La naine s'était précipitée sur le cornet, elle le défit, jeta un coup d'œil sur le papier, vit que c'était une proclamation contre le coup d'Etat et dit :

— Chouette! Ils y sont toujours.

— Oune Dieu nous protèze! — s'écria Pied-de-Bouc triomphant.

Et il ajouta galamment :

— Le dieu des amours!

— Mon petit, il n'y a pas un moment à perdre. Au coin de la rue, sur la place, il y a un poste de soldats. Je cours les chercher. Reste ici en sentinelle.

— Non, non, ze ne reste pas. Qu'est-ce que tu veux que ze fasse, s'il sort? C'est oune diable. Il ze zetera sour moi et ze ne serais pas le plous fort. Reste toi. Tou comprends, oune petite femme, on la respète, *principalemente* oune zantille comme toi.

— Alors, hâte-toi, dégrouille-toi, dis-leur qu'ils se dépêchent, qu'il y a un rouge très dangereux à pincer.

— Ze cours!

— Trotte. Cette fois, ça y est; il ne nous échappera pas.

Tandis que la naine restait en faction devant la porte par où était entré l'ouvrier, Pied-de-Bouc, de l'allure dépourvue d'élégance que nous lui connaissons, se dirigeait vers le poste dont lui avait parlé la naine. Il n'en était pas loin, quand un jeune homme qui venait de passer à côté de lui, le chapeau rabattu sur les yeux et le col du manteau relevé jusqu'aux oreilles, se retourna, le considéra une seconde, puis s'arrêtant, s'écria avec colère :

— Tonnerre de Dieu, c'est lui!

Pied-de-Bouc s'arrêta aussi plein d'épouvante, épouvante justifiée, car deux coups de poing, vigoureusement appliqués, vinrent lui montrer que pour éviter un danger, il tombait dans un autre. Sous la violence du choc, ses lunettes se détachèrent et les verres en furent brisés.

— Au secours! A moi! A l'assassine! — hurla-t-il.

— Tu beugleras encore plus fort quand on t'accrochera à la lanterne, misérable mouchard — lui cria le jeune homme qui était déjà loin. — Au revoir! Tu auras bientôt de mes nouvelles, sale crapule!

— Au rouze! au rouze! au rouze!

A ses cris, accoururent quelques soldats du poste commandés par un vieux caporal.

— Qu'est-ce qu'il y a?

— Au rouze! au rouze! à l'insourzé!

Il était si grotesque que tous les soldats s'esclaffèrent. Très myope, privé de ses lunettes, il ne voyait plus les objets qu'à travers une sorte de nébulosité. Cela joint à sa poltronnerie habituelle le faisait rester en détresse sur le trottoir, sans oser avancer ni reculer d'une semelle.

— Où est-il votre insurgé?

— Il se sauve, il court, attrapez-le! attrapez-le!

— Il court, il court le furet

chantonna un des soldats.

— Vous vous foutez de nous, mon bonhomme — dit le caporal.

— Ze ne me moque pas. Il est dans oune maison plous loin avec oune petite fille. Il a bondi sour moi comme oune lione féroce. Il m'a cassé le *naso*. Ze ne vois plous clair. Ze souffre, ze souffre.

— Il est maboul!

— Il est idiot!

— Ou peut-être il nous monte le bourrichon.

— Ze ne monte pas le bourriçon. Venez vite, la petite çatte le garde. Dépéçons, il va se sauver.

Il ne savait plus ce qu'il disait. Il se mit en marche, hésitant, clignant des yeux, tendant les bras comme quelqu'un qui s'avance dans les ténèbres. Les soldats le suivaient en ricanant. Leur hilarité redoubla quand ils le virent entrer chez un marchand de parapluie en disant :

— C'est ici, c'est ici, attention! Tou es là Craçotte?

A une cinquantaine de pas plus loin, hors d'elle-même, la Crachotte assistait à cette scène. Elle cria, appela. Comme on ne faisait pas attention à elle et que Pied-de-Bouc s'obstinait à prendre le marchand de parapluies pour l'ouvrier typographe, elle dut courir au devant de lui.

A ce moment, Colombau qui avait achevé son travail et en avait déjà tiré quelques douzaines d'épreuves, alla de nouveau regarder par la fenêtre.

Il vit la naine, Pied-de-Bouc, les soldats.

— Tonnerre de Dieu!

Encore vingt pas et ils seraient devant la porte, interceptant le passage. Il serait pris! Et, pris, c'était la mort.

Que faire de la petite fille? L'emmener avec lui, l'emporter dans ses bras? Impossible! Elle gênerait ses mouvements, ralentirait sa marche. D'ailleurs, on allait peut-être tirer sur lui.

Le seul parti raisonnable était de la laisser où elle se trouvait. Des soldats ne font pas de mal à une enfant. Au pis, on la conduirait chez le commissaire de police, on lui demanderait son adresse et on la renverrait chez madame d'Hagniel, ou bien l'on dirait à cette dame de venir la réclamer.

Ces réflexions, bien entendu, eurent la durée d'un éclair.

— Ma petite mignonne — dit-il à l'enfant — je suis forcé de te laisser ici. N'aie pas peur. Tu diras où tu demeures. Personne ne te fera de mal.

Il l'éleva dans ses bras, l'embrassa et la reposa à terre.

— Mais, je veux aller avec toi.

— Non, non. Reste. Sois sage.

Et la laissant éplorée et stupéfaite de cette brusque sortie, il dégringola les escaliers, franchit, en deux bonds, le corridor, se lança dans la rue et prit le galop avant même d'être aperçu des soldats.

Mais la naine était en éveil. Voyant fuir Colombau, elle se mit à pousser des appels et des hurlements.

— Le voici — criait-elle — arrêtez-le! Le rouge! l'insurgé!

Blanche de rage, la bouche baveuse, le corps agité d'un tremblement, invectivant, tour à tour, Pied-de-Bouc et les fantassins, elle était si grotesque, que ceux-ci se tordaient de rire au lieu de poursuivre le fuyard.

— Mais courez-donc, tas de clampins! Puisque je vous dis que c'est un insurgé! Ah! les *feignants!*

Cependant, les injures devinrent telles que le caporal, à la fin, se fâcha.

— Eh! quoi, la grande dame! Après qui en avez-vous? Qu'est-ce que vous êtes, dans les huiles, pour faire tant de rouspétance?

— Qui je suis? Je vous le ferai voir qui je suis. Ma sœur est la bonne amie du Président de la République...

— Oh! là là! Est-ce qu'elle te ressemble, ta sœur! Quel morceau!

— Morceau toi-même, sale caporal. Je te ferai voir de quel bois je me chauffe. Si demain tu as tes galons, tu viendras me le dire.

— Tais toi, ou je te fais emballer!

— Essaye donc un peu... M'emballer?... Je suis de la police.

Le caporal allait répliquer quand Renée parut, tout à coup, sur le seuil de la porte, tenant les papiers qu'elle avait ramassés pour faire des cornets et des cocottes.

C'étaient plusieurs exemplaires de la proclamation, dont le typographe avait parlé à Plumereau.

Cette proclamation était ainsi conçue :

« AUX TRAVAILLEURS

« Citoyens et Compagnons,

« Le pacte social est brisé!

« Une majorité royaliste, de concert avec Louis-Napoléon, a violé la Constitution, le 31 mai 1850.

« Malgré la grandeur de cet outrage, nous attendions, pour en obtenir l'éclatante réparation, l'élection générale de 1852.

« Mais hier, celui qui fut le Président de la République, a effacé cette date solennelle.

« Sous prétexte de restituer au peuple un droit que nul ne peut lui ravir, il veut, en réalité, le placer sous une dictature militaire.

« Citoyens, nous ne serons pas dupes de cette ruse grossière.

« Comment pourrions-nous croire à la sincérité et au désintéressement de Louis-Napoléon?

« Il parle de maintenir la République et il jette en prison les républicains.

« Il promet le rétablissement du suffrage universel, et il vient de former un comité consultatif des hommes qui l'ont mutilé.

« Il parle de son respect pour l'indépendance des opinions et il suspend les journaux, il envahit les imprimeries, il disperse les réunions populaires.

« Il appelle le peuple à une élection et il le place sous l'état de siège : il rêve on ne sait quel escamotage perfide qui mettrait l'électeur sous la surveillance d'une police stipendiée par lui.

« Il fait plus, il exerce une pression sur nos frères de l'armée et viole la conscience humaine en les forçant de voter pour lui, sous l'œil de leurs officiers, en quarante-huit heures.

« Il est prêt, dit-il, à se démettre du pouvoir, et il contracte un emprunt de vingt-cinq millions, engageant l'avenir sous le rapport des impôts, qui atteignent indirectement la subsistance du pauvre.

« Mensonge, hypocrisie, parjure, telle est la politique de cet usurpateur.

« Citoyens et compagnons, Louis-Napoléon s'est mis hors la loi. La majorité de l'Assemblée, cette majorité qui a porté la main sur le suffrage universel, est dissoute.

« Seule la minorité garde une autorité légitime. Rallions-nous autour de cette minorité. Volons à la délivrance des républicains prisonniers ; réunissons au milieu de nous les représentants fidèles au suffrage universel ; faisons-leur un rempart de nos poitrines ; que nos délégués viennent grossir leurs rangs, et forment avec eux le noyau de la nouvelle Assemblée nationale!

« Alors, réunis au nom de la Constitution, sous l'inspiration de notre dogme fondamental:

« Liberté, Fraternité, Egalité », à l'ombre du drapeau populaire, nous aurons facilement raison du nouveau César et de ses prétoriens!

« *Le Comité central des Corporations.* »

Nous avons cru devoir reproduire cette pièce *in extenso*, non seulement comme document historique, mais aussi parce qu'elle fait sauter aux yeux les contradictions énormes qui existaient entre les actes et les proclamations du Président de la République. Elle est donc plus intéressante et plus instructive que les simples appels aux armes et surtout que les morceaux de rhétorique de Victor Hugo.

Revenons à nos personnages.

En voyant la petite fille, la Crachotte poussa un rugissement de joie.

— Bon Dieu ! moi qui allais l'oublier ! Te voilà petite gueuse, tu étais avec le rouge, le voleur, bien sûr.

Elle lui arracha les proclamations des mains, y jeta un coup d'œil et s'écria :

— Je ne me trompais pas. C'en est une. C'est une rouge. Ah ! petite gaupe !

De son côté, Pied-de-Bouc, les bras levés au ciel, disait, plein d'épouvante :

— Oune rouze, oune assassine, oune conspiratrice contre monsignore il Presidente della Répoublica ! Nous la tenons, nous la tenons. Soldats, ne la laissez pas se sauver. Gare ! gare ! gare ! Elle a des armes caçées sous elle ! Les enfants on ne s'en méfie pas, mais c'est très danzeroux ! Il faut la fouiller !

— Oh ! ne me faites pas de mal, madame, disait Renée à la naine, qui l'avait saisie brutalement par le bras.

— Ah ! petite chienne tu es donc avec les gueux !

Et la Crachotte, bavant comme une louve enragée, la giffla de toutes ses forces.

— Ce n'est pas une raison pour maltraiter cette pauvre enfant — dit le caporal, vieux brave, qui se sentait touché par la gentillesse de la fillette.

— De quoi vous mêlez-vous — riposta la naine. — Est-ce que vous êtes aussi avec les gueux?

— Ah ! fichez-nous la paix, astèque !

Et s'adressant à ses hommes :

— Par file à droite... en avant... arche — commanda-t-il, dégoûté de cette scène.

Les soldats partis, la petite fille resta aux mains de Pied-de-Bouc et de son abominable compagne.

— Prends garde — Craçotte — prends bien garde !

— Ne t'inquiètes donc pas.

— Pardon... Madame... — sanglotait Renée — laissez-moi partir... je serai sage... je ne le ferai plus... Oh ! laissez-moi partir... aller chez maman... maman ! maman !

— Vas-tu te taire, avorton, ou je t'arrache les yeux !

— Pardon... madame... Maman ! maman !

— Vas-tu te taire encore une fois !

— Serre-loui la *gola* — disait l'italien — serre-loui bien ! Ça la rendra toute mouette et zentille comme oune poisson. Tiens, veux-tou que ze loui donne oune zifle. Tou n'es pas forte, tou ne sais pas donner les zifles.

Il se reculait déjà, il retroussait sa manche, préparait ses muscles, la figure, convulsée par une jubilation mauvaise, quand, heureusement pour elle, la petite fille réprima ses sanglots.

— Où demeures-tu, — demanda la hideuse Maria Crachotte, en roulant ses vilains yeux rapaces, tout ronds comme ceux d'un oiseau de proie.

— Là-bas, rue Clignancourt.

— Comment t'appelles-tu ?

— Renée.

— Renée qui ?

La fillette ne répondit pas.

— Comment s'appelle ta mère ?

— Ma maman s'appelle madame d'Hagniel.

— Et ton père ? Qu'est-ce qu'il fait, ton gueux de père ?

— Je sais pas.

— Tu es une menteuse. Tu me caches quelque chose. Prends garde à toi, je sais faire parler les menteuses.

Ce disant, elle lui tenailla les poignets dans ses mains osseuses et noires aux ongles crochus, ou plutôt dans ses serres. La fillette se remit à pleurer.

— Si tu ne te tais pas, je te fais manger par l'ogre. Le voici l'ogre — et elle montrait Pied-de-Bouc.

— Z'aime bien la çair toute cruda des petites filles — dit Pied-de-Bouc en faisant claquer sa langue contre son palais et montrant des dents de cheval.

— Que fait ton père ? — répéta la naine ?

— Je sais pas.

— Alors ta mère est toute seule ?

— Elle a son fils.

— Qu'est-ce qu'il fait ?

— C'est un officier.

— Ah... un officier... et le voleur qui était avec toi ?

— C'est pas un voleur. Maman a dit que c'était un brave homme.

— Elle le connaît donc, ta mère ?

— Je sais pas. Il est venu chez nous.

— Ah... il est venu chez vous. Tu entends Alberto... Ces gens-là conspirent.

— Oui, Craçotte, nous sommes sour oune bonne piste.

— Avoue — reprit la naine — que vous

conspirez tous contre le Président de la République.

— Je sais pas, madame.

— Gare à toi !

— Je sais pas, je sais pas du tout.,. Oh ! madame... laissez-moi partir.

— Est-ce que vous ne recevez pas la visite d'un nommé Barrel ?

— Monsieur Barrel... oui... non... oui... il vient chez nous... pas souvent.

— Et l'officier va chez M. Barrel.

— Oui, madame.

La Crachotte lança un coup d'œil triomphant à Pied-de-Bouc.

— Tu entends, des conspirateurs. J'en étais sûre... Bon, nous ferons notre rapport.

— Oun officier ! povera madre ! c'est oune infamie !

S'adressant à Renée, la naine continua :

— Ah ! petite chienne, petite drôlesse, on conspire chez toi. Tu colportes des affiches de rouges. Ton affaire est bonne. Allons, viens avec moi, je vais te faire fusiller.

— Oui — ajouta le hideux Pied-de-Bouc, heureux de trouver un être faible sur qui il put décharger sa colère et sa terreur — oune rouze, oune conspiratrice. Ton affaire est bonne. Ah ! petite cienne, petite cienne, tu conspires contre monsignor il Présidente della Républica — si zeune et dézà si perverse — fousillée, fousillée, nous allons te fousiller.

— Maman ! maman ! maman ! — appelait la petite fille, folle de peur.

— Qu'est-ce que c'est ? qu'est-ce que c'est ? — demandèrent quelques passants attirés par ses cris.

— Oh ! rien — répondait la naine clignant de l'œil. — C'est une méchante petite fille qu'on va mettre en pénitence.

— Qu'est-ce qu'elle a fait ?

— Les sept pécés capitaux — disait confidentiellement Pied-de-Bouc.

Les passants riaient.

Et il l'entraînait répétant :

— Fousillée ! Fousillée ! On va la fousiller !

CHAPITRE XXVII

Au poste de l'Assemblée. — La mission du sous-lieutenant d'Hagniel. — Joyeux propos. — Une visite chez le député Barrel. — Madame d'Hagniel et Paul.

Vers quatre heures du soir, comme la nuit tombait, le sous-lieutenant d'Hagniel et quelques-uns de ses camarades regardaient tristement à travers les grilles du Palais de l'Assemblée nationale les rares passants qui circulaient sur la place. Ils avaient une folle envie de les insulter.

Quelques propos que nous transcrivons ci-dessous renseigneront mieux le lecteur qu'une longue disgression sur l'état d'esprit de ces militaires.

— Hé ! tas de clampins, remuez-vous donc, nom de Dieu ! Quoi ! vous ne bougez pas ! Vous restez calmes, impassibles ! la colère ne vous envahit pas à voir toute cette soldatesque — la soldatesque effrénée — qui se prélasse dans le sanctuaire des lois, dans le sacro-saint édifice des bavards et des fumistes. Vous n'avez donc pas de sang dans les veines ?

— Qu'on nous donne donc quelques représentants à botter.

— C'est dit, c'est foutu ! On nous laissera tranquille. Nous pouvons dormir sur nos deux oreilles. Un coup d'État ou pas de coup d'État, c'est kifkif bourrico.

— Eh, Parisiens de malheur, insultez-nous, crachez-nous à la face, faites-nous ce plaisir, donnez-nous des coups qu'on puisse vous les rendre.

— Pas de horions, pas de gloire !

— Pas de gloire, pas d'avancement !

— Ah ! si seulement j'avais un million dans mes poches, comme je les viderais dans celles du populo, à la condition qu'il nous serve une petite attaque.

— Messieurs, je crois que nous pouvons nous fouiller. Personne ne viendra nous attaquer ici. S'il y a bataille, ce sera dans les quartiers ouvriers, pas ailleurs.

— C'était bien la peine d'attendre le coup d'État avec tant d'impatience. Pour ce qu'il nous rapporte !

— Patience ! Ça rapportera.

— Ne nous faisons pas de bile. Le Prince n'oubliera pas le 42e. Le colon le disait tout à l'heure. C'est nous qui avons eu l'honneur de commencer les hostilités. Nous avons débuté dans l'œuvre de salubrité publique entreprise par le Président, en donnant le coup de balai à l'Assemblée.

— Ce n'est pas qu'au Prince, que nous avons rendu service, c'est encore au pays.

— Nous avons sauvé la France !

— Parbleu !

— Je ne dis pas non, mais j'aurais préféré la sauver d'une façon moins pacifique. Jeter dehors une quarantaine de braillards, quelle gloire ! Surveiller le fougueux Dupin et mettre des sentinelles à sa porte, de peur que ce foudre de guerre ne s'échappe et n'aille prêcher la révolution partout, quel héroïsme ! Je puis faire mieux que cela, je vous le déclare, Messieurs

Mme d'Hagniel, rose, gaie et souriante, avait dû être très belle.

et je vous déclare aussi que c'est dégoûtant d'être de service ici.

Celui qui venait de parler en dernier lieu était le sous-lieutenant d'Hagniel. Il allait continuer ses lamentations quand un fantassin s'approcha et lui dit :

— Mon lieutenant, il y a le colonel qui vous demande.

— Que diable me veut-il? — se dit l'officier en se hâtant de se rendre auprès de son supérieur, qu'il trouva occupé à siroter une absinthe dans les appartements du commandant militaire du Palais, le lieutenant-colonel Niol.

Dès son arrivée à Paris, Julien, à l'heure du rapport, s'était officiellement présenté à son nouveau chef de corps, qui lui avait fait un fort aimable accueil; puis, dans l'après-midi, il avait dû se livrer à une minutieuse inspection de ses hommes, faire connaissance avec ses nouveaux camarades et il s'était aperçu, aux quelques mots échangés, que tous admiraient le colonel Espinasse, qui avait fait preuve, dans la dernière campagne de Kabylie, d'une incontestable bravoure et que tous partageaient, quant au mépris profond des parlementaires, les mêmes idées que lui.

— Mon colonel... ?

— Ah! c'est vous d'Hagniel? J'ai pensé à vous. Je tiendrais à vous signaler d'une façon toute spéciale sur un de mes rapports. J'aimais beaucoup votre père, je veux vous le prouver. Je vais vous confier une petite mission, pas méchante ni dangereuse.

— Pas dangereuse! — se permit d'interrompre Julien. — Mon colonel, je vous affirme que j'aimerais mieux qu'elle le fût.

— Je n'en doute pas, sacrebleu! mais la plus belle fille du monde ne peut donner que ce

97

qu'elle a. Ce n'est pas de ma faute si nous ne sommes pas attaqués par des cohortes d'insurgés, traînant avec eux de formidables batteries. Leur tanner le cuir, nous ne demandons tous que ça... Bref, voici ce que vous allez faire. On me signale quelques chenapans ornés de figures sinistres qui rôdent dans les environs. On a placardé des appels à la révolte, des affiches incendiaires. Des agents qui voulaient les arracher ont été assommés. Partez avec votre section. Dispersez les rassemblements. S'il y en a qui font trop de rouspétance, tapez dessus. Ne vous gênez pas... Ça fera quelques drôles de moins. Pas de pitié pour ces gens-là. Voyez aussi à faire une rafle. Je ne vous donne pas d'itinéraire. Agissez à votre guise. Néanmoins, ne vous éloignez pas trop du Palais. C'est saisi ?

— Oui, mon colonel.

— Alors, rompez et faites en sorte que je puisse vous nommer dans mon rapport au général de Saint-Arnaud.

— Oui, mon colonel, merci mille fois.

Le sous-lieutenant s'en alla tout joyeux.

Quelques minutes après, il sortait avec ses hommes, satisfaits, eux aussi, de se dégourdir les jambes. Baïonnette au canon, le fusil sur l'épaule, au pas accéléré, le peloton s'engagea dans la rue...

Naturellement, les camarades de Julien d'Hagniel furent quelque peu jaloux de sa bonne fortune.

— Ce veinard-là ! Il vient d'arriver au régiment et le voici déjà en faveur — dit un officier jaloux.

— Il va changer de côté sa contre-épaulette et peut-être, attraper la croix.

— Voilà ce que c'est que d'être le fils de quelqu'un qui a été quelque chose dans les huiles.

— Peuh ! un simple chef d'escadrons !

— Oui, mais le colon était un ami de son père

— C'est un passe-droit. Je réclamerai à mon cousin Marulaz.

— Va falloir lui faire payer à boire, ça vaudra mieux.

— Une excellente idée ! Dix bouteilles de champagne.

— Oh ! il ne se fera pas tirer l'oreille — dit un lieutenant dont la jeunesse indiquait qu'il sortait de l'Ecole — d'Hagniel est un charmant garçon, à la main ouverte et loyale. Il était très aimé aux chasseurs, je le sais par mon frère, capitaine dans son ancien régiment.

— Pourquoi, diable, n'y est-il pas resté ? — objecta l'officier jaloux.

— Je crois que c'est pour se rapprocher de sa mère, qui habite Paris.

— Et de sa petite fille !

— Ah ! il a une fille !

— Oui, très gentille, ma foi !

— Je ne le savais pas marié.

— Bon ! d'où sort-il, celui-là ? Est ce qu'il est absolument nécessaire d'être marié pour avoir des enfants ?

— En tous cas — dit le jeune lieutenant — souhaitons-lui bonne chance dans sa patrouille. Qu'il démolisse beaucoup de Parisiens, qu'il enlève beaucoup de barricades, qu'il ramène quelques braillards de la Chambre à coups de botte, qu'il nous donne leurs écharpes pour nous en servir de mouchoirs et qu'il dirige par ici un petit troupeau de gentilles prisonnières, recueillies dans les faubourgs !

— Oh ! assez, assez. Vous nous faites venir l'eau à la bouche !

. . . .

Le jeune homme enveloppé dans un grand manteau et le chapeau rabattu sur les yeux, qui administra une correction à Pied-de-Bouc au moment où l'Italien s'en allait chercher la garde pour procéder à l'arrestation de Colombau, ce jeune homme, disons-nous, s'engagea rapidement sur les hauteurs de la butte et s'arrêta devant la maison de M. Barrel. Il sonna avec impatience. Après quelques instants, le pas de Nathalie se fit entendre. La bonne femme ouvrit la porte, poussa un cri et manqua de tomber à la renverse.

— Mon Dieu ! Monsieur Paul ! C'est-y vous ou bien un revenant ?

— C'est moi, Nathalie, en chair et en os, quoi qu'il ne s'en soit pas fallu de beaucoup que... où est mon père ?

— Ah ! mon Dieu ! Jésus, mon Dieu, Seigneur ! vous ne savez pas ce qui s'est passé... Ah ! que vous êtes pâle ! Vous ne savez pas Monsieur Paul ce qui s'est passé ?

— Si, je le sais, un coup d'Etat... Mais mon père ?

— On est venu ici pour l'arrêter, on a tout cherché, tout fouillé partout, et on a pris toutes sortes de papiers, des écritures...

— Mon père est arrêté, alors ?

— Je ne sais pas, Monsieur. Peut-être bien que oui, peut-être bien que non. Ah ! Monsieur ! je me doutais bien qu'il arriverait du vilain. rapport à mes rêves, même que je le disais à mon homme. Mon homme, que je lui disais...

Mais Paul, se souciant fort peu de connaître les confidences que Nathalie avait faites à son homme, lui coupa encore la parole :

— Vous me raconterez tout cela une autre fois, Nathalie, je vais à la recherche de mon père.

— Ah ! monsieur ! si vous le voyez, faites-le revenir. Dites-lui qu'il n'y a pas de bon sens de courir dans les rues ousce qu'il y a plein de voleurs et de bandits, quand on est père de famille... Monsieur... monsieur...

Il s'en allait au plus vite sans écouter les bavardages de la vieille sotte, qui le rappelait et voulait à toutes forces le retenir pour lui faire prendre *quelque chose de chaud*.

Pendant que Nathalie se lamentait, Paul descendait rapidement la butte. Il arrivait sur la place Clignancourt quand il aperçut madame d'Hagniel sur le pas de sa porte. Il la salua respectueusement.

Rien n'était plus agréable à contempler que le visage de madame d'Hagniel. Rose, gaie, souriante, quoique déjà âgée, il n'était pas difficile de voir qu'elle avait dû être très belle dans sa jeunesse. Ses traits étaient réguliers, ses yeux grands, d'un beau bleu, limpides. Ses cheveux, d'une ténuité extrême, s'échappaient en jolies boucles argentées de chaque côté d'un riche bonnet de dentelle, et toute sa physionomie était empreinte d'un grand air de noblesse tempéré par une extrême bonté.

Mais, en ce moment, une vive anxiété s'y peignait.

— Bonjour, madame — dit il — je suis heureux de vous rencontrer. Comment va Julien?

— Oh! c'est moi, monsieur, qui suis heureuse de vous voir. Julien va bien, merci. Il est de service. Il m'a fait dire qu'il ne pourrait venir aujourd'hui, ni peut-être demain, et de ne pas me tourmenter si son absence se prolongeait. Aussi, n'est-ce pas de lui que je suis inquiète, mais de ma petite Renée.

— Où est-elle ?

— C'est ce que je me demande. Elle jouait avec des petites filles qui l'ont entraînée loin du quartier sans doute, et peut-être s'est-elle égarée. Elle est si étourdie. J'ai couru de tous côtés. Rien. Je viens de faire ma déclaration à la police. L'on m'a presque ri au nez en me disant qu'on avait bien d'autres chiens à fouetter qu'à s'occuper d'une petite fille. Je me suis hâtée de revenir, espérant la retrouver ici, et rien, rien encore.

— Rassurez-vous, madame, elle aura été entraînée, comme vous le pensez, et peut-être les parents de ses petites camarades l'auront retenue à goûter, et vous la ramèneront.

— Vous me consolez un peu, monsieur, mais vous-même avez mis monsieur votre père dans une grande inquiétude. Il vous a cherché, je l'ai appris... heureusement vous voici sain et sauf.

— Et c'est à mon tour de courir à sa recherche, Je n'ai fait que passer chez moi. J'ai su que la police y avait fait irruption, qu'on avait fouillé toute la maison, fait main-basse sur nos papiers, car des tiroirs ne contenant que des lettres de famille étaient ouverts... et vides.

— Ces gens-là ne respectent rien — dit Mme d'Hagniel. — Ils ont plus de zèle que d'intelligence. Il est vraiment regrettable que le Prince soit obligé d'avoir recours aux services de cette espèce-là. Si vous pouviez tirer M. le député Barrel de la funeste aventure où il s'engage, n'hésitez pas, croyez-moi. La nation veut que Louis-Napoléon préside à ses destinées. Le suffrage universel, tant réclamé par les masses, l'a porté à l'Elysée, il le portera aux Tuileries. C'est de toute évidence, et si les hommes ne le disaient pas, les pierres le crieraient. L'armée est pour lui. Elle l'idolâtre. Toute révolte sera comprimée. Répétez-le bien à M. Barrel. Quoique d'opinions politiques diamétralement opposées aux siennes, je l'estime et je l'aime beaucoup et je serais désolée s'il lui arrivait malheur.

— Je vous remercie, Madame, de l'intérêt que vous lui portez et je lui ferai part de tout ce que vous m'avez dit — se contenta de répondre Paul, prévenu par le sous-lieutenant de ne point contredire sa mère.

— Alors, Julien est content? — demanda-t-il pour changer de conversation.

— Il garde l'Assemblée avec son régiment. Il est moins en danger là qu'ailleurs. Ce n'est peut-être pas ce qui lui plait le plus, mais moi, cela me va beaucoup mieux.

Que je suis anxieuse — ajouta la vieille dame — au sujet de ma pauvre petite-fille. Je vais encore voir, m'informer...

Elle s'essuya les yeux et Paul, après avoir pris congé d'elle, s'éloigna rapidement.

CHAPITRE XXVIII

Espérances de la Montagne. — Promenade de cadavres. — A l'Elysée. — La Matinée du 4 décembre.

Cependant, les républicains s'emplissaient de folles espérances. Les bourdes les plus grossières, les nouvelles les plus invraisemblables pour des gens que n'aveugle pas l'esprit de parti, couraient de groupes en groupes :

« Louis-Napoléon avait peur. Les rapports de police devenaient de plus en plus alarmants pour lui. Paris entier s'armait. Les faubourgs se préparaient à marcher en masse sur l'Elysée. Les ministres n'osaient paraître dans leurs ministères. Nombre de corps allaient lever la crosse. Un bataillon de gendarmerie mobile refusait de marcher, etc. »

Il n'est pas jusqu'au célèbre Alexandre Dumas qui ne se mêlât de grossir le paquet de racontars. Sachant l'importance du rôle que s'attribuait Victor Hugo, il le fit prévenir par facétie ou parce qu'il en avait été avisé par quelque plaisantin, que vingt-cinq mille francs de récompense étaient promis à celui qui arrêterait ou *tuerait* le poète.

« Vous savez où il est — écrivait-il. — Que sous aucun prétexte, il ne sorte! »

Victor Hugo prit tellement cette farce au sérieux que, dans son *Histoire d'un Crime*, il fit autographier le billet de l'auteur des *Trois Mousquetaires*.

L'agitation s'étendait, il est vrai, mais restait circonscrite dans les rues avoisinant les grands boulevards, où roulait la foule tumultueuse. Bientôt de la Madeleine à la Bastille, la troupe vint occuper le milieu de la chaussée, ne laissant libre que les trottoirs.

Les ouvriers continuaient à dire : « Les *vingt-cinq francs* nous ont lâchés en 1848. Qu'ils se débrouillent! Ne nous mêlons de rien.»

Comme en 1848, les mêmes représentants, c'est-à-dire les élus des faubourgs, devaient encore les lâcher en 1871 !

La soirée du 3 fut pleine de menaces. On entendait des bruits lointains de fusillade: quelques embryons de barricades que la troupe enlevait, des escarmouches rues du Temple, Rambuteau, Beaubourg, Greneta et Transnonain.

Michel de Bourges, criait :

— Faites quatre barricades en carré, et nous irons délibérer au milieu.

Idée baroque! Moyen d'être pris, non plus entre deux feux, mais entre quatre.

Le tort de tous ces avocats et de tous ces aligneurs de phrases, est de vouloir s'improviser hommes de guerre!

Puis, on se passa un mot d'ordre ridicule :

« — Que fait Joseph ? »

— Il fait le cocu ! — répondaient les ouvriers.

« Tout à coup, relate Victor Hugo, auquel il faut se rapporter, tant que sa vanité, sa personnalité et ses rancunes ne sont pas en jeu, une clarté, un bruit, un tumulte, éclatent au débouché de la rue Saint-Martin. Tous les yeux se tournent de ce côté; une houle profonde remue la foule; on se précipite et on se presse aux rampes des hauts trottoirs qui bordent le ravin devant les théâtres de la Porte-Saint-Martin et de l'Ambigu. On voit une masse qui se meut et une lumière qui approche. Des voix chantent. On reconnait ce refrain redoutable: *Aux armes, citoyens! Formez vos bataillons!* Ce sont des torches allumées qui arrivent; c'est la *Marseillaise*, cette autre torche de la révolution et de la guerre, qui flamboie.

« La foule se rangeait au passage de l'attroupement qui portait les torches et qui chantait.

« L'attroupement atteignit le ravin Saint-Martin et s'y engagea. On distingua alors ce que c'était que cette marche lugubre. L'attroupement était composé de deux groupes distincts; le premier portait sur les épaules une planche où l'on voyait étendu un vieillard à barbe blanche, roide, la bouche béante, les yeux fixes et ayant un trou au front. L'oscillation de la marche faisait remuer le cadavre, et la tête morte s'abaissait et se relevait d'une façon menaçante et pathétique. Un des hommes qui le portaient, pâle, blessé à la poitrine, posait la main sur sa blessure, s'appuyait aux pieds du vieillard, et par moments paraissait lui-même prêt à tomber. L'autre groupe portait une autre civière sur laquelle un jeune homme était couché, le visage blanc et les yeux fermés; sa chemise souillée, ouverte sur sa poitrine, laissait voir ses plaies. Tout en portant les deux civières, les groupes chantaient. Ils chantaient *la Marseillaise*, et à chaque refrain ils s'arrêtaient et élevaient leurs torches en criant: Aux armes! Quelques jeunes hommes agitaient des sabres nus. Les torches jetaient une lueur sanglante aux fronts blêmes des cadavres et aux faces livides de la foule. Un frisson courut dans le peuple. Il semblait qu'on revit la vision formidable de février.

« Ce cortège sinistre venait de la rue Aumaire. Vers huit heures, une trentaine d'ouvriers qui s'étaient recrutés aux environs des Halles, les mêmes qui le lendemain construisirent la barricade de la rue Guérin-Boisseau, étaient arrivés rue Aumaire par la rue du Petit-Lion, la rue Neuve-Bourg-l'Abbé et le carré Saint-Martin. Ils venaient combattre, mais l'action était finie sur ce point. L'infanterie s'était retirée après avoir défait les barricades. Deux cadavres, un vieillard de soixante-dix ans et un jeune homme de vingt-cinq ans, gisaient au coin de la rue, sur le pavé, face découverte, le corps dans une flaque de sang, la tête sur le trottoir où ils étaient tombés. Tous deux étaient vêtus de paletots et semblaient appartenir à la classe bourgeoise. Le vieux avait son chapeau à côté de lui; c'était une figure vénérable, barbe blanche, cheveux blancs, l'air calme. Une balle lui avait traversé le crâne.

« Le jeune avait eu la poitrine percée de plusieurs chevrotines. L'un était le père, l'autre était le fils. Le fils ayant vu tomber son père avait dit: Je veux mourir. Tous deux étaient couchés l'un près de l'autre. »

La même scène, on le voit, qu'en février 1848.

Le cortège, après avoir suivi quelque temps les boulevards, rentra dans les rues et fut dispersé rue des Gravilliers par une escouade de sergents de ville.

L'effervescence continuait. En certains points, la foule insultait les officiers et la troupe.

Fleury, passant à cheval rue Montmartre, reçut une balle dans son képi.

A l'Elysée, on donnait des ordres pour faire venir de nouveaux régiments et les ministres couchèrent tous au ministère de l'intérieur.

On ne dormit pas à l'Elysée dans la nuit du 3 au 4. De minuit à trois heures du matin, des colonels et des généraux ne cessèrent d'entrer et de sortir. La cour était pleine de lanciers et, s'il faut s'en rapporter à l'auteur des *Châtiments*, vers quatre heures du matin des voitures amenèrent des femmes !

Ce n'était pourtant guère le moment. mais le vrai peut parfois n'être pas vraisemblable.

Le 4, au matin, la résistance prit un caractère plus sérieux, mais ce ne fut pas Saint-Antoine qui donna.

« Le redoutable faubourg dormait, dit encore Victor Hugo, dormait, et, on l'a vu, rien n'avait pu le réveiller. Un parc d'artillerie tout entier campait, mèches allumées, autour de la colonne de Juillet, énorme sourde-muette de la Bastille. Ce haut pilier révolutionnaire, ce témoin silencieux des grandes choses du passé, semblait avoir tout oublié. Chose triste à dire, les pavés qui avaient vu le 14 juillet ne se soulevèrent pas sous les roues des canons du 2 décembre. Ce ne fut donc pas la Bastille qui commença, ce fut la porte Saint-Martin. »

Dès huit heures, les rues Saint-Denis et Saint-Martin étaient en rumeur: des hommes les parcouraient en criant : « Aux armes ! » On placardait l'appel aux Travailleurs que nous avons donné en entier, parce qu'il est l'un des plus sensés documents de la résistance, et des barricades se dressaient à la pointe Saint-Eustache, rue Mauconseil, rue Tiquetonne, rue du Cadran, rue Montorgueil, rue Grenéta, rue Bourg-l'Abbé, rue Bourbon-Villeneuve, rue Jean-Jacques Rousseau, place des Victoires, etc.

La première barricade attaquée à coups de boulets fut celle construite rue Saint-Martin à hauteur de la rue Meslay. Elle était défendue par une cinquantaine d'hommes n'ayant guère chacun que deux ou trois cartouches.

Une colonne de la brigade Marulaz commença le feu. Elle fut emportée après une héroïque défense.

La barricade de la mairie du Ve arrondissement, faite d'une charrette renversée, de pavés et de futailles, et défendue par une centaine de combattants, dont la plupart ne possédaient qu'une cartouche, fut lestement enlevée par les chasseurs de Vincennes.

« Ceux qui n'avaient plus ni poudre ni balles jetèrent leurs fusils. Quelques-uns voulurent reprendre position dans la mairie, mais il était impossible de s'y défendre, elle était ouverte et dominée de toutes parts ; ils escaladèrent les murs et se dispersèrent dans les maisons voisines ; d'autres s'échappèrent par la gorge de la barricade qui donnait sur la rue Saint-Jean ; la plupart des combattants gagnèrent le revers de la barricade opposée, et ceux qui avaient encore une cartouche firent, du haut des pavés, une dernière décharge sur les assaillants. Puis, ils attendirent la mort. On les tua tous. »

Les barricades des rues Rambuteau, Montorgueil, Neuve-Saint-Eustache, Aumaire, opiniâtrement défendues, subirent le même sort, mais d'autres s'élevaient. A onze heures du matin, on en comptait soixante-dix-sept, de Notre-Dame à la porte Saint-Martin, rue Maubuée, rue Bertin-Poirée, rue Guérin-Boisseau; rue Saint-Denis, elles atteignaient la hauteur d'un deuxième étage.

Du centre, de l'antique quartier des Halles, foyer d'incendie, le feu s'étendant, commençait à gagner les faubourgs.

On huait la police, on sifflait les troupes, on criait « A bas Bonaparte ! » Des fenêtres, les femmes applaudissaient l'émeute. L'espérance renaissait dans le cœur des Montagnards.

Louis Michel, qui se faisait appeler Michel de Bourges et qui avait successivement adulé Charles X, Louis-Philippe, et écrit dans la *Revue mensuelle du Cher* : « *La Monarchie de Juillet satisfait à la fois les exigences de ma raison et les besoins de mon cœur* » puis, déclaré Louis-Napoléon « mon homme ! » Michel de Bourges, reniant une troisième fois ce qu'il avait encensé, criait que la tête du Président tomberait « le lendemain » en place de grève, devant la façade de l'Hôtel de Ville.

L'Elysée comprit qu'il fallait frapper un coup décisif.

« En somme — écrivit P. Mayer, confident de la conjuration militaire du 2 décembre — tout commentaire est inutile. Il fallait, sous peine de défaite honteuse et de guerre civile, non pas seulement prévenir, mais épouvanter.

« En matière de coup d'Etat, on ne discute pas, on frappe ; on n'attend pas l'ennemi, on fond dessus.

« On broie ou l'on est broyé. »

Toute la théorie du coup d'Etat est tracée dans ces quelques lignes ; là, est l'explication de la page de sanglante du 4 décembre.

Bonaparte épouvanta et broya.

Mais, cependant, combien anodins furent ce broiement et cette épouvante si on les compare à ceux qui, vingt ans plus tard, devaient, au nom de l'ordre et de la République, couvrir Paris d'une mare de sang.

Vers deux heures commença la *danse*, ainsi s'exprimait plus tard un des acteurs du drame.

CHAPITRE XXIX

Le plan de Georges Barrel. — L'aventure de Paul. — La voix mystérieuse. — La délivrance.

Ce fut donc entre les boulevards, les quais, les rues Saint-Martin, Saint-Denis et du Temple que l'insurrection s'amplifia d'une façon inquiétante pour l'Élysée, quand on connut la mort de Baudin. Tout ce quartier abondait alors en rues étroites, tortueuses et sombres, éminemment propres à être défendues longuement et avec peu d'hommes contre des forces considérables. Malheureusement tout s'était fait au hasard, sans plan et sans suite, sous l'impulsion du moment — chaque groupe travaillant pour son compte, sans s'être préalablement entendu avec les autres groupes; cause de faiblesse et de défaite certaine, à laquelle Georges Barrel entreprit de remédier.

Dans la salle du fond d'un marchand de vin de la rue Montorgueil plusieurs chefs des sections socialistes se trouvaient réunis autour du représentant, qui les avait fait demander. Ils s'étaient de suite rendus à son appel, ils le savaient homme de bon conseil, nullement enclin, comme plusieurs de ses collègues, à prêcher les aventures les plus téméraires, dans une chambre bien close, hors de laquelle on a le soin de ne s'aventurer qu'en imagination. Ils n'ignoraient pas qu'il saurait payer de sa personne et faire bravement face au danger. Ils se rendaient compte aussi qu'il leur était indispensable d'avoir un chef compétent et capable, qui put diriger les opérations, et remplacer le pêle-mêle de leurs bonnes volontés contradictoires par une impulsion unique.

Cette réunion eut lieu dans l'après-midi du 3 décembre. Il s'y trouvait beaucoup de citoyens dont l'histoire n'a pas conservé les noms et qui devaient périr, ce jour-là ou le lendemain, victimes de leur dévouement à la démocratie et à la liberté. Au moment où Georges Barrel prenait la parole, un jeune homme, dont le visage paraissait noir de poudre comme s'il venait de soutenir une longue lutte, vêtu d'une blouse et coiffé d'une casquette, le fusil à la main, vint se placer, d'un air résolu, à côté du représentant, dont il écouta les instructions avec la plus grande attention.

« Citoyens — disait Georges Barrel — je vous ai priés de venir pour vous donner, en bloc, quelques avis relatifs à la façon de nous conduire devant les troupes régulières. Comportons-nous comme on s'est comporté en 1830 et en 1848. Par la multiplicité des barricades, par la résistance organisée partout sans être acharnée nulle part, forçons les régiments à se disséminer. Faisons la guerre à la cosaque; harcelons l'ennemi sans nous offrir à ses coups. Soyons insaisissables, audacieux, prudents. Devant les soldats envoyés pour la prendre, les défenseurs de la barricade se disperseront après avoir tiré quelques coups, puis ils reparaîtront derrière eux. Qu'une barricade abattue soit immédiatement reconstruite sur place ou un peu plus loin. Ne nous faisons pas massacrer héroïquement, mais inutilement, tâchons plutôt d'éterniser la lutte, de fatiguer l'armée! Qu'elle ait le sentiment que tous ses efforts sont vains, que toutes ses peines sont en pure perte, que tout ce qu'elle a fait est à recommencer. A ce jeu de marches et de contre-marches, de détachements disséminés, de patrouilles incessantes, de manœuvres et d'attaques continuelles, elle se lassera, s'épuisera, et finira par se décourager. Or, une armée épuisée et découragée est une armée perdue. Voilà, à mon sens, citoyens, la seule tactique qui puisse donner de bons résultats.

— C'est très bien, c'est parfait! — cria-t-on de tous côtés dans l'auditoire. — Ah! si les autres représentants nous avaient parlé ainsi, au lieu de lancer des proclamations ridicules et des décrets qu'ils ne pouvaient faire exécuter!

« Surtout, ayons soin — ajouta Georges Barrel — de ne pas molester les soldats que le hasard fera tomber entre nos mains. Offrons-leur de se rallier à nous. S'ils refusent, désarmons-les et laissons-les rejoindre leurs corps, sans menaces, injures, ni mauvais traitements. Ce n'est pas dans l'espoir qu'on agisse de même envers nous, que je vous donne ce conseil, mais parce que les soldats sont du peuple et que nous défendons la cause du peuple. »

Le plan de Georges Barrel fut unanimement approuvé. Les chefs des sections lui serrèrent la main avant de regagner leurs postes. Seul, le jeune ouvrier, à la figure noircie, sortit sans le saluer et en oubliant son fusil.

Comme il arrivait sur le pas de la porte, Paul Barrel, qui accourait tout essouflé, s'arrêtait devant lui.

— N'est-ce pas ici que se trouve M. Georges Barrel, représentant du peuple? — lui demanda-t-il.

L'ouvrier tressaillit, fit un signe de tête affirmatif et s'éloigna au plus vite, tandis que le peintre se disait tout étonné :

— Qu'est-ce que c'est que ce gaillard? Il a une figure qui ne m'est pas inconnue... quel louche personnage!

La vue de Georges Barrel changea le cours de ses idées.

— Mon père!

— Paul! mon cher Paul! Enfin!...

Les deux hommes s'embrassèrent.

— D'où sors-tu, mon pauvre garçon? — disait

le député. — Je t'ai cru perdu. Pourquoi cette longue absence? Que t'es-t-il arrivé?... Cette pâleur... Une fâcheuse aventure?.. Explique-toi.

— Une aventure inouie, plus effrayante que tu ne saurais l'imaginer. Tu ne peux t'en faire une idée. Il faut que je la raconte tout au long. Si je ne suis pas mort, ce n'est pas la faute d'un scélérat, un nommé Dilson, James Dilson. Tu connais ce nom-là?

— Oui — dit le représentant, dont les yeux étincelèrent — je connais cet individu!

— Ah père! c'est un misérable, un forban. Il faut que je le tue comme un chien, que je le broie sous mon talon comme un venimeux reptile!

— Calme-toi — Paul — calme-toi. Entrons dans cette salle.

— Dans cette salle sombre, oh! non, père. Si tu le veux, je préfère sortir, marcher, respirer l'air, voir la lumière. J'ai trop étouffé. J'étouffe encore.

— Eh bien, sortons.

Tout en marchant, Paul fit le récit suivant, avec une colère sans cesse croissante.

— Je venais de te quitter, après la fatale nouvelle que tu m'as apprise; je traversais la place Clignancourt et je me préparais à héler un fiacre pour me rendre chez Mlle de Bertemont, lorsqu'un homme assez bien vêtu, quoique de mauvaise mine, s'approcha de moi et me dit avec un fort accent tudesque :

« — Barton, Monsire.

« — Qu'y a-t-il?

« — Che foutrais que fous fenir afec moi.

« — Pourquoi faire?

« — Une témoiselle qui s'intéresse à fous, fous attend là-pas.

« — Une demoiselle, quelle demoiselle? — dis-je avec méfiance, car, étant donné l'aspect de l'ambassadeur, je pensais sur le champ à une coquine que j'ai eu la bêtise de fréquenter. Aussi ne fus-je pas peu surpris quand il répondit à ma question.

« — La temoiselle, qui fous temante, c'èdre Mlle te Pertemont.

« — Est-ce possible?

« — C'èdre jusment comme ça. Mlle de Pertemont fous attendre chez moi. Ah! fous me suivre maintenant. Pien. »

Effectivement, je marchais à côté de ce drôle, me disant *in petto* qu'Hélène avait choisi un singulier messager. Nous nous arrêtâmes devant une remise et cet individu me dit :

« — C'èdre là.

« — Comment, là? C'est là qu'est Mlle de Bertemont?

« — Foui. »

J'étais étonné, mais sans le moindre soupçon. Mon cœur battait. De quelle façon allais-e faire savoir la vérité à Hélène? Ah! l'affreuse vérité! J'entre dans la remise, le Prussien me suit, je m'arrête.

« — Plus loin, plus loin.

« — Ah ça! mon cher, vous ne la faites pas m'attendre dans l'écurie, je suppose?

« — Bas tans l'égurie. Brenez la betite corritor. »

Il y avait, en effet, donnant sur un corridor, une porte qui s'ouvrait à gauche, au fond de la remise. Je m'introduis, et voilà que le Prussien, qui ne m'avait pas quitté d'une semelle, se jette tout à coup sur moi et, d'une rude poussée, me fait tomber dans un trou de cave, ouvert sous mes pas.

Le trou était peu profond et je ne me fis pas beaucoup de mal, mais deux grands et vigoureux gaillards, dont l'un était un nègre, je le sus peu après, profitant de mon étourdissement momentané, de ma surprise et de l'obscurité, bondirent sur moi, me garrottèrent et me bâillonnèrent, aidés par le Prussien, qui m'avait suivi en sautant dans la cave.

Ils me laissèrent seul pendant quelques minutes, puis reparurent avec de la lumière. Ils étaient accompagnés d'un ignoble individu à barbe de bouc, à profil hébraïque et, tu ne le croirais pas, de la naine qui demeure à côté de chez nous. Elle se cachait le visage, mais je la reconnus à sa voix et à sa taille exiguë. Comme dans l'intention de ces coquins, je ne devais pas sortir vivant de l'aventure, elle avait tort de prendre tant de précautions : c'est ce qu'on lui fit remarquer. Elle n'en persista pas moins à dérober sa figure à ma vue.

On l'avait probablement fait venir pour constater mon identité, car je l'entendis affirmer :

« — C'est bien lui.

« — Je le sais — dit d'une voix dure un grand drôle blond et osseux — je le sais, mais deux sûretés valent mieux qu'une.

Cet individu s'approcha de moi et, me regardant avec une incroyable férocité, me dit :

« — Je suis James Dilson. »

Ce nom ne m'apprenait rien, mais j'eus l'intuition que j'avais mon rival en face, cet étranger si riche et d'une taille si haute dont Hélène m'avait parlé. L'idée me vint d'essayer de lui faire comprendre qu'il n'avait plus désormais aucun sujet d'être jaloux de moi. Mais je la repoussai bien loin et je t'assure que, eussé-je été en état de parler, je ne lui aurais pas soufflé un mot de ma déplorable parenté avec Mlle de Bertemont.

Je soutins fièrement son féroce regard en mettant dans le mien toute l'insolence et le mépris possible, ce dont il sembla d'ailleurs se soucier fort peu. Il m'examina quelques instants au milieu du profond silence des autres qui observaient vis-à-vis de lui une platitude étonnante, puis il murmura :

« — *Bloody Frenchman*, je te tiens. A bientôt l'autre! »

L'autre, sans nul doute, ce devait être toi, mon père?

Cependant l'individu à profil hébraïque et à barbe de bouc, s'approchait de James Dilson, avec une mine contrite, en s'aplatissant comme un chien que son maître menace du bâton.

« — Pourquoi n'êtes-vous pas venu comme je l'avais ordonné? — lui demande l'insulaire d'un ton froid — vous êtes un homme sans parole. Je ne donnerai rien. Pas le moindre penny.

« — Escousez-moi, milord — répondit l'espèce de juif avec un fort accent italien — ze voulais venir, mais ze n'ai pas pou. Z'ai été vitime d'oune attentat.

« — Ça ne me regarde pas.

« — C'est en faisant arrêter oune conspirateur danzerou, si danzerou qu'il m'a fracassé, d'oune fourioso coup de pied, ma povero *gola*. Ah ! Santa Madona, ze n'ai plous oune seule dento sous les zençives !

« — Qu'est-ce que ça me fait ? — dit James Dilson qui regardait avec mépris l'abject personnage, pleurnichant et se lamentant.

« — Ah ! milord, z'ai rendou oune grandissime service au Présidente della Repoublica, en faisant arrêter ce Colombau, oune repris de zoustice.

« — C'est vrai — fit la naine.

« Le prussien donna aussi son avis :

« — Cette Colompau, c'êdre une grande coquin. Che abbris à le gonnaître. »

« — Allez-vous en au diable avec votre Colombau ! — conclut l'Anglais. »

Ils sortirent tous trois. Je n'entendis plus rien de cette extraordinaire conversation entre ce trio de drôles, anglais, prussien, italien. La trappe fut fermée. Je restai seul, garrotté, baillonné, dans les ténèbres, le silence, l'immobilité. Je te laisse, père, le soin de te former une idée des heures abominables qui s'écoulèrent pour moi dans mon épouvantable situation.

Si longues et si effroyables ! J'étais oppressé, par instants, j'étouffais. Je souffrais de douleurs intolérables dans tous les membres. De rage, je mordais mon baillon. Au-dessus de moi, à côté de moi, pour ainsi dire, j'entendais ou il me semblait entendre le grouillement de la population du faubourg, le bruit des pas, le trot des chevaux, le roulement des voitures, les cris des enfants et des femmes. Quelques mètres à peine me séparaient de la rue, mais qui se doutait, pouvait se douter de l'effroyable guet-apens dans lequel j'avais été conduit ?

— Mon pauvre enfant ! — fit Georges Barrel apitoyé.

— Des heures qui me semblèrent d'interminables journées, passèrent, et malgré mon angoisse, malgré ma détresse profonde, je m'endormis. Je serais presque tenté de dire : une divinité compatissante m'envoya le sommeil. Chose étrange, mon repos fut calme, bienfaisant et doux. Quand je me réveillai, je vis James Dilson à côté de moi. Il me regardait avec la même férocité.

Mon orgueil revint pour m'empêcher de faiblir, d'implorer sa pitié. Je me doutais que j'allais apprendre du nouveau. En effet, il me dit, de sa voix lente et froide :

— Je vous tiens, en attendant que je tienne votre exécrable père. Je vous traiterai tous deux de même pour qu'il n'y ait pas de jaloux, et tous deux vous passerez par les mêmes souffrances, qu'a subies mon malheureux oncle. Je vous expliquerai de quoi il s'agit, quand le moment sera venu. A cette heure, dormez.

Ce disant, il approcha de mes narines, un chiffon imbibé de chloroforme.

Ce qui se passa ensuite, je l'ignore.

— Quand je me réveillai...

Ici la voix de Paul s'altéra, son visage pâlit davantage et prit une expression d'horreur telle que Georges Barrel en fut effrayé.

— Quand je me réveillai, j'étais encore plongé dans l'obscurité la plus complète, mais ce qui me fit frémir d'épouvante, ce fut de me trouver enfermé dans une caisse en sapin — car je respirais l'odeur de la résine. — J'eus l'atroce sensation d'être dans un cercueil, contre le couvercle duquel je pouvais heurter mon front et dont je sentais les planches à ma droite et à ma gauche. Nul doute, les scélérats m'avaient enterré vif et j'allais mourir lentement de la plus effroyable des morts.

En moins d'une seconde, mon affreuse situation s'étala dans toute son horreur, je fus baigné d'une sueur froide si abondante, que je n'aurais pas été plus trempé si j'étais tombé dans l'eau. Mes cheveux se dressèrent sur ma tête avec une rigidité d'aiguilles et j'entendais mon cœur battre d'une façon si désordonnée que j'aurais pu croire, si j'avais songé à analyser mes sensations dans ce moment de terreur infernale, qu'il allait percer ma chair et bondir au dehors comme un ressort d'acier.

Au plus fort de mon angoisse et de ma frayeur, quand je n'avais même pas comme le héros d'Homère, la possibilité de lever mon poing vers le ciel pour protester contre l'infâme destinée, il me sembla entendre un bruit léger de pas. Je prêtai l'oreille, anxieusement, et voilà que tout à coup percèrent, dans le silence de mort qui m'enveloppait, des sons argentins, mélodieux, qui sortaient d'une bouche féminine. Là-bas, je ne savais où, une jeune fille ou une jeune femme chantait le *Lac*, de Lamartine.

— Que me dis-tu là ? — s'exclama Georges Barrel, surpris.

— Je ne compris pas tout d'abord les paroles, mais je reconnus l'air. Etait-ce donc un raffinement de supplice inventé par l'exécrable Dil-

Bloody Frenchman, je te tiens. A bientôt l'autre !

son, cette chanson d'amour qui venait me chercher dans mon cercueil pour m'en rendre l'horreur plus profonde ? Imagine les damnés de l'Enfer de Dante, entendant descendre jusqu'à eux la musique des Séraphins, des Dominations et des Trônes. Mon désespoir redoubla, si c'est possible, puis, chose étrange, s'apaisa, s'éteignit soudain. Un grand calme se fit en moi. Une voix mystérieuse me disait que mon martyre allait cesser. C'était plus qu'un pressentiment. *Je savais, je sentais* que la douce chanson n'était que le prélude de ma délivrance.

Les pas se rapprochèrent, et religieusement, sans en perdre une syllabe, j'entendis la voix virginale :

Ainsi toujours poussés vers de nouveaux rivages,
Dans la nuit éternelle emportés sans retour,
Ne pourrons-nous jamais sur l'océan des âges
Jeter l'ancre un seul jour ?

Chant trois fois ineffable ! La pensée d'Hélène m'avait envahi en entier. Je me voyais marchant avec elle sur un gazon fleuri, à la musique des oiseaux, sous la lueur des étoiles. Je lui répétais que je l'aimais, j'avais oublié qu'elle est ma sœur ! Ce rêve persista pendant le quatrième et le dernier complet :

O lac ! rochers muets, grottes, forêts obscures !
Vous que le temps épargne et qu'il peut rajeunir,
Gardez de cette nuit, gardez, belle nature,
Au moins le souvenir.

— Enfin où veux-tu en venir ? D'où partait cette voix ? Quelle était cette femme ? — demanda le représentant.

— Ecoute, écoute donc...

Avec le chant finit l'enchantement. Un bruit de ciseau qu'on introduit entre des ais, le craquement du bois se faisaient maintenant entendre. Le couvercle se souleva, une main légère se posa sur mon visage, m'enleva mon bâillon, puis les cordes qui me garrottaient furent dénouées avec une dextérité surprenante. Je bondis sur mes pieds, je voulus remercier, tomber à genoux, je ne vis plus rien qu'une ombre légère qui fuyait dans les ténèbres.

Une bouffée d'air pur venait à moi, et instinctivement, je marchai dans sa direction, malgré ma stupeur, mon désir de connaître l'être mystérieux qui m'avait délivré. Le jour peu à peu m'apparaissait. Je montai un interminable escalier, j'arrivai dans un corridor, puis dans un assez grand jardin. Au fond s'ouvrait une porte donnant sur une ruelle. Je sortis et je me mis à marcher comme un fou sans trop savoir où j'allais. Je n'avais pas de chapeau, pas de pardessus et j'excitais probablement l'hilarité de passants. Mes jambes endolories fléchissaient sous moi ; je me sentais pris d'une grande faiblesse: la fatigue, et surtout mes trop fortes émotions m'avaient brisé. Je me demandais si je n'allais pas être obligé de m'asseoir sur le trottoir quand, fort heureusement, je fus accosté par un homme qui s'écria :

« — Le diable m'emporte, je ne me trompe pas c'est Paul Barrel ! »

Je reconnus Sacrovir Lebrenn.

— Je croyais toute la famille Lebrenn partie — fit Georges Barrel.

— Ils devaient tous partir, mais il n'y a que Marik Lebrenn, sa jeune femme Henory et leur fille Velleda, qui soient à l'étranger. Sacrovir et Duchesne sont rentrés pour combattre. Très certainement Marik Lebrenn serait resté aussi, malgré les conseils de sa famille et de ses amis, s'il ne lui était arrivé un accident qui a rendu sa présence absolument inutile. Il s'est, en effet, démis le pied en voulant décrocher des armes à une panoplie. On a été obligé de le transporter à la gare où il a pris le train pour le Havre avec les deux femmes.

Toute la famille a abandonné le magasin de la rue Saint-Denis. Bien leur en a pris. Ils venaient à peine de le quitter qu'une descente de police eut lieu.

J'expliquai à Sacrovir mon aventure en quelques mots. Il vit mon accablement. Il me conduisit dans une chambre qu'un de ses clients a mise à sa disposition et où lui et son beau-frère Duchesne sont cachés en attendant le moment d'agir. Je me laissai tomber sur le lit tout habillé, et je dormis douze heures de suite.

En me réveillant, je trouvai à côté de moi un pardessus et un chapeau que Sacrovir avait préparés à mon intention. Lui et Duchesne doivent combattre quelque part. Quant à moi, je résolus d'aller de suite à Montmartre pour avoir de tes nouvelles et calmer tes inquiétudes. Sur mon chemin, j'ai rencontré l'ignoble juif italien dont je t'ai parlé et je lui ai administré quelques vigoureux coups de poing, en attendant le reste.

Quand Paul eut fini, Georges Barrel, qui ne l'avait interrompu que par des exclamations de colère et de surprise, s'écria :

— J'étais, en effet, dévoré d'inquiétudes à ton sujet, mais je n'allais pas jusqu'à imaginer une aussi effroyable aventure. Le typographe Colombau m'avait dit l'avoir aperçu au moment où la police l'emmenait.

Il désignait l'endroit, c'était devant une sorte de remise et je m'y suis rendu. J'y ai trouvé un Prussien qui se nomme Pierre Schwartzmarsheim, et qu'on appelle plus communément Pierre. Il a juré ses grands dieux qu'il ne savait ce que je voulais lui dire. Ah ! ce misérable Dilson ! Je m'étais mis l'autre jour à sa recherche, mais je n'ai pu le rencontrer. Nous avons un petit compte à régler... un compte qui date de loin !

— Avec James Dilson ?

— Oui, avec ce scélérat.

— Il m'a parlé de je ne sais quel oncle.

— Je sais. Cet oncle, je l'ai châtié. Il a dû mourir en Amérique, atteint d'une maladie épouvantable, inconnue, et dont Raoult, qui l'a soigné, m'a affirmé n'avoir jamais vu l'analogue. Il y a perdu son latin, ainsi, du reste, que tous ses confrères. Cet homme était un coquin, son frère, Harry Dilson, le père de James, est aussi un coquin. Quant à l'autre, tu sais maintenant de quoi il est capable. Nous le retrouverons : et comme dit le proverbe hindou :

« Qui tue le lion en mange, qui ne le tue pas en est mangé. »

Il nous faudra nous arranger pour tuer le lion ou plutôt le tigre, ou, tout au moins, le mettre dans l'impossibilité de nuire. Ce gredin t'a transporté dans une caisse depuis l'auberge Pierre jusqu'à la maison inhabitée qu'on appelle maison de l'Anglais, laquelle, précisément, appartenait à l'oncle en question. C'est là que je ne sais quelle mystérieuse créature t'a délivré.

— Ah ! père, j'ai manqué de présence d'esprit. J'aurais dû courir, l'atteindre, la saisir, j'aurais su qui elle était.

— Tu as fort bien fait de t'abstenir et de quitter au plus tôt cette maison maudite. Puisque cette jeune fille ou femme s'est sauvée c'est qu'elle ne voulait pas être reconnue. Peut-être est-elle dans les secrets de Dilson et a-t-elle eu pitié de toi. Je ne vois pas d'autre façon d'expliquer cette étrange aventure. Le plus curieux, c'est que Dilson et son nègre sont venus de compagnie pour ouvrir le caisse et que leur fureur fut extrême en la trouvant vide.

— Comment le sais-tu ? — demanda Paul stupéfait.

— Par Colombau qui, à la suite d'une aventure trop longue à raconter, a eu le courage de pénétrer dans la maison de l'Anglais et de suivre les deux coquins jusque dans la cave, où ils se croyaient certains de te retrouver. Mais laissons cela. Paul, j'ai une heureuse nouvelle à t'apprendre. Tâche de le recevoir en homme et de même que l'effroyable aventure qui t'es arrivée ne t'a pas fait perdre la raison, ne deviens pas fou en apprenant...

Une vive fusillade lui coupa la parole.

— Ah ! — fit le représentant — Alerte ! on déchire de la toile !

Paul et lui se dirigèrent au pas de course du côté d'où *la toile se déchirait*.

. . . .

Le général Herbillon, parti de l'Hôtel de Ville avec une colonne formée d'un bataillon de chasseurs à pied, de deux bataillons de ligne et d'une pièce de canon, s'était porté, par les rues du Temple et de Rambuteau, jusqu'à la pointe Sainte-Eustache, faisant fouiller, explorer toutes les rues voisines par des détachements qui s'entr'aidaient, se donnaient la main. Mais les conseils de Georges Barrel, transmis de bouche en bouche avec une rapidité extraordinaire étaient exactement suivis. On n'opposait que peu de résistance, on laissait enlever la barricade et on la reconstruisait, dès que, pour ainsi dire, la troupe avait tourné le coin de la rue. C'étaient, pour les soldats, des alertes sans trève, de continuelles escarmouches, une besogne sans cesse recommençante, qui pour peu qu'elle eut duré plusieurs jours les eut promptement exténués et démoralisés.

Un détachement de cette colonne, commandé par une de nos connaissances, le lieutenant Jean Lombard, venait de s'arrêter en face de la barricade élevée dans la rue Montorgueil, et cet officier ordonna à sa troupe d'exécuter un feu de salve, probablement pour se rendre compte par la riposte, du nombre des combattants qu'il avait devant lui. Mais il en fut pour ses frais. En effet, les défenseurs de la barricade, au nombre d'une quinzaine environ, ayant éventé la mèche, ou peu soucieux de dépenser leur poudre en pure perte, attendirent pour tirer à coup sûr que les soldats se fussent rapprochés davantage.

— Bravo, citoyens — dit Georges Barrel qui arrivait avec Paul — vous avez du calme, c'est l'essentiel. Pas un coup avant qu'ils ne soient à votre portée.... Que chacun choisisse son homme, vise bien et surtout ne s'expose pas inutilement. Pas de vaine bravade... Quand on est mort, on ne sert plus à rien... C'est des vivants valides et non des cadavres et des blessés qu'il faut derrière une barricade.

Tout en parlant, son attention fut attirée par une lueur insolite à une fenêtre de l'entresol d'une maison voisine. Il lui semblait voir briller des canons de fusils. Y aurait-il là de la troupe? ou des défenseurs de la constitution occuperaient-ils cette maison ?

Il fallait s'en assurer sur le champ ; et d'un mouvement aussi rapide que la pensée, oubliant le conseil qu'il venait de donner lui-même, il gravit les pavés pour plonger les regards dans cette chambre dont les volets restaient entr'ouverts, contrairement à ce qui se passe aux temps de trouble et d'émeute. Sans le vouloir et sans même y songer, il se trouva tout d'un coup à découvert, à tel point que le haut de son corps, jusqu'à la ceinture, dépassait la barricade.

— Descendez, descendez donc ! — lui criat-on d'en bas.

Il s'aperçut alors de sa faute, trop tard !

A ce moment même, l'officier commandait le pas de charge et le feu à volonté, et deux balles vinrent frapper le représentant; l'une ne lui fit qu'une légère éraflure près de l'oreille, mais l'autre l'atteignit au sommet du crâne.

Le choc fut si violent qu'il chancela et tomba sans connaissance le corps en avant, c'est-à-dire du côté de l'ennemi.

C'était à plus de vingt ans d'intervalle la répétition du même événement qui avait failli lui coûter la vie lors des *Trois glorieuses*, mais, cette fois, il n'y avait pas une jeune fille héroïque, Anne Perrin, pour venir à son secours.

CHAPITRE XXX

Une histoire de Jésuites. — Le révérend père Albertino. — Il faut quinze mille francs. — Moyen pratique de reconnaître les élus au jugement dernier. — Loterie pieuse. — Josepha Arrabiato. — Mort à la peine. — Tribulations d'un génie méconnu. — Deux âmes sœurs.

— Ce que tou me propose-là est très danzeroux.

— Qui ne risque rien n'a rien.

— Eh ! ze le connais, ton proverbe, ton maudit proverbe, que tou me récite touzours. Eh ! *Santa Madona*. Z'ai *fréquentemente* risqué et ze m'en souis *sempre* (toujours) repenti. Ze souis résolou à ne plous risquer. Ze l'ai zouré sour la testa de ma *povera madre*. Ze préfère la combinazione. Oune boune combinazione, c'est plous sour, plous dans mon zenre, dans mon zénie. Pour le calcoul, petite çatte, pour le calcoul, à moi le pompon ! Noul ne peut rivaliser avec bibi, comme vous dites vous autres, en France. Mais ze n'aime pas les coups.

— Tes satanées combinaisons et tes diables

de calculs ne nous ont jamais rapporté grand' chose.

— Zamais rapporté grand soze! Tou blagues, tou né sais pas cé qué tou dis.

— C'est toujours moi qui fait tout, pendant que tu bois, que tu manges, que tu dors, que tu fumes, ou que tu râcles ton violon.

— Zé souis la tête qui pense, ze ne pouis faire qué cela. Ah! si ze n'étais pas d'oune santé si sancelante, tou mé verrais travailler. Z'en abattrais de la besogne. Mais voilà, ze souis souffrant.

— Tu t'écoutes trop.

— Zé... quoi?

— Tu n'es pas si malade que tu le dis. Tu manges comme quatre.

— Ze manze comme quatre, c'est oune grande malheur. C'est la faute de ma maladie. Si z'étais sour que tou parles sérieusement, ze te battrais, tou entends, ze te battrais. Ze t'assoure que ze souis très souffrant. Encore ce matin z'avais la langue sarzée. Mais z'ai découvert oune remède, oune bon remède, les piloules du docteur Barrera... C'oune grand zénie, le docteur Barrera!

Cette conversation se tenait la veille de la disparition de Paul Barrel, entre l'estimable Pied-de-Bouc et sa bonne amie, la Naine.

La terreur qu'avait éprouvée l'Italien à la suite de l'équipée de Colombau l'avait tellement affolé qu'il avait déguerpi au plus vite de son officine, salon de coiffure, cabinet de lecture, bureau d'espionnage, etc., de peur d'y être assassiné par les *rouzes*. Il était venu s'installer à Montmartre, dans le logement que la Crachotte occupait au rez-de-chaussée.

Ce logement se composait de deux chambres, situées contre la maison de M. Barrel. L'une donnait sur la rue, l'autre sur la campagne. Elles étaient toutes deux d'une saleté sans nom et il y régnait une puanteur extrême.

Nos deux vilains personnages causaient dans la chambre de derrière, assis en face l'un de l'autre sur deux chaises estropiées, à côté d'un bon feu, brûlant dans une immense cheminée, assez spacieuse pour y rôtir un veau, comme on en trouve encore de nos jours à la campagne. Pied-de-Bouc, excessivement frileux, le corps en avant, s'enfumait le visage et se rôtissait les tibias, le long desquels il passait continuellement ses longues mains maigres, simiesques et poilues, pour leur servir d'écran.

En entendant parler de nouvelles pilules, la naine se précipita, furieuse, de sa chaise.

— Encore de tes sales médecines qui coûtent les yeux de la tête. Ça n'en finira donc plus. Tout mon pauvre argent va donc passer chez tes apoticaires de malheur! C'est le docteur Barrera, maintenant!... Ah! la brute d'homme. Mon Dieu, l'imbécile d'homme!

Pied-de-Bouc s'était hâté de fouiller dans la poche de son gilet, et, pour répondre à toutes ces invectives, offrit une pilule à son amie, dans l'espoir de la calmer :

— Tiens, petite çatte. Goûte-moi ça. Tou m'en diras des nouvelles.

— Garde pour toi tes saletés — riposta la Crachotte hargneuse. — Manges-les toi-même tes boulettes de mie de pain à la crasse de potard.

— Ze te zoure sour la testa de ma *povera madre*...

— Tu m'embêtes à la fin avec ta *povera madre*. Tu n'as que ta *povera madre* à la bouche. Moi aussi j'aime bien ma pauvre mère, mais je n'en bassine pas le monde... Et ton père? Pourquoi n'en parles-tu jamais?

— Tou ne m'as zamais demandé de ses nouvelles. C'était pourtant oune homme rice et habile.

— Riche? — demanda vivement la Crachotte. — Et où est passé son argent?

— Ecoute. Ze vais te le dire. Donne moi oune *bottig ia* de bon vin et ze te raconterai l'histoire de ma famille, et où l'arzent est passé.

La naine intriguée courut chercher une bouteille et deux verres.

— Donne quelque çose à manzer avec. Tou sais bien que ça me fait mal au cœur de boire quand ze souis à zeun.

La naine sourit, passa dans l'autre chambre et reparut bientôt avec un morceau de viande froide et un pain qu'elle plaça sur une table à côté de Pied-de-Bouc dont les lèvres sensuelles s'épanouirent en un rire joyeux.

— Ah! la petite çatte! la petite çatte! Elle est zentille comme tout.

Et bientôt l'on n'entendit plus que le bruit de ses énormes mâchoires.

— Alors — demanda la Crachotte, après un instant — l'histoire de l'argent de ta famille?

— Z'y souis — fit Pied-de-Bouc.

Et il commença le récit suivant, fréquemment interrompu par les nécessités de la mastication :

— Ze commence mon histoire à Roma, la belle Roma, la magnifica Roma, la *regina del Mondo*, mon pays natal.

— Peuh! — fit la Crachotte — ça ne vaut pas Gérardmer!

— Tais-toi — répliqua Pied-de-Bouc indigné. — Tou ne sais ce que tou dit!

— Va, cause toujours.

— Le révérend père Alberto était oune zésouite, très courou par toutes les dames romaines. C'est qu'aussi, c'était oune bel homme, qui parlait bien et qui savait dire toutes sortes de zolies sozes pour toucer le cœur de ses pénitentes. Il était plein de çarité, plein d'houmilité et tout zouleux de dévouement.

— Oh! là là!

— Ne plaisante pas. Tou ne peux t'imaziner tout l'ouvraze qu'il avait. On l'appelait en dix, quinze endroits à la fois, on se l'arrasait. De l'oune il loui fallait courir à l'autre, et entendre des confessions, et prier, et essouyer des larmes, et calmer des désespoirs, et donner toutes sortes de conseils sour ceci, sour cela, oune testament, oune legs, oune donation pieuse, oune zarretière, oune calzone, oune corset, oune rouban, la dentelle d'oune semize, tout, quoi! Quand elles étaient zeunes et zolies, le révérend père Alberto remerciait saint Ignace; quand elles étaient vieilles ou laides, il était bien ennouyé, mais il ne laissait rien voir de son ennoui, se montrant touzours empressé, aimable, parce qué vois-tou, c'était oune homme bien élevé, qui n'aimait pas faire de la peine aux zens.

Tou peux croire qu'il apportait dans le colleze beaucoup d'arzent, qu'il retirait à ses pépénitentes pour qu'elles n'en fissent pas oune mouvais ousaze... Le soupérieur le signalait à l'émoulation de ses confrères et le pape noir...

— Le pape noir!

— Oui, le pape noir, le zénéral des zésouites, quoi! Le pape noir, il disait :

« — Le père Alberto est le modèle des enfants d'Ignace, la gloire de la Compagnie de Zésous. La très sainte mère de Dieu veille spécialement sour loui. Avec cent soldats de sa trempe le monde nous appartiendrait. »

— Mâtin!

— Oune zour, son soupérieur le fit appeler et loui dit :

« — La maison doit verser entre les mains de son Très Révérend Père Zénéral la somme de cinquante mille liras — les liras, c'est des franques — à la fin de ce mois. Tout calcoul fait, nous sommes de quinze mille franques au-dessous de ce ciffre. Ze compte sour votre dévouement pour parfaire la somme. »

Il faut que tou saches, petite çatte, que les zésouites obéissent aveuglément aux ordres de leurs soupérieurs. C'est comme dans oune rézilment, on ne connait que l'obéissance passive. Pourquoi tout cet arzent ? Ze n'en sais rien. Le père Alberto n'en savait rien non plous. Et peut-être le père soupérieur n'en savait-il pas davantaze. Il fallait l'arzent, c'était l'ordre, voilà tout.

— Sapristi! — s'exclama la Crachote — je voudrais bien être le père général!

— Mais zoustement, quelques zours avant le père Alberto venait de remettre cinque mille franques, que ses dévotes loui avaient donnés. Aussi, il déclara :

« — Quinze mille franques! Ze ne pouis. C'est impossible, *reverendissimo padre.*

« — Impossible! — dit sévèrement le père soupérieur. — Vous me peinez, père Alberto. Oune soldat de Zésou s'exprimer de la sorte! O honte! Impossible, c'est oune mot rayé dou vocaboulaire des Zézouites.

« — Ze ne dis pas non — répliqua le révérend père Alberto, mais z'ai épouisé tous les moyens lézitimes. Ze n'en connais plous.

« — Arranzez-vous. Il nous faut ces quinze mille franques.

« — Ze ferai mon possible, mais ze doute.

« — Comment avez-vous fait pour vous procurer les cinque mille de la semaine dernière?

« — Z'ai persouadé à mes pénitentes qu'il serait très avantazeux pour elles — répondit le révérend père Alberto — d'avoir sour le corps oune marque distinctive pour le zour du zouzement dernier, « car, ai-ze dit à çacoune d'elles en particoulier, en ce grand zour, quand les trompettes des anzes résonneront dans la vallée de Zosaphat, il y aura pour vous oune grand méli mélo, oune grande confousion. Oune certain temps, les enfants de Dieu seront confondous avec les réprouvés. Ce sera œuvre méritoire que de faciliter la tâçe des anzes sarzés de faire le triaze. Et voici ce que, cette nouit même, le Saint-Esprit, avec qui z'ai eu oune longue conversation, m'a inspiré : Oune marque qui attire de souite l'attention des bons anzes ».

« — Ah! le satané père Albertino! — s'écria le soupérieur émerveillé, qui l'appelait *Albertino* quand il était content. — Il n'y a que loui pour avoir des idées pareilles!

« — Alors — continoua le père Alberto encourazé — ze leur ai dit, touzours en particoulier : « Vous serez oune des éloues, cère âme, croyez-moi, ne néglizez pas ce moyen pour arriver plous vite aux éternels tabernacles. » Ainsi z'ai parlé à toutes, et toutes ont été de mon avis. Elles disaient :

« O révérend père, donnez-moi la marque! donnez moi la marque!... Mais ne la donnez pas à oune telle, oune telle. C'est oune mauvaise femme. Elle a des amants! »

Et toutes me disaient de çacoune, principalement de leurs amies : « Elle a des amants ». Si bien que si ze les avais écoutées, ze n'aurais donné la marque à aucoune. Mais ze la donnais à toutes.

« — Satané père Albertino! — approuvait le soupérieur. — Et quelle marque leur avez-vous donnée à ces brebis dou boun Diou ?

« — Ze leur proposai les initiales du glorieux Ignace de Loyola qui leur serviraient de marque distintive pour le zour dou Zouzement et, en outre, de talisman pendant leur vie. Ça remplacerait la médaille ou le scapulaire qu'on peut perdre Ze recommandai un petit tatouaze indélébile, couleur de la seconde vertou théogale et d'oune zentil effet... et ze me souis offert pour l'appliquer. Elles ont accepté avec joie et z'ai tatoué, sour toutes nos pieuses brebis, le nom vénéré de notre saint fondateur.

« — Satané père Albertino!... Et où avez-vous appliqué ce tatouaze ? — demanda le père soupérieur vivement intrigué.

« — Où ze l'ai appliqué? Où elles ont voulou...

« Quand vous ressouciterez — ai-ze dit — vous n'aurez ni robe, ni zupon, ni cemise. Vous serez dans le costoume de notre première mère. La place pour poser le tatouaze importe peu, pourvou qu'il soit bien apparent à l'anze! Z'ai donc souivi leurs goûts. Z'en ai tatoué beaucoup sour le bras, beaucoup sour les épaules ou le dos, plousieurs sour les seins, plousieurs sour les reins et quelques autres sour d'autres parties dou corps, *ad libitum.* » — C'est ouu mot latin, ma petite çatte, qui signifie à volonté.

Ici Pied-de-Bouc interrompit son récit pour s'écrier avec enthousiasme :

— Oh! c'était oun malin! Et le père soupérieur avait raison de s'écrier : « Satané père Albertino! »

Il était émerveillé.

« — C'est oune trait de zénie — dit-il, mais pour ne pas pousser son inférieur dans le péçé d'orgueil il azouta :

« — Ze reconnais le doigt de saint Ignace! Mais — dites-moi — père Alberto, cette petite opération a doù faire souffrir ces pauvres signoras ?

« — Noullement, révérend père soupérieur, pas du tout, ze vous assoure. Z'ai les mouvements très doux, z'ai la main si lézère. Oune petit zatouillement, pas plous. Elles étaient tout attendries, les cères âmes, dou grand service que ze leur rendais, et comme vous avez pou vous en rendre compte, elles se sont montrées reconnaissantes!

« — Satané père Albertino — conclut le père soupérieur. — Et vous doutez encore de vous, après cette marque visible de la protection de saint Ignace! C'est presque oune sacrilèze! C'est insoulter la Vierge Marie, patronne du grand saint. Allez, père Albertino, allez mon fils, allez me cercer mes quinze mille franques, et surtout rappelez-vous que tous les moyens sont bons quand les intentions sont poures. *Amen. Ad Mazorem Dei gloriam!* »

— Qu'est-ce qu'il jabotte ? — demanda Maria.

— C'est encore dou latin, ma petite çatte.

— Tu sais donc le latin, toi!

— Eh! ze sais tout. Tou ne sais pas à quel zénie tou as affaire!

— Mais ton père et son argent, tu n'en a pas encore parlé.

— Eh! laisse donc, ça va venir. Ze continoue.

Le révérend père Alberto se mit donc à réfléçir sour les moyens à employer pour se procourer les quinze mille franques. Il ne cerça pas longtemps.

Ze t'ai dit, qu'il avait toute oune ŕéziment de dévotes qui, ne pouvant se passer de loui, se l'arraçaient razeuzamente les ounes aux autres. Il alla leur rendre visite à toutes et leur annonça que le collèze ayant besoin d'arzent, pour la conversion des hérétiques, allait faire tirer oune loterie, qu'il y avait cent cinquante billettes à cent franques le billette et que celle qui gagnerait le bon nouméro aurait droit :

1° A une indoulzence plénière, c'est-à-dire à la remise de tous ses péçés;

2° A user et abuser pendant trois fois vingt-quatre heures du révérend père Alberto, pour se servir comme on l'entendrait de ses prières, de son crédit près du Tout-Puissant et de sa bonne volonté pour la gloire de Dieu et du glorieux saint Ignace.

Tous les billetes fourent placés *facilamente.* A la fin de la semaine il n'y en avait plous. Le révérend père Alberto rapporta l'arzent à la maison. Mais quand le père soupérieur loui donna la fraternelle accolade, il poussa oune gros soupir.

« — Hé, quoi! mon fils — s'écria le soupérieur. — Pourquoi cette tristesse quant il faut çanter *Hosannah*, quand nous sommes l'obzet de la bénédiction toute spéciale de notre saint patron. *Che cosa avete voi ?*

« — Ze tremble! — répondit-il.

« — Satané père Alberto! le voilà qui tremble quand il devrait être fier comme le roc de la vertou que battent les vagues des vices.

« — Oune roc! reverendissimo Padre!... Ze le sens, ze le pressens, ze ne serai bientôt plous oune roc.

« — Et *perchè* ?

« — Z'ai placé oune billette à la Signora Zosepha Arrabiato. Ze ne loui en avait pas offert, mais oune indiscrezione fout commise, et elle est venou m'en demander oune. Ze ne pouvais refouser. Elle est veuve, rice et sans enfants. Son héritaze sera pour nous. Oune personne à ménazer.

« — *Certamente.* C'eût été oune grosse faute de loui refuser, mon fils. Il faut savoir se sacrifier pour la gloire de Diou.

« — *A chi la dice* ? Mais, ze souis inquiet, ze tremble, z'ai peur qu'elle gagne. »

Mais le père soupérieur, qui compatissait assez peu aux inquiétudes de son subordonné, maintenant que les quinze mille francs étaient trouvés, lui répondit :

« — Elle a, comme toutes les autres, oune çance sour cent cinquante, ni plouse ni moinse.

En tous cas, comme oune fidèle serviteur d'Ignace, vous ferez passer avant tout la gloire de Dieu, qui se confond avec les intérêts de notre sainte Compagnie. »

Le grand giorno (jour) arriva pour le tiraze de la loterie. Sous prétexte d'entendre oune missa per la converzione des Cinois, toutes les signoras porteuses de billettes fourent réounies dans la *cappella del Collegio*, et oune zentille signorita, soisie parmi les plous sazes de la congrégation, plonzea sa petite main dans oune sac contenant tous les noms et en tira celoui de la gagnante :

« Zosepha Arrabiato ! »

Le révérend père Alberto poussa oune zémissement profond.

« — Ze souis perdou — se dit-il. »

Là-dessus, le narrateur fit une pose.

— Et après ? — demanda la Crachotte.

— Après ? Tou me demandes pas qui était la Signora Zosepha Arrabiato ? Tou n'es pas courioûse.

— Et qui était-ce ?

— Cerce.

— Est-ce que je sais, moi ? Est-ce que je les connais tes Signoras ?

— Cerce ! Cerce !

— Tu m'embêtes. Va-t-en au diable avec elle.

— Au diable ! N'envoie pas la Signora Zosepha au diable, tou me briserais le cœur.

— Alors, explique-toi.

— La Signora Zosepha Arrabiato était oune zouive opulentissima qui s'était convertie à notre sainte relizion pour épouser oune zeune romain d'oune zolie figoure, comme la mienne, quand z'avais vingt ans.

— Il devait être propre, alors — fit ironiquement la Crachotte.

— Tais toi ! Tou ne dis pas touzours ça. Il avait pris la zouive à cause de son arzent dont il espérait hériter, car elle avait le double de son âze. Mais il calcoula mal ; ce fout loui qui mourout poitrinaire après dix mois de mariaze. C'est courioux ! N'est-ce pas que c'est courioux !

Pour toute réponse la naine se contenta de hausser les épaules.

— Ce qui était encore plous courious — continua Pied-de-Bouc — c'est qu'avant loui, elle avaitou souccessivement trois maris, tous zouifs et tous lézitimes, et que tous les trois ils étaient morts, poitrinaires aussi.

— Elle avait donc le diable au corps, ta juive, tout comme ma gourgandine de sœur ?

— Craçotte — dit Pied-de-Bouc en se levant et en parlant d'un ton solennel — ze te le répète, respette cette femme, n'insoulte pas à la mémoire de ma *povera madre*.

— Ta mère, c'était donc la mère ? A bien zut alors !

— Oui, Craçotte, ce fout elle et z'en souis fier. Ze souis bien son figlio, va. *Povera dona*, c'était oune cœur tendre, Craçotte, oune cœur aimant, broulant, flambant comme le siroco, oune âme sarmante, esquise, innamorata ; ah, ze souis tout à fait le *caro figlio della mia madre* !

— C'était ta mère ! — reprit la Crachotte, qui n'en revenait pas. — J'aurais dû m'en douter quand tu m'as parlé d'une juive. Tu as tout à fait la tête d'un youpin, marchand de bestiaux, que j'ai connu à Gérardmer. C'est surtout le même pif. Ça ne m'étonne plus alors si ton révérend Alberto rechignait tant. Elle ne devait guère être ravigotante, ta povera madre, si elle te ressemblait.

— Te tairas-tou, vipère ! — s'écria Pied-de-Bouc furieux. — Dis encore oune mot, fais-toi ce danzer, et que ze broule mon violon si ze ne te manzes toute croue.

— Oh ! là, là ! — fit la naine, nullement effrayée de cette menace. — Monsieur s'emballe. Tu crois donc qu'on a peur de toi ? Tu veux faire le méchant ? Me manger toute crue ? C'est moi qui t'en donnerai du manger ce soir, et du bon. Des épluchures de patates, voilà ce que je te servirai et à la grande sauce encore, la sauce au sirop de grenouille.

— C'était pour rire que ze parlais de la sorte — dit Pied-de-Bouc terrifié. — C'était pour rire, ze te le zoure. Ze ne croyais pas fâçer la petite çatte.

La perspective d'une mauvaise cuisine que la Crachotte pourrait lui faire à son souper rendit l'Italien tout miel et tout sucre. La naine voulut bien se laisser attendrir, et elle demanda enfin :

— Comment se fait-il que le père Alberto s'embêtait de la sorte, parce que la signora Josepha avait gagné le bon numéro ?

— C'est que, vois-tou, petite çatte, le père Albertino était oune zésouite sourzarzé de besogna. Les pénitentes loui donnaient beaucoup de mal, il était très affaibli. Il lui aurait fallou dou repos et, au lieu de ça, c'était oune furioso sourcroît de travail. Mais ce fout oune grand zour pour moi, petite çatte, que celoui où la zolie signorita sortit du sac le nom de Zosepha Arrabiato. Car sais tou ce qui arriva neuf mois après ?

— Je commence à m'en douter. Tu es venu au monde.

— Zoustement.

— De sorte que tu es le fils d'un jésuite et d'une juive.

— Tou l'as dit — répondit Pied-de-Bouc, rayonnant de fierté.

— Comment se fait-il donc qu'avec de pareils parents, riches et influents, tu sois aussi gueux que tu l'es?

Pied-de-Bouc appuya sa main sur son cœur, puis mit son index sur son front et leva les yeux au ciel.

— C'est de leur faute — dit il — dou cœur et de la tête. Ze souis leur victime, comme ma *povera madre*. Ils m'ont créé des zaloux et des ennemis.

— Qu'est-ce qu'elle est devenue ta *madre*?

— Morta — fit l'Italien avec un soupir.

— Et ton père, le jésuite ?

— Morto aussi, zeune encore. Il se dépensait trop.

— Et les monacos de ta mère ?

— Elle a tout donné aux zézouites.

— Et ton père ? Tu disais qu'il était riche.

— En vertous. Il était riçe en vertous!

— Tiens, tu es un idiot. Et qu'est-ce qu'on a fait de toi ?

— Moi! Ze fous enlevé à ma povera madre, par peur dou scandale et, élevé dans oune maison de zézouites. On voulait faire de moi oune zézouite aussi, mais je souis oune esprit fort, raisonneur, oune cœur tendre. Ze me recontre la règle. On m'a çassé.

— Tu courais sans doute après les filles ?

Pied-de-Bouc, sans daigner répondre à cette zimbais question, continua :

— Oune autre que moi serait crevé de faim ; mais ze sais me remouer. Z'essayai toutes sortes de petites combinaziones et ze vivais très zentiment.

Oune fois, z'eus oune grande idée, ce fout d'informer les Autriciens, de ce que disaient et faisaient oune tas d'anarcistes et de coquins, qui s'appelaient les patriotes italiens, et qui complotaient pour çasser les Autriciens d'Italie. Ze me proposai, on assepta, et z'aurais gagné beaucoup d'arzent sans ma mauvaise santé. Il aurait fallou me relever la nouit, marcer beaucoup, écouter, et ze ne pouis supporter la fatigue. De plous, ze fous découvert et vendou, ze ne sais pas par qui. Il y a des mauvaises zensses partout. Ze fous battou, battou, à en être toué. Alors z'ai quitté l'Italie, et ze vins en France.

Z'avais appris qu'oune zésouite, ami de mon père, habitait Nancy. Z'allai me présenter à loui mais il me reçout fort mal et dit qu'il ne me connaissait pas. Pourtant, il me recommanda au préfet de la Meurthe, qui était un coadzouteur temporel, c'est-à-dire oune affilié à la compagnie de Zésou. Ze fous employé dans les bureaux de la préfecture et z'aurais pou y vivre zentiment, mais ze soui oune esprit fier, oune cœur tendre, oune vrai artisse, ze me rezimbais contre la règle et ze fous encore çassé. Ze te connous. Tou sais le reste.

Là dessus Pied-de-Bouc, saisissant son violon, se mit à en tirer des sons désolés, lamentables, probablement les protestations de son esprit fier et de son cœur tendre contre les bassesses, les laideurs, les vilenies, les abominations que l'on observe continuellement sur la scène du monde.

Inutile d'ajouter que les principales révoltes contre la règle se réduisaient à une paresse extrême, une inexactitude déplorable dans son service et une malpropreté sans nom.

Quant au cœur tendre, si semblable à celui de la *povera madre*, il n'avait rien trouvé de mieux pour se regimber contre la banalité courante, que de se livrer à différentes manifestations sur la nature desquelles nous observerons la même discrétion que Pied-de-Bouc lui-même.

Chassé de la Préfecture, le signor Albertini errait dans les rues nancéennes à la recherche de l'inconnu, quand saint Ignace ou la *santa madona* lui fit rencontrer la Crachotte, enfuie de la maison maternelle pour ne pas assister au mariage de sa sœur.

Son départ précipité ne lui avait pas fait oublier un sac de cuir rempli de pièces d'or et d'argent volées petit à petit et depuis de longues années à la cabaretière de Gérardmer.

Bonne aubaine pour l'Italien! Il se lia de suite à la Vosgienne; ils se sentaient attirés l'un vers l'autre par une secrète communauté de vices.

Quelques jours après cette rencontre, le grotesque couple partait pour Paris.

. . . .

Cependant, la naine, demeurée un instant silencieuse, réfléchissant à la « bonne histoire » que venait de lui raconter son amant, sauta tout à coup à bas de sa chaise et l'œil flamboyant de colère :

— Tu m'assommes — cria-t-elle — avec ton sale crincrin... As-tu fini de râcler sur les boyaux de chat. Assez de musique...

— Oui, petite çatte, tout de suite — fit docilement le virtuose — mais écoute encore ce morceau.

— Fiche-moi la paix — continua l'irrascible petite personne, en essayant de lui arracher le violon. — Tout ce que tu fais là, c'est pour lanterner et ne pas répondre à la question que je t'ai posée

— Laquelle? — répondit Pied-de-Bouc jouant l'étonnement.

— Si, oui ou non, tu étais décidé à suivre les instructions du mylord anglais.

— Eh! ze t'ai répondou au commencement. Ze t'ai dit : C'est danzeroux !

— Alors tu lâches l'affaire, ignoble capon ?

— Eh ! ze ne lace rien dou tout petite çatte.

Et posant son violon et son archet sur la

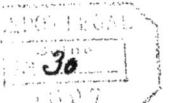

A la rescousse ! fit Sacrovir Lebrenn en escaladant la fenêtre.

table, il saisit la naine par la taille, l'assit sur ses genoux, en lui disant amoureusement :

— Ze te tiens, ze te garde.

— Non, non — fit-elle en se débattant.

— Si, si — répliqua Pied-de-Boue — nous parlerons d'affaires après...

CHAPITRE XXXI

Georges Barrel sur la barricade. — Paul en danger. — Rencontre de Sacrovir. — Rues barrées. — Poursuites. La lettre pour l'Irlande. — Secrètes missions. — Heureuse rencontre. — La patrouille du lieutenant d'Hagniel.

Laissons ce couple grotesque à ses vilains complots pour retourner à la barricade où était tombé Georges Barrel.

En voyant la chute de celui qu'il appelait encore son père, Paul cria affolé :

— A l'aide, citoyens ! Au secours du brave représentant !

Et, en même temps, en dépit du terrible danger, il allait gravir les pavés croulants, lorsque la porte de la maison qui avait attiré l'attention du député et excité ses inquiétudes, s'ouvrit tout à coup livrant passage à une trentaine de soldats.

Baïonnettes au fusil, ils se ruèrent sur les républicains qui, surpris par cette attaque imprévue, ne ripostèrent que faiblement et finalement lâchèrent pied, laissant au pouvoir de l'ennemi trois des leurs qu'on fusilla immédiatement. Paul atteignait à ce moment le sommet de la barricade ; il glissa et fut précipité à terre. Comme il se relevait, un fantassin, dont la baïonnette était brisée, lui porta dans le côté un si violent coup de crosse que le peintre se trouva lancé dans le corridor de la maison d'où les soldats venaient de sortir. Étourdi, le jeune homme fit encore quelques pas et tomba assis sur un escalier où il resta deux ou trois minutes à demi-évanoui.

Or, le propriétaire de la maison, un de ces bourgeois « glabres et chauves » qui excitaient si fort l'indignation de Théophile Gautier, osa risquer un œil prudent par le trou de la serrure de sa chambre à coucher où il s'était blotti entre deux matelas, par crainte des ricochets. Lecteur convaincu de la brochure de Romieu, défenseur du pouvoir et de l'ordre, partisan de la force, il avait fait signe à une patrouille qui passait dans la rue voisine, l'avait fait entrer par une fenêtre du rez-de chaussée, et l'avait cachée en attendant le moment opportun de bondir sur les rouges.

Apercevant cet intrus, cet insurgé, cet anarchiste assis sur son propre escalier, saisi à la fois de terreur et d'indignation, son premier mouvement fut de regagner sa cachette, le second d'appeler la troupe. Mais dans ce cas, on fusillerait peut-être le bandit chez lui, séance tenante, sans même prendre la peine de le pousser dans la rue et, alors, il y aurait du sang par terre, peut-être des éclats de cervelle sur les murs. Il lui faudrait faire enlever tout cela. Quel gâchis ! Il resta donc coi, non par humanité, mais par amour de la propreté, et, pendant qu'il réfléchissait sur la conduite à tenir, le peintre, qui se remettait promptement de son étourdissement, entendant le bruit de la fusillade s'éloigner avec le pas des soldats, entr'ouvrit doucement la porte.

Il vit tout d'abord la barricade vide, en partie démolie et la troupe en avant, tirant des coups de fusil à droite et à gauche, sur la chaussée comme sur les fenêtres.

Puis à vingt pas à peine, dans la direction opposée, Georges Barrel, ceint de son écharpe tricolore et emmené par des agents qui le brutalisaient.

Comme Paul, le député avait été un moment étourdi et les soldats, le croyant mort, n'avaient fait nulle attention à lui.

Il se relevait, lorsque des agents, marchant à la suite de la troupe, semblables aux chacals qui suivent le lion, l'avaient appréhendé.

Que pouvait faire le jeune homme contre ces individus? Absolument rien. Il lui fallait de l'aide, et il se mit à courir demander appui aux républicains qu'il rencontrerait.

Comme il passait hâtivement dans une des rues adjacentes, le volet d'une fenêtre du rez-de-chaussée s'entr'ouvrit et une voix l'appela.

— Barrel ! Barrel !

C'était Sacrovir, le vaillant fils de Marik Lebrenn, qui venait de se réfugier chez un ami avec Georges Duchesne, le menuisier, et quelques autres combattants.

— A moi ! — leur dit Paul — mon père est arrêté... Des agents l'emmènent, mais il marche difficilement, il ne peut donc être loin.

— A la rescousse ! — fit Sacrovir Lebrenn en escaladant la fenêtre.

Tous le suivirent, et au nombre d'une demi-douzaine, se précipitèrent dans la direction qu'indiquait le jeune homme.

Au moment où ils allaient déboucher de la rue, ils entendirent le pas régulier de soldats. Ils se jetèrent dans une allée ouverte, mais ils venaient d'être aperçus, et plusieurs coups de fusil les saluèrent.

Les officiers, contrairement à ce qui a été dit en maints volumes, n'avaient pas besoin, en général, d'exciter leurs soldats; bien au contraire, il fallait modérer leur ardeur.

Louis-Napoléon, par ses proclamations, ses caresses à l'armée et le prestige de son nom, avait su se rendre populaire à la troupe. Sa cause était devenue celle de l'armée, et son triomphe le sien.

S'il y avait des hésitations, c'était plutôt hors des rangs.

Un des citoyens qui suivaient Paul et Sacrovir tomba mortellement blessé. Au risque de se faire tuer, Paul se baissa, prit le fusil et les cartouches de l'infortuné et rejoignit rapidement ses camarades.

Il se disait :

— J'ai un fusil. Si je rencontre James Dilson, je le tue !

C'est ainsi que dans les guerres civiles, les plus honnêtes satisfont parfois leurs rancunes privées.

Tous s'attendaient à être poursuivis et gagnaient avec précipitation l'extrémité de l'allée, un passage communiquant à deux rues, mais le peloton de ligne, entendant un feu nourri dans une rue voisine, y courut, sans plus s'inquiéter des fugitifs.

Ils n'en étaient pour cela pas plus en sûreté, car en débouchant du passage, ils furent vus et chargés par une escouade d'agents de police, l'épée haute et criant :

— A mort ! à mort !

Il s'ensuivit un sauf-qui-peut général, à la suite duquel Paul, après s'être débarrassé de son fusil, se trouva seul avec Sacrovir.

Ainsi, il fallait abandonner tout espoir de délivrer Georges Barrel. L'insurrection perdait un de ses meilleurs chefs, un homme d'action un tribun prêchant d'exemple.

On voyait arriver de nouvelles et fortes patrouilles. Le quartier s'emplissait de troupes. Paul et Sacrovir s'éloignèrent, suivant les quais, prenant la direction de la place de la Concorde.

Tout en marchant, Sacrovir sortit une lettre de sa poche.

— Voici ce que votre père m'a remis ce matin au café où il avait convoqué les chefs de sections. Comme je devais quitter la réunion aussitôt après avoir reçu ses instructions, il m'a dit :

« Jetez donc cette lettre dans la première boîte que vous rencontrerez. Je dois rester encore ici quelque temps pour y attendre les retardataires, et qui sait s'il n'y aura pas une irruption de police; dans ce cas ma lettre ne partirait plus... » Voyez-la. Il n'y a pas d'indiscrétion à en prendre connaissance. Puisque votre père est arrêté, peut être ce qu'il écrit ne vous sera pas inutile.

— Non, certes — répondit le jeune homme — je ne me permettrai pas de décacheter une lettre fermée par mon père.

— Vous poussez un peu loin le scrupule. A votre place, j'ouvrirais cette lettre, ne fut-ce que pour y ajouter, s'il y a lieu, que votre père est en danger de mort. Car, mon pauvre ami, vous avez lu comme moi la proclamation de Saint-Arnaud :

« Tout individu pris les armes à la main sera fusillé. » Qui sait s'il ne l'est pas déjà maintenant.

— Vous n'êtes pas consolant, Sacrovir.

— Et vous, cher ami, vous êtes par trop sentimental.

— Non, je vais jeter cette lettre à la poste, tout en en retenant la suscription, et j'écrirai de mon côté le danger qui menace mon malheureux père.

Il lut l'adresse :

Miss Alice O'Kelly

Post-Office Dublin
(Irlande)

Il la prit en note et jeta la missive dans la première boîte qu'il vit.

— Séparons-nous — dit Sacrovir — j'aperçois un personnage d'allures louches qui nous suit. Nous nous retrouverons, ce soir, rue Montorgueil. Je vais voir ce qui se passe et m'informer où l'on a conduit votre père. Vous ne pouvez le faire vous-même... Vous seriez de suite arrêté.

Ils se serrèrent la main en se disant :

— A ce soir.

A peine Sacrovir avait-il tourné le coin d'une rue, qu'un homme qui les suivait, en effet, depuis quelque temps, pressa la marche et rejoignit Paul Barrel.

Le jeune homme s'arrêta net, se mettant sur la défensive.

— Rassurez-vous citoyen... je vous *file*, comme on dit dans la police, mais je ne voulais pas vous causer tant que vous étiez avec ce particulier que je ne connais pas et qui est peut-être un mouchard.

— Un mouchard ! — s'écria Paul. — Vous vous trompez fort, mon ami.

— Tant mieux, mais nous traversons une crise, où il faut se méfier de tout le monde, même de ses amis, ou du moins de ceux qu'on croit tels.

— Où voulez-vous en venir?

— Je suis porteur pour vous d'un message secret et vous allez comprendre que je ne pouvais vous le confier devant un tiers.

— Donnez.

— Oh ! le message est verbal. Quand la police fouille les gens dans les rues, il ne faut pas avoir de papier.

— Alors, dites.

— Laissez moi m'assurer avant de votre nom. Comment vous appelez-vous ?

— Vous avez un message pour moi et vous ne me connaissez pas.

— On ne peut être trop sûr... Mais oui, c'est vous, je ne me trompe pas. Vous êtes Paul Barrel?

— Parfaitement.

— Le fils du représentant Barrel?

— Vous l'avez dit. Mais pourquoi ces questions?

— Pour être bien certain de votre identité. L'affaire serait mauvaise pour moi comme pour vous si je me trompais. Or, voici : votre père vient d'être arrêté.

— Je le sais.

— Ah ! ah! vous le savez — fit l'homme un peu décontenancé... Mais, saviez-vous qu'il s'est échappé?

— Pas possible! — s'écria Paul joyeux. — Ah ! Monsieur, merci de cette bonne nouvelle.

— Comment s'est-il échappé des mains des roussins ? Je ne saurais vous le dire, tout ce que je sais, c'est qu'il vous attend.

— Où cela? dites vite !

— Ah ! Monsieur, pardon citoyen, un peu de calme. Où il est ? On n'a pas été assez sot pour me donner son adresse. Il faut se méfier, je vous le répète, se méfier de tout le monde, oui, de tout le monde. Moi, j'ai fait 48, monsieur, pardon citoyen, j'ai été pourchassé comme un voleur de maison en maison, et je suis devenu méfiant...

— Alors — interrompit Paul, impatienté — vous ignorez l'endroit où se cache mon père ?

— Mais je sais où l'on vous indiquera cet endroit. Courez rue Neuve-des-Petits-Champs, nº 140... Vous frapperez trois coups à la fenêtre du rez-de-chaussée, à droite de la porte d'entrée, et l'on vous ouvrira.

— Bien — dit Paul. — Et quelle est la personne qui vous a chargé de cette commission ?

— Une dame.

— Qui s'appelle?

— Ah ! je n'en sais rien. Vous m'en demandez trop, citoyen.

— Jeune ? Vieille ?

— Entre deux âges. Elle m'a dit que vous la connaissiez bien. Si ce monsieur hésite, a-t-elle ajouté, s'il se méfie de vous, prononcez ce seul nom : *Topsy*.

Paul tressaillit. C'était le nom de la petite chienne d'Hélène. Cette dame ne pouvait être que la princesse Souvarine.

Il n'hésita plus.

— Je vous remercie infiniment — dit-il — Vous êtes sans doute récompensé de votre mission... Mais puis-je vous offrir quelque chose ?

— Oh ! merci. Trop heureux d'obliger un bon citoyen et le fils du brave représentant Barrel. Ma commission est faite... Bonne chance. Je cours à une barricade. Vive la République, nom de Dieu ! A bas les tyrans, mort aux traîtres!

Et il partit en courant.

Paul, de son côté, accéléra sa marche.

Assurément, il se serait abstenu de cette course s'il avait entendu les paroles prononcées par le soi-disant envoyé de la princesse Souvarine.

— Nom de Dieu ! — avait murmuré cet homme — c'est pas malheureux, depuis le temps que cet escogriffe m'a mis à ses trousses... Pour de l'argent volé, c'est pas de l'argent volé !

Mais le jeune homme n'avait plus aucun soupçon. Il se sentait tout heureux de cette délivrance aussi rapide qu'inattendue, il ne se demanda même pas comment ce messager avait pu en être si promptement instruit.

Des pensées d'amour et de vengeance se succédaient dans sa tête.

La confidence interrompue de son père le hantait : « J'espère que tu ne deviendras pas fou en apprenant... » lui avait-il dit.

En apprenant quoi ? Etait-ce fou de douleur ? Etait-ce fou de plaisir?

Mais quel bonheur pouvait lui advenir, maintenant qu'Hélène était perdue pour lui, à moins que... ce que lui avait appris son père ne fut pas. Quels mystères donc l'entouraient ? Quelle était cette femme, à la voix si douce, aux accents si purs, qui l'avait fait échapper des mains du sinistre Dilson ? Oh ! quelle joie de lui loger une balle dans la tête, à celui-là, de le détruire comme un animal malfaisant ! Ne fallait-il pas être impitoyable et « tuer le tigre pour ne pas être mangé par lui » ?

Enfin, il arriva dans la rue Neuve-des-Petits-Champs. La nuit tombait. Les numéros des maisons n'étaient plus faciles à découvrir, Paris n'était pas éclairé comme aujourd'hui et toutes les boutiques étaient closes. Il levait donc la tête, cherchant le 140, s'assurant que personne ne l'observait.

Il fut bientôt interrompu dans sa recherche par la vue d'un individu vêtu d'une blouse qui, de l'autre côté du trottoir, venait de s'arrêter pour le regarder.

Un agent, peut-être !

Son cœur fit un violent soubresaut quand l'homme traversa la rue et marcha droit sur lui ; mais il poussa presque aussitôt une exclamation de joie :

— Colombau !

— Ah ! ne prononçons pas de nom — dit le typographe — ce ne sont plus seulement les murs, mais les pavés qui ont des oreilles... Bien content de vous rencontrer. Par le temps qui court sait-on jamais quand on sera de revue ? Et M. Barrel ?

— Il a été arrêté, mais je viens d'apprendre qu'il a pu s'échapper et se cache quelque part dans cette rue. Justement je cherche le numéro de la maison où l'on me donnera les indications nécessaires pour le rejoindre.

— Diable ! dans cette rue ?

— Qu'est-ce qui vous étonne ?

— A quel numéro ?

— Au 140.

— Comment, au 140 ? Il se cacherait ou laisserait son adresse chez le grand dépendeur d'andouilles !

— De qui parlez-vous ?

— Mais du sale type, de l'Américain, de l'Anglais, de l'homme au nègre, quoi ! Il a loué une cambriole justement au 140... Méfiez-vous. M. Barrel ignore donc cela, qu'il va se jeter dans la gueule du loup !

— Je dois frapper à une fenêtre du rez-de-chaussée — dit Paul.

— Justement, fenêtre à droite de la porte. C'est là que je les ai vus. Voulez-vous que je vous dise ? Votre pauvre père ne s'est pas échappé. Comment aurait-il pu s'échapper ? On vous a trompé... Et c'est un joli petit guet-apens qu'on vous tend.

— Vous avez raison — fit Paul. — Ah ! mon brave Colombau, quel service vous me rendez ! C'est toujours votre tour donc ?... Ah ! les gredins. Si j'avais seulement un fusil ! Je crois que j'irais lui brûler le mufle. Mais rien !

— C'est comme moi, rien de rien. Tout à l'heure j'avais bien mon pot à colle, mais je l'ai brisé sur la tête de deux ou trois flics qui voulaient m'empêcher de placarder ma dernière proclamation, car faut vous dire que j'ai monté en grade, je suis maintenant afficheur de la préfecture... Attention, voilà des lignards, nous ferons bien de nous esbigner ; moi d'abord je ne me sens pas la conscience nette vis-à-vis des autorités qui veulent se constituer malgré nous.

On entendait, en effet, le pas cadencé d'une troupe en marche. C'était la patrouille commandée par le sous-lieutenant d'Hagniel.

Le jeune officier se sentait d'une humeur exécrable. Les espérances conçues en quittant le palais de l'Assemblée ne semblaient pas devoir se réaliser. Pas la plus petite barricade sur son chemin. Pas le moindre rassemblement. Nul propos injurieux ne s'était fait entendre sur son passage et pas un seul agent ne l'avait requis pour lui prêter main-forte. Naturellement, on n'avait pas brûlé un seul grain de poudre, par suite on n'avait tué personne. Il fallait donc abandonner tout espoir de figurer sur le rapport du colonel. Ah ! nom de Dieu ! le sien serait facile à faire ! Il ne serait pas nécessaire pour cela de se mettre en frais d'éloquence. Cinq mots et ça y serait : « Mon colonel, rien de nouveau. » Rien de nouveau, tonnerre de Dieu ! C'était bien la peine d'être envoyé en mission spéciale. Quelle déconvenue ! quelle veste ! quel guignon ! comme les camarades allaient rire !

Telles étaient les décevantes pensées de Julien, quand quelques clameurs vinrent lui rendre un léger espoir.

On criait :

— A nous à l'aide ! à l'aide !

— Courez avec quatre hommes — commanda Julien à un de ses caporaux.

Tandis que le gradé partait au pas gymnastique avec son escouade, le sous-lieutenant et le restant de son monde, suivaient au pas accéléré.

Que s'était-il passé ?

Trois agents venaient de bondir sur Colombau, tout en appelant les soldats à leur aide, au moment même où nos deux jeunes gens, entendant de la troupe venir, se retiraient devant elle. Ils essayaient de l'emmener ; malheureusement pour eux, l'ouvrier se débattit avec une vigueur telle, Paul venant à son secours leur donna de si vigoureux coups de poings, que le typographe échappa de leurs mains, en leur laissant, il est vrai, le reste de sa blouse. Alors, libre, il fonça en avant comme un taureau, et employant son attaque coutumière, de deux coups de tête, appliqués en pleine poitrine, il les envoya rouler à terre, où il alla les suivre, s'étant trop donné d'élan.

— Debout, debout, *Presto* ! — cria Paul, lui tendant la main.

Trop tard. Quelque peu étourdi, Colombau se releva, mais l'escouade les entourait. Ils étaient pris.

Julien arrivait avec ses hommes. L'agent valide se porta à la rencontre du sous-lieutenant.

— Ah ! mon officier — lui dit-il — vous arrivez à temps. Vous tenez un individu très dangereux ; il y a longtemps que nous le filons. Il affichait des appels à la révolte. Nous avons déjà tenté de l'arrêter, il y a une heure. Il a à moitié assommé deux d'entre nous avec son pot à colle. Il vient encore d'en démolir deux autres d'un coup de tête dans l'estomac.

— Son affaire est claire — dit Julien. — Mes gaillards — ajouta-t-il en s'approchant des deux prisonniers — je ne voudrais pas être dans votre peau.

Il se tut, stupéfait. Il venait de reconnaître les deux jeunes gens.

— Nom de Dieu, ça tombe bien !

Les deux agents renversés se relevaient, chancelant, l'œil hagard.

— Messieurs — leur dit Julien — vos deux prisonniers sont entre bonnes mains. Nous allons les coffrer incontinent. Je rendrai compte de votre belle conduite. Si j'ai un conseil à vous donner, c'est d'aller immédiatement, chez un pharmacien, boire un bon coup d'eau d'arquebuse. Terribles, ces coups de tête dans l'estomac. Mon oncle en est mort moins d'une heure après les avoir reçus. Diable ! Diable ! Soignez-vous sans tarder, autrement ça pourrait vous jouer un vilain tour.

Terrifiés, les deux agents se regardaient, Julien dit au troisième :

— Vous devriez emmener immédiatement ces deux Messieurs, je craindrais qu'ils ne s'évanouissent en chemin.

Puis, s'adressant à Colombau et à Paul, il leur dit :

— Ah ! mes clampins, c'est comme ça que vous arrangez messieurs de la police ! Attendez un peu, vous allez voir ce que ça va vous coûter.

Ostensiblement, il fit placer Paul et Colombau au milieu de sa troupe, commanda un demi-tour et s'en alla avec son peloton par le chemin par où il était venu, tandis que l'agent valide s'éloignait du côté opposé, en compagnie des deux camarades qui avaient pris, chacun, un de ses bras.

Quand ils furent hors de vue, Julien commanda : halte.

A ce moment, un homme, vêtu avec la dernière élégance, s'approcha du peloton en évitant de se faire voir, chose facile, car la nuit était complètement venue.

CHAPITRE XXXII

Mme Plumereau et l'ordonnance. — Le commandant Fleury. — Naïveté et rouerie. — Le désarroi de Maupas. Le 42e en suspicion. — Le lieutenant d'Hagniel rentre bredouille.

A plusieurs reprises, Mme Plumereau, depuis qu'elle avait quitté son mari, s'était permis, avec cet aplomb qui la caractérisait, d'écrire à Louis-Napoléon. Dans ses lettres, elle rappelait l'aventure de Ham, donnait à entendre son ardent désir de revoir le Prince-Président, et terminait en dépeignant sa triste situation, sans argent, abandonnée de son époux, qui, disait-elle, avait connu son équipée.

Aux épitres désolées de Mme Plumereau, Louis-Napoléon répondait toujours par l'envoi d'une petite somme, car, au dire de ses amis, comme de ses adversaires, jamais il n'oublia un service rendu. Le commandant Fleury était chargé de remettre cet argent.

Bien entendu, le Prince n'eut garde de répondre aux allusions et aux avances de cette créature sans vergogne. Les raisons qui, dans la forteresse, l'avaient fait accepter la sœur de Crachotte, n'existaient plus. A cette époque de rudes privations, il eut pris de même toute autre femme qui se fut présentée. Mais, depuis son évasion, il avait longuement rattrapé le temps perdu. Mme Plumereau en fut donc pour ses avances.

C'était — avons-nous dit — au commandant Fleury que le Prince remettait l'argent destiné à cette créature. Soit que la besogne déplut à cet officier, soit pour toute autre cause, il en chargeait son ordonnance, un nommé Puech, garçon en qui il avait une entière confiance, méritée d'ailleurs.

Naturellement, Puech obtint les faveurs de la Vosgienne et, à ses heures libres, il s'empressait de courir chez sa facile conquête.

Elle lui racontait les potins du quartier, les bavardages de concierge, d'hommes ivres et de rouleuses, ayant trait au président de la République; elle lui dénonçait aussi ceux qu'elle avait entendu médire du chef du Pouvoir exécutif, insistant pour qu'il inscrivit leurs noms sur un carnet, s'imaginant que le soldat transmettait régulièrement tous ses rapports, et persuadée qu'elle rendait au gouvernement d'inestimables services.

Elle était à ce moment la maîtresse du peintre Paul Barrel, qui ne se doutait nullement d'avoir un ordonnance comme rival. Quant à ce dernier, il savait à quoi s'en tenir.

Quelques semaines avant le coup d'Etat, Puech dit à son commandant :

— Pardon, mon commandant, il y a la petite dame que vous connaissez bien...

— Quelle petite dame, mon garçon ?

— Celle à qui je porte quelquefois de l'argent.

— Eh bien ?

— Elle dit comme ça, mon commandant, qu'on veut assassiner le président de la République.

— Ah bah !

— Elle dit aussi qu'elle connaît toutes sortes de secrets, rapport qu'elle couche avec le fils d'un rouge, comme on les appelle, un représentant du peuple nommé Barrel.

L'ordonnance s'était cru forcé de présenter ainsi une sorte de résumé des confidences d'Emma, qui, par leur répétition, avaient fini par l'inquiéter.

— Tu diras à ta petite dame — répondit l'aide de camp du Prince — qu'elle continue à coucher avec le fils du représentant, qu'elle garde bien tous les secrets qu'on lui confie et qu'elle ne se mette pas en peine.

Puech transmit religieusement la commission et Mme Plumereau, qui ne manqua pas d'interpréter à sa façon les paroles du commandant Fleury, et fut de plus en plus persuadée de l'importance de ses révélations. Elle se crut élevée à la dignité de fonctionnaire, de personnage important dans l'Etat. En conséquence, elle résolut de redoubler de zèle.

Chaque fois que l'ordonnance venait la visiter, elle lui demandait si l'on était content d'elle, ce qu'on disait, ce qu'on pensait de ses services. Le soldat s'étant vite aperçu qu'il était d'autant plus choyé que ses réponses satisfaisaient davantage la vanité de Mme Plumereau, n'hésitait pas à lui raconter toutes sortes de bourdes flatteuses, qu'elle acceptait comme paroles d'Evangile.

Paul s'étant enfin douté qu'un valet partageait sa couche, avait pris congé; Emma ne l'entendait pas ainsi. Elle le relançait partout, cherchait à le ramener à elle. Mais le peintre avait bel et bien rompu sans nulle envie de renouer. Voyant qu'elle échouait dans toutes ses démarches elle finit par concevoir contre le jeune homme une haine farouche, une de ces haines de femme encore plus terribles, plus tenaces que les haines de prêtre. Néanmoins, elle ne se lassa pas et, avec un entêtement de paysanne, elle recommençait sans cesse ses infructueuses tentatives.

Un jour, elle alla trouver sa sœur, la Crachotte, qui vivait maritalement avec Pied-de-Bouc, artiste et professeur, représentant de la maison Barrères (articles de cave). Elle savait le couple peu fortuné, bien qu'il fut au service de la police. Mme Plumereau raconta à la naine qu'elle était chargée du service des renseignements à l'Elysée et au mieux avec le Prince-Président, le commandant Fleury et toutes les grosses épaulettes de l'endroit; comme preuve à l'appui, elle invoqua le témoignage de Puech qui l'avait accompagnée. Emma fit miroiter devant les yeux éblouis des deux chenapans des perspectives grandioses et illimitées. On entendait l'argent sonner dans sa poche. Finalement, elle sut décider la naine à laisser Pied-de-Bouc dans son officine, tandis qu'elle habiterait à côté de la maison occupée par Georges Barrel.

La Crachotte se mit donc à faire de l'espionnage pour le compte de Mme Plumereau, qui multipliait les recommandations et les conseils, aimant à faire l'importante, à éblouir, à mentir, à dominer et à exciter la jalousie. Fort mal payée par sa sœur, la naine apportait peu de zèle à la satisfaire. Elle en montrait bien davantage à l'égard de James Dilson qui, pour le plus petit renseignement, la récompensait royalement. Les relations de l'Américain et de sa sœur étaient ignorées d'Emma.

Or, le 3 décembre au matin, Mme Plumereau rencontra Puech qu'elle n'avait vu depuis plusieurs jours.

— Eh bien? — dit-elle.

— Eh bien? — dit le soldat — ça boulotte depuis qu'on s'a pas vu?

— Pas mal. Qu'est-ce qu'il dit, ton singe?

— Mon singe, il dit..., il dit pas grand chose..., il m'a rien dit... Ah! si, je l'ai entendu causer avec un autre type que je connais pas... ce qu'ils rouspettent... ah!... Les sergots n'ont pas pu mettre la main sur le représentant Barrel... Paraît que c'est un sale coup pour la fanfare... C'est un malin, c'est justement lui qu'il aurait fallu prendre... On le cherche... Il a décanillé de chez lui, le mâtin. Courez après maintenant. Moi, je m'en bats l'œil. Pourvu que le prêt rapplique!...

— Ils ne sont guère fûtés, les sergots, tous des brutes... Si c'était moi que l'on charge de l'attraper, je l'aurais vite déniché, mon garçon.

— Vous savez où il perche?

— Peut-être.

— Faut le dire alors..... Serez bien dans les papiers. Ousce qu'il est? Je le dirai au commandant. Il me donnera la pièce.

Emma, au lieu de répondre à cette question, ce qu'elle eut été bien en peine de faire, se contenta de dire :

— Eh bien, si l'on cherche ce Barrel, je me charge de le dénicher, et *gratis pro deo*. Quand je l'aurai trouvé, je viendrai te le dire, et tu auras ta pièce.

— Ça y est, nom de Dieu! — fit l'ordonnance — venez, on rigolera.

Et il poursuivit son chemin, riant et murmurant :

— Ah, la mâtine! Un peu maboule, mais chic femme, nom d'un pétard!

Il était exact que les hommes du coup d'Etat regrettaient que Georges Barrel ne fût pas arrêté. L'ordonnance n'avait pas menti, ayant à ce sujet surpris quelques bribes de conversation, mais comme il prenait Mme Plumereau pour une déséquilibrée, s'il la supposait capable de se mettre à la recherche du représentant, il était loin de se douter que ce serait avec succès.

Les agents chargés d'arrêter Georges Barrel, s'imaginant qu'il prenait les plus minutieuses précautions pour se cacher, se creusaient la tête pour découvrir le lieu de sa retraite, alors que le représentant, ceint de son écharpe, circulait au grand jour.

Mme Plumereau s'étant mise en tête de le trouver, pensa qu'un déguisement lui serait nécessaire. Une de ses amies, dont le mari était garde national, lui prêta un pantalon, une casquette, une blouse et un fusil. Elle enfonça sa casquette jusqu'aux yeux, s'en couvrant entièrement la nuque, et s'affubla d'une moustache postiche. Ensuite elle se mêla aux groupes et apprit assez rapidement, sans avoir à questionner personne, où se trouvait le député. Justement, il venait de convoquer les chefs des sections chez le marchand de vins dont nous avons parlé.

A l'issue de cette réunion, le lecteur sait qu'elle faillit être reconnue par Paul. Elle s'empressa de retourner chez elle, reprit ses vêtements, se rendit chez le commandant Fleury et fit demander l'ordonnance Puech, disant qu'elle avait quelque chose d'urgent à lui communiquer.

Précisément, le commandant sortait. Il aperçut cette jeune et jolie femme et demanda :

— Qu'y a-t-il?

— C'est une dame qui veut parler à Puech.

Emma, avec son aplomb coutumier, s'approcha.

— Mon commandant — dit-elle — je viens vous apprendre où se trouve le représentant Barrel.

— C'est à la police qu'il faut porter ce renseignement et non ici.

— Pourtant on m'avait dit que Mgr Louis-Napoléon aurait bien voulu savoir où il se trouve pour le faire arrêter.

— On vous a trompée, Madame, Monseigneur s'occupe fort peu de ce représentant.

Le commandant allait s'éloigner. Il se ravisa et demanda :

— Et où est-il, ce personnage?

— Rue Montorgueil, au n° 25, chez un marchand de vins.

Remarquons en passant que toute la rouerie de Mme Plumereau s'atténuait par une certaine dose de naïveté. Elle semblait croire que le représentant s'attarderait chez le marchand de vins et qu'il y attendrait qu'on voulut bien se décider à venir l'y arrêter.

— Chez un marchand de vins — dit Fleury, haussant les épaules. — Eh bien, Madame, laissons-l'y boire. C'est ce qu'il peut faire de mieux pour le moment.

Il passait outre, Emma le retint.

— Mais il ne boit pas, mon commandant, il conspire; il est avec un tas de rouges, d'anarchistes. Ils sont là plus de deux cents.

Et comme elle avait fort bonne mémoire, elle lui répéta, en quelques mots, les conseils que Georges Barrel donnait aux chefs de section.

Il l'écouta, le sourcil froncé, avec intérêt.

— C'est bien — dit-il, quand elle eut fini — ce Barrel a l'étoffe d'un général. C'est fâcheux — ajouta-t-il en riant — qu'il se soit fourré dans la politique. Nous aurions utilisé ses talents militaires. Merci toujours.

Et il passa.

Il avait feint de rire, mais il reconnaissait la rectitude du jugement du député de la gauche. Il savait qu'il y avait justement divergence d'opinions entre Morny et le préfet de police Maupas quant à la façon de réprimer l'émeute et que Magnan, général en chef, était souvent indécis ne sachant auquel entendre.

« On a accusé Maupas de lâcheté, écrivait plus tard Emile Olivier, et supposé des réponses de Morny lui disant : « couchez-vous ». Ces réponses sont imaginaires : il a manqué d'intelligence, d'expérience et non de courage. Il a été la victime, comme d'autres l'ont été dans des circonstances plus graves, des exagérations des rapports de police. Il n'est pas de sources d'informations plus dangereuses. La plupart des agents secrets, surveillant des sociétés auxquelles ils appartiennent, trompent la police autant que leurs complices; ils se vengent de l'abjection à laquelle ils sont voués par les terreurs qu'ils s'amusent à inspirer à leurs bailleurs de salaire. Fussent-ils de bonne foi, ils ne se défendent pas des illusions de ceux qu'ils surveillent et ils présentent comme des réalités menaçantes les fantômes les plus ridicules de l'imagination sectaire toujours crédule aux espérances chimériques. Maupas se défiait d'autant moins de leurs exagérations que, par vantardise, il aimait à se persuader et à persuader aux autres qu'il courait des dangers extraordinaires.

« Il accable Morny et Magnan de nouvelles alarmantes et d'appels effarés. Le 2, au soir, il écrit : « Les sections socialistes commenceront « à dix heures, *la nuit sera très grave et dé-* « *cisive*. On a le projet de se porter sur la préfecture de police; tenez du canon à ma dis- « position. » Le lendemain matin, à 7 heures, il informe Saint-Arnaud que : « La nuit a été « aussi calme que possible. »

« Le 3, à 9 heures du matin, il télégraphie à Magnan : « Les ouvriers descendent en masse, « la partie est nettement engagée, envoyez du « monde, sans perdre un instant, envoyez sur- « tout des canons à Mazas, c'est le point de « mire. » Magnan envoie le général Marulaz sur la place de la Bastille où il ne trouve aucune effervescence; il fait enlever la barricade de la rue Sainte Marguerite et, à une heure et demie, son divisionnaire Levasseur écrit à Magnan : « Tout est calme dans le faubourg; « les curieux abondent, mais les hommes « sérieusement disposés à combattre semblent « rares; les groupes se dispersent sans diffi- « cultés. Pour le moment, du moins, les ou- « vriers vaquent à leurs travaux et on ne remar- « que ni agitation, ni affluence insolite dans « les cabarets avoisinant les barrières. » Les rapports du colonel de Lourmel, du 51e de ligne, étaient encore plus rassurants sur Mazas, qui préoccupait si fort Maupas : « Tous les en- « virons de Mazas paraissent très tranquilles. « En traversant le boulevard et particulière- « ment entre les rues Saint-Martin et Saint- « Denis, quelques cris : Vive la République ! « Vive la Constitution ! proférés par des hommes « en blouse; la circulation se fait très bien, je « n'ai pas aperçu de rassemblement sur tout le « trajet des Tuileries à Mazas. »

Magnan, Saint-Arnaud, Morny, d'abord émus des appels de Maupas, finirent par n'en tenir aucun compte. Magnan lui écrivit le 3 au soir : « Je fais abandonner tous les petits postes, « mes troupes rentrent dans leurs quartiers « pour s'y reposer. J'abandonne Paris aux in- « surgés, je les laisse faire des barricades; de- « main, s'ils sont derrière, je leur donnerai « une leçon. » Et, en même temps, il ordonne à ses trois divisionnaires de n'obéir à aucune réquisition de troupe.

Il était intéressant de connaître l'opinion d'un écrivain bonapartiste sur le Préfet de Police, dont d'autres écrivains du même parti ont exalté à l'envi l'énergie, l'intelligence, le sang-froid et qui ne fut pourtant durant tout le cours du coup d'Etat qu'un brouillon effaré et inquiet.

L'attaque générale des barricades et des insurgés fut décidée pour le lendemain, 4 décembre.

A l'issue de ce conseil, Morny prenant à part Saint-Arnaud lui dit :

— Vous êtes sûr du 42e, général ?

— Parbleu — fit Saint Arnaud — comme de moi-même. C'est Espinasse qui le commande.

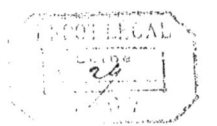

Sacrovir Lebrenn, seul sur l'échafaudage, le cigare aux lèvres, coupe les cordes qui le retiennent.

Il est sûr de ses officiers et moi, je suis sûr de lui.

— Tant mieux. Informez-vous, néanmoins, du nom de l'officier de ce régiment, qui a passé avec son peloton dans la rue Castiglione. Cet officier a relâché deux insurgés, dont l'un tout dépenaillé a presque assommé deux agents sur trois qui voulaient l'arrêter. Je doute qu'il ait agi suivant les ordres de son colonel.

— Vous m'étonnez.

— Ce que je vous dit est exact. Je faisais moi-même une petite ronde, et, sans être aperçu, j'ai été témoin de la scène. Les agents sont partis d'un côté, après avoir laissé leurs prisonniers entre les mains de la troupe, qui s'en est allée d'un autre. Quand ils ont été hors de vue, l'officier a arrêté son peloton, a causé un instant aux prisonniers et les a mis en liberté.

— Voilà qui est raide — dit Saint-Arnaud.

— Je vais ordonner une enquête.

— Je n'attache pas plus d'importance qu'il ne faut à cet incident, mais je pense qu'il serait bon de connaître en vertu de quels ordres cet officier a agi de la sorte. Il devait faire fusiller l'un de ces gaillards-là et enfermer l'autre.

— Evidemment. Je verrai Espinasse.

— N'en dites rien à Maupas, surtout.

— Je m'en garderai bien — fit Saint Arnaud — si je lui en causais, il achèverait de perdre la boussole, il nous croirait trahis.

— Et — ajouta Morny — il serait capable d'abandonner son poste, de partir la nuit pour l'Angleterre.

Les deux ministres se séparèrent en riant.

Le sous-lieutenant d'Hagniel, retourna au

palais de l'Assemblée, bredouille et penaud. Après avoir mis en liberté Paul et le typographe, en feignant de les croire victimes d'une erreur de la police, il avait encore promené sa patrouille dans de nouvelles rues. Mais la guigne le poursuivait. Il put constater, triste constation, que décidément les habitants du quartier ne bougeaient pas, n'avaient pas envie de bouger. Il se décida donc à rentrer et alla rendre compte à son colonel *qu'il n'y avait rien de nouveau.*

— Que diable voulez-vous que j'y fasse — riposta celui-ci — ce n'est probablement pas de votre faute.

— Oh ! non, mon colonel.

— Ce n'est pas de la mienne non plus.

Julien rejoignit ses camarades. Comme on peut le supposer, ceux-ci ne lui épargnèrent pas les plaisanteries.

— Où sont les prisonniers ?

— Il ne veut pas nous les montrer par excès de modestie.

— Ils arrivent, ils arrivent, enchaînés, dans quatorze fourgons, escortés par un escadron de cavalerie.

— Et les petites femmes ?

— Les petites femmes vont venir aussi.

— Détrompez-vous, elles ne viendront pas. Il les a toutes mises en lieu sûr pour son usage particulier.

— Messieurs, je propose que nous fêtions les succès de d'Hagniel.

— Entendu, d'ailleurs, il doit avoir soif.

— C'est évident. Après tant de combats livrés !

— Tant de barricades prises !

— Tant de sang répandu !

— Tant de poudre brûlée !

— Messieurs — dit Julien qui, doué d'un excellent caractère, supportait imperturbablement toutes les railleries — voulez-vous que je vous dise pourquoi nous n'avons rencontré personne, mon peloton et moi ?

— Dites.

— Voici :

A notre air imposant, notre terrible aspect
Les habitants craintifs et saisis de respect
Se sont tous aussitôt comme des lièvres timides
Blottis au plus profond de leurs caves humides.

et comme c'est un succès, ça, je ne demande pas mieux que de le fêter, d'autant plus que par la même occasion, je payerai ma bienvenue.

Il va sans dire que la proposition fut acceptée avec enthousiasme.

CHAPITRE XXXIII

Opérations militaires. — Maupas perd la tête. — Récit du capitaine Mauduit.

Pendant que Paul partait pour la rue Neuve-des-Petits-Champs où, sans la rencontre de Colombau, il serait probablement tombé dans un nouveau guet-apens, Sacrovir s'arrêtait dans la rue Beaubourg et aidait à y construire de nouvelles barricades.

Il y fut bientôt rejoint par son beau-frère Duchesne, puis un peu plus tard par Paul et Colombau.

Vers huit heures du soir, la troupe reparut dans la rue Beaubourg et attaqua vigoureusement les barricades. C'était encore un détachement de la brigade Herbillon (division Levasseur).

Le général Levasseur, dans son rapport sur les opérations de sa brigade pendant les journées des 2, 3, 4, 5 décembre 1851, rend ainsi compte du combat de la rue Beaubourg :

« A huit heures du soir, un bataillon du 3e de ligne et une section du génie, marchèrent sous le commandement du colonel Chapuis, du 3e de ligne, sur de nouvelles barricades construites rue Beaubourg. Elles furent enlevées avec la plus grande vigueur. Plusieurs insurgés y furent tués. Arrivée en face de la voûte Aumaire, la colonne fut assaillie par un feu très vif partant des fenêtres de la rue Jean-Robert. On riposta vigoureusement, et, après avoir fouillé plusieurs maisons, la colonne se rallia sur le carré Saint-Martin, d'où elle revint à l'Hôtel de Ville, en suivant la rue Saint-Martin dans toute sa longueur, jusqu'au quai Pelletier.

« Cinq hommes du 3e de ligne furent blessés.

« Cette opération a été conduite avec une grande vigueur par le colonel Chapuis. La troupe a montré beaucoup d'élan.

« Le mouvement du colonel Chapuis était appuyé par le commandant Boulatigny, du 6e léger qui, avec un bataillon et une section du génie, pénétrait par la rue Michel-le-Comte, pour cerner les insurgés. Les fuyards, s'étant rejetés sur cette colonne ont été arrêtés en grand nombre. Des armes furent saisies dans plusieurs maisons que l'on dû fouiller. »

Ni Sacrovir, ni Duchesne, ni Paul, ni Colombau ne figurèrent parmi les prisonniers, les blessés ou les morts, dans cette seconde affaire de la rue Beaubourg, bien qu'ils eussent fait vaillamment le coup de feu. La journée du 4 leur réservait de nouveaux travaux et de nouveaux dangers.

A la suite de cette escarmouche, le préfet de police écrivit au général Magnan :

« De plusieurs points et avec un égal cachet de vraisemblance, je suis informé du complot contre la vie du Président. Les précautions doivent être extrêmes. Tout l'avenir du pays repose sur une seule tête.

« Les derniers rapports des points les plus agités eux-mêmes sont au calme, au moins pour quelques heures. »

Une demi-heure après il écrivait :

« La physionomie change. L'agitation reparaît. Les barricades vont commencer. Je ne crois pas que ce soit encore pour cette nuit la grosse bataille. *Cependant il ne faut pas négliger les précautions.* »

« Cette phrase — dit A. du Casse — fit sourire les deux ministres et Magnan. Au bas de la lettre on lisait encore :

« Supplément :

« Les barricades recommencent avec *intensité*, les feux de peloton sont nourris vers la rue Bourg-l'Abbé. *Le général Levasseur est sur pied.* »

« Dans tous les drames il faut un rôle comique. Le comte de Morny envoya cette dépêche au Ministre de la Guerre, après avoir écrit en marge à l'encre rouge :

« Il n'y a pas eu de feux de peloton, et *surtout de feux nourris.* »

« A huit heures et demie du soir et à neuf heures dix minutes, nouvelles dépêches de Maupas à Morny :

« Il m'a été de toute impossibilité d'empêcher
« la proclamation de la Montagne de paraître.
« Cela n'est pas un mal. Il est à désirer que ce
« soit de ce côté que viennent les violences. Il
« faut encore un coup de force dans cette
« direction. Je donne des ordres pour faire
« arrêter toute la Montagne.

« Les rapports les plus satisfaisants arrivent
« de tous les points de Paris. Les mesures
« d'énergie prises par l'autorité ont produit un
« effet immense; nous en recueillons les fruits.
« Les ouvriers font procession pacifique pour
« se rendre à leurs travaux. Le commerce, la
« bourgeoisie, la boutique, le peuple même,
« maintenant, paraissent accepter avec satis-
« faction les événements accomplis. »

« Cet infortuné préfet de police mettait toujours à côté de la vérité. Vers neuf heures du soir, à l'inverse de ce qu'il écrivait, la résistance s'organisait sur une grande échelle. »

Ajoutons à l'observation de Du Casse, que l'insertion, dans une lettre écrite à neuf heures du soir, de cette phrase étonnante : « Les « ouvriers font procession pacifique pour se rendre à leurs travaux » ne pouvait provenir que d'un cerveau absolument fêlé par les épouvantes de la journée.

Quoi qu'en dise Emile Ollivier, le préfet de police, pendant les journées des 2, 3 et 4 décembre, manqua, non pas seulement d'expérience et d'intelligence, mais encore de courage.

Maintenant, jetons un coup d'œil d'ensemble sur les opérations de l'armée pendant la journée du 3.

La 1re division, général Carrelet; la 2e division, général Renault, n'eurent pas à combattre ce jour-là. Seule, la 3e division, commandée par Levasseur, fut engagée et supporta le feu des républicains.

Cette division comprenait trois brigades : Herbillon, Marulaz et Courtigis.

La brigade Herbillon fut partagée en deux colonnes et quitta, vers quatre heures, la place de l'Hôtel-de-Ville, où elle était campée.

La première colonne combattit dans la rue du Temple, la rue Rambuteau, la rue Beaubourg ou fut blessé légèrement et arrêté le représentant Barrel, et à huit heures du soir, comme on l'a vu ci-dessus, elle était encore au feu.

La deuxième colonne, formée de quatre compagnies du 5e chasseur, d'un bataillon du 6e léger, d'un bataillon du 3e de ligne, d'une section du génie, d'une pièce de canon, suivit la rue du Temple, enleva des barricades placées aux angles de la rue du Temple et des rues de Braque, Michel-Lecomte, Pastourelle, etc., puis entrant dans la rue Saint-Martin, attaqua les barricades des rues Neuve-Saint Martin et du Vertbois et, enfin, opéra sa jonction avec la première colonne, à la porte Saint-Martin.

La brigade Marulaz, campée sur la place de la Bastille, ne parut qu'à l'affaire du faubourg Saint-Antoine.

Quant à la brigade Courtigis, elle ne prit part à aucun engagement.

Ajoutons que la cavalerie ne resta pas entièrement inactive. Sous les ordres du colonel de Rochefort, deux escadrons exécutèrent une marche, dont le capitaine Mauduit, écrivain bonapartiste, a donné le récit suivant qui ne manque pas d'une certaine couleur :

« Le 3 décembre, vers six heures et demie du soir, le colonel de Rochefort, du 1er lanciers, reçut l'ordre de partir, avec deux escadrons seulement, pour maintenir la circulation sur les boulevards, depuis la rue de la Paix jusqu'au boulevard du Temple; cette mission était d'autant plus difficile et délicate, qu'il lui avait été interdit de repousser par la force d'autres cris que ceux de : Vive la République démocratique et sociale !

« Le colonel, pressentant ce qui allait arriver, avait prévenu tout son détachement de n'avoir point à s'étonner de la foule qu'il aurait à traverser et des cris poussés par elle ; il prescrivit à ses lanciers de rester calmes, impassibles, jusqu'au moment où il ordonnerait la charge, et, une fois l'affaire engagée, de ne faire grâce à qui que ce fût.

« A peine parvenu sur les boulevards, à la hauteur de la rue de la Paix, il se trouva en présence d'un flot de population immense, manifestant l'hostilité la plus marquée, sous le masque du cri de « Vive la République ! ». Ces cris convenus étaient accompagnés de gestes menaçants.

« L'œil attentif et l'oreille tendue, pour ordonner la charge au premier cri séditieux, le colonel continua à marcher ainsi au pas, poursuivi de hurlements affreux, jusqu'au boulevard du Temple.

« Le colonel ayant reçu l'ordre de charger tous les groupes qu'il rencontrerait sur la chaussée, il se servit d'une ruse de guerre, dont le résultat fut de châtier un certain nombre de ces vociférateurs en paletot.

« Il masqua ses escadrons, pendant quelques instants, dans un pli de terrain, près du Château-d'Eau, pour leur donner le change et leur laisser croire qu'il était occupé du côté de la Bastille ; mais, faisant brusquement demi-tour, sans être aperçu, et prescrivant aux trompettes et à l'avant-garde de rentrer dans les rangs, il se mit en marche au pas, jusqu'au moment où il se trouva à l'endroit le plus épais de cette foule compacte et incalculable, avec l'intention de piquer tout ce qui s'opposerait à son passage.

« Les plus audacieux, enhardis peut-être par la démonstration pacifique de ces deux escadrons, se placèrent en avant du colonel et firent entendre les cris insolents de : « Vive l'Assemblée Nationale ! ! ! A bas les traîtres ! » Reconnaissant à ce cri une provocation, le colonel de Rochefort s'élance, comme un lion furieux, au milieu du groupe d'où elle était partie, en frappant d'estoc, de taille et de lance. Il resta sur le carreau plusieurs cadavres.

« Dans ces groupes ne se trouvaient que peu d'individus en blouse.

« Les lanciers subirent cette rude épreuve morale avec un calme admirable, leur confiance n'en fut point ébranlée une minute, etc. »

Laissons de côté *la rude épreuve morale* à laquelle furent soumis les infortunés lanciers ; haussons les épaules au ton épique employé par ce capitaine pour conter les exploits de ce colonel ; contentons nous simplement de remarquer que le fait de se lancer *comme un lion furieux* sur une foule de gens désarmés et de frapper d'estoc et de taille et de lance ne constitue pas précisément un acte de grand courage, surtout quand on a pour vous porter secours au moindre péril, plus de deux cents cavaliers.

CHAPITRE XXXIV

Le massacre. — Aspect du boulevard. — Le carré de la porte Saint-Denis. — Arrivée du 1er lanciers. Les premiers coups de feu. — Risposte de la troupe. — Une page de Léon Cladel. — Les témoignages.

« Vers deux heures commença la *danse* », avons-nous dit.

Elle était préméditée, car dès midi, tous les appareils et le personnel de l'ambulance arrivaient à l'Hôtel de Ville et sur la place de la Concorde, avec leurs guidons jaunes et leurs brancards tout préparés. Cinquante mille hommes environ, artillerie, infanterie et cavalerie couvraient la longueur des boulevards depuis la Madeleine jusqu'à la porte Saint-Denis.

La division Carrelet presque entière, composée des cinq brigades de Cote, Bourgon, Canrobert, Culac et Reibell et présentant un effectif de plus de seize mille hommes était échelonnée de la rue de la Paix au faubourg Poissonnière. Chaque brigade avait sa batterie. Rien que sur le boulevard Poissonnière on comptait onze pièces, dont deux braquées, l'une à l'entrée de la rue Montmartre, l'autre à l'entrée du faubourg qui, cependant n'offrait, pas plus que la rue, l'apparence d'une barricade. Les curieux encombraient les trottoirs et les fenêtres, se demandant ce qui pouvait nécessiter un tel déploiement de forces en cet endroit, car le boulevard était libre. Il n'était barricadé que du théâtre du Gymnase à la porte Saint-Martin. Barricadées, aussi, les rues de Bondy, Meslay, de la Lune et toutes celles qui confinent ou débouchent aux portes Saint Denis et Saint Martin. Au delà de la porte Saint-Martin, à l'exception d'une barricade ébauchée à la hauteur du Château-d'Eau, le boulevard redevenait libre jusqu'à la Bastille.

Entre les deux portes Saint-Denis et Saint-Martin, sept ou huit redoutes coupaient la chaussée de distance en distance. La porte Saint Denis se trouvait dans un carré de quatre barricades, stratégie ridicule, prônée par Michel de Bourges ; les défenseurs de ce quadrilatère se trouvaient pris de tous les côtés à la fois, sans aucune chance de salut.

« Quatre omnibus, cinq voitures de déménagement, le bureau de l'inspecteur des fiacres renversé, les colonnes vespasiennes démolies, les bancs du boulevard, les dalles de l'escalier de la rue de la Lune, la rampe de fer du trottoir arrachée tout entière et d'un seul effort par le formidable poignet de la foule, tel était cet entassement qui suffisait à peine à barrer le boulevard fort large en cet endroit. Point de pavés à cause du macadam. La barricade n'atteignait même pas d'un bord à l'autre du boulevard et laissait un grand espace libre du côté de la rue Mazagran. Voyant cette lacune, un jeune homme bien mis était monté seul sur l'échafaudage, et seul, sans se hâter, sans quitter son cigare, en avait coupé toutes les cordes. Des fenêtres voisines on l'applaudissait en riant. Un moment après l'échafaudage tombait à grand bruit, tout d'une pièce, et cet éboulement complétait la barricade. »

Ce jeune homme était Sacrovir Lebrenn.

Mais continuons le récit de l'auteur du *Coup d'Etat aux abois*.

« Pendant que cette redoute s'achevait, une vingtaine d'hommes entraient au Gymnase par la porte des acteurs, et en sortaient quelques instants après avec des fusils et un tambour trouvés dans le magasin des costumes et qui faisaient partie de ce qu'on appelle dans le langage des théâtres « des accessoires ».

« Un d'eux prit le tambour et se mit à battre le rappel. Les autres avec des vespasiennes jetées bas, des voitures couchées sur le flanc, des persiennes et des volets décrochés de leurs gonds et de vieux décors du théâtre construisirent à la hauteur du poste Bonne Nouvelle une petite barricade d'avant-poste ou plutôt une lunette qui observait les boulevards Poissonnière et Montmartre et la rue Hauteville. Les troupes avaient dès le matin évacué le corps de garde. On prit le drapeau de ce corps de garde qu'on planta sur la barricade. C'est ce drapeau qui, depuis, a été déclaré par les journaux du coup d'Etat « drapeau rouge ».

« Une quinzaine d'hommes s'installèrent dans ce poste avancé. Ils avaient des fusils, mais peu ou point de cartouches. Derrière eux la grande barricade qui couvrait la porte Saint-Denis était occupée par une centaine de combattants, au milieu desquels on remarquait deux femmes et un vieillard à cheveux blancs appuyé de la main gauche sur une canne et tenant de la main droite un fusil. Une des deux femmes portait un sabre en bandoulière; en aidant à arracher la rampe du trottoir, elle s'était coupée trois doigts de la main à l'angle d'un barreau de fer; elle montrait sa blessure à la foule en criant : Vive la République! L'autre femme, montée au sommet de la barricade, appuyée à la hampe du drapeau, escortée de deux hommes en blouses, armés de fusils et présentant les armes, lisait à haute voix l'appel aux armes des représentants de la gauche; le peuple battait des mains.

« Tout ceci se passait entre midi et une heure. Une population immense, en deçà des barricades, couvrait les trottoirs des deux côtés du boulevard, silencieuse sur quelques points, sur d'autres criant : à bas Soulouque! à bas le traître!

« Par intervalle, des convois lugubres traversaient cette multitude : c'étaient des files de civières fermées, portées à bras par des infirmiers et des soldats. En tête marchaient des hommes tenant de longs bâtons auxquels pendaient des écriteaux bleus où l'on avait écrit en grosses lettres : *Service des hôpitaux militaires*. Sur les rideaux des civières, on lisait : *Blessés*, *Ambulances*. Le temps était sombre et pluvieux. »

Les soldats, l'arme au pied, causaient et riaient. On leur avait fait d'abondantes distributions d'eau-de vie et nombre d'entre eux chancelaient, l'œil vague et trouble. Tout à coup, au moment où le 1er lanciers de la brigade Reybell, qui passait sur le boulevard, son colonel en tête, arrivait à hauteur de la rue Taitbout, des cris de : « Vive la Constitution! Vive la loi! Vive la République! A bas Soulouque! » jaillirent de la foule et, en même temps, quelques coups de feu partirent d'une ou de plusieurs maisons et deux ou trois lanciers furent blessés. Les lanciers ripostèrent et le colonel de Rochefort se lança suivi de ses hommes au milieu du trottoir, bousculant et sabrant tout. « Bon nombre de personnes restèrent sur place — dit un apologiste du coup d'État — ce fut l'affaire d'un instant ».

Les soldats se ruèrent ensuite dans les maisons d'où l'on supposait les coups de feu partis, notamment au Café de Paris, dans la Maison d'Or, au Café Tortoni, à l'Hôtel de Castille, dans la Maison de la Petite-Jeannette et au Café du Grand-Balcon. Ils saisirent — c'est la *Patrie*, journal de l'Elysée, qui parle — des fusils dont la culasse était encore chaude. Les individus trouvés dans ces établissements furent arrêtés. Deux ouvriers tailleurs, *soupçonnés* d'avoir tiré de la maison du tailleur Dusautoy, rue Lepelletier, 2, ont été également arrêtés et ils auraient été fusillés sans l'intervention du général Lafontaine.

Le Cercle du Commerce, qui occupait le grand balcon du premier étage de cette même maison et qui se composait de notabilités de l'armée, de l'industrie et de l'administration, propriétaires, rentiers, négociants, généraux, tous hommes honorables, faillit être victime de son voisinage avec le tailleur. Les balles des lanciers malheureusement atteignirent deux membres distingués de ce cercle, le général Billiard et M. Duvergier.

On a nié ces coups de feu tirés sur la troupe. Mais le fait paraît certain. Reste à savoir qui les a tirés. « Tous les mauvais gouvernements — dit à ce sujet Victor Schœlcher — ont eu des agents provocateurs; tous ont employé la police à pousser aux excès... Rien n'est plus facile à admettre. Cependant, nous n'avons pas coutume de voir l'action de la police partout. Mais, ici, il semble difficile de ne pas reconnaître sa main. Des masses de soldats occupaient militairement les boulevards ; quel républicain eut été assez fou pour venir tirer sur elles de l'intérieur d'habitations non défendues ? A quoi bon ? Dans quel but ?

« Des coups de feu isolés ne pouvaient rien produire là d'utile, absolument rien pour le salut de la République ; ils ne pouvaient évidemment que servir les projets bonapartistes en irritant la troupe, en fournissant aux chefs de corps complices un moyen de l'exciter. Il faut donc attribuer ces coups de feu, à ceux qui en avaient besoin pour pousser l'armée aux massacres.

« Les fusils d'où ils sont partis doivent avoir été chargés par l'Elysée.

« La maison du Cercle du Commerce, une des plus maltraitées, comme celle qui aurait été la plus coupable, est habitée au rez-de-chaussée par M. Dusautoy, tailleur du président, reconnu pour bonapartiste, ce qui permet de le considérer comme un double ami de l'ordre ; au premier, par le Cercle de Commerce, composé de *notabilités*, selon la propre expression de la *Patrie*. Le moyen de croire qu'un républicain ait pu se glisser là et entrer dans un appartement pour y attaquer à lui tout seul deux régiments de cavalerie ? »

Ces coups de feu isolés furent le signal d'une boucherie dont le souvenir efface celui des massacres de la rue Transnonain, en 1834.

« Il va y avoir de la charcuterie tout à l'heure » avait dit à haute voix, quelques instants auparavant, un officier.

Il y eut de la *charcuterie*, en effet. Les soldats envoyèrent à droite et à gauche, à tous les étages, des volées de balles, visant toute personne qui se montrait derrière les vitres. Nombre de gens furent tués ou blessés dans leur appartement. On eût dit que le feu venait d'être mis à une traînée de poudre.

« En un clin d'œil — écrit Victor Hugo — il y eut sur le boulevard une tuerie longue d'un quart de lieue. Onze pièces de canon effondrèrent l'hôtel Sallandrouze. Le boulet troua de part en part vingt-huit maisons. Les bains de Jouvence furent sabordés. Tortoni fut massacré. Tout un quartier de Paris fut plein d'une immense fuite et d'un cri terrible. Partout, mort subite. On ne s'attend à rien. On tombe. D'où cela vient-il ? D'en haut, disent les *Te Deum* d'évêques. D'en bas, dit la vérité.

« De plus bas que le bagne, de plus bas que l'enfer.

« C'est la pensée de Caligula exécutée par Papavoine.

« Xavier Durrieu entre sur le boulevard. Il le raconte : — *J'ai fait soixante pas, j'ai vu soixante cadavres.* Et il recule. Être dans la rue est un crime, être chez soi est un crime. Les égorgeurs montent dans les maisons et égorgent. Cela s'appelle *chaparder* dans l'infâme argot du carnage. — *Chapardons tout !* crient les soldats.

« Adde, libraire, boulevard Poissonnière, n° 17, est sur sa porte. On le tue. Au même moment, car le meurtre est vaste, fort loin de là, rue de Lancry, le propriétaire de la maison n° 5, M. Thirion de Montauban, est sur sa porte ; on le tue. Rue Tiquetonne, un enfant de sept ans, nommé Boursier, passe ; on le tue. Mademoiselle Soulac, rue du Temple, n° 196, ouvre sa fenêtre ; on la tue. Même rue, n° 97, deux femmes, mesdames Vidal et Raboisson, couturières, sont chez elles ; on les tue. Belval, ébéniste, rue de la Lune, n° 10, est chez lui ; on le tue. Debaëcque, négociant, rue du Sentier, n° 45, est chez lui ; Couvercelle, fleuriste, rue Saint-Denis, n° 257, est chez lui ; Labitte, bijoutier, boulevard Saint-Martin, n° 55, est chez lui ; Monpelas, parfumeur, rue Saint-Martin, n° 181, est chez lui ; on tue Monpelas, Labitte, Couvercelle et Debaëcque ; on sabre chez elle, rue Saint-Martin, n° 240, une pauvre brodeuse, mademoiselle Seguin, qui, n'ayant pas de quoi payer le médecin, est morte à l'hôpital Beaujon, le 1er janvier 1852, le jour même du Te Deum-Sibour à Notre-Dame. Une autre, une giletière, Françoise Noël, arquebusée rue du Faubourg-Montmartre n° 20, est allée mourir à la Charité. Une autre, madame Ledaust, femme de ménage, demeurant passage du Caire, n° 76, mitraillée devant l'Archevêché, a expiré à la Morgue. Des passantes, mademoiselle Gressier, demeurant faubourg Saint-Martin, n° 209 ; madame Guilard, demeurant faubourg Saint-Denis, n° 77 ; madame Garnier, demeurant boulevard Bonne-Nouvelle, n° 6, tombées sous la mitraille, la première sur le boulevard Montmartre, les deux autres sur le boulevard Saint-Denis, mais vivantes encore, essayèrent de se relever, devinrent point de mire pour les soldats éclatant de rire, et retombèrent, mortes cette fois.

« Telle fut cette expédition inénarrable. Tous les hommes qui y travaillèrent étaient en proie à des forces obscures ; tous avaient quelque chose qui les poussait : Herbillon avait derrière lui Zaatcha ; Saint-Arnaud, la Kabylie ; Renault, l'affaire des villages Saint-André et Saint-Hippolyte ; Espinasse, Rome et l'assaut du 30 juin ; Magnan, ses dettes.

« Faut-il continuer ? On hésite. Le docteur Piquet, homme de soixante-dix ans, fut tué dans son salon d'une balle dans le ventre ; le peintre Jollivart, d'une balle dans le front, devant son chevalet ; sa cervelle éclaboussa son tableau. Le capitaine anglais William Jesse esquiva une balle qui perça le plafond au-dessous de sa tête ; dans la librairie voisine des magasins du *Prophète*, le père, la mère et les deux filles furent sabrés ; on fusilla dans sa boutique un autre libraire, Lefilleul, boulevard Poissonnière ; rue Le Peletier, Boyer, pharmacien, assis à son comptoir, fut « lardé » par les lanciers. Un capitaine, tuant tout devant lui, prit d'assaut la maison du Grand Balcon. Un domestique fut tué dans les magasins de Brandus. Reybell, à travers la mitraille, disait à Sax : *Et moi aussi, je fais de la musique*. Le café Leblond fut mis à sac. La maison Billecoq fut canonnée au point qu'il fallut l'étançonner le lendemain. Devant la maison Jouvin, il y eut un tas de cadavres, dont un vieillard avec son parapluie et un jeune homme avec son lorgnon. L'hôtel de Castille, la Maison Dorée, la Petite Jeannette, le café de Paris, le café Anglais, furent pendant trois heures les cibles de la canonnade. La maison Raquenault s'écroula sous les obus ; les boulets démolirent le bazar Montmartre.

« Nul n'échappait. Les fusils et les pistolets travaillaient à bout portant. »

Des boulevards, le massacre s'étendit dans les rues. « Rue Pagevin, continue Victor Hugo, un soldat dit à un passant : — Que faites-vous ici ? — Je rentre chez moi. — Le soldat tue le passant Rue des Marais on tue quatre jeunes gens dans une cour chez eux. Le colonel Espinasse criait : « *Après la baïonnette, le canon !* » Le colonel Rochefort criait : « *Piquez, saignez, sabrez !* » Et il ajoutait : « *C'est une économie de poudre et de bruit.* » Devant le magasin de Barbedienne, un officier faisait admirer à ses camarades son arme, qui était une arme de précision, et disait : « *Avec ce fusil-là, je fais des coups superbes entre les deux yeux* ». Cela dit, il ajustait n'importe qui, et réussissait. Le carnage était frénétique. Pendant que la tuerie, sous les ordres de Carrelet, emplissait le boulevard, la brigade Bourgon ravageait le Temple, la brigade Marulaz ravageait la rue Rambuteau ; la division Renault se distinguait sur la rive gauche. Renault était ce général qui, à Mascara, avait donné à Charras ses pistolets. En 1848, il avait dit à Charras : « *Il faut révolutionner l'Europe.* » Et Charras lui avait dit : « *Pas si vite !* » Louis Bonaparte l'avait fait général de division en juillet 1851. La rue aux Ours fut particulièrement dévastée. Morny, le soir, disait à Louis Bonaparte : — *Un bon point au 15e léger. Il a nettoyé la rue aux Ours.*

« Au coin de la rue du Sentier, un officier de spahis, le sabre levé, criait : — *Ce n'est pas ça ! Vous n'y entendez rien. Tirez aux femmes !* Une femme fuyait, elle était grosse, elle tombe, on la fait accoucher d'un coup de crosse. Une autre, éperdue, allait disparaître à l'angle d'une rue. Elle portait un enfant. Deux soldats l'ajustèrent. L'un dit : « *A la femme !* » Et il abattit la femme. L'enfant roula sur le pavé. L'autre soldat dit : « *A l'enfant !* » Et il tua l'enfant.

« Un homme considérable dans les sciences, le docteur Germain Sée, déclare que dans une seule maison, la maison des bains de Jouvence, il y avait, à six heures, sous un hangar dans la cour, environ quatre-vingt blessés, presque tous (soixante-dix au moins) « vieillards, femmes et enfants ». Le docteur Sée leur donna les premiers soins.

« Il y eut rue Mandar, dit un témoin, « un chapelet de cadavres » qui allait jusqu'à la rue Neuve-Saint-Eustache. Devant la maison Odier, vingt-six cadavres. Trente devant l'hôtel Montmorency. Devant les Variétés, cinquante-deux, dont onze femmes. Rue Grange-Batelière, trois cadavres nus. Le n° 19 du faubourg Montmartre était plein de morts et de blessés.

« Une femme en fuite, égarée, les cheveux épars, les bras levés au ciel, courait dans la rue Poissonnière en criant : On tue ! on tue ! on tue ! on tue ! on tue !

« Les soldats pariaient. — Parions que je descends celui ci. — C'est ainsi que fut tué rentrant chez lui, rue de la Paix, n° 52, le comte Poninsky. »

On ne tuait pas seulement que dans les rues. Les fantassins pénétraient dans les maisons et y commirent tous les excès que l'on peut attendre de gens ivres.

La capitaine Larochefoucault, à la tête d'une compagnie, fit l'assaut du Cercle du Commerce, voulait fusiller tout le monde. Dusautoy, le tailleur bonapartiste, n'échappa à la mort que par la fuite.

Comme le récit du poète des *Châtiments* pourrait être taxé d'exagération, nous allons donner celui d'un Anglais, témoin oculaire et désintéressé, que publia le *Times* le surlendemain du massacre :

« J'étais en compagnie de sept ou huit autres personnes, sur le balcon du magasin de musique de M. Brandus, qui occupe le premier étage au-dessus du Café Cardinal, au coin du boulevard des Italiens et de la rue de Richelieu ; nous regardions les évolutions des troupes, dont le nombre immense, la variété et les mouvements surprenaient tout le monde, dans un quartier où l'on prévoit d'ordinaire très peu de danger en temps de révolution.

« Deux décharges faites sur les maisons voisines, sans que nous ayons pu en deviner la cause, nous donnèrent la conscience du danger que nous courrions, et nous nous hâtames de nous retirer dans le magasin.

« Mais le feu ne tarda pas à être dirigé précisément contre notre maison, et le bruit des fenêtres volant en éclats nous engagea bien vite à monter à l'étage supérieur, où nous nous imaginions être hors d'un péril immédiat. Il n'en était rien cependant. Les balles pénétraient jusque dans la chambre à coucher de M. Brandus.

« La consternation devint aussi générale que la cause de l'agression était incompréhensible. Mais bientôt, tandis que chacun se mettait le mieux qu'il pouvait hors de la portée des balles, les cris des servantes, dans la partie inférieure de la maison, nous annoncèrent un nouvel événement, et le bruit de plusieurs centaines de voix criant du dehors : « Ouvrez ! ouvrez ! », nous indiqua que la force armée voulait entrer. Personne n'osant descendre pour ouvrir, la porte fut bientôt enfoncée, et un grand nombre de soldats se précipitèrent dans les escaliers, démolissant, brisant tous les obstacles qui se présentaient. Ils fouillèrent successivement toutes les chambres, jusqu'à ce qu'ils arrivassent enfin au quatrième étage, où M. Brandus et ses amis s'étaient réfugiés. »

A la suite de cette fouille, tout le monde fut arrêté sous prétexte qu'un coup de fusil avait été tiré de la maison et conduit sur le boulevard devant le général Reybell qui, ayant reconnu dans la compagnie le célèbre inventeur d'instruments Sax, permit qu'on s'échappât par le passage de l'Opéra.

Ce fut le général Reybell qui dit à Sax :

« Moi aussi, je fais un peu de musique en ce moment. »

Passons maintenant à la lettre d'un autre anglais, témoin également désintéressé, le capitaine William Jesse, lettre parue dans le *Times* du 13 décembre, où il raconte ce dont il a été témoin. Le capitaine Jesse habitait boulevard Montmartre, au coin de la rue Montmartre, d'où la vue s'étend depuis la rue Richelieu jusqu'à l'extrémité du boulevard Bonne-Nouvelle :

« A deux heures et demie, le 4 décembre, on entendait distinctement le canon dans la direction du faubourg Saint-Denis ; à trois heures, je me plaçai sur le balcon de mon appartement avec ma femme, pour voir les troupes. Les boulevards, aussi loin que l'œil pouvait atteindre, en étaient couverts, artillerie, infanterie et cavalerie.

« Les officiers fumaient leurs cigares. Les fenêtres étaient garnies de spectateurs : femmes, enfants, servantes, locataires des appartements et aussi des commerçants, qui avaient tous fermé leurs boutiques.

« Tout à coup, et tandis que je regardais attentivement, avec ma longue-vue, les troupes les plus éloignées, vers l'extrémité du boulevard Bonne-Nouvelle, quelques coups de fusil furent tirés à la tête de la colonne... En peu de temps le feu se propagea, descendit le boulevard comme un rideau de flamme ondulant.

« Cependant, il était si régulier que je le pris d'abord pour un *feu de joie* en réjouissance de la prise de quelque barricade, ou bien destiné à indiquer la position des troupes à quelque autre division. Ce ne fut que lorsqu'il arriva à une cinquantaine de mètres de moi que je reconnus le son tranché des cartouches à balles ; mais alors même, je pouvais à peine en croire le témoignage de mes oreilles, car quant à celui de mes yeux, il m'était impossible de découvrir aucun ennemi sur lequel on put faire feu.

« Je continuai de regarder les soldats jusqu'à ce que la compagnie placée au-dessous de moi, apprêtât ses armes et qu'un coquin plus vif que les autres, un tout jeune homme sans favoris ni moustaches, m'eut ajusté.

« En un instant, je poussai ma femme, qui venait de se retirer, contre le massif, entre les deux fenêtres, et une balle qui frappa le plafond au-dessus de nos têtes, nous couvrit de poussière et de morceaux de plâtre.

« Une seconde après, je fis coucher ma femme sur le parquet, et une autre décharge frappa toute la façade de la maison, le balcon et les fenêtres. Une balle brisa la glace sur la cheminée, une autre le globe de la pendule. Tous les carreaux de vitre furent mis en pièces, les rideaux et les châssis des fenêtres coupés. Le balcon de fer, quoique un peu bas, fut une grande protection ; cependant cinq balles entrèrent dans la chambre.

« Tandis qu'on rechargeait les armes, j'entraînai ma femme et me réfugiai avec elle dans les chambres de derrière de la maison.

« Le retentissement de la fusillade ne cessa pas pendant plus d'un quart d'heure ! Quelques minutes après, les canons furent démasqués et pointés contre le magasin de *M. Sallandrouze*, cinq maisons plus bas à notre droite.

« L'objet et la justification de tout cela était parfaitement une énigme pour tous ceux, Français comme étrangers, qui étaient dans la maison.

« Quelques-uns s'imaginaient que les troupes avaient tourné et se joignaient aux rouges ; d'autres disaient qu'il fallait qu'on eût tiré sur elles de quelque part, quoique cela ne pût être venu d'aucune maison du boulevard Montmartre, car nous l'eussions certainement vu du balcon...

« Il faut que cette fusillade de gaieté de cœur ait été le résultat d'une panique, et que les soldats aient voulu effrayer par un premier feu, dans la crainte que les fenêtres ne fussent garnies d'ennemis cachés, ou qu'elle ait été le

Arrestation de Colombau. *La force prime le droit.*

résultat d'une impulsion sanguinaire ; double hypothèse également déshonorante pour eux, comme soldats dans le premier cas, comme citoyens dans le second.

« A titre de militaire, c'est avec le plus profond regret que je me sens forcé d'admettre la dernière opinion. »

Ici s'ouvre une parenthèse : le capitaine William Jesse eut dû se souvenir, justement à ce *titre de militaire* qu'il invoque, qu'en fait de cruautés toutes les armées se valent, et que les atrocités commises par l'armée anglaise, atrocités moins justifiées encore, si possible, que le massacre des boulevards, ont dépassé en maintes occasions celles du 4 décembre. Et c'est le moment de rappeler cette page magistrale, écrite par Léon Cladel :

« Silence! On sait trop aujourd'hui que tous les carnassiers, que tous les fauves, une fois démuselés, s'entrevalent. Turc, on mutile les Slaves; Slave on émascule les Turcs! Espagnol, les crocs te tombent d'avoir trop mordu le Cubain ; et toi, créole de Cuba, tu dévores indifféremment le blanc, ton oppresseur, et le noir ton opprimé. Quant à vous, Anglais, oui, roide John Bull, oui, toi ! vous liez à vos canons chargés jusqu'à la gueule un chapelet de cipayes, et la décharge de vos pièces, éparpillant en l'air la chair des suppliciés, desserre leurs mains qui se serraient pour la dernière fois. A Varsovie, Moscovites, vous pendiez le Polak et vous fouettiez le Madgyar en Hongrie. Et toi, Prusse, brute assez bégueule, tu gobes le Hanovre, détrousses le Danemark et t'ingurgites la Lorraine et l'Alsace à l'aide de la Bavière que tu saigneras à blanc! On se souvient, à Neusatz comme à Titel, de ton Haynau, mélancolique Autriche; on se rappelle aussi ton

Radetsky de Milan à Venise, et les Bosniaques, à cette heure, apprennent, ô mielleuse, à savourer ton Philippowitch ! Italiens, Italiens, soit du Midi, soit du Nord, alimentez en vous la haine du despotisme prétorien ou sacerdotal en méditant sur ce que furent vos papes et leurs vicaires ; sur ce que seraient demain les sbires ressuscités des Bomba ; que pas un de vous surtout n'oublie que les caudataires casqués de votre galantuomo s'avilirent au point de commander à leurs bersagliers de faire feu sur l'homme Garibaldi ! »

Conclusion, l'homme est loup et restera loup, tant qu'il aura en main une arme meurtrière, il désirera s'en servir. C'est l'héritage des siècles de guerre. Tant qu'il sera le plus fort, il sera l'oppresseur, conséquence de l'axiome aussi vieux que le monde : *La force prime le droit*. Et nous verrons partout, à toute heure, de nos jours comme aux âges passés, de même que sur les bas reliefs des statues des conquérants, le vainqueur mettre le pied sur la gorge des vaincus !

Mais, revenons au récit du capitaine William Jesse :

« La troupe, comme je l'ai déjà dit, a fait décharges sur décharges pendant plus d'un quart d'heure, sans qu'on lui ait aucunement riposté.

« Ils ont tué beaucoup de malheureux qui étaient restés sur les boulevards *parce qu'on ne voulait les recevoir dans aucune maison.*

« Quelques personnes ont été tuées sur le seuil de leur porte.

« Le sang de ces victimes remplissait encore les trous creusés autour des arbres, le lendemain, vers midi, quand j'y ai passé. Les boulevards et les rues adjacentes étaient, sur quelques points, un véritable abattoir. Ce tableau restera gravé, par la baïonnette, dans le cœur des habitants de ce quartier de Paris, qui, pour l'avenir, ne peut que redouter la protection des propres soldats de France. »

Sinistre prophétie que nous verrons se réaliser en mai 1871.

« Les soldats — continue le capitaine Jesse — sont entrés dans des maisons d'où jamais un coup de feu n'a été tiré, et quoique *la Patrie*, journal de l'Elysée, ait eu la prétention d'indiquer ces maisons par leurs noms, elle a été obligée, dans son numéro suivant, de démentir ces imputations scandaleuses.

« Mais, admettons que quelques coups de feu aient été tirés de deux ou trois maisons sur les boulevards ; admettons même que quelques soldats français aient été tués, était-ce une raison pour justifier cette attaque meurtrière contre les maisons et les personnes de leurs concitoyens sur une étendue de près d'un mille anglais, au lieu de passage le plus populeux et le plus fréquenté ? .. »

Citons d'autres témoignages :

« ... Je n'avais pas fait trois pas sur le trottoir, quand la troupe qui défilait s'arrêta tout à coup, fit volte-face la figure tournée vers le midi, abattit ses armes et fit feu sur la foule éperdue par un mouvement instantané.

« Le feu continua sans interruption pendant vingt minutes, dominé de temps en temps par quelques coups de canon.

« Au premier feu, je me jetai à terre et je me traînai comme un reptile sur le trottoir jusqu'à la première porte entr'ouverte que je pus rencontrer.

« C'était la boutique d'un marchand de vins, située au numéro 180, à côté du bazar de l'Industrie.

« J'entrai le dernier. La fusillade continuait toujours.

« Il y avait dans cette boutique près de cinquante personnes, et parmi elles cinq ou six femmes, deux ou trois enfants. Trois malheureux étaient entrés blessés, deux moururent au bout d'un quart d'heure d'horribles souffrances ; le troisième vivait encore quand je sortis de cette boutique à quatre heures ; il ne survécut pas du reste à sa blessure ainsi que je l'ai appris plus tard.

« Pour donner une idée du public sur lequel la troupe avait tiré, je ne puis rien faire de mieux que de citer quelques exemples des personnes réunies dans cette boutique.

« Quelques femmes, dont deux venaient d'acheter dans le quartier les provisions de leur dîner ; un petit clerc d'huissier envoyé en course par son patron ; deux ou trois coulissiers de la Bourse ; deux ou trois propriétaires ; quelques ouvriers, peu ou point vêtus de blouses. Un des malheureux réfugiés dans cette boutique m'a produit une vive impression : c'était un homme d'une trentaine d'années, blond, vêtu d'un paletot gris ; il se rendait avec sa femme dîner au faubourg Montmartre dans sa famille, quand il fut arrêté sur le boulevard par le passage de la colonne des troupes. Dans le premier moment, et dès la première décharge, sa femme et lui tombèrent ; il se releva, fut entraîné dans la boutique du marchand de vins, mais il n'avait plus sa femme à son bras, et son désespoir ne peut être dépeint.

« Il voulait à toute force, malgré nos représentations, se faire ouvrir la porte et courir à la recherche de sa femme au milieu de la mitraille qui balayait la rue. Nous eûmes les plus grandes peines à le retenir pendant une heure. Le lendemain j'appris que sa femme avait été tuée et que le cadavre avait été reconnu dans la cité Bergère. Quinze jours plus tard, j'appris que ce malheureux, ayant menacé de faire subir à M. Bonaparte la peine du talion, avait été arrêté et transporté à Brest, en destination de Cayenne. Presque tous les citoyens réunis dans la boutique du marchand de vins appartenaient aux opinions monarchiques, et je ne rencontrai parmi eux qu'un ancien compositeur de la *Réforme*, nommé Meunier, et l'un de ses amis, qui s'avouassent républicains. »

Un témoin, de ceux qui nient les coups de feu, dit ceci :

« On cherche à atténuer cette fusillade et ces assassinats en prétendant que des fenêtres de quelques maisons on avait tiré sur les troupes. Outre que le rapport officiel du général Magnan semble démentir ce bruit, j'affirme que les décharges ont été instantanées de la porte Saint-Denis à la porte Montmartre, et qu'il n'y a pas eu, avant la décharge générale, un seul coup tiré isolément, soit des fenêtres, soit par la troupe, du faubourg Saint-Denis au boulevard des Italiens. »

Un autre, qui n'a pas non plus entendu le coup de feu, dit :

« Les troupes défilaient devant le perron de Tortoni, où j'étais depuis vingt minutes environ lorsque, avant qu'aucun bruit de coup de feu soit arrivé à nous, elles s'ébranlent; la cavalerie prend le galop, l'infanterie le pas de course.

« Tout d'un coup nous voyons venir du côté du boulevard Poissonnière une nappe de feu qui s'étend et gagne rapidement. La fusillade commencée, je puis garantir qu'aucune explosion n'avait précédé, que pas un coup de fusil n'était parti depuis le café Frascati jusqu'à l'endroit où je me tenais. — Enfin, nous voyons des canons, des fusils des soldats qui étaient devant nous s'abaisser et nous menacer.

« Nous nous réfugions rue Taitbout, sous une porte cochère. Au même moment, les balles passent par dessus nous et autour de nous. Une femme est tuée à dix pas de moi au moment où je me cachais sous la porte cochère.

« Les soldats embusqués au coin des rues attendaient les citoyens au passage *comme des chasseurs guettant leur gibier*, et à mesure qu'il les voyaient engagés dans la rue, ils tiraient sur eux *comme sur une cible*. De nombreux citoyens ont été tués de cette manière, rue du Sentier, rue Rougemont et rue du Faubourg-Poissonnière. » — Partez, disaient les officiers aux citoyens inoffensifs qui leur demandaient protection. A cette parole ceux-ci s'éloignaient bien vite et avec confiance ; mais ce n'était là qu'un mot d'ordre qui signifiait : *mort*. Et, en effet, à peine avaient-ils fait quelques pas, qu'ils tombaient à la renverse. »

« Au moment où le feu commençait sur les boulevards, dit un autre témoin, un libraire voisin de la maison des *Tapis* s'empressait de fermer sa devanture, lorsque des fuyards cherchant à entrer, sont soupçonnés par la troupe ou par la gendarmerie mobile, je ne sais laquelle, d'avoir fait feu sur elle. La troupe pénètre dans la maison du libraire. Le libraire veut faire des observations; il est seul amené devant sa porte, et sa femme et sa fille n'ont que le temps de se jeter entre lui et les soldats qu'il tomba mort. La femme avait la cuisse traversée et la fille était sauvée par le busc de son corset. La femme, m'a-t-on dit, est devenue folle depuis. »

Un autre témoin :

« .....Les soldats pénétrèrent dans les deux librairies qui sont entre la maison du *Prophète* et celle de M. Sallandrouze. Les meurtres commis sont avérés. On a égorgé les deux libraires sur le trottoir. Les autres prisonniers le furent dans les magasins. »

Les soldats faisaient feu, en passant, dans les boutiques et les soupiraux des caves.

On ne connaît pas le nombre des morts. On ne le saura jamais. Un colonel déclara que son régiment avait tué plus de deux mille cinq cents individus.

Sinistre vantardise.

Lisieux, écrivain qui échappa par miracle à la fusillade, déclara en avoir vu de ses yeux, huit cents. Les a-t-il comptés? Cela nous paraît difficile.

Un autre témoin rapporte qu'à l'entrée de la rue Montmartre, en l'espace de soixante pas, il en avait compté soixante, hommes, femmes, jeunes filles, enfants. Tous ces malheureux étaient tombés victimes des premiers coups de feu tirés par la troupe et par la gendarmerie, placées en face sur l'autre côté des boulevards.

Victor Hugo conclut ainsi son chapitre du massacre :

« Cette extermination, qu'un témoin anglais, le capitaine William Jesse, appelle « une fusillade de gaieté de cœur », dura de deux heures à cinq heures. Pendant ces effroyables heures, Louis Bonaparte exécuta sa préméditation et consomma son œuvre. Jusqu'à cet instant la pauvre petite conscience bourgeoise était presque indulgente. Eh bien, quoi, c'était jeu de prince, une espèce d'escroquerie d'Etat, un tour de passe-passe de grande dimension ; les sceptiques et les capables disaient : « C'est une « bonne farce faite à ces imbéciles. » Subitement, Louis Bonaparte, devenu inquiet, dut démasquer « toute sa politique ». — *Dites à Saint-Arnaud d'exécuter mes ordres.* — Saint-Arnaud obéit, le coup d'Etat fit ce qu'il était dans sa loi de faire, et à partir de ce moment épouvantable un immense ruisseau de sang se mit à couler à travers ce crime.

« On laissa les cadavres gisant sur le pavé, effarés, pâles, stupéfaits, les poches retournées. Le tueur soldatesque est condamné à ce crescendo sinistre : Le matin, assassin ; le soir, voleur.

« La nuit venue, il y eut enthousiasme et joie à l'Elysée. Ces hommes triomphèrent. Conneau, naïvement, a raconté la scène. Les familiers déliraient. Fialin tutoya Bonaparte. — Perdez en l'habitude, lui dit tout bas Vieillard. — En effet, ce carnage faisait Bonaparte empereur. Il était maintenant Majesté. On but, on fuma comme les soldats sur le boulevard, car, après avoir tué tout le jour, on but toute la nuit ; le vin coula sur le sang. A l'Elysée on était émerveillé de la réussite. On s'extasiait, on admirait. Quelle idée le prince avait eue ! Comme la chose avait été menée ! — Cela vaut mieux que de s'enfuir par Dieppe comme d'Haussez ou par la Membrolle comme Guernon-Ranville ! ou d'être pris déguisé en valet de pied et cirant les souliers de Mme de Saint-Fargeau, comme ce pauvre Polignac ! — Guizot n'a pas été plus habile que Polignac, s'écriait Persigny. Fleury se tournait vers Morny : — Ce ne sont pas vos doctrinaires qui eussent réussi un coup d'Etat. — C'est vrai, ils n'étaient pas forts, répondait Morny. Il ajouta : — Ce sont pourtant des gens d'esprit, Louis-Philippe, Guizot, Thiers... — Louis Bonaparte, ôtant de ses lèvres sa cigarette, interrompit : — Si ce sont là des gens d'esprit, j'aime mieux être une bête.., »

CHAPITRE XXXIV

SUITE DU JOURNAL D'ARMAND PLUMEREAU

La fugue d'Adèle. — Les mystères de la famille Fox. — A propos des décrets du Comité de résistance. — Réunion chez Landrin. — Ridicules racontars. — Histoire de l'âme de la Dame de Saint-Mesmin. — Proclamation du Préfet de Police.

3 décembre : 10 heures du soir.

Quand les mules seront sans vices
Les chiens sans puces en juin
Et les vipères sans venin
Les femmes seront sans malice.

ainsi s'exprime un dicton campagnard. A Dieu ne plaise que je l'applique à ma chère Adèle : s'il est une fille bonne et douce, c'est elle. Et pourtant c'est en songeant à ma sœur que ce dicton m'est venu à l'esprit. Je crois, le diable m'emporte, qu'elle est ensorcelée, ainsi que toute la maison.

L'autre soir, je travaillais assis à mon bureau, et fumant de nombreuses pipes, suivant ma détestable habitude. La nuit s'approchait, Adèle, qui avait été souffrante toute la journée, s'était couchée. Elle ne tarda pas à s'endormir. J'entendis un instant le léger bruit de sa respiration, puis, je m'absorbai dans mon ouvrage et tout cessa.

Tout à coup, un craquement me fit tourner la tête. Je vis ma sœur qui, de son pas habituel, silencieux, vif et léger, se dirigeait vers la porte. Elle s'était rhabillée. Sa figure me sembla transformée ; en tous cas, il lui paraissait une expression que je ne lui avais jamais vue.

Elle passa à côté de moi sans me regarder. Avant que j'eusse eu le temps de lui adresser la parole, elle avait ouvert la porte ; elle sortit et la referma à double tour.

— Hé ! — lui criai-je — où vas-tu de ce pas ?

Pas de réponse.

J'écoutai.

Je n'entendis rien.

Un instant, je restai immobile, interdit, *épaté*, c'est le mot, puis je courus à la fenêtre. Je l'ouvris, j'écarquillai les yeux, je ne vis rien ; j'appelai, on ne me répondit pas.

— Elle est folle — pensai-je. — Et je criai de nouveau :

— Adèle ! Adèle !

La ruelle, la maison restèrent silencieuses. La farce me paraissait mauvaise, si farce il y avait. Je la trouvais d'un goût détestable.

Je fouillai dans un tiroir où se trouvait un tas de clefs. J'en essayai plusieurs. Je finis par en découvrir une qui ouvrit la porte. Je descendis immédiatement, après l'avoir, moi aussi, fermée à double tour.

Je cherchai, j'appelai dans la ruelle du Vieux-Moulin et dans les rues avoisinantes, puis, de guerre lasse, je me décidai à rentrer chez moi, profondément stupéfait, surtout quelque peu indigné.

La porte était toujours fermée à double tour.

J'entrai dans la chambre d'Adèle, après avoir allumé une bougie. Je vis ma sœur dans son lit, dormant ou feignant de dormir.

Je la secouai, je la réveillai.

— D'où viens-tu, coureuse ? — lui demandai-je.

— Moi ! — dit-elle en se mettant sur son séant, absolument effarée. — Quelle question !

Elle ajouta :

— Je viens du pays des rêves.

— Comment ! Tu n'es pas sortie, il y a plus d'une heure ?

— Moi ?

— Tu ne vas pas te moquer de moi à ce point, au point de nier...

— Nier quoi ?

— Mais morbleu, que tu es sortie après m'avoir enfermé dans l'appartement.

Elle me regardait d'un air tout ahuri. Je repris :

— Excuse-moi, petite sœur, si je me suis un peu emporté, mais c'est qu'aussi il y a de quoi. Tu passes à côté de moi sans me regarder, tu sors sans me dire où tu vas. Tu m'enfermes à double tour. Je trouve une clef heureusement. Je cours après toi, j'appelle de tous côtés, rien. Je me demandais si tu n'étais pas devenu folle. J'étais fort inquiet.

— C'est toi qui deviens fou, Armand. Je ne sais ce que tu veux dire.

— C'est trop fort !

— Je n'ai pas bougé d'ici.

— Alors c'est moi qui suis fou.

La voilà qui se met à trembler, à sangloter. Je me suis vivement reproché ma brusquerie, et pour mettre fin à son émotion, à sa terreur, je lui ai persuadé que j'avais voulu m'amuser un peu à ses dépens. Finalement, elle s'est calmée.

J'aurais dû, avant d'aller courir après elle dans les rues, regarder dans son lit. Mais à quoi bon. Je suis bien sûr que je ne l'y aurais pas trouvée. Bien certainement elle est sortie, consciemment ou inconsciemment ; ses dénégations ne prouvent rien ; d'ailleurs, aurai-je eu le moindre doute à cet égard que la vue de ses bottines, sales, terreuses, couvertes d'humus, ne l'aurait pas laissé subsister.

Quel est ce mystère? Car je ne puis supposer qu'elle ait un amant...

Autres faits à noter, faits non moins curieux.

Des bruits singuliers, dont je ne puis m'expliquer la provenance, se font entendre parfois autour de nous : craquements dans les boiseseries, coups sourds dans les murs, coups secs dans le plancher, le plafond et les tables ; ces derniers se suivent quelquefois avec une régularité étonnante. Depuis quelque temps déjà, ils ont attiré mon attention, mais je ne disais rien à Adèle de peur de l'effrayer. C'est elle-même qui m'en a entretenu la première, précisément le jour ou plutôt le soir de sa belle équipée. Certainement, il ne faut pas parler d'hallucination. J'avais pensé que des rats ou des souris étaient peut-être les auteurs de tout ce tapage. En y réfléchissant, je trouve que c'est tout à fait improbable. Il existe autre chose... mais quoi?

Je regrette de ne pas croire aux sorcelleries. Ce serait l'explication de ces bruits mystérieux, inquiétants même...

L'année dernière, je lisais dans je ne sais plus quel journal anglais, qu'en 1847, dans l'Amérique du Nord, à Hydesville, une famille Fox, composée, du père, de la mère et de trois jeunes filles, avait été témoin de phénomènes inexplicables et absolument inouïs. Comme c'est de ces contrées lointaines que nous vient, non pas la lumière, mais une collection de magnifiques canards, plus ou moins épicés, je n'accorde qu'une créance tout à fait superficielle au récit de la susdite feuille, dont voici à peu près le résumé :

Ces gens-là donc, le père, la mère et les enfants, pieux méthodistes, liseurs de Bible, juteux de dévotion, pourris de sainteté, entendaient tous les jours — tout comme Adèle et moi — des coups frappés dans le mur, dans le plancher, dans les meubles ; en outre, choses que nous n'avons pas constatées (et de la constatation desquelles nous nous passerons fort volontiers), les tables se déplaçaient, se balançaient, se soulevaient, les armoires oscillaient, les lits et les chaises remuaient. Je suppose aussi que la batterie de cuisine se mettait elle-même en mouvement, que les casseroles se frottaient les unes contre les autres, et qu'on trouvait le matin le vase de nuit sur la table et la soupière sous le lit.

Ce n'est pas tout. Les jeunes filles se sentaient effleurées ou palpées la nuit par des mains invisibles qui se permettaient sur leurs chastes personnes toutes sortes de petites privautés drôlichonnes.

Naturellement, on mit tout cela sur le compte du diable, et ce n'était que justice, vu sa mauvaise réputation. Naturellement, aussi, ces singuliers et agaçants phénomènes épouvantèrent monsieur, madame et les demoiselles Fox, et, ma foi, je trouve qu'il y avait de quoi. Ils se répétèrent jusqu'au moment où un membre de cette famille eut l'idée ingénieuse d'entrer en communication avec *M. Pied-Fourchu* et celle plus ingénieuse encore, d'imaginer, dans ce but, un alphabet de convention.

Un coup frappé dans la table désignerait la première lettre de l'alphabet, deux coups, la seconde; trois coups, la troisième, etc., et vingt-cinq coups, la dernière. On compterait les coups que messire Satanas frapperait, on inscrirait sur une feuille de papier la lettre correspondante, et de la sorte, assez lentement, il est vrai, on formerait des mots et des phrases.

C'est à l'aide de ce procédé, quelque peu fastidieux, que la famille Fox entra en communication avec les êtres du monde invisible. On ne tarda pas à s'apercevoir que celui que l'on prenait si injustement pour le diable était un esprit hautement moral, hautement respectable, évangéliste et théologien. Il fit une foule de révélations fort intéressantes que malheureusement le journal, où j'ai puisé ces renseignements, n'a pas publiées..... Mais pourquoi palpait-il ces demoiselles Fox ?

Se passerait-il chez nous quelque chose d'analogue? Un pieux évangéliste défunt vient-il palper Adèle la nuit ?

Messieurs les habitants de l'autre monde, ayez la bonté, je vous prie, de nous laisser tranquilles, ma sœur et moi, ma sœur surtout. Elle est très nerveuse, elle s'émeut, elle s'alarme facilement, de plus, elle est très faible de santé et de trop fortes émotions pourraient la jeter bas.

Et maintenant, parlons un peu politique.

Ce soir, je causais avec Xavier Durrieu, le journaliste. Il m'a paru plein d'espoir. Selon lui, le succès de l'insurrection est certain. Pour moi, je croirais plutôt le contraire, mais je n'ai pas voulu le contredire, jeter de l'eau froide sur son enthousiasme.

Georges Barrel est arrêté. C'est une grande force de perdue, et, certainement, aucun de ses collègues de la Montagne n'est à même de le remplacer. Presque tous, ils me font hausser les épaules. Quelle intempérance de langage, quelle diarrhée de paroles! Des mots, des mots et pas autre chose. *Verba et voces, prœtereaque nihil.* Ahurissement et bavardage : tels sont, selon moi, les deux mots qui résument les séances du soi-disant Comité de résistance. Ils discourent, ils pérorent, ils décrètent. Décréter ! c'est le comble.

Ils ont rendu un décret, d'après lequel les honneurs du Panthéon sont décernés à Baudin ; ils en ont rendu un autre qui convoque les électeurs pour nommer une Assemblée souveraine. C'est par trop de naïveté. Comment s'y prendront-ils en présence des canons, des fusils et des baïonnettes, pour faire exécuter leurs décrets? Comment s'y prendront-ils pour faire inhumer Baudin au Panthéon, pour installer leur Assemblée souveraine. On dirait qu'ils ne se rendent pas compte de ce qui se passe. On croirait qu'il leur suffit de décider qu'une chose sera pour qu'elle soit.

Sismonde de Sismondi, étant encore enfant, fit un beau projet de constitution, lequel débutait ainsi :

« Article I. — Tous les Français seront vertueux.

« Article II. — Tous les Français seront heureux. »

Pendant qu'ils sont encore libres, les membres du Comité de résistance auraient tort de ne pas décréter ces deux articles.

Je leur conseille aussi de voter :

1° L'établissement de la République universelle ;

2° L'extinction du paupérisme ;

3° La suppression de la papauté ;

4° Le redressement de l'axe du monde.

Ça ne leur coûtera pas plus cher et ça fera très bon effet dans le tableau. Il y a de quoi se tordre, comme dirait Colombau.

Pendant que Georges Barrel manquait de se faire tuer et se faisait arrêter, pendant que des ouvriers, des membres des sociétés secrètes tombaient derrière leur barricade, il y avait, vers cinq heures du soir, une réunion nombreuse chez Landrin. Le sieur Emile de Girardin était là ainsi que Garnier-Pagès, Marie, Michel de Bourges, Jules Bastide, etc., etc., sans compter le fumiste des fumistes, Napoléon, le fils du roi Jérôme. Emile de Girardin a proposé la *résistance légale.* Il entend par là le refus de l'impôt, la grève des fonctionnaires, que sais-je encore, jusqu'à ce que le Président de la République, désobéi, sans le sou, sans autorité, soit forcé de démissionner. Quelle blague ! Il n'a pas dit si, dans son beau projet, l'armée et la police, elles aussi, feraient grève. Michel de Bourges a combattu ce plan, il en a montré l'inanité. Le temps se passe ainsi en discussions stériles.

J'ignore ce qu'a raconté dans cette réunion le fougueux démocrate Napoléon. Colombau m'a édifié sur le compte de ce personnage. Je le soupçonne fort d'être l'auteur d'un tas de racontars, dignes de la famille Pipelet, qui courent dans tout Paris. Il veut absolument supplanter son cousin. Il perd son temps.

Voici quelques-uns des bruits qui ont circulé toute la journée :

Les départements du Centre se sont levés ; des colonnes armées s'avancent sur la capitale venant de Rouen ; la banlieue se soulève ; Neumayer, l'ami de Changarnier, marche sur Paris avec sa division ; Castellane refuse de reconnaître le coup d'État ; Lyon et Marseille sont au pouvoir des insurgés ; le comte de Chambord arrive déguisé en dragon ; les princes d'Orléans débarquent à Cherbourg ; la déchéance de Louis Napoléon est décidée ; les députés partent pour Amiens. Les portes de Mazas ont été enfoncées par des colonnes venues des faubourgs et les généraux d'Afrique sont délivrés, etc., etc. On se monte le cou avec toutes ces belles histoires. Michel de Bourges et Victor Hugo se sont fort disputés au sujet de Louis-Napoléon. Qu'en feront-ils quand il sera tombé entre leurs mains ? C'est une grande question, comme dirait Candide. Faut-il lui couper la tête, faut-il, au contraire, la lui laisser sur les épaules? Michel de Bourges veut la décollation, Victor Hugo ne la veut pas.

— Il faut qu'il soit guillotiné — affirme l'un.

— Il ne le faut pas — réplique l'autre.

— Pourquoi — reprend le premier.

— Parce que je ne le veux pas — dit le second.

— Mais enfin, expliquez-vous — insiste Michel de Bourges.

— Parce que, après un tel crime — répond Victor Hugo — laisser vivre Louis Bonaparte, c'est abolir la peine de mort.

Il me semble comprendre vaguement, mais

que voilà une discussion bien placée ! Hé ! bonnes gens, ne vendez pas la peau de l'ours avant de l'avoir tué.

. . . .

Ces coups frappés, ces bruits et sons perçus dans les corps matériels, sans qu'on puisse en trouver la cause, ces déplacements d'objets inanimés, leur élévation dans l'espace produite par je ne sais quelle puissance inconnue, me trottent fort dans la boussole. Tout à l'heure encore, je viens d'entendre un craquement suspect. Décidément, je vais déménager d'ici. Je ne veux pas qu'Adèle devienne folle.

. . . .

Pour calmer mon esprit troublé, je viens d'ouvrir le *Dictionnaire philosophique* de Voltaire, à l'article *Vision*. Je m'amuse à transcrire une partie de cet article sur mon journal.

« L'illustre maison de Saint-Mesmin avait fait de grands biens au couvent des Cordeliers, et avait sa sépulture dans leur église. La femme d'un seigneur de Saint-Mesmin, prévôt d'Orléans, étant morte, son mari, croyant que ses ancêtres s'étaient assez appauvris en donnant aux moines, fit un présent à ces frères qui ne leur parut pas assez considérable. Ces bons franciscains s'avisèrent de vouloir déterrer la défunte, pour forcer le veuf à faire réenterrer sa femme en leur terre sainte, en les payant mieux. Le projet n'était pas sensé ; car le seigneur de Saint-Mesmin n'aurait pas manqué de la faire inhumer ailleurs. Mais il entre souvent de la folie dans la friponnerie.

« D'abord, l'âme de la Dame de Saint-Mesmin n'apparut qu'à deux frères. Elle leur dit : « Je suis damnée comme Judas, parce que mon « mari n'a pas donné assez. » Les deux petits coquins qui rapportèrent ces paroles ne s'aperçurent pas qu'elles devaient nuire au couvent plutôt que lui profiter. Le but du couvent était d'extorquer de l'argent du seigneur de Saint-Mesmin pour le repos de l'âme de sa femme. Or, si Madame de Saint-Mesmin était damnée, tout l'argent du monde ne pouvait la sauver ; on n'avait rien à donner ; les Cordeliers perdaient leur rétribution.

« Il y avait, dans ce temps-là, très peu de bon sens en France. La nation avait été abrutie par l'invasion des Francs, et ensuite par l'invasion de la théologie scolastique ; mais il se trouva dans Orléans quelques personnes qui raisonnèrent. Elles se doutèrent que si le grand être avait permis que l'âme de Madame de Saint-Mesmin apparût à deux Franciscains, il n'était pas naturel que cette âme se fut déclarée *damnée comme Judas*. Cette comparaison leur parut hors d'œuvre. Cette dame n'avait point vendu Notre Seigneur Jésus-Christ trente deniers ; elle ne s'était point pendue ; ses intestins ne lui étaient point sortis du ventre ; il n'y avait aucun prétexte pour la comparer à Judas.

« Cela donna du soupçon ; et la rumeur fut d'autant plus grande dans Orléans, qu'il y avait déjà des hérétiques qui ne croyaient pas à certaines visions et qui, en admettant des principes absurdes, ne laissaient pas pourtant d'en tirer d'assez bonnes conclusions. Les Cordeliers changèrent donc leurs batteries et mirent la dame au purgatoire.

« Elle apparut donc encore et déclara que le purgatoire était son partage, mais elle demanda d'être déterrée. Ce n'était pas l'usage qu'on exhumât les purgatoriées, mais on espérait que M. de Saint-Mesmin préviendrait cet affront extraordinaire en donnant quelque argent. Cette demande d'être jetée hors de l'église augmenta les soupçons. On savait bien que les âmes apparaissent souvent, mais elles ne demandent point qu'on les déterre.

« L'âme, depuis ce temps, ne parla plus ; mais elle lutina tout le monde dans le couvent et dans l'église. Les frères cordeliers l'exorcisèrent. Frère Pierre d'Arras s'y prit, pour la conjurer, d'une manière qui n'était pas adroite. Il lui disait : Si tu es l'âme de feue Mme de Saint-Mesmin frappe quatre coups, et on entendit les quatre coups. Si tu es damnée, frappe six coups, et les six coups furent frappés. Si tu es encore plus tourmentée en enfer parce que ton corps est enterré en terre sainte, frappe six autres coups, et ces six autres coups furent entendus encore plus distinctement. Si nous déterrons ton corps, et si nous cessons de prier Dieu pour toi, seras-tu moins damnée ? frappe cinq coups pour nous le certifier, et l'âme le certifia par cinq coups.

« Cet interrogatoire de l'âme fait par Pierre d'Arras fut signé par vingt-deux cordeliers, à la tête desquels était le révérend père provincial. Le père provincial lui fit le lendemain les mêmes questions et il lui fut répondu de même.

« On dira que l'âme ayant déclaré qu'elle était en purgatoire, les cordeliers ne devaient pas la supposer en enfer ; mais ce n'est pas de ma faute si des théologiens se contredisent.

« Après une telle vision, il est inutile d'en rapporter d'autres. Elles sont toutes, ou du genre de la friponnerie, ou du genre de la folie. Les visions du premier genre sont du ressort de la justice ; celles du second genre sont, ou des visions de fous malades, ou des visions de fous en bonne santé. Les premières appartiennent à la médecine, et les secondes aux Petites Maisons. »

4 décembre : 10 heures du matin. — Ce matin, les barricades s'élèvent en grand nombre. Je viens de me promener dans Paris. J'ai pu constater la chose, *de visu*. Il y en a une de commencée dans la rue Saint-Denis, en face du boulevard, qui me paraît devoir devenir formidable. Rue Saint-Martin, rue du Temple, rue Beaubourg, rue Transnonain, rue Volta, rue Phélippeaux, rue du Petit-Carreau, rue Montorgueil, rue Rambuteau, rue Bourbon-Villeneuve, rue du Cadran, rue des Jeûneurs, rue Tiquetonne, place du Conservatoire, Cloître-Saint-Méry, on s'occupe avec ardeur à reconstruire celles qui, la veille, ont été démolies par la troupe et à en édifier de nouvelles. Dans plusieurs rues, j'en ai compté trois ou quatre, parfois une demi-douzaine. Il y en a une quantité autour des Halles, dans ces innombrables ruelles boueuses et puantes. On dirait qu'elles surgissent par enchantement, tellement leur nombre s'accroît d'heure en heure. Les socialistes font bien les choses. Colombau, les Lebrenn doivent travailler là-dedans avec leur ardeur accoutumée, à moins qu'ils ne soient déjà fusillés ou coffrés.

C'est entre la Seine, les boulevards, la rue du Temple et la rue Saint-Denis que la résistance semble surtout se concentrer.

Ce qui m'étonne le plus, c'est qu'on n'aperçoit pas de troupes. Tous les soldats sont consignés dans leurs quartiers. Evidemment, cela cache quelque plan. On semble laisser l'insurrection choisir son terrain, s'y barricader solidement. Dans quel but ? Peut-être désire-t-on, attend-on que les insurgés soient tous massés en un seul point, où on les attaquera brusquement avec des forces imposantes pour les détruire d'un seul et vigoureux effort.

Je crois que Georges Barrel se serait opposé de tout son pouvoir à l'érection de ces monumentales barricades, si solides et si circonscrites, qui ne sont bonnes qu'à devenir des souricières. On ne suit pas ou on ne suit plus les judicieux conseils qu'il a donnés hier avant son arrestation. Il n'y a plus de direction unique. Chacun agit un peu à sa tête et, voyant son voisin se retrancher habilement, juge à propos de l'imiter.

Les badauds abondent. J'en ai rencontré des quantités incalculables. Ils se balladent, ils écoutent, ils regardent, ils ont l'air prodigieusement intéressés. Je leur conseillerais fort, cependant, de lire et de méditer la proclamation que le préfet de police a fait afficher pendant la nuit ou ce matin et que je donne textuellement :

« Habitants de Paris !

« Comme nous, vous voulez l'ordre et la paix ; comme nous, vous êtes impatients d'en finir avec cette poignée de factieux qui lèvent, depuis hier, le drapeau de l'insurrection.

« Partout, notre courageuse et intrépide armée les a culbutés et vaincus.

« Le peuple est resté sourd à leurs provocations.

« Il est des mesures néanmoins que la sûreté publique commande.

« L'état de siège est décrété.

« Le moment est venu d'en appliquer les conséquences rigoureuses.

« Usant des pouvoirs qu'il nous donne.

« Nous, préfet de police, arrêtons :

« La circulation est interdite à toute voiture publique ou bourgeoise. Il n'y aura d'exception qu'en faveur de celles qui servent à l'alimentation de Paris et aux transports des matériaux.

« Les stationnements des piétons sur la voie publique et la formation des groupes seront, sans sommations, dispersés par la force.

« Que les citoyens paisibles restent à leur logis.

« Il y aurait péril sérieux à contrevenir aux dispositions arrêtées.

« Paris, le 4 décembre 1851.

« *Le Préfet de police,*

« DE MAUPAS. »

Me voilà prévenu en ma qualité de citoyen paisible. Mais, je ne sais pas trop si le démon de la curiosité ne me poussera pas à *contrevenir aux dispositions arrêtées*, c'est-à-dire à abandonner mon domicile pour courir dans les rues.

Dans ce cas, si je reçois une balle dans la tête, ou un coup de baïonnette dans l'estomac, ou un éclat d'obus dans le ventre, je ne m'en prendrai qu'à moi-même.

CHAPITRE XXXV

ÉPISODE RÉTROSPECTIVE

Deux étrangers à Tébessa. — Le vieux cheik. — Petits fils de compagnons d'armes. — La belle Irlandaise. Le sergent d'Hagniel amoureux.

Une huitaine d'années environ avant les tragiques événements que nous venons de relater, un jeune homme et une jeune fille, tous deux d'une grande distinction, arrivaient à Tébessa par la diligence qui faisait alors une fois par semaine et dans la belle saison seulement, le service de cette antique cité romaine avec Constantine.

Cette unique patache, traînée par quatre bons chevaux, mettait deux jours à effectuer le trajet avec un arrêt d'une nuit au village d'Aïn Beïda.

Dédaigneux et fier, le cheik paraissait entouré d'une escorte d'honneur.

A cette époque, les voyageurs étaient rares et le voyage, du reste, n'était pas sans danger. Indépendamment des rencontres de lions qui hantaient la forêt d'Alloufa, à une demi-journée de cheval de Tébessa, il y avait celles plus dangereuses des coupeurs de route; aussi, généralement, faisait-on escorter la patache par deux ou trois spahis. La vue des burnous rouges suffisait pour éloigner les détrousseurs.

Outre les deux voyageurs que nous venons de citer, la diligence déversa sur la place un prêtre, une fille destinée à la remonte d'un de ces établissements indispensables dans les villes de garnison et à qui servait de chaperon une énorme matrone, et deux de ces émigrants concessionnaires que l'armée ridiculisait alors sous le nom de *colons marécageux*, et qui, pas plutôt débarqués, se hâtaient de vendre à vil prix leur concession à quelque juif, pour grossir avec le produit le nombre déjà gros de débits de boissons.

Comme la patache s'arrêtait en face d'une primitive auberge, appelée pompeusement l'Hôtel de France, tout nouvellement construite, ou plutôt échaffaudée sur l'emplacement d'un caravansérail, le jeune couple étranger, car il était visible à leur costume et à leur accent qu'ils n'étaient pas Français, n'eut que quelques pas à faire pour entrer dans l'établissement, dont l'hôtelier, flairant une aubaine, s'avançait à leur rencontre d'un air aimable et empressé, tandis qu'il daigna jeter à peine un regard sur les deux colons.

Le curé se faisait indiquer le presbytère et la matronne se hâtait de soustraire sa pensionnaire aux saillies épicées des curieux.

Les étrangers demandèrent deux chambres ; malheureusement les peintres occupaient encore le premier étage, des officiers le second, il n'y avait des pièces libres qu'au rez-de-chaussée.

— Soit — dit le jeune homme, après avoir consulté du regard sa compagne — du reste, notre intention n'est pas de nous calfeutrer; nous sommes des touristes et nous désirons visiter le pays. Nous y resterons autant qu'il nous plaira.

— Alors, vous ne partirez plus — répondit l'hôtelier, un naturel de la Cannebière.

— On peut se procurer des chevaux ?

— Tant qu'on veut, et qui filent comme le vent.

— Nous ne désirons pas filer comme le vent, mais nous promener et jouir des points de vue.

Le soir après dîner, les voyageurs s'informèrent à nouveau du maquignon.

— Je vais le faire prévenir — dit l'hôtelier. — Demain vous aurez le choix et dans de bonnes conditions.

— Très bien. Est-ce un Français ou un Arabe, votre maquignon?

— C'est un israélite. Il s'appelle Isaak ben Simoun.

— Ah! diable! C'est que je n'aime pas beaucoup avoir affaire aux israélites.

— Il n'y a que lui dans cette ville qui s'occupe du commerce de chevaux.

— Enfin, s'il faut en passer par là... Mais je doute que les conditions soient aussi bonnes que vous voulez bien le dire. Et à propos, est-on au moins en sûreté, dans un certain rayon autour de votre ville?

— Parfaitement. Il y a fort longtemps que nous n'avons eu de factionnaires avec la tête coupée. Vous êtes venus sans encombre de Constantine, n'est-ce pas?

— Avec une petite escorte.

— Eh bien, c'est partout pareil. Les Arabes sont calmes dans tous les alentours. Le Bureau Arabe y a l'œil. Il existe encore une vieille canaille, un nommé Ibrahim, qui prêche la guerre sainte, mais on va mettre le grappin dessus. J'espère qu'on le mâtera avec une douzaine de balles dans sa salle caboche.

L'hôtelier mentait effrontément, quant au calme qu'il affirmait régner dans la contrée. Les tribus du Sud étaient au contraire en pleine effervescence et les nomades des plaines, fanatisés par leurs marabouts, s'armaient de toutes parts pour attaquer les postes avancés et les petites villes insuffisamment pourvues de garnison.

Mais l'hôtelier, flairant une excellente affaire, se disait qu'il serait assez temps plus tard de conseiller la prudence dans les promenades à cheval. L'essentiel était de garder ces étrangers qui paraissaient riches. Il ne fallait donc pas les effrayer dès le début et leur inspirer le désir de retourner sur leurs pas.

Le lendemain, comme le jeune homme venait de louer pour lui et sa compagne deux chevaux de selle au juif Isaak-ben-Simoun qui les lui fit payer le double de la location ordinaire, le bruit se répandit qu'on venait en effet d'arrêter le fameux cheik Ibrahim Boumaza, un des plus redoutables adversaires des Français, et contre lequel on avait déjà fait deux expéditions. On ajoutait qu'il arrivait escorté de deux pelotons de spahis.

Quelques heures après, de jeunes arabes, grimpés sur le rempart, annoncèrent la petite colonne qui s'avançait dans un nuage de poussière.

Aussitôt Français, Maltais, Arabes, Juifs, Nègres et Négresses, se portèrent à la rencontre des spahis.

Ils parurent bientôt et, au bruit des acclamations des négresses, presque toutes munies de *tarboukas*, de *tamtams*, ils traversèrent la porte de la ville.

Au milieu des cavaliers rouges, chevauchait le prisonnier.

C'était un majestueux vieillard à barbe blanche, au visage maigre et bronzé, creusé de rides profondes, mais à l'œil vif et noir, et paraissant encore plein d'énergie et de vigueur. Dédaigneux et fier, il s'avançait sur un magnifique cheval au milieu des regards curieux des européens et des saluts pleins de commisération et de respect de ses compatriotes. Son air de noblesse et de dignité était tel qu'on se serait cru non pas en présence d'un captif, mais d'un chef puissant et redouté chevauchant entouré d'une escorte d'honneur.

On s'arrêta devant la casbah où se trouvait la prison.

Un officier du bureau arabe prévenu était accouru à l'entrée. Choqué sans doute de l'espèce d'auréole enveloppant ce bédouin prisonnier, il s'adressa avec colère à un maréchal-des-logis français qui se tenait près du cheik.

— Faites-le donc descendre de cheval — dit-il. — Ce maraud ne prend-il pas des airs de triomphateur?

Sur l'ordre du sous-officier, un cavalier indigène sauta à terre, saisit l'étrier hors montoir du vieillard et lui dit respectueusement :

— Descends, *Sidi*.

Le cheik obéit et mit pied à terre avec la prestesse d'un homme de vingt-cinq ans.

Pendant une seconde, il contempla la foule, qui faisait cercle, tenue à distance par les spahis, et une expression d'une indicible tristesse passa dans ses yeux. Elle s'effaça bientôt, et suivant le maréchal-des-logis, chef du poste et l'officier commandant l'escorte qui l'amenait, il se dirigea d'un pas ferme vers la porte massive qui allait se refermer derrière lui.

Un bédouin couvert d'un burnous loqueteux, un de ces mendiants arabes sans âge à qui l'on peut donner trente ou soixante ans, tant le hâle et la poussière des routes effacent leurs traits, regardait le spectacle d'un air sinistre, les mains posées sur son long bâton ; et ses yeux, voilés par d'épais sourcils lançaient des flammes.

— *Allah Kebir ! Allah Kebir !* — murmurait-il.

Près de lui, un tout jeune sous-officier d'infanterie regardait aussi, saisi d'une involontaire émotion à la vue du majestueux vieillard. C'était Julien d'Hagniel, sergent, alors, dans un bataillon de chasseurs de Vincennes.

— Oh ! l'infortuné ! — dit tout à coup derrière Julien une fraîche voix féminine, débordante de compassion.

— Oui, et quelle noble tête ! — ajouta une voix d'homme à l'accent étranger.

Julien se retourna ; il aperçut les deux voyageurs dont nous avons parlé, et resta un moment comme ébloui devant la singulière beauté de la jeune inconnue.

De son côté, celui qui l'accompagnait fit un mouvement de surprise en voyant le visage du sous-officier.

— Rentrons — lui dit la jeune fille — j'ai eu tort de venir ici. Le souvenir de ce malheureux va me hanter. J'aurai longtemps devant les yeux, cette belle tête de vieillard voué peut-être à la mort... et pourquoi ?... pourquoi ?... parce qu'il défend son pays contre l'étranger.

— Taisez-vous, petite sœur — dit le jeune homme en anglais. — L'on peut nous entendre et nous ne sommes pas chez nous.

Pendant que la jeune fille manifestait tout haut son sentiment de tendre pitié, le mendiant arabe, qui restait immobile, absorbé dans ses réflexions, regarda celle qui parlait ainsi.

Sans doute il avait compris, ou alors avait-il entendu seulement le douloureux soupir, mais les lueurs farouches de ses yeux s'éteignirent soudain pour faire place à une expression de douceur qui eut surpris quiconque l'eut remarquée.

Et il accompagna jusqu'à ce qu'ils fussent entrés dans l'hôtel les deux jeunes gens de ce même regard chargé de reconnaissance.

Cependant l'étranger disait à sa compagne :

— As-tu fait attention à un militaire qui se trouvait près de nous ?

— Non — dit-elle.

— Il t'a cependant examinée avec une grande attention, et son visage m'a presque autant frappé que celui du vieux prisonnier.

— Comment cela, frère ?

— Tu vas le comprendre toi-même, j'en suis certain... Le voici justement qui traverse la place. Regarde bien.

— En effet — dit la jeune fille, après une seconde d'attention. — Il me semble connaître cette figure... Attends... Attends... Où l'ai-je vue ?

— Dans notre salon de Dublin... Te souviens-tu ? Cette miniature ?...

— Ah ! j'y suis... celle de cet officier français qu'aimait tant grand papa.

— Un vieux de la vieille, comme il disait, et cependant encore tout jeune dans son uniforme de capitaine de grenadiers de la garde impériale.

— Oh ! c'est cela ! C'est bien cela ! Peut-être est-ce un parent ?

— Je m'informerai.

Deux jours après, un dimanche, dans la matinée, l'étranger s'approcha du sergent d'Hagniel qui se promenait sur la place de la casbah précisément parce que l'Hôtel de France se trouvait en face. Depuis l'avant-veille il n'avait cessé de rêver à la charmante inconnue et il espérait la revoir.

— Imbécile — se disait-il en lui-même — Que comptes-tu faire ? Qu'attends-tu ? Toi, misérable petit sous-off, tu oses lever les yeux sur cette belle et riche étrangère ? T'imagines-tu qu'elle va répondre à tes avances, te donner un rendez-vous ? Si encore tu portais une belle épaulette d'argent ! Va donc te présenter avec ton galon de pied-de-banc sur la manche. Idiot ! triple idiot !... Bah ! C'est égal, ça fait toujours plaisir de voir une jolie fille... et je puis bien me rincer l'œil sans que ça tire à conséquence... Quel est le particulier qui l'accompagne ?... A coup sûr ce n'est pas son mari... elle n'a pas l'œil d'une jeune mariée... Son frère, peut-être... Son fiancé... Ah ! diable ! Son prétendu... C'est bien possible... Ils ont de si drôles de mœurs en Angleterre. Ils laissent courir par monts et par vaux les fiancés ensemble. Ils n'ont peut-être pas tort. On apprend ainsi à se connaître... Bah ! qu'importe !

Et il se mit à fredonner :

Pour voir le coin de sa prunelle
Je me ferais rompre les os !
Je me ferais rompre les os !

— Pardon, Monsieur le militaire, un mot s'il vous plait.

Le sergent de chasseurs à pied fronça le sourcil. Celui qui l'interpellait était justement le compagnon de la dame de ses pensées. Que lui voulait-il ? Avait-il remarqué ?... Ah ! par exemple, il n'avait pas la prétention de l'empêcher de regarder qui bon lui semblait et de se promener sur la place... Mais, ces anglais ont de si curieuses façons !... En tous cas, s'il cherchait une affaire, il trouverait son homme.

— Monsieur ?...

— Je vous prie de m'excuser — dit poliment l'étranger. — Je désire un simple renseignement.

— Parlez, Monsieur.

— Je suis Irlandais, je me nomme Patrick O'Kelly... Peut-être ce nom ne vous rappelle-t-il rien à la mémoire ?

— Pardon — s'exclama Julien, dont le visage, un instant rébarbatif, reprit son air habituel, de bonne humeur — Le nom d'O'Kelly est bien connu dans ma famille, je veux dire de ma mère et de moi. M. Patrick O'Kelly a servi comme capitaine dans les armées de la République. C'était le frère d'armes, le meilleur ami de mon grand-père paternel qui servait avec le même grade dans le même régiment; puis mon grand-père est passé dans la Garde impériale.

— Aux grenadiers — fit l'étranger.

— C'est cela... Je n'ai malheureusement pas connu mon grand-père — continua Julien. — A sa mort, j'étais encore en bas âge, mais mon père qui aimait à me parler de lui et de ceux qui lui étaient chers, m'a souvent répété que le capitaine Patrick O'Kelly était un vaillant soldat et qu'en sa qualité d'Irlandais, il professait pour nos vainqueurs de Waterloo une haine fortement prononcée.

— Je suis le petit-fils de ce Patrick O'Kelly — dit l'étranger — et j'ai hérité de ses haines comme de ses amitiés.

Les deux jeunes gens se serrèrent chaleureusement la main.

— Et moi qui vous prenait pour un Anglais ! — fit Julien en riant, tout heureux de cette rencontre. — Mais comment diable m'avez-vous reconnu comme le petit-fils de l'ami de votre grand-père ?

— Vous ignorez peut-être que le capitaine d'Hagniel avait fait présent au capitaine O'Kelly, de son portrait en miniature, comme c'était la coutume alors. Cette miniature est religieusement conservée parmi nos souvenirs de famille. Or, votre ressemblance avec ce portrait m'a frappé dès que je vous ai aperçu. Je l'ai fait observer à ma sœur, qui en a été frappée également...

— Ah ! — s'exclama d'Hagniel avec un soupir de satisfaction. — C'est... Mademoiselle votre sœur ?

— Vous l'avez vue ?

— C'est-à-dire que je l'ai aperçue. Vous étiez tous deux près de moi, quand on a coffré ce prêcheur de guerre sainte.

— Pauvre diable ! Quel sort pensez-vous qu'on lui réserve ?

— Oh ! son compte est réglé d'avance. Il y aura simulacre de jugement au conseil de guerre, et le peloton d'exécution attendra à la sortie.

— Je le plains.

— Que voulez-vous ? C'est la loi du plus fort. Quand nous tombons entre leurs mains, Messieurs les bédouins ne nous épargnent pas. Ils ne se contentent pas de nous tuer, ils y mettent du raffinement. *Væ victis* ! Malheur aux vaincus !

— A qui le dites-vous ? C'est sur nous surtout, Irlandais, que le *vœ victis* pèse.

— Et qui vous amène dans ces parages si lointains des vôtres ?

— De fâcheuses circonstances. Je me suis vu forcé de fuir ma malheureuse patrie à la suite de certains démêlés avec les oppresseurs de mon pays. Ah ! Monsieur, si vous saviez quelle misère règne là-bas, misère morale et matérielle ! Mais ne parlons pas de cela... Qui m'amène ici ? la santé de ma sœur, de celle que vous avez vue, car j'en ai d'autres. Elle s'anémiait là-bas. On lui a conseillé un air chaud, un pays où brille le soleil... et elle m'a suivi. Voici un mois que nous sommes en Algérie, cherchant un coin où *planter* notre tente, métaphoriquement. Cet endroit nous a plu tout d'abord et peut-être y stationnerons-nous quelque temps... J'espère, M. d'Hagniel, que nous nous reverrons et que vous me permettrez de vous présenter à ma sœur.

— J'en serai ravi — balbutia Julien — qui ne pouvait croire à cette aubaine tant elle était inattendue.

— Je l'aperçois justement derrière sa fenêtre, — ajouta l'Irlandais — venez.

Julien d'Hagniel accompagna d'un pas alerte le jeune O'Kelly qui l'introduisit dans l'hôtel, et deux minutes après il s'inclinait, délicieusement ému, devant la charmante Irlandaise qui, sur la présentation de son frère, lui tendit cordialement la main.

— Mon frère ne s'était pas trompé, Monsieur — lui dit-elle — et je suis heureuse autant que lui de la bonne fortune qui fait rencontrer, au fond de l'Algérie, les petits enfants de deux compagnons d'armes.

Julien balbutia quelques phrases banales Lui d'ordinaire si hardi devant le beau sexe et qui menait l'amour rondement, à la hussarde, se sentait tout intimidé devant cette belle jeune fille.

Il aurait voulu pouvoir baiser ces yeux superbes et doux, bleus comme le ciel algérien, ces cheveux, noirs comme ceux des filles des oasis, ces lèvres roses comme la fleur du grenadier.

— Oh ! la divine créature — se disait-il. — Est-elle adorable ! Est-elle jolie ! Oh ! l'aimer, la tenir une heure dans mes bras et mourir !

Cependant, malgré sa gaucherie, résultat de

son émotion, il ne tarda pas à s'apercevoir que s'il trouvait la jeune fille charmante, lui, de son côté, ne déplaisait pas.

Et cette découverte lui fit reprendre son aplomb.

Bien élevé, instruit, spirituel, l'air martial malgré sa jeunesse et sa moustache naissante, naturellement gai et ouvert, il ne pouvait, en effet, déplaire nulle part, et le regard bienveillant, le sourire de la belle Maud, disaient plus encore que ses paroles, qu'elle était heureuse de cette rencontre.

La conversation effleura d'abord des souvenirs de famille. On parla des deux vieux braves qu'on ne connaissait que par les récits de leurs fils, puis de l'Empire et du grand Empereur; et l'Irlandais, enthousiaste de Napoléon, admirateur de Victor Hugo, récitait, pour faire preuve d'érudition devant le jeune sous-officier, quelques fragments de l'*Ode à la Colonne* :

C'était un beau spectacle ! — Il parcourait la terre
Avec ses vétérans, nation militaire
Dont il savait les noms ;
Les rois fuyaient ; les rois n'étaient point de sa taille ;
Et vainqueur, il allait par les champs de bataille
Glanant tous leurs canons.

Et puis, il revenait avec la Grande-Armée,
Encombrant de butin sa France bien aimée,
Son Louvre de granit,
Et les Parisiens poussaient des cris de joie,
Comme font les aiglons, alors qu'avec sa proie
L'aigle rentre à son nid.

Et le souvenir de ces grandes épopées ramenait au temps présent prosaïque et terne. Heureusement que les guerres d'Afrique secouaient la torpeur de l'armée endormie dans une longue paix.

On parla de la vie militaire actuelle, et Julien dit ses rêves, ses désirs de gloire, ses chances d'avancement.

Maud, tantôt grave, tantôt souriante, écoutait.

Naturellement, la conversation tomba sur les Arabes, pour lesquels la jeune fille éprouvait la plus vive sympathie.

— Vous avez raison, Mademoiselle — disait Julien. — Ce peuple est plein de noblesse, et il possède, selon moi, une qualité qui me le fait admirer par dessus tout; c'est l'idéal du peuple guerrier. Intrépide, méprisant la mort, dur à la fatigue, d'une sobriété sans égale, il peut passer sur son cheval des journées et des nuits entières, vivant d'une poignée de dattes, d'un morceau de galette, s'abreuvant à l'eau des rivières ou des sources, tandis qu'il faut à nos hommes du vin, du café, du sucre, des victuailles, de l'eau-de-vie. Aimant la guerre pour la guerre, toujours prêt à monter à cheval, à se mettre en campagne, il a, je le répète, toutes les qualités qui font les soldats d'élite.

Quand nous serons complètement les maîtres de l'Algérie, il faudra que le gouvernement ait la bonne idée d'en former des corps de volontaires, en respectant leurs coutumes, leur religion, leurs mœurs, et l'on aura des troupes incomparables.

— Je suis contente de vous entendre rendre justice à vos adversaires — dit Maud — et votre langage ne ressemble en rien à celui qui, plus d'une fois, a choqué mes oreilles à Constantine ou Alger; les indigènes étaient traités par des officiers et des civils d'épithètes les plus injurieuses. Moi, j'estime les Arabes et surtout je les plains. Savez-vous que vous êtes dans votre tort, vous autres Français? Vous venez vous implanter chez eux, sous un prétexte ridicule, les troubler dans leur vie tranquille, piller leurs villages, « brûler leurs blés, dévaster leurs troupeaux » comme dit une de vos chansons, et vous vous étonnez qu'ils ne soient pas contents, qu'ils se révoltent, qu'ils coupent les têtes des vôtres, quand ils en trouvent l'occasion.

— Mais — protesta Julien — je ne m'en étonne pas du tout; et je serais désolé qu'il en fut autrement. Alors nous n'aurions plus qu'à remettre le sabre au fourreau, la baïonnette dans son étui et retourner en France planter nos choux.

— Mais enfin — dit en riant l'Irlandais — il faudra bien en finir quelque jour. Vous êtes les plus forts; vous avez des armes de précision, des munitions en abondance, de l'artillerie et des hommes tant que vous en voulez...

— Pas tant que vous le croyez. Les Chambres, paraît-il, marchandent les envois de nouvelles troupes, ce qui fait que la guerre s'éternise. Quand on a terminé, ou que l'on croit avoir terminé d'un côté, il faut recommencer de l'autre. On n'écrase pas facilement un peuple guerrier et nous aurons encore de rudes colonnes à faire... Tant mieux, j'en suis ravi: que dis-je? Nous en sommes tous ravis, à tous les degrés de la hiérarchie, depuis le simple pioupou à qui, son caporal ou son sergent, a infusé l'esprit militaire, jusqu'au général en chef.

— Il n'a pas été nécessaire de vous l'infuser, je le suppose — dit en riant O'Kelly.

— Non certes, il soufflait autour de mon berceau. Du côté paternel comme du côté maternel, tout le monde est soldat dans ma famille, même les filles, qui épousent des soldats et procréent des soldats.

— C'est bien — dit l'Irlandais. — C'est la façon de perpétuer les qualités dans une race.

— Plus longtemps la guerre durera, mieux cela vaudra pour nous autres soldats — continua le sergent. — Nous aimons nous trouver en face d'adversaires intrépides, parce qu'il y a de la gloire à les vaincre et parce qu'ils éternisent la lutte. Ça fait des blessés, des morts, partant des places, des croix, de l'avancement. Si nous n'avions pas les Arabes, nous croupirions dans les bas grades. Je passerais ma jeunesse avec les sardines de sergent et l'espoir d'arriver sous-lieutenant pour prendre ma retraite.

— Ah ! — dit Maud. — C'est ainsi que vous raisonnez en France ?

— C'est à coup sûr, Mademoiselle, le raisonnement de l'armée. Quant à celui de nos compatriotes en habit, paletot, redingote ou blouse, des *pékins* comme nous les appelons, nous nous en soucions fort peu.

— C'est triste. Aller massacrer les gens chez eux, sans autre but que celui de monter en grade.

— Mademoiselle, ne vous en étonnez pas... C'est le sentiment de toutes les armées.

— Monsieur d'Hagniel a raison — observa Patrick O'Kelly, et nous devons lui savoir gré de sa franchise. Rappelle-toi, Maud, cet officier anglais que nous rencontrâmes en Italie et à qui tu faisais des objections analogues et qui les réfuta par un beau sermon suivi d'une citation de quelques versets évangéliques.

— Je m'en souviens — fit la jeune fille avec indignation. — Ah ! le sot personnage ! A la suite de massacres abominables dans je ne sais plus quelle de leurs colonies, massacres contre lesquels je protestais de toutes mes forces, cet officier, digne de figurer parmi les abominables coquins que commandait l'hypocrite Cromwel, eut le cynisme de me citer les exécrables rapsodies des évangélistes sur la nécessité de répandre partout à main armée la Bible et de faire briller sur toute la terre la lumière de la foi. Fort versé dans les Ecritures, il me cita ces paroles de Jésus : « Allez par tout le monde prêcher l'Evangile aux nations. » Et il eut le soin de m'indiquer les versets, les chapitres et les noms des Evangélistes qui les ont rapportées.

— Ça ne m'étonne pas — dit d'Hagniel — J'ai ouï dire que nombre d'officiers anglais s'occupaient davantage de la Bible que de leur théorie et qu'il s'en trouve même qui, empiétant sur le métier de pasteur, font des conférences religieuses aux soldats. Ou des idiots, ou des tartufes !

— Il faut pour expliquer ces aberrations — dit O'Kelly — se souvenir que ce sont les petits-fils de ces soldats des communes, de ces farouches républicains qui chantaient des psaumes en faisant l'exercice, de ces capitaines qui, dans les manœuvres, commandaient :

« En joue ! — au nom du Seigneur !

« Feu ! — au nom du Seigneur !

« Marche ! — au nom du Seigneur ! »

Les descendants de ces sergents qui, en faisant l'appel de leur compagnie, récitaient un chapitre de Saint-Luc, par exemple, ou une page de la Genèse, désignant chacun de leurs hommes par un mot des versets sacrés.

— Oui — ajouta Maud — et cette rage évangélique gagnait jusqu'aux tambours, gens d'ordinaire peu religieux. Mais ceux de Cromwell donnaient des pieuses appellations aux roulements de leurs baguettes. Il y avait :

Le rappel de Saint-Thomas.

La marche de Jéricho.

Le pas accéléré de Sainte-Madeleine.

La générale du Jugement dernier.

— Tu oublies — dit O'Kelly — un certain colonel, Hugues Peters, qui prêchait à son régiment que les *saints*, comme ils s'intitulaient, devaient avoir sans cesse les louanges de Jésus dans la bouche et le double glaive de l'archange dans les mains... Et ce capitaine Lazare Howard, brave guerrier et pieux imbécile, auteur d'un manuel où il donnait aux fantassins des instructions propres pour arriver au paradis en *douze temps, l'arme au bras.* Vous riez, Monsieur... le manuel existe. Il est intitulé : *Exercices militaires et spirituels pour les fantassins*, par le capitaine Lazare Howard.

— Oh ! je ne mets pas votre parole en doute, Monsieur... Je ris de la bêtise humaine qui n'a pas de bornes et surtout de la bêtise en matière de religion.

— Oh ! là-dessus — dit Maud — tous les peuples se valent. Catholiques, protestants, juifs, musulmans sont de la même farine... Cependant, malgré la condition inférieure de la femme en Orient, je crois que la religion la plus sensée de toutes est celle de Mahomet. Que voulez-vous ? j'ai un faible pour les Arabes.

— Vous les préférez aux Français ? — dit Julien d'Hagniel.

La jeune fille le regarda et répondit nettement :

— Oui.

Elle se reprit :

— Je suis pour eux contre vous quand je raisonne avec mes idées absolues sur la liberté et l'indépendance des peuples. Comment voulez-vous que moi, Irlandaise, appartenant à une nation qui ne subit qu'en frémissant le joug odieux de l'étranger, je ne sois pas de cœur avec un peuple que vous foulez aux pieds ? Je serais en contradiction avec moi-même.

— Ma sœur va trop loin — interrompit Patrick. — Elle aime comme moi la France, et nous mentirions à notre origine et à nos traditions, si nous ne l'aimions pas. Elle hait l'oppression et l'esprit de conquête, voilà tout. Mais quant aux Français, nous faisons des vœux pour leurs succès et leur gloire. Notre drapeau, sur maints champs de bataille, a flotté à côté du leur... Oui, nous aimons la

France. Un de nos ancêtres se tenait près de Saint-Ruth, à la bataille d'Aghrim, lorsqu'un boulet emporta la tête du général français.

— Ah ! l'horrible massacre — fit la jeune fille. — Le nombre des tués fut, en proportion des combattants, plus grand qu'en aucune bataille de l'époque, et la nuit seule put arrêter la rage des vainqueurs. Les Anglais ensevelirent le lendemain leurs morts, mais les Irlandais et les Français restèrent sans sépulture. Et ce fut un étrange et horrible spectacle. La tuerie ne s'était pas confinée au champ de bataille. Du sommet de la colline où se trouvait le camp des nôtres, jusqu'à une distance de quatre milles, tout autour, le pays était blanc des cadavres dépouillés et nus. On eut dit, raconte un témoin oculaire, un immense pâturage couvert de troupeaux de moutons. Le nombre des cadavres s'élevait à environ 7,000 et bientôt une multitude de chiens affamés vinrent se repaître des morts. Ils devinrent même si sauvages et si friands de chair humaine que longtemps après il était dangereux de traverser cette sinistre plaine autrement qu'en nombreuse troupe.

— Rester sans sépulture et une fois mort être dévoré par des chiens, ça peut apitoyer les âmes sensibles — dit Julien — mais ce sort est préférable à celui d'être enseveli vivant ou étouffé dans une grotte qu'on enfume aux deux ouvertures.

— Ah ! vous voulez parler ?...

— Je ne veux parler de rien — reprit vivement le sergent. — C'est une idée qui m'est passée par la tête, et ma parole a suivi ma pensée... mais je l'arrête. Ce n'est pas sans motif qu'on appelle l'armée la *grande muette*. Parlons d'autre chose, si vous le voulez bien... Nous en étions à ces maudits Anglais !...

— Oh ! nous les détestons comme vous — s'exclama Patrick. Et quand nous avons le plaisir d'entendre des malédictions sur les bords de la Tamise, c'est qu'on pousse des cris de joie sur celles de la Seine. N'est-ce pas Maud ?

— Oui, frère, et j'ajouterai ceci : prenez l'Algérie si vous ne voulez pas que les Anglais s'en emparent. C'est une proie qu'ils ont longtemps guettée, et je vous assure qu'ils sont furieusement jaloux de vos succès. Et avec l'Algérie prenez, si vous le pouvez, toute l'Afrique... Puisqu'il faut que les Européens s'installent sans y être conviés, chez tous les autres peuples, mieux vaut que ce soit les Français qui aient la plus large part au banquet. Ce sont, en somme, les convives les plus honnêtes, les plus humains et les mieux élevés.

Julien d'Haguiel s'inclina.

— Vous me rendez confus — dit-il — mais je ne crois pas que nous méritions ces éloges.

On parla ensuite du prisonnier arrivé l'avant-veille.

— Que va-t-on faire de lui ? — demanda la jeune fille ?

— Mais, le garder avec un soin extrême, de crainte qu'il ne s'échappe.

— Que peut-on craindre d'un homme si âgé ? Il ne doit pas être bien dangereux... Il ne peut plus combattre.

— Détrompez-vous, Mademoiselle. Ce vieillard est plus vigoureux que la plupart des jeunes soldats qui nous arrivent de France. Il est rompu depuis son enfance à la vie des camps et à toutes les fatigues de la guerre. C'est un intrépide guerrier, un de nos plus redoutables ennemis. De plus, il jouit de la vénération de tous les Arabes, en sa qualité de marabout ; mon avis est que si on l'avait fusillé quand on l'a pris les armes à la main, comme c'est le droit de la guerre, cela aurait évité des soucis aux sous-officiers de garde, dès maintenant responsables de sa personne.

— Fusillé ! Fusillé ce vieux brave ! — s'exclama la jeune fille d'un ton de reproche. — Vous seriez cruel à ce point !

— Mon Dieu, Mademoiselle, vous vous méprenez. Je ne suis, croyez-le, nullement cruel par tempérament. Pour tout l'or du monde, je ne voudrais pas être chargé de donner la mort à ce vénérable patriarche, bien que si l'on m'en donnait l'ordre, je n'hésiterais pas une seconde. Je pense seulement que cet homme, habitué depuis son enfance à respirer à pleins poumons et à chevaucher librement dans les immenses plaines natales, va se ronger de désespoir dans une étroite prison. Mieux vaut pour lui la mort que la captivité.

— Il faudrait qu'il puisse s'échapper — s'écria Maud. — Si cela ne dépendait que de moi, je vous assure que j'en assumerais tous les risques.

— S'échapper, Mademoiselle ? Ce serait difficile pour lui, plus que pour tout autre. Des ordres très sévères sont donnés à son sujet. A la moindre tentative d'évasion, les factionnaires ont l'ordre de tirer.

Puis, on parla d'autre chose, de Paris, de l'Irlande, et l'heure du repas étant venue, Patrick O'Kelly et sa sœur invitèrent le jeune sous-officier, qui ne se fit pas prier, doublement heureux et de s'asseoir à une table qui le sortait de l'ordinaire de la cantine, et d'avoir, pour voisine, la jolie Maud O'Kelly pour laquelle il se sentait déjà tout féru d'amour.

CHAPITRE XXXVI

Un malotru. — Le Fils du cheik Ibrahim. — Le spahis Salah-ben-Saïd. — Visite inattendue. — L'entente cordiale — Le complot.

Quelques jours avant l'arrivée des deux Irlandais, un singulier personnage s'était installé à l'Hôtel de France.

C'était un jeune anglais, blond, de haute taille, à la figure osseuse, à l'œil froid, à l'aspect hargneux. Il déplut du premier coup à tout le monde par son manque de savoir-vivre dans un pays où, cependant, la colonie naissante ne pêchait pas par excès d'éducation.

Il s'asseyait à table, le chapeau sur la tête, crachait sur les pieds de ses voisins ou le bas de la jupe de sa voisine, s'emparait des meilleurs morceaux et, au dessert, allumait sans façon d'énormes cigares dont il soufflait la fumée dans le nez de ceux qui l'approchaient.

Timidement, l'hôtelier lui avait fait l'observation qu'on ne fumait pas dans l'endroit où l'on mange, et il avait répondu :

— Aoh ! Combien vô faire payer le salle à manger?

— Pourquoi, mylord ?

— Parce que moâ volait le salle à manger pour moâ toute seule.

L'hôtelier répondit qu'il avait une salle pour tout le monde et ne pouvait congédier, pour un seul, les autres voyageurs ; mais que si mylord le désirait, on le servirait dans sa chambre, où il pourrait tout à fait se mettre à l'aise et cracher où il voudrait.

— Nô — réplique l'Anglais. — Moâ aimer beaucoup le compagnie.

On dut donc le subir, mais on s'amusait à ses dépens, contrefaisant son accent sans qu'il daigna paraître s'en apercevoir, ou si l'on poussait trop loin la plaisanterie, sa physionomie prenait une expression singulièrement méchante, bien qu'en somme il resta maître de lui.

L'argent ne lui manquait pas. Il paraissait, comme on dit vulgairement, cousu d'or et en faisait ostentation, indice de basse origine.

Il tirait, à tout propos, des poignées de louis de sa poche aux yeux éblouis de l'hôtelier et se livrait à des dépenses exagérées qui faisaient hausser les épaules à quelques gens sensés, mais qui excitaient l'étonnement et l'admiration du plus grand nombre ; or, c'était précisément ce que désirait ce prodigue. A ce portrait, le lecteur a dû reconnaître James Dilson, qui, obéissant aux ordres de son père, le richissime marchand de conserves, promenait par toute la terre son faste de millionnaire de fraîche date et ses façons de malotru. Si, dès le premier jour de son arrivée, il récolta, par ses dépenses, l'estime de l'hôtelier et des garçons de l'hôtel, il sut, d'autre part, nous le répétons, se faire prendre en grippe par tous ses commensaux de table d'hôte, ce qui, d'ailleurs, lui était absolument indifférent.

Entre tous, Patrick O'Kelly éprouva, quand il le vit, une aversion insurmontable, que partagea sa sœur.

James Dilson avait-il entendu les deux Irlandais proférer des propos désobligeants sur son compte, avait-il deviné leur hostilité à l'égard de la race anglo-saxonne, d'autres raisons le faisaient-elles agir, ou leurs physionomies lui déplaisaient-elles tout simplement? Peu importe. Ce qu'il y a de certain, c'est qu'il semblait prendre plaisir à leur être désagréable.

Ainsi, par exemple, Patrick et sa sœur, ayant choisi deux chevaux chez le maquignon Isaac ben Simoun, James Dilson s'empressa d'acheter les deux bêtes, en offrant un prix considérable, ce qui obligea les deux Irlandais de recommencer leur choix.

Il était, avons-nous dit, d'une impolitesse de riche parvenu. Plus tard, quand il fut un peu plus âgé et que les sens commençaient à se réveiller chez lui, il devint fort timide en présence des femmes, mais, à cette époque, il s'en souciait beaucoup moins que d'une tranche de plum-pudding ou d'un verre de whisky, et se conduisait à leur égard en butor et en goujat. Plus d'une fois il lui arriva, soit de heurter Maud dans l'escalier ou dans le corridor, et, dans ce cas, il oubliait toujours de s'excuser, soit de lui jeter sur la robe une énorme chique, qu'il roulait habituellement dans sa bouche et qu'il ne quittait que pour la remplacer par une autre, ou pour s'empiffrer à table. Quant à son couvre-chef, il semblait vissé ou cimenté sur sa tête, et le salut lui était aussi inconnu que les us et coutumes des habitants de la planète Mars.

La jeune fille rendait compte à son frère de ces procédés de goujat et Patrick se jura de donner à l'Anglo-Saxon, à la première occasion, une sévère leçon de politesse. Mais revenons au cheik Ibrahim.

Julien ne s'était pas trompé en prédisant que le cheik était homme à causer maints soucis aux sous-officiers de garde de la Casbah, dont les chasseurs à pied et les spahis fournissaient alternativement le poste.

Sans que personne s'en doutât, un homme s'était fait le serment de le délivrer de sa prison ou de mourir.

C'était le loqueteux que nous avons vu au précédent chapitre mêlé à la foule qui entourait

Garde ton douro, il est moins réjouissant à la vue que ton charmant visage.

le prisonnier. Arrivé le matin même avec une quantité d'Arabes de la plaine et de la montagne, car c'était jour de marché, il entrait paisiblement dans la ville sans que nul fit attention à lui, sans qu'aucun espion du Bureau Arabe se doutât que ce misérable en guenilles était un des chefs des *goums* soulevés contre les Français, Ahmed, le propre fils du vieil Ibrahim.

Il combattait sur un point éloigné de celui où le cheik avait été pris par traîtrise, quand il fut prévenu soudain de l'arrestation de son père. Ivre de colère et de douleur, plein d'espoir de vengeance, il avait quitté nuitamment son goum et était accouru crevant sous lui trois buveurs d'air, trois nobles étalons du Haymour.

Mais il n'était pas parti en fuyard. Ayant rassemblé les anciens du goum il leur avait dit :

— Hommes, les chrétiens maudits ont surpris et entouré le noble cheik Ibrahim Boumaza. Ils l'emmènent sous une escorte de cavaliers rouges. Si mon devoir me retient ici, il est un autre devoir qui m'appelle là-bas. Il faut que je choisisse.

Et les notables des tribus répondirent :

— C'est bien, mon fils, nous t'avons compris Pars.

Qui avait instruit Ahmed ben Ibrahim de la capture de son père? Nul ne le lui demanda, et le message resta mystérieux pour tous.

« On sait — dit l'auteur des *Sciences occultes* — que les Orientaux communiquent entre eux par des *procédés spéciaux*, sans moyen matériel, à des distances considérables.

« Au temps de la conquête de l'Algérie, les cheiks étaient avisés de l'issue des engagements avant que le télégraphe ait pu en apporter la nouvelle aux autorités françaises. M. de Lesseps en rapporte des exemples sérieux.

« Les Anglais eux-mêmes en fournissent de nombreuses preuves à propos de la guerre qu'ils engagèrent avec les Cipayes. »

Dans l'escadron de spahis détaché à Tebessa, se trouvait un homme du douar dont le vieil Ibrahim était le cheik. Il avait reçu autrefois des bienfaits de celui-ci et l'ingratitude étant un vice moins commun chez les Arabes que chez nous, il lui en gardait une profonde reconnaissance; aussi se sentait-il navré et indigné de l'arrestation et de l'incarcération du vieux chef.

Comme tous les spahis indigènes, il habitait chez lui, en ville. Une petite pièce, non carrelée au rez-de-chaussée d'une vieille masure mauresque lui servait de chambre. Aux murs nus, étaient accrochés sa selle et son harnachement, et, sur le sol, une natte d'alpha lui tenait lieu de siège et de lit.

En un coin, un foyer formé de deux briques sur lesquelles il posait sa petite marmite servait à cuire son couscous aux jours de gala. En temps ordinaire, il vivait d'une galette et d'une poignée de dattes. L'eau de la fontaine voisine lui servait de boisson. Le soir, il allait prendre une tasse de café chez le caouedgi du caravansérail. A côté de cette pièce, s'en trouvait une seconde occupée par son cheval.

Il faisait griller, sur son foyer improvisé, de petits morceaux de viande de mouton embrochés dans une baguette quand un loqueteux parut sur le seuil de sa porte grande ouverte. Il en rôtissait une certaine quantité qui aurait à peine suffi au déjeuner d'un fantassin anglais, mais qui devait servir à le substancer pendant plusieurs jours, car l'on avait annoncé le matin, après le rapport, une sortie prochaine. L'on ne pouvait compter, pour le ravitaillement, sur les tribus des environs qui, toutes, se disposaient à plier leurs tentes.

— Que ton jour soit heureux! — dit le loqueteux frappant la porte avec son bâton.

— Que le salut soit sur toi! — répondit le spahis sans tourner la tête — et que ton ventre n'ait jamais faim.

— Il a faim — répliqua le loqueteux.

Le spahis alors suspendit un instant sa besogne, et, retirant sa baguette de viande de dessus les flammes, il leva la tête et vit cette sorte de vagabond :

— Entre — lui dit-il — et sois le bienvenu. Le repas est abondant aujourd'hui. Tu peux te rassasier.

Il posa sa brochette sur le coin d'une brique, se leva, déroula sa natte et fit asseoir le mendiant, puis lui tendant la brochette grésillante :

— Prends et mange — dit-il.

Le faux mendiant détacha de ses doigts quelques morceaux de viande, et se mit à manger avec appétit, puis regardant fixement son hôte:

— Me reconnais tu, Salah ben Saïd?

— Qu'Allah vide ma selle — répliqua le spahis — si j'ai jamais vu ton visage avant cette heure!

— Allah soit loué! Si un homme de mon propre douar ne me reconnaît pas, les chaouchs que les Roumis peuvent mettre à mes trousses me laisseront passer sans encombre... Regarde-moi... Je me livre à toi sans crainte... Je suis le fils du cheik Ibrahim.

Le spahis qui s'était assis à côté de son hôte se leva d'un bond et courut fermer la porte.

— Par notre Seigneur Hamed ben Yousouf, maître de Milianah, qui a un lion pour cheval et un serpent pour bride! — s'exclama-t-il. — Je veux être enterré droit comme un juif, si j'aurais jamais deviné en toi le camarade de mon enfance! Embrasse-moi, ami.

Les deux hommes s'embrassèrent l'épaule droite.

— Tu arrives en un jour de désolation — continua le spahis, reprenant place à côté du fils d'Ibrahim. — Le père de la tribu, ton père à toi, est entre les mains... les mains de ceux dont je reçois les douros... Courage, tiens ton âme... Moi, depuis qu'il est ici — et de son bras il désigna la direction de la Casbah — j'ai la mienne bourrelée de remords, et il me semble sentir au fond du cœur grouiller un nid de vipères.

— Ecrase le nid.

— Je l'écraserai, s'il plaît à Dieu. Oui, je l'écraserai, dussé-je rencontrer la mort.

— Nous devons tous mourir... La mort est une contribution frappée sur nos têtes... Un peu plus tôt, un peu plus tard, qu'importe! Dans cent années, les petits enfants d'aujourd'hui seront couchés sous terre, côte à côte avec les vieillards... et l'herbe croîtra sur tous.

— Homme, ta visite m'est une bénédiction... Tu es venu parce que tu as besoin de mon bras. N'est-ce pas, tu as bes[illegible] de mon bras? Tu peux parler... la porte est close. Souviens-toi que tu parles à un frère.

— Te rappelles-tu, quand le poil a commencé à nous pousser au menton, ce que nous disaient les hommes de la tribu dont la barbe était poivre et sel?

— Parle. Si je m'en souviens, tes paroles seront douces à mes oreilles, car elles me reporteront aux jours d'autrefois; si je ne m'en souviens plus, tu me les rappelleras.

— Ils disaient :

« Souvenez-vous, jeunes gens, que les hommes sont faits pour la trique, pour l'amour, pour la misère, pour le chagrin, pour toute espèce d'accidents. Qu'importe ? Cela ne doit pas les empêcher, la vingt-quatrième nuit du mois, à l'heure où règne la plus profonde obscurité, quand les chiens sont endormis, de se glisser chez leurs maîtresses, alertes et prêts, quand bien même la pluie ruissellerait du ciel comme autant de cordes, et qu'ils auraient à redouter pour leur cou le yatagan d'un père ou d'un mari... C'est à cela qu'on reconnaît les jeunes gens. »

— Oui, je m'en souviens, nous rions et nous répondions : On peut tout risquer, même sa tête, pour une heure d'amour.

— Alors, ils ajoutaient : Si tu risques tout pour une heure de plaisir, que ne risqueras-tu pas à l'âge d'homme pour sauver ton frère ou ton père en danger ?

— Et nous répondions : La mort.

— Et c'est à cela — concluaient-ils — que l'on reconnaît les braves. Salah ben Saïd, es-tu prêt à risquer la mort ?

— Je suis prêt — répondit le spahis.

Et longtemps, n'ayant pour témoin de leur conversation que le cheval qui hennissait en entendant la voix de son maître, longtemps ils s'entretinrent à voix basse de la délivrance du cheik Ibrahim.

Puis ils se séparèrent.

— Je te préviendrai du moment — dit le spahis. — Allah saura me désigner l'heure. Elle est écrite de toute éternité.

— Qu'il t'entende et que le nom d'Ibrahim Boumaza reste une épine dans l'œil de ses ennemis !

CHAPITRE XXXVII

L'ordre de départ. — Maud et le singulier mendiant. — Le buisson mouvant. — Le factionnaire perplexe. — Les victimes. — Aux armes !

Quelques jours après cette conversation, un courrier était arrivé au commandant supérieur du cercle, apportant l'ordre de conduire, sous bonne escorte, le cheik Ibrahim Boumaza à Constantine.

Il devait être traduit devant un conseil de guerre. C'était la mort.

Pourquoi n'avait-on pas envoyé l'ordre de le fusiller sous les remparts de la ville ? C'est que l'on craignait le soulèvement des tribus voisines, où le nom du vieux cheik était vénéré à l'égal de celui des grands marabouts. Dans Tébessa même, il comptait des partisans à cause de sa famille riche, puissante et respectée qui, avant l'arrivée des Français, habitait le pays.

Il fallait qu'ils se hâtent ceux qui voulaient sauver le cheik.

— Passe-moi ton tour de garde — dit Salah ben Saïd à l'un de ses camarades. — Sidi Ibrahim Boumaza doit partir demain à l'aube. Il est de ma tribu et je veux lui faire un signe d'adieu quand il s'en ira pour ne plus revenir.

— Soit — répondit le spahis. — Cela tombe bien. J'avais justement un rendez-vous avec la femme d'un colon français. Il faut planter pour récolter, et la récolte contribuera à l'union des races.

— Tu veux l'union des races, toi ?

— Par les filles des roumis, mais non par les nôtres.

— Alors, travaille ! jette-leur de la semence d'arabe et que leur ventre devienne pour leurs époux, un champ d'ivraie.

Il se trouva, par une coïncidence heureuse pour les conspirateurs, que l'adjudant de place fut pris de fièvre et que le poste de police fut confié à un jeune sous-officier fraîchement promu et nouvellement débarqué en Algérie, par conséquent des plus inexpérimentés.

A l'entrée de la nuit, trois chevaux sellés furent cachés dans le ravin à sec qui traverse les jardins touffus bordant l'un des côtés de la ville et leur garde fut confiée à un petit garçon.

Ce jour-là, Maud, qui se plaisait à se promener dans les sentiers bordés de murs bas de ces jardins à végétation exhubérante et qui avait poussé sa promenade jusqu'à la plaine de Beccaria, se trouva tout à coup, au détour d'une venelle, en face du mendiant qu'elle avait déjà aperçu.

La rencontre avait été si brusque qu'elle eut un mouvement d'effroi.

Mais elle se rassura devant le regard bienveillant de l'homme et surtout en entendant sa parole gutturale et douce :

— N'aie pas crainte, miss — lui dit-il en anglais mauvais, mais compréhensible.

— Oh ! — fit-elle, étonnée — tu parles anglais.

— Je le comprends mieux que je ne le parle — répondit le loqueteux — je l'ai appris, quand j'étais tout petit, d'un Anglais qui a séjourné autrefois dans notre tribu.

Maud ouvrit son porte-monnaie, en tira une pièce de cinq francs et la lui présenta. Mais à son grand étonnement il fit un geste négatif en repoussant la pièce.

— Garde ton douro — dit-il — il est moins réjouissant à la vue, même du plus pauvre, que ne l'est à moi ton visage. Celles que le Prophète destine à ses élus, les houris du Paradis, ne sont pas plus belles que toi. Tu es comme une source dans le désert ou comme la grenade entr'ouverte qui s'offre à la bouche du voyageur altéré. Tes yeux sont plus étincelants que l'étoile du soir, celle qui vient la première dire au pasteur : « Il est temps de rentrer au douar » et pourtant ils sont aussi doux que ceux de ma mère quand, autrefois, elle me prenait sur ses genoux. Le Prophète a dit : « Quand une âme ne pourra plus rien pour une autre âme, c'est que la fin du monde sera proche. » Ce n'est donc pas encore le moment, car ton âme a fait beaucoup pour la mienne.

— Moi ! — s'exclama Maud, suprise d'entendre un tel langage et de tels sentiments d'admiration dans la bouche de ce mendiant.

— Oui, fille des chrétiens, tu as fait couler une fontaine de miséricorde dans mon cœur, le jour où je t'ai entendue exprimer ta pitié pour le vénérable cheik Ibrahim. Cette heure-là, je n'ai plus maudit tous les tiens.

— Ah ! tu t'intéresses à cet infortuné vieillard. Que je voudrais pouvoir adoucir ses maux, le sauver !

— O houri descendue du ciel ! ils ne parlent pas comme toi, eux ! Ils ne sont pas de la même race que toi... Je le sais. Les Français n'ont eu égard ni à son âge, ni à son rang, ni à sa vaillance. Ils l'ont jeté dans un ignoble cachot, comme un voleur de grands chemins. Qu'Allah les disperse comme une nuée de sauterelles ! Qu'il détruise leurs légions maudites comme l'ouragan de sable détruit les caravanes... Mais qu'il te protège toi et les tiens ; que tu épouses celui que tu aimes, et que la bénédiction du Maître de l'heure soit à jamais sur ta tête et celle de tes enfants... Adieu ! ne parle de moi à personne avant que le soleil de demain soit levé... tu me vouerais à la mort. Alors l'œuvre sera accomplie. Le Maître de l'heure aura manifesté sa volonté. Tu pourras dire : « J'ai vu l'homme ! » Tiens, prends ceci, et garde le en souvenir de moi... Donne-moi en échange le ruban de ton cou !

Elle détacha le nœud de ruban rose agrafé au-dessus de son corsage, tandis qu'il fouillait dans le capuchon de son burnous. Il en sortit un objet enveloppé dans une pièce de toile, et prenant le ruban que Maud lui tendait, il le porta à ses lèvres, lui laissant le petit paquet dans la main.

Puis, escaladant un des murs de pierres sèches, il disparut dans les touffes de verdure après avoir répété :

« — Ne parle pas de moi avant demain... Ce serait ma mort. »

Maud resta un moment immobile, étrangement surprise ; puis, développant le morceau de toile, elle y trouva une bourse tissée d'or et de soie d'un merveilleux travail, garnie de pierres fines de diverses couleurs.

Elle la dissimula dans son sein pour éviter toute question indiscrète, reprit le chemin de la ville, rentra dans l'hôtel et, suivant la recommandation du mystérieux bédouin, ne parla à personne, pas même à son frère, de l'aventure qui venait de lui arriver.

. . . .

Le poste de la Casbah où se trouvaient les bâtiments de la garnison fournissait deux sentinelles : l'une devant les armes, l'autre à l'intérieur, près d'un endroit peu élevé du vieux mur d'enceinte, restant des fortifications romaines, qui englobait, de son carré rectangulaire flanqué de quatorze tours, non seulement la Casbah, mais la ville.

Cette échancrure, que la négligence des autorités ou l'incurie du génie militaire n'avait pas encore fait combler, formait une sorte de brèche facile à escalader pour des soldats désireux de découcher ; mais, comme il n'y avait au dehors de l'enceinte que les jardins ou la rase campagne, il était rare que des militaires poussassent l'amour de la villégiature ou du noctambulisme jusqu'à s'aventurer dans une plaine où ils ne rencontreraient que des hyènes, des chacals et même des lions. Si donc l'on avait placé en cet endroit une sentinelle, c'était plutôt par crainte des incursions que des excursions, c'est-à-dire des maraudeurs arabes et des nègres d'un village voisin, les plus hardis coquins de dix lieues à la ronde et à qui toute rapine est bonne.

La sentinelle avait donc la consigne de surveiller surtout les approches de la muraille du côté extérieur. Postée de façon à dominer les alentours, elle s'embusquait derrière les énormes pierres de taille, à l'abri d'un coup de fusil possible d'un rôdeur mal intentionné.

Depuis l'emprisonnement du vieil Ibrahim, on avait doublé le poste, et cette nuit-là, il était composé mi-partie de chasseurs de Vincennes et mi partie de spahis.

Vers deux heures du matin, la sentinelle placée près de l'échancrure dont nous venons de parler, un jeune chasseur à pied, crut remarquer un mouvement insolite dans un buisson, à une cinquantaine de mètres du fossé du mur, fossé hérissé de broussailles. Il lui avait semblé que ce buisson remuait. Le soldat épaula, se préparant à faire feu, car dans les théories de la chambrée, le sous-officier n'avait pas manqué de signaler ce stratagème fréquent qui fit tant de victimes pendant les premières guerres d'Afrique, d'Arabes abrités derrière quelque branchage, rampant lentement et s'approchant des factionnaires inexpérimentés ou inattentifs, sur lesquels ils bondissent pour leur couper la tête en deux temps.

Cependant, après avoir visé un instant le buisson suspect, le fantassin replaça son arme, car on l'avait aussi prévenu que dans l'obscurité on croit souvent voir bouger des objets qui sont parfaitement immobiles.

Inutile de mettre le poste et le quartier en émoi par une alerte qui lui vaudrait la risée de ses camarades, les injures de ses chefs, sans compter, peut-être, quelques jours de salle de police.

Il haussa donc les épaules, jeta un dernier regard sur le buisson et reprit sa promenade sur le bout de chemin de ronde qui lui était alloué.

Il commençait cependant à se sentir mal à l'aise, attendait avec impatience qu'on vint le relever, et sa perplexité et son impatience eussent été bien plus grandes, s'il s'était aperçu que chaque fois qu'il tournait le dos au buisson celui-ci s'avançait quelque peu pour reprendre l'immobilité aussitôt qu'il revenait sur ses pas.

Une fois encore, il s'arrêta, le doigt sur la détente, avec une furieuse envie de faire feu, une fois encore il hésita.

En ce moment, deux heures sonnaient à l'horloge de la poterne et presque aussitôt un bruit de bottes éperonnées se fit entendre.

C'était le tour des spahis. On venait le relever. Tout ragaillardi, oubliant ses appréhensions, il dirigea ses regards vers l'endroit où allait déboucher la nouvelle sentinelle accompagnée du brigadier et il se tint prêt à les arrêter suivant les prescriptions réglementaires.

Mais un homme bondissant de derrière le buisson fantastique fut, en deux sauts, au pied de la muraille qu'il escalada avec la légèreté d'un chat-tigre, se précipita sur l'imprudent factionnaire et, armé d'un *flissa*, long poignard à manche de chêne, à lame étroite et légèrement recourbée, le lui enfonça dans la gorge, avant que celui-ci, que pétrifiait la suprise, ait eu le temps de pousser un cri. Le soldat tomba, l'artère carotide tranchée, et l'Arabe, se baissant aussitôt, traina le cadavre au bord de la muraille d'où il roula et disparut dans les touffes de myrthe et de tamariniers.

— Loués soient Allah et le Prophète — dit le meurtrier.

Puis immobile, il attendit, embusqué derrière un pan de muraille.

Quelques secondes après le brigadier et le factionnaire débouchaient de derrière le bâtiment de la forge.

— Eh bien ! Quoi ? — dit tout haut le brigadier. — On n'arrête pas ? Eh ! chasseur ! On néglige donc le service des places de guerre dans votre bataillon ?

Ne recevant pas de réponse, le brigadier s'approcha :

— Il dort cet animal. Ah bien ! Nous sommes joliment gardés avec des lascars pareils. Eh ! factionnaire ! Où donc est-il, cet amateur-là ? Encore un Parisien, pour sûr ?

Il n'en dit pas davantage et ce furent ses dernières paroles. Le bédouin, à demi-nu, s'élançait de sa cachette et le brigadier tombait mort frappé du même coup rapide que la sentinelle.

— Ça fait deux — dit l'assassin.

— Il en faudrait mille fois autant chaque jour qu'Allah nous accorde — s'exclama le spahis qui accompagnait le brigadier. — Gloire à Dieu, Maître de l'heure ! Et puissent être tranchées ainsi les heures de tous les Roumis.

— Attention, Salah ben Saïd — dit le fils d'Ibrahim, essuyant d'un bout de loque son flissa ensanglanté. Aide-moi à le passer par dessus la muraille. Dépêchons.

Tous deux soulevèrent le corps, le hissèrent jusqu'à la brèche.

— Va rejoindre ton camarade — dit Ahmed ben Ibrahim.

Et ils le poussèrent dans le fossé.

On entendit un bruit sourd, un craquement de branches et ce fut tout.

— Nous n'avons plus qu'à attendre paisiblement — reprit Ahmed — le gibier va nous venir. La nuit d'affût sera bonne.

Et tous deux se blottirent contre le mur, l'oreille et l'œil au guet, le flissa au poing, prêts à frapper.

Ils attendirent quelque temps.

Enfin, il y eut un nouveau bruit de pas et le sous officier de garde parut escorté d'un cavalier portant un falot.

Intrigué de ne pas voir revenir son brigadier ni le factionnaire, il venait se rendre compte du retard.

— Lequel prends-tu ? — demanda le fils d'Ibrahim au spahis.

— Le margis... C'est un homme digne de la gehenne. Il sert avec les Arabes et il méprise et maltraite les Arabes... Nous avons un compte à régler.

— Soit ! A moi le porteur de lanterne, alors. Es tu sûr de toi ?

— Sois sans crainte. La haine guide mon bras.

— Attention !

Le maréchal de logis arrivait près de l'angle du mur, à trois pas de la brèche, cherchant la sentinelle. Comme le brigadier, il manifesta par des jurons et des apostrophes son étonnement de ne rien voir :

— Ah ! ça, qu'est-ce qu'ils fricottent donc, ces bougres là. Pas de factionnaire ? Hé, brigadier ! Vous allez finir la nuit au clou, mon bel ami ! Et gare le motif ! Et le salaud de factionnaire donc. Ah ! nom de Dieu ! En voilà des fumistes. Tas de Parisiens ! Je donne ma tête à couper qu'ils ont trouvé une *mouquère* de l'autre côté du mur. Avance, toi, avec ton falot... Nous allons rire...

Il s'arrêta tout à coup :

— Nom de Dieu! on dirait du sang..... On s'est donc égorgé par ici. Eclaire, nom de Dieu! éclaire donc!

L'homme obéit, rapprocha son falot du sol et tous deux virent une mare sanglante.

Mais, tandis qu'ils se baissaient pour constater la nature du liquide, s'assurer qu'ils ne se trompaient pas, les deux Arabes embusqués bondirent et les frappèrent en même temps de leur flissa au-dessous de la nuque.

Deux cris étouffés, deux râles brefs, et le silence.

Encore une fois la mort accomplissait son œuvre.

— Ça fait quatre! Gloire à Dieu.

— Et à notre Seigneur Mohammed, son Prophète! — ajouta le spahis.

Le sous-officier fut retourné, fouillé par des mains sanglantes et fébriles, et des clefs, le trousseau de clefs des locaux disciplinaires que les chefs de poste doivent constamment porter sur eux fut exhibé triomphalement.

Ils transportèrent ensuite les cadavres par le même chemin que les précédents et les deux nouveaux corps précipités de la muraille allèrent s'écraser sur les anciens.

— Hâtons-nous — dit Ahmed — la gazelle de l'heure galope toujours. Bientôt le jour va paraître.

— Oui, nos moments sont comptés et la besogne n'est qu'à demi faite.

Salah-ben-Saïd prit alors le pas gymnastique et haletant, la figure effarée, se précipita dans le corps de garde, où deux ou trois hommes fumaient, tandis que les autres ronflaient étendus sur le lit de camp, enveloppés dans leur capote ou leur burnous.

— Aux armes! — cria-t-il. — Aux armes!

— Quoi? Qu'y a-t-il?

— Vite, debout! Le margis, le brigadier sont attaqués par des maraudeurs. On se bat. Voyez, j'ai du sang.

— Ah! nom de Dieu! Où ça? où ça? — crièrent à la fois les fumeurs et les dormeurs réveillés en sursaut.

— Là-bas! A la brèche! La brèche de l'homme en faction. Je cours prévenir l'adjudant de place. Ordre du margis.

Les hommes de garde se hâtèrent de boucler leur ceinturon et sortirent en tumulte et au pas de course; bientôt ils disparurent dans la nuit.

Restait la sentinelle devant les armes.

— Toi aussi, hâte-toi, cours.

— Moi?

— Oui. C'est l'ordre!

— Je ne dois pas abandonner mon poste.

— On n'est pas de trop là-bas. Ils sont une bande de rôdeurs de nuit. Je vais prendre ta faction.

— Je me mets dans un mauvais cas — dit le spahis hésitant. — Conseil de guerre...

— Puisque je te dis que c'est l'ordre. Moi, je suis blessé, je ne puis être d'aucun secours là-bas. Tu vois... le sang.

Il était couvert de sang, en effet, et l'autre, toujours hésitant, le contemplait avec épouvante.

— Sur la tête du prophète — répéta le traître meurtrier — je te répète que c'est l'ordre... Maintenant, agis comme tu le voudras... Tu es prévenu... laisse égorger tes camarades.

La sentinelle, convaincue, partit au pas de course. Bien lui en prit, car Salah ben Saïd, impatienté et voyant qu'un temps précieux se perdait, était prêt à le frapper de son arme.

Puis, muni des clefs, il se hâta d'ouvrir la porte de sa cellule au cheik Ibrahim, qui ne dormait pas, et, assis sur ses talons, égrénait son chapelet d'ivoire.

— Lève toi, Sidi — lui dit-il — et fais hâte, la liberté est devant toi.

— Que s'est-il passé? — demanda le cheik.

— Suis-moi, suis-moi, sans tourner la tête.

Une minute après, ils sortaient tous deux de la Casbah, dont le poste était vide et traversaient rapidement la place.

— Mon fils? — demanda le vieillard.

— Me voici, père — fit Ahmed ben Ibrahim, débouchant d'un pan de mur écroulé.

— Allah soit loué! — murmura le vieillard étreignant convulsivement la main que l'autre lui tendait pour le guider dans l'ombre.

Ils n'étaient pas saufs. Il s'agissait de sortir de la ville par l'une des deux portes. A droite se dressaient les colossales tours de la porte Salomon, devant eux l'arc triomphal de Caracalla, à moitié enseveli par les sables, les débris accumulés depuis des siècles et qui servait de porte fortifiée sur la plaine. Un poste de chasseurs à pied les occupait toutes deux.

Le spahis avait compté sur un coin de muraille d'une tour dont les pierres écroulées permettaient une escalade, mais depuis l'arrivée du cheik, l'adjudant de place y avait fait par précaution placer un factionnaire.

— Qui vive? — cria celui-ci en voyant s'approcher les trois hommes.

— Spahis! — répondit Salah.

— Passe au large!

Ils prirent à gauche, puis rebroussèrent chemin.

— Essayons la porte Salomon — dit Salah — le mur est bas et les pierres déplacées. En faisant la courte échelle, le cheik pourra atteindre des anfractuosités qui lui permettront de poser le pied. Que sa vie soit sauve! Quant à nous, nous aviserons.

— Gloire à Dieu, miséricordieux ! — répondit le fils d'Ibrahim... Que mon père soit sauf, c'est l'essentiel ! la mort me prendra à son heure. Hâtons-nous.

Il fallait se hâter, en effet. Tout était peut-être déjà découvert : les quatre cadavres, l'évasion du cheik.

Alors, ils seraient perdus.

La gazelle de l'heure galopait toujours, suivant l'expression imagée des poètes du Souf, et par de là les hautes murailles sombres du côté de l'Orient, l'on apercevait les vagues teintes pourprées de l'aube.

L'aube sonnerait la mort.

On n'avait plus que le temps d'escalader la muraille, dut-on laisser aux pierres les ongles arrachés, d'arriver au lit desséché de la rivière, d'enfourcher les chevaux et de courir sur les buveurs d'air, courir, courir jusqu'à ce qu'on soit hors d'atteinte des chrétiens maudits.

Donc, ils se hâtaient, invoquant Allah et le Prophète, et déjà ils atteignaient l'endroit désigné, lorsqu'un bruit cadencé et sourd se fit entendre.

Ils s'arrêtèrent, anxieux, écoutant.

Il n'y avait pas à s'y tromper. C'était le pas d'une troupe en marche, une troupe qui entrait dans la ville. Une compagnie de chasseurs à pied regagnait la Casbah, après avoir fait dans la plaine une marche de nuit.

En tête de la colonne, s'avançait une pointe d'avant-garde commandée par le sergent d'Hagniel.

Devant ce danger imprévu, les trois Arabes firent brusquement volte-face, fuyant au hasard, à la recherche de quelque coin obscur. Mais, tout à coup, dans l'enceinte de la Casbah, éclatèrent des sonneries de trompette réveillant en sursaut la ville endormie.

L'adjudant de place, prévenu de ce qui venait d'arriver, s'était, quoique malade, jeté hors du lit, et avait couru réveiller le commandant de l'escadron, puis celui du Cercle qui faisait sonner le boute-selle que répétaient en chantonnant le cadre français joyeux :

> Allons, Spahis, vite en selle
> Formez votre escadron
> Que chacun embrasse sa belle
> A cheval, nous partons !
> A cheval, nous partons !

Et les appels se croisaient.

— Les Arbicos attaquent la ville.

— Non, nous partons en razzia.

— Quelle veine !

— Ça va payer mes dettes.

— A cheval ! A cheval !

Cependant, le sergent d'Hagniel, entendant ces sonneries insolites et voyant trois Arabes filer devant lui, soupçonna quelque chose d'anormal et leur cria de s'arrêter :

— Eh ! là-bas ! Halte ! Halte, nom de Dieu !

Cet ordre ne fit qu'accélérer la course des fugitifs.

— Qu'est-ce qu'il y a, sergent ? — demanda le capitaine — rejoignant l'avant-garde.

— Mon capitaine, c'est trois bédouins qui viennent de débusquer de ce coin et qui filent au pas gymnastique.

— Et ces sonneries ? Que diable se passe-t-il ? Un complot peut-être pour délivrer le marabout. Ça s'est vu. Courez avec quatre hommes à la poursuite de ces trois gaillards et ramenez-les. S'ils refusent de s'arrêter, tirez dessus. N'ayez crainte. Il y aura toujours assez de bédouins.

— Oui, mon capitaine.

Et le sergent, suivi de quatre chasseurs, s'élança à la poursuite des fuyards.

— Halte ! — criait-il. — Halte ! ou je fais feu.

Mais ils venaient de disparaître au tournant de la rue.

CHAPITRE XXXVIII

L'insomnie de Maud. — Chasse à l'homme. — Les chameaux sauveurs. — Ce qu'aperçoit le sergent d'Hagniel. — « Rien de nouveau. » — Le capitaine mécontent. — La cachette. — Les fouilles. — Audacieuse fuite.

Cette nuit là, le sommeil de Maud fut troublé de cauchemars. Déjà avant minuit, et à plusieurs reprises, elle s'était réveillée en sursaut, la poitrine oppressée, agitée par de secrètes angoisses.

Quelles angoisses ? Elle n'eût pu les définir, mais elle se sentait malheureuse. Elle se tournait en tous sens sur son lit, appelant vainement le sommeil. Elle alluma une bougie, regarda sa montre : une heure et demie. Allait-elle ainsi chercher inutilement le sommeil jusqu'à l'aube ? Mieux valait occuper ces heures longues et stériles.

Elle prit un volume sur sa table de nuit, des poésies arabes, traduites en français. Elle ouvrit le livre au hasard et ses regards s'arrêtèrent sur un chant d'amour :

> J'attends mon bien aimé.
> C'est le plus valeureux de la tribu.
> Son œil fier brille de courage,
> Mais quand il me voit, il brille alors d'amour.
> Oh ! quand j'entends le son de sa voix
> Ou seulement le bruit de ses pas,
> Ou encore le hennissement de son cheval,
> Que je reconnais entre tous ceux du goum,
> Il me semble mourir de joie !

Bientôt le livre lui échappa des mains comme

à Françoise de Rimini et sa pensée continua le chant de la jeune amoureuse. Car ainsi que le dit le poète :

Pour les lectrices de tout temps
Les livres les plus *stimulants*
Sont ceux qui parlent d'amourette
Que ce soit vers à rouge crête
Ou bien gros romans palpitants.
Ces livres ont toujours vingt ans
Et leurs feuillets sont les battants
De la porte la plus secrète....

Et les yeux grands ouverts, elle se mit à rêver.

Etait-ce à ce beau soldat français, à la conversation si chaude, si animée, à la tournure élégante, à la mâle figure halée par le soleil d'Afrique, si belle de jeunesse, de franchise et d'énergie, portrait vivant du vaillant capitaine de la garde, dont son aïeul se plaisait à vanter les mérites ?

Peut-être, car un sourire entrouvrait ses jolies lèvres et ses joues, un peu pâles, se coloraient de teintes rosées....

Tout à coup, les éclats d'une sonnerie de cavalerie, une agitation singulière, un bruit de troupe en marche, l'arrachèrent à sa rêverie.

Le bruit bientôt s'accentua, devint tumulte. Par sa fenêtre entr'ouverte à cause de la chaleur, elle entendait distinctement des appels, des ordres précipités.

— Est-ce que les Arabes attaquent la ville ? — se dit-elle.

Elle se jeta hors de son lit et, derrière ses volets mi-clos, examina la rue étroite et déserte que l'aube naissante commençait à blanchir. C'était un amas de masures, construites pour la plupart avec des débris arrachés aux ruines romaines qui jonchaient le sol aux alentours de la petite ville actuelle, circonscrite dans l'enceinte de l'ancienne forteresse de la jadis puissante et magnifique cité. Quelques maisons en construction ou restaurées par des colons, c'est-à-dire des débitants, à peu près alors les seuls *colons* d'Afrique, dressaient çà et là leur échafaudage près de la *Place d'Armes*, autour du nouvel hôtel.

Ainsi qu'une *senorita* qui, trompant la surveillance de sa mère ou de la duègne chargée de la garde de son honneur, attend le gentil *caballero* pour l'aider à escalader sa fenêtre, Maud écoutait, dissimulée derrière ses volets, sentant accroître à chaque minute son inquiétude, et son cœur battit d'une émotion profonde quand elle perçut nettement, dans le silence de la rue, un bruit de pas précipités.

Certainement on poursuivait quelqu'un.

La rencontre de la veille avec le singulier mendiant lui revint aussitôt à la mémoire ; elle eut l'intuition que le vieux cheik venait de s'évader et que c'était lui la cause de ce brouhaha nocturne.

Son évasion était découverte et on le poursuivait.

Cette pensée traversa son cerveau comme un éclair.

— Oh ! — se dit-elle, joignant les mains — si je pouvais le sauver !

Les trois Arabes fuyaient devant les soldats lancés à leur poursuite, et fuyaient avec des chances de leur échapper, momentanément du moins ; car, indépendamment d'une certaine avance, les ruelles tortueuses, à voûte, à zigzags, à angles bizarres, les amoncellements de pierres, de platras, de planches qui encombraient les voies, obstruaient la circulation, jointe à la fatigue d'hommes venant de faire une marche de nuit, augmentaient pour les fugitifs ces chances de salut.

D'ailleurs, pour dépister les chasseurs, ils s'étaient séparés dès le début et, tandis que Salah ben Saïd s'échappait dans une direction, le prisonnier et son fils en prenaient une opposée.

Ce n'est pas que cette fuite éperdue fut du goût de ces hommes intrépides, plus enclins à braver le danger qu'à tourner le dos à l'ennemi. Mais l'appât de la liberté, le désir de la vengeance activaient leur course et leur donnaient des ailes.

Il fallait être libre pour combattre, pour continuer la lutte, libre pour chasser l'oppresseur maudit.

Tout à coup, le vieillard fit un faux pas en se heurtant contre un ballot au détour d'une ruelle et tomba.

Cinq ou six chameaux se trouvaient rangés le long de la masure, un caravansérail, et les chameliers s'apprêtaient à les charger.

Etonnés de la sonnerie, ils écoutaient debout près de leurs bêtes, lorsqu'arrivèrent les deux fugitifs.

— Qu'est-ce, hommes ? — demandèrent-ils — où courez-vous ?

C'est à ce moment que le cheik tomba.

Son fils se précipita pour l'aider à se relever, mais le vieillard, remis debout, essaya vainement de reprendre sa course. Dans sa chute, il s'était foulé le pied.

— C'était écrit — dit-il. — Il faut mourir.

Et s'adressant à Ahmed consterné :

— Fuis, toi. Qu'Allah guide ta route. Tu me vengeras.

— Que je sois maudit, si je t'abandonne — répondit l'Arabe.

Interpellant un des chameliers qui s'était approché :

— Aide-moi, homme, à le charger sur mes épaules. Celui que tu vois est le cheik Ibrahim-Boumaza.

A ce nom, deux hommes se précipitèrent, en-

Les Arabes placèrent les chameaux au milieu de la ruelle pour obstruer le passage.

levèrent le vieillard, en chargèrent son fils, tandis que deux autres, se jetant à la tête des chameaux, les placèrent en tas au milieu de la ruelle étroite de manière à barrer complètement le chemin aux poursuivants.

Il était temps. D'Hagniel arrivait au pas de course avec ses chasseurs. Il se heurta contre cette muraille vivante et se mit à lâcher une succession de jurons qui eussent ému tout autre que des bédouins.

— Place, nom de Dieu ! — hurlait-il — où sont les chameliers? Tas de salauds, rangez vos bêtes !

Mais les chameliers, sous prétexte de ranger les bêtes, augmentent l'encombrement.

Chassés brusquement à coups de triques de la cour du caravensérail, une douzaine de chameaux viennent grossir le petit tas des six premiers. Et entassés, serrés, bousculés des deux côtés à la fois, ils se mirent à pousser des gémissements plaintifs accompagnés de ruades, tandis que les chameliers ne faisaient par leurs coups et leurs cris qu'accroître le désordre, bloquant hermétiquement la voie.

Ils répondaient aux jurons français par des jurons analogues en langue arabe, feignant d'appeler à leur aide, pour livrer passage à ces bons roumis, la protection puissante de *Sidi-Mohamed* et de *Sidi-abd-el Kader*; non pas l'*Abd-el-Kader* qui combattait actuellement nos armées dans la province oranaise, mais le grand marabout de ce nom qui, assis à la droite de Mahomet, jouit dans son paradis, au milieu d'houris toujours vierges, des plaisirs célestes promis aux Elus.

— Tas de brutes — criait d'Hagniel. — Ils sont plus bêtes que leurs bêtes.

Après de vains efforts pour trouer cette

masse compacte, il se décida à prendre un autre chemin.

— Eh bien quoi? — lui dit le commandant de la compagnie, le voyant revenir sur ses pas.

— Mon capitaine, la rue est barricadée par une caravane.

Cette mouvante, mais infranchissable barricade sauva les fugitifs.

Ahmed ben Ibrahim, chancelant et haletant sous le poids de son lourd fardeau, cherchait à gagner une des maisons en construction pour s'y embusquer à tout hasard. Il passait près de l'*Hôtel de France*, lorsqu'une tête de jeune fille apparut entre deux volets entr'ouverts. Il reconnut immédiatement Maud qui, de son côté, eut l'intuition que c'était le vieux cheik que l'on portait ainsi.

Ahmed ben Ibrahim devina-t-il que là était le salut? En tous cas, il s'y raccrocha comme s'accroche, à un frêle roseau, l'infortuné qui se noie. Il ne pouvait, d'ailleurs, aller plus loin.

Il s'approche de la fenêtre et, d'une voix suppliante, implore la pitié de l'Irlandaise.

— Oh! ma fille, j'ai lu la compassion dans tes grands yeux où se reflète le ciel... Au nom du Dieu miséricordieux, sauve, je t'en supplie, sauve ce vieillard... C'est mon père.

— Oui — dit Maud. — Hâte-toi; je veux essayer de le sauver.

— Oh! merci, tu marcheras dans la vie entourée de bénédictions...

Elle ouvrit les volets, et l'Arabe passa le cheik, tout surpris de ce secours inattendu, par la fenêtre de la chambre.

— C'est ton hôte — dit-il. — Mon cœur est en paix. Je reviendrai ce soir t'en délivrer... s'il plaît à Dieu.

Elle referma vivement les volets et, toute frémissante, écouta les pas du fils d'Ibrahim s'éloigner rapidement.

Il était temps. Le bruit d'autres pas précipités arrivait de la rue voisine, d'une direction opposée.

Dans ce dédale de ruelles qui formaient le vieux Tébessa, le sergent d'Hagniel n'avait pas tardé à perdre complètement les fugitifs de vue.

Cependant, il se sentait sur leurs traces quand l'obstruction, volontairement causée par les chameliers, les lui avait fait perdre.

— Après tout — se dit-il — il n'y a pas grand mal... de simples maraudeurs... peut-être même deux pauvres diables qui, en entendant venir la troupe, ont été pris de frayeur.

Sa compagnie devait être rentrée au quartier, il s'y dirigea avec ses hommes. On venait de rompre les rangs, mais tout était en rumeur.

Tandis que les hommes regagnaient leurs chambres, les officiers, qui venaient d'apprendre l'évasion du prisonnier et les assassinats qui avaient dû précéder cette évasion, groupés dans la cour de la Casbah, se livraient à toutes sortes de commentaires quand d'Hagniel vint rendre compte au capitaine qu'il n'avait pu retrouver les fuyards.

— Bah! — s'exclama le capitaine. — Il s'agit bien de ces rôdeurs de nuit. Laissons tranquille cette sale fripouille. Une chose plus grave s'est passée. Le cheik Ibrahim Boumaza vient de s'échapper, on ne sait comment, en laissant des cadavres. La vieille canaille a bien ruminé son coup. Ah! le salaud!... Il a dû happer le taillis par la brèche. Messieurs — ajouta-t-il en s'adressant à ses officiers. — C'est inexplicable que le génie n'ait pas encore bouché cette porte ouverte. Un titre de plus à son surnom si justement mérité de *génie malfaisant*.

C'était en effet le qualificatif que l'on donnait dans l'armée d'Afrique au corps du génie militaire, peut-être par jalousie pour ses prérogatives et aussi à cause des nombreuses bévues dont on l'accusait.

Un pont était-il emporté par une crue subite, une rivière débordait-elle, des pluies torrentielles faisaient-elles s'effondrer une route sur le flanc d'une montagne ou un rocher détaché glissait-il sur le chemin? c'était toujours la faute du génie, du *génie malfaisant*!

— Vous n'avez pas d'ordre à me donner, mon capitaine? — demanda d'Hagniel.

— Non, mon garçon. J'en attends moi-même du commandant. Allez vous reposer. Peut-être au réveil serons-nous obligés de mettre sac au dos... Oh! attendez. Le vaguemestre vient de me dire qu'il avait laissé mon courrier chez moi. Allez donc le chercher... Vous me l'apporterez ici.

— Bien, mon capitaine.

Le capitaine, comme tous les officiers, logeait en ville.

D'Hagniel se rendit à l'*Hôtel de France*, où son chef de compagnie occupait une chambre.

Il était tout heureux de la commission dont on le chargeait. Elle le rapprochait de Maud. Il allait pénétrer sous le toit où elle respirait, passer devant sa fenêtre, et qui sait? Peut-être réveillée par les sonneries, le pas de la troupe, celui des chevaux des spahis qui venaient de partir au galop, montrerait-elle son gentil visage! Tout est espoir chez l'amoureux.

Il ne la vit pas à sa fenêtre, mais il devina qu'elle ne dormait pas. Des barres lumineuses se voyaient au travers de ses volets clos. O volupté! S'il allait l'apercevoir dans un déshabillé de nuit, ou étendue sans voile, sur sa couche! « Céleste vision! Ravissement! Tais-toi, mon cœur! »

Il s'approcha doucement, doucement, afin de ne pas lui donner l'éveil, et coula son regard entre les interstices.

De ce qu'il aperçut, il ne put d'abord en

croire ses yeux, et resta frappé de stupeur.

Juste en face de lui, accroupi sur la descente de lit de Maud, le prisonnier qui mettait la garnison en émoi, à la poursuite duquel on venait de lancer un peloton de spahis, égrénait tranquillement son chapelet aux grains d'ivoire, tandis que, non loin de lui, et un peu en arrière, Maud achevait de se vêtir.

— Allons, est-ce que je deviens fou? — se dit d'Hagniel. — Qu'est-ce que cela signifie?

Et pour bien s'assurer qu'il n'était pas fou, qu'il ne rêvait pas, il frappa, après quelques secondes d'hésitation, plusieurs petits coups aux volets.

Aussitôt la lumière s'éteignit.

Il attendit une minute. Personne ne bougeait dans la chambre.

— Voilà qui est raide! J'en aurai le cœur net — se dit d'Hagniel. — Et il frappa de nouveau.

Peut-être la jeune fille crut-elle que le fils venait chercher le père! elle entr'ouvrit les volets avec précaution et se recula stupéfaite, à son tour, à la vue du sergent.

— Que voulez-vous, Monsieur? — demanda-t-elle, à la fois tremblante et irritée.

— Rien, Mademoiselle — balbutia-t-il, un peu honteux de son acte inconvenant.

Puis, soudain, reprenant son aplomb :

— Non, rien... je passais, j'ai vu de la lumière et pensant que vous n'étiez pas couchée, je venais vous demander si, par hasard, vous n'auriez pas de nouvelles du prisonnier échappé... du cheik Ibrahim Boumaza.

Elle sentit la raillerie et porta la main à son cœur.

— Monsieur — répondit-elle d'une voix encore tremblante — vous êtes un gentleman, le fils et le petit-fils de braves officiers, vous êtes appelé à devenir officier vous-même... vous ne voudrez pas trahir le secret d'une femme.

— La fuite de cet homme, mademoiselle, a causé la mort de quatre braves soldats... Mais rassurez-vous... je suis, comme vous voulez bien m'appeler, un gentleman...

Il s'inclina et alla frapper à la porte de l'hôtel pour demander le courrier du capitaine.

Il rencontra celui-ci au moment où il franchissait la porte de la Casbah.

— Rien de nouveau?

— Non, mon capitaine.

— Savez-vous que ce vieux coquin de cheik doit être encore dans la ville? Gare à ceux qui le cachent! Leur affaire est claire.

Il faisait sombre encore, heureusement pour le jeune sergent, car le capitaine n'eût pas manqué de remarquer la pâleur qui couvrit son visage.

Il continua :

— Il est évident maintenant qu'il n'a pu s'enfuir comme on le supposait d'abord, par la brèche, car c'est pendant que le poste entier, sur la fausse alerte d'un des complices, se trouvait à la brèche, que d'autres complices ont ouvert la porte de la prison. Et d'après les rapports des chefs des postes Salomon et Caracalla personne n'est sorti de la ville depuis dix heures. On vient de faire monter à cheval un peloton de spahis. Je me demande pourquoi.

L'officier fit une pose et regardant fixement son subordonné :

— Qu'est-ce que vous dites de cela?

— Rien, mon capitaine.

— Comment, rien, nom de Dieu! — s'exclama-t-il avec colère. — Vous ne comprenez donc pas?

— Quoi, mon capitaine?

— Sacré mille dieux! Vous avez l'entendement dur; vous ne comprenez pas que si ces satanés gredins ne sont pas coffrés, c'est de votre faute.

— Ma faute?

— Assurément, votre faute. Car ces trois individus à qui vous avez crié halte, ces bédouins qui se carapataient devant nous, c'étaient, ni plus ni moins, que le cheik Ibrahim, et deux accolytes dont l'un, spahis, vient d'être pincé...

— Mon capitaine, j'ai fait ce que j'ai pu.

— Vous vous êtes laissé faire le poil, mon garçon... et vous avez manqué là une belle occasion de vous signaler... de décrocher la médaille et peut-être l'épaulette.

— Mon capitaine...

— Bon. Je sais ce que vous allez me répondre. Ce n'est pas votre faute... ni la mienne non plus. Demain l'on va fouiller les maisons de la ville. Nul bédouin n'en sortira avant qu'on les ait épluchées toutes. Des ordres sont donnés. A vous de réparer votre bévue... et de vous rendre digne de mes bonnes intentions à votre égard. Rompez.

D'Hagniel était, en effet, aimé et apprécié de son chef de compagnie, à qui, d'ailleurs, il était recommandé et qui, depuis longtemps, reconnaissant en lui de sérieuses capacités militaires, désirait son avancement.

Il regagna sa chambre tête basse, plein d'anxiété de ce qui allait résulter des recherches du lendemain.

Cela surtout le préoccupait. Bien qu'il fut ambitieux et aspirât à sortir des bas grades, il était amoureux aussi et pensait que s'il avait manqué une excellente occasion de se faire remarquer, de voir son nom élogieusement présenté à l'attention de son chef de corps, par contre il en trouvait une non moins précieuse de se faire valoir près de la jeune et belle Irlandaise, dont il avait surpris le secret, secret qu'il comptait ensevelir au fond de son cœur.

Il se demandait comment la prévenir du danger qu'elle courait, et accablé de fatigue se jeta sur son lit et ne tarda pas à s'endormir d'un profond sommeil.

. . . .

La consigne avait été donnée, aux postes des portes, de ne laisser sortir aucun indigène de la ville, à moins qu'il ne fût muni d'un laisser-passer du Bureau Arabe.

A cet effet, un officier se tenait en permanence dans une pièce du bâtiment consacré aux affaires indigènes et tout individu, voulant sortir de Tebessa, devait se présenter devant lui. Là, il était examiné par une douzaine de Chaouchs et de gendarmes maures auxquels on avait adjoint autant de spahis, gens de Tebessa ou des tribus du cercle, qui constataient et affirmaient sur leur responsabilité personnelle l'identité du postulant.

A la suite de cette constatation, on lui délivrait son laisser-passer.

Pour donner encore plus de certitude à cet examen, des cavaliers avaient été expédiés aux chefs des tribus voisines avec l'ordre de se rendre, dans le plus bref délai, au Bureau Arabe pour prêter à l'officier leur concours.

Pendant ce temps, on se livrait dans la ville et les environs à de minutieuses recherches.

Des chasseurs à pied fouillèrent les rues, les maisons une à une, des spahis explorèrent la campagne, le tout en vain.

Julien d'Hagniel, chargé comme ses camarades de diriger les explorations, vivait dans de continuelles transes, s'attendant à tout moment à apprendre cette fatale nouvelle :

« Le cheik Ibrahim vient d'être trouvé caché chez une Irlandaise à l'*Hôtel de France*. »

Il n'en fut rien cependant. L'*Hôtel de France* où logeaient plusieurs officiers de chasseurs et de spahis fut exempt de visites. Il ne pouvait venir à personne l'idée que le prisonnier avait cherché un refuge dans la gueule du loup, et encore moins dans la chambre d'une jeune fille. L'appartement des Irlandais fut donc respecté comme le furent les chambres des officiers de la garnison.

Le Bureau Arabe du cercle et ceux de la province de Constantine demeurèrent aussi stupéfaits qu'indignés de cette audacieuse évasion.

On en rendait responsable l'adjudant de place — bien qu'il se fut déclaré malade — pour n'avoir pas donné de suffisantes instructions à son remplaçant provisoire ; on ne pouvait punir le maréchal-des-logis de spahis puisqu'il était mort, mais on infligea quinze jours de prison à tous les hommes de garde qui avaient couru au secours de leur sous officier, soi-disant attaqué par des maraudeurs ; quant à la sentinelle, traduite au conseil de guerre pour abandon de son poste, elle en fut quitte pour six mois et sa radiation immédiate de l'escadron de spahis.

On reprocha au sergent d'Hagniel de n'avoir pas couru assez vite et de s'être laissé barrer le passage par une troupe de chameaux ; et le spahi Sallah ben Saïd, principal auteur de ce drame, fut passé par les armes après un jugement sommaire, sans que l'on ait pu tirer de lui le moindre renseignement.

Il mourut bravement en criant :

« Gloire au Dieu miséricordieux ! »

. . . .

Quand Maud vint prévenir Patrick qu'un Arabe était caché dans sa chambre, l'Irlandais ne fut pas médiocrement surpris.

Cependant il n'eut pas le courage de gronder la jeune fille, admirant intérieurement la noblesse de son action. Donner l'hospitalité à un proscrit, quel qu'il soit, a toujours été louable pour les gens de cœur, surtout quand il s'agit d'une victime politique ou d'un prisonnier de guerre.

La scélératesse de nos lois, la lâcheté d'une civilisation qui n'est que pourriture, ont pu seules faire un crime d'un noble sentiment de pitié.

Patrick approuva sa sœur tout en la traitant d'imprudente, mais ils tremblaient tous deux, moins pour eux-mêmes que pour le vieillard qui, lui, singulièrement calme et digne, ne manifestait pas la moindre appréhension.

Cependant, il fallait empêcher qu'il ne fût vu de la servante, une jeune juive que le maître de l'hôtel avait amenée de Constantine.

Ce fut chose relativement facile. Au matin, elle vint faire la chambre de l'Irlandaise, pendant que le cheik était passé dans celle de Patrick ; quand elle frappa à la porte de celui-ci, l'Irlandais prétexta faire ses ablutions. Elle sortit donc. Une demi-heure après, elle frappa de nouveau à l'autre porte, celle du corridor ; mais Ibrahim avait regagné sa première cachette.

Il refusa de manger malgré les instances de ses hôtes, acceptant seulement quelques tasses de café que la jeune fille préparait elle-même à l'aide d'une cafetière et d'une lampe à esprit de vin.

Cette journée parut interminable à Maud et à Patrick et probablement aussi à l'Arabe, mais si les heures lui furent longues il ne laissa rien paraître de sa mortelle inquiétude.

Les patrouilles passaient et repassaient sous les fenêtres et à chacune d'elles le cœur de la jeune fille tressautait.

La nuit vint. Les jeunes gens qui, depuis les incongruités du voyageur anglo-saxon, et pour éviter tout contact avec cet opulent goujat, se faisaient servir leurs repas dans la chambre de Patrick, éteignirent après le souper leur lumière et restèrent sur pied, fenêtres ouvertes et volets clos.

On n'entendait plus le pas des patrouilles, mais celui de chevaux. Des spahis rentraient de leurs courses vaines ; puis des cavaliers du goum arrivés dans la journée à la suite de leurs cheiks, attendaient impatiemment le départ de ceux-ci pour regagner leurs douars. La consigne était la même pour tous. Entrés dans la ville ils n'en pouvaient ressortir qu'avec le permis officiel ou à la suite des chefs de leur tribu.

Maud et Patrick se mouraient d'impatience et d'inquiétude. Si la nuit se passait sans encombre comment se passerait le lendemain? Ils ne pouvaient garder indéfiniment ce vieillard. Echappé aujourd'hui à l'œil des domestiques, échapperait-il une seconde fois? Lui, toujours calme, ne sortait de son impassibilité que pour adresser de temps à autre un sourire de reconnaissance à ses sauveurs, se gardant de prononcer une parole, même à voix basse, de crainte d'être entendu par d'autres oreilles.

Vers minuit, on entendait encore le bruit des pas des chevaux. Il semblait aux deux étrangers que la ville était pleine de cavalerie. Tout à coup, au milieu de ce bruit, ils perçurent une sorte de grattement aux volets qu'ils entrouvrirent aussitôt. Ils ne virent d'abord que des croupes de chevaux dont quelques-unes même se trouvaient si près de la fenêtre qu'on eut pu les toucher en allongeant le bras. Sur ces chevaux, des Arabes tout blancs, semblables à des fantômes, attendaient le long fusil haut sur la cuisse.

Quelques-uns portaient sur leur tête enveloppée du haïk où s'enroulait, formant turban, la corde en poil de chameau, un large chapeau de paille garni de plumes d'autruche.

Une main invisible tira doucement du dehors l'un des volets et, en même temps, un de ces chapeaux, semblable à un immense bonnet à poil, à cause de la touffe de plumes noires qui l'entourait, fut jeté dans la chambre.

Le cheik qui, au bruissement du volet s'était levé d'un bond, s'en coiffa, escalada la fenêtre et presqu'aussitôt, comme par enchantement, Maud et Patrick, stupéfaits, le virent monter sur un cheval tout sellé qu'un cavalier Arabe tenait en main.

Les Bédouins restèrent encore quelques minutes immobiles sur leurs bêtes comme s'ils attendaient un personnage important pour lui servir d'escorte, puis bientôt l'on entendit s'approcher d'autres cavaliers en tête desquels chevauchait le chef du Bureau Arabe, et toute la colonne s'ébranla.

Le vieux cheik, méconnaissable sous son chapeau à large bord, le fusil en bandoulière, passa devant les deux jeunes gens ébahis, accoudés à leur fenêtre, le cœur rempli d'une immense joie.

Et leur jetant un regard chargé de reconnaissance, qu'ils devinèrent plutôt qu'ils ne virent, il posa la main sur son cœur.

La troupe se dirigea vers la porte de Caracalla toute grande ouverte et s'enfonça dans la vaste plaine.

Ainsi s'évada le cheik Ibrahim Boumaza avec l'aide de son fils Ahmed ben Ibrahim et la complicité de deux cavaliers du goum du caïd Ali ben Rahan, sous la propre égide du capitaine du Bureau Arabe, ne se doutant guère que parmi les cavaliers qui lui servaient d'esco te se trouvait le prisonnier évadé, à la poursuite duquel il allait fouiller les tribus.

CHAPITRE XXXIX

Maud malade. — Les adieux du sergent d'Hagniel. — Le souvenir. — Le coup de vent. — Course au chapeau. Johnathan rit et Patrick se fâche. — Le roi Dollar.

Le lendemain, Maud ne put se lever. Une violente fièvre s'était emparée d'elle, à la suite de ses trop vives émotions. Dans la journée, elle délira ainsi que la nuit et le jour suivants.

Plusieurs fois le nom de Julien vint à ses lèvres, puis celui du cheik Ibrahim.

Son frère n'osa faire appeler le médecin, aide-major appartenant au bataillon de chasseurs à pied, de peur que dans son inconscience, elle ne lui révélât leur secret.

Il resta près d'elle, s'assit à son chevet, la soigna, empêchant qui que ce soit de l'approcher.

Enfin, la fièvre se calma et le quatrième ou le cinquième jour Maud se trouva rétablie.

Julien d'Hagniel était venu à plusieurs reprises, s'informer de l'état de la jeune fille ; ce jour-là il prit congé.

Il partait le lendemain matin escorter un convoi de munitions de guerre que l'on expédiait, en toute hâte, pour ravitailler une colonne sortie de Biskra et se dirigeant au sud-est vers les grands lacs.

La fermentation croissait chez les Arabes, s'étendait dans tout le sud de la province d'Alger et celle de Constantine et gagnait jusqu'aux tribus, depuis quelque temps paisibles, du cercle.

L'autorité militaire avait prévenu les colons, c'est-à-dire les débitants français et maltais, qu'il n'était plus prudent de s'aventurer hors de la ville, ni même de dépasser les jardins qui forment une sorte de délicieux oasis dans la plaine dénudée.

Quand Julien se présenta, il eut la joie de trouver la jeune fille seule; son frère venait de s'absenter.

Elle poussa une exclamation de plaisir et vint à sa rencontre, lui tendant les mains :

— Patrick m'a appris que vous étiez venu plusieurs fois demander de mes nouvelles — dit-elle. — Merci. Voyez, me voici tout à fait rétablie.

— Méfiez-vous de ces fièvres d'Afrique... Elles passent un moment, puis reviennent et ne vous quittent plus, à moins de les lâcher violemment en prenant le bateau qui vous emporte au pays... Enfin, je suis heureux de vous quitter en bonne santé... Je viens prendre congé de vous.

— Prendre congé — s'exclama-t-elle. — Déjà. Et pourquoi ?

Julien expliqua, en quelques mots, la mission dont son peloton était chargé.

— Et quand reviendrez-vous? — demanda Maud, dont les regards s'arrêtaient, pleins de douceur, sur le jeune homme.

— Qui sait? Tout dépend des événements. Peut-être dans quinze jours, dans un mois. Peut-être davantage. Si, au moins, j'avais la bonne fortune de vous retrouver à mon retour.

— Un mois! — fit-elle avec tristesse. — Oh! nous ne pensons pas rester si longtemps ici. Puis, nous voici prisonniers ou à peu près. L'on nous a prévenus, ce matin même, de ne pas dépasser les jardins dans nos promenades. Adieu, nos courses à cheval! Mon frère, qui aime le mouvement, va profiter du premier convoi sur Constantine.

— Ah! satané métier! Moi qui me sentais si heureux... depuis... depuis que je vous ai rencontrée. Je me forgeais un tas de chimères... Mais il ne faut jamais se laisser aller aux rêves quand on est soldat. On s'endort dans le paradis, songeant aux joies du lendemain... un coup de clairon vous réveille. Adieu les châteaux en Espagne ; on est comme la laitière de La Fontaine qui a renversé son pot à lait :

Adieu veau, vache, cochon, couvée.

Il faut prendre le sac et emboîter le pas des camarades. Où va-t-on? On n'en sait rien... Quelquefois, on va taper sur le cuir de pauvres diables qu'on n'a jamais vus et qui ne vous ont jamais rien fait. On leur troue la peau ou ils trouent la vôtre. Pourquoi? Parce que le gouvernement a déclaré par la bouche de vos chefs que c'est un ennemi. C'est un homme comme vous, qui vaut souvent mieux que vous, qui a comme vous un père, une mère, une femme, des enfants... et en pressant une gâchette, ou en lançant un coup de baïonnette on prive une mère de son fils, et l'on fait une veuve et des orphelins. Quand on y arrête sa pensée, c'est un triste métier que le nôtre.

— Mais — objecta Maud, en souriant — il me semble que vous ne raisonniez pas ainsi l'autre jour, la première fois que nous avons causé.

— C'est bien possible! L'autre jour j'étais dans une toute autre disposition d'esprit. Heureux de votre rencontre... je voyais tout en bleu, tandis qu'aujourd'hui cet ordre de brusque départ me montre tout en noir... Et pourtant Dieu sait si moi aussi, j'aime le mouvement et déteste la vie de garnison !

Elle rougit de cette sorte de déclaration d'amour indirecte, et l'aveu lui alla droit au cœur.

— Vous reverrai-je? — continua le jeune homme. — Et quand vous reverrai-je? Sait-on jamais lorsque l'on est soldat? Peut-on dire « je ferai ceci, je ferai cela »? On va où l'on vous commande d'aller; on est comme la girouette que fait tourner le vent, aujourd'hui au Nord, demain au Midi, à l'Est ou à l'Ouest. Que le diable emporte le métier!

Julien parlait sincèrement. Quitter cette belle jeune fille avant d'avoir pu continuer le roman ébauché, le rendait morose.

Il n'avait, par discrétion, dit un mot de l'aventure du cheik, mais cette aventure mettait un lien entre eux. C'est une force que d'avoir un secret en communauté avec une aimable personne dont on suppose le cœur libre; c'est la moitié du chemin pour en prendre possession. Ce secret, divulgué par lui, pouvait perdre la jeune Irlandaise, la faire tout au moins expulser de la ville, même de l'Algérie; d'autant plus que l'évasion du cheik était grosse de conséquences.

En fille intelligente, elle devait comprendre que le jeune sous-officier perdait pour elle une chance d'avancement, par conséquent lui savoir gré de sa discrétion, et comme il y a toujours un fond d'égoïsme dans les actes en apparence les plus désintéressés, il comptait sur une douce récompense.

Mais cet ordre de départ dérangeait tous ses plans. Voyant ses façons dégagées, ignorant le laisser-aller, les allures familières des filles de la Grande-Bretagne, avec les jeunes gens qui leur sont présentés, et qui ne sont pas, comme beaucoup d'étrangers se l'imaginent, un indice de perversité ou de coquetterie, mais le résultat d'une éducation intelligente qui place en premier lieu la liberté individuelle, il se disait que son absence romprait ce trait d'union entre elle et lui, et que quelque brillant officier de chasseurs ou de spahis n'aurait nulle difficulté à pénétrer dans la place.

Ajoutons que Julien comptait profiter de

l'inévitable émotion qu'éveille toujours dans le cœur de ceux qui s'affectionnent une séparation plus ou moins longue pour essayer de sonder les sentiments de Maud à son égard.

— Oui — répéta-t-il — que le diable emporte le métier !

— Quelle différence entre votre langage d'aujourd'hui et celui de notre première entrevue ! Vous paraissiez si content de votre existence, vous en vantiez avec une telle complaisance les charmes, les émotions, les imprévus, l'heureuse insouciance... Vous vouliez me prouver que le métier de soldat est le plus beau du monde et vous nous aviez presque convaincus, mon frère et moi.

— J'ai changé d'avis, voilà tout. Il y a quelque temps je me serais réjoui de partir, d'aller n'importe où, au hasard des aventures... Aujourd'hui je m'en désole... Ne vous en ai-je pas fait comprendre la cause ?

A nouveau, une légère rougeur couvrit les joues de la jeune fille et elle répondit à voix basse :

— J'ai compris... J'ai bien compris .. Merci de ce que vous avez fait pour moi, car c'est pour moi que vous vous êtes exposé à gravement vous compromettre, à risquer votre avenir. Je ne l'oublierai pas... J'y pense jour et nuit et j'ai dû m'en souvenir dans mes heures de délire, puisque mon frère m'a dit que j'avais plusieurs fois prononcé votre nom...

Elle s'arrêta, lui tendit la main :

— Vous partez... Ah ! ceux qui partent ne sont pas les plus à plaindre, ils ont les distractions de la route, les incidents du voyage... Les plus à plaindre sont ceux qui restent, assaillis de regrets et d'inquiétudes.

— Alors, vous penserez un peu à moi ? — demanda le sous-officier d'une voix émue.

— Je penserai à vous... Je désire que vous n'en doutiez pas... Tenez, la veille de l'évasion du cheik, j'ai rencontré dans les venelles des jardins un mendiant ; du moins, je le prenais pour une sorte de mendiant ; et comme j'allais lui faire l'aumône, il a sorti de dessous son burnous cette bourse en me priant de l'accepter... parce que j'avais témoigné de la compassion pour le cheik Ibrahim... C'est lui, sans nul doute, qui a travaillé à son évasion... Moi, je ne veux pas de cet objet... Prenez-le en souvenir de moi... Qui sait ? Peut-être vous sera-t-il utile ?

— Pour mettre mon argent ? — fit en riant le jeune homme prenant et admirant la bourse. Elle est trop luxueuse et faite pour des pièces d'or... Et des pièces d'or, il m'arrive rarement d'en avoir dans la poche... de temps en temps, par hasard, quand ma pauvre mère se prive du nécessaire pour me procurer du superflu... Et alors, elles n'y séjournent pas... Mais, merci mille fois. . C'est peut-être un talisman pour préserver des balles ou des fièvres ! Il y a là, brodés, des mots arabes, des signes cabalistiques ; je les ferai traduire à un de mes collègues des spahis...

Patrick arrivait sur ces entrefaites et le sous-officier glissa dans sa tunique l'objet que Maud venait de lui donner. Bien qu'il éprouvât une vive sympathie pour l'Irlandais, il l'eut volontiers envoyé, en cette occasion, à tous les diables, comme il faisait pour les exigences du métier.

La conversation continua, mais elle n'avait plus pour Julien le charme exquis du tête à tête. Il ne put même accepter l'invitation à dîner d'adieu, le service l'appelant au quartier. En prenant congé, il eut l'intime joie de voir la jeune fille lui manifester ses sentiments de la façon la moins équivoque.

Comme il s'inclinait devant elle, elle lui tendit la main. Il la prit et sentant une douce pression, la porta à ses lèvres.

— A la bonne heure — dit gaiement Patrick. — Ainsi faisait votre grand'père à de jolies filles, qui sont devenues grand'mères, à leur tour. C'est une charmante habitude qu'on a eu le tort d'abandonner. Tu préfères cela au *Shake hands* de ces odieux Anglais, n'est-ce pas Maud ?

— Je l'avoue — dit-elle, en riant — tout en faisant mes restrictions. Une poignée de main se donne sans conséquence, mais je ne voudrais pas salir mes doigts aux lèvres du premier fat venu.

En retournant à la Casbah, Julien radieux et ivre d'amour sentait encore la petite main chaude et palpitante s'offrir d'elle-même à ses baisers.

Le convoi qu'il escortait, composé de quatre fourgons de munitions, conduit par des soldats du train avec deux spahis servant de guides, sortit à l'aube de la ville par la porte Caracalla.

En passant dans la rue où l'*Hôtel de France* formait un angle, Julien d'Hagniel éprouva une délicieuse émotion. Un volet du rez-de-chaussée s'entr'ouvrit et il aperçut une petite main agiter un mouchoir.

. . . .

Le lendemain, dans la matinée, Patrick traversait la place pour se rendre au Cercle des officiers, où l'appelait un jeune lieutenant de spahis, qui, sans doute, attiré par les charmes de la sœur, cherchait à se lier avec le frère ; coutume fort ancienne et d'une simplicité biblique.

On rapporte même qu'un célèbre patriarche fit passer son épouse pour sa sœur afin de mieux encourager les convoitises d'un puissant monarque de l'Egypte. La fausse sœur se prêta complaisamment à ce subterfuge, livra ses charmes au pharaon et, celui-ci satisfait, le père de la race juive, reprit sa docile épouse et s'en retourna dans son pays comblé de richesses et d'honneurs.

Patrick était au-dessus de pareils calculs, mais il aimait la société des Français de son âge, surtout celle des officiers exhubérants et de bonne humeur. On tapait, de concert, sur les Anglais, on ridiculisait John Bull et l'on préparait en paroles la revanche de Waterloo en entonnant la vieille chanson de Davis :

A l'avant-garde française
Elle a sa place de droit
Notre brigade irlandaise !

Donc, plusieurs lieutenants et sous-lieutenants attablés sous les accacias nouvellement plantés devant le bâtiment du Cercle, sirotaient, en attendant le déjeuner, l'absinthe ou le vermouth, lorsque le lieutenant Juhel, un beau garçon à fines moustaches, ayant aperçu Patrick lui fit signe de venir se joindre au groupe.

Le vent violent des plaines africaines, le terrible *simoun*, venait de se lever et commençait ses capricieuses farandoles. Aussi, le jeune homme n'avait pas fait dix pas qu'il se sentit soudain décoiffé. Son frêle chapeau de paille, enlevé par la rafale, tourbillonna dans l'espace, puis alla tomber dans la direction opposée au cercle.

Patrick courut vainement après; comme il arrive souvent en pareil cas, au moment où il croyait mettre la main sur son couvre-chef, celui-ci, de nouveau, fit un bond pour aller s'abattre à vingt pas.

Pendant ce temps, le vent soulevait de tels nuages de poussière et de sable que les officiers se levèrent de table et, faisant emporter bouteilles et verres, évacuaient la terrasse pour se réfugier dans l'intérieur du cercle.

Quelques Arabes, accroupis le long des murs de la Casbah, la tête à demi-enfouie sous le capuchon de leur burnous, et James Dilson, debout sur la porte de l'hôtel, suivaient d'un air vivement intéressé les péripéties de ce sport d'un nouveau genre.

Patrick, conscient de son rôle ridicule, sentit la colère le gagner en s'apercevant qu'il amusait son ennemi.

Le chapeau violemment chassé d'un bout de la place à l'autre, dans un tourbillon de poussière, venait justement de s'arrêter à côté de l'Américain.

Il suffisait à ce dernier d'allonger le bras ou simplement de poser le pied sur le bord, pour terminer ses fantastiques évolutions et le rendre à son propriétaire. Mais il se garda de cet acte de simple politesse; il s'écarta même du chapeau comme s'il craignait d'être souillé de son contact.

L'Irlandais accourait de toute la vitesse de ses jambes; encore une fois au moment où il croyait le saisir, le vent de nouveau fit rage, souleva le malencontreux tissu de paille et l'emporta dans l'espace à une prodigieuse hauteur.

On le suivit quelque temps des yeux, puis on le vit retomber obliquement, se poser sur la muraille où il roula sur la crête; et, enfin, trouvant une solution de continuité dans l'entablement des pierres, il s'effondra dans le vide et disparut de l'autre côté.

C'est alors que James Dilson fut pris d'un fou rire, aussi bruyant qu'incorrect.

— Aoh ! — s'exclamait-il — *Beautiful performance*. Très bon sport. Amusé beaucoup moâ. Le gentleman irlandais très bon clown; mais, le casquette de lui, meilleur. Encore! Encore!

Et il recommençait à rire.

Patrick, qui d'un air dépité avait suivi les dernières cascades, puis la disparition finale de son panama, l'interpella, furieux.

— Dites donc, vous, ça vous amuse ?

— Aoh ! Très beaucoup !

— Je le vois bien ; mais, si vous aviez la moindre notion de la civilité la plus élémentaire, vous auriez ramassé ce chapeau quand il était à portée de votre main.

— Ramasser le casquette de vô ? Est-ce que moâ domestique de vô ?

— Ce n'est pas être domestique que d'être complaisant.

— Pourquoi moâ complaisant avec vô ? Moâ connais pas vô. Vô jamais été présenté à moâ.

— Ah ! c'est vrai ! j'oubliais que vous étiez Anglais, ou plutôt Anglo-Américain, et que ce n'est pas chez vos compatriotes qu'il faut aller chercher les belles manières. Vous vous êtes déjà conduit, avec ma sœur, comme un goujat...

— Pourquoi ?

— Vous lui avez marché sur le pied, hier encore, et vous ne vous êtes même pas excusé...

— Je n'ai rien senti.

— Donc, agissant en goujat avec la sœur, il est tout naturel que vous agissiez en rustre avec le frère... Je suis heureux que l'occasion se présente de vous le dire.

— Vô disez ?

— Que vous êtes un rustre et un goujat... Que vos façons d'agir déplaisent à tout le monde et à moi en particulier... Que si vous n'avez pas encore reçu la leçon que vous méritez, c'est que les Français respectent les devoirs de l'hospitalité envers les étrangers, mais moi qui suis comme vous, étranger, et n'ai pas à obéir à ces considérations, je vous répète que vous êtes un rustre et que si le propriétaire de cet hôtel se respectait, il vous aurait depuis longtemps mis à la porte.

— Mettre à la porte moâ — répondit froidement James Dilson. — Jamais personne a osé mettre à la porte moâ.

James Dilson, grotestement accoutré, fit dans la ville une entrée carnavalesque.

— On a eu tort. C'est que vous avez eu affaire à des gens patients et bénévoles. Si j'étais le maître, vous ne resteriez pas cinq minutes ici.

— Mais, vô pas le maître. Irlandais, maîtres nulle part. Anglais, maîtres partout. Moâ le maître ; toujours maître avec banknotes.

Et il frappa sur la poche de sa redingote, où se trouvait son portefeuille.

— Dans votre pays de mercantis et de descendants de convicts, qui n'ont que l'adoration et le respect du veau d'or, dans votre vénale Amérique, où l'on ne jauge la valeur d'un homme que par le nombre de ses dollars, c'est possible! Mais il est, grâce au ciel, des coins de terre où l'on ne se courbe pas comme vous autres devant la pièce de cent sous.

James Dilson haussa les épaules, alluma un cigare et demanda froidement :

— Où cela ? Jamais vu.

— En France, par exemple, Monsieur.

A cette réponse, l'Anglo-Saxon fit entendre un petit rire sardonique ; puis, après avoir tiré quelques bouffées qu'il lança dans la direction de l'Irlandais :

— Nous sommes en France, ici ? — demanda-t-il.

— Du moins, dans une colonie française.

— Chez des Français ?

— Sans doute !

— Gâçon ! — appela-t-il. — Gâçon ! Disez à l'hôtelier de venir de souite pâaler à moâ.

L'hôtelier accourut.

James Dilson tira de nouveau quelques bouffées de son cigare et regardant par-dessus l'épaule l'hôtelier qui attendait respectueusement, le bonnet à la main :

— Demandez à Môssieu — lui dit-il, désignant Patrick — combien de temps il vôlait demeurer dans ce hôtel.

— Mais... mylord...

— Demandez, je ordonnais à vô.

L'hôtelier, embarrassé de cette singulière mission, consulta l'Irlandais du geste.

— Dites-lui que cela ne le regarde pas — répondit Patrick.

— Pâfaitement, ça regâde moâ!... Combien donner d'argent à vô pour son pension et celui de son sœur?

— Mais, mylord... le même prix que vous — répondit l'hôtelier, qui faisait payer au millionnaire exactement le double de ce que payait le couple irlandais.

— Ça faisait vingt francs par jour et par tête?

L'hôtelier opina du bonnet.

— Si mylord a quelque difficulté avec Monsieur — dit-il — je ne crois pas commettre d'indiscrétion en l'informant que Monsieur — du moins Monsieur m'en a prévenu ce matin — compte prochainement partir.

— Que appelez-vô prochainement?

— Quinze jours... je suppose.

— Non, assurément pas quinze jours — déclara Patrick — le voisinage de ce grossier yankee que vous appelez mylord, gâterait les plus agréables localités; huit, c'est déjà beaucoup, huit jours de contact avec un tel personnage.

— Mettons quinze jours — fit James Dilson en apparence impassible... Ecoutez, hôtelier, je paye à vô le pension de Môssieu l'Irlandais et de son sœur...

— Comment? — protesta avec indignation celui-ci. — Vous devenez fou? Qu'est-ce que vous chantez? Vous payez, dites-vous, ma pension?...

— Attendez une minioute. Je pâale pas à vô — répliqua-t-il sans se départir de son calme. — Je pâale à l'hôtelier. Je paye à vô, hôtelier, le pension de Môssieu l'Irlandais et de son sœur pendant les quinze jours qui vont suivre, à raison de cinquante francs par jour pour les deux, à condition qu'ils partent de souite. Je leur accorde jusqu'à demain matin.

— Insolent! — s'écria Patrick.

Et s'adressant à l'hôtelier :

— Vous ne chassez pas un pareil drôle?

Mais celui-ci répondit d'un air niais et d'une voix hésitante :

— Vous comprenez, Monsieur... Je n'ai pas le droit de donner congé à mylord... Mylord est libre de s'en aller quand bon lui semblera... Ce n'est pas ma faute si vous avez des raisons avec lui... Je suis hôtelier... Chacun ses intérêts... C'est le mien de contenter les bons clients... Mylord est un bon client... un très bon client.

— Je comprends... Ma sœur ni moi ne sommes pas d'aussi bons clients que lui...

— Alors vous comprenez... Sans vous offenser... chacun cherche son bénéfice...

Il allait recommencer ses doléances trop explicites pour le jeune Irlandais, James Dilson l'interrompit :

— Vô, hôtelier, répondez à moâ — dit-il impérieusement. — Je paye vô pour répondre à moâ.

— Parfaitement, mylord.

— Si ce môssieu Irlandais n'est pas pâati demain avec son sœur, moâ je pâatirai. Vô avez compris?

— Parfaitement, mylord.

Et se tournant vers Patrick O'Kelly.

— Monsieur, croyez qu'il n'y a pas de ma faute... Vous avez entendu... Je regrette beaucoup... Chacun ses intérêts...

— Gardez vos condoléances — dit Patrick.

L'hôtelier se retira à reculons.

James Dilson laissant alors tomber du haut de sa grande taille un souverain regard de mépris sur l'Irlandais pâle de colère, lui dit froidement :

— Vô voyez bien que c'est moâ le maître ici, comme partout, et que le pauvre petit Français comme le puissant Américain se met à plat ventre devant le roi Dollar.

— Parce que vous avez à faire à une âme vile, un *mercanti* comme vous — riposta Patrick. — Essayez un peu ailleurs. Allez voir si ces officiers qui sont là-bas se mettront à plat ventre devant vos dollars et vos banknotes.

— Moâ, aller voir de souite — répondit James Dilson.

Et il se dirigea vers le cercle.

Avec une aménité toute française, les officiers de la garnison avaient d'abord cordialement accueilli ce richissime américain, non en sa qualité de millionnaire, mais en celle d'étranger.

L'hospitalité fut toujours en honneur chez les Gaulois et les Francs et nous avons gardé, envers l'homme qui vient de loin, cette bienveillance native qui nous distingue de la plupart des autres nations.

James Dilson, qui venait de séjourner un mois à Constantine, était arrivé à Tébessa avec des lettres de recommandation et un train de grand seigneur.

A cheval, suivi d'une dizaine de muletiers portant ses bagages, il s'était fait donner, moyennant finance, une escorte de cavaliers pris dans les goums des tribus voisines de Constantine.

De plus, il désirait une musique arabe et un caïd qui n'avait pas voulu accepter d'argent, mais ne croyait pas manquer à sa dignité en recevant un magnifique cheval, lui avait prêté la sienne.

On vit donc une après-midi ce grand escogriffe, coiffé d'un chapeau à haute forme, habillé de coutil blanc, le cou raidi dans un faux-col carcan, faire dans la ville une entrée carnavalesque, atteignant les dernières limites du grotesque.

Les indigènes regardaient ébahis ; les colons et les soldats de la garnison, croyant à l'arrivée de quelque saltimbanque, d'un docteur Isambart, marchand d'orviétan et vendeur d'une panacée universelle, s'amusaient de l'impassible gravité du personnage, qu'ils s'imaginaient feinte pour se rendre plus comique. Ce qui contribuait à accréditer l'idée qu'on avait affaire à un charlatan forain, c'est le nombre de mulets chargés de malles et de sacs.

Aux questions faites aux gens de l'escorte et aux muletiers, ceux-ci s'étaient contentés de répondre en haussant les épaules :

— *Adda maboul !* C'est un fou !

Aussi ne fut-on pas trop surpris de voir ce fou tintamaresque, après s'être arrêté à l'*Hôtel de France*, où il ordonna en un français baroque de mettre à sa disposition tout un étage, prétention qui, sur les représentations respectueuses de l'hôtelier, fut réduite à la libre disposition de deux chambres, ne fut-on pas trop surpris — disons-nous — de le voir, une heure après qu'il eut congédié tout son monde, reparaître sur la place en longue lévite de quaker, coiffé d'un chapeau de soie d'une hauteur extraordinaire, ses mains énormes gantées de jaune et un grand parasol sous le bras.

Porteur d'un large pli, il se faisait indiquer la maison du commandant supérieur.

Celui-ci, d'abord étonné de l'aspect bizarre de l'étranger, le fit poliment asseoir et prit connaissance de la lettre.

James Dilson lui était recommandé par le général divisionnaire. « C'était, disait la lettre, un jeune millionnaire américain qui venait étudier les terrains aurifères de l'Algérie et s'assurer s'il y avait matière à exploitation. Il faisait de grandes dépenses et son séjour dans une localité ne pouvait qu'être profitable aux colons. »

Il n'en fallait pas d'avantage pour que l'étranger reçut un favorable accueil. Le commandant l'invita à dîner pour le lendemain, priant par la même occasion les officiers supérieurs de la place. Mais notre Américain se conduisit d'une façon si grossière, fit preuve d'un tel manque de savoir-vivre, étala une telle outrecuidance que bien qu'on mit la plupart de ses oublis des bienséances sur le compte des excentricités qui ont rendu les Yankees célèbres, et sur l'ignorance de nos usages, le commandant se promit de ne plus recevoir ce malotru ; aussi prit-il un prétexte futile pour refuser l'invitation que lui fit quelques jours après l'Anglo-Saxon ainsi qu'aux autres officiers présents au dîner.

Tous, à l'exemple du commandant de la place, déclinèrent l'invitation.

James Dilson, furieux, se rabattit sur les officiers inférieurs. Il convia la fournée des lieutenants et sous-lieutenants qui lui avaient ouvert l'hospitalité de leur Cercle.

Moins collets montés, ou ne sachant pas à quel personnage ils avaient affaire, ils acceptèrent avec empressement.

Ce fut un repas monstre, où l'hôtelier rayonnant de joie, épuisa sa provision de paniers de vin de Champagne.

Comme il n'est pas de fête complète sans le beau sexe, les officiers, très échauffés même avant le dessert, réclamèrent des dames.

James Dilson fit alors appeler l'hôtelier.

— Vô, allez chercher des ladies tout de souite.

Immédiatement, celui-ci envoya quérir à la maison hospitalière tout ce qu'il y avait de disponible. La matronne, sachant quel riche client faisait la commande, ne se fit pas prier, et moins de vingt minutes après, huit ou dix filles françaises, espagnoles, mauresques, plus la négresse inévitable de ces sortes d'établissements, pénétraient discrètement dans l'hôtel par la porte de l'écurie, et étaient introduites dans la salle, aux acclamations des officiers, qui organisèrent un quadrille. L'hôtelier, qui raclait du violon, s'offrit de conduire la danse.

Mais il manquait deux dames. Un émissaire indigène fut dépêché à la recherche de deux beautés complaisantes et ne trouva que deux vieilles négresses qui, sur la promesse d'un douro par tête, se décidèrent à faire partie du quadrille.

La danse était déjà commencée quand elles se présentèrent.

Le bruit du tumulte et l'aspect des couples les firent reculer, saisies d'une vague peur.

Mais l'émissaire les poussa brutalement dans la salle, en refermant la porte.

Leur arrivée fut saluée par des cris et des clameurs ironiques qui s'élevèrent de toutes parts.

Quels étaient les audacieux qui allaient affronter l'horreur de telles partenaires?

James Dilson, écroulé dans un fauteuil, suivait d'un œil morne le spectacle qui s'offrait à sa vue.

On criait :

— Qui veut, qui veut les belles négresses ?

Mais en cherchant bien, il se trouva que tout le monde était pourvu, car l'un des officiers, un nouveau débarqué de Saint-Cyr, se sentant indisposé, s'était éclipsé, en trébuchant, de la salle.

Il ne restait donc que James Dilson ; il se leva et dit :

— Je prenais pour moà les dames noires.

Et, sautant sur la table avec une agilité surprenante pour un homme ivre, il y plaça un fauteuil, s'y installa, et ordonna aux négresses de l'y suivre.

Elles hésitaient. Quelques bras vigoureux les enlevèrent, les hissèrent à côté de l'Américain qui, impassible, prit chacune des vieilles, leur mit un flambeau dans la main et les plaça l'une à droite, l'autre à gauche de son fauteuil en leur enjoignant par geste de rester dans l'immobilité la plus absolue.

Puis, ayant allumé un immense punch, il en remplit les coupes et reprit gravement sa place.

A la vue de ces étranges, hideux et vivants lampadaires, l'assemblée entière poussa des éclats de rire mêlés de cris d'enthousiasme. Les filles se roulaient à terre et les officiers exultaient.

— Décidément — disaient-ils — aux Anglais le pompon pour avoir de ces idées baroques.

— Vive l'Angleterre !

— Mais non, c'est un Américain.

— Vive l'Amérique, alors !

Encouragé par ces applaudissements, notre Anglo-Saxon, toujours sérieux, presque lugubre, mais superlativement grotesque, voulut les mériter en faisant mieux encore.

Avait-il entendu parler de l'exhibiton que fit un soir M. Thiers en un banquet au château de Grandvaux où assistaient quatre ministres, le chef de la police du royaume, d'autres hauts personnages et des députés, en étalant entre deux bougies aux convives stupéfaits ce que les malades de Molière exhibaient si complaisamment à MM. Fleurant et Diafoirus ? Ou bien l'idée poussait-elle d'elle-même en son fertile cerveau ?

Quoi qu'il en soit, ne perdant pas une seconde afin de ne pas laisser refroidir l'enthousiasme, il se leva soudain et se tournant vivement, il rabattit la partie supérieure de son pantalon de nankin et, pliant le haut du corps, il montra le contraire de sa face, tandis que ses deux portes-flambeaux, lamentables ruines humaines, semblables à des carcasses de pendus, éclairaient le spectacle, découvrant jusqu'aux oreilles leur mâchoire ravagée, indice d'une profonde joie.

Mais si les négresses et les filles riaient, il n'en fut plus de même des officiers. Des clameurs indignées accueillirent cette indécente parade, d'autant plus que le jeune Barnum de sa propre personne, eut la malencontreuse idée de répondre dans cette posture aux cris de : « Vive l'Amérique », par celui de : « *Vive la France !* »

Était-ce une grossièreté irréfléchie d'homme ivre, ou une injure faite avec intention ? C'est ainsi du moins que la prirent les officiers, car, d'un accord tacite, les coupes pleines de punch brûlant furent, en un clin-d'œil, lancées, contenant et contenu, sur ce cette cible d'un nouveau genre.

James Dilson poussa un cri de douleur et de rage, et, rajustant promptement le désordre de sa toilette, il jeta, montrant le poing, une injure saxonne, sauta de la table et quitta brusquement la salle.

On ne le vit pas de deux jours. Sans doute il pansait ses brûlures, d'ailleurs légères, et le troisième jour, comme si rien d'anormal ne s'était passé, il se présentait à l'heure de l'absinthe au Cercle militaire, où, jusqu'ici, on lui avait accordé ses entrées. Mais avant qu'il n'en eut franchi le seuil, un capitaine adjudant-major vint à sa rencontre et lui signifiait que, par ordre du commandant supérieur, président du Cercle, l'entrée lui en était interdite.

L'Américain fit demi-tour sans prononcer une parole.

Nul n'ignorait cet incident dans la petite colonie française, aussi Patrick O'Kelly fut-il fort surpris en voyant l'outrecuidant et grossier personnage se diriger d'un pas ferme vers ce pavillon, d'où il avait été exclu.

Il le suivit donc, quoique nu-tête, décidé, dailleurs, à ne pas laisser impunies les injures du malotru.

Les officiers ne furent pas peu étonnés de voir entrer dans leur cénacle cet étranger, auquel défense avait été signifiée d'y remettre les pieds. Ils regardèrent Patrick, qui entrait derrière lui sur l'invitation du lieutenant Juhel, comme pour l'interroger ; mais l'Américain donna lui-même aussitôt l'explication de sa présence insolite.

— Gentlemen — dit-il en soulevant son chapeau, qu'il replaçait aussitôt, comme s'il craignait qu'on ne lui enlevât, — gentlemen, je ne volais pas introduire moà en dépit de vomêmes.

— C'est fort heureux — dit une voix.

— Nous sommes vivement touchés de cette discrétion — ajouta un autre.

— Je volais demander à vô de prendre des billets à une loterie de moà.

— Oh ! Oh ! Les loteries sont défendues.

— Celle à moà pas défendue, parce que pas besoin de donner d'argent.

— Qu'est-ce qu'on donne ?

— Le nom de vô dans le chapeau de moà.

— Et qu'est-ce qu'on gagne ? — demandèrent les officiers, qui commençaient à s'amuser de cet original. — Est-ce vous, qui vous mettez en loterie ?

— Nô. Les deux chevals de moà.

On se rappelle qu'il avait acheté deux chevaux au juif maquignon, pour en priver Patrick et sa sœur. C'était deux belles bêtes aux fines jambes, de véritables barbes d'une certaine valeur. Il ne s'en était jamais servi et ils se morfondaient dans l'écurie de l'hôtel.

— On gagne — répéta-t-il devant l'étonnement général — les deux chevals de moâ avec le selle et le bride.

— Pour rien ?

— Pour les noms de vô dans le chapeau de moâ.

Les officiers se regardèrent. Bien qu'ils connussent le caractère excentrique de l'Américain qui, depuis le peu de temps qu'il stationnait dans la ville s'était livré déjà à maintes folies, l'offre de cette tombola leur paraissait suspecte. D'un autre côté, ces deux chevaux, assurément les plus beaux de la localité, tentaient toutes les personnes présentes.

En même temps, James Dilson, avisant un soldat affecté au service du cercle, lui dit :

— Vô, là, disez à l'hôtelier de me faire apporter ici, tout de souite, les deux chevals de moâ, avec le selle et le bride. Minioute ! Attendez !... Voilà pour le commission de vô.

Et il lui mit une pièce de vingt francs dans la main.

Le soldat, joyeux de cette aubaine, partit en courant dans la direction de l'hôtel avant qu'aucun officier n'ait songé à intervenir.

Bien que le siroco se fut un peu apaisé, il envoyait encore de temps à autre de violentes rafales qui balayaient la place, soulevant des tourbillons de poussière, dont il emplissait les maisons par les portes et les fenêtres laissées ouvertes. En moins d'une seconde, une poudre fine s'abattit sur toutes les tables, et l'officier le plus près de la porte se précipita pour la fermer.

— Où diable veut-il en venir avec sa tombola ? — demanda le lieutenant Juhel à Patrick, qu'il avait fait asseoir à côté de lui, tandis que l'Américain resté debout au milieu de la salle, retirait son chapeau pour s'essuyer le front.

— Je n'en sais rien — répondit l'Irlandais, et je cherche vainement à le deviner — mais vous pouvez vous attendre à quelque nouvel acte de goujaterie.

— Alors nous le ferons jeter dehors.

James Dilson continuait à s'essuyer le front; il attendait évidemment qu'on l'invitât à prendre place à une table, mais voyant que personne ne l'y conviait, il prit le parti de se passer d'invitation et s'assit, après avoir religieusement replacé son chapeau sur sa tête.

Un capitaine se leva et alla droit à lui.

— Monsieur — lui dit-il à demi-voix — ce n'est pas l'habitude de rester couvert dans les Cercles militaires...

— Aoh ! ce était le coutume dans la Angleterre et le Amérique.

— Nous ne sommes ni en Angleterre ni en Amérique — répondit poliment l'officier. — Il faut se soumettre aux usages du pays où l'on est... Vous voyez que tous ces messieurs sont nu-tête !

— Je voyais. Je vais donc ôter le chapeau de moâ, puisqu'il cause du trouble à ces *gentlemen.*

Il retira son chapeau, mais au lieu de l'accrocher au patère le posa à côté de lui, sur la table.

Le capitaine fit signe à un second soldat qui apportait des consommations de le lui accrocher.

— Aoh ! vô voilà ! — dit-il à l'ordonnance — Je attendais le camarade de vô pour apporter à moâ une bottle de chamepègne... le marque première. Dépêchez vô, gâçon.

L'ordonnance, au lieu d'obéir, alla consulter le capitaine qui avait déjà fait une observation au sujet du chapeau. Il quitta de nouveau sa place et s'approcha de James Dilson.

— Monsieur — lui dit-il avec la même politesse — les membres du Cercle seuls peuvent ordonner des consommations ici. L'on va vous apporter une bouteille de champagne, mais elle sera portée aux frais généraux.

— Vô disez ?

— Je dis que ce sont tous les membres du Cercle qui la paieront.

— Aoh ! Je remercie beaucoup les membres du Cercle. Moâ payer à tous une bottle de chamepègne. Gâçon, gâçon ! Apportez dix bottles... marque première.

— Monsieur, vous n'avez pas compris — reprit le capitaine. — Je vous répète qu'aucun étranger n'a le droit de donner ici des ordres à nos ordonnances.

— Alors, ordonnez, vô ! Je paierai, moâ.

Le brouhaha général et les rires qui accueillirent cette réponse furent interrompus par le soldat, qui ouvrit la porte en disant :

— Les chevaux sont là !

Deux garçons d'écurie indigènes tenaient les magnifiques bêtes qui, scellées et bridées, piaffaient d'impatience devant la terrasse.

Quelques officiers sortirent pour les voir, mais le plus grand nombre restèrent à leur place.

— Mòssieu le capitaine — dit James Dilson à celui qui venait de lui parler — demandez du papier pour écrire les noms de toutes ces gentlemen.

— Pourquoi faire ?

— Pour le loterie. Les deux derniers numéros gagneront les chevals de moâ. Je donnais les deux chevals de moâ avec le selle et le bride, pour rien, aux deux derniers numéros.

— Nous n'avons pas besoin de vos chevaux — répondirent les officiers. — Nous n'acceptons de cadeaux de personne. Quand nous voulons des chevaux, nous les payons.

— Est-ce une gageure que vous avez faite? — demanda le lieutenant Juhel, que Patrick venait de mettre en quelques mots au courant de sa discussion avec l'Américain. — Si c'est une gageure, vous avez perdu votre pari.

— Alors, vô ne pas volez mes chevals?

— Jamais de la vie.

— Et le chamepègne?

— Pas davantage.

— Cependant — ajouta-t-il s'adressant au groupe des lieutenants et sous-lieutenants — vô acceptez l'autre jour le dîner de moâ, et les petites fâmes de moâ que j'ai offertes à vô, et le chamepègne de moâ, et les cigares de moâ....

— Nous vous avons rendu le punch — dirent les officiers en riant.

— Aoh! Je oubliais!...

Là-dessus, il prit son chapeau, blême de colère, conservant toutefois un calme apparent, se coiffa et sortit sans ajouter une parole, faisant d'un geste brusque signe aux palefreniers indigènes de rentrer les chevaux.

Patrick prit congé des officiers et le suivit. Non seulement il tenait à demander raison au Yankee de sa précédente injure, mais il craignait quelque nouvelle goujaterie envers sa sœur, s'il la rencontrait seule dans le corridor de l'hôtel.

Il aborda son ennemi dans le vestibule.

— Eh bien, vous êtes satisfait de la leçon que vous venez de recevoir?

— Je pâalais pas à vô! — répliqua James Dilson d'un ton bourru. — Vô jamais été présenté à moâ. Je connais pas vô.

— Et moi, je vous connais assez pour savoir que vous êtes, ce que je vous ai dit déjà, un goujat et un malotru... Si vous ne comprenez pas le français, je vais vous le répéter dans votre langue.

— Je comprenais très bien le langage de Jean Crapaud, mais je refuse de pâaler à vô. Pâalez à mon domestique, si vô vôlez.

— *Oh! you, bloody Yankee!* — s'écria l'Irlandais les poings fermés, au comble de la colère.

Cette apostrophe qui signifie simplement *sanglant Yankee*, bien que le mot *sanglant* soit mis en anglais à toutes les sauces, est une grosse injure, à laquelle ne résista pas le flegme que l'Américain s'efforçait de garder.

Sa rage éclata soudain d'autant plus furieuse qu'elle était depuis longtemps contenue et ce fut l'Irlandais qui subit le contre-coup de l'affront essuyé au cercle, car à peine achevait-il de prononcer le mot *Yankee* que le formidable poing de l'Américain s'abattit sur sa figure avec une telle violence que Patrick roula sur le sol.

Il se remit de suite sur pied et se lança sur l'Anglo-Saxon, qui avait eu le temps d'enlever son paletot et de tomber en garde; et une séance de boxe commença, à la grande jubilation d'un certain nombre d'Arabes, qui s'accroupirent sur leurs talons pour mieux jouir de l'amusant spectacle qu'on leur offrait gratis, se disant en eux-mêmes que si ces deux chiens de chrétiens se tuaient, ce serait toujours deux de moins.

Malheureusement, mince, délicat et nerveux, le champion de la race celtique n'était pas de force à lutter avec celui de la race anglo-saxonne. Tout en parant, tant bien que mal, les coups de poing de James Dilson, qui les décochait avec la vigueur d'un gorille et la régularité d'un chronomètre, le jeune Irlandais maudissait mille fois sa folle colère qui l'avait fait se commettre avec ce rustre. Il ne reculait pas d'une semelle cependant, ripostant comme il le pouvait, mais, chose déplorable pour un lutteur, de quelque nature qu'il soit, jugeant d'avance la partie perdue.

Il y avait d'autres témoins que les Arabes qui assistaient à ce spectacle. L'hôtelier et ses garçons, embusqués derrière une porte, en suivaient toutes les péripéties. Ils n'avaient garde de se montrer pour intervenir entre les deux combattants, car, dans ce cas, la richesse de l'Anglo-Saxon leur eut fait une loi de prendre parti pour lui, et tous le détestaient cordialement, tout en acceptant ses largesses et ses pour boires. Trouvant le vestibule trop étroit, James Dilson avait poussé son adversaire sur la place où il rencontra, dès lors, parmi la vermine cosmopolite des villes d'Algérie, grâce à son talent de boxeur, un public sympathique, car la force physique et la brutalité excitent toujours l'admiration de la canaille. Italiens, Maltais, Marseillais, drôles de toutes sortes, coquins de tout acabit, applaudissaient à ses bons coups et huaient le jeune Irlandais, dont l'infériorité était manifeste.

Il arriva enfin ce qui était à prévoir. D'un coup de poing plus vigoureux ou mieux appliqué que les autres, l'Américain, de nouveau, renversa Patrick, qui resta étendu sans connaissance.

L'hôtelier risqua, dès lors, sa face glabre et, s'apercevant que Dilson le voyait, il fit le simulacre d'applaudir en rapprochant et en éloignant ses deux mains l'une contre l'autre.

De son côté, la foule crapuleuse acclamait le vainqueur, et au même moment un cri perçant retentissait.

C'était Maud qui venait de le pousser. Attirée

par la rumeur, elle avait regardé par une fenêtre, et vu son frère, étendu sans mouvement sur le sol, tandis que James Dilson, ignorant qu'il fut évanoui, attendait la riposte, tout glorieux, les poings en avant et se conformant à la coutume britannique qui, dans la boxe, interdit de frapper un adversaire tombé.

Alors la jeune fille, saisissant sa cravache, sortit de la maison, folle d'indignation et de colère. Elle courut sur James Dilson et le frappa au visage.

L'Anglo-Saxon fit entendre une sorte de rugissement et bondit vers elle, comme pour l'étrangler. Mais il sut à temps réprimer sa fureur, et il s'éloigna, affectant un grand calme, en disant qu'il s'était battu loyalement et qu'il allait porter plainte.

Aux appels de Maud, l'hôtelier et ses garçons accoururent, assez penauds, car la jeune fille les avait aperçus embusqués derrière leur porte. On transporta Patrick dans sa chambre, on le frotta avec du vinaigre, et il eut bientôt repris ses sens.

Il avait un œil boursouflé, diverses ecchymoses sur le visage, et il se sentait les côtes en très mauvais état, mais tout cela n'était pas grave : la pochade, les meurtrissures et les contusions disparaîtraient assez vite ; ce qui ne partirait pas de si tôt, c'est la colère, l'indignation qu'il éprouvait contre lui-même, d'abord pour s'être ridiculement disputé et compromis avec un individu qui, malgré son immense richesse, était manifestement de bas-étage, et, ensuite et surtout de s'être laissé battre. En outre, la conduite de l'hôtelier, les vociférations des quelques drôles qu'il avait fait rire à ses dépens achevaient de le mettre hors de lui, indépendamment de la honte de s'être colleté comme un portefaix sur une place publique, devant un cercle militaire. Il fut un peu consolé en apprenant qu'aucun des officiers n'avait assisté au pugilat. Tous, après que l'Américain les eut quittés, s'étaient rendus à leurs salles à manger respectives, et l'heure de la retraite étant sonnée, ainsi qu'il est la coutume, à dix heures du matin, dans les camps et les garnisons algériennes, le factionnaire de la porte de la Casbah se trouvait le seul militaire présent.

Néanmoins, après ces fâcheux incidents, après surtout l'affront fait par l'hôtelier, il ne pouvait songer à rester plus longtemps dans cet hôtel et dans cette ville ; et il résolut de quitter Tébessa au plus tôt, c'est-à-dire le lendemain même.

CHAPITRE XL

Le désastre de Sidi-Brahim. — Héroïsme du caporal d'Hagniel. — Projets et nécessité de départ. — L'offre du lieutenant Juhel. — Les chevaux de James Dilson. — Le peloton de spahis.

Maud O'Kelly eut éprouvé une vive joie de quitter Tébessa après toutes ces fâcheuses aventures, si le souvenir du jeune d'Hagniel n'était venu la troubler. Quand le reverrait-elle, et même le reverrait-elle jamais ?

Sans oser se l'avouer et encore moins l'avouer à son frère, elle se sentait prise d'une vive sympathie et d'une profonde reconnaissance pour la conduite de ce soldat, qui avait bénévolement risqué pour elle son avenir.

Or, chez une jeune fille, la reconnaissance envers un beau garçon est la voisine de l'amour. Puis il se mêlait encore un autre sentiment, celui de l'admiration.

Julien, aussi brave que modeste, ne lui avait jamais parlé d'un fait héroïque, fameux dans les fastes de l'armée d'Afrique et que célèbrent encore tous les ans, au 23 septembre, les bataillons de chasseurs.

Nous voulons parler du combat de Sidi-Brahim, dont d'Hagniel, alors caporal, comptant à peine quatorze mois de service, avait été un des héros.

En voici le récit succinct.

Le 22 septembre 1845, à dix heures du soir, l'on apprenait à Djemma-Ghazaouat, petite ville sur la frontière du Maroc, qui changea depuis son nom en celui de Nemours, qu'Abd-el-Kader venait de se montrer dans les environs avec une nombreuse cavalerie.

Un caïd de la tribu de Souahelia, feignant de redouter sa colère pour s'être soumis aux Français, demanda au lieutenant-colonel de Montagnac, du 15e léger, qui commandait la petite garnison de Ghazouat, protection contre l'émir.

Le colonel prit aussitôt 350 hommes du 8e bataillon de chasseurs à pied, appelés à cette époque *chasseurs d'Orléans*, sous les ordres du commandant Froment-Coste, et 60 hussards du 2e régiment, commandés par le chef d'escadron Courby de Cognord, et partit sans défiance.

Or, le caïd des Souahelia lui tendait un guet-apens.

Au point du jour, on arriva sur le bord d'une rivière, l'Oued Saouli. Des renseignements parvenus au chef de la petite colonne l'engagèrent à s'avancer jusqu'au ruisseau de Sidi-Brahim. Là se trouvait un marabout, où il laissa ses bagages sous la garde du commandant Froment-Coste, avec une compagnie de chasseurs, et continua sa route. A peine avait-il marché pendant une demi-heure, qu'il se vit entouré par une nuée de cavaliers arabes.

Les deux premiers pelotons de hussards chargent, mais ils sont instantanément noyés, écrasés par la masse ennemie dirigée par Abd-el-Kader.

Le colonel de Cognord est blessé et démonté dans ce choc terrible ; il saute sur un autre cheval et charge à nouveau. Une seconde fois il est atteint, fait prisonnier, tandis que le capitaine d'escadron Gentil-Saint-Alphonse a la tête fracassée d'un coup de pistolet tiré à bout portant.

Le colonel de Montagnac s'élance alors avec deux pelotons de réserve, auxquels se rallient vingt hussards restés debout, mais, entouré par une cavalerie dix fois supérieure en nombre, il tombe mortellement blessé.

Rassemblant toute son énergie et le peu de forces qui lui restent, il ordonne aux chasseurs d'Orléans de former le carré et dépêche un maréchal-des-logis de hussards prévenir le commandant Froment-Coste, laissé à Sidi-Brahim.

« Pendant trois heures de combat acharné — écrit Léon Galibert — les chasseurs d'Orléans et les débris des hussards soutiennent comme un mur les assauts de la cavalerie arabe ; mais le carré tombait homme à homme et les cartouches s'épuisaient ; le colonel de Montagnac se sentant mourir, trouve encore en lui assez d'énergie et de présence d'esprit pour dire à ses malheureux soldats :

« — Enfants, laissez-moi, mon compte est « réglé ; tâchez de gagner le marabout de « Sidi-Brahim et faites-y une défense désespé- « rée !... »

Ce furent ses dernières paroles.

Le commandant Coste accourait néanmoins avec une compagnie ; mais aux premières décharges des réguliers d'Abd-el-Kader, il tombe mortellement blessé et ses soldats périssent autour de son cadavre, criblés de balles.

Il ne restait plus que quatre-vingt-trois chasseurs d'Orléans, sous les ordres du capitaine de Gereaux. Ils parviennent à gagner le marabout de Sidi-Brahim et s'y enferment. Mais la lutte énergique n'était pas finie.

A peine ont-ils barricadé les portes qu'une multitude d'Arabes, dirigés par Abd-el-Kader, entourent le bâtiment et commencent une fusillade qui dure trois jours, et à laquelle ripostent les assiégés. Le feu de leurs carabines décime les assaillants, dont les plus hardis sont renversés à coups de baïonnettes.

On n'a pas de drapeau. On en confectionne un avec un foulard bleu, un lambeau de chemise et de pantalon rouge, pour le planter sur le *Koubia* du marabout, espérant qu'il pourrait être aperçu des flanqueurs d'une colonne française qui devait se trouver à dix ou douze kilomètres de là. Pour le hisser, on demande un homme de bonne volonté, car il sera exposé à une grêle de balles. Vingt se présentent dont un caporal. C'est Julien d'Ilagniel. Son grade le fait choisir pour cette mission glorieuse. Il monte sur le dôme, aidé de ses camarades. Aussitôt qu'il paraît, plus de cinq cents coups de feu sont dirigés sur lui. Pas un seul ne l'atteint et les couleurs de la France flottent au-dessus du marabout... inutilement, hélas !

Par trois fois, l'émir qui dirige l'attaque la suspend. Emerveillé de cette bravoure surhumaine, touché de tant d'héroïsme, il fait sommer de Gereaux de se rendre, promettant à tous la vie sauve. Par trois fois, celui-ci répondit par un refus formel.

— « J'ai 83 prisonniers — fit alors écrire Abd-el-Kader. — Si tu ne te rends pas, je leur fais couper la tête. »

— Je ne me rendrai pas — répondit de Gereaux qui lit la lettre aux chasseurs, et ceux-ci répondent par le cri de :

Vive le roi !

L'émir fit parvenir une dernière sommation.

C'est le capitaine Dutertre, adjudant-major du bataillon, fait prisonnier quelques heures plus tôt qui est chargé du message.

— Va vers les tiens — lui dit Abd-el-Keder. — Engage-les à mettre bas les armes. S'ils refusent, je te fais couper la tête.

Le capitaine s'avance vers le marabout.

« — Camarades s'écrie-t-il, on m'envoie vers vous pour vous faire commettre une lâcheté, et moi je viens vous supplier de vous défendre jusqu'à la mort. »

Abd-el Kader lui fait trancher la tête.

Alors le feu, une fusillade bien nourrie, recommençe sur les quatre faces du Marabout.

Le lendemain, 24 septembre, Abd-el-Kader ordonne l'assaut. Il est repoussé avec des pertes considérables. Il en commande un second, également repoussé.

Furieux de cette résistance et ne voulant pas continuer à perdre son monde, il part avec sa cavalerie laissant, autour du Marabout, un cordon d'environ 500 hommes qui ferme toutes les issues.

Les assiégés souffraient horriblement de la faim et de la soif. Plus de vivres et pas d'eau, seulement de l'absinthe et de l'eau-de-vie qui aggravaient la souffrance. Ils en étaient réduits à manger leurs buffleteries et à boire leur urine !

Impossible de tenir davantage. Le capitaine de Gereaux décide d'évacuer le Marabout et de gagner, coûte que coûte, Djemma-Ghazaouat, qui se trouve à huit kilomètres.

Le lieutenant Juhel et Patrick O'Kelly.

Le 26 septembre, à 7 heures du matin, la petite troupe, composée de soixante-dix hommes, officiers en tête, franchit le mur d'enceinte, emportant ses blessés au nombre de sept qu'elle ne veut pas abandonner à la cruauté des femmes arabes qui les mutilent horriblement.

Le mouvement a été si rapide que les Arabes surpris laissent la colonne se former en carré et se mettre en marche. Ils la poursuivent quelque temps, mais, fatigués eux-mêmes, lui permettent de s'acheminer sur la crête d'une chaîne de collines.

La dramatique épopée de ces braves n'est pas finie.

Ils croient toucher au port, car ils aperçoivent non loin d'eux l'enceinte de Djemma ; mais voici que l'on découvre un filet d'eau au fond d'un ravin.

En vain le capitaine de Gereaux essaie de retenir ses hommes sur la crête qu'ils viennent d'occuper. En proie à une soif ardente, irrésistible, ils se précipitent en désordre vers cette source et les officiers sont obligés de les suivre.

Les Arabes qui les guettent, saisissent ce moment, s'emparent de la hauteur que les chasseurs abandonnent, fondent sur eux et en tuent quarante-trois.

Plus que quarante ! A l'exception du capitaine de Gereaux, du chirurgien et de l'interprète, tous les officiers sont tués.

Que faire pour échapper à un massacre général ? Les Arabes couvrent la plaine. Elle est blanche de leurs burnous. Il faut percer cette foule. Mourir pour mourir, mieux vaut succomber en combattant et vendre chèrement sa vie ! Après s'être serrés les mains dans un mutuel adieu, les quarante héros fondent sur les assaillants à la baïonnette et se font une trouée.

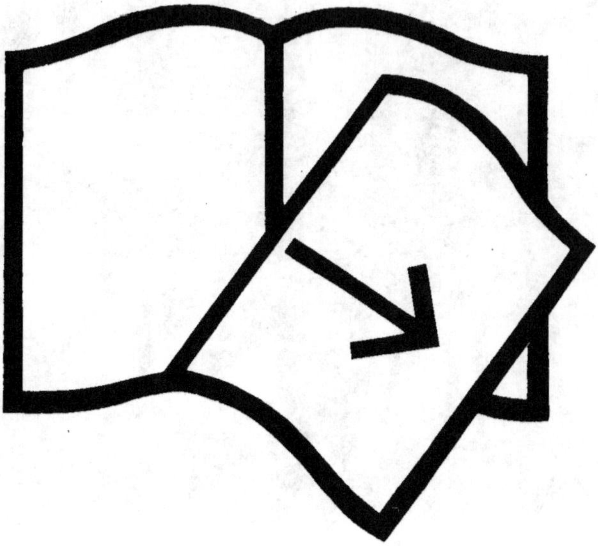

Cependant, la garnison de Djemma-Ghazaouat, avertie depuis deux jours par un hussard qui était parvenu à gagner cette place, avait déjà, par deux fois, fait une sortie dans l'espoir de se mettre en communication avec la petite colonne expéditionnaire dont on entendait la fusillade. Mais des masses de cavalerie barraient le chemin.

Entendant des coups de feu nouveaux et plus rapprochés, on tenta une troisième sortie et, du haut d'un plateau, on aperçut la vaillante petite troupe, hélas! combien réduite.

Gereaux est tombé pour ne plus se relever.

Les deux seuls officiers qui restaient, le lieutenant Chappedelaine et le chirurgien Rogaretti, qui n'avaient cessé de seconder vaillamment leur héroïque chef, sont, à leur tour, frappés de mort.

Poursuivie par les Arabes qui les entouraient et les harcelaient sans relâche, la poignée de braves qui avait quitté le matin le Marabout de Sidi-Brahim était réduite à quatorze hommes, dont deux tombèrent morts de fatigue en embrassant les camarades qui venaient à leur secours.

Parmi les douze échappés au massacre, se trouvait le caporal d'Hagniel.

Il recevait, le lendemain, les galons de sergent.

Quant au chef d'escadrons Gourby de Cognord, tombé blessé, mais vivant au pouvoir des Arabes, il allait être décapité, lorsqu'un régulier d'Abd el-Kader le reconnut aux soutaches de son dolman. Il fut emporté au camp de l'émir, qui lui rendit la liberté l'année suivante.

Le récit de cet héroïque désastre, dont par modestie Julien d'Hagniel n'avait fait nulle mention à Maud ni à son frère, la jeune fille ne l'apprit qu'après son départ; et son estime pour le jeune sous-officier de chasseurs d'Orléans s'accrut.

Aussi poussa-t-elle un soupir de tristesse quand Patrick lui annonça leur prochain départ.

— Tu le vois, chère sœur — dit-il — après lui avoir raconté la scène où, par l'intermédiaire de l'hôtelier même, James Dilson le faisait chasser de l'hôtel, il nous est impossible, de toutes façons, de rester plus longtemps ici.

— Je le reconnais comme toi — avait-elle répondu. — Mais, n'est-il pas une maison quelconque, française ou juive, car les juifs tirent parti de leurs chambres inoccupées, où nous puissions attendre...

— Attendre quoi ?

Elle aurait bien voulu répondre: « Julien d'Hagniel ». Une fausse honte la retint et son frère ignora son secret.

— D'ailleurs — continua-t-il — une autre raison sérieuse doit nous décider. Quelques officiers, avec qui j'ai causé, s'attendent à un soulèvement général des tribus, non seulement de ce cercle, mais des limitrophes. Pour moi, d'après quelques propos surpris, ce sont les Bureaux qui poussent à la révolte. Ces messieurs qui les dirigent ont besoin de coups de fusil pour hâter leur avancement.

— C'est horrible !

— Que veux-tu ? C'est le métier de soldat. En tout cas, les Arabes des environs deviennent de plus en plus menaçants, et l'on m'a réitéré l'avis déjà donné, de ne pas prolonger nos excursions au-delà des jardins... Par conséquent, si nous ne voulons pas être bloqués et — ajouta-t-il en riant — soutenir les horreurs d'un siège comme celui de Sidi-Brahim ou de Mazagran, nous n'aurions plus, même sans l'humiliation que cet abominable Dilson m'a fait subir, qu'à nous en aller au plus vite.

Maud vit bien que la résolution de son frère était formelle, elle insista d'autant moins qu'elle reconnaissait la justesse de ces raisons.

La patache de Constantine venait justement d'arriver avec un fort convoi de munitions de guerre et devait repartir le lendemain. Patrick retint deux places, mais le matin, au moment du départ, le conducteur lui déclara qu'il venait de recevoir l'ordre de l'autorité militaire de ne pas se remettre en route avant d'en être avisé.

Des nouvelles apportées dans la nuit annonçaient qu'une tribu du côté d'Aïn-Beida, c'est-à dire sur la route même de Constantine, venait de prendre les armes.

Patrick alla trouver le lieutenant Juhel et lui confia son embarras.

— Voulez-vous donc absolument partir ? — lui demanda celui-ci.

— Il le faut de toute façon.

— Je vous indiquerais bien un moyen, si vous étiez seul... mais accompagné de votre sœur, ce ne serait pas prudent, car il y a quelque danger.

— Oh ! dites-moi ce moyen. Ma sœur est brave. Ce n'est pas une de ces femmelettes élevées dans les jupes de leur mère et qui n'osent, sans se croire perdues, s'aventurer seules au dehors.

— Il ne s'agit pas d'être seul — répondit en riant l'officier — bien au contraire. Nous allons — je vous le dis confidentiellement — pousser une pointe jusqu'à Aïn-Beïda pour éclairer la route et nous assurer de la véracité des nouvelles reçues. Quand je dis *nous*, c'est moi et mon peleton. Si le cœur de Mademoiselle O'Kelly ne faillit pas à la pensée de voyager au milieu de la « soldatesque effrénée », suivant l'expression de Messieurs les citoyens affiliés à la Marianne, je vous prendrai tous deux sous ma garde.

— Oh ! merci mille fois. J'accepte avec plaisir.

— Du reste — ajouta le lieutenant — rassurez-vous au sujet de cette soldatesque. Nos spahis sont les plus disciplinés et les plus respectueux des soldats. Nous ne prenons dans nos rangs que des *fils de tente*, c'est-à-dire des gentilshommes arabes.

— Mais celui que vous avez fusillé l'autre jour, le spahis qui a assassiné ce maréchal des logis et ces factionnaires... ?

— Oh ! celui-là, c'est une exception. Il y a partout des brebis galeuses... Alors, c'est entendu ?

— Entendu.

— En ce cas, il faut demander la permission au commandant du cercle et vous procurer des chevaux.

Patrick O'Kelly se hâta de rentrer à l'hôtel pour faire part à sa sœur de l'offre de l'officier.

— Je vais d'abord chez le commandant — dit-il, en la quittant — puis je passerai chez notre juif et lui achèterai deux montures.

— Tâche d'avoir — lui répondit Maud — la jument blanche que j'ai montée déjà plusieurs fois.

— Il sait que tu y tiens et haussera le prix... Mais n'importe.

James Dilson qui, par hasard ou avec intention, se trouvait dans l'escalier entendit ces dernières paroles prononcées dans le corridor, et sortit peu de temps après Patrick.

Le commandant fit à l'Irlandais quelques observations inspirées par la prudence sur les dangers que pouvaient courir le jeune homme et sa sœur dans une rencontre possible avec des indigènes révoltés, mais il accorda l'autorisation demandée. Au fond, il n'était pas fâché de voir partir ces deux étrangers qui en cas de conflit ou de siège, devenaient deux superfluités gênantes et deux bouches inutiles. Il eût voulu voir aussi partir avec eux l'Anglo-Américain et quand Patrick eut pris congé de lui, il envoya son secrétaire l'engager à profiter de cette occasion unique.

Le sous-officier trouva l'Anglais dans l'écurie de l'hôtel gravement occupé près de ses chevaux.

— Monsieur — lui dit-il — je viens, de la part du commandant supérieur, vous demander si votre intention ne serait pas de quitter Tébessa.

— Pourquoi vô demander cela ?

— Parce qu'il est probable que nous allons avoir affaire avec les indigènes. Les routes seront peut-être pendant longtemps coupées ; vous ne pourrez plus partir.

— Je souis véritablement très beaucoup satisfait. Môa amiousé énormément dans ce localité.

— Nous serons peut-être assiégés par une nuée d'Arabes. La garnison est faible et en attendant que les secours viennent...

— Môa, jamais vu de siège. Très content d'en voir. Occasion très excellente.

Ce fut toute la réponse que le secrétaire obtint.

Pendant ce temps, Patrick se rendait chez le juif pour acheter deux chevaux, dont la jument désirée par sa sœur.

Isaak leva désespérément ses mains à hauteur de ses tempes.

— La jument est vendue, mon fils. Le Sidi Inglèse vient justement de l'acheter.

— Ah ! le gueux — s'écria Patrick. — Il a sans doute entendu le désir exprimé par ma sœur... Soit ! tu as d'autres montures.

— Deux excellentes — répondit le juif. — Celles du Sidi Inglèse. Il me les a vendues.

— Oh ! mais tu me les revendrais trop cher.

— Non, Sidi. Tu profiteras de l'occasion. Je les lui ai reprises pour l'argent qu'il m'en avait donné avec quelques douros en moins. Ajoute quelques douros et tu auras les bêtes.

— Où sont-elles ?

— A l'hôtel. Tu n'as qu'à les prendre.

Patrick accepta. Il n'y avait pas à hésiter d'ailleurs. Le temps pressait et le maquignon n'avait dans son écurie que de maigres haridelles, presque toutes blessées sur le garrot.

Il paya le prix que le juif demandait, moins cher du reste qu'il ne l'aurait supposé.

L'Américain, qui n'avait nul besoin de ces deux chevaux, s'en était assurément dessaisi à vil prix.

Le maquignon se rendit avec Patrick à l'écurie de l'hôtel et livra devant l'hôtelier les bêtes à son acquéreur, lui fournissant, par la même occasion, deux mulets et leurs muletiers pour ses bagages.

Il était temps. Patrick et sa sœur achevaient à peine de déjeuner dans leur chambre qu'un spahis venait les prévenir que le lieutenant Juhel se disposait à partir avec son peloton. Les chevaux prêts, les mulets chargés, ils prirent la queue de la petite colonne, qui sortit par la porte Salomon, s'engagea dans la vaste plaine, semée de ruines romaines, qui s'étend jusqu'aux gorges d'Allouïa.

Alors, James Dilson monta sur le rempart et, à l'aide d'une lorgnette, suivit quelque temps la marche de la petite troupe.

Quand il redescendit, on remarqua, chose rare, un sourire de satisfaction sur sa physionomie généralement impassible.

CHAPITRE XLI

Les gorges d'Alloufa. — Les chevaux malades. — Les porteurs de dépêches. — Séparation. — L'attaque. — L'enlèvement.

Les gorges d'Alloufa forment, à seize kilomètres environ de Tébessa, un étroit et dangereux défilé, surplombé par des rochers, où s'accrochent des chênes centenaires. Elles livrent passage à un petit tributaire de l'Oued Meskiana, qui s'écarte sur la gauche et va prendre sa source dans les montagnes des Nemenchas.

A droite et à gauche s'étend une forêt de chênes lièges, où l'on entendait alors toutes les nuits les rugissements du lion.

Néanmoins, ce n'était pas le roi de la forêt, laissant passer d'un œil placide, quand on ne l'attaquait pas, les cavaliers et les convois, qui rendait ce point redoutable, mais les embuscades de bédouins, qui pouvaient à coup sûr et impunément tuer ceux qui s'y hasardaient sans une forte escorte.

En temps ordinaire, on n'avait à craindre que les coupeurs de route, arabes pillards ne vivant que de rapine ; quand les tribus se soulevaient, soit à l'appel d'un marabout prêchant la guerre sainte, soit poussées à bout par les exigences du fisc et l'écrasement des impôts, les gorges d'Alloufa s'ensanglantèrent maintes fois du sang des nôtres et s'obstruèrent de cadavres.

On cite des détachements entiers qui y furent massacrés.

Nous avons dit que le lieutenant Juhel devait se porter avec son peloton jusqu'au village d'Aïn-Beida, à 80 ou 90 kilomètres de la vieille cité romaine, c'est-à-dire à peu près à moitié chemin de cette ville à Constantine, située à 100 kilomètres au delà.

Cette longue étape ne pouvait pas être faite tout d'une haleine, mais on devait atteindre si possible avant la nuit le bordj fortifié de la Meskiana, à 40 kilomètres environ. Donc pas de temps à perdre, et le chef du peloton faisait presser l'allure.

A ses côtés chevauchaient Patrick et Maud, heureux de cette marche militaire, au milieu de cavaliers arabes au costume éclatant, aux mines superbes et bronzées.

Un regret, cependant, plissait le front de la jeune fille, la pensée que chaque pas l'éloignait du jeune sergent qui emportait son souvenir.

Mais bientôt, à mesure qu'on s'avançait dans la plaine et qu'en se retournant les hautes murailles romaines et leurs quatorze tours ne paraissaient plus que comme une ligne grisâtre au bas de la montagne bleue, survint un autre sujet d'inquiétude.

Les magnifiques barbes de James Dilson, qui faisaient l'admiration des spahis et dont l'impétuosité et l'ardeur, à côté de leurs montures plus calmes, excitaient leur envie — car on sait que, même en route, l'Arabe n'aime rien tant qu'à faire caracoler son coursier — les chevaux, disons-nous, d'autant plus ardents qu'ils sortaient d'une longue séquestration à l'écurie, commencèrent à donner des signes de malaise. L'œil, auparavant brillant, s'éteignit, le pas se ralentit, l'écume qui mouillait leur poitrail et leurs flancs se sécha.

Il fallut d'abord la cravache, puis l'éperon, pour leur faire maintenir l'allure, et bientôt ils se mirent à souffler bruyamment, comme des chevaux fourbus et poussifs.

— Que diable ont vos bêtes ? — s'exclama l'officier. — Elles sont malades, à coup sûr. Peut-être des coliques. On leur aura forcé la ration d'orge ou donné à boire après le repas. Voyons donc un peu.

Il fit faire halte. On mit pied à terre et il examina les chevaux.

Les oreilles étaient brûlantes. Les flancs se soulevaient violemment sous les efforts de la respiration.

— Des coliques — dit le lieutenant. — Que diable leur a-t-on fait prendre? Rien à faire qu'à tenter d'atteindre le bordj.

On se remit en route, mais l'officier dut ralentir l'allure pour permettre aux deux étrangers de le suivre. Il pestait en lui-même, malgré le plaisir qu'il éprouvait à chevaucher à côté de Maud, dont la conversation l'intéressait.

Mais le service avant tout, et si l'on continuait de ce pas, l'on n'atteindrait jamais la Meskiana avant la nuit.

— Il nous faut traverser les gorges — dit il, voyant que les chevaux avaient peine à avancer — c'est le point important pour vous; les gorges passées nous entrerons en plaine jusqu'à la Meskiana; je vous laisserai deux spahis et je prendrai les devants.

Le passage d'Alloufa se fit sans encombre. Quelques spahis prétendirent apercevoir des burnous blancs dans les broussailles ; l'on regarda et l'on ne vit rien. Peut-être était-ce des bergers. Des moutons paissaient dans l'herbe drue au bas des roches.

A peine sorti des défilés, l'on vit arriver à un galop lourd deux cavaliers que les spahis reconnurent pour deux des leurs, débarrassés par prudence de leurs burnous rouges pour ne pas attirer l'attention des douars dont on voyait les fumées s'élever à trois ou quatre kilomètres dans la plaine.

Porteurs d'une dépêche importante pour le commandant de Tébessa, ils arrivaient à bride abattue d'Aïn-Beïda, n'ayant fait à la Meskiana qu'une courte halte. Leurs chevaux semblaient harassés.

— Quoi de nouveau ? — leur demanda Juhel en arabe.

— Mon lieutenant, les Ouled-Saïd et les Ouled-Amara ont pris les armes. Le commandant d'Aïn-Beïda craint qu'ils n'attaquent le village. Il demande du renfort.

— C'est bien. Mais vous ne pouvez continuer de ce pas sans crever vos bêtes. Restez avec moi.

Et il ordonna à deux hommes de son peloton, dont les chevaux étaient plus frais, de se charger de la dépêche.

Ils reprirent au galop le chemin de la ville.

Il ne s'agissait plus de s'attarder et de ralentir l'allure ; aussi s'adressant à Patrick et à Maud, l'officier leur dit :

— Je suis navré de vous quitter, Monsieur, et vous aussi, Mademoiselle, mais vous le voyez, je ne puis vous attendre. Dans ces petites guerres d'Afrique un peloton de cavalerie apporte parfois un appoint considérable ; et le plutôt j'arriverai là bas, mieux cela vaudra ..

— Eh ! Eh ! — ajouta-t il en riant — je trouverai peut-être à décrocher la croix dans la bagarre, si je n'y ramasse ma troisième soutache. Vous comprenez que je ne veux pas manquer l'occasion !

— Rien de plus juste — répondit Patrick. — Lieutenant, ma sœur et moi serions désolés...

— Nous ne nous quittons, du reste, que pour peu de temps, vous vous reposerez à la Meskiana et demain s'il y a du grabuge, j'enverrai à votre rencontre.

— Oh ! — fit Maud — nous ne craignons rien.

— Vous n'avez rien à craindre non plus maintenant. Je vous laisse ces deux spahis dont les chevaux ne demandent pas mieux que d'aller à l'allure des vôtres... De si belles bêtes ! C'est peut être encore un tour de ce grand escogriffe d'Anglais ?

Là-dessus, il serra la main de Patrick, salua respectueusement Maud, et, après avoir recommandé les plus grands égards aux spahis à qui il confiait la garde des étrangers, il partit au trot avec son peloton.

Les porteurs de dépêche, qu'une longue course avait exténués autant que leurs chevaux, furent heureux de cet incident.

Ils commencèrent par mettre pied à terre, débridèrent leurs chevaux qu'ils laissèrent brouter à leur fantaisie sur le bord du chemin, et, ayant retiré leurs longs éperons, s'allongèrent en engageant Patrick et sa sœur à les imiter. Les muletiers déchargèrent leurs mulets, également enchantés de cette petite halte, et sortant des fragments de galette et des poignées de dates sèches du capuchon de leurs burnous en présentèrent d'abord aux roumis qui déclinèrent poliment l'offre, puis aux spahis qui acceptèrent de bon cœur.

Ils goûtaient depuis dix minutes environ un repos bien gagné et le peloton venait de disparaître au loin dans un repli de terrain lors qu'une dizaine de bédouins, débouchant de derrière les rochers, fondirent sur eux et les entourèrent avant même qu'ils n'eussent le temps de revenir de leur surprise. Les chevaux effrayés de cette soudaine irruption firent un brusque écart et se jetèrent hors du chemin emportant les fusils restés imprudemment accrochés à l'arçon de la selle.

Les spahis n'auraient, d'ailleurs, pas eu le temps de s'en servir, car deux ou trois coups de yatagan les clouaient sur le sol.

Patrick seul qui gardait son arme sous la main la saisit, mais un Arabe déchargea sur lui, presqu'à bout portant, son long pistolet au moment où il allait tirer en couvrant sa sœur de son corps, et le malheureux Irlandais tomba sur la poussière rougie de son sang.

Quant aux muletiers, spectateurs ahuris de l'attaque, un des assaillants se contenta de les chasser à grands coups de trique.

Et Maud affolée resta seule au milieu des Arabes.

CHAPITRE XLII

Maud est jouée aux dés. — Le gagnant. — L'alerte. — La fuite. — Le sergent d'Hagniel à la rescousse.

Que faire ? Crier ? Ses cris ne seraient pas entendus. Nul secours à attendre. Le peloton de spahis n'était déjà plus qu'une ligne qui s'effaçait à l'extrémité de la plaine. L'attaque avait été silencieuse. Un seul coup de pistolet tiré ; et la poudre eut-elle parlé plus fort qu'au milieu des galops des chevaux et du cliquetis des étriers, à cette distance, nul du peloton ne l'eût entendue. Toute l'attention se portait en avant, du côté où pouvait venir l'ennemi.

Au milieu de ces visages farouches qui l'entouraient, sous le feu de ces regards où s'allumait la lubricité, Maud ne pouvait se faire aucune illusion sur le sort qui l'attendait ; mais, en ce moment critique, elle ne pensait pas à elle, ses angoisses, toutes ses angoisses étaient pour son frère.

Agenouillée près de lui, lamentablement, elle l'appelait en sa langue maternelle.

— Oh ! Patrick ! cher Patrick ! réponds-moi, je suis là, ta sœur, réponds-moi.

Le sang coulait en abondance de sa blessure. La balle avait frappé au-dessous de l'épaule et le jeune homme, les yeux clos, ne répondait pas.

Elle essaya de déboutonner son vêtement, de glisser la main sur son cœur.

Un des Arabes la releva brusquement.

— Laisse-le — dit-il, — s'il est mort les cris ne le réveilleront pas. S'il n'est pas mort, qu'il dorme! Le sommeil lui fera du bien.

Et un autre ajouta ricanant :

— Il est heureux. Mieux vaut être assis que debout, couché qu'assis, et mort que couché.

Elle ne comprenait pas et regardait ces hommes avec une épouvante voisine de la folie.

Elle se rejeta sur le sol, s'attachant au corps de son frère.

— Je veux mourir avec toi — disait-elle, — mourir avec toi.

Et s'adressant aux Arabes :

— Oh ! tuez-moi ! tuez-moi ! Ne me faites pas souffrir.

Ils riaient de son épouvante, ne comprenant pas ses paroles.

L'un d'eux dit :

— Elle n'est pas française. Je n'entends pas sortir de sa bouche un mot de cette langue maudite.

Et il l'interrogea en un langage cosmopolite appelé le *petit sabir*.

— Toi, li française ?

— Non — fit-elle.

— Li pays de toi ?

— L'Irlande.

Elle eut pu autant répondre qu'elle était chinoise ou abyssinienne, l'Arabe, en général, professant un profond dédain pour la géographie.

— Allah soit loué! — dit un autre. — Française ou pas Française, c'est une jolie fille et une bonne proie.

Toute tremblante, elle les vit se consulter un instant, puis, après avoir examiné l'horizon, s'asseoir sur le bord du chemin. L'un d'eux tira du capuchon de son burnous deux dés, les secoua dans ses mains jointes, les jeta par terre, puis, après avoir compté les points, les passa à son voisin qui se livra au même manège, pour les passer à son tour.

Elle comprit qu'on la tirait au sort. Au gagnant, ses primeurs !

Ils comptèrent les points ; leurs yeux noirs lançant sur la jeune fille des éclairs chargés de concupiscence, et tout à coup partirent d'un éclat de rire.

Celui que favorisait le sort était un horrible vieux, à la barbe poivre et sel, à la mâchoire édentée. Une profonde blessure, sans doute une estafilade de sabre, sillonnait une de ses joues, traversait l'arcade sourcilière et allait se perdre dans les rides du front ; l'œil en avait été crevé du coup, et l'on ne voyait que son globe éteint, laiteux et mutilé, tandis que la prunelle vivante de l'autre brillait d'un éclat sinistre.

— A moi, la jolie fille ! — s'exclame-t-il triomphant. — Et se levant, il alla droit sur Maud, posant sur son épaule sa main noire, osseuse et velue.

Elle tressaillit au contact.

— Grâce ! — supplia-t-elle en français. — Grâce !

— Elle demande grâce, vieux Ben-Rahan — dit celui qui entendait un peu notre langue. — Elle te trouve trop décrépit... Passe aux jeunes ton tour.

— Les barbes blanches valent souvent mieux que les barbes noires — répliqua le vieillard.

— Pour le conseil, mais non pour l'amour.

— N'importe ! Je l'ai gagnée. Elle est à moi... Allons, debout, fille de chien !

Maud se cramponnait de toutes ses forces au corps de son frère, et il fallut plusieurs bras pour l'en arracher.

Elle criait : « Tuez moi ! Tuez moi ! » Belle de terreur et de désespoir, les cheveux dénoués et ruisselants sur ses épaules, les vêtements en désordre, le corsage entrouvert, les épaules mises à nu sous les mains brutales, elle n'en attisait que mieux le feu des convoitises ; et elle entendait tous ces hommes hâleter autour d'elle comme une meute en furie.

— Grâce ! Grâce !

— Qu'est-ce qu'elle dit ?

— Elle nous conjure de l'épargner.

— Elle nous prend pour des idiots. Il faudrait être abandonné du Prophète pour ne pas profiter du bien qui vous tombe du ciel. Allons, Ben-Rahan, saisis ta proie ou passe ton tour.

— Paix, hommes ! — cria soudain l'un d'entre eux qui s'était séparé du groupe et allongé par terre, clouant son oreille sur le sol. — Vous faites plus de tapage que des femmes aux jours de fantasia. Alerte ! Ecoutez.

Tous prêtèrent l'oreille.

— On entend le pas des *grandes Capotes* — dit l'un après avoir appuyé aussi son oreille sur la terre.

— Non — répliqua un autre — ce sont les *Lascars nègros*.

— Comment les reconnais-tu ?

— A leur marche plus rapide.

Les Arabes appelaient, *grandes Capotes*, les soldats d'infanterie, et, *Lascars nègros*, les chasseurs d'Orléans à cause de leur sombre uniforme.

Ces derniers surtout leur inspiraient, par la rapidité de leurs mouvements, l'impétuosité de leurs attaques, et surtout depuis la sanglante affaire du col de la Mouzaia, une singulière terreur.

Ceux qui avaient des chevaux se précipitèrent vers leur monture, tandis que les hommes à pied gagnèrent rapidement les rochers hérissés de broussailles qui flanquaient, comme les murs d'une inexpugnable forteresse, les abords de la forêts d'Alloufa, poussant devant eux, à grands coups de baguette de fusil, les mulets chargés des bagages de Patrick et de Maud O'Kelly.

Celle-ci ne fut pas oubliée non plus dans la fuite.

Un vigoureux bédouin qui la tenait dans ses bras, la passa à un camarade déjà à cheval, enfourcha le sien, et tous partirent au galop, côtoyant les rocs, où ils disparurent bientôt dans un passage escarpé qui conduisait à la forêt.

Deux des piétons avaient essayé d'enfourcher les chevaux de l'Irlandais, mais les bêtes malades, incapables de les porter, s'étaient couchées sous leur poids.

C'était, en effet, une compagnie de chasseurs d'Orléans qui arrivait au pas accéléré, ce pas dont les paroles qui accompagnent le clairon donnent si bien la mesure :

Encore un carreau d' cassé,
V'là l' vitrier qui passe.
Encore un carreau d' cassé,
Le vitrier passé !

Partie de Tébessa pour escorter le convoi de munitions, la compagnie avait fait jonction avec une colonne de cavalerie venant de Biskra, et son aide devenant inutile, elle recevait l'ordre de regagner son poste.

Le jeune d'Hagniel, qui en faisait partie, revenait donc tout joyeux et tout palpitant d'espoir, à la pensée de retrouver sa chère Maud, lorsqu'à environ sept à huit kilomètres de la ville, le commandant de la compagnie recevait, par un cavalier du Bureau arabe, une depêche lui enjoignant de se porter, dans le plus bref délai possible, sur le village d'Aïn Beida.

— Quel guignon ! — se dit d'Hagniel, maudissant à nouveau les exigences du métier de soldat.

Mais ce n'était pour lui qu'un simple retard d'une semaine au plus, et il retrouverait la jolie fille de la verte Erin. Il s'en consolait, songeant aux lauriers que, sous forme de croix ou d'avancement, il pouvait recueillir, ne s'attendant pas à ce que son malheur fut si complet.

Après avoir traversé vivement le défilé et débouché dans la plaine, l'avant garde, stupéfaite, s'arrêta devant le corps sanglant des deux spahis et de Patrick, et bientôt la compagnie entière arriva sur le lieu du drame.

Le capitaine fit faire halte. L'aide-major accourut, coupa les vêtements, mit sa main sur le cœur. Le blessé respirait encore ; mais la blessure sondée, il la reconnut des plus graves. L'Irlandais perdait tout son sang ; le jeune chirurgien en arrêta l'épanchement, mais déclara qu'on ne pouvait transporter Patrick ; le moindre mouvement serait fatal.

— Le transporter ! — s'écria le capitaine. — Et où le transporterait-on ? Que le diable emporte tous ces pékins à qui il prend fantaisie de venir se promener au milieu des opérations militaires. Il ne pouvait donc pas rester tranquillement chez lui. N'est-ce pas cet Irlandais qui a une sœur ?

— Oui, mon capitaine.

— Et la sœur, où est-elle ?

Il aperçut alors les deux chevaux qui, étendus dans les herbes, agitaient leurs membres dans les derniers spasmes.

— Mais voici les bêtes de l'Américain, ce me semble. Elles sont blessées aussi. Deux spahis tués dans la bagarre. Ah ! Tonnerre de Dieu ! la jolie Irlandaise a été enlevée par les bédouins. La pauvre fille ! Elle va en voir de dures !

Le lieutenant et le sous-lieutenant plaisantaient :

— Elle doit passer un drôle de quart d'heure — disaient-ils.

D'Hagniel écoutait, atterré. Il eut volontiers sauté à la gorge de ces officiers qui se livraient à de grosses plaisanteries de caserne sur le sort de cette charmante et malheureuse fille. Des larmes de douleur et de rage lui montaient aux yeux.

— Mon capitaine — se hasarda-t-il à dire — ils ne sont peut-être pas encore loin ; le coup est tout récent... et l'on pourrait facilement les atteindre.

— Vous avez l'air tout bouleversé, mon garçon — répondit le capitaine. — Vous en verrez bien d'autres... Ah ! je comprends, vous étiez l'ami de ce pauvre diable — ajouta-t-il en désignant Patrick, qui n'avait pas encore repris connaissance.

— Oui, mon capitaine, nos grands-pères étaient compagnons d'armes.

— Eh bien, je le crois fichu ; il faut en faire votre deuil... et sa sœur aussi.

— Ne pourrait-on rien tenter, mon capitaine ?

— Ah ! mon gaillard ! Vous voulez tenter de sauver la belle... un chapitre de roman... c'est bien !... Mais c'est pur égoïsme au fond... vous exigerez votre récompense après... Selon toute probabilité, c'est inutile. Pensez-vous que messieurs les Bédouins vous attendent ?... L'irréparable est actuellement commis... Vous arriveriez trop tard.

— Mon capitaine — insista d'Hagniel — on peut, au moins, essayer.

— Vous avez de la chance d'être un échappé de Sidi-Brahim et un brave garçon, sans cela je vous flanquerai huit jours de garde du camp.

Il tourna le dos au sergent, consulta sa montre et constata qu'il était l'heure de la grande halte.

Il fit mettre sac à terre et former les faisceaux.

Cependant Patrick revenait lentement à lui.

Il ouvrait des yeux effarés, se trouvant au milieu de soldats, et appelait Maud.

— Il faut lui cacher la vérité — dit l'aide-major. — Il ne lui reste qu'un souffle de vie et la douleur l'éteindrait.

Et il répondit au blessé que sa sœur était en sûreté.

Mais Patrick ne cessait de la demander avec insistance. En même temps une soif ardente le dévorait. Quelques chasseurs lui apportèrent de l'eau du ruisseau voisin.

Le commandant de la compagnie était vivement contrarié de ce fâcheux incident.

— Nous ne pouvons trimballer cet animal avec nous — disait-il — et encore moins l'abandonner ici. Ce qui pourrait lui arriver de mieux c'est que les Arabes lui coupent la tête. Je m'étonne qu'ils ne l'aient pas fait. Ils lui auraient rendu un grand service et à nous aussi.

Les officiers approuvèrent et le lieutenant fit observer qu'on pourrait peut-être transporter le blessé sur un brancard jusqu'à Tebessa.

Le temps pressait. Il fallait se décider. Les hommes avaient pris le repos nécessaire et étaient prêts à se remettre en marche. Le capitaine appela d'Hagniel.

— Sergent — lui dit-il — puisque ce malavisé voyageur est votre ami, chargez-vous de sa personne. Prenez quatre hommes, faites un brancard et portez-le à l'ambulance.

Il ajouta, en plaisantant :

— Si vous revoyez jamais sa sœur, elle vous en saura gré ; et si elle n'est pas trop endommagée, elle pourra vous témoigner toute sa gratitude... Sac au dos... Rompez les faisceaux et en route.

D'Hagniel resta près du blessé et tandis que la compagnie s'éloignait rapidement, les quatre chasseurs, heureux de rentrer en ville, se hâtaient de tailler, à coups de sabre-baïonnettes, des branches de lauriers roses pour confectionner un brancard.

Julien d'Hagniel, assis près de Patrick, toujours étendu et poussant de temps en temps de douloureuses plaintes, se lamentait sur le sort de Maud. Il réfléchissait que si, contre leur habitude, les Arabes n'avaient pas coupé la tête aux morts et au blessé, c'est que l'arrivée de la troupe les avait forcés de fuir précipitamment. Ils ne pouvaient donc être loin quand les chasseurs traversaient le défilé, et si le capitaine l'avait voulu, il était temps encore de les atteindre.

Assurément, ils n'étaient pas dans la plaine; la vue s'étendait au loin et l'on aurait aperçu leur groupe fuyant; ils n'avaient pu gagner que la forêt où la marche des chevaux était obstruée et où ils ne pouvaient prendre le galop.

Oui, on aurait pu suivre leurs traces, les atteindre, arracher Maud à leurs monstrueux attentats. Le jeune sergent n'ignorait pas le sort réservé aux femmes qui tombaient aux mains des Arabes : elles ne sortaient que mourantes ou mortes des excès de leurs violences, et il frémissait de colère et de douleur à la pensée qu'à cet instant même où il était paisiblement assis, la charmante jeune fille subissait les odieux outrages d'une bande de forcenés.

Une sorte de pressentiment le harcelait, lui disait qu'il était temps encore de courir à la rescousse et, dans son imagination en délire, il lui semblait entendre les appels désespérés de l'Irlandaise.

Il se leva, portant la main à son front, puis le mouillait d'un peu d'eau restée au fond du gobelet de fer blanc dans lequel on avait donné à boire au blessé.

Justement, un de ses hommes accourait vers lui, faisant de grands gestes.

— Quoi ? Qu'y a-t-il ?

— Sergent — dit-il, quand il fut à portée de la voix, mais de façon à ne pas parler trop haut, — il y a du grabuge dans le bois. On entend des arbis se disputer. Ça chauffe !

— Aux armes — cria d'Hagniel, s'adressant aux trois autres. — Et pas gymnastique !

Les fusils étaient prêts, ils cachèrent leurs sacs dans la broussaille et suivirent le sergent.

CHAPITRE XLIII

Fuite en forêt. — Rivalité. — Le droit de la guerre. — Férocité des chrétiens. — Les prophéties de Sidi-El-Akridar

Nous avons laissé Maud O'Kelly au moment où, jetée brusquement dans les bras d'un cavalier arabe, elle disparaissait dans un tourbillon de poussière, au milieu d'un groupe de Bédouins.

Déjà à demi-morte d'effroi elle avait, aux premiers temps de galop, perdu complètement connaissance.

L'homme qui l'emportait, solide gaillard d'une trentaine d'années, aux yeux étincelants,

Ne crains rien .. On ne fait pas de mal aux jolies filles...

à la barbe d'un noir de jais, à la face énergique, courbé sur son cheval dont il rayait les flancs de ses éperons, contemplait de temps à autre, avec une joie non dissimulée, son inestimable proie.

Si Maud eut recouvré ses sens, elle eut frémi à la vue du bras bronzé qui enserrait sa taille, au frôlement d'une barbe sur sa joue, au souffle brûlant qui, de temps à autre, effleurait ses lèvres, et surtout aux furieuses apostrophes du vieillard, le gagnant de la partie de dés, qui, excitant son haridelle du coin aigu de l'étrier et du fouet de la bride, s'efforçait de se maintenir à côté du ravisseur.

Mais, bien que le galop du cheval de celui-ci fut alourdi par sa double charge, monté sur une bête étique, le vieillard constatait, avec rage, qu'il perdait du terrain.

Inquiet et irrité, il invectivait l'autre :

— Assez ! assez ! Lagdar ben Mufta — criait-il — modère tes appétits. La jolie fille est à moi. Le sort me l'a donnée. Tous en sont témoins, et je ne veux pas te céder mon droit. N'abuse pas de ta supériorité, parce que tu la captive sur ta selle. Tu n'es que le dépositaire et non le maître du butin.

Et le « dépositaire » semblant vouloir user de son dépôt comme de son bien propre, il l'accablait d'injures.

— Laisse-moi tranquille, vieil homme — répondait Ladgar, avec d'autres malsonnantes épithètes. — Que crains-tu ? Il restera toujours assez de peau sur ses joues pour y frotter ta barbe blanche. Arrière donc, vieux bouc, ta place est dans un troupeau de chèvres. Ne comprends-tu pas que c'est ta face ridée qui a fait évanouir la chrétienne ?

Les autres, tout en éperonnant leurs chevaux,

écoutaient en riant, la dispute.

— Le papa Ben-Rahan n'a qu'un œil — disaient-ils — mais il est bon. Il s'attache sur Lagdar comme un taon sous la croupe d'une jument.

A l'entrée de la forêt, à plus de deux kilomètres du défilé, ils s'arrêtèrent pour faire souffler leurs chevaux et écouter.

Les chasseurs achevaient de déboucher du passage et des commandements parvinrent jusqu'à eux.

Le vieux Ben-Rahan, qui arrivait le dernier sur son cheval fourbu, fut alors la cause d'une violente dispute. Il exigeait la livraison immédiate du butin conquis par le hasard des dés. Mais Lagdar refusait de lâcher sa proie, prétendant, avec toute apparence de raison, qu'on allait être poursuivi.

Le vieillard insista. Quelques-uns prirent son parti, les autres se rangèrent de l'avis de son adversaire.

On fut prêt à en venir aux mains et Lagdar pour empêcher qu'on ne lui arrachât Maud, toujours évanouie, dut tirer son *flissa* de sa gaine.

Devant l'imminence du danger qui les menaçait tous, ils remirent à un lieu plus propice et plus sûr le besoin de satisfaire leur impatience et de vider leur différend.

Ils laissèrent donc l'infortunée jeune fille au mieux monté et au plus vigoureux de la bande et pénétrèrent, un à un, Lagdar-ben-Mufta en tête, dans les étroits passages de la forêt.

Mais, des hommes à cheval ne pouvaient que difficilement avancer. A chaque pas, les hérissements de broussailles, les troncs d'arbres morts, renversés par la foudre ou par des ouragans, obstruaient leur marche, tandis que les longues branches coupant le chemin les frappaient à la tête ou à la poitrine. Ils durent mettre pied à terre et tirer leurs bêtes par la bride.

Mais, Ladgar tout entier à sa captive qu'il tenait dans ses bras, ne prit pas garde au chemin qu'il suivait et se trouva soudain en face d'une profonde ravine, large de plus de deux mètres, où les chevaux ne pouvaient descendre pas plus que la franchir.

Un concert de malédictions s'éleva à l'adresse du guide, car il fallait revenir sur ses pas.

Ladgar indifférent à tout, excepté à celle qu'il portait, laissait dire et crier, ne songeant qu'au moyen de profiter de sa proie.

Maud venait de reprendre ses sens et à la vue de l'endroit où elle se trouve, de l'homme aux yeux noirs et luisants qui l'emporte, le souvenir lui revient et elle se sent de nouveau défaillir.

Mais le bédouin commence à se sentir fatigué de cette charge, il la pose à terre, la secoue sans rudesse et dit :

— Allons, reviens à toi... Ne crains rien... On ne fait pas de mal aux jolies filles... Non, on ne leur coupe pas la tête.

Il parlait avec une douceur affectée, mais l'œil restait féroce, féroce de luxure. Et Maud, qui ne comprenait pas les paroles ne voyait que le menaçant flamboiement de ces yeux et l'éclat de ces dents blanches découvertes dans un rictus cynique.

Un morne désespoir s'emparait d'elle. Elle savait trop le sort qui l'attendait. Nulle merci, nulle pitié à espérer. Les larmes eussent plutôt attendri les pierres que le cœur de ces hommes farouches pleins de haine, de luxure et de soif de représailles, et ce qui est plus terrible, les représailles d'un vaincu.

Car elle date de loin la vieille haine du musulman contre le chrétien, non à cause de sa religion, mais parce que ce chrétien a commis à son égard tous les crimes.

La férocité du sectateur de Jésus est restée légendaire sous la tente de l'Arabe et le sang versé par les Croisés pèse encore sur leurs descendants.

Les Turcs précipités du haut des rochers dans leur fuite d'Antioche, culbutés dans l'abîme avec leurs chevaux ; les aqueducs roulant vers Tripoli les cadavres de ses habitants, sortis pour défendre leur ville ; le massacre des musulmans à la prise de Jérusalem, les uns décapités, les autres brûlés vifs ou forcés à coups de flèches de se précipiter du haut des tours ; les places, les rues encombrées des têtes, des pieds et des mains des vaincus mutilés, les chevaux piétinant jusqu'au poitrail dans les monceaux de cadavres et dans le Temple le sang montant jusqu'à leur bride. Et les femmes, et les vierges, et les filles impubères violées par les pieux défenseurs de la croix !

Mais c'est là de l'histoire ancienne, si vieille déjà qu'elle est devenue légende et que ceux qui la racontent et qui l'ont recueillie de leurs pères ne savent plus même où ces horreurs se sont passées. Tout ce qu'ils savent c'est qu'elles sont l'œuvre des Roumis, des chrétiens.

Mais celles qui suivent et qu'on se dit sous la tente, autour du feu de campement, ce sont les cruautés, les massacres d'hier.

C'est le dramatique épisode des grottes des Ouled-Rhia, ces grottes profondes où s'était réfugiée toute une tribu kabyle et qu'enfuma le colonel Pélissier. Ne pouvant la déloger de cette retraite, il avait fait couper des fascines, les fit pénétrer dans les fissures du rocher et y mit le feu, pendant que la troupe cernait les issues.

Les branches de bois vert mirent longtemps à s'embraser, mais bientôt, elles dégagèrent une fumée épaisse et âcre qui, poussée par le vent, s'engouffra dans les grottes. De longues heures s'écoulèrent. On n'entendait, du dehors, que des cris de femmes, des vociférations d'hommes, puis, des gémissements sourds, des piétinements semblables à des sauts de bêtes affolées, puis, plus rien, le silence. Le jour se leva. Nos soldats se hasardèrent à pénétrer dans les cavernes, la baïonnette au canon. Précaution vaine. Ils entraient dans un sépulcre. Sur la terre humide, gisaient pêle-mêle, étendus, confondus au milieu de milliers de moutons et de chèvres, huit cents cadavres d'hommes, de vieillards, de femmes et d'enfants.

Et les massacres de douars entiers, et les viols de femmes et d'enfants dans l'assaut des Ksours, et les pillages des tribus, et tous les crimes impunis qui suivent les conquêtes!

Voilà ce que se répétaient les fils des tentes, et ce qui les encourageait à l'insurrection et à la résistance, c'est que les marabouts et les khrouias (frères) — nom qu'échangent entre eux les membres des diverses congrégations religieuses de l'islamisme — reprêchaient la guerre sainte en annonçant partout la prochaine expulsion des Français, prophétisée par l'un des saints les plus vénérés des Arabes, Sidi-el-Akridar: « Il viendra — dit-il — un chériff de la race des Hassem, il s'élèvera derrière le fleuve et tuera les Francs. »

Abd-el-Kader, de la race des Hassem, venant de l'autre côté de l'Oued-Chéliff, se trouvait nettement désigné, et cette prophétie obtenait d'autant plus de créance que le même Sidi-el-Akridar avait déjà dit juste, en annonçant l'invasion des chrétiens.

« Un temps viendra — avait-il dit — où les troupes des Roumis envahiront le Mahgreb (l'Algérie); ce sera, en vérité, un royaume puissant qui les enverra. Tout le pays de France viendra. Tu n'auras nul repos, et ta cause ne sera pas victorieuse. Ils arriveront comme un torrent, par une nuit obscure, comme un tourbillon de sable poussé par les vents, et ils pénétreront par la muraille orientale. »

C'est, en effet, par la porte Neuve, qui fait face à l'Orient, que le 5 juillet 1830, nos troupes étaient entrées triomphalement à Alger.

Mais, revenons à l'infortunée Maud.

Voyant que Lagdar restait en arrière, le vieux Ben-Rahan appela sur lui l'attention de ses compagnons :

— La justice est la justice — s'écria-t-il. — Il n'est pas deux façons de la comprendre. Ai-je gagné la fille des Roumis? Oui. Alors, elle est à moi et non à ce chien maudit.

Lagdar-ben-Mufta riait.

— Qu'Allah vide sa selle et le fasse enterrer debout comme un juif! — continuait le sexagenaire, ivre de colère. — Ne voyez-vous pas qu'il ralentit exprès sa marche pour s'emparer le premier du butin... Hommes! Etes-vous des croyants, serviteurs du Dieu unique, ou des infidèles adorateurs d'un morceau de bois?

— Nous sommes des croyants — répondaient les autres.

— Alors, vous devez garder la foi jurée et ne pas imiter les chrétiens qui manquent à leur parole.

— Laisse-nous en paix, Ben-Rahan, la fureur érotique te fait baver des inepties.

— Je vous dis que je veux la belle fille, qui est mon légitime gain.

— Ah! tu nous romps la tête... Prends-là.

Mais Lagdar, que le contact de la belle Irlandaise avait rendu presque aussi fou de désirs que Ben-Rahan, n'entendait pas ainsi la lâcher.

— Pour qui me prends-tu? — disait-il à son vieux rival. — Supposes-tu que j'ai chargé mon cheval et moi-même de ce morceau de sultan pour te le servir? Il fallait le prendre toi-même. Mais les vieilles mains débiles n'en étaient pas capables, et les ans ont vidé à ce point ta cervelle que tu t'imagines que des hommes forts vont te servir de complaisants domestiques. Arrière, vieux bouc. Je te l'ai dit déjà : Ta place est dans un groupe d'ânesses ou un troupeau de chèvres lascives! Va!

Cependant, avant de s'enfoncer dans la forêt, les amis du vieillard prirent son parti et échauffèrent la dispute.

— Il est chargé d'années — disaient-ils — mais il est aussi chargé de gloire. Ce fut un guerrier toujours prêt à galoper où la poudre parlait. Il porte les marques de sa valeur. Pourquoi le traiter si indignement? Il est amoureux, quoi? Tous les vieux ne le sont-ils pas? L'amour n'a pas d'âge. Le roi David, fils d'Isaï, l'ancêtre de Sidi-Aïssa (Jésus) n'est-il pas tombé amoureux, à l'âge de cent ans, de la petite Abigail, de Sunam, qui n'en avait que douze?

— Eh! Ben-Rahan! Quel âge as-tu?

— Je n'ai pas cent ans et je le prouverai — répondait le vieux.

La dispute s'échauffait et les voix montaient au diapason de la grande colère. Ils criaient d'autant plus fort qu'ils pensaient n'avoir rien à redouter, ayant depuis longtemps entendu le clairon des chasseurs sonner la marche.

Mais tout à coup l'un d'eux cria : « Alerte! ». Ils se turent.

On entendit alors un bruit de pas précipités, et presque aussitôt parurent au-dessus des broussailles les têtes du sergent d'Hagniel et de ses quatre chasseurs.

— Les Lascars négros! — crièrent d'une seule voix les bédouins effarés

Maud, accroupie sur le sol, au pied d'un chêne-liège, derrière Lagdar qui, le flissa au poing, défendait son approche, Maud tressaillit et une immense joie, celle de la délivrance, l'inonda tout entière.

Une voix, une voix aimée l'appelait :

— Maud O'Kelly ! Maud O'Kelly ! Etes-vous là ?

Elle n'eut pas la force de répondre, tant l'émotion, une délicieuse émotion, lui serrait la gorge, et, d'ailleurs, presque en même temps, un coup de feu fut tiré.

Les Arabes, d'abord stupéfaits de cette irruption inattendue, revenus de leur première surprise et s'apercevant qu'ils n'avaient devant eux que cinq adversaires, ripostèrent au coup de carabine de l'un des chasseurs par une décharge générale qui en jeta trois sur le sol hérissé de branches.

Restait d'Hagniel et un homme ; ils s'élancèrent ; deux coups de yatagans, l'un porté par Ben-Rahan, l'autre par Lagdar, les étendirent près de leurs camarades, et les vainqueurs poussèrent alors des cris de joie et se mirent en devoir de leur couper la tête.

Rien ne pose mieux un homme dans son douar que de rapporter, pendue à son étrier ou à l'arçon de sa selle, une tête de Roumi!

— Holà ! enfants ! — dit une voix mâle — que faites-vous?

C'était un Arabe d'une trentaine d'années qui, escorté d'un groupe assez nombreux, arrivait sur la scène. Il avait mis pied à terre comme les autres et regardait ses compatriotes d'un air moitié furieux, moitié inquiet.

— Le salut soit sur toi ! — lui dirent-ils d'une voix empreinte de respectueuse déférence.

— Des muletiers de Tébessa m'ont appris que vous aviez une prisonnière... Où est elle ?

— Ici — dit Ben-Rahan. — Fils de Bou-Maza, c'est le Prophète qui t'envoie pour rétablir le bon ordre et rendre la justice à qui de droit. Nous avons joué la chrétienne aux dés... Le sort m'a favorisé, et un fils de chien, un nommé Lagdar, digne d'être fils de juif, veut me la voler à la face du ciel.

Le nouveau venu, le fils du cheik Ibrahim Bou-Maza, s'approcha et vit Maud qui tendait vers lui ses mains suppliantes.

— Arrière, homme — dit-il à Lagdar, qui semblait encore vouloir barrer le chemin. — Cette fille m'appartient, elle est sacrée pour tous.

— Et de quel droit t'appartient-elle ? — demanda Lagdar d'un ton d'insolence. — Est-ce toi qui l'a gagnée, ou est-ce parce que tu es le fils du cheik Ibrahim ?

— Je pourrais, si je le voulais, te la disputer le flissa au poing — répliqua Ahmed-ben-Ibrahim. — Mais les choses n'en viendront pas là. Je me suis trompé en disant que cette femme m'appartenait. C'est moi qui lui appartiens. Relève-toi, Lalla, je suis ton esclave, et c'est à moi à m'agenouiller devant toi et à baiser le bas de ta robe.

Et en même temps, devant les Arabes stupéfaits, il mit un genou sur terre et prenant le bas de la robe de la jeune fille il le porta à ses lèvres.

Puis se relevant :

— Hommes — dit-il — saluez cette jeune fille. C'est elle qui a sauvé de la mort mon noble père, le cheik Ibrahim-Bou-Maza, que vous vénérez tous.

A ces mots, les visages de ces hommes farouches s'adoucirent, la flamme de leurs yeux s'éteignit et fit place à une inexprimable mansuétude, et la main droite sur le côté gauche de leur poitrine, ils inclinèrent devant la jeune fille leur face bronzée.

Ahmed questionna ensuite.

Maud, plus d'une fois, le vit hocher la tête ; un air de tristesse se répandit sur ses traits. Sans doute, il regrettait qu'on eut tué ou blessé mortellement le frère de cette fille, qui avait sauvé son père.

— Tu es libre — dit-il à Maud. — Je vais te conduire hors de la forêt. Je te donnerai un cheval et un cavalier pour t'escorter jusqu'au voisinage de la ville. Par Allah, je voudrais le faire moi-même ; mais, tu le sais, ma tête est mise à prix.

— Où est le blessé que j'ai vu tomber — demanda Maud — celui qui a des galons d'or sur les manches?

— Je l'ignore — fit Ahmed. — C'est un soldat, il a subi le sort du soldat.

A peine avait-il prononcé ces mots, qu'elle poussa un cri d'horreur. Un des Arabes faisait avancer son cheval, et à l'un des étriers pendait, attachée par une corde, une tête de français.

Un autre, puis un autre, se parait d'un semblable horrible trophée.

Elle se jeta en avant :

— Grâce — cria-t-elle — grâce pour lui !

Mais elle s'arrêta, frappée d'une indicible épouvante.

Dans un fourré, à dix pas d'elle, un Arabe se penchait, le yatagan au poing. De sa main gauche, il soulevait la tête du quatrième chasseur, qui, les yeux dilatés par l'effroi, regardait son bourreau.

Sans doute, l'horreur, ou, peut-être, une blessure reçue au-dessous de la gorge, paralysait sa langue, car il ne poussait pas un cri, et ses yeux seuls témoignaient qu'il avait conscience de son effroyable sort.

— Arrêtez, arrêtez — cria Maud, défaillante.

— Est-ce celui que tu cherches ?

— Non — dit-elle — mais grâce pour lui. Et elle appela :

— Julien ! Julien d'Hagniel !

— Ici ! — répondit une voix étranglée.

Elle s'élança, toujours suivie d'Ahmed, dans la direction indiquée et elle vit assis, appuyé contre un arbre, le jeune homme qui, depuis quelques jours, occupait ses pensées.

Il était d'une pâleur cadavérique, car il venait seulement de reprendre connaissance. La balle qui l'avait frappé s'était, par un heureux hasard, applatie sur un bouton de son uniforme, au creux de l'estomac, et la violence du coup l'avait jeté à terre. Deux ou trois bédouins s'étaient emparés de ses armes, et comme ils le voyaient bien vivant et sans blessure apparente, ils délibéraient s'il fallait lui couper la tête ou le mutiler lentement.

Ils n'étaient pas d'accord. L'un, Lagdar, opinait pour la décapitation immédiate, les deux autres, parmi lesquels le vieux Ben-Rahan, pour la mutilation horrible et lente ; mais pour cette opération le temps manquait ; mieux valait emmener le prisonnier et le livrer aux femmes du premier douar que l'on rencontrerait. Expertes en raffinements, elles se chargeraient du supplice.

— A quoi bon s'encombrer — disait Lagdar — taillons dans le vif. Ben-Rahan, à défaut d'une belle fille assise sur ta selle, tu auras pendu à ton arçon la tête du Roumi.

Cette discussion sauva le jeune sous-officier de chasseurs, car Maud le désignant à Ahmed et redoutant pour lui le sort des autres, lui cria :

— C'est lui ! C'est lui ! Sauve-le.

— Est-ce ton frère ou ton fiancé ? — demanda le fils d'Ibrahim.

— Mon fiancé — dit-elle d'une voix tremblante.

— Alors étend sur lui le bas de ta robe. Il sera sacré pour tous.

Elle s'approcha, pâle d'émotion, couvrit Julien de sa jupe légère, et le sergent, revenu tout à fait à lui, enveloppant de ses bras d'un mouvement passionné, les jambes de Maud, la fit choir sur ses genoux et, penchant sa tête sur la sienne, lui baisa longuement les lèvres :

— Oh ! merci ! merci ! — murmura-t-il. — Tu t'es dite ma fiancée, je retiens ta parole.

Mais Lagdar, Ben-Rahan et les autres qui s'étaient approchés, riaient d'un mauvais rire.

— C'est un mensonge — disaient-ils. — La jolie fille veut sauver ce soldat qu'elle n'a jamais connu. Ahmed-ben-Ibrahim, tu abuses du droit que te donne le nom vénéré de ton père. Qu'il prouve, ce soldat, qu'il est le fiancé, ou qu'il l'épouse, sur le champ, devant nous.

— Où êtes-vous blessé, mon ami ? — disait Maud, penchée sur Julien.

— Oh ! ce n'est rien, chère, bien-aimée Maud. La balle n'a pas pénétré, je crois, mais je souffre ici.

Il désignait le creux de l'estomac, et rapidement, fébrilement, elle déboutonnait sa tunique, tandis que les Arabes groupés autour du couple continuaient à rire :

— Voyez — disait l'un — elle est de notre avis ; elle veut qu'il l'épouse sur l'heure.

Mais la bourse tissée d'or et de soie, la bourse qu'Ahmed avait donné à Maud quelques jours auparavant et dont celle-ci avait fait présent au jeune homme se montra attachée sur son cœur comme un talisman.

— Ah ! — s'exclama Ahmed avec un peu d'amertume — elle n'a pas menti, la jolie tofla ! Voici le cadeau que je lui fis dans les jardins de Tébessa parce qu'elle avait pris compassion de mon noble père. Il est pressé sur la poitrine de l'amoureux !

Mais les bédouins qui avaient joué l'Irlandaise aux dès et qui comptaient bien avoir leur part de prise, semblaient ne pas vouloir l'abandonner si facilement.

Revenus de la première surprise causée par l'arrivée d'Ahmed, ils réfléchissaient et se disaient qu'après tout ils étaient bien sots d'obéir à cet homme qui, en définitive, n'était pas leur chef.

Qui sait s'il ne convoitait pas la jeune fille pour lui-même. Il en était donc déjà amoureux puisqu'il lui avait donné cet *anaya !*

L'*anaya* est une sorte de sauf-conduit, de passeport, d'autant plus efficace qu'il n'a rien d'officiel, et ne repose que sur une autorité purement morale. D'origine kabyle, il fut adopté par nombres de tribus du Tell.

L'*anaya* est toujours un objet qui a appartenu à celui qui le donne, et jouit d'une considération plus ou moins grande, étend ses effets plus ou moins loin, selon la qualité du donateur. Quiconque en est porteur, peut être certain de ne pas être molesté.

En Kabylie, un étranger même, qui voyage sous la protection de l'*anaya*, défie toute violence instantanée, et brave temporairement la vengeance de ses ennemis, traverse le pays dans toute sa longueur, quelle que soit la nature des griefs existants contre lui.

Le chef arabe ne peut guère étendre sa protection au delà de sa tribu.

Néanmoins, on ne voulait molester ni Julien, ni Maud, mais seulement empêcher Ahmed de s'emparer de la jeune fille.

Et il parlait de la faire reconduire à Tébessa ! Sans doute il l'accompagnerait lui-même, et éloigné de tous, dans les hauts roseaux qui entourent les marais d'Aïn-Chabrou, il prendrait la captive.

Certes, ils ne voulaient pas la lui arracher, puisqu'il affirmait qu'elle avait sauvé son père; ils ne voulaient pas la violenter devant lui ni couper la tête à celui qu'elle déclarait son fiancé, mais ils n'entendaient pas non plus qu'on se moquât d'eux : fiancée et fiancé, ils les emmèneraient ensemble.

Dans un des douars des tribus soulevées on célébrerait une amusante noce.

Ce fut l'avis qu'émit Lagdar et tous l'approuvèrent. On en fit part à Ahmed. Il vit bien que cette machination était dirigée contre lui, et répondit simplement :

— Qu'importe ! Faites comme il vous plaira.

L'essentiel était que ceux qu'il prenait sous son égide ne fussent pas maltraités.

On gagna, après une longue marche, l'une des extrémités de la forêt et la petite troupe atteignit un douar vers la nuit.

Les porteurs des quatre sanglants trophées, car la tête du quatrième chasseur pendait comme celle des trois autres à un des étriers, furent acclamés avec enthousiasme, et les femmes sorties des tentes poussèrent des *you you* prolongés. Julien et Maud furent entourés d'abord d'une curiosité malveillante, mais quand Ahmed-ben-Ibrahim eut raconté le service rendu par la jeune fille, les yeux des hommes et des femmes s'adoucirent et les plus jeunes parmi celles-ci, s'approchèrent pour lui baiser les mains.

— Puisqu'ils sont fiancés, il faut les marier — dit une vieille. — Qu'on fasse venir le cadi.

Cette proposition fut acceptée par toutes les femmes avec des cris d'enthousiasme. Et les hommes qui avaient amené le couple donnèrent leur approbation.

Ahmed, soucieux, gardait le silence.

Il n'avait d'ailleurs pas à être consulté, et tandis que l'on préparait le couscous, un vieux bédouin cynique et libidineux consentit à se prêter à la comédie, car il n'y avait pas de cadi dans le douar.

Julien et Maud, la main dans la main, se présentèrent devant lui. Il prononça quelques versets du Coran et leur donna sa bénédiction suivant les rites.

Et Julien emmena Maud dans une tente qu'on leur laissa ; des femmes leur servirent à souper.

C'est de cette façon bizarre, autant que primitive et imprévue que Julien d'Hagniel, ivre de joie, devint l'époux de la main gauche de Maud O'Kelly.

Après la nuit agitée, des heures d'ivresse, maintes fois troublée par le souvenir de son frère, abandonné mourant sur la route, Maud eut un horrible réveil.

La première chose qu'elle aperçut quand une femme souleva un des coins de la tente pour apporter aux nouveaux conjoints du lait de chèvre fraîchement tiré et de la galette toute fumante, ce fut la tête de Patrick plantée sur un de ces grands et durs roseaux qui poussent dans le voisinage des marais.

Un Arabe à cheval l'apportait triomphalement, comme un étendard pris sur l'ennemi.

Le soleil se levait à peine. A part les femmes, dont les unes moulaient le grain pour les besoins du jour, les autres trayaient les chèvres ou cuisaient les galettes, le douar dormait encore. Mais Ahmed, soucieux, veillait.

Il se précipita au-devant du porteur du sanglant trophée et lui cria :

— Arrière, homme. Cache cette tête !

L'autre, étonné, obéit.

Mais il était trop tard. Maud, les yeux dilatés par l'épouvante, avait vu l'horrible, l'abominable spectacle, et maintenant, secouant son compagnon encore endormi, elle le réveilla, criant :

— Vois ! vois ! la tête, la tête qui roule. La tête qui vient ! Ah !

La tête du frère, brusquement enlevée du roseau, échappait des mains de l'Arabe et tombant lourdement à terre, venait rouler, meurtrie, couverte d'ecchymoses, boueuse et sanglante, jusqu'à l'entrée de la tente, jusqu'aux pieds de la sœur affolée.

Affolée, elle l'était, et pour toujours. Sa raison ne pouvait résister à tant d'épreuves. Elle poussa des cris de terreur et se jetant sur Julien, son époux improvisé, elle lui dit :

— Lève-toi ! lève toi ! La tête vient. C'est la mort ! c'est la mort ! Elle vient nous prendre ! Défends-moi ! défends-moi ! mon mari aimé ! Debout ! debout !

Hélas ! la mort venait, mais elle ne la prit pas encore.

Quand le soleil monta sur l'horizon, le douar plia ses tentes. Un cavalier annonçait la probable arrivée des roumis.

Les tentes et les bagages chargés sur des mules, les hommes armés de leurs longs fusils, poussèrent les troupeaux devant eux, abandonnant sur le terrain, comme un défi, les cinq têtes des décapités.

Ahmed-ben-Ibrahim quitta le dernier l'emplacement du douar, gardant près de lui, Julien et Maud que quelques hommes proposaient d'emmener.

Mais elle s'était débattue comme une louve furieuse, et demi-nue, échevelée, les vêtements en lambeaux, elle criait au sous-officier montrant le petit tas de têtes !

— La mort ! La mort ! Défends-moi. La vois-tu qui roule jusqu'à nous avec ses yeux de goule ? Elle va me prendre, elle va me prendre. Défends-moi !

On sait le respect qu'inspirent les fous aux Arabes. Ils s'écartèrent et nul n'osa la violenter ; nul n'osa non plus toucher à l'infortuné époux d'une nuit qu'elle entourait de ses bras.

Quand ils se furent éloignés et que la tribu entière défila dans la vaste pleine, troupeaux, chevaux, bagages, hommes, femmes et enfants en une longue masse enveloppée de poussière, Ahmed seulement remonta à cheval, et s'adressant à Julien :

— Loue le Maître de l'heure de t'avoir donné une telle compagne. Sans elle ta tête aurait grossi ce tas que noircissent déjà des légions de mouches. A cause d'elle tu as la vie sauve. Je te laisse en sûreté, puisque les tiens vont venir. Ne la quitte pas. Prends soin d'elle d'autant plus tendrement qu'Allah l'a touchée de son doigt. Adieu ! Et que celui qui plane sur les batailles ne te fasse jamais rencontrer le fils du cheik Ibrahim-bou-Maza.

Il dit, et rayant les flancs de sa monture de ses longs éperons aux pointes crochues, il disparut bientôt dans un tourbillon de poussière.

Maud ne retrouva jamais sa raison perdue et neuf mois après elle mourait à l'hospice de Constantine en mettant au monde la petite Renée.

CHAPITRE XLIV

Les tribulations de Renée dans la nuit du 3 décembre. — Le gamin de Paris. — Le spectre rouge. — Romieu Veuillot et le futur rallié. — Férocité des trembleurs. — Le charbonnier compatissant. — Pressentiments réalisés.

Revenons à Renée, entraînée, l'on s'en souvient, par Pied-de-Bouc et la naine qui menaçaient la pauvre petite de la faire fusiller.

L'intention de la Crachotte n'était nullement de s'embarrasser longtemps de cette gamine, ni de la conduire chez le commissaire, encore moins de la ramener à sa grand'mère. Elle voulait tout simplement compléter l'interrogatoire commencé, et en brutalisant, terrorisant la fillette, la forcer à faire de nouvelles révélations suivant la méthode chère aux inquisiteurs et aux anciennes magistratures qui obtenaient à l'aide de différentes tortures aussi ingénieuses qu'effroyables, l'aveu des plus monstrueux crimes des accusés les plus innocents.

L'homme a toujours été pour l'homme le plus redoutable des fauves, et comme il avait raison Daniel de Foë, l'immortel auteur de ce merveilleux livre *Robinson Crusoé*, montrant son héros, qui n'avait tremblé ni devant les éléments en furie, ni devant les bêtes inconnues de son île, ni devant la solitude, saisi d'une indicible terreur à la vue des traces d'un pied d'homme sur le sable !

Mais, pour obtenir le résultat désiré par la Crachotte, il n'était pas prudent de rester en pleine rue.

Les passants auraient fini par s'étonner de voir cette enfant en pleurs aux mains du couple abominable ; ils auraient pu faire d'indiscrètes questions et prendre son parti...

Il faisait nuit depuis plus d'une heure quand un jeune garçon fort dépenaillé s'arrêta en apercevant une fillette, assise sur le pas d'une porte Renée, épuisée de fatigue et de faim, venait de se laisser tomber, ses petites jambes ne pouvant plus la soutenir. Elle grelottait sur la pierre humide, en face d'un reverbère, qui éclairait de sa lumière jaune l'enfant perdue dans la grande ville, par cette froide soirée de décembre. Elle ne bougeait pas, éperdue et comme hébétée ; seulement, de temps en temps, un gros soupir gonflait sa poitrine et des larmes roulaient sur ses joues violacées, tandis qu'à mi-voix, elle répétait ces paroles toujours les mêmes :

— Oh ! maman, maman, maman !

— Eh ben quoi ? Eh ben quoi ? T'as pas l'air de t'la couler douce, la môme !

— Oh ! monsieur, s'il vous plaît, conduisez-moi chez maman, conduisez moi chez maman, — répondit la pauvre petite en se redressant et en levant ses grands yeux tout gonflés par les pleurs, sur le jeune garçon qui l'interpellait ainsi d'un ton fort peu engageant et d'une voix qui décelait le petit rouleur des pavés parisiens.

Agé de quatorze à quinze ans, il n'en paraissait guère plus de dix ou douze, tellement il était chétif et rabougri. Ses yeux vifs et malins luisaient dans sa figure maigre, aux joues et aux lèvres décolorées par l'insuffisance de la nourriture, le mauvais air, la fatigue, et peut-être la débauche précoce. Un gamin de Paris enfin ! Il portait un fusil.

En apercevant l'arme, Renée crut, peut-être, que l'on venait mettre à exécution les menaces de Pied-de-Bouc et qu'elle allait être l'objet d'une exécution immédiate, car elle se recula précipitamment, terrifiée, comme si elle voulait pénétrer dans la muraille, mais le gamin la saisit par le bras, la releva d'une secousse et la plaça sous la clarté du reverbère.

— Oh ! monsieur, ne me faites pas de mal !

— Aye pas peur, la mòminette, Aristide n'a jamais fait de mal aux gosselines. Il ne leur s'y fait que du bien. Allons, aye pas peur.

Renée devina que dans le langage de ce jeune citoyen, mòminette et gosseline équivalaient à petite fille et elle reprit un peu d'assurance.

— Je me suis perdue — lui dit-elle — s'il vous plaît, monsieur, voulez-vous me reconduire chez moi.

— Oh ! là la ! — fit l'aimable Aristide, qui paraissait n'avoir qu'une idée assez vague des égards que l'on doit au beau sexe. — T'as un chez toi, la môme, t'as de la chance. Moi j'connais pas çà. Inconnu à Bibi, un chez soi. Et où q' tu demeures, la belle frisée ?

— Rue Clignancourt. Ma maman, c'est madame d'Hagniel.

— Rue Clignancourt, rien que là ! T'as pas la trouille ! Et t'es venue rouler ta bosse par ici. Faut croire que t'aimes bien la ballade. Ah ! mince alors ! Et qu'est-ce qu'elle fait de son métier ta maman ? Elle ravaude des chaussettes ?

— Elle fait rien.

— Elle fait rien ! Chouette papa. Bon métier, ça !

— Et — ajouta la petite fille pour éblouir davantage son interlocuteur — c'est la maman d'un officier.

— Un officier ! Rien de fait alors. Compte pas sur moi. J'vais pas me fourrer dans la gueule du loup.

Entendez-vous, dans ces campagnes !
Hurler ces féroces soldats.....

— Oh ! monsieur Julien est bien gentil. Il ne vous fera pas de mal et on vous donnera tout plein d'argent et des cigarettes.

Sans s'en douter, Renée venait de dire le mot important, le mot final qui persuade, qui enlève toute hésitation. Si elle n'eut rappelé que le souvenir du vil métal, elle n'aurait pas décidé aussi promptement le jeune Aristide. Mais, en entendant parler de cigarettes, il se souvint qu'il y avait longtemps qu'il n'avait fumé, qu'il n'avait pas un sou en poche et qu'il se mourait d'envie d'en *griller une*.

— Bon ! ne chigne pas, môminette. T'as trouvé ton homme Aie pas peur. On te conduira chez ta vieille. Donne ta patte. En route, mauvaise troupe, s'agit de tricoter des gambilles, car, moi, tu sais, j'ai pas d'temps à perdre, il y a de la besogne qui m'attend.

— Quelle besogne ?

— Je travaille pour Marianne.

— C'est votre sœur ?

— Ma sœur ? Oh là là ! Tu ne connais pas la Marianne ?

— Ah ! oui, Monsieur, nous avions une bonne qui s'appelait comme ça, mais maman l'a chassée parce qu'elle amenait, quand nous étions couchés, des soldats chez nous.

Le jeune républicain haussa les épaules devant une telle ignorance. Elle lui sembla même si profonde qu'il jugea inutile toute explication.

Il arrive très souvent que, mis en présence d'une personne inconnue, on devine presque si on doit lui accorder ou lui retirer sa confiance. On se trompe rarement. Peut être faut-il admettre que, de l'être humain, s'émanent perpétuellement certains fluides variables, suivant les caractères, lesquels acceptent ou n'acceptent pas le contact avec ceux dégagés par un autre individu. Cette hypothèse expliquerait les sympathies ou les antipathies instinctives. Quoi qu'il en soit, cette faculté ne se rencontre pas que chez les grandes personnes. Les enfants la possèdent au plus haut degré, ce qui prouve qu'elle n'est pas le fruit de la réflexion.

Le premier effroi, causé par la vue du fusil, passé, la petite fille s'était de suite rendu compte que ce garçon déguenillé, cet enfant du ruisseau, n'était pas méchant malgré sa rude apparence et qu'elle pouvait se fier à lui. Elle lui tendit donc sa main et se mit à le suivre, pleine de confiance, sans la moindre hésitation, comme elle avait suivi Colombau.

Le jeune Aristide marchait à grandes enjambées en balançant ses hanches, le haut du corps en avant et la casquette sur l'oreille. Bien qu'il accélérat sa marche et que Renée fut obligée de trottiner pour rester à sa hauteur, il prenait néanmoins de grandes précautions afin de ne pas tomber au milieu d'une patrouille de soldats ou d'un détachement d'agents de police.

Il avait l'œil au guet, regardant à sa droite et à sa gauche, en avant et en arrière, tendant l'oreille, flairant le danger, comme un Peau-Rouge sur la piste de guerre, et faisant de brusques demi-tours ou de rapides changements de direction qui stupéfiaient la petite fille.

Dans les veines de cet enfant de Paris, coulait du sang de noctambule et d'insurgé, et, par atavisme plus encore que par expérience personnelle, il savait se mouvoir adroitement au milieu des dangers des cités en état de siège, quand la guerre civile bat son plein et que les représentants de la force, soldats et agents, gendarmes et maréchaussée s'embusquent derrière les portes et les fenêtres des maisons pour tirer à l'abri sur les défenseurs du droit et de la liberté.

— Si c'était pas le flingot, je m'en foutrais — dit-il, tout-à-coup — mais avec ce flingot j'risque de me faire piper. Et alors, la mioche, y aurait pu mèche de te reconduire chez ta rentière.

— Oh ! vous ne vous laisserez pas attraper. On pourra pas.

— Et comment qu'tu vois ça ? — demanda Aristide très flatté.

— Tiens, c'est pas difficile à voir. Monsieur Julien, quand il était dans l'Algérie.....

— Où ça qu'il était ?

— Dans l'Algérie. Oh ! un beau pays tout bleu. J' sais bien, moi.

— Qu'est-ce qu'il jaspinait, le type ?

— Comment que vous dites, Monsieur ?

— T'as l'entendement dur, qu'est-ce qu'il

Pauvre gochelinette, elle est morte :

jabotait, ton monsieur Julien, quand il était dans l'Algérie.

— Il disait comme ça : Faut ouvrir l'œil et le bon, et puis les Arabes l'attrapaient pas. Alors, vous faites comme lui et on ne vous attrapera pas non plus.

— T'es pas la moitié d'une moule — dit le jeune faubourien, délicieusement chatouillé dans son amour-propre — mais c'est égal, i vaudrait mieux que j'aye pas le flingot. C'est pour toi que je dis ça, c'est pas pour moi. Tu comprends que si je tombais au milieu des culottes rouges ou des flics, j'aurais bien vite fait de me trotter, mais i faudrait que je te laisse en plan.

La petite fille fut consternée et elle eut le pressentiment que ses tribulations n'étaient pas près de leur fin.

— Comment que ça se fait — lui demanda tout à coup son compagnon — que tu te soye ensauvée de chez tes parents?

— Je ne me suis pas sauvée. Je m'amusais bien avec des petites filles à côté de chez nous. Et puis, elles ont dit : « Nous allons marcher tout loin, tout loin, jusqu'à ce qu'on ne puisse plus marcher » et elles sont parties, et moi avec. Ensuite, nous avons dansé une belle ronde, et un homme est passé, que j'aime bien parce que maman a dit : « Il n'a pas l'air d'un coquin ». Et voyez-vous.— ajouta la petite fille en secouant gravement la tête — le monde est plein de coquins maintenant.

— Pour sûr! — appuya le jeune Aristide avec conviction. — C'est pour ça qu'on fait la Révolution.

Elevant la main d'un air tragique :

Ils viennent jusque dans nos bras,
Egorger nos fils, nos compagnes!

Elle l'écouta avec admiration et resta quelques instants silencieuse, probablement pour réfléchir à la multitude de coquins que le monde renferme, puis elle poursuivit son histoire :

— Voyez-vous, l'homme-là, c'est peut-être un coquin aussi. Il m'a dit que je le suive, parce que j'étais perdue ; c'était pas vrai, j'étais pas perdue et il est un vilain d'avoir dit ça. C'est lui qui m'a perdue. Il m'a fait passer dans tout plein de rues et j'avais pas peur, et puis, il s'est sauvé et m'a laissée toute seule. Alors j'ai eu peur, et je suis descendue et j'ai trouvé en bas la petite sorcière avec le dégoûtant plein de poux. Vous savez pas ce qu'ils font tous les deux ?

— Non.

— Alors, arrêtez que je vous dise.

Aristide s'arrêta. Renée, se dressant sur la pointe des pieds, lui dit à voix basse :

— Ils vivent comme mari et femme.

— Bon, et puis?

— Et puis? — fit la fillette, fort surprise que sa communication n'eut pas produit plus d'effet. — Et puis ? C'est pas beau, là ! Je l'ai entendu dire à maman une fois que j'étais cachée sous le lit. Ils sont pas mariés. C'est pas beau. C'est des vilains.

— Ah ! t'es tordante à se faire crever le péritoine.

Aristide se remit en marche, haussant les épaules devant tant d'ignorance. La petite fille continua à suivre son compagnon, se demandant ce que signifiait cette extraordinaire exclamation, mais n'en trouvant pas l'explication, elle reprit le fil de son histoire, non sans être passablement vexée :

— Alors ils m'ont emmenée bien vite et ils me serraient les bras et je sens que j'ai des *noirs*. Dites, vous savez pas pourquoi ils se dépêchaient, c'est parce qu'ils avaient peur que les passants les battent, parce qu'ils me faisaient du mal. J'ai bien vu ça, moi ! Je comprends tout.

— T'as de la veine !

— Et puis, nous sommes arrivés dans une petite rue, où il y avait personne. Ils m'ont demandé toutes sortes de choses et quand je savais pas, j'étais battue, mais quand je savais, j'étais encore battue, parce qu'ils croyaient que je ne disais pas tout. Le vilain homme écrivait tout le temps sur un morceau de papier.

— Un mouchard, quoi ! C'en est plein.

— Ensuite — poursuivit Renée — la petite sorcière est partie. Moi, je ne voulais pas rester avec le vilain homme et je criais. Alors, il s'est mis à m'embrasser et il me disait que j'étais bien jolie et il me serrait tout fort et soufflait et faisait un gros bruit avec sa bouche et son nez. Il m'a piqué toute la figure avec sa moustache et sa barbe ; j'aurai du mal et je deviendrai laide comme M. Veuillot.

— Qu'est-ce c'est qu'ce gonze-là ?

— Je ne sais pas. C'est un cafard. Maman l'a vu, elle rit tout le temps de lui et dit qu'il a une figure comme une écumoire. Alors, moi aussi, j'aurai une figure comme une écumoire, parce que le sale juif y a fait plein de trous en m'embrassant.

— Qué salaud !

— J'étais bien dégoutée, va.

— Tu pouvais pas lui coller un marron sur la gueule ?

— Des marrons ! j'en avais pas.

— Ah ! Malheur ! T'es assez rigolote. On ne jaspine donc pas le français chez ta vieille ? Je te redis que tu vas me faire crever le péritoine !

— Je sais pas ce que c'est, mais écoutez voir : Je me débattais pour me sauver, et j'étais pas la plus forte, quand la petite sorcière est revenue. Elle était fâchée toute rouge et ses vilains yeux méchants tout ronds lui sortaient de la tête. Alors, elle s'est mis à battre le sale homme en disant toutes sortes de gros mots, et c'était bien fait pour lui...

A ce moment, le gamin interrompit la petite fille :

— Pose ta chique et fais la morte.

Elle devina sans peine le sens de cette élégante expression et se tut. D'ailleurs, elle n'avait plus grand chose à dire. En deux mots, nous allons compléter son récit.

Pendant que la Crachotte donnait libre cours à sa fureur et que Pied-de-Bouc était fort occupé à protéger ses yeux et le restant de sa laide figure, Renée se sauvait éperdue. Elle courut longtemps croyant toujours avoir à ses trousses le couple abominable. Puis, elle erra dans les rues, ne sachant où elle se trouvait, jusqu'au moment où elle se laissa tomber épuisée sur le pas de la porte où le jeune Aristide l'avait recueillie.

. . . .

Ce soir là, Louis Veuillot, rédacteur de l'*Univers*, et son ami Romieu, l'auteur du pamphlet déclamatoire et gothique, intitulé le *Spectre rouge* venaient de dîner chez un troisième défenseur de la *Force* et de l'*Autel*, devenu depuis, après avoir été sénateur sous l'Empire, l'un des *ralliés* de la République. Comme de juste, après le repas, ils se mirent à deviser sur les événements qui s'accomplissaient. S'il y avait quelque divergence dans leur façon de les envisager, sur un point ils s'accordaient tous : c'est que Louis-Napoléon, non seulement ne déployait pas assez d'énergie, mais faisait preuve d'une faiblesse impardonnable. Comment ! Le coup d'Etat était commencé depuis deux jours et les ruisseaux ne roulaient pas des flots de sang, les rues n'étaient pas tapissées de cadavres ! Ménagements inexplicables, fautes désolantes, présages des cataclysmes à venir. Certainement, l'audace des socialistes, des communistes, des anarchistes, des partageux et de tous ces hideux sectateurs de la liberté allait croître en raison directe de la faiblesse du gouvernement, l'insurrection grandirait, ferait tache d'huile et bientôt la démagogie triomphante couvrirait le territoire entier de ses flots bourbeux, tumultueux, empestés !

Cauchemar effroyable ! Louis Veuillot devenu pâle, marmotait des paroles inintelligibles. Romieu songeait à ces illustres et antiques potentats, qui savaient si bien inspirer aux masses un salutaire respect, dont la volonté faisait la loi des peuples et dont le trône auréolé d'éclairs, semblait celui du Tout-Puissant. Quant à l'amphytrion, quelque peu asthmatique et fortement obèse, ces lugubres pronostics lui firent perdre la respiration pendant cinq minutes et la tête pour le restant de la soirée.

Cependant, Romieu avait tiré de sa poche un exemplaire du *Spectre rouge*, qui ne le quittait jamais. Ce *Spectre rouge* peut passer pour le meilleur des classiques de la peur.

Plus tard, les romans des alsaciens Erkmann et Chatrian devaient achever, dans un autre sens, l'œuvre démoralisante chez un peuple dont l'impétuosité et le mépris du danger restaient un des caractères nationaux.

La terreur des Rouges, grâce au pamphlet de Romieu, avait produit son effet, non seulement dans les campagnes, chez les paysans ignorants et bornés, mais dans les villes, chez les bourgeois, les riches propriétaires.

Des énergumènes et des agents soudoyés propageaient l'œuvre de terreur en prévenant les châtelains qu'ils seraient grillés vifs dans leurs domaines, et déjà plusieurs bandes armées auxquelles, comme de coutume, se mêlaient tous les pillards et les repris de justice de dix kilomètres à la ronde, avaient mis à sac plusieurs châteaux.

La panique devenait telle que nombre de maires étaient venus supplier le ministre de la guerre de leur envoyer des garnisons ou de renforcer les brigades de gendarmerie. Plusieurs même pétitionnèrent près du ministre de l'intérieur pour être autorisés à former des associations armées. Les grands propriétaires, à la tête de leurs gardes-chasse, venaient offrir leur appui à la gendarmerie et à la troupe. On s'attendait à une Jacquerie.

Et l'on répétait partout que Louis-Napoléon seul pouvait sauver la France.

Aussi, quand Romieu eut ouvert son volume, ce fut avec un recueillement religieux qu'on écouta ces mémorables extraits :

« Il faut, en ce pays volcanisé, une armée à part, comme est l'armée anglaise, où le soldat a sa carrière faite pour la vie, sûr d'une retraite à la fin de ses jours, et ne rêvant jamais à son clocher. Il n'y a pas en Angleterre, un seul homme du peuple qui sache manier le fusil. Quelles que soient, dans un avenir possible, les émeutes sérieuses de Birmingham ou de Manchester, quels que soient les tumultes des districts manufacturiers au début d'une crise industrielle, l'apparition d'une compagnie de grenadiers suffira toujours pour rétablir l'ordre. C'est ainsi seulement que la *force* reste complète, et qu'elle reste aux seules mains des gouvernements. Ils n'en ont que trop besoin aujourd'hui, et doivent le comprendre, s'ils se souviennent d'un passé récent.

« Le vrai, c'est le simple, partout et toujours. C'est l'unité, qui est l'extrême du simple : l'unité, fondement du dogme catholique, fondement du dogme militaire. Aussi, l'église et l'armée ont-elles résisté à tous les assauts de la démence furieuse, suscitée par le dogme absurde de la raison. L'une et l'autre vivent encore et se rajeunissent au milieu du vaste cimetière où s'entassent les systèmes politiques et philosophiques, dont s'épuise, j'en ai l'espoir, la dernière génération. Oh ! Foi et force, leviers uniques des mouvements humains, il n'y a rien, en dehors de vous, que d'impuissant et de factice ! »

— Nobles paroles, cher ami — dit Louis Veuillot, qui venait d'écouter avec béatitude — nobles paroles, et combien vous avez raison. Non, il n'y a rien en dehors de la foi que d'impuissant et de factice.

— Oh !... oui..., la... foi.... c'est... beau..., la... foi... qui... trans... porte... les... mon... ta... gnes... Ah ! — murmurait l'amphytrion.

— Où est le temps — reprit Louis Veuillot — où est le temps où la France, à la voix d'un grand pape, envoyait tous ses enfants à la conquête du Saint-Sépulcre ? Noble, glorieuse, féconde époque de foi, de prières et de force ! Les chants d'allégresse et de triomphe retentissaient sous les voûtes immenses des cathédrales. Le petit enfant, le matin, à son réveil, s'agenouillait sur son lit, et, joignant ses mains innocentes, invoquait le Tout-Puissant. Roi, prélats, nobles, bourgeois, clercs, manants, tout le monde vivait les regards tournés vers le ciel ! Le hideux hydre révolutionnaire n'élevait pas encore ses têtes grimaçantes et horribles.

Romieu avait attendu avec impatience, et sans en entendre un mot, la fin de cet accès de lyrisme :

— Ecoutez-donc — dit-il — et il poursuivit la lecture de son chef-d'œuvre :

« Le combat matériel, en dépit des idéologues, ne cessera jamais d'être la suprême sanction des faits.

« Le fléau passager de l'*idée* se dissipe à l'immuable apparition de la *force*.

« Il est bien temps que le remède opère ! et ce sera justice. Je ne regretterai pas d'avoir vécu dans ce triste temps, si je puis voir une bonne fois, châtier et fustiger la foule, cette bête cruelle et stupide dont j'ai toujours eu l'horreur... »

Des coups de feu lointains interrompirent Romieu dans sa lecture. Comme les trois bourgeois se regardaient, pâlissants, songeant à l'affreux *Spectre rouge*, tenant tête audacieusement à la *force*, la porte de la salle à manger s'ouvre soudain, et une servante parait, affolée, en criant :

— Monsieur! monsieur ! Il y a des insurgés dans la maison, des hommes, des femmes, des enfants, déguenillés, en loques. Ils ont des fusils. Ah ! monsieur, nous sommes perdus !

— Po...lice!... gen...dar...me...rie! cou...rez vite, vite ! — cria l'amphytrion et, l'émotion étant trop forte, il perdit de nouveau la respiration.

— Ah ! monsieur, ils barrent le passage !

Tandis que Louis Veuillot invoquait saint Michel, Romieu ouvrait vivement la fenêtre pour voir s'il ne se trouverait pas, dans la rue, des représentants de la force publique.

Une bouffée d'air froid envahit la pièce, apportant avec elle un bruit de pas précipités et cadencés.

— La troupe ! la troupe ! — s'exclama Veuillot radieux.

Alors, Romieu penchant la tête hors de la fenêtre, regarda et cria :

— A nous ! à nous ! les braves défenseurs de l'ordre! à nous la force armée, à nous vaillants soldats !

Puis, il quitta la fenêtre, et son livre à la main, en guise de talisman, il se précipita, accompagné des supplications de Louis Veuillot, qui le conjurait de ne pas s'exposer, à la rencontre des insurgés en hurlant :

— Sus au Spectre rouge ! Sus au Spectre rouge !

Le spectre rouge se composait du jeune Aristide et de sa petite compagne, que l'imagination de la servante venait de transformer en une horde de sans-culottes et de *tricotteuses*. Romieu les avait aperçus, embusqués sur le pas de la porte, et comme il était brave et qu'il aimait qu'on le sût, il ne balança pas une minute à se jeter au milieu du danger.

. . . .

Si le petit faubourien avait interrompu Renée dans les termes choisis que l'on sait, termes dignes d'un garçon élevé sur la voie publique, c'est que le bruit des pas d'une troupe en marche retentissait à ses oreilles.

L'immense intérêt qu'il prenait au récit de la petite fille, lui avait fait, pendant quelques instants, manquer de vigilance et ce fut la cause de sa perte.

Une forte patrouille débouchant d'une rue transversale, s'engageait dans celle que les deux enfants suivaient; quand Aristide s'en aperçut, une vingtaine de mètres seulement le séparaient des soldats qui occupaient toute la largeur de la chaussée.

— J'vas m'faire piper — dit-il. — C'est embêtant qu' j'aye le flingot.

— Jetez-le — dit Renée.

— Le jeter! jeter mon flingot! Pour qui me prends tu ? — fit le gamin avec indignation.

— Les soldats sont pas méchants. Ils vous feront pas de mal. Je leur dirai que vous êtes bien gentil.

— Tu crois ça, qu'ils ne sont pas méchants — riposta Aristide, qui ne semblait pas se faire beaucoup d'illusions sur la mansuétude militaire. — T'as donc jamais entendu chanter la *Marseillaise* ous qu'on parle des féroces soldats qui mugissent dans les campagnes ? Je t'en ai servi deux morceaux.

Tout en parlant ainsi, ils décampaient suivis de la troupe, qui ne devait pas les apercevoir. Mais, devant eux, il y avait un reverbère et quand il leur faudrait pénétrer dans la zone éclairée, allant d'une maison à l'autre, certainement on les verrait.

Le gamin aurait volontiers filé à toute vitesse, mais il lui répugnait d'abandonner la petite fille et, d'un autre côté, il craignait pour elle les coups de fusil s'il l'entraînait dans sa fuite. Bref, il suivait le même raisonnement qu'avait fait Colombau.

Tout à coup retentirent quelques détonations.

— Ah! malheur ! — dit le gamin — j'suis pas à mon poste. Les frères se font démolir sans moi. Ah! zut alors !

Une voix commanda derrière eux :

— Pas gymnastique... marche!

Une... deux..., une... deux... les soldats trottaient. Aristide et Renée en firent autant, et comme ils allaient entrer sous les rayons du reverbère, ils obliquèrent brusquement, se blottirent dans l'embrasure d'une porte et s'y tinrent cois.

— Aye pas peur, la mioche — disait Aristide à voix basse. — Quand les troubades seront passés on s' fera la levure et on poursuivra son p'tit bonhomme de chemin.

Or, cette porte dans l'embrasure de laquelle se tenaient cachés la petite fille et son compagnon était précisément celle de la maison où venaient de dîner nos apôtres de la Force et de la Foi.

Elle était entr'ouverte, chose inexplicable à cette heure et surtout chez un bourgeois, habitant une ville en état de siège et livrée, par conséquent, soit aux fureurs de la populace, soit aux excès de la soldatesque. Un oubli, une imprudence de la servante, très probablement, imprudence qui aurait pu coûter cher au respectable trio ; car enfin que serait-il advenu si toutes les sections socialistes, si toutes les bandes anarchistes et révolutionnaires eussent pénétré dans cette demeure, à la place d'une petite fille et d'un jeune garçon, porteur d'un fusil détraqué? On frémit rien que d'y penser! Plus de vingt ans après, Louis Veuillot pâlissait encore en évoquant ce terrible souvenir!

Quoi qu'il en soit, la servante, entendant un bruit suspect dans le corridor, accourut. Le gamin déguenillé et surtout le fusil lui firent perdre la tête. Dans son effroi, elle s'imagina voir toute une bande d'insurgés et se hâta d'aller prévenir son maître.

Pendant son trajet de la salle à manger au corridor, le farouche Romieu réquisitionna deux domestiques mâles et, se faisant précéder par eux, il s'avança plein d'audace au-devant des insurgés.

Au même moment, on entendait Louis Veuillot crier :

— Soldats! soldats ! braves soldats ! à nous! à nous !

La troupe arrivait. Elle était presque à hauteur de la porte ouverte. Aristide, se voyant pris entre deux feux, tenta de se sauver, son fusil au poing, abandonnant Renée.

Alors Veuillot, Romieu, le futur sénateur, les larbins hurlèrent :

— Aux voleurs! aux insurgés ! aux rouges ! à mort! à mort: Venez, braves soldats, tirez dessus! Hardi ! hardi !

Le bec de gaz éclairait le gamin qui fuyait. Plusieurs coups de feu partirent. Il tomba, grièvement blessé, mais se releva aussitôt, car il avait une vitalité de chat, et brandissant son arme, il cria de sa voix grêle :

— Vive la sociale ! vive Marianne ! A mort les tyrans !

Un nouveau coup de feu l'abattit. Etendu sanglant sur le sol, une dernière fois, il acclama la Révolution :

— Vive la sociale!

Puis, comme il essayait de se glisser vers l'ombre, aspirant à rendre le dernier soupir dans le ruisseau, où peut-être il était né, un sergent accourut et, à bout portant, lui brûla la cervelle.

Ainsi mourut le jeune inconnu, enfant de père et de mère inconnus, pour avoir voulu conduire chez elle la petite Renée.

— Et d'un ! — fit le futur rallié. — Un gredin de moins, ce n'est pas beaucoup, mais ça vaut mieux que rien. Bonne besogne, bonne besogne.

Les soldats s'éloignaient courant toujours. Au loin, la fusillade continuait. Des détachements de la brigade Herbillon attaquaient des barricades nouvellement construites dans la soirée. La rue redevint déserte. Louis Veuillot, le nez à la fenêtre, s'inquiéta :

— Rentrez, cher ami — cria-t-il à Romieu — rentrez. Voilà la troupe qui s'éloigne. Les rues ne sont pas sûres.

— Vous... a...vez... rai...son — appuya l'amphytrion — Qu'il... rentre.. vite... Les rues... ne... sont... pas... sûres.

— Je viens — fit l'intrépide Romieu — je viens de suite, mais auparavant, nous avons une affaire à régler.

— Quoi donc? — demanda Veuillot, qui ne voyait pas Renée, restée dans le corridor aux mains des domestiques.

Les deux larbins la tenaient solidement par les poignets, meurtrissant sa chair délicate à la place même où la Crachotte avait enfoncé ses serres de hibou méchant.

Romieu, saisissant par le bras la petite fille, la fit sauter brutalement sur le trottoir et la montra à Veuillot.

— Qu'est-ce que c'est que ça ? — fit le dévôt journaliste.

— La femelle du drôle à qui l'on vient de casser la tête.

— Quelle horreur ! Est-ce possible ?

— Qui voulez-vous que ce soit? Vous n'avez pas idée, cher ami, de l'ignoble perversité de la populace.

— Pardon, monsieur, je ne le ferai plus — disait l'enfant, ne sachant de quel méfait on l'accusait.

— *O temporo ! O mores !* — s'exclama le rédacteur de l'*Univers*, aimant à faire parade de ses classiques. — Heureux ceux qui ne sont pas réduits à contempler de pareilles ignominies. Romieu, cher ami, rendons à César ce qui est à César, à Dieu ce qui est à Dieu et à l'immondice ce qui appartient à l'immondice. Croyez-moi, rentrez promptement, il y a du danger à rester plus longtemps dehors.

— Tranquil-isez-vous — répondit l'auteur du *Spectre rouge*.

Rien de plus féroce qu'un bourgeois qui a eu peur quand il peut user de représailles sans danger. En 1871, après l'écrasement de la Commune, ils se sont tous montrés plus sanguinaires que les soldats, sans avoir comme les soldats l'excuse de l'acharnement de la lutte. Ils hurlaient autour des pelotons d'exécution qui fusillaient les fédérés et frappaient ceux-ci à coups de parapluies et de cannes, tandis que leurs femmes les frappaient à coups d'ombrelles, ruade ignoble d'ânesses sur le lion expirant et vaincu. Ils se délectaient à la vue des mares de sang, des éclaboussures de cervelles, des têtes et des poitrines crevées par les balles. Et le fils de la servante de Dumas, que sa double origine de juif, longtemps honni et victime, et d'esclave émancipé eut dû rendre compatissant aux déshérités et aux vaincus, applaudissait aux massacres et faisait chorus aux injures ! Comme un monarque asiatique ou un empereur romain de la décadence, ces gens en habit, en paletot, ventripotents et glabres ne rêvaient que supplices et exterminations Ah ! s'ils avaient pu, si on les avait écoutés, le tenaillement des chairs, l'arrachement des ongles, les coins, les brodequins, le plomb fondu et l'huile bouillante, tout l'arsenal de la vieille magistrature, aurait fait partie de la fête et la question ordinaire et extraordinaire eut été appliquée, comme elle devait plus tard l'être aux prisonniers de Montjuich, à Barcelone. Les trembleurs sont toujours sans pitié.

De la pitié ! L'amphytrion n'en eut pas pour une petite fille inoffensive. Il était descendu, trébuchant, en la voyant aux mains de Romieu. Il la giffla, la fouetta presque au sang avec une cravache, qu'il se fit apporter par un des domestiques, puis, il la chassa, lui disant : « Petite ordure, excrément de la terre, va te faire fusiller ailleurs. »

Après cette éjaculation, ils rentrèrent dans la maison. Veuillot ferma la fenêtre. La porte fut verrouillée. On fit une sérieuse visite domiciliaire dans tous les coins et les recoins, puis on retourna dans la salle à manger, bien close; et Romieu, qui considérait comme perdu tout le temps que l'on n'employait pas à méditer son chef-d'œuvre, s'empressa d'en reprendre la lecture, à la douteuse satisfaction de ses pieux amis, qui ne pensaient qu'au danger auquel ils venaient d'échapper.

Ils étaient contents, fiers de leur courage et de leurs actions. N'était-ce pas leur rêve qui commençait : Châtier et fustiger la foule, cette bête cruelle dont ils avaient l'horreur ? Ce petit drôle, qui gisait, le crâne ouvert, au milieu de la rue, cette petite drôlesse, abattue non loin de là, ensanglantée, pleurant sur le pavé glacé toutes les larmes de son corps meurtri, ne faisaient-ils pas partie tous deux de cet être collectif, formé par la réunion de tous les citoyens français, désireux de conquérir leurs droits, créature monstrueuse, destructrice, imbécile et féroce, nommée le *Spectre rouge ?*

. . . .

Quelques minutes après ces événements, un homme, habillé de velours côtelé, s'arrêtait tout surpris devant le cadavre d'un enfant, qu'éclairait le réverbère.

— Tiens — dit-il — on ch'est cogné par ichi. Fouchtra ! Mais, ch'est un goche. On tue les goches, maintenant. Ah ! cha, ch'est pas propre ! Cha me dégoûte, cha me dégoûte. Le mouvement est faux, « au temps ! », comme je digeais quand j'étais au chervice. Ah ! minute ! Le goche avait un fugil. Il leur-g'y tirait dessus, ils ont tiré chur lui, je comprends cha, j'approuve, même. Pour ne pas être tué, on tue. Ch'est chustice. Pachons !

Celui qui parlait ainsi était un homme d'une quarantaine d'années, charbonnier de son état, profession visible à son visage barbouillé, à ses mains, à ses vêtements, à ses cheveux couverts d'une poussière noire. Quant au lieu de sa naissance, il est superflu d'en parler, après l'échantillon de sa prononciation, que nous venons de donner.

Il poursuivit son chemin, mais bientôt il s'arrêta de nouveau, très apitoyé, devant la petite Renée, étendue au milieu de la chaussée.

— Cha, ch'est une fille, chans fugil, chelle-là, elle n'était pas bien dangereuse. Cha, ch'est lâche de tirer chur une fillette. Pauvre gochelinette, elle est morte !

— Non, monsieur — lui répondit une petite voix douce, toute cassée par les sanglots, au moment où il se baissait pour examiner l'enfant.

— Alors, qu'est-cheque tu fais là, bambine ? — demanda le charbonnier en la relevant avec précaution comme s'il craignait de la briser. — Che n'est pas la plache d'une fillette de dormir sur le pavé humide. Elle doit être avec sa maman. Où est sa maman à la gocheline ?

— Oh ! maman, maman, maman, — dit la petite fille en se remettant à pleurer. — Elle ne sait pas, monsieur, elle ne sait pas. Oh ! dites, emmenez-moi chez elle, rue Clignancourt. Elle s'appelle madame d'Hagniel.

— T'emmener chez elle, ma gochelinette, ch'est que je suis bien fatigué. Je trime depuis quatre heures du matin. Je vais toujours t'emmener chez moi, ch'est tout près. Je te montrerai à mon épouse. Je fais rien sans lui demander conseil. Viens, il y a du bon feu et de la bonne choupe. Cha te réchauffera. Après, nous verrons.

— Emmenez aussi le garçon, à qui les soldats ont fait du mal.

— Chelui là, on peut le laisser dans la rue, il n'a plus faim ni choif. Tu le connais ?

— Oh ! non, monsieur, mais il voulait m'emmener chez maman. Il est bien gentil. Emmenez le aussi, dites ?

— Ne te mets pas en peine, gochelinette, on va venir le chercher. J'ai rencontré sa mère. La voilà qui arrive à l'autre bout de la rue. Viens.

— Vous êtes sûr ?

— J'en suis chur.

— Elle va pleurer. On lui a fait du mal à son garçon. Les soldats ont tiré dessus. Il a saigné.

— Ch'est bon. Il est jeune, ça se guérira. Viens.

La petite fille, rassurée à demi, sur le sort

de son compagnon, cria de sa voix affaiblie au petit mort :

— Merci, monsieur Aristide! vous viendrez chercher les cigarettes et l'argent chez maman, pas?

— Il n'a pas répondu, ajouta-t-elle, en regardant le charbonnier qui lui faisait un peu peur.

— Ch'est qu'il dort. Ne le réveille pas. Je ferai la commission à sa mère. Partons vite!

Cela lui faisait froid, cette fillette parlant à un mort. Il entraîna Renée. Elle marchait péniblement.

— Eh bien, ça ne va pas ?

— Ah! non, monsieur, j'ai mal. On m'a battue aussi, moi.

Le charbonnier la prit dans ses bras, et, tout en s'allant de son pas lourd, régulier, il demanda :

— Qu'est-ce qui t'a battue, gochelinette? Raconte-moi cha.

La petite fille expliqua, comme elle put, ce qui lui était arrivé. Le récit des mauvais traitements qu'elle avait endurés fit éclater la colère du brave homme.

— Bougra, ch'est honteux, mais on voyait bien que tu n'étais pas une gourgandine. Ah! bougra! sacré mille milliards de millions de mélasse, cha me dégoute, foi d'auvergnat, cha me dégoûte, fouchtra!

Cependant Renée, épuisée de faim, de fatigue et d'émotions, finit par s'endormir dans les bras du charbonnier. Il la contemplait tout ému et il murmura :

— Les enfants, tous les mêmes. Qui a fait l'un a fait l'autre. Faut que ça dorme. Chez eux, le sommeil passe avant tout. Ma petite Luchie, est aussi une dormeuse enragée. Elle est si gentille, ma petite Luchie! Pauvre chatte, pauvre chatte, pauvre chatte!

Il répéta, à plusieurs reprises ces derniers mots et on n'aurait pu dire si c'était à la petite Renée ou à la petite Lucie qu'il pensait.

Après avoir marché pendant une vingtaine de minutes, il arriva dans une petite rue où une femme fermait les volets d'une boutique fort noire et fort sombre qu'éclairait une seule chandelle.

— Ch'est toi? — cria la femme dès qu'elle entendit le bruit des pas du charbonnier.

— Oui, ch'est moi. Ça va?

— Oui.

— Et Luchie ?

— Luchie va bien. Tu as été long.

— J'ai pas pu revenir plus tôt.

— J'avais peur. Avec leur sale coup d'Etat, on n'est jamais tranquille.

— Tu dis juste. On richque d'attraper des pruneaux ou d'être arrêté comme inchurgé par les soldats ou comme mouchard par les inchurgés. Ch'est bien embêtant, tout cha. Il y a toujours des secouches et des révoluchions dans ce Paris de malheur. Ch'est fini; on pourra plus travailler en paix.

Tout en parlant, le charbonnier s'était approché de sa femme et il riait, parce que dans l'obscurité de la boutique, elle n'avait pas encore aperçu la petite fille endormie sur son épaule.

— Qu'est-ce que tu as à rire comme cha? — fit elle.

Mais soudain, elle s'écria :

— Qu'est-ce que c'est cha?

Alors son mari lui raconta comment il avait trouvé Renée, puis il ajouta :

— On n'est pas des sauvages, hein? On ne pouvait pas laisser mourir de froid, dans la rue, cette gochelinette.

— Bien sûr que non — dit la femme en prenant Renée dans ses bras. — Ch'est une belle petite, presqu'auchi belle que notre Luchie.

— Ch'est ma foi vrai — s'écria le charbonnier, stupéfait de la découverte, — tu dis vrai, elle est presque aussi belle que notre Luchie.

Ils passèrent de la boutique dans une chambre au fond, qui ne brillait pas précisément par la propreté, mais il y brillait un bon feu, il y faisait chaud et, en outre, il y avait une fort appétissante odeur de soupe aux choux. Dans un coin, on voyait un petit lit où dormait une fillette, de l'âge de Renée à peu près, pleine de santé, haute en couleur, au demeurant assez laide et fort barbouillée.

— Elle a soupé, notre Luchie? — demanda l'homme.

— Oui. Je viens de la coucher à l'instant.

— Ces enfants faut que cha dorme. Le sommeil c'est tout pour eux.

— C'est vrai — fit la femme. — En voici une qui dort que c'est un plaigir.

Elle s'assit tenant toujours Renée dans ses bras. La petite fille appuyant, sur la poitrine de la charbonnière, son visage joli, aux paupières gonflées, aux joues ravagées par les larmes, continuait son somme.

Cependant, le charbonnier s'était servi de la soupe qu'il avalait en faisant un gros bruit. De temps en temps, il regardait sa fille, puis ses yeux se reportaient sur Renée. Evidemment il comparait les deux enfants. A la fin, très satisfait de son examen, il déclara :

— Plus je regarde, plus je trouve que cette petite ressemble à Luchie, mais elle n'est pas si belle que notre mignonne.

Il n'ajouta pas le mot « heureusement » mais il le pensa, dans sa vanité de père.

— Tiens — fit-il, tout à coup, après avoir englouti une nouvelle assiettée de soupe. — Tiens, qu'est-ce que tu as? Tu ne mange pas?

La femme, en effet, demeurait immobile, les yeux perdus, semblant rêver à des choses tristes, et sa soupe se refroidissait dans son assiette.

Elle tressaillit à la question de son mari et répondit :

— Je n'ai pas faim.

— Comment cha che fait ?

— Je ne sais pas.

— Mange, je te dis.

— Je n'ai pas faim.

— A quoi penches-tu ?

— A rien. Je suis triste, voilà.

Le charbonnier s'arrêta de manger pour déclarer :

— Moi auchi, je suis triste, quand je pense à la mère de cette pauvre gocheline. C'est pourquoi je me dépêche de manger.

— Tu veux reconduire cette petite chez elle ce choir ? Je m'en doutais. Voilà bien ce que je craignais.

— Tu ne trouves pas que ce cherait le mieux ? La pauvre femme pleure bien chur. Ce serait de la cruauté que de la faire attendre jusqu'à demain.

— Oh ! oui, Monsieur — dit la petite Renée qui venait de se réveiller et qui écoutait la conversation en ouvrant de grands yeux. — Oh ! oui, Monsieur, emmenez-moi chez maman tout de suite, vous serez bien gentil. Si vous saviez comme elle est chagrine.

— Chagrine — fit avec humeur la charbonnière en posant la petite fille à terre — chagrine ! Elle n'avait qu'à prendre soin de toi. Ce n'est pas à moi que cha arriverait une aventure pareille !

— Tais-toi — fit son mari, levant la pointe de son couteau en l'air. — Tais-toi. Ne tente pas le sort. On ne sait jamais ce qui peut arriver. Une supojition que nous la perdions, notre Luchie. Quel coup pour nous, hein ? Et en attendant qu'on nous la ramène, ce qu'on se ferait vieux. Je ne veux pas y pencher. J'ai plus faim.

Il se leva, tira sa pipe de sa poche et se mit à la bourrer.

— Ecoute, mon homme — dit la femme — ne sors pas ce soir. En mettant la table, j'ai vu deux couteaux qui faisaient la croix et j'ai entendu un corbeau crier. C'est mauvais signe.

— Bah ! tu es folle. Faut pas croire à cha. Ch'est bon pour Chaint Flour ! Fais manger un peu cette gocheline, pour lui donner des jambes, et puis on part, houp ! Je la rends à sa mère et, houp là ! me revoilà.

— Non, mon homme, écoute-moi, ne sors pas. Attends à demain. La petite demoiselle couchera avec Luchie ce soir, et demain matin on la reconduira chez sa maman, n'est-ce pas ma chatte ?

La femme adressait ces derniers mots à Renée dans l'espérance manifeste d'obtenir son assentiment, mais la petite n'eut garde de le donner ; elle se contenta de fixer ses yeux inquiets sur le charbonnier, n'osant dire combien la perspective de coucher avec « Luchie » lui paraissait déplaisante. Le brave homme comprenant l'expression désolée de ce regard rassura l'enfant.

— Non, non, j'emmène la gocheline. Je ne veux pas avoir à me reprocher plus tard d'avoir laissé une maman dans l'inquiétude, pouvant faire autrement.

— Tu es fatigué.

— Je me reposerai demain.

— Alors, tu t'entêtes ?

— Oui, je m'entète. Fais manger la gocheline et nous partons.

Mais Renée avait le cœur trop gros pour avaler la moindre bouchée. Elle refusa gentiment de rien accepter. Alors, le charbonnier, qui avait allumé sa pipe, embrassa sa fille endormie, puis s'approcha de sa femme pour en faire autant. Celle-ci se déroba, fâchée.

— Embrache-moi, bête !

— Quand tu reviendras.

— Embrache-moi que je te dis.

— Non.

— Eh bien, ça sera pour quand je reviendrai — fit le charbonnier qui n'avait pas du tout le caractère boudeur.

Ayant timidement souhaité le bonsoir, sans obtenir de réponse, Renée sortit avec le brave homme.

La femme les regarda s'éloigner. A plusieurs reprises, elle eut envie de courir après son mari, pour lui donner le baiser qu'elle venait de lui refuser. Chaque fois, elle se retint, envahie par un gros courroux à l'idée qu'il n'avait pas voulu lui obéir et rester à la maison ainsi qu'elle l'en priait et le lui conseillait. Fatigué, comme il devait l'être, n'était ce pas insensé d'aller reconduire chez elle, à pareille heure et à pareil moment une « polissonne qui ne lui était rien » ?

Cependant quand le bruit des pas se fut éteint dans la nuit, elle s'aperçut que sa colère disparaissait avec eux. Elle devint inquiète, agitée. Justement, dans le lointain, quelques coups de fusils éclatèrent. Elle songea à rattraper son homme et la fillette, à les accompagner. Mais elle ne pouvait pas laisser la petite Lucie seule, le père ne l'eut pas permis, et d'autre part, la réveiller, l'habiller, l'emmener, eut également excité le mécontentement du charbonnier. D'ailleurs, ils étaient trop loin maintenant. Rien à faire qu'attendre.

Elle attendit.

— Chacrée bougrèche, chacrée bougrèche — se disait le charbonnier en s'en allant. — Ch'est une bonne femme, oui dà, mais têtue comme un mulet. Chertainement, elle a tort, mais ça

Comment, que signifie? Êtes-vous des voleurs?

m'embête de l'avoir quittée fâchée. Ch'est égal, ch'est la première fois que je ne fais pas che qu'elle dit.

Il hocha la tête à plusieurs reprises. Regrettait-il de n'avoir pas suivi les conseils de sa femme ? Avait il envie de rebrousser chemin, envahi par il ne savait quelle indéfinissable crainte? C'est probable, car il s'arrêta tout à coup, et la petite fille, fort perspicace, malgré son jeune âge, comprit que son sort se balançait de nouveau. Mais ce ne fut qu'une seconde. Le charbonnier se remit en route, après avoir haussé les épaules, bien décidé, malgré tout, à la ramener chez sa mère.

Comme elle trottait, en boîtant, à ses côtés, sans parvenir à se maintenir à sa hauteur, car une des enjambées de l'homme valait bien six des pas menus de l'enfant, il s'en aperçut, et lui demanda :

— Veux-tu que je te porte, gocheline ?

— Oh ! non, monsieur, merci bien — dit la fillette.

— Pourquoi tu ne veux pas que je te porte?

— Parce que ça vous fatiguerait, monsieur.

Le charbonnier s'arrêta stupéfait :

— Pour une gocheline entendue, cha ch'est une gocheline entendue. Je me demande ous qu'elle va chercher tout cha. Si seulement ma Luchie avait autant de jugeotte, mais elle n'est pas fichue de débagouler deux mots de chuite, fouchtra ! Mais aussi, elle est jolie, plus jolie que chelle-là.

Consolé par cette remarque, le charbonnier, prit Renée dans ses bras et repartit.

— Ch'est pas si lourd qu'une pelletée de charbon et cha a peur de fatiguer les gens ! Ch'est rigolo, foi d'Auvergnat, ch'est rigolo.

Balancée par le pas du brave homme, Renée

ne tarda pas à se rendormir sur son épaule. Elle rêva qu'elle se trouvait sur les genoux de sa grand'maman et qu'elle racontait tout ses malheurs à la vieille dame apitoyée.

Ensuite, elle se vit assise à une table dont elle faisait les honneurs, ayant à sa droite le charbonnier et à sa gauche le jeune Aristide. Les deux invités jubilaient, poussaient des cris de joie et ce n'était pas sans cause : par une attention délicate on ne leur avait servi ni soupe, ni légumes, ni viande, mais toutes sortes de belles tartes, des confitures, des macarons, et des crèmes au chocolat. Monsieur Julien disait qu'ils s'en lécheraient les doigts jusqu'aux coudes, et c'était la vérité. En outre, dans des carafes brillantes, on voyait des sirops verts, rouges, orangés, bleus, jaunes, violets; bref l'arc-en-ciel en bouteilles, et, comme le déclaraient l'Auvergnat et son compagnon, ça valait mieux que les boissons ordinaires, vins, bières, eaux-de-vie, et l'on avait bien deviné leurs goûts qui, chose étrange, concordaient absolument avec ceux de Renée. Enfin, on bourrait leurs poches de pralines, de dragées, de nougats, de bonbons anglais et de massepains et ils partaient, tout réjouis, ainsi qu'on peut le penser. Le plus beau du rêve, c'est que Pied-de-Bouc et la naine assistaient au festin sans y prendre part, mordant rageusement dans un morceau de lard rance et un vieux crouton de pain : c'était bien fait pour eux, ça leur apprendrait à maltraiter les petites filles !

Au moment où elle savourait ainsi les délices de la vengeance, Renée fut brusquement réveillée par une détonation violente. Cela partait d'une rue voisine, où une patrouille, commandée par le lieutenant Lombard, venait de se heurter contre une barricade, à laquelle on travaillait. Quelques-uns des républicains qui la construisaient se réfugièrent dans des maisons adjacentes et ripostèrent ; pendant quelques minutes il y eut un échange ininterrompu de coups de fusil qui firent plus de bruit que de besogne, car insurgés et soldats ne voyaient goutte et tiraient à l'aventure.

— Chacré bon Dieu de chort ! — fit le charbonnier tout saisi — cha ne finira pas, cha ne finira pas ! ch'est pas des hommes les Parigiens, ch'est des bêtes féroces. Ils sont tout le temps à che battre sans chavoir pourquoi. Ah ! si j'avais chu, j'aurais pas quitté Chaint-Flour. Tiens, tu ne dors plus, Gocheline ?

— Oh ! non, monsieur. On fait trop de bruit.

— On fait trop de bruit, cha ch'est vrai. Ch'est pas gentil de leur part d'empêcher les enfants de dormir. Une supposition : si tu adréchais une plainte contre les Parigiens pour tapage nocturne, ça cherait bien fait pour eux.

Le charbonnier essayait de plaisanter, mais il n'en avait guère l'envie, car la fusillade, au lieu de cesser, redoublait. Il accéléra l'allure, mais comme il arrivait à un carrefour, une balle égarée siffla à ses oreilles. Alors il se mit à courir, assez peu curieux d'entendre cette dangereuse musique. Mal lui en prit, car il fit un faux pas et tomba à plat ventre sur la fillette, dont la tête porta rudement contre le pavé. Au même moment, le peloton du lieutenant Lombard, ayant non sans perte escaladé la barricade, se lançait au pas de course et la baïonnette en avant sur trois ou quatre insurgés qui s'étaient acharnés à lui tenir tête. Ils décampèrent enfin, serrés de près par la troupe, et une malheureuse fatalité les fit passer à côté de l'Auvergnat qui relevait la petite fille étourdie par le choc.

— Chacré mille millions de mélache. Y a pas de bon Dieu. Tu as mal, Gocheline ?

Des fantassins accouraient. L'un d'eux aperçut vaguement l'Auvergnat, et d'un coup de baïonnette lui traversa l'épaule. Peut-être le pauvre homme en eut-il été quitte, mais outre le cri de douleur qu'il poussa, il eut la malencontreuse idée de protester.

— Choldats, je ne chuis pas un insurgé, je chuis un paisible chitoillien.

Il criait de toutes ses forces, affolé, s'imaginant que plus ses protestations seraient véhémentes, plus son innocence éclaterait.

Les autres troupiers, qui ne l'auraient peut-être pas remarqué, s'arrêtèrent.

Derrière eux, arrivait le restant du peloton. Tout le monde fit halte, et le lieutenant Lombard demanda de sa voix brève :

— Qu'est ce qu'il y a ?

— Un insurgé, mon lieutenant.

— Qu'attendez-vous pour lui faire son affaire?

— Mochieu l'offichier, mechieu les choldats, je ne chuis pas un insurgé. Je chuis un brave chitoillien.

— Nous allons bien voir.

De la crosse de leurs fusils ou de la pointe de leurs baïonnettes, quelques hommes le poussèrent sous un réverbère, et à la lumière, il leur apparut, tremblant, ensanglanté et noir.

Des exclamations s'élevèrent.

— Ah ! le salaud, rien que ça de toupet !

— Il est tout barbouillé de poudre !

— Couvert du sang des camarades !

— Cochon, va !

— De la poudre, cha, mechieu, je vous jure que ch'est du charbon.

— Allez, allez ! — hurla le lieutenant Lombard — pas de quartier, pas de quartier ! Ils vous tirent dessus quand on a le dos tourné, mais quand on les pince, des petits saints blancs comme neige.

— Pas celui-là, toujours — dit un loustic.

— Mechieu, fouillez-moi, je n'ai pas d'armes.

— Tu les a jetées en te sauvant, gredin.

S'il avait l'âme d'un brave homme, le pauvre Auvergnat n'avait pas celle d'un héros. Des larmes lui venaient aux yeux, à la pensée de sa femme et de sa petite Lucie, et il supplia :

— Mechieu, je chuis père de famille. Je chuis innochent, je chuis innocent !

— Crevez-lui la paillasse, et que ça finisse! — commanda l'officier.

Ce fut vite fait. Quelques baïonnettes entrèrent brusquement dans la poitrine du charbonnier, qui tomba.

— Ma femme! Luchie! — murmura-t-il d'une voix expirante.

— Envoyez-lui donc deux ou trois pruneaux dans la caboche — ajouta le lieutenant Lombard. — Ce coquin doit avoir la vie dure. C'est pas un homme, c'est un Auvergnat.

Plusieurs soldats déchargèrent leurs fusils dans la tête du malheureux, puis tout le peloton se reforma et se remit en marche, militairement, enchanté de l'esprit de son chef.

Personne n'avait fait attention à la petite fille.

Au loin, dans la chambre au fond de la boutique, la femme du charbonnier, inactive, inquiète, oppressée, les yeux fixés sur le cadran de la pendule et l'oreille attentive, pouvait maintenant, attendre son mari.

CHAPITRE XLV

Angoisses de Madame d'Hagniel. — Perquisitions policières dans la matinée du 4. — Le dossier complet.

Cette terrible nuit du 3 au 4 décembre fut, pour la mère du lieutenant d'Hagniel, une des plus horribles de son existence.

Pendant que la petite Renée tombait des honnêtes mains de Colombau dans les griffes de l'horrible naine et celles de son misérable compagnon, puis s'étant échappée, devenait la cause bien innocente de la mort du jeune insurgé et du pauvre charbonnier conservateur, ami de l'ordre et respectueux des lois, et se trouvait enfin, à la suite de toutes ces épreuves, plus perdue que jamais dans la grande ville, Madame d'Hagniel, passant successivement de l'espoir au désespoir, se livrait à mille recherches infructueuses pour retrouver l'enfant perdue.

Oh ! les angoisses des mères, qui jamais pourra les rendre, quel enfant, devenu homme, aura pour celle qui veilla, anxieuse, penchée sur son berceau, assez de soins et de caresses pour payer les larmes qu'il a fait verser !

Dès qu'elle s'était aperçue de la disparition de l'enfant, la vieille dame était allée demander des renseignements et donner le signalement de Renée au commissaire de police de Clignancourt, qui, effectivement, comme il le lui avait dit, avait bien d'autres chiens à fouetter qu'à s'occuper d'une petite fille égarée. Elle courut ensuite dans tout le quartier, chercha dans les rues fangeuses de Montmartre, questionna les passants, alla frapper à la porte des personnes de sa connaissance et apprit enfin que Renée s'était jetée dans les jambes d'un homme vêtu d'une blouse déchirée, et que celui-ci l'avait emmenée avec lui, après lui avoir parlé affectueusement et l'avoir embrassée.

Madame d'Hagniel devinant qu'il s'agissait de Colombau, reprit de l'espoir, car, excellente physionomiste, elle avait lu sur les traits du typographe la bonté et l'honnêteté.

Elle supposa donc, avec juste raison, que, voyant la fillette éloignée de la demeure de sa grand-mère, et craignant qu'elle ne se perdît, il l'avait prise avec lui pour la lui ramener. En conséquence, elle rentra à la maison et attendit l'enfant.

Mais la nuit vint. Renée n'était pas de retour. Était-elle donc volée? Incapable de tenir en place, la pauvre femme sortit de nouveau.

Elle recommença ses tristes promenades de la journée, oppressée, la démarche défaillante, exténuée de fatigue; elle se heurta contre des détachements de soldats à moitié ivres, elle fut bousculée par des agents insolents et brutaux! Quand elle apercevait une petite fille à peu près de l'âge de Renée, elle s'abandonnait follement à l'espérance. Si c'était sa chérie!... Elle l'appelait, s'approchait... et poursuivait son chemin, le cœur déchiré.

Elle dut se décider à retourner chez elle, ses jambes refusant de la porter davantage. Au fur et à mesure qu'elle se rapprochait de sa demeure, elle s'attendait de plus en plus à voir la petite coureuse aimée, debout sur le pas de la porte, désireuse d'embrasser sa grand'mère et courant se jeter dans ses bras, au risque de la renverser. Tantôt, elle hâtait le pas, pleine d'impatience, et tantôt elle le ralentissait, pressentant qu'elle ne faisait qu'un heureux rêve.

Quand elle se retrouva seule, dans la maison vide, sans celle qui faisait tout le charme et la joie de sa vieillesse, puisque son fils était presque toujours éloigné ou absent, madame d'Hagniel se laissa tomber dans un fauteuil et pleura.

Les fenêtres, la porte n'avaient pas été fermées et la maison était livrée à la merci des rôdeurs nocturnes. Dès qu'elle se fut un peu remise de sa prostration, elle ne voulut pas suivre les conseils de sa servante qui lui donnait à entendre qu'elle ferait mieux de se coucher et que ce n'est pas parce qu'elle pleurait et veillait que la petite fille reviendrait plus vite ; mais, allant de la fenêtre à la porte, elle écoutait, tendant l'oreille. Par intervalles, des détonations lointaines arrivaient jusqu'à elle suivies de silences de mort. A la pensée que la petite fille errait seule, perdue dans l'immense Paris, exposée au froid, à la fatigue, à la faim, il lui semblait que sa raison sombrait, allait tourner en folie. Au moindre bruit dans la rue, elle tressaillait, espérant toujours, espérant quand même et perdant la tête, elle criait d'une voix faible et douce :

— Renée ! Renée !

Et elle attendait un moment, anxieuse, mais la petite voix aimée ne répondait pas comme d'habitude :

« — Me voici, maman. Avant que j'entre promets que tu vas pas gronder. »

Quand l'aube pointa, sale, livide et morne, madame d'Hagniel se réveilla, frissonnante, sur le fauteuil où elle avait finit par s'endormir. La mort dans l'âme, elle sortit et recommença ses recherches. Elles furent aussi infructueuses que les précédentes et, au commissariat de police, où elle se présenta de nouveau, on la reçut encore plus mal que la veille.

Comme elle s'en retournait chez elle, vers dix heures du matin, indignée et navrée à la fois, elle eut l'idée de passer chez M. Barrel pour lui demander son appui.

Malgré l'amitié qui liait leurs enfants, les parents n'avaient jamais cherché à se fréquenter, se sachant d'opinions politiques diamétralement opposées. Madame d'Hagniel, d'une famille bonapartiste, fille, veuve et mère d'officiers, désirait de tout cœur la restauration de l'Empire, dont le père adoptif de Paul s'évertuait à signaler les dangers et les fâcheuses conséquences ; elle éprouvait, comme on l'a vu déjà, une vive estime pour le Prince-Président qui n'était pas précisément l'*homme* du représentant Barrel, comme Garnier-Pagès avait jadis déclaré qu'il était le sien.

Eh ! tout le monde se trompe, en politique surtout. Elle peut être appelée le Jeu des casaques retournées.

Mais, entre gens bien nés, on est tolérant pour les opinions du voisin, et les relations restent courtoises quelles que soient les divergences au sujet du meilleur des gouvernements.

Seuls, les voyous et les sectaires, c'est-à-dire les sots, s'insultent.

Elle alla donc frapper à la porte du représentant, mais personne ne vint lui ouvrir.

Elle revenait tristement sur ses pas, lorsqu'elle entendit au-dessus de sa tête une voix glapissante qui disait :

— La voilà ! la voilà ! la vieille rouge, l'incendiaire, l'anarchiste. Ah ! ah ! ah ! On va la pincer !

Elle ne prêta nulle attention ne s'imaginant pas que ces injures s'adressaient à elle et continua son chemin sans se retourner.

Or, sans qu'elle s'en fut aperçue, un homme d'assez mauvaise mine, aux allures de policier de bas étage, de *flic*, comme eut dit Colombau, la suivait depuis plus d'une heure dans toutes ses allées et venues.

Il s'était détaché d'un groupe formé de quatre escogriffes, lui quatrième, sortis derrière elle du commissariat. Tandis qu'il la « filait » les autres se rendaient directement à son domicile.

Quand elle arriva dans la rue Clignancourt, elle aperçut quelques personnes, hommes, femmes et gamins, arrêtés devant sa porte ; d'autres accoudés à leurs fenêtres, regardaient aussi. Elle hâta le pas épouvantée, car elle s'imagina que l'on venait de lui rapporter la petite fille, blessée ou morte, peut-être.

— Mon Dieu ! — fit-elle.

Et elle cria dès qu'on put l'entendre :

— Elle a du mal ?

— Arrivez, madame, lui répondit une de ses voisines, vous avez de la visite.

La bonne, qui était restée sur le seuil de la porte à guetter le retour de sa maîtresse, accourut :

— Madame, il y a trois hommes dans la maison. Ils disent qu'ils viennent faire une perquisition. Ils fouillent partout.

— Une perquisition chez moi ! — dit madame d'Hagniel stupéfaite.

— Oui, madame, et ils sont insolents ! Ils bousculent tout et abîment les meubles.

Comme la vieille dame, bouleversée, se hâtait d'entrer, quelques polissons la huèrent et des drôlesses se mirent à déblatérer sur son compte :

— Mais, c'est une rouge, ma chère, cette vieille boîte !

— Une rouge, ce vieux trumeau, qui l'aurait dit ?

— Pas moi toujours. La police fait une descente chez elle. On perquisitionne. Paraît qu'il y a un tas de papiers compromettants, de la poudre, des balles.

— De la poudre, des balles ! Bien sûr pour faire sauter le quartier. C'est terrible !

— Un vrai complot alors ?

— Tout ce qu'il y a de plus complot.

— Heureusement qu'il a été éventé.

— Si c'est pas honteux, une femme qui a l'air si respectable !

— Et la mère d'un officier encore.

— Comme ces gens-là trompent leur monde.

— A qui le dites-vous !

— Moi, ils ne m'ont jamais trompée ! Malgré

leurs grandes façons, j'ai tout de suite découvert le fond de leur sac. Et c'est pas grand chose de propre. Le fils, un vrai coureur de jupons, ma chère.

— Ne m'en parlez pas. Il a une façon de vous reluquer les femmes qui dit tout de suite ce qu'il est.

— Oh ! je connais ses façons, j'en sais quelque chose. Et si j'avais voulu... Ah ! c'est du monde pas propre. La petite fille qu'ils ont chez eux, elle est du fils. Et il n'a jamais été marié !

— Si c'est Dieu possible !

— Comme je vous le dis, mame Baluchon.

— Ça, par exemple, ça s'appelle encourager le vice. Alors, elle applaudit aux débauches de son garçon, cette vieille ?

— Faut le croire.....

Cependant, madame d'Hagniel, toujours escortée de son policier, ouvrit la porte de sa salle à manger et demeura interdite sur le seuil en voyant trois individus, le chapeau sur la tête, et aussi à l'aise que chez eux, qui se livraient, fort affairés, à de minutieuses recherches pour saisir tous les papiers suspects que devait évidemment recéler ce logis de conspiratrice avérée.

Comme de simples cambrioleurs (peut-être leur ancien métier), ils avaient crocheté tous les tiroirs d'un bureau où se trouvaient serrées des correspondances, des lettres de Julien, du commandant d'Hagniel et de divers membres de la famille, et s'étant emparés du tout, en avaient confectionné un paquet qu'ils s'occupaient à ficeler fort proprement.

— Comment ! Que signifie ? — s'écria la vieille dame recouvrant enfin l'usage de la parole.

L'un des hommes se retourna lentement. Il avait une mine fort rébarbative et de grosses moustaches hérissées. Il considéra un instant madame d'Hagniel avec la plus grossière insolence, de haut en bas et de bas en haut, en fronçant le sourcil, mais sans lui répondre, puis s'adressant à l'individu qui avait filé la mère de Julien, il demanda :

— Du neuf ?

— Oui, chef — fit l'autre.

— Bien... Asseyez-vous là, à cette table... Faites votre rapport lestement... Pas de temps à perdre... Affaire grave... Secret d'Etat... On attend... Surveillez, vous autres, la particulière, du coin de l'œil.

Ayant prononcé ces paroles sur un ton bref de commandement et avec toute la vélocité que l'on pouvait attendre d'un homme dont les moments sont comptés et sur qui repose le salut de l'Etat, il tourna le dos à Madame d'Hagniel, s'empara d'une petite cassette d'ébène aux incrustations de nacre et se mit en devoir de la crocheter.

La vieille dame, courroucée, la lui enleva vivement des mains en disant :

— Vous êtes fou. Que faites-vous ici ? De quel droit vous permettez-vous d'agir de la sorte. Ce sont des bijoux. Êtes-vous des voleurs ? Je vais appeler.

Brutalement, le policier lui reprit le coffret et, roulant des yeux comme un chien à qui on veut arracher un os, il gronda :

— A bas les pattes !... N'insultez pas à la majesté de la loi. — Avez entendu, Victor ?... Sommes traités de voleurs... Vous commets aux fonctions de greffier... Inscrivez.

— Oui, chef — fit Victor, l'homme assis près de la table.

— Voleur !... — poursuivit l'insolent drôle, avec une indignation réelle ou simulée... — Moi, voleur ! voleur, moi ! — Perdez la tête, madame !... Ancien soldat, moi ! membre de la Société du Dix-Décembre, moi ! homme honorable, estimé, respectable, bien noté, bien vu de mes chefs, madame... Entendez-vous ?

— Vos chefs ! Quels chefs ?

— Mes chefs, voulez les connaître ?... Attention, alors ! Les voilà suivant l'ordre hiérarchique : (Il se mit à compter sur ses doigts.) L' commissaire de police du quartier, et d'un ; le préfet de police, et de deux ; le Ministre de l'Intérieur, et de trois..., et le plus grand de tous, le Pré-si-dent de la Ré-pu-bli-que, et de quatre... Voilà mes chefs, madame... Êtes contente ?

— Vous vous moquez de moi, je pense ?

— Saurez, madame, que je ne me moque jamais dans l'exercice de mes fonctions... Suis chargé d'opérer une perquisition chez vous... N'ai pas de temps à perdre... N'entravez pas l'action de la loi.

— Pourquoi cette perquisition ?

— Faites pas l'étonnée, madame. Le savez mieux que moi.

— Comment ! Je le sais mieux que vous ? C'est trop fort. Je ne sais rien.

Mais voulez-vous bien laisser cela tranquille, messieurs. Vous n'avez rien à y voir. Ce sont des papiers de famille.

Ces dernières paroles s'adressaient aux deux acolytes du rustre qui, pendant cette conversation de leur chef avec la vieille dame, s'étaient approchés d'un petit secrétaire, l'avaient ouvert de la même façon expéditive que les tiroirs du bureau, et en retiraient différents papiers jaunis.

— Raison de plus — dit vivement le malotru à qui on donnait le nom de chef. — Papiers de famille... Précieux, cela, intéressant. — C'est par les papiers de famille que l'on connaît le mieux les individus.

Et d'une voix solennelle :

— On remonte à la source des conspirations !

— Les individus ! — répéta Madame d'Hagniel, de plus en plus indignée.

— Oui, madame... Les individus... Êtes offusquée ? Bien regrettable... Voyons, pas tant d'histoires... Laissez-nous faire notre besogne... Sommes pas là pour nous amuser.

— Mais enfin, monsieur, dites-moi de quel méfait je suis accusée.

— Le savez mieux que moi, vous répète. — Pas besoin de faire l'ignorante. — Êtes connue.

C'était à y perdre la tête. Machinalement, madame d'Hagniel regarda par la fenêtre. Aussitôt, des galopins crièrent de tout leur gosier :

— A la rouge ! A la rouge ! Tandis que les mégères, préposées à la garde de la moralité publique, continuaient à grands renforts de gestes, leurs ineptes et méchants bavardages.

Oh ! si par bonheur Julien avait pu arriver à l'instant même avec quelques uns de ses hommes, pour disperser ce rassemblement de drôlesses et mettre à la porte, à grands coups de crosse de fusils, ces policiers insolents et brutaux !

Malheureusement, le sous-lieutenant ne se doutait guère des épreuves par lesquelles passait sa mère, et la vieille dame était destinée à boire la coupe jusqu'à la lie.

Elle revint vers le chef :

— Alors, monsieur, vous êtes de la police ?

— Juste, Auguste.

— Comment dites-vous ?

— C'est bien ça, Zulma... Avez mis le doigt dessus, maman Lustucru !... Rien d'étonnant, vous l'avais déjà dit.

— Vous avez un ordre écrit, probablement ? Il est de mon droit d'exiger de le voir et vous devez m'en laisser prendre connaissance.

— Rien à vous montrer.

— Je veux savoir de quoi je suis accusée.

— Suis chargé de perquisitionner. Suis pas chargé de rendre des comptes. N'en dois qu'à mes supérieurs hiérarchiques déjà nommés... vieux soldat, moi, madame. Exécute les ordres qu'on me donne. Vais pas plus loin. La consigne ? Connais que ça... et le port d'arme !

— C'est une erreur, monsieur, je suis victime d'une grossière erreur. Il est impossible que vos supérieurs vous aient envoyé perquisitionner chez moi. Je suis la veuve et la mère d'un officier.

— Je sais. Vous vous nommez madame d'Hagniel.

— Oui, monsieur.

— Vous demeurez dans cette maison. C'est votre domicile légal ?

— Oui.

— Vous avez un fils. Servait auparavant dans les chasseurs à pied ?

— Pourquoi toutes ces questions ?

— C'est-il vrai, là, que votre fils est un ancien officier de chasseurs à pied ?

Les interrogations de ce drôle mettaient madame d'Hagniel hors d'elle-même, mais ne sachant où il voulait en venir, elle se résignait à y répondre.

— Oui, mon fils est un ancien officier de chasseurs à pied. Il compte maintenant au 42e de ligne...

— Colonel Espinasse, rude lascar, ce colonel, n'aime guère les républicains... Savez-vous où il est votre fils ?

— Il est de garde à l'Assemblée...

— Enlevez l'bœuf alors ! êtes aussi bien renseignée que moi.

— Et — poursuivit madame d'Hagniel, que le manant avait interrompue — je regrette beaucoup qu'il ne soit pas ici pour vous mettre à la porte avec les honneurs dus à des malotrus de votre espèce.

— Attention au mouvement. Pas d'injures, ma bonne dame. N'aggravez pas votre situation. Sommes pas des malotrus, sommes des représentants de la loi. Vous engage à mettre un frein à l'intempérance de vos vociférations tumultueuses. Autrement vous fait empoigner. Avec un dossier aussi chargé que le vôtre, n'avez qu'un droit : Faire la morte et vous taire.

— Je serais curieuse de le connaître ce dossier. Voulez vous avoir l'obligeance de me le montrer, monsieur, s'il vous plaît ?

— Oh ! ma bonne dame, je ne veux rien vous refuser. Quand on est poli avec moi, on me prend par mon faible. Mon faible, voyez-vous, c'est la politesse... Je ne veux pas vous confier ce dossier, car vous seriez capable de ne pas me le rendre et m'est avis que j'ai entre les mains un papier important. Je vais vous le lire, par politesse, remarquez-le bien, car rien ne m'y force. Attention, respect à la loi, lecture du dossier.

Dans sa conversation, ce policier, oubliant quelquefois qu'il posait pour le militaire retraité, se mettait à parler comme tout le monde, mais, aussitôt qu'il s'apercevait de son oubli, il se hâtait de reprendre ce langage laconique aux formes tronquées comme des commandements qu'affectent, souvent les vieux soldats.

D'après un ordre du Préfet de Police, à qui avaient été transmises les dénonciations confuses de la Crachotte et qui les retournait en prescrivant de les compléter, le commissaire de police du quartier avait résolu de se rendre chez cette dame, d'inspecter ses papiers et de les saisir au besoin. Mais, empêché au dernier moment, il s'était fait remplacer par le rustre aussi zélé qu'inintelligent que nous venons de voir à l'œuvre.

Voici ce qu'il lut à la grande stupeur de madame d'Hagniel :

« Madame Clémentine d'Hagniel. Veuve du commandant d'artillerie d'Hagniel. Le défunt affichait très ouvertement des préférences bonapartistes. Était cependant intimement lié avec Georges Barrel, le chef actuel de la gauche radicale. Lui a servi de témoin dans un duel. A connu aussi un des membres de la famille Lebrenn, Marik Lebrenn, présentement en fuite.

« La veuve d'Hagniel ne reçoit pas la visite du représentant Barrel, ce qui est suspect, puisque leurs fils sont liés, et démontre que c'est pour ne pas attirer l'attention.

« Le fils unique de cette dame, sous-lieutenant au 8e bataillon de chasseurs, a permuté tout récemment avec un de ses camarades du 42e de ligne. Il paraîtrait qu'il est venu dans la capitale pour s'entendre avec des sociétés secrètes.

« Il fréquente beaucoup le fils du chef de la gauche, le peintre Paul Barrel. Il connaît également un socialiste du nom de Colombau, ouvrier typographe, individu exalté et dangereux, affilié à la Marianne.

« Ce typographe a été aperçu sortant de la demeure de madame d'Hagniel.

« L'officier a tenu dernièrement, au domicile même de M. Barrel un long conciliabule avec ce représentant, le peintre Barrel et l'ouvrier typographe. Des coups de revolver ont été tirés. On a entendu les hurlements d'un chien. Un homme (est-ce le typographe ?) a été vu, courant dans les rues, au milieu de la nuit, un pistolet au poing. Affaire très mystérieuse, très embrouillée, qui demande à être éclaircie. Les renseignements fournis manquent absolument de clarté. »

— En effet — fit madame d'Hagniel, qui malgré sa colère ne peut s'empêcher de rire. — Quels grotesques commérages. Où êtes-vous allé ramasser toutes ces inepties ?

— Tout mauvais cas est niable — fit sentencieusement le policier, qui poursuivait sa lecture :

« La veuve d'Hagniel a recueilli chez elle une petite fille, dont le père serait le sous-lieutenant. Cette enfant a été arrêtée hier, au moment où elle sortait d'une maison dans laquelle demeure un typographe, le nommé Desmoulins, qui a composé un placard subversif adressé *Aux travailleurs*, à l'aide de caractères et d'outils dérobés.

« La petite fille était entrée dans cette maison, en compagnie de l'autre typographe précédemment nommé. Cet individu, qui a lui-même composé et imprimé une proclamation, a pu s'échapper avant l'arrivée de la troupe, que l'agent spécial était allé chercher pour se faire aider dans cette arrestation.

« On a saisi sur la fillette différentes proclamations, appels aux armes, excitations à la révolte, qu'elle était chargée de distribuer.

« Cette enfant, excessivement rusée et vicieuse, a réussi à se sauver des mains de l'agent spécial, malgré la surveillance dont elle était l'objet. »

Il serait difficile de peindre la stupeur, l'indignation et la douleur de Madame d'Hagniel à la lecture de ces derniers paragraphes qui concernaient Renée. L'accusation portée contre Julien ne manquait pas de grotesque, à la vérité, mais présenter une petite fille de sept ans comme une distributrice d'appels aux armes, c'était là le chef-d'œuvre de l'interprétation policière.

Elle appela la bonne.

— Restez avec ces messieurs — lui dit elle. — Ouvrez-leur toutes les portes. Mettez-vous entièrement à leur disposition. Moi je retourne chez le commissaire de police. Il faut que je retrouve ma pauvre enfant.

Elle s'en alla là-dessus, et le chef policier s'écria aussitôt :

— Victor, debout ! File la particulière... Si elle va chez le commissaire, entre avec elle et demande s'il faut procéder à son arrestation. Si dans ce cas elle faisait de la rouspétence, tu sais que tu as le droit de réquisitionner la force armée.

— Oui, chef — fit Victor s'élançant sur les traces de la vieille dame.

— Elle en est comme une tomate — ajouta le chef. — Cette vieille révolutionnaire ne se doutait guère qu'on connaissait comme ça son numéro. Allons, à l'œuvre, à l'œuvre, n'avons pas de temps à perdre.

La perquisition continua.

CHAPITRE XLVI

Georges Barrel chez la princesse Souvarine. — Secrets de famille. — Mutuelles confidences. — Une spirite russe.

Sans aucun doute, le lecteur se rappelle les dernières paroles dites à Paul par le représentant Barrel avant son arrestation, quand le peintre lui eut fait le récit du guet-apens dans lequel il était tombé, des épreuves par lesquelles il avait passé, et de sa mystérieuse délivrance.

— Paul — avait déclaré M. Barrel, d'un ton quelque peu solennel — j'ai une heureuse nouvelle à t'apprendre. Tâche de la recevoir en homme, et de même que l'effroyable aventure qui t'est arrivée ne t'a pas fait perdre la raison, ne deviens pas fou en apprenant...

En apprenant quoi ? Le crépitement d'une fusillade avait coupé la parole au député et Paul s'était élancé au feu derrière son père, sans avoir entendu le reste de l'importante confidence .

Georges Barrel était, maintenant, arrêté, emprisonné, fusillé, peut être. Paul, avec Sacrovir, Duchesne, Colombau, faisait le coup de feu contre la troupe, derrière les barricades et, malgré ses vives inquiétudes au sujet de son père adoptif, malgré le combat qui lui laissait peu de répit, ces dernières paroles le hantaient, et il se demandait, profondément intrigué, quelle était cette heureuse nouvelle.

Mais revenons un peu en arrière.

Georges Barrel sortait de la maison du comte de Bertemont, quand il fut accosté par Colombau qui, après être venu en aide au sous-lieutenant d'Hagniel, luttant contre James Dilson et le nègre, s'en allait précisément chez le député pour lui communiquer la lettre adressée par Sacrovir Lebrenn à Plumereau.

Ce jour-là, dans la matinée, Nathalie, effarée, était venue trouver le représentant, qui se promenait d'un air pensif dans l'atelier du peintre disparu.

— Monsieur, ah ! monsieur, il y a un homme qui vous demande. C'est pas un homme de ces pays-ci, bien sûr. Ah ! Qu'est-ce qui nous arrive encore ! Monsieur, méfiez-vous. J'ai justement rêvé que trois corbeaux...

— Introduisez cet inquiétant personnage, Nathalie — dit Georges Barrel, qui songeait à James Dilson, résolut de suivre le conseil de la bonne femme et de se *méfier*, précaution inutile, car l'*inquiétant personnage* était l'honnête et loyal Féodor Michaïlovitch.

Il salua militairement le député, lui remit une lettre et s'étant discrètement reculé de quelques pas, demeura immobile comme un soldat au port d'armes.

M. Barrel décacheta la missive et lut :

« Monsieur le Représentant du Peuple,

« Je désirerais vivement avoir un entretien « avec vous, soit à votre domicile, soit au mien, « avenue des Champs-Elysées, comme vous le « jugerez préférable. Dans le premier cas, « veuillez m'indiquer les heures dont vous « pouvez disposer ; dans le second cas, je vous « informe que je suis chez moi tous les jours « dans l'après-midi et dans la soirée.

« Agréez, Monsieur, mes sympathiques sa-« lutations.

« Vera Ivanowa Souvarine .»

Georges Barrel supposa immédiatement que la princesse voulait lui parler des relations de Paul avec mademoiselle de Bertemont. Il ne pouvait, ni ne voulait se refuser à cet entretien. Il entra dans la chambre du peintre, attenante à l'atelier, prit du papier, et répondit à l'amie d'Hélène qu'il aurait l'honneur de se présenter chez elle dans l'après-midi, remit sa lettre à Féodor Michaïlovitch, qui salua et sortit.

A trois heures, le député sonnait chez la princesse Souvarine. Il fut introduit immédiatement et fort bien accueilli.

— Je vous remercie, Monsieur, d'être venu sitôt. Comme je vous l'écrivais, je désire vous entretenir de choses sérieuses et qui vous intéressent particulièrement, ce que j'ai omis de vous dire.

— Je suis tout à votre disposition, princesse.

Elle invita son hôte à s'asseoir, puis lui dit, en l'examinant avec la plus grande attention :

— Il s'agit de mademoiselle de Bertemont.

— Dans ce cas — fit le député — je crois me douter de ce qui vous préoccupe.

— En vérité ! — s'exclama la princesse.

— Vous voulez me parler probablement de mon fils Paul et de sa passion pour cette jeune fille, passion qui paraît être réciproque.

— Précisément.

— Mon fils m'a fait ses confidences.

— Hélène m'a laissé lire dans son cœur.

— Malheureusement, par une fatalité désolante, digne de la tragédie antique, leur union est impossible.

— Fatalité désolante, digne de la tragédie antique — répéta Véra Ivanowa Souvarine qui semblait absolument stupéfaite. — Comment, vous sauriez! vous saviez déjà! C'est impossible !

Barrel paraissait lui-même fort étonné de la surprise de son interlocutrice.

— Vous voulez dire probablement — reprit-elle — que des bruits fâcheux courent sur le comte de Bertemont et qu'il vous déplairait de voir votre fils contracter une alliance avec une jeune fille dont le père, dont le père... a donné quelque raison aux mauvaises langues de mal parler de lui ?

— Princesse, permettez-moi de vous dire que vous êtes dans une grosse erreur. Vous ne vous doutez guère de mes convictions intimes. De ce qu'un homme s'est déshonoré, il ne s'ensuit pas que, du même coup, il ait déshonoré son fils et sa fille, et l'infamie du père, selon moi, ne doit pas rejaillir sur l'enfant. Je suis en désaccord, je le sais, non seulement avec l'opinion publique, dont les arrêts sont si souvent ineptes, mais encore avec les lois de la nature, qui, à l'instar de Jéhovah, nous punissent dans notre progéniture innocente, de nos imprudences, de nos erreurs et de nos vices. N'est-ce pas abominable qu'un homme sobre et rangé, dont les ascendants ont été des ivrognes et des libertins, souffre dans sa chair

La princesse Souvarine.

et dans son esprit pour des débauches qu'il n'a pas commises, pour des excès auxquels il ne s'est pas livré ? Elles sont monstrueuses ces lois, et ma raison s'insurge contre elles, fort inutilement, il est vrai. Jamais, si elle en est digne, il ne me viendra à l'idée de refuser mon estime et mon amitié à telle ou telle personne, dont les parents n'auraient pas joui de l'estime de leurs concitoyens. Ah ! les appréciations des concitoyens... si vous saviez, Madame la princesse, comme j'ai appris à les mépriser. Paul pourrait donc suivre, en toute liberté, les penchants de son cœur, si, malheureusement...

— Malheureusement ? — répéta interrogativement la princesse.

— Lui-même a reconnu son union avec mademoiselle de Bertemont absolument impossible.

Georges Barrel, qui s'était exprimé avec beaucoup de chaleur, resta un moment silencieux, puis il ajouta d'une voix lente et grave :

— On ne peut pas épouser sa sœur.

— Sa sœur ! sa sœur ! — s'écria la princesse Souvarine — vous le saviez donc ! Eh bien je me refusais à le croire. Je n'ai plus rien à vous dire, vous êtes aussi savant que moi. Je n'ai plus qu'à vous faire mes excuses pour vous avoir dérangé.

Elle se leva, se promena de long en large dans la chambre pour essayer de calmer son agitation, puis s'arrêtant, elle regarda M. Barrel en face et lui dit d'un ton courroucé.

— Ce que vous m'apprenez là m'étonne et m'afflige profondément, Monsieur le Représentant. Votre conduite est inexplicable. On parle de vous comme d'un homme d'une grande élévation morale, un des premiers de votre pays, dans l'aristocratie du cœur et de l'esprit, la seule honorable, la seule que j'honore. En vous jugeant ainsi, on ne se trompe pas, je le veux croire, et d'ailleurs la noblesse de vos sentiments est empreinte sur votre visage. Comment se fait-il alors que vous ayiez eu aussi peu de souci de vos devoirs, pour laisser subsister un pareil état de choses ?

M. Barrel avait écouté sans sourciller, bien que stupéfait, la sortie de la princesse. Il répliqua :

— Comment ai-je laissé subsister un pareil état de choses ? Parce que j'en ignorais l'existence. Paul est un homme et non un enfant. Je puis solliciter ses confidences, mais non pas les lui commander. Il vient seulement de m'instruire de son amour pour mademoiselle de Bertemont. Si j'eusse connu plus tôt ce fait, j'aurais informé Paul des liens de parenté qui l'unissent à cette jeune fille.

— Vous avez été imprudent, monsieur. Si vous aviez dit à votre fils dès qu'il eût atteint l'âge de la puberté : « Mon ami, mademoiselle de Bertemont est ta sœur », ce que nous déplorons ne serait pas arrivé. Pourquoi ne l'avoir pas fait, pourquoi surtout, sachant ce que vous savez, avoir toléré...

M. Barrel, impatienté, interrompit Vera Ivanowa Souvarine.

— Parce que cela ne m'a pas convenu — fit-il sèchement. — Contentez-vous, Madame, de ce que je viens de vous dire ; je n'ai pas d'autres explications à vous donner. Maintenant, permettez-moi à mon tour de vous poser une question. Comment se fait-il que vous soyiez si bien renseignée ? Je m'étais cru, jusqu'au moment où je l'ai révélé à Paul, le seul sur terre à connaître le secret de sa naissance.

Les sourcils de la princesse Souvarine se relevèrent en accents circonflexes.

— Il y a donc un secret dans la naissance de votre fils ? — demanda-t-elle.

— Ah çà ! — dit M. Barrel avec humeur — je crois que nous ne nous entendons pas... à moins que vous ne vouliez plaisanter.

— Pas le moins du monde. Je vous parle d'Hélène et non de monsieur Paul.

— Et moi, je vous parle de Paul et non de mademoiselle Hélène.

— Donc, ce n'est pas étonnant si nous ne nous entendons pas, Monsieur le Représentant. Vous venez de me dire qu'il y a un secret dans la naissance de votre fils ; apprenez qu'il y en a un aussi dans la naissance d'Hélène.

— Je ne m'en doutais pas... Et lequel ?

— Hélène, monsieur, n'est pas la fille du comte de Bertemont.

— En vérité ?... Je ne m'attendais pas à une pareille révélation — fit Barrel après un moment de silence. Mais je vais vous en faire une autre qui vous surprendra également.

— Dites vite, je vous en prie.

— Paul n'est pas mon fils.

— Allons donc ! Ah çà... c'est une gageure !

— Et son père est le comte de Bertemont.

A ce coup de théâtre, la princesse poussa une série d'exclamations variées dans sa langue originelle. Quand elle fut revenue de sa stupeur, M. Barrel qui ne se départait pas de son calme poursuivit :

— La mère de Paul, dans un moment d'oubli, s'était laissée séduire ou plutôt forcer par ce misérable. J'ignorais ce fait quand je la priais d'accepter ma main. Avec une grande franchise, elle m'avoua la vérité. Ma douleur fut grande, mais mon amour ne fut pas atteint. Je l'ai épousée et, pour lui sauver l'honneur, j'ai reconnu l'enfant qui n'était pas le mien. Peu à peu, je me suis pris à l'aimer comme mon fils. Il s'est toujours montré, il se montrera toujours, j'en ai la conviction, digne de mon affection, de mes soins et du nom que je lui ai donné. Quant à son père, qui se fait appeler monsieur de Bertemont, et qui a pris le titre de comte, son nom véritable est Damiens. Je le sais depuis longtemps par une confidence posthume de ma femme. Je me suis tu, le rôle de dénonciateur n'étant nullement de mon goût.

— Ce Damiens, Monsieur, est un voleur et un faussaire.

— Je le sais. Il a falsifié les écritures et soustrait des sommes importantes chez mon beau-père.

— Il a fait pis que cela, Monsieur. Il n'est pas que voleur et faussaire.

— Serait-il donc assassin ?

— Vous l'avez dit !

— Mon pauvre Paul !... Son père assassin ! Ah ! il est complet !

— Oui, assassin, Monsieur. Jugez-en. Il voyageait en Russie, il a su capter la confiance du comte de Bertemont, du vrai, de l'authentique, fils d'un émigré et devenu officier dans l'armée russe. Un jour, il l'a laissé se noyer sous ses yeux, alors que rien ne lui était plus facile que de le sauver. Il a ensuite assommé d'un coup de bâton l'ordonnance de cet officier, qui accourait au secours de son maître. Cet homme, qui fut le témoin et la seconde victime de ce drame, a échappé à la mort. Il est à mon service. C'est lui qui vous a porté ma lettre. Je vais le faire appeler. Vous pourrez entendre de sa bouche le récit de ce crime abominable.

La princesse sonna et donna l'ordre au valet de faire venir Féodor Michaïlovitch. Quelques instants après, l'ancien soldat expliquait à Barrel comment était mort le dernier des Bertemont et comment lui-même, le brosseur, avait failli périr dans les flots.

Le lecteur connait ce drame. Quand Féodor

Michaïlovitch se fut retiré, la princesse dit au député :

— Vous parliez tout à l'heure de la tragédie antique. Notre commune méprise me ferait plutôt songer aux quiproquos d'un vaudeville. Il faut que je vous fasse, moi aussi, une confidence. Elle est de nature à vous intéresser.

Le député s'inclina et attendit.

Après avoir réfléchi un instant, comme pour rassembler ses souvenirs, la princesse s'exprima ainsi :

— Il y a une vingtaine d'années environ, une jeune russe, d'une grande beauté, arrivait à Paris ; elle excita, si je ne me trompe, une grande admiration partout où elle se fit voir. Vous savez, sans doute, de qui je veux parler. Elle se nommait Assia Petrovna Troubetskoï. C'est, du moins, sous ce nom qu'elle se fit connaître. Ne vous rappelle-t-il rien ?

— Il me rappelle ma jeunesse et le temps qui n'est plus — répondit Barrel, qui n'avait pu réprimer un geste de surprise. — C'est la première fois depuis de longues années que je l'entends prononcer. Puis-je vous demander, princesse, ce qu'est devenue cette noble jeune fille ?

— Elle est morte.

— Morte ! — s'écria avec émotion le représentant Barrel. — Il y a longtemps ?

— Oh ! oui... longtemps... mais je ne puis préciser la date.

— Morte ! — répéta encore M. Barrel, devenu rêveur — morte !

— Oui, Monsieur, morte assassinée, c'est ma conviction intime.

— Assassinée ! Est-ce possible? Et par qui ?

— Je ne le sais pas et probablement je ne le saurai jamais. Ecoutez moi : croyez-vous aux esprits ?

— Aux esprits... ?

— Oui. Croyez-vous que l'âme des personnes mortes ou qui vont mourir puisse se montrer aux vivants dans certaines circonstances, comme beaucoup de gens le prétendent ?

— Non. Je n'ajoute pas la moindre foi aux récits que l'on fait à ce sujet, d'autant plus que l'existence de ce que vous appelez l'âme n'est, selon moi, aucunement prouvée.

— Cependant, ceux qui ont vu...

— Je ne mets pas en doute la véracité de ceux qui racontent les apparitions, mais ils sont victimes, soit d'illusions, d'images provoquées par un objet quelconque qui le font voir autrement qu'il n'est, soit d'hallucinations, c'est-à-dire d'images qui naissent spontanément en nous-mêmes avec une persistance et une vigueur qui leur donne un caractère d'extériorité. Dans l'un et l'autre cas, ils s'égarent, bien qu'ils soient de bonne foi en assurant qu'ils ne se trompent pas.

— Je regrette que nous ne soyons pas d'accord, Monsieur le Représentant, car, moi, je suis de l'opinion entièrement contraire à la vôtre. Mais, puisqu'il en est ainsi, je ne vous parlerai pas de l'événement qui me fait croire que ma sœur a été assassinée ..

— Votre sœur, princesse! Est-ce possible? Vous venez de dire qu'Assia Petrovna était votre sœur?

— Je vous ai dit la vérité. Elle n'était pas la fille de Pierre Troubetstroï, mais celle d'Ivan Souvarine ; c'est-à-dire ma sœur, ma sœur véritable, ma sœur bien aimée... Veuillez m'écouter, Monsieur, je vais vous raconter une douloureuse histoire.

CHAPITRE XLVII.

La Sainte-Russie. — Le récit de la princesse Souvarine. — La police russe. — La terrible autocratie des Tzars. — Le catéchisme orthodoxe. — Yvan et l'architecte. — Quelques tzars.

— Personne, Monsieur, en France, ne connaît la Russie. On n'a sur ce vaste empire, dont la population s'élève à plus de 67 millions, que des idées imparfaites, erronées et surtout extrêmement vagues.

[Interrompons, un moment, la princesse Souvarine, pour dire qu'en effet, en 1851, tel était le chiffre approximatif de la population russe.

Depuis cette époque, il s'est singulièrement accru. Le recensement du 28 janvier 1897 donnait un total de 129,211,113 habitants. Si ces nombres sont exacts, la population aurait presque doublé dans l'espace de 46 ans. Admettons que la progression continue. Dans un siècle la Russie aurait alors 500 millions d'habitants !]

— Je crois bien — ajouta la princesse — que pour la presque totalité de vos concitoyens, mon pays natal n'est qu'une immense plaine glacée, recouverte de neige, où habitent, dans des maisons en bois, des gens sales, pouilleux, et vêtus d'épaisses fourrures, qui ne sortent qu'en traînaux, mangent des chandelles, passent leur vie à se battre contre les loups et se baignent tout nus, hommes, femmes et enfants réunis, dans le même bourbier au sortir duquel ils se frottent et s'essuient mutuellement sans le moindre souci de la bienséance et de la pudeur. Ces notions ont besoin d'être complétées.

— En effet — fit M. Barrel — et je dois malheureusement avouer que les Français sont loin de briller par leur science géographique. Néanmoins, il en est quelques-uns qui ne bornent pas leurs connaissances de l'empire des tzars à ces données élémentaires.

— Vous êtes, sans aucun doute, du nombre de ces derniers, et vous n'ignorez pas alors de quel poids pèse sur la Russie le Gouvernement qui préside à ses destinées ?

— Je sais que ce Gouvernement, qui n'écoute que les préjugés d'un autre âge, que les conseils de la peur et de l'égoïsme, comprime la nation russe d'une effroyable façon, la laisse croupir volontairement dans la servitude, le fanatisme et l'ignorance jusqu'au moment où il sera emporté, détruit par le ferment révolutionnaire qui agite et transforme toutes les nations européennes.

— Ce moment n'est pas près d'arriver. Pendant de longues années encore, l'autocratie, avec les abus, les infamies et les crimes qu'elle engendre, continuera de prospérer dans mon pays, végétation formidable et malsaine, vivant aux dépens de la nation à laquelle elle enlève tout suc et toute substance, principe de mort intellectuelle et d'atrophie morale pour le peuple qui rampe à ses pieds, comme cet arbre de je ne sais plus quelle légende, à l'ombre duquel aucune plante ne peut croître, ni aucun animal exister !

La vehémence de mes paroles vous étonne sans doute — continua-t-elle après un moment de silence. — Croyez que je ne m'exprimerais pas de la sorte si, au lieu de m'adresser à un Français, j'avais affaire à un Russe. J'aurais trop peur qu'elles ne fussent rapportées en haut lieu. Et alors, à mon retour dans mon pays, Dieu seul sait ce qui m'attendrait ! Je suis déjà si bien notée ! Le chef de la troisième section, ou si vous aimez mieux, de la police secrète, entretient de nombreux agents à l'étranger. Ceux qui sont chargés de surveiller les gens du monde sont aussi des gens du monde. Dans la noblesse de mon pays, il ne manque pas d'êtres assez corrompus pour se complaire dans cet ignoble métier, moyennant quoi, ils peuvent faire la fête, mener la vie à grandes guides, aux frais du Gouvernement. Aussi, quand un Russe parle à un autre Russe, se montre-t-il, en général, extrêmement circonspect et réservé. Est-on jamais sûr que l'homme qui vous serre la main, vous fait ses offres de service, qui se répand en chaleureuses protestations d'amitié, ne soit pas un vil espion, un mouchard, dont le rapport pourra être la cause de votre exil en Sibérie, si par malheur vous avez commis l'imprudence de porter sur l'Empereur une appréciation défavorable, ou même simplement de laisser percer des idées libérales ?

Beaucoup de femmes s'exercent à ce bel emploi et des plus jolies, des plus titrées. J'en connais une qui n'a pas hésité un seul instant à perdre l'homme à qui elle avait accordé ses faveurs. C'était un grand seigneur du gouvernement d'Orel, frondeur et mécontent, venu passer quelques mois à Paris pour pouvoir causer et penser en toute liberté. Il ne crut pas devoir se taire devant sa maîtresse et, à son retour en Russie, il fut immédiatement arrêté. Maintenant où est-il ? Nul ne le sait. On ne l'a plus revu.

Quant à la délatrice elle est toujours en France. On la voit assez souvent aux soirées de l'Elysée. Elle est fort belle et vous l'avez peut-être aperçue dans le monde.

Comme vous le disiez fort justement tout à l'heure, le gouvernement russe comprime la nation et la laisse croupir dans l'ignorance. Cela s'explique : cette compression et cette ignorance sont les conditions de son existence. Il ne durera qu'autant qu'elles dureront elles-mêmes. Un monarque tout puissant, dont l'autorité est sans frein, sans limites, sans entraves, dont le moindre caprice a force de loi et qui, pour parler comme un écrivain moderne « semblable aux anciens khalifes arabes, « est à la fois, roi, pontife, général, législateur « et juge, qui réunit tous les pouvoirs, qui « tient dans sa main la vie, la fortune et le « sort de tous ses sujets et qui prétend même « commander à leur conscience », un être semblable est un vivant anachronisme. Il faut que les hommes qu'il commande soient avilis par l'ignorance et aplatis par la terreur pour ne pas tenter à tous moments de secouer un joug si odieux.

Voulez-vous que je vous récite certains articles du catéchisme orthodoxe ? Ils sont fort instructifs et vous feront comprendre mieux qu'un long volume ce que c'est qu'un empereur de Russie. Ecoutez, je les sais par cœur :

Demande. — D'après le Christ, comment « doit-on considérer l'autocratie ?

« *Réponse.* — Comme procédant directement « de Dieu.

« *Demande.* — D'après notre sainte religion « que doivent les sujets à l'autocratie ?

« *Réponse.* — L'*adoration*, la soumission, « l'obéissance passive, la fidélité, le payement « des impôts, le service militaire, l'amour, des « prières pour le bonheur du tzar et des actions « de grâce à la divinité pour nous l'avoir « donné.

« *Demande.* — Comment faut-il adorer l'au- « tocrate ?

« *Réponse.* — Par tous les moyens que « l'homme possède, par les paroles, par les « signes, les démarches, les actions et, enfin, « dans le plus intime du cœur. »

Ces articles de notre catéchisme me rappellent ces empereurs de la décadence romaine qui se firent élever des autels. Les nôtres n'en sont pas encore là, mais cela viendra peut-être.

— Se faire élever des autels n'est rien. C'est l'orgueil poussé jusqu'à la folie. Mais ce qui est épouvantable, c'est ce pouvoir absolu entre les mains d'un homme. Et je me souviens que sur les bancs du collège je demeurais frappé d'indignation en lisant les actes de cruauté de l'un de vos tyrans. C'est peut-être là où j'ai commencé à puiser ma haine contre la tyrannie, je veux parler d'Yvan le Terrible.

— Un monstre !

— Une histoire surtout m'a frappé, celle de l'édification d'une église de Moscou en commémoration de la conquête de Karan et d'Astrakan.

— L'Eglise de Saint-Basile-le-Bienheureux, l'un des édifices les plus originaux, les plus pittoresques du monde. De son toit, s'élèvent onze tours de formes différentes et de diverses couleurs couronnées de coupoles dorées. Une merveille !

— Une merveille ! — répéta Barrel. — Ce fut aussi l'avis d'Yvan. Quand elle fut achevée, il fit venir l'architecte et lui demanda s'il pouvait construire un second monument aussi beau.

— « Je le puis — répondit l'architecte. — Eh bien ! — s'écria l'empereur — tu n'en construiras plus. » Et il lui fit crever les yeux.

— Le scélérat — dit la princesse — en a fait bien d'autres et l'histoire de nos tzars n'est qu'un tissu de crimes et d'horreurs. Mais nos mœurs se sont radoucies et le tzar actuel n'oserait tenter ce qu'ont fait ses prédécesseurs. Nicolas Ier est l'être le plus infatué de lui que la terre ait porté. Je ne vois personne à lui comparer, pas même votre Louis XIV, sauf peut-être Nabuchodonosor, ou quelque autre monstrueux despote de l'ancien empire de Chaldée ! Il se considère comme le représentant de Dieu sur la terre, et, à l'instar de vos papes, il se décerne un brevet d'infaillibilité ; le catéchisme orthodoxe ne lui en donne-t-il pas le droit ? C'est un despote qui s'imagine être chargé d'une mission providentielle : empêcher en Russie la liberté de naître en étouffant dans leurs germes toutes les idées libérales importées d'Occident. Non seulement il lutte dans son pays, de toutes les forces d'une implacable volonté, contre ces principes, mais encore il a la prétention de les combattre chez les autres nations. Voyez ses impertinences envers le roi Louis-Philippe, envers les ambassadeurs de la République française, son affectation à ne pas reconnaître leur qualité diplomatique, parce que le gouvernement qui les accrédite n'est pas de droit divin ! Pis que cela, voyez ces congrès de souverains qu'il préside lui-même pour reconstituer la Sainte-Alliance des rois contre les peuples. Il s'est posé en champion des doctrines surannées, il a jeté le gant à l'évolution sociale, à la marche en avant vers la lumière et la justice ; jusqu'à sa mort, il continuera dans la voie où il s'est engagé avec une persévérance, une obstination, une ardeur inconcevables. La censure, d'après ses ordres, est devenue intraitable et, dans ses excès, elle dépasse les limites du grotesque. Nos écrivains n'ont plus qu'un droit, celui de chanter sur toutes les lyres et sur tous les tons les bienfaits du gouvernement autocratique et la mission providentielle de la Russie. Tenez, écoutez ceci :

Ce disant, la princesse prit sur la table une brochure écrite en langue russe, et en traduisit le passage suivant au représentant Barrel :

« Malheur à ceux qui opposent quelque résistance aux entreprises providentielles de « la Russie. Le sang qu'ils auront fait verser « criera vengeance au trône de l'Eternel, car « la Russie ne doit-elle pas subjuguer d'abord, « afin de pouvoir organiser ensuite ?

« La Russie est religieusement et socialement la personnification du Christ Rédempteur ! Vouloir arrêter la Russie dans sa « marche, c'est se révolter contre la volonté « céleste, se rendre coupable de sacrilège envers Dieu et l'humanité, c'est souhaiter les « ténèbres au lieu des lumières, le mal au lieu « du bien, la sauvage barbarie au lieu de la « culture, l'idolâtrie, enfin, au lieu de l'Evangile. »

— Voilà un beau morceau de littérature — dit en souriant le représentant du peuple — mais d'une légère outrecuidance !

— Eh bien ! — répondit la princesse — c'est la seule autorisée. Il nous est permis d'en écrire des kilomètres dans ce goût-là seulement !

— C'est effrayant, pour l'avenir d'un peuple.

— Non seulement, on prétend interdire l'entrée de la Russie à la science et à la philosophie d'Occident, mais on s'efforce aussi d'empêcher les Russes d'aller étudier à l'étranger. Savez-vous qu'à l'heure actuelle, un passeport coûte douze cents francs ! de sorte qu'un de mes concitoyens qui voudrait venir en France doit sacrifier douze cents francs avant de quitter le pays. C'est, du reste, ce que j'ai dû faire. Naturellement, cela augmente, et de beaucoup, les frais déjà fort élevés du voyage, qui n'est à la portée que d'un petit nombre de bourses, celles des gens riches, lesquels, là-bas comme ici, sont, en général, plus curieux de s'amuser que de s'instruire. Par ce seul fait, jugez de la lutte déloyale que le tzar a entreprise contre les idées nouvelles en faveur de l'obscurantisme.

Les écrivains qui ne nous connaissent que superficiellement prétendent que Nicolas a beaucoup réformé... Sans doute, mais il n'a réformé que pour fortifier son pouvoir. Il n'a accordé à son peuple que lorsqu'il n'y perdait pas lui-même. Il n'a maintenu quelque semblant de justice que parce qu'il y voyait la base de sa grandeur souveraine.

Lorsqu'il disait à l'Américain Etienne Douglas qu'il ne connaissait que deux formes politiques légitimes, la Monarchie absolue et la République, il entendait par République la puissance des États-Unis et non l'application des principes si simples et si sages de Benjamin Franklin.

Il laissera à son successeur une monarchie plus absolue que la Turquie, où au moins le Sultan ne peut émettre des lois qu'avec l'intervention du Divan.

Les oukases, jusqu'à Pierre-le-Grand, commençaient par cette formule : « Le tzar a ordonné et les boyards ont décidé. »

Pierre a supprimé la dernière partie de la phrase. Le tzar ordonne et c'est tout.

Mais, pardonnez-moi, je me laisse entraîner... Il faut que j'arrive à mon histoire.

Quand l'empereur Nicolas monta sur le trône, il eut tout d'abord une révolte à écraser. Elle avait couvé dans les dernières années du règne de son prédécesseur Alexandre Ier, lequel succédait lui-même au tzar Paul Ier, dont les excentricités vous sont, sans nulle doute, connues.

— N'est-ce pas Paul Ier — fit Barrel — qui, nourrissant la plus profonde horreur pour la Révolution Française, avait proscrit de la langue les mots *société* et *citoyen* ? Si je ne me trompe, quand il se promenait dans une rue de Saint-Pétersbourg, les cochers étaient forcés d'arrêter leurs voitures et les passants, hommes et femmes, devaient s'agenouiller dans la boue et la neige ?

— C'est bien cela. Ajoutez qu'il interdisait l'entrée de la Russie à tous les Français qui ne pouvaient présenter un passe-port signé des princes de Bourbon et il était si infatué de sa haute personnalité qu'il avait coutume de dire :

« Il n'y a personne de considérable en Russie
« que l'homme auquel j'adresse la parole et
« pendant le temps que je lui parle. »

Ce despote était un vrai maniaque qui passait ses journées à édicter des règlements sur les choses les plus insignifiantes, par exemple, la forme des chapeaux, le nœud des cravates, l'ouverture d'un gilet, la grosseur des boutons de guêtres. Il avait le goût du détail, de la minutie, tout comme le tzar actuel, d'ailleurs. Atteint de prussomanie aiguë à l'instar de l'un de ses prédécesseurs, Pierre III, il supprimait dans l'armée russe l'uniforme national, si chaud si pratique, et le remplaçait par l'uniforme prussien, incommode et ridicule, c'est-à-dire les chapeaux, la poudre, les queues et le reste, ce qui faisait murmurer l'héroïque Souvaroff.

— Je crois me rappeler — dit Georges Barrel — que ce vieux guerrier s'exprimait ainsi à ce sujet :

« La poudre de perruquier n'est pas de la poudre; les boucles ne sont pas des canons; les queues ne sont pas des baïonnettes; nous ne sommes pas des allemands, mais des russes. » Sages paroles qui me reviennent toujours à l'esprit, chaque fois que je vois la manie de l'imitation se livrer en France, ou ailleurs, à ses ridicules excès.

— Ce sont bien là — fit la princesse — les paroles de Souvaroff. Je vous félicite, Monsieur le Représentant, d'être si au courant des affaires de Russie. Permettez-moi de vous dire qu'il n'en est pas de même de la très grande majorité de vos collègues de la Chambre des députés qui m'ont paru ignorer, non seulement, ce qui si passe dans mon pays, mais encore ce qui se passe dans tous les autres, y compris le leur.

Après cette petite critique, que Georges Barrel ne trouvait pas déplacée, la princesse poursuivit :

— Tout irréfléchi qu'il était, l'empereur Paul eut un jour une idée fort sage : celle de s'allier avec le Premier Consul, contre l'Angleterre et de chasser les Anglais de l'Inde. Les deux chefs d'État s'entendirent pour l'adoption d'un plan de campagne. Ils en étudiaient minutieusement tous les détails, quand, très malheureusement pour la France, le tzar fut assassiné dans la nuit du 11 au 12 mars 1801. Les insulaires se réjouirent fort de cette aventure. Le Premier Consul accusa, je crois, l'Angleterre d'en avoir été l'instigatrice.

— Effectivement — dit Georges Barrel — et voici, à peu près, ce qu'il écrivit ou fit écrire dans *Le Moniteur* :

« C'est à l'histoire à éclaircir le mystère de cette mort tragique et à dire quelle est dans le monde la politique intéressée à provoquer une telle catastrophe. »

Nous interrompons encore une fois le récit de la princesse Souvarine pour donner quelques indications nécessaires :

Alexandre Ier, qui succéda à Paul Ier, montra au début de son règne, de nombreuses velléités libérales. Il fut d'abord entiché de la Constitution anglaise, puis de Napoléon et des idées françaises. Mais, l'invasion de 1812 arriva et fut suivie d'une terrible réaction contre tous les principes de 89. D'ailleurs, l'humeur versatile du prince ne pouvait s'accommoder d'une ligne de conduite uniforme. Il avait commencé de gouverner suivant les traditions de Catherine II, il termina son règne en imitant le despotisme de son père.

Il faut mettre cependant à son actif que ce fut lui qui obligea Louis XVIII à octroyer une charte aux Français.

Malgré la censure des livres, des journaux, des brochures occidentales s'introduisaient dans l'Empire. De plus, les grandes guerres contre les armées françaises, les séjours à Paris des officiers et des milices russes, avaient fait ouvrir les yeux à beaucoup de ses sujets. Ils lisaient, réfléchissaient, se souvenaient, comparaient le sort du peuple slave à celui des autres peuples européens; par suite, ils s'indignaient des honteuses servitudes qui pesaient sur la nation ; et le vent révolutionnaire qui avait renversé la plus vieille monarchie du monde, se mit à souffler contre le roc formidable de l'autocratie, immuable et toujours debout. Des sociétés secrètes se formèrent : les uns prêchaient la République, les autres voulaient établir en Russie un gouvernement parlementaire.

C'était le rêve de la *Société du Nord*, dont Ryleef, fils de l'ancien maître de police sous Catherine II, était le chef. Presque tous les membres de cette société se recrutaient dans l'aristocratie. Ils étaient nourris de la lecture de Montesquieu, de Voltaire, de Rousseau, de Raynal et des publicistes français de ce siècle. Le sens pratique leur faisait défaut. Il n'y avait peut-être pas parmi eux une seule tête politique. Leurs projets étaient d'une exécution horriblement difficile, sinon impossible, en tous cas, manquant en général d'à propos. Ces gens du monde, hommes instruits, mais d'esprit chimérique, ne se rendaient pas compte des circonstances. Ils ne songeaient pas que les constitutions savantes qu'ils méditaient, n'étaient guère à la portée du peuple russe ; ils ne songeaient pas que les habitants demi-sauvages de l'Empire ne ressemblaient en rien à des citoyens de Paris, et qu'on ne pouvait pas se servir des premiers, comme on aurait pu se servir des seconds. Mais, s'ils s'illusionnaient, leurs illusions étaient grandes et généreuses et l'on peut leur appliquer à tous ce que Ryleef disait de lui même avant son exécution :

« La fougue de mon patriotisme, l'amour de
« mon pays, ont pu me tromper, mais, comme
« aucun but d'intérêt personnel et d'ambition
« n'a guidé mes actions, je mourrai sans re-
« mords. »

La *Société du Nord* correspondait avec la *Société du Midi*, dont le chef était Pestel, ancien directeur des postes, ex-colonel du régiment de Viatka, homme énergique et vrai républicain. Il avait élaboré un Code russe et son programme a été repris de nos jours par Hertzen, Ogaref, Bakounine. Pour faire triompher ses projets, il était décidé au meurtre de l'Empereur.

On cite de lui ce trait, alors qu'il était dans les chevaliers-gardes et qu'il faisait comme tel la campagne de France : un jour, il cantonait avec sa troupe à Bar-sur-Aube, en même temps qu'un détachement de Bavarois. Voyant ces derniers insulter et maltraiter des Français, il fit prendre les armes à ses soldats et, à leur tête, l'épée à la main, il fondit sur les Allemands bien qu'ils fussent les alliés de la Russie. Il en tua quelques-uns et en blessa un grand nombre. Il les haïssait à cause de leur sauvagerie et de leur brutalité, et se mettait volontiers du parti du faible contre le fort, de l'opprimé contre l'oppresseur.

La *Société du Nord* correspondait aussi avec la *Société des Slaves réunis*, qui voulait grouper tous les peuples slaves dans la même fédération, avec la *Société patriotique de Pologne* dont les membres rêvaient la restauration de leur patrie. On voit que la Russie (nous parlons bien entendu de ses hautes classes) était en pleine effervescence dans les dernières années du règne d'Alexandre ; mais on voit aussi que toutes ces sociétés, si différentes dans le but à atteindre, ne pouvaient guère s'entendre. Il est cependant une réforme sur laquelle toutes tombaient d'accord, la suppression de l'ignominieux servage. Il n'était pas encore aboli, il continuait de déshonorer la Russie à l'époque de notre récit, et le propriétaire avait toujours le droit de fouetter ses moujiks comme les planteurs de la Martinique fouettaient leurs esclaves.

Le servage n'a été aboli qu'en 1861, et c'est en 1863 seulement qu'un oukaze a défendu les châtiments corporels. Il s'en faisait un abus effroyable à l'époque où vivait l'interlocutrice de Georges Barrel. Le peuple russe était victime de brutalités continuelles de la part de la police, des seigneurs, et, d'une façon générale, de tous ceux revêtus d'une autorité quelconque.

« Voici deux faits, entre autres — écrivait Xavier Marmier — deux faits tout récents qui prouvent que le vieux levain de la barbarie n'a pas encore complètement disparu des régions si élégantes et si splendides de l'aristocratie. Un gentilhomme avait été entraîné par les conseils d'un de ses serfs à construire une manufacture. Après quelques années d'essais, il s'aperçoit que sa spéculation le jette de plus en plus dans des dépenses dont il ne peut retirer aucun bénéfice. La fureur qu'il éprouve en se voyant ainsi trompé dans son espoir, retombe sur le pauvre serf qui, dans un zèle inconsidéré, lui avait donné un funeste conseil. Il le condamne à l'exil de la Sibérie, et avant de le faire partir pour la chaîne de Moscou, il le conduit, sous bonne escorte, devant les murs déserts de sa manufacture. « Tu m'as laissé là
« — lui dit-il — un bon souvenir de ton sa-
« voir et de ton habileté ; je ne veux pas que

« tu nous quittes sans emporter aussi un sou- « venir de ma reconnaissance. » Et là-dessus, il lui fait arracher, séance tenante, quatre dents par un serf vigoureux qui, j'en suis sûr, n'employait pas dans cette opération la clef anglaise. — Un autre gentilhomme qui s'en allait gaiement visiter les poétiques contrées de l'Italie, apprend, dans le cours de son voyage, que son staroste a négligé de suivre ses instructions. Il lui ordonne de venir à Florence, le fait rudement fouetter par deux valets et le renvoie dans son village. J'ai souvent pensé à la figure que devait avoir ce malheureux dans une diligence d'Allemagne et de France, si quelque voyageur lui demandait ce qu'il allait faire si loin de son pays et qu'il était forcé de se dire : « Je vais à Florence recevoir le knout. »

« Les serfs les plus malheureux sont ceux qui, étant éloignés de leurs maîtres, se trouvent placés sous la rude et froide autorité d'un intendant; et il y a parmi cette pauvre race d'opprimés une sorte de plainte proverbiale qui exprime d'une façon touchante leur misère et leur facile résignation :

« Ah ! celui-là — disent-ils quelquefois du seigneur qui est près d'eux — celui-là est un bon maître, car du moins, il nous bat lui-même. »

Voici une autre anecdote empruntée au marquis de Custine, dont l'ouvrage sur la Russie de Nicolas, eut un si grand retentissement en Europe. On y verra les policiers à l'œuvre.

« Je passais le long d'un canal couvert de bateaux chargés de bois. Des hommes transportaient ce bois à terre, pour l'élever en forme de murailles sur leurs charrettes. Un des portefaix occupé à tirer le bois de la barque pour le brouetter jusqu'à la charrette, se prend de querelle avec ses camarades; et tous se mettent à se battre franchement comme des crocheteurs de chez vous. L'agresseur se sentant le plus faible a recours à la fuite : il grimpe avec la souplesse d'un écureuil au grand mât du bateau ; jusque là je trouvais la scène amusante : perché sur une vergue, le fuyard défie ses adversaires, moins lestes que lui. Ces hommes se voyant trompés dans leur espoir de vengeance, oubliant qu'ils sont en Russie, passant toutes les bornes de leur politesse, c'est-à-dire de leur prudence accoutumée, manifestent leur fureur par des redoublements de cris et des menaces sauvages.

« Il y a, de distance en distance, dans toutes les rues de la ville, des agents de police en uniforme; deux de ces espèces de sergents de ville, attirés par les vociférations des combattants, arrivent sur le théâtre de la querelle et somment le principal coupable de descendre de dessus de sa perche. Celui-ci n'obéit pas, le sergent saute à bord, le rebelle se cramponne au mât : l'homme du pouvoir réitère ses sommations, le révolté persiste dans sa résistance. L'agent furieux essaie de grimper lui-même au mât et réussit à saisir un des pieds du réfractaire. Que croyez-vous qu'il fasse alors ? Il tire de toutes ses forces son adversaire, sans précaution, sans s'embarrasser de la manière dont il va faire descendre ce malheureux ; celui-ci, désespérant d'échapper à la punition qui l'attend, s'abandonne enfin à son sort : il se renverse et tombe en arrière, la tête la première, de deux fois la hauteur d'un homme, sur une pile de bois, où son corps reste immobile comme un sac.

« Je vous laisse à penser si la chute fut rude : la tête rebondit sur les bûches et le retentissement du coup arriva jusqu'à mon oreille, bien que je me fusse arrêté à une cinquantaine de pas. Je crus l'homme tué, le sang lui couvrait la figure ; cependant, revenu du premier étourdissement, ce pauvre sauvage, pris au piège, se releva ; ce qu'on aperçoit de son visage sous les taches de sang est d'une pâleur effrayante ! il se met à crier. On l'emporte, quoiqu'il oppose une résistance désespérée : une petite barque, amenée à l'instant même par d'autres agents de police, s'approche rapidement. On garrotte le prisonnier, et, les mains attachées derrière le dos, on le jette sur le nez, au fond du bateau ; cette seconde chute, fort rude, est suivie d'une grêle de coups ; ce n'est pas tout, et vous n'êtes pas au bout du supplice préalable ; le sergent qui l'a saisi ne voit pas plutôt la victime abattue qu'il lui saute sur le corps ; je m'étais approché, j'ai donc été témoin de ce que je vous raconte. Ce bourreau, étant descendu à fond de cale et marchant sur le corps du patient, se mit à trépigner à coups redoublés sur le pauvre homme, et à fouler aux pieds le malheureux comme on vendange la grappe dans le pressoir. Pendant cette horrible exécution, les hurlements féroces du supplicié redoublèrent d'abord ; mais quand ils commencèrent à faiblir, j'ai senti que la force me manquait à moi-même et j'ai fui. »

Cette scène se passait en plein jour, en pleine rue, devant plus de cinq cents personnes, qui ne paraissaient pas y attacher la moindre importance, ni manifester le plus léger étonnement. C'est qu'elles étaient habituées depuis longtemps à de semblables spectacles. En tous cas, la prudence leur faisait un devoir de s'abstenir de toute indignation. Chez nous, la police prend beaucoup plus de précautions, et quand quelques *sergots* veulent *passer à tabac* un particulier dont la mine leur déplaît, ils ont soin au préalable de s'enfermer avec lui.

On connaît le traitement auquel fut soumis le grand poète Alexandre Pouchkine, chef de

Pouchkine, indigné, fut livré aux exécuteurs de l'infâme sentence impériale.

l'école romantique russe, pour avoir écrit une ode à la *Liberté*. Pouchkine avait aussi composé cette jolie épitaphe sur un pope de village :

PASSANTS

Dans ce cimetière, il y une fosse !
Dans cette fosse, une bière,
Dans cette bière, un pope,
Dans ce pope, de l'eau-de-vie

L'épitaphe fut imprimée tandis que l'ode ne le fut pas ; les amis de l'auteur s'en passaient le manuscrit en cachette. Mais la police découvrit le stratagème, et, un beau jour, l'écrivain fut mandé chez le gouverneur général de Saint-Pétersbourg, Miloradovitch.

« Jamais homme — dit M. Gallet de Kulture, dans son livre *La Sainte-Russie* — n'aborda sans émotion ce centre mystérieux auquel viennent aboutir, avec les quarante-deux sièges et les nombreux quartiers de la ville, les ramifications éparses et insaisissables d'une police qui a élevé à un point qu'il n'est plus donné de dépasser, l'immoralité de l'espionnage, le zèle de l'obéissance et la brutalité silencieuse de la répression.

« Le cœur du jeune poète battait fort lorsqu'il entra chez le gouverneur ; mais l'air souriant de ce dernier le rassura.

« — Vous êtes bien l'auteur de cette pièce ? demanda Miloradovitch, en lui présentant un manuscrit.

« — Oui, Excellence.

« — Ce sont là de beaux vers — reprit le gouverneur — vous avez du talent, Monsieur Pouchkine, et vous ne devez point en rester là. Chantez les bouleaux pleureurs, les mélèzes embaumés des îles, nos nuits transparentes qui rivalisent avec le soleil, les clairs de lune sur les clochers d'Isaac, les flots bleus de la

Baltique, les effets de neige dans les steppes, les mœurs patriarcales des Isba, l'immortelle gloire des armées russes; ce sont là des motifs féconds, inépuisables. Quant à la politique, sachez, jeune homme, qu'elle ne regarde pas les poètes. Sa Majesté a lu vos vers, elle pouvait vous traiter de criminel d'Etat, elle ne l'a pas voulu : vous en serez quitte pour une légère correction.

« — Une correction ! — répéta le poète, indigné.

« — Oh ! moins que rien, une pénitence de jeune fille, trente coups de verges.

« — Mais la honte !

« — Jeune homme — reprit sévèrement Miloradovitch — il ne peut y avoir de honte à se soumettre aux ordres de l'empereur.

« Et, prenant le bras du poète, il le mena vers une porte pratiquée au fond de son cabinet.

« — Entrez — lui dit-il — et tranquilisez-vous ; ce sera l'affaire d'un instant.

« Pouchkine pénétra dans une salle basse, étroite, à peine éclairée par une lucarne pratiquée au plafond. Un fauteuil à bascule occupait le centre de la pièce; deux soldats se tenaient de chaque côté du fauteuil, raides, immobiles et armés de longues baguettes pliantes qui, sans avoir l'effet prompt et meurtrier du knout, peuvent à la rigueur, au moyen d'une simple multiplication, tuer comme lui.

« Un troisième individu portant les insignes de caporal, semblait présider à l'opération.

« Ce dernier posa la main sur l'épaule de Pouchkine; sa redingote, son gilet lui furent successivement enlevés et l'exécuteur abaissa son pantalon jusqu'à la hauteur des bottes.

« Mais Pouchkine, saisi d'une idée subite, repoussa vivement le caporal, releva son pantalon et s'enfuit dans le bureau du bon ordre.

« — Pardon, Excellence, mais vous n'avez « pas dit s'il était spécifié dans l'arrêt de sa « majesté que l'exécution se ferait avec ou sans « pantalon ? »

« — Qu'importe ? — dit Miloradovitch.

« Cela peut vous êtes indifférent, mais cela « m'importe beaucoup à moi. »

« La question causa quelque embarras au gouverneur, car les instructions impériales n'avaient pas prévu le cas ; mais la logique russe lui vint en aide.

« — L'empereur, répondit-il, a ordonné de « frapper fort et de faire mal, donc c'est sans « pantalon. »

« Et avec la même politesse, il reconduisit Pouchkine, plus mort que vif, jusqu'à la porte du cabinet ; puis, ayant jeté un regard mécontant sur les trois hommes, il se retira.

« Les soldats comprirent la signification de ce regard ; en un instant le poète fut déshabillé, assis et renversé par la bascule.

« Il n'endura pas son supplice avec le calme d'un stoïcien, il ne se souvint en ce moment ni de la goutte de Posidonius, ni des douze livres de Marc-Aurèle; il poussa des cris horribles. Les exécuteurs, courroucés de sa délicatesse, se montrèrent sans pitié.

« Un Anglais, victime d'un acte arbitraire, disait à l'officier chargé de l'exécuter : « Mon « ami, que je vous plains d'être russe. »

Nous avons dit précédemment qu'en 1863, les châtiments corporels avaient été abolis dans l'Empire. Il faut remarquer à ce sujet que des habitudes invétérées, que les abus les plus abominables trouvent souvent des défenseurs, par cela seul qu'ils sont anciens. En Russie, les admirateurs du passé ne manquent pas. Ces conservateurs grotesques, qui arrêtent le progrès et toutes les importations occidentales, « se demandaient avec anxiété — dit Anatole Leroy-Beaulieu — comment un pays qui a dû sa grandeur aux verges, pourrait se passer d'un tel agent de cohésion ». Mais les avocats des vieilles coutumes ont, du reste, de quoi se consoler, les verges ont été supprimées théoriquement, légalement ; dans la pratique, elles n'ont pas entièrement disparu. Si elles ne sont plus dans la loi, elles sont encore dans les mœurs. Là-dessus, qu'on se rappelle l'affaire de ce policier du gouvernement de Riazan, qui faisait impitoyablement fustiger les paysans en retard dans le paiement de leurs contributions.

« Afin de donner — dit l'auteur cité ci-dessus — plus d'efficacité à ce procédé renouvelé du temps de Nicolas, ce Popof (c'était le nom de l'individu en question) y avait apporté quelques ingénieux perfectionnements ; il se servait de verges brûlantes, chauffées, à cet effet, dans un poêle, ou encore de verges trempées dans un bain d'eau salée ou enduites à dessein d'une couche de sel. Par un autre raffinement, il coupait d'ordinaire l'exécution du patient en plusieurs séances successives, de façon que les verges lui fussent plus sensibles. Ce fonctionnaire trop zélé, traduit en jugement, fut reconnu coupable par le jury. Si la peine qui lui avait été infligée par le tribunal, trois mois de prison, nous semble légère pour un tel délit, cela suffit pour montrer aux paysans qu'ils ne sont plus tenus de se laisser fouetter ou bâtonner sans protester, par le moindre fonctionnaire, et qu'au besoin ils peuvent trouver des tribunaux pour punir, si ce n'est pour prévenir les violences dont ils sont victimes. Autrefois, de pareilles causes n'eussent jamais été soumises aux tribunaux ordinaires ni de pareils faits livrés à la publicité de la presse.

« On a cité des illégalités de cette sorte

jusque dans les grandes villes, dans la capitale même, en des circonstances qui ont donné à cette infraction aux lois un grand retentissement en Russie et à l'étranger. »

Anatole Leroy-Beaulieu cite à ce sujet l'attentat de Vera Zasoulitch, sur le général Trepof, préfet de police à Saint-Pétersbourg, qui avait fait fouetter un prisonnier coreligionnaire politique de cette jeune fille. Traduite devant le jury, elle fut acquittée, de quoi tous les Russes entichés des vieux usages secouèrent tristement la tête et prophétisèrent la décadence de l'Empire.

« Quelques années avant la dernière guerre d'Orient — dit encore Anatale Leroy-Beaulieu — la police d'Odessa, sans doute imbue des anciens usages, imaginait de faire entrer dans la ville des voitures chargées de verges, et à l'aide de cette provision, des agents ivres faisaient une exécution publique, frappant dans les rues tout ce qui se rencontrait sous leurs mains, hommes, femmes et enfants. »

Mais revenons aux Sociétés secrètes.

Toutes ces sociétés communiquaient entre elles, mais n'arrivaient pas à une entente sérieuse. Cependant la fermentation croissait. La mort d'Alexandre Ier précipita les événements.

Une circonstance tout à fait inattendue vint en aide aux conjurés. Alexandre Ier avait deux frères, Constantin et Nicolas, comme lui, enfants de Paul Ier.

A Constantin revenait l'Empire, mais craignant d'être empoisonné, il refusa la couronne et, à Varsovie, où il se trouvait alors, il fit prêter le serment à la personne de Nicolas; de son côté, à Saint-Pétersbourg, Nicolas, ignorant la résolution de son frère aîné, lui faisait jurer obéissance par les troupes et les autorités. Il en résulta, pendant quelques jours, une confusion étrange, on ne savait lequel des deux était le vrai monarque. Le peuple se troublait, les membres des sociétés agirent.

Le 24 décembre, Nicolas apprit enfin par une lettre de son frère aîné que celui-ci renonçait formellement à l'Empire. En conséquence, il annonça à ses sujets son avènement au trône, et deux jours après, les troupes furent réunies pour lui prêter serment. La conspiration éclata.

Beaucoup d'officiers des grenadiers de la Garde qui faisaient partie de la *Société du Nord* se mirent à crier : *A bas l'usurpateur Nicolas! Vive Constantin! Vive la Constitution!* Les grenadiers, les équipages de la flotte, le régiment de Moscou, répétèrent leurs cris, rompirent les rangs et se dirigèrent en tumulte sur la place du Sénat où quelques barricades se dressèrent.

On avait fait croire aux troupes que Nicolas usurpait la couronne et que Constantin marchait sur Saint-Pétersbourg à la tête d'une armée.

Pour obtenir des soldats ce cri inusité de *Vive la Constitution!* on leur avait expliqué que ce mot, incompréhensible pour eux, était le nom de la femme de Constantin, de la tzarine par conséquent.

L'empereur se trouvait dans son palais quand on lui apporta la nouvelle de l'insurrection.

Il descendit dans la chapelle avec l'impératrice, et, à genoux sur les degrés de l'autel, ils se jurèrent l'un et l'autre de mourir en souverains, si l'on ne pouvait triompher de l'émeute. Puis, après avoir fait le signe de la croix, il monta à cheval.

D'une stature colossale, avec une voix forte, des yeux perçants, un geste martial, une figure noble, il imposait le respect et la crainte. A sa vue, les insurgés tremblèrent. Ils étaient groupés en désordre; il leur cria :

— Retournez à vos rangs !

Alors, il s'avança lentement au pas de son cheval, comme pour une revue et commanda :

— A genoux.

Et tous s'agenouillèrent.

Ils venaient pourtant de massacrer des officiers qui, ne faisant partie d'aucune société secrète, avaient voulu s'opposer à l'émeute; ils venaient de tuer le gouverneur de Saint-Pétersbourg, Miloradovitch, qui s'efforçait de les ramener à l'ordre; pis que cela, ils avaient osé tirer sur le métropolite, revêtu de ses vêtements sacerdotaux. Mais, tel est le respect quasi surnaturel qui environne le tzar, que sa seule présence avait presque suffi à dompter l'insurrection.

Le peuple étonné ne comprenait rien à ce qui se passait et s'abstenait de prendre part aux événements. Les troupes de la garnison demeurées fidèles marchèrent contre ceux des rebelles qui n'avaient pas obéi aux ordres de l'empereur. Quelques décharges d'artillerie les dispersèrent, on fit de nombreux prisonniers et d'autres insurgés vinrent le soir se remettre d'eux-mêmes entre les mains de la police.

Telle fut la conspiration du 26 décembre 1825. On a donné, à ceux qui en faisaient partie, le nom de décembristes. Elle eut son contre coup parmi les affiliés de la *Société du Sud*. Ils se mirent en mouvement environ trois semaines après les événements de la capitale au lieu d'agir de concert avec la *Société du Nord*. Ils réussirent à soulever quelques compagnies des corps de troupes garnisonnés dans l'Ukraine, mais le général Geismar écrasa la révolte, après un combat de courte durée. Là, encore, on fit nombre d'arrestations, parmi lesquelles, tous ou presque tous les chefs du complot.

On procéda alors au règlement des comptes. Une haute cour de justice jugea arbitrairement les prévenus. Cinq d'entre eux, les plus compromis, Pestel, Ryleef, Serge Mouravief-Apostol, Bestoujef-Rioumine, Kakhovski, furent condamnés à être écartelés. Par respect humain, par crainte de l'opinion publique européenne, plutôt que par humanité, cette peine fut commuée en celle de la pendaison.

Les autres furent condamnés au bagne ou à la déportation dans *des lieux très éloignés* : c'est l'euphémisme qu'en langage judiciaire on emploie pour désigner la Sibérie. En outre, il fut ordonné de placer des potences en guise de croix au-dessus des fosses où reposaient les insurgés tués pendant le combat. Nicolas les poursuivait, jusque dans la mort, de sa colère et de sa haine.

Le jour de l'exécution arriva. C'était le 11 juillet 1826. A trois heures du matin, un bûcher fut allumé sur l'esplanade qui s'étend devant la citadelle de Saint-Pétersbourg. En face de ce bûcher, sur le bord d'un fossé profond de vingt-cinq pieds, cinq potences se dressèrent.

Les troupes de la garnison se rangèrent en bataille autour de l'esplanade.

Bientôt on entendit le roulement des tambours et les sonneries des trompettes. Les cinq condamnés à mort parurent, revêtus d'une chemise noire et la tête couverte d'un capuchon de même couleur.

Derrière eux, venaient d'autres condamnés, les officiers encore revêtus de leurs uniformes. Plus malheureux que leurs frères, ils allaient expier dans les bagnes sibériens, par une captivité plus terrible que la mort, leur dévouement à la cause de la liberté de leur pays.

Enfin, suivait la bande des prêtres, des juges et des bourreaux.

L'exécution commença.

D'abord, la dégradation militaire des officiers rebelles. Pendant que les tambours battaient, on leur enleva leurs épaulettes, les insignes de leurs grades, leurs décorations. Tout fut jeté dans le bûcher flambant ainsi que leurs épées, qu'on brisa au-dessus de leurs têtes, leurs uniformes qu'on remplaça par la casaque du forçat.

Puis ce fut le tour des condamnés à mort.

On les fit monter sur un banc élevé de quelques pieds, placé au-dessous des potences, le long du bord du fossé.

Au signal donné par le ministre de la guerre, les tambours recommencèrent à battre et le banc fut retiré brusquement sous les pieds des cinq hommes. Aussitôt, trois des cordes se rompirent et deux des condamnés tombèrent dans le fossé profond de vingt-cinq pieds, au bas des potences. L'un se brisa les jambes, l'autre, la mâchoire.

Le troisième, tombé seulement sur le bord du fossé, ne se fit aucun mal. C'était Pestel. Il se releva et s'écria d'une voix forte, furieuse, qui domina le roulement des tambours :

« Malheureux pays où l'on ne sait pas même pendre ! »

Dans toute autre contrée on eut fait grâce à ces infortunés. En tous cas, on eut prévenu le chef de l'Etat, imploré sa pitié. Mais en Russie, qui eut osé tenté une pareille démarche, prendre sur soi, une telle initiative ?

Sur l'ordre du ministre de la guerre, les bourreaux descendirent dans le fossé, ramassèrent et remontèrent les deux misérables qui y gisaient. Le banc fut replacé. On les y hissa, on leur remit la corde au cou et, cette fois, elle ne se rompit pas.

Pendant l'opération, on dut soutenir le malheureux qui ne pouvait se tenir sur ses jambes fracturées.

Le lendemain de l'exécution, l'on célébra une cérémonie expiatoire.

Sur la place Saint-Isaac, on dressa un autel immense. Le clergé en grande pompe y récita des actions de grâce en présence de l'empereur. La troupe, le peuple, le pavé furent aspergés d'eau bénite.

Ceux qui avaient échappé à l'œil et aux griffes des argousins, voyant s'écrouler tout espoir, purent répéter tout bas avec le poète Nekrassov :

Et plus rien ne m'est plus. Que m'importe la tombe ?...
Qu'est-ce donc que j'attends ? L'aube est encore lointaine,
C'est la nuit sombre comme un océan sans port.

CHAPITRE XLVIII

Un gentilhomme campagnard russe. — Son intendant. — Ignorance et crédulité des paysans. — Fatalisme.

Quand la princesse avait commencé sa digression sur la Russie et l'effroyable pouvoir de ses autocrates, Georges Barrel s'était demandé en quoi cette digression se rattachait au sujet qui les occupait particulièrement.

A tout autre moment il eut écouté avec le plus vif intérêt le récit de cette page de l'histoire de l'Empire des tzars, mais son temps était précieux et le secret dont Anna Souvarine lui avait annoncé la révélation, l'intéressait beaucoup plus que la conspiration avortée des Décembristes de 1825. Il attendait donc impatiemment que son interlocutrice abordât son sujet.

Elle devina sa pensée, et lui dit :

— Vous êtes anxieux de connaître le rapport qui existe entre ma sœur et la politique russe? Vous allez être satisfait.

A l'époque dont il vient d'être question, nous vivions ma sœur et moi dans nos terres situées non loin de Saint-Pétersbourg. Nous étions orphelines, ayant perdu nos parents depuis quelques années. Ils avaient longtemps vécu en France et, par suite de leur contact prolongé avec vos concitoyens rapporté en Russie cette gaîté, cette insouciance des choses sérieuses de la vie, et cette urbanité parfaite qui fut la marque distinctive des Français pendant le dix-huitième siècle.

Mon père admirait tout ce qui venait de l'étranger et professait un certain mépris pour nos mœurs nationales. Il aimait beaucoup à s'exprimer dans votre langue. Quant à ma mère, elle affectait de ne jamais parler le russe. De là, pour ma sœur et moi cette facilité de nous exprimer en français.

Nous avions un oncle, Michel Katkov, un frère puîné de mon père qui, pendant le séjour de mes parents hors de l'Empire, gérait leurs biens en même temps que les siens propres, situés à proximité. A leur retour il continua sa gérance, sur la prière même de mon père, pour qui une occupation de ce genre était un mortel ennui et qui ne se trouvait heureux qu'à la cour, dans les salons de Saint-Pétersbourg et surtout dans les petits soupers. Ma mère, très mondaine, partageait ses goûts. Ils moururent l'un et l'autre, à quelques semaines d'intervalle, nous laissant à ma sœur et à moi une fortune encore assez considérable, bien qu'ils l'eussent diminuée de plus de moitié.

Mon oncle était l'opposé de mon père. Autant celui-ci se montrait homme du monde, autant celui-là se plaisait dans les habitudes de brutalité et de grossièreté du gentilhomme campagnard. Son aspect, son visage étaient rudes, sévères. Ses mœurs n'avaient rien d'édifiant. Il considérait comme siennes toutes les femmes de ses domaines, et il ne fallait pas songer à lui résister. En outre, je dois le dire, quoi qu'il m'en coûte, son avidité était extrême. Ses moujicks étaient, pour lui, des êtres taillables et corvéables à merci, et il s'entendait à merveille à les pressurer, pour leur faire rendre tout ce qu'ils pouvaient donner. De plus, le fouet, le bâton jouaient un grand rôle dans ses rapports avec eux. Pour le moindre méfait, il les faisait mettre à nu et fustiger sans pitié. Les vieillards, les hommes, les jeunes filles, les femmes mariées, enceintes même, les enfants, personne n'était à l'abri des mauvais traitements. En somme, il professait sur toutes choses, les idées de vos barons féodaux du neuvième ou du dixième siècle, et il agissait suivant les mêmes procédés. Tout le monde le redoutait et le détestait...

. . . .

Ajoutons que ce Michel Katkov, dont parle la princesse Souvarine, ressemblait, en tous points, aux grands propriétaires russes d'autrefois qui menaient, dans leurs domaines, une vie oisive, cruelle et grossière, partageant leur temps entre la débauche et la chasse et, ivres tous les soirs, fouaillaient indistinctement leurs meutes, leurs serfs, leurs femmes.

Nikolaï Nekrassov retrace, dans une de ses poésies, les jours détestés de son enfance passés sous la cravache d'un père, tyran domestique sous lequel tout tremblait et qui tua sa mère à force de mauvais traitements.

Sa malédiction poursuit la mémoire de ce père avec une énergie farouche.

« Les voilà, ces lieux familiers où j'ai appris à haïr — dit-il en revoyant, après de longues années, le domaine paternel de Yaroslaf. »

Et il raconte les orgies des hobereaux du voisinage, compagnons assidus des débauches paternelles, les propos idiots de la table où l'on asseyait les enfants entre les ivrognes et leurs chiens, et les sommeils heureux troublés par les hurlements de la meute à l'aube, et cependant les cœurs qui se réjouissent parce que la bande armée s'en va..., on ne la voit plus, on ne l'entend plus, et la triste maison soupire d'aise.

Mais, hélas ! le siège n'était pas levé pour longtemps :

« Voici le soir — et voici de nouveau le son du cor. Aussitôt les enfants se taisent ; ils voudraient fuir, mais il faut qu'ils restent et la mère leur ordonne de rester.

Ils ont les yeux tristes, chuchottent entre eux tout bas, tout bas...

Et Sodome recommence !

Tout tremble, tout frémit.

C'est la nuit, c'est, à l'éclat des bougies, l'orgie quotidienne, l'orgie effrénée.

Contre le mur, un enfant craintif et pâle, s'efface... Il écoute attentivement.

Il regarde avidement.

Oh ! je te reconnais, o visage de mon enfance.

Qu'entend-il ? Des chants de folie.

Il voit les coupes circuler.

Les coupes se vider d'un seul trait.

Il voit s'allonger au mur l'ombre mouvante.

De grandes moustaches...

Les convives raillent l'enfant.

Une voix dit :

« Croirait-on pas !... Il regarde toujours comme un louveteau pourchassé. »

« Viens ici ! » La mère pâlit.

Le louveteau lève la tête ; pas un pas.

« Il faut châtier cet entêtement !

« Viens ici ! » Le louveteau s'échappe...

« Taïau ! »

Le louveteau s'est enfui. Il a grandi, il est devenu loup.

« Marqué comme un forçat par le chagrin — dit-il plus tard — rien n'eut le pouvoir d'effacer ce stigmate dans mon âme épouvantée. »

. . . .

— Donc, mon oncle — reprit la princesse Souvarine — fouaillait ses serfs comme ses chiens, au risque de les tuer sous les coups.

Cependant, la loi disait que tout propriétaire de paysans qui aura infligé à un de ses serfs un châtiment corporel, suivi de mort, sera traduit en justice, si cette mort arrive dans les trois jours à dater de celui du châtiment.

Mais la quatrième jour, le propriétaire n'a plus rien à redouter de la loi.

On pouvait donc torturer son prochain sans grand danger.

Si le supplicié meurt dans le courant des trois jours qui ont suivi le châtiment, le propriétaire se tire assez aisément d'affaire. Simple question de roubles. Il graisse la patte du policier chargé de le poursuivre et tout est dit; au besoin, il agit de même avec le médecin chargé d'éclairer la justice. Ce dernier déclare l'homme mort d'une attaque d'apoplexie foudroyante, et il le prouve en rédigeant un beau rapport que personne ne lit, auquel personne ne croit et qui fait foi. Michel Katkov maniait un fouet dont les morsures étaient terribles. Un seul coup, appliqué d'une certaine façon, pouvait donner la mort. Par dérision, il le nommait mon *apoplexie*.

Le plus curieux, c'est que tout despote, brutal et grossier qu'il fût, mon oncle ne manquait pas d'instruction et d'un certain goût pour la littérature. Il se plaisait à lire les pastorales de Florian et à versifier des idylles. J'ai vu de lui des rapsodies où il est question de l'heureux laboureur qui se promène tout joyeux dans les prés fleuris avec son aimable compagne. Il citait volontiers Montesquieu, Voltaire, Rousseau ; il déclamait contre la tyrannie. Mais si les maximes des philosophes français lui venaient souvent sur les lèvres, il n'avait pas la moindre velléité de les appliquer dans ses terres. Son humanitarisme était tout en surface et son libéralisme s'évaporait l'après-midi avec la fumée de ses *papirosses*. Les *Droits de l'homme* ne lui semblaient pas articles à importation. Aussi, ne figurait-il parmi les membres d'aucune société secrète ; il fuyait même, de peur de se compromettre, ceux qu'il soupçonnait en faire partie. Il trouvait son existence trop agréable, trop conforme à ses goûts pour souhaiter le moindre bouleversement. Il est vrai que ses serfs ne pensaient pas comme lui. Si ce digne seigneur n'était pas un personnage trop sympathique, son intendant l'était encore moins.

Celui-là était un allemand. (Presque tous les intendants le sont. Pour exercer ce métier sur les domaines russes, il faut un mélange de servilité et d'insolence, de méchanceté et d'hypocrisie, de patience et de ténacité qui ne se rencontre que dans la race germanique.) De taille moyenne, à larges épaules, à barbe rouge, à tête carrée, à nez court et boursouflé, le drôle ressemblait à un bouledogue. A chaque instant, il baisait la main de son seigneur et se répandait, devant lui, en écœurantes platitudes, dont il se vengeait sur l'échine des serfs du domaine. Il volait son maître, il volait les paysans. Aussi, l'argent ne lui manquait-il pas. Pour en acquérir davantage, il déployait une ruse, une fertilité d'imagination, une activité extraordinaire, dont je veux vous donner un ou deux exemples. Vous aurez, par là, une idée de la facilité avec laquelle le peuple russe se laisse mystifier et duper.

Un jour, il fit répandre le bruit, dans plusieurs villages du domaine, que le négus l'Abyssinie venait de céder à l'empereur de Russie un vaste territoire, situé au nord de ses états, à la condition que le tzar le coloniserait. Par suite, disait-on, on allait dresser la liste, dans tout l'empire, de ceux destinés pour ces terres lointaines. Aux intendants le soin de choisir les nouveaux colons. Hommes et femmes seront déshabillés, tatoués, vêtus d'un simple caleçon ; on leur ornera le nez d'un beau coquillage et on leur enfoncera des dents de requin dans les oreilles. On ajoutait que les Abyssins étaient des cannibales et que le choléra régnait dans leur pays à l'état endémique. Bref, l'intendant sut si bien s'y prendre, que tous les pauvres moujiks qui, cependant, ne détestent pas la vie d'aventures, se désolaient à l'idée de partir.

Bientôt, on le vit paraître en personne, et la consternation augmenta. Il s'arrêtait devant chaque isba, consultait un carnet, réfléchissait un moment et traçait, sur certaines portes, une croix à la craie. C'était principalement les gens aisés qu'il marquait de la sorte. Humblement interrogé, il répondit qu'il dressait la liste des colons pour l'Abyssinie, liste réclamée d'urgence par la chancellerie. En outre, il voulut bien informer les questionneurs que le départ était proche, attendu qu'on lui avait signalé l'arrivée au chef-lieu du district, de plusieurs grandes caisses contenant tout un assortiment de caleçons, de dents de requin et de coquillages. Il fallait donc se hâter.

Ils se hâtèrent, en effet, du moins tous ceux dont les maisons étaient marquées de la funeste croix blanche.

Garde ton argent
Pour le mauvais temps.

dit le proverbe russe. Le mauvais temps était venu.

Chacun déterra promptement les économies longuement amassées, les petits magots enfouis et couvés avec amour, et on les porta à Monsieur l'intendant, en le priant humblement de vouloir bien accepter ces gages de reconnaissance et d'estime et d'effacer les noms de la liste fatale.

Ceux qui ne pouvaient disposer d'un kopek, donnèrent leur cochon, leur veau, leur unique cheval. Le drôle accepta tout.

Les petits ruisseaux font les grandes rivières.

Et il promit d'intercéder pour chacun. Il laissa s'écouler quelques semaines pendant lesquelles ils vécurent dans une constante angoisse; puis, un matin, il parut leur annonçant que grâce à ses démarches pressantes, près de ses hautes relations, on consentait à les exempter de la colonisation abyssinienne.

La joie des malheureux dupés fut extrême. Ils connaissaient leur intendant et tremblaient d'être obligés de partir, tout en s'étant dépouillés en sa faveur.

Le succès l'encouragea; il tenta un autre expédient aussi grotesque.

Comme il avait affermé tous les cabarets de nos domaines, il fit courir le bruit que le tzar s'était engagé à fournir au Sultan dix mille jeunes filles vierges en échange d'un même nombre de négresses nubiles, qui allaient venir incessamment. Les deux chefs d'Etat, poursuivant des études sur le croisement des races, les négresses seraient mariées à de jeunes hommes dès leur arrivée dans l'Empire, tandis que, de leur côté, les vierges russes convoleraient avec des nègres. En conséquence, la police passerait bientôt dans les villages pour dresser la liste des célibataires des deux sexes.

Comme pour le projet de colonisation abyssinienne, la terreur se répandit chez les crédules moujicks.

Jeunes filles et jeunes garçons s'affolèrent, et, pour éviter le sort qui les menaçait, s'empressèrent de se marier. Pendant quelques semaines, les noces se suivirent sans interruption; on eût dit une épidémie d'amour. Or, les mariages ne se font pas dans l'Empire russe sans une grande consommation de spiritueux. Les cabarets ne désemplissent pas, et les gens de la noce ne rentrent chez eux qu'ivres-morts. L'intendant put, de la sorte, écouler tous ses barils de mauvais alcool allemand.

Il arrivait qu'à force d'exactions, les infortunés moujicks, poussés à bout, se risquaient à réclamer contre ce malfaiteur, oubliant le proverbe :

Ne lutte pas contre un fort
Ne plaide pas contre un riche.

Mon oncle les recevait fort mal, entrait en grande colère et refusait de les écouter. S'ils insistaient, ils les menaçait du knout.

Parfois, cependant, dans ses rares moments de bonne humeur, il se montrait abordable.

— Eh bien ! petit père, quoi te chagrine ?

Alors le moujick, encouragé par ces bonnes paroles, comptait son cas, exposait ses doléances.

Il les écoutait un instant parler, puis, pensait à autre chose, enfin il les interrompait :

— Bon, bon, rentre chez toi, je ferai une enquête mais souviens-toi qu'un petit mot peut briser les os, et que bien que parole ne soit pas flèche, elle n'en perce que mieux. Si tu n'as pas dit vrai, tu l'apprendras à tes dépens.

Et, bien qu'ils eussent dit vrai, ils l'apprenaient en effet, car leurs dires étaient par l'intendant, taxés de mensonges. Rendu furieux, certain de l'impunité, il se vengeait par de nouvelles et plus éhontées spoliations et de plus cruelles brutalités.

A qui désormais se plaindre ?

Les bavardages mettent en colère l'Eternel.
Et réjouissent les démons...
Il ne faut pas dire un mot de trop
Et ne pas se plaindre de ses ennemis.
Se taire jusqu'à la mort
C'est le devoir d'un chrétien !

Ils courbaient la tête et murmuraient avec le fatalisme particulier à ce peuple passif : « Dieu est trop haut et le tzar est trop loin. »

. . . .

Nous voici renseignés sur les tsars, les seigneurs campagnards, leurs intendants et sur la crédulité inouïe du paysan russe.

Cette crédulité n'est que le résultat de sa profonde ignorance. Il vit dans un monde fantastique qui n'a rien de commun avec la réalité. On voit des starostes, des chefs de village, dépêcher un messager au tsar, pour lui demander la fin de la sécheresse. Le gouvernement du ciel et celui de la terre sont, à ses yeux, entre les mains de l'empereur !

« La civilisation peu avancée de la Russie cesse d'étonner — écrit avec juste raison Tikhomirov — si l'on se rappelle que le peuple russe a été privé pendant des siècles de toutes communications avec les nations civilisées. Il ne se rencontrait qu'avec des peuplades sauvages, qui lui étaient inférieures sous tous les rapports. Les fruits du travail de la raison humaine et de la science lui étaient inaccessibles. Aujourd'hui même, le peuple est fétichiste et païen dans nombre de cas, parce qu'il ne peut juger du ciel et de la terre que d'après un nombre restreint d'observations faites dans l'aire étroite de son champ, de sa forêt, de son *mir* (commune)... »

« Les paysans d'Olonetz — dit M. Hielferning — lui relataient des contes sur les géants avec une inébranlable conviction. Ils comprenaient cependant fort bien qu'il n'y a plus aujourd'hui de géants, mais c'est, affirmaient-ils, parce que le monde est en décadence... »

Il est curieux de voir comment les Russes blancs, la plus ancienne des races russes, se font une idée de la divinité. Leurs chansons nous racontent les fêtes qui se passent au ciel et nous représentent le Père éternel assis près d'un baril et buvant de la bonne eau-de-vie, tandis que la Sainte-Vierge s'occupe du ménage et des semailles :

> Je ne me suis pas promenée, mon Dieu, dit-elle.
> J'ai labouré la terre, j'ai semé l'orge,
> J'ai semé l'orge, je l'ai récolté.

Un paysan de l'Ukraine demandait un jour à un ami de Tikhomirov, qui racontait ses voyages :

— Etes-vous allé dans l'autre monde?

Le voyageur se froisse de la question, la prenant pour une moquerie et une allusion au manque de foi de celui qui écoutait ses récits. Il n'en était rien; la question était sérieuse. Un voisin du paysan, au retour d'un pèlerinage, avait raconté que chemin faisant, il était passé au ciel, où les défunts de son village l'avaient prié de saluer leurs parents en leur nom!

Il partit ensuite, annonçant qu'il retournait directement au ciel, et les crédules cosaques le chargèrent de cadeaux et d'argent pour leurs parents décédés.

Mais ne rions pas trop de la crédulité des paysans russes, ne voyons-nous pas dans nos campagnes des bonnes femmes qui écrivent des lettres pour le ciel qu'elles remettent pieusement à M. le curé, en y joignant vingt sous pour les frais de poste!

Ils croient aux sorciers, aux conjurations et, en cas de maladie, ont plus de foi en l'efficacité des messes qu'au traitement des médecins.

Dans les épizooties, au lieu de recourir aux mesures hygiéniques, ils se servent d'une cérémonie singulière appelée l'*opahkivanié*.

Voici, d'après L. Tikhomirov, en quoi consiste ce procédé de conjuration.

« A une heure avancée, par une nuit sombre, quelques femmes, les cheveux épars et les vêtements flottants, s'attèlent à une charrue et tracent un sillon autour du territoire qu'il s'agit de préserver de la visite de la mort. Cette cérémonie est accompagnée de chants sauvages, que les femmes braillent de leur mieux ; mais ces chants sont un mystère pour les hommes. Leurs yeux ne doivent pas voir la cérémonie, et malheur à celui que la procession rencontre par hasard sur son passage; il est roué de coups et court même le danger d'être mis en pièces. Mais il va sans dire que les hommes, en entendant les hurlements sauvages des femmes, se hâtent de s'enfuir ou de se cacher. »

Ces grossières superstitions sont entretenues avec soin, encouragées et développées par les popes. Il existe dans le rituel ecclésiastique quantité d'exorcismes qui ne diffèrent en rien du sortilège et, dans nombre de cas, le paysan a recours, avec une foi égale, au sorcier et au pope.

L'inculpation de sortilège est donc une arme parfois employée dans les luttes politiques, et spécialement contre certains sectaires qui, plus sobres, plus laborieux que les autres paysans, jouissent d'une aisance qui surpasse de beaucoup celle des orthodoxes.

Il n'en faut pas davantage pour les accuser de recevoir leur argent du diable. Tikhomirov raconte à ce sujet qu'il a entendu un misérable moujik assurer avoir vu de ses propres yeux un de ses voisins appartenant à une des nombreuses sectes russes, en conversation avec le diable, qui lui aurait donné de l'or!

C'est, on le voit, la répétition des diableries et des sortilèges dont est plein notre Moyen-Age!

Les idées des paysans sur le tzar sont de même nature que leurs idées religieuses. Ils le considèrent comme un protecteur du peuple, qui n'a d'autre préoccupation que de secourir les pauvres gens.

Seulement les gentilshommes l'en empêchent, et souvent le tzar se voit obligé de recourir à la ruse pour venir en aide à ses bien-aimés moujiks, les soustraire à la cupidité des intendants et à la cruauté du seigneur.

Le Journal russe *Terre et Liberté* relate la légende populaire qui a court au sujet de l'abolition du servage. La voici dans sa naïveté :

« Le tzar Alexandre II s'en préoccupait beaucoup depuis longtemps, mais il n'y pouvait rien. Comment s'y prendre pour délivrer le peuple? Il trouva enfin. Revêtu du grand uniforme et décoré des ordres de Nicolas Ier, il se rend au Sénat.

— Messieurs les Sénateurs — demanda-t-il — ai-je le droit de m'habiller de cet uniforme et de me décorer de ces ordres?

— Non, Sire, répondirent les Sénateurs, c'est feu votre père qui a mérité cet uniforme et ces ordres; ce n'est pas vous.

Le lendemain, le tzar se rend au Sénat avec la grande tenue d'Alexandre Ier. Il pose la même question que la veille, et il obtient la même réponse.

Une troisième fois, il se présente, revêtu de son propre uniforme et décoré de ses ordres à lui.

— Voilà qui est parfait — dirent les Sénateurs. — Vous avez raison de vous couvrir

Saisi d'une rage érotique, ce n'était plus l'épaule qu'il voulait frapper.

de ces décorations, puisqu'elles sont à vous et que vous les avez méritées.

Alors le tzar répondit :

— Très bien, Messieurs les Sénateurs, très bien. Il vous faut maintenant vous mettre d'accord avec vos principes et décréter que chacun ne jouisse que de ce qu'il a gagné lui-même, mais non pas de ce qu'ont gagné son père ou ses aïeux.

Les Sénateurs firent laide grimace. Ils virent qu'ils étaient tombés dans le panneau. Que faire? Rien autre qu'à signer le décret.

Alors le tzar leur demanda :

— Messieurs les sénateurs, où avez vous gagné vos paysans ?

Et il les interrogea, chacun à son tour.

L'un les tenait de son père, l'autre de son grand père, le troisième de son aïeul. Nul ne les avait gagnés personnellement. Ils jouissaient du travail d'autrui, des honneurs ou des rapines, recueillis par autrui.

Ils baissèrent la tête et furent contraints de reconnaître qu'il fallait abolir les droits des nobles sur les paysans.

Et ce fut ainsi qu'eût lieu l'abolition du servage d'après les contes des veillées d'hiver !

Pauvres moujiks !

Voici, dit encore Tikhonirov, une autre légende qui appartient, celle-ci, au domaine de la haute politique.

Elle est citée par un écrivain de talent, grand observateur de la vie du paysan, M. Ouspensky.

Pourquoi la guerre Turco-Russe a éclaté ?

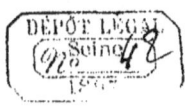

« — Parce que, racontent les paysans, un taureau des temps primitifs repose dans le pays turc. Un trésor immense, peut-être la source de l'or sur la terre, est enterré sous le sabot de derrière de ce taureau. Le tzar a voulu conquérir ce taureau... Après cette conquête, les paysans ne paieront plus d'impôts. »

Il est cent autres légendes aussi grotesques auxquelles on ajoute foi dans les campagnes comme aux paroles de l'Evangile, mais cette dernière suffit et après elle il faut tirer l'échelle.

CHAPITRE XLIX

Continuation du récit de la princesse Souvarine. — Une libertaire. — L'oncle amoureux. — L'enfant enlevé. Le staroste. — Le portrait — La missive.

Revenons au récit de la princesse Souvarine.

— J'étais alors fiancée au prince André Ivanovitch Korpamoff, colonel dans les grenadiers de la garde. C'était un des amis de Ryleef et il comptait parmi les membres de la *Société du Nord*. Nous nous aimions et nous attendions avec impatience le moment de notre union, retardée quelque peu par la mort récente d'une des proches parentes du prince. A plusieurs reprises, il m'avait entretenu de ses espérances et des projets politiques sur la réussite desquels il n'éprouvait pas le moindre doute. J'écoutais avidement tout ce qu'il me disait et j'envisageais sans crainte la perspective d'une révolution qui devait assurer le bonheur de la Russie. Je ne faisais part à personne des confidences de mon fiancé, pas même à ma sœur, non par manque de confiance en elle, certes, mais parceque le secret d'André Ivanovitch ne m'appartenait pas.

Ce n'était pas au château qu'André Ivanovitch s'ouvrait librement devant moi, car, en Russie, les murs ont des oreilles; c'était en plein champs, sur un espace bien découvert, loin des buissons et des arbres derrière lesquels un espion pourrait s'embusquer. Souvent il se plaisait à me réciter des poésies de son ami Ryleef, le chef de la *Société du Nord*, par exemple celle-ci où le poète semble avoir prévu sa destinée :

« Le peuple gémit en vain dans les fers; il
« n'exprime que des plaintes inutiles. O mon
« père, la haine qui soulève la poitrine des Po-
« lonais est entrée dans mon cœur et mon œil
« est devenu rêveur, morne et sauvage. Mon
« âme languit dans la solitude qui l'oppresse.
« Nuit et jour, une seule pensée me poursuit
« comme une ombre. Elle m'agite et dans le
« repos du champ paternel, et dans la bruyante
« caravane, et dans la chaleur de la mêlée, et
« pendant les prières aux pieds des saints au-
« tels.

« Il est temps — murmure incessamment
« une voix secrète — il est temps d'immoler
« tous les tyrans de la Russie.

« Je ne l'ignore pas : un abîme s'ouvre de-
« vant le premier qui s'élève contre les oppres-
« seurs d'une nation. Le destin m'a choisi,
« mais dites moi, dans quel pays, dans quel
« siècle, l'indépendance reconquise n'a-t-elle
« pas voulu des victimes? Je mourrai pour le
« pays qui m'a vu naître! Je le sais, je le sens
« et c'est avec délices, ô mon père, que je bénis
« le sort qui m'est réservé. »

Je partageais pour votre langue, vos mœurs, votre littérature, l'engouement de mon père et de mon fiancé. Je lisais constamment vos grands écrivains. Des nôtres, je faisais peu de cas.

Il n'en était pas de même de ma sœur. Elle nous reprochait sans cesse, à André Ivanovitch et à moi, ce qu'elle appelait nos ridicules manies. Quand nous lui parlions en français, elle nous répondait en russe. Sans cesse, elle affirmait que la Russie est plus intéressante que la France, notre langue plus belle, plus harmonieuse, plus nuancée et plus riche que la vôtre. Elle se fâchait quand je m'obstinais à dire un homme *komilfotnou*, une femme *komilfotna*, et prétendait que l'expression « comme il faut » ayant son équivalent en russe, il n'était nullement nécessaire d'employer ces néologismes étranges, dont on faisait, dont on fait, dont on fera longtemps encore usage et vanité. Je pense maintenant qu'elle avait raison, mais, à cette époque, je trouvais qu'elle avait tort et, à ce sujet, de fréquentes et vives discussions s'élevaient souvent entre nous, ce qui ne nous empêchait pas de nous chérir mutuellement. C'était une jeune fille d'un caractère résolu, intrépide, tout viril. Elle et moi, nous détestions notre oncle qui, d'ailleurs, éprouvait les mêmes sentiments à notre égard.

Nous étions jolies toutes deux, je puis le dire sans fatuité maintenant que mes traits se sont alourdis et que l'âge mûr est venu.

A cette beauté, notre oncle n'avait pas été insensible, non pas qu'il nous eut fait des déclarations décisives, mais nous nous étions aperçues qu'il nous regardait souvent à la dérobée, d'un œil chargé de convoitises.

Aussi, notre méfiance était-elle en éveil et avions-nous grand peur, car dans ses moments d'ivresse, c'était un homme à ne reculer devant aucune extrémité.

Nous nous tenions donc sur nos gardes, évitant de nous trouver seules et partageant la même chambre et le même lit.

Sur laquelle de ses nièces avait-il jeté son dévolu ?

Nous nous le demandâmes d'abord.

— Sur moi ! — me disait ma sœur.

— Non — répliquais-je — c'est sur moi.

— Hier encore, il m'a relancée dans le parc et m'a dit que j'étais belle et que j'avais tout pour rendre un homme heureux.

— Il m'a dit la même chose, avant-hier, dans le corridor.

— Alors c'est toutes deux qu'il poursuit.

— Sans doute. Il m'a adressé des vers.

— A moi aussi — répliqua ma sœur.

— Oh ! — lui dis-je — veillons, ne nous trouvons jamais seules... ne nous séparons plus.

Pendant des semaines nous le rencontrâmes constamment nous épiant. Il cherchait probablement une occasion de trouver seule l'une de nous, et alors Dieu sait ce qui serait arrivé ! Mais nous déjouâmes ses abominables projets et, se voyant deviné, il fut pris d'une sourde rage.

Le caprice qu'il avait éprouvé pour nous et qu'il dissimulait de son mieux, se changea en une haine qu'il n'essayait même pas de dissimuler.

Sur ces entrefaites, le 24 décembre, l'avant-veille du jour fatal où devaient périr les conspirateurs dont j'ai déjà parlé, Assia me dit d'un ton demi badin, demi sérieux.

— Je te félicite de ta nouvelle conquête.

— Ma nouvelle conquête? Je ne connais que celle de mon bien-aimé André, puis une autre... qui nous est commune et détestable au même degré. Mais ce n'est pas nouveau.

— Aussi — dit-elle en riant — n'est-ce pas de celles-là dont je parle; il s'agit de Pétrovitch Milof.

— Hein ! Que dis-tu ? Petrovitch Milof !

— Oui, le staroste de Zizdra.

Zizdra est le nom du village qui appartenait à notre oncle et près duquel notre château était situé.

— Je ne comprends pas — répliquai-je.

— Un fort beau garçon, d'ailleurs — poursuivit Assia — et par son intelligence, bien au-dessus des moujiks.

— En vérité !

— Il n'a qu'un défaut, celui de trop ressembler au prince André Ivanovith. Tu n'auras pas de variétés dans tes amours.

Elle riait. J'étais un peu vexée ; je répondis froidement :

— Je ne sais ce que tu veux me dire.

— Je vais mieux m'expliquer alors. Milof, le menuisier, qui vient quelquefois travailler au château et qui sculpte si habilement le bois, Pierre Petrovitch Milof, le nouveau staroste de Zizdra est amoureux de toi.

Il faut que vous sachiez, Monsieur, qu'en Russie on désigne sous le nom de *staroste* ou d'ancien, un homme élu dans un village par la communauté rassemblée. Ses fonctions rappellent à la fois celle du maire de vos communes et du juge de paix de vos chefs-lieux de canton. Il juge et administre. C'est, de plus, le porte-parole des moujiks près du seigneur et il est chargé des relations communes avec l'intendant. Aux audiences du maître des âmes, il vient exposer le résultat des travaux, donne des renseignements sur la coupe des bois, l'entretien des prairies, des vergers, etc. Humblement il présente les réclamations des paysans, tâche d'obtenir pour eux une diminution de leurs redevances et souvent s'en retourne leur signifier l'agréable nouvelle de l'augmentation de leurs taxes. Parfois le staroste, pour tondre ses administrés et les brutaliser, s'entend avec l'intendant; parfois il essaye de les défendre, il entre en conflit avec ce dernier, mais c'est alors la lutte du pot de terre contre le pot de fer. On choisit pour remplir cet emploi, non pas le plus âgé du village, mais le plus intelligent et le plus énergique. Il peut donc arriver que l'ancien soit un jeune homme. C'était le cas de Pierre Petrovitch Milof.

Il était né dans un village fort éloigné faisant partie du domaine de mon oncle, qui, un jour, en y passant par hasard, en drochka, remarqua un beau petit garçon, jouant devant la porte de l'isba de sa mère, une veuve. Il ordonna au cocher d'arrêter et fit signe à un valet de descendre et de lui amener l'enfant.

L'ayant bien examiné et tâté, il dit quelques mots à son domestique et celui-ci devant la mère éplorée et stupéfaite, prit un sac, y enferma Pierre Petrovitch, comme on eut fait une bande de lard, et le jeta dans la voiture, sous un banc.

Là-dessus, on s'en alla, sans plus de souci de la mère que si elle n'avait jamais existé. Elle se traînait en pleurant, à genoux, dans la boue, près des roues de la voiture, en suppliant le seigneur de ne par lui prendre son unique enfant. Mais on ne daigna pas même lui répondre et jamais elle ne revit le petit Pierre Petrovitch.

Parfois on la surprit rôdant autour du château, ombre lamentable, les yeux hagards, la mine hâve et désolée, cherchant à apercevoir, ne fût-ce que de loin, la silhouette de son enfant. On la chassait en la menaçant du knout.

C'est ainsi que les choses se passaient et se passent encore en Russie. Le seigneur est le maître absolu de ses serfs. Ils sont à sa merci, et il peut les vendre, les déplacer, arracher l'enfant à sa mère, l'épouse à son époux, selon son intérêt ou même simplement selon son bon plaisir.

Il ne faut pas trop s'étonner de ce procédé puisqu'un jour il prit fantaisie à Nicolas Ier de donner l'ordre d'enlever tous les petits israëlites âgés de dix ans pour les dresser au métier de soldat. Et l'ordre fut ponctuellement exécuté.

A la vérité la loi dit que le paysan russe, attaché à la glèbe, ne doit jamais être séparé de la terre à laquelle il appartient, et ne peut être vendu ou échangé qu'avec elle. Mais la loi est faite pour être violée et elle l'est continuellement.

Le moujik est le nègre de l'Europe.

Pierre Petrovitch Milof fut pendant quelques années le groom de mon oncle qui ne l'avait enlevé à sa mère que dans ce but. Ensuite, comme il montrait beaucoup de dispositions pour la menuiserie et la sculpture sur bois, qu'il était très adroit de ses mains, il le laissa libre de travailler à Saint-Pétersbourg, sous charge de lui payer une redevance assez forte. Puis, plus tard, il lui donna l'ordre de venir habiter le village de Zizdra, ayant pour lui quantité d'ouvrage au château.

Milof dut obéir. Il se montrait si intelligent, si actif, si travailleur, si généreux, si dévoué et si brave qu'il fut désigné pour l'emploi de staroste, par la commune voix de ses égaux, les moujiks, après un temps relativement court. Il s'acquittait fort bien de ses fonctions parfois délicates, à la grande satisfaction de ses électeurs, et au vif mécontentement de l'intendant, qui cherchait à le perdre sans y parvenir. Il m'arriva plus d'une fois d'intercéder en sa faveur, près de mon oncle, trompé par quelque faux rapport et toujours empressé à faire marcher la trique. Je fus assez heureuse, à plusieurs reprises, pour lui épargner les verges. Il ne l'ignorait pas et je pouvais me considérer comme ayant quelques droits à sa reconnaissance, mais je ne pensais pas avoir excité en lui un sentiment plus profond.

C'était un homme d'une taille svelte, élégante, aux traits fins, aux yeux châtains, intelligents et doux. Les cheveux bruns partagés sur le front et le haut de la tête et coupés ras au-dessus de la nuque, tombaient gracieusement de chaque côté de son visage, qu'une belle barbe brune, soyeuse, épaisse, achevait d'encadrer. Cette physionomie rappelait, exactement, le type hindou. N'eut été le teint clair, on aurait pu prendre Milof pour un indigène de la vallée du Gange.

Cette ressemblance est assez fréquente en Russie, et sans l'invasion tartare, elle serait tout à fait commune, car nous sommes les descendants les plus immédiats de la race aryenne d'où sont issus les peuples indo-européens. En somme, ce moujick, ce menuisier avait l'apparence d'un grand seigneur déguisé en paysan. S'il eut échangé pour l'habit de soirée ou l'uniforme de colonel de la garde, ses bottes molles et sa chemise de toile rouge, fendue sur l'épaule et retombant par-dessus le pantalon, il n'eut pas dépparé la société la plus distinguée dans un salon de Saint-Pétersbourg.

Pierre Petrovich Milof m'aimait, ma sœur m'avait dit la vérité. Je n'en pus douter d'après les explications qu'elle me donna. Depuis longtemps déjà, elle l'observait secrètement et elle avait pu réunir un certain nombre de faits qui témoignaient de la façon la plus indiscutable de la passion que nourrissait pour moi le staroste de Zizdra. A plusieurs reprises, elle l'avait surpris me suivant d'un long regard extasié; elle l'avait vu tremblant, rougissant, pâlissant tour à tour, à mon approche. Le pauvre garçon était frappé du coup de foudre amoureux, comme vous dites en France. C'était un amour sans espoir, il le savait, et pourtant, il n'essayait pas de lutter contre l'obsession.

« Malgré l'évidence, je ne voulais pas en « croire mes yeux — me raconta ma sœur — « mais aujourd'hui, j'ai eu la certitude complète de ce que j'avance. L'oncle est brusquement entré dans l'isba du staroste pour « lui donner quelques ordres au sujet d'un « meuble. J'y pénétrai en même temps, car je « me rappelais que tu lui avais donné à encadrer un médaillon contenant ton portrait, et « que tu destinais au prince André Ivanovitch, « et j'étais curieuse d'admirer les jolies sculptures sur le bois du cadre... Milof ne nous « entendit pas. Il était debout, immobile, occupé à presser sur ses lèvres un objet qu'il « posa rapidement sur un établi, quand il se « vit surpris, et cet objet qu'il baisait pieusement, pour ainsi dire, ce n'était ni l'image de « la sainte Vierge, ni celle de saint Nicolas... « c'était, le devines-tu? Ton portrait qu'il embrassait dévotement. »

Le staroste, revenu de sa stupeur, l'avait promptement recouvert de sa coiffure, mais Assia, en sortant, avait dit à Milof :

— Malheureux! Deviens-tu fou?

« Heureusement — poursuivit-elle — que « l'oncle ne s'est aperçu de rien, car, certainement, Milof expierait sous les *battogues* (les « verges), son amour et son audace. »

Je n'avais aucune raison de me féliciter de ma conquête, comme disait Assia. Cependant, ce que venait de me raconter ma sœur, fit naître en moi le désir d'examiner attentivement, ce que je n'avais pas fait jusqu'alors, cet impertinent moujik, qui se permettait de baiser mon image. Justement, le même jour, il se présenta au château, pour exécuter une réparation à un meuble de prix. Je m'arrangeai de façon à me trouver sur son passage. Il baissait les yeux comme une jeune vierge à qui l'on tient des propos d'amour. J'avais déjà remarqué sa ressemblance (toute fortuite, je dois vous le dire) avec mon fiancé, mais jamais elle ne m'avait paru si frappante. J'en éprouvai du dépit de l'animosité, et je songeai à l'éloigner du village.

Mon oncle, le même jour, envoya Milof à Saint-Pétersbourg, pour faire emplette de certains bois dont il avait besoin dans son travail. Il ne devait rentrer que le surlendemain, qui était le 26 décembre.

Ce jour-là, dans la soirée, comme nous devisions, ma sœur et moi, dans la salle à manger, et que notre despote était absent, nous entendîmes frapper ou, plutôt, gratter à une fenêtre donnant sur le jardin, et presque en même temps mon nom fut prononcé. Nous sortîmes toutes deux et mon indignation fut extrême, en apercevant le staroste, qui, la tête découverte, attendait.

— Que veux-tu — lui dis-je d'un ton irrité — et comment as-tu osé te permettre de frapper à la fenêtre et de m'appeler?

La lumière de la lune éclairait son beau visage triste et pâle. Il me répondit humblement :

— Daignez me pardonner. Je vous apporte une lettre de sa Haute Excellence le prince André Ivanovitch et il m'a expressément ordonné de ne la remettre qu'à vous-même. Avant de frapper, je me suis assuré que le maître n'était pas là.

Pressentant un malheur, je pris la lettre et je rentrai vivement dans l'intérieur de la maison, fermant brusquement la porte, sans même songer à remercier le staroste. Ma sœur répara cet oubli.

Elle rouvrit la porte, et cria au moujik, qui s'éloignait, sa coiffure à la main :

— Merci, Pierre Petrovitch Milof!

Je lus rapidement, saisie d'un noir pressentiment le billet de mon fiancé.

En quelques mots tracés au crayon, il m'annonçait l'échec des conjurés de la Société du Nord, et il ajoutait :

« J'ai réussi à m'échapper, mais je ne sais « où me cacher. De tous mes nombreux amis, « pas un n'oserait m'accueillir ; personne à qui « je puisse me fier. D'un moment à l'autre, je « m'attends à sentir sur mon épaule la lourde « main des gens de police.

« Je suis perdu, douce amie. Adieu nos « rêves, adieu nos projets de bonheur.

« Ma perte n'est plus qu'une question de « minutes, tout au plus d'heures.

« La mort m'attend ; mais je ne la crains « pas; elle vient tôt ou tard et l'on ne peut « deux fois mourir. Mais ce que je redoute, « c'est la mort lente, là-bas, là-bas, au pays « des sombres épouvantes, au pays d'où l'on ne « revient plus ; ou si l'on en revient, l'on n'est « plus qu'une triste ruine.

« Vous n'ignorez pas que quatre ou cinq an- « nées passées sous la casaque du forçat, dans « les mines de mercure, transforment en octo- « génaire un homme jeune et vigoureux.

« Alors la fiancée, l'aimée d'autrefois, dont « l'image gravée dans le cœur adoucissait les « souffrances, calmait les angoisses et servait « d'étoile dans les abîmes souterrains, l'aimée, « la douce aimée ne reconnaît plus celui qui « revient... Je te rends donc ta parole, Anna » Ivanovna... Je te la rends les yeux mouillés « de larmes, toi la belle et glorieuse fille, tu « ne peux devenir la femme d'un forçat. »

Il terminait sa lettre, sa lettre désolée, par ces vers du poète Lermontof :

Nous nous sommes quittés, mais ton portrait,
Je le garde sur mon cœur.
Comme un pâle fantôme des années meilleures,
Il réjouit mon âme.
Livré à de nouvelles passions,
Je n'ai pu te désaimer.
Ainsi le temple déserté est toujours un temple,
L'idole renversée, toujours un dieu!

« Encore une fois adieu, douce aimée... La « plume m'échappe des mains, je n'y vois plus « tant les larmes emplissent mes yeux. »

Ces nouvelles passions dont parle le poète, étaient pour mon malheureux fiancé le patriotisme, l'amour de la liberté, la haine de l'oppression et de la tyrannie ; nobles et généreuses passions qui, en d'autres pays plus favorisés du ciel, ont conduit certains hommes aux honneurs, à la gloire, mais qui, dans la *Sainte Russie*, ne mènent qu'à l'échafaud ou à la mort lente dans les humides cachots sous-marins de la lugubre forteresse de Schlusselbourg, aux travaux forcés dans les mines de l'Oural, à l'exil dans les marécages glacés de la lointaine Sibérie.

A la lecture de cette lettre, le désespoir s'empara de mon âme et durant la nuit entière une terrible fièvre secoua tout mon corps. Assia veilla près de moi, mêlant ses larmes à mes accès de désespoir.

Le lendemain, dans la matinée, je fus plus calme, je réfléchis : « Ce que Dieu a mouillé, il peut le sécher. Peut-être mon bien-aimé trouvera-t-il un abri. »

Ma sœur venait de s'absenter pour quelques minutes, lorsque l'oncle maudit, l'oncle redouté, fit irruption dans ma chambre.

C'était moi qu'il avait le plus désirée, et c'était à moi, par conséquent, qu'il portait le plus de haine.

Je poussai un cri d'effroi, ramenant les couvertures sur ma poitrine.

— Oncle, que voulez-vous?

De même qu'Ivan le Terrible ne se séparait jamais de l'épieu de fer avec lequel il meurtrissait ceux qui lui déplaisaient, de même ce brutal boyard ne lâchait jamais le fouet dont il se servait si souvent sur l'épaule de ses serfs et qu'il appelait cyniquement son *apoplexie*. Au moment où il entra chez moi il l'agitait d'une façon furieuse. C'était souvent sa manière de faire aux filles de ses serfs sa déclaration d'amour. Pour obtenir tout ce qu'il désirait, il commençait par les terrifier.

Mais ce n'était pas en ce moment la lubricité qui le poussait, ce que je redoutais d'abord.

Il était transporté d'épouvante et de colère. Il venait d'apprendre la nouvelle de la révolte et en même temps qu'André Ivanovitch comptait au nombre des conjurés.

Or, à la suite des fréquentes visites que le colonel faisait en son domaine, en raison de mes relations avec André, il se voyait déjà impliqué dans l'affaire, et, conséquence fatale, déchu de ses droits civils d'abord, puis ruiné, emprisonné, knouté, exilé en Sibérie. Constamment, de riches bourgeois, des boyards, des princes avaient subi le même sort pour le seul *crime* d'avoir reçu sous leur toit des gens impliqués dans des conspirations ou faisant simplement partie de sociétés secrètes, conspirations et sociétés qu'eux-mêmes ignoraient.

— Encore au lit ! — s'éclama-t-il. — Il est malheureux que les bons vieux usages se perdent... sans quoi, je caresserais le bas charnu de vos reins de la mèche frétillante de mon fouet... Nous y viendrons peut-être... oui, quelque matin nous y arriverons et je lèverais vos cottes comme à la dernière de mes petites vachères... Mais il ne s'agit pas de cela aujourd'hui... Vous savez la nouvelle ?

— Je la connais.

— Eh bien ! Qu'en dites-vous ? Le gredin ! Comme il nous a trompés. Il fauchait dans le champ des œuvres scélérates... Mais la faux a rencontré une pierre... et elle est ébréchée, sa faux... Ah ! le scélérat, le misérable, le lâche ! Un prince de la famille des Korpamoff ! Qui l'aurait cru ? Qui l'aurait soupçonné ?... Mais aussi vous avez été bien sotte, Anna Ivanovna, et je vous rends d'avance responsable des maux qui peuvent nous arriver... Oh ! alors, gare, le gras de vos reins, de vos reins charnus. Je me ferai moi-même l'exécuteur, et j'éprouverai une vraie joie à voir se teinter, de rouges rayures, vos chairs blanches... Je me délecterai à vos cris, et quand jailliront les gouttelettes de sang, j'aurai une vision de paradis.

— Je me tuerai avant. Mais pourquoi, contre moi, cette colère ?

— Vous vous en étonnez... Ah ! vraiment !... Encore une preuve de votre sottise. Quand une jeune fille sait s'y prendre, son fiancé n'a pas de secrets pour elle.

— André Ivanovitch n'avait pas de secrets pour moi.

— Pas de secrets pour vous ! Alors vous ignorez donc pourquoi on va le pendre, votre beau, votre doux André ?

— Je n'ignore rien. Mais le chanvre de la corde qui le pendra, n'est pas, je l'espère, encore en graine.

— Vous n'ignorez rien ! — hurla le boyard. — Voulez vous dire que vous étiez instruite des abominables et monstrueux projets de... ce misérable individu.

Du moment qu'André Ivanovith allait encourir la colère de Sa Majesté l'autocrate de toutes les Russies, il avait perdu tous droits à l'estime, au respect, à la considération.

Selon l'empereur Nicolas Ier, l'homme à qui il faisait l'honneur d'adresser la parole, était en ce moment même et par ce seul fait le personnage le plus considérable de l'Empire ; par contre, un homme de la meilleure société, un prince jeune, beau, brave, instruit, intelligent, n'était plus, par ce seul fait qu'il déplaisait au souverain, qu'un *vil individu*, un misérable.

— Oh ! mon oncle — expliqua la princesse — possédait l'âme basse d'un courtisan vulgaire bien qu'il eut vécu toute sa vie loin de la cour, dans ses domaines, au milieu de ses chevaux, de ses chiens, partageant sa vie en deux parts : la chasse aux loups et la chasse aux serves.

Outrée des paroles grossières de Michel Katkov, je ne pus maîtriser ma légitime indignation.

— Mon noble et bien-aimé fiancé mérite plus d'égards et votre bouche pourrait se servir d'autres expressions...

Il m'interrompit :

— Que dis-tu, malheureuse ? Tu oses, devant moi, prendre la défense de ce rebelle ?

— C'est mon devoir.

— Ton devoir, créature insensée autant qu'orgueilleuse, est de te faire humble et de trembler. Qui sait ce qui t'attend, ce qui nous attend tous après le crime de ce scélérat ?

— J'ignore ce qui nous attend. Mais ce que je sais et déclare hautement devant vous, c'est qu'André n'était pas mû par une ambition vulgaire. Ce n'est pas pour obtenir des richesses, des honneurs, qu'il est entré dans une conspiration. Ses motifs étaient nobles, élevés ; ses desseins généreux. Est-ce donc un crime de rêver le bonheur et la liberté de son pays ? Est-ce un crime de vouloir que la Russie marche au même niveau que les autres nations de l'Europe, au lieu de rester attardée dans les mœurs et les préjugés d'un autre âge ? Est-ce un crime de prétendre obliger un homme à ne pas étouffer son peuple, à ne pas laisser croupir des millions d'êtres dans une honteuse ignorance et de dégradantes superstitions ?

— Un homme ! — s'écria le boyard. — Tu

parles de Sa Majesté le tzar notre maître comme d'un homme!

— Eh! quoi! Qu'est-il donc? Un dieu?

— Ah! ce rebelle t'a infusé ses idées subversives; il t'a pourri du venin des Français!

— Il m'a éclairée de la vraie lumière.

— Et tu savais qu'il conspirait?

— Je le savais et je l'en estimais davantage.

— Et tu m'as caché tout cela?

— Certes! Est-ce que jamais vous nous auriez compris?

— Insolente!

— Je vous connais trop bien, d'ailleurs. Vous faire des confidences! Allons donc! Vous m'eussiez traitée de folle en vous-même, car vous vous seriez hâté d'aller répéter mes confidences au chef de la police!

— J'eusse fait mon strict devoir.

— Permettez-moi d'en douter.

— Un devoir qui était le tien.

— Mon devoir de dénoncer mon fiancé! — m'écriai-je avec indignation.

— Avant les fiancés, les pères et les mères, plane au-dessus de tout : l'Empereur.

Et ce disant, le fanatique des Tzars, leva en l'air, comme s'il montrait le ciel, le manche de son fouet.

Je ne pus retenir un éclat de rire.

— Je viens de vous le dire, votre Empereur est un dieu... Ah! que je vous plains de raisonner de la sorte. Vraiment vous m'inspirez autant de pitié que de mépris.

Je finissais à peine de parler que le fouet qu'il tenait encore levé s'abattit violemment sur mon épaule nue. Je poussai, sous le coup, un un cri de douleur. Ce cri, la vue de la blancheur de l'épaule qui se rayait de rouge, produisirent sur le boyard le même effet que la banderilla et la vue de la *Mutela* sur le taureau dans l'arène. Elles redoublèrent sa fureur.

Mais saisi en même temps d'une rage érotique, ce ne fut plus l'épaule qu'il voulut continuer à frapper.

Il avait, au début de la scène, menacé, suivant sa propre expression, « le bas charnu des reins de la mèche frétillante du knout » et il se rua pour mettre à exécution sa menace, tâche d'autant plus facile que je n'avais d'autre vêtement que celui que l'on garde au lit.

— Le knout! — hurlait-il, sans se soucier des gens qui pouvaient l'entendre. — Le knout! Tu seras punie dans ton orgueil, et chacune de tes insolences rejaillira en trace rouge sur ta chair... Allons, haut! haut! Le fouet comme aux esclaves, puisque tu oublies le respect que tu dois au frère de ton père et que tu apportes la honte et la ruine sur cette maison. Haut! haut!

Il cherchait à m'arracher du lit, ayant d'un geste brutal enlevé la couverture. Certes, il eût pu facilement en venir à bout, s'il eût eu les deux mains libres, mais il ne voulait pas abandonner son fouet, dont il essayait de se servir chaque fois qu'apparaissait un peu de chair nue.

Je me débattais de toutes mes forces, retenant les lambeaux de chemise, appelant à l'aide, mais vainement. Aucun des serviteurs n'eût osé, non seulement intervenir, mais se montrer au maître redouté. Et j'allais assurément devenir la proie du forcené, ivre de fureur et de luxure, lorsque ma sœur Assia parut.

— Que faites-vous? — cria-t-elle, haletante. — Osez-vous traiter ainsi la fille de votre frère?

Devant l'œil flamboyant d'Assia, le boyard revint à lui. Il me lâcha et sortit un peu honteux, sans prononcer une parole, continuant toutefois à brandir son knout qu'il abattit sur la tête du premier paysan que son mauvais sort jeta devant lui.

Épuisée après une telle secousse, je m'évanouis.

Quand je rouvris les yeux, je vis Assia assise à mes côtés. Ma fièvre avait augmenté, je souffrais dans mes membres, il me semblait qu'on les avait frappés à coups de marteau.

La main brutale de mon oncle laissait, partout où elle s'était posée, des meurtrissures, et une longue raie boursouflait mon épaule.

Le souvenir me revint et je voulus parler.

— Tais-toi — dit Assia. — Ne me donne aucune explication. Je sais tout.

— Quoi! les domestiques t'ont dit?

— Non, c'est lui-même, le monstre, qui m'a parlé. Depuis près d'une heure tu es évanouie. Il est entré non pour prendre de tes nouvelles, ni par compassion pour l'état où il t'a mise, mais pour fouiller dans tes tiroirs. Il n'a heureusement pas trouvé la lettre d'André, tombée pendant ta lutte avec lui et que j'avais ramassée près de ton lit... Oui, il m'a tout dit, qu'il t'avait châtiée, mais non comme il le désirait et qu'il te châtierait encore : cette fois, tes mains seraient attachées et le corps mis à nu.

— Et qu'as-tu répondu?

— Je l'ai écouté avec une grande indignation, non contre son acte d'abominable brutalité qui couvre un sentiment honteux que tu devines, mais contre toi-même. Oui, j'ai feint de désapprouver ta conduite, de blâmer ton silence. J'ai été lâche. Il le fallait. Sans quoi, il m'eût emmenée à Pétersbourg, m'eût calfeutrée dans une maison, et tu aurais été à sa merci. Maintenant qu'André ne peut plus te défendre, que serait-il advenu?

— Je le devine et j'en frémis dans toutes les fibres de mon être. Et où est-il?

— Il est monté en traîneau en faisant de grands gestes furibonds, pareils à ceux d'un fou. La terreur le harcèle. Il part pour Saint-Pétersbourg demander une audience au tzar, tant il craint de se voir compromis dans l'affaire. Cet homme est aussi vil que cynique et libidineux. Sois sûre qu'il va te dénoncer.

— Eh ! que m'importe maintenant ! Qu'il fasse ce que sa lâcheté lui conseille! Est-il possible que nous ayons dans les veines du sang de cet homme?

Oh ! l'infâme! Qu'il me dénonce ! Tout ce que je puis désirer, c'est en finir. André Ivanovitch m'a jugée assez digne de lui pour me faire sa confidente, je veux partager son sort. S'il meurt je veux mourir avec lui.

— Calme ton exaltation, ma colombe. Une chose vaut mieux.

— Laquelle ?

— Vivre... vivre avec lui !

— Ah ! je le voudrais. C'était mon rêve, notre rêve longtemps caressé. Mais, il s'est évanoui comme s'évanouissent tous les rêves, il a fui comme le fétu de paille qu'emporte le torrent. Vivre avec lui!... ô joie des anges! Rappelle-toi sa lettre! Son arrestation n'était plus qu'une question d'heures, de minutes même. O miséricorde! A l'heure actuelle, il est peut-être plongé dans un noir cachot! à l'heure actuelle... qui sait, qui sait ce qu'il est devenu!

— Et si tu te trompais dans tes prévisions, petite sœur aimée ?

— Que dis-tu? Saurais-tu quelque chose? Me donnerais-tu quelqu'espoir?

— André Ivanovitch n'est pas arrêté.

— Oh ! ne me donne pas une fausse joie!

— André n'est pas arrêté, je te le répète. Il a trouvé un refuge sûr chez un cocher de Saint-Pétersbourg, ami du staroste.

— O Saintes Images! Temple du dieu vivant! merci, merci!

Je mis la main sur mon cœur :

— La joie m'étouffe! Assia, chère Assia !...

— Calme-toi, petite colombe. Il faut savoir supporter la joie comme la douleur. Ecoute, je n'ai pas fini... Je ne finirai que lorsque je n'entendrai plus les violents battements de ton cœur.

— Oh ! dis, sœur aimée. Quoi encore ! Parle, parle.

— Tu es calme.

— J'essaye de l'être.

— André est ici ! Oui, petite colombe, ton fiancé André Ivanovitch est ici ?

— Est-ce possible ?

— Il est arrivé avant l'aube, déguisé en marchand de bestiaux. Alors que l'oncle te maltraitait et voulait abuser de toi, il n'était pas à une demi-verste. Le ciel a empêché qu'il n'entendit tes appels. Il serait accouru et c'était la mort... Oui, il est ici et dans un instant tu vas le voir. Je tenais à te prévenir pour que rien ne trahisse ta joie au dehors.

— Et comment cela? Raconte. Oh! parle-moi de lui. Où le verrais-je? Entrera-il dans cette maison.

— Ecoute-moi — poursuivit Assia. — Je viens de causer un instant, avant que tu n'aies eu repris tes sens, avec Pierre Petrovitch Milof.

— Ah ! mon amoureux !

— Ne ris pas de lui. C'est un grand caractère, un homme au cœur haut placé. C'est lui qui a indiqué à André la demeure du cocher où le prince a trouvé un asile. Lui-même l'y a conduit. C'est lui qui lui a procuré ce déguisement grâce auquel il a pu arriver jusqu'ici.

— C'est donc chez le staroste qu'il est maintenant caché ?

— La lettre que celui-ci t'a remise avait été écrite à l'avance, et au moment où tu en prenais connaissance, le colonel se trouvait déjà en lieu sûr. De tout cela, le staroste voulait t'informer, hier soir, mais il n'a pu le faire, puisque tu l'as congédié brusquement en fermant la porte.

— Oh ! combien je regrette !...

— Il a erré toute la nuit dans la cour, dans le jardin, devant les fenêtres, espérant toujours pouvoir te parler... Il savait bien que s'il était surpris, c'était le knout qui l'attendait... Et quand le prince est arrivé en traîneau, c'est lui qui l'a reçu et lui a donné refuge. Là, c'est plus que le knout... C'est la Sibérie !

— Brave garçon !

— Tu lui diras, sœur aimée, quand tu le verras quelques paroles affectueuses. Que ce soit par amour pour moi, si ce n'est par amitié pour lui.

— Je remercierai du plus profond de mon cœur cet homme dévoué, et cela de suite... car nous allons chez lui, n'est-ce pas?

— Non, non. Ce ne serait pas prudent... Mais je suis heureuse de ce que tu me promets — fit Assia — car Pierre Milof est digne de ton amitié et du respect de tous... Peut-être le jour est proche où il saura mieux encore te prouver son dévouement pour toi.

La chaleur qu'Assia mettait dans ses paroles en parlant du staroste, la rougeur de son visage, l'altération de sa voix m'eussent, en tout autre moment causé quelque surprise.

Mais j'étais tellement préoccupée de ce que je venais d'apprendre au sujet du Prince, si entière à la joie de le savoir à l'abri, à l'émotion de le revoir que je n'y prêtai aucune attention.

Je me levai, m'habillai aussi vite que possible, encore meurtrie des brutalités de mon oncle, tandis que la dévouée Assia allait chercher André Ivanovitch.

. . . .

Sur le conseil de Milof, le Prince avait quitté ses effets de marchand pour s'affubler d'un costume de moujik que celui-ci lui avait offert.

Assassin ! Infâme assassin, tue-moi donc aussi !

Ainsi vêtu, la ressemblance avec le staroste paraissait plus frappante et à première vue, l'on pouvait les prendre l'un pour l'autre.

Aussi Anna en fut-elle singulièrement frappée, et éprouva-t-elle en face de son fiancé un mouvement instinctif qui, au lieu de la porter en avant, la fit reculer d'un pas.

— Eh bien ! Eh bien ! Anna — dit le faux moujik — c'est ainsi que vous me recevez.

— Oh ! pardon ! pardon ! — murmura t-elle — et elle se jeta dans ses bras.

Ils restèrent quelque temps cœur contre cœur, lèvres sur lèvres, mêlant les larmes, les douces larmes qui coulaient lentement sur leurs joues. Puis la main dans la main, ils s'assirent. Assia, sous un prétexte quelconque, avait éloigné les servantes dont un long entretien entre leur maîtresse et celui qu'elles croyaient être le staroste, eut éveillé la curiosité, et debout près de la porte de la chambre ouverte, veillait sur ce qui se passait au dehors.

Pendant ce temps, Milof se tenait soigneusement enfermé chez lui.

Quand les deux amants eurent donné libre cours à leur mutuelle tendresse, parlé de leurs récents déboires, André Ivanovitch mit en quelques mots Anna au courant de ce qui s'était passé, et un fait déjà à la connaissance d'Assia, mais dont celle-ci n'avait pas voulu lui parler, la frappa d'épouvante.

Au moment de son arrivée, le prince, s'était croisé avec l'intendant du domaine, l'abominable suppôt du maître, qui faisait atteler des chevaux à un traîneau chargé de bagages.

Schwartsmarsheim avait immédiatement dirigé sur ce voyageur matinal le feu d'une lanterne et examiné avec attention.

— Peut-être me prenait-il pour Milof, — dit

le prince — mais il m'a semblé voir errer sur ses lèvres un étrange sourire. J'ai informé Milof de cette vilaine rencontre et le brave garçon en a paru tout soucieux. Je ne pense pas, toutefois, que le drôle m'ait reconnu, mais le cas échéant, il est capable de me dénoncer.

— N'en doutez pas — s'écria Assia qui, du seuil, écoutait la conversation. — Ce prussien est un coquin fieffé, et s'il soupçonne que vous êtes ici, vous n'auriez plus qu'à fuir, car vous seriez perdu, Ivan Ivanovitch. C'est du reste l'opinion du staroste.

Elle ajouta, voyant l'effroi qui se peignait sur le visage de sa sœur :

— Perdu, n'est pas le mot, petite colombe, car rien n'est impossible à l'amour. Mais certainement, Ivan, l'on viendrait ici pour vous y arrêter.

— Hélas! — s'exclama la fiancée — nos infortunes ne font que commencer, et, comme disent les Français : un malheur ne vient jamais seul.

Elle achevait à peine, que l'on entendit le galop de plusieurs chevaux avec tout le bruit de grelots qui annonce l'arrivée d'un traîneau.

Et bientôt, en effet, un traîneau, contenant plusieurs hommes et qu'escortait une douzaine de cosaques, s'arrêta devant la demeure seigneuriale.

Les hommes du traîneau descendirent et se dirigèrent rapidement vers la porte principale.

Le prince et les jeunes filles n'eurent pas de peine à reconnaître en eux une escouade de policiers commandés par un *ispravnik*, sorte de commissaire de police revêtu d'un grade militaire.

Avant d'entrer il cria aux Cosaques :

— Holà! Vous autres! Gardez toutes les issues! Que personne ne sorte d'ici! Et malheur à celui qui n'ouvrira pas l'œil. C'est compris?

Les Cosaques à ces mots rompirent leurs rangs et entourèrent la maison, chacun se plaçant en faction devant une porte ou une fenêtre.

— Nous sommes perdus! — avait dit Anna.

— Ne bougez pas — répondit Assia — je vais les recevoir.

Elle sortit, mais rentra presque immédiatement et appela sa sœur.

Celle-ci se leva, tremblante; Assia la prenant à part, lui dit à l'oreille :

— Milof est ici. Il prévoyait ce qui arrive. Il a pris ses dispositions en conséquence. Il est résolu, pour toi, à sauver ton fiancé. Viens. Remercie-le. Il n'a pas besoin qu'on lui inspire courage, mais si le sien venait à faillir, un mot de toi le soutiendrait.

Et elle la poussa dans une chambre où Anna se trouva en présence du staroste de Zizdra.

Il portait sur lui les effets qu'André Ivanovitch avait revêtus pour venir, l'accoutrement d'un marchand de bestiaux.

Anna, émue, lui tendit la main :

— Merci de ce que tu as fait pour moi, Pierre Petrovitch Milof — dit-elle. — Tu es un homme de cœur, tu as toute mon estime et... toute mon amitié. Merci, frère, pour ton dévouement. Quoi qu'il arrive, je m'en souviendrai toujours.

Milof à la vue de la nièce de son maître était devenu très pâle et quand elle lui tendit la main, il éprouva une sorte de tremblement tant était grande son émotion.

Mais, cette petite main qu'on lui tendait, il n'osa pas la prendre; il mit un genou en terre, saisit le bas de la robe de la jeune fille et la porta à ses lèvres d'un mouvement passionné. Son cœur débordait. Anna crut entendre un sanglot.

Tout à coup, il se releva, l'enveloppa d'un indéfinissable et triste, regard chargé de tendresse, puis sortit en passant la main sur ses yeux.

Elle retourna près de son fiancé, émue, troublée, presque autant que Milof.

Cependant, Assia était allée au devant de l'*ispravnik*, et l'avait introduit dans la salle à manger, tandis que ses sous-ordre, installés sous l'auvent, buvaient de l'eau-de-vie, qu'une servante venait de leur apporter.

— Voilà! Voilà! Voilà! Un malheur! — disait le commissaire, que la sœur d'Anna interrogeait d'un air étonné sur l'objet de sa visite. — Les ordres sont des ordres... et c'est souvent bien pénible, allez, barina, d'exécuter les ordres... Pensez, la responsabilité est grande, les accusés sont, parfois, sympathiques, des parents, des voisins, des amis... Mais la justice doit suivre son cours. Il le faut! Sans quoi... alors... où en serait-on?

— Certes — répondit Assia — vous dites juste. Et comment vous nommerais-je?

— Michel Efimevitch Barakof — fit le chef policier en s'inclinant galamment, avec un aimable sourire — j'ajoute, pour vous servir, charmante barina... Pensez, quel chagrin pour moi... Je voudrais vous servir, et je vais vous desservir... Quel malheur pour moi. Je dis bien quel malheur, quel chagrin, quel crèvecœur quand je me vois forcé d'accomplir d'aussi pénibles missions. Mais la justice avant tout!

— C'est bien vrai, Michel Efimevitch, vous parlez comme le roi Salomon, la justice avant tout. Mais, dites-moi, vous boirez bien un verre d'eau-de-vie?

— Mais oui, mais oui, si vous me permettez de le boire à votre santé. Ah! nous vivons dans une pénible époque!... Et comment cela est-il arrivé? Les grosses têtes, les petites têtes, les seigneurs, les moujiks... Rien, rien, rien; je n'y comprends rien. Tout le monde est si heureux en Russie. De quoi se plaint-on? En vérité, il y a des gens que rien ne peut satisfaire. C'est un malheur! Un grand malheur! Songez, quel crime! Complot contre le Père, contre le Père sacré à tous, celui qui nous appelle ses enfants! Il est ici, hein?

— Qui cela, le Père?

— Hé! hé! la gentille barina veut rire!... Ça me va; je ne suis pas ennemi de la plaisanterie. Non, ni le Père, ni le Fils, ni le Saint-Esprit, mais... le colonel. Hé! hé! le gentil colonel!

— Je ne vous comprends pas très bien, Michel Efimevitch, mais, si vous voulez parler du prince André Ivanovitch, vous êtes dans une grande erreur. Il n'y a pas ici de prince André Ivanovitch, comme d'ailleurs vous vous en assurerez.

Tenez, voici la servante avec de l'excellent *vodka*, mais vous vous servirez vous-même, Michel Efimevitch!

Elle avait pris le plateau des mains de la servante, puis, sous prétexte de changer le verre qu'elle trouvait trop petit pour la soif du commissaire, elle plaça sous la bouteille d'eau-de-vie un petit tas de pièces d'or.

Elle s'éloigna de quelques pas et alla, par discrétion, contempler par une fenêtre les beautés de la campagne. Elle connaissait la délicatesse de certains fonctionnaires de sa terre natale, et concevait l'espoir, en graissant la patte de celui-ci, d'endormir sa vigilance ou du moinsl'éloigner pour ce jour-là.

Mais elle avait affaire à forte partie, et la ruse du policier était au moins égale à la sienne. S'il ne se montrait pas arrogant, si, au contraire de ses pareils, il s'était présenté d'une façon polie, c'était simple calcul. Il comptait gagner quelques bons roubles en échange, en allumant en la barina le secret espoir de le soudoyer.

Au fond, il était bien résolu à remplir jusqu'au bout son mandat, avec les dernières exigences, mais il n'oubliait pas ses intérêts, suivant l'habitude de ses confrères, les fonctionnaires russes.

— Qu'est-ce que l'honneur? — se demandent-ils parfois. — Une chimère française. « *Schto takoi honneur. Etot frantzous'ki chimère.* »

Il devait d'ailleurs réussir dans sa petite combinaison au delà de ses espérances.

Pendant qu'Assia lui tournait intentionnellement le dos, il prit la bouteille, se servit de l'eau de-vie et, naturellement, aperçut la réjouissante pile d'or. Il s'en empara avec une grande dextérité, l'enfouit dans sa poche, après quoi il avala son verre de *vodka*.

— Ah! ah! ah! — fit il ensuite en manière de soupirs. — C'est triste le métier, souvent bien triste, surtout quand, comme moi, on a le malheur d'être affligé d'un cœur sensible, qu'on n'aime pas à faire de la peine aux gens... Ce pauvre colonel, il s'était donc déguisé en marchand! Ah! ah! C'était vite fait... C'est facile de se déguiser en marchand... Mais, voilà! ce n'est pas tout... Il faut courir... Et il a couru très vite pour tomber dans la gueule du loup... Un malheur pour lui, un malheur pour moi, un malheur pour vous! Ah! ça! où est-il? Autant l'avouer de suite, au lieu de nous faire chercher.

Il se versa une nouvelle rasade.

— Ce vodka est délicieux!... Mon Dieu! mon Dieu! Dire qu'il faut que nous emmenions ce colonel à qui je dois le plaisir de boire à votre santé! Barina! Que voulez-vous? les ordres sont-là! Et les ordres sont formels.

— Je vous répète, Michel Efimevitch, que le prince André Ivanovitch n'est pas ici.

— Ah! ah! Pas ici! — répéta le policier, regardant en souriant son interlocutrice, tandis qu'il se versait une nouvelle rasade.— C'est en vérité une chose bien extraordinaire!... Pas ici! On l'y a pourtant vu. Un malin, un rusé, celui qui l'a vu! Un gaillard qu'on ne trompe pas et qui en sait long... Excellente eau-de-vie!... Mais peut-être qu'il y a erreur. Tout le monde se trompe après tout. Dans ce cas, il ne nous resterait plus qu'à filer et à chercher notre homme ailleurs... Oui, voilà! voilà! voilà, ce qu'il y aurait de mieux à faire... C'est votre avis aussi, n'est-ce pas, *barina*?

— Oui — fit Assia.

Elle tombait dans le piège que lui tendait l'ispravnik.

Elle crut qu'il allait se laisser séduire, et comme il s'approchait à son tour de la fenêtre pour admirer lui aussi les beautés de la campagne environnante, elle se dirigea vers la table et plaça quelques billets de banque sous un gâteau qu'une servante venait d'apporter. Puis elle sortit pour ne gêner en rien le fonctionnaire, presque certaine qu'il allait, au moins ce jour-là, abandonner ses recherches.

Celui-ci, qui la suivait du coin de l'œil, avait surpris le mouvement. Il fut d'un bond près de la table, sitôt que la *barina* eut refermé la porte, s'empara des billets, les glissa dans sa poche, puis se tailla une large tranche dans le gâteau.

Dès qu'il l'eut englouti, il l'arrosa d'un nouveau verre; cet hommage rendu à son estomac, accompli, il se mit à crier comme un forcené :

— Non, ça ne se passera pas ainsi. Je ne souffrirai pas que ça se passe ainsi... Inutile d'entraver l'action de la justice. Elle doit avoir son cours. Tous, tant que nous sommes, nous en répondons. Le colonel André Ivanovitch est dans cette maison. Il me le faut, mort ou vif... Et tout de suite. Holà! Holà!

Il fit un tel tapage que ses policiers accoururent et envahirent la salle.

— Eh bien, quoi ! Eh bien, quoi ! Excellence.

— Rien !

Il leur montra d'un geste le gâteau.

Le gâteau disparut en un clin d'œil et avec lui la bouteille de vodka, ainsi que différents objets accrochés aux murs ou disposés sur les meubles.

Au bruit, Assia était rentrée stupéfaite et regardait l'ispravnik d'un air interrogateur.

Elle pensait : « C'est pour donner le change à ses policiers. Il va simuler une perquisition, fouillera partout à l'exception de l'endroit que je lui indiquerai. »

Elle le croyait d'autant plus que sans paraître faire la moindre attention à elle, il se mit à donner des instructions à ses hommes. Quand il daigna enfin s'apercevoir de sa présence, il lui dit, comme s'il la voyait pour la première fois :

— Nous savons que le colonel est ici, *barina*. Nous ne partirons pas sans lui... C'est vous qui êtes sa fiancée ?

— Oui — répondit-elle hardiment — c'est moi.

— C'est vous ! Ah ! Ah ! C'est vous !... Enchanté de le savoir. Eh bien, c'était un heureux coquin, le colonel ! Tout pour lui, honneurs et fortune et une future dont le métropolite ornerait volontiers son lit. Peste ! Par le grand saint Michel, mon patron, c'est un homme favorisé que le prince André Ivanovitch ! Et il n'était pas content encore ! Qu'est-ce qui lui manquait ? Voulait-il se faire couronner empereur de la Sainte-Russie ! Ah ! Quel malheur ! Il était en trop beau chemin, mais les beaux chemins ne vont pas loin... Ils l'ont conduit ici... Et nous y voilà !

— Je vous répète une dernière fois que vous vous trompez.

— Voyez-vous, *barina* — continua le policier, que le vodka rendait de plus en plus bavard sans pour cela lui faire perdre de vue sa mission — si c'est votre fiancé, il faut en prendre le deuil... Consolez-vous, vous en trouverez un autre. Aux jolies filles, les fiancés ne manquent pas !

Il se leva et froidement changea de ton :

— J'ai le regret de vous prévenir que je serai forcé de vous emmener avec moi sous bonne escorte au cas où je ne mettrai pas la main sur André Ivanovitch et que l'on vous garderait en prison jusqu'à ce qu'il vienne vous réclamer. O rassurez-vous, il ne vous y laissera pas longtemps, c'est un gentilhomme qui sait ce que l'on doit aux dames.

— Vous plaisantez ? — demanda Assia devenue pâle.

— Plaisanter, moi !... Jamais dans le service.

Et s'adressant à ses hommes :

— Allons, vous autres. De la main et de l'œil. Fouillez la maison.

A ce moment, comme les policiers s'élançaient pour exécuter l'ordre, l'une des portes de la salle s'ouvrit brusquement et le staroste parut.

Il avait suivi, par cette porte entrebâillée, le manège de l'ispravnik et sa conversation avec Assia, car, regardant celle-ci, il lui dit, l'appelant du nom de sa sœur :

— Vous perdez votre temps, Anna Ivanonva, en essayant de donner le change à cet homme. A quoi bon ? Vous aurez beau remplir ses larges mains et ses poches profondes, vous n'obtiendrez rien de lui. Il prend toujours et ne rend jamais.

Puis, se tournant vers le chef de police :

— Inutile d'emmener ma fiancée... Me voici !

— J'aime mieux ça — fit le policier.

Quelques minutes après, le faux prince André Ivanovitch, le faux colonel aux grenadiers de la garde, était garotté, ficelé et emporté dans le traîneau.

Et le traîneau où s'empilaient les gens de police fut lancé à toute vitesse sur la route de Saint-Pétersbourg, escorté du peloton de Cosaques.

. . . .

L'infortuné et généreux staroste avait confié à la sœur d'Anna son intention de se faire arrêter à la place du prince, grâce à sa ressemblance avec lui. Mais Assia, avant de se résoudre à cette extrémité, avait voulu tenter d'acheter l'ispravnik.

Dans une circonstance moins grave, s'il se fut agi d'un personnage moins important, elle y eût assurément réussi.

Quand elle eut vu s'éloigner le traîneau emportant le staroste à une destinée fatale, elle essuya ses yeux mouillés de larmes et rentra brusquement dans la pièce secrète où se cachait le fugitif.

Il tenait dans ses bras sa fiancée, dont il croyait qu'on allait le séparer pour toujours.

— Oh ! — murmurait-elle en le couvrant de caresses — où que tu sois, j'irai te rejoindre.

— Non, non, je ne le permettrai pas. Abandonne-moi à mon sort. Il ne faut pas ruiner ta vie pour suivre un malheureux. C'est assez d'un à souffrir, laisse-moi à mon sort maudit... et tu tâcheras... tu tâcheras de m'oublier.

— T'oublier ? Jamais — disait-elle. — Non, non, je veux partager ton destin.

Ils tressaillirent tous deux quand ils entendirent la porte s'ouvrir.

— Les voici ! les voici — fit Anna, tremblante. — Restons enlacés. Ne nous séparons plus.

— Il sont partis — cria Assia — partis les policiers maudits... partis, partis...

— Comment ? Par quel mystère ? — s'écrièrent les deux amants, stupéfaits, et ne pouvant en croire leurs oreilles. — Y aurait-il contre-ordre ? Le tzar pardonnerait-il ?

— Ah ! n'attendez rien de la clémence du tzar !

— Comment lâchent ils ainsi leur proie ?

— Ils ne lâchent rien ! Ils en tiennent une. Un homme dévoué a pris votre place.

— Le staroste !

— Oui, le staroste.

Le prince se leva d'un bond.

— Oh ! je ne le souffrirai pas. Qu'un autre se sacrifie pour moi. Jamais ! Jamais ! Ce serait lâcheté de le souffrir. Un cheval ! Un cheval ! Il faut que je rattrape ces policiers. Pour l'amour de Dieu, qu'on me selle un cheval !

— Arrête, André Ivanovitch ! Ce serait inutile. Tu n'atteindrais pas le traîneau et ne ferais que courir à ta perte sans parvenir à sauver celui qui se dévoue. Ignores tu que la seule tentative de vouloir sauver celui qu'a frappé la justice du tzar est punie comme un crime ? Non, tu ne l'ignores pas... Eh bien, fuis, fuyez tous deux, fuyez loin, bien loin, jusqu'à ce que le redoutable bras de la police impériale ne puisse vous atteindre.

Ainsi parla la jeune fille, tandis que le prince et sa fiancée l'écoutaient, silencieux, à la fois heureux et bouleversés, heureux d'avoir échappé à l'ispravnik, bouleversés du dévouement du généreux staroste.

Anna, la première, rompit le silence.

— Oui, nous allons fuir, il le faut. Mais tu partiras avec nous, ma sœur bien-aimée.

— Je ne le puis. Il faut que je reste... car on va venir t'arrêter, toi aussi. Oublies-tu la lâche férocité de notre oncle ? Il a dû te dénoncer, comme l'odieux intendant a dénoncé le colonel. Pourquoi n'est-on pas venu t'arrêter déjà ? C'est que la dénonciation de celui qui est indigne de porter le nom de notre père n'a eu lieu qu'après celle du vil Schwartzmarsheim. On a commencé par André. Ton tour, douce colombe, va venir.

— Que faire ?

— Fuir, te dis-je.

— Mais si l'on ne me trouve pas ici, l'on se mettra à ma poursuite. André, lui, est sauf provisoirement, puisqu'on croit le tenir, mais moi, moi, je serais bientôt prise, et maintenant que mon fiancé est libre, qu'il peut vivre je veux vivre, moi aussi.

— Tu vivras, chère sœur ; mais, encore une fois, il faut te hâter de fuir.

— Avec toi, avec toi. N'est-ce pas André, nous ne partirons pas sans elle ?

— Ah ! vous allez être pris tous deux, et le sacrifice de Pétrovitch Milof demeurera stérile. N'insistez pas, je reste. Quand on viendra pour arrêter Anna, je répondrai : « C'est moi. »

— Parles-tu sérieusement ?

— Comment, petite colombe ? Un étranger, un pauvre moujick a su se dévouer pour... ton fiancé, et moi ta sœur, je ne me dévouerais pas pour toi ! Qu'est-ce que je risque après tout ? Je demanderai à parler au chef de police. Je l'ai vu chez notre père quand j'étais toute petite, et il m'a fait sauter sur ses genoux. Toi, il ne te connaît pas, tu étais moins familière, plus sauvage ; mais moi, je tirais ses grandes moustaches, et je me sauvais, lui criant en français : « Tu ne m'attraperas pas, Nicolas ! » Car, il s'appelle Nicolas... Alors il faisait mine de courir après moi .. et c'était des cris et des rires... je lui rappelerai cela, et il me renverra avec des excuses. Tandis que le pauvre Pétrovitch Milof, c'est peut-être les verges qui l'attendent.

André Ivanovitch écoutait. Il hocha la tête. Il n'était pas bien convaincu de ce que lui disait Assia. Anna ne l'était pas davantage.

Ils discutaient encore et Assia insistait pour leur rapide départ lorqu'un nouveau bruit de grelots et de chevaux se fit entendre.

— Cachez-vous, cachez-vous — dit-elle. — Laissez-moi au moins les recevoir.

Elle embrassa sa sœur, serra la main du colonel et disparut.

Les deux fiancés écoutèrent quelque temps, anxieux, mais ils ne pouvaient rien distinguer du bruit de voix de l'étage au-dessous, et avec l'égoisme propre aux amants, ils recommencèrent à oublier, dans de nouvelles étreintes, leur propre danger et celui de leur sœur.

Il leur semblait que sur le point d'être séparés, au bord de l'abîme ouvert sous leurs pas, leurs caresses étaient plus douces : ils s'oublièrent dans le septième ciel.

Le même bruit de chevaux, de cliquetis, de grelots les tira de leur Eden.

— Ils partent ! — dirent-ils.

Et une même pensée les saisit :

— Assia ! Assia !

Ils se précipitèrent à une petite fenêtre d'où, sans être vu, l'on dominait la campagne, et ils aperçurent la noble fille qui se dévouait pour les sauver, emportée dans un traîneau comme l'avait été le staroste, escorté d'une escouade de cosaques.

Ils restèrent un moment atterrés, stupides. Leur cœur battait à rompre leur poitrine et ils ne pouvaient, n'osaient échanger une parole. Chacun craignait le reproche de l'autre.

Enfin le prince s'écria :

— Nous allons partir ; nous allons nous rendre à Saint-Pétersbourg ; nous nous livrerons au maître de la police.

— Oui — répondit Anna. — Nous ne pouvons accepter de tels sacrifices. Moi, celui de ma sœur, toi, celui de... Milof... Milof! Milof!

Elle resta pensive, les yeux mouillés de larmes, répétant ce nom.

Elle savait bien que ce n'était pas pour le prince que le staroste se dévouait. Mais comment le dire, comment avouer au fiancé l'amour de ce moujik?

Ils réfléchirent cependant A quoi servirait leur démarche? A rien qu'à livrer à la « justice » du tzar quatre victimes au lieu de deux.

Le mieux était de suivre le conseil d'Assia, de fuir, et tout de suite, de tenter de gagner la frontière par le chemin le plus court.

Une fois en sûreté, ils écriraient, ils diraient où ils sont, et peut-être, lâcherait-on les deux grands cœurs qui se sacrifiaient à leur place?

Mais pour partir il fallait de l'argent, beaucoup d'argent, et Assia, dans son ardent désir de sauver son futur beau-frère, avait donné à l'ispravnick presque tout ce dont elle pouvait disposer. A peine s'il restait quelques dizaines de roubles.

— Que faire? — dit le prince.

— Qui veut la fin veut les moyens — répondit la jeune fille. — L'oncle a de l'or, beaucoup d'or même, dans son secrétaire.

Et comme elle voyait son fiancé pâlir :

— Aucune hésitation, aucune tergiversation ne nous est permise — continua-t-elle. — Cet or est en partie à nous; il se remboursera sur nos terres. Il vendra, s'il le veut, nos villages. Notre père était riche et ma mère lui a apporté en dot plus de vingt mille paysans, sans compter les roubles. Jamais notre tuteur ne nous a rendu des comptes.

— N'hésitons pas alors — dit le prince.

Tous deux se dirigèrent dans l'appartement privé du châtelain. Le secrétaire était là en solide bois de chêne, dûment fermé et cadenassé.

A coups de hache, le prince le brisa.

— Oh! si le monstre venait — disait Anna tremblante.

— S'il vient — réplique le colonel, à qui sa fiancée avait raconté l'odieuse tentative commise sur elle, — s'il vient, je l'abats comme un loup!

Anna ne protesta pas. Cela lui parut tout naturel. On tue pour ne pas être tué, et nul ménagement à garder avec ce despote qui possédait à la fois les vices du sauvage et de l'homme civilisé, c'est-à-dire la grossièreté, la brutalité, la férocité et, en même temps, la poltronnerie, la platitude.

Mais ce n'était pas André qui devait abattre ce loup.

Comme le prince venait d'achever de briser le secrétaire et qu'Anna bourrait une sacoche de tout l'or et de tout l'argent qu'elle saisissait hâtivement par poignée, l'oncle apparut tout à coup.

Les amants ne s'aperçurent de sa présence qu'à l'exclamation de surprise, d'épouvante, qu'il poussa. Son secrétaire brisé, ses rouleaux d'or éventrés et éparpillés ne lui causaient assurément pas plus de stupéfaction et de rage que de voir là, devant lui, puisant à pleines mains dans ce trésor prélevé sur la sueur de ses paysans, cette nièce qu'il croyait sur la route de Saint-Pétersbourg, bien garottée entre des agents, et ce colonel qu'il supposait déjà dans un des cachots sous-marins de la forteresse de Schlusselbourg, un de ces cachots dont on sort rarement vivant, et si l'on en sort, c'est avec des cheveux blancs et à l'état de squelette.

« — Nous n'étions pas moins stupéfaits que lui, raconta plus tard Anna Souvarine, — mais profitant du moment où André cherchait des yeux sa hache, et l'ayant vue à terre en un coin se baissait pour la prendre, le vieux coquin décrochait rapidement un fusil à portée de sa main, mit en joue le colonel, pressa la détente et mon malheureux fiancé roulait sur le plancher. »

L'infortuné au lieu du loup était abattu.

— Assassin! cria-t-elle, infâme assassin, tue-moi donc aussi!

La tuer! certes, il en eut l'envie, car il dirigea son arme sur elle. Mais une autre abominable pensée s'empara de son cerveau. Devant le désespoir de cette belle fille, sa passion se ralluma.

Le prince gisait immobile, baigné dans son sang; rien à redouter de son intervention. Il se précipita sur la porte, poussa le lourd verrou et se rua sur sa nièce.

Anna était à genoux près du prince, lui soulevant la tête, lui disant :

— André! André! mon ami! mon fiancé, mon amant; reviens à toi, parle, c'est moi, moi ta femme devant Dieu... Ah!

Elle se sentit saisie, jetée en arrière.

— Ta femme devant Dieu, — ricanait derrière elle le satyre. — Te voici donc veuve... Je t'épouse alors... Devant Dieu, tu vas être la mienne aussi!

Et la lutte, l'horrible lutte déjà livrée précédemment, recommença.

En un instant les vêtements de la jeune fille furent lacérés, mis en pièces, et presque nue elle apparut aux regards lubriques du loup furieux qui la sentait faiblir et se préparait, bavant de fureur et de luxure, à jouir de sa proie, étouffant ses cris et ses appels sous sa large main velue, lorsque tout à coup...

Etait-ce la détonation qui attirait les gens de la maison, car ce ne pouvaient être les appels assourdis de la jeune fille? Mais on entendait dans la cour comme la rumeur tumultueuse d'une foule, et bientôt des pas précipités, des pas lourds emplirent l'escalier, et de violentes secousses ébranlèrent la porte.

Le châtelain, ivre de colère, lâcha sa victime.

— Qui ose — hurla-t-il — qui ose frapper ainsi?

Un coup de hache faisant voler la porte en éclats fut la réponse, et par l'ouverture déchiquetée il aperçut des têtes de moujicks, des visages connus, ceux de ses paysans.

— Misérables! — cria-t-il.

D'autres coups de hache qui achevèrent de briser la porte, retentirent; des hommes furieux se précipitèrent, des bras menaçants, des poings fermés se dirigèrent sur le boyard. D'autres, puis d'autres encore entrèrent. Ce fut une cohue, la pièce en était pleine, et au milieu de la chambre, des mains robustes se levaient et s'abattaient sur la tête du maître des villages d'alentour.

Pendant ce temps des servantes relevaient Anna, l'entraînaient au dehors, couvrant de voiles sa nudité, et elle aperçut comme en un rêve, des hommes armés de fourches, de marteaux, de haches, d'essieux, de couteaux, de bâtons, qui entouraient le château, poussant des cris et des menaces de mort.

Elle s'évanouit.

CHAPITRE L

Marche sur la Sibérie. — La princesse Troubetzkoï. — Les condamnés sibériens. — Révolte des paysans. — Au nom du Tzar. — Le réveil d'Anna. — L'incendie. — Châtiment mérité. — La fuite. — Baiser sanglant. — Le supplice des baguettes et celui du knout.

Interrompons un instant notre récit pour donner quelques détails sur le sort des femmes ou des filles dont les époux ou les pères ont été condamnés aux mines et qui demandent à partager leur sort.

« — Je veux partager ton destin — avait dit Anna Souvarine à son fiancé — où que tu sois, j'irai te rejoindre. »

Il est des femmes, en effet, qui, à force de protections et d'instances, sont allées rejoindre les êtres aimés en Sibérie; on cite le dévouement de la princesse Troubetzkoï, celui de madame Koszakiewicz et nombre d'autres Polonaises qui, à l'époque dont nous parlons, ont voulu partager la destinée de leur époux. Mais alors elles n'ont plus le droit de quitter la terre maudite, et les enfants qui peuvent leur naître au pays de malédiction deviennent serfs de la couronne.

L'amnistie, quand on l'accorde, ne s'étend qu'aux pères et mères et, à moins d'un décret spécial, les enfants nés en Sibérie ne peuvent quitter la Sibérie!

Dans une très intéressante relation d'un voyage en Sibérie, *Upper and Lower Amoor*, une Anglaise, Madame W. Atkinson, raconte précisément quel fut le sort des transportés à la suite de la conspiration de 1825, et quels furent les déboires de la vaillante princesse Troubetzkoï, qui avait sollicité et obtenu l'insigne faveur de partager l'exil de son mari. Nous nous gardons de rien changer au texte :

« Des voyageurs, avant moi, ont écrit et publié que les exilés politiques n'étaient jamais employés dans le mines; cette assertion n'est qu'un pur mensonge. J'ai recueilli à cet égard, de la bouche même des victimes (ou de celles de leurs femmes) internés soit à Erkoutsk, soit en d'autres localités, les renseignements les plus précis...

« Ainsi, chaque condamné de 1825, après avoir été chargé de chaînes et placé dans une *telega*, à côté d'un gendarme, avait été poussé hors d'Europe, non par la route ordinaire de Moscou, mais par Yaroslari et Viatka, par un pays peu fréquenté, et conduit sur la grande route de Sibérie, sans toucher à Pena.

« Des ordres étaient donnés pour ne perdre aucun temps et ne faire aucune halte, excepté pour les repas.

« Les condamnés parcoururent ainsi 7,500 kilomètres, marchant nuit et jour. »

Après un voyage de huit mois, ils atteignirent enfin Nertchinsk, dans la Sibérie orientale, poste militaire commandant la frontière de Chine, couchèrent dans cette ville et partirent le lendemain pour les mines, à cent kilomètres plus loin.

Ils y arrivèrent un vendredi, et le lundi matin suivant, les princes Volkoreskoï et Troubetskoï, ainsi que leurs compagnons d'infortune, commencèrent leur travail dans les profondeurs de la terre. Lourde tâche pour des mains peu habituées à manier la pioche et le marteau. Un numéro, dès lors, remplaçait leur nom, et ils se trouvaient confondus avec le reste des forçats.

« Je pourrais — continue Madame Atkinson — entrer dans des détails qui ne s'accorderaient guère avec la soi-disant mansuétude du gouvernement russe et de ses agents, mansuétude si vantée par certains voyageurs qui n'ont vu la Sibérie qu'à travers les vitres des salons de l'aristocratie gouvernementale.

« Plusieurs de ces condamnés, avancés en âge, laissaient derrière eux des filles et des fils déjà grands; d'autres, plus jeunes, avaient été enlevés à des enfants en bas âge, et les mères portant leurs nourrissons dans les bras étaient venues jusque sur la grande route, pour saluer leurs maris d'un dernier regard, suprême adieu.

« La première femme qui se dévoua à suivre son mari, fut la princesse Troubetskoï ; elle était jeune, belle et résolue à partager les souffrances du prisonnier, pour adoucir, s'il était possible, ses années d'exil.

« Elle n'en obtint la permission qu'avec de grandes difficultés, et, en la lui accordant, on lui fit savoir qu'*aucune femme qui accompagnait son mari dans l'exil, n'en pouvait jamais revenir*.

« La résolution de la princesse n'en fut pas ébranlée ; elle partit, accompagnée d'une fidèle servante qui voulut partager ses périls.

« Elle m'a fait elle-même le récit de son aventureux voyage, et je ne connais rien de plus touchant.

« Elle eut à traverser bien des dangers. Au milieu d'un hiver rigoureux, elle fut assaillie par les terribles tempêtes, si fréquentes en Sibérie ; elle vit souvent des loups affamés courant de chaque côté de son traîneau, prêts à se jeter sur les chevaux s'ils ralentissaient leur marche, ou s'ils venaient à s'abattre.

« Il fallut à cette femme, habituée à toutes les délicatesses d'une vie opulente, le double courage de l'amour et du devoir pour exécuter son héroïque dessein.

« Enfin, elle parvint à atteindre Nertchinsk sans accident et un officier du génie, qui se rendait aux mines, lui offrit de l'y accompagner.

« Elle l'accabla de questions sur le sort de son mari ; tout ce qu'elle put apprendre, ce fut qu'il n'était pas malade.

« A son arrivée, elle se rendit à la demeure de l'officier, dont la femme, émue de compassion, l'entoura des soins les plus affectueux. Puis elle envoya son passeport au directeur de la mine, en le suppliant de permettre qu'elle vît le prince.

« Un officier de police arriva bientôt ; il dit à la noble femme qu'il avait reçu l'ordre de la conduire au logis qui *lui était assigné*, et lui donna en même temps l'assurance qu'elle verrait son mari le lendemain.

« Une seule chambre, froide et nue comme une prison, avait été préparée pour la recevoir ; on lui apprit qu'elle ne pourrait, sans une permission spéciale, sortir dans la ville. Le matin suivant, elle fut conduite devant le directeur, et renouvela sa prière, demandant à voir le prince et à passer près de lui quelques heures par jour.

« On fit droit à la première partie de sa requête, mais la seconde lui fut refusée, et l'homme impitoyable auquel elle s'adressait lui dit que si elle était venue pour partager l'exil de son mari, elle devait se soumettre à la discipline de la prison ; il ajouta même qu'elle ne pourrait écrire une seule ligne sans qu'il en prît connaissance.

« Ensuite, il donna ordre à l'officier de police de la conduire auprès du prince, qu'il désigna par son numéro, puis de la ramener à sa demeure.

« Un traîneau les attendait et leur fit parcourir plusieurs verstes avant d'arriver à la mine, où l'on fit descendre Mme Troubetskoï dans la sombre galerie où travaillaient les exilés. Pendant quelques moments son apparition plongea ces malheureux dans une surprise étrange, ils se regardèrent tous avec égarement, s'imaginant que c'était une vision ; mais presque aussitôt la princesse avait reconnu son mari et s'était précipitée dans ses bras.

« Je n'essaierai pas de peindre cette entrevue, qui dans un éclair de joie récompensa la généreuse femme de toutes ses fatigues. Hélas ! le bruit des chaînes que portait le prisonnier la rappela bientôt au triste sentiment de la réalité, et l'officier de police, l'arracha, à demi-évanouie, à cette lugubre scène.

« Le commandant avait ordonné de la soumettre au régime de la prison, et ne lui laissait pas même du thé ; seulement il lui permit de voir le prince une fois par semaine, mais elle ne rentra plus dans les mines.

« Deux autres dames arrivèrent un mois après et subirent les mêmes épreuves. Plus d'une année s'écoula ainsi ; enfin, l'homme sans entrailles que n'avait pu émouvoir tant de dévouement, fut appelé devant le tribunal où nous devons tous paraître.

« Puissent de bonnes qualités, demeurées inconnues au monde, lui avoir mérité la clémence du Juge suprême, à lui qui cependant avait eu si peu de compassion pour ses semblables. »

« Le mot de Sibérie, dit Rufin Piotrouski, un échappé de cette terre maudite, embrasse une infinité de situations, de misères et d'épreuves que la nomenclature assez riche, pourtant, du Code pénal russe, est loin de définir ou même de spécifier.

« Les deux principales catégories : *déportation* et *travaux forcés* n'indiquent, pour ainsi dire, que les grandes lignes extérieures d'un vague immense rempli par l'arbitraire seul. Tout est arbitraire, en effet, dans un jugement qui est appliqué et commenté par un nombre de dictateurs, par la commission de Tobolsk, capitale du gouvernement de ce nom dans la Sibérie occidentale, par le gouverneur général de Sibérie, par le premier et le dernier venu, par l'inspecteur et le gardien.

Les lieux de déportation sont nombreux et dans quelques-uns la vie peut être supportable, « mais combien de malheureux travaillent dans les mines horribles de Nertchinsk, les fers aux

Je suis Anne Ivanovna pour qui tu t'es dévoué. Merci, merci! Je t'aime! Je t'aime!

pieds, en attendant qu'un éboulement subit vienne mettre fin à une vie qui ne compte plus en ce monde, car même le simple déporté n'a plus de droits civils, sa déclaration n'est pas admise en justice et sa femme, laissée en Russie, peut contracter un second mariage, car il est considéré comme mort.

Quant à lui, il ne peut se marier que dans les classes les plus infimes, les moins respectables et ses enfants, comme nous l'avons dit, doivent rester serfs de la couronne.

Mais les déportés sont les *heureux* de la Sibérie. Quant aux autres, à ceux qui travaillent sous terre sans jamais revoir le jour, à ceux qui vont périr lentement, rongés par un incurable mal, dans les mines de cuivre, où la chair se détache des os, leur supplice ne prend fin qu'avec leur misérable existence.

. . . .

Mais quittons la terre des épouvantes pour revenir sur celle où, malgré la misère, l'on peut supporter la vie.

Depuis longtemps déjà, sur le domaine du boyard, une révolte couvait.

Il arrive des moments où, las de souffrir, le moujick oublie sa patience, son fatalisme, sa mansuétude.

La coupe des misères est vide; il l'a bue jusqu'à la lie; il n'en peut plus, il en est saturé.

« C'est assez — dit-il.

« La mort, c'est notre grande chartre » — disaient les Russes, à la mort de Paul III; et les moujicks répètent avec Nekrassov :

Meurs! C'est notre chemin à tous,
Le seul qui mène hors de la prison!
La mort n'est pas la plus horrible loi;
Les morts sont à l'abri des tempêtes humaines!
A l'abri des fouets et des chaînes,
Du feu, du fer et du poison,
De la sentence et de la trahison
Les morts sont à l'abri de toutes les alarmes... »

Mais, parfois aussi, ils protestent, ils ne veulent pas mourir passivement ; ils veulent auparavant se venger !

Pauvres diables ! Quel est celui qui a subi longtemps les vexations, les coups, les spoliations, les outrages, qui oserait les blâmer !

Donc, le branle-bas commence.

Des scènes effroyables, atroces, qui rappellent celles des Jacques, au Moyen-Age, se déroulent en plein dix-neuvième siècle.

Chaque année dans le *Saint-Empire*, sur un point ou sur un autre, le paysan se venge des souffrances subies et punit les oppresseurs.

Ces vengeances restent ignorées. Les faits existent pourtant ; mais la presse garde le silence Les journaux ont l'ordre de se taire. Qui parle disparaît.

Et, d'ailleurs, l'Empire est si vaste que, sauf dans le voisinage des lieux où l'insurrection éclate, personne n'en a connaissance. Quand la mitraille a eu raison des justiciers, l'on expédie ceux qui restent en Sibérie. Tout est dit, on ne les revoit plus.

Les moujicks du domaine ancestral d'Anna Souvarine méditaient, depuis longtemps, la mort de leur maître et de son suppôt, l'intendant prussien.

Qui les avait retenus ? La présence des deux sœurs, Anna et Assia, par leurs bons procédés, leur humanité, avaient trouvé grâce devant eux. Charitables et bienveillantes, elles s'étaient fait des amis dans toutes les familles de paysans, et nul d'entre eux n'eût voulu les molester.

Le staroste de Zizdra connaissait le complot et s'était, de toutes ses forces, opposé à son exécution.

« — Le maître — disait-il — est apoplectique ; d'un jour à l'autre il mourra d'un coup de sang. Patientez donc et les barinas deviendront nos maîtresses. Leurs mains sont douces et légères et ne pèseront pas sur vos épaules. Quant au prussien, elles le haïssent, et l'oncle mort, elles se débarrasseront de lui. Et alors tout ira bien pour vous et pour vos fils ; car elles sont jeunes et Dieu leur prêtera de longs jours. Frères, rappelez-vous qu'il n'est pas permis de tuer. Patientez, je vous le répète, et la délivrance viendra. »

On l'écoutait, on se laissait convaincre.

On avait reconnu la droiture de son jugement, la supériorité de son intelligence.

On patientait.

Mais, voici que la conspiration de décembre éclate, et, aussitôt son contre-coup se fait sentir dans les campagnes. Le feu qui couvait sourdement flamba tout à coup.

Les paysans s'imaginèrent — qui sait les billevesées qui peuvent pousser dans des cerveaux ignorants et incultes ! — ils s'imaginèrent que si le tzar, le Père sacro-saint, faisait arrêter un si grand nombre de nobles, d'autocrates, de puissants, c'est qu'il voulait délivrer le pauvre peuple de sa longue oppression.

« — Il veut que nous soyons enfin libres — se racontaient-ils dans leurs isbas — que nous mangions à notre faim, qu'on ne nous vole plus, qu'on ne nous exploite plus, qu'on ne nous batte plus, qu'on ne nous vende plus comme du bétail.

« — Pourquoi ne l'a-t-il pas déjà fait ? — objectaient quelques incrédules — et pourquoi a-t-il attendu si longtemps, puisqu'il est notre Père et qu'il nous aime ?

« Ah ! — ripostaient les ayant foi — le bras du tzar est bien long, mais il ne touche pas encore le ciel, et sa main n'a que cinq doigts. Il ne fait pas tout ce qu'il veut. Mais l'heure est venue. Bénissons-le et aidons-le dans sa besogne. »

C'est ainsi qu'aux premiers jours de la Révolution française, quand les paysans incendièrent les châteaux, dans nombre de provinces, ils croyaient exécuter les ordres du roi irrité contre les nobles.

« Nous avons reçu des avis que Sa Majesté le veut ainsi », — répondaient-ils aux modérés qui leur faisaient des observations.

Le staroste n'avait donc pas été prévenu de cette prise d'armes méditée. Non pas qu'on se méfiât de lui, mais on craignait ses remontrances. On savait qu'il opposerait de si bonnes raisons qu'on serait encore forcé de l'écouter. Et cela, il ne le fallait pas. C'eût été pécher contre le Tzar. La volonté du Père ne passait-elle pas avant tout ? Et ils se révoltaient au nom du Tzar !

. . . .

Quand Anna reprit ses sens, elle se trouva couchée sur le haut de l'immense poêle en maçonnerie qui occupe presque la moitié de l'isba des paysans russes. C'est pendant le long hiver le lit de la famille. Tous y dorment depuis l'aïeule jusqu'au petit enfant.

Mais en ce moment elle était seule et, bien qu'il fit nuit et qu'il n'y eût qu'une petite lampe allumée dans un coin de la pièce, au-dessous de l'image du grand saint Michel, elle se trouvait inondée de clarté.

Anna se frotta les yeux, se demandant où elle était, s'étonnant de cette vive lumière ; puis la mémoire lui revint, elle revit, elle revécut en une seconde l'horrible drame : son fiancé atteint par la balle meurtrière, étendu baigné dans son sang, et dans ce sang qui tachait le plancher, l'abominable Michel Katkov se ruant sur elle, mettant ses vêtements en pièces, essayant de nouveau de consommer l'odieux attentat. Puis la porte volant en éclats, puis la foule tumultueuse, la horde furieuse des paysans, entourant, injuriant, frappant le maître abhorré.

Elle se leva, courut à la porte et s'expliqua de suite la cause de l'éblouissante clarté qui emplissait l'isba.

Le château ancestral brûlait!

Tout était en flammes, le domicile du maître, les écuries, les granges, les habitations des serviteurs collées à ses flancs, et les flammes montaient dans le ciel noir emportant en fumée le domaine des Katkov.

Elle sut plus tard qu'avant d'y mettre le feu, les moujicks s'y étaient portés à d'horribles excès. Le vieux Michel Katkov avait été écorché vif par les serfs révoltés. Mis à nu et attaché à un pillier, les paysans armés de leurs couteaux avaient détaché, avec des rires de cannibales, de longues lanières de peau qu'on faisait rôtir devant lui dans un ardent brasier. Puis, quand il ne fut plus qu'une masse de chair sanglante, on le plaça sur un bûcher de branches de sapin et l'on y mit le feu. Mais le malheureux ne pouvait déjà plus sentir la morsure des flammes. Dans les effroyables souffrances du dépouillement de sa chair, il avait expié les forfaits et les cruautés de sa vie.

Au tour de l'intendant maintenant.

Vainement on le chercha. Se doutant du sort qui l'attendait, il avait depuis longtemps pris la fuite. Il échappa de la sorte à l'atroce vengeance des moujicks.

Pendant que flambait le château de ses pères, Anna fuyait éperdue dans la campagne. Elle avait quitté affolée l'isba hospitalière et, au risque d'être tuée ou outragée par les hommes ivres, — car avant d'incendier le domaine les moujicks avaient vidé les tonneaux de vodka et les diverses liqueurs qui se trouvaient dans les caves, — au risque, d'être violée ou tuée, et peut-être un crime eut été suivi par l'autre, elle courait à perdre haleine sur la route de Saint-Pétersbourg.

Longtemps les lueurs fantastiques de l'incendie éclairèrent ses pas, aussi longtemps qu'elle entendit retentir derrière elle les hurlements et les chants de victoire des révoltés en délire, qui la poursuivaient comme dans un cauchemar.

Comment atteignit-elle la capitale des tzars? Elle n'en sut jamais rien. Elle était dans un tel état d'hébétude ou d'inconscience qu'elle ne put dans la suite se rappeler ce qui se passa. Dans ces sortes d'ataxie, la matière est plus forte que l'esprit; les membres dirigent la tête. Sans le savoir, sans s'en rendre compte, elle se trouva à la porte de la maison d'une amie de sa mère et s'y affaissa.

Des domestiques qui la connaissaient la relevèrent. On la porta dans la chambre de la maîtresse de céans qui la coucha et la veilla jour et nuit comme elle eût fait de son propre enfant.

Elle délirait, prononçait des phrases sans suite où le nom de sa sœur, celui de son fiancé, celui du staroste et de son oncle se trouvaient mêlés.

L'amie, qui s'était étonnée d'abord, ne s'étonnait plus. Elle avait appris la fatale nouvelle, la révolte des paysans de Michel Katkov, son supplice et l'incendie du château.

Pendant deux mois, la jeune fille resta suspendue entre la vie et la mort.

Enfin, sa jeunesse, sa bonne constitution triomphèrent. Elle fut sauvée.

Convalescente, elle s'informa de ce qui se passait, inquiète et anxieuse, et elle apprit qu'on instruisait l'affaire des Décembristes.

Son fiancé, le prince Ivanovitch, était mort, brûlé sans doute dans le château, et ses pensées se tournaient, maintenant, vers celui qui avait fait pour elle le sacrifice de sa liberté, de sa vie, qui, pour sauver le prince, s'était volontairement perdu.

Sacrifice inutile et, d'ailleurs, son identité avait été reconnue. Accusé formellement par l'intendant Schwartzmarsheim d'avoir été le principal instigateur de la révolte, le staroste de Zizdra, Pierre Pétrovitch Milof venait d'être condamné à mort... Non pas exactement, car il y eut hésitation parmi ses juges, mais condamné à recevoir six mille coups de baguette ou *battogue*... Six mille coups!

Nous relaterons tout à l'heure quel est ce supplice.

L'infortunée jeune fille apprit que l'exécution devait avoir lieu le même jour, à midi.

« Le souvenir de son noble dévouement et de la passion sans espoir qu'il avait conçue pour moi — dit elle à Georges Barrel — faisait bondir de pitié mon cœur. Il m'inspira un acte que quelques amis ont qualifié d'héroïque, le plus grand nombre, d'insensé, mais que tous ont généralement blâmé. Héroïque ou fou, je me féliciterai toujours de l'avoir accompli.

« Comme l'infortuné s'avançait, nu et sanglant au milieu de la double haie de soldats qui lui hachaient les chairs de leurs baguettes, tandis que deux baïonnettes croisées sur sa poitrine l'empêchaient d'accélérer son pas, je fendis la foule où je m'étais glissée, j'écartai les bourreaux, et au risque d'être percée par les baïonnettes tenues par des sous-officiers, qui marchaient à reculons, faisant face à Milof, je le saisis dans mes bras et je lui dis :

— Pierre Pétrovitch, me reconnais-tu?

Il jeta sur moi des yeux hagards qui, aussitôt, se remplirent de douceur.

— Je suis Anna Ivanovna, pour qui tu t'es dévoué. Merci. Merci. Je t'aime! Je t'aime!

« Ce dernier mot mourut sur ses lèvres où j'appuyai les miennes, jusqu'à ce qu'on l'eût violemment arraché à mon étreinte, défaillant d'ivresse et d'orgueil.

« Je ne les avais pas méditées, ces paroles d'amour qui jaillirent de mon cœur. Elles étaient parties soudain et elles exprimaient l'ardente vérité. Oui, cet homme sanglant, déchiqueté, cet homme qui était déjà presque un cadavre, je l'aimais dans cette minute suprême, et j'éprouvais une indicible joie à le lui dire, à le lui prouver.

« Il recommença de gravir son horrible calvaire. Les verges continuèrent à cingler, faisant voler de ses épaules, de ses reins des fragments de chair.

Je m'étais évanouie.

Je me réveillai dans un cachot. »

. . . .

Pour continuer l'édification des lecteurs, nous extrayons d'un remarquable ouvrage de M. de Lagny, paru précisément à l'époque où commence notre récit, c'est-à-dire en 1851-52, *La Russie et le knout*, la description exacte et écrite *de visu*, sur un autre misérable, du supplice auquel fut condamné le brave et infortuné staroste de Zizdra, Pierre Pétrovitch Milof. Le supplice du staroste date de 1826, celui que nous allons relater est de 1841.

« Le malheureux condamné était un garde forestier, d'origine suédoise, dans la force de l'âge. Il était né dans les environs de Viborg et, par conséquent, homme libre au même titre que les Suédois, ses compatriotes. Il avait été pendant plusieurs années au service d'un prince qui l'avait renvoyé sans lui payer ses gages ; c'est assez l'habitude des boyards russes. Il avait femme et enfants et réclamait, depuis plusieurs mois, le payement de ce qui lui était dû. On allait entrer dans l'hiver et le ménage manquait de tout, de bois et de pain. Bien des fois le garde était venu à pied à Saint-Pétersbourg solliciter comme une grâce ce qu'en tout autre pays il eût pu exiger avec moins de formes de son débiteur ; et chaque fois, il avait dépeint à son ancien maître toutes les misères qui l'assiégeaient, lui et sa famille, toutes les souffrances qu'il endurait ; il suppliait humblement. Mais, un grand seigneur qui possède quinze ou vingt mille esclaves ne connaît pas ces misères-là ; il n'a jamais redouté ni souffert la faim et le froid. Le Suédois est chassé à coups de rotin ; le malotru, le manant, qui ose tourmenter un seigneur, troubler la sieste et la digestion de ce luxurieux ! A bout de ressources, exaspéré du traitement indigne qu'il vient de subir, éperdu, il s'arme d'un pistolet et revient auprès du prince qui le fait rosser et jeter à la porte. Sa tête s'égare ; il attend le prince à sa sortie et le tue raide.

« Les formalités d'un jugement ordinaire eussent été trop longues. Un paysan tuer un seigneur ! Un boyard ! Un prince ! C'était chose inouïe, cela pouvait être d'un mauvais exemple pour le peuple. En tout pays, d'ailleurs, cela eût été un assassinat. Ce n'est pas ce que nous cherchons à excuser. Amené quelques heures après son crime, qu'il ne nia pas, devant un conseil de guerre qui se borna à constater son identité seulement, il fut condamné à 6,000 coups de verges ; et vingt-quatre heures après 6,000 hommes, rangés sur deux lignes parallèles dans une plaine hors de la ville, attendaient, armés de baguettes de bois vert de la grosseur du petit doigt, l'heure de l'exécution.

« Le condamné fut amené sur un chariot escorté de quelques hommes ; aucun prêtre ne l'avait assisté. Il était garrotté et vêtu d'un caleçon roulé et lié par une ficelle autour et au-dessous des hanches. Le reste du corps était nu et seulement vêtu d'une capote de soldat qu'on lui avait jetée sur les épaules. On le fit descendre et on lui lia fortement les deux mains à la gueule de deux fusils de munition croisés à la hauteur des baïonnettes dont ils étaient armés. Dans cette situation, les mains s'appuyaient sur le canon et la pointe des baïonnettes sur la poitrine du patient.

« Un roulement de tambour se fit entendre, tous les officiers entrèrent dans les rangs et deux sous-officiers vinrent prendre les fusils, qu'ils tinrent constamment de la même manière qu'un soldat qui recule tenant la baïonnette en avant.

« Ici, encore, admirez la barbarie, l'intelligence raffinée de ce peuple !

« Le patient, à un signal donné, doit s'avancer à pas lents entre la haie de soldats qui chacun à son tour, doivent le frapper vigoureusement sur les reins. La douleur pourrait lui suggérer l'idée de passer aussi vite que possible au milieu de cette haie de bourreaux pour éviter le nombre et la violence des coups qui lui entament les chairs. Mais il a compté sans la justice russe : les deux sous-officiers reculent pas à pas et avec lenteur pour donner le temps à tout le monde d'accomplir sa mission ; ils retiennent ou repoussent le malheureux en lui enfonçant la pointe des baïonnettes dans la poitrine. Il faut que chaque coup porte, entame les flancs et fasse jaillir le sang. Pas de pitié ! Chacun doit faire son devoir. Le soldat moscovite est une machine qui ne doit avoir aucun sentiment et malheur à ses propres épaules s'il montre de l'hésitation : séance tenante, il recevra de vingt-cinq à cent coups, au caprice du général qui a l'honneur de commander ces 6,000 bourreaux. Le gouvernement russe est scrupuleux dans les moindres détails ; il tient à ce que tout ce passe et s'exécute d'ensemble. Mais avec de tels hommes on ne peut se hasarder. Alors on fait des répétitions pour exécuter un homme comme pour passer une revue : une botte de paille ou de foin, mise sur un chariot passe quelques heures avant au milieu des rangs.

« Le patient s'avança jusqu'au neuf cent troisième coup de verges. Il n'avait point poussé un cri, une seule plainte; seulement un tremblement convulsif accusait de temps en temps l'agonie. Alors l'écume commença de sortir des lèvres et le sang de jaillir du nez. Après quatorze cents coups, la face qui avait depuis longtemps commencé à bleuir, prit tout à coup une teinte verdâtre; les yeux devinrent hagards; ils sortaient presque des orbites, d'où découlaient de grosses larmes sanguinolentes qui lui souillaient le visage. Il était haletant, il s'affaissa. L'officier qui m'avait accompagné me fit ouvrir les rangs et je m'approchai du cadavre. La peau était littéralement labourée; elle avait pour ainsi dire disparu : la chair était hachée, presque réduite en bouillie; des lambeaux pendaient le long des flancs, comme autant de lanières; d'autres lambeaux étaient restés attachés et collés aux baguettes des exécuteurs ; les muscles étaient déchirés. Aucune langue humaine ne pourrait rendre ce spectacle. Le commandant fit avancer le chariot qui avait amené le condamné. On le plaça dessus à plat ventre, et, bien qu'il eût entièrement perdu connaissance, l'on continua le supplice sur ce cadavre, jusqu'à ce que le chirurgien, commis par le gouvernement, et qui suivait aussi pas à pas, eût donné l'ordre de la suspendre; ce qu'il ne fit que lorsqu'il ne restait plus au patient qu'un souffle de vie.

« A ce moment-là, deux mille six cent dixneufs coups avaient réduit son corps en hachis.

« Frapper un cadavre en Russie, ce n'est point assez cruel, cela n'inspirerait point assez de terreurs à ces esclaves. Il faut que l'homme vive pour subir son jugement.

« On porta ce malheureux à l'hôpital, où il fut comme d'habitude trempé dans un bain d'eau saturée de sel, puis soigné et traité avec la plus grande sollicitude jusqu'à guérison complète, afin qu'il pût acquitter son jugement dans son entier.

« Les lois pénales de la Russie se montrent partout et toujours d'une barbarie atroce. Ce malheureux fut sept mois à guérir et à se rétablir, et après ce temps, il fut ramené solennellement au même lieu d'exécution et passé de nouveau par les verges jusqu'à l'appoint des 6,000 coups. Il mourut dès le commencement de cette deuxième exécution. »

Dans les pages qui précèdent, il a été question du knout à différentes reprises. Il ne sera sans doute pas inutile d'ajouter ici quelques renseignements sur cet affreux supplice qui paraît remonter à l'invasion mongole.

Nous les empruntons, comme les précédents, à l'ouvrage cité plus haut :

« Figurez-vous un homme robuste, plein de vie et de santé. Cet homme est condamné à cinquante, à cent coups de knout. Il est amené à moitié nu à l'endroit désigné pour ce genre d'exécution ; un simple caleçon de toile lui couvre l'extrémité inférieure du corps. Il a les mains attachées plat sur plat, les cordes lui brisent les poignets ; n'importe ! il est couché à plat ventre sur un chevalet incliné diagonalement, et aux extrémités duquel sont fixés des anneaux de fer. Par un bout, les mains y sont fixées et par l'autre les pieds. Puis le patient est *tendu* de manière qu'il ne puisse faire aucun mouvement, ainsi qu'on tend une peau d'anguille pour la faire sécher. Cette tension fait craquer les os et les disjoint, n'importe ! tout à l'heure, les os vont autrement craquer et se disloquer.

« A vingt-cinq pas de là est un autre homme : c'est l'exécuteur des hautes œuvres. Il est vêtu d'un pantalon de velours noir entonné dans ses bottes, et d'une chemise de coton de couleur, boutonnée sur le côté. Il a les manches retroussées de manière que rien ne gêne ni n'embarrasse ses mouvements. Il tient à deux mains l'instrument du supplice, un knout. Ce knout est une lanière de cuir épais, taillée triangulairement et longue de trois à quatre mètres, large d'un pouce, s'amincissant par une extrémité et terminée carrément par l'autre ; le petit bout est fixé à un petit manche de bois d'environ deux pieds.

« Le signal est donné : on ne prend jamais la peine de lire la sentence. L'exécuteur fait quelques pas, le corps courbé, traînant cette longue lanière à deux mains entre les jambes. Arrivé à trois ou quatre pas du patient, il relève vigoureusement le knout vers le sommet de la tête en le rabattant aussitôt avec rapidité sur ses genoux. La lanière voltige dans l'air, siffle, s'abat et enlace le corps du patient comme d'un cercle de fer. Malgré son état de tension, le patient bondit comme sous les étreintes puissantes du galvanisme. L'exécuteur retourne sur ses pas et recommence la même manœuvre autant de fois qu'il y a de coups à appliquer au condamné. Quand la lanière enveloppe le corps par ses angles, la chair et les muscles sont littéralement tranchés en rondelles comme avec un rasoir, mais si elle tombe sur le plat de deux angles, alors les os craquent ; la chair n'est pas hachée, mais elle est broyée, écrasée, le sang jaillit de toutes parts ; le patient devient vert et bleu comme un cadavre pourri. Il est porté à l'hôpital, où tous les soins lui sont donnés, et on l'envoie ensuite en Sibérie, où il disparaît pour jamais dans les entrailles de la terre.

« Le knout est mortel, selon la volonté de la justice du tzar ou du bourreau. Si l'autocrate se propose de donner à son peuple un spectacle digne de ses yeux et de son intelligence; si quelque puissant seigneur, quelque grande dame veulent se passer la jouissance de ce sanglant spectacle; s'ils veulent voir la victime l'écume à la bouche, couverte de sang, se tordre et expirer dans d'effroyables souffrances, le coup mortel sera donné le dernier. Le bourreau vend sa miséricorde et sa pitié au poids de l'or. Quand la famille du misérable veut acheter le coup mortel, alors du premier coup, il donne la mort avec autant de certitude que s'il tenait une hache à la main. »

CHAPITRE LI

La condamnation d'Anna et d'Assia. — Arkhangel. — La police russe. — Vénalité des fonctionnaires. — Les pots-de-vin et les voleries. — Schwartzmarsheim policier. — La justice. — Disparition d'Assia.

Le jugement d'Anna Souvarine fut bientôt terminé, et les juges n'eurent pas besoin de consulter de gros in-folios pour éclairer leur conscience.

Une fille de noble race qui foulait aux pieds tout sentiment de dignité, de décence et d'honneur, pour aller faire une déclaration d'amour à un misérable moujick passant tout sanglant et déchiqueté sous les baguettes, ne pouvait qu'avoir perdu la raison.

Cette folie subite s'expliqua aisément par l'incendie de son domaine, la révolte de ses paysans, et la perte de son oncle « bien aimé ». Du prince on ne parla pas, non plus que de sa sœur.

Déclarée folle et archi-folle, on la confia aux soins d'un médecin aliéniste, directeur d'un asile de fous.

A l'instar de tous ceux qu'on enferme avec les aliénés, elle aurait bientôt perdu réellement la raison, si elle fut restée longtemps soumise aux diverses méthodes de guérison qu'on expérimenta sur sa personne; mais la police ne tarda pas à découvrir la véritable identité d'Assia, que celle-ci s'efforçait de cacher par dévouement pour sa sœur, ignorant le désastre, et croyant lui donner le temps de fuir.

La conséquence de cet imbroglio fut la confiscation au profit de la couronne des biens appartenant aux deux jeunes filles, et leur internement à Arkhangel, sous la surveillance de la haute police jusqu'à la fin de leurs jours.

Arkhangel est situé au nord de l'Empire, dans les régions désolées que baigne la mer Blanche, au milieu des *toundra,* marécages glacés recouverts de lichens, sur un sol impropre à la culture, où seuls quelques arbres végètent. Un été court et brumeux, précédé d'un printemps humide, est suivi d'un hiver interminable, d'une rigueur excessive, aux longues nuits, parfois de plus de vingt-et-une heures, éclairées par la lueur fantastique des aurores boréales. Ville somnolente et lugubre, pendant la mauvaise saison, c'est-à-dire pendant presque les trois quarts de l'année, et qui peut plaire au touriste venant y passer quelques jours d'été, mais non à ceux que le gouvernement condamne à y terminer leur existence.

Arkhangel effile ses deux minces rangées de maisons brunes et grises enfouies dans une guirlande de sombre verdure, sur les rives de la Dvina, à cinquante kilomètres environ de son embouchure et qui, malgré cette distance de la mer, conserve entre ses rives un intervalle de deux à trois mille mètres.

C'était jadis, avant la création des docks de Cronstadt et la formation de Saint-Pétersbourg, l'unique port de la Russie. Mais presque tout ce qui restait de la vieille ville d'autrefois fut détruit par un incendie à la fin du XVIIIe siècle.

Trois rues parallèles forment toute la ville, mais ces rues comptent dix kilomètres de longueur. On y trouve pêle-mêle des habitations et des magasins en bois, des églises, des casernes et des monuments publics en brique.

En dépit de sa situation septentrionale, cette singulière ville est charmante pendant l'été au milieu de son ruban de verdure. Mais, nous le répétons, la belle saison est de courte durée, quatre mois à peine, et pendant les huit autres mois, où souvent le thermomètre descend jusqu'à 50° centigrades, où le port est bloqué par les glaces et les habitants bloqués par la neige et le froid, c'est le silence, l'immobilité, la mort; un « long sommeil sous les fourrures ».

Pendant l'été, au contraire, tout se transforme. Une fiévreuse activité règne sur la ville. C'est une véritable métamorphose et les voyageurs qui ont poussé leurs excursions jusqu'à la capitale du gouvernement le plus septentrional de la Russie d'Europe, s'accordent à en vanter les charmes.

« Dès que la Dvina, délivrée des glaces, rétablit les communications avec le centre de l'empire, — dit M. Jules Legras, — d'énormes gabares se confient aux remorqueurs et apportent au grand port le blé qui sera ensuite réparti dans toutes les localités de cette immense région où les céréales ne croissent plus. Dès que les icebergs qui flottaient sur la mer Blanche se sont disloqués et fondus, toute la flottille de pêche qui dormait à Arkhangel s'élance vers l'océan glacial, pour pêcher la morue sur la *côte mourmane*. Il faut que dans ce très court été, le travail de toute l'année soit accompli, il faut que le grain soit amené du sud avant que les basses eaux du mois d'août viennent entraver la navigation et tripler les prix de transport ; il faut que le commerce d'exportation soit terminé avec les navires étrangers avant les premières gelées de septembre qui les retiendraient prisonniers ; il faut surtout que la pêche de l'océan glacial soit menée à bonne fin, et qu'on ait le temps d'apporter la morue à Arkhangel, de la saler, puis de l'expédier dans toutes les bourgades qui bordent la mer Blanche ; durant toute l'année, en effet, ces populations ne se nourrissent de rien autre chose que de champignons et de morue salée.

« Arkhangel n'est pas seulement un port marchand, c'est surtout le centre d'approvisionnement de tout le nord russe. C'est la seule ville importante qui se trouve à mille kilomètres à la ronde, c'est la vraie capitale des régions polaires. Toutes les races de la zone des forêts et de la *toundra* glacée se coudoient dans ses rues, depuis les Caréliens, ces Finnois au teint blanc et aux yeux bleus, jusqu'aux sordides Samoyèdes conducteurs de chiens et pasteurs de rennes. »

C'est là, sous ce ciel inclément, sur ce sol infertile que la vie des deux jeunes filles devait tristement s'écouler, au milieu des populations sauvages, dans la pauvreté et les privations qui en sont la conséquence, parmi les continuelles tracasseries des fonctionnaires de la police. Existence lamentable! et nul espoir de la voir finir. Le cœur d'Anna Souvarine se brisa, car il était moins fortement trempé que celui de sa sœur, et elle se croyait la plus malheureuse. Elle voulut mourir, mais quand elle parla de suicide à Assia, celle-ci rejeta la proposition :

— Mourir! oh non ! Pas maintenant ! Pas avant d'avoir vengé l'homme intrépide et doux, qui fut Pierre Petrovitch Milof.

Ces paroles, prononcées avec un accent de douleur indicible, étonnèrent Anna Souvarine. Elle interrogea sa sœur. Alors Assia, au milieu de larmes et de sanglots qui s'échappèrent tout à coup, lui révéla son secret : elle avait toujours aimé Milof, et comme lui, elle avait enfoui sa passion en elle-même, la sachant comme la sienne sans espoir, pleine de compassion pour les souffrances du staroste, dont ses souffrances à elle lui donnaient la mesure. Elle termina la confidence par ces mots :

— La fin de Pierre Petrovitch a été heureuse, puisqu'il est mort après avoir reçu l'aumône de ton baiser. Merci, chère Anna, de lui avoir donné cette joie inespérée, suprême. Hélas! avant de mourir, un pareil bonheur ne m'attend pas. Mais cela ne m'empêchera pas de remplir mon devoir.

— Quel devoir? demanda sa sœur surprise.

— Venger Milof sur le misérable qui l'a perdu...

Elle parlait avec une telle foi, une telle conviction, qu'Anna n'insista pas. Elle connaissait l'énergie, la ferme volonté d'Assia, et elle savait qu'aucune de ses paroles n'était vaine.

Justement, les deux jeunes filles avaient appris par un nouvel interné de la troisième section, qui est l'administration de la police, que l'ancien intendant de Michel Katkov, l'abominable Schwartzmarsheim, venait, sans nul doute en récompense de ses bons et loyaux services d'espionnage et de délation, d'être admis dans l'administration de la police de Saint-Pétersbourg, en qualité de *quartal* ou d'officier de paix. Bien noté de ses supérieurs, son avancement était certain. Un magnifique avenir policier s'ouvrait devant lui. Il passerait major de police, puis maître de police, très probablement avec le grade de colonel, car tout en Russie répond à des grades militaires, et qui sait? Avec des chances, — les coquins en ont toujours, — des protections — on les achète — il pourrait arriver surintendant, c'est-à-dire grand chef de la police de la capitale avec le rang de lieutenant-général... un beau rêve pour un valet prussien.

A ceux qui s'étonneraient qu'un étranger pût arriver à de si hautes fonctions, il faut dire que les étrangers et surtout les Allemands pouvaient encore, à cette époque, prétendre à tous les emplois. Les Français, d'abord, eurent la prime. Ce furent des Français qui, sous le règne de Catherine Ire, jetèrent, à Saint-Pétersbourg, les fondements de cette célèbre Académie des sciences dont Baer, Delisle et Bernouilli furent les premiers membres. Mais, le règne où l'influence des étrangers fut la plus grande, est celui de Catherine II, celle-là même qui fit étrangler son mari Pierre III et que l'histoire appelle la *Grande Catherine* et Voltaire la *Sémiramis du Nord*.

Mais l'engouement pour les Allemands succéda bientôt à celui dont avaient profité les Français. Vers 1840, on comptait, dans les hautes fonctions de l'Etat, cent trente noms allemands à partir des ministres et des maréchaux. Lorsqu'il s'élevait des mécontentements contre ces nuées d'étrangers, ce n'est pas en les chassant qu'on faisait taire les murmures, mais en les déplaçant.

Avant 1860, la diplomatie russe ne comptait que des hommes de race germanique.

Nous pensons qu'il ne sera pas sans intérêt d'ouvrir ici une parenthèse sur la police russe et de donner au lecteur quelques détails instructifs sur cette administration.

Nous les ferons suivre d'autres détails sur les fonctionnaires en général du saint-Empire.

Dès qu'un Européen, un Français surtout, a passé la frontière russe, il lui semble entrer dans une forteresse dont la garnison serait composée de policiers. La police est partout, s'occupe de tout, veut tout savoir. C'est l'*alpha* et l'*oméga* de l'organisation sociale.

Le tzar, qui est le premier soldat, le premier prêtre de son empire, est aussi le premier policier.

Terrible et triple cumul qui assume sur sa tête la puissance universelle, mais aussi toutes les responsabilités. Non seulement tous les membres de la police lui prêtent serment de fidélité, comme, d'ailleurs, chaque sujet russe, mais ils y ajoutent cette clause :

« Si j'apprends que mon père, ma mère, mes frères, mes sœurs ou quiconque de ma famille a des intentions malveillantes à l'égard de Sa Majesté le tzar, je jure de le dénoncer ! »

Cependant, s'il faut s'en rapporter à nombre de voyageurs, entre autres à Léouzon-Leduc, qui fit un long séjour en Russie, la police russe serait le corps le moins propre à la mission d'ordre et de surveillance qui lui est confiée.

Il est certain qu'il se commet à Saint-Pétersbourg plus de vols, sinon plus d'assassinats, que dans Paris et Londres réunis, et même que dans toutes les capitales de l'Europe ensemble, ce qui n'empêche pas le surintendant de présenter chaque année à l'Empereur le tableau le plus flatteur de la morale et de la vertu des habitants de sa capitale.

Comment saurait-il la vérité ? Par les journaux ? Mais les journaux ne relatent pas, comme chez nous, des faits divers remplis des délits et des crimes commis dans les vingt-quatre heures. Toute relation de ce genre leur est formellement interdite, et la connaissance d'un crime se répand rarement hors de l'endroit où il a été accompli.

Dans son propre quartier, l'habitant de Saint-Pétersbourg peut se convaincre *de visu* qu'il s'y commet plus de délits que les rapports officiels n'en constatent pour toute la capitale.

La presse étant muselée, nul ne peut contredire la police, dont l'intérêt est de falsifier la vérité, afin de laisser croire qu'elle fait son service en conscience. Puis, qui s'aviserait de contredire la police ? Celui-là ne filerait plus que des jours troublés, en attendant qu'on l'implique dans quelque conspiration, quelque complot, voire même une de ces accusations qui tachent pour la vie les plus innocents, si facile à établir sur des rapports mensongers de coquins appointés, et qu'on appelle les outrages aux mœurs.

S'il plaît à quelque fonctionnaire de la troisième section, il a sous la main tout un choix de complaisants qui s'empressent d'entrer dans ses vues.

C'est en partie dans le clan des malfaiteurs, des faussaires, des escrocs, des caissiers infidèles que se recrute la police secrète. L'on arrête les poursuites judiciaires commencées contre eux mais on les laisse comme une épée de Damoclès suspendue sur leur tête pour stimuler leur zèle et leur rappeler que jusqu'à la mort il leur faut obéir. S'ils manquent à leur devoir qui, est celui d'exécuter aveuglément les ordres, quels qu'ils soient, mêmes les plus contraires à la justice et à l'honnêteté, la Sibérie les attend.

« En France, certaines gens crient toujours contre les prétendues indiscrétions de la presse qui, selon eux, se mêle de ce qui ne la regarde pas... S'ils vivaient en Russie, où la presse est muette et pour cause, ils verraient que ces journalistes, avec ce qu'ils appellent leurs indiscrétions, rendent de grands services à la société, en la préservant des abus de pouvoir de tous genres. Pour moi, j'en ai fait l'expérience en Russie. Le pays où la presse ne peut parler librement devient inhabitable, car on n'y jouit d'aucune sécurité. »

Pendant les longues nuits d'hiver, de novembre en avril, alors que la Néva n'est plus qu'un lac de glace, les crimes se multiplient Mais c'est au moment de la débâcle, dans la première quinzaine d'avril, alors que la rivière roule ses glaçons rompus vers la mer, que l'on peut constater le nombre des cadavres qu'ils emportent avec eux sur le golfe de Finlande.

Les auteurs de crimes sont rarement poursuivis. La police préfère la tâche plus facile de ne pas en parler, surtout quand elle soupçonne quelques-uns de ses membres d'y avoir participé, ce qui n'est pas rare dans les quartiers éloignés où les *boutechniks*, commis à la garde des rues, stationnent trois par trois dans de grandes guérites. Ils ont le loisir de guetter les passants, de les voir arriver de loin, et si l'endroit est désert, ils les assomment et les dévalisent.

Il arrive aussi qu'un malfaiteur arrêté est relâché par la police, moyennant espèces sonnantes. On ne les garde qu'au cas où celui qui les fait arrêter offrirait une somme supérieure à celle que donne le voleur pour prendre la clef des champs.

Quant aux objets volés, saisis entre les mains du larron, il est inouï qu'ils reviennent jamais à leur propriétaire ; ils changent, de mains, il

Paysage sibérien.

est vrai, mais celui-ci ne les revoit plus, à moins que pour rentrer en possession de son légitime bien, il n'en remette le prix à la police.

Si l'on considère la situation personnelle des agents, la médiocrité de leurs appointements, on sera moins surpris de ces détails.

Tous les fonctionnaires, à quelqu'administration qu'ils appartiennent, sont fort mal rétribués et cherchent de toutes façons à augmenter leur maigre salaire.

Les fonctionnaires, les *tchinovniks*, relate M. G. Roux dans son *Voyage au pays des Barbares*, forment une caste vivant de l'exploitation de quiconque a une affaire sujette à l'intervention du gouvernement, et comme le gouvernement se mêle de tout, chacun est exploité par messieurs les *tchinovniks*.

Concessions, impôts, patentes, mariages, baptêmes, décès, passeports, affaires industrielles, affaires commerciales, achats de terrains, permis de chasse, etc., tout cela permet aux employés de se faire graisser la patte. Le gouvernement est parfaitement au courant de cet état de choses et il tolère les pots-de-vin. Les employés de l'Etat ne pourraient, d'ailleurs, vivre autrement ; la plupart reçoivent de dix à trente roubles par mois. Comment subsister avec ce maigre salaire ?

Il faut qu'ils aient des bénéfices à côté ; et ils s'arrangent pour en avoir.

L'auteur que nous venons de citer raconte à ce sujet des anecdotes typiques.

A l'occasion de l'avènement au trône de l'empereur Nicolas Ier, les fonctionnaires de Saint-Pétersbourg lui adressèrent une pétition pour le prier d'accepter pour les pauvres, leurs appointements d'un mois.

— Canailles ! s'écria l'empereur. Ils m'offrent ce que je leur donne ; pas de danger qu'ils m'offrent ce qu'ils me volent à moi et au public.

On demandait à ce même empereur, ce qu'avait coûté la construction de la forteresse de Novo-Georgievsk.

— Dieu le sait, et le général Deun aussi, répondit le tsar.

Le général Deun avait dirigé les travaux.

Pour en finir sur ces voleries, reportons la réponse que fit un des ingénieurs-constructeurs du chemin de fer sibérien à l'auteur précité qui l'interrogeait sur la durée probable des travaux :

— Il ne sera pas terminé avant dix ans, dit-il.

Et comme M. G. Roux s'étonnait :

— Maintenant, expliqua l'ingénieur, ce sont les gros bonnets qui mettent dans leurs poches l'argent destiné à l'achat du matériel ; ensuite ce seront les petits bonnets ; et ce n'est que lorsque tout le monde aura les poches pleines qu'on se mettra à l'œuvre.

Mais rappelons-nous ce qui s'est passé dans l'affaire du Panama, et cependant les innombrables tripoteurs n'étaient ni fonctionnaires russes, ni agents russes ! *Suum cuique.*

Nous le répétons, le mauvais état des finances de l'Empire, qui ne permet pas de payer autrement que dérisoirement les fonctionnaires, autorise, encourage ces rapines, qui naturellement ne peuvent s'exercer sans pots-de-vin aux supérieurs.

C'est ainsi qu'à l'époque des étrennes, le superintendant de la police est habitué à recevoir de ses subordonnés un cadeau qui souvent dépasse de beaucoup le montant de leurs honoraires. Aucune loi ne les y oblige ; un ukase même défend au supérieur de rien accepter, mais qu'un subordonné s'avise de se soustraire à cette dîme, il sentira bientôt peser sur ses épaules le poids du dépit, du ressentiment de son chef. Les vexations, les reproches, les persécutions et finalement la disgrâce s'abattront sur lui.

Son avancement ou sa ruine en dépendent. Plus le tribut est important, plus il a de chances d'obtenir un poste avantageux. « Ainsi, — dit Léouzon Leduc — s'entretient une émulation criminelle entre ceux qui ont mission de rechercher et de punir le crime.

« On aura une idée du fardeau que ces vampires font peser sur le commerce de Pétersbourg, par ce seul fait, que les cabaretiers estiment en année moyenne à 40 ou 60 pour cent de leurs bénéfices ce qui leur est extorqué directement ou indirectement par la police municipale. Les hommes de la police se partagent entre eux les habitants de la ville, et ne laissent pas que d'observer avec assez d'exactitude leurs *droits* à cet égard, si l'on peut appeler *droits* la source impure des profits qu'ils lèvent sur les larmes et le désespoir de leurs concitoyens. »

Le prussien Schwartzmarsheim se trouvait donc en bonne compagnie. Il n'y avait rien de changé dans la police de Saint-Pétersbourg ; elle ne comptait qu'un coquin de plus.

Il allait pouvoir continuer avec la même impunité ses bonnes habitudes d'intendant pillard. De serviteur infidèle et voleur, il se transformait en fonctionnaire prévaricateur. Une simple différence de nom.

Nous avons vu, par les quelques exemples cités, que cette exploitation du faible par le fort, du subordonné par son chef, de l'inférieur par son supérieur, n'est pas particulière aux employés de la police.

Tous les fonctionnaires de toutes les administrations russes ont la possibilité de se livrer aux mêmes agissements et presque tous s'en rendent coupables, assurés de l'impunité, pour peu qu'ils prennent quelques précautions. Donc à tous les étages de la hiérarchie, chacun vole selon son grade et mesure ses méfaits suivant la place qu'il occupe dans l'échelle sociale.

Les lignes suivantes prouvent que nous n'exagérons rien.

« De tous les vices qui caractérisent l'employé russe, dit l'auteur de la *Russie contemporaine*, le plus profond, le plus radical, c'est la vénalité. Et ici, c'est en vain peut-être que l'on tenterait de trouver une exception. Depuis le plus haut jusqu'au plus bas degré de l'échelle administrative, le vol étale son audace. Tel haut fonctionnaire qui a cent mille roubles d'appointements, se fait deux millions ; tel autre, auquel on donne le salaire d'un laquais, roule voiture. L'empereur Alexandre disait : « Si mes employés pouvaient me voler mes « dents pendant mon sommeil, ils n'hésite« raient pas. » Aussi avait-il renoncé à guérir le mal. De son côté, au contraire, l'empereur Nicolas poursuit à outrance les malversateurs ; il fait de terribles exemples. Mais à quoi bon ? La masse lui échappe, l'effet qu'il veut produire est nul. Quand un général est fait soldat, un amiral matelot : « Les sots, dit-on, qui se sont « laissé prendre ! »

« Les Russes ne portent pas, dans l'exercice des emplois publics, les idées de délicatesse qui règnent dans d'autres pays. Assurément le respect de la propriété n'est point un sentiment moral qui leur soit inconnu ; mais entre voler et exploiter une place, ils font une différence que nos mœurs ne comportent pas. *Prendre* (c'est le mot consacré là-bas, *vzial*) n'est pas plus déshonorant dans une chancellerie russe que *chiper* dans un de nos collèges. Ces hommes-là, comme ici les enfants, abusent leur conscience avec des mots. Cette jurisprudence traditionnelle a acquis force de loi coutumière, et a soumis tous les actes de la vie civile à un rançonnement aussi honteux que vexatoire. Cependant, telle est la puissance d'un usage absolu et invétéré, que personne ne s'en indigne, et qu'un employé ne perd point dans l'estime publique pour s'être engraissé à son poste, c'est même tout au plus si une conduite contraire ne lui attirerait pas le mépris

« L'administré lui-même ne se plaint pas, s'il n'est point tondu de trop près, et il n'hésiterait pas à traiter de sot celui qui pouvant, en vertu de ses fonctions, lui arracher quelque argent, aurait la niaise honnêteté de s'en abstenir.

« Un de nos amis, français d'origine et héritier de nos traditions morales, était attaché à la direction d'un musée. Un matin, il reçut la visite d'un menuisier qui avait fait deux armoires à mettre des collections, et qui, après s'être nommé, lui remit trente roubles.

« — Qu'est-ce que cela ? demanda du ton un peu bourru qui lui était naturel le directeur-adjoint, encore peu habitué aux pratiques de l'administration russe.

« — C'est bien peu, Votre Honneur, répond l'artisan intimidé, mais c'est vraiment tout ce que je puis vous donner. Voyez plutôt : je reçois deux cents roubles pour les deux armoires. Or, j'ai dû en donner cinquante au conservateur, dix aux écrivains des bureaux et cinq aux portiers. Ajoutez les trente que voici, et il ne m'en restera guère que cent ; et c'est en vérité ce que me coûtent les armoires.

« — Allez au diable avec vos trente roubles et les coquins qui partagent avec vous ! » répondit notre ami.

« L'ouvrier sortit stupéfait et presque scandalisé ; il ne comprenait pas qu'un homme de sens, réputé savant, refusât un pareil argent. Quand il eut enfin saisi le motif de ce refus, il remit les billets dans sa poche avec un sourire de satisfaction moqueuse, et on l'entendit murmurer à demi-voix :

« — *Ghé! ke dourak!* (ah ! l'imbécile !) »

Rappelons au lecteur que ceci se passe au commencement de notre histoire, c'est-à-dire sous le règne de l'empereur Nicolas Ier, mais d'après des documents plus récents, il serait survenu peu de changements.

Nous continuons à citer le même auteur, et nous verrons que la justice russe n'est pas exempte de ces tares ; la nôtre, si défectueuse soit-elle, en d'autres points est, sous le rapport de la vénalité, au moins inattaquable et *sacro-sainte*, comparée à celle de la Russie.

« Le champ où la vénalité et la corruption, où le génie du vol, s'exercent avec le plus d'audace éhontée et de scandaleux profits, c'est la justice.

« En Russie, la plaidoirie orale n'existe pas. Tout se passe dans les ténèbres. Les parties sont livrées pieds et poings liés aux tribunaux qui en disposent suivant leur caprice et sans contrôle. Un procès n'est point pour eux une question de droit, c'est une affaire d'intérêt, une spéculation.

« Cette honteuse vénalité des tribunaux de l'Empire est une des grandes douleurs de Nicolas. Il exile de temps en temps des juges en Sibérie, il destitue des sénateurs ; mais le mal n'en suit pas moins son cours. Dernièrement, saisi d'une plus vive indignation, à la suite de nouveaux scandales, l'empereur fit appeler auprès de lui un de ses favoris les plus intimes :

« — Que faudrait-il donc faire — lui demanda-t-il pour empêcher ces juges de voler ?

« — Sire, c'est difficile à dire.

« — Mais, enfin !...

« — Si l'on augmentait leurs appointements, on arriverait peut-être à quelque résultat.

« — Je veux en tenter l'épreuve.

« Et aussitôt l'empereur ordonne que l'on destitue tels individus qu'il désigne et qu'à leurs remplaçants on donne en roubles-argent, ce qui était donné à leurs prédécesseurs en roubles-assignats, c'est-à-dire que l'on quadruple presque leurs appointements.

« Savez-vous quel a été l'effet de cette mesure ? C'est qu'au lieu de faire payer leur justice en roubles-papier, les nouveaux titulaires la font payer en rouble-argent. Pierre-le-Grand n'avait-il pas raison de dire qu'un seul russe pourrait tenir tête à trois juifs ? »

Encore quelques mots sur la police de l'empereur Nicolas :

« Dès qu'elle apprenait ou soupçonnait un crime — dit Anatole Leroy-Beaulieu — la police devait immédiatement mettre la main sur tous ceux qui en avaient connaissance ou qui en avaient été témoins, pour ne les relâcher que l'instruction terminée. Celui qui dénonçait un acte coupable était arrêté sur l'heure comme suspect et détenu jusqu'à ce que son innocence eût été prouvée. On devine les effets pratiques de pareils procédés. Les vols, les meurtres commis en plein jour, dans un lieu public, n'avaient point de spectateurs.

« Personne n'avait jamais rien vu, rien entendu, rien su. Un homme appelait-il à l'aide, tout le monde se détournait et s'enfuyait ; les victimes des malfaiteurs pouvaient rester étendues sur la voie publique, sans rencontrer aucun secours, tant chacun redoutait d'avoir quelque chose à démêler avec les tribunaux et la police. Pour les crimes les plus notoires, on trouvait difficilement des témoins, et plutôt que de se laisser, à ce titre, impliquer dans une affaire, les gens prudents payaient à la police une rançon. Dans les villages où l'on découvrait un crime, les paysans s'entendaient pour ne rien ébruiter et dérouter toutes les recherches. Un meurtre était-il commis sur une grande route, les familles du voisinage en faisaient, avec précaution, disparaître toutes les traces.

« Un jour, un petit marchand avait été attaqué dans la campagne et laissé pour mort dans sa voiture ; le cheval, abandonné à lui-même, se remit en route et vint s'arrêter dans un village, devant une auberge où son maître avait coutume de descendre. A peine les habitants virent-ils un homme couvert de sang, qu'avant d'examiner si le voyageur était mort, ils chassèrent de devant leur demeure le sinistre équipage, et le malheureux cheval, chassé de porte en porte, dût, avec le cadavre, reprendre sa course vers un prochain village, où il trouva même accueil, jusqu'à ce qu'enfin, repoussé de partout, il s'abattit dans la campagne.

« La crainte de la police rendait les hommes cruels et faisait des honnêtes gens les complices involontaires des malfaiteurs. Les choses se passent encore fréquemment ainsi pour les crimes politiques, sinon pour les crimes privés. Aujourd'hui même, l'appréhension excitée par les agents de la répression explique l'impuissance de la justice. »

Enfin, il paraît que les généraux, les officiers de l'armée pratiquaient eux-mêmes la concussion et la vénalité. Nous donnons, pour terminer, un passage de M. Léouzon-Leduc, où cet écrivain les en accuse formellement, d'accord en cela avec tous les voyageurs qui ont étudié d'un peu près les mœurs de la Russie.

« Voici quelques-unes des malversations que l'on a reprochées et que, d'après ce que j'ai vu et observé personnellement, on peut reprocher encore et plus que jamais aux officiers russes. Tel d'entre eux, par exemple, au lieu d'instruire ses soldats, consacre à les faire travailler pour son compte la plus grande partie du temps que les règlements affectent à l'exercice ; tel autre se fait payer l'entretien d'hommes qui n'ont jamais figuré que sur le papier ; celui-ci envoie ses chevaux au pré et s'approprie les sommes destinées aux fourrages, celui-là fraude sur les vivres et sur l'habillement des troupes, sans s'inquiéter des morts ou des maladies innombrables que cet abus scandaleux provoque nécessairement ; la plupart, enfin, mettent dans leur poche l'argent qui leur est alloué pour réparer et compléter le matériel, ce qui explique ces détériorations prématurées dont l'armée russe a si fréquemment à souffrir. Partout, oui, partout, le pillage, le pillage organisé, le pillage hiérarchique, car, en Russie, chaque officier vole suivant son grade : en sorte que chaque dignité militaire n'est pas tant prisée pour elle-même et pour l'honneur qu'elle confère que pour les déprédations qu'elle permet d'accomplir. C'est là ce qu'on appelle en langage moscovite, l'*art des mains creuses.* »

. . . .

Retournons maintenant à Arkhangel, près de nos deux malheureuses jeunes filles.

Les lugubres projets d'Anna Souvarine peu à peu se dissipèrent, s'évanouirent. Elle se reprit à la vie et à l'espérance. Elle se rappela qu'elle avait quelques amis à Saint-Pétersbourg. Elle résolut de leur écrire, de les prier d'intercéder près du tzar pour elle et pour sa sœur. La difficulté était de leur faire parvenir ses lettres. Des juifs s'en chargèrent, moyennant une forte rétribution. Ils lui firent signer quelques billets par lesquels elle s'engageait à leur verser une certaine somme et à leur céder les revenus d'une certaine portion de ses terres, dans le cas où les deux nièces de Michel Katkov obtiendraient leur grâce et recouvreraient leur héritage.

Ces démarches furent faites par Anna Souvarine à l'insu de sa sœur qui n'avait pas voulu en entendre parler.

En effet, Assia qui avait rejeté le suicide comme une lâcheté ,rejeta comme une lâcheté plus grande encore le projet de s'humilier devant le tzar. Elle montrait dans le malheur des qualités toutes viriles que sa sœur ne possédait pas : fermeté, fierté, constance, stoïcisme. C'était une de ces jeunes filles à la volonté de fer, dont le nombre est grand en Russie et qui sont le type de prédilection des romanciers de ce pays. Rien ne peut les faire plier ni dévier du chemin qu'elles se sont tracé ; elles foncent à travers tous les obstacles comme un taureau blessé et elles disposent d'elles-mêmes, de leur cœur et de leur vie, avec un suprême mépris pour les conventions sociales.

Quelques mois après la conversation que nous avons rapportée, Assia embrassa sa sœur plus tendrement encore que de coutume et dans la nuit, elle disparut. On ne la revit plus jamais à Arkhangel.

CHAPITRE LII

Les Errants. — Leur recrutement. — Singuliers passeports — Les *bohomolets*. — Les sanctuaires. — Mariages d'une nuit. — Christ et Vénus. — Un troupeau de petits juifs.

Parmi les étranges sectes religieuses qui se partagent les croyances naïves, absurdes ou cruelles de cette crédule population, composée pourtant d'éléments si disparates, il faut citer les *stranniki* ou *errants*.

Ces braves gens passent leur vie entière à marcher, à aller droit devant eux sur tout le territoire de l'Empire, présentant quelques ressemblances avec les *tramps* de la Grande-Bretagne ; seulement les tramps sont des vagabonds sans asile, poussés par la paresse, un esprit d'indépendance et la misère qui s'en suit, sur les grands chemins, tandis que les stranniki voyagent par esprit de sainteté.

Ils prétendent — et ils appuient leur affirmation sur certains passages de l'Apocalypse — ils prétendent, disons-nous, que depuis le règne de Pierre-le-Grand, c'est le diable en personne qui est assis sur le trône impérial, et à leurs yeux tous les fonctionnaires russes sont des suppôts de Satan, des êtres vomis par l'enfer. A tout prendre, cette opinion n'a rien d'exagéré.

Donc, s'ils marchent, s'ils ne s'arrêtent nulle part, s'ils fuient le monde, c'est que le contact du monde souillerait leur sainteté.

Le fanatisme religieux engendre toutes les folies.

« L'errant, dit Anatole Leroy-Beaulieu, cesse tout commerce avec les représentants de Satan, c'est-à-dire avec l'Etat et les autorités constituées ; à l'instar des anciens prophètes, il se retire au désert ou il s'enfonce dans les forêts où n'ont point encore pénétré les serviteurs de l'antéchrist. La devise des stranniki est cette parole de l'Evangile : « Abandonne ton père et ta mère, prends ta croix et suis-moi », et avec le vieux réalisme moscovite, il prend ce conseil à la lettre et le met littéralement en pratique. Pour les stranniki, il n'y a de vertus que dans l'abandon d'une société régie par l'enfer, il n'y a de salut que dans l'isolement, la fuite. Ils quittent leurs biens et leurs maisons, leurs femmes et leurs enfants, ils quittent le village et la commune où ils sont légalement inscrits, ne voulant avoir ni famille, ni domicile. »

Ce n'est pas tout. Ce signe de rupture avec la société ne serait pas suffisant pour témoigner de leur mépris pour elle. Ils rejettent les passeports et refusent tout acte, toute pièce portant un cachet officiel qui pourrait établir leur identité.

Les anciens, les vrais chrétiens ne connaissaient aucune de ces formalités, ridicules à leurs yeux ; par conséquent ils doivent s'en passer, et c'est la première condition de leur admission dans la sainte cohorte.

Donc, au lieu de passeport et d'état-civil, le stranniki se munit des maximes de la secte ou il prend une croix où sont gravées des phrases de l'acabit de celle ci :

« *Vrai passeport visé à Jérusalem.* »

Ils pratiquent cette maxime du communisme : « *Tout est à tous* », se considèrent comme des moines et s'appellent entre eux frères et sœurs, car il y a des femmes parmi eux.

Le mariage « qui ne sert qu'à couvrir le péché et à donner une liberté plus grande aux *sales* exigences de la chair », n'est pas reconnu dans la communauté. Mais s'ils renoncent à la vie conjugale, ils ne renoncent pas à l'amour, à l'amour passager, cela s'entend, l'accolade furtive au bord du chemin, sous les sapins centenaires ou la calotte des cieux.

« L'homme marié, disent-ils, est éternellement voué au mal, tandis que chez le célibataire, l'entraînement et la faiblesse des sens trouvent leur propre punition en même temps que leur purification dans la condamnation des hommes. »

Quels hommes rigides que ces Russes qui condamnent l'acte par lequel nous sommes tous nés ! Hélas ! Hélas ! ne leur jetons pas la première pierre !

Sans domicile fixe, sans moyens d'existence, ils ont, pour vivre, recours à des procédés que les malintentionnés traiteraient d'anarchistes : ils pratiquent le vol et le brigandage, se justifiant non par le principe de nos anarchistes qui reprennent le bien volé, ce qui s'appelle la reprise individuelle, mais par ce principe religieux que le monde étant sous la loi de *Satanas*, toute attaque contre la société est une protestation contre la domination de l'enfer.

Ces théories ne manquent pas de faire de nombreux adeptes ; néanmoins l'application ne peut être immédiate. Comme dans toutes les sectes, il y a des degrés. On n'arrive pas *frère* ou *sœur* du premier coup ; il faut certaines épreuves, une sorte de noviciat.

Ainsi les adeptes du *Strannitchestvo* se divisent en deux grandes classes qui comportent elles-mêmes leurs subdivisions.

La première classe comprend les *errants* proprement dits, menant la vie errante, et les sédentaires, qui mènent la vie de famille, ont une résidence fixe, un foyer.

Pourquoi admettre ces gens, ces *mondains* comme les *errants* les appellent, dont le genre de vie est si contraire aux principes même de la secte ?

C'est qu'ils sont très utiles. Ils ont pour mission spéciale de donner asile à leurs frères et sœurs, ce qui leur a valu le nom d'hospitaliers ou d'hébergeurs.

De ces deux classes d'adhérents, dit l'auteur déjà cité, dans son intéressant livre l'*Empire des Tsars et les Russes*, formant une société à deux degrés, les uns sont les initiés de la secte ou les professes de la communauté, les autres en sont les catéchumènes ou les novices. Les premiers seuls reçoivent le baptême, qui se donne de nuit dans des lieux déserts et qui oblige ceux qui l'ont reçu à mener la vie des saints, la vie de pèlerin.

« Dans leur répugnance pour la société et la nature extérieure qu'ils considèrent comme également maudites de Dieu, certains *stranniki* n'admettent, pour le baptême, que l'eau de la pluie du ciel ou l'eau des marais écartés, sous prétexte que les rivières sont souillées par les adhérents de l'antéchrist. Chacun de ces pèlerins, hommes ou femmes, a son écuelle et sa cuiller de bois comme son image de métal; ils ne prient ni ne mangent avec les profanes, pas même avec les hébergeurs qui leur donnent asile. Ils n'ont ni église, ni chapelle, mais célèbrent leurs offices dans des retraites secrètes ou, le plus souvent, dans les forêts, autour d'images qu'ils suspendent aux arbres. »

Aux hébergeurs on permet, à cause de leur faiblesse morale, de reculer leur entrée dans la vie parfaite, comme aux premiers siècles les prosélytes de la foi chrétienne retardaient le baptême souvent jusqu'à leurs derniers jours. Les donneurs d'asile n'ont, du reste, qu'un sursis; avant de quitter cette terre, ils doivent faire acte de vrais chrétiens, abandonner tout lien temporel, maisons, femmes et enfants. Pris de maladies graves et sentant venir la mort, ils se font porter dans les forêts ou les landes écartées, ou tout au moins dans une demeure étrangère pour y recevoir le baptême et expirer en pèlerin, en errant.

Les hébergeurs ont dans leurs *isbas* des retraites secrètes où les errants peuvent se retirer.

Les deux classes d'adeptes se reconnaissent à certaines formules, à certains signes; parfois l'hébergeur loge le pèlerin, sans l'interroger, sans lui parler, parfois presque sans le voir. Grâce à cette complicité, les apôtres de la vie errante et les prophètes de la fuite peuvent parcourir d'immenses espaces, prêchant sur leur passage l'isolement et la séparation du monde.

Le règne de l'empereur Nicolas fut l'époque la plus florissante de l'Errantisme, non pas qu'on laissât ces sectaires sans les molester, mais, comme il arrive toujours, les persécutions et les poursuites ne firent qu'augmenter leur nombre.

Les recrues ne manquaient pas; d'abord les serfs fugitifs qui s'échappaient des terres de leur seigneur où les attendaient la misère et les coups, puis les condamnés de Sibérie qui, lassés de la dure vie sibérienne, travaillés par le mal du pays, parviennent, à la suite d'efforts surhumains et de dangers inouïs, à franchir la région de l'Oural.

Le nombre de ces convicts en rupture de bans est considérable. D'après les notes d'Edgar Boulangier sur son *Voyage en Sibérie*, dans les trois gouvernements de Tomsk, Yénisséisk et Yakoutsk, sur cent dix mille personnes des deux sexes astreintes à l'obligation de la résidence, et ne pouvant s'éloigner de leurs villages pour chercher du travail, qu'avec le consentement des autorités de ces villages, il y a une proportion de déportés s'échappant de 42 pour cent.

Dans la Sibérie occidentale, d'après les chiffres officiels, le nombre des fugitifs est de 67 pour cent.

Voilà donc un fort appoint pour le recrutage des *Stranniki*. Il faut ajouter à cela les soldats déserteurs très nombreux alors que le service militaire ne durait pas moins de vingt ans.

La secte se propageait dans les régiments, dans les prisons et dans la classe des vagabonds sans passeport, les *brodiagy* que pourchasse si sévèrement la police.

Tous ces gens acceptaient avec empressement le noviciat dans une secte qui élevait le vagabondage à l'état de devoir religieux et qui érigeait en acte de piété la haine de l'état social, dont ils avaient déjà tant à se plaindre.

De plus ils se sentaient soutenus certains de trouver presque partout un asile chez les frères hébergeurs. Puis, peu à peu, grâce au milieu, à la propagande, la foi les gagnait et les transformait en fervents adeptes.

Dans certains gouvernements du nord, on en arrêtait chaque année des centaines sans pour cela voir diminuer leur nombre.

Leur façon de répondre aux questions de la police est assez curieuse et voici, à quelques variantes près, les dialogues échangés entre elle et les Stranniki :

— As-tu un passeport ? demandait l'agent.

— J'ai un passeport.

— Montre-le.

Le pèlerin présentait alors une feuille écrite, rédigée dans le jargon de la secte, ainsi que nous l'avons vu plus haut ; maximes et prières terminées par cette invariable menace :

« Celui qui te persécute se prépare une place dans le royaume de Satan. »

— Qui t'a délivré ce passeport ? demandait l'agent désireux de mettre la main sur les chefs de la secte et leurs scribes.

— Le roi des cieux ! répliquait imperturbablement le sectaire.

— Par le grand saint Nicolas, patron de notre père le Tzar, un passeport venant du ciel n'a pas cours sur la terre ! Tu n'en as point d'autre ?

— Non.

— Tu n'en as pas demandé à la police ?

— Non.

— Pourquoi ?

— Parce que les papiers de la police portent la marque de l'antéchrist.

— Qui est l'antéchrist ?

— Celui auquel tu obéis.

— Tu veux donc aller en prison ?

— Je suis prêt à tout souffrir.

— Et à recevoir le knout ?

— Les tourments ne m'effrayent pas. Je ne crains ni les bêtes féroces, ni les ministres de Satan.

— Alors, suis-moi.

— Je te suis, mais ton tour viendra où il te faudra suivre le ministre des célestes vengeances qui te conduira à une plus redoutable gehenne, car la mienne ne sera que passagère, tandis que la tienne durera l'éternité.

Et il continuait sur ce ton, imitant le langage des premiers chrétiens devant le proconsul, dévoré comme eux de l'esprit de sacrifice et de la soif du martyre.

Si nous nous sommes arrêtés sur cette singulière secte, c'est qu'Assia était partie avec quelques-uns de ses membres.

Poussée par une force irrésistible, par la ferme volonté de venger l'homme qu'elle avait aimé et peut-être aussi par ces instincts nomades qui gisent au fond du cœur de tous les Russes, quels que soient leur âge, leur rang, leur condition, vague besoin d'un ailleurs, qui incite au déplacement les habitants des grandes étendues mornes, avec la complète insouciance de ce que donnera cet ailleurs désiré.

C'est le sentiment qui pousse les enfants du désert à changer constamment de place.

La plaine invite à marcher. Là-bas, là-bas, s'étendent les mystérieux horizons. Que se passe-t-il au delà, derrière ces ondulations bleues ?

Peut-être est-on mieux sous les feux du couchant? Demain, l'on pliera bagage, l'on se mettra en route. Et l'on marche et l'on s'avance dans la vaste plaine, où l'on voit toujours devant soi les mêmes horizons et les mêmes étendues.

Mais ces horizons, ces étendues où précède l'imagination vagabonde, quels charmes ils possèdent pour le rêveur !

« Pays d'âmes vagues comme les âmes des gens de mer — dit M. de Vogüé — concentrées, longuement résignées, avec des violences soudaines de désir; terre faite pour les tentes plus que pour les maisons, où les idées sont nomades ainsi que les hommes. Comme les vents qui portent le froid sans obstacles de la mer Blanche à la mer Noire, les invasions, les misères, les tristesses, les servitudes roulent rapides et invincibles sur ces étendues vides. On y va devant soi, au hasard. C'est le sol propice pour nourrir les aspirations confuses au néant que le cœur russe tient de ses origines. »

Assia n'avait pas voulu prévenir sa sœur; elle craignait, avec raison, qu'elle ne s'opposât à ses desseins, qu'elle ne se jetât à ses pieds pour la supplier de ne pas la quitter, de renoncer à son projet, et elle eût été sans force devant ses prières et ses larmes.

Dans le nombre de ses nouveaux campagnons, plusieurs, pour échapper aux investigations de la police, s'étaient mêlés aux *bohomolets*, littéralement adorateurs de Dieu, qui revenaient de faire leurs dévotions au couvent fameux de Solovestk dans la mer Blanche, l'un des lieux de pèlerinage les plus renommés de la Russie et qui attire, chaque année, d'innombrables visiteurs.

Le culte des images miraculeuses est très répandu et beaucoup de Russes, non pas seulement de la classe ignorante et pauvre, mais de riches marchands, visitent ces sanctuaires l'un après l'autre, pédestrement, naturellement, pour être plus agréables au Père Eternel, qui affectionne, paraît-il, avec juste raison, les marches à pied ! Ce voyage prend plusieurs années.

Au sanctuaire de Solovestk accourent des milliers de fidèles venus des contrées du Nord et même de la Sibérie. Ils font ce voyage en hiver parce qu'en tout autre saison les chemins ne sont que des lacs de boue. Le port d'Arkangel est le lieu d'embarquement pour l'île sainte, mais il faut y attendre le dégel de la Dvina. C'est pendant cette attente, qui dure parfois un mois entier, qu'Assia fit la connaissance de deux jeunes pèlerines qui venaient de s'enrôler dans la secte des Errants.

Le respect universel dont sont entourés les pèlerins fait qu'on leur demande rarement leurs passeports. Assia put donc, avec ses compagnes, quitter Arkangel sans être inquiétée.

Ces jeunes filles, fanatisées par des proches parents, menaient une vie des plus singulières. Tout le jour, elles priaient Dieu et récitaient de longues oraisons pendant les interminables marches, et le soir, dans les isbas où l'on recevait à bras ouverts les pèlerins — car le paysan russe regarde l'entrée d'un bohomolet sous son toit comme une bénédiction et lui offre non seulement l'hospitalité et des aumônes, mais il lui confie de petites sommes d'argent pour les déposer dans le sanctuaire, réciter des prières à son intention ou y brûler des cierges — le soir, disons-nous, sous le toit des moujicks ou celui des hébergeurs *strannik*i, elles se livraient saintement aux devoirs conjugaux qu'exigeaient d'elles leurs pieux frères, devenus leurs époux d'une nuit.

Mais religion et luxure vont souvent de pair, et ces pauvres filles croyaient, en se livrant aux *saints*, faire acte de *saintes* et œuvre pie.

Assia épuisée de fatigue et non encore accoutumée à ces longues marches fut longtemps à ignorer les détails d'une religion où Christ et Vénus se trouvaient associés, car sitôt arrivée à destination, à peine son frugal repas achevé, elle s'étendait dans le coin qu'on lui destinait et dormait d'un profond sommeil. Une nuit, cependant, elle fut réveillée par une main qui la palpait.

Un homme à barbe hirsute et qu'une sueur longtemps amassée et maintes fois séchée enveloppait d'une pénétrante et insupportable odeur de bouc était penché sur elle.

— Qu'y a-t-il ? que voulez-vous ? — dit-elle avec effroi.

— Sœur — répondit l'homme — je te choisis cette nuit pour mon épouse : veux-tu m'accepter pour époux ?

— Non — cria-t-elle indignée et le repoussant — je ne veux pas de toi. Va-t-en !

Il faut rendre cette justice au *Saint*, qu'il n'insista pas. Il se retira docilement, car il est écrit dans le *Livre* qu'il ne faut pas forcer l'épouse.

Il se retira donc en faisant le signe de la croix et Assia, qui non encore revenue de son émotion, le suivait des yeux, le vit se diriger vers l'une des deux jeunes filles, qui après une courte hésitation due sans doute à l'odeur que répandait le saint, finit par l'accueillir, mais sans le moindre enthousiasme.

Assia écœurée et dégoûtée à tout jamais du voisinage des saints, et redoutant quelques nouvelles visites nocturnes et hircines, saisit la première occasion pour quitter ses singuliers compagnons, annonçant à leur horreur qu'elle s'en allait à Saint-Pétersbourg.

Sans les « adorateurs de Dieu » auxquels ils s'étaient mêlés, les Errants lui eussent fait un mauvais parti pour cette défection soudaine.

Le seul nom de la capitale de la Russie les remplissait d'épouvante ; car pour les *Stranniki* et pour tous ceux qu'on appelle les vieux croyants, Saint-Pétersbourg est quelque chose d'infâme comme l'ombilic de Sodome, une nouvelle Babylone où demeure le Diable et les suppôts du Diable, et dont le nom abominable seul souille les lèvres de l'imprudent qui ose le prononcer.

Ils attendent avec une impatience non dissimulée le moment où le feu céleste détruira la cité maudite, et chaque fois qu'ils apprennent qu'un incendie sérieux a éclaté dans la ville exécrée ou que la Néva déborde sur les quais, ils se réjouissent et rendent au Dieu vengeur des actions de grâce, disant :

« C'est le commencement de la fin. »

Echappée de leurs mains, Assia rejoignit une autre troupe de *bohomolets*, exempte de Stranniki. Ils revenaient également du pèlerinage de Solovestk, mais s'étaient arrêtés en chemin.

Maintenant ils continuaient leur pieuse tournée en se dirigeant sur Novgorod pour y saluer d'autres précieux ossements.

Ces bonnes gens qui n'avaient rien à faire en ce monde qu'à baiser des reliques et à s'occuper du soin de leur salut, occupation consistant en une interminable kyrielle de génuflexions, de baisements de terre et de patenôtres, ne firent nulle difficulté pour recevoir cette recrue.

Un vieil « adorateur de Dieu » la prit sous sa protection ; il escortait sa marche et la faisait coucher près de lui afin que nul n'attentât à sa pudeur.

Il poussait le dévouement et les précautions jusqu'à étendre sur elle son bras pendant son sommeil ; mais ses patriarcales privautés se bornaient là et bientôt Assia entendait ses sonores ronflements.

C'est en se dirigeant avec ces pèlerins sur Saint-Pétersbourg qu'on fit une singulière rencontre. De loin, cela ressemblait à un troupeau de bêtes à deux pattes que des bergers à cheval poussaient devant eux.

Mais à mesure qu'on approchait on reconnut en ces bêtes des enfants. C'étaient de petits juifs polonais de dix à quinze ans que le gouvernement du tzar avait donné l'ordre d'enlever à leur famille pour en faire des chrétiens et les dresser au métier de matelot ou de soldat.

A cet effet, des cosaques les conduisaient à Arkangel, d'où on les répartissait dans les différents ports de la mer Blanche.

La vue de ces petits misérables, la plupart en guenilles — car depuis leur départ de la terre natale leurs vêtements s'étaient déchirés et usés le long de la route — la vue, disons-nous, de ces pauvres enfants arrachés à leur mère pour être soumis dès l'âge de dix ans à la rude discipline militaire, et que chassaient devant eux comme un troupeau de moutons un peloton de cosaques, remplit de douleur le cœur d'Assia.

Elle lui rappelait le sort de Pétrovitch Milof, enlevé lui aussi à dix ans à l'affection et aux tendres soins d'une mère, par le caprice seul d'un maître abominable, d'un tyran odieux.

Oh ! les mères de tous ces pauvres petits, ces mères qui s'étaient tordu les poignets, appelant vainement le ciel à leur aide, lorsque sans autre motif que la volonté du tzar on était venu leur voler leurs enfants !

Et par la pensée elle suivait ces infortunés marchant, marchant, les pieds meurtris sur la longue, l'interminable, la fatigante route, exposés à la faim et aux intempéries, les larmes coulant sur leurs joues maigres, appelant leur mère tout bas, leur mère que plus jamais ils ne devaient revoir.

« O toi, là haut ! Dieu impitoyable, Dieu sinistre et muet, à quoi donc sers-tu qui permets de tels crimes ? »

Ainsi, murmurait Assia, devant le défilé lamentable, et sa colère contre le traître qui avait livré le brave qu'elle aimait, sa haine s'en accrut, et confondue dans la troupe des pèlerins psalmodiant des hymnes idiotes à l'adresse de ce Dieu stérile, elle entra dans Saint-Pétersbourg, résolue à ne compter que sur elle pour le châtiment de l'odieux scélérat.

Milof est vengé!

CHAPITRE LIII

La Néva. — Invasion germanique. — L'hôtel de Cologne. — Désagréable visite. — La grosse Gretchen. — Désappointement d'un policier. — Le satyre reparaît. — Exécution sommaire. — Pierre Schwartsmarsheim.

Assia fit son entrée dans la magnifique ville aux larges rues par une belle soirée du rapide été russe.

La Néva clapotait doucement contre les quais de granit rose. Les coupoles dorées des innombrables églises étincelaient sous les feux du soleil couchant. Des moujiks flanaient en grignotant des graines de tournesol, occupation favorite des gens du peuple et des enfants.

Rien n'est comparable aux soirées et surtout aux belles nuits d'été de Saint-Pétersbourg, elles offrent à tout étranger un spectacle enchanteur, qu'il n'a pas encore vu et ne verra que là.

« Le soleil, dit M. de Maistre en des pages magistrales, le soleil qui, dans les zones tempérées, se précipite à l'Occident et ne laisse, après lui, qu'un crépuscule fugitif, rase ici, lentement, une terre dont il semble se détacher à regret. Son disque, environné de vapeurs rougeâtres, roule comme un char enflammé sur les sombres forêts qui couronnent l'horizon et ses rayons, réfléchis par le vitrage des palais, donnent l'idée d'un vaste incendie.

« Les grands fleuves ont ordinairement un lit profond et des bords escarpés qui leur donnent un aspect sauvage. La Néva coule à pleins bords au sein d'une cité magnifique; ses eaux limpides touchent le gazon des îles qu'elle embrasse, et, dans toute l'étendue de la ville, elle est contenue par des quais de granit, alignés à perte de vue, espèce de magnificence répétée dans les trois grands canaux qui parcourent la capitale, et dont il n'est pas possible de trouver ailleurs le modèle ni l'imitation.

« Mille chaloupes se croisent et sillonnent l'eau en tous sens. On voit de loin les vaisseaux étrangers qui plient leurs voiles et jettent l'ancre. Ils apportent sous le pôle les fruits des zones brûlantes et toutes les productions de l'univers. Les brillants oiseaux d'Amérique voguent dans la Néva avec des bosquets d'orangers; ils retrouvent en arrivant la noix du cocotier, l'ananas, le citron et tous les fruits de leur terre natale...

« La statue équestre de Pierre Ier s'élève sur le bord de la Néva, à l'une des extrémités de l'immense place d'Isaac. Son visage sévère regarde le fleuve et semble encore animer cette navigation créée par le génie du fondateur. Son bras terrible est étendu sur la ville... et l'on ne sait si cette main de bronze protège ou menace. »

Assia connaissait toutes ces splendeurs, celles du ciel et celles de la ville. Elle s'avançait par les rues populeuses, inaperçue au milieu de la foule. Nul ne fit attention à cette charmante jeune fille modestement vêtue, à l'allure décidée, aux beaux yeux étincelants, et dont la vie au grand air avait fortifié les muscles et hâlé le visage, ou, si quelqu'un la remarqua, on la prit sans doute pour une belle paysanne des villages voisins.

Le soleil descendait sur l'horizon, de brillants nuages qui reflétaient dans leurs franges d'or les derniers rayonnements de l'astre, répandaient sur la ville une clarté douce, un demi-jour doré particulier au Nord; une sorte de voile diaphane qui couvre tout d'une mystérieuse lueur.

Presque à chaque pas, des sons désagréables et qui lui étaient particulièrement odieux heurtaient ses oreilles. C'étaient les rauques syllabes germaniques. A certains moments, on se serait cru à Berlin plutôt qu'à Saint-Pétersbourg.

De nos jours, la capitale de la Russie regorge d'Allemands. On en rencontre presque autant que de Russes. Boutiquiers, cafetiers, restaurateurs, négociants de toutes sortes, ils tiennent la plus grande partie du commerce de la ville et toutes les usines de la banlieue leur appartiennent.

Il en est de même à Londres. Ils inondent la Cité. Dans les villes industrielles de la Grande-Bretagne, ils se faufilent au rabais dans tous les emplois.

De même en Espagne. Ils expédient leurs couteaux à Tolède, leurs éventails à Séville, et frelatent les vins indigènes à Cadix et à Malaga.

C'est la plaie de sauterelles affamées qui dévore à l'étranger les industries nationales.

Il en était de même du temps de Nicoles Ier. Ils apportaient leurs habitudes et leur manière de vivre qui s'infusaient peu à peu chez les Russes, peuple passif et imitateur.

C'est ainsi qu'au lieu de boire du thé comme la plupart de leurs compatriotes, les Pétersbourgeois boivent du café comme les Allemands.

A ce sujet, M. Jules Legras, qui a longtemps habité la Russie, fait une observation très juste :

« — Je crains fort — dit-il — que cet afflux de civilisation allemande, tout en stimulant l'industrie, n'ait des suites fâcheuses pour l'intégrité du caractère russe. La haine des Russes pour les Allemands n'est peut-être, au fond, qu'un sentiment instinctif de cette dénationalisation ; on ne hait bien que les races à l'envahissement desquelles faute de cohésion ou de personnalité accusée, on se sent incapable de résister.

« Les Allemands qui ont civilisé la Russie s'y considèrent trop, à l'heure actuelle, comme dans un pays annexé : pour leur emprunter une expression, ils s'y font « trop larges », ils y prennent trop d'importance. Pétersbourg qui, par sa position géographique, et à cause de son histoire, s'est toujours trouvé en contact immédiat avec eux, leur doit bien des avantages, sans doute, mais leur doit aussi de paraître presque étranger dans le pays russe. »

Assia comprit qu'elle traversait un quartier spécialement habité par les Allemands et comme elle connaissait parfaitement la langue, l'ayant apprise comme la plupart des enfants de la noblesse et de la riche bourgeoisie, alors qu'elle était toute petite, elle interrogea une jeune bavaroise qu'elle rencontra et se fit indiquer, par elle, une hôtellerie à bon marché.

La jeune fille était précisément servante dans une auberge qui portait le nom pompeux d'*Hôtel de Cologne*.

Elle introduisit Assia, qui se fit passer pour une Suissesse de Berne, venant en Russie chercher une place d'institutrice.

— Avez-vous des papiers? — demanda la patronne.

— Non — répondit Assia — je suis venue avec une famille française. Mais elle est partie pour Moscou et me trouvant bien ici, je n'ai pas voulu l'accompagner.

— Vous avez raison, vous trouverez aisément à vous placer chez des Russes qui sont plus généreux que ces sales et pingres Français. Mais, avez-vous de l'argent pour attendre?

— Oui, je puis attendre deux ou trois mois.

— Alors, vous resterez ici, à l'hôtel ?

— Sans doute — répondit Assia — si je m'y trouve confortablement.

— Oh! on est toujours confortablement quand on n'est pas difficile — répliqua l'hôtelière — et une pauvre institutrice n'a pas le droit de l'être.

Assia se tut. Elle savait qu'elle ne pouvait se montrer exigeante. Et, d'ailleurs, quand on vient de parcourir à pied l'énorme distance d'Arkangel à Saint-Pétersbourg avec des *saints* malpropres et des vagabonds peu soucieux de leur toilette, vivant de farine bouillie et de pain saupoudré de sel, l'on ne songe pas aux délicatesses.

Elle fit donc honneur à la soupe aux choux et au poisson sec qu'on lui offrit ayant, toutefois, pris auparavant un bain russe, devenu de première nécessité après son voyage en compagnie de *saints*, puis paya sans sourciller la somme exagérée qu'on lui demanda pour son maigre repas.

— Je vois que nous pourrons nous entendre — lui dit alors l'hôtelière — et je m'arrangerai de façon que notre ami Schwartsmarsheim soit coulant avec vous.

— Schwartsmarsheim! — s'exclama la jeune fille avec une imprudence dont elle se repentit aussitôt. — Qui est-ce Schwartsmarsheim ?

— C'est notre *quartal*.

— Je n'ai rien à faire avec lui.

— Non, mais il aura à faire avec vous, puisque vous n'avez pas de passeport... Enfin, rassurez-vous. Il est gentil et coulant..., puis, c'est un compatriote.

Assia frémit. Ce Schwartsmarsheim ne pouvait être que l'ex-intendant de son oncle, l'abominable mouchard qui avait dénoncé Pétrovitch Milof, André Ivanovitch, sa sœur et elle-même.

Elle venait justement le chercher d'Arkangel, mais ce n'était pas dans une hôtellerie, ni dans un bureau de police qu'elle désirait le rencontrer.

Seul à seul, en quelque coin solitaire, elle lui logerait dans la tête une balle ou lui clouerait un poignard dans le cœur.

Dans cette hôtellerie remplie de ses compatriotes, aussi bien que dans son bureau, au milieu de ses agents, ce deviendrait une difficile tâche !

Elle avait fait le sacrifice de sa vie; elle voulait que ce sacrifice ne restât pas stérile.

Le sort de l'infortuné staroste de Zizdra lui servait de leçon.

— Et quand se présente-il ici ? — demanda-t-elle.

— Oh! assez souvent. Il aime l'*Hôtel de Cologne*. Ça lui rappelle notre cher pays. Il vient prendre son pot de bière allemande, fumer du tabac allemand dans sa vieille pipe allemande et causer en allemand avec des Allemands. Il se croit sur le sol allemand. Et ça fait du bien au cœur, ça le repose de ses travaux de se croire un instant dans le *Fatherland* (la mère patrie).

— C'est juste — dit Assia. — Un bon client pour vous, alors?

— Bon convive, vous voulez dire — répondit en riant la grosse hôtelière. — Quant à être client, c'est autre chose, l'on ne voit pas souvent la couleur de ses kopeks et encore moins celle de ses roubles. Nous l'abreuvons gratis et quand il désire un plat de choucroute ou de jambon, on s'empresse de le lui offrir, toujours au même prix !

Assia se retira dans sa chambre.

Il était temps, car à peine sortait-elle de la salle que le quartal paraissait.

— Eh bien! quoi de nouveau, madame Drœge ? — demanda-t-il en s'asseyant à une table du fond, de manière à voir ce qui se passait dans la salle. — Vite, un pot de bière... J'ai mangé ce matin du poisson fumé et j'ai la gorge en feu.

Tandis qu'on le servait, il avait sorti de la poche de sa pelisse une de ces longues pipes à fourneau de porcelaine, en usage de l'autre côté du Rhin, et, tout en la bourrant :

— Des voyageurs ? — demanda-t-il à la servante.

— Non... Excellence. — Ah ! si, pardonnez-moi, il est venu une voyageuse, une étrangère, une institutrice de Berne.

— Ah! ah! Gentille?

— Très jolie — répondit l'hôtelière, attentive à la conversation.

— Ah ! ah ! Et des papiers ?

— Non. Elle n'a pas de passepo r Elle voyageait avec des Français.

— Et c'est pour ça qu'elle n'a pas de passeport ?

— Dame ! je ne sais pas, moi... Mais vous n'allez pas la manger, Excellence, ni me priver de sa clientèle.

— Où est-elle?

— Elle vient d'aller se coucher.

— Oh ! oh ! Elle a prévu ma visite. Il faut que je voie cela. Pas de papiers ! En ces temps d'horribles conspirations, le devoir d'un bon quartal est de se méfier de tout le monde. Elle vient de Suisse, dites-vous ? La Suisse, un repaire de bandits ; tous les conspirateurs se réfugient en Suisse. Qui sait si cette étrangère n'est pas chargée d'une secrète et abominable mission !

Il se tourna vers la servante qui, toute pâle, à la pensée qu'elle avait pu introduire une conspiratrice, écoutait tremblante à quelques pas.

— Gretchen !

— Voilà, Excellence.

— Tu vas prendre un flambeau et me conduire chez cette femme.

— Oui, Excellence.

— On ne se doute pas — continua-t-il — jusqu'où les conspirateurs vont chercher leurs complices. Ainsi, moi qui vous parle, j'ai intimement connu un riche et puissant boyard, homme bien pensant s'il en fut, un de ces fidèles et dévoués sujets — comme moi, d'ailleurs — qui n'eût pas hésité à se faire trancher la main, si cette main avait touché celle d'un rebelle. Eh bien, vous ne vous doutez pas de ce qui est arrivé..... ?

— On l'a pendu — fit madame Drœge.

— Pendu ! Madame, on ne pend ici, sachez-le, que les gens qui le méritent... Non, on ne l'a pas pendu, mais on eut dû pendre les deux vipères qu'il rechauffait dans son sein.

— Ah ! il réchauffait des vipères ?

— Et des venimeuses, madame Drœge, je vous prie de le croire... Ses nièces, ses propres nièces, qui étaient de connivence avec les conspirateurs et les assassins !

— Est-ce possible ?

— Puisque je vous l'affirme.

— Je vous crois, Excellence, je vous crois — se hâta de dire madame Drœge. — Et alors qu'est-il advenu ?

— C'est moi qui ai découvert le crime.

— Quel homme habile vous êtes !

— Le fait est, j'ai l'œil.

— Et ces malheureuses ont été punies ?

— Punies ! — s'écria avec indignation l'ex-intendant de Michel Katkov. — Punies ! Pas assez. L'empereur est toute clémence et toute bonté. Son auguste Majesté verse des larmes quand elle se voit dans la nécessité, la dure nécessité de châtier des coupables... Punies ? On eut dû les faire périr sous les verges ! Ah ! que j'eusse assisté avec joie à l'exécution. Mais l'on s'est contenté de les exiler, de les interner à Arkhangel... Le croiriez-vous, après un tel crime ?

Et le *quartal*, croisant les bras sur sa poitrine, regarda son interlocutrice en hochant la tête avec un air de désolation.

— C'est affreux ! — déclara madame Drœge, prenant un air d'indignation profonde.

— Dites que nous marchons à la ruine, madame Drœge, à l'anarchie ?... Savez-vous ce que c'est que l'anarchie ?

— Pas tout à fait, Excellence. Excusez-moi, je ne suis pas bien au courant de la politique.

— Eh bien ! je vais vous l'apprendre, moi, ce que c'est que l'anarchie ! C'est l'incendie, c'est le désordre, c'est le pillage organisé... C'est l'assassinat, le vol et le viol... Oui, madame Drœge, le viol ! Vous entendez bien ?... le viol !

— J'en suis toute tremblante.

— Tenez, vous qui êtes là tranquillement dans votre établissement avec la grosse Gretchen qui nous écoute et n'a jamais fait d'autre mal que de renverser un peu de bière sur la pelisse des clients... Si la conspiration de décembre dernier avait réussi, vous auriez vu entrer à chaque instant dans votre établissement des hommes à mine farouche, qui auraient commencé par se partager l'argent de votre comptoir, puis vous auraient violées toutes deux les uns après les autres, fussent-ils cinquante ; après quoi ils se seraient gorgés de vos saucisses, de votre choucroute et de votre bière, et finalement auraient mis le feu à votre maison Voilà ce que c'est que l'anarchie !

L'hôtelière et sa servante se regardèrent, épouvantées.

— Oui, voilà ce que nous eut amené le triomphe des scélérats qui conspiraient contre l'Empereur... Et l'on se contente d'exiler leurs complices ! Des individus qui, connaissant leurs projets, ne les ont pas aussitôt dénoncés... Comment voulez-vous que les honnêtes gens soient tranquilles, quand on voit rester impunis, — car j'appelle cela impunis, — les complices de pareils forfaits...

— Le fait est que...

— Mais, j'oublie cette étrangère... Allons, Gretchen ! Tu as ton flambeau ?... Eclaire moi.

Le flambeau de Gretchen était une simple chandelle dont le suif débordait sur le chandelier de bois.

La servante sortit, s'engagea dans un escalier et Schwarsmarsheim, tout en la suivant, faisait à mi-voix ses observations :

— Hé ! hé ! Tu as engraissé, ce me semble, Gretchen... Tes mollets me paraissent plus dodus.

Il allongeait le bras, palpait.

— Oh ! Excellente, finissez ! disait la pauvre fille. Je vais renverser du suif sur votre pelisse.

— Avise-t'en ! Le bas de tes reins ferait connaissance avec ma canne. Il connait déjà ma main, mais tu sais, la canne c'est un peu plus dur... Bon, bon, monte, ce n'est pas à toi que j'en veux...

— Je m'en doute bien... C'est cette jeune fille !

— Marche, marche.

Elle s'arrêta à l'entrée d'un long corridor assez étroit, flanqué de droite et de gauche de portes numérotées.

— Alors elle est jolie ? demanda-t-il tout bas.

— Oui.

— Blonde ou brune ?

— Brune.

— Grasse ou maigre ?

— Plutôt maigre.

— Tant mieux, ça me changera de cette grosse blondasse de Gretchen !

— Oh ! riposta la servante, les changements ne vous coûtent guère ; il y a longtemps que vous en usez.

— Est-ce que je t'ai juré fidélité ?

— Non ; mais... je n'aime pas vous entendre dire que vous allez avec d'autres... on a son amour-propre.

— Silence ! Tu fais l'impertinente, je crois... Ton amour-propre ! Tu dois être fière d'avoir attiré mes regards. Un homme comme moi, descendre jusqu'à une fille comme toi !... Tu oublies que je te fis beaucoup d'honneur. Allons, marche, conduis-moi...

— Faudra-t-il tenir la chandelle ?

— Hé ! hé ! Je ne dis pas non.

Ils arrivèrent à une porte au fond du corridor. Gretchen frappa :

— Fraulein, dit-elle en allemand, c'est un monsieur qui veut vous parler !

Mais elle ne reçut aucune réponse.

— Elle dort, elle paraissait si fatiguée.

Elle frappa plus fort.

— Inutile, dit Schwartzmarsheim ouvrant brusquement la porte. Si elle dort, je me charge de la réveiller.

Il entra le premier ; la chambre était vide.

— Ah ! ah ! Je m'en doutais, cria-t-il en poussant une succession de jurons en langue teutonne. Elle s'est esquivée, elle a craint la police... C'est quelque évadée de la Sibérie... Mais je la rattraperai, oui, je la rattraperai, la coquine !

Gretchen, tenant toujours son chandelier suiffeux, ne put s'empêcher de rire de la déception du chef policier.

Il s'en aperçut et lui lança un vigoureux soufflet.

Au mouvement qu'elle fit pour le parer, le quartal fut éclaboussé de gouttes de suif, la chandelle se détacha, tomba et s'éteignit.

— Ah ! tu vas payer pour la fugitive. Tu vas payer pour elle, coquine !

On entendit un bruit de lutte dans l'ombre et la voix plaintive de la servante qui répétait :

— Allez chercher vos brunes et vos maigres ; allez chercher vos brunes et vos maigres... Non, non, je ne veux plus de vous.

Quelques vociférations sourdes répondirent ; puis tout se tut.

. . . .

Un quart d'heure après, le chef policier sortait furtivement de l'hôtel de Cologne, par une porte de service.

Enveloppé jusqu'aux oreilles dans sa riche pelisse de fourrure, on ne pouvait distinguer aucun de ses traits, mais cependant il était reconnaissable à son embonpoint, sa marche pesante et lourde.

Au moment où il tournait la rue, à cette heure à peu près déserte, car la demie de dix heures venait de sonner à l'église des Douze-Apôtres, une femme se détacha d'une large porte cochère et le suivit.

Il se dirigeait vers le quai de la Néva, longeant le mur d'un couvent, marchant d'un pas aussi rapide que le lui permettaient ses courtes jambes.

L'endroit était solitaire, la femme l'appela :

— Arrête, Judas Iscariote.

Il se retourna furieux, croyant cependant avoir mal entendu :

— Hein? quoi? c'est à moi que tu t'adresses?

— A toi, tu vois bien que c'est ton nom, puisque tu y réponds.

— Insolente !

— Je ne me trompe donc pas. Oui, c'est bien toi.... Tu as un autre nom.... Tu t'appelles Schwartsmarsheim ?

— Holà ! quelqu'un ! — cria le policier regardant autour de lui — puisque tu me connais si bien, je te présenterai à l'un de mes amis que tu apprendras à connaître, Monsieur le Knout.

— Le knout ne m'empêchera pas de te dire que tu es un traître et un voleur.

— Comment, drôlesse? — fit le quartal suffoqué. Néanmoins, il n'osait s'approcher de celle qui l'insultait ainsi, il continuait à regarder autour de lui avec inquiétude, criant encore :

— Holà ! quelqu'un !

Mais personne ne répondait à son appel, aussi fit-il un pas en arrière quand la femme s'avança sur lui.

— Tu ne me reconnais donc pas ? dit-elle.

— Mille diables d'enfer ! Toi ici !.... Assia Souvarine Katkov !

— Oui, traître, Assia Souvarine Katkov qui venge les siens.

Et allongeant son bras armé d'un pistolet elle le lui déchargea en plein visage.

L'ex-intendant de Michel Katkov tomba en poussant un cri affreux.

Assia se baissa, appliqua froidement le canon de son arme sur la tempe du policier, pressa la détente et lui fit sauter la cervelle.

Elle se releva, jeta près du cadavre son pistolet à deux coups, disant :

— Milof est vengé !

Puis elle regarda autour d'elle pour s'assurer s'il était encore temps de fuir.

On pouvait supposer qu'après la double détonation et le cri poussé par le quartal, des curieux seraient accourus suivant la coutume des autres pays.

Il n'en fut rien.

Le couvent resta silencieux, cela se comprend. Derrière ses solides murailles, les détonations n'avaient pas été entendues. Mais il y avait des habitations en face.... dont les portes et les fenêtres se refermèrent aussitôt. Les gens qui habitaient la rue rentrèrent précipitamment chez eux, ceux qui passaient se hâtèrent de rebrousser chemin, la tête dans les épaules, et un cocher qui arrivait au trot, non loin de là, passa près du cadavre au galop en tapant à tour de bras sur son cheval.

On n'avait rien vu, rien entendu. On ne voulait rien voir.

Assia fit comme les autres, elle s'éloigna au plus vite et rentra à l'*Hôtel de Cologne* une demi-heure après qu'elle l'avait quitté.

La grosse Gretchen attendait sur le pas de la porte de service.

En apercevant la jeune fille, elle poussa un soupir de soulagement.

— Oh ! Fraulein ! fraulein ! supplia-t-elle, rentrez vite. Ne dites pas à la patronne que vous êtes sortie.

— Pourquoi ? répondit Assia surprise. Je viens de faire une petite emplette chez un mercier du voisinage.

— Ça ne fait rien, ne le dites pas. Elle me chasserait.

— Mais enfin pourquoi ?

— Parce que je lui ai dit que vous étiez dans votre chambre quand le *quartal* y est monté.

— Ah !... Il est monté dans ma chambre ? demanda Assia avec un étonnement bien simulé.

— Soi disant pour visiter vos papiers. Mais il avait d'autres intentions... de mauvaises intentions... et c'est sur moi... oui, fraulein, sur moi...

— Ah ! je comprends...

— Alors la patronne, qui est jalouse, m'a demandé pourquoi j'étais restée si longtemps dans votre chambre... Et je lui ai dit que Son Excellence avait exigé que je l'éclaire pendant qu'il examinait vos papiers.

— Soit, répondit Assia. Je garderai le silence. Je serais désolée, ma pauvre fille, de vous causer le moindre préjudice.

Aussi, le lendemain, quand la police se présenta pour faire une enquête, la grosse Gretchen et sa maîtresse jurèrent, sur leur part de salut, que la nouvelle arrivée n'avait pas quitté la maison.

Quelques minutes après le drame que nous venons de raconter, un Français et un Anglais, arrivés le matin même dans la capitale des tzars et rentrant à leur hôtel après une promenade sur les quais, s'arrêtaient à la vue du cadavre de l'intendant.

Ils crurent d'abord avoir affaire à un ivrogne et le Français, s'étant baissé, secoua le mort.

— Eh ! l'ami, que faites-vous ? Un mauvais lit pour dormir.

— Laissez-le donc ! fit l'Anglais. J'ai la coutume de ne jamais déranger les ivrognes. Ils vous lâchent des hoquets, des injures ou des coups de poing.

— Mais ce n'est pas humain de laisser ainsi un pauvre diable...

— Placez mieux votre humanité, répondit l'Anglais.

— Oh ! mais... ce n'est pas un ivrogne, c'est un homme assassiné, s'écria le Français. Voyez il est plein de sang.

— Du sang ! En vérité ? s'exclama le naturel de la Grande-Bretagne. Vous avez raison ; par Jupiter, c'est du sang !

Et heureux de cette découverte, il sortit gravement son carnet de voyage et s'approchant d'un reverbère se mit à relater cet événement, tandis que son compagnon regardait anxieusement autour de lui pour appeler quelqu'un au secours de cet infortuné qui, peut-être, n'était pas encore mort.

Mal leur en prit à tous deux.

Des agents de police qui passaient, par hasard, en devisant joyeusement sur les facéties d'une fille de mœurs légères avec qui ils venaient de boire et de batifoler dans un cabaret de la rue voisine, se jetèrent sur les deux étrangers debout près du cadavre et malgré leurs vives protestations les emmenèrent en prison, où on les mit au secret, après les avoir préalablement dépouillés de tout l'argent trouvé sur eux.

Deux mois après, ils étaient encore sous les verrous, et peut-être les y eut-on laissés de longs mois, s'ils n'étaient parvenus à faire passer une note à leurs ambassadeurs respectifs qui se hâtèrent d'intervenir pour qu'on les mît en liberté.

On avait naturellement ordonné une enquête, mais il fut impossible de trouver nul témoin, soit à charge, soit à décharge.

Passants, voisins, cochers, personne n'avait rien vu.

Le meurtre mystérieux du quartal alla grossir la liste des nombreux meurtres mystérieux qui se perpétraient toutes les nuits ; l'affaire fut classée avec les autres, et comme le prussien depuis son entrée en fonctions avait su se faire détester de ses égaux et surtout de ses inférieurs, tous se réjouirent de sa mort.

Pour n'inspirer aucun soupçon, Assia resta quelques jours encore à l'*Hôtel de Cologne*, écoutant les doléances de l'hôtesse, qui versait des larmes de crocodile sur la perte d'un aussi brave homme, d'un si excellent consommateur.

Elle fut fixée sur la sincérité de ces larmes par une confidence de la grosse Gretchen qui lui avoua que le quartal Schwartsmarsheim, non seulement se faisait abreuver et souvent nourrir gratis, exigeait les faveurs de la dame, mais encore lui *empruntait* chaque semaine une quantité toujours grossissante de roubles, argent qu'il ne rendait jamais.

Sa mort fut donc, pour tous, une délivrance, et l'on ignora toujours à quelle main bienfaitrice on devait des actions de grâce, mais chacun murmura : « Beni soit le meurtrier ! »

Gretchen n'eut garde de revenir sur sa déclation première; elle savait trop de quelle façon l'on punit les faux témoignages pour jamais s'y hasarder.

L'ex-intendant de Michel Katkov laissait un fils, tout jeune encore, qui, plus tard, entra dans l'administration.

Bon chien chasse de race.

Pierre Schwartzmarsheim avait hérité des bonnes habitudes de son père, mais non de son adresse.

Il commit force malversations dans l'exercice de ses fonctions de bas policier. Elles étaient trop criardes, trop maladroites.

Des plaintes furent portées au moment même où l'empereur Nicolas, ayant constaté que tout le monde volait dans son Empire, s'était juré de faire fleurir l'honnêteté dans le corps des fonctionnaires.

Aussi se montrait-il impitoyable envers tous les voleurs qu'on lui signalait, et naturellement les petits seuls étaient dénoncés.

Les biens du fils de l'intendant prussien furent confisqués et on l'expédia en Sibérie.

Pierre Schwartzmarsheim s'en échappa, gagna la Prusse où il lui restait quelques parents du côté paternel. Mais ces parents, employés nécessiteux, qui avaient entretenu une amicale correspondance avec son père, qu'ils savaient en situation de leur être utile un jour et comblé le fils des élans de leur affection... sur le papier, virent avec colère et indignation, ce va-nu-pieds, cet évadé de prison leur tomber sur les bras.

Ils s'en débarrassèrent au plus vite et celui-ci, voyant qu'il n'y avait rien à faire dans ce pays pauvre, prit le chemin de la France hospitalière où, après maintes aventures, il s'établit aubergiste dans la banlieue parisienne.

Nous avons fait précédemment connaissance avec ce personnage qui se disait alsacien, coquin de la pire espèce, comme l'auteur de ses jours. Nous y reviendrons prochainement.

CHAPITRE LIV

La grâce d'Anna Souvarine. — L'engagement. — Retour au foyer. — La grâce d'Assia. — Les sœurs réunies.

Après la disparition de sa sœur, Anna Souvarine ne se sentant plus gênée par la présence de celle-ci, mit à exécution le projet qu'elle méditait depuis longtemps, celui d'implorer sa grâce.

Son père avait laissé de nombreux amis à la cour; elle s'adressa à plusieurs qui s'occupèrent activement d'elle.

Toutes les sollicitations seraient cependant restées inutiles, si l'un d'eux, plus avisé, ne lui eut conseillé d'implorer la pitié de l'impératrice.

Le placet fut présenté par un des familiers de la cour, et la femme du tzar consentit à intercéder auprès de son époux en faveur de cette fille « plus folle que coupable ».

En un moment de bonne humeur le tzar Nicolas se laissa toucher.

Anna Souvarine reçut donc, un matin, de la bouche même du gouverneur d'Arkangel l'heureuse nouvelle, et faillit devenir folle, en effet, mais de joie.

Le décret lui rendait la libre possession de ses biens et l'autorisait à venir demeurer dans ses terres. Toutefois, avant de quitter Arkangel, elle dut prendre et signer l'engagement suivant :

« Je promets de ne jamais quitter mes terres où je veux désormais vivre, chrétiennement et loyalement.

« Je promets de ne plus me livrer à aucun acte excentrique, ridicule et bestial, comme celui que j'ai commis lors de l'exécution d'un criminel.

« Je certifie avoir été examinée par un médecin, lequel a reconnu que je n'étais plus sujette à des troubles intellectuels. »

La pauvre Anna Souvarine signa tout ce qu'on voulut. Elle aurait apposé sa signature sur des accusations, des engagements plus sérieux encore pour s'échapper de l'enfer d'Arkhangel.

Elle subit passivement, quoique indignée, l'examen du médecin facétieux qui, sous prétexte de constater qu'elle n'avait aucun trouble cérébral, se livra à une étude minutieuse de toute sa personne.

« On ne sait pas — disait-il — on ne peut se rendre compte si l'on ne voit pas tout. C'est le ventre et l'estomac qui gouvernent la cervelle, je ne puis prononcer aucun dianogtic sur votre état mental, si je n'examine le ventre et l'estomac »

Bref il la mit complétement à nu.

Sans protester, mais rouge de honte et d'indignation, elle se laissa faire.

Le terrible, le sinistre hiver d'Arkhangel approchait. Le soleil roulait, globe vitreux et sans chaleur sur les horizons dénudés, ne disparaissant qu'à peine une heure. Même pendant ce court intervalle, l'intervalle du Couchant au Levant, le reflet de ses rayons projetait une clarté semblable à la pâle clarté du jour, qu'on ne pouvait distinguer de la nuit que par le grand silence qui s'étendait sur la ville.

Anna partit en traîneau, le long du large fleuve qui commençait à geler, et en atteignant la mer elle se trouva en face de montagnes d'écume neigeuse. Elle n'hésita pas tant elle avait hâte de quitter cette terre désolée. Du reste, eut-elle hésité, la navigation devenait bientôt impossible et il lui eût fallu attendre les premiers souffles du printemps.

Elle ne fit que traverser Saint-Pétersbourg après une visite sommaire aux amis qui l'avaient obligée et rentra dans le domaine de son père où elle fut accueillie avec joie par ses paysans !

. . . .

Depuis plus d'un an, Anna Souvarine était de retour dans ses terres, guérie désormais de l'envie de travailler au relèvement moral de l'Empire russe, lorsqu'un jour, à sa grande joie, elle reçut des nouvelles d'Assia, qu'elle croyait morte depuis longtemps ou du moins emprisonnée.

Dans une lettre datée de Vienne, la jeune fille lui annonçait qu'elle venait de quitter la Russie, sur les conseils d'une dame de qualité, de nationalité hongroise, du nom d'Esterhazy, dont elle avait fait connaissance, par hasard, dans les environs de Moscou.

Cette dame, veuve, avait récemment perdu une fille unique, et elle promenait sa douleur par toute l'Europe, sans parvenir à l'apaiser. Or, il se trouvait qu'Assia possédait quelques-uns des traits de la défunte. C'est pourquoi la hongroise s'était mise à la chérir et l'avait suppliée de la suivre dans son pays.

Assia y avait consenti.

A partir de ce moment et à plusieurs reprises, Anna Souvarine reçut des lettres d'Assia, qui semblait se trouver heureuse près de sa nouvelle amie.

Un peu plus d'un an après les événements de juillet, madame Esterhazy mourut subitement. Elle laissait toute sa fortune en argent à la jeune Russe qui, de la sorte, se trouva posséder des sommes assez considérables.

En faisant part de cet évènement à Anna Souvarine, Assia lui annonçait son prochain départ pour la France « où, disait-elle, puisque je ne peux rentrer en Russie, je m'installerai très probablement ».

Anna qui depuis qu'elle avait obtenu sa grâce s'était tenue fort tranquille, osa solliciter le tzar en faveur de sa sœur. Elle ignorait que la jeune fille eut tué l'intendant. Aux yeux de l'autorité, Assia n'était coupable que de deux faits : l'un de s'être substituée à la fiancée du colonel André Ivanovitch, l'autre de s'être enfuie d'Arkhangel où on l'avait internée.

Or, depuis la conspiration de décembre 1825, plus de six années s'étaient écoulées. L'irritation de l'Empereur avait eu le temps de se calmer quelque peu. Il accorda, sans trop de difficultés, la grâce qu'on lui demandait. Assia fut autorisée à rentrer sans conditions dans son pays.

C'était en 1832. Elle venait d'arriver à Paris. Anna Souvarine s'empressa de lui écrire pour lui apprendre cette bonne nouvelle, la suppliant de revenir au plus tôt.

Assia se contenta de lui accuser réception de sa lettre, mais sans manifester ses intentions. Elle n'était pas certaine qu'on ne sût pas la vérité sur son compte, et craignant une embûche de la police, assez coutumière de pareils procédés, elle hésitait à se rendre à l'appel de sa sœur.

Quelques mois se passèrent sans nouvelles, puis un jour, au moment où elle s'y attendait le moins, Anna Souvarine la vit arriver.

Après les premières joies, les premières effusions, les deux sœurs s'interrogèrent, parlèrent du passé.

Une profonde tristesse assombrissait le front d'Assia. Sans doute, la vue des lieux où s'était écoulée une partie de sa tendre enfance, puis surtout le souvenir du sort affreux de Petrovitch Milof, de cet homme qu'elle aimait et qui s'était sacrifié si noblement, avait subi le plus atroce des supplices pour l'amour de sa sœur, puis encore le redouté, l'odieux tuteur qui, chargé de les élever, de les guider dans la bonne voie, les guettait, sans cesse, comme une bête fauve à l'affût de la proie qu'il convoite; toutes ces pages d'un passé sombre se déroulaient dans sa mémoire.

— Tout cela n'est rien — disait Anna dans l'égoïsme de l'amante qui a perdu celui qu'elle aime et n'est sensible qu'à ses propres maux — tout cela n'est rien, la mort de Michel Katkov nous a délivrées, celle de l'infortuné staroste me laisse, comme à toi, un poids douloureux sur le cœur, mais que dirais-tu si tu avais perdu comme moi un fiancé, plus qu'un fiancé, un époux à qui je me suis abandonnée au moment où nous allions être séparés pour toujours, celui enfin qui m'a fait goûter les suprêmes caresses... celui dont j'ai été veuve avant qu'il ait pu me consacrer sa légitime

Je suis fâchée de vous déranger, mes chers enfants...

épouse, en mettant à mon doigt l'anneau nuptial.

— Eh bien ? — fit Assia.

— Eh bien, celles-là seules ont un éternel et incurable chagrin qui ont perdu l'homme aimé qui les initia à l'amour.

— Tais-toi, tu raisonnes comme une fillette qui ne sait rien de la vie. Si l'on regrette toujours celui qui vous ouvrit les portes de la vie, car l'amour est toute la vie pour une femme, quel sentiment éprouver quand celui qui vous féconda les flancs... quoique vivant, est à jamais perdu ?

— Que veux-tu dire ?

— Que je suis dans ce cas, chère petite sœur.

— Comment? Quoi ? tu serais enceinte ! — s'écria Anna au comble de l'étonnement — jetant sur la taille de sa sœur un regard inquiet.

— Oh ! rien ne parait encore — dit celle-ci — mais bientôt...

— Par qui donc t'es-tu laissée séduire ?

— Je ne me suis pas laissée séduire — répondit Assia avec calme — je me suis librement, volontairement donnée à un homme de cœur, et c'est moi, oui moi qui ai fait les premiers pas.

Assia s'exprimait avec une noble franchise, une franchise que peu de femmes osent avoir dans de semblables circonstances.

L'on parle toujours de séduction, mais la séduction ne vient-elle pas le plus souvent du côté de la femme? N'a-t-elle pas, en usant de coquetterie et d'artifice, entamé les escarmouches, commencé le premier feu ?

« Les hommes — écrivait une dame de grand sens — désirent assez généralement les femmes, et mettent même souvent en œuvre jusqu'à la fausseté et la perfidie pour s'en faire aimer. Elles prétendent qu'elles ne manquent à leur devoir qu'après avoir longtemps résisté aux persécutions des hommes ; mais elles ont tort, et, si elles étaient de bonne foi, elles conviendraient que ce sont presque toujours elles qui les séduisent les premières, et d'une façon d'autant plus sûre qu'elles ne paraissent pas en avoir le dessein. »

— Oui — répéta-t-elle, devant la stupéfaction de la princesse Souvarine — c'est moi qui ai fait les premiers pas, poussée vers cet homme par une irrésistible attraction. Et pourquoi en serait-il autrement ? Est-ce que nous n'avons pas, nous aussi, des sens comme les hommes ? Qui oserait me blâmer ?

— Pas moi, petite sœur — dit Anna. — J'aurais mauvaise grâce à te faire des reproches... Et comment cela est-il arrivé ?

— On a raison de dire qu'une lecture, un tableau peuvent influer sur une destinée. Lorsque je me suis donnée tout entière, corps et âme, à Georges Barrel...

— Ah ! il s'appelle Georges Barrel !

— Oui, c'est le nom d'un honnête, loyal et sincère républicain, je dirais plus, d'un vaillant soldat — fit Assia avec enthousiasme — car il s'est battu pour l'indépendance de la Grèce, et en France pour la liberté. C'est un des combattants de Juillet 1830.

— Continue, petite sœur, tu allais me dire comment l'événement s'est produit.

— Oh ! d'une manière fort simple. Je l'aimais depuis longtemps ; je l'avais rencontré à Vienne chez la comtesse Esterbazy. Mon visage lui plut sans doute, et il fut attiré surtout, il me l'avoua, par mon attitude mélancolique. Je traînais encore avec moi le funèbre souvenir de mon ami supplicié. Oh ! tu me l'as raconté cet horrible supplice, et cette pensée était un remords. Car, enfin, c'est moi... c'est moi qui encourageai Pierre Pétrovitch Milof au sacrifice !

— Mais, c'est pour moi qu'il se sacrifiait !

— Ah ! je ne l'ignore pas, c'est pour toi ! Aussi me suis-je bien gardée de lui faire comprendre sa folie... Mais, que veux-tu, j'espérais... en la protection du chef de police... en la clémence du tzar.

— Oui, je sais, le chef de police, ami de notre père, qui t'avait fait sauter toute petite sur ses genoux et que tu taquinais, ce qui excitait son gros rire..., le chef de police, dès que tu fus prisonnière, n'a plus voulu te connaître, ni même t'écouter. Ces gens ont un cœur de pierre.

— Mais non, un cœur de fonctionnaire et de courtisan. En se montrant indulgent et affable pour moi, il eût pu déplaire au tzar et déplaire au tzar, c'est déplaire à Dieu... Je reviens à Georges Barrel. Ma tristesse le toucha et, de suite, il fut pris d'une tendre sympathie qui se changea vite en amour. Il ne me fit pas d'aveu alors, mais quelle femme ne sait lire dans les yeux d'un homme les sentiments qu'elle inspire ?

Je n'étais plus une toute jeune fille, j'avais souffert, j'avais vécu, j'avais aimé sans espoir, il pouvait me parler librement. Ayant beaucoup voyagé, sa conversation était aussi instructive qu'intéressante et comme il avait visité l'Orient, Constantinople et les principales villes de la Turquie d'Europe et d'Asie, je lui demandais ce qu'il savait de la vie des femmes musulmanes, conversation qui nous entraîna à parler des harem.

A Widdin, dans la Bulgarie occidentale, il avait séjourné quelque temps, fort bien accueilli par le vieux pacha Hassein, vénérable coquin qui, sous les ordres de Malmoud II avait massacré les Janissaires.

Le vieillard âgé de près de soixante-dix ans avait trois femmes élevées au rang d'épouses et vingt-huit esclaves, élevées au rang de... concubines, presque toutes d'une grande beauté, dont l'âge variait de douze à vingt ans.

Naturellement, il n'avait pas été donné au Français de pénétrer dans ce petit harem, mais il s'était lié avec le docteur qui y avait ses entrées et recueillit sur ces femmes les détails les plus circonstanciés.

Vouées à un vieillard qui, fatalement, ne pouvait que négliger ses trente-et-une épouses et esclaves, car il n'accordait que de rares instants aux plus jeunes, aux nouvelles venues, toutes languissaient, comme tu le penses bien, et se trouvaient atteintes de chlorose, d'hypocondrie, de gastrite et de toutes sortes de maladies des nerfs.

Pas une qui n'eut tous les jours quelque nouveau motif de faire appeler le docteur, et celui-ci, brave quinquagénaire, marié et père de famille, ne se rendait qu'en frémissant à l'appel.

Il les trouvait toujours pâles et fatiguées, capricieuses, fantasques, prêtes à pleurer ou à s'irriter pour des riens.

Il ordonnait des calmants, des sorbets, des drogues inoffensives mais rafraîchissantes, et le lendemain quand il se rendait à leur nouvel appel, il les trouvait plus excitées, plus furieuses que la veille.

— Ce n'est pas cela qu'il nous faut, criaient-elles ; tu es un ignorant et un imbécile.

Et toutes à l'unisson l'accablaient de menaces et d'injures.

Puis elles se calmaient, redevenaient câlines, cherchaient à lui saisir les mains, à l'enlacer.

Il les repoussait doucement, tendrement, comprenant parfaitement ce qu'elles demandaient, car ce n'était pas la médecine qu'elles voulaient, mais le médecin.

Alors, pris de pitié, il allait trouver le vizir.

— Plusieurs de tes femmes sont bien malades, lui disait-il. Elles dépérissent de jour en jour et si cela continue, tu ne trouveras plus que des squelettes ou des mortes.

— Oui, je l'ai remarqué, répondait tristement Hassein. Un mal secret les dévore. Cela me brise le cœur, car je les aime toutes. Ne connais-tu donc pas de remède ?

— J'en connais un, répondait le médecin,

— Lequel ?

— Ne t'offense pas, si je te l'indique.

— Parle sans crainte.

— Il faut les marier.

Le vieux pacha bondissait, et à celui qui avait massacré, d'un œil calme, des milliers de janissaires, le rouge couvrait les joues.

— Tu as raison, disait-il après un moment de silence, il faut les marier, me séparer d'elles. Oh ! mes belles esclaves ! les unes aux longs cheveux noirs et dont le regard brille comme une étoile au fond d'un puits, et les autres blanches et blondes, avec des yeux couleur du ciel. Je les marierai, car je ne suis pas de ces maîtres stupides et égoïstes qui laissent pourrir les fruits sur l'arbre. Les fruits, les doux fruits, les fruits qu'Allah nous donne, les fruits d'amour, il faut les cueillir... et mes dents ne peuvent plus y mordre.

Et quelque temps après, le bon vizir mariait une, deux, trois, quatre, de ses esclaves, de celles qui atteignaient la vingtième année, à quelque employé de ses domaines, quelque petit fonctionnaire ou officier de ses milices, jeune et vigoureux, et la malade était rapidement guérie.

Voilà ce que me racontait Georges Barrel et je ne m'étonnais pas de ses paroles, car moi aussi j'étais malade et j'avais besoin de me guérir.

— Heureusement que c'est à moi, petite sœur, que tu fais de telles confidences — dit la princesse Anna Souvarine, dont l'esprit était moins large et que cette conversation effarouchait un peu — si c'était à d'autres, l'on pourrait te prendre pour une fille éhontée.

— Je le sais ; et n'est-ce pas grotesque d'avoir mis un sentiment de honte dans l'un des besoins les plus impérieux de notre nature, les plus nécessaires à l'équilibre de nos facultés ?

D'où vient que la plupart des vieilles filles sont fantasques, déséquilibrées, maniaques, folles ? C'est qu'elles sont travaillées intérieurement par le mal d'amour, et ce mal n'ayant pas trouvé de remède désorganise les autres organes.

— Mais l'hypocrisie ou la fausse pudeur veut que l'on ne traite jamais ces sujets-là.

— Je les traite, moi, qui ne suis pas hypocrite et je les ai traités devant Georges Barrel... Je te parlais de l'influence d'une lecture, d'un tableau. Voici : il y avait dans un petit salon de la comtesse Esterhazy, une gravure d'un peintre français du dernier siècle, Fragonard, la *Fontaine d'Amour*.

Dans l'état d'esprit où je me trouvais, je m'asseyais souvent sur un divan en face de cette gravure et mes regards ne pouvaient s'en détacher.

Tu connais le sujet : d'une large coupe entourée d'amours nus, coule la source bienfaisante et un jeune homme, accompagné d'une belle jeune fille, se précipite pour y tremper ses lèvres altérées,

Leurs regards sont fixés sur la fontaine, ils ne voient qu'elle ; leurs désirs, leur pensée, leurs membres, tout est tendu vers cet unique but. Je me disais : Il a raison ce peintre ; l'amour, voilà le but de la vie, quand on est jeune. Pourquoi attendre, pourquoi toujours attendre, pourquoi ne pas saisir l'heure propice, profiter d'un moment qui peut-être ne reviendra plus ?

Parlai-je haut sans en avoir conscience ou si je parlais bas, ma pensée, comme il arrive parfois, fût-elle entendue, comprise par une âme sœur de mon âme ?

Quoi qu'il en soit, une main saisit doucement la mienne, ce qui me fit éprouver comme une commotion électrique, et je vis Georges Barrel assis à mes côtés.

Absorbée dans la contemplation de ces deux amants qui couraient à la *fontaine d'amour*, je ne l'avais pas entendu venir, et lui, répondait à mon appel muet.

— Oh ! — lui dis-je sans m'étonner de sa présence — c'est vous... vous !

— Ne m'avez-vous pas appelé ?

— Non, non, je n'ai rien dit. Si j'ai prononcé votre nom, c'est tout bas, bien bas, et vous n'avez pu l'entendre.

— Je l'ai entendu pourtant, je l'ai entendu, car mon cœur a battu plus fort... Je suis accouru... Et me voici.

Il pencha sa tête près de la mienne, je sentis sur ma taille son bras robuste, son bras d'homme fort et nos lèvres se touchèrent.

Mais, à ce moment, un bruit léger de pas retentit dans la galerie voisine ; la porte était restée entrouverte, je repoussai Georges qui se leva précipitamment.

C'était la comtesse. Elle remarqua son trouble, le mien, sourit.

Cette femme intelligente ne partageait en rien les préjugés du monde et ne croyait pas qu'on pût offenser la morale ni Dieu en s'aimant et en se le prouvant.

— Je suis fâchée de vous déranger, mes chers

enfants — dit-elle — mais je cherchais M. Barrel.

Elle tenait un journal.

— Lisez, voici de graves nouvelles de France. Une de vos villes est en pleine insurrection.

— Paris? — s'écria Georges Barrel.

— Non, une ville peuplée d'ouvriers, paraît-il, Lyon.

Georges saisit le journal, le parcourut avec anxiété.

— Oui, en effet — dit-il — les *canuts*, c'est le nom qu'on donne là-bas aux ouvriers en soie, les canuts s'insurgent, ils n'ont pas tort : ils meurent de faim.

Et il ajouta : « Ah ! nous avons un monarque qui a trompé toutes nos espérances. Je me suis battu en Juillet pour nos libertés et non pour le mettre sur le trône. Thiers, un méchant petit homme qui ira loin, car il n'a pas le moindre scrupule, Thiers a dit : « C'est la meilleure « des Républiques. » Eh bien, je suis prêt encore à me battre contre cette République comme je me suis battu contre la Monarchie du droit divin. »

Il prit bientôt congé de nous, rentra à son hôtel où il trouva, paraît-il, des lettres pressantes qui le rappelaient en France, car le lendemain matin, il vint nous faire ses adieux.

— Oh ! vous partez? vous partez? — lui dis-je le cœur serré, ayant peine à cacher mes larmes.

— Il le faut — me répondit-il d'une voix émue — mais je reviendrai, oui, si rien ne m'arrive là-bas, je vous promets de revenir.

— Et il n'est plus revenu? — demanda la princesse Anna Souvarine.

— Non, c'est moi qui suis allée le retrouver.

CHAPITRE LV

Les canuts. — Vivre en travaillant ou mourir en combattant. — Les exigences de la liste civile. — Le choléra. — Assia à Paris.

Les événements qui se passaient alors en France étaient les précurseurs des tempêtes prochaines.

Louis-Philippe avait, en effet, trompé toutes les espérances des républicains qui avaient un instant eu foi en ses promesses. Aussi, dans un voyage fait en juin 1831, il eut des preuves visibles du mécontentement naissant.

A Metz, le Conseil municipal, dans une adresse, le lui témoigna en termes voilés, mais explicites. Puis, ce fut le tour de la garde nationale. Le roi, à bout de patience, arracha le discours des mains du capitaine qui le lui lisait, disant sèchement :

— Assez ! La garde nationale ne doit pas s'occuper de questions politiques ; cela n'entre pas dans ses attributions.

Et sur l'observation que lui faisait l'officier qu'elle ne se permettait pas de donner un avis, mais exprimait un simple vœu, il répliqua vivement :

— La garde nationale n'a pas de vœu à former ; les délibérations lui sont interdites.

Cette réponse et cet emportement avaient mis toute la ville de Metz en émoi, la garde nationale surtout ; aussi, de tous les officiers supérieurs qui avaient été invités à dîner avec le roi, un seul se rendit à l'invitation.

A cette insulte, Louis-Philippe déclara ne pas vouloir rester une heure de plus dans la ville, et malgré une pluie battante, il quitta aussitôt Metz, pour recevoir ailleurs d'autres leçons, essuyer des allusions aux promesses faites, et pas tenues, dans le fameux programme de l'Hôtel de Ville.

Impatienté, il avait fini par dire :

« Sans doute, la Révolution de Juillet doit porter ses fruits, mais cette expression n'est que trop employée dans un sens qui ne répond ni à l'esprit national, ni aux besoins du siècle, ni au maintien de l'ordre public... Nous chercherons à nous tenir dans un juste milieu également éloigné des abus du pouvoir royal et des excès du pouvoir populaire. »

C'est à la suite de ces paroles que le Gouvernement de Juillet avait été appelé le Gouvernement du *juste milieu*, et c'est ce voyage accompli au milieu de cet enthousiasme banal qu'excite toujours la présence d'un souverain, qui laissa, dans l'esprit de Louis-Philippe, une somme de ressentiments qui, en s'aigrissant de plus en plus, devaient, seize ans plus tard, amener les lois de répression qui firent éclater la colère du peuple.

La grande cité ouvrière de Lyon commençait le branle-bas. Mais ce n'était pas une question politique qui l'occupait alors, c'était une question bien plus grave, une question de pain.

Le pain plus ou moins beurré, la pâtée pour la femme et les petits, n'est-ce pas le fond de toutes les questions politiques?

Le départ précipité de Georges Barrel avait été provoqué par une lettre trouvée à son hôtel, émanant de son ami Lebrenn, qui lui donnait des détails sur la révolte des canuts.

« Venez, cher ami — lui disait-il — peut être le feu qui commence à Lyon va-t-il gagner les grandes villes industrielles, et Paris ne restera pas impassible devant l'embrasement général. Nous aurons alors besoin de vous. »

Sacrovir Lebrenn se trompait, les clameurs

des ouvriers de Lyon ne devaient pas trouver d'écho.

Barrel n'avait pas hésité une minute. Il connaissait Lyon ; il était instruit de la misère des canuts ; il savait leur salaire insuffisant et n'ignorait pas que ceux chargés de famille mouraient lentement de faim.

Que demandaient-ils? Une modique augmentation de salaire. Quelques centimes de plus par jour.

Quatre cents ouvriers en soie, armés simplement de bâtons, leurs syndics en tête, étaient allés d'atelier en atelier pour décider leurs camarades à cesser tout travail jusqu'à ce qu'on eût amélioré leur misérable situation. Des gardes nationaux avaient tiré sur eux, criant : « Balayons cette canaille! » Il y eut des morts et des blessés, et le soir même tous les ouvriers en soie, les *canuts*, se rassemblaient au nombre de quarante mille, arborant des bannières sur lesquelles étaient inscrits ces mots :

« *Vivre en travaillant ou mourir en combattant.* »

Les troupes, chassées par le flot populaire, avaient quitté la ville.

Quand Georges Barrel arriva, tout était calme ; comme à Varsovie, la paix régnait à Lyon.

Le maréchal Soult était, depuis plus de quinze jours, rentré dans la cité rebelle tambour battant et mèche allumée. Le peuple avait été désarmé, la garde nationale devenue suspecte, licenciée, et Lyon mis en état de siège ; les malheureux canuts retombaient dans leur traditionnelle misère.

Et cependant, nous le répétons, que demandaient-ils? Rien d'impossible; quinze ou vingt centimes de plus par jour !

« Lyon ! Lyon ! pauvre ville de boue et de fumée, écrivait un des maîtres de la plume, entassement de richesses et de misères, où le riche n'ose pas mettre des chevaux à sa voiture, de peur d'insulter le pauvre ; où pour quarante mille malheureux, les vingt-quatre heures de la journée ont dix-huit heures de râle et de fatigue !

Figurez-vous une spirale composée de trois étages :

Au faîte, huit cents fabricants ;

Au milieu, huit à dix mille chefs d'ateliers ;

A la base, c'est-à-dire supportant ce poids immense, quarante mille compagnons ;

Puis, comme les frelons autour d'une ruche, les commissionnaires parasites des fabricants et fournisseurs des matières premières.

Or, vous comprenez : ces commissionnaires vivant des fabricants ;

Ces fabricants vivant des chefs d'ateliers ;

Ces chefs d'ateliers vivant des compagnons.

Et avec tout cela, l'industrie lyonnaise attaquée sur tous les points par la concurrence ;

L'Angleterre produisant à son tour et approvisionnant Lyon.

Zurich, Bâle, Cologne et Berne se faisant rivales de la seconde ville de France. »

Sous le premier Empire, à Lyon, l'ouvrier gagnait de 4 à 6 francs ; alors, avec le bon marché de la vie à cette époque, il nourrissait facilement sa femme et cette nombreuse famille qui éclot toujours sur la couche imprévoyante des pauvres.

Mais, peu à peu, le salaire de quatre francs était descendu à 2 francs, puis à 1 fr. 75, puis à 1 fr. 50, puis à 1 fr. 25, enfin à l'époque dont nous parlons, dans les premières années du règne de Louis-Philippe, le simple tisseur d'étoffes unies gagnait 0 fr. 90 par jour pour un travail de dix-huit heures.

Comment vivre avec dix-huit sous ?

Lorsque ces malheureux virent qu'après dix-huit heures de travail, ils ne récoltaient que la faim, que la femme et les enfants criaient et pleuraient devant le foyer éteint, il s'éleva de la Croix-Rousse, la cité populeuse, un immense cri de détresse et c'est alors que le mouvement éclata.

Il avorta, ainsi que tant d'autres, et les tisseurs en soie continuèrent à vivre... avec leurs dix-huit sous.

Et pourtant, comme devait chanter plus tard le poète J.-B. Clément :

> Pourtant ces pauvres traîne-guêtres
> Sont nombreux comme les fourmis ;
> Ils pourraient bien être les maîtres,
> Et ce sont eux les plus soumis...
> Du grand matin à la nuit noire,
> Ça travaille dès quarante ans ;
> A l'hôpital finit l'histoire
> Et c'est au tour de leurs enfants.
> Et tout ça souffre et tout ça danse
> En attendant la Providence !

Pendant ce temps, le *roi-citoyen* préparait une note dans laquelle il demandait à la Chambre dix-huit millions de liste civile, c'est-à-dire quinze cent mille francs par mois, cinquante mille francs par jour !

Il faut ajouter à ce budget cinq millions de rente de sa fortune personnelle, plus deux ou trois millions de revenus, extraits d'entreprises industrielles.

Aussi fut-on joyeux à la cour quand on apprit que la révolte de Lyon n'avait rien de politique, que nul n'avait crié *A bas le roi* ni *Vive la République* et que les ouvriers ne s'étaient insurgés que parce qu'ils mouraient de faim.

Et la Chambre, non moins joyeuse, avait présenté au souverain une adresse d'où nous extrayons ces lignes :

« Nous nous empressons d'exposer à Votre

Majesté le vœu unanime des députés de la France, pour que son gouvernement *oppose à ces déplorables excès toute la puissance des lois.* La sûreté des personnes a été violemment attaquée ; la propriété a été menacée dans son principe ; la liberté de l'industrie a été menacée de destruction ; les voix des magistrats n'ont pas été écoutées ; il faut que ces désordres cessent promptement ; il faut que de tels attentats soient énergiquement réprimés ; la France entière est blessée dans cette atteinte portée aux droits de tous dans la personne de quelques citoyens... »

Et la Chambre des pairs fit une adresse à peu près pareille.

Dès lors, Louis-Philippe n'hésita plus à présenter sa note des dix-huit millions, c'est-à-dire pour lui seul la cinquantième partie du budget de la France, la solde d'une armée de cinquante cinq mille hommes, officiers, sous officiers et soldats.

Le moment était d'autant plus mal choisi qu'un bureau de bienfaisance, celui du douzième arrondissement, venait de publier, le 1er janvier 1832, la circulaire suivante :

« Vingt-quatre mille personnes inscrites sur les contrôles du douzième arrondissement de Paris manquent de pain et de vêtements. Beaucoup sollicitent quelques bottes de paille pour se coucher. »

Mais les événements se précipitaient, le mécontentement s'accentuant, des arrestations illégales furent opérées sur des journalistes de l'opposition, parmi lesquels Georges Barrel. Il y eut des conspirations, la conspiration mystérieuse dite des Tours Notre-Dame, la conspiration royaliste de la rue des Prouvaires et enfin des troubles à Nîmes, à Alais, à Clermont, à Carcassonne, à Grenoble d'où, pour une plaisanterie de carnaval, un charivari donné au préfet, une trentaine de personnes furent blessées, à la suite de quoi le 35e de ligne dut sortir de la ville où les habitants lui firent la conduite à coups de pierres.

Le 35e devait venger cet affront quelque temps après dans la rue Transnonain.

Enfin, le 26 mars 1832, un fléau, encore inconnu, le choléra, fils des eaux empoisonnées du Gange, se déclara tout à coup.

« Tout le monde, dit un écrivain du temps, a souvenir de cette époque de deuil, où les maisons sont fermées, les rues désertes, sillonnées seulement le jour par les convois des riches, la nuit par les convois des pauvres, présentant l'image non, plus d'une capitale vivante, mais d'une sombre nécropole, dont les messageries à elles seules emportaient plus de sept cents personnes par jour.

Puis, comme si ce n'était point assez d'une cause de deuil, l'émeute, ayant cette fois une cause ridicule, se joignit au fléau.

Un jour, le bruit se répandit dans le peuple — il y a certaines heures de désespoir, où le peuple est accessible à tous les bruits — le bruit se répandit dans le peuple que le choléra n'existait point, que c'était une fiction des journaux, mais qu'un vaste complot avait été organisé par des scélérats qui empoisonnaient les fontaines.

A toutes les époques où cette grande calamité, venue d'Orient et qu'on désigne sous le nom de peste, frappa la France, le peuple qui ne saurait croire à une contagion impalpable, à un fléau invisible, le peuple accueillit et répéta cette horrible fable de l'empoisonnement par l'eau qu'il buvait.

Peut-être cependant ce bruit absurde, ridicule, serait-il tombé de lui-même, si Gisquet, le préfet de police d'alors, n'avait publié sous l'inspiration de Casimir Périer, président du Conseil, une circulaire dans laquelle on lisait ces mots :

« Je suis informé que pour accréditer d'atroces suppositions, des misérables ont formé le projet de parcourir les cabarets et les étaux des bouchers avec des fioles et des paquets de poison, pour en jeter dans les fontaines et les brocs ou sur la viande, soit même pour en faire le simulacre, et se faire arrêter en flagrant délit par des complices, qui, après les avoir signalés comme attachés à la police, favoriseraient leur évasion, et mettraient tout en œuvre pour démontrer la réalité de l'odieuse accusation portée contre l'autorité. »

Car il faut dire qu'un autre bruit aussi absurde, sinon plus, que l'empoisonnement des fontaines, en accusait le gouvernement ; et le gouvernement aux abois, par la circulaire de Gisquet, chargeait l'opposition de ce crime sans nom.

Quand les gouvernements, dit l'auteur de l'*Histoire de Louis-Philippe*, mettent au nombre de leurs ressources de pareils moyens, ils sont dans la situation de ces malades qui, abandonnés par les médecins, en appellent aux empiriques et aux charlatans.

L'auteur oublie de mentionner que ces empiriques ont souvent guéri des malades.

Cependant, la circulaire de Gisquet porta ses fruits.

Un jeune homme fut égorgé près du passage du Caire, sans autre motif que la fantaisie qui prit à un passant de crier à l'empoisonneur.

Un autre, fut tué à coups de couteaux, rue du Ponceau, parce qu'il eut la fâcheuse idée de demander l'heure à la porte d'un marchand de vins

Un troisième qui, faubourg Saint-Germain,

s'avisa de regarder dans un puits, fut mis en pièces par une foule furieuse.

Un quatrième, un juif celui-là, fut haché aux Halles, pour avoir ri en marchandant du poisson. Les idiots qui le tuèrent prétendirent que s'il avait ri, c'est qu'il venait de jeter sur l'éventaire de la poissarde quelque toxique.

Un malheureux, dit Alexandre Dumas, accusé du même crime, avait été soustrait à la colère du peuple et conduit au corps de garde de l'Hôtel de Ville, lorsqu'il en fut arraché à l'instigation de quelques femmes, mis en morceaux comme aux temps des Foulon et des Berthier ; seulement, en 89, le peuple mangeait lui-même les lambeaux de chairs des cadavres ; en 1832, un charbonnier fit manger les restes de celui-là à son chien.

Il y avait progrès.

Et cependant c'est le même peuple qui, dans les révolutions, pose des sentinelles aux portes de la Banque et du Trésor, et fusille ceux qui sont pris, emportant un flambeau de vermeil ou un couvert d'argent.

« Sublime ou hideux, selon que l'inspiration lui vient bonne ou mauvaise. »

Au cours du seul mois d'avril, douze mille sept cents personnes succombèrent au choléra.

Pendant les cent quatre-vingt-neuf jours qu'il fit rage, le chiffre des morts officiellement déclaré fut de dix-huit mille quatre cents, à peu près les deux tiers du chiffre réel.

Si nous avons donné ces détails rétrospectifs c'est qu'ils se rattachent à notre histoire.

Le choléra n'avait pas seulement sévi dans la capitale et dans les provinces ; il avait auparavant traversé la Chine, la Sibérie, envahi Moscou et Saint-Pétersbourg, après être passé par la Pologne, décimé la Bohême et la Hongrie.

Aussi nul ne savait où fuir le fléau ; beaucoup de riches s'étaient réfugiés à Londres et, huit jours après, on annonçait leur mort.

Georges Barrel, relâché après quelques jours de prison, était resté, aidant autant qu'il était en son pouvoir les familles qui perdaient leur soutien, attendant sans crainte le coup final.

Un matin, on frappa précipitamment à sa porte. Il ouvrit, se trouva en face d'Assia.

— Quoi ! Vous, ici ! vous, ici ! — fit-il — mettant la main sur son cœur pour en comprimer les battements.

— Oui, moi — dit-elle. — Ma bienfaitrice est morte. Elle m'a fait l'héritière de ses biens... Alors, je suis venue...

— Mais, malheureuse, le choléra décime la population ; il frappe à droite et à gauche, et fait chaque jour des centaines de victimes.

— Je le sais — dit Assia — et c'est pour cela que je suis venue. Je n'avais qu'une crainte, celle de ne pas vous retrouver.

— Vous voulez donc mourir ?

— Je ne désire pas la mort, maintenant moins que jamais... Mais, si je meurs, si je dois être frappée, je ne veux pas m'en aller dans l'inconnu sans avoir connu l'amour.

— Chère créature — fit Barrel — la prenant dans ses bras.

— L'amour avec toi !

Il la baisa sur les yeux, sur les lèvres.

— Suis-je le seul que tu aies aimé ?

— Le seul, non. Je vais être franche. J'ai aimé avant toi sans espoir... l'élu de mon cœur en aimait une autre, lui aussi, sans espoir.

Ainsi l'on offre son cœur à qui n'en veut pas et à celui qui le voudrait, on le refuse. Me refuseras-tu l'aumône du tien ?

Georges Barrel la comprenait ; elle lui avait raconté là-bas, chez la comtesse Estherazy, l'histoire du staroste, et il la comprenait d'autant plus que lui-même avait aimé d'un amour sans espoir.

Le souvenir d'Anne Perrin restait vivant encore au fond de son cœur, mais devant cette belle et intelligente fille qui s'offrait, voulant goûter à l'amour avant de connaître la mort, le souvenir de l'autre s'effaça...

Leurs amours durèrent quelques semaines, puis un soir, Georges Barrel, en rentrant chez lui, trouva une lettre d'Assia.

« — Adieu, mon ami — lui disait-elle — je pars. J'ai surpris votre secret. Vous seriez malheureux avec moi, car le souvenir de l'autre vous poursuivrait jusque dans mes bras. En appuyant vos lèvres sur les miennes, il pourrait vous arriver de murmurer un nom qui ne serait pas Assia, et j'en serais blessée jusqu'au fond du cœur... Je vous ai bien aimé, mon ami, et je vous aime encore, et c'est parce que je vous aime que je vous quitte pour vous rendre votre liberté.

« Aimez Anne, puisque c'est Anne qu'elle s'appelle ; je ne la connais pas, mais elle doit être bien bonne, bien belle, bien intelligente pour être aimée de vous. Adieu ! adieu !

« Si, comme je le crois, les âmes survivent au corps, mon âme, à ma dernière heure, volera vers vous pour vous dire que je ne suis plus.

« Alors peut-être essuierez-vous une larme à celle qui s'est donnée si spontanément à vous, une larme à la pauvre Assia. »

CHAPITRE LVI

Les deux sœurs. — Conseils et hésitations. — Demande repoussée. — Le départ. — La fable des deux pigeons. Mauvais présage. — La vision du parc.

— Et il t'a laissée partir sachant que tu étais enceinte ? — demanda Anna Souvarine quand sa sœur eut terminé le chapitre de ses confidences.

— Il ne m'a pas laissé partir — répliqua Assia — puisque je suis partie sans lui demander avis. Quant à ma situation, il l'ignorait comme je l'ignorais moi-même ; je ne m'en suis aperçue que depuis que j'ai mis le pied sur la terre natale.

— Mais, l'as-tu prévenu au moins ?

— Non, je ne l'ai pas fait. Ah ! ce n'est pas que la pensée ne m'en soit venue. Et je connais d'avance sa réponse. Il m'eut dit : « Reviens, pourquoi es-tu partie ? » Il aurait étouffé ses vrais sentiments, se serait cru obligé de m'épouser, et je ne veux pas jouer ce rôle secondaire, je me refuse à être prise par devoir. Et je me suis abstenue.

— Mais tu es folle, ma pauvre sœur.

— Non, je suis digne et fière. C'est l'autre qu'il aime, cette Anne. Je ne suis, moi, qu'un amour de passage, un incident sur sa route ; incident heureux, et j'aime à croire qu'il gardera de moi un doux souvenir ; que parfois lorsque la violence de cet autre amour se sera amortie, sa pensée se portera vers cette fille du Nord, qui, folle comme tu viens de le dire, croyait être aimée sans partage, et alors il murmurera tout bas mon nom sans amertume, sans le reproche, le cruel reproche qu'il m'eût peut-être adressé autrement, en dedans de lui-même, d'être venue me jeter dans sa vie.

Oui, plus je réfléchis, plus je reconnais qu'il valait mieux que je disparaisse... J'élèverai mon enfant.

— Sans père !

— Il aura une mère ; mon affection le dédommagera.

La trop généreuse fille ignorait qu'à cette époque et au moment même où elle disparaissait, Anne Perrin allait devenir l'épouse de Damiens, l'employé de la maison Perrin. Certes, si elle l'eut su, elle aurait modifié sa résolution.

Au terme de sa grossesse, elle mit au monde une fille à qui elle donna le nom d'Hélène, et cette enfant apporta un rayon de joie dans le sombre domaine et dans l'âme plus sombre encore des deux sœurs.

Souvent, près du berceau de sa fille, Assia, de sa voix cristalline, chantait des chansons russes ou françaises pour bercer le sommeil de l'enfant.

Mais, ce qu'elle affectionnait le plus, ce qu'elle se plaisait à répéter, c'étaient quelques strophes du *Lac*, de Lamartine, son poète favori, le poète de toutes les âmes rêveuses et tendres :

> Ainsi toujours poussés vers de nouveaux rivages
> Dans la nuit éternelle emportés sans retour
> Ne pourrons-nous jamais sur l'Océan des âges
> Jeter l'ancre un seul jour ?
>
> . . . .
> . . . .
>
> Temps jaloux se peut-il que ses moments d'ivresse
> Où l'amour à longs flots nous verse le bonheur
> S'envolent loin de nous, de la même vitesse
> Que les jours de malheur ?
>
> Eh quoi ! n'en pourrons-nous fixer au moins la trace
> Quoi passés pour jamais ! quoi ! tout entiers perdus !
> Ce temps qui les donna, ce temps qui les efface
> Ne nous les rendra plus !

Ainsi chantait Assia, et les moujiks qui entendaient sous les fenêtres ces paroles qu'ils ne comprenaient pas, mais qui en écoutaient l'harmonieuse mélodie, cette mélodie de la voix comprise dans toutes les langues, croyaient ouïr une musique du ciel.

Quant à la jeune mère, dès que la dernière strophe avait expiré sur ses lèvres, elle se prenait à rêver longuement, les yeux noyés en des visions lointaines, et des larmes coulaient lentement sur ses joues.

Un jour, sa sœur s'approchant doucement d'elle lui mit la main sur l'épaule.

Assia tressaillit.

— Ah ! c'est toi — dit-elle levant la tête — c'est seulement toi !

— Oui. Qui croyais-tu donc que ce pouvait être ? L'attendrais-tu, *lui* ?

Assia ne répondit pas, mais son cœur répondit pour elle, il en sortit un sanglot.

Anna reprit :

— Je crains bien que tu n'aies agi avec trop de précipitation en cette circonstance. Comme toujours, tu n'as écouté que la générosité immense de ton cœur... Ne crois-tu pas que tu as eu tort de quitter la France ? Laisser la place à une rivale ! Ah ! c'est grande folie. Est-elle donc si belle ? Est-elle donc si riche, que celui que tu aimais l'ait préférée à toi ?

Et comme Assia, le visage dans les mains, continuait à sangloter :

— Tu te repens, je le vois bien, et tu as raison de te repentir. Qui te dis qu'à l'heure actuelle lui aussi ne pleure pas ton absence, ne se désole pas de ton brusque et inexplicable départ... En te sacrifiant à lui, en voulant faire

Assia ! Assia ! c'est toi ! Qu'as-tu ? Que t'est-il arrivée ?

son bonheur, tu n'as peut-être réussi qu'à faire deux malheureux. Tu pleures de ton côté, il pleure du sien... Tais-toi... Ne dis pas un mot. Laisse-moi achever, petite sœur, car ta tristesse me déchire le cœur, et, au lieu de deux malheureux, tu en as fait trois... Tu l'aimes toujours... Tu ne cesses de penser à lui, la nuit comme le jour. Ah ! je guette les paroles qui s'échappent de tes lèvres pendant tes sommeils agités. C'est son nom, toujours son nom qui revient... Georges ! Georges ! Et ce nom tu le cries comme si tu appelais l'ange de la mort. Tu le cries avec des larmes. Les sanglots étouffent ta voix. O chérie ! Sœur bien-aimée, toi qui n'a reculé devant aucun sacrifice, écoute-moi, retourne en France, revois-le. Et s'il n'est plus où tu l'as laissé, cherche, informe-toi et présente-toi devant lui avec l'enfant qui est le sien.

Elle se tut, se pencha sur sa sœur, la baisa au front.

— Je t'accompagnerai, si tu le veux. Je serai avec toi, je ne te quitterai que pour te remettre à lui-même, pour lui dire : « Voici votre épouse devant Dieu, elle avait douté de vous, de votre amour, elle revient repentante se jeter dans vos bras. »

— Et s'il est marié ! — objecta-t-elle.

— Alors, s'il est marié... Il sera temps de revenir.

Assia se laissa convaincre. Sa sœur, du reste, prêchait une convertie. Elles s'entendirent pour le prochain départ. Mais là commençaient les difficultés : les laisserait-on partir ?

Dans tous les pays du monde, quand on veut voyager, rien de plus facile... si l'on a de l'argent. Il suffit de faire ses malles et d'aller prendre sa place sur le bateau, la diligence ou le chemin de fer. Mais, en Russie, les choses ne se pratiquent pas d'une façon aussi simple. Il faut, avant toutes démarches, obtenir la permission de sortir du territoire et prier la police de vous délivrer un passeport, non pas seulement un passeport qui vous sauvegarde à l'étranger, mais un laisser-passer qui vous permette de franchir la frontière.

Sans passeport, impossible de faire un pas hors de l'Empire, impossible même de se déplacer à l'intérieur.

Et ne l'obtient pas qui veut, ce passeport. Il faut, à cet effet, des formalités longues et coûteuses.

Ce n'est qu'après une publication dans le *Journal officiel* et répétée trois fois, de trois jours en trois jours, qu'on vous le délivre, contre argent comptant, si personne n'élève de réclamation contre vous, pour dettes ou préjudices quelconques, ou si l'autorité n'a pas de raisons connues ou inconnues pour vour empêcher de partir.

On dirait que tous les Russes et tous les étrangers qui viennent dans ce pays, sont des malfaiteurs qu'il faut constamment surveiller. On semble vraiment considérer les gens comme des forçats libérés, à qui on assigne, leur vie durant, une résidence déterminée, qu'il leur est expressément défendu de quitter. Étant donné les instincts quasi-nomades de ce peuple, on n'imagine pas combien ces formalités vexatoires pèsent lourdement sur lui.

Anna et Assia demandèrent donc leurs passeports. On les leur refusa. Elles s'y attendaient Comme elles avaient déboursé pas mal d'argent pour stimuler le zèle des fonctionnaires chargés de les délivrer, on voulut bien, en matière de consolation, leur exposer les motifs de ce refus.

Les voici :

« Vera Anna Ivanovna Souvarine, ayant jadis donné des preuves d'un manque complet d'équilibre dans les idées, et étant en bonne voie de guérison, ce serait lui faire tort que de l'autoriser à voyager à l'étranger, surtout en France, dont le séjour s'est toujours trouvé funeste pour les sujets de l'Empereur de toutes les Russies. Il a constaté avec regret que la légèreté, les billevesées et les funestes utopies des Français sont facilement gagnées par les Russes.

« Assia Ivanovna Souvarine. En ce qui concerne cette jeune femme, il y a lieu de remarquer qu'elle a usé et abusé des voyages. Dans l'intérêt de sa santé et celui des bonnes mœurs, il est préférable de la laisser respirer l'air natal pendant quelques années, au lieu de lui permettre d'aller reprendre dans des pays étrangers des habitudes de dissipation et de débauche. »

Rien à dire, rien à faire. Toute protestation eût été inutile. Une seule chose était permise aux deux sœurs : s'incliner devant l'arrêt de la toute puissante police.

C'est à quoi se résolut Anna qui avait été l'instigatrice du voyage. Au contraire, Assia décida qu'elle partirait avec son enfant, qu'elle quitterait son pays pour n'y plus revenir.

Il est certains Russes qui, lorsqu'on les interroge sur leur patrie, font des déclarations conçues à peu près en ces termes :

« Notre pays était destiné par Dieu aux ours et aux loups ; l'homme est venu déposséder ces animaux, mais il en est bien puni : pendant six mois, il barbotte dans des marécages puants, et pendant les six autres mois de l'année, il vit enseveli sous la neige.

« Nos compatriotes sont des barbares singeant des hommes civilisés, leur ressemblant comme la charge ressemble à l'original ; ils passent leur vie à boire, à se griser, à jouer. Pour eux, tricher est un art ; en fait d'amour, ils pratiquent toutes les débauches. Ils sont knoutés et contents. »

Assia n'était pas du nombre de ces contempteurs de la Russie et des Russes. Sans tomber dans les excès ridicules du chauvinisme, elle aimait son pays et ses compatriotes. Mais cela n'impliquait pas l'amour du despotisme et de l'oppression. Son séjour à l'étranger l'avait habituée à des procédés moins tyranniques. Mieux que sa sœur, elle avait pu faire des comparaisons entre les différents systèmes de baillons, muselières, laisses, chaînes, attaches et carcans que les gouvernements ont imaginés pour leur propre bien-être et tranquillité, et sans peine s'était aperçue que le régime autocratique dépassait tous les autres par l'ingéniosité des appareils mis en œuvre, leur multiplicité, leur malfaisance.

Cela, joint à l'insolence dont la police avait fait preuve à son égard, et surtout le désir de plus en plus ardent de revoir Georges Barr.l, de rattraper son bonheur perdu, fortifièrent sa résolution.

Ainsi, il y avait un an à peine, elle revenait en Russie avec l'intention formelle de ne la plus quitter, et quelques jours après qu'on lui eût refusé son passeport, elle partait avec l'intention de n'y plus revenir.

Ce qui la décida de hâter son départ, c'est qu'à Saint-Pétersbourg, alors qu'elle faisait des démarches pour obtenir un passeport, elle rencontra la servante de l'*Hôtel de Cologne*, la grosse Gretchen.

Cette fille n'était pas seule, mais en compagnie d'un individu d'allures suspectes qui lui parut être un policier. Gretchen la reconnut, malgré le laps de temps écoulé, mais soit timidité, soit étonnement de la transformation de celle qu'elle avait vue autrefois presque vêtue en mendiante et maintenant habillée en grande dame, soit pour tout autre motif, elle détourna la tête; mais Assia crut la voir parler bas au policier.

Peut être se trompait-elle ; en tout cas, elle jugea prudent de précipiter son départ.

Un soir donc, dans un long et dernier entretien, où les deux sœurs échangèrent leurs baisers et leurs larmes et se tinrent longtemps embrassées, comme si elles ne devaient plus se revoir, Assia avoua à Anna le meurtre de Schwartzmarsheim.

Celle-ci frémit, tout en approuvant l'œuvre de saine justice.

— Je comprends, dit-elle. Moi qui la première t'avais conseillé de partir, j'essayais de te retenir à cause des dangers de la route, et maintenant je ne puis plus que te répéter ce que je te disais : Pars, ma chérie, pars.

Et le lendemain, au lever de l'aube, avec son enfant comme seul passeport, Assia Souvarine filait en un traîneau conduit par un de ses fidèles moujicks dans la direction du sud.

. . . .

Le même jour, comme Anna Souvarine descendait tristement, seule désormais, l'allée de tilleuls qui conduisait vers l'étang, l'immuable étang aux eaux mortes de toute demeure seigneuriale, suivant la route qu'Assia avait prise, comme si elle cherchait à retrouver quelque trace du passage de sa sœur, elle ramassa une feuille tombée d'un livre que toutes deux se plaisaient souvent à relire, bien qu'elles en eussent toutes petites apprises les pages par cœur, les *Fables de La Fontaine ;* et machinalement elle lut :

Deux pigeons s'aimaient d'amour tendre
L'un deux s'ennuyant au logis
Fut assez fou pour entreprendre
Un voyage en lointain pays....

Elle répéta plusieurs fois ces quatre premiers vers, sans savoir ce qu'elle lisait, puis continua, la pensée ailleurs ; arrivée à la fin de la page, elle songea seulement à ce qu'elle venait de lire. Les vers qui la terminaient arrêtaient son attention.

Mon frère a-t-il tout ce qu'il veut,
Bon souper, bon gîte et le reste ?

— Oh ! pauvre chérie, où est-elle, où est-elle maintenant ?

Elle comptait sur ses doigts les verstes qu'Assia avait dû parcourir... Elle doit être-là, maintenant, à tel endroit... si rien ne l'a arrêtée en route, et trouvera-t-elle tout ce qu'elle veut : bon souper bon gîte et... le reste. Ah ! le reste ! le reste ! l'amour le trouvera-t-elle au pays lointain, dans le vaste Paris ?

Mais pourquoi cette page perdue ? Etait-ce donc un présage de malheur ? Son cœur se serra, elle regagna sa chambre l'esprit envahi par de noirs pressentiments.

Elle chercha le livre pour y replacer le feuillet. Ce livre elle y tenait, parce qu'il venait d'Assia. Il y avait en tête de chaque fable une image grossière et naïve sur lesquelles s'étaient penchées jadis leurs têtes de petites filles. Elle ne trouva plus le livre ; sans doute sa sœur l'avait emporté, et précieusement comme une relique, elle enferma la page dans un tiroir.

. . . .

Des semaines s'écoulèrent.

Une après-midi, Anna Souvarine descendait lentement l'allée des tilleuls. Elle en avait fait sa promenade favorite ; c'était là qu'elle avait vu disparaître derrière les grands arbres sa chère Assia; elle y songeait en ce moment plus ardemment que jamais, dévorée d'inquiétudes de ne pas avoir encore reçu de nouvelles.

Etait-elle parvenue à Paris ?

Avait-elle trouvé Georges Barrel ?

Ou, infortune pire que toutes, était-elle arrêtée ?

Arrivée près de l'étang endormi, entouré d'une ceinture de joncs, elle regarda longuement les eaux tranquilles dans lesquelles se réfléchissaient les teintes blafardes du ciel, puis ses yeux se portèrent sur les guérets plats, mornes, sans fin, et, plus loin, vers le vaste horizon que des bois de pins assombrissaient. Quel mélancolique silence ! Quelle lugubre monotonie !

— Dieu ! — s'écria-t-elle répétant le mot de Pouchkine, quand Gogol, l'illustre auteur des *Ames mortes*, vint lui lire les premiers chapitres de son manuscrit — Dieu ! que notre Russie est triste !

Au moment précis où elle prononçait ce dernier mot, un cri tout proche et qui, pourtant, semblait lointain, résonna soudain à ses oreilles, et, en même temps, elle se sentit frappée sur le haut du crâne par un coup violent qui fit craquer ses dents les unes contre les autres.

Elle se retourna saisie d'effroi et, devant elle, à une vingtaine de pas, elle aperçut Assia. Assia, étendue à terre, en travers de l'allée des tilleuls. D'une main, la jeune fille s'appuyait sur le sol et essayait de se relever, tandis qu'elle portait l'autre sur sa tête, d'où jaillissait un flot de sang. Ses yeux dilatés par l'épouvante se fixaient sur quelque invisible meurtrier.

— Assia ! — cria-t-elle — Assia ! c'est toi ! Qu'as tu ? Que t'est il arrivé ?

Elle était si stupéfaite qu'elle restait clouée sur place, paralysée, ne pouvant faire un mouvement pour voler au secours de sa sœur. Quoi ! elle ! là ! Elle, qu'elle croyait si loin !

Cet anéantissement de son être dura deux ou trois secondes, puis elle s'élança au secours d'Assia qui restait dans la position que nous venons de décrire, muette, immobile, les yeux fixes, le visage pâle, rayé d'un long ruisseau rouge.

— A l'assassin ! Au secours ! — cria-t-elle.

Mais, il se passa quelque chose de singulier, d'indéfinissable. A mesure qu'elle approchait, le visage, les vêtements de sa sœur, la tache sanglante, devenaient moins visibles, s'effaçaient, se fondaient dans la brume matinale comme un léger nuage qui s'évapore sous les rayons du soleil, puis tout disparut. Quand elle atteignit la place, l'endroit précis où elle avait vu, où elle avait cru voir Assia, elle chercha, l'œil hagard... plus rien!

Elle avait été le jouet d'une hallucination.

Elle se prit le front :

— Mon Dieu! mon Dieu! Est-ce que je deviendrais folle — murmura-t-elle. — Cependant elle était là, blessée, sanglante.

Et elle se mit à crier, fouillant l'épaisse profondeur des bois noirs, des sinistres taillis de sapins :

— Assia ! Assia !

Rien ne répondit, rien que le croassement lugubre de quelques corbeaux qui, troublés dans leur quiétude par ces appels insolites, prirent bruyamment leur vol au-dessus de sa tête et allèrent, en un tourbillon, s'abattre sur la terre grise.

Alors Anna Souvarine, prise à la fois de douleur et d'épouvante, rentra chez elle et, enfermée dans sa chambre, laissa éclater ses sanglots.

— Ma sœur est morte ! — répétait-elle à travers ses larmes — ma pauvre chère Assia est morte, morte assassinée... Oh ! j'ai vu, le sang, le sang rouge inonder son visage. Tout est fini. Je ne la verrai plus, jamais plus. Malheur, malheur sur moi... car c'est moi qui l'ai poussée à sa perte... moi qui lui ai conseillé d'aller trouver cet homme... Et l'enfant, la petite Hélène? Oh ! si elle est morte, qu'est devenue la chère fillette?

CHAPITRE LVII

Les hallucinations télépathiques. — Le livre des trois docteurs. — Récits de MM. Paul Bourget et Jacques Lefranc. — Le capitaine Marryat et son frère. — Saint-Alphonse de Liguori. — Opinions de MM. Henri de Garville et Camille Flammarion. — Une bienfaitrice. — La terreur de la troisième section. — La page révélatrice.

La suite de cette histoire montrera si la princesse Anna Souvarine eut tort ou raison de croire à l'assassinat de sa sœur, à la suite de cette singulière apparition,

Nous ne poursuivrons pas notre récit sans dire quelques mots de ces mystérieux phénomènes connus dès la plus haute antiquité et dont parlent les écrivains de la Grèce et de Rome, mais que, depuis un demi siècle seulement, l'on s'est mis à étudier en Amérique d'abord, puis en Angleterre et en Allemagne, et finalement en France; nous voulons parler des phénomènes désignés sous le nom d'*hallucinations télépathiques*.

Le fait principal de la télépathie peut être résumé dans l'exposition schématique suivante que donne l'auteur des *Mystères des Sciences occultes* :

« A... étant dans l'Inde, voit le 10 mars, à huit heures du soir, l'ombre de son père B..., son fantôme, si l'on veut, qui est à Londres, bien portant et qu'il sait ne devoir courir aucun danger. Or, précisément, A... apprend quelque temps après que son père B... est mort d'accident à Londres, le 10 mars, à huit heures du soir. »

« Cette science — lit-on dans le même ouvrage — encore dans l'enfance, a pour but la coordination et l'explication de phénomènes encore peu connus de communication de la pensée à distance ou de vision de fantômes. Ce qu'on en sait est encore mystérieux et confus. Cependant, une étude attentive permet de dire qu'il y a *quelque chose* dans ces recherches qui sont loin d'être vaines. »

Il existe et il a existé chez tous les peuples et dans tous les temps, des milliers de faits du genre de celui qui vient d'être cité, et nombre de lecteurs en consultant leurs souvenirs en trouveront d'analogues, mais il se trouve tant de gens qui rient et plaisantent de ce qu'ils ne comprennent pas, commençant par nier — la négation étant toujours facile — que ceux qui ont été témoins de pareils phénomènes hésitent à les relater de crainte de passer aux yeux du vulgaire ignorant pour des imbéciles, des fous ou des menteurs.

Or dans ce cas, c'est le négateur, le sceptique par système, qui est l'imbécile et l'ignorant.

En 1887, trois savants anglais MM. Gurney, Myers et Podmore, ont publié à Londres deux gros volumes sous le titre de *Phantosms of living*, dans lesquels ils ont rassemblés plus de six cents faits de cette nature.

Ils auraient pu en enregistrer bien davantage, mais parmi les personnes ayant vu ou cru voir des apparitions, personnes qu'ils ont eux-mêmes interrogées, ils n'ont accepté et inséré que les récits de celles dont ils ont pu, sinon contrôler les témoignages, du moins attester la bonne foi, le sérieux et l'honorabilité.

« Ils ont entouré leur enquête, dit M. Raphaël Chandos, de précautions multiples, ingénieuses, approfondies.

« Pour la plupart de ces narrateurs, la bonne foi est donc complète, indiscutable, et il n'y a pas à la mettre en question. Mais la bonne foi ne suffit pas, il faut aussi l'exactitude de l'observation. Ce n'est pas chose facile que de bien observer ; de rares qualités sont nécessaires. Pense-t-on qu'on va les trouver dans les récits consignés aux *Phantosms of the living* ?

« Assurément, il est impossible de supposer que ces six cents observateurs ont été tous d'excellents observateurs. Pour ma part, je croirais plutôt le contraire, et j'admettrais comme très vraisemblable que presque tous ont, d'une part, omis des détails essentiels, d'autre part, rapporté inexactement nombre de faits, se trompant pour la date, pour l'heure, pour le lieu, pour les caractères de tel ou tel rêve, tendant à amplifier ce qu'ils ont vu, et passant sous silence ce qui eut contrarié leur opinion superstitieuse.

« Ces restrictions me paraissent nécessaires, et je ne crois pas que MM. Gurney, Podmore et Myers les veuillent contester. Mais, même en admettant cela pour beaucoup de récits que nous pouvons lire, il n'en reste pas moins un ensemble remarquable de faits étranges, dont la trame est authentique, irréfutable, malgré quelques inexactitudes de détail, offrant en somme des garanties de bonne observation et de véracité qui suffiraient aux plus exigeants.

« Autrement dit, il y a trois partis à prendre vis-à-vis des faits exposés dans les *Phantosms of the living*, soit la croyance absolue à tout ce qui a été dit, soit la défiance absolue qui récuse tout, soit, en troisième lieu, l'acceptation des faits eux-mêmes dans leur ensemble, sans affirmer l'exactitude rigoureuse de tous les détails. C'est à cette conclusion que nous croyons devoir nous arrêter.

« Nier tout, ce serait une absurdité de premier ordre. Il faudrait alors, en effet, récuser tout témoignage humain ; car, jamais pour des observations anormales, non quotidiennes et survenant à l'improviste, on ne pourra recueillir autant qu'en ce livre de faits démonstratifs.

« Chaque science emploie les moyens qui sont à sa portée : la chimie a ses procédés, qui ne sont pas ceux de la géographie, ni ceux des mathématiques, ni ceux de la médecine, ni ceux de l'histoire. Pour des faits qui ne sont pas d'ordre expérimental, où le témoignage humain est la seule preuve, nulle autre démonstration ne pouvait être donnée.

« Jusqu'à présent, on s'était contenté de récits fantastiques, relevant de la littérature plus que de la science. Maintenant le pas décisif est franchi. Il ne s'agit plus de contes en l'air pour bercer les petits enfants ou amuser les désœuvrés, mais de faits réels, racontés par des témoins véridiques, qui signent de leurs noms, et parlent avec tout le sérieux qu'on met lorsqu'il s'agit de la mort d'une mère ou d'un père ou d'un ami. »

Mais laissons de côté le volumineux ouvrage des trois savants anglais, remplis de récits, de pressentiments, de rêves et d'hallucinations, pour donner quelques exemples non moins intéressants et tout aussi dignes de créance, puisés à des sources nationales.

Écoutons d'abord M. Paul Bourget.

« En 1880, en Italie, j'eus, dit-il, un rêve absolument intolérable de réalité où je vis un de mes amis de la presse, Léon Chapron, sur son lit de mort. La force de ce rêve fut telle que dès mon retour à Paris, rencontrant Guy de Maupassant, je lui demandai aussitôt des nouvelles de Chapron. Il me répondit : « Il est mort. » Alors je lui fis part de mon rêve.

« Vous saviez sans doute, me dit Guy de Maupassant, qu'il était malade ? » Je ne l'avais jamais su et j'appris que Chapron était mort la nuit même où j'avais eu mon rêve. »

Voici un second cas fort curieux de pressentiment, raconté par M. Jacques Lefranc, sur M. Marcel Serizolles.

« En 1885, dans l'Ardèche, il habitait une petite ville du Vivarais. Profitant d'une belle journée d'hiver, il partit à pied faire une promenade dans la montagne. Il était dans un de ces jours de quiétude et de bien être où l'on se réjouit de vivre. Il avait reçu des nouvelles excellentes de ses parents qui habitaient en Quercy, à sept cents kilomètres de distance. Tout d'un coup, dans cette pleine joie physique et morale, il se produisit en lui un effrayant bouleversement. Il se sentit frappé à la nuque, au bas des cheveux, par un coup violent, comme si un poing pesant et fermé l'eût assommé à l'improviste. Il s'arrêta net et prononça à haute voix ces mots : « J'ai une dépêche à la ville ; il vient d'arriver un malheur. » Il regarda sa montre : il était quatre heures et quelques minutes. Aussitôt, comme poussé par une volonté étrangère, il retourna sur ses pas, dégringola la montagne droit devant lui et arriva rapidement chez lui. Il demanda son « télégramme » ; une dépêche venait, en effet, d'être apportée. Elle annonçait la mort de son père, foudroyé en pleine santé et encore jeune, par la rupture d'un anévrisme. La dépêche était arrivée exactement à quatre heures et quelques minutes. »

Florence Marryat raconte dans un de ses ouvrages, *The life and letters of Captain Marryat*, que son père, le capitaine Marryat, avait un jeune frère du nom de Samuel, qu'il aimait beaucoup, et qui mourut soudainement en Angleterre, en pleine force, en pleine santé! Le capitaine, alors en mer, reposait une nuit dans son hamac quand il vit, soudain, la porte de sa cabine s'ouvrir.

Il s'étonnait de cette irruption qu'il ne pouvait attribuer à un coup de mer, car le temps était très calme, et se préparait à apostropher vertement l'indiscret qui pénétrait ainsi chez lui sans frapper, lorsqu'il vit une sorte de silhouette qui lui parut être son frère.

La lumière de la pleine lune pénétrait par le hublot dans la cabine de l'officier et l'éclairait comme s'il eût fait jour.

C'était bien son frère, il le voyait maintenant distinctement; il portait les mêmes vêtements que lorsqu'il l'avait embrassé la dernière fois qu'ils s'étaient séparés; cependant, n'en pouvant croire ses yeux, pensant rêver, il cria :

— Sam! Sam? Est-ce toi?

Et l'autre d'une voix claire, distincte, nette, une voix qui le fit tressaillir :

— C'est moi, Fred... Je viens t'annoncer que je suis mort.

Effrayé, l'officier se jeta hors de son hamac, mais l'apparition s'évanouit.

Le capitaine prit son carnet, nota soigneusement la date et l'heure, et de retour en Angleterre, la première chose qu'il apprit fut la mort de son frère Samuel, qui avait rendu son dernier souffle au moment même où il lui était apparu dans sa cabine.

Autre histoire authentique relative aux mêmes faits.

Saint Alphonse de Liguori fut canonisé avant le temps voulu pour s'être montré simultanément en deux endroits différents, ce qui passa pour un miracle. Camille Flammarion, dans *Stella*, s'exprime ainsi au sujet de cet événement qu'il paraît ne pas révoquer en doute :

« Ce prélat, étant à Scala, dans le royaume de Naples, tomba un jour en extase, en un état de mort apparente, dans le fauteuil où il s'asseyait habituellement au retour de la messe. En reprenant sa vie ordinaire, il trouva agenouillé devant lui ses serviteurs qui le croyaient mort. « Mes amis — leur dit-il — le Saint-Père « vient d'expirer. » Deux jours après, un courrier confirma cette nouvelle. L'heure de la mort du pape coïncidait avec celle où l'évêque était revenu à son état naturel. Or, pendant cette absence, Alphonse de Liguori était apparu au pape à Rome, lui avait parlé, avait été vu et entendu, et avait assisté le souverain pontife jusqu'au moment où celui-ci avait rendu le dernier soupir. Dans le procès de béatification, ce don de bilocation ou d'ubiquité est qualifié de miracle et présenté comme un témoignage de sainteté, mais, il n'y a pas plus de miracle-là que dans la floraison d'une rose ou dans l'éclosion d'un oiseau; le fait est plus rare, voilà tout, aussi rare peut-être qu'une éclipse totale de soleil pour Paris. Cette histoire m'a toujours frappé. Elle ne paraît pas contestable, s'étant passée en plein siècle d'incrédulité, en 1774, et ayant pour sujet la mort de Clément XIV, l'année qui suivit le bref par lequel le pape avait osé supprimer l'ordre des jésuites. C'est en notre siècle, en 1816, que la béatification a eu lieu. C'est donc assez moderne. Liguori ne mourut qu'en 1787, treize ans après l'apparition. »

« Il y a — dit M. Henri de Parville — des coïncidences surprenantes que tout observateur aura remarquées plusieurs fois en sa vie. Sont-ce de simples coïncidences? Nous connaissons si mal notre système nerveux, si mal notre cerveau, que l'on peut se le demander. Bien des faits qu'on nous cite sont si surprenants, qu'on voudrait les repousser comme inventés à plaisir; mais ils ont été souvent sévèrement contrôlés. Ces cas si singuliers sont si authentiques, et nous ne pouvons pourtant les expliquer. C'est que nous nous ignorons nous-même! »

Nous nous arrêterons-là sans tenter de donner une explication hasardée, téméraire, des faits que l'on vient de lire. Dans l'état actuel de la question, il n'est permis que de constater, il est défendu de conclure. Comme le remarque très bien l'astronome éminent à qui nous avons emprunté le dernier de ces récits, il n'y a là que des évènements forts naturels.

Or, tous les événements, quels qu'ils soient, ont des conditions et des dépendances. Quelles sont les dépendances et les conditions de ceux-ci? On l'ignore, mais il est permis de supposer qu'on le saura un jour, et alors, les hallucinations télépathiques et les pressentiments qui déconcertent le raisonnement, perdront le caractère surnaturel dont beaucoup de personnes se plaisent à les revêtir.

Peut-être faut-il dire comme Camille Flammarion :

« Il n'est pas démontré que la faculté de penser soit une fonction du cerveau et disparaisse avec lui. La physiologie psychologique n'a pas encore expliqué comment la substance cérébrale pouvait produire des raisonnements.

L'âme humaine peut être une force invisible, personnelle, transitoirement unie à la vie, survivant au corps et allant habiter d'autres mondes. Une telle hypothèse n'a rien d'absurde en elle-même. Nous ne sommes qu'au vestibule de la connaissance de l'univers. Ne croyons pas qu'il n'y ait qu'une utopie éternelle dans l'espérance, très sensée, d'aller un jour un peu plus loin! *Excelsior!* »

Walter Scott a prétendu que les morts revenaient dans les endroits qui leur étaient chers et où ils avaient passé une partie de leur existence. Mais comme ils ne peuvent se manifester avec la puissance de la vie, puisqu'ils ne sont plus que des ombres, il est possible, toutefois, de les percevoir dans des circonstances particulières, à condition d'avoir été en rapport avec eux pendant leur vie. Il faut de plus un état de l'atmosphère qui permette à l'image de prendre quelque intensité en concentrant dans sa forme ces molécules d'une manière impalpable, dit Walter Scott, mais visible. Il n'avait pas assisté aux séances du docteur Crookes qui fait mieux que rendre visible les corps de ceux qui ne sont plus. C'est, du reste, le système des anciens, qui comparaient les ombres aux rayons de soleil où se jouent les atomes!

Reprenons notre récit.

A partir de cette apparition, de cette hallucination, si l'on veut, la vie d'Anna Souvarine, déjà fort triste, devint lamentable.

Elle se demandait si elle n'était pas folle, si la vision de sa sœur n'avait pas été enfantée dans son imagination en délire ; car les hommes de science affirmaient et affirment encore avec une conviction qui commence à s'ébranler, que l'imagination a toujours joué le principal rôle dans les apparitions; que le tempérament si délicat de la femme est plus apte qu'aucun autre à subir l'influence des agents physiques et moraux, que les hallucinations, l'extase coïncident d'ordinaire avec des troubles cérébraux ou un état d'éréthisme momentané de l'entendement.

L'hystérie existe à l'état latent chez la plupart des femmes, attendant des conditions spéciales et nécessaires pour se manifester.

Le christianisme tout entier n'est-il pas basé sur la folie d'une hystérique? N'est-ce pas Marie de Magdala qui, folle d'amour, dans son désir de tenir encore dans ses bras le bien-aimé, vit revivre, dans son imagination, le fantôme du maître adoré, et trouva dans son cœur assez d'élans pour imposer son rêve, sa vision, sa foi aux femmes qui l'entouraient.

« Sa grande affirmation de femme. « Il est ressuscité ! » a été, dit Renan, la base de la foi de l'humanité.

« Loin d'ici, raison impuissante! Ne va pas appliquer une froide analyse à ce chef-d'œuvre de l'idéalisme et de l'amour ! Si la sagesse renonce à consoler cette pauvre race humaine, trahie par le sort, laisse la folie tenter l'aventure. Où est le sage qui a donné au monde autant de joie que la possédée Marie de Magdala !»

La grande amoureuse de Jésus a ouvert, nous n'en disconvenons pas, une fontaine de délices et de joies aux âmes simples et tendres, mais, on est en droit de se demander aussi, quel est le féroce scélérat qui a jeté sur la terre la semence d'autant d'iniquités, de crimes et de forfaitures que la religion du Christ ?

Quels que soient les efforts de la Libre-Pensée, le sentiment religieux joue encore un grand rôle dans l'existence de la femme et laisse dans son esprit crédule des empreintes ineffaçables. Même chez celles qui, petites filles, ont fréquenté les écoles laïques, le prêtre à l'âge de la première communion les a tenues suffisamment entre ses mains pour pétrir leur cerveau et y faire pénétrer les rudiments d'un dogme qu'elles ne peuvent comprendre, qu'elles doivent accepter sans contrôle et qui leur inculque, au détriment du jugement, l'idée d'une intervention supérieure, c'est-à-dire merveilleuse, dans les actes de leur vie; ajoutez à cela les pompes du culte qui flattent leurs sens, excitent leur imagination d'autant plus vive qu'elles sont plus jeunes et plus disposées à subir toutes les influences mystiques, d'autant plus aisément que le corps participe par la vue, l'ouïe, l'odorat à l'impressionnabilité de l'esprit.

« Esclave de tous les préjugés — dit le socialiste Bebel — la femme, à de rares exceptions près, atteinte de toutes sortes d'hystéries morales et physiques, est la pierre d'achoppement du progrès. Elle apprendra à ses enfants un catéchisme réactionnaire quelconque, elle les mènera au prêche ou à la messe, et jamais, peut-être, les plus fortes leçons de saines doctrines, ne pourront arracher la racine de ces préjugés. »

La femme hystérique est, entre toutes, sujette aux visions, aux hallucinations, à toutes les erreurs en fermentation dans un cerveau détraqué, le plus souvent, par la privation des besoins sexuels, car ainsi que le disait Victor Hugo, que nous admirons chaque fois qu'il ne s'élance pas dans sa versatile politique : « A l'insu même des cœurs ivres de chasteté, la nature inoubliable est toujours là, là avec son but brutal et sublime; et quelle que soit l'innocence des âmes, on sent, dans le tête-à-tête le plus pudique, la mystérieuse impulsion qui précipite un sexe vers l'autre. » Cette impulsion barrée dans sa route fait un écart et jette la victime des religions et des préjugés sociaux dans l'abîme de la folie.

Anna Souvarine, vivant seule, au milieu d'un troupeau de paysans ignorants et grossiers, se trouvait, en quelque sorte, dans le cas de ces recluses du moyen âge, que l'isolement, la privation de l'homme conduisaient, peu à peu, à toutes les mystiques extravagances.

Cependant, le sentiment religieux ne dominait pas chez la princesse Souvarine, elle ne croyait alors que vaguement à une existence future et n'y avait que peu arrêté sa pensée, c'est pourquoi la singulière apparition du parc la remplissait d'étonnement et d'épouvante.

Plus elle y réfléchissait, plus elle se persuadait que ce ne pouvait être une illusion de ses sens.

D'abord, le cri entendu très distinctement qui l'avait fait se retourner, le coup violent ressenti sur la nuque, puis les détails fortement accusés avec des reliefs très saillants de la lugubre vision.

Le visage de sa sœur était très nettement éclairé comme par une lumière qui la frappait seule ainsi que sur la scène; puis tout devenait terne et s'était effacé.

Mais il lui resta cette idée bien nette que sa sœur avait été assassinée.

Assassinée, où ?

Par qui ?

Pourquoi ? Qui avait intérêt à sa mort ?

Autant de questions, autant de mystères.

Le manque absolu de nouvelles la confirmait dans sa croyance.

Sa conviction fut telle qu'à partir de ce jour elle n'en attendit plus, du moins de la main d'Assia ; mais, sans parler de sa vision, elle se rendit à Saint-Pétersbourg, visita les quelques rares amis qui lui étaient restés.

Nous disons les rares amis ; peu en effet, lui ouvraient leur porte d'un air bienveillant.

Frappée de l'ineffaçable stigmate de tous ceux qui, à tort ou à raison, ont encouru la colère du tzar, de fréquentes visites d'elle pouvaient rendre suspects ceux qui les recevaient, aussi s'abstenait-elle suivant le précepte russe :

Rare visite
Aimable convive.

En cette occasion, elle sortit de son habituelle réserve, s'informant des Russes qui voyageaient en France, qui séjournaient à Paris, pour leur écrire, leur demander s'ils avaient rencontré sa sœur dans le monde.

Une princesse russe, jeune, belle, riche, ne peut passer inaperçue.

Personne ne lui fit de réponse satisfaisante, personne n'avait aperçu, ni même entendu parler d'Assia Souvarine.

Alors, elle s'enhardit à solliciter de nouveau, près de l'autorité, la permission de se rendre en France, ne fut-ce que pour quelques semaines ; elle essuya un nouveau refus.

Elle eut la pensée de s'adresser à l'homme qui avait rendu mère, sa sœur. Elle s'informa ; les renseignements arrivèrent ; Georges Barrel était connu dans le monde politique et celui de la presse et, chose rare dans ces milieux, sa réputation restait intacte ; mais elle apprit en même temps son mariage avec la fille d'un riche banquier.

Cette nouvelle lui porta un coup terrible. Les plus légers doutes qui auraient pu subsister dans son esprit au sujet de la mort de sa sœur, s'évanouirent, comme l'image d'Assia s'était évanouie elle-même dans le parc de son château. Mais il s'opéra un changement dans son esprit. Jusqu'ici elle avait cru à un assassinat, elle pensa dès lors à un suicide.

Mais l'enfant ? Comment la mère avait-elle été assez dénaturée pour se tuer, laissant seule au monde, sa chère petite Hélène ? Elle ne la crut pas capable d'un tel crime.

Peut-être la petite Hélène était-elle morte en route, à la suite des fatigues du voyage, et Assia, au désespoir de cette perte, ayant, en outre, à son arrivée à Paris, trouvé marié l'homme qu'elle aimait, désormais, sans but dans la vie, sans l'enfant, toute son espérance et sa joie, s'était donné la mort.

Comment s'était-elle tuée? Cette blessure profonde à la tête ouvrait le champ à nombre d'hypothèses, mais ce qui n'en n'était pas une, c'était la mort d'Assia.

Là-dessus, aucun doute ne s'élevait plus dans l'esprit de la princesse Souvarine.

D'ailleurs, ce qui écarta chez elle toute supposition d'hallucination ou de maladie nerveuse, c'est que nulle autre vision ne vint plus la troubler.

Des années s'écoulèrent longues, tristes, douloureuses.

Seule avec ses souvenirs, Anna cherchait à en adoucir l'amertume en faisant le bien autour d'elle.

A la suite de la révolte des moujiks du domaine, des communautés entières avaient été expédiées en Sibérie. Il fallait repeupler les villages déserts. Elle y songea.

« Il y a trois grands malheurs, dit un proverbe russe :

« Épouser un esclave ;

« Être mère d'esclaves;

« Se soumettre à un esclave jusqu'à la tombe.

« Et ces trois malheurs pèsent sur la femme et la terre russe. »

Anna Souvarine fit son possible pour délivrer ses terres de ce triple fléau. Chez elle, plus d'esclaves, et suppression de l'esclave qui commandait aux autres, c'est-à-dire d'un infâme intendant comme était Schwartsmarsheim. Aussi des paysans que la misère et l'oppression avaient forcé à fuir, revinrent en foule quand ils apprirent que la maîtresse était *la bonne petite mère Anna Ivanovna.*

Par ses soins, sa constante sollicitude, elle se montra digne de la vénération et de l'affection toujours un peu intéressée des gens de la campagne. Elle allait de village en village, interrogeant les paysans, s'enquerrant de leurs besoins, diminuant ou supprimant leurs redevances, distribuant des grains aux plus pauvres, donnant des chevaux à celui-ci, des chè-

Tu parleras quand on t'interrogera, mauvaise graine, pas avant.

vres à celui-là, une vache à cet autre chargé de famille.

Elle avait établi, dans le château rebâti, une pharmacie dont les remèdes étaient mis gratuitement à la disposition de ses *âmes*, à la grande fureur des empiriques du voisinage qui vendaient fort cher leurs médicaments, et elle payait à l'année un médecin chargé de visiter et de soigner les malades.

Elle faisait enfin le contraire de cette sinistre figure de l'histoire qu'on appelle la *grande* Catherine qui écrasait le peuple, érigeant la misère en moyen de gouvernement, créant l'aristocratie du fonctionnarisme, et cette machine terrible qui s'appelle un Etat bien constitué où quelques-uns vivent de la substance de tous ; qui n'émancipa ses serfs en leur permettant d'acheter des terres que pour mieux les pressurer, qui prônait la liberté et persécutait les hérétiques, proclamait l'indépendance des peuples et, avec la complicité de son amant Stanislas Poniatowski, égorgeait la Pologne; elle se déclarait protectrice des idées nouvelles, correspondait avec Grim, d'Alembert, Voltaire, accueillait Diderot, ambitionnant les tristes gloires du basbleuisme et lançait, avant de mourir, Souvaroff contre la France en haine de la Révolution.

Aussi la misère avait-elle disparu des terres d'Anna Souvarine, et le bien-être s'installait dans tous les foyers.

Elle-même allait souvent s'y asseoir au milieu des familles de moujicks, se mêlant à leurs conversations, essayant de les éclairer, de les instruire, mais toujours rebutée de la tâche par leur profonde ignorance et le tissu de superstitions qui enveloppe ces pauvres gens du berceau à la tombe.

En voici quelques-unes auxquelles elle se heurtait chaque jour, qui rappellent celles de nos campagnes ou de nos loges de concierges.

Une poignée de main donnée au travers d'une porte est signe de querelle ;

La rencontre d'un pope, signe de malheur : en ce cas, pour conjurer le sort, il faut lancer trois crachats à sa gauche ;

Deux voyageurs qui, dans la même hôtellerie, se servent du même essuie-main, deviendront amoureux de la même personne, hôtelière ou servante ;

S'il tombe un couteau à table, prochaine visite d'un membre du sexe mâle ; si c'est une fourchette, visite de femme ;

Mauvais signe de passer à table du sel à un convive ; cette attention doit fatalement amener une rupture ;

Le samovar qui chante, le feu qui pétille, le chat qui frotte ses oreilles, visites et querelles ;

Le lundi est néfaste comme chez nos superstitieux le vendredi. Un moujick ne se mettrait en route ni n'entreprendrait aucune besogne ce jour-là.

Si une femme vous coupe le chemin, inutile d'aller plus loin, la malechance vous poursuivrait.

Les femmes savent si bien qu'elles portent la guigne, qu'elles s'arrêtent d'elles-mêmes et vous laissent passer.

Il en est de même du lièvre, s'il coupe votre chemin, signe de malheur ou d'insuccès.

Et d'autres encore de même nature qui laisseraient penser que les habitants des bords du Volga ou de la Dvina se sont donnés le mot en fait de sottises avec ceux des bords du Rhône, de la Loire et de la Seine.

Anna Souvarine laissait partir librement pour Pétersbourg ceux de ses serfs qui montraient des dispositions pour le commerce ou qui voulaient entreprendre un métier quelconque dans la capitale de l'Empire. Loin d'exiger d'eux une redevance calculée sur leurs gains probables, comme il est d'usage en ce cas, elle leur fournissait les moyens de s'établir, et si elle apprenait que l'un d'eux était tombé dans la misère, elle s'empressait de lui venir en aide. Bref, elle était constamment sur la brèche et ne se ménageait pas plus qu'elle ne ménageait sa fortune. Sa réputation de bonté, de charité, voire même de sainteté, s'était étendue au loin, au point que les paysans du domaine avoisinant le sien, venaient la trouver et la priaient d'acheter les terres auxquelles ils étaient attachés, par la loi du servage, en lui offrant de se cotiser pour acquitter une portion ou la totalité du prix qu'on en demandait.

Elle n'avait pas affaire à des ingrats. Aimée, adorée de ses moujicks ; entourée de l'affection et de la reconnaissance de tous, elle aurait vécu paisible et heureuse si le cœur pouvait oublier.

Mais le cœur n'oubliait pas ; aussi, en 1851, Anna Souvarine, harcelée par le souvenir de sa sœur, et le désir d'éclaircir le mystère de sa mort, résolut-elle de partir pour la France.

Elle demanda un passeport, bien décidée si elle ne pouvait l'obtenir à partir quand même, dût-elle comme sa sœur, encourir tous les risques d'une route hérissée de dangers de toute nature, mais dont le plus redoutable était la police.

A sa grande joie, autant qu'à sa surprise, la permission ne lui fut pas refusée. Ses années de tranquillité répondaient en sa faveur.

Elle partit immédiatement, et aussitôt arrivée à Paris, loua un petit hôtel, avenue des Champs-Élysées, engagea quelques domestiques et commença ses recherches.

Elle débuta par des visites indispensables à certains de ses compatriotes qui ne manquèrent pas de la prendre pour un espion de la troisième section.

De son côté, elle se montra fort réservée dans ses paroles. Venue en France avec le pressentiment que sa nièce, la fille de Georges Barrel et d'Assia vivait, résolue à la rechercher, et quel que fut le résultat de ses démarches, à retourner en Russie achever sa vie dans ses terres, il ne s'agissait pas de se compromettre et de se fermer le retour par d'imprudentes paroles ou, qui pis est, de se faire arrêter là-bas, et cette fois pour toujours.

« La troisième section — dit Anatole Leroy Beaulieu — a nourri chez les Russes l'esprit de défiance et, par suite, l'esprit de frivolité. La crainte de se compromettre qui corrompait toutes les relations sociales, a longtemps fait redouter du plus grand nombre les études, les conversations, les idées sérieuses. De là, en grande partie, la futilité d'une société obligée de ne rien dire pour être en sécurité ; de là, l'inertie intellectuelle ou l'apathie morale d'hommes contraints à ne pas trop s'intéresser à leur pays pour n'être pas en péril. Un des défauts, le plus souvent reprochés au caractère slave, appartient ainsi au régime politique. »

Olympe Audouard rapporte une anecdote comique, qui peint la méfiance qu'éprouvent les uns pour les autres les Russes de la bonne société.

« J'étais dans un salon avec trois Russes appartenant à la haute société aristocratique. Je me mets à émettre des idées libérales. Tous les trois s'indignent et se posent en admirateurs de l'autocratie ; ils louent le gouvernement russe avec une ardeur indiquant une profonde conviction.... J'étais étonnée ; mais une minute après, d'autres personnes étant entrées, je me trouve à l'écart avec un des trois.

« — Croyez-bien, me dit il, que je partage vos opinions ; mais, par prudence, j'en affecte d'autres... Ces deux messieurs appartiennent, j'en suis certain à la troisième section.

« Dix minutes après, l'un des deux autres se trouve seul à son tour près de moi, et bien vite, il me dit, mot à mot, ce que l'autre m'avait dit. Enfin, le troisième en sortant de cette maison, m'offre le bras pour me reconduire chez moi, et il commence le petit discours suivant :

« — Je suis plus libéral que vous, madame ; j'ai l'autocratie en horreur, et je vous avoue même que je travaille à la renverser ; mais j'ai émis des idées conservatrices, tantôt, à cause des deux personnages qui, j'en suis certain, sont aux gages de la troisième section. »

« Je ne pus m'empêcher de rire aux éclats, je lui expliquai ce qui causait mon hilarité à savoir, que les autres avaient de lui la même opinion, il me répondit ces mots... vrais, mais navrants :

« — Ils ont raison de se méfier. Le sage chez nous doit ne pas avoir confiance en son ami le plus intime, en la femme qu'il adore : il doit n'avoir pas même confiance en son frère.

« Un gouvernement qui conduit là tout un peuple — conclut Olympe Audouard — est un gouvernement néfaste. »

M. de La Palisse en eut dit autant.

Par l'entremise de ses compatriotes, Anna Souvarine fut présentée dans la haute société parisienne.

Un jour, dans une conversation sur le bonapartisme et les amis du Prince-Président, elle entendit nommer le comte de Bertemont avec force ricanements.

Aussitôt, elle songea à l'histoire que lui avait racontée Féodor Michaïlovitch Protopopof, depuis quelques années à son service, et demanda des renseignements.

Ceux qu'on lui donna sur le pseudo comte furent si mauvais qu'ils excitèrent incontinent ses soupçons.

Elle chercha à faire la connaissance de ce gentilhomme si mal noté, dont à mots plus ou moins couverts, on lui parlait comme d'un aventurier, d'un simple chevalier d'industrie, père cependant, lui dit-on, de la plus belle et de la plus séduisante des parisiennes.

Ce fut à l'Elysée qu'elle aperçut le père et la fille pour la première fois.

A l'aspect d'Hélène, elle tressaillit et dût mettre la main sur son cœur pour en comprimer les battements ; il lui semblait qu'ils se décelaient sous son corsage.

Elle avait devant elle le portrait vivant d'Assia ! Assia rajeunie, Assia avant ses malheurs, Assia, enfin, radieuse jeune fille, courant, rieuse, et inconsciente du sombre avenir qui la menaçait dans les grandes allées du parc ancestral.

Quant à l'homme qui accompagnait la jeune fille, le comte de Bertemont, il produisit sur elle la plus fâcheuse impression.

Sa mine à la fois hautaine et basse, son œil faux, son front ravagé de viveur, le lui rendirent du premier coup antipathique. Pas un seul instant elle ne douta qu'il n'eut volé le titre dont il se parait, et qu'il ne fut l'auteur du crime dont Féodor Michaïlovitch Protoppof lui avait fait le récit.

Rentrée chez elle, la princesse écrivit aussitôt à l'ex ordonnance du vrai comte, lui enjoignant de venir la rejoindre à Paris.

Mais, comment cet homme taré pouvait-il être le père d'Hélène ?

Elle se perdait en conjectures.

En attendant l'arrivée de Féodor Michaïlovitch, qui, d'ailleurs, ne pouvait lui fournir de renseignements que sur l'identité du comte, Anna Souvarine se le fit présenter ainsi qu'Hélène et dès lors une intimité étroite l'unit à la jeune fille.

Toutes deux s'étaient senties attirées l'une vers l'autre. Le sourire doux, le tendre regard d'Anna Souvarine qui revoyait en elle sa sœur disparue, gagna, dès la première entrevue, le cœur d'Hélène de Bertemont, tandis que celui de la princesse lui était acquis d'avance.

Elles se rencontraient tous les jours ou presque tous les jours, et cette liaison subite, le comte de Bertemont, nous l'avons dit, ne la voyait que d'un fort mauvais œil.

Instinctivement, sans doute, il prévoyait quelque danger caché, mais il ne pouvait ni n'osait y mettre obstacle. Le caractère indépendant d'Hélène lui faisait trop sentir que toute tentative de ce genre eut amené un résultat diamétralement opposé à celui qu'il désirait.

Cette sympathie réciproque, spontanée, mystérieuse, cette singulière ressemblance d'Hélène et d'Assia, une similitude de goûts, tout contribuait à enraciner dans l'esprit d'Anna Souvarine la pensée que cette jeune fille était bien l'enfant de sa sœur.

Et, peu à peu, par suite d'un travail intérieur dont elle n'eut pour ainsi dire pas conscience, ces présomptions se changèrent en une quasi certitude qui ne tarda pas à devenir absolue.

Mais ce père ? Par quel phénomène, Hélène, l'enfant de Georges Barrel et d'Assia, était-elle devenue la fille de cet homme ?

Quant au premier point, voici comment Anna Ivanovna fut fixée.

Un jour que la princesse était venue voir Hélène, la conversation tomba sur la littérature française et Anna cita parmi les noms de ses auteurs favoris celui de Lafontaine.

— Lafontaine — s'exclama la jeune fille — j'ai trouvé au fond d'une malle une fort vieille édition de ses fables et je l'ai gardée par curiosité, non que j'attache de la valeur à l'édition, mais les marges du livre sont couvertes de bonshommes, d'animaux d'oiseaux, de fleurs, qui prouvent l'intérêt ., .e la personne qui le possédait avant moi, prenait à ces fables, car chacune est ornée d'une petite illustration ayant rapport au sujet.

Le cœur d'Anna bondit dans sa poitrine. Elle se rappelait que, toute petite, sa sœur se plaisait à couvrir ses cahiers et ses livres de dessins.

— Vous avez ce livre, chère enfant ? — demanda-t-elle d'une voix que l'émotion faisait trembler.

— Oui, il est là dans ma bibliothèque, et encore en très bon état, malgré sa vétusté, malheureusement, il y manque une page.

— Celle où se trouve la fable des *Deux Pigeons*.

— Comment savez-vous cela ? — demanda Hélène stupéfaite.

— Chérie ! chérie ! — fit Anna, attirant la jeune fille à elle, et l'embrassant d'un mouvement instinctif et passionné. — Bien-aimée Hélène... Rien... Rien... Allez me chercher ce livre.

Hélène étonnée de l'élan de son amie et surtout des larmes qui mouillaient ses paupières, courut chercher le volume que la princesse reconnut aussitôt pour celui de sa sœur.

Emue, elle le feuilleta, revit les esquisses naïves de la fillette, s'assura que la page ramassée sur le bord de l'étang le jour où elle avait vu sa sœur pour la dernière fois manquait, et éclata en sanglots.

— Princesse ! Chère princesse ! Qu'avez-vous — demanda Hélène éplorée — que vous est-il arrivé ?

— Rien, mon enfant — dit Anna Ivanovna essuyant ses larmes — un souvenir que ce livre me rappelle, un cher souvenir, voilà tout.

Elle ne pouvait encore divulguer le secret de son cœur et quitta quelque temps après Hélène étonnée, quoiqu'un peu habituée déjà à ses manières fantasques qu'elle attribuait à sa nationalité.

Sur ces entrefaites arriva Féodor Michaïlovitch. Il reconnut aussitôt Damiens et, dans un moment de colère, irréfléchie comme toutes les colères, la princesse écrivit la lettre que l'on sait, enjoignant au pseudo comte de disparaître, ce qu'il fit.

Elle ne tarda pas à regretter sa précipitation.

Le comte n'était-il pas le seul homme qui pouvait la renseigner sur la destinée de sa sœur, puisqu'il avait adopté sa fille comme sienne ?

Fatale imprévoyance ! A qui s'adresser maintenant. A Georges Barrel ? L'on a vu qu'il ne savait rien.

Le mystère subsistait quand même.

Comment la fille d'Assia et de Georges était-elle devenue mademoiselle de Bertemont ?

CHAPITRE LVIII

Patrouille de police. — Arrestation de Renée. — Le poste en goguette. — Renée se régale. — Le vieux sergent.

Il est temps de revenir à la pauvre Renée que nous avons laissée sur la chaussée non loin du malheureux charbonnier baigné dans son sang.

Quand les soldats se furent éloignés, la petite fille s'approcha de son infortuné protecteur, qui, hélas ! venait d'exhaler son dernier souffle.

Timidement, elle l'appela, mais à voix basse, comme si elle craignait de voir accourir à cet appel le peloton du lieutenant Lombart.

— Monsieur ! Monsieur !

Ne recevant pas de réponse, elle se mit à pleurer disant :

— Monsieur, ils vous ont fait du mal. Oh ! les méchants ! Je le dirai à Monsieur Julien... Il les punira... Levez-vous, Monsieur. Voulez-vous que je vous aide à vous lever. Je suis forte moi... Maman m'a dit que c'est parce que je mange beaucoup... Oh ! j'ai si faim ! Allons-nous-en.

Elle s'arrêtait un instant, puis recommençait ses appels :

— Monsieur ! Monsieur ! Oh ! comme vous saignez ! Où vous ont-ils fait du mal ?... Oh ! j'ai peur, j'ai peur !

Elle tremblait de tous ses membres. Elle comprenait qu'une chose inconnue et terrible venait d'arriver au pauvre homme, couché dans son sang sur le sol boueux et ne répondant plus ; et peut-être même l'idée de la mort, de l'immobilité finale surgissait-elle à l'instant, avec ses épouvantes, dans sa petite tête de fillette intelligente et précoce.

— Oh ! j'ai peur, j'ai peur ! — répéta-t-elle encore, — maman ! maman ! maman !

Et en prononçant ces derniers mots, elle se sauva tout à coup, abandonna le mort, courut comme une folle dans la nuit noire, sans savoir où elle allait.

Or, au même moment, une escouade de sergents de ville, armés jusqu'aux dents et sentant l'eau-de-vie, s'avançait en bon ordre, mais avec une infinité de précautions. Les coups de feu qu'ils avaient entendus, les rendaient circonspects. A chaque pas ils craignaient de se trouver face à face avec un fort parti d'insurgés. Tout à coup, ils s'arrêtèrent, épiant, tendant l'oreille : sans doute quelqu'un s'approchait, courait sur eux, et en effet, moins d'une demi-seconde après, Renée allait donner tête baissée contre celui qui ouvrait la marche.

— Aïe ! — cria-t-il — attention ! alerte ! Qu'est-ce que c'est que ça ? Le falot ! vite !

Car il y avait un porte-falot qui se tenait en arrière pour ne pas attirer l'attention des ennemis. Il accourut, et avec lui toute l'escouade frémissante se précipita, entourant la pauvre petite. Les épées sortirent des fourreaux, les pistolets se braquèrent vers la tête de l'enfant, dix mains brutales, la saisirent, la secouèrent en même temps que des exclamations s'élevaient :

— C'en est une !

— Ah ! la mauvaise graine !

— C'est qu'ils ne sont pas loin !

— Méfions-nous !

— Voilà les enfants qui se mettent de la partie. C'est très grave.

— Les gosses sont plus dangereux que les grandes personnes. On se fait scrupule de leur tirer *dessus*, et eux ils ne vous ménagent pas.

— Ah ! la coquine, je parie qu'elle est armée.

— C'est plein de vices, cette semence de *rouge*.

— Fouillons-là.

— Non, elle n'a rien. Elle est rusée, elle a jeté ses armes, de la poudre peut-être.

— Que fais-tu dans cette rue, à cette heure, drôlesse ?

— Petite salope ! Est-ce que tu ne devrais pas être au pieu, si tes parents étaient d'honnêtes gens ?

Ainsi s'exprimaient tumultueusement ces défenseurs de l'ordre et de la moralité publique et, la fillette épuisée, tremblante, les yeux baissés comme un coupable pris sur le fait, ne trouvait rien à leur répondre.

— Eh bien, parle donc — fit, d'une voix forte, le chef du détachement qui titubait un peu — parle, explique-nous élémentairement ce que tu trafiquais à cette heure indue dans les ténèbres de la nuit nocture.

A ces éloquentes paroles de leur supérieur qui, bien que simple brigadier de police, s'entendait pour construire des phrases harmonieuses et s'écoutait parler, les autres se turent respectueusement.

— Tu as l'ouïe auditive faible ou peut-être la langue paralysée par la fraîcheur humide du brouillard fuligineux — reprit l'orateur policier — c'est-à-dire que tu voudrais nous le faire croire, mais ça ne prend pas. Ce n'est pas aux vieux singes que l'on montre à faire des grimaces. Allons, parle sans désemparer ou nous te coupons la tête. Ah ! mais !

Il y a lieu de remarquer que cette menace a toujours été propre à effrayer les enfants. C'est en quelque sorte un argument *ad hominem* dont l'effet est irrésistible.

— Pardon, monsieur — fit Renée en sanglotant.

— Ah ! tu demandes pardon. C'est donc que tu l'avoues coupable. Vous avez entendu, vous autres, auditivement les paroles qu'elle vient de prononcer. Elle demande pardon, donc elle a fait quelque mauvais coup.

A ce puissant raisonnement l'escouade attentive et silencieuse secoua la tête à plusieurs reprises, en marque d'approbation.

— Qu'a-t-elle fait ? — poursuivit le brigadier. — Mystère qu'il est de notre devoir d'élucider et d'éclaircir.

Puis, s'adressant de nouveau à l'enfant, il lui demanda :

— Où demeures-tu ?

— Rue Clignancourt, monsieur.

— Rue Clignancourt ! Ah bah ! Et de la rue Clignancourt, tu es venue te ballader jusqu'ici ? Histoire de prendre le frais, sans doute, et de hâter une digestion laborieuse ! Tu t'es trop empiffrée de nougat et de tarte !

— J'ai rien mangé du tout, monsieur, — répondit la petite fille en pleurant.

— Alors, — continua l'homme spirituel, — tu demeures rue Clignancourt ?

— Oui, monsieur.

— Tu es une menteuse.

— Oh ! non, monsieur, pardon, monsieur, je ne suis pas menteuse. Je demeure rue Clignancourt, et je me suis perdue et l'homme a voulu me reconduire chez maman et les soldats lui ont fait du mal.

Le brigadier regarda ses subordonnés à la lueur du falot et leur dit :

— Elle la connaît dans les coins, la bougresse. Tu sauras, ajouta-t-il en parlant à l'enfant et en lui pinçant l'oreille, que les soldats ne font de mal qu'à ceux qui le méritent. Si on a maltraité l'individu que tu nommes approximativement *l'homme*, c'est qu'il le méritait. Avoue qu'il le méritait.

— Non, monsieur, il était bien gentil.

— Et qu'est-ce qu'il est devenu ce particulier notoirement suspect ?

— Il est là-bas. Il ne peut plus bouger. Il a bien mal. Il saigne.

— Allons voir.

On fut bientôt sur le lieu du sinistre, et l'on découvrit le charbonnier au milieu d'une mare de sang, sur laquelle se reflétait les lueurs dansantes du reverbère. Un chat tournait autour du corps, en évitant de se mouiller les pattes. Il disparut tout à coup, quand les policiers s'approchèrent. Aux maisons voisines, les portes, les fenêtres restaient closes. Pas un rayon de lumière ne filtrait par les fentes des volets fermés. Sûrement, ceux qui habitaient cette rue n'étaient pas des protestataires contre le coup d'Etat; peut-être n'en étaient-ils pas non plus des partisans et comptaient-ils au nombre de ceux qu'on devait désigner plus tard sous le nom de *Jemenfoutistes*, espèce assez commune en France. Mais peu importe. Ce qui paraît certain, c'est qu'ils ronflaient, sans doute, la tête enfoncée dans leur bonnet de coton, après s'être dit que :

La prudence est mère de la sûreté.

Un des sergents de ville, qui examinait avec attention le cadavre, s'écria tout à coup :

— Mais, nom de Dieu, je le connais ce macchabée-là !

— Comment ! Tu le connais ?

— Mais oui ; c'est le charbonnier qui demeure dans ma maison, un nommé Ferrouillat. Ah ! le pauvre bougre ! On lui a fait son affaire... Il a son compte, oui, pour sûr, il a son compte, ajouta-t-il en secouant le mort. Eh ! Ferrouillat ! Ferrouillat !

— Hé ! Ne gueulez pas tant — dit le brigadier, — vous voyez bien qu'il ne vous répondra pas. Alors, vous le connaissez ? Un révolutionnaire ? Un rouge ?

— Lui ! — se récria l'agent — Un rouge ! Un révolutionnaire ! Ah ! le pauvre diable. C'était bien la pâte des hommes ; et c'est pas la politique qui le tracassait. Il ne savait même pas sous quel gouvernement nous vivons ! Ah ! malheur ! quand sa pauvre femme va savoir ça !

Pauvre bougresse ! Ce qu'elle va pisser de l'œil !

— Alors il n'est pas de la bande à cette crapule de Ledru-Rollin ?

Pour les policiers et beaucoup de gens, Ledru-Rollin personnifiait l'émeute, le pillage, la révolution.

— Puisque je vous dis qu'il ne savait même pas si c'était plus Cavaignac qui nous gouvernait. Il ne pensait qu'à sa petite fille, une gosseline toujours barbouillée, à vendre son charbon et à s'en retourner à Saint-Flour, son pays natal, parce que Paris lui faisait peur. Quelle fichue affaire ! Oh ! bien, nous allons en entendre des hurlements !...

— Tout cela — interrompit le brigadier — confirme ce que je viens de dire, à savoir que cette gamine ment. Ce n'est pas les soldats qui ont tué cet homme; c'est les insurgés. C'est évident comme voilà une lanterne qui nous éclaire. Elle a vu le coup, elle faisait partie de la bande; elle était subséquemment chargée d'apporter la poudre ou les balles. Je vois ça d'ici. Où as-tu caché ta poudre, petite malheureuse ?... Autant interroger ce mort. Allez, en route. Nous allons transporter le charbonnier à son domicile respectif. Quatre hommes, là ! Un pour chaque jambe, un pour chaque bras. Prenez-le sous les épaules. Là !... Ça y est. Enlevez le bœuf et pas accéléré ! Il ne s'agit pas de tomber dans la bande à Ledru qui rôde nuitamment dans les environs limitrophes et qui nous ferait notre affaire carrément... Quant à la gosseline... ouvrez l'œil ! Ne la laissez pas s'esquiver; elle est de bonne prise... et pourra donner des indications. Ah ! la gaillarde ! Elle en a du vice, celle-là. Enfant de chien ! Graine de potence !

Et il lâcha un hoquet.

La petite fille ouvrait de grands yeux, voyant bien qu'il était question d'elle et essayant de comprendre les choses inquiétantes que le brigadier de police débitait sur son compte en s'écoutant parler. Quand il eut fini, elle se hasarda à lui dire bien timidement :

— Monsieur, si vous emportez chez lui le pauvre Monsieur que les soldats ont battu, vous ne m'emmènerez pas avec vous, s'il vous plaît, parce que sa pauvre dame dira que c'est de ma faute, et j'ai bien du chagrin allez... et j'ai faim, si faim !

Ces derniers mots étaient le cri de l'instinct, de l'estomac affamé et souffrant. Ils avaient, comme le hoquet du brigadier, échappé à la petite fille pour ainsi dire malgré elle, car elle ne songeait guère à se plaindre pour exciter la pitié des sergents de ville. Ceux-ci d'ailleurs ne firent nulle attention à ce qu'elle disait. Ils s'étaient replacé en bon ordre et, au commandement de leur chef, ils partirent du pied gauche, militairement, escortant la prisonnière qu'ils poussaient devant eux. La vérité nous oblige à avouer qu'on ne lui avait pas mis les menottes, mais deux hommes la tenaient solidement chacun par un bras, tandis que les autres ne la perdaient pas de vue, prêts à s'élancer sur elle, en cas de tentative d'évasion.

. . . .

Nous étions quatre bons bougres
Revenant de Neufchateau,
Nous entrâmes dans une auberge
Pour y boire du vin nouveau,
Oh ! oh ! oh ! oh !
C'est à boire, à boire, à boire,
C'est à boire qu'il nous faut.

— Tiens, on rigole là-bas — remarqua l'un des agents.

— Eh bien — dit un autre, — ils ne manquent pas d'aplomb, ces particuliers-là.

— En voilà des mâtins, ils ne se font pas de bile au moins.

— Je vais les calmer illico — dit le chef. — Nous allons les coller tous au bloc pour délit de troubler le silence nocturne des rues.

Les chants continuaient, et les voix arrivaient distinctement aux oreilles de la patrouille policière :

C'est à boire, à boire, à boire,
C'est à boire qu'il nous faut,
Oh ! oh ! oh ! oh !
Arrosons-nous la dalle, la dalle,
Arrosons-nous la dalle du cou,
Le coup de la dalle, la dalle du cou !
Arrosons-nous !

Cette *poétique* chanson partait d'une grande boutique vide, à la porte entr'ouverte, mais aux volets hermétiquement clos.

Le brigadier, vivement intrigué, glissa un regard en sourdine et vit, à sa stupéfaction, autour d'une table un groupe de soldats qui, la face enluminée, accompagnaient leur chant en tapant du poing.

Une lampe éclairait la scène et un poêle chauffé à blanc répandait dans la boutique une chaleur intense.

Des fusils, baïonnettes au canon, étaient appuyés au mur, et un sergent, grognard à trois chevrons, les bras croisés, contemplait avec un air de satisfaction visible, la joie de ses subordonnés.

Par le fait, c'était un poste d'infanterie qui occupait cette boutique.

Pourquoi l'avait-on détaché en cet endroit, dans ce quartier tranquille ? De grandes discussions s'étaient élevées à ce sujet et chacun avait donné son avis. Peut-être, disaient les uns, quelque grand chef, du haut de sa science militaire, a-t-il reconnu l'importance tactique de ce point. C'est par suite d'une erreur — ripostaient quelques autres. C'est un ordre mal compris, mal interprété ! Un troisième groupe affirmait qu'un étranger de marque très influent, très riche et ayant ses entrées libres à l'Élysée, avait exigé dans *sa* rue l'établissement de ce poste, qui devait le protéger au besoin contre les attentats de la canaille.

Il avait même insisté — ajoutait-on — pour qu'on plaçât un factionnaire devant sa porte, mais satisfaction à ce sujet n'avait pu lui être donnée.

Quoi qu'il en soit au sujet de ce riche étranger, dont les prétentions grotesques ont dû faire reconnaître James Dilson, les autres habitants de cette rue, gens paisibles et craintifs, aussi indifférents des libertés publiques que jaloux de leur tranquillité, se félicitaient de la présence de ces quelques soldats.

Elle calmait leurs appréhensions rendues très vives par les fusillades de la journée. C'étaient les chiens vaillants et fidèles qui gardent contre le loup ravisseur (lisez le *Spectre rouge*) le troupeau poltron et désarmé. Aussi, dans leur reconnaissance, leur avaient-ils envoyé force victuailles et liquides, de sorte que si les *braves défenseurs de l'ordre* n'étaient pas complètement ivres, du moins étaient-ils plongés dans une bruyante gaieté.

Seul, le brisquart commandant le poste, soit qu'il se fut abstenu de boire, soit plutôt qu'il supportât mieux la boisson que ses hommes, conservait tout son sang-froid.

Dans le service de l'Autriche,
Le militaire n'est pas riche,
Chacun sait ça.
Mais si sa paye est trop légère,
Il s'en console, c'est la guerre
Qui le paiera.
Le vin, le vin, l'amour et le tabac,
Voilà, voilà, voilà,
Le refrain du bivouac.

Ainsi chantait à tue-tête le poste en goguette quand l'escouade policière s'arrêta devant le corps degarde improvisé et que son chef y pénétra.

A cette irruption inattendue, les chants cessèrent ; il y eut un moment de stupéfaction ; on crut d'abord à une visite d'officier. Mais dès que les soldats se furent rendu compte de la qualité des interrupteurs, un concert de clameurs, des apostrophes variées, des exclamations s'élevèrent :

— Oh ! là ! là ! Ces binettes !

— Garde à vous !

— Portez armes !

— Présentez armes !

— En joue !

Chacun s'était saisi d'un verre ou d'une bouteille, projectiles improvisés qu'on s'apprêtait à lancer sur les agents, au commandement : *Feu !* Mais le sergent, craignant avec juste raison une bagarre, coupa le commandement prêt à sortir de toutes les bouches, en criant à son tour :

— A vos rangs !... Fixe !... Reposez vos armes.

Et les hommes, charmés de cette plaisanterie, ayant reposé sur la table verres et bouteilles, le sergent cria :

— Ouvrez le ban !

Aussitôt des ran tan plan, ran tan plan prolongés firent une ovation grotesque aux sergents de ville, ovation qui ne se termina qu'au commandement :

— Repos !

Le brigadier de police et ses hommes restèrent un moment interloqués devant ce singulier accueil, ce qui augmenta la joie bruyante des soldats ; mais ils n'osèrent se fâcher au milieu de ce poste en goguette, se réservant de faire leur rapport.

— Pardon, excuse — dit le sergent s'avançant d'un air digne. — Qu'y a-t-il pour votre service ?

— Rien, mon brave sergent. Nous passions... Nous avons entendu du chahut et nous nous sommes arrêtés, histoire de nous rendre compte.

Puis se frappant le front :

— Vous allez nous rendre un service.

— Lequel ?

— Celui de vous charger de cette gosseline.

Et, en même temps, il tirait Renée par le bras :

— Allons, arrive ici, toi !

Renée fit son entrée au corps de garde, escortée de deux agents et complétement terrifiée.

Une grosse bosse marbrait le haut de son front, conséquence de sa chute avec le charbonnier. Le froid avait bleui ses petites mains et son joli visage, ravagé par les larmes. De la boue couvrait ses souliers, ses bas, sa robe, sa blouse.

— Qu'est-ce que c'est que cette enfant ? — demanda le sergent, tandis que les soldats regardaient.

— C'est — répondit pompeusement le policier — une petite particulière sur laquelle nous avons mis la main dans des circonstances et incidents qui ne manquent pas d'une certaine gravité importante, selon moi.

Le poste ricana.

— Qu'a-t-elle fait ? — demanda le sergent goguenard. — Elle vous a tué du monde ?

— Elle n'a tué personne, mais ce n'est peut-être pas de sa faute. En tous cas, elle s'est jetée sur un de mes hommes et a manqué de le renverser.

— Ah bah !

— Parfaitement. C'est comme j'ai l'honneur de vous l'exposer.

— Alors, elle est plus forte qu'elle n'en a l'air.

— Faut croire qu'il ne tenait guère d'aplomb sur ses jambes, le type — fit un homme de garde qui ne semblait pas lui-même trop ferme sur les siennes.

— Il ne s'agit pas de plaisanter intempestivement — fit d'un ton sévère le brigadier de police, à qui il arrivait parfois de se servir du mot juste et que ces rires agaçaient fort. — Nous avons trouvé le cadavre d'un homme mort dans une rue là-bas. De deux choses l'une : ou ce cadavre est un honnête homme, ou c'est un insurgé. Si c'est un honnête homme, on l'a assassiné. Qui ? Nous ne le savons pas, mais cette enfant le sait.

— C'est des soldats qui lui ont fait du mal — osa dire la petite fille, croyant qu'on allait l'accuser d'avoir assassiné le charbonnier.

Le chef policier, fâché d'être interrompu dans le magnifique développement de son dilemme, lui donna une tape sur la tête.

— Tu parleras quand on t'interrogera, mauvaise graine, pas avant — lui dit-il.

Puis il se hâta de poursuivre :

— Second point. Si ce n'est pas un honnête homme, c'est un insurgé. Si c'est un insurgé et que ce seraient les soldats qui l'ont tué, comme l'affirme l'inculpée, alors, il n'y a plus crime, c'est vrai, mais il y a ceci, et personne ne me contredira, je pense : un insurgé n'est jamais seul. Il fait partie d'une bande, comme tous les voleurs. Cette enfant qui a avoué reconnaître le cadavre du défunt, en sait long là-dessus. Il ne s'agira que de la faire parler, péremptoirement et obligatoirement.

De tous temps et en tous lieux, l'éloquence ne perd jamais ses droits, et les esprits les moins raffinés, les natures les plus vulgaires se laissent prendre aux charmes d'un langage expressif, élégant, imagé. C'est pourquoi les soldats avaient cessé de rire. Bouche béante, tout le monde écoutait, les hommes, agents et troupiers, pleins d'admiration, la fillette remplie d'épouvante.

— C'est clairement exprimé, cela, je présuppose ? — ajouta le brigadier, jouissant de son triomphe.

— Evidemment — lui répondit le chevronné, désireux de ne pas être en reste d'adverbes avec son interlocuteur.

— Manifestement — reprit le premier.

— Approximativement — répliqua le second.

— In-du-bi-ta-ble ment — riposta avec force le policier en lâchant un nouveau et formidable hoquet — et il poursuivit :

— Nous allons donc commencer l'enquête chez la femme du malheureux réduit à l'état cadavérique. Nous pensons qu'il vaut mieux pour nous que la jeune criminelle soit en lieu sûr, pendant que nous nous livrerons à notre pénible besogne. C'est pourquoi, nous avons résolu de vous la confier, pour la garder jusqu'à notre retour, usant de notre droit de réquisitionner la force armée, dans l'intérêt du service public, administrativement parlant.

Ainsi s'exprima cet amateur du style soutenu et des majestueuses périodes, tout le contraire de son collègue, que nous avons vu à l'œuvre chez madame d'Hagniel et qui préférait les expressions tronquées, les termes brefs, énergiques, d'allure militaire. Le vieux sergent que toute cette éloquence avait un moment ébloui, sentit la colère l'envahir, à la prétention émise par le policier de lui donner des ordres.

Cependant, comme il est vrai que la police a le droit de requérir la force armée pour lui prêter main-forte, le brisquard, qui connaissait son *service des places* ne protesta pas. Il se contenta de répondre d'un ton rogue :

— C'est bon, c'est bon, laissez la ici, votre gamine. Et il ajouta, ricanant :

— Vous avez raison de ne pas l'emmener

Renée.

avec vous. C'est une gaillarde qui n'a pas l'air d'avoir froid aux yeux. Elle pourrait vous donner du fil à retordre et vous escoffier tous en chemin !

Le brigadier ne daigna pas répondre à cette plaisanterie de mauvais goût. Il se contenta de hausser les épaules en murmurant entre ses dents : « Vieille baderne ! » ; puis il sortit avec son escouade, disant :

— Vous savez, ouvrez l'œil et le bon... Il ne s'agit pas de blaguer et de parler intempestivement... Vous répondez de la gamine !

— Va-t-en au diable ! sacré nom de Dieu d'empoté, bougre de roussin, espèce d'idiot ! — grommela le chef de poste. — Tu me fais suer. Avoir le toupet de me donner des ordres ! Un sale mouchard ! Et dire qu'on est obligé d'obéir à ces cochons-là !

Les hommes de garde partageant ou faisant mine, par flatterie, de partager l'indignation de leur chef, surchérissaient sur ses apostrophes.

— Des soldats obéir à la police ? — commença le caporal. — C'est dégoûtant !

— C'est ravaler l'armée.

— Qu'il revienne on lui montrera son matricule.

— Aurait fallu lui taper sur le naseau.

— Sergent, sans vous commander, si j'étais que de vous, je lâcherais la gosseline.

— Une bonne idée ! Je ferais celui qui ne l'a pas vue.

— Elle est gentille cette momichonne... Mais elle est joliment crottée.

— Approche un peu, miochette. — Tu t'es donc roulée dans le ruisseau ?

— Allons, laissez-la — dit le sergent. — Viens ici, toi. Mets-toi près du poêle, et contenous ton petit boniment. D'où sors-tu?

— De chez le charbonnier — fit Renée.

— Ça se voit! — dit en riant le sous-officier.

— Allons, viens-là. Chauffe-toi. N'aie pas peur.

— Non Monsieur.

Elle s'approcha avec confiance. Depuis que les policiers étaient partis, sa terreur première s'était dissipée. A la vérité, le tapage, les chants, les rires, les propos des soldats l'avaient effrayée d'abord, mais leurs physionomies n'étaient pas méchantes, et leurs yeux, quand ils la regardaient, étaient plutôt bienveillants que terribles. Les paroles presque affectueuses du sergent la rassurèrent tout à fait.

Elle pensait tout en tendant ses petites mains vers le poêle : « Si je pouvais décider ce vieux à grandes moustaches à me reconduire chez maman, à me sauver des vilains hommes qui ont dit qu'ils reviendraient pour me mettre en prison !... »

Elle cherchait, dans sa petite cervelle, les paroles de persuasion qu'il fallait employer, quand elle aperçut sur un banc un panier contenant des reliefs de charcuterie et des restants de pain.

Cette vue la fascina; son petit ventre se remit à crier famine. « Ah! le bon pain, les bonnes saucisses et les bonnes tranches de jambon! » Elle ne songea plus à partir, elle ne désira plus que manger.

Si elle se fut trouvée chez sa grand'mère, elle n'aurait eu qu'à dire : « Maman, j'ai faim » et la vieille dame, pour qui les moindres caprices de la petite fille étaient des ordres, eût été trop heureuse de la satisfaire en ce légitime besoin. Mais madame d'Hagniel était loin et elle n'osait pas avouer sa faim aux soldats.

Cependant ses yeux parlaient pour elle, et le sergent qui surprit la direction de son regard s'écria :

— Eh! petite! Est-ce que tu as faim?

— Oh! oui, monsieur.

— Diable! Pourquoi ne le disais-tu pas, serine? Nous avons de quoi boustifailler ici... Régale-toi.

Il fit signe à un des hommes qui lui passa le panier, objet des convoitises de la fillette, puis il la prit sous les aisselles, l'assit à côté de lui sur le banc, lui donna un gros croûton de pain et un morceau de saucisson, dans lesquels elle se mit à mordre à belles dents.

Les soldats, groupés autour d'elle, s'émerveillaient de son bel appétit. Sa gêne première disparue, son estomac satisfait, sa bonne humeur revint. Elle répondit, dès lors, aux questions qu'on lui adressait, racontant ses aventures avec une grande abondance de détails, les émaillant de remarques naïves et drôlichonnes, d'observations enfantines qui firent les délices de tout le corps de garde.

— Elle est gentille tout plein, cette gosseline! — fut l'appréciation unanime du poste qui déclara d'une seule voix « que si les roussins rappliquaient pour la prendre, il ne faudrait pas la rendre, et qu'on leur taperait plutôt sur le casaquin ».

Le sergent la prit sur ses genoux :

— Avec tout ça, tu ne nous as pas dit comment tu t'appelais et qu'est-ce que font tes parents ?

En effet, Renée ayant débuté dans son récit par sa rencontre avec le typographe qu'elle accusait d'être l'auteur de ses infortunes, avait négligé, dans la chaleur du récit, de décliner ses noms, qualités et demeure.

Elle répara immédiatement cet oubli.

— Je m'appelle Renée, je demeure chez ma maman, dans la rue Clignancourt.

— Et qu'est-ce qu'elle fait, ta maman?

— Elle fait rien. C'est elle qui m'a appris à lire. Et puis c'est la maman d'un officier. Il s'appelle Julien d'Hagniel.

— D'Hagniel! répéta le sergent, d'Hagniel! Je connais ce nom-là. C'est celui du caporal qui a planté le drapeau sur le marabout de Sidi-Brahim... Un chic type!...

— Oh oui! — dit Renée qui comprenait fort bien cette expression pour avoir souvent entendu Julien s'en servir, en parlant soit de ses camarades, soit de ses supérieurs.

— Ça serait drôle si c'était le même.... je l'ai revu ensuite à Marseille, où il était adjudant de place.

— C'est le même — affirma la petite fille. Il a d'abord été dans l'Algérie où il y a des Arabes; c'est là-bas que je suis née, moi, vous savez.... et puis il a été à Marseille, et puis il a changé avec un autre pour venir à Paris. Il est maintenant un fantassin; il a un beau shako et des épaulettes en or... avant c'était en argent. C'est bien plus beau en or! Il m'a appris tous les grades et je sais bien reconnaître un caporal... En voici un de caporal — conclut-elle, montrant du doigt le porteur des galons de laine, ravi de se voir ainsi distingué.

— Et moi, qu'est-ce que je suis ?

— Vous, vous êtes sergent.

— Et moi ? — demanda un simple soldat.

— Un tourlourou! — répond la petite fille au milieu des rires de l'auditoire.

Ce n'était pas sans but, par simple besoin de babiller, que la petite rusée faisait cet étalage de connaissances militaires. Elle pensait exciter ainsi l'estime et l'admiration des soldats, s'attirer leur intérêt et, par suite, leur protection. Elle devait réussir au-delà de ses espérances.

— Dans quel régiment est-il, ton monsieur d'Hagniel ? — demanda le sergent.

— Au 42e de ligne.

— Au 42e. Il est justement de garde à l'Assemblée. Colonel Espinasse. Un rude à poil qui n'y vas pas par quatre chemins pour vous flanquer deux cents Bédouins par terre.

— Oui, monsieur. Je sais bien qu'il est à l'Assemblée ; là où il y a un tas de radoteurs, comme dit monsieur d'Hagniel... Il a fait prévenir maman qui était bien contente... Il paraît qu'on va museler-les radoteurs. Comment qu'on va faire, monsieur, pour les museler ?

— C'est bien simple — dit le brisquard — on les force à ouvrir la bouche, et on y met un pruneau.

— Un pruneau ?

— Oui, un de ceux qui sont dans nos gibernes.

— Ah !

Après cette exclamation qui fit rire la troupe, la petite fille resta pensive.

Le sergent de son côté réfléchissait :

— Dans ce sacré métier — se disait-il — on ne sait jamais sur quel pied danser. Tantôt on vous fout dedans pour avoir fait preuve d'initiative, tantôt on vous fout dedans pour n'en avoir pas montré. Ah ! nom de Dieu, il n'est vraiment que temps que je prenne mon congé, je commence à en avoir plein le dos. Faut-il rendre cette petite fille à cet animal de brigadier quand il va venir la réclamer avec toute sa clique ? Non, bien sûr. Je ne la rendrai pas. Mais qu'en faire? Si seulement, elle ne demeurait pas si loin à l'autre bout de la ville, j'aurais envoyé un de mes hommes la reconduire chez elle. Oui, j'aurais risqué le coup, bien que ce soit défendu de les distraire de leur service ; mais voilà, elle demeure au diable, il n'y faut pas songer. Alors quoi ?

Il se parlait ainsi à lui-même, l'air fort perplexe, tout en caressant délicatement la tête de la petite fille, qui venait de s'endormir sur ses genoux. Tout à coup, il s'écria se tapant sur la cuisse.

— Une idée, nom de Dieu !

A l'exclamation joyeuse qu'il poussa, une idée devait être un phénomène assez rare chez le brave brisquard.

Tout le poste le regarda.

Désignant alors un des hommes :

— Vous savez où est l'Assemblée?

— La boîte aux bavettes?—répondit l'homme.

— C'est ça. Vous allez vous y rendre et vous demanderez à parler au sous-lieutenant d'Hagniel. Vous avez entendu approximativement ce qu'a narré la gosseline... Parfait... Pour lors, vous répèterez à cet officier la chose, brièvement; ne vous emballez pas dans les feux de file, militairement parlant. N'omettez pas de lui dire que ce sont des agents de police qui ont amené ici la petite demoiselle et que ces salauds doivent venir la reprendre pour la fourrer chez le commissaire. Du moins, c'est ce qu'ils ont débagoulé. Vous avez compris ?

— Oui, sergent. Mais si l'officier n'est pas là ?

— S'il n'est pas là ?... Il doit y être... Cependant il pourrait arriver qu'il n'y soit pas. Pour lors, adressez-vous à un autre officier. C'est clair comme bonjour. Enfin, arrangez-vous pour m'apporter un ordre, que je sois fixé sur ce que je dois faire... Dites que je prends sur moi de ne pas la rendre aux policiers au cas où ils reviendraient avant vous. C'est saisi ?

— Oui, sergent.

— Alors, rompez et trottez sec.

Le soldat partit au pas de course.

Le sergent, qui lui avait fait ses dernières recommandations sur la porte, le suivit des yeux jusqu'à ce qu'il eut disparu dans la rue noire et déserte.

On entendait au loin des coups de feu isolés, des bruits de pas cadencés, celui de patrouilles d'agents ou de soldats.

Il grommela :

— Sacré métier ! Je tâche de faire pour le mieux et je parie une vieille chique contre dix bouffardes que je trouverai le moyen de me faire bloquer. Ah ! nom de Dieu ! heureusement, mon troisième congé touche à sa fin. C'est fini, je ne recrache plus au bassinet. Au diable leur retraite !... je la lâche, foi de Roupion, je la lâche. J'en ai soupé du métier.

Les soldats riaient. Depuis quinze ans, on l'entendait répéter cette dernière phrase, ce qui ne l'empêchait pas de chantonner les soirs de goguette, en retoussant sa moustache grisonnante :

Aujourd'hui, comme naguère
Le soldat est bon enfant ;
Il va toujours de l'avant
En amour comme à la guerre.
Vive le métier,
Vive le métier,
Le métier de troupier !

CHAPITRE LIX

Au poste de l'assemblée. — Le capitaine Jean Grelon. — Aventure d'amour. — Le message du sergent Roupion. — Julien s'inquiète.

Pendant que les patrouilles sillonnaient les rues, que les blessés râlaient dans leurs lits et que les employés des cimetières avaient reçu l'ordre d'agrandir les fosses communes pour enterrer les morts du lendemain, pendant que l'on festoyait au poste solitaire du sergent

Roupion, l'on ne s'ennuyait pas non plus à celui de la *Boîte aux bavettes*, comme un soldat avait irrespectueusement désigné le noble Palais-Bourbon.

Officiers et soldats avaient été toute la journée sous les armes et le qui-vive. Mais, le soir venu, on faisait relâche. Les nouvelles étaient bonnes, les barricades prises, les tentatives d'insurrection écrasées sur toute la ligne. On banquetait. Le repas depuis longtemps achevé, on avait allumé des bols de punch dans la salle dont s'étaient emparé les officiers inférieurs. Quant aux supérieurs ils s'étaient établis, avec leur colonel, dans l'appartement du commandant du Palais.

Deux compagnies dans les cours occupaient les portes.

Les deux autres se reposaient.

— Voyez-vous, Messieurs, — disait un vieux capitaine à ses officiers, qui commentaient les événements de la journée — pas un aristo, moi... Suis du populo, m'en fait honneur... Fils de mes œuvres. Feu mon père, menuisier; ma défunte mère, blanchisseuse...

— Alors — fit un peu dédaigneusement un jeune lieutenant portant un nom noble — vous avez peut-être des parents sur les barricades?...

— Pense pas... pas Parisien, moi ! Si j'en avais, assurément ça me chiffonnerait de leur envoyer des prunes, mais n'hésiterais pas.

— Ils n'hésiteraient pas non plus à vous taper dessus, mon capitaine — dit le sous-lieutenant d'Hagniel.

— Ce que j'allais dire. Aussi commencerais par taper le premier.

— A la bonne heure !

— Tout de même vexant. Taper sur des bédouins, rien de mieux, Anglais, Russes, Chinois, Allemands, tout ce qu'on voudra... mais des Français, ça me fait des lancements... là... là... là ! Nom de Dieu !

Il eut un hoquet, se tapa sur la poitrine et vida d'un trait sa coupe de punch.

Celui qui s'exprimait ainsi d'une voix brusque, saccadée, avec des phrases coupées, était le capitaine Jean Grelon, commandant la compagnie à laquelle appartenait Julien d'Hagniel; un de ces types assez communs dans l'ancienne armée, braves à tout poil, qui selon nous, valaient bien les officiers de salon.

Excellent soldat, sorti du rang, dévoué et plein de bravoure, il se plaisait beaucoup plus à entendre et à tenir des propos de chambrée, qu'à échanger des phrases filandreuses avec une jolie femme, dans une soirée d'ambassade où, d'ailleurs, on ne l'eut pas invité. Il ressemblait quelque peu à ce capitaine dont parle J. Noriac dans son amusant *101e régiment* et dont les soldats disaient :

« Le capitaine, il n'est jamais si content que lorsqu'il est fâché ! »

Le capitaine Grelon frisait la cinquantaine. Il était prompt à lever le coude. Jadis, il avait été un vert galant, mais depuis assez longtemps il négligeait le service de Vénus, pour devenir un fidèle de plus en plus fervent du dieu Bacchus, du roi Gambrinus, et de cette autre divinité, si malfaisante aux mortels, appelée le démon alcool.

Pendant qu'armé d'une cuillère à pot, il se versait une nouvelle rasade, et que les officiers péroraient tous à la fois, Julien qui cherchait dans sa poche un cigare, tira une lettre d'une écriture fine que le bon Plumereau eut aussitôt reconnue et eut été bien étonné de trouver en cet endroit.

Il l'ouvrit, y jeta un coup d'œil satisfait, la replia et la remit dans sa poche.

— Lettre de femme, hein ? — lui dit le capitaine, clignant de l'œil. — Devine ça du premier coup, moi ! Papier fin, caractère mignon. Ah ! ah ! Dans le temps, en ai-je reçu ! Savais qu'en faire. Brunes, blondes, rousses, maigres, grasses, mûres, trop mûres, pas assez mûres, toutes me relançaient. Pouvais pas suffire. Les refilais à mon brosseur.

Là-dessus, le capitaine Grelon avala une forte gorgée de punch, qu'il trouva excellent, car il passa la langue sur ses lèvres, puis lissa ses moustaches.

— Punch haut le pétard, lieutenant. Mes compliments au Président. Il fait bien les choses, le gaillard. Les hommes sont contents. Tous prêts à se faire trouer la peau.

— Fâcheux que nous n'en ayons pas eu l'occasion.

— Bah !... Avez le temps. Jeunesse courte, nom de Dieu ! Jouissez !

— Mon capitaine, je fais de mon mieux.

— Un brave garçon... Reconnu ça tout de suite... Voulez-vous un bon conseil ?

— Je vous en serais reconnaissant, mon capitaine.

— Mon conseil, voici. C'est au sujet du sexe... Vous ne semblez pas trop naïf, mais vous pouvez l'être sans en avoir l'air... vous en faire accroire. Etes jeune, profitez-en, nom de Dieu. Courez après toutes les fillettes, n'en laissez pas une seule vous résister. Allez-y ! Allez-y ! Toutes, entendez-vous bien, toutes ont le diable au corps.

— C'est ce dont je me suis déjà douté.

— Parbleu. Intelligent vous... Vais vous raconter une histoire... Avons le temps pendant que les autres jaspinent sur la politique. La politique, m'en fout. Politiciens ? Les fout au bloc... Pas votre avis ?

— Parfaitement.

— Donc, voici mon histoire... Pas longue... En deux mots, finie.

— Je suis tout oreilles, mon capitaine.

— Attendez que je vide mon verre.. Haut le pétard, ce punch, je le redis... Donc, il y a belle lurette... jeune alors, caporal dans le centre... Oui, simple cabot... Cabot !... pas beaucoup, hein ? N'empêche que je changerais volontiers à l'heure qu'il est mes deux épaulettes d'or contre mes anciens galons de laine, si l'on me donnait ma jeunesse avec. Ah ! mille pétards !... Embêtant de vieillir !... Passons, passons ! Voilà qu'une petite me tape dans l'œil... C'était pas chose extraordinaire, ça m'arrivait régulièrement dix fois par jour qu'une petite me tape dans l'œil... Toutes les jupes que je rencontrais, quoi ! Tous passé par là ! Mais pour celle-là, j'en grinçais des dents ! Gentille à croquer, faite au tour. Et des yeux ! Et des cheveux ! Et une bouche que vous auriez mangé du cambronne dessus, et un cou brun, potelé, avec des frisettes !... Et une taille, un corsage rembourré comme un wagon de première classe, et des mollets, ah ! quels mollets, jeune homme, à décrocher tous les saints de leurs sacrées niches, car c'est dans une église que je la rencontrai... Oui, elle y faisait ses prières, la petite sainte nitouche, sans doute pour amorcer quelque gros vicaire ou même Monsieur le curé. Moi, qui étais entré là pour passer le temps, fatigué de me promener devant les boutiques, je tombai de suite en arrêt.

— Et alors ?

— Et alors, je reluquai la donzelle; tirai les trois poils de ma moustache, marchai, tournai, toussai, crachai, fis le possible pour attirer son attention. Rien.

Elle ne tourna pas la tête, le nez plongé dans ses mains, elle continuait à prier le bon Dieu. « En voilà une dévotion ! » me disais je. Elle finira toujours bien par sortir, et j'allai l'attendre à la porte, non pour lui coller ma déclaration, mais pour la suivre et savoir où elle demeurait. Ça n'avait pas l'air d'une grande dame, au contraire. Elle était vêtue comme une petite couturière. C'était justement dans mes eaux.

La voilà qui sort, yeux baissés, comme une petite sainte. Je me dis alors : « Mon pauvre Jean Cochon, tu perds ton temps. Pour sûr elle est du sacré-cœur. Rien à faire. » J'emboîte tout de même le pas, crânement, bombant la poitrine et tendant le jarret. Ah ! Ah ! nom d'une giberne, sous le rapport de la tenue et de l'asticage, pas beaucoup au bataillon qui pouvaient me dégotter !

C'était la fille d'un coiffeur dont je devins le client. Jusqu'alors je m'étais rasé ou fait raser par le perruquier de la compagnie. A partir de ce moment, ce fut ce damné Figaro qui prit soin de ma trombine... Mais ce n'était pas assez pour me gagner ses bonnes grâces. Ma pauvre vieille mère m'envoyait chaque mois deux ou trois pièces de cent sous. Tout passait, sans compter mon prêt, chez le merlan. J'achetais à ce pékin-là des parfums pour me coller sur les douilles, de l'eau pour me décrasser les dents, des pommades pour s'appliquer sur la gueule, un tas de drogues degoûtantes, qui rancissaient et me faisaient puer comme un rat mort. Quant au merlan, il me gratifiait de poignées de mains et empochait mes sous, le salaud !

« — A la bonne heure — disait-il — on voit que vous êtes un jeune homme de bonne famille. C'est propre, c'est coquet, c'est gentil. Ce n'est pas comme ces sales campluchards et ces *ouverriers*, qui ne se décrassent que quand ils tombent à l'eau. »

Et il me montrait à sa fille :

« — Voilà, voilà un *june* homme bien. Un *june* homme comme il faut ! comme il t'en faudra un quand tu penseras au conjungo... Mais elle est trop jeune encore — ajoutait-il. — Ça ne pense qu'à sa poupée. »

Poupée ? Drôle de poupée !

Il riait sous cape, le salaud ! car il supposait avec juste raison que ce n'était pas pour sa trombine que je venais faire ma poire dans sa boutique. Il voyait bien que je tirais des plans sur sa fille et avait soin de ne pas me décourager... Quant à la fillette, elle prenait un petit air décent, vertueux, tout à fait suggestif. Ah ! nom de Dieu ! ça me fichait des frissons dans l'échine. On eût dit qu'elle sortait du Sacré-Cœur ! J'étais presque honteux par moments d'essayer de lui conter fleurette.

— Voilà de l'honnêteté, mon capitaine !

— Parole d'honneur, j'en avais des remords, tant j'étais godiche. Je me disais : « Grelon, mon ami, tu es un sale corrupteur d'innocence. Tu vas incendier ce jeune cœur naïf et sans expérience, lui faire partager tes feux malhonnêtes, et tu n'auras aucun dédommagement à lui offrir. Soldat pervers, à quoi songes-tu ? Ta conduite est indigne d'un caporal français ! » Dites donc, lieutenant !

— Quoi, mon capitaine ?

— Etais-je assez crétin, assez enfariné, assez Pantinois, nom de Dieu ! Ah ! j'en avais un boisseau de pochetés ! Un petit mot à ce punch !... A la vôtre !

Il continua :

— Voyez-vous, d'Hagniel, les scrupules, c'est de la faribole. On n'en tient aucun compte. Quand on en.a on s'asseoit dessus. C'est ce que je faisais, car je manœuvrais comme si je n'en avais pas... Je suivais la gosseline, j'essayais de la pincer partout, et aye donc ! et aye donc ! J'en perdais la boussole, le boire et le manger. Enfin, à force de quémander, de supplier, de lui jurer que c'était pour le bon motif, j'obtins une promesse de rendez-vous.

— Ah! ah! — fit d'Hagniel. — Ça commence à se corser.

— Vous allez voir... C'était dans un endroit assez désert le soir, un endroit planté d'arbres qui faisait le tour d'un des côtés de la ville et qu'on appelait le Mail. La nuit on n'y voyait goutte. Un endroit enfin comme en rêvent les amoureux, quand ils n'ont pas un appartement meublé à offrir à leur bonne amie, ni même un simple galetas... J'avais demandé pour l'occasion la permission de minuit afin d'avoir tout le temps...

— De lui faire subir les derniers outrages — interrompit Julien.

— Hein?

— C'est ainsi que s'expriment les journalistes, mon capitaine.

— Allez au diable avec vos journalistes. Qu'est-ce que vous venez me parler de cette clique-là!

— Pour en rire.

— Donc, me voici embusqué dans un endroit convenu. Je venais d'entendre sonner dix heures et il y en avait au moins une que je faisais le pied de grue, l'oreille au guet, les yeux écarquillés et le cœur battant la charge, lorsque j'entends un pas léger venir dans ma direction et une petite toux discrète, disant clairement: « Me voici ».

— Moment palpitant.

— Je vous crois. À la toux, je lâche aussitôt un « Pst! pst! ».

« Pst! pst! » qu'on me répond, et une forme féminine se perçoit vaguement dans l'ombre.

« — C'est toi?

« — Oui.

« — Avance à l'ordre! »

Et je saisis la donzelle dans mes bras,

— Je disais bien que ça allait se corser.

— Taisez-vous donc. « Ah: chérie—disais-je. — Ma douce chérie. Je t'aime! Je t'aime!

« — Nom de Dieu! — qu'elle me répond. — Ne m'étouffe pas. Eh! minute. Comme tu es fougueux! Est-ce qu'ils sont tous comme ça dans ton escouade? Zut alors!... Aboule d'abord les picaillons. »

— Ce n'était pas elle?

— Turellement.

— Alors quoi? Vous la lachâtes?

— La chatte vous-même!... Attendez donc, lieutenant. N'allez pas plus vite que les violons, que diable!... Vous voulez que je vous raconte une histoire et vous ne me laissez pas parler... Cette voix et ce langage, vous saisissez, me jettent un froid. Je lâche d'un cran la môme..., je la repousse en un temps et un mouvement, en lançant un juron qu'on dut piger à plus de cent pas, car j'entendis rire dans le lointain et une voix cria:

« — Hé! camarade! Ça ne va donc pas comme tu veux! »

« — Qui donc que tu attends? — me dit la rôdeuse, sans trop s'offusquer. »

Au même instant, elle faisait flamber une allumette-bougie et éclaire ma trombine.

Sans doute que ma binette déconfite était drôle, car elle se mit, comme les autres, à rire aux éclats.

« — Qu'est-ce que tu as donc à rigoler comme une baleine? — lui demandai-je, furieux, reconnaissant en elle une habituée de caserne.

« — J'ai... que tu m'amuses — répliqua-t-elle. — Si je ne peux pas mettre un nom sur ta fiole, elle est notée sur mon calepin... Tu es le cabot pommadé qui mange la botte pour la fille au merlan de la rue des Carmes. Ah! tout le monde se fiche assez de toi dans le quartier! Les petites couturières d'en face se mettent aux fenêtres pour te voir passer. Et ce qu'elles se gondolent! »

S'entendre dire en pleine face que des gentils minois se fichent de vous, c'est vexant! Mais c'était la nuit, et les paroles n'ont pas de couleurs. J'avalai la couleuvre et je répondis, prenant un air dégagé:

« — Je m'en bats l'œil!

« — Pourquoi que t'es si bête que ça? ajouta d'un ton de compassion cette créature.

« — Fiche-moi la paix! »

Elle continua sans se décourager de mes rebuffades:

« — Moi, j'aime les troubades... C'est pourquoi ça me fait de la peine de voir un gentil cabot comme toi se laisser monter le coup par une petite grue...

« — Grue! — répliquai-je, indigné. — Tâche de parler plus poliment d'une jeune fille honnête et sage.

« — De quoi! de quoi! — riposta-t-elle, éclatant de rire. — Tu es si jobard que ça... Mais ta princesse te fait la nique avec tous les officiers de ton régiment. »

Je refusais d'y croire. Elle m'en donna des preuves. Elle avait même, elle, la rouleuse de caserne, fait la quatrième dans une partie carrée avec ma dulcinée et deux lieutenants qu'elle me nomma.

« — Tu mens!

« — Et puis, tu sais, ajouta-t-elle, son père?

« — Eh bien!

« — Son père, c'est pas son père, c'est tout simplement son amant.

« — Tu vas m'en donner des preuves tout de suite, coquine!

« — Quand tu voudras — me dit-elle d'un air tranquille. Suis-moi. »

Je la suivis, ou plutôt je marchais côte à

côte. Elle prit mon bras. Nous rentrâmes en ville. Elle m'entraînait, d'un pas ferme, rue des Carmes, à la demeure du merlan. Onze heures sonnaient à l'église, pas un chat dans les rues. Elle tira une clef de sa poche, ouvrit et me poussa dans le corridor. Puis elle alluma un rat de cave.

« — Va doucement, dit-elle, je t'éclaire ; c'est au troisième, la porte à droite. Marche ! »

Nous nous arrêtâmes à la porte indiquée, elle ouvrit. Je vis une chambre sommairement meublée d'un lit de sangle, d'une table, d'un lavabo, d'une chaise et d'un poêle en fonte sur lequel était posé une casserole contenant des rogatons. Un vrai intérieur de fille à troufions. Sur la cheminée, une douzaine de daguerréotypes représentant des soldats et des sous-officiers de toutes armes, ses anciens greluchons.

« — Je ne savais pas que tu demeurais ici, lui dis-je.

« — Il y a plus de six mois... C'est le merlan qui me loue. Quelquefois je ramène deux hommes, alors je frappe à la porte à côté.

« — Et qu'est-ce qu'il y a, à la porte à côté?

« — Il y a le merlan et sa fille, comme tu l'appelles. Lui décanille dans la pièce voisine et laisse sa place à l'amoureux.

« — Tu ne mens pas?

« — Assure-t'en pour voir. »

Elle éteignit sa chandelle, me prit par le bras ; nous traversâmes le palier et elle frappa quelques petits coups à la porte en face de la sienne.

« — Mamzelle Sophie ! Mamzelle Sophie ! »

J'entendis un bruit de corps se jetant rapidement hors du lit.

« — Qu'est-ce qu'il y a ? — dit une voix que je reconnus aussitôt pour celle de mon adorée.

« — Militaire ! — répliqua simplement la rouleuse.

« — Officier ?

« — Capitaine.

« — Entrez, monsieur. »

J'entrai. Je me retenais pour ne pas sauter sur la coquine, la prendre à la gorge, lui vociférer des injures. J'allai à tâtons devant moi ; je me heurtai à une chaise ; je m'y affaissai et restai quelque temps immobile, prêt à étouffer, la gorge pleine de sanglots.

Elle s'était refourrée dans le lit, et je l'entendis murmurer d'une voix douce :

« — Eh bien ! qu'est-ce que vous faites ? Vous ne vous déshabillez pas ? »

Je me levai et je répliquai d'une voix tremblante d'émotion et de colère :

« — Non, je t'ai attendue trop longtemps sur le mail. »

Quel crétin j'étais ! Au lieu de me fourrer au pieu et de profiter de l'aubaine. Ah ! je m'en suis fichu des charretées d'injures ! Mais qu'est-ce que vous voulez, lieutenant, j'étais si jeune !

— Comme dit Victor Hugo !

— Connais pas ce particulier. Mais le père, l'amant, le damné merlan enfin qui écoutait dans la chambre voisine, cria :

« — Qu'est-ce que c'est ? Qu'est-ce que c'est ? Qui se permet de pénétrer la nuit chez ma fille ? Ah ! canaille ! ah ! séducteur ! »

Il s'était élancé sur moi, me saisit par les épaules, m'allongea deux formidables coups de poing sur le museau, ouvrit la porte et m'envoya rouler dans l'escalier.

Je rentrai en retard à la caserne, et j'écopai huit jours de bloc. Qu'est-ce que vous dites de ça ?

— C'est une histoire à crever de rire, mon capitaine.

— Crever de rire ! — répéta le capitaine Grelon avec indignation. — Vous voulez donc me mettre en fureur. Vous trouvez cela risible vous ?

— Pardon, mon capitaine, mais c'est incomplet. La fin ?... Racontez-moi la fin...

— Ça ne va pas être long, la fin...

En ce moment la conversation des deux officiers fut interrompue par l'arrivée soudaine d'un homme de garde.

— Pardon, mon lieutenant. C'est un homme du 58e qui demande mon lieutenant.

— Un homme du 58e — s'écria Julien d'Hagniel. — Qu'est-ce qu'il me veut cet homme du 58e ?

— Il dit comme ça que c'est le sergent qui l'a envoyé rapport à une petite fille qu'on a menée au poste.

— Une petite fille qu'on a menée au poste... Quel poste ?

— Ah ! je sais pas.

— Allez me chercher cet homme.

L'envoyé du sergent se présenta bientôt et s'expliqua de telle façon que d'Hagniel ne put rien comprendre, sinon qu'un sergent l'envoyait chercher pour sauver une petite fille de la prison.

Fort perplexe avec de vagues pressentiments que la fillette en question était la petite Renée, sans se rendre compte et renonçant à rien comprendre, il se décida, avec l'autorisation du capitaine Grelon, à aller demander au colonel Espinasse la permission de s'absenter. Celui-ci le regarda curieusement, longuement, fronçant le sourcil.

— Qu'est-ce que cette nouvelle histoire ? — demanda-t-il.

Nouvelle histoire ? Pourquoi nouvelle histoire ? C'est ce que se demanda de son côté d'Hagniel.

— Ma foi, mon colonel, je n'en sais pas plus que vous. Je suis moi-même fort intrigué.

Faut-il appeler cet homme du 58e ? Vous l'interrogerez vous-même.

— Non, non — dit vivement le colonel — Inutile. A quoi bon ? Tout finira par se découvrir. Allez, allez à vos affaires. Je vous donne permission de la nuit.

— Je vous remercie, mon colonel — répondit l'officier quelque peu surpris du ton sarcastique de son chef — Je passerai alors chez ma mère pour la rassurer sur mon compte.

— Faites ! Ne vous gênez pas.

Et il ajouta avec un sourire :

— Surtout ne vous faites pas escoffier en chemin.

— Je ferai mon possible, mon colonel.

Et il alla rejoindre l'homme du 58e de ligne, en lui disant :

— Marchez. Je vous suis.

Ils se mirent immédiatement en route et chemin faisant l'officier accablait le soldat de questions.

Mais celui-ci ne pouvait lui répondre autre chose que ce qu'il avait dit déjà, que des agents portant un homme tué avaient laissé une petite fille au poste, en avertissant qu'ils allaient venir la reprendre et que cette enfant avait parlé d'un officier de garde à l'Assemblée, nommé d'Hagniel.

— Pour lors — conclut l'envoyé — le sergent il a dit comme ça qu'il fallait de suite prévenir l'officier.

— Que diable a-t-il pu arriver ? — pensait Julien.

Et ses appréhensions, son étonnement, ses inquiétudes augmentaient à chaque pas. Il acquerrait de plus en plus la conviction que la fillette qui avait prononcé son nom était la petite Renée.

Il pensait à la douleur de sa mère ; il la voyait courir de tous côtés à la recherche de l'enfant, s'essouflant, se lamentant, interrogeant les passants, les voisins, et avec son imagination constamment en éveil, se forgeant les plus déraisonnables chimères, rêvant des pires malheurs : Renée volée par des saltimbanques, attirée dans quelque repaire, tuée par un ricochet de balle ou bien assassinée, comme au temps du siège de Paris par Henri IV où les soldats guettaient le soir les petits enfants pour les découper et les dévorer !

D'autre part, l'officier ne pouvait se faire à l'idée qu'une escouade de sergents de ville eût poussé l'insanité au point d'arrêter une petite fille égarée et au lieu de la reconduire chez elle de la mener au violon.

Impossible de douter, cependant, d'après le récit du soldat.

— Ils étaient donc tous ivres ces agents ? — demanda-t-il.

— Non, mon lieutenant, c'est nous qui étions censément un peu dans les brindezingues, rapport que les bourgeois du voisinage nous ont apporté de quoi boire à leur santé et à celle du Président de la République.

Cette déclaration dernière n'était pas faite pour rassurer Julien. La pensée de voir la petite Renée dans un poste en goguette lui donna du nerf aux jambes.

— Nom de Dieu ! Hâtons-nous. Pas gymnastique !... Sommes-nous encore loin ?

— Non, mon lieutenant, — répondit le soldat essouflé — nous approchons.

Tout à coup Julien cria : « Halte ! »

Tous deux prêtèrent l'oreille.

Un étrange tapage, formé de jurons, de menaces, de cris, de cliquetis d'armes, se faisait distinctement entendre.

— On se bat ? — dit Julien.

— Pour sûr qu'on se tamponne là-bas ! Ça vient du poste. Ça doit être rapport à la petite demoiselle. Elle est gentille tout plein, cette petite, et ce qu'elles ait jaser ! Les sergots seront revenus pour la prendre et les camarades n'auront pas voulu la lâcher. Alors, on se cogne.

— Pas gymnastique ! — répéta Julien.

Le fantassin ne se trompait pas.

Les défenseurs de l'ordre et les représentants de la loi, soldats et sergents de ville, se livraient un combat acharné, et comme pour la guerre de Troie, une petite fille était la cause... mais la cause innocente.

Quand le chef imbécile commandant l'escouade des agents, vint en repassant réclamer Renée, le sergent refusa fermement de la lui rendre.

— Hein ? — fit le brigadier suffoqué d'étonnement et d'indignation — Vous dites ?

— Que je refuse péremptoirement de rendre la petite demoiselle.

— Vous ne manquez pas d'un certain aplomb, sergent, permettez-moi de vous le déclarer. Vous outrepassez outrageusement les prérogatives de vos galons.... Prenez-garde à ce que vous faites, entendez vous. Sans doute vous n'avez pas la conscience de votre acte subversif. Je vais vous le dire : Vous vous rendez coupable d'un attentat à la majesté de la loi dont je suis le représentant, administrativement parlant.

— Sont-ils assez assommants, tous ces représentants, avec leur sacré loi — grommela le sergent qui, depuis vingt-quatre heures n'entendait parler que de loi et de représentants. — Est-ce que vous allez aussi me chanter la Constitution ? alors, mon brave homme, je m'asseois dessus.

— Empoignez cette gamine — ordonna le chef d'escouade policière à deux de ses hommes.

— A bas les pattes ! — cria le sergent — ne touchez pas à la petite demoiselle. C'est la fille

Louis Napoléon Bonaparte, le « *Perroquet mélancolique* ».

d'un officier que je connais. J'ai envoyé un homme le prévenir et j'attends ses ordres.

— Un officier ? Un officier d'insurgés alors ? Et puis, il n'y a pas d'officier qui tienne. Je vous ai passé la mioche en consigne... Rendez-la moi.

— Du flan !

— Vous dites ?

— Allez au diable !

— Je ferai mon rapport. Je n'irai pas au diable, mais vous irez à l'ours.

— Ce n'est pas vous qui m'y mettrez, toujours.

— Ce sera tout comme.

— Assez causé ! Fichez-moi la paix.... et décarrez par file à gauche !

— Messieurs, — dit le brigadier s'adressant à ses hommes — vous êtes témoins des outrages inconvenants dont ce sergent ivre apostrophe votre supérieur. Il vous insulte tous en ma personne. Entrez, et saisissez cette enfant.

— Approchez un peu... je suis pas curieux de ma nature, mais je voudrais bien voir ça.

A peine ce défi lancé par le brisquard, trois ou quatre agents entrèrent dans le poste les mains tendues vers la petite fille qui, reveillée brusquement, s'était refugiée derrière son protecteur aux sardines d'or, qu'elle tenait par le pan de sa capote.

— Oh ! Monsieur, Monsieur — disait-elle — ne me laissez pas emmener.

— Ayez pas peur ma petite mamzelle. Je ne vous lâcherai pas. Qu'ils approchent, ils verront de quel bois le sergent Roubion se chauffe.

Et s'adressant à ses hommes :

— Eh ! vous autres. Garde à vo! Fichez-moi ces flicards dehors. Montrez-leur que vous êtes de la quatrième du trois.

Les soldats qui n'attendaient que cet ordre, se ruèrent sur les policiers.

— A la porte, les roussins ! A la porte, les salauds ! Dehors, flanquez-les dehors. Ils ne manquent pas de toupet.

Une bagarre s'ensuivit ; il y eût force bousculades et coups de poing. Les policiers moins nombreux, mais moins ivres, se tenaient mieux sur leurs jambes. Quelques fantassins roulèrent à terre.

A la vue de ses hommes battus par la police, le sergent blême de rage tira son coupe-choux. Les soldats l'imitèrent. La police se replia et pendant quelques minutes, la bagarre continua dans la rue.

L'arrivée de d'Hagniel mit fin au combat. La police battit en retraite.

— Ah ! mon lieutenant — dit le sergent — vous arrivez à temps. Les roussins voulaient emmener votre petite demoiselle. Venez.... entrez... elle est là...

— Où çà ? — demanda l'officier.

— Eh ! la petite mamzelle !.. ayez pas peur, les vilains cocos sont partis.

Ils regardèrent autour d'eux, sans découvrir la fillette.

— Elle se sera cachée sous quelque banc.

Mais on fouilla vainement tous les coins de la boutique, la petite fille avait disparu.

CHAPITRE LX

JOURNAL DE PLUMEREAU

Les dessous de l'histoire. — Cavaignac. — Les vers de Madame de Girardin. — Le général Bergamotte et le perroquet mélancolique. — Un programme de société secrète. — Michel de Bourges.

Eh bien ! Voilà ! Ça y est. Le coup est fait ! Ceux qui n'y croyaient pas sont obligés de s'incliner devant l'évidence.

Qui a fait le coup ? Deux seules forces. L'armée et la police. Il n'en est d'ailleurs pas besoin d'autres. Avec l'armée et la police dans la main, tout audacieux aventurier peut devenir du jour au lendemain le maître d'un pays.

Le maître actuel, maître depuis hier, le savait si bien qu'il commença dès qu'il posa sa candidature à la Présidence, à travailler l'armée.

Tâche facile.

Le grand nom de Napoléon plane encore sur les foules. Il ne s'agit que de faire une promenade dans les faubourgs pour s'en convaincre. Il émerge entouré de rayons sur le ciel terne de la monarchie de Juillet.

Elle-même, en ramenant les cendres de l'exilé de Sainte-Hélène et en les plaçant sous le dôme des Invalides, à la garde de ses vieux légionnaires, a contribué à redorer la légende Napoléonnienne.

Louis Bonaparte, d'abord, n'est pas le premier venu comme ceux qu'on lui opposait. C'est le fils de la reine Hortense, le petit-fils de l'impératrice Joséphine, deux femmes qui ont laissé leur souvenir de souveraines belles, bonnes, affables et gracieuses dans la mémoire du peuple, et ce ne sont pas leurs amoureuses équipées, d'ailleurs ignorées de la masse, qui pouvaient aliéner à leur fils et petit-fils, ses sympathies.

On a beau dire que ce n'est pas le fils du roi Louis, mais bien de l'amiral hollandais Verhuel, que cette naissance adultère n'était un secret pour personne en Hollande, où elle fut célébrée par les sarcasmes de la poésie populaire et qu'une chanson courait alors les rues :

> Le roi de Hollande
> Fait la contrebande,
> Et la reine Hortense
> Fait des faux Louis.

parce qu'on accusait alors le frère de Napoléon de tripoter dans les recettes des douanes, qu'importe à la foule ? Elle ignore le roi Louis et ne veut voir en ce Bonaparte que le neveu du grand Empereur.

Les insurgés même de juin étaient pour lui. Un des assassins du général Bréa l'a déclaré devant un Conseil de guerre ; et j'ai entendu Jules Simon dire dans une réunion politique que, pendant la quinzaine qu'il visita les hôpitaux après les journées de juin, les ouvriers blessés, amputés, mourants, répétaient ce refrain si connu :

> Nous l'aurons, nous l'aurons,
> Louis-Napoléon !

Trois conspirations menaçaient depuis longtemps la République : un complot légitimiste, un complot orléaniste et le complot bonapartiste, qui vient de réussir, parce que Louis-Napoléon s'est montré plus intelligent et plus audacieux que les autres.

Du reste, maître de l'armée, il devait l'emporter.

L'armée, dis-je, était travaillée depuis longtemps. Des banquets hebdomadaires réunissaient, à l'Elysée, des milliers d'officiers et même de sous-officiers porteurs de noms militaires, à la table du Président.

Il suffisait d'avoir un ami, un frère, un parent dans les casernes pour savoir qu'on n'y parlait plus que des probabilités d'un prochain empire, des avantages qui en résulteraient pour l'armée, négligée dans le précédent règne, et que dans les chambrées on s'entretenait tout haut de la revanche à prendre sur les Parisiens.

On s'y répandait en injures contre les régiments qui, en 1848, fraternisèrent avec le peuple. Voués au mépris de toutes les armes, on les désigne sous le sobriquet flétrissant de « les crosses en l'air ».

Les chansons de Béranger célébrant la gloire impériale et l'*Ode à la colonne*, de Victor Hugo, courent les casernes et les ateliers, entretenant la légende Napoléonienne.

L'armée déclarait tout haut qu'elle voulait un prince, un chef militaire auquel elle put obéir, au lieu d'être aux ordres d'une assemblée d'avocats.

Si le Président eût passé des revues en froc et en chapeau à haute forme, il n'eût jamais conquis les soldats.

Mais il se gardait de tomber dans cette faute; il ne se montrait aux troupes qu'en tenue de général à la tête d'un brillant état-major, caracolant, écuyer parfait, sur un magnifique cheval.

Enfin, la maladresse de la Chambre qui, adoptant la proposition de *mousson* Baze, mettait les troupes dans la main d'un questeur acheva d'indisposer l'armée, de s'aliéner même les officiers républicains.

Qui lui opposait-on ?

Cavaignac, actuellement sous les verrous, était le candidat le plus sérieux. Mais la bourgeoisie lui reprochait — non pas les massacres de juin, la répression sanglante, les quartiers entiers transportés à Cayenne — mais d'avoir dit : « Croyez-vous que j'aie pour mission de soutenir votre garde nationale ? Qu'elle défende elle-même sa ville et protège ses boutiques et ses boutiquiers ».

Et encore :

« Je me fous de votre Commission exécutive, composée de méchants avocats, d'un poète naïf et d'un savant inutile ! Allez dire à l'un de se cacher dans les nuages de la poésie et à l'autre d'aller au ciel découvrir ses étoiles. Ils ne comprennent rien au commandement des troupes. Qu'ils me laissent faire mon métier ! »

On citait enfin le mot de sa mère, que les journaux appelaient la *mère rouge*, à cause de son ardeur républicaine et qui, se jetant à son cou lorsqu'il rentra dans la soirée du 23 juin, après le premier massacre des insurgés, lui dit :

— Courage, mon fils ! Tu seras digne de Godefroy, si tu réprimes cette impie et abominable insurrection.,

Car pour les gens au pouvoir, toute insurrection est abominable et impie.

Et l'on se répétait les vers de Madame de Girardin :

Mais, je vous dis encor que cet homme est coupable
Et que son propre aveu le condamne et l'accable.
Pendant qu'autour de nous grandissait le péril,
Pendant que nos amis tombaient, que faisait-il ?
Partout le sang coulait en fleuves, en cascades,
Jusqu'au front des maisons montaient les barricades :
Dans un cercle de feu la cité s'enfermait.
La mort veillait partout... lui dormait... Il dormait !
Honneur au défenseur du peuple et de la ville !
Vive l'Endymion de la guerre civile !
Quoi ! le sommeil des camps est l'orgueil des héros ;
Des héros, il se peut, mais non pas des bourreaux !

« Si le général Cavaignac était nommé Président de la République, écrivait Emile de Girardin, il faudrait arracher du Panthéon Voltaire et Rousseau, pour y mettre Alibaud et Fieschi, et changer l'inscription du fronton en celle-ci : « *Aux assassins, la patrie reconnaissante !* »

« Si la Commission exécutive avait eu la moindre énergie, elle eut dû faire fusiller le général Cavaignac. »

Enfin, les royalistes lui reprochaient les massacres de la Vendée, auxquels présidait son père qui écrivait alors l'Assemblée :

« Ce grand acte de sévérité nationale jette dans l'âme des rebelles une salutaire terreur Des monceaux de cendres, la famine et la mort s'offrent de tous côtés à leurs regards. Salut et fraternité. »

Non, Cavaignac n'était pas possible !

Quant à Changarnier, une teinte de ridicule ternit sa gloire de héros africain.

C'est le vieux beau légendaire, toujours pommadé, parfumé, tiré à quatre épingles, de là le sobriquet qu'on lui jette de *Bergamotte* et de *Pommadin*.

Il est de fraiche date dans la politique. Il vint, en 48, d'Afrique demander au Gouvernement provisoire de l'utiliser. Lamartine, aussi naïf politicien que Victor Hugo, voulut en faire un ambassadeur et lui offrit le poste de Berlin Il refusa. On le renvoya en Algérie remplacer comme gouverneur le général Cavaignac, mais aux élections complémentaires du 4 juin, il fut appelé à l'Assemblée Constituante. La bourgeoisie donnait ainsi une preuve de confiance au général qui, dans la journée du 16 avril précédent, offrait des gages au *parti de l'ordre*, en prenant, sans mission ni mandat, le commandement des gardes nationaux pour disperser les émeutiers.

Cavaignac ratifia cette usurpation de pouvoir en mettant sous sa main l'armée de Paris, comprenant les troupes régulières et la garde nationale, poste important que lui laissa Louis Bonaparte en prenant la Présidence.

Quelle politique a suivie ce brave Bergamotte, on n'a jamais pu le savoir.

Après avoir semblé un instant prêter son

appui au fils de la reine Hortense, il l'abandonna pour se tourner vers les monarchistes, ceux qu'on appelle les *Burgraves* ; et dès lors prétendant ses jours menacés, il ne se rendit plus à la Chambre qu'escorté d'une escouade d'agents chargés de veiller sur sa personne.

Certes, nul ne peut dire qu'il manque de bravoure. Il a donné, au contraire, en maintes circonstances, pendant sa carrière de soldat, des preuves d'une intrépidité hors ligne, spécialement dans la retraite de Constantine où, à la tête des débris du 2e léger, il tint à distance des nuées d'Arabes.

Mais, vaniteux à l'excès, affamé de gloriole, cette escorte d'agents le posait, croyait-il, vis-à-vis du public.

L'ancien préfet, Auguste Romieu, qui, rentré en 1848 dans la vie privée, consacre ses loisirs à taper sur les républicains, n'a pas peu contribué, par ses éloges outrés, à accroître la vanité naturelle de Changarnier.

C'est son héros ; et dans une brochure qu'il vient de faire paraître, *l'Ère des Césars*, où il prédit le prochain rétablissement de l'Empire, il nomme à chaque instant le général Changarnier. Il oublie qu'il est né en 1793, qu'il est, par conséquent âgé de 58 ans et que ce n'est guère à cet âge que l'on fonde des dynasties.

« Claude le Gothique — écrit-il — était posté aux Thermopyles avec deux cents chevaux, soixante archers crétois et mille recrues. *C'est ainsi que préludaient les futurs Césars.* De nos jours, nous voyons une très belle lithographie qui représente un petit combat livré par M. Changarnier, chef de bataillon en Afrique. »

Cette lithographie, à laquelle Romieu fait allusion, est la reproduction d'un tableau de Raffet, représentant un épisode de la désastreuse retraite de Constantine : *Le 2e léger, formé en carré, arrêtant les Arabes.*

Certes, c'est un beau fait d'armes, ou plutôt une succession de beaux faits d'armes, car il maintint, avec une petite troupe réduite à trois cents hommes, des milliers d'Arabes sur le plateau de Mansourah et assura la retraite de l'armée qui s'avançait péniblement au milieu du feu roulant et des charges de cavalerie des soldats d'Ahmed, exaltés par leur victoire.

Il rallie au pas de course sa poignée de braves à l'extrême arrière-garde, déjà enfoncée et en partie sabrée, fait former le carré et attend de pied ferme :

— Soldats — crie-t-il — ils sont six mille et vous êtes trois cents ; la partie est égale. Regardez les en face... et visez juste.

Et les soldats, encouragés par la voix de leur chef, laissent arriver l'ennemi à portée de pistolet et l'accueillent par un feu nourri.

Assurément, c'est une belle page dans la vie d'un troupier, mais elle ne suffit pas pour en faire un empereur.

On s'engoue facilement en France, mais on se *désengoue* tout aussi vite, et l'on brise le soir l'idole du matin.

Autant qu'à Rome la Roche tarpéienne y avoisine le Capitole !

La popularité immense de Changarnier s'était transformée depuis quelque temps en impopularité notoire.

J'ai entendu raconter dans le faubourg que la veille de la manifestation avortée du 13 juin, à la suite de laquelle Ledru-Rollin fila rapidement sur Londres, il avait répliqué à un officier de la garde nationale, le capitaine Farina, qui lui parlait de Constitution :

« Qu'est-ce que vous me chantez avec votre Constitution... Je m'en fous de votre Constitution !... Vous êtes tous des brigands de Parisiens..., des braillards tout en gueule. Il n'y a que l'empereur qui savait vous mâter... Eh bien, moi, je foutrais le feu à votre Paris ! »

On ne pouvait parler plus clairement ni plus militairement, aussi son adhésion à la République fit rire tous les républicains sensés ; et les journaux reproduisirent ce portrait de lui, paru dans le *Charivari* :

> Changarnier revenu de la rive africaine
> A de plus doux exploits exerce son talent,
> Il voudrait voir finir l'ère républicaine,
> Pour briller à la cour en costume galant.
> Mais les eaux de senteurs, poudres et bergamottes,
> Ne rendent point la vie à ses charmes défunts,
> Et le guerrier coquet, malgré tous ses parfums,
> N'est pas en bonne odeur auprès des patriotes.

Et comment l'eût-il été ?

Général en chef de l'armée de Paris, il poursuivait de sa colère tout officier soupçonné de républicanisme, punissait de peines disciplinaires, mettait en non activité pour de simples plaisanteries sur les d'Orléans débitées dans les tables de pensions, et, contre le désir du Président qui, pour se faire des partisans dans l'armée, était porté à l'indulgence, il maintenait de son plein gré, ces actes de rigueur.

A qui comptait-il offrir son épée ?

Aux d'Orléans ?

A Henri V ?

On ne l'a jamais bien su, et sans doute il ne le savait pas lui-même.

Il attendait une bonne occasion.

Peut-être crût-il l'avoir trouvée après l'émeute du 13 juin 1849, quand Louis Bonaparte, escorté d'un brillant état-major, mit la journée à profit, pour se montrer à la population et aux troupes en traversant la ligne des boulevards. Changarnier, entouré lui aussi de son état-major, le rencontra sur la place Vendôme et se joignit à lui, pour lui faire honneur avec son escorte :

« Monseigneur — lui dit-il — aujourd'hui il

me serait aussi facile de faire un empereur que de gober un cornet de pralines. »

Et quand plus tard ses amis lui demandèrent : « Qui vous a retenu alors ? »

— Bah ! — riposta-t-il — ce Napoléon de carton ne sait pas profiter des occasions. Ce n'est qu'un « perroquet mélancolique ».

Il paraît qu'aux Tuileries, où il siégeait en sa qualité de général en chef de l'armée de Paris, nul ne se gênait pour faire devant lui des gorges chaudes sur le maître de l'Elysée et son état-major, qu'on traitait de bande d'écuyers de cirque. On parlait ouvertement de coffrer à Vincennes tout le tas, le *Perroquet mélancolique* en tête, *niais sans valeur*, *taciturne imbécile.*

Louis Bonaparte n'a fait que les prévenir et user de représailles. Ce sont eux maintenant, qui sont à Vincennes ou à Mazas.

Eh ! pauvre vieux, de quoi vous plaignez-vous ?

C'est amusant les dessous de l'histoire !

. . . .

Un truc ingénieux pour terroriser la bourgeoisie et les habitants des campagnes et les engager à se jeter dans les bras d'un sauveur fut la distribution à profusion de programmes révolutionnaires, saisis — disait-on — au siège d'une des nombreuses sociétés secrètes qui agitaient les départements.

Celui que je vais transcrire, car j'en ai reçu un exemplaire, émane, toujours d'après les dires, des *Amis de l'Egalité*. Il contient, outre les projets de rénovation sociale, la manière de procéder à la prochaine révolution.

En voici quelques extraits :

« Aussitôt l'insurrection éclatée sur un grand nombre de points, il faut la concentrer et marcher sur le palais Bourbon, *fusiller* tous les ennemis du peuple et de la République... A cette heure, la justice du peuple commence...

« Tout individu qui s'interposera entre la justice du peuple pour sauver un coupable sera *fusillé* immédiatement...

« On s'emparera aussitôt du ministère de l'Intérieur et des lignes télégraphiques. On enjoindra aux frontières de ne laisser franchir le territoire de la France à aucun individu, quel qu'il soit, *sous peine de mort*.

« On s'emparera de la préfecture de police ; tous les administrateurs pris dans l'intérieur seront *fusillés* sur le champ.

« Tout réactionnaire demandant un passeport sera arrêté et *fusillé* de suite.

« Les quartiers aristocratiques seront cernés par le peuple et *épurés immédiatement*.

« Le gouvernement est *dictatorial* et se compose d'un triumvirat.

« Le gouvernement invite tous les marchands de denrées et d'objets nécessaires à l'existence du peuple à délivrer sur les bons de la mairie ce dont il a besoin. Aucun refus ne sera toléré.

« La Ville de Paris, et toutes celles du territoire, sont mises en état de siège.

« Le désarmement de la garde nationale se fera dans les vingt-quatre heures ; toute infraction au délai sera *punie de mort*.

« Tous chantiers, usines, fabriques, appartiennent aux travailleurs, sauf remboursement de la valeur à fixer par la commission d'expertise.

« Tout intérêt quelconque du capital est aboli par la République démocratique et sociale. »

On comprend qu'après la lecture d'un pareil factum, œuvre de la police, à moins que ce ne soit véritablement celle de jacobins imbéciles, la grande et petite industrie, le gros et le petit commerce, les petits comme les gros rentiers, menacés dans leurs intérêts aient été prêts à acclamer un sabre.

Toutes ces sociétés secrètes effrayent fort, d'ailleurs, la bourgeoisie. Elles représentent pour elle le fameux *spectre rouge* de Romieu.

Elles obéissent toutes au commandement du chef de la Montagne.

Michel de Bourges, celui même qui défendait en 1847 l'*Echo de la Nièvre*, journal ministériel qui attaquait en diffamation l'*Union libérale*, feuille démocratique, s'écriait en pleine audience à son adversaire, ami de la veille qui lui reprochait son changement de drapeau :

« J'ai abandonné la démocratie en haine de la démagogie. »

Ce Michel, qui a ajouté à son nom celui de la ville où il a débuté comme avocat, est le fils d'un muletier du village de Pourrières, département des Bouches-du-Rhône. Il a été élevé par les prêtres et a changé déjà d'opinion autant de fois au moins que Victor Hugo, dont il est, d'ailleurs, l'aîné.

« J'étais républicain dans le ventre de ma mère », s'est-il écrié un jour dans un accès de lyrisme démocratique, et cependant on le voit en 1833 plaider pour les Vendéens ; en 1835, pour les républicains ; en 1838, pour les bonapartistes devant la cour des pairs ; en 1847, pour un royaliste constitutionnel. On répondra à cela que c'est un avocat et qu'un avocat plaide pour toutes les causes, mais alors on reste avocat.

A la révolution de février, il s'écria : « Les imbéciles ! Les fous ! Qu'est-ce qu'ils nous veulent avec leur République, leurs maudites idées ! Nous allons être ruinés tous, et peut-être encore pis !.... » Ce qui ne l'empêcha pas de devenir bientôt un féroce républicain et de proclamer avec enthousiasme à Bourges la République démocratique.

Et le même Michel de Bourges avait écrit en

1829 : « N'avoir pas d'opinion est un malheur, en changer est un crime. L'homme qui embrasse une opinion doit mourir pour elle et avec elle. Que si un esprit, éclairé par une soudaine et fatale illusion, craint de s'être trompé, il n'ira pas, *transfuge méprisé*, grossir les rangs du parti contraire ; mais, se condamnant au silence, à la solitude, à l'obscurité, il pleurera dans la retraite où il s'est mis par une erreur involontaire, l'impossibilité de figurer désormais sur une scène politique. » Et il signait : « MICHEL, *royaliste*. »

Très amusant, ces palinodies !

M. Emile de Girardin ? Autre farceur ! Si Michel de Bourges *était républicain dans le ventre de sa mère*, Girardin déclarait le 8 avril 1850 : « Je ne suis pas devenu socialiste, je l'ai toujours été », oubliant qu'il avait écrit quelque temps auparavant : « *Nous ne sommes pas avec les socialistes* », et encore : « La République est la plus triste et la « plus sanglante alternative qui se puisse ima- « giner. »

Il est vrai que l'on peut être à l'exemple de Louis Bonaparte, socialiste sans être républicain !

CHAPITRE LXI

SUITE DU JOURNAL DE PLUMEREAU

La cause de l'expédition de Rome. — Aspect des boulevards. — M. de Maupas. — La princesse Souvarine et Mademoiselle de Bertemont. — Scènes de sauvagerie. — Colloque en langue allemande. — Chasse à l'homme.

4 décembre soir. — J'avais bien dit, en lisant ce matin la proclamation de M. de Maupas, invitant les citoyens paisibles à rester dans leur logis, que je n'étais pas sûr que le démon de la curiosité ne me pousserait pas à contrevenir aux sages avis du nouveau préfet.

Hélas ! hélas ! Mal m'en a pris. Comme Cavaignac, comme Changarnier, comme M. Thiers et M. Baze et tant d'autres illustres *victimes*, me voici, moi, plumitif obscur, humble enregistreur de faits du jour, fourré au bloc et mis au rang des conspirateurs ou des criminels, ce qui est tout un aux yeux du vainqueur.

Je m'en ficherais, ne tenant guère à la vie, mais ma pauvre petite sœur Adèle... !

Ah ! pensons à autre chose, cherchons, ce que j'ai toujours fait, à noyer les noires pensées dans le flot d'autres qui, si elles ne sont guère plus gaies, apportent au moins une diversion.

Pendant la Terreur, poursuivi par la bande immonde des pourvoyeurs de la guillotine, Condorcet, dans sa cachette de la rue Servandoni, méditait l'amélioration de ses semblables, et renonçant à une justification inutile, ne voulant pas même souiller sa pensée par le souvenir de ses persécuteurs, il consacrait, dans une sublime et continuelle abnégation de lui-même, le court intervalle qui le séparait de la mort par ce remarquable ouvrage qu'on appelle l'*Esquisse du progrès de l'esprit humain*, et André Chénier, avant de monter à l'échafaud, composa dans sa prison la *Jeune captive*.

Moi qui, selon toute probabilité, serai bientôt passé par les armes, je veux dans mes faibles moyens, imiter ces hommes illustres et écrire aussi quelque chose, bien que, semblable à la jeune captive du poète,

Je ne veux pas mourir encore.

Mais les soudards qui me fusilleront ne me demanderont pas mon avis.

Avec un crayon, je vais donc poursuivre mon journal sur des feuilles de papier volantes trouvées fort à propos dans ma poche, et achever les dernières pages qui, si elles ne sont pas perdues, pourront servir de documents pour notre histoire contemporaine.

Qui les lira ? Personne peut-être !

En tout cas, peu m'importe. Si j'écris, ce n'est pas pour intéresser à mes malheurs, mais pour mériter ma propre estime et me convaincre que je sais faire preuve, au besoin, de courage, de fermeté.

Malgré les proclamations comminatoires de M. le Préfet de police, le démon de la curiosité, curiosité en somme assez légitime, puisque des événements qui se déroulent vont dépendre les destinées de la France, le démon de la curiosité, dis-je, m'a poussé, moi, paisible citoyen, philosophe désintéressé, à mépriser les conseils affichés de M. de Maupas et à quitter mon logis et ma pauvre petite sœur pour entreprendre, non pas « un voyage en lointain pays », mais la plus dangereuse et la plus intempestive des promenades.

Je n'avais pas fait deux pas dans la rue que je rencontrai un proscrit italien, un ancien carbonaro, qui avait travaillé quelque temps dans mon imprimerie et me parla de la folie des représentants délégant, à la mairie du dixième arrondissement, leurs pouvoirs au général Oudinot.

Il connaît le prince Louis-Napoléon pour avoir fait le coup de feu avec lui et son frère, le prince Charles, contre les Autrichiens pendant le mouvement révolutionnaire de 1830, dans les Etats pontificaux.

Le prince Charles fut tué et la reine Hortense, affolée, se mit à parcourir les rues de Rome à la recherche de son second fils. Enfin, après plusieurs heures, elle découvrit le jeune homme au milieu d'un groupe de révolutionnaires armés.

Louis hésitait à obéir à sa mère qui le conjurait de ne point se compromettre davantage et de leur côté les Carbonari tenaient à garder le prince. Enfin, à force de larmes, de supplications, elle finit par l'emmener. Ils allèrent se cacher à Montevire, où ils passèrent la nuit à la belle étoile.

Le lendemain, le jeune Bonaparte, sur le conseil de tous les siens, prit la route de Spoleto et alla se réfugier chez l'archevêque de cette ville, le comte Ferreti Mastaï, qui le reçut à bras ouverts.

Il tomba malade et fut soigné pendant deux mois par le futur pape.

Mastaï se rendit à Rome pour se procurer un passeport américain, grâce auquel Louis-Napoléon put s'échapper de l'Italie.

Les Carbonari qui avaient des affiliés partout surent les détails de la dernière entrevue du prince et de l'évêque.

— Que Dieu vous protège, prince ! — lui dit Ferreti Mastaï en le serrant dans ses bras. — Vous avez de belles et grandes idées et vous êtes destiné à faire la gloire et le bonheur d'un peuple. Puisse la France vous ouvrir ses portes et les Français les marches du trône. Alors, prince, quand vous serez empereur, souvenez-vous de Ferreti Mastaï, archevêque de Spoleto.

— Vous n'avez pas affaire à un ingrat, Monseigneur — répondit Louis Bonaparte. — Ma reconnaissance vous est acquise.

Seize ans plus tard, le comte Mastaï se ceignait de la tiare pontificale sous le nom de Pie IX. Et bientôt, menacé et traqué, il se réfugiait à Gaeta, au moment où le prince Louis rentrait en France pour devenir l'année suivante président de la République.

C'est alors que Pie IX lui écrivit secrètement pour lui rappeler sa promesse et c'est pourquoi eut lieu la fameuse expédition de Rome, à la suite de laquelle le pape fit, en 1850, une entrée peu triomphale entre deux rangs de soldats français. « Voilà — conclut mon Carbonaro — ce qu'on peut appeler les dessous de l'histoire. Vous qui prenez des notes, faites-en votre profit. »

Je le remerciai ; il prit congé de moi et je continuai ma promenade.

Comme je suivais l'avenue des Champs-Elisées, deux dames sortirent d'un hôtel à quelques pas de moi et suivant la même direction. L'une, était une personne élégante et d'un port majestueux, l'autre, une jeune fille. J'allais les atteindre, quand la première s'arrêta tout à coup, en poussant un cri perçant, puis elle s'accrocha, chancelante, au bras de sa compagne.

Je cherchai à savoir quel homme, quelle bête ou quel objet avait causé l'émoi de cette dame. Mais j'eus beau regarder, je n'aperçus rien, absolument rien d'insolite.

Cependant, j'avais dépassé les deux dames. Je vis leurs visages et je les reconnus.

La plus jeune était mademoiselle Hélène de Bertemont.

Sa compagne une russe de haut rang, du nom d'Anna Souvarine, qui la fréquente beaucoup et semble éprouver pour elle une vive amitié. C'est du moins ce que l'on m'avait dit. Aussi, ne fus-je pas peu surpris, d'entendre Hélène de Bertemont s'écrier :

— Chère tante, qu'avez-vous ? Répondez je vous en prie ?

La réponse ne parvint pas jusqu'à moi, car j'avais continué mon chemin. Si mes habits avaient été en meilleur état et mon chapeau moins bosselé, je me serais peut-être avancé pour soutenir cette dame, lui offrir mon bras, car celui de sa jeune amie n'était pas de force à supporter un tel poids. Mais la pauvreté rend timide, et je passai outre.

Cependant après quelque pas, je me retournai ; elles s'étaient remises en marche. « Allons tant mieux, me dis-je; des vapeurs, rien de grave, c'est la maladie à la mode... Mais par quel phénomène inexpliquable cette princesse Anna Souvarine est-elle devenue tout à coup la tante de mademoiselle de Bertemont ?... Après tout, je m'en bats l'œil, comme dirait Colombau... Pauvre diable de Colombau ! »

Il était environ une heure et demie, quand j'arrivai sur les boulevards. Ah ! que de monde ! Militaires sur la chaussée, civils sur les trottoirs. Circulation difficile.

Messieurs les militaires, l'arme au pied, causaient entre eux, riaient, lançaient des lazzis. Ils semblaient fort animés et leur façon de se tenir autant que leurs propos et l'enluminement de leurs visages, annonçaient qu'ils avaient largement arrosé leur repas de midi.

Cependant, j'observais que s'ils plaisantaient entre eux, ils ne riaient pas avec les civils, les vils pékins. Ils jetaient même sur la foule grouillante des regards fulgurants. Et cette foule qui se pressait de la Chaussée d'Antin à la Porte-Saint-Denis, semblait être venue pour assister à un spectacle.

Bruyante, gouailleuse, bonne enfant, foule toute parisienne, composée spécialement de bourgeois et de bourgeoises désœuvrés. Très peu de casquettes.

Comme j'approchais du faubourg Montmartre, des conducteurs d'artillerie qui exécutaient je ne sais quelle manœuvre, se trompèrent dans leurs mouvements, un avant-train se brisa et un ouvrier s'écria :

— Nom de Dieu ! on voit qu'il ont pompé et pas de l'élixir de grenouille !

— Oui — répondit un bourgeois — ils sont pleins comme des bourriques.

Et tout le monde de rire.

— Attendez un peu — dit un maréchal-des-logis qui paraissait encore plus ivre que ses hommes — vous ne rirez pas tant tout à l'heure.

Son air furibond, son œil hagard, sa moustache hérissée, augmentèrent les rires. La gaîté est communicative. Je fis chorus et je pensai aux affiches du préfet de police.

S'il y a du danger à ne pas rester chez soi, comme le déclare formellement M. de Maupas, nous sommes nombreuse et joyeuse compagnie qui courons des dangers.

Encore un fichu type! Ce Maupas! Récemment préfet à Toulouse, et on l'a fait venir tout exprès de la Haute-Garonne pour le bombarder préfet de police. J'entendais dire hier, par un personnage politique que je nommerai pas de crainte de le compromettre, que ce qui lui valut ce poste est une petite canaillerie qui, pour n'être pas neuve, n'en est pas moins condamnable. Voici le fait : M. de Maupas, pendant son passage dans sesdiverses préfectures, voyait des conspirations, des complots partout. Il ne s'estimait point préfet tant qu'il n'avait pas obtenu l'état de siège de son département et fait arrêter tous ceux signalés comme suspects.

Un matin, sur ses ordres, l'on fit une rafle de plusieurs personnes mal notées dans leur paroisse pour leurs idées avancées. Le juge d'instruction les interroge, ordonne une enquête, et ne trouve rien qui pût motiver ces arrestations arbitraires. Il va rendre une ordonnance de non-lieu, mais Maupas court chez le procureur général.

— Il m'est arrivé de Paris, dit-il, un agent très habile et sur lequel je peux compter. En lui donnant le temps, il se chargera de glisser chez tous les suspects des armes ou des papiers assez compromettants pour les expédier *ad libitum* en prison ou à Cayenne. Ça vous va-t-il ?

Le procureur général, indigné, rendit compte à M. Rouher des singuliers procédés de son représentant. Celui-ci rappela immédiatement ce trop zélé préfet. Maupas se crut perdu. Il s'attendait à une destitution. On le nomma préfet de police !

On a vu, il y a deux jours, qu'il était digne de ces fonctions, et qu'on n'a pas eu à lutter contre de trop rigoureux scrupules.

« Homme à tout faire et prêt à tout faire », concluait le personnage politique qui m'a donné ces détails ; mais que peut-il faire de plus qu'il n'a fait, me demandais-je en ma naïveté !

Je me sentais d'excellente humeur et sans la moindre crainte, la plus petite appréhension.

Mêlé aux badauds, j'interrogeais, je causais, je tâchais d'avoir quelques nouvelles ; personne ne savait rien ; on venait voir comme moi, en curieux.

Plaisanteries, lazzis, blagues de toutes sortes, voilà tout ce que je pus récolter.

Gœthe avait raison. Nous sommes un peuple bien léger !

Comme ces Parisiens sont donc contents d'être au monde, quand il se passe quelque chose qui rompt la monotonie habituelle, et comme ils courent vite « voir défiler les dragons » !

Quand je rencontrai cet ancien carbonaro, qui ayant travaillé dans mes ateliers, y avait connu Colombau, je m'informai de ce brave garçon et aussi de Sacrovir et autres toqués de sa connaissance. Il ignorait ce qu'ils étaient devenus, ce qui ne m'étonna que médiocrement.

Par contre, il m'annonça que le comité de résistance, sous la présidence de Victor Hugo, allait se réunir au fond d'une cour, 15, rue de Richelieu, dans les appartements d'un nommé Grévy, enfermé à Mazas.

Encore un type ce Grévy, qui malgré ses airs austères et peut-être à cause de cela, ne me dit rien de bon !

— Et que va-t-on faire là, mon ami ?

— Mais délibérer sur la situation. Elle est grave, savez vous !

— D'autant plus grave que vos ennemis ne délibèrent pas, mais agissent !

— Ah ! les coquins ! Ils ont mis le pied dans le crime, comme dit le grand Victor Hugo. Ils y sont maintenant jusqu'à la ceinture.

— Prenez garde qu'ils n'y entrent jusqu'au cou.

— Aussi, nous allons prendre de grandes résolutions.

— Je n'en doute pas. Vous les mettrez dans de nouvelles affiches, sans doute !

— Oui, monsieur Plumereau, nos proclamations vont couvrir tout Paris !

— Et la police ?

— Nous nous en foutons, Badinguet est dans le lac.

— Croyez-vous ?

— M. Jules Favre l'a dit. Je l'ai entendu de mes oreilles. M. Victor Hugo approuvait ces paroles.

— Oh ! alors, si Jules Favre l'a dit, et si Victor Hugo approuve, il doit y avoir quelque chose de sérieux. Mais comment est-il si bien renseigné, votre Jules Favre ?

— Ah ! monsieur, je ne sais pas. Mais voilà les mots que j'ai entendus : « Qu'un régiment hésite ou qu'une légion sorte et Louis-Napo-

Empoignez-moi cet homme-là et faites-lui passer le goût du pain !

léon est perdu. » Tout le monde applaudissait.

— Je veux bien vous croire. Reste à savoir s'il se trouvera un régiment pour hésiter ou une légion pour sortir.

L'ancien carbonaro me regarda avec des yeux effarés. Ce doute ne lui était évidemment pas encore venu.

— Bah ! — dit-il — dans le tas, il s'en trouvera bien un qui respectera la Constitution.

— Croyez-vous ?

— C'est certain.

— Allons tant mieux.

— Ah ! le coquin de Buonaparte ! Qui aurait cru ça d'un carbonaro ! Enfin ! on va lui régler son affaire.

Nous nous sommes séparés là-dessus. Cet ouvrier est parti enchanté. Il m'a l'air encore plus gobeur que son camarade Colombau et pour le moins autant que les Lebrenn !

C'est quelque temps après cette rencontre, que baguenaudant sur le boulevard, j'entendis des coups de fusil du côté du faubourg Poissonnière.

— Bon — me dis-je, — voilà les troupiers qui s'amusent à tirer des salves.

Cependant, les coups de feu gagnaient de proche en proche et bientôt la fusillade devint générale.

Je ne me rendais pas compte de ce que ça pouvait être, mais des cris perçants, affolés, une effroyable bousculade me montrèrent que c'était sérieux.

Les soldats tiraient sur les maisons, aux fenêtres, sur les passants. Autour de moi, on se jette à plat ventre sur le sol, on se pousse, on trépigne sur ceux qui sont par terre, on force les boutiques qui se ferment précipitamment.

Bientôt les trottoirs sont jonchés de morts,

de blessés, hommes, femmes, enfants.

La stupide et inexplicable fureur de la soldatesque avinée ne fait grâce à personne.

Je me rappelais le mot du maréchal-des-logis d'artillerie : « Attendez un peu, vous ne rirez plus tout à l'heure. » En effet, on ne riait plus. Des cris, des gémissements, des râles remplaçaient les lazzis et les plaisanteries au gros sel.

Comme les autres, je cours éperdu, entendant siffler de toutes parts les balles. Ah! le singulier bruit! Et pour compléter l'horreur, le canon se mit à tonner.

— Ah ! ça ! Qu'est-ce qu'il y a ? Ils sont donc tous fous !

Je me précipite dans la boutique d'un libraire, à côté de la maison Sallandrouze. Ce brave homme qui me connaît pour lui avoir acheté quelques bouquins, fermait en hâte sa devanture.

— Entrez vite — me dit-il.

Mais, presque en même temps que moi, s'y jettent les deux femmes rencontrées dans les Champs-Elysées.

La princesse Souvarine est d'une pâleur cadavérique ; un peu de sang, une écume rougeâtre paraît sur ses lèvres. Sa jeune compagne la regarde, l'examine tremblante.

— Tante, chère tante — demande-t-elle — vous n'êtes pas blessée, n'est-ce pas ? Oh ! dites-moi que vous n'êtes pas blessée.

Mais la princesse ne répond pas ; elle semble ne pas entendre, ne rien voir de ce qui se passe autour d'elle.

Ses yeux fixes ne sont cependant ni farouches, ni égarés ; ils sont empreints d'une grande sérénité, d'une inexprimable douceur, et singulièrement beaux. Et cette fixité, cette sérénité ont cependant quelque chose d'effrayant.

— Chère tante — répète Mademoiselle de Bertemont — répondez-moi, au nom du ciel ! Rassurez-moi... parlez, je vous en conjure... oh ! parlez !

Anna Souvarine parla, mais ses paroles ne furent pas une réponse aux questions épouvantées de sa nièce.

J'entendis distinctement, une voix au timbre étrange, une voix qui ne serait plus de ce monde.

— Ah ! tu m'as prévenue !... tu m'as prévenue comme là-bas... là-bas dans le parc...

Me voici, chérie ! Je viens... Je suis heureuse... je l'ai retrouvée, elle vit .. alors à toi... à toi !

Elle fit quelques pas, des pas d'une raideur automatique, tendant les bras à je ne sais quelle mystérieuse apparition, quelque fantôme visible pour elle seule qui, sans doute, lui faisait signe de venir ; puis, au même instant, un flot de sang jaillit de sa bouche et elle tomba brusquement sur le parquet.

Mademoiselle de Bertemont affolée, épouvantée, se jeta à genoux près d'elle, l'appelant à nouveau, lui soulevant la tête :

— Tante, chère tante !

Au dehors, on entendait le crépitement des balles, les cris des blessés et des mourants.

En ce moment, un monsieur d'un certain âge, qui, sans doute, s'était réfugié dans la librairie peu de temps avant nous, ou qui s'y trouvait peut-être en acheteur, quand éclata cette incompréhensible fusillade, s'avança et écartant doucement Mademoiselle de Bertemont, s'agenouilla près de la princesse, lui tâta le pouls et plaça la main sur son cœur, puis secouant la tête :

— C'est fini — dit-il.

La lumière qui, tombait d'une ouverture en forme de losange taillée dans le volet de la porte, éclairait le visage de la princesse, et le Monsieur poussa une exclamation de surprise :

— Mais, je connais cette dame — dit-il.

— Oui, docteur Raoult — s'écria Mademoiselle de Bertemont, avec un accent déchirant. — C'est la princesse Souvarine... Mais, vous vous trompez, dites-moi que vous vous trompez... Elle n'est pas morte, n'est-ce pas ?

— Je ne puis malheureusement dire le contraire, mon enfant. Je vous reconnais aussi, Mademoiselle de Bertemont. Hélas ! oui, elle est morte, bien morte ! Ah ! les gredins ! Les infâmes scélérats ! Les voilà qui tuent les femmes, maintenant .. Il est vrai que rue Transnonain ils ne s'en sont pas fait faute. Mais pourquoi ? Ils sont fous ou ivres, ceux qui ont donné ces ordres, ces abominables ordres !

Pendant qu'il parlait, on entendait un poing, un poing faible, heurter la porte, et une voix suppliante de femme qui disait :

— Ouvrez, au nom du ciel ! Ouvrez ! Ils viennent au pas de course !

Le libraire qui se tenait près de la porte ouvrit, ou plutôt entr'ouvrit, laissant un tout petit passage par où une vieille dame se précipita dans la boutique.

Je la reconnus immédiatement. C'était madame Clémentine d'Hagniel, une bonapartiste convaincue, veuve d'un officier d'artillerie et mère d'un officier de chasseurs à pied.

Elle demeurait dans la même maison qu'une famille où j'avais mis ma sœur Adèle en pension, pour la soustraire au contact pernicieux de l'abominable créature que j'eus la bêtise de prendre pour femme, lui épargner ses grossièretés et ses insolences.

La pauvre dame, toute essoufflée, ne pouvait reprendre baleine, mais on n'eut pas beaucoup le temps de la questionner, car en moins d'une minute des coups de crosse formidables, ébranlent la devanture de la boutique, à laquelle le libraire s'était hâté de mettre les volets ; la porte vole en éclats et une soldatesque furieuse et avinée se jette au milieu de nous.

— Qu'est-ce qu'il y a ? Qu'est-ce qu'il y a ? — s'écrie le libraire, se mettant en face des envahisseurs — nous ne sommes pas des insurgés, nous sommes des citoyens paisibles. Vous le voyez, il y a des femmes.

— C'est toi le patron de la boîte ? — demande un petit lieutenant au visage pâle, à l'air maladif — une figure de fouine que j'ai dû voir quelque part.

— Oui, monsieur, c'est moi.

— Très bien ! — dit l'officier.

Et s'adressant à sa troupe :

— Empoignez-moi cet homme-là, et faites-lui passer le goût du pain.

On exécute immédiatement l'ordre ; on empoigne le malheureux libraire ; on le pousse dehors, on l'accule à sa devanture et l'on décharge sur lui deux ou trois coups de fusil.

Il tombe mort sur le trottoir.

— Un de moins ! — crient en riant des soldats qui passaient.

Rugissante, hurlante, une partie de la bande sanguinaire a continué son chemin. Les autres sont restés dans la librairie ; ils ont vu mademoiselle de Bertemont encore agenouillée près de la morte, l'en arrachent, l'entraînent vers l'arrière-boutique.

Elle crie, elle supplie, se débat, essaye d'échapper à ces furieux. Vains efforts !

La vue de cette belle jeune fille a excité leur luxure, ils cherchent un coin pour la satisfaire. Des mains malpropres la palpent, fouillent dans son sein, sous ses vêtements.

— Allons, la belle ! pas tant de façons ! A qui le tour ?

— A moi ! à moi !

— Presto !

Le petit lieutenant pâle et maladif a disparu, avec le reste de sa troupe, dans l'escalier.

— Au secours ! — crie mademoiselle de Bertemont d'une voix déchirante.

Le docteur Raoult et moi échangeons un regard.

Nous ne sommes que deux hommes sans armes ; que faire contre cette soldatesque armée ? N'importe, nous nous précipitons.

Le docteur Raoult est un vigoureux gaillard ; prompt comme l'éclair, il fond sur le groupe, bouscule les insulteurs, les fait trébucher, leur arrache la jeune fille dont les vêtements sont déjà en pièces, les pousse les uns sur les autres, moi, confondu dans le nombre, et nous tombons en tas dans le magasin, hors de la porte de la chambre où le docteur, resté avec la jeune fille évanouie, s'enferme à clef et se barricade à l'intérieur.

Furieux, les soldats se relèvent, poussant d'horribles jurons, d'effroyables menaces et se mettent en devoir d'enfoncer la porte et même la cloison qu'ils ébranlent à grands coups de crosse et dont la résistance augmente leur fureur.

Je m'étais mis sur pied le dernier et placé près de madame d'Hagniel, dont j'essayais de calmer l'épouvante et l'indignation, plus forte encore que son épouvante.

Elle criait :

— Oh ! les misérables ! oh ! les malfaiteurs ! les brigands ! Ce ne sont pas des soldats français ! Ce sont des assassins !

— Taisez-vous, madame, je vous en prie. Ils ne respectent ni le sexe, ni l'âge.

Mais elle ne m'écoutait pas et répétait :

— Oui, ce sont des assassins !... d'abominables assassins !

— Ah çà ! est-ce qu'elle va nous ficher la paix, cette vieille gueuse, s'écrièrent tout à coup quelques-uns de ceux qui s'acharnaient contre la porte. Ne vas-tu pas taire ta g..., vieux morceau ?

— Misérables ! — répondit la vieille dame.

— Colle-lui donc un pruneau ? — dit une voix.

— Bah ! c'est pas la peine d'user sa poudre, répliqua un tout jeune homme à l'accent parisien. Je vas la clouer au mur, la vieille chouette, elle ne nous em...bêtera plus.

Et se jetant sur la pauvre dame, baïonnette en avant, il la lui plongea tout entière dans le sein.

La malheureuse femme poussa un cri, un seul, chancela et s'abattit sur moi.

Du choc, je fus précipité à terre, à côté du comptoir sous lequel je me glissai, car il n'y avait plus que moi à tuer dans la pièce. Mais nul ne fit attention à ma disparition, et je pus me cacher sous un amoncellement de papiers d'emballage et de maculatures. Les volets fermés, il faisait assez sombre et personne ne pût me voir.

Cependant l'un des soldats dit :

— Est-ce qu'il n'y avait pas un pékin là, à côté de la vieille ?

— Il se sera tiré les flûtes.

En tout cas, par acquit de conscience, celui qui avait la bonté de s'occuper de ma personne, s'approcha du comptoir et donna çà et là, dans le tas de papiers, quelques coups de baïonnette dont l'un me traversa la main gauche.

Je me gardai de pousser un cri, de risquer le moindre mouvement. Je sentais que ma vie dépendait de mon silence.

Tout près de moi, une voix mourante murmura à trois reprises :

— Ma pauvre enfant ! Ma pauvre enfant ! Ma pauvre enfant !

Dernières paroles, suprêmes angoisses de la

pauvre vieille dame. Un profond, douloureux et long soupir les suivit et je n'entendis plus rien.

Cependant, les brutes que des ordres criminels ou mal compris avaient déchaînées contre d'inoffensifs citoyens, des femmes, des jeunes filles, des vieillards, trébuchaient sur le corps de la princesse Souvarine.

Un fantassin se baissa pour la palper.

— Est-ce qu'elle est claquée ? — lui demandèrent ses camarades.

— Voyez vous-mêmes.

Trois ou quatre la tâtèrent.

— Cristi ! c'est une belle femme ! Quels avant-scènes ! Il y a du monde au balcon !

Ils ricanèrent. Des pensées malsaines envahirent leur cerveau surexcité, et déjà ils portaient sur le cadavre encore chaud des mains profanatrices, pour s'assurer si leur victime était bien morte, quand un capitaine ou un officier supérieur se montra et leur ordonna de sortir.

Ils obéirent en grommelant.

Dans la chambre au fond du magasin, on entendait le docteur Raoult, sacrer comme un diable dans un bénitier, tout en roulant des meubles contre la porte pour se barricader plus solidement.

Je restai encore quelques minutes dans ma cachette, enfoui sous le tas de paperasses, mais n'entendant plus rien que des pas de troupes en marche sur le boulevard, je me hasardai à en sortir.

J'enjambai la pauvre madame d'Hagniel, je passai à côté de la princesse Souvarine dont je rabattis les vêtements relevés par des profanateurs cyniques, et j'allai au fond de la boutique appeler le médecin.

— Docteur — lui criai-je — vous pouvez sortir ; la boutique est vide.

J'écoutai, pas de réponse.

Je frappai quelques petits coups et répétai mon appel.

— Les soldats sont partis ; tout danger immédiat me paraît écarté. On n'entend plus de coups de feu. Docteur ! Docteur !

Je perçus enfin quelques grognements

— Que diable fabrique-t-il avec cette jeune fille ?

Ce docteur Raoult est un homme de forte corpulence, de haute taille, de visage coloré et qui, à l'encontre de nombre de ses congénères, malingres et chétifs, paraît jouir d'une santé superbe. Au moins, ce médecin fait par sa mine honneur à sa profession. Il effraye peut-être un peu les petites dames sensitives, par la brusquerie de ses manières.

Très habile praticien, il n'a pas la réputation qu'il mérite, probablement parce qu'il ne rédige guère d'ordonnances et ne prescrit que fort peu de ces remèdes coûteux qui, aux yeux de beaucoup de personnes, sont le criterium du bon médecin. Que de malades ne se croiraient jamais guéris, s'ils ne payaient très cher les pilules de mie de pain aromatisé, que sur une facétieuse ordonnance médicale, leur vend, sans rire, le non moins facétieux apothicaire. Mais n'est-ce pas la foi qui sauve en médecine autant qu'en religion ?

Je me sentais mal à l'aise à côté de ces cadavres, et d'un autre côté je n'osais pas mettre tout seul le nez dehors. J'étais couvert de sang, j'avais la main gauche trouée ; l'on ne manquerait pas de me prendre pour un insurgé et de me fusiller. De plus, je souffrais horriblement de ma blessure, et je me disais que le docteur pourrait me faire un pansement immédiat.

Une fois pansé, lavé, je sortirais avec lui et Mademoiselle de Bertemont, nous regagnerions notre paisible quartier des Batignolles, et comme il n'avait nullement l'air d'un révolutionnaire avec sa mine de bon luron, ni Mademoiselle de Bertemont, la figure d'une barricadière, la troupe nous laisserait passer.

Or, jusqu'ici, j'avais échappé à la fusillade et autant que possible je voulais continuer d'y échapper.

— Ah! Plumereau, mon ami, que n'as-tu écouté les sages avis que M. de Maupas donnait, ce matin, dans ses affiches !... Mais encore, une fois, que faisait ce docteur !

Je parlemente encore quelques minutes avec ce fils d'Esculape qui ne semble pas posséder une confiance exagérée. Enfin, il se décide ! Il déplace les meubles, entrebaille la porte, risque un œil, et me laisse pénétrer dans la place.

— Je me méfiais — me dit-il — et si vous aviez porté l'uniforme de troupier, d'officier ou même de général, je vous aurais assommé, oui assommé comme un chien.

Ce disant son œil flamboyait de colère; il brandissait, d'un geste féroce, un tomahawk, le redoutable casse-tête des sauvages de l'Amérique, qu'il avait décroché d'une panoplie.

Il me fit presque peur, je crus qu'il devenait fou.

A l'altération de ses traits, à ses mouvements saccadés, à la colère empreinte sur son visage, il était facile de voir qu'il n'exagérait pas et que tout porte-sabre ou porte-épée qui se présenterait, fût-ce le ministre de la guerre en personne, surtout le ministre de la guerre, passerait avec lui un mauvais quart d'heure.

Je regardai autour de moi, cherchant des yeux Mademoiselle de Bertemont. Je la vis dans un coin de la chambre, bouleversée, assise ou plutôt affaissée dans un fauteuil, les vêtements en désordre, lacérés par des doigts fébriles, brutaux, sanglotant, la tête dans ses mains, vivante statue du désespoir.

Elle se leva, probablement pour aller près de son amie morte, de sa tante, puisque décidément, il paraît que la princesse était sa tante, mais le docteur lui barra le chemin :

— Pas là, ma fille — lui dit-il. — N'allez pas là. Restez encore un moment ici. Ne vous exposez pas de nouveau à subir les outrages de la soldatesque effrénée. O ciel ! En quel temps vivons-nous ? Nous voici donc revenus à l'époque des Barbares !... Mais non, mais non... le soldat est ainsi, il a toujours été ainsi lorsqu'on lui lâche la bride et qu'on le pousse au massacre... Et ce sont des Français !

Il referma et barricada la porte, puis forçant la jeune fille à se rasseoir, me dit d'un air mystérieux :

— Parlez-vous allemand ?

— Un peu — répondis-je, surpris de la question — je le comprends surtout mieux que je ne le parle.

— Ça tombe à merveille. Moi je ne le comprends qu'à moitié, mais assez cependant pour deviner qu'il se passe là haut quelque chose de louche. C'est à quoi j'étais occupé pendant que vous tambouriniez à la porte. Je n'ai saisi que quelque fil de la conversation par-ci par là. Venez, vous allez m'aider à débrouiller cet écheveau.

Il m'entraîna près d'un rideau qui cachait une porte entrebaillée sur un petit escalier en colimaçon, servant de communication entre le rez-de-chaussée et l'entresol où le libraire avait son appartement privé.

D'en haut, un bruit de voix arrivait à nos oreilles, assez faiblement, il est vrai, mais en gravissant quelques marches, on pouvait saisir les paroles.

Un homme et une femme se chamaillaient en langue germanique.

Voici ce que je compris :

— Quel malheur ! Quel affreux malheur ! — répétait la femme.

L'homme impatienté l'interrompit :

— As-tu fini de te lamenter. Tu m'embêtes à la fin. Tes pleurnicheries ne le ressuciteront pas.

— Ah ! si j'avais su.

— Eh bien quoi ! Si tu avais su ?

— Je n'aurais jamais consenti à ce que tu mettes les pieds ici.

— Je serais venu tout de même.

— J'aurais prévenu Monsieur.

— Il n'aurait plus manqué que cela. C'est pour le coup que je t'aurais caressé les côtes ! Tu sais que quand je m'y mets je tape dur.

— Le pauvre homme ! Un si bon maître. Jamais je n'en trouverai un pareil.

— Tu reviendras chez moi.

— Revenir chez toi ? Jamais de la vie ! Il n'y a pas longtemps que je ne porte plus la marque de tes battoirs. Vrai, tu me crois bien bête... Ah ! mon pauvre Monsieur ! Mon pauvre Monsieur ! Ils l'ont tué, là, devant sa porte. J'étais cachée derrière les persiennes, j'ai vu le coup. Ah ! les sales soldats français, c'est pas ceux de chez nous qui feraient cela.

— Jamais ! Les Prussiens sont humains, pleins d'égards et de gentillesse.

— On voit alors que tu n'as jamais été soldat, toi !... Ah ! quel malheur d'habiter ce pays !

— Ne m'en parle pas. Tous ces Français... de la canaille.

— Et dire que c'est de ta faute.

— Ma faute ! C'est ma faute qu'ils ont escofié ton libraire ?

— Oui, c'est parce que tu as tiré sur eux.

— Tiré ! Tiré ! Pour un malheureux coup d fusil, en voilà une histoire !

— Pourquoi que tu l'as tiré, ce coup de fusil ? Dis-moi pourquoi tu l'as tiré ?

— Pour t'acheter une belle montre.

— Va donc te coucher !

— Avec toi, oui ; quand tu voudras.

— Où est-elle, cette montre ?

— Chez le marchand... Nous irons la chercher ensemble.

— Quand ?

— Quand tu le voudras.

— Tu as donc touché de l'argent ?

— T'imagines-tu que j'ai tiré un coup de fusil pour le roi de Prusse ? J'aime bien le roi de Prusse, mais j'aime encore mieux Peter Schwartzmarsheim.

— Et Lolotte, tu la mets à l'étable !

— Mais non, puisque je risque ma peau pour lui acheter une montre.

— Tu es un menteur, mais conte toujours ton histoire... Je verrai si je dois te pardonner la mort du pauvre monsieur.

— Tu me remercieras à genoux de ce que j'ai fait pour t'être agréable.

— Va... je t'écoute.

— Donc, je te disais que l'homme que j'avais déjà rencontré une fois et qui est de la police me dit : « Qu'est-ce que vous faites, Schwartzmarsheim ? — Pas grand'chose. — Les affaires ? — C'est calme. — M'est avis que si l'on vous offrait de gagner facilement un joli billet de cinq cents, vous ne refuseriez pas ? — Honnêtement, je lui réponds, car tu le sais, Lolotte, avant tout je suis honnête !

— Oh ! pour ça, rien à dire, répondit Lolotte avec conviction. Tu es brutal, mais honnête.

— Il y en aurait qui diraient que non, je taperais dessus.

— Tu ferais bien.

— Pour lors, le monsieur de la police continua : « Tout ce qu'il y a de plus honnête ; vous n'aurez qu'à tirer un coup de fusil.

« — Sur qui, un coup de fusil ?

« — Sur personne. En l'air ! où vous voudrez ! Sur les murs.

« — Et vous me donnerez pour ça, cinq cents francs ?

« — Pas un sou de moins.

« — Mais quand faudra-t-il que je le tire ce coup de fusil ?

« — Quand les troupes passeront sur le boulevard ; on vous préviendra la veille.

« — Ah ! vraiment !

« — Vous avez compris ?

« — Pas du tout.

« — Très bien ! C'est ce qu'il faut. Moi, non plus, je n'ai pas compris.

« — Dites-ça à d'autres.

« — Mais non, c'est à vous que je le dis.

« — C'est étonnant !

« — Pas besoin de comprendre pour prendre un fusil, le charger, presser une détente et faire partir le coup. Quand on envoie des soldats se battre à la guerre, est-ce qu'ils comprennent pourquoi ils se battent ?

« — C'est juste !

« — Pas besoin de comprendre pour glisser dans votre portefeuille un billet de cinq cents balles.

« — Vous avez raison.

« — Maintenant — continua-t-il — comment allez-vous procéder ?

« — Je vous le demande.

« — C'est affaire à vous de prendre vos précautions. Naturellement, vous serez forcé d'ouvrir l'œil et même les deux.. Si je m'adresse à vous, c'est que je sais que vous êtes un gaillard dégourdi. Vous avez été dans la police russe ?

« — Nom de Dieu ! — m'exclamai-je. — Qui vous a dit cela patron ?

« — Je le sais, et bien d'autres choses.

— Ce diable d'homme me flanquait la frousse.

« — Mais comment tirer mon coup de fusil ? — demandai je, pour changer de conversation.

« — Assurément, pas au milieu de la rue.... à moins que vous ne teniez pas à votre peau.

« — C'est que j'y tiens, n'en ayant pas une autre de rechange.

« — Il vous faudra trouver une embuscade quelconque.

« — Voilà le *hic*.

« — Farceur ! — me dit-il, en me regardant dans le blanc des yeux. — Voulez-vous que je vous mette sur la voie ?

« — Je ne demande pas mieux.

« — Et votre ancienne maîtresse, cette belle grosse commère bavaroise qui vous a quitté parce que vous la battiez comme plâtre ?

— C'est pourtant vrai — dit Lolotte.

« — C'est parce que je l'aimais trop, patron. Je suis jaloux ; qu'est-ce que vous voulez ? On n'est jaloux que de ce qu'on aime. Et qui aime bien châtie bien.

— C'est de la blague — fit Lolotte.

« — Cette belle bavaroise — continua le monsieur de la police — n'est-elle pas bonne à tout faire chez un libraire du boulevard ?.. Un vieux garçon chasseur, collectionneur d'armes, chez lequel elle vit comme une poularde.

« — Ça, c'est le mot. Elle engraisse tous les jours.

« — Hé ! hé ! vous ne vous en plaignez pas.

« — Je la vois si rarement.

« — Allez la voir tout de suite, amusez-vous avec elle. Elle vous conduira dans sa chambre sans que son maître en sache rien. Hé ! hé ! maître Schwartzmarsheim, vous n'êtes pas un gaillard à plaindre, vous allez gagner de l'argent et faire une partie de plaisir. Une belle bavaroise blonde, blanche et grasse ! Cristi ! je voudrais être à votre place... Cependant, si ce moyen vous déplaît, libre à vous d'en choisir un autre.

« — Celui que vous m'indiquez me semble le meilleur.

« — Je vous crois sans peine... Alors une fois installé dans sa chambre, vous attendrez le moment et vous tirerez de la fenêtre de sa mansarde qui donne sur le boulevard. Et voyez la veine, elle vous fournira un des fusils de chasse de son maître.

« — Ça va comme sur des roulettes. Patron, vous êtes un malin.

« — C'est mon métier. On me paye pour l'être.

« — Le fusil sera chargé à blanc ?

« — Pas du tout, pas du tout... à balle. Il faut qu'on l'entende siffler. C'est là le point essentiel.

« — Mais si je viens à blesser quelqu'un ?

« — Un soldat, vous voulez dire ? Diable !... Alors, mon garçon, au lieu d'un billet de cinq cents ce sera un fafiot de mille.

« — Hein ?

« — Je dis un fafiot de mille.

— Je croyais qu'il voulait rire. Pas du tout, il était sérieux.

« — Oui, mais, attention ! — objectai-je — si je viens à toucher un soldat, les autres riposteront.

« — Naturellement. Vous les laisserez riposter.

« — Diable ! Mais, je risque de gober quelques prunes, moi aussi.

« — De votre mansarde, ce n'est guère possible... Puis vous imaginez-vous qu'on va vous graisser la patte pour vous voir tourner les pouces et regarder les mouches voler. Alors, c'est entendu ?

« — Entendu.

« — Voulez-vous un à compte, ça vous permettra de faire un petit cadeau à la belle Bavaroise.

— Il est tout de même bien gentil et bien poli, le monsieur — dit Lolotte.

« — Oui — répliquai-je — je lui ai justement promis une montre. Un à compte n'est pas de refus.

Il sortit de son portefeuille deux billets de cent.

« — Prenez toujours ça. Les huit cents autres, je les porterai chez vous.

— J'eus un mouvement de défiance. En définitive, je ne le connaissais pas plus que ça, ce brave homme. J'avais tout de suite vu qu'il était de la police ; pour ce qui est de police, mon flair ne me trompe pas. Mais quel était son nom, où courir après s'il me faisait faux-bond? Ça s'est vu, ces coups-là, et plus souvent qu'on ne le pense.

— Alors, qu'est-ce que tu as fait? — demanda Lolotte.

— Je n'ai rien fait... Mais il a vu à ma tête que j'avais un soupçon.

« — C'est trop tard pour hésiter — me dit-il — vous avez le secret, il faut marcher quand même vous ne le voudriez plus. Vous êtes à ma merci, maître Schwartzmarsheim. Comme je vous l'ai dit tout à l'heure, je sais une foule de choses. Ainsi par exemple, je sais que vous ne vous conformez pas aux règlements de police sur les cabarets. On vous a déjà dressé plusieurs procès-verbaux et l'on pourrait vous forcer à fermer votre débit. Mais ce sont des vétilles. Voici qui est plus sérieux. La belle Bavaroise vous apporte de temps à autre des bouteilles de liqueurs, rhum, cognac, anisette qu'elle dérobe à son maître et pour lesquelles vous ne payez aucun droit...

— Il a dit ça — s'écria la servante interrompant le Prussien? — Eh bien, me voilà belle! qui a pu vendre la mèche?

— C'est Pied-de-Bouc, ce sale coiffeur qui a mouchardé. Il t'a vu deux ou trois fois tirer de dessous tes jupes des fioles. Ah ! le salaud ! c'est pour me remercier de lui avoir fait crédit.

— Alors qu'est-ce que tu as répondu ?

— Qu'est-ce que tu voulais que je réponde ? Il a ajouté : « Ça, c'est encore des vétilles, mais voici qui est plus sérieux. Vous avez caché un repris de justice de la plus dangereuse espèce, un assassin... vous savez ce que parler veut dire... vous êtes étranger, si vous voulez qu'on vous tolère, il faut vous montrer docile et obéir aux ordres, d'ailleurs grassement payés... On compte sur vous.

« — Oui, oui. Comptez sur moi, patron. »

— Tu vois, ma grosse Lolotte — conclut le scélérat — qu'il n'y avait pas moyen de faire autrement. Alors je me suis dit : « Puisque nous y sommes, gagnons notre argent. » Et au lieu d'un coup chargé à balle, j'en ai tiré deux.

— C'est tout de même un malheur ! — gémit Lolotte.

— Un malheur qui me colle mille balles dans le gousset, n'est pas un malheur — répliqua l'Allemand avec une sagesse digne de celle des nations. — Voilà toute l'histoire — continua-t-il. — Tu en sais autant que moi, et tu vois, que j'eus voulu refuser que je ne l'aurais pas pu. D'autres individus ont dû être chargés de la même besogne, car on a tiré des coups de fusils de plusieurs maisons... Résultat : la grosse Lolotte aura sa belle montre en or... Ne pleure plus, et maintenant décarrons...

Tel est le récit fait à la servante de l'infortuné libraire, dont j'ignore encore le nom, récit ouï de mes propres oreilles, et sorti tout entier de la sale bouche du nommé Peter Schwartsmarsheim, aubergiste à Montmartre où il est connu sous le nom de monsieur Pierre.

Colombau m'a déjà parlé de ce vilain personnage à propos de sa récente aventure. Si jamais ces feuilles tombent entre les mains de quelque honnête citoyen, je recommande cet agent provocateur à sa vindicte.

Le drôle s'était tu. La femme recommençait ses lamentations ; on entendit un bruit de baisers puis la petite porte de l'escalier s'ouvrit.

Je me retirai précipitamment dans la chambre, regardant autour de moi ; j'étais seul. Le docteur Raoult, mademoiselle de Bertemont avaient disparu.

Je me rappelai alors vaguement que le docteur m'avait parlé à voix basse pendant que j'écoutais ; mais je prêtais tant d'attention à l'intéressante et instructive conversation des deux naturels d'outre-Rhin, que je n'y pris pas garde. Je crus même que j'avais écarté d'un geste de ma main valide le docteur, en lui disant : « Chut ! chut ! »

Impatienté de ne rien comprendre, il a dû emmener la jeune fille, ne voulant pas la laisser pleurer sur le cadavre de la princesse Souvarine, s'exposer à nouveau aux outrages de la soldatesque.

Je n'avais pas le temps de me livrer à de longues réflexions ; les pas du couple allemand retentissaient lourdement dans l'escalier de bois, et pour qu'on ne me surprenne pas, je n'eus que le temps de gagner la porte de sortie.

Dieu ! quel horrible spectacle. Partout des flaques de sang ! Le corps du malheureux libraire est étendu dans une mare gluante le long de sa devanture. Ses yeux glauques sont grands ouverts avec une expression d'indicible épouvante. Je fuis ce spectacle, j'enjambe des cadavres couchés çà et là, sur le trottoir, quelques-uns sur la chaussée. Il y a de petits groupes de trois, quatre, cinq morts ; j'escalade des débris de toutes sortes, devantures, portes, morceaux de platras, reverbères, vitres brisées... Je me hâte, n'ayant plus qu'une idée, celle d'échapper au plus vite à l'effrayant spectacle, me réfugier près de ma chère petite sœur, m'enfermer dans la douce paix de mon chez moi.

Mais je traîne un lourd poids ; ma main me fait horriblement souffrir ; il me semble que mon bras pèse cinquante kilos.

Tout à coup une détonation retentit et, au même moment, mon chapeau tombe enlevé par une balle.

J'entends des éclats de rire.

— Bien visé au tromblon !

— Dommage qu'il soit par terre !

— Bah ! ajuste la calebasse !

Une nouvelle détonation retentit. Un projectile passe en sifflant près de mes oreilles.

Pas de doute, c'est à moi qu'on en veut. Ah ! çà ! ils sont fous !

Je me retourne et je vois à cinquante pas une vingtaine de soldats et des fusils qui m'ajustent. Oh ! l'horrible sensation. La terreur me prend, je me mets à courir, à courir de toutes mes forces, la tête nue.

La course pour la vie ! Ah ! que ça vous donne des jambes ! Je ne sens plus le poids de mon bras.

Des huées s'élèvent. Cris, et coups de feu partent d'un autre groupe de soldats qui viennent de déboucher sur le boulevard... De quelle rue? je n'en sais rien. Mais ce que je sais, c'est qu'ils tirent sur les rares passants, sur les commerçants que la curiosité pousse à entr'ouvrir leur boutique, sur les personnes assez imprudentes pour se risquer à leur fenêtre ; on entend des interpellations du genre de celles-ci :

— Tiens ! une prune.

— Oh ! c'te tête.

— Bouche-lui un œil.

— Et cette bonne femme qui claque des dents.

— Cloue lui le bec. Elle est assez vieille pour faire une morte.

Ils tirent à droite, à gauche, au hasard. Ils paraissent s'amuser beaucoup. Du reste, ils sont tous parfaitement ivres.

Paris est la proie d'une armée d'ivrognes.

Je quitte rapidement le boulevard et m'engouffre chez un pharmacien rue du faubourg Poissonnière. Ce brave homme, qui regardait par sa porte entr'ouverte, la ferme rapidement sur moi. Je puis dire que je lui dois la vie... la vie ? Pour combien de temps, d'heures, de minutes ?...

Des balles me suivaient. L'une casse un bocal rempli de poissons rouges, une autre tue un angora en train de se lècher le ventre sur le comptoir.

Cependant les soldats remontent la rue en zigzaguant, se bousculant, se heurtant, tirant de plus belle et s'amusant de plus en plus.

Il me semble que les officiers essayent de les calmer, de les remettre en bon ordre ; mais le moyen de faire entendre raison à des gens gorgés d'alcool !

C'est égal, je viens encore une fois de l'échapper belle.

La troupe passée et le premier émoi calmé, le pharmacien examine ma main, lave la plaie, applique un pansement et me fait prendre un cordial dont j'avais le plus grand besoin et dont j'éprouve les bienfaisants effets.

Je me sens tout autre et prêt à me remettre en marche. Mais ce ne serait pas prudent et je reste encore près d'une heure chez cet homme obligeant ; puis comme la nuit vient et que je suis cruellement inquiet à cause d'Adèle, je me décide à prendre congé de lui, pour m'en retourner chez moi.

J'avais à peine fait deux cents mètres que voilà que j'entends devant moi une troupe en marche. Encore, encore ces maudits soldats ! Ils s'approchent, ils vont m'apercevoir ! Une vive inquiétude m'envahit. Ces gaillards-là ne vont-ils pas imiter ceux de tout à l'heure, essayer de me trouer la peau, me choisir comme cible, histoire de passer le temps? Mon pauvre Plumereau, te voilà encore en danger !

Que faire ? Je n'ose ni avancer ni reculer. Si j'avance, je tombe sur eux, si je recule, je tombe sur le boulevard plein de longues files de ces dangereux ivrognes.

Ils approchent cependant. Je les entends rire et plaisanter. Mauvais signe !

Je me vois perdu, mais c'est mon sang-froid que je perds, car je me précipite à une porte, m'accroche à une sonnette et me mets à carillonner à tour de bras, poussé par le fol espoir que le portier va tirer le cordon et que j'aurai affaire à un citoyen compatissant comme le pharmacien qui me laissera attendre dans le vestibule ou même dans la loge, que la troupe ait défilé.

Malheureusement j'ai été aperçu par quelques locataires des maisons d'en face, qui embusqués derrière leurs volets assistent aux drames de la rue.

Ma tête décoiffée, mon bras en écharpe, très visible dans le crépuscule me font prendre pour un insurgé, car avec une touchante unanimité, de derrière les volets et de plusieurs fenêtres, s'élèvent des voix, appelant les soldats, me désignant à leurs coups.

— Messieurs les militaires, en voici un qui cherche à s'échapper. C'est un insurgé, un rouge ! Empoignez-le. Débarrassez-nous en... Faites-lui son affaire !

Tels sont les charitables appels qui partent de tous les étages !

Aspect des boulevards pendant le coup d'Etat (1851)

Et dire que tout à l'heure je maudissais cette soldatesque qui tirait aux croisées !

J'avais envie de crier à mon tour :

« Mais tirez donc, soldats de l'ordre ! Cassez d'une balle chacun de ces becs. Tuez-moi ces sales bourgeois » car ces excitations au meurtre de ma personne partaient toutes de maisons bourgeoises.

Mais je n'eus même pas le temps de leur envoyer ma malédiction. Déjà quatre ou cinq fantassins m'entourent, un caporal me met la main sur l'épaule :

— Allons, allons, marchez.

J'essaye de donner des explications :

— C'est une erreur, messieurs ; c'est une erreur !

— J'en sais rien, moi. Mais paraît que ces particuliers d'en face connaissent vot'numéro.

— Ils ne me connaissent pas, monsieur le caporal, je n'habite pas ce quartier. Je suis de Montmartre, oui, messieurs les militaires, de Montmartre.

— Alors pourquoi que vous vouliez vous carapater dans cette maison... Puis vous êtes blessé, vous avez fait le coup de feu sur les barricades...

— Je vous assure que non... On a tiré sur moi !...

— Allez conter ça à Dache, le perruquier des zouaves. En route, pas accéléré.

Les autres riaient :

— A-t-il une bonne poire, le type !

— Il nous prend pour des bleus.

— On va lui montrer si nous sommes de la quatrième du trois.

Le gros de la troupe passait. Un officier s'arrêta.

— Qu'est-ce que c'est que ça ? Qu'est-ce encore que celui-là ?

— Mon capitaine, c'est un insurgé ! — dit le caporal.

— Monsieur le capitaine — protestai-je — je ne suis pas un insurgé. On a tiré sur moi comme sur bien d'autres personnes aussi innocentes que moi. C'est pourquoi, j'ai voulu me sauver, vous voyant venir, craignant de nouveaux coups de fusil.

— Qu'est-ce que vous fichiez dans la rue ? Est-ce qu'on ne vous a pas prévenu ce matin ? Est-ce que vous n'avez pas lu les affiches du préfet ?

— Oui capitaine.

— Eh bien, alors ?

Devant cet « alors » j'aurais dû m'incliner, je ne le pouvais pas, je me révoltais, j'essayais de protester encore, mais un sergent qui s'était approché et tellement ivre qu'il pouvait à peine parler, s'écria :

— C'en est un, mon capitaine. Je le reconnais. Oui, c'est vous, espèce de salaud, vous avez tiré sur la troupe. La preuve c'est que vous êtes blessé.

— Mais...

— Emmenez-le ! — dit le capitaine.

— Allez, en route ! — dit le sergent, à qui sans doute ma mine déplaisait.

On m'emmena. Il marcha quelque temps à côté de moi. Je voulais encore me disculper.

— Silence ! On vous a assez entendu.

— Vous ne pouvez m'avoir vu, sergent, du moins sur les barricades.

— Pas tant d'histoires, je vous dis. En voilà assez. Bavardez comme une femme saoûle. Marchez, marchez.

Il s'arrêta, ennuyé sans doute de mes protestations, fit signe au caporal qui suivait l'escorte.

— Ouvrez l'œil sur ce clampin. Particulier dangereux. S'il essaye de s'échapper, vous savez ce qu'avez à faire.

— Oui, sergent.

— Manquez pas !

— Pas de danger.

Et le sergent rejoignit son peloton.

— Vous savez ce que parler veut dire, prévenu. Si vous bougez, gare l'atout !

Après cette sage communication du caporal, je crus inutile de continuer à démontrer mon innocence.

Il ajouta comme fiche de consolation :

— Une heure plus tôt, vous auriez été fusillé sur place..... Mais ne perdez rien pour attendre, mon bonhomme. Votre compte est bon tout de même et je ne donnerais pas deux sous de votre sacrée peau...

> Le trop d'attention qu'on a pour le danger
> Fait le plus souvent qu'on y tombe.

Voilà ce que je me répète mélancoliquement en marchant comme un criminel au milieu des rangs qui se sont fermés sur moi.

C'est toujours une consolation de connaître ses classiques. Je crois même qu'ils ne servent qu'à cela.

Je pense à ma pauvre petite Adèle et je me désespère. Que va-t-elle devenir, elle si peureuse, si frileuse, si effarouchée ?

Les soldats qui me conduisent sont ivres, comme les autres, comme tous ceux que j'ai rencontrés.

Ils titubent, trébuchent, bavardent, chantonnent, fredonnent des airs érotiques ou idiots ; en somme, à voir de près, ils n'ont pas l'air trop méchants.

Beaucoup tiennent à la main des bouteilles d'eau-de-vie, quelques-uns même des bouteilles de champagne qu'ils portent de temps en temps à leurs lèvres. Quand elles sont vides, ils les lancent de toutes leurs forces sur les trottoirs, contre les reverbères, les portes, les devantures des boutiques closes, où elles se brisent avec fracas.

Alors de grands rires s'élèvent. Je serais presque rassuré si je ne les avais vus à l'œuvre, sinon ceux-ci, du moins leurs camarades.

— Ça te la coupe, ça, mon salaud, ça t'apprendra à tirer sur les troubades ! Ah ! mon pauvre cochon, tu peux écrire à ta famille pour lui faire tes adieux — me répète avec une foule de variantes où les mots *salaud* et *cochon* ressortent en vedette, mon gardien de gauche, tandis que celui de droite, au cœur plus sensible, s'obstine à me tendre une bouteille de rhum vide, qu'il conserve religieusement comme si elle était pleine, en disant :

— Tiens, bois un coup, vieux frère, bois toujours un coup, en attendant qu'on te fasse avaler une prune... Ça te donnera des jambes... Bois donc, nom de Dieu !

Et je suis obligé de faire le simulacre de boire pour ne pas l'irriter.

Il fait complètement nuit. Nous voici boulevard des Capucines, près de l'hôtel du Ministère des Affaires étrangères; un officier dit au caporal :

— Est-ce qu'on va trimballer cet individu jusqu'à demain matin. Flanquez-le donc aux gendarmes du poste. Ça nous débarrassera.

Aussitôt dit, aussitôt fait. Le caporal et les hommes qui m'ont arrêté se détachent du gros de la troupe et me conduisent au poste où les gendarmes de garde y compris le brigadier qui les commande, attablés devant plusieurs litres, boivent, fument, crachent en échangeant de rares paroles.

Des grognements accueillent mon arrivée.

— Qu'est-ce que c'est que ça ? — demanda le brigadier, ennuyé de cette visite. — Encore un insurgé ?

— Oui. Il a tiré sur la troupe. C'est moi qui l'ai pris — répond le caporal.

— Auriez dû le fusiller sur place, péremptoirement, au lieu de le trimballer avec vous. N'êtes guère dégourdi. C'est bien. Laissez-le. Ne nous embarrassera pas longtemps. Êtes sûr qu'il a tiré sur la troupe, ce salaud ?

— Puisque je vous le dis. N'y a pas d'erreur. Demandez aux hommes... D'abord, il est blessé à la main. Voyez bien.

— Faites voir un peu cette main.

J'exhibe ma main enveloppée d'un linge que le sang a rougi.

— Ah ! mon bougre, ton compte est bon.

La preuve est indéniable, en effet ! J'ai tiré sur la troupe puisque je suis blessé. Tout le monde en est convaincu. Les gendarmes me lancent des regards terribles. J'essaye vainement de donner des explications.

— Taisez-vous !... N'avez rien à dire. Si on écoutait ces salauds-là, ce serait tous des petits saints. Bon, bon. Assez ! Je me charge de votre affaire... Deux hommes !

Deux gendarmes se lèvent à regret. C'est toujours contrariant de se déranger quand on est occupé à boire.

— F...ichez moi cet individu en cellule — leur dit le brigadier me regardant d'un air qui ne présage rien de bon.

Et il ajoute :

— Tout à l'heure vous aurez de mes nouvelles.

En ce moment, une voix demande d'un ton bref.

— Caporal, qu'est-ce qu'il y a ?

Je me retourne. C'est un officier d'infanterie qui vient de parler. Voyant des soldats de sa compagnie à la porte du poste, il a passé la tête et s'informe.

Il me semble avoir déjà vu ce visage bilieux, ce petit homme maigre, d'assez mauvaise mine, d'aspect maladif.

Le caporal répond par la phrase invariable, stéréotypée sur ses lèvres :

— Mon lieutenant, c'est un insurgé qui a tiré sur la troupe.

L'officier me dévisage un instant et parait surpris... Ah ! je me rappelle, maintenant, c'est celui que j'ai aperçu dans la boutique du malheureux libraire, je l'ai rencontré ailleurs aussi sans pouvoir préciser où. Ah ! mais, je vais invoquer son témoignage, il saura bien que je ne suis pas un insurgé puisque j'avais cherché un abri dans cette boutique.

Pendant que je fais ces réflexions, il est déjà parti, il a rejoint sa troupe suivi du caporal et de ses hommes et je reste seul avec les gendarmes.

Ils me font traverser une cour, un corridor éclairé, j'entends un cliquetis de clefs, une serrure qui grince, une porte qui s'ouvre. On me pousse dans une prison et l'on referme la porte.

Puis les pas s'éloignent rapidement.

Quelques litres encore à moitié pleins sur la table du corps de garde, expliquent cette précipitation.

La cellule n'est pas obscure, j'y vois un lit de camp, un tabouret, une couverture; tout en haut près du plafond, une petite ouverture grillée et laisse pénétrer la lumière d'une lanterne justement accrochée en face qui sert à éclairer la corridor.

C'est grâce à cette lumière que j'ai pu tracer ces lignes en attendant.... »

CHAPITRE LXII

Détails complémentaires sur la journée du 4 décembre — Opérations de l'armée de Paris. — Renault de l'arrière garde. — Les opérations militaire. — « Actes et Paroles ». — Tranquillité de Morny et effarement de Maupas. — Héroïsme des insurgés. — Denis Dussoubs.

On verra plus loin ce qui advint à Plumereau. Pendant cette néfaste journée du 4 décembre, beaucoup de personnes, aussi paisibles et inoffensives que l'infortuné mari de la fille Crachotte, furent arrêtées de même sur un simple soupçon, une physionomie qui ne plaisait pas, la dénonciation calomnieuse d'un voisin ou d'un ennemi, nombre d'entre-elles fusillées sur-le-champ.

Les mêmes crimes se reproduiront vingt ans plus tard, mais sur une plus vaste échelle et d'une façon plus atroce, sous le gouvernement de la troisième République.

En outre, ainsi que le fait justement observer Taxile Delord, les scènes terribles de cet effroyable et inoubliable après-midi, produisaient sur l'imagination ébranlée de beaucoup de ceux qui en avaient été les témoins une impression de terreur voisine de l'hallucination ; plusieurs avaient fini non seulement par croire à la réalité d'une insurrection attestée par une si sanglante répression, mais encore par voir surgir à chaque pas des insurgés devant eux.

« M. Auguste Lireux, homme de lettres, rentrait chez lui entre six et sept heures du soir, boulevard Montmartre, 19. La porte est à peine ouverte, qu'il voit l'abord de la loge obstrué par un groupe de locataires en proie à la plus vive émotion. La fusillade n'avait point été une plaisanterie, on ne le savait que trop dans la maison. Un des locataires, un tapissier, avait été tué par une balle dans son lit, où il était malade; les projectiles avaient brisé des fenêtres, criblé les murs et les toitures, faussé les barreaux du balcon au sixième étage et troué la corniche; toute la maison se trouvait encore sous le coup de l'épouvante.

Un locataire, un de ces hallucinés dont nous parlions tout à l'heure, fou de peur, en voyant M. Lireux entrer sous la porte cochère, court aux chasseurs de Vincennes qui défilaient, rentre avec quatre ou cinq d'entre eux et leur désigne M. Lireux, en criant :

« — Prenez le ! Prenez-le ! »

« M. Lireux, sans autre explication est empoigné et jeté au milieu des rangs. »

Les soldats étaient ivres, et par conséquent nullement d'humeur à écouter ses explications, ni capables de les comprendre.

Il fut entraîné, bousculé, menacé, et s'il échappa à la mort, c'est parce qu'il eut la chance d'être reconnu par un de ses amis, secrétaire du Ministre des Affaires étrangères, qui parvint, non sans peine, à le faire mettre en liberté.

Ajoutons que M. Lireux ne garda pas une trop grande rancune au Prince-Président de cette aventure où pourtant il avait failli perdre la vie. Lui qui, le 2 décembre, avait traité Louis-Napoléon de *Soulouque* et reproché, dans le *Constitutionnel*, à Granier de Cassagnac, de donner dans cette *soulouquerie*, il devint, un an après ces événements, un des rédacteurs de ce journal les plus dévoués à l'Empire.

Quelques mots maintenant sur l'ensemble des opérations de l'armée de Paris, pendant la journée du 4 décembre.

Le 3 décembre, nous l'avons dit, il n'y eût qu'une des trois divisions de cette armée qui fut engagée et se servit de ses armes : la troisième. Le 4, il y en eut deux, la première et la troisième, c'est-à-dire les divisions Carrelet et Levasseur.

Quant à la deuxième division, commandée par le général Renault et stationnée sur la rive gauche, elle ne prit part à aucun engagement, pas plus ce jour-là que la veille et cela, probablement, au grand désespoir de son chef qui, dans son rapport du 4 décembre au soir, écrivit, tout piteux, au général Magnan :

« J'ai donné l'ordre d'exécuter des patrouilles... Tous les mouvements se sont faits en même temps et, de cette manière, les plus mauvais quartiers de la rive gauche étaient parcourus simultanément.

« Les groupes se sont dispersés partout sans résistance, et les cris ont cessé; sur la place Maubert, l'hostilité ne s'est pas manifestée par des actes; aucune barricade n'a été élevée, pas un pavé n'a bougé.

« Il est fort douteux que des barricades soient élevées ce soir dans ce quartier, et que la tranquillité soit troublée sur la rive gauche.

« Il n'y a pas la moindre barricade. Tout, jusqu'à ce moment, se réduit à des groupes qui cèdent et se dispersent à la moindre sommation et à l'apparition de la troupe. Les émeutiers ne veulent pas, à ce qu'il paraît, engager le combat. »

Dans un second rapport, il rend compte qu'il vient de parcourir, en personne, différents quartiers de la rive gauche et il écrit :

« Je n'ai trouvé, sur mon passage, qu'une foule respectueuse, saluant l'autorité, et au milieu de laquelle on ne voyait aucune agitation apparente.

« Ces quartiers, qui donnent ordinairement tant de contingents à l'émeute, sont tranquilles et sympathiques au gouvernement; rien ne fait prévoir que la tranquillité y soit troublée. Les patrouilles qui circulent dans les rues ne signalent rien de nouveau. Tout est calme. »

Il termine par ce *post-scriptum* mélancolique et suggestif :

« J'en suis donc réduit à avoir désiré que la tranquillité fut troublée pour que la leçon pût servir aux éternels ennemis du pays, pour les confirmer dans l'opinion qu'ils peuvent avoir de l'armée qui leur a déjà infligé un juste et terrible châtiment. »

Pauvre général ! Il lui arrivait, sur une plus vaste échelle, la même mésaventure qu'à Julien d'Hagniel. Il était forcé de se croiser les bras, alors qu'il n'eut demandé, comme le jeune officier, qu'un *coup de torchon !*

Le général Renault était un soldat d'une intelligence fort ordinaire, mais d'une bravoure extrême. Il fut tué, pendant le siège de Paris, par les Prussiens.

On le connaissait, dans l'armée, sous le nom de *Renault de l'arrière-garde*. C'est ainsi qu'il se nommait lui-même orgueilleusement, parce que, disait-il, non sans juste raison d'ailleurs, on le choisissait toujours pour commander l'arrière-garde, quand on battait en retraite dans des conditions périlleuses.

Il était très glorieux et « il se fut volontiers appliqué, dit A. du Casse, ces deux vers de l'opéra de *Roland* :

Lorsque l'armée s'avance, c'est lui qui marche le premier.
Mais quand on repasse la frontière, c'est lui qui marche le dernier.

« Il se fut aussi très volontiers donné comme un descendant du paladin de son nom. »

Comme il passait un jour une revue sur une place publique et que les sapeurs d'un des régiments de sa division repoussaient les curieux, le général Renault leur ordonna de rentrer dans le rang, et cria aux badauds :

« Approchez, braves gens, approchez ! Venez contempler de près un vrai général français ! »

Laissons Renault à son désappointement et à

sa gloire et revenons aux deux autres divisions.

Dans un précédent chapitre, nous avons vu à l'œuvre, sur le boulevard, la division Carrelet. Mais son rôle ne se borna pas à massacrer les passants. Elle prit part, de concert avec la division Levasseur, à l'attaque des barricades. Ce fut plus dangereux. Ce fut aussi plus honorable.

Dans un rapport confidentiel, adressé au Ministre de la Guerre, à la suite de la bataille, le général Magnan résume les opérations de ces deux divisions :

« Dès le 4 au matin, écrit-il, des rapports de M. le préfet de police et mes propres reconnaissances m'informèrent que des attroupements nombreux se formaient dans les quartiers Saint-Antoine, Saint-Denis, Saint-Martin, et qu'ils commençaient à y élever des barricades.

« L'insurrection paraissait avoir son foyer dans l'espace compris entre les boulevards et les rues du Temple, Rambuteau et Montmartre.

« A midi, j'apprenais que les barricades devenaient formidables et que les insurgés s'y retranchaient. Mais j'avais décidé de n'attaquer qu'à deux heures, et, inébranlable dans ma résolution, je n'avançai pas le moment, quelques instances qu'on me fît pour cela. Je connaissais l'ardeur de mes troupes, je savais leur impatience de combattre, j'étais sûr de vaincre cette insurrection en deux heures, si elle voulait franchement accepter le combat.

« Le succès a justifié mon attente. L'attaque, ordonnée pour deux heures, devait avoir lieu par un mouvement convergent des divisions Carrelet et Levasseur.

« En conséquence, la brigade Bourgon prit position entre la porte Saint-Denis et la porte Saint-Martin.

« Les brigades Cotte et Canrobert se massèrent sur le boulevard des Italiens, pendant que le général Dulac occupait la pointe Saint-Eustache et que la brigade de cavalerie du général Reibell s'établissait dans la rue de la Paix.

« Le général Levasseur reprenant ses positions, forma ses colonnes pour appuyer le mouvement de la division Carrelet.

« A deux heures de l'après-midi, toutes ces troupes s'ébranlèrent en même temps.

« La brigade Bourgon balaye le boulevard jusqu'à la rue du Temple, descend cette rue jusqu'à celle de Rambuteau, enlevant toutes les barricades qu'elle trouve sur son passage.

« La brigade de Cotte s'engage dans la rue Saint-Denis, pendant qu'un bataillon du 15e léger était lancé dans la rue du Petit-Carreau, déjà barricadée.

« Le général Canrobert, prenant position à la porte Saint-Martin, parcourt la rue du faubourg de ce nom et les rues adjacentes, obstruées par de fortes barricades, que le 5e bataillon de chasseurs à pied enlève avec une rare intrépidité.

« Le général Dulac lance à l'attaque de la rue Rambuteau et des rues adjacentes des colonnes formées des trois bataillons du 51e de ligne, colonel de Lourmel, et de deux autres bataillons, l'un du 19e, l'autre du 43e, appuyés par une batterie.

« En même temps, la brigade Herbillon, formée en deux colonnes, dont l'une était dirigée par le général Levasseur en personne, pénétrait dans le foyer de l'insurrection par les rues du Temple, de Rambuteau, Saint-Martin.

« Le général Marulaz opérait dans le même sens par la rue Saint-Denis et jetait dans les rues transversales une colonne légère aux ordres du colonel Lamotte Rouge, du 19e léger.

« De son côté, le général Courtigis, arrivant de Vincennes à la tête de sa brigade, balayait le faubourg Saint Antoine, dans lequel plusieurs barricades avaient été construites.

« Ces différentes opérations ont été conduites sous le feu des insurgés avec une habileté et un entrain qui ne pouvaient laisser le succès douteux un instant. Les barricades, attaquées d'abord à coups de canon, ont été enlevées à la baïonnette. Toute la partie de la ville qui s'étend entre les faubourgs Saint-Antoine et Saint-Martin, la pointe Saint-Eustache et l'Hôtel de Ville, a été sillonnée en tous sens par nos colonnes d'infanterie ; les barricades enlevées ou détruites ; les insurgés tués. Les rassemblements qui ont voulu essayer de se reformer sur les boulevards, ont été chargés par la cavalerie du général Reibell qui a essuyé, à la hauteur de la rue Montmartre, une assez vive fusillade.

« Attaqués de tous côtés à la fois, déconcertés par l'irrésistible élan de nos troupes et par cet ensemble de dispositions enveloppant, comme dans un réseau de fer, le quartier dans lequel ils nous avaient attendus, les insurgés n'ont plus rien osé entreprendre de sérieux.

« A cinq heures du soir, les troupes de la division Carrelet venaient reprendre position sur le boulevard.

« Ainsi, commencée à deux heures, l'attaque était terminée avant cinq heures du soir ; l'insurrection était vaincue sur le terrain qu'elle avait choisi. »

Dans ce rapport, le général Magnan fait à peine allusion aux massacres du boulevard, et encore est ce d'une façon inexacte. Il les considérait probablement comme un événement sans la moindre importance, et dont il était inutile de parler.

Pendant que soldats et républicains se battaient, il est intéressant de savoir ce que faisait le comité de résistance. Où étaient-ils, ces phraséologues à l'heure où le canon grondait, où la fusillade crépitait, où l'on se massacrait de part et d'autre, où l'obéissance passive forçait les uns à se ruer sur les barricades, où le sentiment du devoir, l'amour de la liberté, forçait les autres à se défendre et à s'y faire massacrer ?

A l'heure où le sang coulait, à l'heure de la lutte, du sacrifice et de la mort, où étaient-ils les débiteurs de tirades ?

Voici :

« Que faisions-nous pendant tout ce temps — dit Pierre Lefranc, dans son livre : *Le 2 décembre* — nous autres, représentants d'un peuple abusé ou sacrifié, mandataires d'une nation dont la vie normale était suspendue ? Nous nous trouvions réunis au nombre d'une quarantaine, sous la présidence de Victor Hugo, rue Richelieu, nº 15, au fond d'une cour, dans les appartements de l'un des nôtres, M. Grévy, qui lui-même était à Mazas. Nous entendions de près l'horrible fusillade des boulevards, le canon ébranlait les vitres, les cris aigus des blessés nous déchiraient le cœur, et nous frémissions de notre impuissance. Hugo se tenait debout au milieu de nous, pâle, non d'effroi, mais de cette sainte et terrible colère qui a éclaté plus tard en cris terribles et en œuvres impérissables. »

C'était tout, c'était peu. Ils frémissaient, ils pâlissaient, ils s'indignaient, envahis par une *sainte et terrible colère*, mais elle ne se traduisait pas par des actes, elle ne devait s'exhaler que plus tard par des cris poussés bien loin, à l'abri du danger.

Après avoir, en paroles enflammées, conseillé comme ils l'avaient fait, une résistance acharnée, à outrance, ils auraient pu, ils auraient dû, prêchant d'exemple, monter sur les barricades et combattre, eux aussi, pour la république et pour la liberté.

La foi qui n'agit point, est-ce une foi sincère ?

Il est assez curieux de remarquer que Victor Hugo et quelques-uns de ses collègues du comité de résistance, qui, d'après leurs paroles, semblent ne songer qu'à se faire tuer, n'en aient pas trouvé une seule fois l'occasion, alors que pendant de longues heures, la mort faisait rage dans Paris.

Vers trois heures, un groupe d'une trentaine de jeunes gens audacieux tenta un coup de main sur l'Hôtel de Ville et la Préfecture. Véritable folie! Ils furent promptement repoussés par le 44ᵉ de ligne. M. de Maupas qui ne brillait ni par la vaillance, ni par le sang froid, s'épouvanta quand il vit le petit rassemblement et se crut perdu en entendant des coups de fusil si près de son domicile.

Voici la copie textuelle de quelques dépêches échangées dans cette sinistre journée du jeudi 4 décembre, entre le Ministre de l'Intérieur et le Préfet de police.

Elles donneront une idée de la tranquillité dédaigneuse dont faisait parade M. de Morny et de l'effarement de M. de Maupas.

Le Préfet de police au Ministre de l'Intérieur.

Jeudi 4 décembre

« Barricades rue Dauphine ; je suis cerné. Prévenez le général Sauboul. Je suis sans forces ; c'est à n'y rien comprendre. »

M. de Morny ne répond pas. M. de Maupas expédie une autre dépêche dans laquelle il est question du comte de Chambord et de la défection du 12ᵉ dragons.

« On dit que le 12ᵉ dragons arrive de Saint-Germain avec le comte de Chambord dans ses rangs comme soldat.

« J'y crois peu. »

« Et moi, je n'y crois pas », répond M. de Morny.

M. de Maupas n'est pas tranquillisé par cette réponse et bientôt, nouvelle dépêche.

« Rassemblements sur le Pont-Neuf ; coups de fusil au quai des Fleurs ; masses compactes aux environs de la Préfecture de police. On tire par une grille. Que faire? »

La réponse arrive :

« Répondez en tirant par votre grille. »

M. de Maupas ne demanderait pas mieux, mais il n'a pas d'artillerie. Vite une dépêche :

« Mon devoir exige qu'on me rende mes canons et bataillons. Est-ce le général Magnan qui refuse de les rendre ? »

Morny, impatienté, ne répond plus. Maupas finit par se calmer un peu, mais il craint toujours d'être enlevé et quand il apprend que l'insurrection est repoussée rue Saint-Martin, il profite de l'avis qu'il en donne au Ministre de l'Intérieur pour lui reparler du danger qu'il croit courir.

« Je suis rassuré pour le quart d'heure ; l'émeute de la rue Saint-Martin est écrasée ; mais je ne le suis pas pour la Préfecture de police, sur laquelle se replieront les insurgés après la défaite. »

Le préfet de police n'était pas le seul que la multiplicité des barricades, le courage et l'ardeur des combattants, plongeassent dans des transes indicibles. M. de Morny avait beaucoup de mal à rassurer les gens de son entourage :

— Comment, leur disait-il, en voyant leur pâleur et leur inquiétude, hier, vous vouliez des barricades ; on vous en fait et vous n'êtes pas contents !

A l'Elysée, on n'était pas non plus très rassuré. A un moment donné, le général de Cotte, que la résistance de la barricade de la rue

Saint-Denis inquiétait, fit prévenir le Prince de se tenir sur ses gardes.

Aussitôt, le commandant Fleury convertit les Tuileries en un camp retranché et on ne se tranquillisa qu'à la nouvelle apportée par le général de Cotte lui-même, qu'il était maître de la situation.

Cette barricade de la rue Saint-Denis que Plumereau, dans son journal, signalait comme devant devenir formidable, l'était en effet devenue. Dressait à l'endroit où la rue Saint-Denis décrit une courbe, il était à peu près impossible de la battre en brèche avec le canon sans entamer les maisons voisines.

Formée de masses de pavés, soigneusement arrangés, sa solidité était extrême.

Le drapeau tricolore du poste des Arts et Métiers flottait à son sommet.

Les défenseurs de cette barricade communiquaient avec les défenseurs de celles de la rue Saint-Martin par un passage dans lequel ils avaient installé une fonderie de balles et une ambulance.

Cent cinquante hommes environ y combattirent bravement. Parmi eux, un représentant du peuple, Carlos Forel, et nos quatre amis, Sacrovir Lebreun, Duchesne, Paul Barrel et Colombau.

Le 72e de ligne, de la brigade de Cotte, donna le premier. Accueilli par une vive fusillade, il dut se replier pour laisser la place libre à l'artillerie.

Alors, pendant plus d'une heure, quatre pièces de canon, mises en batterie sur la chaussée du boulevard, envoyèrent sur la barricade des volées d'obus et de boulets ; on lui fit d'abord moins de mal qu'aux maisons voisines, mais peu à peu elle s'écroula, sans qu'on put faire lâcher prise à ses défenseurs.

Debout à leur poste, ils ripostaient aux décharges de l'artillerie.

Quand le général de Cotte jugea la position suffisamment entamée, il ordonna une charge à la baïonnette.

Le colonel et le lieutenant-colonel du 72e descendirent de cheval, se placèrent devant leurs hommes et les conduisirent au pas de course à l'assaut.

Les défenseurs les laissèrent s'approcher, sans tirer, chacun se dissimulant de son mieux derrière les pavés et préparant son coup.

Quand les soldats furent proches, Sacrovir Lebrenn, à qui son expérience de la guerre des rues avait valu le commandement, ordonna d'une voix ferme :

— Feu !

Une grêle de balles s'abattit sur la troupe.

Le lieutenant-colonel Loubeau fut tué raide; le colonel Quilico blessé. Trois autres officiers et plus de trente soldats tombèrent avec eux, les uns morts, les autres plus ou moins grièvement atteints.

Le général de Cotte eut son cheval tué sous lui.

Le 72e de ligne battit en retraite, en désordre jusque sur le boulevard.

Alors Sacrovir Lebrenn escalada la barrière de pavés, et saisissant le drapeau qui la surmontait, il l'agita, en criant :

— Vive la République !

Cri que tout le monde répéta :

— Oui, vive la République ! — cria ensuite Colombau seul. — Vive la République des honnêtes gens et tâchons de ne pas tirer les marrons du feu pour les autres !

Il pensait certainement, en s'exprimant ainsi, à la conversation du fils du roi Jérôme avec Emile de Girardin.

A plusieurs reprises, on recommença l'attaque, toujours avec le même insuccès et ce ne fut que vers quatre heures et demie, lorsque les colonnes qui opéraient par les rues latérales menacèrent de prendre les républicains par derrière, que ceux-ci abandonnèrent cette position si solide et si vaillamment défendue.

En effet, le 15e léger avait enlevé successivement, non sans grandes pertes, de part et d'autres, les barricades de la rue du Petit-Carreau et des rues adjacentes. Rue des Jeûneurs, une trentaine de républicains résistèrent avec la plus grande énergie et mirent vingt hommes hors de combat.

Cependant, la brigade Canrobert défilant derrière la brigade de Cotte, prenait position à la porte Saint-Martin, et attaquait le faubourg. Le 5e bataillon de chasseurs de Vincennes enleva à la baïonnette les premières barricades assez mal fortifiées.

A celle de la rue des Vinaigriers, commandée par un officier, le lieutenant Luneau, de l'ancienne garde républicaine, se livra un combat épique.

Debout, sur le monceau de pavés, l'épée d'une main, le pistolet de l'autre, tout désigné par son uniforme, aux coups des assaillants, il dirigeait intrépidemment la défense.

Là, combattait Denis Dussoubs dont le frère, Gaston Dussoubs, représentant du peuple, était au lit, malade.

Dans l'*Histoire d'un crime*, Victor Hugo rapporte ce qui suit :

« Gaston Dussoubs était un des plus vaillants membres de la gauche. Il était représentant de la Haute-Vienne. Dans les premiers temps de sa présence à l'Assemblée il portait, comme autrefois Théophile Gautier, un gilet rouge, et le frisson que donnait aux classiques de 1830 le gilet de Gautier, le gilet de Dussoubs le donnait aux royalistes de 1851. M. Parisis, évêque de Langres, auquel un chapeau rouge n'eut pas fait peur, était terrifié du gilet rouge de Dussoubs. Une autre cause d'horreur pour la droite, c'est que Dussoubs avait, disait-on, passé trois ans à Belle-Isle, comme détenu politique, condamnation encourue pour « l'affaire de Limoges ». Le suffrage universel l'aurait donc pris là pour le mettre à l'Assemblée. Aller de la prison au Sénat, chose, certes, peu surprenante dans nos temps variables, et qui se complète parfois ainsi : retourner du Sénat à la prison. Mais la vérité, c'est que la droite se trompait. Le condamné de Limoges était, non Gaston Dussoubs, mais Denis, son frère.

« Gaston Dussoubs habitait le faubourg Saint-Germain, dans le voisinage de l'Assemblée.

« Le 2 décembre, nous ne le vîmes pas à nos réunions. Il était malade et avait dû rester couché, « cloué », comme il me l'écrivait, par un rhumatisme articulaire.

« Il avait un frère, plus jeune que lui, que nous venons de nommer, Denis Dussoubs. Le matin du 4, ce frère vint le voir.

« Gaston Dussoubs savait le coup d'Etat et s'indignait d'être forcé de garder le lit. Il s'écriait :

« — Je suis déshonoré. Il y aura des barricades, et mon écharpe n'y sera pas !

« — Si, dit son frère. Elle y sera !

« — Comment cela?

« — Prête-la-moi.

« — Prends-la.

« Denis prit l'écharpe de Gaston et s'en alla. »

Denis Dussoubs — disons-nous — combattait donc à la barricade de la rue des Vinaigriers. Il y fut atteint d'une balle, dont le choc fut amorti par de l'argent qu'il portait dans son gilet. Homme intrépide, dévoué à la République, il arborait fièrement sur sa personne l'écharpe empruntée à son frère. Victor Hugo, lui, n'avait garde de montrer la sienne. Il est vrai que la tête du poète était mise à prix, circonstance atténuante.

Malgré l'intrépidité du lieutenant Luneau et de ses hommes, malgré les pertes sérieuses infligées au 5e bataillon de chasseurs de Vincennes, ils durent abandonner leur position, car la ligne, en s'engageant dans les rues voisines, réussit à les prendre de dos. Beaucoup avaient péri en combattant. Quelques-uns, acculés sur les bords du canal Saint-Martin furent tués en essayant de gagner les quartiers situés au delà. D'autres furent fusillés dans la mairie du cinquième arrondissement, bien qu'ils eussent abandonné leurs armes. Le restant s'échappa comme il put.

A propos de cette barricade, Eugène Tenot remarque, avec juste raison, que les éloges que décerna au 5e bataillon de chasseurs de Vincennes le général Magnan, dans son rapport, reviennent par contre-coup aux combattants de la rue des Vinaigriers, considérablement moins nombreux que les soldats.

Dans la rue Philippeaux, une vingtaine de jeunes gens, armés de fusils de la garde nationale, arrêtèrent pendant trois quarts d'heure un régiment entier appuyé d'une batterie d'artillerie. Presque tous furent tués.

Pendant que ces événements se passaient dans les rues voisines des boulevards, d'autres colonnes, venues par le côté opposé, pénétraient aussi, très lentement il est vrai, dans les quartiers barricadés, formant ainsi la seconde branche de l'étau qui allait broyer l'insurrection.

Trois ou quatre cents républicains, divisés en petits groupes, occupaient les barricades de ce côté. Ils combattirent non moins vaillamment que ceux qui faisaient face aux boulevards. Le canon commença l'œuvre et la baïonnette l'acheva. Rue de Rambuteau, une barricade formidable fit le pendant de celle de la rue Saint-Denis. Un omnibus et plusieurs voitures, bourrés de pavés, lui donnaient une solidité considérable.

L'un des historiographes du coup d'Etat paraît avoir eu, sur cette redoute, quelques détails circonstanciés. D'après lui, il y avait une centaine de vétérans des guerres des barricades, « d'anciens sicaires de Caussidière, faisant admirablement bien le coup de feu ; des jeunes gens enthousiastes de la liberté ; quelques artistes ; des enfants de quinze ans, ayant à peine la force d'épauler leur fusil ».

La résistance fut acharnée. Trois quarts d'heure durant, la canonnade et la mousqueterie tonnèrent. La barricade brisée par les boulets fut enfin enlevée, couverte des cadavres de ses défenseurs. M. Mauduit, l'historien militaire de ces événements, raconte qu'il visita le lendemain le théâtre de cette lutte.

« Parvenu, dit-il, à la rue de Rambuteau, je me dirigeai, comme le public, en procession, vers Saint-Eustache, et ne tardai pas à voir toutes les têtes en l'air et les yeux fixés sur plusieurs maisons, particulièrement sur celle qui forme l'angle de la rue du Temple et qui, en effet, était criblée. A ses pieds se trouvaient encore les débris de l'omnibus qui avait servi de base à la barricade, cause de tous ces dégâts.

« L'omnibus fut démoli à coups de canon, tout rempli de pavés qu'il fut, et servit à alimenter le bivouac pendant la nuit.

« Une compagnie de grenadiers du 43e de ligne occupait les maisons des quatre angles des rues du Temple et Rambuteau. A chaque croisée se trouvait un grenadier assis sur une chaise, ayant le fusil chargé et prêt à faire

Les voici ! au pétrin, au pétrin !

feu au moindre geste hostile de cette population plus consternée que satisfaite de ce qu'elle voyait ; les figures étaient mornes. »

Ce que Mauduit ne dit pas, Victor Hugo l'ajoute :

Des tas de corps saignants gisent dans les coins sombres.
Le soldat gai, féroce, ivre, complice obscur,
Chancelle, et de la main dont il s'appuie au mur
Achève d'écraser quelque cervelle humaine.
On boit, on rit, on chante, on ripaille ; on amène
Des vaincus qu'on fusille, hommes, femmes, enfants.
Les généraux dorés galopent triomphants,
Regardés par les morts tombés à la renverse.

CHAPITRE LXIII

Derniers efforts du groupe Sacrovir. — Débâcle. — Colombau chez la belle boulangère. — Le typographe mitron. Dévouement et reconnaissance

Nous avons dit que les défenseurs de la grande barricade de la rue Saint-Denis, que commandait Sacrovir Lebrenn, furent obligés d'abandonner leur position, bien qu'ils eussent infligé un sérieux échec au 72e de ligne, quand la troupe eut réussi à les attaquer de dos.

Chacun s'esquiva comme il put, les uns pour essayer de continuer la résistance sur un autre point, les autres pour se laver les mains, la figure, changer d'effets, faire disparaître toute trace de poudre et, de la sorte, éviter l'exécution sommaire.

Duchesne, Paul Barrel, Colombau et quelques autres républicains suivirent Sacrovir Lebrenn et atteignirent, sains et saufs, la place des Victoires, après une marche en

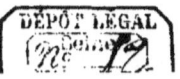

retraite à laquelle les péripéties me manquèrent pas.

Ils furent rejoints par un groupe de combattants, échappés à la prise des barricades de la rue Tiquetonne et de la rue des Jeûneurs.

La nuit était venue.

On se consulta.

— Il faut, — dit Sacrovir Lebrenn, — nous barricader ici sommairement.

On n'avait, pour cela, qu'à continuer le travail commencé par d'autres. Dans l'espace compris entre la place des Victoires, les rues du Mail, Pagevin et des Fossés-Montmartre, se dressaient des tas de pavés; des pioches traînaient à terre.

On se mit immédiatement à la besogne. Les uns dépavaient, d'autres transportaient les pierres; des enfants, très fiers de jouer un rôle dans cette guerre des rues, aidaient au dépavage ou faisaient le guet.

L'espoir excitait ces braves. Ils s'imaginaient que chacun, dans les quartiers de la rive droite et de la rive gauche, s'occupait comme eux de continuer la résistance. Ils ignoraient les massacres du boulevard, la terreur qui régnait dans Paris. « Encore quelques journées d'une vie pareille, — disaient-ils, — et les soldats seront sur les dents. »

Sacrovir, Duchesne, Colombau, pénétrés de cette foi robuste, qui — dit l'Evangile — déplace les montagnes, mais obstrue les cerveaux, la communiquaient à tous ceux qui les approchaient.

Paul, qui préférait tirer des coups de fusil que poser des pavés les uns sur les autres, aidait néanmoins ses amis de son mieux, c'est-à-dire assez mal, ce qui amusait Colombau.

En dehors de l'excitation, de l'emportement de la lutte, le peintre se laissait aller à ses pensées. Il songeait à Hélène, à son père adoptif, que peut-être il ne reverrait plus. Il se demandait anxieusement quelle était cette heureuse nouvelle que celui-ci n'avait pas eu le temps de lui apprendre.

Il songeait aussi au guet-apens dont il avait failli être victime, à la femme inconnue qui l'avait délivré.

Par moment, il regrettait presque d'avoir combattu avec ses amis, se disait que la résistance était vaine, qu'il avait tort de continuer à rester avec eux. L'image de James Dilson se dressait devant lui ; il croyait voir, comme s'il était présent, ce personnage implacable et sinistre, à la haute taille, aux lèvres minces, au visage calme, au regard froid.

— Ah! le misérable! — murmurait-il. — C'est de ma main, de ma main seule qu'il doit périr.

Et il se rappelait le proverbe indou :

— Qui tue le lion en mange. Qui ne le tue pas en est mangé.

Mais le devoir le retenait, le clouait devant cette barricade qu'il prévoyait être inutile et qui continuait à s'élever rapidement.

Il avait été jusqu'alors assez tiède en politique; son art et surtout, en dernier lieu, son amour pour Hélène le préoccupaient beaucoup plus que les complots de l'Elysée, les bavardages du Palais-Bourbon, et les rodomontades des Burgraves. Mais il sentait que, mêlé au mouvement, ce n'était pas le moment d'abandonner la lutte.

— Je ne puis ni ne dois quitter ce poste qui va devenir périlleux, — disait-il, — non plus que mes amis et les citoyens héroïques qui sacrifient leur vie pour la défense du droit. Il m'est interdit de m'occuper de mes griefs personnels quand la République est en danger.

Des voix enfantines l'arrachèrent à ses réflexions, à ce flot de pensées contradictoires : le sentiment de son devoir et celui de satisfaire sa vengeance.

Des enfants arrivaient en courant et criant :

— Les voici ! Les voici ! La troupe !

C'était le 19e régiment de ligne qui, prévenu par des boutiquiers qu'une barricade s'élevait, s'avançait au pas de course sur ce nouveau point de résistance, afin d'en déloger les insurgés avant qu'ils n'aient eu le temps de se retrancher solidement.

Ce fut l'affaire de quelques minutes. Les républicains non encore couverts reçurent, en pleine poitrine, la première décharge. Beaucoup tombèrent foudroyés ; la troupe escalada l'obstacle de pierres, achevant les blessés à coups de baïonnettes.

La nuit, heureusement, protégea la fuite des autres. Dans le « sauve qui peut », Sacrovir, Duchesne, Paul Barrel et Colombau se trouvèrent ensemble et indemnes.

— Ça va bien, — dit Sacrovir, — la mort n'a pas encore voulu de nous. Vivons donc pour combattre ! Vive Marianne !

— Vive Marianne ! — répétèrent les autres.

A un tournant de rue, ils se heurtèrent à un torrent de combattants qui fuyaient, la baïonnette aux reins, devant un peloton de soldats furieux, et furent entraînés dans cette débâcle.

Le typographe, courant près de Paul, lui dit :

— Nous sommes flambés si nous restons tous ensemble.

Ils passaient devant une ruelle sombre, au fond de laquelle brillait une lueur.

Colombau s'y engouffra, criant à Paul :

— Suivez-moi !

Mais, soit qu'il n'eût pas entendu, soit plutôt qu'il n'eût pu se dégager à temps du groupe épais des fuyards, le peintre continua de poursuivre avec eux cette course pour la vie.

Colombau atteignit donc seul le fond de la

ruelle. Pas d'issue. Il se blottit contre une porte.

La lueur aperçue sortait, par un assez large soupirail, d'un sous-sol d'où montait en même temps une bonne odeur de pain chaud qui chatouilla agréablement les narines de Colombau, à jeun depuis le matin.

Il écouta un instant, immobile, essoufflé, les pas précipités des fugitifs et des soldats, puis le bruit s'étant éloigné, il se hasarda jusqu'à s'approcher du soupirail, grave imprudence car il se trouvait ainsi dans le rectangle lumineux et pouvait être aperçu de l'extrémité de la ruelle.

Il se pencha et vit une femme qui jetait, à pleines brassées, du bois dans un four.

Elle se hâtait, soufflait et devait être de fort mauvaise humeur, car, dans le silence ambiant, il l'entendait grommeler, et tout à coup après avoir consulté une grosse montre d'argent accrochée à la muraille, près d'un pantalon et d'un bourgeron, elle donna, à haute voix, libre cours à ses lamentations :

— Si c'est Dieu possible ! Il ne reviendra donc pas, ce vieil empoté... Il ne reviendra pas et me laisse sur le dos toute la besogne... Si seulement il recevait un bon atout, quelque horion sur le nez, ça lui apprendrait à se mêler de ce qui ne le regarde pas... Ah ! mais non ! Je serais encore obligée de le soigner, ce vieux cornard... Je me charge de l'arranger moi-même !

— Bon ! — se dit Colombau. — Voilà un vieux qui va passer un mauvais quart d'heure avec cette luronne, quelque horrible mégère !

On ne peut pas s'écrier comme notre grand Hugo :

> Madame, autour de vous tant de grâce étincelle,
> Votre chant est si pur.....

Mais il se trompait dans cette dernière appréciation : quand la femme se tourna de son côté, il fut agréablement surpris de voir une belle commère, pleine de force et de santé, aux yeux brillants, aux joues colorées, aux lèvres charnues, aux appas rebondis s'accusant en suggestives protubérances sur son jupon et son corsage déboutonné.

— Oh ! oh ! — se dit Colombau — la belle créature ! J'aimerais mieux qu'elle tombe dans mon lit que le tonnerre.

Il s'oubliait dans la contemplation de la grosse boulangère, humant en même temps le fumet des miches nouvellement retirées, subissant à la fois une double tentation, lorsque l'objet de son admiration l'aperçut tout à coup.

Au même moment, éclatait une fusillade assez vive, venant de la chaussée sur laquelle débouchait l'impasse, puis on entendit des pas précipités.

— Une nouvelle chasse aux insurgés — se dit Colombau — Si les culs rouges viennent par ici, cette fois, je n'y réchapperai pas.

Alors, se penchant vers le soupirail, il appela :

— Madame ! Madame !

Elle le regardait un peu effarée, mais prête à la riposte.

— Qu'est ce que vous voulez ?

— Ne craignez rien, Madame, je suis un pauvre diable d'ouvrier typographe... et je viens de faire le coup de feu sur les barricades... Nous avons été mitraillés et j'en ai réchappé avec quelques camarades. Seulement, v'là les soldats qui rappliquent, et s'ils me trouvent, mon affaire est faite.

— Ah ! pauvre garçon ! — répliqua la boulangère qui n'apercevait que vaguement le visage de celui qui l'interpellait, mais qui se montrait sensible au son d'une voix sympathique.

— Ouvrez, Madame... le temps seulement de laisser filer la troupe.

Elle décrocha une lampe à réflecteur qui éclairait la cave et en projeta la lueur sur le visage de Colombau. Après un examen rapide, examen sans nul doute favorable, elle dit simplement :

— Je viens.

Quelques secondes après, la porte contre laquelle le typographe s'était blotti d'abord s'entr'ouvrit, lui laissant juste la place pour passer, et la boulangère lui dit à voix basse :

— Entrez vite. Ne faites pas de bruit.

On était dans l'obscurité, elle referma soigneusement la porte, puis lui prit le poignet et le guida dans le corridor.

Il était temps.

Le bruit de pas devenait plus distinct. Un groupe d'insurgés en fuite, dans leur affolement et leur ignorance du quartier, s'engageaient imprudemment dans cette impasse.

Peut-être aussi comptaient-ils pénétrer dans un chantier qui avait deux sorties, l'une dans l'impasse et l'autre dans la rue parallèle. Quelques-uns, en effet, les plus agiles, escaladèrent la muraille à hauteur d'homme et disparurent. Les autres se réfugièrent où ils purent, cherchant asile dans les maisons. Ceux auxquels on refusa l'entrée furent fusillés sur place.

— Je vais toujours fermer le soupirail — dit la boulangère quand tous deux furent arrivés dans le fournil, — la vitre est dépolie, l'on ne vous verra pas.

— Ah ! merci, Madame, merci mille fois — dit Colombau — Vous me sauvez la vie.

— Eh bien, j'en suis contente... car vous avez l'air d'un brave garçon.

Elle l'examinait en silence et tout à coup s'écria :

— Mon Dieu ! Comme vous voilà ficelé ! Sûr, on jurerait que vous venez de faire un mauvais coup.

— Dame ! Je viens de faire le coup de feu... Et, depuis ce matin, ça chauffe... Et — ajouta-t il — j'ai l'estomac creux.

— Ah ! idiote que je suis, et moi qui ne vous offre rien !

Elle courut à un placard en tira une bouteille de vin, un morceau de viande froide, alla chercher une miche et plaça le tout sur un coin de table devant Colombau :

— Asseyez-vous et mangez.

Le typographe ne se fit pas répéter l'invitation et commença à entamer les morceaux avec un entrain qui faisait sourire de plaisir la boulangère.

— A la bonne heure — dit-elle — les coups de fusil ne vous coupent pas l'appétit, à vous ! Vous êtes brave !

Puis, elle ajouta comme se parlant à elle-même :

— Ils sont fous, ces jeunes gens. N'y a pas de bon sens de risquer à se faire trouer la peau pour cette fichue politique de malheur. La belle avance. C'est toujours Blanc bonnet ou Bonnet blanc. Que ce soit un monarque, un président ou Marianne, les farceurs qui ont bon bec se partageront toujours le rôti et le pauvre portera toujours la besace en se calant les joues avec des morceaux de brique. Ah ! bon Dieu de bon Dieu ! Mais allez donc faire comprendre ça à ces écervelés... C'est égal, ça prouve qu'ils ont du cœur, et c'est pas mon cornard qui risquerait seulement le petit bout du doigt pour ses opinions !... Est-ce qu'il en a seulement des opinions !... Pourvu qu'il se dorlote et s'emplisse la panse, le reste lui est bien égal... Vieux lâche ! Mais où peut-il être, ce salaud-là ?

— Paraît que t'es pas bien dans les papiers de la bourgeoise, vieux père ! — se dit Colombau.

— Vous avez fini ?

— Oui, madame. Merci bien, je suis lesté... et prêt à recommencer le branle.

— Gardez-vous en bien. Tenez, v'là des coups de fusil qui pètent dans la ruelle. Oh ! miséricorde !

— Ils viennent !

— Si jamais ils s'avisaient d'entrer ici, vous seriez pris. Qu'est-ce que je vais faire de vous, bon sang de sort ! Où vous cacher ? Ils fouillent partout.

— S'ils frappent à la porte, on les laissera frapper.

— Ah ! vous croyez ça, vous ! Chez le marchand de vin qui demeure sur le devant, ils ont enfoncé la porte ce matin et tout cassé dans la boîte parce qu'il hésitait à ouvrir... et sans l'officier on l'aurait lardé de coups de baïonnettes... Mais vous ne pouvez rester comme ça.... Vite mettez-vous en tenue de travail.

— En tenue de travail ? — répéta interrogativement le typographe.

— De mitron, quoi ! Otez votre blouse et fichez-là au feu, vous n'y perdrez pas grand chose.

Dans le four, le feu flamblait illuminant d'un éclat joyeux la pièce, éclairant le pétrin, les pelles, les rondeaux, les sacs de farine alignés contre le mur en double rangée, une table chargée de pains fumants et des paniers de toutes dimensions.

Colombau obéit, retira sa blouse qui s'en allait par morceaux et la fit disparaître dans le brasier.

— La chemise ? — dit la femme.

Il enleva la chemise, elle la prit, la retourna en tous sens.

— Elle est en meilleur état que la blouse — dit-elle. — Mais voyez, toute noire de poudre aux poignets. Vous ne pouvez garder cela ! Allez ! au four !

Le geste suivit la parole, et Colombau stupéfait, suivit d'un œil un peu chagrin les girandoles de flammes qui enveloppaient déjà, avec de petits pétillements, le vêtement intime que la pudeur défend aux chastes anglaises de jamais nommer.

— Sapristi ! — s'exclama-t-il — ma pauvre limace ! Elle était presque neuve.

Elle le regardait en riant :

— Votre peau vaut mieux que votre limace — dit-elle. — Il faut sacrifier l'une pour garder l'autre.

La bouche ardente du four éclairait en plein le torse du combattant, qui formait, par sa blancheur, un étrange contraste avec ses mains et son visage, noircis.

Il vit ses mains et dit :

— Je ferais peut-être bien de me les laver, ainsi que le museau.

Les coups de crosse se rapprochaient. Il n'y avait plus à en douter, les soldats fouillaient les maisons une à une.

— Vous n'en avez pas le temps — répondit-elle — barbouillez-vous de farine... Au pétrin ! Vite au pétrin !

— Mais, j'ai les pattes toutes noires — crut devoir faire observer le typographe.

— Justement, ça les lavera.

— Mais le pain ?

— Le pain... Ah ! ah ! Il en voit bien d'autres, le pain !

La huche était garnie de farine. A côté, se trouvaient des brocs remplis d'eau. Colombau les vida sur la farine et, sous prétexte de la délayer, procéda à un consciencieux nettoyage de ses mains.

— Brassez, maintenant — dit la boulangère

— comme ça, tenez... comme ça.., Ça va bien. Vous n'êtes pas trop gâte-pâte. Vous feriez un bon mitron.

Elle s'était reculée, le regardant faire :

— Ils vous prendront pour mon mari, c'est sûr !

Mais, tout à coup, elle s'écria :

— Ah ! non ! ah ! non ! Ça ne peut pas rester comme ça... Vous seriez frit, mon pauvre garçon.

— Quoi donc ? Est-ce que je n'ai pas l'air d'un vrai mitron ? Est-ce qu'il y a encore quelque chose à enlever ?

— Oui, et vivement ! Votre pantalon !

— Mon grimpant ?

— Malheureux ! Ne voyez-vous pas qu'il est noir de poudre... Et du sang ! Vous avez du sang ! Bon Dieu ! Là ! là !...

— C'est pourtant vrai.

— Je ne tiens pas à ce qu'on dise que je cache des insurgés et à vous voir fusiller devant moi. Bien, merci !

— Madame, ne vous fâchez pas, je vous prie, répondit Colombau. — Ça n'en vaut pas la peine. Pour vous faire plaisir, je vais la retirer, ma culotte.

Si ça ne vous gêne pas, ça ne me gêne pas non plus... Mais alors, qu'est-ce qui va me rester, si vous la jetez aussi dans le four ? Je vais donc manipuler dans le costume d'Adam ?

— Pour sûr qu'elle va y aller... dans le four. Et vivement !

— Voilà, Madame.

— Tenez, mettez ça à la place.

Elle avait décroché le pantalon suspendu à la muraille et, d'une main leste, lançait celui de Colombau dans le feu.

— C'est égal, mon pauvre garçon — ajouta-t-elle, tandis que le typographe se hâtait pudiquement de voiler sa nudité — sans caleçon, vous ne devez pas avoir chaud, par ce temps de décembre.

— Je n'avais pas trop chaud ce matin, mais, actuellement, je brûle... D'ailleurs, quand on se tire le plumet, on ne pense pas au froid.

— Puis, vous êtes un garçon solide et bien bâti. Pristi ! quels muscles ! On peut dire que vous êtes membré, vous !

— Le fait est, que je ne crains pas mon homme.

— Ça se voit ! Quand j'ai aperçu le sang sur votre pantalon, j'ai craint que ce ne soit le vôtre. Il n'en est rien, heureusement.

— Non. C'est le sang d'un camarade qui a écopé juste à côté de moi. J'ai la chance d'être intact.

— J'en suis bien contente.

— Et moi, donc ! — fit Colombau.

— Les voici ! Au pétrin ! Au pétrin !

Les soldats lancés à la poursuite d'insurgés, s'avançaient rapidement. Ils étaient tous plus ou moins ivres de vin ou d'eau-de-vie, probablement des deux à la fois, frappant aux portes, se faisant ouvrir, sommant les locataires d'éclairer.

On ouvrait les portes, les fenêtres, on posait sur le rebord des croisées une ou plusieurs bougies allumées, de sorte que la ruelle s'éclairait comme aux nuits festivales.

Terrible nuit où, en guise de pétards, des balles partaient.

La boulangerie occupait, nous l'avons dit, le fond de l'impasse, qui s'emplissait du tapage des troupiers. Ils étaient une dizaine à peine, détachés du gros de la troupe, commandés par un sergent, mais on eût cru à une compagnie entière, tant ils faisaient de vacarme.

Indépendamment des coups de crosse qui ébranlaient les portes, ils cassaient les carreaux, chantaient, criaient, hurlaient, insultaient ceux ou celles qui, pour leur obéir, éclairaient les fenêtres et les couchaient en joue s'amusant de leurs faces effrayées.

— Pourvu qu'il ne leur prenne pas la fantaisie de nous tirer dessus par le soupirail, histoire de rigoler — pensait Colombau inquiet, barbottant dans sa huche, et s'éclaboussant de pâte.

La boulangère l'avait quitté un instant pour passer dans une seconde cave d'où elle ressortit avec une corbeille pleine de petits pains au lait, destinés à l'approvisionnement matinal des clients.

Déjà les soldats heurtaient la porte, et presque en même temps la vitre du soupirail fut crevée d'un coup de pied ou de crosse.

On vit Colombau qui brassait avec ardeur et la femme, à côté du four, occupée à en retirer la braise à l'aide d'un rabot.

Au bruit de la vitre cassée, elle s'était retournée et aperçut les faces des soldats qui, eux-mêmes, plongeaient leurs regards curieux dans la manutention.

— V'là deux particuliers qui ne songent pas à faire des barricades ! — dit l'un, tandis que le sergent ajoutait :

— Eh ! la grosse mère, pas de rouges ici ?

— Il n'y a de rouge que le four qui chauffe — répliqua-t-elle.

— Blaguez pas. Vous ne cachez pas d'insurgés dans vos sacs ?

— Pas le poil d'un.

— Ah ! c'est une luronne ! — s'exclamèrent les soldats, charmés de la réponse. — Elle n'a pas l'air d'avoir froid aux yeux.

— Et elle ne met pas ses appâts dans sa poche.

— Pristi ! quels bossoirs !

— Et quel arrière-train !

— Je demande à m'y atteler.

Il y eut, pendant quelques instants, un échange de ces aimables drôleries qui courent les casernes, puis ils remarquèrent la corbeille aux petits pains.

— Hé! la petite mère, faites donc passer un peu ces brioches de couturière, à seule fin de savoir si votre farine est bonne.

— A votre service — répliqua-t-elle. — J'attendais votre visite. Je les ai faites exprès pour vous. Mais comment que je vas vous donner ça ?

Le moyen fut vite trouvé.

— Enfilez-nous ça dans nos baïonnettes — dirent-ils.

Ils tendirent leurs fusils et la boulangère, au risque de se faire blesser ou éborgner par les maladroits, enfila lestement tous ses petits pains.

— Pas de tord-boyau ?

— Si, j'ai encore un vieux litron.

Et, montant sur une chaise, elle tendit une bouteille d'eau-de-vie aux soldats.

— Merci, la petite mère, on y reviendra.

— Vous marquerez ça sur le compte du Président de la République. C'est lui qui casque.

— C'est bien la moindre des choses pour le service que vous lui rendez... Mais je lui en fais grâce et à vous aussi.

Ils s'éloignèrent en riant.

— Pour une maîtresse femme, c'est une maîtresse femme — se disait Colombau émerveillé.

On n'avait, pour ainsi dire, fait nulle attention à lui. Le dos tourné, le corps plié en deux, le nez dans le pétrin, il faisait de grands mouvements, n'oubliant pas le *han* traditionnel, et imitant de son mieux le manège d'un garçon boulanger travaillant la pâte.

Si quelque mitron se fut trouvé dans le groupe de soldats, il eut certainement reconnu la fraude, au cas où les libations lui eussent laissé assez de clairvoyance, mais il ne s'en trouva pas, et tous les yeux se braquaient sur la boulangère.

Le faux mitron ne s'arrêta que pour reprendre haleine et essuyer d'un revers de main la sueur de son front qu'il lança d'un beau geste dans le pétrin.

Quand les pas des soldats ne retentirent plus que dans le lointain et qu'il fut bien certain qu'aucun œil indiscret ne le guettait par la lucarne brisée, Colombau suspendit sa besogne, et constata avec satisfaction que ses mains étaient proprement décrassées.

Pas la moindre trace de poudre. Les ongles étaient nets comme ceux d'une petite maîtresse.

— Si mon vieux avait assisté à la distribution de ses petits pains, il en aurait eu un coin de bouché.

Colombau se retourna. La boulangère, derrière lui, le regardait les yeux brillants.

— Eh ben! Vous v'là sauvé!

— Grâce à vous, madame... Ah! comment vous remercier ?

— Bah! ne vous tourmentez pas. Nous réfléchirons à ça. A c'te heure, vous allez vous laver la frimousse et vous rendre propre comme un sou neuf. Vous êtes beau garçon comme çà, mais un coup de torchon ne vous nuira pas. Je vais vous apporter de l'eau chaude, mais passez dans la chambre à côté, que les curieux ne vous reluquent pas. On est médisant comme tout dans ce bout de ruelle.

Colombau obéit et s'assit sur un sac de farine en attendant l'eau chaude.

— Drôle de gaillarde, mais quelle brave femme! — pensait-il. — Elle doit avoir le diable au corps comme la belle madame Plumereau, et son époux doit en voir de dures et en porter de raides... Mais j'aime mieux celle-ci, elle est plus nature. Si tu ne t'abuses, apprête-toi, ami Colombau, à passer un agréable moment. Il y a longtemps que tu n'en as passé, mon pauvre camarade, d'agréables moments, et s'il en rencontre d'agréables, le fils de la mère peut se vanter de n'avoir pas volé la chance qui les lui amène!... Mais avec tout ça, te voici sans effets; ni chemise, ni blouse, avec un simple grimpant trop large pour cacher ta nudité! Et encore, il n'est pas à toi, le grimpant; il doit appartenir à l'honorable cornard propriétaire de la belle boulangère... Pourvu qu'il ne s'avise pas de rappliquer. C'est ça qui serait embêtant!... C'est égal, je ne serais pas fâché de savoir comment va se terminer l'aventure.

Pendant ce monologue, la boulangère avait fait chauffer une quantité d'eau suffisante pour en remplir un seau qu'elle plaça devant son hôte avec du savon et des serviettes.

— Vite, débarbouillez-vous... Quand vous aurez fini, vous m'appellerez.

— Oh! Madame! Vous ne me gênez pas ! — dit Colombau.

Elle sortit néanmoins malgré cette invite et le typographe l'entendit ouvrir la porte du fournil et sortir.

— Où diable va-t-elle ? — se demanda-t-il. — Est-ce qu'elle aurait entendu son cornard rappliquer ?

Il prêta l'oreille un instant, mais aucun bruit suspect ne venait; alors il se livra à une ablution des plus complètes, tout en continuant à monologuer.

— Faut lui rendre ses politesses à cette dame. Colombau, mon ami, prépare-toi à te montrer galant, dans la mesure de tes moyens... Sapristi! Et la petite Adèle ? Qu'est-ce qu'elle dirait la mignonne Adèle Plumereau si elle était témoin de ce qui va se passer tout à l'heure... Mais la petite Adèle est loin, et la grosse boulangère est près ; la petite Adèle est timide et sage et la grosse boulangère ne pèche pas par ces deux qualités, puis comme dit cet autre : « Un tient vaut mieux que deux tu l'auras. »

— Eh bien ! Est-ce fini ? — demanda la maîtresse de céans qui surgit tout à coup au moment où il s'essuyait avec vigueur.

— Fini, Madame ! Je n'ai plus qu'à mettre ma culotte, vous voyez... pardon, la culotte que vous m'avez prêtée...

Ce disant, il l'enfilait rapidement.

— Elle est un peu large... On ne peut pas dire que son propriétaire possède une taille de guêpe, mais avec une ceinture, ou en la retenant de chaque main, on pourra marcher...

— Nous n'avons pas à aller loin. Endossez ce bourgeron... Dépêchez.

— Voilà ! Ça y est. Il est un peu large aussi.

— C'est seulement pour monter l'escalier et traverser le corridor — dit la boulangère. — On vous trouvera là-haut quelque chose de mieux.

— Où me conduisez-vous ?

— Venez. Avez-vous peur ?

Colombau n'avait peur que d'une chose, c'est que le mari n'arrivât avant qu'il n'ait eu le temps de témoigner à son hôtesse sa reconnaissance.

Mais encore une fois le sort le favorisa.

Dans la chambre où elle le fit entrer, il trouva un bon feu flamboyant joyeusement dans l'âtre, sur une petite table une légère, mais réconfortante collation, enfin, comme dans la fable de Lafontaine, dont se remémorait la pauvre princesse Souvarine,

Bon repas, bon gîte et... le reste.

C'est « au reste » qu'il courut d'abord murmurant en prose vite, ce qu'un dilettante plus délicat, mais moins pressé, eut exprimé en vers :

Vite épuisons les calices
Des furtives voluptés
La mort est là qui nous guette
Sur nos membres contractés.

CHAPITRE LIV

La dernière barricade. — Jeanty Sarre et Denis Dussoubs. — Mort héroïque. — Conversation ultérieure de Napoléon et de Mac-Mahon sur le coup d'État.

A peu près à l'heure où Colombau donnait à la boulangère des preuves réitérées de sa reconnaissance, une soixantaine de combattants se réunissaient dans la rue Montorgueil.

Ils avaient appris le massacre des boulevards et concevaient la folle espérance que la population de Paris indignée se soulèverait comme un seul homme en poussant des cris de vengeance.

Cette poignée de républicains s'étaient d'ailleurs jurés de ne pas survivre à la ruine de la République et de mourir les armes à la main.

Ils avaient avec eux des munitions suffisantes pour soutenir pendant une heure ou deux les attaques de la troupe.

Ils construisirent leur barricade à l'angle que forment les rues du Cadran et du Petit-Carreau et en relevèrent une seconde emportée la veille au point de jonction de la rue Petit-Carreau avec la rue de Cléry, de sorte qu'ils se trouvaient maîtres de la rue Montorgueil.

Jeanty Sarre, républicain éprouvé et chef expérimenté, qui avait combattu toute la journée dans le quartier, commandait cette importante position.

Il plaça, sur différents points, dans les rues avoisinantes, des sentinelles et des postes avancés, destinés à annoncer l'approche de la troupe et lui opposer une première résistance; il installa aussi une ambulance et, avec le restant de son monde, entre les deux barricades de la rue du Petit-Carreau, il attendit les événements.

Dans l'*Histoire d'un Crime*, Victor-Hugo a raconté, tout au long, ce dernier effort des républicains contre le coup d'Etat, et comme sa personnalité n'y est pas en jeu, l'on peut supposer qu'il n'y a pas mis de partialité.

Nous pouvons donc suivre son récit en le résumant :

Vers neuf heures et demie du soir, un homme arriva à la barricade, près de laquelle se trouvait Jeanty Sarre et voici, d'après le poète des *Châtiments*, le curieux dialogue qui s'établit entre le chef des insurgés et le nouveau venu :

« — Bonjour Denis — lui dit Jeanty Sarre.

« — Appelle-moi Gaston — répondit l'homme qui arrivait.

« — Pourquoi ça ?

« — Parce que.

« — Est-ce que tu es ton frère?

« — Oui, je suis mon frère aujourd'hui.

« — Soit. Bonjour, Gaston. »

Ils s'étreignirent.

C'était, en effet, Denis Dussoubs. Nous avons vu qu'il s'était battu dans le faubourg Saint-Martin et avait manqué d'y être tué.

« Comment — dit Victor-Hugo — était-il parvenu à la barricade du Petit Carreau ? Il n'eût pu le dire. Il avait marché devant lui. Il s'était glissé de rue en rue. Le sort prend les prédestinés par la main et les conduit droit au but dans les ténèbres. »

Au moment où il était arrivé près de la barricade, on avait crié :

— Qui vive ?

Il avait répondu :

— La République !

Quand on le vit causer à Jeanty Sarre, on demanda à ce dernier :

— Qui est-ce ?

Jeanty Sarre répondit :

— C'est un homme !

« Et — dit Victor Hugo — il ajouta :

— Nous n'étions que soixante tout à l'heure, nous sommes cent maintenant.

« Tous se pressèrent autour du nouveau venu. Jeanty Sarre lui offrit le commandement.

« — Non — dit-il — il y a une tactique de barricade que je ne sais pas. Je serais mauvais chef, mais je suis bon soldat. Donnez-moi un fusil.

« On s'assit sur les pavés. On échangea le récit de ce qu'on avait fait. Denis leur raconta les combats du faubourg Saint-Martin, Jeanty Sarre dit à Denis les combats de la rue Saint-Denis.

« Pendant ce temps les généraux préparaient la dernière attaque... »

Le colonel de Courmel, commandant le 51e de ligne, envoya un bataillon contre ce nouveau foyer de résistance et, comme l'appelle Victor Hugo, cette dernière citadelle du peuple et du droit. Les premiers obstacles, quelques faibles amoncellement des pavés, dans la rue Montorgueil, insuffisamment défendue par une poignée d'hommes, furent promptement enlevés. Les soldats fusillèrent tous les prisonniers qu'ils firent.

Après avoir fouillé le passage du Saumon, le bataillon s'arrêta devant la principale barricade, rue du Petit-Carreau, à une soixantaine de mètres. Les républicains allaient tirer. Denis Dussoubs les en empêcha.

— Attendez — leur dit-il.

Laissons la parole à Victor Hugo.

« On vit alors une chose épique.

« Denis gravit lentement les pavés de la barricade, monta jusqu'au sommet, et s'y dressa debout, sans armes, tête nue.

« De là il éleva la voix, et, faisant face aux soldats, il leur cria :

« — Citoyens !

« Il y eut à ce mot une sorte de tressaillement électrique qu'on sentit d'une barricade à l'autre. Tous les bruits cessèrent, toutes les voix se turent ; il se fit des deux côtés un silence profond, religieux, solennel. A la lueur lointaine de quelques fenêtres illuminées, les soldats entrevoyaient vaguement un homme debout au-dessus d'un amas d'ombre, comme un fantôme qui leur parlait dans la nuit.

« Denis continua :

« — Citoyens de l'armée, écoutez-moi ! »

« Il se mit alors à haranguer la troupe, d'une voix forte, énergique, qu'on entendait au loin.

« Malheureux soldats, disait-il, vous ne tirerez pas sur nous, qui sommes des prolétaires comme vous.

« Vous devez être désespérés de ce que l'on vous a fait faire. Venez à nous. »

Il continua de la sorte pendant plus de vingt minutes, parlant du devoir, du respect à la loi, à la Constitution et conjurant la troupe de cesser les hostilités et de venir fraterniser avec les défenseurs de la barricade. Il ne se rendait pas compte qu'il s'adressait à des gens avinés, furieux, qui ne comprenaient rien à ce qu'il leur disait et qui le trouvaient profondément grotesque, alors qu'en réalité il était héroïque.

L'officier qui commandait, ému de la généreuse ardeur qui animait ses gestes, ses paroles, l'écouta sans l'interrompre et voulut le préserver du sort de Baudin. Il essaya de lui montrer toute l'inutilité de la résistance en face de forces supérieures.

C'est en ce moment que, d'après Victor Hugo, une voix aurait crié : « Avance à l'ordre. »

« Alors on le vit descendre lentement, pavé à pavé, de la crête vaguement éclairée de la barricade et s'enfoncer la tête haute dans la rue ténébreuse.

« De la barricade, on le suivit des yeux, avec une anxiété inexprimable. Les cœurs ne battaient plus, les bouches ne respiraient plus.

« Personne n'essaya de retenir Denis Dussoubs. Chacun sentit qu'il allait où il fallait qu'il allât.

« Au bout d'un certain temps, que personne n'a pu apprécier, tant l'émotion ôtait la pensée aux témoins de cette scène extraordinaire, une lueur apparut dans la barricade des soldats ; c'était probablement une lanterne qu'on apportait ou qu'on replaçait. On revit Dussoubs à cette clarté, il était tout près de la barricade, il allait y atteindre, il y marchait les bras ouverts comme le Christ.

« Tout à coup le commandement : feu ! se fit entendre. Une fusillade éclata.

« Ils avaient tiré sur Dussoubs à bout portant.

« Dussoubs tomba.

« Puis il se releva et cria : Vive la République !

« Une nouvelle balle le frappa, il retomba. Puis on le vit se relever encore une fois, et on l'entendit crier d'une voix forte : Je meurs avec la République.

« Ce fut sa dernière parole.

« Ainsi mourut Denis Dussoubs.

« Ce n'était pas en vain qu'il avait dit à son frère : ton écharpe y sera.

Denis Dussoubs. *Mort pour la République.*

« Il voulut que cette écharpe fît son devoir. Il décréta au fond de sa grande âme que cette écharpe triompherait, soit par la loi, soit par la mort.

« C'est-à-dire que dans le premier cas, elle sauverait le droit, et dans le second cas, l'honneur.

« Il put en expirant se dire : j'ai réussi.

« Des deux triomphes possibles qu'il avait rêvés, le triomphe sombre n'est pas le moins beau.

« L'insurgé de l'Elysée crut avoir tué un représentant du peuple et s'en vanta. L'unique journal, publié par le coup d'Etat sous ces titres divers, *Patrie*, *Univers*, *Moniteur parisien*, etc., etc., annonça le lendemain, vendredi 5, que l'ex-représentant Dussoubs (Gaston) avait été tué à la barricade de la rue Neuve-Sainte-Eustache, et qu'il portait un drapeau rouge à la main. »

Il paraîtrait, Schœlcher l'affirme, qu'aucun commandement ne fut donné et que les soldats tirèrent d'eux-mêmes.

En voyant tomber le vaillant jeune homme, les républicains ouvrirent le feu. La troupe s'élança au pas de course et une lutte terrible s'engagea, dont l'issue ne pouvait être douteuse. Elle fut courte et sanglante. C'est là, ont relaté les historiographes du coup d'Etat, que furent relevés le plus de cadavres recouverts de vêtements fins.

Denis Dussoubs — écrivit Victor Schœlcher — avait depuis longtemps souffert pour la cause du bien. Autrefois membre de la *Société des familles* et de la *Société des Saisons*, où figuraient Barbès et Martin Bernard, il avait pris part, contre le gouvernement de juillet, aux luttes que chacun sait ; disciple de Pierre Leroux, il avait prêché partout avec enthousiasme la foi démocratique ; victime de la réaction qui sapait la République après l'avoir acclamée, il avait été condamné à la suite des événements de 1848. Il sortait de Belle-Isle depuis six mois à peine au moment du guet-apens du 2 décembre. Le septicisme des masses l'affecta profondément et il conçut le dessein de donner au prix de sa vie un exemple éclatant de protestation. Plusieurs fois, dans la journée du 4, ses amis l'entendirent répéter, d'un air grave et pensif : « Il faut faire quelque chose ; il faut faire quelque chose ! »

Après ce qu'il avait vu depuis deux jours, après ce qui venait de se passer sous ses yeux faubourg Saint-Martin, où les bras manquèrent aux fusils, Denis Dussoubs ne gardait plus d'espérance dans le succès de la bataille, mais il avait résolu de porter jusqu'à la mort le devoir de la résistance.

Il allait au combat comme un drapeau, car, blessé à la main droite quelques jours auparavant, il ne lui était pas possible de tenir une arme..... Un sentiment tout spiritualiste le poussait vers un beau trépas.

Avec son bras impuissant, son cœur indomptable et son écharpe qui le désignait aux coups de l'ennemi, ce jeune homme était comme la protestation vivante du droit contre la force brutale.

Sa mort héroïque couronne une vie d'apostolat... Ses amis firent de longues, de pénibles, d'infatigables recherches pour avoir son corps, et parvinrent à le trouver au cimetière des hospices où on l'avait porté après l'avoir déposé à la Morgue. Ils l'inhumèrent avec larmes et respect, sans avoir même la consolation de pouvoir écrire sur sa tombe :

« MORT POUR LA RÉPUBLIQUE ! »

. . . .

Terminons, pour compléter ces documents sur le coup d'Etat, par une intéressante conversation qui eut lieu une dizaine d'années après entre Napoléon III et le maréchal de Mac-Mahon, conversation rapportée dans les *Souvenirs* du général du Barrail :

« L'Empereur accomplissait son voyage en Algérie. Il arrivait de Tlemcen à Oran, et par une belle soirée du mois de juin, il prenait le café en fumant sa cigarette, en compagnie du maréchal, du général Castelnau et du colonel Gresley, directeur général des affaires indigènes, sur la place du Gouvernement d'Oran : le Château-Neuf, ce magnifique spécimen de l'art architectural militaire des Espagnols au dix-septième siècle. Sous la voûte étoilée, caressés par les brises maritimes, ayant sous leurs yeux le plus splendide des panoramas : d'un côté, l'infini de la montagne et de l'autre l'infini de la mer, les quatre hommes causaient et les hasards de la conversation avaient amené l'Empereur à parler du devoir. « Oh ! le devoir, « dit le maréchal, un soldat sait toujours où il « est. » Puis, l'œil perdu, comme dans la rêverie d'un souvenir, il ajouta :

« — Une fois, cependant, j'ai ignoré véritablement de quel côté il se trouvait.

« — Comment cela et à quel propos ? demanda l'Empereur.

« — Eh, mon Dieu ! Sire, au coup d'Etat. J'étais ici, dans ce palais. Je commandais provisoirement la division d'Oran, en l'absence du général Pélissier, qui remplissait par intérim les fonctions de gouverneur général. Un soir de décembre, le courrier d'Alger m'apporta les instructions du gouverneur. Il s'agissait de faire reconnaître le coup d'Etat par les différentes troupes stationnées dans ma province. J'appelai mon chef d'état-major, le colonel de Beaufort, l'ancien aide de camp du duc d'Aumale, et je lui dis : « Voilà les instructions du gouverneur général. Vous n'avez qu'à les transmettre aux généraux, chefs de corps et chefs de service de la province. Quant à la garnison d'Oran, vous ferez établir ici, en bas, sur cette petite place qui se trouve entre votre maison et la porte d'entrée du fort, des tables avec des registres et vous donnerez des ordres pour qu'à partir de huit heures du matin, tous les corps de troupe et les employés de tous les services militaires viennent, successivement et sans interruption, déposer leur vote, en signant sur les registres. A droite, un registre pour les *oui*. A gauche, un registre pour les *non*. C'est compris ?

« — Parfaitement, mon général, mais vous-même, permettez-moi de vous demander comment vous voterez ?

« — Vous n'avez pas besoin de le savoir. Je voterai *non*, mais il est inutile de le dire. Il faut laisser chacun libre de voter comme il l'entend. » Le lendemain matin, à huit heures, j'étais ici, sur cette terrasse où nous sommes, appuyé sur cette balustrade que voilà, dominant du haut les tables et les registres, et très curieux de savoir quel usage allait faire la troupe du droit politique qui venait de lui être accordé. Je vis d'abord arriver le régiment d'infanterie. Parmi ses hommes, les uns votèrent *oui*, les autres votèrent *non*, mais manifestement, les *oui* étaient plus nombreux que les *non*. Puis, vinrent les zouaves. Ils votèrent presque tous *oui*. Après les zouaves, les cavaliers du 2e chasseurs d'Afrique. Ils votèrent tous *oui*. Après le 2e chasseurs d'Afrique, le détachement du génie. On y vota *non* en grande majorité. Ensuite l'artillerie, il y avait autant de *non* que de *oui*. Survinrent les zéphirs. Ils votèrent tous *non*. Enfin, les disciplinaires et les pionniers fermèrent la marche. Ils votèrent également tous *non*. Quand la cérémonie fut terminée, je vis accourir toute la racaille d'Oran, précédée de drapeaux et hurlant des chants démagogiques. Elle venait féliciter de leur indépendance et de leur courage les hommes qui avaient voté *non*. Alors je me dis: Comment ! toi, un bon soldat et un brave homme, tu irais voter avec ce qu'il y a de plus mauvais dans l'armée ! Tu mériterais les félicitations de cette populace ! Ce n'est pas possible. Je commençai par faire chasser les manifestants, et, enfin, contre mon sentiment intime, je descendis pour signer sur le registre des *oui*.

« L'Empereur avait écouté sans mot dire, cette confidence assez originale, exposée avec cet entrain et cette verve dont le maréchal était coutumier ; car il n'y avait pas d'homme plus spirituel et prime-sautier que lui, quand il n'était pas glacé par la présence des hommes politiques. Napoléon répondit lentement, selon son habitude :

« — Je vous comprends parfaitement et ce que vous venez de me dire ne m'étonne pas. Moi-même, je vous assure, je ne songeais pas du tout à faire ce coup d'Etat, qui m'a été en quelque sorte imposé par l'opinion publique. Tous les hommes politiques de l'époque venaient successivement pour me le conseiller. Chaque matin, je voyais arriver M. Thiers qui me faisait part de ses doléances : « Prince — me disait-il — cela ne peut pas durer plus longtemps. Il faut faire un coup d'Etat. » Et, au fond de sa pensée, les princes d'Orléans devaient profiter du conseil qu'il me donnait. Après M. Thiers, je voyais arriver le comte Molé, qui me tenait le même langage. Seulement, lui, c'était au comte de Chambord qu'il pensait. Alors, arrivait M. Odilon Barrot réclamant, lui aussi, un coup d'Etat, pour fortifier les institutions républicaines. Que vouliez-vous que je fisse? J'étais bien forcé de suivre un conseil qui m'était donné par tout le monde. Je me suis donc décidé au coup d'Etat. Seulement, au lieu de l'exécuter pour un prétendant quelconque et d'envenimer ainsi les divisions dont souffrait le pays, j'ai mis tout le monde d'accord en faisant le coup d'Etat à mon profit. Et vous voyez que j'ai eu raison, puisque l'immense majorité de la nation m'a approuvé. »

Cette déclaration ne rappelle-t-elle pas ces vers de La Fontaine :

Arrive un troisième larron
Qui saisit maître Aliboron.

Un mot de Jules Simon dont l'opinion en cette matière ne peut être suspecte, confirme les paroles que l'on vient de lire :

« Louis-Napoléon était le maître de la France. Tout le monde s'en apercevait, excepté les hommes d'Etat. Ce qui m'étonne c'est que sur sept millions et demi de votants, il n'ait eu que cinq millions et demi de suffrages. »

L'effroyable tragédie du boulevard n'en est donc que plus criminelle.

CHAPITRE LXV

Colombau habillé à neuf.— Retour du mari. — Scène conjugale. — Un nouveau venu. — La chambre d'à côté. Départ de Colombau.

Revenons à notre ami Colombau que nous avons laissé en tête-à-tête avec l'obligeante boulangère.

Il aurait cru manquer aux plus élémentaires convenances s'il ne s'était pas mis à la disposition de l'amoureuse et en somme très appétissante personne qui venait peut-être de lui sauver la vie et assurément le garer de la prison.

Il lui rendit donc ses devoirs le plus honnêtement du monde.

Elle fut charmée de la bonne volonté, de l'entrain du jeune homme et quand leur émotion mutuelle se fut calmée, elle alla dénicher sur le haut d'un placard une vieille bouteille de bourgogne, soigneusement dissimulée derrière des pots de confiture.

— En voici une que mon cornard ne connaît pas — dit-elle — et nous allons la boire à sa santé.

— C'est votre mari ? — demanda avec quelque hésitation l'honnête typographe un peu gêné de porter la santé de l'homme dont il prenait la femme et buvait le vin.

— Mais, oui... mon légitime époux ! Qui voulez-vous que ça soit ?

— Et... où est-il ?

— Où il est ? je n'en sais rien. Je me le demandais quand je vous ai vu. Mais je sais où il devait aller.

— Voir quelque petite maîtresse? — hasarda Colombau qui pensait que la jalousie de l'épouse outragée l'avait poussée à cette soudaine vengeance.

— Une maîtresse? Lui ! Allons donc !... Il est allé simplement moucharder.

— Comment, moucharder ?

— Oui, oui, je répète le mot : *moucharder*. Imaginez-vous que quelques jeunes fous comme vous se sont avisés ce matin d'élever une barricade sur le devant, juste en face de notre boutique... Les voilà qui se mettent à dépaver, qui posent des pierres les unes sur les autres, qui réclament des tonneaux vides dans les maisons voisines. Naturellement ils tombent chez nous et mon vieux n'a pas osé leur en refuser.

— « Nous sommes fichus ; qu'il me dit. C'est idiot, ces histoires là... Ça nuit au commerce... On va se battre dans la rue, une rue paisible, une rue de bons bourgeois. Ah ! les salauds de rouges. La troupe viendra. Nous recevrons des ricochets de balles. On nous chambardera tout. Et qu'est ce qui paiera ? Ce n'est pas le gouvernement ni ces brigands de républicains, pour sûr.

— « Et qu'est-ce que tu veux faire ? — répondis-je. — Il faut nous barricader aussi, voilà tout.

— « Nous barricader ? Et le commerce ? Ce que je veux faire ? Je le sais, ce que je veux faire. Je m'en vais prévenir le poste de police qu'on dépave la rue. Les perturbateurs ne sont encore qu'une vingtaine. Avant qu'ils n'aient fini leur barricade, la troupe les aura vite enlevés. »

— Ah ! c'est pas très chic, çà ! — fit Colombau.

— C'est justement ce que j'ai observé à mon homme : « C'est un métier de mouchard que tu fais là, et on dira partout que tu es un mouchard.

— « Pas du tout ; je suis un bourgeois ami de l'ordre, un commerçant qui ne veut pas être embêté par la crapule. »

— Ah ! il nous appelle crapules.

— Parfaitement ; et d'autres noms encore... Voleurs, assassins, partageux. Est-ce que je sais ? Et il est parti là dessus, sans que je puisse l'en empêcher. Un quart d'heure après une compagnie est arrivée au pas de course et en un clin d'œil a balayé la rue.

— Il y a eu du monde de tué ?

— Oui, du côté des insurgés. Ils ont laissé quatre ou cinq morts. Mais mon sale mari n'est pas revenu... On l'a peut être arrêté comme insurgé ; c'est bien fait pour lui.

La vilenie de ce boulanger qui s'était improvisé mouchard, par peur et par intérêt, enleva les derniers scrupules de Colombau qui vida gaiement la bouteille en riant de la plaisante mésaventure du délateur. L'épouse adultère fit chorus.

Elle vint s'asseoir sur les genoux de son convive, lui entoura le cou de ses bras charnus et lui fit mille caresses.

— Ah ! ton mari nous appelles crapules ! Tiens... tiens... je me venge. Cocu ! cocu ! cocu !

— Cocu ! cocu ! — répéta la femme.

Quand il se fut bien vengé, il constata qu'il n'avait pour tout vêtement que le pantalon de toile et le bourgeron dont la boulangère l'avait affublé.

— Diable ! — s'exclama-t-il — s'il venait maintenant, je ne me vois pas dans un état présentable.

— N'aie crainte. Il n'a pas de clef pour rentrer. Il faudra qu'il frappe, et pendant qu'il cognera je te logerai en lieu sûr... Attends je vais tout de même chercher des frusques.

Elle ouvrit le tiroir d'une commode, en sortit une chemise, un gilet de laine grise presque neuf, un pantalon de drap et un paletot.

— Mets vite cela, — dit-elle — ça vient du frère de mon vieux ! il était à peu près de ta taille, ça doit t'aller.

— Tu es bien bonne. J'accepte avec reconnaissance... Je te rapporterai cela aussitôt que je le pourrai.

— Bon, bon. Nous en parlerons une autre fois... quand tu reviendras me voir... car tu reviendras me voir, n'est-ce pas ?

— Certainement ! — fit Colombau.

— Dis-moi ton nom.

— Emile... Emile Colombau. Et toi ?

— Charlotte.

— Gentil nom — fit le typographe — mais j'aime mieux celui d'Adèle ajouta-t-il tout bas avec un soupir.

Il se vêtit à la hâte, éprouvant toutefois quelqu'embarras.

Ses scrupules d'honnête garçon le reprenaient. Emporter sur soi les effets du frère de l'homme qu'il venait de tromper, ne lui plaisait guère. Mais comment faire autrement ? Il ne pouvait quitter cette maison à moitié nu.

Quant à accepter le cadeau, car elle lui donnait à entendre qu'il n'avait nul besoin de rapporter ces effets, il aurait voulu en rejeter bien loin l'idée et cependant il était forcé de s'avouer que, dans l'occurrence, il n'en voyait guère le moyen, se trouvant sans sou ni maille, sans ouvrage et sans l'espoir d'en trouver d'ici quelque temps du moins. Il devait donc mettre de coté toute fierté, toute délicatesse et s'estimer trop heureux de la tournure qu'avaient pris les événements.

— Tu es beau comme un Saint-Georges — lui dit la boulangère quand, aidé par elle, il fut vêtu — et cela te va comme un gant. Si mon cornard arrivait en ce moment il croirait à la visite d'un envoyé du Président.

Elle riait d'un large rire qui faisait tressauter son opulente poitrine, lorsque l'on entendit frapper à la porte de la boutique.

— C'est lui ! — s'écria-t-elle — viens vite.

Prenant le typographe par la main, elle ouvrit une porte donnant sur un corridor, y poussa vivement le jeune homme, fit flamber une allumette et alluma une bougie placée sur une table de nuit à côté d'un lit. Colombau jeta un coup d'œil autour de lui, vit une commode, un lavado, une cheminée garnie d'une glace et d'une pendule, des rideaux blancs à une fenêtre, le tout paraissant fort propre.

— *Presto* ! — fit à voix basse la boulangère — déshabille-toi et fourre-toi dans le pieu, parce que je vais éteindre la lumière. Personne ne te dérangera. Tu peux dormir en paix.

Pendant que Colombau se hâtait d'obéir, l'on continuait à frapper au dehors, et une voix d'homme criait : « Charlotte ! Charlotte ! »

— Frappe toujours — murmura celle-ci. — Voici assez longtemps que je t'attends ; tu peux poser à ton tour, sale cocu !

— Il va enfoncer la porte — dit Colombau qui commençait à s'inquiéter.

— Pas de danger ! Il lui faudrait payer les réparations.

Le typographe pendant ce temps s'était déshabillé, car il obéissait à cette gaillarde sans se permettre une réflexion.

Elle éteignit aussitôt la lumière et il l'entendit sortir et fermer la porte à double tour.

— Allons bon ! Voilà qu'elle m'enferme à clef ! — dit-il. — Cela me contrarie.

Il sauta hors du lit, s'approcha à tâtons de la fenêtre, et constata qu'elle s'ouvrait facilement, ainsi que les volets. Il les entr'ouvrit et reconnut avec plaisir qu'il n'était que de quelques pieds au-dessus du sol.

— En cas de danger, je m'esquiverai par là — se dit-il.

Il alla ensuite coller son oreille près de la porte, car il entendait le bruit d'une violente dispute.

Cette voix de femme tout à l'heure si caressante subissait une transformation singulière. Des cris aigus de mégère en furie arrivaient à ses oreilles. Les mots de lâche, traître, coureur de jupes, fainéant et vieux bouc allaient à l'adresse du boulanger comme des paquets de boue.

L'épouse adultère se plaignait d'avoir été abandonnée par son misérable homme, exposée aux outrages des soldats ivres, en proie à de mortelles inquiétudes sur le sort d'un époux indigne d'elle, tandis que celui-ci allait satisfaire ses débauches.

Le vieux poltron protestait, essayait de se défendre, de donner des explications, mais immédiatement la voix aiguë de sa femme couvrait la sienne.

Cette comédie déplut à Colombau.

— Quel toupet ! — murmurait-il. — Elle en a un aplomb. Moi, à sa place, je me tairais.

Le typographe, on le voit, était aussi naïf sur l'art de connaître les femmes qu'il l'était en politique.

Il ignorait que le diapason de certaines femmes s'élève d'autant plus qu'elles se savent davantage dans leur tort.

Sans attendre la fin de la dispute, il alla se remettre au lit. Il commençait à s'endormir quand la porte s'ouvrit doucement et se referma de même ; et la boulangère s'en vint toute gaie et heureuse se frotter contre lui,

Dans le simple appareil
D'une beauté qu'on vient d'arracher au sommeil.

Colombau se serait bien passé de cette visite, mais en galant français qui sait les égards dus aux dames, il ne le fit point paraître.....

— Il ne se doute de rien ? demanda-t-il.

— Il est bien trop bête.

— Où est-il, maintenant ?

— Au pétrin. Ce n'est pas l'ouvrage qui manque. Notre mitron a disparu, et il faudra qu'il passe la nuit pour la fournée de demain matin.

— Mais s'il lui prenait fantaisie d'aller voir dans ta chambre et qu'il ne t'y trouvât pas ?

— Ma chambre ! Elle est fermée à clef. C'est toujours comme ça après les disputes. Je m'enferme, et il y est tellement habitué qu'il ne cogne même plus. Il va coucher près du four. Ah ! je l'ai dressé dans les bons principes. Il faut ça, n'est-ce pas donc ?

Colombau ne répondit pas. Il se disait que s'il avait pour femme une commère de ce genre, il la lâcherait après une semaine.

Mais telle femme, tel mari.

— Tiens, écoute.

Il prêta l'oreille et entendit le « han » que les boulangers laissent échapper de leur poitrine à intervalles égaux, lorsqu'ils travaillent leur pâte. Le bruit venait juste du dessous. Il le fit observer à la femme.

— Le lit est exactement au-dessus du pétrin — fit elle riant — n'est-ce pas amusant ? Pendant qu'il fait « han, han », redisons : « Cocu ! cocu ! » Il t'a appelé crapule. Venge-toi !

— Je me suis déjà vengé.

— Venge-toi encore... Répète : Cocu ! cocu !

— Cocu ! Cocu ! — répéta évasivement Colombau, que le cynisme de cette maîtresse de rencontre interloquait.

— Le plus drôle — continua-t-elle, après quelques minutes de silence — c'est qu'en revenant de moucharder, il a été arrêté et fourré au bloc avec force renfoncements. On a même failli le fusiller ; un peu plus j'étais veuve. C'est ça qui aurait été une veine !... Veuve... hein ? qu'en dis-tu, mon chéri ?

Colombau ne répondit pas ; la perspective du veuvage de la boulangère le laissait froid.

D'ailleurs, malgré l'étrangeté de sa situation, un sommeil invincible l'envahissait. Ses paupières se fermaient malgré lui ; il eût bien voulu être débarrassé maintenant de sa grosse compagne, qui nullement endormie ni lasse, ne cessait de bavarder à son oreille et de l'agacer.

« Ce serait ici le lieu de placer une belle dissertation — comme écrivait Théophile Gautier ; — pourquoi les femmes aiment plus après, et les hommes avant ? Je ne crois pas que cela tienne, comme elles le disent, à ce qu'elles ont l'âme plus élevée et les sentiments plus délicats. Un pauvre diable d'homme, qui a eu ce qu'on appelle une bonne fortune, est souvent un infortuné. Il y a une certaine amabilité qu'il est fort malaisé d'avoir à heure fixe, et c'est ce que les femmes ne veulent pas comprendre. Il est vrai qu'elles peuvent toujours être aimables, dans ce sens là, du moins... »

. Au lieu donc d'entonner l'air d'Orphée :

Oh ! que je t'aime ainsi, frémissante et pâmée
De feux discrets et doux mollement consumée,

l'honnête Colombau envoyait mentalement sa déshonnête maîtresse à tous les diables, mais il était dit qu'il ne dormirait pas beaucoup cette nuit là.

En effet, la porte d'entrée du corridor s'ouvrit tout à coup. Il y eut un bruit de pas et l'on entra dans la chambre voisine de celle où commençait à ronfler l'ouvrier typographe à côté de sa compagne dépitée.

Réveillé en sursaut avec une sorte de pressentiment funeste, un malaise précurseur de mauvaises nouvelles, il interrogea la boulangère qui s'était mise sur son séant.

— Ne t'inquiète pas — dit-elle. — Dors et ronfle puisque tu préfères dormir. Moi, je m'en vais.

— Mais qui est là, à côté. Il m'a semblé entendre un cliquetis de sabre.

— Tu ne t'es pas trompé — répondit-elle à voix basse — c'est un officier.

— Un officier ? Que vient-il faire ici ?

— Il rentre chez lui. La chambre où nous sommes et celle d'à côté sont des chambres garnies que nous louons. Une idée du vieux... Ça rapporte... Mais ne crains rien. Cet officier est un brave garçon. Il saurait que tu es ici, que tu es un insurgé, il ferait semblant de ne pas le savoir.

— Tu en es sûre ?

— Comme de moi-même. Il est gentil, mais coureur en diable. En voilà un porté pour la jupe ! Il introduit quelquefois des femmes. D'abord je me suis fâchée, mais pour la frime. Je sais bien qu'un militaire ne vit pas comme une rosière... Je lui ai dit finalement de n'en pas introduire pendant le jour. Ça fait jaser les voisins. Si tu savais quel bête de monde, tous ces petits boutiquiers, et quelles femmes bégueules !... ce qui ne les empêche pas de faire leurs maris cocus. Au contraire, plus elles trompent ces jobards, plus elles font les saintes nitouches.

— Ce n'est pas comme toi !

— Moi ! Ah ! Faudrait pas t'y tromper... Je suis très digne quand il y a du monde... Pour en revenir à mon petit sous-lieutenant, il a amené l'autre nuit une donzelle qui se vantait d'avoir couché avec le Président de la République. Quel aplomb !

— Quoi d'étonnant ! Est-ce que tu t'imagines que ce nom de Dieu de Président est aussi une rosière ?

— Non, mais je suppose qu'il ne va pas raccrocher ses maîtresses dans la rue.

— Peuh ! Qui sait ?

— Dame ! Il a plus d'argent qu'un sous-lieutenant, et peut les choisir dans la haute.

— Dans la haute ou dans la basse, c'est toujours même tonneau, du moment qu'on les paye.

— Tu as bien raison, mon chéri...

— Ecoute, écoute !

— Qu'est-ce que je disais ? — continua-t-elle après avoit prêté un instant l'oreille. — Il en a encore ramené une... Mais ce n'est plus la maîtresse du Président. C'est une autre voix.

— Tais-toi, tais-toi donc ! — s'exclama Colombau avec impatience.

— Bon, qu'est-ce que tu as ?

— Silence ! nom de Dieu !

— Eh bien, dis donc, tu n'es pas gentil ! Je m'en vais alors. Je vais te laisser dormir,.. Pristi, tu n'es pas commode ! J'aime encore mieux mon gentil lieutenant d'Hagniel.

— D'Hagniel ?

— Oui, l'officier d'à côté. Il n'est pas si rageur que toi. Bonsoir ! Je viendrai demain matin voir si tu es de meilleure humeur.

Elle sortit sans bruit en fermant comme précédemment la porte à double tour.

Colombau resta quelques minutes hâletant, prêtant l'oreille. Plus aucun bruit ne traversait la muraille.

— Quelle sotte idée m'a prise, — dit-il — mais aussi cette femme est de celles qui vous avachissent et vous vident le cerveau. Quel crampon !... Je parie qu'elle va rendre visite à l'autre... Elle m'a monté le coup en me disant que cet officier ramenait une femme... Cependant, il m'a semblé... Quelle folie !... Ah ! l'enragée créature ! Pourvu qu'elle ne revienne pas. Ce n'est pas un amant qu'il lui faut, c'est deux, c'est trois, c'est la douzaine. Le diable m'emporte ! elle est encore plus enragée que madame Plumereau ! Quelle différence entre ces créatures sans vergogne et la ravissante et mignonne Adèle. Malgré les mauvais exemples que lui donnait sa coquine de belle-sœur, elle est restée pure, chaste, virginale. Mon pauvre Colombau, c'est une petite femme comme ça qu'il te faudrait...

Il s'interrompit. Un bruit venait de la chambre voisine, et cette fois, il n'y avait pas à s'y tromper, c'était bien un bruit de voix. Est-ce que la grosse Charlotte serait allée retrouver son voisin ? Ah ! il n'en éprouvait pas la moindre jalousie. Bon débarras. Elle ne reviendrait pas, comme elle l'en menaçait, le relancer à l'aube.

Mais non ! Quoi ! Son cœur bondit dans sa poitrine. C'était la même voix que celle entendue tout à l'heure. Il ne s'était donc pas trompé.

— Oh ! mon Dieu ! mon Dieu ! — murmura-t-il. Il approcha son oreille de la muraille et qui eût pu le voir en ce moment eût été frappé de sa pâleur, de son agitation.

« — Julien ! — disait une voix douce, faible, suppliante. — Oh ! ce n'est pas bien, laissez-moi... Je vous ai suivi sans défiance... laissez-moi... laissez-moi.

« — Tu ne m'aimes donc pas ? — répliquait l'officier. »

La réponse n'arriva pas jusqu'à Colombau ; il ne perçut qu'une sorte de bruit de lutte, puis la même voix douce revint frapper son oreille.

« — Je t'aime ! Je t'aime ! »

Et il n'entendit plus que des baisers.

Il se mit à trembler comme une feuille sous le vent du matin ; avec un sanglot qu'il ne pût étouffer, il sauta à bas de son lit, se vêtit promptement, ouvrit la fenêtre, l'enjamba et disparut dans la nuit.

CHAPITRE LXVI

Chez le docteur Raoult. — Récit de Paul Barrel. — Pauvre mère. — Amoureuses impatiences. Un billet d'Hélène de Bertemont

Minuit sonnait à l'église d'Asnières quand le docteur Raoult, qui venait de se mettre au lit, entendit frapper quelques petits coups aux volets de sa chambre à coucher, qui se trouvait au rez-de-chaussée sur un petit jardin.

— Bon ! — se dit-il en grommelant. — Encore quelque malade qui vient me déranger pour une colique ou une migraine !... Ce que je vais lui administrer des pilules de mie de pain !

Il se leva, entr'ouvrit sa fenêtre et demanda ce qu'on lui voulait.

— C'est moi, M. Raoult — répondit une voix bien connue du docteur, car sans autre explication et sans passer ni pantalon ni robe de chambre, il courut à la porte pour introduire ce visiteur nocturne qui n'était autre que Paul Barrel.

— Ah ! mon pauvre garçon ! — s'exclama-t-il — mon pauvre garçon ! comment viens-tu à pareille heure ? D'où, diable ! sors-tu ? quoi de nouveau ?

— Mon père est arrêté — répondit le jeune homme — et moi je cours grand risque de l'être... Je viens vous demander l'hospitalité d'une nuit.

— De tout le temps que tu le voudras, mon garçon. Entre vite, chauffe-toi. Il y encore du feu dans la salle à manger. Tu t'es donc fourré toi aussi dans la bagarre ? Ah ! les scélérats ! les scélérats !

— De qui parlez-vous ?

— Pas des républicains à coup sûr, mais de ceux qui ont massacré des passants inoffensifs, des femmes, des vieillards, des enfants...

Il s'interrompit pour appeler sa femme qui vint les rejoindre, apportant une lampe allumée, ainsi que le pantalon et la robe de chambre de son mari.

C'était une excellente femme que Madame Raoult ; son seul défaut était une jalousie atroce, dont plaisantait le docteur, malgré les ennuis et les agacements qu'elle lui causait. Mais comme elle n'avait nulle raison de s'offusquer parce que son mari se laissait voir en chemise par un jeune homme, elle accueillit fort cordialement le peintre, et pour ne pas réveiller la servante et la mettre dans le secret, elle alla préparer quelques aliments, puis s'occupa de disposer un lit.

Tandis que M. Raoult s'enveloppait de sa robe de chambre, Paul lui dit !

— Je vous remercie docteur de votre hospitalité, mais le moins longtemps que j'en userai sera le mieux pour nous deux. Vous n'ignorez pas les dangers que courent ceux qui abritent les proscrits ? La résistance au coup d'Etat est vaincue et les vainqueurs vont se montrer aussi cruels, après leur victoire, qu'ils l'ont été pendant la bataille, même à l'égard de paisibles citoyens... Votre indignation de tout à l'heure me prouve que vous avez entendu parler du lâche et abominable massacre des boulevards... Paris est terrorisé, personne ne bougera plus.

— Ah ! les scélérats sont aussi habiles que sans scrupules. Ils n'ont pas dépensé leur énergie en salive, comme vos représentants républicains ; ils ont été droit au but. Pif ! Paf ! Çà y est !... Si je connais le massacre des boulevards ! Parbleu ! J'ai manqué d'être massacré moi-même.

— Ah ! Vous étiez là-bas ?

— Oui, mon garçon,

— Peut-être pouvez-vous alors me donner des nouvelles de mon père... Vous ne savez pas ce qu'on a fait de lui ?

— On l'a fourré à Mazas comme les autres.

— Pourvu qu'il ne soit pas arrivé un plus grand malheur !

— Fusillé ! non, on l'aurait su. Il portait bravement son écharpe, lui !... On ne fusille pas un député sans que le bruit ne s'en répande...

— Mais ils sont capables de le fusiller après un simulacre de jugement.

— Je ne le pense pas, mais sûrement il sera condamné à la déportation... et toi aussi, mon garçon, si l'on vient à t'attraper... car du moment que tu as fait le coup de feu... l'on a dû te signaler... Paris est plein de mouchards.

— Si mon père est déporté, je ne demande qu'à partager son sort. J'irai où il ira...

— Tout cela est très joli et je ne puis que te louer de tes sentiments, mais laisse-moi te faire observer que l'on ne te consulterait pas sur le choix de ta résidence. Il se pourrait fort bien que l'on t'envoyât te morfondre à mille lieues de l'enceinte fortifiée ou se morfondra mon pauvre ami Barrel ; et que pendant qu'on l'expédiera à Cayenne, l'on te déportât à Lambessa, deux endroits désagréables pour une longue villégiature... Le mieux donc est de ne pas te faire pincer. Tu vas être mon prisonnier pendant quelques jours, tant qu'il y aura du danger à s'aventurer par les rues, et pendant ce temps je m'occuperai des moyens de te faire filer en Belgique ou en Angleterre... Mais nous reparlerons de cela... Alors tu t'es battu rudement ?

— Il y a des moments où ça chauffait fort.

— Moi, je ne me suis pas battu ; je suis un vieux paisible, ce qui ne m'a pas empêché d'être deux ou trois fois sur le point de passer l'arme à gauche, comme disent les grognards.

— Vous étiez sur le boulevard au moment du massacre ?

— Justement. J'ai trouvé heureusement un abri... et quel abri ! Je vais te relater ça... après que toi même tu m'auras raconté ..

— J'ai peu de choses à vous narrer, docteur. Après qu'on eût arrêté mon père, je suis resté jusqu'au soir avec Sacrovir Lebrenn et d'autres amis faisant le coup de feu de barricade en barricade. Nous nous flattions que le triomphe était assuré à la cause du droit. Délogés d'un côté, nous recommençions d'un autre avec une nouvelle ardeur, ne nous doutant pas que nous n'étions qu'une infime minorité du peuple de Paris.

— Peuple imbécile ! Il ne sait pas ce qui l'attend.

— A la tombée de la nuit, nous avons essayé de créer un nouveau centre de résistance du côté de la place des Victoires, mais la troupe est arrivée bien avant que nous ne l'attendions et, pris à l'improviste, nous avons dû déguerpir avec les soldats à nos trousses, nous serrant de près.

— Fichu moment !

— En effet. Nous ne nous arrêtions pas, je vous l'assure, pour demander l'heure. Nous galopions ferme, quand tout à coup nous nous sommes trouvés devant une barricade abandonnée qui nous barrait le chemin. Nous l'escaladons... Je ne me croyais pas capable d'une semblable gymnastique, mais il n'y a rien de tel pour vous obliger à des tours de force que des baïonnettes qui vous menacent le bas des reins...

— Je vois ça d'ici.

— Comme je me préparais à faire de l'autre côté de la barricade un saut périlleux sur les pavés qui croulaient sous mes pieds, voilà que mes yeux se portent par hasard sur une fenêtre ouverte au premier étage, juste au niveau où je me trouvais. Une vieille femme qui tenait une chandelle, je ne sais trop pourquoi, m'appela « citoyen, citoyen ! » et me cria d'entrer.

Je n'hésitai pas, d'un bond je fus dans sa chambre et elle referma aussitôt sa fenêtre.

L'intervention de cette bonne vieille fut fort heureuse pour moi, car arrivait au pas de course, pour nous couper le chemin, un détachement d'infanterie, et la plupart de mes pauvres camarades, sinon tous, furent impitoyablement massacrés.

J'ai bien peur que Sacrovir Lebrenn, Duchesne, et un autre brave garçon du nom de Colombau n'aient péri dans l'aventure.

— Triste aventure ! — fit le docteur. — Mon pauvre garçon, cette bonne vieille s'est montrée fort à propos.

— Elle me cacha dans une sorte d'alcôve, sous un tas de linge sale qui ne fleurait pas la rose. Mais ça n'était pas le moment de faire le délicat. J'attendis plein d'anxiété, me remémorant qu'une blanchisseuse avait jadis sauvé ainsi le marquis de Rimini, poursuivi par une bande de sans-culotte, lequel marquis, par reconnaissance l'épousa ; mais la blanchisseuse était jeune et gentille, tandis que cette brave femme !... Bref, aucun de ces forcenés en culotte rouge ne m'avait aperçu, car ils passèrent tous sans fouiller la maison. Avec un soupir de soulagement je les écoutais s'éloigner. Alors la vieille vient me tirer de dessous le tas de chemises et de chaussettes.

« — Vous pouvez sortir de là — me dit-elle. — Le danger est passé, pour le moment du moins... »

Je me hâtai d'obéir. Il était temps. Je suffoquais.

Elle m'offrit une chaise et un petit verre d'eau-de-vie.

« — Prenez toujours çà, mon garçon. Et que

Ma fiancée ! je puis donc encore l'appeler ma fiancée !

le bon Dieu fasse que mon pauvre Edmond trouve, lui aussi, une âme charitable.

« — Votre mari, madame ?

« — Je suis veuve. C'est de mon fils que je parle!.. Il ne m'a pas écoutée et il est allé se mêler dans cette sale bagarre. Voilà deux jours qu'il n'est pas revenu. Pourvu qu'il ne lui soit pas arrivé malheur ! »

Et la pauvre vieille se mit à fondre en larmes.

— Il ne faut pas vous désespérer, ma bonne dame. Dans ces histoires l'on ne fait pas ce que l'on veut. Les rues sont barrées; des quartiers entiers cernés par la troupe. Il est sans doute caché quelque part, chez des amis.

— Dieu vous entende ! — fit la vieille — ah ! mon pauvre enfant ! mon pauvre enfant !

Elle s'essuyait les yeux, mais les larmes continuaient à couler.

« — Maudit Paris ! maudit Paris ! Son pauvre père a été tué en 1830 en se battant pour la liberté,.. me laissant un petit enfant de trois ans. Jugez le mal que j'ai eu pour l'élever, n'ayant de ressources que mes bras. Enfin, il a grandi. J'en ai fait un homme... Il a maintenant vingt-cinq ans, monsieur, et c'est mon soutien. Ah ! un bon garçon ! Je peux me flatter d'avoir un bon et beau fils ! Le cœur sur la main, et toujours gai, toujours prêt à obliger les autrse... Sans doute vous le connaissez ?

Elle me dit son nom ; un nom qui m'est tout à fait inconnu. Je n'ai retenu que le prénom d'Edmond. Dans sa naïveté, elle s'imaginait que tous les insurgés devaient se connaître, et elle crut un moment que je feignais ignorer celui de son fils, afin de lui cacher qu'il lui était arrivé malheur.

— Je n'ai que lui au monde — répétait-elle

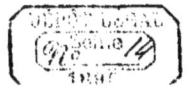

— que lui! Que deviendrais-je? Ah! Le bon Dieu ne permettra pas cette abomination. Voilà deux nuits que je passe à prier la bonne Vierge! Elle est secourable aux affligés...J'ai confiance, j'ai confiance.

Mais sa confiance était légère, car ses larmes ne tarissaient pas.

« — Oui — continuait-elle — j'ai fait brûler douze petits cierges — et j'en ferai brûler douze encore si elle me le rend... oh! elle me le rendra!

— Ça lui fera bien du plaisir, à cette bonne Vierge — pensai-je — mais encore plus à la marchande de cierges!

Je n'avais, cependant, nulle envie de rire, docteur. Elle me regardait d'un air à la fois interrogateur et désolé, comme pour lire dans mes pensées et en même temps me supplier d'abonder dans son sens, de ne pas la contredire, de ne pas ébranler sa croyance en la toute puissance des cierges brûlés à l'idole de plâtre, à la robe aux plis rigides posée sous un globe de verre, sur un coussin de peluche bleue, flanquée de deux bougeoirs de métal blanc, précieux ornement de la cheminée.

J'essayai de la consoler de mon mieux; je lui promis de revenir prendre de ses nouvelles et de lui en apporter si j'en apprenais de son fils, puis la remerciant chaleureusement de son hospitalité, je partis le cœur navré de son affliction.

Au lieu de sortir par où j'étais entré, c'est-à-dire par la fenêtre, je sortis par la porte, et je m'arrêtai un instant pour écouter s'il ne se trouvait pas quelque patrouille dans les environs.

Dans la rue, deux ouvriers, arrêtés à quelques pas, causaient à voix basse.

J'écoutai leur conversation, non par une curiosité intempestive, mais parce que dans la situation où je me trouvais, le moindre renseignement pouvait être d'une grande utilité. Mais ils ne parlaient ni de la défaite des républicains, ni des fusillades, ni du mouvement des troupes. et les quelques paroles qu'ils échangeaient augmentèrent la profonde tristesse de mon cœur :

« — Vas-y! toi — disait l'un.

« — Ma foi, non — répliqua l'autre. — J'aime pas ces commissions-là... Vas-y. Tu sauras mieux t'y prendre que moi.

« — Nom de Dieu! Qu'est-ce que tu veux que je lui dise, à la pauvre vieille.

« — Tu lui diras que son fils est mort. T'as rien à dire de plus. Seulement ne lui colle pas ça au nez du premier coup. Vas-y petit à petit... Tout doucement. Faut la ménager, cette vieille.

« — Je dis pas autrement que toi. Mais je veux pas m'en charger. Zut!

« — Ni moi non plus. Pauvre vieille! Pas de veine? Ah! Malheur! »

Ils passèrent rapidement devant la maison sans entrer, franchirent la barricade en silence, mais la vieille femme qui guettait à la fenêtre, les reconnut probablement pour des amis ou, tout au moins, des connaissances de son fils, car elle les interpella :

« — Ah! c'est vous, messieurs? Vous n'avez pas vu Edmond? Vous n'avez pas vu mon fils?

« — Non la mère, non — répondit l'un d'eux d'une voix altérée. — Il n'est pas rentré?

« — Voilà deux jours et deux nuits que je l'attends.

« — Ah! diable! Faut pas vous désoler, la mère, faut pas vous désoler!... »

Et il s'éloigna, rejoignant au plus vite son compagnon qui filait la tête dans les épaules.

J'en fis autant. A plusieurs reprises je me retournai et je vis chaque fois l'ombre de la pauvre vieille qui, sa chandelle à la main, regardait par la fenêtre, attendant son fils... son fils qui ne reviendrait plus!

Cependant, les deux hommes dont je viens de parler furent accostés par plusieurs autres venant en sens inverse. Ils s'arrêtèrent pour causer.

Je m'approchai du groupe, je demandai des nouvelles de la situation.

« — Nous sommes foutus! — me dirent-ils — nous n'avons plus qu'à nous tirer les flûtes et imiter nos représentants.

« — Tas de lâcheurs!

« — Pas tous — protestai-je.

« — Non pas tous, mais les trois quarts.

« — Tu es bien honnête ou bien blousé. Tu veux dire les cinq sixièmes. »

— Il y a du vrai dans cette boutade — dit le docteur. — Ceux qui crient le plus fort sont ceux qui agissent le moins. Et le peuple s'en étonne!... De même qu'il s'étonne que la plupart de ses élus le lâchent aussitôt au pouvoir. Etonnement naïf! C'est comme si l'on était surpris de voir un individu sortant de table dire qu'il n'a plus faim... Que sont les flatteurs de la foule, les brigueurs des suffrages populaires? Des affamés qui, l'appétit satisfait, ne songent plus qu'à digérer avec quiétude.

— Alors seulement — continua Paul — j'appris le massacre du boulevard. Tous ces gens paraissaient terrifiés autant qu'indignés, partageant leur indignation contre Louis-Bonaparte et ceux qui les avaient poussés aux armes, et qui, tandis que les pauvres bougres se faisaient trouer la peau, délibéraient à l'abri des horions.

« — Ah! s'ils étaient tous comme votre père! — me dit l'un d'eux, qui m'avait reconnu — mais on lui a mis le grappin dessus. »

Ils me communiquèrent leur découragement. Je résolus de faire comme eux, comme tous, de cesser une lutte inutile, puisque tout le monde l'abandonnait. Mais je ne pouvais songer à rentrer chez moi. La maison est entourée de mouchards.

C'est alors que celui qui connaissait mon père me dit :

« — Venez avec moi. Mon frère, qui est laitier, habite le faubourg. Il nous sortira de Paris. »

Ça n'a pas été sans peine que nous arrivâmes jusque chez son frère. Plus de dix fois nous avons risqué d'être arrêtés et fusillés. Enfin, nous atteignîmes la laiterie.

Le frère, qui est bonapartiste, heureusement pour nous, se répandit en sourdes imprécations, jurant qu'il ne ferait rien, que nous pouvions aller nous faire fusiller ailleurs. Tout en disant cela, il attelait sa voiture, la chargeait de boîtes à lait vides, et quand tout fut prêt, il nous dit d'un ton bourru, de nous y installer comme nous pourrions.

Le poste des douaniers, qui le connaissaient pour le voir chaque nuit faire le même voyage et qui le savaient bonapartiste, le laissèrent sortir sans même regarder dans sa voiture, après l'avoir questionné sur les derniers événements. Nous traversâmes au grand trot le pont, il me descendit à l'entrée d'Asnières, et me voilà !

Quand le jeune homme eut achevé son récit, le docteur, qui l'examinait, lui dit :

— Mon cher enfant, tu as sur toi un tas de pièces à conviction dont la moitié suffirait pour te faire conduire au poteau d'exécution si, toutefois, on prenait la peine de vous coller à un poteau. Il faut faire disparaître tout cela. Un bon débarbouillage te rendra, en ce qui concerne ta peau, blanc comme neige, mais ce sont ces maudits effets dont il faut te séparer. Ils sentent la bataille et infectent la poudre. Tu vas encore être obligé d'avoir recours à ma garde-robe et de te remettre à la mode de 1830 !

— Comme le jour où j'ai tiré de l'eau la princesse Souvarine... et Mademoiselle de Bertemont.

Sa voix tremblait en prononçant ce nom, ce doux nom qui lui avait été si cher.

— Tu faisais une triste mine, et tu n'as pas osé te présenter à ces dames. Et cependant tu portais une redingote avec laquelle j'avais fait florès un quart de siècle auparavant. Toutes les jolies filles du Palais-Royal me lorgnaient...

Il s'arrêta. Son visage s'assombrit.

— Mais, à propos de la princesse Souvarine, sais-tu, mon garçon, ce qu'elle est devenue ?

— Non. Rien de fâcheux ne lui est arrivé, je l'espère ?

— Dis plutôt qu'il ne lui arrivera plus rien de fâcheux..., car elle est morte !

— Morte ? Est-ce possible ? Comment, cette belle, cette majestueuse femme, brillante de santé ! Morte ! Et de quelle maladie ?

— D'une hémorragie interne consécutive à une lésion produite par... une balle.

— Une balle ?

— Mon Dieu, oui. Bien qu'elle ne se soit pas battue comme toi sur les barricades, elle n'en a pas moins été frappée. Je te disais que je l'avais échappé belle. J'étais là quand elle est tombée.

— Ah ! les scélérats ! Et... Hélène ?

— Hélène était là... Mais pour elle le sort s'est montré plus clément... elle en a été quitte pour la peur... elle a néanmoins couru de grands et sérieux dangers.

— Oh ! docteur, racontez-moi...

— Pour te dire tout en deux mots, elle a manqué d'être violée, et sans doute assassinée après, par des soudards ivres de carnage et de vin... J'étais là, j'ai tout vu. Quand la fusillade a éclaté, je venais d'entrer chez un libraire qui se trouve à côté de la maison Sallandrouze, pour faire emplette de quelques bouquins...

Le journal d'Armand Plumereau ayant renseigné le lecteur sur les circonstances qui accompagnèrent la mort de la princesse Souvarine, nous passerons une partie du récit du docteur jusqu'au moment où il quitta la maison du libraire emmenant la jeune fille avec lui.

Il avait, avant de partir, voulu prendre congé de Plumereau et lui conseiller d'aller se faire panser au plus vite dans la première pharmacie venue, mais celui-ci, absorbé par la conversation du fils de l'intendant Schwartzmarsheim, mouchard comme son digne père, avec la grosse servante bavaroise, n'entendit pas cet avis.

— Le colloque qu'il écoute — dit le docteur à Mademoiselle de Bertemont — paraît l'intéresser fort... mais il serait dangereux d'en attendre la fin. Filous.

Entraînant Hélène, il jeta son nom et son adresse à Plumereau.

Mais Hélène ne se décidait pas à s'arracher du corps de la princesse Souvarine.

— Ma tante, ma bien-aimée tante ! — sanglotait la jeune fille. — Je n'avais plus que vous au monde... Que vais-je devenir ?

Le docteur lui fit presque violence pour l'arracher du cadavre et, tout le long du chemin, elle ne cessa de pleurer silencieusement.

Ils arrivèrent enfin, non sans encombre et sans longs détours, au domicile d'Anna Souvarine qui, depuis la fuite du comte de Bertemont, était devenu celui d'Hélène.

Deux domestiques conduits par Féodor Michaïlovitch, allèrent chercher le corps de la princesse, tandis que le docteur donnait des soins à la jeune fille tombée dans une sorte de prostration physique et morale.

Après deux heures environ, les domestiques revinrent avec leur lugubre fardeau rapporté sur une civière. La douleur de Féodor Michaïlovitch faisait peine à voir ; il sanglotait comme un enfant.

— Je suis resté — conclut le docteur — avec la pauvre fille jusqu'à dix heures du soir et ne suis parti qu'après avoir reçu l'assurance de Féodor Michaïlovitch, — vieux serviteur qui me paraît fort dévoué, — de veiller sur la jeune demoiselle. J'ai trouvé à grand' peine une voiture pour me reconduire ici, où j'arrivais brisé de fatigue, et il n'y avait guère plus d'une demi-heure que j'étais rentré quand tu es venu frapper à mes volets.

De tout le récit de l'ami de son père, Paul avait surtout été frappé par ce détail : Hélène de Bertemont appelant la princesse Souvarine « sa tante ».

Et de même que l'avait fait Plumereau, il se posait cette question qu'il répéta au médecin.

— Mais oui, sa tante. Ta question me surprend. Ton père ne t'as donc pas raconté?...

— Rien... Il m'a seulement annoncé mon malheur au sujet du secret de ma naissance et de la naissance de celle que j'aimais... et que j'aime encore en dépit des efforts que je fais pour arracher de mon cœur ce fatal amour...

— Voyons, voyons, mon garçon... d'où sors-tu? Qu'est-ce que tu me racontes-là? Est-ce que les émotions de la journée t'auraient à ce point troublé l'intellect?

— Mon cher docteur — répliqua le jeune homme étonné — c'est à mon tour à ne pas vous comprendre.

— Quand j'ai quitté Barrel, il m'a dit : Je vais informer Paul... Pourvu qu'il ne devienne pas fou de joie. Sa crainte se serait-elle réalisée?

— Fou de joie... attendez donc ; je me souviens, en effet! Quelques minutes avant son arrestation, mon père commençait une phrase qu'il n'a pas eu le temps d'achever. « Ne deviens pas fou en apprenant... » En apprenant quoi? Je n'ai pu le savoir. Une fusillade lui a coupé la parole : je n'ai pas entendu le reste, ou plutôt il n'a pas achevé... Alors, de quoi s'agit-il? Parlez, docteur, parlez vite!

— Mon Dieu! je n'ai qu'un mot à dire, mon garçon. Hélène de Bertemont n'est pas ta sœur, voilà tout.

— Comment cela? Pas ma sœur? Oh! en effet, vous me rendez fou de joie. Pas ma sœur? Mais alors je puis l'épouser...?

— Je te le conseille même très fort — dit en riant le docteur — car c'est une très aimable fille. Je ne parle pas de ses qualités physiques, qui sautent aux yeux, mais des morales, de sa douceur, de sa sensibilité, d°- sa bonté de cœur. Ah! quelle douleur profonde devant sa tante morte!

— Sa tante? — répéta le jeune homme — la princesse Souvarine sa tante! Quel mystère! Voilà ce que je ne puis comprendre. Mais puisqu'elle n'est pas ma sœur, elle ne peut-être la fille du comte de Bertemont?

— Naturellement.

— Et l'on connait son père?

— Certainement.

— Ah! Et c'est...?

— Georges Barrel.

— Oh! béni soit le ciel, le destin, le hasard... tout ce que vous voudrez que je bénisse! — s'écria le jeune homme. — La fille de Georges Barrel, de mon bien aimé père adoptif! c'est donc pourquoi elle a tant de qualités!

— Voici une bonne parole, mon cher ami, et qui fait honneur autant à tes sentiments de reconnaissance filiale qu'à celui qui a su te les inspirer et qu'à ta fiancée elle-même.

— Ma fiancée! je puis donc l'appeler encore ma fiancée! Oh! la chérie! Où est-elle? Je veux-la voir, y courir... je veux me jeter à ses pieds, lui dire combien je l'aime...

— C'est cela! une bonne idée — s'exclama en riant le docteur. — Une heure du matin, c'est le moment d'aller rendre visite à une jeune personne. Et en dandy de 1830 encore! Tu produiras ton effet. Nous allons faire atteler!...

Paul Barrel sourit. Il comprenait l'insanité de sa sortie.

— Demain alors à la première heure — dit-il.

— Parfait. Nous y songerons. La nuit porte conseil. En attendant, soupons. Je m'étais couché sans rien prendre qu'un grog! Le plaisir de te revoir m'a servi d'appéritif.

La table était mise, le souper prêt. Ils mangèrent de bon cœur et firent honneur au repas improvisé de madame Raoult, excellente cuisinière, comme l'étaient à cette époque toutes les femmes de la bourgeoisie, qui s'occupaient moins de sciences et plus de cuisine, moins des évolutions des Assyriens et des Babyloniens il y a trois mille ans, et davantage de leur intérieur, ce dont aucun mari ne se plaignait.

Au dessert, ils causèrent encore. Ni l'un ni l'autre ne sentaient plus le sommeil. La bonne dame, après les avoir vainement exhortés à gagner leur lit, alla finalement se coucher en les laissant en compagnie d'un saladier de vin aromatisé et chaud, et d'un poêle de faïence qui joyeusement ronflait.

Alors le jeune peintre, après toutes ses fatigues, ses anxiétés et les dangers courus, goûta quelques instants, si rares dans la vie, de quiétude et de bonheur.

Un seul nuage attristait son front : la mort de la princesse Souvarine. Dans les commencements de ses amours avec Hélène, il avait maintes fois éprouvé un peu d'humeur contre cette Russe, il trouvait qu'elle lui accaparait sa bien-aimée, il s'étonnait de cette amitié mutuelle et si soudaine que rien ne semblait expliquer. Mais peu à peu il avait fini par affectionner Anna Souvarine, à reconnaître que ses excentricités d'étrangère, cachaient un cœur bon et généreux, et sa mort tragique lui causait un réel chagrin.

— Mais si elle est la tante d'Hélène, quelle est la mère de celle-ci ? — demandait Paul.

— La princesse Assia Ivanovna Souvarine, sa sœur, qui a depuis longtemps disparu... sans laisser de traces... du moins, c'est ce que Georges Barrel m'a confié.

Cette nouvelle révélation ne fit, comme bien l'on pense, qu'exciter la curiosité du jeune homme. Mais le docteur ne pouvait que lui raconter ce qu'il savait, c'est-à-dire fort peu de choses, ce que le représentant lui avait appris en quelques mots, à la suite de son entrevue avec la princesse Souvarine, lorsque le docteur était venu s'informer s'il avait des nouvelles de son fils d'adoption.

Déjà dans une conversation antérieure, lorsque le 1er décembre au matin, le représentant du peuple avait reçu une lettre timbrée de Londres où on lui recommandait de se tenir sur ses gardes, il avait mis brièvement son vieil ami au courant de tout ce qui concernait les deux jeunes gens, sauf naturellement ce qu'il apprit depuis chez la princesse Souvarine, annonçant son intention formelle de ne jamais augmenter le désespoir de Paul en lui confessant que l'auteur de ses jours était un faussaire, un voleur, un assassin.

— A propos — dit le docteur — j'ignore encore la cause de ta disparition subite, cette disparition inexplicable qui nous a tant inquiétés, car nous craignions, Barrel et moi, que tu n'eusse attenté à tes jours.

— Préparez-vous à entendre une histoire extraordinaire — répondit le jeune homme.

Et il raconta à son hôte toutes les particularités du guet-apens où il était tombé.

— Voilà qui touche de près à l'invraisemblance — dit le docteur après avoir écouté le peintre sans l'interrompre. — Mais que diable voulait-on faire de toi ?

— Que sais-je ?

— T'enterrer vif ?

— Ça m'en a tout l'air.

— Dans quel but ?

— Je n'en sais pas plus que vous.

— Tout cela est bien mystérieux ; et ce qui l'est par dessus tout, c'est ta délivrance.

— J'en suis comme vous, abasourdi.

— Tu ne possèdes aucun indice sur l'identité de celle qui t'a délivré ?

— Aucun.

— Une jeune fille ?

— Jeune fille ou très jeune femme ; j'en suis certain d'après la douce harmonie de sa voix.

— Ça me paraît un roman d'Anne Radcliffe, l'*autoresse* des *Mystères d'Udolphe*, où se déroulent les plus effrayantes aventures, d'après ce que j'ai entendu narrer, car tu dois comprendre que je n'ai jamais pris le temps de lire un mot de ces macabres billevesées.

Il resta quelque temps silencieux, remplissant les verres.

— Tu as raconté tout cela à Barrel ?

— Aussi brièvement que possible, quelques minutes avant son arrestation.

— Et qu'a-t-il dit ?

— Qu'il fallait abattre James Dilson, comme un chien, à la première rencontre.

— Parbleu, mon garçon, j'abonde dans cette idée ; puisque ce Yankee introduit ici des procédés américains, il faut user de représailles, et je m'étonne qu'au lieu de tirer des coups de fusil derrière une barricade tu ne te sois pas arrangé de façon à faire sortir ce fauve de sa tannière et à lui casser la tête d'un coup de pistolet. C'est un bonapartiste, dit-on. Un de plus, un de moins. Il aurait passé dans le tas !

— Vous plaisantez, docteur. Mais c'était bien mon intention. J'en avais même causé à ce brave typographe dont je vous ai déjà parlé, le nommé Colombau, qui m'avait hautement approuvé. Mais nous ne pouvions guère abandonner nos camarades pour satisfaire nos vengeances particulières. Il me faut remettre mon exécution à un autre moment, car je crois bien que je serai forcé de quitter Paris sans avoir pu me venger.

— Je le crains aussi. Tu as montré aux scélérats qui ont organisé cet horrible coup d'Etat que tu avais du cœur ; il s'agit de leur prouver maintenant que tu as aussi des jambes. La frontière n'est pas trop loin, et nous aviserons aux moyens de te la faire atteindre.

— Mais Hélène ?

— Eh bien, Hélène n'est pas perdue. Elle t'attendra... Je compte même que tu m'inviteras à la noce. Aurait-elle lieu en Amérique ou dans le désert du Sahara, je veux être ton témoin. Mais voilà deux heures qui sonnent. Allons nous mettre au lit.

— Il faut, cher docteur, coûte que coûte, que vous me procuriez demain une entrevue avec Hélène.

— Nous arrangerons cela. Aussitôt levé, je ferai atteler et j'irai là-bas voir ce qui s'y passe. Toi, tu resteras caché ici et, jusqu'à mon retour, tu feras le mort.

. . . .

Quand Paul se réveilla, la journée était déjà

avancée. Il sauta à bas du lit et constata avec dépit que les effets prêtés par le docteur étaient encore plus *mil huit cent trente* qu'il ne l'avait supposé d'abord. Une longue redingote bleu barbeau à boutons d'or, avec un collet relevé jusqu'à la nuque, un gilet rouge à fleurs jaunes et un pantalon nankin, le costume de cérémonie avec lequel le docteur, sans nul doute, avait dû faire sa demande en mariage.

Comment sortir et se montrer, non seulement dehors, mais à sa bien-aimée dans un pareil accoutrement ?

Car, ce qu'on appelle la mode, est une des plus grotesques folies des peuples d'Occident. Ce qui est superbe, dernier genre, le comble du beau et de l'élégance aujourd'hui, sera déclaré ridicule et affreux demain.

« Une femme serait au désespoir si la nature l'avait faite telle que la mode l'arrange », disait Mademoiselle de l'Espinasse ; elle aurait pu ajouter qu'il n'est pas de costume grotesque, de mise choquant les règles de l'esthétique et du bon goût que les femmes n'aient adopté avec empressement.

Il en est de même pour les hommes, mais à degré moindre ; néanmoins, le merveilleux de 1825 ou de 1830 devenait une caricature en 1852.

Paul Barrel se résigna à s'habiller, se regarda dans une glace et fut consterné.

Quand il se décida à descendre, Madame Raoult poussa des exclamations admiratives, ce qui mit le comble à son embarras.

— Ah ! que vous êtes beau ! — lui dit-elle.

— Vous trouvez, Madame? — interrogea le jeune homme d'un air absolument navré.

— Si je trouve ! Vous me rappelez mon mari, quand il venait me faire la cour !

Celui-ci entra sur ces entrefaites.

Il clignait de l'œil regardant le peintre, ayant peine à réprimer son envie de rire.

Mais Paul ne songeait plus à son costume, sa pensée se reportait vers Hélène.

— Vous venez de là-bas, docteur ? — demanda-t-il anxieusement.

— Je viens de là-bas.

— Eh bien ?... Hélène ?

— Le physique est bon. Quant au moral, c'est une autre affaire. Dépression complète. Elle a passé la nuit à pleurer près du corps de sa tante... Je l'ai trouvée morne, abattue...

— Et vous lui avez parlé de moi ?

— C'est elle qui m'en a parlé la première.... Quand elle a appris que tu étais chez moi, sain et sauf, elle n'a pas pris la peine de dissimuler sa joie... Mais joie de courte durée .. Le chagrin a repris le dessus. Et elle a recommencé à larmoyer...

— Pauvre Hélène ! Pauvre chérie ! Je vais aller la consoler...

— Oui, c'est le moment ! On ne voit dans les rues que visages suspects. Tu n'auras pas fait vingt pas que les argousins de monsieur Bonaparte te mettront la main au collet...

— J'attendrai donc — fit Paul avec un soupir — j'attendrai la nuit... demain matin... Mais il faut que je la voie... Puisque je dois partir, vous comprendrez bien que je ne puis m'éloigner sans la voir.

— Cela ne me paraît pas indispensable. Il vaut mieux te priver pour quelques semaines, mettons quelques mois de sa vue que de te faire prendre... Et alors ce ne seraient plus des mois de privation, mais des années... Qui sait même si tu la reverrais. Sois donc raisonnable. Des espions, je te le répète, rôdent de toutes parts, et des espions de diverses espèces. Moi-même, j'ai observé une horreur de petite femme, une sorte de naine, que j'ai déjà vue je ne sais où et qui semblait surveiller la maison de la princesse Souvarine; c'est évidemment celle dont tu m'as parlé.

— Aucun doute à ce sujet. Pour le compte de qui espionne-t-elle ? Pour ce misérable Dilson ou pour la police ?... Ce que vous venez de me dire me plonge dans une mortelle inquiétude. Cette canaille d'Américain trame contre Hélène quelque abominable complot. Mon désir de la revoir n'en devient que plus violent. Il faut que je la prévienne, que je lui dise qu'elle a tout à redouter de ce scélérat qui ne recule devant aucun forfait.

— Bon ! Je ferai la commission.

— Cela ne suffit pas. Il faut que je la défende... C'est mon devoir.

— La défendre contre qui ?

— Mais, contre ce Dilson, docteur. Vous ne savez donc pas qu'il la convoite : oui, docteur, lui, cet homme abominable, a la prétention, l'audace de prétendre à sa main !

— Dame ! Il est riche. Avec des banknotes on peut prétendre à tout. Il ne l'épousera pas malgré sa volonté ! Je suppose qu'à l'aide d'artifices, il parvienne à la traîner à l'autel, si elle veut dire *non*, il ne lui arrachera pas un *oui* de la bouche.

— Et puis, il y a son... mon... ah ! disons le mot, le mot qui me déchire les lèvres... *mon père*... le comte de Bertemont.

— Le comte de Bertemont a disparu depuis quelques jours, et c'est même pourquoi Hélène est allée demander l'hospitalité à sa tante... Que veux-tu qu'il lui fasse, le comte de Bertemont ? Pas plus lui qu'un autre ne forcera cette jeune fille, d'après ce que je devine de son caractère, à faire ce qu'elle a décidé de ne pas faire. C'est une gaillarde, ton amie, sous ses airs de douceur. Je l'ai bien examinée et dans un certain froncement de ses sourcils, dans la forme de son menton, dans le pli de ses lèvres, dans ses gestes, ses paroles, j'ai lu une volonté de fer.

— Vous croyez ?

— Oui, mon garçon. Ce n'est pas une petite pensionnaire qu'on mène par le bout du nez. Je lui soupçonne même plus de caractère qu'à toi... Car, entre nous, tu es un peu molasson, amoureux transi, amant de la lune... Ne crains donc rien pour elle; d'autant plus qu'elle a un défenseur, un homme dévoué et énergique, qui a, d'après le peu que j'ai vu, reporté sur la jeune fille l'affection qu'il avait voué à la tante.

— De qui voulez-vous parler ?

— Ne sois point jaloux. C'est un russe à barbe grise.

— Féodor Michaïlovitch ?

— Lui-même. Tant qu'il sera près d'elle, rien à redouter pour ton Hélène. C'est toi en ce moment qui m'inquiètes. Non seulement ne bouge pas d'ici, mais abstiens-toi de mettre le nez à la fenêtre.

— Vous méfiez-vous de vos voisins ?

— En ces temps de trouble, il faut se méfier de tout le monde. La lâcheté est plus commune que le courage, je parle du courage civique. Tu es vaincu, tu auras contre toi, non seulement tes ennemis de la veille, mais tous ceux qui acclament le vainqueur quel qu'il soit. Donc, dans ton intérêt comme dans le mien, garde toi de te laisser voir.

— Vous me montrez l'humanité en laid, docteur. Enfin, je suivrai vos instructions, je me tiendrai sur mes gardes... Mais...

— Quoi, mon garçon ?

— Elle... elle ne vous a rien dit pour moi, remis aucun message ?

— Ah ! pardon... En effet, j'allais oublier — fit le docteur souriant malicieusement et fouillant dans les poches de sa longue redingote — desquelles il sortit un petit paquet ficelé qu'il tendit au jeune peintre.

Celui-ci le reçut tout pâle et d'une main tremblante. Il le déficela à la hâte et, à sa grande consternation, il reconnut sa correspondance avec madame Plumereau.

— Oh ! la traîtresse ! — s'exclama-t-il. — L'abominable créature !

Le docteur, goguenard, l'examinait du coin de l'œil.

Assurément, il avait, nous l'avons dit, une grande affection pour le fils adoptif de son ami, mais il le trouvait un peu veule, pas assez hardi, pas assez mâle enfin, et il se plaisait à le taquiner.

— Elle ne vous a rien dit en vous remettant cela — demanda le peintre, dont le visage exprimait une complète désolation.

— Non... Ah ! Si, attends... quelle déplorable mémoire... Où diable est-ce ? Ah ! Voici !... voici ce qu'elle m'a encore remis.

Et il donna à Paul la lettre adressée par madame Plumereau à Hélène, lettre dont nous avons vu dicter la teneur à Pied-de-Boue.

Sur l'enveloppe se trouvait la trace crasseuse d'un pouce; le sceau spécial de l'écrivain public, qu'il ne manquait pas d'imprimer sur tout ce qui passait par ses mains malpropres, aussi malpropres que son âme était vile.

Le peintre froissa cette lettre avec rage.

— C'est mon congé ! — dit-il. — Ah ! docteur ! Je suis un homme perdu. Tout m'abandonne... Mais l'univers entier aurait été contre moi, que si j'avais gardé son cœur, j'aurais bravé l'univers. Elle, elle ! et rien autre ! Sans elle je n'ai plus qu'à mourir !

— Ils sont amusants, ces jeunes gens — dit le docteur. Mourir, mourir, parce qu'une femme ne les aime pas ou ne les aime plus !

Et il se mit à fredonner :

> Car mon bonheur à moi, mon tout est mon Hélène,
> Et sans elle, ô mon Dieu, je n'ai plus qu'à mourir !

Puis, éclatant tout-à-coup :

— Tiens, pleurnichard, triste don Juan, pitoyable Lovelace, timide coureur de jupes, tiens, tiens, console toi, ne meurs pas, ne te suicide pas, ne va te jeter ni par la fenêtre, ni dans la Seine, ni dans la gueule des argousins, la voici la lettre de ta Dulcinée, repais t-en, mange, mange.

Et il lui plaça une lettre près du visage.

Le peintre s'en empara avec une joie inquiète et se retira dans un coin pour la lire, ou plutôt la dévorer.

Elle ne contenait que quelques mots :

« Ami,

« Restez chez le docteur Raoult ; exécutez en tous points ses volontés. Surtout pas d'imprudence. Ne partez que quand il vous le dira. Ne cherchez pas à me voir. Ce plaisir fugitif serait votre perte.

« Le docteur vous remettra un paquet et une lettre que j'ai reçus il y a quelques jours. Je me serais, en toute autre circonstance, montrée mécontente, mais puisque nous devons nous séparer, je n'ai pas le courage de vous bouder. La fiancée vous pardonne une maîtresse que vous connaissiez sans doute avant elle, comme l'épouse vous pardonnera un péché de jeunesse avec une créature qui, d'après ce que je vois, est indigne de vous.

« Adieu, mon ami, ou plutôt au revoir, à bientôt, comptez sur mon cœur comme je compte sur le vôtre.

« *Ton* Hélène. »

— Eh bien ? fit le docteur.

— Ah ! que vous m'avez fait souffrir... Mais

je ne ne vous en veux plus... La chère aimée me pardonne et m'aime toujours.

On se mit à table et la conversation continua de rouler sur Hélène, Georges Barrel, l'infortunée princesse Souvarine et les massacres du boulevard.

Puis, au coin du feu, le docteur rêva aux moyens à employer pour faire gagner promptement et sûrement la frontière à son convive. De son côté le jeune homme pensait à Hélène, à son père adoptif, tantôt s'inquiétant du sort du député, tantôt élevant des châteaux en Espagne, comme on en bâtit à cet âge et aspirant au doux moment où il presserait sa fiancée dans ses bras.

CHAPITRE LXVII

Perplexités de Julien d'Hagniel. — Colloque avec le colonel Espinasse. — Plaintes de Maupas. — Visite et expulsion de James Dilson. — Propos du capitaine Grelon. — Réponse d'Espinasse à Saint-Arnaud.

Revenons au sous-lieutenant Julien d'Hagniel dont l'arrivée mit fin, avant qu'elle ne fut devenue sanglante, à la lutte engagée entre les soldats du poste et les sergents de ville, à propos de la petite Renée.

Qu'était devenue la pauvre enfant ? Vainement on fouilla la boutique, transformée en corps de garde ; car, l'on supposa d'abord, qu'apeurée de la bataille elle s'était blottie en quelque coin.

On appela ; pas de réponse.

Les hommes certifiaient que les sergents de ville ne l'avaient pas emmenée ; du moins, aucun ne l'avait vue avec eux.

Qu'elle eût prit la fuite, rien de plus probable ; mais ce qui était inexplicable, c'est qu'en un temps si court et avec d'aussi petites jambes elle eût pu courir assez loin pour ne pas s'entendre appeler, car, Julien de sa voix forte ne cessait de crier son nom, tout en arpentant la rue et fouillant aux encoignures des portes.

Il s'arrêtait par instant, prêtant l'oreille, s'imaginant entendre des appels répondre aux siens ou le bruit léger des petits pas de l'enfant.

Le sergent Roubion, pour être agréable à cet officier, avait envoyé trois ou quatre hommes chercher dans les rues voisines, et Julien attendait avec impatience leur retour, car le temps s'écoulait, et il ne pouvait rester plus longtemps absent de son poste sans mécontenter le colonel Espinasse, qui paraissait irrité contre lui sans qu'il sut pourquoi il méritait cette subite défaveur. Sur le pas de la porte du corps de garde improvisé, le sergent Roubion tortillait fiévreusement sa moustache. Le brave homme semblait consterné.

— C'est plus fort que jouer au bouchon — grommelait-il en se servant de cette expression populaire qui indiquerait que le jeu de bouchon exige une grande habileté — nom de Dieu ! mille milliards de.... ah ! pardon mon lieutenant !

Julien rentrait :

— Rien de nouveau ?

— Non mon lieutenant.

— Voyons sergent. Etes-vous bien sûr de ne pas vous être fourré le doigt dans l'œil ?

— Pardon, excuse, mon lieutenant...

— Mais, alors, elle s'est donc envolée... elle n'est pas ici, elle n'est pas dans la rue, elle n'est pas partie avec les roussins... où est-elle ?

— Justement ? Où est-elle ?

— Vous avez dû vous tromper... Ce ne peut être ma petite fille.

— Ça, mon lieutenant, je ne peux pas vous le dire. Je ne l'ai jamais tant vue que ce soir, cette petite demoiselle. Elle m'a parlé de vous... Alors quoi... Vous comprenez... J'ai cru bien faire, en vous envoyant prévenir... Vous arrivez et voilà qu'elle se tire des gallipettes... J'en suis tout bleu.

Julien attendit encore, comptant sur le retour des soldats, des deux derniers qui n'étaient pas revenus. On entendit bientôt leurs pas. A peine débouchaient-ils de la rue voisine que l'officier alla au-devant d'eux.

— Rien ?

— Non, mon lieutenant. Nous avons farfouillé dans tous les coins, interrogé des particuliers... Personne n'a vu la petite demoiselle.

— Elle sera rentrée chez ma mère — se dit Julien pour se rassurer lui-même.

Il consulta sa montre. Impossible de courir rue Clignancourt. Pas une voiture ne circulait. Il lui eut fallu plus d'une heure à pied et en voilà près de deux qu'il était absent de son poste. On entendait dans le lointain, dans la direction du palais Bourbon, quelques coups de fusil. Peut-être se battait-on là-bas, et il ne serait pas au danger !... Que diraient ses camarades jaloux de lui ? Qu'il s'était esquivé sous un faux prétexte au moment de la lutte !

Cette pensée le fit bondir... Il revint au poste, fouilla dans sa poche, en tira une pièce d'or, la seule qui lui restait et s'adressant aux soldats que la présence de l'officier avait dégrisés :

— Quel est le plus ancien !

— Moi, mon lieutenant — répondit le tambour.

— Tenez mon garçon, voici pour vous et les

Voici la lettre du général de Saint-Arnaud, lisez... et répondez !

camarades ; vous boirez à la santé des officiers du 42e de ligne.

— Nous vous connaissons, mon lieutenant — répondit le tambour — le sergent nous a dit qui vous étiez et que vous aviez planté le drapeau sur le mur de Sidi-Brahim. Nous boirons à la santé des officiers du 42e, mais surtout à celle du sous-lieutenant d'Hagniel.

— Vive le sous-lieutenant d'Hagniel ! — cria le poste enthousiasmé.

— Merci, mes braves, — dit Julien, et prenant le sergent à part :

— Je vous suis obligé de ce que vous avez fait. Ce n'est pas de votre faute si cette petite coureuse s'est sauvée. Voyez encore à la faire chercher et vous la ferez reconduire chez sa grand'mère. Je prends tout sur moi... Fumez-vous la pipe ?

— Oui, mon lieutenant — répondit Roubion en retirant de la poche de sa capote un « brûle-gueule » tout noir, dont le tuyau pouvait avoir deux centimètres de longueur — mais je n'ose pas vraiment vous offrir...

— Merci — répliqua l'officier en souriant. — C'est au contraire moi qui veux vous en offrir une. Elle est toute neuve, je l'ai achetée cet après-midi.

Ce disant, il tendit au vieux sergent une belle pipe de kummer enfermée dans un étui.

Les yeux du brisquart brillèrent.

— Oh ! mon lieutenant — dit-il — c'est trop beau ; non, c'est trop beau... C'est une bouffarde de général. Je n'oserai jamais...

— Allons, allons, pas de cérémonie.

Sans plus se faire prier, le sergent prit la pipe et balbutia de nouveau des remerciements que l'émotion coupait, tandis que Julien s'éloignait à grands pas. Mais, tout à coup, Roubion se frappa le front et courut après lui :

— Mon lieutenant! mon lieutenant!

L'autre s'arrêta.

— Pardon, mon lieutenant, mais les satanés roussins vont faire un rapport de bédouin sur mon compte... Si c'était un effet de votre bonté de dire que c'est eux qui ont commencé le branle-bas... d'ailleurs, vous les avez bien vus ; sauf votre respect, ils étaient tous saoûls comme des cochons.

— N'ayez crainte. S'ils font leur rapport, invoquez mon témoignage... Je me charge de les saler.

Roubion revint joyeux à son poste.

— C'est pas tout ça, les enfants. L'officier, bien que du 42me, s'est conduit en chic zigue. Il mérite d'appartenir au 58me... Faudrait qu'il passe lieutenant et qu'il permute avec ce saland de Lombard, qui a toujours l'air d'avoir avalé le lavement d'un cholérique ce qui le rend grincheux comme un cocu... Mais, assez jaspiné; faut que deux ou trois bons bougres se détachent de nouveau en tirailleurs et retrouvent la petite mâtine.

Les recherches recommencèrent ; les « bons bougres détachés en tirailleurs » déployèrent un zèle inutile, car la petite fille ne put être retrouvée.

. . . .

Comme on le suppose, Julien d'Hagniel s'en retourna fort inquiet au palais de l'Assemblée.

— Que doit penser ma pauvre vieille maman? — se demandait-il chemin faisant. — Elle cherche probablement cette petite polissonne dans toutes les rues de Montmartre, elle qui s'inquiète pour une vétille! Ah ! la pauvre maman! Quel guignon !

Et dire que je n'ai pas le temps de courir là-bas. Ah ! le métier a par moments de dures exigences !

Le lendemain matin, 4 décembre, un soldat du 58me vint demander à lui parler.

— C'est de la part du sergent Roubion.

— Ah! fit d'Hagniel rayonnant d'espoir... On a retrouvé la petite?

— Rien du tout, mon lieutenant. Le sergent m'envoie à seule fin de vous dire que rapport à la petite demoiselle, il n'y avait rien de nouveau.

— On l'a cherchée au moins?

— Toute la nuit, mon lieutenant,

— C'est inexplicable! Enfin, je vais aviser. Vous remercierez votre sergent de ma part.

L'homme parti il résolut d'expédier immédiatement un messager chez sa mère pour savoir ce qui s'y passait.

Mais qui envoyer?

Il ne pouvait disposer d'un homme de sa compagnie.

Le colonel Espinasse avait, en effet, interdit de la façon la plus formelle à ses officiers, non seulement de détourner un seul homme de son service, mais même d'envoyer leurs ordonnances en course.

Mesure de prudence non suivie par le sergent Roubion qui, appartenant à un autre régiment, n'avait pas reçu les mêmes ordres.

Des militaires isolés avaient, en effet, été attaqués et désarmés par les insurgés; quelques uns jetés nuitamment dans la Seine. Ce qu'on redoutait peut-être le plus, c'est qu'ils ne fussent embauchés et endoctrinés. Tous ces cas s'étaient présentés et l'on peut affirmer d'une façon générale qu'ils sont fréquents dans les insurrections.

Il fallait donc que d'Hagniel se mît en quête d'un civil pour lui servir de commissionnaire.

Mais les passants n'étaient pas nombreux sur la place, surtout de la catégorie de ceux qui veulent bien se charger d'un tel rôle. Des hommes en blouse, on n'en voyait pas, et d'Hagniel n'osait s'adresser à aucun bourgeois craignant une rebuffade. Le temps s'écoula, et la matinée se trouvait déjà fort avancée, quand un jeune homme en casquette, une sorte de petit commis de magasin ou de camelot, consentit, moyennant une bonne rémunération, à se rendre à Montmartre, chez la mère de l'officier.

— Hâtez-vous — lui dit Julien — et si vous ne vous faites pas trop attendre, j'ajouterai un supplément.

Comme il regardait derrière les barreaux de la grille du palais, le jeune homme s'éloigner à grands pas, il s'entendit appeler.

Il se retourna ; le colonel était devant lui.

— Mon colonel ?

— Qu'est-ce que ce civil avec qui vous étiez en si grande conversation?

— Mon colonel, c'est un jeune homme que j'envoie chez ma mère pour avoir de ses nouvelles.

— Vous le connaissez?

— Ma foi, non.

— Ah!

Il y eut un moment de silence. Le sous-lieutenant se tenait immobile devant son chef qui l'examinait en fronçant le sourcil.

— Eh bien! Et cette histoire d'hier soir? Cette petite fille? Qu'en est-il résulté?

— Mon Dieu, mon colonel, c'est une histoire à laquelle je ne comprends rien. Quand je suis arrivé, la gamine venait de se sauver.

— C'est singulier !

— Je ne sais que penser, en effet, mon colonel... J'en suis perplexe et fort surpris.

— Moi aussi.

— C'est pourquoi — continua Julien — j'envoie quelqu'un chez ma mère. La pauvre femme doit se mourir d'inquiétude... Et moi je ne serais pas fâché de savoir si l'enfant est rentrée.

— Venez, j'ai à vous parler.

Le colonel Espinasse tourna sur ses talons, et, suivi de l'officier, se rendit dans son bureau, c'est-à-dire dans celui du lieutenant-colonel Niol, l'ex commandant militaire du palais de l'Assemblée.

Arrivé là, il s'assit devant une table, laissant debout le sous-lieutenant, qui, immobile, dans l'attitude militaire, attendit à quelques pas de son chef.

— Avant — lui dit le colonel — d'en arriver à ce que je veux vous dire, vous reconnaîtrez que je vous ai témoigné quelque intérêt.

— Mon colonel, je le reconnais et je vous en remercie.

— Bon! je prends note de cette déclaration. Donc, hier, dans le seul but de vous être utile, et pour pouvoir vous signaler au général de Saint-Arnaud, je vous ai donné le commandement d'une patrouille... L'oisiveté où nous nous morfondons malgré nous, par suite de l'occupation du Palais, alors que les camarades se battent, faisait de cette mission une faveur. Vous avez eu des jaloux, je le sais, car elle eût pu devenir importante. Des lieutenants, des sous-lieutenants, plus anciens que vous, se sont étonnés de cette préférence. On a parlé de passe-droit. Ça, je m'en bats l'œil. Mais nom de Dieu! vous avez une singulière manière de reconnaître les bontés que j'ai pour vous.

L'officier regardait le colonel avec un certain étonnement. Préoccupé avant tout de la disparition de la petite Renée, il ne songeait plus à l'ouvrier et à son ami Paul Barrel, qu'il avait fait mettre en liberté.

D'ailleurs, comment le colonel aurait-il été instruit de cet incident? Il était loin de se douter d'avoir été surpris par le ministre de l'intérieur, le redoutable M. de Morny en personne.

— Sacrebleu! Vous n'avez pas l'air de comprendre — reprit le colonel. — Faut-il vous mettre les points sur les i ? Soit! Je vais vous les mettre... Vous m'avez fait un faux rapport, sous-lieutenant d'Hagniel. Quand vous êtes revenu de votre mission, vous m'avez dit avec un aplomb que j'admire : « Rien de nouveau! » Et cependant vous vous êtes permis de relâcher deux drôles, deux insurgés que les agents de la force publique avaient remis entre vos mains, alors que vous eussiez dû les faire fusiller.

— Mon colonel. L'un de...

— Taisez-vous, nom de Dieu! Vous parlerez lorsqu'on vous interrogera... Voulez-vous me répéter quelles sont les instructions que je vous ai données en vous faisant l'insigne faveur de vous envoyer en patrouille? Répondez.

— Mon colonel, vous m'avez donné l'ordre de disperser les rassemblements si j'en rencontrais et d'arrêter tout individu suspect.

— Parfaitement... Et, en outre, de ne pas hésiter à vous servir de vos armes et de taper sans pitié sur tous les chenapans qui se trouveraient sur votre passage. Est-ce cela ?

— Oui, mon colonel.

— Et au lieu de vous conformer à ces ordres, vous relâchez deux bandits qui ont tiré sur la troupe et assassiné des sergents de ville. Que dis-je? Vous pactisez avec ces gredins, vous leur serrez la main. Qu'est-ce que cela signifie? Parlez !

— Mon colonel, l'on vous a induit en erreur. L'un de ces hommes est un ami d'enfance.

A ces mots, le colonel se renversa sur sa chaise, et croisant les bras sur sa poitrine, s'écria avec colère :

— Un ami d'enfance! En bien, je vous en fais mon compliment? Vous avez un singulier tact pour le placement de votre amitié. Quand on a des amis de cette espèce, qu'ils soient d'enfance ou non, on les jette par dessus bord. Et l'autre ? Est-ce aussi un ami d'enfance?

— Non, mon colonel. C'est un ouvrier que je connais à peine, mais qui m'a rendu récemment un grand service.

— Diable! un service d'un ouvrier! Il vous a prêté sa sœur?...

— Non, mon colonel... J'ignore même s'il a une sœur.

— Quand on est comme vous le fils d'un officier et qu'on a l'honneur de porter l'uniforme d'officier, on ne se met pas dans la nécessité d'avoir recours aux services de gens de cette espèce... ou alors on les paye comptant.

— Mon colonel, il est de ces services...

— Taisez-vous, monsieur.

— Cet ouvrier a pris ma défense...

— Nom de Dieu. voulez vous vous taire... Ah! ça. Allez-vous continuellement me couper la parole. Je ne pourrai plus placer un mot. Quelle démangeaison de langue! Vous êtes plus bavard qu'un député. Foutez-moi la paix avec vos ouvriers et vos amis d'enfance. Ils ne m'intéressent nullement. Si je vous interroge, c'est pour constater ceci : « Rien de nouveau. » Or, il y avait du nouveau, puisque les agents vous avaient confié deux insurgés à qui vous vous êtes empressé de donner la clef des champs. Vous m'avez donc induit en erreur en me rendant compte. Vous avez commis une grave infraction à la discipline et aux règlements.

— Mon colonel...

— Silence! Je n'ai pas fini. Quand on se met en défaut, il faut avoir l'œil. Or, vous n'avez pas en l'œil. Vous vous êtes laissé apercevoir par je ne sais qui. Un gros bonnet, sans doute, car il est écouté en haut lieu. Il a rendu compte au ministre de la guerre que des militaires sous mes ordres pactisaient avec l'insurrection, et l'on me demande des explications à ce sujet. Supposez qu'au lieu de m'appeler Espinasse, je m'appelle Tartenpion ou Bertrand, j'étais un homme dans le lac. Mais, néanmoins, voilà une aventure qui va gâter le renom de mon régiment et de mon corps d'officiers. Ça, joint à l'équipée du commandant Meunier, c'est complet!

Julien était consterné.

Quoi, pour avoir mis en liberté son ami Paul Barrel qu'il savait plutôt occupé de peinture et d'amour que de politique, et ce brave ouvrier qui l'avait défendu, tout un orage s'amoncelait sur sa tête, et l'honneur de son régiment, l'avenir de son colonel, le sien, se trouvaient compromis !

En voilà une histoire ! Quels chipots de portières! Il n'y avait pourtant pas de quoi fouetter un chat. Décidément le métier n'était pas toujours beau !

Il résolut de laisser passer l'orage ; d'écouter sans souffler mot, immobile et respectueux, les plus acerbes remontrances, puisque chaque fois qu'il essayait de se justifier, il exaspérait son supérieur

— Ce n'est pas tout — poursuivit le colonel. — Je ne sais quel fourbi vous faites, à quel micmac vous vous livrez !...

— Moi, mon colonel !

— Vous!... Et tout ça ne me paraît pas clair... Des paperasses viennent de m'arriver, vous concernant. Vous allez, sans doute, me donner des explications, Je le désire vivement. Voici d'abord la lettre du général de Saint-Arnaud, prenez, lisez... et répondez.

On se rappelle l'intimité du général de Saint-Arnaud avec le colonel Espinasse, intimité accrue pendant l'expédition de Kabylie. Ce dernier communiquait avec le ministre sans passer par la voie hiérarchique, et le ministre lui répondait de même.

Julien prit la lettre qu'on lui tendait et lut ce qui suit :

« Mon cher colonel,

« J'apprends qu'un de vos officiers, passant avec son peloton dans la rue Castiglione, a fait relâcher deux insurgés que des agents de police lui avaient confiés.

« Or, ces individus, gaillards de la plus dangereuse espèce, venaient précisément d'assommer plusieurs sergents de ville. L'officier dont je vous parle a donc été très mal inspiré en les faisant mettre en liberté.

« Je ne suppose pas qu'il ait agi d'après vos ordres. Informez-vous de son nom, infligez-lui un blâme sévère et une punition salée pour sa malencontreuse initiative et rendez-moi compte.

« Général de Saint-Arnaud. »

« *P. S.* Ci-inclus ce que je reçois à l'instant du ministère de l'Intérieur. Faites une enquête dont vous m'enverrez le rapport au plus tôt. »

Quand Julien eut terminé la lecture de cette lettre, le colonel lui en tendit une autre.

Elle était ainsi conçue :

« *Préfet de Police au Ministre de l'Intérieur.*

« 4 décembre.

« Non seulement, comme je vous le disais hier sur ma dépêche de quatre heures, les sympathies populaires ne sont pas pour nous, non seulement nous ne trouvons d'enthousiasme nulle part, mais encore, je commence à croire que je me suis montré beaucoup trop optimiste en ce qui concerne l'armée. *Nous avons des trahisons à redouter et des défections à craindre.*

« Certes la grande majorité des officiers et des soldats nous est dévouée, j'en suis convaincu, mais je suis convaincu également qu'il se trouve sous les drapeaux plusieurs brebis galeuses, et vous savez aussi bien que moi que quelques brebis galeuses peuvent contaminer tout un troupeau. Je ne parle pas à la légère. J'ai ici, sous les yeux, le rapport d'un de mes commissaires de police. Il n'est pas très clair et je viens de prescrire un supplément d'enquête, mais tel quel, il contient de graves révélations.

« Je vous en envoie une copie. Prenez-en connaissance et transmettez-la à M. le Ministre de la Guerre, de façon qu'il agisse de son côté. Il n'y a pas de temps à perdre. Nous sommes perdus si nous tergiversons. Il faut se montrer impitoyable et traduire immédiatement cet officier devant un conseil de guerre, qui le condamnera à mort, comme coupable de trahison. S'il a des camarades possédant des propensions à l'imiter, cela leur en fera perdre l'envie. »

« De Maupas. »

En travers de cette lettre, monument impérissable de l'effarement du Préfet de police, Julien lut ces mots de la main de Morny :

« Transmis au Ministre de la guerre. »

Et en dessous :

« Décidément, Maupas n'est pas, mais pas du tout, l'homme de la situation. »

A cette lettre était épinglé le rapport du commissaire de police, établi d'après les dénonciations ridicules de la naine vosgienne. Nous en avons eu connaissance dans un précédent chapitre. Julien le parcourut rapidement avec une stupeur et une colère visibles.

— Eh bien ? — lui demanda le colonel, qui observait la physionomie de l'officier. — Qu'en dites-vous, lieutenant ? Le préfet de police demande à grands cris votre comparution devant un conseil de guerre et, s'il ne tenait qu'à lui, on vous fusillerait séance tenante. Vous voilà dans de beaux draps ! Qu'avez-vous à dire pour votre défense ? Voyons, parlez, expliquez-vous. J'attends !

— Mon colonel, permettez-moi de vous faire observer que ce rapport me paraît absolument... idiot. Le mot m'échappe, je ne le retire pas. Je ne comprends même pas qu'on ait pu le prendre un seul instant au sérieux. Ce sont des racontars de portières, pas autre chose, à moins que ce ne soit l'œuvre de quelque farceur.

D'Hagniel s'attendait à une nouvelle explosion de colère; il n'en fut rien. Le colonel lui répondit d'un ton fort calme.

— Ce rapport, en effet, me paraît idiot, comme vous venez de le dire. Je connais trop bien Madame votre mère, la veuve de mon vieux camarade d'Hagniel, pour supposer qu'il lui soit jamais venu l'idée de conspirer contre le Prince Président. Sans votre malencontreuse équipée, j'eusse renvoyé au général de Saint-Arnaud ce ridicule factum, avec quelque annotation peu flatteuse sur le compte de ce préfet de police. Mais les apparences sont contre vous. Eclairez-moi donc un peu. Je vous sais un brave garçon, incapable de mentir.

Julien d'Hagniel, encouragé par ce ton amical, donna quelques explications sommaires sur les faits qui avaient pu motiver ce tissu d'inventions grotesques, grossies encore par l'imbécillité des agents.

Il parla donc de sa liaison avec le fils du représentant Barrel, et n'oublia pas son altercation avec un américain du nom de James Dilson, personnage louche, se vantant de connaître le Président de la République et de la lutte qui s'ensuivit, lutte dans laquelle un ouvrier typographe vint bravement lui prêter main-forte.

Il n'eut pas de peine à convaincre le colonel qu'il n'y avait dans le rapport établi contre lui que des amplifications d'agents sur des racontars de commères.

— Qui diable peut bien être ce James Dilson ? dit le colonel. — Je l'ai eu entre les mains. Je regrette de l'avoir relâché.

Le colonel avait eu, en effet, James Dilson entre les mains.

On se rappelle que la veille, quand Julien était venu lui demander la permission de s'absenter, celui-ci s'était écrié : « Quelle est cette nouvelle histoire ? »

Voici l'explication.

Une demi-heure auparavant un soldat était venu trouver le commandant du Palais-Bourbon pour le prévenir qu'un civil demandait à lui parler.

— Un civil ? Qu'il aille au diable !

— Oui, mon colonel.

Et l'homme était parti là-dessus.

Mais le colonel, se ravisant, le rappela.

— Comment est-il, cet animal ? Un voyou ou un bourgeois ?

— Un bourgeois, mon colonel.

— C'est peut-être quelque envoyé du ministre de l'intérieur... Ne faisons pas de gaffe... Voyons. Amenez-le ici, ce particulier.

Quelques instants après, James Dilson se présentait devant le chef du 42me de ligne.

Il le salua poliment. Nous savons qu'il n'était plus le jeune malotru vu à l'œuvre en Algérie. La leçon des officiers de la garnison de Tebessa avait été bonne.

Le colonel lui rendit son salut et lui demanda ce qu'il désirait.

— Porter plainte — répondit Dilson.

— Contre qui ?

— Contre un de vos officiers, monsieur le colonel.

— Un de mes officiers ? Qu'est-ce qu'il vous a fait ?

— Il s'est conduit en homme mal élevé...

Mauvais début. Le commandant du Palais de l'Assemblée, qui reconnut de suite la nationalité de l'amoureux d'Hélène, l'interrompit.

— Aucun de mes officiers n'est mal élevé, monsieur.

En tout cas, si vous avez trouvé l'un d'entre eux peu poli à votre égard, c'est que vous avez été grossier vous même. D'ailleurs ceci ne me regarde pas. Ces affaires se règlent sur un autre terrain que le bureau du chef de corps. Envoyez-lui vos témoins, qui s'arrangeront avec les siens. D'abord qui êtes-vous ?

— Je m'appelle James Dilson.

— Qu'est ce que c'est que ça, James Dilson ? Vous pourriez aussi bien me répondre Anatole Tartenpion ou Robert Macaire. Ça ne me dit rien, James Dilson. Quelle est votre profession ?

— Millionnaire.

— Tous mes compliments. Mais parce que vous êtes millionnaire, il ne s'ensuit pas que vous vous arrogiez le droit de prétendre à l'honneur de vous mesurer avec un officier. Comment s'appelle cet officier ?

— Julien d'Hagniel.

— Tiens ! Tiens ! Et qu'est-ce qu'il vous a fait ce Julien d'Hagniel.

— Il m'a grossièrement injurié. C'est un impertinent et un braillard. Je déteste cette sorte de gens. Il y en a beaucoup trop dans ce pays.

— Ah ! ça, dites donc, monsieur le millionnaire, est-ce que vous vous foutez de moi ?

— Pas du tout, monsieur le militaire. Je suis

toujours sérieux en parlant de choses sérieuses, et je ne parle jamais que de celles-là. Monseigneur le Président de la République, qui paraît avoir plus de respect que vous pour les millionnaires, a confiance dans les officiers de son armée, et c'est, je le crois, avec raison, mais il aurait tort d'avoir en tous une confiance absolue.

— Hein? Qu'est-ce à dire? — s'exclama le colonel. — Quelle est cette insinuation? Je vous somme, Monsieur, de vous expliquer.

— Mais je viens justement pour cela. Vous voulez un nom? Eh bien, le voici : Julien d'Hagniel, sous-lieutenant au 42me de ligne. Cet officier s'entend avec les anarchistes, les *rouges*, comme vous les appelez. Votre devoir est de le faire arrêter.

— Mon devoir? — fit le colonel en se levant. — Je trouve assez singulier que vous osiez, Monsieur, me parler de devoir.. que vous ayiez la prétention de régler ma conduite...

— Ne vous emportez pas — répliqua froidement l'Américain. — Je n'ai nullement la prétention de vous indiquer votre conduite. Je vous prévenais seulement, avant d'avertir Monseigneur le Président de la République.

— Qu'est-ce que vous me chantez avec le Président de la République — s'écria Espinasse. — Il n'a que faire avec des gens comme vous.

— Je vous signalerai aussi, Monsieur le colonel.

On le voit, le fils du fabricant de conserves de New-York s'intéressait tout d'un coup à la discipline de nos régiments, mettait la main à l'œuvre, et depuis qu'il avait mis cinq millions dans l'*affaire*, voulait, lui aussi, travailler au salut de la France.

En cela, il était bien dans les traditions de sa race, qui trouve tout naturel de s'occuper de ce qui ne la regarde nullement, aime à s'immiscer dans tout, empiète volontiers sur ses voisins, menace de tout envahir et se met en grande colère lorsqu'on trouve mauvais ses empiétements.

Malheureusement pour James Dilson, le colonel Espinasse était peu disposé à recevoir des ordres et des observations d'un *pékin*, surtout d'un *pékin* de nationalité étrangère.

— Vous me signalerez — lui riposta-t-il furieux. — Vous êtes donc un mouchard, et, mouchard, vous avez l'audace de venir me menacer chez moi... Ne savez-vous pas que je peux vous faire *coffrer?*

— Vous voulez dire mettre en prison ? — répliqua froidement Dilson. — Si vous faisiez cela, vous vous en repentiriez fort. M. le Président de la République viendrait m'ouvrir lui-même la porte.

— Ah ! ça ! Il est fou cet animal — se dit le colonel. — Et si je vous faisais fusiller!

— Vous n'en avez pas le droit.

— J'ai tous les droits ici. Vous entendez ?

James Dilson haussa les épaules.

— J'entends bien, mais je n'en crois pas un mot.

Espinasse furieux de ce calme ouvrit une fenêtre et cria :

— Quatre hommes !

— Prenez garde ! — dit Dilson. — Je suis citoyen des Etats-Unis d'Amérique. Personne n'a le droit de mettre la main sur moi.

— Nous allons voir ça !

On entendit dans le corridor un bruit de crosses.

Les soldats entrèrent.

— Empoignez-moi ce gaillard — leur commanda le colonel — et fichez-le hors du Palais. S'il fait de la rouspétance, collez-le au bloc. Allons, du leste!... Enlevez!

— Qu'on ne me touche pas! Qu'on ne me touche pas ! — cria Dilson — commençant à perdre son beau sang-froid.

— On ne vous touchera pas, si vous êtes sage. Autrement...

Les soldats entraînèrent l'Américain. Dans le corridor, il voulut riposter.

— Allons, pas tant d'histoires — dit un caporal. — Marche, salaud !

Une minute après, James Dilson était expulsé du Palais-Bourbon et, fou de rage, les vêtements déchirés, le chapeau aplati, il montrait le poing aux hommes de garde, leur criant :

— Je suis citoyen américain, je suis l'ami du Prince-Président... Vous aurez de mes nouvelles.

Des éclats de rire accueillirent cette menace.

Ces expulsions, *manu militari*, ont parfois du bon, et à certaines époques troublées de notre histoire, lorsque des étrangers implantés chez nous agitent l'opinion, et se conduisent comme en pays conquis, se mêlant de nos affaires, et prétendant nous régenter après s'être engraissés de nos dépouilles. Ce qu'il y a encore de mieux pour en finir, c'est de les conduire à la frontière entre quatre hommes et un caporal.

. . . .

Le colonel Espinasse affectionnait Julien d'Hagniel à double titre, et comme bon officier et comme le fils d'un vieil ami. Il ne demandait donc qu'à le pousser, mais sa tentative pour le mettre avantageusement en relief, avait eu un résultat tout opposé à celui qu'il en espérait, puisque son protégé avait trouvé le moyen d'attirer sur lui l'attention du ministre, comme imbu de « mauvaises doctrines ». — Les opinions contraires au pouvoir existant sont toujours réputées mauvaises doctrines — ami des insurgés, pactisant avec eux, les notes les plus fâcheuses enfin qui puissent être données à un officier et qui ruinent infailliblement sa carrière.

Impossible donc de citer son nom en y accolant quelques lignes d'éloges ; tout au contraire, il fallait maintenant commencer une enquête sur la vie privé du sous-lieutenant, ses relations, ses accointances. Cela avait provoqué la colère du colonel.

Mais comme nous l'avons dit plus haut, les explications de Julien d'Hagniel lui parurent satisfaisantes, et l'enquête fut jugée inutile.

Sa famille, son éducation, tout son passé démolissaient ces accusations ridicules, commérages sans consistance, et après avoir de nouveau tancé l'officier, mais cette fois sans le moindre emportement, et l'avoir engagé à montrer plus de prudence et de circonspection à l'avenir, il le renvoya en lui promettant d'aviser pour le tirer de ce mauvais pas.

Effectivement, il écrivit, sans plus tarder, la lettre suivante au général de Saint-Arnaud :

« Monsieur le Ministre,

« Le sous-lieutenant d'Hagniel dont il est question dans le rapport envoyé par M. le Préfet de police est bien celui qui commandait la patrouille. Il a eu tort de mettre en liberté les deux individus dont vous me parlez, mais comme je lui avais laissé toute latitude et toute initiative, il n'a nullement outrepassé ses droits. C'est un officier d'avenir. Sa manière de servir est parfaite. Ses notes sont excellentes. Il a gagné ses galons de sergent en plantant le drapeau sur le marabout de Sidi-Brahim. S'il a permuté pour venir au 42me, c'est parce que je le lui ai conseillé et non pas pour s'entendre avec des sociétés secrètes.

« Je connais madame d'Hagniel de longue date. C'est la veuve d'un chef d'escadrons d'artillerie, mort jeune. Elle est toute dévouée au Prince-Président et ne soupire qu'après le rétablissement de l'Empire. Le rapport de M. le Préfet de police est absolument idiot. Je ne puis croire qu'il ait eu la naïveté de prendre au sérieux des commérages aussi grotesques. Qu'il se rassure ! Il n'y a pas de brebis galeuse dans mon régiment, ni, j'en ai l'espoir, dans aucun autre.

« Je ne pense donc pas qu'il soit utile de provoquer la réunion d'un conseil de guerre. Si M. le Préfet de police tient absolument à ce qu'une punition soit infligée, je propose de remplacer par quatre jours d'arrêts simples, la condamnation à mort qu'il demande pour M. le sous-lieutenant d'Hagniel.

« Recevez, Monsieur le Ministre, etc.

« Colonel ESPINASSE. »

Le général de Saint-Arnaud, après avoir pris connaissance de cette lettre, se fit un malin plaisir de la transmettre à M. de Maupas, qui n'en a point parlé dans ses mémoires.

. . . .

CHAPITRE LXVIII

Colère de Grelon. — L'appartement vide. — Chemin faisant. — Rencontre agréable.

On se rappelle que, la veille, le colonel avait donné à Julien la permission de la nuit.

Pourquoi n'en avait-il pas profité?

Pour deux raisons dont l'une était d'ordre tout militaire.

Parti brusquement avec le soldat du 58e, il n'avait pas songé à rendre compte à son capitaine de la permission octroyée par le colonel. Faute contre la discipline et en même temps un manque d'égards envers son capitaine immédiat que l'officier n'aurait pas voulu commettre. Il se vit donc forcé, après avoir cherché infructueusement la petite fille, de s'en retourner à son poste.

A la vérité, il aurait pu repartir immédiatement, après en avoir informé son chef direct mais d'un moment à l'autre, il espérait qu'on allait lui ramener la fillette ou le prévenir qu'elle était retrouvée. Il attendit donc, se réjouissant de la reconduire chez sa mère, dont il s'imaginait facilement la désolation; de la sorte, la nuit se passa sans qu'il eut profité de sa permission

En quittant le colonel, à la suite de l'orageuse entrevue que nous avons rapportée, d'Hagniel fut interpellé par le capitaine Grelon qui se promenait dans la cour, en grommelant comme de coutume, tout en fumant une vieille bouffarde.

— Hé lieutenant, quoi de neuf?

— Pas grand chose de bon, mon capitaine,

— M'en doute.

— Un tas de tuiles qui me tombent sur la tête.

— Ça se voit. Faites une sale poire.

— Il y a de quoi.

— Contez-moi ça.

Quand Julien eut terminé son récit, il demanda :

— Eh bien, qu'en dites-vous, mon capitaine ?

— J'en rote ! —répondit simplement le vieil officier. Puis brusquement sa colère éclata :

— Nom de Dieu ! C'est dégoûtant ! Un salaud, votre préfet de police. S'il était là, ne lui enverrais pas dire. Sale pékin qui se permet de donner des ordres. C'est trop fort. Lui en foutrais moi, à ce cogne, si j'étais quelque chose dans les légumes. Commencerais par le mettre au bloc, tout préfet de police qu'il est. Oui, au bloc! Nom de Dieu ! Ah! ah! au bloc! au bloc!

Sacré nom de Dieu!

Et il se lança dans une litanie de jurons, dont la durée fut si longue, que sa pipe s'éteignit.

Julien rejoignit ses camarades et, comme toutes les natures franches, il était volontiers communicatif, il s'empressa de leur faire part de ses mésaventures.

Quelques-uns, ceux qui le jalousaient, en furent secrètement enchantés, mais le plus grand nombre, dont il s'était attiré les sympathies, le plaignirent sincèrement.

Ses confidences faites, il attendit le retour du messager envoyé chez sa mère.

Mais celui-ci ne revint pas et ne devait pas revenir. Au lieu de courir jusqu'à Montmartre, il avait jugé beaucoup plus avantageux et surtout moins dangereux de s'en retourner tranquillement chez lui, avec le pourboire que lui avait remis Julien.

La journée se passa sans incidents et sans nouvelles. A la tombée de la nuit, Julien, de plus en plus perplexe, pria son capitaine de demander pour lui au colonel la permission de s'absenter à nouveau. Le capitaine Grelon y consentit.

— Je peux m'attendre à un refus catégorique — pensait le sous-lieutenant. Il n'en fut rien.

Le colonel le fit appeler et lui dit :

— J'ai confiance en vous. Vous pouvez partir. Allez jusque chez vous, voyez madame votre mère, puis revenez immédiatement. Le plus tôt vous serez de retour, le mieux ce sera. C'est compris?

— Oui, mon colonel.

— Allez.

Et Julien s'en alla, après avoir rendu compte.

— Bonne chance! — lui cria le capitaine Grelon.

— Bonne chance, répétèrent les camarades de l'officier.

— Merci, messieurs. A tout à l'heure.

Il avait de bonnes jambes. La distance qui le séparait de Montmartre fut bientôt franchie. Au fur et à mesure qu'il s'approchait de son domicile, il précipitait le pas. N'allait-il pas trouver sa mère, assise dans son grand fauteuil, dans sa pose accoutumée, enveloppant de son regard bienveillant et doux, le sourire sur les lèvres, la petite fille s'amusant à côté d'elle? Il avait fini par s'en convaincre et, les événements de la veille et de la matinée lui semblaient presque un mauvais rêve, dont les images, de plus en plus confuses, de plus en plus vagues, allaient finir par s'évanouir entièrement.

Il entra chez lui à l'aide d'une clef qui ne le quittait jamais, et tout de suite son cœur se serra, car il n'y avait pas de lumière. Il pressentit un malheur et frisonna.

— Maman ! — cria-t-il.

Car ce mot enfantin, ce mot si doux que nous avons tous prononcés dès le berceau quitte rarement les lèvres de l'homme.

Et dans les grandes détresses, alors que tout vous abandonne, on évoque comme un dernier cri d'espoir, un suprême appel, le nom sacré de la mère.

La voix aimée ne répondit pas à sa voix.

— Maman? Maman? Tu es là? — répéta-t-il d'un ton plein d'angoisse.

Encore rien. Il fit flamber une allumette, alluma une bougie et resta un moment immobile, frappé de stupeur devant le spectacle qui s'offrait à ses yeux.

Le désordre le plus complet régnait dans la chambre. Les meubles étaient déplacés, les tiroirs ouverts, les cadres décrochés, probablement pour voir si l'on n'y cachait rien derrière. Des paperasses que les agents, chargés de la perquisition n'avaient pas jugées dignes d'intérêt, étaient éparses sur le plancher. Des reliques de familles, différents menus objets auxquels Julien et sa mère attachaient un grand prix par la religion du souvenir avaient été brisés ou détériorés par des mains irrespectueuses et brutales. L'officier s'aperçut en outre de la disparition d'une assez forte somme d'argent et de bijoux précieux, qu'il savait serrés dans une armoire à glace.

Avec une stupéfaction qui, peu à peu, se transformait en une colère folle, Julien parcourut les autres chambres, constatant dans chacune les traces du même vandalisme.

— On est venu perquisitionner ici, c'est certain — se disait-il, — on a perquisitionné et cambriolé. Mais qu'est devenue ma pauvre maman? Où est-elle? Où est-elle? Et ma petite Renée? Et la servante?

Il voulut interroger ses voisins, alla sonner et frapper à leurs portes. Deux ou trois étaient absents ou ne répondirent pas, un autre le regarda avec commisération et lui dit qu'il ne pouvait donner aucun renseignement; enfin il apprit que le dernier, un serrurier, venait de s'en aller, un quart d'heure auparavant, avec une charrette et son garçon.

— Une charrette! serait-ce pour ramener un blessé? — demanda Julien pâlissant.

— Je ne sais pas, monsieur, je ne pense pas. Non, c'est pour de l'ouvrage — lui répondit la femme qu'il interrogeait, et comme il s'éloignait, après avoir remercié, elle murmura :

— Pauvre garçon!

Chère Adèle, laissez-moi vous donner un doux baiser !

Le sous-lieutenant se trouvait dans cet état où l'agitation de l'esprit s'étant communiquée au corps, il faut à toute force que l'on se donne du mouvement, que l'on fasse agir ses muscles, que l'on tourne autour de sa chambre, comme un écureuil dans sa cage, si l'on est enfermé, que l'on fonce en avant, comme un poulain échappé, si l'on a l'espace devant soi. C'est pourquoi il s'en allait à grandes enjambées, sans trop savoir où, incapable d'attendre dans l'inaction et une inquiétude croissante, le retour problématique de sa mère.

Un instant, il songea à regagner directement le palais de l'Assemblée nationale, car il avait dans l'âme le profond sentiment de la discipline, de l'obéissance à ses chefs, et le colonel Espinasse lui avait donné l'ordre de revenir au plus tôt, mais tout à coup une idée surgit qui le fit changer d'avis.

Sa mère savait parfaitement qu'il avait une garçonnière pour abriter ses bonnes fortunes de rencontre. Elle n'y allait jamais, naturellement, mais elle en connaissait l'adresse. De plus, elle en possédait une clef.

— Je parierais, — se dit l'officier — que maman se trouve dans ma garçonnière. Certainement elle a dû sortir pour chercher Renée ou pour me prévenir que l'on perquisitionnait chez nous. Elle aura été épouvantée par les fusillades, les mouvements de troupes, les barricades et se sera refugiée là. Oui, elle y est, j'en suis sûr, elle y est avec la fillette.

Pendant que j'allais chez elle, elle m'aura envoyé un mot au Palais de l'Assemblée, et elle m'attend avec impatience... Pauvre chère maman ! Comme je vais l'embrasser !

Et il se reprochait son indifférence apparente qui souvent attristait la pauvre dame, lui brisait le cœur. Quoi! Il avait demandé à permuter, il avait quitté son beau bataillon de chasseurs, où il était connu, où il avait fait ses premières armes, aimé de ses camarades, estimé de ses chefs, pour se rapprocher d'elle, et elle ne le voyait guère plus souvent que lorsqu'il était loin.

Il se sentait bourrelé de remords de négliger ainsi sa pauvre vieille mère, et pour qui? Pour courir après des jupes, des jupes le plus souvent crottées ; poursuivre des créatures indignes que, son caprice satisfait, il repoussait avec dégoût.

Ah! oui, il allait changer de vie et consacrer désormais à sa chère mère une partie, la plus grande partie du temps libre que lui laissait le service.

Tout en faisant ces réflexions, en se morigénant, il marchait à grands pas, dévoré d'inquiétude, hanté de sombres pressentiments qu'il essayait de chasser.

— Si ma pauvre mère n'était pas chez moi — se disait-il — ce n'est pas une raison pour désespérer. Nous avons nombre de connaissances chez qui elle a pu se réfugier, demander avis...

Et ils les passait toutes en revue.

— Quant à Renée, elle aura certainement été ramenée par les agents. Comment ne l'aurait-on pas retrouvée ? Ces soldats du poste, aux trois quarts ivres, n'ont rien vu, rien pu voir. Peut-être même qu'un commissaire de police a fait dire à ma mère de venir la réclamer. Et voilà pourquoi je n'ai trouvé personne à la maison. C'est assurément ainsi que les choses se sont passées... Et si elles ne se sont pas passées exactement ainsi, il y a dix autres, vingt autres raisons pour qu'elles se soient passées d'une manière aussi naturelle et aussi anodine, qui me crient que je suis un sot de m'inquiéter de la sorte.

En tous cas, puisque je suis sur le chemin de ma chambre, je vais y aller... Je trouverai la grosse boulangère... Peut-être sait-elle quelque chose et me donnera-t-elle quelque renseignement.

A cette pensée de la « grosse boulangère », son visage changea d'expression, de grave il passa au gai, et un sourire voluptueux erra sur ses lèvres. Il fredonna même le refrain connu :

La boulangère à des écus
Qui ne lui coûtent guère.
Oui, elle en a, je les ai vus,
J'ai vu la boulangère !

— Je l'ai vue, la boulangère, je l'ai vue... je l'ai vue... Superbe femme tout de même, potelée, dodue, ferme et pas de corset... et propre... Parlez-moi de ça. Belle peau blanche, satinée... hé! hé! Et une gaillarde! Solide au poste e à la riposte, et qui ne craint pas de traiter son mari de cocu... Ah! la mâtine!

Elle connaît un tas de trucs pour le cocufier à son nez et à sa barbe... Seulement jalouse en diable; une jalousie qui m'obligera à déguerpir de sa boîte...

N'a-t-elle pas eu le toupet de me faire l'autre jour une scène parce que j'avais emmené l'ancienne de Paul passer la nuit avec moi. Ah! non, par exemple! Pas de ça, Lisette. Je veux l'aisance des coudes. Liberté pleine et entière de part et d'autre. Est-ce que je lui cherche noise pour ses amants! Non, pas de crampon! C'est assez d'être cramponné par le service. Une maîtresse crampon, il ne manquerait plus que ça! Jamais!

Il s'animait, s'excitait, s'indignait au fur et à mesure de ses propres paroles.

— C'est idiot, ces femmes qui minotaurisent leur mari et prétendent à la fidélité de leurs amants. Si on les écoute, elles vous bernent. Elles disent : « Non, il est trop serin! » Le père Grelon a bien raison. Sa petite histoire m'a charmé; elle confirme mes théories. Avec ces donzelles, pas de ménagements. Il faut y aller dare dare, emporter la citadelle d'assaut...C'est surtout avec ces saintes nitouches, qui prennent des airs à avaler le bon Dieu sans confession, qu'il faut y aller carrément. On croirait que c'est la pudeur, la vertu, la chasteté, l'innocence même :

Une fille de quinze ans
A Agnès pareille
Qui croit que les enfants
Se font par l'oreille.
Va t'en voir, s'ils viennent Jean !
Va t'en voir s'ils viennent !

Cette petite Adèle, par exemple!... Ai-je assez joué avec elle le rôle d'amant de la lune! M'a-t-elle assez fait poser! roucouler comme un collégien, pour voler, de ci de là, un pauvre baiser qui l'effarouchait et lui donnait des teintes de vermillon qui ne m'en allumaient que mieux... Eh bien! cette petite Adèle, je commence à n'avoir plus en elle qu'une confiance médiocre!... C'est peut-être une farceuse comme les autres, et à coup sûr elle en remontrerait à son empoté de frère, le cocu Plumereau!

Il s'arrêta soudain.

Une silhouette féminine, à l'allure jeune, svelte, se dessinait dans l'ombre de la rue, arrivant sur lui.

— Mais — s'exclama-t-il — le diable m'emporte, la voici!.. C'est vous Adèle!

— Oh! Monsieur Julien, que je suis heureuse de vous rencontrer!

CHAPITRE LXIX

Préliminaires de chute — Lettre d'Adèle — La rencontre. — La garçonnière. — Le réveil. — La voyante — La fuite. — Le couple allemand

Nous savons que le bon et inoffensif Plumereau, pour soustraire sa sœur aux mauvais traitements, aux insolences et surtout aux mauvais exemples de la vile créature qu'il avait prise pour femme, avait mis la jeune fille en pension dans une honnête famille bourgeoise.

Dans la même maison habitait alors la veuve du commandant d'Hagniel; aussi, quand Julien vint, lors de sa nomination de sous-lieutenant, passer quelques mois de congé chez sa mère, il n'avait pas manqué de remarquer ce joli visage un peu pâle, éclairé par de beaux grands yeux bleus, qui contrastaient singulièrement avec sa soyeuse et épaisse chevelure brune.

Il se mit donc à courtiser la sœur du pacifique Plumereau. A vrai dire, c'était chez lui une habitude prise de faire la cour à toute jeune fille que le hasard mettait à sa portée, et sous le rapport du choix il se montrait des plus faciles. Servante, grisette, cuisinière, trottin, bourgeoise, ou marquise, s'il en avait rencontré, tout lui était bon.

— Ça m'amuse — disait-il — et ça leur fait plaisir.

Il se trouvait en cela en grande conformité de goût avec le poète Victor Hugo dont il récitait volontiers les amoureux axiomes :

> Si Babet a la gorge ronde
> Babet égale Philoe.
> . . . .
> Amis, le corset de Denise
> Vaut la ceinture de Vénus.
> . . . .
> Une Madeleine bien coiffée
> Blanche et limpide et riant frais
> Sera pour Perrault une fée
> Une dryade pour Segrais.

Il n'était ni Perrault ni Segrais, mais toute appétissante Margoton, qu'elle fut rousse ou châtaine, blonde ou brune, devenait pour lui une fée ou une dryade; et, pourvu que la fille fut jolie, il ne tenait pas à la jupe :

> Que m'importe, dans l'ombre obscure
> L'habit qu'on revet le matin
> Et que la robe soit de bure
> Lorsque la femme est de satin.

Et elle lui semblait de satin, la délicieuse petite Adèle Plumereau, de satin avec des appats naissants qui avaient le doux velouté de la pêche.

— Nom de Dieu ! la jolie pucelle !

Ce fut le premier cri du cœur à la vue d'Adèle.

Et le second.

— Il faut que je me la paye !

Mais chez lui le mot *payer* était un simple euphémisme; car non seulement ses moyens ne le lui permettaient pas de l'employer dans le sens exact, mais il n'était pas assez sot pour croire qu'Adèle pouvait être une de ces filles dont on achète l'amour, une de ces vénales dont parle le poète :

> Rien n'enchante plus une amante
> Et n'échauffe mieux un cœur froid
> Qu'une pile d'or qui s'augmente
> Pendant que la pudeur décroit.

Sa monnaie n'était donc près des femmes que de la pure monnaie de singe. Mais comme il était beau garçon et portait crânement l'uniforme, elle avait presque toujours cours.

Donc, avec sa détestable opinion du sexe, il comptait sur une facile victoire.

Avec Adèle, ses espérances furent déçues. C'est d'elle qu'il parlait quand, au début de cette histoire, il disait à son ami Paul Barrel :

— « J'aime une petite, parole d'honneur ! Mais elle rétive, elle rétive... C'est effrayant... A peine si j'ai pu lui prendre une demi-douzaine de baisers. Il ne faudrait pas que cela durât, car je la force ou je la lâche. »

A la vérité, Julien avait peut-être pris plus de baisers qu'il ne l'avouait. Il craignait que son ami ne lui dise : « Quoi ! tant de baisers et tu t'es arrêté là ? Alors où sont tes théories à l'emporte-pièce ! » Mais ces baisers pris et timidement rendus ne suffisaient pas à son ardeur, ils ne faisaient au contraire que la stimuler.

Malgré ses supplications, Adèle paraissait peu disposée à accorder rien autre; et avec cette enfant si frêle, si naïve, il n'osait engager l'amour à la hussarde.

De là, le dépit contre la jeune fille, de ce bourreau des cœurs, que ses victimes n'avaient pas habitué à faire, suivant son expression, le pied de grue.

Depuis sa permutation, Julien avait remplacé par des rendez-vous la correspondance assez active qu'il entretenait avec Adèle, à l'insu du frère bien entendu.

Rendez-vous platoniques, beaucoup trop platoniques au gré de l'officier.

Le bon Plumereau, d'une nature confiante et d'une honnêteté sans bornes, ne se doutait de rien, sans quoi il eut coupé court ou du moins essayé de couper court à une intrigue qui ne pouvait amener rien de bon.

N'éprouvant aucune symphathie pour les porteurs de sabres, gens bruyants et querelleurs, défloreurs de filles et troubleurs de ménages, il n'eût certainement pas toléré que sa sœur se compromit avec un officier dont, privé de la dot réglementaire, elle ne pouvait devenir la femme.

Mais ces chastes rendez vous étaient pour la jeune fille, la grande ou plutôt l'unique joie de sa vie. Elle aimait de toute son âme ce beau soldat qui lui jurait l'adorer, se montrait si entreprenant et qu'elle savait si intrépide.

On se rappelle qu'avant son aventure avec James Dilson, Julien d'Hagniel, profitant de l'absence de Plumereau, dont il était averti par certains signes convenus, se préparait à monter chez Adèle, lorsqu'il avait été fort désagréablement surpris par l'arrivée de Colombau.

Le pauvre typographe était un de ces amoureux timides pour lesquels le sous-lieutenant professait le plus profond mépris.

Respectueux autant qu'épris de la sœur de son ancien patron, jamais il n'avait osé lui avouer sa flamme autrement que par des regards et par des soupirs. Ce sont d'ordinaire marques auxquelles nulle femme ne se trompe, et aussi éloquentes que les plus éloquentes déclarations, néanmoins, Adèle laissait se morfondre le pauvre garçon.

Ce n'était assurément ni cruauté ni coquetterie de sa part, car la coquetterie est le désir d'inspirer de l'amour sans en ressentir soi-même, mais tout entière à sa passion pour le brillant officier, elle n'avait jamais daigné prendre garde à cet obscur soupirant.

D'Hagniel n'avait donc rien à craindre, mais en voyant Colombau, il se demanda : « Est-ce un rival ? »

— A cela — pensait-il — rien d'impossible. La rouerie féminine est grande et bien des femmes se plaisent à mener de front plusieurs intrigues. Il en est même qui prétendent qu'il est plus difficile de cacher un amant que plusieurs. En tout cas, rival ou non, je ne me soucie pas de partager avec un ouvrier l'affection de la donzelle. Je préfère lui céder la place.

Et, très vexé, sans plus s'occuper d'Adèle, il s'en était allé coucher avec madame Plumereau.

— Il est grand temps — s'était-il dit — de mettre fin à cette idylle de pensionnaire où l'on récite des petites fadaises en vers en se tenant les mains et en regardant les étoiles. Elle ferait, à coup sûr, le bonheur de Paul Barrel, mais nullement le mien. Qu'elle aille au diable ou au typographe, la sœur de monsieur Plumereau! la femme dudit me botte davantage !

Et il fredonna :

Nous n'irons plus au bois, les lauriers sont coupés,
Madame Plumereau ira les ramasser.
Ira les ramasser...

Il était donc bien décidé à cesser ses rendez-vous, à ne plus filer le parfait amour, à ne plus même écrire à la jeune fille, quand au Palais de l'Assemblée le vaguemestre lui remit une lettre qui le rendit tout joyeux et le fit encore changer d'avis.

Dans cette lettre, tracée d'une main rapide et fine, qui avait attiré l'attention et par suite les confidences du capitaine Grelon, Adèle Plumereau s'exprimait ainsi .

« Je ne reçois pas de vos nouvelles, monsieur Julien, et je suis bien inquiète. Seriez-vous malade, blessé peut être ? Répondez-moi vite qu'il n'en est rien. J'ai entendu le bruit de la bataille, l'autre soir, et quand mon frère m'a dit que vous aviez été attaqué par ces deux hommes, j'ai tremblé pour vous et j'ai manqué de me trouver mal. Il m'a dit aussi qu'une femme, la sienne, avait été la cause de cette rixe, que vous vous étiez ensuite dirigé vers elle, que vous lui aviez causé... à elle ! cette méchante et perverse créature! Je n'ai pas cru cela, je n'ai pas voulu le croire, je lui ai soutenu qu'il se trompait. Mon agitation était si grande qu'il m'a regardée d'un air étonné. Un peu plus je me compromettais. Mais il n'est guère perspicace sur certaines choses, mon pauvre frère, lui pourtant si instruit et si observateur !

« Dites-moi que je ne me suis pas trompée, quand j'ai affirmé que vous ne connaissiez pas cette mauvaise femme.

« Il ne faut plus venir me voir ici, monsieur Julien, je crains trop que mon frère ne nous surprenne. Il rentre souvent au moment où je l'attends le moins. S'il vous voyait avec moi, que se passerait-il ? Il n'est pas méchant, c'est vrai, mais je sens bien qu'il serait chagriné, violemment chagriné. Et sa femme l'a rendu si malheureux qu'il ne faut pas que j'en fasse autant. Non, monsieur Julien, ne revenez plus dans la ruelle du Vieux-Moulin. J'ai peur pour vous et pour moi. Si vous tenez toujours à voir Adèle, vous trouverez peut-être un autre lieu de rendez-vous..... »

— Parbleu ! — fit l'officier — j'en trouverai dix pour un.

Et il refredonna :

Adèle, ma cigale, allons, il faut chanter,
Car les lauriers du bois sont déjà repoussés,
Sont déjà repoussés.

Et, séance tenante, car il faut battre le fer pendant qu'il est chaud, il écrivit à la naïve jeune fille, lui indiquant comme lieu de rendez-vous, la rue où il avait loué sa garçonnière.

Il y avait à l'entrée un petit square, où elle pouvait s'asseoir en l'attendant; de son côté, il pouvait l'apercevoir de sa fenêtre. En lui fixant les jours et les heures où il était presque certain de se trouver chez lui, elle n'aurait pas à se morfondre.

Il irait alors à sa rencontre, et usant, s'il était

nécessaire, d'une aimable violence, il l'introduirait dans son garni.

— Ah ! si j'étais aussi certain de décrocher la croix que je le suis de décrocher la vertu de cette petite... en supposant qu'elle ait sa vertu !...

Quand donc, à la lueur d'un bec de gaz, il la vit s'avancer de son côté, d'un pas rapide, la tête un peu baissée, il se sentit plein de joie et, quoique habitué à pareilles bonnes fortunes, il sentit son cœur battre avec violence.

Elle est à moi, la jolie fille !
La jolie fille est à moi !

chantonna-t-il, et il oublia sa mère, il oublia sa fillette perdue, il oublia le plus sacré de ses devoirs.

Il s'élança à sa rencontre, prit les mains d'Adèle rougissante et émue, les serra tendrement dans les siennes, lui murmurant tout bas :

— Ah ! chérie, douce chérie, vous saviez donc que je vous attendais ce soir ?

— J'en avais le pressentiment — répondit-elle. — Votre lettre n'était pas très explicite, mais je suis venue à tout hasard... je dirai presque inconsciemment.

— Chère, chère Adèle... Oh ! laissez-moi vous donner un baiser, un doux baiser.

Et sans attendre sa réponse, il se hâta de lui en prendre une demi-douzaine dans la crainte d'un refus.

— Oh ! monsieur Julien ! monsieur Julien !

— Eh bien, quoi ? monsieur Julien ?

— Si l'on nous voyait !

— Après ? L'on dirait : « Voilà deux amoureux qui s'embrassent. » Quoi d'étonnant ? Cette coutume n'est pas neuve. Elle date du commencement du monde et, selon toute probabilité, ne finira qu'avec lui. Encore un !

— Oh ! Oh !

— Les premiers ne comptaient pas. Ils étaient tout naturels. Ceux-ci sont des baisers de remerciement..., de reconnaissance. Délicieuse fillette, vous n'avez pas craint de sortir seule en un pareil moment !

— Oui, je le sais. On s'est battu, là bas, là bas, dans le centre de Paris... Mais moi que peut-on me faire...? je ne m'occupe pas de politique !

— O naïve enfant ! Que peut-on vous faire? Vous êtes adorable en vérité.

— Ne riez pas, monsieur Julien. Ne vous moquez pas de moi. Si vous saviez comme je suis tourmentée, inquiète... Mon pauvre frère n'est pas rentré... Je ne m'explique pas son absence, car lui non plus, ne s'occupe pas de politique. Il ne demande qu'une chose... C'est que nous soyons gouvernés par des honnêtes gens.

— Eh bien, il va être servi à souhait.

— Dieu vous entende !

— Alors, il n'est pas rentré, ce coureur de Plumereau. Pourquoi vous en inquiéter ? Il s'est attardé quelque part. Vous m'avez dit, petite Adèle, que votre frère était un homme sérieux, paisible, ennemi des bagarres... Rassurez-vous donc.

— Je l'essaye vainement. Un pressentiment me dit qu'il lui est arrivé malheur.

— Peuh ! si vous saviez tous les mensonges que m'ont conté les pressentiments... Il ne faut pas y croire... Ainsi, moi aussi, j'ai eu des presentiments... Je me suis imaginé qu'il était arrivé malheur à ma pauvre chère mère.

— Eh bien ?

— Eh bien, je suis néanmoins convaincu qu'elle est tranquillement assise au coin de son feu, si elle n'est pas déjà dans son lit.

Il se tut. Un nuage d'inquiétude s'arrêta sur son front, sembla s'y appesantir, car il y passa à plusieurs reprises la main comme pour l'en chasser, puis il reprit pour donner à ses pensées un autre cours :

— Votre frère n'a pas emporté d'armes sur lui ?

— Oh ! non.

— Il n'a jamais manifesté l'intention de haranguer les soldats, ni de faire le polichinelle derrière ou sur une barricade ?

— Assurément.

— Alors ?

— C'est que j'ai entendu dire qu'il y avait eu beaucoup de personnes tuées par les soldats sur les boulevards.

— Des racontars de portières. Quelques sacripans ont tiré sur la troupe qui défilait. La troupe a riposté, comme de juste. Tant pis pour ceux qui ont écopé... Mais, jamais la troupe ne fait de mal aux braves gens.

— Ah ! vous me rassurez, monsieur Julien. Et maintenant que je vous ai vu, qu'il ne vous est rien arrivé de fâcheux... Je vais vite m'en retourner. Mon frère est peut-être rentré. M'accompagnerez-vous pendant un instant ?

Julien vit qu'il avait été mauvais diplomate en essayant de rassurer la jeune fille; il plaidait contre sa propre cause. Il lui fallait changer de truc.

— Ah ! mais, attention — dit-il — je ne demande pas mieux que de vous reconduire jusqu'à votre porte... Mais diable ! diable !

— Quoi donc?

— Je réfléchis...

Julien réfléchissait, en effet. Il se demandait par quel subterfuge il pouvait attirer la jeune fille dans sa chambre.

— A quoi réfléchissez-vous donc ? — demanda-t-elle. — Vous hésitez, Monsieur, à me reconduire ?

— Oui, et je vais vous dire pourquoi. L'ordre est donné aux patrouilles, par le général commandant la place, d'arrêter et de conduire au poste toute personne du sexe trouvée de nuit au bras d'un militaire, à moins que celui-ci ne déclare que c'est sa mère, sa femme ou sa sœur... C'est fait, vous le comprenez, pour empêcher, en ces temps de trouble, les militaires de courir le guilledou.

— Soit! — fit Adèle dépitée — je m'en retournerai seule alors.

— Et vous auriez tort. Car l'ordre est donné aussi d'arrêter toute femme seule. On en a vu qui portaient des messages et même de la poudre, d'un quartier à l'autre, aux insurgés.

Je ne voulais pas vous en parler pour ne pas vous effrayer, mais je m'étonne que vous soyiez arrivée ici sans encombre... Venez, venez vite. J'entends des pas, c'est une patrouille.

Il entraîna la jeune fille, prise d'une subite terreur.

— Où me menez-vous?

— Mais chez moi, à deux pas. Nous serons en sûreté.

Elle se laissa conduire. On entendait, en effet, le pas cadencé d'une patrouille. Julien ouvrit la porte du corridor, l'y poussa, entra derrière elle et referma vivement la porte sur lui. Effrayée, elle retenait son souffle, n'osant prononcer une parole. Il la guida dans l'obscurité jusqu'à sa chambre.

Point de bruit,
Ce réduit
Solitaire
Est propre à tendre mes rets ;
Tu vas trouver dans ces bosquets
Le bel oiseau de Cythère...

Elle tremblait, il l'enveloppa de ses bras, la pressa contre lui et, dans les ténèbres profondes, lui murmura en la couvrant de caresses :

— Je t'aime ! Je t'aime !

Et timidement elle lui rendit ses baisers.

. . . .

— Adèle! chère mignonne, réveille-toi !.., Il faut que je m'en retourne à mon poste... Il est tard, très tard... et je voudrais auparavant te reconduire chez toi... Ou alors, préfères-tu achever la nuit ici ? Tu y seras très bien; la porte close, tu es chez toi et personne ne viendra troubler ton repos. Demain matin, tu t'en retourneras tranquillement et tu diras à ton frère que, ne le voyant pas revenir, tu as eu peur de rester seule et que tu es allée coucher chez une voisine, chez quelque amie... Tu en trouveras certainement une qui te rendra le service de ne pas te démentir, au cas, peu probable, où M. Plumereau ne te croirait pas sur parole... Adèle, chère petite Adèle, réponds-moi donc... m'entends tu ?

Ainsi parlait Julien d'Hagniel à la jeune fille qui, après les tressaillements de la suprême caresse, s'était laissée tomber dans un profond sommeil qu'il avait respecté jusqu'ici... Mais, consultant sa montre, il voyait qu'il était grand temps de partir.

— Il ne faut pas s'oublier dans les délices de Capoue — avait-il dit, en sautant hors de sa couche et fredonnant l'air de *La Tulipe* :

Mais, quoi ! de nos bandes
J'entends les tambours ?
Gloire, tu commandes
Adieu, mes amours !

Certes, il eut voulu respecter jusqu'à l'aube ce sommeil de la frêle amoureuse lassée, et il l'eût fait si le souvenir de sa mère et de sa petite fille ne fut revenu soudain l'assaillir comme un remords, jeter l'affliction et l'inquiétude dans l'ivresse de son triomphe.

Quoi! Au lieu d'employer à leur recherche le peu de temps dont il pouvait disposer, il gaspillait ce temps à courir le guilledou, il le donnait aux plaisirs et à la volupté.

Il se rendait compte maintenant qu'il commettait une indignité, un acte d'ingratitude, d'impardonnable oubli ! Il s'emporta contre lui-même, s'accabla *in petto* d'un vocabulaire d'injures, et s'habilla en toute hâte.

Il ne pouvait cependant songer à retourner chez sa mère; le colonel Espinasse lui avait donné l'ordre de revenir au plus tôt et il lui fallait prendre le pas gymnastique.

Qui sait ? Peut-être au Palais de l'Assemblée apprendrait-il quelque chose touchant Renée et sa vieille maman ? Peut-être même les trouverait-il toutes les deux l'attendant impatiemment dans l'appartement du colonel ?

Mais que faire d'Adèle ? La reconduire chez elle et la laisser à sa porte ? Ce fut sa première pensée ; mais cela l'écartait de son chemin et quelle perte de temps !

A aucun prix, cependant, il ne lui eut permis de s'en retourner seule, exposée aux violences de la soldatesque déchaînée, en ce moment surtout, où après la bataille, la victoire, l'orgie du vainqueur allait tressauter toute la nuit sur les pavés rouges de sang.

Il fallait la décider à rester chez lui.

Il prévoyait son refus, sa répugnance et c'est pourquoi il s'habillait sans la réveiller, pour être prêt au départ, ne pas se laisser apitoyer par ses supplications et ses pleurs.

— Je brusquerai le mouvement — disait-il — et elle restera quand même. Elle partira demain matin, et si elle trouve son frère, elle inventera une histoire quelconque pour expliquer son *découchage*. Ce serin de Plumereau gobera tout comme pain bénit, suivant l'habitude du sexe fort, père, frère, mari, de se laisser berner par le sexe faible. Donc, allons-y vivement. Au point où en sont les choses, elle ne s'offusquera peut-être pas trop de ma proposition...

Et c'est alors que, habillé, bouclé et ceinturonné, il s'approcha de la bien-aimée endormie et lui posant un baiser sur le front, lui dit :

— Adèle! chère mignonne, réveille-toi !...

Mais, malgré ses appels, la jeune fille continuait à dormir.

Alors il la secoua, doucement d'abord, puis avec impatience.

— Sapristi! On peut dire qu'elle a le sommeil dur, celle-là. En voilà une marmotte! Elle n'a cependant pas le sang figé. Adèle ! Adèle !

Adèle dormait toujours.

— Ça devient inquiétant, ma parole! Si je n'entendais sa respiration et si je ne voyais ses jolis petits seins se soulever et s'abaisser régulièrement, je la croirais morte. Quel guignon? Moi qui suis si pressé. Adèle! Nom de Dieu! Elle ne répond pas ; secouons-la vivement.

Mais il eut beau la secouer, elle resta telle quelle, machine inerte. Il lui leva les bras l'un après l'autre ; les bras retombèrent lourdement le long du corps. Il lui toucha la tête, la tête roula d'une épaule à l'autre, comme celle d'un cadavre que la rigidité n'a pas encore atteint.

— Elle est donc tombée en syncope ! — s'exclama-t-il. — En voilà une veine ! C'est la première fois qu'une pareille tuile m'arrive ! En syncope! J'ai vu des amoureuses tomber en syncope, ou faire semblant, mais ça durait dix secondes au plus !

— Adèle! Adèle!

Il alla chercher deux bougies qu'il plaça sur la table de nuit pour mieux éclairer son visage, et il vit que les yeux de la jeune fille n'étaient pas fermés entièrement. Une ligne blanche se montrait entre les paupières. Il les souleva et aperçut les globes convulsés en haut et en dedans.

— Nom de Dieu ! Qu'est-ce qu'elle a donc? Le diable m'emporte! L'on a jamais que des histoires fâcheuses avec ces sacrées femmes! J'aurais bien dû me tenir tranquille et la laisser de même... Mais elle est venue me relancer !

Plaisirs d'amour ne durent qu'un instant,
Chagrins d'amour durent toute la vie...

Le sous-lieutenant alla prendre sur la cheminée une épingle avec laquelle il lui piqua le bout des doigts et la paume de la main, expérience qui n'amena pas plus de résultat que les précédentes et violentes secousses.

Il la piqua plus fort, assez fort pour amener le sang. Le sang ne vint pas, ni le réveil non plus.

La perplexité du jeune officier augmentait. Ce sommeil de plomb, outre son inopportunité, le plongeait dans un indicible étonnement. Un instant, il eut l'idée d'aller trouver la « grosse boulangère » pour la prier de lui venir en aide, d'essayer de réveiller ou tout au moins de veiller cette enfant plongée dans un si étrange sommeil.

— Les femmes ont toujours un tas de maladies, de détraquements, de syncopes. Elles y passent toutes ; par conséquent elles savent ce qui est nécessaire et quels remèdes employer avant l'intervention du médecin... Oui, mais que va dire la grosse Charlotte en se voyant en face d'une rivale !... Gare à mes yeux !... Bah ! Henri IV chargeait bien Marguerite, son épouse, de remplir les fonctions de sage-femme près d'une de ses demoiselles de compagnie qu'il avait engrossée...

Vive Henri IV !
Vive ce vert galant.

C'est une idée !

C'était une idée, en effet, mais Julien ne la mit pas à exécution. La réflexion lui vint que toutes les femmes n'avaient pas le même caractère que la noble Marguerite de Valois, et que la femme du boulanger, manante aux sentiments vulgaires, ne saurait faire preuve d'autant d'abnégation et de grandeur d'âme que la femme du roi vaillant.

Qui sait même si la commère ne se porterait pas à des voies de fait et n'essayerait pas de tirer la pauvrette de cette syncope à grands coups de gifles et de crépage de chignon !

Il lui faudrait intervenir... Ça n'en finirait plus... Ce n'était pourtant pas le moment de s'attarder.

Fort perplexe, il se donnait à tous les diables, et décidé à mettre d'une façon ou d'une autre un terme à cette situation embarrassante, il allait peut-être se résoudre à faire appel au bon cœur de la boulangère, au risque d'un scandale, quand il s'aperçut, à sa grande joie, qu'Adèle venait enfin de se réveiller.

Assise sur le bord du lit, les jambes pendantes, elle avait, maintenant, les yeux grands ouverts dans la direction de la fenêtre, dont les rideaux étaient hermétiquement fermés.

Il se trouvait près de la porte, il courut à elle.

— Ah! chère petite ! Comme tu m'as effrayé. Tu t'es endormie si vite. Pristi ! Tu peux te vanter d'avoir un bon sommeil...

Il s'interrompit, stupéfait de la physionomie de la jeune fille.

Ses yeux fixes, aux prunelles dilatées, regardaient, nous l'avons dit, dans la direction de la fenêtre, mais évidemment regardaient sans voir. Ni l'officier, ni la chambre, ni aucun des objets qui l'entouraient n'attiraient son attention. Elle se portait tout entière au delà, de l'autre côté de la rue, loin de cette chambre témoin de sa chute! Ses bras pendaient inertes le long de son corps, immobile comme son regard, et elle offrait toute l'apparence d'une personne figée sur place par l'horreur ou la stupéfaction.

Un médecin ayant porté ses études sur les maladies psychiques aurait du premier coup diagnostiqué un accès de somnambulisme, suite d'une extrême émotion, assez naturelle d'ailleurs, après ce qui venait d'avoir lieu, chez cette jeune fille délicate et nerveuse à l'excès, mais Julien d'Hagniel, dont les études médicales n'avaient jamais dépassé le traitement des ampoules et écorchures aux pieds, accident fréquent dans l'infanterie, à la suite des longues marches, s'épouvanta de l'étrange expression du visage d'Adèle et crut qu'elle perdait la raison.

Rien, en effet, ne ressemble à une démente comme une somnambule. Somnambulisme et folie ont une étroite parenté.

— Nom de Dieu! Elle est folle! — s'écria-t-il. — Elle est folle, ma parole d'honneur!

Il ne me manquait plus que cette tuile là! Me voici dans de beaux draps. Au diable, les femmes! Quel guignon!

Il lui prit les mains, l'appela, la caressa, l'embrassa, comme l'on fait à un enfant que l'on veut calmer.

— Adèle, ma petite Adèle! Eh bien quoi? Qu'as-tu? Quelle drôle de figure tu me fais... Tu es malade? Aurais-tu peur de quelque chose?... Tu sais bien que tu n'as rien à craindre avec moi, avec ton Julien...

Qu'est ce que tu regardes là-bas, derrière les rideaux. Il n'y a rien. Serait-ce ton frère? Mais il n'y a personne.

Il alla écarter les rideaux :

— Tu vois bien. Il n'y a rien. La rue est déserte, noire. Ton frère n'est pas là, ni personne...

Le visage d'Adèle exprimait toujours l'effroi. Il revint près d'elle, lui reprit les mains.

— Que crains-tu, petite chérie? Mais tu n'as pas l'air de m'entendre; tu ne me réponds pas... Tu ne reconnais donc plus ton Julien, ton petit Julien, que tout à l'heure tu disais tant aimer.

Le prénom du sous-lieutenant se trouvait-il mêlé au rêve qui hantait la somnambule, car elle tressaillit aux deux fois qu'il fut prononcé et, tout à coup joignant les mains, tandis que son visage prenait l'expression d'une profonde douleur, elle murmura :

— Pauvre Julien! Pauvre Julien!

Un silence pénible, douloureux, suivit; puis, comme si elle se fut adressée à des personnes qu'elle seule voyait, elle ajouta :

— Oh! faites bien attention! Prenez garde qu'il ne l'aperçoive pas... Il l'aimait tant.

— Chérie! petite Adèle chérie, que dis-tu? De qui parles-tu? — demanda l'officier. — De qui parles-tu?

Mais ses questions, ses questions inquiètes restèrent sans réponse directe. Il n'en était pas besoin d'ailleurs, elle allait en dire assez pour rendre livide le visage déjà pâle de l'amant.

Elle poursuivit d'une voix entrecoupée et avec un accent de pitié indicible :

— Sa vieille maman... Sa pauvre vieille maman... Ah! mon Dieu!... Est-il possible?... Le sang coule... comme le sang coule de sa poitrine trouée... Là... là... là... Pourquoi l'a-t-on tuée.... On l'amène sur la charrette... Oh! cachez-là... cachez-là... Ne la laissez pas voir à son enfant... Ah! Seigneur!... la roue boueuse a frotté contre sa tête blanche... contre ses fins cheveux d'argent...

— Il y a de quoi devenir fou comme elle — s'écria le sous-lieutenant, sentant une sueur froide lui couvrir le front. — Serait-il donc arrivé quelque chose à maman... Et pendant que j'étais ici à... Ma pauvre chère mère!... Et la malheureuse le savait.. et elle ne m'a rien dit!... Mais non, elle est folle, archi-folle... Adèle! Adèle!... Il faut que je me sauve... que j'aille là bas, chez ma pauvre mère, car je sens que je vais devenir idiot aussi... Je ne puis cependant la quitter dans cet état...

Adèle! tu rêves... réveille-toi donc, mon Dieu! Adèle! Adèle!

Et de nouveau il lui prit les mains, la secouant rudement pour l'arracher à son cauchemar, son horrible cauchemar, la tirer de cet étrange sommeil.

Alors, lentement, elle se mit d'elle-même hors du lit et cria :

— Oh! cachez-la! cachez-la! Qu'il ne la voie pas ainsi... Il en deviendrait fou. Couvrez-la, vous dis-je, mieux que cela, mieux que cela... Laissez-moi faire.

Et avant que Julien ait pu prévoir son mouvement, elle s'élança vers la fenêtre, contre laquelle elle se heurta brusquement. Les rideaux épais empêchèrent le bris des vitres.

— Eh bien, quoi? — interrogea Julien qui la suivait anxieux.

Elle ne répondit pas, demeura un instant immobile comme stupéfaite d'avoir son chemin barré, de trouver là un obstacle inattendu; mais son hésitation fut de courte durée. Au grand étonnement de Julien, qui se demandait ce qu'elle allait faire, elle ouvrit brusquement la fenêtre, poussa les persiennes et sauta sur le trottoir.

Le tout s'était passé si rapidement que l'officier n'avait pu s'interposer.

Il allait s'élancer derrière elle lorsque la clef

Madame d'Hagniel était étendue blanche et rigide sur le lit.

de sa chambre tomba, poussée par une seconde clef; la porte s'ouvrit et la boulangère paraissant soudain sur le seuil, montra son visage indigné.

— Qu'est ce que c'est que ça? — s'écria-t-elle. — En voilà une vie! C'est honteux pour un officier! Comment, Monsieur d'Hagniel, vous que je croyais un jeune homme si bien, vous faites un pareil scandale dans une maison honnête. Vous amenez des grues saoûles qui fichent le camp par la croisée. Ma parole, c'est dégoûtant!

Et cette rigide gardienne des bonnes mœurs pénétra dans la chambre du sous-lieutenant, vêtue simplement de sa chemise et d'un vieux châle jeté à la hâte sur ses épaules. Sur la chemise s'accusaient, par un entre-baillement voulu, les énormes reliefs de sa blanche poitrine, tandis que sous le châle se décelaient jusqu'aux genoux ses mollets fermes et nus.

L'officier ne se sentait pas d'humeur à porter la moindre attention à cet attirail provocateur. Bien que connu de lui, ce spectacle eut pu le charmer en toute autre occasion, mais en ce moment de plus sérieuses préoccupations l'assiégeaient, aussi riposta-t-il avec colère :

— Qu'est-ce que vous voulez? Vous prenez bien votre temps!... Gardez pour un autre jour vos jérémiades.

Sans attendre la riposte de la commère, il mit son shako et, passant à côté d'elle, sortit de la chambre et courut à la porte de la rue.

La boulangère le suivit et le saisit par le pan de sa capote.

— Monsieur d'Hagniel... Monsieur d'Hagniel, écoutez... j'ai à vous parler... sérieusement.

— Une autre fois.

Il tira le verrou, ouvrit la porte; mais son hôtesse, dont la curiosité était puissamment éveillée par ce qu'elle avait entendu — car elle écoutait depuis quelques minutes — ou pour un autre motif, se cramponnait désespérément à lui, comme une nouvelle Putiphar, navrée de la tournure que prenaient les choses, et regrettant son emportement.

— Ecoutez-moi, — lui dit-elle de sa voix la plus douce — j'ai été un peu vive... Mais mettez-vous à ma place... Ne partez pas fâché,... Monsieur Julien. Ecoutez-moi !

— Fichez-moi la paix ! — répliqua le sous-lieutenant — qui se débarrassa d'elle par une vive secousse.

Echappé de ses mains, il s'élança dans la rue.

Il regarda d'abord à droite et à gauche, mais ne distinguant et n'entendant rien, il s'éloigna à grands pas au hasard ; quand il eut mis entre lui et sa propriétaire enflammée de dépit et d'amour une distance suffisante pour ne plus craindre de poursuite, il ralentit sa marche pour réfléchir.

— Qu'est-ce que cette incompréhensible fugue d'Adèle ? Qu'était-elle devenue ? Sans doute elle retournait chez son frère ? Fallait-il s'en assurer ?

Il l'eut peut-être fait si les étranges et sinistres paroles de la jeune fille ne l'eussent rempli des plus sombres pressentiments. Qu'est-ce que tout cela signifiait ? Un malheur était-il arrivé ? Oh ! il fallait en avoir le cœur net. Il ne pouvait rejoindre son poste en traînant avec lui comme un boulet cette mortelle inquiétude. L'absence de sa mère quand il était allé chez elle confirmait les plus pénibles suppositions. Il lui fallait donc se hâter.

Il n'oubliait pas que la loi militaire punit de la même peine et poursuit de la même réprobation le militaire absent de son poste en cas d'alerte dans une ville en état de siège, et celui qui s'en absenterait en temps de guerre.

A la vérité, le colonel Espinasse l'avait autorisé à aller prendre des nouvelles de sa mère, mais cette autorisation était limitée à la durée la plus courte, à strictement l'aller et le retour. Se sentant déjà en retard, il ne pouvait risquer une punition sévère, pis que cela, le déshonneur si, par malheur, chose peu probable, mais cependant possible, les insurgés attaquaient le Palais-Bourbon pour essayer d'en déloger la troupe, afin de courir après une jeune hystérique, évidemment atteinte d'une maladie nerveuse ou d'aliénation mentale.

— Que le diable emporte cette échappée de Charenton — se disait-il. — Je veux être fusillé comme un simple *démocsoc*. Si l'on m'y rattrappe. C'est la première fois que je l'ai tenue entre deux draps, c'est bien la dernière... Arrive que pourra, ma mère avant tout.

Ayant pris cette louable résolution, il s'élança au pas gymnastique dans la direction de Montmartre.

. . . .

Reportons-nous au moment où Plumereau, après avoir saisi la conversation du couple germanique, venait de sortir de la librairie où gisaient les cadavres de la princesse Souvarine et de Madame d'Hagniel.

Il avait à peine franchi le seuil, que le prussien Pierre Schwartzmarsheim, suivi de la servante du malheureux libraire, entrait du côté opposé par la petite porte ouvrant sur l'escalier, dans la chambre où le docteur Raoult et Hélène s'étaient momentanément réfugiés et barricadés.

— Ah ! ah ! — fit le Prussien à la vue des cadavres, — on a fait, ici, une petite boucherie... Ton maître devait être mal noté.

— Ah ! le pauvre cher homme ! Où est-il ?

— Tiens, là, dans le coin de la porte. On voit sa tête qui passe. Le sang a dégouliné jusque dans la boutique. Mes amis, quelle mare ! En voilà toujours un à qui tu ne feras plus risette.

Pendant qu'il parlait, la Bavaroise courait sur le pas de la porte, et devant le corps de son maître, fondait de rechef en larmes.

— Ah ! mon Dieu ! — gémissait-elle. — Mon pauvre maître ! Mon pauvre maître !

Moins sensible, plus pratique et plus avisé que la Bavaroise, l'ex-policier de Saint-Pétersbourg se hâtait d'utiliser le temps en homme qui en connaît le prix, et de profiter de l'occasion en sage qui sait qu'une occasion manquée ne se représente plus.

Il s'était approché du corps de la tante d'Hélène et lui retournait consciencieusement les poches. Avec une dextérité indiquant que ce n'était pas la première fois qu'il se livrait à pareille besogne, le porte-monnaie de la princesse fut prestement enlevé ; ensuite, ce fut le tour des bagues, des bracelets et des boucles d'oreilles. En un clin-d'œil, tout avait disparu.

— On croira que ce sont les soldats — dit-il en allemand.

Puis, apostrophant la grosse servante :

— Eh bien, quoi ! Eh bien, quoi ! Ferme donc la porte, au lieu de chialer ! Toujours tout en larmes et morviots. T'as pas bientôt fini, eh ! tourte ! Ferme la porte, je te dis, et rapplique ; c'est pour ton bien, gros paquet.

Lolotte obéit, et revint dans l'intérieur de la boutique, son mouchoir sur les yeux.

— Ça t'est bien facile à toi, de ne pas pleurer, mauvais cœur de roche, — dit-elle.

— Cœur de roche ! Oh ! si on peut dire. Moi qui pleure comme un veau quand je vois un charretier battre son cheval.

— Tu ne pleures toujours pas quand tu bats une femme.

— Laisse donc ces histoires-là. Un moment d'emportement, quoi ! Écoute, Lolotte ; j'aimerais mieux ouvrir le ventre et arracher les boyaux à tous ces salauds de Parisiens, que d'égratigner avec l'ongle le bout de tes tétons.

— Cause toujours, va — répondit la Bavaroise, peu sensible à ces expressions imagées de tendresse — cause toujours, je connais ton numéro et je ne me laisserai plus enjôler. Tu fais le doucereux, maintenant, et tu dis que tu ne voudrais pas m'égratigner, parce que je ne suis plus sous ta coupe, mais si j'avais le malheur d'y retomber, mon pauvre corps serait bientôt couvert de bleus et de noirs.

— Bon ! Assez jaspiné, assez « pissé de l'œil », comme ils disent au faubourg... Au lieu de toujours débagouliner la même rengaine, viens un peu m'aider à retourner cette vieille, là-bas. C'est une richarde, je suis sûr qu'elle est couverte d'*orreries*.

— Hein ? — fit Charlotte, dont les larmes s'arrêtèrent subitement, comme celles d'un petit enfant devant qui l'on agite un hochet. — Où ça, quelle vieille ?

— Là, derrière le comptoir.

La Bavaroise s'approcha avec une certaine crainte superstitieuse du corps ensanglanté de la pauvre vieille femme, et la regarda avec compassion.

— C'est pas pour la reluquer, que je te dis de venir — gourmanda le Prussien — mais pour m'aider à la tirer de là-dessous. Allez, empoigne les jambes ! Oust !

Quand le cadavre de Madame d'Hagniel fut placé de façon à ce qu'il put l'explorer à l'aise, Schwartzmarsheim se livra à une minutieuse investigation des poches.

Il en sortit un porte-monnaie garni de quelques pièces d'argent et de cuivre et une petite poupée.

Il la lança contre le mur, disant :

— Elle jouait donc à la poupée, cette satanée relique !

Il ne trouva rien autre, ni bracelet, ni pendants d'oreille, ni broche. Une alliance, qu'il dut arracher avec force de l'annulaire, fut son seul butin.

Il la tendit à la servante :

— Tiens ! C'est pour toi. Et dis que je ne t'aime pas !

Mais cette ignoble fouille à laquelle la Bavaroise avait d'abord assisté avec répugnance, fut pour elle un encouragement. Mise en goût par l'aubaine de la bague qu'elle passa de suite à son petit doigt, car elle se trouvait trop exiguë pour les autres, elle se tourna vers le cadavre de la princesse Souvarine et le montrant à son accolyte :

— Et là ! — dit-elle. — Tu ne cherches pas ?

— Vois toi-même. Tout ce que tu trouveras sera pour toi.

Après quelque hésitation, elle s'agenouilla, glissa sa main dans les poches, tâta les doigts, les lobes des oreilles, le cou.

— Elle n'a rien — fit-elle.

— C'est que les soldats lui ont tout volé — répondit tranquillement le Prussien. — Partout où ces salauds passent, ils font maison nette. Ils n'ont pas vu la vieille dans son coin, sans cela ils lui *auraient fait* son porte-monnaie.

— Et je n'aurais pas ma bague !... Dis donc ! Elle est aussi bien à mon doigt qu'au doigt de l'un de ces sales culs-rouges.

Pendant ce colloque le mouchard s'était approché ; il examinait le visage calme, auguste dans la mort, de la veuve du chef d'escadrons.

— Mais, je connais cette trombine-là ! — dit-il tout à coup.

— Tu la connais ?

— Mais, oui, je connais cette vieille. Elle demeure rue Clignancourt. Il n'y a chez elle qu'une servante et une petite fille.

— Eh bien ? Qu'est ce que ça peut me faire ?

— Presto ! Partons. Je te le dirai ce soir au lit... Quand ce sera fait.

— Si c'est un sale coup comme celui que tu as manigancé là haut, je n'en suis plus.

— Viens, viens. Tu as déjà gagné une bague et une montre... Tu gagneras quelque chose de mieux.

Lolotte alléchée n'insista pas. Elle se laissa guider docilement au domicile de madame d'Hagniel.

Ils y arrivèrent sans trop d'encombre. Trois ou quatre fois des patrouilles d'agents ou de soldats les arrêtèrent. Aux agents, Schwartzmarsheim montrait sa carte de policier ; aux soldats, bien qu'il parlât assez bien le français, il baragouinait en allemand. Leur qualité d'étrangers leur servait de coupe-file. Alors qu'on malmenait, emprisonnait et fusillait les Français, sous le plus futile soupçon, on laissait circuler tout étranger indemne.

— Sont-ils bêtes ces salauds — disait-il à sa compagne. — Ils tuent leurs compatriotes et à nous autres ils nous font le salut. Quel peuple, quel peuple, bon Dieu !

Quand ils arrivèrent chez la mère de Julien, ils trouvèrent la servante fort inquiète de l'absence prolongée de sa maîtresse et de la disparition inexplicable de la petite Renée.

Le Prussien lui annonça que madame d'Hagniel était dangereusement blessée et qu'il venait de sa part l'en prévenir pour qu'elle allât au plus vite la chercher.

La crédule jeune fille éplorée, car elle aimait beaucoup sa maîtresse, colporta cette nouvelle à quelques voisins, en les priant de l'accompagner. Aucun ne se souciait de descendre sur Paris; cependant un serrurier, ancien soldat qui connaissait Julien d'Hagniel, offrit sa charrette et l'on partit à la tombée de la nuit.

Schwartzmarsheim et sa Lolotte, que la servante prit pour le mari et la femme, s'étaient installés sans façon sur une chaise, comme s'ils attendaient le retour de la blessée.

Il est probable que la servante perdit la tête en cette circonstance, car elle laissa le couple dans l'appartement.

Pierre Schwartzmarsheim n'eut donc pas à faire usage de ses talents de cambrioleur.

Il pénétra hardiment dans les chambres, comme s'il était chez lui, fouilla partout, ouvrit les armoires, les tiroirs, en força quelques-uns, faisant main-basse sur l'or et les bijoux.

Charlotte, stupéfaite, le regardait opérer.

Soit par un vieux restant d'honnêteté, soit par crainte, elle murmurait :

— Eh bien ! tu as du toupet, toi !

— Te tourmentes pas. Je rentre dans mon bien.

— Comment ça ?

— Oui, cette vieille voleuse me devait un tas d'argent.

— Allons donc !

— Du moment que je te le dis. Je t'expliquerai tout ce soir, entre deux draps... Maintenant, filons.

Puis ils s'en allèrent chacun de leur côté; lui dans son auberge, dont il avait fermé portes et fenêtres, avant d'aller exécuter son abominable forfait. La Bavaroise vint l'y rejoindre pendant la nuit. D'après les conseils du coquin elle était retournée chez son maître, avait pris la clef de la caisse, et s'était emparée de tout ce qu'elle contenait, deux ou trois mille francs.

— C'est pas grand chose — disait-elle — mais c'est mieux que rien... Et puisque les soldats rapinent tout, c'est aussi bien dans ma poche que dans celle de ces sales culs-rouges... Et d'ailleurs, je l'ai mieux gagné qu'eux !

CHAPITRE LXX

Julien chez sa mère. — Bonne nouvelle au poste de la Chambre. — Fureur du capitaine Grelon. — Retour de d'Hagniel à son poste.

Quand Julien d'Hagniel essoufflé, haletant, arriva devant la demeure de sa mère, il vit une foule de gens qui, malgré l'heure avancée, causaient avec animation près de la porte.

Son cœur se serra d'angoisse et, d'une voix affreusement altérée, il demanda :

— Qu'y a-t-il ? Ma mère est-elle là ?

— Oui, Monsieur — répondit une voisine. — Ah ! pauvre Monsieur — acheva-t-elle tout bas.

Les autres personnes s'étaient tues et le regardaient d'un air attristé. On s'écarta pour lui faire place.

Julien entra, traversa d'un bond la première pièce, et tout de suite aperçut, à la lueur de plusieurs bougies allumées sur la cheminée et la table de nuit, le spectacle affreux, le spectable inoubliable... Sa vieille mère étendue, blanche et rigide sur le lit.

Sa chemise, taillée à coup de ciseaux, montrait la plaie béante, la plaie atroce de la poitrine, et la servante en larmes, occupée à enlever délicatement, avec une petite éponge, la boue noire, l'ignoble boue de Paris, dont le frottement de la roue de la charrette, avait souillé les fins cheveux argentés de la pauvre femme.

— Oh ! Maman ! Qu'est-il arrivé, mon Dieu ! Un médecin, vite un médecin !

— Il en sort un d'ici, monsieur Julien — fit la bonne en pleurant. — Il a dit qu'il n'y avait rien à faire. C'est fini. Madame est morte, bien morte !

L'officier se jeta sur le corps glacé de sa mère :

— Oh ! Maman ! Ma chère maman ! Ma pauvre vieille maman... Qui l'a tuée ?... Qui l'a tuée. Oh ! Je veux savoir qui a commis cet abominable crime.

— Des soldats, monsieur Julien.

— Comment, des soldats ? Quels soldats ?

— Oui, mon lieutenant — dit le serrurier, un nommé Trébuchet, qui avait rapporté le corps — la pauvre dame était, paraît-il, descendue jusque sur le boulevard pour chercher la petite Renée, lorsqu'elle a été surprise dans la bagarre qui a eu lieu. Paraît qu'on aurait tiré sur la troupe, alors la troupe a riposté... Des gens sont venus prévenir à la nuit que Madame d'Hagniel était dans la boutique d'un libraire... Le pauvre diable on l'a tué aussi... Alors, j'ai été là-bas avec ma charrette.

Julien ne pouvait en écouter davantage. Ses sanglots l'étouffaient. Il embrassait sa mère, l'appelait, la pressait contre lui, tachant de son sang son uniforme, cet uniforme de l'infanterie de ligne, qu'il n'avait pas endossé sans une certaine tristesse, un serrement de cœur, comme s'il devait lui être fatal. Mais hélas, ni ses appels, ni ses sanglots, ni ses baisers, ni ses étreintes ne pouvaient réveiller la chère morte, rendre la vie à celle qui la lui avait donnée.

. . . .

Au palais de l'Assemblée, dans la soirée du

4, vers onze heures du soir, on renouvelait les réjouissances de la veille, et officiers supérieurs d'un côté, officiers subalternes de l'autre, fêtaient les succès de leurs camarades de la garnison de Paris, — dont ils jalousaient cependant un peu la gloire.

Si Victor Hugo les avait vus, il n'eut pas manqué de réciter *in petto* sa strophe :

.... Attablés dans la splendide orgie
La bouche par le rire et la soif — élargie,
Vous célébrez, César, très bon, très grand, très pur ;
Vous buvez, *spadassins*, à tout ce qu'on révère,
Le chypre à pleine coupe, et la honte à plein verre...

Le « chypre » était du tafia que l'on faisait flamber dans des bols en même temps que de gais propos voltigeaient sur les lèvres.

Personne n'écoutait son voisin et tout le monde était dans la joie, d'autant plus que l'aide-de-camp du Prince-Président, le chef d'escadrons Fleury, venait de quitter à l'instant même ces messieurs en leur faisant part d'une agréable nouvelle : Louis-Napoléon avait décidé que les journées de décembre seraient comptées comme campagne à tous les militaires dont les régiments auraient concouru à procurer l'ordre, c'est-à-dire à réprimer la résistance au coup d'Etat. Le décret devait bientôt paraître au *Moniteur*.

Il faut avoir été troupier, et troupier de profession, pour comprendre tous les avantages d'un pareil décret ; aussi la nouvelle fut-elle accueillie par des bravos prolongés et des cris de : « Vive le Président ! »

Un seul homme, à la table des subalternes, resta silencieux, le sourcil froncé, regardant son verre vide et tambourinant une marche funèbre du bout de ses doigts.

— Eh bien, capitaine — lui dit un de ses collègues — qu'est-ce que vous avez ? Ça ne va pas ?

Sur cette question, le capitaine Grelon, déjà fortement surexcité par de nombreuses libations, éclata :

— Ça ne va pas, non ça ne va pas ! Vais vous dire une chose, moi. En roterez probablement, m'en moque !... Protesterez ? m'en bats l'œil !... Vous fâcherez ?... m'en contrefout ! Mais des campagnes comme ça sur les états de service, mille dieux, n'en faut pas !

Tout le monde parlant à la fois, personne n'avait prêté attention au capitaine, familier de ces sorties.

Mais celui qui venait de l'interpeller lui demanda la cause de sa fureur.

— Comment, capitaine Grelon, nous n'êtes pas satisfait de compter une campagne de plus sans vous être dérangé de votre chaise !

— Qu'est-ce que vous me chantez, vous ?

Cette question fut posée d'un ton si élevé et d'un air si furieux que les conversations cessèrent, et tous les regards se portèrent sur les deux commandants de compagnie.

— Le répète — hurla Grelon — me contrefout d'une telle campagne.

Son collègue, qui le connaissait, peu soucieux d'entamer une discussion, ne répondit pas, mais un jeune lieutenant, qui se trouvait en face de lui et qui portait un nom noble, haussa légèrement les épaules.

Ce mouvement ne passa pas inaperçu du capitaine ; il se leva, rouge de colère et donnant un grand coup de poing sur la table, apostropha l'impertinent :

— Nom de Dieu, lieutenant, pas la berlue ! Haussez les épaules, me semble ? Signifie ? n'êtes pas de mon avis, peut-être ?

— Pas du tout, mon capitaine. Permettez-moi de vous le dire.

— Et pourquoi ?

— Mais, mon capitaine, parce que... parce que... je suis de l'avis contraire.

— Ah ! Etes de l'avis contraire ? N'en fais pas mon compliment.

— Vous voulez probablement donner à entendre, mon capitaine, que c'est embêtant de tirer sur des Français et qu'il ne faut pas nous en faire gloire ?

— Fait'ment. Je dis ça. Et vous ?

— Sans doute, c'est fâcheux de tirer sur des compatriotes... mais en définitive, qu'est-ce que c'est que ces compatriotes. Ils nous sont par le fait aussi étrangers que des bédouins et sont plus dangereux. Ce sont des gaillards que nous ne connaissons ni d'Eve ni d'Adam, pas plus que les Kabyles que nous avons récemment rossés. Est-ce parce qu'ils portent des paletots, des blouses, des casquettes ou des chapeaux qu'il faudrait épargner leur peau, tandis qu'ils n'épargnent pas la nôtre. Des Français ? Je me fous des Français qui me traitent de spadassin, de vendu, de brigand et qui appellent mes chefs, des généraux qui ont payé de leur peau, qui ont versé leur sang pour la France, eux qui n'ont jamais versé que leur salive dans ce Palais d'où nous les avons chassés, qui appellent les héros d'Afrique des bandits dignes de porter la casaque de forçat... Qu'ils se tiennent tranquilles, qu'ils ne nous insultent pas, et nous ne leur crèverons pas la panse.

— Ta, ta ta ta ! Blagues tout ça, lieutenant, blagues... Pas les ouvriers, les hommes en blouse qui insultent l'armée... mais les avocats, les bavards, ceux qui n'ont jamais passé sous les drapeaux, qui ont envoyé des remplaçants se faire crever la paillasse pour eux... Voilà les salauds ! Se font jamais tuer, eux... Poussent les autres aux barricades, et pendant qu'on se bat, qu'on se lance des prunes et des coups de torchons, se lancent des jets de salive. Tas de cochons. Foutrais tout ça au bloc, à Mazas, aux pontons, à Cayenne, à Lambessa, nom de Dieu!

— Mais, moi aussi, mon capitaine, et vivement.

— Laissez parler. Interrompez pas. Vous ai écouté sans interrompre... J'ai dit: « blagues». Le répète, quant à votre plainte des coups de torchons. Seriez bien embêté s'ils n'avaient pas commencé le branle. Avez assez rouspété avant hier, hier, aujourd'hui, parce qu'on ne bougeait pas dans ce quartier-ci. Disiez qu'on nous avait mal casernés; qu'on aurait dû nous envoyer aux Halles, à la Porte-Saint-Denis et ailleurs où ça chauffait. C'est bien! Dis pas le contraire. Parliez en soldat! Mais, nom de Dieu, faut pas dire que vous êtes embêté de la chose... Faut pas traiter les habitants de ce quartier, d'emplâtres, d'empotés, de navets, parce qu'ils ne nous tombent pas sur le poil... Auriez tout mis à feu et à sang si vous aviez pu... Vous connais. Vous ai entendu causer, vous, d'Hagniel, d'autres... Baviez de rage de ne pas être attaqués. Pourtant, vous, lieutenant, êtes d'ici, de Paris, je suppose?

— Oui, mon capitaine; je suis Parisien et je m'en flatte, bien que la troupe professe un certain mépris pour le Parisien. Mais il y a fagot et fagot.

— Et êtes des bons fagots, voulez dire? Dis pas le contraire. Seriez pas officier. Alors, si Parisien, avez parents, frère, sœur, cousin, cousine, père, mère, peut-être?

— Oui, mon capitaine, j'ai le bonheur d'avoir tout cela.

— Très bien. Enchanté. Mes compliments à tous....

Alors seriez content si votre mère recevait deux ou trois pruneaux dans le ventre?

— Mon capitaine, je ne crains pas cette catastrophe!...

Ma mère, au temps d'émeute, reste chez elle. Elle ne court pas les rues et ne se porte pas sur le passage de la troupe pour huer les défenseurs de l'ordre. Elle laisse ce plaisir aux blousiers, aux coquins et aux démagogues.

— Aux déma... quoi?

— Aux démagogues.

— Connais pas... N'est pas comme celle de d'Hagniel, alors. Pas une coquine, ni une blousière, non plus... pourtant sort dans les rues... Court après sa petite-fille. Lui trotte derrière. Renversant.

— A propos — fit observer un officier, — il ne rentre pas vite, d'Hagniel.

— Nom de Dieu, non! S'est peut-être fait escoffier, cet animal là. Dommage. Ferait de la peine, bon officier, bon garçon.

— Charmant garçon, mon capitaine, excellent camarade. Il a toutes mes sympathies.

— Les miennes aussi. Voudrais pas qu'il soit fourré aux arrêts. Le sera quand même.

— Par vous, mon capitaine?

— Non. Par le colonel. M'a déjà fait demander deux fois s'il était rentré. Fichu tableau. Embêtant. Mais, nom de Dieu, se fout du monde. Abuse des permissions. La jupe... soupçonne. Quand il reviendra, j'engueulerai salement.

A ce moment, la porte de la salle où les officiers festinaient s'ouvrit et celui dont on parlait parut pâle, défait, chancelant, vivante statue du désespoir.

Toutes les conversations s'arrêtèrent brusquement. Ceux qui portaient leur verre à leurs lèvres le reposèrent sur la table, et tous, avec stupéfaction, regardèrent leur camarade se diriger vers le capitaine Grelon.

Le vieil officier, qui se disposait à tancer vertement le retardataire, sentit sa colère se fondre à la vue des traits angoissés du jeune homme, et se rendant compte qu'un malheur lui était arrivé, au lieu de lui lancer, avec sa brusquerie habituelle, l'apostrophe qu'il préparait: « Nom de Dieu, lieutenant, vous foutez du monde », il se contenta de lui dire :

« — Eh bien, quoi? Ça ne va donc pas? Votre petite fille?... Votre mère? Les avez-vous trouvées?

— J'ai trouvé ma mère — répondit l'officier d'une voix éteinte.

— Ah! Et elle est?...

— Morte.

— Morte! Nom de Dieu!

— Oui, mon capitaine... Morte! Elle a été tuée d'un coup de baïonnette en pleine poitrine, dans une boutique du boulevard... une boutique où elle s'était réfugiée.

A ces mots, les larmes qu'il cherchait à retenir, jaillirent de ses yeux.

— Nom de Dieu, mon pauvre garçon! Mille tonnerres de noms de Dieu! — s'exclama le capitaine, donnant ainsi libre cours à son émotion.

— Excusez-moi — poursuivit Julien — si je suis en retard. Je n'ai pas eu la force de quitter plus tôt ma pauvre mère... la laisser seule...

— Oh! Vous êtes tout excusé, d'Hagniel. Parlez pas de ça. Nom de Dieu! Sale coup! Sale coup pour la fanfare!

Et s'adressant au lieutenant au nom noble.

— Eh! Vous là, monsieur *de* « Crève-Blousier », la mère de notre camarade, pas une blousière, pourtant! Un soldat tuer cette brave femme! C'est à faire comme le commandant Meunier, c'est à briser son sabre et arracher ses épaulettes. Nom de Dieu!

Et d'un coup de poing vigoureux, il ébranla si fort la table qu'une partie des verres se renversa.

Nul ne songea plus à les remplir.

Une consternation générale succédait aux gais propos et aux rires. Tout le monde se leva de table et chacun regagna en silence le coin de chambre qui lui était destiné pour dormir.

Le colonel et les officiers supérieurs prévenus en firent autant, plaignant tous du fond du cœur Julien d'Hagniel.

Nous l'avons dit plus haut, l'ex-officier de chasseurs s'était, en un temps fort court, rendu sympathique à tous, à part un ou deux jaloux qui voyaient d'un mauvais œil ce nouveau venu, portant déjà à son actif un brillant fait d'armes Mais les jaloux comme les amis, les chefs comme les égaux, ne pouvaient ne pas être affligés d'un malheur qui tombait si effroyablement sur l'un des leurs.

Quant à Julien, il s'était assis, les coudes sur la table poissée, la tête dans les mains; de grosses larmes tombaient lentement se mêlant au punch renversé.

Le capitaine Grelon, resté seul avec lui, s'approcha, toussa, cracha, bourra sa pipe, et voyant que Julien continuait à rester dans son état de prostation, lui toucha légèrement l'épaule.

— Eh bien, quoi! Nom de Dieu! Etes un homme! Faut pas vous désespérer comme ça... Votre petite fille ?...

— Pas retrouvée! — dit Julien.

Puis se levant tout à coup:

— Ah! tas de canailles. Ah! les bandits! Misérables! Misérables!

Et il sortit comme un fou, entra dans le poste, courut au râtelier d'armes devant les hommes stupéfaits, ébahis:

— Un fusil, nom de Dieu! Qu'on me donne un fusil! — cria-t-il. — A moi, les braves gens! A moi! je vais avec les rouges me battre aux barricades.

Et, saisissant une arme, avant qu'on eut songé à l'en empêcher, il hurla à pleins poumons:

— A mort! A mort! A bas Napoléon! A bas Saint-Arnaud! A bas Fleury! A bas le Président! A mort tous! A mort! A mort! A mort!

Sur un signe du capitaine Grelon qui l'avait suivi, les soldats se jetèrent sur lui, le désarmèrent.

. . . .

Le lendemain matin, 5 décembre, à la première heure, une voiture d'ambulance entrait dans la cour du Palais-Bourbon.

Elle venait chercher le sous lieutenant d'Hagniel atteint d'un accès de fièvre cérébrale et le transportait, sous bonne garde, à l'hôpital militaire du Val-de-Grâce.

CHAPITRE LXXI

Amours timides. — Colombau cherche un asile. — Appel dans la nuit. — L'étrangère. — Chez Pied-de-Bouc.

L'amour de Colombau pour Adèle remontait à l'époque où le typographe travaillait à l'imprimerie Armand Plumereau, mais le brave garçon brûlait d'une flamme si discrète et si pure que jamais personne ne s'en était aperçu, pas même la principale intéressée. Aucun rapport, comme on le voit, entre cette passion timide et les feux ardents de l'audacieux Julien d'Hagniel.

Le typographe considérait mademoiselle Plumereau comme une jeune fille, non seulement d'éducation, mais encore et surtout d'essence, de nature supérieures à la sienne, le prototype, pour ainsi dire de la pureté, de la décence, de la chasteté, de toutes les vertus féminines. Aussi éprouvait-il pour elle le respect le plus profond.

Nous n'essayerons donc pas de dépeindre sa douloureuse surprise quand, l'oreille collée contre la mince cloison qui le séparait de la chambre du sous-lieutenant, il entendit des paroles qui ne lui laissèrent aucun doute sur la nature des rapports existant entre l'officier et la sœur de son ex-patron.

Il sauta par la fenêtre et s'en alla au hasard, au risque de se faire arrêter par quelque patrouille en goguette et fusiller sur place.

— C'est par trop fort — répétait-il sans discontinuer, en s'éloignant comme un fou de la maison où il avait momentanément trouvé

Bon souper, bon gîte et le reste.

C'est par trop fort! A qui se fier ?

C'étaient les seules paroles qui lui venaient aux lèvres dans l'excès de son douloureux étonnement et de son agitation. Peu à peu, cependant, il se calma, la notion du danger qu'il courait lui vint à l'esprit, nette et entière, et il se demanda vers quelle retraite il devait diriger ses pas.

Aller chez lui, rue de la Goutte-d'Or? Il l'eut fait très volontiers, s'il avait eu la moindre confiance dans la concierge.

— Si je grimpe dans ma canfouine — se disait-il — la pipelette, qui est toujours aux aguets, n'aura rien de plus pressé que d'aller chercher les fliquadarts et alors je serai pincé comme une souris dans une souricière.

Aller chez Plumereau lui demander l'hospitalité pour le restant de la nuit? Mais l'ex-imprimeur, étant très probablement à la recherche de sa sœur, Colombau risquait fort de trouver la porte close. D'ailleurs, il aimait mieux ne pas voir son ancien patron, craignant, dans un moment de colère, de dévoiler le secret, l'affreuse vérité surprise.

Quant à retourner chez la boulangère pour continuer d'assister, témoin auriculaire, aux ébats de Julien et d'Adèle, il ne pouvait non plus y songer.

Après mûres réflexions, il parut à Colombau que le meilleur parti à prendre était d'aller frapper à la porte de Gueultong, le marchand de vins, dont le débit était situé à côté de l'officine de Pied-de-Bouc. Ce mastroquet, assez brave homme, connaissait Colombau de longue date, professait des idées républicaines et détestait le juif italien. « Peut-être, pensa le typographe, pourrai-je me cacher-là pendant quelques jours en attendant les événements. »

Il se dirigea donc vers Montmartre, arriva dans la rue Ramey et s'arrêta devant le débit où bien souvent, du vivant de sa mère, il était venu acheter au détail du gros bleu ou de la petite bière.

La porte et les volets étant clos, il frappa doucement et bientôt il entendit le sieur Gueultong demander :

— Qui est là ?

— C'est moi... Colombau — répondit le typo sur un ton assez bas.

— Qui ça ?

— Moi, Colombau..., vous savez bien ?

— Qu'est-ce que vous voulez ?

— Je viens vous demander l'hospitalité pour le restant de la nuit, patron.

— Vous auriez bien dû venir un peu plus tôt alors — fit le cabaretier, qui entr'ouvrit la porte, après avoir poussé quelques grognements.

Colombau entra et commença par adresser force remerciements au patron qui les reçut d'un air aussi peu gracieux que possible et lui dit d'un ton bourru :

— Vous avez de la chance que ce soit vous, ou plutôt vous avez de la chance que le vilain singe d'à côté et la sale petite guenon ne soient pas chez eux, car s'ils avaient été là vous auriez pu attendre longtemps avant que je ne vous ouvre, mon garçon. Faut maintenant se tenir sur ses gardes et donner des coups de chapeau aux mouchards, au lieu de leur donner des coups de bottes au derrière. Je n'ai pas envie de me faire envoyer à Cayenne, pour avoir caché chez moi des insurgés. Enfin, puisque vous voilà, restez ; mais, soyez prudent.

Le mastroquet, sans prendre de lumière, conduisit Colombau dans une petite chambre, donnant sur la cour vitrée, par où, quelques jours auparavant, le typographe avait passé pour s'introduire chez Pied-de-Bouc.

Dans cette chambre régnait une odeur déplorable dont la proximité des latrines et le voisinage de l'artiste et professeur pouvait donner l'explication. Le typographe, qui avait vécu trois journées au grand air, en fut presque suffoqué. Le cabaretier lui dit :

— Il y a un lit au fond à droite. Couchez-vous sans faire de bruit et surtout ne vous avisez pas d'allumer la bougie. Vous avez des allumettes sur vous ?

— Non, monsieur Gueultong.

— J'aime autant ça. Vous comprenez, par le temps qui court, il ne faut pas se compromettre.

— C'est Pied-de-Bouc qui vous fait peur ?

— Je n'ai pas peur de lui, mais de sa langue. Il a décanillé d'ici depuis quelques jours, mais toutes ses affaires y sont restées. Il peut rentrer d'un moment à l'autre. Bref, pour vous et pour moi, pas d'imprudences. Bonne nuit.

— Bonne nuit, monsieur Gueultong et merci !

Resté seul, Colombau gagna son lit à tâtons et constata que les draps manquaient. Comme, selon toute probabilité, couverture et matelas devaient être d'une propreté douteuse, le typographe, se souciant peu d'en sentir le contact contre sa chair, se coucha tout habillé. Accablé de fatigue, il tomba bientôt dans un profond sommeil.

Il n'y avait pas longtemps qu'il dormait quand il fut soudain réveillé en sursaut par un cri suivi de ces mots nettement articulés :

— Maman ! Maman ! Oh ! Maman !

Il se dressa sur son lit, prêtant l'oreille ; mais il n'entendit plus rien.

« — Je me serai trompé — dit-il. — J'ai rêvé... Cependant cette voix !... »

Il écouta quelque temps encore, puis le sommeil le reprit et sa tête retomba lourdement sur le traversin.

Il était tard déjà quand il se réveilla, mais au fond de cette cour sombre, il ne pouvait juger de l'heure, car un jour faible traversait à peine les rideaux de coton. Tout en promenant ses regards sur la chambre, aux murs couverts d'un papier sale et tacheté de moisissures, il se rappela le cri et les paroles qui avaient interrompu le commencement de son sommeil. N'était-ce pas un rêve ?... Quelquefois, en dormant, l'on entend des voix qui vous appellent. « Ce sont les âmes des parents trépassés » — affirment les vieilles ; mais ce n'était pas lui qu'on avait appelé.

« Maman ! Maman ! » N'était-ce pas l'accent douloureux, plaintif, de la petite fille, qu'au milieu des événements multiples il avait complètement oubliée.

Oh ! Si c'était elle pourtant ! Mais non ; comment se pourrait il que depuis qu'il avait été forcé de la quitter si brusquement, elle n'ait

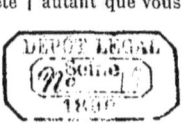

Otez le pistolette... Ze ne pouis parler avec ouno pistoulette...

pas retrouvé le chemin de sa demeure. Non, c'était impossible. Intelligente et sachant très bien s'exprimer, elle devait avoir trouvé quelqu'un pour la mettre dans son chemin, et sans doute, elle était depuis longtemps près de sa grand'mère.

— Cependant, cette voix?... Pourvu qu'il ne lui soit pas arrivé malheur à cette gentille petite fille... Car alors ce serait de ma faute, oui, absolument de ma faute. J'aurais dû la laisser jouer avec les autres gamines qui l'auraient emmenée chez leurs parents ou reconduite à sa grand'mère... De quoi me suis-je mêlé? Et cette bonne vieille dame qui a l'air de l'idolâtrer! Quel coup terrible pour elle si... Ah! je n'ose y songer.

Il y pensait quand même, le cerveau hanté de funestes images : la petite fille la poitrine trouée d'un coup de baïonnette, ou bien la tête fracassée par une balle, rapportée sanglante et morte chez madame d'Hagniel.

Il se jeta tout à coup en bas de son lit :

— Il faut que j'en aie le cœur net — dit-il. — Je vais aller là-bas... Oui, j'y vais. Tant pis si je me fais pincer. Après tout, je ne tiens plus à la vie. Ah! Adèle! Adèle!

Il sortit avec précaution de sa chambre et pénétra dans la salle du débit après s'être assuré qu'elle était vide de clients.

En le voyant, le marchand de vin prit un visage dépourvu d'affabilité.

— Je m'en vais — dit Colombau.

— C'est ce que vous avez de mieux à faire, et je me préparais à vous y engager vivement... On perquisitionne dans le quartier.

— Ah! Sapristi!

— C'est comme je vous le dis. Aussi j'aime autant que vous ne reveniez pas. Vous comprenez, mon garçon, que je ne veux pas m'attirer d'histoires.

Chacun pour soi, eh donc !

— Parfaitement, patron. Je vous remercie tout de même de m'avoir donné asile.

Et il partit, n'osant demander au débitant, ni un verre de vin, ni un crouton de pain, car il n'avait pas un sou dans sa poche.

Il s'avança hardiment dans la rue. Avec ses nouveaux effets qui, suivant l'expression de la boulangère, lui allaient comme un gant, il n'avait plus l'air d'un insurgé ayant fait le coup de feu derrière maintes barricades, mais d'un petit commis de bureau ou de magasin se rendant à la tâche quotidienne. Aussi éprouva-t-il un élan de reconnaissance pour la grosse commère qui, après l'avoir sauvé des soldats, lui procurait les moyens d'échapper aux mouchards. Comment pourrait-il rendre ces effets à cette amante d'une nuit? Comment même l'indemniser? Problème compliqué dont il renonçait à trouver la solution.

Tout en marchant, il sondait l'espace ouvert devant lui, aussi loin que sa vue pouvait porter. Les passants étaient rares. Après la terrible leçon de la veille, chacun maintenant restait chez soi. Il pouvait donc examiner à cinquante pas la tournure et la mise de ceux qui s'avançaient, de façon à ne pas se jeter dans les jambes des messieurs de la police.

Mais les mouchards prennent tous les déguisements ; comment les reconnaître? Tandis que lui, en sa qualité d'insurgé, d'affilié à la Marianne, d'habitué de maintes réunions publiques, il devait être connu de presque tous.

« — Mais qui ne risque rien, n'a rien — se disait-il. — Je n'aurais pas été préoccupé du sort de cette gamine, qu'il me fallait quand même quitter le mastroquet... Ah! nom de Dieu ! Quelle veine si j'arrive seulement à la Chaussée Clignancourt ! »

Il y arriva sans rencontre désagréable et s'arrêta devant la demeure de madame d'Hagniel.

Il hésitait avant de frapper ; enfin, il se décida :

« — Je demanderai à la vieille dame des nouvelles de l'enfant, puis rassuré de ce côté, je file... »

Il attendit deux ou trois minutes, s'étonnant un peu de voir des voisins d'en face le regarder de leurs fenêtres, enfin une servante vint ouvrir.

Elle avait les yeux rouges, le visage pâle, fatigué, comme après une nuit de veille ; Colombau reconnut du premier coup qu'il se passait dans la maison quelque chose d'anormal.

— Pardon, mamzelle — dit-il — c'est bien ici chez madame d'Hagniel?

— Oui, monsieur, que voulez-vous ?

— Je viens voir si la petite demoiselle.....

A ces mots, une jeune femme ou une jeune fille, blonde, aux yeux bleus, aux joues légèrement rosées, à la taille élancée, à la physionomie intelligente, animée et pleine de distinction, parut derrière la bonne et demanda avec vivacité et un accent étranger très particulier et très original :

— Qu'y a-t-il? Qu'y a-t-il? Je vous prie. Serait-elle retrouvée ?

Colombau, qui, dans son trouble, n'avait pas entendu la dernière question de l'étrangère, salua poliment et, sa casquette à la main, recommença sa phrase interrompue :

— Je viens voir si la petite demoiselle est rentrée chez sa grand'maman.

— Non, monsieur — dit la bonne, dont les larmes jaillirent — non, hélas !

— Pas rentrée — s'écria Colombau, douloureusement surpris... Mais c'est elle, alors, c'est elle...

— Oh ! Monsieur, si vous savez où elle est, vous venez trop tard.

— Trop tard ! Ah ! Tonnerre! Qu'est-il arrivé ?

— Monsieur, je vous en conjure — fit l'étrangère — dites-nous où elle est, si vous avez un indice.

— Je ne sais rien, je n'ai pas d'indice... Seulement j'ai entendu cette nuit une voix... il m'a semblé que c'était la sienne, celle de la petite demoiselle, qui appelait sa maman. C'est tout, voilà tout — conclut Colombau consterné. — Ça me tracassait, c'est pourquoi je venais pour savoir...

— Je ne m'explique pas bien ce que vous dites, monsieur... Qui êtes-vous ? — demanda l'inconnue.

— Je vais vous dire, Mademoiselle — répondit le typographe — très ennuyé de ces questions et craignant de se compromettre, car il ignorait à qui il avait affaire. — Voilà : J'ai rencontré la petite demoiselle avant hier, dans une rue très loin d'ici, où elle jouait avec des petites camarades. Elle m'a reconnu, car elle m'a vu une fois chez sa grand'mère qui a été très bonne pour moi, et elle m'a dit : « Je ne sais plus mon chemin, ramenez-moi chez maman. » Alors je l'ai prise par la main, mais voilà que nous tombons sur deux coquins, deux espions... un homme et une femme au service de la police... C'est-à dire des insurgés. Ils sont allés chercher la troupe...

— Pourquoi faire?

— Pour m'arrêter... C'est-à-dire que je suis tombé dans une barricade... Sacré nom d'un chien ! Pardon, Mademoiselle, mais je n'y suis plus...

— Vous pouvez me parler sans crainte, Monsieur, — dit la jeune fille, voyant l'embarras de Colombau et devinant qu'elle avait devant elle un combattant de la veille. — Je suis irlandaise et ne m'occupe pas de politique à l'étranger; mais j'ajoute, pour vous mettre à votre aise, que je suis une amie de M. Georges Barrel, représentant du peuple, dont les idées en politique sont sans doute les vôtres.

— Oh ! Mademoiselle, tant mieux. M. Barrel me connaît bien et m'a même fait l'honneur de me recevoir chez lui. Alors excusez-moi, excusez mes réticences, je viens de faire le coup de feu... et vous le comprenez, on ne peut être trop prudent par le temps qui court. Si l'on mettait la main sur moi, mon compte serait vite réglé. Quelques balles dans la tête... et bonsoir! Mais du moment que vous êtes l'amie du brave Barrel...

— Entrez, Monsieur, entrez — dit la jeune et belle inconnue — ne restez pas ainsi dehors.

— Ce n'est pas de refus.

Elle le fit passer devant elle, referma la porte et poussa le verrou.

Le typographe reconnut la chambre où, quelques jours auparavant, il était également entré sur l'invitation de la grand'mère de la petite Renée, s'y était reposé et y avait calmé les exigences de son estomac sous son œil bienveillant. Mais quel changement! Tout y était bouleversé, en désordre.

La servante lui dit :

— C'est peut-être vous qui avez mangé ici l'autre jour? J'étais partie en commissions, et Madame, qui était si bonne, vous a servi.

— Oui, c'est moi, Mademoiselle — répondit Colombau, inquiet de ce verbe employé à l'imparfait. — Mais où est Madame d'Hagniel? J'espère qu'il ne lui est rien arrivé de fâcheux? Puis-je la voir? Je suis navré de ne pouvoir la renseigner sur sa petite-fille... Mais je la retrouverai, cette enfant, oui, je la retrouverai, dussé-je y laisser ma peau. Pauvre mignonne! Et si on lui a fait du mal, gare aux misérables!

Je suis doux comme un mouton avec les braves gens... avec les coquins, je deviens loup!

Mais, voyant la physionomie triste des deux femmes, il reprit :

— La pauvre grand'maman est sans doute malade... peut-être bien malade?... Ah ! Je me suis douté de ça, en entrant.

— Hélas ! — fit l'étrangère, le malheur est plus grand que vous ne le supposez.

— Comment? Est-ce que ?...

— Venez voir, monsieur.

Ce disant, elle ouvrit la porte de la chambre à coucher, et le typographe aperçut, morte sur son lit, la mère de son rival, la vieille dame, compatissante et aimable, qui lui avait offert le vivre et l'hospitalité, alors que, déguenillé, mourant de faim, elle l'avait vu s'appuyer en chancelant contre un mur. On lui avait fait sa toilette dernière. Ses beaux cheveux blancs, si fins, s'échappaient en soyeuses boucles de son riche bonnet de dentelle. Colombau aurait pu croire qu'elle dormait si la pâleur de son visage, la rigidité de ses traits, les bougies allumées sur la table, les larmes de la servante et l'émoi visible de l'inconnue ne lui eussent suffisamment dévoilé la triste vérité.

— Oh ! — fit-il frappé d'une douloureuse stupeur et incapable d'en dire davantage.

Alors, l'inconnue, ayant refermé la porte, l'interrogea de nouveau, et Colombau expliqua le peu qu'il savait au sujet de Renée. La bonne à son tour, après avoir mentionné la perquisition faite chez sa maîtresse et répété sommairement les principaux articles du fameux dossier qui transformait Madame d'Hagniel et la fillette en conspirateurs redoutables, raconta ce qui suit :

— Quand Madame apprit que Renée avait été arrêtée, elle ne pouvait en croire ses oreilles.

« — Comment — disait-elle — arrêter une petite fille de cinq ans ! Mais c'est honteux ! Mais vous êtes fou ! Oh ! la belle police, qui arrête des petites filles ! — Madame, répondait le commissaire, les enfants sont quelquefois plus dangereux que les grandes personnes. D'ailleurs, la mâtine est rusée et connaît le tour, puisqu'elle a trouvé le moyen de s'échapper. » Elle revint tout heureuse, pensant que la petite allait arriver. Mais son attente fut déçue. Après une heure, deux heures, elle a voulu retourner au commissariat. Je restai seule avec les agents qui continuèrent à fouiller partout comme des voleurs et à tout bousculer.

— Les salauds ! — s'exclama Colombau.

— A son retour, Madame était plus désolée que jamais, elle commençait à perdre tout espoir. C'était la troisième ou quatrième fois qu'elle courait à la police, et toujours on la recevait mal. Elle pleurait. Elle disait que tout le monde se moquait d'elle, qu'on la tournait en ridicule. C'est alors qu'une espèce de sale tête de mouchard, qui est connu dans le quartier sous le nom de Pied-de-Bouc, est venu lui dire qu'il avait vu l'enfant sur les boulevards.

— La crapule ! — fit Colombau.

« — Comment — dit Madame — sur les boulevards? C'est bien loin d'ici? Que faisait ma petite-fille sur les boulevards? Vous ne vous trompez pas, Monsieur ? » — « Oh ! non — a-t-il répondu — je la connais bien. C'est bien elle. » Et il fit une description très exacte de Renée. La pauvre dame n'eut plus de doute. « Puisqu'elle est sur les boulevards, elle va arriver d'un moment à l'autre » — dit-elle. — Elle remercia bien poliment l'individu et attendit encore. Mais elle ne pouvait tenir en place, bien qu'elle fut exténuée. Elle allait et venait, courait à la porte, faisait quelques pas dans la rue, puis rentrait, puis ressortait ; on aurait dit qu'elle devenait folle. Comme la petite n'arrivait toujours pas, elle s'est décidée, vers une heure, à sortir de nouveau. « Je vais jusqu'aux boulevards » — me dit-elle. — « Peut-être la rencontrerai-je en chemin. » — « Mais, Madame, reposez-vous, vous ne tenez pas debout. Prenez au moins quelque chose avant de partir. » — « Non, non, je m'en vais, ne vous absentez pas, au cas où elle rentrerait. » Elle partit... et elle n'est plus revenue que sur une charrette, morte...{Tuée, oui, monsieur, tuée à coups de baïonnette par les soldats.

— Ça crie vengeance! — fit Colombau. — Pauvre vieille dame! Elle, si bonne, si compatissante!

— Et c'est de la faute de cette canaille de Pied-de-Bouc — continua la servante. — On ne m'ôtera pas de l'idée que c'est un mensonge qu'il a fait à madame. Il n'a pas plus rencontré la petite sur le boulevard que le pape!... Mais, dans quel but, ce coquin a-t-il envoyé la pauvre dame là-bas?

Cette observation de la servante frappa Colombau.

Pâle de colère, il s'écria :

— Je suis sûr que ces canailles ont rattrapé la petite fille et l'ont séquestrée chez eux!

— De qui parlez-vous? — demanda l'étrangère.— Si vous croyez avoir quelque indice qui puisse nous mettre sur les traces de l'enfant, dites-le.

— Voilà, Mademoiselle. Des indices, j'en ai. Je parle de deux coquins, ceux que je vous citais tout à l'heure. Justement, ce Pied-de-Bouc est l'un d'eux. Je sais où les trouver. J'y vais. Pas de temps à perdre.

— Oh! Monsieur, quel service vous me rendrez. Je m'intéresse à cette enfant plus que vous ne pouvez vous l'imaginer.

— Je ferai tout ce qui sera en mon pouvoir, Mademoiselle... Mais il me faudrait une arme. n'importe quoi... un couteau-poignard, un casse-tête, un pistolet?... Rassurez-vous, Mademoiselle, je ne veux tuer personne, quoique ce ne soit pas la bonne volonté qui me manque, non, je ne veux tuer personne... Seulement, j'ai besoin d'une arme.

Alors, avisant dans une panoplie un pistolet à pierre assez massif et qui datait au moins de la découverte de l'Amérique, il le décrocha, le mit dans sa poche, disant :

— Ça fera l'affaire!

L'inconnue le regardait sans comprendre. Elle dit :

— Voulez-vous me permettre de vous accompagner.

— A votre souhait, Mademoiselle. Je vous dirai même que je suis heureux de votre proposition, et voici pourquoi. Il se pourrait que je sois reconnu par quelque mouchard. Ils pullulent, dans les rues de Paris, comme les cafards en Irlande.

— Les cafards? Qu'appelez-vous cafards?

— Les petites bêtes noires qu'on trouve chez les boulangers. J'ai lu dans un livre qu'il y en a des quantités dans la malheureuse Irlande.

— Malheureuse! Vous dites bien le mot, — fit l'étrangère, qui, malgré sa tristesse et ses préoccupations, n'avait pu s'empêcher de sourire à la comparaison du typographe.

Il poursuivit :

— Comme j'ai quelque chose dans la tête qui me dit que je vais retrouver la pauvre gamine, il vaut mieux qu'il y ait quelqu'un avec moi à qui je puisse la confier, si, par aventure, on m'arrêtait. Autrement, elle retomberait dans les pattes des salauds. Filons!

— Je vous suis.

Ils sortirent. Chemin faisant, Colombau avec force gestes, expliqua son projet.

— Vous allez voir deux sales hures, Mademoiselle, une naine et son singe, deux gueules à coucher dehors. Le type, Pied-de-Bouc, un froussard de la pire espèce. En lui montrant les dents, nous en ferons ce que nous voudrons. Il faut, dès l'abord, lui flanquer la foire. C'est pour ça que j'ai pris le pistolet. Avec ce rigolot, nous lui viderons ce qu'il a dans la panse. Ah! le salaud! Vous allez voir le tableau. Il deviendra sage comme une image et bavard comme une pie borgne... La nabote est plus... rosse, et surtout plus mauvaise. Faut se méfier de cette teigne, elle a bec et ongles; mais, dès le début, je m'arrangerai à la mettre dans l'impossibilité de griffer et de mordre. D'abord, je lui ficelle les griffes et je lui fourre une polonaise dans le grouin...

L'inconnue écoutait attentivement les paroles de Colombau sans les comprendre entièrement; le français qu'elle avait appris dans les auteurs classiques ne ressemblait que vaguement à celui que parlait son compagnon. En d'autres circonstances, il est certain que, se voyant à côté d'une belle et élégante jeune femme, l'ouvrier eut surveillé son langage. Comme tous ses camarades en général, le typographe savait fort bien, quand il le voulait, n'employer que des termes d'une correction et d'une pureté absolues. Mais, pour le moment, il était hors de lui. Le chagrin, l'indignation, la colère ou plutôt la rage lui avaient fait tout oublier, tout, hormis l'existence des deux crapuleux personnages, qu'il aurait voulu écraser sous son talon.

Mais, tout en ne comprenant pas mot à mot, l'étrangère saisissait le sens, et la déclaration de son compagnon de mettre « une polonaise dans le grouin » de la naine la plongea dans la stupéfaction.

— Une Polonaise! — s'écria-t-elle. — Comment? Quelle Polonaise?

— Excusez, Mademoiselle, nous appelons comme ça, nous autres, une chaussette russe.

— Ah! Oui, très bien! — fit la jeune fille — ne comprenant pas mieux et se demandant quel avantage pouvait avoir en cette circonstance une chaussette de Saint-Pétersbourg, plutôt que de Paris ou de Berlin.

En tout cas, il allait assurément se passer des choses graves, extraordinaires, et une vague angoisse la saisissait.

Certes, si elle n'eût eu l'espoir de retrouver la petite Renée, elle eut rebroussé chemin. Outre la « chaussette russe » une chose la rendait perplexe. Elle l'avoua :

— Vous avez parlé de ficeler une femme? — dit-elle.

— Oui, la nabote.

— Mais elle se débattra.

— Je l'étourdirai d'un gnion.

— Mais comment la ficelerez-vous? Vous n'avez pas de corde.

— Pied-de-Bouc m'en fournira.

— J'ai peur pour vous, Monsieur. Cette affaire peut tourner mal. Pourquoi ces voies de fait? Ne vaudrait-il pas mieux prévenir la police, je me charge de cela, quand j'aurai reçu vos indications et que vous aurez eu le temps de vous mettre en sûreté.

— La police! Ah! Mamzelle, que me parlez-vous de la police? On voit bien que vous ne la connaissez pas.

— Cependant, si comme vous le croyez, il y a séquestration d'enfant, ces misérables méritent une punition. Je suppose que vous avez des lois en France?

— Sans doute, il y a des lois. Mais les pauvres diables n'osent pas y avoir recours... Ça coûte trop cher. C'est bon pour les riches!

— Je suis riche, moi, Monsieur, et je ne reculerai devant aucune dépense pour avoir satisfaction.

— Bon! Il n'y a encore rien de tel que celle qu'on se donne à soi-même. Vous allez dépenser beaucoup d'argent pour avoir raison d'un coquin, qui vous a volé ou calomnié, et finalement c'est vous qui payez encore l'amende. Ça s'est vu en tous temps, et ça se voit encore tous les jours.

Je suis un brave homme, moi, je puis vous le dire! Eh bien, j'ai été arrêté, bousculé, battu, fichu au bloc sur la dénonciation de coquins. Qu'est-ce que vous voulez que je fasse? Me plaindre? A qui? A ceux qui m'ont fourré dedans. Ils me riront au nez et, si je fais le méchant, ils m'y fourreront encore. La justice! Tenez, la voilà, ma justice.

Et Colombau montra ses poings.

— Vive l'Amérique pour cela, Mademoiselle. Quand un salaud vous a offensé, volé, battu et se fiche de vous par-dessus le marché, on lui loge une prune dans la peau, et tout est dit.

— Vous êtes allé en Amérique?

— Non, Mam'zelle, mais j'ai appris que c'était dans les pays où il n'y avait ni juges, ni police, ni gendarmes, qu'il se trouvait moins de fripouilles et de voleurs.

— Et vous aimeriez habiter ce pays-là ?

— C'est mon rêve, Mademoiselle.

Elle jeta un coup d'œil sur le visage de son compagnon, et fut frappée de l'énergie, de l'honnêteté, de la franchise qui y étaient empreintes.

— Hé! — se dit-elle — cet homme fera peut-être mon affaire... J'y songerai.

Colombau continuait à exhaler sa colère :

— Des canailles, les roussins, tous des canailles! Et les deux salauds, le vilain singe et la nabote sont de la bande. Alors, que faire? Les loups, comme dit cet autre, ne se mangent pas entre eux. Savez-vous ce qu'ils feront, si vous portez plainte? On traînera les choses en longueur; on vous fera passer de bureau en bureau, signer un tas de paperasses, car vous ne savez pas, Mademoiselle, vous n'êtes pas de ce pays-ci, et vous ne pouvez pas savoir, mais ce n'est ni la Chambre des représentants, ni les ministres, ni le président de la République qui nous gouvernent, c'est la paperasse. Notre maître à tous, c'est le bureaucrate, le cul-de-plomb, le paperassier, le chieur-d'encre — pardon, excuse — si j'emploie des gros mots...

— Parlez, parlez, je ne les comprends pas tous, mais je saisis le sens de vos paroles.

— Eh bien, tant mieux... Mais vous saisirez davantage le sens des coups de tampon que je vais asséner sur le mufle du coquin. Ah! misère de tous les diables!

— Quoi donc, encore?

— C'est cette pauvre vieille dame! la pensée de cette pauvre vieille dame qui me trotte par la tête. Quand je pense qu'elle est morte, elle si aimable, si bonne... Ça me retourne... Nom de nom!... Et son fils?... Le pauvre garçon quand il va savoir ça, et que sa mère a été assassinée peut-être par ses propres soldats!... Je le plains.

— Il le sait.

— Ah! Il l'a vue... morte? Et où est-il?

— Il est reparti. Il est de service, m'a-t-on dit, au Palais de l'Assemblée.

— Comment? de service! Il n'y a pas de service qui tienne. Sa mère est morte et il est de service... Est-ce qu'on n'envoie pas promener le service dans ces circonstances-là? Il n'aimait donc pas sa mère?

— Il paraît, au contraire, qu'il l'aimait beaucoup. Il était au désespoir, et, m'a dit la servante, il est parti comme un fou rejoindre son poste.

— Je serais resté près de ma mère, moi !

— Moi aussi. Mais ni vous ni moi ne sommes militaires. Nous ne pouvons donc juger ses actes. Son devoir et son honneur de soldat lui commandaient de rejoindre son poste... surtout quand il se pouvait que ce poste fût attaqué.

« — Son devoir et son honneur ne lui commandaient pas de s'absenter de son poste pour conduire dans sa chambre mademoiselle Plumereau — pensa le typographe. — Ah ! pauvre Adèle ! pauvre Adèle ! En quelles mains es-tu tombée ! »

Il cessa de parler. Le souvenir de celle qu'il avait aimée si discrètement, si timidement et qu'il avait surprise se livrant à ce soldat traitant les femmes comme des jouets et menant l'amour à la dragonne, le remplissait de dépit et de douleur.

Cependant, on approchait de la maison où habitait Pied-de-Bouc, depuis qu'il s'était sauvé de sa boutique, de crainte d'y être écharpé par les rouges ; ses pensées prirent une autre voie et sa colère changea de direction.

— Ah ! le salaud ! ah ! le salaud ! — murmura-t-il. — Nous allons le tenir.

— Monsieur, — lui dit l'étrangère, effrayée de l'expression de son visage — ne commettez pas d'imprudence qui vous serait préjudiciable... calmez-vous, je vous en prie... Reprenez votre sang-froid.

— N'ayez crainte, mamzelle, n'ayez crainte. Je suis doux comme un mouton, je vous l'ai dit. S'ils n'ont pas fait de mal à la petite, ils en seront quittes pour quelques giroflées à cinq feuilles... Mais si, par malheur, ils lui en ont fait, je ne donne pas deux sous de leur sale peau.

— Comment ?

— Comment ? Vous allez le voir... Je les saigne !

Et sur ces paroles peu rassurantes, Colombau heurta la porte.

. . . .

Allongé sur une couverture déchirée et crasseuse, devant un grand feu brûlant dans la vaste cheminée, Pied-de-Bouc, débraillé, le cigare aux lèvres, suivait de ses yeux ternes, abrités derrière une paire de lunettes neuves, les capricieuses volutes de la fumée bleue, tout en étudiant sur toutes ses faces, avec beaucoup d'attention, une *combinazione* fraîche éclose dans son fertile cerveau.

— Il y en a là, de l'astouce — disait-il en se frappant le front — de l'astouce assez pour en remontrer au signor Nicolaï Maciaveli... Et pourtant il en avait de l'astouce, cet oumé, on peut dire qu'il en avait de l'astouce !

Cette *combinazione* du fils du moine et de la juive était une simple traîtrise. Elle consistait à lâcher la Crachotte, après lui avoir soutiré tout l'argent qu'elle avait vilainement gagné au service de la police de James Dilson.

Mais la naine s'étant depuis longtemps aperçue que Pied-de-Bouc était un fainéant, un égoïste, un goinfre et un ivrogne, lui cachait la majeure partie des sommes que lui rapportait son espionnage. Cette défiance non seulement vexait le « professeur », mais lui donnait lieu de craindre qu'elle ne nourrît le projet de disparaître un beau jour avec son magot et un nouvel amoureux, car une femme qui a le sac, si laide qu'elle soit, trouve toujours un partenaire empressé à l'en alléger.

Il fallait donc prendre les devants. Mais ce n'était pas la seule raison du personnage ; il s'en trouvait d'autres que lui-même va nous expliquer.

— Z'en ai assez de cette Craçotte — se disait-il. — Cette *contrafatta* zette de la déconsidératione sur moi et compromet mon avenir. Oun bel uomo comme moi avec oune telle *nana!* Comme on zuze toujours l'*uomo* d'après la *femina*, l'on me zuze mal. Elle n'a ni *educazione*, ni *distinzione* dans les manières. Ze ne pouis la condouire dans le grand monde où z'irai quelque zour. On ne la recevrait pas dans la bonne *societa*. Ah ! cette *unione clandestina* me porte un gros prézoudice ! Et pouis, elle est laida comme les sept pécés capitaux, y compris le pécé de *lussuria* avec elle : *statura ridiculosa*, *tutte* les *denti* gâtées dans la *bocca*, haleine *fetida*, la *pelle* zaune comme du *zafferano*, pas de *mamella*, *posteriou* de guenon, les couisses et la barriga ridées, parceminées, *raramente* lavées... Pouah !...

Il lança dans le feu un long jet de salive.

— Et par-dessus le marçé, mécante, raseuse, zalouse... oune cramponne, oune vraie cramponne... Elle a fait de moi oune forçatte... Ze traîne oune boulette !... Ah ! ma *povera Madre* !... Et avare ! Z'ai besoin de grands soins ; z'ai des maux de *stomacho* quand ze reste plous d'oune heure sans manzer... Ze souis forcé de souivre oune traitement... Elle le sait... Ze loui ai dit un *cento* de fois, et c'est oune *batailla* çaque fois que ze veux açeter oune boîte de ces pilules qui me font tant de bien... oune bottiglia de sirop dépouratif et adoucissant, ou même oune morceau de zambon pour me calmer entre mes repas !

Il poussa un profond soupir et continua :

— Et pourtant, ze travaille continouellemente avec ma povera testa, z'accousse tous les zours de nouvelles idées, ze me dévoue, ze me compromet, ze me lance dans le danzer, ze manque de me faire éçarper comme l'autre zour, et maintenant voilà que ze n'ose plous sortir ni rester çez moi, car, partout, ze marçe sour oune volcanne. Ze souis oune vittime désignée aux mauvais coups de la crapoule. Monsignor il Presidente della Repoublica a beau protézer tous les azents dou service des renseignements, oune lame de *coltello* est vite enfoncée dans la *barriga*. Ah ! santa Madona... Faut que ze file... mais où est l'arzent?

Où était l'argent, en effet? Le professeur se cassait la tête pour le savoir, quand il fut tout à coup interrompu dans ses réflexions. On frappait à la porte.

— Santa Madona ! Qu'est-ce que c'est encore que ça ?

Il se leva et, à pas de loup, alla regarder par la fenêtre donnant sur la rue.

Il ne vit rien, Colombau et sa compagne se tenant le plus près possible de la porte. Pour les apercevoir, il aurait fallu ouvrir la fenêtre, acte de témérité dont il se sentait incapable et que pourtant il devait remplacer par un plus téméraire encore.

On recommença de frapper, et comme Pied-de-Bouc se gardait de répondre, Colombau, contrefaisant sa voix, cria par le trou de la serrure :

— Signor Albertini ! signor Albertini ! Hé ! maître Colinbabin ! Etes-vous là ?

— Qui c'est ça ? — se demanda Pied-de-Bouc. Ze ne connais pas cette voix.

— Allons, signor Albertini, allez-vous me faire attendre longtemps ? Vous êtes là, je le sais. Je vous apporte un message de milord James Dilson, une lettre lourde... Si vous n'ouvrez pas, je m'en vais. En voilà un gaillard !

— Oune lettre lourde — se dit Pied-de-Bouc — c'est peut-être oune lettre sarzée.

Et il répondit à Colombau, oubliant qu'il n'avait pas encore donné signe de vie :

— Passez-la sous la *porta*.

— La passer sous la porta — fit le typographe, continuant de contrefaire sa voix — vous vous moquez de moi, mon bonhomme. Je ne dois la remettre qu'en mains propres, contre signature. Au fond je ne sais pas qui vous êtes, moi.

— Ze souis le professeur Albertini, représentant de la maison Barrères, bouçons et articles de cave... C'est pour moi la lettre.

— Ta, ta, ta. Tout ça, c'est de la faribole. Je ne puis me fier au son d'une voix que je n'ai jamais entendue. Milord Dilson, qui m'a largement graissé la patte pour ma course, m'a fait une description complète de votre trombine, nez aquilin, barbe en pointe, figure intelligente, front noble, air martial... Montrez-là, cette binette, je verrai bien si c'est celle du signor à qui je dois remettre la lettre.

— Elle est sarzée ? — demanda le professeur, excessivement flatté.

— J'ai tout lieu de croire qu'elle l'est, mais je n'ai pas été y voir. Milord m'a dit que vous aviez une réponse et un reçu à donner... Et puis, en voilà assez. Ouvrez-vous, oui ou non ?

— Z'ouvre, — répondit Pied-de-Bouc.

— Alors, dépêchons. J'ai autre chose à faire qu'à parlementer ici pendant une heure.

Cette comédie n'était pas beaucoup du goût de Colombau, mais à moins d'enfoncer la porte, il ne voyait aucun autre moyen de pénétrer chez le mouchard. En entendant celui-ci mettre la clef dans la serrure et tirer le loquet, il ne put s'empêcher de sourire de l'heureux résultat de son stratagème, et l'inconnue, saisie d'une inquiétude assez compréhensible, le vit se ramasser sur lui-même, et pencher le corps en avant, comme un coureur qui attend le signal de se lancer dans l'arène.

L'arène, pour le typographe, c'était la demeure de Pied-de-Bouc, quand la porte en serait ouverte.

Elle s'entrebâilla et le professeur, risquant un œil, aperçut son ennemi qui attendait, le regard flamboyant, tel qu'un tigre, prêt à bondir sur sa proie. C'est ainsi du moins que l'ouvrier lui apparut. Il voulut se jeter sur la porte, pour la refermer... mais trop tard ; prompt comme l'éclair, Colombau s'était élancé et l'avait ouverte entièrement, d'une poussée si violente que Pied-de-Bouc fut précipité à terre où il resta, incapable de se remuer, paralysé par l'épouvante.

— Venez, Mademoiselle, je vous prie — dit Colombau à la jeune fille, restée interdite au dehors. — Entrez vite. Je ferme.

Elle fit quelques pas et fut tentée de se boucher les narines, tellement il régnait une puanteur insupportable dans la chambre.

— Oh ! — fit-elle — l'on suffoque ici !

— Oui, ça chelingue ! — dit Colombau.

Il referma la porte, s'approcha de Pied-de-Bouc, toujours étendu à terre et, avec sang-froid, lui donna plusieurs coups de pieds dans le bas des reins.

La terreur paralysa pendant quelques secondes la langue du maître de céans. Enfin, les yeux arrondis par un indicible effroi, il murmura :

— Ze souis perdou ! perdou !

— Allons, mouchard, — reprit Colombau — debout et leste.

Le « professeur » se leva avec peine, s'appuyant contre la muraille, dans un état voisin de l'hébétement.

Ses longues jambes osseuses flageolaient et de grosses gouttes de sueur perlaient sur son front fuyant.

L'étrangère, à la fois surprise et révoltée de cette lâcheté, regardait ce triste spécimen de l'espèce humaine dont le visage livide reflétait la double origine, l'hypocrisie cléricale et l'humilité du sémite en détresse, un ensemble d'une complète ignominie.

— Oh ! le vilain homme ! — se dit-elle.

Colombau, les bras croisés, contemplait le mouchard avec une expression de colère et de mépris.

— Signor Albertini — dit-il — tu sais pourquoi je suis venu ?

— Ze l'ignore, mon bon monsieur Colombau, ze vous zoure que ze l'ignore.

— La petite fille ?

— La petite fille ! — répéta le misérable d'un ton larmoyant et prenant une mine étonnée — quelle petite fille, monsieur Colombau ?

— Tu sais ce que je veux dire, ignoble personnage. Ne fais pas l'ignorant ! Tes mines hypocrites ne prennent pas avec moi. Tu sais bien que je connais ton numéro, sale mouchard... Allons, je vais te mettre les points sur les i, en attendant que je te les applique sur les yeux... La petite fille de madame d'Ilagniel, qu'est-ce que tu en as fait ?

— Ze n'en ai rien fait du tout, la zentille petite çatte... Est-ce qu'il loui est arrivé oune façeux assident ? Povera picciola !

— S'il lui en est arrivé un, c'est de ta faute. Et je m'en prendrai à toi, tu entends... Elle était avec moi dans une chambre, quand tu es allé chercher les soldats pour me faire arrêter.

— Moi ! oh ! ce n'est pas moi, monsieur Colombau. Ze n'ai zamais été çerçer les soldats. Ze ne pouis marçer. Ze souffre martyre et passionne. Z'étais couçé sour la terre quand vous êtes entré. Ze souis atteint de crouelles infirmitas. Ze ne tiens pas debout, monsieur Colombau. Voilà ouna *settimana* que ze souis cloué dans ma *camera*. C'est la vérité, monsieur Colombau, ze le zoure sour la testa de ma *povera madre*.

— Ah ! tu ne veux pas me répondre, bouc d'Israël — s'écria Colombau tirant le pistolet de sa poche. — Très bien... Je m'en vais te délier la langue.

A la vue de l'arme, le « professeur » voulut crier à l'assassin, appeler au secours, mais le typographe ne lui en laissa pas le temps. Il le saisit à la gorge d'une main aussi brutale que vigoureuse, tandis que de l'autre il appuyait le pistolet sur la tempe de l'Italien.

A la désagréable sensation de l'anneau froid du canon d'acier sur sa peau brûlante, le perruquier violoniste crut sa dernière heure arrivée.

— Grâce ! — glapit-il d'une voix étranglée.

— Sale crapule ! Infect mouchard ! — dit Colombau d'une voix lente et basse — tu as causé par tes dénonciations la mort ou l'emprisonnement de nombre de braves garçons de mes amis. Déjà, pour cette seule infamie, tu mérites la mort. Et voici maintenant que tu as volé une petite fille, n'essaye pas de nier, canaille, tu as volé une petite fille à sa grand' mère, tu as causé la mort de cette pauvre dame, une victime de plus sur ta sale conscience... Mais de conscience, tu n'en as pas... tu n'as que de la boue sur le cœur comme de la crasse sur la peau ! Ta peau, ta sale peau, je la tiens, je vais l'avoir... Si tu ne me dis immédiatement ce qu'est devenue cette enfant, je te tue comme un chien enragé. Tu passeras dans le tas avec les autres. Hier, j'ai tué plus de vingt fantassins qui valaient mieux que toi... Tu me connais, tu sais que je n'ai pas froid aux yeux... Je vais desserrer les pinces pour te donner la parole.

Sur ces mots, il lâcha le long cou du traître, tout en continuant à appuyer le canon du pistolet sur sa tempe.

— Mon bon monsieur Colombau — répondit celui-ci d'une voix chevrotante — ze zoure que ze vous dirai... tout ce que ze sais... Mais ôtez le pistolette. . Ze ne pouis point parler avec oune pistolette... oune assident est si vite arrivé... Ah ! Santa Madona !

— Soit ! — fit le typographe baissant le canon de son arme.— Réponds alors ! Où est la petite fille ?

— Ze ne sais pas, monsieur Colombau. Ze vous zoure que ze ne sais pas.

— Ah ! tu ne veux pas parler !

A l'œil flamboyant de son ennemi, encore plus qu'à son geste, l'amant de la naine terrifié, s'écria :

— Non, ze ne sais pas... Mais la Craçotte le sait... C'est elle qui a emmené la petite... Mais ze vous en prie, ôtez le pistolette... Oune assident... Ah ! Santa Madona ! *Dei mater alma* ! Otez, ôtez le pistolette !

Craignant de voir Pied-de-Bouc tomber en faiblesse par suite d'excès d'épouvante, Colombau baissa de nouveau son arme, et continua son interrogatoire.

— Alors, tu vas me dire où est cette ignoble nabote.

— Ignoble, ça c'est bien le nom ! Là vilaine cienne ! Elle est peut-être çez Milord Dilson, oune ricissime, oune opulentissime...

— Et un scélératissime comme toi... Je connais... Et alors ?...

— Alors elle travaille pour loui. C'est oune signor qui paie avec grandissima liberalita...

— Je ne te demande pas tout ça. La petite fille aurait été conduite chez cet Anglais ? Pourquoi faire ?

— La Craçotte m'a dit qu'il voulait l'emmener bien loin pour faire enraser le père... Oui,

Douvres.

Monsieur Colombau, c'est la vérité. Le père est oune officier répoublicain... oune boun repoublicain... Ze les aime maintenant les repoublicains, ze les connais... des braves zenses... Ze pouis le dire maintenant... avant ze ne les connaissais pas... aujourd'hui, ze partage leurs idées, toutes leurs idées; les bonapartistes sont des assassines... ils ont toué tant de braves zenses!... Alors, Milord Dilson, qui est bonapartiste, déteste l'officier... et pouis, il a d'autres raisons encore... la Craçotte m'a dit que l'officier loui avait enlevé sa bonne amie en Afrique. Alors, il veut la petite fille... Il dit : Elle grandira, et quand elle sera grande, z'en ferai ma bonne amie. Voilà, Monsieur Colombau, tout ce que ze sais.

— Tu mens, coquin... et tu jases trop. Mais n'essaye pas de me monter le coup. Allons, debout! Tu vas me conduire où est la petite fille.

— Monsieur Colombau — répondit Pied-de-Bouc d'une voix lamentable — ze souis oune malade, oune mourante. Ze ne pouis pas marcer. Ze me soigne, c'est tout ce que ze pouis faire. La Craçotte est oune mauvaise femme. Ze m'en souis aperçou trop tard. Elle ne me consoulte pas et n'en fait qu'à sa *testa*. C'est elle qui a amené la petite fille ici. Elle la cerçait partout et l'a trouvée devant la porte d'oune corps de garde où des soldats étaient engazés dans une mêlée touriosa avec des serzents de ville. La Craçotte a entraîné la petite en loui serrant la *gola* pour l'empècer de crier. Quand ze les ai vou arriver, z'ai fait des zentillesses à l'enfant. Moi, z'aime les petites çattes! Ze voulais qu'elle la recondouise tout de souite cez sa *nonna*. Elle m'a dit : « Z'y vais ». Mais pouisque vous dites qu'elle n'y est pas, c'est qu'elle l'aura cacée cez Milord Dilson. C'est la poure vérita, Monsieur Colombau. Ze vais vous donner l'adresse de Milord Dilson.

Il avait hâte de se débarrasser de la présence de ses hôtes. Colombau n'était pas assez sot pour ne pas s'en apercevoir.

Le cri entendu la nuit, lorsqu'il était couché chez Gueultong, la voix enfantine appelant sa maman à son aide ne pouvait venir que de la fillette.

Il en avait la presque certitude. Mais, depuis les dénonciations du mouchard, celui-ci avait fermé sa boutique sans oser y revenir, craignant la vindincte des ouvriers de son quartier.

— Donne, d'abord, la clef de l'égout qui te servait de salon d ecoiffure — dit Colombau.

— Ze ne l'ai pas. La cienne de Craçotte l'a prise, ze ne sais pourquoi !

— Alors, tu vas nous y conduire.

— Oh ! ze n'ose pas. Les zenses de là-bas me maltraiteraient. Malade comme ze zouis, ze serais oune uomo mort. La plous petite émotione me tourait.

— Allons ! allons ! pas tant de façons. En route !... Et tu sais, n'essaye pas de vouloir t'esbigner ; au moindre mouvement suspect je te crève... D'abord, je sais un moyen pour t'empêcher de courir.

Nous avons dit que Pied-de-Bouc était atteint d'une myopie telle, que sans ses lunettes il ne voyait pas à deux mètres. Colombau, sans égard pour cette fâcheuse infirmité, les lui arracha du nez, ce qui mettait complètement le mouchard à sa merci.

— N'aie crainte, sainte fripouille. — Je vais te prendre par le bras pour t'empêcher de tomber, tu auras ainsi l'air d'un aveugle. Et dis que je ne suis pas gentil !

L'amant de la Crachotte se laissa faire avec une craintive docilité.

Ils sortirent. L'étrangère les accompagnait.

Comme ils approchaient de la boutique, ils rencontrèrent le serrurier Trébuchet.

— Avez-vous votre trousseau ? — demanda le typographe. — Voici le signor Albertini qui a perdu, à la fois, ses lunettes et les clefs de son parfumoir. Vous seriez bien aimable de lui ouvrir.

— Ah ! — fit Trébuchet regardant l'artiste coiffeur d'un œil plein de colère — mais, c'est ce particulier qui a dénoncé des copains, des compagnons de la Marianne ?

— Un bruit qu'on fait courir — répondit Colombau, clignant de l'œil. — Nous allons opérer, madame et moi, une petite perquisition domiciliaire, et peut-être ferons-nous une trouvaille.

— Alors, j'en suis, si vous le permettez, — répondit Trébuchet, qui connaissait le typographe. — Un de mes parents vient d'être arrêté, et je ne serais pas fâché de savoir d'où vient le coup.

— Zo vous zoure... — commença Pied-de-Bouc.

— Silence, salaud !

Avec quelque difficulté, le serrurier ouvrit la porte et tous trois pénétrèrent dans la boutique, poussant le propriétaire devant eux.

Une indéfinissable puanteur remplissait l'atmosphère. Toutes ces odeurs d'huiles, de graisses, de pommades rancies, mêlées à celles des cuvettes mal rincées et à la saleté ambiante, répandaient dans cette pièce, close depuis plusieurs jours, une pestilence qui eut fait reculer le puant et vermineux saint Labre lui-même.

— Nom de Dieu ! ça chelingue — fit Colombau se bouchant le nez.

— Oui, ça trouillotte fort — répliqua Trébuchet.

L'Irlandaise, qui se sentait défaillir, s'appuya contre la porte qu'elle tint grande ouverte.

Quant à Pied-de-Bouc, dont les nerfs étaient moins délicats, se sentant chez lui, il poussa un soupir de satisfaction.

— Ouvrons l'autre porte — dit le serrurier, — ça donnera un peu de ventilation.

Ce disant, il ouvrit, s'introduisit dans la chambre à coucher et poussa une exclamation de surprise, presque d'effroi.

Colombau se précipita.

— Quoi ? Qu'est-ce ?

— Une petite fille morte — dit le serrurier, s'avançant vers le lit du maître de céans. — Mais je la reconnais, c'est la petite Renée, la fillette que cette pauvre madame d'Hagniel a cherchée partout. Mille tonnerres ! Comment est-elle ici ?

— Ah ! canaille ! — fit Colombau.

L'étrangère, à l'exclamation du serrurier, était aussi accourue.

— Non — fit-elle — elle n'est pas morte. Elle dort, voyez, elle dort profondément... On lui aura fait prendre quelque narcotique...

Elle s'interrompit. Déjà Pied-de-Bouc râlait. Colombau l'avait saisi à la gorge et la langue sortait de sa grande bouche baveuse et lippue.

— Nom de Dieu ! — s'exclama le serrurier, — lâchez-le, Colombau. Ne vous mettez pas cette histoire sur les bras. Il vaut mieux l'interroger et savoir ce qu'il comptait faire de cette petite.

Colombau desserra les doigts. Il était temps. Le mouchard croulait à terre comme une machine disloquée.

On le crut mort. Il n'en était rien. La respiration revint peu à peu. Il roula des yeux effarés autour de lui, comme s'il sortait de l'autre monde.

— Ze vous zoure — fit-il d'une voix haletante — ce n'est pas moi... Ze ne savais pas .. Ze croyais la petite cez milord Dilson... C'est la Craçotte, la sale Craçotte... Ze vous zoure sour la testa...

— Tais-toi, salaud!

L'étrangère avait pris dans ses bras l'enfant qui dormait toujours et la contemplait avec une curiosité ardente.

— C'est bien elle — disait-elle, — c'est bien elle. C'est le vivant portrait de mon infortunée Maud! Oh! la chérie! la chérie!

Elle la couvrait de baisers, de caresses.

— Oh! la mignonne, la jolie mignonne!

Puis se tournant vers Colombau :

— Monsieur, vous m'avez rendu un grand service... Oh! vous ne pouvez comprendre le service que vous m'avez rendu... et vous aussi, monsieur, en ouvrant cette porte, je vous remercie.

— Il n'y a pas de quoi — répliqua Trébuchet — à votre service... Mais qu'est-ce que nous allons faire de ce salaud?

— L'attacher, le bâillonner et l'enfermer dans sa propre turne — dit Colombau. — Mais après?

— Après, il nous dénoncera.

— C'est ce que j'allais dire.

— Je vous conseillerais bien de l'escofier. On en a escofié bien d'autres qui valaient cent fois mieux que lui.

— Ça m'embêterait — dit Colombau. — Dans le premier moment de colère je l'aurais étranglé, mais maintenant, de sang-froid, ça serait un assassinat. Non, pas de ça! ça serait lâche, il est sans défense.

Pied-de-Bouc écoutait cette conversation sans dire un mot, la peur paralysait sa langue; enfin il put articuler quelques phrases incohérentes où il jurait de son innocence, demandait grâce, suppliait, rejetait sur la Crachotte les dénonciations, les forfaits commis.

Il fallait se hâter, prendre un parti.

On en revint à la première idée de Colombau.

On lui attacha bras et jambes, on le ficela comme un saucisson d'Arles, on le bâillonna et on le poussa sous son lit, le lit où le typographe s'était caché quelques jours auparavant.

Puis, on se livra à une hâtive perquisition des papiers, perquisition qui amena la découverte de preuves constatant les rapports du perruquier avec la police.

Pendant ce temps, l'étrangère sortait, emportant la petite fille toujours endormie, et recommandant à Colombau de venir la rejoindre au domicile de Madame d'Hagniel.

Un quart d'heure après, Colombau et Trébuchet sortaient de la boutique que le serrurier refermait soigneusement à clef.

A peine étaient-ils partis qu'un bruit singulier se fit dans la muraille, à quelques pas du lit sous lequel gisait Pied-de-Bouc à demi-mort de terreur.

Le bruit s'accentua et tout à coup une petite porte dissimulée derrière un paquet de vieilles hardes pendues à une planchette, s'ouvrit doucement entraînant avec elle hardes et portemanteau, et la Crachotte toute blême et plus hideuse que de coutume, passa prudemment sa vilaine tête.

Ne voyant rien d'insolite, elle sortit de sa cachette en sautant légèrement à terre, car le réduit où elle s'était réfugiée se trouvait à plus d'un pied du sol.

Il faisait à peine clair dans cette chambre, dont l'unique fenêtre donnait, comme nous l'avons déjà vu, sur une cour humide et vitrée. Un second jour arrivait par un vitrage élevé qui communiquait avec la boutique. Mais quand les volets de celle-ci étaient posés, l'on se trouvait dans une obscurité presque complète.

La porte du salon de coiffure, directement en face de celle de la chambre à coucher et laissée ouverte par Colombau et le serrurier, en laissant pénétrer la lumière du dehors, avait seule permis à ce dernier d'apercevoir la petite fille étendue sur le lit; mais il eut été impossible aux deux hommes, en dépit des recherches, hâtives il est vrai, auxquelles ils se livrèrent, de découvrir le placard habilement dissimulé d'où surgit la Crachotte.

Sortant des ténèbres profondes de ce réduit, la naine distinguait parfaitement tous les objets dans la pénombre.

Son premier mouvement fut de se précipiter vers le lit où elle constata avec un cri de rage la disparition de sa prisonnière, disparition à laquelle elle s'attendait du reste, à la suite de cette visite.

— Ah! les canailles! — dit-elle.

Aussitôt qu'elle avait perçu le bruit d'une clef dans la serrure et des voix autres que celle de son abominable acolyte, elle s'était empressée de se réfugier dans cette cachette d'où elle avait écouté toute pantelante l'invasion qu'elle supposait être une perquisition de police. Mais l'amas de hardes qui dissimulait la porte assourdissait les voix et elle ne put rien saisir de la conversation.

Elle ignorait donc complètement la présence de Pied-de-Bouc.

— Canailles! — répéta-t-elle. — Ils ont emporté la mauvaise petite gale..., ils ont farfouillé partout... Mais le magot?... Ah! les vaches! J'espère qu'ils n'ont pas découvert le magot!

En même temps, elle examinait une vieille commode dont les tiroirs servaient de réceptacle au linge sale de son sale amant, et, avec une force dont on eut cru incapable cet embryon de femme, elle déplaça le lourd meuble. Puis, s'agenouillant, elle glissa la main le long du liteau, au ras du sol, et après quelques tâtonnements, détacha un fragment du bois dissimulant une cavité dans la muraille et en sortit un petit sac de cuir.

Se relevant, elle en fit joyeusement tinter le contenu.

— Ah! ah! — fit-elle. — Ils ne l'on pas eu, ils ne l'auront pas, mon petit magot, mon joli petit magot. Il est à la petite Crachotte, le magot chéri, le magot de mon cœur... Ils ne l'auront pas, ni eux, ni ce grand filou de Pied-de-Bouc! Ah! ah! ah! Il voudrait bien savoir où sont mes jaunets, le gueux!... Il ne se doute guère qu'ils sont cachés chez lui... S'il les tenait, il les aurait bien vite dévorés, le glouton, le *feignant*, le sans-cœur, l'ivrogne! Mais ça lui passera devant le pif, devant son vilain nez de juifon, juifasse...

J'ai du bon tabac dans ma tabatière
J'ai du bon tabac, tu n'en auras pas.
J'en ai du fin et du rapé,
Ce n'est pas pour ton fichu nez.
J'ai du bon tabac dans ma tabatière
J'ai du bon tabac, tu n'en auras pas.

Tout en chantonnant, elle déliait le cordon qui fermait son sac et faisait couler sur le marbre brisé de la commode un réjouissant ruisselet de pièces d'or.

— Mes jaunets! mes amours de jaunets!

Et elle se mit à les compter.

Tout à coup elle tressaillit. Dans la chambre même, tout près d'elle, elle crut entendre un bruit étrange, une sorte de secousse qui ébranlait le lit.

En un clin d'œil, les pièces d'or rentrèrent dans le sac qui, à son tour, disparut dans la poche de la Crachotte.

Puis elle écouta, croyant s'être trompée.

Non, elle ne se trompait pas. La terreur la saisit. Le même bruit recommençait plus accentué et cette fois suivi d'un sourd gémissement, d'une plainte étouffée.

— Misère et corde! Il y a quelqu'un là, là, sous le lit.

Elle courut s'armer d'une pelle à feu, se baissa à une distance prudente, fit flamber une allumette et regarda. Elle n'aperçut d'abord qu'une forme vague, et se releva aussitôt en poussant un cri d'effroi.

— Un homme! cria-t-elle. — Au voleur! Au voleur!

Et elle gagna à reculons la boutique, sa pelle à feu à la main, prête à s'élancer dans la rue.

Mais le prétendu voleur ne se montrant pas et continuant au contraire à faire des soubresauts et à pousser des gémissements, elle s'enhardit, s'approcha de nouveau et, brandissant son arme, demanda:

— Qu'est-ce que vous faites là, vous, canaille, caché sous *mon* lit?

Ne recevant d'autre réponse que des plaintes sourdes, elle alluma une chandelle et distingua alors que l'intrus n'était autre que son amant, bâillonné et ficelé, et tournant vers elle un regard désespéré, suppliant.

Elle partit alors d'un éclat de rire nerveux, sardonique.

— Ah! comme tu es laid, mon pauvre cochon! — dit-elle. — Quelle vilaine tête tu fais!

Et se mettant à plat ventre, elle essaya de dénouer la serviette sale qui servait de bâillon; ne pouvant y réussir, elle prit une paire de ciseaux et, brutalement, au risque de taillader dans la chair vive, trancha.

Pied-de-Bouc débâillonné poussa une suite de soupirs de soulagement qui dura plusieurs secondes. Enfin la parole lui revint.

— Coupe les cordes, Craçotte! Vite! Z'étouffe là-dessous.

Elle coupa rapidement les cordes qui ficelaient le « professeur », et il se traîna sur le plancher, où il resta quelque temps étendu, allongeant bras et jambes.

— Ze souis mort — dit-il. — Les coquins m'ont toué.

— Ne dis donc pas de bêtises, idiot, tu n'es pas mort, puisque tu parles. On est venu prendre la gosseline, alors? Qui? Qui t'a mis dans cet état?

— Colombau! cette crapoule de Colombau, avec oune autre crapoule de son espèce. Il y avait aussi oune femme que ze ne connais pas.

— Ah! ce n'est donc pas la police?... Tant mieux! Et comment sont-ils venus ici? Comment ont-ils pu deviner que la môme était ici? Tu leur a donc vendu la mèche, lâche, feignant?

— Non, Craçotte, non. Ils l'ont sou, ze ne sais comment. Moi, ze n'ai rien dit... Ze te zoure sour la testa de ma povera madre...

— Fiche-moi la paix avec ta satanée *madre*... Colombau? Je le croyais en prison ou mort... Ah! il est venu voler la petite... Nous voilà dans de beaux draps!

Elle se laissa tomber accablée sur une chaise. Puis, se redressant d'un bond:

— Allons, qu'est-ce que tu fiches là, par terre? Relève-toi, sale lâche. Tu n'es pas un homme, tu es une loque, une chiffe, un rien qui vaille.

— Ze t'ai prouvé, Craçotte, que z'étais oune uomo — répliqua Pied-de-Bouc avec dignité en se relevant et s'approchant de la naine.

— Peuh! Pour ça peut être, mais pour le reste, tu ne vaux pas un pet de lapin.

— Petite Craçotte! — fit tendrement Pied-de-Bouc, étendant les bras pour la saisir.

Elle fit un bond en arrière:

— Recule-toi, ne m'approche pas... C'est fini

de badiner... J'ai soupé de ta fiole... Tu me dégoûtes, je te dis.

— Moi ! ze te dégoûte ! Oune bel uomo comme moi ! Tou veux plaisanter, petite Craçotte.

— A bas les pattes ! Je te dis que tu me dégoûtes. Si tu me touches, je t'applique mes ongles sur ton vilain museau.

— Tou ne voudrais pas, petite çatte. Tou ne voudrais pas endommazer ton céri.

— Il est propre, le chéri ! Dieu que tu es laid sans tes lunettes. Tu as des yeux de carpe frite... Les macchabés qu'on étale à la Morgue regardent comme toi.

— Tou n'es pas zentille.

— Je le suis trop pour toi. Puis tu es sale, tu pues... Je te dis que tu me dégoûtes, tu vas me faire vomir... Va te laver avant de t'approcher de moi.

— « Va te laver » — répéta gentiment Pied-de-Bouc. — Tiens, bonne petite çatte, en voici touzours un.

En même temps l'expression souriante de son visage changeait soudain, et il assénait sur la tête de la nabote un si formidable coup de poing qu'elle roula sur le plancher.

— Lâche... ! assassin ! — cria-t-elle d'une voix étouffée par la douleur autant que par la stupeur causée par cette attaque subite. Mais il s'était jeté sur elle et, les genoux sur le ventre, une main sur la gorge, de l'autre il fouillait ses poches :

— Ah ! oune cienne comme toi, oune excremento della natura insoulte oune uomo comme moi, oune savant, oune artiste, oune zénie... pour le récompenser de s'être abaissé à toi. Tou vas payer cette mésalliance, et tout de souite... Où est le magot, le zoli petit magot ? Ah ! tou as dou bon tabac dans ta tabatière, et ce n'est pas pour mon fiçou nez... Tou l'as dit, ze l'ai entendou. Tou m'as appelé ivrogne et *feignant*. Ivrogne ! Oune uomo comme moi qui ne boit dou vin que pour fortifier son *povero stomaco*. Fainéant ! oune travailleur comme ze n'en connais pas deux dans le monde ! Paye pour cela. Le magot ? le magot ?

Tout en parlant, il essayait de fouiller dans les dessous de la naine, mais celle-ci se débattait avec toute l'énergie du désespoir, se retournant, soubresautant, glissant et lui échappant comme une anguille, car n'ayant qu'une main de libre, puisque de l'autre il lui fermait la bouche pour l'empêcher de crier, il ne pouvait arriver à ses fins.

— Ah ! cienne ! ah ! excremento ! Z'aurai le magot, z'aurai le magot.

Et consciencieusement, avec méthode, il se mit en devoir de lacérer ses vêtements, brisant les cordons, rompant à grandes secousses les coulisses de la ceinture, si bien que la jupe entière se détacha.

— Ze l'aurai, le magot ! ze l'aurai, le magot ! Cienne ! cienne ! cienne ! Ah ! ze le sens ! ah ! ze le tiens !

Mais il ne le tenait pas encore ; d'un effort suprême, la naine s'était dégagée de la large main osseuse qui, appuyée fortement sur sa mâchoire, clouait sa tête au sol.

Elle venait d'apercevoir tout près d'elle la paire de ciseaux qui lui avait servi à couper les liens de son amant et que sa myopie à lui, l'avait empêché de voir, elle s'en saisit d'un mouvement rapide et en frappa son « bien-aimé » au visage, à un centimètre de l'œil.

A la douleur qu'il éprouva, sentant son sang ruisseler, la fureur du « professeur » n'eut plus de bornes. Brisant le poignet de la naine, il lui arracha la dangereuse arme, la jeta loin de lui et, à grands coups de poing, se mit à lui marteler la tête et la face, tandis que, de sa propre blessure, il l'aveuglait de son sang.

Bientôt, le visage de la Crachotte ne fut plus qu'une bouillie sanglante. Il s'arrêta alors, sa victime ne bougeait plus.

— Est-ce qu'elle serait crevée ? — dit-il. — Bah ! C'est oune frime pour que ze ne tape plous.

Et plongeant librement la main dans le profond réceptacle de la naine, il en sortit la bourse de cuir.

— Ah ! ah ! ah ! les voilà les zaunets ; les petits zaunets. C'est pas sans peine, ze les ai payés assez cer. Mon *povero occhio*, l'a éçappé belle !

Il se releva péniblement et passa dans le salon de coiffure pour se laver les mains et se tamponner le visage. Le sang coulait encore en abondance, et il dut attendre plus de dix minutes avant que le rouge ruisseau ne cessât.

Ses vêtements en étaient couverts ; il retourna dans sa chambre à coucher pour revêtir d'autres effets.

La Crachotte étendue à terre, dans la position où il l'avait laissée, ne donnait aucun signe de vie.

— Elle est crevée ! Bon débarras — fit Pied-de-Bouc.

Il fouilla dans un tiroir, en sortit des lunettes de rechange et heureux d'y voir clair d'un œil, car la tuméfaction de celui près duquel la naine avait planté ses ciseaux se produisait rapidement, il se coupa les moustaches, ne laissant qu'un collier de barbe, puis promenant un rapide regard autour de lui, après avoir exploré quelques tiroirs :

— Tout ça ne vaut pas cinq napoléones — dit-il. — Ça servira pour les vingt que ze dois au propriétaire. Ze les loui laisse avec ma bénédictione.

Avant de partir, il se baissa pour examiner la naine et s'aperçut qu'elle respirait.

— Ah ! elle n'est pas morte, la petite çienne — dit-il. — Tant mieux, si elle en revient. Z'en souis content pour elle. Ze ne loui veux pas de mal, mais ze veux l'empêcher de m'en faire. Ze ne souis pas oune mèçant uomo, après tout !

Il rassembla les débris de corde qui avaient servi à l'attacher, les renoua ensemble, s'agenouilla et gravement ficela sa maîtresse d'après les mêmes principes avec lesquels il avait été ficelé.

Puis, il la tira près du lit et la poussa dessous.

— Non, ze ne souis pas un mèçant uomo. Z'ai le cœur tendre comme dou pain frais... Ze ne veux pas faire dou mal à la petite çatte, quoiqu'elle ait voulou me crever oune *occhio*; ze veux seulement l'empêçer de courir.

Et là-dessus, il s'en alla, ouvrit la porte de la rue, s'assura s'il ne voyait aucun visage suspect, sortit et referma prestement la porte avec la clef dont s'était emparée la Crachotte et qu'il avait retrouvée sur la table.

. . . .

Pendant ce temps, Colombau avait rejoint l'étrangère, seule avec Renée dans l'appartement vide de la pauvre grand'maman.

Le petite fille étendue sur son lit dormait toujours de son lourd sommeil.

— Vous avez bien compris mes instructions — disait, à Colombau, l'Irlandaise.

— Oui, Madame.

— Vous êtes intelligent. Il vous suffira de les suivre ponctuellement et tout ira bien...

En attendant, restez ici, ne vous montrez à personne. M. le lieutenant d'Hagniel, je viens d'en être informé, pris d'un accès de fièvre chaude, a été transporté au Val de Grâce. Vous n'avez donc rien à appréhender de ce côté. Du reste, après le service que vous venez de lui rendre, il eût été heureux de vous savoir chez lui... Veillez sur cette enfant... Je cours à l'ambassade d'Angleterre et je n'en reviendrai qu'avec un passeport.

CHAPITRE LXXII

Colombau à Douvres. — Gallophobie justifiée. — Le compatriote suspect — Colombau se fâche. — Froggy et John Bull. — La carte du colonel. — L'hôtel de la *Tête du Roi*. — Au *Cheval volant*. — *Great attraction*.

La première chose qui frappe le regard du voyageur arrivant du continent par Calais, Boulogne ou Ostende, c'est une masse de constructions irrégulières et noirâtres dressées sur la falaise crayeuse qui domine la ville et le port de Douvres.

Ces falaises, aperçues de loin par les soldats de Jules-César, ont fait donner à l'Angleterre le nom d'*Albion* (blanche), bien avant que la politique carthaginoise de ses hommes d'Etat, trop habiles pour être honnêtes, lui ait valu celui de *perfide*.

Rien de plus pittoresque que cette vue ; le vieux château avec ses tours, ses bastions, ses hautes et longues murailles, ses fossés d'où s'échappent des bouquets de verdure ; puis, plus bas, au-dessous d'une seconde ligne de remparts, la ville étagée sur les flancs de la montagne, le port et ses vaisseaux de commerce, et sur les hauteurs voisines, les grandes lignes de casernes au milieu des fortifications modernes.

Le soir, le spectacle est plus merveilleux encore. Tout s'illumine, la ville, les casernes et les forts. Et les voyageurs des paquebots, comme les promeneurs de la longue jetée, assistent à un féerique décor.

Dover, que suivant notre manie d'estropier les noms étrangers, nous appelons Douvres, manie qui nous a fait changer *London* en Londres, est une des plus anciennes cités de l'empire britannique.

A l'époque de la conquête romaine, lorsque la capitale géante de la Grande-Bretagne n'existait sans doute qu'à l'état d'embryon, puisque le conquérant ne daigne même pas la nommer dans ses *Commentaires*, Douvres était déjà une place notable et c'est là d'abord que César dirigea ses vaisseaux.

Mais les démonstrations hostiles des habitants lui parurent, disent les historiens, si sauvages, qu'il fit tourner la proue à ses galères.

Il est probable qu'il ne trouva pas l'endroit favorable au débarquement des troupes ; il remonta donc à quelques milles, sur l'emplacement actuel de la ville de Deal où la côte basse et sans falaise offrait un plus facile accès.

Au moment de l'invasion normande, la ville déjà importante, puisqu'elle fournissait à la couronne vingt navires de guerre, fut en partie brûlée, bien que les habitants en eussent envoyé les clefs à Guillaume de Normandie après la bataille d'Hastings.

Mais lorsqu'il se présenta devant Douvres, la garnison ayant hésité à se rendre, quelques chevaliers normands, impatients de pillage, prirent ce prétexte pour mettre le feu à la ville qui, à l'exception de vingt-neuf maisons, ne fut bientôt plus qu'un monceau de ruines et de cendres. Le gouverneur et les principaux officiers furent décapités, nombre de femmes et de filles violées, et il y eut une grande tuerie.

Ces horreurs se renouvelèrent deux cent trente années plus tard, après la défaite que la flotte des *Cinque Ports* fit essuyer, au milieu de la Manche, à celle de Philippe IV. L'amiral de France, furieux, lança ce qui lui restait de navires sur le port de Douvres. Marins et soldats envahirent la ville, pendant une absence de la garnison, et se livrèrent à tous les excès d'une soldatesque en délire. Peu de filles et de femmes échappèrent aux outrages et de maisons au pillage. Tout ce qui tentait de s'opposer à la féroce brutalité des envahisseurs était massacré sur le champ. La garnison accourut sur ces entrefaites et surprit les Français dispersés çà et là par groupes et occupés à leurs diverses besognes. On en tua huit cents et le reste regagna ses vaisseaux.

Mais l'amiral revint bientôt à la charge. Une nuit, il débarqua ses troupes ivres de vengeance. Avant que l'alarme ne fut donnée, elles s'étaient déjà répandues par la ville, la livrant de nouveau à toutes les horreurs d'une cité prise d'assaut, la brûlèrent en partie, pillèrent les églises, puis s'embarquèrent chargés de butin.

Le souvenir de ces excès n'est pas effacé dans la mémoire des habitants ; il fut même grossi par la légende, comme chez les Arabes, le souvenir des effroyables massacres et des crimes de toute nature que commirent les pieux croisés en Palestine.

Aussi, à l'époque dont nous parlons, le nom français n'était pas à Douvres en odeur de sainteté. Les mères anglaises en menaçaient leurs enfants désobéissants, comme les mères françaises menacent les leurs de Croquemitaine, du père Fouettard ou de l'Ogre : « Si vous n'êtes pas sages — disaient-elles — le Français va venir vous prendre et vous manger. »

Cette gallophobie n'est pas particulière aux classes ignorantes, elle est officiellement enseignée dans les écoles.

Voici ce qu'un livre de géographie très répandu enseignait encore, il y a quelques années, aux petits Anglais :

« *Caractère des Français.* — Les Français sont gais, légers et d'une moralité douteuse. Ils passent leur temps dans les cafés, pendant que leurs femmes font l'ouvrage dans les boutiques ou dans les champs, et un tiers au moins des femmes qui ont des enfants ne sont pas mariées. »

« Le résultat, le voici : écrivait Max O'Rell, — je l'extrais de l'essai d'un enfant d'une école communale, qu'un examinateur m'a montré : « Les commerçants anglais sont honnêtes, mais les commerçants français sont loin de l'être. Il suffit d'avoir à faire à un boutiquier français pour s'en assurer. Tout ce qu'il vous vendra sera plus cher et de plus mauvaise qualité que le boutiquier anglais... Les déprédations commises toutes les nuits sur notre territoire par les *corsaires français*, nous obligent à entretenir, à grand frais, toute une armée de gardes-côtes ! »

Si nous donnons ces détails qui peuvent sembler un hors-d'œuvre, c'est qu'ils sont nécessaires pour expliquer au lecteur l'accueil peu sympathique que reçut à Douvres, à son débarquement, notre ami Colombau.

L'étrangère avait tenu parole et, dès le jour même, s'était occupée de lui procurer un passeport à l'ambassade d'Angleterre.

Il avait voyagé sans être inquiété sous le nom bien irlandais de Patrick O'Mara, car avec sa physionomie ouverte et expressive, son œil vif, l'animation de ses gestes, l'on ne pouvait guère le faire passer pour un Anglais, dont le cachet distinctif est la froideur du visage, un œil terne et une démarche raide.

Au moment du départ, la jeune et obligeante étrangère lui fit ses recommandations.

— Si l'on vous interroge ne répondez pas. Contentez-vous de montrer votre passeport, si c'est un agent de l'autorité qui vous adresse la parole. C'est le plus sûr moyen de ne pas vous compromettre.

— Mais si l'on me parle anglais ?

— Le cas est peu probable. L'administration française rétribue trop mal ses agents pour exiger d'eux la connaissance des langues. Mais comme le cas pourrait se présenter, apprenez cette réponse par cœur :

« *I do not speak French* (Je ne parle pas français) ». Votre accent étranger passera aux oreilles du policier ignorant pour de l'irlandais pur.

Colombau suivit ces instructions d'autant plus strictement qu'elles étaient pour lui une question de vie ou de mort, tout au moins de long emprisonnement ou de liberté.

La liberté ! Il la tenait en mettant le pied sur le sol de la vieille Angleterre, et fatigué de la contrainte gardée sur le paquebot français, il ne put s'empêcher, dans son exubérance de faubourien de Paris, de manifester sa joie en narguant un individu d'allures suspectes, débarqué en même temps que lui et qui lui avait paru être un policier.

— Eh bien, mon vieux — lui dit-il en lui tapant sur l'épaule — ça te la coupe, ça !

— Quoi ! Qu'est ce qui me la coupe ? — riposta l'autre offusqué.

— De voir débarquer, à l'abri de tes griffes, un rouge, un insurgé qui a fait le coup de feu sur les amis de Monsieur Bonaparte.

— Qu'est-ce que vous me chantez ? — répliqua l'inconnu. — Est ce que vous me prenez pour un individu de la police ? Je suis un honnête négociant, monsieur.

— Vous ! Allons tant mieux ! Mettons que je n'aie rien dit.

Quelques Anglais, marins, pêcheurs, oisifs, écoutaient en ricanant cette conversation qu'ils ne comprenaient pas. La pantomime de Colombau surtout les amusait, et ils ne le dissimulaient nullement.

— Qu'est-ce qu'ils ont donc à rire, ces empaillés? — demanda Colombau.

— Ils se moquent de vous — répondit l'autre.

Le typographe ne le voyait que trop. Aussi sa joie première se changea en mauvaise humeur évidente, mauvaise humeur qui passa rapidement à la colère en apercevant un groupe de gaillards appartenant visiblement, par leur costume, à la corporation des bateliers, le regarder en riant au moment où il défilait devant eux.

— *Froggy! Froggy!* — fit l'un des hommes du groupe — *Bloody Frenchman!*

— Qu'est-ce qu'il dit, cet ostrogoth?

— Il vous appelle — répondit le négociant — *grenouillard* et *sanglant Français.*

On sait que *grenouillard* est l'épithète dont depuis des temps immémoriaux nous gratifient nos voisins qui nous reprochent de manger des grenouilles, petits batraciens pour lesquels ils professent la plus profonde horreur.

— Grenouillard n'est rien — ajouta le compagnon — mais sanglant Français est une grosse injure.

— Eh bien! — s'écria Colombau — nous allons voir lequel de nous deux va devenir sanglant.

Et s'arrêtant devant le batelier toujours ricanant, et qui le regardait, bras croisés, avec la profonde insolence de l'homme à robuste carrure qui se sait solide champion, il lui demanda d'un air menaçant :

— Qu'est-ce que tu as donc à te moquer de moi, espèce de gros English?

— *What?* Quoi? — fit l'autre en anglais, prenant en même temps l'attitude bien connue du boxeur, bras droit prêt à la parade et poing gauche à l'attaque.

Mais Colombau n'attendit pas le coup de poing de son adversaire. Avec une rapidité que celui-ci était loin de prévoir, il lui allongea le sien entre la bouche et le nez.

L'on se trouvait à l'entrée de la jetée, sur un large emplacement vide où nombre de barques étaient amarrées. Il se fit aussitôt un large cercle et, avec une satisfaction visible, tous les Anglais présents se préparèrent à assister à la lutte Le *noble art*, comme ils appellent *la boxe*, est pour nos voisins un spectacle dont ils ne se rassasient jamais.

Donc, voyageurs arrivés de Calais, bateliers, portefaix, *gentlemen*, *cads* et *policemen* s'arrêtèrent autour des champions.

Il se trouvait là quelques Français; l'un d'eux cria charitablement à Colombau :

— Pas de coups de pied surtout, ni coups de tête... Vous seriez écharpé par la foule.

Le typographe se le tint pour dit.

Le batelier, plus grand, plus gros, était assurément plus fort, mais le typographe était plus agile. Il esquivait adroitement les horions, dont un seul bien appliqué eût pu l'assommer net, et les siens portaient presque tous.

Immédiatement des paris s'ouvrirent.

— Cinq shellings pour le *Froggy*.

— Je tiens dix pour William Cole.

Au bout de deux ou trois minutes, William Cole, le batelier, saignait du nez et de la bouche.

Colombau n'avait reçu sur la face que quelques coups dont il avait su éviter la terrible violence.

— Une guinée pour le Français — dit un gentleman de mine distinguée.

Personne ne tint le pari. Devant l'extraordinaire prestesse de l'étranger, les Anglais, habiles connaisseurs, prévoyaient la défaite de leur compatriote.

— S'il pouvait lui plaquer carrément le poing, l'affaire du grenouillard serait de suite réglée. Mais voilà, le *Frenchy* est agile comme le diable et les coups ne le prennent que de biais.

Ce fut l'affaire de John Bull, c'est-à-dire de William Cole, qui fut vite réglée.

Un coup vigoureux appliqué sur l'œil lui fit perdre l'équilibre, et un deuxième qui suivit immédiatement le premier, atteignant le même endroit, renversa le robuste gaillard. Ses camarades parurent consternés, mais comme, en Angleterre, on admire avant tout la force physique, les spectateurs applaudirent le vainqueur.

— Bravo Frenchy!

— Il s'est comporté en véritable Anglais.

— Il est digne de l'être!

— C'est sans doute un professionnel.

— Il fera son chemin.

Pendant ce temps, le vaincu, escorté de deux amis, descendait sur la plage pour se laver le visage dans l'eau de mer. Colombau eut voulu en faire autant, mais il se fut croisé avec son rival et il se souciait peu d'une nouvelle lutte. Il se contenta donc de s'essuyer avec son mouchoir, reprit son sac de voyage des mains du Français à qui il l'avait confié et allait continuer son chemin, lorsqu'un gentleman de haute mine, à longs favoris grisonnants, celui-là même qui avait parié une guinée pour lui, s'approcha et lui dit :

— Je voyais que vô étiez un professionnel — dit-il. — Moâ, je suis un amateur et je désirais très beaucop connaître vô.

— Non, Monsieur — répondit modestement Colombau — je suis typographe.

— Typographe! Aoh! Vô surprisez beaucop moâ. Vous feriez un très excellent profes-

Scène de boxe. — Jim Smith contre Bob Heyman.

sionnel. Je aime les combats du poing très beaucop. Vò allez demiourer à Dover ?

— Quelques jours seulement, Monsieur.

— Et vò allez ensuite ?

— A Londres.

— Aoh ! *very well!* Si vò avez besoin de quelque chose à London, venez trouver moà ; je serai très satisfait de voir encore vò.

En même temps, il tira de son portefeuille une carte qu'il remit à Colombau, lui fit de la main un geste d'amicale protection et le quitta.

Mais, à peine s'était-il éloigné de trois ou quatre pas, qu'il s'arrêta soudain, fouilla de nouveau dans son portefeuille, en sortit un petit morceau de carton qu'il tendit au Français :

— Tenez, si vò avez rien de plus ioutile ce soir, voici une ticket pour un performance très beaucop intéressant.

— Merci, Monsieur — fit Colombau — qui suivit des yeux cet ami improvisé et le vit entrer dans un grand hôtel nouvellement construit en face de la jetée.

Colombau lut la carte avant de la mettre dans sa poche :

Colonel O'KELLY

Royal Irish Lancers (Lanciers royaux Irlandais)

O'Kelly ! Ce nom le frappa, c'était celui de l'étrangère rencontrée chez Madame d'Hagniel, la jolie irlandaise qui s'intéressait tant à la petite Renée et grâce à l'appui de laquelle il venait d'échapper aux argousins de Louis Bonaparte.

Il fit un mouvement comme pour courir après cet amateur du noble art de la *self-defense*, dont il venait de se concilier les sympathies, mais la crainte de se montrer indiscret l'arrêta.

— Bravo — lui dit le compagnon à mine suspecte qui, pendant cette conversation, s'était tenu à distance. — Vous avez réglé son compte à cette brute saxonne. Vous êtes un gaillard solide et d'attaque, savez-vous ? et à vous voir, on ne se douterait pas que vous avez une si rude poigne... Ce gentleman en est émerveillé. Il y a beaucoup d'amateurs de boxe dans la haute. C'est un officier, sans doute ?

— Un colonel !

— Bigre ! Vous avez de la veine. Voilà une protection pour vous ! Les gens de ce pays ont ça de bon, qu'ils sont gens de parole. Ce n'est pas comme nos compatriotes, qui vous font des promesses et des mamours et, aussitôt le dos tourné, n'y pensent plus... C'est un Irlandais, il est content que vous ayez flanqué une pile à un Anglais... Si vous avez besoin de lui, vous êtes certain de le trouver. Vous ne prenez pas de suite le train pour Londres ?

— Non — répondit Colombau.

— Vous connaissez un hôtel à Douvres ?

— Oui. L'on m'en a indiqué un : l'*Hôtel de la Tête du Roi*.

— C'est par ici... tenez, là-bas... près du port. Je vais justement de ce côté.

Colombau se laissa guider par cet obligeant compatriote, qui s'arrêta devant une de ces vieilles hôtelleries de modeste apparence, où le luxe moderne est remplacé par la bonne chère et le confort.

On n'y voyait pas de garçons raides et solennels, accoutrés d'habits noirs, qui vous apportent cérémonieusement dans un immense plat en ruolz, recouvert d'une cloche de même métal, une côtelette trop grasse et mal cuite et, dans un autre plat, trois pommes de terre à l'eau, mais de gentilles servantes accortes et proprettes, faisant gracieux visage au voyageur, surtout quand il est jeune et de bonne mine.

C'eût été le cas de Colombau, mais en ce moment, sa figure tuméfiée par les quelques coups de poing insuffisamment parés n'avait plus sa belle apparence.

Aussi, en le voyant entrer, la *maid*, occupée à épousseter le *bar*, se recula-t-elle avec un petit geste d'effroi.

Le cicerone du typographe la rassura en lui disant qu'elle n'avait à faire ni à un ivrogne, ni à un malfaiteur, mais à un courageux garçon qui, insulté dès son débarquement par un groupe de gens mal élevés, s'était pris au plus gros et au plus fort de la bande, et lui avait infligé une belle correction.

— Naturellement — ajouta le Français — on ne fait pas d'omelette sans casser des œufs, et l'on ne se boxe pas sans recevoir quelques atouts.

— Sans doute.

— C'est un batelier nommé William Cole qui a été rossé... Le connaissez-vous ?

— William Cole ! Je crois bien ! Ah ! la brute ! Eh bien, j'en suis contente ! C'est un mauvais garnement, ivrogne et querelleur. Il est venu faire ici du tapage l'autre dimanche, parce qu'on lui refusait un verre de *porter*, et m'a traitée de haquenée. Quelle canaille ! Monsieur veut une chambre ? — ajouta-t-elle en un français fortement accentué d'anglais.

— Ah ! vous parlez français, Mademoiselle ! — s'exclama Colombau joyeux.

— Un peu. J'ai demeuré six mois à Calais... Le patron de l'hôtel parle français aussi.

Colombau fut enchanté ; un étranger qui tombe dans un pays sans connaître un mot de la langue se trouve en quelque sorte comme perdu. Après avoir offert un rafraîchissement à son compatriote, il se fit conduire dans sa chambre, où il se livra à une complète ablution, se tamponna le visage et changea de linge.

Il achevait à peine sa toilette que la servante vint le prévenir que le dîner était prêt.

On le servit à part, comme un hôte d'importance, dans une petite pièce bien chauffée et confortable, de l'autre côté du bar.

Comme on lui apportait le fromage, l'hôtelier entra.

— Je vous ai fait mettre ici — lui dit-il — à cause de votre face, que Nelly m'a dit un peu endommagée. J'ai su que vous aviez rossé William Cole. C'est parfait ! on ne parle que de la tripotée que vous lui avez administrée dans tous les bars du port. William Cole passe pour un champion. Mais, pour sûr, il ne se montrera pas ce soir à la *performance*.

— Quelle performance ?

— Nous avons deux champions qui viennent exprès de Londres, et il y aura en tout huit paires de lutteurs. Tenez, voici le programme. Je vais vous le traduire si vous ne savez pas l'anglais :

Ce soir, dans la salle du Cheval volant
chez James Bowl

LE CHAMPION DE L'ANGLETERRE
JIM SMITH

CONTRE LE CHAMPION DE L'AMÉRIQUE
BOB HEYMAN

Il y aura en outre
Huit paires de lutteurs
Qu'on se le dise !

— Il n'y aura pas de place pour tout le monde — ajouta l'hôtelier avec un soupir — et ceux qui se sont procurés des tickets d'avance pourront seuls entrer.

— Des tickets ? — s'exclama Colombau. — J'ai rencontré un officier qui m'en a donné un.

C'est peut-être pour cette *performance*, comme vous l'appelez.

Il montra en même temps et la carte du colonel et le petit morceau de carton qu'il avait mis dans sa poche sans y prendre garde.

— Le colonel O'Kelly — s'écria l'hôtelier, après avoir jeté un coup d'œil sur la carte. — Oh ! mais c'est un amateur, et un gros personnage. Et il vous a donné un ticket, un ticket pour deux personnes ; deux fauteuils à deux guinées, vous allez être bien placé !

Colombau surprit le regard d'envie que lui jetait le maître de l'*Hôtel de la Tête du Roi*.

— Mais, Monsieur — lui dit-il — si vous désirez assister à cette représentation, je vous offre une place de bon cœur.

— Oh ! mille remerciements — fit l'hôtelier manifestant la joie la plus vive. — Vous êtes un vrai gentleman.

Il sortit, revint avec une bouteille de porto et deux verres.

— Ça ne commence qu'à sept heures — dit-il — nous avons le temps de vider ceci.

Et la bouteille du vin capiteux était, en effet, vide lorsque l'hôtelier et Colombau prirent le chemin du *Cheval volant*.

. . . .

La scène représente, au fond, une quadruple rangée de sièges disposés en amphithéâtre et destinés aux notabilités du sport et aux hôtes d'importance accourus de Londres et de divers comtés. On y remarque les patrons de l'œuvre, tous ceux qui encouragent le *noble* art, le marquis de Queensbury, le comte de Wiltshire, lord Derby, lord Fortescue, sir John Thorley, les généraux Thomson et Portland, le colonel Marlborough, et nombre d'autres lords, baronnets, officiers et membres du Parlement.

Aussi pouvait-on justement s'écrier, comme le *Times* : « A la vue de tant d'hommes du premier rang, venus de toutes parts pour assister à ce grand spectacle, nos cœurs se sont échauffés. Nous nous sommes rappelés les jours glorieux où nos pères considéraient le noble art de la boxe comme une des institutions du pays. »

Cependant, par une pudeur toute britannique, l'affiche à la main, collée à la porte du *Cheval volant* disait simplement :

Assaut d'armes. Exercice du sabre et de la lance par le caporal major Dickson et le cavalier Burton, des Dragons royaux ; escrime, massue et boxe.

Mais ces exercices préliminaires, à part le mouton coupé en deux d'un seul coup de sabre par le caporal-major, n'excitèrent qu'un médiocre intérêt et ne prirent qu'une minime fraction de la soirée ; la boxe en cinq reprises dévora le reste.

Au milieu de la salle, que l'on transformait le dimanche en chapelle de méthodistes, était ménagée une arène de vingt-quatre pieds carrés fermée par une ceinture de cordes fixées à quatre piquets.

C'est là que se présentèrent successivement huit paires de lutteurs qui, à trois *rounds* chacune, échangèrent quarante-huit tournées de coups de poing, ce qui, à la moyenne de quarante par tournée, offrit aux regards extasiés du public la somme respectable de *dix-huit cent quarante torgnoles* appliquées sur les faces britanniques.

— Un joli chiffre ! — observa Colombau et dont les effets étaient doux à l'œil à en juger par les applaudissements frénétiques des deux cents spectateurs que contenait la salle.

Il n'est peut-être rien de plus foncièrement anglais et plus couleur locale que ces scènes de pugilat exécutées dans toutes les règles de l'art et qui étalent davantage la férocité instinctive de ce peuple qui, entre toutes les races de l'Europe, a conservé le plus longtemps l'antique sauvagerie. Une atmosphère de barbarie couvrit, en effet, pendant six cents ans l'île primitive des pirates et des meurtriers.

On dit que dans l'ivresse le Français bavarde, l'Allemand ronfle, mais que l'Anglais se bat. Casser les nez ou les mâchoires ou les voir casser à autrui est sa satisfaction la plus grande. Il faut errer le samedi soir dans les quartiers populeux pour se rendre compte de ses ivresses et de ses fureurs. Gorgée de bière et de gin, la brute humaine titubante, baveuse, hébétée, ignoble, battante ou battue, se traîne au logis pour assouvir sur sa femelle le reste de sa rage. Le poing ne suffit plus ; le tisonnier et le soulier ferré jouent alors leur rôle sanglant dans la bataille conjugale.

Ces taureaux et ces dogues, pris tout à coup et sans motif apparent d'un furieux désir de lutte et de meurtre, ne sont-ils pas les dignes fils de ces Saxons qui, à la fin des repas, voyaient rouge et s'entregorgeaient en manière de divertissement ?

Les spectateurs ne paraissaient pas cependant appartenir aux classes qu'abrutit et démoralise la misère séculaire. Le prix des places est assez élevé — nous ne parlons pas de celles d'honneur, mais les simples banquettes se payaient dix schillings et six pence (12 fr. 30), les autres une couronne, une demi-couronne et enfin un shelling les dernières. Là, sans doute, la société n'était pas des plus choisies, mais le reste appartenait à la *respectabilité*. On n'en défendait pas l'entrée aux dames, cependant nous devons déclarer qu'aucune ne se fourvoyait dans cet abattoir.

Les combattants, nus jusqu'à la ceinture et en culotte de flanelle, se présentent dans l'arène ; ils se donnent une poignée de mains

— touchante étreinte — et les coups commencent de pleuvoir. Parfois, ils rendent un son creux et sourd, le plus souvent un bruit de battoir de blanchisseuse frappant sur du linge mouillé, mais les mieux appréciés sont ceux qui font jaillir le sang et alors éclatent les bravos frénétiques.

C'est le poing gauche qui frappe, le droit sert à la parade.

Corners ! (Aux coins), crie le président ; et aussitôt les seconds en manche de chemise placent un petit banc aux deux coins opposés de l'arène, où vont s'affaler les champions, tête en arrière, bras allongés sur les cordes, bouche ouverte et poitrine haletante.

Alors, commence l'opération de l'essuyage, du mouchage et de l'*éventage*. Chaque témoin, armé d'une serviette, essüie, mouche et évente son homme après lui avoir, au préalable, fait rincer la bouche d'une gorgée d'eau ; le tout en moins d'une minute.

Time ! crie le président ; les champions se lèvent et repleuvent les coups. Et ainsi trois reprises. A la dernière, la face tuméfiée, le nez saignant, ils vont s'essuyer et se moucher eux-mêmes après s'être derechef donné la main.

« — Sans rancune, mon vieux camarade. »

— Combien gagnent ces pauvres diables? — demanda Colombau à son voisin l'hôtelier.

— Comment? — répliqua celui ci indigné.— Ce ne sont pas de pauvres diables, mais de respectables professionnels, qui ne consentent pas à casser une mâchoire à moins d'une livre sterling, et les autres des *gentlemen* amateurs. Tenez, celui que vous venez de voir lutter contre Tom Symonds, et qui a reçu un si fameux coup de poing sur le nez, c'est le baronnet Sir James Roberts, du *Royal Athletic Club* ; l'année dernière, à Londres, Jim Smith a failli lui crever un œil. Il a plus de cent mille francs de rente et ne travaille que pour l'amour du grand art.

Mais hélas ! Il est maintenant presque le seul de la noblesse qui descende dans l'arène. Où est le temps — continua-t-il avec un soupir, — où lord Deerhurst se faisait gloire de servir de second au boxeur Spring, où lord Camelford assista Belcher contre Bourke, dans le cimetière de Hanover Square, devant dix mille spectateurs ? le temps où le lord-maire de la cité de Londres complimentait Soyers devant les *aldermen* réunis, où, comme à Liverpool, la foule dételait les chevaux pour s'atteler à la voiture du champion vainqueur ?

— Diable ! — fit Colombau.

— Yes, Sir. C'était le bon temps des boxes épiques... Mais il reviendra, conclut avec conviction le maître de la *Tête de Roi*, il reviendra, le noble art n'est pas mort.

Mais, silence ! Voici les champions.

Non, le noble sport n'était pas mort et Colombau put assister à une scène épique.

Les deux champions paraissent demi-nus, comme les autres. L'un, l'Anglais, est de haute taille, il a le visage long, et maigre, le front fuyant, l'œil creux, l'oreille petite et collée à la tête ; l'autre, l'Américain, plus petit, plus trapu, plus membré. Les cheveux coupés ras ne laissent qu'un espace de quelques centimètres pour le front ; les yeux sont bleus et à fleur de tête, les oreilles en éventail, la mâchoire est lourde et carrée. Tous deux ont le visage entièrement rasé, la mine stupide et féroce.

Autour de la corde tendue qui les sépare de l'arène, les spectateurs admirent tout haut les torses et les biceps.

Ils jouissent d'avance du beau spectacle que va leur offrir le déploiement, sous cent attitudes variées, de la charpente humaine étayée par des muscles de fer.

Colombau, faubourien, admirait aussi, car le peuple a toujours fait et fera toujours cas de la force ; avec raison, il ne professe qu'une piètre estime pour ces embryons d'hommes, fœtus avortés de la civilisation, chez qui la cervelle hâtivement bourrée de matières indigestes, s'est enflée aux dépens du corps resté atrophié et chétif, ces petits crevés que plus tard le chansonnier Aristide Bruant devait flageller, de son impitoyable verve, sous le nom de *Fins de Siècle*

> Tas d'inach'vés, tas d'avortons
> Fabriqués avec des viand's veules
> Vos mèr' avaient donc pas d'tetons
> Qu'elles n'ont pu vous fair' des gueules ?
> Vous êt's tous des fils de michés
> Qu'on envoy' téter en nourrice :
> C'est pour ça qu' vous êt's mal' torchés...
> Allez donc dir' qu'on vous finisse

Ce ne sont pas toujours les nourrices qui les atrophient, mais plus souvent l'*élevage* malsain auquel notre stupide système d'éducation les a condamnés.

Trop longtemps et à l'époque dont nous parlons surtout, le *mens sana in corpore sano* qui faisait le fond de la sagesse antique fut négligé, condamné même par les pédants rachitiques et les cuistres ossifiés qui dirigeaient nos écoles et nos universités.

Mais en Angleterre ce n'est pas le peuple seul qui admire la force ; la bourgeoisie, la gentry, la noblesse viennent applaudir aux luttes homériques de l'arène, et l'œil terne et triste de nos voisins d'Outre-Manche s'allume quand les muscles craquent, les chairs se froissent, que les artères gonflées ressemblent à des nœuds de corde : lords et ruffians, gentry et canaille, poussent à l'unisson, dans une promiscuité d'enthousiasme, leur cri trois fois répété, au vainqueur éclopé et sanglant :

Hip ! *Hip* ! *Hip* ! *Hurrah* !

Tableaux britanniques et farouches autrement émouvant que les luttes athlétiques de nos foires et de nos fêtes publiques.

Entrés dans le petit carré qui leur est réservé, nos deux champions se serrent d'abord la main, puis se mettent en garde :

— Allez ! — commande le directeur de la lutte.

Et les coups retentissent.

Pif ! Paf ! Boum ! Attrape ceci ! Ah ! les solides casses-têtes que ces poings de lutteurs saxons ! Peu de bruit et beaucoup de besogne. Au milieu du sifflement des poitrines et du rauque halètement des respirations, les torgnoles résonnent comme des battements lointains de grosse caisse.

Le voisin de Colombau souriait béatement ; de temps à autre, après un coup bien appliqué, il soulevait son chapeau haut de forme, en signe d'admiration.

Les pommettes des lutteurs se tuméfient, les fronts se bossèlent, les mâchoires craquent, les chairs se plaquent de teintes rouges et voici que l'un deux, l'Anglais, vient de cracher une dent.

— Ramasse, mon ami.

Trois ou quatre petites filles de dix à douze ans, ont pénétré par quelque issue entr'ouverte et se sont glissées dans la foule. C'est la fille du maître du *Flying horse* qui a introduit ses petites camarades. Les regards sont tellement attachés sur le spectacle, qu'on ne s'aperçoit pas de leur intrusion.

L'une d'elles, cependant, lorsque la dent tombe, laisse échapper une exclamation qui décèle leur présence.

— Petites drôlesses, allez-vous en d'ici ; n'êtes-vous pas honteuses ? Ce n'est pas votre place !

Elles feignent d'obéir, mais tournant autour des groupes, vont se placer ailleurs.

Vingt assauts déjà. Les champions sont de force égale. Un coup sec retentit. Est-ce une mâchoire qui se détache ? Non, ce ne sont que des dents. Cette fois l'Américain est touché ; il crache ses incisives comme des morceaux d'amandes.

— Bien envoyé. Ramasse, mon ami.

Fou de rage, ne se connaissant plus, le nouvel édenté se rue, tapant partout, à la tête, sur la face, sur l'oreille, aux côtes.

Et le sang coule des nez, des oreilles, des mâchoires ; les poitrines sont maculées de plaques rouges et les spectateurs suivent d'un œil ravi, sans cris, sans applaudissements, sans témoignages d'approbation ou de blâme, tant l'émotion les étreint, les péripéties de la lutte. L'excès de plaisir rend muet.

Cependant une clameur éclate.

Dans les tiraillements et les secousses du combat, la ceinture de cuir qui retient le pantalon de l'Anglais se rompt et à un mouvement qu'il fait pour se lancer sur son adversaire, ce que les Anglaises appellent l'*inexpressible*, et dont les boutons ont sauté, glisse sur les mollets du lutteur.

— Aoh ! *Shocking ! Shocking* !

Mais, trop furieux pour rien sentir, ni rien entendre, les yeux pochés, la face semblable à une tranche de beafsteack cru, il se jette sur son adversaire avec des rugissements de fauve.

Celui-ci, dont le visage est à peu près dans le même état, l'attend de pied ferme, mais au moment où l'Anglais va lancer son coup, il trébuche dans sa culotte, chancelle et tombe sur l'Américain qui le *ceinture*, l'enlève dans ses bras robustes, et le lance contre la barrière de cordes, où les témoins viennent le relever assommé à demi...

— Voilà ce qui peut s'appeler une splendide performance — dit l'hôtelier de la *Tête du Roi* à Colombau. — Ah ! ah ! Vous autres Français, vous n'avez pas de ces spectacles mâles ? Vous êtes un peu sensitifs, hé ?

Colombau ne répondit pas. Ce vaillant qui, pour ses convictions, venait de se battre sur les barricades, qui avait vu couler le sang autour de lui, se sentait pris de nausées devant cette boucherie de deux hommes qui s'assommaient pour de l'argent.

Il sortit de cette salle surchauffée et se trouva heureux de se sentir dans la rue, de respirer l'air frais de la nuit et les senteurs vivifiantes de la brise marine.

On rentra dans l'hôtellerie et le maître, John Patterson, voulut témoigner sa reconnaissance à son nouveau client pour lui avoir fait passer une si bonne soirée.

Les servantes étaient couchées, il alla lui-même chercher du whisky, de l'eau chaude et du sucre.

— Voilà qui va nous réchauffer — dit-il.

Et vers minuit, Colombau, sobre d'habitude, gagna, un peu trébuchant, sa chambre.

Il dormit d'un sommeil profond et fut réveillé par quelques petits coups frappés à sa porte.

Il était grand jour et, comme il arrive parfois en décembre, le soleil luisardait, annonçant une belle journée.

Sa porte s'entrouvrit et une voix qu'il reconnut pour celle de Nelly, lui demandait si l'on pouvait entrer.

— Certainement ! — dit-il.

La servante venait s'informer s'il prendrait son déjeuner en bas ou dans sa chambre.

— Comme il vous sera le plus commode — répondit obligeamment l'ouvrier, peu habitué à ces prévenances.

— Alors ici — répondit-elle. — Il y a toujours à cette heure un tas de gens du port qui assiègent le bar et entravent le service... je vais préparer votre thé.

— Bien, miss ; je m'habillerai pendant ce temps-là.

Il sauta hors du lit, vit à la pendule qu'il était près de neuf heures et fit rapidement sa toilette.

Il constata avec plaisir que son visage était en meilleur état que la veille, les boursouflures avaient disparu et il ne lui restait que quelques éraflures, marques du passage du poing du batelier.

Il finissait de s'habiller lorsque Nelly rentra avec un plateau chargé de tout ce que comporte le thé matinal anglais : une tasse dans sa soucoupe, un sucrier, une théière, un petit pot de lait, un œuf à la coque, du pain, du beurre et une salière.

Elle déposa le plateau sur une table.

— Merci, miss — dit Colombau. — Vous êtes bien gentille.

— Vous trouvez ? — répondit-elle en minaudant.

— C'est mon avis.

Ils ne s'en dirent pas davantage ce matin là.

Mais le typographe pensa en lui même : « Tiens, tiens, cette petite bonne anglaise me paraît peu farouche. »

Cependant, tout entier à ses préoccupations, aux inquiétudes de l'avenir incertain qui attend le proscrit, il ne songeait guère à conter fleurette, et, son déjeuner pris, sortit pour se promener sur le port et visiter la ville.

A peine avait-il fait quelques pas qu'il tomba en admiration devant les spécimens de l'armée anglaise, malgré son aversion justifiée pour les militaires.

Douvres est une forte ville de garnison ; au moment où Colombau sortait, les soldats, leur service du matin terminé, défilaient des casernes.

Dragons et lanciers élégants, au plastron blanc ou rouge, à la coquette fourragère, artilleurs et hussards aux brandebourgs jaunes, fantassins en tunique écarlate, s'en allaient crânement, la calotte sur l'oreille, un petit stick ou une cravache en main, raides et cambrés, la taille serrée dans le ceinturon aux belières relevées, car le port de l'arme est interdit en dehors du service, s'en allaient, disons-nous, fêter le roux Gambrinus aux tavernes voisines, où la blonde Freya, la Vénus du Nord, en la personne d'une servante des environs qui guette anxieuse son « doux cœur » des profondeurs de la petite tranchée au sous-sol qui sépare la maison de la chaussée, dans la plupart des habitations anglaises et qu'on appelle l'*area*.

Il n'est pas un étranger qui ne soit frappé de la belle tenue du soldat anglais.

En France, l'œil est souvent affligé de la tournure affaissée et grotesque, autant que de la mine hébétée de certains de nos conscrits. On ne peut s'empêcher de sourire du ridicule accoutrement dont on les affuble, et qui semble taillé, suivant la vieille mais exacte expression, pour habiller des guérites.

En Angleterre, à quelques exceptions près, la vanité nationale n'est jamais blessée de la sorte; l'habillement du soldat est coquet et façonné pour l'homme ; en trois mois, du rustre le plus gauche, du plus grossier goujat, le sergent instructeur façonne un soldat bien tourné, bien cambré, sachant porter fièrement et élégamment son uniforme. Son physique s'est amélioré sous l'influence d'une nourriture saine, régulière, suffisante. Sous officiers, caporaux, camarades, l'habituent et l'obligent à marcher droit, à relever la tête, à effacer les épaules.

Il est prévenu qu'il ne sortira de la caserne que lorsqu'il saura porter dignement, l'*uniforme de la Reine*, car l'armée est la chose des souverains de la Grande-Bretagne.

Peut-être est-il trop bien sanglé, coiffé, pommadé, peut-être a-t-il un peu l'air d'un soldat d'opéra-comique, mais en campagne il change cette brillante tenue de parade pour un habillement plus conforme aux exigences des camps.

Henri Bellenger, dans son *Londres pittoresque*, a caricaturé assez exactement le *beau soldat* anglais. Naturellement la note est forcée, comme toute caricature, les défauts sont en reliefs et les qualités amoindries, néanmoins, il n'est pas d'étranger venu en Angleterre qui ne reconnaisse, en dépit de ses exagérations, le type présenté.

« Rien ne peut donner idée de l'étonnement du Français qui, récemment arrivé à Londres... se trouve pour la première fois face à face avec un *life-guard*, le plus beau des soldats anglais. Fatalement il s'arrête, court au beau milieu du trottoir et regarde ébahi ce grand garçon maigre, au torse large et relativement court, perché sur des jambes de sauterelles et moulé dans une veste collante de drap écarlate, qui s'avance en se dandinant, une petite badine à la main, lançant en avant ses pieds énormes, arrondissant les bras, effaçant les épaules, bombant la poitrine, avec un mélange de gaucherie, de suffisance et de raideur des plus curieux et des plus réjouissants.

« Mais ce qui le stupéfie surtout, c'est l'aspect bizarre, hétéroclite de la tête, d'habitude assez petite, qui termine ce long corps. La face, pleine et souvent rougeaude, mais parfois aussi fraîche, aussi lisse que celle d'une jeune fille, respire une jactance naïve, un entier contentement de soi ; le sourire insolemment agréable qui s'y épanouit exprime clairement l'ineffable mépris tempéré par une douce pitié, qu'inspire à ce « bel homme » tout individu ne mesurant pas tout à fait six pieds et ne portant pas l'habit rouge.

« La chevelure blonde, peignée et pommadée à l'excès, séparée en deux par une raie commençant au milieu du front pour finir sur la nuque, est de plus, sur le devant, frisée en petites boucles ramenées et collées aux tempes par un puissant cosmétique.

« Le couronnement de cet édifice capillaire qui, joint à la fraîcheur de ton du visage, fait songer involontairement à d'autres têtes — en cire, celles-là — qui tournent à l'étalage de certains coiffeurs, consiste en une toute petite casquette de drap, plate, sans visière, sorte de macaron posé sur l'extrême coin de l'oreille, et qui ne s'y maintient que par un prodige d'équilibre. Cette casquette est munie d'une mince mentonnière en cuir verni que le *life-guard* tient habituellement dans la bouche et mordille tout en marchant...

« En somme, l'étonnement du Français n'a rien que de fort naturel, ce type étrange, différant entièrement de l'idée que nous nous faisons ordinairement d'un soldat. Ce n'est, en effet, ni la Rose le garde-française, ni Jean-Jean le conscrit, ni Duriveau le troupier crâne.

« Tout au plus pourrait-on comparer sa prestance à celle de notre tambour-major ; mais il lui manque la grosse moustache, la rondeur dédaigneuse, et le geste souverain de ce dernier, lançant sa canne à la hauteur d'un deuxième étage...

« Dans l'armée de Sa Majesté Britannique, le *life-guard* représente la perfection, l'idéal du troupier.

« Tous les soldats des autres régiments le copient de loin, se modèlent sur lui autant que possible, s'efforcent de lui ressembler.

« Il en résulte un véritable assaut de frisures et de raies dans le dos, au cours duquel, l'avantage reste toujours et quand même au garde-du-corps. »

Par une anomalie qu'on retrouve du reste dans tous les pays monarchiques, les *life-guards*, soldats d'élite, connaissant à fond leur métier et soigneusement triés sur le volet, à même les autres régiments, ne font presque jamais campagne.

Ils sont trop beaux et coûtent trop cher pour qu'on les expose à se faire tuer !

Pendant que leurs camarades des autres régiments se battent en Afrique et en Asie, ils tiennent garnison à Londres ou dans les divers palais affectés à la Reine, à Windsor, dans l'île de Whight, à Balmoral, où ils ne livrent bataille qu'aux petites bonnes d'enfants et n'emportent d'assaut que les cœurs.

Ce n'était pas un *life-guard* qui avait emporté d'assaut le cœur de la gentille Nelly, l'une des servantes de la *Tête-de-Roi*, il n'y avait pas de gardes-du-corps à Douvres, mais un superbe dragon, à longs favoris roussâtres ; car à cette époque l'armée anglaise portait encore les favoris. Ils ne disparurent et les lèvres ne s'ombragèrent de moustaches qu'après la guerre de Crimée.

Colombau n'eut connaissance de ce détail intime des sentiments de Nelly qu'après le repas du milieu du jour ; étant monté dans sa chambre, il y trouva la jeune fille occupée à faire son lit.

— Je n'ai pas eu le temps plus tôt, — dit-elle — en s'excusant du retard. — C'est aujourd'hui samedi, et le samedi nous avons tant à faire !

— Oh ! répliqua galamment le typographe, il n'y a pas d'inconvénient, miss. — Je suis même heureux de vous trouver ici.

— Vraiment ? Et pourquoi ?

— Parce que j'éprouve un grand plaisir à vous voir.

Elle sourit et répondit rougissante :

— Vous savez, Monsieur le Français, il ne faut pas me faire la cour, car j'ai pour bon ami un dragon de la Reine.

— Peste ! — fit Colombau. — Je vous en félicite. Je les ai vu défiler ce matin, les dragons, quels beaux hommes ! Ils sont au moins de six pouces plus grands que les nôtres.

— Je vous crois !

— Et bien ficelés surtout.

— C'est le plus beau corps de l'armée anglaise, n'est-ce pas ? — fit-elle — avec une admiration naïve.

— Je ne puis en juger, car ce sont les premiers soldats anglais que je vois. Et votre amoureux est dragon ? Tous mes compliments.

— Merci. Vous le verrez demain. Il doit venir me chercher l'après-midi, quand l'hôtel sera fermé, pour faire une petite promenade, du moins j'espère qu'il viendra.

— Il vous l'a promis ?

— Je n'ai pas besoin qu'il me promette, il ne manque jamais... C'est son jour de paye.

— Ah ! Et il vous régale.

— Oh ! non, nous ne buvons rien. Qu'est-ce que vous voulez que je boive dehors, j'ai tout ici à discrétion. Nous nous promenons paisiblement sur la jetée ou la *parade* ou la route de Folkestone, et je suis très fière d'avoir un beau dragon à mon bras... L'argent que je lui donne, il le dépense avec ses camarades.

— Comment ? Que dites-vous ? Vous lui donnez de l'argent ?

— Mais oui, tous les dimanches. Je vous ai

dit que c'était son jour de paye... Ah! Vous ne comprenez pas... Son jour de paye à moi. Le samedi il touche celle du régiment, et le dimanche la mienne.

— Et combien lui donnez-vous ?

— Cela dépend des pourboires de la semaine. Quatre shellings, cinq shellings, quelquefois plus, mais c'est généralement cinq shellings... Nous faisons toutes cela, nous les *maids* qui avons un bon-ami dans l'armée, de cette façon, avec leur solde, qui est très bonne, ils peuvent faire les *gentlemen*.

Elle était en voie de confidences et continua :

— J'ai une amie, Mary Jane, qui est au *Cheval-Volant*, et qui a essayé de me l'enlever... la pécore ! Mais ça n'a pas réussi. Tommy m'est resté fidèle. Il m'a dit : « Mary Jane me donnerait dix shellings par semaine que je ne vous quitterais pas, mon amour. » C'est gentil, çà ! Dix shellings, c'est cependant bien tentant pour un simple brigadier de dragons !

— Mais vous êtes plus tentante que dix et même vingt shellings — répondit Colombau ne pouvant s'empêcher de sourire de la naïveté de cette fille. — Si j'étais votre amoureux, une autre me donnerait cent shellings par semaine que je ne vous quitterais pas.

— Vous dites cela !... Vous me lâcheriez bien vite.

— Non, ma parole d'honneur !

— On peut dire que vous êtes fidèle, alors...

— Quand j'aime, c'est pour de bon.

— Sous ce rapport je n'ai pas à me plaindre de Tommy. Il n'y a qu'une chose qui me choque en lui, c'est qu'il n'est pas très religieux.

— Pas possible ?

— Non, ça me peine. Il n'observe pas le jour du Seigneur !

— Qu'est-ce qu'il fait ?

— Il trouve constamment quelque prétexte pour se faire exempter des offices. Le dimanche soir les officiers font des lectures pieuses dans les chambrées, il s'en esquive toujours.

— Si c'est pour venir vous voir, c'est bien pardonnable.

— Oh ! non, c'est pour aller à la taverne.

— Ça, c'est mal.

— N'est-ce pas ? Et puis, il ne respecte en rien le dimanche, mais en rien. Ainsi quand nous nous promenons, il essaye toujours de m'entraîner en quelque endroit écarté... Je résiste ; il se fâche et nous nous boudons. Alors il me menace d'aller trouver cette coquette de Mary Jane, qui fleurte avec toute la garnison... même le dimanche ! et qui, dans sa conversation, est absolument choquante.

— Bon Dieu ! Que peut-elle dire ?

— Je ne saurais vous le répéter... Tenez, pas plus tard que ce matin, comme j'allais faire une commission sur la place, *Market Place*, et que je passais près du *Cheval-Volant*, elle m'a appelée pour me raconter ce qui s'est passé hier soir entre les champions.

— Quoi donc ? — fit Colombau. — On s'est donné des coups de poing, voilà tout.

— Oui, mais à la fin... ?

— Eh bien ?

— Est-ce qu'un des champions n'a pas perdu son...

— Son pantalon !

— Oh ! *shocking !* Fi ! Vous êtes un vilain... Vous faites comme Mary Jane, vous dites le mot. C'est affreux...

— Mais c'est le nom. Comment voulez-vous que je dise ?

— *Inexpressible*, Monsieur. On dit *inexpressible*.

— Bon, je dirai *inexpressible* dorénavant... A ce propos, si vous vouliez être bien gentille, vous coudriez un bouton au mien.

— Oh ! Sir ! — fit Nelly offensée. — Pour qui me prenez-vous ?.

Il la regarda étonné.

— Si vous avez un bouton à recoudre, portez-le au tailleur.

— Mais, sapristi, comment ferais-je ? Je n'ai qu'un... inexpressible. Je ne puis pourtant attendre chez lui en chemise...

— Oh ! Shocking ! Shocking ! Shocking !

— Qu'est-ce que j'ai encore fait ?

— Encore un mot qu'on ne dit pas, Monsieur.

— Qu'est ce qu'on dit alors ?

— *Vêtement de dessous*.

— Va pour vêtement de dessous. Je ne puis donc retirer chez le tailleur, mon *inexpressible* ; ce que je vous demandais, Miss, sans vouloir vous offenser, c'est de le prendre dans ma chambre quand je serai couché et de me le rapporter le lendemain matin.

— Je le ferai pour vous, Monsieur. Mais n'en parlez jamais au patron, ni à personne.

— Je vous le promets... Alors Mary Jane vous a raconté... Mais les *dames* n'étaient pas admises à la *performance* comme vous dites.

— Oh ! elle y a assisté tout de même par une fenêtre vitrée, en montant sur une chaise, et elle m'a raconté en riant ce qu'elle avait vu... Elle devrait le taire et le cacher... Quelle créature ! Elle a beau offrir à Tommy dix shellings par semaine, il ne voudra jamais d'une pareille dévergondée.

Tout en parlant elle avait fait le lit, balayé et épousseté les meubles. La besogne terminée, elle s'approcha de la fenêtre, pour jeter un coup d'œil sur le quai.

Presque aussitôt elle poussa une exclamation d'indignation et de stupeur.

— Ah ! la coquine ! Ah ! le traître !

A bord de « *La République Universelle.* »

CHAPITRE LXXIV

Imbécilités puritaines. — Vertu rabique. — Visite imprévue. — Nelly s'amende. — Considérations bibliques.

Ce furent — dit-on — les Ecossais qui introduisirent avant Cromwell le puritanisme dans la Grande-Bretagne et attristèrent sous un suaire d'imbécillité et de rigorisme le pays jadis appelé la *Joyeuse Angleterre* (merry England).

Voilà plus de deux cents ans que le suaire pèse, mais depuis quelques lustres, les esprits libres et éclairés se sont mis à l'œuvre pour crever cette toile de sottises et de deuil.

La trouée est faite maintenant et les puritains, les sabbatariens ont beau s'agiter, prêcher, gémir, multiplier les prêches et la distribution de petites feuilles idiotes appelées *tracts*, crier à l'abomination de la désolation, le sens commun perce de toutes parts.

Les sports, les amusements en plein air, équitation, vélocipédie, canotage, pics-nics envahissent en maints endroits la vallée désolée et sainte : ils éclatent comme des pétards dans le silence imbécile du Sabbat.

« Peu à peu, dit l'illustre écrivain anglais George R. Sims, nous finirons par avoir un dimanche où l'on pourra, comme sur le continent, s'amuser, chanter, rire, sans faire pousser des cris d'horreur aux vieilles dames du voisinage ; pourquoi le jour où l'on doit se reposer du travail de la semaine serait-il consacré à marmotter les mêmes et éternelles patenôtres et à lire les mêmes histoires plus ou moins édifiantes d'un livre qui date de trois mille ans ! »

Les Ecossais sont encore, de tous les peuples protestants, les plus rigides observateurs du *Sacbbâth*, comme ils prononcent le *Dies Domini*, la bouche toute emmiellée de ce nom sacré et ils ont fait de cette « observance » une sorte d'institution Nationale.

C'était péché d'établir un marché le samedi ou le lundi, parce que ces deux jours touchent au dimanche, que dans le premier, l'on doit se recueillir pour la sanctification du lendemain et dans le second méditer sur la sanctification de la veille.

Il n'y a pas longtemps encore que toute ville ou bourgade coupable de cette infraction était honnie des voisines, mise à l'index et vouée au sort des sept villes maudites ensevelies dans la mer Morte.

C'était jadis péché de rendre visite à un ami, péché d'arroser son jardin, d'émonder ses fleurs, de se délecter d'un bon mets ; péché de s'asseoir à sa porte pour lézarder au soleil, parce qu'on y éprouvait du plaisir et que le plaisir est un péché.

Jugez alors de quel anathème était frappé le doux péché d'amour !

L'auteur de ce livre a eu longtemps pour voisine une vieille demoiselle qui avait coutume d'enfermer ses poules le dimanche, parce que le sultan du poulailler eût pu, en usant de ses droits, scandaliser les passants !

Ce ne sont pas, comme on pourrait le croire, des plaisanteries écrites à plaisir, mais tous ceux qui ont vécu dans les pays protestants ont pu, *de visu*, constater des insanités analogues.

La vertueuse Allemagne n'en est pas à l'abri, mais c'est en Ecosse surtout que sévit cette rage.

George R. Sims, en compulsant les registres de *Kirk sessions* de différentes localités d'Ecosse, en trouve consignés de nombreux accès.

On y voit, entre autres, qu'un tailleur fut traîné devant le magistrat et condamné à une amende pour avoir été surpris dormant dans la campagne le jour consacré au Seigneur.

Une jeune dame fut expulsée de la chapelle où elle était assidue, parce qu'elle avait été signalée au recteur comme ayant dansé deux fois en l'espace de quatre années.

Une pareille excommunication nous fait rire, mais dans la dévote Ecosse elle est d'une excessive gravité ; elle expose celui ou celle qui en est l'objet à tous les outrages et à tous les affronts.

« Ces brutes bigotes, capables d'insulter cruellement et publiquement une dame d'une conduite irréprochable et dont le seul crime est d'avoir dansé, sont, dit M. George Sims, les descendants directs de ces Ecossais du siècle dernier qui considéraient le sourire comme péché véniel et comme péché mortel le rire. »

Aux prêches, le recteur exhortait les fidèles à marcher gravement, d'une manière ni vive, ni affairée ; car, courir était déclaré indigne d'un chrétien

Suivant les mêmes idées qui persistent encore en certains comtés du nord, il est absolument malséant qu'un enfant se dise fatigué le dimanche.

Un fameux prédicateur écossais informa sa congrégation que le Christ n'avait jamais ri sur la terre, mais seulement pleuré. Par conséquent, il suppliait tous les vrais chrétiens de se rendre aussi malheureux que possible.

Un autre de ces idiots était célèbre dans toute l'Ecosse par ses saints gémissements, *his holy groans*. Il se lamentait sans cesse, se frappant la poitrine et engrossait en larmoyant sa femme et ses servantes.

On voit un ministre sévèrement réprimandé par son évêque pour s'être arrêté devant une barraque de *Punch* et *Judy*, le polichinelle anglais.

Ecrire des vers, surtout quand ils sont assommants, est assurément fâcheuse manie ; mais à la condition de ne pas en infliger la lecture à ses amis et connaissances, c'est manie inoffensive ; les puritains la considèrent comme un péché.

Ainsi les pasteurs et les magistrats de Greenock, avant d'admettre un *magister* à la direction d'une école, stipulaient qu'il devait abandonner le *profane et stérile art* de confectionner des vers.

Voilà des contempteurs des muses qu'eût approuvé Platon !

Mais que dire de cet arrêt des *sessions* de 1649 interdisant la cornemuse aux noces, sous prétexte qu'écouter la musique est une offense à Dieu !

Et l'année suivante, un décret de la Commission de la *Grande assemblée presbytérienne*, lu dans toutes les églises d'Edimbourg, prohibait la danse, non plus comme péché, mais comme acte criminel.

En face de ces accès de puritanisme rabique, l'on est parfois en droit de se demander où nous eût conduit le calvinisme triomphant ; et ne s'explique-t-on pas un peu la revanche des *dragonnades*, la révocation de l'Edit de Nantes si blâmé par les esprits à courte vue et même la Saint-Barthélemy !

Un petit mal pour un grand bien.

Il en est des gangrènes sociales comme des gangrènes physiques ; pour les guérir il faut le fer rouge.

Ces absurdes et tyranniques préjugés, cette férocité biblique dignes du peuple scélérat qui fouillait du glaive le sein des mères pour y tuer l'enfant à naître, s'effacent d'autant plus difficilement qu'ils sont entretenus avec soin par les nombreuses sociétés de sectaires dont la plus importante est *Lord's Day observance Society*, la Société pour l'observance du jour du Seigneur, qui a depuis longtemps pris racine dans le sol britanni que et y a vie dure comme toutes les mauvaises herbes.

La jolie Nelly appartenait sans aucun doute à cette société de vertueux rigides dont Colombau ignorait même l'existence, aussi ne fut-il pas peu surpris, s'étant couché le dimanche soir d'assez bonne heure. après avoir promené son ennui dans la ville silencieuse et morte, d'être réveillé par quelques petits coups discrets frappés à sa porte.

— Qui est là ?

— C'est moi — répondit une voix féminine et douce.

Il cria aussitôt d'entrer.

Nelly pénétra dans la chambre.

— Quoi, c'est vous miss ?

— Oui, seulement, moi. Vous attendiez-vous à quelqu'autre visite ?

— A cette heure? — s'exclama Colombau. — Je ne m'attendais, je vous assure à aucune.... Il est, je le suppose, pas loin de minuit.

— Les douze heures de la nuit sont sonnées depuis dix minutes au moins, monsieur, et nous entrons dans la journée de lundi.

— Voici une vérité que ne désavouerait pas l'Evangile.

— Vous parlez des Saints Evangiles. Vous les avez donc lus ?

— Assurément — répliqua le typographe fort surpris et ne sachant ou la *barmaid* voulait en venir.

— Ah ! je pensais bien que vous n'étiez pas si impie que vouliez le paraître. J'ai su que vous aviez été à la chapelle des *Méthodistes*. Je suis contente de vous.

Elle s'était avancée jusqu'au milieu de la chambre, jusqu'à la table où était placée la Bible et posant la main sur le saint livre comme pour y puiser une force morale, elle dit :

— Hier à cette heure, oui, à pareille heure vous m'avez gravement offensée....

« — Ah ! diable ! — fit Colombau — est-ce qu'elle viendrait me faire une scène. Ce n'est pas le moment. »

Et tout haut :

— Parce que je vous ai embrassée, blonde Nelly? Venez-vous encore me le reprocher ?... Pardonnez moi et n'en parlons plus.

— Si, parlons-en, parlons-en toujours. Nous lisions la Sulamite où elle dit que les baisers de son amoureux sont plus doux que le miel...

— Ah ! Oui, la *Sale-Amie*, mais elle me paraît très gentille, votre *Sale-Amie*. Et pourquoi avez-vous brusquement arrêté la lecture ?... Je ne demandais qu'à continuer, moi !

— Comment ? Français impie ! Mais ne viens-je pas de vous dire qu'il était minuit passé, c'est-à-dire que nous entrions dans la journée de dimanche.

— Eh bien ?

— Eh bien, faire l'amour ce jour-là est péché mortel !

— Ah bah ! — s'écria Colombau. — Mais alors, le dimanche est passé. Nous entrons dans lundi.

— C'est — dit Nelly, baissant les yeux avec modestie — ce que je viens de vous faire observer.

— Oh ! Mais alors — fit-il, se jetant hors du lit et saisissant Nelly par la taille — nous pouvons continuer la lecture de la Bible... au point où nous l'avons laissée hier.

— Oui, où tu l'as laissée hier, méchant garçon — dit-elle, se pendant à son cou — maintenant que nous pouvons nous aimer sans offenser le Seigneur.

. . . .

Laissons la blonde Nelly se livrer dévotement, et désormais sans crainte de pécher, aux baisers de Colombau pour parler de ce livre étonnant sur les billevesées duquel nombre de morales, de religions et de sociétés se sont fondées.

« Nous ne croyons pas — écrivait Louis Jourdan — qu'il existe un livre plus profondément immoral que la Bible. On a peine à comprendre le fétichisme dont elle est l'objet de la part des protestants et même des catholiques. Il serait difficile d'imaginer un pareil tissu d'horreurs, de débauches, de meurtres, de carnages. »

D'où vient donc cet antique fatras qui depuis des siècles abêtit l'humanité après l'avoir ensanglantée ?

Un savant philologue qui a longtemps habité l'Inde et y a fait une étude approfondie de ses traditions religieuses, Louis Jacolliot, va nous le dire.

Et le résultat de ses recherches est une preuve de plus qu'il n'y a rien de nouveau sous le soleil.

Il démontre, avec documents à l'appui, que les grandes *vérités* morales qui constituent le fonds commun de l'humanité ne sont ni égyptiennes, ni grecques, ni juives, ni chrétiennes, mais nous viennent de l'Inde.

De temps immémorial, elles ont été formulées par les premiers législateurs de l'Asie.

Le christianisme, en particulier, a tout emprunté aux livres sacrés des Indous, tout, depuis sa Vierge immaculée quoique mère, jusqu'à la tonsure de ses prêtres, depuis le premier jusqu'au dernier de ses dogmes.

Certes, il en est résulté quelque bien, mais les maux qui en découlent font pencher la balance.

Moïse modela sa société sur le gouvernement théocratique des brahmes, et si depuis des siècles le génie de notre race ne protestait avec énergie, Rome nous aurait réduits à la situation déplorable où se trouvent actuellement les races de l'Inde.

La théocratie, c'est la mort.

Une nation qui se laisse gouverner par des prêtres est condamnée à descendre peu à peu tous les échelons qui conduisent à la misère intellectuelle et physique.

Il suffit de voir ce qu'ont fait les brahmes de cette Inde glorieuse, berceau des civilisations, mère et initiatrice des races de l'Europe.

Le Décalogue et tout ce qui n'est pas absolument dénué de sens ou de quelque moralité dans la Bible, les écrivains hébreux l'ont emprunté aux livres sacrés de l'Inde, auxquels étaient initiés les prêtres égyptiens qui élevèrent et instruisirent Moïse.

Le reste est de pure invention.

Peut-on imaginer un Dieu plus atrocement insensé que le Jéhovah juif !

« Il a fallu — dit M. Jacolliot en parlant du législateur des Hébreux — que cet esclave fanatique, élevé par charité à la cour des Pharaons, fut bien persuadé de l'avilissement et de la stupidité du peuple qu'il avait soulevé, pour qu'il ait osé, en écrivant l'histoire de cette révolution, l'entourer de ces ridicules horreurs. Ce fut un peuple de parias que Moïse entraîna dans le désert. »

Textes en main, il établit que les traditions bibliques ne sont que la copie altérée et mal faite des livres sacrés des Hindous. L'idée de l'unité de Dieu, dont on a coutume de faire honneur au législateur des Hébreux, est exposée dans les livres indiens en termes d'une poésie incomparable, et cette idée, Moïse l'a défigurée en quelque sorte, en faisant de son Jéhovah un despote sanguinaire, irrité, inconséquent, jaloux, tandis que le Dieu des Vedas est, au contraire, plein de mansuétude, d'indulgence et de bonté.

Le Paradis terrestre, la légende d'Adam et d'Eve, leur désobéissance, le déluge, la promesse d'un rédempteur, se trouvent dans les livres sacrés de l'Inde; les Israélites leur ont tout emprunté, mais, ainsi que nous l'avons dit, en défigurant, en amoindrissant les textes. Ainsi, ils attribuent à l'initiative de la femme la faute originelle, tandis que dans les Vedas, c'est Adam (Adima en sanscrit, *le premier homme*) qui entraîne à la désobéissance Eve (Heva en sanscrit, *complément de la vie*).

« Comment ! dit M. Jacolliot, voilà une civilisation plus ancienne que la nôtre, vous ne pouvez le nier, qui fait associer la femme à côté de l'homme et leur donne à tous deux une place égale dans la famille et dans la société ; la décadence arrive et renverse ces principes... Vous naissez, vous vous intitulez orgueilleusement le *peuple de Dieu* et vous n'êtes qu'un fruit de la décadence hindoue, et vous ne savez pas retrouver les pures doctrines des premiers âges, vous ne savez pas relever la femme, relever votre mère ! »

Est-il besoin de rappeler les filles de Loth, qui enivrent leur père pour se prostituer à lui, et le lévite d'Ephraïm qui abandonne lâchement sa femme aux outrages de quelques hommes ivres, et Thamar se livrant à son beau-père, et Ruth se prostituant à Booz, et les deux jeunes sœurs Oolla et Oolibah, dont le prophète Ezechiel nous raconte avec complaisance les fornications, et tant d'autres, sans parler des dames juives qui avaient commerce avec des boucs.

L'on comprend que les mères prudentes ne permettent pas que leurs filles lisent la Bible sans quelques précautions.

Comme l'ancien Testament, le nouveau est tout entier sorti des Védas, dans ce qu'il a de bon, de grand, de poétique. Les évangélistes n'ont pas même pris la peine d'inventer les les noms propres.

Le rédempteur hindou naît d'une vierge immaculée et par l'opération du Saint-Esprit. Il s'appelle Iésus Christna. Un tyran, un Hérode indien, ordonne de massacrer dans ses états les enfants mâles nés pendant la nuit où Christna est venu au monde, etc. Le sermon sur la montagne peut se lire en entier dans les prédications morales du Christna indien. En voici quelques passages :

« *Evitez les mondains et les oisifs et méprisez les richesses du monde.*

« *Sache que ce qui est au-dessus de tout est le respect de soi et l'amour du prochain.*

« *Abstiens-toi de la colère ; ne maltraite ni homme, ni animal.*

« *Chasse les désirs sensuels, l'envie et la cupidité.*

« *Fuis le jeu et les boissons fermentées*

« *Ne tombe jamais dans les impostures, les médisances, les calomnies.*

« *Ne regarde jamais amoureusement la femme du prochain et garde-toi de l'embrasser.*

« *Evite les querelles.*

« *Aie la main droite constamment ouverte pour les malheureux et ne te vante jamais de tes bienfaits.*

« *Quand un pauvre frappe à ta porte, reçois-le; lave-lui les pieds pour le délasser ; sers-le toi-même et ne le mets à table que quand il est rassasié, car les pauvres sont les élus de Dieu.*

« Ne nuis jamais à autrui ; aime ton semblable, protège-le et assiste-le. De là découlent les vertus les plus agréables à Dieu. »

Les évangélistes, on le voit, n'ont pas eu à faire de grands efforts d'imagination. Ils se sont bornés à attribuer à leur Maître les paroles que prononçait le rédempteur hindou à une époque où la Judée n'était qu'un désert et où l'Europe couverte de forêts n'avait d'autres habitants que des fauves.

Le plagiat ne s'arrête pas là, car l'on retrouve dans la légende de Christna jusqu'aux parfums de la Magdeleine.

Le dieu indou va se plonger dans le Gange comme Jésus dans le Jourdain, et s'il ne meurt pas comme lui sur une croix, il meurt percé de flèches.

Malheureusement, les apôtres du Christ ne se bornèrent pas à copier la légende de l'ancêtre Christna, ils empruntèrent aux brahmes comme l'avait fait Moïse, leur organisation théocratique, et, nous le répétons, nos prêtres d'aujourd'hui, feraient des nations européennes ce que les brahmes ont fait des misérables populations de l'Inde, si l'esprit moderne, l'esprit de la Révolution, ne protestait énergiquement.

Rien de nouveau sous le soleil — avons-nous dit — c'est surtout en matière théologique que l'on constate la vérité de cet axiome et pour ne pas sortir de la religion catholique constatons en terminant, qu'elle est calquée sur celles qui l'ont précédée : sacrements, baptêmes, confirmation, confession, ordination, messe, cénobitisme, tout lui vient des religions de l'Inde, sans parler des pompeuses cérémonies du culte, processions, fleurs, encens et jusqu'au costume des prêtres copié sur celui des Sacrificateurs romains.

Mais des Juifs, les chrétiens tiennent la fureur du prosélytisme par le fer, le feu et le sang.

« Toute religion naissante, — disait Lamartine — suppose ou appelle en général, une nouvelle race sur la scène du monde. Le christianisme quoique né en Orient, ne conquit l'Occident qu'après que les Barbares, convertis, lui eussent donné, avant et après Charlemagne, *autant de soldats* que de croyants. »

CHAPITRE LXXV

Chez le docteur Raoult. — Un prêtre obligeant. — A bord de *La République Universelle*. — Destination mystérieuse du grand-duc de Gérolstein.

Revenons à Paul Barrel que nous avons laissé chez le docteur l'esprit absorbé par la pensée d'Hélène, tandis que M. Raoult, fort perplexe, car il se sentait responsable du fils adoptif de son ami, réfugié sous son toit, se demandait quel parti prendre pour le tirer de ce mauvais pas.

Après y avoir mûrement réfléchi, voici quelles furent les conclusions auxquelles il arriva :

« Décidément, — se dit-il, — je crois que le meilleur moyen est de gagner, au plus tôt, la frontière belge. Très probablement toute la clique du nouveau gouvernement, préfets, sous-préfets, commissaires de police, commissaires de surveillance, gendarmes, douaniers et le reste, n'ont pas encore reçu d'instructions détaillées. Par suite, ils doivent hésiter, ne savoir que faire ; il y a donc chance de pouvoir passer maintenant. Plus on tardera, plus la fuite deviendra difficile... Oui, il faut que Paul parte tout de suite, c'est-à-dire demain, ou cette nuit même si possible. »

Mais un passeport était indispensable au peintre, et comment se le procurer ? Fort à propos, le docteur se rappela qu'un de ses collègues, père d'un jeune homme de l'âge de Paul, en avait fait établir deux, l'un pour lui, l'autre pour son fils, à l'occasion d'un voyage projeté à l'étranger.

Or, ce collègue, membre de l'académie de médecine, connaissait intimement M. Raoult. Ils avaient fait leurs études ensemble, soutenu ensemble leurs thèses de doctorat et poursuivi ensemble certaines recherches scientifiques. Assurément il ne refuserait pas de confier à son ami, pour une journée ou deux, les papiers sauveurs.

« Pourvu qu'ils ne soient pas déjà partis ! » se disait le docteur, décidé à se rendre de suite chez son collègue et ami le membre de l'académie de médecine.

Mais madame Raoult, consultée, s'opposa de toutes ses forces au projet qu'elle qualifiait d'insensé d'accompagner Paul à la frontière. Elle consentait très volontiers à donner asile au peintre pendant quelques jours, mais elle n'entendait pas que son mari se compromit davantage. Comme il persistait dans sa résolution, elle se fâcha, se répandit en lamentations, en récriminations aiguës, et le jeune homme fort contrarié, dut assister à une scène conjugale dont il était, à son grand regret, la cause involontaire.

La bonne dame perdait son temps. Elle s'en doutait et c'est ce qui augmentait sa fureur. Quant au docteur, indigné de l'opposition qu'elle mettait à ce qui lui semblait l'exécution de son devoir strict, il partit, sans plus tarder, à la recherche de ses passeports, après avoir fait promettre à Paul de se tenir coi jusqu'à son retour.

Restée seule avec le peintre, madame Raoult entama des arguments pour lui prouver que s'il s'en allait seul, il parviendrait sain et sauf à la frontière, tandis que s'il partait avec le docteur, indubitablement, il arriverait malheur à tous deux.

— Mais, Madame — dit le peintre — ce n'est pas moi qui ai prié le docteur de m'accompagner. C'est lui qui en a manifesté l'intention. Je ferai mon possible pour qu'il change d'avis.

Madame Raoult, médiocrement satisfaite de cette réponse, sortit en faisant claquer la porte, abandonnant le peintre à ses tristes réflexions.

Celui-ci, vivement froissé, résolut de ne pas rester une nuit de plus sous ce toit.

. . . .

Comme le soir tombait, le docteur rentra essoufflé et de mauvaise humeur.

— Eh bien ? — demanda Paul ?

— Eh bien, je n'ai rien du tout. Refus formel. Mon cher collège a peur de se compromettre. Il a été nommé membre de la *commission consultative*. Il en est tout heureux, tout fier!

— Il est capable de vous dénoncer, alors?

— Rien d'impossible. En tous cas, après m'avoir refusé les papiers, il commençait un discours sur l'hydre de l'anarchie que je ne lui ai pas laissé achever. Je lui ai dit vertement son fait.

— Eh bien, je filerai sans passeport, et mon intention est même de partir ce soir. Je ne veux pas vous compromettre.

— Attends, attends, ne t'emballe pas. Je n'ai pas fini. En sortant de chez mon ex-ami, car ce n'est plus mon ami maintenant, j'ai fait la rencontre d'un curé qui m'a parlé de toi.

— Un curé ? — s'écria Paul — quel curé ?

— J'étais aussi étonné que toi, car je sais que tu n'as pas beaucoup de relations avec les cafards, mais il est bon d'avoir des amis partout, comme tu vas en juger.

— Je ne connais pas de curé, et je ne me sais pas d'ami dans ce monde-là.

— Celui-là s'appelle Sacrovir Lebrenn !

— Que me racontez-vous là, docteur ? je ne comprends pas.

— Tu vas comprendre — répliqua M. Raoult en riant. — J'ai rencontré Sacrovir Lebrenn portant le costume ecclésiastique.

— Ah ! c'est trop drôle ! Le brave garçon ! Je suis content d'apprendre qu'il n'est ni tué, ni arrêté. Il s'est déguisé en prêtre ! Quelle bonne histoire ! Et comment a-t-il trouvé ces hardes ?

— Bien simplement. Il me l'a confié en deux mots. Un prêtre, qui habitait la maison où il s'est réfugié, lui a généreusement offert de puiser dans sa garde-robe... ce qui prouve qu'il y a de braves gens partout... Je passais près de lui sans le reconnaître ; c'est lui qui m'a interpellé pour me demander de tes nouvelles. Il était accompagné de son beau frère Duchesne, qui s'était fait, au moyen de lunettes, une bonne tête d'allemand... Il paraît que tu avais manifesté à Sacrovir l'intention de te réfugier chez moi ?

— C'est la vérité.

— Je te remercie de cette bonne pensée.... Donc, je lui ai répondu que tu étais sous mon toit. Il a paru ravi de te savoir encore de ce monde, et je crois même que pour être mieux dans son rôle, il se préparait à remercier Dieu. Je lui ai répondu que si le Père Eternel t'avait protégé jusqu'ici, il cessait maintenant son concours, car il m'était impossible de te procurer les pièces d'identité nécessaires à ta sécurité.

— « Voyez mon fils — m'a-t-il répondu — combien vous êtes ingrat envers le Père Eternel, car par ma voie il offre mieux qu'un passeport à votre protégé. Trève de plaisanterie, a-t-il ajouté, et écoutez bien ceci pour le reporter à notre ami :

« Paul sait que je m'embarque avec toute ma famille sur un bateau vapeur, *La Republique Universelle* qui appartient au chef d'un petit état voisin. Le grand-duc Rodolphe de Gérolstein en est à la fois le propriétaire et le capitaine. Si Paul le désire, il s'embarquera avec nous. Sur ma recommandation, on le prendra très volontiers à bord. Mais il faut qu'il se décide promptement. »

— Je suis tout décidé, — s'écria Paul.

— Tu connais la destination de ce vapeur ?

— Je sais que *La République Universelle* part pour le Nouveau-Monde. C'est tout. Sacrovir ne vous a-t-il pas renseigné plus exactement ?

— Non. Je ne l'ai d'ailleurs pas interrogé. Mais que t'importe ? L'essentiel est que tu sois en sûreté. Or, tu n'auras plus rien à craindre, dès que tu auras mis le pied sur le pont de ce bâtiment. Tu te trouveras sur une terre étrangère et tu pourras narguer tous les alguazils de monsieur Bonaparte.

— Sacrovir ne vous a pas dit comment il faudrait s'y prendre pour gagner le Havre et ensuite s'embarquer ?

— Il ne m'a donné aucune explication. Il n'en avait pas le temps. Il te les donnera à toi-même, car il t'attendra pendant toute la soirée à la légation de Gérolstein. Tu en connais l'adresse ?

— Oui.

— Eh bien vas-y. Il est probable que vous partirez ensemble, toi, et son beau-frère.

— Je suis tout décidé à partir, docteur, mais auparavant, il faut que je vois Hélène.

— Ah ! nous y voilà, — s'écria M. Raoult avec une impatience non dissimulée. « Amour tu perdis Troie. » Et rappelle-toi que l'amour qui causa la chute des Troyens avait justement pour objet une Hélène.

— Ne plaisantez pas, docteur... Je veux la revoir... N'est-ce pas naturel ?

— Mon garçon, ce qui est naturel, c'est de te sauver...

— Oui, — interrompit madame Raoult, qui venait d'entrer — c'est de vous sauver le plus vite possible et de ne compromettre personne.

M. Raoult jeta sur sa femme un coup d'œil irrité, puis continua :

— Ce qu'il te faut voir au plus tôt, c'est Sacrovir Lebrenn. Par le temps qui court, il ne s'agit pas de le laisser se morfondre à un rendez-vous, qu'on ne peut remettre au lendemain. Et c'est ce qui arrivera si tu vas chez ton amoureuse. Pleurs, soupirs et sanglots... Vous ne pourrez vous arracher des bras l'un de l'autre, les heures passeront, et l'on partira sans toi. D'ailleurs, en te rendant chez elle, tu risques de te faire arrêter. La moucharde, lancée à tes trousses, connaît ta passion pour la fille de Barrel. Voilà pourquoi, elle rôde là bas, près de sa demeure, attendant quelque imprudence... Tu agiras à ton gré, bien entendu, mais il me semble que je te parle le langage de la raison. Qu'en penses-tu?

— Je pense que je suivrai votre conseil, docteur, — répondit Paul, nullement convaincu, et résolu coûte que coûte à prendre congé d'Hélène.

— Très bien — fit M. Raoult, qui n'était pas sa dupe. — Autre chose maintenant. Tu ne peux sortir d'ici qu'en te faisant une nouvelle tête. C'est dommage que tu n'aies pas une grande barbe et une chevelure mérovingienne...

— A la façon de Théophile Gautier, interrompit le peintre devenu joyeux

Terreur du bourgeois glabre et chauve
Une chevelure à tous crins
De roi franc ou de lion fauve
Roule en torrents jusqu'à ses reins.

— Oui, voilà précisement ce qu'il t'aurait fallu. En abattant l'une et l'autre on eut largement modifié ta physionomie. Je ne vois que ta moustache à laquelle on puisse s'attaquer. Il faut la sacrifier, mon garçon.

— Diable ! — s'écria Paul — croyez-vous que ce soit si nécessaire ?

— Indispensable. Et si tu le permets, nous allons procéder séance tenante à l'opération, — répondit le docteur en s'emparant d'une paire de ciseaux.

Le peintre se résigna.

Environ une heure après, à la nuit noire, Paul, ayant pris congé de madame Raoult, partit pour la légation de Gerolstein, avec son hôte qui, pour plus de sûreté, avait tenu à l'accompagner.

Il était muni d'un portefeuille suffisamment garni de billets de banque sortant de la caisse de l'excellent homme, et vêtu de nouveaux effets, qu'un républicain, ami du docteur et demeurant dans le voisinage, avait mis à sa disposition.

Avant de partir, le peintre s'était à différentes reprises contemplé dans un miroir, et la disparition de sa moustache lui parut modifier si défavorablement sa physionomie, qu'il perdit toute envie de se présenter chez Hélène. Ainsi, ce que la prudence, le souci de sa liberté et peut-être de sa vie n'auraient pu le contraindre à ne pas faire, la coquetterie l'en empêcha.

. . . .

« Le 12 décembre 1851, — dit Eugène Suë, — onze jours après la première entrevue de Marik Lebrenn et de Rodolphe de Gérolstein, le bateau à vapeur *La République Universelle* sortait de la rade du Havre, gagnant la haute mer, et se dirigeait vers l'autre hémisphère.

« Sur ce bateau se trouvaient Rodolphe de Gérolstein, la famille Lebrenn et plusieurs personnages des *Mystères du Peuple* » en plus de notre ami Paul et de dix hommes d'équipage, un timonier, un mécanicien, deux chauffeurs, un cuisinier, un charpentier, trois matelots et un mousse.

Nous avons dit que le propriétaire du navire, le grand-duc Rodolphe de Gérolstein, en était le capitaine. Homme extraordinaire il exerçait, en outre, les fonctions de médecin.

« Mais quelles circonstances avaient réunies, ces personnages ? — poursuit Eugène Suë. Quel était le but de cette pérégrination si lointaine qu'ils entreprenaient de compagnie avec Rodolphe de Gérolstein et la famille Lebrenn ? — demandera peut-être le lecteur. »

Cette question était précisément celle dont s'entretenaient deux passagers qui causaient avec animation sur le gaillard d'arrière, tout en regardant les côtes de France s'enfoncer et disparaître à l'horizon.

L'un de ces passagers était Paul et l'autre Sacrovir Lebrenn.

Dans la nuit qui avait suivi son arrivée à la légation de Gérolstein, le peintre avait pris le train pour le Havre avec Duchesne et Sacrovir. Ce dernier, nous le savons, déguisé en prêtre.

Les trois hommes, en possession de passeports bien en règle, établis à l'ambassade, accomplirent leur voyage sans la moindre mésaventure. Quand ils arrivèrent à destination Paul ignorait toujours vers quelle partie de l'Amérique allait cingler *La République Universelle*.

A la légation, il voulut interroger Sacrovir à ce sujet, mais celui-ci lui fit signe de se taire.

Au Havre, un canot qui tous les jours se détachait de *La République Universelle*, ancrée dans la rade, sous prétexte de venir aux provisions, mais en réalité pour attendre les fugitifs, les transporta à bord. Nous ne dépeindrons pas la joie des membres de la famille Lebrenn, quand ils se virent réunis.

Après les premières effusions, Marik Lebrenn, souffrant toujours de sa luxation, prit à part son fils Sacrovir et s'entretint longuement avec lui. A la façon dont leurs regards s'attachaient de temps à autre sur Paul, il semblait à celui-ci que la conversation le concernait. Que peuvent-ils se dire ? se demanda le jeune homme. Comme elle se prolongeait outre mesure, le peintre supposa que quelque chose d'anormal se passait à bord et il en eut bientôt la certitude.

En effet, Marik Lebrenn lui fit signe de s'approcher :

— Mon jeune ami — lui dit-il — notre capitaine est absent. Il ne doit s'embarquer que le 10 ou 11 décembre. Le 12 nous partirons. En attendant, je le remplace. Sacrovir me dit que vous désireriez savoir vers quelle partie du Nouveau-Monde nous allons nous diriger ?

— En effet, Monsieur, et vous comprendrez ma curiosité.

— Je la comprends, mais je ne puis la satisfaire, je vous répondrai seulement comme l'a fait Sacrovir : « Nous partons pour le Nouveau-Monde. » Vous allez me faire observer que la réponse est vague. Je vous le concède. Consolez-vous en pensant que l'équipage et les passagers ici présents, n'en savent pas plus que vous. Moi seul connais les projets du grand-duc. Malheureusement, pour la légitime curiosité de tous, je suis forcé de me taire. Je l'ai promis. Bien plus, j'ai juré de ne répéter à personne ce que le duc a bien voulu me révéler.

Paul comprit ; inutile d'insister, il fallait attendre. Le jeune homme espéra que le mystère cesserait à l'arrivée du propriétaire du paquebot et qu'il aurait le temps, avant le départ, d'informer Hélène et le docteur de l'endroit où ceux-ci devraient lui écrire.

En attendant, il leur annonça son heureuse arrivée à bord et l'incertitude où tous se trouvaient, sauf Marik Lebrenn, quant à la destination du navire. Le cuisinier qui allait tous les jours à terre, aux provisions, se chargea des lettres.

Pour occuper les longues heures qui le séparaient du départ, Paul employait ses journées à procéder à une revue aussi complète que possible des différentes parties du bâtiment. Tout l'intéressait, mais ce qui excitait au plus haut point sa curiosité, c'étaient les passagers embarqués comme lui pour une destination inconnue. Il aurait désiré les faire causer. Il essaya même, mais il ne tarda pas à s'apercevoir que la plus grande discrétion régnait à bord de *La République Universelle* et que chacun semblait s'être donné le mot pour conserver un absolu mutisme.

— Travaillons, — se dit enfin Paul, — cela vaudra mieux que d'essayer de faire parler des muets.

Il fit acheter au Havre un chevalet, des couleurs, des brosses, des toiles, enfin tout l'attirail nécessaire à un peintre, et, installé à l'avant, près du canon d'alarme recouvert d'une toile goudronnée, il se mit à l'œuvre. Le temps était assez beau, la température douce, ce qui lui permit de commencer une étude du port, qu'il se promit d'envoyer à Hélène, aussitôt terminée.

Mais il ne l'acheva pas. Le 10, une forte brise se leva et la fumée de la machine ainsi que la poussière du charbon, rabattues par le vent, rendirent les stations sur le pont et tout travail impossible.

C'était le jour où l'on attendait le duc. Il ne vint pas.

— Il arrivera demain, — dit Marik — mais la journée du 11 se passa également sans lui.

Le soir, Paul dit à Marik Lebrenn :

— Nous ne partirons peut-être pas demain ?

— Détrompez-vous. Le départ a été fixé pour le 12. Nous partirons le 12.

— Je compte bien qu'avant de quitter les côtes de France, je saurai vers quel endroit nous nous dirigeons ?

— C'est possible.

— Et que j'aurai le temps d'écrire quelques lettres et de les faire mettre à la poste ?

— J'en serais heureux pour vous.

— Peut-être le capitaine arrivera-t-il pendant la nuit ?

— C'est probable.

Le peintre se coucha assez tard, comptant toujours sur l'arrivée du duc de Gérolstein, et par conséquent sur la divulgation du lieu de destination de cet énigmatique voyage.

Dans cet espoir, il se jeta tout habillé sur sa couchette, où il se retourna longtemps, inquiet et agité. Où se dirigerait-on ? Quelle destinée l'attendait ? Qu'était devenu son père adoptif ? Le reverrait-il jamais ? Reverrait-il sa chère Hélène ? Toutes ces questions roulaient à la fois en son esprit. Il lui semblait par instant que depuis quinze jours il vivait dans un rêve, que tous les événements écoulés n'en étaient que les phases successives. Enfin, ses yeux se fermèrent, il tomba dans un profond sommeil.

Il dormait depuis plusieurs heures, quand un chant doux, mélodieux, qui devait provenir d'une cabine peu éloignée de la sienne le réveilla à demi. Il se rappela l'air, comprit les paroles, crut reconnaître la voix et il écouta.

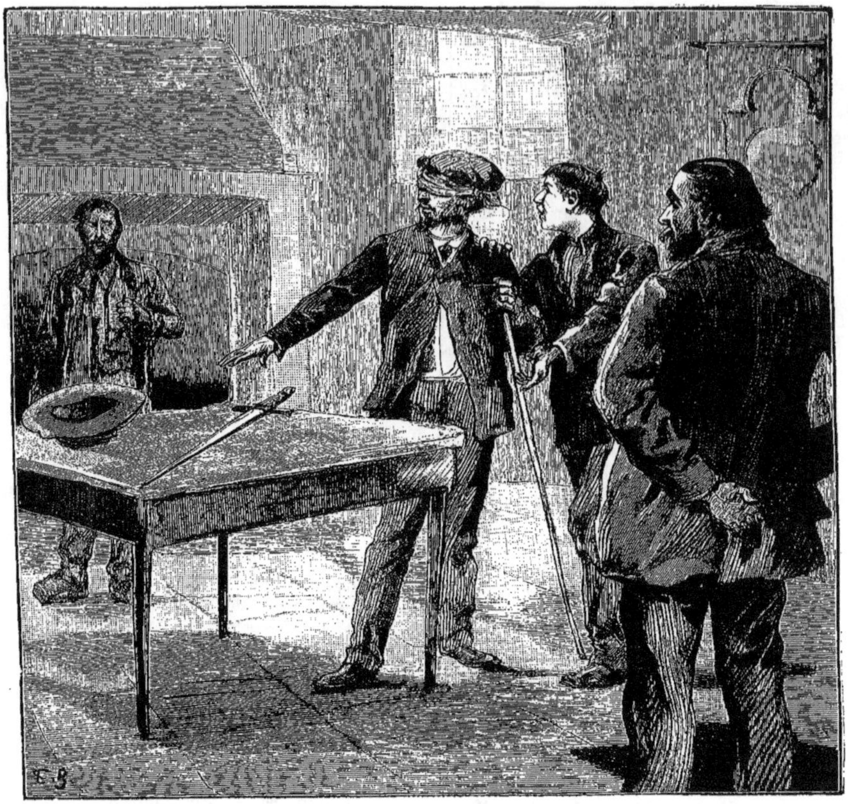

Jures-tu de défendre la République démocratique et sociale ? Je le jure par le Christ !

délicieusement bercé, ce mélancolique couplet que dans d'horribles circonstances, quelques jours auparavant, il avait déjà entendu :

O lac! rochers muets, grottes, forêts obscures !
Vous que le temps épargne et qu'il peut rajeunir,
Gardez de cette nuit, gardez, belle nature,
Au moins le souvenir.

Ce fut tout. Il n'en entendit pas davantage. Il écouta vainement, attendant d'autres strophes, mais la douce voix s'était tue. Peu à peu ses yeux se refermèrent, le sommeil le reprit. Par une inévitable association d'idées la strophe mélodieuse lui rappela l'abominable guet-apens dont il avait été victime et son somme il fut troublé par un cauchemar affreux.

Il se vit retombé entre les mains de James Dilson. Sur l'ordre de l'Américain, on l'enfermait de nouveau, bâillonné et garrotté, dans une étroite caisse de sapin. Il respirait l'odeur de la résine ; son front heurtait le couvercle de son cercueil ; puis il éprouva une atroce sensation d'asphyxie et, les cheveux hérissés, le corps couvert d'une sueur froide, il se réveilla en sursaut.

Il se jeta à bas de sa couche, tourna dans sa cabine pour chasser ce cauchemar qui l'étreignait encore, et aperçut une lueur grise et faible à travers le hublot. L'aube se levait. Il perçut aussi une trépidation continue, régulière, qui secouait le bâtiment. Tout à coup il faillit perdre l'équilibre. Il sortit, se précipita sur le pont.

La République universelle était en marche.

Stupéfait et furieux, Paul courut vers Sacrovir Lebrenn qui se tenait à l'arrière, debout, près de timonier, regardant avec mélancolie les côtes de France décroître rapidement à l'horizon.

— Quoi! nous marchons! nous marchons! s'écria-t-il.

— Vous le voyez.

— Où allons-nous?

— Je n'en sais encore rien.

— C'est un peu fort! Jamais on n'a ouï pareille aventure! Quoi! nous voilà en route et nous ignorons pour quelle destination!

— Pardon, — nous savons que c'est pour le Nouveau-Monde.

Cette réponse exaspéra Paul.

— Mais, nom de Dieu, — s'écria-t-il, — il est grand le Nouveau-Monde et, du Canada à la Terre-de-Feu, il y a une belle étendue de côtes, sans compter les Antilles, Cuba, Haïti et le reste!

— C'est vrai, — fit Sacrovir, — mais ne vous fâchez pas, mon ami; je suis aussi surpris que vous de tout ce mystère et j'attends avec impatience qu'il nous soit dévoilé. Le duc est arrivé un peu avant le jour et il a donné immédiatement le signal du départ.

— Il sait que je suis à bord?

— Oui, mon père lui a parlé de vous. Comme je m'y attendais, il a répondu qu'il était heureux de vous compter parmi ses passagers; mais il n'est entré dans aucune explication.

— Où est-il, ce duc?

— Il était sur le pont au moment où le bateau s'est mis en marche. Il a dû redescendre dans sa cabine.

— Je serais curieux de le voir et de lui demander...

— Ne lui demandez rien du tout, il ne vous répondra pas.

— Ah!

— Rapportez-vous en à moi. Ecoutez, mon cher Paul, vous êtes comme nous tous, un des hôtes du grand-duc de Gérolstein; il est le maître chez lui, ne l'interrogez pas, car, je le sais, il considérerait toute interrogation comme une impolitesse.

— Dans ce cas, j'attendrai qu'il lui plaise de vouloir bien nous faire ses confidences.

— Vous prendrez le parti le plus sage.

— Et quand on lui parle, il faut lui donner tous ses titres à ce *monseigneur*.

— Détrompez-vous, appelez le capitaine, tout court. Tenez, le voici.

— Nous allons peut-être savoir quelque chose.

— Venez que je vous présente.

Sacrovir et Paul se dirigèrent vers le grand-duc Rodolphe de Gérolstein qui fit quelques pas à leur rencontre. Les lecteurs des romans d'Eugène Sue connaissent ce personnage, dont la haute mine frappa singulièrement le peintre. Tout en cet homme respirait la fierté, la force et l'énergie. A sa vue l'on se sentait saisi d'un involontaire respect. Son uniforme rappelait à peu près celui d'un capitaine de vaisseau de la marine française. Il salua les deux jeunes gens qui s'étaient découverts et dit en souriant :

— M. Paul Barrel, sans doute?

— Oui, capitaine, — répondit Paul — et je viens vous remercier de votre hospitalité.

Le capitaine lui tendit la main :

— Soyez le bienvenu. Je connais monsieur votre père de nom. D'après ce que j'en ai entendu dire, c'est un esprit distingué et un honnête homme; je ne doute pas que vous ne lui ressembliez. Vous êtes le bienvenu, je vous le répète. Marik Lebrenn m'a dit que vous auriez vivement désiré envoyer quelques lettres avant de quitter le port. Je regrette que vous n'ayez pu satisfaire ce légitime désir, mais je m'arrangerai pendant le cours du voyage de façon que vous soyez à même de donner de vos nouvelles à ceux qui vous sont chers.

Paul s'inclina, remercia, et le capitaine après un signe de tête amical aux deux jeunes gens, alla s'accouder à l'avant, plongeant ses yeux dans l'horizon morne.

— Eh bien? — demanda Sacrovir.

— Charmant et singulier homme, — répondit Paul pensif, — mais où diable allons-nous?

Le vent de la veille et de l'avant-veille ne soufflait plus. Une pluie fine, presque invisible tombait du ciel livide. Malgré le calme de l'atmosphère la mer était creusée par une houle profonde venant du large, ce qui la rendait fort fatigante. Paul et son ami restèrent quelques instants sur le pont, écoutant la chanson du flot, qui bruissait contre les flancs du navire. Mais bientôt, ils commencèrent à ressentir les premières atteintes du mal de mer, et frissonnant, s'empressèrent de regagner leurs cabines.

CHAPITRE LXXVI

Le Coup d'Etat en province. — Le gendarme de Clamecy. — Chasse aux rouges. — Le midi soulevé. — Martin Bidauré. — Emprunt au *Code noir*.

La nouvelle du coup d'Etat produisit en province une profonde émotion. Les conservateurs de toutes nuances, ce qu'on appelait le parti de l'ordre, non seulement applaudirent, mais prêtèrent de tous côtés main-forte, déclarant la *société sauvée*.

Inutile d'ajouter que généraux et chefs de corps se prononcèrent, dans toute la France, en faveur de Louis-Napoléon et tinrent leurs régiments prêts à réprimer toute résistance.

Quant au parti démocratique, il se borna, dans les départements de l'Est et du Centre, à des manifestations, à des démonstrations plus ou moins violentes, mais qui, devant la force armée, ne pouvaient amener d'autre résultat qu'arrestations et charges de cavalerie.

Les départements de l'Ouest se ressentirent peu du coup d'État, car les villes seules, telles que Nantes et Angers, comptaient des groupements de démocrates.

Dans quelques centres manufacturiers on protesta, les armes à la main, contre les décrets présidentiels; mais après deux ou trois jours au plus, tout désordre cessa.

Dans le Centre, la résistance, quoique sans armes, offrit un caractère sérieux par le nombre des manifestants. La troupe les dispersa et tout finit par des arrestations. A Montargis, au Donjon, dans d'autres bourgades, il y eut des morts, mais partout la garde nationale prêta main-forte à la troupe contre les tentatives d'insurrection.

Il faut remarquer que Lyon, en dépit des opinions avancées de sa population ouvrière, garda une tranquillité absolue. Le général Castellane d'ailleurs avait pris contre tout mouvement insurrectionnel les plus formidables dispositions.

Dans la Nièvre, l'agitation fut extrême. La population des villes et de la majeure partie des campagnes y était républicaine, et depuis que la loi du 31 mai avait posé pour 1852 l'éventualité d'une guerre civile, les sociétés secrètes couvraient le pays de leurs ramifications, et comptaient des affiliés jusque dans les moindres hameaux.

C'est à Clamecy que l'insurrection éclata, par suite de la maladresse d'un procureur de la République qui, dès le 3 décembre, avait fait dresser une longue liste de républicains à incarcérer.

Avertis, les intéressés, ayant l'échafaud ou Cayenne en perspective, n'hésitèrent pas à affirmer, les armes à la main, leur protestation contre la violation de la Constitution.

Le préfet de la Nièvre, prévenu, partit le 5 décembre de Nevers, avec une petite troupe de deux cents hommes, tandis que les insurgés enfonçaient les portes de la prison pour délivrer des prisonniers politiques arrêtés déjà.

Des coups de feu s'échangèrent avec la gendarmerie, il y eut des morts, des blessés, et quelques misérables, profitant des troubles, assouvirent des vengeances particulières.

« Des bandes, armées de fusils, de sabres, de haches, dit Eugène Ténot, — parcouraient les rues — la nuit — à la lueur des torches, poussant des clameurs, déchargeant leurs armes en l'air. Des groupes de paysans et d'ouvriers entraient, les armes à la main, dans les maisons bourgeoises, exigeant la remise des armes et des munitions, fouillant les maisons de fond en comble. Rien d'uniforme dans ces perquisitions. Ici, les groupes entraient brutalement, le pistolet au poing, la menace à la bouche. Ailleurs, les insurgés ne manquaient à aucun des égards dus aux habitants inoffensifs... Mais aucun excès grave ne fut commis pendant cette nuit.

« Toute la matinée du samedi, des bandes nombreuses arrivèrent des villages et grossirent énormément le nombre des insurgés. »

On intercepta le courrier, les dépêches de Paris, y compris les lettres privées, furent ouvertes et l'on se convainquit de l'écrasement complet de la résistance.

Néanmoins, on continua de sonner le tocsin et l'on construisit des barricades, tandis qu'une foule nombreuse se portait vers la caserne de gendarmerie où un gendarme, bien que le lieutenant ait donné l'ordre de démonter les carabines et déclaré qu'il ne faisait pas de résistance, fut assassiné par une bande de forcenés qui le criblèrent de blessures. Le docteur chargé de l'autopsie du cadavre conclut, dans son rapport médical, que quatorze assassins au moins avaient frappé ce malheureux qui était sans armes.

C'était un brave homme, père de famille, déjà âgé, qui avait voulu rester près de son lieutenant. Un jeune homme, conscrit de l'année, le couche en joue, le gendarme saisit le canon du fusil, mais le conscrit, plus vigoureux, secoue son arme et l'entraîne. Quelques coups de feu partent, le gendarme tombe, essaye de se relever; des forcenés alors se ruent sur lui et l'achèvent.

Les feuilles de l'ordre s'emparèrent de cet incident, déjà assez lamentable, pour le grossir et le dénaturer.

Le *Messager de Moulins*, dans son numéro du 12 décembre, le racontait ainsi :

« Un gendarme tombe entre les mains de ces bandits; on délibère sur le genre de mort qu'on lui fera subir : — enfin, on se décide à l'attacher sur une échelle : on lui ouvre le ventre, dont on fait sortir les entrailles, et une danse infernale a lieu autour du malheureux supplicié, avec l'aide de quelques infernales mégères, dignes compagnes de pareils anthropophages. »

C'est ainsi que fut faite la sinistre légende de Clamecy, qui pénétra d'horreur la bourgeoisie entière en rappelant les sanglantes pages de la Révolution.

A cette légende, l'on devait répondre par celle de Martin Bidauré, dont nous allons bientôt nous entretenir. L'histoire n'est brodée que sur des mensonges.

Ce massacre odieux atterra et découragea les chefs de l'insurrection, aucun d'eux n'osa prendre sur lui la responsabilité de conduire un mouvement qui se souillait ainsi.

Dès lors il n'y eut plus de direction nette et

d'ailleurs les nouvelles de Paris jetaient la panique, surtout parmi les paysans, qui se hâtaient de regagner leurs villages.

Cependant, le préfet, parti de Nevers le vendredi, arrivait le dimanche vers midi en vue de Clamecy. Son approche causa un immense désordre. Le tocsin sonna, les tambours, les appels aux armes retentirent; des barricades s'élevèrent rapidement.

Quelques citoyens s'offrirent d'aller au devant de la troupe parlementer avec le préfet. Mais à peine éloignés de quelques centaines de mètres de la ville, des tirailleurs déployés des deux côtés de la route les criblèrent de balles.

D'autres parlementaires furent brutalement saisis et mis en état d'arrestation sans même être entendus.

Les insurgés se décidèrent à sortir pendant la nuit et se réfugièrent armés, dans les grands bois des bords de l'Yonne, vers la route d'Auxerre; mais, avant de partir, ils rendirent 4,760 francs sur 5,000 pris à la caisse du receveur particulier. Les 240 francs manquant avaient servi à payer divers boulangers pour fourniture de pain aux insurgés.

Le lundi 8 décembre, le général Pellion rejoignit la petite troupe du préfet composée de 200 hommes et avec un régiment de ligne et le 10e chasseurs à cheval, il occupa la ville désertée par la majeure partie de la population valide. Le soir même, Carlier, ancien préfet de police, nommé commissaire extraordinaire du gouvernement pour les départements du Cher, de l'Allier et de la Nièvre, arrivait suivi de forces considérables. Aussitôt des colonnes s'élancèrent à la poursuite des insurgés, avec ordre de fusiller tout individu pris les armes à la main.

Ces colonnes parcoururent toute la contrée opérant des arrestations en masse. On reconduisit des maires la corde au cou dans leurs villages. Le nombre des arrestations dépassa quinze cents. Des quartiers entiers de Clamecy furent dépeuplés.

D'autres bourgades du département de l'Yonne qui avaient envoyé des contingents à Clamecy, virent la majeure partie de leur population emprisonnée ou errante, traquée dans les bois par des colonnes mobiles.

Beaucoup de propriétaires se joignirent aux troupes dans ces battues dont le souvenir n'est pas effacé dans le pays et dont on parle encore sous le nom de *chasse aux rouges*.

Néanmoins, malgré une impitoyable répression, le vote du 20 décembre eut lieu dans le plus grand calme et une immense majorité ratifia le coup d'Etat.

Dans la majeure partie des départements situés entre les montagnes d'Auvergne, les Cévennes, les Pyrénées et l'Océan, le parti républicain avait depuis 1849 fait de grands progrès; aussi les protestations contre le coup d'Etat y furent-elles plus générales que dans le centre; le Lot-et-Garonne et le Gers s'insurgèrent presque en entier. Toulouse, Bordeaux, Bergerac, Moissac, Figeac, Rodez, Milhau, Villeneuve-sur-Lot, Marmande, Castelnau et d'autres villes s'agitèrent également, mais sans succès. Dans tout le Midi, il y eut de nombreuses tentatives de soulèvements.

Du reste, comme le fait observer Eugène Tenot, de Perpignan à Toulon et de Marseille à Lyon, l'état des esprits et l'attitude des partis différaient de ce qu'ils étaient dans le reste de la France.

Les cerveaux surchauffés des méridionaux y poussaient les opinions à l'extrême, et à l'exception du Dauphiné qui conservait ses vieilles traditions révolutionnaires, il n'y avait en présence que deux ennemis, les révolutionnaires et les conservateurs, c'est-à-dire les légitimistes-cléricaux.

« De 1789 à 1816, écrit l'historien que nous venons de citer, leur lutte avait été une alternative d'épouvantables réactions. Frappé le dernier — et avec quelle fureur! — le parti révolutionnaire semblait avoir oublié ses trop excusables rancunes, dans les paisibles années qui s'écoulèrent de 1835 à 1848. Mais les haines sommeillent dans ces pays-là, elles ne s'éteignent pas. »

Elles s'étaient réveillées ardentes et terribles, dès 1849.

L'expédition de Rome, la réaction cléricale qui suivit, le ministère de Falloux, l'attitude de la majorité de l'Assemblée législative, exaltèrent au plus haut degré les espérances des royalistes. Ils se crurent à la veille de l'avènement de Henri V. Leur jactance, leurs folles menaces, jointes à des persécutions journalières, poussèrent jusqu'au paroxysme la colère du parti révolutionnaire.

Le Midi semblait revenu à ses plus mauvais jours. La guerre renaissait ardente, acharnée des deux côtés, avec plus d'exaltation en Provence, plus de violence en Languedoc.

Dans ces tragiques cités de Nîmes, d'Uzès, d'Avignon, d'Orange, de Béziers, le fanatisme religieux envenimait les luttes de la politique.

Un seul changement s'était opéré depuis 1815, dans ces contrées, mais celui-là immense.

Ouvriers et paysans, royalistes en 1815, même en 1830, *blancs fils de blancs*, comme ils disaient avec fierté, étaient en immense majorité devenus républicains. Malheureusement pour la plupart, le fanatisme n'avait fait que changer d'objet.

Ces fils des verdets, des assassins du général Ramel et du maréchal Brune, poursuivaient maintenant le bourgeois, le prêtre, l'aristocrate d'une haine aussi aveugle que celle dont leurs pères avaient poursuivi les jacobins et les *buonapartistes*.

Les vieilles rancunes de religion renaissaient sous une autre forme ; on se serait cru revenu au temps des miquelets et des camisards. Le tocsin sonnait à toute volée, nuit et jour dans les villages, et des bandes conduites par les chefs des sociétés secrètes parcouraient les campagnes excitant les paysans à la révolte au moyen des plus fallacieuses promesses que l'on puisse faire à des ignorants.

Leur résistance au crime du 2 décembre allait combler tous leurs vœux, la misère et le chômage disparaîtraient, leurs récoltes se vendraient à des prix auxquels elles n'avaient jamais atteint, les impôts seraient notablement réduits, enfin, la République démocratique et sociale apporterait le bonheur universel ; le Pactole roulerait pour tous.

Il y eut un grand désappointement, car la répression fut terrible et la troupe courut sus aux émeutiers avec une férocité qui n'est malheureusement pas sans exemple et qui devait se représenter vingt-neuf ans après, plus sauvage et plus sanguinaire encore.

Le préfet du Var, un nommé Pastoureau, s'acquit une triste célébrité en faisant fusiller deux fois, dit-on, un paysan nommé Ferdinand Martin.

Ce Martin, dit Bidauré ou Bidouré, du village de Bayols, avait été arrêté par la troupe à une lieue d'Aups, porteur d'une dépêche d'un journaliste, Camille Duteil, rédacteur en chef du *Peuple de Marseille*, qui avait été proclamé, à cause de ses articles révolutionnaires, *général en chef de l'armée démocratique du Var*.

Inutile d'ajouter que son incapacité, comme chef militaire, était absolue.

La dépêche saisie, destinée à l'un de ses lieutenants était ainsi conçue :

« *Ordre au colonel Arambide de se porter immédiatement sur Aups avec toute sa troupe.* »

Le Général,
Camille Duteil.

Ce Martin, qui était à cheval, fut pris par la cavalerie d'avant-garde et conduit devant le préfet Pastoureau.

Ordre fut donné de le fusiller et l'exécution eut lieu sur-le-champ.

On le laissa mort sur la place.

Mais laissons la parole à Eugène Tenot qui, dans *La Province en décembre 1851*, raconte succintement cette tragédie.

« A peine la troupe avait-elle achevé de défiler, que Martin, dont les balles n'avaient fait que labourer la peau du crâne se releva.

« Il parvint à se traîner vers le château de la Baume qui n'était pas loin de là.

« Le fermier le recueillit et le soigna. Mais le soir du même jour, le bruit de la défaite d'Aups épouvanta ce paysan, qui courut chez le maire du village, et lui dit quel était l'homme auquel il venait de donner asile.

« Il est de notre devoir de dire ici que l'honorable M. de la Baume, auquel le peuple attribue, dans le Var, cette dénonciation, était absent du château et n'y rentra que trois jours après.

« Le maire s'empressa d'écrire au préfet pour l'informer que le fusillé était vivant et caché chez le fermier de M. de la Baume...

« Par ordre de l'autorité, il fut saisi, le vendredi 12 décembre, et conduit à l'hôpital d'Aups pour être fusillé de nouveau le dimanche suivant.

« Le 14 décembre, dit M. Maquau, Martin, après s'être confessé à M. Bonnet, curé de Vérignon, marcha à la mort avec calme, fermeté et résignation.

« Martin était un honnête homme et un homme de cœur. M. Maquau lui-même laisse échapper ces paroles qui, dans une telle bouche, sont le plus bel éloge du malheureux républicain :

« Quel dommage qu'un pareil homme n'ait pas fait le sacrifice de sa vie pour une meilleure cause. »

Quant au paysan qui avait dénoncé le fugitif venu lui demander asile, nous ne chercherons pas à excuser le plus lâche des crimes, mais il faut se rappeler que les proscripteurs fusillaient sans pitié ceux qui donnaient asile aux fugitifs.

Cette forfaiture empruntée au code *noir* de Louis XIV, au sujet des esclaves, fut renouvelée et mise en exécution par Carlier, commissaire général, déjà nommé, qui adressa aux maires des départements du Cher, de l'Allier et de la Nièvre la circulaire suivante :

« Un grand nombre de *factieux* et de *bandits* se sont évadés de Clamecy ; la justice saura les atteindre.

« Vous ferez immédiatement connaître que toute personne qui *leur donnerait sciemment asile serait réputée complice et traitée comme telle!!!* »

Ce bel exemple fut aussitôt imité par les chefs militaires dans tous les départements mis en état de siège. Tous ceux qui offraient un asile ou simplement des moyens d'existence, vivres ou argent, aux personnes placées sous un mandat de justice par suite des troubles, ou qui facilitaient leur évasion, étaient déclarés complices et jugés comme tels suivant la rigueur des lois qui régissent l'état de siège !

« Or, — s'écrie avec indignation Victor Schœlcher — la rigueur des lois, c'est la mort! la mort pour un morceau de pain donné à un fugitif soupçonné, à un fugitif dont l'innocence serait peut-être démontrée s'il n'avait peur des conseils de guerre!... »

Dans les fureurs de la lutte, on peut encore expliquer ces atrocités, mais après elles sont sans excuse.

« L'exil, la transportation, la mort, ajoute Schœlcher, le châtiment des complices enfin, pour un verre d'eau, pour cinq francs donnés à un défenseur des lois fuyant la poursuite de rebelles victorieux !

« C'est l'excommunication romaine du moyen âge, l'interdiction du pain, du toit et du feu que les papes prononçaient il y a sept ou huit siècles contre ceux qui résistaient à la Sainte Eglise!...

« En mettant de côté le scandale de ces poursuites pour cause de résistance à une violation flagrante de la loi, quoi de plus sauvagement cruel que ces peines prononcées pour *recel des coupables?*

« Ce qui fut une vertu dans tous les pays et dans tous les âges, aux époques les plus incultes comme chez les peuples les plus barbares, la sainte hospitalité envers les malheureux, est, aujourd'hui, sous l'empire de l'ancien fugitif de Ham, châtiée comme un crime!

« On ne poursuit plus seulement en France les faits politiques, les opinions, mais l'amitié, la pitié, l'humanité, la charité!

« L'hospitalité donnée à des vaincus est punie de *vingt ans de travaux forcés*! Cela encore, quand le combat est fini, quand le sang ne bout plus dans les veines; quand on n'a pas même pour excuse l'exaspération de la lutte!

« Il faut remonter jusqu'à l'inquisition, jusqu'à Héliogobale, jusqu'à Tibère, pour trouver des actes aussi farouches!... »

Revenons à la double exécution de Martin Bidauré par l'ordre du préfet Pastoureau. Il est à noter que c'est un journaliste du parti de l'*ordre*, nommé Maquan, le seul écrivain qui l'ait racontée et qu'aucun journal de l'époque n'en fait mention.

Il est au moins singulier que cette abominable atrocité qui eut, par la suite, un immense retentissement non seulement dans le Var, mais dans la France entière soit, en quelque sorte, passée inaperçue au moment même de sa perpétration. En tous cas, le préfet Pastoureau a protesté avec énergie contre cet acte de lâcheté en affirmant que, non seulement il fut complètement étranger, mais qu'il l'ignorait même. Selon ce fonctionnaire, Martin aurait été, dans la première rencontre, à demi massacré par les gendarmes, agissant sans ordre supérieur, et que la responsabilité de la seconde exécution du blessé, si elle a eu lieu, retombe sur l'autorité militaire.

Dans tous les cas, si Martin Bidauré ne fut pas exécuté deux fois, ce n'est pas à l'humanité des autorités civiles et militaires que l'on doit en savoir gré. Généraux, préfets et simples gendarmes ont de plus sanguinaires et de plus effroyables actes à leur bilan.

CHAPITRE LXXVII

L'ordre règne. — La Société des Montagnards. — Façon expéditive de créer des municipalités. — Terreur et espionnage. — Les prisons regorgent. — Au dépôt de la Préfecture de Police. — Louis Bonaparte poussé aux rigueurs. — Les Commissions mixtes.

Aussi, après quinze jours de lutte, *l'ordre* régnait en France, dans les départements comme à Paris.

Les quatorze départements soulevés, maintenant mutilés, ne troublèrent plus désormais la paix publique!

Louis Bonaparte marqua sa victoire par les plus terribles représailles.

Il aurait pu, cependant, se montrer généreux car, ayant appelé la France à un scrutin, le 20 décembre, *sept millions quatre cent quarante mille* OUI, contre *quatre-vingt-un mille* NON, approuvaient le coup d'Etat.

« Me voici absous — dit-il à Baroche, qui lui présentait le résultat des votes. — Je suis sorti de la légalité pour rentrer dans le droit.

« Il eut dû rentrer aussi dans la clémence — dit Alfred Bertezène. — » Mais les Morny, les Saint-Arnaud et la troupe d'aventuriers qui l'entouraient ne se croyaient pas assez affermis.

Ils déployèrent, pour consolider leur autorité et prévenir tout réveil de l'esprit démocratique, une sévérité qui alla jusqu'à supprimer le simple exercice de la liberté individuelle. Les préfets devinrent de véritables despotes, concentrant dans leurs mains les pouvoirs civils, militaires et judiciaires.

Des *Commissions mixtes*, formées d'un procureur, d'un général de brigade, d'un commandant de gendarmerie et du préfet, fonctionnèrent dans chaque département et condamnèrent sans appel.

« Le tribunal révolutionnaire, en 1793, les Cours prévôtales, sous la Restauration, étaient certes des tribunaux d'exception; cependant, il y avait alors des débats publics, contradictoires. Les Commissions mixtes, au contraire, frappèrent dans l'ombre et sans procédure des milliers de citoyens.

« Des arrestations en masse furent opérées.

« Enfin, pour procéder avec plus de rapidité, un décret présidentiel ordonna « la transportation immédiate à Cayenne ou à Lambessa, de tout individu ayant fait partie d'une société secrète. »

La principale de ces sociétés était celle des Montagnards.

Formée dans le but spécial de résister à un coup d'État prévu, elle s'était décentralisée vers la fin de 1851 pour devenir, en quelque sorte, départementale, et se cachait généralement sous la forme d'association de secours mutuels.

On y attirait le paysan sous le prétexte de la *conquête du droit au travail*, et ce n'était que lorsqu'il était dégrossi, endoctriné qu'on l'instruisait de ses obligations qui, tout en l'effrayant, lui inspiraient l'orgueil de se croire un redoutable conspirateur.

Ces obligations étaient :

« Défendre Marianne, c'est-à-dire la République, que nombre d'entre eux personnifiaient en une forte et puissante matrone.

« Se munir secrètement d'armes et de munitions.

« Obéir passivement à l'ordre reçu des chefs.

« Garder le secret. »

Quand il était pénétré de ces devoirs, l'affilié recevait l'initiation.

On empruntait le cérémonial à la Franc-Maçonnerie et à d'autres anciennes sociétés secrètes, afin de frapper davantage l'esprit religieux, superstitieux du néophyte, chez lequel la libre-pensée était encore chose inconnue.

On l'introduisait, yeux bandés, dans la salle, et la main posée sur un glaive, quelquefois sur un crucifix, il devait répondre aux questions suivantes :

— Jures-tu de défendre la République, démocratique et sociale ?

— Je le jure par le Christ!

— Jures-tu de ne jamais révéler les secrets de la Société qui t'admet dans son sein?

— Je le jure par le Christ!

— Jures-tu de punir de mort les traîtres, si tu en recevais l'ordre de tes chefs ?

— Je le jure par le Christ!

— Jures-tu de prendre les armes au premier signal de tes chefs, de quitter père, mère, femme, enfants, pour voler à la défense de la liberté ?

— Je le jure trois fois par le Christ !

Après ces serments, on lui débandait les yeux, on lui donnait la fraternelle accolade et on le proclamait Montagnard.

Dans les Cévennes, le cérémonial était plus simple. Le néophyte, les yeux bandés, étendait sa main sur un poignard ou un sabre et disait :

« Par ce fer, symbole de l'honneur, je jure d'armer mon bras contre toutes les tyrannies politiques et religieuses. »

Le chef lui étendait les mains sur la tête, en le proclamant admis :

« Je te baptise enfant de la Montagne. »

Mais ceci n'est que risible. Ce qui est sérieux c'est que plus de *cent vingt mille* républicains atteints par le décret du Président, furent subitement arrachés à leurs foyers et disparurent, un grand nombre pour ne plus revenir.

On licencia les gardes nationales qui, cependant, avaient donné en maints endroits des gages à l'ordre ; on supprima les journaux qui faisaient preuve de quelque indépendance et un bureau de censure fonctionna avec la dernière rigueur.

« L'espionnage — dit Alfred Bertezène — fut élevé à la hauteur d'un principe de gouvernement. Dans les cafés, au théâtre et jusque dans les bals, des oreilles étaient aux écoutes pour surprendre une conversation au passage et y trouver les éléments d'une dénonciation. Soudain, un danseur était enlevé par les gendarmes au milieu d'un quadrille... Les gardes-champêtres, dans les villages, étaient de véritables mouchards embrigadés par la préfecture et toujours prêts à signaler les citoyens indépendants pour toucher la prime offerte à la délation.

« Dans les longues soirées d'hiver, on apercevait, dissimulées dans les encognures, collées contre les portes, ou assises sur le rebord des fenêtres, des ombres redoutables cherchant à saisir les bruits de la veillée. Il était prudent de passer son chemin en toute hâte sans rechercher ce que pouvaient bien faire en un tel endroit, à une pareille heure, ces silhouettes sinistres.

« Malheur à la famille qui, s'étant vu arracher un être aimé, se répandait dans le silence de la nuit, en pleurs, non assez étouffés, ou en protestations trop bruyantes ! Le lendemain, au petit jour, les gendarmes apparaissaient et entraînaient une nouvelle victime. »

Le silence se fit comme sous le Consulat, sur les affaires publiques. Une police traquait, une magistrature condamnait, un clergé chantait « *Salvum fac Napoleonem* ! »

Le coup d'État frappa deux cent cinquante journaux représentant une valeur approximative de quinze millions de francs et procurant l'existence à près de vingt mille personnes, dont quatre mille à Paris.

Ceux-là même qui demeurèrent neutres, tombèrent sous le poids écrasant du timbre, du droit de poste et de l'augmentation du cautionnement, porté de vingt quatre mille à cinquante mille francs. Il ne resta plus que les officiels et ceux qui avaient de solides appoints.

Pour qui se souvient des journaux parisiens, dans leurs plus brillants jours de vivacité, d'intelligence et d'esprit, — écrivait à cette époque une revue anglaise — leur aspect actuel est vraiment lugubre. Publications de nouvelles sans nouvelles, organes politiques sans politique, ils ne vivent que pour transcrire le *Moniteur* dont chacun d'eux est un autre lui-même, plus ou moins varié par des éphémérides, des almanachs, des nécrologies, le cours des marchés, les prix quotidiens de la soie, du bétail à corne, des sénateurs et des porcs, l'état des derniers fonctionnaires qui ont prêté leurs serments, et de ceux qui ont touché leurs gages et des dissertations pour l'édification des vieillards. C'est une troupe de croquemorts, revêtus de la lugubre livrée, et en route pour le Père-Lachaise de la liberté constitutionnelle. Le *Charivari* lui-même a pris une leçon de tristesse.

Malheur au journaliste indépendant! Les filets de la police sont jetés en Belgique, à Londres, partout; une loi nouvelle le rend passible d'une pénalité *criminelle* pour des offenses commises à l'étranger.

Nous avons parlé de cent vingt mille victimes du décret. L'effet s'en fit bientôt sentir.

Les bras manquèrent pour les travaux des champs. Dans les départements du Var et des Basses-Alpes, par exemple, les olives, richesse du pays, les arbres séchèrent sur pied.

Toutes les prisons regorgeaient. Le Château-d'If, les forts Saint-Jean et Saint-Nicolas, à Marseille; le Château-des-Papes, à Avignon; la vieille tour de Nevers, le fort de Ham, les casemates de Paris, les vieux et sinistres donjons du moyen âge, les non moins sinistres citadelles de notre philanthropique civilisation, engloutissaient des milliers de citoyens.

Le 15 décembre, Barcelonnette, le dernier centre de résistance, fut occupé par le préfet des Basses-Alpes, à la tête de quelques compagnies d'infanterie.

Mais dans toutes ces localités, sièges d'insurrection et dont les maires, les adjoints, les conseillers municipaux étaient ou arrêtés, ou fusillés, ou en fuite, il fallait reconstituer les municipalités. Tâche peu facile; personne ne voulait accepter de fonctions publiques.

On trouve dans le *Mémorial d'Aix* une des façons originales de procéder au remplacement des disparus.

Le commandant d'un régiment de ligne arrive dans une commune.

Il demande le maire.

— Le maire est parti dans la montagne — répond-on — avec tous les hommes valides.

— L'adjoint?

— Parti aussi.

— Y a-t-il quelque conseiller municipal?

— Aucun. Ils sont tous avec le maire.

Il fallait pourtant au chef de la petite colonne une administration quelconque pour délivrer des billets de logement et préparer des vivres à la troupe.

Il avise sur la place un habitant qui lui paraît d'assez bonne mine.

— Hé! Vous, là-bas! Approchez un peu.

L'autre, pas très rassuré, s'avance.

— Qu'est-ce que vous faites ici? — lui demande le colonel — Qu'elle est votre profession?

— Je suis rentier, monsieur le colonel.

— Rentier, très bien. Ami de l'ordre, alors? Je vous nomme maire.

L'autre se récrie:

— Monsieur le colonel, pardon! Vous me faites beaucoup d'honneur... Mais, diable! Dans les temps où nous vivons, je ne veux pas d'un emploi aussi périlleux... Ah! non!

Le colonel jure mais n'insiste pas. Il fait signe à un autre homme d'approcher.

— Voulez-vous être maire?

— Non, Monsieur le colonel, merci!

Un autre interpelé refuse pareillement.

Le colonel entre en une violente colère.

Il fait avancer quatre soldats et un caporal.

— Empoignez-moi cet homme-là — dit-il, en désignant le dernier récalcitrant.— Conduisez-le à la mairie. Enfoncez les portes et installez ce particulier sur le fauteuil de maire. S'il résiste, qu'on le fusille!

Le nouvel élu — d'une si singulière façon — n'avait plus, en présence de tels arguments, qu'à se soumettre. Un arrêté de nomination fut aussi vite improvisé qu'un magistrat municipal.

On lui fabriqua un adjoint et des conseillers par le même procédé expéditif.

Après tout, ils remplirent peut-être aussi bien leurs fonctions que les autres.

Nous avons dit que les prisonniers étaient jetés dans les geôles devenues trop étroites.

A Nevers, des cellules grandes à peine pour cinq ou six hommes en contenaient dix ou douze, asphyxiés non seulement par le manque d'air, mais par un baquet ouvert destiné aux excréments de tous et que chacun, à tour de rôle, vidait une fois seulement par vingt-quatre heures.

On a vu que les insurgés arrêtés à Paris furent dirigés sur la prison cellulaire de Mazas et sur les forts de Bicêtre et d'Ivry. Mais ils durent auparavant passer par le dépôt de la Préfecture de police.

Ceux qui séjournèrent dans ce bouge ont déclaré depuis que nulle part, même sur les pontons, leurs souffrances n'ont été aussi cruelles.

Pendant trois jours et trois nuits, *huit cent trente-trois* personnes furent entassées dans

Des paysans, des ouvriers, étaient entassés dans les entreponts infects des navires de guerre.

une salle sans air. Les malheureux, pressés les uns contre les autres, ne pouvaient ni marcher ni s'asseoir, et, supplice qui rappelle ceux de l'Inquisition, ils étaient obligés de s'engrener en quelque sorte les uns dans les autres pour goûter debout quelques moments de sommeil troublé.

Pour leur faire place, on mit successivement en liberté, au fur et à mesure des arrivées, les prévenus de vagabondage et de la police correctionnelle.

On voyait les républicains traverser, menottes aux mains, les villages, les villes, les campagnes, suivis de leurs familles en pleurs, et défiler devant leurs maisons abandonnées.

Plusieurs même furent traînés en prison, une corde au cou.

Des paysans, des ouvriers passaient de la lumière, de l'air libre aux ténèbres des tours féodales, aux entreponts infects des navires de guerre.

Il faut rendre justice à Louis-Napoléon, que ces infamies se firent contre son gré. La clémence lui fut interdite.

Il rêvait de jouer le rôle d'Auguste :

Ainsi toujours les dieux vous daignent inspirer !
Qu'on redouble demain les heureux sacrifices
Que nous leur offrirons sous de meilleurs auspices,
Et que vos conjurés entendent publier
Qu'Auguste a tout appris et veut tout oublier.

Mais quand il ouvrait la bouche à ce sujet, il soulevait, nous le répétons, l'indignation et les protestations de son entourage.

On lui démontrait qu'une clémence, qu'on taxait de faiblesse, perdrait tout ; on le poussait à de nouvelles rigueurs.

Saint-Arnaud lui faisait des observations de ce genre : « Vous rêvez des ménagements, vous rêvez des grâces, vous doublez une dangereuse audace, vous creusez l'abîme et vous y tomberez tôt ou tard, si vous n'y faites pas attention. »

De son côté, le colonel Espinasse, chargé de reviser, avec le général Canrobert et M. Quentin-Bauchard, l'œuvre des *commissions mixtes*, se plaignait de ce qu'il appelait leur excès d'indulgence. « Je reviens, écrivait-il, avec la conviction profonde que dans tous les départements que j'ai parcourus, les commissions n'ont péché que par excès d'indulgence. Puissent-elles n'avoir pas à se repentir d'avoir laissé échapper une occasion peut-être unique de désorganiser l'anarchie! Des mises en liberté produiraient une impression déplorable dans le pays. »

« Frappez, frappez, — disait-on de tous côtés au Président — si vous ne frappez pas, tout va recommencer. Les rouges sont contenus, mais non convaincus et prêts à rallumer la guerre civile; il ne faut pas s'endormir et croire que tout est fini. »

La duchesse de Vicence se lamentait : « On est trop indulgent, il va y avoir une nouvelle levée de boucliers. »

Le général de Castellane, de congé à Paris, s'étant rendu chez la princesse de Liéven, trouva toute l'assistance tremblante et consternée. Le bruit venait de courir que les décrets de transportation ne seraient pas exécutés. Il eut beaucoup de peine à rassurer tout ce monde. « Quand on n'a pas été témoin d'une réaction de la peur, on a peine à s'en figurer l'impétuosité et l'aveuglement », remarque Emile Ollivier. Ajoutons : la hideur et l'infamie.

Qu'étaient ces *commissions mixtes* que le colonel Espinasse trouvait si indulgentes et si débonnaires? Elles furent instituées au commencement de février, par une circulaire ministérielle. On les a comparées aux *cours prévôtales* de la Restauration, mais cette comparaison manque de justesse, car les cours prévôtales, si elles jugeaient sommairement et sans appel, admettaient du moins le débat contradictoire et la défense en audience publique, ce qui ne fut pas le cas des commissions mixtes, puisqu'elles condamnèrent un grand nombre de républicains sans s'astreindre à la moindre procédure légale.

Avant elles, avaient fonctionné les *commissions militaires*. Dans l'*Histoire d'un Crime*, Victor Hugo s'est exprimé au sujet des unes et des autres avec une telle verve, que nous lui laissons la parole, tout récit à côté du sien paraissant incolore.

Nous ajouterons seulement que vingt années plus tard la même palinodie de la justice devait se présenter dans les fameux conseils de guerre qui jugeaient les combattants de la Commune.

L'histoire, ou plutôt les crimes des hommes ne sont qu'une éternelle répétition.

Le gouvernement de la République joua en 1871 avec une égale désinvolture de la liberté et de la vie des citoyens.

« Il y eut deux espèces de justice, dit Victor Hugo, les commissions militaires et les commissions mixtes.

« Les commissions militaires jugeaient à huis clos. Un colonel présidait.

« A Paris seulement il y avait trois commissions militaires. Chacune reçut mille dossiers. Le juge d'instruction envoyait les dossiers au procureur de la République Lascoux, lequel les transmettait au colonel-président. La commission faisait comparaître l'accusé. L'accusé, c'était le dossier. On le fouillait, c'est-à-dire on le feuilletait. L'acte d'accusation était bref. Deux ou trois lignes. Ceci, par exemple :

Nom, prénoms, profession. — Homme intelligent. — Va au café. — Lit les journaux. — Parle. — Dangereux.

« L'accusation était laconique. Le jugement était moins prolixe encore. C'était un simple signe.

« Le dossier examiné, les juges consultés, le colonel prenait une plume et mettait au bout de la ligne accusatrice un de ces trois signes :

— + O

« — signifiait envoi à Lambessa.

« + signifiait déportation à Cayenne. (La guillotine sèche. La mort.)

« O signifiait acquittement.

« Pendant que cette justice travaillait, l'homme sur lequel elle travaillait était quelquefois encore libre, il allait et venait, tranquille; brusquement on l'arrêtait et, sans savoir ce qu'on lui voulait, il partait pour Lambessa ou pour Cayenne.

« Sa famille souvent ignorait ce qu'il était devenu.

« On demandait à une femme, à une sœur, à une fille, à une mère :

« — Où donc est votre mari ?

« — Où donc est votre frère ?

« — Où donc est votre père ?

« — Où donc est votre fils ?

« La femme, la sœur, la fille, la mère, répondaient :

« — Je ne sais pas.

« Une seule famille dans l'Allier, la famille Préveraud, du Donjon, a eu onze de ses membres frappés, un de la peine de mort, les autres du bannissement et de la déportation.

« Un marchand de vins des Batignolles, nommé Brisadoux, a été déporté à Cayenne pour cette ligne de son dossier : *Son cabaret est fréquenté par des socialistes.*

« Voici un dialogue exact, et saisi sur le vif, entre un colonel et son condamné :

« — Vous êtes condamné.

« — Ah çà, pourquoi ?

« — Ma foi, je ne le sais pas trop moi-même. Faites votre examen de conscience. Voyez ce que vous avez fait.

« — Moi ?

« — Oui, vous.

« — Comment ! moi !

« — Vous devez avoir fait quelque chose.

« — Mais non, je n'ai rien fait. Je n'ai même pas fait mon devoir. J'aurais dû prendre mon fusil, descendre dans la rue, haranguer le peuple, faire des barricades ; je suis resté chez moi, platement, comme un fainéant (l'accusé rit). C'est de cela que je m'accuse.

« — Ce n'est pas pour cela que vous êtes condamné. Cherchez bien.

« — Je ne trouve rien.

« — Quoi ! vous n'avez pas été au café ?

« — Si, j'y ai déjeuné.

« — Vous n'avez pas causé ?

« — Si. Peut-être.

« — Vous n'avez pas ri ?

« — J'ai peut-être ri.

« — De qui ? de quoi ?

« — De ce qui se passe. C'est vrai, j'ai eu tort de rire.

« — En même temps vous parliez ?

« — Oui.

« — De qui ?

« — Du Président.

« — Que disiez-vous ?

« — Parbleu, ce qu'on peut dire, qu'il avait manqué à son serment.

« — Ensuite ?

« — Qu'il n'avait pas le droit d'arrêter les représentants.

« — Vous avez dit cela ?

« — Oui. Et j'ai ajouté qu'il n'avait pas le droit de tuer les gens sur le boulevard...

« Ici le condamné s'interrompt et s'écrie :

« — Et là-dessus, on m'envoie à Cayenne !

« Le juge regarde fixement le condamné et répond :

« — Eh bien ?

« Autre forme de la justice :

« Trois individus quelconques, trois fonctionnaires destituables, un préfet, un soldat, un procureur, ayant pour conscience le coup de sonnette de Louis Bonaparte, s'asseyaient à une table et jugeaient. Qui ? Vous, moi, nous, tout le monde. Pour quels crimes ? Ils inventaient les crimes. Connaissaient-ils l'accusé ? Non. L'entendaient-ils ? Non. Quels avocats écoutaient-ils ? Aucun. Quels témoins interrogeaient-ils ? Aucun. Quel débat engageaient-ils ? Aucun. Quel public appelaient-ils ? Aucun. Ainsi ni public, ni débats, ni défenseurs, ni témoins, des juges qui ne sont pas des magistrats, un jury où il n'y a pas de jurés, un tribunal qui n'est pas un tribunal, des délits imaginaires, des peines inventées, l'accusé absent, la loi absente ; de toutes ces choses qui ressemblent à un songe, il sortait une réalité : la condamnation des innocents.

« L'exil, le bannissement, la déportation, la ruine, la nostalgie, la mort, le désespoir de quarante mille familles.

« C'est là ce que l'histoire appelle *les commissions mixtes*. »

Ils sont assis dans l'ombre et disent : Nous jugeons.
Ils peuplent d'innocents les geôles, les donjons
Et les pontons, nefs abhorrées
Qui flottent au soleil, sombre comme le soir,
Tandis que le reflet des mers sur leurs flancs noirs
Frissonne en écailles dorées.

Pour avoir sous son chaume abrité des proscrits,
Ce vieillard est au bagne, et l'on entend ses cris,
A Cayenne, à Bône, aux galères,
Quiconque a combattu cet escroc du scrutin
Qui, traître, après avoir crocheté le destin,
Filouta les droits populaires.

Ils ont frappé l'ami des lois ; ils ont flétri
La femme qui portait du pain à son mari,
Le fils qui défendait son père.
Le droit ? On l'a banni ; l'honneur ? On l'exila.
Cette justice-là sort de ces juges-là,
Comme des tombeaux la vipère.

. . . .

CHAPITRE LXXVIII

Caractère de Louis-Napoléon. — Sa vanité d'auteur. — Proclamation du 8 décembre. — La terreur en province. — Les casemates d'Ivry. — Les horreurs du *Berthollet*. — A bord du *Mogador*. — Le lazaret d'Alger. — Le camp-prison de Douera.

Un fonctionnaire qui a longtemps vécu en contact avec Louis-Napoléon, disait de lui : « Il est romanesque, homme de premier mouvement, bizarre, paresseux, sans suite, égoïste, vaniteux, craignant et haïssant toutes les supériorités. »

Un autre s'exprimait ainsi : « Le fond de son caractère est l'égoïsme. S'il avait envie de faire cuire un œuf, et qu'il n'eût sous la main pour allumer le feu que des billets de banque vous appartenant, il allumerait le feu avec. » « Il a vendu son âme au diable » déclarait le prince Albert, le mari de la reine Victoria, et lord Cowley à qui une dame demandait si le Président de la République parlait beaucoup, répondit : « Il ne parle guère, mais il ment toujours. » A quoi un diplomate, présent à la conversation, ajoutait : « Il ment avec tant d'habileté, que l'on n'ose même pas croire le contraire de ce qu'il dit. »

Un de ses héros favoris était *Hernani*. Il ne se lassait pas de lire et de relire la pièce de Victor Hugo. Ce qu'il y admirait le plus était le passage où le chevaleresque adversaire de Don Carlos, se présente à Dona Sol, comme un homme poussé par la fatalité, obéissant en aveugle à une force inconnue :

Tu me crois peut-être
Un homme comme tous les autres, un être
Intelligent, qui court droit au but qu'il rêva.
Détrompe-toi. Je suis une force qui va !
Agent aveugle et sourd de mystères funèbres !
Une âme de malheur faite avec des ténèbres !
Où vais-je ? Je ne sais. Mais je me sens poussé
D'un souffle impétueux, d'un destin insensé.
Je descends, je descends et jamais ne m'arrête.
Si parfois, haletant, j'ose tourner la tête,
Une voix me dit : marche ! et l'abîme est profond
Et de flamme ou de sang, je le vois rouge au fond.
Cependant à l'entour de ma course farouche
Tout se brise, tout meurt. Malheur à qui me touche !

— Que c'est donc beau ! — disait-il un jour à l'un de ses fidèles qui le surprit, plongé dans une profonde méditation, le drame d'*Hernani* en main, ouvert précisément à la page où se trouvent ces vers.

— Je sais ce que vous admirez là-dedans, lui fut-il répondu.

— Quoi donc, je vous prie ?

— Ce sont ces paroles, ce portrait d'un homme entraîné par une destinée irrésistible. Vous songez à cet Hernani qui est *une force qui va*, qui n'est pas un *homme comme les autres*...

— Ah ! — répondit Louis-Napoléon, — que vous m'avez bien deviné !

« Cet homme, qui vivait dans le pays des rêves, dit Arvède Barine, — possédait un empire sur lui-même qui le rendait malaisé à pénétrer pour ses plus familiers. Les Parisiens de ma génération se rappellent tous son regard terne et vide sous des paupières demi-closes. Il se l'était donné en 1848, par un exercice assidu, en entrant dans la vie publique. La première fois que madame Cornu le vit avec ce regard mort, elle lui demanda ce qu'il avait aux yeux. « Rien » répondit-il. Le lendemain elle revint à la charge et le confessa. Il lui avoua aussi que les grosses moustaches que l'on connaît avaient pour but de cacher l'expression de la bouche. Ainsi masqué, il était impossible, quand on lui parlait, de deviner s'il avait entendu.

« Il est à remarquer qu'il n'étouffait pas ses impressions; il les emmagasinait. Un jour, après un entretien auquel madame Cornu avait assisté et pendant lequel il s'était montré parfaitement calme, il brisa son mobilier pour soulager la colère qu'il avait amassée.

« Il avait le goût de l'imprévu, le besoin d'étonner et d'éblouir, une passion si forte des coups de théâtre, qu'il en faisait même à ses ministres pour jouir de leur effarement ; son effet produit, il devenait indécis, à la fois entêté et sans suite dans ses idées. L'imagination chez lui l'emportait sur le caractère. Elle le jetait dans des entreprises qu'il regrettait ensuite : lors de la tentative de Boulogne, quand il fut à la moitié de la Manche, il eut envie de retourner en arrière.

« Il aimait les voies détournées. Quelqu'un qui l'avait beaucoup connu disait qu'il *gouvernait en conspirateur*. Ayant des propositions importantes à faire au pape, il imagina de mêler à la négociation une jeune femme avec qui il avait été lié et qui se trouvait alors à Rome. Il lui écrivit qu'il la suppliait, au besoin lui ordonnait, au nom du passé, de « s'employer à obtenir le consentement du pape ». La dame obéit naïvement et se présenta au Vatican pour prêcher le pape. On la mit à la porte sans cérémonie. Elle a eu l'imprudence de montrer la lettre, en sorte que l'anecdote passera à la postérité.

« Il était égoïste et il avait en même temps une certaine bonté ! Madame Cornu lui disait souvent qu'il avait la *sensibilité dans l'œil*. La détresse qu'il voyait de ses yeux le touchait vivement; celle qu'il ne voyait pas lui était indifférente. Un petite fille était venue le remercier de quelque secours d'argent donné à sa mère ; il se mit à sangloter en la voyant pleurer. En revanche, les massacres et les déportations de 1851-1852, ne l'affectèrent en aucune façon. « Il est tout à fait à son aise, car sa conscience ne lui reproche rien, » disait à ce propos madame Cornu ; et elle ajoutait charitablement : « A vrai dire, aucun Bonaparte n'a jamais été gêné par sa conscience. »

Il attachait beaucoup d'importance aux différentes élucubrations qu'il avait composées. Son *Histoire de César* lui sembla une œuvre tout à fait remarquable tant pour le fond que pour la forme. Il aimait beaucoup qu'on lui fît des éloges de ses livres, et, toutau moins qu'on les lût, qu'on lui en parlât et qu'on en discutât avec lui les idées. Bref, il avait la vanité d'auteur passablement développée. Quand en décembre 1848, il prit Odilon Barrot comme ministre de la justice, il lui dit qu'il désirait beaucoup lui exposer ses théories gouvernementales.

Le ministre salua et répondit :

— Et moi je désire vivement les connaître.

— Quand un homme, — continua Louis-Napoléon, — est à la tête d'une nation comme la France, il est tenu de faire de grandes choses. Vous avez lu mon ouvrage sur l'*Extinction du paupérisme* ?

Odilon Barrot avoua que non.

— Je vais vous en donner une idée.

Là-dessus, Louis-Napoléon se lança dans une analyse fort prolixe et fort compliquée de l'ouvrage. Après quoi, son malheureux interlocuteur ou plutôt auditeur, dut encore subir la lecture de nombreux chapitres des *Considérations politiques et militaires sur la Suisse*, des *Rêveries politiques* et des *Idées napoléonniennes*, et toute l'entrevue se passa en explications, commentaires et dissertations sur les œuvres complètes du chef du gouvernement.

. . . .

Le 8 décembre parut une proclamation de Louis-Napoléon au peuple français. « Les troubles sont apaisés, — disait-il.— Quelle que soit la décision du peuple, la société est sauvée. La première partie de la tâche est accomplie ; l'appel à la nation, pour terminer les luttes des partis, ne faisait, je le savais, courir aucun risque sérieux à la tranquillité publique. Pourquoi le peuple se serait-il soulevé contre moi ? Si je ne possède plus votre confiance, si vos idées ont changé, il n'est pas besoin de faire couler un sang précieux ; il suffit de déposer dans l'urne un vote contraire. Je respecterai toujours l'arrêt du peuple. Mais, tant que la nation n'aura pas parlé, je ne reculerai devant aucun effort, devant aucun sacrifice pour réprimer les tentatives des factieux. » Il terminait par des louanges au dévouement et à la discipline de l'armée et en adressant aux ouvriers parisiens ses plus chaudes félicitations et ses remerciements les plus chaleureux pour le bon esprit dont ils avaient fait preuve.

Le même jour où parut cette proclamation dans laquelle il n'était aucunement question de la République, le *sauveur de la société* signait un décret atroce, donnant à l'administration la faculté de déporter à Cayenne, par mesure de sûreté générale et cela sans jugement, sans comparution personnelle, sans débats, sans interrogatoire et pour ainsi dire selon son bon plaisir, *les individus reconnus coupables d'avoir fait partie d'une société secrète*. « C'était — disait alors Emile Ollivier, — l'autorisation donnée en blanc de transporter, sous prétexte de société secrète, quiconque déplairait ou gênerait par n'importe quel motif. »

Quelques jours après la publication des votes du plébiscite dont voici les chiffres officiels :

En faveur du 2 décembre	7.439.216	oui
Contre le 2 décembre	649.737	non

trois nouveaux décrets parurent dans le *Moniteur*, frappant un grand nombre de représentants républicains.

Ces trois décrets étaient signés Louis-Napoléon, contre-signés de Morny et portaient cette mention : *Le Conseil des Ministres entendu.*

Le premier décret désignait pour la transportation à Cayenne, cinq représentants convaincus d'avoir pris part à l'insurrection. C'étaient Marc Dufraisse, Greppo, Richardet, Mathé, Miot. Il y a lieu de remarquer qu'un peu plus tard, à la prière de Georges Sand, cette transportation fut commuée en exil, sauf pour Miot déporté en Algérie.

Le second décret expulsait de France avec menace de déportation, s'ils étaient saisis sur un territoire français, soixante-six représentants, parmi lesquels se trouvaient Victor Hugo. Schœlcher, Madier de Montjau, Esquiros, de Flotte, Raspail, etc.

Le troisième décret frappait d'un exil temporaire dix autres représentants, au nombre desquels on comptait Changarnier, Lamoricière, Bedeau, Leflo, Rémusat, Emile de Girardin, Edgar Quinet, Thiers, etc.

Le nom de Georges Barrel ne figurait sur aucune des listes de proscription.

« A la suite de ces décrets — dit Emile Ollivier — il y eut un véritable déchaînement de persécutions surtout dans le Midi, où l'on passe vite du couard aplatissement à la férocité des représailles. Les effarés qui avaient blêmi dans l'attente du spectre exterminateur de 1852, se ruèrent à la vengeance ; plusieurs, d'abord contraints au coup d'Etat, s'y rallièrent afin de mieux satisfaire leur haine à son ombre. Les passions les plus viles se donnèrent carrière : tel petit propriétaire, honnête et inoffensif, fut arrêté parce que naguère, il avait refusé de vendre son bien à un proscripteur. »

Sur tout le territoire de la République, il y eut d'innombrables arrestations. Dans son *Histoire du second Empire*, Taxile Delord s'exprime ainsi à ce sujet : « Le but des vainqueurs du 2 décembre étant de propager et de surexciter la terreur des esprits pour justifier leur victoire, les emprisonnements s'opéraient en masse par les ordres des préfets, des sous préfets, des maires, des généraux, qui toléraient chez leurs agents inférieurs des attentats semblables contre la liberté individuelle des citoyens. Tout ce qui portait une épaulette, une écharpe, une carte d'agent de police, se croyait en droit d'ordonner des incarcérations. Nulle différence entre les départements soumis à l'état de siège et les autres départements ; partout l'arbitraire, tempéré uniquement par le caractère et par l'humeur des fonctionnaires. Le commandant militaire dans les Basses-Alpes, installa des garnisaires chez les fugitifs et fit placer leurs biens sous le séquestre. Tout individu convaincu d'avoir donné des secours en vivres et en argent à un citoyen qualifié d'insurgé, et de lui avoir accordé un asile, était considéré comme un complice de l'insurrection et traité avec toute la rigueur des lois militaires.

« Les hommes du 2 décembre, se posaient en sauveurs de la société. Chaque département fut donc obligé de fournir à la déportation son contingent, qui varia selon le zèle des préfets, trop bien servis par *les jalousies*, *les rancunes*, *les haines de petites villes* et par les dénonciations arrachées aux paysans effrayés. Des convois de prétendus insurgés sillonnaient toutes les routes, sans compter les prisonniers que les voitures cellulaires dérobaient aux regards. »

Ravold, auteur d'une très belle *Histoire de Lorraine*, fut une des victimes des Commissions mixtes. Enfermé d'abord à la Conciergerie de Nancy, en compagnie d'autres républicains (on en avait arrêté en moyenne un par canton, afin, — dit-il, — de propager et de généraliser la terreur) il fut de là conduit au fort d'Ivry, puis à Bicêtre et enfin expédié en Algérie, au camp-prison de Douéra. Il a laissé un récit fort intéressant des épreuves qu'il eut à supporter, avec ses compagnons. Nous en extrayons les quelques pages suivantes relatives aux casemates du fort d'Ivry et du camp de Douera.

« Le jour n'était pas encore levé quand le train arriva à la magnifique gare du chemin de fer de Strasbourg. Dès que les wagons se furent arrêtés, les soldats ouvrirent les portières pour nous faire descendre, mais ils reçurent aussitôt l'ordre d'attendre des intructions subséquentes. Quelques instants après; des gendarmes mobiles vinrent nous conduire dans l'une des pièces qui longent les rails. Nous quittâmes l'ancienne escorte avec quelque regret. Deux jours de contact, certaines prévenances empreintes de cordialité nous avaient familiarisés avec ces hommes sur la figure desquels, au reste, on ne lisait rien de la morgue et de l'empreinte farouche qui, comme un stigmate hideux, se trouvaient gravées sur les physionomies revêches des nouveaux gardiens. L'appartement dans lequel on nous introduisit était presque noyé dans l'ombre. La pâle lumière qui y régnait ajoutait encore, par sa lueur indécise, à l'aspect sinistre des gendarmes qui nous entouraient. Après un quart d'heure d'attente environ, on nous fit passer dans une pièce contiguë ; là, un colosse coiffé d'un bonnet à poil, nous dit d'une voix sèche et sonore :

« — Vous allez traverser Paris! Nous sommes militaires, nous ne connaissons que la consigne. Elle nous dit de passer par les armes celui qui bougera, qui poussera un cri. Il faut obéir et être docile, sinon, nous fusillerons sans pitié le récalcitrant. Tenez-vous-le pour dit. » « — Gendarmes, ajouta ce Démosthène de caserne, portez armes, charge à volonté! »

« C'était la seconde fois que pareille comédie se jouait sous nos yeux ; elle resta sans effet. Les armes chargées, on sortit. Deux voitures cellulaires stationnaient devant la porte ; on nous y fit monter. Nous étions littéralement encaqués comme des harengs et dans une impossibilité absolue de changer de position. On ferma la portière et bientôt le bruit des roues et les cahots de la voiture nous avertiren qu'on était en marche. Où nous conduisait-on? Qu'allait-on faire de nous? Le plus profond mystère enveloppait ces deux questions ; cependant, nous pensions être conduits, soit au fort de Bicêtre, soit au fort d'Ivry.

« La voiture roula longtemps sur un sol pierreux : ce devaient être les rues de Paris. Les mailles trop serrées des jalousies de l'étroite ouverture éclairant notre compartiment, ne nous laissèrent entrevoir qu'une partie du drapeau des lanciers de l'escorte, quelques cheminées et une portion des façades des maisons. Une heure environ après le départ, les cahots devinrent moins rudes ; nous roulions sur un terrain plus doux. Le jour était venu et quelques branches d'arbres attestaient qu'on avait franchi Paris. Encore trois-quarts d'heure de marche et la voiture s'arrêta. Un roulement de tambour se fit entendre ; la portière s'ouvrit : nous étions arrivés.

« En descendant de voiture, nous vîmes, rangé derrière elle, l'arme au bras, un bataillon du 37e régiment de ligne, et, plus loin, les lanciers de l'escorte qui se retiraient. Des deux côtés devant nous s'étendaient de longs bâtiments, et, en face, à l'extrémité d'une vaste cour, se trouvait une ligne de constructions à fleur de rempart : c'était le fort d'Ivry...

« Rien de si lugubre que l'aspect des casemates ; rien de si triste, de si sombre que l'intérieur de ces demeures malsaines. Qu'on se figure, placées au nord du fort, une succession de vastes pièces voûtées, d'environ cinquante mètres de long sur dix de large, faisant saillie sur les remparts contre lesquels elles sont adossées, et ne recevant le jour que par deux demi-ellipses et quelques soupiraux : telles sont les casemates dont l'aire est un ciment noir, très dur. Une table placée à l'extrémité nord, deux bancs, un fourneau rond, un réverbère, deux baquets, destinés, l'un aux besoins de la nature, l'autre à recevoir les rinçures de la vaisselle, deux vases en fer-blanc pour l'eau, une planche qui, des deux côtés, à la hauteur d'un mètre et demi règne le long des parois : tel est l'unique ameublement de ces tristes habitations.

« Après nous avoir séparés par groupes de deux et de trois, les conducteurs ouvrirent l'étroite porte de ces caves. Une odeur nauséabonde, une puanteur insupportable vinrent nous suffoquer : c'étaient les émanations infectes du baquet placé à l'entrée de la casemate. Les compagnons d'infortune auxquels on nous joignait étaient encore couchés. Ils nous accueillirent par le cri de : *Vive la République! Soyez les bienvenus, citoyens!*

« La transition brusque de la clarté du jour

dans l'obscurité dans laquelle nous nous trouvâmes soudain, présenta à nos yeux, une espèce de fantasmagorie dans ces hommes, s'agitant des deux côtés, sur l'aire, dans l'accoutrement bizarre d'une coiffure de nuit. Il fallut quelques instants pour se familiariser avec la clarté douteuse qui nous enveloppait. Mille questions nous assaillirent, D'où venez-vous citoyens ? De quel département? Vous a-t-on bien torturés? etc., etc. Après avoir répondu, nous voulûmes, à notre tour, connaître les sujétions auxquelles on se trouvait soumis ; l'emploi de la journée, mieux encore que les cordiales explications de nos camarades devait nous l'apprendre.

« Un quart d'heure après notre entrée, un gardien vint nous inviter à le suivre, afin de prendre notre lit. Il remit à chacun une paillasse, un rondivel rempli de paille pour oreiller, deux draps et une couverture, puis il nous fit rentrer. La casemate, alors noyée dans un nuage de poussière, offrait l'image de la plus complète confusion. Les prisonniers, levés et habillés, pliaient leurs draps, leurs couvertures, et empilaient les paillasses des deux côtés contre le mur dans le sens de la largeur. Bientôt un roulement de tambour se fit entendre : c'était le signal de la promenade de huit à neuf heures.

« Les portes s'ouvrirent et chacun put en toute liberté prendre l'air dans un enclos, décoré du nom de *préau*. C'était une espèce de parallélogramme, formé par des planches presque juxtaposées et hautes environ de quatre mètres. Des factionnaires, postés à l'entrée de l'enclos et échelonnés autour des palissades, surveillaient la sortie. Pendant les heures de fermeture, une seule sentinelle se promenait devant les six casemates enserrées par l'enclos. Un pareil préau se trouvait à la partie inférieure des casemates et servait pour la sortie des prisonniers qui y étaient renfermés. Nous profitâmes tous de la promenade pour nous rapprocher et nous communiquer nos réflexions, car, comme je l'ai dit plus haut, on nous avait séparés. Nous essayâmes de nous promener ensemble, mais ce fut impossible; le préau trop exigu ne permettait pas la libre circulation de 200 prisonniers. Il fallut se partager par groupes de trois ou quatre.

« Un nouveau roulement de tambour vint bientôt annoncer la fin de la promenade ; il fallait rentrer. On remit alors à chacun de nous une écuelle entière et une demi-miche de pain trop peu cuit; c'était la ration pour la journée. Un quart d'heure après, le cri de : *à la soupe!* poussé par le gardien, en même temps qu'il ouvrait la porte, vint annoncer l'heure du repas.

« Tous les habitants de la casemate, armés de leur écuelle, allèrent sur les pas l'un de l'autre recevoir, dans le préau, sous les yeux des deux geôliers et de quatre factionnaires, la cuillerée de maigre bouillon que leur octroyait la munificence du gouvernement. A dix heures, pareille procession eut lieu pour la réception des légumes ; c'étaient alternativement des haricots, de la purée, des lentilles ou des pommes de terre. Ces quatre mets, avec la soupe grasse et un morceau de bouilli froid, qu'on nous donnait les mardi, jeudi et dimanche, composaient le menu des casemates. Que cette promenade autour du réservoir des vivres était pénible, surtout les premières fois ! avec quelle répugnance on s'y soumettait ! Elle rappelait les humiliantes distributions qui se font, aux portes des hôpitaux, aux deshérités de notre ordre social.

« Le repas du matin terminé, il fallut attendre tristement dans les casemates qu'un troisième roulement de tambour annonçât la plus longue sortie de la journée. Nous eûmes alors, depuis une heure jusqu'à trois, la précieuse liberté de nous voir et de nous promener alternativement ensemble.

« A trois heures, le tambour retentit de nouveau. La sortie était terminée. Il fallait d'ailleurs rincer sa gamelle pour le repas du soir. Ce repas terminé, le gardien faisant les fonctions de facteur vint distribuer les lettres. Avec quelle anxiété, quel religieux silence chacun attendait l'appel de son nom ! Comme il bondissait de bonheur, le pauvre prisonnier auquel on remettait la feuille qui devait le rassurer sur les siens. Hélas ! sa joie devait être bientôt empoisonnée par la tristesse. Une main étrangère avait brisé le cachet et souillé par un visa ces lignes précieuses, trempées peut-être des larmes d'une mère, d'une femme, d'enfants bien-aimés ! Quoiqu'il nous fut impossible de recevoir des lettres de nos familles, qui ignoraient encore le lieu de notre séjour, nous partageâmes la brûlante impatience de nos compagnons d'infortune. La distribution terminée, chacun remit au facteur les lettres préparées pendant la journée. Ces lettres n'apprenaient aux nôtres qu'une faible partie de nos souffrances ; il en coûtait de les attrister par la peinture fidèle de notre position. D'ailleurs, quand tel aurait été notre désir, le contrôle du greffe se trouvait là pour faire disparaître les indiscrétions gênantes.

« Après la sortie du facteur, on prépara les lits pour la nuit. Les piles de paillasses furent culbutées et les couches serrées l'une contre l'autre dans le sens de la longueur, afin de donner place au plus grand nombre de lits possible; mais les détenus étaient trop nombreux pour permettre de ranger toutes les couches sur deux lignes ; plusieurs lits durent être placés dans l'espace resté vacant entre les deux files de paillasses longeant les murs. Les préparatifs pour la nuit étaient à peine terminés quand le tambour annonça la troisième sortie. Cinq heures sonnaient. A six heures on nous fit rentrer et, après nous avoir rangés sur deux lignes, un gardien, à la lueur du reverbère, nous compta comme on compte un troupeau de moutons. Nous étions 57 ; cela formait son nombre. Il nous souhaita le bonsoir et sortit.

« La première journée de la casemate était terminée. Nous pouvions comparer la captivité présente avec notre détention à Nancy. Quelle différence ! Ici rien qui rappelle la famille. Arrachés à tous ceux qui nous sont unis par les liens du sang et de l'amitié, nous sommes encore séparés des compatriotes qu'une captivité commune, qu'un contact journalier de trois mois ont rendus nécessaires. Pendant les quatre heures de sortie seulement, on peut se voir, pour parler du pays et se reporter vers les jours passés. Hélas ! que sont ces quelques heures d'épanchement près de ces longs et mortels instants qu'il faut passer sous de sombres voûtes, humides, infectes et empoisonnées par mille exhalations méphitiques. Une table, des bancs, pouvant à peine suffire à vingt personnes, doivent servir à cinquante, soixante et plus. L'hôte infect même, qui rend le séjour de la casemate si désagréable, n'offre pas seulement le triste avantage de remplir commodément son but. Plus de ces mille douceurs qu'une amitié, une attention délicate savaient nous procurer ; une nourriture, à peine assez substantielle pour empêcher la déperdition des forces, les a remplacées. On peut, à prix d'argent, il est vrai, se procurer, près du traiteur, des mets infiniment meilleurs ; mais ils ne nous sont remis qu'au moment où la lenteur, pour ne pas dire le mauvais vouloir, des gardiens à ouvrir les portes, a fait disparaître, par le refroidissement, toute saveur. Point de vin, à moins qu'on ne l'achète près du marchand auquel, deux fois par jour, à l'heure des repas, les portes des casemates sont ouvertes. Plus de pépinières où, dans les longues heures de la réclusion, on peut, à travers les barreaux, se réjouir de la vue de sa femme, des ébats de ses enfants. Ici, pour unique horizon après la fermeture, l'aspect des pierres grises de notre cave. Pendant la nuit même, le cri de : « Sentinelles, prenez garde à vous ! », poussé de quart d'heure en quart d'heure, vient troubler le sommeil sur notre dure couche...

« Telle est notre position. Cependant, nous redoutons le départ de ce triste séjour. Bien éloignés de la bouillante impatience qui nous brûlait à Nancy, nos désirs se cramponnent au présent, à ce qui se voit, se sent, se palpe. Nous reculons indécis, devant le mystérieux avenir. Pas plus qu'au moment du départ de la Meurthe, nous ne savons ce qui nous est réservé. Mille versions, mille conjectures différentes, circulant autour de nous, ajoutent encore à l'incertitude première. Selon les uns, les pontons nous attendent ; d'autres parlent de Cayenne ; les moins pessimistes font flotter devant les yeux le fatal mirage d'une détention en Afrique. Personne ne connaît la vérité. On ignore même la signification des mots cabalistiques *plus, moins*, que le décret du 3 février a jeté comme un nouveau Mané, Thecel, Pharès, à la face du monde démocratique. On croit généralement que les condamnés avec la mention *plus* doivent gémir pendant dix ans dans les prisons d'Afrique ; que ceux frappés de *moins* expieront leur républicanisme pendant cinq ans en Algérie ; que Lambessa désigne une prison perpétuelle, etc., etc. Personne, je le répète, ne connaît la vérité. Nos bourreaux, dans tous les départements, dociles au mot d'ordre tombé des lèvres de l'assassin de République romaine, ont soigneusement voilé l'avenir. Je dis dans tous les départements. En effet, nous avons pour compagnons d'infortune des démocrates venus de tous les points du nord, du centre, de l'est et de l'ouest de la France. La grande masse appartient au Cher, à l'Allier, à la Nièvre, à la Seine et au Loiret. Tous font frémir au récit des maux qu'ils ont endurés. Entassés pendant trois mois sur de la paille, comme des pourceaux, dans des cloaques humides ; privés, dans les premiers moments de détention, de la liberté de changer de linge, ces infortunés fournissent la presque totalité des malades, et montrent inscrites, dans leur teint blême et maladif, les traces de longues et atroces souffrances. »

Les prisonniers sortent du fort d'Ivry pour être dirigés sur le Havre.

« ... Des sergents de ville nous conduisirent au milieu des quatre mille hommes environ de l'escorte. Pour la quatrième fois, on fit charger les armes sous nos yeux ; puis, enveloppés des deux côtés par une triple file de fantassins et et une double ligne de cavaliers, séparés par groupes de seize prisonniers, devant et derrière lesquels marchaient quatre gendarmes et quatre policiers, le pistolet au poing, tout le cortège, geôliers et détenus se mit en marche.

« Le soleil à son déclin éclairait la fin d'une radieuse journée de printemps. A Bicêtre, des femmes placées sur le bord de la route, saluant du geste, pleuraient. Nous entrâmes à Paris au milieu d'un nuage de poussière. La foule que nous cotoyons s'écoulait morne, silencieuse et consternée ; quelques hommes se découvrirent ; nombre de femmes, placées sur des balcons ou devant des fenêtres, pleuraient ou agitaient

Le prince se rapprocha d'Hélène et lui prenant une de ses mains il y déposa un baiser.

leurs mouchoirs. Un citoyen, passant avec une charrette, s'arrêta, et, le chapeau à la main, salua sans mot dire, avec des démonstrations sympathiques des plus expressives. Le bruit courut dans nos rangs qu'on l'avait arrêté. Ce n'est que trop vrai, sans doute ! Les décembraillards ne sont-ils pas capables de tout?

« La nuit nous surprit sur les boulevards extérieurs qu'on suivit en sortant de la barrière de Fontainebleau. En arrivant près de la gare du chemin de fer du Havre, des cris perçants vinrent semer l'agitation dans nos rangs. C'étaient les clameurs désespérées d'une sœur qui avait forcé la quadruple file de l'escorte pour chercher son frère parmi nous. Des limiers de police vinrent s'en emparer pour l'emporter dans une maison qu'elle ébranla encore par ses cris de désespoir.

« Nous passâmes vivement émus. Des gendarmes mobiles enveloppaient les abords de la gare. Ils insultèrent à notre impuissance par des apostrophes injurieuses : « Ah ! brigands d'insurgés, nous vous tenons, — disaient-ils. — « Ah ! canailles ! vous n'êtes pas crânes comme « derrière les barricades ! » — Il fallut dévorer une rage impuissante ! Quelques camarades trop peu maîtres d'eux-mêmes, ripostèrent énergiquement. On nous fit monter sur-le-champ dans les wagons. Chaque compartiment reçut huit prisonniers sous la garde de gendarmes armés jusqu'aux dents, et postés aux portières. Nous mourions de chaleur et de soif. Le trajet, fait au milieu d'un tourbillon de poussière soulevé par des milliers de pieds foulant un sol poudreux, avait desséché tous les gosiers. Le convoi se mit en marche. Il était environ dix heures du soir.

« Le jour s'était levé morne et sombre quand

le convoi s'arrêta au Havre. Une partie du 12e de ligne, l'arme au bras, nous attendait au sortir des wagons. On marcha sans désemparer jusqu'au port. Le bateau à vapeur le *Berthollet* chauffait quand nous l'abordâmes ; l'embarquement eut lieu immédiatement. En passant sur le pont, le magasinier remit à tous les transportés une couverture, et au premier de chaque groupe de dix prisonniers une petite plaque en fer blanc ; ce bout de métal le constituait le *marron* des neuf camarades qui le suivaient, c'est-à-dire qu'on lui remettait les vivres destinés à dix.

« On nous fit descendre au second entrepont où nous fûmes littéralement entassés comme des harengs dans une caque. Un rectangle d'environ dix mètres carrés sur un mètre et demi de hauteur se vit peuplé de 175 prisonniers. Les plus épaisses ténèbres régnaient dans cette pièce qu'une lampe triste et enfumée qu'on vint allumer tardivement ne put éclairer. On ne pouvait occuper qu'une seule position ; le peu d'élévation du plafond ne permettait pas de se tenir debout ; il fallait s'asseoir et croiser les jambes comme le font les tailleurs Or, on étouffait sous le double poids de la chaleur et du manque d'air. Deux ventilateurs devaient alimenter les poumons de 175 personnes : c'était plus qu'insuffisant.

« Aussi, à peine le bateau fut-il en marche, que le mal de mer se fit sentir. Après quelques heures de navigation, plus de la moitié des transportés se trouvaient malades. Ordre avait été donné aux gendarmes en faction à l'entrée de ce bouge de ne permettre qu'individuellement et par intervalles, la sortie des détenus forcés de satisfaire aux besoins de la nature. A l'air, déjà vicié par les exhalations de trois cent poumons, vint se joindre bientôt l'odeur infecte des matières vomies. On étouffait dans une atmosphère, une fournaise empestées. Ce n'était pas la plus grande incommodité. Bien souvent, trop souvent, le mal de mer arrivant subitement, ne permettait pas d'atteindre les baquets disséminés dans la pièce, et les voisins en remplissaient le triste office. Chez plusieurs malades la faiblesse était trop grande pour permettre la moindre tentative de locomotion. On dut porter au dehors, plusieurs de nos camarades aussi insensibles, aussi immobiles que des cadavres. Vers neuf heures, on permit à une soixantaine de prisonniers de monter sur le pont ; après une demi-heure de sortie, ils firent place à un pareil nombre pris parmi ceux restés au fond de la cale.

« Pendant la nuit qui suivit l'embarquement, quelques détenus seulement échappèrent au mal de mer. Les lamentations, les recherches souvent infructueuses, dans une obscurité presque complète, d'un baquet pour les malades, firent de cette nuit une véritable nuit d'enfer. Le lendemain, à la pointe du jour, la mer, devenue très houleuse, amena une recrudescence d'indisposition.

« Après une traversée de vingt-six heures, on jeta l'ancre dans la rade de Brest. Le même soir, des chaloupes vinrent nous transporter, avec les gendarmes nos gardiens, à bord de la frégate à vapeur le *Mogador*. Comme à bord du *Berthollet*, on remit à chacun une couverture et un hamac, puis, toujours divisés par groupes, par plats de dix, on nous fit descendre à l'entrepont de l'arrière. Nous étions environ 500, dont 7 nègres et un créole qu'on amena de Brest. Ce ne fut qu'avec beaucoup de peine qu'on parvint à installer les hamacs. L'espace était trop étroit. Il fallu, pour nous loger tous, suspendre deux couches l'une sur l'autre.

« On demeura pendant quatre jours à Brest. Voici quelles étaient nos habitudes à bord du *Mogador*. Vers cinq heures du matin, la trompette sonnait le *branle-bas*. Des cris : *debout! debout!* poussés par les matelots retentissaient dans la batterie ; il fallait, bon gré mal gré, se lever. Chacun pliait sa couverture et son hamac. A sept heures, les *marrons* recevaient le pain ou le biscuit pour le déjeuner. Venait ensuite le café noir. A huit heures, la moitié des transportés montait sur le pont, pendant que le reste des détenus, sous la direction de quelques matelots, lavait la batterie. Les marins, en général, nous témoignaient beaucoup de sympathie ; nos gardiens eux-mêmes s'apprivoisèrent insensiblement. Le dédain dont les accablaient les matelots n'était pas étranger à la métamorphose. A neuf heures et demie, les prisonniers montés sur le pont descendaient à la batterie pour faire place au grand air, à leurs camarades de corvée.

« Vers onze heures, tous les détenus quittaient le pont, puis les chefs de plat allaient chercher successivement le pain, la soupe et la viande. En rade et les deux premiers jours de la traversée on nous donna la soupe et le bœuf; on les remplaça ensuite par des fèves, des *gourgaurs* et des pois. Ces deux derniers légumes n'étaient pas mangeables; ils avaient résisté à l'action de la cuisson et se trouvaient aussi durs que des pierres. Après le dîner, chacun allait, sous la direction de son *marron* respectif, recevoir les trente centilitres de vin qu'on lui versait par jour.

« Quant à l'eau mise à notre disposition, elle se trouvait dans un large tonneau, muni de cinq ou six suçoirs en fer-blanc ; on allait y têter quand la soif se faisait sentir. De toutes les sujétions de la traversée, c'était la plus pénible. Outre la répugnance qu'on trouvait à saisir des lèvres un métal, touché peut-être par une bouche malsaine ou malade, on n'aspirait qu'une eau tiède et goudronnée qui, les premiers jours, répugnait souverainement.

« A cinq heures, venait la dernière distribution de pain et le souper. Ce souper consistait en un baquet de fèves, de *gourgunes* et de pois. Ces trois mets revinrent régulièrement tous les soirs en alternant avec le légume servi à dîner. Or, comme deux de ces mets n'étaient pas mangeables, les transportés, trop pauvres pour faire leurs provisions à Brest, ou trop imprévoyants pour y avoir songé, durent recourir à leurs camarades afin de ne pas souffrir de la faim. A la nuit, venait la plus épineuse de toutes les opérations : c'était l'installation des hamacs. Il fallait une demi-heure d'essais et de pourparlers avant d'arriver à caser tout le monde.

. . . .

« Un temps magnifique, une mer constamment calme favorisèrent la traversée ; aussi, le sixième jour après notre départ de Brest, entrâmes-nous au port d'Alger. C'était le jeudi 27 mai, vers onze heures du matin. L'aspect vraiment magique de cette cité toute orientale, la beauté du site qui l'environne, inspirèrent un enthousiasme universel. Nous saluâmes avec transport cette terre de proscription que notre pied libre allait bientôt fouler. Le cœur débordant de douces espérances, chacun attendit. A la chute du jour, des chaloupes nous conduisirent à terre. Nous pensions aller à la Maison-Carrée, en attendant qu'un commissaire du gouvernement vînt présider à notre mise en liberté ; à notre grand étonnement, on aborda au *Lazaret* d'Alger.

« Cet édifice, bâti sur le bord de la mer, présente sur une grande étendue un rectangle de constructions qui enserrent une cour assez spacieuse. La partie dont la face regarde le port est une série d'appartements aussi propres que simples ; le côté opposé forme une espèce de hallier. Ce sont de simples murs recouverts d'une toiture ; de grandes portes en lattes y donnent accès. Ce fut dans cette partie du lazaret que des sergents, faisant les fonctions de geôliers, nous conduisirent. Ils nous distribuèrent quelques bottes d'une paille qui avait déjà servi à d'autres transportés. Après l'avoir étendue sur l'aire, chacun se livra au repos, dans l'espoir que le lendemain éclaircirait sa mise en liberté ; mais quarante-huit mortelles heures s'écoulèrent avec une lenteur désespérante sans amener le moindre changement à notre position.

« Les sergents geôliers ne connaissaient pas de différence entre les pionniers désignés par *plus* et *moins* ; en leur parlant d'une distinction, on semblait s'exprimer dans une langue étrangère. L'Afrique donc, au lieu des douceurs de la liberté, nous donna la dure couche de la paille qui ne tarda pas à nous infester de la vermine immonde dont quelques prisonniers s'étaient déjà vus incommodés dans les ports. Ce fut un véritable fléau. Bientôt il fallut, le cœur saignant de dégoût, passer chaque jour, ses vêtements en revue, afin de les purger de cette hideuse vermine qui se reproduisait avec une fécondité désespérante...

« Ce fut le jeudi, 3 juin, à sept heures du matin, que nous quittâmes le Lazaret. Dès les trois heures, les mâles accents du clairon vinrent nous éveiller sur notre paille. On pensait partir immédiatement ; mais il fallut quatre longues heures à l'inintelligence et à la paresse des sergents geôliers pour charger avec les bagages les prisonniers invalides ou trop faibles pour parcourir à pied une distance de plus de vingt kilomètres. Enfin, les portes s'ouvrirent. Un détachement du 12e léger attendait sur le seuil du Lazaret. On nous fit traverser une partie de la ville nouvelle. Je renonce à peindre les sensations que nous inspira la vue de la luxuriante végétation du sol africain ; tout, les charmantes villas qui entourent Alger, le costume des indigènes, le palmier, l'olivier, les resplendissantes couleurs des fleurs et des arbres, le cactus, l'aloès, tout ce spectacle nouveau pour nos yeux, nous tint pendant quelques heures sous un charme sans cesse renaissant.

« Midi sonnait quand, après plusieurs haltes, nous arrivâmes à Douéra. Il était temps : la faim et la fatigue se faisaient vivement sentir. D'autre part, il nous tardait de connaître le dernier mot du sort réservé à la transportation ; on voulait voir se déchirer pour jamais le voile qui cachait les desseins de la réaction et de son son digne chef et maître, l'homme du parjure.

« Un émule de Hudson-Lowe, un digne interprète du gouvernement du guet-apens, allait nous l'apprendre. Ce misérable, que la transportation voue au mépris et à l'exécration de l'humanité, porte le nom de *Monnier*. Originaire de Metz, il était lieutenant au septième léger. Avant notre transfèrement à Douéra, il vint au Lazaret s'informer si, parmi les prisonniers, il ne se trouvait pas de ses compatriotes. « *J'aimerais* — dit-il — *de voir près de moi tous mes compatriotes.* » Et il engagea tous les Lorrains à demander l'installation au camp qu'il commandait. Son invitation fut acceptée avec empressement. Le sort plus encore que notre demande réalisa ces vœux imprudents.

« Nous traversâmes Douéra au milieu de la curiosité générale excitée par notre arrivée. Bientôt, les cris mille fois répétés de : *Vive la République !* retentirent à nos oreilles ; c'étaient les *Transportés-Travailleurs* du camp qui saluaient notre arrivée par ce cri d'amour et d'espérance. A l'entrée de la prison, on fit faire halte ; un instant après, l'un des battants de la porte s'ouvrit et l'on ordonna d'entrer. Monnier et le chef de l'escorte, placés des deux côtés de l'étroite ouverture, nous comptèrent à notre passage absolument comme on le fait d'un troupeau de moutons. Lorsque le quatre cent vingtième prisonnier fut entré, la porte se referma et les sergents geôliers vinrent nous ranger sur quatre lignes. Le ciel pur et sans nuages à à notre départ d'Alger, s'était voilé insensiblement. Une pluie fine commençait à tomber au moment où Monnier vint nous haranguer en ces termes :

« Nous ne connaissons ici que deux sortes « de transportés : les *travailleurs* et les *non-* « *travailleurs.* Aux premiers toutes sortes d'é- « gards ; aux autres toutes sortes de rigueurs. « Vous avez à choisir immédiatement. Les tra- « vailleurs auront vingt sous par jour. Que « ceux qui veulent travailler s'avancent vers « moi. »

« Environ moitié des détenus se porta en avant.

« Divisez ces hommes par plats de huit, — continua Monnier, quand toutes les hésitations eurent cessé, et conduisez-les dans les chambrées inférieures du camp.

« Pendant que des sergents-geôliers exécutaient cet ordre, le lieutenant, s'adressant aux non-acceptants, dit :

« Puisque vous ne voulez pas vous soumettre au travail, j'invite ceux d'entre vous qui, sans le secours de l'Etat, par leurs seules et propres ressources peuvent se suffire, je les invite à sortir des rangs. » — Tout ce qui restait de prisonniers se porta en avant. — « Que faites-vous, foutre, s'écria Monnier impatienté, en voyant près de deux cents transportés devant lui. J'entends parler de ceux qui, par un titre de rente sur l'Etat, peuvent me prouver qu'ils disent la vérité.

« Personne ne s'attendait à une exigence si ridiculement absurde ; aussi fit-on un pas rétrograde en s'exclamant sur l'impossibilité d'une pareille preuve de fortune. Monnier s'écria alors avec fureur :

« — Croyez-vous, foutus cochons, que je sois d'humeur à entendre vos explications ? Allez au diable ! Nous vous mettrons au pas. Sergents, emmenez-les moi dans les chambrées supérieures.

« Les geôliers, dociles à l'ordre de leur chef, dirigèrent les non-travailleurs vers leur nouveau logis.

« En y allant, nous pûmes d'un coup d'œil embrasser le camp-prison. C'était une série de constructions, larges environ de cinq à six mètres, bâties sur le contour d'un carré et enserrant une vaste cour. Ces constructions se composaient de simples murs, percés de distance en distance par des fenêtres et recouverts d'une toiture en tuiles supportée par de légers échafaudages en bois.

« Des transportés travailleurs, à notre arrivée, convertissaient la cour en un jardin ; d'autres y creusaient un puits, afin d'alimenter la prison de l'eau qu'on était obligé d'y transporter du dehors.

« On nous introduisit environ cent vingt, dans une chambrée où se trouvait pour chacun une paillasse et une couverture. On ne donna point de draps ; il fallut conserver au corps, nuit et jour, les vêtements qui, depuis plus d'un mois déjà, ne l'avaient point quitté un seul instant. La division du lazaret par plats de huit détenus fut conservée ; trente ou quarante hommes devaient prendre leur repas sur une table et des bancs à peine assez grands pour servir commodément à dix ou douze. La nourriture resta la même qu'à Alger ; seulement, les travailleurs recevaient de plus que nous, par jour, un peu de vin et une petite portion de lard.

« Quant à l'emploi de la journée et au contrôle, à la surveillance de nos geôliers, tout se faisait ainsi qu'il suit : A quatre heures du matin, le clairon sonnait le réveil pour les travailleurs. Une demi-heure leur était accordée pour s'apprêter, puis on faisait l'appel. A cinq heures, ils quittaient le camp sous la direction et la surveillance d'un sergent, pour aller, à quatre kilomètres de Douéra, travailler sur une route, jusqu'au dîner, qu'ils venaient prendre au camp.

« Pour les non-travailleurs, le réveil n'était sonné qu'à six heures. A midi et demi se faisait, à la cour, un appel général. C'était, de tous les exercices du camp, le plus pénible. Il fallait stationner, quelquefois, pendant une demi-heure sous les ardeurs du soleil d'Afrique, en attendant qu'il plut à messire Monnier de venir entendre les observations des sergents. C'est alors qu'il décrochait ses brutales boutades.

« Le lendemain de notre arrivée, on fit venir successivement nos camarades qui avaient accepté le travail, afin de leur distribuer les outils nécessaires à cet effet. Nombre d'artisans qui, la veille, sur l'expression vague du travail avaient étourdiment accepté l'offre du commandant dans l'espoir d'exercer leur profession, se récrièrent vivement et refusèrent de prendre les instruments qu'on leur présentait. Ce quiproquo nécessitait une explication. Monnier la donna le même jour, à l'appel de midi, en ces termes :

« Hier, le mauvais temps m'a empêché de « m'expliquer sur le genre de travail qu'on « doit exécuter. C'est un travail de manœuvre, « de terrassier, et non l'exercice d'une pro- « fession. » En entendant ces paroles, plusieurs travailleurs quittèrent leurs rangs pour venir grossir les nôtres. Monnier, à la vue de cette désertion, s'écria d'un ton violemment courroucé : « Eh, nom de Dieu, que foutez-vous « donc, tas de salauds? qui diable m'a foutu « des bougres de cochon comme ces insurgés-« là ? Morbleu ! le métier de terrassier est « bientôt appris. Une pelle, une pioche, et un « quart d'heure d'exercice suffisent. Foutre, « je l'ai bien fait autrefois, moi, et je suis offi-« cier; je vous vaut bien, quand le diable y « serait. Ah ! vous croyez que cela se fait ainsi, « tas d'insurgés ! attendez ! attendez ! Voici le « mois de juillet qui approche et nous vous « enverrons respirer l'air empoisonné des ma-« rais, où vous crèverez comme des mouches. « Nous saurons vous forcer à travailler ! Pa-« tience ! attendez ! » Se tournant ensuite vers les travailleurs : « N'écoutez pas ceux-là, leur « dit-il en nous désignant, laissez-les faire, « nous les soignerons. Soyez tranquilles; « faites votre devoir ; vous ne vous en repen-« tirez pas. » En achevant ces mots, il se retira. Sa fureur nous suffoqua ; mais chacun imposa silence à son indignation. Nous étions à la merci de ce valet du despotisme ; il fallait se conserver pour sa famille, pour l'avenir. Une protestation n'aurait abouti qu'à faire des victimes, nous avions un bien triste exemple de cette vérité sous les yeux. Dans une prison du camp, se trouvaient une quarantaine d'ex-travailleurs. Toute communication entre eux et nous était sévèrement interdite et rendue impossible par des factionnaires. Or, le seul crime de ces infortunés, c'était d'avoir brisé leur pelles et leurs pioches quand, après un mois de rude labeur, ils ne se virent pas verser le salaire promis. Ils quittèrent Douéra le lendemain. Où les a-t-on conduits ? Nul de nous ne l'a su.....

« Ainsi donc, non content d'avoir arraché ses victimes à leurs familles, à leurs travaux, à leurs terres laissées incultes, non content de consommer la ruine de milliers de citoyens qui vivaient tranquillement et en toute sécurité sous la sauvegarde de la Loi et du Droit, l'infâme gouvernement du guet-apens se faisait un barbare plaisir de les torturer, comme jadis Lacédémone le fit des Ilotes, en les condamnant aux travaux forcés sans fixer le terme d'un si douloureux martyre. Et qu'on ne dise pas que le travail était librement accepté ! Non, mille fois non ! mensonge ! fourberie ! infamie ! On essaya d'abord l'appât ; on employa ensuite l'intimidation ; on recourut enfin à la force. La pioche ou le cachot; le *carcere duro*, le fort Saint-Grégoire avec *dix-neuf centimes* à dépenser par jour ou la pelle ; pas de milieu pour les valides qui ne purent être internés ou qui refusèrent de demander à leurs risques et périls, le séjour d'une localité de l'Algérie. L'Afrique, c'était la Sibérie française ; au lieu des steppes du Nord, le czar du crime eut les ardeurs dévorantes du Sahara. Au lieu des mines, il avait les routes... »

CHAPITRE LXXIX

A l'Elysée. — La mission du commandant Fleury. — Les réclamations de James Dilson. — Démarche d'Hélène de Bertemont. — Le commandant Fleury et Georges Barrel.

Appuyé contre le manteau de la cheminée de son cabinet de travail, le prince-président, les yeux à demi clos, son éternelle cigarette aux lèvres, écoutait, de son air énigmatique et froid, le commandant Fleury, qui lui faisait son rapport sur une mission dont il l'avait chargé.

— Monseigneur, je me suis rendu, suivant vos ordres, au domicile du comte de Bermont, mais je ne l'ai pas trouvé chez lui. Je me suis informé et j'ai appris qu'il était parti depuis plusieurs jours pour une destination inconnue, du moins on n'a pu me l'indiquer.

— Parti sans laisser d'adresse, — fit le prince de sa voix lente et calme — ça ne m'étonne pas. Sans doute sa fille vous a donné ce renseignement ?

— Non, monseigneur... Des personnes habitant le quartier... Mlle de Bertemont a quitté...

Ici le prince interrompit le commandant :

— Quoi ! — s'écria-t-il — serait-elle aussi, partie sans laisser d'adresse ?

Cette phrase, prononcée avec une certaine vivacité, si peu dans les habitudes de Louis-Napoléon, surprit le commandant :

— Mademoiselle de Bertemont — répondit-il — a quitté le domicile de son père, probablement parce qu'il lui déplaisait de se trouver seule. Elle est allée s'installer chez une dame russe de haut rang, la princesse Souvarine... Cette dame a été tuée l'autre jour, sur le boulevard.

— Je connais cette histoire-là — fit le prince avec la plus complète indifférence. — Un membre de l'ambassade russe m'en a parlé. Tant pis pour elle, elle n'avait qu'à se conformer aux avis du préfet de police. D'ailleurs, d'après ce qu'on m'a dit, ce n'est pas une grande perte. Etant jeune, elle fut affiliée à des sociétés secrètes, elle a conspiré contre l'empereur Nicolas, et peut-être conspirait-elle encore. En tous cas, elle avait des accointances fâcheuses. On la surveillait, et il est certain qu'elle aurait été coffrée à son retour en Russie. Donc, il vaut mieux pour elle qu'elle soit morte... Je vous avoue qu'entre la mort et les mines de Sibérie, je n'hésiterais pas... Alors, Mademoiselle de Bertemont s'est installée chez elle? Mais à quel titre? Singulière idée?... Vous l'avez vue, cette jeune fille, mon cher commandant?

— Oui, Monseigneur, au domicile de la Russe en question.

Elle m'a reçu avec un visage assez froid; je dirais même dépourvu d'affabilité, si cette expression pouvait convenir à une aussi charmante figure, mais quand elle a su que je venais de votre part, elle n'a pu retenir un mouvement de surprise et de joie.

— Ah ! ah ! c'est une aimable fille !... Continuez, Fleury.

« — Monseigneur se plaint de ne plus voir le comte — lui ai je dit — et il m'envoyait lui demander pourquoi il devient si négligeant, mais j'ai appris que Monsieur votre père est parti en voyage.

« — En effet — me répondit-elle, en fronçant le sourcil — il est parti, sans dire où il allait. » Puis, passant à un autre ordre d'idées : « Je désirerais, Monsieur, obtenir une audience du président de la République. Comment dois-je m'y prendre ?

« — Rendez-vous au palais de l'Elysée, donnez votre nom et vous serez immédiatement reçue par Monseigneur. » Telle a été ma réponse. C'est bien ce qu'il fallait dire?

— Parfaitement.

« — Dans ce cas — a-t-elle répliqué — annoncez, je vous prie, Monsieur, ma visite au Prince pour aujourd'hui même. J'ai une grâce à lui demander et je tremble qu'il ne soit trop tard. »

— Une grâce ?... De qui diable veut-elle me parler?

— Je ne saurais vous renseigner, Monseigneur.

— Je serais désolé de ne pouvoir la satisfaire.

— Je comprends cela.

— C'est bien, Fleury, je vous remercie. Ne vous éloignez pas, j'aurai peut-être encore besoin de vous.

— Bien, Monseigneur.

Le commandant Fleury revint sur ses pas.

— Un mot encore, Monseigneur; mais sur un autre sujet. Je dois vous faire part d'une rencontre assez désagréable faite hier. Je veux parler de notre gigantesque Américain, lequel s'est permis de m'arrêter en pleine rue, comme si j'avais empilé, en sa compagnie, les harengs de monsieur son père. Il s'est plaint de s'être présenté à deux reprises à l'Elysée, sans qu'on ait voulu le recevoir ; puis, il vous aurait écrit pour vous demander une audience, et vous ne lui avez pas répondu. Cette absence de réponse l'exaspère. Il trouve que ce n'est pas du tout *gentleman like* (se conduire en gentleman).

— Il est assommant, cet animal-là. Croit-il que je n'ai autre chose à faire qu'à m'occuper de lui. Pendant l'émeute, il voulait une sentinelle à sa porte et un escadron de cuirassiers avec l'étendard à sa disposition. Il a des prétentions grotesques. Qu'est-ce qu'il faut encore à ce personnage encombrant ?

— Je l'ignore. Il m'a raconté une histoire à laquelle je n'ai absolument rien compris, où il était question du comte de Bertemont, du colonel Espinasse, du palais de l'Assemblée, de l'ambassadeur des Etats-Unis et de je ne sais quel officier. Il m'a en outre présenté deux factures, celle d'un tailleur et celle d'un chapelier; il en exige le remboursement immédiat et réclame 50,000 francs de dommages et intérêts pour des mauvais traitements que des soldats lui auraient fait subir. Tout cela d'un ton qui ne m'allait guère. A plusieurs reprises, j'ai eu envie de le confier aux bons soins de quatre hommes et d'un caporal. Il est furieux, hors de lui. Si on ne lui donne pas satisfaction et si on ne le décore pas, il fera un scandale horrible et soulèvera un incident diplomatique.

Le prince sourit et dit simplement.

— Mon cher Fleury, écrivez-lui ; je lui accorde une audience.

— Oui, Monseigneur.

Le commandant sortit. Le prince resté seul se promena dans son cabinet de travail. Il avait allumé une nouvelle cigarette, il réfléchissait. A quoi? Etait-ce aux félicitations que la Prusse, l'Autriche et les Etats allemands venaient de lui adresser, aux témoignages d'admiration et aux conseils que l'empereur Nicolas lui prodiguait, le déclarant le sauveur de la France et le restaurateur de l'ordre social en Europe, mais l'engageant aussi à ne pas pousser plus loin, et à se bien garder de rétablir l'Empire? Songeait-il à M. Louis Veuillot qui, après s'être assuré que victoire restait décidément à l'Elysée, s'était écrié avec enthousiasme : « Le 2 décembre est la date la plus antirévolutionnaire de notre époque depuis soixante ans. L'esprit de sédition, sous toutes ses formes, a éprouvé ce jour-là la plus humiliante défaite. » ?

Rêvait-il à la saisie des biens de la famille d'Orléans ? à la reprise des provinces rhénanes ? au principe des nationalités ? ou à quelques-uns de ces projets grandioses et vagues dans lesquels il se complaisait tant?

On serait dans l'erreur en faisant ces suppositions. Son esprit et ses sens étaient occupés par l'arrivée impatiemment attendue de mademoiselle de Bertemont et tout disparaissait devant cette visite qui le comblait de joie.

Il allait donc se trouver seul en tête à tête avec cette belle jeune fille que depuis longtemps il convoitait ! Elle venait lui demander une grâce. Quelle grâce ? Peu lui importait. Il était décidé à lui accorder tout ce qu'elle désirait pourvu qu'en échange... Il se sentait embrasé de désirs, presque autant que la nuit où madame Plumereau était venue le consoler dans sa prison de Ham de sa longue privation. Malgré ses apparences froides, indifférentes, voulues d'ailleurs en partie, nous le savons, un sang bouillant circulait dans ses veines et les agitations multiples de sa vie, ses nombreuses aventures amoureuses ne l'avaient pas encore refroidi... Et pourtant, dans tous les pays où l'avaient poussé le destin et les conséquences de ses tentatives avortées, de ses ambitieux projets, en Suisse, en Amérique, en France, en Italie, en Angleterre, il ne s'était jamais épargné.

Que de fois, dans ces soirées de l'Elysée, où Hélène lui était apparu avec ses épaules de neige, son cou et sa gorge d'albâtre, il avait été tenté de s'écrier avec le poète :

Rester debout contre une porte
A voir se ruer la cohorte
Des invités
Les vieux muscaux, les frais visages
Les fracs en cœur, et les corsages
Décolletés ;
Les dos où fleurit la pustule
Couvrant leur peau rouge d'un tulle
Aérien,
Les dandys et les diplomates
Sur leurs faces à teintes mates
Ne montrant rien
Et ne pouvoir franchir la haie
Des douairières aux yeux d'orfraie
Ou de vautour
Pour aller dire à son oreille
Petite, nacrée et vermeille
Un mot d'amour !

Tout à coup, le prince, qui s'était approché d'une fenêtre donnant sur la grande cour de l'Elysée, retira précipitamment sa cigarette de sa bouche et la jeta dans le foyer. Il s'examina dans une glace, disposa ses cheveux le plus élégamment possible, lissa sa moustache et y passa une petite brosse trempée dans une huile parfumée; bref, se livra à tout le manège d'un lycéen se préparant à recevoir une visite féminine et attendit.

Quelques minutes après, un valet de chambre introduisait Hélène. Elle salua profondément et le Prince la trouva plus adorable que jamais, bien que son visage fut pâli, que ses yeux fussent cernés, que tous ses traits portassent la trace de ses larmes et de sa douleur.

Louis-Napoléon fit quelques pas à sa rencontre.

— Soyez la bienvenue, mademoiselle — lui dit-il. — Mon aide-de-camp m'a appris que vous avez une requête à m'adresser. Veuillez vous asseoir.

Tout cela dit avec une bonne grâce infinie, car Louis-Napoléon était, quand il le voulait, le plus charmant et le plus courtois des hommes. Il indiqua un siège à Hélène, et s'assit lui-même en face d'elle, assez près, puis il poursuivit :

— Avant d'écouter ce que vous voulez me dire, laissez-moi me plaindre un instant près de vous du comte de Bertemont. Il voyage, n'est-il pas vrai ?

— Mais oui, monseigneur...

— Ce n'est pas aimable de sa part de s'en être allé de la sorte sans prendre congé de moi, lui que je considère comme un de mes plus dévoués amis.

— Mais, monseigneur — fit Hélène — je croyais qu'il s'était mis en route par votre ordre ?

— Par mon ordre ? C'est une erreur...

— Avant de partir, il m'écrivit une lettre où il me dit que vous l'avez chargé d'une mission secrète et diplomatique de la plus haute importance, ce qui l'obligeait à un départ précipité.

— C'est inexact — répondit le prince qui, en lui-même, ajouta :

— Hé, hé... voilà l'ami Bertemont sauvé avec la caisse. Il a craint sans doute que j'y fasse un nouvel emprunt. Il a eu tort. A présent nous avons *nos aises*, comme dit Morny... Heureusement qu'il a laissé une adorable fille.

— Monseigneur, dit Hélène, je vois que mon... que le comte de Bertemont n'a pas jugé à propos de m'informer ni des causes, ni du but de son voyage... Mais ce n'est pas de lui qu'il s'agit. Je viens m'adresser à votre clémence en faveur d'un homme qui ne se doute nullement de ma démarche et qui m'aurait interdit de la faire, s'il avait pu connaître mes intentions et communiquer avec moi.

— La personne à laquelle vous vous intéressez a sans doute pris part à l'émeute de ces derniers jours ?

— Oui, monseigneur. Après avoir lutté par la parole il s'est dit que son devoir lui ordonnait de lutter par les armes.

— Chacun — fit le prince, souriant à Hélène, obéit aux inspirations de sa conscience. J'ai la ferme conviction d'avoir fait mon devoir. La France, d'ailleurs, jugera. La personne dont vous me parlez a sans doute cru faire le sien en se rangeant parmi mes adversaires. Je ne lui en veux pas. D'ailleurs, comment pourrais-je lui en vouloir, quand une aussi jolie bouche que la vôtre me parle en sa faveur ? Ma clémence lui est acquise dans la mesure du possible. Son nom ?

— Je vous remercie de vos paroles, monseigneur; mais avant de vous dire le nom de cette personne, je dois vous informer que c'est un de vos ennemis acharnés et, qu'à la Chambre, il n'est presque jamais monté à la tribune sans parler contre vous.

— Ah ! fit Louis-Napoléon, c'est donc un représentant ?

— Oui, monseigneur. J'ai appris à la Préfecture de police, de la bouche même de M. de Maupas, que ce représentant est enfermé à Mazas. Comme je vous l'ai dit, si j'intercède près de vous en sa faveur, c'est à son insu. Je fais cette demande de mon propre mouvement, sachant bien qu'il est trop fier pour en avoir eu la pensée et sans essayer de le voir, car à coup sûr, il me l'aurait interdite. Je tiens à vous l'affirmer. En outre, il ne voudra prendre aucun engagement, peut-être même est-il tout disposé à recommencer la lutte. Il se nomme...

— Attendez, fit le prince.

Il sonna. Un laquais parut.

— Que l'on prévienne le commandant Fleury, j'ai besoin de lui, dit Louis Napoléon.

Le laquais sortit, Hélène reprit :

— Ce représentant se nomme...

Pour la seconde fois, le prince l'interrompit.

— Qu'importe son nom, du moment que vous me le recommandez !

— Encore faut-il, monseigneur, que vous sachiez...

— Vous direz son nom, tout à l'heure, à mon aide de camp.

Le prince se rapprocha d'Hélène, et, tout à coup, lui prenant une de ses mains il y déposa un baiser.

Il sembla à la jeune fille qu'elle éprouvait une sensation de brûlure. Elle rougit, et doucement, mais fermement, retira sa main.

— N'allons pas trop vite en besogne — se dit le fils de la reine Hortense — n'effarouchons pas la belle enfant et surtout par excès d'ardeur, ne faisons pas fuir,

Son amour, colombe inquiète,
Au ciel rose de la pudeur.

Soyons discret et respectueux pour commencer,

Et la colombe apprivoisée
Sur ton épaule s'abattra
Et son bec à pointe rosée
A ton baiser s'enivrera.

Il y eut un moment de silence embarrassé, puis il dit à Hélène :

— J'espère que pendant ces derniers troubles, mademoiselle, vous n'avez perdu aucun parent, aucun ami. Le plomb est aveugle; il frappe à tort et à travers... On dirait que vous avez pleuré. Du moins, il me semble lire dans vos beaux yeux les traces d'un chagrin récent. Pardonnez-moi cette remarque et veuillez n'y voir que l'expression du profond intérêt que je vous porte... que je porte à l'aimable fille de mon vieil ami Bertemont.

— Vous ne vous trompez pas, monseigneur, je suis très triste, car j'ai perdu ma meilleure amie...

En ce moment, le commandant parut.

— Fleury — lui dit le prince — je vais vous charger d'une mission délicate ou plutôt c'est mademoiselle qui va vous en charger. Vous êtes à ses ordres.

Alors, le chef d'escadrons, très galamment, s'inclina devant Hélène.

— Monseigneur, dit la jeune fille, je vous en prie, c'est vous qui commandez. Je ne puis me permettre... D'ailleurs, j'ignore quelles sont vos intentions au sujet de...

— Puisqu'il faut que je donne moi-même les ordres — fit Louis Napoléon — je vais m'efforcer de me conformer à vos indications, mademoiselle... Commandant, vous allez vous rendre immédiatement à Mazas. Là, est enfermé un de mes ennemis personnels, acharné, paraît-il. J'ignore son nom. Il m'a combattu par les armes et par la parole. Par conséquent, il doit être du nombre de ceux désignés pour la transportation à Cayenne. Vous vous présenterez à lui, vous l'informerez que j'ai décidé son expulsion immédiate du territoire de la République.

— Oui, monseigneur.

— Comme ce représentant ne peut être qu'un homme d'honneur, puisque mademoiselle s'intéresse à lui, je vous prierai, mon cher commandant, de le traiter en conséquence.

— Entendu, monseigneur.

— Vous vous mettrez à sa disposition, s'il y a quelque chose à faire, de l'argent à prendre chez lui, chez son notaire, etc., etc. ; vous lui demanderez de vous désigner le pays qu'il choisit pour s'y retirer, Angleterre, Allemagne, Belgique, Suisse; vous prendrez le train avec lui, et vous ne le quitterez qu'au moment où vous le verrez en sûreté sur le sol étranger.

— Et, s'il refuse de m'accompagner, s'il cherche à fuir?

— Avant de quitter la prison de Mazas, il faudra qu'il vous donne sa parole de ne pas essayer de s'échapper. S'il refuse, vous réquisitionnerez un ou deux agents qui vous accompagneront, mais il est peu probable que ce représentant veuille s'offrir en spectacle et se livrer à des extrémités aussi ridicules qu'inutiles. Voilà commandant. Vous n'avez plus de questions à m adresser ?

— Une seule, Monseigneur.

— Faites.

— Le nom?

— Georges Barrel — répondit Hélène.

Ténériffe.

Impassible, le prince se leva et sur son bureau écrivit quelques lignes. Il les lut ensuite à haute voix :

« Le directeur de la prison de Mazas remettra immédiatement M. Georges Barrel, représentant du peuple, entre les mains de M. le chef d'escadrons Fleury, porteur du présent ordre.

« Louis Napoléon. »

Le commandant Fleury prit la feuille de papier que le prince lui tendait et se préparait à partir, quand celui-ci lui dit :

— Attendez, commandant, j'ai quelque chose à ajouter.

— Moi aussi, Monseigneur, dit Hélène, je voudrais adresser une prière à Monsieur.

— Parlez, Mademoiselle.

— Je désirerais beaucoup, Monsieur, que vous ne me nommiez pas à M. Barrel. Je tiens essentiellement à ce qu'il ignore, pour le moment du moins, que je suis l'instigatrice de la mesure dont il va bénéficier.

— Mademoiselle, vous pouvez être sûre de ma discrétion.

— Et moi, dit à son tour Louis Napoléon, ce que je désire, si vous rencontrez par hasard le Ministre de l'Intérieur ou le Préfet de Police, c'est que vous ne leur parliez pas de cette affaire. Morny se fâcherait, Maupas s'épouvanterait, tous deux s'efforceraient probablement de jeter des bâtons dans les roues et viendraient me poursuivre de leurs reproches ou de leurs lamentations.

Le commandant répondit qu'il observerait le mutisme le plus absolu, puis salua et sortit. Hélène resta seule avec Louis-Napoléon, vivement touchée de la magnanimité dont il venait de faire preuve, mais aussi vaguement inquiète et cherchant un prétexte poli pour s'éloigner au plus vite.

. . . .

Quand le directeur de la prison de Mazas vint, accompagné du commandant Fleury, trouver Georges Barrel dans la chambre où il se morfondait depuis son arrestation, et que l'officier, le képi à la main, lui apprit que par décision du prince-président, il était expulsé du territoire français, le représentant ressentit une vive satisfaction. La blessure qu'il avait reçue au crâne était à peu près guérie, et il éprouvait le plus ardent besoin de marcher, de respirer le grand air. Pour un homme si actif et, par tempérament comme par principe, aussi ennemi de la vie sédentaire, la prison était absolument insupportable. Il ne jugea donc pas à propos de protester contre sa mise en liberté, comme le fit Odilon Barrot qui, à Vincennes, déclara pompeusement au général l'invitant à sortir :

« Je proteste contre le nouvel attentat qu'on veut accomplir sur ma personne. Je ne céderai qu'à la force pour quitter la prison et reprendre ma liberté. »

De semblables fumisteries n'étaient pas du goût du père d'Hélène. Il fut d'autant plus satisfait qu'il ne s'attendait pas à tant de mansuétude. Il ne se doutait guère que la jeune fille fut la cause de son élargissement. Comme il possédait beaucoup de sang-froid et qu'il savait toujours se rendre maître de lui même, personne n'aurait pu dire quelles étaient ses impressions.

— Je suis chargé — continua le commandant Fleury — de vous accompagner jusqu'à la frontière. Veuillez me dire, Monsieur, quel est le pays que vous choisissez.

Georges Barrel réfléchit un moment et répondit :

— L'Angleterre.

— Nous allons partir immédiatement. Ma voiture attend en bas. Si vous voulez me donner votre parole de ne pas tenter de vous échapper, j'y monterai seul avec vous. Dans le cas contraire, je prendrai avec moi deux agents.

— Inutile de réquisitionner des agents, monsieur, je n'ai pas l'intention de me sauver, — répondit simplement Georges Barrel.

« — Il n'a l'air ni d'un charlatan, ni d'un idiot, ni d'un coquin, et pourtant c'est un député! » — se disait l'aide de camp, qui professait sur les membres de la représentation nationale, exactement les mêmes théories que Julien d'Hagniel... Il reprit, tout haut :

— Je vais donc avoir l'honneur de vous accompagner seul, jusqu'à Calais. Peut-être auriez-vous besoin d'argent, monsieur?... Dans ce cas...

— Je vous remercie, j'en ai suffisamment sur moi.

Moins d'une heure après, Georges Barrel et le commandant Fleury montaient en wagon.

A Calais, l'aide de camp de Louis-Napoléon apprit que le bateau devant effectuer la traversée appartenait à une compagnie anglaise. Sa mission prendrait donc fin dès que Barrel serait embarqué. En attendant le départ, l'officier et le représentant se promenèrent dans les rues de la ville comme deux amis. Ils déjeunèrent, burent, fumèrent, causèrent politique, discutèrent sur le coup d'État et sur l'avenir de la France, avec tact et politesse, en gens bien élevés qu'ils étaient. Quand vint l'heure de la séparation, ils se serrèrent cordialement la main.

Dans le train qui le ramenait à Paris, le chef d'escadrons était encore sous le coup de la surprise d'avoir rencontré un homme politique si peu infatué de lui-même et d'une conversation si intéressante. Le temps s'était écoulé d'une façon rapide et agréable, alors qu'il considérait la mission dont l'avait chargé le prince-président comme la plus détestable de toutes les corvées.

CHAPITRE LXXX

En mer. — Ténériffe. — Férocité des conquérants espagnols. — L'océan animé. — L'île fantastique. — Les requins et leurs pilotes. — Spectacles récréatifs. — Les rémoras. — Singulière trouvaille. — Le requin à la Légion d'honneur. — Lettre d'Alice O'Kelly.

Depuis huit jours la *République Universelle* voguait vaillamment sur une mer presque constamment mauvaise, vers une destination encore inconnue pour Paul et, semblait-il, pour la majeure partie des passagers, quand la vigie cria : « Terre, terre! » On était environ à huit kilomètres de l'île de Ténériffe.

Grande animation dans le navire, tout le monde se précipite sur le pont, car, pour des voyageurs sur mer, l'approche de la terre est toujours un grand événement. Malheureusement, une pluie fine et serrée tombait sans discontinuer et, derrière ce rideau aqueux, la principale île de l'archipel des Canaries offrait un aspect lugubre et navrant.

Malgré le mal de mer dont il souffrait encore, Paul, appuyé contre le bastingage, essayait de satisfaire son ardente curiosité; il tentait de percer l'irritant réseau liquide, et discernait vaguement, comme au travers d'un immense aquarium, des formes confuses, embrouillées, incolores, triste spectacle pour un peintre, pour un amoureux de la couleur et de la ligne.

Des souvenirs de lecture lui revenaient à l'esprit.

Il était en présence de cet archipel célèbre dès la plus haute antiquité, de ces *îles Fortunées* ou *des Bienheureux*, chantées par les poètes grecs, où les âmes des héros et des justes jouissaient de la vie éternelle, parmi toutes les séductions d'un climat enchanteur, d'une végétation splendide, d'un admirable paysage.

Les premiers Carthaginois et Phéniciens, visitèrent ces îles, puis ce fut le tour des Berbères, puis au troisième siècle celui des Génois. Les indigènes, hommes et femmes, accueillaient gracieusement les étrangers et leur faisaient fête. Nus à cause de la douceur du climat, ils se peignaient le corps en rouge, en jaune ou en vert, avaient une physionomie agréable, un caractère doux et confiant, un cœur intrépide. Au quinzième siècle, arriva le normand Jean de Béthaucourt avec une cinquantaine d'hommes. On le reçut en ami, et à son retour en Europe, il s'empressa d'offrir au roi d'Espagne, ces terres qui ne lui appartenaient pas. Celui-ci accepta le cadeau, décréta l'annexion de l'archipel à ses Etats, puis expédia une armée pour faire reconnaître ses droits. Avec la cruauté et le fanatisme particuliers à cette époque, surtout chez les Espagnols, on pourchassa comme des bêtes fauves les malheureux insulaires, on les massacra, on les tortura, on viola leurs femmes et leurs filles, on les emmena en esclavage et on les baptisa par-dessus le marché. Il fallut cent ans pour les dompter. Voilà comment les pauvres Canariens se virent payés de leur généreuse hospitalité et firent connaissance avec les bienfaits et les beautés de la civilisation européenne et de la religion chrétienne.

L'Espagne ne connut jamais d'autre système de colonisation que celui-là. Ce furent les procédés habituels du peuple sanguinaire et fanatique qui inventa les autodafés et détruisit par le fer et par le feu, en Amérique et dans les Antilles, des nationalités entières, vingt millions au bas mot, des gens souvent inoffensifs et bons, dont la plupart même n'avaient pas songé à se défendre et les avaient laissé pénétrer sur leur territoire avec étonnement et candeur. A ce sujet, voici ce que disait un Espagnol, témoin oculaire, l'évêque Barthélemy de Las Casas, en parlant de la conquête d'Haïti :

« Ils (les Espagnols) pénétraient dans les villages et ne laissaient pas un enfant, un vieillard, une femme enceinte ou nouvellement accouchée qu'ils n'éventrassent comme moutons appartenant à leurs étables. Ils faisaient des paris à qui d'un coup de coutelas ouvrirait un homme par le milieu du corps, ou lui enlèverait la tête, ou lui découvrirait les entrailles. Ils arrachaient les enfants du sein de leur mère et, les prenant par les pieds, leur écrasaient la tête contre les rochers. D'autres fois, aux gens qu'ils ne voulaient pas mettre à mort, ils coupaient les deux mains et les leur faisant porter suspendues, ils leur disaient : « Allez porter ces dépêches ! » pour dire : « Allez donner des nouvelles à ceux de vos compagnons qui se sont enfuis dans la montagne. » Ils tuaient communément les nobles de la manière suivante : les attachant sur des grillages tressés avec des baguettes, assujettis à l'aide de fourches, ils les faisaient cuire par-dessous, à feu très modéré, de façon que le supplice durât le plus longtemps possible, au milieu des cris que ces tourments arrachaient aux victimes jusqu'à ce qu'elles eussent rendu l'âme.

« J'ai vu toutes ces choses que je viens de dire et beaucoup d'autres pires... »

Jean Mocquet, voyageur français, qui les vit également à l'œuvre, au commencement du dix-septième siècle, écrivait ce qui suit :

« Quant aux esclaves, c'est une grande pitié des cruels châtiments qu'ils leur donnent, les faisant souffrir mille sortes de tourments, car ils les enferrent de doubles fers, puis leur donnent, non vingt et trente coups de bâton, mais jusqu'à cinq cents à la fois et les font coucher tout de leur long par terre sur le ventre, puis sont deux qui, chacun de son côté, frappent sur ce pauvre corps comme sur du plâtre, le maître étant présent, assis, qui compte les coups avec son rosaire. Et si d'aventure ceux qui frappent ainsi ne font assez fort à son gré, comme voulant épargner leur compagnon, il les fait mettre en la place du patient et les fait étriller sans miséricorde.

« Comme j'étais en mon logis, je n'entendais que coups toute la nuit et quelque voix faible qui respirait, car ils leur ferment la bouche avec un linge pour les empêcher de crier, reprenant même l'haleine avec peine. Après qu'ils les ont bien fait battre en cette sorte, ils leur font découper le corps avec un rasoir, puis les frottent avec sel et vinaigre ; vous pouvez penser quelle douleur cela apporte.

« Une Espagnole ayant une esclave qui n'était pas assez vigilante et prompte à se lever quand elle l'appelait, lui fit attacher un fer de cheval sur les reins avec des clous, en telle sorte que la pauvrette mourut à quelque temps de là, la gangrène s'y étant mise. Une autre, pour même sujet, d'une qui n'était pas assez éveillée, lui fit coudre les deux paupières aux sourcils, dont elle manqua de mourir, la face lui étant devenue fort grosse et enflée.

« J'entendis, un jour, une autre Indienne qu'on châtiait. Les coups claquaient fort haut, mais elle ne faisait que gémir si bas, qu'à peine l'entendait-on crier. Je demandai au père du logis qui c'était. Il me répondit que c'était une esclave qu'on châtiait, et, m'étonnant de ce qu'elle ne criait, il me dit qu'on lui en bâillerait trois fois autant si elle se plaignait, et que cela n'était rien au prix de ce que quelques autres enduraient, qu'il y en avait un autre qui était pendu dans une chambre haute par les deux mains, il y avait déjà deux ou trois jours, et ce pour bien peu de choses, comme pour avoir laissé répandre quelques chopines de lait, et lui ayant demandé si on ne le déliait pas pour lui donner à manger, il me répondit que non, mais qu'on le descendait un peu bas, qu'on lui donnait quelque peu de riz cuit en eau, et qu'on le remontait aussitôt avec une poulie; et que ce ne serait pas tout, et qu'après cela, il serait encore bien étrillé.

« Il me contait encore que son frère, qui était le maître du logis, ayant un jour acheté une esclave, comme en dînant avec sa femme, il vint à dire en se jouant que cette esclave avait les dents bien blanches, cette femme ne dit mot sur l'heure, mais ayant épié le temps que son mari fut sorti, elle avait fait lier cette pauvre esclave et lui avait fait arracher toutes les dents sans nulle compassion; puis d'une autre qu'elle avait opinion que son mari voulait courtiser, elle lui avait fait fourrer un fer tout rouge dans la nature, dont la misérable était morte. »

L'Espagne, pendant plus de trois cents ans, a fait peser sur tous ses sujets d'outre-mer un tel despotisme, elle s'est constamment montrée envers eux si rapace et si féroce, qu'enfin, las de souffrir, d'être exploités, pressurés, martyrisés, la majeure partie d'entre eux se sont révoltés et se sont affranchis. Au commencement du dix-neuvième siècle, elle a perdu d'immenses colonies, la moitié, pour ainsi dire, du vaste continent sud-américain : le Pérou, le Chili, la Colombie, etc. Mais ces colons émancipés sont-ils moins féroces que leurs anciens oppresseurs? Hardiment l'on peut répondre par la négative.

Ténériffe est entourée d'une épaisse ceinture de roches volcaniques, de couleur noire, découpées, déchirées dans tous les sens, rongées par les eaux de la mer et que domine l'immense volcan qui a donné son nom à l'île, le mont d'Enfer, la montagne Blanche, le pic de Ténériffe, enfin. Le plus souvent, il se dérobe dans les nuages, au-dessus desquels n'apparaît que rarement sa tête coiffée d'une calotte neigeuse. Mais, parfois, les vapeurs s'évanouissent de la base au sommet, et laissent voir l'énorme cône, ressemblant à une gigantesque turquoise un peu pâle, sertie dans un chaton de jais, présentant au spectateur ravi un magnifique coup d'œil.

Les anciens voyageurs donnaient au pic de Ténériffe une élévation qu'il est loin d'atteindre ; l'un d'eux allait jusqu'à lui assigner 6,000 mètres de hauteur et il atteint à peine 4,000 mètres. Son isolement au milieu des mers causa ces erreurs et ces exagérations. Les éruptions de ce volcan sont très rares, une par siècle en moyenne, mais des vapeurs s'échappent continuellement du cratère en minces colonnettes ; elles y font régner une douce température et des hirondelles, différentes sortes de petits oiseaux, des papillons, des mouches, des abeilles et même des escargots, voltigent, gazouillent, bourdonnent et rampent dans cet empire de la pierre et du fer.

Paul espérait que le bâtiment allait mouiller devant Santa-Cruz, *Sainte-Croix*, la capitale de l'île, résidence du gouverneur civil et du capitaine général de l'archipel, mais il n'en fut rien. La *République Universelle* poursuivit sa marche sans s'arrêter, laissant derrière elle les formes confuses et brouillées de Ténériffe, qui devinrent plus confuses et plus brouillées encore et disparurent bientôt derrière le manteau de bruine que chaque tour d'hélice épaississait davantage.

Consterné, le peintre jeta un coup d'œil plein de surprise et de désappointement sur le capitaine qui donnait ses ordres, debout sur la dunette. Celui-ci sourit et, après quelques minutes, descendit et s'approcha du jeune homme.

— Je gage, lui dit-il gaiement, que vous auriez désiré faire une petite excursion à terre?

— Je vous avoue, capitaine, que cela m'aurait fait grand plaisir, et si j'en juge d'après l'expression du visage des autres passagers, ils partagent mes sentiments à cet égard.

— Je n'aurais pas mieux demandé que de donner à tous cette légère satisfaction. Malheureusement, nous n'avons pas le temps.

— Nous sommes pressés?

— Très pressés.

— Ah! — fit le peintre s'attendant à quelque confidence.

— Très pressés — répéta le capitaine. — Nous sommes fort en retard. Je comptais sur une vitesse plus grande. Ce bâtiment ne mérite pas les éloges que l'on m'en avait fait.

— Il marche pourtant à une allure remarquable.

— Elle est inférieure à celle sur laquelle je comptais.

Le capitaine réfléchit un moment, puis il reprit, changeant de conversation :

— Consolez-vous de ne pas avoir exploré Ténériffe. Des cendres, des scories, des rochers arides, des laves, des escarpements, voilà en quoi consiste la majeure partie de l'île. Il y a bien, en de certains endroits, d'adorables vallées, des sites agrestes, pleins de poésie et d'éclat, où la flore européenne coudoie la flore tropicale et se mélange avec elle, mais tout cela, noyé et trempé, n'a rien de séduisant. Le plus beau pays du monde par un temps de pluie paraît toujours affreux.

Il vaux mieux que vous n'ayez pas vu l'île de Ténériffe, vous en auriez emporté un souvenir détestable. Bientôt nous serons en présence de la vraie nature tropicale, qui charmera vos yeux et votre esprit.

— Vous me mettez la joie au cœur! — s'écria Paul.

— Santa-Cruz, — continua le capitaine, — la capitale de l'île de Ténériffe, n'offre rien de remarquable, sauf quelques maisons dans le genre espagnol, avec balcons ouvragés et cours intérieures, pleines de feuillages, où l'on jouit d'une fraîcheur délicieuse, au moment de l'ardente chaleur. Les rues sont propres, coquettes, bien percées. La campagne environnante, couverte de plantations de nopal, manque d'arbres, ce qui enlève beaucoup de charme au paysage.

— Et les femmes? — demanda Paul, pensant à son ami Julien d'Hagniel, dont c'était toujours la première question.

— Elles sont jolies et rien moins que prudes; et vous auriez été désireux de contempler leurs charmes?

— Non capitaine... Mon cœur est pris.

— Oh! oh! — fit en riant le grand duc. — Ce n'est pas une raison!

Une heure environ après cette conversation, la pluie cessa; comme des rideaux qui s'écartent, les nuages s'entrouvrirent et le soleil se montra, doucement radieux, illuminant la plaine liquide, qui tordait et roulait à l'infini de menues vagues vertes, pareilles à des émeraudes fondues. Ces premiers sourires du ciel et de l'eau, annonçaient l'approche des tropiques. Alors, à travers la mer limpide, à sa surface, dans les volutes de chaque flot et sur leur fine crête écumeuse, des myriades d'êtres apparurent comme sous le coup de baguette d'un enchanteur. Plates, rondes, anguleuses, dentelées, globulaires, lactées, gélatineuses, à contours indécis ou à formes géométriques, opaques ou transparentes, argentées, dorées, chatoyantes, étincelantes, parées des plus admirables couleurs, les bêtes de l'Océan flottaient, nageaient, voguaient, sautaient et voletaient à l'entour du navire. Quelques dauphins gambadaient dans son sillage, comme des poulains à côté de leur mère. Des bancs de poissons volants, rouges et roses, guère plus gros que des sardines, filaient comme des flèches dans l'air, plongeaient, puis reparaissaient, pour disparaître encore, empressés et actifs, semblables à de petits oiseaux. Des méduses de pourpre et d'azur, champignons animés, se balançaient au gré de l'onde, entourés de pteropodes lilas, papillons marins qui, par leurs zigzags, leurs mouvements saccadés, imitaient le vol capricieux des lepidoptères. Les splendides siphonophores déroulaient leur guirlande de soie, aux mille pendeloques multicolores. Attirés par les chauds rayons de l'astre enflammé, des argonautes surgirent des profondeurs. Pour s'en servir en guise de rames, ils déployèrent leurs tentacules, par-dessus leurs blanches coquilles, et toute une flottille s'organisa d'embarcations fantastiques et gracieuses que la *République Universelle* plus rapide laissa bientôt en arrière.

Des centaines d'espèces différentes de poissons aux écailles de rubis, de topaze, de saphir et d'émeraude faisaient à l'entour du bâtiment d'incessantes évolutions, dont la chasse était l'unique but. Incessamment les plus gros poursuivaient les plus petits et les avalaient avec une rapidité étonnante. Une guerre sans trêve ni merci, où le plus faible devient la proie du plus fort: voilà en quoi consiste la vie de tous ces brillants êtres. Manger, ne pas être mangés, résume leur seul souci. Nulle part, mieux que dans l'Océan, on ne peut observer dans ses effets atroces, la loi impitoyable de la lutte pour l'existence. La nature, à qui l'on prodigue si ridiculement l'épithète de bonne mère, n'a jamais jeté dans les instincts de ses créatures de la plus rudimentaire à la plus accomplie, du ciron jusqu'à l'homme, qu'égoïsme et férocité.

Nul ne vit que par la mort.

Paul contemplait, plein de surprise, ce spectacle si nouveau pour lui, cette vie exubérante, cette prodigieuse accumulation d'êtres qui, des profondeurs jusqu'à la surface et pendant des centaines de kilomètres, peuplent les eaux océaniques au point qu'elles en semblent comme animées, et il songeait à ces passages des poèmes homériques où la mer est si peu justement qualifiée d'*inféconde*, quand la vigie tout à coup l'arracha à ses réflexions, en signalant la terre à babord.

Il regarda et vit à l'horizon une ligne basse et grise qui se changea bientôt en une côte escarpée, de couleur sombre, au-dessus de laquelle s'élevait un énorme cône tronqué d'une teinte plus pâle. L'île s'amplifiait à vue d'œil comme si le navire s'était dirigé vers elle avec une rapidité vertigineuse. Bientôt toutes sortes de détails apparurent. La neige marbrait les flancs de la montagne; des vapeurs violettes planaient sur son sommet; des palmiers verdissaient à sa base. Des huttes jaunes et des maisons blanches aux toits rouges se groupaient en différents points du littoral et des fumées montaient dans l'air calme.

Sous la poudre d'or que l'astre radieux répandait dans l'espace, elle était charmante, cette île, presque subitement sortie pour ainsi dire, du sein de l'Atlantique, et pareille à un décor de féerie. N'allait-on pas mouiller dans une toute petite baie ensoleillée qui se creusait en face du bâtiment ? Certes, le capitaine n'interdirait pas une courte excursion à terre. Quel plaisir de sentir sous ses pieds le sol ferme et sur sa tête le plafond vert des palmiers ! C'était le désir de Paul, c'était celui de la grande majorité des passagers. Les yeux se tournaient vers le grand-duc de Gérolstein qui, sans donner d'ordres, se promenait sur le pont de son air froid habituel, passablement énigmatique. Il s'approcha de Paul et lui dit :

— Quelle jolie terre, n'est-ce pas, monsieur ?

— Merveilleuse, capitaine, on dirait un décor de féerie.

— Savez-vous comment on l'appelle ?

— Ma foi non. Vous savez que l'on nous reproche, à nous autres Français, notre ignorance en géographie.

— Reproche, en général, parfaitement justifié à ce qu'il m'a semblé, permettez-moi de vous le dire. Quant à l'île que nous avons actuellement devant les yeux, il n'y a pas de honte à en ignorer le nom, car elle ne figure sur aucune carte géographique.

— Pourtant, elle me paraît fort grande.

— Hé oui !

— Elle fait sans doute partie du groupe des Canaries ?

— Précisément. Et comme ces îles sont au nombre de sept, on appelle quelquefois celle-ci « la huitième île », ou bien encore « l'île non trouvée ».

— « La huitième île » ! « l'île non trouvée » ! singuliers noms !

— Son histoire n'est pas moins singulière. Vingt ans environ après la conquête de l'archipel, les Portugais, qui n'avaient jamais débarqué dans cette île, mais qui l'avaient vue à plusieurs reprises comme nous la voyons aujourd'hui, la cédèrent généreusement aux Espagnols, par un traité bien en règle.

Ces derniers, pour s'en emparer, en baptiser les habitants, et probablement aussi les vendre ou les massacrer, entreprirent plusieurs expéditions. En 1526, en 1570, en 1604, en 1721, de nombreux navires équipés par le gouvernement espagnol se mirent à la recherche de la huitième île. Aucun ne la trouva.

Il y eut, en outre, plusieurs expéditions secrètes au compte de riches particuliers. Une légende s'était formée. On s'imaginait que cette terre si difficile à découvrir contenait d'immenses trésors, ce qui tentait les cupidités. Tout le monde en fut pour ses frais, les tentatives furent vaines. La « huitième île » demeura « l'île non trouvée ».

— Mais — s'écria le peintre — la voilà, là, devant nos yeux ! Nous nous dirigeons sur elle !

— Nous ne l'atteindrons pas. Elle n'aime pas les visites importunes. Elle ne veut pas laisser pénétrer son secret. Regardez-la bien. Tout à l'heure elle s'accroissait avec une rapidité extraordinaire, comme si nous nous étions lancés sur elle à une allure vertigineuse. Nous n'avons en rien diminué la vitesse de notre navire, et cependant elle ne grandit plus comme cela devrait être, puisque, manifestement, nous nous dirigeons vers elle.

— En effet !

— Il faut donc qu'elle se soit mise à fuir devant nous, ne voulant pas que la distance qui la sépare encore du bâtiment s'amoindrisse davantage.

— C'est extraordinaire !

— Regardez-là toujours. Ne remarquez-vous rien ?

— Ma foi, — dit Paul — après quelques minutes d'examen, il semblerait qu'elle se décolore.

L'observation était juste. « L'île non trouvée » se décolorait. Peu à peu ces chaudes couleurs éclatantes se transformèrent en un gris uniforme et sale. Seuls, les contours, les linéaments persistaient, mais bientôt, ils devinrent incertains, puis s'évanouirent. On vit pendant quelques secondes un gros nuage pâle, flottant à la surface des flots, et, quand il se fut dissipé, il n'y eut plus que la mer.

— Eh bien, — fit le capitaine, — vous voyez que la huitième île ne tient nullement à l'honneur de notre visite. Ne trouvez-vous pas qu'elle ressemble au bonheur qui est bien loin quand on croit le posséder ?

— C'est donc un mirage ?

— Tout simplement, comme le bonheur. Ce phénomène qui n'a lieu que très rarement, est produit, dit-on, par la réfraction de l'air, chargé d'humidité, que les vents d'Ouest apportent.

Ajoutons à l'explication donnée par le capitaine de la *République Universelle* qu'une légende existe encore actuellement au sujet de cette terre fantastique. Les quelques sectateurs du sébastianisme, qui, de même que les Juifs attendaient la venue du Messie, attendent le retour de l'infant Sébastien, tué sur le champ de bataille d'Alkazar-el-Kébir, prétendent que le jour de sa réapparition, « l'île non trouvée » surgira définitivement et à jamais du milieu des flots de l'Atlantique.

Deux jours après l'apparition de l'île fantastique, l'équipage et les passagers de la *République Universelle* s'aperçurent que l'Océan leur faisait les honneurs d'une escorte d'un nouveau genre.

Plusieurs grands poissons longs d'environ

quatre mètres à tête aplatie, à museau pointu, à bouche arquée à dents triangulaires, flanquaient et suivaient le navire en le fixant constamment de leurs gros yeux sanguinolents.

Une belle teinte bleu ardoisé couvrait la partie supérieure de leur corps. Parfois, ils se retournaient, nageaient un instant sur le dos et alors apparaissait leur ventre d'azur clair ou blanchâtre.

C'étaient des requins, de l'espèce que l'on nomme *requins à peau bleue.*

Au milieu d'eux se jouaient des *pilotes*, jolis petits poissons que d'étroites bandes bleues et blanches rayaient transversalement. Ils semblaient faire bon ménage avec leurs redoutables compagnons.

Le pilote est l'ami ou plutôt l'associé du requin, car il n'y a pas que les hommes qui aient reconnu l'utilité de coopération des efforts. Doué d'une vue et d'un odorat excessivement subtils, il indique à son compagnon les bons coups à faire, c'est-à-dire les bonnes proies qui passent à des distances plus ou moins grandes. Le requin le suit, happe le morceau et le pilote se régale des bribes du festin.

Ces requins bleus escortaient donc la *République Universelle* avec une persistance singulière. On aurait dit qu'ils la prenaient pour un vaisseau négrier. On sait que ces monstres de la mer ont un faible particulier pour la chair humaine, surtout celle recouverte d'une peau noire.

Beaucoup des malheureux embarqués sur un négrier succombaient aux fatigues et aux misères du voyage et, naturellement, les corps étaient jetés à l'eau. La gueule toujours ouverte, les requins accompagnaient le bâtiment jusque dans les ports d'Amérique et engloutissaient les cadavres.

Ce cimetière en vaut un autre, et il n'y a nul frais d'inhumation.

Un nègre faisandé est, pour le requin, régal exquis, de même que pour un Chinois du requin putréfié est le plus délectable de tous les mets.

Quelquefois, quand ils se sentaient d'humeur joviale, quands ils s'ennuyaient et qu'ils voulaient se divertir, les capitaines des vaisseaux négriers faisaient suspendre au bout d'une vergue, à six ou sept mètres au-dessus des flots, un noir vivant, mais endommagé ou impotent. C'était alors un pathétique spectacle que de voir les requins s'élancer avec une vigueur incroyable sur la proie qui leur était offerte et la dépecer de la sorte, bouchée par bouchée. Quelle énergie, quelle force, quelle détente dans les muscles de la queue, pour qu'une bête aussi lourde put sauter aussi haut ! Et cela, sans autre point d'appui que la surface mobile de l'onde ! Aussi, comme l'on jubilait à bord !

Ce qui augmentait encore l'intérêt du spectacle, c'étaient les grimaces, contorsions et lamentations du nègre : elles duraient parfois fort longtemps, tant que les requins, de leurs dents acérées, n'avaient atteint aucun des organes essentiels à la vie.

A défaut de noirs, le requin s'accommode parfaitement de blancs. Bien que leur chair ait moins de saveur, il sait cependant l'apprécier. Tous les voyageurs s'accordent à dire qu'il devient d'une audace inconcevable, quand il a goûté à la chair humaine. « Pendant son séjour à Alexandrie — dit M. Sauvage — Brehm constata qu'il était impossible de se baigner dans la mer, un requin ayant successivement enlevé plusieurs hommes tout près de la ville. Dans la partie méridionale de la mer Rouge, il vit un de ces animaux venir échouer sur la plage, en poursuivant un baigneur qui, s'étant aperçu du danger qu'il courait, avait sauté à terre le plus rapidement qu'il avait pu. Le docteur Alexandre fut attaqué à Singapore par un requin, alors qu'il recueillait des coquilles, n'ayant de l'eau que jusqu'aux genoux ; cruellement blessé, il aurait certainement été entraîné si une barque n'était arrivée à son secours. Pendant la bataille d'Aboukir, on vit les requins nager entre les vaisseaux des deux flottes ennemies ; nullement effrayés par la terrible canonnade, ils guettaient les morts et les blessés qui tombaient par-dessus bord.

« Tous les navigateurs savent quel danger court un passager qui tombe dans la mer, dans les parages infestés par ces animaux. S'il s'efforce de se sauver à la nage, bientôt il se sent saisi par un requin qui l'entraîne au fond des ondes. Si l'on parvient à jeter jusqu'à lui une corde et à l'élever au-dessus des flots, le requin s'élance et se retourne avec tant de promptitude que, malgré la position de l'ouverture de sa gueule au-dessous de son museau, il arrête le malheureux qui se croyait près de lui échapper, le déchire en lambeaux et le dévore aux yeux de ses compagnons effrayés.

« On a vu quelquefois cependant des marins, surpris par le requin au milieu de l'eau, profiter pour s'échapper des effets de cette situation de sa gueule dans la partie inférieure de sa tête, et de la nécessité de se retourner à laquelle cet animal est condamné par cette conformation, lorsqu'il veut saisir les objets qui ne sont pas placés au-dessous de lui.

« C'est par une suite de cette même nécessité que lorsque les requins s'attaquent mutuellement (comment des êtres aussi atroces, comment les tigres de la mer pourraient-ils conserver la paix entre eux ?), ils élèvent au-dessus de l'eau et leur tête et la partie antérieure de leur corps ; et c'est alors que, faisant briller leurs yeux et enflammés de colère, ils se portent des coups si terribles que la surface des ondes en retentit au loin.

« Tous les voyageurs font mention de la gloutonnerie extrême des requins, qui avalent non seulement ce qui est mangeable, mais aussi les objets les plus invraisemblables. On a retiré, de l'estomac d'un seul requin, un jambon, plusieurs os de mouton, la partie postérieure d'un cochon, une quantité de viande de cheval, la tête d'un boule-dogue, un morceau de grosse toile. On a vu des requins dévorer les choses les plus diverses qu'on leur jetait des navires, telles que des morceaux de vêtements, de la morue sèche, des matières végétales qu'ils engloutissaient avec autant d'avidité que des substances réellement nutritives. »

La vue de ces énormes bêtes qui, les yeux demesurément ouverts, attendaient avec impatience que les passagers de la *République Universelle* consentissent à faire un plongeon, afin de leur permettre de satisfaire leur vorace appétit, irritait tout le monde et quelqu'un ayant émis la proposition de se débarrasser d'eux, son idée fut accueillie avec enthousiasme par l'équipage et par la majorité des voyageurs. On en demanda l'autorisation au capitaine qui l'accorda sans difficulté.

On commença par leur tirer quelques coups de fusil. Les monstres ne parurent pas s'en apercevoir. Les balles glissaient sur leur peau épaisse, qu'elles frappaient d'ailleurs presque toujours obliquement. Autant aurait valu essayer de percer un tablier de cuir avec un couteau en bois.

Les armes à feu se trouvant à peu près inutiles, on essaya d'un autre moyen qui réussit pleinement. On prit un croc, long de trente à quarante centimètres, semblable à ceux auxquels les bouchers suspendent des quartiers de bœuf. On l'attacha solidement à une chaîne et on y amorça un gros morceau de lard, qu'on aurait fort bien pu à la vérité remplacer par un vieux soulier ou par un paquet d'étoupe, les requins, dans leur voracité, happant tout ce qu'on leur jette, sans exception.

Aussitôt l'appât dans l'eau, tous se précipitèrent, et immédiatement l'un d'eux se mit à exécuter des bonds furieux, à tirer désespérément sur la chaîne. Le croc-hameçon s'était fixé dans sa gueule et la pointe en ressortait près de l'œil. On le hissa par-dessus bord après l'avoir préalablement laissé se débattre pendant plusieurs minutes pour le fatiguer le plus possible. Son arrivée sur le pont du navire fut saluée par un immense hourra, accompagné de coups de bâton, de hache et d'épieu, qu'on lui asséna en telle quantité sur la tête, qu'il fut promptement assommé.

Moins d'un quart d'heure après, et par le même procédé, on en capturait un second, puis un troisième, et enfin un quatrième, qui fut le dernier, car un matelot ayant été presque tué d'un coup de queue, le capitaine donna l'ordre de cesser cette pêche dangereuse.

Comme le foie des requins, pressuré, donne une huile excellente pour le calfatage, et qu'en outre, plusieurs passagers se montraient curieux de savoir ce que contenait l'estomac des quatre monstres, des matelots se mirent à les dépecer. Paul et Sacrovir Lebrenn assistèrent à l'opération sans se douter qu'elle leur réservait la plus douloureuse des surprises.

Avant d'apprendre au lecteur ce qui fut trouvé dans l'estomac de l'un de ces « tyrans des mers », donnons-lui quelques renseignements sur d'intéressants poissons, qui ont résolu le problème de franchir de longs espaces sans se servir de leurs nageoires, en se faisant voiturer par les requins, et sur le compte desquels d'étranges sornettes ont été débitées. Nous voulons parler des *rémoras*, que les anciens connaissaient sous ce nom et sous celui d'*écheneis*.

« C'est — disait Pline, le naturaliste — un petit poisson accoutumé à vivre au milieu des rochers. Il s'attache à la carène des vaisseaux, il en retarde la marche. Doué d'une puissance bien plus étonnante, agissant par une faculté morale, il arrête l'action de la justice et la marche des tribunaux ; lorsqu'on le conserve dans le sel, son approche seule suffit pour retirer du fond des puits les plus profonds l'or qui peut y être tombé.

« Qu'y a-t-il de plus violent que la mer, les vents, les tourbillons et les tempêtes ? Quels plus grands auxiliaires le génie de l'homme s'est-il donné que les voiles et les rames ? Ajoutez la force inexplicable des flux alternatifs qui font un fleuve de tout l'océan. Toutes ces puissances et toutes celles qui pourraient se réunir à leurs efforts sont enchaînées par le rémora.

« Que les vents se précipitent, que les tempêtes bouleversent les flots, il commande à leurs fureurs, il brise leurs efforts ; il contraint de rester immobiles des vaisseaux que n'aurait pu retenir aucune chaîne, aucune ancre précipitée dans la mer. Il met ainsi un frein à la violence, il dompte la rage des éléments, sans travail, sans peine, sans chercher à retenir et seulement en adhérant; il lui suffit, pour surmonter tant d'impétuosités, de défendre aux navires d'avancer.

« ...Lors de la bataille d'Actium, ce fut un écheneis qui, arrêtant le navire d'Antoine au moment où il allait parcourir les rangs de ses vaisseaux et exhorter les siens, donna à la flotte de César la supériorité de la vitesse et l'avantage d'une attaque impétueuse. Plus récemment, le bâtiment monté par Caius, lors de

Un malheureux qui a été dévoré par le requin !

son retour d'Andura à Antium, s'arrêta sous l'effort d'un écheneis et alors le rémora fut un augure ; car à peine cet empereur fut-il rentré dans Rome, qu'il périt sous les traits de ses propres soldats ; du reste, son étonnement ne fut pas long, lorsqu'il vit que de toute sa flotte, son quinquérème seul n'avançait pas ; ceux qui s'élancèrent du vaisseau pour en rechercher la cause trouvèrent le rémora adhérent au gouvernail et le montrèrent au prince, indigné qu'un tel animal eût pu l'emporter sur quatre cents rameurs et très surpris que ce poisson qui, dans la mer, avait pu retenir son navire, n'eut plus de puissance, jeté dans le vaisseau. »

On n'étonnera pas le lecteur si on lui dit que le rémora n'arrête pas les navires, qu'il ne suspend pas l'action de la justice, ni la marche des tribunaux et que, plongé dans le sel, il n'a jamais fait sortir des puits l'or qui y était tombé. Mais s'il ne possède aucun de ces avantages, il jouit de la propriété dont nous avons parlé ci-dessus, celle de se faire voiturer, en gaillard qui aime ses aises, par des requins ou autres gros poissons, aux corps desquels il s'attache.

Trois des requins hissés à bord de *La République Universelle* avaient chacun un rémora, fixés à leur ventre, par une sorte de disque ovale, occupant tout le dessus de la tête de ce poisson et qui est son appareil d'adhérence.

Ce disque, formé d'une vingtaine de lamelles transparentes, disposées par paires et munies à leurs limbes d'une certaine quantité d'épines, agit à la façon d'une forte ventouse. Pour détacher l'animal il faut un effort assez grand.

Ce poisson, long d'environ 0 m.40, se fixe indifféremment sur toutes les parties du corps du requin où il vit aussi bien dos en bas que dos en l'air. Pourvu qu'il soit plongé dans l'eau, toutes les positions lui sont bonnes. Il s'attache aussi à la carène des navires et à d'autres corps flottants, par lesquels il se laisse entraîner à des distances énormes, sorte de parasite cosmopolite, dont l'existence offre une analogie assez curieuse avec celle de certains hommes.

On l'utilise pour capturer ces grosses tortues de mer, qui fournissent un mets si délicat. Le pêcheur qui a attrapé un rémora lui passe à la queue un anneau suffisamment large pour ne pas le gêner dans ses mouvements et suffisamment étroit pour être retenu par la nageoire caudale. Il le met dans un vase plein d'eau salée, puis se dirige vers les parages fréquentés par les tortues, où elles ont l'habitude de flotter en dormant à la surface de l'eau.

Quand le pêcheur en aperçoit une, au lieu d'essayer de s'en approcher, ce qui serait inutile, car elles ont l'ouïe excessivement fine et, au moindre danger, plongent à de grandes profondeurs, il prend son rémora, l'attache par l'anneau à une corde longue et fine et le jette à l'eau.

Le poisson fuit prestement jusqu'à l'extrémité de la corde qui le retient ; il tire dessus, se fatigue, et, finalement, pour se reposer, reprendre des forces, il va s'attacher au plastron de la tortue endormie.

Elle se réveille, mais il est trop tard. Le pêcheur n'a plus qu'à tirer la corde, pour ramener à lui le rémora, et avec le rémora, la tortue.

Mais revenons à nos requins.

On ne trouva dans l'estomac des trois premiers qu'une quantité de poissons de diverses espèces, ainsi que des débris de méduses, des tentacules et des becs de poulpes ; mais dans l'estomac du quatrième, c'est-à-dire du plus gros et du plus redoutable, le matelot qui remplissait les fonctions d'équarisseur découvrit un objet brunâtre, de consistance dure et ne ressemblant à aucun animal connu.

Il va sans dire que les contours de cet objet disparaissaient presque entièrement au milieu de débris de cadavres et d'une sorte de bouillie noire, nauséabonde, produite par des aliments élaborés par le suc gastrique. On jeta sur le tout quelques cuviers d'eau de mer et, à l'étonnement général, apparut un sac de voyage en cuir jaune, sur lequel se lisaient ces mots, gravés sur une mince plaque d'acier :

O'KELLY, DUBLIN

— Un malheureux qui a été dévoré par le requin ! — s'écria-t-on.

Un sentiment d'horreur se peignit sur les visages. Tous les résidus immondes, à demi digérés, que l'on venait de tirer avec la valise de l'estomac du quatrième requin, n'avaient-ils pas appartenu à un corps humain ? La boue liquide et noire qui s'était répandue sur le pont du navire prit un aspect sinistre. Au dégoût se joignit l'épouvante. On s'écarta, et plusieurs passagers se sauvèrent.

Ce mot d'O'Kelly rappela à Paul son ami Julien, car il savait que la mère de la petite Renée s'appelait ainsi. Mais cette jeune femme était morte depuis longtemps. Il ne pouvait donc être question d'elle. Elle avait à la vérité des parents, mais il ne les connaissait pas, et, d'ailleurs le nom d'O'Kelly est assez répandu en Irlande. Néanmoins le peintre se sentait inquiet.

Que contenait cette valise fermée par une petite serrure, dont on ne possédait pas la clef ? On se le demandait avec une extrême curiosité. Peut-être, en l'ouvrant, saurait-on quelque chose de plus que le nom de celui qui en avait été le possesseur ? Brusquement un des matelots, avec la forte lame de son couteau de poche, dont il se servit en guise de coin, fit jaillir le pêne hors de son alvéole.

La valise était ouverte.

On y trouva quelques chemises d'homme, des chaussettes, des mouchoirs et une tablette de chocolat entourée d'un morceau de papier ; le tout à peine mouillé, ce qui ne pouvait s'expliquer qu'en admettant que le requin avait avalé la valise au moment même où elle tombait dans l'eau.

Mais ce n'était pas tout

Contre la cloison servant de séparation entre les deux moitiés de la valise, était fixée une pochette fermée à l'aide de deux boutons dorés. Paul l'ouvrit d'une main fébrile et en retira un objet ovale enveloppé d'un foulard de soie.

Il déplia le foulard, et aux yeux de tous, apparut un petit cadre, tendu de velours ponceau, sur lequel était accrochée la croix de la Légion d'honneur.

Le peintre remit le cadre au grand-duc de Gérolstein, puis, fouillant de nouveau dans la pochette, il en retira deux lettres.

La première, cachetée, portait cette suscription :

Monsieur William TONE
Printer and publisher
15e Avenue, 105
NEW-YORK

Quant à la seconde, qui était ouverte, sa suscription fit pousser un cri de stupeur à Paul, puis à Sacrovir, à qui il la montra.

La voici :

Monsieur Emile COLOMBAU
King's Head Hotel
DOVER

Cette seconde suscription avait été tracée par la même main que la première, et d'une écriture anguleuse et fine, de femme, évidemment.

— Vous connaissiez donc le destinataire de cette lettre ? — demanda le grand-duc de Gérolstein.

— Oui, capitaine — répondit Paul, consterné. — C'était un homme vaillant et honnête, un ouvrier typographe qui a bravement combattu à Paris, contre le coup d'État. J'étais à ses côtés et j'ai pu le voir à l'œuvre, l'admirer. J'ignorais ce qu'il était devenu. Il paraît qu'il avait réussi à s'embarquer. Avoir échappé à la fusillade pour devenir la proie d'un requin ! C'est dur. Mieux aurait valu recevoir une balle dans la tête.

— C'est aussi mon avis, mais rien ne prouve que tel ait été son sort. Il peut avoir laissé tomber sa valise dans la mer sans y être tombé lui-même.

— Cela est vrai — fit Sacrovir.

— Monsieur Barrel — continua le grand-duc de Gérolstein — lisez-nous donc la lettre adressée à votre ami. Elle est ouverte, voyons ce qu'on lui dit.

Un grand silence se fit et, à haute voix, le peintre lut :

Paris, 8 décembre.

« Monsieur,

« Rendez-vous immédiatement à Southampton, vous trouverez là un paquebot, le *Sunbeam*, qui part pour New-York dans deux ou trois jours. Vous vous embarquerez sur ce bâtiment. Aussitôt arrivé à New-York, présentez-vous chez M. William Tone, imprimeur-libraire (printer and publisher), demeurant 105, dans la quinzième Avenue. Vous lui remettrez la lettre ci-jointe. Soyez sûr que M. William Tone, qui parle très bien français, vous recevra avec affabilité.

« Mon intention première était de vous placer momentanément chez un autre imprimeur que je connais quelque peu à Londres, mais je viens d'apprendre le prochain départ du *Sunbeam* et je préfère vous envoyer en Amérique. Vous m'avez dit, Monsieur, que vous étiez seul au monde, que rien ne vous retenait dans le voisinage de votre patrie et que votre rêve était de vivre aux États-Unis. Je pense donc vous être agréable en vous fournissant les moyens d'aller à New-York. De votre côté, vous pourrez me rendre service.

« En plus de la lettre que j'envoie à M. William Tone, vous trouverez ci-inclus un billet de banque de 1,000 francs, lequel suffira pour payer vos frais d'hôtel à Douvres et votre passage sur le *Sunbeam*. Une fois à New-York, vous n'aurez à vous inquiéter de rien.

« Je vous adresse par le même courrier un petit paquet contenant la croix de la Légion d'honneur ayant appartenu à monsieur votre père et une photographie trouvée chez vous dans la poche d'une veste. Comme vous ne m'aviez pas parlé de ce deuxième objet, peut-être ai-je eu tort de vous l'envoyer. Dans ce cas, monsieur, excusez-moi.

« J'ai eu beaucoup de trouble à propos de cette croix et j'ai craint de ne pouvoir vous la faire parvenir. Comme vous me l'aviez conseillé, j'ai envoyé un commissionnaire à votre domicile, 145, rue de la Goutte-d'Or, mais c'est en vain que j'ai attendu son retour. On l'avait pris pour un combattant des jours précédents, et cela parce qu'il allait chez vous. Sur une dénonciation de votre concierge on l'avait arrêté. Il dut donner mon nom et mon adresse et passer une nuit en prison.

« Ce n'est pas tout. Le lendemain, je fut appelée devant le commissaire de police de votre quartier. Ce monsieur me posa des questions très impertinentes, me fit des menaces, et c'est tout juste s'il n'ordonna pas mon arrestation.

« Extrêmement dépitée en quittant ce monsieur, je me suis rendue directement chez M. de Morny, le Ministre de l'Intérieur, lequel m'a immédiatement accordé une audience et s'est montré fort courtois. Je lui ai avoué que j'avais facilité la fuite d'un insurgé à cause d'un grand service que cet insurgé m'avait rendu. J'ai ajouté que, vous ayant promis de vous faire parvenir la croix de la Légion d'honneur de votre père, je le priai de me fournir le moyen d'exécuter mon engagement.

« M. de Morny a fait droit à ma requête sans la moindre difficulté ; avec beaucoup de complaisance, il a mis un de ses employés à ma disposition. C'est ainsi, monsieur, que j'ai pu pénétrer chez vous. Tout y était en désordre, car on y avait perquisitionné. Dans une cage, il y avait un petit oiseau mort.

« Je ne vous aurais pas mentionné tous ces ennuis, s'ils n'avaient été cause du retard que j'ai apporté à vous écrire, retard pour lequel je vous prie bien de m'excuser. Ajoutez que j'ai éprouvé de vives inquiétudes au sujet de la pauvre petite que vous avez retrouvée. Elle a failli mourir d'un empoisonnement causé par le narcotique qu'on lui avait fait prendre pour l'endormir, probablement en trop forte dose. Actuellement, elle n'est plus en danger, mais elle est encore très faible. Elle réclame continuellement sa grand'maman, qui a été enterrée avant-hier. Tous les officiers du 42e régiment d'infanterie, colonel en tête, assistaient aux funérailles de l'infortunée vieille mère de leur camarade.

« Dès que la petite Renée sera en état de voyager, je l'emmènerai avec moi en Irlande.

« Son père est toujours gravement malade. Il a constamment le délire.

« J'ai déposé une plainte contre le dégoûtant personnage que vous nommez Pied-de-Bouc, si j'ai bien entendu, et contre madame Pied-de-

Boue, pour avoir séquestré, brutalisé et presque empoisonné une petite fille. La pauvre enfant a le corps couvert de meurtrissures. J'espère que l'on punira sévèrement ces vilaines gens.

« Il ne me reste plus, monsieur, qu'à vous souhaiter bon voyage, ce que je fais de grand cœur. »

Alice O'Kelly.
Sackville street, Dublin.

— Je crois connaître de nom, ce William Tone — dit Sacrovir Lebrenn, quand Paul eut achevé la lecture de la lettre. — C'est un descendant du fameux Wolf Tone, le chef des *Irlandais-Unis* qui, dans le but de secouer le joug de l'Angleterre, vint en France demander des secours au Directoire et s'aboucha avec le général Hoche, pour organiser une expédition en Irlande. Comme général français, il prit part à celle qui, en octobre 1798, lutta contre la flotte britannique et fut vaincue. Wolf Tone tomba entre les mains des Anglais qui le condamnèrent à mort. Pour éviter la potence, il se tua dans sa prison.

Le grand duc de Gérolstein prit la parole :

— Je m'occuperai — dit-il — de faire parvenir à destination, la lettre adressée à M. William Tone.

Je la garderai donc. Quant à l'autre lettre et à la croix, sans doute que M. Barrel, qui était l'ami de M. Colombau, voudra les conserver en souvenir de lui.

— Ce serait mon intention — dit Paul.

Le peintre se remit à lire la lettre attentivement, pesant chaque phrase, chaque mot, essayant de se rendre compte des choses qui lui échappaient, et cherchant le fil qui rattachait ces événements nouveaux pour lui à ceux dont il avait eu connaissance.

Pendant ce temps, le grand duc de Gérolstein fouillait dans la pochette et en retirait une photographie, probablement celle annoncée par la jeune Irlandaise.

Il la considéra un instant avec une vive surprise, puis tout à coup, quittant le pont, il rentra dans l'intérieur du navire.

CHAPITRE LXXXI

Georges Barrel à Londres. — La prostitution libre. — Le policeman complaisant. — Les Françaises. — Pullulation des enfants. — Misère et débauche. — Le marché aux enfants.

Nous avons laissé Georges Barrel en route pour Londres, ne se doutant guère que Colombau attendait anxieusement à Douvres, à la fois des instructions et de l'argent.

Il n'eut pu évidemment lui transmettre les instructions de Miss O'Kelly, mais il lui aurait donné la petite somme qui lui était nécessaire.

A cette époque, la marche des trains n'était pas aussi rapide qu'aujourd'hui et Georges Barrel ne descendit sur le quai de Charing-Cross que vers neuf heures du matin.

Il foulait enfin le sol de la cité gigantesque, de la ville monstre, de la Babylone moderne.

« Une énorme masse de briques, de fumée, de navires, sale, sombre, s'étendant aussi loin que le regard peut atteindre ; une voile s'agitant tout à coup, et qui va se perdre dans la forêt des mats ; une solitude plantée de clochers perçant leur dais noir comme la houille ; immense coupole semblable à la calotte d'un four : Voilà Londres. »

C'est du moins le tableau qu'en fait lord Byron, mais Byron, on le sait, est honni des Anglais, non seulement parce qu'il fut accusé, comme Châteaubriand, de relations intimes avec sa sœur, mais parce qu'il a — disent-ils — calomnié sa patrie.

Un crêpe noir ne voile pas toujours la ville et l'atmosphère n'en est pas constamment sale, sombre et enfumée. Si le ciel n'y a pas les gaies couleurs d'azur du Midi de la France, le soleil s'y montre *parfois* et alors la ville s'illumine de merveilleuses clartés.

Il brillait justement ce matin là comme pour souhaiter au Français sa bienvenue sur le sol libre de la vieille Angleterre.

Libre ! C'est le mot. Nul policier n'arrête l'étranger, quelque suspect qu'il paraisse, pour lui demander ses papiers ; il n'est, chez nul hôtelier, nul logeur, de registre où le voyageur doive inscrire son nom, son âge et son lieu de naissance, d'où il vient et où il va.

On ne connait qu'un passeport, qu'une lettre de recommandation : *money* ! Et pourvu que l'on donne régulièrement cette monnaie, pour s'acquitter de ce que l'on doit, l'on n'exige rien de plus.

La police anglaise, d'ailleurs, est étrangère à la politique, et le policier en bourgeois, cette plaie du continent, n'est chargé ici sous le nom de *detective* que de rechercher et poursuivre les crimes de droit commun.

Le *detective* n'est donc pas comme chez nous le « mouchard » odieux et méprisé, mais un membre utile de la Société, respecté par tous.

Georges Barrel se vit cependant entouré d'individus à mine suspecte qu'il n'eut pas de peine à reconnaître pour des mouchards français.

Mais peu lui importait. Il savait qu'il n'avait rien à redouter d'eux, que leur mission consistait à envoyer des renseignements sur les faits et gestes des refugiés à la préfecture de Paris, que nul par conséquent n'avait le droit de lui mettre la main sur l'épaule en lui disant : « Je vous arrête, au nom de la loi. »

Oui, liberté complète; mais liberté surtout dans le vice.

Nos boulevards, gratifiés par les puritains d'Outre Manche, les pieux dévots des chapelles *méthodistes* et *presbytériennes*, du nom de panorama des corruptions de l'Europe, n'ont rien de comparable, même aux heures où les demoiselles plâtrées s'y ébaudissent, à ce qui se passait en plein jour à cette époque dans la métropole du Royaume-Uni.

Les offres de chair humaine s'y faisaient avec une franchise et une naïveté vraiment patriarcales. Il semblerait que la lecture forcenée des Saintes-Ecritures y eut introduit les habitudes et les mœurs bibliques, d'autant plus que les noms, presque tous pieusement tirés du vieux et vénérable Testament, prêtent encore à l'illusion. Ce ne sont que petites Rachel, aimables Judith, adolescentes Rebecca, et Sarah en jupons courts, car beaucoup de ces vierges folles n'ont pas attendu pour laisser piller leur vigne, ce que le bon prophète Ezéchiel énumère si complaisamment en son quatrième chapitre.

Les amateurs de tableaux libres n'avaient qu'à se promener le long des grilles de certains squares pour y récolter provision de souvenirs.

Plus d'une scène que l'Arétin décrit derrière les rideaux discrets de l'alcôve se jouait ouvertement sous les becs de gaz de la chaussée; et les émules de Jules Romain pouvaient chaque samedi, jour où le monstre gorgé de bière et d'alcool sème son argent et sa luxure, emplir leurs cartons d'études aussi nombreuses que variées.

Mâles et femelles ivres hoquettent alors à l'aise.

L'orgie s'ébat sur le trottoir. Si le *policeman* approche, sourcil froncé et bouche stupéfaite, six *pence* adroitement glissés calment sa feinte fureur, et avec un supplément d'une seconde pièce blanche, il fera pour vous un guet attentif.

Après huit heures du soir, au sortir du froid dîner des clubs, la haute *gomme* britannique allait se réchauffer dans *Regent Street* et *Piccadilly*. C'est encore aujourd'hui le marché aux femmes. Jeunes et vieux s'y pressent et l'on ne saurait dire qui, des jouvenceaux ou des vieillards, formerait le plus gros bataillon.

Mais quelle que soit l'abondance des clients, elle n'atteint pas celle de la marchandise.

Cette particularité de Londres est de vieille date. Voici ce qu'écrivait, vingt ans environ avant l'époque qui nous occupe, C. de Mery :

« Les filles publiques, cette gangrène de la société, et qui appelle ordinairement, dans les grandes villes, les soins et la vigilance de la police, paraissent inquiéter fort peu celle de Londres ; elles y sont beaucoup plus nombreuses qu'à Paris, plus libres et plus effrontées qu'à Rome même; elles attaquent à toute heure les passants, et surtout les étrangers, sans attendre que la nuit vienne couvrir de son ombre leurs agaceries et leurs indécentes sollicitations; mais c'est surtout à la chute du jour que leurs essaims, plus nombreux, gravissent les trottoirs de toutes les grandes rues ; la plupart sont mises élégamment. Les tavernes où l'on vend de la bière leur servent de refuge et de champ clos; ces boutiques ont communément un arrière-cabinet ou boudoir consacré à cet usage. Dans les bains, on les donne comme une tasse de thé. Ces courtisanes ne sont pas généralement turbulentes ; il est rare que, soit chez elles, soit dans les tavernes où on les reçoit, on ait à se plaindre de la moindre injure ou du plus petit esclandre, grâce au flegme anglais et à la loi. Ce métier est si peu clandestin que l'on débite publiquement la liste de toutes celles qui le font avec quelque distinction; cette liste, très nombreuse, indique leur demeure et contient les détails les plus précis sur leur figure, sur leur taille et sur les divers talents qui les recommandent aux amateurs. Il y a même des sociétés de filles publiques où tout le monde est admis indistinctement, à deux shellings par tête ; la mangeaille sert de préliminaires et on conclut un marché pour le reste. La grande masse des *prostituées*, dit Colynhouse, dans son *Traité de la police de Londres*, est principalement composée de femmes qui ont été en service et qui, joignant pour la plupart ce qu'on peut appeler dans ce cas le *malheur de la beauté* au goût de l'oisiveté et de la parure, se sont déterminées, les unes par la misère, les autres par suite de la réduction et de la perte de leur réputation, à adopter ce genre de vie comme moyen de subsistance. »

Dans le seul quadrilatère occupé par *Soho*, *Leicester Square* et *Regent Street*, le mille carré désigné sous le nom de quartier français, où affluent toutes les scories du continent, les statistiques de l'époque évaluaient à près de deux mille le nombre des prêtresses qui, de sept heures à minuit et de douze ans à quarante, sacrifient ouvertement sur l'autel de la génisse Astarté, la Vénus de Sidon.

Vaches et chèvres, troupeau mélangé.

Le jeune vice et la vieille débauche s'y coudoient avec des colères :

— N'as-tu pas honte, à ton âge?
— Et vous, au vôtre?
— Il n'y a donc plus de police?
— Il n'y a donc plus d'hôpital?

— Ta mère devrait prendre un martinet, petite guenon !

— Tes petits enfants devraient te jeter des pierres, vieille sorcière !

Ainsi le passant assiste à l'explosion des haines que suscite, entre concurrentes, l'encombrement du marché.

Inutile d'ajouter, qu'à l'instar de la Bible, qui traitait les prostituées de Jérusalem de femmes étrangères, les Londoniens les désignent en bloc sous le nom de Françaises.

Le chiffre de celles-ci est, au contraire, relativement assez restreint ; mais il y a intérêt à se donner pour telles, les courtisanes françaises jouissant de la réputation attachée autrefois à celles de Phénicie, expertes aux travaux d'amour, sont fort recherchées des mêmes vertueux Londoniens.

La connaissance insuffisance de notre langue empêche John Bull de saisir les accents de terroir qui lui prouveraient que beaucoup de ces prétendues *boulevardières* batignollaises ou montmartroises ne sont que des contrefaçons allemandes ou belges.

Le métier étant libre, ces filles ont à lutter contre des concurrences sérieuses, car à côté de la profession avouée et honnête, nombre de jeunes filles et de jeunes femmes de la petite bourgeoisie et de la classe ouvrière l'exercent secrètement.

L'immensité monstrueuse de la ville peut cacher bien des vies doubles :

> Noceuses la nuit, pour leurs robes,
> Le jour travaillant pour leur faim,
> D'aucunes sont lingères probes,
> D'autres blanchisseuses de lin.
> Par-ci, piqueuses de bottines
> Et par là, piqueuses de gants.
> Les autres taillent, libertines,
> La chemise des élégants.

Comme le dit dans ses *Rimes de joie* le poète réaliste Théodore Hannon.

Mais d'autres sont plus élevées dans l'échelle sociale. Il leur suffit de changer de quartier. Sages et timides *misses* dans les districts ouest de Londres, elles deviennent pierreuses à l'Est ; filles à marier au Nord, filles à tout faire au Sud ; bibliques le dimanche, cascadeuses dans la semaine. Une demi-heure en tramway, quinze minutes en wagon et la métamorphose s'opère. Le joli papillon de jour devient chenille de nuit.

Puisque l'honnête labeur ne suffit pas, il faut bien s'aider de l'œuvre louche.

Le père, modeste employé, gagne trente shillings par semaine ; avec une femme et un enfant, c'est déjà bien juste pour vivre, mais il s'est arrangé de façon à enrichir d'une demi-douzaine de mioches sa déjà trop riche patrie, et sa moitié n'est pas commère à s'arrêter là.

Huit, dix enfants, c'est la moyenne du pauvre. Moins l'homme peut en nourrir, plus il en peuple la cité.

Dans les quartiers misérables la pullulation des enfants touche au fantastique. Les larges et profondes cours des cités ouvrières, les galeries où ils s'ébattent, deviennent de jour en jour trop étroites et on les y voit s'entasser les uns sur les autres dans un grouillement malsain, un fourmillement sans nom qui fait songer aux nuées de sauterelles que le Dieu de Moïse envoya jadis pour dévaster la terre fertile des Pharaons.

Singulière frénésie qu'ont toutes ces nations bibliques à multiplier et à croître ! Etonnante imprévoyance du pauvre qui augmente d'autant plus sa famille qu'il a moins la possibilité de la nourrir !

— Que fait ton père ? — demanda Georges Barrel à une fillette de six ou sept ans qui lui demandait l'aumône.

— Il cherche de l'ouvrage.

— Et ta mère ?

— Elle soigne les *babies*.

— Elle en a plusieurs ?

— Deux jumeaux.

— Vous êtes beaucoup d'enfants ?

— Nous sommes dix.

Nous le répétons, c'est la moyenne. Et ces couples patriarcaux ont quelquefois à peine dix ans de ménage ; parfois même ni la mère ni le père n'ont trente ans.

Derrière les palais et les grandes artères luxueuses, grouillent comme des larves sur un fumier, d'abominables misères.

Chaque année, dix millions d'Anglais les coudoient sans les voir. Ils passent et détournent la tête.

Les quartiers pauvres tachent çà et là de leurs guenilles les splendeurs de la ville géante ; mais le marchand affairé, le riche oisif, l'étranger hâtent le pas sans se douter de ce que ces quartiers renferment d'horrible.

Au fond des allées sombres et des ruelles sinistres, celui qui ose s'aventurer dans ces cloaques aperçoit un fourmillement de vie ; des êtres humains tassés sur le seuil des portes, au pied des escaliers comme des frelons paresseux autour d'une ruche.

Mais la ruche est fétide et sans miel, et l'essaim trop nombreux égrène ses grappes au dehors. Elles viennent chercher dans les profondeurs humides des cours malsaines un peu d'air respirable.

Femmes et enfants s'ébattent là. Des hommes ? on n'en voit guère. Ils sont partis on ne sait où, à la poursuite de la pâture.

Les coins ignorés de Londres en jettent tous les matins cent mille par la ville en quête de l'inconnu. Souvent ils rentrent comme ils sont sortis, la poche et le ventre vides. Quelquefois, ils ne rentrent plus.

La police cueille annuellement deux cent mille malfaiteurs et vagabonds, et sur ce nombre vingt mille enfants.

D'après l'enquête d'un évêque, seize mille d'entre eux infestent Londres, qui le matin ne savent où ils dîneront le jour, où ils coucheront le soir.

Alors, la mère, la femme de l'homme qui ne rentre plus, lasse d'attendre au logis sans feu, et sentant la famine autour d'elle, dit à ses filles : « Allez ».

Et les filles vont ; elles vont jusqu'à ce qu'elles trouvent...

Pendant de longues soirées, à l'entrée du boyau de briques, passages étroits de ces antres où, semblables à l'enfer du Dante, l'espoir s'arrête à la porte, la cité trop pleine tente de se dégorger. On voit un vomissement d'êtres aux yeux avides et farouches. Mais les *policemen* refoulent cette houle humaine qui menace d'envahir la chaussée.

Le flot trop pressé crache des épaves. Elles errent quelque temps et reviennent une à une se sentant dépaysées au milieu des gens qui n'ont pas faim.

Alors, dans les enfoncements de l'allée noire, femmes, filles, enfants s'accroupissent, les yeux tournés vers les étincellements de la rue.

Que nul étranger à ce monde maudit ne s'aventure dans les inextricables dédales de ces repaires ; il n'en sortirait qu'en lambeaux !

Ces louves se rueraient sur lui avec des appétits féroces, non de louves en rut, mais de femelles affamées et surtout assoiffées de *gin*.

Du gin ! du gin ! pour noyer la pensée et tromper le vide des entrailles ! Du gin pour ne plus sentir les morsures du froid, ni celles de la vermine, ni la dureté du grabat, ni la puanteur du taudis !

— Ah ! — se disait Georges Barrel — qu'il est facile à tous ceux qui ont une table copieusement servie, un lit bien chaud, un foyer où flambe joyeusement la bûche, de tonner contre l'ivrognerie du pauvre ! Mais celui dont le ventre est creux, le foyer mort et le lit un tas de paille sur les briques froides, n'est-il pas excusable d'aller chercher pour quelque *pence* l'ivresse, car l'ivresse c'est l'oubli !

Là, tout près, en face du bouge, se dresse le palais du dieu consolateur. Il est éblouissant de lumières, de glaces, de cristaux, de flacons, de dorures ; il y fait chaud et bon. Quel contraste avec le taudis noir ! Quelle tentation !

On entre ; on s'accoude quinze minutes sur le comptoir d'étain ; on achète quinze minutes d'oubli et on emporte quelques heures de sommeil.

« Béni sois-tu, gin, — s'écria un jour en face de ces détresses Théophile Gautier — béni sois-tu, malgré les déclamations des philanthropes et des sociétés de tempérance pour le quart d'heure de joie et d'assoupissement que tu donnes au misérable ! »

Dans ces antres pestilentiels où les pauvres croissent et multiplient dans la promiscuité et la fange, on sent, devant l'épouvante et l'écœurement, s'effacer les rêves humanitaires, et l'on songe malgré soi aux théories de Malthus.

L'homme et la femme n'existent plus ; il reste des mâles et des femelles avec tous les bas instincts de la brute. Devant cette dégradation, Darwin a dû voir poindre les premières lueurs de son système sur l'*Origine des espèces*, car le masque humain y revêt tous les caractères des bêtes.

Le singe, le boule-dogue, la hyène, le chacal, le loup, le renard, la vache, ont des corps d'homme et de femme, des pieds et des mains.

Des siècles de débauches et de misères pesant sur ces générations ont déformé les visages et vicié le sang. La boue morale transude sur le physique aussitôt que grondent les furieux appétits.

Des petites filles de six à sept ans, jolies du reste, intelligentes comme des singes et déjà lascives comme des louves, ont les reflets fauves du vice dans leurs grands yeux de femme. Attendez quelques années, la débauche aura éteint la flamme du regard, flétri les traits, avachi les formes graciles, et ces épaves des hontes séculaires erreront le soir, le long des boutiques closes ou des grilles des parcs. Quelques années ? Non, elles n'attendent pas, elles y vont déjà.

La pudibonde Angleterre s'est, de tout temps, indignée bien haut des abominations de Paris, que, dans son langage biblique, elle stigmatise des noms de Sodome et de Babylone ; elle déverse ses anathèmes et ses sarcasmes contre la prostitution embrigadée que tolèrent et patronnent les polices du continent, mais elle laisse les enfants des pauvres, les filles impubères, errer le soir près des stations, des squares, des parcs.

Et cela se passe, non seulement à Londres, mais dans toutes ses villes manufacturières. Encore à l'heure actuelle, les rues de Liverpool, même les plus élégantes, celles où le haut commerce s'installe, sont encombrées de ces vices naissants.

L'infortunée Irlande déverse là son trop plein. Nu-pieds et en guenilles, des fillettes de six à quatorze ans y commencent leur apprentissage. C'est l'étape première avant l'engouffrement de Londres, le but et l'espoir de toutes, comme Paris est le mirage tentateur des pauvres filles des champs.

Souvent, nous l'avons vu, ce sont les mères

elles-mêmes qui non seulement poussent leurs enfants au vice, mais les y conduisent par la main.

La misère, cette dompteuse des êtres, a tout ployé, brisé, écrasé, aplati ; effacé les révoltes intimes, tué les affections, séché jusqu'aux entrailles et aux pudeurs maternelles.

Mâles et femelles s'accouplent, multiplient, selon les préceptes bibliques, puis quand la charge devient trop lourde, que le père ne peut plus suffire pour remplir ces ventres, il disparaît, abandonne la mère qui, alors, adonnée au gin, trafique de la chair de sa chair.

— Une petite fille, gentleman ?

Georges Barrel se retourne. La voix est basse, timide et douce et la femme qui parle a un air d'honnêteté. Vêtue de couleurs sombres, elle porte le chapeau noir, bordé sur le devant du crêpe blanc des veuves. Une petite fille de quinze à dix-huit mois pèse sur son bras gauche et une autre de dix ans s'accroche à sa jupe.

Elle semble bién lasse la pauvre veuve, et elle répète d'une voix dolente :

— Une petite fille, gentleman ?

— Eh bien ? — demande Georges Barrel qui ne comprend pas l'interpellation.

— Elle sait tout faire, monsieur, elle est très intelligente et adroite ; elle fera votre chambre et préparera votre thé.

— Merci, ma bonne dame, je n'ai pas besoin de servante.

— Peut-être n'en voulez-vous pas parce qu'elle est si petite ?... Mais elle est forte et plus âgée qu'elle ne paraît. Dites votre âge au gentleman, Jenny.

— J'ai dix ans passés, monsieur — répondit l'enfant en levant sur cet inconnu de grands yeux hardis.

— C'est l'aînée de sept, monsieur — ajoute la mère — et je suis veuve. Il est temps qu'elle gagne sa vie et me rende ce que j'ai fait pour elle. Vous la nourrirez, monsieur, et la coucherez où bon vous semblera... sur un canapé... un fauteuil... un tapis par terre. Oh ! elle n'est pas difficile. Vous trouverez bien quelque coin... Et vous lui donnerez ce qui plaira à Votre Honneur. Pourvu qu'elle m'apporte chaque samedi deux *shillings* et six *pence* et un petit présent à Noël, je serai satisfaite... Puisse le bon Dieu permettre que mes autres filles trouvent, quand elles auront l'âge de Jenny, un gentleman à l'air respectable, comme vous !

— Je vous répète, ma chère dame, que je n'ai pas besoin de servante.

— Vous êtes artiste, peut-être ? Oui je vois que vous êtes artiste... Vous êtes Français ? Tous les Français sont artistes... C'est un modèle qu'il vous faut... Alors, je vous recommande Jenny... Elle est faite au moule. Son père était un des plus beaux *horse-guards* de Sa gracieuse Majesté la Reine. Peut être la trouvez-vous un peu maigrelette, mais elle engraissera chez vous ; elle ne mange pas son content, la pauvre *chose*, chez vous elle engraissera... elle deviendra plus belle. Elle est pleine de bonne volonté. N'est-ce pas, Jenny, que vous obéirez au gentleman ?

— Oui, mère.

— Vous ferez tout ce qu'il désirera.

— Oui, mère.

Georges Barrel navré passait outre.

— Monsieur, écoutez donc — insista la mère.

— Si c'est pour peindre des cupidons ou des anges, j'ai d'autres petites filles plus jeunes et bien douillettes... Monsieur, écoutez...

Mais Georges Barrel n'écoutait plus et continuait écœuré son chemin.

Et il entendit la veuve du horse-guard, de sa voix douce et dolente, accoster un autre passant.

C'est un peu avant cette époque qu'existait le fameux marché aux enfants de *Spitalfields*, un des faubourgs de la métropole sur lequel Léon Faucher, dans ses *Etudes sur l'Angleterre*, donne d'intéressants détails :

« Entre *Spitalfields* et *Bethnal Green*, sur une route dont l'accroissement de la population a fait une rue, se tient, les lundis et mardis, entre six et sept heures du matin, un marché aux enfants. C'est un espace ouvert, où les enfants des deux sexes, de l'âge de sept ans et au dessus, se présentent pour être loués *à la semaine* ou *au mois* par toute personne qui peut avoir besoin de leurs services. Lorsque le commerce ne va pas, on rencontre dans ce marché jusqu'à trois cents de ces pauvres petits ; quand les affaires reprennent de l'activité, l'on n'en voit pas plus de cinquante ou soixante à la fois. »

Et Hickson, dans son rapport sur la condition des tisserands, écrit :

« Je visitai ce marché et trouvai environ soixante-dix enfants réunis, accompagnés de leurs parents pour la plupart. A peine arrivé, je me vis assiégé de sollicitations. — « Voulez-vous un garçon, Monsieur ? — Une petite fille, Monsieur, pour le service de la maison ? etc. Parmi les parents, plusieurs ne semblaient pas être dans la misère ; la mère d'une de ces enfants était la femme d'un boutiquier jouissant d'une certaine aisance. Une autre appartenait à une famille de tisserands en velours gagnant de forts salaires. »

Les amateurs arrivaient de tous les points de la ville et même des localités voisines.

Celui-ci a besoin d'un apprenti ; celui-là d'une fillette pour aider la servante ou pour des travaux faciles :

Fillettes, grandes filles, vieilles rouleuses, se livrèrent à des écarts chorégraphiques...

Une affiche sur les murailles
A la maigre enfant des faubourgs,
Dont la faim gratte les entrailles,
Promet des gâteaux, des atours :
« Pour travail facile on demande
Des jeunes filles de treize ans. »
Tel s'exerce en la cité grande
Le massacre des innocents !

Mais là, pas besoin, comme dans les vers de Pontsevrez, d'une affiche sur les murailles ; le marché avait lieu, comme il vient d'être dit, à des jours et à des heures fixes. Donc, les loueurs examinaient la marchandise, comme ils eussent fait d'un âne ou d'un cheval, et arrivent les questions :

— Tu es bien maigre, gamine... Voyons ces bras ?

— Cette poitrine me paraît bien osseuse.

— Es-tu bien portante, au moins ?

— Seras-tu sage ?

Sage ! On sait ce que cela veut dire, et les parents le savent aussi.

Sage, c'est obéir à tout ce qu'exige monsieur.

On conclut le marché ; on paye une semaine d'avance et l'on emmène la marchandise.

« On ne peut se défendre, dit à ce sujet Léon Faucher, d'un sentiment pénible qui va jusqu'à l'indignation et jusqu'à l'horreur. Quoi de plus monstrueux, en effet, que toutes ces circonstances ? Un père, une mère mène son enfant au marché ; ils le crient comme une vile marchandise, l'étalent aux regards des passants et le laissent palper corps et âme ; ils le livrent pour être exploité, dans l'âge où les forces naissent à peine, au premier venu, pourvu qu'il soit le plus offrant, au maître dissolu comme au maître rangé dans ses habitudes ; sans la moindre garantie d'un bon exemple ni d'un bon traitement. On y regarderait assurément de plus près avant de donner à loyer un âne ou un cheval.

L'accord une fois conclu, l'acquéreur fait de l'enfant ce qu'il veut, un ouvrier, un commissionnaire, ou un domestique; l'enfant lui appartient exclusivement douze ou quinze heures par jour, car les parents n'ont pas exigé pour ce malheureux une autre éducation que celle de la servitude. »

La morale de ces parents est, on le pense, des plus élastique, et pourvu que la petite fille apportât quelques shillings à la fin de la semaine et qu'elle parût en bonne santé, père et mère ne la questionnaient guère sur les exigences du maître.

CHAPITRE LXXXII

Le quartier français. — Le progrès meurtrier. — Dépravation juvénile. — Le Café du diable. — La mort dans la marmite. — Destruction systématique des petits enfants. — Enfer social. — Le mort. — Scène du sabbat. — Promiscuités. — Les familles de Loth. — Les petits vices d'un amiral.

Georges Barrel était descendu dans le quartier de Leicester-Square qu'on appelait et qu'on appelle communément encore le quartier français, bien qu'il compte autant d'Allemands, de Suisses et de Belges que de nos compatriotes. Les Italiens se groupent ailleurs.

Il avait autrefois visité Londres et il savait que c'est le port où débarqueraient les exilés du coup d'Etat, ceux échappés à la déportation et à la mort.

Le square qui a donné son nom au quartier n'était pas alors ce qu'il est aujourd'hui, le centre des amusements et des attractions de Londres.

A la place du joli jardin où, en face de l'Alhambra, se dresse la statue de Shakespeare, l'on voyait sur un piédestal à demi écroulé, entouré d'une grille rouillée, un cheval de pierre jadis monté par un cavalier désarçonné par le temps.

Des rues pleines de boutiques et de cabarets plus ou moins interlopes et dont les maisons, de distance en distance, étaient percées de longues allées humides et sombres débouchaient sur le square, rendez-vous général de la prostitution cosmopolite.

Des hôtels portant les noms divers des principales capitales de l'Europe avec ces inscriptions « *On parle français* ou *Man spritch deutch* » abondaient dans ce district.

Naturellement, la respectabilité anglaise ne parlait qu'avec le plus grand mépris de ce coin de Londres, et il suffisait d'y habiter pour être presque noté d'infamie.

En tous cas, l'on ne pouvait être qu'un pauvre, un miséreux et la misère dans la Grande-Bretagne est considérée comme le dernier des vices et presque comme un forfait.

Sidney Smith, célèbre écrivain anglais, écrivait : « En Angleterre, la pauvreté est une chose infâme » et un autre écrivain Wood : « Après le crime de haute trahison contre l'Eglise et l'Etat, le plus déshonorant est d'être né pauvre ou de le devenir. » Aussi la première question que l'Anglais fasse sur un homme qu'il ne connaît pas, qui lui est présenté ou avec qui il peut entrer en relations est :

« — *How much is he worth?* » Combien vaut-il ? C'est-à-dire quel est le chiffre de sa fortune ou de ses appointements ? Et quels que soient d'ailleurs ses qualités, ses capacités, ses talents même, s'il est pauvre il est traité avec une méprisante politesse.

Georges Barrel n'ignorait pas cela, mais s'il était venu dans ce quartier mal famé c'est qu'il voulait continuer sur Londres des études de mœurs commencées dans son dernier voyage et que le manque de temps et les événements politiques ne lui avaient pas permis de poursuivre.

Pour le philosophe, l'observateur, il n'est peut-être pas de pays plus curieux à étudier, plus rempli de constrastes et de contradictions. On y rencontre à la fois la liberté absolue et la tyrannie la plus pesante, les lois les plus libérales et les usages les plus barbares, le moyen-âge étrange et ténébreux au milieu des clartés et des progrès de l'ultime civilisation. « De sorte que, disait Edmond Texier, selon que l'on regarde la Grande-Bretagne sous un aspect ou sous un autre, elle vous apparaît comme la plus avancée des nations ou comme la Chine de l'Occident ! »

Mais qu'entend-on par nation avancée, par progrès de la civilisation ? Et à qui ces progrès profitent-ils si ce n'est à un petit nombre ?

« Nous assistons — écrivait le docteur Julien Pioger, dans son remarquable livre : *La Vie sociale, la Morale et le Progrès* — nous assistons à ce phénomène singulier qu'un plus grand développement des ressources et des utilités coïncide avec une plus grande somme de privations et de misères. Nous voyons l'inventeur de la machine, au lieu de soulager l'homme en se substituant à lui, aboutir à lui imposer l'esclavage de l'atelier moderne.

Les découvertes de toutes sortes, qui devraient contribuer au bien-être et au développement de la vie de tous, semblent au contraire n'avoir pour conséquence qu'un accroissement des difficultés de la vie ; renchérissement des objets de consommation de première nécessité, crises dues à la surproduction avec les désastres du chômage, avilissement des salaires à l'extrême limite de ce qui est indispensable à l'alimentation du malheureux prolétaire. »

Ce mal fut déjà signalé par Waldo Emerson :

« Quand, en 1830, dit-il, le mécanicien Robert de Manchester, eut inventé la *Mule-jenny* qui file le coton toute seule, les manufacturiers s'écrièrent dans un transport d'exaltation :

« — Voilà un instrument qui va mâter les classes ouvrières, les mettre à la raison ! »

Raison dans leur bouche signifiait *famine*. Les machines ont remplacé l'homme ou fait de lui une autre machine... Le robuste Saxon dégénéré est devenu ce que nous voyons, le tisseur abruti de bas du Comté de Leicester et l'imbécile fileur de Manchester. L'invariable, incessante répétition du même travail racornit l'intelligence, lui ôte toute souplesse et toute vigueur.

Hormis à polir des épingles, à faire une boucle, à découper le même morceau de métal, un homme ne sait plus rien, n'est plus bon à rien. Il devient à la longue aussi abruti que ces vieilles ou jeunes dévotes qui récitent pendant des heures, en égrenant leur chapelet, le même *Ave Maria*. Il en résulte que les changements de la mode, les crises industrielles, vouent à la misère des populations entières de travailleurs... Arrachés à leur travail unique, ces automates humains sont incapables de toute autre occupation.

Voilà ce que coûte à l'humanité la division du travail !...

« Chanceliers de l'Echiquier — ajoutait l'auteur du *Traité du caractère anglais* — Conseil supérieur du Commerce, Pitt, Peel, le Parlement, toute la génération actuelle ont adopté de faux principes : en croyant enrichir la nation, ils l'ont appauvrie. Leurs expédients ont été ruineux. A l'apogée d'une prospérité *nationale*, quand l'Angleterre s'annexe des royaumes, construit des vaisseaux et des villes, quand des tonnes d'or et d'argent abondent, le peuple souffre la famine, le laboureur est forcé de vendre sa vache et son porc et ses instruments aratoires pour émigrer... »

Emigrer ! C'est ce que conseillaient aux prolétaires voués à l'éternelle misère, écrasés par les impôts, les hommes politiques qui avaient pris en main la cause du peuple.

« Emigrez, — disaient-ils — allez au Canada, aux Etats-Unis, en Australie, partout où n'existent pas des taxes écrasantes, un droit d'aînesse, des substitutions, pour conserver le sol de la patrie dans quelques milliers de familles ; où la terre, destinée à nourrir l'homme, n'est pas changée en parcs, en terrains de chasse, en forêts immenses et improductives ; où les droits politiques ne sont pas un mensonge. »

Et l'on suivait ce conseil, l'on émigrait surtout aux Etats-Unis à cause de la facilité pour y acquérir des terres, mais les citoyens de la République américaine ne tardèrent pas à s'émouvoir de ces légions de miséreux qui leur arrivaient annuellement par cinquantaine de mille et se mirent à prendre des mesures pour refouler cette invasion. C'est ainsi qu'ils firent rembarquer pour leurs pays respectifs les vieillards, les infirmes, les ivrognes et même les valides sans profession qui ne pouvaient justifier d'aucun moyen d'existence ; aussi bientôt la municipalité de Liverpool, le port principal de départ et de retour des émigrants, déjà encombré par l'émigration irlandaise, se trouva surchargée de l'existence de cette population aussi misérable qu'improductive.

— Hélas ! — s'écriait assez naïvement l'auteur cité plus haut — l'Angleterre a des écoles, des bibliothèques, des *astronomes*, des *évêques*, des hôpitaux, des caisses d'épargne, mais ces antidotes à son mal sont effroyablement insuffisants. Ce mal, une autre *organisation sociale* peut seule le guérir.

C'est précisément ce que fait observer le docteur Julien Pioger :

« Pourquoi donc, dans un pays qui pourrait nourrir beaucoup plus de citoyens, y a-t-il tant de malheureux qui succombent de faim et de misère ? Pourquoi donc, avec des Etats à organisation politico-administrative si complexe, constatons-nous tant de désordres, tant de pertes de forces et de richesses ? Pourquoi donc, depuis un siècle, voyons-nous les plus belles doctrines aboutir à des résultats si déplorables, la liberté à l'anarchie et à la terreur, l'autorité au césarisme et à la tyrannie, la « souveraineté du peuple » à l'exploitation d'une nation par une poignée de politiciens ?

« N'est-ce pas parce que l'organisation est politique au lieu d'être sociale, parce qu'elle n'a pour but que le maintien de l'ordre établi des choses et des personnes, au lieu d'avoir pour mission et pour effet d'adapter sans cesse la correspondance des besoins et des intérêts, d'assurer, en un mot, la vitalité de l'ensemble en faisant profiter la collectivité tout entière des progrès et des découvertes, au lieu d'en réserver les bénéfices aux privilégiés du moment ? »

Ces préliminaires, avant de suivre Georges Barrel dans les mystérieux bas-fonds des bouges de Londres, n'étaient pas inutiles, car ils servent à nous expliquer l'effroyable misère qui pesait alors et pèse encore aujourd'hui sur la plus grande partie de la population et à nous rendre compte surtout de l'effroyable débauche.

C'est l'époque où Edmond Texier affirmait,

d'après de récentes statistiques, que plus de deux cent mille femmes ne mangeaient pas selon leur appétit et que plus de trente mille étaient habituellement sans gîte.

« Il n'est pas possible de rester un mois à Londres — écrivait-il — sans avoir le cœur brisé à l'aspect de la misère qui pullule et grouille dans les rues de cette colossale cité. Dans les faubourgs, ce que l'on voit partout, ce sont des tourbes d'hommes sans aveu, que le manque d'ouvrage et les vices de toutes sortes livrent au vagabondage ou que la faim force à devenir mendiants, voleurs, assassins ; puis des troupes d'enfants, maigres et pâles, qui, semblables à des oiseaux de proie, sortent chaque soir de leurs tannières pour s'élancer sur la ville, où ils se livrent au crime, presque assurés de se soustraire aux poursuites de la police, insuffisante pour les atteindre dans cette immense étendue. »

Cependant, malgré cette impuissance de la police, la statistique criminelle signalait quelques années plus tard, en 1856, l'arrestation dans l'espace de neuf mois, de dix-neuf mille trois cent trente-six enfants, dont un petit garçon de *huit* ans solennellement condamné par une cour de justice à six ans de travaux forcés pour vol avec effraction dans une maison habitée.

Mais qu'est tout cela à côté de la prostitution juvénile?

— Les petites filles, jusqu'à l'âge de treize ou quatorze ans, c'est ce qui rapporte le mieux, avouait à Barrel une matrone de mise respectable, passé cet âge, elles vous coûtent plutôt, car il faut bien les nipper et elles se toquent de quelque petit freluquet qui ne leur donne rien ou bien elles lèvent le pied avec le premier drôle venu, laissant la pauvre maman se débrouiller comme elle le pourra. Elevez donc des enfants. Tous ingrats ! Oui, monsieur!

Aussi, tant que ses filles vivaient sous son toit, elle se hâtait d'en tirer profit. Il faut bien songer à ses vieux jours, n'est-ce pas donc ?

Chacune lui rapportait tous les soirs une somme fixée en proportion de son âge. L'aînée, douze ans, était taxée à dix shillings, ce qui lui donnait, pour cette seule jeune personne, un total de trois livres sterling par semaine, le dimanche, consacré au seigneur, au repos et aux joies du foyer, étant excepté.

Naturellement, les prix varient suivant la mise du client et la respectabilité du quartier.

Une nuit, un policemen trouva une petite fille d'à peine sept ans endormie dans une allée. Interrogée, l'enfant répondit qu'elle n'osait rentrer chez sa mère parce qu'elle n'avait pu compléter deux shillings, impôt quotidien que la maman prélevait sur ses talents naissants.

La matrone fut condamnée à quatre semaines de prison, non parce qu'elle forçait à la débauche ses filles, mais parce qu'elle les laissait coucher dans la rue. L'humanité avant tout, dit le juge.

Mais, à côté de celles qui ont une famille ou tout au moins une *mère* qui, si marâtre qu'elle soit, leur donne un coin du taudis où elles peuvent dormir à l'abri, combien d'autres sans pain, sans feu, sans gîte, attendent sur le pavé des ruelles humides, du premier homme qui passe et qu'elles harcèlent, les quelques sous nécessaires au coucher.

A celles-là, les *maisons* dites de *nuit*, appelées ainsi parce qu'elles sont fermées le jour, servent de refuge, comme à leurs frères les petits loqueteux. Eux aussi, pullulent. On les voit fourmiller dans les rassemblements, autour des orateurs des parcs, des prédicateurs de carrefours, aux portes des théâtres, se glissant dans la foule, fouillant les poches, faisant main-basse avec une dextérité sans égale sur les porte-monnaie et les mouchoirs. On se défie d'autant moins d'eux qu'ils offrent, d'un air suppliant, des boîtes d'allumettes ou des crayons, tandis que les petites filles présentent de petits bouquets de fleurs.

A partir de minuit, garçons et filles se retrouvent dans ces garnis immondes, les maisons de nuit, qui servent également d'asile à toutes les épaves de la grande cité.

Vagabonds, escrocs, voleurs, mendiants, prostituées hors de service, brutes mâles et femelles, filles tombées si bas qu'elles n'ont plus que les ressources aléatoires du raccrochage, dans les coins sombres, des ivrognes attardés ; enfants sans père, livrés par une mère alcoolique aux hasards des carrefours ; apprentis du vol et de la luxure ; parias que poursuit une fatalité maudite : tous ceux que leurs vices ou les vices des leurs ont plongés dans les égouts sociaux ; les loques humaines que les geôles rejettent au matin pour les reprendre le soir, comme la marée rejette et reprend les épaves, toutes les hontes et toutes les souillures forment la clientèle ordinaire de ces bouges.

Là, sans vergogne, s'étalent tous les vices et règne la plus effroyable promiscuité.

Georges Barrel y pénétra un soir, conduit par un compatriote loqueteux qui avait connu de meilleurs jours.

C'était un fils de famille portant un grand nom et que les femmes et le jeu avaient réduit à frayer avec les vagabonds.

Membre d'un cercle aristocratique, il avait, pour satisfaire aux exigences d'une maîtresse aussi déséquilibrée qu'avide, imité les grands seigneurs du dernier siècle, en voulant corriger au jeu la fortune contraire. Surpris en flagrant délit, chassé de son cercle, il avait vu se fermer sur lui toutes les portes et réfugié de la police correctionnelle à Londres, roulant de chûte en chûte, il en était arrivé aux plus bas expédients pour se procurer la pitance quotidienne, n'ayant d'autre domicile que les maisons de nuit.

Georges Barrel l'avait remarqué dans un de ces *coffee-shops* ou viennent prendre leur *lunch* ou leur thé les petits employés. Il y jouait de l'accordéon, suprême ressource, et le député avait facilement reconnu, à ses mains fines et blanches, à une certaine distinction des traits et à sa correction de langage, qu'il n'était pas né dans le ruisseau.

Il lui parla, lui donna quelque argent et en échange, le comte de C..., un comte authentique, voyant qu'il avait affaire à un curieux d'études de mœurs, lui offrit de l'introduire dans les repaires où seuls les bandits, les voleurs, les vagabonds sont admis.

Un de ces nocturnes *pandemoniums*, situé dans *Haymarket*, quartier aristocratique à l'entrée de *Piccadily*, non loin de *Leicester Square*, avait pour enseigne le *Café du Diable*.

Vêtu d'habits suffisamment râpés pour n'inspirer aucun soupçon, Georges Barrel suivit son conducteur.

L'extérieur de la maison n'offrait rien qui pût indiquer la catégorie d'hôtes qui la hantaient.

Elle était même d'assez décente apparence, comme les maisons voisines, mais ce n'était qu'une surface de parade, une sorte de décor servant à cacher d'affreuses coulisses.

Un public-house occupait la largeur de la devanture ; à côté s'ouvrait une allée sombre et fétide conduisant à une cour humide.

On descendait un escalier de quelques marches et l'on pénétrait dans une vaste salle, au plafond bas, occupant la plus grande partie de l'espace du sous-sol et servant à la fois de cuisine, de parloir et de dortoir, car ceux qui ne pouvaient payer le grabat des chambres situées aux étages supérieurs, avaient la latitude, moyennant un *penny* (dix centimes), d'achever leur nuit sur les bancs ou les tables rangés le long des murailles.

Il était minuit environ quand nos deux Français y entrèrent. Ils trouvèrent presque toutes les places occupées par des hommes, des femmes, de jeunes et de petits garçons, de petites et de grandes filles, la plupart pâles, hâves, portant sur leurs joues, dans leur regard, une même expression, celle du vice, de la résolution arrêtée dans le mal.

Plusieurs se pressaient autour d'un grand fourneau de fonte d'où se dégageaient des odeurs de graisse, de lard et d'oignon brûlé qui prenaient à la gorge. D'autres, assis sur les bancs ou accroupis sur le sol briqueté, attendaient que la place fut libre pour y faire cuire leur souper.

— Leur repas n'est pas varié, comme vous pouvez le voir — dit le comte — la saucisse et le pudding en forment la base. Mais le pudding, dont ils obtiennent une grosse tranche pour un penny, ils le dévorent tout chaud, sortant de la marmite du restaurateur, tandis que la saucisse, il faut la faire cuire, et ils l'apportent ici.

— Ces saucisses répandent une singulière odeur ?

— Odeur *sui generis*. Elles sont faites de viandes pourries ; mais la puanteur primitive est dissimulée par de fortes quantités d'épices, quelquefois même par un lavage chimique. Si vous voyiez l'arrière-cour de certains charcutiers, vous prendriez la fuite en vous bouchant le nez, dégoûté à tout jamais des saucisses et des saucissons qui se vendent en quantités énormes dans les quartiers populeux, et tous fabriqués avec des viandes corrompues. Ces honorables industriels recueillent, dans ces arrière cours, des morceaux de bœuf, de mouton, de porc, que les bouchers n'ont pu vendre et dont ils se défont à vil prix ; cela forme un monceau de viandes vertes et bleues, un amas d'abominations, et c'est avec ces chairs à demi putréfiées qu'ils fabriquent leurs comestibles. Aussi les empoisonnements ne sont-ils pas rares.

— La justice n'intervient donc pas ?

— Bah ! Ceux qui en crèvent ne vont pas se plaindre. Puis c'est du menu fretin qui ne compte pas. Voyez ces enfants ! Qu'ils meurent tous demain matin ! Qui s'en plaindra ?... Ce ne sont pas les richards, les gens dont on peut rechercher les causes d'une mort subite, qui se repaissent de ces pourritures... Cependant, il arrive que des individus, d'une classe au-dessus de ces malheureux, soient atteints de mortelles coliques. Récemment, après avoir dîné de saucisses, un policeman tomba malade et mourut. Sa femme porta plainte contre le charcutier. On fit une enquête, et pour toute défense, le charcutier répondit qu'il n'employait, pour la confection de ses denrées, que les mêmes matières employées par tous ses confrères.

On arrêta l'enquête, effrayé des conséquences qui pouvaient en résulter. Il eût fallu poursuivre toute une classe de respectables négociants, de marchands établis, payant patente, membres pour la plupart des conseils de paroisses, imposante corporation, soutiens de l'ordre.

On fit enlever, au charcutier empoisonneur, les immondices de son charnier, et ce fut tout son châtiment.

Ouvrons ici une parenthèse.

« Tout récemment, à Kingsland, faubourg de Londres, — dit Aurèle Kervigan — un homme mourait empoisonné par des saucisses, et trente-trois autres personnes étaient en danger de mort pour la même cause. Tout le district était dans la terreur, car il s'y fait une grande consommation de charcuterie, dont les mortels effets ne sont pas toujours si rapides.

Enquête du coroner, analyse, pour rire, de quelques saucisses, qui, pour cette occasion, avaient été faites bonnes...

Le charcutier nomme le boucher qui lui a vendu la viande des saucisses incriminées ; le boucher nomme le marchand de bestiaux qui l'approvisionne ; le marchand de bestiaux prouve que de sa vie il n'avait expédié des animaux qui ne fussent sains comme son œil.

Le jury rend son verdict :

« Gens morts et malades pour avoir mangé des saucisses. »

Et c'est tout.

Charcutier, boucher et fermier continuent à gagner beaucoup d'argent.

Que voulez-vous ? Nous sommes dans la libre Angleterre et c'est la liberté du commerce.

« Il y a cinq ans — continue Aurèle Kervigan — pendant les fortes chaleurs de juillet, un policeman conduit devant un magistrat un marchand qui vendait du poisson en putréfaction, les vers y grouillaient.

— « Je ne connais point d'acte du Parlement qui interdise cette vente — répondit l'homme payé pour protéger les citoyens.

« Le policeman s'adressa à un autre représentant de l'autorité, qui lui fit la même réponse. »

Pendant la saison des fruits, on saupoudre les prunes de bleu de Prusse, pour leur donner l'apparence du velouté naturel.

L'auteur de l'*Angleterre telle qu'elle est* fit observer à un fruitier que cette poudre bleue était un poison qui pourrait lui attirer des démêlés avec la justice.

— Est-ce que cela regarde la justice ? — répliqua le digne boutiquier.

L'aldultération de toutes les denrées alimentaires était déjà, à l'époque où fut écrit ce livre, un danger public : l'empoisonnement général de la population au profit des commerçants.

Depuis plusieurs années, un journal médical, *La Lancette*, exposait les fraudes meurtrières des marchands, en faisant connaître la nature et la quantité des ingrédients délétères mêlés au pain, à la bière, au poivre, au beurre, au lait, au café, à tous les objets destinés à réparer les forces humaines, à soutenir la vie.

Dans la composition du beurre vendu au petit peuple, par exemple, il n'entre pas une goutte de lait ; c'est un mélange de graisse et d'huile de colza.

Les médecins ont publié les résultats de leurs analyses chimiques ; la lecture en donne le frisson quand elle revient en mémoire au moment de se mettre à table.

Un livre ayant pour titre : *Death in the Pot*, « la mort dans la marmite », a démontré que le boulanger, l'épicier et le cabaretier sont des assassins patentés, mille fois plus dangereux et plus criminels que les assassins de grande route.

On évite ceux-ci, on s'arme contre eux, on les emprisonne, on les pend... Les assassins de la boutique sont aussi bien protégés, aussi inévitables, aussi puissants, plus puissants même que le juge sur son siège ; leur condamnation est sans appel. Chaque jour, il faut leur acheter la maladie et souvent la mort, parce que, chaque jour, il faut déjeuner, dîner et souper.

Mais il est temps de fermer la parenthèse.

L'entrée de Georges Barrel et de son cicérone n'avait attiré l'attention de personne.

Hommes, femmes, enfants, étaient occupés à dévorer, les uns sur les genoux, les autres, sur un coin de table, leur répugnante pitance étalée sur des fragments de journaux.

Quelques pots d'étain de la contenance d'environ un litre, d'autres d'un demi-litre, étaient placés çà et là devant les soupeurs qui, de temps en temps, y prenaient des gorgées d'une bière noire et d'aspect nauséabond.

Ceux qui avaient déjà mangé, sommeillaient dans quelque coin ou bien fumaient en des pipes de claie, les yeux mi-clos, la bouche baveuse, l'air abruti.

En d'autres coins, de vieux vagabonds à l'aspect patibulaire, suant la misère et la crasse, lutinaient de petites guenillardes avec qui ils partageaient leur pinte de porter, et des vieilles, hideuses et sordides, agaçaient des adolescents.

Cependant, quelques petites filles de dix à douze ans avaient reconnu le joueur d'accordéon. Elles l'entourèrent.

— *Froggi! Froggi!* — crièrent-elles. — Jouez-nous une gigue.

— Qu'est-ce que vous me paierez ? — demanda en riant le déclassé.

— Nous vous paierons, en dansant, la vue de nos jambes.

— Peuh ! ce n'est pas un spectacle nouveau.

— C'est toujours beau pour les amateurs — répliqua une gamine de dix ans.

Le comte sortit son accordéon de son enveloppe de serge et se mit à jouer une gigue effrénée, à laquelle s'associa bientôt une partie de l'assistance féminine, et peu à peu excitées par une mesure endiablée, fillettes, grandes filles et vieilles rouleuses, jupes troussées jusqu'au-dessus des genoux, se livrèrent à des écarts chorégraphiques aussi peu décents que variés.

Puis essoufflées, haletantes, les unes coururent reprendre leur place, tandis que le plus grand nombre s'affaissait sur le sol.

A la stupéfaction générale, Georges Barrel commanda une demi-douzaine de pots de bière où s'abreuvèrent les danseuses.

— *Good gracious* ! C'est un lord déguisé — se dirent-elles. Et il fut aussitôt assailli de petites et de grandes mendiantes qui lui firent leurs offres de service.

Il se contenta d'une distribution de menue monnaie qui lui gagna l'estime générale, puis se hâta de sortir de ce *pandemonium* où, derrière les provocations féminines, il voyait luire les yeux fauves des mâles, les yeux de loup des voleurs et des assassins, tandis que les gamines entouraient le joueur d'accordéon, lui disant :

— Froggi ! Froggi ! Vous nous ramènerez le gentleman.

Il était une heure du matin. Les lampes à pétrole accrochées aux murs lépreux devenaient fumeuses, une voix rude s'éleva du fond de la salle :

— Assez, les gamines ! Silence, les colombes de geôle ; tout le monde au pieu et à la caisse !

Le silence se fit aussitôt.

C'était un gros homme à tête et à muscles de boule-dogue qui commandait ainsi. Il se tenait debout près d'une porte donnant accès aux étages supérieurs, où, moyennant trois pence, l'on pouvait s'allonger sur un grabat.

Les clients, hommes, femmes, garçonnets, fillettes, versaient chacun à leur tour dans sa large main les trois *pence* et passaient.

La salle se vida à moitié. Ceux qui restaient s'accroupirent dans un coin, s'étendirent sur les bancs, s'allongèrent sous les tables, s'accommodant de leur mieux pour passer la nuit.

Alors, à chacun d'eux, individuellement, le gros homme, muni d'une lanterne, car la femme ménagère, économe, soufflait les lampes, moins une posée sur le comptoir, le patron du *Café du Diable* percevait minutieusement le penny donnant droit à l'infect abri.

. . . .

En 1832, la grande artère qui conduit de Charing Cross à *Oxford street* n'existait pas encore ; elle ne fut percée qu'environ trente années plus tard, ouvrant une trouée sanitaire dans un amoncellement de bouges. Alors, en descendant *Drury Lane* ou *Saint-Andrew street* pour se rendre dans le *Strand*, on apercevait çà et là, dans les lignes des bâtisses de briques, de longs et étroits corridors. Ces corridors, que l'on aurait pu prendre pour les allées de ces maisons pauvres, sont des passages conduisant à des demeures encore plus misérables, à d'autres passages, à d'autres ruelles aboutissant à une cour humide, forum de ces cités lépreuses dissimulées au centre de la grande cité.

Englobées, écrasées par des montagnes de briques, les races, qui s'y multiplient, nous l'avons dit, avec une effroyable fécondité, ne peuvent s'étendre et gagner le large. Elles s'y entassent chaque jour davantage, étouffées par la civilisation.

Aussi, dans ces foyers de pestilence, les fièvres endémiques sévissent elles avec rage, moissonnant périodiquement la moitié de cette végétation humaine, viciée avant la floraison.

La vie trop féconde est mise en coupe réglée par la mort. Juste équilibre des choses.

Suivant les lois mathématiquement rigoureuses de la multiplication humaine, si nulle cause ne venait y mettre obstacle, la population doublerait trois fois en un siècle ; un million d'hommes, après une période de cent années, en produirait huit millions. Mais ici il faut doubler le chiffre et avant cinquante ans ces ruches gorgées vomiraient forcément leur redoutable trop plein sans l'anéantissement annuel et presque systématique qui retarde cette lointaine menace et couvre encore les grondements des coups de tonnerre de l'avenir !

C'est peut-être sur cela que compte l'opulente bourgeoisie, à qui répugnerait l'égorgement des affamés.

Elle est prête en tous cas, et la jeunesse des banques, des comptoirs et même des universités, militairement équipée et armée, rompue à tous les exercices violents, étrangère à l'oisiveté des cafés et des brasseries, où vont s'énerver le soir nos jeunes gens, organisée en bataillons de volontaires, manœuvrant aussi bien sinon mieux, de l'aveu même des officiers généraux et de nos détachés militaires, que les troupes de la reine, auraient bientôt raison, au nom sacré de l'ordre, des hordes de la *mob*, de la canaille.

On les laisse donc fourmiller et se pourrir entre eux, et crever de faim ou de débauches précoces au fond de leurs sentines.

Et d'ailleurs les parents eux-mêmes se prêtent les premiers à l'accomplissement de l'œuvre de destruction.

Par les révélations d'un coroner de Middlesex, magistrat chargé des investigations dans les cas de mort accidentelle ou mystérieuse, il fut constaté que, vu les facilités laissées aux familles par les conseils de paroisses et l'imperfection de la loi, des centaines d'enfants, déclarés comme *mort-nés*, mais réellement *assassinés* à leur naissance, remplissent les cimetières de la capitale, et l'on ne parle pas ici d'enfants de filles mères, mais de légitimes.

Quant aux illégitimes que leurs mères abandonnent à la charité, cette *charité* se charge de s'en débarrasser au plus vite. Comment? Un journal anglais, le *Daily News* va nous l'apprendre :

« Il est actuellement dans le *Workhouse* des paroisses unies de Bloomsbury et de Saint-Gilles (quartier central de Londres) environ quatre-vingt dix enfants, et, d'après l'expérience d'un long passé, l'on peut affirmer que pas un ne sera vivant après une année. Ce pronostic ne peut étonner ceux qui savent à quel régime sont soumis ces enfants. Une vieille pauvresse est seule chargée du soin de ces petits malheureux. De quelle nature sont ces soins ?... Ici, la prudence arrête ma plume. D'ailleurs, si j'osais vous donner des détails, ou, vous auriez peine à y ajouter foi, ou vous seriez révoltés...

« Quant à la nourriture, c'est un pain grossier, trempé dans de l'eau blanchie avec ce qu'on appelle du lait, et dont on les bourre invariablement jusqu'à ce qu'ils meurent ; ce qui ne tarde guère, car il faut faire place aux survivants, qui s'en iront aussi vite que leurs prédécesseurs...

« Pour varier cette nourriture, on donne à ces enfants au berceau des restes de porc salé, et des restes de cette bière noire et forte, appelée *porter*, dont un seul verre stupéfie l'homme qui n'y est pas accoutumé. Un tel régime n'a et ne peut avoir pour résultat, dans la pensée de ceux qui le prescrivent, que le départ hâtif de ceux qu'il détruit. Ce départ, l'appellerons-nous *meurtre*? C'est le nom que lui donnent, à Londres, des Anglais, hommes de bien...

« Pour adoucir, autant que possible, ces affreuses misères, des visiteurs de cet asile ont proposé à l'administration d'y placer, *à leurs frais*, une nourrice pour les petits enfants.

« A leurs instances réitérées, l'administration à opposé et oppose un refus formel.

« Pourquoi ?

« C'est qu'avec une nourrice humaine, payée et surveillée, les enfants mis au *workhouse* vivraient. »

Et l'on ne veut pas qu'ils vivent !

Tous les *workhouses*, ces prétendus asiles de la vieillesse, du malheur et de la pauvreté, et qui ne sont que des oubliettes du pauvre et de l'orphelin, sont plus ou moins administrés comme celui de Saint-Gilles et de Bloomsbury.

Quant aux enfants naturels qui, ayant une mère ne peuvent être admis aux *workhouses*, il est une autre façon aussi expéditive de s'en défaire. On les confie à des femmes appelées *dry-nurses*, nourrices sèches, qui, sachant pour quel motif ces enfants leur sont confiés, envoient rapidement leur petit corps engraisser le cimetière.

Un acte, signé par n'importe qui, attestant que l'enfant est mort-né, suffit pour régulariser le décès et autoriser l'enterrement, moyennant une demi-couronne (trois francs).

La destruction de la « graine maudite » se fait on le voit bénignement et sans bruit.

Il est encore une autre cause de mortalité pour tous les faibles, pour tous ceux qui n'ont pas l'âme chevillée au corps, c'est l'air pestilentiel que l'on respire dans les bouges dont nous venons de parler.

Cependant pas un qui ne rapporte à son propriétaire mieux que les somptueux hôtels.

Aussi, ces propriétaires, riches épiciers, opulents bouchers, l'édilité des districts, s'opposent-ils, pour la plupart, à un assainissement qui diminuerait leurs revenus.

« — Les *pence* — disent-ils — font les shillings, les shillings font les guinées, et plus la maison est pleine, plus grosse est la recette. »

Quant à la part de responsabilité qui leur incombe, ils déclarent s'en laver les mains.

« — Nous ne pouvons — disait à Georges Barrel un de ces édiles, — être responsables de l'imprévoyance du pauvre. Ce n'est pas notre faute si, dans le taudis à peine assez large pour deux, le couple irrégulier autant qu'irréfléchi, sème à profusion sa progéniture ; si chaque famille de prolétaires jette dans la vie cinq ou six fois plus d'enfants qu'elle n'en peut nourrir ni même abriter, n'assurant d'autre patrimoine, dès les couches de la mère, aux garçons que le pain de la geôle ou la corde de la potence ; aux filles, celui de la prostitution. »

C'est là, dans les profondeurs de ces fosses, où la civilisation enfouit vivants ses déshérités, qu'il faut se rendre compte de toutes les horreurs auxquelles cette civilisation les condamne.

L'un de ces *logements de nuit*, fut signalé à Georges Barrel comme spécimen du genre, et par une soirée pluvieuse de décembre, il s'y aventura n'ayant d'autre guide que des indications assez vagues et d'autre sauf-conduit que le nom de l'ogresse qui tenait cette sorte de tapis-franc.

Il s'était égaré dans un dédale de ruelles tortueuses, lorsque de petites vendeuses d'allumettes de dix à douze ans qui le poursuivaient de sollicitations non équivoques, le mirent dans le droit chemin, dans l'espoir qu'il choisirait l'une d'elles pour sa compagne de nuit.

Il déboucha enfin dans une cour de dix mètres carrés et reconnut l'*hôtel* à une planchette-enseigne, accrochée à un volet du rez-de-chaussée : « *Bons lits à 2 et 3 pence* ».

Sous la pluie fine qui tombait depuis le matin sans discontinuer, une dizaine de femmes, serrées les unes contre les autres, étaient accroupies, la tête couverte de leur châle, et des

C'est papa qui pue comme ça ! On l'a mis sous le lit !

enfants se pressaient contre elles pour se réchauffer et s'abriter avec un lambeau de loques.

C'étaient des clientes qui manquaient ce soir-là des deux *pence* nécessaires et attendaient la venue de quelque ami plus favorisé du sort, homme ou femme, qui voulut bien payer pour elles les quatre sous exigés.

A d'autres portes de la cour, Barrel vit d'autres groupes. Lorsque le logis n'est pas trop gorgé d'hôtes payants, la logeuse leur permet d'entrer et de s'accroupir dans le corridor. D'autres fois, c'est le logeur ou son fils aîné qui ouvre furtivement la porte pendant le sommeil de la matrone. Mais, si elle les surprend, il éclate un grand tapage, car elle sait comment ces mâles se payent de leur hospitalité.

Elles se rangèrent pour faire place à l'étranger et l'une d'elles appela mistress Mac-Robson.

Une femme d'une quarantaine d'années, misérablement vêtue, se présenta presque aussitôt. Elle puait l'eau-de vie et sa grosse face couperosée exprima tout d'abord une certaine inquiétude.

Elle prenait Georges Barrel pour un *detective*, mais l'accent fortement exotique du français la rassura.

— Que voulez-vous ? — lui demanda-t-elle.

— Je cherche ma bonne amie.

— Votre bonne amie ? — répéta-t-elle, le regardant d'un air soupçonneux à la clarté d'une lampe à pétrole accrochée dans le corridor. — Vous êtes encore un bel oiseau de geôle, vous ! D'où sortez-vous, de Newgate ? Vous avez donc échappé à la potence ? Retournez d'où vous venez, mon vieux !

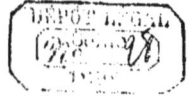

— Pas sans boire un verre de gin avec vous — répondit Barrel lui montrant entre le pouce et l'index une pièce de deux shillings qu'il tint à hauteur de son œil.

— Ah ! good gracious ! Vous êtes un précieux coquin ! C'est le roi du ciel qui vous envoie, pour sûr ! Jamais je ne me suis sentie si altérée que ce soir.

— Eh bien, voilà de quoi vous désaltérer. Envoyez chercher à votre choix de la bière ou du gin.

— Je vais vous dire mon goût, mon trésor. Nous partagerons, si vous le voulez bien. Un pot de porter et une demi-pinte de gin. Cela vous va, mon chéri ?

— Parfaitement. Et tenez voici deux autres shillings pour faire entrer ces femmes.

— Oh ! lord Jésus ! Vous êtes donc un pair d'Angleterre déguisé ? Deux shillings ! Combien sont-elles ? Bah ! je leur ferai un bon petit lit dans le corridor, car mes chambres sont pleines. Elles ne se plaindront pas, les pauvres chattes ! Ah ! ah ! Je vois bien ce que vous voulez — ajouta-t-elle, clignant de l'œil. — Mais il n'y a rien pour vos beaux yeux dans ce tas de guenilles. Je vous montrerai là-haut quelque chose de mieux. Peut-être y trouverez-vous votre bonne amie... Entrez ici, en attendant.

Elle le poussa dans une chambre, éclairée par une lampe à pétrole fumeuse.

Près de la cheminée, une vieille décrépite, assise sur une chaise basse, fricotait une sorte de brouet noir, comme devaient en manger les Spartiates, peuple brave mais peu délicat. Une abominable odeur emplissait la chambre, et Barrel se demandait si c'était de la poêle à frire ou des haillons de la vieille que s'exhalait la puanteur.

De temps en temps, elle allongeait la main, retournait du bout des doigts le morceau noirâtre qui mijotait, et les suçait avec une visible satisfaction.

Puis une quinte de toux secouait sa carcasse et elle glapissait d'une voix dolente :

— *Ah! dear me! ah! dear me!* Ce que l'on pourrait traduire par l'expression méridionale : « Pauvre de moi ! Pauvre de moi ! »

En face de la cheminée, un lit de fer très large occupait à lui seul la moitié de la chambre. On apercevait, par les éventrures de l'unique matelas, les guenilles laineuses qui servent à rembourrer la couche du pauvre. Des couvertures rapiécées tombaient jusqu'à terre.

A demi couchée au milieu du lit et appuyée sur le coude, une petite créature, paraissant âgée de neuf à dix ans, malingre et pâle, détournait du brouet de la vieille ses grands yeux, brillants de convoitise, pour les attacher curieusement sur l'étranger.

Agenouillée près du lit, une jeune femme, à peine sortie de l'adolescence, sans chemise, les seins découverts, un seul jupon aux hanches, savonnait dans un baquet d'eau tiède deux toutes petites filles.

Des vêtements sordides d'hommes et de femmes pendaient aux murailles et au-dessus de la cheminée, à côté d'une glace au cadre de bois peint, de tasses et de soucoupes ébréchées, était clouée une grossière enluminure représentant le prince Albert et la reine Victoria.

Un énorme chat gris, pelotonné près du feu, surveillait, d'un œil sournois et mi-clos, le fricot de la vieille.

— Otez-vous — dit mistress Mac-Robson — donnez votre chaise à ce gentleman.

Sans se retourner, la vieille couvrit de son corps sa poêle à frire en poussant des gémissements rauques.

— Elle a la tête un peu *craquée* — ajouta l'hôtesse en lui arrachant violemment la chaise. — Asseyez-vous... mon ivrogne de mari a cassé les deux qui restaient.

Barrel s'empressa de restituer son siège à la sorcière, qui lui lançait des coups d'œil farouches, et s'appuya contre le lit, tandis que mistress Mac-Robson allait chercher les *rafraîchissements*.

La jeune femme continuait silencieusement sa besogne sans paraître se douter qu'un homme venait d'entrer dans la chambre. Elle avait sorti une des fillettes du baquet et l'essuyait avec un morceau de vieille jupe. Un moment elle se redressa, rejetant son corps et ses bras en arrière pour relever le chignon qui s'écroulait sur son cou, étalant ses seins flétris de mère trop précoce.

Presque au même instant un léger coup de baguette frappé sur l'épaule du Français le fit se retourner, et il vit la petite créature du lit qui le regardait en riant.

— Vous n'avez donc pas sommeil ? — lui demanda-t-il pour entrer en conversation.

— Oh ! non, je suis toute la journée couchée.

— Vous êtes malade ?

— Oh ! non... Mais je ne peux pas marcher ; j'ai une jambe cassée. Papa me l'a cassée quand j'étais petite. Il était saoûl, alors il m'a donné un grand coup de pied... Çà a fait crac... Oh ! j'ai eu bien mal.

— Mais vous pouvez marcher avec une béquille ?

— Oh ! oui. Mais papa a cassé ma béquille en battant maman. Il battait grand-maman aussi.

— Cette vieille dame ?

— Oui, c'est la mère de papa.

— Et qui est cette jeune qui lave ces petites ?

— C'est Polly, ma grande sœur. Papa la battait aussi ; mais elle est revenue quand elle a su qu'il était parti.

— Vous n'en êtes pas fâchée, s'il vous battait comme cela ?

— Oh ! non.

— Votre sœur est mariée ?

— Polly ? — fit la petite fille en riant. — Oh oui ! Elle est mariée. N'est-ce pas Polly que tu es mariée ?... Vous voyez bien qu'elle est mariée, puisqu'elle a deux *babies*... Moi aussi, si je n'avais pas la jambe cassée, je me marierais.

— Taisez-vous, petite sotte — s'exclama Polly — vous ne savez pas ce que vous dites.

— Je le sais, je le sais ce que je dis. J'ai douze ans ; toutes mes amies qui ont douze ans ont leur petit homme. Qu'on me rende seulement ma béquille...

Georges Barrel s'écarta du lit. Il lui semblait maintenant que de là venait l'odeur insupportable, nauséabonde.

L'enfant surprit son geste de dégoût.

— C'est papa qui pue comme ça ! — dit-elle.

— Votre papa ? Comment votre papa ? Où est-il ? Vous venez de me dire qu'il était parti.

— Oh ! oui... pour l'autre vie. Il est parti pour la vie éternelle. On l'a mis sous le lit.

— Comment, sous le lit ! — s'écria Barrel stupéfait, faisant deux pas en arrière.

— Oui, dans la boîte de sapin. C'est bien fait pour lui. Il ne me cassera plus la jambe et plus jamais ma béquille.

— Il commence à sentir — dit la jeune femme, qui achevait d'essuyer l'autre petite fille. — Rien d'étonnant, c'est aujourd'hui le cinquième jour, mais je pense qu'on viendra le chercher demain.

Georges Barrel se dirigeait vers la porte pour sortir au plus vite de cette sentine aux odeurs de charnier, lorsqu'il se trouva face à face avec mistress Mac-Robson qui rentrait tenant un pot plein de porter.

— Me voici — dit-elle — ne vous impatientez pas. Mais le public-house était plein de femmes qui jacassaient comme des pies et m'ont arrêtée au passage. J'avais beau dire : Laissez-moi, mes duchesses, un lord m'a donné rendez-vous. Elles m'ont ri au nez, comme si je mentais, et m'ont forcée à boire. Je ne pouvais pas refuser, c'était justement de mes clientes. Enfin, me voici... Tenez la mère, buvez un coup, et si vous êtes sage — ajouta-t-elle, en montrant le goulot d'un flacon plein de gin qui sortait de sa poche — j'ai là du nanan dont vous aurez votre part... Suivez-moi, mon doux lord, peut-être trouverons-nous là haut la *lady* que vous cherchez.

Et s'emparant de la lampe, malgré les cris et les protestations de la vieille, elle précéda Barrel dans l'escalier.

Un bruit confus de chuchotements, de rires étouffés mêlés à des ronflements sonores, venait de l'étage supérieur.

Mistress Mac-Robson poussa, avec quelque difficulté, une porte et, à la lueur de la lampe, Barrel aperçut un grouillement d'êtres couchés dans toutes les postures sur des paillasses alignées et serrées l'une contre l'autre de chaque côté de la chambre, avec un étroit passage jonché de hardes au milieu.

Ils étaient bien là une vingtaine, hommes, femmes, enfants, jeunes filles, vieillards, pêle-mêle, confondus. Par les larges déchirures des couvertures sordides, des têtes, des bras, des jambes sortaient.

Cette subite irruption interrompit d'immondes embrassements, immobilisa des accouplements hors nature.

Un adolescent, la face enfouie entre les seins d'une femelle à tignasse grise, feignait de dormir, et la gouge riait cyniquement, lui secouant la tête.

« — C'est mon bébé — disait-elle. — C'est mon petit bébé ! »

Dans un coin, des filles et des garçons de dix à treize ans sommeillaient entrelacés.

— Ce sont les clients à trois *pence* — me dit l'hôtesse. — Ils se collent tous ensemble pour avoir plus chaud. Ah ! il s'en passe de drôles ! Mais ce ne sont pas les évêques ni les filles d'évêques qui viennent coucher ici.

— Et les lits à deux pence ? — demanda Barrel surmontant son dégoût et désireux de pousser jusqu'à la fin ses investigations.

— Dans la chambre du fond. Seulement il n'y a pas de paillasses. On s'y allonge sur des morceaux de sacs... Voulez-vous voir si la belle dame que vous cherchez est là ?

Mais les odeurs exhalées par ces haleines viciées et les sueurs des promiscuités de ces malpropres vivants étaient plus abominables encore que la puanteur du mort d'en bas ; Georges Barrel ne voulut pas s'aventurer plus loin et redescendit l'escalier croulant.

Un grand tapage montait de l'appartement privé de la logeuse. Les femmes accroupies dans le corridor écoutaient en riant.

La vieille glapissait, les enfants hurlaient, le chat poussait d'affreux miaulements. Et au milieu du tumulte on entendait une voix rauque, une voix d'alcoolique, avec un bruit de lutte, tandis que la petite fille à jambe cassée criait d'un ton rageur et grêle :

— Je veux ma béquille : Maman, maman, voilà l'homme de Polly ! il est encore saoûl ! Ma béquille ! Je veux m'en aller d'ici.

Puis tout se tut.

Mistress Mac-Robson entra dans la chambre en coup de vent ; le courant d'air éteignit brusquement sa lampe.

Barrel, qui avait suivi l'ogresse aperçut, à la lueur du feu de charbon de terre, la vieille près du foyer, dévorant gloutonnement, le nez penché sur une large assiette où elle avait déversé le contenu de sa poêle à frire, le chat, huché sur ses épaules, essayant de happer avec ses griffes les morceaux au passage, tandis que les petites filles, blotties près du cercueil, contemplaient avec épouvante un homme accolant leur mère contre le lit où s'agitait l'estropiée.

Et celle-ci frappant avec colère de sa baguette les épaules de l'ivrogne, répétait comme une sauvage affolée :

— Ma béquille ! Je veux ma béquille !... Maman, maman... Il est encore saoûl !

Barrel n'en voulut voir ni entendre davantage et se hâta de sortir de cet antre.

. . . .

Mais à part le logeur qui y possède son domicile, son *home*, et l'on a vu quel *home*, les clients de ces bouges, ne sont que des hôtes de passage. Epaves des boues de Londres, sans lieu, sans famille, ils ne viennent y gîter que la nuit.

A côté de cela, sinon plus misérables, du moins abritant des infortunes plus dignes, des malheurs moins mérités, sont les taudis loués à la semaine aux pauvres travailleurs.

Les villes des comtés appellent dédaigneusement Londres, une ville de logeurs (House-Keepers) et, en effet, dans cette monstrueuse métropole, où chaque jour tant de milliers d'hommes affluent, le facile métier de logeur est celui d'un grand nombre d'habitants.

Tel qui ne parvient pas à payer le loyer d'un logement n'hésite pas à prendre une maison entière. Il sous-loue, en détail, ce qu'il a loué en gros et se trouve ainsi logé gratis.

Beaucoup de familles bourgeoises, dont les revenus sont restreints, ne peuvent avoir un appartement décent qu'en opérant ainsi : grande ressource des veuves et des vieilles filles sans emploi.

Mais dans les quartiers pauvres cette industrie est surtout florissante. Pas une maison qui ne soit exploitée de la sorte et ne contienne un nombre effrayant de locataires.

Beaucoup de familles d'ouvriers, pour alléger leurs charges, prennent avec eux un hôte étranger, parent, ami, le premier venu qui consent à partager la commune misère dans un coin de quelques pieds carrés.

Léon Faucher, dans ses *Études sur l'Angleterre*, cite une enquête faite au centre même du *Sud-West*, le quartier riche : il ressortit de cette enquête que plus de mille familles n'avaient qu'une chambre, et les trois quarts un seul lit. Père, mère, aïeuls, filles, garçons, partageaient la couche commune.

Dans une chambre de *Peter street*, l'hôtesse s'était réservé la partie centrale près du foyer, où elle avait installé son grabat. Chacun des trois autres côtés était occupé par une famille ayant chacune son grabat, qu'on rangeait contre le mur le jour et qu'on étendait la nuit ; une locataire, une vieille veuve, en possédait un pour elle seule, mais comme elle payait irrégulièrement son coin de chambre, elle fut obligée de donner la moitié de son lit à un jeune garçon d'une quinzaine d'années, parent de la logeuse.

— On est sûr qu'ils n'augmenteront pas la population — disait en riant celle-ci.

Ces horreurs se passaient et se passent encore, nous l'avons dit, au centre d'un des plus opulents quartiers de Londres, non dans des recoins hantés par des vagabonds et des voleurs, mais dans des maisons d'aspect décent, habitées par des ouvriers, là où la charité bruyante de la bigote et évangélique bourgeoisie fait le plus de tapage, où les secours sont les plus abondants.

Qu'est-ce donc dans les réduits ignorés, dans les quartiers fangeux où jamais le policeman ni le pasteur ne pénètrent ?

Aussi la mort y fauche-t-elle autant que dans les gîtes de nuit.

Un enfant sur deux succombe et les femmes qui, plus que les hommes, subissent les influences délétères dépassent rarement l'âge mûr.

Du printemps à la fin de l'automne, le typhus y règne ; ses ravages valent ceux du choléra à Smyrne, de la fièvre jaune au Sénégal. Dans ces entassements, la peste s'élabore comme après la pourriture qui suit les grandes batailles. Il n'y a de relâche que l'hiver, mais alors viennent d'autres faucheurs qui continuent la besogne : le froid et la faim !

Et c'est par les statistiques effrayantes de ces morts qui ne laissent jamais de vides qu'on peut avoir une idée de la non moins effrayante multiplication des vivants.

Hideuse promiscuité ! Non loin des vagissements du nouveau-né, l'on entend les râles du moribond ; à côté du cercueil du mort, le forcement de la fille impubère !

La communauté de cette vie intime, sans pudeur comme sans mystère, amène celle des femmes, et dans ces accouplements en famille tout sentiment s'éteint.

Que devient l'enfant qui voit passer sa mère de mâle en mâle et ne sait au juste lequel des ivrognes qui la talochent à droit au nom de père ?

Dans la promiscuité des couches, dans la nuit d'un samedi, où la chambrée entière s'ébattra dans l'ivresse de la bière et du gin, ivre elle-même, la fillette saura-t-elle seulement qui l'aura déflorée ?

— Quel fut votre premier amant ? — demandait un magistrat à une gamine de treize ans, prise en flagrant délit d'outrages aux mœurs.

— Je ne sais pas, — répondit-elle.

— Comment vous ne savez pas. Répondez à ma question. Elle est claire et n'admet pas de réponse évasive.

— Je vous jure que je ne sais pas, Votre Honneur. Papa, maman, mes frères et moi, nous avions tous bu... et il n'y avait pas de chandelle.

— Quel âge aviez-vous ?

— Oh ! il y a longtemps — répondit l'enfant.

La fréquence de semblables cas devant les cours de police démontre l'étendue du mal, car il est établi par les criminalistes qu'à peine un tiers de ce genre de crime tombe sous le coup de la loi.

A côté des scandales bruyants, combien d'obscurs et d'inédits, que les journaux ne peuvent ou ne veulent pas relater, de crainte d'effaroucher leurs lecteurs !

Au delà de la maison, de la rue, du carrefour, ces scandales n'ont aucun retentissement, tant dans le quartier et l'étrange monde qui l'habite la chose paraît ordinaire, banale presque, et les reporters des tribunaux ne se soucient pas de les relater, pour ne pas, nous le répétons, s'attirer les colères et les protestations du vertueux public, du pudibond bourgeois qui se refuse à ce qu'on lui découvre les secrètes gangrènes de son état social.

Aussi, ceux qui, de même que Georges Barrel, aiment à se rendre compte de ce qui se passe dans les coulisses de la tragédie humaine, ceux auxquels il ne répugne pas d'assister au lamentable défilé des laideurs physiques et morales qui feraient ajouter foi aux théories de notre simiesque origine, et qui se déroulent chaque jour en un incessant panorama devant les tribunaux de simple police, peuvent puiser d'innombrables documents en expérimentant *in anima vili* dans les sombres dessous de la civilisation.

Oh ! l'effroyable danse macabre !

Ce n'est plus la mort avec ses os de squelette qui entraîne dans la ronde fatale monarques et prolétaires, prélats et laboureurs, financiers et mendiants, c'est le vice sous toutes ses formes, ivrognerie et crapuleuse débauche, non pas le vice triomphant et salué bas par la foule veule et vile, mais le vice honteux et blafard, loqueteux et vermineux qui se rue dans les bas-fonds, saisit pêle-mêle les damnés, fillettes et aïeules, pères et fils, matrones et enfants, pour les emporter dans le cycle infernal.

Et qu'ils sont reconnaissables les prédestinés saisis par sa griffe !

Ainsi que le Belzébuth des vieilles légendes, il les a marqués au front et tous, grands et petits, mâles et femelles, voués aux sabbats diurnes et nocturnes, portent sur leur face, comme autrefois les sorcières, les stigmates de la bestialité.

— Oui — disait Georges Barrel, écœuré de certaines scènes déroulées devant lui — il est des races maudites où, de père en fils, d'aïeules en petites-filles, le sang vicié se perpétue et le crime est héréditaire.

Quand on réfléchit au lot misérable échu à nombre des enfants de cette famille d'Atrides qu'on appelle l'humanité, et que, le cœur chaud d'amour fraternel, on jure à part soi de se consacrer au soulagement de ces misères, qu'on s'approche pour panser les plaies béantes, l'on recule saisi d'horreur.

Cette plaie que l'on croyait cicatriser est une incurable lèpre, cette blessure un ulcère où grouillent les vers.

Que faire ?

Comment ne pas se détourner avec dégoût de ces puanteurs physiques et morales, comment soulever ces haillons et remuer ces boues sans vomir ?

Le cœur le mieux trempé faiblit à cette tâche.

Et puis, quelle ingrate et stérile tâche !

Le chirurgien est inutile là où il faut l'équarisseur.

Ce n'est plus un malade à guérir, un membre à amputer : le corps entier tombe en pourriture.

Voici le spectacle auquel assista un matin, l'ex-représentant, mêlé à la foule des désœuvrés d'une des cours de police de Londres.

Une petite fille se tient debout dans la sorte de cage destinée aux témoins. Elle est trop jeune pour qu'on lui fasse prêter, suivant l'usage, serment sur la Bible, et son témoignage est reçu à titre de renseignement.

Elle a onze ans, mais elle est si fluette, si chétive, qu'elle en paraît à peine huit. Brune comme une Irlandaise, le teint mat, elle a des yeux noirs et vifs, qui éclairent d'un éclat singulier sa petite mine d'enfant futée et vicieuse.

Un grand bênet de dix-huit à vingt ans, aux cheveux couleur de filasse, à l'œil éteint, à la figure niaise, est assis au banc des prévenus. Il sourit d'un air idiot en écoutant la déposition de la petite et secoue négativement la tête.

— Reconnaissez-vous l'accusé ? — demande le magistrat à l'enfant.

— Oui, Votre Honneur, c'est Jack.

— Vous est-il parent ?

— Non, c'est le fils de papa.

Le greffier explique que c'est le fils d'un nommé Hornson, marié en secondes noces à la veuve Jelly, mère de la petite et, par conséquent, beau-père de l'enfant.

— Eh bien, Mary Jelly, racontez ce qui s'est passé.

La petite fille baisse la tête et promène sans répondre ses doigts sur la tablette d'appui de la balustrade. On est obligé de lui répéter plusieurs fois la question. Enfin, le juge lui arrache les paroles une à une.

— C'était le matin, je me trouvais seule dans la chambre et j'essuyais les tasses à thé... maman m'avait dit qu'elle allait chez une voisine... elle avait emmené avec elle ma sœur Siby pour qu'elle promène le baby.....

— Et alors?

— Et alors Jack est entré...

— Et alors?

— Et alors... il a dit comme ça qu'il venait chercher son tranchet...

— Et ensuite?

— Ensuite... il m'a demandé où était maman?

— Et puis après?...

— Et puis après...

Après force hésitations, elle finit par raconter au magistrat la scène dont le lecteur se doute. La mère est entrée subitement sur ces entrefaites et s'est jetée sur Jack en l'accablant d'injures et de coups.

— Mais — objecte le magistrat — pourquoi n'avez-vous pas crié, appelé, puisque vous saviez que votre mère était chez une voisine... et à défaut de votre mère, les locataires de la maison seraient intervenus.

La petite fille ne répond pas; enfin pressée de questions, elle avoue qu'elle était consentante, et que Jack lui donnait chaque fois un penny (deux sous).

— Comment chaque fois? — s'écrie le juge. — Mais la première, pourquoi n'avez-vous rien dit, ne vous êtes-vous pas plainte à votre mère?

La petite hésite encore:

— La première fois, c'était papa — dit-elle enfin.

— Quel papa? Votre papa Jelly ou votre papa Hornson?

— Papa Hornson.

— Mais encore une fois, pourquoi n'avez-vous rien dit.

— Je l'ai dit à ma sœur Siby; elle m'a dit de me taire.

— Quel âge a votre sœur Siby?

— Elle a treize ans.

— Depuis combien de temps s'est passé le fait que vous venez de me raconter.

— Je crois, deux ans.

— Vous aviez neuf ans alors?... Voyons, répondez quand je vous interroge. Quel âge aviez-vous?

— S'il vous plaît, Votre Honneur — murmure-t-elle, d'une voix à peine audible — huit ans et demi.

La sœur aînée de Mary Jelly, Siby est alors appelée à la barre.

C'est une gamine à la physionomie douce, assez joliette et qui, à l'encontre de sa cadette, paraît beaucoup plus que son âge.

— Vous saviez — lui demande le magistrat — qu'il existait des relations entre votre sœur Mary et votre beau-père?

— Oui, Votre Honneur.

— Pourquoi l'avez-vous caché à votre mère? Pourquoi, surtout, avez-vous empêché la petite Mary de se plaindre?

— Parce que maman l'aurait battue.

— Cette bonté de cœur est vraiment touchante... Mais votre devoir était de prévenir votre mère.

— S'il vous plaît, Votre Honneur... Elle m'aurait battue aussi.

— Vous aussi... Mais pour quelle raison? On ne bat pas un enfant qui dévoile une mauvaise action.

— C'est que.... C'est que Mary aurait dit.... que moi aussi... avec papa.

Le magistrat n'insiste pas, il fait appeler mistress Hornson, veuve Jelly. Une femme de trente-cinq à quarante ans, dans un état de grossesse avancé, arrive en pleurant, le visage enfoui dans son mouchoir. Quand elle le retire, elle découvre la hure avachie et les bajoues boursoufllées d'une buveuse de gin.

— Vous êtes la veuve Jelly et vous avez épousé en secondes noces un nommé Hornson? Où est-il cet homme?

— Je ne sais pas, Votre Honneur. Depuis dix-huit mois je ne vis plus avec lui. Il m'a *désertée* et s'est mis en ménage avec Bridget, ma fille aînée, qui va maintenant sur ses dix-sept ans. Même j'ai su qu'ils avaient un *baby*.

— Quels sont vos moyens d'existence?

— Je suis femme de peine, blanchisseuse, tout ce qu'on veut — répondit-elle d'une voix dolente — pour gagner ma pauvre vie. Pensez, Votre Honneur, j'ai trois filles à la maison qu'il me faut habiller et nourrir, Siby, Mary et la petite Dolly qui ne marche pas encore.

— Ce qui ne vous empêche pas de boire. Vous êtes notée dans votre rue comme une ivrognesse invétérée. Tous les samedis vous rentrez ivre. Jack Hornson demeure avec vous?

— C'est lui qui paye le loyer. Il est ouvrier cordonnier. Qu'est-ce que je ferais sans lui?

— Il vous faudrait moins boire. Combien avez-vous de chambres?

— Une seulement.

— Vous dédoublez votre lit alors?

— Oui, Votre Honneur.

— Racontez ce que vous avez vu qui a nécessité l'arrestation de Jack Hornson.

La femme hésite, se coupe, a des réticences, revient sur la déclaration première faite à un policeman.

Le policeman interrogé explique qu'il a mis le jeune cordonnier en *charge* sur la plainte formelle de la femme Hornson qui, par ses cris, ameutait les voisins.

— Maintenez-vous votre accusation ? — demande le magistrat effrayé sans doute de l'abîme de monstruosités qui s'entr'ouvre devant lui.

— S'il plaît à Votre Honneur, je demande à la retirer, — répond en pleurant la femme. — J'avais bu un coup de trop. J'avais la vue trouble.

On la fait sortir, on rappelle Mary Jelly.

— Avec qui couchez-vous ?

— Avec ma grande sœur.... sur un matelas par terre.

— Et votre frère Jack ?

La petite fille hésite et ne répond qu'à la troisième sommation.

— Avec maman — dit-elle.

. . . .

Mais il ne faudrait pas croire que les misérables seuls ont la spécialité de ces vices. On les rencontre en quantité moindre, il est vrai, dans la pudibonde bourgeoisie et jusque dans les hautes sphères sociales.

Nous disons « en quantité moindre », peut-être est-ce parce qu'ils sont plus cachés.

Nous ne reviendrons pas sur ce sujet, mais nous donnerons le compte rendu d'une affaire que suivit attentivement Georges Barrel devant la Suprême Cour de justice et qui peint, aussi bien que pourrait le faire un gros volume, certains côtés des mœurs de nos pudiques voisins.

C'est le procès en divorce intenté à son épouse par un amiral pour cause d'adultère.

De pareils procès sont fréquents dans le Royaume-Uni ; il ne se passe guère de semaine que la Cour ne soit occupée d'une demi-douzaine de ces comédies de mœurs dont les scènes ouvrent de si brutales trouées dans le mur de la vie privée, étalant aux regards stupéfaits des naïfs les secrets souvent monstrueux de la vie domestique et bourgeoise.

Mais le cas est commun dans tous les pays, et les sujets de la reine Victoria ne se livrent pas seuls aux amours illicites greffées sur le tronc conjugal ; seulement ils nous semblent plus grotesques parce que nos voisins s'affirment plus vertueux.

Nous ne parlerions donc pas du cas du contre-amiral Reginald Pawson, s'il n'offrait un cachet tout particulièrement anglais et une forte saveur de cru.

Au printemps de 1851, un riche éditeur et marchand de musique sacrée de Plymouth, M. Harry Burning, fit aux courses d'Epsom la rencontre d'une dame dont l'agréable figure, la tournure élégante et les appas très en relief l'enflammèrent aussitôt. Elle ne paraît pas trop farouche. Il l'aborde ; on cause, on flirte. Sur le champ de courses l'amour se fait au galop.

Bien qu'accompagnée d'une fillette de dix à onze ans, la dame consent à accepter un verre de champagne. Un verre ? Façon de parler ; car à la deuxième bouteille, l'éditeur de musique devenait d'une hardiesse extrême et la dame ne le repoussait pas trop.

Mais la fillette était là et ouvrait des yeux énormes. On prit alors un rendez vous.

C'est le lendemain même, dans un hôtel de la jolie petite ville de Torquay, que les amoureux se rencontrèrent ; la petite fille ne gênait plus les ébats, et le Lovelace de Plymouth avoua plus tard, devant le tribunal, qu'il passa une fort agréable nuit.

Conquête flatteuse vraiment pour un homme dans le commerce ! La dame, il n'en pouvait douter, était une vraie *lady*. D'ailleurs, elle se disait veuve d'un capitaine de vaisseau de la marine royale et répondait au doux nom de Fanny Lovegrove, ce qui veut dire *Bosquet d'amour*.

Lui n'était pas veuf, mais c'était tout comme. Il vivait séparé de sa moitié, qui, de son côté, donnait, autant qu'elle le pouvait, des coups de canif dans le contrat.

On se revit donc et souvent ; tantôt à Hastings, tantôt à Brighton, une fois dans l'île de Whight, et finalement l'on se quitta pour se retrouver à Londres.

Mais au lieu de la chère Fanny qu'il s'attendait à presser seule dans ses bras, l'amoureux Harry Burning dut embrasser toute une famille, après, bien entendu, la présentation officielle.

Ce fut d'abord une grosse dame en blancs tire-bouchons, sentimentale et respectable.

— Mistress Bighole, ma chère maman, — dit la jolie Fanny Lovegrove.

Puis un jeune et aimable gentleman, dont le visage rose et frais comme celui d'une jouvencelle, était encadré d'un collier de gentils favoris blonds et frisottants.

— Bob Bighole, mon frère !

Et enfin trois fillettes, dont l'aînée lui était déjà connue, car c'était elle qui ouvrait de grands yeux lorsqu'excité par le champagne, il serrait de trop près la maman.

— Maud, Bridgett et Lily, mes chères petites !

Et tous lui secouèrent la main comme à un vieux camarade.

— Vous n'êtes pas un étranger pour nous — dit la grosse mistress Bighole. — Fanny nous a tant parlé de vous !

Et pendant le dîner de famille, à l'hôtel du *Bouc couronné*, Oxfort Street, la maman

Bighole déclara qu'elle venait s'enquérir, pour sa chère fille et pour elle, d'une villa dans un faubourg de Londres.

Le galant Harry les aide dans leurs recherches et leur trouve, non loin de *Primrose Hill*, une résidence des plus confortables qu'il loue pour trois ans et meuble à ses frais.

Voilà toute la famille installée et le marchand de musique plus souvent à Londres qu'à Plymouth. Il a, du reste, un commis sur lequel il peut compter.

Choyé de la maman, qui lui emprunte de ci de là quelques guinées comme argent de poche, ami du frère, chéri de la veuve et adoré des enfants, il file des jours de soie et d'or.

Maud maintenant, pas plus que Bridgett et Lilly, ne s'étonne quand elle le voit embrasser sa mère, et même elle entre parfois dans la chambre à coucher, leur donner au lit le baiser matinal.

Mais le bonheur n'est jamais de longue durée, hélas! et au moment où il y songeait le moins — c'est toujours ainsi — un coup de tonnerre retentit dans sa quiétude et vint rompre le fragile tissu.

Il éclata un soir qu'on faisait de la musique au salon et que Burning roucoulait au piano un air profane « *I love you for ever* » (je vous aime pour toujours), sous la forme d'une voix terrible et grosse de colère.

Des jurons extraordinaires, blasphématoires, affreux, tels que le paisible éditeur de musique sacrée n'en avait jamais ouï que dans le port de Plymouth les soirs de paye des matelots, retentissaient dans le vestibule.

Sa bien-aimée pâlit et, se levant aussitôt, courut bravement faire face à l'orage; un instant après, le tendre Harry, saisi d'horreur, entendit la voix de sa mie montée sur la même gamme.

— Vous, vieux chenapan!

— Oui, moi, coquine.

— Monstre!

— Damnée salope!

— Vieille canaille!

— Prostituée!

— Qu'est-ce? — dit le marchand de musique, que la stupéfaction clouait au sol.

Le jeune Bob, sorti sur les pas de sa sœur, rentre aussitôt effaré.

— Le mari! — s'exclama-t-il à demi-voix.

— Le mari? Quel mari?

— Celui de Fanny.

— Comment? Il n'est donc pas mort, le mari de Fanny? Pourquoi m'a-t-on dit que le capitaine Lovegrove était mort?

— Il est vivant — réplique le jeune Bob, consterné — mais il ne s'appelle pas Lovegrove; c'est le contre-amiral Reginald Pawson.

Il s'éclipse là-dessus, la belle-maman en a déjà fait autant et Maud, Bridgett et Lilly gagnent leur lit en silence.

Les beaux-arts sont amis de la paix; aussi le marchand de musique sacrée, ne se souciant pas d'engager une lutte inégale contre la brutale marine de son pays, déguerpit à son tour par la porte de service, pendant que Monsieur et Madame continuent dans le vestibule leur échange d'aménités.

Mais, en homme honnête et prudent, il écrit dès le lendemain à l'amiral, lui déclarant que, s'il l'a trompé, c'est par pure erreur; qu'il croyait sa femme veuve.

Il joignait à la lettre une note acquittée de trois cents livres sterling (7,500 francs), prix du mobilier qu'il offrait au loup de mer en réparation du dommage causé à l'honneur conjugal, et ce fut miss Maud, venue le voir en son hôtel, en compagnie de son oncle Bob, qui se chargea du message.

L'honneur, comme la morale, varie suivant les pays, et les maris anglais, gens sérieux, ne placent pas le leur au même endroit que nous.

Aussi, n'est-ce pas l'époux trompé qui est ridicule, mais l'amant qui se laisse prendre, car, larron du bien d'autrui, on lui compte comme neuves les marchandises les plus avariées.

Etre joué par sa femme et se faire envoyer par le complice une balle ou un coup d'épée est, pour eux, le comble du grotesque. Pratiques avant tout, ils se font payer le dommage.

Comme les autres nécessités de la vie, l'article mariage est inscrit sur leur livre. Logement, tant; épicerie, tant; boucherie, tant; vêtements, tant; femme légitime, tant. C'est une marchandise cotée dont l'usage exclusif appartient au propriétaire. Faire irruption sur l'épouse se punit comme violation de domicile.

Le galant qui emprunte sans votre permission votre conjointe, s'expose au même désagrément que le maraudeur qui vous emprunte sans mot dire votre lard. Un voleur, rien de moins. Qu'il aille en prison ou qu'il paye le dommage. L'honneur de l'époux n'a qu'à faire dans le démêlé.

Aussi, l'amiral n'avait-il pas attendu la permission de son rival pour s'installer sans façon dans ses fournitures.

De sa femme, il n'avait cure. Après une semaine, pendant laquelle il la fustigea quotidiennement non sans avoir, au préalable, mis la belle-maman et le beau-frère à la porte, il emporta les meubles pour aller jeter l'ancre ailleurs.

Le bel Harry déclara qu'ayant suivi la voiture de déménagement et étant passé quelques jours après devant le nouveau local du contre-amiral, il plongea un regard furtif par la fenêtre en saillie du rez-de-chaussée, ouverte

Elle baissa la flamme du bec de gaz et sa chemise glissa…

sur le jardinet planté de rododendrons. Il vit le marin mollement installé dans le plus capitonné de ses propres fauteuils, fumant philosophiquement sa pipe, à lui, Harry, un superbe kummer acheté à Plymouth, tandis qu'une petite mulâtresse ramenée des Antilles, en qualité de bonne à tout faire, éventait son maître avec un éventail de prix, offert par lui, Harry, à Fanny, pour sa fête.

« C'était son droit » — dit le juge — et, par le fait, le vieux loup de mer s'est montré de bonne composition. Il eût pu exiger davantage. Minotauriser un amiral se paye, d'ordinaire, plus cher. Celui-ci se contentait du mobilier et des quelques menus objets tombés sous sa main. Mais il demandait le divorce.

Il eût eu, du reste, mauvaise grâce à se montrer exigeant; les débats que suivit Georges Barrel le prouvèrent, car Madame ne faisait qu'user de représailles.

C'est ce que démontra la défense, d'une façon péremptoire, car l'on vit défiler dans ce procès toute une escadre de jupes, et quelles jupes!

C'est d'abord Ellen Avery, jeune personne de quatorze ans, ornée de fort beaux yeux, mais d'une physionomie canaille. Elle avoue ingénuement qu'elle avait l'habitude de se rendre chez l'amiral, à sa résidence de Finsbury Square, pour vendre des fleurs et du cresson de fontaine.

Les Parisiens qui ne connaissent que les jolies et proprettes marchandes qui offrent, avec des fleurs, des billets de cours d'assises devant les cafés des boulevards, ne peuvent se faire une idée des guenillardes de Londres harcelant les passants en criant d'une voix enrouée :

Flowers, penny a bunch !

De ces dernières, la jeune Ellen est un parfait spécimen, et rien qu'à la voir l'on devine les goûts de l'amiral et le genre de fleurs qu'elle vendait. Elle avait d'ailleurs disparu depuis peu de la circulation, et c'est dans une maison de correction que l'avocat de la défense alla la chercher pour la faire déposer au procès.

Une autre petite vilaine créature du même acabit vient à son tour. Elle déclare avec une curieuse inconscience ou un cynisme surprenant, avoir eu plusieurs entrevues déshonnêtes avec un gentleman à favoris blancs, qui n'est autre que l'amiral Pawson.

Une fois même, il la conduisit dans l'établissement d'un certain M. Blacke, loueur de garnis : *Good beds for one schilling* (bons lits pour un franc vingt-cinq centimes)

Comme l'ingénue n'avait alors guère plus de douze à treize ans, M. Blacke sentit naître ses scrupules : une pièce d'or les étouffa. Mais mistress Blacke, austère méthodiste et par conséquent vertu farouche, ne pouvait souffrir chez elle ce scandale; deux shillings et dix *pence* rassurèrent sa vertu.

Georges Barrel fut étonné qu'il ne se soit pas présenté un petit Blacke ou une petite Blacke, ou même les deux ensemble, réclamant chacun six *pence* pour défaroucher leur pudeur. Quant à la demoiselle, elle eut cinq shillings pour sa part.

Encore une fillette, Emily Pulman. Elle n'est guère jolie non plus et ne semble pas très propre, mais elle a quatorze ans.

Allant de porte en porte et sans songer à mal avec l'innocence de son âge, offrir des pieds de céleri et de rhubarbe, elle rencontre le gentleman à favoris blancs.

Dès qu'il la vit il se sentit féru. *Love at first sight*; l'amour à première vue. N'osant la faire entrer chez lui, à cause de ses jupes crottées et tant soit peu déguenillées, il l'engage à le suivre dans un endroit solitaire du voisinage. Elle hésitait un peu, deux shillings et six *pence* la décident.

On le voit, si le contre-amiral Pawson était d'un tempérament amoureux, il ne se ruinait pas pour le satisfaire. En bon père de famille, il songeait peut-être à la dot de ses trois enfants.

A la barre paraît encore la jeune Elisa Saunders.

Il la rencontra près de sa résidence, lui offrit l'hospitalité. Mais la petite mulâtresse qu'il venait justement de ramener des Antilles, ne l'entendait pas ainsi. Bien qu'il l'eût reléguée dans sa chambre de servante, sa méfiance fut éveillée, elle descendit à la sourdine et se jeta, pour la mordre, sur Elisa Saunders.

. Celle-ci, plus grande et plus vigoureuse, se défendit bravement et, ayant roulé par terre, sa rivale, lui administra, ce qu'en terme vulgaire on nomme une « raclée soignée ».

Ce combat nocturne ne se livra pas sans tapage ; la cuisinière, réveillée en sursaut, voulut accourir au bruit. mais un vieux matelot, un frère Yves sans doute, qui servait à l'amiral de valet de chambre et qui, par conséquent, n'ignorait pas les goûts excentriques de son maître, barra le passage à la *cook*, et l'empêcha d'assister au crêpage de chignons.

Cette Elisa est fort gentille, mais bien qu'elle n'ait que seize ans, elle a déjà subi trois emprisonnements pour vol.

La mulâtresse qui entend ce détail ne peut dissimuler sa satisfaction.

On appelle Charlotte Avery.

Cette fois, ce n'est plus une fillette, mais une matrone fortement mamelue. Comme elle se déclare la mère de la petite Ellen, la première appelée, Georges Barrel suppose qu'elle vient appuyer les dires de sa fille et demander au « séducteur » des dommages et intérêts.

Erreur. Elle vient déposer pour son propre compte. Elle reconnaît avoir eu plusieurs entretiens aussi intimes qu'immoraux avec le gentleman aux blancs favoris.

— Combien vous donnait-il? — demanda le magistrat.

— Oh ! Si peu Un shilling, quelquefois deux, mais rarement.

Et elle ajoute avec amertume.

— Il payait ma fille plus cher.

A une autre Emily, Emily Stobbs, le fougueux amiral eut certainement donné davantage.

Bonne d'enfants chez lui, au temps où il vivait avec sa femme, elle y demeura quatre années. Il fallait qu'elle fût bien vertueuse pour résister quatre ans durant aux entreprises de son Seigneur, car il la poursuivait partout, dans les corridors, les chambres, le jardin, l'office, la remise et jusque dans la chambre des enfants.

Finalement, elle alla chercher à Londres une place où sa vertu courût moins de dangers. Ce qui peut jeter un doute sur cette sagesse extraordinaire, c'est que sa fugue suivit de quelques jours le renvoi d'un superbe groom, dont l'amiral était jaloux.

Quoi qu'il en soit, une semaine après son départ, elle reçoit une dépêche signée du nom de sa maîtresse Fanny Pawson, qui désire à tout prix la revoir.

Elle prend le train et arrive.

Madame était absente, et au lieu de Madame, c'est Monsieur qui lui offre, comme de coutume, sa bourse et son cœur. Indignée de ce guet-apens, elle refuse le cœur, mais puise sans façon dans la bourse pour se défrayer du voyage et du dérangement.

La série continue et pendant toute la semaine c'est, devant le prétoire, un incessant défilé de jupes courtes et longues, plus ou moins crottées, plutôt plus que moins.

Les jurés fort perplexes ne savent s'ils doivent accorder au mari les bénéfices du divorce, que la femme réclame à son tour.

L'amiral, d'ailleurs, a cohabité huit jours avec sa femme, après l'avoir surprise dans les meubles du marchand de musique sacrée qui, dans l'intervalle, s'est décidé à reprendre son épouse et lui roucoule « *I love you for ever* ».

Il y a donc ce qu'on appelle dans les tribunaux anglais *condonation*, c'est-à-dise pardon ou rémission de la faute.

— Mais il ne m'a pas pardonné — dit la femme — puisque pendant ces huit jours il m'a battue et puis quittée.

Deux fois les jurés délibérèrent sans pouvoir s'accorder. Le président du tribunal les décharge de leurs fonctions et renvoie la cause à la session prochaine.

Georges Barrel, qui s'était vivement intéressé à cette affaire, en raison de sa saveur vraiment britannique, apprit qu'à cette session les conjoints, ayant été reconnus également coupables, avaient été renvoyés dos à dos.

CHAPITRE LXXXIV

Les arcades d'Adelphi. — Le publicain ami des arts. — Une gigue *in naturalibus*. — La taverne du petit Tom. — Le water-closet mystérieux. — *Private club*. — *Speech* pour l'art. — Tableaux vivants. — Thé moralisateur.

Mais quittons la haute société pour redescendre les bouges. Ceux du genre du *Café du Diable* malgré la modicité du prix, ne sont pas à la portée de tous. Petits nômades des deux sexes qui n'ont point gagné leur journée, apprentis filous qui ont eu, en fouillant les poches, la main malheureuse, et petites prostituées qui n'ont point *levé* d'amateurs, tous ceux enfin dont le butin a suffi à peine pour satisfaire les besoins d'un estomac d'autant plus exigeant que depuis plus longtemps il jeûne et qui engloutit, dans un irrésistible élan de gourmandise, les quelques *pence* nécessaires au coucher, vont chercher leur lit sur le seuil des portes, sous les arches des ponts, des chemins de fer, ou des arcades d'Adelphi, au centre de la ville, tout près de *Charing Cross*, et que les anciens eussent prisés pour l'entrée du Tenare.

Ce sont des galeries souterraines entrecroisées qui débouchent non loin des quais d'une part et de l'autre en face d'une des ruelles qui communiquent au Strand.

Sur les milliers de gens qui se croisent à chaque heure dans cette populeuse artère, il n'en est peut-être pas dix qui connaissent l'existence des arcades d'Adelphi, dont on peut apercevoir cependant, en descendant de quelques pas la ruelle, la principale entrée profonde et noire comme l'ouverture d'un tunnel.

Là, se rassemblent la nuit tous les petits vagabonds des deux sexes, et le nombre en est légion.

Nulle lumière n'éclairait à cette époque les longues et tortueuses galeries, et la bande loqueteuse s'y abattait à l'aise, sans crainte d'être troublée jamais par le pas de curieux ou d'agents de police.

Les murailles ont été depuis blanchies à la chaux, les arcades nettoyées de leurs immondices, la vermine humaine balayée ; jour et nuit des becs de gaz l'éclairent, et dans ces souterrains désormais solitaires, l'on n'entend plus retentir que les pas du *policemen* de ronde ; mais à l'époque dont nous parlons il s'y passait des scènes de dépravation « dont la seule idée effrayerait, écrivait alors Aurèle Kervigan, l'imagination du romancier le plus résolu ».

Le comte de C..., en parlant à Georges Barrel de ces horribles arcades, excita sa curiosité.

Il résolut de tenter l'aventure d'une visite et, s'étant muni de menue monnaie, il s'y rendit un soir avec son guide.

Une petite pluie fine, serrée, qui tombait depuis quarante-huit heures, mouillait les pavés glissants, où se reflétaient en longues traînées lumineuses les réverbères de la rue et des boutiques, rendant plus profondes encore les ténèbres de l'entrée du souterrain.

Une grande rumeur, un bourdonnement assez semblable à celui d'une ruche, en sortait.

Nos explorateurs s'y engagèrent à tâtons et, à mesure qu'ils avançaient, les bourdonnements devenaient plus distincts, on entendait des voix, des disputes, des éclats de rire ; un juron, un refrain de chanson obscène, dominaient le tumulte. Des lueurs confuses faisaient sortir du noir opaque des groupes vaguement estompés, dans un grouillement de fourmilière. Ce fut comme une vision, une durée de quelques secondes, le temps de faire dix pas.

Un cri d'alarme, ou plutôt un appel à l'attention, fut poussé ; tout s'éteignit et, à la place du brouhaha, de vagues chuchottements coururent dans les groupes.

— Il faut y aller carrément — dit le comte — sans quoi nous allons être dévorés par ces rats.

Elevant aussitôt la voix, parlant l'argot des geôles appris dans les bouges où il avait vécu et vivait encore :

— Holà, les amours de gosses ! Il fait meilleur ici que dans la boîte à violon, et plus sec que dans Trafalgar. On peut au moins y remuer les coudes, et l'on n'y sent pas l'averse dégouliner dans le dos. Hé ! les petits agneaux !

— Hé ! c'est Froggi, c'est Froggi l'accordéon ! — dit une voix de gamine. — Il va nous faire danser la gigue !

En moins d'une seconde, les deux Français se trouvèrent au milieu d'une nuée loqueteuse témoignant sa joie par des cris divers. On eut dit que toutes les boues du pavé de Londres, toutes les allées, toutes les cours infectes et humides venaient de vomir leurs gnômes !

A la lueur de bouts de chandelles ou de bougies, volées ou ramassées sur les immondices et rapidement allumées, Georges Barrel les voyait, tas de chairs et de loques grouillantes, l'œil luisant, la face pâle, l'échine maigre, les dents aiguës et blanches comme celles de jeunes fauves.

Malgré le brumeux hiver, les uns avaient pour tout vêtement une culotte sans fond, trouée aux genoux, retenue par des ficelles au buste recouvert d'un vieux sac ; d'autres, un paletot déchiré et qui, tombant jusqu'aux talons, rendait le pantalon superflu. Les filles, en nombre moins grand que les garçons, étaient semblablement accoutrées.

Une jolie petite blonde, de huit à dix ans, aux grands yeux bleus, à la physionomie délicate et fine, avait en guise de jupon un fragment de toile d'emballage, et comme corsage un gilet d'homme qui descendait sur ses genoux. Une autre, plus grande, portait par-dessus sa jupe éraillée un débris d'habit noir dont on avait coupé les pans.

Tous contemplaient les deux intrus avec une curiosité avide, méfiante, menaçante, malgré les interpellations de la petite fille qui avait reconnu le joueur d'accordéon et qui criait à tue-tête :

— C'est Froggi ! C'est Froggi ! Je le connais ! Il va nous faire danser la gigue.

Mais, presque au même moment, une autre voix enfantine se leva :

— Oui, c'est Froggi ! Il est avec un lord !

— Un lord ! — répétèrent cinquante voix.

— Un lord, je vous dis. Il est venu l'autre nuit au *Café du Diable* et il nous a donné des pence et des shillings !

Aussitôt toutes les mains se tendirent. Georges Barrel fut entouré, pressé, bousculé. Filles et garçons se ruèrent sur lui, l'assaillirent, tirèrent ses vêtements, cherchant à atteindre ses poches.

Il comprit son imprudence, se sentit en sérieux danger, et pour écarter cette vermine humaine, sortant de ses poches ses mains pleines il lança, au-dessus de cette masse grouillante, des poignées de pence et de petites pièces.

Cette manœuvre le dégagea en partie, les gnômes se précipitèrent du côté où tombait la manne, se roulant, se bousculant, se piétinant pour happer dans l'ombre les pièces de monnaie. Mais une vingtaine de petites filles, peu soucieuses d'être foulées aux pieds, nombre bientôt grossi de ceux et celles qui, désespérant de rien atteindre, revenaient sur lui, l'entourèrent à nouveau, lui barrant la retraite, paralysant ses mouvements, tandis que son compagnon essayait vainement de faire diversion en jouant une gigue enragée.

Enfin, Barrel parvint, par de nouvelles poignées de sous, les dernières, à se délivrer de ces vampires, à gagner l'entrée de cette caverne, suivi seulement par une douzaine de gamines résolues et tenaces qui s'accrochaient à lui, criant :

— Mylord, mylord, un shilling !

Il remonta la ruelle toujours harcelé, mais vers l'entrée du Strand, sous la clarté des flamboiements des boutiques, le groupe s'égrena.

— Vous l'avez échappé belle ! — dit le comte, qui le rejoignit au coin de la ruelle. — Si ces rats d'égout vous avaient aussi bien assailli dans les quartiers de *Poplar*, *Wapping* ou *White-Chapel*, toute la canaille adulte leur aurait prêté main-forte et vous ne seriez pas sorti vivant de leurs mains. Mais hors de leurs trous, ils perdent leur hardiesse.

Cet échec ne découragea pas Georges Barrel ; son cicerone, heureux d'avoir trouvé un client généreux, lui proposa de le faire assister à des spectacles d'un autre genre, et quelque temps après, par une nuit brumeuse et froide, il le conduisit dans les quartiers alors singulièrement dangereux de l'extrême est de Londres.

Ils avaient pris un cab qui les descendit à l'entrée de la grande artère de White-Chapel, et de là, continuèrent leur route à pied, clapotant dans la boue, par des voies tortueuses, infectes et obscures, modestement vêtus tous deux, comme des petits employés.

Après une demi-heure de tours et de détours, le son d'un violon arriva jusqu'à eux.

— Nous y voici — dit le comte. — Je ne voulais pas l'avouer, je craignais m'être trompé de chemin, car je ne suis venu qu'une fois encore au cabaret de maître Johnston, mais j'étais connu précédemment de lui. Il nous laissera entrer sans hésitation. Il me connaît sous le nom de Thompson.

— On ne pénètre donc pas librement dans ce cabaret ?

— Dans le cabaret, oui. Mais il est une salle secrète réservée aux clients connus. C'est ici, entrons.

C'était un *public-house*, ne différant en rien extérieurement des autres du même quartier; cependant il parut à Barrel étrangement louche et sinistre, en dépit de ses deux reflecteurs brillant comme des yeux de loups derrière des vitres dépolies.

De temps à autre une ombre se dessinait sur la vitre, la porte s'ouvrait et l'on entendait plus distinctement la ritournelle.

Cependant, la taverne semblait vide et, à part le son aigu du *crin-crin*, aucun bruit n'en sortait.

Le comte poussa la porte. Quatre personnages en chapeau haute-forme et en redingotes en guenilles, accoudés sur le comptoir, fumaient silencieusement de longues pipes de terre, à côté de pots d'étain à moitié remplis d'*ale* et de *porter*.

— Ah ! voici M. Thompson — s'exclama un gros homme, surgissant derrière le comptoir. — Comment allez-vous ?

— Je vais bien, merci. Je vous amène ce gentleman, un amateur de beaux spectacles.

— Les amateurs sont les bien-venus quand c'est un ami qui les présente — répondit le gros homme, en tendant sa main à Barrel. — Faut-il vous servir quelque chose ?

— Non — fit le joueur d'accordéon. — Vous nous servirez là-bas. Est-ce commencé ?

— Pas encore. L'artiste n'est pas arrivée. Ces damnées femelles sont toujours en retard. Faut dire que le temps n'est pas non plus propice ; hier la recette fut maigre. Les *shillings* et les *six pence* ont du mal à sortir des poches. Il y a du tirage. Puis nous voici bientôt à Noël. On fait le sac pour ripailler. Depuis une heure le damné violoneux râcle sur sa satanée boîte, Ça ne fait pas venir les clients ! Ah ! malheur !

— Je l'ai entendu du bout de la rue. C'est le crin-crin qui m'a fait reconnaître la cambuse.

— Mauvais signe, M. Thompson. Dire qu'il faut payer une musique pour attirer des galvaudeux à un spectacle que tous les lords de la Chambre-Haute et les messieurs de la Chambre-Basse, sans compter nos seigneurs les évêques, payeraient une guinée par tête et feraient dix milles sur leurs damnées jambes, eux qui n'ont guère l'habitude de s'en servir oui, dix milles, au moins, pour en jouir.

— Et même davantage.

— Eh ! Eh ! Vous avez raison, M. Thompson, et même davantage... Alors vous êtes content des affaires ?

— Assez.

— L'accordéon, ça marche !

— Toujours.

— Allons, tant mieux. Moi, je suis pour la prospérité des beaux-arts. Oui, Monsieur, — ajouta-t-il, s'adressant à Barrel, — tel que vous me voyez, je suis un vulgaire publicain, un damné marchand de bière et de spiritueux, mais j'aime les beaux-arts et je vénère les artistes... Et le spectacle que vous allez voir, gentleman, c'est tout ce qu'il y a de plus artistique dans son genre. C'est beau, oui, gentleman, j'ose le dire, c'est beau ; vous m'en direz des nouvelles en sortant. Le malheur est que la damnée populace qui forme ma clientèle ne voit pas l'art, mais seulement... comment dénommerais-je cela sans vous offenser ?

— Dénommez comme vous le voudrez, — répondit Georges Barrel, — je vous assure que cela ne m'offensera pas.

— Eh bien... la polissonnerie. Le mot est lâché. Excusez-moi... C'est des damnées brutes, tous ces amateurs. Mais vous qui me paraissez un gentleman intelligent, vous verrez l'art, rien que l'art. Entrez, gentlemen, l'artiste ne va pas tarder.

Et soulevant une planche du comptoir qui se levait et s'abaissait à volonté comme une trappe, il livra passage aux deux Français.

Dans une salle basse ou plutôt une arrière-boutique dans laquelle on descendait au moyen de deux ou trois marches, et large à peine pour contenir une trentaine de personnes, une douzaine d'individus, la plupart à face patibulaire, buvaient, causaient et fumaient paisiblement, assis le long des murailles sur des bancs larges comme des tables, en face de tables longues et étroites comme des bancs. Le dos de plusieurs générations de voleurs avaient maculé le mur de grandes taches graisseuses. Le papier, éraillé déchiré, moisi, pendait en longues déchirures, laissant voir les maculatures du crépi.

Sur les tables poissées de bière et de gin, s'alignaient des pots, des mesures d'étain, des paquets éventrés de tabac, des cigares et des pipes neuves, ces dernières fournies gratis par l'établissement.

Au milieu de la salle était placée une table carrée, solide et massive.

Un bec de gaz sans globe, juste au-dessus de la table, éclairait cet antre.

Il s'exhalait les âcres puanteurs de la canaille anglaise, crasseuse de corps et de vêtement.

Le violoneux, assis dans un coin, un loqueteux qui eut fait la joie d'un peintre, râclait furieusement les cordes de son instrument, et les deux étrangers venaient à peine de prendre place que d'autres clients arrivèrent, ce qui porta à quinze le nombre des spectateurs.

Tout à coup les regards se tournèrent vers la porte.

L'*artiste* entrait!

Il y eut un *ah!* prolongé! Signe évident de satisfaction.

Très brune, jolie, avec des yeux noirs qui semblaient nager dans une demi-ivresse, elle s'avança, répondant par des petits signes de tête aux nombreux « bonsoir Polly » qui l'accueillirent.

D'abord, voyant le vide de la salle, elle fit une moue de dépit, parut indécise, puis avisant les deux étrangers, vint, sur un geste du comte, s'asseoir près de Barrel

Il pleuvait à verse ; elle était toute mouillée ; les effilochées de sa vieille robe de laine laissaient sur les briques des traces humides, et ses bottines, qui sans doute buvaient l'eau, faisaient *flac, flac.*

Elle eut une petite toux sèche et serra son châle sur sa poitrine.

— Voulez-vous un grog? — demanda Barrel.

— Merci, gent, un grog au whisky.

Un gros garçon joufflu et blond apporta, avec le grog, un pot de *stout.*

Elle but le grog brûlant à petites gorgées.

— Ça fait du bien, — dit-elle — ça réchauffe.

— Mais vous êtes toute mouillée — dit Barrel.

— Ne craignez-vous pas d'attraper un rhume?

— C'est déjà fait.

— Vous ne pouvez garder ces vêtements trempés.

— Voulez-vous m'en donner d'autres ?

— Si j'en avais là de tout prêts, ce serait avec plaisir.

— Vous êtes gentil... Mais vous n'en avez pas de tout prêts, et c'est pour plaisanter... Ne vous inquiétez pas, Nick est un bon garçon — continua-t-elle, interpellant le gros joufflu blond qui attendait sa monnaie, — il va me les chauffer sur le poêle.. N'est-ce pas Nick?

— Oui, mais il faudra, pour les reprendre, patienter jusqu'à ce qu'ils soient secs... Ces messieurs ne s'en plaindront pas.

Elle se leva, faisant signe au violoneux, qui entama un air guilleret, et s'appuyant sur l'épaule de Nick, après s'être débarrassée de son châle, monta sur la grosse table carrée et massive.

Elle sembla se recueillir un moment, plaça ses poings sur ses larges hanches, puis le violoneux ayant entamé l'air populaire *Speed the Plough*, « activez la charrue », la gigue commença.

Les mouvements, lents d'abord, se précipitèrent ; la fille s'anima, frappant les talons à crever une table moins solide. et le musicien, ayant accéléré la mesure, elle sembla prise d'une folie hystérique.

Jusque là rien d'extraordinaire ni de nature à surprendre l'ex-député. Il avait assisté maintes fois à des gigues de ce genre, sans compter celle des gamines du *Café du Diable* qui, dans l'espoir de gagner quelques *pence*, étalaient cyniquement leurs jambes grêles. Mais une scène étrange allait se passer, celle du vieux jeu du *clown* des cirques forains, lorsqu'il se présente dans l'arène vêtu en campagnard, et que hissé péniblement sur un cheval par les valets du cirque, il se dévêt peu à peu de ses hardes et paraît, aux yeux émerveillés des badauds, dans son maillot éclatant de paillettes.

Ainsi « l'artiste » fit tomber, les unes après les autres, toutes les parties de son misérable habillement : d'abord le vieux chapeau de velours râpé, orné de plumes trempées et roussies, puis le corsage, ensuite les jupes.

Le garçon joufflu enlevait les hardes à mesure qu'elles tombaient, et la danseuse, en chemise, continua une gigue folle, au milieu des applaudissements des spectateurs.

Sur le seuil de la porte de communication avec le *bar*, le gros publicain, debout, dominant la salle, donnait le signal des bravos.

Alors, souriante, le front calme, confiante, son chapeau de velours transformé en aumonière, elle sauta légèrement à terre, et fit lentement le tour de la société.

Les *pence* pleuvaient dans l'escarcelle; tous donnèrent, mais le public était si peu nombreux! La quête faite, elle compta, comme font sur les places les pauvres hercules en plein vent, surveillée par le garçon.

— Trois shillings — fit-elle — et je dois donner à M. Johnston la moitié de ma recette. Ce n'est pas assez. Si vous voulez que je continue, il faut mettre cinq shillings.

Et, froide et digne, elle attendit, jetant un regard oblique du côté de Barrel, sentant bien que c'était de ce côté-là que viendrait le supplément.

Il vint, en effet, au grand contentement de la galerie, et elle remonta sur la table.

Alors, avec une pudeur vraiment singulière et à laquelle l'ex-député était loin de s'attendre, elle baissa, sourde aux protestations qui s'élevèrent de toutes parts, elle baissa, disons-nous, l'unique flamme de gaz qui éclairait la salle, et quand il ne resta plus qu'une petite langue de feu, sa chemise glissa.

Certes, ce n'était pas une beauté sculpturale que cette *étoffe à pauvreté*; les amants des formes grecques eussent trouvé à critiquer la maigreur des bras et le développement disproportionné des hanches, jurant avec une poitrine trop étroite ; mais elle était désirable, nul des spectateurs ne l'eut dédaignée. On le voyait, du reste, à l'expression de leurs visages.

Dans une épaisse atmosphère chargée de la vapeur des haleines surchauffées, du relent des alcools et de la fumée des pipes, la peau dorée par la lueur tremblottante de la languette de gaz, correcte, sévère, la face immobile comme celle d'une statue, sans un sourire sur sa bouche, que ses halètements la forçaient d'entr'ouvrir, l'œil fixe et froid, le sourcil froncé, le buste raide, les mains sur les hanches, elle continua pendant quelques minutes à cingler les désirs de ces dépravés de la fange, des saccades de ses trépignements.

Elle avait paru grise en entrant; elle ne l'était plus. L'on voyait qu'elle faisait un effort pour accomplir une pénible, une rebutante besogne, celle payée d'avance qu'on a hâte de finir.

Toujours debout sous la porte, le publicain admirait et tournait de temps à autre ses regards sur les deux étrangers, secouant la tête, disant à haute voix :

— De l'art, *gents*, du grand art. Pour ce spectacle, tous les évêques du Royaume-Uni abouleraient leur guinée! Oui, *gents*, les évêques et les lords de la Chambre haute!

Enfin, ruisselante de sueur, « l'artiste » s'arrêta.

Des émanations d'une dangereuse âcreté emplissaient la salle.

Le garçon joufflu lui mit complaisamment une couverture sur les épaules, et elle disparut en courant dans une pièce voisine, où, étendues près d'un poêle, ses hardes fumaient.

Et comme Georges Barrel et son cicerone sortaient les derniers, après avoir laissé écouler la minuscule foule et donné une demi-guinée à la fille qui leur baisa les mains, joyeuse de cette largesse, M. Johnston leur dit :

— De l'art, gentlemen, et du bel art. Mais toutes ces damnées brutes qui sortent ne savent pas comprendre. Allez donc parler d'art à des pourceaux! Au moins, vous autres, vous savez l'apprécier.

— Certes! — répondirent à la fois les Français.

— Mais il y a mieux! oui, il y a mieux! — continua M. Johnston, avec un douloureux soupir.

— Quoi encore?

— Oui, il y a mieux... Mais pour cela il faut le local, le damné local, et ça coûte les yeux de la tête.

— Un autre spectacle artistique du même genre? — demanda Georges Barrel.

— C'est-à-dire que c'est mieux sous certains rapports, et sous d'autres, ça ne vaut pas ma damnée gigue.

— Qu'est-ce donc?

— Connaissez-vous le quartier sud de White-Chapel?

— Non, M. Johnston.

— Alors vous n'êtes jamais passé devant la taverne du Petit Tom?

— Jamais.

— Mais vous en avez bien entendu parler?

— Jamais non plus.

— Jamais entendu parler de la taverne du Petit Tom? — s'écria le publicain avec surprise. — Après tout, c'est possible. Dans l'ouest de cette damnée ville, on ne sait guère ce qui se passe dans l'est et réciproquement.

— Qu'est-ce donc que cette taverne?

— Si je vous le dis, ça ne vous intéressera plus qu'à moitié. Il vaut mieux voir. Tenez, venez ici un soir de la semaine, pas le samedi par exemple, mais tout autre soir, je laisserai la cambuse à Nick, et je vous y conduirai.

— Vous êtes trop aimable... Mais nous ne voudrions pas vous déranger.

— Ça ne me dérangera pas, du moment que c'est pour assister à un spectacle artistique. Puis, faut vous dire une chose. Dans cette damnée taverne, n'entre pas qui veut. Oh! c'est du monde choisi, et ne croyez pas que la porte en soit ouverte aux galvaudeux et aux guenillards, vous n'y trouverez qu'une compagnie d'élite.

Georges Barrel remercia l'obligeant publicain, l'on prit un jour et, à l'heure dite, l'ex-député se trouvait au rendez-vous.

Comme pour le *public-house* de M. Johnston, rien ne distinguait la taverne du Petit Tom des tavernes ordinaires de ce quartier de fâcheuse réputation, et qui sonne encore sinistrement dans les annales du crime, car c'est là que Jack l'Éventreur devait plus tard accomplir ses macabres exploits.

On y entre comme dans le premier cabaret venu, mais à gauche du comptoir s'ouvre une petite porte sur laquelle est écrit, en grosses lettres noires, le *W.-C.* traditionnel.

— Bonjour, M. Johnston, — dit un petit homme à mine de renard qui se tenait derrière le comptoir. — Comment allez-vous?

— Très bien, M. Prigs, je vous remercie.

Les deux confrères se serrèrent la main.

— Permettez-moi, M. Prigs, de vous présenter M. Barrel, un ami, un amateur comme moi de l'art plastique.

— Et de la musique aussi, sans doute? Plastique et musique vont de pair. L'une charme les yeux, l'autre l'oreille. Les muses sont sœurs...

Un poète latin l'a dit : « Les beaux arts adoucissent les mœurs. »

— Vous avez fait de bonnes études, Monsieur? — demanda d'un ton sérieux Barrel.

— Parfaitement, Monsieur; j'étais jadis maître d'école. Mais les mauvais jours sont venus. L'on crève de faim dans cette partie-là; ça ne nourrit pas son homme. Aussi l'ai-je quittée... à mon regret, car j'aimais l'enseignement. Une vieille fille de tante, une pieuse méthodiste, m'a fait son héritier. Alors, j'ai monté cet établissement. Une idée à moi. Et je puis dire hautement que dans Londres il n'a pas son pareil.

— C'est la vérité — approuva M. Johnston.

— M. Johnston et moi, — continua M. Prigs — nous réveillons l'amour du beau dans le populaire ; nous lui enseignons l'histoire, la mythologie, par les yeux, sans fatigue, sans travail, en lui procurant du plaisir. Nous avons des philanthrophes qui disent : « Ouvrez les musées le dimanche au peuple, puisqu'il n'a pas le temps d'y aller dans la semaine. » Ces philanthropes ont tort, ce ne sont pas de vrais chrétiens. Ouvrir les musées le dimanche, rompre la solennité du sabbat! A quoi songent-ils? Où irions-nous si le gouvernement les écoutait?

— A la démoralisation! — déclara M. Johnston d'un air grave.

— M. Johnston vient de le dire : à la démoralisation, à l'irreligion, c'est-à-dire à la porte ouverte à toutes les turpitudes. Mais heureusement, le peuple se moque des musées comme d'un hareng pourri. Que lui disent toutes ces peintures, ces barbouillages sur toile auxquels il ne comprend rien? ce sont des paquets de couleurs sur des paquets de couleurs, des tableaux inertes, morts... Parlez-moi des tableaux vivants! Voilà, vòilà l'éducation populaire, la vraie, celle de l'avenir... Alors, *gentlemen*, je vais vous offrir un grog... au whisky, n'est-ce pas ?

Il servit deux grogs et s'en versa un lui-même, tout en surveillant attentivement la porte.

Des hommes de tous âges entraient successivement ; certains s'arrêtaient au comptoir pour prendre une consommation, mais la plupart se dirigeaient immédiatement vers le *water-closet*, après avoir échangé avec le patron un petit signe d'intelligence, quelques-uns une poignée de mains

Ils pénétraient, disons-nous, dans le *water-closet*, et Georges Barrel surpris, ne les voyait plus ressortir.

Les grogs bus, Barrel eut la clef du mystère.

La petite porte sur laquelle était écrit *W. C.* s'ouvrait sur un corridor conduisant d'une part au *büen retiro* et, de l'autre, à une seconde porte portant en lettres majuscules : *Private Club*.

Dès lors, on est fixé. Un *club* ou *cercle*, est un sanctuaire fermé, où, pour être admis, il faut être présenté au président par l'un des membres.

— C'est pour empêcher l'intrusion de la police et des suspects — dit à Barrel le publicain. — Sans cette précaution, l'on se méprendrait sur le but de mon œuvre, et l'on pousserait peut-être l'indignité jusqu'à me traduire devant le banc de Sa Majesté. C'est affreux!

— C'est comme moi — ajouta M. Johnston — je n'admets que des gens de connaissance.

La porte poussée, l'on descendait une dizaine de marches et l'on se trouvait dans une sorte d'antichambre éclairée par un bec de gaz où, près d'une seconde porte, assise à une petite table et les pieds sur une chaufferette, une vieille femme, digne de figurer dans le groupe des sorcières de *Macbeth*, donnait, après inspection des figures, des *tickets* d'un prix uniforme : *deux shillings*.

Derrière la vieille et à portée de sa main, pendait une sonnette, en cas d'alarme.

Georges Barrel paya les quatre shillings et entra avec son compagnon dans une salle assez vaste, sorte de cave mal éclairée et qui, dans le jour, ne recevait la lumière que par deux soupiraux ouverts sur une cour, avantage immense, car il empêche tout bruit d'être perçu de la rue.

Dans ce sous-sol, séparé de la chaussée par des constructions, l'orchestre le plus endiablé ne pouvait avoir d'écho au dehors.

La représentation n'était pas commencée ; rien n'indiquait même qu'il dut y en avoir une et que l'on se trouvait dans un théâtre, à part les bancs et les tables alignés uniformément comme des bancs d'école, avec un passage au milieu, devant la muraille faisant face à la porte et qui parut à Barrel une sorte de boiserie, peinte en rouge comme le reste.

Les spectateurs se pressaient déjà en lignes serrées le long des étroites tables, chargées principalement de pots d'étain contenant, les uns, de la bière, les autres, plus petits, du rhum, du whisky ou du gin. Près de ces derniers, un pot plein d'eau et un verre. Les clients se servaient à volonté.

Dans l'épaisse buée de fumée de tabac et de vapeurs alcooliques, on les distinguait à peine.

Ce qui surprit d'abord Barrel, c'est que bien que le prix des places fut uniformément le même, les derniers bancs se trouvaient mieux garnis que ceux près de ce qu'il supposait être la scène. La première rangée même, la plus éclairée, se trouvait vide.

Il s'y assit, tout contre le mur, et de là, examina l'assemblée.

La salle, qui pouvait contenir environ cent personnes, était déjà aux trois quarts pleine.

— Quand elle est pleine — dit avec une nuance de jalousie M. Johnston — ça fait au patron dix livres sterling de recette, sans compter les consommations. C'est joli pour une damnée soirée. Et notez qu'il n'a presque pas de frais.

L'hymne 220 ! *La soif de Dieu !* Nous allons chanter l'hymne 220 !

— Mais son personnel ?

— Son personnel ?... Tenez, le voilà, son damné personnel !

Des filles et des femmes entraient et, aussitôt acclamées par le public, se répandirent dans la salle, répondant aux multiples appels.

— Hé, Bessy ! Hé, Dolly ! Hé, Mary ! Hé, Bella ! Hé, Becca ! Venez ici, Molly.

Il y avait d'énormes gouges dont le visage couperosé, l'œil éraillé et la bouche avachie indiquaient des étapes sans nombre dans les chemins de la basse crapule, et de chétives enfants de douze ans qu'on eût pu croire débutantes dans le vice, mais qui en deux minutes d'entretien, aux premiers mots même, étalaient une science consommée.

— La voilà, la damnée troupe ! — répéta le publicain. — Elles jouent n'importe quoi : les danses de caractère, les pantomimes, les tableaux vivants. Mais voyez comme c'est torché, ou c'est trop gras, ou c'est trop maigre ! Pas une qui vaille ma damnée Polly. Pour le prix qu'on paye, on pourrait être plus exigeant.

Il fit signe à une petite qui paraissait onze ans à peine et qui arriva aussitôt, escortée de deux de ses camarades.

— Qu'est-ce qu'on joue ce soir, Dolly ?

— Ah ! je sais pas.. Moi, je suis pour le ballet. Le reste, je m'en bats l'œil. Dites donc, j'ai attrapé un gros rhume. Toute la nuit, j'ai craché mes poumons. Est-ce que c'est vous ou ce gentleman qui allez me payer quelque chose de chaud à moi et à mes deux amies ?

— Qu'est-ce que vous voulez boire ? — demanda Barrel. — Du lait ?

— Du lait ? — fit-elle avec indignation. — Gardez-le pour votre baby, du lait ? Non, sir, mes amies et moi n'accepterons que du gin bien chaud.

Barrel s'empressa de faire venir trois grogs au gin, qu'elles avalèrent d'un trait.

— Vous êtes gentil ! Maintenant mettez le comble à vos bontés, en prêtant à mes amies et à moi, une pièce de *six pence*. Oh ! si vous n'en avez pas, nous ne sommes pas fières, nous accepterons un *shilling*.

— Allez-vous-en — dit M. Johnson avec dignité. — Le généreux gentleman vous a offert un grog, cela doit vous suffire. Pour des *artistes*, vous devriez être honteuses de vous livrer à la mendicité.

— Je ne mendie pas, j'emprunte... j'ai bien le droit d'emprunter, je pense ? De quoi vous mêlez-vous ? Vous ignorez si ce gentleman ne me devra pas de l'argent au lever de l'aurore.

Elles s'en allèrent, en riant, vers d'autres consommateurs.

Enfin, l'orchestre, composé d'un piano, d'un cornet à piston, d'un tambour et d'un *banjo*, ayant entamé l'ouverture, les artistes gagnèrent rapidement un coin de la salle.

Il se produisit un grand craquement, la cloison s'ébranla, ses diverses pièces glissèrent dans des rainures, laissant à découvert une large toile représentant un épisode grossièrement enluminé de la vie de Dick Turpin, le célèbre Cartouche anglais franchissant sur sa fameuse jument *Black Bees*, la noire Lisbeth, une haie d'archers cherchant à lui barrer la route, sujet particulièrement réjouissant et toujours très goûté des habitants de *White-Chapel*.

Les artistes, soulevant un des coins du tableau mobile, disparurent, et cinq minutes après, la toile se leva.

La scène, peu profonde, tient toute la largeur de la salle. Pas de luxe, pas de décors, et peu de gaz.

La rampe est absente. Un papier éraillé par places, pend lamentablement, laissant à découvert sur les côtés les lèpres du mur humide, et la fresque de fond représentant une rangée d'extraordinaires et moyenageux palais, est souillée de longues maculatures.

Le directeur n'a pas jugé à propos de se lancer dans des frais inutiles. M. Johnson explique à Barrel que le carré de bâtisses auquel Petit Tom appartient est destiné à disparaître prochainement sous la trouée d'une rue nouvelle.

— Et, d'ailleurs — ajoute-t-il — les clients ne viennent pas ici pour contempler des damnées colonnes de marbre peint, ni des damnées forêts de carton, mais de la belle nature vivante.

Attention !

Une gouge de vingt ans à peine, à moitié ivre, et dont les traits canailles accusent au moins dix ans de gin et de vice, commença, en argot, une chanson graveleuse fort goûtée de l'auditoire, car elle obtint les honneurs du *encore* !

Les gestes, il est vrai, aidaient éloquemment aux paroles et, pour le naturel, ne laissaient rien à désirer.

Cette ribaude est dans son costume journalier. Jupes à volants effrangés, corsage de coton, chapeau à plume. C'est une ouvrière d'une fabrique voisine qui augmente ainsi le maigre salaire du jour.

La chansonnette fut suivie d'une gigue et la gigue d'une quête ; petit profit de la jeune personne, qui, paraît-il, n'est pas payée autrement.

C'est elle qui l'affirme en passant le long des tables, présentant une de ces coquilles bivalves, appelées coquilles de Saint-Jacques, apostrophant chacun, plaisantant, mignardant, cherchant un client pour la nuit.

Barrel la suivait des yeux et constata que la recette devait être maigre ; les *pence* tombaient avec parcimonie ; on réservait son argent pour un meilleur régal.

A peine récolta-t-elle deux shillings. C'est, du reste, tout ce qu'elle valait, et c'est le double de ce qu'elle gagnait en une journée à la *factory*.

— Du *rubbish* (fumier), du damné rubbish — fit, avec mépris, M. Johnston, — mais vous allez voir mieux.

La toile, qui s'était baissé pendant la quête, se releva et les *tableaux* vivants se déroulèrent

Monté sur la scène, un barnum, le propre fils de M. Prigs, un garçon d'une vingtaine d'années, maigrelet et à tête de fouine comme son père, en donnait l'explication.

Des grues mûres, des gamines, des hommes et des éphèbes formaient, sur un piédestal, tournant lentement afin qu'on put les voir sous tous les aspects, des groupes de sujets empruntés indistinctement aux mythologies païenne et hébraïque, dans des scènes où dieux, déesses, héroïnes et patriarches y paraissent dans l'antique costume des temps héroïques et bibliques, la demi-nudité.

On y vit passer et tourner successivement Mars et Vénus, Adam et Eve, les Trois Grâces, le Jugement de Pâris, « d'après le célèbre tableau de Rubens », ne manqua pas de dire le jeune barnum.

Et, à cet effet, pour plus de couleur locale, on avait cueilli les plus grasses et les plus rousses maritornes qu'on ait pu trouver dans le quartier, et aux applaudissements et aux rires prolongés de l'assistance, le maigre voyou remplissant le rôle de Pâris, offrait, après un minutieux examen, l'orange à la plus corpulente des trois déités.

On y vit encore Loth et ses filles, la chaste Suzanne pressée par les deux vieillards, Hébé ou Ganimède versant du gin à Jupiter, et l'exhibition se termina par l'apothéose de la reine de Cythère, où toute la troupe, follettes, hommes, femmes, jeunes garçons confondus en un groupe écœurant, soutenaient de leurs bras et de leurs épaules une Vénus de trottoir.

. . . .

Cependant Noël approchait, *Christmas*, la messe du Christ comme on l'appelle en Angleterre, *Christmas*, la grande fête de l'année, chère à tous, surtout aux enfants et aux jeunes filles, avec ses cartes enluminées, ses baisers sous le *mistletoe*, la branche de gui suspendue au plafond, ses *plum-puddings* indigestes, ses féeries et ses pantomimes. Christmas enfin, attendu avec impatience par tous ceux qui peuvent se procurer l'oie traditionnelle et même par les miséreux qui n'ont que l'espérance.

Les jolies fillettes, enfants d'artisans et de modestes employés, se préoccupent un mois à l'avance d'obtenir un engagement dans les principaux théâtres où pendant sept ou huit semaines se joueront les féeries qui aideront à faire bouillir la marmite maternelle.

Les contes légendaires du *Petit-Poucet*, de *Peau d'Ane*, de *Cendrillon*, de *Barbe-Bleue*, sont le prétexte de gracieuses exhibitions de jeunes filles et de fillettes en maillot. Les Anglais de toutes classes raffolent de ces spectacles et n'hésitent pas à y conduire leurs enfants.

Les rôles sont généralement remplis par des petites filles, même les rôles de petits garçons qui ne souffrent pas de médiocrité, et ceux-ci sont généralement sur la scène abominablement médiocres.

La petite fille, plus futée, plus intelligente, moins gauche, s'en tire toujours, même quand elle est timide, avec une grâce qui charme le public.

Dans les théâtres du *West-End* de Londres, comme dans ceux de l'Est, les féeries de Noël occupent des légions de petites figurantes et de petites actrices. Tous ces enfants paraissent fort heureux, autant certes que les spectateurs, en dépit des puritains qui persistent à s'apitoyer sur leur état.

Ces théâtres ont donc besoin d'un surcroît considérable de figurantes pour les merveilleux ballets de Christmas et petites ouvrières, *bar-maids* sans place, apprenties, filles de fabriques, toutes celles qui n'ont d'autre capital que jolies jambes et gentil minois, trouvent ainsi pendant sept à huit semaines, un appoint hebdomadaire de vingt à trente shillings.

Mais une des nombreuses sociétés pour la propagation de la pureté et de la tempérance dans le Royaume-Uni s'est imposé la tâche de détourner ces jeunes âmes des dangers du ballet, et Georges Barrel, en sa qualité d'*étranger distingué*, reçut d'un des promoteurs de l'œuvre le révérend James Davis, qu'il avait rencontré dans une maison amie, une carte d'invitation personnelle, où moyennant le versement d'une guinée (26 francs 25 centimes) on le conviait à une *thé moralisateur*.

Vivement intrigué, l'ex-représentant se présentait à l'heure indiquée, c'est-à-dire huit heures précises à la porte de la salle, l'enceinte même d'une chapelle méthodiste louée pour l'occasion.

Deux longues tables disposées en fer à cheval en occupaient le centre, et les côtés étaient garnis chacun également de tables faites de planches juxtaposées et soutenues par des tréteaux.

Ce n'était pas un simple thé, mais un souper complet, et la modeste annonce, au rebours des annonces en général, cachait une agréable surprise.

Le révérend James Davis, à qui Barrel alla serrer la main et porter sa guinée, lui confia qu'en ce temps de grande misère, le Comité avait réfléchi que ces pauvres filles ne mangeaient pas de viande tous les jours, ni même de hareng à leur faim, qu'un estomac criant famine conseille des actes déshonnêtes, qu'on n'attrapait pas les mouches avec du vinaigre, et que rien ne disposait mieux un cœur à écouter les maximes évangéliques que lorsqu'il avait pour voisin un estomac occupé à une douce digestion.

Toujours pratiques, ces Anglais !

Aussi, des pyramides de tartines de beurre, de gâteaux aux raisins et d'oranges flanquaient-elles d'énormes tranches de jambon et de bœuf salé disposées de distance en distance sur les tables autour desquelles s'assirent, avec un légitime empressement, une centaine de jolies filles de treize à vingt ans.

Banquet vraiment divin, car indépendamment des plaisirs célestes que semblaient promettre aux élus, ces aimables convives, on lisait le nom de Dieu de tous côtés sur les murailles :

Gloire à Dieu !
Jésus seul !
Vive le Christ !
Honneur au Saint-Esprit !
Jehovah te voit !

Et aussi, dans le courant du festin, le nom sacré emplit la bouche des orateurs qui, sans nul doute, s'étaient mis au préalable sous la dent, quelque morceau plus substantiel.

Quand toutes les places furent prises, le révérend Davis adressa une petite allocution fraternelle et morale, récita le bénédicité, et le festin commença.

Le sexe mâle était représenté par le Comité d'abord, composé d'une demi-douzaine de personnages, plus autant de délégués des différentes Sociétés de tempérance, de sept ou huit journalistes et d'*invités* comme Barrel, à une guinée par tête ; trente hommes en tout.

Contre cent filles fort émancipées, c'était peu. Cependant, au début, leur tenue fut décente et correcte ; à part des corsages légèrement éraillés, le linge douteux et les jupes effrangées par le bas, on eut pu se croire au réfectoire d'un pensionnat de jeunes demoiselles. Mais à mesure que disparaissaient les tranches de jambon et de bœuf, les gâteaux et les tartines, la rectitude de la tenue se relâchait considérablement.

Ces pauvres filles, dont la plupart étaient peut-être à jeun depuis la veille, se trouvèrent bientôt grisées par la bonne chère. Des tasses de thé à discrétion et de l'eau à volonté composaient la boisson, mais, comme le fit observer à Barrel une de ses voisines, ingénue de quinze à seize ans, à la chevelure rutilante, on eut beaucoup préféré du champagne, qu'elle prononçait *chémepègne*.

Au lieu de *chémepègne* ce fut une succession de *speeches*, qu'on leur versa avec une prodigalité inépuisable. On leur représentait toutes les horreurs auxquelles étaient vouées les femmes de théâtre en général et les filles de ballet en particulier. On leur démontra, par contre, les bienfaits multiples du travail honnête, sain et fortifiant dans les fabriques et les ateliers.

— On voit bien qu'il ne sait pas de quoi il parle, celui-là, avec sa barbe de bouc — dit irrévérencieusement la voisine de Barrel en désignant le révérend Davis.

Dès le quatrième *speech* il y eut des signes d'impatience, au sixième commencèrent les murmures, au septième le désordre éclata.

— On devrait plutôt faire un peu de musique et danser — grogna une jeune miss à mine tapageuse, ornée de grands yeux noirs et de cheveux touffus.

— Oui — appuya une autre — ce serait plus amusant que d'écouter ce vieux fou.

De nombreux éclats de rire accueillirent cette impertinente saillie, et l'orateur, un vieux monsieur glabre à lunettes vertes, voyant qu'on ne l'écoutait pas, proposa comme diversion et pour reposer l'auditoire, d'entonner en chœur une des plus belles hymnes de son recueil, l'hymne 220, *Thirsting for God* (*la soif de Dieu*).

— C'est de bière que nous avons soif — s'exclama là-dessus une voix effrontée.

— Oui ! oui ! — appuyèrent cinquante autres.

— La vérité est — dit confidentiellement à Barrel la jeune miss à chevelure rutilante — qu'ils auraient bien pu, sans se ruiner, nous gratifier d'un verre de bière. Si vous saviez tout l'argent qu'ils ont reçu pour nous ! Mais Dieu seul sait avec eux où il passe !

Barrel objecta timidement que le souper étant offert par une *Société de Tempérance*, on ne pouvait leur donner de boisson fermentée.

— Allons donc ! C'est pour mieux boire du *chémepègne*, entre eux, à notre santé, les sales filous !

Cependant le tumulte allait *crescendo* et les demoiselles s'interpellaient d'une table à l'autre, et commençaient à se lancer des pelures d'oranges au nez.

Deux ou trois de ces projectiles avaient même pris irrévérencieusement la direction des membres du Comité, qui, debout, s'efforçaient de faire circuler de petits livres d'hymnes, en criant à tue-tête :

— Voyons, *young ladies*, un peu de silence. L'hymne 220 !... *La soif de Dieu* !... Nous allons chanter l'hymne 220. Revenez à la décence. Nous voulons le salut de votre âme. L'hymne 220 ! Souvenez-vous du temps où vous étiez de chrétiennes petites filles, sages et pures !

— Je ne m'en souviens pas ! — cria une impudente.

Des *shocking !* et des *shame !* (honte) mêlés à des rires et des clameurs diverses répondirent à cette indécente boutade, tandis que la voix du vieux monsieur glabre continuait à retentir, avec des accents de détresse :

— L'hymne 220 ! jeunes demoiselles ! *La soif de Dieu !* Ouvrez vos recueils ! L'hymne 220 !

— Oh ! n'est-ce pas honteux ? — dit à Barrel sa voisine. — Est-il possible qu'on ait permis l'entrée à de telles créatures !

Elle paraissait fort convenable, cette jolie rousse, malgré ses cheveux en broussailles, la soie éraillée de sa robe, et l'estime qu'elle semblait professer pour le *chémepègne*.

Elle confiait au Français que ce n'était qu'accidentellement et poussée par la cruelle nécessité qu'elle s'était décidée, l'hiver précédent, à figurer en maillot dans les chœurs de l'Alhambra, mais que d'ordinaire elle nourrissait sa vieille mère et sa jeune sœur du produit de sa seule aiguille.

Barrel songeait à la romance de Marguerite et allait s'attendrir lorsqu'une gamine de treize à quatorze ans, à mine futée et à grands yeux noirs, assise en face de lui, et qui, sans doute jalouse de l'attention qu'il prêtait aux confidences de sa camarade, leva tout à coup sa main gauche en repliant les doigts, à l'exception de l'index et du medium, et la désignant de la droite de façon à ce qu'il n'y eût pas d'erreur, indiqua ainsi le tarif de sa vertu.

— Voyez cette petite ordure ! — s'écria l'interlocutrice de Barrel, saisissant l'allusion au passage. — Comment me suis-je fourvoyée dans un endroit soi disant respectable où l'on reçoit des vilenies pareilles, ô ma sainte mère!

— Vilenie toi-même! — riposta l'effrontée. — Les vilenies sont dans tes sales jupons, déposées par tous les passants.

A cette insulte, la belle rousse furieuse s'élança par-dessus la table, en renversant tasses, assiettes et carafes, et administra une vigoureuse paire de giffles à la dénonciatrice, qui se mit à pousser des cris et à lâcher tout un vocabulaire d'injures récoltées dans les carrefours mal famés de *Soha Square* et de *Seven dials.*

On eut dit qu'on n'attendait que ce signal.

Un indescriptible branlebas s'ensuivit. Des amies de la gamine accoururent à la rescousse, arrachèrent d'un revers de main le chapeau à plumes fanées de l'assaillante, et lui saisirent son chignon rutilant.

La table s'écroula sous le choc et, à la grande joie d'une partie de l'assemblée, on ne vit plus qu'un tas informe de corps, de jambes, de bras et de têtes se roulant sur les bancs, renversant les chaises et les autres tables, tandis que les membres du comité couraient éperdus, çà et là, les bras levés au ciel, et que le vieux gentleman aux lunettes vertes, auquel cet abominable scandale faisait sans doute perdre la tête, s'évertuait à crier en agitant son recueil :

— L'hymne 220. *La soif de Dieu*! Nous allons chanter l'hymne 220!

CHAPITRE LXXXV

En mer (suite). — La mer des Sargasses. — La cabine mystérieuse. — La Roche-sous-voile. — Les négociants de l'île Saint-Thomas. — *Au feu!* — Surprise de Sacrovir et de Paul. — Préparatifs de sauvetage

Quelques jours après la singulière trouvaille faite dans le ventre d'un requin, l'Océan changea de couleur, de vert il devint bleu et l'on entra dans la mer des Sargasses.

On nomme ainsi cette partie de l'Atlantique encombrée d'herbes marines, qui s'étend devant l'archipel des Antilles sur une superficie d'environ mille kilomètres carrés.

Ces plantes marines que les matelots appellent *raisins des tropiques*, à cause de leurs fruits qui flottent sur l'eau et ressemblent à des baies, forment des sortes d'îles de verdure que la proue des navires ouvre sans effort. Des bêtes innombrables et d'une infinie variété les habitent : poissons, crustacés, mollusques que l'on ne trouve pas ailleurs, et qui semblent un monde à part dans le vaste monde animal. Tout cela glisse, rampe sur les feuilles dentelées des sargasses ou nage entre leurs tiges ramifiées.

Changeant constamment de contours sous l'action du flot mobile, et ne formant qu'une couche de peu d'épaisseur, impuissante, par conséquent, à ralentir la marche d'un vaisseau, les sargasses effrayèrent, néanmoins, beaucoup les Européens qui les aperçurent pour la première fois, c'est-à-dire les équipages des caravelles de Christophe Colomb.

Au fur et à mesure qu'ils s'avançaient dans cette mer d'herbes, ils s'imaginaient s'enfoncer davantage dans le vaste marécage qui, selon la croyance de l'époque, formait les limites du monde. Ces algues n'allaient-elles pas s'épaissir de plus en plus et finir par immobiliser les caravelles au milieu de leurs vertes prairies?

Puis, que cachaient-elles sous leur immense rideau monotone? Des rochers sans doute, de dangereux récifs qui briseraient les quilles, éventreraient les flancs des vaisseaux.

Mais ce danger n'était rien encore en comparaison de celui dont le hideux, le terrible poulpe du Nord, le Craken, menaçait les équipages.

Embusqué sous les sargasses, le monstre n'attendait que l'instant propice pour lancer ses tentacules démesurées sur la flottille, l'envelopper tout entière, la broyer et l'entraîner au fond des eaux.

C'est alors que l'épouvante s'emparait des matelots. Ils accusaient Christophe Colomb de les avoir poussés à leur perte et déjà parlaient de le tuer et de regagner au plus vite l'Europe, quand, heureusement pour le grand navigateur, et, pour le malheur des pauvres habitants des îles qu'on allait découvrir, l'herbe s'éclaircit et bientôt disparut.

. . . .

Les personnes qui n'ont jamais fait de voyages en mer s'imaginent qu'une longue traversée doit être monotone. Il n'en est rien. Les incidents se rencontrent presque chaque jour. D'ailleurs, les repas, pour ceux qui n'ont pas le mal de mer, — et ce mal horrible dure rarement plus de quarante à soixante heures — coupent agréablement la journée.

On sert le thé à bord des steamers transatlantiques — et la *République Universelle* se réglait sur ces derniers — on sert, disons-nous, le thé à six heures du matin pour les passagers qui aiment à voir le lever du soleil ; à huit heures, déjeuner à la fourchette ; à midi, second déjeuner, appelé *lunch* ; à quatre heures, dîner ; à sept heures, nouveau thé accompagné de tranches de jambon ou de biscuits ; enfin, à minuit, l'on sert un plantureux souper.

— L'on se trouve ici comme des coq-en-pâte — disait Paul Barrel à Sacrovir — et si je n'avais l'esprit hanté par de douloureuses préoccupations, si je n'avais des amis auxquels je pense sans cesse, je passerais volontiers à bord la plus grande partie de mon existence. Cette vie est pleine de charmes.

— Tout est beau quand luit le soleil, que la mer est calme et le ciel couleur d'azur — répondit Sacrovir. — Je me sentirais comme vous parfaitement heureux, mais l'étrange destinée du brave Colombau qui, après avoir échappé à tous les dangers de la guerre civile, est venu échouer dans la gueule d'un requin, trouble considérablement ma joie... Car, qui sait le sort qui nous attend, nous autres? Hélas ! hélas ! Nous ne sommes pas encore à destination !

— Et quelle destination ?

Duchesne, Marik Lebrenn à peu près guéri de sa luxation, puis Hénory et Velléda vinrent les rejoindre, tandis que d'autres passagers se promenaient par groupes sur le pont.

Le ciel était sans nuages et le temps un peu lourd, bien que l'heure fut matinale. A perte de vue, s'étendait sur tous les horizons l'immensité plate de la mer des Sargasses, qu'illuminaient de merveilleuses couleurs les rayons obliques du soleil.

Le nom de Colombau, jeté dans la conversation, ouvrit le champ à mille conjectures.

Depuis la trouvaille de la valise, les Lebrenn et Paul Barrel parlaient souvent de cet événement. Par une sorte d'accord tacite, on avait cessé de s'entretenir de la destination encore ignorée du navire et de se livrer aux suppositions les plus extraordinaires et les plus diverses sur le mystère qui enveloppait les projets du grand-duc de Gérolstein.

On essayait de supputer les chances que pouvait avoir eues Colombau d'échapper à la dent des terribles squales, mais comme ces supputations ne se basaient que sur des hypothèses, elles ne satisfaisaient personne et l'on finissait par abandonner ce sujet de conversation... pour le reprendre peu d'instants après.

— Bah ! — disait Sacrovir — Colombau est un gaillard qui sait si bien se remuer et se débrouiller que je veux espérer, même contre toute espérance.

Mais son père répondait mélancoliquement :

— Quand on tombe dans la mer, au milieu d'une bande de requins, ça ne sert pas à grand'chose d'être dégourdi et débrouillard.

Si la mort probable du pauvre typographe impressionnait péniblement Paul et toute la famille Lebrenn, un autre mystère intriguait le peintre, autant, sinon plus.

On se rappelle que pendant la nuit qui précéda le départ de la *République Universelle*, une douce voix de femme ou de jeune fille l'avait réveillé par des strophes de la mélancolique pièce que Lamartine a intitulé *Le lac*.

> O lac ! rochers muets, grottes, forêts obscures !
> Vous que le temps épargne et qu'il peut rajeunir,
> Gardez de cette nuit, gardez, belle nature,
> Au moins le souvenir...

Cette mélodieuse poésie, que la génération actuelle ignore, se trouvait alors dans presque toutes les bouches ; rien d'étonnant qu'une des passagères l'eut répétée pour occuper des heures d'insomnie ; mais ce qui plongeait le jeune artiste dans une profonde surprise, c'est que c'était les mêmes couplets entendus dans l'inoubliable nuit où il gisait garrotté et baillonné dans une sorte de cercueil, la même voix que celle de la créature mystérieuse à laquelle il devait sa délivrance.

Cette libératrice inconnue se trouvait-elle donc au nombre des passagères? Après un examen minutieux qui dura plusieurs jours, il se convainquit qu'il se trompait, que cette voix et ces chants n'étaient qu'une étrange coïncidence ; mais il est tant de coïncidences étranges dans la vie !

Cependant, un nouvel incident réveilla ses premiers doutes et ne fit qu'accroître sa curiosité.

A certains indices, il eut bientôt la conviction qu'une femme, qu'aucun passager ne connaissait, que nul même n'avait vue, se cachait à bord.

Il avait remarqué une cabine, contiguë à l'appartement du capitaine, tenue constamment et soigneusement fermée.

Personne ne s'en était aperçu, car l'on pouvait supposer qu'elle faisait partie du logement privé du duc de Gérolstein et il n'y aurait pas pris garde lui-même, s'il n'avait cru reconnaître que de là étaient partis les chants, que d'ailleurs il n'avait plus entendus.

Un jour, il avait vu un des matelots, attachés au service personnel du capitaine, sortir avec précaution de cette cabine et la refermer précipitamment, comme s'il craignait d'être surpris.

Avec sa franchise habituelle, il l'avait interrogé :

— Quelqu'un demeure donc là ?

— Qui vous l'a dit ? — répliqua brutalement le matelot.

— Personne. Je vous le demande.

Mais l'autre, sans répondre, remonta en grommelant.

Vivement intrigué, il passa à plusieurs reprises dans le corridor, espérant que la porte de la cabine mystérieuse s'ouvrirait et qu'il verrait au moins les traits de l'inconnue ; mais le matelot, qui peut-être le guettait, se trouva tout à coup près de lui, et dit sans préambule :

— Vous savez, Monsieur, nous ne sommes pas ici sur le plancher des vaches, et le capitaine n'aime pas les curieux.

— Vous n'êtes pas poli, mon ami — répliqua le peintre fort vexé de l'apostrophe.

— Vous êtes libre d'aller vous en plaindre — répondit le matelot.

Il en eut un moment l'intention ; mais il réfléchit qu'évidemment cet homme exécutait une consigne et que lui-même, admis gracieusement sur ce navire, était blâmable de vouloir s'immiscer dans des affaires qui, après tout, ne le regardaient nullement.

Mais voici l'incident auquel nous avons fait allusion.

Chaque nuit, un souper, nous l'avons dit, était servi aux passagers, souper généralement assez gai et auquel tous, même les dames, prenaient part.

Pendant l'un de ces soupers, Paul Barrel sortit de table.

La conversation était fort animée, le capitaine venait d'annoncer aux voyageurs que l'on approchait de Saint-Thomas, l'une des Antilles danoises et qu'il avait l'intention d'y faire escale.

Chacun pourrait de là expédier sa correspondance et peut-être bien — ajouta-t-il — indiquer le lieu où l'on pourrait y répondre.

Cette annonce ravit les voyageurs. Tous parlèrent à la fois du plaisir qu'ils auraient à communiquer enfin avec les leurs et Paul, qui tenait une sorte de memento de ce qui se passait à bord, alla chercher son agenda pour y consigner l'heureuse nouvelle.

Comme il traversait rapidement le corridor, il aperçut la cabine mystérieuse ouverte et au fond la silhouette blanche d'une jeune femme ou d'une jeune fille qui, par le hublot, respirait la brise marine.

Ignorait-elle que sa porte était ouverte, ou l'avait-elle ouverte elle-même pour établir un courant d'air, c'est ce qu'il ne pouvait savoir. En tous cas, la vision dura l'espace d'une seconde, car, entendant des pas s'approcher, il s'empressa de continuer son chemin.

Quand il repassa au même endroit, la cabine était close.

Une femme se cachait là, plus de doute, et c'était son chant qui avait évoqué celui de sa libératrice inconnue, de celle qui l'avait tiré de son cercueil.

Ce ne pouvait cependant être sa libératrice? Comment, après s'être trouvée au fond d'une cave, dans une maison de Paris, serait-elle sur un navire voguant vers le Nouveau-Monde, en compagnie de celui qu'elle avait sauvé !

Quand il rentra dans la salle commune, la conversation roulait sur cette île de Saint-Thomas, vers laquelle couraient toutes les pensées et que pourtant l'on ne devait jamais atteindre...

Le capitaine donnait d'intéressants détails, que nous trouvons résumés par M. Dhormois en une page amusante :

« Lorsqu'on en approche, ceux qui connaissent le pays ne manquent jamais de faire remarquer aux nouveaux-venus un petit îlot appelé la *Roche-sous-voile*. Telle est, en effet, sa ressemblance avec un vaisseau couvert de sa voilure, qu'une frégate anglaise passa, dit-on, une nuit à la canonner, croyant tirer sur un bâtiment ennemi. Cette histoire doit être vraie, car toutes les fois que j'ai repassé près de cet écueil, j'en ai entendu une nouvelle édition. Seulement, à bord des navires anglais, c'est toujours un bâtiment français qui fut ainsi mystifié par la *Roche-sous-voile*. Les Américains soutiennent que cette mésaventure arriva à un vaisseau espagnol, et le capitaine de la petite goëlette dominicaine qui fait le service entre Saint-Domingue et Saint-Thomas ne manquait jamais de la mettre sur le vaisseau amiral de la flotte de Soulouque.

« Lorsqu'on aperçoit Saint-Thomas de la pleine mer, on ne voit d'abord que de hautes montagnes sans nulle apparence de port ou de ville. Ce n'est qu'arrivé tout près de terre qu'on découvre entre deux collines un étroit passage où deux bâtiments auraient peine à passer de front. Dès qu'on a franchi ce canal, on se trouve tout d'un coup dans une vaste rade entourée partout de montagnes qui se perdent dans les nuages. On conçoit comment une rade aussi vaste et aussi bien fermée a fait choisir cette petite île, du reste très aride et très inculte, comme le point de correspondance de toutes les lignes de paquebots, et comme l'entrepôt de tout le commerce des Antilles... L'eau, dans ce vaste bassin, est si calme et si limpide qu'on peut apercevoir le fond jusqu'à deux cents pieds de profondeur et suivre de l'œil les troupes de requins, qui semblent s'y être donné rendez-vous de toutes les mers voisines. Il y en a de toutes tailles, de toutes grosseurs. Quelques-uns, sans doute par suite de leur vieillesse, sont devenus presque blancs. Dès qu'on jette un objet quelconque d'un navire, on les voit se précipiter en foule ; on croirait voir, se bousculant autour d'un morceau de pain, ces carpes des bassins de Fontainebleau auxquelles on a mis des anneaux d'or pour reconnaître leur âge : on n'a pas encore pensé à en faire autant pour les requins de Saint-Thomas.

« Tous les bords de la rade sont couverts d'immenses magasins, où viennent passer les produits du monde entier. Cependant, si j'avais quelques marchandises à vendre, j'aimerais mieux les envoyer autre part qu'à Saint-Thomas. Les opérations de ces négociants sont assez singulières quelquefois. La faillite n'est pas méprisée chez eux ; au contraire. La seule préoccupation est de la faire la plus forte possible. Il ne manque pas à Paris, dans le monde des étrangers, de ces honorables industriels qui, grâce à trois ou quatre banqueroutes faites à Saint-Thomas, ont amassé quelques centaines de mille francs de rente.

« Sur les hauteurs, on aperçoit de tous côtés d'élégantes maisons de campagne, où les négociants après avoir passé la journée dans leurs offices, vont chercher la fraîcheur et le repos. On voit encore çà et là, au sommet des collines, quelques tours crénelées, quelques murs épais, restes des forteresses, repaires des boucaniers, qui répandaient la terreur dans toutes les îles voisines, enlevant les récoltes et les bestiaux.

« Les habitants actuels, pour la plupart, n'ont pas dégénéré. Ce sont bien les dignes fils des anciens flibustiers. Ils ont conservé leur amour pour le bien d'autrui et leurs instincts de rapine. Seulement, il a fallu faire quelques sacrifices aux idées modernes et, pour voler à leur aise, ils ont pris le titre de négociants. »

Cependant, Paul n'écoutait guère, préoccupé de sa découverte, et, dès le lendemain matin, ayant pris à part le vieil ami de son père adoptif, la conversation suivante eut lieu :

— Monsieur Marik, je voudrais bien vous poser une question.

— Posez, mon ami, mais je ne promets pas de répondre — répondit, en souriant, le vieux républicain.

— Oh ! Il ne s'agit pas du but de notre voyage, ni de fixer la date où cessera tout ce mystère. Cette nuit, le capitaine nous a déclaré que nous ferions escale à Saint-Thomas, c'est plus que je n'espérais. Je suis donc armé de patience et cuirassé de résignation.

— Deux vertus indispensables en ce moment, — répondit Marik.

— Il s'agit d'un autre problème. Je sens que je vais encore être indiscret ; mais, sachez d'avance, que cette indiscrétion n'est qu'apparente...

— Bon, bon, expliquez-vous.

— Quelle est la personne mystérieuse qui se cache dans une cabine voisine de celle du capitaine ?

— Ah ! ah ! Vous savez...

— Croyez, je vous le répète, que je n'obéis pas à un mobile de simple curiosité. Je n'ai su sa présence ici que parce que j'ai entendu sa voix, la nuit même de mon arrivée à bord.

— Sa voix ?... Sa voix ?... Mais il y a ici plusieurs passagères...

— Sans doute, mais cette voix ne m'était pas inconnue, pas plus que les vers de Lamartine qu'elle chantait si mélodieusement. Je les ai entendus dans une circonstance trop mémorable pour pouvoir les oublier.

— Eh bien ?

— Eh bien, cette nuit, passant devant la mystérieuse cabine, j'ai aperçu sa mystérieuse occupante... Elle se cache ou on la cache. La nuit du départ elle a chanté. Depuis, elle est devenue muette...

— Mon cher ami — répliqua Lebrenn — le capitaine n'ayant pas jugé à propos de me faire ses confidences au sujet de cette personne, ni même de m'en dire un seul mot, je ne puis vous renseigner. Comme il lui a convenu de ne m'en pas parler, ce n'était pas à moi à le questionner. J'ai donc imité la prudence du sage Conrart, je suis resté silencieux. Je vous engage à en faire autant.

— Vous l'avez donc vue ? — demanda Barrel, que cette réponse était loin de satisfaire.

— Je l'ai entrevue quand elle est montée à bord en même temps que le grand-duc.

— Ah ! Elle est arrivée en même temps que lui !

— Quoi de surprenant ?

— C'est peut-être sa femme.

— Il est veuf.

— Sa fille, alors.

— Elle est morte.

— Une parente, peut-être.

— Rien d'impossible.

— Ou plutôt sa maîtresse ?

— C'est également dans les probabilités. Il est encore assez jeune et assez bien tourné pour en avoir, si tel est son désir.

— Elle m'a paru une toute jeune fille, svelte, gracieuse. Je suis artiste, ne l'oubliez pas, et quoique aperçue de dos et rapidement, je l'ai jugée d'un coup d'œil.

— Et vous voilà pincé. Prenez garde, ne vous avisez pas de marcher sur les brisées de notre capitaine !

— Oh ! rassurez-vous.

— Je suis sans crainte, mais ne me questionnez plus.

— Encore un mot et ce sera le dernier.

Marik Lebrenn fronça le sourcil et prit un air de résignation, comme quelqu'un qui subit un interrogatoire ennuyeux.

Imperturbable, le peintre poursuivit :

— Miss O'Kelly parle dans la lettre que nous avons tous lue, d'une certaine photographie. Cette photographie, le grand duc l'a trouvée dans la pochette de la valise. Il a manifesté en la voyant une certaine surprise et l'a emportée sans la montrer à personne.

— C'est la vérité.

— N'est-ce pas étrange ?

— Mais tout est étrange, mon cher Monsieur... tout, tout, tout. Et le plus étrange n'est-il pas de nous trouver sur ce navire qui

Elle en a fait du propre votre demoiselle *Plume-de-Veau*, elle a f... le feu à bord !

vogue vers une destination que, depuis que nous sommes en route, nous ne connaissons pas encore.

— Enfin — dit Barrel — nous allons atteindre l'île Saint-Thomas.

— Si rien ne nous arrête en chemin .. Si quelque événement...

— Quel événement ?

— Le sais je ? J'ai été toute cette nuit hanté par de funestes visions. Je me suis même réveillé en sursaut au moment où je prenais un bouillon dans la grande tasse, comme disent les matelots ; puis un instant après...

Il fut soudain interrompu par un cri terrifiant, sinistre, un cri qui jette l'épouvante sur terre, mais qui sur mer est bien autrement effroyable.

Au feu ! Au feu !

— Ma femme ! mes enfants ! — s'exclama Marik Lebrenn.

Et, avec un accent de détresse, il appela : « Hénory ! Velléda ! »

Elles accoururent effarées à l'appel. Au même instant le capitaine, traversait rapidement le pont ; il dit en passant près de Marik :

— Sang-froid et discrétion !

Il se dirigeait vers le centre du navire d'où sortait de quelques claires-voies une légère fumée ; on n'apercevait pas de flammes.

Presque aussitôt des passagères pâles, affolées, débouchèrent tumultueusement du grand escalier conduisant aux cabines, courant dans tous les sens comme un troupeau de moutons où se serait jeté une bande de loups, en criant « au feu ! » et communiquant leur panique à ceux qui se trouvaient sur le pont.

L'on sait que rien n'est contagieux comme la peur; elle éteint tous généreux sentiments. Chacun ne songe qu'à sauver son existence, fut-ce au prix de la vie de ceux même qui vous sont proches. Les actes de dévouement dans les catastrophes, ne sont que de rares exceptions. La peur rend féroce.

La lâche humanité étale sans pudeur ses dessous égoïstes et barbares que recouvre d'un simple vernis la civilisation.

Il y eut un tohu indescriptible, on s'interrogeait, l'épouvante aux yeux, on se bousculait, on se heurtait, on repoussait les femmes, les forts tapaient sur les faibles qui leur barraient un passage imaginaire à un salut problématique.

Des femmes évanouies furent foulées aux pieds; des hommes qui avaient bravé la mort sur les barricades, faisaient des gestes de fous; d'autres essayaient de grimper dans les canots de sauvetage suspendus à leurs amarres, tandis que les hommes de l'équipage couraient çà et là, trouant à grands coups de coude et même à coups de poing cette foule qui gênait la manœuvre et les empêchaient de se rendre à leur poste.

Une fourmilière qu'un enfant s'amuse à harceler du pied ou d'une baguette ne présente pas un spectacle plus agité.

Dans cet affolement, Paul se trouva brusquement séparé de ses amis. Sa pensée courut de suite vers cette femme inconnue, qui se cachait ou qu'on dissimulait obstinément aux yeux de tous.

Qui sait si dans l'effarement général elle n'était pas oubliée dans sa cabine?

Le capitaine avait repris sa place sur le banc de quart et, froidement, donnant ses instructions, claires et précises, il essayait de mettre l'ordre dans le désordre. Dans ce moment critique, où il avait besoin de toute sa présence d'esprit, songeait-il à la recluse?

Paul Barrel se précipita, descendit en deux ou trois sauts l'escalier, courut à travers le couloir central qu'envahissaient des tourbillons de fumée et arriva devant la cabine mystérieuse.

Elle était vide.

A demi suffoqué, il remonta précipitamment l'écoutille et aperçut Sacrovir avec qui Marik Lebrenn échangeait rapidement quelques mots. Tous les membres de la famille Lebrenn se groupaient derrière le vieux républicain qui paraissait parfaitement calme.

Comme Paul s'avançait vers le groupe, il fut heurté et violemment jeté de côté par un matelot qui venait de sortir du grand escalier. Il portait dans ses bras une jeune femme évanouie qu'il posa brutalement sur le pont, puis courut près du banc de quart échanger quelques paroles avec le capitaine en faisant de grands gestes.

Paul Barrel se dirigeait vivement vers la femme gisant immobile à la place où le matelot l'avait presque jetée, mais le passage fut barré par la foule; de l'endroit d'où venait de s'élancer le matelot et d'où s'élevait une fumée blanche s'épaississant de plus en plus, de longues flammes avaient jailli tout à coup, comme si elle l'eussent suivi dans sa course pour happer son fardeau.

Cette sinistre apparition redoubla la panique, mais à la voix retentissante du capitaine, un calme relatif se produisit. Il menaça de mort quiconque ne resterait pas en place, entraverait la manœuvre, continuerait à jeter le désordre.

L'impassibilité de son visage, le calme de sa voix, firent taire les plus affolés. Chacun comprit qu'il fallait de la discipline, de l'ordre, de la passivité, du silence, et que dans les dangers la voix d'un seul doit être obéie.

Ceux qui s'étaient réfugiés dans les canots suspendus durent en descendre: des chaînes s'organisèrent et les pompes commencèrent à fonctionner.

Cependant Paul s'était approché de Sacrovir Lebrenn qui, très pâle, lui dit à l'oreille :

— Mon ami, nous courons un effroyable danger.

— Bah! L'on va se rendre maître de l'incendie.

— D'un moment à l'autre nous pouvons sauter.

— Allons donc!

— Nous pouvons sauter, vous dis-je. Nous sommes sur un volcan. Il y a dans les soutes cent vingt caisses qui contiennent quinze mille kilogrammes de poudre.

— Diable! Voilà qui n'est pas rassurant... Qui vous a dit cela?

— Mon père, à l'instant... Ne le répétez à personne.

— Vous me donnez la chair de poule. Se sentir lancé dans l'espace, au moment de toucher au port peut-être... Ce n'est pas gai.

— Un mauvais moment à passer — répliqua le jeune Lebrenn s'efforçant de rire — mais si rapide qu'on ne le sentira même pas. Un coup foudroyant. Crac!... Et nous voilà en capilotade... Bonne affaire pour les poissons... Le plus mauvais moment est celui que nous passons maintenant... dans l'attente.

— Que dit le capitaine?

— Il est terriblement inquiet, bien qu'il s'efforce de n'en rien laisser voir. Ah! c'est un homme d'une solide trempe. Avez-vous vu l'horrible, l'effroyable panique? Qu'on est lâche parfois; des femmes, des jeunes filles gisent là-bas à moitié écrasées par le pied brutal de leurs frères ou de leurs amoureux... Tenez, les hommes me dégoûtent... De tous côtés l'humanité est laide... Allez donc vous dévouer pour elle... N'avez-vous pas entendu ces ouvriers des faubourgs pour qui, nous autres, qu'ils appellent sales bourgeois, nous nous sommes sacrifiés, crier à tue tête sur le passage de Louis-Bonaparte : « Vive l'Empereur ! »

— Mais comment le feu s'est-il déclaré?

— Ah! vous en revenez toujours là. Ne voyez-vous pas que je change de conversation pour éloigner nos pensées du désastre, du sort qui nous attend. Alors, vous voulez faire comme les calotins, vous préparer à la mort, à une bonne mort. Ecoutez toutes ces femmes qui gémissent, ce sont des femmes et des filles de républicains, de libres-penseurs, eh bien, elles implorent un prêtre! un prêtre! un confesseur! les entendez-vous? Ah! les saintes ouailles! Nous retomberons toujours sous le joug clérical, grâce à ces idiotes là. Etroites cervelles! Intelligences obtuses! Pierres d'achoppement du progrès !

— Alors, vous disiez que le feu?...

— Vous êtes amusant. Le feu est là. Il gagne, il arrive, il va nous réduire en miettes. Qu'importe d'où il sorte. Cependant je veux bien vous instruire. Il s'est déclaré dans la sommeillerie, précisément au-dessus des caisses à poudre. On a eu le temps de fermer les panneaux de la soute et le mécanicien a pu diriger des jets de vapeur sur le pont de bois qui la couvre, mais c'est reculer pour mieux sauter.

— Pas d'espoir alors?

— Je ne dis pas cela... Mais il y a plus de poudre qu'il n'en faut pour pulvériser trois ou quatre navires comme la *République Universelle*. Ah! ah! ah! La République Universelle, je viens de la voir dans le hideux spectacle de ces hommes se bousculant, se heurtant, se piétinant pour arriver à gagner quelques heures de plus de vie. Ah! ah! ah!

Il riait d'un effrayant rire, qui fit penser à Paul Barrel qu'il devenait fou.

Comme le rire de Sacrovir retentissait sardonique et sinistre dans l'effroi général, un matelot qui passait se retourna en grommelant; Paul le reconnut pour celui qui avait porté la femme évanouie, le même qui l'avait jadis apostrophé dans le corridor.

Il le suivit, profitant de la trouée brutale que ce marin faisait dans la foule et le vit s'arrêter devant la femme arrachée aux flammes quelques instants auparavant.

Etendue à la même place, au pied d'un mât, personne ne prêtait la moindre attention à elle.

Le matelot se heurta dans ses jambes, trébucha, faillit tomber la tête en avant. Furieux, il se saisit d'un seau plein d'eau et, l'élevant le plus haut possible, en vida le contenu sur la tête de la femme évanouie.

— Voilà qui va te remettre d'aplomb, satanée bougresse! — hurla-t-il. — Debout, nom de Dieu! Tu n'es donc pas contente de ce que tu as fait. Il faut encore que tu gênes la manœuvre et fasses tomber les pauvres mathurins!

— Brute! — s'écria le peintre.

— Tiens, vous voici encore, vous. Après qui que vous en avez, Monsieur le mirliflore?

— Après vous. Est-ce ainsi qu'on fait revenir une femme à la vie?

— Attendez un instant, je vas aller lui chercher des sels chez le pharmacien d'en face!... C'est sûr que c'est ainsi. Vous voyez bien que le système est bon, puisque la v'là qui ouvre les hublots.

La mystérieuse inconnue ouvrait, en effet, les yeux, regardant d'un air égaré autour d'elle. Puis elle se mit sur son séant portant la main à son front.

Un vide s'était fait au milieu du navire. Le commandant venait d'ordonner de mettre les chaloupes à la mer et tout le monde se précipitait à droite et à gauche dans la direction des barques de salut.

Sacrovir chercha des yeux Paul; il l'aperçut au pied du mât et courut à lui.

— Venez! — lui cria-t-il — ne nous séparons pas.

Mais il s'arrêta stupéfait devant la jeune femme qui revenait à elle.

Il reconnaissait avec une indicible surprise ces traits délicats, ce joli visage pâle, ces beaux grands yeux bleus, cette épaisse et soyeuse chevelure brune inondée d'eau de mer et ces mots, qui plongèrent Paul Barrel dans une stupeur égale à la sienne, sortirent de ses lèvres :

— Adèle Plumereau!... Quoi, Mademoiselle, c'est vous?... Vous?

Le matelot grogna :

— Ah! Vous la connaissez! Eh bien, elle en a fait du propre, votre demoiselle *Plume-de-Veau!*

— Quoi! Qu'a-t-elle fait?

— Oh! rien! Elle a seulement foutu le feu à bord! Rien que ça! Si ça dépendait que de moi, je lui aurais déjà fait boire un sacré coup dans la marmite du bouillon salé! Ah! C'est mam'zelle Plume-de-Veau! Un riche nom, tout de même. Le capitaine avait bien besoin de s'empêtrer de ça!

Et il courut, en jurant, rejoindre son poste.

Cependant, le pont, les escaliers, les couloirs étaient inondés. On ne parlait plus, on n'entendait plus que les groupes fonctionner, pendant que le maître d'équipage, un vieux loup de mer, présidait et pressait la mise à flot des chaloupes.

Les sourcils froncés, l'œil froid, le capitaine

allait et venait sur la passerelle, surveillant la manœuvre, donnant d'une voix brève des ordres.

Un nuage de fumée blanche, affectant la forme d'un aigle aux ailes déployées, planait au-dessus de la *République Universelle*.

Sacrovir détourna un instant son attention d'Adèle Plumereau pour faire observer à Paul l'image fantastique :

— Tenez — lui dit-il — regardez au-dessus de votre tête. Signe de mauvais augure. L'aigle impériale pèse sur nous. Autant sauter ! Voilà que ça vient !

Malgré les torrents d'eau, incessamment déversés dans l'intérieur du navire, des flammes, de minute en minute plus larges et plus hautes, s'échappaient de l'issue du grand escalier, tandis que d'autres surgissaient au travers des claires-voies commençaient à lécher le pont.

La chaleur devenait insupportable, intense, et là-bas, vers l'Occident, le ciel s'assombrissait...

CHAPITRE LXXXVI

Un mariage à la vapeur avant la découverte de Papin. — L'Eldorado promis aux naïfs. — Cayenne. — Singuliers colons. — Les îles du Salut. — Les déportés. — Tentatives d'évasion. — Deux lettres à Louis Blanc. — Delescluze à l'île du Diable.

Le 8 décembre, avons-nous dit, parut un décret donnant à l'administration la faculté de déporter à Cayenne, par mesure de sûreté générale, et cela sans jugement, sans comparution personnelle, sans débats, sans interrogatoire et, pour ainsi dire, selon son bon plaisir, les *individus* ayant fait partie d'une société secrète et en outre tous ceux qui, placés sous la surveillance de la haute police, seraient reconnus coupables de rupture de ban.

Le décret était précédé d'un certain nombre de *considérant* à l'aide desquels on prétendait le justifier.

Ce préambule hypocrite peut se résumer à peu près comme il suit :

La France a le plus grand besoin d'ordre, de travail et de sécurité. Depuis trop longtemps la société est inquiétée, troublée par les anarchistes, les révolutionnaires, les affiliés aux sociétés secrètes et les repris de justice.

Par leurs constantes révoltes contre les lois, ces différentes classes de gens, aussi peu recommandables les uns que les autres, non seulement compromettent le travail, la tranquillité et l'ordre public, mais encore sont cause que d'injustes calomnies se répandent contre l'honnête population ouvrière, laquelle se trouve aussi victime d'une confusion fâcheuse.

Il est donc urgent de se débarrasser de tous ces ferments de discorde.

Pour concilier les devoirs de l'humanité, qu'il ne faut jamais perdre de vue, avec les intérêts de la sûreté générale, au lieu de fusiller ces perturbateurs ou de les emprisonner, on les transportera en Algérie ou à Cayenne.

On a vu, dans un précédent chapitre, l'existence agréable qui attendait les déportés dans notre colonie algérienne. Nous allons, maintenant, nous occuper de Cayenne, où nous retrouverons de vieilles connaissances.

Cayenne est la capitale de la Guyane française, et la Guyane française est, de toutes nos colonies, celle que l'on choisit d'habitude quand on veut prouver que les Français sont d'incapables colonisateurs.

On éprouve un sentiment pénible quand on la compare à la Guyane anglaise, qu'elle égale à peu près en surface, mais à laquelle elle est très inférieure par le commerce, l'industrie, la population, la vie intellectuelle, sociale et politique.

On tenta en Guyane plusieurs essais de colonisation, aucun n'aboutit. Le plus célèbre eut lieu au dix-huitième siècle, sous le règne de Louis XV et le ministère de Choiseul.

Le désastreux traité de Paris venait d'être signé. Notre marine marchande et militaire était détruite. Nous perdions les Indes, de nombreuses îles, le Sénégal et le Canada, avec ses 60,000 Français, et nous étions forcés de démolir les fortifications de Dunkerque. Le triste personnage qui régnait sur la France, tout occupé qu'il fût à ses sales débauches, malgré son égoïsme, son indifférence honteuse pour les intérêts du pays, son *jemenfoutisme*, comme on dirait maintenant, voulut essayer de réparer les conséquences désastreuses de nos échecs sur terre et sur mer ; sur terre en face des armées du prussien Frédéric, sur mer en face des escadres anglaises.

Conseillé par Choiseul, un des rares ministres d'alors qui fit preuve d'intelligence et de patriotisme, il décida de tenter à la Guyane la création d'un centre de population blanche pour contrebalancer dans l'Amérique du Sud les succès et la prépondérance des Anglais dans l'Amérique du Nord.

La nouvelle colonie devait, en outre, concourir à la défense des quelques îles des Antilles restées en notre possession : la Guadeloupe, Marie-Galande, la Désirade, la Martinique et Sainte-Lucie. L'idée, en somme, était excellente. Une forte subvention fut accordée.

Malheureusement, la race malfaisante des

aigrefins, des politiciens tarés et sans vergogne ne manquait pas alors plus qu'aujourd'hui. A eux fut confiée l'exécution du projet de Choiseul.

Ces gentilshommes s'empressèrent d'empocher la plus grosse part de la subvention que le gouvernement avait accordée.

Quand la flotte contenant les colons — environ 13,000 émigrants d'Alsace, de Lorraine, de Saintonge, — débarqua sur les côtes de Guyane, on s'aperçut que l'on n'avait ni les vivres, ni les approvisionnements, ni les outils nécessaires à l'établissement d'une colonie.

Il est vrai que, par une manie qui peint bien l'époque, à la place des denrées et objets de première nécessité, l'on était en possession de tout l'attirail nécessaire à l'établissement d'un théâtre, planches, tréteaux, vieilles défroques réformées de l'Opéra et de la Comédie du Roi. On avait aussi engagé quelques comédiens!

En outre, les émigrants s'étaient munis de plusieurs centaines de paires de patins! Des patins dans un pays situé sous les tropiques, rôtissant pendant six mois sous le brasier solaire, où la glace est inconnue, c'était le comble du grotesque! Mais les organisateurs de l'expédition et les colons n'y regardaient pas de si près. Ils avaient entendu dire qu'on s'en servait au Canada, qui fait partie du continent Américain, donc on en aurait aussi besoin en Guyane, qui en fait également partie.

Comme il fallait un nombre déterminé de colons pour toucher la subvention accordée, les organisateurs de l'expédition avaient tracé le tableau le plus séduisant de l'existence dans le Nouveau-Monde. Le plus grand nombre de ceux qui se présentèrent, séduits par ces fallacieuses promesses, étaient des déclassés, des ignorants, des individus sans professions définies, de tout jeunes gens, de toutes jeunes femmes, personnages d'imagination, et prêts à recevoir, comme vérités incontestables, les plus grossières bourdes des utopistes.

En général, ils n'avaient ni le goût du travail, ni le tempérament assez robuste pour supporter les épreuves de toutes sortes qui attendent les émigrants, et surtout des émigrantes sous le climat meurtrier des tropiques.

Ils partaient, comme l'on se met en route pour une partie de plaisir, la fête au village voisin.

Nul n'avait la moindre idée de la somme d'énergie, de courage, d'audace nécessaire pour s'installer dans un pays neuf, y subir les souffrances, les fatigues qu'il faut quotidiennement endurer; sans compter les rigueurs d'un climat nouveau, les privations auxquelles les forts seuls s'habituent, mais que ne peuvent supporter les tempéraments débiles.

Une anecdote relatée par un contemporain de cette émigration montre mieux que de longues phrases l'imprévoyance et la folie de ces colons d'autrefois, imprévoyance et folie que nous avons vues, hélas! se renouveler au temps de la conquête de l'Afrique et qui se répètent encore de nos jours.

Un bourgeois d'assez bonne mine, paraissant âgé de quarante ans environ, arrive à Rochefort. Il a vendu tout son bien pour s'embarquer sur un navire à destination de la Guyane.

Tandis qu'il se promène par la ville en attendant le départ pour l'Eldorado promis, il passe près d'une fontaine où une jeune servante remplit sa cruche.

Il s'arrête, lorgne la fille, la trouve à son goût.

Entre en propos et lui fait compliment.

— La jolie jouvencelle!

Celle-ci rougit, baisse les yeux.

— Ma fille, vous êtes charmante.

— Monsieur, vous êtes bien honnête.

— Je suis un simple admirateur des jolis visages. Le vôtre me plaît infiniment et j'ose dire que les pommes qui se décèlent sous votre corsage me plaisent autant.

Si vous voulez, je ferai votre bonheur.

— Monsieur, vous parlez bien honnêtement, mais je ne vous connais pas.

— Moi non plus, la belle. Est-ce que je vous déplais?

— Non, Monsieur, au contraire.

— Entre gens qui se plaisent on fait vite connaissance.

Je pars pour Cayenne. J'ai quelque argent. Je voudrais une compagne de voyage. Vous êtes telle que je la désirais. Venez avec moi. Vous serez la plus heureuse des femmes.

— Vous partez pour où, dites-vous?

— Pour Cayenne.

— Qu'est-ce que c'est que ça?

— C'est le plus beau pays de la terre, comme vous êtes la plus belle fille de Rochefort.

— Vous êtes un enjoleux.

— Non pas, je suis un émigrant.

La fille ouvre des yeux énormes. Un émigrant? Qu'est-ce que ça peut bien être?

Et ses yeux s'arrondissent encore quand elle entend cet inconnu lui détailler toutes les séductions qui les attendent à leur débarquement; les avantages promis par le ministre du roi, M. de Choiseul, les félicités dont ils vont jouir.

Il s'enthousiasme à ses propres paroles et il s'enthousiasme d'autant plus, qu'il est convaincu de la véracité de ses dires.

La foi se gagne. La jeune servante est ébranlée.

— Partons! — conclut-il. — Donnez-moi la main.

— Monsieur, je ne demanderais pas mieux, mais la chose est impossible.

— Et pourquoi donc ?

— Nous ne sommes pas mariés ! Qu'est-ce que le monde dirait si l'on me voyait partir avec vous ! Il y a tant de méchantes gens à Rochefort. Oui, Monsieur, tous mauvaises langues.

— Qu'à cela ne tienne, marions-nous.

— Quoi ! vous voulez ?...

— Certainement !

— Comme cela ! Tout de suite ?

— Je suis prêt.

— Et mon maître qui attend après son eau ?

— Bon ! Laissez-le attendre.

— Il va tempêter.

— Qu'est-ce que cela vous fait puisque vous le quittez. Allons, presto ! Laissez-là votre cruche. Venez avec moi. J'ai aperçu une église là-bas.

— Et les bans ? Ils ne sont pas publiés.

— Inutile, ma mie. M. le Ministre Choiseul a fait donner l'ordre à tous les curés du royaume de marier séance tenante et sans tergiverser tous ceux qui se présenteront pour l'établissement que Sa Majesté veut fonder à Cayenne. Suivez-moi, je me charge de tout, vous n'aurez qu'à dire *oui*, et ce soir nous nous fourrerons sous les mêmes couvertures.

— Ça va me sembler tout drôle — dit-elle — et je vais être bien honteuse... avec un monsieur que je ne connais pas...

— La traversée est longue, vous aurez le temps de vous y habituer. Comment vous appelez vous ?

— Jeannette.

— Eh bien, Jeannette, venez avec moi.

Elle le suit. Ils entrent dans la plus proche église, se prennent par la main, marchent au sanctuaire, donnent leurs noms et prénoms au curé qui les unit incontinent, suivant les ordres venus d'en haut, et les voici mari et femme.

Pas besoin, en ce temps-là, de passer devant M. le Maire.

Monsieur propose alors à Madame de faire quelques emplettes dans les magasins de la ville.

Mais la pensée de son maître et de sa cruche la tracasse. Elle confie son inquiétude à son mari. L'on ne peut rien refuser à une si nouvelle épouse, et les voici qui retournent à la fontaine où une demi-heure avant ils étaient l'un à l'autre étrangers.

La cruche s'y trouvait encore. Peut-être était-elle ébréchée, ou y avait-il alors moins de voleurs qu'aujourd'hui.

Elle la prend, prie son mari de l'attendre et la reporte au logis.

Le maître fronce le sourcil et se prépare à faire tapage.

— Une heure pour emplir une cruche ! La fontaine ne coule donc plus ou mademoiselle a rencontré son amoureux ?

— Non, Monsieur, mais j'ai rencontré mon mari.

— Votre mari ?

— Oui, Monsieur. Et je viens chercher mon compte ?

— Votre mari ? Votre compte ? Vous ne m'aviez jamais dit que vous étiez mariée.

— Je ne l'étais pas quand je suis sortie pour remplir ma cruche.

— Ah ! çà, vous êtes folle ou vous vous moquez de moi.

— Non, Monsieur, je ne suis ni inconvenante ni folle. Et la preuve est que voilà mon extrait de mariage que vient de me donner M. le curé par ordre du roi.

— Qu'est ce que vous me chantez-là ?

— Lisez plutôt, vous me croirez peut-être.

Le bourgeois lit et reconnaît la vérité.

— Mais depuis quand avez vous fait la connaissance de votre mari ?

— Depuis tout à l'heure, Monsieur. C'est un monsieur bien honnête et bien plaisant. Il m'a proposé le mariage. J'ai accepté. Nous avons été à l'église, et comme ça pressait, M. le curé a assuré de suite l'affaire.

— Il fallait, en effet, que ça pressât joliment !

— Oui, Monsieur, il va partir ce soir.

— Qui ? Quoi ?

— Le bateau pour Cayenne.

A ce mot inconnu, le bourgeois fit à sa servante la même question qu'elle avait faite au bourgeois :

— Cayenne ? Qu'est-ce que c'est que ça ?

— Oh ! Monsieur, c'est un pays qu'on vient de découvrir, comme qui dirait l'Amérique. On y trouve de tout : des mines de diamant et toutes sortes de pierres précieuses... et de l'or et de l'argent qui poussent sur les routes comme des cailloux... sans parler du sucre, du café du chocolat... et des alouettes qu'on y rencontre dans chaque buisson comme des bandes de moineaux.

— Sont-elles rôties ? — demande le bourgeois ricanant.

— Non, Monsieur, mais les hommes du pays les rôtissent pour vous et vous les apportent dans des plats d'argent... Quant aux moutons, l'on en a une belle paire pour vingt sous et les plus belles vaches ne coûtent que cinq francs. En moins de trois ans, l'on devient millionnaire. Quand nous serons riches nous reviendrons et nous achèterons un magnifique château.

— En Espagne ?

— Non, Monsieur. Près de Paris et mon mari me mènera à la cour du roi...

— Pétaud !

— Monsieur, vous devriez venir avec nous.

— Dieu m'en garde, ma fille — répondit ce bourgeois en prudent et en sage — c'est trop beau pour que j'y croie.

Mais la France a toujours été une terre féconde en gogos, et beaucoup de naïfs, à l'instar de l'époux de cette jeune servante, vendirent leur bien pour courir à l'Eldorado promis.

Au moment de s'embarquer au bras de son mari, la petite servante vit arriver son maître. Il avait couru, car il était tout essoufflé et était suivi d'un gros homme vêtu de noir et poudré à frimas, encore plus essoufflé que lui.

— Mon Dieu, Monsieur! — s'écria Jeannette. — Il est arrivé un malheur!

— Non, ma fille... pardon... Madame; je viens vous demander la faveur de partir avec vous... si Monsieur votre mari veut bien me garantir la véracité de vos dires.

Et, chapeau à la main, il attendit la réponse de l'émigrant.

— Monsieur, — répliqua celui-ci d'un air digne — ce que j'ai dit à Jeannette, je le tiens d'un ami de M. de Choiseul.

— Oh! alors! c'est parfait. Vous entendez, M. le tabellion.

— Parfaitement — répondit le gros homme, — j'entends que vous êtes archifou.

— C'est mon notaire — dit le bourgeois. — Je lui laisse en mon absence, qui ne sera que de courte durée, le temps de faire fortune, la gestion de mon petit bien sur lequel il consent à m'avancer mille écus.

— Prenez garde, mon cher client. Je vous répète que c'est de la folie. Quelle profession comptez-vous exercer là-bas? Honorable fabricant de ronds de serviettes, trouverez-vous le débouché de votre industrie chez les sauvages?

— Nul besoin d'industrie pour ramasser de l'or et des pierres fines, — répliqua le bourgeois qui s'entêta, se fit compter les mille écus et partit plein d'espérance.

L'on conçoit qu'une expédition si bien organisée et composée de gens qui n'entendaient rien à la culture finit comme elle devait fatalement se terminer.

Plusieurs navires chargés de ces amateurs abordèrent sur les côtes de Guyane, d'autres aux îles du Salut, qui en sont voisines.

L'on put alors assister à un singulier spectacle.

On vit des dames en falbalas et à robes traînantes et des messieurs en perruques poudrées se promener sur les rivages marécageux de la *France Equinoxiale*, comme on appelait alors la colonie.

Mais, tout ce joli monde élégant ne tarda pas à s'apercevoir qu'on n'était plus sous les ombrages fleuris du Palais-Royal, que les alouettes ne tombaient pas toutes rôties, pas plus là qu'au pays natal et qu'il serait nécessaire de gratter, de remuer et même de creuser profondément le sol avant de découvrir les fameuses mines de pierres précieuses et de diamants.

On manqua bientôt de vivres. Des nuées d'insectes, taons, maringouins, moustiques chiques, fourmis rouges, dévoraient les infortunés émigrants.

Il aurait fallu défricher, cultiver, construire des cases, mais ils s'entendaient mal à ce travail, ou plutôt ne s'y entendaient pas du tout, et d'ailleurs les outils indispensables et de première nécessité leur faisaient défaut.

Ils se découragèrent, se chamaillèrent, se battirent, se reprochant mutuellement leurs déceptions, leur désastre.

L'indiscipline acheva le désordre; quelques émigrants énergiques qui voulaient donner à ce troupeau effaré une impulsion commune, diriger des travaux, conseiller, prêcher d'exemple, non seulement ne furent pas écoutés, mais échappèrent à grand peine à la fureur de tous.

Ce fut comme l'avait prédit le maître de la petite servante, la cour du roi Pétaud, et bientôt la faim, la soif, la fièvre commencèrent leurs ravages.

Le plus beau de l'aventure, c'est que le chef de l'expédition, le chevalier de Turgot, était resté en France. Comme il avait le titre de gouverneur de la *France Equinoxiale*, il pensait vraisemblablement que sa grandeur l'attachait au rivage.

Il s'était fait remplacer par un certain Thibault de Chauvallon qui consentit à partir, mais seulement après avoir mis en lieu sûr une partie des fonds qui restaient sur ceux alloués pour l'expédition.

Ce Thibault de Chauvallon envoyait de temps en temps des rapports au gouvernement dans le genre de celui-ci:

« J'écris à la Martinique pour prier le gouverneur d'engager quelques demoiselles bien nées de ce pays à passer dans celui-ci. »

C'est dire que le nombre des émigrants dépassait de beaucoup celui des émigrantes.

Si donc la naïve Jeannette ne fit pas fortune, elle récolta en échange nombre d'amoureux, ce qui, pour certaines femmes, est toujours une consolation.

En attendant les demoiselles *bien nées*, le substitut du gouverneur faisait construire un théâtre et organisait une troupe de comédiens, entreprise facile, puisque si l'on manquait d'instruments aratoires l'on était amplement pourvu d'accessoires scéniques, et que les messieurs et les dames qui venaient *coloniser* la Guyane, s'entendaient plus à danser le menuet et à chanter des ariettes qu'à faire pousser des petits pois.

Ce Chauvallon, homme fort gai et fort aimable, d'ailleurs, avouait volontiers que le métier de colon n'était pas du tout son fait ; la vérité est qu'il se serait beaucoup mieux entendu à conduire un cotillon qu'à diriger un train de culture.

Mais, depuis des temps immémoriaux, les gouvernements qui se sont succédés en France, Monarchie ou République, semblent s'être donné à tâche de choisir pour les terres lointaines, les pires administrateurs.

Ce fut un désastre sans pareil.

Plus de douze mille émigrants moururent de fièvre et de faim. Il y eut d'effroyables scènes de cannibalisme. Après avoir joué, dansé, après s'être disputés, conspués et battus, les colons se mangèrent.

Le mari de Jeannette et son ex-maître, le marchand de ronds de serviette, disparurent un jour, et la Jeannette passa de mains en mains.

Enfin, après bien des mois écoulés, les tristes nouvelles traversèrent les mers. L'on apprit, à Paris, les horreurs de la France Equinoxiale.

Une enquête eut lieu. Chauvallon rappelé fut enfermé à la Bastille. On vendit ses biens au profit de quelques survivants de la catastrophe, lesquels survivants n'en reçurent que des bribes, la plus grosse part étant restée entre les mains des gens de loi. Chauvallon interjeta appel.

Il fit agir de puissants protecteurs. Du reste, il n'était coupable que d'ignorance et d'incapacité. Le jugement fut cassé, on le remit en liberté et on lui octroya une indemnité de cent mille francs et une pension de mille livres.

Ce fut ensuite le tour du chevalier de Turgot d'être embastillé. Mais il recouvra, lui aussi, bientôt sa liberté, et comme dédommagement une pension de mille livres.

Les juges de ce temps-là valaient bien ceux du nôtre!

« Belle matière à rapprochements piquants avec les scandales contemporains », remarque Paul Mimande, de qui nous tenons une partie de ces détails.

Fréron, sur lequel s'acharna si injustement Voltaire, ayant hasardé quelques observations critiques sur le génie des colonisateurs, fut enfermé pendant dix mois à la Bastille.

De même de nos jours, quelques journalistes indépendants furent condamnés à la prison ou à l'amende pour avoir élevé des doutes sur la probité de certain ministre tripoteur.

Rien de nouveau sous le soleil!

Les essais de colonisation ayant avorté en Guyane, on en fit un lieu de déportation pour les condamnés politiques et les condamnés de droit commun.

Actuellement, on n'y envoie plus que ces derniers auxquels on mêle les anarchistes.

Soldats et fonctionnaires mis à part, on n'y trouverait pas, en dehors des forçats, cent Français.

Le reste n'est qu'un assemblage de mulâtres, de nègres, de Chinois, d'Annamites, de Martiniquais, d'Anglais, de Hollandais, de Portugais, d'Arabes, de Kabyles, de Brésiliens, de Japonais et de Yankees.

On y parle toutes les langues. C'est une Babel.

« L'insuccès des efforts que l'on fit pour coloniser la contrée, — dit Elisée Reclus — eut pour conséquence une grande incertitude dans les projets du gouvernement central et dans les entreprises des administrateurs locaux. Rarement fonctionnaire s'installe à Cayenne sans désir de retourner dans la mère patrie. Voyageur de passage, il ne prend qu'un médiocre intérêt à une contrée qu'il espère quitter bientôt, il ne s'attache point au sol, mais peut être cherchera-t-il à se distinguer par quelque vaste entreprise en désaccord avec celles de ses devanciers et destinée à le signaler en haut lieu. Aucun esprit de suite ne préside à la gérance de cette possession coloniale : depuis le milieu du siècle, trente-quatre gouverneurs se sont succédé à Cayenne. »

Et pourtant c'est un magnifique pays qui vaut la peine qu'on s'en occupe. Rien qu'en forêts, il contient d'incalculables richesses. « Les forêts de la Guyane — dit M. Léo Guesnel — renferment deux cent soixante espèces de bois qui présentent toutes les qualités imaginables de dureté, de souplesse, de résistance, d'élasticité, de brillant, de poli. Quelques-uns de ces bois sont au nombre des chefs-d'œuvre de la création. Parfumés comme les fleurs, colorés comme les marbres, blanc de lait, noir de jais, rouge de sang, jaune clair, bleu de cobalt, bleu d'azur, vert tendre, ils fournissent les éléments de la plus admirable mosaïque que l'on ait jamais vue. » Et tout cela reste inutile, inexploité! La France achète chaque année pour deux cent millions de bois d'ébénisterie alors qu'avec ses colonies, elle pourrait en vendre à l'étranger.

Mais n'en est-il pas de même de toutes nos colonies? Notre belle Algérie, jadis grenier de Rome, n'a-t-elle pas, pendant cinquante ans, coûté à la France plus qu'elle ne lui rapportait? Exploitée par des colons de nationalité étrangère, elle est devenue, depuis le décret de Crémieux, la proie des usuriers.

Et le Tonkin, et l'Annam qui ne servent qu'à pourvoir des fonctionnaires!

Par les détails que nous venons de donner, l'on peut juger de l'état précaire de la Guyane. Un gigot de mouton se paie vingt cinq francs et sans les bœufs qu'on fait venir des bords de l'Orénoque, la ville de Cayenne mourrait de faim.

L'île du Diable.

Et pourtant, comme dans le Chili, l'Equateur, la Nouvelle-Grenade, la République-Argentine, le territoire de la Guyane comprend d'immenses savanes. Et ces pays vivent presque entièrement sur les troupeaux qu'ils y élèvent.

Ils lâchent, par exemple, dans une prairie, deux cents vaches et vingt taureaux ; pendant cinq ans, ils les livrent à eux-mêmes sous la garde de quelques Indiens à cheval chargés de parcourir la savane et de rabattre le bétail. Les cinq années écoulées, l'on fait la chasse et l'on abat annuellement quatre ou cinq cents vaches ou taureaux.

Pourquoi n'imitons-nous pas nos voisins de l'Amérique du Sud ?

Est-ce l'administration qui est coupable ?

Sont-ce les colons qu'il faut blâmer ?

Nous laissons à de plus compétents en cette matière le soin de dévoiler ces coins obscurs de l'histoire de nos colonies.

D'ailleurs, il semblerait que nous n'avons de colonies que pour y caser des fonctionnaires.

La Guyane, les Antilles, le Sénégal et l'Extrême-Orient sont, en attendant Madagascar et le Congo, de véritables pépinières de budgétivores.

Certains postes du Tonkin et de l'Annam comptent deux ou trois colons français et, pour administrer ces colons, il y a un vice-résident, un secrétaire, des commis de bureau, un inspecteur et, pour les protéger, un petit détachement de soldats auxquels les deux ou trois colons qui ne sont pas des défricheurs du sol, mais des débitants, vendent leurs denrées.

Il se crée, dit-on, en moyenne, treize fonctionnaires par jour. Mais voici des chiffres plus éloquents que des phrases : les dernières statistiques faites sur Cayenne donnent 305 Français, dont 242 fonctionnaires !

. . . .

A quelques kilomètres de Cayenne sont situées les îles du Salut. Elles sont au nombre de trois.

L'une, la principale, « dont on peut faire le tour en fumant un cigare », se nomme l'*île Royale* ; la seconde, l'*île Saint-Joseph*, et la troisième, devenue célèbre depuis l'affaire Dreyfus, l'*île du Diable*.

Jadis, une végétation luxuriante couvrait ces îlots, ce qui leur fit donner leur nom collectif. Une administration vandale a fait abattre les arbres centenaires, et maintenant, presque entièrement dénudés, sans eau, sans terre végétale, ce ne sont plus que des rochers brûlants et arides.

Quantité des victimes du coup d'État furent déportés à Cayenne. Pour donner un aperçu des souffrances que ces infortunés endurèrent dans cette colonie lointaine, il nous suffira de citer deux lettres adressées par Louis Blanc, la première au rédacteur en chef du *Morning Chronicle*, la seconde à celui du *Times*, deux importants journaux de Londres.

Londres, 14 février 1855.

« Monsieur,

« Chacun sait que la Guyane renferme un grand nombre de Français qui furent transportés, il y a quelques années, non en vertu d'un jugement légal, mais sous l'empire de passions politiques violemment déchaînées contre eux, et parce que leurs ennemis se trouvèrent être les plus forts.

« Quatre d'entre eux sont parvenus à s'échapper de Cayenne et trois viennent d'arriver en Angleterre, après avoir couru des dangers sans nombre. Le récit qu'ils font des souffrances de leurs compatriotes dans l'*île Saint-Joseph* est à briser le cœur. La lettre suivante, que je suis prié et qu'il est de mon devoir de faire connaître autant que possible, confirme les relations verbales que j'ai recueillies.

« Il ne faut pas perdre de vue que les *transportés de Cayenne* sont des victimes politiques appartenant à toutes les classes de la société : artistes, marchands, ouvriers, avocats, médecins, fermiers, journalistes, hommes de lettres :

Au citoyen Louis Blanc,

Saint-Joseph, île du Désespoir, septembre 1854.

« Citoyen,

« Au nom des martyrs républicains de Cayenne, moi, un transporté, je vous demande de mettre sous les yeux du monde civilisé l'indigne traitement auquel nous sommes soumis, à deux mille lieues de notre pays, dans une colonie qu'on appelle française.

« Sans nul égard aux lois de la civilisation, en plein dix-neuvième siècle, des hommes qui n'ont commis d'autre crime que d'avoir été vaincus en combattant pour leurs droits, sont confinés sur un rocher de l'Amérique du Sud, et traités dans un climat dévorant avec plus de cruautés que ne le furent jamais les nègres pendant la période de l'esclavage.

« Accouplés aux plus vils criminels, ils sont soumis aux *travaux forcés*. Les règlements des galères leur sont appliqués dans tout ce que ces règlements ont de plus rigoureux. Ils portent les vieux habits de ceux des criminels qui sont morts, avec les lettres T. F., et le mot *galérien* est écrit en lettres capitales sur l'empeigne de leurs souliers.

« Comme les galériens, ils ont eu les cheveux coupés ; et lorsqu'ils vont à la messe, ils sont réduits à la dégradante obligation de donner le salut militaire au geôlier, devant lequel ils défilent.

« Comme les galériens, ils sont courbés huit heures par jour, sans rémunération aucune, sur les travaux les plus durs et les plus dangereux.

« Comme les galériens, ils vivent sous la main et le regard des gardes-chiourmes, hommes barbares qui les oppriment de toutes les façons imaginables.

« On retient l'argent que leurs familles leur envoient.

« La faim, s'ajoutant aux chagrins, et l'influence d'un climat meurtrier à celle des mauvais traitements, trente cinq cadavres, sur deux cents hommes, ont été dans l'espace de quelques mois, jetés en pâture aux requins, car dans l'île Saint-Joseph, les prisonniers n'ont d'autre cimetière que la mer.

« Cachot, chaînes, jeûne prolongé, sont les plus doux des châtiments que, sur le moindre prétexte, on inflige à ces infortunés.

« Si l'un d'eux se hasarde à réclamer contre l'insolence sans bornes de leurs tyrans subalternes, malheur à lui ! Il est aussitôt mis à la torture. Le patient est lié à un poteau avec de grosses cordes autour des bras, des jambes, du cou, du ventre et de la poitrine. La durée de ce supplice est de quatre heures par jour, pendant quatre jours au moins et quinze jours au plus.

« Et c'est par suite des plaintes que les prisonniers avaient adressés à M. de Bonnard, le gouverneur de la Guyane, qu'il a ordonné lui-même ce nouveau mode de châtiment disciplinaire.

« Le même fonctionnaire a autorisé tout officier inférieur à tuer sur place les prisonniers qui violeraient la consigne.

« Pendant six mois de l'année dernière, les deux tiers des prisonniers ont été contraints de travailler en haillons et pieds nus.

« A présent on peut dire qu'ils meurent tous de faim, et, pendant que leurs geôliers et leurs oppresseurs profitent de leurs travaux, ils sont laissés, eux, sans rémunération et presque sans nourriture.

« Quelque incomplet que soit ce tableau de l'affreuse position des Français exilés dans la Guyane, nous l'adressons à tous les honnêtes gens.

« Tassilier,

« Prisonnier polique, lequel a travaillé pendant quatorze mois, ainsi que plusieurs de ses compagnons, sous le poids d'une chaîne de quarante livres, avec un boulet de canon aux pieds. »

« Telle est l'horrible agonie dans laquelle ces malheureux s'éteignent, loin, sur un roc solitaire que la mer entoure, loin, bien loin de leurs familles et de leurs amis ! Il dépend de vous, Monsieur, de les secourir, en divulguant leurs souffrances. Les *transportés de Cayenne* sont pour ainsi dire enterrés vifs : il dépend de vous que leurs cris soient entendus dans la terre des vivants. L'insertion de ces lignes est une faveur que j'implore, non comme républicain, non comme Français, mais comme homme. »

Louis Blanc.

Voici la seconde lettre, adressée au rédacteur en chef du *Times* :

« Londres, 23 août 1856.

« Monsieur,

« Au mois de janvier 1855, je reçus une lettre datée de Saint-Joseph, septembre 1854, dans laquelle étaient racontés les actes de barbarie gratuite et sans exemple commis dans la Guyane à l'égard d'hommes violemment chassés de leurs pays, non en vertu d'un jugement légal, mais par suite du déchaînement des passions politiques. L'auteur de la lettre me priait de mettre sous les yeux du monde civilisé ces détails déchirants. C'est ce que je fis dans la mesure de mon pouvoir.

« Depuis lors aucun changement ne paraît avoir eu lieu dans la situation de ces infortunés, condamnés à vivre de la vie des galériens, dans une île isolée, à 6,000 milles de leur pays.

« Il y a six mois, une seconde lettre me parvint qui contenait ce qui suit :

« Chaque vaisseau qui arrive des rivages pestilentiels de Cayenne apporte la nouvelle de la mort d'une victime.

« Le dernier qui a succombé est Peret, qui fut pendant quelque temps maire de Béziers, homme généreux qui souffrait vivement, lui qui était riche, de l'idée qu'un si grand nombre de ses semblables mouraient de faim, et qui s'était toujours tenu prêt à sacrifier sa fortune et sa vie à la cause de l'humanité.

« Ayant été déporté à Cayenne, sans jugement, pour avoir résisté au coup d'État de décembre, il tenta, avec cinq de ses compagnons, de s'évader du tombeau où ils étaient enterrés vifs. Mais le bateau dans lequel ils s'échappèrent, pendant la nuit, fut poussé par la mer contre les rochers. Peret se noya. Les cinq autres ont survécu, mais quelle existence ! Pendant deux jours ils vécurent des coquillages qu'il leur fut possible de trouver dans un roc désolé, au milieu de l'Océan qui menaçait à tous moments de les engloutir. Enfin, l'un d'eux résolut de risquer sa vie pour le salut des autres. Il s'élança dans la mer, et, après avoir nagé trois heures, il atteignit la terre. Malheureusement, la terre c'était... la Guyane. Il ne put sauver sa vie qu'en se rendant prisonnier. Ce fut en les plongeant dans un cachot qu'on arracha ses compagnons à la mer ; — tombe pour tombe. »

« Maintenant, Monsieur, voici une troisième lettre que je reçois.

A M. Louis Blanc, les déportés de Cayenne, avec prière instante de publier cet appel.

« Les déportés de Cayenne font appel aux sentiments de justice et d'humanité de tous les honnêtes gens, à quelque parti qu'ils appartiennent.

« Les victimes politiques que renferment la Guyane, sont traitées avec une cruauté digne des plus sombres jours des âges de barbarie.

« C'est certainement une pénible tâche que celle de dévoiler de tels mystères d'iniquités ; mais comment passer sous silence l'injuste et inhumaine conduite d'officiers français à l'égard d'hommes qui sont leurs compatriotes ?

« Qu'on sache donc qu'au moment même où le monde, trompé par les déclarations solennelles du gouvernement français, croit que chaque prison est ouverte et que nous sommes en liberté, on nous inflige, sur les plus misérables prétextes, des tortures sans nom. Qu'on sache, par exemple, que sur cinq hommes arrêtés dernièrement pour propos qu'il avait plu à un surveillant d'inventer, deux ont été liés à un poteau et traités comme les derniers des criminels.

« Sur leur refus de se soumettre à un châtiment ignominieux, on a fait venir des soldats qui, se précipitant sur les victimes, les ont meurtries de coups, leur ont arraché la barbe et, sans être touchés par des cris qui auraient ému des bêtes fauves, les ont liées avec des cordes serrées, au point de faire jaillir le sang.

« Comment peindre tout ce que nous avons

souffert? Le rouge nous monte au front et nous avons le cœur déchiré. Qu'il nous suffise de dire que, pendant que le gouvernement français fait partout vanter sa clémence, il y a dans la Guyane des Français qui n'ont plus qu'un souffle de vie. Encore, si on leur permettait de séjourner dans l'île du Désespoir, tout horrible qu'elle est! Mais non : des administrateurs barbares les traînent d'une main violente sur le continent, et ils ont à y travailler huit heures par jour dans des forêts marécageuses, d'où s'exhalent continuellement des vapeurs pestilentielles.

« Nous n'avons pas d'autre perspective que celle d'une mort imminente. Insuffisamment et mal nourris, sans vêtements, sans souliers, et depuis le mois de février sans vin, est-il possible que nous ne succombions pas bientôt à la double influence d'un travail accablant et d'un climat assassin?

« Et maintenant, nous le demandons, où est la loi qui assimile des proscrits politiques à des galériens? De dessous la force brutale qui pèse sur nous, entassés les uns sur les autres, pouvant à peine respirer, mais soutenus par le courage que nous puisons dans la sainteté de notre cause et dans l'espoir que la justice triomphera, nous protestons contre la violence qui nous est faite. Puisse l'opinion publique être touchée de nos malheurs! Puisse-t-elle s'élever énergiquement contre des actes si propres à faire rougir une nation qui passe pour la plus éclairée et la plus civilisée qui soit au monde!

(*Suivent quarante signatures.*)

« Je vous conjure, monsieur, d'insérer cette protestation dans votre journal. Ce n'est pas en ma qualité de Français que je vous le demande, ce n'est pas en ma qualité de républicain, c'est en ma qualité d'homme; car ceci n'est pas une question de politique, mais une question de justice et d'humanité. Il dépend de vous, monsieur, comme je l'ai dit en semblable occasion, de porter le cri des victimes à l'oreille des vivants. »

Louis Blanc.

. . . .

Il est excessivement difficile de s'échapper des îles du Salut. On a vu ci-dessus un exemple de tentative d'évasion. En voici un autre dont le héros fut un galérien, homme audacieux et intelligent.

Il avait plusieurs fois assisté aux obsèques de ses camarades; de ses observations réitérées, il conçut un plan qui ne manquait pas d'ingéniosité.

Quand un détenu meurt, il est jeté à la mer, tout comme l'étaient autrefois les prisonniers du château d'If. La différence, c'est qu'on ne le précipite pas du haut d'un rocher. On lui attache aux pieds quelques pierres ou des morceaux de fonte, on le coud dans un linceul de toile, puis on le dépose dans un cercueil dont l'extrémité est mobile.

Une clochette sonne le glas. L'on porte le cercueil et son contenu dans une embarcation qui prend aussitôt le large. A une certaine distance, le canot s'arrête, la paroi mobile du cercueil s'abaisse et le corps rigide glisse à la mer. Entraîné par les pierres qui l'alourdissent, il gagnerait rapidement le fond de l'eau, si les requins, bêtes avisées s'il en fut, ne se hâtaient de profiter de l'aubaine. Leur gueule ouvre une tombe au mort. Et le canot retourne au rivage, rapportant la funèbre boîte. Il n'est pas, en matière administrative, de petites économies.

Notre homme résolut de fuir en se servant de cet unique cercueil.

Profitant d'un jour où l'infirmerie des forçats n'avait aucune mort imminente en perspective, il pénétra dans le hangar servant de remise à la bière et à l'aide de clous, de goudron, de suif, d'étoupe, calfata du mieux qu'il put cette nacelle d'un nouveau genre, puis au moyen de planchettes, il se confectionna des espèces de rames ou plutôt de pagayes indiennes, et pendant la nuit, tantôt marchant, tantôt rampant, portant ou traînant le cercueil il réussit à échapper à la vigilance des sentinelles et à gagner le rivage.

Aussitôt, il lance à l'eau son esquif dans lequel il a mis quelques provisions et, s'y étendant, il s'abandonne intrépidement à la merci des flots.

Il savait que le courant l'entraînerait vers la Guyane anglaise où le droit d'asile est scrupuleusement respecté, mais, hélas! 600 kilomètres l'en séparaient.

Au pénitencier, on constata bientôt son absence, mais comme il ne manquait aucune embarcation, on pensa qu'il s'était suicidé dans la brousse ou noyé par accident. Pendant plusieurs jours, il n'y eut aucun cadavre à jeter à l'eau, on ne s'aperçut donc pas de la disparition du cercueil. La supposition que notre homme s'était évadé de la façon que nous venons de relater ne vint à l'idée de personne; l'on ne mit à la mer aucune embarcation pour le poursuivre.

Le surlendemain de l'évasion, l'officier de quart de l'aviso l'*Abeille*, qui venait des Antilles, aperçut sur sa route une sorte de caisse longue, autour de laquelle volaient des quantités d'oiseaux. De chaque côté, nageaient plusieurs requins, qui la surveillaient avec la plus grande sollicitude. Le commandant du vaisseau fit mettre un canot à la mer. On s'approcha de l'épave, qui n'était autre que le cercueil du pénitencier, aux trois quarts submergé. Dedans, se trouvait notre malheureux forçat, à moitié évanoui, presque mort. On le hissa à bord, et quelques heures après, il était enfermé dans un cachot voûté, après avoir reçu cinquante coups de corde.

C'est l'habitude des chiourmes de rendre ainsi honneur au courage malheureux.

Complétons ces documents sur la colonie pénitentiaire de Cayenne par ceux que nous a donnés Charles Delescluze, qui y fut envoyé après avoir passé par la maison centrale de Belle-Isle, la forteresse de Corte et le fort Lamalgue, de Toulon.

Venu le dernier, comme il le dit lui-même, sur cette terre qui, depuis 1851, a dévoré tant de désespoirs, il n'y a pas rencontré les abominables traitements auxquels avaient été soumis ceux qui l'y avaient précédé. Le temps n'était plus des luttes sauvages, des provocations à outrance qui signalèrent les commencements de la déportation. Le zèle de la chiourme s'était-il refroidi, les lettres de Louis Blanc avaient-elles produit leur effet et des ordres étaient-ils venus d'en-haut? Quoi qu'il en fût, la vie du bagne se présenta pour lui dans de meilleures conditions qu'il ne l'avait espéré.

Ce ne fut qu'en octobre 1858 qu'il débarqua à l'Ile du Diable, résidence des détenus et transportés politiques. Mais laissons la parole au vieux Jacobin :

« Venu le dernier sur les tables de la proscription, je n'ai pas eu de part aux luttes qui s'engagèrent inévitablement au début, entre l'administration et les victimes d'un régime exceptionnel et extra-légal. Je n'ai point eu à combattre les fantaisies, les colères des geôliers, heureux de faire du zèle ou de constater leur douteuse importance; j'ai trouvé une situation qui avait la prétention d'être régulière et équitable, une situation sanctionnée par le gouvernement métropolitain.

« Il importe donc que je fasse connaître ce qui se passait de mon temps à l'Ile du Diable, on en pourra mieux comprendre quel dut être, pendant de longues années, le sort fait à la plupart des transportés politiques qui m'avaient précédé à la Guyane.

« Moins grande de beaucoup que ses voisines, derrière lesquelles elle se tient discrètement cachée, l'Ile du Diable, vue du canal qui m'y conduisait, m'offrit l'aspect le plus saisissant de la misère et de la désolation. Là, point de grands arbres pour arrêter les rayons du soleil, mais des arbustes rabougris, presque des broussailles, pas de routes sablées, mais des rochers, pas d'édifices pittoresques, mais quelques rares constructions tenant le milieu entre la caserne et l'écurie...

« La première autorité de l'Ile était un simple brigadier de gendarmerie, et c'est à lui que je fus remis par mon garde-chiourme... Il me dit qu'il y avait trois appels par jour, le premier à cinq heures du matin, les deux autres à six heures et à huit heures du soir, et que, sauf l'obligation de passer la nuit au dortoir commun, j'étais libre dans l'Ile.

« La liberté est assurément quelque chose, même dans une île qui n'a que 2,500 à 3,000 mètres de tour sur une largeur moyenne de 400; mais on ne peut passer douze heures à l'état de vagabondage et je me demandais avec une profonde inquiétude comment j'emploierais les loisirs que le gouvernement me faisait.

« Je voyais bien une espèce d'arche de Noé en bois supportée par des poteaux pour la préserver de l'humidité, mais cet asile, qui pouvait à la rigueur suffire pendant le temps consacré au sommeil, me paraissait assez peu favorable comme cabinet de travail, et je cherchais en vain l'abri que rendait impérieusement nécessaire la température élevée de la Guyane.

« Les quelques bâtiments qui s'offraient à ma vue n'étaient évidemment pas destinés à l'usage des détenus.

« C'était d'abord le corps de garde, où une demi-douzaine de soldats de marine jouaient nonchalemment aux cartes : puis le logement du brigadier et de son gendarme; plus loin, la maison jadis occupée par le commandant et désormais vacante.

« A part cela, je n'apercevais que des rochers, étalant leurs écailles blanchissantes.

« Si le paysage me parut aussi sauvage qu'un désert, je ne fus guère rassuré en voyant passer au loin des hommes aux pieds nus, aux traits brûlés par le soleil, aux vêtements en lambeaux.

« C'étaient mes futurs compagnons.

« Si à ce moment une immense commisération s'éleva dans mon cœur, je mesurai aussitôt le sort qui m'était réservé... Serais-je donc ainsi dans quelque temps, me disais-je... Et j'étais-là, en plein soleil, assez inquiet de savoir si je pourrais déjeuner.

« Enfin, un déporté qui survint par hasard, m'offrit de partager sa case, et, guidé par lui, je me dirigeai vers l'intérieur de l'île; je rencontrai sur mon chemin des cabanes capricieusement semées à droite et à gauche, toutes bâties de pierres et de boue, à peine couvertes de paille de maïs, ornées de trous qui, suivant la grandeur, figuraient la porte ou la fenêtre.

« C'étaient les résidences de jour de mes compagnons et, près d'elles, assurément, les dernières mazures de nos paysans auraient passé pour des palais...

« Au moment de mon arrivée, les détenus de l'Ile du Diable étaient au nombre de 36, moi compris; ils se divisaient en plusieurs catégories: la première, en date comme par le nombre, se composait de citoyens frappés au 2 décembre 1851 ; puis venaient les transportés de juin 1848 que, sous un prétexte ou sous un autre, on avait transportés d'Afrique à la Guyane; enfin, les condamnés des ardoisières d'Angers, plus quelques condamnés pour sociétés secrètes, et l'infortuné Tibaldi, condamné judiciairement à la déportation, le seul de nous tous pour lequel l'amnistie du 16 août 1859 n'ait apporté que de nouvelles rigueurs...

« Cette petite colonie ne me semblait pas sentir aussi vivement que je le faisais les rigueurs et les humiliations du régime auquel elle était soumise... Les horribles épreuves que mes compagnons avaient traversées précédemment les rendaient moins sensibles aux inconvénients devant lesquels s'effarouchait ma susceptibilité de nouveau débarqué. En songeant au passé, ils se trouvaient presque heureux du présent.

« Naguère, obligés de travailler comme les forçats, ils jouissaient, maintenant, d'une liberté relative et disposaient de leur temps à leur gré.

« Cette concession tardive, qui n'était, en somme, que l'abandon d'une monstrueuse violence et qui laissait subsister toutes les misères de la séquestration dans l'exil au désert, cette concession, si chèrement achetée, avait en quelque sorte réconcilié mes compagnons avec le séjour détestable de l'île du Diable.

« Si le régime alimentaire des prisons politiques de France a toujours été insuffisant, que dire du nôtre ?

« Chaque jour, un canot apportait de l'île Royale les provisions en nature, et la distribution s'en faisait par les détenus eux-mêmes, qui s'arrangeaient à leur gré pour les préparer.

« La nourriture se composait d'une livre et demie de pain plus ou moins reprochable ou de 450 grammes de biscuit, en général avarié, parfois remplacé par du couac ou farine de manioc, de viande fraîche quelquefois, le plus souvent de bœuf ou de porc salé, de haricots ou de riz, avec une petite quantité d'huile et de graisse, et six centilitres de tafia.

« Si, maintenant, j'ajoute que la viande fraîche était rarement mangeable, que le porc et le bœuf salé ne l'étaient presque jamais, que les haricots défiaient les appétits les plus intrépides, que le riz était encombré de vers, on comprendra que cet abominable ordinaire n'était autre chose qu'un empoisonnement permanent.

« Joignez à cela une série de corvées qui étaient la dernière expression du travail répugnant et, délicatesse à part, on comprendra tout ce qu'avait d'épouvantable la vie à l'île du Diable.....

« Comme je prenais alors en pitié mes études passées, qui me laissaient au-dessous et pour ainsi dire à la discrétion de tous !

« Comme j'enviais l'habileté de ceux qui, habitués au travail des champs ou de l'atelier, savaient se conformer sans peine aux nécessités de la situation !

« Ils n'avaient pas employé de longues années à pâlir sur les livres, mais ils n'éprouvaient aucun embarras à se suffire à eux-mêmes, et cela valait bien mieux que mon mince bagage d'homme de lettres *in partibus*.....

« Au bout de quelque temps, je me trouvais engagé dans la vie végétative à laquelle étaient réduits mes compagnons.

« Vêtu comme eux, si comme la plupart d'entre eux je n'en étais pas encore arrivé à marcher pieds nus, j'avais du moins renoncé à l'usage de ces superfluités qu'on appelle des chaussettes, et dont une courte expérience m'en avait démontré les inconvénients. J'avais ma place au dortoir, je répondais aux appels, me levais et me couchais au coup de canon ; en un mot, je fonctionnais avec la régularité des vétérans des îles du Salut. »

Voici, maintenant, quelques détails sur la vie des prisonniers à l'île du Salut. L'on verra qu'à l'époque où Delescluze y fut envoyé, l'administration s'était fort départie de sés rigueurs et de ses vexations premières :

« Sur les fonds envoyés par sa famille, chaque détenu ne pouvait toucher que trois francs par semaine, et, pour obtenir accidentellement une allocation supérieure, cinq francs, par exemple, il fallait pétitionner et justifier de besoins impérieux. Heureusement ou malheureusement pour moi, je ne restai pas assez longtemps à l'île du Diable pour jouir de l'économie rigoureuse avec laquelle l'administration ménageait l'argent des prisonniers, et les quelques pièces de vingt francs que j'avais en débarquant suffirent à défrayer mes besoins pendant mon séjour aux îles du Salut... La cantine se bornait à vendre de l'ail, de l'oignon, des chandelles, du café, du thé, du tabac, du sucre, du vin et des allumettes chimiques, tous objets utiles sans contredit, mais peu susceptibles de constituer un menu un peu présentable.

« J'ai parlé de vin, et tout aussitôt on pourra croire que les détenus de l'île du Diable pouvaient se livrer à des orgies pantagruéliques. Qu'on se rassure ! le règlement y avait mis bon ordre. Le dimanche, et le dimanche seulement, nous étions autorisés à acheter chacun vingt-cinq centilitres de vin, et certes, à ce compte, nos agapes ne risquaient pas de dégénérer en débauches. Ainsi, l'infatigable sollicitude de l'administration s'étendait aux plus petits détails et ne négligeait rien pour nous mettre dans l'impossibilité de mal faire.....

« Le dortoir était une grande salle oblongue de dix-huit à vingt mètres de long sur six de large, s'ouvrant aux deux extrémités sur un escalier de quelques marches.

« A droite et à gauche, dans le sens de la longueur, se trouvaient établies deux fortes barres de bois, soutenues par des poteaux et distantes de deux mètres environ.

« Chaque détenu y accrochait un morceau de toile à voile, le tendant fortement, et son lit était fait. Il ne lui restait plus qu'à s'y étendre dans sa couverture de laine, et rien ne l'empêchait de goûter les douceurs du sommeil et de s'abandonner aux rêves les plus enchanteurs, pourvu toutefois que le pied ou la main de l'un de ses voisins ne vint pas le réveiller en sursaut, ce qui se présentait assez fréquemment, d'ailleurs, puisqu'il n'y avait pas plus de vingt centimètres entre les toiles.

« C'était l'économie et la simplicité à la plus haute expression, et les Indiens, qui suspendent leurs hamacs de bambou aux lianes des forêts vierges, n'avaient pas, sous ce rapport, à envier les civilisés de l'île du Diable.....

« Quoi qu'il en soit, ma nuit se passa tant bien que mal, et, le lendemain, je pus visiter à loisir le petit domaine où devait se renfermer mon existence. J'en fus médiocrement enchanté.

« Moins heureuse que ses deux sœurs, l'île du Diable n'avait pas un arbre, et les arbrisseaux qui croissaient dans les parties non cultivées n'étaient pas de taille à procurer l'ombrage si nécessaire à la Guyane. Je voulus savoir la cause de cette dissemblance, et j'appris que l'île du Diable devait sa nudité à une mesure administrative et non à la nature de son sol.

« Lorsque les transportés politiques vinrent en prendre possession, ils y trouvèrent des arbres de toute espèce, et s'en servirent naturellement pour construire leurs cases d'abord et bientôt après des goëlettes, à l'aide desquelles s'opérèrent heureusement quelques évasions. Au lieu de fermer les yeux, comme elle aurait dû le faire, sur un expédient qui la débarrassait d'hôtes incommodes, l'administration se fâcha et fit tomber sa colère sur les arbres qui avaient fourni les moyens d'évasion. Un abattis général fut ordonné et impitoyablement exécuté.

« Privés du chantier naturel qu'ils avaient sous la main, les transportés se rappelèrent que leurs cases avaient une charpente, et, sans crainte de risquer la solidité de leurs constructions, ils en tirèrent les matériaux que l'île ne pouvait pas leur donner, pour construire des canots de plus belle.

« Cette fois encore, l'administration, plus que jamais courroucée, recourut au procédé héroïque dont elle avait déjà fait usage. Les cases furent démolies, et tout ce qui restait de bois susceptible d'être mis en œuvre fut soigneusement enlevé. »

On le voit, dans ces détails plus ou moins humoristiques du peu humoristique jacobin, il n'y est pas autrement question de mauvais traitements ni de vexations. Il n'eut, au contraire, il l'avoue lui-même, qu'à se louer des égards qu'on lui témoigna. Dès le premier soir, le voyant sans hamac et réduit à coucher sur le parquet, le brigadier de gendarmerie mit à sa disposition le canapé qui se trouvait dans le local vide du commandant; on lui donna quelques jours après une case pour lui seul, et le chef de bataillon qui commandait aux îles du Salut le dispensa de la formalité humiliante des appels. Comme il était arrivé avec une malle pleine de livres, ses journées se passaient sans trop d'ennui : « Je consacrais, dit-il, quelques heures à ceux de mes compagnons qui sentaient le besoin d'utiliser leur temps d'exil pour ajouter quelques connaissances aux études incomplètes de leur première enfance; je relisais le petit nombre de livres que j'avais emportés ; j'écrivais un peu ; je réfléchissais beaucoup, et quand le soir arrivait, je pouvais me dire que je n'avais pas entièrement perdu ma journée. »

Si nous nous sommes étendus si longuement sur ces extraits du *Journal d'un Transporté*, c'est en raison de l'attention que de déplorables événements ont apporté sur cette île du Diable, désormais tristement célèbre, mais nous ne terminerons pas sans ajouter celui relatif à un autre proscrit bien connu qui, enterré dix années au fond d'un cachot, en sortit presque aveugle, nous voulons parler de l'infortuné Tibaldi.

L'auteur de ce livre l'a, pendant plusieurs années, fréquenté à Londres et confirme en tous points l'éloge qu'en fait celui qui devait tomber plus tard ceint de l'écharpe rouge sur la barricade du Château-d'Eau, pendant les sanglantes journées de mai 1871.

« Des divers compagnons que j'avais rencontrés à l'île du Diable, celui pour lequel j'avais le plus de sympathie, le seul que je visse le plus habituellement, c'était Tibaldi. La douceur de son caractère, la distinction de ses manières et la dignité de sa conduite l'avaient, autant que son infortune, désigné tout spécialement à mon estime et à mon affection. Jeune encore, Tibaldi portait dans les yeux l'énergie et la douceur, et sa belle et noble figure respirait la forte et digne résignation qui se retrouve chez tous les hommes habitués au sacrifice.

« Sans nouvelles de sa famille, n'entendant plus parler de ses amis de France, il n'accusa jamais personne; jamais plainte ni regret ne sortit de sa bouche. Son empressement à obliger, l'égalité de son humeur, étaient de nature à le faire aimer partout, et ce qui le prouve mieux que toutes les paroles, c'est qu'à l'île du Diable, où les caractères n'étaient pas généralement empreints d'une excessive aménité, il avait beaucoup d'amis et pas un ennemi. »

CHAPITRE LXXXVII

La Martinique. — La Belle Emilienne. — Préjugés créoles. — Marie-Rose. — Famille infortunée. — Le nègus en général. — Les créoles.

Vers trois heures de l'après-midi la frégate française *Marie-Louise* entrait dans la rade de Fort-de-France, la capitale politique, militaire, administrative de la Martinique. Une multitude de canots et de petites embarcations à voiles escortaient le bâtiment. Dès qu'il fut amarré à quai et que le commandant eut donné l'ordre qui permet de monter à bord, le pont fut instantanément envahi par toute une bande tapageuse de nègres et de négresses, les pieds nus, les hommes vêtus d'un caleçon et d'une chemise, les femmes d'une chemise et d'un jupon. Les premiers se disputaient avec acharnement une demi douzaine de sacs de nuit, appartenant à des passagers qui se préparaient à débarquer. Les secondes, riant, criant, se bousculant, faisant force gestes et contorsions pour attirer l'attention sur elles, offraient à l'équipage des fruits et des légumes, et tâchaient aussi de prendre rendez-vous avec des matelots pour la vente de certaine autre marchandise, dont ceux-ci, après une longue traversée, se montrent généralement friands.

Cependant, le commandant de la frégate s'entretenait en particulier avec un jeune homme qu'il avait fait monter près de lui sur la dunette.

— Je vous renouvelle mes recommandations — lui disait-il — gardez-vous de faire savoir à qui que ce soit que vous avez pris part à l'insurrection parisienne, car le gouverneur de la Martinique croirait peut-être qu'il est de son devoir de signaler votre présence au gouvernement. En attendant des instructions, peut-être même vous ferait-il arrêter.

— Je suivrai vos conseils, monsieur — fit le jeune homme, en s'inclinant.

Le commandant poursuivit :

— Nous ne nous arrêtons que quelques heures à la Martinique. Nous partons demain pour faire une tournée sur les côtes de Guyane. Nous serons de retour dans une quinzaine de jours. J'espère vous retrouver ici. Que comptez-vous faire?

— Me reposer un peu, et en attendant des nouvelles de mon père et de mes amis, visiter le pays. J'aurais le désir d'aller à Cuba.

— Je vous le conseille. Cette île vaut la peine d'être visitée. Avez-vous besoin d'argent?

— Je possède un millier de francs sur moi. Cela me suffira, je crois, pour le moment.

— Je le crois aussi. En tous cas, à mon retour, si vous avez besoin de quelque renfort, vous me le direz, je serai à votre disposition.

— Je vous remercie infiniment, commandant. Je suis pénétré de vos bontés.

— Bien, bien. Quand vous écrirez à votre père, rappelez-moi à son souvenir.

— Je n'y manquerai pas.

— Pourvu qu'il ne lui soit rien arrivé de fâcheux... Allons, au revoir mon ami.

— Au revoir, mon commandant et merci.

Le jeune homme serra la main que le commandant lui tendait, puis il alla saluer plusieurs officiers de marine qui se trouvaient sur le pont et, quelques minutes après, il avait mis le pied avec un plaisir évident sur le sol ferme, le *plancher des vaches*, comme disent les matelots.

Il rejoignit bientôt un lieutenant de vaisseau qui semblait l'attendre au bord d'une vaste pelouse, longeant le port et plantée de cocotiers, de jujubiers et d'autres arbres au feuillage fin et élégant. Autour de cette pelouse, on voyait de petites maisons en bois à un étage et au milieu s'élevait la statue en marbre de l'impératrice Joséphine, qui fut une créole de la Martinique.

— Vous n'êtes pas au courant des us et coutumes de ce pays, monsieur, — lui dit poliment l'officier. — Je puis donc vous être utile en vous donnant quelques renseignements.

— Vous êtes bien aimable. Je me disposais précisément à avoir recours à votre obligeance. Ne connaissez-vous pas une auberge?

— Si, mais n'y allez pas. Ce n'est pas l'habitude ici, et d'ailleurs vous y seriez mal. Voyez-vous toutes ces petites maisons qui entourent la pelouse? Elles appartiennent à des mulâtresses qui font métier de loger des étrangers. Pour cent à cent cinquante francs par mois, vous serez nourri, couché, blanchi, par une personne aimable et propre, qui mettra en outre très probablement ses charmes à votre disposition, pour peu que vous en manifestiez

Oh ! les jolis enfants !

le désir. Les gens les plus respectables, les plus posés, fonctionnaires, officiers, magistrats, s'installent ainsi chez ces jeunes femmes, quand ils sont célibataires, bien entendu. C'est admis, c'est reçu dans la colonie. Des lettres officielles sont adressées *à Monsieur le Procureur de la République chez Emilie*; *à Monsieur le Contrôleur général chez Denise*; *à Monsieur l'Amiral X... chez Emilienne, savane de Fort-de-France.* Il y a deux ans, j'ai demeuré quelques semaines chez cette dernière et je vous assure que je n'ai pas eu à m'en plaindre.

Si vous le voulez, je vous conduirai chez elle.

— Je ne demande pas mieux.

— Si son logis n'est pas déjà occupé, elle vous recevra certainement avec plaisir.

Les deux hommes traversèrent rapidement la savane et s'arrêtèrent devant une des maisonnettes de bois dont nous avons parlé. Il n'y avait pas de vitres aux fenêtres. Des persiennes légères les remplaçaient, laissant pénétrer l'air et la lumière à flots, et permettant d'apercevoir tout ce qui se passait dans l'intérieur des chambres.

L'officier de marine et son compagnon s'approchèrent de la fenêtre du rez-de-chaussée et, avançant la tête sans la moindre cérémonie, voici ce qu'ils aperçurent :

Dans une chambre aux murs blanchis à la chaux et n'ayant pour tout mobilier que trois chaises de paille, une petite table en bois blanc et un lit de sangle, et pour ornement un vase de fleurs sur la table et un portrait enluminé de la vierge Marie collé sur la muraille, se trouvait une jeune femme aux formes rebondies, qui, par une seconde fenêtre faisant face à la première, regardait dans une cour où l'on entendait, avec le bruit d'une fontaine jaillissante, des rires et des cris d'enfants.

De la façon dont elle était placée, l'on ne voyait bien distinctement qu'un volumineux chignon d'un noir de jais, et une énorme croupe fort en relief, sous la jupe d'étoffe légère qui la couvrait, mais ces indices suffisaient à la faire reconnaître, car le lieutenant de vaisseau s'écria gaiement:

— Bonjour, la belle Emilienne!

La jeune femme se retourna vivement, puis joignant les mains :

— Ah! moussié Bertrand! — s'exclama-t elle — *Bonzou, Bonzou!* Quelle bonne surprise!

Et elle se mit à rire, étalant ses dents dont la blancheur était d'autant plus éblouissante que les lèvres étaient très rouges.

Elle riait, lançant de petits éclats perlés, joyeux, si communicatifs, que l'officier de marine se mit à rire également, et ils continuèrent de la sorte pendant quelques instants, comme si leur présence mutuelle leur rappelait quelque chose d'infiniment comique.

Le jeune homme qui accompagnait l'officier, entraîné par l'exemple, aurait certainement fait chorus, si toute son attention n'avait pas été absorbée par l'examen de la jeune martiniquaise qui riait d'un si bon cœur.

Elle était charmante avec ses yeux noirs, sombres, veloutés, étincelants comme des diamants, sa bouche sensuelle, ses dents superbes, son visage rond, presque enfantin. Un madras bariolé s'enroulait autour de sa tête et un jupon à grands ramages s'accrochait à ses hanches. Le reste de son habillement se composait uniquement d'une chemise recouvrant à moitié les épaules et la poitrine, et dont la blancheur éclatante faisait ressortir davantage le teint brun de sa peau fraîche et lisse. On devinait sans peine sous le simple et léger costume de la mulâtresse, ce qu'on ne voyait pas de ses formes, fermes, pleines, parfaites, comme celles d'une des plus belles statues de la Grèce.

Ses petits pieds nus étaient chaussés de mules légères. A ses oreilles pendaient de grosses boucles en or, et des bagues chargeaient ses doigts.

On sait quels préjugés pesaient et pèsent encore sur la race de couleur. Mais c'est surtout dans les Etats-Unis du Sud, où l'esclavage existait alors, que ces préjugés étaient féroces. Compter un nègre parmi ses aïeux était, aux yeux des blancs, une tare que tout le génie d'un Napoléon et la vertu des sept Sages de la Grèce ne pouvait effacer.

La beauté même ne l'enlève pas et dans aucun cas un blanc ne se marierait, sans s'attirer une déconsidération complète, avec une femme de couleur, eût-elle la peau d'une Géorgienne.

Les quarteronnes, les octoronnes, dont la tare de l'origine n'est visible qu'aux ongles et aux yeux, ne sont reçues nulle part dans ce qu'on appelle la société; mais aussi comme elle savent se venger des dédains! Souvent plus blanches que les blanches qui les tiennent à l'*écart*, presque toujours plus belles et assurément plus agaçantes, elles savent user de tous les artifices pour séduire les maris, qui, juste retour des choses, dédaignent celles qui les ont dédaignées.

« Non seulement — dit Oscar Comettant — elles s'emparent du cœur de leur mari, mais avec leur cœur prennent aussi leur fortune. Rien n'est trop beau pour ces *filles de marbre* jaune, qui cachent la couleur de leur peau sous les diamants, l'or et la soie, dont elles savent si bien dépouiller leur noble rivale.

« Et de quoi se plaindrait on? Serait-on en droit de les accuser du désordre de leur vie, quand cette vie leur est imposée par des lois tyranniques et d'injustes préjugés? Ce préjugé de la couleur est si vivace qu'il s'étend jusque chez les noirs, dont quelques-uns s'efforcent de se blanchir, en se droguant et même en se brûlant l'épiderme. La brûlure change la couleur de la peau, qui, en se boursouflant, prend la teinte morte de la craie. On a vu des négresses trop coquettes se brûler le visage et les mains pour devenir à moitié blanches. »

De même que chez les Arabes, la dernière injure est d'appeler son ennemi juif, la suprême offense est en Amérique de le traiter de *nègre*. L'auteur cité plus haut fut un jour témoin d'une scène comique. Deux noirs se querellaient; après s'être prodigués toutes sortes d'épithètes, s'être traités de singe, de voleur, de paresseux, de chien mort, de banane pourrie, l'un dit à l'autre avec l'expression du plus profond mépris :

— Va-t-en, sale nègre!

Mais si l'on professe encore le mépris le plus absolu des noirs et des sangs-mêlés aux Etats-Unis, il n'en est pas absolument de même dans les Antilles françaises où l'esprit plus libéral, plus largement ouvert de nos compatriotes commence à accorder aux métis, aux hommes et aux femmes de couleur, à peu près la même place qu'aux blancs.

L'officier de marine ne partageait pas les préjugés créoles, car l'hilarité de la jeune Emilienne s'étant un peu calmée, celui-ci lui demanda d'un ton bienveillant des nouvelles de sa santé :

— Oh! je me porte très bien, *moussié* Bertrand, tout à fait bien — répliqua la jolie créature.

— Et les enfants?

— Merci au bon Dió, pitits se portent bien aussi.

— La vieille Marie-Rose est encore de ce monde ?

— Oui, oui, *moussié* Bertrand.

— Allons, tout est pour le mieux. Je suis content de savoir que tout va bien chez toi... Voici, un européen que je t'amène, Emilienne, M. Barrel, un peintre. Il vient visiter la Martinique. As-tu pour lui une place chez toi ?

— Oui, oui.

— Si tu es gentille pour lui, il fera ton portrait.

— Oh ! ze serai zentille — fit la quarteronne, battant des mains. — Il est zentil. Moi, z'aime les moussié zentils.

— Alors, je te l'abandonne ; fais-en ce qu'il te plaira.

— Ce qu'il voudra, — fit Emilienne riant à nouveau — ze ferai ce qu'il voudra.

— Eh bien, je vous quitte, M. Barrel — dit l'officier à Paul. — Voilà la présentation faite. J'ai tout lieu de croire que vous serez contents l'un de l'autre. Emilienne est complaisante et docile et ne demande qu'à plaire à ses hôtes. Quant à ses charmes, vous en avez un aperçu. Son visage répond du reste... Je me sauve là dessus. Je dois passer chez le gouverneur avant de retourner à bord. Au revoir !

Il sourit à la mulâtresse, lui serra la main, serra également celle du peintre et s'éloigna à grandes enjambées.

Alors, mademoiselle Emilienne, riant de nouveau, parce qu'elle était naturellement joviale, dit à Paul :

— Il est drôle, très drôle, très drôle, moussié Bertrand... Ah ! qu'il est drôle... et si zentil ! Entrez, moussié, s'il vous plaît.

Tandis qu'elle le débarrassait de son chapeau et du petit sac de nuit qu'il tenait, il s'approcha de la seconde fenêtre qui donnait sur une cour, une cour petite où, à l'instar des *patios* espagnols, se trouvait un bassin qu'alimentait un petit jet d'eau entouré de plantes tropicales du plus gracieux effet.

Une vieille négresse décharnée, laide comme l'est d'ordinaire une vieille négresse, c'est-à-dire assez semblable à la guenon son aïeule, était assise sur un siège de bambou appuyé au mur.

Elle marmottait sans doute des prières, car on voyait ses lèvres remuer avec précipitation et sans arrêt. De temps à autre, elle levait son visage vers le ciel avec une expression d'ineffable tendresse comme si elle apercevait dans l'azur, l'image adorée de quelque beau saint noir et joignait l'une contre l'autre ses mains osseuses, noueuses, déformées qui n'eussent pas déparé un bras de chimpanzé. Puis, sortant d'entre ses mamelles flasques et ridées une grosse médaille de cuivre pendue à une ficelle crasseuse, elle la baisait goulûment, disant à mi-voix :

— Jésus-Christ pou racheté nous, versé tout son li sang et li mort pou nous ! Amen !

Cette pieuse sorcière répondait au nom poétique de Marie-Rose. Elle était simplement vêtue, comme Emilienne, d'un jupon et d'une chemise qui, à l'instar de celle-ci, laissait les épaules et une partie de la poitrine à découvert.

Près d'elle, et comme pour faire contraste, jouaient, avec des rires perlés, quatre jolis enfants à peau assurément plus blanche que maintes peaux de Gascons ou de Basques.

Les deux plus petits, un garçonnet et une fillette d'à peu près trois ans, nus comme au sortir du sein de leur mère, étaient très occupés à nouer autour de la jambe de coq de Marie-Rose un vieux foulard jaune et bleu.

Tout à côté sur le banc de la vieille, les deux plus grands, une petite fille de six ans et un petit garçon de quatre ou cinq, vêtus d'une simple chemisette, regardaient attentivement un gros scarabé à carapace vert et or qui, retourné sur le dos, remuait désespérément mandibules, antennes et pattes.

— Oh ! — s'exclama le peintre — les jolis enfants ! A qui sont-ils, Mademoiselle Emilienne ? Vos petits frères et vos petites sœurs ?

Elle partit d'un éclat de rire.

— Non, non... pas mes frères ni mes sœurs !... C'est à moi ; ce sont mes pitits.

— Tous mes compliments. Ils ressemblent à leur mère; ils sont comme elle, jolis et vigoureux.

— Oh ! oh ! moi laide ! laide ! Mais n'est pas de fromage qui ne trouve son morceau de pain bis — fit-elle en riant ; et elle ajouta, avec un naïf orgueil :

— Leurs pères aussi étaient zolis et vigoureux.

— Il est mort ? — demanda Barrel — qui entendit le mot au singulier.

— Oh ! non, pas morts. Se portent tous très bien, ze crois.

— Ah ! ils sont plusieurs ?

— Mais oui. Tenez, le papa de l'aînée des petites filles, c'est le contrôleur d'armes, un bel homme, allez !

— Je n'en doute pas, à en juger par la gamine.

— Le père de mon second, c'est un moussié le curé. Il a quitté la Martinique. Il est à Pointe-à-Pitre, à la Guadeloupe. Vous êtes peut-être déjà allé ce côté-là ?

— Non, mademoiselle.

— Peut-être irez-vous ?

— Je l'ignore.

— Si vous y allez, ne manquez pas de le voir. C'est un homme bien gai et bien zentil, qui a toujours des histoires amusantes à raconter. Ah ! qu'il m'a fait rire, mon Dieu, qu'il m'a fait rire! Z'en étais malade, oui moussié. Z'étouffais, il était obligé de me dégrafer... parce qu'à ce moment-là ze portais un corset. Maintenant, ze n'en porte plus.

— Vous avez bien raison.

— C'est bête, les corsets.

— Et gênant, donc.

— Les belles dames blanches en portent, mais ze me moque des belles dames blanches.. C'est pour y mettre du coton. Moi je n'en ai pas besoin.

— Ça se voit.

— N'est-ce pas? Alors, pour en revenir à moussié Plaisance, c'est le nom de moussié le curé, il m'a appris à lire et à écrire. Ah ! Quel brave homme ! Le petit lui ressemble beaucoup.

— Et les autres? Les deux sans chemise qui sont en train d'étrangler la jambe de cette patiente vieille négresse, sont-ils aussi de M. le Curé?

— Oh! mais non — répondit mademoiselle Emilienne. — Ce sont des jumeaux, eux. La petite fille qui est venue au monde la première doit être du substitut du procureur de la République, et le petit garçon du capitaine de gendarmerie.

A entendre ces singuliers renseignements donnés d'une façon aussi ingénue, par la voix douce et caressante de la jolie mulâtresse, il eût été difficile de garder son sérieux ; aussi le peintre se mit-il à rire de bon cœur.

En fille qui sait vivre et qui de plus est de joyeuse humeur, la mulâtresse n'en parut nullement offusquée et même, étalant ses dents éclatantes, joignit sa gaîté à celle de son hôte.

Elle ne voyait rien d'inconvenant du reste, à sa conduite, et trouvait tout naturel que chacun de ses enfants eut un père distinct.

Sa mère et ses grand'mères n'avaient pas procédé autrement dans les habitations où elles étaient esclaves

Sans parler des blancs qui les avaient ensemencées, l'on sait que les noirs se marient, se démarient et se remarient à volonté. Ils ont pour leurs unions liberté complète.

Du reste, tout dépendait du maître. Dans certaines plantations, le mariage n'existait même pas, et la promiscuité la plus patriarcale y régnait.

Les propriétaires d'esclaves n'exigeaient qu'une chose, c'est que les esclaves fissent des enfants, augmentassent ainsi le nombre du *troupeau*, car vu la paresse des nègres pour cultiver une plantation, il en fallait une certaine quantité.

L'expression « travailler comme un nègre » est prise à contre-sens, c'est *fainéanter* qu'il serait préférable de dire.

Puisque nous sommes au lendemain de 1848, où l'abolition de l'esclavage fut proclamée en France, peut-être n'est il pas sans intérêt de donner, non pas seulement sur les nègres des Antilles devenus citoyens Français, mais sur les nègres en général, quelques détails peu connus. Oscar Commettant, qui passa trois années, de 1852 à 1855, aux Etats-Unis, en fait un tableau peu flatteur.

Les domestiques noirs, d'après lui, sont très certainement les plus paresseux, les plus sales, les plus détestables de tous les domestiques des deux mondes et de toutes les couleurs. Il n'est pas un seul serviteur en France, en Angleterre ou en Allemagne, qui ne fasse à lui seul la besogne ordinaire de quatre noirs. Leurs mouvements sont comptés, et si vous leur dites de se dépêcher, ils s'arrêtent au contraire, retournent la tête lentement, vous regardent, sourient d'un air bête, et reprennent leur pas ordinaire. Vous pouvez vous irriter, jurer, les battre même; vous n'obtiendrez jamais des nègres qu'ils se dépêchent de faire leur besogne.

« Dans les maisons bien tenues, les domestiques, en grand nombre, ont chacun son travail spécial. Ils se renferment strictement dans leurs attributions, et pour rien au monde vous ne les en feriez sortir, même accidentellement. Je suppose que le nègre préposé à ouvrir la porte d'entrée pour recevoir les visiteurs s'absente un moment; personne ne se dérangera pour le remplacer en cas de besoin. Vous auriez beau frapper à enfoncer la porte, pas un nègre dans la maison ne bougera, s'il n'en reçoit l'ordre formel de son maître. Et cela, non pas certes par scrupule, et pour ne pas empiéter sur les fonctions de leur camarade, mais par paresse uniquement.

« Non seulement les nègres sont paresseux, mais de plus ils sont gourmands et passablement voleurs. Ils se montrent généralement peu reconnaissants et, à défaut de courage, ils sont cruels.

« Malgré leurs défauts, les domestiques noirs sont généralement bien traités, et ce qu'on supporte d'eux, on ne le supporterait certainement pas de domestiques à gages. Chose étrange, il existe souvent entre les esclaves et leur maître une intimité qu'on ne trouverait nulle part en Europe entre maîtres et domestiques.

« On serait dans l'erreur la plus grande et la plus risible si, n'ayant jamais lu que les ouvrages de certains poètes et romanciers, on se représentait les nègres tremblants à la voix de leur maître et soumis à leurs moindres caprices. Quand on appelle les nègres, ils ne répondent jamais tout de suite, et si les ordres qu'on leur donne ne sont pas de leur goût, ils font la grimace, murmurent et discutent. A bout de patience, on leur donne quelquefois un horion, mais le plus souvent on se borne à les menacer.

« Pourtant, si un esclave se montre par trop impertinent, s'il commet une faute grave quelconque, on l'envoie fustiger dans une maison spéciale de correction. Un *bon* pour un certain nombre de coups de fouet est remis au coupable, et il est obligé d'en aller recevoir le prix, comme une lettre de change de l'enfer payable au porteur.

« Le bourreau examine le *bon*, comme ferait un caissier avant de payer une traite, en prend copie sur le registre de la maison, et procède ensuite à l'exécution de la sentence. Après trois coups de fouet, les chairs sont entamées et les victimes poussent des cris à fendre l'âme.

« Les créoles, sans être méchants, restent insensibles à ces cris ; il leur semble tout naturel qu'on batte ainsi les noirs.

« Les noirs, d'ailleurs, ne sont pas considérés comme des hommes dans les pays à esclaves. Leurs souffrances n'inspirent d'autre pitié que les souffrances d'un animal On parle devant eux d'eux-mêmes comme s'ils n'y étaient pas. En un mot, l'esclave est une chose et non pas une personne.

« Par une dérision cruelle, on appelle vulgairement la maison de correction où l'on fouette les noirs *the Sugar house*, la maison de sucre. Comme le nègre perd de sa valeur, en raison directe du nombre des châtiments qu'il reçoit dans la *maison de sucre*, les propriétaires d'esclaves ne les y envoient qu'à la dernière extrémité. »

Tout en flétrissant l'esclavage, Oscar Commettant trouve que les esclaves sont mieux nourris, travaillent moins et sont moins à plaindre que la plus grande majorité des ouvriers, des commis, des employés de toutes sortes, des artistes et des écrivains qui demandent l'existence à leur labeur.

D'après lui, on aurait beaucoup exagéré la cruauté des maîtres envers les esclaves, en prêtant à ces derniers des sentiments élevés auxquels ils sont, pour la plupart, étrangers. « Les écrits des négrophiles sont assurément fort louables dans leur but, mais il y a toujours un tort à exagérer les droits d'une bonne cause... Examinons d'abord la vie des nègres sur le sort desquels on s'apitoie le plus généralement. Ces nègres sont les planteurs qui, dans les habitations, cultivent le café, le coton, le riz et la canne à sucre. Ils travaillent à la tâche, ce qui permet aux hommes actifs d'avoir du temps à eux. Cette tâche est calculée suivant la force, l'âge, le sexe de chacun, et basée sur une moyenne de *huit heures de travail par jour*. »

Ainsi, ce que les prolétaires d'Europe n'ont pu encore obtenir, en l'an de grâce 1898, était déjà bien au delà de 1848 accordé aux esclaves. Avant l'âge de dix ans les petits nègres, plus heureux que les enfants du même âge dans nos manufactures et que presque tous les apprentis, antérieurement à la promulgation de la loi très récente sur le travail des enfants, n'étaient soumis à d'autre travail qu'à celui de faire quelques commissions, sans jamais porter de fardeaux trop lourds pour leurs forces. On laissait les garçons libres de courir dans les champs, de chasser et de pêcher, tandis que les petites filles surveillaient les bébés en l'absence de leur mère.

Dans les plantations, les esclaves jouissaient de ce qu'on appelle le *samedi du nègre*, c'est-à dire n'étaient astreints, comme ne le sont aujourd'hui les ouvriers et les commis anglais, qu'à une demi-journée de travail. Le dimanche leur appartenait tout entier sans qu'ils fussent obligés d'assister aux services religieux. Aussi, libres dès le samedi midi jusqu'au lundi matin, ils avaient la faculté de dormir à leur aise ou d'aller visiter des camarades, esclaves comme eux, qui les recevaient et les traitaient chez leurs maîtres.

De plus, les maîtres ne leur refusaient jamais de prendre sur les plantations un certain espace de terrain qu'ils cultivaient pour leur compte, leur tâche remplie. Outre les légumes qu'ils y récoltaient, ils élevaient de la volaille, des porcs, quelquefois même y nourrissaient une vache. Quels sont les ouvriers de nos villes et même de nos campagnes qui jouissent de ces avantages ?

Quant à leur nourriture, elle n'était pas inférieure à celle du plus grand nombre de nos ouvriers et de nos petits employés, et assurément elle était plus saine. Elle consistait en une mesure quotidienne de maïs ou de riz, une ample ration de mélasse, des légumes frais, un morceau de jambon, de bœuf ou de poisson salé. Le dessert se trouvait à portée de leur main, dans les délicieux fruits que les tropiques produisent en abondance et qui ne coûtaient que la peine de les cueillir. Pour la boisson, le café leur en fournissait à discrétion.

Chaque habitation contenait son infirmerie munie d'une pharmacie suffisante, où rien n'était refusé au nègre malade, ni les médicaments, ni les soins, ni la bonne nourriture pendant la convalescence. L'on comprend de quel intérêt était pour le maître d'avoir son monde valide.

Chez nos industriels, nos usiniers, peu importe que les gens qu'ils emploient crèvent à la tâche. Il y a toujours assez de bras pour les remplacer, tandis qu'un nègre, bon ouvrier qu'on venait à perdre, ne se remplaçait guère qu'au prix de sept à huit mille francs.

« Le séjour de l'infirmerie — dit encore Oscar Commettant — est pour le nègre, si essentiellement paresseux en général, un véritable lieu de délices. Etre couché et ne rien faire sont pour lui le suprême bonheur, avec le plaisir de danser et de faire de la musique. On cite des noirs qui ont simulé des maux de dents et se sont bravement fait arracher les molaires les plus saines pour jouir, à l'infirmerie, du repos accordé en pareil cas, un jour de congé ! D'autres mangent de la terre ou des herbes malfaisantes, et se donnent ainsi la fièvre pour avoir le droit de ne rien faire tant que dure l'indisposition. »

S'il faut s'en rapporter à Oscar Commettant et à d'autres voyageurs, la position matérielle des esclaves aurait donc été meilleure qu'on ne le suppose généralement : « Comme l'expérience nous rend défiants — écrivait une authoresse anglaise, mistress Trollope — et comme nous sommes ignorants sur la plupart des sujets sur lesquels nous ne pouvons nous instruire que par ouï dire ! Je quittai l'Angleterre avec des sentiments si opposés à l'esclavage, que ce ne fut pas sans une émotion pénible que je me trouvai entourée d'esclaves. A l'aspect de tous les noirs, hommes, femmes ou enfants qui passaient près de moi, mon imagination créait un petit roman bien triste dont ils étaient les héros. Depuis que je suis plus instruite sur ce sujet et que je connais mieux la situation réelle des esclaves en Amérique, j'ai souvent ri de ma sensibilité. »

Adolphe Granier de Cassagnac qui fit, au moment où l'esclavage était en pleine vigueur, un voyage aux Antilles françaises, constate également que les esclaves étaient mieux traités qu'on ne le croit généralement.

Les femmes créoles sont habituellement environnées d'un incroyable état-major de servantes. Chacun a son domestique noir dans la maison ; le père, la mère, chaque fille et chaque garçon.

Il faut ajouter à cela un cuisinier, les blanchisseuses, les couturières, les commissionnaires, une demi-douzaine de négrillonnes gâtées, qui ont leurs maîtres pour esclaves, et l'on a le personnel d'une habitation des Antilles. Toutes ces servantes font ce qui leur plaît, paresseuses, gourmandes, coquettes, couverte de batiste brodée, de dentelles, de bijoux.

« Je remarquai, au bout de quelques jours' dans les maisons où je dînais, que la maîtresse de la maison ou une demoiselle se levait régulièrement de table, quelques instants avant la fin du repas. Quand je fus un peu familier, j'en demandai la cause, et l'on m'apprit quelque chose de bien singulier. La maîtresse de maison se levait pour aller faire dîner les domestiques ; voici comment :

« Les nègres chargés de servir à table emportaient les plats de la desserte dans l'office, et tous les autres nègres, négresses et négrillonnes, formant le domestique de la maison, s'y rendaient aussitôt. Alors la maîtresse venait elle même faire la distribution à chacun, plat par plat, assiette par assiette, sans quoi ces nègres domestiques, ces négresses femmes de chambre, se seraient précipités sur la mangeaille, frappant, pillant, enlevant, chacun pour soi, au plus alerte et au plus fort, comme à une curée. »

Les servantes ne quittaient jamais leurs maîtresses, ni le jour, ni la nuit. Une dame créole qui sort, va en visite, emmène avec elle tout un convoi de servantes. La nuit, elle en couche une partie dans sa chambre, sur des matelas, par terre, en travers de la porte et de la fenêtre. Lorsqu'il naît une fille dans une habitation, on lui donne quand elle grandit, pour compagne, une négrillonne née à peu près à la même époque. Elevées ensemble, elles ne se séparent plus. Quand la créole se marie, la négresse passe avec le trousseau. On imagine ce que pouvait endurer une pauvre négrillonne avec une jeune maîtresse méchante, acariâtre ou simplement capricieuse !

Il en était de même des hommes. Ils vivaient perpétuellement au milieu de leurs esclaves et en avaient toujours un ou deux dans leurs chambres, la nuit. Pas une porte qui ferme et, tout près de l'habitation, couchent dans leurs cases cent cinquante ou deux cents nègres armés de coutelas.

« Voilà — dit Granier de Cassagnac — les créatures que les philanthropes européens représentent comme chargés de chaînes, déchirés par le fouet, et le cœur plein de haine et de vengeance contre le maître. Nous voudrions savoir quels hommes, en Europe, oseraient faire coucher des domestiques armés dans leur chambre, à côté d'eux et de leur argent ! »

Tout cela ne prouve pas qu'il n'y ait pas eu d'horribles cas de cruauté, des crimes sans nombre commis par les maîtres sur leurs esclaves. Certes, tous les planteurs n'étaient pas des hommes au cœur dur, mais à côté d'habitions où les esclaves étaient paternellement traités, il s'en trouvait d'autres dont le maître était un coquin qui ne faisait travailler ses esclaves que sous le fouet du *commandeur*.

Nous reviendrons, du reste, sur ce sujet, en mettant sous les yeux de nos lecteurs des preuves irrécusables de la férocité de certains de nos compatriotes.

Ce qu'on appelait à cette époque aux Antilles, une habitation était une sorte de village contenant la maison des maîtres, toujours assez vaste, avec ses dépendances, la sucrerie et les cases des nègres, environ cinquante à soixante feux.

La case est une maisonnette généralement en bois composée de deux chambres, une cuisine et une chambre à coucher.

Autour de l'habitation et des cases s'élèvent de grands arbres, des fromagers gigantesques, des sabliers dont le fruit éclate comme une boîte d'artillerie quand il est mûr, des cassiers aux gousses immenses, des manguiers, des citronniers, des grenadiers, des orangers, des cocotiers, qui forment aux habitations comme un nid de verdure. Sous ces arbres, l'on attache la nuit, à des piquets, le troupeau de bœufs du planteur.

A la vue de ces troupeaux rentrant le soir, guidés par des enfants nus ou des jeunes gens armés de longues perches, des femmes, également demi-nues, chargées de leurs récoltes de fruits ou d'herbes, chantant sur un rythme étrange des airs créoles, l'Européen, transporté tout à coup aux colonies, aurait pu se croire aux temps patriarcaux où la vie était paisible et large, où l'on avait pas encore inventé la pudeur.

. . . .

Reprenons notre récit, c'est-à-dire la suite de la conversation de Paul Barrel et de la jolie mulâtresse.

Après avoir donné libre cours à son accès d'hilarité que partagea la jeune femme, celle-ci le fit asseoir et lui offrit de la limonade glacée qu'il accepta avec plaisir.

— Je vois bien — lui dit-elle en le servant — que cela vous semble drôle que j'aie quatre enfants de quatre pères différents, mais il ne faut pas oublier qu'il y a trois ans encore je n'étais qu'une esclave, et dame ! quand on est esclave, on ne dispose pas de soi.

— C'est vrai — fit Barrel.

— Mais — ajouta-t-elle — je n'ai pas eu à me plaindre, je n'ai jamais eu de méchants maîtres ; ils ont tous été bons pour moi. Comme ceux de la vieille Marie-Rose...

Elle s'interrompit. Un des enfants, la plus petite des fillettes, poussa un cri perçant. En voulant grimper sur les genoux de la négresse, elle avait glissé, était tombée à terre et sa tête avait porté sur le sol.

Sa mère courut la relever. L'enfant ne s'était fait qu'une blessure légère ; une petite écorchure près de la tempe, tachant sa peau fine et blanche d'une gouttelette de sang.

Elle continuait à crier, de peur plutôt que de mal. La mère, en la caressant, essayait de la calmer, plaquant de gros baisers sur ses joues mouillées de larmes.

La vieille Marie-Rose qui, lors de la chute de l'enfant, continuait de réciter ses patenôtres de l'air stupide particulier aux dévotes, se leva précipitamment et, s'élançant sur la mère, lui arracha pour ainsi dire la petite fille des bras et se mit à son tour à l'embrasser éperdument avec de petits cris étouffés, des soupirs, des lamentations, des gestes frénétiques et simiesques, une explosion de douleur et d'épouvante que le léger bobo de la fillette ne justifiait nullement.

Emilienne, en souriant, l'avait laissé faire et la contemplait d'un air attendri.

— Bonne Marie Rose ! — murmura-t-elle. — Elle aime les pitits comme si c'étaient siens.

Le peintre trouvait ces démonstrations passionnées, exagérées et quelque peu grotesques

L'enfant calmée, ne pleurait plus, que la négresse tremblait encore, continuant ses lamentations.

— Est-ce que cette vieille n'a pas la cervelle dérangée ? — demanda Paul.

— Oh ! non, la pauvre Marie-Rose ; mais elle adore mes pitits, mes chers pitits, et au moindre bobo elle est bouleversée. Elle a vu tant de malheurs !..... Là ! Là ! — continua la jeune femme, s'adressant à la vieille, — calme-toi... puisque Zozon n'a rien... tu vois bien que pitite Zozon n'a rien. *Gade donc plutôt ce beau moussié beké là* (regarde donc plutôt ce beau monsieur blanc).

La vieille, après avoir couvert de nouveaux baisers le visage, les bras, les mains de la petite, la posa délicatement à terre, puis jetant sur le beau *moussié beké* un regard à la fois humble et défiant, croisa les mains, inclina la tête et recommença ses invocations au Père-Eternel.

— Elle passe donc tout son temps en prières, cette vieille ! — fit Paul.

— Elle ne fait guère que cela toute la journée. Elle se confesse et communie chaque semaine. Ah ! c'est une sainte ! Elle ne cesse de dire : « Jésus-Christ pou racheté nous, versé tout son sang et li mort pou nous ! Amen ! »

— Une vilaine sainte — pensa Barrel. — Si la demeure des élus est peuplée de pareilles guenons, autant vaut aller au diable..... Est-ce pour le pardon de ses péchés ou pour celui des vôtres — ajouta-t-il en souriant — qu'elle marmote tant d'oremus ?

— C'est pour elle, c'est pour moi, c'est pour mes pitits, c'est surtout pour le repos de l'âme de ses anciens maîtres.

— Ah ! vraiment ! Ça doit leur procurer de grandes joies dans l'autre-monde ! Et il y a longtemps qu'elle est chez vous ?

— Depuis l'affranchissement... Elle a dépose son canapé dans ma case.

Ce qui signifie elle s'est établie à demeure dans ma maison.

Cette négresse n'intéressait le peintre que

comme étude de laideur humaine, type réussi de sorcière, de vieille criminelle.

Il n'en était rien cependant, d'après les dires de mademoiselle Emilienne ; elle la présentait, au contraire, comme un modèle de toutes les vertus.

Dans sa jeunesse, Marie-Rose, forte et mamelue, fut remarquée par son maître, riche planteur des environs de Fort-Royal, qui eut plusieurs fois avec elle, derrière le discret abri des hautes cannes à sucre, de fugitives mais intimes relations.

De ces passagères amours naquit un petit mulâtre qui ne véçu que quelques semaines. La femme du planteur, madame de la Parpalhole, ayant mis, sur ces entrefaites, une petite fille au monde et ne voulant pas déformer la beauté de ses seins, se mit en quête d'une nourrice, et son mari, naturellement, présenta Marie-Rose, qui prit les plus grands soins de l'enfant.

— Mais — dit Emilienne le zozo paille-en-cul criait là-haut le jour de la naissance, et le zozo noir s'était posé sur le toit demandant un mort dans la case.

Au lieu d'un, le zozo noir (le corbeau) en eut quatre.

Deux ans après, M. de la Parpalhole mourut, emporté par des fièvres pernicieuses attrapées — dit le médecin — en visitant certaines parties malsaines de ses plantations, puis vint le tour de sa femme et de la mère de celle-ci ; une vieille tante qui demeurait dans la même habitation néfaste eut le même sort. Ce qui pouvait surprendre, c'est qu'aucun des esclaves ne fut atteint du singulier fléau. Bref, en deux années, la famille se réduisait au nourrisson de Marie-Rose qui, à la mort du dernier des siens, atteignait sa quatrième année.

L'on nomma un conseil de tutelle qui laissa la petite fille à sa nourrice. Personne n'eut voulu lui enlever l'enfant, car elle montrait pour elle une tendresse et un dévouement qui excitaient l'admiration des familles de planteurs du voisinage et jusqu'à celles de Fort-de-France.

Quand Mademoiselle de la Parpalhole dut aller en pension pour y recevoir l'éducation que comportait son état de fortune, la jeune négresse fit, la nuit qui précéda le départ, retentir la maison de ses cris et de ses lamentations,

— Pitite maîtresse partie, pauvre Marie-Rose rester seule, pauvre Marie-Rose mouri.

Elle ne mourut pas, mais elle allait la voir aussi souvent que le permettaient les règlements du pensionnat et chaque fois avec un chargement de friandises et un débordement de tendresse.

. Quand sa maîtresse eut terminé ses études, elle épousa un jeune homme fort riche de la Martinique, et ce fut pour la nourrice un nouveau déchirement de cœur.

— Pitite maîtresse coucher avec pitit mari, aimer pitit mari et plus jamais aimer pauvre Marie-Rose !

Et les pleurs de couler.

Cependant *pitite maîtresse* prouva qu'elle n'était pas ingrate pour celle qui lui avait servi de seconde mère. Elle l'affranchit le jour même de son mariage, lui donna sur la plantation de son mari une maisonnette pour elle seule, lui assura une pension et mit quatre nègres à sa disposition, lesquels nègres furent traités par la nouvelle affranchie avec une dureté, qu'on n'eût pas attendue d'une aussi bonne âme.

Pour la moindre peccadille, une désobéissance ou une mauvaise volonté à exécuter ses plus extravagants caprices, elle les faisait fouetter sans pitié.

— Pauvre Marie-Rose — disait sa jeune maîtresse — la solitude lui aigrit le cœur. Pourquoi ne prend-elle pas un mari ?

Elle fut la première à le lui conseiller, mais Marie-Rose résista à ses instances.

— Moi, jamais prendre mari nègre, moi épouser moussié blanc.

Un monsieur blanc, avec les préjugés existants, était difficile à trouver.

Il se rencontra quelques repris de justice, d'anciens forçats de Cayenne ayant purgé leur condamnation qui, tentés, non par les appâts, mais les écus de Marie-Rose, auraient risqué le « conjugo », mais il répugnait à sa maîtresse de voir sa nourrice entre des mains souillées de meurtres ou de rapines, et d'ailleurs c'étaient de « vieux rats loqueux », disait Marie-Rose, et elle en voulait un jeune.

A vieille poule, jeune coq.

On lui en trouva un enfin, un soldat de marine nommé Benoit, noceur et fainéant, dépourvu de préjugés de race ; mais il mourut de la poitrine après une année.

La pauvre Marie-Rose semblait née sous une mauvaise étoile. Sa jeune maîtresse, celle qu'elle adorait du plus profond de son cœur, qu'elle avait nourrie, élevée, choyée et qui, à son tour, était devenue sa bienfaitrice, mourut après dix-huit mois de mariage.

Des scènes déchirantes eurent lieu le jour des funérailles.

Quand la bière fut descendue dans la fosse, la négresse s'y précipita, se coucha sur le cercueil, le serrant dans ses bras, le pressant contre sa poitrine, comme si elle pressait la morte.

Elle criait :

— Pitite maîtresse morte, Marie-Rose, pauvre Marie-Rose mouri avec toi. Mon Dié, mon Dié,

Un *congo* superbe, luisant, pommadé, offrait le bras à une *capresse* magnifique.

prends-moi avec pitite maîtresse. Jetez la terre sur Marie-Rose !

Tout le monde pleurait. Les fossoyeurs durent descendre dans la fosse, et l'on eut grande peine à l'arracher de cette étreinte. Quand elle fut remontée, s'échappant de ceux qui la tenaient, elle se jeta de nouveau dans le trou.

On dut l'emporter de force, hurlante et résolue à se donner la mort. Le mari de la défunte, craignant qu'elle ne se suicidât, la fit garder à vue jour et nuit.

Enfin, son désespoir se calma pour faire place à une tristesse profonde. Pendant longtemps, on crut qu'elle mourrait d'une maladie de langueur. Elle avait perdu l'appétit, passait ses journées à pleurer silencieusement, accroupie près de la tombe. Le soir, sur l'ordre du maître, des nègres allaient la chercher et la ramenaient au logis, mais pendant la nuit elle se relevait et retournait au cimetière. Elle ne se soutenait qu'avec du tafia.

Tout a une fin, même la douleur. La sienne s'apaisa, mais cette fidèle servante conserva toujours de sa jeune maîtresse un souvenir attendri, ne cessant de prier, pieusement, dévotement, pour le repos de son âme.

Afin qu'elle ne demeurât pas seule, le jeune veuf, M. de Ponsevrau, la prit chez lui. Il pouvait ainsi causer de la morte avec celle qui l'avait tant aimée. C'était une sorte de consolation. Mais il dut renoncer bientôt à ces entretiens et éloigner, le soir, Marie-Rose de sa chambre.

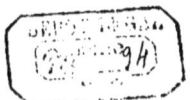

Car voici ce qui arriva. La pauvre négresse, l'esprit hanté par la vision de sa maîtresse, s'imaginait qu'elle était présente et, trois fois de suite, M. de Ponsevrau fut réveillé au milieu de la nuit par de furieux embrassements. C'était Marie-Rose qui, croyant dans ses hallucinations avoir affaire à la morte, s'était glissée dans son lit et le couvrait de baisers.

— Ah! ah! — disait-elle — pitite maîtresse n'est pas morte. La voici! Je la tiens! Je la tiens!

M. de Ponsevrau dut user de violence pour la jeter hors de son lit.

Mais de nouveaux malheurs arrivèrent. Un mal mystérieux emporta tous les bestiaux de l'habitation. Beaucoup de noirs moururent; d'autres encore languirent, devinrent impropres au travail.

La ruine s'abattit sur la plantation. M. de Ponsevrau dut vendre, à vil prix, son domaine et avec les épaves de sa fortune, s'embarqua pour la France, pour y solliciter un modeste emploi.

La veille de son départ, Marie-Rose vint lui faire ses adieux.

— Ne t'en vas pas — disait-elle en pleurant. — Ne t'en vas pas, pitit maître, ou emmène-moi avec toi. Que va devenir la pauvre Marie-Rose? Toi, c'est tout ce qui reste de ma chère maîtresse.

— Je ne puis ni rester, ni t'emmener, ma pauvre Marie-Rose. Je suis ruiné et ne pourrais pas te garder avec moi.

Elle s'accroupit sur le plancher et sanglota, la tête dans sa jupe.

La nuit était depuis longtemps venue. M. de Ponsevrau lui dit, à plusieurs reprises: « Va-t'en, ma pauvre fille, va-t'en! »

Mais elle ne s'en allait pas, pleurant toujours. Alors, il se déshabilla, se mit au lit. Il pensait:

« — Elle s'en ira quand elle aura bien pleuré. »

Et comme il était fatigué de ses courses, il s'endormit. Mais encore une fois il fut réveillé en sursaut par Marie-Rose. La douleur de cette séparation l'avait, paraît-il, rendue folle. Ce n'était plus sa maîtresse qu'elle croyait saisir, mais son mari défunt qu'elle couvrait de caresses passionnées.

— Pitit Benoît, — disait-elle — bon pitit Benoît, aime ta Marie-Rose! aime ta Marie-Rose!

Cette fois, ce fut M. de Ponsevrau qui se jeta hors du lit.

Alors elle revint à elle et regagna sa chambre.

Malgré sa ruine, il avait respecté le don de sa femme. Le sort de Marie-Rose était assuré; elle avait une jolie petite maison et une somme rondelette. Mais l'argent, on ne s'explique pas comment, disparut peu à peu.

On sut vaguement qu'elle avait été volée par des matelots en bordée qui s'introduisirent la nuit dans sa case. Elle est si bonne — conclut Emilienne — qu'elle ne voulut jamais porter plainte.

Devenue vieille, isolée, sans argent, sans abri, ayant vendu son habitation, elle pria Emilienne, qu'elle avait vu courir toute petite sur la plantation de son maître où celle-ci était esclave, de la recueillir en échange des soins qu'elle donnerait à ses enfants, et celle-ci y avait consenti à cause du bon cœur de la vieille Marie-Rose.

— Elle ne me coûte pas cher, — dit-elle — car elle vit de presque rien. Sa seule dépense est le tafia, et, pour quelques sous, on en a plein une noix de coco. Ah! c'est un cœur d'or. Et elle adore mes chers petits et ne peut se passer d'eux. Tout le temps qu'elle n'emploie pas à prier, elle le passe à les soigner, à les cajoler. Avec elle, je puis m'absenter sans inquiétude. Vous avez vu dans quel état l'avait mis la chute de Zozon. S'il leur arrivait malheur, ce serait sa mort.

Le peintre avait écouté, avec une froideur manifeste, l'apologie de la négresse, tout en admirant la gracieuse narratrice. Quand le récit fut terminé, il s'entendit avec Emilienne pour la location d'une chambre, blanchissage compris et remit en à-compte un billet de cent francs que la mulâtresse accepta sans se faire prier, car la jolie fille n'était pas riche. Elle avait dû même, quelques jours auparavant, vendre une paire de boucles d'oreilles, cadeau d'un des pères de ses enfants, pour subvenir aux besoins de tout son monde.

— Vous dînerez sans doute ce soir chez une des dames de la ville? — demanda-t-elle.

— Moi! Pas le moins du monde. Où voulez-vous que je dîne? Je ne connais personne ici.

— Alors, vous consentiriez à dîner avec moi? — fit-elle, battant des mains.

— Si vous voulez me mettre un couvert.

— Oh! oui, je vous en mettrai un. Je suis bien contente... Mais ce ne sera qu'une fois.

— Pourquoi une fois?

— La première et la dernière, j'en suis bien sûre. Vous ne voudrez plus après.

— Comment cela? — demanda Paul, saisi tout à coup d'inquiétude en pensant que la négresse s'assoierait peut-être à la même table et que son hôtesse appréhendait ce voisinage qui le mettrait en fuite.

— Ah! dès que les belles dames vont savoir votre arrivée, elles vous enverront cercer et vous gaderont pour manzer avec elles.

— Les belles dames? Quelles belles dames?

— Hé! les belles blanches! les belles créoles.

Il fallait entendre l'accent d'aversion, d'amertume, de colère, que la mulâtresse mit dans ces derniers mots, aversion et colère amplement justifiées, d'ailleurs, par le mépris insultant que les femmes de pure race européenne, professent à l'égard des femmes de couleur.

Les craintes d'Emilienne étaient d'ailleurs fondées. L'ennui qui dévore les créoles, indolentes et inactives, est si profond qu'elles considèrent comme une bonne aubaine l'arrivée d'un étranger, et usent de toutes leurs séductions pour l'attirer chez elles.

L'homme venu du continent, pourvu qu'il soit bien élevé et appartienne à leur monde, est l'hôte envoyé du ciel, et dans les plus modestes intérieurs on n'épargne aucun frais pour le bien recevoir.

La vie facile des colonies permet d'exercer envers les étrangers l'hospitalité la plus large, et l'on cite des voyageurs venus dans l'intention de passer un mois dans nos Antilles qui restèrent plusieurs années, allant d'habitation en habitation, résidant un mois dans l'une, deux mois dans l'autre, sans avoir eu jamais un chez soi.

« Qui que vous soyez — écrivait Adolphe Granier de Cassagnac — pauvre ou riche, créole ou européen, ami ou inconnu, pourvu que vous soyez blanc, présentez-vous avec confiance à la première habitation venue, entrez dans la galerie, dites votre nom ou ne le dites pas, et vous serez toujours gracieusement et cordialement reçu, vous aurez votre place à table et votre chambre dans la maison ; et si vous restez tant que la figure des hôtes vous sera riante, vous ne partirez jamais. »

Mise à part l'exagération d'un voyageur enthousiaste habitué aux parcimonieux accueils parisiens, l'hospitalité des créoles est célèbre; on la retrouve chez les peuples d'Orient et même encore de nos jours dans certaines familles corses.

Les créoles de nos Antilles sont des Français dont les ancêtres s'y sont successivement transportés depuis la fin du seizième siècle, et comme il n'y avait aucun collège digne de ce nom, toutes les familles riches envoyaient leurs enfants faire leurs études soit à Paris, soit à Londres; un grand nombre de filles étaient élevées à Saint-Denis ou au Sacré-Cœur.

Ces jeunes gens revenaient sous les tropiques avec les traits généraux des mœurs continentales, tout en gardant les habitudes bizarres aux yeux des Européens, mais néanmoins charmantes de leur éducation première.

Les créoles de nos colonies ont chacun leurs caractères particuliers qui les distinguent les uns des autres; par exemple, ceux de la Martinique passent pour être plus cérémonieux que ceux de la Guadeloupe qui, en revanche, montrent plus de cordialité, tandis que la fierté de ceux de Saint-Domingue était légendaire. Un vieux dicton caractérisait d'un mot ces différences.

On disait : « Nos seigneurs de Saint-Domingue, messieurs de la Martinique, les bonnes gens de la Guadeloupe. »

La mulâtresse montra au peintre la chambre qu'elle lui destinait, située au premier et unique étage, auquel on accédait par une espèce d'échelle de meunier.

Elle n'était pas meublée aussi sommairement que la première. Il s'y trouvait, outre un lit de sangle, une table, une armoire et deux de ces fauteuils à bascule, en grand usage en Amérique, et si commodes pour le *farniente*. On peut s'y allonger à son aise en posant ses pieds soit sur la table, soit sur la fenêtre, soit sur la cheminée. La Sainte-Vierge, le grand Saint-Joseph, à la bouche duquel un locataire facétieux avait dessiné une longue pipe, et le petit Jésus montrant son cœur enflammé, égayaient de leur grossière enluminure les murailles blanchies.

Mais l'admirable vue que l'on découvrait des fenêtres compensait l'extrême modestie du mobilier.

L'une s'ouvrait sur la savane, et la magnifique baie qui pourrait contenir toutes les flottes du monde ; avec sa couronne de pitons couverts d'une éternelle verdure, c'est l'un des plus beaux spectacles que l'on puisse contempler.

Par l'autre fenêtre on apercevait un coin de la ville, des plantations de cannes à sucre, des bambous, des cocotiers, une rivière bordée de jardins et de cases à nègres, et plus loin la montagne aux flancs boisés et ravinés, déchiquetés de rochers hérissés de flèches et d'aiguilles, le tout éclatant de couleur, baigné de soleil.

Ce sol, comme celui de la Corse, est un amas de monts creusés de gorges profondes où roulent en pittoresques cascades de nombreux torrents. On l'a comparé avec justesse à une feuille de papier qu'on aurait froissée dans la main. Partout des forêts aux arbres séculaires près desquelles nos forêts de France sembleraient des étendues de broussailles aussi basses que les maquis de l'île parfumée, et qui, elles aussi, servent de retraite à des libertaires qui fuient les gendarmes.

— C'est là-bas, là-bas — dit Emilienne — que pauvres nègres marrons se sauvaient. Ils y construisaient des villages, et zamais on n'a pu les prendre, zamais, zamais. Mais il en mourait beaucoup.

— De faim ? — demanda Barrel.

— Oh ! non. Bon Dié donnait à manzer. Ils avaient les fruits du bon Dié; un ennemi plus dangereux que le gendarme et le chasseur les tuait, un méchant petit serpent marbré. Ce n'est pas seulement dans la montagne qu'on le trouve, mais aussi dans les cannes à sucre, ce qui rend la coupe des cannes très dangereuse au pauvre nègre.

Comme il n'est guère de mal qui n'entraîne avec lui un bien, ce qui prouve la grande bonté du *bon Dié*, — expliqua Emilienne — les serpents de la Martinique, inconnus, phénomène curieux, dans les îles voisines, la Guadeloupe, Marie-Galante, les Saintes, rendent aux planteurs de grands services en faisant la guerre aux légions de rats qui, sans eux, détruiraient les plantations. Donc, ce fléau en contrebalance un autre et les colons, sans les serpents, seraient dévorés par les rats.

— Alors, cette chambre vous plaît? — demanda-t-elle en voyant le jeune homme s'extasier sur la beauté du panorama déroulé sous ses yeux.

— Je serais difficile de ne pas être content; mais — ajouta-t-il, apercevant quelques jupes et des colifichets de femme accrochés derrière la porte — c'est peut-être votre chambre que vous me donnez là... à moins que ce ne soit celle de vos enfants?

— Non; ils couchent en bas avec Marie-Rose. C'est ma chambre, en effet; que cela ne vous préoccupe en rien.

— Où allez-vous coucher alors?

— Moi? — s'exclama-t-elle, riant et montrant ses dents éclatantes de blancheur. — Je trouverai bien quelque petit coin... Oh! je ne tiens pas beaucoup de place.

— Elle a des yeux à damner un saint, — pensa le peintre — fût ce le vénérable Robert d'Arbrissel en personne qui, pour éprouver la force de sa vertu, se plut à coucher, dit Voltaire,

Entre les bras de deux nonnes dodues

sans rompre son vœu de chasteté; mais peut-être avait-il quatre-vingt-dix ans, ce qui diminue fort son mérite.

Il reprit tout haut:

— Je ne voudrais pas vous obliger à partager la couche de la bonne Marie-Rose. En dépit de son cœur d'or, c'est un vilain camarade de lit. N'auriez-vous pas horreur de sentir, contre votre chair jeune et fraîche, le cuir ratatiné de cette vieille momie?

— Oh! le moqueur! Alors vous ne l'aimeriez pas contre vous non plus?

— Abomination! Que me dites-vous là, belle Emilienne. Vous me faites frémir!

— Ah! Elle n'a pas toujours été ainsi. C'était du moins l'avis de son ancien maître. Quel malheur de devenir vieille! L'on a bien raison de dire que la jeunesse n'a qu'un temps et qu'il faut en profiter.

Ce disant, elle lui lança un regard si chargé d'une voluptueuse tendresse qu'il s'approcha d'elle et lui prit les mains; et bientôt fasciné par le magnétisme de ses yeux, attiré par l'âcre parfum de sa chair aux tons dorés, il l'attira contre lui et promena, sans qu'elle opposât la moindre résistance, ses lèvres sur une gorge encore ferme malgré sa quadruple maternité et qui semblait s'offrir d'elle-même aux baisers.

En ce moment, il oubliait tout à fait Hélène, puis elle était si loin..., et il se préparait à continuer le siège facile d'une place aussi mal défendue, si la belle mulâtresse ne se fut vivement arrachée de ses bras, lui disant à mi-voix:

— Arrêtez! Elle nous regarde.

Barrel se retourna et aperçut le haut du corps de la pieuse et tendre Marie-Rose, qui, de l'échelle sur laquelle elle avait grimpé, l'examinait d'un œil à la fois colère et abruti.

Devant le regard furieux de Paul, elle disparut aussitôt, marmottant en son patois quelques mots incompréhensibles.

Mais cette apparition inattendue jeta sur l'ardeur amoureuse du peintre une couche d'eau glacée. Il se sépara de son hôtesse, qui cherchait à le retenir, et lui dit qu'il allait visiter la ville et faire quelques achats indispensables.

Lorsqu'il arrive à la Martinique ou à la Guadeloupe, après avoir visité les Antilles anglaises, le voyageur chauvin éprouve une grande satisfaction, car il lui semble retrouver la France. Maisons, rues, monuments publics, et jusqu'au son des cloches, tout rappelle le sol natal. Mais il n'en était pas de même autrefois, et Fort-de-France comme la Pointe-à-Pitre avaient un cachet bien particulier, le cachet des villes tropicales.

Par crainte des tremblements de terre, fréquents à la Martinique, toutes les maisons étaient en bois et à un seul étage. Quelques-unes reposaient sur des soubassements de pierre, et dans toutes les rues coulaient des ruisseaux qui entretenaient la fraîcheur.

Sur quelques constructions, également en planches, mais un peu plus élevées que les autres et occupant une plus grande superficie, se dressaient des mâts de pavillon où flottait le drapeau tricolore. C'étaient les hôtels des principaux fonctionnaires, du Directeur de l'Intérieur, du Trésorier, du Procureur général, du Gouverneur, presque tous, principalement l'hôtel de ce dernier, entourés de fort beaux jardins. Puis s'étendaient les casernes, aux vastes cours plantées d'arbres magnifiques.

Paul Barrel entra dans une sorte d'hôtellerie où des matelots jouaient aux cartes. Les salles étaient basses, les tables poisseuses, et de petits tas de poussière bordaient le coin des murs. Il ne manquait cependant pas de garçons, car, trois ou quatre nègres, la serviette sur le bras et ceints d'un tablier blanc, regardaient les joueurs.

Sur une banquette crasseuse traînait un numéro du *Constitutionnel* de l'année précédente, à l'aide duquel les habitués du lieu se tenaient au courant des événements arrivés dans la métropole.

Plus loin, un nègre coiffé d'un chapeau gris à haute forme, le torse couvert d'un habit, sans chemise, et le bas du torse d'un caleçon de bain, frappait du plat de la main sur la table, demandant une bouteille de tafia, et apostrophait un de ses compatriotes, vieux à cheveux blancs, qui, mal éveillé de la sieste à laquelle il venait d'être arraché, n'allait pas assez vite à son gré!

— Voilà! Voilà! Moussié — disait-il.

Mais l'autre répondit avec colère:

— Qui ça, Moussié? Pourquoi vous dit: Moussié? Moi ni pas Moussié, tendez-vous? Moi, citoyen.

Et, comme le vieux nègre le regardait ébahi, paraissant ne pas comprendre:

— Bon dié! Bon dié! Vous stipide! N'avez pas li ce qui meté dans gazette?

— Non — fit le vieux.

— Eh bien, li meté nous tous citoyens. Ah!

Le vieux nègre haussa les épaules; citoyen ou Monsieur, cela lui était égal. Il posa sur la table un gobelet et une bouteille de tafia et s'en retourna s'asseoir dans un coin.

Dans une salle adjacente, des sous-officiers d'infanterie de marine buvaient de l'absinthe et fumaient de longs cigares ressemblant assez à des baguettes.

Paul dut appeler à plusieurs reprises. Aucun des garçons ne se dérangeait; enfin, le vieux nègre se leva avec des signes de détresse. Il se fit servir un verre de bière, y trempa ses lèvres la trouva chaude et mauvaise, paya et sortit.

Ce qui le frappait surtout dans ce premier contact avec les choses et les gens de la Martinique, c'était un air d'abandon, de désœuvrement complet.

— Je n'ai rien à faire et je m'ennuie. — Cette déclaration se lisait sur les visages mornes, la démarche alanguie, les baillements réitérés de toutes les personnes qu'il rencontrait ou qu'il apercevait dans l'intérieur des maisons.

Pas une seule figure sur laquelle l'activité physique ou intellectuelle eut laissé son empreinte.

Les familles riches ou aisées des colonies françaises aux Antilles habitaient généralement leurs plantations à l'inverse des planteurs des colonies anglaises qui vivent en grande partie à la ville. Cependant, il était quelques riches créoles à Saint-Pierre et à La Pointe-à-Pitre. Quant à Fort-de-France, quoiqu'on en eut fait la résidence du Gouverneur de la colonie, il n'avait guère pour habitants, à part les fonctionnaires, les soldats et les marins, que des nègres et des hommes de couleur de toutes les nuances.

Tous, du riche au pauvre, vivent dans une oisiveté profonde et un ennui égal à leur désœuvrement. Tuer le temps est leur grande préoccupation. Des distractions, les classes aisées n'en ont aucune, à part les bals, dont les créoles raffolent, mais les bals ne peuvent occuper que quelques nuits de la semaine, et que faire des journées sous un climat qui dispose à la paresse, qui ne permet ni l'étude ni les exercices violents? Le plaisir est leur seule ressource, les plus intelligents même laissent dormir leur esprit et ne vivent plus que pour leur plaisir. « Nos Français, écrivait Duvergier de Hauranne, sont d'ailleurs les hommes les plus impropres du monde à résister à cette influence énervante de la vie tropicale. Un officier anglais, plutôt que de ne rien faire, lirait et relirait dix fois de suite son Shakespeare et son Byron; un Français fume, boit et courtise les femmes, qui, dans ce pays-ci, ne sont pas cruelles. On dit même qu'elles se tiennent pour très honorées de la poursuite d'un Français. »

Quant aux mulâtres, leur paresse est proverbiale. De quoi vivent-ils? Il serait assez difficile de le dire. En tous cas, de rien ou de presque rien. Ils ne travaillent pas, n'y étant plus forcés : l'agriculture leur répugne, c'est trop fatigant et aucun métier ne les tente. Ils dorment, fument, jouent aux lotos. Ce sont les *lazaroni* des Antilles.

« En général, ce sont des esprits faibles et, par conséquent, enthousiastes... Superstitieux, ils ont peur des sorts et portent des amulettes. Individuellement, le péril les ferait peut-être reculer; en nombre et bien commandés, ils sont braves comme des lions. Un blanc, dans le courage duquel ils auront confiance, leur fera faire des prodiges... Le bruit, l'éclat, la décoration plaisent au mulâtre... Avoir des épaulettes et un sabre serait pour lui une joie. On ferait donc de lui un excellent soldat. Il est fort sobre, et il aime mieux coucher sur une planche que sur un matelas. »

L'auteur de ces lignes, Granier de Cassagnac, ajoute que nombre d'entre eux demandèrent à s'engager, mais avec l'intelligence et l'esprit pratique qui distingue nos administrations, leur engagement ne pouvait être reçu aux colonies; ils étaient obligés d'aller à Brest pour se faire incorporer dans un régiment tenant garnison à la Guadeloupe ou à la Martinique!

Quels services pourtant les mulâtres eussent rendus dans notre infanterie de marine et nos troupes d'Afrique! Ces hommes, infiniment plus sobres, et d'un entretien bien moins coûteux que les soldats français, sont au-dessus des atteintes de toutes les maladies des pays chauds qui déciment si cruellement nos troupes coloniales.

Comme Paul continuait sa promenade, il se souvint qu'il avait quelques emplettes à faire. Justement un nègre passait à côté de lui, nu-pieds, vêtu d'un caleçon blanc rayé de bleu et d'une chemise de la même étoffe ; une casquette toute neuve, sur laquelle on lisait en lettres dorées les mots « commissionnaire public », couvrait sa tête crépue.

Le jeune homme l'appela.

— Hé ! commissionnaire !

Le nègre s'arrêta, se retourna et, lui jetant un regard indigné, s'écria :

— Ça voulez ? (Que voulez-vous ?)

— Commissionnaire, — lui dit Paul sans s'apercevoir de son mécontentement — où y a-t-il ici un marchand de nouveautés ?

Mais au lieu de répondre à cette question, le commissionnaire public toisa son interlocuteur des pieds à la tête :

— Vous trop hadi crié comme ça à monde qu'a passé.

— Hein ? — fit Paul, ne comprenant pas très bien le langage du noir. — Je cherche un magasin où je pourrais me fournir de linge.

Là-dessus, le commissionnaire riposta, tapant du talon le sol avec colère :

— Moi, pas réponde, si vous pas dire à moi : « Moussié commissionnaire ».

— Peste ! — fit le peintre. — Vous êtes formaliste, mon ami.

Et, dissimulant une forte envie de rire, il mit le chapeau à la main et dit :

— Monsieur le commissionnaire ! Serait-ce un effet de votre bonté de vouloir bien m'indiquer un magasin où je pourrais me fournir de chaussettes, de chemises, et autres articles ?

Bien qu'il ne saisit que très imparfaitement les expressions dont se servait l'étranger, le nègre vit à son ton et à ses gestes qu'elles étaient d'un caractère distingué et telles qu'on se les doit entre gens comme il faut.

Il eut une grimace de plaisir et répliqua :

— *Moi condui moussié dans boutique où qu'a vendé li pas trop ché chimise et tout ça.*

Là-dessus, il s'empressa d'ôter sa casquette en voyant que Paul, très grave, continuait de garder son chapeau à la main.

— Couvrez-vous, monsieur le commissionnaire — dit le peintre.

— *Pas teni moyen* (c'est impossible) *si vous pas couvri primié.*

— Ce sera donc pour vous obéir.

En parlant ainsi, Paul fit le geste de remettre son chapeau et s'arrêta en chemin. Le nègre l'imita, et pendant une demi-minute il y eut un assaut de politesse, ironique de la part du blanc, sérieux de la part du noir, chacun faisant mine de ne vouloir se recouvrir qu'après son interlocuteur.

Ceci n'est pas une plaisanterie, car les nègres des colonies françaises sont en général excessivement cérémonieux et ils ont une haute idée de leur importance. Quand, à Haïti, le général Geffrard voulut donner le signal de l'insurrection qui coûta le trône à l'empereur Soulouque, signal qui devait être un roulement de tambour, il cria à un noir porteur de cet instrument :

— Roulez, tambour !

Mais ce nègre offusqué répondit :

— *Moi pas roulé si vous pas dire : roulez, moussié tambou.* Et le général dut obéir.

Mais revenons à nos deux personnages. Paul se recoiffa, le commissionnaire en fit autant et le conduisit dans une sorte de bazar, tenu par un mulâtre où il acheta divers objets et un de ces larges chapeaux de paille en usage sous les tropiques.

Il pria le commissionnaire, avec la plus exquise politesse, de porter ce paquet de suite chez mademoiselle Émilienne, demeurant sur la Savane.

Celui-ci s'en alla extrêmement satisfait, car, outre l'urbanité dont le peintre venait de faire preuve à son égard, il lui avait glissé dans la main une pièce de quarante sous. Une si grosse somme pour un si petit travail, montrait au digne nègre que l'on avait conscience de son importance, qu'on l'estimait à sa juste valeur.

Tout glorieux donc, et tout aise, il se dirigeait à grands pas vers la demeure de mademoiselle Émilienne, sans daigner prêter la moindre attention aux négresses mamelues et aux négrillons bouffis qui le regardaient passer, saisis d'admiration devant sa splendide casquette, quand, malheureusement, il rencontra sur son chemin un cabaret.

Avoir quarante sous dans sa poche et passer devant un cabaret sans y entrer, est au-dessus des forces de beaucoup de noirs et même de blancs. Il entra donc, avala un verre de tafia, puis un second suivi d'un troisième et sortit trébuchant, titubant et chantonnant :

> P'tit béquet, c'est pou bailler l'agent,
> P'tit mulât, c'est pou tavailler,
> P'tit nègue, c'est pou faignanter
> Et manger sous de zautes.

ce qui signifiait :

> Petit blanc, c'est pour donner de l'argent,
> Petit mulâtre, c'est pour travailler,
> Petit nègre, c'est pour paresser
> Et manger les sous des autres.

Était-ce pour se conformer aux sages conseils que renfermait cette chanson, était-ce simplement un effet de l'ivresse, nous ne saurions préciser : ce qui est certain, c'est qu'au sortir du cabaret, il parut prodigieusement indécis sur ce qu'il devait faire. Après y avoir dûment réfléchi, le dos appuyé contre un mur, il se décida soudain à s'en aller chez lui, remettant à un moment plus propice l'exécution de sa commission.

Il suivit, en décrivant de remarquables zigzags, une des longues rues qui traversent Fort-de-France dans sa plus grande dimension, et arriva devant une rivière que bordaient des huttes de bambous avec des arbres d'essences variées : cocotiers, manguiers, grenadiers, orangers, arbres à pain. En s'approchant du bord de l'eau et en jetant un coup d'œil en aval, on apercevait la mer, et devant soi, sur l'autre rive, un bâtiment d'aspect maussade, entouré de murs élevés : la prison.

Le commissionnaire entra dans sa case. On y voyait à terre un cuir de bœuf servant de lit et une malle en bois toute peinturlurée de bleu, de rouge et de jaune. Un habit et un pantalon noir étaient suspendus sur une ficelle tendue d'un mur à l'autre, et sur une planche, dans une encoignure, s'étalaient un chapeau haut de forme, une paire de gants et des chaussettes.

A partir de 1848, où l'abolition de l'esclavage fut décrété dans nos colonies, l'habit noir et les gants blancs furent pour les nègres le symbole de la liberté reconquise. « Il existait à Saint Pierre-Martinique un tailleur dont ce commerce fit la fortune — dit Ed. du Hailly. — Pendant que le mari vantait au nègre émerveillé l'élégance de sa toilette européenne, la femme lui glissait dans les poches, en guise de cadeau, une paire de gants de coton blanc longs d'un pied, et l'heureux acheteur ne manquait pas de recommander chaudement le magasin à ses amis. »

Après la passion de l'habit noir est venue celle des souliers vernis, puis on a voulu que des bas sortissent de ces souliers. Malheureusement, ce surcroît de splendeur avait ses inconvénients. Mettre des souliers le dimanche, passe encore : six jours restaient pour marcher nu-pieds ; mais loger des bas dans ces souliers, c'était greffer un supplice sur un autre. La difficulté fut tranchée en ne conservant des bas que la partie visible, c'est-à-dire les tiges, et le pied resta nu dans son enveloppe vernie.

Pendant quelques instants, le commissionnaire considéra d'un air hébété toutes les magnificences dont il était l'heureux possesseur, puis se laissant tomber à terre, sur son cuir de bœuf, il ne tarda pas à ronfler.

. . . .

CHAPITRE LXXXVIII

La Martinique *(suite)*. — Bal de nègres. — Créoles et femmes de couleur. — Fétichisme. — Sorciers. — Empoisonneurs. — Nabuchodonosor. — Le Yankee et le curé. — Fâcheuse aventure.

Certains de nos lecteurs pourraient nous taxer d'exagération sur l'engouement, disons le mot, la passion des gens de race noire pour la toilette; nous citerons donc la description d'un bal de nègres auquel assista, au Fort-Royal, M. Granier de Cassagnac, quelques années avant l'émancipation.

Ce bal, où l'on n'était admis que par lettre d'invitation, était donné le dimanche gras par des esclaves, tous domestiques d'un riche planteur.

L'auteur du *Voyage aux Antilles* n'y avait pas été invité, mais il y fut conduit par le maître de l'habitation qui voulut bien présenter son hôte à sa servante, laquelle daigna l'accueillir.

L'orchestre était composé de militaires blancs, payés par les esclaves, car les blancs étaient humiliés ce jour-là. C'était, en quelque sorte, un renouvelé des saturnales romaines, la revanche de l'esclave sur le maître, sauf que tout y était décent, correct et conçu dans le meilleur goût; on invitait sa danseuse non par la formule banale : « Mademoiselle, voulez-vous danser ? », mais en lui offrant galamment une rose mousseuse En acceptant la rose, elle acceptait le bras Il pouvait y avoir environ cent cavaliers et autant de dames, « tous noirs, dit le narrateur, comme des culs de chaudron ». Les dames étaient, sans exception, en robe de satin blanc, quelques-unes avec un corsage de satin cramoisi. Comme aucune d'elles n'avait de de chevelure et qu'une laine crépue d'un pouce de long eut été d'un médiocre effet, elles étaient coiffées d'une façon de turban en satin de couleur, avec des pierreries. Leurs robes avaient des manches longues, garnies de manchettes en point d'Angleterre et elles portaient des gants blancs.

Des bas de soie blancs, à coins et à damassures à jour, les chaussaient avec des souliers de satin blanc. Et des bijoux à foison, des turquoises, des émeraudes, des perles, des brassées de colliers, des charges de bracelets ! Et ne croyez pas que ce fut du *toc*. Le nègre est là-dessus plus fier que le blanc, il ne se pare que de l'or le plus irréprochable et professe un souverain mépris pour le chrysocale.

Quant aux cavaliers, l'habit noir sur toute la ligne ! Quelques-uns, il est vrai, d'une coupe un peu démodée où la queue de morue se balançait avec l'ancienne basque. Les gilets en satin cramoisi, en satin blanc brodé de bouquets ou même en soie feuille-morte avec des gauffrures d'argent, étaient surmontés d'énormes cravates blanches ; des gants jaunes couvraient les mains gigantesques. Le jabot se détachait des plis coquets d'une chemise de batiste, avec un grand épanouissement de dentelles de Flandre retenues par une épingle montée en solitaire. Culotte demi-collante et botte soigneusement proscrite, comme cela se doit entre gens de bon ton.

Pour ce qui était du bas de soie noire à jours, il s'emprisonnait dans la moire rose qui double le soulier verni ; mais, hélas ! on devinait à la mine contrainte de cette chaussure, qu'elle avait longtemps lutté avant de se rendre et de résoudre le problème inconnu en physique du contenant plus petit que le contenu. Le pied du nègre n'est pas, du reste, prévu par les formes les plus capricieuses que l'art du cordonnier ait inventées, et ce n'est pas sans beaucoup d'efforts qu'on peut enfermer dans la même enceinte un talon qui fuit en arrière et un orteil qui fait le grand écart.

Cependant, la vérité nous oblige à ajouter à cette description que la règle n'est pas générale. Nous avons connu des nègres dont les pieds étaient assurément plus petits que ceux de beaucoup d'Anglaises.

Les cavaliers étaient bariolés comme les dames, de chaînes d'or fantastiques ; et les breloques les plus fabuleuses sautillaient au-dessous de leur gilet.

On sait que les nègres ont l'habitude de s'appeler entre eux des noms de leurs maîtres et écrivent même ce nom sur leur linge. M. de Cassagnac entendait donc à tous moments, comme dans un salon du faubourg Saint-Honoré, annoncer Madame la marquise de..., Monsieur le comte de... Et lorsqu'il se retournait ébahi pour voir entrer ces nobles personnages, il apercevait un Congo superbe, luisant, brillant, pommadé avec une frisure pyramidale ; ou une Capresse magnifique, traînant vingt aunes de satin blanc.

Il faisait dans la salle une chaleur étouffante ; ces dames s'éventaient nonchalamment de mouchoirs de batiste ornés de découpures à jour avec des Valenciennes de deux pouces. « J'étais ébloui ! déclare le narrateur. Malheureusement, il régnait dans cette chaude atmosphère une odeur nauséabonde ; car, voilà l'inconvénient du nègre : il est beau, quelquefois, mais rarement il sent bon. »

« La race juive, dit-il ailleurs, qui s'est toujours conservée pure, est physiquement douée, comme on sait, d'un montant assez prononcé ; mais, ce montant, se trouve porté dans la race nègre à un degré de développement qui constitue pour les blancs, une véritable infirmité naturelle. »

L'orchestre jouait du Musard et ces messieurs et ces dames glissaien. en dansant avec des minauderies, assurément aussi gracieuses que celles de certaines invitées aux bals de l'Hôtel-de-Ville. Cependant, quelques-uns des messieurs, peu amateurs de ces glissades où ils ne pouvaient déployer leurs grâces, se livraient de temps à autre à des jetés battus et des lancés de jambes, qui scandalisaient nombre de noires beautés.

. . . .

A l'époque dont nous parlons, la ville de Fort-Royal, que la révolution de 1848 baptisa du nom de Fort-de-France, sortait toute coquette et toute neuve des ruines d'un récent tremblement de terre et Barrel continuait à promener son désœuvrement dans cette jolie ville, ne se lassant d'admirer la partie féminine des habitants, négresses à part, c'est-à-dire les créoles et les mulâtresses.

La grande chaleur tombait, la brise maritime rafraîchissait la ville, et les blanches commençaient à se montrer, coudoyant d'un air dédaigneux les femmes de couleur.

Les dames créoles réunissent en elles, de l'accord unanime de tous ceux qui les ont fréquentées, un des plus charmants types de femmes des cinq parties du monde.

De taille moyenne, jolies, avec des yeux d'un éclat doux et pénétrant, ombragés de longs cils, une chevelure épaisse et luxuriante, des dents éblouissantes, elles ont des pieds et des mains d'une finesse extrême, comme dans toutes les familles ou depuis plusieurs générations la femme est livrée à l'oisiveté. Car entre toutes les femmes, la créole est oisive ; elle ne sait rien faire et mourrait de faim si d'autres ne prenaient soin de son existence.

« Elle ne connaît aucun des soucis de la vie, écrivait Oscar Commettant, et croit que pour vivre, il suffit de naître... Son unique souci est, avec le soin de ses enfants, — car elle est excellente mère, — la conservation de son teint. Rigoureusement enfermée dans ses appartements, elle ne sort guère que le soir, quand la brise de mer vient rafraîchir la terre brûlée par le soleil. Dans la journée, quand elle ne donne pas ses soins à ses enfants, elle se soigne elle-même. On la trouve le plus souvent le visage, les mains et les bras enduits de *cold-cream*. Les moins coquettes se saupoudrent le visage, la poitrine et les épaules avec de la poudre de riz et cela plusieurs fois par jour Une créole privée de poudre de riz serait la plus malheureuse des femmes. »

Quant aux mulâtresses, leurs charmes, nous l'avons dit déjà, sont irrésistibles ; elles ont des blanches les séductions de la tournure, la finesse des pieds et des mains, tout en conservant les formes captivantes des filles de certaines races du pays du soleil.

Si vô marchez pas devant, je broulai le cervelle de vô !

Le jeune Barrel réjouissait donc sa vue indistinctement des blanches créoles et des brunes mulâtresses, lorsque le hasard le conduisit près de l'église.

Il se disposait à la visiter, quand il vit Marie-Rose en sortir avec la mine contrite d'une guenon surprise dans un vol de friandises et qui vient de recevoir la shlague. Elle passa près de lui sans paraître l'apercevoir, en décochant un regard en dessous.

Un peu après, sortit un prêtre de haute taille, vigoureux, haut en couleur, à la physionomie ouverte, à l'air énergique, résolu, ressemblant plutôt, avec sa barbe noire semée de fils d'argent, à quelque reître qu'à un ministre de Dieu.

C'était le curé de Fort-Royal, du moins Barrel le jugea ainsi et le salua poliment. Il est toujours prudent, dans les colonies comme à l'étranger, de ne pas s'aliéner les serviteurs du culte.

— Bonjour, monsieur — dit l'ecclésiastique lui rendant son salut — vous êtes, je le vois, étranger au Fort-Royal.

— Je suis, en effet, tout nouvellement débarqué — répondit Paul Barrel.

— Ah ! Ah ! Et comment trouvez-vous notre pays de sauvages ?

— Mais ravissant. Je ne suis pas un grand voyageur, je n'ai fait que traverser l'Océan et je m'imagine que ces contrées doivent être le plus beau pays du monde.

— Vous ne vous trompez pas, Monsieur.... beau ciel, magnifique nature et des habitants hospitaliers.

— Et de jolies femmes — répliqua, en riant, Barrel — toutes ces mulâtresses sont charmantes.

— C'est un article qu'il m'est défendu d'apprécier. Mais, permettez-moi de rectifier une petite erreur que commettent généralement les continentaux d'Europe. Vous confondez, sous le nom général de mulâtresses, quantité de nuances, et vous risqueriez fort de fâcher une foule de gens très susceptibles sous le rapport de la couleur.

— Ah! vraiment!

— Le mulâtre est le produit immédiat de l'union du blanc et de la négresse, puis vient le mestif, produit de la mulâtresse et du blanc, et le quarteron enfanté par la mestive unie au blanc; le résultat de la quarteronne et du blanc s'appelle l'octoron qu'on ne peut guère distinguer du blanc de pure race. Il y a donc quatre échelles pour aller au blanc, et trois pour retourner au noir. Une mulâtresse, par exemple, qui s'unit à un nègre, produit le capre; une capresse et un nègre produisent le grife, et l'enfant de la grifesse et du nègre ne se peut distinguer de la race paternelle.

— Je vous remercie infiniment de ces détails, Monsieur.

— Ils ont leur importance ici, car tous ces gens de couleur passent leur temps à se mépriser ou à s'envier, en raison du plus ou moins de rapprochement de la race blanche... Et l'on a fait, en 1848, une révolution en France, où l'on met au frontispice des édifices publics: *Égalité* et *Fraternité*!

— Mais, Monsieur le curé, ces nègres et ces hommes de couleur ne sont Français que de nom, c'est-à-dire d'occasion.

— A la bonne heure! Mais, laissez-moi ajouter que j'ai habité la belle France, notre commune patrie et sa capitale, et que j'y ai vu partout, en haut comme en bas, en bas surtout, les gens se haïr et se mépriser. Votre égalité, votre fraternité, autant de fariboles. Voyez ces matelots qui regardent, en riant, ce soldat d'infanterie de marine; ils ont pour lui le mépris le plus profond, autant que le mineur qui travaille sous terre en a pour l'ouvrier qui travaille dessus; le soldat de marine méprise, à son tour, le soldat terrien, lequel méprise le pékin, comme il l'appelle, lequel rend son mépris au soldat; le cavalier méprise le fantassin, le maçon méprise le goujat qui le sert, le curé des villes méprise le curé des campagnes, et dans la domesticité l'on se méprise du valet de chambre au marmiton et de la cuisinière au souillon. Quant à la liberté, regardez si vous passez devant la porte de la prison; le mot y est inscrit avec ses deux acolytes. N'est ce pas facétieux? Mais on se paye de mots dans notre pays. J'en ai connu qui faisaient consister la République à appeler leur voisin citoyen au lieu de monsieur. Je vous le dis, en vérité, tous les Français sont un peu fous.

Barrel ne put s'empêcher de rire de cette sortie imprévue.

— Vous riez, Monsieur? C'est risible, en effet, mais c'est encore plus triste que risible. Voyez ces noirs, on leur a donné la liberté, comment en profitent-ils? Comme tous les parvenus, par une insolence rare; et, n'étant plus forcés au travail, ils croupissent dans la paresse, la misère et l'abjection... Mais pardon, Monsieur, venez donc chez moi vous rafraîchir, je suis l'abbé Raymond, desservant de cette paroisse et ma maison est tout près d'ici...

— Je vous remercie, Monsieur l'abbé, une autre fois.

— A votre plaisir! Vous pensez demeurer longtemps à Fort-Royal?

— Je ne saurais vous répondre, cela dépendra des circonstances.

— Et des distractions que vous trouverez parmi nous. Mais vos amis ne vous en laisseront point manquer.

— Je ne connais personne.

— Ah! où demeurez-vous donc?

— Chez une jeune femme, nommée Emilienne, sur la Savane. Un officier de marine m'y a conduit en m'affirmant que j'y serais bien.

— Je n'en doute pas — fit le curé en riant à son tour. — Messieurs les Français sont fort estimés par les demoiselles de couleur. Je connais Emilienne, c'est une quarteronne, bonne fille et bon cœur, et jolie, ce qui ne gâte rien! Elle garde chez elle, par charité, une vieille négresse.

— Marie-Rose!

— Ah! Vous la connaissez déjà. Elle sort justement d'ici.

— Je l'ai rencontrée. Elle se hâtait comme si elle avait le feu à sa cotte.

— Une vieille bête qui m'assomme de sa piété extravagante. Heureusement qu'il n'y en a pas beaucoup comme elle, car le métier ne serait pas tenable. Nous appelons toutes ces vieilles dévotes des punaises de sacristie, et je vous assure, Monsieur, qu'elles sont aussi agaçantes, incommodes et... puantes que les punaises de bois de lit.

— Mais des colombes pour le paradis, — fit Barrel avec sérieux. — Je suis certain que Marie-Rose a l'âme aussi blanche que sa peau est noire.

— Oui, oui... Je la cite souvent comme modèle de piété à ses sœurs couleur d'ébène... bien que... enfin!

Il se tut un moment, puis reprit:

— Entre nous, mon cher Monsieur, tous ces nègres font d'assez tristes catholiques. Ils accomplissent à la lettre leurs devoirs religieux, se confessent, communient, ne manquent aucun office, remplissent des bouteilles d'eau bénite qu'ils emportent chez eux, et se couvrent de médailles et de scapulaires. J'en ai vu faire dix lieues, la moitié du chemin de Fort Royal à la Montagne Pelée, pour aller baiser le bas de la robe de Monseigneur ou le bout de son soulier, ou même seulement dans l'espoir de le contempler. Quand il se déplace, vous ne pouvez vous imaginer le nombre de noirs qui, pour recevoir sa bénédiction, se jettent à genoux, une heure à l'avance, sur les routes où ils savent qu'il passera. Le gouverneur de la Martinique est parfois offusqué de ces manifestations religieuses qui lui semblent presque une atteinte à sa dignité. Nous en serions fiers, nous autres prêtres, si toutes ces pieuses démonstrations étaient un indice d'amélioration morale. Il n'en est rien ; ils continuent à vivre dans le concubinage le plus éhonté, ils restent paresseux, gourmands, incestueux, menteurs et voleurs. De plus, ils croient aux sortilèges, au mauvais œil, à l'effet des paroles magiques ; ils professent la plus grande vénération pour de petits cailloux, des pierres, des noyaux de fruits sur lesquels un sorcier, un *quimboiseur* comme on dit ici, a murmuré des mots cabalistiques en faisant certains signes grotesques. Bref, en dépit du christianisme, ils conservent encore de nombreuses traces de leur ancien culte, le fétichisme africain.

Le peintre n'osa pas dire qu'il ne voyait aucune différence entre une médaille bénite, un scapulaire, une image miraculeuse de la sainte Vierge ou de saint Joseph, et les petits cailloux, les petites pierres, les noyaux de fruits, dont parlait M. l'abbé Raymond. Mais ce n'était pas le moment d'entamer une discussion sur le *fétichisme catholique* avec ce prêtre qui paraissait bienveillant et ouvert ; il se contenta donc de remarquer qu'il ne fallait pas trop se moquer des nègres pour ces superstitions, dont les Européens n'étaient nullement à l'abri, à commencer par les paysans et quantité de bourgeois en France, sans oublier les Russes, les Italiens, les Espagnols, les Irlandais et nombre d'autres.

— Je n'ignore pas cela — dit le prêtre — et je connais bien nos paysans, ayant été dix ans curé dans un village du Berry. J'ai conversé avec des *rebouteux*, des *pauseux de secret*, des *meneux de loups*, des *conducteux de nuées*. Je connais quelques-unes des paroles magiques que nos sorciers prononcent, et ce qui vous étonnera peut-être, j'ai assisté à des faits au moins singuliers... dont une plus grande connaissance des phénomènes magnétiques m'aurait certainement donné l'explication — ajouta-t-il devant un geste d'étonnement de Paul.

Je ne me moque donc ni ne m'indigne de la crédulité du nègre, je la constate simplement. Quand il craint de ne pas réussir dans une entreprise quelconque, vite, il court acheter un talisman, un *quimbois*, chez le *quimboiseur*. De même pour se prémunir contre un ennemi qu'il redoute.

Si le *quimbois* se montre inefficace, si son ennemi prospère, s'il a échoué dans ses projets, n'allez pas croire que sa confiance dans les pouvoirs du sorcier sera le moindrement diminuée.

Il s'imaginera simplement qu'il lui aurait fallu un *quimbois* d'un prix supérieur au sien, que son adversaire en payant une plus forte somme s'en est procuré un meilleur, bref qu'il en a eu pour son argent.

La prochaine fois il se montrera plus généreux au grand profit du *quimboiseur*.

Parmi ces sorciers nègres, il y en a qui ne sont que de simples charlatans, mais il y en a aussi qui ne manquent ni d'habileté, ni de connaissances, qui savent charmer les esprits, guérir les morsures du redoutable *trigonocéphale* dont vous ferez bien de vous méfier, réduire très adroitement les fractures et les luxations, et à l'aide des sucs de certaines plantes tropicales, connues d'eux seuls, composer des remèdes et surtout des poisons foudroyants ou qui tuent avec une excessive lenteur...

Tenez, cette brave femme dont nous parlions tout à l'heure, la vieille Marie-Rose, elle était nourrice dans une famille dont tous les membres ont succombé coup sur coup à je ne sais quelle maladie mystérieuse. Le fait n'est pas très rare. Un mal inconnu emporte soudain un planteur, sa femme, ses enfants, ses bêtes, ses esclaves. Je connais des familles qui ont abandonné la Martinique par peur de mourir de même... Ah ! il se passe parfois, ici, de singulières choses, de singulières et d'horribles choses, Monsieur !...

— Le poison ? — hasarda Barrel.

— Vous l'avez dit, Monsieur. L'art d'empoisonner son prochain est arrivé à la Martinique au *nec plus ultra* de l'habileté. Les braves nègres sont passés maîtres dans la connaissance des toxiques. Ils en remontreraient aux Médicis et aux Borgias. Ils empoisonneraient à jour fixe. En vous administrant la drogue mortelle, sans que vous vous en doutiez bien entendu, ils disent : « Toi, moussié, li crèvera six semaines, ou six mois, ou même un an, d'ici ci jour-ci ! » Et ce qui est dit se fera. La prophétie s'accomplit, ils ne se trompent jamais.

— Mais avec quoi empoisonnent-ils ?

— Avec quoi ? Demandez-leur. Tous les docteurs y ont perdu leur latin et fait bouillir en vain leurs cornues. M. Orfila, qui prétendait trouver de l'arsenic dans tout, jusque dans un bâton de chaise, chercherait inutilement la clef du secret. Nous avons un tas de plantes et d'arbres qui fournissent aux experts et aux amateurs les poisons les plus subtils...

— Mais pourquoi empoisonnent-ils ? Par vengeance sans doute contre un maître qui les a maltraités ?

— Pas le moins du monde, car ils tuent ainsi souvent leurs parents, leurs amis, jusqu'à leurs enfants et les maîtres qui ont été bons pour eux... Mais nous recauserons de cela... Venez me voir, demain, après-demain, quand vous le voudrez et que vous n'aurez rien de mieux à faire, vous serez toujours le bienvenu... Je vous quitte, car j'aperçois un de ces pieux raseurs auxquels mon ministère me fait un devoir de devenir quelques instants le patient complaisant ou plutôt la victime... Je vous parlais des punaises de sacristie, ce serait trop beau si nous n'étions affligés que de cette vermine, mais nous avons le mâle, le ravet.

— Qu'est-ce que le ravet ?

— Un vilain coléoptère tout noir, assez semblable au grillon pour la forme, qui pullule dans nos habitations et qui les infecte. Le ravet est dans nos églises ce qu'est la punaise de sacristie. Tenez, il approche, le voici ! C'est Nabuchodonosor.

Barrel regarda dans la direction indiquée et vit, non sans surprise, son commissionnaire qui se dirigeait d'un pas, un peu chancelant, vers l'église.

— C'est un assez brave garçon — ajouta le curé — très fier de sa belle casquette, mais aujourd'hui il doit avoir commis quelque méfait et il accourt tout bourrelé de remords verser ses péchés dans mes oreilles et son odeur dans mes narines... Au revoir, Monsieur, et à bientôt, je l'espère, le plaisir de votre visite.

Le prêtre, ayant serré la main du jeune homme, rentra dans l'église et le nègre à la belle casquette, l'air tout penaud, passa à côté du peintre, comme avait fait Marie-Rose, sans le regarder, puis trempant sa main dans l'eau bénite, il fit de nombreux signes de croix et alla s'agenouiller dans le confessionnal où l'abbé Raymond s'était déjà enfermé après s'être bourré le nez d'une forte prise de tabac.

La confession de Nabuchodonosor dura vingt minutes environ.

Quand ce fut terminé, au lieu de s'en retourner chez lui du pas allègre du pécheur repentant à qui tous ses péchés sont remis et qui peut recommencer, il alla s'affaler sur une chaise d'un air atterré.

— Allons, suis-moi — lui dit le prêtre.

Il se leva, suivit le curé silencieusement et sortit avec lui par une porte de derrière.

Ils pénétrèrent par un corridor à ciel ouvert dans un petit jardin ombreux attenant au presbytère et là, de nouveau, Nabuchodonosor s'affala sur un banc de bambou. La tête dans ses énormes mains il attendit l'abbé Raymond qui, après être entré dans sa maison sans doute pour donner des ordres à sa cuisinière, en ressortit bientôt et vint rejoindre le commissionnaire qui semblait avoir assumé sur son chef crépu tous les crimes de sa race tant il paraissait accablé.

Quant au prêtre, il paraissait de son côté fortement soucieux et s'assit sur le même banc, non sans laisser le plus de distance possible entre Nabuchodonosor et lui.

Comme s'ils se fussent encore trouvés au confessionnal, le prêtre et le pénitent continuèrent à parler à voix basse. Nous allons traduire en Français leur conversation faite en patois créole.

— Je ne m'explique toujours pas — disait le curé — que tu lui aies remis si bénévolement ce paquet.

— Que voulez-vous ? C'est comme ça.

— Mais qui t'y forçait.

— Elle !

— Si pourtant tu avais refusé.

— Refusé ! Ah ! vous ne la connaissez pas.

— Imparfaitement, je l'avoue.

— Elle aurait trouvé le moyen de m'en faire repentir... Elle m'aurait dénoncé aux autres. C'était ma mort.

— Tu exagères.

— Non, non, monsieur le curé.

— Quel intérêt peut la pousser à s'emparer de ce paquet ?

— Le diable le sait, monsieur le curé.

— L'a-t-elle ouvert devant toi ?

— Non. Elle m'a seulement demandé ce qu'il contenait, à qui il appartenait, et quand je lui eus répondu, elle a dit : « Il me le faut. »

— Peut-être l'avait-elle examiné pendant ton sommeil ?

— C'est possible.

— C'est bizarre — fit le prêtre, un moment pensif, puis il ajouta :

— Vois, mon pauvre Nabuchodonosor, à quoi conduit l'ivrognerie ; on perd sa dignité d'homme, de chrétien, on devient comme celui dont tu portes le nom, semblable aux bêtes.

— Comment mon saint patron est devenu semblable aux bêtes ?

— Oui, il avait offensé Dieu, et pour le punir Dieu a couvert sa peau de poils et l'a fait marcher à quatre pattes.

— Un saint ! — s'écria le nègre épouvanté.

— Ce n'était pas un saint, mais un grand et puissant monarque.

A ces mots, le visage de Nabuchodonosor, qui exprimait l'horreur, se rasséréna, il sourit, plein de satisfaction.

— Ah ! — fit-il — je porte le nom d'un grand monarque.

Et il se redressa tout heureux et tout fier.

Mais le prêtre, qui l'observait, le punit aussitôt du peché d'orgueil :

— Oui, ce monarque est devenu une bête immonde dont tout le monde avait horreur. Tantôt il rugissait comme un lion, tantôt il mugissait comme une vache, d'autres fois il sifflait comme un serpent, d'autres fois encore il grognait comme un pourceau, et comme un pourceau se vautrait dans ses propres immondices, dont ensuite il se repaissait. Veux-tu devenir un pourceau et te repaître de tes immondices, Nabuchodonosor ?

— Non ! — cria le nègre épouvanté.

— Je te le dis, en vérité, cette abomination arrivera si tu continue à te livrer à l'ivrognerie, à te gorger de tafia.

— C'est fini, monsieur le curé. Jamais je n'en boirai plus.

— Promesse faite cent fois. Tu retombes sans cesse dans le même péché. Je t'ai fait obtenir ce poste envié de commissionnaire public, on te le retirera pour le donner à un autre plus digne, à Pilate par exemple, ou à Darius, ou encore à Antoine, le mari de la vieille Cléopâtre...

— Je me corrigerai, monsieur le curé.

— Si au lieu d'aller t'ivrogner au cabaret tu t'étais acquitté fidèlement de ta commission, ce qui t'es arrivé n'aurait pas eu lieu, et tu ne te trouverais pas mêlé à des choses épouvantables, complice d'infernales machinations.

Le nègre baissait la tête, accablé sous le poids de la honte et du remords, et peut-être sous la crainte d'avoir à rendre cette belle casquette aux lettres dorées qu'il tournait entre ses doigts.

— Il est vrai, — continua le prêtre, — voyant l'air épouvanté du nègre, il est vrai que Dieu peut faire naître un grand bien de tout ceci. C'est lui qui t'a inspiré le désir de venir de suite à confesse. Il veut que tu coopères à mon saint ministère, et tu es sans doute l'instrument dont il a résolu de se servir pour aider à la confusion de Satan et des acolytes de Satan.

Nabuchodonosor eut un sourire d'orgueilleux plaisir. L'abbé Raymond continua :

— Pour combattre le mal, il est indispensable de l'avoir observé, étudié de près. Alors, seulement, on peut employer en connaissance de cause, les remèdes nécessaires... et ces horreurs, je ne les connais que par ouï dire, en somme, par les récits de mon vénérable prédécesseur et par le peu que d'autres personnes et toi-même m'en avez dit. Nabuchodonosor, il faut que j'assiste à cette assemblée.

A cette déclaration, le nègre fit un violent soubresaut, comme s'il venait de sentir une tuile lui tomber sur la tête, et regarda le prêtre avec effarement.

— Vous ? vous ! — balbutia-t-il.

— Oui, moi.

— Impossible !

— Pourquoi impossible?

— Mais, moussié le curé, vous n'y songez pas !

— Je ne fais qu'y songer, au contraire.

— Ah ! c'est que vous ne savez pas ce que c'est... Si vous saviez ce que c'est !

— Si je savais ce que c'est, je ne te demanderai rien. C'est justement parce que je veux savoir.

— Dire, je veux aller là-bas, c'est comme si vous disiez : je veux aller à la mort.

— Hé ! mon garçon, je ne prétends pas y aller seul... Mais avec cinq ou six personnes, des braves gens résolus...

— Cinq ou six personnes ! — répéta Nabuchodonosor. — Mais ils sont au moins soixante.. Qu'est-ce que peuvent cinq ou six contre soixante ?

— C'est, en effet, une trop faible minorité... Alors, mettons quinze ou vingt gaillards déterminés, munis d'armes...

— Oui. Vous les auriez bientôt mis en déroute, si vous pouviez arriver jusqu'à eux. Mais voilà, il faudrait arriver jusqu'à eux ! Et vingt personnes ne se mettent pas en mouvement sans qu'on les aperçoive. Votre approche sera signalée, et quand vous serez sur les lieux, vous ne verrez rien, rien que des nègres et des négresses qui danseront la bamboula.

— Tu as raison — fit le curé. — Je reconnais, en effet, que l'expédition est difficile, car si elle était facile, d'autres l'auraient tentée avant moi, mais avec l'aide de Dieu, on arrive à ses fins, quand ces fins sont louables.

— Si l'on brûlait au bon Dieu quelques cierges ? — hasarda Nabuchodonosor.

— Certes, des cierges ne peuvent nuire... Mais on peut essayer d'autres moyens.

Puisque nous savons le moment précis de l'abominable Sabbat, qui nous empêche de nous rendre à l'endroit dont tu m'as parlé une heure ou deux à l'avance et de nous cacher soigneusement dans d'épaisses touffes de broussailles ? Nous verrons ainsi sans être vus.

— Cacher vingt personnes dans les broussailles ! — s'exclama le nègre. — Impossible. Monsieur le curé. Il y en a toujours un ou deux qui commettent quelque maladresse et trahissent bêtement les autres.

— Tu parles comme un des sept sages de la Grèce, Nabuchodonosor, aussi mon intention est maintenant bien arrêtée de me rendre seul là-bas.

— Monsieur le curé — fit le nègre dont les lèvres blanchirent à la pensée du danger que le prêtre allait courir — vous ne ferez pas cela... Non pas cela, car vous ne vous cacheriez pas bien. Les nègres fouillent les buissons, savez-vous ?.. et s'ils vous trouvaient vous seriez perdu. Rappelez-vous ce qui s'est passé il y a quinze jours...

— Ah ! oui... l'Américain... Un nommé Dilson, je crois. On ne l'a plus revu ?

— Jamais.

— Peut-être s'est-il embarqué sans rien dire et sans qu'on le sache. Ces Yankees sont si originaux !

— Non, non. Il ne s'est pas embarqué...

— Alors, tu crois ?...

— Ce que je vous ai dit, oui Monsieur le curé. Depuis le jour ou au *pipiré* (à l'aube) il est venu me réveiller, il n'a plus reparu.

Interrompons le colloque du curé et du commissionnaire pour raconter ce qui s'était passé entre lui et un voyageur américain deux semaines auparavant.

Un citoyen des Etats-Unis du nom de Harry Dilson et qui s'était, depuis une semaine de séjour à Fort-de-France, signalé par des excentricités coutumières aux gens de son pays, entra un matin dans la case de Nabuchodonosor.

Le commissionnaire, réveillé en sursaut, fit une laide grimace, mais reconnaissant le riche étranger auquel il avait déjà servi de guide dans les mornes, sa grimace se changea en un sourire, car le Yankee s'était toujours montré fort généreux.

Il était armé d'un fusil et avait une gibecière.

— Guide — lui dit-il — je voulé partir de souite, vous venez avec moâ.

Le nègre ne demandait pas mieux, mais il trouvait l'heure trop matinale, il objecta :

— Le soleil n'est pas levé. Si vous vouliez repasser dans une demi-heure.

— No, no. Vô venir tout de souite.

— C'est que... j'ai une petite course à faire.

Cette petite course projetée était dans le pays des rêves.

— No. Pas de petite course. Je payé vô ; vô obéir. Vô levé, si vô plait, et tout de souite, ou je donné coup de crosse de fousil dans les reins de vô.

Ce dernier argument convainquit le nègre mieux que toutes les explications et les exhortations. Il se décida à obéir, et comme, tout en s'habillant, facile et prompte besogne, il demandait à l'Américain où il désirait aller, celui-ci lui répondit d'un ton rogue :

— C'est l'affaire de moâ ! Vô trop inquisitif, mon garçon. On voit bien que vô êtes un nègre français, bavard et courieux comme vos maîtres. Si j'avais domestique comme vô, je casserais la tête de loui. Je défendé vô de rien parler. Moâ, aujourd'hui, je chassé, vô suivez et ramassez le gibier que je tué. Vô pas faire le guide aujourd'hui, vô faire le chien ; vô changé de nom, plous nommé vô Nabuchodonosor, vô appelez Fox. Moâ payer pour appeler vő, Fox. Comprenez ?... En route, Fox !

Il passa au nègre ahuri et silencieux sa carnassière, et ils sortirent de la ville, l'altier commissionnaire suivant docilement à quelques pas, puisqu'il était devenu chien.

On gravit la montagne, on s'enfonça dans les bois. Le gibier abondait. L'Américain tirait et le « chien » courait ramasser les pièces qu'il rapportait à son maître.

L'Américain les examinait et les rendait au nègre quand il les jugeait dignes d'entrer dans la carnassière, ce qui était rare, car il tirait pour le plaisir de tirer et de tuer.

Vers midi, ils arrivèrent dans une clairière traversée par un torrent.

A la grande satisfaction du nègre, l'Américain fit halte et lui ordonna d'allumer un feu de branches sèches sur lequel on rôtit un écureuil, une bécasse et un petit hocco, espèce de poule sauvage.

Le Yankee sala et assaisonna le tout au moyen d'épices tirées d'une petite boîte d'argent, puis, assis sur la mousse, les jambes croisées, il souriait d'aise, se frottait les mains, et tandis que Fox, redevenu Nabuchodonosor, disposait les viandes sur de grandes feuilles de bananier, il sortit un couteau de sa poche et se mit gravement à tailler, en sifflottant, de petits morceaux de bois.

Il mangea de grand appétit en buvant de temps en temps un bon coup de rhum dans une bouteille plate. Ses poches contenaient plusieurs de ces flacons ; dès qu'il en avait vidé un, il le jetait et en débouchait un autre.

— By Jove, voilà la bonne vie, la vraie vie ! Je ne me suis jamais senti si heureux depuis le temps où je plongeais dans les boues de la Tamise pour y pêcher les *pennies* que les petites misses y jetaient ! Non, par Jupiter, je n'ai jamais été si heureux. Au diable toutes mes manufactures et leur fumée nauséabonde, et leurs odeurs empoisonnées, et leur clique d'ouvriers insolents et exigeants. Ah ! la fripouille ! Je suis assez riche, assez riche... Je ne veux plus en entendre parler.

Dès que mon fils sera de retour, je lui cède ma place, et je vis en sauvage, la vraie vie, la vraie vie ! Hurrah !

Il se parlait ainsi à lui-même, ne s'adressant nullement à son domestique d'occasion qui, aux yeux de ce citoyen de la libre Amérique, était moins qu'un chien, car un chien, on le caresse, on le flatte quand on en est content, tandis qu'il ne faisait nulle attention à l'homme, citoyen libre aussi, qui le servait.

Son repas terminé, il prit une grosse chique et fit signe au nègre qu'il pouvait disposer de ses restes, permission dont celui-ci s'empressa de profiter.

Puis le voyant se diriger vers la cascade pour y boire, il fut sans doute pris de pitié, le siffla et versa dans le creux des mains réunies du noir le restant d'un flacon que celui-ci avala avec les marques de la plus profonde joie.

Il s'étendit ensuite à l'ombre d'un bananier, pour s'y livrer aux douceurs de la sieste et le serviteur en fit autant.

Après trois heures d'un profond sommeil, le Yankee se réveilla le premier et d'un coup de crosse de fusil dans les reins fit lever Nabuchodonosor.

Ils recommencèrent la chasse, l'Américain tuant à tort et à travers toute bête, plume ou poil, que la malechance poussait devant lui, l'autre rapportant le gibier.

Il tirait avec une grande rapidité et manquait rarement son coup. Bien qu'il ne choisit que quelques pièces dans cette hécatombe, sa gibecière fut nombre de fois remplie. Il ordonnait alors de la vider et l'on recommençait de la remplir pour la vider à nouveau au pied d'un arbre ou dans un fourré.

Nabuchodonosor courait, essoufflé, de droite et de gauche, car il fallait se hâter dans cette stérile besogne, sous peine d'injures et de menaces de coups.

— Ici, cherche, apporte, Fox, damné fainéant! Attends, je vais te faire tricoter des jambes en asticotant de ma baguette de fusil la place de tes mollets.

Il arriva même que, trouvant que son Fox n'allait pas assez vite, il lui envoya, pour activer sa course, une charge de plombs dans le bas des reins. Heureusement qu'il se trouvait assez éloigné et quelques grains seulement pénétrèrent peu profondément dans les chairs du nègre qui, cette fois, se fâcha et se mit à hurler comme s'il avait reçu une blessure mortelle.

Le Yankee prétendit avoir tiré par mégarde, affirmant qu'il visait un gros oiseau et, pour consoler le blessé auquel il opéra l'extraction des trois ou quatre grains de plomb avec la pointe d'un canif, il lui fit avaler la moitié d'un de ses flacons de rhum.

Il ne fallait plus songer à continuer la chasse ; le Yankee devenait las de son stupide massacre et la journée, d'ailleurs, touchait à sa fin. Le moment venait de prendre le chemin du logis.

Tout en marchant, il riait de la tête du nègre, qui le suivait clopin-clopant. Il se retournait pour le regarder et laissait chaque fois échapper une exclamation de plaisir.

— Ah ! la drôle de noix de coco ! *Good job* ! *indeed* ! Bonne farce, en vérité !

Il s'engageait en un sentier à peine tracé au milieu des hautes herbes, lorsque tout à coup Nabuchodonosor cria d'une voix effarée :

— Pas ci côté-là, moussié, pas ci côté-là !

L'autre continuait sa route sans répondre, et le nègre, à la fin, le tira par la manche, disant :

— Mais, moussié, li tournons le dos au Fort-Royal !

— *Very well* ! — répondit le Yankee. — Nò pas aller coucher à Fort-Royal. Je décidé nô coucher dans le forêt. Je cherché bonne place. Moà vivre comme les Peaux-Rouges ! Hurrah !

La nuit était arrivée, comme elle vient sous les tropiques, brusquement. Il trouva l'endroit désiré, au grand mécontentement du nègre qui commençait à donner des signes d'inquiétude et se basarda à lui représenter que la place n'était pas sûre, qu'ils risquaient d'attraper la fièvre, d'être piqués par un scorpion, un cent-pattes ou une de ces terribles araignées crabes grosses comme le poing, velues et dont la tête est armée de deux pointes menaçantes et d'une trompe formidable, horrible insecte, à la piqûre mortelle et qui, avec le serpent dont nous avons parlé, est l'un des fléaux des Antilles.

— Fermez la bouche de vô — répliqua brutalement le Yankee à ses objurgations. — J'ai déjà dit à vô, que vô êtes trop bavard.

On alluma du feu. On fit rôtir deux pintades, et quand Dilson eut mangé et bu, il fuma, chiqua, et regarda d'un air parfaitement heureux les ondulations des flammes du foyer qui jetaient des lueurs fantastiques sur les arbres d'alentour.

— La *jolly* vie ! la *jolly* vie ! — répéta le Yankee. — A bas les usines, à bas les machines, à bas les villes, à bas les foules grouillantes et puantes des *workmen* (ouvriers) jamais contents. Sale race ! Pouah ! Vivent les sauvages et la vie sauvage !

Tout à coup, il s'arrêta. Des sons lointains de tambourins semblaient accompagner ses élans d'enthousiasme.

— Aoh ! Qu'est-cela ?

— Tam-tam — répondit le nègre.

La voix de Nabuchodonosor, en faisant cette laconique réponse, était si altérée que Dilson étonné tourna vers lui son regard froid.

— Qu'est-ce qu'il y a donc ? — répéta-t-il.

— Rien...

— Rien ? Comment rien ? Vò riez de moà ? Qui fait ce bruit ?

— Li nègres.

— A cette heure ; au milieu des bois. Il y a donc une fête dans cette voisinage ?

— Affaires du cabri, pas affaires du mouton. Li nègres s'amusent. Bamboula !

— Je voulais voir — dit le Yankee se levant.

— Dans noces de chiens témoins gagnent li puces et li coups. Laissons-les, Moussiè. Cheval pas marcher avec bourriques.

— Bourrique, *yes !* Vô êtes un bourrique et une paresseux. Vô vôlez dormir. Je vôlé voir. *Allo*, deboute. Vô n'êtes plus Fox, vô redevenu Nabouchodonosor. Comprenez, Marchez devant. Montrez route. Moâ vôlé voir nègres s'amiouser.

— N'allez pas, Moussié! — fit le nègre avec terreur. — Li mounanmounans (diables) sont dans li bois.

— Vô êtes une stioupide garçon ! C'est vô le diable ! Mounanmounan vô-même, imbécile ! Marchez et fermez le bouche de vô. Je retenais maintenant un franc sur votre salaire à chaque mot que vô parlerez quand je parlerai pas à vô.

Il était tout rouge de colère. Son guide n'osa répondre et baissa la tête. La perspective de voir son salaire diminuer de un franc par mot lui clouait la langue.

Le tambourin résonnait plus fort et l'on entendait distinctement le roulement produit sur la peau d'âne par la main ouverte et raidie du « musicien » et le bruit sec et uniforme des baguettes de bois dont un second « musicien » frappe les douves du tambour. A ce bruit se mêlaient à intervalles égaux les cris de : « *Houlé ! houlé !* » poussés en chœur.

Le Yankee, que ce lointain vacarme semblait exciter, jeta son fusil sur l'épaule et dit à Nabuchodonosor :

— Marchez, vô !

Celui-ci ne bougea pas.

— Marchez ! — répéta le Yankee.

Le nègre, serrant les lèvres avec force comme s'il craignait de laisser échapper un mot malgré lui, un mot qui lui aurait coûté vingt sous, fit de la main un geste négatif en même temps que désespéré.

Le Yankee arma son fusil et le mit en joue :

— Si vô marchez pas devant, je broulai le cervelle de vô.

Nabuchodonosor ouvrit sa bouche énorme et frappa de l'index sur ses dents blanches.

Le Yankee comprit le signe :

— Vô vôlez parler ? Dites.

— Vous li pas aller là-bas, Moussié. Nègres michants... Nègres comme cancrelats, manger vous ; si vous allez là-bas, plus revenir.

L'Américain enveloppa son guide d'un regard chargé à la fois de colère et de mépris.

— Vô, nègre poltron ; vô, nègre paresseuse. Moâ jamais plus prendre vô. Attendez ici, alors... si vôlez être payé. Paierai vô demain matin. Vô avez compris.

— Oui, Moussié.

Et Dilson, le fusil sur l'épaule, s'enfonça dans la direction d'où partaient les coups de tam-tam et les cris de « *Houlé ! houlé !* »

Nabuchodonosor le suivit des yeux, voyant sous la nuit clarteuse des régions tropicales, sa silhouette noire s'enfoncer dans l'ombre plus épaisse.

Puis, il murmura, tandis que ses dents claquaient de terreur :

— N'a pas plus bouillon pour li !

Ce qui, en langue créole, signifie : Il est perdu ; il n'y a plus d'espoir.

Cependant, il attendit comme il en avait reçu l'ordre.

Accroupi au plus épais d'un fourré, il écouta, prêtant toute son attention aux bruits de la fête.

Une demi-heure environ après que le Yankee se fut éloigné, il entendit de grandes clameurs, des cris sauvages, des sortes de beuglements. Le tam-tam un instant cessa ses roulements sourds, puis reprit de plus belle, avec plus de frénésie, semblant frappé par une main diabolique, se mêlant musique infernale, à des hurlements de démons.

Nabuchodonosor attendit longtemps jusqu'à ce que ces clameurs de pandémonium se fussent éteintes.

Il se glissa hors de sa cachette, mais il y rentra presque aussitôt précipitamment.

Des ombres noires et silencieuses passaient çà et là. Il entendait le bruit des pas et le craquement des branches sèches.

Les ombres prenaient la direction de la ville.

Quand elles eurent disparu, il n'entendit plus que la grande rumeur des bois, le jour venait.

Il descendit, à son tour, les pentes qui conduisent au port, évitant de se faire voir, puis rampa le long des jardins qui bordaient la rivière, entra dans sa case et s'étendit sur le morceau de cuir qui lui servait de lit.

Dans la journée, il passa à l'hôtel où le Yankee avait pris une chambre.

— Il n'est pas encore revenu, — lui dit un domestique nègre — il est parti hier matin chasser dans les mornes. Il avait son fusil et une gibecière. Peut-être a-t-il été retenu dans une habitation. Est-ce qu'il te doit de l'argent ?

— Peu de chose — répondit Nabuchodonosor.

— Ici, il ne doit rien. Il paye le Maître tous les jours.

— Est-ce qu'il ne doit pas partir pour la Pointe-à-Pitre ? — demanda le commissionnaire.

— On ne sait pas. Tantôt il disait qu'il irait à la Pointe-à-Pitre, tantôt à Saint-Pierre, tantôt à Cuba, une autre fois pour le Mexique. Il ne savait jamais ce qu'il voulait faire et avait dit au patron qu'il se pourrait qu'il prenne le premier bateau qui partirait n'importe où, si l'idée lui en prenait. C'est pour cela qu'il payait tous

Une habitation aux Antilles.

les matins sa journée d'avance. Oh ! li n'est pas *mingui* (il n'est pas ladre) et tu dois être content, car tu as fait pour lui quelques commissions.

— Mais il ne serait pas parti sans ses bagages? — demanda Nabuchodonosor éludant la question.

— Les bagages ? Il n'a d'autres bagages que ses bouteilles de rhum vides. Sa chemise, ses chaussettes, ses mouchoirs, il les envoyait acheter au fur et à mesure quand il avait besoin de changer de linge et donnait le sale à qui voulait le prendre. C'est un *matapan* (grotesque). Mais moi, n'a pas fié lui (je ne me fiais pas à lui). C'est un païen.

— Je repasserai — fit Nabuchodonosor — pour voir s'il est revenu. Je ne voudrais pas perdre mon argent.

Cette entrevue que nous donnons en français était naturellement faite en créole.

Le commissionnaire repassa comme il l'avait dit, huit jours de suite sans jamais avoir plus de nouvelles de son Yankee.

Il savait pertinemment qu'il ne le reverrait plus, mais il se tenait ainsi au courant des racontars et des commentaires sur cette disparition.

Il eut la consolation de savoir qu'on ne s'en inquiétait pas. Dilson, qui s'était généralement fait détester partout, passait pour un désagréable original ; on le crut ou tombé dans une crevasse des mornes ou embarqué quelque part.

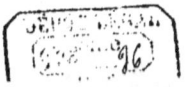

Personne d'ailleurs, si ce n'est l'hôtelier et une demi-douzaine d'employés qui vivaient à l'hôtel, ne se préoccupa de son absence, et après quelques jours l'on n'en parla même plus.

Nabuchodonosor seul demeurait perplexe; il se disait, avec juste raison, qu'un jour ou l'autre des personnes intéressées, parents, amis, s'inquiéteraient, qu'on se livrerait à une enquête et que l'on finirait par savoir qu'il avait été vu pour la dernière fois en sa compagnie. On le questionnerait, on s'en prendrait à lui et comme il avait gardé le silence, qui sait si on ne l'accuserait pas d'assassinat !

A cette pensée, ses cheveux se hérissèrent sur sa tête.

C'est alors qu'il courut confier son trouble au curé, lui demander aide et conseil...

— Il faudra — dit l'abbé Raymond — à qui le nègre venait de rappeler l'événement que nous venons de raconter, et après avoir attentivement écouté en hochant la tête, — il faudra pourtant que la vérité se sache. Le bon Dieu voit tout, mon ami, et c'est lui qui dirige les recherches des hommes qui ne voient rien. D'ailleurs cet étranger avait très probablement une femme, des enfants, ou tout au moins des neveux, des nièces, des cousins, des amis, enfin des héritiers quelconques qui attendent sa mort avec impatience, car d'après ce que j'en ai entendu dire, il paraissait fort riche. Certainement il a dû faire savoir à quelqu'un qu'il se rendait aux Antilles. Ne recevant plus de ses nouvelles, on écrira, on ira aux informations; on finira par savoir qu'il a débarqué à Fort-de-France à telle époque, qu'il y a séjourné et qu'il t'a pris pour guide. Tu seras interrogé, mon pauvre ami, arrêté, et à coup sûr mis en prison en attendant qu'on te coupe le cou. Car on ne s'expliquera pas pourquoi tu n'as rien dit, et par le fait, pourquoi n'as-tu pas parlé ?

— Parce que, moussié le curé, si j'avais dit, je serais tué par *eux*, et alors si je dis pas, les blancs me couperont la tête ?

— On ne te coupera pas la tête, car je serai là pour prendre ta défense, mais afin de t'éviter bien des ennuis, il faut que tu ailles de suite faire ta déclaration au magistrat.

— Au magistrat ! — répéta Nabuchodonosor tremblant de tous ses membres.

— Parfaitement. C'est ton devoir de chrétien d'abord, de citoyen ensuite, et d'homme si tu tiens à ta liberté.

— Mais *ils* me tueront, monsieur le curé, *ils* viendront m'assassiner dans ma case !

— Le magistrat saura te faire protéger.

Le curé comprit qu'il disait une bévue. Il savait parfaitement qu'on n'irait pas mettre un factionnaire à la porte de la case du nègre pour le garder pendant la nuit, ni un gendarme à ses côtés pour le protéger pendant le jour... il réfléchit un instant, puis reprit :

— Te voilà dans un vilain cas, mon pauvre Nabuchodonosor.

— Ah ! oui — fit le nègre dont les lèvres blanchissaient de terreur — d'autant plus qu'il faut que je retourne là-bas.

— Eh bien, tu iras... Tu comprends que si tu ne te rendais pas à cette saturnale, on aurait des doutes... on se méfierait de toi.

— Ce serait la deuxième fois que je manquerais.

— Précisément. Et d'ailleurs il faut que tu prennes exactement les noms de tous les présents et présentes pour les donner au magistrat.

— C'est qu'il sont beaucoup.

— Combien à peu près ?

— Cinquante au moins.

— Il est de ton intérêt de faire bien attention, de n'en pas oublier un seul, car ce serait justement celui que tu oublierais qui vengerait sur toi les autres... Allons, nous avons assez causé aujourd'hui. Va-t-en, et reviens demain avant d'aller là-bas.

— Et le paquet ? Que faut-il faire ?

Le prêtre resta un moment songeur, puis demanda :

— Que contenait-il ?

— Une chemise, un chapeau de paille, une paire de pantoufles, une demi-douzaine de mouchoirs de poche blancs, et six paires de chaussettes de coton rose.

— Bon — fit l'abbé Raymond, qui prenait note de ces différents objets sur son calepin — quand elle te rapportera le paquet, au lieu de le remettre à ce monsieur, reviens directement ici.

— Mais qu'est-ce qu'il va dire le moussié, si l'on tarde ?

— Bah ! un peu plus tôt un peu plus tard, ivrogne. Tu es allé boire et cuver ton tafia sans songer s'il t'attendait. Va, va, je réponds de tout.

Aussitôt que le commissionnaire fut parti, le curé traversa plusieurs chambres, dont la dernière communiquait à un grand jardin, où un vieux nègre arrosait des fleurs. Il boitait, ou plutôt tirait affreusement une jambe, ce qui ne l'empêchait pas de hurler à pleins poumons une chanson créole, celle de l'*Engagé volontaire de la Martinique*, dont nous donnons, à titre de curiosité, un couplet extrait du *Voyage aux Antilles françaises*, de M. Monchoisy :

Primié jou là, li rivé la caserne
Côté you fête. Li dit : « Sel bé métié ! »
Mé, lendimin, yo bâ li you giberne,
Fisi, sako, plaque, sabe, pou astiqué.
Tout ça tè bel quand li monté la garde !
Sommeil baté li, li dormi en faction.
Pove bitaco, mi la ronde à li pren' garde :
Yo bouclé li mété li, en prison.

Croi moin, z'enfan, liberté dans savane
Vo mié passé l'esclavage dans cachot.
Vo mié mangé cirique tranquil dans canne
Passé mangé janbon dans yon cachot !

« Le premier jour, à son arrivée au régiment, c'était une fête. Il dit : « Quel beau métier ! » Mais le lendemain, on lui donne une giberne, un fusil, un shako, une plaque, un sabre pour les astiquer. Tout cela, c'était beau quand il montait la garde ! Mais le sommeil l'accable, il s'endort en faction. Pauvre cultivateur ! La ronde arrive et le surprend, on le boucle, on le met en prison.

Crois-moi, enfant, la liberté dans la savane vaut mieux que l'esclavage dans un cachot. Il vaut mieux manger des ciriques (crabes de terre), tranquillement en travaillant à la canne, que de manger du lard dans un cachot ! »

— Eh bien, Sardanapale, — dit le curé — tu boites fort aujourd'hui. Ça ne va pas?

— Non, moussié, moi qu'a senti douleurs en pile à ce soir.

En pile, dans le patois créole, signifie en quantité, en masse.

— Alors, nous aurons du mauvais temps demain.

— Mauvais temps, ça l'est sûr, oui moussié. Li faire moi passe misères, maudit mauvais temps.

— Tu es un excellent baromètre.

— Oui, moussié, pas besoin voir les bœufs la queue en l'air, ni entendre Zozo paille-au-cul crier là-haut pour savoir mauvais temps va venir.

— C'est un avantage.

— Alors, moussié, vous devez acheter douleurs à moi. Moi qu'a vendé li pas bien cher.

— Farceur de Sardanapale ! Tu vas laisser là ton arrosoir et courir prestement au bazar. Tu donneras cette petite note au patron et tu lui diras qu'il te fasse un paquet de tous les objets qui y sont inscrits.

— Oui, moussié.

— Tu m'apporteras le paquet. J'irai régler moi-même. Dépêche-toi.

— Oui, moussié, moi qu'à aller.

Là-dessus, Sardanapale partit en boitant, tandis que le curé se promenait de long en large dans son jardin, perdu dans ses réflexions.

. . . .

« L'état civil des nègres n'est pas la partie la moins curieuse de leur histoire — dit E. du Hailly. — L'esclavage ne comportait pas pour eux le luxe du nom patronymique ; cette lacune n'était comblée que pour l'affranchi, et à cet effet, on procédait de temps à autre à des vérifications de titres de liberté, comme dans la métropole aux vérifications de titres de noblesse. Quant aux esclaves, force leur était de se contenter de simples noms de baptême, pour lesquels on puisait volontiers dans la mythologie. C'était l'époque des Flore, des Cupidon, des Jupiter, des Télèphe et des Cybèle, et peut-être n'est-il pas inutile d'ajouter que ni Flore, ni Cupidon ne songeaient à regretter le nom de famille dont on les privait. Survint 1848, qui les dota de ce bienfait. Chacun put baptiser sa famille présente ou à venir, et dans les mairies furent ouverts des registres dits d'individualité, sur lesquels les nouveaux affranchis furent autorisés à se qualifier d'un nom patronymique. Le champ était vaste, mais le choix ne laissait pas que d'être embarrassant, car les noms déjà existants dans l'île avaient été fort sagement interdits, et l'imagination des nègres n'allait guère au delà. Aussi, la plupart d'entre eux s'en remirent-ils au bon goût des employés de la mairie. S'il arrivait que tel employé fût versé dans l'histoire romaine, il faisait revivre sur son registre la race des Brutus, des Titus, des Othon, des Numa Pompélius. Parfois ses préférences se traduisaient par un grand nom des temps modernes : était-il un gourmet, il créait un Vatel ; danseur, un Vestris. Montaigne, Sully, Nelson et cent autres acquirent de la sorte une descendance noire. Quelques noms surgissaient directement de la fantaisie de ces parrains officiels, d'autres étaient pris dans le patois créole et en rappelaient les étranges diminutifs. »

Par ce qui précède, on s'explique le nom peu congruent de Sardanapale que portait le domestique d'un curé et celui de Nabuchodonosor, dont se glorifiait le commissionnaire public.

CHAPITRE LXXXIX

Retour chez Emilienne. — Leçon de catéchisme. — Visite matinale. — L'obligeant créole. — La « maman-prends-garde ». Singulière découverte. — Le magistrat créole.

Cependant Paul Barrel, après sa longue promenade à travers la ville, était retourné chez Emilienne. La jolie mulâtresse l'accueillit avec un sourire indiquant, sans qu'il fut besoin de paroles, le plaisir que lui causait ce retour. Il monta dans sa chambre faire les ablutions que nécessitaient ces marches sous l'ardent soleil et la poussière, et fut surpris de ne pas y trouver le paquet contenant ses achats. Il questionna son hôtesse, qui ouvrit ses grands yeux noirs avec une expression d'étonnement, déclarant qu'elle n'avait rien vu.

— Peut être Marie-Rose a-t-elle reçu le paquet?

— Marie-Rose est sortie quelques instants après vous.

Force lui fut de se passer de son linge et de se mettre à table dans le plus simple appareil, c'est à dire ne gardant que son pantalon et une chemise que lui prêta la mulâtresse, car la sienne était complètement mouillée.

Les enfants, moins l'aîné des petits garçons qu'avait emmené la négresse, non admis à l'honneur de s'asseoir à la table, faisaient, à leur grande joie, la dînette dans le petit jardin.

On était au dessert quand Nabuchodonosor arriva apportant enfin le paquet, dont depuis plus de cinq heures il était chargé.

— Tu es un fameux commissionnaire — lui dit le peintre — et je regrette fort de t'avoir payé d'avance. Il est probable que si tu avais attendu ton salaire, tu te serais dépêché davantage.

— Ni pas ma faute, Moussié — répondit le nègre, qui avait perdu toute son arrogance du matin. — Moi li bu tafia et quand li bu tafia n'a pas bon à tâter poules.

— Qu'est-ce qu'il chante avec ses poules?

— Il dit que quand il a bu du tafia, il n'est plus bon à rien — traduisit Emilienne.

— Je comprends... Il s'est saoulé et est allé dormir.

— Oui, Moussié — appuya le nègre.

— Va-t-en — lui dit Emilienne, en riant. — « Çarbon zamais va doné la farine », ce qui signifie : à blanchir la tête d'un nègre on perd sa lessive.

Le commissionnaire se mit à rire bruyamment, appuyant le dicton créole par ces mots: Li vrai! Li vrai! Li vrai!

Et sur la savane on l'entendit qui répétait encore: « Li vrai! Li vrai! Çarbon zamais va doné la farine! ».

Paul se hâta de remonter dans sa chambre et d'ouvrir son paquet. Il lui sembla que le linge, les chaussettes n'étaient pas de la même couleur que lors de leur achat. Mais n'en étant pas absolument sûr, il mit sans nulle observation une chemise, des chaussettes, ses pantoufles neuves et redescendit plus à son aise prendre le frais dans le jardin avec son aimable hôtesse.

Ils devisaient joyeusement, ainsi qu'il est coutume entre un jeune homme qu'excitent les charmes peu voilés d'une jolie femme, et la jolie femme décidée à ne pas se montrer cruelle, lorsque, vilaine apparition, le museau de Marie-Rose se montra.

Elle avait entendu de la porte les rires et passait sa laide frimouse, regardant l'étranger avec une singulière stupéfaction.

On eut dit qu'elle était étonnée de le trouver là, ce qui, cependant, n'avait rien de surprenant.

— Tu es restée bien longtemps — lui dit Emilienne. — D'où viens-tu ?

— Du cimetière — répondit la négresse.

— Toujours au cimetière... Toujours au cimetière! — fit Emilienne se tournant vers Paul. — Toujours prier pour l'âme de ses maîtres. Elle s'imagine que le Bon Dié n'a d'oreilles que pour elle.

— Tais-toi — répliqua la vieille en colère — ne dis pas de blasphèmes. Ta bouche sentirait mauvais.

— Où donc est Doudou ? — demanda Emilienne, s'apercevant tout à coup que la négresse ne lui ramenait pas son fils.

— Li chez Cleristhine...

Cleristhine était une couturière mulâtresse, grande amie d'Emilienne, et pour laquelle le petit Doudou témoignait une affection toute particulière.

— Qu'est-ce que tu es allée faire chez Cleristhine ?

— Moi ? Rien di tout. C'est li pitit dimon glissé comme une anguille et couri chez Cleristhine. Moi n'a pas faute...

— Il faudra aller le chercher.

— Oh ! laisse là-bas pauvre pitit. Li manze pizon.

Manger du pigeon, c'est en terme créole : nager dans la joie, faire bonne chère.

L'enfant, en effet, était toujours bourré de friandises chez la couturière qui lui faisait fête.

Tandis qu'elle parlait, Paul, à qui elle déplaisait de plus en plus, affectait de ne pas la regarder ; s'il l'avait observée, il aurait été surpris de la contenance de la négresse qui jetait sur lui des regards sournois, semblant observer avec la plus grande attention le linge neuf qu'il venait de mettre.

Elle rôda quelque temps dans la chambre, puis passa dans la pièce voisine pour coucher les enfants.

Mais avant de les endormir, on l'entendit leur faire réciter des prières et des bribes de catéchisme.

— Combien tini personnes dans Bon Dié ?

— Tini trois — répondaient les enfants en chœur — le Pé, le Fi et le Saint-Esprit.

— Le Pé est-ce li Dié ?

— Oui, le Pé li Dié.

— Le Fi est ce li Dié ?

— Oui, le Fi li Dié.

— Le Saint-Esprit est-ce li Dié ?

— Oui, le Saint-Esprit li Dié.

— Trois personnes là, est-ce ça fait trois Dié ?

— Non, trois personnes là, ça fait un seul Dié.

— Est-ce vous peut comprendre tout ça?

— Non, c'est un mystère ; mais nous doit croire, puis c'est Bon Dié qui montre nous ça.

— Où est-y Bon Dié ?

— Bon Dié li dans le ciel, su la terre et tout partout.

Paul écouta un instant ces demandes et ces réponses, faites du ton traînant, nasillard, particulier aux écoles religieuses ; il haussa légèrement les épaules, mais s'abstint de toutes réflexions pour ne pas blesser son hôtesse.

Emilienne écoutait comme lui et paraissait triste. Il manquait une voix dans le petit concert idiot, la voix de Doudou, resté chez la couturière Cleristhine. Mais elle se consola. L'enfant était choyé dans la maison par la mulâtresse et ses petites sœurs.

Paul Barrel, fatigué de ses pérégrinations, ne tarda pas à manifester l'intention de gagner son lit.

— Vous en savez le chemin — lui dit la mulâtresse en souriant. — J'irai voir dans quelques instants si vous avez besoin de quelque chose.

Paul comprit et monta se coucher.

Il sentait bien quelques petits aiguillons de remords chatouiller sa conscience en pensant à Hélène, mais si légèrement que bientôt il n'y pensa plus et quand la jolie mulâtresse se présenta, entr'ouvrant la porte et montrant sa jolie tête brune, il lui tendit les bras.

. . . .

Paul Barrel et sa compagne dormaient encore que le ramage des enfants emplissait la petite maison et que le soleil, déjà haut, glissait ses rayons d'or par les échancrures d'un rideau de coton servant à la fois de volet et de fenêtre ; mais le bruit d'une voiture qui s'arrêta brusquement devant la porte, tira Emilienne de son sommeil.

— Une « Maman-prends-garde » ! — fit-elle, sautant hors du lit et regardant au dehors quel pouvait être ce visiteur matinal.

Les mulâtres et nègres désignent du nom significatif de « Maman-prends-garde » une sorte de voiture à deux roues, très légère et, par conséquent, facile à verser dans les mauvais chemins.

Un jeune homme avait sauté de la voiture avec une aisance indiquant la force et la souplesse. Grand, mince, de physionomie fine et distinguée, le teint mat, l'œil vif et noir, il offrait le type parfait du créole.

Emilienne l'entendit demander à l'aîné des petites filles :

— M. Paul Barrel.

Et, comme elle ne répondait pas, paraissant ahurie, il l'écarta d'un geste, entra dans la maison, prit une chaise et commanda impérativement à l'enfant, en lui mettant une carte dans la main, d'aller prévenir ce Monsieur.

La petite octoronne monta l'escalier, Emilienne se saisit de la carte, ornée au coin d'un tortil de baron.

Elle la tendit à Barrel qu'elle avait brusquement réveillé.

« Octave de la Boissière » — lut celui-ci. — Connais pas.

— Le malheur que je prévoyais est arrivé — dit Emilienne, avec un soupir. — On vient vous arracher à moi.

Et elle se précipita, les larmes aux yeux, sur son amant de la nuit, l'étreignit dans ses bras, ses beaux bras aux reflets dorés, le couvrit de caresses.

— Tu reviendras, n'est ce pas ? Tu reviendras ?

— Mais je ne m'en vais pas — protesta, en riant, Barrel ?

— Si, si, tu t'en vas, tu vas t'en aller.

Le peintre vivement intrigué de cette visite matinale, s'était habillé à la hâte et descendit l'escalier suivi d'Emilienne.

Le jeune créole se leva avec empressement.

— Monsieur — lui dit-il, avec une extrême politesse, mais sans faire la moindre attention à la mulâtresse — j'ai su par mon excellent ami, l'abbé Raymond, que vous étiez nouvellement débarqué dans notre île. Je l'ai appris, hier soir seulement, avant de rentrer à notre habitation, et j'ai été heureux de la bonne pensée que j'ai eue de passer au presbytère, puisqu'elle me procure l'honneur de faire le premier votre connaissance. J'eus été peiné et ma famille l'eut été comme moi, d'être devancé dans la requête que je viens humblement vous adresser, tant en mon nom qu'en celui de mes parents.

— Vous êtes bien honnête, Monsieur — répliqua Barrel — mais en quoi puis-je vous être agréable ?

— En nous faisant la grâce de vouloir bien accepter la modeste hospitalité que je viens vous offrir.

— Mais, Monsieur...

— Ne refusez pas, je vous prie, Monsieur Paul Barrel, votre refus nous peinerait, et — ajouta-t-il en souriant — vous m'exposeriez à être malmené par mes sœurs qui ne manqueraient pas, si je ne vous ramenais avec moi, de me traiter de maladroit, de faquin et de bélître.

— Je suis vraiment confus...

— Vous acceptez — dit vivement le jeune homme ; — c'est entendu... Aussi bien votre place n'est pas ici .. Vous avez des bagages ?

— Peu de choses.

— Tinome !

— Voilà, moussié, dit le nègre qui tenait le cheval...

Tinome, diminutif, en langue créole, de petit homme, était le nom porté par le groom du baron.

— Va prendre les bagages de Monsieur.

Le créole affectait de ne pas s'apercevoir de la présence de la maîtresse de céans, qui se tenait debout, interdite, les larmes aux yeux.

Elle monta rapidement l'escalier, précédant le groom, fit un paquet des objets appartenant au peintre, et Tinome descendit seul le porter dans la voiture.

M. de la Boissière voulut alors faire monter Paul, mais celui-ci désirait, avant de partir, serrer au moins la main de la bonne fille, qui l'avait si gracieusement accueilli.

— Laissez, laissez — fit le créole. — Elle est restée dans sa chambre. Elle est un peu vexée, cela se conçoit... Vous la reverrez quelque jour.

Il écarta les trois petits octorons qui regardaient bouche bée les deux étrangers, fit monter le peintre en voiture et, tandis que le groom se huchait derrière, il prit place et toucha de son fouet le cheval, qui partit à une belle allure.

Tout ceci s'était passé si rapidement que Barrel n'avait eu ni le temps de la réflexion, ni le courage de protester, humilié, à la pensée que le créole se doutait bien qu'il avait eu en la mulâtresse une compagne de nuit ; il eut voulu la dédommager du mépris affecté du blanc par une cordiale et franche poignée de main. Mais la mulâtresse n'était pas descendue de crainte d'essuyer de l'hôte, de l'amant, un affront qui lui eut brisé le cœur. Elle savait combien la fausse honte rend parfois les hommes veules et lâches.

Cependant, quand la voiture partit, Barrel leva la tête et aperçut, derrière un coin soulevé du rideau de la fenêtre, le visage de la mulâtresse qui lui souriait tristement en lui envoyant un baiser.

La « Maman-prends-garde » longea rapidement la savane, vaste prairie entourée d'une promenade ombragée par des tamariniers, des manguiers et des sabliers géants, où le soir les fonctionnaires et les belles créoles viennent respirer la brise de la rade qui la baigne à l'Ouest.

Barrel aperçut de loin, au milieu de la savane et dans un cercle de palmiers, la statue de l'impératrice Joséphine, couverte de larges plaques de mousses qui la rongeaient comme une lèpre.

Quand on eut quitté la savane, on cotoya le cimetière où, dans un coin, Barrel aperçut une vieille négresse agenouillée, dans l'attitude d'une ardente prière. Il la montra à son compagnon :

— Oui, — dit celui-ci — je connais la vieille brute. Comme Calypso, ne pouvant se consoler du départ d'Ulysse, depuis plus de vingt ans, elle pleure la mort de ses maîtres. Elle est idiote aux trois quarts.

— Et surtout très dévote — dit Barrel.

— Dévotion imbécile, comme celle de tous les gens de couleur. Mais en dépit des qualités dont on la gratifie, j'ai toujours éprouvé une sorte d'aversion pour cette sorcière. Elle a le mauvais œil.

Quand la voiture l'eut dépassée, Marie-Rose qui n'avait pas quitté son attitude de recueillement, leva la tête, suivit les voyageurs du regard, étendit les mains dans leur direction, et traça dans l'air quelques signes cabalistiques.

— Li jette sorts ! Li jette sorts ! — cria le groom qui, le dos tourné à la banquette, avait surpris le geste.

Comme pour lui donner raison, le cheval qui jusqu'ici trottait d'une vive allure, s'arrêta soudain, ce qui faillit lancer en avant Barrel et son compagnon, et se mit à pousser cette suite de renîflements que l'on désigne par le mot *renâcler*.

— Qu'est ce qui lui prend donc ? — dit le créole, regardant autour de lui et ne voyant rien de nature à effrayer un cheval.

Appels de langue, picotements de fouet, rien n'y fit ; mais à un coup de fouet plus vigoureux et mieux asséné par le maître impatienté, le cheval fit un brusque écart, entraîna le léger véhicule hors du chemin dans un paquet de broussailles et s'y abattit.

Les deux blancs roulèrent l'un sur l'autre ; quant au noir, il avait déjà sauté à terre et poussait des cris, prétendant avoir les jambes cassées.

— Allons, tais-toi, Tinome — fit le créole, tâtant les jambes du nègre, — tu n'as rien, pas même une entorse. Lève-toi !

Mais le groom, au lieu de se lever, se traîna en gémissant jusqu'à une grosse pierre où il s'assit.

— C'est singulier — dit M. de la Boissière — ce matin en venant, ma bête a déjà fait un écart à la même place et refusait d'avancer. Il a fallu que je mette pied à terre et que je la tire par la bride. C'est à croire que Tinome a dit vrai. On a jeté un sort ici.

Il aida son cheval à se relever, mais il s'aperçut que dans l'effort, les sabots de l'animal l'enfonçaient dans le sol qui semblait mouvant.

Bien que le terrain d'alluvions de Fort-Royal et de ses environs n'offre pas une grande consistance, il est suffisamment battu et tassé et le sable mouvant qu'il recouvre ne se trouve qu'à une certaine profondeur. Aussi, ce détail des pieds du cheval s'enfonçant dans la terre, qui eut certainement échappé à Barrel, ne pouvait manquer d'attirer l'attention d'un natif connaissant la géologie de son île.

— C'est étrange, — dit-il — tout le sol est sec et tassé ; ici, seulement, se trouve un terrain récemment remué. Il y a quelque chose là-dessous...

Il fit reculer le cheval et avisant un nègre qui faisait le métier de cantonnier tout à son aise, car il était allongé près d'un tas de pierres, il le héla :

— Quoi li voulez ? — demanda sans se déranger l'homme noir.

— Approche ici avec ta bèche.

— Pourquoi li faire ?

— Un trou.

Le nègre fit un signe négatif.

— Viens, te dis-je

— Moi gagné sommeil.

— Tu dormiras après.

— Ni pas li temps.

— Veux-tu venir, oui ou non ?

— Non.

— Voilà qui est bref — dit le créole dont le sang monta au visage et qui fit un effort pour contenir sa fureur. — Et c'est comme cela depuis l'émancipation. On ne peut rien obtenir de tous ces idiots.

Et il ne put s'empêcher de lancer quelques remarques offensantes à l'adresse de Schœlcher, particulièrement, et de l'Assemblée de 1848, qui vota la suppression de l'esclavage.

— Permettez — fit le peintre en riant — en donnant la liberté à ces hommes vous les avez inspirés de leurs droits. Ils sont vos égaux et s'attendent à des égards. Voulez-vous me laisser faire ?

— Volontiers — dit le créole étonné.

Paul Barrel alors s'approcha du nègre et, retirant respectueusement son chapeau, le salua avec déférence, comme il avait salué la veille le commissionnaire Nabuchodonosor.

— Monsieur le cantonnier — dit-il — voulez-vous avoir l'extrême obligeance de venir dans ce fourré avec votre bèche, ou, si vous ne voulez pas vous déranger, ce qui pourrait vous causer quelque fatigue, prêtez-nous pour un instant votre outil.

Le visage du nègre s'était épanoui aux premiers mots ; il se souleva à demi et répondit en ôtant son chapeau de paille.

— Moi ni pas déranger, passe que li gueule malade, mais prêter biche à vous.

En possession de la bèche, le créole se mit à creuser le sol, enlevant facilement des pelletées de terre fraîche. Il n'eut pas à fouiller longtemps, car à vingt-cinq ou trente centimètres environ, il découvrit un mouchoir de poche rouge, noué par les quatre coins et paraissant contenir un léger paquet.

Il le défit avec précaution après en avoir secoué la terre, et mit à jour une boîte carrée, faite de branches grossièrement tressées. Il l'ouvrit à l'aide d'un couteau et, à la stupéfaction et l'horreur de Paul Barrel, l'on reconnut que la boîte contenait des ongles couverts de sang coagulé, des cheveux et les organes génitaux d'un petit garçon, fraîchement coupés et posés sur deux hosties, de celles qui servent au prêtre pour le sacrifice de la messe.

— Un crime ! — s'écria Paul Barrel. — Une horrible et abominable mutilation ! Qu'est-ce que cela signifie ?

— Que nous sommes entourés de scélérats imbéciles — répliqua le créole — et que nous, nos enfants, les êtres qui nous sont le plus cher, sont souvent, sans que nous puissions nous défendre et même nous en douter, à la merci de fanatiques idiots.

— Mais dans quel but, ces abominations?

— Aucun but, si ce n'est celui de mal faire. Par perversité, parce que le nègre est naturellement féroce, comme l'orang-outang, son ancêtre. L'on dit que nous descendons tous du singe, mais le nègre est plus près de son origine que nous. Voyez les massacres annuels auxquels on se livre au Dahomey. Des hécatombes, rien que pour la joie de voir tomber des têtes ! Si les imbéciles Européens, au lieu de se livrer à un tas de phraséologies sentimentales au sujet des esclaves, étaient au préalable venus faire une excursion aux colonies et examiner de près la condition de ces prétendus *malheureux* esclaves, ils auraient changé de thèse.

— Alors, cette mutilation est le fait de nègres ? — demanda Paul Barrel, qui ne voulait pas entamer une discussion au sujet de l'esclavage.

— Eh ! sans doute ! Mon cher monsieur, ce ne sont pas des blancs qui égorgent les petits enfants pour leur couper les testicules, afin de complaire à je ne sais quelle abominable et scélérate divinité.

Le peintre pensa que si le Dieu des chrétiens n'ordonnait pas l'ablation physique des organes sexuels, il la prescrivait moralement dans le célibat des prêtres, et qu'en définitive les massacres exécutés en son nom ne laissaient rien à désirer de la sauvagerie des idoles noires.

— Qu'allez-vous faire ? — demanda-t-il.

— Prévenir le procureur de la République ; on cherchera le cadavre de l'enfant, qui doit être enterré quelque part, et peut-être, je dis *peut-être*, découvrira-t-on les assassins.

Ils remontèrent en voiture et durent hisser le groom, qui continuait à gémir et à prétendre qu'il avait les jambes cassées, et s'en retournèrent au Fort-Royal, à la demeure du magistrat.

Les hautes fonctions de la magistrature coloniale étaient presque toutes encore, comme avant 1848, réservées aux créoles, qui, on l'a vu déjà, étaient imbus de préjugés contre la race noire.

Ce magistrat entra dans une colère, cette fois bien justifiée, et accusa les nègres de tous les crimes.

Comme le jeune M. de la Boissière, il se répandit en lamentations sur la courte vue et l'imbécillité des abolitionnistes. Il avait épousé la fille d'un planteur et naturellement prenait les intérêts de son beau-père.

— L'on ne peut plus trouver de travailleurs — disait-il. — Depuis qu'il est libre, le nègre refuse de travailler. Il aime mieux mendier et crever de faim sur le pavé des villes. L'agriculture en souffre. Il y a un malaise général, une ruine pour beaucoup à cause du manque de bras... Nous avons l'intention de demander des Hindous, des Chinois, puisque nous ne pouvons plus nous servir de nos nègres.

Il gesticulait avec feu devant les débris restés sur la table, la pensée ailleurs, préoccupé de ses théories négrophobes.

— Mais cette mutilation, — demanda Barrel — à qui l'attribuez-vous?

— Nous le saurons. Je découvrirai le crime... Mais il importe peu. C'est d'intérêt secondaire. Ce qui est intérêt majeur, c'est la monstruosité d'avoir donné des droits politiques à un nègre. Un nègre votant! Un nègre pouvant devenir député et ministre! N'est-ce pas le monde à l'envers? Où allons-nous?

Il continua longtemps sur ce thème, frappant de la paume de la main un monceau de paperasses qui encombrait sa table, et il conclut en violente colère et au grand amusement de Paul, montrant les débris mutilés de l'enfant :

— Voyez-vous, tout cela n'arriverait pas sans cette maudite loi. Elle est cause de tout. L'esclavage était un frein salutaire, car le nègre, sans contredit, est le meilleur ami de l'homme, mais, comme le chien, il a besoin d'être mâté.

Il débitait cela d'un ton sérieux, sans la moindre envie de rire. Le jeune M. de la Boissière l'écoutait, faisant de la tête des gestes approbatifs.

Était-ce une conviction sérieuse? Était-ce un paradoxe? C'est ce que se demandait Paul, lorsque le magistrat se leva.

— Merci — dit-il à de la Boissière. — Ce crime ne peut être que l'œuvre des *Vaudoux*.. Nous les pincerons. Offrez-moi une place dans votre voiture, que j'aille examiner l'endroit où vous avez fait cette trouvaille.

Mais la « Maman-prends-garde » ne pouvait contenir que trois personnes. L'on dut en faire descendre Tinome, et Paul Barrel insista pour prendre sa place.

Le créole ne voulut pas le permettre et obligea son hôte à s'asseoir à côté du procureur, qui saisit les rênes.

Le groom s'était laissé choir au milieu de la rue en gémissant, il se traîna contre la porte d'une maison, où il s'adossa, frottant lamentablement le gras de ses jambes. Il suivit la voiture des yeux jusqu'à ce qu'elle eut disparu au premier tournant; alors il se sentit soudainement guéri, et comme nul ne faisait attention à lui, il se glissa dans la foule des mulâtres et des noirs et gagna d'un pied alerte le cabaret le plus voisin.

Quand le magistrat arriva à l'endroit qu'avait fouillé M. de la Boissière, Barrel vit le cantonnier encore endormi à l'ombre d'un bananier, mais la vieille Marie-Rose avait quitté le cimetière, jugeant qu'elle avait suffisamment prié le *bon Dié*.

CHAPITRE XC

L'habitation. — Les deux sœurs. — Amour et jalousie.

« Une grande habitation aux Antilles, — écrivait quelques années avant l'émancipation Adolphe Granier de Cassagnac — représente à l'œil, ce qu'est un assez beau village en France. Il y a la maison d'habitation, la sucrerie et les cases des nègres. Cela fait de soixante à cent feux. Une case à nègres est une petite maisonnette composée de deux chambres, l'une servant de cuisine, l'autre de chambre à coucher. Ces cases sont en bois ou en maçonnerie, suivant les localités; dans les endroits bas, on donne la préférence au bois, parce que les cases en sont plus saines. C'est encore la configuration des lieux qui détermine la situation des cases; tantôt elles sont groupées pêle-mêle, tantôt elles sont alignées et forment des rues. Elles sont toujours à cent pas à peu près de l'habitation du maître.

« Cette habitation est assez souvent en bois et fort vaste, et construite de manière à donner de l'air. C'est la théorie du soufflet appliqué à l'architecture. La distribution intérieure est invariablement la même. On entre, presque toujours de plain-pied et sans transition, dans une immense pièce oblongue, qu'on appelle la galerie; et de là, on passe, par de grandes arcades à plein cintre et sans porte, dans le salon. La galerie et le salon tiennent donc tout le rez de-chaussée; on mange dans la première pièce, on se tient dans la seconde. Du reste, le

vitrier est un artiste inconnu aux colonies et le tapissier également. Pas de vitres, pas de rideaux ; on a besoin d'air et l'on proscrit tout ce qui l'arrête. Cependant, les Anglais, dans leurs colonies, ont conservé quelques éléments de leur *confort* ; ils mettent à leurs fenêtres non pas des rideaux, mais de ces belles vitres bizeautées bien propres, comme les domestiques anglais savent seuls les tenir ; puis, ils couvrent le parquet de toiles cirées et imprimées dont ils sont les inventeurs, et qui donnent aux maisons un air de recherche et de grandeur que n'ont pas en général celles de nos colonies. »

Nous avons dit déjà que des arbres magnifiques entouraient ces habitations leur faisant une couverture de fleurs, de fruits et de verdure.

Paul Barrel fut véritablement charmé de l'aspect agreste et pittoresque de ce village en miniature, mais il le fut bien davantage quand la voiture s'arrêta devant la maison de maître.

Les voyageurs étaient depuis longtemps attendus, et le retard occasionné par la sinistre découverte et la visite au magistrat remplissait d'inquiétude la famille de la Boissière, aussi, les jeunes filles poussèrent-elles des exclamations de joie, quand une servante accourut leur signaler l'arrivée de la « Maman-prendsgarde ».

Elles se rangèrent sur le perron pour recevoir l'hôte que leur amenait leur frère, curieuses, souriantes et ravies.

A la vue de cette étranger de bonne mine, à la tournure élégante et à la physionomie distinguée, elles rougirent de plaisir et lui firent le plus gracieux accueil.

Madame de la Boissière attendait dans la galerie dont nous venons de parler. Paul Barrel lui fut présenté, puis le fut au planteur, vigoureux vieillard, affable et sympathique.

Si Paul se trouva d'abord un peu gêné de la réception enthousiaste de gens qui le voyaient pour la première fois, la grâce et l'urbanité de tous et principalement des jeunes filles l'eurent bientôt mis à l'aise.

Les deux sœurs, Alice et Eva, l'une brune et l'autre blonde, étaient d'une remarquable beauté, fines, blanches, avec des yeux noirs presqu'aussi provoquants que ceux d'Emilienne, une tournure plus gracieuse, des manières d'une parfaite distinction.

Le dîner fut gai et somptueusement servi, avec cette prodigalité et cette diversité de mets qui caractérisent les tables créoles lorsqu'un étranger vient s'y asseoir.

Mais si la famille du planteur plut au jeune artiste, il était clair qu'il y avait réciprocité, car chaque fois qu'il parlait pour relater quelque anecdote, répondre aux innombrables questions qu'on lui faisait sur Paris, tous l'écoutaient avec un vif intérêt !

Il lui fut bientôt évident qu'Alice et Eva se disputaient ses bonnes grâces et avaient mis son cœur en gageure, car c'était à qui des deux s'efforcerait de lui plaire.

Certes, il reconnaissait en elles tous les charmes gracieux de la femme, amabilité, beauté, sensibilité exquise, mais il les trouvait d'une ignorance formidable. Elles ne savaient rien, ne lisaient jamais, passaient leur vie dans l'oisiveté la plus complète.

Dormir, s'habiller, bavarder à des riens, telles étaient leurs seules occupations. Histoire, géographie, littérature, arts, livres nouveaux, autant de lettres mortes. Aussi, après quelques infructueux essais, le peintre renonça-t-il à les intéresser autrement que par des madrigaux et de petites poésies amoureuses du siècle dernier qu'il leur chantait d'une jolie voix.

La traduction d'une chanson créole qu'il leur récita le premier soir, les plongea dans le ravissement.

> Lisette tu fuis la plaine,
> Mon bonheur s'est envolé,
> Mes pleurs en double fontaine
> Sur tous tes pas ont coulé.
> Le jour, moissonnant la canne,
> Je rêve à tes doux appas ;
> Un songe dans ma cabane,
> La nuit te met dans mes bras.
> Mais est-il bien vrai, ma belle,
> Dans peu tu dois revenir ?
> Ah ! reviens toujours fidèle ;
> Croire est moins doux que sentir.
> Ne tarde pas davantage,
> C'est pour moi trop de chagrin,
> Viens retirer de sa cage
> L'oiseau qui se meurt de faim.

Elles l'applaudirent, le cœur ému, les larmes aux yeux.

A dater de ce soir, il fut bien évident qu'il était désormais de la maison et qu'il ne la quitterait pas à volonté.

Il apportait, dans la monotonie de la vie créole, une note pleine de gaieté et d'entrain.

De plus, il était joli garçon, sa moustache avait repoussé et les deux sœurs brûlaient chacune de mirer leurs yeux dans les siens.

Laquelle des deux préférait-il ? Il eut été bien embarrassé de faire un choix et il se rappelait maintenant les vers que lui récitait un soir à Paris, à leur rencontre, son ami Julien d'Hagniel, qui le plaisantait sur ses chastes amours :

> Marguerite est blonde et bien belle,
> Pas plus que la brune Isabelle.
> Pourquoi choisir, s'est dit le lion,
> Cueillant l'un et l'autre bouton,
> Marguerite avec Isabelle.

Ce qui le révoltait alors, il l'envisageait sans remords aujourd'hui en contemplant les aimables créoles. C'était donc vrai, l'on pouvait aimer deux femmes à la fois ! Mais il y a aimer et aimer !

Son premier repas chez ses aimables hôtes ne manqua pas de le surprendre un peu par l'abondance et la variété des mets : pigeons, pintades, bécasses, hocco, oiseau de la grosseur d'un dindon, à chair délicate, avec un gigot de mouton, plat très rare aux Antilles et pour lequel on s'adresse à l'avance des invitations ; une tortue sauce tomate et des légumes secs, car le pays n'en fournit pas. Il faut les faire venir d'Europe ou d'Amérique.

Paul Dhormois raconte qu'un négociant de la Martinique gagna un jour 4,000 francs avec quelques sacs d'ails et d'oignons qui venaient d'arriver. Toutes les ménagères se disputaient ces légumes, dont elles manquaient depuis plus de six mois.

Quelquefois, un bâtiment apporte des Etats-Unis des choux, des navets, des carottes conservées dans de la glace. Grand festin alors dans l'habitation.

Quant aux poissons, ils abondent. A l'époque du frai, on en pêche, à l'embouchure des rivières, avec des paniers, des myriades de tout petits, assez semblables aux *whitebaits*, dont les gourmets se délectent dans les restaurants coûteux des bords de la Tamise. On les appelle là-bas des *titris*.

Mais, ce qui heurta un peu les préjugés européens de Paul Barrel, au point de vue culinaire, ce fut un gros ver blanc, dont on lui servit une certaine quantité frit dans l'huile avec une sauce au piment. C'est le ver-palmiste, mets très recherché et qu'on trouve dans la moëlle de l'arbre dont il se nourrit.

Il fit tout ses efforts pour dissimuler une instinctive grimace, mais il réfléchit qu'en somme un ver n'était pas plus répugnant qu'un escargot dont sur le continent l'on fait grand cas et que seuls les sots, les ignorants ou les estomacs débiles, refusent de goûter à ce qu'ils ne connaissent pas. Il attaqua donc son plat de vers-palmistes et finit par le trouver délicieux.

D'ailleurs, toute substance animale ou végétale peut servir et a servi d'aliment dans la nature à l'homme, tout, jusqu'aux orties.

Si les légumes frais sont inconnus, l'on peut se rattraper sur la variété des fruits : oranges, noix de coco, bananes, ananas, pommes lianes. Cette dernière variété a la forme et la couleur d'un citron. Molle, flexible, elle renferme quantité de petits pépins noirs, d'un goût sucré et acidulé qui rappelle celui des bonbons anglais.

Une plaisanterie que l'on a coutume de faire aux Européens nouveaux débarqués aux Antilles, c'est de pratiquer quatre ouvertures dans la pomme liane, de façon à imiter une tête, deux pour les yeux, une pour le nez et la plus grande pour le bouche. On presse alors le fruit de manière à faire sortir les pépins par cette bouche, ce qui figure la tête d'un malheureux mourant de la fièvre jaune. L'on sait qu'un des symptômes caractéristiques de cette affreuse maladie consiste dans la couleur des vomissements. Dès que les matières rejetées par l'estomac deviennent noirâtres, le malade est perdu sans espoir. « On ne manque jamais — dit Paul Dhormoys — cette agréable facétie quand arrive un Européen. J'en ai vu beaucoup qui dans cette occasion riaient jaune. »

Cependant, les deux sœurs luttaient de coquetterie, cherchant chacune à attirer l'attention de leur hôte. Le vide de leur petite cervelle se décelait par les efforts même qu'elles tentaient pour le distraire, le séduire.

Nulles en tout, nous l'avons dit, de niaises puérilités, des rébus, des charades, des devinettes, encore à l'heure actuelle les délices de nombre de petites provinciales, faisaient le sujet de leur conversation.

Elles s'amusaient à l'embarrasser par une série de questions auxquelles il ne répondait que bien rarement, ce qui suscitait des éclats de joie.

Nous allons, pour l'édification du lecteur curieux de connaître à quoi s'occupaient alors les dames créoles — nous disons *alors* parce que nous espérons que leur niveau intellectuel s'est élevé depuis cette époque — quelques-unes de ces devinettes de pensionnaires du *Sacré-Cœur* ou du *Verbe Incarné*.

— Qu'est-ce que de l'eau debout?
— Une canne à sucre.
— De l'eau suspendue?
— Un coco.
— Qu'est-ce que l'enfant qui bat sa mère?
— Un monstre — répondait Barrel.
— Non, une cloche.
— Qu'est-ce que deux vans derrière une montagne?
— Je donne ma langue aux chiens.
— Les oreilles !
— Mon esprit est par derrière? — disait Eva.
— Diable! Je le croyais par devant.
— Mais, répondez donc, Monsieur... Vous ne devinez pas?
— Non !
— C'est un navire, à cause du gouvernail.
— Et qu'est-ce qui a une baïonnette par derrière?
— Ah! sapristi! Je voudrais bien pouvoir... deviner.
— C'est une guêpe.
— Qu'est-ce qui mange par le ventre et rend par le dos? — demandait à son tour Alice.
— Hélas! Je suis encore acculé.
— Mais, c'est un rabot.
— Je connais — reprenait Eva — une demoiselle qui mange ses intestins et boit son sang.
— Oh! la sale!
— Devinez donc?
— Impossible!
— Une lampe, Monsieur le Parisien.
— Qui mange noir et rend rouge?
— Un Monsieur qui a la fièvre jaune.
— Non, au contraire. Il mange rouge, s'il mange des piments et les vomit noir... C'est un fusil, Monsieur.
— Mon bassin est sec, mettez-y quelque chose, qu'est-ce qui arrive?
— Il arrive que... ça mouille — fit Paul, un peu hésitant.
— Ah! Il en a enfin deviné une, à peu près ; ça fait mieux que mouiller, ça déborde.
— Pristi — se dit Barrel — nous tombons dans le graveleux.
— Eh bien, devinez?
— Dame, Mesdemoiselles, c'est difficile à dire.
— Mais non, c'est un œil.
— Oh! là là! Quel impair!...
— J'ai un cheval — continue Isabelle — j'ai beau l'enfermer dans l'écurie, sa queue est toujours dehors.
— Aïe, méfions-nous.
— Vous ne devinez pas ?
— Je renonce.
— La fumée!
— Maman Guinée joue du violon, tous les petits blancs dansent ?
— Je renonce.
— La marmite de riz sur le feu.
— Tout cela est pourtant simple comme bonjour... Tenez, en voici une facile : Mademoiselle est installée sur le chemin, tous ceux qui passent embrassent sa bouche.
— Ah! c'est biblique ça! Attendez, je ne

suis pas très ferré sur l'histoire sainte, mais j'ai le nom sur le bout de la langue...

— Jetez-la au chien, votre langue. Il n'y a rien de biblique là-dedans — dirent, en riant, les deux sœurs. — C'est une fontaine.

— Coupez mon ventre — dit Eva — vous aurez mon trésor.

— Ah! fichtre! Voilà qui est raide... Non, jamais à ce prix.

Les sœurs riaient aux éclats :

— C'est une grenade !

— Quelle est la langue qui n'a jamais menti ?

— La vôtre, mademoiselle.

— Non, c'est celle de mon chat.

— Tambour devant, pavillon derrière ?

— Je devinerais le contraire — dit Paul.

— Mais ce n'est pas du contraire dont il s'agit... C'est un chien. Il fait du bruit avec sa gueule, et sa queue est dressée.

— Il y a une foule de petites demoiselles dans l'habitation ; elles sont toutes en guenilles. Les avez-vous remarquées ?

— J'ai vu des négresses en tenue négligée, mais pas en guenilles.

— Hé ! Monsieur le Parisien ! Elles vous crèvent les yeux. Voyez ces feuilles de bananiers ; elles sont toutes déchirées.

— On fait tourner un petit sur le ventre de sa maman jusqu'à ce qu'elle vomisse ; ce qu'elle vomit, nous le mangerons ?

— Pouah !

— Inutile encore de chercher... Vous ne devinerez jamais qu'il s'agit d'un moulin à maïs.

— Ma foi, non.

— Pesez sur mon ventre, vous aurez du bouillon ?

— Je ne comprends pas.

— C'est un fusil.

— Elle a des dents et pas de bouche ?... Il faut encore vous dire ce que c'est... Eh bien, Monsieur ! C'est une scie.

— Vous m'en montez une fameuse — se disait, en lui-même, le jeune homme — mais vos bouches sont si fraîches, vos dents si blanches, et vos yeux si pétillants de malice, bien que votre petite tête soit vide, que je consentirais volontiers à vous écouter tous les soirs.

Naturellement, chacune des questions demeurées sans réponse — et elles l'étaient presque toutes — était suivie d'éclats de rire perlés auxquels Paul Barrel lui-même prenait part.

— Et voilà un Parisien ! — disaient-elles — Ah ! nous croyons qu'on était plus fort à Paris !

Ces jeunes écervelées faisaient consister l'esprit à inventer et deviner des charades et des rébus, des *sirandanes*, comme on appelle là-bas ce genre de futiles et un peu niaises distractions.

Mais elles étaient jolies, aimables et cherchaient à plaire, ce qui faisait tout excuser.

Le peintre, nous l'avons dit, n'avait pas de préférence. Il se montrait complaisant, affable, empressé pour chacune d'elles, ce qui contrariait vivement les jeunes filles, car chacune eût voulu avoir pour elle seule la tendresse qu'il témoignait aux deux.

Quand il se promenait dans les magnifiques jardins de la plantation, chacune s'accrochait à son bras pour ne pas laisser à l'autre le moindre avantage ; et si par hasard il en rencontrait une seule qui, saisissant en fille pratique une occasion d'autant plus précieuse qu'elle était plus rare, l'entraînait dans les bosquets touffus des plantes exotiques pour lui donner le loisir de faire sa déclaration, l'autre surgissait immédiatement.

Et le soir, quand tout le monde était couché dans l'habitation, que maîtres et domestiques dormaient, c'étaient de sourdes scènes, des querelles à voix basse dans l'appartement des deux sœurs.

Dans ce coin coquet, paisible et rempli jadis de rires, la discorde agitait ses brandons. C'était la contre-partie de la fable de La Fontaine :

> Deux *poules* vivaient en paix ;
> Un coq survint,
> Et voilà la guerre allumée.

CHAPITRE XCI

Encore le préjugé de couleur. — Pourquoi Alexandre Dumas père ne s'est pas marié « convenablement ». — Désastres apportés dans le monde barbare et le monde civilisé par l'abolition de l'esclavage au point de vue créole. — Quelques hécatombes chez les nègres en Afrique. — L'éléphant de l'*oba du Yebou*.

Toutes les soirées ne se passaient pas à écouter les devinettes ou sirandanes de Mesdemoiselles de la Boissière ; on soulevait entre hommes des questions qui intéressaient davantage Paul Barrel.

Mais s'il sortait de la conversation futile des deux sœurs avec de légères migraines, il éprouvait de sourdes colères en entendant les raisonnements des créoles.

Anti-esclavagiste, puisqu'il avait été élevé par un père républicain qui l'avait imbu des principes de la Révolution française, dont le premier est l'égalité de tous les hommes, il ne pouvait comprendre qu'il se trouvât encore, au milieu du dix-neuvième siècle, des individus intelligents, bien élevés, s'affirmant comme lui républicains, qui osassent se déclarer ouvertement esclavagistes, et surtout qui professaient un mépris des plus absolus contre tous les gens de couleur.

— Je ne puis m'expliquer cet ostracisme — dit-il un soir. — J'ai connu, à Paris, des mulâtres parfaitement distingués et fort instruits. D'autres, qu'on disait hommes de couleur, avaient le teint aussi blanc, plus blanc même que celui de bien des Parisiens de ma connaissance d'une origine marseillaise ou gasconne. Et d'ailleurs, qu'importe la couleur de la peau? N'est-ce pas à l'éducation, à l'intelligence, au cœur que l'on doit juger un homme?

— Alors, d'après vous, du moins d'après votre théorie — riposta le vieux M. de la Boissière — nous devrions recevoir chez nous des fils de nègres comme nos égaux?

— Pourquoi pas? Je ne parle bien entendu que de ceux qui ont de l'éducation, de l'instruction.

Cette réponse causa une stupéfaction générale.

— Mon jeune ami, — reprit le planteur — vous ne parlez pas sérieusement. Réfléchissez un instant et songez que si nous ouvrions notre porte à des hommes de couleur, même instruits et bien élevés, si tant est que des hommes de couleur puissent être bien élevés, petit à petit, il nous faudrait aussi recevoir leurs pères et mères, leurs oncles et leurs tantes, leurs cousins et cousines, enfin toute la séquelle familiale qui ne serait ni l'un ni l'autre.

Paul Barrel répliqua :

— A Paris et dans la France entière on recevra dans tous les salons un officier, un ingénieur, un élève de l'Ecole Centrale ou de l'Ecole Polytechnique, quelle que soit son extraction. La hauteur des qualités, l'élévation de l'instruction, la noblesse des sentiments, effacent avec juste raison la bassesse de l'origine. Mais en le recevant, on n'est pas forcé d'agréer sa famille; une maîtresse de maison ne se croira pas obligée, si elle invite à sa table un capitaine de dragons, d'y inviter également sa mère, la vivandière. Nul officier n'accepterait pour les siens une telle invitation. Même ne rougissant pas de ses parents, ce qui dénote une âme haute, il ne voudrait pas les exposer à des humiliations.

— Si nous recevions un homme de couleur chez nous — dit Madame de la Boissière — il ne serait pas si réservé et voudrait nous amener les siens : son grand'père le nègre, cireur de bottes, et sa mère la blanchisseuse ou la teneuse de garnis sur la savane.

— Pas celui qui aurait du tact.

A cette objection de Paul Barrel, il y eut une explosion générale.

— Mais voilà justement, Monsieur le Parisien, voilà justement ce qui nous divise; les mulâtres manquent absolument de tact!

— Comme tous les gens sans éducation. — ajouta le jeune de la Boissière — Est ce que les ouvriers, par exemple, ont du tact? Voyez ce qui se passe dans ces fourmilières des faubourgs. J'ai fait mes études à Paris et, en ma qualité d'étudiant, préférant consacrer à ses plaisirs plutôt qu'à son installation, la mensualité que je recevais, j'habitais le haut de la rue de la Harpe, alors plein de familles ouvrières. C'étaient de continuelles disputes de ménage à ménage. Des camarades d'ateliers se reprochaient crûment l'inconduite de leurs femmes, leurs secrètes infirmités, les tares de leur famille, manque de tact engendrant des batailles.

Eh bien, ces défauts communs chez l'ouvrier de tous les pays, j'en excepte toutefois ceux des nations orientales, vous les retrouvez décuplés chez les gens de couleur!

— J'ai connu — objecta Paul Barel — des ouvriers parisiens qui, certes, avaient autant de bon sens et de tact que les plus distingués bourgeois.

— L'exception ne fait que confirmer la règle — dit le vieux planteur. — En tous cas, la preuve que Messieurs les mulâtres manquent de bon sens, c'est que si nous les admettons dans notre société, leur premier acte est de convoiter nos filles et au cas où ils ne sont pas immédiatement éconduits, de les demander en mariage.

— Quelle horreur! — s'écrièrent simultanément les belles créoles.

— Voyez-vous cela — répéta le planteur — deux mulâtres, deux fils d'esclaves, esclaves de la veille, voulant épouser Eva et Alice!

— Mais — fit observer Barrel — si cependant Mesdemoiselles Alice et Eva les aimaient...

Les deux sœurs se récrièrent et l'assemblée fit chorus; une telle supposition semblait inadmissible.

— Enfin, toute personnalité à part, le cas pourrait se présenter.

— Jamais, Monsieur.

— J'en demande bien pardon à Mesdemoiselles Alice et Eva, qui protestent avec une véhémence que je comprends contre une pareille supposition, mais depuis qu'il y a des mulâtres dans le monde, le cas a pu se présenter d'un de ces hommes de couleur épousant une jeune fille de blanche et de noble origine.

— Vous ne verrez cela que dans les romans fabriqués en Europe par des écrivains qui ne connaissent rien de nos mœurs — dit Octave de la Boissière.

— Je me souviens, en effet — ajouta Alice — d'une pièce idiote à mon sens, écrite par un Anglais, un certain Sheakespeare, que j'ai lue jusqu'au bout par acquis de conscience, bien qu'elle m'ait profondément ennuyée. Il y a un nègre, en effet, Othello ; devenu général, il épouse la fille d'un puissant seigneur italien qui, contre toute vraisemblance, est devenue folle d'amour. La pauvrette est bien récompensée ! Pour le plus futile des soupçons, cette brute l'étrangle.

— Othello n'est pas un nègre, Mademoiselle, ni même un homme de couleur — rectifia Paul. — C'est un Maure, c'est-à-dire un habitant du Nord de l'Afrique, de ce qu'on appelait jadis la Mauretanie.

— Mais ils sont tous nègres dans ce pays-là ?

— Pardonnez-moi. Il n'y a de nègres que ceux que le hasard y pousse. Les Maures sont des fils de Turcs et d'Arabes, je ne dirai pas aussi blancs que vous et moi, parce qu'ils sont cuivrés par le soleil, mais ce sont gens de race blanche. Il ne faut donc pas mettre sur le compte des mulâtres ni des nègres la furieuse imbécillité et la rage jalouse d'Othello.

— Je me moque de votre Othello et je vous accorde qu'il était blanc. Cela ne blanchit en rien ceux que vous défendez sans les connaître, avec vos idées préconçues de Parisien. Papa et mon frère nous ont dit souvent que les Parisiens ne se préoccupent jamais de ce qui se passe au delà de leurs murs et sont aussi ignorant que des *hoccos* sur les us et coutumes du reste du monde. Ils s'imaginent que l'univers tourne autour d'eux. Papa avait une drôle d'expression pour les peindre.

— La voici — dit le planteur. — Elle n'est pas très séante devant les dames, mais enfin je la lâche :

« Comme les fakirs de l'Inde, ils s'hypnotisent dans la contemplation de leur nombril. »

Paul Barrel ne pouvait s'empêcher de reconnaître qu'il y avait du vrai dans cette opinion émise par des colons français sur les Français de la mère patrie ; néanmoins, il se sentait vexé, humilié et il s'écria :

— Mais, enfin, quel argument sérieux apportez-vous contre le mariage d'une blanche et d'un homme de couleur ?

— Une honte effroyable qui menacerait vos vieux jours.

— Laquelle ?

— D'avoir des nègres pour petits enfants !

C'était le grand argument, celui devant lequel s'effondrent tous les raisonnements des adversaires du préjugé de couleur, celui derrière lequel se retranche et se tient ferme le créole et d'où il est impossible de le faire déloger. « Vous aurez beau lui dire — écrit M. Dhormoys — que le phénomème physiologique qu'il invoque est celui-ci : que les enfants issus d'un mariage mixte se rapprochent toujours de l'élément noir, si c'est celui qui dominait chez leurs parents, et de la race blanche dans le cas contraire, le créole ne vous croira pas ou ne voudra pas vous croire ; il vous répètera sans cesse que, si vous mariez votre fille à un homme qui ait seulement un centième de sang de couleur dans les veines, vos arrières petits-enfants seront des nègres ; et la discussion, comme toutes les discussions possibles au reste, finira par des personnalités, des mots blessants et laissera chacun des deux adversaires de plus en plus convaincu qu'il a raison. »

Paul, homme de paix et de savoir-vivre, ne voulut pas pousser plus loin la discussion. Tout ce qu'il pourrait dire ne coinvaincrait personne et exciterait de mauvaises humeurs. Il tenta donc d'aborder un autre sujet de conversation ; mais le planteur qui voyait son adversaire battre en retraite, se mit en tête de l'écraser complètement :

— Tout à l'heure, vous me disiez qu'en France les mulâtres étaient reçus partout.... Hum ! hum !... En êtes-vous bien certain ?

— Mais, je le crois... excepté, du moins d'après ce que j'entends depuis mon séjour ici, dans les familles créoles.

— Comment se fait-il alors que votre grand romancier Alexandre Dumas, bien que s'affublant du titre de marquis Davy de la Pailleterie, auquel il n'avait d'ailleurs aucun droit, puisqu'il n'était que le fils du fils naturel dudit marquis avec une négresse de Saint-Domingue, appelée Tiennette Dumas, pourquoi, dis-je, ce fils de mulâtre qui gagne année courante deux cent mille francs et à qui toutes les portes des salons artistiques et littéraires sont ouvertes, n'a-t-il jamais trouvé à se marier convenablement ?

— Mais, pardon, il a épousé une jeune et charmante actrice de la Porte Saint-Martin, mademoiselle Ida Ferrier.

— Une actrice ! Si vous appelez ça un mariage convenable !... J'en connais l'histoire, du reste, je me trouvais à Paris à ce moment-là et elle fit assez de bruit. Ce « grand collégien », comme l'appelait le duc d'Orléans, eut le manque de tact de conduire ladite demoiselle à un bal du fils de Louis-Philippe. Le prince contint à grand peine son indignation et s'approchant du couple, dit au romancier :

« — Il est entendu, n'est-ce pas, que vous n'avez pu présenter, ici, que votre femme. »

C'était un ordre et Dumas malgré sa légèreté l'avait senti. Il épousa sa maîtresse. Toute la littérature fut conviée ; mais on sait que la littérature est sans préjugés, et ce n'est pas chez les célébrités artistiques ou littéraires qu'il faut chercher le bon ton. Chateaubriand, le fier Chateaubriand, servit même de témoin à Dumas. Mauvais ménage d'ailleurs. Les deux époux se séparèrent à l'amiable, reprenant chacun leur liberté, un moment entravée.

— C'est, en effet, un mariage tout accidentel, mais je persiste à croire que si Dumas avait voulu prendre femme dans les meilleures familles, il eut été accueilli partout, non parce qu'il est fils de mulâtre, mais parce qu'il est riche et célèbre.

— Eh bien, mon cher monsieur Barrel, s'il venait à la Martinique, non seulement on lui ferait froide mine, mais il ne serait guère reçu que par les fonctionnaires. Aucun négociant, aucun planteur de l'île ne lui ouvrirait ses portes... et nous agirions de même à l'égard de son fils qui, cependant, est riche et célèbre aussi.

— Ce n'est qu'un vilain octoron ! — firent les demoiselles.

— Et qui est la mère de Dumas fils ?

— Une juive qui tient un petit cabinet de lecture rue de la Michodière.

— Voyez-vous, mon cher Monsieur, vous êtes arrivé ici avec vos préjugés continentaux ; c'est tout naturel... Mais ils disparaîtront, soyez-en sûr. Je ne vous donne pas six mois pour cela.

— Il me semble avoir lu, dans les feuilles parisiennes, qui daignent parfois s'occuper des colonies, que dans ses soirées le gouverneur de la Martinique invite des hommes de couleur ?

— C'est la vérité, mais ce sont les seuls, lui et quelques autres fonctionnaires qui les reçoivent, par ordre du gouvernement, qui se mêle trop de ce qui ne le regarde pas. D'ailleurs, aucune jeune fille ne consentirait à danser avec ces gens-là, qui ne sont que des bâtards issus des bâtards de nos ancêtres. S'il s'en trouvait une pour le faire, elle serait mise en quarantaine par ses compagnes.

« L'indignité » des gens de couleur faisait ainsi le sujet de toutes les conversations. Comme Paul Barrel s'aperçut qu'il n'aurait pas le dernier mot et que tous les arguments qu'il pourrait mettre en avant contre le préjugé de race, passé à l'état de dogme, ne servirait à rien, si ce n'est à mécontenter ses hôtes et à le faire considérer comme un individu mal élevé, il se tut désormais, silence que l'on considéra comme un acquiescement aux théories esclavagistes, ce qui enchanta tout le monde.

Paul croyait en avoir fini sur ce sujet; mais le soir suivant, le planteur repartait en guerre et, des mulâtres passait aux nègres et à l'abolition de l'esclavage, qu'il accusait d'être la source de tous les maux qui fondaient sur les pauvres colons.

Paul Barrel, nous le répétons, était stupéfait d'entendre des hommes, d'ailleurs instruits et intelligents, soutenir des opinions qui, en France eussent passé pour monstrueuses et auraient exposé leurs auteurs à toutes les avanies.

Jeune, artiste, enthousiaste, il n'avait pas assez vécu pour comprendre que les opinions que les hommes défendent avec le plus d'acharnement ne sont que l'exposé de leurs propres intérêts, que l'intérêt, l'intérêt seul, dirige les convictions humaines.

— Oui, disait le planteur, l'abolition de l'esclavage nous mettra sur la paille ; déjà plusieurs négociants de Saint-Pierre ont fait faillite et cela va continuer de plus belle. Personnellement, je puis vous dire que le chiffre de mes affaires a baissé d'une façon inquiétante. A cela, quoi d'étonnant ? Pour vendre, il faut produire et pour produire, il faut des bras, et nous n'avons plus de bras. Les nègres devenus libres refusent de travailler, parce qu'ils sont naturellement paresseux et qu'ils n'ont pas besoin de travailler pour vivre. En effet, que leur faut-il comme nourriture ? Une poignée de farine de manioc, un épis de maïs grillé. Avec cela, ils en ont pour toute une journée. Ajoutez qu'ils trouvent sous leur main les fruits les plus exquis et, à leur portée, les boissons les plus saines et les plus agréables, eau de la noix de coco, jus de la canne à sucre. Comme maison ? Ils dormiront du sommeil du juste sous un toit d'écorce et de feuilles posé sur quatre pieux plantés dans le sol. Comme vêtements ? Un caleçon, une chemise et en voilà assez. Ronfler en sentant leur vilaine peau suinter sous les rayons du soleil, c'est leur grande occupation. Ils sont aussi voluptueux que des porcs, sans avoir autant d'esprit que ces animaux-là. Leur autre grande joie, c'est l'eau-de-vie. Ils l'avalent comme des brutes et se soûlent horriblement. L'existence est trop facile ici pour ces gens-là. Ah ! s'ils avaient à redouter la faim, le froid, s'ils vivaient sous un ciel inclément, sur un sol ingrat, stérile, ce serait une autre affaire ; cela vaudrait mieux pour eux, on pourrait espérer de les voir devenir hommes, faire œuvre utile, tandis que, dans les conditions où l'abolition de l'esclavage les a placés, ils se rapprochent de plus en plus de la bête.

Et la conclusion du vieux planteur était la répétition de sa marotte :

« L'abolition de l'esclavage est la plus grande erreur des temps modernes. Elle démoralise les nègres et ruine les colonies, et — voici qui s'adresse aux amis de l'humanité — elle est cause que les massacres annuels du continent africain ont augmenté dans d'effrayantes proportions.

— Voilà qui me surprend — dit Paul — l'on affirme au contraire que cette abolition mettait fin à cet état de guerre incessante qui règne entre tous les roitelets, tous les petits despotes de l'intérieur de l'Afrique, lesquels se battent afin de faire des prisonniers qu'ils revendent aux marchands d'esclaves.

— Ce sont radotages de voyageurs qui n'ont jamais quitté le coin de leur feu — ripostait le planteur — et aucun de ces bavards ne connaît assurément l'état social de toutes ces peuplades noires. Depuis des siècles, l'esclavage y existe et depuis des siècles les despotes africains se font la guerre pour avoir des esclaves, non pas seulement pour les vendre, mais pour leur propre service, pour *parer* leurs cérémonies, leurs fêtes, en augmenter la splendeur par leur massacre, car plus l'hécatombe est considérable, plus il y a de ventres ouverts et de têtes coupées, plus le spectacle est majestueux. Les nègres qu'ils vendaient aux marchands étaient et devaient s'estimer favorisés entre tous puisqu'ils échappaient à une atroce mort. Ces roitelets féroces continueront donc comme par le passé à batailler, à faire des quantités de prisonniers. Mais comme ils ne pourront les échanger contre des marchandises européennes, ils les tueront en plus grand nombre, voilà toute la différence. Qui bénéficiera ? Personne. Le nègre moins que tout autre, puisqu'au lieu de le laisser vivre, dans un état assurément préférable à son état de nature, on le tue.

— Ainsi — continuait d'un air convaincu M. de la Boissière — le décret du gouvernement provisoire de 1848 aura été malfaisant dans toutes ses conséquences. Il a fait faire un pas rétrograde à la civilisation. Il protège la paresse, fortifie le vice, sème la ruine, augmente l'effusion du sang. C'est une œuvre funeste, manifestement inspirée par le diable, qui se mêle si fort des affaires de ce monde, qu'on croirait vraiment qu'il en est seul chargé.

Cependant, il ne faut pas trop accuser d'exagération le vieux planteur de la Martinique, du moins en ce qui concerne les massacres des prisonniers et les sacrifices humains que l'abolition de l'esclavage et de la traite aurait fait redoubler dans l'intérieur du continent africain. Louis Jacolliot corrobore ces affirmations :

« Les sacrifices humains existent encore dans presque toute l'Afrique centrale, des deux tropiques à l'équateur. Dans le Dahomey, le Bénin, le Yébou, le Yarriba et le Borgou, surtout dans toutes les fêtes, le sang humain coule à longs flots.

« Depuis l'abolition trop rapide de l'esclavage dans nos colonies européennes, ces massacres ont pris des proportions inouïes. Les rois de l'intérieur, habitués à recevoir, contre leurs esclaves, des fusils, de la poudre, du rhum, des étoffes, de la quincaillerie, etc., se voyant tout d'un coup supprimer cette source de richesses, obligés, d'un côté, de payer les marchandises de l'Europe en produits du pays et, de l'autre, de nourrir les milliers d'esclaves qu'ils avaient pris comme des objets d'échange, se sont mis à massacrer ces derniers par milliers sous le moindre prétexte.

« Un étranger de marque passe dans le pays, vite on égorge des esclaves en son honneur ; on tue l'esclave à propos de tout.

« Dans les pays dont je viens de parler quand un roi meurt, il faut que le fossé qui entoure son palais soit rempli de sang humain le jour de ses funérailles. A la mort du dernier roi d'Ouéni, il fallut égorger 16,000 esclaves et encore le fossé n'était-il pas bien plein. »

Louis Jacolliot ajoute qu'en cette occasion, les homme d'État français se sont, comme toujours, laissés duper par l'Angleterre.

Si les Anglais ont décrété l'abolition de la traite sur la côte d'Afrique, c'est dans l'unique but de tuer les colonies des autres au profit des leurs. « Allez les voir sur toute la côte de Guinée, à Sierra-Leone surtout, leur centre d'exploitation, vous les verrez embarquer des milliers de noirs chaque année pour leurs colonies, où ils sont absolument vendus au propriétaire.

« Seulement, retenez bien ce *seulement*, oh ! mes chers compatriotes, qui avez l'habitude de vous payer de mots et de poudre aux yeux. Seulement, ces noirs ne sont plus embarqués comme autrefois, sous le nom d'*esclaves*, mais sous celui d'*engagés* libres, forcés de travailler pendant dix ans.

« Les dix ans sont renouvelables.

« Quelques mois avant l'expiration de l'engagement, le propriétaire de l'engagé libre le grise, lui fait un petit cadeau et le noir appose sa croix sur un nouvel engagement de dix ans, avec quatre témoins, par devant le magistrat de police du lieu.

« Et le tour est joué.

« Et l'Angleterre a substitué à l'esclavage à perpétuité l'esclavage *à temps*, mais *renouvelable*.

« Hurrah ! pour la libre, pour la triomphante Angleterre !

« Elle vient de tuer notre influence séculaire en Egypte et elle est en train d'escamoter tout le pays avec la plus abominable des duplicités. N'importe... les tristes politiciens qui se sont emparés de la direction de nos destinées, continueront à ne rien voir et à laisser faire.

« On a chassé trente mille Français de l'Egypte pour ne pas intervenir et le canal de Suez est devenu un canal anglais.

« Il ressort des mœurs politiques de l'Angleterre une habileté suprême à n'agir jamais que dans le sens de ses intérêts et paraître désintéressée ; à employer partout la trahison, voyez

J'ai un pied qui remue, et l'autre qui ne va guère...

le bombardement de Copenhague en pleine paix — et se dire loyale ; la ruse et la duplicité, voyez Aden, qui de dépôt de charbon au début pour ne pas alarmer l'Europe, est devenu une des premières places fortes du monde, et se prétendre honnête et franche ; à couvrir l'Inde de sang et de ruine... et se dire humaine ; à imposer, à coups de canon aux chinois, son opium qui les abêtit... et se dire généreuse et respectueuse du droit des autres ; à abolir l'esclavage pour le monopoliser à son profit et tuer les colonies de ses rivales et se dire humanitaire. »

Mais revenons aux nègres.

A propos de leurs sanguinaires despotes, voici une curieuse légende qui montre jusqu'à quel point leurs sujets les redoutent. On verra que, sans crainte d'être taxé d'exagération, l'on peut dire que les anciens monarques asiatiques, les rois d'Assyrie, de Chaldée, de Perse, n'inspiraient pas une plus grande terreur.

Un passage de ce conte rappelle d'une façon singulière le fameux récit du moine de Saint-Gall, alors que Charlemagne, en guerre contre les Lombards, s'approche des murs de Pavie, où se sont enfermés Didier et le comte Ogger. Au fur et à mesure que les différents échelons de l'armée franque s'avancent, les deux hommes, à la grandeur du spectacle déployé, s'imaginent à tous moments voir paraître le puissant empereur, et leur épouvante croît sans cesse.

Au surplus, voici le récit du moine de Saint-Gall. On pourra établir la comparaison :

« Didier est sur les murs de Pavie avec le comte Ogger, qui a fui pour éviter le châtiment de quelque faute, et il contemple avec effroi l'armée des Francs qui s'approche. D'abord, il ne voit qu'un épais nuage de poussière ; ce sont les machines de guerre qui vont battre les murs de sa cité royale. « Voilà Charles, s'écrie « Didier, avec cette grande armée. » — « Non » dit Ogger. Alors apparaît la troupe immense des simples soldats. « Assurément, Charles s'avance « triomphant au milieu de cette foule? » — « Pas encore », répond Ogger. Cependant on découvre le corps des gardes, vieux guerriers qui ne connaissent jamais de repos. « Pour le « coup, c'est Charles », s'écrie Didier plein d'effroi. — « Non, reprend Ogger, pas encore. » A la suite viennent les évêques, les abbés, les clercs de la chapelle et les comtes. Alors Didier crie en sanglotant : « Descendons et cachons-« nous dans les entrailles de la terre, loin de la « face d'un si terrible ennemi. » — « Quand vous « verrez la moisson s'agiter d'horreur dans les « champs, dit Ogger, alors vous pourrez croire « à l'arrivée de Charles. » Il n'avait pas fini ces paroles qu'on commença de voir au couchant comme un nuage ténébreux soulevé par le vent du Nord-Ouest qui convertit le jour en ténèbres. Mais l'empereur, approchant un peu plus, l'éclat de ses armes fit luire sur Pavie un jour plus sombre que toute nuit. Alors parut Charles lui-même, tout couvert d'une armure de fer, la main gauche armée d'une lance, la droite étendue sur son invincible épée; Ogger le reconnaît et, frappé d'épouvante, il chancelle et tombe en disant : — « Le voici! ».

Revenons maintenant à notre conte. Louis Jacolliot, pendant un voyage en Afrique, l'entendit de la bouche d'un chef nègre. Il le trouva instructif et divertissant et le consigna dans la relation de son voyage. On peut, si l'on veut, l'intituler *L'éléphant de l'Oba* (roi) *du Yébou*.

Avant de commencer, remarquons que les nègres de l'Afrique ne domestiquent pas l'éléphant, comme le font les Indiens, les Siamois. Ils le tuent pour manger sa chair et trafiquer de ses défenses, qu'ils échangent contre des étoffes, du rhum, des armes et différentes autres marchandises européennes. Cependant certains monarques conservent près d'eux, à titre de curiosité, ou pour la montre, la parade, quelques-uns de ces animaux capturés à la chasse et dont ils ne savent tirer aucune utilité. C'était le cas de l'Oba du Yébou.

Le puissant et redouté monarque Oba Ochoué, souverain du Yebou, qui commande à un peuple si nombreux qu'il se trouve dans la nécessité d'égorger chaque année plusieurs milliers de ses sujets pour faire place aux autres, captura dans une de ses chasses à l'homme un superbe éléphant.

Il le trouva si beau qu'au lieu de le tuer, il résolut de le conserver pour augmenter la magnificence de ses réceptions.

Cependant, comme ceux qu'il possédait déjà se trouvaient en nombre considérable et emplissaient le vaste enclos qui leur était réservé, l'Oba, sur l'avis de son premier ministre, envoya sa nouvelle capture dans un village de son royaume, avec ordre aux habitants dudit village de l'apprivoiser, le dresser et le nourrir jusqu'à ce que la mort ait fait une place dans la ménagerie royale.

Le premier jour de l'arrivée de cet hôte envoyé par leur gracieux souverain, les habitants de Tyra-Hakou, le village en question, déployèrent l'enthousiasme qu'il convenait pour l'insigne honneur que leur faisait le puissant Oba-Ochoué. Mais le lendemain et les jours suivants l'enthousiasme ne tarda pas à décroître pour se changer bientôt en désolation.

Le pachyderme, en effet, en grossier personnage élevé dans les bois se montrait d'une rare goujaterie et d'une gloutonnerie sans nom.

Il dévorait leurs récoltes, dévastait leurs provisions, leur arrachait les morceaux de la bouche, buvait leur eau-de-vie de jus d'orange, s'aspergeait le corps de leur vin de palmier, saisissait tout ce qui se trouvait à sa portée et à sa convenance. Rien n'était à l'abri de sa terrible trompe. Elle pénétrait partout.

De plus, il déplantait et brisait les jeunes arbres fruitiers, frottait ses énormes cuisses contre les cases qu'il démolissait du coup ; faisait preuve de turbulence, d'indocilité, réfractaire à toutes les caresses, à tous les bons traitements.

Quant aux coups et simplement aux menaces, il n'y fallait pas songer, car le second jour il cassa les reins d'un malheureux nègre dont il avait renversé la case et qui, dans sa légitime fureur, lui avait jeté une pierre.

C'était une calamité publique.

Que faire ?

Le tuer ? Qui eut osé mettre à mort un éléphant appartenant à l'illustre, le glorieux, l'invincible et redoutable Ochoué, roi des rois, Oba des pleuples Yebous? Personne à coup sûr ne se fut décidé à accomplir cette dangereuse besogne.

Rien qu'à cette pensée, les indigènes de Tyra-Hakou, sentaient une sueur froide perler sur leur peau onctueuse et leurs lèvres blanchissaient.

Pourtant, il fallait prendre un parti, agir au plus vite, car l'existence devenait intolérable avec cet hôte encombrant et malfaisant.

C'était un nouvel impôt ajouté à tous les autres, dont le roi ne les avait pas déchargés : impôt du sang ; fournir chaque année cinquante jeunes gens aux sacrifices expiatoires et vingt jeunes filles de dix à quinze ans à la couche royale, sans compter les céréales, la poudre d'or et la graisse d'homme blanc.

Le village était pauvre, c'était la misère et la ruine à brève échéance.

Donc, un matin, après s'être longuement consultés, les principaux du village, allèrent trouver le chef, l'*obi*.

— Chef — lui dirent-ils, en prenant un visage sévère — nous sommes mécontents de toi.

— Expliquez-vous — fit l'obi.

— Qu'avons nous fait à l'Oba, et pourquoi est-il irrité contre nous ? N'avons-nous pas payé exactement les impôts annuels ? Ne lui avons-nous pas fourni cinquante des nôtres pour périr dans les supplices, et vingt de nos plus belles filles pour périr dans son lit, car il les tue sans pitié quand il n'est pas satisfait d'elles ?

— Nous avons fait tout cela répliqua l'obi — mais pourquoi êtes-vous mécontents de moi ?

— Parce que tu aurais dû faire observer à l'Oba, que nous n'étions ni assez riches, ni assez nombreux pour entretenir et surveiller son éléphant. Il est des villages plus grands et plus peuplés que le nôtre. Qu'il le leur envoie. Nous ne pouvons goûter un instant de repos avec cette maudite bête et tout notre temps se passe à réparer ses méfaits. Il mange tout, détruit tout et est plus malfaisant qu'un ministre rapace ou un troupeau de cinquante gorilles.

— Hélas ! — fit l'obi.

— Les mauvais esprits le possèdent. Les *toupa-patrous* sont entrés dans son corps. Il faudrait le frotter avec de la graisse d'homme blanc ; mais nous n'avons qu'une petite quantité de graisse d'homme blanc. Si tu ne le renvoies pas à l'Oba, nous le tuerons ; oui, nous en serons réduits à le tuer et ce sera sur toi, qui es responsable de ce qui se passe, que la colère du roi tombera.

Ainsi parla la députation des notables de Tyra-Hakou.

— Vous ne ferez pas cela ? — s'exclama l'obi, dont les grosses lèvres baveuses tremblèrent.

— Nous le ferons.

Alors le chef plongea, avec désespoir, ses mains crispées dans sa tignasse laineuse et se mit à gémir.

Puis il dit :

— Ayez pitié de moi ! Comment pourrais-je annoncer au terrible Ochoué que vous refusez l'éléphant qu'il a daigné vous confier !... Ayez pitié de moi !... Je m'évanouirai en sa présence, tellement il est au-dessus de moi, et si je ne tombe pas foudroyé, ma langue se collera à mon palais. Alors il se dira : « Cet insecte se moque de moi », et il ordonnera qu'on me coupe la tête, ou qu'on m'empale séance tenante, ou qu'on me fasse manger par les fourmis, ou brûler vif, ou bouillir dans une grande marmite, et peut-être tout cela à la fois. Ayez pitié de moi, mes enfants ! Ayez pitié de votre obi !

On conviendra que la perspective d'encourir de tels supplices ne pouvait que terrifier le vénéré chef du village de Tyra-Hakou, mais celle de conserver indéfiniment le calamiteux éléphant ne souriait guère plus aux vénérables notables de la localité.

Ils insistèrent donc, sans le moindre succès, d'ailleurs, le chef revenant toujours à objecter qu'anéanti par la splendeur du puissant roi des rois, il ne saurait remuer les lèvres en sa présence.

Et il concluait par ces mots répétés d'une façon lamentable :

— Ayez pitié de moi !

Alors l'un des notables, plus hardi que les autres, ou du moins se jugeant tel, prit la parole :

— Quand le gorille a faim, — dit-il d'un air sentencieux et digne — il va chercher sa nourriture et ne charge personne de ce soin. Il a quatre pattes, mais il ne va pas par quatre chemins. Il faut brasser soi-même son *oti* (boisson fabriquée avec du millet) ; autrement il est mal fait et donne le dévoiement.

— Tu parles comme le sorcier blanc — ricana l'un des notables.

— Oui, mais j'agirai comme le noir... Écoute, chef, je parlerai à l'Oba.

— Toi ! — s'écria l'obi, au comble de la stupeur.

— Moi ! Mais il faut que tu me conduises en sa présence, car ses gardes ne me laisseraient pas approcher.

— Et devant lui, tu parleras ?

— Je parlerai.

— Comment le minuscule cloporte soutiendra-t-il le regard flamboyant du lion ? Ton cœur fera de tels sauts qu'il s'échappera de ta poitrine et tombera à tes pieds, et tu avaleras ta langue.

— Je n'avalerai pas ma langue. Elle s'agitera comme celle du *ganga* (sorcier blanc) ; celui qui est venu à l'époque des bananes et dont la chair était si coriace. Ah ! l'homme dur ! Les dents des petits enfants affamés ne pouvaient entamer ses cartilages, ils craquaient comme des noix de coco. Mais il avait la parole dorée. Si nous ne l'avions pas mangé, il aurait fini par nous faire croire que nos dieux n'étaient pas des dieux, et que notre village lui appartenait. Donc, je l'imiterai. Je dirai ceci et puis cela, et puis d'autres choses encore, que l'éléphant est un pillard, un dévasteur, qu'il dévore et vole comme un blanc, qu'il est possédé du diable et que nous ne pouvons plus le garder.

— Tu diras tout cela, toi ! — fit d'un air de doute l'obi au bavard.

— Je le dirai. Seulement comme tu es notre

chef et qu'il ne serait pas convenable que je parle avant toi, tu commenceras le discours par un mot, un seul mot, et je continuerai.

— Quel mot?

— Tu diras: « L'éléphant... », et c'est tout.

— Et tu continueras?

— Oui. Parce que le roi demandera :

« — Qu'est-ce qu'il a fait, l'éléphant? » Alors moi, tel qu'une cigale qui se met à chanter, cachée dans les hautes herbes, quand le singe vert a jeté son premier cri, je jaserai comme le *ganga* blanc, sans que personne puisse m'arrêter.

— Tu es sûr de ce que tu avances? — demande l'obi ébranlé par cette éloquence.

— Aussi sûr, que la chair du sorcier blanc était coriace et nous a produit à tous l'effet de l'*oti* mal brassé.

— J'en ai encore le ventre malade — dit l'obi crachant à terre, d'un air dégoûté.

Et tous les notables yebous présents, se frappant de la main gauche sur la fesse pour donner plus de poids à leur affirmation, s'écrièrent à la fois:

— Nous avons tous eu le ventre malade!...

Et ils crachèrent à terre, comme avait fait le chef.

Quel était donc ce ganga blanc dont la chair avait laissé de si mauvais souvenirs?

Tout simplement un membre de la *Société britannique des missions protestantes pour la propagation de la foi.*

Les Yébous l'avaient tué au moment où il se disposait à prendre possession de Tyra-Hakou et des pays circonvoisins au nom de sa gracieuse majesté, la reine d'Angleterre.

Après avoir pillé ses bagages, bu son rhum, fumé ses cigares, les Yébous complètement ivres, s'étaient avisés de mettre le digne homme à la broche, malgré ses énergiques protestations.

Ils voulaient comparer sa chair avec celle du gorille, animal auquel le missionnaire ressemblait un peu, beaucoup même aux yeux d'êtres grossiers, ignorants, qui ont la fâcheuse habitude de s'en rapporter uniquement à leurs premières impressions.

Or, d'une commune voix, l'on avait trouvé sa chair détestable, coriace, de mauvais goût; et, suivant le mot d'Alexandre Dumas, comme il n'y a que les repas que l'on digère mal dont on se souvienne bien, les naturels de Tyra-Hakou n'étaient pas prêts d'oublier celui-là, d'autant plus qu'ils avaient été saisis d'affreuses coliques.

Le mercure dont faisait abus le pieux clergyman à la suite de ses séjours prolongés dans les villages aux femmes trop hospitalières, causait sans doute ces avanies intestinales.

Quand chacun eut achevé de manifester par un crachat, le dégoût de cette viande malsaine, l'orateur continua :

— Obi, marche. Tu n'as qu'à marcher. Je te suivrai comme le chacal suit le lion pour se repaître de ses restes. Partons, demain matin, si tu le veux. A l'aube, l'aigle sort de son aire et l'abeille de sa ruche, et avant que le soleil soit au milieu de sa course, l'oiseau et l'insecte sont de retour. Plus tôt nous partirons, plus tôt nous serons revenus.

— Je voudrais bien être revenu — gémit l'obi.

— Tu reviendras — répliqua l'éloquent Yébou. Le caïman s'enfonce dans la vase tous les soirs et il reparaît tous les matins.

— Le caïman n'affronte pas le redoutable visage de l'Oba — fit l'obi avec un soupir... — Soit! nous partirons au point du jour.

Ils firent leurs préparatifs de départ consistant à s'oindre le corps d'une pommade magique composée par un sorcier avec de la cervelle de gorille, de l'huile de palmier et le peu de graisse qu'en raclant bien, on avait pu découvrir dans le corps du membre de la *Société britannique des missions pour la propagation de la foi*; onguent souverain et, paraît-il, aussi efficace pour préserver des malheurs et accidents de voyage que nos médailles et nos scapulaires.

Tous ceux qui s'en sont servi en ont vanté les miraculeux effets.

Après plusieurs journées d'une marche fort pénible, dans la brousse, nos voyageurs entrèrent dans Hadé-Yebou, la capitale du royaume et s'arrêtèrent devant le palais, près duquel une foule immense était rassemblée.

On leur dit qu'on attendait le glorieux Oba Ouchoué qui célébrait la naissance de son quarantième fils et devait, à cette occasion, mettre à mort quatre mille esclaves dans des supplices aussi terribles qu'ingénieux.

En même temps, le monarque devait déployer devant ses sujets les pompes et les magnificences de sa royale cour.

— Tu te rappelles bien le mot qu'il faudra dire? — demanda à son chef, qui commençait déjà à trembler, le Yebou orateur, saisi lui-même d'une vague inquiétude.

— Oui, je m'en souviens, mais répète-le, répète-le encore, qu'il soit bien gravé sur ma langue.

— L'*éléphant*!

— L'éléphant! C'est cela. Je ne l'oublierai pas... L'éléphant... l'éléphant... l'éléphant!...

Des roulements de tam-tam, des claquements de mains, des cris nombreux et variés, interrompirent l'obi du village de Tyra-Hakou.

La foule recula, refoulée à grands coups de poing et de bâtons par les gardes — ce qui prouve qu'ils ne sont pas plus polis à Hadé-Yebou qu'à

Paris—et par la grande porte du palais, derrière les musiciens et les chanteurs, sortit un homme monté sur un petit cheval à grosse tête, à sabots démesurément longs, et d'allure pacifique.

Ce cavalier d'aspect terrible portait un manteau taillé dans la peau d'une panthère dont la tête couvrait la sienne et dont les pattes de devant pendaient sur sa poitrine.

Des femmes nues armées de sabres de cavalerie et des soldats également nus armés de la lance et du bouclier suivaient en bon ordre.

— Voilà le roi — dit le Yebou orateur, à son chef, immobile d'épouvante — rappelle-toi le mot et quand il sera près de toi, dis-le sans crainte.

Mais un des habitants de la capitale avait entendu ces paroles ; il se mit à rire, haussa les épaules d'un air de pitié et se dit :

— D'où sortent ils, ces idiots-là ?

Et tout haut :

— Vous arrivez du fond de la brousse, bonnes gens. L'on voit que vous n'êtes pas d'ici ?

— Comment cela? — demanda le Yébou, vivement surpris, jetant un coup d'œil sur son costume de peau humaine en tout semblable à celui de ses voisins.

— Parce que tu prends pour notre invincible souverain, roi des rois, maître de la terre, le capitaine de sa garde.

— Hélas ! — fit l'obi. — Qu'allons-nous devenir si ce n'est là qu'un capitaine !...

Son compagnon, fort troublé, bien qu'il s'efforçât de paraître calme, lui dit :

— N'aies crainte... Je suis là. Souviens-toi seulement du mot.

— L'éléphant !

Il n'avait pas achevé que, par la porte du palais, un nouveau cavalier parut au son des trompettes de roseau, aux roulements saccadés des tam-tam, au claquement cadensé des mains, au milieu d'un tapage infernal de chants ou plutôt de hurlements.

Brandissant un grand sabre aux reflets redoutables et sinistres, il faisait caracoler un vilain petit cheval noir qui se révoltait contre les rayures sanglantes de longs éperons arabes attachés par des courroies aux pieds nus du cavalier.

Il portait un habit rouge à revers jaune chargé de galons sur le haut d'une des manches et qui avait dû appartenir à quelque quartier-maître d'un régiment d'infanterie du temps de Georges III, tant il était usé et râpé, et, sur la tête, une sorte de bonnet de police surmonté d'un plumet blanc.

Derrière lui, marchait une seconde troupe de soldats et de femmes, plus nombreuse que la précédente.

— Le voici ! — murmura le chef de Tyra-Hakou, dont les lèvres énormes devenaient plus blanches que l'écume des vagues quand, poussées par le vent, elles s'entrechoquent contre les rochers.

— C'est lui ! — fit son compagnon d'une voix quelque peu chevrotante. — Le mot? Tu te souviens du mot ?

— Non... Je l'ai oublié.

— L'éléphant ! L'éléphant !... Tu n'as qu'à dire quand il passera : L'éléphant... L'éléphant... Je continuerai.

— Ah ! j'ai eu tort de t'écouter. Nous sommes perdus !

— Ne tremble pas ainsi. N'es-tu pas un Yébou, un puissant, l'obi de Tyra-Hakou ! Alerte. Le roi va passer.

Le cavalier, en effet, s'approchait d'eux ; mais comme l'obi et son compagnon se préparaient à se précipiter le front dans la poussière ainsi qu'il est d'usage quand on veut attirer sur soi l'attention de Sa Majesté, l'habitant de la capitale, les prenant en pitié, voulut bien les détromper une deuxième fois :

— Hommes de la brousse — leur dit-il — calmez-vous, celui que vous prenez pour le roi, n'est pas le roi. C'est le commandant de ses armées.

Et il ajouta, narquois :

— De quelle contrée éloignée venez-vous ?

— Nous sommes de Tyra-Hakou — répondirent-ils.

— Pays de sauvages ! — dit le nègre. — C'est bien ce que je pensais.

Et il leva les mains à hauteur de sa tête, demandant sans doute aux Esprits comment il se faisait qu'il y eut sur la terre de tels grossiers ignorants.

— « Quoi ! — se disaient les hommes de la brousse — ce superbe cavalier, couvert de ce magnifique costume, n'est pas encore le roi ! »

— Nous sommes perdus — répéta l'obi avec accablement.

Son compagnon ne lui répondit pas. Il essayait vainement de conserver son assurance, bien qu'il s'avouât en lui-même que l'aventure prenait une inquiétante tournure.

Ce fut bien pis quand, au milieu d'une nouvelle fanfare, de nouveaux chants et de nouveaux hurlements, un troisième personnage parut.

Coiffé d'un casque de pompier, dont la bombe étincelait au soleil, il était vêtu d'un seul gilet rose à fleurs. Le gilet, qui ne descendait pas plus bas que le nombril, laissait par conséquent le reste du corps nu, léger disparate dans la tenue qui n'eût pu choquer que des yeux européens et malheureusement nul européen ne se trouvait là pour contempler ces splendeurs.

Si le corps était nu, les jambes étaient couvertes par de superbes bottes de gendarme dont la tige dépassait le genou.

Ce personnage était le *caboeire* ou grand maître des cérémonies, l'homme qui jouissait de la plus grande autorité parmi les hauts fonctionnaires.

Inutile de dire que nos deux voyageurs le prirent encore pour le roi en personne, et quand l'obligeant habitant de la capitale les eut pour la troisième fois tiré de leur erreur, le chef de Tyra-Hakou, pris de désespoir, se mit à pleurer à chaudes larmes et le Yébou orateur entrevit alors complètement toute la gravité de la situation, mais sachant se rendre maître de lui mieux que son supérieur, il continua d'afficher une tranquillité qu'il ne possédait plus.

Enfin, un quatrième cavalier sortit du palais.

Une décharge d'artillerie n'aurait pas produit un bruit plus formidable que celui dont la foule enthousiaste salua son apparition.

C'était bien le roi, cette fois ; et tandis qu'il s'avançait lentement, majestueusement, les claquements des mains retentissaient, les tamtam roulaient furieusement ; les trompettes lançaient leurs plus guerrières fanfares.

Le sol parut trembler et le brouhaha monta dans l'atmosphère calme, épouvantant les grands aigles planant dans les espaces bleus.

Soudain, tout se tut. Le silence le plus complet succéda à l'assourdissant tapage ; on aurait entendu un moucheron bourdonner.

Le roi, brusquement, avec un grand geste, venait d'ouvrir son « parasol ».

C'était un parapluie tout neuf, un de ces *riflards* de bonne et solide étoffe bleue, semblable en tous points à ceux dont se servent encore les paysans de certaines localités que n'a pas gangrené l'esprit de coquetterie moderne.

Et le monarque sourit ; il savait que l'excès d'admiration rend la foule muette. Bouche béante et yeux grands ouverts, les Yébous contemplaient leur redoutable souverain.

C'était un grand potentat.

A la vérité, au début de son règne, il n'avait guère fait égorger que quinze mille nègres sur la tombe de son prédécesseur ; mais, comme il s'était rattrapé depuis !

Il faut bien faire de la place ; comment sans cela pourrait-on vivre ?

Evidemment, ce potentat n'avait jamais lu les œuvres du révérend Malthus ; selon toute probabilité, il n'en avait jamais même entendu parler, mais il se disait que dans une étendue de territoire, si vaste qu'elle puisse être, il arrive un moment où le trop plein de la population l'emplit et que les hommes pour vivre sont obligés de se manger les uns les autres, puisqu'il ne reste plus de place pour la culture.

Pour éviter cette plhétore, la saignée périodique est indispensable.

Et périodiquement il saignait.

Sur son petit cheval à grosse tête, il s'avançait donc avec une majestueuse lenteur, les jambes enfoncées dans un étroit pantalon à bande d'argent, qui avait dû appartenir à quelque commissaire aux vivres ou à un sous-préfet.

Son chef crépu était coiffé d'un chapeau haut de forme à la mode de 1830 et sa poitrine couverte d'une magnifique cuirasse d'acier, où brillait un soleil d'or, le tout étincelant aux rayons de l'astre du jour.

Devant lui, à pied, marchait son premier ministre, gros homme vêtu d'une longue robe de soie verte et la tête couverte d'un bonnet fait de petits grains de verroteries multicolores.

Il suait et soufflait, le gros homme, car il portait, appuyé sur son ventre et suspendu à ses épaules, un orgue de Barbarie d'assez fortes dimensions, et qui était décidément, après le massacre des condamnés à l'expiation des mânes, le clou de la cérémonie.

De temps à autre il détournait un peu la tête, jetant sur son souverain un regard de chien fouetté. Car il n'y avait pas à badiner avec le monarque ; pour la moindre faute, la plus petite pécadille, celui-ci se fâchait et appelait le bourreau.

Le gros porteur d'orgue succédait à une dizaine de premiers ministres, que le souverain avait fait empaler ou décapiter.

D'où provenaient ces splendeurs étalées ainsi à l'admiration de la foule ?

D'une mission anglaise qui, devant prochainement tenter de traverser le pays pour aller planter le drapeau de la Reine sur quelque piton et prendre ainsi, sans bruit, possession du territoire, avait jugé bon de se faire précéder de ces quelques cadeaux, recueillis chez les marchands de bric-à-brac de Londres, afin d'éblouir le roi du Yébou et de se ménager son amitié.

Derrière, venait son harem : un troupeau de femmes de tout âge, depuis neuf à dix ans jusqu'à l'extrême vieillesse, les vieilles devenues gardiennes des jeunes. Des pagnes de diverses couleurs les couvraient de la ceinture aux genoux, et leur tête était ornée de verroteries. Après le harem marchaient des soldats nus, armés, les uns de vieux fusils, les autres de la lance et du bouclier.

Ils enveloppaient une bande d'esclaves, attachés ensemble, par le cou avec des sortes de fourches, et par les jambes avec des chaînes de fer, rebut de vieux navires.

On allait les torturer et les immoler en signe de réjouissance et pour s'attirer la bénédiction des dieux. Ainsi, jadis, les pieux croisés immolaient et massacraient les infidèles *ad majorem dei gloriam.*

Derrière le troupeau destiné à l'holocauste venaient de nouvelles femmes, complètement nues et portant de grands bassins de bois pour recueillir le sang des suppliciés ; puis le cortège des bourreaux, les uns armés d'épieux pour empaler, de coutelas pour ouvrir les ventres, de torches allumées, de récipients pleins de résine, de scies, de haches, de massues. On se serait cru devant un tribunal de la Sainte-Inquisition.

On apercevait ensuite des théories de prêtres et de sorciers, enveloppés de cotonnade rouge, portant sur leur tête des cassolettes de métal, où brûlaient des parfums, et tout au fond, fermant la marche, des chimpanzés grimaçants, des girafes, des éléphants, des hippopotames, des rhinocéros, qu'à l'aide de piques et de fouets dirigeaient leurs gardiens.

Du bout de son parapluie, le monarque frappa l'épaule de son premier ministre.

Aussitôt le gros homme, qui n'attendait que ce signal, se mit à tourner avec vélocité la manivelle de son orgue, et dans le silence ambiant éclatèrent les premières notes de ce refrain si connu, qui fit jadis la joie de nos pères :

Le voilà, Nicolas !
Ah ! ah ! ah !
Le voilà, Nicolas !
Ah ! ah ! ah !

Ce fut tout ; l'orgue détraqué n'en pouvait fournir davantage ; mais en fait d'harmonie, les Yébous ne sont pas exigeants, la foule entière répéta l'air, et quand, sur un second coup de parapluie, le premier ministre eut tourné un nouveau cran, et que l'orgue chanta :

J'ai un pied qui remue
Et l'autre qui ne va guère.
J'ai un pied qui remue
Et l'autre qui ne va plus.

l'enthousiasme ne connut plus de bornes.

Les grands dignitaires de la couronne ayant donné le signal des applaudissements, la clameur recommença, formidable, effrayante et les fauves du voisinage n'osèrent, ce jour-là, quitter leurs repaires.

Pendant ce temps, que devenaient les deux pauvres habitants de Tyra-Hakou ?

Ils n'avaient pas bougé de place, hypnotisés, stupides, anéantis devant ce déploiement de splendeurs.

La folie rôdait à la porte de leur cerveau, et si elle n'y entra pas, ce fut par un phénomène aussi surprenant que tout ce qu'ils voyaient et entendaient.

Cependant le monarque continuait à s'avancer. Quand il ne fut plus qu'à quelques pas d'eux, ils se rappelèrent qu'ils voulaient lui adresser une supplique. Laquelle ? Ils n'en savaient plus rien. Leurs pauvres idées confuses se heurtaient dans leur cerveau en délire.

Pourtant, par un mouvement instinctif plutôt que raisonné, ils prirent soudain la posture de ceux qui sollicitent la grâce de parler au souverain.

A cet effet, ils se prosternèrent dans la poussière, le menton posé sur les mains, et après avoir balayé la terre avec une joue, puis avec l'autre, et l'avoir ensuite baisée, ils se relevèrent, retombèrent à genoux et attendirent.

Les regards de l'*Oba* s'arrêtèrent sur eux.

De son parapluie, il leur fit signe d'approcher.

Ils rampèrent à plat ventre jusqu'à son cheval, frottant leur langue contre le sol, suivant les sévères lois de l'étiquette.

Puis ils se remirent à genoux.

— Que voulez-vous ? — demanda brusquement le roi.

Paralysés par la terreur, ils ne purent répondre un seul mot.

Sa Majesté, profond psychologue, démêlait fort bien la cause de leur trouble, et en fut intérieurement satisfaite.

En outre, la possession de la cuirasse, du pantalon de sous-préfet et surtout du chapeau haut de forme, du parapluie et de l'orgue, la mettaient d'excellente humeur.

Si l'on joint à tout cela l'influence adoucissante de *Le voilà, Nicolas* ! et du *Pied qui remue*, on arrive à s'expliquer comment Sa Majesté n'ordonna pas de couper la tête à ces deux drôles qui se permettaient de ne pas lui répondre, quand elle leur faisait l'insigne honneur de les interroger.

Elle se contenta de réitérer sa question, en fronçant son épais sourcil noir.

— Que veulent ces gens ? Qu'y a-t-il ?

— L'éléphant ! — murmura le chef de Tyra-Hakou, retrouvant soudain l'usage de la parole et le souvenir du mot, devant l'imminence du danger, et grâce, sans nul doute, à l'action bienfaisante de la pommade de cervelle de gorille et de graisse de missionnaire.

— L'éléphant ! Quel éléphant ?

— Celui que votre glorieuse Majesté a daigné confier à vos humbles sujets de Tyra-Hakou...

— Ah ! Eh bien, qu'a-t-il, mon éléphant ?

L'obi avait dit tout ce qu'il avait à dire et même bien davantage, d'après la convention arrêtée entre lui et son compagnon.

A ce dernier donc à prendre la parole ; mais le pauvre diable en eût été bien en peine. Prosterné le front dans la poussière, tremblant de tous ses membres, si sa langue n'était pas descendue au fond de son gosier, du moins avait-il perdu le pouvoir de la remuer.

— Allons ! — lui dit à voix basse le chef de

Tyra-Hakou qui, voyant que le regard du roi n'avait pas suffi pour le pulvériser, reprenait un peu d'assurance, — allons, parle. A ton tour.

Et il osa lui donner un coup de coude dans les côtes.

Il perdait son temps. A demi-mort de frayeur, le bavard demeura muet.

— Eh bien ! — répéta le roi qui, apercevant sur le sol l'ombre gigantesque de son chapeau tuyau de poêle, devenait de plus en plus guilleret, — eh bien, homme de Tyra-Hakou, qu'est-ce qu'il a, mon éléphant? Il n'est pas mort, j'espère?

— Oh non! magnanime souverain — se hasarda à dire le chef, tout surpris de sentir encore sa tête sur ses épaules. — Périsse le village entier, plutôt que l'éléphant que tu nous a confié dans ta haute sollicitude... Seulement, il s'ennuie.

— Et pourquoi ? — demanda sévèrement le monarque. — Manque-t-il donc de gens chez toi pour le distraire ?

L'obi voulut répondre :

— Il s'ennuie parce qu'il est loin de la face de l'auguste souverain qui commande à une partie du vaste univers.

Mais il s'embrouilla, ses idées devinrent confuses, il balbutia sans trop se rendre compte de ses paroles :

— Il s'ennuie, parce qu'il est seul.

— Très bien — fit le roi en riant — il n'est pas bon qu'un éléphant soit seul.

Et se tournant vers quelqu'un de sa suite :

— Qu'on donne une *éléphante* à ces sauvages-là — ordonna-t-il — et qu'ils retournent au plus tôt dans leur brousse.

Cela dit, il alla passer la revue de ses troupes, de ses femmes, de sa ménagerie et des victimes destinées au sacrifice, tous rangés en bataille sur la vaste place du palais.

Un quart d'heure après, nos deux voyageurs reprenaient en toute hâte le chemin de Tyra-Hakou, avec le nouvel éléphant portant son cornac, et si heureux d'être encore au monde, qu'ils ne songeaient même pas à la réception qui les attendait au pays.

Ils n'avaient voulu assister ni à la revue des troupes, ni aux supplices raffinés, ni aux exécutions sommaires, ni prendre part aux orgies finales où le roi grisait son peuple de bière de millet et de vin de dattes et lui livrait toutes les femmes dont il était las, car il allait renouveler son harem.

Ils ne songèrent qu'à s'éloigner au plus vite du redoutable potentat.

Quand ils approchèrent de leur village, une foule nombreuse accourut à leur rencontre.

La stupéfaction se lisait sur les visages et tous les bras se levaient vers le ciel.

— Quoi ? Qu'est-ce ? Un autre éléphant !

L'obi baissa la tête. L'indignation générale qu'il voyait éclater lui clouait la langue.

Que répondre, en effet ? Que répondre aux demandes, aux protestations ?

Il était parti pour supplier au nom de tous le souverain de reprendre son éléphant, et il en ramenait un second.

Deux fléaux au lieu d'un !

Mais son compagnon avait retrouvé toute son éloquence.

Maintenant qu'il n'était plus en présence du monarque il parla

— Mes amis — s'écria-t-il avec enthousiasme — nous avons vu le roi. Sa voix mugissait comme la mer soulevée et les grands vents dans la tempête ; ses yeux étincelaient comme les étoiles qui traversent l'espace dans les nuits chaudes, sa poitrine était un soleil, et une cheminée comme on en voit sur les navires des hommes blancs, couvrait sa tête auguste. Quant à ses jambes, elles étaient semblables à des bambous noirs sur lesquels on aurait attaché des lames de sabre.

La foule écoutait ahurie cette fantastique description de la personne de son roi.

Mais des voix crièrent :

— L'éléphant ?

— Notre glorieux monarque — continua l'orateur — aurait pu nous faire couper la tête, ou empaler, ou rôtir à petit feu ; il a bien voulu n'en pas donner l'ordre. Nous avons su lui plaire. Il a même daigné sourire. Il vous remercie de prendre soin de son éléphant et pour vous témoigner sa satisfaction, il lui envoie une compagne.

— Mais, ça fait deux éléphants! — protestèrent quelques fortes têtes.

— Sans doute, ça fait deux éléphants, mais songez que vous n'aurez à entretenir qu'un cornac.

Et c'est ainsi que se termine l'histoire de l'éléphant de l'Oba.

CHAPITRE XCII

Suite et fin de la conversation sur les nègres. — Les révélations d'un fonctionnaire de la Martinique. — Les nègres moins sensibles à la douleur que les blancs. — La cage. — Divers supplices infligés par les planteurs aux nègres, comparés à ceux qu'ils s'infligent entre eux.

Revenons à nos convives de l'habitation de la Boissonnière.

Ils en sont au café et Paul Barrel, tout en dégustant le sien, s'avoue que jamais en France il n'en a bu d'aussi délicieux.

La conversation continue de rouler sur les

Les cruautés des planteurs envers les esclaves

nègres. Décidément le vieux planteur veut arriver à convaincre son hôte de l'infériorité de la race noire et de l'évangélique douceur des colons à leur égard.

— Je ne mets pas en doute — dit Paul Barrel — que le sort des nègres sur certaines habitations n'ait été préférable à celui qui les attendait dans leur pays d'origine et que l'esclavage aux colonies n'ait arraché des milliers d'entre eux aux hécatombes, aux supplices les plus atroces et à un esclavage pire ; ceux-là sont les favorisés, ceux que le hasard faisait tomber à des maîtres doux et bienveillants.

Mais que dire du sort des esclaves livrés sans défense et sans recours contre les lois à la férocité de brutes ? Car vous avouerez bien, mon cher amphytrion, que tous les colons ne sont pas des hommes d'une haute distinction et d'un cœur excellent ; il doit se trouver parmi eux, comme partout, des brebis galeuses, des tyranneaux, des violents, des brutes, je répète le mot. Alors, à qui se plaindre ? J'ai dit, les victimes sont sans recours contre les lois, car je sais que les hautes fonctions de la magistrature coloniale étaient et sont encore exclusivement livrées soit à des créoles, soit à des continentaux mariés à des créoles, devenus par leur alliance propriétaires d'esclaves, et par conséquent, en même temps juges et parties dans les affaires qui leur sont soumises. J'ai ouï dire — et je vous avouerai que, sans m'être occupé directement de la question, je la connais, car le représentant Barrel, mon père, était un fervent abolitionniste, muni d'intéressants documents sur ce sujet — j'ai ouï dire donc par lui que tous les gouverneurs qui se sont succédé aux Antilles étaient propriétaires d'esclaves, bien plus, les prêtres également.

— Cela est vrai — dit Octave de la Boissière — mais ce ne sont pas sur leurs habitations que les nègres étaient malheureux.

— Qu'importe, s'ils l'étaient sur d'autres? Vous n'êtes pas sans avoir lu une brochure d'un de vos fonctionnaires qui, n'étant ni créole ni allié aux créoles, n'avait pas intérêt à cacher la vérité ?

— Vous voulez parler du livre du commandant France, intitulé : *La vérité et les faits ou l'esclavage à nu.*

— Oui, et il donne comme *pièces justificatives*, la réunion sans commentaires des procès-verbaux qui lui ont été adressés par ses officiers et ses chefs de brigade pendant son séjour à la Martinique. C'est, à mon sens, le plus terrible réquisitoire contre l'esclavage. Les scènes de barbarie atroce, les abominables châtiments pour les moindres désobéissances, les plus futiles infractions, y sont consignés en quelque sorte jour par jour avec la brutalité d'un procès-verbal.

— Nous avons vu cela.

— Dans cette brochure, l'auteur déclare que, les rares dispositions où le législateur paraît s'être souvenu des esclaves, étaient outrageusement méconnues par les maîtres, scandaleusement soutenus par l'autorité. Il ajoute que ceux d'entre les fonctionnaires qui voulaient faire leur devoir ne le pouvaient pas. Abreuvés de dégoûts, las de démarches et de protestations inutiles, ils ne tardaient pas à demander leur changement, quand ils n'étaient pas renvoyés sous les prétextes les plus fallacieux.

— Tout cela est un peu exagéré.

— Mais les procès-verbaux de la gendarmerie, qui n'avait nul intérêt à soutenir l'esclave contre le maître?

— Sans doute, il y eut des cruautés commises, mais encore une fois ce sont des exceptions. Que diriez-vous alors du code noir de nos pères prescrivant — article 32 — de couper les oreilles à l'esclave fugitif, le jarret s'il y avait récidive, et le condamnait à mort à la troisième tentative d'évasion?

— Je dis que ce code est atroce, mais d'après les pièces justificatives du livre du commandant France, le maître disposait avant 1848 d'autres châtiments qui, pour la cruauté, ne laissent rien à désirer aux édits féroces de 1689 et de 1724.

Nous y voyons, en plein dix-neuvième siècle, le maître conserver, de par la loi, un droit presque illimité sur l'esclave. Il est tout à la fois accusateur, juge et bourreau. L'administration elle-même se fait son complice. Composée de fonctionnaires imbus des préjugés coloniaux, ou ayant des attaches ou des intérêts avec les planteurs, elle évite de veiller à l'exécution du peu de règlements faits en faveur des esclaves. Celui d'entre eux qui osait réclamer ses droits, demander l'appui du juge, porter plainte contre son maître, était non seulement presque certain d'avoir tort en justice, mais d'expier à son retour sur l'habitation l'insolence de son inutile tentative.

Même pour aller trouver le juge il lui fallait un permis écrit et signé de son maître, sans quoi il était passible d'un châtiment légal et placé sous la prévention de *marronnage*. Est-ce vrai ?

— C'est parfaitement exact — approuvèrent les planteurs. — Mais, où voulez-vous en venir?

— A vous démontrer l'iniquité de l'esclavage.

Et là-dessus, Paul Barrel, emporté par son indignation, se mit à étaler la cruauté des châtiments qu'on infligait alors aux malheureux nègres des deux sexes, châtiments dont — disait-il — le raffinement rappelait les supplices de l'Inquisition.

La famille du planteur l'écoutait en silence et en souriant comme on écoute une bonne histoire racontée au dessert.

Nous allons résumer.

Outre les châtiments purement arbitraires et fondés sur l'usage, qui échappent à la « vigilance » de la magistrature, nous allons citer ceux qui n'ayant pas été abrogés dans le code noir, avaient reçu la sanction provisoire de l'ordonnance royale de 1828 :

Le fouet, le trois-piquets, le quatre-piquets, l'échelle, la rigoise, la prison, le cachot, le carcan, les chaînes, le ceps en prison ou au travail, le masque en fer blanc.

« Les malheureux esclaves — dit le courageux fonctionnaire qui, en plein esclavage, osa dénoncer ces atrocités, ce qui, d'ailleurs, lui valut sa révocation — les malheureux esclaves sont ignominieusement couchés, nus, sans distinction d'âge ni de sexe, la face renversée ; seulement l'*humanité veut* qu'une excavation reçoive le ventre des femmes enceintes ! Leurs poignets et leurs pieds étroitement serrés par des cordes, sont raidis et liés à des piquets enfoncés dans le sol, pour les empêcher de se débattre ; quelquefois, l'on place un billot sous le ventre des jeunes filles ou des femmes, afin de mettre les parties postérieures plus en relief. Le commandeur qui est peut-être le père, le frère, le fils ou l'époux de la victime, est obligé, sous peine d'être châtié lui-même, de remplir l'office de bourreau... Alors commence le supplice de la taille, par les vingt-neuf coups de fouet à la volée, du châtiment légal... Sait-on qu'un seul coup de fouet à nu peut enlever une bande circulaire de la peau du corps de la victime, qu'il fait ruisseler son sang et que les autres coups peuvent tomber souvent dans la même plaie ? Sait-on qu'on peut tuer un homme, et à plus forte raison une femme ou un enfant, bien avant d'avoir atteint le nombre terrible de vingt-neuf coups de fouet? — Il répugne de dire le reste : le pansement des plaies au jus de citron et au piment... ainsi que les suites pour l'enfant, du châtiment de la mère... C'est là, ce qu'on appelle dans ses modifications, le *trois*, le *quatre-piquets*, ou l'*échelle*, dont l'usage est non seulement légal, mais très ordinaire, même pour de faibles délits, vrais ou supposés. Et qu'on ne dise pas qu'il est de l'intérêt de tous les maîtres d'esclaves de ne pas commettre de cruautés qui pourraient nuire à leurs intérêts, à leurs *droits acquis*. La passion livrée à elle-même ne calcule pas toujours. On brise quelquefois une glace, un meuble précieux dans un accès de colère. Non ! il n'est pas bon, dit Montesquieu, de délaisser à une portion d'hommes, le droit de disposer arbitrairement du sort de leurs semblables. »

A ces châtiments, que le code noir autorisait sous le nom *disciplinaires*, il faut ajouter le bâton et la *rigoise*. La rigoise est un nerf de bœuf d'un mètre de longueur au moins, avec lequel on pouvait tuer un homme.

« Les hôpitaux — continue l'auteur de l'*Esclavage à nu* — qui servent aussi de *prison douce*, présentent souvent l'aspect d'un arsenal d'instruments de tortures...

« Là, des barres de fer, des chaînes, des ceps attendent les pieds des prisonniers. Un vase commun, infect, est au pied d'une espèce de lit de camp qui sert de lit à des malheureux recouverts des haillons qu'ils portent habituellement.

« Voilà pour les *prisons douces*; mais c'est bien autre chose quand il s'agit du *carcere duro* ou cachot proprement dit !... Tantôt ces cachots sont en bois, comme d'épaisses niches de dogues, moins l'ouverture hermétiquement fermée; tantôt ce sont de lourdes constructions en maçonnerie, isolées, séculaires, qui *bravent* les lois et les procureurs généraux...

« Nous dirons, nous qui les avons vus de reste : ce sont d'infâmes cloaques, où ceux, celles de quelque âge que ce soit qu'on y jette, sont suffoqués doublement et par la privation d'air respirable et par leurs propres ordures ..

« Sans parler de l'excessive chaleur, des piqûres de maringoins, des bêtes à mille pattes, crabes, chiques, scorpions...

« C'est dans cet état que ces malheureux sont livrés pendant plusieurs mois, je n'ose dire des années, aux tortures de la soif et de la faim. De plus, presque toujours, leurs pieds, leur cou sont étreints par des anneaux de fer, des carcans à plusieurs branches réunies par de lourdes chaînes. Encore, s'ils pouvaient se tenir debout ! Mais non, leur tête est refoulée comme sous la voûte d'un four et leurs membres meurtris sont toujours affaissés sur la terre, dans cet ignoble sépulcre qui recèle encore quelque reste de vie...

« Je renonce à faire le tableau d'un autre genre de supplice, en apparence moins terrible, puisqu'au moins il permet de respirer l'air vital, de se mouvoir, de se tenir debout, de voir le ciel si beau dans les régions de l'esclavage ! La cupidité a trouvé le moyen de rendre pour ainsi dire la prison *mobile*, de la *construire* sur tout le corps de la victime qui la traîne avec elle — sans priver le maître de son travail...

« Il n'est pas rare de voir des hommes et des femmes de tout âge, exténués, décharnés comme des spectres, chargés de fer, d'anneaux rivés, de colliers avec des chaînes quelquefois trop courtes, qui les obligent à marcher courbés, de jambières pesantes, travailler dans les champs à la suite de ceux qui ont le libre usage de leurs membres.

« C'est surtout ceux qui ont essayé de fuir, qui portent avec eux cette garantie de leur *repentir*. Ils peuvent marcher, il est vrai, mais deux barres de fer réunies par un anneau entre les jambes des hommes et le collier à branches rigides qui maintient la tête des femmes, leur font cruellement sentir tous les mouvements qu'un rude travail et le fouet leur commandent.

« Et ces atrocités qui révoltent, qui déshonoreraient les bagnes eux-mêmes, sont contemporaines de la plus brillante époque de la civilisation ! Elles marchent côte à côte avec la liberté, sont à l'ordre du jour dans les colonies, paraissent très naturelles à des hommes très polis et quelquefois bien élevés, affables chez eux, qui exercent une gracieuse hospitalité envers ceux qui viennent officiellement *étudier* le régime de l'esclavage, mais non pas l'*inspecter*... »

— Tout cela est exact — dit le vieux planteur. — Ce sont les différents procédés de correction que l'on employait pour avoir raison des nègres par trop vicieux ou par trop indociles.

« Ceci est un livre de bonne foi », comme le déclare l'auteur, ajouta M. de la Boissière. Il n'y a pas à en douter. Je reconnais que les faits sont présentés sous leur vrai jour, sans exagération ni amplification d'aucune sorte.

Cependant, si j'avais eu l'honneur de connaître personnellement cet officier supérieur, j'aurais attiré son attention sur une particularité d'importance capitale et dont, à mon avis, il a eu tort de ne pas tenir compte. La voici :

Le système nerveux du nègre est beaucoup moins délicat, beaucoup moins sensible que celui du blanc.

Prenez un nègre et un Français, de même sexe, de même force, de même âge, dans le même état de santé, puis enfoncez, dans le pouce ou l'index de l'un et de l'autre, une aiguille, une épingle, ce que vous voudrez, à la condition que ce soit juste, pour tous les deux, de la même quantité; que la piqûre ou la blessure, pour tous les deux, ait même dimension, même profondeur; eh bien, le nègre souffrira moins que le blanc, beaucoup moins; c'est prouvé, comme il est prouvé aussi que le supplice d'une tortue, d'un lézard que l'on découpe vivants sur la table de vivisection est bien inférieur à celui que souffre un chien que l'on découpe de même.

La conclusion de tout cela, vous la dégagez sans peine.

Un châtiment qui serait atroce, appliqué à un domestique blanc, ne l'est nullement, appliqué à un serviteur nègre.

Ce qui serait de la barbarie avec l'un n'est qu'une juste sévérité avec l'autre.

Il faut hurler avec les loups, dit-on. Il faut aussi, quand on a affaire à des brutes, employer des arguments de brutes, car elles n'en comprennent pas d'autres.

L'appel au sentiment du devoir, les réprimandes, la patience, la douceur, la longanimité, ne sont jamais de saison quand il s'agit de nègres. Ils prennent tout cela pour de la faiblesse et n'en deviennent que plus insolents, plus fainéants, plus intraitables. Montrons-nous donc sévères si nous ne voulons pas perdre notre argent; faisons-nous craindre, si nous ne voulons pas instituer à demeure la paresse, l'indiscipline et la révolte dans nos habitations. Ici, plus que nulle part ailleurs, le vieux proverbe du moyen âge est vrai : « Oignez vilain, il vous poindra ; poignez vilain, il vous oindra. », ou encore : « Chantez à l'âne, il vous fera des pets. » Telles ont été les réflexions que se sont faites nos prédécesseurs, les colons de la Martinique, de la Guadeloupe et autres lieux, des gens aussi sensibles, aussi humains que peuvent l'être tous les phraséologues des assemblées nationales, et telle a été la cause de l'institution des châtiments corporels, qui sont un mal nécessaire, indispensable.

Mais il y a châtiment et châtiment. Ceux que l'on employait ici, tout récemment encore, n'avaient rien d'exagéré, étant donné la sensibilité moindre du nègre. Il en est d'autres que je réprouve entièrement, par exemple ceux en usage parmi les colons anglais.

Irez-vous en Amérique ?

— Peut-être.

— Si vous y allez, vous verrez là-bas comment on traite les nègres et je vous engage fort à ne pas prendre leur parti trop haut.

Avez-vous entendu parler du supplice de la *cage ?*

— Jamais.

— Le voici pour votre édification. Sur un échafaud on exposait une cage en fer de sept à huit pieds carrés et on y enfermait le nègre, debout, les pieds posés dans des sortes d'étriers, avec une faux, bien aiguisée, entre les jambes. Par les jambes et par les bras, le patient était attaché et maintenu de telle sorte qu'en tombant il ne pouvait tomber qu'à cheval sur la faux. Elle était placée assez près de lui pour lui entailler les chairs s'il ne maintenait pas ses jarrets constamment tendus. Vous concevez bien que cette position, après quelques heures, devenait épouvantable. La tension énorme, ininterrompue, des muscles donnait au malheureux des crampes terribles, et la fatigue, le manque de sommeil, la faim le forçaient de fléchir sur lui-même, de tomber à cheval sur le métal tranchant. Il se blessait cruellement; cependant, le plus souvent il se relevait, mais c'était pour retomber, se relever et retomber encore. Plus l'homme était énergique, plus la torture durait. Le comble, c'est qu'on déposait en face de lui, mais hors de sa portée, un pain et une bouteille d'eau, afin de compliquer ses souffrances par le supplice de Tantale. Quand il rendait son dernier souffle, il devait se considérer comme ayant accompli son temps de purgatoire, si toutefois il y en a un pour les nègres, ce dont je doute, attendu que le purgatoire est sur le chemin du paradis et que j'aime à croire qu'on ne trouve pas de gens de couleur dans le séjour des élus. Que dites-vous de cette façon de faire mourir un esclave, pratiquée par les colons anglais ?

— C'est atroce !

— Je suis de votre avis. Un autre procédé consistait à le faire passer entre les cylindres destinés à broyer les cannes à sucre. Il était bientôt réduit en chair à pâté. Ce supplice avait à leurs yeux le tort d'être trop expéditif et ne valait pas le précédent!

Que les nègres soient moins sensibles à la douleur que les blancs, cela est possible; cette affirmation du vieux planteur a été émise et soutenue par des voyageurs. Il s'en est trouvé aussi pour en dire autant des Chinois. Tout le monde sait que chez ces derniers, la pénalité est atroce. Or, les malheureux que des juges barbares ont condamnés à recevoir un lavement d'huile bouillante, à avoir les paupières et les lèvres cousues, ou à être découpés en tout petits morceaux, en réservant les parties vitales pour le dernier moment, afin qu'ils ne meurent que le plus tard possible, ces malheureux, disons-nous, attendent l'heure de leur martyre sans manifester la moindre crainte et se livrent aux mains des bourreaux avec une indifférence, un calme absolument extraordinaire. S'il n'est point prouvé qu'à torture égale ils souffrent moins que l'Européen, il est avéré qu'ils envisagent la mort et les supplices avec plus de sang-froid que lui. Cette observation s'applique aux hommes de race noire.

« Je dois dire, — écrit Louis Jacolliot, parlant des populations du centre de l'Afrique — que tous ces condamnés, quel que soit le genre de supplice auquel on les voue, affrontent la mort avec la plus grande indifférence. J'ai été, au cours de mes voyages, témoin d'une foule d'exécutions ; on ne peut guère séjourner huit jours dans un district sans en voir une ou deux ; eh bien ! j'ai toujours remarqué que le patient, pendant ces préparatifs, causait avec l'exécuteur avec autant de tranquillité que s'il n'eut été pour rien dans la tragédie qui allait se jouer.

« Lorsque plusieurs coupables doivent être exécutés ensemble, on les voit, par une singulière rivalité, se présenter au bourreau, à l'envi l'un de l'autre, en s'écriant : *à moi le premier ! à moi le premier !*

« Et qu'on ne s'imagine pas qu'ils cherchent ainsi à échapper à la vue du supplice de leur camarade par peur de faiblir ; dès que l'exécuteur en a choisi un, les autres s'accroupissent sur leurs talons, fument leurs pipes, et ne cessent de causer et de plaisanter que quand leur tour est venu.

« Dans le haut Yébou, sur les limites du Yarribah, une bande de voleurs de grands chemins, qui détroussaient les caravanes, fut prise et le chef du pays, assisté de son conseil, condamna tous ceux qu'on avait saisis à mourir par l'eau bouillante.

« Le chef nous fit donner une place d'honneur pour assister à l'exécution. J'ai déjà expliqué, à propos des sacrifices d'esclaves, que l'intérêt même de notre sûreté ne nous permettait guère de décliner les invitations des chefs à ces sortes de spectacles ; dans le cas actuel, notre interprète nous avait affirmé que nous pourrions d'autant moins nous y soustraire. que notre refus serait interprété dans le sens de l'approbation de la conduite des voleurs.

« Cela étant, nous nous étions joints, quoique avec répugnance, à la suite du chef. Les condamnés étaient au nombre de quatorze ; ils furent tous placés, attachés et ficelés comme des poulets, chacun dans un grand vase en terre rempli d'eau, avec un exécuteur pour chaque patient. Dès que le charbon fut allumé, les misérables dont la tête émergeait seule hors de l'eau, se mirent à rire, à plaisanter, à insulter le chef qui avait refusé de leur laisser leur pipe et à cracher sur la foule. J'ai noté, d'après l'interprète, un des nombreux dialogues qu'ils échangèrent :

« — Eh ! toi, dit l'un d'eux, en s'adressant à l'obi (chef), vieil éléphant qui n'a plus de dents, est-ce pour nous manger que tu vas nous faire cuire ?

« — Tu te trompes, criait un autre, est-ce que les chacals mangent les lions ?

« — Il nous fait bouillir parce que nous avons volé les caravanes, et à lui qui vole tous les jours l'or, l'ivoire et les femmes des habitants, que lui fera-t-on ?

« Et les interpellations les plus vives volèrent de toutes parts.

« — Chien d'eunuque !

« — Fils d'esclaves !

« — Entremetteur de ta mère !

« — Crocodile puant !

« — Tu crois nous faire souffrir, c'est un bain que nous prenons.

« — Sors donc de devant nous, cela nous fait mal aux yeux de voir un esclave qui regarde mourir des hommes.

« A tous ces cris, l'obi répondait d'un ton impassible :

« — Menez-le feu lentement, il faut que tous ces braves gens aient le temps de voir leur graisse monter sur le bouillon.

« Pendant onze heures, les bourreaux conduisirent l'eau à une chaleur cuisante sans être assez forte pour tarir les sources de la vie ; sous l'action lente de cette eau à haut degré, les condamnés s'évanouissaient parfois, et, quand ils revenaient à eux, c'était pour continuer à injurier l'obi, le conseil qui les avait condamnés, la foule et nous mêmes.

« A la douzième heure, l'obi ordonna de chauffer ferme pour terminer le supplice. La vue de ces misérables qui criaient, roulaient les yeux, plaisantaient dans un bain un peu chaud, avait été supportable jusqu'alors, mais la fin du drame allait être tellement épouvantable que la contempler était au-dessus de nos forces, et nous résolûmes de nous y soustraire. »

Dans ce but, les voyageurs déclarèrent au chef qui les régalait de cet aimable spectacle, que l'heure était venue d'offrir des sacrifices aux dieux de leur pays, et qu'ils ne pouvaient se dispenser de ce pieux devoir sous peine des plus grands malheurs.

Leurs hôtes, gens élevés dans les bons principes religieux, trouvèrent la raison excellente et les laissèrent partir sans se formaliser, tout en regrettant que ce fut au plus beau moment de la cérémonie.

Nous donnons, pour terminer ce chapitre, la description de quelques autres supplices en usage chez les noirs, et dont certains témoignent d'une imagination assez fertile, presque digne de rivaliser avec celle d'un inquisiteur espagnol.

La noyade. — Supplice fort commun. On enferme le condamné dans une outre et on le jette dans l'eau. Ceci rappelle les exécutions de l'ancienne France, les bourgeois révoltés sous Louis XI par suite de l'aggravation des impôts, et descendant le cours des rivières, cousus dans des sacs, sur lesquels on lisait « Laissez passer la justice du roi. » Les rois et chefs nègres, ignorant l'usage de l'écriture, ne font rien inscrire sur leurs outres, mais ce qui vaut mieux, ils emprisonnent avec le patient, afin de ne pas lui laisser le temps de s'ennuyer, un chat sauvage, ou tout autre petit animal, muni de griffes et de bonnes dents et de tempérament rageur.

Le mortier. — Celui qui est condamné à ce supplice est étendu et attaché dans un tronc d'arbre creusé. On laisse alors tomber et retomber sur lui, jusqu'à écrasement et bouillie complète, une pierre de grosseur variable, selon le temps que l'on veut consacrer à l'exécution.

Ecartèlement.— On ne se sert pas de chevaux, comme chez nous au *bon vieux temps*, mais de deux jeunes arbres, flexibles et vigoureux et pas trop éloignés l'un de l'autre. On en rapproche ou l'on en réunit les sommets à l'aide de cordes et de courroies, puis le condamné est attaché par les jambes à chacun de ces arbres.

Il n'y a plus ensuite qu'à couper cordes et courroies. Pour reprendre leur position naturelle, les arbres s'éloignent violemment l'un de l'autre, et le corps du malheureux est déchiré, fendu en deux.

La fosse. — On commence par creuser un trou, au fond duquel on dépose le condamné, dont les bras sont attachés au corps et les jambes l'une à l'autre à l'aide d'une chaîne en fer. On prépare un grand feu et on attend que tout le bois soit réduit en braise ardente. Cela fait, on prend les charbons avec une calebasse, et on les jette, un à un, sur l'homme étendu dans la fosse. On ne se presse pas pour qu'il souffre plus longtemps. On épargne la tête autant que cela se peut, sans doute afin qu'il se voie rôtir. Ce supplice dure deux, trois heures, quelquefois davantage. Est-il possible d'imaginer rien de plus horrible?

Oui, il y a quelque chose de pis, le supplice de la *fourmilière*.

On garrotte solidement le condamné et on le dépose à côté d'une fourmilière. Il est alors lentement dévoré par des milliers de petites bêtes infatigables et avides, et il souffre une torture épouvantable, de tous les instants, de toutes les secondes et qui peut durer plusieurs jours.

Nous nous arrêterons là. Nous pourrions poursuivre la série longtemps encore, et parler de l'écorchement, du pal, du défoncement du crâne, de la mutilation graduelle, qui rappelle le supplice chinois des *dix mille morceaux* et qui consiste à couper de temps en temps un petit morceau de chair jusqu'à ce que tout le corps soit entièrement déchiqueté, mais il ne faut pas écœurer davantage le lecteur avec toutes ces horribles et rebutantes descriptions. Ce qui précède suffit pour lui montrer que ces « naïfs enfants de la nature » n'ont rien à envier aux habitants des autres parties du monde en ce qui concerne l'art ingénieux de faire souffrir atrocement son semblable.

CHAPITRE XCIII

Détails du naufrage de la *République Universelle*. — La brute humaine. — Paul Barrel meurtrier. — « Sauve qui peut. » — Amours naissants.

Avec une discrétion particulière aux gens de plus en plus rares qui considèrent les devoirs de l'hôte, ouvrant sa maison comme une sorte de sacerdoce et le voyageur qui vient frapper à la porte comme un convive envoyé par le ciel, suivant la belle expression des Arabes, le planteur ni sa famille n'avaient interrogé Paul Barrel sur les motifs qui l'avaient poussé à ce voyage aux Antilles.

Etait-ce un simple touriste, un *globe trotter*, un fils de famille trouvant cette façon de dépenser son temps et son argent plus agréable, plus intéressante et surtout plus intelligente et plus saine que celle qui attire et fascine la plupart des jeunes oisifs : les cafés du boulevard, les cercles, les restaurants de nuit, les théâtres et les femmes, plaisirs coûteux et malsains qui en dix ans, vident les bourses et les cervelles?

Etait-ce un proscrit politique fuyant, suivant le vieux et traditionnel cliché, « son ingrate patrie » ?

Quant aux autres suppositions qui eussent été malséantes à l'égard du peintre, elles ne vinrent même pas à la pensée de ses hôtes.

Son regard loyal et franc, l'honnêteté de sa physionomie, indiquaient assez que nulle action blâmable ne l'avait obligé à quitter la France, et l'aisance et la distinction de ses manières prouvaient qu'on avait affaire à ce que les Anglais désignent si bien sous le nom de *gentleman*.

Le gentleman n'est pas seulement l'homme de bonne éducation, c'est aussi l'homme incapable d'une action déshonnête, d'une bassesse, d'un mensonge ou d'une lâcheté.

Combien, parmi nos beaux messieurs, porteurs de nobles titres et la boutonnière ornée du ruban, insigne de l'honneur, pourraient sans mentir se dire *gentlemen*?

Tout ce que l'on savait de Paul Barrel, c'est qu'il avait échappé au naufrage de la *République Universelle* et qu'il croyait en être le seul survivant.

Du moins, il était le seul qu'eut recueilli la frégate française *Marie-Louise*, alors qu'il flottait cramponné à une épave. Il se trouva que le commandant de la frégate avait connu Georges Barrel, à l'époque où, jeunes tous deux, ils combattaient pour l'indépendance de la Grèce. Comme le représentant du peuple, il avait des idées avancées et généreuses; aussi fit-il le meilleur accueil au jeune homme, quand il le sut fils de son ancien compagnon d'armes.

Il ouvrit généreusement sa bourse à Barrel, qui d'ailleurs gardait dans sa ceinture une somme assez importante, et l'avait recommandé à l'un de ses officiers, Bertrand de Paimpol.

De plus, le commandant de *Marie Louise*, dans sa courte escale au Fort-de-France, n'avait pas manqué de parler de celui que son équipage avait recueilli.

La famille de la Boissière savait donc qu'elle n'offrait pas l'hospitalité à un aventurier suspect.

Mais Barrel ayant un soir fait allusion au naufrage de la *République Universelle*, les jeunes filles lui demandèrent des détails sur la catastrophe.

— Je ne vous en ai pas parlé tout d'abord — dit le jeune homme — car le souvenir seul me fait frémir.

— Etait-ce donc si horrible?

— Ce qui est horrible, c'est l'homme qui, en face de la mort, perd son sang-froid et devient semblable à la brute. Oui, à certains moments critiques, la brute reparaît chez l'homme, prouvant que tous ces dehors de civilisé qui l'enveloppent, cette urbanité dont à l'état calme il fait preuve, cette politesse envers les femmes ne sont que des vêtements d'emprunt, des loques dorées, si je puis m'exprimer ainsi, qui tombent d'elles-mêmes à l'heure du danger ou qu'il rejette aussitôt qu'il s'agit de sauver sa peau.

J'ai assisté, dans cette inoubliable journée, à des scènes terribles, monstrueuses.

Des gens, d'ailleurs fort aimables et qui durant tout le voyage avaient donné maintes preuves d'une excellente éducation, se ruèrent sur la foule affolée, essayant de s'emparer à coups de poing d'un canot de sauvetage, tapant indifféremment sur les hommes, sur les femmes, sur les jeunes filles. J'en ai vu tomber défaillantes, le visage ensanglanté des coups qu'elles avaient reçus.

Sans pitié, on marcha sur elles, on les foula aux pieds, on les écrasa.

Tous les passagers, à l'exception d'un très petit nombre, ressemblaient à des fous furieux, à des démoniaques, lorsque le commandant impassible, debout sur la passerelle, donna l'ordre de lancer des fusées, signe de détresse, puis de mettre les embarcations à la mer.

L'une était déjà pleine de monde, quand une bande de forcenés se laissa glisser le long de la coque du navire pour s'engouffrer dans la chaloupe, tombant sur ceux qui l'emplissaient déjà, écrasant de leur poids hommes, femmes, enfants.

Ils étaient une vingtaine, et la secousse jointe à la surcharge, pesant à la fois d'un seul côté, fit chavirer l'embarcation, entraînant tout le monde dans les flots.

Ce furent alors des cris et des appels déchirants, chacun luttant dans la mer, fort grosse à ce moment, s'accrochant les uns aux autres, ceux qui ne savaient pas nager paralysant les efforts des nageurs, les entraînant, disparaissant avec eux dans l'abîme.

Un groupe de passagers plus calmes, parmi lesquels je me trouvais avec mes amis, restait au pied de la passerelle.

Nous ne quittions pas des yeux le commandant, épiant ses mouvements, ses moindres gestes, attendant de lui le salut, reposant tout notre espoir, toute notre confiance sur ce brave, tant il est vrai que dans les batailles, comme dans les catastrophes, le succès comme le salut dépend le plus du sang-froid du chef.

Il continuait à diriger le sauvetage, donnant froidement des ordres et, certes, sans l'affolement des passagers qui en empêchaient l'exécution, annihilaient les efforts de l'équipage, couraient, se bousculaient, poussaient des cris lamentables, le désastre n'eut pas été si complet.

Je me souviens d'une jeune femme, à moitié vêtue, portant un bébé sur un bras et tenant à la main une petite fille de cinq à six ans, implorant avec des accents de détresse tous les hommes : « Au nom du ciel, Monsieur, sauvez mes enfants ! Sauvez mes enfants ! » Mais les uns ne lui répondaient pas, les autres secouaient la tête, plusieurs même la repoussèrent. Une brute à face humaine, à qui elle barrait le passage, la renversa d'un coup de poing. Elle tomba, poussant de grands cris, sans abandonner ses enfants. Un vieillard débile, le grand-père, s'agenouilla près d'elle, lui arracha le bébé des bras et prit la petite fille. Il pleurait, et c'était navrant de voir les sanglots de ce pauvre vieux. La jeune mère lui criait : « Oh ! tu ne pourras pas, tu ne pourras pas! Laisse-moi au moins le baby. » Il échoua, en effet : comme il essayait d'atteindre une embarcation avec son précieux fardeau, il fut bousculé, repoussé; il trébucha, tomba et une vague énorme qui s'abattit sur le navire, les emporta tous trois sous les yeux de la mère agenouillée, mains jointes, l'œil dilaté par l'horreur, et qui jeta tout à coup un éclat de rire strident, atroce, un rire, que de ma vie, je n'oublierai, car je l'entends encore vibrer sinistre à mes oreilles. Elle était folle et, d'elle-même, alla se précipiter tête basse dans l'abîme à la suite de ceux qui lui étaient chers.

De tous côtés, un déroulement de drames, des cris, des sanglots. Le feu gagnait rapidement malgré les efforts désespérés d'une partie de l'équipage, ce qui augmentait le désordre, car déduction faite des hommes employés aux pompes, il ne restait plus assez de matelots pour maintenir les passagers.

Ils s'étaient hissés dans les embarcations et aucun n'en voulait plus descendre, abandonner une place que vingt autres convoitaient, ce qui empêchait les hommes de l'équipage de les mettre à la mer.

Ils ne descendirent que quand le commandant donna l'ordre de couper les chaînes qui les retenaient à leurs amarres ; or, un plongeon par cette grosse mer et le désordre ambiant ne pouvait qu'être mortel.

Naturellement, ces scènes diverses se passaient simultanément, et dans le tourbillon des tableaux multiples, mes souvenirs sont un peu confus, cependant, l'un m'est resté très clair, très distinct parce que j'y ai joué un rôle.

— Vous avez sauvé quelqu'un ? — demandèrent les jeunes filles.

— Non, tout le contraire — répondit Barrel. — J'ai tué quelqu'un, mais je ne le regrette nullement.

— Oh ! Comment cela ?

— On entendait — reprit le jeune homme — des cris, des vociférations atroces. Nous regardâmes dans la direction d'où venaient ces clameurs et nous vîmes une espèce de fou, un Yankee qui, le couteau à la main, se faisait une trouée pour atteindre une embarcation vide.

— Qu'on désarme cet homme — ordonna le commandant — ou qu'on le tue !

Tout l'équipage était occupé. Je m'élançai, je saisis une hache que je trouvai au pied d'un mât et, du dos, j'en assénai un coup formidable sur la tête du forcené qui tomba.

On le foula aux pieds, je ne le revis plus.

— C'est bien, ça ! — fit le jeune de la Boissière — j'en eusse fait tout autant.

— Et nous t'aurions approuvé — dirent ses sœurs, regardant Barrel avec admiration.

— C'était la fin ! — continua le jeune homme. — L'on ne pouvait plus se rendre maître du feu Avec mes amis, nous nous jetâmes dans une embarcation et quand il ne resta plus un passager sur le navire, le commandant, debout sur son banc de quart, lança à son équipage le cri de : « Sauve qui peut. »

Tout à coup, à notre indicible horreur, une explosion formidable éclata, la *République Universelle* était lancée dans l'espace et couvrait la mer de ses épaves.

Un de ces débris, une poutre enflammée, tomba malheureusement sur notre barque, écrasant sous son poids décuplé de la hauteur d'où elle retombait, une partie de mes malheureux compagnons, et fit chavirer la chaloupe.

Comme tous, je fus précipité dans les flots, je saisis une épave, un fragment de mât, auquel je me cramponnai de toutes mes forces, car les vagues, dans leurs secousses, menaçaient de m'en arracher.

Tantôt je m'engouffrais dans un profond sillon, tantôt je remontais sur la surface écumeuse d'une lame énorme, pour redescendre aussitôt.

Quand j'étais en haut, j'apercevais çà et là des têtes, celles de mes compagnons qui avaient réussi comme moi à s'accrocher à quelque débris.

La houle nous séparait de plus en plus les uns des autres et bientôt, après une heure de lutte, je ne voyais plus rien, je ne regardais plus rien, je réunissais tout ce qui me restait de forces pour me tenir attaché à mon fragment de mât.

Je ne sais depuis combien de temps je flottais ainsi, secoué et ballotté, et j'avais presque perdu connaissance ou tout au moins la conscience nette des choses, je sais seulement que la nuit était venue, lorsque je crus entendre des voix qui semblaient flotter comme moi sur la surface des eaux.

Les voix s'approchèrent et ces mots arrivèrent distinctement à mes oreilles, mais comme les paroles qu'on entend dans les rêves : « Non, je ne me trompe pas, c'est un noyé accroché à une épave. »

Un noyé, je l'étais presque, incapable de faire un mouvement, de prononcer une parole. Je me sentis saisir, puis ce fut tout. Je perdis toute conscience de mon être.

Quand je revins à moi, je me trouvai étendu dans une cabine, un médecin se tenait près de moi, un cordial à la main.

— Allons, ça va bien. Vous voilà sauvé — me dit-il. — Avalez cela, mon garçon.

Je bus le cordial, du rhum chaud.

— C'est encore ce qu'il y a de meilleur — me dit gaiement le docteur — et ça vaut toutes les drogues que peuvent donner mes confrères terriens, des ânes bâtés, tous !

Il riait.

— Où suis-je ? — lui demandai-je.

— Sur la *Marie-Louise* ! Une frégate numéro un.

— Et la *République Universelle* ?

— La *République Universelle* ! — s'exclama-

Les sectateurs du Vaudou

blable aux nymphes de Virgile, cache ses amours au plus profond des forêts.

— Oh ! oh ! On ne fait pas tant de mystère à la Martinique. L'on ne va pas dans les bois quand la chambre à coucher suffit. Les jolies mulâtresses ne font pas tant de façons. Vous en savez peut-être déjà quelque chose, sans doute? — ajouta-t il en riant.

— Et les jolies créoles ? — demanda Paul, un peu vexé de cette allusion à Emilienne.

— Les jolies créoles ne sont pas bégueules — répondit Octave. — Cependant, entre elles et les femmes de couleur, l'on ne peut établir de comparaison, pas plus qu'entre une gazelle et une vache... Mais qu'est-ce que j'aperçois là-bas, sur le bord du torrent? On dirait Nabuchodonosor! En vérité, c'est lui. Il est sur les traces du curé. Peut-être vient-il le chercher?...

Mais le commissionnaire n'avait l'air de chercher personne. Il se dirigeait du pas lent de quelqu'un courbé sous le poids de ses réflexions ou de ses remords vers la croix dont nous avons parlé, la croix commémorative de l'assassinat et du viol des deux religieuses.

Examiné au bout de la lorgnette, il paraissait une âme en peine ; la tête inclinée, sa belle casquette sur les yeux, les bras ballants, les jambes fléchissantes, il personnifiait l'abattement et le désespoir.

— Il paraît que ses affaires ne marchent pas — dit Paul. — Quelle calamité a fondu sur lui ? Il se sera saoulé de nouveau et aura perdu une lettre ou un paquet confié à ses soins.

— Voyons ce qui le préoccupe. Cet animal m'intéresse comme objet de curiosité.

— Il est plus bête que méchant — fit Paul.

— Plus bête que méchant ! Détrompez-vous. Il est les deux à doses égales.

— Vous m'étonnez. Je le croyais ivrogne, mais inoffensif. L'abbé Raymond pense comme moi. Nous avons parlé de lui hier.

— L'abbé ? Il est trop bonne pâte, trop optimiste. Il n'y a pas de nègres inoffensifs. Ce sont tous des coquins ou des brutes, et des uns comme des autres il faut se méfier. Je gagerais qu'il a commis quelque méfait et que dans sa lourde bêtise il va s'en accuser à haute voix devant cette croix.

— Allons écouter — dit Paul. — Une confession de nègre, ça doit être amusant.

De l'endroit où ils se trouvaient, ils pouvaient, en coupant en ligne droite, arriver à la croix bien avant Nabuchodonosor, qui suivait le chemin en zigzags et lentement.

Ils accélérèrent donc leur marche, tout en battant les buissons de la baguette de leurs fusils, pour en déloger les serpents ; mais, de son côté, le nègre se mit à allonger le pas au fur et à mesure que la distance qui le séparait du symbole d'expiation se raccourcissait davantage, de sorte que, à peine arrivés derrière la croix, et dissimulés dans un épais paquet de broussailles, le nègre l'atteignait à son tour.

Victor, maintenu par son maître, ne poussa pas un aboiement et se tint en arrêt.

Le visage de Nabuchodonosor, qu'ils pouvaient apercevoir sans être vus de lui, exprimait le plus profond désespoir.

En face de la croix, il jeta brusquement sa casquette à terre, se laissa tomber à genoux, joignit les mains et sanglota.

— Oh ! mon Dié, mon Dié ! — s'exclamait-il par instants. — Mon Dié ! mon Dié !

— Il a la conscience bourrelée de remords ! — dit en souriant le créole.

— Il a au moins massacré tout un quartier de Fort-de-France — ajouta Paul.

Le nègre était si grotesque dans l'expression de son désespoir que les jeunes gens avaient grand' peine à retenir leur rire.

— Mon Dié ! mon Dié ! — continua le commissionnaire. — Vous bon, moi mauvais ; moi Judas, moi mauvais nègre. Padon, mon Dié, si moussié li curé va li crevé.

— Hein ? — fit Paul.

Un « chut » énergique et une poussée d'Octave le rappela au silence.

— Padon, mon Dié, si moussié li curé va li crevé. Ni pas faute Nabuchodonosor. Li faute bon Dié. Pourquoi bon Dié laissé vie à li dié Vaudou. Li bon Dié plus fort que li dié Vaudou. Li dié Vaudou rien du tout à côté li bon Dié. Li qu'a méchant, dié Vaudou, et n'a pas bon pour pauve nègue, pas fait ce qui dit nous fait crevé. Alors, qu'est-ce qui dit, toi bon Dié, pourquoi toi pas tué li dié Vaudou ?

— Ce nègre est logique — dit tout bas Paul.

— O pauve, moussié li curé ! Li va crevé... Mais aussi bien heureux, moussié li curé ; li va tout de suite voir bon Dié dans li paradis... Pas pour méchant nègue, li paradis ! Méchant nègue, li va deveni bête, et quand li crevé, li va en enfé, où qu'a li feu flambant, et li mounanmounans avec li cornes pointues, ah !

Cette pensée des mounanmounans avec des cornes pointues sembla le plonger dans la plus profonde horreur. Un instant on ne vit plus que le blanc de ses yeux, tandis que de ses lèvres blanches coulait un filet de bave.

Il se mit à se frapper la poitrine avec rage, puis se signa, marmotta d'inintelligibles prières, enfin se releva soudain et s'éloigna à grands pas avec des gestes tragiques, oubliant dans son désespoir sa belle casquette au pied de la croix.

Octave et Paul se regardèrent avec stupeur.

— Qu'est-ce que cela signifie ? — demanda ce dernier.

— Vous avez entendu comme moi. Un danger menace le brave curé. Il faut aller à son secours.

— Je ne demande pas mieux et me voilà prêt à vous suivre. Mais quel danger ?

— Qui sait ? Vous avez entendu ce gredin parler du Vaudou. Il y a tout à redouter. J'avais prié l'abbé Raymond de venir dîner avec nous ce soir. Il s'en est excusé sous prétexte d'occupations multiples. Je les connais, ses occupations. Elles n'ont rien de bien pressant. Il court un peu la gueuse ! Mon avis est qu'on l'attire dans un guet-apens ; ce misérable Nabuchodonosor est complice de ces gredins.

— Mais quels gredins ?

— Eh ! les sectateurs sanguinaires et imbéciles de cette divinité crapuleuse, le Vaudou.

— Dans quel but attire-t-on l'abbé Raymond dans un guet-apens ?

— Pour l'assassiner. Dans le seul but de mal faire, de commettre des atrocités. Dans quel but a-t-on mutilé ce petit garçon dont nous avons trouvé les organes sexuels ?

— Alors, hâtons-nous — dit Paul. — Tâchons de rejoindre le curé. Mais comment retrouverons-nous ses traces ?

— En suivant avec précaution celles du pieux Nabuchodonosor.

Mais le nègre était déjà loin. Il hâtait le pas, et tout à coup se mit à courir, comme s'il craignait d'arriver en retard.

Ils le virent, tout en se garant d'être vus, traverser le torrent, remonter la pente opposée et se diriger à toute vitesse vers un angle saillant de la forêt, dans lequel il ne tarda pas à disparaître.

Les deux jeunes gens prirent alors leur course, dévalant sur la pente, allant droit devant eux, sans s'inquiéter du chemin pour couper au plus court, et arrivèrent sur les bords du torrent qu'avait aisément traversé le nègre en marchant sur les fragments de roc.

Mais où ils étaient arrivés, plus de fragments de roc, et le torrent, d'une largeur double, roulait ses eaux avec impétuosité.

— Evitez de regarder le courant — dit Octave — vous perdriez l'équilibre et seriez entraîné. Fixez vos yeux sur la rive opposée.

Ils entrèrent. Ils eurent d'abord de l'eau jusqu'au ventre, puis jusqu'à la poitrine. Le courant était si rapide que malgré le sage avis de ne pas le regarder et qu'il suivit exactement, Paul se sentit étourdi, comme s'il venait de se livrer à de capiteuses libations.

— Tenez bon — lui cria son compagnon — ne perdez pas de vue la rive.

Ce qui compliquait la difficulté de ce passage c'étaient les fusils et les cartouchières qu'ils élevaient au-dessus de leurs têtes.

Enfin, ils parvinrent sans encombre à la rive opposée, escortés de Victor, à qui ce bain rendait toute sa bonne humeur et son ardeur accoutumées.

Il s'agissait, maintenant, d'entrer dans le bois à la place où ils calculaient que l'abbé y avait pénétré. Une grande distance les en séparait encore.

Ils se mirent à courir, tantôt précédés, tantôt flanqués, tantôt suivis par Victor ; mais le sol pierreux et la pente assez raide n'étaient pas favorables à une course et la chaleur continuait à peser lourdement. Aussi durent-ils reprendre le pas, s'avançant à larges enjambées, suivant la lisière de la forêt, par les montées et les descentes, selon les reliefs du terrain, fatigués, essoufflés, mais marchant toujours.

Ils n'échangeaient que quelques rares paroles, en proie à une inquiétude croissante, sentant l'approche d'une catastrophe.

Le ciel devenait sombre ; le terrain glissant. Un marécage était proche. Ils atteignirent, enfin, le point du bois où il leur avait semblé que le curé s'enfonçait. Ils examinèrent le sol. Dans l'humus humide, en effet, ils reconnurent des traces de pas nettement gravés, les gros souliers à clous que chaussait le curé pour ses courses aux plantations.

Ils suivirent ces traces, puis les perdirent tout à coup dans les herbes ; ils entrèrent dans un fourré, le chien d'abord en éclaireur, puis le créole ; Paul fermait la marche harcelé par l'appréhension bien naturelle de sentir tout à coup les dents aiguës d'un serpent s'enfoncer dans ses mollets.

Mais comme son compagnon ne semblait nullement songer à ce très possible et très désagréable incident, ou que, du moins, s'il y songeait, il n'en laissait rien paraître, le peintre ne lui fit pas part de ses inquiétudes et ainsi qu'il arrive souvent au milieu du danger, finit par oublier cette épée de Damoclès non pas supendue au-dessus de leurs têtes, mais menaçant leurs jambes.

Bientôt le fourré s'éclaircit, des arbres de colossales dimensions suffisamment espacés lui succédèrent, palmiers, acajous mangliers et nombre d'autres aux racines énormes dont les unes saillaient sur le sol comme des veines gonflées sur le bras d'un athlète et d'autres jaillissant hors de terre se déroulaient semblables à de gigantesques serpents.

De distance en distance, à travers les cimes touffues pressées les unes contre les autres, des végétaux géants, une trouée se faisait dans la voûte sombre et un coin du ciel livide apparaissait.

Il était environ cinq heures du soir et la nuit allait bientôt venir.

Les branches, les feuilles gardaient une immobilité sépulcrale, on les eût dit pétrifiées subitement. Mais les maringouins continuaient de bruire aux oreilles des jeunes gens et les harcelaient de leurs cuisantes piqûres avec une nouvelle fureur.

De temps en temps, un cri retentissait au loin et l'on n'aurait pu dire s'il sortait d'un gosier humain ou d'un gosier de bête.

Paul, après l'avoir entendu deux ou trois fois, demanda d'une voix basse, impressionné malgré lui :

— Quel cri étrange ? On dirait quelqu'un qui appelle ?

— C'est un échassier — répondit le créole sur le même ton — à la tombée de la nuit, cet oiseau fait toujours entendre ce cri. C'est son bonsoir aux hôtes des bois.

Il essayait de rire, mais ce rire se glaça sur ses lèvres.

La même sorte d'appel venait de retentir mais plus distinct, plus semblable à une voix.

— Non — fit Octave de la Boissière — ce n'est pas un échassier...

— Qu'est-ce alors ?

— Un signal, peut-être

— Un signal ? Quel signal ?

— Qui le sait... voici un pas d'homme... oui c'est bien cela. Voyez le gros soulier de l'abbé Raymond... Dieu soit loué... ici, Victor !

Le chien l'air inquiet, obéit sans enthousiasme. On eut dit qu'il flairait l'approche d'un danger et il se demandait sans doute ce que son maître allait exiger de lui.

A plusieurs reprises, le créole lui fit flairer l'empreinte, puis il lui dit :

— Cherche.

Le chien, le nez à terre, partit comme un

trait. Ils le suivirent un instant des yeux, puis il disparut derrière les troncs d'arbres.

Son départ augmenta le sourd malaise qu'éprouvaient les deux jeunes gens. Octave examina la batterie de son fusil, s'assura de la place de sa cartouchière ; Paul prit les mêmes précautions.

— C'est le moment d'ouvrir l'œil — dit le créole.

— Vous êtes inquiet ?

— Tenons-nous sur nos gardes.

— Il y a du danger ?

— Oui. Je regrette beaucoup de vous avoir amené ici. Je ne vous cache pas que nous risquons gros.

— Tant pis — répondit simplement le peintre.

— Il est trop tard pour reculer, et vous ne voudriez pas reculer, n'est-ce pas ?

— Jamais.

— Alors en avant !... Mais doucement.

Cette dernière recommandation était superflue. La nuit tombait, devançant l'heure, sous l'ombre épaisse des arbres centenaires.

Ils allaient lentement, obligés de se baisser pour chercher l'empreinte des pas sur l'humus, empreinte que bientôt l'on ne distinguerait plus.

Que faire alors dans la vaste forêt, épaississant autour d'eux ses ténèbres, les enveloppant comme d'un crêpe funèbre, multipliant à chaque pas les embûches, les dangers ?

Comment suivre une trace, comment même revenir en arrière ? Ils ne songeaient, du reste, aucunement à rebrousser chemin.

Depuis un quart d'heure, ils avançaient au hasard, suivant la direction prise par le chien, mais le chien ne revenait pas.

Leur perplexité croissait. Il leur semblait qu'ils se trouvaient à des centaines de kilomètres du monde des vivants, à Paul Barrel surtout, transporté de Paris sur cette terre des Antilles où tout était nouveau pour lui.

Le silence devenait énorme. Il pesait sur eux comme une menace. Ils eussent préféré entendre des bruits lointains, des clameurs, mais ce silence de la forêt les inquiétait comme un ennemi qui guette quelque part, dans l'ombre, et qui, tout à coup, va surgir pour frapper traîtreusement.

Le cri qui les avait émus, le cri indéfinissable sorti de la gorge d'un échassier ou d'une poitrine humaine, ne se répétait plus.

— Nous ne pouvons nous aventurer davantage sans nous égarer et risquer de tomber dans quelque fondrière. L'obscurité est complète. Arrêtons-nous...

Je n'ai pas voulu siffler le chien pour ne pas déceler notre présence, mais il faut en finir.

Et mettant deux doigts sur ses lèvres, il tira de ce sifflet improvisé un son aigu.

Quelques minutes après, il y eut un bruit de galop à travers les lianes, les feuilles sèches, les herbes, et Victor haletant, essoufflé, vint se jeter dans les jambes de son maître qui le flatta de la main.

— Eh bien quoi, Victor ? Eh bien quoi, mon bon chien ? Qu'est-ce que tu as vu ? Tu vas nous guider maintenant, marche devant !

Il continuait à le caresser, lorsqu'il poussa une exclamation :

— Ah ! Diable !

— Quoi donc ?

— Du sang ! Si je ne me trompe, c'est bien du sang qui est à mes doigts.

Paul fit flamber une allumette.

Les doigts du créole étaient rouges.

— Le chien s'est peut-être blessé, écorché dans les ronces — fit Paul.

Ils examinèrent attentivement l'animal au toucher, passant la main sur sa fourrure, sur ses jambes, mais tout était sec ; aucune partie du corps ne portait trace de la moindre écorchure.

— C'est le museau — fit Octave — le museau qui est sanglant... Allumez, je vous prie, une seconde allumette, bien que ce soit imprudent.

De nouveau, une allumette flamba, et les jeunes gens constatèrent que le museau de l'animal était ensanglanté.

— C'en est fait ! — s'exclama douloureusement le créole — le pauvre abbé Raymond est mort.

— Qu'en savez-vous ? Qui vous prouve que ce sang soit le sien, au lieu d'une bête quelconque à qui Victor a livré bataille ?

— Rien ne le prouve, en effet...

— Suivons ce brave animal, nous saurons à quoi nous en tenir.

Au moment où le peintre finissait de parler, un cri lointain, douloureux, lamentable, traversa la forêt et il lui sembla que les feuilles frissonnaient sur les branches immobiles.

Qu'était-ce donc ? La plainte d'un animal ? celle d'un homme qu'on égorge ?

Cette sinistre clameur ne ressemblait pas aux autres cris qui les avaient si fort inquiétés.

— Vous avez entendu ? — dit Octave de la Boissière, saisissant dans sa main fiévreuse la main également brûlante de son compagnon.

— Oui... Qu'est-ce ?

— Vous le demandez ?... Le cri d'un homme qu'on assassine.

Et il ajouta :

— Je ne sais si le sang que j'ai encore aux doigts est le sien ; mais je sais que là-bas, maintenant, il coule. Pauvre et brave abbé

Raymond, si bon, si serviable !... Ah ! mon ami, nous arriverons trop tard, trop tard !

— Il faut tenter l'impossible. Je n'ai vu qu'une fois ce brave homme, et à première vue il m'a été sympathique.

— Allons, quand même.

— Marchons. Je vous suivrai partout où vous irez.

— Merci... Victor !... En route !

Ils se serrèrent la main et s'avancèrent aussi rapidement que le permettaient les obstructions du chemin et les épaisses ténèbres.

Victor les précédait. Pendant les rares éclaircies, ils l'apercevaient le nez sur la piste, tournant la tête vers eux comme pour leur dire d'accélérer leur marche.

— En cas d'attaque, votre chien nous serait-il de quelque utilité ? — demanda Paul.

— Certainement. Il se jetterait à la gorge d'un des assaillants. Il est de bonne race, de celle que les Espagnols dressèrent jadis pour la chasse aux Indiens qu'ils abattaient, vous le savez, comme des fauves... Victor ne craint pas le plus robuste nègre ; c'est celui-ci, au contraire, qui aurait tout à redouter... mais ils ont leur coutelas.

De temps en temps, pour s'assurer que le chien ne perdait pas la piste, le jeune homme faisait flamber une allumette, examinait le sol et montrait à son compagnon l'empreinte des pas de l'abbé, mais nulle part on n'apercevait celle de Nabuchodonosor. Il avait dû prendre un autre chemin.

Après une demi-heure de marche pénible, le terrain changea brusquement.

Des cailloux, des rocailles, des morceaux de rocher remplacèrent la terre végétale, et la montée qui, jusqu'ici, avait été en pente douce, devint raide, abrupte.

Il fallut s'aider de la main, s'accrocher aux racines, aux fragments de roc et se fier désormais à la sagacité de Victor.

Bientôt les feuilles s'agitèrent, l'air fraîchit, un grand souffle passa, un éclair illumina la forêt, laissant dans l'œil une vision fantastique et la pluie, une pluie torrentielle, se mit à tomber. L'orage, depuis longtemps annoncé, éclatait.

— Ce n'était pourtant pas le moment — dit le créole. — Nous avions assez d'obstacles pour nous barrer le chemin !... Mais où est Victor ?

Il l'appela doucement.

A la lueur d'un second éclair, ils se virent à quelques pas d'un épais buisson, à travers lequel apparut bientôt la tête intelligente du chien qui, après les avoir un moment regardés d'un air surpris, comme s'il s'étonnait qu'on ne le suivît pas plus vite, recula et disparut de nouveau.

Le buisson, à n'en pas douter, dissimulait l'ouverture d'un trou ou d'une grotte, et le chien y ayant pénétré sans grognement ni aboiement, l'on pouvait en conclure qu'aucun danger n'était à redouter.

Nos aventureux jeunes gens n'agitèrent, d'ailleurs, même pas la question ; écartant les branches, ils foncèrent, non sans quelques accrocs et déchirures, à travers cet obstacle, leur masquant l'inconnu, comme un lièvre à travers un champ de luzerne.

Tout à coup, Octave de la Boissière, qui ouvrait la marche, sentit le vide sous ses pieds et brusquement tomba d'une hauteur d'environ un demi-mètre.

— Vous n'avez pas de mal ? — demanda Paul inquiet.

— Non — répondit le jeune homme en se relevant. — Avancez avec précaution ; il y a un trou.

Il fit flamber une allumette et le peintre sauta à ses côtés.

Ce trou n'était que l'ouverture d'une sorte de boyau fort étroit qui s'enfonçait sous terre. Victor, arrêté à quelques pas, les regardait comme impatienté de tant de lenteur, ayant l'air de dire : « Mais venez donc ! »

Ils le suivirent à demi-courbés, tâtant des mains les parois glaiseuses, marchant dans une obscurité complète, voulant ménager leurs allumettes, mais rassurés par la présence du chien qui les guidait et confiants en sa sagacité.

Soudain l'animal s'arrêta.

Ils en firent autant, et à la lueur d'une allumette le virent flairer un sac de toile grise contenant un objet assez volumineux.

L'ouverture en était fermée avec une forte ficelle. Sac et ficelle portaient des marques rouges.

A côté, une large mare de sang coagulé tachait le sol. Là, sans doute, le chien avait fourré son museau.

— Qu'est-ce encore que cela ?

Pressentant quelque horrible mystère, ils délièrent d'une main fébrile et hâtive la ficelle qui fermait le sac et poussèrent un cri d'épouvante.

Par l'ouverture sortaient les pieds d'un enfant.

Aidé par Paul qui, de la main droite, maintenait l'extrémité du sac, tandis qu'il éclairait, de la gauche, avec des allumettes flambant au fur et à mesure, Octave de la Boissière sortait le petit cadavre.

Il était complètement nu et, au bas-ventre, une affreuse plaie béante indiquait une horrible, une abominable mutilation.

— Tas de canailles ! — vociféra Octave, menaçant du poing des ennemis invisibles. —

Voilà ce qu'ils ont fait de ce pauvre petit. C'est à lui qu'appartenaient les organes que nous avons trouvés ce matin.

Est-ce que de tels crimes ne crient pas vengeance ?

Et vous parlez de philanthropie pour une race qui engendre de tels scélérats !

Paul, penché sur la jolie tête fine et pâle du petit garçon mutilé, s'écria soudain, saisi d'une douloureuse surprise :

— Mais c'est Doudou, le pauvre petit Doudou, le fils de la mulâtresse chez qui vous m'êtes venu trouver ! Ah ! la pauvre femme !

— Il est mort. Rien à faire ! Ah ! les scélérats !... Laissons-le. Nous avertirons, aussitôt notre retour, le procureur de la République.

Ils reposèrent le corps et avaient fait quelques pas, lorsque le créole, se ravisant, dit :

— Non; remettons l'enfant dans le sac, comme nous l'avons trouvé... et ficelons, c'est plus prudent.

Ils replacèrent le corps dans la même position, tête en avant, lièrent le sac et reprirent silencieux leur marche, pleins de lugubres pensées.

Où ce souterrain allait-il les conduire ? Ils l'ignoraient, mais ni l'un ni l'autre ne se dissimulait qu'ils se lançaient dans une aventure dangereuse, cependant aucun n'eût voulu faire part de ses inquiétudes à son compagnon.

De nouveau, donc, ils s'avancèrent dans l'obscurité, ménageant leur provision d'allumettes qui s'épuisait.

Ce souterrain sinueux offrait-il une issue ou s'enfonçait-il toujours plus avant dans la terre pour aboutir à quelque crevasse, à un précipice ?

L'air devenait lourd, chaud, nauséabond et, par moment, la respiration leur manquait.

Devant eux, ils entendaient Victor haleter ; et comme l'intelligent animal ne manifestait nulle inquiétude, il leur communiquait son calme.

Ils s'arrêtaient par instants pour écouter et, agenouillés, collaient leur oreille sur le sol.

Très distinctement, alors, ils entendaient la sourde répercussion des grondements du tonnerre et dans les intervalles de chaque détonation, une rumeur confuse qu'ils ne pouvaient définir.

Ils se relevaient et poursuivaient leur chemin.

Tout à coup Victor poussa un grognement.

— Mauvais signe ! — fit le créole. — Arrêtons-nous.

Quel danger les menaçait ? Fallait-il avancer ? Fallait-il au contraire retourner sur leurs pas ?

Ils se le demandaient, perplexes. En tous cas, il n'y avait pas à hésiter longtemps ; il fallait prendre de suite un parti.

Leur hésitation fut courte. Derrière eux un bruit de pas se faisait entendre. De là, venait le danger.

Quelqu'un les suivait. Les avait on vus entrer dans le souterrain ? Quoiqu'il en fut, l'on s'approchait d'eux.

Ils eurent mille peines à retenir le chien qui grinçait des dents, poussait des grognements qu'ils craignaient voir se changer en aboiements furieux. Il voulait revenir en arrière à l'encontre de ce danger inconnu.

— C'est un noir — dit Octave à voix basse. — Si c'était un blanc, Victor se contenterait de gronder. Hâtons nous ! Il me semble sentir des bouffées d'air, l'atmosphère est moins lourde... Je crois que nous approchons de la sortie.

Bientôt, en effet, ils aperçurent des lueurs livides se succédant avec rapidité, laissant entre elles des intervalles de ténèbres plus profondes, mais, comme l'observait le créole, l'air devenait plus frais, moins nauséabond.

Quelques pas encore et ils sortirent avec bonheur de cet infect boyau.

Peut-être n'avaient-ils pas mis plus de cinq minutes à le franchir, sans compter leur temps d'arrêt près du petit cadavre, mais ils auraient juré que le passage avait duré une heure.

Le souterrain débouchait sur une clairière qu'encombraient d'énormes blocs de granit derrière lesquels on pouvait aisément se cacher. La sortie en était dissimulée comme l'entrée par des paquets de broussailles, ce qui explique qu'aucun blanc dans Fort-de-France n'en soupçonnait l'existence. Puis quel motif eut poussé un blanc à s'aventurer dans ce conduit qui pouvait être hanté par des légions de venimeux reptiles ?

Aussitôt dehors Paul et Octave s'assurèrent d'une cachette et, maintenant fermement le chien, attendirent anxieux, les yeux dirigés sur l'ouverture par où allait surgir celui qui marchait sur leurs pas.

Se doutait-il de leur présence ? En ce cas, s'il avait des allures suspectes, il était facile de s'assurer du drôle, d'une façon ou d'une autre, de l'empêcher de nuire, de crier, d'appeler ses complices.

Ils allaient bientôt être fixés.

Le ciel n'était qu'une nappe de feu. Les éclairs qui se succédaient presque sans intermittence dessinaient les formes des rochers et des arbres qui apparaissaient et disparaissaient pour reparaître encore comme les visions fugitives d'un monde fantastique.

Le tonnerre grondait sans discontinuer et son incessant roulement n'était interrompu que par les formidables éclats de la foudre qui frappait les cimes. La pluie lourde, chaude tombait à torrents.

— Attention ! — fit Paul.

Et une forme humaine hideuse, diabolique apparut à l'issue du souterrain, la carcasse décharnée d'une vieille négresse grimaçante. Complètement nue sans même un lambeau d'étoffe pour voiler la repoussante horreur de son sexe, elle traînait un sac, le sac contenant le cadavre du petit Doudou.

Tous deux reconnurent de suite l'abominable créature.

— Marie-Rose ! — murmurèrent-ils d'une commune voix.

— Oh ! l'ignoble sorcière ! La vieille criminelle ! que j'avais raison de me méfier d'elle — disait Paul. — Sautons dessus. Ligottons-la.

— Chut ! Ne bougeons pas. Le souterrain est sinueux. Elle n'a pas dû nous voir. Elle ne sortirait pas ainsi paisiblement. Voyons ce qu'elle va faire... Paix ! Victor ! Paix !

Le chien poussait de menaçants grognements, essayant de se dégager des mains de son maître pour courir sus à la négresse. Heureusement, les roulements du tonnerre couvraient tout autre bruit. Grâce à cette circonstance la vieille passa à quelques pas des deux jeunes gens sans soupçonner leur présence.

A quel horrible Sabbat se rendait cette noire sorcière traînant ce cadavre ?

Il fallait le savoir et, pour cela, la suivre, aventure pleine de dangers dont il était impossible de prévoir les conséquences et dans laquelle ils se lancèrent avec la témérité qu'ils avaient montrée jusqu'alors.

Fort gênés dans leurs mouvements par le chien qui continuait à manifester les mêmes instincts belliqueux et vouloir mettre en pièces l'horrible créature, il se glissèrent le long des énormes blocs encombrant la clairière, dont les uns hérissés en pointe ressemblaient à des clochetons de cathédrale gothique, les autres à de gigantesques dés, des coupoles de mosquées, arrondis comme des galets incessamment usés et polis par le flot.

Ils ne voyaient plus la négresse, mais le flair de l'animal suppléait à leurs yeux. Retenu par le collier, il ne perdait pas la piste, et les jeunes gens se laissaient guider par lui.

Tout en s'avançant, une question préoccupait le peintre : « Pourquoi la nudité de cette créature ? » Il la posa à son compagnon.

— Il ne faut pas trop vous en étonner — répondit celui-ci. — D'abord, par ces pluies d'orage, il est plus sain de se dépouiller de ses vêtements; l'eau du ciel est bienfaisante, mais à condition qu'on la reçoive directement sur le corps, et non au travers d'un tissu, qui finit par vous glacer les membres ; puis, elle a mis sans doute ses hardes à l'abri, ce qui lui permettra de rentrer chez Emilienne avec une robe sèche, éloignant tout soupçon d'une nuit en pleine campagne ; en troisième lieu, qui sait si ce costume primitif n'est pas celui adopté dans les monstrueux sabbats des Vaudoux ?

A mesure qu'ils avançaient, la clairière se dégageait de son amoncellement de rocs et bientôt ils aperçurent devant eux un arbre énorme d'un aspect étrange. Il offrait cette particularité que ses branches couvraient un espace considérable et qu'il semblait n'avoir pas de tronc, car ses gigantesques ramures reposaient littéralement sur le sol.

Le chien se dirigeait droit sur cet arbre. A n'en pas douter, Marie Rose avait disparu de ce côté. Encore une fois, ils se trouvaient fort perplexes, car la distance qui les séparait de ce monstre végétal était d'une centaine de mètres, sur un terrain plat et découvert.

Cachée dans l'épaisseur des branches, la sorcière, sans être aperçue, pouvait les voir venir et courir donner l'alarme. C'était leur perte certaine.

Il n'y avait d'autre issue, pour sortir de cette situation, que de lâcher le chien. Ils s'accroupirent derrière le dernier rocher et donnèrent la liberté à Victor, qui se lança en avant avec la rapidité d'une flèche. Ils attendirent, pleins d'anxiété, un temps qui leur parut considérable et qui, cependant, ne dura que quelques minutes, après lesquelles le chien revint à eux. Il semblait assez penaud. Avait-il perdu la piste ? En tous cas, Marie-Rose ne devait pas se trouver sous l'arbre, Victor ne serait pas revenu ainsi.

Ils se relevèrent et suivirent le chien, qui partit franchement, le nez à terre, disparut un instant dans l'ombre épaisse de l'arbre extraordinaire, puis revint de nouveau à eux.

— Que signifie ce manège ? — dit Octave.

— Avançons.

Ils avancèrent, atteignirent l'épais feuillage, précédés par Victor qui, soudain, s'arrêta.

— Hé ! qu'est-ce cela ?

Doucement, avec précaution, ils arrivèrent près du chien et d'un brusque mouvement se jetèrent en arrière ; un précipice s'ouvrait à leurs pieds.

A la lueur des éclairs, ils voyaient le gouffre qui, dans le flamboiement fantastique, leur parut plus profond qu'il n'était réellement, mais d'une profondeur suffisante pour qu'une chute les eût tués net.

L'arbre sous lequel ils se trouvaient, et qui leur avait paru d'une forme si étrange, sans tronc et tout en branches, était en réalité un cèdre gigantesque qui prenait racine au fond du précipice.

L'ombre du végétal géant ayant frappé de mort toutes les plantes qui avaient tenté de pousser au-dessous de son faîte verdoyant et touffu, un vaste cercle de terrain dénudé s'étendait autour de son tronc.

CHAPITRE XCV

Les sectateurs du Vaudou. — Spectacle diabolique. — La marmite infernale. — Le cadavre décapité. — La grande prêtresse. — Le dieu Vaudou. — Meurtre et mutilation. — Scène du sabbat. — Cannibalisme. — L'orgie. — L'intervention de Victor. — La déroute.

L'espace ne manquait pas d'une certaine étendue. Le précipice ouvert sous les pieds des deux jeunes gens était une sorte de falaise à pic d'où l'on apercevait, au delà du cèdre, d'autres blocs de pierres, un ruisseau et un rempart d'arbres, d'arbustes, de broussailles, de lianes, si pressés, si serrés, si enchevêtrés, formant une masse si compacte, qu'elle aurait arrêté la charge furieuse d'un éléphant.

Cependant, ce n'était pas la vue soudaine de ce précipice béant qui avait occasionné ce mouvement d'effroi de nos deux compagnons. Au fond du gouffre, un spectacle diabolique et stupéfiant s'offrait à leurs regards.

Le premier mouvement de stupeur passé, ils se jetèrent à plat-ventre et rampèrent jusqu'au bord du précipice, à un endroit où les branches du cèdre frôlaient le sol.

Là, dans l'ombre épaisse, impossible d'être vus de ceux qui pouvaient arriver derrière, tandis que d'en bas l'on n'apercevait pas leurs têtes cachées dans le feuillage.

Au-dessous d'eux, au pied du cèdre, une cinquantaine de nègres et de négresses, entièrement nus, tournaient lentement, se tenant par la main.

Ils décrivaient leur cercle non autour de l'arbre, mais d'une grosse pierre carrée et noire, sur laquelle était posée une large corbeille de paille de maïs qui, de la hauteur où ils la voyaient, à la lueur des éclairs, paraissait contenir de la mousse.

Une particularité de cette singulière ronde, c'est qu'elle était silencieuse. Exécutée par des personnages grotesques, des nègres aux formes simiesques, des négresses aux croupes énormes et aux mamelles pendantes semblables à celles des chèvres ou à d'énormes poires séchées au four, elle eut excité l'hilarité des deux jeunes gens, si en dehors du cercle, à côté du tronc énorme, ils n'eussent été frappés d'un affreux spectacle qu'ils contemplèrent les yeux agrandis par l'horreur.

Près d'un brasier, au dessus duquel un tré pied maintenant une chaudière, gisait le cadavre d'un homme blanc décapité.

Entre ses jambes écartées, dont l'une brisée au-dessus du genou, on voyait un coq rouge vivant et une chèvre noire également vivante, mais dans l'impossibilité de s'échapper, car on avait ficelé leurs pattes.

Le fantastique se joignait à l'horreur.

Attirés sans doute par la chaleur quelques crapauds, une tortue et un énorme lézard s'étaient approchés et contemplaient le foyer, immobiles.

Au dessus de la marmite fumante, de grandes chauves-souris décrivaient des cercles et avec elles des quantités d'insectes, moustiques, bourdons, scarabées, papillons de nuit de toutes les couleurs et de toutes les dimensions. Leur cercle se resserrait de plus en plus, une masse confuse d'êtres frappait incessamment la marmite de l'aile, s'y engouffraient ou se précipitaient dans le brasier pour être remplacés par des milliers d'autres qui partageaient leur sort.

Mais, Paul Barrel et Octave de la Boissière ne voyaient dans ce tableau diabolique digne du burin de Callot ou des *Contes d'Hoffmann* que le cadavre décapité.

De sa blancheur livide ils ne pouvaient détacher leurs regards et une même pensée, une pensée qu'ils n'osaient formuler leur venait à tous deux.

Paul le premier parla.

— Si c'était le corps du pauvre... — murmura-t-il sans finir sa phrase.

— Achevez, allez — répliqua son compagnon. — Du pauvre abbé Raymond, vous voulez dire. Hélas ! C'est lui, n'en doutez pas. Ce ne peut être que lui. Voyez les dimensions de ce torse et rappelez-vous la haute taille de ce malheureux prêtre, qui, au dire des martiniquaises, était le plus bel homme de l'île !...

— Ah! les misérables ! — murmura Paul atterré.

— Vous vouliez savoir ce que c'est que les sectateurs du Vaudou. Eh bien, les voilà ! Ils sont devant vous.

A ce moment de grandes clameurs s'élevèrent; le cercle se rompit en même temps que le silence, et tous, nègres et négresses, poussant le cri de *houlé ! houlé !* claquant des mains, se frappant les cuisses, se livrant à des gambades folles, manifestant enfin les signes de la plus grande joie, allèrent au devant d'une sorte de hideux spectre qui surgissait de derrière les broussailles.

— Marie-Rose ! — s'exclama Barrel.

C'était la sorcière, en effet, qui clopin clopant, traînant son sac, se dirigeait vers ses acolytes.

Elle leva son grand bras décharné comme pour donner un ordre, et aussitôt le silence se rétablit. La bande sinistre forma deux haies,

Mesdemoiselles Alice et Eva se jetèrent au cou de leur frère.

entre lesquelles elle passa, se dirigeant vers la pierre noire, recevant sur son passage des marques du plus profond respect.

— Voyez — disait Paul, qui n'en pouvait croire ses yeux — comme ils saluent cette femelle de chimpanzé !

— Preuve que l'excellente amie de votre logeuse est ici en haute estime; sans doute une prêtresse du dieu Vaudou.

— Mais où est-il, le dieu Vaudou ?

— Peut-être ce bloc de granit... à moins qu'il ne soit dans la corbeille posée dessus. Voyez, elle commence, devant la pierre, ses génuflexions. Est-ce assez hideux !

— Oh ! l'horrible créature. Mais par où a-t-elle pu passer ? Comment le chien a-t-il perdu sa piste ? Ah ! gare à sa carcasse si nous nous tirons de cette aventure ? Pauvre abbé Raymond ! .. Vous connaissez sans doute quelques uns de ces drôles ?

— Pas le moins du monde. Comment voulez-vous que je les reconnaisse d'ici ? Rien ne ressemble plus à un nègre qu'un autre nègre, comme un singe à un autre singe. De près, il m'eût été impossible d'établir une différence, à moins que ce ne soit des domestiques de la plantation... Mais à la distance où nous sommes à la lueur fugitive des éclairs, je ne vois en leurs têtes, même avec ma lorgnette, que des boules noires d'une uniforme laideur.

— C'est comme moi.

— Peut-être y a-t-il quelqu'un de nos gens, mais je ne saurais le dire.

Cependant Marie-Rose après maintes contorsions, des remuements de bras, de tête et de croupe, avait ouvert le sac et retiré le cadavre de Doudou.

Le tenant par les pieds, elle le présenta un instant aux sectaires qui témoignèrent leur satisfaction par des éclats de rire féroces et des frictions précipitées sur leurs cuisses, à la suite de quoi elle jeta brutalement le corps sur la pierre noire. Puis, avec les signes d'une crainte respectueuse, après trois ou quatre génuflexions évidemment imitées du prêtre à l'autel, elle approcha son oreille de la corbeille.

Tous se mirent à genoux.

— Que diable fait-elle ? — demanda Paul.

— Elle fait comme la pythonise antique. elle consulte le dieu.

Elle consultait le dieu, en effet, car après plusieurs minutes d'entretien avec le mystérieux panier, elle se tourna vers la foule et prononça quelques paroles, qui n'arrivèrent pas aux oreilles des deux jeunes gens.

Plongeant ensuite ses mains dans la corbeille elle en retira une boule rougeâtre, qu'elle plaça à côté du cadavre de l'enfant.

La vue de cette boule sanglante fit pousser au créole une exclamation de douleur et de rage.

Au moyen de sa lorgnette il suivait les péripéties de la scène macabre ·

— La tête ! — dit-il — la tête de l'abbé Raymond !

— Oh ! les scélérats ! — s'exclama le peintre qui regardait à son tour.

Heureusement que nul des sectaires ne pouvait les entendre, car l'indignation et l'horreur leur faisaient oublier toute prudence.

Le chien, indifférent à ce qui se passait au dessous de lui, voyant son maître étendu, en avait fait autant et s'était endormi. A quoi bon veiller, puisqu'on lui défendait d'aboyer, de grogner ou de mordre, de remplir enfin les devoirs habituels de son métier de chien ?

Sur un geste de la sorcière, l'assemblée agenouillée se releva. Huit nègres allèrent chercher le cadavre du malheureux curé, quatre se chargèrent de la chèvre, un treizième prit le coq, et ils se dirigèrent d'un pas solennel et lent vers la pierre carrée, où l'on déposa l'homme mort et les bêtes vivantes.

A cet instant, un léger mouvement se produisit dans la corbeille. La mousse se souleva et de cette mousse sortit une petite tête fine qui, s'élevant peu à peu sur un cou tacheté, se dressa de dix ou quinze centimètres et parut regarder curieusement ce qui l'environnait.

— Le dieu — fit le créole — le dieu Vaudou !

Le dieu Vaudou n'est autre qu'une couleuvre. C'est du moins sous cette forme qu'on l'adore.

Cette aberration peut faire hausser les épaules à nombre de gens, mais quand on y songe sérieusement, sans préjugé et sans parti pris, il n'est pas plus ridicule d'adorer une couleuvre que toute autre bête, et les civilisés qui se moquent des sauvages doivent se rappeler qu'ils adorent également leur Dieu sous la forme d'un animal. Pigeon ou colombe, agneau qui efface les péchés du monde, ou serpent qui pousse au crime, tout cela peut se comparer.

Au sujet du dieu Vaudou, Paul Dhormoys, que nous nous sommes plu déjà à citer, donne d'intéressants détails :

« C'est sous la forme d'une couleuvre qu'on adore le Vaudou — dit-il. — Cette divinité terrible et consciente, qui sait tout, qui voit tout, qui entend tout, transmet ses ordres au peuple par l'intermédiaire de ses prêtres. Eux seuls peuvent lui parler et la comprendre, eux seuls la consultent dans les occasions solennelles et dans les réunions périodiques destinées à réchauffer le zèle des fidèles.

« C'est dans ces assemblées que se composaient et se composent encore ces terribles breuvages qui empoisonnent en un jour les troupeaux et les fleuves, qui frappent les hommes de mort, de furie ou d'imbécillité C'est là que les adeptes apprennent à charmer les serpents les plus dangereux, à se couvrir le corps de ces ulcères et de ces plaies qui, autrefois, les dispensaient du travail pendant le jour, et qu'ils guérissaient le soir venu pour courir à la danse. C'est dans ces assemblées que s'organisa cette formidable révolte qui surprit, dans la nuit du 25 août 1791, toute la colonie. C'est là que les sectateurs de Vaudou font encore de nos jours, avec les corps des malheureux qu'ils ont pu saisir, de ces épouvantables festins qui feraient de nouveau reculer le soleil, s'il n'était plus impassible qu'aux temps d'Atrée et de Thyeste.

« Ces horreurs pouvaient encore s'expliquer autrefois : c'était soif de vengeance et haine du maître ; mais aujourd'hui que ces malheureux sont libres, ils n'ont d'autre mobile à de telles actions que le plaisir de faire gratuitement le mal ; c'est là ce qui distinguera toujours le blanc du nègre. Quand le blanc commet un crime, c'est sous l'empire de la passion ; le nègre, lui, tue, incendie, empoisonne, uniquement pour tuer, incendier et empoisonner, pour se repaître de la volupté que sa sensuelle et féroce nature trouve dans l'accomplissement des plus féroces forfaits. »

Lentement la couleuvre était sortie de la corbeille.

Elle se déroulait tout entière et des taches de sang se mêlaient aux bigarrures de sa peau.

Elle rampa quelques instants sur cette sorte d'autel sinistre, soulevant sa tête fine, continuant à regarder autour d'elle d'un air curieux, observateur, puis toujours avec ses mouvements onduleux et lents s'enroula autour de la tête du prêtre assassiné.

Aussitôt de grandes clameurs s'élevèrent, des cris plus semblables à des hurlements de bêtes qu'à des voix humaines. Nègres et négresses se reprirent par la main et une nouvelle ronde commença.

Debout, à côté de la pierre, semblable à une caricature de druidesse près de l'autel des sacrifices, Marie-Rose brandissait d'une main un coutelas, tandis qu'elle agitait l'autre de haut en bas, à la façon d'un chef d'orchestre, suivant la cadence de la ronde.

Dans cette pose, à la lueur livide des éclairs, elle ne manquait pas d'une certaine horreur tragique qui effaçait ce qu'il y avait en elle d'ignoble et de repoussant.

Ses os faisaient le gril dans ses mamelles sèches
Et ses côtes trouaient ses flancs.

— Quel tableau à faire ! — se disait le peintre — Quelle scène de sabbat !

Et il oubliait, dans son enthousiasme d'artiste devant l'horrible, le cadavre décapité du prêtre, se réjouissant intérieurement, en intellectuel, d'assister à une si curieuse et si fantastique cérémonie, ne songeant plus au danger qui d'une minute à l'autre, pouvait fondre sur lui et son compagnon.

— Rien que cela vaut le voyage ! — murmurait il. — Oui, pour un tel spectacle, l'on ferait le voyage de Paris aux Antilles !-

Soudain Marie-Rose tourna le dos à l'assemblée et, tandis qu'on continuait la ronde, elle enfonça son couteau dans la poitrine du petit Doudou, en retira le cœur et le jeta dans la marmite ; elle fit la même opération au grand cadavre, éleva les mains au-dessus de l'eau bouillante en prononçant sans doute des mots cabalistiques.

Après quoi, prenant un grand bassin de cuivre au pied de l'arbre, elle le plaça à côté de la chèvre qui, prévoyant son sort, se mit à pousser des bêlements plaintifs.

Ils furent de courte durée, la sorcière lui plongeait son coutelas dans la gorge, agrandit la blessure d'un coup sec et, dans le bassin, recueillit le sang.

Puis ce fut le tour du coq. D'un coup, elle lui trancha la tête et le sang du volatile se mêla à celui de la chèvre.

Elle se mit alors à tourner de la main ce sang, comme font les tueurs de porcs et le versa dans la marmite.

Les deux jeunes gens furent arrachés à la contemplation de cet horrible spectacle par un grognement sourd.

Le chien, dressé sur ses quatre pattes, regardait attentivement du côté du souterrain ; il flairait un danger.

Effectivement, après quelques instants d'attente, un nouveau personnage déboucha d'entre les rocs.

Ils reconnurent aussitôt le commissionnaire, le pieux Nabuchodonosor.

Roulant machinalement un fragment de chapelet entre ses longs doigts simiesques, il semblait fléchir comme précédemment sous le poids du plus affreux désespoir, à moins qu'il ne fut en proie à une profonde terreur.

Le créole et son compagnon se tenaient prêts à lui faire un mauvais parti, à le tuer au besoin, si s'apercevant de leur présence il voulait donner l'alarme ; mais il ne se dirigea pas sous l'épais fouillis des branches du cèdre, et s'étant mis à plat-ventre, rampant jusqu'au bord du précipice, il venait se rendre compte du point où en était arrivée la cérémonie.

Le moment lui sembla sans doute opportun pour y prendre part, ou l'intérêt du spectacle peut être lui parut irrésistible, car il se leva tout d'un coup et Paul et Octave le virent avec stupéfaction disparaître dans l'abîme.

Ils s'imaginèrent tout d'abord que le remords le poussait au suicide, mais il n'en était rien, car s'étant penchés ils l'aperçurent opérant une périlleuse descente ; s'aidant des pieds et des mains, s'accrochant à des racines, à des saillies de roc, avec une agilité extraordinaire, il arriva sain et sauf en bas.

La ronde s'interrompit. On l'avait signalé et tous le regardaient descendre ; puis quand il eut atteint le sol, les danseurs reprirent leur allure, et Marie-Rose, de sa main, accéléra le mouvement.

Lui, passant à travers le cercle, marcha vers la sorcière, comme fasciné, hypnotisé par elle, semblable à l'un de ces gros coléoptères qui, attirés par la flamme du feu allumé un peu plus loin, se précipitaient follement dans le brasier, pour y être grillés vifs.

Les jambes fléchissantes, la poitrine rentrée, la posture humble, il se tenait debout devant l'horrible vieille, qui l'examinait d'un air sévère et semblait lui adresser des reproches, lorsque soudain, il s'élança hors du cercle.

Il venait d'apercevoir la tête de l'abbé Raymond, et en présence de l'affreux spectacle, il perdit sans doute la conscience du danger qu'il courait, car les deux jeunes gens le virent se livrer à une pantomime extravagante, témoignage d'une contrition profonde, se jeter à genoux et se frapper violemment la poitrine, ainsi qu'il avait déjà fait près de la croix.

Marie-Rose fit un signe ; de nouveau la ronde s'interrompit. Quelques nègres s'avancèrent avec des gestes de menace.

Il reconnut, mais trop tard son imprudence, se releva d'un bond pour faire face à ses adversaires ou leur donner des explications.

Il n'en eut pas le temps. Un violent coup de hache frappé en plein jarret le lui coupa net et il tomba au pied de la pierre noire en poussant un hurlement de douleur, hurlement suivi des acclamations de l'assistance qui témoignait sa joie en frappant du pied la terre et en se livrant à des contorsions grotesques.

Marie-Rose l'avait, sans aucun doute, dénoncé comme renégat et traître, et il n'est nul besoin d'appartenir à une secte de nègres pour se réjouir quand le traître est puni.

Le châtiment, cependant, ne devait pas se borner là.

Deux des plus vigoureux de la bande s'emparèrent du malheureux Nabuchodonosor, lui arrachèrent sa chemise et son pantalon, le soulevèrent, le posèrent sur la pierre, l'y assujettirent fortement et tandis qu'il parlait, qu'il suppliait et injuriait tour à tour, qu'il se tordait comme un ver de terre qu'un méchant enfant s'amuse à couper par tronçons, Marie-Rose s'approcha, un couperet de boucher à la main, et d'un seul coup en cercle, avec une adresse infinie, lui détacha le bras gauche de l'épaule.

Aux hurlements que poussa le malheureux, nègres et négresses répondirent par des gambades, et quand l'abominable sorcière eut accompli la même opération au bras droit, l'enthousiasme n'eut plus de bornes.

Saisissant ensuite un coutelas, elle termina l'affreuse agonie du misérable en le lui enfonçant dans la gorge, tandis que deux nègres tenaient le bassin rouge pour recueillir le sang.

Alors, la prêtresse du dieu sanguinaire se livra à une étrange et démoniaque pantomime et semblable à la sorcière d'*Albertus* de la *Légende Théologique* de Théophile Gautier :

Poussa des cris aigus, dit des mots dont le son
Pareil au bruit que font les marteaux d'une forge,
Vous écorche l'oreille et vous prend à la gorge
Comme une mauvaise boisson.

Tandis que,

Le squelette blanchi dont la bise se joue,
Et qui depuis six mois fait aux corbeaux la moue
Du haut d'une potence est un objet riant,
Près de cette carcasse aux mamelles arides,
Au ventre noir et plat, coupé de larges rides,
Aux bras noirs pareils à des bras de homard.
Horror! horror! horror! comme disait Shakespeare,
Une chose sans nom, impossible à décrire
Un idéal de cauchemar!

Cauchemar, en effet, toute cette scène, évocation vivante des épouvantes du sabbat.

L'assemblée entière imitait la sorcière et une nouvelle ronde infernale commença.

Bientôt le cercle se rompit pour faire place à un diabolique branle que conduisait Marie-Rose. Les assistants, à la queue leu leu, décrivent des figures bizarres, pareilles au déroulement d'une spirale et aux circonvolutions des entrailles.

La pluie avait cessé, les éclairs devenaient moins fréquents, l'orage se portait ailleurs ; mais la lueur du brasier suffisait pour éclairer la scène fantastique, hommes et femmes nus décrivant de mystérieuses évolutions, dernier symbole d'un vieux culte éteint dans la succession des siècles, le culte de la haine de l'homme, l'éternel ennemi de l'homme, culte déguisé de nos jours sous des formes plus policées, mais avec des résultats tout aussi meurtriers sous le nom de *struggle for life*, la lutte pour la vie !

Non loin de cette pierre funèbre et sanglante où gisaient les cadavres mutilés, immolés au dieu destructeur, la lueur du brasier — disons-nous — jetait d'étranges reflets sur ces corps d'ébène, mettant en relief un dos, un ventre, des mamelles ou une énorme croupe, qui surgissaient tout à coup du point lumineux pour rentrer dans l'ombre.

Un étrange charivari, semblable à la cacophonie d'une ménagerie en délire, où se mélangeaient la voix rauque des hommes, celle perçante des femmes, les coups sourds et saccadés du tam-tam, le battement du sol par cent pieds nus, le claquement cadencé des mains sur les poitrines, formait l'orchestre approprié à ce spectacle.

A des intervalles irréguliers, des roulements lointains de tonnerre accompagnaient cette musique de sabbat.

Lentement, tout en décrivant ses capricieuses figures, Marie-Rose, suivie pas à pas de tous les affiliés, se rapprochait du sanglant autel.

Quand elle n'en fut plus qu'à une très courte distance, elle s'arrêta, lança sa jambe gauche de côté en penchant le haut du corps à droite et la maintint ainsi, la durée de quelques secondes, dans une position horizontale. Puis, reprenant son équilibre sur la jambe gauche, elle répéta le même *gracieux* mouvement avec la droite, penchant à gauche son torse décharné.

Tous l'imitèrent avec un remarquable ensemble. Elle recommença un peu plus vite, on fit de même et, pendant environ dix minutes, prêtresse et sectateurs du dieu Vaudou continuèrent ce lancé de jambes avec une précision indiquant de sérieux exercices préliminaires, jusqu'au moment où, épuisés par ce balancement grotesque qui les faisait ressembler à un troupeau d'ours de bateleurs de foire, ils se laissèrent tomber sur le sol.

Ils ne tardèrent pas à se relever.

Saisis d'une indicible horreur, Octave et Paul virent alors Marie-Rose plonger une calebasse dans le bassin de cuivre, d'où débordait le sang, la remplir et, après l'avoir portée à ses lèvres, la passer à l'un des sectaires, qui la vida d'un trait, sans doute avec délices, car il se frotta l'estomac en signe évident de satisfaction.

Et ainsi de suite la sorcière fit passer la calebasse à la ronde.

Peu à peu, sous l'action de l'épouvantable breuvage et aussi sans doute de quelque toxique qui y était mélangé, une ivresse de cannibales s'empara de tous, le vertige du sang se déclara.

Les poitrines se soulevaient, les dents grinçaient, les yeux roulaient dans leurs orbites, les corps s'agitaient de tressaillements convulsifs, tandis que des bouches énormes aux lèvres blanches coulaient une sanglante bave.

En même temps, des hurlements qui n'avaient rien d'humain, s'élevèrent. Les femmes poussaient des cris aigus longuement prolongés, comme des truies qu'on égorge. Les hommes hurlaient, quelques-uns aboyaient comme des chiens à la lune.

Et voici qu'un nègre d'une grande taille, une sorte de géant, se précipite sur le sinistre autel et s'empare brusquement de la tête de l'abbé Raymond.

Il la contemple un instant avec un ricanement féroce, et d'un coup de mâchoire lui enlève un lambeau de joue, qu'il dévore gloutonnement, puis il rejette la tête dans la grande chaudière.

Ce fut le signal d'une scène de carnage. Avec la hache, avec un vieux sabre, avec des coutelas, qui se découvrirent comme par enchantement, tous ces démons noirs se ruèrent sur les cadavres étalés sur la pierre, et les frappèrent avec rage, sous l'œil de la sorcière, agitant ses bras décharnés comme pour appeler les puissances infernales.

Sous leurs coups furibonds, le corps du prêtre, celui de Nabuchodonosor, celui du petit mulâtre, de la chèvre, du coq, furent partagés en minuscules fragments et l'autel diabolique ne fut plus qu'un étal de boucher, ou plutôt le hachoir d'une charcuterie. Un épouvantable amoncellement de chairs entourait le dieu, la couleuvre, qui s'en était retournée, effrayée, au fond de sa corbeille, et ne se montrait plus.

L'on entendait encore de rares roulements de tonnerre qui s'éteignaient dans les lointains.

Les nuages s'étaient éclaircis et au-dessus de ce coin de forêt où les sectateurs du Vaudou célébraient leur abominable culte, quelques étoiles commençaient à briller.

Une vapeur de sang montait vers l'Empyrée qui semblait sourire à ces têtes d'assassins et d'anthropophages.

Les yeux dilatés par l'horreur, Paul et Octave apercevaient confusément un défilé d'ombres allant de la pierre au brasier allumé près du cèdre.

Quand elles entraient dans la circonférence lumineuse qu'il projetait, de noires silhouettes se dessinaient sur le brasier rouge avec un saisissant relief et l'on voyait à l'extrémité de longs bras tendus des tronçons sanglants que l'on jetait dans l'infernale chaudière.

Dans la graisse bouillante toute cette chair humaine et animale devait être promptement rôtie.

Tout y passa, sauf les entrailles qu'on lança dans le ruisseau voisin où les rats ne les laissèrent pas longtemps séjourner.

Voici maintenant l'autel diabolique dégagé du charnier qui le couvrait. Le dieu Vaudou reste immobile, caché dans la corbeille sous la mousse tachée de sang, et peu à peu les sectateurs entourent la chaudière, d'où s'élève une odeur de viandes rôtissantes.

Ils ont faim et, à la pensée du festin qui se prépare, la salive leur vient à la bouche, découle de leurs lèvres goulues, leur mouille le menton.

Ils sont impatients de se repaître, mais la gaîté règne dans leurs groupes, car rien ne rend plus léger le cœur du sectaire dévôt que l'accomplissement de ses devoirs religieux et ils savent tous qu'ils viennent de faire œuvre pie en sacrifiant à leur dieu.

Enfin, le ragoût est cuit à point. Chacun tire des débris de cette marmite de Macbeth. Ils se repaissent.

Laissons-les à leur abominable festin.

. . . .

Un éclair encore — le dernier. Tous nos gais compagnons maintenant repus sont de nouveau rassemblés près du feu, à côté du tronc de l'arbre gigantesque.

Une somnolence les prend, la digestion commence son travail. Comme des boas gorgés ils sentent l'engourdissement les gagner et s'étendent pour dormir, pêle-mêle, sexes confondus.

Mais l'horrible sorcière qui préside à ce Sabbat s'est emparée du tam-tam. Un coup violent les réveille soudain.

« Houlé ! Houlé ! »

Les voici debout recommençant leurs contorsions grotesques, mais, cette fois, par groupes ; et, comme Adam et Eve dans le paradis terrestre, ils s'aperçoivent qu'ils sont nus.

A l'encontre de nos pudibonds ancêtres, ils n'en éprouvent nulle honte, loin de là ; les yeux luisent, les mains s'égarent, les bouches bavent de luxure. Le Sabbat arrive à sa conclusion prévue, inévitable.

Ce ne sont que baisers et mouvements lascifs
Les bras autours des corps se crispent et se tordent
L'œil s allume, les dents s'entrechoquent et mordent
Les seins bondissent convulsifs.

. . . .

Or, tandis que l'orgie fait rage, un aboiement furieux, formidable éclate tout à coup, couvre le bruit saccadé et sourd du tam-tam, et glace d'horreur les sectateurs du Vaudou dans leur sacrifice à la Vénus noire.

Victor causait ce désarroi.

Ennuyé d'être condamné à l'immobilité la plus complète, il a profité de ce que son maître, absorbé dans l'étrange spectacle, ne s'occupait plus de lui, pour secouer l'engourdissement de ses jambes et examiner ce qui se passait en bas.

Peut être aussi l'odeur des victuailles entrait-elle pour beaucoup dans cette escapade.

N'y tenant plus, il s'en alla sournoisement d'abord, à pas lents, la queue basse, craignant d'entendre à chaque instant une voix impérieuse le rappeler : mais quand il eut mis entre son maître et lui une distance raisonnable, il prit le galop en suivant un sentier abrupte, le même qu'avait suivi Marie-Rose pour descendre dans l'abîme.

Il arriva bientôt près des couples dont la singulière attitude le remplit d'étonnement et enfin de colère, car ils l'empêchaient d'approcher de l'odorante marmite.

De là, ses aboiements, qui résonnèrent aux oreilles des féroces et libidineuses brutes aussi terriblement que la trompette du jugement dernier, ou plutôt celle qui fit tomber les murailles de Jéricho avec cette différence que de couchés qu'ils étaient ils se dressèrent tous, s'imaginant être surpris par un détachement de blancs.

Affolés, saisis d'une épouvante sans nom, nègres et négresses, bondirent sur leurs pieds se mirent à fuir dans toutes les directions, se heurtant les uns aux autres, se bousculant, les Daphnis abandonnant leur Chloé et les Philémon leur Baucis, mordus aux mollets, aux cuisses, aux fesses par le brave Victor qui se multipliait, courait de l'un à l'autre, laissant sur tous l'empreinte de ses terribles crocs, faisant à lui seul autant de besogne que dix, ce qui les persuadait qu'ils avaient une meute à leurs trousses.

En moins d'une minute, la place était vide.

Paul et son ami avaient été presque aussi stupéfaits et épouvantés que les nègres en entendant les aboiements de Victor, qu'ils croyaient à côté d'eux.

Ils se virent découverts, empoignés, torturés sur la pierre noire, coupés en morceaux et finalement rôtis dans la grande marmite pour servir de pâture à ces cannibales.

Ils songèrent d'abord à s'enfuir par le chemin qu'ils avaient suivi pour venir et se levèrent pour mettre ce projet à exécution ; une réflexion les retint.

Quelques-unes de ces brutes n'allaient-elles pas prendre la même direction ?

Les nègres courent vite quand ils ont peur et qu'ils sentent aux gras de leurs cuisses les dents d'un molosse ; en un clin d'œil ils seraient sur eux.

Que faire alors dans une forêt, en pleine nuit, contre de fanatiques et sauvages gredins, exaspérés d'avoir été surpris dans l'accomplissement des rites de leur abominable culte par deux blancs dont la déposition les conduirait à l'échafaud ?

Vouloir s'échapper par la fuite, autant se précipiter au-devant de la mort. Mieux valait rester dans le sombre feuillage de ce cèdre, ils couraient au moins la chance de ne pas être découverts.

Ils se replacèrent donc sous les branches protectrices et s'y tinrent immobiles dans le plus grand silence, silence rompu de temps à autre par les sourdes imprécations du créole contre son chien, qu'il se promettait de pendre haut et court au premier arbre, si jamais lui et son compagnon se tiraient sains et saufs de cette terrible aventure.

Quelques minutes d'attente anxieuse et un bruit de pas précipités les fit tressaillir.

« Les nègres! les nègres ! ».

Sans aucun doute, ayant reconnu qu'ils n'avaient affaire qu'à un simple chien, mortifiés et pleins de rage de leur peur, ils recherchaient le maître.

On allait facilement découvrir les jeunes gens dans leur cachette. Ils étaient perdus.

— Vendons chèrement notre vie — dit Paul pressant la main de son compagnon.

— Oui, mon ami — répondit le créole, lui rendant son étreinte. — Mais nous ne sommes pas encore morts. De l'audace ! de l'audace !

Ils n'eurent pas besoin d'en déployer.

Repliés sur eux-mêmes, le fusil à la main, prêts à bondir en poussant de grands cris si les nègres les découvraient, ils attendirent, anxieux.

Mais les sectateurs du Vaudou ne songeaient nullement à eux.

Plusieurs passèrent à quelques pas, haletants, courant entre les gros blocs de granit qui jonchaient la clairière, ayant plutôt l'air de fuyards que de poursuivants.

Ils se dirigeaient vers le souterrain dans lequel ils s'engouffraient.

Tout en courant, ils échangeaient des réflexions, poussaient des exclamations qui parvenaient aux oreilles des deux blancs.

— Vite ! Vite !

— Li viennent.

— Ci ni pas li chiens.

— Mounansmounans! Mounansmounans!

— Li beaucoup ?

— Li en pile ! (en quantité)

— Mou Dié ! Mou Dié !

— Couri ! couri ! Moussié !

— Li qu'ont mangé mes mollets.

— Moi li fesses.

— Les avez li vu, Moussié ?

— Oui, Moussié. Li tiennent langue toute rouge.

— Et dents longues comme li cannes à sucre.

— Et gueules plus grandes que li savane.

— Ah ! mou Dié ! mou Dié, Moussié !

— Pauvres di nous !

— Oui, Moussié.

Tels furent les quelques mots échangés, surpris rapidement au passage.

Cette grotesque fuite, accompagnée de ces exclamations tout aussi grotesques, amena le rire sur les lèvres des jeunes gens.

Ainsi ces forcenés, ces cinquante ou soixante misérables dont plus de la moitié appartenait au sexe mâle, ces cannibales, vigoureux gredins ayant sous la main haches, coutelas, bâtons, pierres, de quoi assommer et tailler toute une meute, fuyaient éperdus devant un chien que la terreur leur faisait prendre pour une légion de diables.

Il est vrai que Victor venait de les surprendre dans un moment où, selon l'expression de Voltaire, « on ne sait pas du tout où l'on en est », qu'il faisait nuit et que par leurs cris, leurs chants, leurs danses frénétiques, leurs atrocités et leurs épouvantables excès de tout genre, le cerveau détraqué de ces brutes perdait sa capacité de raisonner et d'agir avec sang-froid.

— Ce qu'il y a de profondément grotesque — disait Paul — c'est d'entendre ces sauvages se traiter entre eux de « Monsieur ».

— C'est depuis leur émancipation — répondit le créole. — Autrefois, ils s'appelaient par leur nom, Bastien, Néron ou Titus ; maintenant, c'est *moussié*.

— En réalité — observa Barrel — ce n'est pas plus bête que chez nous. En France, après la république de 48, tout le monde s'appelait *citoyen*. Des mots ! des mots !

— Et rien dessous... que du vent.

— Vous avez raison. C'est toujours avec des sons creux et des tambours ronflants que l'on conduit les hommes.

— Ajoutez-y la peur du diable ! — conclut le créole.

En cette occasion, la peur du diable, des Mounansmounans, était plus forte que la crainte d'offenser le dieu, car le Vaudou restait lâchement abandonné dans sa corbeille par ses sectateurs.

Autour de son autel, des flaques de sang couvraient le sol ; des coutelas, des débris de viande, des vêtements étaient dispersés çà et là et, sur le brasier, les restes de l'horrible ragoût continuaient à bouillir.

Satisfait d'avoir mis ses ennemis en déroute, Victor s'approcha de la marmite, se léchant d'avance les lèvres, se réjouissant de prendre un repas si vaillamment conquis. Mais le supplice de Tantale l'attendait. La marmite, beaucoup trop lourde d'ailleurs pour qu'il put la renverser, était si brûlante qu'en voulant y fourrer son nez il se le cuisit quelque peu. Aussi le retira-t-il vivement en poussant des gémissements de douleur et de regret.

Pendant quelques minutes, il tourna autour, jetant sur son ouverture béante des regards désespérés ; puis, tout à coup, il se rappela sans doute son maître, l'escapade commise et le châtiment qui s'ensuivrait, car tournant brusquement les talons, après avoir lancé dans la direction du ragoût un dernier et lugubre adieu, il s'élança à toute vitesse dans les profondeurs de la forêt.

Cependant Paul et Octave tenaient conseil. Qu'allaient-ils faire ? Devaient-ils s'en aller de suite ? L'on devait être dans une terrible inquiétude chez le planteur. Fallait-il, au contraire, attendre le lever du jour ?

— Malgré l'inquiétude des miens — dit le créole — ce dernier parti serait le plus prudent. En partant maintenant, d'abord nous risquons de nous égarer, n'ayant plus Victor pour nous guider, puis ce qui est plus sérieux, nous pouvons avoir la malechance de rencontrer une bande de ces gredins. Plusieurs doivent errer dans la forêt ; bien certainement il y en a de cachés non loin d'ici. Sans doute, ils ne tarderont pas à se rendre compte de leur erreur, à s'apercevoir que c'est un chien et non une légion de diables qui les a mis en fuite... S'ils nous aperçoivent ou nous entendent, et la chose est inévitable, ils ne nous attaqueront pas de face, mais nous frapperont traîtreusement par derrière. Restons donc où nous sommes, cela vaut mieux.

— Ils vont peut-être revenir pour fouiller les alentours.

— Ils n'oseront jamais. Tout au plus tenteront ils de faire disparaître les traces de leurs saturnales ; ils viendront chercher les coutelas et les effets abandonnés qui pourraient les faire découvrir... Après quoi, ils s'en retourneront au plus vite. Ne bougeons donc pas et tenons-nous sur nos gardes. Je tremble que ce maudit chien ne revienne ; il pourrait encore nous jouer quelque tour de sa façon.

Mais le chien ne revint pas et les heures s'écoulèrent sans que, immobiles et anxieux, ils entendissent d'autre bruit que les murmures de la forêt.

Au-dessus de leurs têtes, les lambeaux du

ciel que l'on apercevait à travers le feuillage du cèdre paraissaient maintenant d'un noir d'encre. L'obscurité la plus complète régnait autour d'eux, et au dessous le brasier ne jetait plus que de faibles lueurs.

Accablés par la fatigue et surtout par les émotions, ils sentirent bientôt leurs paupières s'alourdir.

— Diable ! — fit le créole — ce n'est pas le moment de dormir. — Réagissons.

Mais ils eurent beau réagir, rien n'y fit; le sommeil les domptait. En dépit d'eux-mêmes, leurs yeux se fermèrent et ils s'endormirent profondément, à plat ventre, la tête sur leurs bras.

. . . .

Quand ils se réveillèrent, il faisait grand jour. La forêt était pleine de bruits. Des perroquets multicolores voletaient au-dessus d'eux en jetant dans l'air leur note criarde.

Ils se regardèrent, étonnés de se voir couchés côte à côte, salis, fangeux, avec des visages cadavériques.

Et tout à coup ils se rappelèrent les événements de la nuit.

Mais quoi ? Avaient-ils donc rêvé ? N'était-ce qu'un songe, un horrible cauchemar?

Au-dessous d'eux ils voyaient maintenant distinctement la pierre noire et le ruisseau argenté, mais la pierre lavée à grande eau ne portait aucun symptôme du sanglant holocauste, la marmite contenant l'horrible ragoût avait disparu.

Nulle trace de feu, ni débris, ni armes, ni calebasse, ni bassin de cuivre, pas même des vestiges de pas, de piétinements sur le sol ; rien ne pouvait déceler que près de ce cèdre dix fois séculaire s'était passée la plus abominable des saturnales.

Evidemment, pendant leur sommeil, des Vaudoux, revenus de leur panique, étaient retournés sur leurs pas pour effacer toute trace de leurs crimes.

Rompus, courbaturés, Paul et Octave se levèrent et reprirent, étonnés et heureux d'être encore de ce monde, le chemin de la plantation.

Après trois heures de marche, alors que le soleil déjà haut répandait une chaleur ardente, ils arrivèrent, accablés de fatigue, aux portes de l'habitation.

De grands cris de joie accueillirent leur retour.

Toute la famille avait passé la nuit dans l'attente l'inquiétude et la consternation ; on avait envoyé de tous côtés des émissaires à leur recherche, et M. de la Boissière venait de partir à Fort-de-France pour prier la gendarmerie de se mettre en campagne.

Mesdemoiselles Alice et Eva, toutes deux en larmes et cent fois plus charmantes, accoururent au-devant des jeunes gens. Elles sautèrent au cou de leur frère, n'osant sauter à celui de son compagnon, de qui elles durent se contenter de serrer tendrement la main.

Le peintre pestait intérieurement de se présenter en son triste équipage, les vêtements boueux et déchirés, le visage couvert d'éraflures; mais c'était pour nos deux romanesques et amoureuses jeunes filles autant de certificats d'héroïsme, et les questions se pressaient sur leurs jolies lèvres, désireuses de s'entr'ouvrir en exclamations admiratives.

Mais ni Paul ni Octave n'avaient envie de se poser en héros, n'ayant été que les spectateurs impuissants d'une affreuse tragédie.

A la stupeur profonde de Madame de la Boissière et de ses filles, ils racontèrent en quelques mots les événements, et, après avoir pris en toute hâte un déjeuner sommaire, ils firent atteler une voiture pour les conduire à Fort-de-France. Avant de partir, le créole s'informa de Victor. Rentré au petit jour, il se tenait piteusement au fond de sa niche. Octave et Paul allèrent lui rendre visite, le premier armé de son fouet, mais la vue de l'animal qui rampa à son appel, implorant grâce, et le souvenir de ses exploits, désarmèrent son maître, qui se contenta de lui adresser de violents reproches et, devant sa mine repentante, le caressa au lieu de le châtier de sa désertion.

En entrant à Fort-de-France, ils rencontrèrent le vieux M. de la Boissière, qui revenait de la gendarmerie. Mis au courant des incidents, il courut donner contre-ordre, puis tous trois se rendirent chez le procureur de la République, à qui les jeunes gens relatèrent les drames horribles et les scènes fantastiques de la nuit.

Quand ils eurent terminé, le vieux planteur, retombant dans sa marotte, entama immédiatement un discours contre la stupidité des abolitionnistes ; le magistrat envoya poser les scellées au presbytère, puis se rendit avec deux gendarmes à la demeure d'Emilienne, accompagné du créole et de Paul Barrel.

Celui-ci surtout était curieux d'observer la contenance de la sorcière et d'examiner le jeu de sa physionomie quand on procéderait à son arrestation.

En approchant de la maisonnette, ils entendirent de grands cris et virent un rassemblement de mûlatresses à la porte. Elles formaient un demi-cercle devant Emilienne, assise sur un banc et pleurant à chaudes larmes.

Toutes parlaient et gesticulaient à la fois, plaignant la pauvre mère qu'elles accablaient de consolations puériles et banales.

— Li ni pas pédu — disaient-elles.

— Si, si — répondait Emilienne. — Pauve

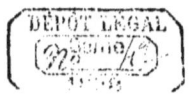

Tu perds le sens, toute pudeur... dans les bras de cet étranger !...

Doudou, li pédu, li pédu! Moi plus jamais voir li.

Elle se leva effarée, voyant arriver le procureur, les gendarmes, Octave de la Boissière et son hôte de la veille à qui, malgré sa douleur, elle sourit tristement.

— Ma pauvre Emilienne ! — lui dit affectueusement celui-ci, en lui prenant la main. — Ma pauvre Emilienne !

Il ne put en dire davantage, l'émotion le gagnait.

Mais, voyant ce geste familier et amical, le magistrat fronça les sourcils. Un blanc qui se respecte ne prend jamais, en public et encore moins devant les autorités, la main d'une femme de couleur.

— Ah ! Moussié Paul ! — s'exclama la pauvre femme, qui ignorait encore toute l'étendue de son malheur — Doudou est pédu ! mon pauve pitit Doudou !...

Et comme Paul ne répondait pas, n'ayant aucune consolation à lui offrir, elle ajouta :

— La bonne Marie-Rose l'avait conduit chez une de mes amies, alors il s'est sauvé, et alors il n'est plus revenu.

Et s'adressant au magistrat :

— Monsieur le Juge, vous le retrouverez n'est-ce pas? Oh ! dites-moi que vous le retrouverez.

De l'intérieur de la maison partaient des sanglots.

— Qui se lamente ainsi? — demanda le procureur.

— C'est Marie-Rose. Ah ! l'excellente fille ! Elle autant de chagrin que moi ! C'est sa faute aussi... Oui, c'est sa faute... Si elle n'avait pas emmené Doudou...

— Laissez-moi passer — dit le magistrat.

Il pénétra dans l'humble demeure, suivi des

gendarmes, des deux jeunes gens et de la mulâtresse toute tremblante.

Assise dans la cour, à peu près dans la même posture que le jour où le peintre l'avait vue pour la première fois, serrant d'un air de passion sauvage, contre sa poitrine décharnée, en les couvrant de baisers, les enfants d'Emilienne, qui eussent de beaucoup préféré qu'on les laissât tranquilles, la tête dans les mains, elle poussait des sanglots entremêlés de hoquets.

— Mou ché Doudou ! — clamait-elle au milieu de ses larmes. — Mou bon pitit Doudou, toi pati, toi sauvé bien loin, michant pitit Doudou, toi fé pleuré maman et pauve Marie-Rose... Où es-tu ? Mou Dié ! mou Dié ! mou Dié !

Les trois enfants qui restaient à Emilienne la regardaient avec stupéfaction, et comme elle essayait de les prendre pour les embrasser, ils se reculaient avec effroi.

— Vini, mes pitits, vini bisé la pauve Marie-Rose !

Les spectateurs de cette scène la contemplaient en silence, admirant jusqu'à quel point peut aller l'hypocrisie humaine.

Emilienne seule s'apitoyait.

La vieille coquine remarqua-t-elle qu'elle était l'objet de l'attention générale ? Nul n'eut pu le certifier, car elle continuait avec ardeur, comme si elle était seule, sa comédie sentimentale, adressant au ciel des prières dans le genre de celle-ci :

— Mou Dié, vous qu'a donné vote fils unique pou sauvé nous, rendez à la pauve Marie-Rose li pitit Doudou qu'à pati bien loin. Au nom de note Sauveu et Seigneu Jésu-Christ, qu'a vessé tout son sang pou nou, pauves pécheurs. Amen !

Mais la comédie de la vieille criminelle avait assez duré. D'une voix impérative et brève, le magistrat dit :

— Assez !.. Cesse tes jérémiades Marie-Rose, et regarde-moi.

La négresse tressaillit comme si on la réveillait brusquement, tourna son visage du côté du magistrat, le regarda d'un œil abruti, puis regarda les gendarmes et les deux jeunes gens.

— Ah ! Moussié ! — s'exclama-t-elle. — Vous li trouvé pitit Doudou ?

— Oui — répondit le magistrat — du moins nous avons trouvé ses traces.

Et se tournant vers Paul et Octave :

— Vous reconnaissez cette négresse ?

— Parfaitement — répondit Paul. — C'est bien elle ; il n'y a pas à s'y tromper.

Et Octave ajouta :

— Si mon chien était là, il la reconnaîtrait aussi

— Vous êtes certain que c'est cette femme qui présidait à la scène infernale dont vous m'avez raconté les horreurs.

— Absolument certains ! — répondirent-ils à l'unisson.

Rien ne pourrait exprimer le désespoir, la fureur, la haine qui transformèrent en un instant le visage de la sorcière. Subitement sans doute, en sa cervelle scélérate, un rayon de lumière entrait : elle se sentait découverte, elle comprit que le dogue aux longs crocs, dont ses jambes grêles portaient peut-être les marques, n'avait pas été le seul spectateur des abominables rites du culte du serpent Vaudou, elle comprit qu'on venait l'arrêter.

Elle se dressa d'un bond comme pour se jeter, griffes en avant, sur le visage de Paul Barrel ; mais les gendarmes étaient déjà devant elle ; le magistrat venait de lancer l'ordre terrible :

— Gendarmes arrêtez cette femme.

Et tandis que ceux-ci passaient les menottes aux poignets décharnés de la sorcière qui les laissait faire sans la moindre résistance, ayant repris son air habituel de profond abrutissement, Emilienne poussait des cris de stupeur et, joignant les mains, suppliait le magistrat, les gendarmes, Paul, Octave en son patois créole, aussi gracieux dans sa bouche qu'il était grotesque dans celle de la coquine qu'on emmenait.

— Moussié ! Moussié ! Pourquoi li vous emmené pauve fille ? Vous li trompé, ze le zure, vous li trompé. Pauve Marie-Rose ! Ni mettez pas pauve Marie-Rose dans li prison. Elle crivé tout de suite, si enfermée dans la prison toute noire. Moussié le zuze, par pitié, laissez Marie-Rose. Elle est innocente. Li ni pas capable de faire di mal à un ravet... Non, non, ni tuerait pas un ravet.

— Mais elle a tué votre enfant, ma pauvre Emilienne — dit Paul. — Soyez forte, pauvre fille. Si ce n'est pas elle, elle est complice de l'assassinat. Ne défendez donc pas cette abominable créature.

Et comme elle regardait hébétée, paraissant ne pas comprendre, tant était grande sa stupeur, le magistrat ajouta avec la brutalité et l'insolence particulière aux hommes de loi quand ils s'adressent à de petites gens :

— Allons, faites place, fille Emilienne. Et jusqu'à nouvel ordre tenez-vous à la disposition de la justice.

Et, ahurie, croyant rêver, elle vit emmener entre deux gendarmes et menottes aux mains la *bonne* Marie-Rose !

La justice inspire généralement, dans tous les pays du monde et chez toutes les races, une légitime terreur.

Fontenelle disait plaisamment que s'il était

accusé par quelque magistrat d'avoir volé les tours de Notre-Dame, il commencerait par gagner la frontière.

Coupable ou innocent, c'est toujours une mauvaise affaire que de comparaître devant dame Thémis. Ce n'est pas sans raison qu'on la représente avec un bandeau sur les yeux. Elle est aveugle et frappe à tort et à travers. Gare dessous ! et tant pis pour les innocents. L'on en a vu maintes fois payer pour des coupables; aussi le plus honnête a-t-il quelque motif d'appréhender son action.

Dans notre pays de liberté un honnête homme n'est jamais sur de s'endormir dans son lit.

Mais, entre tous, c'est aux nègres que la justice inspire le plus de terreur, et cette terreur les pousse aux aveux.

« Dès qu'ils sont arrêtés — dit Paul Dhormois — ils sont convaincus que le jour du châtiment est arrivé Loin de nier leurs crimes, ils les avouent d'eux-mêmes, en révèlent d'inconnus avec un cynisme et une forfanterie incroyables; on dirait qu'ils ambitionnent l'horrible renommée qui s'attachera à leur nom, que la sanguinaire idole que leurs pères adoraient en Afrique, et dont le culte s'est perpétué parmi eux, écoute avec complaisance et va récompenser leurs forfaits. »

Le cas de Marie-Rose corrobora ces lignes.

Non seulement le jour de son arrestation, elle avoua avoir elle-même mutilé l'enfant de la mulâtresse et laissé ensuite mourir le pauvre Doudou dans le souterrain, non seulement elle reconnut avoir ordonné l'assassinat et la décapitation de l'abbé Raymond, ne présentant aucune objection aux dépositions de Paul Barrel et d'Octave de la Boissière, mais elle fit en outre au magistrat, qui ne les lui demandait pas, de singulières révélations.

Elle lui apprit que c'était elle qui avait ruiné ses premiers maîtres, en tuant, au moyen de philtres, leurs bêtes et leurs esclaves, que c'était elle qui avait successivement empoisonné tous les membres de la famille, y compris sa jeune maîtresse, qui ne lui avait jamais fait que du bien.

— Si ce Français qui a logé chez Emilienne n'est pas mort — ajouta-t-elle — ce n'est pas ma faute. J'ai fait tout ce qu'il fallait pour cela .. Mais il ne s'est pas servi des objets qu'il avait lui-même achetés au bazar et que, sur mon ordre, Nabuchodonosor m'a remis. Ah ! ah ! ils sont imprégnés de la bonne essence. Mais malheur à celui entre les mains de qui ils tomberont. Notre Vaudou n'y perdra rien.

En effet, le même jour, une négresse habitant dans une case située près de la rivière *Madame*, et qui se livrait à la prostitution, vint, toute effarée, déclarer à la police qu'un vieux nègre était mort la veille, chez elle, subitement.

Il était tout à la joie, lorsqu'il tomba, frappé d'un mal inconnu.

On se rendit à la case et l'on trouva étendu à terre le corps de Sardanapale, qui exhalait déjà une effroyable odeur.

L'enquête révéla que le serviteur du curé avait profité de la longue absence de son maître pour s'emparer de l'argent contenu dans les divers troncs de l'église, avec lequel le vieux débauché se proposait de mener joyeuse vie en compagnie de quelques négresses dépourvues de scrupules.

En outre, il emportait avec lui le paquet contenant les objets achetés par Paul au bazar de Fort-de-France.

Marie-Rose, on s'en souvient, avait exigé du commissionnaire la remise de ce paquet, puis le lui avait rendu, et Nabuchodonosor l'avait porté au presbytère sur l'ordre du curé, qui soupçonnait, avec juste raison, quelque diabolique manigance de la sorcière.

Sardanapale, à la vue de ce beau linge tout neuf, n'avait pu résister à la tentation. Il s'en était emparé — provisoirement — pour employer à son usage, pendant sa « bordée », les objets qu'il contenait, afin de mieux éblouir et charmer ses noires maîtresses.

Mais il n'eut pas plutôt passé la chemise, mis les chaussettes et les pantoufles, qu'il fut pris d'un étourdissement singulier, chancela, ouvrit la bouche pour chercher à rattrapper le souffle qui s'échappait de sa poitrine, tomba lourdement à terre et trépassa sans même avoir eu le temps de se moucher dans un des beaux mouchoirs de poche.

Il périt ainsi misérablement au moment de goûter aux joies qu'il se promettait, amour, rhum et tabac, il périt du sort réservé à Paul Barrel, si Nabuchodonosor ne se fut pas confessé et si le malheureux abbé Raymond ne lui eut pas envoyé d'autres effets.

On ne trouva cependant aucune trace de poison sur le linge ; l'autopsie du corps de Sardanapale n'en révéla pas davantage, ce qui prouva une fois de plus que la science de la toxicologie n'avait pas donné à cette époque, pas plus qu'à l'époque actuelle, d'ailleurs, son dernier mot.

Marie-Rose dûment convaincue d'empoisonnements d'hommes et de bêtes, d'assassinats avec préméditation et guet-apens, précédés et accompagnés de mutilations et de tortures, fut condamnée à mort et exécutée sur la savane.

Elle mourut assez bravement, posant pour la galerie des sectaires du dieu Vaudou qui, mêlés à la foule assistaient au spectacle.

Elle refusa jusqu'au dernier moment de

nommer ses complices, ni aucun des affiliés au culte africain.

De la sorte, tous les colons des environs de Fort-de-France, et les habitants de la ville qui avaient à leur service des domestiques ou des servantes de race noire, demeurèrent longtemps persuadés qu'ils logeaient des cannibales dans leurs plantations ou sous leur toit, ce qui ne laissait pas que d'être inquiétant et était absolument certain pour un grand nombre d'entre eux.

Quelque temps après, on décapita en même place un nègre qui dans une rixe tua un camarade.

Et les colons se demandèrent, avec juste raison, pourquoi un châtiment identique pour des crimes si différents. Si le nègre qui, d'ailleurs, était ivre, méritait la mort, c'était mille morts que méritait la sorcière, mais comme l'on ne peut tuer qu'une fois, on eut voulu que le supplice de cette dernière eut duré plus longtemps.

— Voilà où la mort, par les fourmis ou la lente cuison dans l'eau bouillante, aurait du bon — dit le vieux planteur.

Concluons avec le docteur E. Monin qui écrivit, au sujet du Dahomey et des Achantis, une étude remarquable sur les nègres :

« En résumé — dit-il — le nègre est un enfant inintelligent, inattentif, étourdi, versatile. Il brille par la mémoire, le talent d'imitation, l'irrégularité, l'amour-propre. Paresseux, apathique, sans reconnaissance, il a, par-dessus tout, le respect de l'étiquette et de la hiérarchie. Curieux à l'excès, intempérant et imprévoyant, il sacrifiera tout à un litre d'eau-de-vie. Impudique, voleur et mendiant, impossible à rassasier comme à satisfaire, parleur infatigable, fourbe, traître et menteur, il ne peut être maté que par la force et par la crainte.

« Aussi, du témoignage unanime de tous les explorateurs de bonne foi, il ne faut point chercher à imposer au nègre une civilisation analogue à la nôtre. C'est ainsi que les missions chrétiennes ont perdu leur latin en Nigritie. Marquées au sceau de l'immobilité morale, les peuplades de cette région ne semblent point pouvoir dépasser une sorte d'état demi-sauvage où elles demeurent comme cristallisées.

« La civilisation et la religion de nos pays n'ont guère servi qu'à les rendre plus ivrognes et plus hypocrites. La propriété terrienne ne saurait non plus exister chez les nègres, car l'homme manque à la terre. Les conceptions abstraites de la morale, l'association des idées, la numération elle-même manquent chez eux. La langue y est à peine à la période agglutinante.

« Les races nigritiques sont, en somme, des populations enfantines dont la mentalité est singulièrement limitée. Aussi, notre civilisation n'a réussi, jusqu'à ce jour (en dépit de certaines illusions), qu'à les dépraver davantage. Nous le répétons donc ici, avec M. Hovelacque, et en manière de conclusion : Un noir a dit un jour, en parlant d'elle, à un voyageur blanc : « Bonne pour blancs, mauvaise pour noirs. » Aucune parole n'est plus sensée ; décidons-nous donc à épargner aux frères noirs nos tentatives d'amélioration, sous peine de les voir accaparer nos vices et perdre, en même temps, le peu de qualités natives qu'ils peuvent posséder. »

CHAPITRE XCVI

A propos d'araignées. — Encore le trigonocéphale. — Dévouement d'Eva. — Le vol. — Scène nocturne. — Nouveau vol. — Résultat d'une enquête.

Cependant, le courrier de Saint-Pierre avait apporté à Paul Barrel tout l'attirail nécessaire à un peintre, et M. de la Boissière ayant manifesté le désir d'être peint avec sa famille sur une seule toile qui devait orner son grand salon, il se mit incontinent à l'œuvre, heureux de payer ainsi la gracieuse et large hospitalité qu'il recevait.

Il devait ensuite faire à part le portrait des deux sœurs. Chacune désirait le sien, mais, selon toute probabilité, leur jalousie mutuelle l'empêcherait de rester seul avec l'une d'elles.

— Bah ! — se disait-il — j'allongerai, de telle sorte, les séances, que celle qui ne posera pas se fatiguera d'attendre, et les occasions de tête à tête se présenteront d'elles-mêmes.

Il les aimait, nous l'avons dit, toutes deux. Il trouvait Alice et Eva, également séduisantes, et ses désirs voltigeaient de l'une à l'autre sans pouvoir se fixer, comme un papillon sur des fleurs. Il eut cependant voulu les fixer, mais ses préférences changeaient constamment d'objet. Un doux regard, un sourire, un frôlement de main, le froufrou d'une jupe, un pied cambré, une taille qui se ploie et développe ces harmonieux reliefs qui ont rendu les créoles célèbres, un rien suffisait pour opérer en lui un brusque élan de passion.

Pendant longtemps, peut-être, il aurait pu dire, comme dans la chanson :

Entre les deux, mon cœur balance
Et je ne sais laquelle aimer

si un événement, aussi extraordinaire qu'inattendu, n'était venu lui prouver qu'il préférait la blonde Eva.

Quelques jours après l'exécution de Marie-Rose, Paul se promenait dans le jardin de l'habitation en compagnie des deux sœurs. Ils s'étaient arrêtés près d'un grand begonia écarlate tapissant un coin de l'enclos, à côté de quelques arbrisseaux qui formaient une sorte de fourré, lorsque les cris d'un petit oiseau attirèrent leur attention.

Ces cris partaient d'une toile d'araignée gigantesque, tendue de la barrière d'enceinte à l'un des arbrisseaux, et au milieu de laquelle se débattait un joli et minuscule oiseau au plumage bleu et jaune, au bec rose et effilé, portant comme un panache une longue plume blanche sur sa tête mignonne.

Au même moment, Alice et Eva poussèrent une exclamation d'effroi et se reculèrent précipitamment. Elles venaient d'apercevoir une énorme araignée rouge, toute velue, à demi-cachée sous les feuilles et que leur présence empêchait de se précipiter sur le colibri.

Ces araignées, fort communes aux Antilles, se nourrissent de très gros insectes, d'oiseaux-mouches et même de chauves-souris. Leur aspect est repoussant, et leur piqûre, sans être aussi dangereuse que celle de l'araignée-crabe, occasionne, outre une fièvre intense, des souffrances très vives.

Le jeune homme, domptant sa répugnance, s'approcha pour délivrer l'oiseau, qui se débattait vainement dans la toile qui l'engluait. Ce tissu, de l'épaisseur d'une petite ficelle, s'allongeait sans se rompre comme du caoutchouc. La solidité de ces fils d'araignée, si tenus dans nos contrées qu'il en faut, selon le naturaliste Lenwenboch, 18,000 pour obtenir l'épaisseur d'un poil de barbe, est presque incroyable. Un habitant du Kentucky trouva, dans une chambre où l'une de ces araignées avait tissé sa toile entre le mur et le pied d'une table, une souris qui touchait de ses pattes de devant le plancher, tandis que l'extrémité du corps était enfermé dans la toile.

L'araignée se montrait fort affairée ; elle montait et descendait le long des fils, mordait de temps en temps la queue de sa victime, beaucoup plus grosse qu'elle, et qui se débattait avec désespoir sans parvenir à rompre les liens. Bientôt l'araignée changea de tactique, elle hissa sa proie dans l'air. L'opération prit plusieurs heures et dura jusqu'au soir, où le bout du museau de la souris se trouvait à trois centimètres du plancher.

A neuf heures du soir, elle était encore vivante, mais ne remuait que lorsque l'araignée la mordait. Le lendemain matin, la prisonnière était morte et pendait à sept centimètres du sol.

Cette résistance du fil des grosses araignées des tropiques n'a rien de surprenant si l'on songe que celui de nos petites araignées d'Europe peut supporter jusqu'à huit fois le poids de l'animal qui l'a tissé.

Il faut, d'ailleurs, que ces toiles soient solides, puisqu'elles résistent aux efforts des abeilles, des grosses mouches et des guêpes, et qu'elles se déchirent rarement sous la rosée et la pluie. Mais si leurs fils présentent une certaine résistance, les araignées elles-mêmes possèdent une force musculaire qu'on est loin de soupçonner. En voici un exemple relaté dans les comptes rendus de l'Académie des Sciences naturelles de Philadelphie:

« Un jour, un observateur, M. Spring, qui se promenait le long d'un fossé, aperçut une grande araignée noire qui s'agitait au milieu de l'eau. En y regardant de plus près, il reconnut que l'insecte avait capturé un poisson ! Il s'était attaché au poisson juste au-devant de sa nageoire dorsale et l'entraînait vers le bord. Le poisson faisait vainement des efforts pour se débarrasser de son ennemi. Mais l'araignée, en six ou huit minutes, le poussa jusqu'à la rive et fit sortir sa tête hors de l'eau. Tout à coup, poisson et araignée glissèrent et retombèrent dans le fossé dont le bord était presque vertical. Il y eut une lutte acharnée. L'araignée parvint encore à soulever la tête et la moitié du corps du poisson hors de l'eau. Evidemment elle serait venue à bout de sa victime qui était complètement épuisée, si M. Spring ne s'était emparé des deux combattants. Cette araignée avait 18 millimètres de longueur et pesait 4 grammes 8 centigrammes. »

Mais revenons à Paul Barrel, occupé à délivrer l'oiseau-mouche de ses liens visqueux. Il réussit à rendre la liberté à la bestiole qui s'envola en poussant des cris de joie, mais presqu'au même instant, il fit un pas en arrière en portant la main à son cou.

Il venait d'y sentir une vive douleur et crut que l'araignée s'était jetée sur lui pour le punir de lui avoir enlevé sa proie. Plein de dégoût, il se secouait vigoureusement, s'imaginant qu'elle courait sur lui, quand un double cri d'épouvante s'échappa de la poitrine des deux sœurs.

Elles s'élancèrent sur lui, le saisirent par le bras, regardèrent son cou où perlaient deux gouttelettes de sang.

— Le trigonocéphale ! — s'exclamèrent-elles, blêmes de terreur. — Vous êtes mordu par un trigonocéphale !

— Je croyais que c'était par l'araignée — répondit Paul avec assez de calme.

Mais l'horrible bête, réfugiée à l'une des extrémités de sa toile, n'avait pas bougé de place, et Paul, regardant à terre, vit un petit serpent de cinquante centimètres au plus qui disparaissait dans l'herbe.

Caché dans le creux d'un arbre du buisson, et effrayé des mouvements de Paul, il lui avait sauté sur l'épaule et mordu le cou.

— Il faut que je courre à l'habitation pour me faire panser — dit le jeune homme pâlissant quelque peu en se remémorant tout ce qu'on lui avait raconté sur les effets terribles de la morsure du trigonocéphale.

— Non, ne bougez pas — s'écria Alice. — Restez immobile. Le moindre mouvement hâterait l'absorption du venin. Nous allons appeler Octave... Viens, Eva.

— Non — déclara nettement celle-ci — je reste avec M. Paul.

Alice jeta sur sa sœur un regard furibond, hésita un quart de seconde, puis partit en courant.

Eva, qui regardait anxieusement le blessé, lui prit la main.

— Vous souffrez, n'est-ce pas? — demanda-t-elle.

— Presque pas; une brûlure... Rassurez-vous.

— Non, non, je ne me rassure pas...

Il y avait tant de sollicitude inquiète dans sa voix, dans ses yeux, tant de grâce dans sa pose, penchée qu'elle était près, tout près du jeune homme qu'il lui prit la taille et la pressa contre lui.

— Oh! Eva! Chère Eva!

— Taisez-vous... Ils viennent!... Non, ils ne viennent pas... Que font-ils, mon Dieu!... Ecoutez... Laissez-moi faire... Voulez-vous me laisser faire?

— Quoi?

— Vite! Le poison gagne. Penchez-vous, un peu plus, encore... Là, ne bougez plus...

Et en même temps, il sentit sur son cou, à la place de la brûlure du venimeux reptile, une brûlure plus douce, qui le fit tressaillir de la tête aux pieds. C'étaient les lèvres d'Eva qui se collaient sur sa chair, d'Eva qui suçait la plaie de toutes ses forces, jusqu'à en perdre la respiration.

Elle ne s'arrêta qu'en entendant accourir son frère et Alice, qui apportaient un carafon de rhum, de l'ammoniaque, une éponge et un bistouri.

Elle chancela alors, étourdie, suffoquée, et tomba entre les bras du peintre, où elle éclata en sanglots.

— Qu'est-ce qu'elle a? Qu'est-ce qu'elle a? — fit Alice indignée et saisie d'un accès de jalousie indescriptible. — Elle est folle!

Et elle l'arracha brutalement de l'étreinte, l'emmena en la gourmandant :

— Tu perds le sens — disait-elle — toute pudeur... dans les bras de cet étranger... Quoi?... quoi?... Ah! mon Dieu! Octave t'a vue. Que va-t-il penser de toi?...

Octave, pendant ce temps, faisait deux profondes entailles dans la blessure, puis lavait minutieusement la plaie avec l'éponge imbibée d'ammoniaque.

Une violente pesanteur dans les membres, un mal de tête qui persista jusqu'au lendemain, et ce fut tout.

— Vous en avez été quitte à bon marché — lui dit-on.

A partir de ce moment, Paul ne cacha plus ses préférences pour Eva; entre celle-ci, fière de son triomphe, et Alice furieuse et déçue, les hostilités s'aggravèrent singulièrement; de l'état intermittent, elles passèrent à l'état continu.

Chose curieuse, à part quelques domestiques toujours aux aguets et prêts à se réjouir des dissensions intestines des maîtres, Paul fut le seul de l'habitation à s'en apercevoir.

Octave n'avait vu dans la position d'Eva surprise dans les bras de son hôte, qu'un mouvement de défaillance bien naturel chez une jeune fille qui vient d'être témoin d'un grave accident.

D'ailleurs, M. de la Boissière et lui, préoccupés de la tournure que prenaient leurs affaires, qui allaient en périclitant, ne songeaient nullement à observer les manèges des deux rivales dont l'une se voyait évincée, et Madame de la Boissière, souffrante depuis quelque temps, restait, sauf aux heures des repas, confinée dans sa chambre, laissant le champ libre à ses filles, en qui, à l'instar de toutes les mères, elle avait pleine confiance.

Un jour, à table, M. de la Boissière apparut fort soucieux et, interrogé sur les causes de sa préoccupation, il finit par répondre qu'ayant fait ses comptes, il venait de s'apercevoir qu'il lui manquait un certain nombre de louis dans son secrétaire.

Qui était le voleur? Chacun se perdit en conjectures. Ce ne pouvait être assurément qu'un des gens de la maison, nègre ou négresse. Alice, étourdiment, hasarda plusieurs noms qui furent successivement rejetés, non pas, nous le savons, que le vieux planteur eût la moindre confiance dans l'honnêteté de ses anciens esclaves, devenus travailleurs libres, mais à cause de la presque impossibilité pour ceux qu'Alice soupçonnait de s'introduire dans son bureau et de fouiller dans ses tiroirs.

Les soupçons se rejetèrent sur les domestiques, tous un peu ivrognes et fainéants, mais relativement honnêtes; du moins, l'on ne s'était encore aperçu d'aucun larcin en argent.

On se livra, en conséquence, à de sérieuses perquisitions sur leur personne et dans leur logis. L'on ne découvrit rien, et finalement M. de la Boissière essaya de se persuader qu'il s'était trompé dans ses calculs. Du moins, c'est ce qu'il déclara, peut-être pour mieux pincer le voleur.

C'est sur ces entrefaites que Paul, désagréablement affecté de cette aventure, cherchait une nuit vainement le sommeil. Puis une autre raison le tenait éveillé. Il songeait à Eva, des désirs amoureux l'agitaient et il sentait rouler dans le torrent de ses veines quelques grains de ce poivre rouge qu'y jette le climat des tropiques.

Il aimait Eva, et le lui avait donné à entendre, il ne restait plus qu'à demander sa main.

Mais Hélène? Mais Hélène?

Et c'est pourquoi il hésitait, il ne parvenait pas à se décider.

De plus, il se sentait saisi d'une inquiétude vague, indéfinie, une sorte de pressentiment d'un malheur ou d'un danger.

Depuis la morsure du trigonocéphale, il lui semblait qu'il marchait à quelque désastre ou, du moins qu'il s'engageait dans une fâcheuse aventure

Donc, le sommeil

Dieu triste et doux, consolateur du monde.

se refusait à clore ses paupières, lorsqu'il se rappela qu'il avait, sur sa table, un puissant narcotique.

C'était un livre que le pauvre abbé Raymond avait prêté à Eva, laquelle le lui avait remis le jour même pour y cacher un petit billet où ces mots seuls étaient tracés au crayon : « *Je vous aime.* » Mais, à quoi bon des phrases? Ces trois mots ne suffisent-ils pas ?

Il portait un titre alléchant pour une dévote : « *L'âme embrasée de l'amour divin par son union aux sacrés cœurs de Jésus et de Marie, ou couronne de l'année chrétienne.* »

Il s'apprêtait à allumer sa bougie pour user de ce suprême somnifère, quand un bruit léger venant du jardin attira son attention.

Quelqu'un marchait, s'approchait de la maison.

— Serait-ce le voleur ? — se dit le peintre, sautant hors du lit et allant se poster près de la fenêtre.

« Cette obscure clarté qui tombe des étoiles » lui permit d'apercevoir, non pas une, mais deux personnes, qui se dirigeaient vers la maison, et paraissaient prendre de grandes précautions pour ne pas être entendues.

Les deux noctambules s'arrêtèrent précisément au-dessous de sa fenêtre et échangèrent quelques paroles à voix basse, tandis que, très intrigué, il les observait à son aise, derrière son store, se demandant quel était ce mystérieux couple, car il y avait un homme et une femme.

Il le sut bientôt et son étonnement n'en diminua pas.

La femme était Alice, en léger peignoir, et l'homme, un vigoureux nègre, vêtu du costume habituel de ses pareils, une chemise et un caleçon.

— Que diable va-t-il se passer ? — se demanda Paul Barrel.

Et son étonnement se changea en une profonde stupeur quand il vit le grand et robuste noir se débarrasser prestement de son caleçon et de sa chemise, et paraître nu comme une statue de bronze aux yeux de la jeune fille, qui suivait tous ses mouvements avec une grande attention.

— Voilà qui est trop fort ! — s'exclamait le peintre. — Tableau !

Son imagination surchauffée lui fit même croire un moment qu'elle se disposait à imiter le nègre et à se mettre dans le même primitif costume ; et par une association d'idées assez explicables, il s'imagina naïvement qu'il allait assister à un spectacle aussi naturel qu'inconvenant, mais dont les acteurs choisissent de préférence des endroits couverts, clos ou abrités. En même temps une indignation violente s'emparait de lui. Quoi ! sans le dévouement de la gentille Eva, il s'en était fallu de peu que ce fut Alice qui reçut sa déclaration d'amour ! Il eut donné son cœur et son nom à cette fille éhontée qui poussait l'impudeur au point de venir se livrer sous sa fenêtre à un abominable nègre !

Il se trompait grossièrement. Mademoiselle de la Boissière n'avait nullement les idées qu'il lui prêtait.

Il en fut bientôt convaincu.

Avant de se dévêtir, le nègre avait jeté à terre une sorte de sac, fait d'écorce tressée. Il y fouilla et en retira d'abord une coiffure garnie de plumes blanches qu'il posa sur sa tête, puis un court bâton orné d'anneaux de cuivre.

Ainsi coiffé de ce diadème et armé de ce sceptre, il décrivit dans la direction de la fenêtre de Paul quelques signes cabalistiques, prenant une posture des plus bizarres, pendant que la jeune fille semblait prise d'effroi et se signait précipitamment à plusieurs reprises.

Ces signes de croix durent déplaire à l'enchanteur, car interrompant ses gestes, il s'approcha d'elle et lui parla à voix basse.

Elle fit un signe approbatif de tête et se tint dès lors immobile, les bras pendants, regardant, elle aussi, dans la direction de la fenêtre, tandis que le noir recommençait de plus belle à battre l'air de son bâton.

Peu à peu la main gauche exécuta les mêmes mouvements que la droite, les jambes se mirent de la partie et s'agitèrent lentement d'abord, puis avec avec une vitesse croissante.

Ce fut une danse échevelée, bondissante, grotesque, rendue plus grotesque encore par l'étrange coiffure et l'état de nudité du danseur.

Tout à coup, il s'arrêta essoufflé, s'abattit, lâcha son bâton et enveloppa de ses bras les jambes d'Alice qu'il fit tomber à côté de lui.

Qu'allait-il se passer ? c'était trop visible ! cette brute noire allait violenter la blanche créole.

Paul allait se précipiter au secours de la jeune fille en sautant par la fenêtre, quand il la vit s'échapper des mains du satyre, se relever et reculer de quelques pas.

Le nègre se releva aussi et, plein d'ardeur, marcha sur elle. Mais un petit revolver qu'elle sortit de son sein et qu'elle braqua sur l'assaillant dut le refroidir singulièrement, car il s'arrêta net et murmura quelques paroles que le peintre ne put entendre.

Il vit alors Alice tirer une bourse et la tendre au noir.

Il s'en empara avec avidité, ramassa son sac et ses loques et disparut dans l'ombre des arbres du jardin, tandis que la jeune fille rentrait dans la maison.

Le peintre, ahuri, regagna sa couche, cherchant, mais en vain, l'explication de cette étrange cérémonie.

Il ne tarda pas à s'endormir, mais lorsqu'il se réveilla et que cette scène nocturne lui revint en la mémoire, elle lui parut si extraordinaire, si monstrueuse, qu'il se demanda s'il n'avait pas rêvé.

Il examina dès lors avec attention la physionomie et la conduite d'Alice : il ne surprit rien qui pût laisser soupçonner qu'elle avait été la spectatrice d'une comédie aussi étrange, évidemment donnée à son instigation.

Le seul changement consistait en une sorte de froideur à son égard, froideur bien naturelle, vu son attention marquée pour Eva. Au lieu de le rechercher comme précédemment, elle l'évitait, sans toutefois le perdre de vue ; car, se trouvait-il un moment seul avec Eva et voulait-il s'approcher d'elle, il apercevait tout à coup les yeux malveillants de sa sœur, ou il entendait un petit éclat de rire sarcastique.

Deux ou trois jours après la scène nocturne, M. de la Boissière, en revenant de faire sa tournée habituelle dans sa plantation, constata avec stupeur un nouveau larcin.

Cinq ou six louis manquaient dans son secrétaire.

Cette fois, aucun doute n'était possible. Le matin même il avait fait ses comptes et réuni tout son argent disponible, devant effectuer le lendemain un important paiement à un commerçant de Saint-Pierre. Sa colère fut extrême, car maintenant il lui manquait, pour payer son créancier, cette centaine de francs.

Paul mis au courant de l'aventure s'empressa de l'offrir, et le planteur accepta sans trop se faire prier ; il partit par le courrier faisant le service entre Saint-Pierre et Fort-Royal, se promettant de régler l'affaire de ces vols à son retour.

Madame de la Boissière l'accompagnait, voulant consulter un médecin, vieil ami de la famille, en qui elle avait plus de confiance qu'en celui de Fort-Royal.

Leur absence devait durer quatre ou cinq jours au plus.

Paul restait donc, pour ainsi dire, seul avec Eva et Alice, car la surveillance des travaux et des travailleurs forçait Octave à s'absenter presque tout le jour.

Cependant, avant de partir, M. de la Boissière avait porté plainte à la gendarmerie.

Une enquête eut lieu. On arrêta tous les noirs qui, depuis quelques jours, avaient été vus en état d'ivresse, on les fouilla, on perquisitionna leurs cases, on les épouvanta par des menaces terribles, ce qui fit découvrir maints menus larcins et quantité de petites gredineries, mais ne conduisit pas à la découverte de l'argent volé chez M. de la Boissière.

Le commissaire de police vint lui-même apporter les résultats de l'enquête.

— Nous n'avons encore rien trouvé — dit-il à Octave — nous ne sommes même sur aucune piste. Certainement, le voleur est dans votre maison. Redoublez de surveillance.

Quand il partit, il fit signe à Octave qui le reconduisit jusqu'à la barrière de l'habitation. Le commissaire s'arrêta et lui dit quelques mots à voix basse, comme s'il craignait d'être entendu par quelque nègre caché en un fourré.

— Pas possible ? — s'écria le jeune homme stupéfait.

— Assurez-vous-en vous-même — répliqua le magistrat.

Le même soir, à table, Octave qui, depuis le commencement du repas, observait la physionomie un peu taciturne d'Alice, lui demanda à brûle-pourpoint :

— Ah ! ça, ma chère, je voudrais bien savoir ce qui peut t'attirer chez le *quimboiseur*.

— Moi ? — fit-elle, en tressaillant et devenant pourpre.

— Mais oui, toi !... Inutile de nier. Si l'on ne t'avait pas vue, ta rougeur te vendrait.

— Et après ? — fit-elle, payant d'audace. — Quand j'irais chez le quimboiseur... Est-ce que ça te regarde.

— Assurément ! En l'absence de notre père et de notre mère, je suis le chef de la famille, et je prends le droit de te dire ce qu'ils te diraient certainement : qu'il n'est pas convenable qu'une jeune fille s'en aille seule chez un vilain magot pour l'interroger sur des niaiseries.

Eva ! Eva ! Qu'as-tu, ma douce chérie, qu'as-tu ? Parle donc... Réponds-moi !...

— Qu'y a-t-il d'inconvenant à cela ? Toutes mes amies vont le consulter... quand elles ont perdu quelque chose.

— Ce qui ne prouve pas en faveur de leur intelligence.

— Oui, je sais... Vous autres, hommes, vous ne croyez à rien... Ce qui n'empêche pas que Justine de la Prunière, qui avait perdu sa montre l'année dernière, l'a retrouvée grâce au quimboiseur, après avoir vainement prié saint Antoine de Padoue.

— Et c'est grâce à lui — ajouta son frère, en ricanant — que Rose de Cauman a trouvé un mari ; car il procure aussi les maris, ton sorcier nègre ?

De nouveau, les joues d'Alice s'empourprèrent.

— Je n'en sais rien — répondit-elle sèchement.

— Alors, pourquoi es-tu allée trouver cet exploiteur d'imbéciles ?... Pour que nous découvrions notre voleur ?

— Oui — fit-elle d'un ton bref.

— A merveille ! Ne désespérons pas alors. Je suppose qu'il t'a mise sur la piste ?

— Pas encore.

— Ça viendra. Et combien coûtent ces consultations ?

— C'est mon affaire. N'ai-je pas le droit de dépenser, comme il me plaît, l'argent que papa me donne. Est-ce que je te demande où passe ton argent de poche. Vraiment, tu t'arroges des droits...

Là dessus, elle jeta sa serviette, quitta la table et sortit en faisant claquer la porte.

Le dessert touchait à sa fin, et quelques instants après, le fils du planteur et le peintre se promenaient dans le jardin, en fumant une cigarette.

— Comment trouvez-vous Alice ? — dit Octave. — N'êtes-vous pas confondu par une stupidité pareille ? Il y a dans les environs un nègre qui passe pour sorcier. Il habite une case à trois kilomètres environ sur la lisière d'un morne, et à demi enfouie sous terre. Il vit au milieu de drogues infectes, dans un air empesté, vautré sur un ignoble grabat, jeté sur un sol jamais balayé. Et c'est là que vont le consulter, non seulement des négresses idiotes, des mulâtresses qui ne le sont pas moins, mais des créoles, des demoiselles, vous l'avez entendu, que leur éducation devrait mettre au-dessus de ces aberrations mentales.

Ce rusé coquin exploite l'imbécillité commune. Il jette des sorts, il guérit, il rend malade, il fait retrouver les objets perdus, il noue et dénoue l'aiguillette, et donne une vigueur de Turc au plus impuissant vieillard ! N'est-ce pas à crever de rire..., si ceux qui vous touchent de près ne tombaient victimes de ces jongleries ?

— Rien d'étonnant à cela — répondit Paul, désireux d'atténuer la stupidité d'Alice — nous en voyons bien d'autres en France, où il n'est nul besoin d'être nègre ou mulâtre pour croire au pouvoir des sorciers. Il n'est guère de village qui ne compte le sien, et la crédulité de nos paysannes est aussi ridicule que celle des Martiniquaises. Mon père, qui a beaucoup voyagé, s'amusait à m'en donner quelques exemples. C'est ainsi que dans le Béarn, si l'on trouve sur son chemin une vautrée d'âne, il faut cracher dessus, et l'on n'a jamais de furoncles. Pour se guérir d'un panaris, nul besoin d'un scalpel, il suffit de tracer neuf croix sur la terre avec le doigt malade. Avez-vous une entorse ? Faites marcher sur votre jambe endolorie une femme qui a deux jumeaux. Un enfant qui a six frères plus âgés que lui, vous guérira d'une maladie de foie rien que par l'imposition des mains. Et si vous craignez de devenir loup-garou, il faut ferrer vos sabots avec des clous qui ont servi à ferrer un cheval. Avez-vous peur qu'une sorcière vous jette des maléfices ? Faites pendant qu'elle vous parle et sans qu'elle voie votre geste, une croix avec le pouce de la main droite et le petit doigt de la main gauche, elle n'aura désormais aucun pouvoir sur vous. Je laisse de côté les formules mirifiques pour reconnaître les suppôts de Satan le dimanche à la messe et empêcher les poules de mourir de la pépie !

— Oui, mon cher ami, mais vous me parlez de campagnardes ignorantes et aussi bêtes, sinon plus que les vaches, les chèvres et les oies qu'elles conduisent à la pâture, tandis que je vous parle, moi, de jeunes filles relativement instruites et élevées dans un milieu où ces billevesées ne devraient pas avoir cours.

— L'exemple, l'exemple de leurs servantes... L'amour du merveilleux inné chez la femme. Voyez le succès des somnambules, des chiromanciennes, des voyantes, des incubes et des succubes et de toute la fantasmagorie du prétendu monde occulte !

— Le comble — reprit le créole — est que le drôle est un paillard de la pire espèce. Quand il reçoit la visite d'une jeune fille, il se devêt complètement — et il n'a pour cela que peu de chose à faire — prétendant que c'est le costume obligé pour ses sortilèges. Voyez-vous ma sœur en tête à tête avec ce singe lubrique ?

Hélas ! son interlocuteur ne l'avait que trop vue !

— Le pauvre abbé Raymond a lutté, mais en vain contre ces grossières superstitions. Dans chaque sermon il y revenait : « Vous ne pouvez servir à la fois Dieu et Mammon — disait-il. — Le service de l'un est incompatible avec le service de l'autre. » Il prêchait dans le désert. Les dames se moquent de l'incompatibilité autant que de la logique. Elles font ce qui passe dans leur cervelle d'oiseau, se justifiant par ce proverbe à leur usage : « Ce que femme veut, Dieu le veut ! » On écoutait respectueusement le prêtre et l'on courait chez le sorcier.

— Ah ! ah ! — se dit Paul — voilà donc la solution du problème, l'explication du mystère de l'autre nuit. La crédule et jalouse Alice a eu recours au quimboiseur, espérant que ces sortilèges la feraient aimer de moi ! Faut-il que cette jeune fille soit bornée ! J'espère qu'Eva n'est pas si bête !

Mais Eva était aussi naïve, car lui ayant raconté le jour même qu'Alice était allée consulter le quimboiseur, non à cause du vol, mais pour se faire aimer de lui, il lui demanda en manière de plaisanterie :

— J'espère que vous n'avez pas employé ce moyen ?

— J'en avais bien envie — répondit-elle — mais Sémiramis m'en a dissuadée en objectant que ce n'était pas prudent pour une blanche d'aller chez ce nègre.

Sémiramis était la jeune négresse qui servait de femme de chambre à Eva.

— Alors — reprit Eva — je l'ai envoyée elle-même.

— Ah ! Et comment l'entrevue s'est-elle passée ?

— Il s'est montré très exigeant... et la pauvre Sémiramis, bien que l'affaire ne la concernât pas, a dû passer par tout ce qu'il a voulu... Oui, monsieur Paul, tout.... Alors, seulement, il s'est décidé à parler.

— Et qu'est-ce qu'il a dit ?

— Ah ! vous êtes trop curieux... Il a dit que

mes vœux seraient exaucés... Je l'ai répété à Alice, c'est ce qui l'a rendue si furieuse.

— Il a encore ajouté autre chose -- continua-t-elle après un moment de silence...

Mais elle s'arrêta, rougit, sa voix se troubla.

— Vous le saurez un autre jour — dit-elle.

Paul insistait, l'arrivée d'Alice interrompit la conversation.

Elle jeta sur sa sœur un coup d'œil si chargé de colère et de haine que le jeune homme en fut presque effrayé.

Eva y répondit par un air de défi et de triomphe.

La lutte, depuis longtemps engagée entre les deux sœurs, allait prendre soudain des proportions tragiques.

Si ce jour-là Paul Barrel se fut douté de ce qui l'attendait dans la nuit, il eut précipitamment pris congé de la famille de la Boissière et se serait empressé de retourner chez la pauvre Emilienne, dans les bras de laquelle aucun drame n'était à redouter.

L'aveu que venait de lui faire Eva et la constatation qu'elle était imbue des mêmes préjugés et courbée sous les mêmes superstitions que sa sœur, lui donnaient à réfléchir. Si sa passion n'en diminuait pas, son estime s'en amoindrissait.

Sans sa servante Sémiramis, elle serait donc allée s'exposer seule en tête à tête avec un affreux nègre, qui lui eut étalé sa monstrueuse nudité! Alors quoi! Où était la pudeur de la jeune fille?

Elle pouvait faire une adorable maîtresse, une épouse, jamais!

De quelque façon qu'il tournât la question, il ne voyait qu'un prompt départ qui put la résoudre. Eva était prête, il le voyait bien, à se jeter dans ses bras à la première occasion; et si, d'un côté, il ne se sentait pas assez fort pour résister à un assaut de ce genre, n'ayant ni la vertu frigorifique de Robert d'Arbrisselle, ni celle de saint Antoine, il ne voulait pas, d'autre part, abuser de cette jeune fille et était trop honnête pour la séduire et l'abandonner ensuite.

Aussi éprouva-t-il un grand émoi quand il entendit Alice dire à Eva, se doutant bien de la réponse qu'allait faire celle-ci :

— Je venais te chercher. Nous allons, si tu le veux, chez Antoinette de Quillebœuf, que nous avons singulièrement négligée...

— Je ne veux pas sortir — répondit Eva.

— Mais, Monsieur Paul nous accompagnera — reprit Alice d'un ton railleur. — N'est-ce pas, Monsieur Paul?

— Certainement, Mademoiselle.

— Alors, ça te décide? Tu viens?

— Non, j'ai déclaré que je ne sortirai pas.

— J'irai donc seule, car je suppose que Monsieur Paul ne tient pas à m'accompagner.

Paul jeta un regard sur Eva, il rencontra le sien si suppliant, si chargé de tendresse, qu'il se dit :

— Bien fou qui repousse le bonheur...

Et tout haut :

— A vrai dire, je ne connais guère Mademoiselle Henriette de Quillebœuf...

— Et vous voulez connaître davantage Made moiselle Eva de la Boissière... Je serais désolée, Monsieur, d'aller contre vos vues.

Elle était près de la fenêtre, regardant au dehors.

— Allons, soit! Je vous laisse... Amusez vous bien, à ce soir!

Et elle partit avec un petit rire moqueur des plus insultants.

Enfin, les voici seuls! Seuls! Debouts près de la fenêtre, ils la virent monter en voiture, s'éloigner, disparaître derrière les massifs.

Alors, certains qu'elle n'allait pas revenir sur ses pas, Paul saisit Eva, qui s'abandonna, et la couvrit de baisers.

— Oh! je t'aime! je t'aime!

— Li moussié, li nouveau curé, li qu'a vini! — s'écria une voix, celle du groom Tinome qui entrait en ouragan dans la chambre.

Paul n'eut que le temps de s'éloigner de la jeune fille, qu'il pressait, défaillante, sur son cœur.

— Le diable l'emporte, le nouveau curé — grommela-t-il. — Il pouvait mieux choisir son moment.

— Li qu'a dit moi c' matin li qu'a vini.

— Pourquoi ne nous en as-tu pas prévenus, petit drôle? — dit Eva, aussi vexée que son amoureux.

— Moi qu'a dit, Mamzelle Eva.

— A qui?

— Mamzelle Alice.

Les deux amants se regardèrent.

Voilà donc pourquoi Alice n'avait pas craint de les laisser ensemble. Prévenue de l'arrivée du prêtre, elle n'était montée en voiture que lorsqu'elle l'avait aperçu sur la route.

Le nouveau curé entra, introduit par Mademoiselle Sémiramis. Faisant contre fortune bon cœur, les deux jeunes gens le reçurent de leur mieux. La conversation eut cependant été languissante, car ils avaient hâte de le voir partir, mais le curé, pour égayer ses auditeurs ou faire preuve d'érudition, leur énuméra les différentes hérésies qui se partageaient le monde chrétien.

Assez peu versés en ces matières, Paul et Eva l'écoutaient parler, se gardant bien de l'interrompre, espérant toujours qu'il allait finir, convenant avec lui par des approbations de la tête que sans ces maudites hérésies tous les peuples de la terre se seraient convertis au catholicisme, ne formant plus qu'un seul troupeau, sous la houlette d'un seul pasteur.

— Ce serait le paradis sur terre — disait le curé avec conviction.

— En attendant, tu devrais bien aller au diable! — vociférait *in petto* Paul, très agacé par ce verbiage.

Cette conversation dura longtemps et quand le prêtre prit congé, couvert des secrètes malédictions des deux amoureux, la nuit tombait presque. Son départ coïncidait, du reste, avec le retour d'Alice, suivi presque immédiatement de celui d'Octave.

L'occasion était manquée.

L'on se mit à table, Paul, d'une mauvaise humeur, qu'il attribua à un violent mal de tête, résultat du savant discours de l'ecclésiastique, tandis qu'Eva le regardait avec des yeux tristes et doux.

Alice semblait soucieuse. Evidemment, un orage intérieur la secouait. Interrogée sur sa visite, elle répondit à tort et à travers, se trompa, se contredit, et finalement convainquit ses auditeurs qu'elle mentait maladroitement.

Quant à Octave, fatigué de ses courses, de ses allées et venues, préoccupé du mauvais état général de la plantation, dû à la paresse et au manque de bonne volonté des noirs, il ne prêtait à la conversation qu'une oreille inattentive, ne remarquant pas les regards inquiétants qui s'échangeaient entre Alice et Eva. Il se leva le premier de table et alla se coucher.

Son départ laissa les trois convives dans une situation embarrassante. Eva eut bien désiré qu'Alice sortit, mais comme celle ci ne se décidait nullement à laisser le champ libre à sa rivale, elle quitta la première la table. Sa sœur la suivit.

Paul, resté seul, et ne se sentant nulle envie de dormir, descendit dans le jardin. Il était dans un état d'agitation extrême, et l'amour charnel qu'il éprouvait pour Eva l'étreignait plus que jamais. Comment résister aux séductions de cette jolie, de cette aimable fille que, cependant, il ne voulait pas épouser?

Il rentra après une heure de promenade, et se mit au lit sans trouver le sommeil.

Ses yeux restaient grands ouverts, et il tressaillait au moindre bruit qu'il entendait dans la maison.

On eut dit qu'il restait sur le qui-vive, dans l'attente de quelque événement.

Il avait une sorte de pressentiment que cette nuit serait décisive, ou tout au moins qu'elle ne se passerait pas comme les autres. Et, en effet, voici un bruit de pas légers, sa porte s'ouvre, il entend un frôlement de robe, et à la clarté bleuâtre de la nuit tropicale, il distingue une blanche, gracieuse et légère silhouette qui s'approche doucement, doucement de son lit...

. . . .

Une heure auparavant, les deux sœurs étaient réunies dans la chambre d'Alice.

Eva y avait suivi son aînée. Après avoir refermé la porte :

— J'ai à te parler — lui dit-elle.

— Parle.

— Il est heureux que notre frère ait été si préoccupé, car il se serait aperçu, à table, de tes mensonges... Tu n'es pas allée chez Antoinette?

— Après?

— Tu es allée chez le quimboiseur.

— Et quand cela serait?

— Tu as tort, Alice. Après les avertissements d'Octave, tu as tort.

— De quoi te mêles-tu?... Il te sied bien, vraiment, de me faire des reproches. N'as-tu pas eu recours à lui, toi-même ?

— C'est vrai. Mais, j'ai respecté mon nom, le nôtre, celui de notre père; je ne me suis pas abaissée à me souiller au contact de cet affreux nègre.

— Tu n'as pas eu le courage de tes actes. Tu y as envoyé ta servante.

— Elle te l'a dit?

— On sait tout... en payant.

— Ah! ah! Tu sais donc tout... Alors tu dois savoir que c'est moi qui suis aimée?

— Un caprice.

— Un caprice qui ne me fera pas montrer au doigt.

— Qui sait?

— En tous cas, les gens de Fort-de-France ne diront pas de moi, en me voyant passer: « Voici celle qui a volé de l'argent dans le secrétaire de son père pour le porter à un sorcier. »

— Menteuse! Menteuse! Menteuse! — s'écria Alice, blême de colère.

— Oui, c'est toi qui a volé l'argent. Le commissaire de police l'a donné à entendre à notre frère. L'on a remarqué tes allures suspectes, tes visites au quimboiseur... Et si l'on n'a pas continué l'enquête, c'est qu'on a craint de remuer trop de boue.

— Ah! je te hais, je t'exècre, maudite. L'une de nous est de trop sur la terre.

— Tu dis vrai, l'une de nous est de trop.

— Et c'est pourquoi — reprit Alice, en éclatant d'un rire sardonique et forcé — c'est pourquoi tu m'as fait absorber hier dans un verre d'eau de fleur d'oranger, une drogue soporifique, dont l'effet se fait sentir après vingt-quatre heures. Tu craignais que je ne te gêne, cette nuit.

— Tiens... combien as-tu payé ce beau renseignement?

— Que t'importe? Je l'ai, cela doit te suffire. Mais puisque tu jettes le masque, moi aussi, je jette le mien...

Puis, portant la main à son front avec une expression d'horreur indicible :

— Oh ! ma tête s'alourdit, je sens le sommeil... l'effet de la drogue...Grand Dieu ! Qu'ai-je fait moi aussi !

Sa voix devint caressante :

— Ecoute, petite sœur, rapproche-toi de moi... je vais dormir, mais écoute... suis mon conseil... Couche-toi à côté de moi, je t'en supplie... sois gentille... oublions tout... Oui, tout s'arrangera, va... Les choses s'arrangeront d'elles-mêmes... Qui sait? Qui connaît demain? Cherche le sommeil... Viens, étends-toi à côté de moi... Nous dormirons ensemble dans les bras l'une de l'autre comme lorsque nous étions petites filles et que nous nous aimions... oui, nous nous aimions bien... avant l'arrivée de ce... jeune homme. Il a apporté le malheur... Qui aurait cru que nous deviendrions ennemies...Oh! ne le soyons plus, ne le soyons plus... Ecoute... je vais te confier quelque... chose... Mais viens, viens près de moi... le moindre mouvement, la moindre émotion te serait funeste... L'immobilité absolue... le quimboiseur l'a dit, l'immobilité absolue... Après quelques heures de sommeil le danger sera conjuré.

— Le danger ? Quel danger ? — demanda Eva, devenue aussi pâle que sa sœur :

— Oh ! pardonne-moi, petite Eva... Quand j'ai su que tu m'avais versé un narcotique pour rester seule avec *lui*, j'ai voulu me venger et j'ai remplacé la sapotille qui était sur ton assiette par une autre que le sorcier m'a donnée.

Disons en passant que la sapotille est un fruit des Antilles qui pour la forme et la couleur rappelle la pomme de reinette grise et pour le goût une poire blette très sucrée ; on l'appelle aussi nèfle d'Amérique.

— Alors, tu m'as empoisonnée! — s'écria la jeune fille.

— Non, non, petite sœur... pas empoisonnée... oh ! non... si tu te tiens tranquille... si tu te couches, si tu essayes de dormir... Tu comprends, je voulais t'empêcher d'aller le trouver... Car je sais que tu veux aller le trouver... Ne bouges donc pas, chérie... La drogue du sorcier n'aura pas d'effet malfaisant... Cet homme ne t'aime pas, vois-tu, il ne t'aime que pour te posséder... et c'est tout...

— Menteuse ! Menteuse ! Tu ne crois pas ce que tu dis... Non, tu ne le crois pas ; il m'aime, je sais qu'il m'aime !... Et malgré ta drogue diabolique, malgré toi, sous tes yeux, je vais m'en assurer... Mais non, tu dormiras, tu dormiras... et je serai libre... libre de l'aimer.

Devant cette bravade, les traits d'Alice se contractèrent et prirent une expression de haine sauvage. Sa douceur, sa feinte douceur disparut. Elle étendit le bras pour saisir celui de sa sœur, mais son bras retomba inerte, ses paupières alourdies se fermèrent, le sommeil la vainquit et elle s'endormit murmurant, prise d'un remords subit :

— Seigneur !... Retenez-là... Elle marche à la mort.

Pensive, effrayée, Eva resta quelques minutes penchée sur Alice, les yeux démesurément ouverts.

— C'est un mensonge — dit-elle. — Encore un mensonge pour m'effrayer, m'empêcher d'aller vers lui. Mon père et ma mère reviennent demain... Jamais plus peut-être je ne trouverai l'occasion... Je veux qu'il se décide enfin, qu'il dise si, oui ou non, il me veut pour femme.

Elle hésitait cependant. Ses regards errèrent à travers la chambre; sur la table elle vit un livre, un volume que lisait sa sœur. C'était la *Comédie de la Mort*, de Théophile Gautier.

Elle l'ouvrit à une marque qu'avait fait Alice et lut ce qui suit :

LA TRÉPASSÉE

Est-ce une illusion ? Cette nuit tant rêvée.
La nuit du mariage, elle est donc arrivée,
C'est le lit nuptial.
Voici l'heure où l'époux, jeune et parfumé, cueille
La beauté de l'épouse, et sur son front effeuille
L'oranger virginal.

LE VER

Cette nuit sera longue, ô blanche trépassée !
Avec moi pour toujours la mort t'a fiancée,
Ton lit c'est le tombeau.
Voici l'heure où le chien contre la lune aboie,
Où le pâle vampire erre et cherche sa proie.
Où descend le corbeau.

— La mauvaise ! — dit-elle. — C'est pour m'effrayer qu'elle a laissé cela... Mais je me moque de toi et de tes menaces...

Elle rejeta le livre avec colère, mit une mantille sur ses épaules nues, contempla une dernière fois sa sœur plongée dans un lourd sommeil, sortit sans bruit et se dirigea sur la pointe des pieds vers la chambre de Paul...

Quand il vit s'avancer près de son lit la blanche silhouette de la jeune fille, il ferma les yeux et feignit de dormir.

Elle resta quelques minutes immobile près de son lit. Immobile? Non, car un tremblement l'agitait et sa respiration coupée décelai son trouble.

Puis doucement, écartant l'ouverture de la chemise du jeune homme, elle traça avec les deux premiers doigts de la main droite des signes bizarres dans la direction du cœur.

Paul, tremblant du même émoi qu'elle, ouvrit les yeux et la saisit dans ses bras.

Elle se laissa tomber sur lui, rougissante, confuse, et sur la question qu'il lui fit en l'enlaçant avec une douce violence :

— C'est le quimboiseur — fit-elle — le quimboiseur qui m'a enseigné les signes... les signes pour empêcher votre cœur d'être inconstant.

— Chérie ! Chérie !

Mais comme il la plaçait près de lui sur sa couche, elle poussa un cri terrible.

— Le poison ! — dit elle — le poison !

— Hein ? Que dites-vous ? chère Eva... Du poison ? Quel poison !... Eva ! Eva ! Qu'as tù, ma chérie, ma douce chérie, qu'as-tu ? Parle donc... Réponds-moi !...

Et les lèvres de l'amoureux vainqueur ne recueillirent que le baiser d'une morte.

CHAPITRE XCVII

New-York. — Un évêque mormon. — Colombau reparaît. — Joé Smith et les Mormons. — Un saint libidineux. — Miracle. — Brigham Young. — Marche dans le désert. — Episodes de route. — Le vieux Français rageur. — Le grand lac Salé. — Fondation de la Cité des Saints. — Scandale dans une chapelle.

Pendant qu'à la Martinique se passaient ces incidents, un navire anglais venant de Liverpool entrait à New-York. New York est un Paris port de mer, un Paris un peu moins vaste, car il ne contient, y compris Brocklyn et New-Jersey, les deux immenses faubourgs qui le flanquent, qu'un peu plus de deux millions d'habitants : mais avec l'accroissement considérable de la population des Etats-Unis, si rien n'y vient mettre obstacle, ce sera, dans un siècle, la ville la plus peuplée du monde.

C'est là, au fond d'une baie magnifique, que débarquent les deux tiers des émigrants qui vont en Amérique chercher le pain ou la fortune qu'ils ne peuvent trouver dans la mère-patrie. Depuis 1850, plus de six millions d'étrangers sont venus de tous les points du monde dans ce port, en communication avec toutes les villes maritimes de l'Univers.

Le navire dont nous nous occupons était en grande partie chargé d'Irlandais, qui fournissaient déjà à cette époque et fournissent encore aujourd'hui le plus gros contingent de l'émigration. Ils dépassent même le nombre des Allemands, ces émigrants par excellence, car si l'on compte à New-York trois cent quatre-vingt mille de ces derniers, il y a cinq cent soixante mille Irlandais.

Ce transatlantique de Liverpool, le *Westcombe*, avait essuyé en plein océan une tempête qui causa de graves avaries, et c'est à grand'peine qu'avec sa machine endommagée il parvint à toucher le port.

Certes, ce n'était pas un de ces superbes steamers comme l'on en voit aujourd'hui, qui brûlent 400 tonnes de houille par jour, soit plus de cent mille francs par voyage, et dont la construction et l'équipement coûtent aux Compagnies de dix à quinze millions !

Les personnes étrangères à la mer, celles qui n'ont pas voyagé, ne se doutent pas des dépenses de l'approvisionnement d'un navire qui va d'un port occidental d'Angleterre à New-York, c'est-à-dire pour un voyage de sept à huit jours. Elles s'élèvent pour chaque traversée à cinquante mille francs, représentés par 45,000 livres de viande de boucherie, 12,000 pièces de volaille, 1,600 kilos de poisson, 25 tonnes de pommes de terre, 2,800 litres de lait, 22,000 œufs, 11,000 bouteilles de bière, 1,100 bouteilles de vin et d'alcool, 5,500 bouteilles d'eau minérale, etc., etc.

Que sont nos hôtels les plus achalandés et les plus somptueux des capitales de l'Europe à côté de ces hôtels flottants de la mer, dont chacun comporte, depuis le capitaine jusqu'au mousse, un personnel de 350 à 400 personnes !

Mais à l'époque dont nous parlons il n'en était pas de même. Les navires d'émigrants, pour la plupart des voiliers, transportaient les pauvres hères entassés pêle-mêle dans des entreponts nauséabonds et privés du plus élémentaire confort. La traversée était longue et pénible, et quand le mauvais temps s'en mêlait, elle devenait un supplice. Aussi pour le navire qui nous occupe, le débarquement offrit-il un aspect lamentable. Ce fut un long défilé de figures hâves, de miséreux presque en guenilles.

A New-York, comme à Londres, il existe un quartier français. Près de là se trouve le lieu de débarquement le plus habituel ; mais à l'inverse du quartier français de la capitale de la Grande-Bretagne, pauvre et mal famé, celui de la grande cité de l'Amérique du Nord est l'un des plus beaux et des plus anciens de la ville.

D'ailleurs, si New-York manque du pittoresque et de l'attrait historique qu'offrent les vieux monuments de nos cités d'Europe, il donne à l'étranger une impression de richesse et de magnificence ; tout est construit pour offrir à ses habitants la plus grande somme de commodité.

Les rues, tirées au cordeau, coupées à angle droit, sont spacieuses et plantées d'arbres, non pas comme sur nos avenues et nos boulevards, de rangées symétriques, mais d'arbres disposés en une irrégularité voulue, qui rompt la monotonie des groupes de maisons disposées en parallélogrammes, et donne à chaque avenue l'aspect d'une promenade.

Rien ne prouve mieux les bienfaits de la liberté chez un peuple que n'entrave pas, comme en France, un gouvernement qui réglemente tout et se mêle de tout, et une administration puérile, routinière et tracassière, que la rapide prospérité des villes des Etats-Unis.

Il y a deux cents ans, New-York, aujourd'hui, après Londres et Liverpool, la troisième ville commerciale du monde, comptait à peine trois vaisseaux et une quinzaine de grandes barques dans son port, tandis que quinze bâtiments venaient annuellement d'Angleterre. Aujourd'hui, il y entre près de six mille navires au long cours et trois mille caboteurs!

En 1852, la prospérité de cette cité excitait l'admiration de l'historien Jean-Jacques Ampère :

« Me voici de nouveau à New-York — écrivait-il — et plus frappé que jamais du mouvement extraordinaire de l'*Empire City*. Il y a, à ma connaissance, trois grands spectacles donnés au monde par l'activité commerciale d'une ville :

« Les navires dont la Tamise est comme encombrée entre Londres et Greenwich ;

« Les docks de Liverpool, remplis de marchandises qu'on embarque et qu'on débarque, qu'on entasse et roule sous des hangars s'étendant sur une ligne d'une demi-lieue, où arrivent des navires et des bateaux à vapeur de tous les pays, et d'où il en part sans cesse pour toutes les contrées de l'univers ;

« Enfin, les deux quais de New-York, qui suivent l'un la rive de l'Hudson, l'autre le bras de mer appelé rivière de l'Est, et forment un immense coin dont la pointe regarde la mer, dans lequel la ville, comprimée à une de ses extrémités, va vers l'autre, s'élargissant et s'étendant toujours, comme une matière en fusion déborde par l'ouverture du creuset.

« Le long de ses deux quais, on chemine pendant une heure entre une rangée de maisons et une rangée de navires, au milieu d'une population affairée qui pousse, qui traîne, qui cloue, qui emballe, qui déballe, chacun à sa besogne, sans se parler, sans se heurter, chacun impassible et ardent, le visage calme et le pas agile, l'air froid et pressé. »

Deux choses frappent tout d'abord l'étranger: le manque de pittoresque, le ton de grisaille de la foule et l'absence de soldats.

Pas un uniforme, mais non plus pas de diversité dans le costume des habitants. Bourgeois et ouvriers, riches et pauvres portent le même banal costume: chapeau mou ou tuyau de poêle, redingote ou paletot. La différence est dans le plus ou moins d'usure.

L'on n'y voit pas non plus cette élégance, cette recherche de la mise, cette correction que l'on rencontre sur nos boulevards, et qui fait supposer que la majorité des Parisiens se compose de millionnaires, tandis que la plupart, au contraire, sont de pauvres diables gagnant à peine quelques milliers de francs et qui sacrifient tout à l'apparence.

L'Américain, plus pratique, se moque de l'opinion de son voisin, s'habille simplement et se met à son aise. On ne rencontre nulle part, chez eux, de petits jeunes gens vêtus comme les mannequins des gravures de mode, ou si l'on en rencontre, on peut être certain que ce sont des Français ou des Italiens nouvellement débarqués.

Le peintre Raffaëlli raconte que dans un voyage à New-York, il se promenait avec des hommes possédant trois ou quatre cent millions et que c'était lui qui avait l'air d'être le millionnaire!

Les pauvres Irlandais qui débarquaient du *Westcombe* étaient fort minables, mais le plus lamentable de tous était assurément un grand gaillard, maigre et sec, enveloppé dans une longue redingote noire râpée et usée jusqu'à la corde en même temps que luisante de crasse, et coiffé d'un chapeau haut de forme d'une prodigieuse hauteur.

Ce chapeau, comme la redingote et aussi le pantalon, rapiécé aux genoux, devait avoir essuyé depuis nombre d'années tous les orages du ciel et de la terre, car non seulement il était roussi par les averses et les coups de soleil, mais bosselé de façon à faire croire que des centaines de coups de poings s'étaient abattus sur lui. Néanmoins, le porteur de ces hardes, qui eussent été refusées avec indignation par un marchand de vieux habits, ne paraissait nullement honteux de cette livrée de misère.

Son visage, complètement rasé, avait une expression à la fois fière et papelarde, quelque chose du reître et du pasteur protestant.

La mâchoire large et carrée indiquait la ténacité, l'énergie, mais aussi les appétits violents, et l'œil clair, dur, exprimait la volonté et l'astuce.

Il tenait d'une main un parapluie et un petit sac de cuir crevé aux coins et raccommodé avec des ficelles et il s'appuyait de l'autre, car il traînait la jambe, sur le bras d'un jeune homme à la physionomie ouverte qui réglait complaisamment son pas sur le sien.

Un fait qui n'eût pas manqué de frapper d'étonnement les badauds, si dans une population aussi affairée il se fut trouvé des badauds, c'est les marques de profond respect que ce miséreux aux défroques lamentables, reçut sur le port avant de se séparer d'autres miséreux qui l'escortaient.

Il leur fit, en anglais, un petit speech, qu'ils écoutèrent avec la plus grande déférence, puis il les congédia. Ceux-ci se retirèrent en l'appelant « Monseigneur ».

Quand il fut débarrassé de cette foule loqueteuse, il dit en français, mais avec un fort accent anglais, à son compagnon :

— Vous comprenez, mon ami, que nous ne pouvons remorquer pendant notre séjour ici, toute cette racaille. Je leur ai indiqué dans la quarantième avenue une hôtellerie où on les recevra. Quant à nous, il faut chercher ailleurs et nous mettre à l'abri des puces...

Avez-vous le gousset convenablement garni, mon ami ?

— Hé ! hé ! pas trop.... Mais enfin, de quoi vivre sans trop nous priver pendant deux ou trois mois.

— Cela suffit. Il est heureux que vous n'ayez pas mis votre argent dans votre sac de voyage.

— Oui, je serais bien embarrassé.

— Pourquoi ? Il ne faut jamais l'être. C'est dans l'adversité qu'on reconnaît les caractères. « Aide-toi, le ciel t'aidera. » C'est un axiome que nous mettons en pratique, nous autres, et ça nous a toujours réussi. Voyez, moi ; voici bientôt une année que je suis parti de New-York sans un penny. J'ai débarqué à Liverpool naturellement sans un penny, j'ai prêché, j'ai converti et je reviens au point de départ...

— Sans un penny...

— Mais avec quelque chose qui vaut mieux que les pences, les dollars, les guinées..., avec de nouveaux frères.

— D'après ce que je vois, les missionnaires ne sont pas rétribués dans votre religion.

— Ni les prêtres, ni les missionnaires, ni même les évêques... Vous voyez que je ne ressemble en rien par l'apparence à mes riches confrères, les évêques de la Grande-Bretagne, qui regorgent de richesses.

— En effet — répliqua le jeune homme en jetant un regard apitoyé sur le costume de son compagnon. — Mais comment vivez-vous, vous autres ?

— De notre profession. Ainsi moi, je suis à la fois évêque et cordonnier ; évêque pour le spirituel, cordonnier pour le temporel.

Dans le jour, j'exerce ma profession ; le soir et les dimanches, je prêche et je fais des prosélytes. C'est ainsi que j'ai vécu à Liverpool, c'est ainsi que je vivrai jusqu'à ce que je retourne à la cité des Saints...

— Et où est-elle votre cité ?

— Oh ! bien loin d'ici... sur le grand lac Salé.

Tout en parlant et en suivant le quai, ils étaient arrivés dans un quartier populeux habité principalement par des gens du port.

Ils s'arrêtèrent devant une hôtellerie de modeste apparence, où l'évêque, par mesure d'économie, demanda une chambre à deux lits. Il y monta pour déposer son sac et redescendit rejoindre son compagnon.

— Maintenant, mon ami — dit-il — nous allons nous occuper de la petite affaire dont vous m'avez parlé.

Disons tout de suite que le personnage loqueteux ne mentait pas en s'affirmant évêque des mormons et le jeune Français n'était autre que notre ami Colombau, qui venait à Liverpool remplir la mission dont l'avait chargé miss O'Kelly.

Comment l'ardent républicain se trouvait-il devenu le compagnon d'un dignitaire de cette secte qui commençait à remplir l'Ancien et le Nouveau-Monde du bruit de ses excentricités ?

Ils avaient lié connaissance sur le navire qui les transportait.

D'abord, Colombau s'était prudemment tenu à l'écart de ce personnage suspect, non parce qu'il était vêtu de guenilles, mais parce qu'il l'entendait sans cesse pérorer d'une voix de prédicateur, au milieu de groupes de gens qui l'écoutaient yeux grands ouverts et bouche béante, comme on écoute les paroles d'un prophète.

Colombau n'avait que vaguement entendu parler des mormons, et ce singulier missionnaire, qui faisait sur le transatlantique une propagande active, bien qu'excitant sa curiosité, lui inspirait la plus grande méfiance.

Depuis plusieurs jours déjà l'on était en mer, lorsque se montrèrent tous les symptômes précurseurs d'une tempête. Elle se déchaîna bientôt avec rage, et une rage telle que le bâtiment fut pendant quarante-huit heures en sérieux danger. Des vagues énormes s'écrasaient sur le pont, brisant tout, envahissaient l'entrepont.

Colombau, surpris dans son sommeil, n'eut que le temps de s'habiller à la hâte et d'abandonner sa cabine inondée. Son sac de nuit à la main, il se précipita par l'écoutille, gravit rapidement l'escalier, croyant que le navire allait sombrer.

Mais au moment où il paraissait sur le tillac, une lame énorme s'y abattit, le renversa, l'enleva et allait l'emporter par-dessus bord, lorsqu'une main vigoureuse le saisit, un bras l'enveloppa et le retint solidement contre le bastingage.

Quand il revint à lui, il se trouva pressé par le grand loqueteux qui, cramponné d'une main à un câble, le serrait de l'autre sur sa poitrine.

— Grâce à Dieu, frère — lui dit le personnage ruisselant d'eau comme lui — je vous ai sauvé.

— Merci, Monsieur, merci — dit Colombau — mais mon sac, où est mon sac ?

— Votre sac ? Il est allé où vous alliez vous-même. Est-ce qu'il contenait quelque chose de précieux ?

— Oui, Monsieur ; tout ce que j'avais de

Vous comprenez, mon ami, que nous ne pouvons remorquer toute cette racaille...

précieux au monde; le portrait d'une jeune fille — fit-il avec un soupir — et la croix d'honneur de mon père.

— Voilà bien les Français ! — fit l'évêque haussant les épaules — l'amour et la gloriole, ils ne voient rien d'autre dans la vie !... Mais votre argent est-il sauf ?

— Oui, Monsieur, heureusement Je l'ai sur moi, dans la poche intérieure de mon veston.

— Tant mieux pour vous, c'est le principal. Ça vous sera plus utile que le portrait de votre amie et le hochet de votre père.

Dès ce moment, l'évêque mormon ne quitta plus l'homme qu'il avait sauvé, il l'entoura d'une tendre sollicitude.

Il l'interrogea sur le but de son voyage, et Colombau, qui n'avait rien à cacher, le lui déclara franchement.

Il n'était pas fâché de rencontrer quelqu'un qui put lui servir d'interprète et le guider dans une grande ville dont il ignorait les usages et la langue.

Après que la tempête se fut calmée, il s'aperçut que l'évêque souffrait d'une jambe.

— Ce n'est rien — répondit celui-ci — une simple luxation que je me suis fait en vous empêchant de passer par-dessus bord.

Colombau fut donc doublement reconnaissant à ce singulier prélat, et de l'avoir sauvé et de s'être blessé à son sujet, et comme celui-ci ne songeait nullement à faire avec lui de la propagande religieuse, il prit plaisir à sa conversation qui ne manquait pas d'intérêt.

C'est le moment de dire quelques mots des mormons.

Cette secte originale, pas plus singulière pourtant que beaucoup d'autres, mais qui causa plus de tapage à cause de l'excentricité de ses doctrines polygamiques — cette singulière secte prit naissance en 1827.

Un certain Joseph Smith, sorte de vagabond, appelé plus communément Joé Smith, exerçant la bizarre profession de chercheur de trésors, en fut le fondateur.

Sur l'indication d'un ou de plusieurs anges, venus tout exprès du ciel lui annoncer qu'il était appelé par le Très-Haut pour arracher le monde aux erreurs dans lesquelles il était plongé, il se rendit dans la caverne d'une montagne de l'État de New-York, et découvrit un coffre de pierre contenant les archives du peuple d'Israël.

Ces archives étaient écrites en vieux caractères égyptiens sur des plaques d'or.

Joé Smith, d'une instruction des plus élémentaires, ignorait naturellement l'antique langue de l'Egypte, aussi était-il fort embarrassé de sa découverte, lorsqu'un ange vint à son aide en lui apportant une paire de lunettes avec lesquelles il put lire aisément ce qu'avait tracé le prophète, lequel prophète, un nommé Mormon, avait vécu bien antérieurement à Jésus-Christ, au temps de Sedecias, roi de Juda.

Inutile d'ajouter que personne ne vit jamais ces plaques, mais Joé Smith fut cru sur parole. Il était doué d'un imperturbable aplomb et, paraît-il, de grandes facultés de séduction qu'il exerçait sur tous les esprits faibles, comme certains vulgaires orateurs de réunions publiques en imposent à la foule ignorante et par conséquent facilement dupe.

Les lunettes que lui donna l'ange se composaient de deux pierres transparentes qui étaient l'*urim* et le *thelim*, ornements sacerdotaux que les grands prêtres hébreux portaient sur leur poitrine.

D'après ces archives traduites en anglais par le nouvel élu, le paradis terrestre ne s'étendait pas, comme le pense un vain peuple, sur les hauts plateaux de l'Asie, mais dans l'Amérique du Nord entre le Mississipi et le Missouri. C'est là qu'il fallait fonder la nouvelle *Sion*.

Le livre de Mormon désignait les Peaux-Rouges comme les épaves du vrai peuple de Dieu.

Ce livre, contrefaçon maladroite de la Bible, est rempli d'anachronismes, de discordances et d'invraisemblances, mais en dépit des inepties qu'il renferme, la teneur en a paru au-dessus des capacités d'un illettré comme Smith, aussi ne tarda-t-on pas à découvrir qu'il était l'œuvre d'un ancien pasteur, Salomon Spawlding, qui, ayant fait faillite dans le commerce, avait cru battre monnaie par l'exploitation, toujours productive, de l'imbécillité humaine, en composant ce fatras qu'il supposa l'œuvre dudit Mormon, de la tribu juive des Néphites, race éteinte. Il l'intitula *Manuscrit retrouvé*. Le manuscrit se trouvait encore chez l'éditeur quand Spawlding mourut. Un certain Sidney Rigdon, prédicateur baptiste, en prit subrepticement une copie qui passa entre les mains de Joé Smith, lequel lui fit subir un remaniement propice à ses projets.

Le *manuscrit retrouvé* fut d'abord appelé *Golden-Bible*, Bible d'or, puis livre de *Mormon.*

D'après Smith, *mormon* viendrait de l'ancien égyptien *mon*, bon, et de l'anglais *more*, plus ; c'est-à-dire meilleur, *meilleur que la Bible*.

Smith, commença ses prédications dans les environs de New-York, puis passa dans l'Ohio.

Tous les pauvres diables, les malheureux des Etats-Unis, les intelligences rudimentaires, ainsi qu'une masse d'émigrants à qui il promettait les biens de la terre joints aux félicités célestes, l'acceptèrent pour prophète. Bien plus que le socialisme, le mormonisme fut la doctrine des parias et des deshérités. Mais tandis que les socialistes s'agitaient encore dans les discussions et les querelles intestines, divisés entre eux par des charlatans aspirant à devenir chefs de sectes, les mormons, sous une direction unique, étaient devenus riches et prospères.

L'organisation de la nouvelle Eglise eut lieu le 6 avril 1830, à Manchester, dans l'Etat de New-York. Elle s'appela l'église des *Saints des derniers jours* ; Brigham Young, qui devait en devenir le suprême pontife, reçut à cette occasion le baptême.

Persécutés dans l'Ohio, les mormons dont le nombre grossissait, passèrent dans le comté de Jackson (Missouri), et y fondèrent la ville de l'*Indépendance de la Nouvelle Sion* où ils élevèrent un temple magnifique. Mais en juillet 1833, les habitants du Missouri se soulevèrent contre eux, pillèrent quelque peu leur ville et les chassèrent du territoire. Réfugiés dans le comté de Clay, ils en furent bientôt expulsés. Ils se retirèrent alors dans l'Illinois et y fondèrent de 1839 à 1841, la ville de Nauvoo.]

De nouveaux troubles surgirent, la ville fut assiégée, prise et réduite en cendres le 17 juin 1844 et Joé Smith et son frère Hiram, qu'on avait emprisonnés à Carthage, furent lynchés par la populace.

Si le métier de prophète comporte de précieux avantages, il a aussi, on le voit, ses désagréments.

Ce Joé Smith, qu'on a représenté comme un homme fort grossier et fort ignorant, n'était pas assurément le premier venu. Il faut certaines qualités spéciales pour devenir prophète, et ces qualités il les possédait à un très haut degré.

Il savait parler à l'imagination des simples et ne négligeait aucun des moyens qui frappent les sens, aussi exerçait-il beaucoup d'empire sur les femmes, car, à l'art que nous venons de relater, il joignait de secrets avantages fort appréciés d'elles et une grande sensualité dans l'amour.

Emile de Montégut, trace de lui un portrait peu flatteur : « Toute sa personne physique, dit il, indiquait assez que l'amour des femmes était son vice dominant, et qu'il possédait les ressources qui pouvaient le satisfaire. Il n'était certes, point beau et il était pesant et massif de corps; mais le menton obstiné, le nez entreprenant, l'œil audacieux, le front bas et sans honte, exprimaient nettement la facilité des désirs et la force de résolution qui sait les mener à bonne fin. Il semble avoir connu le point faible des femmes et l'avoir habilement exploité, je veux dire la crédulité. Il savait que la passion commence souvent par l'étonnement, et sa qualité de prophète le servait à merveille. »

L'auteur que nous venons de citer relate à ce sujet l'histoire navrante d'une femme qu'il avait enlevée et qui résista aux larmes de son mari et au souvenir de ses enfants pour suivre le saint personnage. Cette scène, prise sur le vif, est tirée d'un curieux livre intitulé : *La Vie des femmes chez les Mormons*, écrit par une dame de Boston, épouse d'un pasteur de la secte.

Nous la donnons textuellement :

« M. Clarke rentra. Il était extrêmement pâle et avait un visage triste et inconsolable : on aurait dit même que ses yeux gardaient des traces de larmes récentes. Il s'avança vers sa femme, qui détourna la tête.

« — Regardez-moi, Laura — dit-il. — En quoi vous ai-je offensée?

« — Vous êtes le serpent qui voulez me détourner de mon devoir — répliqua-t-elle.

« — Dites plutôt qui veut vous ramener à votre devoir. Vous avez une famille, c'est votre devoir d'en avoir soin.

« — Cela n'est pas.

« — Femme, vous êtes folle ! N'est-ce pas le devoir d'une mère d'avoir soin de ses enfants?

« — Cela dépend des circonstances.

« — A quelle doctrine de démon avez-vous donc prêté l'oreille?

« Puis, changeant de ton et prenant celui de l'amitié et de la tendresse, il dit en lui tendant la main : Oh ! venez, Laura, venez, allons-nous-en ensemble à la maison. Le pauvre petit Willie pleure tout le long du jour en appelant sa maman; Caddie et Sarah étaient presque fous de joie lorsque je leur ai dit que je savais où vous étiez et que j'allais vous ramener. Oh! Laura ! Laura ! je ne puis m'en retourner sans vous, je n'ose pas, j'ai peur d'être témoin du chagrin et du désappointement de ces pauvres enfants; en vérité, je ne le puis.

« Et cet homme, vaincu par ses émotions, tomba à genoux. Mistress Bradish regardait d'un air solennel et grave; mistress Clarke se couvrit le visage et trembla ; pour moi, je sanglotai tout haut.

« — Vous viendrez, n'est-ce pas? — dit-il en se levant et en s'avançant vers elle.

« — Ne me pressez pas davantage, car je ne puis aller avec vous.

« — Est-ce là votre dernier mot? — dit-il quelque peu rudement.

« — Oui.

« — Ainsi, vous n'avez aucun égard pour moi, aucune pitié pour vos enfants, aucun respect pour les liens solennels du mariage! Pour un vagabond sans cœur qui vaut moins que les chiens errant dans les rues, vous abandonnez votre famille, votre foyer, vos amis! Ne vous ai-je pas toujours bien traitée? Ne vous ai-je pas fourni tout ce que vous pouviez désirer, lorsque vous étiez en bonne santé? Ne vous ai-je pas soignée lorsque vous étiez malade? Ne vous ai-je pas gardée et défendue comme la prunelle de mes yeux?

« — Vous l'avez fait, vous l'avez fait, — dit-elle presque en sanglotant; — mais pourquoi me torturez-vous maintenant?

« — C'est votre conscience qui vous torture — dit-il solennellement. — Fasse le ciel que ce ne soit pas l'avant goût de la flamme qui ne s'éteint pas et du ver qui ne meurt jamais, et remarquez mes paroles...

« — Ne me maudissez pas! ne me maudissez pas! — dit-elle en l'implorant avec larmes; — vous ne devez pas me maudire.

« — Je vous maudis, moi? Non, c'est vous qui vous êtes maudite vous-même. Ainsi que vous m'avez oublié, vous serez oubliée; ainsi que vous avez abandonné vos enfants, vous serez abandonnée; ainsi que vous vous êtes détournée de vos amis, on se détournera de vous. Et maintenant, faible créature pécheresse et conduite à l'abîme, demeurez avec votre vagabond jusqu'à ce qu'il haïsse votre présence et que vous lui soyez un objet de dégoût; demeurer avec lui jusqu'à ce qu'il vous mette à la porte, dans la nuit, par la pluie et le vent, pour serrer dans ses bras une femme plus belle et plus jeune que vous. Et que cette parole résonne à vos oreilles comme le glas de mort dans votre âme, qu'on vous rendra ce que vous avez fait, et que la loi du talion vous sera appliquée!

« Puis, se retournant, il quitta l'appartement.

« Un long cri d'agonie sortit de la poitrine de mistress Clarke, et elle tomba sans connaissance sur le plancher. Nous allâmes en toute hâte à son secours.

« — Pauvre enfant! — dit mistress Bradish, elle a eu durement à lutter avec son vrai devoir; mais la vérité a triomphé. »

Outre le talent de séduire les femmes, Joé

Smith possédait celui de ressusciter les morts.

Il avait comme Jésus, Mahomet et tous les prophètes qui se respectent le don des miracles. Il faut se hâter d'ajouter qu'il ne l'a pas transmis à ses successeurs.

L'on serait en droit de s'étonner du degré de naïveté et d'abrutissement de ceux qui ajoutaient foi à ses impostures et ses jongleries, si l'on ne se rappelait que de nos jours, au vingtième siècle, nous voyons de tous côtés éclore les mêmes farces.

Et notez que ceux qui croient aux miracles de Nos Dames de la Salette et de Lourdes, aux prophéties idiotes, données en vers qui déshonoreraient les mirlitons, par des anges à de vieilles folles, ne sont pas tous des illettrés, des ignorants et des stupides comme étaient les catéchumènes de la nouvelle secte, mais que l'on compte dans le tas inepte des gens d'une culture intellectuelle supérieure et d'une haute condition sociale. Mais alors?...

Passons au miracle relaté par la même dame mormonne déjà citée :

« Smith commença à parler et alors le plus complet silence s'établit. Son discours roula sur la nature des miracles et la promesse faite par le Christ à ses disciples que des pouvoirs miraculeux leur seraient continués jusqu'à la fin du monde. J'observai qu'il citait beaucoup plus souvent les Ecritures hébraïques que le *Livre de Mormon*, et j'en fis la remarque à mistress Bradish.

« — Il n'y a rien d'extraordinaire, me répondit elle, puisque la plupart des choses qui se trouvent dans l'une des deux Bibles se trouvent également dans l'autre. Elles concordent parfaitement, grâce à nos interprétations. »

« Le sermon fut très court, afin qu'on eût plus de temps à donner aux miracles. Lorsqu'il fut fini, la lumière fut retirée du pupitre et placée en face. Smith s'agenouilla ; les fidèles suivirent son exemple et tous restèrent quelque temps silencieusement en prières. Enfin il se leva, mais les autres continuèrent à rester agenouillés. Après un silence de quelques instants, il prononça ces mots solennels : « Voilà la pa
« role que je vous donne, a dit le Seigneur ; vous
« serez délivrés de la mort, qui est le pouvoir du
« diable, du chagrin et des larmes. C'est pour-
« quoi, en vertu du pouvoir de l'esprit, je vous
« commande d'apporter votre morte. »

« Le profond silence qui suivit ces paroles parlait singulièrement à l'imagination. La porte s'ouvrit lentement et deux hommes entrèrent, portant un cadavre : c'était le corps d'une jeune et belle fille enveloppée des blancs habits de la mort. Oh ! quel aspect effrayant et quel air de fantôme elle avait, dans ce crépuscule lumineux dû à la demi-clarté qui régnait dans l'appartement ! Les membres étaient raides et froids, les yeux et la bouche à demi-ouverts ; l'attitude était celle générale de la mort. Les porteurs la déposèrent sur le pupitre. Smith se tourna vers eux avec un regard que je ne pus pénétrer. Ward se tenait à côté de lui, et je m'aperçus qu'il jetait souvent les yeux de mon côté.

« — A qui appartient cette enfant ? — dit Smith.

« — A moi — répondit solennellement un des deux hommes.

« — Est-elle morte subitement ?

« — Oui.

« — Quand ?

« — Cet après-midi.

« — As-tu la foi ?

« — J'ai la foi — dit l'homme avec force. — Soutiens-moi contre les défaillances.

« — Cette enfant avait-elle la foi ?

« — Elle l'avait.

« — C'est bien. Ton enfant te sera rendue.

« On entendit alors un faible cri, et une femme qui, ainsi que je pus m'en convaincre dans la suite, était bien réellement la mère de la morte, s'avança et se précipita aux pieds de Smith.

« — Ressuscite mon enfant — cria-t-elle passionnément. — Elle était trop jeune, trop bonne, trop belle pour mourir. Ressuscite mon enfant, et je t'adorerai jusqu'à la fin de mes jours.

« — Femme, je l'ai dit — répliqua t-il. Ensuite se tournant vers la compagnie, il dit : Que quelques-unes des sœurs surveillent cette femme. Elle ne doit pas se mêler à ce qui va se passer.

« Mistress Bradish s'avança et, relevant la femme, l'emmena et la fit asseoir.

« — Que les croyants se lèvent — dit Smith — et entonnent le chant de l'*Alleluia !*

« Un moment après, le chant commença, bas d'abord, mais s'élevant par degrés à mesure que l'enthousiasme montait et que le fanatisme de l'assemblée s'exaltait.

Lorsque Nephi sortit de la Palestine
Et que Têhi vint du pays des païens,
Le grand et puissant Océan recula devant eux ;
Les montagnes s'enfuirent au loin
Les collines s'enfoncèrent dans les lacs,
Et les fleuves furent desséchés.
Alors la vie fut arrachée à la mort
Et les âmes rappelées du tombeau
Par la toute puissance de la foi.
Alleluia !
Et il en sera encore ainsi,
Alleluia !
A ce moment même nos yeux contemplent ce miracle
Alleluia !
Le pâle et froid cadavre se réveille,
Alleluia !
La force revient à ses membres,
Alleluia !

Nous la reverrons encore telle que nous l'avons vue,
Alleluia !
Dans l'orgueil et la beauté de la vie,
Alleluia !
Le funèbre linceul ne recouvrira plus son sein,
Alleluia !
Il opère, il opère, le pouvoir du Tout-Puissant,
Alleluia !
Il a entendu la voix de son serviteur et de son apôtre
Alleluia !
Il a arrêté à sa prière le pouvoir de la mort
Alleluia !
Comme il l'arrêta jadis à la prière de Moïse et d'Elisée.
Alleluia !
Comme il l'arrêta à la prière du Christ et de Saul de Tarse
Alleluia !

« Cependant, cette scène était trop puissamment intéressante et trop absorbante pour permettre aux chanteurs de continuer longtemps. Les voix s'arrêtèrent l'une après l'autre et un silence complet enveloppa de nouveau l'assemblée entière. Smith, pendant ce temps-là, se tenait aux côtés de la morte. Il pressa et frappa la tête, souffla dans la bouche, frotta les membres refroidis, en disant d'un son de voix profond et sourd : « Revis, jeune fille. Que la vue revienne à tes yeux maintenant obscurcis et la force à tes membres maintenant épuisés ! Que la vie, la vigueur et le mouvement reviennent dans ce corps éteint ! »

« Alors, il y eut chez la morte un petit mouvement des muscles, les yeux s'ouvrirent et se fermèrent, les bras s'étendirent et revinrent d'eux-mêmes sur la poitrine et, enfin, le corps se leva. L'effet de cette scène sur l'assemblée fut électrique. La mère fut prise de violentes convulsions. Plusieurs femmes criaient, d'autres sanglotaient. Mistress Bradish tremblait violemment, et que dirai-je de moi-même ? J'étais là immobile, abasourdie, hébétée, toutes mes facultés de raisonner se trouvaient absentes et me laissaient en proie à ma stupeur. Une voix chuchota à mon oreille : — Crois-tu, maintenant ?

« Je me retournai ; c'était M. Ward. — Je suis étonnée, sinon convaincue — répondis-je.

« — Vous avez vu les morts rappelés à la vie. Regardez, elle parle et marche.

« Je regardai : c'était, en effet, la vérité. Elle était descendue de la table et, revêtue de son linceul, faisait le tour de la chambre, appuyée sur le bras de Smith. Oh ! comment exprimer ce que je sentis lorsqu'elle s'approcha de moi, cette terreur et ce respect qui s'attachaient à la présence de celle qui avait goûté le mystère de la mort et avait été arrachée aux mains du roi des terreurs, qui, par expérience, avait connu le terrible combat avec le dernier et puissant ennemi ! Cependant, il n'y avait plus en elle trace de la mort. Ses joues regorgeaient de vie et de santé, ses yeux étincelaient d'animation, et ses formes parfaites et voluptueuses contrastaient étrangement avec ses vêtements funèbres. Elle sortit en compagnie d'une de ses sœurs pour changer de vêtements, tandis que Smith reprenait sa première place au bout de l'appartement ! »

« Cette scène, dit M. Emile Montégut, prouve que Smith connaissait au moins l'art de parler à l'imagination des ignorants. Il ne négligeait aucun des moyens qui peuvent faire illusion sur les sens ; l'érection du temple bizarre et gigantesque de Nauvoo en est la preuve. Lorsque sur la fin de sa vie il eut fondé sa milice guerrière bibliquement nommée la *Compagnie des frères de Gédéon*, il aimait à passer des revues, à montrer des cavalcades à son peuple, et il avait soin qu'elles fussent les plus brillantes possible. Rien n'y manquait : ni étendards, ni musique, et le prophète se donnait lui-même en spectacle, entouré de son état-major et escorté de ses sultanes favorites. Smith connaissait le peuple auquel il avait affaire, peuple qui, malgré sa liberté politique, son éducation pratique, sa religion rationnelle, sa presse sans contrôle et son immense publicité, est un des peuples les plus enclins à la superstition, les plus friands de merveilleux et les plus accessibles à toutes les nouveautés... Les crimes auxquels les tables tournantes ont donné naissance en Amérique sont innombrables ; un voyageur anglais a donné une liste de dix pages qui fait frissonner ; nous nous sommes tirés de cette folie à meilleur marché, il faut l'avouer. Ce n'est véritablement qu'en Amérique que Smith pouvait parvenir à former un peuple, il ne pouvait réussir que là, partout ailleurs il eût échoué... »

Ce qui distingue, tout d'abord, la religion mormonne des autres religions, c'est qu'elle n'a rien d'exclusif, en ce sens qu'elle a la prétention de réunir en une seule foi tous les cultes de la terre. Elle admet une infinité de dieux ayant à leur tête un Dieu chef. Tous ces dieux ont des corps et des organes comme les nôtres, aussi y a-t-il des dieux mâles et des dieux femelles, qui boivent, mangent, digèrent et font l'amour. Seulement les corps sont immortels.

C'est le paganisme ressuscité sous une autre forme.

Le Père Eternel ou plutôt la *Tête des dieux* comme ils l'appellent, est marié. Il a même un nombreux sérail. C'est de l'une de ses femmes que naquit Jésus-Christ. Jésus-Christ lui-même était marié sur la terre et de plus polygame. Il se promène dans le ciel avec ses épouses, monté sur un char traîné par des chevaux blancs.

Ce rôle de dieu fainéant, n'est pas celui du Saint-Esprit. L'oiseau divin a fort à faire. C'est lui qui met en mouvement les mondes, ressuscite les morts et fait les miracles. Il transporte aussi les montagnes et s'occupe de la rotation de la terre !

Mais, il y a cela de bon, dans la religion mormonne, c'est que pour faire un mormon, nul n'est obligé de croire à ces billevesées issues d'un cerveau déséquilibré et malade, on peut même les ignorer tout à fait pourvu que l'on se montre soumis aux ordres du prophète ou de ses successeurs.

« La différence la plus saillante que je découvre entre les *Saints du dernier jour* et les autres sectes, disait Joseph Smith, c'est que celles-ci sont toutes circonscrites dans un *Credo* particulier qui ôte aux membres le privilège de croire autre chose que ce qui y est contenu, tandis que nous, nous n'avons pas de symbole exclusif, mais nous sommes prêts à croire tous les vrais principes qui existent, à mesure qu'ils se révèlent. »

C'est là une pensée de conciliation, un éclectisme qu'on ne rencontre nulle part ailleurs.

Nous avons dit qu'ils ont une sorte de bible, le *Livre de Mormon*, dont ils prétendent l'authenticité mieux établie que celle des juifs et des chrétiens.

Néanmoins, c'est surtout sur cette dernière que les théologiens de l'Utah s'appuient, en changeant, dénaturant et torturant le texte, suivant les circonstances. Bref, ils sont persuadés que les *saints*, c'est à dire eux, posséderont un jour et pour toujours le royaume de la terre en attendant celui des cieux.

Dans cette expectative, ils se procurent autant que possible les plaisirs terrestres ; ce que notre catéchisme appelle l'œuvre de chair semble être le principal, car ils pratiquent la polygamie. Brigham Young successeur de Joé Smith, donna l'exemple à son peuple.

A l'époque dont nous parlons, il entretenait un assez nombreux sérail. Trois ans plus tard, en 1855, il avait déjà épousé cinquante femmes, et l'année précédente il était né à ce digne patriarche neuf enfants dans la même semaine. On ignore et on ignorera probablement toujours le chiffre des enfants de ce populateur.

Cette polygamie, que les *mormons* ont longtemps cachée, ne s'est dévoilée que peu à peu.

A Nauvoo, où on les en accusait, ils la nièrent formellement, taxant de calomniateurs ceux qui leur reprochaient d'imiter les pachas d'Asie. Mais dès qu'ils furent installés dans l'Utah, ils levèrent le masque, déclarant qu'ils se conformaient en cela aux usages des patriarches.

Il existait dans l'Utah trois formes de ménage.

Dans la première, mari et femmes sont séparés ; toutes les épouses vivent ensemble dans la même maison, le mari réside dans une autre et visite à son bon plaisir son harem.

Dans la seconde, la forme la plus commune, le mari habite sous le même toit que ses femmes, qui ont chacune leur chambre et chez qui l'époux, sans témoigner de préférence, doit passer à tour de rôle la nuit.

Enfin, dans la troisième, le mari prend table et logement pour vingt-quatre heures chez chacune de ses épouses, qui vivent à part dans des maisons distinctes.

Chaque femme doit élever et nourrir ses enfants. Ceux-ci traitent de tantes les autres compagnes de leur père, qui, d'ailleurs, se traitent elles-mêmes de sœurs et doivent s'aimer et chérir tous les enfants de leur mari.

Elles portent toutes son nom, ne se distinguant entre elles que par leur prénom ou un numéro d'ordre : mistress Young nº 1, mistress Young nº 2, etc.

Ce qui chez nous serait considéré comme inceste est commun chez les mormons. Certains ont épousé toutes les filles du même père et de la même mère, d'autres la mère et la fille, d'autres encore leurs propres sœurs. Les patriarches juifs, du reste, n'agissaient pas autrement. Leur but est d'augmenter la famille, de procréer, de multiplier, car il est écrit dans leur Livre que dans le monde futur ils règneront sur un royaume dont l'importance grandira en raison directe du nombre de leurs descendants.

De même qu'il y a trois formes de ménage, il y a deux espèces de mariage, le temporel et le spirituel.

Dans le temporel, qui est seulement permis, mais non encouragé par les Saints, les époux ne sont unis que pour la durée de la vie seulement. Dans le second, ils le sont avant et après la mort.

Epousez une femme acâriatre, ses fureurs vous poursuivent dans l'autre monde. Vous avez à vos côtés une harpie pour l'éternité. C'est cependant cette dernière forme d'union que les Mormons adoptent le plus volontiers.

L'autre, n'est guère pratiquée que par les tièdes, les hommes timorés, les veufs qui, satisfaits de leur première femme, n'en veulent pas d'autres dans le ciel ou, encore, par des veuves qui se trouvaient, avant leur second mariage, unies déjà pour l'éternité.

Ce qui empêche surtout la propagation de ces unions temporelles, c'est que le père de famille qui conquiert un royaume futur d'autant plus étendu que sa postérité est plus nombreuse, perd dans le ciel ses propres enfants, qui deviennent la propriété du mari avec lequel leur mère avait contracté le mariage spirituel.

De plus, ceux qui n'ont pas contracté de mariage éternel, aussi bien les célibataires que les époux, occupent dans l'empire céleste une position inférieure.

Ils peuvent, il est vrai, devenir des anges, ce qui est déjà bien joli, mais ils ne prennent jamais part à l'extension du royaume de Dieu en peuplant de nouveaux mondes.

Mais voici qui est plus curieux encore, s'il faut s'en rapporter aux récits de M. Alfred Naquet. L'on peut se marier avec les morts, pourvu que le plus proche parent du décédé agisse comme fondé de pouvoirs et donne son consentement au nom du défunt.

Bien entendu, ces mariages ne se contractent qu'avec les morts qui jouissent d'une haute position dans le royaume de Dieu, les gros bonnets du céleste Empire !

De cette manière, des amants séparés par la mort, ou d'autres, morts célibataires ou sans avoir contracté d'union spirituelle, peuvent être exaltés par les survivants à la position que cette dernière union confère.

Nous avons vu qu'un saint jouissait du droit de prendre pour femmes toutes les sœurs à la fois. Il en est qui ont épousé la mère et les filles, mais le plus extraordinaire est qu'ils ont la faculté d'épouser leur belle-mère morte en l'état de veuvage, lorsqu'il est reconnu que le mobile qui les pousse est le désir d'élever la situation céleste de la digne dame qui, sans cet acte pie de leur gendre, ne pourrait guère devenir autre chose qu'un simple ange !

Transformer sa belle-mère en mieux qu'un ange, voilà qui doit réhabiliter aux yeux de nombre de matrones la secte des Mormons !

« Dans le code ecclésiastique du mariage mormon, dit encore M. Alfred Naquet, rien n'empêche une personne qui a pris mari ou femme pour ce monde-ci d'épouser un autre homme ou une autre femme pour l'autre, alors même que cette dernière personne soit mariée à une troisième pour la durée de sa vie terrestre. Lorsque cela arrive, il n'est pas permis de nouer des relations maritales sur terre, celles-ci doivent être ajournées au lendemain de la résurrection.

« Une femme ne peut être mariée qu'à un seul homme ; mais le même homme peut s'engager pour l'éternité avec plusieurs femmes si c'est lui qui les choisit et si le président de l'Eglise donne son approbation à ces choix. La sanction du prêtre est ainsi basée sur une révélation de Dieu dont on suppose qu'elle exprime la volonté.

« Les fondements sur lesquels repose la doctrine du mariage éternel apparaissent surtout clairement dans la discussion de celles sur lesquelles la polygamie s'appuie.

« Les saints des derniers jours, on le sait, reconnaissent deux sortes de mariages, le mariage monogame et le mariage polygame. Il existe deux manières de voir différentes en ce qui concerne le dernier; la majorité l'envisage comme étant facultatif, tandis que la minorité le considère comme ne pouvant être que l'accomplissement d'un mandat. Le livre de Mormon interdit d'avoir plus d'une femme, mais il ajoute que si, cependant, le Seigneur entendait, à un moment quelconque, qu'il en fût autrement, il le commanderait à son peuple.

« Un message subséquent, qui aurait été adressé par Dieu à son prophète Joseph Smith, aurait ultérieurement permis les mariages multiples, non à tous les saints, mais à ceux que Dieu indiquerait de temps à autre au président de son Eglise.

« La polygamie, chez les Mormons, dérive, en effet, de la théologie même de cette secte. Pour les chrétiens ordinaires, il y a deux états d'existence : la vie terrestre et l'autre. Pour les Mormons, il y en a trois.

« Le premier état est celui des esprits qui sont désignés pour venir vivre sur la terre et qui sont nés dans le ciel, de l'union de Dieu avec une épouse spirituelle. Chacun d'eux constitue une entité. Ce sont les enfants de Dieu, à qui, en leur qualité d'enfants, ils sont subordonnés en connaissance et en pouvoir. Dieu tend à en faire ses égaux, et, pour leur donner un développement auquel ils ne pourraient parvenir sans cela, il a conçu le plan d'en peupler la terre et les autres planètes, en les enfermant pour un temps dans des tabernacles de chair et d'os. Prévoyant, d'ailleurs, que, sous cette forme, ils pourraient déchoir de la grâce, il a organisé tout un système de rédemption finale et d'immortalité par le Christ. Un tiers des esprits, s'y étant opposés sous la direction de Satan, en ont été punis par l'expulsion du ciel et l'interdiction, pour eux, d'atteindre jamais le second état.

« La terre a été créée pour devenir la résidence des esprits dans leur second état ou état d'épreuve. Adam et Eve y ont reçu ce commandement : « Croissez et multipliez et repeuplez la terre », afin de préparer des corps aux esprits qui attendent le moment d'entrer dans cette phase de l'existence. La parenté légitime, depuis les temps les plus reculés, n'a pas été autre chose que la mise en œuvre de ce commandement.

« Si, pendant son séjour terrestre, l'esprit a obéi aux lois de Dieu, après la mort du corps, il retourne au ciel où Dieu, à la résurrection, l'exalte et lui donne un monde à gouverner. Cet être spirituel devient alors le Dieu père de ce nouveau monde que, avec son ou ses épouses, il peuple d'êtres, fruits de ses entrailles, qui sont dans les mêmes rapports avec lui que lui avec le Dieu père qui l'a engendré. La doctrine de la préexistence des esprits est capitale dans la théologie des Mormons. On la comprend aisément si on établit une comparaison entre ce qu'elle enseigne et le fait de parents humains qui procréent des enfants, les soignent et les élèvent pendant leur enfance, puis les envoient au loin achever leur éducation, et les reçoivent de nouveau parmi eux, lorsque leur caractère étant bien établi et leurs capacités bien développées, ils sont devenus aptes à commencer par eux-mêmes une honorable carrière.

« Le reste est aisé à comprendre. La loi suprême de Dieu est « croissez et multipliez ». Celui qui obéit à ce précepte élargit le domaine céleste et augmente le nombre des êtres semblables à Dieu. En procréant des corps, on libère les esprits qui attendent, sous leur première forme, de passer au second état. Celui qui agit de la sorte est donc celui qui agit le mieux. Or, comme on ne peut pas avoir beaucoup d'enfants avec une seule femme, lorsque Dieu reconnaît dans un homme un esprit supérieur, apte à bien élever de nombreux enfants, il lui concède le privilège de prendre plusieurs femmes et lui donne ainsi une plus large part dans le grand travail. Tous les hommes ne sont pas, on le voit, marqués pour la polygamie, et, d'après les déductions que nous venons d'exposer si, pour tous, le mariage est un devoir, la polygamie devient une vertu. »

Eh ! qui sait s'ils ne sont pas dans le vrai, ces mormons, et si nous autres qui au nom de notre religion et des bonnes mœurs les taxons de débauchés et de fous, ne sommes pas des hypocrites et des débauchés. Car si nous sommes monogames de par les lois, ne sommes-nous pas polygames de par les mœurs !

C'est ce qu'essaya de prouver, il y a quelques années, dans une série de conférences réunies en un volume, le marquis de Queensberry, au grand scandale de la chaste Angleterre et du sexe dont la Grande-Bretagne a la spécialité de fournir à la fois les plus jolis et les plus hideux échantillons.

Ce marquis de Queensberry, *intellectuel* avant la lettre et père du célèbre lord Alfred Douglas, avait sans doute pris pour axiome cette pensée de Diderot que les lois comme les religions ne sont faites que pour la plèbe imbécile, ou cette phrase extraite du *Disciple*, de Paul Bourget :

« Ne pas considérer comme une loi, pour nous autres qui pensons, ce qui est ou doit être une loi pour ceux qui ne pensent pas. »

Bref, dans ces conférences le marquis de Queensberry traita de la polygamie, non de celle en usage chez les peuples de l'Orient, sanctifiée par leur morale, leur religion et leurs lois, mais de celle existante dans les mœurs privées des peuples de l'Occident, que les lois punissent, que la religion défend et que la morale proscrit.

Il ne se posa pas, bien entendu, en avocat de la polygamie, il ne fit que la constater.

« La question du jour — disait-il — n'est pas de savoir si nous devons abandonner la monogamie, mais de quelle façon nous devons la rendre une réalité... Ce que nous constatons en Angleterre, comme d'ailleurs dans presque tous les états européens, n'est le plus souvent qu'une polygamie et une polyandrie à peine déguisées... »

Cette déclaration, offensante pour toutes les dames anglaises qui se prétendent si vertueuses, autant que scabreuse pour leurs époux, souleva, comme bien l'on pense, de nombreux murmures.

Le noble lord ne s'en effraya pas et continua sans la moindre vergogne :

« Ce serait peut-être préférable d'avoir une polygamie ouvertement reconnue que cette fausse et deshonnête monogamie ! »

— Sans doute, sans doute — se disaient *in petto* les pieux bibliques. — Mais alors que deviennent l'irrésistible attrait du fruit défendu, les séductions du mystère qui double le plaisir du péché ?

Laissons donc aux musulmans leurs placides amours avec leur quatre épouses, aux mormons leurs femmes multiples et contentons-nous d'une unique ; d'aucuns prétendent que c'est déjà trop... quand on prend en outre celle de son voisin !

Pour parler sérieusement, il est sot de prétendre imposer à l'univers notre étroite manière de voir et l'engrenage de nos idées absolues.

Autre temps, autres mœurs ; autre pays, autres usages. Ce que nous estimons maintenant juste, beau et bien, ne le fut pas toujours ainsi.

La morale n'est pas une, comme on le répète généralement, elle est multiple comme les femmes des mormons ; elle change ainsi que les modes et les religions, et s'il ne faut pas répudier toute loi morale, encore est-il grotesque de vouloir l'appliquer à tous, en tous temps et en tous pays.

« Le temps et l'évolution, pour ainsi dire mécanique des peuples, écrivait Montesquieu, influent fortement sur les lois que le philosophe dégage des pensées et des actes de ses précurseurs et de ses contemporains, et tel principe, parvenant de coutumes générales et acceptées par tous, réputé juste voici cent ans nous fait, aujourd'hui, sourire. Il en sera de même de nous, dont se moqueront nos petits-neveux.

« La civilisation transforme le monde pour

C'est très bien ! vous parlez comme un de ces sages qui dit : « Faites ce que je vous dis, ne faites pas ce que je fais. »

le faire revenir, après un certain nombre de lustres, à son point de départ. L'histoire nous l'enseigne et nous devons la croire. La vie des hommes n'est autre qu'un cycle immense qu'ils parcourent depuis la création, cycle dont la fatalité, Dieu, ou leur impuissance les contraint de ne point sortir. »

Quoi qu'il en soit des religions, une récente statistique a donné le chiffre approximatif du nombre de divinités qu'adora l'Europe depuis les Grecs et les Romains jusqu'à nos jours, ce chiffre se monte à plus de 6,000 !

Voilà qui donne une fière idée et de l'esprit humain et des civilisations !

. . . .

Après la mort tragique du fondateur de la secte, les mormons, bafoués et chassés de partout, résolurent de se créer une patrie, où ils seraient chez eux et pourraient vivre en paix.

Les persécutions qu'ils subirent d'abord n'étaient que de mauvaises farces, dans le genre de celles dont devait être assaillie plus tard l'*Armée du Salut* à ses débuts. Ecoutons à ce sujet ce qu'écrivait, vers 1856, Emile Montégut :

« Les mormons baptisaient par immersion dans les ruisseaux des localités où ils se trouvaient ; les *Yankees* jugeaient bon d'accompagner la cérémonie de danses grotesques et de sérénades exécutées sur des chaudrons et des poêles à frire. Pour éviter le retour de pareils scandales, les *saints* prenaient la résolution de ne baptiser que la nuit ; les Yankees transportaient alors, à l'endroit où s'accomplissait le baptême, toutes sortes de charognes et d'ordures, si bien que, lorsque les confiants mormons arrivaient pour conférer le sacrement, qui enlève toutes souillures, ils pénétraient jusqu'aux genoux dans une boue liquide, que la plume sans scrupule d'un Voltaire oserait seule nommer.

« Une autre fois, ils voyaient des lumières innombrables s'allumer autour d'eux et des yeux enflammés les regarder sous le feuillage; c'étaient des gamins qui avaient illuminé des gourdes.

« Les plaisanteries étaient souvent plus sérieuses.

« Ainsi, il n'était pas rare qu'un mormon fut engoudronné, emplumé et monté sur un âne, la tête tournée du côté de la queue.

« Si l'on était en hiver, on creusait un trou dans la glace, et on faisait prendre un bain russe à l'apôtre ; ou bien, on le roulait dans la neige jusqu'à ce qu'il présentât une image assez complète du globe terrestre.

« Les frères étaient-ils rassemblés en prières, on voyait tomber par la fenêtre un ballon enflammé qui éclatait au milieu de l'appartement avec une détonation terrible, et accouchait en crevant d'une multitude de fusées et de pétards, qui s'en allaient sifflant dans toutes les directions.

« Ces vexations étaient continuelles. S'il est vrai que parfois les mormons ont volé les poules et les moutons de leurs voisins, ces derniers le leur rendaient bien... »

Mais on l'a vu, on ne se borna pas à ces farces d'écoliers, les coups, les blessures, les morts d'homme, et le pillage des villes suivirent.

Donc, après la mort tragique de Joé Smith, commença le grand exode, sous la conduite d'un ancien peintre-vitrier, devenu l'un des militants de la secte, et qui dès lors remplaça le prophète, nous avons nommé Brigham Young.

Contre celui-là aussi, les Américains ont déversé leur colère et leur bile.

« Il avait, disent ils, l'habitude de mentir dès l'enfance, et ce talent, avant d'être pape mormon, il l'avait déployé sous l'habit de prédicateur méthodiste.

« Personne ne jouait mieux le fanatique dans un *camp meeting*, personne ne chantait mieux à plein gosier les cantiques méthodistes, personne n'entrait mieux en convulsion et n'exhortait ses frères avec plus d'onction.

« Sa vie civile valait sa vie religieuse.

« Boutiquier, personne ne savait mieux fausser les balances, les poids, les mesures, et falsifier les marchandises.

« Colporteur ambulant, il était de la force du célèbre Barnum pour monter des loteries dont les lots gagnants se composaient de vieilles faïences ébréchées et de vieux pots d'étain mis au rebut.

« Au milieu de tout cela, il trouvait le temps d'enlever des jeunes filles à leurs mères, ou pour mieux dire, de tromper à la fois les unes et les autres par des mariages supposés, et de laisser sur le pavé, quinze jours après ses victimes enceintes de ses œuvres. »

L'auteur de la *Vie des Femmes chez les Mormons*, va jusqu'à l'accuser d'inceste.

En tout cas, c'était un homme fort habile. La façon dont il conduisit son troupeau vers la terre promise et l'installa, le prouve surabondamment.

Au moment du départ, Sidney Rigdon, le compère de Joé Smith affirmait qu'une révélation d'En Haut, ordonnait au peuple de Dieu d'aller s'établir en Pensylvanie; un autre apôtre désignait le Texas, Young insista pour un pays qu'il avait visité autrefois, situé entre la Sierra Nevada et les Montagnes Rocheuses et qui offrait une grande analogie avec la Palestine.

Les mormons traversèrent le Mississipi, errèrent, comme jadis les Hébreux, pendant trois ans dans des régions inexplorées, et décimés par la famine, les fatigues, les maladies, arrivèrent pendant l'automne de 1848 sur les bords du Lac Salé.

Que de caravanes suivirent celle de 1848 !

Après que la découverte de la Terre promise fut connue, le courant de l'émigration mormonne ne fit que grossir.

Des bandes d'émigrants poursuivaient leur route à travers l'immense désert, avec un courage et une persévérance que rien ne décourageait.

Il y avait là de durs et énergiques travailleurs de tout âge — dit Harrington O'Reilly dans son histoire du compagnon de Buffalo Bill, John Nelson — des vieillards et des femmes cheminant péniblement, traînant des charrettes, tandis que d'autres se chargeaient de fardeaux qui auraient fait suer un mulet ; la moitié, pieds nus, en sang, marchant toujours.

Les anciens prêchaient au peuple, le dimanche surtout, et prétendaient par leurs prêches cicatriser les blessures. Ils soutenaient l'espoir en racontant que le Christ avait souffert, était mort pour eux, et qu'ils devaient souffrir s'ils voulaient gagner la Terre promise.

On prenait particulièrement soin des jolies filles ; on les faisait monter dans les chariots, afin qu'elles pussent se trouver fraîches et disposes à la fin de la journée. Les anciens se les partageaient alors.

Ils donnaient pour raison de leur polygamie que si chaque homme avait dix femmes, et chaque femme de trois à cinq enfants, ils seraient en vingt ans assez nombreux et assez forts pour se protéger des Gentils.

La masse qui composait ces caravanes était

généralement très pauvre et très ignorante. Il s'y trouvait néanmoins des personnes appartenant à une classe sociale plus élevée. Ceux-là, sans doute, avaient quelque secret intérêt à suivre les mormons. Peut-être s'épargnaient-ils ainsi la potence qui les attendait dans leur pays !

L'évêque Jackson faisait partie de la première caravane. Elle comptait à peine deux cents personnes parmi lesquelles seulement quelques femmes.

« — Nous étions — racontait-il à Colombau — les avant-coureurs, la troupe d'avant-garde vers la Terre Promise. Où était-elle ? Personne de nous ne le savait, mais nous avions confiance en notre chef.

« Notre caravane se composait de vingt chariots traînés par des mules. Six pour les plus lourdes voitures, quatre pour les autres. Nous avions des munitions et des fusils, un canon, des outils d'agriculture, une forge, du fer pour les machines à scier, des aussières à poulies pour traverser les cours d'eau, une intendance bien organisée.

« Aussitôt que nous étions installés pour passer la nuit, nous nous rassemblions autour de notre chef qui commençait un prêche terminé par des hymnes que toute la confrérie entonnait en chœur.

« Il ne faudrait pas croire pour cela, mon jeune ami, que nous fussions comme la plupart des sectes puritaines, des gens moroses et tristes... Non, aussitôt le service terminé nous nous livrions à une gaîté franche ? »

— Que faisiez-vous ? — demandait Colombau.

— « Nous rions, nous batifolions. Nous lutinions les dames. Elles n'étaient, à la vérité, ni de première jeunesse, ni d'exquise fraîcheur, mais on était heureux d'avoir avec soi des personnes du sexe ; malheureusement, elles n'étaient, comme je vous l'ai dit, qu'en très petit nombre. Nous les réservions pour nous ; il est juste que les dignitaires jouissent de quelques avantages sur le commun. »

— Mais la morale ?

— « La morale ? Quelle morale ?... Ah ! je vois ce que vous pensez. La morale était sauve. Nous les prenions momentanément pour épouses et de même que l'on consacre l'union pour la vie, nous la consacrions pour une nuit, ou une moitié de nuit... Il ne faut pas être égoïste et prendre le précepte des Gentils : « Tout pour moi .» Puis, il y avait les cartes... Que de fois j'ai battu Brigham et que de fois aussi il a pris sa revanche ! Mais généralement il était dur à enfoncer.

« Au fort Laramie, il nous arriva une aventure assez désagréable avec un vieux Français rageur. Pendant les quelques jours que nous fûmes obligés de stationner là, Brigham devint amoureux de sa fille et voulut la catéchiser.

« Moi aussi, j'en étais amoureux. L'enfant, outre sa grâce et sa joliesse, était fort aimable et plaisantait volontiers avec nous. Le père exerçait la profession de menuisier-charron et, sous prétexte d'activer la réparation de nos chariots, nous ne quittions plus son atelier.

« En nous voyant arriver, la petite Lucie descendait et s'amusait à nous faire chanter des hymnes. Assurément ce n'était pas par piété, car elle riait comme une folle avant même que nous ayons commencé.

« J'ai su depuis que nos chapeaux à haute forme excitaient sa gaîté ; mais Brigham la prenait pour de l'irreligion et était bien décidé à la convertir.

— « J'en ferai une sainte bon gré mal gré — me dit-il la veille de notre départ, — il faut que vous me prêtiez votre concours.

« Il s'agissait tout simplement de décider la petite à nous suivre et, si elle refusait, de l'enlever et de la cacher dans l'un des chariots.

« C'est pour cela qu'il avait besoin de mon concours.

— « C'est qué — lui dis-je — j'en suis amoureux aussi.

— « Qu'à cela ne tienne ! Nous la jouerons à la manille, et le vainqueur la gardera.

« Nous avions engagé plusieurs fois la jeune personne à venir visiter notre campement ; elle n'eut pas demandé mieux, mais le vieux Français, d'une nature méfiante, s'y était toujours opposé. Il disait que sa femme avait été subornée par un prêtre catholique et il n'entendait pas que pareille chose arrivât pour sa fille.

« Je vous demande un peu ce qu'il y a de commun entre un prêtre catholique voué au célibat et un prêtre mormon, ennemi du célibat.

« Il n'est pas bon que l'homme soit seul », disent les Saintes-Ecritures.

« Devant le mauvais vouloir du père, il fallait manœuvrer prudemment.

« Le hasard, en cette circonstance, parut un instant nous être propice.

« Pendant que Brigham vérifiait, dans l'atelier du charron, l'état de ses chariots avant qu'ils ne lui fussent livrés, j'examinais dans un endroit écarté l'état de l'âme de la jeune fille et je parvins à la convaincre de s'échapper un moment de la tutelle paternelle pour m'accompagner au camp.

« Nos sœurs, que j'avais prévenues, l'accueillirent avec joie et lui firent mille caresses et autant de promesses.

« On la fit monter dans un chariot pour y prendre le thé, puis nos sœurs se retirèrent discrètement et me laissèrent seul avec elle.

« J'allais procéder à la bénédiction nuptiale et à la prendre incontinent pour épouse, sauf à me procurer ensuite l'assentiment de Brigham, lorsque j'entendis d'horribles vociférations, et ayant soulevé un des coins de la bâche qui nous cachait aux regards de nos frères, j'aperçus le vieux Français qui accourait, brandissant un fusil à deux coups.

— « Où est-il, le scélérat? — hurlait-il. — S'il a endommagé ma fille, je trouerai sa peau.

« Brigham le suivait, essayant de le calmer.

— « Frère — lui disait-il — modérez-vous. On vous la rendra, votre fille, on vous la rendra. Ne faites pas de scandale. Rappelez-vous ces paroles du Maître : « Celui qui cause le scandale périra. »

— « Je me moque du Maître! — ripostait cet impie. — C'est ma fille que je veux.

« Pendant qu'ils discutaient, les frères les entourèrent; je fis descendre Lucie du chariot du côté opposé où gesticulait et vociférait son rageur de père, et elle put s'esquiver du camp sans être aperçue de lui.

« Mais Brigham me garda longtemps rancune de cette petite aventure.

« Cependant nous avions, durant notre court séjour à Laramie, récolté une douzaine de gens, parmi lesquels quatre femmes, ce qui augmenta d'autant le chiffre de nos épouses ».

Mais ce qui intéressait surtout Colombau dans les récits de ce singulier évêque, c'était celui du voyage au grand Lac Salé et des péripéties de la route.

« Nous nous dirigions droit sur les Montagnes Rocheuses, traversant d'immenses prairies, où nous rencontrions des troupeaux de milliers de buffles, si pressés qu'ils semblaient les vagues d'une mer mouvante.

« Nous en tuâmes autant qu'il nous en fallait. Nous n'avions qu'à tirer dans le tas; puis nous découpions la chair en menues tranches et la faisions sécher au soleil.

« A mesure que nous avancions, notre route se trouvait obstruée par nombre de ruisseaux, qui roulaient comme des cataractes, et des rivières au lit hérissé de rochers et coupé de précipices. L'eau en était glacée.

« Tous ces courants étaient trop profonds pour être passés à gué, et le passage ne s'effectuait pas sans danger.

« Voici comment nous procédions. Nous abattions un grand pin, qu'au moyen d'une scierie primitive nous coupions en longues planches, dont nous faisions un radeau. Pour traverser le courant, nous fixions une grosse corde à un arbre de chaque côté de la rive; puis, attachant une seconde corde à chaque extrémité du bateau, et une troisième à une poutre pour nous guider, nous établissions ainsi une communication facile entre les deux bords.

« Pour les larges rivières où il était impossible de jeter une corde d'une rive à l'autre, nous construisions un plus grand radeau, que nous dirigions à l'aide de longues perches.

« Il nous fallait quelquefois quinze jours pour traverser une rivière. A la rivière Verte, entre autres, la plus large que nous ayons rencontrée, il fallut bâtir une maison et construire un bac. En prévoyance de ceux qui venaient après nous, nous y laissâmes cinq hommes avec l'ordre de percevoir dix dollars par chariot à passer.

« C'est maintenant pour nous une source assez considérable de revenus, à cause des nombreux émigrants pour la Californie.

« Après ces vastes solitudes inhospitalières où nous apercevions de temps à autre de petites bandes de Peaux-Rouges qui disparaissaient à notre vue, presqu'aussi effrayés que les animaux sauvages, nous voici de nouveau dans les verdoyants pâturages des prairies, frayant notre chemin à travers des collines.

« Dans le lointain, les pics inaccessibles et neigeux des montagnes Rocheuses brillaient avec toutes les couleurs de l'arc-en-ciel.

« Ce spectacle nous réjouissait l'œil et nous faisait, pour un moment, oublier nos fatigues.

« Ah ! les épreuves et les fatigues des pionniers qui ouvrent à la civilisation des pays nouveaux, pour les connaître, il faut les avoir éprouvées.

« Traverser les prairies avec Brigham Young en 1847 et les traverser maintenant, sont deux voyages bien différents.

« A cette époque, pas très éloignée, nulle ferme, nulle route, nul sentier; rien qu'une perspective ininterrompue de solitude vierge.

« Du haut d'un pic, embrassant du regard la plaine sans fin, Brigham pouvait se dire : « Je suis le monarque de tout ce que mon œil embrasse. Rien dans le vaste territoire étendu devant moi ne peut m'en disputer le passage, si ce n'est l'ours gris ou son voisin le lion des montagnes.

« Nous voyagions précédés d'éclaireurs et suivis d'une arrière-garde, observant autant que possible l'ordre militaire.

« De temps en temps, nous échangions quelques coups de feu avec les Indiens, mais nous n'en vînmes jamais sérieusement aux prises.

« Avançant péniblement et surmontant des obstacles sans nombre, nous fûmes soudain, au commencement de juillet, arrêtés par une barrière impénétrable, une masse de montagnes d'un aspect fantastique et terrifiant.

« Aucun de nous n'avait jamais rien vu de semblable, et nous nous demandions ce que le sort nous réservait de l'autre côté, lorsque le paradis de la Terre Promise s'ouvrirait devant nous.

« Mais, comment traverser cette barrière de montagnes, dont nul ne peut se faire une idée ?

« Brigham, qui avait pris deux guides, dont l'un une sorte de métis mexicain, et l'autre un Américain de la Virginie, qui avait vécu longtemps avec les Peaux-Rouges, un nommé John Nelson, envoya le Mexicain vers le sud et Nelson au nord.

« Nelson revint le premier. Il avait, à dix milles de là, trouvé un petit passage ; on leva le camp et on y arriva à l'entrée de la nuit. Là, nouvelle halte. Le lendemain on s'y engagea, mais avec quelles difficultés ! Il fallait enlever, presqu'à chaque pas, des quartiers de roche pour permettre aux chariots de rouler.

« Enfin, nous atteignons, un matin, le sommet d'une montagne, et je n'oublierai jamais l'impression que j'éprouvai. Nous ne vîmes d'abord qu'une masse épaisse de forêts aussi loin que le regard pouvait s'étendre ; puis, miroitant dans l'atmosphère, car le soleil n'avait pas encore balayé les vapeurs, une sorte de fantôme noir. »

— Le diable ! — fit Colombau.

« — Non pas le diable, mais quelque chose d'aussi effrayant. Nous nous assîmes, examinant pendant une grande demi-heure cet étrange spectacle, faisant mille conjectures, lorsque l'horizon s'étant éclairci, nous découvrîmes que ce spectre était le sommet d'un gigantesque rocher perpendiculaire s'élevant au-dessus d'un lac immense étendu devant nous.

« Nous commençâmes la descente, et à mesure que nous descendions, que le soleil devenait plus chaud et l'atmosphère plus pure, nous remarquions un ruban étincelant de neige frangeant le lac à perte de vue.

« Nous nous demandions la raison de ce phénomène, mais nous ne fûmes renseignés que sur les bords du lac même. C'était du sel déposé par les oscillations de la marée, ce qui fit supposer à Brigham que cette étendue d'eau communiquait à la mer dont, cependant, nous étions très éloignés.

« Nous entrâmes dans la plaine et poussâmes jusqu'à l'extrémité du lac, à quarante milles vers le Sud. De tous côtés l'on découvrait d'immenses horizons.

« Nous installâmes notre campement à onze heures du matin et procédâmes immédiatement à un service religieux. Cette journée se passa en prières et en banquets, et le lendemain matin Brigham et quelques autres jalonnèrent un terrain de dix acres dont notre camp forma le centre.

« On l'entoura d'un mur en terre sèche et l'on construisit un fortin pour nous protéger des Indiens ou autres ennemis.

« Nous avions emporté quantité de semences, et aussitôt le fort achevé, on commença le défrichement du sol, on planta des pommes de terre, on sema du sarrasin, des navets et toutes sortes de légumes. La terre fut ensuite divisée en lots et l'on prit des dispositions pour recevoir le gros de nos frères, une caravane composée de près de sept cents chariots et de plus de deux mille personnes, hommes, femmes et enfants.

« Ce fut le siège de la nouvelle Sion, la ville sainte, la cité du grand Lac-Salé. »

Cette ville, aujourd'hui l'une des plus belles et des plus florissantes des Etats-Unis, assise en amphithéâtre sur la pente d'une colline, non loin de la rive droite du Jourdain, à huit kilomètres environ de son embouchure dans le grand Lac-Salé, ne se composait guère en 1850 que de quelques maisons dignes de ce nom. Le reste des habitations consistait en wagons de voyages et en chariots alignés le long des sentiers, ce qui offrait un coup d'œil des plus singuliers et des plus pittoresques.

Maintenant, les sentiers sont devenus des avenues larges de quarante mètres, arrosées de ruisseaux d'eau limpide, aux bords plantés d'une double rangée d'arbres. Les wagons sont des maisons magnifiques séparées de la chaussée par des massifs d'arbustes et de fleurs.

Après la traversée de l'affreux désert de sables qui l'entoure, c'est une vraie joie de pénétrer dans ce riant oasis conquis, non sans grands efforts, sur le sol rebelle.

Aussi les *Saints* qui arrivent d'Europe ou de Californie, se prosternent-ils la face contre terre d'aussi loin qu'ils l'aperçoivent, comme tous les pélerins musulmans à la vue de la Mecque.

— Si vous y venez jamais, comme je le souhaite — disait l'évêque — vous ne trouverez pas chez nous d'oisifs. Tout le monde y travaille ; il y a place pour tous. Chacun se livre au labeur manuel, l'évêque compris. J'y exerce l'état de cordonnier, comme je l'exerçais à Liverpool, ayant débuté dans cette profession à Dublin. Chacun travaille pour soi et sa famille.

— Etes-vous nombreux ?

— Environ treize mille dans l'Utah, dont, depuis 1850, notre prophète Brigham Young a le titre de gouverneur, titre octroyé par le président des Etats-Unis.

Nous expédions des missionnaires dans toutes les parties du monde, sans leur donner un dollar. Ils n'ont à compter que sur eux-mêmes, à utiliser leur genre d'industrie tant que dure leur apostolat, ce qui ne les empêche pas de faire nombre de recrues. C'est ainsi qu'en quittant Liverpool je me suis assuré que nous avions trente mille néophytes qui n'attendent que leur droit à un passage pour venir nous rejoindre. Dans tout le Danemark nous avons des communautés florissantes.

Il faut rendre aux mormons cette justice, c'est au soin que prennent leurs prêtres d'enseigner que le travail est une obligation honorable qu'est due la prospérité de l'Utah.

Mais cette prospérité profitant surtout à des étrangers qui composaient en grande partie la population mormone, excitait l'envie des Américains. Les puritains Yankees auraient bien pardonné aux mormons leur polygamie et leurs autres excentricités, ils ne leur pardonnaient pas leur industrie, leur richesse sans cesse croissante.

Leurs anciens, à la fois prêtres, juges, chefs militaires au besoin, géraient un trésor alimenté par la dîme, scrupuleusement payée par les fidèles et produisant net et annuellement de trois à quatre millions. C'est ce trésor qui permit à Brigham Young d'exercer plus tard une influence sur le Congrès et de faire annuler l'effet d'une loi votée en 1862 contre la polygamie.

« Le Congrès de Washington, je m'en moque, disait-il. Je sais comment l'on achète ses votes! »

On n'achète pas, hélas! les votes, qu'au Congrès de Washington!

Tandis que l'évêque pilotait Colombau le soir de leur arrivée à New-York, ils s'arrêtèrent devant une église à la porte de laquelle une grande affiche annonçait le retour du célèbre docteur Hawkes qui avait voyagé en Orient, la Bible à la main, cherchant dans les monuments Egyptiens des traces de concordance avec le récit de la Genèse.

Hawkes était alors un des champions de la communion épiscopale anglaise, préférée aux autres sectes par les hautes classes de la Société, après avoir été d'abord mise à l'index, lors de la révolution qui sépara les Etats-Unis de l'Angleterre.

Mais après l'indépendance reconnue par la Grande-Bretagne, il fut de bon ton de se rallier à l'ancienne église anglicane qui, aux yeux des fidèles, conserve seule la vieille tradition apostolique.

Aussi, de toutes les communions chrétiennes, les épiscopaux possédaient à New-York, en 1852 le plus grand nombre de temples. Ils en avaient 46. Après eux venaient les presbytériens qui en comptaient 44 ; puis les méthodistes 42; les baptistes 35 ; les catholiques 22 ; les églises réformées allemandes 17 ; les congrégationalistes, enragés puritains 9; et les unitairiens avec leurs 2 chapelles formaient la série.

Mais tout cela n'est rien.

Depuis 1852, le nombre des sectes s'est prodigieusement augmenté, il est aujourd'hui considérable et s'accroît encore tous les jours.

Un humoriste s'est amusé à les signaler, sinon toutes, mais en grande partie, dans les vers suivants :

Devons-nous visiter cette foule d'églises
Que chacun fait bâtir, blanches, rouges ou grises,
Morave, Universel, Juif, Presbytérien
Réformé, Protestant, Quaker, Luthérien,
Unitaire et *Mormon, Romain* et *Méthodiste,*
Baptiste Episcopal, *Congrégationnaliste,*
Millérite, Shaker et *Swedenborgien,*
Calviniste, Dunker et *Bachelorien*
Baptistes libéraux et *Paisibles baptistes*
Baptistes repentants, Libres chrétiens, Glossistes
Baptistes séparés, Baptistes rigoureux,
Baptistes puritains, Baptistes populeux,
Baptistes écossais, Baptistes de la gloire,
Chrétiens rebaptisés, Prêtres de la victoire.
Baptistes bras de fer, Réformés allemands
Baptistes de sept jours, Wologens, Anglicans,
Frères de l'unité, Dulcites, Cambillites
Disciples de Rongé, Seeklers et *Baldalites,*
Sauteurs, Marcheurs, Trembleurs et *Scandomanians*
Connexistes nouveaux, Anciens romanians,
Baptistes bleus et *noirs, Primitifs Inghanites,*
Les *Frères de l'exil,* les *Agapemonites*
Grands Frères de Plymouth, les *Muggletoniens*
Nouveaux Illuminés et *Nouveaux Sociniens,*
Les *Huntigonians* unis par la croix rousse,
Les grands *Whifioldites,* les *Fry* couverts de mousse,
Les *Stériles* du Nord, les *Féconds* du Midi,
Les *Parleurs,* les *Muets* et les *Ramanodi?*

— Tous s'agitent dans les ténèbres de l'erreur — dit l'évêque à Colombau — il n'y a que nous, les saints des derniers jours, qui marchons vers la Lumière ; mais nous sommes prêts à éclairer tous nos frères. Entrons.

Ils entrèrent. On leur fit place.

Les nouveaux venus sont toujours bien accueillis dans les temples.

Le docteur Hawkes était en chaire et Colombau écouta, sans y rien comprendre, le véhément et remarquable discours en partie prophétique dont voici un extrait :

« Une lutte se prépare en Europe, non pas comme on le répète ici, entre la liberté et le despotisme, mais entre les gouvernements et l'anarchie.

« Tous deux ont des armes et des échafauds, et cette page de l'histoire ne peut être écrite par Dieu que dans le sang.

« L'Amérique libre et heureuse, ne doit intervenir que par ses exemples, non par les armes.

« On parle de la Souveraineté du peuple !

« N'y croyez pas.

« Le peuple n'est pas souverain ; le souverain est toujours quelque part ailleurs.

« En Europe, il est dans un gouvernement despotique et constitutionnel.

« Quand ce n'est pas un roi ou un empereur

qui abuse de son peuple, il est joué, trompé, dupé, volé par un Parlement.

« Nous autres Américains, peuple libre, nous avons une Constitution.

« C'est cette Constitution qui est notre souverain.

« Assurément, elle n'est pas parfaite. Elle contient, comme tout ce qui sort des cervelles humaines, des principes faux.

« C'est à nous de les changer, mais paisiblement et légalement, et à les remplacer par des principes que nous croirons meilleurs.

« Jusque-là, on doit la respecter et lui obéir. »

Et passant à un autre sujet :

« New-York — a-t-il ajouté — a cela de particulier, que c'est ici que se fait l'alliance de l'ancien monde et du nouveau.

« Chaque année trois cent mille enfants de la vieille Europe dépravés par l'ignorance et la servitude — nous autres nous n'avons jamais été ignorants ni serfs — sont jetés sur ses bords.

« Devons-nous nous réjouir ou nous en affliger? Car il se pose une grave question.

« La question de savoir s'ils seront purifiés par nous, ou si nous serons viciés par eux ; si nous infuserons un sang plus jeune et plus pur dans ces corps décrépits, ou s'ils infecteront nos veines de la corruption qui est en eux?

« Pourrons-nous, comme nos fleuves, nous débarrasser du limon qui est dans notre sein?

« Un grand nombre de ces hommes est entièrement impropre à vivre selon nos institutions.

« Les rejetterons-nous?

« Non, cela n'est pas dans le cœur américain. Nous avons de l'espace à leur donner, mais qu'ils y respectent notre liberté... »

Là-dessus l'évêque mormon brandissant son parapluie au-dessus des têtes et dans la direction de l'orateur, cria :

— C'est très bien, docteur Hawkes, vous avez parlé comme un sage, un de ces sages qui disent aux autres : « Faites ce que je vous dis, ne faites pas ce que je fais. »

Un murmure d'indignation accueillit ces paroles, mais l'orateur fit un geste indiquant qu'à lui seul appartenait le droit de riposte :

— Pourquoi dites-vous cela, homme? — demanda-t-il.

— Parce que vous demandez qu'on respecte votre liberté et vous ne respectez pas celle d'autrui.

— Expliquez-vous.

— Je suis mormon, et en ma qualité d'évêque j'ai le droit d'élever la voix dans toutes les maisons de Dieu. Vous parlez de respecter la liberté d'autrui et vous nous avez chassés de place en place, de ville en ville, même de celles que nous avions fondées. Vous nous avez expulsés du Missouri.

— Eh bien, mon ami, si vous ne vous taisez pas, je vais vous expulser de ce temple.

Mais comme l'évêque ne se taisait pas, les fidèles le jetèrent à la porte sans plus de cérémonie et Colombau, qui essaya de défendre son nouvel ami, reçut force horions.

— Vous êtes un brave homme — lui dit l'évêque, en portant un regard désolé sur ses vêtements déchirés dans la lutte et devenus plus que jamais de lamentables loques. — Votre conduite me remplit de gratitude. Bien qu'il soit prescrit dans l'Evangile de ne pas rendre les coups, vous avez bien agi ; aussi j'espère vous compter bientôt au rang des saints.

Colombau se mit à plaisanter.

— Saint Colombau — dit-il — je vois cela d'ici.

— Vous vous verrez entouré de richesses et de gloire — répondit l'évêque.

— Dans l'autre monde? — demanda-t-il gouailleur... Nos prêtres catholiques nous chantent la même antienne.

— Non, dans celui-ci.

Le typographe enveloppa d'un regard son interlocuteur, et vit sa piteuse défroque, ses vêtements usés jusqu'à la corde, dont de simples poussées avait fait des guenilles et il manqua être pris d'un fou rire en entendant ce miséreux lui promettre gloire et richesses.

Il se contint cependant pour ne pas offenser ce singulier prélat.

Ils rentrèrent se coucher dans leur modeste auberge du quai de l'Hudson. Leur chambre étant commune, Colombau entendit longtemps la voix nasillarde de son compagnon réciter des versets.

Il s'endormit néanmoins, mais, s'étant réveillé au milieu de la nuit, il entendit encore la voix nasillarde à laquelle se joignait une autre jeune et fraîche, une voix de femme.

C'était sans doute l'une des servantes de l'auberge que le prélat catéchisait.

— Une nouvelle recrue pour les saints — pensa Colombau.

Il ne se trompait pas, car le lendemain l'évêque appelait la petite bonne qui le servait les yeux baissés : « *sister* » sœur.

— *Nous* l'emmènerons — lui dit l'évêque — elle a juré d'être à *nous*. Je lui ai promis le baptême de ma propre main.

Il disait *nous*. S'imaginait-il donc que Colombau allait le suivre? C'est ce que se demanda le typographe. Au fait pourquoi pas?

Sa mission remplie, il n'aurait plus rien à faire à New-York, et les merveilles de la cité du Lac-Salé, dont l'évêque l'avait longuement entretenu pendant le voyage, excitaient sa curiosité.

Puis là-bas, son compagnon lui affirmait qu'il trouverait avantageusement à utiliser sa profession de typographe.

CHAPITRE XCVIII

Départ pour le pays des Saints. — Le frère Barnabé Benoit. — Avantages du grand nombre de femmes. — Châtiments infligés aux jalouses. — Pas d'épouses infidèles. — Le wagon domicile. — Conversion soudaine. — Le baptême de Colombau. — Rencontre singulière.

Le *Westcombe* était arrivé à New-York un dimanche. L'on sait avec quelle rigidité les Américains observent le jour du Seigneur. Toutes les boutiques sont closes ; leur religion là-dessus est aussi féroce que dans la Grande-Bretagne. C'est à cette particularité que Colombau devait de n'avoir pu le jour même de son débarquement s'occuper de la mission dont l'avait chargé miss Alice O'Kelly.

En effet, comme l'évêque mormon, de crainte sans doute qu'il ne lui échappât, ne le quittait pas plus que son ombre et lui avait proposé de l'accompagner et de le guider dans ses courses et démarches, il n'avait pas osé se présenter escorté d'un tel compagnon chez l'imprimeur Walter Pratt, la personne à qui il devait remettre une lettre de recommandation.

Pris de pitié pour ce prélat loqueteux, il s'était décidé à le conduire, dès le lundi matin, chez un marchand de confections et de l'équiper à neuf.

Pour le service que le révérend lui avait rendu, en l'empêchant de disparaître par-dessus bord, il lui devait bien cette gracieuseté.

L'évêque-cordonnier vêtu d'une belle redingote, d'un pantalon noir, cravaté de blanc et le chef couvert d'un tuyau de poêle d'honnêtes dimensions, avait maintenant l'aspect respectable et pouvait être présenté partout.

Devant la munificence de Colombau, il fut pénétré de reconnaissance, du moins il l'affirma en termes dignes ainsi qu'il convient à un serviteur de Dieu et accepta, sans se faire prier, quelques dollars comme monnaie de poche.

Colombau se montrait d'autant plus généreux que, d'après la recommandation de la jeune Irlandaise, il comptait être embauché de suite chez l'imprimeur.

Celui-ci demeurait tout en haut de Brocklin, mais quand ils arrivèrent à son établissement on leur dit que Walter Pratt avait, depuis plus de six mois, cédé son fonds et était parti pour le nord de l'Amérique, on ne savait pas exactement où, peut être en Californie.

— Il faisait donc de mauvaises affaires ! — demanda l'évêque à la bonne femme qui donnait ses renseignements.

— Pas précisement — répondit-elle — mais il a été tracassé parce qu'il est entré dans cette abominable secte des mormons.

— Dieu soit loué ! — répliqua l'évêque, à la stupéfaction de la bonne femme.

Colombau se trouva fort perplexe. Que faire?

— Venir avec moi — lui dit son compagnon.

Le typographe hésita quelques temps. L'idée d'un voyage chez les mormons ne lui était pas, nous l'avons vu, désagréable et il ne pouvait s'effectuer dans de meilleures conditions, puisqu'il était patronné par un dignitaire de la secte.

D'ailleurs, n'ayant pas l'adresse exacte de Walter Pratt, il ne voulait pas se hasarder à confier sa lettre à la poste, pas plus que la remettre à un tiers, puisqu'elle l'intéressait particulièrement.

Il se décida donc, à la grande joie du révérend Jackson, à l'accompagner dans l'Utah et à faire connaissance avec les *Saints des derniers jours*, les sujets de l'apôtre Brigham Young.

La distance de New-York à l'Utah est considérable, il faut traverser de l'est à l'ouest l'Amérique du Nord dans presque toute sa largeur, et la voie ferrée qui unit New-York à San-Francisco n'existant pas encore, le voyage était long et non sans dangers.

Enfin, après un trajet fatigant, ils arrivèrent en compagnie d'une quarantaine d'apprentis saints et d'une douzaine de saintes en herbe à la Nouvelle-Jérusalem.

La jeune servante de l'hôtellerie du quai de l'Hudson avait été si bien endoctrinée qu'elle faisait partie de la bande.

C'était une petite Irlandaise, une brunette aux yeux bleus, aimable et assez jolie, qui excita maintes fois durant la route les appétits du Parisien, mais l'évêque, rigide gardien de sa vertu, ne la perdait pas de vue une minute, et, pour plus de sûreté, la faisait coucher dans son propre chariot.

Tout ce monde fut bien accueilli, les dames surtout, car les pontifes s'étant emparé de la fine fleur du beau sexe, on commençait à en manquer.

Le ravitaillement était encore difficile et les anciens prenant tous plusieurs épouses, les simples fidèles se trouvaient privés. Beaucoup même restaient, par ce fait, célibataires.

Il y eut des murmures et des protestations ; les anciens se décidèrent alors à lâcher quelques-unes de leurs épouses temporelles, les plus vieilles naturellement ; ils les cédèrent

Je vous baptise, frère Mathias Colombau, au nom du Père, du Fils et du Saint-Esprit...

aux protestataires, qui durent ainsi se contenter des restes des pontifes en attendant de nouveaux renforts.

C'est sur ces entrefaites qu'arriva la petite caravane conduite par l'évêque Joshua Jackson.

Ils furent — nous le répétons — très bien accueillis et les femmes, presque toutes jeunes et quelques-unes jolies, reçues à bras ouverts.

A New-York, l'évêque avait fait soigneusement son choix.

Il eut pu augmenter son lot d'une douzaine au moins de vieilles filles, mais il ne voulait pas s'encombrer de bouches inutiles, c'est-à-dire de ventres destinés à la stérilité.

Il en arriva cependant après lui, par un autre convoi, de celles qu'il avait refusées, et qui trouvèrent des épouseurs.

Mais on tirait profit quand même de ces infécondes, car si leurs flancs restaient impropres à la multiplication de l'espèce, on employait leurs bras à féconder la terre.

C'est ainsi que Colombau vit quantité de femmes employées comme en France aux travaux des champs.

Quand il fut un peu acclimaté, il fit la connaissance d'un Français, le frère Benoît, qui avait reçu en baptême mormon le prénom de Barnabé, assez brave homme, mais paraissant avoir ce qui s'appelle en jargon des faubourgs, un poil dans la main.

C'était un ancien marchand de vins de La Villette que ses théories révolutionnaires et son amour exagéré pour Ledru-Rollin avaient fait expulser en 1848.

Après nombre de péripéties, ce mastroquet, qui était en même temps un madré normand, tombé avec nombre d'autres compagnons dans une profonde détresse à New-York, se laissa endoctriner par un missionnaire mormon qui lui promit, s'il embrassait la nouvelle religion, toutes les félicités terrestres.

N'ayant d'autre métier que celui de falsifier les liquides, profession à laquelle il devait renoncer dans la cité des saints où les boissons alcooliques étaient sévèrement interdites, il s'était fait marchand de tabac, cultivant et récoltant lui-même sa marchandise.

Bien qu'assez taciturne avec les saints d'origine anglo-saxonne, dont il parlait difficilement la langue, avec un compatriote il se montrait plus prolixe.

Ayant avoué à Colombau sa qualité d'insurgé de juin 1848, celui-ci n'hésita pas à lui déclarer la sienne, celle de défenseur de la Constitution.

Une certaine intimité se forma donc entre eux et Colombau lui demanda un jour ce qu'il pensait de la polygamie.

— Une excellente institution — répondit le marchand de tabac.

— Vous y croyez donc?

— Comment, si j'y crois? Si je ne la pratiquais pas je serais à la portion congrue.

— Comment cela?

— C'est facile à expliquer. Quand j'arrivai ici, je ne pris qu'une femme, une anglaise que j'avais cultivée en route, pendant le trajet de la caravane. Bref, Brigham nous maria. Mais je m'aperçus que tous deux nous ne tarderions pas à mourir de faim. Elle était d'ailleurs fort exigeante, imbue du préjugé de toutes les Anglaises que quand on prend une femme on doit l'entretenir et qu'elle n'a qu'à attendre au coin de son feu la pâtée du mari. Je lui fis changer de ton à la suite d'une succession de taloches. Brigham, comme cadeau de noce nous avait donné cent acres. Un joli cadeau, mais il fallait le faire fructifier. Je mis ma femme à la besogne, elle poussa d'abord les hauts cris, mais voyant les autres mormonnes travailler aux champs, elle se résigna. Ça n'allait qu'à demi; le défrichement ne marchait que lentement. Brigham me dit:

« — Tu n'y arriveras jamais, frère, si tu te contentes d'une seule épouse. Prends en une deuxième et ça ira mieux. »

Et il me proposa une grosse luronne, une Allemande, bête comme une oie, mais forte comme un bœuf.

J'en parlai à Bella, mon épouse, qui commença par récriminer, mais réflexion faite, elle accepta cette compagne, et nous n'eûmes qu'à nous en féliciter, car c'était un vrai cheval à la besogne. A elle seule, elle faisait deux fois plus de travail que nous deux.

« — Eh bien, cela va mieux, frère Barnabé, — me dit Brigham Young, passant un jour devant notre lot et voyant que le défrichement s'avançait.

« — Oui, frère Brigham, mais c'est dur !

« — Six bras font plus de besogne que quatre, mais huit en feront plus que six — me répondit le Prophète. — Je te fournirai, si tu le veux, une autre paire de bras. »

Je regardai mon anglaise, elle blémit.

Quant à Gretchen, le dos courbé, la sueur au front et la pioche à la main, elle continuait à éventrer la terre.

« Ça te va-t-il, sœur ? — demandai-je à Bella.

« — Oui, si j'ai moins de mal.

« — Tu auras moins de mal — répondit Brigham Young.

« — Et toi, Gretchen, ça te va-t-il?

« — Ça m'est égal — répondit Gretchen. »

Oh ! c'est une bonne pâte !

Et quelques jours après je prenais ma troisième épouse; une petite commère native de San Francisco, maigre, nerveuse, mais solide au poste.

— De sorte que vous avez trois femmes? — demanda Colombau.

— Non pas — répliqua le mormon — je ne m'arrêtai pas là. Voyant que plus j'avais de femmes, moins j'avais de besogne et plus mes affaires prospéraient, je pris une quatrième épouse, une naturelle de Chicago qui, rebelle d'abord au travail, a fini par s'y habituer. Depuis ce temps je vis tranquille, j'ai divisé mes cent acres en quatre parts, j'en ai donné vingt-cinq à chacune d'elles et c'est à qui travaillera le mieux pour obtenir de plus beaux résultats que ses sœurs, car nos femmes s'appellent entre elles *sœurs* !

— Mais ne se chamaillent-elles pas ?

— Dans les commencements, oui. Il fallait bien qu'elles se fissent au caractère les unes des autres. Maintenant elles sont habituées.

— Et la jalousie, les scènes qui s'ensuivent ?

— Ah ! ah ! la jalousie ! Voilà ce qu'il faut éviter. Une affaire de dressage, de bon dressage. C'est là l'échec, il est vrai, de beaucoup de maris. Le ménage de Brigham Young n'a pas été exempt de ces fâcheuses discordes intestines. La plus ancienne des mistresses Young prétendait commander aux autres par droit d'aînesse, et la nouvelle, sous prétexte qu'elle était la plus jeune et la plus jolie et se croyant la plus aimée, refusait d'obéir et de faire la moindre concession. Toutes nos femmes vivent sur le pied d'égalité, mais l'on doit de la déférence aux aînées. C'étaient des criailleries et des disputes sans fin. Le prophète y mit bon ordre et administra aux délinquantes des corrections variant entre trois et vingt-cinq coups de fouet, selon la gravité du délit et l'entêtement de la fautive.

— Alors, vous battez vos femmes?

— Hé, naturellement! Est-ce qu'on ne les bat plus en France? C'est bien changé alors, depuis 1848. Je me rappelle que les copains de mon voisinage leur flanquaient de fameuses rossées. Mais c'étaient des ivrognes et des brutes qui tapaient à tort et à travers, tandis que nous autres, nous remplissons un sacerdoce, nous agissons méthodiquement.

— Comment procédez-vous?

— Hé! comme avec les enfants, soit avec la main, soit avec la verge. C'est le seul moyen d'affermir la discipline et d'assurer l'obéissance... Du reste ces petits incidents deviennent de plus en plus rares. Celles qui nous épousent savent quels devoirs leur incombent, et c'est au mari à éviter les scènes intestines en ne témoignant de préférence à aucune d ses femmes. Elles doivent toutes être égales devant lui comme elles le sont devant le Seigneur.

Là-dessus, il ouvrit un tiroir et mit sous les yeux de Colombau un petit imprimé où était inscrit une sorte de code concernant les châtiments à infliger aux épouses mormonnes. On y lisait entre autres :

Toute femme qui en injurie une autre est punie de quatre coups de verge.

Toute femme qui frappe une de ses sœurs (lisez co-épouse) *est punie de douze coups de verge.*

Toute femme qui bat l'enfant d'une autre femme reçoit une correction administrée par la mère de l'enfant battu.

— Et la femme qui trompe son mari? — demanda Colombau — Je ne vois rien qui la concerne.

A cette inconvenante question, frère Barnabé Benoît prit un visage sévère et regarda autour de lui, si personne n'avait pu l'entendre.

— Monsieur — dit-il — l'on voit bien que vous arrivez de Paris où les femmes, en général, se montrent peu scrupuleuses dans les relations conjugales... Enfin, suffit! Le cas dont vous me parlez, ne se présente jamais chez les mormons... Non, Monsieur, jamais!

Cette réponse amusa beaucoup le typographe. Il n'en fit rien paraître, néanmoins, mais il résolut de s'assurer, quand l'occasion s'en présenterait, de la vérité d'une assertion qui lui semblait quelque peu hasardée.

Cependant, dès son arrivée, il s'était occupé de trouver Walter Pratt. Il y avait bien un mormon de ce nom, mais il avait quitté depuis plusieurs semaines la cité des saints, pour se rendre en Californie. On n'avait pas exactement son adresse, mais on comptait sur son retour au printemps prochain.

Colombau se trouvait donc fort embarrassé, d'autant plus que l'argent que lui avait envoyé miss O'Kelly, touchait à sa fin. L'évêque Jackson y avait, tout le long du voyage, fait de fréquentes brèches. Il l'avait, en dédommagement, installé dans un vieux wagon de chemin de fer réformé qu'un attelage de dix bœufs avait à grand peine traîné jusqu'au lac Salé, et qui avait, dès le début, servi de maison à l'évêque. Il contenait un poêle en fonte, un lit fait de débris d'une vieille caisse, une table du même matériel, deux escabeaux et des clous fixés aux parois où l'on pouvait suspendre sa garde-robe. Une paillasse bourrée d'herbes sèches odorantes, servait de couche.

Ce mobilier, des plus succints, n'était pas pour déplaire à un ouvrier parisien peu habitué au luxe et au confort, d'autant plus qu'il avait autour de son wagon un jardin de deux ou trois cents mètres carrés, actuellement en friche, mais qui ne demandait pour produire d'excellents légumes qu'un peu « d'huile de bras ». Ce n'est pas ce qui manquait à Colombau, et il s'était mis aussitôt à la besogne; mais en attendant la prochaine récolte et le retour de Walter Pratt, il lui fallait vivre d'une autre nourriture que l'espoir.

Et c'est malheureusement tout ce que lui donnait l'évêque Jackson, avec diverses recommandation aux maîtres imprimeurs de la ville, qui n'avaient pas eu de résultats.

On l'accueillait avec affabilité, il est vrai, on lui promettait du travail pour un jour fixé, mais lorsqu'il se présentait, par une incroyable fatalité, la place qu'il pensait occuper n'était pas encore vacante, ou elle était donnée à un nouveau venu, un *mormon* naturellement.

Et il en arrivait des fournées chaque semaine.

En 1850, le nombre des mormons fixés dans l'*Utah*, qui s'élevait à peine à douze mille cinq cents, atteignait en 1852 le chiffre de trente mille.

Certains écrivains ont fait observer que ce qui aidait au progrès de cette secte, c'est la pensée que l'Amérique devait avoir sa religion et sa révélation à elle et se détacher en cela comme sur les autres points du vieux monde.

Nous croyons que c'est une erreur; ce qui fit plus que tout calcul pour la propagation et la propagande des disciples du fourbe Smith fut précisément le rétablissement de la polygamie.

Cette ancienne coutume patriarcale de l'Orient donnait à la fois satisfaction aux instincts libidineux de certains hommes, et en même temps offrait un sort à quantité de malheureuses filles qui, sans cette échappée ouverte, seraient mortes dans le célibat.

Comme tous les persécutés et surtout les juifs, de qui les mormons prétendent descendre, les saints témoignent une grande antipathie pour ceux qui appartiennent aux autres sectes, les gentils, comme ils les appellent, suivant l'expression biblique, en même temps qu'ils professent l'amour les uns des autres et l'aide mutuelle.

Un voyageur américain qui vécut quelque temps avec eux et les suivit dans leur fuite du Missouri a été touché de leurs sentiments de tendresse mutuelle dans la détresse commune et du soin qu'ils prenaient des faibles et des vieillards. Il raconte l'histoire d'un jeune mormon malade qui se faisait conduire dans une charrette à travers le désert pour rejoindre ses coreligionnaires. Comme il perdait la vue, on l'engageait à s'arrêter. « Non, dit-il, si je ne vois plus mes frères, je veux au moins mourir en entendant leur voix. »

Nos *frères et amis* qui se déchirent entre eux, ne devraient-ils pas prendre exemple sur l'entente cordiale des mormons ?

Colombau n'eut pas de peine à comprendre qu'aussi longtemps qu'il y aurait des *frères* à placer, et il en arrivait toujours, il ne trouverait pas la moindre occupation.

L'hiver venait et s'annonçait, comme il est d'ordinaire dans l'Utah, d'une rigueur excessive. Qu'allait-il devenir au milieu de cette population hétéroclite, mais unie par le fanatisme religieux ?

Beaucoup commençaient déjà à le regarder d'un mauvais œil et se demandaient que faisait cet étranger dans la cité de Dieu, ce *gentil* au milieu des saints.

Il fit part de son embarras à son compatriote qui lui répondit :

— Le frère Joshua Jackson m'en a déjà parlé à plusieurs reprises. Il fait ce qu'il peut pour vous être agréable. Mais, ses mains sont liées. Quand il n'y a qu'une place sollicitée par un mormon et un étranger, il n'est pas d'hésitation possible, elle appartient de droit au mormon. C'est la règle, et je crois que personne ne peut la trouver injuste.

— Mais, on m'avait promis — objecta Colombau.

— Sans doute... Mais avec réticence. Promis tant que nul frère ne se présenterait. Ecoutez ami, croyez-moi, faites-vous baptiser mormon. Cela seul vous tirera d'affaire. Sans cette petite formalité, vous serez exposé à crever de faim.

Colombau restait pensif.

— Tenez-vous tant que cela à votre satanée religion catholique, apostolique et romaine ?

— Je n'y tiens nullement... Entre nous, je suis convaincu que toutes les religions sont des tissus de blagues et des écoles d'abrutissement...

Le mormon jeta autour de lui un regard épouvanté.

— Pourvu qu'aucune de nos femmes ne vous ait entendu... Il n'y a que cela qui les tient.

— Et la verge !

— La verge est un supplément... En tout cas, ce sont des choses qui peuvent se penser mais qui ne doivent pas s'avouer.

— Dans les pays de cafards ?

— Eh ! toutes les nations de la terre sont des pays de cafards alors, car, partout l'homme sans convictions religieuses est un objet de scandale.

— Savez-vous que vous avez de singulières théories pour un ancien marchand de vins. L'on voit que vous avez depuis quelque temps quitté la France. Vous ne vous souvenez plus que c'est la terre de la libre-pensée.

— Pfit ! Pfit ! Pfit ! — fit en ricanant le mormon. — Un bruit que nos compatriotes font courir par fanfaronnade. La libre-pensée ! on en parlait beaucoup à mon comptoir, ce qui n'empêchait pas les églises d'être pleines le dimanche. J'ai connu un tas de compagnons qui se proclamaient libre-penseurs et mangeaient tous les matins un curé en l'arrosant de petit vin blanc... Mais ils laissaient leurs femmes aller à la messe, et leurs filles ingénues raconter leurs péchés mignons au joli vicaire, qui se chargeait de leur déniaisement. Est-ce que je mens ?

— Vous ne mentez pas. J'en ai connu beaucoup de cette catégorie dans mon faubourg. Ils mangeaient, comme vous dites, du prêtre chez le mastroquet et dans les réunions publiques, pendant que leurs femmes et leurs filles mangeaient le bon Dieu dans la grande boutique à orgue... Mais pour beaucoup, pour presque tous, il y avait une raison.

— Je la connais... Vos républicains sont de braves garçons pétris de bonnes intentions, mais qui ont les mains liées par la question du pain quotidien... Leur salaire est à peine suffisant pour donner la pâture à la nichée, et ils ne peuvent guère s'occuper de celle du voisin, malade ou en chômage... Alors, quoi ! La femme s'adresse à M. le curé ou à Madame la sœur. Il faut bien que les petits mangent ; et moyennant quelques simagrées devant l'autel, on attrape de ci de là quelques morceaux qui bonifient la marmite et du beurre pour les épinards.

— Vous avez mis le doigt sur la plaie.

— Qu'est-ce que vous voulez. C'est la plaie générale. Tant qu'on aura besoin de boire et de manger, on s'adressera à ceux qui donnent le pain et le vin. Chacun prêche pour son saint. Est-ce que vous obligeriez volontiers un hypocrite ?

— Non, certes.

— Alors, pourquoi voulez-vous que les hypocrites soient meilleurs ou plus bêtes que vous, en refusant de vous obliger si vous ne faites vous-même l'hypocrite?

— Vous avouez donc être des hypocrites, vous autres, mormons?

— Nous sommes les *saints des derniers jours* — répondit sévèrement le disciple de Brigham-Young. — Nous n'avons pas besoin d'hypocrisie et de subterfuges pour amener à nous les catéchumènes. Allez entendre notre *credo :* « Soyez obligeants, bons, justes pour tous. Voici des terres qui n'appartiennent à personne ; défrichez-les, ensemencez-les, la récolte sera pour vous. Voici des femmes que le célibat tourmente et qui désirent la maternité ; épousez-les, fécondez-les, peuplez la terre. » Notez bien que si chaque homme prenait une femme, ce qui est loin d'être le cas, il y aurait encore près d'une moitié de ces pauvres créatures qui mourraient en apportant au Seigneur le trésor de leur virginité, triste appoint pour les richesses célestes...

— Et vous concluez?

— Concluez vous-même, mon ami.

— Il faut me faire mormon.

— Naturellement. La nécessité vous y oblige. Vous avez dû remarquer que peu à peu les manières d'abord cordiales de nos frères s'effacent. Si nous accueillons avec plaisir les étrangers, nous n'aimons pas les profanes qui viennent s'installer chez nous pour observer ce qui s'y passe et aller ensuite le rapporter dans leur pays en dénaturant les faits pour nous couvrir de ridicule.

— Vous savez pourquoi je suis venu.

— Mais les autres l'ignorent, et l'on finirait par vous faire un mauvais parti. Allez trouver votre ami, l'évêque Jackson, il s'empressera de vous donner le baptême, quand il vous trouvera suffisamment instruit, et la *cité du Lac salé* comptera un saint de plus!

Colombau ne pouvait s'empêcher de rire à la pensée qu'il serait rangé au nombre des saints! *Saint Colombau*! Quelle bonne blague! Quelles gorges chaudes l'on ferait dans son atelier, si jamais il rentrait à Paris et racontait ses aventures! Les typos se tordraient sur leur casier, et les compositeurs en feraient du mastic!

Cette idée le réjouit fort et il pensa que cette bonne histoire en valait la farce.

Il alla trouver l'évêque Jackson.

Le prélat exerçait sa profession de cordonnier dans une jolie maison moitié pierres, moitié bois, dont lui avait fait présent Brigham-Young, en raison de ses bons services.

Elle avait été construite par un frère mormon qui, ayant pris trois femmes d'un tempérament ardent, était mort à la peine.

Jackson, dont l'unique épouse, faible et d'une santé débile, avait succombé à l'excès de travail, se chargea de prendre avec la maison les trois veuves, qu'il épousa en trois jours de distance.

Aucune n'avait encore d'enfant, ce qui ne répondait pas aux vues des prophètes, mais ayant hérité chacune d'un lot de terrain bien cultivé, elles l'apportaient en dot à l'évêque, qui se trouvait, dès lors, dans une position aisée.

Il n'abandonnait pas pour cela son travail et s'occupait à remettre une semelle à une vieille botte lorsque Colombau se présenta.

— Ah! vous voici, mon ami — lui dit le prélat. — Vous venez peut être pour la petite somme que vous m'avez si généreusement avancée... Hélas! hélas!... Si les fruits de la terre sont abondants et si nous en vivons, l'argent monayé est rare.

— Je ne viens pas pour cela.

— Serait-ce pour votre salut?

— Oui — dit Colombau.

— Est-ce possible? — s'exclama l'évêque, relevant sur son front les lunettes qu'il portait dans l'exercice de son métier. — Vous vous décidez donc à entrer dans notre église... Enfin!

— C'est mon désir.

— C'était le mien aussi, depuis longtemps. Mes prières n'ont pas été vaines; le Saint-Esprit est descendu sur vous. Attendez que je finisse cette semelle et nous causerons.

Colombau s'assit sur un escabeau et regarda patiemment l'évêque achever sa botte.

— Là! Ça y est! Vous allez m'accompagner chez le client et, chemin faisant, je vous ferai subir un petit examen.

Il paraît que l'évêque trouva le postulant suffisamment instruit pour être admis au nombre des saints, car après quelques questions auxquelles l'ouvrier parisien répondit, d'ailleurs, assez évasivement, il le déclara digne de recevoir le baptême.

— Nous n'exigeons pas la foi du premier coup, comme les papistes imbéciles — dit-il. — Elle viendra graduellement, sans que vous vous en aperceviez vous-même. Et vous serez étonné un jour, surtout quand vous aurez plusieurs femmes, de vous trouver un mormon convaincu.

Il lui donna rendez-vous pour le lendemain matin et ils se rendirent à l'église; ils trouvèrent le baptistère rempli de monde.

Il était arrivé une fournée de nouveaux mormons l'avant-veille et Brigham Young leur donnait le premier sacrement.

Il eut fallu attendre au moins deux heures et l'évêque Jackson ne le pouvait pas; il devait livrer à une de ses ouailles une paire de bottes le jour même, sans quoi il perdait une importante pratique.

— Venez avec moi — dit-il à Colombau — saint Jean-Baptiste n'avait nul besoin de piscine ni de baptistère pour baptiser Notre Seigneur Jésus-Christ; la voûte du ciel tenait lieu de temple et le lit du Jourdain de réservoir.

Il le conduisit à une tannerie du voisinage où une dizaine de cuviers remplis de liquides diversement nuancés étaient enfoncés dans la terre. Des peaux de buffle trempaient dans la plupart, mais dans quelques-unes de ces fosses l'eau paraissait assez propre, n'ayant pas encore servi à l'écuvage.

Barnabé Benoît et un autre mormon servaient de parrains.

— C'est ici que je vais vous sacrer mormon.

— Comment ici ? — objecta le catéchumène.

— Parfaitement! — répliqua l'évêque d'un air narquois. — Peut-être ne trouvez vous pas le liquide assez clair ? Mais ma bénédiction le purifiera et le rendra aussi limpide que celui de la rivière Sainte.

Ce n'était plus le moment de tergiverser; Colombau ne l'essaya pas et se préparait à se dépouiller de ses vêtements, mais l'évêque et ses parrains l'arrêtèrent.

— Inutile — dit Jackson. — Plongez-vous tout habillé dans le baquet; vos effets de gentil seront purifiés par la même occasion.

Pas d'objection à faire. Il fallait obéir. Colombeau se plongea tout habillé dans la cuve profonde et quand il eut de l'eau jusqu'au cou, l'évêque marmotta quelques prières auxquelles les deux parrains répondaient *amen*; puis levant les mains vers le ciel dans une invocation suprême, il les abaissa soudain sur la tête du patient et la lui enfonça violemment dans l'eau.

Le nouveau converti, qui ne s'attendait pas à ce brusque geste, avala malgré lui une grosse gorgée de liquide empreint d'une forte odeur de tan. Il la recracha avec dégoût tandis que le prélat prononçait d'une voie solennelle la formule du sacrement :

— Je vous baptise, frère Mathias Colombau, au nom du Père, du Fils et du Saint-Esprit.

Et il lui tendit la main pour l'aider à sortir du coudret.

Colombau, désormais *frère Mathias*, tout transi de froid sous l'air matinal de cette fin d'automne, s'en retourna en courant regagner son wagon, poursuivi par la bise et la crainte d'une bronchite.

Il songeait qu'il lui fallait faire sécher ses vêtements et lui-même, et qu'il n'avait pas de feu. Avec l'insouciance de l'ouvrier parisien, il n'avait encore songé, malgré l'approche de l'hiver, à se procurer ni bois, ni charbon.

Comme il courait, il entendit des pas précipités derrière lui et une voix qui criait :

— Frère Mathias! frère Mathias!

Il supposa d'abord que c'était un autre que lui qu'on appelait, n'étant pas habitué à ce nom biblique, mais la persistance des appels et la voix qu'il crut reconnaître, lui firent tourner la tête.

Il vit alors son parrain, le gros Barnabé, qui, tout essoufflé, lui faisait signe d'arrêter.

— Venez chez moi, frère Mathias — lui dit Barnabé. — Vous trouverez bon feu, vous vous y réchaufferez, et pendant que sécheront vos effets, vous vous réconforterez avec une bonne tranche de bosse de bison.

Le nouveau converti accepta d'autant plus volontiers cette offre qu'il se sentait transi.

Il accompagna donc son parrain jusqu'à son domicile, maintenant son pas de course en le réglant sur l'allure plus lente de son compagnon.

CHAPITRE XCIX

Chez frère Barnabé. — Le séchoir. — Rencontre inattendue.

Nous avons dit que frère Barnabé Benoit avait déclaré à Colombau qu'il était l'heureux possesseur de quatre légitimes épouses.

Elles occupaient la même maison que lui, un long barraquement, posé sur pilotis, pour éviter l'humidité à la fonte des neiges; mais elles avaient chacune leur logis séparé.

Chaque appartement se composait de trois pièces : une chambre à coucher très succinctement meublée, une cuisine et ce que les Anglais appellent *parlour*, sorte de petit salon où l'on reçoit les visiteurs. C'est par le *parlour*, situé entre la cuisine et la salle à manger, que l'on pénétrait dans l'appartement. Toutes ces pièces étaient en enfilade, mais à part le corridor, les appartements n'avaient aucune communication. Ce corridor, dont l'entrée se trouvait en face de l'appartement principal, celui du maître de la maison, s'étendait dans toute la longueur du barraquement.

Il était éclairé outre la porte par deux petites croisées seulement, ce qui eut rendu les pièces fort sombres, si le jour leur était venu de là; mais toutes les fenêtres des chambres donnaient sur le derrière, c'est-à-dire sur un immense jardin enclos d'une palissade au bout duquel on apercevait la vaste plaine et un coin de la masse bleuâtre du grand Lac Salé; au loin, le magnifique panorama des Montagnes-Rocheuses fermait l'horizon.

Chaque épouse se trouvait donc entièrement chez elle, séparée de ses voisines et n'ayant, si elle le désirait, aucune communication avec ses *sœurs*, à part les rencontres fortuites du corridor.

Frère Barnabé Benoit occupait d'abord, lui seul, un des cinq appartements de sa maison, mais fidèle à ses principes, il venait de prendre une cinquième épouse. Il lui avait donc donné le sien et vivait alternativement chez l'une et l'autre de ses femmes.

— Elles travaillent toutes au-dehors, — dit-il à Colombau — deux sont occupées au jardin, deux autres plus loin dans un champ de maïs. Aujourd'hui je vis chez madame Benoit nº 5, ma nouvelle épousée. Elle s'entend peu au jardinage et aux travaux des champs, aussi l'ai-je envoyée chez la femme d'un de nos frères qui désire faire apprendre le français à ses filles; elle doit s'entendre pour les leçons... Ah! ah! Il faut que chez moi tout le monde travaille.

— Est-ce qu'elle est Française? — demanda le typographe.

— Non, elle est Anglaise, mais elle parle un peu notre langue et la comprend. Cela suffit pour des commençantes, Je lui avais recommandé de soigner le poêle avant de partir... Il ronfle... Vous pouvez vous mettre à votre aise...

— Mais — objecta Colombau — si madame numéro 5 revient...?

Frère Barnabé consulta sa montre.

— Pas de danger. Vous avez le temps de vous sécher avant son retour. Elle ne sera ici que dans une heure, en supposant qu'elle ne s'arrête nulle part.

C'est dans la cuisine qui, vaste et clarteuse, servait aussi de salle à manger, qu'il avait introduit son filleul. Un bon feu flambait dans un *stove* américain et sur une table de bois blanc deux couverts étaient dressés en face d'un énorme plat contenant la tranche de bosse de bison froide dont la vue réjouit Colombau, en même temps que l'appétissante odeur chatouillait agréablement ses narines.

Il se dépouilla hâtivement de ses vêtements qu'il étendit près du feu, puis, enveloppé d'une couverture indienne que lui prêta son hôte, il se mit à faire honneur au repas avec un appétit aiguisé par son bain matinal.

— Vous verrez que vous ne vous repentirez pas de vous être fait mormon et de vivre dans l'Utah! Quelle différence avec l'Europe!

Nous sommes des hommes libres et nous ne relevons que de Dieu... représenté par nos anciens...

Que cherchez-vous? — ajouta-t-il, voyant que son convive manifestait une certaine inquiétude.

— A boire!

— A boire!... Si nous étions en France, je vous offrirais une vieille bouteille, mais ici l'on ne boit que de l'eau... Le vin est défendu ainsi que tous les alcools...

— Et la bière?

— La bière comme le reste. Brigham Young n'autorise que l'eau.

— Vous n'êtes donc pas tout à fait libres?

— Libres dans le bien... Mais nos prophètes ont mis, et l'on ne peut les en blâmer, une barrière à toutes les portes du mal.

Il était près de la fenêtre et jetait de temps à autre un regard au dehors. Tout à coup, il se leva, prit son chapeau, un feutre à larges bords, et dit à Colombau :

— Je vous laisse. Continuez en paix votre repas.

— Vous partez?

— Oui, j'aperçois là-bas Mesdames Benoit numéros 2 et 3 qui, au lieu de travailler, jacassent comme des pies avec des voisines... Les voyez-vous, les fainéantes! elles rient, bavardent et n'ont pas l'air de se douter que les fruits de la terre ne poussent pas sans soins.

Là-dessus, il sortit.

Resté seul, Colombau rejeta sa couverture de peau qui ne le séchait qu'imparfaitement, et dans le costume primitif de notre premier père exposa, à la chaleur bienfaisante des charbons ardents, ses membres encore humides de l'eau de son baptême.

Il était plongé dans ses réflexions, se remémorant la cérémonie baptismale et la farce religieuse qui le consacrait saint et l'admettait citoyen d'un peuple soi-disant libre et qui n'avait même pas la liberté de satisfaire sa soif avec la boisson qui pouvait lui plaire, lorsque la porte s'ouvrit doucement et un visage effaré de femme se montra.

L'ahurissement, la stupéfaction de la nouvelle venue étaient tels qu'elle en semblait paralysée, car au lieu de se retirer avec promptitude et confusion ainsi qu'il convient à une personne douée de la moindre modestie lorsqu'elle se trouve soudainement en présence d'un individu d'un sexe différent et qui n'a pour vêtement que la peau que sa mère lui a donnée en le mettant au monde, elle restait clouée au sol, comme jadis la femme du vertueux ivrogne Loth.

De son côté, l'étonnement de Colombau ne paraissait pas moindre. Un cri s'échappa de sa poitrine, un cri qui était un nom.

— Nelly!

— Monsieur Colombau! — répondit la blonde fille.

C'était la petite Nelly, en effet, la servante de l'hôtel de la *Tête du Roi*, à Douvres, celle qui s'était vengée dans ses bras des infidélités de son amoureux le beau dragon de la Reine avec sa rivale, Mary-Jane, du *Cheval-Volant*.

— Comment, vous ici ?

— Oui, moi ici — dit-elle, baissant les yeux. — Mais c'est moins extraordinaire de me trouver ici, que de vous y voir, monsieur Colombau... Je suis chez moi.

— Comment, charmante Nelly, seriez-vous l'épouse de frère Barnabé Benoît?

— Le numéro 5, oui monsieur Colombau... Habillez-vous, je vous prie, car si mon mari venait... il pourrait croire à des choses malséantes, choquantes et impropres...

— C'est lui qui m'a fait mettre dans ce costume — dit Colombau revêtant vivement sa culotte qui fumait encore — sans quoi, mistress Benoit, je n'aurais jamais osé... Quelle rencontre! Et alors vous avez lâché le beau Tommy.

— C'est lui qui m'a lâchée — fit-elle avec un soupir, — mais je ne regrette rien, puisque sa trahison est cause que je me suis expatriée et que je connais la vraie religion.

— Et que vous êtes devenue l'épouse légitime, quoique cinquième, de frère Barnabé Benoît.

— Oui — fit-elle — j'ai toujours... vous le savez... aimé les Français.

Elle rougit en regardant Colombau qui souriait et la trouvait, quoique un peu défraîchie par le hâle, tout aussi jolie et appétissante que lorsqu'elle lui faisait la lecture du *Cantique des Cantiques*, dans sa chambre de la *Tête du Roi*.

— Et ça vous va — dit il — de partager l'affection de votre mari avec quatre autres dames ?

— Je ne fais que me conformer à la loi et suivre l'exemple des femmes des prophètes. Le saint roi David n'avait-il pas de nombreuses épouses et ne prit-il pas, vers l'âge de cent ans, la petite Abigaïl pour réchauffer sa couche ? D'ailleurs, son fils, le grand roi Salomon dit le Sage, ne partageait-il pas son cœur entre sept cents épouses?

— Et — ajouta Colombau — trois cents concubines.

— Les concubines ne comptent pas — répliqua Nelly. — Il n'y a pas de place pour elles au royaume des cieux.

— Et vous comptez y aller, petite Nelly ?

— Sans doute. Je travaille chaque jour à mon salut éternel.

— En enrichissant votre mari.

— C'est mon devoir d'épouse mormonne

— Petite Nelly, vous êtes toujours délicieuse et tentante.

— Ne m'appelez pas « petite Nelly » Monsieur... C'était pardonnable au temps ou j'étais fille et adonnée au péché. . Maintenant que je suis épouse mormonne..

— Vous pouvez embrasser sans péché un frère mormon.

— Comment, vous aussi...?

— Oui, moi aussi, délicieuse Nelly; et si vous m'avez trouvé chez vous dans ce simple appareil, c'est que je venais de recevoir le baptême.

— Dieu soit loué! Il m'est permis d'embrasser un frère.

— Embrassons-nous donc — fit Colombau la saisissant et couvrant ses joues rougissantes de baisers ardents. — Embrassons-nous et remercions le Seigneur.

— Assez, assez, frère...?

— Frère Mathias.

— Mathias! Ah! j'aime ce nom. C'est celui du disciple de Jésus, que les apôtres désignèrent pour prendre la place de l'infâme Judas Iscariote.

— Diable! — s'exclama Colombau — je ne veux prendre la place de personne et, d'ailleurs, il n'y a pas ici de Judas Iscariote.

— Assurément non.

— Cette petite Nelly, comme elle est gentille.

— Ne m'appelez plus Nelly, ce n'est plus mon nom. Je porte celui de Betsabée depuis mon nouveau baptême.

— Va pour Betsabée. Le nom ne fait rien à l'affaire.

— Quelle affaire ?

— Je veux dire que je vous aime autant, que vous vous appelliez Betsabée ou Nelly. Vous me le permettez, n'est-ce pas ?

— Sans doute, nous devons nous aimer les uns les autres, c'est la loi.

— Quelle belle loi ! Je vous promets de la suivre en ce qui vous concerne.

— Ne dites pas cela... Je saisis bien le sens de vos paroles. N'oubliez pas que vous parlez à une épouse mormonne.

— C'est-à-dire à la sagesse et à la vertu... Mais, dites-moi, séduisante Nelly, pardon, adorable Betsabée, le digne frère Barnabé va rentrer... il est allé tancer mesdames Benoit numéro 1 et numéro 2, je crois, qui bavardaient dans le jardin... Faudra-t-il lui dire que nous sommes de vieilles connaissances ?

— Gardez-vous en bien, frère Mathias. — Il est jaloux comme un tigre, il s'imaginerait toutes sortes de vilaines choses... des choses qui ne sont pas arrivées... car rien n'est arrivé, n'est-ce pas, frère Mathias... rien ne s'est passé.. et s'il s'est passé quelque chose de contraire à la morale, je ne m'en souviens plus, frère Mathias, et je vous prie de ne plus vous en souvenir.

— C'est bien difficile, sœur Betsabée.

— Il le faut.

Elle le regarda tendrement.

— Vous le ferez n'est-ce pas ?... pour l'amour de moi.

Tout pour l'amour de vous, je ferai tout .. Alors un baiser...?

— Tout pour l'amour de vous, je ferai tout... Alors un baiser... ?

— Le dernier.

Elle se laissa baiser longuement sur les lèvres et s'échappa des bras qui essayaient de la retenir, puis de la porte, dit à voix basse :

— Je vais dans le jardin, prévenir mon époux .. que j'ai trouvé la porte de mon appartement fermé... Vous avez bien compris.

— Oui, oui — fit Colombau.

Elle sortit et alla successivement heurter rapidement à toutes les portes des appartements de ses co-épouses, et certaine qu'aucune d'elles ne se trouvait à la maison, elle s'en alla, fit le tour du barraquement et Colombau la vit se diriger à grands pas, dans le vaste jardin, vers son maître et seigneur qui, d'ailleurs, s'avança galamment à la rencontre de sa cinquième et nouvelle épousée.

— Ah! la gentille petite femme — se dit Colombau — mais si ce digne Barnabé savait?

Il eut un remords. Il se sentait coupable. Son honnêteté lui reprochait non pas ses relations avec la jolie servante d'hôtel, mais de convoiter la femme de son hôte.

Quoi! ce brave mormon, ce compatriote qui l'avait si cordialement accueilli, qui lui servait de parrain, qui lui avait fait préparer un bon feu et un bon déjeuner et le sauvait d'une bronchite et peut être d'une phtisie pulmonaire, il l'en remerciait en tentant de séduire sa femme, sa femme la plus aimée, sans doute, puisqu'elle était le fruit nouveau. Que devenaient ses principes, ses scrupules d'honnête garçon?

Déjà, il s'en souvenait bien, il avait été bourrelé de remords pour avoir trompé son ancien patron, M. Plumereau, en quelque sorte à son corps défendant, cédant aux agaceries et aux obsessions d'une coquine. Et là, cependant, il avait des excuses; Madame Plumereau ne s'offrait-elle pas à qui voulait la prendre? Si ce n'était pas lui, c'eut été un autre... tandis qu'avec Nelly, le cas différait; il était le séducteur. « Non, non — se dit-il — pas de cela, Colombau. Aimons le beau sexe, mais respectons l'hospitalité. »

Le frère Barnabé Benoît revenait avec la jeune femme. Ils causaient tous deux, et Nelly-Betsabée lui racontait son étonnement mêlé d'effroi d'avoir trouvé la porte close et entendu la voix d'un homme qui lui disait n'être pas en état de lui ouvrir. Il riait et répondait :

— Ce n'est rien, ce n'est rien, petite femme... c'est un nouveau converti, le frère Mathias.

Ah! ces maris!

Quand ils rentrèrent tous deux, le frère Mathias était en tenue décente et ses vêtements achevaient de vaporiser sur lui.

Présenté par Barnabé à sa jeune femme, il fit un salut cérémonieux auquel elle répondit avec la réserve qui sied à une modeste épouse.

Par le fait, il eut fallu être bien observateur pour soupçonner que ces deux jeunes gens, non seulement venaient d'échanger une conversation qui aurait scandalisé le mari s'il l'avait entendue, mais avaient eu antérieurement des rapports compromettants pour la bonne renommée de la dame.

— Maintenant que vous voilà mormon, frère Mathias — dit Barnabé — il faut vous marier, prendre plusieurs épouses et vous coulerez des jours heureux.

— Oh! — fit Colombau, regardant tendrement Nelly — pour goûter le bonheur, une seule me suffirait.

— Oui, pour commencer. Je pensais comme vous quand j'avais votre âge. J'ai changé d'avis... Nous ne manquons pas de jolies filles. Chaque semaine nous amène des recrues. Nous vous choisirons quelque compagne agréable.

Colombau se dit que ce choix, il le ferait lui-même; mais il témoigna tout haut sa gratitude pour l'obligeance de son parrain.

Le reste de la journée se passa en réjouissances, autant toutefois qu'un Parisien puisse se réjouir sans le jus divin de la treille, mais il ne pensait pas à boire, il ne songeait qu'à la jolie Nelly.

Chose singulière, cette fille qui, du premier jour, s'était donnée par dépit, pour se venger des infidélités d'un soldat bellâtre et pour laquelle il n'avait éprouvé qu'un caprice vite passé, ne gardant d'elle qu'un souvenir agréable, il est vrai, mais fugitif, maintenant qu'elle était l'épouse d'un autre, lui inspirait de violentes tentations.

Il n'en laissa rien paraître, bien entendu, et si Nelly devina ses sentiments — car à ce sujet les femmes ne se trompent guère — le frère Barnabé ne pouvait avoir aucun soupçon.

Dès le lendemain, Colombau reçut un mot de l'imprimeur de la *Gazette du Lac-Salé* qui le prévenait qu'il avait une place pour lui dans son atelier. Il comprit, qu'en effet, les mormons s'aidaient entre eux, mais *entre eux* seulement.

Il était temps; il avait entamé son dernier dollar, et il ne se passait pas de semaine qu'il n'arrivât de nouveaux mormons.

CHAPITRE C

La misère en Irlande. — Famine et épidémie — Les évictions. — Scélératesse des lois anglaises. — Un manifeste socialiste irlandais. — Thé en famille. — Béatitude de Colombau.

Les Irlandais, nous l'avons dit, fournissaient les plus gros contingents de l'émigration.

En 1848, une effroyable famine avait décimé l'Irlande; famine de vieille date, car, en 1842, William Makepeace Thackeray, le célèbre auteur du *Livre des Snobs* et de la *Foire aux Vanités*, jetait le cri d'alarme: « En Irlande, écrivait-il, la population souffre, est affamée » et déjà en 1838, la seconde année du règne de la « glorieuse Victoria » le duc de Wellington déclarait n'avoir jamais vu un pays aussi malheureux.

« Dans le but de favoriser un petit groupe de propriétaires orgueilleux, cruels et rapaces — disait le *Times*, — on sacrifie le bien-être de plusieurs millions d'Irlandais. »

Le même journal écrit, l'année suivante, en 1845: « Le peuple n'a pas assez à manger; il meurt de faim auprès d'abondantes récoltes. »

Khal, écrivain allemand, dit au retour d'un voyage dans la verte Erin: « Je doute qu'on puisse trouver dans le monde entier une nation soumise aux privations dont souffrent les paysans irlandais. »

Lord Russell avoue ceci dans un de ses discours: « Nous avons fait de l'Irlande le pays le plus misérable de la terre. »

Enfin, en 1846, un fonctionnaire du gouvernement, annonce la famine: « Elle avance vers nous à grandes enjambées. » La même année près de quatre-vingt mille émigrants partent pour le Canada. Le cinquième de ces malheureux périt en chemin.

La famine prédite éclate, l'Irlande se soulève; le Parlement britannique qui n'a répondu, d'année en année aux plaintes des spoliés, qu'en augmentant l'effectif de la police et en édictant des lois contre les associations, vote les mesures les plus impitoyables.

Une horrible épidémie, conséquence de la misère, se déclare en 1849 ; on entasse les morts par milliers dans des puits qui portent encore le nom sinistre de puits de famine, *famine pits*. Plus d'un million et demi de personnes furent atteintes, mais aucune statistique n'a établi le nombre des affamés qui périrent sur les routes et dans les taillis.

Comme si ce n'était pas assez de l'épidémie et de la famine pour dépeupler l'Irlande, quatre-vingt-dix mille quatre cent quarante personnes sont *évincées*, c'est-à-dire expulsées par la force de leurs demeures et jetées sans asile à travers les campagnes, ce qui fait pousser ce cri par sir Robert Peel :

« — Je ne crois pas que les annales d'aucun pays civilisé ou même barbare, aient jamais présenté un tel tableau d'horreurs. »

En 1850, cent-quatre mille cent-soixante-trois personnes sont victimes des évictions, et le Parlement vote contre l'Irlande une loi de sécurité générale.

En 1851, plus de soixante-huit mille Irlandais sont de nouveau chassés de leurs demeures. On calcule qu'en l'espace de dix années, deux-cent-quatre-vingt-deux mille cinq-cent-quarante-cinq maisons furent détruites par les brigades chargées des évictions.

Enfin, pendant l'année qui nous occupe, 1852, quarante-trois mille cinq-cents personnes sont évincées.

Ces évictions se continuent. C'est la politique impitoyable de l'Angleterre. Elle la suit avec acharnement. Elle veut l'extermination des Irlandais ou leur expulsion de l'Irlande ; et cette extermination d'un peuple se poursuit encore à l'heure actuelle, en face de l'Europe impassible et muette.

« Au dix-neuvième siècle, disait la grande patriote irlandaise, miss Maud Gonne, dans un pays très chrétien comme s'intitule l'Angleterre, des massacres comme au temps de Cromwell ou d'Elisabeth, choqueraient trop la conscience du monde civilisé ; cela gênerait l'hypocrisie anglaise et puis, à quoi servirait le progrès, si l'on ne pouvait obtenir les mêmes résultats tranquillement, sans bruit et sans scandale ?

« On extermine les Irlandais aussi sûrement et plus rapidement, par la famine que par l'épée.

« Il suffit pour cela de quelques actes parlementaires : des impôts savamment combinés, des lois agraires, la ruine systématique du commerce. »

Quand sa *gracieuse* majesté la reine Victoria monta sur le trône en 1837, l'Irlande comptait plus de huit millions et demi d'habitants. Ce chiffre est, en un demi-siècle, tombé à quatre millions et demi.

Ces huit millions d'habitants payaient annuellement huit millions et quart de livres sterling d'impôts ; c'est onze millions et quart que paye actuellement cette population réduite de moitié ; le fisc extorque donc ce peuple appauvri et ruiné, proportionnellement, près de trois millions sterling de plus que l'opulente Grande-Bretagne.

En effet, le revenu de la Grande-Bretagne sur lequel sont basés les impôts, est de mille quatre-vingt-douze millions ; tandis que le revenu de l'Irlande, après avoir subi depuis l'année 1800 l'odieux joug de l'Angleterre, est aujourd'hui de quinze millions, dont onze millions et demi sont engouffrés dans les caisses de l'État. Il ne reste donc plus que trois millions et demi pour la vie du pays.

« Peut-on s'étonner que l'Irlande se révolte ! — s'écrie Maud Gonne. — Car maintenant la lutte est déclarée, mais l'Angleterre qui entretient une armée de 43,000 hommes au milieu d'un peuple sans armes, poursuit implacablement sa politique d'extermination.

« Peu à peu, par des actes successifs du Parlement, elle a réduit au profit de ses propres industriels chacune des industries irlandaises, tarissant, comme le déclarait lord Dufferin, lorsqu'avant d'entrer dans la carrière diplomatique il se souvenait de son origine irlandaise, ce qu'il oublia depuis, tarissant toutes les richesses du pays et faisant éteindre par désuétude, même la tradition commerciale. »

Les féroces propriétaires anglais devenus les maîtres du sol exigent de leurs tenanciers des loyers exorbitants ; ils les exploitent plus durement que les planteurs exploitaient les esclaves, car, au moins, les planteurs logeaient et nourrissaient leurs nègres. Jadis, l'Irlandais vivait des riches produits des pâturages et des terres arables du centre de l'île. Ces terres et ces troupeaux ne lui appartiennent plus. Ils alimentent l'opulence anglaise.

Après les avoir volés, l'Angleterre oblige les malheureux Irlandais à s'expatrier en masse, ou bien elle les relègue dans la montagne, les marécages, les tourbières, partout où la terre trop ingrate ne peut nourrir les bestiaux. Les propriétaires trouvant plus profitable d'élever des troupeaux que des hommes ont chassé les hommes pour faire place aux bêtes. La terre ne peut plus payer le loyer ; elle est insuffisante pour faire vivre celui qui la cultive ; aussi pour satisfaire aux exigences des *landlords*, l'Irlandais émigre pendant la moisson et va louer ses bras en Angleterre et en Écosse, se séparant de ses enfants qu'il loue aux fermiers écossais de l'Ulster.

« Pauvres petits ! — s'écrie encore Maud

Gonne — qui servent et qui grandissent loin de la famille, sous des maîtres étrangers presque toujours hostiles ! Dans le nord de l'Irlande, deux fois par an, il y a des marchés d'enfants, des *hiring fairs* où les parents, trop pauvres pour élever leurs enfants, les amènent et les louent. »

Il y a des milliers de familles dont toute la nourriture consiste, *pendant les bonnes années*, en un plat de pommes de terre par jour, ou de farine de maïs bouillie à l'eau, le lait étant un luxe presque inconnu qui manque même pour la nourriture des petits.

L'argent sort du pays pour n'y plus rentrer. La plupart des grands propriétaires habitent l'Angleterre et ne viennent que passer quelques mois en Irlande pour y faire des économies. Beaucoup même n'ont jamais mis le pied sur leurs immenses domaines.

Depuis le commencement du règne de Victoria, c'est-à-dire depuis 1837, on compte près de *trois millions six cent soixante-dix mille* personnes, soixante-quinze pour cent de la population, chassées des maisons qu'elles avaient elles-mêmes construites, parce que les *landlords* trouvaient plus profitable de mettre des troupeaux de bestiaux à leur place ou parce qu'elles n'avaient pu payer des loyers iniques. Pendant ces évictions, les propriétaires ou leurs agents sont protégés par la police et la troupe.

La vaillante patriote irlandaise, aux souvenirs de qui nous avons fait appel, fut témoin à diverses reprises d'horribles scènes où ni l'âge, ni la faiblesse, ni la maladie, ni l'agonie même ne trouvaient grâce devant les suppôts de la loi.

« J'ai assisté — dit-elle — à des actes de révoltantes sauvageries. J'ai vu sur les domaines d'un *landlord* plus d'un millier de paysans chassés de leurs pauvres demeures, errant dans la campagne, sans un asile, sans un morceau de pain. J'ai vu un vieillard de cent trois ans, expulsé de la misérable hutte qui l'avait abrité pendant toute sa vie.

« Une femme est accouchée depuis quelques jours, encore au lit, incapable de marcher. La police accourt, pénètre dans la chambre ; le mari, seul auprès de la malade, essaye de s'opposer à la force armée. Brutalement repoussé, il supplie vainement qu'on lui accorde un délai. Sa femme, effrayée, s'évanouit. On l'enlève de son lit, la police l'habille de force et la dépose dehors, dans la boue. La maison était sur les montagnes, à plusieurs lieues d'aucune autre habitation. J'avais heureusement ma voiture ; j'emmenai cette malheureuse. »

Dans une autre propriété, un tenancier et sa femme ont construit une maison sur le terrain qu'ils cultivaient. Le loyer est en retard ; le landlord va saisir. La femme est dans un état de grossesse avancé, son mari, désespéré, est mort à la peine. Déjà les douleurs de l'enfantement se sont déclarées lorsque les agents du landlord se présentent chez la veuve. Ils l'arrachent de son lit, l'enveloppent d'un vieux châle, la déposent sur la route. Il fait froid, la pluie tombe. Quelques paysans du voisinage allument du feu à côté de la pauvre femme... C'est tout ce qu'ils peuvent faire ; qui la recueillerait serait immédiatement expulsé à son tour. Que voulez-vous ? C'est la loi ! Mais la loi exigeait-elle que les agents du landlord éteignissent le feu qui réchauffait cette infortunée ? C'est cependant ce qu'ils firent. La femme avait la vie dure ; elle n'en mourut pas, mais elle devint folle.

Sous le gouvernement libéral, du vieux jésuite protestant Gladstone, miss Gonne vit un village entier incendié par le régisseur d'un landlord. Protégé par deux cents policiers anglais, il mit le feu aux chaumes des cabanes ; le toit tombait comme une braise ardente sur les malheureux, qui avaient à peine le temps de fuir. Quel crime avaient-ils commis ? Celui de ne pouvoir payer leur loyer. Et l'on parle des mœurs des sauvages !

Une femme qui avait comme tous les misérables, hélas ! sept ou huit petits enfants, fuit avec eux, mais dans sa précipitation, elle oublie un bébé de deux ans. Dehors elle s'aperçoit qu'il est resté dans la cabane incendiée. Elle y rentre, arrache au feu son enfant qui avait déjà les jambes brûlées.

Et cependant il est une loi en Irlande que les Anglais ont faite pour se protéger eux-mêmes contre la vengeance des paysans ; elle condamne, quiconque met le feu à une maison, à cinq ou dix ans de travaux forcés ! Forte de cette loi, la *Ligue nationale irlandaise* intente donc un procès à l'incendiaire. Elle gagne le procès et des feux de joie sont allumés sur toutes les collines de Roscommon. Triomphe prématuré ; l'agent du landlord fait appel ; il prouve qu'il n'y avait pas de serrures sur les portes, qu'il y avait un trou sur la toiture des cabanes par où la pluie pouvait entrer, qu'il n'avait donc pas incendié des maisons, mais des huttes que ne protègent pas les lois !...

Et il fut renvoyé indemne !

« Peut-on s'étonner — conclut Maud Gonne — que des hommes qui ont vu de pareilles scènes de tyrannie et de misère deviennent féroces et prennent la résolution, coûte que coûte, de frapper l'ennemi qui leur a causé tant de souffrances et de désolations ? Peut-on blâmer ceux d'entre eux qui, comprenant l'affreuse inégalité de la lutte, se disent que contre une telle tyrannie tous les moyens sont légitimes : la dynamite, l'assassinat, tout ! Ah ! non, on ne peut pas les blâmer, car la lutte est trop inégale, la misère trop pressante !...

« Chaque jour notre force diminue. Le sang, la vie de notre pays s'écoulent dans les atroces bateaux d'émigration.

« Pendant le règne de Victoria, *quatre millions cent quatre-vingt-six mille* personnes ont été forcées de s'expatrier, et l'on estime le chiffre de ceux qui sont morts de faim depuis cinquante ans en Irlande à *un million deux cent mille* !

« Voilà pourquoi nous refusons de dire, *God save the Queen* ! »

Il faut ajouter que quelques-uns des supplices de l'Inquisition sont renouvelés dans les prisons anglaises contre les patriotes irlandais. Plusieurs sont devenus fous à la suite des mauvais traitements endurés. Pendant trois ans on les a privés de sommeil ; on les réveillait méthodiquement à chaque heure de la nuit !

« Quelle est la raison — disait à la Chambre des Communes Lord R. Cecil (aujourd'hui Lord Salisbury) quelle est la raison qui fait qu'un peuple possédant un sol aussi fertile et d'aussi énormes ressources que le peuple irlandais, est si fort en arrière du peuple anglais dans la course à la richesse ?

« Les uns disent que c'est le caractère de la race celtique ; mais je regarde la France et je vois une race celtique qui marche à grands pas dans la voie de la prospérité... »

Arrêtons-nous un instant pour avertir le lecteur que ces paroles étaient prononcées vers 1855, et qu'assurément Lord R. Cecil ne les répéterait pas aujourd'hui.

Il continue :

« Les autres prétendent que c'est la religion catholique ; mais je regarde la Belgique, et je vois un peuple qui ne le cède à aucun autre en Europe, sauf au peuple anglais, sous le rapport de la prospérité industrielle, si l'on tient compte de la petite superficie qu'il occupe, et qui se distingue entre tous les peuples de l'Europe par l'ardeur et l'intensité de sa foi catholique. Je ne puis donc dire que la cause de la misère en Irlande soit la religion catholique.

« D'autres affirment que cette misère provient de ce que le peuple irlandais prête l'oreille aux démagogues. Je déteste les démagogues autant que quiconque ; mais je regarde les Etats-Unis d'Amérique et je vois un peuple qui écoute les démagogues, mais qui indubitablement n'est pas sans prospérité matérielle.

« Cela ne peut donc être ni les démagogues, ni le catholicisme romain, ni la race celtique.

« Qu'est-ce donc alors ?

« Je crains que la seule chose qui ait nuit à l'Irlande ne soit le gouvernement Anglais ! »

Et c'est pourquoi lorsqu'en 1897 il fut question de fêter dans tout l'Empire britannique le *Diamant Jubilé* de la reine Victoria, c'est-à-dire le soixantième anniversaire de son règne, le parti socialiste républicain irlandais lança un manifeste dont nous extrayons les passages suivants :

« Citoyens,

« Les fidèles sujets de Victoria, reine de la « Grande-Bretagne et de l'Irlande, impéra- « trice des Indes, etc., etc., etc., célèbreront « cette année le règne le plus long de l'his- « toire.

« Déjà on fait grand bruit autour des prépa- « ratifs officiels de prétendues « réjouissances « populaires » à l'occasion de cette *glorieuse* « *commémoration ?* Il se trouve malheureu- « sement chez nous des politiciens disposés à « s'associer à cette fête de *Flunkeyism* (Lar- « binisme).

« Il est donc nécessaire de déclarer haute « ment et courageusement les sentiments de « dégoût, de réprobation, que cette humiliante « farce soulève dans les cœurs de tous ceux « qui aiment la Liberté......................

« Nous ne sommes pas de fidèles sujets ! « Nous avons plus de respect et d'estime pour « l'enfant en haillons du plus pauvre des tra- « vailleurs de l'Irlande, que pour la descen- « dante de cette longue ligne d'assassins, de « mécréants, de fous, qui ont occupé le trône « d'Angleterre.

« Dans ce glorieux règne, l'Irlande a vu « 1,225,000 de ses enfants périr par la famine, « pendant que le produit du sol et le fruit de « son labeur étaient dévorés par une aristo- « cratie inhumaine, appuyée sur les baïon- « nettes d'une armée d'assassins mercenaires, « à la solde de la « *meilleure des Reines* ».

« Sous ce règne on a vu 3,668,000 personnes « évincées, c'est-à-dire un nombre plus consi- « dérable que toute la population de la Suisse, « jetées hors de leurs foyers, privées d'abris, « et l'émigration forcée de 4,186,000 de ses « enfants, c'est-à-dire plus que la population « totale de la Grèce.

« Actuellement, 78 0/0 des travailleurs irlan- « dais reçoivent moins d'une livre de salaire « par semaine. Les rues de nos villes sont « remplies par des foules affamées de « sans- « travail » ; les bestiaux pâturent sur les « fermes non cultivées, autour des ruines des « *homes* abandonnés. Nos ports sont envahis « par nos compatriotes qui émigrent, et les « *Work houses* sont remplis d'indigents.

« Ce sont donc là les motifs pour organiser « des réjouissances nationales !

« Travailleurs d'Irlande !...

« Joignez votre voix aux nôtres.

« Nous ne devons aucune autre dette à ce

« règne de rapine et de vol, que celle de la « haine.

« Travaillez... instruisez-vous... et groupez-« vous... »

Cette disgression sur les malheurs de l'Irlande, sa résistance énergique et impuissante à l'abominable tyrannie de la Grande-Bretagne, n'était pas inutile, car elle montre pourquoi les Etats-Unis d'Amérique sont peuplés des enfants de la malheureuse Erin, et pourquoi il en arrivait un si grand nombre sur le territoire de l'Utah.

Mais il est temps de revenir à Colombau qui prenait aussi philosophiquement, c'est-à-dire aussi gaiement que possible, son nouvel état de mormon.

Le travail ne manquait pas et ses journées étaient suffisamment rétribuées. Sous ce rapport il se montrait satisfait, mais l'ennui le rongeait sourdement.

Non qu'il eut la nostalgie de la France, il était homme facile à contenter et à se trouver bien partout où il pouvait gagner sa vie, mais il se sentait affreusement seul. Dans la journée il n'y songeait pas, occupé à sa casse avec des compagnons peu loquaces, il est vrai, mais nullement hostiles et se montrant pour lui d'une certaine obligeance ; seulement sa besogne terminée, il ne savait où passer les longues heures de la soirée.

L'hiver venait et avec l'hiver un froid des plus rigoureux. Le vent glacé qui soufflait dans la vaste plaine balayait les rues de la cité sainte obligeant chacun à rester chez soi.

Colombau ne pouvait s'empêcher de penser qu'il eut fait bon au coin du feu avec une petite femme, et sa pensée se portait vers Nelly...

Les mormons ne voisinent guère. Ils ont assez à faire dans leur ménage, à s'occuper de leurs épouses et à maintenir le bon ordre intérieur sans aller fainéanter et baguenauder chez les voisins.

Visites sont occupations de désœuvrés et tous les mormons travaillaient ou faisaient semblant.

Notre typographe pensa que frère Barnabé Benoît avait raison, qu'il ne devait pas y avoir de maris trompés et que les femmes se surveillant jalousement les unes les autres ne pouvaient trouver l'occasion de devenir infidèles. Un faux pas eut été aussitôt dénoncé par les « sœurs ».

Puis avec qui auraient-elle trompé le mari ? Ce ne pouvait-être qu'avec des célibataires — « une peste,— disait Brigham Young — dans tous les pays et principalement au pays mormon ». — Aussi n'étaient-ils pas en odeur de sainteté et à ceux qui arrivaient l'on se hâtait de leur trouver femme.

Colombau comprit cet ostracisme à la façon dont on le tenait à l'écart. Il se donnait parfois chez un saint, à l'occasion d'un anniversaire quelconque, un thé ou un bal dont les mormonnes raffollent autant que les catholiques, les protestantes et les juives, mais le nouvel adepte n'était jamais convié. Fort aimable pour lui au dehors, on lui causait amicalement dans la rue, mais il ne recevait aucune invitation *at home*.

Ce n'est pas que les femmes lui témoignaient de la froideur ; beaucoup, au contraire, le regardaient avec des yeux très tendres, mais les maris se méfiaient de lui.

Il était entaché de deux mauvaises notes pour la tranquillité des familles : célibataire et Parisien.

Le frère Barnabé lui-même qui l'avait si cordialement accueilli le jour de son baptême, ne l'avait plus jamais invité.

Il aurait cependant bien voulu revoir la petite Nelly, apprendre de sa bouche pourquoi elle avait quitté la *Tête du Roi* à Douvres, et quels événements l'avaient poussée sur cette terre de l'Utah pour y épouser un gros mastroquet devenu saint mormon.

Certes, il avait rencontré maintes fois ledit Barnabé, mais l'invitation qu'il attendait de sa bouche n'était pas sortie.

Frère Barnabé se contentait de lui prêcher la bonne croisade de la conjonction et de la multiplication des espèces :

— Mariez-vous ! mariez-vous !

— Je ne demande pas mieux — répondit à la fin Colombau, — mais pour me marier il me faut au moins connaître une femme, et toutes les portes de messieurs les saints se ferment devant moi.

— Toutes s'ouvriront quand vous serez marié.

— J'entends bien, mais pour me marier, il faut bien que je sois préalablement présenté à ma fiancée... Je ne puis l'épouser sans la connaître...

— Vous avez raison, frère Mathias. J'ai déjà agité cette question avec le révérend Jackson, et nous avons examiné ensemble les filles à marier de la ville et des fermes voisines...

— Alors ?

— Alors, nous n'avons rien trouvé pour vous... que des laides ou des trop jeunes... Vous ne voulez pas d'une laide, je suppose.

— Je vous avoue que je préfère une jolie.

— Alors il faut attendre le premier convoi qui nous arrivera.

— J'attendrai — fit Colombau.

A dire vrai, il n'était nullement pressé de se jeter dans les liens du mariage, surtout du mariage mormon. Il se disait avec quelque raison que ces femmes qui arrivaient de tous les points de l'Amérique et même de l'Europe au territoire de l'Utah ne pouvaient être que des aventurières dont la vertu avait dû subir maints accrocs avant et pendant le voyage.

Il faisait cependant une exception pour les jeunes filles escortées de leur famille et que nulle aventure scabreuse n'avait forcées de s'expatrier et de courir les grands chemins.

Sur ces entrefaites il eut la bonne fortune de voir Nelly.

C'était par une froide journée d'hiver. Comme l'ouvrage ne pressait pas trop à l'atelier, il avait pris un jour de congé pour aller faire sa provision de bois. Un voisin lui loua un chariot et un attelage de mules et il partit dans la matinée.

La forêt n'était pas très éloignée et le bois appartenait à tout le monde. Il suffisait de le couper pour en devenir propriétaire; mais le bois mort se trouvait en quantité suffisante pour qu'il fut inutile de tailler les arbres.

Pour arriver à la forêt, il lui fallait passer devant la maison de son compatriote Barnabé Benoît. Arrivé en face, il arrêta ses mules. L'idée lui vint d'emprunter à son parrain une hache. C'était un prétexte, il n'avait nullement besoin de cet instrument, mais il espérait revoir l'ancienne petite servante de la *Tête du Roi.*

Sans descendre de voiture il appela :

— Frère Barnabé ! Hé ! frère Barnabé.

Au lieu de frère Barnabé, ce fut une petite femme très brune, un peu maigre, assez jolie et ornée d'yeux superbes qui se montra sur la porte : madame Barnabé Benoit numéro 3, la native de San-Francisco.

— Frère Barnabé est absent — dit-elle.

— J'en suis bien contrarié — répondit Colombau, — qui l'était en effet, non de l'absence de frère Barnabé, mais de voir au lieu de la blonde Nelly, cette brune Espagnole. — Je suis son filleul, le frère Mathias...

— Ah ! ah ! — fit elle en souriant. — Je suis heureuse de votre venue, frère Mathias. Il y a quelqu'un ici qui m'a parlé de vous.

— Frère Barnabé ?...

— Non, non, — répliqua-t-elle riant, en montrant une rangée de dents éclatantes de blancheur — une autre personne que vous connaissez.

— Elle est ici ? — demanda Colombau.

— Oui, elle est ici... Nous sommes toutes ici. Descendez de voiture... Entrez.

— C'est que... — objecta le jeune homme.

— Vous craignez de déplaire à frère Barnabé ?... Il n'est pas là, je vous dis... Il vient de partir.

— Ah ! il est parti ! — s'exclama Colombau avec une satisfaction qui ne pouvait échapper à son interlocutrice — Et où cela est-il parti ? Loin ?

— Assez loin... trop loin pour lui, car la plaine vers l'est se couvre de neige. C'est justement pour dégager une caravane de frères qui se trouve empêtrée dans un tourbillon et ne peut plus avancer sans aide. Deux Peaux-Rouges sont arrivés ce matin, avant le jour, prévenir Brigham Young. Les pauvres gens étaient à moitié morts de fatigue.

— Je suppose qu'on les a bien traités.

— Modérément...

Et elle ajouta en riant :

— On ne traite jamais bien les Peaux-Rouges.

— Pourquoi ?

— Eh ! parce que ce sont des Peaux-Rouges. Il n'y a pas d'autres raisons.

— La caravane — fit Colombau, afin d'en savoir davantage — sera probablement bientôt de retour ?

— Y songez-vous ? Elle est arrêtée à plus de trente milles d'ici (environ 40 kilomètres). Leurs chevaux et leurs bœufs sont presque tous morts. On leur a envoyé des bêtes de renfort. Mais, s'ils arrivent ici demain soir, ils pourront s'estimer heureux.

— Demain soir ! Frère Barnabé ne sera de retour que demain soir !

— Si vous avez quelque chose de particulier à lui dire, ne comptez guère avant après-demain.

— Quelle aubaine — se dit tout bas le typographe, et tout haut :

— Rien de particulier... Je venais seulement lui emprunter une hache.

— Ce n'est que cela ! Eh bien, entrez. On va vous la donner cette hache. Attachez vos mules à ce poteau.

Elle ajouta :

— Si j'étais seule, frère Mathias, je ne vous ferais pas cette invite en l'absence de notre mari... Mais nous sommes cinq à la maison... Vous ne nous avalerez pas toutes les cinq, n'est-ce pas ?

— Oh ! oh ! — répliqua Colombau — je ne suis pas un si gros mangeur !

Malgré sa grande envie d'accepter l'aimable invitation de Madame Barnabé n° 3, il hésitait. Il réfléchissait que ce n'était ni prudent ni honnête de rendre visite aux femmes en l'absence de l'époux. Mais la curiosité bien naturelle de pénétrer dans l'intérieur de ce harem mormon, jointe à son ardent désir de revoir Nelly, l'emporta sur ses scrupules, d'autant plus que la dame remarquant son hésitation reprit :

— Je sais d'ailleurs que vous ferez plaisir à quelqu'un.

Cette phrase l'intrigua et l'inquiéta. Est-ce

que l'imprudente aurait fait ses confidences ? — se demanda-t-il.

Il monta les quelques marches qui séparaient le rez-de-chaussée du sol, franchit le seuil et entra dans le corridor.

— Attendez que je vous annonce — dit vivement la jeune femme ; et elle cria :

— *Sisters* (sœurs), une visite !

On entendit un remue-ménage, des chuchotements, des bruits de chaises ; une tête se montra à l'extrémité du corridor, puis rentra précipitamment.

— Nous sommes réunies dans l'appartement de sœur Gretchen — dit l'Espagnole. — C'est celui qui est au bout du corridor. Il est le plus commode parce que le *parloir* y est plus grand que dans les autres.

Elle précédait Colombau, marchant lentement, s'arrêtant pour lui parler, comme si elle voulait donner le temps à ses co-épouses de prendre certaines dispositions en vue de recevoir l'étranger.

L'honnête typographe trouva cela tout naturel. Les femmes n'aiment pas être surprises à l'improviste ; même les moins coquettes ont toujours quelque petit détail de toilette qui les préoccupe au dernier moment — c'est du moins ce que se disait notre homme. — Mais il reconnut bientôt son erreur, car en approchant de la porte restée entr'ouverte du « parloir » de sœur Gretchen, il entendit une sorte de psalmodie nasillarde récitée d'un ton monotone où le nom de *lord Jésus* fut prononcé plusieurs fois.

Le soin de leur toilette ne préoccupait pas les pieuses mormonnes ; elles n'étaient occupées en ce moment qu'à celui de leur Salut.

— Ces dames sont en prières — dit-il. — Je vais peut-être les déranger ?

— Vous ne les dérangerez nullement, frère Mathias. Elles lisent les Saints Evangiles, lecture que l'on peut interrompre. C'est notre seule distraction quand l'époux est absent.

— A votre place, j'aimerais mieux autre chose — allait-il répondre. Mais il se contint, se dit qu'il fallait observer ses propos et rester dans son rôle de dévôt mormon pour ne pas effaroucher ces saintes personnes, ne pas s'attirer de désagréments.

Il s'arrêta non pour écouter les versets, mais se demandant quelle figure son amie Nelly ferait en le voyant et si sa surprise n'allait pas la trahir.

On lisait :

« Alors les Scribes et les Pharisiens lui amenèrent une femme qui avait été surprise en adultère, et l'ayant mise au milieu,

« Ils lui dirent : Maître, cette femme a été surprise sur le fait, commettant l'adultère.

« Or, Moïse nous a ordonné dans la loi de lapider ces sortes de personnes ; toi donc, qu'en dis-tu ?

« Ils disaient cela pour l'éprouver, afin de le pouvoir accuser.

« Mais Jésus s'étant baissé, écrivait avec le doigt sur la terre.

« Et comme ils continuaient à l'interroger s'étant redressé, il leur dit :

« Que celui de vous qui est sans péché, jette le premier la pierre à cette femme.

« Et s'étant encore baissé, il écrivit sur la terre. »

— Entrons — dit l'Espagnole — pensant que le frère en avait assez entendu pour être certain de la piété du petit cénacle.

Et en même temps elle donna une poussée à la porte.

Autour d'une table les épouses du frère Barnabé Benoît étaient gravement occupées à divers travaux de couture, tandis que l'une d'elles remplissait les fonctions de lectrice ; ainsi pendant que les mains travaillaient, les oreilles ne restaient pas oisives ; elles recueillaient pieusement les paroles des apôtres. Double occupation, double profit, l'âme et le corps trouvaient leur compte, et c'était tout bénéfice pour l'heureux époux.

L'une ravaudait les chaussettes du maître, une autre racommodait un vieux gilet, cette troisième et c'était Nelly posait une pièce à un fond de culottes.

— Frère Mathias Colombau — annonça l'introductrice, sans que le typographe eut été obligé de lui dire son nom.

Toutes levèrent la tête ; la lectrice interrompit sa lecture, et les mains munies de ciseaux ou d'enfilées d'aiguille restèrent immobiles, tandis que Nelly posait vivement sur ses genoux son vieux pantalon.

Elle rougit légèrement, et Colombau remarqua avec une certaine gêne que les regards de toutes ces dames se tournaient vers elle.

— Pour sûr, la sotte a vendu la mèche — se dit-il en son langage faubourien — le père Barnabé va tout savoir... me voilà frit !

— Soyez le bienvenu — dit l'une des saintes se levant et venant tendre la main au « frère ». — Je suis l'aînée des dames Barnabé, et en l'absence de notre époux le devoir m'incombe de faire les honneurs de la maison... Aussi, je crois être l'interprète de toutes en vous répétant : « Frère Mathias, soyez le bienvenu ! »

— Certainement — dirent les dames à l'unisson et toutes à leur tour se levèrent pour lui serrer la main.

Nelly vint la dernière, et il sentit qu'elle pressait la sienne d'une façon toute particulière.

Madame Barnabé numéro 1, était une matrone de trente-cinq ans environ, de belle cor-

Votre lady est délicate et mauviette et ne vous donnera pas comme moi une bonne nuitée d'amour !

pulence, haute en couleur et avantagée d'appas rebondis. Ses cheveux, d'un roux vénitien, frisottaient aux tempes et ses lèvres charnues s'épanouissaient en un sourire qui n'avait rien de puritain.

A sa droite se tenait l'Allemande, sœur Gretchen, un peu plus épaisse que l'Anglaise, du même âge environ, d'un blond filasse, aux gros yeux à fleur de tête, couronnés de sourcils sans couleur, ce qui lui donnait un peu l'aspect d'une tête de veau; du reste comme sa compagne numéro 1, en parfaite santé.

A la gauche de la corpulente Anglaise se tenait une petite maigriotte, brune aux yeux flamboyants, sœur Mary-Jinny, l'Irlandaise venue de Chicago. C'était elle qui faisait la lecture.

— Je crains de vous déranger — dit Colombau, après que les présentations furent faites. — Je vous ai interrompues dans votre pieuse occupation.

— Nullement... nullement — répondit madame Barnabé numéro 1, qui avait été baptisée mormonne sous le nom de la jeune personne qui réchauffa la couche du vieux roi David, la petite Abigaïl. — Que peut-on vous offrir ?... Une tasse de thé?

— J'aurais peur d'abuser...

— N'ayez peur de rien... Nous voyons peu de monde et nous sommes contentes d'accueillir un jeune frère, quoique nous soyons parfaitement heureuses avec notre mari, n'est-ce pas, sœurs ?

— Le paradis sur la terre ! — déclara sœur Mary-Jinny.

— Toutes les joies célestes ! — appuya sœur Gretchen, levant ses gros yeux mornes vers le plafond.

— On peut affirmer que la cité du Lac Salé est la terre promise — ajouta l'Espagnole, sœur Néhémie, de son vrai nom Malvina.

— Et vous, sœur Bethsabée, vous ne dites rien ? — demanda Abigaïl la voyant silencieuse.

— Un ravissement de chaque heure — répondit Nelly.

— Voilà ce que procure la pureté de la vie — reprit avec une grande dignité la matrone — bien-être du corps, contentement de l'âme. C'est ce que ne comprendront jamais les Gentils qui se livrent à toute la frénésie de leurs passions dévergondées... Dieu, il n'y a que Dieu, et nous deviendrons tous des dieux... Frère Mathias, contribuez au ravissement de sœur Bethsabée en prenant place à ses côtés... Vous la connaissez, notre chère sœur Bethsabée ?

— Sans doute — répondit Colombau, assez mortifié de cette question, à laquelle il crut remarquer une intention narquoise. — C'est chez madame que j'ai eu la bonne fortune de me sécher après... mon baptême... Ces baptêmes sont assez désagréables en hiver... Ils peuvent occasionner des bronchites ou tout au moins de gros rhumes... L'obligeance de frère Barnabé m'a épargné ce désagrément.

— Notre sœur Bethsabée nous a raconté cela — dit Néhémie. — Elle vous a même surpris en un costume... un peu primitif.

— Chut ! *Schocking !* — fit la grosse Abigaïl. — Ne parlez pas de ces choses, ma sœur.

— Pourquoi pas ? — répliqua l'Espagnole. — Nous sommes femmes mariées et n'avons rien de commun avec la jeune Agnès. Le livre des mormons nous enseigne, d'accord avec la Bible, qu'Adam et Eve étaient nus au Paradis terrestre. Si le Créateur avait trouvé cet état indécent, il eut donné une jupe à Eve et une culotte à Adam.

Colombau qui s'étonnait du tour que la mormonne donnait à la conservation ne put s'empêcher de rire à cette sortie.

— Je vous ferai observer — dit-il — que ce n'est que sur les instances du frère Barnabé que j'ai pris cette liberté grande de me dépouiller de mes vêtements... et cependant sans cela...

— Vous seriez au lit maintenant ou peut-être au cimetière — acheva Mary-Jinny et nous n'aurions pas le plaisir de causer avec vous.

... Ah ! voilà sœur Gretchen avec le thé, cela va nous réchauffer un peu,

Gretchen servit le thé. Abigaïl alla chercher des biscuits secs... puis ces dames se regardèrent d'une singulière façon.

Il y eut un instant de silence, après quoi sœur Abigaïl prit la parole :

— Puisque nous sommes en fête... autant la faire complète.

— Oui, oui, faisons là complète — appuyèrent les dames en battant des mains.

— Sœur Néhémie, c'est vous qui êtes de semaine. Allez fermer la porte de la rue.

— Que vont-elles faire ? — se demanda Colombau. Il ne tarda pas à être renseigné. Après quelques instants Abigaïl qui était sortie en même temps que Néhémie, rentra tenant un énorme volume relié en noir et sur lequel était écrit en grosses majuscules le mot *Bible*.

— Que le diable l'emporte — se dit le typographe — elle va nous régaler, pendant que nous buvons du thé, d'une lecture biblique. Et c'est ça qu'elles appellent « faire la fête complète ». Ah ! malheur !...

Le gros livre fut cérémonieusement posé sur la table à côté du plateau à thé. Un fermoir de métal unissait les couvertures.

Abigaïl sortit une petite clé de sa poche, ouvrit le fermoir, puis souleva l'un des cartonnages.

Colombau vit alors, à sa complète stupéfaction, que cette énorme Bible n'était qu'une boîte à liqueurs contenant trois flacons taillés à angles droits et remplis l'un à demi, l'autre aux trois quarts d'un liquide jaunâtre. Le troisième n'était pas entamé.

— Notre religion nous défend les boissons spiritueuses — dit sœur Abigaïl en sortant les trois flacons — aussi nous n'en usons pas comme boisson, mais comme médicament, comme stimulant, si vous aimez mieux... On en a besoin par ces temps froids.

Colombau ne put s'empêcher d'admirer cette façon d'éluder la loi.

— Est-ce que le frère Barnabé en prend ? — demanda-t-il.

— De temps à autre par mesure hygiénique.

— Alors — dit-il en riant — j'en demanderai quelques gouttes en invoquant le même motif.

— Du *whisky* ou du *gin* ?

Le whisky, on le sait, est une eau-de-vie de grains très forte et que les anglais ne boivent qu'étendue d'eau.

Colombau choisit cette dernière liqueur et éprouva une vive satisfaction à s'en humecter le palais, car depuis son séjour chez les mormons il n'avait goûté ni vin, ni eau-de-vie.

Quant aux dames elles montrèrent par la rapidité avec laquelle elles vidèrent leurs verres qu'elles appréciaient hautement ce préventif.

Excitées par l'alcool, leurs langues se délièrent, et d'après leur conversation, le nouveau mormon, crut comprendre que les maris de la religion des Saints subissaient le même sort que les autres maris, et que les dames mormonnes s'entendaient comme laronnes en foire pour tromper leur époux commun.

Il ne tarda pas d'ailleurs a en être convaincu.

— Alors, vous veniez emprunter une hache, frère Mathias ? — dit tout à coup le numéro 1.

— Oui, sœur Abigaïl.

— La hache est chez sœur Bethsabée — se hâta de dire l'Espagnole — la dernière fois que Barnabé a coupé du bois, il était de nuit chez elle, et en entrant il a déposé sa hache.

A ces mots, Nelly-Bethsabée devint rouge comme une pivoine et se mit à feuilleter avec attention les saints Evangiles qui se trouvaient à côté de la Bible-cave.

— Allez la chercher, frère Mathias — fit d'un ton maternel, la première épouse. — Vous connaissez l'appartement. Vous trouverez facilement la hache.

Colombau obéit. Il longea le corridor et s'aperçut, ce qu'il n'avait pas remarqué dans le parloir de Gretchen à cause du store baissé, qu'il neigeait abondamment. Il songea à son chariot, à ses bœufs, mais ne les vit plus devant la porte, où il les avait laissés.

— Mille tonnerres ! — s'exclama-t-il — Est-ce qu'on m'aurait volé le chariot et l'attelage ! Me voici dans de beaux draps !

— Rassurez vous — fit derrière lui une voix. — Il n'y a pas de voleurs chez les mormons, mais il y a quelquefois des indiscrets et des médisants. Pour éviter les méchants propos, j'ai fait rentrer chariot et bœufs dans l'étable.

— Ah ! merci ! Vous êtes une gentille petite femme — dit Colombau à Néhémie qui venait de le rassurer. — Si j'osais, je vous embrasserais...

— Non, non. Ne m'embrassez pas. Il y en a une autre ici dont les baisers vous seront plus doux...

— Mais défendus, hélas !...

— Allez vite chercher votre hache.

— Elle est très gentille, cette petite Espagnole — se dit Colombau.

Entré dans la chambre de Nelly, il chercha dans tous les coins la hache de frère Barnabé. Après avoir vainement fouillé la cuisine où il la supposait d'abord, puis le parloir et enfin la chambre à coucher, il allait en sortir lorsqu'il se trouva en face de Nelly.

— La hache ! — fit-il d'une voix émue. — Je ne trouve pas la hache.

— Je viens la chercher avec vous — répondit elle.

Ils la cherchèrent longtemps et quand ils rentrèrent un peu confus dans le parloir de Gretchen, ils ne l'avaient pas encore trouvée.

— Ce n'est pas étonnant — s'écrièrent mesdames Barnabé en riant. — C'est sœur Néhémie qu'il l'avait dans sa chambre. Voulez vous aller l'y chercher ?

Il s'élevait au dehors une vraie tempête de neige. Gretchen avait hissé son store et l'on voyait tourbillonner les énormes flocons. Il fallait renoncer pour ce jour là à aller couper du bois.

— Pas aujourd'hui — répondit Colombau.

Elles se mirent toutes à rire, mais Nelly, s'approchant de lui, le pinça jusqu'au sang.

— Ni aujourd'hui, ni demain, j'espère — dit-elle.

Colombau ne ramena son chariot que la nuit ; il était chargé de bois. Tandis qu'il batifolait avec Nelly, des mains bienfaisantes avaient rempli la voiture afin qu'il parut, aux yeux des passants, revenir de la forêt.

Il s'avoua, en se fourrant au lit, qu'on ne s'ennuyait pas toujours au pays des mormons.

CHAPITRE CI

L'arrivée de la caravane. — Deux vieilles connaissances. — Mutuelle surprise. — Complot mormon. — Singulier amour. — Dilson jubile.

La caravane que frère Barnabé Benoît était allé secourir avec une dizaine d'autres compagnons et un convoi de mules, n'arriva que le troisième jour à la cité du lac Salé ; c'est dire que Colombau avait eu tout le temps nécessaire pour renouer ses douces relations avec la petite Nelly.

Il eut même le temps de s'apercevoir que Nelly n'était pas la seule du gynécée mormon qui commettait le péché d'adultère, mais que toutes ces dames, ou à peu près, profitaient coupablement, avec quelque voisin célibataire ou même marié, de l'absence de l'époux.

Elles avaient changé l'axiome « aide-toi, le ciel t'aidera », en celui-ci, beaucoup moins vague : « aide-nous, nous t'aiderons. » Elles se prêtaient donc un mutuel appui et s'entendaient comme voleuses en foire pour dépouiller l'honneur conjugal.

Bien mieux, à l'instar de ces employés indélicats des lignes ferrées qui non seulement puisent à pleins brocs dans les fûts en dépôt dont ils ont la garde, mais obligent leurs camarades à les imiter, afin de les rendre complices et d'éviter par là les dénonciations, elles encourageaient les hésitantes dans le mal, essayant de leur procurer au besoin des amants, même de rencontre.

Aussi Colombau riait-il de bon cœur en se

rappelant la farouche affirmation de l'ancien mastroquet : « Pas de maris trompés chez les mormons. »

— Sans doute qu'ils le sont tous — se disait Colombau.

Donc la caravane arriva le troisième jour avec force éclopés et malades. Les femmes surtout se trouvaient endommagées, ayant horriblement souffert du froid.

Le typographe et nombre de frères se portèrent à la rencontre des nouveaux compagnons. On chômait ce jour-là à l'atelier, et Colombau n'était pas fâché de voir les arrivantes.

La caravane, comme un long ruban noir, se déroulait lentement sur la blanche nappe de neige.

Elle était composée d'une trentaine de chariots couverts de bâches goudronnées ; chaque chariot tiré par quatre ou six mules.

On comptait arriver à la *Cité du lac Salé* bien avant la fin de l'automne, mais on avait été arrêté à la rivière Verte pendant plus de quinze jours, le bac construit précédemment ayant été enlevé par un récent et terrible orage ; puis, plus loin, à la rivière de l'Ours, qui coule dans un lit d'alcali, les émigrants, malgré les avis de quelques Peaux-Rouges, laissèrent boire à leurs bêtes l'eau empoisonnée et perdirent de ce fait une grande quantité, non seulement de leur bétail, mais de leur attelage.

Ils ne pouvaient donc avancer que très lentement, faisant des étapes de douze à quinze kilomètres au plus, se frayant péniblement leur chemin à travers un pays montueux et coupé de fondrières.

Aussi l'hiver les avait surpris et, à quarante kilomètres environ de la cité des mormons, ils avaient été assaillis par une tempête de neige.

Grâce au renfort d'hommes et de bêtes d'attelage envoyés par Brigham Young, ils arrivaient à peu près en bon état, sauf les pertes matérielles.

Quand les détails de la caravane furent à portée de vue, Colombau distingua un singulier personnage chevauchant en tête, comme s'il en était le chef ou le guide.

Monté sur une maigre haridelle harassée et qui fléchissait à chaque pas, il était enveloppé d'une houppelande de peau d'ours, boutonnée jusqu'au menton et coiffé d'un chapeau haute forme d'une extraordinaire dimension, qu'exagéraient encore des bords étroits et plats.

Armé d'un fort rotin, il levait de temps en temps le bras avec une régularité automatique pour frapper les flancs de sa misérable monture, qui essayait alors d'allonger l'allure, pour reprendre, quelques mètres plus loin, son pas trébuchant d'animal surmené et fourbu.

— Dieu me damne ! — se dit Colombau quand ce singulier et brutal cavalier ne fut plus qu'à quelque distance, — je connais cette trombine. J'ai vu quelque part déjà cette longue et désagréable figure à gifles !...

Il la connaissait, en effet, car tout à coup il se frappa le front :

— Le milord anglais ! — s'exclama-t-il — le grand escogriffe qui, avec un négro, était en train de taper dans une rue déserte sur l'officier... l'amant de... Ah ! malheur ! J'aurais bien dû le laisser assommer, celui-là !

Et le doux et triste visage de la sœur de Plumereau, la gentille Adèle, passa devant ses yeux ; et il assista, en pensée, à l'horrible scène finale, où il avait entendu sa voix pour la dernière fois.

Oh ! l'affreuse découverte qui avait brisé son cœur de timide et trop respectueux amoureux !

Adèle, cette jeune fille qu'il posait sur un piédestal de candeur et de pureté, qu'il eût, comme une madone, vénérée à genoux, et dont, dans son ingénuité d'honnête et loyal garçon, il n'eut osé toucher le bas de la robe, pas plus qu'il n'eût osé lui dire une parole d'amour, parce qu'il la tenait si supérieure à lui par l'éducation, l'instruction et sa qualité de sœur du savant Monsieur Plumereau, son patron d'autrefois, Adèle s'était livrée de plein gré à un officier, courant le guilledou, un lovelace à la chasse aux fauvettes, volage et sans scrupules en matière d'amour.

Lui, le pauvre typographe, avait chanté dans ses rêves d'or, la cantilène d'un poète :

> O l'innocente que j'adore
> De tout mon cœur, en attendant
> Qu'à ce bonheur, timide encore,
> S'ajoute le plaisir ardent.
>
> Vienne l'instant, ô l'innocente,
> Où sous mes mains libres enfin,
> Tombera l'armure impuissante
> De ta robe et du linge fin...

Et c'était l'autre, le rival moins timoré qui avait achevé le troisième quatrain :

> Et vibre, en la nuit nuptiale,
> Sous mon baiser jamais transi,
> Ta chair naguère virginale,
> Nuptiale enfin, Dieu merci !

Il l'avait entendue, elle, répondre à ses caresses, lui murmurer : « je t'aime » et se livrer à ses baisers... Et le cœur brisé, il avait fui dans la nuit pour ne pas en entendre davantage !

Ah ! la pauvre fille ! Pauvre victime, dupe de l'amour, abandonnée sans doute depuis longtemps, comme tant d'autres, par le séducteur oublieux et ingrat, qu'était-elle devenue ?...

Mais cet Anglais, ce Dilson que venait-il faire chez les mormons ? S'était-il converti, lui aussi, à la religion nouvelle ? Ou bien était-il chargé de quelque mission du gouvernement de Washington ?

Un grand nombre de mormons et de mor-

mormons sortis de la ville en même temps que Colombau, allaient au devant de la caravane, et bien qu'ils fussent accoutumés aux excentricités de toutes sortes, il regardèrent avec curiosité le personnage original qui précédait le gros de la troupe.

D'un air superbe et indifférent, celui-ci passa devant ce « populaire », continuant tous les dix pas à frapper régulièrement et méthodiquement son cheval.

Un gros et solide mormon, qui le regardait d'un air courroucé, l'interpella :

— Hé ! l'homme à la peau d'ours, vous avez donc l'intérieur semblable à l'extérieur ?

— Quoi ! — fit Dilson, le sourcil froncé.

— Ne voyez-vous pas que cette pauvre bête est exténuée ? Pourquoi la frappez-vous ?

— Parce que cela me plaît. Est-elle à vous, cette bête ?

— Non.

— Alors de quoi vous mêlez-vous ?

— Vous êtes une brute — répliqua le mormon.

— Et vous un idiot.

L'habitant de la cité du Lac Salé allait s'élancer et James Dilson levait déjà son rotin sur sa tête, lorsque la foule s'interposa.

— Laissez-le, frère Jérémie C'est un étranger, vous ne le connaissez pas. Tel s'irrite facilement et se calme de même.

— Je ne me calme pas facilement, — répliqua Dilson d'un ton rogue.

— Alors allez au diable.

Telle fut l'entrée de James Dilson dans la *cité des saints*.

Cependant le reste de la caravane arrivait peu à peu et, guidé par quelques habitants, se dirigeait en un point déterminé en dehors de la ville où les nouveaux venus devaient établir leur camp.

On les soumettait ainsi à une sorte de quarantaine, afin d'éviter les épidémies, car l'on ignorait encore s'il ne se trouvait pas, dans le nombre des émigrants. des malades atteints de fièvres contagieuses.

Quant à James Dilson, sans s'inquiéter s'il était suivi ou non, il s'était fait indiquer la meilleure hôtellerie de la cité.

Son air hautain et sa mine florissante lui avaient servi de passeport.

Quand il se fut restauré, après de copieuses ablutions à l'eau froide, il s'étonna de ne pas voir arriver ses compagnons de voyage, et sur la réponse que lui fit l'hôtelier qu'ils étaient retenus au dehors jusqu'après une minutieuse visite du conseil de salubrité, il parut fort mécontent, sans désapprouver toutefois cette prudente mesure, et se fit indiquer le campement.

Il s'y dirigea en longues enjambées, toujours revêtu de sa peau d'ours et coiffé de son chapeau en tuyau de poêle, entra dans le camp déjà disposé en un cercle formé par les chariots, avec les bêtes, attelages et bétail au milieu.

Il y régnait un grand mouvement; les marchands de la cité étaient accourus avec du ravitaillement, vivres et chauffage, et de tous côtés s'allumaient de grands feux.

Dilson, après avoir promené un regard circulaire sur les chariots, alla droit à l'un d'eux, sur la bâche duquel étaient inscrites en blanc deux gigantesques majuscules : *J. D.*

Il souleva l'un des coins de la bâche et dit en français :

— Eh bien ! ma jolie petite Pleurnichette, comment vous trouvez-vous ?

— Mieux, monsieur — répondit une voix douce.

— J'en suis tout à fait satisfait... Oui, en vérité, tout à fait satisfait. Alors, vous allez accompagner moà.

— Où cela ?

— Dans un très confortable hôtel... Oui, on peut le dire très confortable... pour un pays de sauvages.

— J'aimerais mieux — répondit la voix d'un ton craintif — rester ici.

— Vous dites des choses qui manquent de sens. Vous ne pouvez rester ici, puisque nous sommes arrivés dans la ville des mormons. Allons, faites vite.

Il parlait d'un ton impératif, comme s'il donnait des ordres à une servante; et la personne restée dans le chariot obéit, pliant devant cette volonté supérieure à la sienne.

Elle se hâta de faire sa toilette, tandis que Dilson s'était approché d'un feu, y tendant alternativement ses pieds, chaussés de grandes bottes fourrées.

Quand la femme fut prête, elle sauta de la voiture et vint le rejoindre.

— Me voici, monsieur.

— Très bien, venez... Appuyez-vous sur le bras de moà.

Ils traversèrent le campement, passant à côté d'un groupe de femmes, miséreuses, presque en guenilles, et paraissant transies de froid, bien qu'elles fussent assises autour d'un grand feu sur lequel était posée une marmite.

— Vous partez, milord ? — dit l'une d'elles, hardie luronne, pauvre en vêtements, mais riche en croupe et en poitrine. — Vous ne m'emmenez pas ?

— Non.

— Pourquoi ? Nous sommes dans le pays béni des hommes. Vous pouvez prendre plusieurs femmes.

— Celle que je tiens me suffit.

— Oh ! Etes-vous si gelé que ça ? Votre lady est

délicate et mauviette, et ne vous donnera pas comme moi une bonne nuitée d'amour.

Elle riait, montrant ses dents blanches.

— Je déteste les effrontées — répliqua James Dilson.

— Oh! oh! méfiez-vous de l'eau qui dort. La petite sainte nitouche vous plantera de belles cornes.

— Que Dieu vous entende ! — dit une autre donzelle.

— Amen! — conclut le groupe tout d'une voix.

Dilson, furieux, pressa le pas, entraînant sa compagne, poursuivi par des éclats de rire moqueurs.

Mais à l'entrée de la ville, la garde citoyenne qui veillait à la santé publique voulut empêcher le couple de passer.

James Dilson se mit à pousser d'énergiques jurons, disant que lui et sa compagne étaient sains comme l'œil du Père-Eternel, faisant de grands gestes et s'offrant de se déshabiller incontinent et *coram populo* pour montrer qu'il n'avait nulle tare. Quant à sa *lady*, il en répondait, elle était immaculée.

Finalement, à bout d'arguments devant l'entêtement des préposés à la salubrité, il tira de sa poche une poignée de dollars.

C'est par là qu'il eût dû commencer.

On a beau être saint, on n'est pas insensible à la vue d'espèces sonnantes. Les beaux écus trébuchants sont encore le meilleur passeport pour entrer au Paradis, *à fortiori*, pour gagner les consciences des hommes, qu'ils soient juges ou simples douaniers.

Le fils du marchand de cochons passa donc au milieu des salutations empressées des saints.

Mais il n'avait pas fait vingt pas dans la cité que sa compagne poussa un cri en portant la main à son cœur.

— Hé bien, quoi? Qu'est-ce qui vous prend?

Il n'eut que le temps de la saisir, de l'empêcher de tomber évanouie.

— Au diable les femmes à vapeurs — grommela notre Américain. — Je crois que la gouge de tout à l'heure avait raison. Maigre repas... Qu'est-ce qui lui a pris encore... Mademoiselle! Mademoiselle Adèle, revenez à vous!

C'était Adèle, en effet, la sœur de Plumereau, que les hasards de la vie mettaient au bras de James Dilson dans la cité des saints.

Et ce qui causait cette surprise suivie d'un évanouissement dans cette âme sensitive, c'est que justement elle venait d'apercevoir un visage qui devait exprimer un effarement égal au sien, le visage de Colombau qui la contemplait d'un air ahuri.

— Allons, la belle, revenez à vous, par Jupiter! — répétait l'Américain, secouant la pauvre fille.

Et apercevant Colombau à quelques pas :

— Eh! vous là-bas, l'homme. Arrivez donc me donner un coup de main.

Evidemment il ne reconnaissait pas son ancien adversaire de la rue du Vieux-Moulin, qui s'était précipité à la rescousse de Julien d'Hagniel alors qu'il essayait, aidé de son nègre Sam, d'assommer l'officier.

Mais le typographe l'avait parfaitement reconnu et la présence d'Adèle à ses côtés augmentait son ahurissement.

James Dilson était lui-même trop occupé de sa compagne pour s'en apercevoir.

Colombau, malgré son désir de se rapprocher de l'ancienne bien-aimée, hésitait cependant à répondre à cet appel insolent.

— Eh bien, venez-vous? — reprit Dilson — Je vous paierai, n'ayez crainte !

Colombau s'avança rapidement pour prévenir deux ou trois individus qui, à ce mot « payer », se hâtaient d'accourir.

Il prit les jambes de la jeune fille, tandis que Dilson la saisissait sous les aisselles et, ainsi chargés, se dirigèrent vers l'hôtellerie.

— Je l'aurais bien portée tout seul, — disait Dilson, chemin faisant — mais j'ai gagné, pendant ce damné voyage, un rhumatisme qui me paralyse le bras gauche.

Arrivés à l'hôtellerie, il cria :

— Une chambre pour Madame.

— La vôtre, mylord? — demanda l'hôtelier.

— Non, pas la mienne... Mais à côté de la mienne.

— Faut-il appeler un médecin?

— Inutile. Je suis médecin.

Aidé de Colombau, qui refusa de confier sa part de fardeau à un des garçons d'hôtel, il porta Adèle dans une chambre du premier étage et l'étendit sur son lit.

Puis, après l'avoir assez brutalement dégrafée et mis ses seins à nu, il trempa une serviette dans l'eau et lui en cingla vigoureusement la poitrine et le visage.

Et se tournant vers Colombau :

— Voilà comment il faut procéder avec les petites femmes nerveuses — dit-il. — Souvenez-vous de cela pour votre gouverne. Et maintenant, vous pouvez vous en aller..., je n'ai plus besoin de vous. Combien vous dois-je?

— Rien — répondit le typographe.

— Je ne veux pas de vos services pour rien, mon garçon. Je vous ai dit que je vous paierais... Je veux vous payer.

Adèle ouvrait les yeux et promenait autour d'elle des regards effarés qui s'arrêtèrent sur l'ancien ouvrier de son frère.

Sans doute, elle croyait rêver, car elle passa

à plusieurs reprises la main sur son front.

Leurs regards se rencontrèrent; ceux de Colombau chargés de tristesse et de douceur.

Elle ne rêvait pas; c'était bien celui dont elle avait dédaigné le timide et respectueux amour pour se jeter dans les bras d'un soldat au cœur volage.

Elle allait prononcer son nom, tendre la main vers lui, mais la conscience d'un danger, le pressentiment que ce geste attirerait un malheur la retint; seulement, le léger sourire qui effleura ses lèvres prouva au jeune homme qu'elle l'avait bien reconnu.

James Dilson, pendant ces quelques secondes, fouillait ses poches et ne trouvait rien. Il avait donné sa dernière poignée de dollars aux préposés à la salubrité publique : recourant alors à son portefeuille, il en sortit une banknote, sonna, fit venir l'hôtelier, et lui donnant le précieux papier :

— Je n'ai plus de monnaie, prenez là-dessus cinq dollars et remettez-les à ce garçon. Vous avez compris?

— Oui, mylord.

— Mais je ne veux pas de vos dollars — dit Colombau en mauvais anglais.

— Ah! Vous êtes Français. Je déteste les Français. Je n'aime que les petites Françaises, quand elles sont jolies comme celle-ci... Vous ne voulez pas de mes dollars, alors allez-vous-en. Vous êtes payé, puisque je vous ai offert et que vous refusez. Nous sommes quittes. Bonjour.

Puis, sans plus s'occuper de l'ouvrier qui frémissait de colère, se demandait en serrant les poings s'il n'allait pas sauter à la gorge de cet odieux ploutocrate, de cet insolent parvenu, il se tourna vers l'hôtelier :

— Allez me chercher un prêtre de votre religion.

— Pour cette dame? — demanda l'hôtelier.

Mal lui en prit de faire cette question, car l'irascible Dilson répondit :

— Je déteste les gens curieux. D'abord, cette dame est une demoiselle. Et c'est pour la rendre dame que je veux un prêtre mormon. Vous voulez le savoir, vous le savez... Maintenant, montrez le dos.

Le frère hôtelier fronça le sourcil. C'était un gros bonnet dans la confrérie mormonne, et il n'était pas habitué à ces façons d'agir. Cependant, plein de respect pour le tas de banknotes que le nouvel arrivé paraissait posséder, il ne laissa rien paraître de son mécontentement et reçut, au contraire, avec humilité cette algarade.

— Nous avons dans le voisinage l'évêque Jackson — dit-il. — Il pourra donner la consécration matrimoniale.

— Tout de suite? — demanda Dilson.

— Je le pense, si le travail ne presse pas trop.

— Quel travail?

— Il est à la fois évêque et cordonnier.

— Ça va bien, je lui commanderai, aussitôt qu'il nous aura unis, une paire de bottes pour moi et des bottines pour Madame... Allez.

Colombau avait entendu la conversation; il accosta l'hôtelier sur le palier.

— En voilà un sale type, frère Saddock! — fit-il.

— Bah! Frère Mathias, les gens de mon métier en voient de toutes les couleurs... Mais, pourvu qu'ils paient bien, nous fermons les yeux et nous nous bouchons les oreilles. Nous n'ouvrons pas boutique de sommeil et de boustifaille pour notre plaisir, mais pour gagner de l'argent. J'ai idée qu'il a enlevé cette pauvre petite, qui a l'air de n'avoir pas un souffle de vie... Il l'a débauchée peut-être pour qu'elle consente ainsi à l'épouser... Ça fera une martyre du mariage, avec cet escogriffe... Voilà ce qu'il vous faudrait à vous, frère Mathias, un minois de ce genre... Vous la guéririez, vous; tandis que ce salaud la tuera.

— Oui — dit Colombau, avec un soupir. — Mais j'arrive trop tard.

Il songeait, non pas à l'aventure présente, mais à celle dont il avait été le témoin dans la maison de la grosse Charlotte.

— Il n'est jamais trop tard pour le bien — répliqua l'aubergiste qui avait servi de second parrain au baptême de Colombau. — Vous cherchiez femme? Voilà votre affaire. En épousant cette pauvre petite, vous accomplissez deux œuvres pies : la première, d'obéir aux lois de Dieu et à celles de la nature; la seconde, d'arracher cette mignonne créature aux mains d'un brutal.

— C'est surtout cela qui serait œuvre pie.

— Il faut empêcher Joshua Jackson de se rendre à son appel.

— Le moyen est bien simple — dit Colombau — c'est de ne pas le prévenir.

— Mauvais moyen. Il ferait appeler un prêtre quelconque de chez nous. Il vaut mieux gagner du temps... le temps nécessaire pour prendre des renseignements sur cet étranger. Nous sommes très tolérants là-dessus quand les étrangers nous plaisent, mais quand ils nous déplaisent, nous les chassons de la ville. Voulez-vous m'accompagner chez l'évêque?

— Volontiers.

Justement Joshua Jackson n'avait en ce moment aucun travail pressant. Il se chauffait les mollets à un grand feu de bois résineux, entouré de ses femmes quand Colombau et l'hôtelier se firent annoncer.

Il sirotait une boisson jaunâtre dans un grand verre. Le liquide brûlant répandait dans la chambre un arome ressemblant fort à celui du whisky; du moins on l'aurait cru si la pensée que ce saint personnage eut osé enfreindre les commandements de son Eglise en s'abreuvant d'une liqueur prohibée eut pu entrer dans l'esprit des visiteurs.

Néanmoins, à l'arrivée de ceux-ci, l'une des femmes avait fait rapidement disparaître le verre.

Après les compliments d'usage, il écouta gravement le récit que lui fit le frère hôtelier d'un personnage suspect, paraissant cousu de banknotes et désireux d'épouser, sur le champ, une jeune brebis malade et visiblement trop faible et trop chétive pour supporter les approches de ce bouc.

— Quel âge a-t-elle ? — demanda l'évêque.

— Environ dix-huit ans — répondit Colombau. — Mais elle en paraît à peine seize.

— N'en eût-elle que quinze, elle est majeure pour le mariage.

Nous ne pouvons pas empêcher cela.

— C'est que — objecta l'hôtelier — elle conviendrait beaucoup mieux à notre frère Mathias, qui depuis longtemps cherche une épouse, qu'à ce *gentil* qui nous tombe des nues et que personne ne connait ni d'Eve ni d'Adam.

— Mais, ils se connaissent tous les deux, et pour l'œuvre du mariage, il n'est nul besoin de la connaissance d'étrangers... au contraire.

A cette réponse sensée du prélat, réponse que ses femmes approuvèrent du bonnet, sans oser prendre la parole, en épouses bien dressées qu'elles étaient, Colombau et son parrain ne purent qu'incliner la tête.

— Enfin, révérend Joshua Jackson — se récria l'hôtelier — vous n'allez pas leur donner le sacrement du mariage sans vous être assuré s'ils se sont faits mormons ?

— Certes, je ne le ferai pas.

— Et si par hasard ils se disaient mormons et prouvaient leur dire, quand procéderiez-vous ?

— Demain — répondit Jackson.

— Diable ! — s'exclama Colombau.

— Il faut en prendre votre parti, mon frère, que vous importe cette jeune personne que vous ne connaissiez pas ce matin ? Vous en trouverez d'autres qui la valent, sans vouloir diminuer en rien ses qualités... que vous ignorez. Vous êtes donc devenu amoureux à première vue ?

— Je le suis depuis longtemps — fit le typographe avec un soupir.

— Comment ? Vous la connaissez ?

— Depuis longtemps, vous dis-je ! Et lui aussi, le grand escogriffe. C'est une canaille, je ne vous dis que ça

— Oh ! c'est différent alors, frère Mathias. Que n'avez-vous parlé plus tôt ? Nous nous devons aide et appui mutuels, et si cet homme n'est pas des nôtres, ni digne de le devenir, nous l'expulserons de la *Cité du Lac-Salé*, et nous nous arrangerons de façon à ce que sa fiancée ne le suive pas.

— Je crois qu'elle n'y tient nullement et qu'elle subit une influence... Il la terrorise sans doute.

— Nous allons mettre ordre à cela.

. . . .

— Eh bien ? Vous avez vu l'évêque ? — demanda James Dilson, quand l'hôtelier se présenta pour rendre compte de sa mission et du change de la banknote.

— Oui, milord.

— Il vient ?

— Non, mylord.

— Comment, non ! J'ai donné l'ordre qu'il vienne.

— Sa grâce l'évêque Joshua Jackson envoie ses compliments à mylord et m'a chargé de lui dire qu'elle se présenterait ici demain dans la matinée.

— Pour nous marier ?

— Pour interroger au préalable mylord sur ses principes religieux.

— Principes religieux ? Principes religieux ?...

— En ce qui concerne la religion mormonne.

— Le diable soit de la religion mormonne. Je suis venu au Lac-Salé parce qu'un de vos pasteurs m'a affirmé à New-York que l'on pouvait y prendre femme en vingt-quatre heures et autant de fois qu'on voudrait...

Et tirant sa montre :

— Il est trois heures, je veux demain à trois heures être l'époux de cette petite Française.

Et, du geste, il désignait Adèle qui, près du feu, immobile dans un fauteuil, écoutait triste et pâle, cette déclaration.

— Etes-vous mormon ? — demanda l'hôtelier.

— Ça ne vous regarde pas.

— Excusez moi, mylord... C'est que si vous n'êtes pas mormon, l'évêque ne pourra vous marier.

Adèle Plumereau poussa un soupir de soulagement.

— Voyez, vous désolez cette petite Française. Elle brûle de s'unir à moi... Mormons, oui nous le sommes, ou du moins nous le deviendrons. Elle ne demande que ça, la petite chérie. N'est-ce pas, Pleurnichette, que tu veux être mormonne ? Dis oui... Dis oui... Allons, vas-tu répondre ?

— Oui, monsieur — répliqua-t-elle d'une voix presque inaudible.

— Ah ! ah ! Vous l'entendez. Vous l'avez entendue ?

— Oui, mylord.

— C'est qu'il ne faudrait pas supposer que je l'influence en quoi que ce soit. Elle connaît

Un mot et je t'étrangle. Par Jupiter ! Je t'étrangle comme un lapin !

assez l'anglais pour comprendre ce qu'on dit.

— C'est très bien ; mais, mylord, vous allez être contraint de vous soumettre aux règlements mormons.

— Qui sont ?...

— Nous ne supportons pas le concubinage ni tout ce qui peut donner prise à un soupçon de concubinage. Comme hôtelier, je suis responsable...

— Qu'est-ce que vous me chantez avec votre concubinage ?

— Comme hôtelier, je suis responsable — continua le mormon — et nos agents de salubrité publique et de maintien des bonnes mœurs me condamneraient à une forte amende, si je tolérais l'immoralité dans ma maison.

— Mais damné gargotier — s'écria Dilson rouge de colère — qui vous a dit que je vivais en concubinage ?

— Personne — répliqua imperturbablement l'hôtelier — mais quand vous avez demandé deux chambres contiguës, j'ai cru que cette jeune dame était votre femme ou votre fille... du moment que vous n'êtes que fiancés, vous ne pouvez occuper des chambres réunies par une porte de communication.

— Allez au diable ! — cria Dilson — je paye, je fais ce que bon me semble.

La discussion se continuait. L'hôtelier avec tout le respect et les ménagements dus à un riche client, invoquait les bonnes mœurs, la législation mormonne, les exemples d'autres contrées, de la Belgique, de la Suisse où les couples séjournant dans certains hôtels sont obligés d'exhiber leur contrat de mariage, Dilson s'entêtait, déclarant qu'il ne souffrirait pas que sa fiancée fut séparée de lui, qu'il entendait la garder sous sa main et à ses côtés jusqu'à la consommation du mariage.

Puis, tirant de son portefeuille une banknote de dix livres sterling sur la banque d'Angleterre, il la mit, en guise de suprême et irrésistible argument, dans la main du frère Saddock en lui indiquant d'un geste impératif la porte :

— Prenez, bonhomme, et fichez-moi la paix.

Il n'y avait pas à répliquer. L'hôtelier le comprit et se retira convaincu qu'il avait affaire à un maniaque.

Resté seul avec Adèle qui, pendant toute cette conversation, demeurait dans un état absolu d'indifférence comme s'il n'était pas question d'elle, les regards attachés sur la flamme du foyer, Dilson s'approcha et lui dit en Français :

— Vous n'avez pas bien compris ce que nous voulait cet imbécile... Il voulait nous séparer.

— Ah !

— Oui, ma petite. Puisque vous allez être ma femme, je ne vois pas la nécessité de me priver de votre présence... Je tiens à vous comme à la prunelle de mes yeux. Et vous, m'aimez-vous un peu ?

— Non — dit-elle.

— Ah ! voilà ce qui me charme en vous, Pleurnichette, c'est votre franchise. J'ai eu jusqu'ici des femmes qui me faisaient des protestations et me disaient : « Je t'aime, je t'aime. » Mais je voyais bien que c'était mes guinées, mes louis, mes dollars ou mes roupies qu'elles aimaient ; tandis que vous, petite Pleurnichette, vous vous souciez d'une pièce d'or et même d'une banknote comme moi des baisers d'une guenon, et vous me dites carrément à moi : « Je ne vous aime pas. » Eh bien, ça me va, ça m'excite, ça me transporte. Je vous aurais bien prise de force pendant le voyage, mais vous auriez poussé des cris de perruche qui auraient mis sur pied le camp ; et toute cette clique mormonne est vertueuse en diable. On m'aurait fait un mauvais parti.

Il lui saisit la main.

— Encore vingt-quatre heures et cette petite main sera mienne. Oh ! je la tiendrai bien et ne la lâcherai pas jusqu'à ce que j'ai pris de vous toutes les satisfactions que je rêve. Vous aurez beau crier, personne ne vous écoutera. On dira : « C'est le mari ; il use de ses droits. » Et si vous n'êtes pas sage, la loi mormonne, m'a dit le révérend pasteur que j'ai connu à New-York, m'autorise à vous châtier publiquement devant mes autres femmes, car je prendrai d'autres femmes, Pleurnichette. Je ne me suis fait mormon que pour me monter un petit sérail.. Bon, voilà que vous recommencez à pleurnicher... Allez-y. J'aime à voir larmoyer les femmes... Ça m'émoustille ! Ça m'émoustille !

Petite Pleurnichette, gare à vous demain !

Il se rapprochait d'elle, la serrait contre lui.

— Si c'était votre petit sous-lieutenant qui vous tienne ainsi, vous ne pleureriez pas... n'est-ce pas ? Vous vous trémousseriez toute radieuse... Vous diriez : « Encore, encore un baiser. » Mais il vous a laissé en plan, votre petit sous-lieutenant. Ah ! la canaille ! Sans une brute d'ouvrier, je lui aurais réglé son compte... Mais il n'a rien perdu pour attendre, car j'ai appris qu'il avait été fusillé pour avoir crié : « A bas le Président ! »

— Vous mentez ! — riposta Adèle.

— Votre Président ! — reprit James Dilson, sans daigner répondre à cette apostrophe. — Encore une jolie fripouille ! Je lui ai fourni une grosse somme pour l'aider à faire son coup, à mitrailler la canaille, et quand je suis allé réclamer son appui, il m'a presque fait jeter dehors. Qu'il rende l'argent alors ! Il a prétendu qu'il n'avait rien reçu... Des preuves, je n'en avais pas. Cette crapule de Bertemont a filé à la française, silencieusement. Qui sait s'il n'a pas emporté le sac ? Sans foi ni loi, ces Français !

— Et pourquoi voulez-vous m'épouser, moi qui suis Française ?

— Parce que j'aime les Françaises au lit, Pleurnichette, et que j'en veux une, sage, pour moi tout seul. J'avais payé assez cher pour me procurer ce plaisir. C'était justement la fille de ce filou de Bertemont. Elle ne voulait pas de moi, non plus, mais ça m'était bien égal. Je l'aurais mâtée, comme je te mâterai, toi. Et ce salaud de prince Louis-Napoléon me l'a soufflée... Mais toi, je te tiens, et personne ne te soufflera... Gare demain ! Et allez-y ! Et allez-y ! Il va falloir que tu pleures !... Que tu pleures ! Que tu pleures !... Ah ! ah ! ah !

Et d'un élan irrésistible, il saisit la pauvre Adèle terrorisée et la couvrit, en dépit de sa résistance, de baisers brûlants.

On le voit, James Dilson était atteint de sadisme. L'abus des plaisirs l'avait rendu fou, et il ne comprenait plus l'amour qu'accompagné de cruautés.

Cet état d'aberration ne serait, d'après certains docteurs, qu'un cas d'atavisme. Dans les premiers âges du monde, l'amour ne s'obtenait que par violence. On battait, on rouait de coups la femme pour la posséder.

Krafft-Ebing, le savant pathologiste qui, dans sa Psychopathie sexuelle, a poussé plus loin que tout autre ses études sur ces matières aussi curieuses que délicates, démontre que si nous courtisons aujourd'hui la femme et la plaçons sur un piédestal peut être exagéré, il n'en était pas ainsi autrefois. « De l'histoire des civilisations et de l'anthropologie, il est démontré — dit-il — qu'aux âges écoulés dont on retrouve encore des traces chez certaines peuplades sauvages, la force brutale, le rapt, la violence, les coups étaient les seuls moyens employés pour obtenir l'amour. Le mâle se repaissait des cris et des souffrances de la victime et n'en montrait que plus d'ardeur. Il est possible que ce que nous appelons maintenant le *sadisme*, ne soit que de l'atavisme reparaissant chez certains individus. »

Mais James Dilson n'allait pas, comme celui que les débauchés ont appelé le *divin* marquis, jusqu'à taillader à coups de canif les seins, les bras et les organes secrets de ses victimes ; au lieu de sang, il se contentait de larmes et sa grande joie était de les voir pleurer, de les entendre gémir sous ses embrassements.

La faible, délicate et timide Adèle réalisait le rêve de ce monomane.

Tenir cette frêle créature dans ses bras, la briser sous ses furieuses étreintes, se repaître de ses douleurs et de ses sanglots était, depuis le jour où il l'avait rencontrée à New-York, son plus ardent désir, celui qui excitait ses sens blasés.

Donc, il la tenait, la pressait contre lui, la respiration haletante, les yeux flamboyants.

Elle se débattait, cherchait à échapper à l'étreinte, voulait appeler, crier, mais il lui mettait la main sur la bouche, lui murmurant d'une voix menaçante :

— Un mot, et je t'étrangle. Par Jupiter ! Je t'étrangle comme un lapin.

Cependant, il la lâcha toute meurtrie, sans avoir poussé plus loin ses violences, appliqua deux soufflets sur ses joues mouillées de pleurs, lui disant en ricanant :

— Demain, demain... C'est demain que nous rirons.

Deux domestiques, envoyés au campement, en avaient rapporté plusieurs malles, les bagages de « Mylord », car, en sa qualité d'Américain, James Dilson ne se mettait jamais en route sans un attirail complet de ces soi-disant *nécessaires* de voyage, qui ne sont nécessaires qu'aux marchands qui les vendent et ne servent qu'à encombrer, de colis inutiles, les voyageurs.

Se levant brusquement, il passa dans la pièce voisine, en tira une malle et la roula près de la jeune fille qui continuait à sangloter :

— Allons, assez pleurnicher. Ne versez pas toutes vos larmes ; gardez-en pour demain ; car, par Jupiter, il m'en faudra beaucoup demain. Tenez, voici qui va les sécher.

Il ouvrit la malle et en sortit des robes, des jupes, du linge et des effets de toilette féminine, qu'il éparpilla aux pieds de la pauvre fille :

— Voyez comme je vous idolâtre. Je vous ai fait confectionner votre trousseau, et un trousseau qu'envierait la femme d'un lord-maire. Au lieu de m'apporter une dot, c'est moi qui vous en donne une... Vous, qu'est-ce que vous m'apportez ? Pas même votre chemise, puisque celle que vous avez sur le dos a été payée par moi. Votre chair ? Il n'y en a pas lourd, et si on la mettait dans une balance, os compris, on y trouverait à peine le poids d'une brebis... Mais c'est égal, petite Pleurnichette, je t'aime comme ça. Je suis revenu des grosses femmes et du gras pâturage, j'aime le tendre gazon et suis heureux de sentir le cœur battre près de la peau quand je la meurtris... Vite, debout et fais toi belle, nous allons voir ce fameux évêque Jackson... Fouille là-dedans. Choisis ce que tu voudras... tout est à toi.

Là-dessus, il se retira avec une discrétion qu'on n'eut pas attendu d'une pareille brute, non toutefois sans s'être assuré que la porte du corridor était fermée, et avoir mis la clef dans sa poche.

Rentré dans sa chambre, il s'allongea dans un de ces fauteuils américains appelés *rocking-chair*, dernier degré du confort, tisonna le feu et, après avoir convenablement placé ses pieds sur l'entablement de la cheminée, à hauteur de sa tête, il alluma un cigare ; plongé dans un doux farniente, suivant d'un œil rêveur les spirales bleuâtres, il attendit patiemment que la victime vouée à l'odieux sacrifice eut achevé sa toilette.

A la suite de quel fâcheux événement, de quel vilain jeu du hasard cette pauvre Adèle était-elle devenue la proie de ce loup, cette colombe tombée dans les serres du vautour ?

Paul Barrel n'était pas le seul échappé du désastre de la *République Universelle*. D'autres épaves humaines survivaient, parmi lesquelles la sœur de Plumereau.

Lorsque la terrible explosion mit le navire en pièces, elle fut lancée à quelque distance, mais presque au ras de l'eau, où elle s'engloutit, puis, remontant à la surface, l'instinct de la conservation, si puissant qu'il paraît au moment suprême chez la plupart de ceux qui cherchent à se noyer volontairement, la fit se raccrocher à un débris de planche où elle flotta de longues heures, poussée par les vagues, loin de la scène de la catastrophe.

Le lecteur a depuis longtemps compris qu'Adèle Plumereau appartenait à la classe des névrosées dont nous avons eu de si singuliers exemples.

Son frère, trop préoccupé de ses infortunes conjugales, trop absorbé par ses travaux et ses rêves, s'en était à peine aperçu. C'est ainsi qu'à plusieurs reprises, Adèle, en état de somnambulisme, était sortie de la maison à son insu, accomplissant ces actes extraordinaires qui frappent d'étonnement le public et dont elle ne gardait aucun souvenir au réveil.

Tardy de Montravel célébrait, il y a plus d'un siècle, cet état singulier où l'âme semble se détacher du corps : « Elle plane, comme l'aigle, au haut des nues, pendant le sommeil des sens extérieurs. Dominant alors sur les opérations de la matière, elle embrasse d'un vaste coup d'œil toutes les possibilités physiques, qu'elle n'eût parcourues que successivement dans l'état de veille ; mais sa vue est toujours bornée dans la sphère des sens, dont elle n'a pu se dégager entièrement. Si quelques motifs viennent déterminer plus particulièrement son attention vers une des portions de l'ensemble, elle voit alors cette portion dans le plus grand détail, tandis que le reste devient vague et confus. »

La plupart des maladies nerveuses, la folie, l'épilepsie, la catalepsie, ne seraient, d'après certains docteurs, qu'un somnambulisme imparfait ou dégénéré.

Mais les phénomènes d'ordre psychologique qui ont rapport au somnambulisme constituent ce qu'on appelle le dédoublement de la personnalité.

Dans une de ces crises, Adèle, tenant en main une lumière, avait inconsciencieusement mis le feu au navire du duc de Gérolstein. L'on ne s'en était aperçu que lorsqu'il était déjà trop tard pour parer au désastre, et la catastrophe inévitable arriva.

Recueillie, à demi-morte, par un navire américain, Adèle fut, à son débarquement à New-York, transportée à l'hôpital, où elle resta plusieurs semaines entre la vie et la mort.

Sa convalescence fut longue, et pendant cette convalescence un révérend clergyman, frappé de sa jeunesse et de sa gracile beauté, vint lui faire de fréquentes visites, lui apportant à la fois des livres pieux et de petites douceurs. Il la savait échappée à un naufrage et désirait ardemment connaître la cause qui poussait cette jeune et jolie Française loin de son pays, « car — disait-il — vos compatriotes ne s'expatrient pas volontiers sans raisons majeures, et ce n'est guère l'habitude des jeunes filles de votre nation de courir seules le monde ».

Mais Adèle se tenait dans la plus grande réserve et ne répondait qu'évasivement à ses pressantes questions.

Plusieurs fois il la surprit tout en larmes.

— Je comprends bien pourquoi vous pleurez — lui dit-il un jour. — Vous avez été trompée par quelque séducteur qui, après avoir obtenu tout ce qu'il désirait, vous a abandonnée. Hélas ! C'est la vieille histoire, et les jeunes filles se laisseront toujours prendre aux paroles dorées... quand elles n'ont pas de religion... car je me suis aperçu que vous manquiez de religion... Vous voici en voie de prompte guérison. Qu'allez-vous faire en sortant de cet hôpital ?

— Je ne sais pas — répondit Adèle.

— Vous ne savez pas ? Je vais vous le dire, moi ! Je me suis aperçu que vous ne manquiez pas d'instruction. Vous êtes même plus instruite que la plupart de vos compatriotes, qui m'ont paru, dans un voyage que je fis en France, d'une ignorance profonde. Voulez-vous entrer dans une sainte famille, où vous donnerez des leçons de français aux enfants... ? Vous y resterez tant que cela vous fera plaisir... en attendant que vous retourniez dans votre pays, quand vous aurez des nouvelles de votre frère ? Vous n'en avez pas encore ?

— Non, Monsieur. Je lui ai écrit plusieurs fois ; je lui ai exposé ma situation et j'attends vainement sa réponse... Il faut qu'il lui soit arrivé malheur.

— C'est bien possible — répliqua le clergyman, en manière de consolation.

Le jour de sa sortie, il vint l'attendre et la fit monter avec lui dans un fiacre.

C'était un homme de quarante-cinq ans environ, à l'œil sec, au visage austère. Jamais, pendant ses visites à l'hospice, Adèle ne l'avait vu sourire.

La vertu dont il faisait une lucrative profession, semblait l'envelopper d'une sorte de crêpe funèbre, car puritain biblique par excellence, il croyait ou feignait de croire que l'austérité dans les mœurs doit s'étaler par des signes extérieurs destinés à faire impression sur la foule et à lui imposer le respect. C'est généralement, pour les gens éclairés, le contraire qui a lieu.

Pendant le voyage qui dura vingt minutes, il se contenta d'observer sa compagne sans lui adresser la parole.

Enfin, l'on arriva dans une villa de belle apparence située sur une colline et d'où la vue s'étendait sur le port. D'autres villas de même aspect étaient bâties çà et là, émergeant de fouillis de verdure. Aujourd'hui, tout cela est détruit. Les coquettes résidences ont été rasées, les jardins dévastés pour faire place à ces immenses constructions à huit ou dix étages qu'on appelle maisons de rapport.

Une dame, d'une dizaine d'années plus jeune que le révérend, au visage pâle, à la physionomie triste et résignée et deux fillettes dont l'aînée pouvait avoir quinze ans et la cadette dix, semblaient attendre impatiemment l'arrivée du clergyman ou plutôt de la nouvelle institutrice que celui-ci devait avoir annoncée, car elles guettaient toutes trois derrière les rideaux entr'ouverts d'une fenêtre du rez-de-chaussée.

Le révérend descendit le premier et sans offrir la main à sa compagne pour l'aider à le suivre, gravit directement les marches du perron.

La cadette avait prestement ouvert la porte.

— Ah ! papa, c'est l'institutrice ?

— Oui, Dolly.

Il l'écarta du geste, traversa le vestibule, entra dans le *parlour* et dit à la dame :

— Mistress Furnace, voici la Française.

— Elle paraît bien chétive — répliqua mistress Furnace.

Adèle montait l'escalier sous les regards curieux de miss Dolly qui, sans la saluer, daigna cependant s'écarter pour lui livrer passage.

— Entrez, Mademoiselle, entrez — dit l'introducteur. — Mistress Furnace, je vous présente Mademoiselle Adèle Plumereau, jeune Française, qui consent à donner des leçons de sa langue à Minnie et à Dolly, en attendant qu'elle reçoive des nouvelles de son frère.

— Très bien — répondit mistress Furnace — mademoiselle connaît les conditions.

— Sans doute, et elle les accepte. Nourriture, blanchissage et logement... Sans compter l'avantage inappréciable de se trouver dans une famille chrétienne.

— Ce n'est pas, en effet, un mince avantage — ajouta mistress Furnace, qui s'exprimait assez correctement en français — dans une ville de perdition comme New-York. Mademoiselle peut s'estimer heureuse d'avoir rencontré un homme de Dieu en même temps qu'un homme de bien... Approchez, jeunes demoiselles, voici votre institutrice. Saluez-là.

Les jeunes demoiselles s'inclinèrent.

— Et maintenant, dites à Phyllis de lui montrer sa chambre.

Phyllis, une vieille négresse dont le visage et la tournure se rapprochaient davantage de la femelle du chimpanzé que de la femme, obéit aussitôt et conduisit la nouvelle venue dans une petite chambre du deuxième et dernier étage, contenant un lit en fer, une table, deux chaises, une petite étagère destinée aux livres, dont les murs blanchis à la chaux étaient ornés de ces devises enluminées chères aux protestants :

TOUT POUR JÉSUS !
JÉSUS TE DONNERA GLOIRE ET GRACE !
SONGES QUE TU N'ES QUE POUSSIÈRE !
MON AME, TIENS-TOI SUR TES GARDES !
VEILLE, LUTTE ET PRIE !

Adèle savait assez d'anglais pour traduire couramment ces pieuses maximes. Mais n'en eut elle pas su un mot qu'un dessin mis en un cadre de bois noir et placé sur la cheminée en guise de glace, lui eut rappelé le néant des choses de ce monde.

C'était un superbe squelette soulevé à demi de son cercueil pour montrer, de son bras sans chair, une bible entourée d'une auréole et qui flottait au milieu des nuages. Le tout dessiné et enluminé par l'aînée des filles de la maison, ainsi que l'indiquait la signature placée au bas de ce chef-d'œuvre macabre : *Minnie Furnace.*

— En France — se dit Adèle — les jeunes filles s'amusent à dessiner des paysages ou des fleurs, ici ce sont des squelettes ! Chez mon frère, ce n'était pas gai, mais je crois qu'ici ce le sera encore moins.

CHAPITRE CII

Un saint personnage — La maison du révérend Furnace. — Dolly et Minnie. — Bonne vieille coutume remise en vigueur. — Une névrosée. — Première et dernière leçon d'évangélisation. — Fuite d'Adèle. — James Dilson reparaît.

La maison, en effet, était assez triste, elle s'en aperçut dès la première heure. Bien que la villa fut située dans un endroit ensoleillé et charmant, dont la vue s'étendait au loin sur la ville et le port, une sombre tristesse la remplissait. Outre les stores presque constamment baissés, comme si l'on craignait la lumière, il y avait aux fenêtres d'épais rideaux et tous les meubles étaient couverts de housses sombres.

On entendait rarement des éclats de voix joyeuses comme il est d'habitude dans une maison où se trouvent des jeunes filles. Dolly même, malgré ses dix ans, paraissait en proie à une vague mélancolie.

D'ailleurs, les deux sœurs, leurs leçons terminées, n'avaient guère d'autre distraction que celle de se rendre aux prêches du soir ou à des conférences hebdomadaires sur des sujets dans le genre de ceux-ci, fort édifiants mais mortellement ennuyeux :

L'esprit saint doit être notre fidèle guide !

Plus de péchés, plus de remords !

Rester pur, c'est se bâtir un temple dans le ciel !

Bonnes nouvelles du ciel !

Adèle qui assista, par devoir professionnel, à plusieurs de ces conférences, se disait intérieurement que les dévots protestants sont aussi idiots que les dévots catholiques.

Quant à mistress Furnace, elle passait le temps non employé à donner ses ordres pour l'administration de la maison et le menu du repas, à se plonger dans la lecture de la sainte Bible, dont on trouvait un exemplaire dans chaque chambre de la maison.

Le révérend ne paraissait guère qu'aux heures des repas. Tout le long du jour, il s'occupait d'œuvres pieuses. Sa mission principale était de secourir les jeunes filles moralement abandonnées et, c'est en cette qualité, qu'il fréquentait les hospices pour recueillir dans un *Home* fondé par lui, les malades qui, à leur sortie de l'hôpital, se trouvaient momentanément sans asile. On les logeait quelque temps, on les nourrissait, on renouvelait même leurs vêtements et on leur procurait du travail.

Elles remboursaient peu à peu sur leurs salaires les dépenses faites en leur faveur.

Assurément, c'était œuvre pie ; aussi de grosses sommes sollicitées par des prospectus et même des quêtes à domicile, affluaient-elles entre les mains du révérend Furnace, devenu l'un des premiers champions de New-York contre les ravages du vice.

Chaque soir, en se mettant à table, il disait d'une voix grave le *benedicite*, puis ajoutait :

— Aujourd'hui j'ai arraché une âme, deux âmes — quelquefois davantage — aux artifices de Satan.

— Amen ! — répondait mistress Furnace en levant les yeux au ciel.

Et les deux misses Furnace répétaient :

— Amen !

Comment, en cette maison sainte et austère, le digne révérend Furnace avait-il admis une catholique, une papiste vouée à l'enfer ?

C'est ce que la plus petite demoiselle lui avait demandé le premier soir :

— Pour l'en arracher, mon enfant.

— Alors, papa, vous allez entreprendre sa conversion ?

— Sans doute.

— Quand cela ? Je voudrais bien voir comment on convertit une papiste !

— Comme tous les hérésiarques, en les instruisant dans la vraie doctrine.

— Je voudrais bien assister à votre leçon, la première fois pour voir. Quand commencez-vous ?

— Vous êtes une petite folle — répondit sévèrement le père. — L'on procède doucement, par la persuasion. Il ne faut rien brusquer. Cette jeune personne, d'ailleurs, paraît douce, et je crois qu'elle sera docile.

— Amen ! — dit mistress Furnace.

Et l'aînée ajouta :

— Convertissez-la vite, papa.

Il commença dès le lendemain, aussitôt après le repas du soir.

Il parla des saints Evangiles et démontra en s'adressant à ses filles, combien la conduite des prêtres et des papes était en désaccord avec la vraie religion du Christ. Il parla à mots couverts, mais que les misses parurent comprendre parfaitement, des scandales donnés par les moines, de leur gourmandise, de leur ivrognerie, de leurs débauches. Il énuméra enfin les sept péchés capitaux auxquels ils étaient tous adonnés, principalement à la luxure, ainsi que le constatèrent et le prouvèrent Luther' Calvin, Jean Huss, Jérôme de Prague et tous les vieux apôtres de la Réforme.

— Moi, je n'aime pas Calvin — dit imprudemment miss Dolly — il a fait brûler vif son ami Michel Servet.

— Miss, vous êtes une impie et cette observation est presque un blasphème — riposta le révérend courroucé — retirez-vous dans votre chambre et demain matin, avant votre déjeuner, vous recevrez cinq coups de verge.

— Mais, papa ?...

— Ce sera dix coups — dit le clergyman.

Miss Dolly se retira en gémissant.

— Papa, vous êtes cruel — dit à son tour Minnie — Dolly peut bien exprimer ses sentiments à l'égard de Calvin. Pourquoi la punissez-vous de sa franchise ? Elle n'aime pas Calvin, moi je déteste Luther.

— Comment ? Qu'est-ce ? L'hérésie dans ma maison ! Vous entendez, mistress Furnace, et devant moi, devant cette Française ? Et vous supportez cela ?

— Mais mon cher mari — protesta mistress Furnace, blême d'épouvante — c'est à vous à l'en empêcher.

— D'où viennent ces abominables idées, miss ?

— Mais papa, je ne vois rien d'abominable à déclarer ma répulsion pour un monsieur qui se prétend réformateur et qui ne se réforme pas lui-même.

— Qu'est-ce à dire ?

— *Mein herr* Martinus Luther qui prêchait la pureté de mœurs, ne vivait-il pas en concubinage avec sa servante ?

— Concu ?... concu ?... Quel est ce mot ? Vous osez prononcer ce mot ? Qui vous a appris ce mot ?

— Mais papa, c'est dans la Bible. N'y est-il pas écrit que le grand roi Salomon avait sept cents femmes qui portaient le titre de reines, et trois cents concubines ? Le mot y est. Qu'est-ce qu'une concubine ? Une maîtresse. Alors Luther...

— Assez, assez — fit le révérend en donnant sur la table un tel coup de poing qu'il en renversa deux verres pleins d'eau, seule boisson de la maison — assez, impie et impertinente. Regagnez votre chambre. Et préparez-vous à recevoir demain matin, avant votre déjeuner, sur la partie innommable de votre corps, dix coups de verge, comme votre sœur.

— Oh ! papa ! Vous ne voudriez pas !

— Sortez, sortez ! Ce sera quinze coups.

Ainsi se termina, pour Adèle, cette première leçon d'instruction évangélique.

Aussi, pour ne pas voir se renouveler de tels abominables scandales, le révérend Furnace déclara-t-il à son épouse, que l'horreur de l'insubordination de ses filles rendait muette, que désormais il évangéliserait la jeune papiste, en particulier.

Le lendemain, de très bonne heure, Adèle fut réveillée en sursaut par des protestations, des supplications, des cris.

— Oh ! papa ! Oh ! papa ! Grâce ! grâce !

Une voix enfantine implorait ainsi, la voix de Dolly.

— Comment? est-ce possible? — se dit Adèle avec stupeur. — Est-ce que vraiment cette fillette de dix ans recevrait les coups de verge dont son père l'a menacée hier ?

Elle ne pouvait en croire ses oreilles, mais il le fallait ; elle devait se rendre à l'évidence ; les coups, donnés méthodiquement, cinglaient sur la chair nue, suivis chaque fois par un cri de douleur.

Elle compta dix cinglades, le nombre promis.

Mais ce n'était pas tout, et son étonnement se changea en une stupéfaction mêlée de terreur.

Sa chambre touchait à celle des jeunes filles et elle entendait distinctement tout ce qui s'y passait.

Après le tour de Dolly, le tour de Minnie.

Supplications, prières furent inutiles. Minnie subit, en dépit de ses quinze ans, la même exécution et un nombre supérieur de coups que sa sœur.

— Chose promise, chose due — disait le pasteur impitoyable. — C'est encore la meilleure façon de vous inculquer la vraie religion et de tuer l'hérésie en herbe.

Adèle, toute tremblante, se rendit compte cependant que ce n'était pas le bras justicier du père qui frappait, mais qu'il se déchargeait de ce soin sur la négresse Phyllis, et afin qu'elle ne mollît pas et qu'elle donnât le nombre de coups fixés, il assistait à l'exécution.

Cette scène, qui parut étrange et monstrueuse à la timide et craintive sœur de Plumereau, n'étonnera aucun des lecteurs au fait des us et coutumes de nos voisins les Anglais où, vers la fin du XIXe siècle, la fessée par la verge était en vigueur non seulement en nombre de pensionnats de jeunes filles, mais dans les grandes écoles de jeunes garçons.

Or, le révérend Boniface Furnace était Anglais. Il avait même tenu, dans la jolie petite ville d'Hampstead, devenue aujourd'hui un faubourg de Londres, une école de jeunes filles, *Young ladies school*, sous le nom de sa femme; il y enseignait, en qualité de professeur, la religion, la morale, les Saintes Écritures, l'histoire, la natation, la gymnastique et le dessin.

Il lui était arrivé, dans ces diverses branches d'enseignement, quelques fâcheuses aventures. Sa sévérité excessive ne pardonnait aucune peccadille, et le grand remède à la paresse, à l'insubordination, à la désobéissance, était l'application de la verge. Mais sa présence aux exécutions administrées par mistress Furnace, présence qui n'avait d'autre but que de s'assurer si ses ordres étaient exactement remplis, et si les coups étaient donnés *in anima vili*, avec toute la vigueur indispensable pour qu'ils fussent efficaces — car il avait à lutter contre la bonté d'âme de son épouse, tandis que sa sévérité s'augmentait en raison directe de l'âge des délinquantes — cette présence, disons-nous, avait effarouché certaines mères de famille, et peu à peu son pensionnat s'était vidé.

Il était donc venu en Amérique pour s'y refaire une position et tenter, dans l'exercice de son métier de pasteur évanvélique, une nouvelle fortune.

Mais persuadé, comme d'ailleurs nombre de ses compatriotes, de l'excellence de sa méthode, il la maintenait dans sa propre maison.

Aujourd'hui encore, il ne manque pas de partisans de la flagellation, de pères et de mères de famille qui déplorent de voir disparaître cette vénérable méthode d'enseignement. Une lettre publiée dans un journal anglais, le *Town Talk* (Bruits de Ville) et signée *Pater familias*, le déclare franchement :

« Fouetter, dit-il, n'est pas une mauvaise chose, si la punition est infligée en secret Je ne suis pas pudibond et je ne fais pas de sensiblerie; j'ai des filles, et je ne m'opposerai jamais, pour ma part, si une mère de famille ou une maîtresse de pension juge nécessaire d'infliger *en privé* à une jeune personne ou une élève réfractaire, eut-elle dix-huit ans, la bonne vieille fessée (*good old fashionned whipping*) dont usaient nos pères. Nous savons que ces demoiselles sont souvent turbulentes, désobéissantes, mauvaises têtes. Le châtiment en question est salutaire, efficace et ne me paraît nullement indécent, appliqué avec discrétion. Ce n'est pas plus inconvenant qu'une fille soit fouettée en privé par une femme qu'un garçon par un homme, comme cela se pratique actuellement à Eton, à Harrow et dans nos grandes écoles publiques. »

Mais voici où le *Pater familias* s'insurge :

« Fouetter de grandes filles devant leurs compagnes est, je le déclare, de la dernière inconvenance. Les fouetter devant des hommes est absolument horrible. C'est une pratique que la législature ne devrait pas tolérer plus longtemps.

« Et j'ai le regret de l'avouer, la chose existe,

et plus j'ai pris des informations près de mes amis, plus je l'ai trouvée commune.

« Dans une école religieuse de premier ordre (*high class and religions school*) j'ai appris de la bouche même d'un ami intime que sa fille, jeune et belle personne de dix-neuf ans, à la veille de se marier, fut fouettée avec une branche de bouleau devant toute l'école, en présence du vicaire de la paroisse. »

Une vieille institutrice écrivit au même journal, à l'occasion de la campagne entreprise par une partie de la presse anglaise contre ce genre de châtiment, une lettre où l'on peut puiser de singuliers détails. Elle déclare qu'ayant servi nombre d'années dans l'enseignement, elle est en position d'en parler avec autorité.

La fessée, d'après elle, est indispensable pour maintenir la discipline. Les élèves se rient des pensums; et les retenues, outre qu'elles sont nuisibles à la santé en privant les enfants d'exercice et de grand air, deviennent une vraie farce dont les malheureuses sous-maîtresses sont les premières victimes.

Mais laissons la parole à miss Marsch :

« Au pensionnat que, pendant plusieurs années, je dirigeais en second, nous n'infligions la peine du fouet que pour de sérieuses offenses : conversations indécentes dans les dortoirs, lecture de livres prohibés (faute très commune), surprise de billets doux ou de conversation secrète avec des jeunes gens ou des petits garçons, mensonges incessants ou paresse invétérée.

« Le châtiment était infligé, soit par la directrice, soit par une sous-maîtresse en présence de cette dernière, et un jour après la faute pour donner le temps de la réflexion.

« Le lendemain matin donc, la prière faite, la coupable était mandée dans le cabinet de la directrice qui lui ordonnait de se dépouiller de tous ses vêtements, à l'exception de l'inexpressible.

« En cas de refus, une vigoureuse servante se trouvait là pour prêter main forte. Ladite servante s'emparait de la jeune demoiselle et la plaçait sur un canapé, dans la posture obligatoire pour recevoir sur sa personne nue (*on the bare person*) de six à dix-huit coups de verge, suivant la gravité du délit.

« L'exécutrice frappait de telle sorte que souvent la coupable demandait grâce au premier ou au second coup; mais je vis une fois une fillette de quatorze ans en recevoir douze bien appliqués sans faire entendre la moindre plainte, tandis qu'une forte et solide gaillarde de dix-huit ans poussa de lamentables gémissements au premier.

« Elle cria, hurla pendant toute la durée du supplice, mais comme elle était punie pour un acte d'immoralité, elle dut le subir jusqu'au bout. Dix-huit coups lui rayèrent le bas des reins. Elle dut en porter quelque temps les marques.

« La punition de ces deux pensionnaires eut lieu dans le cabinet de la directrice; mais la plus jeune étant passée la première sous la verge s'amusa fort, tandis qu'elle remettait ses vêtements, des cris et des contorsions de son aînée, exécutée en sa présence. C'est même à partir de ce jour qu'on décida que les demoiselles ne seraient plus fouettées les unes devant les autres, car on s'était déjà aperçu que beaucoup d'entre elles se seraient volontiers soumises à une fessée, à condition de voir fouetter leurs camarades. « Ces jeunes personnes sont parfois si étranges ! » s'exclame la vieille miss Marsch. »

Elle continue son récit en déclarant que l'âge où le fouet agit le plus efficacement sur les jeunes personnes, varie entre quinze et dix-huit ans. « C'est l'époque — dit elle — où les passions fermentent, prennent de la force, et il faut user d'un traitement radical.

Pour les filles plus jeunes, quelques coups de baguette bien appliqués sur le gras des jambes ou des bras produit d'ordinaire l'effet désiré. Naturellement il n'est pas possible d'établir une règle quant au nombre de coups. Tout dépend des tempéraments et des caractères. Deux filles recevant le fouet ne se conduisent pas toutes deux de même façon sous la douleur; les unes ont la chair plus sensible que les autres, mais en général un coup par année d'âge est ce qu'il y a de plus équitable et de plus logique. Ainsi douze coups pour une fillette de douze ans. Une de trois lustres en recevra quinze; et ainsi de suite. »

A cette théorie si simplement exposée de la sévère miss Marsch, tout commentaire serait superflu.

Concluons avec M. Charles Carrington dans son *Exposé documentaire de la Flagellation dans les écoles anglaises et les prisons militaires* :

« Est-ce bon ? Est-ce mauvais ?

« Bon, disent les maîtresses; mauvais affirment leurs élèves. Qui décidera dans une question où les femmes ne sont pas d'accord ? N'ayant pas l'honneur d'appartenir au beau sexe, nous n'avons jamais eu ni à recevoir ni à infliger le châtiment que nous venons d'exposer. »

On sait, d'ailleurs, que le fouet, même pour les garçons, était fort en usage chez nous, mais en Angleterre de tout temps l'écolier a été soumis aux verges. « Au moyen âge — dit encore M. Charles Carrington — on voyait des enfants recourir aux sanctuaires des saints, espérant y trouver protection contre la cruauté

Je suis docteur... Vous êtes malade, mon enfant, et je veux vous guérir...

de leurs maîtres. Et le plus souvent la sainteté du lieu n'arrêtait pas le courroux des cuistres.

« Dans les écoles allemandes, les verges étaient appliquées vigoureusement : l'opérateur était appelé l'*homme bleu*. Non seulement des gamins, mais des jeunes gens de dix-huit ou vingt ans devaient subir cette correction. Quelques professeurs préféraient l'infliger de leur propre main ; mais, en général, c'était un homme masqué qui était chargé de l'opération, et comme il portait l'instrument de punition dissimulé sous un manteau bleu, on l'appelait l'*homme bleu*.

« La punition était infligée dans le passage attenant à la salle d'études et en présence du professeur ; et bien peu de jeunes gens pouvaient se vanter, en quittant le collège, de n'avoir jamais passé par les mains de l'*homme bleu*.

« On rapporte d'un maître d'école de la Souabe que, pendant les cinquante et un ans qu'il avait eu la direction d'une grande école, il avait administré *neuf-cent-onze mille cinq-cents* fois le bâton, *cent-vingt et un mille* fustigations, *cent-trente six mille* tapes sur les doigts avec une règle, *dix mille deux-cents* calottes et avait donné vingt-deux mille sept-cents pensums à apprendre par cœur.

« On calcule qu'il avait sept cents fois fait tenir des gamins nu-pieds sur des pois secs, et les avait six mille fois obligés à se mettre à genoux sur le bord aigu d'un morceau de bois et dix-sept cents fois fait subir les verges.

« Le même système prévalait à cette époque en France. Ravinius Texter, qui était recteur de l'Université de Paris, écrit ce qui suit dans une de ses épîtres, concernant le traitement des écoliers :

« — S'ils transgressent les règlements, si

l'on découvre qu'ils ont menti, s'ils cherchent aussi à échapper au joug, s'ils murmurent ou se plaignent en quoi que ce soit, qu'ils soient sévèrement fouettés.

« On ne doit leur épargner ni les verges, ni mitiger la punition jusqu'à ce qu'il soit évident que leur orgueil est brisé, qu'ils deviennent plus doux que des moutons et plus mous qu'une éponge.

« Et lorsqu'ils s'efforcent par des discours d'apaiser le courroux du précepteur, que leurs paroles soient emportées par le vent. »

Un terrible homme que ce Ravinius Texter, recteur de l'Université de Paris !

Mais Salomon n'a-t-il pas dit : « Le père qui épargne le fouet hait son fils, mais celui qui le châtie bien lui prouve son affection.»

Donc, le révérend Boniface Furnace, n'ayant pas de fils prouvait à ses filles l'immensité de son affection, en leur faisant fustiger la partie de leur personne qu'il désignait lui-même sous le nom d'*immorale*.

— Ne ménagez pas leur *immorale*, disait-il à la négresse, tapez Phyllis, n'ayez crainte des meurtrissures.

Adèle était terrifiée. Elle n'en revenait pas. Fouetter Dolly une petite fille de dix ans, passe encore, mais l'autre, la grande qui en avait près de quinze !

Elle s'habilla à la hâte, fébrilement, et descendit pour le déjeuner.

Les *misses* la rejoignirent bientôt dans la salle à manger, les yeux rougis, le visage couperosé par les larmes, l'air honteux, car elles pensaient bien que leur nouvelle institutrice avait entendu.

Mistress Furnace parut froide, calme et digne, recevant sans y répondre le baiser filial; enfin, parut le révérend.

Chacun prit sa place; mais, avant de s'asseoir, le pasteur dit la bénédicité, les yeux fermés ainsi qu'il est la coutume, puis on servit le thé, le beurre et les rôties, et tout le monde mangea sans faire nulle allusion au châtiment, comme s'il n'était rien arrivé d'anormal.

La matinée fut employée aux leçons. Comme dans toutes les maisons qui se respectent, les jeunes misses baragouinaient un peu le français, la tâche d'Adèle fut donc relativement facile; ses élèves se montraient assez attentives, dociles, et malgré la tristesse ambiante, Adèle pensa qu'elle s'habituerait à cet intérieur, sans la secrète terreur que lui inspirait le maître de céans.

Tout le monde, même sa femme, tremblait à sa voix. Heureusement, pour tout le monde, il s'absentait une partie du jour et ne rentrait guère qu'à l'heure des repas.

Adèle Plumereau jugea du premier coup que c'était un de ces saints féroces et impitoyables, dont le cœur est entouré d'une triple cuirasse de vertu et qui condamneraient l'humanité aux plus effroyables supplices pour l'amour de Dieu et le maintien des bonnes mœurs, aussi se demandait-elle avec effroi quand il commencerait son évangélisation.

Son intention était de l'écouter et de le laisser dire. Son frère l'avait élevée dans la libre-pensée, dans la conviction que toutes les formules religieuses étaient vaines et que s'il y avait un Dieu, il se souciait peu de la façon dont d'infimes créatures lui brûlaient de l'encens.

« Fais le bien, évite le mal, secoure ton prochain. » Voilà, pensait elle la vraie religion.

« Juifs, catholiques, musulmans, protestants, idolâtres, tout ça c'est même farine », lui avait dit maintes fois son frère. L'on peut suivre exactement toutes les formules religieuses et rester un parfait coquin.

Ah ! son frère ! Pauvre et cher ami, dont une coquine avait empoisonné la vie ! Son frère si faible et si longtemps aveuglé ! Mais quel cœur d'or...

Elle se désolait de ne pas avoir de ses nouvelles, car il avait eu le temps de répondre à sa pressante lettre... s'il ne lui était arrivé malheur.

Mais, peut-être aussi était il plein de colère contre cette sœur ingrate qui l'avait tout à coup quitté, sans un mot, pour aller se jeter dans les bras d'un soldat !

Que devait-il penser d'elle ? Comment, s'il lui envoyait de l'argent pour son retour, oserait-elle reparaître devant ses yeux ? Comment lui expliquer cette inconcevable fugue ?

Car, non seulement elle avait déserté l'humble, le modeste foyer où ils vivaient côte à côte, depuis que l'autre avait été détruit, déshonoré par une créature indigne, mais elle avait fui sans qu'elle sut pourquoi la chambre où l'avait tenue dans ses bras l'homme qu'elle aimait.

Que devait-il aussi penser d'elle celui là ?

Et comment, par quelle singulière, inexplicable circonstance, endormie dans les bras et sous les baisers du sous-lieutenant d'Hagniel, s'était-elle réveillée dans la maison d'un homme qu'elle ne connaissait pas, n'avait même jamais vu, un grand seigneur qui, d'après ce qu'elle comprit, l'avait recueillie dans la rue, alors qu'elle courait comme une folle, demi-nue, au milieu de la nuit.

Cet homme qui paraissait âgé d'une cinquantaine d'années l'avait traitée avec bonté, avec la paternelle commisération que l'on doit à une malade. Il partait le lendemain et, sans savoir ni pourquoi ni comment, elle était partie avec lui.

Elle ne se souvenait de rien de cette nuit mystérieuse, excepté du rendez-vous qu'elle avait inconsciemment et étourdiment accepté de Julien d'Hagniel qui l'avait entraînée, de peur, disait-il, d'une patrouille, dans le corridor d'une maison, dont il avait vivement refermé la porte, et tandis qu'elle tremblait d'effroi, il la guidait dans l'obscurité jusqu'à sa chambre, fredonnant gaiement, comme un air de triomphe :

Point de bruit,
Ce réduit
Solitaire
Est propre à tendre mes rets ;
Tu vas trouver dans ces bosquets
Le bel oiseau de Cythère...

Et c'est avec ce chant moqueur, présage de sa chute, et les ardents baisers du séducteur, tout ce dont elle se souvenait.

Nous ne chercherons pas à expliquer les phénomènes extérieurs qui agissaient sur Adèle Plumereau, sujette, comme névropathe, à certaines influences, et nous n'avons pas l'intention de pénétrer plus avant dans le domaine du merveilleux, de ce que le vulgaire appelle l'occulte, parce que ces mystères lui sont cachés. L'histoire des découvertes nous apprend que ce qui est l'occulte aujourd'hui sera demain la lumière, que tel fait, merveilleux pour une époque, est normal pour une autre. Tout paraît miraculeux au début des découvertes nouvelles. Napoléon se moqua de la vapeur, Thiers déclara les chemins de fer impossibles, et, plus récemment, le phonographe fut attribué par des académiciens à un effet de ventriloquie !

Tous les phénomènes appelés psychiques, d'ailleurs, ne sont pas nouveaux ; ils furent connus de la plus haute antiquité, et les prêtres de l'Egypte, adeptes de ceux de l'Inde, excellaient dans cette science, que repousse encore la science officielle, toujours en retard sur les progrès de l'esprit humain. Jésus-Christ lui-même, élève des prêtres de l'Egypte, fut-il autre chose qu'un habile thaumaturge, étonnant, par ses scènes de magnétisme, le peuple ignorant de la Judée.

Que penser des *chamans*, ces mages bouddhistes, des steppes de la Sibérie, qui possèdent manifestement les facultés magnétiques qui firent un dieu du fils de l'humble menuisier de Nazareth !

Que dire des actes extraordinaires accomplis par les fakirs et les yoghés hindous ?

Tous ces faits sont tellement étranges, tellement surprenants et déconcertants pour notre profonde ignorance de ce qu'on appelle l'*au delà*, qu'il serait difficile de les prendre au sérieux s'ils n'avaient journellement mille témoins et n'étaient attestés par des hommes recommandables, dont la véracité ne peut être mise en doute, de ces savants tels que le docteur Paul Gibier, médecin de l'hôpital français et fondateur de l'Institut pastorien de New York, qui, dans un livre récemment paru, *Le Spiritisme et la Science*, a exposé une série de phénomènes étranges passés sous ses yeux pendant ses voyages en Asie.

Mais ne nous écartons pas de l'état de somnambulisme dans lequel était plongée Adèle Plumereau lorsqu'elle quitta la chambre garnie de la belle boulangère, pied à terre provisoire de Julien d'Hagniel.

Douée, dans son état de suspension de vie intellectuelle, d'une seconde vue, elle avait assisté dans son sommeil magnétique au transport en son domicile du cadavre de la mère de son amant, de même que quelque temps auparavant, brisant obstacles et barrières, elle avait apporté la délivrance à Paul Barrel, condamné par la froide scélératesse de James Dilson à une horrible mort.

A quoi bon chercher à expliquer ces inexplicables mystères ? On le tenterait vainement. On se heurte au mur d'airain du temple qui recèle les secrets des mondes. « Les corps, dit le docteur Foveau de Courmelles, sont des atômes de matière qu'unit une force invisible ; la cohésion et les intervalles qui séparent ces atômes sont vides ou remplis de fluide. Qu'est-ce que le fluide ? dira-t-on. A cela je répondrai : qu'est-ce que l'électricité ? Nous ne connaissons pas le sens de celle-ci, et nous ne la nions pas : pourquoi agir différemment avec l'autre ? Traiter de *gens fous* ou de *mauvaise foi* les partisans convaincus du magnétisme, comme le font ses adversaires est tout au moins *éminemment antiscientifique* ; car les simples affirmations n'ont jamais convaincu personne. »

Adèle Plumereau fut, dès le troisième jour de son entrée dans la famille de Boniface Furnace, entreprise par le révérend, qui s'était mis dans la tête de la convertir au protestantisme avec toute l'ardeur de propagande qui distingue les sectes évangéliques.

Il commença par lui dévoiler ce qu'il appelait les horreurs du papisme et l'immoralité de la confession. Adèle eut beau lui dire qu'elle ne s'était plus jamais confessée depuis sa première communion et lui laisser entendre que les *vérités* de la religion l'avaient laissée un peu froide, il n'en continua pas moins d'essayer de l'endoctriner, et pour ce, lui fit des lectures bibliques qui l'auraient instruite sur les mystères de l'amour, si Julien déjà ne s'était chargé de ce soin.

Il s'appuya surtout sur l'immoralité du célibat des prêtres catholiques, lequel célibat est contraire à toutes les lois de la nature et conduisait à toutes les abominations.

« — Nous autres — déclarait il — les pasteurs de l'Église réformée, nous sommes d'une indiscutable moralité, parce que nous prenons femme ; mais nous en prendrions plutôt plusieurs que de rester célibataires. » Il s'appuyait surtout sur ce sujet, et Adèle riait en elle-même des soins qu'il prenait pour la convaincre, car elle était, nous l'avons vu, absolument indifférente en matière religieuse ; elle s'étonnait cependant que ce saint homme allât chercher des arguments jusque dans les livres de médecine pour lui prouver que l'union des sexes était non seulement œuvre sainte, mais mesure hygiénique.

— Voudrait-il donc me marier ? — se disait-elle. — Sans doute, il a quelque parent ou un protégé à me proposer.

Mais personne ne fréquentait la maison du révérend, à l'exception de vieilles dévotes puritaines et deux ou trois pasteurs évangéliques à la mine sournoise et qui, d'ailleurs, étaient pourvus de légitimes compagnes.

Ses élèves continuaient à se montrer assez attentives et dociles et mistress Furnace, d'abord d'une froideur presque glaciale, commençait à se dégeler.

Elle sut que c'était contre le gré de cette respectable dame et sous la pression tyrannique du mari qu'elle était entrée dans la maison.

Considérée dans les premiers jours comme une intruse imposée par la volonté du maître, on l'avait ensuite tolérée et, maintenant, grâce à sa réserve et à sa douceur, on la traitait comme un annexe sinon indispensable, mais d'une certaine utilité.

Jusqu'à présent, l'éducation religieuse de l'institutrice se faisait dans le bureau du révérend, à côté de la chambre où mistress Furnace travaillait, lisait ou méditait et tandis que les jeunes misses allaient et venaient dans la maison en attendant l'heure de la conférence ou du prêche; mais le révérend trouvant, sans doute, que ces bruits divers le troublaient dans son cours, déclara que, désormais, il le ferait pendant le temps que ces dames passeraient à la chapelle. Il serait ainsi moins distrait.

Du reste, le moment approchait où l'instruction de la catéchumène serait complète et où elle pourrait recevoir la communion sous les deux espèces.

Il fixa même pour cet acte solennel une époque très rapprochée.

Soit que le voyage, le changement d'air, l'existence nouvelle que menait Adèle eut apporté un calme sur son état nerveux, soit que la nouveauté de ses occupations, le passage d'une vie relativement désœuvrée à une vie plus active où toutes les heures sont remplies, ait donné un autre cours à ses pensées, les cas de somnambulisme auxquels elle avait été sujette, ne s'étaient plus renouvelés.

Peut-être aussi, la catastrophe terrible à laquelle elle avait échappé, avait-elle produit une salutaire réaction.

Néanmoins, elle restait pâle, les lèvres incolores, les yeux cernés.

— Je suis bien inquiet — lui dit brusquement le révérend Furnace — oui, bien inquiet. Vous avez, mon enfant, quelque mal intérieur qui vous ronge... Cependant, je vous crois une fille sage. Mais, êtes-vous sage par vice de nature ou sage par vertu ?

Elle le regarda étonnée, ne sachant où il voulait en venir.

— C'est que, dit-il, nous autres pasteurs, nous ne faisons nul cas des vertus de tempérament ; ce qu'il nous faut c'est la lutte, la lutte contre des passions ardentes, et alors nous les combattons de notre mieux, je veux dire que nous aidons à les vaincre... Mais la persuasion ne suffit pas toujours.

— Que faites-vous alors? — demanda Adèle.

— Nous les apaisons.

— Comment cela ?

— Eh ! comme on apaise, en donnant quelque petite satisfaction aux sens, en soulevant la soupape de la chaudière. Je m'appelle *Furnace*, ce qui signifie *fournaise* dans notre langue. Eh bien, tel que vous me voyez, je suis une fournaise... Je cache un volcan.

— Il devient fou — pensa la jeune fille, qui jeta un regard effrayé sur son professeur de morale évangélique.

Elle vit ses yeux, ses yeux caves et ordinairement ternes, allumés d'un feu sombre, tandis que sa grande bouche aux lèvres minces s'agitait d'un tremblement nerveux qui faisait saccader son large menton.

— Oui — répéta-t-il en posant sa main sur le genou de la jeune fille, et approchant son visage du sien si près qu'elle sentit le souffle brûlant de l'apôtre — une fournaise, un volcan !

Elle se recula instinctivement, voulut se lever, mais il la retint par le bras, l'enlaça, l'attira sur lui, la pressa furieusement contre sa poitrine.

— Laissez-moi ! — dit-elle. — Oh ! laissez-moi, docteur !

Docteur ! c'était le nom qu'on lui donnait : « le docteur Furnace », car tous les *clergyman*, docteurs en théologie, se parent de ce titre, de même que tous les Allemands qui ont reçu le diplôme de bachelier ! Et combien de ces docteurs dignes de coiffer le bonnet d'âne !

— Oui, docteur — répéta-t-il. — Vous dites le vrai mot. Je suis docteur... Vous êtes malade, mon enfant, et je veux vous guérir.

Mais c'était lui, le malade ; à ses gestes désordonnés autant que lubriques, elle le comprit et, folle de terreur, serrée dans ses bras comme dans un étau, elle appela au secours.

La vieille négresse Phyllis était seule au fond

de sa cuisine ; elle entendit les appels, elle accourut, regardant bouche bée la scène peu évangélique.

Le révérend pressant sur sa poitrine la jeune fille qui se débattait de toutes ses forces.

La présence inattendue de la négresse le rappela à lui ; il comprit la gravité de son cas et, recouvrant sa présence d'esprit, il la prit à partie, payant d'audace, sans toutefois lâcher prise :

— A mon aide, Phyllis — dit-il — empêchez qu'elle ne s'esquive. Cette maudite papiste vient de m'offenser gravement. Je voulais l'arracher aux artifices de Satan, mais elle est rebelle, et non seulement elle est rebelle, mais elle m'offense gravement... Oui, gravement, car elle blasphème... S'appuyant sur ce qu'ont dit mes filles dans leur étourderie d'enfant, elle traite Calvin de scélérat et Luther de débauché... Honte ! honte !... Tenez-la ferme... pendant que je vais chercher la verge... Comme Minnie et Dolly, elle a péché et subira le châtiment.

Il s'esquiva là-dessus dans la chambre voisine, sans doute plutôt pour réparer le désordre de sa mise que pour y chercher la verge disciplinaire, et Phyllis, qui ne tenait que mollement Adèle, la laissa échapper.

Elle descendit l'escalier en courant, ouvrit la porte et s'élança dans la rue, puis affolée, se croyant poursuivie, elle reprit sa course au hasard et arriva sur le port.

Elle s'arrêta alors, promenant autour d'elle des regards effarés. Qu'allait-elle faire ? Où aller ? Que devenir ?

Une voix qu'elle avait déjà entendue quelque part frappa son oreille, en même temps qu'une main lui saisissait brusquement le bras :

— Mille sabords ! Mais la voilà ! C'est elle la nom de Dieu de bougresse !

— Monsieur ! — fit Adèle épouvantée, croyant d'abord avoir affaire à un matelot ivre — Lâchez-moi.

— Te lâcher ! Jamais de la vie... Tu as beau faire ta Sophie... Je te reconnais bien. Tu es Mam'zelle *Plume-de-Veau* !

Et comme elle le regardait, elle reconnut le matelot.

— Oui, oui, c'est bien Daugrebot... T'a pas la berlue, ma petite chaloupe, pas plus que je n'ai perdu le Nord... On ne se fout pas d'un vieux Mathurin. J'ouvre l'œil au bossoir, moi, et c'est pas les tiens qui me feront loucher.

Et, se tournant vers un groupe de matelots français stationnés à quelque distance :

— Eh ! là, vous autres, arrondissez le cap, je viens de poser le grappin sur la particulière qui a foutu le feu à la *République Universelle*, un chouette bâtiment et un marcheur numéro un.

Les marins s'approchèrent.

— Vous la voyez — continua-t-il. — Elle n'a l'air de rien, on lui ferait avaler le bon Dieu et tous les saints du paradis, avec sa mine de voilier en panne... N'empêche qu'un tas de bons bougres ont été par son fait lancés dans l'espace, pour dire adieu aux mouettes avant de faire le plongeon... Et ce n'est pas la faute de Mam'zelle *Plume-de-Veau* — v'là le nom qu'elle porte — si Daugrebot qui vous parle n'a pas pris le bouillon d'onze heures dans la grande marmite... Ah ! malheur ! Qu'est-ce que nous allons faire de toi ?...

— Lâchez-moi, Monsieur ! — répéta la pauvre fille angoissée.

— Tu t'en ferais péter la peau du lof ! Stop un brin. C'est pas la peine de tant bourlinguer ni de pisser des écoutilles, on ne va pas te saborder. Nous allons simplement mettre le cap sur la cambuse du commissaire du port... Tu t'expliqueras avec lui, et il tablera ton loch... Allons, débouque, décape ! C'est pas la peine de culer, il faut bouter au large.

Il l'entraînait, suivi des matelots, riant de la peur de la jeune fille, qui se débattait vainement.

Déjà la foule se rassemblait, faisant cercle, lorsqu'un grand gaillard qui, depuis deux minutes assistait silencieux à la scène, derrière le groupe qu'il dominait de toute la tête, écarta d'un brusque mouvement les gens qui se trouvaient devant lui et, interpelant le matelot :

— Eh ! vous, garçon ! Pourquoi emmenez-vous cette femme ?

Le matelot, un peu intimidé par le ton autoritaire de cet inconnu, qui pouvait être un fonctionnaire de la police ou du port, répondit, portant la main à son béret :

— Pardon, excuse, Monsieur, mais je posais le grappin sur la particulière parce que c'est elle qui a envoyé dinguer dans l'espace la *République Universelle*, un chouette navire, en foutant le feu dans sa cabine.

— Et où la menez-vous ?

— Chez le commissaire du port.

— Je vais avec vous.

— Est-ce que Monsieur connaît la particulière ?

— Je m'appelle James Dilson — répondit le nouveau venu. — Je déteste qu'on m'interroge dans la rue. Si vous voulez en savoir plus long, venez à *Cosmopolis-Hôtel*.

— A vrai dire — répondit Daugrebot — je me bats l'orbite de cette affaire. La particulière, pour sûr, n'a pas foutu le feu exprès. Le capitaine disait qu'elle avait une maladie qui la faisait se ballader la nuit sur les toits comme une jeune chatte, et il la tenait enfermée à cause de l'équipage, qui aurait rigolé comme une baleine de la voir monter sur les vergues.

Enfin, c'était son idée, à cet homme, de trimbaler avec nous cette estropiée de cervelle; mal lui en prit. Et voilà, Monsieur... Maintenant, si vous la voulez, je vous la livre, et je cargue les voiles d'un autre côté.

Daugrebot avait réfléchi. Il venait de trouver un bon engagement à bord d'un marchand à destination des Indes, lequel devait partir le lendemain matin. S'il conduisait cette fille au commissaire du port, ce seraient des histoires à n'en plus finir, qui lui feraient résilier son engagement et manquer son départ. Il n'était donc pas fâché d'abandonner ce commencement d'une aventure qui ne pouvait que lui apporter des désagréments.

— Vous avez raison, garçon — répliqua l'Anglo-Américain — et voilà pour vous vingt dollars pour boire avec vos camarades à la santé de Belzébuth.

Ce disant, il mit les dollars dans la main du matelot ahuri autant que joyeux de cette aubaine inattendue, se saisit de celle d'Adèle, et l'emmena rapidement sans qu'elle essayât la moindre résistance.

CHAPITRE CIII

Cérémonie du mariage mormon. — Veille de noce.

Quand Adèle Plumereau fut prête, James Dilson la prit sous le bras comme on fait d'un polisson récalcitrant qu'on conduit à l'école et se fit indiquer la demeure de Joshua Jackson.

Le prélat, une botte entre les jambes et le tablier de cuir à la ceinture, exécutait le mouvement bien connu du cordonnier qui, un bout de son cordon poissé dans chaque main allonge violemment les bras pour serrer le nœud de couture, lorsque cet homme d'une taille dépassant l'ordinaire et grandi encore par un chapeau d'une hauteur demesurée, se présenta poussant devant lui une fillette grêle et d'aspect chétif.

Jackson leva la tête et, interrompant un moment son travail, demanda au visiteur l'objet de sa visite.

— Je veux des bottes — répondit Dilson qui, connaissant le cœur humain, désirait d'abord se concilier l'artisan pour obtenir les complaisances de l'évêque — des bottes pour moi et des bottines pour madame — quelque chose de bon, de beau et de solide... du cuir de première qualité.

Joshua Jackson jeta un coup d'œil sur les pieds de ses nouveaux clients :

— Je vois ce qui vous convient — dit-il — vous chausseriez les bottes de mon compatriote Charles Byrne, qui mesurait plus de deux mètres et demi et dont on voit le squelette au musée de Dublin. Quant à cette jeune dame, c'est le soulier de Cendrillon qu'il lui faut.

— Je ne vous demande pas toutes ces explications — répliqua l'irascible Yankee — je vous demande quand vous pourrez me faire ces chaussures. Je ne regarde pas au prix.

— Ce sera le même que pour tous mes clients — répondit le mormon. — Asseyez-vous, je vais vous prendre mesure.

— L'on m'a dit que vous étiez évêque — dit James, pendant que le cordonnier se livrait à une étude approfondie du gigantesque pied de son client.

— J'ai cet honneur.

— Ça tombe bien. Je suis un homme pratique, et je déteste lanterner. Je vous présente cette jeune demoiselle. C'est une Française. Je veux l'épouser. Voulez-vous consacrer l'union ?

— Êtes-vous mormons ?

— Non, mais je désire le devenir, et ma future partage mes idées.

— Soit ! Nous ne demandons, nous autres, qu'à faire des prosélytes. Mais on n'est pas mormon du jour au lendemain. Avez-vous quelques notions de notre religion ?

— Aucune. Sinon qu'on peut prendre autant de femmes qu'on le désire. On obéit, en cela, aux lois de la nature. J'ai remarqué qu'après quelques mois de cohabitation, les maris les plus amoureux, demandaient du changement et allaient chercher du plaisir ailleurs ; donc, la monogamie est contre nature.

— Ce n'est pas pour satisfaire aux viles passions, aux instincts libidineux de certains hommes que nous admettons plusieurs épouses dans un foyer, mais pour la procréation. Notre but est saint, encouragé par les Écritures et par l'exemple des patriarches. le vôtre, étranger, n'est que l'instinct de la concupiscence, la honteuse soumission au démon de la chair... Non, non, tous deux fussiez-vous mormons, je refuse de consacrer une union qui n'a d'autre motif que la satisfaction du péché.

— Vous ne voulez pas nous marier ?

— Non — déclara l'évêque.

— Alors, je vous retire ma clientèle... Vous ne chausserez ni moi, ni ma compagne.

— Il m'importe peu.

Dilson sortit furieux, entraînant Adèle.

— Je trouverai bien un autre évêque — dit-il. — Il n'est pas que ce savetier qui marie dans la cité du Lac-Salé. Faute d'évêque, je prendrai un simple ministre. Allons, marche, Pleurnichette, le refus de ce ressemeleur n'apporte qu'un petit retard à nos félicités conjugales.

Après avoir marché quelque temps dans une

longue avenue, ils se trouvèrent au milieu d'un groupe d'enfants qui jouaient à la balle.

Dilson avisa l'un d'eux, un gros rougeaud d'une dizaine d'années.

— Jeune indigène — lui dit-il — connaissez-vous un évêque dans le voisinage ?

— J'appartiens à un évêque — répondit l'enfant — Max Muller. C'est mon père, et aussi le père de tous ceux que vous voyez là.

Et il désignait une douzaine de marmots.

— Où demeure-t-il ?

— Au coin de l'avenue. Vous verrez son nom sur la boutique. Il est tailleur.

James Dilson, procédant de la même façon que chez Joshua Jackson, commença par commander un vêtement complet pour lui, puis il déclara qu'il désirait sa bénédiction nuptiale et, en homme pratique, il déposa sur l'établi une bank-note de cent dollars pour les frais de la cérémonie.

A la vue des cent dollars, l'évêque Max Muller rougit de plaisir. Mais il fit des difficultés voulut rendre la banknote, déclarant qu'au pays des mormons les sacrements s'octroyaient gratis.

Le Yankee insista, répondant que toute peine méritait salaire, qu'il n'entendait faire travailler personne gratuitement, et qu'il n'acceptait aucun service sans le payer.

Devant une telle déclaration, le prélat s'inclina et glissa les cent dollars dans sa poche.

Puis l'on fixa au lendemain la cérémonie.

Quand on fut convenu du lieu et de l'heure, l'évêque songea seulement à demander aux fiancés s'ils étaient mormons.

— Presque — répondit Dilson — mais nous le deviendrons tout à fait après le mariage.

L'évêque tailleur fronça le sourcil.

— Je compte sur vous pour achever de nous instruire. J'ai commencé, à New-York, mon éducation religieuse, vous la terminerez..... je paierai chaque leçon dix dollars.

Cette offre fit de nouveau monter le rouge aux joues de l'évêque, dont l'accent indiquait l'origine germanique.

Etait-ce la honte de s'entendre traiter comme un simple vendeur d'orviétan religieux, ou le plaisir d'empocher aisément de nouvelles bank-notes ? Ce n'est pas ce qui inquiétait Dilson, et le marché fut aussitôt conclu.

A cette époque, les mariages se contractaient ouvertement, les mormons étant chez eux, agissaient suivant leurs lois et leurs rites, mais depuis l'immixion du gouvernement des Etats-Unis dans leurs affaires intérieures — immixion qui est une atteinte à la liberté individuelle, autant qu'à celle d'un peuple et n'est que la consécration de la force sur le droit, droit qu'a tout peuple grand ou petit de se régir, de s'administrer comme bon lui semble avec le consentement de tous les citoyens — les mariages mormons ne se font plus qu'en secret dans le temple du Lac Salé, loin de tout regard profane, car l'entrée en est sévèrement interdite aux étrangers. En cas de poursuites pour le délit de polygamie, il est donc impossible de trouver des témoins pour prouver devant un jury, qu'ils ont été célébrés.

Des cérémonies bizarres, à la fois mystiques et sensuelles, accompagnaient ce sacrement, cérémonies qui avaient pour but de bien démontrer à la nouvelle épouse sa soumission complète et absolue à l'époux.

C'était le caporalisme prussien, l'obéissance passive introduits dans la famille. Le mari, comme autrefois le patriarche et comme encore aujourd'hui le maître de la tente dans les tribus arabes, est à la fois pontife et chef.

Si son autorité morale ne suffit pas, il a pour l'affermir le bâton !

C'est, du reste, l'argument suprême que conseillait le socialiste Bebel : « Esclave de tous les préjugés — dit-il en parlant de la femme — atteinte de toutes les maladies morales et physiques, elle sera la pierre d'achoppement du progrès. Avec elle, il faudra employer, au moral certainement, au physique peut être, la raison péremptoire envers les esclaves de vieille race : *le bâton !* »

Dans le mariage mormon on représente à la jeune fille, à la femme, que c'est pour elle, le seul moyen d'entrer dans la nouvelle Jérusalem, d'être initiée aux mystères de la religion mormonne.

Mystères ? Quels mystères ? C'est ce que se demandent les femmes pour qui ce mot *mystère* a toujours tant d'attraits.

Elles brûlent de le connaître, de soulever le voile qui le cache, comme les petites Espagnoles qui, sûres de n'être vues de personne dans l'église déserte, s'en vont aux grands christs soulever la jupe imposée par la pudeur des vieilles dévotes pour couvrir la nudité des jambes.

Et quand le voile est soulevé, que le mystère est mis à jour, elles s'aperçoivent avec dépit que ce secret n'est que celui de Polichinelle.

Avant tout, il fallait que la fiancée se soumit à un nouveau baptême ; le précédent n'ayant aucune valeur.

A cet effet elle est deshabillée, mise complètement à nu par des officiantes, sortes de prêtresses, puis ointe d'une huile consacrée, méritant ainsi physiquement d'être appelée *ointe du Seigneur*. On la frotte aux seins pour qu'elle nourrisse de vigoureux enfants, au ventre pour qu'elle soit féconde. Puis, ces frictions terminées, on la revêt d'une chemise blanche.

Après un discours, quelques admonestations, des conseils sur sa conduite à tenir vis à vis de l'époux, un résumé rapide de la Génèse, la fiancée est conduite dans une sorte de sacristie qu'un grand rideau partage en deux.

Elle se place contre ce rideau ; le fiancé s'avance de l'autre côté, et sans se voir, séparés par ce rideau symbolique, ils échangent leurs serments et leurs vœux.

Le prêtre prononce alors la bénédiction nuptiale, et les voici unis non seulement sur la terre, mais nous l'avons vu, en certaines circonstances, pour l'éternité.

Le rideau tiré, la farce jouée, l'époux et l'épouse se contemplent et se donnent le premier baiser conjugal.

Mais ce baiser ne clot pas la cérémonie. Il faut que le prêtre pose une capeline sur la tête de la nouvelle mariée, et lui apprenne qu'à sa mort on lui rabattra cette capeline sur le visage et qu'on la portera ainsi en terre.

Au jour où éclatera la trompette de l'archange qui doit ressusciter les morts, le mari surgira et s'approchera de la tombe de l'épouse. Si elle s'est montrée douce, obéissante et fidèle, il lèvera la capeline, et les époux voleront ensemble vers l'Empyrée ; au cas contraire, si le mari passe dédaigneux, la mort éternelle attend l'épouse coupable ou indisciplinée.

Aussi dans les ménages mormons, quand un mari veut rappeler sa moitié à l'obéissance et à ses autres devoirs, il n'a qu'à lui faire cette menace :

— Femme, au jour du jugement, je ne relèverai pas la capeline.

Ou encore :

— Femme, vous ne serez pas ressuscitée.

Terrible menace ! Il faut qu'une épouse soit bien endurcie, bien récalcitrante, pour qu'elle ne produise son effet immédiat. Au cas où elle ne suffit pas, on a recours au moyen dont nous avons parlé dans un précédent chapitre : *la flagellation.*

James Dilson rentra fort satisfait à son hôtel, mais suivant sa coutume de ne jamais rendre compte de ses affaires, il se tint dans un mutisme absolu vis à vis de l'hôtelier qui, n'osant le questionner, était entré dans sa chambre sous divers prétextes, dans l'espoir constamment déçu d'obtenir quelques détails au sujet de sa démarche matrimoniale.

Après le repas du soir, seul avec Adèle, dans son appartement composé de deux chambres contiguës, le maniaque avait recommencé ses vexations :

— Eh bien, Pleurnichette, voilà notre tendre union bientôt consacrée. Demain tu seras ma petite femme devant Dieu et devant les hommes.

— Ni demain, ni après — répondit-elle d'un ton sec.

— Je connais la chanson, la petite chanson,.. Mais il faudra dire *oui* quand même. J'ai, tu le sais, un moyen de te mater. Veux-tu que je l'emploie ?

— Ne le faites pas, ne le faites pas ! — s'écria-t-elle d'un ton suppliant.

— Il est bien simple — continua le maniaque — quelques passes magnétiques et tu deviens ma chose. Tu sais bien que j'use de toi quand je veux, je te l'ai dit, mais cette passivité me laisse froid, je ne veux plus sentir dans mes bras une morte... Je veux une petite créature qui proteste, se débatte, pleure, supplie et crie.

— Scélérat !

— Mais non, mais non... amoureux à ma façon, qui n'est pas celle des autres, voilà tout.

Il ouvrit une de ses malles, en sortit une cave à liqueurs et se versa un grand verre de rhum qu'il vida d'un trait.

— Ah ! ça fait du bien ! J'avais soif et par cette froidure rien de tel pour vous mettre à point.

S'approchant du feu, il tourna le dos à la flamme, retroussant les basques de sa redingote.

— Sais-tu, Pleurnichette, que tu es tombée au bon moment dans ma vie. J'ignorais qui tu étais et tu m'ignorais de même, mais on peut dire que c'est le diable qui t'a jetée dans mes bras. Je ne savais que devenir, j'étais découragé, dégoûté de tout, des hommes, que j'ai trouvés partout cupides, ingrats, vils et à vendre, et surtout des femmes, plus encore viles, ingrates, cupides et à vendre que les hommes. J'avais jeté cependant mon dévolu sur une, une jeune fille que j'ai payée très cher à son coquin de père. Il s'est enfui après m'avoir volé, et elle, dont le devoir était de remplir les engagements paternels, est allée se jeter dans les ailes démantibulées de ce perroquet mélancolique et vanné que tes compatriotes sont en train de saluer Empereur. Je revenais dans mon pays avec l'intention d'en finir, mais d'en finir d'une façon digne de moi, lorsque je t'ai rencontrée. Ta petite figure d'enfant malade m'a plu... J'ai deviné en toi la névrosée, le *sujet* enfin propre à mes expériences magnétiques, car dans mes voyages j'ai appris, à force d'argent, bien des secrets... Je me suis senti revivre. J'ai voulu te posséder de bonne volonté ; tu m'as résisté ; tu as crié, menacé de scandale, alors je t'ai soufflé le sommeil magnétique ; tu es devenu ma chose ; mais inconsciente et veule, cela ne me suffit pas. Et je me suis dit que je t'aurai à ton corps défendant. C'est pourquoi j'ai résolu de

Temple mormon.

t'épouser. Qu'est-ce que cela me fait, une femme de plus ou de moins ! J'en ai eu comme ça dans tous les lieux où j'ai passé, les épousant à la mode de leur pays, mode qui pour le mien rendait mes mariages nuls. Aux Indes, au Japon, chez les Turcs et même chez les nègres, j'ai laissé un tas de femmes. Je te laisserai aussi comme les autres, quand j'aurai assez de toi, et c'est pourquoi je t'ai conduite chez les mormons. Je veux m'y monter un petit sérail. Dans quinze jours, trois semaines, il te faudra subir une compagne, puis une autre, puis d'autres encore. Je suis assez riche pour me payer toutes les femmes que je voudrai. Je veux jouir de vos scènes de jalousie, de vos disputes, de vos batailles. Je veux montrer des préférences à l'une devant les autres afin qu'elles se haïssent et s'entredévorent. C'est alors que je rirai, et je vous laisserai toutes en plan. Voilà le sort qui t'attend, Pleurnichette. Allons, pleure, pleure un peu. Je n'aime rien tant que te voir pleurer.

— Vous ne me verrez plus pleurer ! — dit-elle.

— Si, si ! Tu pleureras, il faut que tu pleures demain après tes noces. Je te jure que tu pleureras. Je me charge de te faire pleurer.

Alors il s'approcha d'elle.

Elle était assise dans un fauteuil, la tête un peu en arrière, dans une attitude de lassitude et de découragement.

Elle venait de déclarer qu'elle ne pleurerait plus, mais les larmes perlaient au bord de ses cils.

Il appuya ses mains sur ses épaules, et lui dit brusquement.

— Regarde-moi.

— Non, non — fit-elle — je vous en conjure... pas aujourd'hui... pas aujourd'hui.

— Regarde-moi — répéta-t-il d'une voix impérative.

En dépit d'elle-même elle leva les yeux, ses yeux pleins d'effarement, sur son bourreau.

Ils restèrent quelque temps ainsi. Leurs regards s'immobilisèrent, le sien fixe et dur, celui d'Adèle exprimant l'effroi.

Puis, promenant à plusieurs reprises ses mains de l'épaule de la jeune fille à l'extrémité des doigts, il commanda :

— Dors.

Ses yeux se fermèrent à demi, sa tête se pencha.

Alors il la dévêtit, et la porta sur sa couche.

CHAPITRE CIV

Un ancien patriote. — Métamorphose que produit l'or. — Patrick et Maud O'Kelly rentrent en scène.

Cependant Colombau, le désespoir dans l'âme, était rentré chez lui. Assurément il ne pensait plus à Nelly, son cœur entier volait vers Adèle, faible et craintive colombe entre les serres de ce vautour.

Que faire pour empêcher ce mariage, ce monstrueux accouplement ?

L'évêque Joshua Jackson avait bien promis de ne pas consacrer l'union, ou du moins de la retarder autant que possible, afin qu'on eut le temps d'aviser, mais il était d'autres prélats dans la cité du Lac Salé, et il ne serait pas difficile d'en trouver de moins scrupuleux.

Toute hésitation, tout scrupule s'effacent devant certains gros chiffres, et tel qui passe pour honnête parce qu'il a refusé de vendre ses convictions, son honneur pour cent écus n'hésiterait pas à le faire pour mille.

Colombau, en présence de la visible infortune de la sœur de son ancien patron, avait senti se raviver son amour.

Il avait compris l'appel muet de la jeune fille, le regard douloureux qu'elle lui avait lancé, et il pensait que quelque terrible secret, une volonté plus forte que la sienne la condamnait au silence en l'obligeant à subir l'implacable volonté de ce Yankee.

Mais que faire pour lui venir en aide ?

Comment dans ce pays où on le considérait encore comme un étranger, être de quelque secours ?

L'hôtelier invoquait bien les règlements qui régissent les mœurs et imposent avec la vigueur d'un article de foi, la moralité, du moins en apparence, car rien de plus immoraux que les peuples et les gens qui se proclament vertueux.

Ignorant de ce qui s'était passé avant et pendant le long voyage de la caravane, Colombau bondissait à la seule pensée de savoir Adèle partageant le même appartement que ce bouc Yankee, mais il constatait que l'indignation du frère Saddock s'était fortement calmée et que sa morale avait capitulé devant les banknotes de son client.

Il réfléchissait à ce qu'il devait faire, à ce qu'il pouvait tenter pour la délivrance d'Adèle, et après avoir formé quantité de projets plus désespérés les uns que les autres, il les rejetait successivement en en reconnaissant l'insanité, lorsqu'on frappa plusieurs coups à sa porte, avec une force et une autorité indiquant un visiteur ou insolent ou important.

Il ouvrit et se trouva en face d'un personnage qui lui était complètement inconnu.

De haute taille, le visage maigre, hâlé et complètement rasé, avec une mâchoire, large, carrée, une grande bouche aux lèvres épaisses, de petits yeux gris enfoncés dans leur orbite et à demi voilés par d'épais sourcils, un chapeau mou à larges bords, tel est le portrait du visiteur qui paraissait avoir une cinquantaine d'années.

Un carrick l'enveloppait, et il tenait une forte trique attachée à son poignet par un cordon de cuir.

— Votre nom est Colombau — demanda-t-il sans autre préambule — et vous venez de Paris?

— Il y a plusieurs mois déjà que je suis ici — répondit le typographe.

— L'on m'a dit que vous aviez demandé à me voir. J'arrive de Californie. Je me nomme Walter Pratt.

Qu'y a-t-il pour votre service?

— Ah ! vous êtes Walter Pratt — s'écria Colombau joyeux. — Enfin ! Je garde comme une relique une lettre pour vous que j'ai reçue ici, car j'ai écrit à la personne que j'avais perdu la précédente.

— De qui vient-elle ?

— De miss Alice O'Kelly. La lettre que je lui ai adressée de la cité du Lac Salé, lui est parvenue à Dublin.

— Ah! ah! — fit l'Irlandais, prenant la lettre que Colombau sortit d'un tiroir — que me veut-elle encore cette folle ?

A cette exclamation, le typographe se trouva décontenancé. Comment, l'homme qu'il était venu chercher après des fatigues et des dangers sans nombre pour accomplir une mission qu'il croyait sacrée, cet homme traitait ainsi la courageuse jeune fille qui envoyait à sa recherche au delà des montagnes et des mers !

L'autre continuait la lecture de la lettre en fronçant le sourcil.

— J'en avais une autre de la même personne — dit Colombau — elle était adressée à *William Tone, quinzième Avenue, New-York*; malheureusement elle était dans ma valise qui, pendant la traversée, a été enlevée par un coup de mer. Mais je me suis souvenu de l'adresse, tout en ayant oublié le nom de la personne ; je me rappelais cependant que Miss Alice O'Kelly m'avait donné un autre nom, celui de Walter Pratt. « La personne à qui je vous adresse change ainsi de nom pour dérouter les espions de la police anglaise ; si l'on ne répond pas à William Tone, demandez Walter Pratt. » Le dernier nom seul m'était resté, je ne me suis rappelé du premier que depuis.

William Tone *alias* Walter Pratt continuait sa lecture.

— Alice est folle ! — répéta-t-il quand il l'eut achevée. Elle se monte l'imagination d'une façon étrange et voudrait me lancer comme elle dans les plus fâcheuses aventures. Pour qui me prend-elle ? Pour un naïf, un apôtre. J'en ai assez de ce métier. Je l'ai exercé pendant vingt ans sans autre bénéfice que des injures ; oui, monsieur, je semais mon argent, mon temps, ma peine, prêt à verser mon sang au besoin, et je n'ai récolté que l'ingratitude de ceux pour qui je sacrifiais ma fortune et ma jeunesse. La fortune, je ne la compte pas, on peut la refaire, mais les belles années perdues, on ne les refait plus.

Il se promenait dans la petite chambre, tournait sur lui-même, gesticulait :

— L'apostolat, voyez-vous, mon garçon, c'est bon pour les crève-de-faim, les sans-le-sou, les mendiants. Par Saint-Patrick ! Avez-vous jamais entendu parler d'un homme riche ou simplement ayant ses aises, toutes ses aises, qui se soit dévoué à la chose publique ? Oui, parbleu, il y a les ambitieux, ceux qui aspirent au pouvoir et qui cherchent à y grimper en exploitant l'imbécilité des foules ! Ou encore quelque naïfs qui croient au bonheur de l'humanité future ! Plus nous allons, mon cher monsieur, plus il y aura des misérables, plus ce qu'on appelle le progrès créera d'infortunés... jusqu'à ce qu'enfin les hommes se dévorent tous entre eux... et ce sera la fin.

Il s'arrêta, regarda Colombau qui, de son côté, le contemplait avec des yeux stupéfaits :

— Vous croyez que je déraisonne, que je deviens fou ! Si vous avez lu l'histoire avez-vous jamais trouvé dans la classe de ceux qu'on appelle les grands du jour, un homme qui ait sacrifié sa peau et sa fortune avec un désintéressement complet pour une cause quelconque qui ne doit lui rapporter que des horions ? Sans remonter bien haut dans votre histoire nationale, voyez les généraux de l'empereur : des héros tant qu'ils sont jeunes, qu'ils ont tout à gagner. Une fois pourvus de grades et de dignités, ils trahissent leur maître. Voyez vos hommes publics ; ils promettent tout au populo qui les écoute bouche bée ; une fois au pouvoir, ils ne se souviennent plus de leurs promesses. Tous les réformateurs, les bienfaiteurs de l'humanité, les libérateurs des peuples, les fondateurs de religions, ce sont des miséreux, des sans-culottes, des affamés, à commencer par Jésus Christ. Une fois triomphants, bien vêtus, bien repus, satisfaits enfin, ils se reposent et réclament le *statu quo*... Eh bien, Alice O'Kelly m'embête... Moi aussi, je réclame le statu quo. J'ai bu, toute la Pologne doit être ivre.

— Mais — objecta timidement Colombau — je croyais qu'il s'agissait de l'Irlande.

— Sans doute, il s'agit de l'Irlande ! De quelle autre chose voulez-vous qu'il s'agisse... Pas de la Révolution française, à coup sûr, où tous vos fameux révolutionnaires passaient leur temps à se proscrire et à se guillotiner.

Il se jeta comme accablé sur une caisse à biscuits qui servait de siège, et ajouta d'un ton emphatique :

— Pauvre Irlande ! Malheureux pays ! Infâme Angleterre !

Et il poussa un profond soupir.

— Il faut dire aussi — ajouta-t-il, comme pour se consoler lui-même des désastres de son pays — que mes infortunés compatriotes méritent un peu leur sort. Ils professent au plus haut point l'amour de la liberté et de leur pays, mais ils y joignent celui de l'alcool et de la fainéantise. Ivrognes et fainéants ! C'est ce que leur reprochent les scélérats d'Anglais, et ils n'ont pas tort. Alors que faire ? Rien !... C'est pourquoi je les lâche, moi qui suis sobre et travailleur. Vous direz cela à Alice O'Kelly.

— Je ne sais quand je la reverrai. Mais elle sera bien surprise, car d'après les quelques paroles qu'elle m'a dites au sujet de l'Irlande, elle paraissait compter entièrement sur vous.

— Elle s'est trompée, voilà tout. Je suis las, je le répète, de ce métier de dupe. Ah ! autrefois, quand j'avais les belles illusions de la jeunesse, j'étais dévoué corps et âme à la cause de l'émancipation. J'y ai jeté tout ce que m'avait laissé mon père... je me suis expatrié, chassé par la police... j'ai crevé de faim, je n'en ai hurlé que plus fort... Je me suis fait ouvrier pour vivre ; peu à peu, à force d'économie et aidé par quelques-uns des miens, j'ai pu monter une imprimerie où j'employais des gens de mon pays. Il m'est arrivé de manger du pain sec pour pouvoir le samedi solder leur salaire. Je les payais au tarif, plus que le tarif même pour les garder. Mais, à un moment de presse, l'équipe m'a lâché comme un seul homme pour aller chez un Anglais qui me faisait concurrence et leur offrait quelques sous de plus... Alors quoi ! j'ai fermé boutique et je suis venu chez les mormons. On y parlait de la Californie, la *chaude fournaise*, la bien nommée ; je me suis laissé tenter par les récits que j'en entendais, les histoires de fortune rapide... Bien m'en a pris. J'y ai rencontré la chance, une veine, un filon d'or !... Ah ! ce n'est pas tout que de tomber sur un filon, il faut extraire le métal, il faut surtout le garder et il y a là-bas un tas de mauvais compagnons qui vous guignent et pour qui la vie d'un homme ne pèse pas une once de tabac... Par saint Patrick ! il faut garer sa peau, et pour la garer, il faut faire place nette de ce qui pourrait l'endommager... On prend là-bas, de mauvaises habitudes, j'entends au point de vue du monde civilisé... Une, deux... on n'y va pas par quatre chemins !... Au premier *négociant* que j'abattis, j'eus des scrupules, presque des remords... Mais le second passa comme une lettre à la poste... et les autres suivirent. Maintenant, mon garçon, la vie d'un homme ne me coûte pas plus que celle d'un lapin... je veux dire la vie de quelqu'un qui veut prendre la mienne. Peau pour peau ! au plus malin à prévenir le camarade ! Ah ! tout n'est pas rose dans le métier de chercheur d'or. Je travaillais le jour à mon filon et la nuit, pour me reposer, je montais la garde à côté, fusil chargé et revolver au poing. Si je n'ai pas été abattu, ajouta-t-il en riant, c'est que la Providence, évidemment, a des vues sur ma personne... Maintenant me voici riche, j'ai assez trimé, le moment est venu de jouir. Eh ! eh ! je touche à la cinquantaine, je n'ai pas de temps à perdre, j'ai gagné mon repos, que les jeunes se remuent !

— Mais — dit Colombau, encore suffoqué de ce qu'il venait d'entendre, — puisque vous êtes riche vous ferez bien quelque chose pour vos frères malheureux d'Irlande.

— Sans doute, sans doute... je ferai quelque chose, mais que cette toquée d'Alice ne s'imagine pas que je vais retourner là bas agiter le pays ; je n'ai pas envie de pourrir sur la paille humide des cachots de Dublin. C'est bon quand on est pauvre, jeune et ambitieux, ces extravagances là !

— Cependant, il y a bien des riches qui se dévouent pour leurs semblables, qui sacrifient leur fortune à leurs convictions, qui meurent pour le salut de la patrie.

— Parce que le salut de la patrie est attaché à celui de leur caisse, que leurs convictions vont de pair avec leurs intérêts ou leurs sympathies. Sans cela, ils se tiendraient coi, se contenteraient comme vos fils de bourgeois d'envoyer les autres se faire tuer à leur place. Je suis revenu de ces errements. La patrie c'est où l'on se trouve bien ; et, avec un sac garni, l'on se trouve bien partout. Tous les peuples honorent la pièce de monnaie et respectent celui qui en dispose... Et voilà ! Maintenant, parlons de vous, mon garçon... Vous ne me paraissez pas trop fortuné et je ne veux pas que vous soyez venu inutilement à ma recherche. Que puis-je faire pour vous ?

— Rien.

— C'est trop peu. L'on m'a dit que vous aviez embrassé la foi mormonne. Vous êtes Français et vous avez l'air trop intelligent pour que je croie qu'il y ait dans cette conversion une simple question religieuse. Vous avez un autre but que le salut de votre âme ? Avouez-le.

— Ma foi, monsieur, à vous parler franchement, je vous dirai que je me soucie autant d'une religion que d'une autre. Mais je mourais de faim ici, j'étais sans travail et l'on m'a dit que je ne pourrais gagner ma vie qu'à condition de me faire mormon.

Alors, je me suis fait mormon.

— Vous avez eu raison. Il faut manger. Le ventre d'abord.

— C'est juste.

— Mais vous êtes un mormon sans femme, et notre religion n'a de raison d'être que parce que nous autorisons la polygamie. C'est le côté agréable de l'état d'apôtre de la religion nouvelle. Or, d'après ce que je vois, vous n'êtes même pas monogame.

Il jeta un regard autour de lui, et ajouta :

— Voulez-vous que je vous aide à prendre femme ?

— Comment cela ?

— En vous avançant de quoi monter un ménage ; car vous me paraissez, je le vois, dans une installation aussi primitive que sommaire et les femmes qui se respectent ont de la coquetterie pour leur intérieur. N'avez-vous encore trouvé personne qui vous plaise parmi les filles de la nouvelle Sion ?

— Ah ! — fit Colombau — j'en ai trouvé une ou pour mieux dire, j'en ai retrouvé une.... il n'y a pas longtemps ; cela date de ce matin, et je crois qu'elle est perdue pour moi. C'est une française dont j'étais amoureux à Paris et qui, par un hasard que je ne m'explique pas encore, est arrivée avec une caravane de frères et de sœurs, en compagnie d'un scélérat qui a pris sur elle une inexplicable autorité.

— Où demeure-t-elle ?

— Dans l'hôtellerie d'un nommé Saddock.

— Seule ?

— Non, en possession de ce scélérat, une brute, une abominable brute.

— Mais à quel titre ? Comme femme, maîtresse, servante ?

— Ce n'est pas comme femme légitime assurément, car ce coquin parle de l'épouser et je ne crois pas qu'elle soit sa maîtresse. Elle n'est pas sa servante non plus.... C'est une jeune fille instruite, bien élevée, la sœur de mon ancien patron. Il y a là-dessous quelque machination abominable.

— Comment s'appelle cet homme ?

— James Dilson, un grand escogriffe.

— James Dilson! — répéta Walter Pratt avec un geste de surprise — n'est-ce pas le fils d'un marchand de cochons de Chicago, un archimillionnaire ?

— Je ne sais si son père est marchand de cochons, mais à coup sûr il est millionnaire, et l'insolence du fils est à hauteur de la fortune du papa.

— C'est bien mon homme, James Dilson ! Ah ! le gredin ! Je le retrouve. Tu vas passer un petit quart d'heure qui ne sera nullement agrémenté !

— Il vous a fait quelque avanie ?

— Une misère ! — ricana Walter Pratt. — Il est la cause que Patrick O'Kelly, mon neveu, un garçon plein d'avenir, et Maud O'Kelly, sa sœur, une jeune fille charmante ont été assassinés par des Bédouins. Ah ! le gredin ! Il est dans la cité des mormons.... J'aurai sa peau ; je veux avoir sa peau.

— Nous la partagerons ! — dit Colombau.

— Alice — ajouta l'Irlandais — me parle d'une petite fille qui serait l'enfant de ma nièce et d'un officier français. Ils se seraient connus dans une ville d'Algérie alors qu'elle y voyageait avec le pauvre Patrick, forcé de s'expatrier.

— C'est justement cette petite qui m'a mis en relation avec Mademoiselle Alice. Une jolie enfant bien intelligente et que d'autres canailles voulaient enlever.

— Mais son père ne s'occupe-t-il pas d'elle?

— Ah ! le père, le père ! — fit Colombau avec un soupir. — Ne me parlez pas du père... il paraît, d'ailleurs, qu'il est devenu fou !

— Je m'occuperai alors de l'enfant. Quand j'appris la mort de Patrick et de Maud, je me rendis à Tébessa, où je fus mis au courant de tous les détails de l'abominable conduite de ce James Dilson. La petite avait été emmenée en France et confiée à sa grand'mère. Quant à Dilson, depuis longtemps il avait quitté la ville, où il était honni de tous. Un officier de spahis, le capitaine Juhel, m'a donné tous ces détails. Mais je tiens ce Dilson ; nous allons régler ce vieux compte.

. . . .

James Dilson dormait d'un profond somme, somme réparateur, après les fatigues de la journée, quand il entendit des coups violents à sa porte.

Il se réveilla en sursaut, pris d'une furieuse colère.

— Qui est là ? — cria-t-il de son lit.

— Ouvrez — répondit-on.

— Je n'y suis pas.

— Ouvrez, ou j'enfonce la porte.

— Hein ? Quoi ? Vous dites ?

— Je dis : « j'enfonce la porte ».

— Ah ! — s'exclama froidement le Yankee, reprenant son calme habituel. — Je vois ce que c'est... Un gentleman qui veut faire connaissance avec mon revolver... L'on m'avait affirmé pourtant que les mormons étaient gens de mœurs douces. Au diable les faux récits des voyageurs !

Il sauta en bas de son lit, courut à la cheminée, où se trouvait un revolver de fort calibre, et s'approchant de la porte, dit à haute voix :

— Hé, là ! l'homme impatient... J'ai six balles prêtes pour calmer votre ardeur.

— J'en ai autant pour abattre votre insolence.

— Oh ! oh ! Nous allons alors avoir un petit moment d'agrément.

— Ouvres-tu, oui ou non ?

— Non !

— Vous dites non ?

— Et je le répète. Pour la curiosité du fait, je veux voir comment tu t'y prendras. Tentative d'assassinat avec effraction, viol de domicile... Je suppose qu'il y a des juges et que la corde n'est pas trop chère dans la cité du Lac Salé.

— Des juges ? Tu en verras un devant toi... La corde est facile à trouver, et les arbres de la forêt voisine ont de solides branches qui fournissent des potences première qualité... Allons, vous autres, enfoncez, et vivement. Je réponds de la casse et je prends tout sur moi.

De vigoureux coups de crosse de fusil eurent bientôt fait voler la porte en éclats.

— Vous êtes avertis — cria Dilson — le premier qui pénètre, je le démolis et j'en fais autant du second, comme avertissement au troisième. La bête est méchante, elle mord.

— Tu ne démoliras rien, bandit — riposta James Pratt d'une voix terrible — et voici qui va t'empêcher de mordre.

En même temps un coup de feu partit; le revolver braqué sur les assaillants s'échappa de la main du Yankee et tomba par terre, tandis que la main retombait inerte et sanglante sur le poignet brisé.

— Scélérats ! — hurla Dilson. — Police ! police !

— C'est le principe, garçons — dit Walter Pratt s'adressant aux deux hommes armés qui faisaient irruption dans la chambre et qu'il avait requis en sa qualité de magistrat. — Prévenir l'agression, toujours prévenir l'agression. Taper d'abord... sans quoi le coquin commence le feu, et il est trop tard. Maintenant emparez-vous de lui.

James Dilson s'était baissé pour saisir son

revolver de la main gauche, mais Colombau, plus prompt, le ramassa.

Se voyant sans défense, dans l'impossibilité de soutenir une lutte, d'ailleurs inégale, l'orgueilleux Yankee s'abandonna.

— Que me voulez-vous — demanda-t-il d'une voix faible, car le sang coulait à flot de sa blessure — de l'argent? Il fallait m'en demander. Inutile de forcer pour cela ma porte et de me casser le bras... C'est donc ainsi qu'on traite les étrangers au pays des mormons?

Cependant Colombau s'était précipité dans la chambre voisine dont la porte, grande ouverte, indiquait une complète communication entre la voyageuse et le voyageur, et il eût l'indicible douleur, à la fois jalousie et rage, de constater le malheur qu'il appréhendait.

Dans le lit gisait Adèle qui semblait ne donner aucun signe de vie. Blanche, rigide, elle était étendue sur le dos, une main posée sur un de ses seins découverts, les yeux mi-clos.

Le lit n'offrait aucune trace de lutte, mais le désordre de la couverture et des draps indiquaient que le Yankee s'était livré sur cette jeune fille sans défense à d'abominables manœuvres.

Il plaça la main sur son cœur, sentit un faible battement.

— Pauvre fille — dit-il — pauvre chère Adèle! Revenez à vous... C'est un ami qui est là. L'ami Colombau. Vous vous rappelez bien, celui qui vous aimait tant et qui n'a jamais osé vous le dire... Celui qui... Ah! l'affreux souvenir... Alors cet homme a abusé de vous... Comme l'autre... Comme l'autre... Mais celui-là j'en suis sûr, a usé de violence... Vous, chère Adèle, vous en cet état... Je vous retrouve si loin... si loin de ce Paris, notre pays à tous deux... Revenez à vous... répondez moi... Dites que vous m'entendez... Adèle .. Adèle... mademoiselle Adèle!

Mais la jeune fille restait muette, semblait ne pas entendre et cependant ses yeux n'étaient pas fermés, son cœur battait, et le pauvre typographe ne pouvant s'expliquer cet état de sommeil magnétique se mit à hurler :

— Cette canaille lui a fait prendre quelque drogue. Il l'a empoisonnée! Où est il? où est-il, que je le tue?

Il se retourna ; il était là derrière lui, solidement tenu par les deux gardiens de la moralité publique, et d'ailleurs, à cause de son poignet brisé, incapable d'aucune résistance.

Malgré la douleur cuisante que devait lui faire éprouver son membre mutilé, un rictus sardonique errait sur ses lèvres pâles.

Il avait écouté les lamentations de Colombau que seul il avait comprises avec l'irlandais Walter Pratt.

Colombau se préparait à le frapper au visage avec l'arme naturelle que la nature lui avait donné, c'est-à-dire le poing, mais sa générosité de brave garçon empêcha cet acte de violence.

Il vit devant lui un homme désarmé, blessé, perdant son sang, et dans l'impossibilité de se défendre, sa colère se fondit, il se laissa tomber sur une chaise, près du lit de la bien-aimée et la tête dans les mains se mit à pleurer comme un enfant.

Les mormons ne badinent pas quand il s'agit de morale et de bonnes mœurs.

Ils permettent la polygamie, mais non la séduction et les attentats à la pudeur. Ce sont crimes chez eux, sévèrement punis.

Un docteur mormon appelé au chevet d'Adèle, constata qu'elle dormait d'un sommeil artificiel produit soit par la suggestion, soit par des passes magnétiques, et que celui qui s'était livré à ces criminelles manœuvres, avait profité de cet état d'immobilité et d'inconscience pour commettre un abominable forfait.

Il fut prouvé par les membres de la caravane appelés en témoignage, que James Dilson dominait au moyen — disaient les femmes qui déposèrent — de procédés diaboliques pour s'emparer de la volonté de la jeune Française qui, dans les moments où elle se reprenait, essayait de résister de toutes ces forces et témoignait contre son dominateur une insurmontable aversion.

Mais ce qui contribua le plus à indisposer le jury, fut la déposition de Walter Pratt, qui raconta, d'après le récit qu'il tenait de la bouche même de l'officier français, le capitaine de spahis Juhel, témoin des déportements de James Dilson, à Tébessa, ses indignités à l'égard de deux jeunes irlandais Patrick et Maud O'Kelly, dont il avait causé la mort par des agissements scélérats.

Le fils du marchand de cochons fut condamné a être pendu, exécution qui eut lieu immédiatement après le prononcé de l'arrêt.

Ce peuple pieux, pratique et sensé se refuse aux dépenses inutiles.

Ce n'est pas lui qui s'aviserait jamais de grèver son budget en payant de grosses sommes pour retrancher les malfaiteurs. Il en était du moins ainsi à cette époque, où les mormons sortaient en quelque sorte de leur état embryonnaire ; plus tard, lorsque la belle *civilisation* qui fait le bonheur de l'humanité (!) pénétra chez eux, ils se livrèrent à la dépense de ce que nous appelons les bois de justice, et de ce qu'ils nomment une potence. Ils y ajoutèrent les appointements d'un bourreau. Mais on n'en était pas là encore.

Une douzaine de gaillards, parmi lesquels Walter Pratt, s'emparèrent de James Dilson aussitôt que le jugement fut rendu et, sans lui donner le temps de réciter même un *pater*, on le conduisit au plus voisin poteau télégraphique, car une ligne reliait la cité des Saints aux diverses grosses fermes et aux villages naissants de l'Utah.

On mit au cou du Yankee une corde qu'on passa au dessus des isolateurs ; on le fit monter à une échelle, et quand il eut atteint les plus hauts échelons, on la renversa d'un coup de pied. Il tomba d'un mètre ou deux, la gorge serrée dans le nœud coulant. Quatre hommes de bonne volonté le hissèrent, et le millionnaire auteur de tant de forfaits, l'orgueilleux Yankee qui prétendait, non sans quelque apparence de vrai, qu'avec de l'argent on peut acheter toutes les consciences, oubliant que dans la tourbe humaine il se trouve des âmes nobles qui se refusent aux lâchetés et aux compromis, l'amoureux d'Hélène de Bertemont et le suborneur de la pauvre Adèle Plumereau, gigota dans l'espace comme un simple va-nu-pieds.

On le laissa ainsi quelques heures exposé à la curiosité publique, puis on le porta en terre sans plus de cérémonie.

Mais cette exécution sommaire ne rappelait pas Adèle Plumereau à la vie.

Quand Colombau rentra à l'hôtellerie du frère Paddock et pénétra dans la chambre de la jeune fille, il la trouva en proie au délire.

La pauvre enfant semblait lutter contre un ennemi invisible qui cherchait à l'étreindre, et dans sa terreur, ses paroles incohérentes, Colombau devina les scènes atroces qui avaient dû se passer à maintes reprises entre elle et son bourreau.

Elle s'éteignit le soir même, en prononçant le nom de Colombau, celui de son frère et en appelant Julien d'Hagniel à son secours.

La mort d'Adèle Plumereau porta un coup douloureux au typographe. Il sentit que quelque chose se brisait en lui, qu'un grand vide se creusait. Dans le fond de son cœur il avait gardé un profond amour pour la jeune fille, même après avoir découvert qu'elle s'était donnée à un autre, séduite, entraînée par un irrésistible élan dans les bras d'un lovelace de garnison. Il avait voulu l'oublier, chercher d'autres amours, mais il n'avait pu effacer la douce image. Ses sens pouvaient s'égarer ailleurs, le cœur restait à la timide et douce jeune fille, à laquelle il n'avait osé déclarer son amour.

Et lorsqu'il la revoyait après tant d'événements, de mois de séparation, lorsqu'il espérait l'arracher au bourreau qui la martyrisait, il la perdait sans retour.

La Cité des Saints lui devint odieuse, il résolut de la quitter, de retourner à New-York, en attendant les événements de France. Il ne pouvait s'imaginer que Louis-Napoléon resterait longtemps au pouvoir et les bruits du rétablissement de l'Empire dont parlaient les feuilles des Etats-Unis et dont les gazettes de l'Utah se faisaient l'écho, lui paraissaient invraisemblables, mais un matin des nouvelles arrivèrent : l'Empire était proclamé !

Colombau se voyait condamné à un perpétuel exil ! Cet exil allait-il se passer au milieu de ces mormons ?

Une menace d'orage le décida à partir plus tôt encore qu'il ne le pensait.

La guerre régnait dans l'habitation du frère Barnabé Benoît. Ses femmes s'étaient mises en révolution : coups, injures, giffles, crépages de chignon, désordre complet.

Quelle en était la cause ?

Un jeune mormon, un de ceux arrivés avec la dernière caravane. Il était venu visiter le frère Benoît, et deux de ses épouses, la grosse Allemande Gretchen et la petite Espagnole, l'avaient trouvé de leur goût.

Elles n'avaient pas tardé, avec la perspicacité de femmes jalouses, à s'apercevoir qu'elles avaient jeté leur dévolu sur le même amoureux présomptif, de là des mots aigres, des allusions blessantes, des paroles acerbes. Une sourde irritation, dont l'époux ne pouvait deviner la cause, troublait la paix du harem qui fut bientôt divisé en deux camps ; les unes prirent parti pour Gretchen, les autres pour l'Espagnole, Nelly fut de ce nombre ; et bientôt une guerre ouverte éclata, si bien que les épouses infidèles, dans des accès de colère, finirent par s'accuser mutuellement et par se reprocher leurs infidélités.

Nelly fut hautement accusée par la furieuse Gretchen d'avoir eu des relations coupables en l'absence du maître avec frère Mathias.

D'abord Barnabé Benoît, suivant l'exemple de tous les maris, refusa de croire à son infortune, mais on lui mit l'évidence sous les yeux en lui donnant les détails les plus circonstanciés.

Force fut donc pour lui de renoncer à l'illusion dont il s'était jusqu'ici bercé qu'il n'y avait jamais de maris trompés chez les mormons. Il reconnut, à ses propres dépens, qu'il y avait en la Cité sainte autant de femmes infidèles que dans le pervers et immoral Paris.

Il courut, plein de rage, chez Colombau avec le désir de l'étrangler. Il ne le trouva pas et s'en alla épancher le fiel qu'il venait d'avaler auprès de l'évêque Jackson.

Celui-ci qui, sans s'en douter, était aussi trompé que le ministre des Pharaons, Putiphar, dont l'épouse créa une si fâcheuse célébrité à l'avant-dernier des fils du patriarche Jacob, leva les bras au ciel et poussa de sourds gémissements.

— Qui l'aurait cru ? — dit-il — qui l'aurait cru ? Un jeune homme si bien, que j'ai ramené moi-même de New-York ! Abomination !

— Dégoûtant ! — dit frère Barnabé.

— Vous pouvez vous flatter d'une chose — continua l'évêque — c'est que vous êtes le premier des mormons à qui pareil malheur arrive !

— C'est la consolation que vous me donnez !

— Que voulez-vous que je vous dise, frère Barnabé, le mal est irréparable. Ce n'est pas comme l'avarie d'un navire qu'on bouche avec un tampon d'étoupe, en attendant le maître calfat. Qu'avez-vous fait à l'épouse coupable ?

— Elles le sont toutes, à les entendre, et je les ai toutes rossées.

— Il ne faut pas s'en rapporter aux dénonciations des femmes en fureur, frère Barnabé. Les paroles insensées sortent de leur bouche comme autant de vipères...

— Mais il n'est pas question de nos femmes en ce moment, mais de ce scélérat de Mathias. Je suppose que vous allez le livrer à toute la rigueur des lois. L'adultère doit être puni de mort.

— Rassurez-vous, mon ami, je connais mon devoir.

Frère Barnabé s'en retourna chez lui un peu consolé, annonçant à son sérail stupéfait que Colombau et tous ceux qui avaient porté atteinte à son honneur conjugal allaient être pendus.

CHAPITRE CV

Fuite de la Cité des Saints. — Nouvelles de France. — « L'empire, c'est la paix ». — Chez les Indiens. — Civilisateurs.

Aussitôt après avoir entendu les doléances de l'époux infortuné, Joshua Jackson envoya quérir le coupable.

— Frère, — lui dit-il — il faut fuir et au plus vite ; vous avez commis le crime d'adultère avec cette circonstance aggravante que votre victime est votre propre parrain, celui sous les auspices duquel je vous ai consacré mormon. Je ne réponds pas de vous.

Colombau témoin de la façon expéditive dont ses coreligionnaires rendaient la justice, ne se fit pas répéter l'avis. Il remercia l'évêque, courut chez lui, rassembla hâtivement ses hardes dont il fit un petit paquet et muni d'une dizaine de dollars, toute sa fortune, sortit au crépuscule de la cité sainte.

Il avait remarqué, dans la journée, à l'entrée de la plaine une rangée de fourgons prêts au départ. Une petite caravave de saints, alléchés par le succès de Walter Pratt, allait se diriger vers la Sierra-Nevada, sur la grande route de la Californie.

Le mauvais temps ne les effrayait pas. Ils avaient hâte d'arriver là-bas, d'atteindre l'Eldorado, de prendre place pour la découverte des merveilleux filons d'or.

Mais une tempête de neige les surprit dans les abruptes défilés de la montagne ; les uns moururent de froid, d'autres de maladies et de faim, d'autres encore furent précipités dans les abîmes. Bien peu atteignirent la terre rêvée.

Colombau, par un heureux hasard, échappa au triste sort de la plupart de ceux qui faisaient partie de la caravane et qui, moyennant quelques dollars, l'avaient admis parmi eux.

Mais n'anticipons pas sur les événements.

La caravane, composée d'une dizaine de chariots contenant chacun une famille, se mit en route au petit jour sous la conduite de deux Peaux-Rouges de la tribu des Utes ; et ce fut avec un grand soupir de soulagement que Colombau vit démarer les mules ; depuis la veille, il s'attendait à voir déboucher de la cité les préposés à la morale publique, envoyés par les autorités mormonnes pour l'appréhender et le conduire mains liées devant quelque impitoyable magistrat vengeur de cette morale outragée.

Pendant la première journée, il ne fut pas tranquille.

Dans chaque point noir qui se dessinait à l'arrière, il croyait deviner des limiers lancés à sa poursuite et comme le jour touchait à sa fin, il fut saisi d'une horrible peur.

Un des Peaux-Rouges, à qui le chef de la caravane avait donné l'ordre de rebrousser chemin pour chercher quelque objet oublié, arrivait au galop au moment où l'on formait le campement pour la nuit et se mit à crier à haute voix :

— Frère Mathias ! Frère Mathias Colombau !

— C'est moi ! — répondit avec quelque hésitation celui-ci.

— J'ai un message pour toi — reprit le Peau-Rouge — Un message du chef de ton district.

— Diable ! — se dit le typographe — sans doute il me donne l'ordre de retourner là-bas, pour y être pendu, et ce sauvage est chargé de me ramener à la potence qui m'attend.

Rien n'était plus simple, en effet, bien que le Ute fut seul. Il suffisait, au cas où ses nouveaux compagnons s'y fussent prêtés et ils s'y seraient prêtés avec empressement devant une accusation d'adultère, de lui lier solidement les poignets, de lui passer une corde au cou et de mettre un bout de cette corde

Colombau chez les Indiens.

aux mains de l'Ute qui pour moins d'un dollar eut rempli les fonctions de gendarme.

Mais sa crainte fut de courte durée, car l'indien sortit d'une sacoche pendue à sa selle, une lettre, et la lui présenta.

— C'est pour toi. — Elle arrive de bien loin, de là-bas, là-bas — fit-il en désignant d'un grand geste l'espace du côté de l'Occident. — Le courrier de New-York l'a apportée après ton départ.

Colombau respira. Il prit la lettre, en brisa fébrilement le cachet et lut ce qui suit :

« Je vous écris à tout hasard, mon cher Colombau, sans savoir si ma lettre vous parviendra un jour; mais dans ma détresse, je ne sais à qui m'adresser, et comme vous êtes le meilleur et le plus honnête garçon que j'aie jamais rencontré dans ma vie si semée d'épreuves, je n'hésite pas à vous confier mes peines, certain que si vous le pouvez, vous me viendrez en aide.

« Au milieu des malheurs qui m'ont assailli et dans le décousu de mes pensées, je ne sais par où commencer. Sachez, tout d'abord, que je sors de prison. Oui, moi l'homme pacifique par excellence, j'ai été arrêté le lendemain même de l'affreux coup d'État de M. Louis Bonaparte, arraché de chez moi, au moment où je me préparais à en sortir pour aller à la recherche de ma pauvre petite sœur, et traîné comme un malfaiteur dans un cachot où, pendant des mois et des mois, en dépit de mes protestations, j'ai attendu le bon plaisir d'un juge qui voulut bien m'interroger et me dire de quoi l'on m'accusait après avoir signé une ordonnance de non-lieu.

« Enfin, quand je fus relâché, sans nouvelles du dehors, dévoré d'inquiétudes, je courus chez moi pour trouver mon petit appartement vide. Vide de mes effets et de mon modeste mobilier, cela me touchait certes, car je tenais à certains souvenirs de famille à jamais disparus ; mais ce qui m'alla droit au cœur, ce qui me remplit de douleur et d'effroi, c'est que ma sœur, ma pauvre Adèle, aussi, avait disparu.

« En vain j'interrogeai les voisins.

« Elle était partie un soir et depuis ce temps on ne l'avait plus revue.

« Je m'informai à la police. On me rudoya, on me mit à la porte. Que dire ? Que faire ? Je sortais de prison. On me tenait encore à l'œil. J'avais été renvoyé sans preuves contre moi, il est vrai ; mais l'on m'avait dit en partant que je me méfie, que je ne recommence plus. J'étais noté comme *rouge*, et si je n'ai pas été envoyé sur les pontons ou au bagne de Lambessa, c'est grâce à la protection d'un inconnu puissant — j'ignore encore son nom — qui se porta garant de mon honnêteté.

« Heureusement, ma pauvre Adèle n'était pas morte, comme je le craignais. Je reçus à la fois d'elle, trois lettres que la police avait jugé nécessaire de garder pendant mon séjour en prison et qu'elle eût la bonté de m'envoyer huit jours après ma sortie.

« Ces lettres sont datées de New-York. Par quel mystère ma chère Adèle se trouve-t-elle dans cette ville ? Je l'ignore. Elle ne me donne aucun détail, sinon qu'elle a échappé à un naufrage et a été recueillie sur un bâtiment américain.

« Mais pourquoi et comment s'est-elle embarquée ? Ceci reste un mystère pour moi.

« Je l'éclaircirai plus tard. L'essentiel est qu'elle soit en vie.

« Elle me demande de l'argent pour revenir en France. De l'argent ? Hélas ! Job sur son fumier n'était pas plus dépourvu de numéraire que je ne le suis actuellement.

« C'est par un singulier hasard que j'ai appris que vous étiez à New-York. Adèle, je ne sais à la suite de quelle circonstance, connaissait un jeune officier d'infanterie nommé Julien d'Hagniel, ami du fils du député Georges Barrel, encore un disparu. Cet officier a été, paraît-il, subitement atteint de folie furieuse en apprenant la mort de sa mère tuée par des soldats dans une boutique du boulevard où elle s'était réfugiée, pendant le massacre. Mais il a des instants de lucidité et, dans un de ces moments, il a envoyé une jeune Irlandaise du nom de O'Kelly demander des nouvelles d'Adèle.

« Hélas ! de nouvelles, je ne pouvais en donner, car je n'avais pas encore reçu ses lettres, mais je sus, par cette étrangère, que vous étiez à New-York chargé d'une importante mission.

« Je fus content d'apprendre que vous aviez échappé aux soldats de Bonaparte et que vous vous trouviez à l'abri du besoin, aussi quand les lettres de ma pauvre sœur m'arrivèrent, lettres où elle me suppliait de lui envoyer de l'argent pour son retour, je songeai à vous, et je me rendis aussitôt chez cette demoiselle O'Kelly, qui, par bonheur, m'avait laissé son adresse. J'y trouvai une jolie petite fille qu'elle appelait sa nièce et qui est, m'a-t-elle dit, la fille du sous-lieutenant d'Hagniel. Pauvre et intéressante orpheline qui n'a plus sa mère et l'on peut ajouter ni son père, puisque celui-ci a perdu la raison.

« Mademoiselle O'Kelly me donna les moyens de vous trouver en adressant ma lettre à la cité du Lac-Salé, au pays des Mormons, me disant que si vous étiez retourné à New-York, on vous la ferait parvenir.

« Voici, mon cher Colombau, le service que j'attends de vous :

« Allez voir Adèle, institutrice chez le révérend Furnace, dont je vous envoie l'adresse, et si vous le pouvez, sans trop vous gêner, fournissez-lui les moyens de revenir à Paris ; sinon, engagez-la à patienter. Le mauvais sort ne peut durer toujours, et la guigne ne s'attache pas aux talons des gens sans leur laisser quelque moment de répit.

« J'ai bon espoir pour une nouvelle entreprise, et vous me connaissez assez pour savoir que vous ne perdrez rien. »

Colombau interrompit sa lecture pour essuyer une larme qu'il sentait perler au coin de sa paupière.

— Pauvre diable ! murmura-t-il. — Brave cœur ! Il ne se doute guère que sa sœur tant aimée est maintenant sous terre. Comment lui apprendre la nouvelle fatale ?

Un post-scriptum suivait, un long post-scriptum, où le digne Plumereau renseignait son ancien typographe sur ce qu'il croyait devoir l'intéresser :

« C'est fini. Nous avons l'Empire, et le nouveau César vient de déclarer que l'Empire était la paix ! Que les dieux puissent l'entendre ! Quant à moi, je n'y compte guère, et je ne crois pas à ses paroles. Je me souviens trop de son premier discours à l'Assemblée nationale, le 26 septembre 1848, discours dont j'ai consigné dans mon journal les principaux passages :

« La République m'a fait ce bonheur de me rendre, après trente-trois ans de proscription et d'exil, ma patrie et mes droits de citoyen — disait-il. — Qu'elle reçoive mon serment de reconnaissance, mon serment de dévouement, et que les généreux compatriotes qui m'ont porté dans cette enceinte, soient certains que je m'efforcerai de justifier leurs suffrages, en travaillant avec vous au maintien de la tranquillité, ce premier besoin du pays, et au développement des institutions démocratiques que le peuple a le droit de réclamer.

« ..... Ma conduite, toujours inspirée par le devoir, toujours animée par le respect de la loi, prouvera à l'encontre des passions qui ont essayé de me noircir pour me proscrire encore, que nul ici plus que moi n'est résolu à se dévouer à la défense de l'ordre et à l'affranchissement de la République. »

Et voici encore quelques extraits de son manifeste électoral du 27 novembre :

« Il ne faut pas qu'il y ait d'équivoque. *Je ne suis pas un ambitieux qui rêve tantôt l'Empire et la guerre*, tantôt l'application de théories subversives. Élevé dans les pays libres, à l'école du malheur, je resterai toujours fidèle aux devoirs que m'imposeront vos suffrages et les volontés de l'Assemblée.

« Si j'étais nommé Président.... je me dévouerais tout entier sans arrière-pensée, à l'affermissement d'une République sage par ses lois, honnête par ses intentions, grande et forte par ses actes. Je mettrais mon honneur à laisser, au bout de quatre ans, à mon successeur, le pouvoir affermi, la liberté intacte, un progrès réel accompli. »

Voilà des promesses bien tenues !

Félix Pyat ne se trompait pas lorsqu'il disait :

« Le Président ne fera que l'intérim ; il a un chapeau en attendant une couronne. » Sage prédiction que personne ne voulut entendre, car, à part le chapeau, elle se réalisa.

L'ex-Président ne voulut jamais se montrer en public revêtu du frac ni du hideux chapeau moderne. Il savait trop le prestige de l'uniforme sur les Français. M. Thiers qui avait convoité la Présidence, rêvait alors pour lui l'habit tomate à broderies d'or des consuls de l'an VIII. Il le conseilla au prince qui rit au nez du grotesque petit homme. L'habit tomate des consuls n'était pas ce qu'il lui fallait. Il rêvait l'uniforme militaire, et ne pouvant ni n'osant prendre celui de l'armée, il revêtit celui de général de la garde nationale, ce qui lui permettait de se former une maison militaire et de s'entourer d'élégants officiers d'état-major, au milieu desquels un habit civil eut fait une laide tache noire.

Aussi quand, le 20 janvier, on le vit en tenue de général en chef de la garde nationale, panache tricolore au chapeau, le grand cordon de la Légion d'honneur sur son uniforme crânement porté, superbe en selle, les grosses épaulettes, d'abord hostiles, se dirent : « Après tout, ce pékin a été militaire » et les troupes, qu'il passait en revue sur la place de la Concorde, l'acclamèrent aux cris de *Vive l'Empereur* ! Et le peuple amoureux du flafla et des panaches fit chorus !

« Maintenant le voici en uniforme de vrai général. C'est l'Empereur. Salut ! Il flatte l'armée, sur laquelle repose toute sa force... Mais l'armée ne vit que pour la guerre, je parle des officiers !... Nous allons voir combien de temps l'Empire sera la Paix !

« En attendant, il se fait une cour où il a rassemblé en hommes et en femmes tout ce que la société peut trouver de plus hétéroclite. Là brille une fort jolie espagnole, une sorte d'aventurière comme lui. On dit qu'elle lui tient la dragée haute et veut se faire épouser. Il y a encore de beaux jours réservés à la gaîté française !

« Napoléon Ier disait à Sainte-Hélène : « Ma cour n'était pas gaie, c'est pourquoi les femmes ne m'aimaient guère. » Je vous assure qu'on dira tout autre chose de celle-ci.

« Vous avez entendu parler, sans doute puisque vous connaissiez Paul Barrel, d'une demoiselle de Bertemont. On la dit au mieux avec le nouveau César, ainsi d'ailleurs que beaucoup d'autres dames et demoiselles : mais ce ne sont que des *on-dit*.

« Au revoir, mon cher Colombau, encore une fois, bonne chance, et... prompt retour. »

C'est à la lueur d'un feu du campement que Colombau prit connaissance de cette longue missive. Elle ajoutait un nouveau sujet de tristesse à ceux qui le hantaient déjà ; l'établissement de l'Empire, lui fermait à jamais les portes de la patrie.

L'indien Ute, qui lui avait apporté la dépêche, le contemplait en silence, assis en face de lui, se chauffant à la flamme.

C'était un de ceux qui étaient venus prévenir que la caravane où se trouvait James Dilson et l'infortunée sœur de Plumereau, était en détresse. On ne lui avait pas même dit merci, tant est grand le mépris que les hommes *libres* blancs, les pionniers soi-disants de la civilisation, affectent envers les Peaux-Rouges. Pour un Yankee, les descendants des anciens maîtres de l'Amérique, doivent être moins bien traités que ses chiens.

Colombau indigné, le voyant lui et son compagnon transis de froid et mourant de faim, les conduisit dans son barraquement et leur donna quelques restes de viande, du pain, avec un peu d'eau-de-vie dont il s'était muni en cachette.

Cet homme, un maigre, mais solide gaillard, s'appelait *Bonne-Flèche* ; ce nom en indien étant trop difficile à prononcer pour les bouches saxonnes, s'était transformé en celui de Jim, tandis qu'on surnommait son compagnon qui s'appelait Gros-Caillou, la *Tarentule*, à cause de sa passion pour cette funeste liqueur, mélange d'alcool et de tabac.

Bonne-Flèche avait reconnu son bienfaiteur de la cité du Lac Salé et, voyant son front assombri après la lecture de la lettre, lui dit :

— Mauvaises nouvelles ?

— Oui — répondit Colombau.

— Les jours de soleil succèdent aux jours de pluie, et le printemps à l'hiver. Espère en demain.

Il parlait assez intelligiblement le français, ayant été dans sa jeunesse en relations avec des Canadiens, mais il avait préféré à la domesticité plantureuse des villes, l'existence ardue, libre, des enfants du désert.

Sa conversation était piquante, semée d'images, et Colombau finit par se plaire en sa compagnie beaucoup plus qu'en celle des émigrants presque tous bornés, ignorants, grossiers et souvent les pires scélérats du monde, qui lui rappelaient les ignobles canailles des barrières parisiennes.

Assurément, le Peau-Rouge était en certaines matières aussi ignorant qu'eux, mais il émettait des idées pleines de sens, et tenait sur notre civilisation et sur les empiètements des Yankees des raisonnements qui confondaient l'ouvrier parisien.

— Quel bien avons-nous recueilli de votre civilisation ? — disait-il. — Nous ne le voyons pas. Vous avez dans vos villes, proportion gardée, plus de misérables que dans nos tribus, plus de gens qui meurent de faim. Et encore si nous avons des misérables, c'est de votre faute, c'est parce que vous nous avez ruinés.

Nous n'avons pas de chemins de fer, pas de vos machines qui marchent avec de l'eau bouillante, pas de ces lumières brillantes comme le soleil et que vous mettez dans des boites, mais nous n'avons nul besoin de tout cela. Nous nous contentons du soleil qui nous éclaire gratuitement le jour, et de la lune qui nous éclaire également la nuit. Toutes vos belles inventions ont-elles diminué la misère du pauvre monde et augmenté le bonheur ? D'après ce que j'ai vu au Canada et dans vos villes, vous êtes plus misérables que nous, parce que vous avez besoin de tout. Notre *teppee* (tente) suffit à nous abriter, la peau des bêtes que nous tuons sert à nous couvrir. Si nous nous déplaisons dans un endroit, nous levons le camp et allons ailleurs. Nos *papooses* (marmots) trottent nu-pieds dans la neige et ne s'en portent pas plus mal. Ils n'attrapent jamais de rhumes, ni d'insolations, comme vos enfants blancs. Quand ils grandissent, au lieu de les envoyer s'étioler dans des grandes chambres où ça sent mauvais, pour apprendre un tas de balivernes qui ne leur serviront jamais, nous leur mettons dans la main un arc et des flèches, et nous leur apprenons à se nourrir eux-mêmes.

— Ça c'est bien — approuvait Colombau qui ne se rappelait pas sans un sentiment d'horreur les belles journées ensoleillées de son enfance qu'il passait dans de sombres salles d'école à regarder les mouches voler.

— Tout diffère de vues — continuait l'Ute. — Les blancs aspirent à la richesse pour se procurer des jouissances factices, qui les envoient plus rapidement au pays des ombres. les Indiens savent se contenter de peu. Vous avez la main fermée, nous l'avons ouverte. Vous êtes durs aux pauvres; chez nous, les pauvres sont nos frères et s'assoient en égaux sous nos *teppees*. Celui d'entre nous qui donne le plus est considéré comme le meilleur et le plus brave. Vous faites payer votre hospitalité, nous la donnons avec joie. Viens passer la durée d'une lune avec nous... tu ne voudras plus nous quitter.

Cette perspective d'aller vivre quelques jours et même quelques semaines sous la tente des Peaux Rouges souriait à Colombau. Pendant son séjour à la cité du Lac-Salé, il avait rencontré plusieurs Indiens qui venaient, contre des peaux, échanger du café, du sucre, du thé et d'autres denrées.

Il les avait toujours trouvés dans leurs transactions honnêtes et consciencieux, plus honnêtes et plus consciencieux surtout que les mormons qui les volaient impudemment.

Arrivés à mi-chemin de la cité du Lac Salé et de la Sierra-Nevada, en suivant le cours d'une rivière où l'on cherchait un gué pour la traverser, l'on se trouva tout à coup en face d'un campement d'environ cent tentes.

Les émigrants crûrent d'abord que leurs guides les avaient conduits dans un guet-apens. Il n'en était rien ; c'était une fraction de la tribu des Utes, à laquelle ils appartenaient.

Les indiens se montrèrent bien disposés et accueillirent avec des marques d'amitié les voyageurs. Ce n'était pas la première fois que Colombau se trouvait en face d'un corrall de Peaux-Rouges. Pendant son voyage avec l'évêque Jackson il en avait aperçu plusieurs, mais de loin. Cette fois, la petite caravane était entourée d'indiens.

Leurs manières calmes et simples, leur dignité de maintien, leur hospitalité sans démonstrations, lui plurent. Il résolut de suivre le conseil de Bonne-Flèche et de rester quelque temps chez eux. Qu'irait-il faire à San-Francisco ? Rien ne l'y attirait et peut-être y trouverait-il de nouveaux jours de misère. Il avait le temps de rentrer dans la galère des grandes villes. Puis, il voulait oublier... oublier...

La petite caravane s'arrêta quarante huit heures chez les Utes, puis reprit son chemin vers l'Ouest avec deux nouveaux guides. Bonne-Flèche et Gros-Caillou, éloignés depuis plusieurs mois des leurs, désiraient se reposer.

Bonne-Flèche introduisit son ami dans sa tente, une sorte de pyramide ronde et pointue faite de peaux de buffles cousues l'une à l'autre avec des fils de cuir. Au centre brûlait un feu de bois dont la fumée s'échappait en spirale par une ouverture du sommet, disposée de telle sorte que, même en cas de violent orage, la pluie ne pouvait pénétrer. A la base du teppee et autour du feu s'alignaient de longs paniers d'osier en forme de boîtes, peints de diverses couleurs, contenant chacun une peau de buffle; lits du chef de la tente, de ses femmes et de ses enfants. Çà et là, divers supports chargés d'arcs et de flèches et, en un coin, un sac contenant de la viande séchée.

Des figures d'hommes et d'animaux grossièrement peintes décoraient l'intérieur.

Le sol était couvert de peaux de buffles sur lesquelles, des femmes et des jeunes filles, accroupies sur leurs talons, s'occupaient à orner de perles des mocassins.

A l'entrée de l'étranger, elles ne parurent nullement surprises. Sans doute le chef de la famille les avait prévenues. Deux d'entre-elles se levèrent avec empressement pour lui offrir une place.

Il s'assit, tandis que Bonne-Flèche leur donnait quelques ordres en la langue des Peaux-Rouges.

Près du feu était une sorte de marmite de forme bizarre d'où s'échappait une appétissante odeur de viande cuite. Colombau en reçut sur un petit plat de bois, et trouva le ragoût délicieux. Naturellement il dut se passer de fourchette, mais comme c'étaient de longues bandes de chair très minces, il ne trouva nul inconvénient à se servir de ses doigts.

Il sut, depuis, que le ragoût auquel il faisait honneur, se composait de langues de buffles et de chien rôti.

Quant à la boisson, elle venait directement de la rivière voisine. Mais depuis son séjour chez les mormons, le typographe avait perdu l'habitude du vin.

En face de lui, tandis qu'il buvait et mangeait en compagnie de son hôte, se tenait une toute jeune fille aux yeux noirs et brillants comme des escarboucles.

Elle avait les traits fins et délicats, une bouche mignonne, des cheveux d'un noir d'aile de corbeau, et des dents que son teint cuivré faisait paraître d'une éclatante blancheur.

Elle portait le simple et pittoresque costume des jeunes indiennes, une robe de cotonnade bariolée que couvrait à demi une sorte de châle d'étoffe plus épaisse; la taille et les seins étaient ornés de dessins de verroteries.

— La jolie fille ! — se dit Colombau.

De son côté la petite indienne, qui ne paraissait pas avoir plus de treize ou quatorze ans, c'est-à-dire qui avait déjà dépassé l'âge où l'on se marie dans ces contrées, attachait des regards mêlés de curiosité et d'une craintive admiration sur l'hôte amené par son père, et à plusieurs reprises, devançant ses désirs, elle se leva soit pour lui apporter de l'eau dans une noix de cocotier gravée et enjolivée par quelque artiste du cru, soit pour lui servir des viandes.

— C'est Tint-Calla, ma fille — dit Bonne-Flèche. — Une belle fillette, n'est-ce pas?

— Oui — répondit la mère, vieille au teint couleur de casserole de cuivre, — on chercherait vainement sa pareille dans les tribus des Utes et même dans celles des Cheyennes et des Sioux.

Colombau cru devoir ne pas enchérir, sur ces paroles que lui traduisit le père se tenant dans une prudente réserve, au milieu de ce monde si nouveau pour lui.

L'ancien typographe se trouvait depuis une quinzaine de jours chez les Utes et s'estimait, après les secousses de la dernière année, parfaitement heureux, vivant de la vie des Indiens qui étaient, avant que les blancs ne vinssent leur apprendre à mentir, à voler et à s'enivrer d'abominable et pernicieuse eau-de-vie, le peuple le plus heureux, le meilleur et le plus hospitalier de la terre, et eut désiré que cette existence continuât.

Ce qui l'attristait parfois, c'était le doux souvenir d'Adèle, mais il chassait cette pensée, se disant philosophiquement que ses regrets étaient stériles et que rien ne prévaut contre la mort.

Un soir qu'il revenait de la chasse aux buffles, Bonne-Flèche lui dit :

— Tu es triste depuis quelque temps, frère. Nous avons remarqué, mes squaws et moi, un pli à ton front. Tu es triste parce que tu passes tes nuits solitaire et sans les caresses d'une jeune épouse.

— Tu crois?

— J'en suis sûr et mes squaws en sont sûres comme moi. Ce sont elles qui me l'ont fait remarquer. Les femmes, vois-tu, connaissent ces choses mieux que nous.

— C'est peut-être vrai.

— C'est certain. Aussi hier, j'ai eu avec elles un long conciliabules. J'ai trois filles, Tulipe-Noire, Rose-des-Prés et Herbe-Drue. Je te les offre...

— Toutes trois ? — se récria Colombau.

— Toutes trois, car elles n'ont pas encore écouté de jeunes hommes qui leur aient parlé d'amour. Mais, il est d'usage de commencer par l'aînée. Prends Tulipe-Noire, tu ne lui es pas indifférent; elle l'a avoué à sa mère... Après, nous te donnerons Rose-des-Prés; et Herbe-Drue, qui n'est pas encore nubile, pendant ce temps poussera pour toi.

— Ça me va — répondit Colombau, que depuis son séjour chez les mormons la pluralité des femmes n'effrayait plus.

— Nous te donnerons une tente — continua Bonne-Flèche — elles en prendront soin et prépareront tes repas; tu trouveras toujours en revenant de la chasse une bonne tranche de buffle ou de chien rôti, tu apprendras notre langue et tu passeras une vie de délices. De ton côté tu nous seras utile en nous servant d'intermédiaire dans nos transactions avec les blancs, et voyant un blanc parmi nous, ils se montreront peut-être moins féroces. Est-ce entendu?

— Oui — répondit Colombau. — Je suis prêt. Quand faut-il que j'épouse ta Tulipe-Noire. Je me sens tout disposé... Ce soir?

— Oh! oh! — fit le Ute en souriant. — Si tu es prêt, Tulipe-Noire, n'est peut être pas prête. Ses yeux s'arrêtent sur toi avec plaisir, mais cela ne suffit pas. Le sens d'un songe, l'effet des nuages d'automne, et la pensée des jeunes filles sont trois mystères que nul ne sait. Veux-tu éprouver la finesse d'un dard? Plante-le dans le cuir d'un buffle. La force d'un buffle? Charge-le. Le caractère d'un homme? Ecoute-le parler. Mais la pensée d'une femme? Pas de moyen.

— Alors à quand la noce? — demanda Colombau que tentaient fort les appâts rondelets de Tulipe-Noire qui, assise à quelque distance, courbée sur sa broderie de perles, écoutait la conversation sans la comprendre, se doutant bien qu'il était question d'elle, car ses yeux se baissaient modestement et une légère rougeur couvrait ses joues cuivrées chaque fois que son regard rencontrait celui du Français

— Quand tu lui auras fait la cour et que tu auras obtenu son consentement suivant l'usage des tribus indiennes de l'Utah.

Cet usage consistait à se munir d'une couverture et à attendre la jeune personne au moment où elle allait puiser de l'eau à la rivière avec un seau taillé dans le ventre d'un antilope.

Le prétendant s'approche et lui jette sa couverture sur la tête, en glissant immédiatement la sienne dehors.

C'est de cette sorte qu'il doit faire sa déclaration.

Elle l'écoute attentivement et si elle accepte, elle rend sous la couverture les caresses que l'amoureux lui donne, au cas contraire elle s'enfuit à toutes jambes.

Il arrive que l'évincé ne se décourage pas. Il va quelquefois huit ou dix soirs de suite attendre l'objet de sa passion muni de sa couverture qu'il recommence chaque fois à lui jeter sur la tête, et souvent, touchée par tant de constance, la jeune fille finit par céder.

Mais la cour de Colombau se termina à la première entrevue.

Il fut de suite accepté, avec la sanction à obtenir de la mère, appelée *Vieille-Fumée*, qui, bien qu'ayant à peine dépassé la trentaine, présentait l'aspect d'une sorcière.

Vieille-Fumée consentit d'autant plus volontiers que c'était affaire arrangée d'avance.

D'après l'usage, Colombau devait offrir aux parents de sa fiancée un cadeau de plusieurs chevaux.

N'ayant pas de chevaux à sa disposition, il les remplaça par une poignée de pièces d'argent représentant leur valeur en dollars, car les Peaux-Rouges, plus scrupuleux que les blancs, achètent leurs femmes, tandis que chez ces derniers, ce sont d'ordinaire les femmes qui achètent leurs maris.

Les dollars furent bien accueillis, et Vieille-Fumée accompagnée de Rose-des Prés, âgée de douze ans et de la petite Herbe-Drue, qui n'en avait que onze, conduisit Tulipe-Noire sous le *teppce* conjugal, que *Gros-Caillou*, l'ami de *Bonne-Flèche* avait généreusement prêté à l'hôte de la tribu en attendant qu'il s'en procurât un.

Vieille-Fumée et ses deux plus jeunes filles préparèrent pour les nouveaux époux un lit en osier garni de peaux de buffle, mirent tout en ordre et se retirèrent discrètement.

Le nouvel époux n'eut pas à se plaindre de son épouse; la petite indienne fit son possible pour être agréable à ce mari qui lui arrivait du pays des blancs; elle le trouvait fort à son goût et témoignait sa joie par de petits cris et des éclats de rire qui finirent par gêner Colombau, car il pensait, avec juste raison, que les habitants des *teppées* voisins assistaient ainsi à leurs ébats.

Mais aucun n'eut l'indiscrétion d'élever la voix ou de faire la moindre remarque, ce qui eut été un manque absolu de savoir vivre qui eut soulevé contre le délinquant l'indignation de toute la tribu.

Les chiens, veilleurs infatigables des nuits, faisaient entendre aux moindres bruits lointains de la prairie, de furieux aboiements.

Colombau, dès ce jour, mena une vie de Peau-Rouge, tout en conservant en partie le costume du colon : chapeau à larges bords, chemise de flanelle, pantalon enfoncé dans les bottes et ceinture de laine aux flancs.

Il prenait langue, montait à cheval, chassait, servait d'interprète quand passaient des caravanes, dormait paisiblement dans son teppec à côté de sa femme et trouvait la vie pleine de charmes.

Comme il avait épousé la fille aînée de la famille, il jouissait, suivant la coutume indienne, de certains droits sur les sœurs cadettes ; ainsi elles ne pouvaient se marier sans son consentement.

Rose-des-Prés lui plaisait beaucoup, elle venait souvent dans son logis sous le prétexte de visiter sa sœur, agaçait le beau-frère et se faisait embrasser par lui.

— Je crois bien qu'il faut la marier — dit-il un soir à Tulipe-Noire

— Oui — répliqua celle ci — je crois le moment venu.

— Aime t-elle quelque jeune homme ?

— Non, je suis certaine que ses préférences sont pour toi.

— Pour moi ?

— Mais oui... demande-la, elle ne te refusera pas.

Colombau se rappela dès lors l'offre que lui avait faite Bonne-Flèche au début.

Cependant ses scrupules d'européen le retenaient.

— Ça ne te ferait donc rien si j'épousais Rose-des-Prés ?

— Mais, non. Si tu veux une autre femme, je préfère que ce soit ma sœur.

Il prit donc la sœur cadette dans son wigham, en attendant d'y mettre Herbe-Drue, encore trop petite pour qu'on pût décemment l'épouser.

— Mais — lui dit Vieille-Fumée le jour de ses secondes noces — dès à présent regarde la comme tienne, je la préserverai des contacts comme la prunelle de mes yeux.

Voilà donc l'ancien typographe menant autrefois à Paris une vie chétive et misérable, trop pauvre pour vouloir associer une femme à sa misère, devenu chez les Indiens un membre respectable de la tribu. Pourvu de deux jeunes et jolies femmes, vivant du produit de sa pêche et de sa chasse, il se félicitait chaque jour d'avoir quitté l'état de civilisation, source de toutes les misères, pour l'état heureux du sauvage, se demandant parfois quel était le plus sauvage, le plus dur pour ses semblables, le plus âpre à la curée de l'indien ou de l'homme blanc et l'avantage de la comparaison ne restait pas à ce dernier.

Il se sentait donc très heureux entre ses deux épouses qui, étant sœurs, connaissaient le caractère et les manies de chacune, se faisaient de mutuelles concessions et vivaient en parfaite harmonie ; aussi, trouvait-il si agréable de posséder deux épouses qu'il se préparait à s'adjoindre, au printemps suivant, Herbe-Drue, la bien nommée, qui poussait et s'embellissait à vue d'œil, lorsqu'une catastrophe inattendue vint détruire son Eden.

Depuis quelque temps des bandes de gens suspects exploraient la prairie.

On disait que c'était une compagnie de chasseurs de buffles envoyés par des marchands de peaux.

Quoiqu'il en soit, ils faisaient grands ravages dans les immenses troupeaux qui erraient encore à cette époque dans les prairies Ils tuaient les bêtes, les dépouillaient et laissaient pourrir l'animal en plein air.

Les loups arrivaient alors en grand nombre et faisaient larges ripailles.

Quant aux chasseurs, ils traînaient avec eux plusieurs fourgons dans lesquels ils empilaient leurs peaux, et établissaient un campement gardé par une poignée d'hommes, tandis que le gros de la troupe allait à la rencontre des buffles.

Ils possédaient outre leurs chevaux et les mules qui tiraient les chariots, quelques vaches, sans doute, volées dans leurs pérégrinations, et qui, trouvant une abondante pâture, donnaient une quantité suffisante de lait pour les rafraîchir au retour de leur expédition, lait qu'ils mélangeaient à l'eau-de-vie, se méfiant de l'eau des rivières dont quelques gorgées souvent suffisaient pour donner la fièvre.

Ils campèrent pendant sept ou huit jours dans le voisinage des Utes, et Colombau, qui se rendit à leur campement, s'aperçut du premier coup que ces chasseurs étaient un ramassis de forbans venus de tous les points de l'Amérique ; il engagea donc ses nouveaux frères les Utes, à n'entreprendre aucune transaction avec eux, car, affirma-t-il, ils ne recevraient en échange de leurs peaux de buffle que des coups de fusil.

Les aventuriers levèrent le camp et, à la première ou seconde étape, s'étant aperçus qu'une de leurs vaches avait les pieds malades et ne pouvait plus suivre, ils la laissèrent sur le bord d'une rivière, puis continuèrent leur chemin pour aller s'installer à une journée de marche plus loin.

Des indiens qui passaient voyant cette vache abandonnée, la tuèrent et la mangèrent.

Quand, après quelques jours d'arrêt, les chasseurs de buffles se disposèrent à pousser en avant, ils envoyèrent deux des leurs pour chercher la vache, la pensant guérie.

Ils n'en trouvèrent plus que les os et coururent rendre compte à leurs camarades.

Ceux-ci, poussèrent des cris de fureur, accusèrent les Utes de les avoir volés et envoyèrent un petit détachement de sept à huit hommes dans la tribu, pour demander de forts dédommagements.

Colombau, qui servait d'interprète avec Bonne-Flèche et Gros-Caillou, les reçut fort mal. Les envoyés se continrent devant l'hostilité manifeste des Utes dont plus de cent étaient en armes et, après force injures, s'en retournèrent à leur campement.

Il y avait à une trentaine de *miles*, un fort nouvellement construit par les troupes américaines. Les chasseurs s'y rendirent, se plaignirent du vol dont ils se disaient victimes, en dénaturant et grossissant les faits, suivant la coutume de tous les plaignants.

Ce n'était plus une vache que les Indiens leur avaient volée et mangée, mais une douzaine, et quand ils étaient allés réclamer une indemnité, les Utes — disaient-ils — les avaient accablés d'injures et menacés de leurs flèches.

Le commandant du fortin, un jeune capitaine qui ne demandait que plaies et bosses, envoya un de ses subordonnés, un sous-lieutenant, aussi ardent que lui à chercher des bagarres où il pourrait trouver de l'avancement.

Il partit avec un peloton de vingt huit hommes et une pièce d'artillerie du calibre de 6.

Comme il faisait très chaud, ils burent considérablement en route et étaient tous à peu près ivres, l'officier compris, lorsqu'ils arrivèrent devant un village de Peaux-Rouges composé d'environ cinq à six cents teppées.

Dans les fumées de l'alcool ils s'étaient trompés de direction.

Prenant position sur une colline qui dominait le campement indien, l'officier envoya un sang-mêlé du Midi qui lui servait d'interprète.

Les Peaux-Rouges n'avaient jamais entendu parler de ce vol de vache et ne sachant de quoi il s'agissait, renvoyèrent l'ambassadeur, qui était ivre comme son chef, et ne baragouinait qu'un mauvais indien.

Le sous-lieutenant furieux chargea l'interprète de donner l'ordre au chef de tribu de comparaître devant lui, l'avertissant que s'il ne se présentait pas dans cinq minutes, il ouvrirait le feu sur le village.

Le chef haussa les épaules, répondant qu'il n'avait rien à faire avec le chef blanc et que si celui-ci désirait entrer en pourparlers, il n'avait qu'à lui envoyer des hommes sobres et qu'il put comprendre.

— Refus d'obéissance de ce sauvage ! — s'écria le sous-lieutenant — Ah ! ah ! mon gaillard, nous allons t'apprendre à vivre !

Et sans plus de façons il donna l'ordre aux artilleurs de commencer le feu.

Le premier boulet coupe un poteau de teppée et tue un petit enfant dans son berceau ; le second tue un vieux chef alité et blesse plusieurs femmes.

Ce furent les deux seuls coups tirés. Les Indiens voient rouge, s'élancent en poussant leur cri de guerre, chargent le petit peloton, l'entourent et massacrent tout.

Il ne reste personne pour aller annoncer le désastre au commandant du fortin.

Quand la nouvelle du massacre arriva dans la tribu de Colombau, ce fut une grande désolation. On s'attendait à de terribles représailles, mais l'on ne pouvait blâmer les Utes sur lesquels les blancs avaient tiré sans raison ni provocation. On proclama la piste de guerre ; des émissaires furent envoyés dans toutes les directions pour rassembler les tribus, se concerter avec les chefs.

Colombau se trouva dans une grande perplexité. Il ne pouvait abandonner sa nouvelle famille et, d'un autre côté, il lui répugnait de prendre les armes contre des hommes de sa race.

Ses femmes, qui épiaient ses pensées sur son visage soucieux, l'imploraient, le suppliaient de rester, il se décida pour ce dernier parti.

— Après tout — se dit-il — que me sont ces Yankees ? Si je n'avais pas eu d'argent, ils m'auraient laissé crever de faim au milieu de leurs regorgements et de leur luxe, tandis que ces pauvres indiens m'ont donné gratis une généreuse hospitalité.

Il resta donc et plia bagages avec la fraction de tribu pour se rendre au grand rassemblement des Peaux-Rouges, en avant dans la prairie, à environ trois journées de marche forcée.

Mais comme l'on atteignait, le soir, l'endroit où l'on allait camper, que les femmes allumaient les feux et que les hommes s'occupaient des chevaux, voici que les chiens firent entendre de furieux aboiements.

Un grand bruit venait de l'Est.

Tous écoutèrent, haletants.

Il n'y avait pas à s'y tromper, une troupe de cavalerie arrivait au grand trot.

Les Utes poussèrent le cri d'alarme et se précipitèrent vers leurs chevaux.

Trop tard ; avant qu'ils aient pu les enfourcher, un escadron de dragons fondait sur le camp.

Il y eut un grand et facile massacre, tout y passa. Hommes, femmes, enfants furent tués soit à coups de sabre, soit écrasés sous les pieds des chevaux.

Colombau qui, le fusil en main, défendait vaillamment ses femmes, tomba frappé d'un coup de revolver.

Peu de Utes échappèrent au carnage. Les femmes qui ne furent pas tuées furent violées par les vainqueurs.

La troupe n'était cependant pas nombreuse. C'était un simple escadron de dragons, mais les Utes ne s'attendant pas à cette prompte poursuite, s'étaient laissés surprendre.

Si au lieu d'être dispersés dans tout le terri-

O *Santa Madre!* Madame Ploumereau..... en deuil!

toire, les indiens avaient concentré leurs forces, ils auraient pu tuer tous les blancs, soldats et colons, car ils nombraient alors sur ces vastes contrées nouvellement ouvertes à la rapacité des Yankees, plus de dix contre un.

Colombau, laissé pour mort sur le champ de bataille, ou pour mieux dire sur le terrain des massacres, à côté des cadavres de ses trois femmes — car, incertain du lendemain et plein d'appréhensions, il s'était hâté, la veille, d'épouser la petite Herbe-Drue, sur les instances de la famille qui, désormais sur la piste de guerre, ne demandait pas mieux que de se décharger de la peine de prendre soin d'une bouche inutile, — Colombau, disons-nous, se réveilla étendu sur une paillasse à l'abri du soleil.

Il promena un regard effaré autour de lui, cherchant à rappeler ses souvenirs qui ne revenaient que lentement.

Il comprit d'abord qu'il se trouvait sous une tente, et par une ouverture, aperçut, flottant à quelque distance, le drapeau étoilé des Etats-Unis.

Il essaya de se mouvoir, mais au moindre effort il ressentit une douleur horrible dans les membres et à la tête.

— Où suis-je? — se demanda-t-il avec angoisse.

Il n'était pas mort; c'était là pour lui l'essentiel. Mais il pensa qu'il n'en valait guère mieux.

Il referma quelque temps les yeux comme pour lire au dedans de lui-même, et alors peu à peu les incidents des derniers événements défilèrent : son admission dans la tribu des

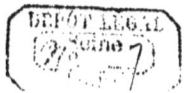

Utes, ses trois mariages, et l'annonce d'une u erre injustifiée, puis l'attaque soudaine, le massacre abominable.

— Oh! mes chères petites femmes — murmura-t-il — si tendres, si soumises, si dévouées! Tulipe-Noire! Rose-des-Prés! et la dernière, la chère dernière, Herbe-Drue!

Des larmes mouillèrent ses paupières, coulèrent lentement le long de ses tempes.

— Les scélérats! les scélérats!

Il prononça ces paroles à haute voix, inconsciemment; elles lui venaient aux lèvres, comme une plainte suprême, comme un douloureux soupir.

— Ah! mon pauvre garçon! — fit près de lui quelqu'un. — Enfin! vous voici réveillé... Vous l'avez échappé belle!

Il ouvrit les yeux et crut encore rêver.

Devant lui, près de la paillasse où il gisait, se tenait un homme, au visage ami, qui le regardait en souriant.

— Vous! vous ici! — s'exclama Colombau. — Mais je rêve. Vous? M. Barrel!

— Vous ne rêvez pas, mon ami. C'est bien moi, oui, Georges Barrel, qui vous ai reconnu avec une stupéfaction non moins grande que celle que vous manifestez en ce moment, et vous ai relevé au milieu d'un tas de morts, sur lesquels s'acharnaient déjà les vautours. Ah! ça, mon garçon, quand vous serez un peu plus valide, je vous demanderai ce que vous faisiez dans cette bagarre... Mais en attendant il faut vous tenir coi.

— Et tous tués? — demanda Colombau.

— Qui tous? Il n'y avait là que des cadavres d'indiens et d'indiennes. Vous vous trouviez à côté de trois petites Peaux-Rouges, dont l'aînée n'avait assurément pas seize ans.

— Oh! les pauvres chéries — fit Colombau. — Mortes! mortes! Lâchement assassinées... Ah! M. Barrel, c'est la pauvre *Tulipe-Noire*, et *Rose-des-Prés* et *Herbe Drue!*

— Qu'est-ce que c'est que tout ça?

— Mes femmes, M. Barrel. Ah! les scélérats! les scélérats!

— Allons, ne divaguez pas, mon brave garçon. Ne parlez plus; le délire vous prendrait. Il n'y a pas de médecin ici, mais je le suis assez, pour vous ordonner le silence. Je vais dire au cuisinier qu'il vous apporte un bon bouillon.

— Ah! je vois bien que vous me croyez fou, M. Barrel, mais je ne le suis pas, non je ne le suis pas. J'avais trois jolies petites femmes...

— Encore? Je m'en vais...

— Un mot, s'il vous plaît, un seul. Qu'est devenu M. Paul Barrel? Il ne lui est pas, j'espère...

— Merci, mon ami, de votre bonne pensée. Non, il ne lui est pas arrivé malheur. Il se porte bien. J'ai reçu de ses nouvelles; il est à San-Francisco où je vais le rejoindre. Dépêchez-vous donc de guérir, si vous voulez être du voyage.

— Où sommes-nous?

— Près d'un fort! Sous le drapeau américain et en sûreté. Nous n'avons rien à craindre du Peau-Rouge, animal très méchant, paraît-il, d'après les dires des Yankees, car lorsqu'on l'attaque il se défend... Mais nous recauserons de cela quand vous serez valide... Je vais vous faire apporter votre bouillon.

La guérison de Colombau alla rapidement; il n'avait reçu qu'une blessure sans grande gravité. Le sang perdu abondamment occasionnait seul sa faiblesse. Il lui fallait infuser en ses veines un sang nouveau par une bonne alimentation et les forces reviendraient.

On avait en abondance la chair de buffle et à son défaut celle du chien des prairies qui fournit un bouillon assez substantiel.

Ce n'était pas du simple bouillon que prenait le malade, mais l'extrait du jus de viande cuisant en un bain-marie, remède souverain pour les convalescents, presque inconnu chez nous, et que les Anglais appellent *beef-tea*, thé de bœuf.

Aussi bientôt Colombau fut-il sur pied et l'on put songer à prendre la direction de San-Francisco en suivant la route où, d'étape en étape, les Américains avaient construit hâtivement des blockaus et de petits forts.

La guerre contre les blancs était proclamée dans toutes les tribus indiennes. Sioux, Utes, Pawnees, Cheyennes, prenaient les armes.

L'incident de la vache mangée et ses suites causaient tout le branlebas. Les grandes prairies de l'Amérique étaient en feu, les troupes américaines sur pied, les villages dévastés, les femmes, les enfants massacrés, les troupeaux pillés, parce qu'un petit groupe d'Indiens avaient tué et mangé une vache malade rencontrée sur leur chemin.

« Tout tuer », devise commune de part et d'autre. « Pas de prisonnier, pas de quartier », ordre de guerre suivi à la lettre.

Partout des squelettes luisaient au soleil. Les Indiens n'avaient pas le temps d'enlever les cadavres des leurs, ni les Américains d'enterrer leurs morts. On reviendrait; mais ardents à la poursuite de l'ennemi, on laissait aux vautours et aux loups le soin de l'épuration atmosphérique.

Bah! ne vaut-il pas mieux encore savoir que vos os sécheront au soleil, que de penser qu'ils pourriront sous terre?

Ces squelettes, la dent du loup et le bec des vautours les polissaient comme l'ivoire. Ils gisaient pêle-mêle dans toutes les attitudes et l'on voyait çà et là des squelettes de femmes, reconnaissables à leurs dimensions plus exiguës et aux abondantes chevelures noires qui couvraient le crâne, tenant dans leurs bras sans chair, le squelette de leur enfant.

Sur le chemin, plusieurs fois, les voyageurs rencontrèrent ces horribles témoignages de la férocité humaine.

— Affreux malheur que la guerre! — murmurait Colombau. — Quand viendra l'heure de paix ?

— Peut-être jamais — répondit Georges Barrel — car qui sait si la guerre n'est pas dans l'ordre des choses, la conséquence de l'état de notre planète, où la vie ne subsiste que par la mort. L'homme, en effet, comme l'animal ne peut subsister que par la destruction. J'ai beaucoup réfléchi depuis que la proscription et le sage abandon de la politique me laissent des loisirs, et j'ai reconnu que la guerre n'est que la lutte pour la vie.

La paix universelle est une niaiserie d'utopistes. Peut-être la verra-t-on quand les intérêts des peuples ne seront pas en présence, ne se heurteront plus. Comment voulez-vous, quand on a assisté au spectacle de familles jusqu'ici unies, et qu'une question d'un lopin de terre ou de quelques billets de banque, dont l'un des membres a été favorisé au détriment des autres, parce qu'il était plus affectueux, peut-être plus flatteur et mieux aimé, qu'une question misérable — disons-nous — divise, sépare en deux camps, et rend ennemi mortel de chacun, comment voulez-vous que lorsque deux frères se battent pour une pièce de cent sous, que des nations séparées d'intérêts, de race, par de longues traditions, dont le commerce de l'une ne prospère qu'au détriment du commerce de l'autre, se tendent la main en une fraternelle étreinte?

Au moindre froissement, au plus léger choc la guerre éclatera et ce sera la nation qui se croira la plus forte, c'est-à-dire qui pensera qu'il lui sera facile d'écraser, de rançonner, de piller, de ruiner l'autre qui tirera le premier coup de canon.

Sans dire, comme plusieurs l'affirment, que la guerre est une chose sainte, elle a son utilité comme le choléra et la peste, et les masses armées qui s'égorgent procèdent au désencombrement des races futures.

— Comment cela ?

— Supposez que rien n'arrête les progrès de la population. Que pendant un siècle les nations vivent dans l'abondance, la salubrité et la paix. D'après les calculs des économistes, toute population vivant dans les conditions ci-dessus, triplera trois fois en cent ans. Prenons pour base à la population de la terre 1.000 millions, dans cent ans, nous aurons 8.000 millions. A la fin de deux cents ans toujours suivant la progression géométrique amenée par un état de bien-être et d'universelle paix nous arrivons à 64.000 millions, en trois cents ans nous avons le chiffre de 512.000 millions, c'est-à-dire beaucoup plus que la terre en supposant que chaque pouce en soit consacré à la culture, ne pourrait en nourrir, puisqu'à mesure que la population croît, les villes s'agrandissent, les villages deviennent villes et les hameaux bourgades, diminuant d'autant plus le terrain à cultiver.

— Alors, ceux qui poussent à l'augmentation de la population, sont des idiots ?

— Le mot est peut être un peu trop vif — répondit en souriant l'ancien député — ce sont au moins des imprévoyants. Ils le font pour un bien, je le sais. Ils ont observé que la population des États de l'Europe s'augmente tandis que la nôtre reste stationnaire ; et craignant d'être dévorés par un voisin devenant chaque jour plus puissant, ils se tiennent ce raisonnement : « Au nombre, il faut opposer le nombre » et ils voudraient qu'en augmentant le nombre de leurs enfants, les pères de famille préparent une abondante bouillie aux mitraillades futures ! Mais les mères n'enfantent pas avec douleur et n'élèvent pas avec des veilles et des peines sans nombre des hommes pour en faire de la chair à canon. C'est pourtant ce qui menace la génération future. Ne vaut-il pas mieux suivre le précepte de Malthus et dire : « Abstenez-vous ». Il est vrai que si nous nous abstenons, nous risquons fort de devenir la proie de nos voisins.

— Des Allemands ? — demanda Colombau.

— Des Allemands ou de tout autre peuple qui pourra mettre en avant les bataillons les plus gros et les mieux dressés.

La guerre — continua Barrel — est imminente et fatale. Le heurtement général des nations est dans les nécessités futures. Car, ou il y aura de vastes hécatombes d'hommes occasionnées par des guerres atroces et effroyables, ou, ce qui sera plus terrible, les hommes se dévoreront entre eux après des paix séculaires. La terre est limitée, un jour viendra où elle regorgera du trop plein d'habitants et, je le répète, lorsque les champs diminuant chaque jour davantage sous le piétinement humain, des millions d'êtres ne naîtront que pour s'entretuer ou mourir faute d'espace et de subsistance. Tout cela est clair comme le soleil qui brille en ce moment au-dessus de nos têtes.

On était au milieu du jour, et la petite caravane, composée d'une dizaine de chariots, s'avançait sur la route tracée au milieu des prairies.

Georges Barrel raconta alors comment le commandant Fleury était venu le chercher à Mazas et l'avait embarqué sur le paquebot de Douvres.

A Londres, il avait eu des nouvelles de son fils, qui lui annonçait son arrivée à la Martinique, où il recevait une généreuse hospitalité dans une famille créole.

Il s'était alors embarqué, pour lui donner rendez vous à New-York. Paul, de son côté, avait subitement quitté la famille hospitalière qui l'abritait, et, sans donner aucun détail, annonçait son arrivée à San-Francisco.

Quant à lui il voyageait, suivant sa coutume et ses goûts, à travers le pays, profitant d'une caravane d'émigrants qui se dirigeaient vers cet Eden où les plantes tropicales poussent en pleine terre, et où l'or se trouvait en grattant le sol.

Depuis 1848 seulement, le précieux minerai, à la fois bonheur et malheur des hommes, avait été découvert dans les environs de la ville, alors de peu d'importance et qui, dès cette époque, était devenue un grand centre de commerce, bien qu'entourée de terres stériles à près de 40 kilomètres à la ronde; mais là sont les riches gisements, objet des convoitises de milliers de pauvres diables, qui s'en reviennent souvent, après maints efforts et maintes fatigues, plus misérables qu'avant.

C'est sur le chemin de la Californie que la caravane entendit la fusillade et assista de loin au massacre des Utes.

Georges Barrel et quelques autres se rendirent sur le champ de carnage, Barrel par humanité, les autres par curiosité.

En passant l'effroyable inspection des morts et des mourants qui se débattaient dans les affres d'une douloureuse agonie, Barrel demeura frappé de stupeur.

Au milieu d'un tas de Peaux-Rouges étendus sans vie, il venait de reconnaître un blanc, et en ce blanc, l'ancien typographe, l'honnête garçon qui, mourant de faim, avait rapporté à son fils une bourse perdue.

Il crut d'abord à une singulière ressemblance, mais ayant fouillé dans l'espèce de vareuse de peau que portait l'adopté des Utes, il en sortit des papiers lui prouvant qu'il ne se trompait pas.

L'homme vivait encore. Barrel sentant son cœur battre le fit transporter avec toutes sortes de précautions jusqu'au campement, puis jusqu'auprès du poste, d'où était parti le peloton de cavalerie chargé de massacrer les Indiens.

Le commandant du fort ne prêta nulle attention à ce blessé que les émigrants ramenaient. Il pensa que c'était l'un d'entre eux, quelque trainard, attaqué et mis à mal par les Peaux-Rouges, ou bien encore fait prisonnier par eux et tombé dans la bagarre.

— Fallait pas qu'il y aille — dit-il ; et ce fut tout.

Georges Barrel put donc soigner son malade, d'autant plus que dans l'état où se trouvait le pays, la caravane ne pouvait songer à continuer sa route, avant qu'il fut entièrement *nettoyé* d'indiens, suivant l'expression du jeune capitaine, qui avait juré d'abattre tous ceux qui lui tomberaient sous la main.

C'est, du reste, le système américain; le gouvernement et ses agents l'emploient avec une méthode continue et sûre.

Aussi, les tribus indiennes, qui subissent une rapide décroissance, finiront-elles par disparaître complètement. On les a refoulées, rassemblées, parquées en quelque sorte dans des « réserves » où, malgré leur nombre continuellement restreint, elles peuvent difficilement vivre.

En 1853, le commissaire des affaires indiennes évaluait leur chiffre à près de cinq cent mille.

Depuis cette époque, les territoires des Etats ont reçu un accroissement considérable de population blanche, qui refoule sans cesse la rouge devant elle, lui faisant la chasse comme à des fauves; aussi, à l'heure actuelle, le nombre ne dépasse guère cent cinquante mille.

Des Utes donc, et des autres tribus indiennes, il ne reste que des épaves sans cesse diminuées par le massacre ou la spoliation.

Il se trouve dans la trop vantée Amérique des familles dites honorables, et dont les fortunes énormes n'ont d'autre source que la rapine et la destruction systématique des Peaux-Rouges.

Et, bientôt la dernière famille de ces hommes qui possédaient le continent américain avant l'arrivée des européens, n'aura plus un coin de terre pour y planter les piquets de sa tente.

L'histoire de la conquête de l'Amérique est l'histoire de la conquête de la civilisation. Mais on ne peut s'empêcher de penser en la lisant, que les pionniers, si vantés de cette civilisation, sont les plus grands forbans du monde.

Les terres jadis inexplorées du *Grand-Désert* américain sont maintenant couvertes de villages, de fermes et de grandes cités.

Je l'écrivais ailleurs : « Une carte, d'il y a seulement trente ans, placée à côté d'une carte d'aujourd'hui, expliquera d'un seul coup d'œil le *merveilleux* changement. Merveilleux ! est-ce bien le mot ? Y a-t-il moins de misères sous les toits d'ardoises ou de briques des civilisés que sous les peaux de buffles des *teppees*, moins de meurt-de-faim dans les grandes cités américaines que dans les tribus indiennes ; plus de braves et honnêtes gens chez les Visages-Pâles que chez les Peaux-Rouges, moins d'exploiteurs et d'exploités dans les Etats Unis que dans le territoire réservé aux Cheyennes, aux Utes et aux Sioux, proportion gardée, bien entendu ? »

Nous n'insistons pas, mais qui est familier avec les pages de l'histoire se voit forcé d'avouer que les pires sauvages ne sont pas ceux qui se peignent la face et s'ornent la tête de plumes ; que c'est, au contraire, chez les corrects *gentlemen* que se trouvent les cœurs les plus féroces, les âmes les plus viles et les plus scélérates. Il n'est pas de forbans que dans les Collines noires et les Montagnes rocheuses. Sous le rayon de la Tour Eiffel, le nombre des exploiteurs du pauvre égale, s'il ne dépasse, celui des cités nouvelles de la jeune Amérique, et les gros bonnets qui tondent annuellement des millions sur la peau des miséreux ne vivent pas tous dans les agences des forbans américains.

La civilisation ? Nous savons de quelle façon on l'installe et quels sont ses jalons. Ils s'appellent *pillage* et *meurtre*. Nous connaissons les exploits de l'américain Stanley qui massacrait, au nom de cette civilisation, les nègres de l'Afrique qu'il traversait en conquérant, il y a quelque vingt ans, à la solde des trafiquants de New-York. Nous savons trop que les gouvernements se font complices de leurs sanguinaires agents, faussaires comme eux, voleurs comme eux, signant des traités pour les rompre, reniant leur parole, promettant pour ne pas tenir, abusant de la naïveté, de la crédulité, de la confiance des races qu'ils spolient.

Et qu'on ne dise pas que c'est fatal, que certaines races doivent disparaître, que c'est la loi du vainqueur, car alors il serait vrai, le mot infâme et célèbre contre lequel, aux jours néfastes, les hommes de cœur ont protesté avec indignation : « La force prime le droit ! »

ÉPILOGUE

Il nous faut conclure en donnant quelques détails sur les personnages de cette véridique histoire, dont il n'y a eu de changé que les noms.

Reprenons par l'un de ceux que nous avons vus dès le début, le sous-lieutenant Julien d'Hagniel, aussi brave que peu scrupuleux dans ses bonnes fortunes. Léger, inconstant, insouciant, plein de gaieté et de cœur, soldat de profession, aimant son métier, une terrible catastrophe avait changé son caractère et sa vie. Après un internement de dix-huit mois dans un hospice d'aliénés, il en était sorti à peu près guéri. Nous disons *à peu près* ; en effet, dans un cerveau une fois atteint, il reste toujours des traces de la lésion.

Il rentra dans son régiment, mais ses cris d'indignation et de révolte, poussés en apprenant le meurtre de sa mère par une soldatesque ivre, résonnaient encore aux oreilles de tous.

Le colonel de Lespinasse avait été promu général, et son successeur, jaloux de son renom et désireux de conserver les traditions du 42e, ne voulait pas conserver dans son cadre un officier qui avait osé vociférer : « A bas Napoléon ! »

Coupable de ce cri séditieux, marqué à l'encre rouge, d'Hagniel fut mandé devant son chef.

— Vous ne pouvez rester dans mon régiment — lui déclara celui-ci. — Trouvez un permutant.

Les permutants ne manquèrent pas. C'était pour nombre de jeunes officiers un insigne honneur de faire partie d'un régiment qui avait assuré le succès du coup d'Etat. Sur lui devaient pleuvoir indubitablement les faveurs impériales.

Mais Julien d'Hagniel ne voulait plus rester en France. Comme tous ceux qui ont vécu en Algérie, il désirait y retourner, s'y établir définitivement, continuer sa carrière dans un régiment d'Afrique.

Mais ni aux zouaves, ni aux tirailleurs algériens il ne trouva d'amateur pour le 42e.

Las d'attendre vainement, accablé de vexations, vu d'un mauvais œil, il envoya, dans un moment de dépit et de découragement, sa démission au ministre.

Il était sans fortune, mais il comptait, avec de l'énergie, se créer une position comme tant d'autres, en dehors de l'appui gouvernemental. Autant il s'était montré joyeux, léger, insouciant, autant il devint sombre, réfléchi.

Miss O'Kelly avait emmené la petite Renée en Amérique ; il espérait l'y rejoindre, trouver à s'occuper là-bas, mais, en attendant, il lui fallait gagner les frais du voyage et une petite somme pour subsister au cas où le travail tarderait à venir.

Il obtint, sur la recommandation d'un officier supérieur qui avait connu son père, un modeste emploi dans une banque, écrivant dans ses heures de loisir des articles destinés à une petite feuille de l'opposition, où collaborait pour la partie bibliographique l'honnête Plumereau. Ses articles, où il traita avec verve et talent quelques questions militaires, furent remarqués, lui ouvrirent les colonnes d'un grand journal, et il devint un redoutable adversaire du régime existant.

C'est ainsi que ce jeune homme, élevé dans une famille militaire et dans les traditions de la grande épopée impériale, ce soldat de profession, cet officier fanatique de son métier, devint un des critiques les plus acerbes de l'armée et l'un des membres de cette phalange de courageux écrivains qui devaient saper l'Empire et participer à son effondrement.

Quant à mademoiselle de Bertemont, elle n'avait jamais eu de nouvelles de son prétendu père.

Celui-ci, refugié en Allemagne, puis obligé de s'enfuir à la suite de diverses escroqueries, devint, sous différents noms plus ou moins pompeux, l'un des hôtes assidus des maisons de jeu, où s'engloutît peu à peu le produit des diamants que James Dilson avait indirectement consacrés à l'achat de sa fille adoptive.

Complètement ruiné, il sollicita et obtint une place de croupier dans un tripot où, pris en flagrant délit de vol, de connivence avec un grec de haute marque, il alla terminer dans une maison centrale une carrière si bien commencée.

Mais revenons à Mademoiselle de Bertemont, dont la beauté avait produit une si forte impression sur le cœur sensible du Président de la République.

Restée seule, elle dut quitter l'hôtel qu'avait loué mais non payé son père et, après en avoir vu vendre le mobilier, elle se retira dans un modeste logement que lui trouva le docteur Raoult et où vinrent la chercher les émissaires de l'Elysée.

Ce fut d'abord un officier d'état-major chargé de lui remettre, de la part du Président, une audience qu'elle n'avait pas demandée.

Elle s'y rendit pourtant, pensant qu'il allait être question du comte de Bertemont.

Ce fut, en effet, le prétexte, l'entrée en matière, le prélude à une déclaration.

La jeune fille n'en fut pas surprise. La condescendance avec laquelle Louis-Bonaparte l'avait déjà écoutée, lors de sa démarche en faveur de Georges Barrel, le lui faisait pressentir. Mais elle demeura de glace devant les chaudes sollicitations du prince, lui expliquant nettement qu'elle avait un fiancé et qu'elle attendrait son retour.

Cette affirmation ne fit qu'enflammer davantage la passion du futur César, qui cependant ne tenta aucune violence, remettant à une autre occasion la partie projetée.

Mais en dépit de ses efforts et de quelques « audiences » qu'il lui accorda sans qu'elle les eut demandées plus que la première, elle resta fidèle à celui à qui elle avait promis sa foi, rare exemple de vertu à une époque où toutes les femmes s'efforçaient à l'envie de capter le cœur du maître des destinées de la France.

Il faut rendre cette justice à Louis-Bonaparte ; il ne lui en garda pas rancune et admira cette rare constance, car devenu Empereur et époux d'Eugénie de Montijo, il fit admettre Mademoiselle de Bertemont au nombre de ses demoiselles d'honneur.

C'est ainsi que Paul Barrel, de retour en France à la suite d'une amnistie partielle, retrouva sa bien-aimée de jadis que les beaux yeux de deux créoles lui avaient fait oublier un instant.

Dégoûté de la politique, ce tombeau de l'honnêteté et de l'idéal, il épousa sa fiancée pour ne se livrer désormais qu'à l'art et à l'amour.

Les artistes, quels qu'ils soient, d'ailleurs, n'ont jamais fait, comme leurs frères les littérateurs ou les poètes, que de tristes politiciens.

S'il est difficile de servir en même temps plusieurs maîtresses, il n'est pas possible de servir deux maîtres à la fois.

L'honnête, mais veule et indécis Plumereau, continua son existence effacée et modeste, modeste comme ses besoins. Il poursuivit paisiblement ses travaux de compilation encyclopédique, se délassant dans son journal par l'épanchement de ses douleurs morales et de ses platoniques aspirations. Rêveur, il eut le sort de tous les rêveurs qui poursuivent, assis au coin du feu, de stériles chimères.

Mais puisqu'à défaut de bonheur, il y trouvait la paix et l'oubli, l'on peut dire que c'était un sage ; il atteignait, sans efforts et sans fatigue, ce que leur vie durant tant de gens poursuivent en vain. Il mourut un soir, de la rupture d'un anévrisme, en écrivant son journal.

Quant à l'odieuse créature à qui, dans un moment d'aberration et d'inexcusable faiblesse, il avait consenti à donner son nom, devenue de bonne heure, comme toutes les filles trop précoces et les plantes hâtives, flétrie, vieille et laide, et aussi avide et avare qu'elle avait été gaspilleuse et prodigue, après avoir fatigué l'empereur de ses incessantes demandes d'argent, elle se vit menacée par la police d'être enfermée à Saint-Lazare.

C'est alors qu'errant dans les rues, à la recherche d'une aventure qui lui procurerait gratis « bon souper, bon gîte et le reste », elle lut, à la porte d'une maison d'honnête apparence, une plaque de cuivre portant ces mots :

Signor Albertini, professeur de musique et de chant.

C'était au sixième étage ; hardiment elle monta.

Le professeur était chez lui, occupé à faire réchauffer sur un petit poêle en fonte un restant de macaroni dégageant une forte odeur de graillon. La chambre était aussi malpropre qu'autrefois la boutique du professeur de coiffure ; des hardes sordides pendaient çà et là, tandis que le sol était jonché de détritus de légumes, parmi lesquels des feuillets de musique, des croûtons de pain, des savates et des chaussettes trouées.

Le mobilier, des plus succincts, se composait d'une table en bois blanc, d'un lit de sangle et de deux chaises. Un violon brisé pendait à un clou.

A la vue de la visiteuse, Pied-de-Bouc qui cuisinait en manches de chemise, leva les bras au ciel.

— O *Santa madre!* — s'exclama-t-il. — Madame Ploumereau... en deuil! Est-ce que vous auriez ou le malheur de perdre cet excelentissime M. Ploumereau?

— Oui — dit-elle. — Je suis veuve. Où est ma sœur?

— La Craçotte! Il y a longtemps que le bon Dieu l'a prise, la *povera picciola!*

— Morte! Et depuis quand?

— Depouis deux ans au moins. Oune conzestion cérébrale! Ze la ploure depouis... Si, signora, sur la testa de ma *povera madre*, ze ploure et ze zémis toutes les nouits quand ze pense à la zentille çatte.

— Vieux farceur — dit la sœur de Crachotte. — Mais vous n'y pensez jamais. Alors, vous êtes seul?

— Comme Zezous sur la montagne.

— En effet, vous perchez assez haut... Eh bien, je viens vous tenir compagnie.

— Vous, Madame Ploumereau?

— Moi! Ça vous étonne, car ça pue fort ici, et c'est sale, mais nous allons purifier tout cela.

— Vous voudriez rester avec moi... remplacer ma pauvre Craçotte?

— Fi! signor Albertini! Pour qui me prenez-vous? Je suis une honnête femme. Pas de liaison illégitime. Je veux vous épouser.

Alors, elle expliqua au « professeur » ébahi que depuis longtemps elle nourissait un plan que l'existence de son mari l'avait empêchée jusqu'ici de mettre à exécution.

Lui mort, toute difficulté s'aplanissait.

Ce plan, le voici. Elle avait fait connaissance d'une respectable dame à la tête d'un bel établissement sur les boulevards extérieurs et qui, désireuse de se retirer, lui offrait, moyennant un prix raisonnable, de lui céder son établissement et sa clientèle... une bonne clientèle, presqu'exclusivement composée de militaires de tous grades, car l'on était à proximité de deux casernes, cavalerie et infanterie. Mais pour diriger cet établissement, il fallait être mari et femme, c'est-à-dire avoir passé devant M. le maire. La moralité et la décence avant tout...

— Ze souis de cet avis — déclara Pied-de-Bouc.

— Il faut que le patron et la patronne soient respectés de leur personnel.

— Ça me va. Mais l'arzent? Vous avez l'arzent?

— J'ai ce qu'il faut.

Elle avait ce qu'il fallait, en effet, pour le premier paiement, n'ayant pas été assez sotte pour dilapider d'un coup les anciennes largesses présidentielles.

Un mois après, le signor Albertini, professeur de musique et de chant épousait solennellement Madame Veuve Plumereau, rentière, et huit jours après le nouveau couple entrait en possession de l'établissement des boulevards extérieurs.

La maison fut fort achalandée sous l'Empire, car Madame Albertini, qui s'était adonnée à la boisson, racontait volontiers, au dessert à ses dames enthousiasmées, qu'elle avait été la maîtresse de l'empereur.

Elle se retira, fortune faite, dans une riante villa de la banlieue où, devenue veuve une seconde fois, elle fit l'ornement de sa paroisse et l'édification de son curé, par sa piété et ses bonnes œuvres.

La vertu, dit le populaire, est toujours récompensée...

Georges Barrel ne rentra en France qu'après la chute de l'Empire.

Dans le cours de ses pérégrinations, il fut péniblement frappé des discordes de ses compatriotes dans l'exil.

Tandis que les réfugiés politiques des autres nations fraternisaient à l'étranger, se groupaient, les Français, divisés en clans, en petites chapelles, s'excommuniaient, s'anathématisaient, se calomniaient les uns les autres.

Et il se rappelait ces paroles du Christ :

« Toute famille divisée contre elle-même périra. »

Les nations désunies sont comme les familles.

Nombre d'anciens lutteurs et la plus grande partie des républicains d'autrefois s'étaient ralliés à l'Empire, occupaient des places, des sinécures, de hautes fonctions ; d'autres, trop compromis pour oser retourner leur veste, ou trop peu dangereux, trop médiocres pour qu'on leur fit des offres, continuèrent la lutte. Mais de convictions, aucune, si ce n'est celle des appétits, la théorie « ôte-toi de là que je m'y mette », base de toute politique, mot d'ordre de tout politicien.

Georges Barrel s'en convainquit après l'Empire.

Les *purs*, les austères et farouches démocrates assiégèrent la salle du banquet ; et ce fut la curée, la prise d'assaut de l'assiette au beurre.

Les charlatans, les hâbleurs, les bavards, les

berneurs des foules remplacèrent les matadores césariens. La farandole impériale fit place à la farandole républicaine.

La danse aux écus se poursuivit et le peuple continua de payer les violons.

Entre temps, les denrées, les loyers, les impôts ayant augmenté et les salaires diminué, le peuple commence à se demander ce qu'il a gagné à se donner cinq cents maîtres au lieu d'un !

Le temps assagit plus encore que toutes les épreuves, car à mesure que coulent les jours, que les années succèdent aux années, l'on apprend à mieux connaître les hommes et cette science acquise au moyen des heurts, des douloureuses découvertes, des rancœurs et des déceptions, modifie graduellement, jusqu'à les changer parfois complètement, les opinions premières.

On ne pense pas à quarante ans comme on pensait à vingt, et non plus à soixante comme l'on pensait à quarante. Et c'est logique !

Le raisonnement se grossit chaque jour de l'expérience acquise; les choses changent d'aspect, les hommes de masque, et l'on finit par s'apercevoir qu'au fond de toutes les convictions, se blottissent, comme le disait à Colombau l'irlandais Pratt, l'égoïsme et l'intérêt.

Mais qui pourrait s'en étonner ? N'est ce pas là le mobile de tous les actes humains ?

Nous ne parlons pas des traditions familiales, des sympathies instinctives, des dévouements auxquels se laissent entraîner les natures généreuses; mais pour les autres, le mobile c'est l'argent.

C'est pourquoi l'on a constamment sous les yeux tant de palinodies.

Le peuple qui réfléchit peu et ne se met jamais dans la peau de ceux qu'il critique ou envie, ne se les explique que difficilement.

C'est pourtant fort simple.

Que l'électeur naïf se mette à la place du candidat auquel il a donné sa voix à la suite des flagorneries les plus basses et des promesses les plus fallacieuses, il comprendra que l'élu de son choix est dans l'impossibilité matérielle de tenir ses engagements.

Il n'a ni renié des convictions, qu'au fond il n'a jamais eues, ni faussé des serments, ni oublié des promesses que sa situation nouvelle l'empêche de tenir.

Le point de vue est changé. Il voit les choses du haut de l'échelle, d'un tout autre œil qu'il les voyait en bas.

Le petit médecin de quartier, le petit avocat de province, le bohème, le sous-vétérinaire arrivés au pouvoir ne peuvent, dans leur siège de député ou leur chaise curule, envisager le monde social tel qu'il leur paraissait lorsque le premier soignait gratis le miséreux, celui-là plaidait pour Jean-Pierre le fripon contre Jean-Louis le filou, ce troisième assis à la terrasse d'un café attendait le copain qui devait lui payer son absinthe, et cet autre curait les pieds de la rosse de l'auberge de son village.

La position change les hommes.

Ceux dont les opinions ne varient pas ne sont pas tous des imbéciles, comme l'affirmait M. Thiers, mais bien ceux dont la position n'a pas changé, ceux qui, nés miséreux, attachés à la glèbe, à l'atelier ou à la stérile tâche de scribe, meurent à la peine dans le sillon qu'ils ont creusé, sous le poids de l'outil qu'ils ont façonné, sur le rond de cuir où leur vie durant ils ont usé leur fond de culotte; ceux enfin qui, de la naissance à la mort ont été condamnés à la dure conquête du pain quotidien.

Ils regardent autour d'eux, comparent et maudissent la société.

Mais que le hasard, un événement, un coup de fortune, le gros lot, un héritage, les sortent subitement de l'ornière commune, tout à leurs yeux changera d'aspect, et ceux taxés d'opinions les plus subversives, se laisseront peu à peu aller à la douce quiétude qui est, dit-on, la caractéristique de la digestion du bourgeois ventru.

Pensez-vous que ces parvenus d'hier seront secourables à leurs frères en misère d'autrefois, qu'ils leur ouvriront largement et leur cœur et leur bourse ?

Neuf fois sur dix, ils deviendront du jour au lendemain plus insolents et plus durs que les repus dont la veille ils critiquaient et maudissaient la sécheresse d'âme, et enviaient le sort.

En faut-il conclure que l'homme soit foncièrement mauvais ? Non, mais il est rendu tel par son organisation sociale, par la prétendue civilisation qui n'est qu'un vernis passé sur ses antiques et féroces instincts, et qui a rendu plus âpre que jamais la lutte pour la vie.

Pour gagner notre place au soleil, nous luttons maintenant avec des armes tout aussi meurtrières que la hache et l'épée des barbares, et la haine des classes est devenue plus féroce que celle des nations.

Et cependant, la démocratie ouvre à chacun toutes les portes.

Le pouvoir n'est plus l'apanage d'une caste. Nombre de ceux qu'on appelait jadis les hauts bourgeois sont des fils de prolétaires, et la plupart des hommes qui nous gouvernent sortent des dernières couches sociales.

Alors, quoi ?

Peuple, de quoi te plains-tu ?

N'es-tu pas appelé le *Peuple Souverain* ?

Tout donc serait à refaire !

Aux sages, salut !

Hector FRANCE.

Paris, 9 mars 1899.

www.ingramcontent.com/pod-product-compliance
Lightning Source LLC
Chambersburg PA
CBHW070703100726
47907CB00001B/31
9782019561918